当代中国学术思想史丛书

编委会主任 谢伏瞻　总主编 赵剑英

当代中国古代文学研究

The Study of Ancient Literature in Contemporary China

(1949-2019)

上 卷

梅新林 曾礼军 慈波 等著

中国社会科学出版社

图书在版编目(CIP)数据

当代中国古代文学研究：1949—2019：全二卷／梅新林等著.—北京：中国社会科学出版社，2019.12

（当代中国学术思想史丛书）

ISBN 978-7-5203-5471-4

Ⅰ.①当… Ⅱ.①梅… Ⅲ.①中国文学—古典文学研究 Ⅳ.①I206.2

中国版本图书馆 CIP 数据核字（2019）第 226277 号

出 版 人	赵剑英
责任编辑	陈肖静
责任校对	李　剑
责任印制	戴　宽

出　　版	中国社会科学出版社
社　　址	北京鼓楼西大街甲 158 号
邮　　编	100720
网　　址	http://www.csspw.cn
发 行 部	010-84083685
门 市 部	010-84029450
经　　销	新华书店及其他书店

印刷装订	北京君升印刷有限公司
版　　次	2019 年 12 月第 1 版
印　　次	2019 年 12 月第 1 次印刷

开　　本	710×1000　1/16
印　　张	88.75
字　　数	1364 千字
定　　价	498.00 元（全二卷）

凡购买中国社会科学出版社图书，如有质量问题请与本社营销中心联系调换

电话：010-84083683

版权所有　侵权必究

当代中国学术思想史丛书
编辑委员会

主　任　谢伏瞻

副主任　蔡　昉　高　翔　高培勇　姜　辉　赵　奇

编　委　（按姓氏笔画为序）

　　　　　卜宪群　马　援　王延中　王建朗　王　巍
　　　　　邢广程　刘丹青　刘跃进　李　扬　李国强
　　　　　李培林　李景源　汪朝光　张宇燕　张海鹏
　　　　　陈众议　陈星灿　陈　甦　卓新平　周　弘
　　　　　房　宁　赵　奇　赵剑英　郝时远　姜　辉
　　　　　夏春涛　高培勇　高　翔　黄群慧　彭　卫
　　　　　朝戈金　景天魁　谢伏瞻　蔡　昉　魏长宝

总主编　赵剑英

书写当代中国学术史，加快构建中国特色哲学社会科学

谢伏瞻[*]

在中华人民共和国成立70周年之际，中国社会科学出版社修订出版《当代中国学术思想史丛书》（以下简称《丛书》），对于推动我国当代学术史研究，加快构建中国特色哲学社会科学学科体系、学术体系、话语体系具有重要的意义。

党的十八大以来，以习近平同志为核心的党中央高度重视哲学社会科学。2016年5月17日，习近平总书记主持召开哲学社会科学工作座谈会并发表重要讲话，明确提出加快构建中国特色哲学社会科学学科体系、学术体系、话语体系的重大论断和战略任务。这是一个极为重要的战略考量，关系我国哲学社会科学的长远发展，关系中国特色社会主义事业发展全局，是重大的学术任务，更是重大的政治任务。广大哲学社会科学工作者要以高度的政治自觉和学术自觉，以强烈的责任感、紧迫感和担当精神，在加快构建中国特色哲学社会科学"三大体系"上有过硬的举

---

[*] 谢伏瞻：中国社会科学院院长、党组书记。

措、实质性进展和更大作为。《丛书》即为加快构建中国特色哲学社会科学"三大体系"的具体措施之一。

研究学术思想史是我国的优良传统之一。学术思想历来被视为探寻思想变革、社会走向的风向标。正如梁启超在《论中国学术思想变迁之大势》中所言,"学术思想与历史上之大势,其关系常密切。""学术思想之在一国,犹人之有精神也;而政事、法律、风俗,及历史上种种之现象,则其形质也。故欲觇其国文野强弱之程度如何,必于学术思想焉求之。"我国古代研究学术思想史注重"融合""会通",对学术辨识与提炼能力有特殊要求,是专家之学,在这方面有大成就者如刘向、刘歆、朱熹、黄宗羲等皆为硕学通儒。近代以来,随着"西学东渐",我国哲学社会科学各学科逐渐发展起来,学术思想史研究亦以梁启超的《中国近三百年学术史》为发轫,以章炳麟、钱穆等为代表的一批学者用现代学术视角"辨章学术、考镜源流",开始将学术思想史研究与近现代哲学社会科学发展结合起来,形成了不少有影响的名品佳作。新中国成立以后,在马克思主义指导下,我国哲学社会科学不断发展,特别是改革开放以来,哲学社会科学的地位更加凸显,在研究工作的广度和深度上不断取得新突破。但是,我国当代学术思想史研究没有跟上哲学社会科学发展的步伐,呈现出"有数量缺质量、有专家缺大师"的状况,有分量的研究成果寥若晨星,公认的学术思想史大家屈指可数。新时代,我国哲学社会科学地位更加重要、任务更加繁重,有组织、有计划地开展学术思想史研究和出版工作，系统梳理我国当代哲学社会科学各学科学术思想的发展脉络，总结各学科积累的优秀成果，既是对学术研究传统的继承和发扬，弥补当代学术思想史研究的不足，也将在中国特色哲学社会科学"三大体系"建设中发挥独特而重要的作用。

中国社会科学院是党中央直接领导的哲学社会科学研究机构，在加快构建哲学社会科学"三大体系"建设中发挥着主力军作用。早在建院之初的1978年，胡乔木同志主持的《1978—1985年全国哲学社会科学发展规划纲要（初稿）》就提出了研究"中国经济思想史""中国政治思想史""中国教育思想史""中国伦理思想史"等近10种"学术思想史"的规划。"当代中国学术思想史"丛书初版于2009年，在新中国成立70周年之际，予以修订再版，充分体现出我院作为"国家队"的担当。《丛书》以新中国成立以来学术思想史演进中的脉络梳理与关键问题分析为主要内容，集中展现在中国共产党坚强领导下，创建、发展和繁荣哲学社会科学各学科学术思想史的历程，突出反映70年来哲学社会科学各领域的成就与经验，资辅当代、存鉴后人，具有较强的学术示范意义。

学术思想史研究为哲学社会科学学科体系建设提供了有力的支撑。学科体系是加快构建中国特色哲学社会科学的根本依托。经过几十年的发展，我国哲学社会科学已拥有20多个一级学科、400多个二级学科，学科体系已基本确立，但还不健全、不系统、不完善，离习近平总书记提出的基础学科健全扎实、重点学科优势突出、新兴学科和交叉学科创新发展、冷门学科代有传承的要求还有相当大的差距。学科体系建设的前提是对各学科做出科学准确的评估，翔实的学术思想史研究天然具备这一功能。《丛书》以"反映学科最新动态，准确把握学科前沿，引领学科发展方向"为宗旨，系统总结文学、历史学、语言学、美学、宗教学、法学等学科70年的学术发展历程。其中既有对基础学科、重点学科学术思想史的系统梳理，如《当代中国美学研究》《当代中国文艺学研究》等；又有对新兴学科、交叉学科和冷门学科学术思想史的开拓性研究，如《当代中国近代思想史研究》《当代中国边疆研究》《当代中国简帛学研究》等。从学术思想史的角度，系统评价各学科的发展，对于健全学科体系、优化学科布局，加快构建中国特色哲学社会科学学科体系无疑是大有裨益的。

学术思想史研究为哲学社会科学学术创新提供了坚实的基础。学术体系是加快构建中国特色哲学社会科学的核心。主要包括两个方面：一是思想、理念、原理、观点、理论、学说、知识、学术等；二是研究方法、材料和工具等。习近平总书记指出，理论的生命力在于创新。只有不断推进知识创新、理论创新、方法创新，才能着力打造"原版""新版"的哲学社会科学。学术创新是有前提的，正如总书记所深刻指出的，理论思维的起点决定着理论创新的结果，理论创新只能从问题开始。从某种意义上说，学术创新离不开学术思想史研究，只有通过坚实的学术思想史研究，把握学术演进的脉络、传统、流变，才能够提出新问题、新思想，形成新的学术方向，这是《丛书》为哲学社会科学学术创新作出的贡献之一。学术思想史的研究内容、研究方法、材料与工具自成体系，具有构建学术体系的各项特征。《丛书》通过对学术思想史研究的创新，为哲学社会科学学术创新提供了有益的尝试。

一是观点创新。中华人民共和国成立以来，随着马克思主义在哲学社会科学领域指导地位的确立，我国思想界发生了大规模、深层次的学术变革，70年间中国学术已经形成了崭新格局。《丛书》紧扣"当代中国"这一主题，突破"当代人不写当代史"的思想束缚，独辟蹊径、勇于探索，聚焦中国特色哲学社会科学的发展道路、马克思主义指导下的中国学术发展、中国传统学术继承和外来学术思想借鉴，民族复兴在学术思想史上的反映等问题，从而产生一系列的观点创新。

二是研究范式创新。一个时代的主流思想和历史叙事，是由反映那个时代的精神的一系列概念和逻辑构成的。当代中国学术的源流、变化与当代中国政治、经济、文化、社会的变革密切相关。《丛书》把研究中国特色学术道路的起点、进程与方向作为自觉意识，贯穿于全丛书，注重学术思想史与中国学术道路的密切联系、学理化研究与中国现实问题的密切联系、个别问题研究与学术整体格局的密切联系、研究当代中国与启示中国未来的密切联系，开拓了学术诠释中国道路的新范式。

三是体例创新。《丛书》将专题形式和编年形式相互补充与融合，充分体现了学术创新的开放性，为开创学术思想史书写新范式探路。对于当代学术思想史研究，创新之路刚刚开始，随着《丛书》种类的增多，创新学术思想史研究的思路还会更多，更深入。

学术思想史研究为构建哲学社会科学话语体系提供了广阔的平台。话语体系是学术体系的反映、表达和传播方式，是有特定思想指向和价值取向的语言系统，是构成学科体系之网的纽结。习近平总书记指出，在解读中国实践、构建中国理论上，我们应该最有发言权。这就要求我们在构建话语体系时，要坚持中国立场、注重中国特色，用中国理论阐释中国实践，用中国实践升华中国理论，更加鲜明地展现中国思想，更加响亮地提出中国主张。要主动设置议题，勇于参与世界范围的"百家争鸣"。《丛书》定位于对当代中国学术思想的独家诠释，内容是原汁原味的中国学术，具有学术"走出去"、参与国际学术对话、扩大我国学术思想影响力、增强中华文化软实力的条件。《丛书》通过生动的叙述风格传播中国学术、中国文化，全面、集中、系统地反映我国当代学术的建构过程，让世界认识"学术中的中国""理论中的中国""哲学社会科学中的中国"。习近平总书记强调，把中国实践总结好，就有更强的能力为解决世界性问题提供思路和办法。《丛书》通过对当代中国学术思想史的描绘，让世界了解中国特色的学术发展之路，进而了解中国特色社会主义文化和中国特色社会主义道路。《丛书》中的《当代中国法学研究》《当代中国宗教学研究》《当代中国近代史研究》《当代中国近代社会史研究》等已经翻译成英文、德文等多种语言，分别在有关国家出版发行，为当代中国学术思想的国际化传播开拓了新路。

目前，《丛书》完成了出版计划的一部分，未来要继续作好《丛书》出版工作。关键是要坚持正确的政治方向、学术导向和价值取向。要提高政治站位，增强"四个意识"，坚定"四个自信"，做到"两个维护"，在思想上政治上行动上同以习近平同志为核心的党中央保持高度一致。要坚持马克思主义的指导地位，特别是用习近平新时代中国特色社会主义思想指导学术思想史研究和出版工作。要落实意识形态工作责任制，做到守土有责、守土负责、守土尽责。作好《丛书》出版工作必须坚持以质量为生命线。在任何时候都要坚持质量第一的方针，坚持"宁缺毋滥"的原则，多出精品力作。要把社会效益放在首位，实现社会效益和经济效益相统一。要严格遵守学术规范，秉承认真负责的治学态度，严肃对待学术研究，潜心研究，讲究学术诚信，拿出高质量的学术成果。

当今世界处于百年未有之大变局，中国特色社会主义进入新时代，这都对哲学社会科学提出了更高的要求，广大哲学社会科学工作者要积极响应习近平总书记和党中央号召，以习近平新时代中国特色社会主义思想为指导，努力提高政治站位，增强思想自觉，敢于担当，奋发有为，繁荣中国学术，发展中国理论，传播中国思想，加快构建中国特色哲学社会科学"三大体系"，为实现"两个一百年"奋斗目标，实现中华民族伟大复兴的中国梦作出应有的贡献。

是为序。

2019 年 10 月

总 目 录

上 卷

导论 …………………………………………………………（3）
第一章　20世纪中叶学术新传统的确立 ………………………（78）
第二章　古代文学的社会学研究主潮（上）……………………（148）
第三章　古代文学的社会学研究主潮（下）……………………（200）
第四章　古代文学研究的矫正与转型 ……………………………（246）
第五章　古代文学研究的美学先锋 ………………………………（291）
第六章　古代文学研究与新方法论 ………………………………（336）
第七章　古代文学研究与文化批评 ………………………………（378）
第八章　古代文学研究与文学史学 ………………………………（472）
第九章　古代文学研究的本位回归 ………………………………（530）
第十章　古代文学研究的世纪反思 ………………………………（570）

下 卷

第十一章　古代文学文献的整理与研究 …………………………（645）
第十二章　古代文学研究的跨学科拓展 …………………………（720）
第十三章　古代文学研究与跨文化对话 …………………………（914）
第十四章　古代文学研究的最新趋向（上）……………………（1056）

第十五章　古代文学研究的最新趋向(中) ……………………（1170）
第十六章　古代文学研究的最新趋向(下) ……………………（1207）
第十七章　古代文学史主要类型与成果 …………………………（1337）

后记 ………………………………………………………………………（1395）

目　录

上　卷

导论 ……………………………………………………………（3）

第一章　20世纪中叶学术新传统的确立…………………（78）
　第一节　古代文学学科的独立化进程 ……………………（78）
　第二节　马克思主义核心地位的确立 ……………………（108）
　第三节　学术新传统的价值导向 …………………………（124）
　第四节　学术新传统的范式重建 …………………………（133）
　第五节　学术新传统的诠释与实践 ………………………（139）

第二章　古代文学的社会学研究主潮（上）……………（148）
　第一节　俞平伯、胡适古代文学研究的批判 ……………（149）
　第二节　鲁迅：古代文学研究新权威的树立 ……………（158）
　第三节　"双百"方针与古代文学研究的复兴 …………（165）
　第四节　"反右"运动的挫折及其后续影响 ……………（173）
　第五节　"文革"前夕古代文学研究的起伏 ……………（182）
　第六节　"文革"时期的"另类"学者与研究 …………（189）

第三章　古代文学的社会学研究主潮（下）……………（200）
　第一节　现实主义问题的讨论 ……………………………（201）
　第二节　"中间作品"问题的讨论 ………………………（207）

第三节　山水诗问题的讨论 …………………………………… (211)
　　第四节　文学"共鸣"问题的讨论 ……………………………… (217)
　　第五节　文学遗产问题的讨论 ………………………………… (223)
　　第六节　重要作家作品的讨论 ………………………………… (230)

第四章　古代文学研究的矫正与转型 ……………………………… (246)
　　第一节　改革开放的双重资源和影响 ………………………… (247)
　　第二节　三十年学术的反省与扬弃 …………………………… (255)
　　第三节　学术"冤案"的"平反昭雪" …………………………… (262)
　　第四节　古代文学研究的重新定位 …………………………… (274)
　　第五节　古代文学研究的多元取向 …………………………… (283)

第五章　古代文学研究的美学先锋 ………………………………… (291)
　　第一节　"美学热"与美的发现 ………………………………… (292)
　　第二节　美学家的古代文学研究 ……………………………… (298)
　　第三节　古代文学界的美学研究 ……………………………… (307)
　　第四节　美学研究的先锋意义 ………………………………… (319)

第六章　古代文学研究与新方法论 ………………………………… (336)
　　第一节　"新方法热"的科学思维 ……………………………… (337)
　　第二节　宏观研究思潮的率先兴起 …………………………… (342)
　　第三节　方法论的广泛讨论与选择 …………………………… (351)
　　第四节　"三论"等新方法的具体运用 ………………………… (360)
　　第五节　"新方法热"的消退与转化 …………………………… (367)

第七章　古代文学研究与文化批评 ………………………………… (378)
　　第一节　"文化热"与文化批评 ………………………………… (379)
　　第二节　古代文学与神话—原型批评 ………………………… (397)
　　第三节　古代文学与民俗文化研究 …………………………… (419)
　　第四节　古代文学与制度文化研究 …………………………… (434)

第五节　古代文学的文化精神研究 …………………………（454）

第八章　古代文学研究与文学史学 …………………………（472）
　　第一节　"重写文学史"讨论之效应 …………………………（473）
　　第二节　文学史理论研究的进展 ……………………………（487）
　　第三节　文学史双重属性的辨析 ……………………………（508）
　　第四节　"文学史学"的学科建构 ……………………………（515）

第九章　古代文学研究的本位回归 …………………………（530）
　　第一节　"人文精神"讨论之影响 ……………………………（530）
　　第二节　人文精神的意涵与探寻 ……………………………（541）
　　第三节　本土话语的失落与回归 ……………………………（550）
　　第四节　文学本位的失落与回归 ……………………………（555）
　　第五节　文本研究的失落与回归 ……………………………（561）

第十章　古代文学研究的世纪反思 …………………………（570）
　　第一节　"世纪反思"讨论之价值 ……………………………（571）
　　第二节　世纪反思的核心内容 ………………………………（577）
　　第三节　世纪反思的双重聚焦 ………………………………（595）
　　第四节　世纪反思的三大理念 ………………………………（625）
　　第五节　世纪反思的学术史成果 ……………………………（630）

上　卷

导　论

　　自 2009 年中国社会科学出版社正式启动《中国哲学社会科学学科发展报告》重大项目以来，经过诸位同人持续三年的不懈努力，《当代中国古代文学研究（1949—2009）》终于 2012 年告竣，次年由中国社会科学出版社出版。值此新中国成立七十周年之际，我们又应中国社会科学出版社之约对本书作了补充与修改，将原书的研究时限延展至 2019 年。其间两次学术经历所积累的学理思考——包括对当代七十年中国古代文学研究成就与不足的总结、经验与教训的反思、困惑与难题的梳理以及未来突破方向与路径的展望，都将一并纳入七十年学术历程的还原与建构之中，以期臻于历史逻辑与学理逻辑的辩证统一，现愿借此"导论"之开篇作一简要陈述。

一

　　在 1949 年新中国成立迄今的七十年间，伴随着我国社会主义事业的不断进步与发展，中国古代文学研究在各个相关领域都取得了令人瞩目的成果，也先后经历了不同历史时段重要节点的学术总结与反思，并与改革开放四十年、20 世纪百年、21 世纪近二十年的重要节点相交集、相衔接。先就上述的主体部分即新中国成立七十年来中国古代文学研究学术总结与反思而言，相继形成了新中国成立十周年、三十周年、四十周年、五十周年、六十周年、七十周年六个重要节点。其中 1969 年即新中国成立二十周年之际正值"文化大革命"十年的前期，由于所有真正的学术研究活动全面停顿，也就谈不上相应的学术总结与反思；1999 年新中国成立五十年之际，由于当时正处于21世纪前夕，整个学术界为世纪之交的学术反思与展望所笼罩，而对于新中国成立五十年来古代文学研究本身的总结与反思则受到严重的削弱。

第一个重要节点是1959年新中国成立十周年之际的学术总结与反思。吴晓铃、胡念贻、曹道衡、邓绍基在同年第5期《文学评论》联名发表了《十年来的古典文学研究和整理工作》一文，提出用马克思主义观点批判地接受遗产是党在十年来对古典文学研究工作的一贯的总方针，党领导古典文学研究者展开了对研究工作中的错误倾向的批判和斗争，这种批判和斗争有两个方面，即对资产阶级唯心主义思想的斗争和对庸俗社会学、简单化的错误倾向的批判。经过十年来的努力，我国古典文学研究基本上改变了过去的面貌，在观点和方法上起了根本的变化，主要体现在注重时代和社会背景的研究，注重作家思想的研究，注重作品思想性的研究，注重整个文学发展中重大问题的探索，等等。此外，在对中国古代文学文献资料的整理、出版工作方面也做出了相当的成绩。尽管此文明显带有特定时代学术思维与话语体系的印记，但毫无疑问这是一篇具有纪念新中国成立十周年重要意义的学术史论文。

第二个重要节点是1979年新中国成立三十年之际的学术总结与反思。在经历"文化大革命"十年的劫后重生之后，对于新中国成立三十年古代文学研究的学术总结与反思受到了学界的高度重视。1979年，胡念贻率先在《文艺百家》第1期发表了《研究古典文学与批判继承遗产——三十年来古典文学研究的回顾》一文，认为新中国成立以来"广大的古典文学研究工作者学习了马列主义，学习了马列主义的文艺理论，把它运用到古典文学研究中来，促使古典文学研究改变了以前的面貌，具有了一门学科的基本理论和完整体系"[①]。次年7月10—17日，《社会科学战线》编辑部和吉林省文学学会联合举行了中国古典文学研究座谈会，王季思、黄天骥、徐中玉、程千帆、吴调公、郭预衡、张白山、张志岳、郭石山、喻朝刚、傅庆升、许玉琢等专家、学者应邀出席。座谈会由《社会科学

[①] 胡念贻：《研究古典文学与批判继承遗产——三十年来古典文学研究的回顾》，《文艺百家》1979年第1期。

战线》主编佟冬、副主编张松如和杨公骥主持,与会学者重点就如何总结三十年来古典文学研究的经验教训、如何提高古典文学研究的水平,发表了许多颇有启发性的意见。随后于同年第4期刊发了与会者的相关笔谈文章:杨公骥《漫谈三十年来古典文学研究中的几个问题》,张白山《继续清算极"左"思潮 重新学习马克思主义》,徐中玉《谈谈当前古典文学研究中的问题》,程千帆《从新经学的迷雾中走出来》,王季思、黄天骥《我们的几点想法》,吴调公《从探索古典文学艺术规律所想起的》,郭预衡《关于文学史研究的一些想法》,张志岳《从教学实际出发 搞好古典文学研究工作》,喻朝刚《要用历史唯物主义的观点分析古代作家作品》,郭石山《研究古典诗歌应当重视感情因素》,张松如《应该探讨文学发展规律》,傅庆升《要重视文学的特殊规律的研究》,郭绍虞《关于中国古典文学理论批评研究的问题(书面发言)》,林庚《两点想法(书面发言)》,等等,[1] 彼此从各自不同的视角对上述座谈会的主题作了深化。其他相关论文尚有:王俊年、梁淑安、赵慎修《建国三十年来近代文学研究的回顾》(《文学评论》1980年第3期),丁振海《〈水浒〉研究三十年简评》(《文学评论》1979年第6期),刘梦溪《红学三十年》(《文艺研究》1980年第3期),王志良、方延曦《评〈红学三十年〉》(《文学评论》1981年第3期),等等。关于新中国成立三十年学术反思的重要著作成果,则是卢兴基主编《建国以来古代文学问题讨论举要》的编写与出版,此书"前言"明确提到"广大古代文学研究工作者既承认三十年来古代文学研究的不应忽视的成绩和进展,也看到了它的不足,提出了诸如打破单一的封闭的社会学研究的方法等意见",可以为证。作者根据新中国成立以来诸多学术讨论成果梳理和归纳列为二十五个专题,然后约请学界著名专家分工撰写,大致反映了新中国成立三十年来古代文学讨论与争鸣的主要问题与成果。[2] 此外,需要补充一下的是,就在新中国成立三

---

[1] 参见《继续解放思想把古典文学研究提高到一个新水平——中国古典文学研究座谈会综述》,《社会科学战线》1980年第4期。

[2] 卢兴基主编:《建国以来古代文学问题讨论举要·前言》,齐鲁书社1987年版,第1—4页。

十、四十周年之间，尚有章培恒《对中国古典文学研究的展望》一文，发表于《复旦学报》1984年第5期，在对新中国成立三十五年来中国古典文学研究的成就与不足加以简要总结的基础上，以明代文学研究为例作了重点展望。

第三个重要节点是1989年新中国成立四十年之际的学术总结与反思。同年5月16—20日，由《文学遗产》编辑部、北京师范大学中文系及古籍研究所、信阳师范学院中文系及古籍研究所联合举办了"建国四十年古代文学研究反思讨论会"，旨在回顾和总结四十年来古代文学研究的成就、经验和教训，重点探讨古代文学研究在改革开放时期如何更新研究观念，改进研究方法，开创古代文学研究新局面的问题。会议设置了如下三个重要议题：一是关于新中国成立以来古典文学研究模式与方法的反思；二是对于新中国成立以来古典文学的指导思想和"古为今用""百家争鸣"方针的反思；三是如何通过深刻的反思实现学科研究的根本突破问题。[①] 与会代表还就中老年学者与青年学者之间是否存在"代沟"问题进行了分析，认为"代沟"是客观存在的，但不是绝对不能逾越的。老一辈学者功底厚，但有一个观念更新的问题。青年学者接受新思想较快，但也要多读书，积累知识，打下扎实的基本功。《文学遗产》主编徐公持在会议闭幕式的总结发言中尤其强调了学科本体理论建设的重要性，认为一个学科没有成熟的、完整的本体理论，不成其为学科，而只能成为其他学科的附庸。历史悠久、力量雄厚的古典文学研究界应努力建设自己的本体理论；同时对研究工作中的近代意识、历史意识、参与意识、主体意识以及不同年龄层次学者各自的研究特点等问题发表了自己的意见。此外，还可重点关注王齐洲《强化古典小说研究的文化意识——四十年古典小说研究反思》（《天津社会科学》1989年第5期）与罗宗强、卢盛江《四十年古代文学理论研究的反思》（《文学遗产》1989年第4期），两文分别侧重于古代小说与文学理论研究的总结与反思。

---

① 闻涛：《在历史反思中推进学科本体理论建设——建国四十年古典文学研究反思讨论会概述》，《文学遗产》1989年第4期；宗文：《建国四十年古代文学研究反思讨论会综述》，《信阳师范学院学报》1989年第2期。

第四个重要节点是1999年新中国成立五十年之际的学术总结与反思。如前所述，由于当时正处于21世纪前夕，整个学术界为世纪百年的学术反思与展望所笼罩，所憾缺少关于新中国五十年古代文学研究整体性回顾与展望的专题论著，相关之作有张炯《文学科学的大踏步前进——对新中国五十年文学研究的回顾》（《文艺研究》1999年第5期）、刘扬忠《新中国五十年的词史研究和编撰》（《文学遗产》2000年第6期）、葛景春《李白研究五十年》（《山西大学师院学报》2000年第3期）、陈友冰《海峡两岸唐代文学研究史1949—2000》（广西师范大学出版社2001年版）等。张文开宗明义地提出："文学作为国家规定的人文科学的一级学科，它涵盖文学理论、文艺美学、比较文学、文学批评、中国历代文学史、中国文学的文体研究、中国民间文学、中国儿童文学、中国各少数民族文学等二级学科"，然后率先从新中国五十年文学学科的发展并上溯20世纪以来文学科学现代化的过程进行历史回顾与学术总结，力图对各分支学科取得的成绩加以概括，同时对存在的问题和历史的经验教训提出自己的思考，认为新中国文学科学最重要的成就是进一步把自己奠定在现代科学成果特别是马克思主义世界观和方法论的基础上，从而使整个学科产生划时代的深刻变化；经数代学者的努力，业已建立起现代文学科学比较齐全的二、三级学科，并不断深化、不断填补以往的空白和薄弱环节，向交叉性边缘性的新领域拓展。作者最后强调指出，未来文学科学的发展一定要继续坚持理论联系实际、解放思想、实事求是，充分尊重文学科学的特点和规律，兼顾微观和宏观的研究，进一步协调发展，作为系统工程来组织实施。在此，中国古代文学（即中国历代文学史）既以二级学科被统一纳入"文学"一级学科之中加以审视与总结，又在文学史研究领域的重点回顾与论述中充分凸显了其重要分量与地位。此外，张文还在总结新中国成立以来文学科学的巨大发展时，特别提到对半个世纪前中国文学研究主要限于汉族文学的重大突破——新中国成立后对藏族与蒙古族史诗《格萨（斯）尔》、蒙古族史诗《江格尔》、柯尔克孜族史诗《玛纳斯》、南方云贵一带的少数民族长篇叙事诗《阿诗玛》以及近年发现的江汉流域的《黑暗传》和吴越一带的几十部民间长篇叙事诗等的收集、整理和研究，完全改变了以往中国没有史诗与长篇叙事诗的结论。应该说，人们走向对于中华各民族文学的丰富多彩的认识,也正是新中国各族各地区文学研究工作者五十年来共同努力的结果。① 总之,作者明确提出"文学"学科观以及"文学—中国历代文学史"一级、二级学科的划分,有力弥补了此前普遍重视学术研究而忽视学科建设的不足;而文中基于"少数民族史诗"而提出"中华各民族文学"的大文学史观,对于后来的"中华文学"以及"边缘活力"新概念的形成与传播,亦有开启先声之意义。与张文所论"新中国五十年文学研究"包含古代文学内容不同,刘文与陈著则是涉及古代文学研究的某一方面。陈友冰另有《台湾五十年来古代文学研究观念的演进及思考》一文,将台湾五十多年来古典文学研究观念的演进和变化划分为三个阶段:第一阶段从20世纪40年代末到60年代末(1949—1969),第二阶段为70年代到80年代中期(1970—1986),第三阶段从80年代中期到20世纪结束(1987—2000)。其演进的基本特征是:考据、笺证、集释等实证方式和"知人论世"的史传批评方法从传统的主导地位逐渐发生动摇和消解,新的研究观念和以"新批评"为主的研究方法由潜在发生到活跃壮大,经过与传统的研究观念和方法一番撞击、论辩之后,开始出现一种多元和多变的格局,并出现一种向传统观念和方法回归和融合的倾向。② 此文首次对于五十年来台湾古代文学研究观念演进所作的系统梳理与总结,蕴含着传递学术信息与学理思考的双重价值。同时不禁联想到此前一年台湾学者龚鹏程主编《五十年来的中国文学研究》(学生书局2001年版)的问世,此书收于《台湾学生书局四十周年纪念丛书》,系为纪念台湾学生书局四十周年而作。全书包括20世纪五六十年代中国古典文学研究概况、70年代中国古典文学研究概况、80年代中国古典文学研究概况、90年代中国古典文学研究概况、汉魏六朝文学研究概况、唐宋文学研究概况、中国文学史研究概况、文学理论研究概况、文学资料及文献目之整理概况、域外汉文小说研究概况。基本上

---

① 张炯:《文学科学的大踏步前进——对新中国五十年文学研究的回顾》,《文艺研究》1999年第5期。
② 陈友冰:《台湾五十年来古代文学研究观念的演进及思考》,《中国社会科学》2002年第1期。

涵盖了台湾五十年古代文学研究的重要领域，内容宏富，论述精到，可与陈友冰《台湾五十年来古代文学研究观念的演进及思考》一文相参看。

第五个重要节点是 2009 年新中国成立六十年之际的学术总结与反思。为隆重庆祝新中国成立六十年，中国社会科学出版社经过系统谋划与多方协调，正式启动了《中国哲学社会科学学科发展报告》，这是从更高层面对新中国成立六十年中国社会科学学科建设与学术研究成果的一次全面系统深入的学术史总结，梅新林、曾礼军、慈波等应邀承担了《当代中国古代文学研究（1949—2009）》的撰写。此书以新中国成立、改革开放、世纪之交三大时间节点为坐标，以新中国成立六十年来的学术主潮演变为主线，对古代文学研究新学术传统的确立、社会学研究主潮的兴盛及其政治化蜕变，改革开放后古代文学研究的学术转型、美学意识的先锋突起、新方法热的广泛影响、文化批评的持续繁荣、学科交融的多元拓展、中外比较的深度透视、文学本位的内在回归，以及世纪之交的百年反思与新世纪的最新趋势作了纵向梳理和揭示，对古代文学文献整理与研究、古代文学史著作与理论作了专题归纳和评述，重在把握学术主潮之理念与范式的交融轨迹与演变规律，系统总结古代文学研究的主要成就与经验教训，以期起到辨章学术、考镜源流与启思未来的重要作用。与此有所不同的是，刘跃进《弘扬民族精神，探寻发展规律——古典文学研究六十年感言》则以 1979 年为界，将新中国成立六十年来的古代文学研究划分为前后两个时期，然后归结为彰显坚强乐观的民族精神、探寻中国文学的发展规律两条主线。[①] 一方面，20 世纪五六十年代关于人民性、爱国主义的讨论，八九十年代关于人性、人道主义、文学主体性、人文精神的讨论，正是对这种民族精神、民族气度的彰显。这是新中国成立六十年来古典文学研究最重要的收获，不仅不宜轻易否定，而且在社会主义核心价值体系建设过程中，我们更应该大力挖掘和积极倡导这种民族精神。另一方面，新中国成立六十年来的古典文学研究，一直遵循着另一条主线的展开，那就是努力探寻中国文学自身发展变化的一般规律，希望在世界文学大家庭中寻找

[①] 刘跃进：《弘扬民族精神，探寻发展规律——古典文学研究六十年感言》，《文史知识》2009 年第 7 期。

到自己应有的位置。事实上，从 20 世纪 50 年代初举办的屈原逝世 2230 周年纪念活动，到 60 年代围绕着唐诗繁荣问题的讨论、80 年代关于宏观文学研究的讨论等，尽管论题不同，但是目的是一样的，都在寻求中国文学的民族特色和文化价值，为当前的文学创作与文学理论建设提供了积极的借鉴意义。这种探索，也为共和国的学术文化研究留下了宝贵的精神财富。作者最后强调指出，进入 21 世纪之后，学术转型已经蓄势待发。最明显的三点变化表现在，第一，我们已经不满足于对浅层次艺术感的简单追求，而更加注重厚实的历史感；第二，我们也已经不满足于对某些现成理论的盲目套用，而更加注重文献的积累；第三，努力寻求中国文学理论体系及中国文学研究格局的构建方法和途径。在这个探索的过程中，学者们普遍认为，尽早实现马克思主义文学理论的中国化，从而有效地指导中国文学研究实践，是新世纪文学研究中国化的历史选择。在回顾中国古典文学研究六十年之际，我们日益清晰地看到了这种历史的前景。① 其他相同主旨的重要论著尚有：谭家健《六十年来中国古代散文研究之一瞥》（《江西师范大学学报》2009 年第 3 期），陈斐《60 年社会批评视野下的古典文学研究——由人民性、阶级分析范畴切入的考察》（《学术研究》2009 年第 12 期），赵建忠《新中国红学研究六十年》（《河北学刊》2009 年第 1 期），梅新林、曾礼军《红学六十年：学术范式的演变及启示》（《红楼梦学刊》2010 年第 4 期），梁庭望、汪立珍、尹晓林《中国民族文学研究 60 年》（中央民族大学出版社 2010 年版）。其中梁庭望等所著《中国民族文学研究 60 年》旨在回顾和总结新中国成立六十年来少数民族文学研究的历史进程与重要成就，依次归结为：从多元到整合的文学理论、从无到有的民族文学学科建设、从搜集到整理的资料积累、从单一到繁荣的发展趋向、从课堂到社会的文学辐射，书后还附有"中国文化板块结构示意图"，从而对以往民族文学学术史的缺陷作了有效弥补。

第六个重要节点是 2019 年新中国成立七十周年之际的学术总结与反思。2019 年新中国成立七十周年之际，也是新时期改革开放四十年的第

---

① 刘跃进：《弘扬民族精神，探寻发展规律——古典文学研究六十年感言》，《文史知识》2009 年第 7 期。

二年，又是 21 世纪 10 年代的最后一年，彼此之间前后衔接，而新中国成立七十周年的重要节点正好处于以上两者之间，显然有助于新一轮学术总结与反思的兴起。2019 年 5 月 26 日，中国社会科学院文学研究所在京召开了"纪念中国文学研究 70 年"学术研讨会，中国社会科学院学部委员、文学研究所所长刘跃进在主题演讲中指出，我们在总结新中国七十年中国文学研究辉煌业绩时，不仅仅是在改革开放四十年基础上再简单地往前推三十年，而是有着更为深远的意义。可以这样说，没有前三十年的坚实基础，就不可能有后四十年的历史辉煌。我们必须把七十年作为一个整体，甚至还要上溯一百年，才能完整准确地勾画出中国文学研究七十年走过的历史进程和时代意义。然后将七十年的成就归纳为以下三个方面：确立马克思主义的指导地位，这是七十年来中国文学研究学术体系建设的思想基础；在科研队伍、学科规划、资料编纂、成果评价等方面，积极组织策划，开创崭新局面，这是七十年来中国文学研究学术体系建设的制度保障；遵循学术规律，整合学科优势，夯实研究基础，这是七十年来中国文学研究学术体系建设的重要收获。本次学术研讨会集聚了国内文学研究领域的知名学者，分别从马克思主义文艺理论、中国古代文学和现当代文学研究领域进行了充分研讨。其中古代文学研究方面的论文按其主旨与性质大致可以分为三个序列：一是具有明确时间标示与纪念意味的论文，主要有梅新林《七十年古代文学研究学术反思的重要节点与成果》、葛晓音《由外向内与由内向外——七十年来唐诗发展外因研究的两种切入方式》、周绚隆《人民文学出版社〈聊斋〉出版六十年》、关爱和《中国近代文学研究 70 年》。梅文以回顾新中国成立 70 年来的学术回顾与反思为主体，同时与改革开放四十年、20 世纪百年、21 世纪近二十年的重要节点相交集与相衔接，旨在通过系统梳理古代文学学科的历史进程与趋势，深入总结古代文学研究的主要成就与经验，以此为推进中国古代文学的学科体系、学术体系、话语体系建设具有重要的借鉴与启示意义；葛文从"由外向内"与"由内向外"两种切入方式，对七十年来唐诗发展外因研究作了回顾与总结；关文将七十年近代文学研究划分为前三十年（1949—1979）与后四十年（1980—2019）两大时段，分别归结为单一叙事模式与多元叙事模式—视野下的近代文学研究而展开回顾和论述；周文以

1956年人民文学出版社所属作家出版社出版《聊斋志异》为起点，对人民文学出版社出版《聊斋志异》的六十年历程与成果作了系统梳理与评述，通过个案研究而反映出了出版传播领域中的诸多信息。二是虽无明确时间标示却具纪念意味的论文，主要有李浩《中国园林文学研究的现状与展望》、胡传志《古代北方民族文学略论》、徐希平《古代西南少数民族汉语诗文略论》，分别侧重于古代园林文学、少数民族文学研究的学术回顾、总结与展望。三是没有明确时间标示与纪念意味而是聚焦于重要论题的论文，主要有左东岭《中国古代文学的原发性问题研究》、谢思炜《文学史研究的学理性思考》、刘明华《古代文学研究在当代文化建设中的贡献与责任》、过常宝《"诗言志"作为一个文化纲领》、王兆鹏《还原唐宋文学的历史场景》，都是在纪念新中国成立七十周年的学术史框架中提出新的论题、新的思考、新的观点，富有启示意义。尤其是王兆鹏关于建构唐宋文学的知识图谱、还原唐宋文学的历史场景的PPT现场演示，颇具学术冲击力与震撼力。本次会议以及上述论文集中体现了新中国成立七十年来学术总结与反思的最新成果与导向。

由于新中国成立七十年的学术总结与反思目前还处于"进行时"中，除了我们正在撰写《当代中国古代文学研究（1949—2019）》之外，《文学遗产》《河北学刊》等将会陆续刊出相关学术史研究论文。《文学遗产》将古代文学研究划分为先唐、唐宋元、明清三大时段，于2019年第5期刊出傅道彬《七十年来先唐文学研究概观》韩经太《七十年来唐宋文学研究的历史启示》、吴承学《明清诗文研究七十年》、梅新林《收获与启示：明清小说戏曲研究七十年》等文，从而构成了新中国成立七十年古代文学研究学术总结与反思的完整序列。

二

在新中国成立七十年来古代文学研究的学术总结中，同时交织着改革开放四十年、20世纪百年、21世纪近二十年三个层面的学术总结与反思。尽管彼此的时段、重心、方式与结论多有不同，但都离不开对中国古代文学研究总体发展历程和趋势的回溯与展望，彼此一同孕育和催生了中国古代文学学术史研究的丰硕成果，可以相互比较，相互借鉴，相互吸纳。

（一）改革开放四十年的学术总结与反思

与新中国成立七十年相交织的第一个层面是对改革开放四十年（1978—2018）古代文学研究的学术总结与反思。20 世纪 80 年代改革开放初期，习惯上称之为"新时期"，而后相继沿用至 21 世纪 10 年代而普遍改称为"改革开放时期"，其间的学术史研究之名也相应地经历了从"新时期"到"改革开放时期"的变化。由于改革开放四十年主要处于新中国成立七十年间后期，所以就改革开放四十年这一重要时段而言，可以作为新中国成立七十年学术总结与反思的拓展和提升。

首先是在 1988 年新时期十周年之际，沈伯俊于《社会科学研究》1988 年第 6 期发表了《近十年古代小说研究的回顾与展望》一文，明确提出以十一届三中全会为起点的新时期，带来了中国人民思想的大解放，也带来了中国古典文学研究的复苏和繁荣。它所取得的丰硕成果，已经受到国内外学术界的广泛关注；它的经验与教训、希望与困难，正在引起人们的认真思考；而它的发展走向，必将对整个中国古典文学研究产生巨大的影响。然后至 1991 年，《文学评论》编辑部于同年第 2 期约请陈贻焮、郭预衡、沈玉成、邓绍基、宁宗一五位学者参与"关于新时期古典文学研究的笔谈"，随后刊出了陈贻焮《新时期古典文学研究的成就和方法论问题》、郭预衡《再谈我对古典文学研究的看法》、沈玉成《新旧之间的随想》、邓绍基《新方法与融会贯通》、宁宗一《关于古典文学研究现状的思考》五篇笔谈文章，内容涉及新时期古典文学研究的成就与不足、古典文学研究的方法论、当前古典文学研究的现状等问题。同年 12 月，《文学评论》编辑部又与云南大学等七所高校举办了"新时期古典文学研究的回顾与展望"学术讨论会，围绕新时期古典文学研究的成就、存在的问题、发展方向等论题展开了广泛的研讨。[①]

1998 年本是"新时期"二十周年的重要年份，但学术界的学术反思相对有些滞后，两年后即至 2000 年，刘跃进在《新时期中国古典文学研究的回顾与展望》一文中率先对新时期二十年古典文学研究艰辛而辉煌

---

① 李辉、许云和：《回顾反思，开拓进取——记新时期古典文学研究回顾与展望讨论会》，《文学评论》1992 年第 2 期。

的历程作了系统总结,并将其划分为新时期开始到80年代初期、80年代中后期以及80年代末叶90年代初三个阶段,在充分肯定学术梯队的建立、多元格局的形成以及学术水准的提高等重要成就的同时,指出了忽视学术积累的意义、凭空高论与钻牛角尖得出偏颇结论两大问题。① 此后陆续问世的相关论著主要有:胡建次、潘牡芳《新时期以来中国古典文学学术史研究述略》(《社会科学家》2004年第4期),黄鸣《新时期中国古代文学心态研究述略》(《学术论坛》2005年第8期),陈友冰主编《新时期中国古典文学研究述论》(商务印书馆2006年版),等等。再如冯孟琦《20世纪80年代以来我国唐代传奇小说研究综述》(《华南师范大学学报》2004年第1期)、罗勇珍《20世纪80年代以来宋元话本小说研究综述》(《广东农工商职业技术学院学报》2007年第3期),尽管没有明确标示"新时期",但实际上是以"新时期"的1978年为起点,可以归入"新时期"古代文学研究的学术反思之作。以上论著从各自不同的视角对新时期古代文学研究成果作了简要的梳理和总结,尤以陈友冰主编四卷本《新时期中国古典文学研究述论》最为厚重,全书共计四卷,依次为"先秦汉魏六朝"、"隋唐五代卷"、"宋辽金"与"元明清近代",对新时期古典文学研究的历史进程与主要成就作了系统梳理与总结,书后还附有新时期古典文学研究论著要目索引,具有学术集成之价值。

与"新时期"二十周年有所不同的是,学界提前启动了"新时期"三十年古代文学研究的总结与反思工作,而且同时出现了"新时期"与"改革开放"三十年的不同冠名。先是《文学遗产》2008年第1期新辟"古典文学研究三十年"栏目,约请有关专家、学者就若干重大理论问题和学术实践问题进行宏观探讨,旨在为转型时期的中国古典文学研究提供历史经验的借鉴。本期先行刊发了袁行霈《走上宽广通达之路——新时期古代文学研究的趋向》、胡明《为最近三十年的中国古代文学研究立块碑石》、徐公持《谈"杂文学化"与"边缘化"》、汪涌豪《文学史研究的边界亟待拓展》、蒋寅《古代文论研究的回顾与前瞻》等文。至第4期又刊出邓绍基《永远的文学史》、黄天骥《解放思想,继续开拓——兼谈

---

① 刘跃进:《新时期中国古典文学研究的回顾与展望》,《许昌师专学报》2000年第6期。

"边缘化"问题》、孙逊《期待突破：新时期古代小说研究的问题与思考》等文。《文学评论》亦于2008年第4期新设"新时期三十年中国文学研究"栏目，其中有载关爱和、朱秀梅的《中国近代文学研究三十年》一文。同年4月18日至20日，由中国社会科学院文学研究所同河南大学文学院联合主办的"改革开放30年与中国文学研究"研讨会于在河南省开封市召开，30多所高等院校和研究机构的80多位学者参加了会议，与会学者从学科史、学科建设的理论和实践问题、具体的研究领域以及文学现象和作家作品研究等诸多方面，就改革开放三十年来取得的成就、存在的问题和未来的发展趋向等问题进行了探讨和交流。① 而就古代文学研究领域而言，与会学者陈伯海、刘扬忠、刘跃进、关爱和、范伯群、王国健、王长华、竺青、查洪德、张寅鹏、谢昭新、宁稼雨、王宏林、邓红梅、张大新、王宏林、齐文榜、王利锁、张进德、郑永晓等就三十年学术总结与反思发表了意见。陈伯海提出，必须避免单向的阐释思路，拿西方理论硬套中国问题，只有采用"双重视野下的双向关照"的方法才能创造民族的新话语真正以平等的姿态参与全球对话；王长华指出，在社会现代转型中既要积极探索把研究成果推向社会的方式，增强与当代生活的对话能力，回应和支持当前的文化建设，也要鼓励单以学术传承为目的的学术研究以确保学术的独立和纯净，为后续研究提供更准确、权威的研究基础和信息资源；宁稼雨建议建立以中为体的中国叙事文化学的设想：不是照搬西方主题学研究（"AT分类法"）的框架体系，而是从中国文献的实际出发，结合传统的类书分类方法、历史考据学方法和西方的实证主义方法，对西方主题学研究框架进行大的调整；刘跃进重点就贯通文史哲对秦汉时期多元文化的融会与三辅文人群体形成的历史过程做出了精彩的描述和评析，从而深化了秦汉文学的研究；查洪德提议把元代所有文学现象纳入元代文化精神的视角加以整体观照，做通观性研究；关爱和在系统回顾总结三十年近代文学研究的辉煌业绩的同时提出了未来发展的学术理路；竺青充分肯定了古代小说研究在作品的阐释学研究、小说史研究、文献学研

---

① 武新军：《"改革开放30年与中国文学研究"学术研讨会综述》，《文学评论》2008年第4期。

究、小说理论研究、小说学术史研究等方面的显著成绩，并指出阐释学研究面临双重理论困境、文献学理论体系尚不成熟、学术史研究理论水平有待提高等问题。至于独立发表的相关重要论文则有：邱美琼《新时期以来古典文学传播研究述略》（《嘉应学院学报》2007年第1期），卢盛江《新时期30年古典文学基础研究——学术思想和研究方法的思考》（《山西大学学报》2009年第2期），宋皓琨《新时期人性、人道主义讨论与古典文学研究》（《学术交流》2009年第6期），王飞《新时期古代小说研究史述略》（《重庆教育学院学报》2010年第1期），张胜利《从社会历史批评到历史文化学批评——新时期古代文学研究转型考察》（《鲁东大学学报》2011年第2期），黄霖《中国近代文学研究三十年回顾与前瞻》（《中国文学研究》2012年第7期），等等。其中唯有卢文明确标示"新时期30年"，但其余诸文实际上也都是紧扣这一重要节点而展开。

在此，还有必要关注一下国家教育部社会科学委员会主编《中国高校哲学社会科学发展报告（1978—2008）》（文学卷）[①] 所列"30年中国文学研究大事记"，其中有关中国古代文学领域的占有9件：

（1）1980年7月，《社会科学战线》编辑部邀请知名古典文学史家举行中国古典文学研究座谈会，号召"继续解放思想，把古典文学研究提高到一个新水平"。

（2）1981年，国家在高校设立首批博士点。北京大学、南京大学、复旦大学、华东师范大学、山东大学、东北师范大学、南京师范大学、苏州大学和扬州师范学院被国家批准为中国古代文学博士点。复旦大学、中山大学被国家批准为中国各体文学博士点。复旦大学被国家批准为中国文学批评史博士点。北京师范大学被国家批准为民间文学博士点。

（3）1983年，教育部召开全国高校古籍整理研究规划会议，同年11月成立全国高等院校古籍整理研究工作委员会，并在北京大学、杭州大学、南京师范大学和上海师范大学设置了古典文献专业，至1985年，在全国20所高校建立了古籍整理研究机构。

[①] 国家教育部社会科学委员会主编：《中国高校哲学社会科学发展报告（1978—2008）》，广西师范大学出版社2008年版。

（4）1982年，《全清词》编纂由国务院古籍整理出版规划小组立项。至1994年《全清词》（顺康卷）开始出版，2002年出齐。

（5）1988年，四川大学古籍所编纂的《全宋文》开始出版，至2006年出齐。

（6）1988年，北京大学、南京大学中国古代文学学科被批准为首批中国古代文学国家重点学科；北京师范大学民间文学学科为首个民间文学国家重点学科；北京大学古典文献学学科为首个古典文献学国家重点学科。

（7）1991年，北京大学古文献所编纂的《全宋诗》开始出版，至1999年出齐。

（8）1999年，复旦大学中国古代文学研究中心、北京大学中国古文献研究中心被评为教育部普通高等学校人文社会科学重点研究基地。

（9）2001年11月，复旦大学中国古代文学研究中心和浙江师范大学中国文学与文化研究所在上海联合举办"中国文学古今演变研究"国际学术研讨会，标志着学科的延伸与拓展。

三十年间归结为9件事情，这是以另一种方式对新时期古代文学学术研究与学科建设成就的简要总结，富有参考价值。

2018年，是"新时期"或"改革开放"四十周年的关键节点，但学界已普遍舍弃了"新时期"而倾向于"改革开放"之名。为了总结改革开放四十年来古代文学研究的经验与成就，中国社会科学院文学研究所先后举办了两场座谈会。第一场是10月8日在中国社会科学院文学研究所召开的"改革开放40年古代文学研究座谈会"，《文学遗产》编辑部特别邀请了20世纪40年代、50年代、60年代出生的14位在京古代文学研究专家，作为改革开放四十年来古代文学研究的亲历者出席会议。中国社会科学院学部委员、文学研究所所长、《文学遗产》主编刘跃进主持了本次座谈会，提出改革开放四十年是一个重要节点，因为从口述史的角度看，四十年是一个时代的重要门槛。今天站在这个门槛回顾改革开放以来的古代文学研究，尤其重要。石昌渝、陶文鹏、葛晓音、詹福瑞、赵敏俐、郭英德、张晶、左东岭、刘跃进、刘勇强、廖可斌、杜桂萍、刘石、刘宁14位专家出席会议并先后发言，主要围绕以下四大主题而展开：一是改革开放为古代文学研究带来的发展契机；二是四十年来古代文学研究所取得的重要成就；三是当前古代文学研究存在的主要问题；四是未来古代文学研究的展望。与会学者对改革开放四十年来古代文学研究所取得的巨大成就包括领域的拓展、方法的更新、质量的提升等予以充分肯定，甚至可以称之为百年来古代文学研究最活跃、最有成绩的时期，但同时指出了普遍存在的问题与不足，包括学科重新定位、文献整理回归、研究方法突破以及研究者的历史使命与现实关怀等问题，并提出了相应的意见与建议。① 另一场"改革开放四十年古代文学研究中青年学者座谈会"于10月31日在中国社会科学院文学研究所举行，座谈会由《文学遗产》副主编竺青主持，中国社会科学院文学研究所所长、《文学遗产》主编刘跃进致辞。应邀与会的十五位青年学者一同总结了四十年来古代文学研究的重要成就和宝贵经验，对当下古代文学研究中存在的一些问题展开思考，并结合各自的学术专长对未来古代文学研究作了展望，论题大致与10月8日举行的座谈会相近，但从青年学者的立场与视角出发，自然会有不同的感悟与见解。尽管离竺青在会议总结时提出的梳理古代文学学术谱系的更高要求尚有一定的差距，但与会学者就古代文学研究的问题、突破与前瞻所提出的种种意见不乏真知灼见，多有启示意义。②

在以上两场座谈会之后，与会代表的发言文稿连续刊载于《文学遗产》上，其中同载于《文学遗产》2019年第1期的有：石昌渝《古代文学研究四十年的思考》、陶文鹏《加强创新、融通与理论研究》、葛晓音《在开放中走向成熟》、詹福瑞《回归文学研究——改革开放四十年的古代文学研究》、赵敏俐《加强古代文学研究的理论建设和人文关怀》、郭英德《守正出新：四十年中国古代文学研究随想》、张晶《阐释：作为古

---

① 陈菁霞：《学界总结改革开放40年古代文学研究》，《中华读书报》2018年10月17日；孙少华：《理熟须嬗变，复归启新知——"改革开放四十年古代文学研究座谈会"综述》，《文学遗产》2019年第1期；《中国古代文学研究：新时代新起点——"改革开放四十年古代文学研究座谈会"综述》，见 http：//wxyc. literature. org. cn/home/show？ ChannelID = 231&ContentID = 14187&ActionName =（《文学遗产》网络版）。

② 马昕：《"'贯彻十九大精神总结四十年成就'古代文学研究中青年学者座谈会"综述》，《文学遗产》2019年第2期；《潮平两岸阔，风正一帆悬——改革开放四十年古代文学研究中青年学者座谈会综述》，http：//www. sohu. com/a/272509049_ 672023。

代文论的提升途径》;同载于《文学遗产》2019年第2期的有:左东岭《走向成熟的中国古代文学研究》、刘勇强《古代文学的功能定位与研究思路》、廖可斌《构建古代文学研究的健康生态》、杜桂萍《古典戏曲研究四十年:"让思想冲破牢笼"》、刘石《对古典文学研究发展趋势的两点认识》、刘宁《用改革的活力与理性激扬学术个性》。与上述诸文以问题为导向的专题性发言不同,陈文新与潘志刚《改革开放四十年中国古代文学研究》、刘跃进《中国古典文学研究四十年》等文则普遍侧重于对改革四十年古代文学研究的系统回顾、总结与展望。前文率先从"文学史研究与编纂"、"古代文学文献的整理与研究"、"唐诗、宋词和明清小说名著迅速成为研究热点"、"辞赋研究、散文研究和文言小说研究渐入佳境"和"唐诗之外的古典诗研究"等五个方面对四十年古代文学研究作了全面系统的总结;① 后文则将四十年来古代文学研究成就归纳为:在经典中寻找方向,在传统中汲取力量,在创新中积累经验,在回归中实现超越。从宏观发展趋势看,这种研究呈现回归经典的历史趋势、中华文学的观念建构、文献整理的时代特色和理论研究的强势回归等特征。②

在新中国成立七十年的历史时段中,改革开放四十年占有特别重要的分量,古代文学研究也是如此,从前三十年的社会学—政治学批评范式为主导到后四十年的学术复兴、理论自觉与多元发展,明显烙上了改革开放特定时代精神的印记,也是改革开放特定时代学术成果的集中体现。

(二) 世纪之交百年的学术总结与反思

与新中国成立七十年相交织的第二个层面是对20世纪百年(1900—1999)中国古代文学研究的学术总结与反思,后者的终点与新中国成立五十周年相衔接,而其起点则向前延伸至20世纪之初,彼此有半个世纪的重合,因而可以视为对新中国成立七十年学术总结与反思的扩容和提升。

20世纪整体文学史观的建立,可以上溯至1985年陈平原与钱理群、

---

① 陈文新、潘志刚:《改革开放四十年中国古代文学研究》,《孔学堂》2018年第3期。
② 刘跃进:《中国古典文学研究四十年》,《深圳大学学报》2019年第1期。

黄子平首次提出的"20世纪中国文学"概念①，然后由此转向"重写学术史"的理论思考与实践探索，从而引发了20世纪80—90年代的"重写学术史"大讨论。然后至90年代后半期，明确标以"世纪反思"的讨论正式启动，由高校、科研机构、出版社、期刊界等联手营造了一场声势浩大的世纪反思浪潮，无论是涉及面之广阔还是反思度之深刻，都是以往所无法比拟的。20世纪中国古代文学学术反思之所以特别重要，是因为在此百年之间同时经历了走向现代与走向世界的划时代变革与重建，诚如谭邦和《20世纪中国古典文学研究学术史初议》一文所言：20世纪的中国古典文学研究，不仅从时间上走到了现代，而且从空间上走向了世界。这一百年的中国古典文学研究学术史，也因而有了与此前几千年的中国古典文学研究学术史很不相同的研究价值，是一个具有特殊意义的学术断代。因此，"在世纪之交及时进行20世纪中国古典文学研究学术史的研究，有着十分紧迫的战略性的现实理论意义和实践意义，对20世纪中国古典文学研究历史经验、历史教训的回顾总结和理论反思，是建设21世纪中国古典文学研究新学术的新的逻辑起点，是21世纪中国古典文学研究攀登新境界的必要精神准备"②。这实际上是为20世纪中国古典文学研究学术史进行学术定位。

为了主动适应20世纪百年学术反思的需要，《文学评论》《文学遗产》《文史哲》《北京大学学报》等纷纷专门开辟了"百年学术""学术史回眸""当代学术纵览""学术回眸与反思""跨世纪中国古代文学研究走向"等专栏，约请相关专家、学者笔谈。有关20世纪百年学术反思的学术会议更是此起彼伏，盛况空前，举其要者有：1995年10月29日至11月3日由扬州大学中国文化研究所主办、扬州市郊区政府协办的"世纪之交的中国古代文学研究"学术讨论会③；1996年9月12日至17日由中国社会科学院文学研究所、中国社会科学院边疆史地研究中心等举

---

① 黄子平、陈平原、钱理群：《论"二十世纪中国文学"》，《文学评论》1985年第5期。
② 谭邦和：《20世纪中国古典文学研究学术史初议》，载董乃斌等主编《中国古典文学学术史研究》，新疆人民出版社1997年版。
③ 《世纪之交的中国古代文学研究》，《扬州师院学报》1996年第2期。

办的"世纪之交中国古典文学及丝绸之路文明"国际学术讨论会[1]；1996年10月26日由《文学评论》编辑部与南开大学中文系联合举办的"中国古代文学研究的回顾与前瞻"研讨会[2]；1997年4月20日由中国社会科学院文学研究所《文学评论》编辑部和上海师范大学人文学院联合举办的"世纪之交：中国古代文学研究的回顾与前瞻"研讨会[3]；1997年8月12日至17日由中国古代文学学会筹备委员会、《文学遗产》编辑部与黑龙江大学举办的"二十世纪中国古代文学研究回顾与前瞻研讨会"[4]；1999年12月11日北京大学中文系古代文学学科举办的"世纪之交古代文学研究的回顾与展望"座谈会[5]；2004年12月23日由黑龙江大学与《文学评论》编辑部联合举办的"二十世纪中国古代文学学术史研讨会"[6]；2005年3月由中国社会科学院文学研究所《文学评论》编辑部和西南师范大学文学院联合举办的"百年中国文学研究回顾与反思研讨会"[7]；等等。以上部分会议论文集随后正式出版，比如1996年举行的"世纪之交中国古典文学及丝绸之路文明"国际学术讨论会会议论文集于1997年由新疆人民出版社出版；1997年举行的"二十世纪中国古代文学研究回顾与前瞻研讨会"会议论文集题为《百年学科沉思录：二十世纪中国古代文学研究回顾与前瞻》，于1998年由人民文学出版社出版。其中2004年12月23日由黑龙江大学与《文学评论》编辑部联合举办的"二十世纪中国古代文学学术史研讨会"，旨在为推进黑龙江大学古代文学学

---

[1] 田杉：《"世纪之交中国古典文学及丝绸之路文明"国际学术讨论会综述》，《文学遗产》1997年第1期。
[2] 陶慕宁：《"中国古代文学研究的回顾与前瞻"研讨会综述》，《文学评论》1997年第1期。
[3] 李时人：《"世纪之交：中国古代文学研究的回顾与前瞻"研讨会综述》，《文学评论》1997年第5期。
[4] 韩式朋：《"二十世纪中国古代文学研究回顾与前瞻研讨会"综述》，《文学遗产》1998年第1期。
[5] 葛晓音、张少康：《世纪之交古代文学研究的回顾与展望——北京大学古代文学学科部分青年教师座谈会纪要》，《北京大学学报》2000年第5期。
[6] 胡元翎：《"二十世纪中国古代文学学术史研讨会"纪要》，《文学评论》2005年第2期。
[7] 黄菊、饶馥婷：《百年中国文学研究回顾与反思研讨会综述》，《文学评论》2005年第2期。

科承担的国家社科基金重点项目"二十世纪古典文学学科通志"的顺利进行，但也是为了认真总结国内当今中国古代文学学术史研究的经验与存在的问题，准确把握中国古代文学学术史研究的态势与走向，并对学术精神的重铸提出了更高的期许，正如胡明所言："研究20世纪的学术史是为21世纪的学术发展铺开一条新路，我们更应意识到，改造我们的学术的同时，也在重铸我们的精神。"[①]

在20世纪学术史研究方面，最为引人注目的是一批属于整体性乃至集成性研究成果的陆续问世，早在1997年，赵敏俐、杨树增《20世纪中国古典文学史研究史》（陕西人民教育出版社1997年版）先行出版。此书旨在从宏观上阐述发生在20世纪古典文学研究领域里的重大革命和发生在研究者头脑中的深刻思想变化的历史轨迹，阐明20世纪古典文学研究的鲜明时代特征和它在弘扬优秀民族文化传统中的重要作用，并为21世纪的古典文学研究提供研究方向上和方法上的借鉴，亦是世纪之交中国古典文学史研究史的奠基之作。继之者有吕薇芬、张燕瑾主编《20世纪中国文学研究》（北京出版社2001年版），黄霖主编《20世纪中国古代文学研究史》（东方出版中心2006年版），刘敬圻主编《20世纪中国古典文学学科通志》（山东教育出版社2012年版），等等。其中黄霖主编《20世纪中国古代文学研究史》按文体分为总论、诗学、词学、散文、小说、戏曲、文论七卷，各卷作者在叙述各种文体的学术研究发展史时，多能将客观历史回顾、理论的深度阐释以及个人的学术见解融汇一体。尤其是主编在《总前言》中站在世纪学术的高度，运用历史唯物主义和唯物辩证法，对百年中国古代文学研究中的九大问题，一一作了相当深入的研究，具有重大的理论价值和实践意义。[②] 此外，由福建人民出版社出版的"二十世纪中国人文学科学术研究史丛书"（2005）、百花洲文艺出版社出版"20世纪中国学术论辩书系"（2006）也都囊括了文学研究史著作序

[①] 胡元翎：《"二十世纪中国古代文学学术史研讨会"纪要》，《文学评论》2005年第2期。

[②] 张兵、古风：《通览百年学术著就一部新史——评〈20世纪中国古代文学研究史〉丛书》，《云梦学科》2006年第6期；另参见孙逊、徐中玉、郭豫适等《笔谈〈20世纪中国古代文学研究史〉》，《文学遗产》2006年第4期。

列。前者由傅璇琮主编的《文学专辑》分为《中国诗学研究》《中国古代散文研究》《中国词学研究》《中国古代小说研究》《中国戏剧研究》《中国文学批评史研究》等。以上著作皆为系列丛书，规模宏大，内容丰富，各具特色。

至于相关的学术史研究论文更是不胜枚举，重点从综合与专题性两个方向展开，前者主要有董乃斌《中国文学史百年——回顾与前瞻》（董乃斌等主编《中国古典文学学术史研究》，新疆人民出版社1997年版），徐公持《二十世纪中国古典文学研究近代化进程论略》（《中国社会科学》1998年第2期），郭英德、过常宝《困境和出路：古典文学研究的现代化历程》（《北京师范大学学报》1999年第2期），葛景春《二十世纪中国古典文学研究的回顾和反思》（《中州学刊》2000年第1期），冯保善《百年沉重——20世纪古代文学研究的回顾与前瞻》（《民族艺术》2000年第1期），冯汝常《中国文学史内容和体例建构百年回眸》（《福建师范大学学报》2003年第1期），刘跃进《世纪之交的中国古典文学研究（上、中、下）》（《周口师范学院学报》2003年第3、4、6期），黄霖《中国古代文学研究百年反思》（《复旦学报》2005年第5期），孙琴安《二十世纪中国古代文学研究四大新增长点》（《社会科学》2004年第6期），等等。而后者则尚有断代、分体、专题以及名家名著等不同类型，从不同维度丰富了学术史研究的内涵与形式。由于这些"世纪反思"之作往往在百年回顾与反思的同时包含了未来展望，所以也对新世纪古代文学研究的学术走向产生了深刻影响。

相对于先前各个不同重要节点的学术回顾与总结，世纪之交的百年反思显然具有更为强烈的历史感、整体性与理论性。其中一个最重要的宏观问题就是20世纪古代文学研究的性质，这就不能不涉及"近代化"或"现代化"的概念与学理问题。徐公持在《二十世纪中国古典文学研究近代化进程论略》一文中将20世纪百年学术发展的主线归结于"近代化转型"，认为中国古典文学研究在20世纪内走过了一条由古典型向着近代型不断演变的道路，其近代化进程大体可以划分为四个时期：第一时期为1900—1928年，这是学科近代化的起步时期；第二时期为1928—1949年，这是学科近代化的发展时期；第三时期为1949—1978年，这是学科统一时期，也是近代化的曲折时期；第四时期为1978年到20世纪末，这是学科拨乱反正和多元化发展时期，也是近代化的再发展时期。作者分别对各个时期的学术观念、学术方法、学科成果、学科人才的状况及特征进行了评析，并对中国古典文学研究在近代化进程中的成败得失进行了探讨。① 但更多的学者倾向于从"现代化"或"现代性"的学理维度探讨这一论题。早在1986年，王瑶在全国社会科学"七五"规划会议上提出，文学研究要发展，应当研究中国文学研究的现代化进程，特别要研究近代以来，许多著名学术接受西方文化的影响，在古代文学研究方面取得的成绩、经验和教训。王瑶这一观点受到了学界的高度重视，② 并在其十年后主编出版的《中国文学研究现代化转型》中得到了充分的展现。③ 然后至2002年陈平原主编《中国文学研究现代化进程二编》的出版，在两代之间的学术接力中进一步深化了这一论题。④ 郭英德、过常宝《困境和出路：古典文学研究的现代化历程》则从"现代学科"的特定视角对此做出了世纪反思，认为20世纪前期的学者为了实现古典文学研究的现代化转变，在古典文学研究的实用性、独立性和新的表达形式等方面进行了不懈的努力。要建立一个现代的古典文学研究学科，必须真正地获得一个独立自足的研究领域，自觉地向当代文化提供独特的意义贡献，更多地采用独特的意义揭示方式，积极地寻求面向当代文化的共通的表达方式。⑤ 吕薇芬、张燕瑾在《20世纪中国文学研究》的前言中也同样认同20世纪的文学研究"是从传统的古典型向科学的现代型转化的过程，它与中国社会的转型同步，这种转化的一个明显标志是文学研究从边沿不清、文史哲不分的传统学问中剥离出来，成为一种有独立品格的现代人文科学，这种转变是全面的，从文学观念到研究方法，从思维方式到表达方式都有巨

---

① 徐公持：《二十世纪中国古典文学研究近代化进程论略》，《中国社会科学》1998年第2期。

② 参阅陈平原为王瑶主编《中国文学研究现代化进程》所作《小引》（北京大学出版社1996年版）。

③ 王瑶：《中国文学研究现代化转型》，北京大学出版社1996年版。

④ 陈平原主编：《中国文学研究现代化进程二编》，北京大学出版社2002年版。

⑤ 郭英德、过常宝：《困境和出路：古典文学研究的现代化历程》，《北京师范大学学报》1999年第2期。

大的变化"。然后将这一"现代型转化"过程划分为四个阶段："从世纪之交至1919年的五四运动是起始阶段；五四至1949年中华人民共和国成立，是发展阶段；从1949年至1978年是学术一统化阶段；1978年至今，是学术多元发展阶段。"① 此与徐公持"近代化转型"的四个阶段划分互有异同，彼此可以相互参看。与此同时，也有一些学者重在从"世界性"的学理维度反思与总结20世纪的古代文学研究，傅璇琮、周发祥《中国古典文学走向世界的启示》强调指出，在中外文化交流频繁、日益深入的当今时代，建立开放型的文学研究也已经成为历史的必然。20世纪以来，东西方学者对中国文化固有精神和价值的探索，实际上可以说是两种或两种以上不同文化互相认识和补充。这也成了近代世界史上文化交流的丰富繁复的图景。尤其是作为东方大国的中国，它的悠久的历史文化被世界所认识，以及这种认识的日益深化，这本身就是文化史上令人神往的课题，而对于中国学者来说，更是开拓学术领域，提高学术境界，使之成为中国文学的传统研究与世界现代文明相协调、相接轨的必要途径。有鉴于此，傅璇琮认为世纪之交的一项重要课题就是筹划和撰写一套十卷本的"中国古典文学走向世界"丛书，以期通过一纵一横、纵横交织的探索，最终能够对中国古典文学走向世界这一文化现象，做出较为系统深入、全面细致的描述与探索。②

中国古代文学研究作为20世纪中国学术文化的重要组成部分，伴随着中国悠长的文化传统经历了血与火的考验与洗礼，伴随着东西方文化的交流与碰撞经历了痛苦的蜕变与新生，伴随着中华民族在社会主义道路上的探索经历了曲折的重建与辉煌。其中的后半个世纪与新中国成立以来的历史时段相重合。所以，"世纪反思"中回顾百年以来古代文学研究的成就，总结学术史的经验与教训，同样包含了新中国成立以来半个世纪的学术进程，其未来指向则都在于为了更好地继承优秀传统文化、促进中国古代文学学科建设。

---

① 吕薇芬、张燕瑾主编：《20世纪中国文学研究》，北京出版社2001年版，第1页。
② 傅璇琮、周发祥：《中国古典文学走向世界的启示》，载董乃斌等主编《中国古典文学学术史研究》，新疆人民出版社1997年版。

(三) 新世纪近二十年的学术总结与反思

与新中国成立七十年相交织第三层面是对 21 世纪近二十年（2000—2019）中国古代文学研究的学术总结与反思，后者的起点是 20—21 世纪之交，既与 20 世纪百年反思相衔接，又与新中国成立七十周年同下限，彼此有近二十年的重合，因而可以视为对新中国成立七十年学术反思的深化和提升。

正是由于对 20 世纪的百年反思同时包含了未来展望，所以对于 21 世纪近二十年中国古代文学研究的学术反思可以直接与此相衔接。大致从 2000 年开始，学界纷纷将世纪反思与展望改换为"新世纪"或"21 世纪"。这首先体现在相关学术会议上，诸如 2000 年 5 月上旬由武汉大学人文学院和《文学评论》杂志社联合举办的"21 世纪中国古代文学研究走向及学科发展研讨会"[①]，2000 年 7 月 9 日至 11 日由暨南大学文学院中文系举办的"世纪之初中国古代文学研究的回顾与前瞻学术研讨会"[②]；2001 年 5 月在上海师范大学举行的"新世纪中国古代文学学科建设研讨会"[③]；2001 年 6 月 12 日至 17 日由浙江师范大学、绍兴文理学院与《文学评论》编辑部、《光明日报》文艺部、《新华文摘》编辑部、人民文学出版社古典部、《文艺研究》编辑部、《学术月刊》编辑部等联合举办的"21 世纪中国古代文学研究的前瞻与创新"学术研讨会[④]；2001 年 9 月 14 日至 18 日由新疆师范大学人文学院举办的"新世纪中国古代文学研究走向"学术研讨会[⑤]；2001 年 11 月 28 日由北京语言文化大学（现北京语言大学）人文学院主

---

① 程二行：《21 世纪中国古代文学研究走向及学科发展研讨会综述》，《文学评论》2000 年第 5 期。

② 程国赋：《如何深入拓展古代文学研究——世纪之初中国古代文学研究的回顾与前瞻学术研讨会综述》，《暨南学报》2000 年第 6 期。

③ 参见孙逊、赵维国《新世纪中国古代文学学科建设研讨会在上海师范大学召开》（《上海师范大学学报》2001 年第 3 期）；《推出精品，针砭学风：中国古代文学学科建设研讨会综述》（《文学遗产》2001 年第 4 期）；孙逊、赵维国《世纪之交：学风的反思与总结》（《文学评论》2001 年第 5 期）。

④ 叶岗：《"21 世纪中国古代文学研究的前瞻与创新"学术讨论会综述》，《绍兴文理学院学报》2001 年第 5 期。

⑤ 董晔：《"新世纪中国古代文学研究走向"学术研讨会综述》，《昌吉学院学报》2002 年第 1 期。

办的"中国古代文学思想与新世纪文学理念"学术研讨会①；2004年12月24日至27日由黑龙江大学文学与新闻传播学院、黑龙江大学中国古代文学研究中心主办的"新世纪中国古代文学研究"学术研讨会②；2005年4月6日至8日由徐州师范大学举办的"21世纪中国古代文学研究论坛"③；2007年6月21日至22日由《文学评论》编辑部、《文学遗产》编辑部、辽宁大学文学院主办，辽宁大学文学院承办的"新世纪古代文学学科理念与发展思路研讨会"④；2012年10月27日至28日由中共辽宁省宣传部、辽宁省教育厅主办，辽宁师范大学文学院承办的"新世纪中国古代文学研究的回顾与反思学术研讨会"⑤，等等，由此可见新世纪古代文学研究学术反思与讨论之盛况。

上述学术会议之后多有系列论文发表，比如作为2001年9月14日至18日由新疆师范大学人文学院举办的"新世纪中国古代文学研究走向"学术研讨会的会议成果，《新疆师范大学学报》2002年第1期刊载了郭延礼《新世纪古典文学研究走向的思考》、乔力《古典文学研究之本质意义与唐宋词发展阶段论示例》、薛瑞生《关于"新世纪古典文学研究走向"的思考》、齐裕焜《中国小说史研究在新世纪的走向》、马成生《新世纪古代小说研究应注意的三个问题》、陈彩玲《应当关注中国古代戏曲导演理论的研究》、王一之《新世纪古代民族文学研究刍议》、何积全《在新世纪应把古代少数民族大学纳入中国文学史的范畴来研究》、张伯伟《加强中国古代文学批评方法的研究》、戴伟华《在新世纪应加强交叉学科的古典文学研究》等文。另外比较常见的是笔谈方式，2002年第11期《江汉论坛》邀约石昌渝、葛晓音、李炳海、毛庆、赵敏俐等围绕"新世纪

---

① 张德建：《中国古代文学思想与新世纪文学理念学术研讨会综述》，《文学评论》2002年第2期；孙海燕：《古典与现代的对流：新世纪文学理念的学术探询——"中国古代文学思想与新世纪文学理念"学术研讨会》，《中国文化研究》2002年第1期。
② 吴光正：《"新世纪中国古代文学研究"学术研讨会召开》，《文学遗产》2005年第3期。
③ 李昌集：《"21世纪中国古代文学研究论坛"举行》，《文学遗产》2005年第3期。
④ 王珏：《新世纪古代文学学科理念与发展思路研讨会综述》，《文学评论》2007年第5期。
⑤ 参见辽宁师范大学《新世纪中国古代文学研究的回顾与反思学术研讨会论文集》，2012年，中国大连。

的中国文学研究如何体现中国文化传统"进行笔谈，以期推动中国古典文学学科建设，随后刊出石昌渝《为古代文学研究正名》、葛晓音《让研究者沉下心来做学问——关于学科建设的一点想法》、李炳海《中国古代文学的学科整合刍议》、毛庆《关注古典文学学科的生存状态》、赵敏俐《新世纪的中国文学研究如何体现中国文化传统——从〈中国历史文学史〉说开去》五篇笔谈文章。鉴于当前中国古典文学学科建设前所未有的发展机遇同时面临着边缘化、逐渐失去话语权力等危机，此次笔谈涉及如下一系列重要论题：如何认识中国古典文学学科，中国古典文学研究的内涵及意义是什么，如何重建中国古典文学研究，中国古典文学学科的生存状态究竟如何，如何在中国古典文学研究中体现出鲜明的民族文化传统，这些都是目前中国古典文学研究界富有前瞻性眼光与忧患意识的学者们所经常讨论、思考的问题，具有现实性与前瞻性的双重意义与价值。2007年，《文史哲》开辟"当代学术纵览"专栏，力图对文、史、哲诸学科展开全景式的深度反思与展望。古代文学研究方面刊发了刘跃进《新世纪中国文学研究的主要趋向》（《文史哲》2007年第5期），张毅、王园《文学研究的价值取向与理论视阈——近年来文学研究热点问题透视》（《文史哲》2007年第6期）等文章。前文认为新世纪中国文学研究向何处发展，马克思主义文艺理论的中国化成为当前关注的核心问题，从中国文学研究现代化进程中学科疆界划分的意义与问题到对文学研究诸多问题的回归与超越，最终的目标是尽早步入文学研究中国化的历史进程。新世纪的文学研究在转型期的探索，提出了若干重要的问题，涉及文学研究的思想原则、学术方法和研究态度等诸多方面。张毅、王园一文将近年来文学的文化研究归纳为从文化的视角观照文学、文学的文化批评、社会文化语境里的文学文本研究三种倾向，认为在文化研究成为显学的时代，引发学界对于"纯文学"的讨论、"文学性"问题的回顾、文学"经典"形成过程的思考，为对中国文学的"现代性"进行反思，提供了从整体上观察20世纪中国文学发展的理论视域。其焦点是文艺审美现代性与社会世俗现代性的矛盾。现代性已成为后现代语境里的一项未竟的事业，面对文学消费的大众化与时尚化，以及图像文本与网络文学对传统的文学感知和表达方式的颠覆，文学研究除了坚持追求人生意义和生命价值的伟大文学传统外,还可以从后经典叙事学和互文性理论获得一种非文学的另类思路。至于独立发表的学术论文尚有:张稔穰《二十一世纪世界文化格局中的中国古代文学研究》(《百年学科沉思录:二十世纪中国古代文学研究回顾与前瞻》,人民文学出版社1998年版)、杜贵晨《令德唱高言,识曲听其真——中国古代文学与21世纪随想》(《第一届全国高校中国古代文学科研与教学研讨会论文集》,2000年)、李显卿《新世纪中国古代文学研究的突破与创新》(《辽宁工学院学报》2004年第4期)、吴建民《非主流文学:新世纪古代文学研究的一个关键话题》(《山西师大学报》2006年第5期)、乐云《新世纪古代文学研究的"边缘化"问题与重新定位》(《学术交流》2009年第6期)等。与上述诸文重在强调古代文学研究主流趋势不同,乐云《新世纪古代文学研究的"边缘化"问题与重新定位》重点关注古代文学所面临的研究萎缩与"边缘化"两大困境,认为世纪之交,面对当代整个文化学术系统不断发生的新裂变与新组合,古代文学研究应该围绕多元化格局下古代文学研究的现代意识这一命题重新定位,构建符合21世纪我国需要的古代文学学科体系,一是建立多元化与开放性相结合、民族性与世界性相结合的全球化背景下的大文化视野观;二是实现以多参照和通观性的跨文化阐释为主体的中西文化交流下的文论互补;三是确立以文学为本位和以民族化为本位的多学科交叉研究。吴建民《非主流文学:新世纪古代文学研究的一个关键话题》则将读者的视野引向非主流文学研究,认为非主流文学是整个古代文学中不可缺少的组成部分,它与主流文学相辅相成,互为影响,共同构成了古代文学之"全景"。但是,在20世纪的古代文学研究格局中非主流文学所占的份额太少,这一疏漏不应在新世纪继续延续。研究非主流文学对于全面把握古代文学之价值、解决古代文学研究中的诸多问题及弥合"话语文学史"与"文学实况史"之差距等,都有极其重要的意义。[1] 这些论文大致印证了从20世纪百年学术反思走向新世纪学术展望的转化历程。

---

[1] 吴建民:《非主流文学:新世纪古代文学研究的一个关键话题》,《山西师大学报》2006年第5期。

2011年6月17日至18日，由《文学遗产》编辑部在京召开的编委会扩大会议设置了"新世纪十年论坛"，这是21世纪第一次明确标示的古代文学研究学术反思的重要节点，与会专家就新世纪十年的古代文学研究作了学术研讨，《文学遗产》主编刘跃进作了题为《文学史研究的多种可能性》的"新世纪十年论坛"致辞，回顾并提炼了新世纪十年古代文学研究的重要论题，诸如文学史研究的边界问题、文学研究的本土化与国际化问题、电子化时代的研究方式问题、学术研究该怎样把握主观与客观维度问题等，然后提出如下期望："当新世纪十年成为历史的时候，我们可以坐下来，就像今天这样，神闲气定，看看我们的足迹，想想我们的未来，也许不是没有意义的事。与会代表，都是我们这个领域的顶尖学者，都有着深邃的学术理念，更有着丰富的研究实践。希望大家畅所欲言。言之不足，虽不必手之舞之，足之蹈之，但至少还可以形诸文字，以笔谈的方式继续各位的思考。"① 此后，《文学遗产》陆续刊发了莫砺锋《新旧方法之我见》，廖可斌《古代文学研究的国际化》，詹福瑞《关于古代文学研究的学术个性问题》，李浩《谈古代文学学科的包容性特色》（以上载《文学遗产》2011年第6期）；左东岭《文学经验与文学历史》，梅新林《学科交融与学术创新》，陈尚君《兼融文史，打通四部》（以上载《文学遗产》2012年第1期）；周裕锴《古代文学研究中的"右文说"》，韩经太《古典文学艺术：价值追问与艺术讲求》，王兆鹏《建设中国文学数字化地图平台的构想》（以上载《文学遗产》2012年第2期）；胡可先《中国古代文学实证研究的思考》，马自力《古代文学研究中理性史观和语境史观的平衡与对话》，王长华《"了解之同情"与历史意识建立》，吴相洲《注意古代文学知识的转化》（以上载《文学遗产》2012年第3期）；等等。此外，还有两篇论文——杨庆存《国家观念与世界视野——中国古代文学研究的现状、问题与走向》（《江苏师范大学学报》2014年第1期）、李昌集《中国古代文学研究"现代化"的点滴思考》（《文学遗产》2014年第2期），无论是论题本身还是时空维度与主要观点都值得予以关注。至于专题性的学术研讨会，则有福建师范大学文学院

---

① 刘跃进：《文学史研究的多种可能性》，《文学遗产》2011年第5期。

于 2012 年 12 月 15 日至 16 日举行的"古代小说十年回顾与前瞻"学术会议，此为新世纪第一个十年这一重要节点而召开的小说专题学术研讨会，与会的 20 余名国内小说研究专家从"小说史及小说文化学""小说文献学""区域文化与小说的关系""小说名著""近代小说"五个方面进行了热烈的讨论和认真的总结。①

我们有充分的理由相信，到了 2020 年即新世纪第二个十年之际，会有更为密集的关于古代文学学术反思与展望之作问世。当然，从时间维度来看，新世纪的学术反思还刚刚开始，尤其需要诸多的学者积极参与其中，并为此付出更多的努力。

三

以上述所论新中国七十年的学术回顾与总结为主体，同时交织着改革开放四十年、世纪之交百年以及新世纪二十年四个关键时间节点的相互贯通与推进，构成了中国古代文学学术史研究的一道亮丽风景。这既是新中国成立七十年来古代文学研究学术史总结的重要成果，又是我们进而站到 21 世纪学术制高点展开新的学术反思与展望的逻辑起点。尽管分而论之，彼此都有独立存在之价值，故而也都有独立研究之必要；但统而言之，则都可以一并纳入新中国成立七十年中国古代文学研究学术历程的还原与建构之中，以期臻于历史逻辑与学理逻辑的辩证统一，同时可为重新审视和总结新中国成立七十年来中国古代文学研究历史进程、主要成就与经验教训提供新的学理高度与启示意义。

通观七十年来古代文学研究的风雨兼程，与时俱进，正与新中国成立、进入新时期与新世纪三个关键节点相契合，大致可以 1978 年、2000 年为界，先后经历了学科独立时期三十年、学科复兴时期二十年与学科自觉时期二十年的三个历史阶段，彼此之间兼具阶段性、承续性与渐进性特征。

1. 学科独立时期（1949—1978）。1949 年新中国的成立，标志着中

---

① 参见王立、王琪、秦鑫《古代小说十年回顾与前瞻学术会议综述》，《辽东学院学报》2013 年第 2 期。

国学术研究跨入了一个崭新的时代，一种划时代的新学术传统即以马克思主义为核心地位的当代学术传统由此拉开了序幕，具有破旧立新、范式重建的重要意义。追溯当代学术传统的理论来源，一方面是毛泽东《在延安文艺座谈会上的讲话》，另一方面则是苏联文艺理论的引进。前者是本土理论基石，是马克思主义文艺思想中国化的具体体现，对文艺的社会本质、政治属性和功用以及批评标准等基本原则作了规范；后者是外来理论之源，由其提供了更为体系化的社会主义文艺理论借鉴以及最新理论成果。两者在共同确立马克思主义核心地位的过程中，同时完成了当代学术价值导向和学术研究范式的重建，由此诞生了迥然有别于古典、现代的当代新型学术传统。

  在此破旧立新的大变革时代，中国文学研究也相应地在学科设置与学术研究两个方面发生了重大变化，在中国古代文学研究史上具有划时代的学术意义。在学科设置方面，是20世纪50年代初"中国文学"的古今分科以及"古代文学"学科的走向独立。从历史逻辑的维度来看，原为一统的"中国文学"趋于古今分科，实际上可以视为"五四"时期新旧文学之争的延续及其在学科设置中的反映，但最为直接的原因是深受苏联高校专业精细化分科影响而在全国范围内进行学科大调整。以复旦大学为案例，1952年9月，为响应全国高校院系调整的重大部署，复旦大学中文系从文学院中独立出来，同时根据沪江大学、圣约翰大学、东吴大学、大同大学、震旦大学及上海学院等校的中文系师生和设备调整来系这一新的情况，决定组成新的教学组织格局，即分设若干小组具体实施教学任务，遂由刘大杰教授担任中国古典文学教学小组组长，成员包括郭绍虞、朱东润、陈子展、赵景深、王欣夫、蒋天枢等教授。[①] 此后，"中国文学"学科划分为"中国古代文学"与"中国现代文学"两个学科，因而原先通行的"中国新文学"即被"中国现代文学"取代，而将此前的中国文学全部归结于"中国古代文学"学科。应该说，从复旦大学观察全国高等院校具有一定的代表性，这也就意味着在1952年9月全国院系调整中，"中国文学"学科的一分为二以及"古代文学"学科的独立设置业已完成。

[①] 参见吴兆路《复旦大学中国古代文学》，《光明日报》2017年2月27日。

与上述中国文学古今分科以及古代文学学科独立化的重要变革相契合，是20世纪中叶以阶级性、人民性、现实主义和爱国主义为主体的价值导向的确立，以及以社会学—政治学批评为主导的学术批评范式的重建，如果说社会学研究范式主要以现实主义和爱国主义为核心价值导向，那么，政治学研究范式则主要以阶级性、人民性为核心价值导向，彼此有分有合、相辅相成。历史地看，其中的关键节点是1954年对俞平伯继之对胡适学术思想与研究的批判：从李希凡、蓝翎先于1954年第9期《文史哲》发表《关于〈红楼梦简论〉及其他》，继之于同年10月10日在《人民日报》发表《评〈红楼梦研究〉》，重点批评俞平伯红学研究的主观唯心论观点和方法，到10月16日毛泽东主席以《关于〈红楼梦〉研究问题的信》致中共中央政治局，称李、蓝的文章"是三十多年以来向所谓红楼梦研究权威作家的错误观点的第一次认真的开火"，并且认定俞平伯的《红楼梦》研究是"胡适派资产阶级唯心论"，再到1955年进而溯源至胡适的资产阶级唯心论与方法论而开展学术批判，由此"批俞"事件的三部曲，最终确立了以马克思主义为指导的新中国当代学术传统，以及社会学—政治学批评范式的主流地位。

在1954—1955年通过对俞平伯、胡适学术思想与研究的批判正式确立了社会学—政治学批评的主流地位之后，古代文学研究进入了一个曲折前行的进程。1956年"双百"方针提出以后，古代文学研究得到初步复兴和繁荣，无论是研究广度还是研究深度，无论是整体研究还是个案研究，都有新的开拓和成就。然而随着1957年"反右"运动的兴起，古代文学研究遭遇到了严重的冲击，一大批学者和研究论著都受到了不同程度的批判甚至否定，尤其是接踵而来的"兴无灭资""厚今薄古"等"左倾"学术运动的兴起，直接影响并重创了高校的古代文学研究和教学活动。1960—1962年，在纠"左"政策的指导下，古代文学研究又走向了短暂的复苏。诚为难得的是，自1955年之后至1966年"文化大革命"前夕，其间所发生的几次学术讨论与争鸣值得重点关注与总结。一是1956—1959年开展的现实主义问题讨论。1959—1961年间，由于毛泽东主席提出革命的现实主义和革命的浪漫主义相结合的创作方法，又对此展开了新的讨论。二是1959—1960年开展的"中间作品"问题的讨论。三是

1960—1961年开展的山水诗和"共鸣"问题的讨论。四是1960—1962年对文学遗产继承问题所开展的进一步的讨论。此外，一些重要的作家作品也引起了热烈的讨论和争鸣，诸如关于陶渊明、李煜词、李清照以及《琵琶记》《水浒传》《西游记》《红楼梦》的讨论。① 这些学术讨论与争鸣游动于社会学—政治学批评内外，也不乏向学术本身回归的真知灼见。然而在1962年八届十中全会以后，随着阶级斗争的严重扩大化以及极"左"思潮再次占据主导地位，古代文学研究走向了严重的庸俗化和泛政治化道路，最终异化为"文化大革命"十年的"社会—政治"批判，正常的学术研究活动已基本终止。"社会—政治"批判之不同于社会学—政治学批评，因为后者依然规范在学术批评领域之内，而前者则不属于学术批评范畴。

2. 学科复兴时期（1978—1999）。新时期中国古代文学学科的复兴开始于1978年，亦是中国改革开放的正式启动之年，所以常常与"改革开放"的时代指称相并用。1978年的真理标准大讨论与十一届三中全会召开以后，伴随声势浩大的改革开放运动的正式启动，得益于文艺思想解放和外国文学思潮输入双重资源的作用和影响，中国古代文学研究通过学术"矫正"—"平反"—"定位"三部曲开始走上学科复兴之路。所谓学术"矫正"，重点是三十年古代文学研究成就与缺点和错误的清理、总结与反思，② 比较一致的意见是对"文化大革命"前十七年和"文化大革命"十年两个阶段加以严格区分：对前者肯定中有否定，对后者则全盘否定。所谓学术"平反"。正与政治领域中冤假错案的"平反昭雪"相呼应，在三十年古代文学研究中也累积了大量的学术"冤案"需要"平反昭雪"，其中的典型者有：孔子、杜甫、韩愈、金圣叹以及宋诗，在以往社会学—政治学批评尤其是"文化大革命"十年的社会—政

---

① 参见卢兴基主编《建国以来古代文学问题讨论举要》，齐鲁书社1987年版。
② 相关论文主要有：胡念贻《研究古典文学与批判继承遗产——三十年来古典文学研究的回顾》（《文艺百家》1979年第1期）、曹道衡《关于古典文学研究工作的几个问题》（《文学评论》1979年第5期）、徐中玉《谈谈当前古典文学研究中的问题》（《社会科学战线》1980年第4期）、杨公骥《漫谈三十年来古典文学研究中的几个问题》（《社会科学战线》1980年第4期）、程千帆《从新经学的迷雾中走出来》（《社会科学战线》1980年第4期）等。

治批判中被错误地加以批判和定性,借助十一届三中全会和思想大解放的有力推动而得到了重新评价和肯定,诸多论文密集出现于 1979—1980 年之间然后延续至 1983 年。所谓学术"定位",即是通过"拨乱反正"对古代文学研究加以重新定位,涉及古代文学研究理念、对象和方法以及古代文学史学科等四个方面的重要内容,其中有关古代文学学科的重新定位,重在强调古代文学研究的学科属性和学术独立性,应在赋予其相对独立的地位与价值的同时努力探索其发展演变规律,既摆脱了过去以古代文学研究为政治附庸的偏向,又清醒认到文学与包括政治在内的其他人文学科的密切关系,这对于此后古代文学研究的复兴和繁荣具有重要意义。如果说学术"矫正"重在"破",学术"平反"是由"破"而"立",那么,学术"定位"则是重在"立"。这一由"破"而"立"双重合力的作用,即为新时期古代文学研究的复兴扫清了障碍,铺平了道路。由此可见,新时期作为中国古代文学学科的全面复兴的第二个关键节点,是牢固建立在拨乱反正、学术复兴基础之上的。

经过上述 20 世纪 80 年代的"拨乱反正"的三部曲之后,中国古代文学研究所经历的复兴之路,呈现为从美学热、新方法热与文化热之三"热",到"重写文学史"大讨论、人文精神大讨论与百年反思大讨论之三"论"的前后相继,大致呈波段式向前推进之势,彼此一同造就了新时期古代文学研究的繁荣局面。

一是"美学热"与古代文学研究之第一波。1979 年,由中国社会科学院哲学研究所美学研究室、文学所文艺理论研究室编辑的《美学》《美学论丛》创刊,是为新时期"美学热"的开端。尤其是 1981 年以李泽厚《美的历程》的出版为标志,[1] 渐入高潮的"美学热"迅速由理论界推向整个学术界,直接带动了古代文学研究"美学热"的出现,使人们在长期习惯于教条化、庸俗化的社会学和泛政治化研究的封闭状态中看到了令人耳目一新的学术景观。这是对以往美学逐渐被扭曲和妖魔化为资产阶级反动思想的理论的反拨以及对"美"的遮蔽的重新发现,对于打破三十年来社会学—政治学范式一统天下的格局,促进新时期古代文学研究的学

---

[1] 李泽厚:《美的历程》,上海人民出版社 1981 年版。

术转型具有特别重要的先锋意义。

二是"新方法热"与古代文学研究之第二波。大致经历了从哲学界的"科学方法论"到文学理论界的"新方法热"再到古代文学研究界的"新方法热"的转化进程。1980年第1期《哲学研究》率先发表了评论员文章《积极开展科学方法论的研究》,号召研究者"积极开展科学方法论的研究",并"希望从事哲学、逻辑学、科学史、心理学、语言学等方面研究工作的同志都来关心科学方法论"[1]。这里所论方法论原本都是哲学意义上的"科学方法论",但由此迅速带动了文学理论界的新方法热,至被称为"方法论年"的1985年臻于高潮。同在1985年,此前由孙昌武《文学史研究中的微观与宏观》(《光明日报》1983年2月1日)所首倡的古代文学宏观研究理论,至此也被方法论热所激活,于是古代文学的宏观研究得到了热烈的讨论和争鸣。1985年第3期《文学遗产》"当前古典文学研究与方法论问题"的笔谈刊载了章培恒《研究方法与研究态度》、郭预衡《几点历史经验》、陈伯海《宏观的世界与宏观的研究》等文,其中陈文明确提出了古代文学的宏观研究的主张。1986年第3期《文学遗产》又发表了"古典文学宏观研究征文启事";1987年3月,《文学遗产》等单位在杭州举行全国首届"古典文学宏观研究讨论会"。至此,古代文学研究的新方法热和宏观研究已逐渐由分而合,成为新时期继美学研究"导夫先路"之后古代文学研究的第二波学术主潮。

三是"文化热"与古代文学研究之第三波。此与由"新方法热"带动的古代文学研究的第二波之间有交集,其起点是在1982年钱学森发表了《研究社会主义精神文明财富创造事业的学问——文化学》一文,率先提出要开展文化学研究。同年12月,《中国文化研究集刊》和联合国教科文组织《人类科学文化史》中国编委会共同发起"中国文化史研究学者座谈会",标志着文化学与文化史研究的同步兴起。1985年之后,有

---

[1] 1981年,《哲学研究》编辑部编辑出版了《科学方法论文集》,《积极开展科学方法论的研究》载于《哲学研究》编辑部编《科学方法论文集》,湖北人民出版社1981年版,第1—9页。

关传统文化的广泛弘扬和讨论，西方外来文化的大力引进和介绍，以及有关文化学方面的学术组织、学术会议和学术出版物等，如雨后春笋般出现，① 彼此一同将"文化热"推向高潮，同时迅速带动了古代文学文化研究的勃然兴起。但与"新方法热"在1985年臻于高潮之后快速消退不同，"文化热"通过"文化批评"的理论引领以及文学—文化的跨界研究而久盛不衰，由此带来两个方面的重要成果：其一是古代文学的跨学科研究，集中体现在古代文学与文化内部以及古代文学与相邻学科的跨界研究，前者包括古代文学与神话—原型批评、古代文学与民俗文化研究、古代文学与制度文化研究以及古代文学的文化精神研究等，后者则包括古代文学与史学、哲学、宗教、艺术以及其他学科关系研究等；其二是古代文学的跨文化对话，主要是比较文学的引入，包括中外的渊源研究、影响研究、平行研究以及从比较文学到比较文化的拓展。

　　四是"重写文学史"讨论与古代文学研究之第四波。"重写文学史"讨论最初发端于现代文学研究界。1985年，陈平原在北京万寿寺召开的中国现代文学创新座谈会上宣读了他与钱理群、黄子平酝酿已久的"20世纪中国文学"的基本构想，② 由此开启了世纪之交声势浩大的"重写文学史"讨论与争鸣，在学界内外引起强烈反响。1988年，《上海文论》专门开辟"重写文学史"专栏，邀请著名学者陈思和、王晓明主持。王晓明特意将"重写文学史"溯源于1985年万寿寺座谈会上陈平原等关于"20世纪中国文学的构想"："重写文学史"不过是将三年前"郑重拉开的序幕"再一次拉开。这是旨在强调从1985年到1988年"重写文学史"讨论两次高潮的延续性以及京沪两大学术中心的联动性。然后由现代文学界走向古代文学界与文艺理论界进而演变为"文学史观"与"文学史学"的讨论。1991年12月中国社科院文学所召开"文学史学研

---

①　参见杨竞芳《中国文化研究述评》（《中共山西省委党校学报》1987年第5期）、王和《传统文化与现代化——近年来中国文化研究概况述评》（《中国社会科学》1986年第3期）、方克强《新时期文学人类学批评述评》（《上海文论》1992年第1期）、朱维铮《中国文化研究的新进展》（《断裂与继承——青年学者论传统文化与现代化》，上海人民出版社1987年版）。

②　陈平原、钱理群、黄子平：《"二十世纪中国文学"三人谈》，《读书》1985年第10期。

讨会"，首次提出"文学史学"概念，但其内涵所指还是等同于文学史理论研究。[①] 1993年，《文学遗产》再次召集中国社会科学院文学所学者进行座谈，文学史学的一些基本问题和构想得到讨论，包括性质、范围、内容和结构，并且认为"文学史学"作为学科存在具有了可能性。[②] 1994年4月，《文学遗产》与《江海学刊》等联合举办的"文学史观与文学史学"研讨会，再次提出文学史学建构的一些构想，[③] 但将"文学史观"与"文学史学"合为一体加以讨论。1996年第2期《文学评论》刊登了一组"文学史学笔谈"。1997年12月，中国社会科学院文学所、上海社会科学院文学所、《江海学刊》、福建师范大学、漳州师院在福建莆田联合举办了"文学史学研讨会"，文学史学作为学科性质开始得到了真正的讨论和研究；[④]《江海学刊》1998年第3期开辟了"关于文学史学的思考"专栏刊登此次会议论文。由上可见，发端于1985年的"重写文学史"讨论至90年代走向古代文学界与文艺理论界，进而演变为"文学史学"的讨论，彼此具有明显的承转关系。除了诸多理论性论著之外，问世于90年代的章培恒、骆玉明主编的《中国文学史新著》（复旦大学出版社1996年版）与袁行霈主编的《中国文学史》（高等教育出版社1999年版），堪称"重写文学史"讨论与古代文学研究第四波从理论走向实践的核心成果。

五是"人文精神"讨论与古代文学研究之第五波。"人文精神"讨论同样率先兴起于现代文学界，然后分别走向古代文学界与文艺理论界，并波及文学、哲学、历史学、社会学、经济学、文化研究等各个学术领域，可见其影响更为广泛和深远。1993年，王晓明等五位学者在《旷野上的废墟——文学和人文精神的危机》中率先发出"文学和人文精神的危机"的呼喊之后，[⑤] 犹如一石激起千层浪，以始料未及的速度和规模引起了

[①] 曹维平：《文学研究所举行"文学史学研讨会"》，《文学评论》1992年第2期。
[②] 刘跃进：《关于文学史学若干问题的思考（座谈纪要）》，《文学遗产》1993年第4期。
[③] 苏澄：《'94漳州文学史观与文学史学研讨会纪要》，《文学遗产》1994年第5期；《文学史观与文学史学研讨会综述》，《漳州师院学报》1994年第3期。
[④] 江文：《全国文学史学研讨会要》，《江海学刊》1998年第3期。
[⑤] 王晓明等：《旷野上的废墟——文学和人文精神的危机》，《上海文学》1993年第6期。

广大人文社科知识分子的强烈反响,就此拉开了持续两年之久的人文精神论争的帷幕。一时之间,以《读书》《上海文学》《作家报》《东方》《文艺争鸣》等期刊为阵地,以现当代文学批评者、研究者、作家为核心的人文社科界学者纷纷参与到这场后来被命名为"人文精神讨论"的论争之中。至1996年,随着王晓明选编的《人文精神寻思录》和丁东选编的《人文精神讨论文选》在京、沪两地的同时出版,这场大规模的知识分子自发的讨论基本宣告结束。这次"人文精神"讨论,是直接回应市场经济大潮冲击下"人文精神"退化和失落的一次精神重建,是塑铸于20世纪90年代各种思想潮流竞相登场、彼此对话、相互交锋的多元格局中的一道独特的文化景观。就对于古代文学研究的影响而言,一是在宏观层面上,基于人文精神的退化、理论话语的西化与文化批评的泛化,着力从物态崇拜回归人文精神,从西方话语回归本土立场,从文化泛化批评回归文学自身研究,从文学的外在研究回归文本的内在研究,章培恒、骆玉明主编的《中国文学史新著》同时强调人性本位、文本本位、审美本位,[1] 袁行霈《中国文学史》则以"文学本位、史学思维、文化学视角"作为《中国文学史》的三大写作原则,[2] 都鲜明体现了向文学自身回归的思潮与倾向;二是在中观层面上,促发了对于古代文学研究路向与方法的思考,诸如詹福瑞《文化研究:寻找中国古代文学研究的最佳思维》(《文艺研究》1997年第3期)、周月亮《古代文学研究应从学术研究中分立出来》(《文艺研究》1997年第3期)、郭英德《中国古典文学研究的理论品格》(《文学评论》1997年第4期)、葛晓音《中国古代文学研究现状衡估与思考——回眸时的沉想》(《文学评论》1997年第4期)、王齐洲《中国古代文学研究期待观念转换》(《湖北大学学报》1998年第2期)、吴格言《古典性特征与文化学方法——关于中国古典文学研究方法的思考》(《河北师范大学学报》1999年第3期)等,基本上属于这一类型;三是在微观层面上对"人文精神"讨论

---

[1] 参见王多《向文学自身回归——访中国古代文学研究中心主任、复旦大学教授章培恒先生》,《探索与争鸣》2000年第8期。

[2] 袁行霈主编:《中国文学史》,高等教育出版社1999年版,第3—5页。

的回应，几乎都是重在探讨经典作家、作品的人文精神。①

六是"世纪反思"讨论与古代文学研究之第六波。因为此前已对此作专题讨论，这里再简要强调两点：一是"世纪反思"讨论持续于2000年前后达近二十年之久，往前可以追溯于20世纪90年代，往后延续至21世纪10年代，声势之浩大，范围之广泛，成果之丰富，影响之深远，都是以往所无法比拟的；二是由"世纪反思"所产生的直接成果即是学术史论著的相继问世，也许其中最为普遍的是各种不同节点的研究综述的问世，对于我们了解20世纪以来的古代文学研究状况和推进今后的研究，有重要意义和价值。②但学术质量参差不齐，理论深度多有不足。相对而言，尤其以那些集成性的学术史研究著作更具学术含量。早在20世纪90年代，傅璇琮、郭英德、谢思炜三位学者在《关于中国古典文学学术史研究的思考》③一文中从文学史学科发展的要求出发，积极倡导开展学术史的研究。至1995年，郭英德等著《中国古典文学研究史》由中华书局出版，更为中国古代文学学术史研究提供了一个重要样板。此后，便有承续这一体式而各具特色的集成性研究成果陆续问世。

3. 学科自觉时期（2000年至今）。21世纪始于2001年，因为此前有启动于20世纪90年代的世纪反思的铺垫与推动，而且世纪反思的重心也经历了从重在回顾到回顾与展望并重再到重在展望的历史演变。正是得益于世纪之交百年反思的强势延续，古代文学研究相关领域更加注重理论探索与建构，在总体上呈现为开拓创新、理论自觉的崭新格局与趋势，这是

---

① 诸如王云飞《〈诗经〉人文精神脞谈》（《开封教育学院学报》1995年第2期）；李建国《唐宋散文革新与传统人文精神》（《贵州社会科学》1996年第4期）；单波《〈论语〉与中国人文精神（笔谈）》（《企业导报》1996年第6期）；曾明《陆游山水诗中的人文主义精神》（《西南民族学院学报》1997年第1期）；曾明《杜甫山水诗中的人文主义精神》（《杜甫研究学刊》1997年第3期）；张艳《从人文精神角度看〈左传〉用〈诗〉》（《山西大学师范学院学报》1999年第3期）；江立中《迁谪文学与岳阳人文精神》（《云梦学刊》1999年第3期）；张英《李白的布衣意识及其人文精神》（《云南社会科学》1999年第6期）等，皆重在经典作家作品人文精神的讨论。

② 参见张可礼《一种新形态的中国古代文学研究的研究：研究综述》，《文史哲》2010年第4期。

③ 傅璇琮、郭英德、谢思炜：《关于中国古典文学学术史研究的思考》，《文学评论》1992年第3期。

中国古代文学由新时期的学科复兴进而走向学科自觉的重要标志。这里仅就近二十年古代文学研究逐步聚集的若干前沿问题作一简要归纳与讨论。

一是传统文献与信息技术的结合问题。经过七十年来的不断累积，中国古代文献文本与研究成果逐步汇成了海量文献，尤其需要借助现代信息技术帮助解决文献的发掘、聚集、解读等问题。从目前通行的技术路线来看，主要有古代文学纸质文献的数字化、古代文学研究的数字化应用以及古代文学研究数据平台建设三种取向，而数据库建设则是上述三者应用于古代文学研究的综合集成。从目前的平台类型来看，主要有综合性与专门性两种类型，前者如复旦大学和哈佛大学合作建成的"中国历史地理信息系统项目"（CHGIS）、台湾中研院建立的"中华文明时空基础架构"（Chinese Civilization in Time and Space，CCTS），以及浙江大学与哈佛大学地理分析中心（The Centerfor Geographic Analysis）合作共建的学术地图发布平台，都是在综合性中包含了文学地理信息系统；后者如王兆鹏主持的"唐宋文学编年地图"，台湾学者罗凤珠、郑锦全、范毅军共同研发的"宋人与宋诗地理资讯系统"，皆属于专门性的文学地理、地图信息系统。诚然，传统文献整理与现代信息技术的紧密合作，不仅仅是借用科学技术提高效率的问题，亦非仅仅是为了建立数据库并为学界所共享，更重要的是在信息化、智能化、集成化乃至可视化的过程中重组新的序列，发现新的问题，得出新的结论。可以预期的是，随着人工智能的深度开发与普及，古代文学研究的信息化、智能化会有一个更为广阔的发展空间与前景。

二是跨界交融与回归文本的张力问题。从新中国成立初期确立社会学—政治学批评范式，到新时期先后经历了美学热、新方法热与文化热的三"热"，以及"重写文学史"大讨论、人文精神大讨论与世纪反思大讨论的三"论"，古代文学研究一直在跨界融合中不断取得新的进展与突破。进入21世纪之后，通过跨界融合而推进学术创新，既是学术大势所趋，更是学术创新所需。与上述跨界交融趋势相辅相成的是回归文本的呼声，从改革开放之初旨在矫正社会学—政治学批评僵化模式而回归文学本身，到世纪之交百年反思关于回归文本的学理探讨，再到21世纪走向"文本学"的理论建构，彼此的路向与内涵互有同异。总体而论，在跨界交融与回归文本之间的确充满矛盾，但在彼此的矛盾之中又充满张力，这就可以为 21 世纪的古代文学研究提供强大的学术创新契机与动力。所以，我们既要从美国教育理论家伯顿·克拉克关于"每一个专业都要跨越自己的专业界限进入目前尚未标界的领域才能不断进步"① 的格言中受到启示，也要倾听英国学者 E. F. 舒马赫的忠告："每门学科都是在它的专属范围内有益，一旦越过这个范围就成为有害的，甚至起破坏作用。"② 正所谓"过犹不及"，关键是如何在跨界交融与回归文本的矛盾张力中臻于内在的有机统一。

三是时间轴线与空间轴心的交融问题。陈寅恪曾在《长恨歌笺证》一文中就文学史研究的时空关系问题提出了如下期许："今世之编著文学史者，能尽取当时诸文人之作品，考定时间先后，空间离合，而总汇于一书，如史家长编之所为，则其间必有启发，而得以知当时诸文士之各竭其才智，竞造胜境，为不可及也。"③ 这里所特别强调的文学史研究如何做到"时间先后"与"空间离合"的结合，也就是要求臻于时间维度与空间维度、时间形态与空间形态的有机交融，实际上就是要求重建构时空一体的新型文学史范式。然而，由于长期以来线性文学研究思维的惯性作用，整个古代文学研究普遍注重时间维度忽视了空间维度，所以从杨义提出"重绘中国文学地图"到文学地理空间理论与方法的逐步融入与运用，实际上都是对以往线性思维的矫正以及时空交融范式的重构，21 世纪以来明清小说戏剧研究中基于"场景"与"场域"的空间阐释与研究，既是对此做出的学术回应与探索，也充分显示了广阔的学术前景。

四是文体形态与文化隐喻的关系问题。就文体的本原意义而论，诗歌、散文、小说、戏剧各有不同的时空形态、景观特征与书写模式。宇文所安曾提出："'体'这个词，它既指风格（style），也指文类（genres）以及各种各样的形式（forms），或许因为它的指涉范围如此之广，西方读

---

① ［美］伯顿·克拉克：《高等教育系统——学术组织的跨国研究》，王承绪等译，杭州大学出版社 1994 年版，第 15 页。
② ［英］E. F. 舒马赫：《小的是美好的》，虞洪钧等译，商务印书馆 1984 年版，第 27 页。
③ 此文后收录于陈寅恪《元白诗笺证稿》，生活·读书·新知三联书店 2001 年版，第 9 页。

者听起来很不习惯。"① 但这正是中国文体学的奥妙之所在，所以在古代文学理论研究中，文体研究一直是一个经久不衰的热点论题。诗歌、散文、小说、戏剧各种不同的文体或许拥有相同或相近的文化隐喻意义，但必然各有不同的时空形态、景观特征与书写模式。英国新文化地理学家迈克·克朗《文化地理学》所论巴黎城市文学景观聚焦于以下两个层面：一是通过雨果《悲惨世界》中巴黎周围"小巷"与"地下世界"等地理景观的分析，揭示了光明与黑暗的"权力地理学"；二是通过对左拉《祝夫人们快乐》出现于城市新的商业景象——百货商店的分析，揭示了男性与女性的"性别地理学"。② 两者都具有文本重释与社会批判的意义，同时为如何通过小说文体形态与文学景观而揭示文化隐喻提供了一个典型范本。表面看来，文体形态与文化隐喻只是以往"四段论"中"主题思想"与"艺术特色"二元关系的延续或翻版，但彼此在学术宗旨与路径上都是对前者的重构与超越。

五是文本体系与图像谱系的互释问题。与当今读图时代思潮相契合，进入 21 世纪之后的文学图像研究受到了学界空前的重视，主要聚焦于文本插图以及跨文本传播的图像谱系研究，不仅涉及地图、景观、人物、历史遗物等的图像载体，也不仅涉及以此图像为载体的文学传播研究，更重要的是文本体系与图像谱系的互文性阐释。正如地图作为地理学的"第二语言"一样，包括文学地图在内的图像谱系也可以视为文学的"第二语言"，而文本体系与图像谱系的"双重语言"显然胜于文本体系的单一语言。另外，按照美国地理批评代表人物罗伯特·泰利等观点，作家既是叙述者，又是制图者，文学创作与故事叙述的过程即是制图的过程。③ 而在这方面，目前日益兴盛的古代文学图像研究几乎还未涉足，所以对于古代文学研究而言，文本体系与图像谱系互融互释，同时具有拓展与升华的

---

① [美] 宇文所安：《中国文论：英译与评论》，王柏华、陶庆梅译，上海社会科学院出版社 2003 年版，第 4 页。
② [英] 迈克·克朗：《文化地理学》，杨淑华、宋慧敏译，南京大学出版社 2005 年版，第 45—48 页。
③ 参见梅新林、葛永海《文学地理学原理》，中国社会科学出版社 2017 年版，第 211 页。

双重意义。

六是实践探索与理论引领的关系。理论自觉是学科自觉的核心标志，发挥着统率与灵魂的作用。在新中国成立七十年来的三个历史阶段中，从破旧立新、范式重建到拨乱反正、学术复兴，再到开拓创新、学科自觉，几乎都是实践探索与理论引领双向并进。但总体而论，是理论引领滞后于实践探索，彼此的学术成果也是长期处于失衡状态。进入21世纪之后，这一情况有了明显的改观，比如跨界融合中的对固有学术领域的拓展与研究，尤其是相关理论与方法的引入与重构，不同程度地体现了一定的理论自觉，但更具典型意义的当推"文学史学"学科的讨论与建构，以及古代文学分支方向或交叉研究的理论建构上，诸如文体学、叙事学、传播学、地理学、图像学等。需要强调指出的是，这里所说的理论自觉，并不是非要创建宏大的理论体系或有什么重大的理论创见不可，而是需要将理论自觉深度融入相关领域、论题的思考与研究之中，以理论为引领，以问题为导向，以创新为动力，如此才会不断有新的发现、新的创获。

与以上六个前沿问题相契合，21世纪的古代文学研究以理论自觉为引领，并与文献集成、技术支撑、跨界融合、文本回归、方法创新的协同并进，重点演绎为叙事学、阐释学、传播学、译介学、地理学、图像学研究的兴替与分合，尤其是在当今的读图时代，古代小说戏曲插图研究以及更为广泛的图像研究受到空前重视而演变为一个新的学术热点。

通观以上七十年间中国古代文学研究所经历的学科独立、复兴与自觉的三大时段，彼此同时兼具阶段性、承续性与渐进性特征。而仅就第三阶段而言，因为刚从世纪之交百年反思的背影中走出来，而且历时毕竟不到20年，其未来的发展变化还有多种可能性。但从总体趋势观之，以上五个方面正预示着未来古代文学研究的发展方向，其中理论自觉与技术支撑两驾马车的相互交融结合显得尤为重要。

四

尽管当代中国古代文学研究经历了相当曲折的发展历程，但整体而言还是取得了令人瞩目的成就，尤其是后两个时段的四十年间，可谓成果卓著。这里拟重点从文献、文本、文化以及集其大成的文学史研究四个方面，就当代中国古代文学研究成果作一简要小结。

1. 文献研究。文献是一切学术研究的基石，中国古代文学作为一个传统学科，在文学家、文学作品与文学史研究中，注重文献整理与研究的传统方法依然在延续，这是当代中国古代文学研究得以承继和发展的坚实根基之所在。而且在经历七十年沧桑之后，许多当时代表主流或时髦观点与方法的论著，都已随着岁月的流逝烟消云散，而文献整理与研究的成果却往往更能凸显其恒久的学术价值。尤其在前三十年间，因为文献整理与研究较少受到各种政治运动与学术批判的干扰，所以相对其他学术领域而言，其成果也的确更能经得起历史的检验。其中属于总集或丛书的主要成果有：郑振铎主持《"古本戏曲丛刊"》（商务印书馆1953—1954年版），任二北《敦煌曲校录》（上海文艺联合出版社1955年版），周绍良编《敦煌变文汇录》（上海出版公司1954年版），王重民辑《敦煌曲子词集》（商务印书馆1956年版），王重民、向达等编《敦煌变文集》（人民文学出版社1957年版），钱南扬辑《宋元戏文辑佚》（上海古典文学出版社1956年版），中国戏曲研究院编《中国古典戏曲论著集成》（中国戏剧出版社1959年版），隋树森编《元曲选外编》（中华书局1959年版）、《全元散曲》（中华书局1964年版），唐圭璋编《全宋词》（修订本，中华书局1965年版）、《全金元词》（中华书局1979年版），等等。此外，还整理出版了陶渊明、白居易、柳宗元、陆游、杨万里和《红楼梦》等一批新的研究资料集。于今视之，这些成果依然未失其固有的学术价值。当然，就文献研究的整体成果而论，还是以跨世纪的新时期三十年（1978—2008）最为丰硕。袁行霈在发表于2008年的《走上宽广通达之路——新时期古代文学研究的趋向》一文中作了如下高度评价：新时期三十年来在古籍整理和资料考辨方面所取的成果，实不亚于20世纪前半期，甚至在某些点上超越了清代朴学的实绩，这是值得大书特书的。其中成立于1958年的全国古籍整理出版规划领导小组[①]与成立于1983年的全国高校

[①] 全国古籍整理出版规划领导小组在"文革"期间陷于瘫痪状态，至1981年恢复。曾名国务院科学规划委员会古籍整理出版规划小组、国务院古籍整理出版规划小组、国家古籍整理出版规划小组。

古籍整理研究工作委员会，在规划、资助全国古籍整理重大项目方面发挥了至为重要的作用。[①]

概而言之，当代七十年古代文学文献研究的主要成果集中体现在以下六个方面：一是文学文献学的理论探讨，包括文学文献学的综合理论研究、断代文学文献学研究、专科文学文献学研究；二是总集与别集的编纂和整理，包括总集、别集的编纂和整理；三是古代文学的文献研究，包括作家生平研究、作品版本研究；四是文学工具书的编纂，包括年谱、年鉴、书目、辞典以及参考资料的编纂；五是出土文献的发现与整理，包括甲骨文献、金文文献、简帛文献、敦煌文献、石刻文献的发现与整理；六是古代文学文献的数字化，包括古代文学纸质文献的数字化、古代文学研究的数字化应用、古代文学研究数据平台建设的讨论等。其中有关总集的编纂和整理，已出版了《全宋诗》（1999年出齐）、《全宋文》（2006年出齐）、《全金诗》（1995年）、《全元文》（2004年）、《全元戏曲》（1999年）、《全明词》（2004年）、《全清词》（2002年出齐），《清文海》（2010年）。正在编纂的有《全唐五代诗》《全明诗》等。此外，还有大量历代别集已经新编或重编而出版。所有这些都集中体现了当代七十年尤其是后四十年文献研究的巨大业绩，并将对古代文学研究起到十分重要的推动作用。与此同时，后四十年来文献研究在向"地下"与"网上"的两向拓展上，即与考古学的结合和广泛借助信息化技术方面也都取得了显著的成绩，特别是后者更具革命性意义，已从古代文学文献的电子化、古代文学研究的数字化，进入了目前古代文学研究信息平台的集成化应用的新阶段，同时借助"地理信息系统"（GIS）与"虚拟地理环境"（VGE）的数字地图技术而走向可视化、图像化，不仅促进了文献整理与研究的数字化与集成化，而且推动了学术研究的方法更新以及效能的大幅提高，具有十分广阔的前景。

2. 文本研究。"文本"（Text）概念本来自英美新批评，而后在经历反复的阐释与应用的过程中不断被赋予更为丰富的意义，而且由于"文

[①] 袁行霈：《走上宽广通达之路——新时期古代文学研究的趋向》，《文学遗产》2008年第1期。

本"这一概念使用于不同学者、不同场合而容易产生歧义。但联系由韦勒克、沃伦中译本《文学理论》(生活·读书·新知三联书店1984年版)引发的有关文学研究的"内外之争",以及由艾布拉姆斯中译本《镜与灯》(北京大学出版社1989年版)引入的作品、作者、宇宙、读者等文学"四要素说",则所谓"文本"研究,主要意指文学作品的内部研究,因而所谓回归文本,也就是回归文学作品本位的研究。袁行霈《走上宽广通达之路——新时期古代文学研究的趋向》一文对此作了较为宽泛的释义,作者提出新时期三十年古代文学研究的三大趋向之一即是回归文学本位。所谓回归文学本位,第一层意思是将文学作为文学来研究。即重视文学之所以成为文学并具有艺术感染力的特点及其审美价值。第二层意思是将研究的重点放在作品本身,树立以作品为中心的研究格局。这是近三十年来相当重要的一个转变。当然,回归文学本位并不排斥综合研究,恰恰相反,近三十年来以文学作品为中心,进行跨学科的综合研究,成为古代文学研究的一个新亮点。第三层意思是重视作家、作品的艺术研究。在这方面三十年来的进步值得欣慰。我们对诗歌艺术、小说艺术、戏曲艺术、散文艺术等都有了比较系统的个性化的艺术阐释,也形成了进行艺术分析的比较丰富的、富于表现力的、感悟细腻的话语体系。我们可以结合古代的文学批评著作,讲出作家作品的艺术特点、艺术风格及其艺术经验,可以讲出作家的构思,作品在艺术上的得失,作家之间的继承演变关系,也可以进行作家之间或作品之间的艺术比较,文学作品可以讲得有血有肉,给人以艺术享受。[①] 根据以上界定,可以将文本研究归结为由外而内的三个圈层,即文学研究、作品研究、艺术研究,凡是属于这三个圈层范围的皆为文本研究。

以此衡量当代七十年古代文学的发展历程,则问世于前三十年的相关论著因注重于文学的社会学、政治学研究,所以多数游离于文本研究之外。但也有一些研究成果,比如1959年4月至1960年末"中间作品"问题的讨论,1960—1961年山水诗问题的讨论与文学"共鸣"问题的讨论,

---

[①] 袁行霈:《走上宽广通达之路——新时期古代文学研究的趋向》,《文学遗产》2008年第1期。

以及1955—1963年有关重要作家作品的讨论，包括蒋和森《红楼梦论稿》① 提出"《红楼梦》的主题，是人的美、爱情的美以及这种美被毁灭的主题"的新观点，其中的部分内容应属于文本研究的范围，因而显得弥足珍贵。然而在进入新时期之后，首先是在摒弃庸俗社会学、政治学研究范式中，由非学术研究向学术研究回归，然后则是由非文本研究向文本研究回归——包括文学研究、作品研究、艺术研究三个圈层的整体联动。历史地看，文本回归萌发于20世纪80年代之初，刘跃进在2018年10月8日召开的"改革开放40年古代文学研究座谈会"上特别提到"20世纪80年代初期，古典文学研究刚刚摆脱僵化的社会学研究方法的束缚，艺术分析成为一时热点。叶嘉莹先生借鉴国外文艺理论，细腻地分析传统文学艺术特色。袁行霈先生也把研究重点集中到'中国诗歌艺术研究'这一主题上。他们的成果，犹如一股清泉注入古代文学研究界"②。然后经过80年代初期美学风潮的整体激发，至90年代勃发为学者群体的理论反思，并在围绕文学研究、作品研究、艺术研究三个圈层的综合性、集成性研究方面取得了可喜成果，因而具有学术矫正与拓新的双重价值。所谓学术矫正，从远处说是矫正社会学与政治学研究，从近处说则是矫正新方法论与文化学研究，两者都有忽视文学本身研究之偏失；所谓学术拓新，即是通过对古代文学文本研究的理论建构与实践探索，拓展新的学术路向、领域与空间。正是得益于以上学术矫正与拓新的双重推动，古代文学的文本研究自90年代日渐兴盛，至世纪之交臻于高潮。冯保善《百年沉重——20世纪古代文学研究的回顾与前瞻》认为20世纪的古代文学研究，向深细专精发展，几乎每一部重要的作品、每一个重要的作家，都有多人研究，有多篇论文或多部论著发表。其标志便是专家的诞生与学会的出现。如《诗经》、《楚辞》、《史记》、建安文学、陶渊明、杜甫、李白、

---

① 蒋和森：《红楼梦论稿》，人民文学出版社1959年版。
② 陈菁霞：《学界总结改革开放40年古代文学研究》，《中华读书报》2018年10月17日；《中国古代文学研究：新时代新起点——"改革开放四十年古代文学研究座谈会"综述》，见 http://wxyc.literature.org.cn/home/show? ChannelID=231&ContentID=14187&ActionName=（《文学遗产》网络版）。

王维、韩愈、柳宗元、李商隐、苏轼、李清照、黄庭坚、辛弃疾、元好问、关汉卿、王实甫、《三国演义》、《水浒传》、《西游记》、《金瓶梅》、汤显祖、孔尚任、《儒林外史》、《红楼梦》、《镜花缘》等，都有全国或地方性的研究会创立，云集了一批专家在研究。从成果看，作品的校勘注释，作家身世生平的考订，作品的思想艺术阐发，应有尽有。数十年皓首穷经，的确也产生了一大批堪称经典的著述。正因为著作众多，研究史也应运而生，一个作家，一部作品，也多有了各自的学问。[①] 可以说，其中的精品成果多问世于新时期，尤其是90年代之后的世纪之交。仅就其中的文本研究而论，主要呈现为以下几种趋势：一是经典作品仍然居于主体地位，成为深度阐释的核心对象；二是小说、戏剧等叙事文学受到了前所未有的重视，在与叙事学研究的互动中取得了显著成就；三是以文学家群体的文学作品为研究对象，向一流文学家之外的文本研究推进；四是致力于文本理论的探讨，力图在融合本土与西方文本理论资源的基础上建立"文本学"理论体系。

　　在此，需要强调一下的是回归文本的核心是回归经典。正如彭书雄《文学经典问题研究在中国》一文所指出的，文学经典问题是当今学术界讨论比较多的一个话题。近十几年来，国内很多专家学者就有关文学经典问题进行了全面而深入的探讨，取得了丰硕的研究成果。这些成果主要集中在文学经典的概念和特征、文学经典的形成与建构、文学经典的解构与边缘化、文学经典的教育与传播等四大方面。[②] 而在古代文学研究领域，从郁玉英《二十年来古代文学经典研究的现状及展望》（《井冈山大学学报》2014年第4期）一文的专题总结，到刘跃进《中国古典文学研究四十年》（《深圳大学学报》2019年第1期）关于"回归经典的历史趋势"的总体归纳，充分彰显了文学经典在古代文学研究中的重要地位。除了诸多侧重于古代文学特定文体、类型经典研究的成果之外，其间陆续问世的理论性论文，包括詹福瑞《经典的魅力》（《光明日报》2016年10月27

[①] 冯保善：《百年沉重——20世纪古代文学研究的回顾与前瞻》，《民族艺术》2000年第1期。

[②] 彭书雄：《文学经典问题研究在中国》，《中州学刊》2010年第3期。

日），吴承学、沙红兵《中国古代文学的经典与反经典》（《文史哲》2012年第2期），韩经太《经典的确认与学科的自觉——中国古代文学理论批评研究的现代展开》[《中国文化研究》2004（冬之卷）]，梅新林、葛永海《经典代读的文化缺失与公共知识空间的重建》（《中国社会科学》2008年第2期），韩高年《探究古代文学经典价值的当代转化》（《中国社会科学报》2017年1月5日），等等，都在不同层面推进和深化了经典研究。经典作为文本的最高形态，回归经典也就是回归文本的最高形态。

  3. 文化研究。新中国成立后至1978年，由于历史的种种原因，发端于五四新文化运动的文化研究戛然而止，无论是文化研究本身还是以此应用于古代文学研究的论著寥寥无几。然而若从广义的文化概念衡量之，则前三十年间的神话、民间文学乃至部分文学社会学研究，都可归属于文化研究范围。20世纪80年代"文化热"兴起之后，古代文学的文化研究迅速取代新方法热而成为新的学术主潮，尽管此后潮起潮落，时隐时现，但文化研究从此已深深根植于古代文学研究之中，且已成为众多学者的重要价值理念与思维方式。包括那些对文化研究持批评或保留态度的学者，其实也同样从文化学理论与方法中受惠甚多。

  就文化研究的学术路径而言，又有侧重于文化精神与文化形态研究的不同取向。前者从古代文学的本位立场出发，旨在探索蕴含其中的文化精神，或者说是对古代文学文化精神的探原性研究，这是从深度上对古代文学文化的拓展。詹福瑞《文化研究：寻找中国古代文学研究的最佳思维》一文中所称的"文化研究"，即指此义。詹文提出，所谓文化的研究，首先即把中国古代文学置于中国古代文化的宏阔背景和综合关系网络中加以考察，以揭示文学作品及文学现象生成的文化原因、文学的文化性质。其次，文化的研究，还是一种带有鲜明的寻根讨源思维特点的文学研究。再次，文化的研究，又是一种开放性的研究思维。它不仅从各种文化因素与文学的联系来研究文学，做由外向内的思维运动；还要立足于文学这一独特的人类精神活动来反观文化，做由内向外的思维运动。中国古代文学产生于几千年的中国古代文化氛围之中，呈现出丰富的文化色彩，带有大量的历史文化意义。通过中国古代文学来研究中国古代文化，应当成为中国古代文学研究的任务之一。在这方面，前辈学者已经进行了卓有成效的工作。闻一多通过神话研究来探求中华民族文化的源头，《伏羲考》《高唐神女传说》等文章，均以文学为材料，进行以原始社会为对象的文化人类学研究，成为我国最早从事文化人类学的成功范例。陈寅恪的《元白诗笺证稿》《论再生缘》《钱柳因缘诗释证稿》，以诗证史，也是通过中国古代文学来研究中国古代文化的典范。[①] 而通观20世纪80年代至今古代文学的文化精神研究进程与成果，承续闻、陈学术传统，重在古代文学文化精神研究的学者与论著，可谓代代相继，层出不穷。虽然有的功力不逮，但仍粲然可观。主要由通代文学、断代文学、区域文学、各体文学、文学专题直至经典名家名著个案的文化精神研究，犹如一扇形结构，文学为扇中之"柄"，文化为扇中之"面"。以扇之"柄"为轴心，扇之"面"即可根据实际需要，自如伸缩，自由展开。扇面展开越大，学术视野越宽，对作者的学术要求也越高。而就研究热度与成果而言，则以经典名著为最，其次是文学专题，其余依次类推，恰与上述扇形结构反向而动。

　　古代文学的文化形态研究，集中体现在跨学科研究，这是从广度上对古代文学文化研究的拓展。张兵《中国古代文学的文化学研究》认为进入20世纪80年代，在国内学术研究已打破禁区和国外学术思潮与批评方法大量引进的学术背景下，运用文化学的批评方法研究中国古代文学才真正进入了完全自觉的状态，并且出现了一批标志性的学术成果。诸如程千帆《唐代进士行卷与文学》、傅璇琮《唐代科举与文学》、王小盾（昆吾）《隋唐五代燕乐杂言歌辞研究》、王勋成《唐代铨选与文学》、戴伟华《唐代幕府与文学》、陈华昌《唐代诗与画的相关性研究》、刘跃进《门阀士族与永明文学》、孙昌武《佛教与中国文学》和《道教与唐代文学》、陈顺智《魏晋玄学与六朝文学》、查屏球《唐学与唐诗》、李春青《宋学与宋代文学观念》、马茂军《北宋儒学与文学》、罗立刚《宋元之际的哲学与文学》、萧庆伟《北宋新旧党争与文学》、龚斌《青楼文化与中国文学研究》、沈松勤《唐宋词社会文化学研究》等，这些论著，除关注文学文本的研究之外，将研究视野转向科举、音乐、幕府、绘画、社会群体

[①] 詹福瑞：《文化研究：寻找中国古代文学研究的最佳思维》，《文艺研究》1997年第3期。

（家族、社团、流派）、宗教、学术、党争、青楼等文化层面，注意在相关学科的联系中，寻找事物之间的关系以及对其品性与原理的阐释，使许多在纯文本研究中难以确切说明和解释的问题得到了明确而深入的揭示，拓宽了研究思路和范围，丰富了古代文学的研究方法，将古代文学研究带入了一个更广阔的天地。[1]诚然，张文于此所列举的古代文学文化学研究的代表作，或许带有某种随机性，显然还有大批同样优秀的论著难以一一罗列出来，但有一点可以肯定的是，这些著作都广泛涉及了文化的各个层面，实际上都是跨学科研究的重要成果。以此与上文所引傅璇琮和赵昌平《谈古代文学研究中的文化意识——由〈佛教唐音辨思录〉所想起的》、袁行霈主编《中国文学史》、童庆炳《文化诗学是可能的》等所论相印证，那么从某种意义上说，古代文学的文化形态研究，实质上就是跨学科研究。归根到底，这是由文化学的固有学科特点所决定的，因为文化学作为研究人类文化现象、行为与规律的综合性交叉学科，就是致力于打破传统学科的固定范围，贯通传统学科分类的科际疆界，具有交叉性、多元性、开放性与批判性等鲜明特点。正是文化学本身的综合性交叉性特点，决定了古代文学文化形态研究的跨学科取向。

4. 文学史研究。中国文学史编写作为古代文学研究的最高形态与最后归宿，是古代文学文献、文本、文化研究的集成性成果。陆侃如提出"文学史的工作应包含三个步骤。第一是朴学的工作——对于作者的生平、作品年月的考订，字句的校勘训诂等。这是初步的准备。第二是史学的工作——对于作者的环境，作品的背景，尤其是当时社会经济的情况，必须完全弄清楚。这是进一步的工作。第三是美学的工作——对于作品的内容和形式加以分析，并说明作者的写作技巧及其影响，这是最后一步。三者具备，方能写出一部完美的文学史"[2]。袁行霈则强调文学史写作中"文学本位、史学思维、文化学视角"三大原则的有机结合，认为文学史作为文学的历史，首先应立足于文学本位，以文学创作为主体。其次，文学史属于史学的范畴，撰写文学史应当具有史学的思维方式，应注意

---

[1] 张兵：《中国古代文学的文化学研究》，《光明日报》2003年10月3日。
[2] 陆侃如：《中古文学系年·序例》，人民文学出版社1985年版，第1页。

"史"的脉络，寻绎"史"的规律。最后，文学史是人类文化成果之一的文学的历史，要从广阔的文化学的角度考察文学，要借助邻近学科的研究成果，在学科的交叉点上，取得突破性的进展。有了文化学的视角，文学史的研究才有可能深入。① 以这两位不同时代的文学史大家的意见和经验合而观之，的确可以充分印证中国文学史编写作为古代文学研究的最高形态与最后归宿，是古代文学文献、文本、文化研究的集成性成果。

据陈飞主编《中国文学专史书目提要》② 统计，在20世纪的百年间，共有2885部各种类型的中国文学史著作问世，其中多数出现于新中国成立尤其是进入新世纪之后。今天看来，问世于前三十年间的各种文学史著作，因绝大部分属于文学社会—政治学的理念阐释而逐渐淡出历史，但其间也出现了一些具有一定学术含量和特色的文学史著作，诸如李长之《中国文学史略稿》（五十年代出版社1954—1955年版），林庚《中国文学简史》（上）（文艺联合出版社1954年版），詹安泰、容庚、吴重翰编纂的《中国文学史》（高等教育出版社1957年版），杨公骥《中国文学》（第一分册，吉林人民出版社1957年版），中国科学院文学研究所编写《中国文学史》（人民文学出版社1962年版），游国恩等主编《中国文学史》（人民文学出版社1963年版），等等。尤其是后两部《中国文学史》，无论在内容还是体例上，都较之以前的文学史有了显著的丰富与发展，代表了那个时代的最高学术水准。进入80年代以后，由"重写文学史"引发的文学史编写与讨论，同时在理论与实践两个方面取得了辉煌成果，集中体现在文学史的理论研究、通代文学史、断代文学史、区域文学史、分体文学史、专题文学史的编写、文学史学与古代文学学科建构等七个方面。尤为可喜的是，在上述七个方面都出现了一批规模宏大、学术厚重、观点新颖、体例优化的集大成之作。其中如中国社科院文研所编《中国文学史》（人民出版社1991年陆续出版），章培恒、骆玉明《中国文学史》（复旦大学出版社1996年版），张炯主编《中华文学通史》（华艺出版社1997年版），郭预衡主编《中国古代文学史》（上海古籍出版社1998

---

① 袁行霈主编：《中国文学史》，高等教育出版社1999年版，第3—5页。
② 陈飞主编：《中国文学专史书目提要》，大象出版社2004年版。

年版)、袁行霈主编《中国文学史》（高等教育出版社1999年版），皆为规模宏大而又各具特色的集成之作。尤其是章培恒、骆玉明《中国文学史》与袁行霈主编《中国文学史》，普遍受到学界的高度评价，代表了新时期通代文学史研究和编写的最高成就。而就文学史学理论成果而言，则密集问世于新时期尤其是世纪之交，其中的代表性著作有：王锺陵《文学史新方法论》（苏州大学出版社1993年版），陶东风《文学史哲学》（河南人民出版社1994年版），陈伯海《中国文学史之宏观》（中国社会科学出版社1995年版），邓敏文《中国多民族文学史论》（社会科学文献出版社1995年版），魏崇新、王同坤《观念的演进：20世纪中国文学史观》（西苑出版社1999年版），陈平原《文学史的形成与建构》（广西教育出版社1999年版）、《作为学科的文学史》（北京大学出版社2011年版），林继中《文学史新视野》（北京大学出版社2000年版），葛红兵、梁艳萍《文学史学》（北岳文艺出版社2000年版），葛红兵、温潘亚《文学史形态学》（上海大学出版社2001年版），陈国球《文学史书写形态与文化政治》（北京大学出版社2004年版），罗岗《危急时刻的文化想像——文学·文学史·文学教育》（江西教育出版社2005年版），戴燕《文学史的权力》（北京大学出版社2002年版），董乃斌、陈伯海、刘扬忠主编《中国文学史学史》（河北人民出版社2003年版），董乃斌《文学史学原理研究》（河北人民出版社2008年版），陈广宏《中国文学史之成立》（上海古籍出版社2016年版），乔国强《叙说的文学史》（北京大学出版社2017年版），等等，这些著作以及大量相关论文一同为文学史学的理论建树和学科建设做出了重要贡献。此外，还要重点关注朱万曙、刘跃进等的"中华文学"论题。朱万曙认为，要突破现有的中国古代文学研究格局，必须从空间维度出发研究中国文学史，建立起中国文学是中国各民族文学——"中华文学"的观念，从而建构起"中华文学"的研究大格局。[①]刘跃进进而提出"中华文学的观念建构"这一理论命题，认为"中华文学"是一个建立在大中华文学史观基础上的相对独立的学科体系、学术体系和话语体系，既是现实的实践问题，也是深邃的理论问题，并从

[①] 朱万曙：《空间维度与中华文学史的研究》，《中国人民大学学报》2016年第6期。

努力回归中国文学本原、全面展现中华文学风貌、以文化天下的启示三个层面展开论述。与此同时,刘跃进在展示"理论研究的强势回归"趋势之际,再次聚焦于文学史研究的理论问题:"文学史是一座大厦,需要材料的支撑,更需要整体设计。只有这样,原本枯燥乏味的原材料才能焕发出有血有肉的生命活力。这就需要理论的跟进"。① "中华文学的观念建构"作为对此前"重写文学史"命题的回应、提炼与实践,将会对今后古代文学史研究以及文学史学学科建设产生重要影响。

五

当代七十年间,中国古代文学研究虽然取得了显著成就,但在艰难前行的路途上,既有前三十年由学术政治化留下的沉痛教训,又有后四十年为学术功利化付出的沉重代价,还有诸多基于学术精力和功力问题而导致的种种缺陷和不足,所有这些都需要引起学界的高度关注和认真思考。然而就古代文学研究的内在理路而言,更为重要或者说更为核心的问题是如何认识"古典—现代""本土—西方""文学—文化"关系三大难题的困扰和挑战,然后思考和寻找破解者三大难题困扰和挑战的对策,从而为推进中国古代文学的学科体系、学术体系、话语体系建设提供新的逻辑起点与学术参照——这是新中国成立七十年来古代文学研究学术反思更为重要的目标指向与学术使命。

1. 古代文学研究的困扰和挑战

中国文学的古今分科以及古代文学的独立设置,首先是以中国文学史的现代转型为划界的。因此,中国古代文学研究的第一重维度,即是历时性的"古代—现代"的时间维度;与此同时,从中国文学史的现代转型或者说从中国现代文学诞生历程来看,离不开西方文学理论以"外"而"内"的输入,包括以西方纯文学为标准对中国传统泛文学进行改造与重构,以此推进中国古代文学从传统走向现代、从本土走向世界,最终完成了中国文学的现代转型。所以,中国古代文学研究在空间维度上,又表现为共时性的"本土—西方"的交融。与以上"古代—现代""本土—西

---

① 刘跃进:《中国古典文学研究四十年》,《深圳大学学报》2019年第1期。

方"时空坐标相交融的第三重维度是"文学—文化"的交叉维度,这是基于"古代—现代"的历时性维度、"本土—西方"的共时性维度并与其相互交融的延展性维度。因为文学是文化的重要组成部分,诞生于文化之母体,流淌着文化之血液,有什么样的文化精神,就会有什么样的文学形态,彼此连为一体,不可分割。所以,无论是时间维度上的古今贯通还是空间维度上的中西交融,都离不开文学与文化的关系。显然,当今古代文学研究所面临的困扰和挑战亦同样聚焦于这三重维度。

(1)"古典—现代"关系的困扰。中国古代文学之不同于现当代文学,在于其研究对象是远离我们而去的已经成为"历史"的文学。《大英百科全书》的"历史"释义是:"历史一词在使用中有两种不同的含义。第一,指构成人类往事的事件和行动;第二,指对此种往事的记述及其研究模式。前者是实际发生的事,后者对发生的事件进行研究和描叙。"[1] 正是这一双重"历史"的存在和分合,将不时引发我们对研究主体与研究对象之间时空错位问题的思考。具体而言,即是作为研究主体的中国古代文学学者面对自己的研究对象时,究竟应如何在以"古"释"古"与以"今"释"古"之间做出艰难的选择。"子非古人,焉知古人之心?又焉知古人之文?"对于处于"现代"的学者来说,的确需要时时这样自我反诘,自我辩思,尽管可能一时没有答案,也许永远无解,但有无这样的思考与能否进行这样的思考同等重要。因为长期以来,我们已经习惯于以"今"人的思维、理论与方法审视"古"人的文学文本,然后予以过度的"现代"阐释,甚至不惜以肢解或扭曲"古"人的文学文本为代价。陈寅恪曾倡导研治中国古代哲学史者要抱有"了解之同情"的态度,[2] 钱穆在《国史大纲》一书卷首"凡读本书请先具下列诸信念"中提出:"所谓对其本国已往历史略有所知者,尤必附随一种对其本国已往历史之温情与敬意。"[3] 这对中国古代文学研究同样具有深刻的借鉴和启示意义。王长华

---

[1] 《历史》,摘自《大英百科全书》1980年版,《现代外国哲学社会科学文稿》1982年第5期。

[2] 见陈寅恪《冯友兰〈中国哲学史〉上册审查报告》。

[3] 钱穆:《国史大纲》,商务印书馆2010年版,第1页。

《"了解之同情"与历史意识建立》对此阐释道:"'了解之同情'是在对古人所处之环境和背景完全理解的基础上,创建一个与古人对话的平台,跨越时空与古人交流,设身处地地与古人进行生命对话,然后才有可能将作品读懂,而不至于过分误读。"① 而归根到底,这是基于古典本位立场还是现代本位立场以及如何实现辩证统一的问题。意大利著名学者克罗齐曾提出"一切真历史都是当代史"的重要命题,旨在强调历史的当代性及其彼此的贯通,的确具有深邃的历史哲学意义,是对那种死守"历史"文本、泥古不化学术风尚的矫正。但另一方面,我们也不能将此命题加以无限夸大和延伸,因为历史既需要不断重释,也需要不断还原,两者有机结合的历史研究才更符合历史科学的内在要求。

(2)"本土—西方"关系的困扰。源远流长的中国文学之所以以"五四"为界,划分为中国古代文学与现代文学两个学科,显然与"五四"以来西方文学理论与作品的密集输入密切相关,从中国现代文学诞生历程来看,其中有双重渊源:一是中国文学由"古"而"今"的演变,二是西方文学由"外"而"内"的输入。两大主线的汇合、碰撞、交融,从不同方向共同推进中国古代文学的从传统走向现代、从本土走向世界,从而完成了中国古代文学的现代转型。因此,中国文学时间维度上"古代—现代"的演变,是与其空间维度上"西方—本土"的融合相交错的;与此相对应,"本土—西方"关系难题的困扰也几乎同时与"古典—现代"关系难题的困扰相始终。因为长期以来,我们也同样习惯于借用"西"人的思维、理论与方法审视中国"古"人的文学文本,然后予以过度的"西化"阐释,甚至不惜以肢解或扭曲中国"古"人的文学文本为代价。而这,也同样可以归结于本土本位立场还是西方本位立场的问题。毋庸置疑,在近代尤其是"五四"以来的"西学东渐"过程中,西方文学传统不仅直接参与了中国现代文学的建设,而且主导了中国古代文学阐释理论的建构与中国古代文学史的重写,对其历史意义与现实意义、理论意义与实践意义,理应予以充分的肯定。但同样的问题是,中国与西方文学产生于不同的文化土壤,具有不同的文学传统与阐释体系,正如不能纯

---

① 王长华:《"了解之同情"与历史意识建立》,《文学遗产》2012 年第 3 期。

粹以中国文学理论阐释西方文学一样,也不能纯粹以西方文学理论阐释中国文学,尤其是中国古代文学,而应该鼓励彼此的相互对话和交融。我们既不能局限于以"中"释"中",也不能走向一味的以"西"释"中",而应该在坚持本土本位立场的前提下向中西通观的更高境界迈进。否则,由此带来的伤害就不仅仅是"削足适履"之憾,而是对中国古代文学之所以为中国古代文学的固有本质特性的漠视和曲解。

(3)"文学—文化"关系的困扰。自从20世纪80年代文化热勃兴以来,文学的文化学研究逐渐演变为一种新的学术思潮与研究方法,极大地拓展了原有文学研究的视野、方向与领域。进入21世纪以后,这一趋势无论在广度还是深度上都得到了进一步的强化。就文学与文化的内在关系而言,文学作为文化的重要组成部分,诞生于文化之母体,流淌着文化之血液,有什么样的文化土壤,就会有什么样的文学精神,彼此连为一体,不可分割。因此,文学文化学研究的兴盛与拓展,有其必然的缘由与内在动力。然而由"文学与××"的交叉性研究的无限延伸,也不时引起了一些学者的忧虑与质疑,即"文学—文化"研究的本位立场与研究边界的问题。就目前的"文学—文化"交叉性研究观之,大致呈现为两种不同取向:一是站在文学的本位立场,由文学探绎文化;二是站在文化的本位立场,由文化审视文学,两者都属于交叉性研究,却有着本位立场的差异。其中的关键问题,即在于能否坚守文学的本位立场,是否以文学为轴心而展开"文学—文化"的交叉性研究。如果在给予肯定性回答的前提下,那么,随着这种交叉性研究的不断延伸与深化,最终都将有益于中国古代文学研究的学科交融与学术创新。否则,就会引发轴心错位与"边界"混乱的连锁反应,最终导致文学本位性的丧失而走向文学研究的泛化与异化。

以上所论"古典—现代""本土—西方""文学—文化"关系的三大难题,既有不同的维度与重心,又有相互依存的内在逻辑关联。如何应对和破解三大难题的困扰与挑战,直接关系到能否以及如何坚守中国古代文学研究的古典性、本土性与文学性,也就是能否以及如何坚守中国古代文学研究的本质特性。

2. 古代文学研究的突破和超越

站在当代七十年的终点上,由此展望21世纪的中国古代文学研究,学科交融与学术创新的主流趋向以及伴随着三大难题的困扰和挑战将会继续同时并存，因而需要我们更加深入思考如何坚守中国古代文学研究的文学性、古典性、本土性的有机交融与辩证统一。与此相应的学术策略或者说路径选择是：在文献、文本、文化研究的三"文"融通的引领下，通过资源重整、范式重构与意义重释的整体突破，以及在中西文化交流舞台上的双向互动，从而在更高层面上实现中国古代文学研究学科交融与学术创新的历史性超越。

（1）三"文"融通。即指文献、文本、文化研究的有机交融与贯通。20世纪90年代，随着取代长期以来占据主流地位的社会学—政治学批评模式的缓慢退潮，学术界渐渐响起了"回归文本"的呼声。梅新林曾就红学研究的学科交融与学术创新提出了三"文"融通的构想，即以文献研究为基础，以文本研究为轴心，以文化研究为指归。当然，这里所说的"文化指归"，是同时熔铸了文化形态与文化精神两个层面而由前者向后者的升华与超越。文献研究的视角，是从作品之外看作品，文本研究的视角是从作品内部看作品，文化研究的视角又回到作品之外看作品，这是一个否定之否定的依次展开、相互融通、不断超越的过程。因此，文献、文本、文化研究的从分到合，以及三者从自发的融合到自觉的融通，实际上即是通过学科交融而对原有学术传统的新的拓展与超越。就融通与创新的关系而言，创新是融通的目标，也是宗旨；而融通则是创新的前提，也是途径。[①] 进入21世纪以来，中国古代文学研究的文献、文本、文化研究的融通得到了进一步的强化，对于学科交融与学术创新发挥了更为重要的促进作用，同时取得了更为显著的学术成果。然而对于文献、文本、文化三"文"的内涵及其融通的途径与方法，则应因时而变，与时俱进，加以不断地深化与升华。

（2）资源重整。即指对有关中国古代文学研究的所有文献包括原始文献资源与今人研究成果进行系统整理，并借助现代科技手段建立相关数据库而为学界所共享。这是推动中国古代文学研究学科交融与学术创新的

[①] 参见梅新林《拓展红学研究的文化视界》（《红楼梦学刊》1997年增刊）、《文献·文本·文化研究的融通和创新——世纪之交红学研究的转型与前瞻》（《红楼梦学刊》2000年第2辑）。

重要基础与契机。百年以来，中国古代文学研究的资源重整伴随二重、三重、四重证据法的相继提出而不断向前推进。1925年，得益于考古发现的重大突破与启示，王国维率先提出了"二重证据法"，谓"吾辈生于今日，幸于纸上之材料外，更得地下之新材料。由此种材料，我辈固得据以补正纸上之材料，亦得证明古书之某部分全为实录，即百家不雅训之言亦不无表示一面之事实。此二重证据法惟在今日始得为之"[①]。此后，以"纸上之材料"与"地下之新材料"相互印证的"二重证据法"，经过诸多著名学者的阐释与实践，被确认为20世纪中国考古学和考据学的重大革新，同时兼具了新理论与新方法的重要意义，对包括古代文学研究在内的20世纪中国学术研究产生了巨大的影响。以此为先导，后来一些学者包括黄现璠、饶宗颐、徐中舒、叶舒宪等又相继提出了"三重证据法"与"四重证据法"。对于中国古代文学研究的资源重整而论，同样做出了重要贡献。在当今信息化时代，为了更好地汇聚一、二、三、四重证据法的所有学术成果，完成中国古代文学研究以及相关文献的整合与集成工程，特别需要借助现代信息技术，充分利用各种数据库及相关检索平台，便于以空前的规模与效率进行新的资源重整，并为学界所共享。这或许可以称之为"五重证据法"。

（3）范式重构。即指对中国古代文学尤其是文学史范式进行重新建构。从新中国前三十年社会学—政治学批评范式的盛行到后四十年"新方法论"的勃兴，中国古代文学研究的范式重构一直伴随其走向多元化的历史进程而不断向前推进，时而悄然进行，时而阔步前行。以发端于20世纪末的"重写文学史"讨论为例，"重写文学史"本是一项永无止境的学术活动，但每一次"重写"——真正的"重写"，则都是对原有文学史范式的扬弃和对新的文学史范式的重建。纵观百年以来不断涌现的中国文学史研究著作，可谓成就斐然。然究其不足，一是时间断裂，即人为设置古代文学与现代文学分属不同学科的壁垒，中国文学史因此被腰斩为中国古代文学史与现当代文学史。为此，复旦大学章培恒率先发起和倡导打通这一人为壁垒的"中国古今文学演变研究"，这是对中国文学史研

[①] 王国维：《古史新证——王国维最后的讲义》，清华大学出版社1994年版，第2页。

究时间维度上的重构与创新。二是空间缺失，即囿于传统线性思维，过于注重时间维度而忽视空间形态，由此导致大量文学资源的流失以及整体文学生态的萎缩。长期以来，中国文学史研究著作中最为流行的是线性范式——不妨喻之为"藤瓜范式"，即文学史的时间进程为"藤"，作家作品犹如结在"藤"上的"瓜"，大家大"瓜"，小家小"瓜"，然后依次排列，循时而进。这种"藤瓜范式"看似提纲挈领，脉络清晰，实则往往是对文学史研究范式的单向度的片面构型，其根本偏失就在于过于注重时间一维的线性演进，而普遍忽视空间形态及其与时间形态内在交融的立体图景，结果导致文学史本身鲜活性、多元性、丰富性的缺失。[①]重在空间形态的文学地理学研究的兴起，就是力图从一个新兴交叉学科的崭新平台，从文学空间维度与形态的崭新视境，重新审视中国文学现象、形态与规律，以期达到学术"矫正"与"拓新"的双重目的。因此，从反思补救、矫正现有文学史范式的种种缺失，到重构一种时空并置交融的新型文学史研究范式，既是水到渠成的必然结果，也合乎中国学术史学术创新的内在要求。

（4）意义重释。即指借助新材料、新理论、新方法对文学文本进行重读、新读、深读，从中发现新的意义。意义重释与资源重整、范式重构三者相辅相成，相互促进，基于多重证据法以及借助现代信息技术的资源重整的巨大成果，对于范式重构与意义重释所产生的促进作用是显而易见的，其学术潜力更是无可估量的。至于意义重释与范式重构，彼此关系更为密切，也更为直接。就"重写文学史"的角度而言，每一次的"重写"实践，几乎都是范式重建与意义重释的同步推进。章培恒、骆玉明主编《中国文学史》首次从人性发展的视角重述中国文学史，即是范式重建与意义重释相互促进的双重突破。再就"重写文学史"中的意义重释本身而言，毫无疑问，首先必须以对经典之作的意义重释为中心，因为经典之所以为经典，既是经过长期历史积淀与洗礼而自然形成的结晶，又拥有一个面向未来的可以不断重释的开放文本体系。然而更具挑战性的意义重

---

① 参见梅新林《文学地理空间的拓展与文学史范式的重构》，《中国社会科学前沿报告》，社会科学文献出版社 2009 年版。

释,则在于如何以自己独特的眼光,从非经典之作中发现前人未曾发现的新的意义,甚至通过自己独特的意义重释赋予其新的文学经典的地位。对于包括经典之作在内的文学作品意义重释的重要突破,不仅会不断激活"重写文学史"的内在冲动,而且可以将其集成和转化为"重写文学史"的崭新成果。①

(5) 走向世界。中国古代文学研究本是一种基于本土文学历史的溯源性研究,但同时需要一种面向未来和世界的超越性视野的引领。在新时期走出长期封闭的学术环境之后,学术界一度停滞不前甚至倒退的走向现代与走向世界的步伐又重新开启。但总的来看,古代文学研究的现代学术转型比较成功,而在向世界传播中国学术的能力方面还相当欠缺。袁行霈《走上宽广通达之路——新时期古代文学研究的趋向》提出三十年来,我们在介绍国外的研究成果方面做了不少努力,但是中国的研究成果还没有引起国外学者广泛的充分的注意。研究成果的输入与输出显得不平衡。所以他特别殷切希望我们的研究成果走出国门,中国学者在国际学术界拥有更多的话语权。希望年青一代的学者能够更多地到国外参与国际性的学术活动,用流利的外语介绍中国古代文学以及中国学者最新的研究成果。在吸取世界上其他国家优秀研究成果的同时,让世界更多地了解我们,了解我们新的思路和新的进展,使我们的研究在世界上产生更大的影响,这是我们今后应当努力的一个方向。② 这也体现了前辈学者对古代文学研究界的殷切期望。归根到底,中国古代文学研究的走向世界,不仅仅是古代文学研究本身的内在要求,更是通过跨文化交流有效传播中国学术成果与文化价值的迫切需要。我们正视当前的弱项,正是为了寻求新的转机和突破。

3. 古代文学研究的指向和使命

学术反思不仅仅是为了总结过去,还有启示未来的功能。也就是说,对于新中国成立七十年来中国古代文学研究学术反思的成果,不应仅仅局

---

① 以上参见梅新林《学科交融与学术创新》,《文学遗产》2012 年第 1 期。
② 袁行霈:《走上宽广通达之路——新时期古代文学研究的趋向》,《文学遗产》2008 年第 1 期。

限于诸多研究综述或学术史论著的问世,而应肩负起更为重要的目标指向与学术使命,即以此推进中国古代文学的学科体系、学术体系、话语体系建设。

(1) 中国古代文学学科体系建设。学科体系建设是学术体系、话语体系建设的基础。学科体系通常理解为高等教育部门根据科学分工和产业结构的需要所设置的学科门类与层级系统,根据2011年国务院学位委员会、教育部新颁布的《学位授予和人才培养学科目录(2011年)》有关学科门类、一级学科和二级学科三个级次的划分,中国古代文学的学科定位可以归结为:文学(学科门类)—中国语言文学(一级学科)—中国古代文学(二级学科)—学科方向。① 与此同时,学科包含着知识分类体系与学术组织体系两种含义,前者是指一定科学领域或一门科学的分支;后者是指高校所承担的人才培养、科学研究、社会服务等的功能单位,是一个通向基层的实体组织系统。以上两个方面是我们赖以讨论中国古代文学学科体系建设的基础与前提。以此通观新中国成立七十年来中国古代文学学科经历了学科独立、学科复兴与学科自觉三大历史时段,几乎都偏重于前一方面而忽略了后一方面的内容。具体而论,在第一个历史时段中,尽管古代文学已从中国文学中分离出来而走向独立,但学界关注的重心是古代文学研究,而对中国古代文学学科的诸多理论问题并没有给予太多的关注。到了新时期之后,在对第一时段三十年的学术总结与反思中,在学术"矫正—平反—定位"的三部曲中,重点涉及对古代文学研究理念、对象和方法以及古代文学史的重新定位问题。古代文学在时间维度上的延展,就是中国古代文学史,这是古代文学学科建设与学术研究的核心内容。中国古代文学史的首要任务,就是揭示中国古代文学的发展演变轨迹与规律。正如宁宗一所指出的:"文学史作为一门科学,它的最高任务是

---

① 根据2011年国务院学位委员会、教育部新颁布的《学位授予和人才培养学科目录(2011年)》,学科门类划分为哲学、经济学、法学、教育学、文学、历史学、理学、工学、农学、医学、军事学、管理学、艺术学等13大学科门类;文学学科门类划分为中国语言文学、外国语言文学、新闻传播学3个一级学科;中国语言文学一级学科划分为文艺学、语言学及应用语言学、汉语言文字学、中国古典文献学、中国古代文学、中国现当代文学、中国少数民族语言文学、比较文学与世界文学等8个二级学科。

探索、发现和总结文学的发展规律",他认为中国古代文学史作为一门学科,不仅要探寻文学发展的一般规律,更要研究中国古代文学自身发展的特殊规律。① 其次,中国古代文学史研究除了从时间纵向上探讨其发展演变规律外,还应在横向上考察文学与政治、经济、哲学、宗教、艺术等其他人文社科的关系。② 如果说探索文学发展的内在规律是文学史的内部研究的话,那么注重文学与其他人文学科的关系研究则是文学史的外部研究。如此内外的结合、纵横的交错,才能立体地还原中国古代文学史。然而这里所论的中国古代文学学科侧重于古代文学史,直接以"文学史作为一门科学",而还没有进入对于中国古代文学学科本体的理论思考与探索。鉴此,我们不能不再次提起《文学遗产》主编徐公持在 1989 年 5 月 16 日至 20 日召开的"建国四十年古代文学研究反思讨论会"闭幕式上有关学科本体理论建设的意见,③ 因其的确触及了中国古代文学学科的核心问题,所憾当时学界的关注重心不在于此,所以未能进一步加以展开,更没有付诸实施。然后至 1999 年新中国成立五十周年之际,张炯《文学科学的大踏步前进——对新中国五十年文学研究的回顾》一文率先从新中国五十年文学学科的发展历程进行历史回顾与学术总结,其中明确提出的"文学"学科观与"中华各民族文学"的大文学史观,④ 对此前所普遍缺乏的中国古代文学学科意识与论述做了有效弥补,所惜尚未从"文学"一级学科进而进入"中国古代文学"二级学科的系统论述。进入 21 世纪之后,古代文学学科借助"世纪反思"的东风,由此前的学科独立、学科复兴进而走向学科自觉,其中最为重要的是古代文学学科反思不仅成为"世纪反思"的重要内容,而且逐步进入古代文学学科建设本身的学理探讨。比如 2001 年 5 月在上海师范大学召开了"新世纪中国古代文学学科

---

① 宁宗一:《文学史要探索文学的发展规律》,《光明日报》1983 年 7 月 19 日。
② 参见冯其庸《关于文学史研究的几点意见》,《学习与探索》1980 年第 2 期。
③ 参见闻涛《在历史反思中推进学科本体理论建设——建国四十年古典文学研究反思讨论会概述》(《文学遗产》1989 年第 4 期)、宗文《建国四十年古代文学研究反思讨论会综述》(《信阳师范学院学报》1989 年第 2 期)。
④ 张炯:《文学科学的大踏步前进——对新中国五十年文学研究的回顾》,《文艺研究》1999 年第 5 期。

建设研讨会",就古代文学在21世纪遭受的困境展开了讨论,并注力于学风建设。① 2001年9月在辽宁大学召开的中国古代文学"从学科传统走向学科创新"学术研讨会也就学科发展问题进行了研讨。② 2003年1月暨南大学举办了"龙榆生教授百年诞辰纪念暨中国古代文学学科建设研讨会",涉及古代文学的现代性以及与理论建设、文学创作的联系;如何走出国门,与国际汉学界接轨;研究手段的现代化与方法的多样化等论题。③ 这些学术会议都是直接以中国古代文学学科为标示和内容。同样,在相关的学术反思论著中亦多如此,诸如陈友冰《关于古典文学学科体系的思考》(《江淮论坛》2002年第3期)、李炳海《中国古代文学的学科整合刍议》(《江汉论坛》2002年第11期)、毛庆《关注古典文学学科的生存状态》(《江汉论坛》2002年第11期)、马自立《新时代的古代文学学科建构》(《光明日报》2018年1月29日)等文,也都直面古代文学学科建设中的诸多问题与缺陷,并提出了相应的对策与建议。陈友冰对建构具有当代意识的、科学的古典文学学科体系提出自己的设想:一个独立明晰的学科畛域和稳定开放的结构体系;科学多种的研究手段和中西文化的交流汇通;参与现实文化创造,体现当代人文关怀;张扬学术个性,重铸学术品格;马自立提出新时代古代文学学科内在建构的特征,首先体现在以历史的眼光、敬畏的态度、科学的理念,对中华文学与中华文明进行整体观照和重新认知,以古今中外文化通观、人文社科内部学科的交叉融通、文献大数据与人类文明共享互通的意识,参与世界文明的建设与对话。其次,以"中华文学"为名,重新建构文学史。树立中华民族充分的文化自信,对于建构中华文学大文学史观、重写文学史尤为重要。最后,主动走出去找寻中华文学传播和影响的印记,同时客观上增加本土文

---

① 孙逊、赵维国:《世纪之交:学风的反思与总结》,《文学评论》2001年第5期。《文学遗产》2001年第4期上孙逊等撰《推出精品,针砭学风:中国古代文学学科建设研讨会综述》对学者见解有更详尽的评述,可以参看。

② 胡胜:《中国古代文学"从学科传统走向学科创新"研讨会综述》,《辽宁大学学报》2001年第6期。

③ 程国赋:《龙榆生教授百年诞辰纪念暨中国古代文学学科建设研讨会》,《暨南学报》2003年第3期。

献资料的库存。将古代文学置于东亚汉文化圈内,有助于对中华文学的世界性意义和价值进行观照和评判。① 赵敏俐强调要重新思考中国古代文学研究的学科意义,这是因为当下这个学科的人文定位越来越被人忽视,极端的功利主义和冷冰冰的技术至上正在一点点侵蚀着古代文学研究。所以,要加强古代文学学科的人文关怀,就是要充分认识到"文学"的学科存在价值和意义,及其在提升当代中华民族文化品格和人文精神方面的作用,让文学研究承担起人文学科应该承担的文化责任。② 此外,21世纪古代文学的学科自觉还体现在以董乃斌、陈伯海、刘扬忠主编《中国文学史学史》(河北人民出版社2003年版)以及董乃斌《文学史学原理研究》(河北人民出版社2008年版)的问世为标志的"文学史学"学科的讨论与建构。

  以上会议与论著既是古代文学学科体系建设的重要成果,又反过来成为推动古代文学学科体系建设的重要动力。然而从更高的要求来看,其中的多数会议与论著对于学科包含着知识分类体系与学术组织体系两种含义的片面理解以及导致对后者的忽略问题依然没有予以应有的重视。相比之下,2001年5月在上海师范大学召开的"新世纪中国古代文学学科建设研讨会"的相关讨论就显得弥足珍贵。与会学者围绕"推出精品,针砭学风"这一会议主题,重点针对古代文学在新世纪遭受的困境与学风问题展开了讨论,徐公持在《关于当前的学风问题》的专题发言中,对于学风浮躁的原因作了全面的分析。首先是社会大环境的影响,其次是利益驱动的因素,还有量化考核办法容易滋生、助长了浮躁情绪。所以需要社会各方面综合治理。王水照认为,我们国家目前的整个学术评估系统出了毛病,影响了学术的正常发展。管理部门把学术评估视作简单的量化,把学术成果的数量作为评估的唯一标准,从而使学术评估从最初的良好愿望走向反面。王运熙更是直言现在我们的学术评估体制对于学风浮躁的滋长有直接的社会责任。项楚也认为现行评估体制的弊端不解决的话,会严重影响学术队伍的建设。黄天骥认为学术研究要遵守实事求是的原则,不能以商品经济中的"立竿见影"的效益来要求学术研究。郭豫适则认为除

---

① 马自立:《新时代的古代文学学科建构》,《光明日报》2018年1月29日。
② 赵敏俐:《加强古代文学研究的理论建设和人文关怀》,《文学遗产》2019年第1期。

了管理部门对于不合理的评估体制进行调整以外，作为学术界自身应该担负起规范学风的历史责任，并把这种责任付诸社会实践。① 诚然，古代文学学科体系中的组织体系建设不仅仅在于学风与评价制度问题，同时涵盖以人才培养为中心的学位点建设、课程建设、教材建设、师资建设以及相应的制度安排，对此也有一些学者提出了自己的思考与建议。曾大兴认为古代文学的教学目的包括五个方面，"一是传授科学文化知识，二是传授写作技巧，三是培养学生的审美能力，四是培养学生的想象力与创新能力，五是培养学生的人文精神"②。徐正英认为文学史教材的编选应该遵循三个原则：学术性与实用性相统一、必须从"史"的角度写文学史、注意从文化视角审视文学发展。③ 吴相洲提出要重建古代文学价值评判体系，要改变传播路径，在教育过程中提高青少年欣赏古代文学的情趣与能力。④ 赵维江指出在古代文学专业的教学体系中，审美教育当是最能体现学科本质的根本教育目标，在各项教育任务中处于核心的位置，具有纽带的作用，需要大力加强。邵炳军等提出古代文学教学要强调元典的作用，因为"中国古代文学'元典'具有原创性、典范性和民族精神性特质"，是我们宝贵的精神财富；而元典教学还"是克服当前教育弊端、培养原创力的重要途径"。⑤ 吴晟以为应当提升课堂教学的学术含量，包括吸收学界最新研究成果、理论阐发与提升、补引文献资料、以文化视野来观照文学等方面；这将有助于学生扩大学术视野、了解研究动态、培养理论思维等。⑥ 刘扬忠指出要集中力量完善古代文学自身体系建设，而人才培养

---

① 孙逊、赵维国：《世纪之交：学风的反思与总结》，《文学评论》2001 年第 5 期。《文学遗产》2001 年第 4 期上孙逊等撰《推出精品，针砭学风：中国古代文学学科建设研讨会综述》对学者见解有更详尽的评述，可以参看。

② 曾大兴：《古代文学教学的五个目的与五种方法》，《广州大学学报》2004 年第 2 期。

③ 徐正英：《对中国文学史教材编写与古代文学教学问题的思考》，《河南教育学院学报》2002 年第 1 期。

④ 吴相洲：《古代文学怎样才能进入现代人的生活》，《河北大学学报》（哲学社会科学版）2001 年第 3 期。

⑤ 邵炳军等：《文学"元典"教学在古代文学课程中应给予更有力的关注》，《中国大学教学》2007 年第 2 期。

⑥ 吴晟：《古代文学教学中如何扩充学术含量》，《广州大学学报》2003 年第 6 期。

尤其关键。他认为,"为了培养出知识结构合理、专业技能全面的古代文学教学与研究人才,我们应该建立一种理论、文献、创作三结合的博士生教学机制"①。以上意见都不同程度地涉及人才培养、学位点建设、课程建设、教材建设等论题,当有一定的补缺与纠偏作用,但需要走向更为系统、更为深入的思考与总结。至于有关古代文学学科体系内部知识分类体系与学术组织体系建设的关系问题,迄今为止尚无相应的讨论,其中的核心问题是如何在更为科学合理而又充满人文关怀的制度安排下,促进彼此之间的生态优化与成果转化。

(2) 中国古代文学学术体系建设。学术体系建设是学科体系、话语体系建设的核心。传统上的"学术"概念,经历了先秦两汉时期"术学"先行于"学术"、魏晋至唐宋时期"术学"与"学术"并行、宋元以降"学术"逐步替代"术学"而独行、晚清以来"学术"的新旧转型与中西接轨的演变历程,②梁启超释之为:"学者术之体,术者学之用,二者如辅车相依而不可离"。③ 当前"学术"的意涵通常是指系统专门的学问,则古代文学的学术体系即主要是指以古代文学为研究对象的专门的系统的学问。鉴于学科是由知识分类体系与学术组织体系两个方面所组成,则古代文学的学术体系主要对应于其中的知识分类体系,所以古代文学的学术体系并非外在于学科体系而存在,而是学科体系内核之所在。与此相契合,有关古代文学学科体系建设的讨论,既要同时兼顾知识分类体系与学术组织体系两个方面,又要真正深入其内核,深刻把握古代文学学科学术体系的传统性与当代性、自足性与开放性的辩证关系。目前学界对此有两种截然不同的看法,一种意见认为我们20世纪从西方借用了现代的"文学"观念,用来阐释几千年的中国文学,建成了一个比较完满的古代文学阐释体系。但是今天回头来看,这个体系存在的最大问题是生搬硬套,

---

① 刘扬忠:《建立理论、文献、创作三结合的古代文学博士生培养机制》,《陕西师范大学学报》2003年第1期。
② 梅新林、俞樟华:《"学术"考释》,《浙江师范大学学报》2013年第6期。
③ 梁启超:《学与术》,《国风报》1911年第2卷第15期。

总有削足适履之感。① 另一种意见则认为相对于文艺学、中国现当代文学、比较文学与世界文学等学科而言，传统的中国古代文学由其学术传统、研究方法、治学理念、文献资料等方面的本土性所决定，较少受到国外其他人文学科的直接影响。中国古代文学学科的自足性，客观上制约了其进入世界学术话语体系，参与世界文明建设和对话的进程。因此，相对于其他中文学科，就时代性特别是理论话语体系的建构而言，中国古代文学恰恰是最需要认真反思的一个学科。② 对此，需要我们以辩证思维既要看到古代文学学术体系的传统性与自足性，更要看到其与此相辅相成的时代性与开放性，并因此而赋予古代文学学术体系与时俱进的鲜明时代特征。首先，与20世纪50年代初古代文学学科独立设置的重要变革相契合，是以马克思主义为指导的当代学术传统以及社会学—政治学批评范式的重建，然后重点通过1954年对俞平伯继之对胡适学术思想与研究的批判，由此正式确立了社会学—政治学批评的主流地位，并在这一批评范式的主导下而逐步形成了"时代背景—作者生平—主题思想—艺术成就"的"四段论"模式。其次，在进入新时期后的学科复兴阶段，古代文学研究力图从单一的社会学—政治学批评范式中解放出来，通过对上一时段的学术矫正与重新定位而走上多元发展之路，无论是美学热、新方法热与文化热之三"热"，还是"重写文学史"大讨论、人文精神大讨论与百年反思大讨论之三"论"，虽然不同程度地为古代文学的泛学科化带来了负面影响，但在总体上则对于古代文学学术体系建设起到了积极的推动作用。最后，至21世纪的学科自觉阶段，以古代文学的理论自觉为引领，并与文献集成、技术支撑、跨界融合、文本回归、方法创新的协同并进，初步彰显了21世纪古代文学学术体系建设的时代特征，同时预示着未来古代文学研究的发展方向。

综合当前学界有关古代文学学术体系建设的讨论，我们认为其核心内容主要包括分支体系、理论体系与方法体系，因而古代文学学术体系建设应重点聚焦于以下三个亚体系建设。

---

① 赵敏俐：《加强古代文学研究的理论建设和人文关怀》，《文学遗产》2019年第1期。
② 马自立：《新时代的古代文学学科建构》，《光明日报》2018年1月29日。

一是分支体系建设。即在从"文学"一级学科到"中国古代文学"二级学科之下,明确其相应的研究方向,既要在纵向上涵盖古代文学各个不同时段,如先秦两汉、魏晋南北朝、隋唐五代、宋代、辽金元、明代、清代文学,又要在横向上包括古代诗歌、散文、戏曲、小说各种文体;同时需由文人精英文学延伸至民间通俗文学、由汉民族文学延伸至少数民族文学、由境内古代文学延伸至境外汉文文学。这一边缘性研究的拓展以及"边缘活力"的激发,显然是世纪之交古代文学研究的一大亮点,主要包括民间文学研究、民族文学研究、域外汉文研究等。边缘是相对于主流而言的,但彼此又是可以相互转化的。20世纪末21世纪初,受惠于人类学、民族学的持续激发,原本处于边缘地带的民间文学、民族文学等终于被强烈激活,同时为整个古代文学研究带来新的活力。至于域外汉文研究,则直接得益于国际化进程的推进,也与21世纪以来国际汉语推广的兴盛密不可分。域外汉文研究的意义,不仅表现在它可以为域内的古代文学研究提供许多新材料以及域内外比较研究的新视角,更重要的是借此可以重建一部拓展至汉文化圈的更为完整的中国文学史。此外,还涉及古代文学与其他学科的跨界研究。这是一个最富有弹性的研究领域,亦是21世纪以来中国古代文学研究的另一大亮点,重点形成了以古今文学演变研究、文学地理研究、文学世家研究、城市文学研究等为代表的新的交叉性研究方向与领域。在此,可以重点关注一下陈友冰在《关于古典文学学科体系的思考》中所提出的关于古代文学学科体系的新架构:一是文献学研究。这是古代文学研究这门学科得以成立的基础和前提,直接关系到正确、全面地把握一个作家、一部作品的人文内涵,能否系统地探究一个时代、一个流派的发展、演变规律。二是文艺学研究。包括作家作品的艺术风格和特征、表现手法的继承和创新,各种文学体裁的发展和流变,这是区别于其他相邻学科的主要特征所在。三是文论学研究。包括古代文艺批评、文艺理论和批评史三个内涵。它与文艺学研究虽都以把握特征、探求源流、总结规律为研究的最终目标,但前者强调的是诗性,后者强调的是理性;前者要求感情的投入与沟通,后者则倾向于冷静的思考与总结。四是文学史研究。文学史研究是线性研究,或者说是纵向研究,包括文学史编写和文学史研究两个内涵,同时要解决文学史模式与文学史研究方法两个问题。五是学术史研究。如果说前四种是以古代作家作品及其承绪流变为对象,则学术史研究是以古代文学的研究者及其研究论著为对象,是对研究者的研究。诸如"诗经学""楚辞学""龙学""唐诗学""杜诗学""金学""红学"等。① 这是一个跨学科的古代文学"大学科"架构,包括名实两个方面都有可能会引发不同的意见和争议,但可以促进学界对此作进一步的思考与探索。

二是理论体系建设。理论体系在学术体系建设中居于核心地位,发挥着引领作用。但在理论体系内部,同样是具有不同等级序列的,其中的最高层级是中国古代文学学科的本体理论,实质上亦即是关乎中国文学本质的理论。诚如赵敏俐《加强古代文学研究的理论建设和人文关怀》一文所强调的,我们首先需要重新思考中国文学的本质特征,然后逐步建立起一个具有中国特色的古代文学理论体系,使之更符合中国古代文学的实际,更能解释复杂的中国古代文学现象,描述其发展的历史,让这个学科在学理上有更加坚实的立足点。② 这一最高层级的本体理论,曾被徐公持推到了这样的高度:"一个学科没有成熟的、完整的本体理论,不成其为学科,而只能成为其他学科的附庸。历史悠久、力量雄厚的古典文学研究界应努力建设自己的本体理论。"③ 其下第二层级的理论,即是文学代际理论与文学辩体理论。所谓文学代际理论,主要是就古代文学的纵向代际变化而言的,"一代有一代之文学",不同时代的文学需要建构不同的理论体系;所谓文学辩体理论,则主要是就古代文学的横向文体分合而言的,从传统的"泛文学"到现代的纯文学及其诗歌、散文、小说、戏剧四大文体的划分,也都需要融合传统与西方文体学理论而建构新型文体理论。第三个层级则是文学阐释学理论,无论是古学新用还是西学中用,或是两者的相互交融,皆具极为广阔的学术空间与前景,而且可与下文所要

---

① 陈友冰:《关于古典文学学科体系的思考》,《江淮论坛》2002 年第 3 期。
② 赵敏俐:《加强古代文学研究的理论建设和人文关怀》,《文学遗产》2019 年第 1 期。
③ 闻涛:《在历史反思中推进学科本体理论建设——建国四十年古典文学研究反思讨论会概述》,《文学遗产》1989 年第 4 期;宗文:《建国四十年古代文学研究反思讨论会综述》,《信阳师范学院学报》1989 年第 2 期。

论述的方法体系相互贯通。

　　三是方法体系建设。方法体系与理论体系互为一体，息息相关。自20世纪50年代重建社会学—政治学批评范式以来，基于本土的传统方法与引自国外的新方法此消彼长，此分彼合，至80年代中期新方法热勃兴继而消退之后，彼此逐步臻于内在融合与多元发展。进入21世纪之后，张伯伟、赵敏俐、李浩等相继对古代文学方法论展开了专题性研究，并有《中国古代文学批评方法研究》（中华书局2002年版）、《文学研究方法论讲义》（学苑出版社2011年版）、《中国古代文学研究方法导论》（高等教育出版社2011年版）等著作陆续问世。张伯伟《中国古代文学批评方法研究》分内、外两篇。内篇探讨古代文学批评方法的内在精神，归纳为儒家思想影响的"以意逆志"法，受学术传统影响的"推源溯流"法，受庄禅思想影响的"意象批评"法，并以此三种最能体现的传统文学批评方法精神的方法为支柱，构成中国古代文学批评方法的独特结构。外篇探讨古代文学批评的外在形式，选择了六种最具民族特色的批评形式加以探讨。作者写作此书的基本目的，就是通过对古代文学批评方法的整体把握与研究，一方面将其隐而未彰的体系重显出来，另一方面将这一体系不断完善、丰富的历史呈现出来，并在重显与呈现的过程中，揭示中国古代文学理论的民族特色和现代意义。赵敏俐《文学研究方法论讲义》与李浩《中国古代文学研究方法导论》两书都有教材的功能，旨在建立适应现代大学教育的古代文学研究方法论体系，从而使古代文学研究方法成为一套可以学习、传授和交流的知识谱系，以指导学生的相关学习和研究实践。以此结合七十年尤其是新时期以来古代文学研究方法，先后经历了社会学—政治学批评、美学批评、文化批评、原型批评、结构主义、接受美学、叙事学、传播学、阐释学、译介学、地理学、图像学批评等的兴替与分合，其中运用最为广泛的还是文化批评，而借鉴最为成功的则是叙事学方法。后者对于构建富有中国特色的叙事学体系，为中国叙事文学研究提供新的阐释系统，进而丰富西方叙事学理论，具有重要的理论价值与实践意义。在进入21世纪之后，除了传播学、阐释学、叙事学、译介学依然比较活跃之外，分别基于文学地理学与互文理论的空间批评与图像批评相继兴起，不仅广泛应用于古代文学研究之中，而且注重中西融合而走向本土化的方法创新与重构。

（3）中国古代文学话语体系建设。话语体系建设是学科体系、学术体系建设的载体。所谓话语体系，通常是指话语表达、交流、传播体系，是理论体系、知识体系与价值体系的符号系统与表达形式。古代文学话语体系建设之重要，一方面从理论上说，是因为它直接关系到学科体系、学术体系建设的成效；另一方面从实践上看，当前的古代文学话语体系还存在着种种缺陷。概而言之，就是西化、泛化与俗化三大问题。关于西化问题，早在1995年，曹顺庆就在《21世纪中国文化发展战略与重建中国文论话语》中高度关切中国文论"失语症"问题，提出21世纪将是中西方文化多元对话的世纪，我们应该如何建立"中国"自己的文论话语，以便在世界文论中有自己的声音？① 此后，古代文学研究界的郭英德《中国古典文学研究的理论品格》（《文学评论》1997年第4期）、王筱芸《中国古典文学研究现状之我见》（《文学遗产》1997年第5期）、陈厚诚等《西文当代文学批评在中国》（百花文艺出版社2000年版）、张强《中国古代文学研究的方法与运用》（《社会科学战线》2001年第6期）等都曾论及这一重要论题；关于泛化问题，首先与勃兴于20世纪80年代的文化热息息相关，文化学方法既在古代文学研究中结出了丰硕的成果，也易于导致古代文学研究非文学化的不良倾向，詹福瑞《文化研究：寻找中国古代文学研究的最佳思维》（《文艺研究》1997年第3期），李辉、许云和《回顾反思　开拓前进——记新时期古典文学研究回顾与展望讨论会》（《文学评论》1992年第2期），吴格言《古典性特征与文化学方法——关于中国古典文学研究方法的思考》（《河北师范大学学报》1999年第3期），蓝旭《文化史方法在古代文学研究中的适用范围》（《河南社会科学》2003年第5期），杨扬、罗云锋等《当代中国文学研究中的非文学化倾向》（《山花》2003年第4期）等文都对此做出了学理辩思。另一方面，亦与当今古代文学跨界研究的主流趋向密不可分，因为跨界研究同样具有促进学科交融、学术创新与走向泛文学化的双重作用，诚如英国学者舒马赫所言："每门学科都是在它的专属范围内有益，一旦越过这个范围

---

① 曹顺庆：《21世纪中国文化发展战略与重建中国文论话语》，《东方丛刊》1995年第3期。

就成为有害的，甚至起破坏作用"①；关于俗化问题，毫无疑问，古代文学研究既需要普及，也离不开大众传播，但不能以此与"索隐""戏说"画等号，在《红楼梦》等经典名著中，既存在着不断的作者"发现"，以至于出现数十位作者"候选人"，但没有任何一个可靠的证据，也出现了离奇的文本解读，往往抓住一点，不及其余，甚至捕风捉影，胡编乱造，实际上已远离了文学研究。克服和消除古代文学话语体系的西化、泛化与俗化三大问题，关键是要回归文学本位，回归科学态度，回归审美特征。然后思考如何以契合古代文学内涵、特征与功能的话语体系，进一步讲好古代文学故事，传播古代文学经典，弘扬古代文学精神。

总之，加强中国文学学科体系、学术体系、话语体系建设，需要以学科体系建设为基础，以学术体系建设为核心，以话语体系建设为载体，这既是新中国成立七十年古代文学研究学术反思的重要使命，也是未来古代文学研究进一步走向繁荣发展的目标导向。

六

《当代中国古代文学研究（1949—2019）》作为第一部新中国七十年古代文学研究史的集成之作，同样无法回避学术史所固有的有关史料、史体与史识的挑战、考验与选择。在"导论"的最后，拟就本书的著述体例再略作一点说明。

在学术史的诸多挑战与考验中，居于中心位置的是"史体"。面对七十年来如此浩瀚的古代文学研究成果，除了"海量"二字之外已无法形容，我们不仅无法准确统计这些"海量"成果，更无法一一阅读这些"海量"文献，当然也无法确定究竟还遗漏了多少相关论著。这正如同编写文学史一样，我们不可能穷尽所有的作家作品，也不可能在一一阅读了哪怕是著名作家的作品之后才去写作文学史，其中除了"史料"的支撑之外，还需要逻辑推理的帮助以及彼此的两相结合，然后选择和确定最为合适的著述体例。所以"史体"既产生于对"史料"的提炼之中，又是

---

① ［英］E.F.舒马赫：《小的是美好的》，虞鸿钧等译，商务印书馆1984年版，第27页。

研究者基于"史识"的主观选择的结果,并反过来对"史料"的检索和甄选产生重要影响。

就学术史的通行体例而论,大致有断代、分体、专题研究等"史体"模式。一是断代"史体"模式,以吕薇芬、张燕瑾主编《20世纪中国文学研究》系列丛书(北京出版社2001年版)与陈友冰主编四卷本《新时期中国古典文学研究述论》(商务印书馆2006年版)等为代表。吕薇芬、张燕瑾主编《20世纪中国文学研究》共10卷12分册,其中古代文学(含近代文学)部分有8卷10分册,依次为先秦两汉、魏晋南北朝、隋唐五代、宋代、辽金元、明代、清代、近代卷。陈友冰主编《新时期中国古典文学研究述论》共四卷,依次为先秦至六朝、隋唐五代、宋辽金、元明清近代卷。二是分体"史体"模式,以黄霖主编七卷本《20世纪中国古代文学研究史》(东方出版中心2006年版)为代表。其中总论卷具有统摄各体研究的功能与意义。其余六卷,即诗歌、词学、散文、小说卷、戏曲、文论卷,均属分体学术史。三是专题"史体"模式,以赵敏俐、杨树增《20世纪中国古典文学研究史》(陕西人民教育出版社1997年版)为代表。此书按相关专题分为四编:第一编时代变革与学术演进,第二编文化思潮与理论思考,第三编格局改变与领域拓展,第四编文学史的研究与编写。依次通论20世纪的中国古代文学研究史。此外,也有部分论著采用分段叙述的体例。此体例在一般的学术史研究中最为普遍,但无论是新中国成立七十年、新时期四十年,还是20世纪百年,都因历时太短,难以从容展开,所以很少被采用。人们也许已注意到了黄霖主编《20世纪中国古代文学研究史》中的总论卷(周兴陆著)与其余各卷分体叙述体例的不同。作者即按20世纪上半叶、新中国成立三十年、新时期以来三个阶段,重点从文化影响下学术范式演进的视角,对20世纪的中国古代研究进行了总体上的梳理和总结。还有一些论文也采用了这一分段叙述的体例。

鉴于以上各种"史体"模式的得失,《当代中国古代文学研究(1949—2019)》尝试建构一种以时间节点为经、以学术思潮为纬、纵横开阖、分总结合的综合型"史体"模式。即以新中国成立以及新时期、新世纪三大时间节点为坐标,以新中国成立七十年来的学术主潮演变为主线,对古代文学研究新学术传统的确立、社会学研究主潮的兴盛及其政治化蜕变、改革开放后古代文学研究的学术转型、美学意识的先锋突起、新方法热的广泛影响、文化批评的持续繁荣、学科交融的多元拓展、中外比较的深度透视、文学本位的内在回归，以及世纪之交古代文学研究的百年反思与最新趋势进行了纵向梳理和揭示，对古代文学文献整理与研究、古代文学史学理论与著作进行了专题归纳和评述，重在把握学术主潮之理念与范式的交融轨迹与演变规律，系统总结古代文学研究的主要成就与经验教训，以充分彰显辨章学术、考镜源流与启思未来的重要价值。

具体而言，"导论"对于当代七十年中国古代文学研究成就与不足的总结、经验与教训的反思、困惑与难题的梳理以及未来突破方向与路径的展望，包括重要节点、时段、成就、困扰、对策与建设，这对于全书而言无疑具有引领与导向作用。在总体设计上，本书分为上下两卷，按纵横两个方向依次展开。上卷共计十章，主要以历时性的维度即新中国、新时期、新世纪三大关键节点为学术史叙述框架。首先，在新中国成立的第一个时间节点上，以第一至第三章重点论述了"20世纪中叶学术新传统的确立"、"古代文学的社会学研究主潮"（上）、"古代文学的社会学研究主潮"（下）三个论题，其中第一章"20世纪中叶学术新传统的确立"，由传统"泛文学"观念的纯化与"中国文学"学科的古、今分化以及"古代文学"学科走向独立的历史进程，重点探讨当代学术传统重建中马克思主义核心地位的确立，自有作为新中国成立第一个时间节点之总论的功能，也因此有效强化了学术新传统确立的历史纵深感。其次，在新时期的第二个时间节点上，以第四至九章重点论述了"古代文学研究的矫正与转型""古代文学研究的美学先锋""古代文学研究与新方法论""古代文学研究与文化批评""古代文学研究与文学史学""古代文学研究的本体回归"等论题。其中第四章"古代文学研究的矫正与转型"兼具链接前后两个时间节点的过渡作用。最后，在新世纪的第三个时间节点上，以第十章重点论述了"古代文学研究的世纪反思"，同样具有链接上一时间节点以及开启下卷的双重作用。下卷共计七章，则主要从共时性的维度，旨在链接新中国、新时期、新世纪三大关键节点而展开贯通性研究。其中第十一章重点论述了"古代文学文献的整理与研究"；第十二、十三章重点论述了"古代文学研究的跨学科拓展""古代文学研究与跨文化对话"两个论题,合之为两"跨";第十四至十六章重点论述了"古代文学研究的最新趋向"(上)、"古代文学研究的最新趋向"(中)、"古代文学研究的最新趋向"(下)三个论题,合之为三"新";第十七章重点论述了"古代文学史主要类型与成果"。鉴于古代文学文献整理与研究、古代文学史研究进程与成果的历史延续性,所以下卷分别以此为开端与归结,旨在凸显文学研究的学术根基以及文学史的集成之功。中间两"跨"与三"新"尽管都是跨时段的,但两"跨"的确"跨"在世纪之交,而三"新"则重点落在新世纪,集中体现了古代文学研究的最新趋向,正与"世纪反思"诸多厚重的百年学术史论著一样,由此三大最新趋向所激发的学术增长点及其系列成果,都为新世纪的第三个时间节点增添了学术分量。在此,需要略作说明的是,在以新中国、新时期和新世纪为三大时间节点的坐标系中,同时密集分布着更为具体的时间刻度以及与此相关的学术思潮,比如改革开放第二个时间节点中的古代文学研究的美学先锋、古代文学研究与新方法论、古代文学研究与文化批评,分别以1980年、1983年、1985年为始点,然后适度向后延续,在时间节点与学术思潮的经纬合一中,更加凸显学术思潮的兴衰轨迹以及学术史发展演变的时间节律。其中最后一章"古代文学史主要类型与成果",也可以视为对当代七十年古代文学研究核心成果的系统梳理与历史总结,并在全书结构上形成"纵—横""分—合"的总体框架,从而进一步增强了全书纵横开阖、分总结合的力度和效度。

要之,本书先后经历了初撰与修改两次学术活动,旨在通过对中国古代文学七十年学术历程的还原与建构,力图臻于历史逻辑与学理逻辑的辩证统一。然而毋庸讳言,学术史研究也是一种"遗憾的艺术"。面对当代七十年间古代文学研究如此亮丽的风景,我们坦承自己只是打开了一个"观景"的"窗口",至于所得的观感如何,既取决于打开这个"窗口"的时间、地点和视角,更考验着我们"观景"的视力、学养和识见。无论在写作过程之中还是成稿之后,我们总是忐忑不安地担心遗漏了诸多不该遗漏的重要成果,或者做出了与事实不符的不当评价,甚至出现捡沙遗金、以沙为金的失误,祈请各位专家和读者见谅。

第 一 章

20世纪中叶学术新传统的确立

1949年中华人民共和国的成立，标志着中国学术研究跨入了一个崭新的时代。与"中国文学"的古、今分科以及"古代文学"学科的独立设置相契合，一种划时代的学术传统即当代学术传统也由此拉开了序幕。中国当代学术传统是以马克思主义为核心地位的社会主义学术传统，其理论来源一方面是毛泽东《在延安文艺座谈会上的讲话》，另一方面则是苏联文艺理论的引进。中国当代学术传统确立了以阶级性、人民性、爱国主义和现实主义为主体的价值导向，重建了以社会学和政治学研究范式为主导的两大学术批评范式。这种新学术传统的建立，揭开了当代中国古代文学研究的崭新篇章，在中国古代文学研究史上具有划时代的学术意义。

第一节 古代文学学科的独立化进程

20世纪的中国文学概念与学科先后经历了传统文学观念的纯化与古今文学学科分化的重要变革。追本溯源，"中国文学"作为"中国"与"文学"合成词，是伴随"中国"版图与"文学"观念的漫长演变历程而逐步趋于相对稳定的。其中20世纪初期从传统的"泛文学"向此后的"纯文学"观念与形态的演变，是以引入西方现代"文学"观念重构中国传统文学史的"现代化"结果;而20世纪中叶中国文学学科的古今分化,即将中国文学普遍分设为古代文学与现代文学学科,由此促成古代文学学科的走向独立,则是当时高校学科大规模调整的必然产物,两者都对中国古代文学研究产生了巨大而深远的影响。

一 古代"泛文学"概念与体系

这里所说的"泛文学",不同于目前学界通行所称的"杂文学"概念,因为"杂文学"之"杂"的基本意涵是"次小"(非主流)、"不正"(非标准)、"混合"(非纯粹),与源远流长的古代文学实际状况以及文人群体的主体认知不符,于是改换为更为恰当的"泛文学"概念,所谓"泛文学",意为宽泛意义上的"文学",也就是广义的"文学"概念。

从概念史的角度往前追溯,"文学"一词由"文"与"学"组合而成,在先秦时期已屡见于诸子之作。《论语·先进篇》:"德行:颜渊,闵子骞,冉伯牛,仲弓。言语:宰我,子贡。政事:冉有,季路。文学:子游,子夏。"孔子按才能把学生分成德行、言语、政事、文学四类,后世称为"孔门四科",北宋邢昺疏注释此"文学"为"文章博学"。先秦诸子谈到"文学",均持与孔子相同或相近的概念。如《荀子·大略篇》:"人之于文学也,犹玉之于琢磨也。诗云:如切如磋,如琢如磨,谓学问也。和之璧,井里之厥也,玉人琢之,为天下宝;子贡、季路,故鄙人也,被文学,服礼仪,为天下列士。"《墨子·非命篇》:"子墨子言曰:凡出言谈,由文学之为道也,则不可不先立仪法,若言而无仪,譬犹立朝夕于圆钧之上也,则虽有巧工,必不能得正焉。"《韩非子·六反篇》:"学道立方,制法之民也,而世尊之曰文学之士。"以上所谓"文学"多指广义的学问道术。[1] 秦汉以降,先秦"文学"概念在后代的沿用过程中虽然有所变化,但基本上还局限于"泛文学观",如《史记·孝武本纪》:"而上向儒术,招贤良,赵绾、王臧等以文学为公卿,欲议古立明堂城南,以朝诸侯。"《汉书·武帝纪》元朔十一年诏曰:"选

---

[1] 参见沈谦《文学概论》,五南图书出版股份有限公司2002年版,第5页。

豪俊，讲文学。"①《三国志·魏书·文帝纪》："初，帝好文学，以著述为务，自所勒成垂百篇。"《三国志·魏书·王粲传》："始文帝为五官将，及平原侯植，皆好文学。"上述"文学"仍同于"著述"，当然包含今天所谓的"文学"但又不限于此。此外，南朝刘宋文帝所定立的四学：儒学，玄学，史学，文学，其中"文学"已从儒、玄、史学三学中独立出来，似乎较之上述《三国志·魏书》之《文帝纪》《王粲传》所载"文学"更接近于今天的"文学"之义，也有学者以此为"文学"走向独立和自觉的标志，其实此处的"文学"意指"文章之学"，依然包括今天所界定的非文学成分在内，当然较之先秦两汉的"文学"概念已有广狭之别。②

与此同时，梳理和探讨传统"文学"观念的演变，显然离不开对古籍目录分类演变的考察，因为古籍目录最为直观地体现了古代图书以及知识体系的分类，由此可见传统"文学"观念的演变历程。概而言之，中国古籍目录分类主要经历了从六艺、诸子、诗赋、兵书、术数、方技"六分法"到经、史、子、集"四分法"的演变。西汉成帝河平三年（前26年），著名经学家、天文学家、目录学家刘向奉命主持了我国历史上第一次大规模整理群书工作，并由其校书所撰叙录汇编为我国第一部图书目录《别录》。刘向之子刘歆在《别录》的基础上，"撮其指要"而成《七略》，依次为辑略、六艺略、诸子略、诗赋略、兵书略、术数略、方技略。其中首篇"辑略"旨在阐述其余六略的学术源流以及六略之间的相互关系与六略书籍的功用，实为六略之总最，诸书之总要。从《别录》到《七略》，不仅率先开启了我国古籍目录"六分法"的图书分类传统，而且确立了我国目录学"辨章学术，考镜源流"的学术功能。刘向《别

---

① 宋郑樵：《通志二十略》"职官略"录有"文学"一职："汉时，郡及王国并有文学，而东宫无闻。魏武为丞相，以司马宣王为太子文学。自后并无。后周建德三年，置太子文学十人，后省。唐龙朔三年，置太子文学四员，属桂坊，桂坊废百属司经。开元中，定制为三员，掌侍奉，分掌四部书，判书功事。"汉时郡及王国并有"文学"作为一个新设立的官职，应同样沿用先秦古意而为"文章博学"之士。

② 参见梅新林、潘德宝《中国文学古今演变研究通论》，上海人民出版社 2016 年版，第 54 页。

录》、刘歆《七略》早已亡佚,但其主要内容保存在班固《汉书·艺文志》中,班固沿承了《七略》的"六分法",将天下图书分为六艺略、诸子略、诗赋略、兵书略、数术略、方技略等"六略"三十八类,同时析《七略·辑略》为总序置于志首,并将《辑略》所论各家学说著作析为"六略"三十八类的大、小序散入各略各类之后,使论述和分类著录更紧密的融为一体,所以能更充分地发挥"辨章学术,考镜源流"之功能。这是班固借助史志目录对先秦至汉代的学术观念和成果的一次新的系统总结。

魏晋南北朝时期,随着史学和文学的发展以及佛教和道教的兴起,图书目录分类和学术体系又出现了新的变化。西晋荀勖在魏秘书郎郑默《中经》基础上更著《新簿》,提出了最早的四部图书分类法——甲部、乙部、丁部和丙部,分别对应后世的经部、子部、史部和集部。东晋李充所著《晋元帝书目》仍以甲乙丙丁四部为名,更换了荀勖的乙丙部的顺序,以五经为甲部,史记为乙部,诸子为丙部,诗赋为丁部,后世经史子集次序始定。南朝梁阮孝绪《七录》兼顾当时道教、佛教著作之盛,遂将图书目录分为:"经典录内篇一"、"纪传录内篇二"、"子兵录内篇三"、"文集录内篇四"、"术技录内篇五"、"佛法录外篇一"和"仙道录外篇二",合之为七大类,同时在内容上率先厘定了后世经史子集四部之名称,在图书目录分类上具有承前启后的作用。《隋书·经籍志》最终完整地确立了经史子集四部分类法,以"经部"、"史部"、"子部"和"集部"为主体,另附"道经"和"佛经"。"《隋书·经籍志》确立的经、史、子、集四部分类法,成为以后目录学家编制目录、类分群书的圭臬。"①《四库全书总目》是四部分类法的集大成者,集中代表了中国古代图书分类法则、知识体系构成和学术思想观念。因此,通过考察《四库全书总目》的目录分类,就可以大致了解和分析中国古典学术传统的宗旨和意涵之所在。

中国古代文学观念和文学批评主要集中体现在《四库全书总目》集部当中,集部分为"楚辞"、"别集"、"总集"、"诗文评"和"词曲"五类。其中既有狭义也涵盖了广义的文学观念和文学批评,但皆以诗文为正

---

① 高路明:《古籍目录与中国古代学术研究》,凤凰出版社1997年版,第36页。

宗。其中"别集""总集"是一种文体"大集合",收录了大量非文学之作,因而是一种"泛"文学观;另一方面,在以诗文为正宗的前提下又排除戏剧与小说于文学之外,因而是一种不完整的文学观,不妨称之为"半"文学观。不管是"泛"文学观还是"半"文学观,依然还是一种广义的文学观。

集部"别集""总集"之中的"泛文学"观,集中体现在"文章"之体的分类上。曹丕《典论·论文》较早对文章体式进行分类,分为奏议、书论、铭诔、诗赋等四种。此后,西晋挚虞《文章流别论》分为颂、赋、诗、七、箴、铭、诔、哀辞、哀策、对问、碑铭等11类。[①] 南朝齐刘勰《文心雕龙》则分为骚、诗、乐府、赋、颂、赞、祝、盟、铭、箴、诔、碑、哀、吊、杂文、谐、讔、史传、诸子、论、说、诏、策、檄、移、封禅、章、表、奏、启、议、对、书、记等30余类。[②] 南朝梁萧统《昭明文选》分为赋、诗、骚、七、诏、册、令、教、文、表、上书、启、弹事、牒、奏记、书、檄、对问、设论、辞、序、颂、赞、符命、史论、史述赞、论、连珠、箴、铭、诔、哀、碑文、墓志、行状、吊文、祭文等30余类。刘勰《文心雕龙》的文体分类体现了"文""笔"之分,也有着区分文学与非文学界限的努力。萧统《昭明文选》则"是秦汉以后所谓文章之学逐渐与学术著作(经、史、子)逐渐脱离的产物","它企图通过选文来进一步区分文学和非文学的界线。从《文选》的选目来看,它摒弃了先秦的经、史、子著作,而专收后世所谓属于集部的单篇诗、赋、散文"。[③] 但是,他们的文学观念和文学批评所体现的依

[①] 据《晋书·挚虞传》载,挚虞"撰古文章,类聚区分为三十卷,名曰《流别集》,各为之论,辞理惬当,为世所重"。后人把《流别集》中所作各种体裁文章的评论,集中摘出,乃成《文章流别论》。原文已佚,尚有若干片断散见于《北堂书钞》《艺文类聚》《太平御览》等类书中。

[②] 关于刘勰《文心雕龙》的文体分类,学界颇多争议。罗宗强《魏晋南北朝文学思想史》认为刘勰把文体分为骚、诗、乐府、赋、颂、赞、祝、盟、铭、箴、诔、碑、哀、吊、杂文、谐、讔、史传、诸子、论、说、诏、策、檄、移、封禅、章、表、奏、启、议、对、书、记等34种,其中杂文又分为19种,诏策再分7种,笺记则包括25种,实共计81种。中华书局2006年版,第190页。

[③] 褚斌杰:《中国古代文体概论》(增订本),北京大学出版社1990年版,第20、22页。

然还是"泛文学"观念,这从上面列举的文体分类得到印证。《四库全书总目》"总集"目录下收集的不少文章总集,如宋代李昉等编纂的《文苑英华》、姚铉编的《唐文粹》、真德秀的《文章正宗》、吕祖谦的《宋文鉴》,明代程敏政的《明文衡》、吴讷的《文章辨体》、徐师曾的《文体明辨》,清代储欣的《唐宋十大家全集录》,等等,也都是体现"泛文学"观的总集,它们的文体分类大体沿袭了《昭明文选》和《文心雕龙》而略有变化。而"别集"因是汇集一个人的所有作品,一个人的作品内容是驳杂不一的,既有诗文辞章的内容,也有经史子部的内容,因此"别集"的文学指向进而溢出了"泛文学"观的范围。

关于集部中的"半"文学观,则主要体现在集部只收录"诗文评"和"词曲",而将小说、戏曲排除在文学谱系之外。《四库全书总目》"诗文评""正选著作六十四部,七百三十一卷,存目著作八十五部,五百二十四卷。中国古代诗文评方面重要的理论专著大体都已概括在其中了。这一百四十九部诗文评著作的提要,大体勾勒出我国诗文评发展的概况"[①]。其序曰:"文章莫盛于两汉,浑浑灏灏,文成法立,无格律之可拘。建安、黄初,体裁渐备,故论文之说出焉,《典论》其首也。其勒为一书、传于今者,则断自刘勰、钟嵘。勰究文体之源流,而评其工拙;嵘第作者之甲乙,而溯厥师承:为例各殊。至皎然《诗式》,备陈法律;孟棨《本事诗》,旁采故实;刘攽《中山诗话》、欧阳修《六一诗话》,又体兼说部。后所论著,不出此五例中矣。宋、明两代,均好为议论,所撰尤繁。虽宋人务求深解,多穿凿之词;明人喜作高谈,多虚矫之论。然汰除糟粕,采撷菁英,每足以考证旧闻,触发新意。"[②] 序中不仅大致勾勒了诗文评的发展简史,并且对诗文评的主要体式进行了归纳,主要有五大类型:有从文体源流研究入手,探讨文学作品的,如刘勰《文心雕龙》;有对作者高下等级品第,探讨其师承关系的,如钟嵘《诗品》;有研究诗歌技巧方法的,如皎然《诗式》;有搜集诗歌创作"故实"的,如孟棨《本事诗》;有以小说化、随笔化记载诗歌创作的遗文铁事的,如刘攽《中

---

① 吴承学:《论〈四库全书总目〉在诗文评史上的贡献》,《文学评论》1998年第6期。
② 永瑢等:《钦定四库全书总目》(整理本)卷一九五,中华书局1997年版,第2736页。

山诗话》、欧阳修《六一诗话》等。诗文评的目录分类原则体现了中国古代注重诗文的文学观念和文学批评导向,认为只有诗文才是文学的正宗和正统。

与诗文处于中心地位相比,词曲(此"曲"指散曲)则属于边缘地位的文体。《四库全书总目·词曲类序》曰:"词、曲二体,在文章、技艺之间。厥品颇卑,作者弗贵,特才华之士,以绮语相高耳。然三百篇变而古诗,古诗变而为近体,近体变而词,词变而曲,层累而降,莫知其然。究厥渊源,实亦乐府之余音,风人之末派,其于文苑,同属附庸,亦未可全斥为俳优也。今酌取往例,附之篇终。"① 根据"层累而降",一代不如一代的文学"退化"论,词曲被认为"厥品颇卑",是乐府之余音,风人之末派,文苑之附庸,集部之闰位,因而附于目录之最后,足见传统文学观对于词曲的鄙视。

尽管词曲被视为一种边缘文体,但毕竟还在集部目录中占有一席之地。而小说和戏曲则基本上被排斥在《四库全书总目》的文学谱系之外。虽然文言小说因其具有"寓劝戒、广见闻、资考证"② 的作用而被收录,但只是收录在子部末尾,位置仅在"释家类"和"道家类"之前。子部次序虽然列在集部前面,但子部中的小说与集部中的诗文地位则有着天壤之别。如《谐史集》被收入子部"小说家"类而不入集部"总集"类,就带有"贬谪"之意:"据其体例,当入总集,然非文章正轨。今退之小说类中,俾无溷大雅。"③ 因此,文言小说从本质上来说,是被视为非文学之作的。通俗小说和戏曲作品则完全被排斥在经史子集四部的目录编排之外,并且连私家目录著述一般也不予以收录。

综上所述,在传统的文学观中,诗文是文学的正宗,处于中心地位;而词曲(散曲)为集部之闰位,处于边缘地位;通俗小说和戏曲作品则被排斥在文学谱系之外。这种观念具有普遍性与延续性,体现了传统与正统文学观念的偏颇与成见。所以褚斌杰说:"对于文学的范围,

---

① 永瑢等:《钦定四库全书总目》(整理本)卷一九八,中华书局1997年版,第2779页。
② 永瑢等:《钦定四库全书总目》(整理本)卷一四〇,中华书局1997年版,第1834页。
③ 永瑢等:《钦定四库全书总目》(整理本)卷一四四,中华书局1997年版,第1920页。

他们囿于成见，始终不出诗、文范围，而对于戏曲、小说以及其他俗文学则很少涉及。"①

二　现代"纯文学"概念与体系

自 1840 年鸦片战争的坚炮利舰打破了清政府闭关自守的大门之后，中国就步入近代社会，开始了晚明以来的第二次"西学东渐"。"西学东渐"对于传统"泛文学"观变革的深远影响，不仅在于打破了古典学术传统的经学权威的地位，而且极大地提高了传统文学中不入主流的小说的地位。然而真正推动并最终完成从传统"泛文学"向现代"纯文学"观转变的则有赖于"五四"新文化运动的强力推动。此后，才"真正进入了深层文化结构的根本改造：即价值观念、思维方式、道德情操、审美情趣、以至民族性格等的变革与再造"②。"五四"新文化运动以文学革命为先锋，由陈独秀《文学革命论》和胡适《文学改良刍议》一同揭开了文学革命的序幕，对于重新定位"文学"并赋予其相对独立地位与价值具有重要意义。诚然，从传统"泛文学"向现代"纯文学"观转变本是一个渐进过程，在 20 世纪之初到"五四"新文化运动期间也经历了一个过渡阶段，其中除了深受西方影响之外，日本作为中西"中介"的作用也不能忽视，潘德宝博士学位论文《现代中国文学观念的形成与日本中介》即从观念与学科史的双重维度为此提供了强有力的佐证。③ 通观从传统"泛文学"向现代"纯文学"观的发展趋势与成果，集中体现在以下五个层面：

第一，"文学"学科的独立设置，由此奠定了"中国文学"的学科基础。从 1898 年开办京师大学堂开始，先是从日本引入现代大学学制，同时引入了"文学"的学科建制。但从颁布《京师大学堂章程》[《筹议京师大学堂章程》（1898）、《钦定京师大学堂章程》（1902）和《奏定京师

---

① 褚斌杰：《中国古代文体概论》（增订本），北京大学出版社 1990 年版，第 36 页。
② 王瑶：《"五四"时期对中国传统文学的价值重估》，《北京大学纪念五四运动七十周年论文集》，北京大学出版社 1990 年版，第 10 页。
③ 参见潘德宝《现代中国文学观念的形成与日本中介》，博士学位论文，复旦大学，2013 年。

大学堂章程》（1904）]，至1912年由京师大学堂更名为北京大学，其中"文学"学科的内涵经历了逐步"狭义化"的演变历程。1898年梁启超起草的《筹议京师大学堂章程》将"功课"分为"溥通科"和"专门科"两大类，其中列于"溥通科"共十门：经学第一、理学第二、中外掌故第三、诸子学第四、逐级算学第五、初级格致学第六、初级政治学第七、初级地理学第八、文学第九、体操学第十。虽然"文学"不入"专门科"，而列于"溥通科"第九，但毕竟已上升至与传统"泛文学"中的经学、理学、诸子学等并列而有了明显区分。1902年张百熙主持起草并颁行的《钦定京师大学堂章程》（即壬寅学制）明确提出："今略仿日本例，定为大纲"，分为七大科目：政治科第一、文学科第二、格致科第三、农业科第四、工艺科第五、商务科第六、医术科第七。此即所谓"七科之学"，由此促成了从中国传统经史子集的"四部之学"向初具现代知识谱系的"七科之学"的初步转型。但其中"文学科"下又分：一经学、二史学、三理学、四诸子学、五掌故学、六词章学、七外国语言文字学，则此"文学"又回到传统的"泛文学"观上。然后至1904《奏定京师大学堂章程》所立学科由七科变为八科：（1）经学科大学；（2）政法科大学；（3）文学科大学；（4）医科大学；（5）格致科大学；（6）农科大学；（7）工科大学；（8）商科大学。其中"文学科大学"包括：（1）中国史学门；（2）万国史学门；（3）中外地理学门；（4）中国文学门；（5）英国文学门；（6）法国文学门；（7）俄国文学门；（8）德国文学门；（9）日本国文学门。虽然"文学"学科的内涵有所缩小，但依然是"泛文学"观，不过其中已明确列出"中国文学门"，其科目包括：文学研究法、说文学、音韵学、历代文章流别、古人论文要言、周秦至今文章名家、周秦传记杂史周秦诸子。不仅排除了哲学、史学的内容，又将原属于"经学科"的"说文学"和"音韵学"两门移归于此，[①]与日本明治时代学制以"文学"包括语言文字之学相同。[②]

1912年民国政府教育部公布的《大学令》第一条规定："大学以教授

[①] 璩鑫圭、唐良炎：《中国近代教育史资料汇编：学制演变》，上海教育出版社2007年版。
[②] 参见潘德宝《现代中国文学观念的形成与日本中介》，博士学位论文，复旦大学，2013年。

高深学术、养成硕学闳材、应国家需要为宗旨。"其第六条又规定："大学为研究学术之蕴奥。"①标志着现代大学制度的真正建立，同时对大学学科与课程体系产生深刻影响。1913 年颁布的《教育部大学规程》中文学与哲学、史学分离而取得独立地位，自成一门。在文学门之下，又分八类，其中中国文学类开设课程有文学研究法、词章学、中国文学史等。仍以北京大学为例，1917 年的中国文学门课程除了中国文学史外，还设有中国文学课程。到 1918 年又有所调整，文学门通科有文学概论（略如文心雕龙、文史通义等类）、中国文学史。其后，一些大学改"门"为"系"，设立中国文学系。②从"文学门"到"文学系"及其内涵的逐步纯化，以及"中国文学""中国文学史"课程的开设，首先从学科建制上实现了对传统"泛文学"观的剥离而赋予其独立地位与价值，从而为现代"纯文学"观的最终确立提供了强有力的制度保障，而制度保障无疑是一种基础性的、主导性的、全局性的根本保障。

第二，"文学"概念的重新界定，逐步确立了"纯文学"观的主流地位。与上述从日本引入现代学制以及"文学"学科建制的逐步"狭义化"趋势相契合，早期学界对于传统"泛文学"观的反拨与变革也同样经历了一个渐进过程，大致从以下两个层面展开。

一是传统"文学"价值观的颠覆。其中倡导"文界革命""诗界革命""小说界革命""曲界革命"的梁启超与率先融入西方理论与方法致力于小说、戏曲研究的王国维做出了特别重要的贡献。1902 年，梁启超在《新小说》杂志上发表《论小说与群治之关系》一文，提出"小说是文学之最上乘"的观念，认为"欲新一国之民，不可不先新一国之小说"，③由此拉开了"小说界革命"的序幕。1903 年，梁启超再著《译政治小说序》一文，并带动一批呼应性的文章，如狄葆贤《论文学上小说

---

① 《教育部公布大学令》1912 年 10 月 24 日，载朱有瓛编《中国近代学制史料》第 3 辑下册，华东师范大学出版社 1992 年版，第 1 页。
② 参见苗怀明《"五四"以前文化环境的近代化对古典文学学科的影响》，载刘敬圻主编《20 世纪中国古典文学通志》第 1 卷，山东教育出版社 2012 年版，第 251—252 页。
③ 梁启超：《论小说与群治之关系》，《新小说》1902 年 11 月 14 日创刊。

之位置》、夏曾佑《小说原理》等。"小说界革命"口号的提出极具变革性，这不仅推翻了小说不入主流"文学"的传统观念，而且把小说的地位提高到凌驾于所有文学样式之上，并且极大地拔高了小说对于国民启蒙的作用，是对传统"文学"观念变革的重要突破。与梁启超倡导"小说界革命""曲界革命"旨在国民启蒙有所不同，王国维率先融入西方理论与方法致力于小说、戏曲的学理辩思与批评实践，由此开启了现代学术之先声。关于小说研究，王国维的经典之作是发表于1904年的《红楼梦评论》[1]，其不同于传统学术的创新点在于：其一《红楼梦评论》以不入"主流文学"的小说之作为研究对象，这就从学术内容上打破了古典学术传统以经史为统绪的藩篱，是对传统学术价值观的扬弃与反拨；其二是《红楼梦评论》以叔本华的西方生命哲学阐释中国小说作品，这就从学术视野上打破了古典学术传统的自我封闭状态，开启了现代跨文化比较研究与新红学研究之先河；其三是《红楼梦评论》借西方哲人传达了自己的人生观念，这就从学术观念上打破了古典学术传统中"宗经""征圣"的经学解读，使得学术研究者的个体精神本质得到了前所未有的张扬；其四是《红楼梦评论》构建了一个富有逻辑性的理论框架来统构全文，这就从学术方法上打破了古典学术传统那种只言片语的感悟式的批评方法（主要体现在小说评点中），树立了一种新型的学术批评方法。关于戏曲研究，王国维自1907年"因词之成功有志于戏曲"（《自序二》）先后著成《曲录》《戏曲考原》《唐宋大曲考》《录曲余谈》《曲调源流考》《古剧脚色考》《优语录》《录鬼簿校注》，而至1913年著成《宋元戏曲史》而集其大成。1912年底，寓居京都的王国维开始撰写《宋元戏曲考》，至次年1月而成，然后根据商务印书馆的建议，更名为《宋元戏曲史》，先于此年4月至次年3月在《东方杂志》上连载，1915年由商务印书馆出版（《文学丛刻》本）。《宋元戏曲史》有机融合西方进化论与传统考据学，提出"凡一代有一代之文学：楚之骚、汉之赋、六代之骈语、唐之诗、宋之词、元之曲，皆所谓一代之文学，而后世莫能继焉者也。独元人之曲，为时既近，托体稍卑，故两朝史志与《四库》集部，均不著于录；

---

[1] 王国维：《红楼梦评论》，《教育世界》1904年6—8月第76、77、78、80、81号。

后世儒硕，皆鄙弃不复道"①。其先进的文学观、文学理论与方法以及对于中国戏剧的精辟之见，不仅奠定了其作为中国戏曲史的开山之作与经典之作的崇高地位，而且再次彰显了王国维开启现代学术先声的时代超越性。梁启超《中国近三百年学术史》曾断言："曲学将来能成为专门之学，则静安当为不祧祖矣。"② 可见彼此心有戚戚焉，但两人在倡导与研究戏曲之宗旨与理念上则同中有异。要之，王国维《红楼梦评论》与《宋元戏曲史》等的重要意义，不仅仅体现在对传统"文学"价值观的继续扬弃与反拨，更重要的是率先融入迥异于中国经学学术传统的西学思想和方法，从学理逻辑与批评实践上深入以往不入主流的小说、戏曲研究，从而为推动传统学术转型、开启现代学术先声做出了独特的贡献。这与王国维当时寓居日本得以通过日本"中介"充分吸取西方理论与方法息息相关。

二是传统"文学"概念的重释。鲁迅《门外文谈·不识字的作家》（1934）谈到现代"文学"一词"不是从'文学子游子夏'上割下来的，是从日本输入，他们的对于英文 Literature 的译名。"③ 的确，从章太炎、王国维等学者早期对传统"文学"概念的意义重释来看，几乎都有日本"中介"的影响。章太炎在日本读了《希腊罗马文学史》一书之后，于《文学论略》（1906）对"文学"概念作了重新释义："以有文字书于竹帛，谓之文，论其法式，谓之文学"。④ 而王国维先是在《文学小言》（1906）率先提到"纯文学"的概念，谓"《三国演义》无纯文学之资格，然其叙关壮缪之释曹操，则非大文学家不办"。同时对"文学"概念作了重新界定，谓"文学中有二原质焉：曰景、曰情。前者以描写自然及人生之事实为主，后者则吾人对此种事实之精神的态度也。故前者客观的，后者主观的也；前者知识的，后者感情的也……要

---

① 王国维著，胡逢祥编校：《王国维全集》，浙江教育出版社 2009 年版，第 3 页。
② 梁启超著，夏晓虹、陆胤校：《中国近三百年学术史》，商务印书馆 2011 年版，第 432 页。
③ 《鲁迅全集》，中国文史出版社 2005 年版，第 60 页。
④ 章太炎：《文学论略》，《国粹学报》1906 年第九、十、十一号（总第 21、22、23 期）。经修订后收入《国故论衡》。

之，文学者，不外知识与感情交待之结果而已"①。然后于《国学丛刊序》（1911）从"知"的角度把"学"分为科学、史学、文学三大类："学之义广矣，古人所谓学，兼知行言之；今专以知言，则学有三大类：曰，科学也，史学也，文学也。凡记述事物而求其原因，定其理法者，谓之科学。求事物变迁之迹而明其因果者，谓之史学。至出入二者间而兼有玩物适情之效者，谓之文学。"② 同在 1911 年，曾于 1904 年编著《中国文学史》的黄人明确提出广义与狭义的文学之分以及"纯文学"概念，谓"以广义言，则能以言语表出思想感情者，皆为文学。然注重在动读者之感情，必当使寻常皆可会解，是名为纯文学"③。如果说章太炎主要是在承续传统"文学"概念界说中赋予了新的意涵，那么，王国维、黄人则进而直接提出了"纯文学"概念，并对"文学"进行了重新界说与分类。其中王国维引入西方知识谱系理论把文学与科学、史学作了区分，更是最先从科学化与学科化的双重维度重新界定"文学"概念的新尝试。

"五四"新文学革命兴起之后，以上对于传统"文学"价值观的颠覆与传统"文学"概念的重释得到了进一步的发扬光大。就前者而言，主要是从先前的文学形态内部的雅俗之间进而发展到古今之间的价值颠覆和重塑；就后者而言，则重在对"文学"概念界定展开更为深入的探索与辨析上。但相较之下，后者越来越受到学界的普遍重视，以陈独秀、胡适为中心，诸多文学批评名家参与了相关讨论。胡适《文学改良刍议》提出文学要"言之有物"，这"物""非古人所谓'文以载道'之说"，而是包括"情感"和"思想"两方面。④ 后来又在《什么是文学——答钱玄同》中对"文学"下了这样一个新的定义："语言文字都是人类达意表情的工具；达意达的好，表情表的妙，便是文学。""文学有三个要件：

---

① 王国维著，胡逢祥编校：《王国维全集》第 14 卷，浙江教育出版社 2009 年版，第 97 页。
② 同上书，第 129 页。
③ 黄人：《普通百科新大辞典》，上海国学扶轮社再版铅印本 1911 年版。参见黄霖《中国文学批评通史·近代卷》，上海古籍出版社 1996 年版，第 803 页。
④ 胡适：《文学改良刍议》，《新青年》1917 年第 2 卷第 5 号。

第一要明白清楚,第二要有力能动人,第三要美。"① 胡适所谓的文学是从语言和内容出发来界定的,这就突破了"载道"的传统文学观念。陈独秀也对"文以载道"的文学观念进行了批评,他说:"何谓文学之本义耶?窃以为文以代语而已,达意状物,为其本义。文学之文,特其描写美妙动人者耳。其本义原非为载道有物而设,更无所谓限制作用及正当的条件也。状物达意之外,倘加以他种作用,附以别项条件,则文学之为物其身独立存在之价值,不已破坏无余乎?"② 胡、陈两位文学革命揭幕者都是从批评"文以载道"的传统文学观念来重新界定文学,指出了文学具有独立存在的价值和作用。1919 年罗家伦在《什么是文学?》中将中国文学与西洋文学对立起来,认为西洋文学是具有普遍的价值的,而中国文学则是需要克服的特殊现象。在此基础上,他通过对西方十五位作家有关文学的定义进行归纳,得出文学的定义是:"文学是人生的表现和批评,从最好的思想里写下来的,有想象,有感情,有体裁,有合于艺术的组织;集此众长,能使人类普遍心理,都觉得他是极明了,极有趣的东西。"③虽然罗家伦过于贬低了中国古代文学是十分不公允的,但他对文学的定义却突出了文学的审美性和艺术性,更为接近现代学术意义的纯文学观念。1921 年,郑振铎《文学的定义》从不同学科比较中得出文学的定义。他认为文学与科学不同:文学是诉诸情绪,科学是诉诸智慧;文学的价值与兴趣,含在本身,科学的价值则存于书中所含的真理,而不在书的本身。文学与别的艺术也不同:文学是想象的,因此它与诉诸视觉的图画、雕刻等不同;文学是表现人们思想和情绪的,不仅是只表现情绪的,因此它与音乐又不同。所以"文学是人们的情绪与最高思想联合的'想像'的表现,而他的本身又是具有永久的价值与兴趣的"④。郑振铎的文学定义的意义首先表现在对文学的学科性作了明晰的区分,使文学不仅从传统经

---

① 胡适:《什么是文学——答钱玄同》,《胡适文存》第 1 集第 1 卷,上海亚东图书馆 1921 年版。
② 陈独秀:《答曾毅》,《新青年》1917 年第 3 卷第 2 号。
③ 罗家伦:《什么是文学?》,《新潮》1919 年第 1 卷第 2 号。
④ 西谛:《文学的定义》,《文学旬刊》1921 年 5 月。

学、诸子哲学、史学、理学及小学等中独立出来了，而且与现代科学和艺术也有十分明晰的区分；其次是强调了文学与情感和想象的关系，使纯文学的审美本质得到了更加的凸显，文学的外延则具体规范到了诗歌、小说、戏曲、散文等具有现代学术意义的"文学"范畴当中，并获得了独立的地位和价值。[1] 1922 年，刘永济《文学论》则以真善美作为哲学、伦理与文学的分类依据，提出："文学为艺术之一"，"艺术者，应人类精神上一种要求而成立者也。人类有求真之要求，于是有哲学；有求善之要求，于是有伦理；有求美之要求，于是有艺术。故哲学以求智为根本，伦理以合理为根本，艺术以善感为根本。哲学属于智识，伦理属于行为，艺术属于情感。真善美之于人类也，实同圆而异其中心。""文学既为艺术，当然执美为其中心。"[2] 以上诸多论著的学术路径大体相近，即都是按照一定的学理逻辑并从不同学科的比较中对"文学"概念重新界说。

第三，"文学"类型的重新划分，最终确认了四分法的文体谱系。由于受传统"泛文学"观的制约和影响，中国古代文体分类比较庞杂，没有真正确定文学分类的内在逻辑。"五四"新文化运动前后，国内研究者纷纷借鉴亚里士多德、黑格尔、别林斯基等文学分类法，按照文学形象塑造形式和艺术表现方式对文学内部体式进行重新分类，大致有二分法、三分法、四分法之别，而最终定位于四分法。二分法可以远溯至刘勰《文心雕龙》中将文学分为韵文和散文两大类，但其散文指向是包罗万象的。1906 年，王国维在《文学小言》将文学分为抒情与叙事两大类，谓"上之所论（指第十四则之前的内容），皆就抒情的文学言之（原注：《离骚》、诗词皆是）。至叙事的文学（谓叙事传、史诗、戏曲等，非谓散文

---

[1] 参见赵敏俐、杨树增《20 世纪中国古典文学研究史》，陕西人民教育出版社 1997 年版，第 62—65 页。

[2] 刘永济：《文学论·默识录》，中华书局 2010 年版，第 61—62 页。按：刘永济《文学论》，长沙湘鄂印刷公司 1922 年初版，1934 年由上海商务印书馆重印，收入王云五主编的"百科小丛书"。参见刘绍瑾《文艺理论教材建设中西融通的最初尝试——重读刘永济〈文学论〉》，载饶芃子、傅莹主编《多重视域中的文艺学》，暨南大学出版社 2005 年版。

也），则我国尚在幼稚之时代"①。即以诗词为抒情文学，以戏曲、史诗为叙事文学，并具"文学"观念纯化的意向，这是早期雏形的二分法。1908年周作人所作《论文章之意义暨其使命因及中国近时论文之失》曰："夫文章一语，虽总括文诗，而其间实分两部。一为纯文章，或名之曰诗，而又分为二：曰吟式诗，中含诗赋、词曲、传奇，韵文也；曰读式诗，为说部之类，散文也。此他书记论状诸属，自为一别，皆杂文章耳。"② 文中虽以"文章"指代"文学"，但实际上相当于"文学"体式的二分法，即分为"纯文章"（诗）与"杂文章"两大类型。③ 后来周作人在《中国新文学的源流》（1934）将中国文学划分为"载道"与"言志"两大类型，而且以为中国文学的发展演变即是"载道"与"言志"的循环运动，依然是延续两分法。此外，1917年陈独秀在《答沈藻墀》中提出"应用之文"和"文学之文"的二分法，谓"鄙意文章分类，略为二种：曰应用之文，曰文学之文。应用之文，大别为评论、纪事二类。文学之文，只有诗、词、小说、戏（无韵者）、曲（有韵者，传奇亦在此内）五种"④。他在致胡适信中，再次表明"文学之文必与应用之文而为二，应用之文但求朴实说理纪事，其道甚简。而文学之文，尚须有斟酌处"⑤。1922年刘永济在初版的《文学论》中分属"知"与"情"的二分法，先是引用英人（De quincy）。"文学之别有二：一属于知，一属于情。属于知者，其职在教；属于情者，其职在感。"然后着重提炼为文学的学识、感化两大功能，并将这一观点具体贯彻到对中国古代文学的理解与阐释之中，以此审视和勾勒中国古代文学史的演变趋势："大抵六朝以前，言志之旨多。唐宋而来，明道之谊切。老庄谈玄而文多韵语，春秋记事而体用主观。此学识之文而以感化之体为之者也。后世诗人，好质言道德，

---

① 王国维著，胡逢祥编校：《王国维全集》第14卷，浙江教育出版社2009年版，第96页。
② 周作人著，钟叔河编订：《周作人散文全集》第1卷，广西师范大学出版社2009年版，第111页。
③ 参见潘德宝《现代中国文学观念的形成与日本中介》，博士学位论文，复旦大学，2013年。
④ 陈独秀：《答沈藻墀》，见水如编《陈独秀书信集》，新华出版社1987年版，第83页。
⑤ 陈独秀：《答胡适之》，见水如编《陈独秀书信集》，新华出版社1987年版，第46页。

明议是非，忘比兴之旨，失讽谕之意，则又以感化之文为学识之文之用矣。"① 可与上述王国维的抒情与叙事、周作人的"载道"与"言志"之二分法相参看。与以上二分法有所关涉的是广义与狭义的文学之分，除了上文所引 1911 年黄人谓"以广义言，则能以言语表出思想感情者，皆为文学。然注重在动读者之感情，必当使寻常皆可会解，是名为纯文学"②之外，朱希祖在出版于 1920 年的《中国文学史要略·叙》中说道："盖此编所讲，乃广义之文学。今则主张狭义之文学矣，以为文学必须独立，与哲学、史学及其他科学，可以并立，所谓纯文学也。"③ 文学的广义与狭义之分，实际上也是一种二分法。

然而二分法毕竟过于简单，所以有的学者便在叙事类、抒情类二分法的基础上，再将其中的叙事类划分为小说和戏剧，合之为诗歌、小说和戏剧三种体式，由此演变为三分法。当时一些重要文学理论著作，诸如潘梓年《文学概论》（1925）、李笠《中国文学述评》（1928）、马仲殊《文学概论》（1930）、戴叔清《文学原理简编》（1931）、夏炎德《文艺通论》（1933）、陈伯欧《新文学概论》（1932）、隋育楠《文学通论》（1934）、陈君冶《新文学概论讲话》（1935）、龚君健《文学的理论与实际》（1936）等都是持此三分法。另外，以三分法运用于中国文学史研究，当以胡云翼《新著中国文学史》（1932）、刘经庵《中国纯文学史纲》（1935）为代表。前书"自序"声称："至狭义的文学乃是专指诉之于情绪而能引起美感的作品，这才是现代的进化的正确的文学观念。本此文学观念的准则，则我们不但说经学、史学、诸子哲学、理学家等，压根儿不是文学；即《左传》、《史记》、《资治通鉴》中的文章，都不能说是文学；甚至于韩、柳、欧、苏、方、姚一派的所谓'载道'的古文，也不是纯粹的文

---

① 刘永济：《文学论·默识录》，中华书局 2010 年版，第 19 页。按：刘永济《文学论》，长沙湘鄂印刷公司 1922 年初版，1934 年由上海商务印书馆重印，收入王云五主编的"百科小丛书"。参见刘绍瑾《文艺理论教材建设中西融通的最初尝试——重读刘永济〈文学论〉》，载饶芃子、傅莹主编《多重视域中的文艺学》，暨南大学出版社 2005 年版。

② 黄人：《普通百科新大辞典》，上海国学扶轮社再版铅印本 1911 年版。参见黄霖《中国文学批评通史·近代卷》，上海古籍出版社 1996 年版，第 803 页。

③ 朱希祖：《中国文学史要略》，北京大学文科讲义 1920 年版。

学（在本书里之所以有讲到古文的地方，乃是借此以说明各时代文学的思潮及主张）。我们认定只有诗歌、辞赋、词曲、小说及一部分美的散文和游记等，才是纯粹的文学。"① 后书"例言"亦持类似的观点："驳杂者将文学的范畴扩大，侵入了哲学、经学和史学的领域……本编所注重的是中国的纯文学，除诗歌、词、曲及小说外，其他概付阙如。——，辞赋，除了汉朝及六朝的几篇，有文学价值者很少；至于散文——所谓古文——有传统的载道的思想，多失去文学的真面目，故均略而不论。"② 作为对传统"泛文学"史观的反拨，以上两书所持的"纯文学"史观略有不同，但都以"载道"为由排除了散文，只包括诗歌、戏剧与小说，这无论就倡导"纯文学"史观还是三分法而论，都具有一定的代表性。其中刘经庵《中国纯文学史纲》即以"中国纯文学史"为名，较之胡云翼《新著中国文学史》走得更远，可谓纯而又纯，然则不免有矫枉过正之嫌。

至于四分法，即在三分法的基础上加上被纯文学观者视之为非文学的散文，合之为诗歌、小说、戏剧和散文四种体式。但这并非意味着四分法是从三分法发展而来，也并非必然决定着彼此出现时间之先后。实际上，早期如马宗霍《文学概论》（1925）、卢冀野《何谓文学》（1930）等所主张的四分法，大体与三分法同时提出，而且彼此在一定时段内相互共存。只是在由赵家璧主编、一大批名家参与编纂的《中国新文学大系》于1935—1936年出版之后，因此书采用了诗歌、小说、戏剧和散文的四分法，以此辑录文学作品并进行分类编纂，在学界内外产生了巨大影响，从而确立了四分法的主流地位。20世纪40年代以后，四分法更是取代三分法而成为主流分类法，如林焕平《文学理论（初稿）》（1948）即主张四分法。文学类型四分法的确立，标志着从传统"泛文学"观向与西方接轨的现代"纯文学"观转型的完成。

第四，"文学"批评的重新建构，同时催生了现代学术研究方法论。"五四"时期，西方各种哲学社会科学思潮纷纷传入中国，从尼采、叔本

---

① 胡云翼：《新著中国文学史·自序》，北新书局1932年版。
② 刘经庵：《中国纯文学史纲·例言》，北平著者书店1935年版。

华、柏格森到詹姆斯、泰纳、康德、罗素、弗洛伊德,西方近现代所有哲学社会科学思潮都能在"五四"文坛中找到自己的同调者,并影响到中国社会的发展。这些外来的西化思潮在民主与科学的精神推动下最终形成了文学批评方面的新观念新思想。文学进化的思想、平民文学的思想等就是这一时期重要的文学批评思想。

早在1917年,胡适《文学改良刍议》就指出:"一时代有一时代之文学:周秦有周秦之文学,汉魏有汉魏之文学,唐宋元明有唐宋元明之文学。此非吾一人之私言,乃文明进化之公理也。"同时认为:"以今世历史进化眼光观之,则白话文学之为中国文学之正宗,又为将来文学必用之利器,可断言也。"① 以文学进化论的思想来审视和评断文学发展史和白话文学。与此同时,胡适亦以文学进化思想引领文学史写作,他在出版于1928年的《白话文学史》"引子"中声称:"我要大家知道白话文学是有历史的,是有很长又很光荣的历史的。我要人人都知道国语文学乃是一千几百年历史进化的产儿。"其他如凌独见《新著国语文学史》(1923)、徐嘉瑞《中古文学概论》(1924)、周群玉《白话文学史大纲》(1928)、陆侃如和冯沅君《中国诗史》(1931)、郑振铎《插图本中国文学史》(1932)、郑宾于《中国文学流变史》(1930—1933)等都不同程度地受到进化论思想的影响,或者将文学进化论运用在具体的作家作品的批评,或者进而贯穿到整个文学史的研究当中。而谭正璧出版于1929年的《中国文学进化史》,更是直接以"进化史"来命名文学史,并且在自序中说:"对于退化了的文学,也加以非议或忽视,以进化文学为正宗,而其余为旁及。"表明作者以进化论思想来著述中国古典文学史。

提倡平民文学则是这一时期的另一重要文学思想。周作人在《平民的文学》中说:"平民文学应该着重与贵族文学相反的地方,是内容充实,就是普遍与真挚两件事。第一,平民文学应以普通的文体,记普遍的思想与事情。我们不必记英雄豪杰的事业,才子佳人的幸福,只应记载世间普通男女的悲欢成败。……第二,平民文学应以真挚的文体,记真挚的思想与事实。既不坐在上面,自命为才子佳人,又不立在下风,颂扬英雄

---

① 胡适:《文学改良刍议》,《新青年》1917年第2卷第5号。

豪杰。"① 这种平民的文学思想对于树立现代学术传统起了重要作用。曹聚仁于1926年出版的《中国平民文学概论》即以平民文学思想贯穿全书。他说："夷考往史，各时代之文学，其间有平行之两派为对立之发展。其由智识阶级所创作，取材于宫廷及贵族社会，专以供一阶级或一部分人之鉴赏者为贵族文学。其由智识阶级所摹拟而成，取材于书本，专以迎合一般人之嗜好者，为病态文学。其由平民的智识阶级所创作，取材于乡间陋巷，渗透于全民众之内心者为平民文学。彼此根本不同。"② 作者高调重视平民文学，而视贵族文学为病态文学。这种平民文学思想还影响到民间文学的研究，如顾颉刚《孟姜女故事研究》《孟姜女故事之历史的系统》等对孟姜女故事的研究，钟敬文《中国的天鹅处女型故事》《盘瓠神话的考察》等对鸟故事、盘瓠故事的研究，便是典型例子。

西方学术思潮影响下文学批评的重建，同时包括与此相契合的方法论的创新。以弗洛伊德为代表的精神分析学、倡始于培根的归纳法、泰纳的社会—历史学批评法等许多西方现代学术方法，都被介绍到中国来，并运用到中国的现代学术批评当中。这些研究方法对于中国现代学术方法的重建起到了重要的促进作用。例如胡适引入西方实证主义思想，提出了"大胆的假设，小心的求证"的实证研究方法，并且以此方法对《红楼梦》进行研究，于1921年著成《红楼梦考证》一书，该书从考证曹雪芹的身世入手，得出《红楼梦》是一部"自叙传"小说的结论。《红楼梦考证》标志着"新红学"的诞生和"旧红学"的终结，是以科学研究方法进行研究的标志性成果，不啻具有实证的科学性，而且具有严密的逻辑性和完整的系统性。此外，胡适还以实证主义方法对其他古典小说如《三国演义》《水浒传》《西游记》《醒世姻缘传》《聊斋志异》等小说进行研究，也取得了不凡的成就。又如20世纪20年代顾颉刚、胡适等人从疑古的态度出发，以实证研究的方法对《诗经》进行研究。胡适提出关于《诗经》的研究方法是："训诂。用小心精密的科学的方法，来做一种新

---

① 周作人：《平民的文学》，《每周评论》1919年1月第5号。
② 曹聚仁：《中国平民文学概念》，新文化书社1935年版，第1页。

的训诂工夫，对于《诗经》的文字和文法上都重新下注解。解题。大胆地推翻二千年来积下来的附会的见解；完全用社会学的、历史的、文学的眼光重新给每一首诗下个解释。"由此得出《诗经》研究的几个结论：(1)《诗经》不是一部经典；(2)孔子并没有删诗；(3)《诗经》不是一个时代辑成的。① 这些结论今天看来仍然是十分正确的。这足以显示"五四运动"时期以实证的科学方法研究文学的正确性和可行性。当然，实证研究的方法除了融入西方实证主义理论之外，还与清代朴学有着深厚的渊源关系，正是这种中西合璧的新实证研究方法的运用，才能获得如此惊人的效果，并且影响深远。

第五，"文学"历史的重新书写，开创了中国文学史的新体式。20世纪初中国新体文学史的书写与开创，可以视为以上四个方面的集成性成果；反过来，也可以从中反观以上四个方面的进展以及彼此互动相融之境况。然而最为直接的因缘则是由于现代大学"文学"与"中国文学"学科建制以及中国文学史的教学需要。林传甲、黄人、窦警凡、来裕恂等人的早期《中国文学史》，几乎都是作为教科书来编撰的。林传甲本是京师大学堂优级师范科国文教员，1904年1月《奏定京师大学堂章程》颁布后，他于同年5月到任，因为没有现成可用的教材，于是"奋笔疾书，日率千数百字，不四阅月《中国文学文学史》十六篇已杀青矣"，② 可以说是非常匆促地草成这份"国文讲义"。其文学观念、内容与体例都是严格对应《奏定京师大学堂章程》，林著开篇所言"查大学堂章程，中国文学专门科目，所列文学众义，大端毕备，即取以为讲义目次，又采诸科关系文学者为子目"③，可以为证。与此同时，林传甲等早期的《中国文学史》的著述体例，大多仿自日本的各类《支那文学史》，往往都依朝代为章节来编撰。林传甲承认自己这部文学史"将仿日本笹川种郎《中国文学史》之意以成书焉"，但在摆脱传统"泛文学"而走向现代"纯文学"观方面，则明显落后于日本笹川种郎《中国文学史》，比如对于笹川种郎

---

① 胡适：《谈谈〈诗经〉》，载杨犁编《胡适文粹》，作家出版社1991年版，第456—458页。
② 江绍铨：《中国文学史序》，见林传甲《中国文学史》书首，武林谋新室1910年再版。
③ 林传甲：《中国文学史》，武林谋新室1910年再版，第1页。

《中国文学史》之于中国诗、文之外戏曲、小说的收录尤其是对《水浒传》《西游记》《金瓶梅》《西厢记》《琵琶记》《桃花扇》等的高度评价，都一概舍弃。究其原因，除了林传甲个人因素之外，主要还是受制于《奏定京师大学堂章程》的相关规定不敢突破。

同样，黄人的《中国文学史》也产生于大学的教学活动之中。1901年，黄人受聘于东吴大学，1904年开始编著《中国文学史》，至1909年完成。全书共29册，皇皇170万字。较之林传甲《中国文学史》有了重要突破。首先，是比较视野的先进性。正如陈广宏所指出的，黄人深受日本学者太田善男《文学概论》的影响，因为此书大体围绕着19世纪以来英国文学批评所呈现的文学观念而展开，所以黄人便又通过太田善男《文学概论》而汲取英国文学批评资源，这有助于拓展其域外文学视野。[①]黄人的《中国文学史》注重从中西比较维度审视中国文学，也多有中西文学的比较分析，比如论上古神话葛天氏聱尾之歌和皇娥白帝和歌时与古希腊神话两相比较，评价元代杂剧时又与英国莎士比亚相提并论，认为"合院本、小说之长，当不令和美儿、索士比亚专美于前也"，这种将中国戏曲、小说放在世界文学背景下加以比较和肯定，在当时确是难能可贵的。其次，是文学观的先进性。黄人将自己的新"文学"观概括为："（一）文学者虽亦因乎垂教，而以娱人为目的。（二）文学者当使读者能解。（三）文学者当为表现之技巧。（四）文学者摹写感情。（五）文学者有关于历史科学之事实。（六）文学发挥不朽之美为职分。"而且对于向受传统文学观鄙视而被林传甲《中国文学史》舍弃的小说、戏曲给予了高度评价。再次，是文学史观的先进性。黄人将西方进化论与中国传统的通变观融合为一种新的文学史观，提出"文治之进化，非直线形，而为不规则之螺旋形。盖一线之进行，遇有阻力，或退而下移，或折而旁出，或仍循原轨。故历史之所演，有似前往者，有似后却者，又中止者，又循环者。及细审之，其范围必扩大一层，其为进化一也"。在这种文学进化论中，一是强调其"变"，即黄人所称："夫世运无不变，则文学也不能不随之而变"。二是强调其"进"，认为"人心与世运进化同途，宁

[①] 陈广宏：《黄人的文学观念与19世纪英国文学批评资源》，《文学评论》2008年第2期。

有社会之万事皆进而文学独衰退者?""一代有一代之精神,形式可学而精神不可学"。三是强调其"通",纵论"文学至秦汉后,似有中道而画一厥不振之势。其实,止者自止,行者自行;退者自退,进者自进。其止也,正其所以行也;其退也,正其所以进也"。在此"进""退"之间的辩证关系中,关键是"通","进"是"通",而"退"是为了下一步的"进",也是"通",颇有螺旋形上升的意味。四是强调其"新",黄人由上文得出的结论是:"故统一之形虽如故,而实质已乘涨力而四出","其力为横决,而其象为华离。金刑火祸,忽苗旁枝;蒸菌乐虚,自成新种","在思古者诚无荡析崩坏之嗟,未始非文学舞台上第二级之演进也"。"自成新种",就是催生新的生命,新的精神。最后,是文学史体式的先进性。黄人"既吸取了新的西方的治史方法,又学习了传统的编史体例,创立了一种既有近代特点,又具有传统色彩的新的文学史。他接受了梁启超的观点,把整个中国历史分为上世、中世、近世三大时期,而文学有胚胎期、全盛期、华离期、暧昧期、反动期等不同发展阶段"。[①]

其中的上世、中世、近世"三世"说显然受到日本学界的影响。以上黄人之于林传甲《中国文学史》的超越,除了个体因素之外,也与黄人就教江南而远离京都皇城不无关系。

中国文学史的价值颠覆与重塑中,小说与戏剧扮演了特别重要的角色,两种文体相继走进北京大学讲堂,也从一个侧面反映了文学与文学史观的渐进历程与成果。根据苗怀明《"五四"以前文化环境的近代化对古典文学学科的影响》一文的梳理,小说与戏剧进入北大讲堂,是在1916年蔡元培就任北京大学校长之后的次年,亦与同年为蔡元培聘任北京大学文科学长的陈独秀的大力推动密不可分。1917年夏,刘半农受北京大学新任校长蔡元培之邀,出任北京大学预科国文教员,担任预科一年级(丙班)国文,兼理预科年级(丁班)国文和一年级(乙班)小说课程。其后,周作人、胡适等人也相继参加进来。根据1917—1918年北京大学"各研究所研究科目及担任教员",当时小说科的教员共有三人:周启明、

---

① 黄霖:《中国文学史学史上的里程碑——略论黄人的〈中国文学史〉》,《复旦学报》1990年第6期。

胡适之、刘半农。① 从1918年4月19日至5月3日，刘半农、周作人、胡适一起在北京大学国文研究所教授小说，北京大学国文一门研究所小说科研究会中教师成员亦为胡适、周作人与刘半农。他们采取的是专题讲座与个人自学相结合的形式进行授课。直至1920年8月，鲁迅开始在北京大学讲授《中国小说史》，同时在北京其他高校讲授小说史课程，其间使用的讲稿于1923年由北京新潮社正式出版，名之为《中国小说史略》。这是中国小说研究史上的开山之作，也是一部在中国小说史上有着重要的地位和影响的经典之作。关于戏剧研究方面，先有王国维的捷足先登，于1913年初著成《宋元戏曲史》，先是连载于《东方杂志》第9卷10号至第10卷9号，至1915年由商务印书馆出版。此书与鲁迅《中国小说史》一同被誉为中国专体文学史研究上的"双璧"。1918年1月，胡适发表于《新青年》的《归国杂感》称赞"文学书内，只有一部王国维的《宋元戏曲史》是很好的"，可见其评价之高。但王国维允任北京大学研究所国学门通讯导师则晚至1922年年初，此前进入北大担任戏曲教学的是吴梅。据北京大学1917—1918年各研究所科目及担任教员表，曲一科由吴瞿安担任。吴瞿安即吴梅，字瞿安，号霜厓，戏曲理论和教育名家，著有《曲学通论》《中国戏曲概论》《元剧研究》《南北词谱》等。吴梅于1917年秋应蔡元培之聘，至北京大学教授词曲，后因在北大讲堂上"公然唱曲"而引起了上海一家报纸的批评，认为元曲系亡国之音，不宜在大学讲授。为此陈独秀反驳道："不知欧美日本各大学，莫不有戏曲科目。若谓元曲为亡国之音，则周秦诸子、汉唐诗文，无一有研究价值矣。"② 蔡元培也为此辩解道："吾国承数千年学术专职之积习，常好以见闻所及，持一孔之论。闻吾校有近世文学一科，兼制宋、元以后之小说曲本，则以为排斥旧文学，而不知周、秦、两汉文学、唐宋文学，其讲座固在也。"③ 这固然仅仅是一个小插曲，但引来蔡元培、陈独秀的亲自共同反击，说明

---

① 参见《国立北京大学廿周年纪念册》，北京大学，1918年。
② 陈独秀：《随感录》（三），见《新青年》1918年第4卷第4号。
③ 苗怀明：《"五四"以前文化环境的近代化对古典文学学科的影响》，载刘敬圻主编《20世纪中国古典文学学科通志》第1卷，山东教育出版社2012年版，第256页。

当时让戏曲登上北大讲堂也是一种需要勇气的革新。

虽然小说与戏剧同时在1917年引入北京大学讲堂，并不排除蔡元培、陈独秀相继任职北大这一重要因素，但恰好出现于发生文学革命的1917年，则具有超越偶然的必然性。因为这一方面是文学革命的重要成果，但同时是文学革命的一种推力，所以特别受到蔡元培、陈独秀的高度重视。就在1918年亦即文学革命的次年，北京大学文理法科调整课程设置，其中文学门的特别讲演规定讲授中国文学史的内容："以一时期为范围者，如先秦文学、两汉文学、魏晋六朝文学、唐诗、宋词、元曲、宋以后小说。"[1] 可见"中国文学史"的格局至此已大致奠定。因此，从对传统"泛文学"观的反拨到现代"纯文学"观的确立，以文学革命为先锋的"五四"新文化运动无疑是其中最为重要的关键转折点，其间所取得的阶段性重要成果，也都不同程度地融合于后续相继问世的《中国文学史》著作中，然后经过20世纪20年代诸多学者的共同努力，至20世纪30年代终于牢固地确立了"纯文学史"观的主流地位。

综上所述，现代"纯文学"概念与体系的确立，正是得益于"五四"新文化运动的有力推动，而"五四"新文化运动的思想武器便是西方文化，朱自清曾这样总结道："西方文化的输入改变了我们的'史'的意念，也改变了我们的'文学'的意念。我们有了文学史，并且将小说、词曲都放进文学史里，也就是放进'文'或'文学'里，而曲的主要部分，剧曲，也作为戏曲讨论，差不多得到与诗文平等的地位。"[2] 这段看似平平淡淡的表述，却蕴含了相当丰富的内涵：一是促使我们"文学"与"史"意念改变的是西方文化的输入；二是西方文化的输入不仅改变了我们的"史"的意念，也改变了我们的"文学"的意念；三是"文学"与"史"的意念改变使我们有了新体文学史；四是将小说、戏曲都纳入了这一新体文学史中，并拥有了与诗文平等的地位；五是由诗歌、散文加上小说、戏剧构成新体文学史四大文体谱系，正与现代"纯文学"通行的四分法相契合。以上五个方面大致涵盖了现代"纯文学"概念与

---

[1] 参见《国立北京大学廿周年纪念册》，北京大学，1918年。
[2] 朱自清：《诗言志辩序》，《朱自清全集》第6卷，江苏教育出版社1996年版，第127页。

体系的主要内容。然而以此验证从传统"泛文学"向现代"纯文学"观演变的曲折渐进过程，就会深感这是一个庞大复杂的系统工程，成果来之不易。其中"文学"学科的独立设置、"文学"概念的重新界定、"文学"类型的重新划分、"文学"批评的重新建构与"文学"历史的重新书写五位一体的相互贯通与交融，即是最终实现走向现代与走向世界的划时代变革与转型的关键所在。在此，需要强调指出的是，由于走向现代过程中的过于厚今薄古、走向世界过程中的过于厚西薄中以及一味追究"纯文学"而对本土"泛文学"传统的过度贬斥与切割，不免有削足适履、矫枉过正之弊，其中的经验教训需要认真吸取。

三 当代"古代文学"学科的独立设置

20世纪50年代"古代文学"学科的独立设置，最为直接的原因是深受苏联高校专业精细化分科影响而在全国范围内进行学科大调整。但从历史逻辑的维度来看，当时"中国文学"的古今分科，实际上可以视为"五四"时期新旧文学之争的延续及其在学科设置中的反映。从"五四"新文化运动到"五四"新文学革命，有关中国文学的新、旧之争应时而起。陈独秀发表于1917年的《文学革命论》公开宣称："吾革命军三大主义：曰推倒雕琢的阿谀的贵族文学，建设平易的抒情的国民文学；曰推倒陈腐的铺张的古典文学，建设新鲜的立诚的写实文学；曰推倒迂晦的艰涩的山林文学，建设明了的通俗的社会文学。"又曰："际兹文学革新之时代，凡属贵族文学，古典文学，山林文学，均在排斥之列。以何理由而排斥此三种文学耶？曰：贵族文学，藻饰依他，失独立自尊之气象也；古典文学，铺张堆砌，失抒情写实之旨也；山林文学，深晦艰涩，自以为名山著述，于其群之大多数无所裨益也。其形体则陈陈相因，有肉无骨，有形无神，乃装饰品而非实用品；其内容则目光不越帝王权贵，神仙鬼怪，及其个人之穷通利达。所谓宇宙，所谓人生，所谓社会，举非其构思所及，此三种文学公同之缺点也。此种文学，盖与吾阿谀夸张虚伪迂阔之国民性，互为因果。"[①] 文中所极力抨击的"古典文学"既是一种形态，也

[①] 陈独秀：《文学革命论》，《新青年》1917年第2卷第6号。

有标示时代的意义。同样，胡适同年发表的《文学改良刍议》倡导"文学进化论"，曰："文学者，随时代而变迁者也。一时代有一时代之文学。周秦有周秦之文学，汉魏有汉魏之文学，唐宋元明有唐宋元明之文学。此非吾一人之私言，乃文明进化之公理也。即以文论，有《尚书》之文，有先秦诸子之文，有司马迁班固之文，有韩柳欧苏之文，有语录之文，有施耐庵曹雪芹之文。此文之进化也。试更以韵文言之。击壤之歌，五子之歌，一时期也。三百篇之诗，一时期也。屈原荀卿之骚赋，又一时期也。苏李以下，至于魏晋，又一时期也。江左之诗流为排比，至唐而律诗大成，此又一时期也。老杜香山之'写实'体诸诗（如杜之《石壕吏》《羌村》，白之《新乐府》），又一时期也。诗至唐而极盛，自此以后，词曲代兴。唐五代及宋初之小令，此词之一时代也。苏柳（永）辛姜之词，又一时代也。至于元之杂剧传奇，则又一时代矣。凡此诸时代，各因时势风会而变，各有其特长。吾辈以历史进化之眼光观之，决不可谓古人之文学皆胜于今人也。左氏史公之文奇矣。然施耐庵之《水浒传》视《左传》《史记》，何多让焉。《三都》《两水》之赋富矣。然以视唐诗宋词，则糟粕耳。此可见文学因时进化，不能自止。唐人不当作商周之诗，宋人不当作相如子云之赋。即令作之，亦必不工，逆天背时，违进化之迹，故不能工也。"由此得出的结论是："既明文学进化之理，然后可言吾所谓'不摹仿古人'之说。今日之中国，当造今日之文学。"① "文学进化论"本是一种文学价值观的直接体现，但也有"今"胜于"古"的代际区分意义。所以，当陈独秀、胡适将文学革命前后的中国文学截然划界，即分别指向"旧文学"与"新文学"或"古文学"与"今文学"的重要意义，所谓"新旧"与"古今"在此的内涵与外延是重合的，皆是以当下为界的不同文学时段的划界与定位。

也许受"五四"新文学革命惯性作用的影响，"五四"之后的学界多将自1919年以来的文学称为"新文学"。除了上文论及的陈伯欧《新文学概论》（1932）、陈君冶《新文学概论讲话》（1935）之外，再举两个典型案例：一是周作人所著的《中国新文学的源流》，1934年由北平人文

---

① 胡适：《文学改良刍议》，《新青年》1917年第2卷第5号。

书店出版。全书分为五个部分,依次论述了文学的基本问题、中国文学的变迁、清代八股文、桐城派的反动以及"五四"新文学革命,其核心观点是:中国文学自古存在两种相对立的潮流,"诗以言志"和"文以载道",并且两者是此消彼长、不断循环的关系。周作人还有一个重要观点是将"五四"新文学溯源至晚明小品文运动,声称彼此颇多相似之处:"那一次的文学运动,和民国以来的这次文学革命运动,很有些相像的地方。两次的主张和趋势,几乎都很相同。更奇怪的是,有很多作品也都很相似。胡适之,冰心和徐志摩的作品,很像公安派的,清新透明而味道不甚浓厚。好像一个水晶球,虽是晶莹好看,但仔细地看多时就觉得没有多少意思了。和竟陵派相似的是俞平伯和废名两人,他们的作品有时很难懂,但这难懂却正是他们的好处。同样用白话写文章,他们所写出来的,却另是一样,不像透明的水晶球,要看懂必须费些功夫才行。然而更奇怪的是俞平伯和废名并不读竟陵派的书籍,他们的相似完全是无意中的巧合。从此,也更可见出明末和现今两次文学运动的趋向是相同的了。"[1]所谓"中国新文学的源流"于此可见一斑。二是赵家璧主编的《中国新文学大系》,1935—1936年间由上海良友图书印刷公司出版。全书分为《建设理论卷》(胡适编选)、《文学论争集》(郑振铎编选)、《小说一集》(茅盾编选)、《小说二集》(鲁迅编选)、《小说三集》(郑伯奇编选)、《散文一集》(周作人编选)、《散文二集》(郁达夫编选)、《诗集》(朱自清编选)、《戏剧集》(洪深编选)、《史料·索引》(阿英编选),合之为10卷。书前由蔡元培撰写总序,各卷编选者还分别就所选内容写了长篇导言,内容广泛涉及新文学的发生发展、理论主张、活动组织、重大事件、各体创作,或作历史的回顾,或为理论的阐述,见解深邃,文笔优美,影响深远。从以上两书相同的命名,可见当时"新文学"之通行,尤其是《中国新文学大系》更具权威性。

由学界著作转向大学课堂,也是通行名之为"中国新文学史"课程,章培恒《不应存在的鸿沟——中国文学研究中的一个问题》一文谈到"五十年代初在大学里普遍开设了'中国新文学史'课程,接着出版了王

---

[1] 周作人:《中国新文学的源流》,华东师范大学出版社1995年版,第28页。

瑶先生的《中国新文学史稿》作为教材，但当时也没有把古代文学和新文学研究分为两家，王瑶先生自己就是以对古代文学的研究颇有造诣的学者而从事新文学研究的。但后来就渐渐分割开来了。"① 在《中国文学古今演变研究的意义和效应》一文中，章培恒再次讲到了"至迟从1951年起，中国大陆各大学中文系就开始按照教育部的规定，设置了与'中国文学史'课并驾齐驱的'中国新文学史'课。几经演变，'中国古代文学'与'中国现代文学'为两个二级学科，始各招各的研究生。"② 以此验证有关记载，当是在1952年9月全国高校院系调整中，复旦大学中文系从文学院中独立出来，同时因沪江、圣约翰、东吴、大同、震旦诸大学及上海学院等校的中文系师生和设备调整来系，据此，中文系组成新的教学组织格局，即分设若干小组具体实施教学任务，遂由刘大杰教授担任中国古典文学教学小组组长，成员包括郭绍虞、朱东润、陈子展、赵景深、王欣夫、蒋天枢等教授。③ 此后，由于"中国文学"学科划分为"中国古代文学"与"中国现代文学"两个学科，则原先通行的"中国新文学"便逐步被"中国现代文学"所取代，而将此前的中国文学全部归结于"中国古代文学"学科。应该说，从复旦大学观察全国高等院校具有一定的代表性，这也就意味着在1952年9月全国院系调整中，"中国文学"学科的一分为二以及"古代文学"学科的独立设置业已完成。

然而"中国古代文学"学科在其独立设置之后，在下限问题上却一直存有争议，通行是以1919年"五四"新文化运动为界，因为五四运动具有划分新旧时代的标志性意义；其次是以1917年为界，理由是"五四"新文学革命正式发生于1917年，陈独秀《文学革命论》、胡适《文学改良刍议》均发表于此年，所以从文学自身的发展线索来判定时段，应该将其下限划定在1917年。此外，还有划界于发生辛亥革命的

---

① 章培恒：《不应存在的鸿沟——中国文学研究中的一个问题》，《文汇报》1999年2月6日。
② 章培恒：《中国文学古今演变研究的意义和效应》，《河北学刊》2006年第5期。
③ 参见吴兆路《复旦大学中国古代文学》，《光明日报》2017年2月27日。

1911年，发生戊戌变法的1898年，甚至上溯至发生鸦片战争的1840年。与此密切相关的另一问题是"近代文学"概念的争鸣与定位。根据郭浩帆《论近代文学的学科地位与研究趋向》一文的梳理，早在"五四"前后，学术界就有了"近代""近代文学"的概念，如沈雁冰《近代文学体系的研究》（1921），但所指涉的时限模糊不清，大体指清末或清末民初。胡适的《五十年来中国之文学》（1922）、陈子展的《中国近代文学之变迁》（1929）、《最近三十年中国文学史》（1930）和钱基博的《现代中国文学史》（1932）四部论著代表了中国近代文学学科前史的最高水平。20世纪50年代后，学术界根据毛泽东《新民主主义论》等文章的论述，把1840—1919年作为中国资产阶级民主革命进程的第一步，即旧民主主义革命。以1919年五四运动为界，把此前的一段历史称为近代史，此后至新中国成立一段历史称为现代史，文学界也相应把1840—1919年间的文学称为近代文学。1956年高教部颁布的《中国文学史教学大纲》将上古至新中国成立之前的文学分为九篇，其中第八篇是"鸦片战争至五四运动的文学"。①

按此划分，中国古代文学与近代文学的下限是一致的，都是划定于1919年，但即便如此，"近代文学"依然作为中国古代文学的最后一个重要时段被纳入其中，尽管在近代文学研究中取得了不俗的成果，但迄今为止尚未取得独立学科的地位。因为学科作为一定科学领域或一门科学的分支，不仅仅意指一种学术分类与知识谱系，拥有相对明确的研究对象和概念系统，也是一种专门化的组织体系，拥有相对规范有效的学术平台与资源，尤其需要直接对接于国家学科目录，方能通过学科体系的"户籍"与"身份"验证。推而广之，所有由学术研究上升到学科设置，都必须合乎这一刚性要求。以此衡量"近代文学"，至少目前还难以做到这一点。换言之，"近代文学"在其正式独立之前，依然是中国古代文学学科的重要组成部分。

---

① 郭浩帆：《论近代文学的学科地位与研究趋向》，《学术论坛》2010年第4期。

第二节 马克思主义核心地位的确立

与中国传统文学观念的纯化与古今文学学科分化以及古代文学学科独立化的重要变革相契合，20世纪的中国学术传统也经历了从古典学术到现代学术再到当代学术的三重形态的划时代变革。古典学术传统以经史为统绪，以考据学为主要方法，文学观念与文学批评以诗文为正宗，主要附属于经史研究，因而其研究方法也是主要借鉴和演绎经史研究方法；现代学术传统是经"五四"新文化运动建立起来的新型学术传统，在"西学东渐"的特定背景下，以民主与科学精神为核心，通过广泛汲取西方学术思想与方法，初步完成了中国古典学术传统走向现代、走向世界的双重转型；当代学术传统则是以马克思主义哲学和文艺思想为指导，同时融合了现代西方与中国本土学术传统与成果，前期重在建构以现实主义理论与方法为主导的社会学批评范式，后期则在改革开放的风雷激荡中呈现为多元发展、与时俱进之态势。

一 当代主流学术传统的重建

与古典学术传统的以经史为统绪、以诗文为正宗、以考据学的主导方法不同，现代学术传统废除"载道"经学思想而引进西方哲学思想作为学术批判武器，旨在突破传统考据学研究方法而重建逻辑思维体系下的人文科学研究方法，当代学术传统是以马克思主义思想为主导，同时融合现代西方与中国本土学术传统与成果的一种新型学术传统，其间经历了曲折发展、螺旋前行的不平凡历程。

当代学术传统形成的核心标志，是马克思主义思想主导地位的确立。早在"五四"前后，作为当时新兴思想学说之一的共产主义学说已经在国内思想界得到广泛传播。陈独秀、李大钊是共产主义学说的早期传播者。1921年中国共产党成立后，越来越多的知识分子，如鲁迅、郭沫若、茅盾等，都先后加入共产主义学说的传播行列中来。马克思主义思想在中国的影响越来越大，并且日益成为一种主流或潜主流思想。马克思主义思想的学术批评也从无到有，并日益成为一种主流或潜主流批评话语体系。如同马克思主义思想指导中国革命经历曲折过程一样，马克思主义思想的学术批评在中国的建立也历经了一个磨合的过程。马克思主义思想的学术传统是通过马克思主义文艺理论倡导与马克思主义文艺批评实践两方面来建立的。

20世纪初马克思主义文艺理论的传播与倡导是伴随着"五四"新文化运动而开始的，主要以陈独秀、李大钊为代表。从1923年到1924年前后，为了配合革命形势发展的需要，一批早期共产党人，如邓中夏、恽代英、萧楚女、瞿秋白、蒋光慈等人，也相继以马克思主义理论为指导，初步探讨、宣传关于"革命文学"的理论，强调了文学的阶级性和革命性。1927年大革命失败后，由创造社和太阳社的作家倡导了"无产阶级革命文学"，他们尝试着运用社会经济基础决定上层建筑的唯物史观，进一步探讨了诸如文学的阶级性、文学的宣传与组织社会生活的社会功用、文学的大众化等理论问题。从1930年中国左翼作家联盟（简称"左联"）成立，到1937年"七七事变"全面抗日战争爆发，中国无产阶级文艺理论得到了进一步的发展与壮大，先后展开了对"新月派"的人性论、"第三种人""自由人"的超阶级文艺观、"论语派"的资产阶级文学观等理论的批判。在此批判过程中，无产阶级文艺理论者进一步阐释了文学的阶级性，强调了文学的社会政治功用，认为在阶级社会中文学是具有阶级性的，无产阶级文学是为无产阶级斗争服务的。在理论建设上则进一步探讨了文艺大众化问题，并且在苏联文艺政策影响下初步提倡了"社会主义现实主义"等理论。

20世纪二三十年代无产阶级文艺理论是伴随中国无产阶级革命斗争而成长起来的文艺理论，由于特殊的政治环境，再加上诸多倡导者自身理论素养的不足，因此存在着一些明显的缺点，主要表现为对马克思主义关于无产阶级文艺理论理解的机械性与简单化，如片面地夸大文学的社会政治功用，认为无产阶级文学是"斗争的武器"；否定"五四"新文学与"革命文学"的历史联系；等等。但是，作为马克思主义文艺理论中国化的阶段性理论成果，二三十年代的无产阶级文艺理论为1942年毛泽东《在延安文艺座谈会上的讲话》的出现提供了丰富的理论基础和经验借鉴。毛泽东文艺思想中很大一部分理论，如文学的阶级性、文艺与政治的关系、文艺为工农兵服务等理论，都与这些无产阶级文学理论有着割舍不断的联系。

当代学术传统的建立，也是与以马克思主义文艺理论运用于中国文学批评实践密不可分的。历史地看，积极尝试运用马克思主义研究中国古代文学，兴起于20世纪30年代，如郑振铎在1930年以后所撰写的《论武侠小说》[1]、《元明之际文坛概观》[2]、《元代公案剧产生的原因及其特质》[3]、《净与丑》[4]、《论元人所写商人、士子、妓女间的三间恋爱剧》[5] 等文章，都是运用马克思主义历史唯物论和阶级论观点进行研究的典型之作。《论武侠小说》从社会政治变革的角度探讨了侠义小说兴盛于中晚唐和清代的社会原因和民众需求；《元明之际文坛概观》指出元代文学兴衰与元代民族矛盾、阶级压迫和商业经济有着密切关系；《元代公案剧产生的原因及其特质》从元代社会的阶级特点出发阐释了元代公案剧产生的原因及特质；《净与丑》对净丑二角的源流演变进行了探讨，并从阶级观点出发探析了两者的社会角色作用；《论元人所写商人、士子、妓女间的三间恋爱剧》从元代经济状况和阶级关系出发讨论了元剧中商人与妓女婚恋故事的深层意蕴及折射出的文人真实心态。这些文章以马克思主义思想来分析文学作品，透过文学现象直指文学的社会本质和阶级关系，初步显示了马克思主义思想对于文学批判的非凡洞察力和穿透力。又如吴晗《〈金瓶梅〉的著作时代及其社会背景》[6] 从唯物史观和马克思主义阶级论出发分析了《金瓶梅》的时代背景和西门庆的阶级身份。马肇延《旧剧之产生及其反封建的色彩》[7] 以阶级论的思想对传统戏剧艺术西皮二黄作了新的

---

[1] 郑振铎：《论侠侠小说》，《海燕》，新中国书店1932年版。
[2] 郑振铎：《元明之际文坛概观》，《文学》1934年第2卷第6期。
[3] 郑振铎：《元代公案剧产生的原因及其特质》，《文学》1934年第2卷第6期。
[4] 郑振铎：《净与丑》，《文学》1934年第2卷第6期。
[5] 郑振铎：《论元人所写商人、士子、妓女间的三间恋爱剧》，《文学季刊》1934年第1卷第4期。
[6] 吴晗：《〈金瓶梅〉的著作时代及其社会背景》，《文学季刊》1934年创刊号。
[7] 马肇延：《旧剧之产生及其反封建的色彩》，《剧学月刊》1934年第3卷第5期。

分析和评价。此外，还出现了以集团军形式集中发表文章以马克思理论研究中国古代文学的现象。如1933年《读书杂志》第3卷第6期发表"社会学观中国文学史专号"，刊载了李华卿《中国文学史轮廓引论》、丁迪豪《中国古代文学史论》、胡秋原《秦汉六朝思想文艺发展草书》、张玉林《魏晋南北朝的文学》等四篇文章，都运用了普列汉诺夫的社会学史观来研究中国文学史。

20世纪30年代之后，除单篇论文外，还出现了一些以马克思主义唯物史观为指导的理论著作与文学史之作。前者如1933年张希之编著的《文学概论》，作者在此书"小引"中明确指出："在本书中，编者曾努力地把'唯物史观'应用于文学的领域，从经济的社会的诸条件，解释一切问题，我们相信文学虽是理想的境界中的事物，但却建筑在现实的基础上，正好像一枝鲜艳的荷花，总不能不植根于泥土中一样。这种努力或许是'心劳力拙'。但编者深信'唯物史观'是唯一的科学的研究方法。这也是一种'尝试'。在这里，只有期待着读者的'批评'与'纠正'，希望在文学的领域中建设一正确的理论基础。"作者指出："经济关系是社会的基础，而文学是社会的产物，当然也不会和经济关系没有关联；只是经济关系一变动，社会环境即随之变动；社会环境变动，一切精神状态即随之变动，因之反映在文学中的东西也起了变动。"并且认为"到了阶级的社会形成以后，人类既不能脱掉他所属的阶级，当然他的感情也染有'阶级'的色彩，这是不能否认的事实"。[①]

比较而言，文学史研究方面的成果更为丰硕。1931年，贺凯所著《中国文学史纲要》由北平文化学社出版，这是第一部运用马克思主义唯物史观编著的中国文学史。作者在"编辑大意"里说："现在我们所要求的新时代底文学史，是从社会进化的阶段中寻求文学的推演与转变，由物质生活所反映的意识形态中而求出文学的产生存在的价值，所以本编重在社会经济基础的变迁，因为文学是社会基础最上层建筑。"因此作者在分析文学的发生演变时，往往联系变迁的社会时代来做说明，先分析"每一时代所产生的作品和作者的背景是什么，然后估定其价值"。作者认为

---

① 张希之：《文学概论》，北平文化学社1933年版，第2、7、14页。

从西周到清鸦片战争以前是"循环式的封建社会文学推演","不论是贵族的或是平民化的,如表现贵族生活的纵酒娱乐,或是英雄、美人的咏赞,或是表现平民生活的痛苦呻吟,无非反映了封建社会的意识形态"。1933年,谭丕模出版了《中国文学史纲》,该书从社会组织、经济结构的变迁来论述文学的发展。全书共十六章,除第一章绪论外,接下来是按原始封建制度时代的文学、原始封建制度崩溃时代的文学、封建制度复兴时代的文学、封建制度破坏时代的文学、封建制度稳定时代的文学、封建制度危机时代的文学、封建制度表层稳定时代的文学、畜牧民族侵略下的文学、畜牧民族统治下的文学、新封建化时代的文学、封建制度回光返照时代的文学、民族资产阶级意识萌芽时期的文学、封建残余与民族资产阶级混合时代的文学、劳苦大众觉醒时期的文学等具有社会阶级性特征的文学分类来安排章节。1935年,张希之出版了《中国文学流变史论》,运用马克思主义唯物史观从中国经济发展的阶段来论述中国文学演变历程,认为中国在周代开始就形成了封建社会,从秦汉到鸦片战争仍停滞在封建社会;鸦片战争以后,中国有了资本主义的萌芽,第一次世界大战后,中国民族资本得到特殊的发展,并产生了普罗列塔利亚(无产阶级),中国文学的演变则与此相对应。1937年,阿英《晚清小说史》由商务印书馆出版,该书自觉地以马克思主义为指导进行小说研究,结合晚清的社会政治、经济情况来分析晚清小说。1939年,刘大杰《中国文学发展史》上卷写定。至1943年,《中国文学发展史》下卷完稿(1949年出版)。刘大杰的文学史也明显地受到马克思主义唯物史观影响,该书"最突出的特点,不但在于它比较详细地描述了一条中国文学发展的史的线索,而且还在于它的描述基本上是立足于对于产生了中国古代文学作品的古代社会的政治经济分析之上的,是基本上符合历史唯物主义原则的"[①]。

由于是初步运用马克思主义思想来解读和研究中国古代文学,因此无论是理论运用还是批评实践都显得较为幼稚,并具有一定的机械性。如陈君宪《中国古代文学史论的商榷》就对丁迪豪《中国古代文学史论》批

[①] 赵敏俐、杨树增:《20世纪中国古典文学研究史》,陕西人民教育出版社1997年版,第198页。

评道："时代关系及阶级关系（阶级及阶级心理）诚然是可以决定文艺内容，但文艺内容的存在是基础于文艺形式，没有文艺形式，便不能证明是文艺，又何能再称文艺的内容呢。……丁君的错误是由于丁君只知有社会史，而不知有文艺史，所以结果，丁君的大著是非但不算是文艺史的研究，且尚不能称为史的研究哩。"① 这种批评的确相当中肯，显示了初期以马克思主义思想对中国文学批判的不成熟性。

至20世纪40年代，古典文学研究中的马克思主义运用已臻于初步成熟阶段。如20世纪40年代初期以马克思主义运用于屈原研究，在展开多角度的研究中形成了多元化观点，代表作有闻一多《屈原问题》②、侯外庐《屈原思想的秘密》③、郭沫若《屈原思想》④ 等。闻文分析了屈原的身份问题，严厉批判了孙次舟关于屈原是"文学弄臣"的说法；后两文探析了屈原的思想问题，侯外庐认为屈原的思想是怀旧世界观与求真方法论的矛盾体，郭沫若则持与侯外庐相反的观点，认为屈原的思想恰恰是前进的革命的世界观与保守的方法论的矛盾体。这种多元化甚至是相反的观点，正反映了以马克思主义思想研究中国古代文学已渐渐成熟起来，因为这种自由论争的学术不再是以简单机械的理论比附来解决问题。又如陈中凡《红楼梦试论》（1948）一文，运用马克思主义理论从社会背景和时代思潮出发，并借用俄国文学理论"新人"观念，对《红楼梦》中"新人"贾宝玉和林黛玉的性格特征、理想追求与现实社会的矛盾进行了深刻剖析，指出了社会制度的落后性与"新人"思想和理想的先进性的不可调和的矛盾是《红楼梦》悲剧根源所在。这就远比胡适的"自叙传"说更深刻且更具说服力。

对于20世纪40年代以马克思主义研究中国古代文学的初步走向成熟，徐公持曾作如下归纳和总结，他说：

---

① 陈君宪：《中国古代文学史论的商榷》，《矛盾》1933年第2卷第3号。
② 闻一多：《屈原问题》，《中原》1942年第2卷第2期。
③ 侯外庐：《屈原思想的秘密》，《新华日报》1942年2月17日。
④ 郭沫若：《屈原思想》，《中苏文化》1942年第11卷第1、2期。

> 对于古代文学的发生发展,能够从社会经济和阶级关系方面去寻找必然原因,做到不仅知其然,而且知其所以然;对于古代作家作品,能够根据当时的阶级关系情况,运用阶级分析方法,去作出历史性的价值评判,避免以抽象的道德伦理观念去看待古人;对于文学的变化演进,可以从经济基础与上层建筑的关系、唯物史观的社会发展规律出发,去加以统摄和把握,去总结古典文学发展的内在规律性。①

古典文学研究中马克思主义运用的初步成熟,标志着以马克思主义为核心的中国当代学术新传统即将诞生。新中国成立之后马克思主义核心地位的确立,一方面是建立在毛泽东的《在延安文艺座谈会上的讲话》纲领性文件基础之上;另一方面则是来自苏联的社会主义文艺理论的引进和借鉴。前者是本土理论基石,是马克思主义文艺思想中国化的具体体现,对文艺的社会本质、政治属性和功用以及批评标准等基本原则作了规范;后者是外来理论之源,由其提供了更为体系化、系统化的社会主义文艺理论借鉴以及最新理论成果。两者在共同确立马克思主义核心地位的过程中,同时完成了当代学术价值导向和学术研究范式的重建,由此诞生了迥然有别于古典、现代的当代新型学术传统。

二 《在延安文艺座谈会上的讲话》

1942年5月2日至23日,中共中央在党内整风的基础上召开了延安文艺工作座谈会,其宗旨在于解决中国无产阶级文艺发展道路上遇到的理论和实践问题,诸如党的文艺工作和党的整个工作的关系问题、文艺为什么人的问题、普及与提高的问题、内容和形式的统一问题、歌颂和暴露的问题等。在会上,毛泽东发表了重要讲话,这篇讲话以"在延安文艺座谈会上的讲话"为题刊载在1943年10月19日的《解放日报》上。《在延安文艺座谈会上的讲话》(以下简称《讲话》)以马克思主义的辩证唯

---

① 徐公持:《二十世纪中国古典文学研究近代化进程论略》,《中国社会科学》1998年第2期。

物主义和历史唯物主义为理论指导，总结了五四以来中国革命文艺运动的历史经验，提出并回答了一系列带有根本性的理论问题和政策问题，确立了文艺为工农兵服务的方针，是马列主义文艺理论在中国的新发展，是指导新中国社会主义文艺建设的纲领性文件。《讲话》的问世，标志着毛泽东文艺思想体系的正式形成，对于确立马克思主义在新中国文艺思想和学术批评中的核心地位具有十分重要的意义，对新中国的文艺思想和学术批评的发展产生了巨大而深远的影响。

首先，《讲话》在马克思主义唯史观和反映论的理论基础上揭示了文艺与社会生活之间的关系，从而确立了从文艺社会本质进行学术批评的新导向。

马克思主义认为社会存在决定社会意识，社会意识反映社会存在。马克思说："物质生活的生产方式制约着整个社会生活、政治生活和精神生活的过程。不是人们的意识决定人们的存在，相反，是人们的社会存在决定人们的意识。"又说："观念的东西不外是移入人的头脑中改造过的物质的东西而已。"[①] 马克思主义唯物反映论指出了社会存在的第一性，社会意识的第二性，社会意识来源于社会存在，是对社会存在的反映。根据马克思主义唯物反映论的观点，《讲话》对文艺与社会生活作了如下判断：

> 作为观念形态的文艺作品，都是一定的社会生活在人类头脑中的反映的产物。革命的文艺，则是人民生活在革命作家头脑中的反映的产物。人民生活中本来存在着文学艺术原料的矿藏，这是自然形态的东西，是粗糙的东西，但也是最生动、最丰富、最基本的东西；在这点上说，它们使一切文学艺术相形见绌，它们是一切文学艺术的取之不尽、用之不竭的唯一的源泉。这是唯一的源泉，因为只能有这样的源泉，此外不能有第二个源泉。[②]

社会生活是客观的社会存在，文艺作品则是人类头脑主观意识反映的产物，两者是反映与被反映关系。社会生活作为文艺作品反映的对象，不

[①] 《马克思恩格斯选集》第2卷，人民出版社2012年版，第82、217页。
[②] 《毛泽东选集》第3卷，人民出版社1991年版，第860页。

仅具有丰富性，而且是"唯一的源泉"。这样，便从存在与意识、社会生活与社会意识层面上揭示了文艺的社会本质，既强调了社会生活对文艺作品的决定性作用，又突出了文艺对社会生活的反映能力。

虽然文艺是对社会生活的反映，但这种反映绝不是机械的被动的反映，而是主观能动的反映。对此，《讲话》指出："人类的社会生活虽是文学艺术的唯一源泉，虽是较之后者有不可比拟的生动丰富的内容，但是人民还是不满足于前者而求后者。这是为什么呢？因为虽然两者都是美，但是文艺作品中反映出来的生活却可以而且应该比普通的实际生活更高，更强烈，更有集中性，更典型，更理想，因此就更带普遍性。"① 文艺作品比实际生活"更高，更强烈，更有集中性，更典型，更理想"，体现的正是文艺反映生活的能动性。

《讲话》一方面强调了社会生活是文艺作品的"唯一的源泉"，另一方面又突出了文艺对社会生活的能动反映。这是马克思主义唯物史观和能动反映论在中国马克思主义文艺思想中的具体体现，是从经济基础与上层建筑的关系上揭示了文艺的社会本质。文艺的社会本质的揭示确立了从文艺与社会生活的关系上来进行学术批评的导向，这种批评导向有助于深刻分析文艺所反映的社会生活内容和文艺反映社会生活的能动性，避免了离开社会生活内容孤立地片面地批评文艺作品。

其次，《讲话》根据马克思主义的阶级和阶级斗争学说论述了阶级社会中文艺的社会属性，阐述了文艺与政治的关系，从而确立了从文艺意识形态属性进行学术批评的新导向。

《讲话》认为阶级性是文艺的最基本的社会属性，"在现在世界上，一切文化或文学艺术都是属于一定的阶级，属于一定的政治路线的。为艺术的艺术，超阶级的艺术，和政治并行或互相独立的艺术，实际上是不存在的"。因此，站在不同阶级立场所创作的文艺作品也就具有不同的阶级性，"你是资产阶级文艺家，你就不歌颂无产阶级而歌颂资产阶级；你是无产阶级文艺家，你就不歌颂资产阶级而歌颂无产阶级和劳动人民；二者必居其一"。由于文艺具有阶级的社会属性，所以"无产阶级的文学艺术是无产阶

---

① 《毛泽东选集》第3卷，人民出版社1991年版，第861页。

级整个革命事业的一部分,如同列宁所说,是整个革命机器中的'齿轮和螺丝钉'。因此,党的文艺工作,在党的整个革命工作中的位置,是确定了的,摆好了的;是服从党在一定革命时期内所规定的革命任务的"①。

这样,从文艺的阶级社会属性出发,文艺与政治的关系也就得到了进一步的明确,即"文艺是从属于政治的"。《讲话》说:"我们不赞成把文艺的重要性过分强调到错误的程度,但也不赞成把文艺的重要性估计不足。文艺是从属于政治的,但又反转来给予伟大的影响于政治。革命文艺是整个革命事业的一部分,是齿轮和螺丝钉,和别的更重要的部分比较起来,自然有轻重缓急第一第二之分,但它是对于整个机器不可缺少的齿轮和螺丝钉,对于整个革命事业不可缺少的一部分。"虽然文艺能反转过来给予政治影响,但文艺毕竟是"整个革命事业不可缺少的一部分",无产阶级文艺工作者的任务也就是"要使文艺很好地成为整个革命机器的一个组成部分,作为团结人民、教育人民、打击敌人、消灭敌人的有力武器,帮助人民同心同德地和敌人作斗争"。②

文艺的阶级属性和文艺从属于政治的论述揭示了文艺的意识形态特征和文艺的政治功用目的。文艺的政治属性和功用的揭示确立了从文艺与阶级和政治的关系上来进行学术批评的导向,这种批评导向有助于深刻分析文艺作品所呈现的阶级观念和政治立场,从而更好地指导文艺和文艺批评为现实政治服务。

最后,《讲话》基于文艺的意识形态属性阐述了文艺批评中政治标准与艺术标准的关系,从而确立了政治标准第一、艺术标准第二的学术批评新导向。

《讲话》从文艺作品的政治内容和艺术形式出发,指出:"文艺批评有两个标准,一个是政治标准,一个是艺术标准。"但《讲话》对于政治标准和艺术标准的地位和作用是有所不同侧重的:

> 政治并不等于艺术,一般的宇宙观也并不等于艺术创作和艺术批

---

① 《毛泽东选集》第3卷,人民出版社1991年版,第865、873、865—866页。
② 同上书,第866、848页。

评的方法。我们不但否认抽象的绝对不变的政治标准，也否认抽象的绝对不变的艺术标准，各个阶级社会中的各个阶级都有不同的政治标准和不同的艺术标准。但是任何阶级社会中的任何阶级，总是以政治标准放在第一位，以艺术标准放在第二位的。

突出政治标准的第一位性是从文艺从属于政治的角度出发的，强调文艺的政治功利性。《讲话》在阐释政治标准时说："按照政治标准来说，一切利于抗日和团结的，鼓励群众同心同德的，反对倒退、促成进步的东西，便都是好的；而一切不利于抗日和团结的，鼓励群众离心离德的，反对进步、拉着人们倒退的东西，便都是坏的。"① 这种政治标准内涵的界定又是从当时抗战的政治实际出发所做出的。因此，强调政治标准第一位的文艺批评实际上也就是强调文艺对于现实政治的功用性，强调文艺对于政治的服务功能。

当然，《讲话》在强调政治标准第一位的同时，也没有否定艺术标准的重要性。《讲话》指出："我们的要求则是政治和艺术的统一，内容和形式的统一，革命的政治内容和尽可能完美的艺术形式的统一。缺乏艺术性的作品，无论政治上怎样进步，也是没有力量的。因此，我们既反对政治观点错误的艺术作品，也反对只有正确观点而没有艺术力量的所谓'标语口号式'的倾向。"② 这样，《讲话》便从文艺的意识形态性与审美特性的辩证统一关系上深刻地揭示了文艺批评两种标准的关系。

文艺批评两种标准的规定和政治标准的侧重规范了马克思主义核心指导下的学术批评新标准，这种批评标准的规范有助于深化文艺作品的政治内容的分析和对艺术形式的重视。

1949年7月召开了中华全国文学艺术工作者代表大会，即第一次全国文代会。会议一致确认《讲话》是指导新中国文艺工作的总方针，由此正式确立了以《讲话》为基石的毛泽东文艺思想在新中国文艺创作和学术批评中的指导地位，确立了马克思主义在新中国文艺创作和学术批评

---

① 《毛泽东选集》第3卷，人民出版社1991年版，第868、869页。
② 同上书，第869—870页。

中的核心地位，对于新中国社会主义文艺创作和学术批评具有重要意义。当然，由于《讲话》过于强调政治对于文艺的主导作用，也潜藏着新中国成立后学术批评的种种缺陷和不足，概而言之，就是过于强调社会生活对文艺的决定性而相对忽视文艺反映的能动性，导致批评的机械性；过于强调阶级斗争和政治目的而相对忽视文艺独立性，导致批评的教条性；过于强调政治标准而相对忽视艺术标准，导致批评的泛政治化。

三 来自苏联的文艺理论

当代中国文艺理论和学术批评的发展，与苏联文艺理论和学术批评是息息相关的。这一方面由于苏联是世界上第一个社会主义国家，不仅在政治、经济上，而且在意识形态上为中国社会主义革命和建设树立了成功的典范。作为意识形态中重要组成部分的文艺创作和理论，苏联的社会主义文艺创作和学术理论自然也就具有典范意义，为新中国文艺创作和学术理论发展树立了榜样。另一方面，在新中国成立之初，整个国际被分割为两大阵营，即资本主义阵营和社会主义阵营，作为社会主义国家的新中国自然是"一边倒"地选择社会主义阵营，正如毛泽东在1949年9月30日发表的《论人民民主专政》中所说的那样："积四十年和二十八年的经验，中国人民不是倒向帝国主义一边，就是倒向社会主义一边，绝无例外。"这种倒向有利于结成强大的社会主义阵营与资本主义阵营进行对抗，以共同维护社会主义成果。政治上的"一边倒"必然会影响到意识形态以及作为意识形态组成部分的文艺的"一边倒"。因此，向苏联社会主义文艺创作和学术理论进行学习就是一种合乎逻辑的选择，实际上也是唯一的选择，并且这种选择一开始就契合了主流意识形态的内在需要。周扬在1952年应邀为苏联文学杂志《旗帜》撰文说："现在苏联的文学、艺术和电影已经不只是作为中国作家和艺术工作者的学习的范例，而且是作为以共产主义思想教育和鼓舞广大中国人民的强大精神力量，成为中国人民新的文化生活的不可缺少的最宝贵的内容了。"[①]

苏联的文艺创作和学术理论是伴随着马克思主义在中国传播而传播

---

① 周扬：《社会主义现实主义——中国文学前进的道路》，《人民日报》1953年1月11日。

的。早在1920年10月，郑振铎就在《新青年》第8卷第2号上翻译了高尔基的《文学与现在的俄罗斯》一文，1921年9月，文学研究会主办的《小说月报》第12卷又出版了《俄国文学研究专号》，首次大幅度地介绍俄国文学理论批评。从1928年革命文学论争到1930年"左联"成立，马克思主义文艺理论在中国传播达到新高潮，其中俄苏文艺理论的译介占有十分突出的位置。这些俄苏文论的翻译者有鲁迅、沈雁冰、郑振铎、王统照、周扬、冯雪峰等，翻译所涉及的理论家有列宁、卢那察尔斯基、普列汉诺夫、伏洛夫斯基、高尔基、别林斯基、车尔尼雪夫斯基等。

新中国成立后，苏联文学和理论更是被大量翻译到中国来，可谓盛况空前。就文艺理论来看，从1950年到1962年的十二年间，我国翻译出版了苏联文艺理论、美学教材及有关著作十一种，翻译出版了普列汉诺夫、列宁、斯大林、高尔基、卢那察尔斯基等论文学艺术的著作七种。[1] 其中，季摩菲耶夫的《文学原理》和毕达可夫的《文艺学引论》是新中国成立初期两种影响最大的苏联文艺理论著作，[2] 集中代表了苏联社会主义文艺学理论体系的核心成果，对于发展以马克思主义为核心地位的中国社会主义文艺学具有特别重要的指导和推动作用。季摩菲耶夫是苏联享有盛誉的著名文艺理论家，其《文学原理》于1934年和1948年两次印刷出版，1953年12月由上海平明出版社出版了查良铮的中文译本。毕达可夫是苏联的文艺理论副教授，于1954年2月20日应文化部、教育部之邀来到北京大学为中文系文艺理论研究班讲授文艺学，时间一年半，每周讲授四小时。1958年，高等教育出版社出版了由其讲授口译记录整理而成的《文艺学引论》一书。毕达可夫的文艺学讲授培养了一批中国文艺学教学和研究的骨干力量，后来在古代文论界颇为活跃的王文生、张文勋、邱世友、蔡厚示等人都出自该班。因此相对来说，毕达可夫比季摩菲耶夫对新

---

[1] 洪安南：《中苏当代文学理论异同简论》，倪蕊琴主编《论中苏文学发展进程》，华东师范大学出版社1991年版，第177页。
[2] 后于上述两种苏联文艺理论教程的还有柯尔尊《文艺学概论》，高等教育出版社1959年版，此书是柯尔尊1956—1957年为北京师范大学中文系俄罗斯苏维埃文学研究生和进修教师的讲稿；谢皮洛娃《文艺学概论》，此书俄文版出版于1956年，中译本由罗叶等四人翻译，由人民文学出版于1959年出版；[苏]涅陀希文：《艺术概论》，杨成寅译，朝花美术出版社1958年版。

中国成立初期文艺学的影响更大。

毕达可夫是季摩菲耶夫的学生,其《文艺学引论》的基本观点和体例也基本上是取自季摩菲耶夫的《文学原理》。《文学原理》由三部分组成:"文学概论"、"怎样分析文学作品"和"文学发展过程";《文艺学引论》由四部分组成:"绪论"、"文学的一般学说"、"文学作品的构成"和"文学的发展过程"。两者的主体构成是一样的,都是由文学本质论、文学作品论和文学发展论组合而成;两者所包含的具体内容也基本一致。但《文艺学引论》比《文学原理》"更强调了文学的意识形态性,更强调社会主义文学的马列主义意识形态性,更强调社会主义现实主义在文学创作和批评中的地位和作用"。[①] 两者尤其是《文艺学引论》对于确立以马克思主义为核心地位的新中国文艺理论和学术批评具有理论借鉴和实践指导的双重意义。

第一,提供了新中国文艺理论和学术批评的体系化与系统化的理论借鉴。新中国成立以前,虽然马克思主义文艺理论引进不少,但都没有完整的体系性,也不具系统性。两种文艺理论教材"是最早的以马克思列宁主义的基本原理为指导的文学理论教材,其由'本质论'、'创作论'、'作品论'、'发展论'、'批评论'构成的理论体系"[②],正好契合了新中国成立初期对于文艺理论体系化和系统化的迫切需要,诚如季摩菲耶夫《文学原理》1953年版译者序所言:"全国解放以来,我国的大学和中学的文学课堂上,以及广大的爱好文学的读者群中,都感到一个迫切的需要:要掌握新的文学理论,要获得马列主义的文学科学的知识。"因此,这两种苏联文艺理论教材对于社会主义新中国的文艺理论的体系化和系统化都产生了广泛而深刻的影响。1957年,我国先后出版了霍松林的《文艺学概论》、冉欲达等四人的《文艺学概论》、刘衍文的《文学概论》以及李树谦和李景隆合著的《文学概论》共4种,"除了在材料方面力图增加一些中国文论与中国文学方面的例证,它们和苏联的几种文艺理论教科

---

① 杨福生:《王杨卢骆当时体——两种前苏联文艺学著述重读》,《学术界》2001年第5期。
② 王家发、陈慧:《苏联文艺学教材是马克思主义文艺学教材吗?——季摩菲耶夫〈文学原理〉与毕达可夫〈文艺学引论〉析》,《文艺理论与批评》2006年第5期。

书在理论架构、概念范畴、价值标准到语言文体诸方面,都有极为明显的理论渊源关系"①。此后,我国文艺理论教材的编写都未能超苏联文艺理论教材的体系范围,即便如以群主编的《文学的基本原理》和蔡仪主编的《文学概论》等代表我国成熟的文艺理论教材也是如此。而文艺理论的体系化和系统化又直接指导了新中国成立初期的文艺批评实践的体系化和系统化。

第二,确认了马克思列宁主义文艺理论是文艺理论发展最高阶段的历史地位。毕达可夫明确指出:"马克思列宁主义的文艺理论是文艺理论思想发展的最高阶段","只有根据马克思列宁主义,才能科学地了解文学的产生和发展的规律,理解它在社会中的真正作用"。因此,"研究文学史或文学理论问题的资产阶级学者,不能正确地理解文学的社会本质,也不能正确地解释文学的特点。进步的资产阶级学者的功绩,主要的是他们搜集了一些文学史料,整理和记录了这些史料,……不能揭示文学发展的规律和动力"②。毕达可夫着重强调了马克思列宁主义对于文艺理论发展作用的唯一性,强调了马列主义文艺理论是文艺理论思想发展的最高阶段,从而为中国社会主义文艺理论和学术批评确立马克思主义的核心地位提供了合法性和必然性的理论依据。

第三,强调了文艺的意识形态性以及社会主义文艺理论的马列主义意识形态性。毕达可夫说:"文学也正如一般艺术一样,是一种社会意识形态。文学在艺术形象的形式中反映社会生活,它对社会的发展有巨大的影响,它起着很大的认识、教育和社会改造的作用。"③ 与此相关的是,文学的党性、阶级性和人民性,也是两种文艺理论教材重点阐述的内容。关于文学的党性,季摩菲耶夫认为,作家的党性是"从他的阶级立场,从他在时代的阶级斗争中所处的地位而产生的哲学的政治的观点","在苏维埃文学中,党性就是人民性,而且是它的最完善的形式。人民性和党性

---

① 代迅:《前苏联文论与中国当代文论建设》,《西南师范大学学报》2001年第5期。
② [苏]毕达可夫:《文艺学引论》,杨晦译,高等教育出版社1958年版,第13、3页。
③ 同上书,第193页。

是可以非常完善地结合在一起的"。① 毕达可夫也指出："文学永远是有党性的，在对抗性的社会中，文学表现着互相敌对的社会阶级的利益。文学中的进步因素主要是通过人民思想意识的直接或间接影响，由劳动人民中来的。"② 关于文学的阶级性，季摩菲耶夫指出："在阶级社会中，作家对生活的了解和概念主要地为阶级斗争的条件所决定，他就是在那个斗争中收集和发展他的创作材料。在作品中将表现出他的阶级文化和阶级观点。他的作品就是他的阶级思想的表现方式。"③ 毕达可夫也认为："自从阶级产生以后，文学便从来不是阶级斗争的冷漠的旁观者。""文学是紧密地与阶级斗争的一切形式，尤其是与一定时期中占主导地位的阶级斗争的形式相联系的。"④ 关于文学的人民性，季摩菲耶夫认为："艺术的人民性是艺术性的最高标志，因为作家必须在忠实反映生活，并反映广大人民利益的基础上，才能获得人民性。"⑤ 毕达可夫认为：人民性"即作家所肯定的是怎么样的社会的、美学的及伦理学的理想；这些理想在怎样的程度上符合于人民的根本要求和愿望"。"在阶级社会中文学的人民性是和阶级斗争密切相联的。"⑥ 综上所述，党性、阶级性与人民性是马列主义意识形态的重要标志，其中阶级性是决定因素，党性是阶级斗争中呈现的先进性，人民性是阶级文学的最高标志。正因为文学具有浓厚的意识形态性，所以学术批评就应当从文学的党性、阶级性和人民性等标准加以衡量。这对中国社会主义文艺理论对于党性、阶级性与人民性等问题的重点关注以及社会学、政治学新型学术范式的建构，显然产生了至为关键的影响。

第四，介绍了社会主义现实主义等最新文艺理论成果，解决了我国社会主义文艺理论建设和学术批评的当下需要。社会主义现实主义是当时苏联文艺理论的最新成果，对发展苏联文艺创作和学术批评起着重要作用，

---

① ［苏］季摩菲耶夫：《文学原理》，查良铮译，平明出版社1955年版，第155、157页。
② ［苏］毕达可夫：《文艺学引论》，杨晦译，高等教育出版社1958年版，第524页。
③ ［苏］季摩菲耶夫：《文学原理》，查良铮译，平明出版社1955年版，第14页。
④ ［苏］毕达可夫：《文艺学引论》，杨晦译，高等教育出版社1958年版，第411、118页。
⑤ ［苏］季摩菲耶夫：《文学原理》，查良铮译，平明出版社1955年版，第15页。
⑥ ［苏］毕达可夫：《文艺学引论》，杨晦译，高等教育出版社1958年版，第145、524页。

两书对此都做了重点介绍。季摩菲耶夫说:"现实主义是文学史上最高发展和最有意义的艺术方法","现实主义和浪漫主义的融合是社会主义现实主义的主要特征"。① 毕达可夫则指出:"社会主义现实主义是进步艺术发展中的新的、最高的阶段。社会主义现实主义不仅在思想内容上而且也在形式上和表现在资产阶级的各种颓废派艺术中的形式主义相对立。对真理的探索使世界上一切正直、进步的作家确信,在目前条件下真正的现实主义和人民性是和进步的、革命的马克思列宁主义世界观密切相联的。"② 两者都很重视社会主义现实主义,但季摩菲耶夫是从创作方法上分析社会主义现实主义的,而毕达可夫则更强调社会主义现实主义的马克思主义意识形态性,后者对我国影响更大。

第五,总之,季摩菲耶夫的《文学原理》和毕达可夫的《文艺学引论》集中体现了当时苏联社会主义文艺理论成果,对于我国新中国成立初期社会主义文艺理论体系建构具有重要的理论借鉴作用,正是通过这种借鉴,确立了马克思主义在中国社会主义文艺理论中的核心地位,开创了中国社会主义文学创作和学术批评的崭新局面,由此从理论与实践两个方面推进并初步完成了当代学术新传统的建构。其缺点在于过分强调文艺理论的意识形态性,而相对忽略了文学的艺术性,因而对文艺的本质属性认识变得抽象化、简单化和教条化。这种理论源头的先天缺陷,直接影响并导致我国社会主义文艺理论建设和学术批评实践的机械化、教条化和庸俗化现象出现。

第三节 学术新传统的价值导向

以马克思主义为核心地位的社会主义学术新传统确立了新的价值导向,这就是现实主义、阶级性、人民性、爱国主义等价值导向。这些价值导向是马克思主义文艺思想中国化的集中体现和典型概括,是社会主义新

---

① [苏]季摩菲耶夫:《文学原理》,查良铮译,平明出版社1955年版,第280、314页。
② [苏]毕达可夫:《文艺学引论》,杨晦译,高等教育出版社1958年版,第525页。

中国成立之初面对国内外政治环境所做出的必然选择，其中蕴含着浓厚的现实政治功利目的的考量和诉求。

一　现实主义的价值导向

现实主义作为马克思主义文艺理论的重要范畴，实质上是指社会主义现实主义。1934年苏联作家代表大会通过的《苏联作家协会章程》第一次明确规定了社会主义现实主义是苏联文学与苏联文学批评的基本方法："社会主义的现实主义，作为苏联文学与苏联文学批评的基本方法，要求艺术家从现实的革命发展中真实地、历史地和具体地去描写现实。同时艺术描写的真实性和历史具体性必须与用社会主义精神从思想上改造和教育劳动人民的任务结合起来。"[①] 1954年第二次全苏代表大会上，苏联作协领导人西蒙诺夫提出删去定义的最后一句，因为此句的"任务"与现实主义"方法"无关。1954年春至1955年夏，毕达可夫来华讲学，其对现实主义内容的讲授仍采用苏联原始定义，并且更加强调社会主义现实主义在文学创作和批评中的地位和作用。

1949年后我国社会主义国家政权的建立，为从苏联重点引进社会主义现实主义提供了政治条件。1952年，冯雪峰在《文艺报》上发表了《中国文学中从古典现实主义到无产阶级现实主义发展的一个轮廓》，这是新中国成立后第一篇全面系统地论述现实主义发展史的文章。文中运用毛泽东《新民主主义论》和《在延安文艺座谈会上的讲话》的基本理论，提出了无产阶级现实主义的概念，并对无产阶级现实主义和社会主义现实主义进行了沟通，明确指出无产阶级现实主义就是社会主义现实主义，"这是因为无产阶级的思想就正是社会主义和共产主义。这两个名词在意义上是一样的"。1952年底，经过文艺整风，展开了关于社会主义现实主义问题的大学习、大宣传、大讨论，社会主义现实主义取代了无产阶级现实主义的提法。1953年，周扬为苏联《旗帜》杂志写的专文——《社会主义现实主义——中国文学前进的道路》明确指出："社会主义现实主

---

① 童庆炳、马新国主编：《文学理论学习参考资料新编》下册，北京师范大学出版社2005年版，第2269页。

义，现在已成为全世界一切进步作家的旗帜，中国人民的文学正在这个旗帜之下前进。正如中国新民主主义革命是无产阶级社会主义世界革命的组成部分一样，中国人民的文学也是世界社会主义现实主义文学的组成部分。"① 同年9月，第二次全国文代会正式确认了"以社会主义现实主义作为我们文艺界创作和批评的最高准则"。至此，社会主义现实主义作为新中国学术传统的价值导向的地位得到了确认。

新中国的社会主义现实主义的内涵主要是来自苏联第一次作家代表大会的原始定义。冯雪峰对其阐释道："简单地说，就是要以唯物主义的、历史主义的、革命的、发展的观点去具体地观察、分析和描写生活。现实主义是必须描写真实的，而只有这样，才能够做到真正的真实。""社会主义现实主义作家描写真实，是为了宣传社会主义，为了用社会主义来教育人民和改造生活。因此，他是有立场地去描写真实。他对于生活是有所肯定和有所否定的，而且他的肯定和否定，都是强烈而鲜明的。"② 而判断作品是不是社会主义现实主义的标准，"主要不在它所描写的内容是否社会主义的现实生活，而是在于以社会主义的观点、立场来表现革命发展中的生活的真实"③。

社会主义现实主义的新学术价值导向的确立凸显了两大现实需要："一是适应创造社会主义文学新人的需要"，"二是坚持文艺理论研究中反映论的认识论"。④ 因此，社会主义现实主义的提出满足了社会主义新中国的文艺创作和文艺批评的当下需求，有着重要的现实意义。但这种价值导向的强调也同样存在诸多不足之处。首先是以现实主义否定了浪漫主义等其他文艺创作方法，对于文艺创作来说显得方法单一，并且不符合文艺创作实际。其次是过于拔高现实主义地位和作用，以至于把现实主义从文学创作方法转换成社会主义文学的意识形态评价标准，凡符合者就是社会主义文学，凡不符合者则是非社会主义文学，由此走向了教条化和庸俗

---

① 周扬：《社会主义现实主义——中国文学前进的道路》，《人民日报》1953年1月11日。
② 冯雪峰：《关于社会主义现实主义》，《语文学习》1955年8月号。
③ 周扬：《社会主义现实主义——中国文学前进的道路》，《人民日报》1953年1月11日。
④ 杨福生：《王杨卢骆当时体——两种前苏联文艺学著述重读》，《学术界》2001年第5期。

化，反而窒息了现实主义的文学创作和批评。

二 阶级性的价值导向

马克思主义认为，所谓阶级是指人们在一定的社会生产体系中，由于所处的地位不同和对生产资料关系的不同而分成的集团，其中一个集团能够占有另一个集团的劳动。奴隶社会里的奴隶主和奴隶、封建社会里的地主和农民、资本主义社会里的资本家和工人，都是对抗的阶级，经常进行着不可调和的斗争。处于阶级社会的作家，其社会身份也必然隶属于一定的阶级，代表一定阶级的利益。按照唯物反映论观点，文学作品作为作家头脑中主观的产物，作为一定时代的社会生活的客观反映，也必然会表现出阶级性的内容。"阶级社会中的任何一位作家，无论他自觉与否，他总是站在一定阶级的立场，按照一定阶级的观点，根据一定阶级的要求，来观察、体验、理解和描写社会生活的。……因此，阶级社会的作家所创作出来的文学作品，不能不有阶级性。……自然，文学作品的表现某一阶级的立场、观点和要求，也就是要宣传这一阶段的立场、观点和要求，扩大这一阶级的思想影响，归根到底是为这一阶级的利益服务的。"[①] 因此，文学的阶级性是马克思主义文艺理论的一个基本的观点。

由于文学的阶级性是马克思主义文艺理论的一个基本观点，阶级性也就成了马克思主义文艺批评的基本标准之一，成为新中国建立之后学术新传统的价值导向之一。所以是否以阶级性的评判标准和价值导向开展文艺批评是区别马克思主义文艺理论与资产阶级、修正主义文艺理论的分水岭。正如论者所说："自从马克思主义文艺理论产生后，文艺的阶级性问题就成为不少人议论的中心了。理解、分析文学艺术这一社会现象，是用马克思主义阶级分析的观点和方法，还是撇开或掩盖阶级社会中阶级存在及其重大作用这一根本事实，而用所谓超阶级的人性论的观点和方法，是文艺理论的一个最根本的问题，是马克思主义文艺理论和各种资产阶级文艺理论的重要差异之一。"[②] 从这一标准出发，文艺批评就要求对作品的

[①] 蔡仪：《文学概论》，人民文学出版社1979年版，第42页。
[②] 毛星：《关于文学的阶级性》，《文学评论》1979年第2期。

阶级倾向和作家的阶级立场进行深入分析，看这种倾向和立场是代表剥削阶级还是代表被剥削阶级，是代表统治阶级还是代表被统治阶级，从而评价作品内容和作家思想是先进的还是落后的。

阶级性的价值导向实质上是文艺的意识形态属性和政治功利目的的集中体现，在战争的特殊年代里，阶级性的价值导向有利于调动包括文艺在内的一切手段集中地为政治服务，并且对特定年代里的文艺发展和批评起过重要作用。新中国成立后，整个国际形势被分割为资本主义和社会主义两大阵营，阶级斗争的现实依然严峻，为了巩固新生的无产阶级政权，维护和发展社会主义国家，文艺思想的阶级性价值导向的确立仍有其特定的合理性和迫切性。

然而不可否认，这种以政治价值观念为集中导向的文艺价值观有着很大的主观性和片面性。这一方面表现在过于强调政治价值导向而否认其他价值观念，其典型例子就是以阶级性排斥人性，把阶级性与人性对立起来，认为"一切文化或文学艺术都是属于一定的阶级，属于一定的政治路线的。为艺术的艺术，超阶级的艺术，和政治并行或互相独立的艺术，实际上是不存在的"[①]。其实，阶级性与人性并非水火不容，把两者对立起来就是一种简单化乃至极端化的表现。况且并非所有的文艺作品都鲜明地表现为一定的阶级性，并非所有的作家的阶级出身与其作品反映的阶级立场是一致的。另一方面，则表现为阶级性价值导向的教条化和庸俗化，即不仅未能随着政治环境的变化而对阶级性价值导向做出适时的调整，而且往往进一步加以扩大化与绝对化，片面强调其主导性乃至唯一正确性。

当然，尽管阶级价值导向有着很大的缺陷性，但在新中国成立初期特定的政治环境里，我们无法否定阶级性价值导向的历史地位和作用，无法否认新中国成立之初对于阶级性价值导向选择的合法性与合理性。

三 人民性的价值导向

文学人民性的概念来源于俄罗斯，由普希金最早提出，后来别林斯基对此作了较为清晰的阐释，认为"'人民'总是意味着民众，一个国家最

[①] 《毛泽东选集》第3卷，人民出版社1991年版，第865页。

低的、最基本的阶层，'民族'意味着全体人民，从最低直到最高的、构成这个国家总体的一切阶层"①。人民性这一概念"既是一个民粹主义的概念又是一个社会革命论的概念。作为民粹主义的概念，它要求文学表现俄罗斯的民族文化精神；而作为社会革命论的概念，它要求文学站在下层劳动阶级的立场上反对贵族阶级的统治"。由此引出两种分歧性的阐释，"作为民族文化精神之体现的人民性指向民族存在的社会整体性，而作为劳动人民利益和愿望之体现的人民性则指向这个社会结构中的某些社群"②。

人民性概念传入中国后，毛泽东最早对其作了系统的理论阐释。毛泽东在发表于1940年的《新民主主义论》中指出："新民主主义的文化是大众的，因而即是民主的。它应为全民族中百分之九十以上的工农劳苦民众服务，并逐渐成为他们的文化。"这里首先确立了文学的对象是"全民族中百分之九十以上的工农劳苦民众"。1942年，毛泽东在《在延安文艺座谈会上的讲话》中进一步对"人民"的内涵作了具体的定义："什么是人民大众呢？最广大的人民，占全人口百分之九十以上的人民，是工人、农民、兵士和城市小资产阶级。……这四种人，就是中华民族的最大部分，就是最广大的人民大众。"③ 接着，他又说："我们要为这四种人服务，就必须站在无产阶级的立场上，而不能站在小资产阶级的立场上。"④ 毛泽东强调"最广大""占全人口百分之九十以上""最大部分"体现了人民的广大性；强调"必须站在无产阶级的立场上"则体现了人民的革命性。因此，毛泽东的人民性的概念体现了历史唯物主义基本原理，历史唯物主义认为人民是一个历史范畴，人民是历史的主体和创造者，人民是推动历史前进的真正动力，其显著特点就是广大性和革命性。⑤ 毛泽东的人民性概念扬弃了别林斯基概念中的民粹主义内涵而继承发展了概念中的革命主义内涵。

---

① ［苏］别林斯基：《别林斯基论文学》，梁真译，新文艺出版社1958年版，第82页。
② 冯黎明：《人民性：从汉语的角度看》，《江汉论坛》2008年第1期。
③ 《毛泽东选集》第3集，人民出版社1991年版，第855—856页。
④ 同上书，第856页。
⑤ 严昭柱：《关于文艺人民性的思考》，《文艺理论与批评》2005年第6期。

新中国成立后，人民性不仅是文艺创作的价值导向之一，也是文艺批评重要的标准之一。从文艺批评来看，所谓文学的人民性，就是在文学作品中反映了一定历史时期的人民的思想、情感、愿望和利益，提出了人民关心的重大问题，体现了历史时代的发展潮流。"按照列宁的思想，文学的真正的人民性是与体现人民的优点、人民的理想，以及体现一切能促进劳动群众历史发展的东西这一点相联系的。"① 所以以人民性的标准来评判文学作品时，就包含这样一个问题，"即作家所肯定的是怎么样的社会的、美学的及伦理学的理想；这些理想在怎样的程度上符合于人民的根本和愿望"②。对此，黄药眠在《论文学中的人民性》中对文学中的人民性特点作如下概括：

> 第一，作品所描写的对象（人物与故事）是为人民大众所关心，或对人民大众的生活有重要意义的；第二，在某一特定的历史时代，作者以当时的进步立场来处理题材，真实地反映了生活的；第三，在所描写的现象范围底广泛，揭露底深刻，刻画底有力，在形式的大众化上表现出来了它的艺术性；第四，作者在作品中以具体的形象表现出了当时人民大众的要求、愿望和情绪。

这样，"衡量一篇作品之是否有人民性，最主要的还是要看作者的立场，即他是不是在那一个特定的历史时代站在进步的立场来处理题材，真实地反映生活"③。

人民性的价值导向实质上是社会主义国家政权主体——人民当家做主的政治地位的集中体现，是对社会主义新中国以工农兵为代表的最广大人民的政治地位和历史作用的肯定和认可。如果说阶级性价值导向是为了维护新生的无产阶级政权的巩固，那么人民性价值导向则是为了树立社会主义国家政权主体的政治地位。所以人民性的价值导向的确立，对于新中国

---

① [苏]毕达可夫：《文艺学引论》，杨晦译，高等教育出版社1958年版，第143页。
② 同上书，第145页。
③ 黄药眠：《论文学中的人民性》，《文史哲》1953年第6期。

社会主义文艺创作和理论批评所产生的积极作用应予充分肯定。但这种价值导向也存在着明显的缺憾，即在价值导向的阐释过程中，人民性日渐为阶级性所替代，把人民性等同于阶级性，对人民性的内涵狭隘化了，这就容易使文艺批评走向教条化和庸俗化。

四 爱国主义的价值导向

新中国成立之初的爱国主义观念源自列宁的定义："爱国主义，就是千百年来巩固起来的对自己的祖国的一种最深厚感情。"[①] 由于国家是在一定历史条件下出现的，国家的内涵也随历史的发展而变化，因此爱国主义也是一种历史现象。毕达可夫说："爱国主义是由一定的社会经济条件所产生的，爱国主义的感情是历史的现象。爱国主义的感情在各个时期里有着各种不同的内容。"[②] 爱国主义作为新中国诞生后学术新传统的一种价值导向，其内涵主要与人民性、阶级性和民族性等观念紧密联系在一起。

爱国主义和人民性联系在一起，首先表现在"真正的爱国主义和对祖国的热爱，总是与对祖国人民的热爱相结合的"[③]。判断是否具有爱国主义首先是看其是否热爱自己祖国的人民。只有对自己祖国的人民有着强烈的爱的感情，才是真正的爱国主义。其次，"劳动群众是真正的爱国主义者，他们总是以自己祖国的民族独立的最可靠和最彻底的保卫者的姿态出现。无论在反对外国侵略者或是在反对自己国家的统治剥削阶级的枷锁的斗争中，他们的爱国主义都特别有力地表现出来"[④]。人民是一个历史的观念，在不同历史时期，有着不同的内容。但从阶级观念出发，"人民"的核心内涵则是劳动群众。因此，劳动群众也就被赋予了爱国主义思想载体的核心主体。

爱国主义和民族性联系得更为密切。当一个民族反对另一个民族侵略时，这种民族斗争所表现出来的精神就是爱国主义。我国民族斗争中表现

---

① 《列宁全集》第28卷，人民出版社1990年版，第168—169页。
② ［苏］毕达可夫：《文艺学引论》，杨晦译，高等教育出版社1958年版，第158页。
③ 同上。
④ 同上书，第159页。

出来的爱国主义有两种。一种是以汉民族反抗少数民族侵略所表现出来的爱国主义，如岳飞、文天祥被认定是爱国主义的典型。这是一种历史观的态度，把我国古代不同民族之间的统治政权看成不同的"国家"。另一种则是把整个中华民族作为一个大民族，这种民族斗争表现出来的爱国主义主要体现在近代以来对西方列强的侵略战争的反抗和斗争。这种爱国主义更具现代性，是一种当下的爱国主义观念。

据此，爱国主义作为社会主义学术新传统的一种价值导向，其评判标准主要有：一是看作家或作品所表现的对自己的国家和民族的情感是否热爱；二是看作家的主观情感或作品的思想内容是否反映或符合广大人民群众的根本利益、理想或愿望；三是看作家或作品所表现的对国家统一和民族形成是否有利；四是看作家或作品对各类战争所表现的态度，是支持正义战争还是反对正义战争，是抵制非正义战争还是拥护非正义战争。[1]

爱国主义作为学术新传统的价值导向的核心观念就是一种民族精神，这种民族精神的本质就是反对外族侵略，维护国家和民族统一。这对于自1840年始有着一百多年遭受西方列强瓜分侵略凌辱史的中华民族来说，对于抗战十四年浴血奋战的中国共产党来说，对于包围于资本主义帝国列强的政治孤立、经济封锁和军事破坏的刚刚成立的社会主义新中国来说，爱国主义价值导向的确立有着极为特殊的政治价值和意义。因此，爱国主义价值导向的确立就意味着要求民族独立和国家统一，文学创作和文学批评就离不开这一价值导向。当然，作为古代文学批评的爱国主义价值导向也同样存着内涵的不确定性。其中最大的争议是爱国主义与民族性的关系问题，即是以狭义民族观来看待和处理爱国主义问题还是以广义民族观——五十六个民族大家庭的中华民族来看待和处理爱国主义问题。如果是后者，则古代历史和文学上的很多问题应重新考量；如果是前者，则又似乎违背了现行的民族政策和民族利益。

作为马克思主义文艺思想中国化的集中体现和理论概括，以上现实主义、阶级性、人民性、爱国主义四种价值导向虽然也融入了一些中国传统价值观的因素，但主要是由引自苏联的社会主义文艺理论与出自本土的毛

---

[1] 孔宪富、陈铁镔：《古为今用·人民性·爱国主义》，《社会科学辑刊》1980年第6期。

泽东《在延安文艺座谈会上的讲话》两相融合的结果。其中现实主义是学界赖以建构社会学批评范式的核心理论，而阶级性则是促使社会学向政治学批评范式拓展与转化乃至进而演变为政治批判的内在动力。

第四节　学术新传统的范式重建

以当代学术传统为价值导向所重建的学术研究范式，集中表现为社会学研究与政治学研究两大范式。前者旨在通过对社会背景和作家身世的社会学研究揭示作品的思想内容，侧重于文学的社会性研究；后者旨在通过对作品的阶级性、人民性等政治内容的分析反观作品的社会时代和作家的阶级立场，侧重于文学的政治性研究。两种范式各有侧重而又相互补充，一同构建了当代社会学研究主潮的核心内容，成为新中国学术传统的新典范，由此引发和促进了当代学术研究方法的划时代变革，不仅开创了运用马克思主义文艺思想的新实践，也开辟了中国古代文学研究的新局面。

一　社会学研究范式

所谓社会学研究范式，就是根据马克思唯物历史观和能动反映论，通过对作品的时代背景和作家的生平身世进行分析，进而研究作品的思想内容及其社会认识价值。社会背景和作家身世的分析在社会学研究范式中占有十分重要的地位。如李希凡、蓝翎对《红楼梦》的批评即典型地运用了社会学研究范式。他们指出："《红楼梦》出现在清代王朝的所谓'乾隆盛世'，并不是偶然的现象。乾隆时期正是清代王朝的鼎盛时期，但也是它行将衰败的前奏曲。在这历史的转变期中注定了封建贵族统治阶级不可避免的衰亡命运。……他（曹雪芹）从自己的家庭遭遇和亲身生活体验中，已经预感到本阶级的必然灭亡。他将这种预感和封建贵族统治集团内部崩溃的活生生的现实，用典型的生活画面、完整的艺术形象熔铸在《红楼梦》中，真实地、深刻地暴露了它必然崩溃的历史命运。"[1] 研究者

---

[1] 李希凡、蓝翎：《关于〈红楼梦简论〉及其他》，《文史哲》1954年第9期。

通过对乾隆王朝鼎盛表象下的衰败实质和《红楼梦》作者曹雪芹家庭身世的深刻分析，进而指出《红楼梦》的思想内容实质上是反映了封建王朝走向灭亡的必然性以及作家对这种必然本质的先知预感。研究者先对作品之外的社会时代和作家身世进行分析，然后又由外及里，进入作品内部分析作品的思想内容，指出这种思想内容是对社会生活和作家身世的能动反映，从而深化了文学的社会生活本质的认识。

从社会历史来研究文学作品是我国文学批评的传统，早在两千多年孟子就提出过"知人论世"的观点。《孟子·万章下》曰："颂其诗，读其书，不知其人可乎？是以论其世也，是尚友也。"孟子指出颂诗读书要知其人论其世，这样才能真正了解诗中情感书中内容。"知人论世"的批评方法充分认识到了时代社会和作家身世对文学作品的影响。后世有许多类似的观点。如《毛诗序》曰："治世之音安以乐，其政和；乱世之音怨以怒，其政乖；亡国之音哀以思，其民困。"刘勰《文心雕龙·时序》曰："时运交移，质文代变"，"文变染乎世情，兴废系乎时序"。章学诚《文史通义·文德》曰："不知古人之世，不可妄论古人之文辞也。知其世矣，不知古人之身处，亦不可以遽论其文也。"这些观点都表达了时代社会和作家身世对文学作品的影响和作用，因此分析作品离不开社会时代和作家身世的研究。西方文学批评理论中也有类似的批评方法，典型者如19世纪法国丹纳的社会批评派，丹纳认为文学是种族、环境和时代的产物，因此文学批评离不开这三大因素。在三大因素当中，丹纳尤其强调了时代的影响和作用。他说："如果一部作品内容丰富，并且人们知道如何去解释它，那么我们在这部作品里所找到的，会是一种人的心理，时常也就是一个时代的心理，有时更是一个种族的心理。"[1] 孟子的"知人论世"和丹纳的社会批评派与当代中国的社会学研究范式有着相似的地方，都强调社会时代对文学作品的重要影响，强调以外在的时代社会分析入手来剖析作品内容。但当代中国的社会学研究范式不同其他两种批评方法，并且更具时代性意义的地方，就在于它是建立在马克思唯物史观和能动反映论

---

[1] ［法］泰纳：《英国文学史·序》，载伍蠡甫主编《西方文论选》下卷，上海译文出版社1979年版，第241页。

的哲学基础上,以文艺与社会生活相互关系的马克思主义文艺思想作为指导,深刻剖析了文学的社会本质,认为决定文学的外部社会生活不是单一的,而是由社会经济生活、政治斗争和思想意识形态的综合作用所决定的;同时文学对社会生活的反映也不机械的反映,而是蕴藏着作家思想的能动性。

社会学研究范式作为建立在马克思主义哲学基础上的当代新型学术批评方法,对于推动新中国的学术发展具有重要意义。

首先,社会学研究范式树立了马克思主义文学批评的新典范,开辟了文学社会学批评的新方法,对于深刻剖析文学作品蕴含的思想内容及其社会认识价值具有重要作用。马克思主义文艺思想认为文学不仅决定于社会存在而生成而且能动地反映社会生活,文学的本质属性就是社会性。马克思主义文学批评就是要从文艺与社会生活的关系上揭示文学的社会本质,剖析文学作品的思想内容及社会认识价值。因此,社会学研究范式对于作家作品的研究,特别是对于那些直面现实人生,用自己满腔热血直接书写时代的历史巨变和广阔社会生活的作家,如屈原、杜甫、陆游等及其作品的分析来说,具有强大的剖析能力和深刻的洞察力量。

其次,社会学研究范式超越了进化论思想与传统考据学缺失文学作品内容及其社会本质研究的不足,促进了文学研究由重在外在形式或文献考辨向文学作品内涵拓展的学术转型。以胡适为代表的文学进化论研究主要着眼于文学的文字形式进化,认为"一部中国文学史只是部文字形式(工具)新陈代谢的历史,只是'活文学'随时起来代替了'死文学'的历史"[①],因而悬置了作品内容的分析。传统考据学则往往专注于文献整理、字句校勘、源流辨析等工作,对作品的思想内容及其社会背景的联系基本上不甚关注。社会学研究范式虽然也是从外在的社会背景和作家身世入手,并且十分强调这种外部背景研究,但研究的终极目标却是对作品内容的分析,对文学的社会本质的揭示,因而这种范式具有学术转型的意义。

最后,社会学研究范式有助于从一个新的视角重新梳理和揭示中国文

---

① 胡适:《逼上梁山》,《四十自述》,海天出版社1992年版,第103页。

学史的发展轨迹与规律，从而催生新的中国文学史研究成果。当代社会学研究范式的建立，为中国文学史研究提供了价值重估与意义重释的双重契机和动力。实际上，在当代前30年间，几乎所有新编的文学史著作都是以社会学研究为学术范式，或者受社会学研究范式的影响。对此，应历史地、辩证地予以充分的肯定。

社会学研究范式的建构，对于当代中国学术研究而言的确有着划时代的意义，但无论从学术范式本身还是实践过程来看，都不同程度地存在着简单化、教条化乃至庸俗化的缺陷，其中核心的问题就是过于强调学术批评的意识形态性，一是将社会学研究范式视为唯一正确的而排斥其他研究范式，甚至把那些非社会学研究范式统统归结为资产阶级唯心主义学术研究而加以严厉批判。如对胡适、俞平伯的红学研究批判即是如此："从胡适到俞平伯先生，在研究《红楼梦》上有一个根本的共同点，就是离开社会历史条件，离开阶级社会里的阶级的存在这一基本事实，而孤立地去研究文学作品。把文学艺术看作离开社会历史条件而独立存在的超阶级的现象，这正是资产阶级唯心主义的观点。"[①] 二是将社会学研究范式简化为时代背景和作家出身加上文学作品内容分析，甚至以时代背景和作家出身的研究替代文学作品的内容分析，彼此的主次关系刚好作了颠倒。三是在有关文学作品的内容分析中，并没有努力去开掘其丰富的社会内涵，而是简单地以主流意识形态性主导或替代文学作品的社会学研究，结果形成了千篇一律的公式化和教条化模式，尤其是"左倾"思想主导下的学术研究更是如此。

二 政治学研究范式

毛泽东《在延安文艺座谈会上的讲话》认为："在现在世界上，一切文化或文学艺术都是属于一定的阶级，属于一定的政治路线的。为艺术的艺术，超阶级的艺术，和政治并行或互相独立的艺术，实际上是不存在的。"而文艺批评有两个标准，"一个是政治标准，一个是艺术标准"。由

[①] 何其芳：《没有批评就不能前进》（1954），载《没有批评就不能前进》，人民文学出版社1958年版。

于一切文学艺术都属于一定的阶级,所以"任何阶级社会中的任何阶级,总是以政治标准放在第一位,以艺术标准放在第二位的"①。文艺批评中政治标准的第一位性决定了政治学研究范式成为新中国成立后新学术评价体系的又一重要范式。

所谓政治学研究范式就是以阶级性、人民性等政治标准进行学术批评,"坚持阶级斗争与阶级分析的观点来认识古典文学作品所反映的各种社会现象,并把作品在反映社会生活尤其是反映阶级斗争生活中是否体现出'人民性',作为评价一部作品的政治标准以及审美标准"②。具体而言,包含了三层内蕴:一是分析文学作品的主题倾向,确定这种主题是进步的还是落后的,是革命的还是反动的;二是分析作品中的人物形象的阶级性,确定该人物形象是代表被统治阶级还是代表统治阶级,是代表人民的利益还是代表反人民的利益;三是根据上述两者,分析作者的思想倾向,确定该作者是站在什么样的阶级立场上。

与社会学研究范式侧重于文学的社会性研究相比,政治学研究范式侧重于文学的政治性研究。社会学研究范式是由外入内,通过对社会背景和作家身世的社会学研究揭示作品的思想内容;政治学研究范式则是自内出外,通过对作品的阶级性、人民性等政治内容的分析反观作品的社会时代和作家的阶级立场。两者各有侧重又相互补充,都是以马克思主义思想为核心指导,都是新中国学术传统的学术典范。

政治学研究范式作为侧重于阶级性、人民性等政治内容批评的新型学术批评方法,对于新中国学术批评具有重要意义。

第一,政治学研究范式体现了马克思主义思想在文学艺术等意识形态领域的学术批评中的领导地位与典范意义。具体而言,即"体现了经过革命斗争终于取得政权,为了巩固政权而在政治、经济、意识形态领域继续开展对地主资产阶级的斗争的共产党人的基本观念。体现了人民当家做主人后要求在意识形态领域肯定与提高人民历史地位与作用的意识。所以

---

① 《毛泽东选集》第 3 卷,人民出版社 1991 年版,第 865、868、869 页。
② 赵敏俐、杨树增:《20 世纪中国古典文学研究史》,陕西人民教育出版社 1997 年版,第 330 页。

它的研究带来了方向性的、根本性的开拓,与过去任何时代的古典文学研究相比,实在是有本质上的区别"①。

第二,政治学研究范式确立了古典文学研究政治维度的新导向,同样有助于从一个新的视角重释文学作品与重写文学史。以政治维度来研究文学也是传统文学研究的一个基点,但传统文学研究往往是以封建"道统"观念来阐释分析文学,"道统"的终极目标是为封建君主服务。而政治学研究范式的政治标准则是阶级性、人民性等马克思主义思想价值,其终极目标是为"最广大"的劳动人民群众服务。从阶级观念来讲,这种政治价值导向恰好与封建"道统"观念的政治价值导向相反。因而政治学研究范式下的古典文学的研究开拓了迥异于封建"道统"观念下的文学研究,体现了一种崭新的学术导向。

第三,政治学研究范式拓展深化了民间文学、俗文学以及大众文学等新兴研究对象。民间文学、俗文学向来是封建正统文学观念者所不屑的研究对象,因而关注得很少。"五四"新文化运动以来,在进化论的思想指导下,民间文学和俗文学研究得到很大的拓展,但这种研究还只是从语言形式上展开。"五四"以后,随着无产阶级革命文学运动的兴起,民间文学、俗文学等再次受到研究者的重视,并且提出了大众文学观念,初步从无产阶级观念开展了研究,但还不够深入。新中国成立后,大众文学、民间文学和俗文学在政治学研究范式下得到了充分研究,其中蕴含的阶级性和人民性内涵得到了充分的阐释和宣扬,成为传统诗文研究的一个崭新的视域。因此,新中国成立后的小说戏曲研究和民间文学研究得到繁荣发展,政治学研究范式功不可没。

第四,政治学研究范式的建构,对于当代中国学术研究而言同样具有划时代的意义,但与社会学研究范式相比,政治学研究范式更加突出强调学术批评的意识形态性,而且其本身的学术导向与方法也更为偏狭,所以更容易滑向简单化、教条化乃至庸俗化之途。由于过分强调政治性而忽略艺术性,把毛泽东所讲的政治标准第一、艺术标准第二的两种标准变为政

---

① 赵敏俐、杨树增:《20 世纪中国古典文学研究史》,陕西人民教育出版社 1997 年版,第 330—331 页。

治标准唯一、政治标准至上，简单的政治图解替代了丰富的文学研究，狭隘的政治功利目的成为文学批评的终极目标。十年"文化大革命"时期的泛政治化文学批判运动，终将政治学研究范式推向庸俗化和异化的极致。这是值得人们深思的。

第五节　学术新传统的诠释与实践

学术新传统在1949年和1956年进行过两次集中诠释，诠释的内容主要是对毛泽东《在延安文艺座谈会上的讲话》的总方针地位、无产阶级对文艺思想和学术批评的领导权、文艺和学术为人民服务的方向等相关内容的重申和确认。以1956年为界，学术新传统的具体实践经历过前后两个阶段，前一阶段主要是扫除非马克思主义思想的学术思想及其方法，确立了马克思主义思想核心地位的学术新传统；后一阶段则以资产阶级思想为批判和斗争的对象，在实践过程中逐渐走向了"左倾"化和教条化，最终走上泛政治化之路。

一　学术新传统的理论诠释

学术新传统的理论诠释分前后两次集中进行。第一次是1949年7月2日至19日在北平召开的中华全国文学艺术工作者代表大会。会上，郭沫若作了《为建设新中国的人民文艺而奋斗》的总报告，总结了"五四"以来的文艺运动；茅盾作了《在反动派压迫下斗争和发展的革命文艺》的报告，总结了国统区文艺运动；周扬作了《新的人民的文艺》的报告，总结了解放区文艺运动。这些报告和一些发言不仅比较系统地总结了此前的文艺发展，更重要的是首次对马克思主义思想核心地位的学术新传统作了集中诠释。第二次是1956年5月作为新的文化政策"百花齐放、百家争鸣"方针的提出与诠释。1956年5月2日，毛泽东在最高国务会议上提出了"百花齐放，百家争鸣"的方针。5月26日，中共中央宣传部长陆定一向科学和文艺工作者作了《百花齐放，百家争鸣》的讲话，对"双百"方针作了具体阐释。1956年9月中共八大报告《中国共产党第八次全国代表大会关于政治报告的决议》和1957年2月毛泽东《关于正确处理人民内容矛盾的问题》再次对"双百"方针进行了阐释。这次集中诠释不仅是对"双百"方针作了具体阐释，同时对学术新传统作了重新诠释。

第一次诠释的背景是中国共产党领导的无产阶级革命即将夺取全国胜利，新中国的无产阶级政权即将诞生。因此，第一次全国文代会的召开是包括文学在内的意识形态领域为迎接即将诞生的无产阶级新政权作准备。同时，第一次全国文代会是解放区和国统区文艺工作者的首次大会合，第一次旗帜鲜明地共同接受马克思主义文艺思想的洗礼。在这种背景下，强调无产阶级对文艺创作和学术批评的领导地位就成了第一次全国文代会和新学术传统理论诠释的基本点和重点，其目的是巩固和维护新生的无产阶级政权。具体而言，主要包括以下几方面。

首先，大会一致确认毛泽东《在延安文艺座谈会上的讲话》是指导新中国文艺工作的总方针，毛泽东提出的文艺为人民大众首先是工农兵服务的方向，是新中国文艺运动的总方向，正式确立了毛泽东文艺思想在新中国成立后文艺运动和学术批评中的指导地位。同时，周扬和茅盾还分别以解放区和国统区不同文艺运动成就的实例证明贯彻毛泽东《在延安文艺座谈会上的讲话》的重要性和有效性。周扬说："毛主席的《在延安文艺座谈会上的讲话》规定了新中国的文艺的方向，解放区文艺工作者自觉地实践了这个方向，并以自己的全部经验证明了这个方向的完全正确，深信除此之外再没有第二个方向了，如果有，那就是错误的方向。"[①] 茅盾指出："国统区的进步的革命的文艺运动，就整个看来，是能够配合着各个时期的革命形势在思想斗争上起了积极作用的"，但是也存在种种问题，其中最重要的原因就是"对'文艺讲话'的深入研究是不够的，尤其缺乏根据'文艺讲话'中的精神进行具体的反省与检讨"[②]。

---

① 周扬:《新的人民的文艺》，《文学运动史料选》第五册，上海教育出版社1979年版，第684页。

② 茅盾:《在反动派压迫下斗争和发展的革命文艺》，《文学运动史料选》第五册，上海教育出版社1979年版，第667、674页。

其次，大会明确规定坚持无产阶级对文艺运动的领导地位，只有这样才能真正取得文艺革命的胜利。郭沫若指出：自"五四"以来，"中国文艺界的主要论争是存在于这样两条路线之间：一条是代表软弱的自由资产阶级的所谓为艺术而艺术的路线，一条是代表无产阶级和其他革命人民的为人民而艺术的路线。……历史事实证明了任何文艺工作者如果不接受无产阶级的领导，他的努力就毫无结果"[①]。

最后，大会号召树立为人民服务的文艺观念和批评导向。无产阶级政权的核心主体是人民当家做主，因此为人民服务是文艺运动和学术批评的重要观念。郭沫若指出："五四以来新文艺的主要缺点就是和人民大众结合得不够。"所以，"希望经过文艺界的批评和自我批评，经过文学艺术工作者本身的努力，能够完全达到文艺为人民服务的共同目标"[②]。茅盾在检讨国统区文艺时也指出了问题所在："未经改造的小资产阶级知识分子在生活思想各方面和劳动人民是有距离的。"[③] 周扬则指出："解放区文艺工作者为与广大工农兵群众相结合，曾作了极大的努力"，他们"将目光放在工农兵群众的文艺活动上，注意研究群众文艺活动的情况与问题，把指导普及作为一切文艺工作者无可推脱的共同的责任"。[④] 强调无产阶级对文艺的领导地位实质上就是突出文艺与政治的关系，突出了文艺为无产阶级意识形态服务的功能，这为新中国成立后学术新传统的具体实践指明了方向。

第二次诠释的背景则是1956年社会主义改造已基本完成，社会主义公有制经济基础取得了统治地位。因此，国内的主要矛盾也开始由敌我之间的矛盾转换成为人民内部的矛盾。同年，苏共二十大召开，对斯大林的个人崇拜作了批判，对苏联的教条主义作了肃清。在这双重背景下，中国

---

① 郭沫若：《为建设新中国的人民文艺而奋斗》，《文学运动史料选》第五册，上海教育出版社1979年版，第657页。
② 同上书，第662、658页。
③ 茅盾：《在反动派压迫下斗争和发展的革命文艺》，《文学运动史料选》第五册，上海教育出版社1979年版，第671页。
④ 周扬：《新的人民的文艺》，《文学运动史料选》第五册，上海教育出版社1979年版，第685、704页。

共产党提出了"双百"方针的文艺政策。"双百"方针的核心观念就是主张文艺和学术问题要通过争鸣来解决，而不是行政强制的办法来解决。陆定一说："'百花齐放，百家争鸣'，是人民内部的自由在文艺工作和科学工作领域中的表现。"这就是"提倡在文学艺术工作和科学研究工作中有独立思考的自由，有辩论的自由，有创作和批评的自由，有发表自己的意见、坚持自己的意见和保留自己的意见的自由"①。从文艺创作来说，"在为工农兵服务的前提下，任何作家可以用自己认为最好的方法来创作，互相竞赛。题材问题，党从未加以限制。……至于艺术特征问题，典型创造问题等等，应该由文艺工作者自由讨论，可以容许各种不同见解，并在自由讨论中逐渐达到一致。"②从学术批评来说，"在学术批评和讨论中，任何人都不能有什么特权；以'权威'自居，压制批评，或者对资产阶级错误思想熟视无睹，采取自由主义甚至投降主义的态度，都是不对的。……学术批评和讨论，应当是说理的，实事求是的。……批评和讨论应当以研究工作为基础，反对采取简单、粗暴的态度。应当采取自由讨论的方法，反对采取行政命令的方法。"③而"双百"方针的根本目的"就是要我们在文艺工作和科学工作方面，也把一切积极因素都调动起来，更好地为人民服务，为繁荣我国的文学艺术而努力"④。"双百"方针的实施也不是要放弃无产阶级对文艺的领导地位，"实行百花齐放、百家争鸣的方针，并不会削弱马克思主义在思想界的领导地位，相反地正是会加强它的这种地位"⑤。要之，"双百"方针的提出和阐释，是对以马克思主义思想为指导的毛泽东文艺思想和学术新传统又一次有效的集中诠释，这次诠释根据社会主义公有制经济基础占据统治地位后国内主要矛盾由敌我矛盾转为人民内部矛盾的新形势，成功推动了文艺运动和学术批评的工作重心转移，即由为巩固维护无产阶级新生政权服务转为更好地为广大人民群众服务。同

---

① 陆定一：《百花齐放，百家争鸣》，《人民日报》1956年6月13日。
② 同上。
③ 同上。
④ 同上。
⑤ 毛泽东：《关于正确处理人民内部矛盾的问题》，《毛泽东选集》第5卷，人民出版社1977年版，第391页。

时，这次诠释既吸取苏联的个人崇拜和教条主义的教训，也修正了我国过去文艺运动和学术批评自身存在的"左倾"现象。因此，这次理论诠释具有十分重要而积极的理论意义。令人遗憾的是，在此后的具体学术实践中偏离了这次诠释的理论，又重新出现了"左倾"化、教条化和庸俗化现象，对文艺创作和学术批评造成了极大的破坏。

二　学术新传统的践行方向

参照上述两次集中诠释的时间标志，可以把新中国成立后学术新传统的贯彻与实施分为前后两个阶段。前一阶段是从新中国成立到1956年，主要是对封建伦理道德和封建文化、资产阶级唯心主义和资产阶级学术、无产阶级革命阵营的"非马克思主义文艺思想"等三座"大山"的批判与清除，树立起以鲁迅为旗帜的古代文学研究的新权威；后一阶段是从1957年到1965年，先是1957年反右派斗争及其后续影响，中经1960—1962年的短暂调整，至1962年八届十中全会后又开展了一系列文艺"革命大批判"运动，古代文学研究随文艺批判运动而波澜起伏，学术新传统在贯彻实践中逐渐偏离了正常的学术批评道路，而演变成"左倾"化、教条化和泛政治化的学术—政治批判。

1951年4月至8月对电影《武训传》的批判是贯彻学术新传统的第一场实践。电影《武训传》是根据清末武训行乞兴学的故事改编而成的，是对武训兴学和武训精神的宣传与赞扬。《武训传》的公映兴起了一股"武训热"。这引起了中央有关部门的注意，1951年4月和5月《文艺报》先后发表了批评文章，《人民日报》也于5月15日和16日转载了《文艺报》的文章，并以短评形式批判《武训传》是一部"歌颂清朝末年的封建统治拥护者武训，而污蔑中国历史，污蔑中国民族的电影"。5月20日，《人民日报》发表了毛泽东亲自撰写并修改的社论《应当重视电影〈武训传〉的讨论》，进一步发动和领导了对《武训传》的批判。《人民日报》社论指出，《武训传》的根本缺陷就是宣传了封建文化，歌颂了封建奴隶精神："《武训传》所提出的问题带有根本的性质。像武训那样的人，处在满清末年中国人民反对外国侵略者和反对国内的反动封建统治者的伟大斗争的时代，根本不去触动封建经济基础及其上层建筑的一根毫毛，反而狂热地宣传封建文化，并为了取得自己所没有的宣传封建文化的地位，就对反动的封建统治者竭尽奴颜婢膝的能事，这种丑恶的行为，难道是我们所应当歌颂的吗？"作为学术新传统的第一场实践，对《武训传》批判的目的就是以无产阶级文艺思想批判与清除封建伦理道德和封建文化。

1954—1955年对俞平伯、胡适的批判是学术新传统贯彻的第二场实践。1954年，李希凡、蓝翎在《文史哲》发表了《关于〈红楼梦简论〉及其他》一文，批评了俞平伯的研究观点和方法。1954年10月10日《人民日报》又发表了他们的《评〈红楼梦研究〉》。李、蓝认为俞平伯从主观唯心论出发，以反现实主义的观点，因袭了旧红学家们所采取的脱离社会的形式主义考证方法，将小说内容归结为"色""空"观念，"怨而不怒"的风格，"否认《红楼梦》是一部伟大的现实主义杰作"，"把《红楼梦》歪曲成为一部自然主义的写生的作品"。李、蓝的文章引起了毛泽东的重视和干预，10月16日，他给中共中央政治局写了《关于〈红楼梦〉研究问题的信》。信中毛泽东称李、蓝的文章"是三十多年以来向所谓红楼梦研究权威作家的错误观点的第一次认真的开火"，并且认定俞平伯的红楼梦研究是"胡适派资产阶级唯心论"。10月24日，《人民日报》又刊发了袁水拍《责问〈文艺报〉编者》的文章，进一步对所谓资产阶级唯心主义学术进行批判。1955年初，在对俞平伯批判的同时批判了胡适的资产阶级唯心论学术方法。对俞平伯、胡适的批判实质上是无产阶级文艺思想对资产阶级唯心主义和资产阶级学术进行批判与铲除。

1955年对胡风文艺思想的批判是学术新传统贯彻的第三场实践。胡风的文艺思想丰富而复杂，尤其对现实主义有自己独到的认识，并逐步形成了自己的体系。因此，胡风的文艺思想有不少与毛泽东关于文艺问题的论述有所出入，也与毛泽东文艺思想权威阐释者们存在着深刻的分歧。早在1952年6月8日《人民日报》就首次判定胡风文艺思想"实质上属于资产阶级、小资产阶级的个人主义的文艺思想"。四个月后，《文艺报》再次批判胡风"在基本路线上是和党所领导的无产阶级的文艺路线——毛泽东文艺方向背道而驰的"。1953年《文艺报》第2、3期分别发表了林默涵、何其芳的文章，指出"胡风的文艺思想，在实质上是反马克思主义的，是和毛泽东同志所指示的文艺方针背道而驰的"。1955年，对胡风的批判臻于高潮，毛泽东亲自批示："应该对胡风的资产阶级唯心论、反党反人民的文艺思想进行彻底的批判，不要让他逃到'小资产阶级观点'里藏起来。"并将胡风等人定性为"以伪装出现的反革命分子"。① 这样就以"反党""反马克思主义"的"反革命分子"的名义对无产阶级文艺阵营内部的"非马克思主义文艺思想"者胡风等人进行了彻底的清除，但其结果却酿成了政治大冤案，受到株连的有2100人。

通过对封建文化、资产阶级唯心主义以及无产阶级文艺思想中非马克思主义三座"大山"的批判与清除，强有力地促进和保障了无产阶级文艺思想和学术新传统的纯洁性，但同时使学术界为此付出了沉重的代价。1956年，借着鲁迅逝世二十周年的纪念，隆重推出鲁迅作为古代文学研究的新权威。至此，前一阶段学术新传统的贯彻与实施暂告一个段落，后一阶段学术新传统的贯彻与实施也大致分为三部曲，但更为曲折和复杂。

一是以1957年反右派斗争为序幕，进一步向非学术乃至反学术方向推进。1957年4月27日，中共中央公布《关于整风运动的指示》，决定在全党进行一次以正确处理人民内部矛盾为主题，以反对官僚主义、宗派主义和主观主义为内容的整风运动，发动群众向党提出批评建议。这本是发扬社会主义民主，加强党的建设的重要举措，但后来发生了变化，成了党外反右派斗争。7月1日《人民日报》发表了由毛泽东亲自撰写的社论《文汇报的资产阶级方向应当批判》，文章明确提出："不是东风压倒西风，就是西风压倒东风，在路线问题上没有调和的余地。……资产阶级右派就是前面说的反共反人民反社会主义的资产阶级反动派。"9月1日，《人民日报》发表社论《为保卫社会主义文艺路线而斗争》；9月18日，《人民日报》又发表社论《这是政治战线上和思想战线上的社会主义革命》。两篇社论反复强调思想文化战线上的反资产阶级右派斗争。这样，反右斗争又由政治领域延伸到文艺领域。反右派的斗争使得一大批学术争鸣中的文章被打成"大毒草""修正主义的文艺纲领"，一大批专家、学

---

① 林默涵：《胡风事件的前前后后》，《新文学史料》1989年第3期。

者、文艺批评家被打成右派,而创作自由和学术自由则被认为是资产阶级的反动口号。"双百"方针引领下的文艺争鸣被认为是"文艺路线上的一场大是大非之争,社会主义文艺路线和反社会主义文艺路线之争",是两个阶级、两条路线的斗争"在文艺领域内的反映"。[①] 反右斗争主观上是为了清除无产阶级文艺思想和学术批评中的资产阶级思想,客观上却给无产阶级文艺和学术批评带来了极大伤害。

二是以1960年第三次全国文代会召开为契机,出现了短暂的调整和转向。随着中共中央对国民经济实行"调整、巩固、充实、提高"的方针,文艺界也开始了新的政策调整。1961—1962年文艺界连续召开"新侨会议"、"广州会议"和"大连会议",提出了文艺调整的具体方针。文艺政策的短暂调整也促进了古代文学研究对"左倾"思想的纠正,并且得到暂时复苏,出现了一系列的古代文学研究问题的争鸣与讨论。

三是以1962年八届十中全会召开为标志,文艺界的"革命大批判"运动逐步升级。在毛泽东"千万不要忘记阶级斗争"的号召下,随着阶级斗争日益扩大化,文艺界又开展了一系列"革命大批判"运动。从1962年至1965年,先后对小说《刘志丹》、昆剧《李慧娘》、电影《北国江南》、新编历史剧《海瑞罢官》等文艺作品进行了大批判,其中对《海瑞罢官》批判达到高潮。随着文艺批判的"左倾"化和泛政治化走向,古代文学于调整期的研究成果遭到了破坏,并且走上了更加"左倾"化和泛政治化的研究道路,"阶级斗争论"成为研究的唯一标准,狭隘的政治功利成为学术批判的唯一目的。最终,学术新传统的贯彻实施以泛政治化的方式结束,在非学术、反学术的道路上越行越远。

综上所述,在新中国成立初期学术新传统的贯彻与实施中,最为重要的是在全国学术界确立了马克思主义思想的核心地位,扫除了其他所有非马克思主义的学术思想及其方法,并且据此而树立了以鲁迅为旗帜的古代文学研究的新权威——这是社会主义新中国由马克思主义思想主导的意识形态本质要求的集中体现。但就其总体趋向观之,却是不断地走向了"左倾"化和泛政治化的道路,特别是后一阶段,政治批判的功利目的

[①] 周扬:《文艺战线上的一场大辩论》,《人民日报》1958年2月28日。

总是高于和主导学术批评与研究，并最终取而代之。究其原因，一是理论诠释本身的问题，普遍存在着简单化、教条化乃至庸俗化的先天缺陷；二是行政力量的强势介入，特别是最高领袖频频发动和直接插手学术批判，偏离了学术研究的领域和轨道。由于这两方面原因，原本应当通过争鸣和讨论来解决的学术问题变成了上纲上线的政治问题，结果不仅难以维系正常的学术秩序，而且引发了诸多学术冤案。其教训不得不令后来的研究者总结和深思。

第 二 章

古代文学的社会学研究主潮(上)

　　新中国成立后,伴随着学术新传统的确立与贯彻,社会学研究日益成为古代文学研究的主潮,并最终形成了一元化的研究局面。1954—1955年,对俞平伯、胡适古代文学研究的批判揭开了社会学研究主潮的序幕,批俞批胡运动实质上是对古代文学研究的资产阶级学术旧权威进行彻底的批判和打倒。而后至1956年,作为革命家、思想家、文学家的鲁迅同时被赋予了古代文学研究学术新权威的地位,由此确立了学术新传统的方向与榜样,彼此一"破"一"立",泾渭分明,相互呼应。同年"双百"方针提出以后,新中国的古代文学研究得到初步复兴和繁荣,无论是研究广度还是研究深度,无论是整体研究还是个案研究,都有新的开拓和成就。然而随着1957年"反右"运动的兴起,古代文学研究遭遇到了严重的冲击,一大批学者和研究论著都受到了程度不同的批判甚至否定,尤其是接踵而来的"兴无灭资""厚今薄古"等"左倾"学术运动的兴起,直接影响并重创了高校的古代文学研究和教学活动。1960—1962年,在纠"左"政策的指导下,古代文学研究又走向了短暂的复苏;但自1963年开始,随着阶级斗争严重扩大化的极"左"思潮再次占据主导地位,古代文学研究走向了严重的庸俗化和泛政治化道路,最终异化为"文化大革命"十年的"学术—政治"批判,由此也宣告了古代文学的社会学研究主潮的结束。与轰轰烈烈的泛政治化学术批判运动形成鲜明对比的则是一些"另类"学者的避世而作,诸如钱钟书、钱仲联、傅璇琮等学者,他们坚守着学术的良知和研究者的主体精神，于政治风暴之外"偷寻"避风港，继续坚持从事学术探索和研究，为传承学脉和传播文化默默地贡献自己的力量。

第一节　俞平伯、胡适古代文学研究的批判

新中国成立之初，古代文学研究主要集中在具有人民性特征的白居易、杜甫、关汉卿、《水浒传》等少数作家作品上。1953年，在第二次全国文学艺术工作者代表大会上，周扬号召文艺工作者要"系统地整理和研究民族文学艺术遗产"，为当代文学艺术工作服务。① 于是掀起了古代文学研究的新热潮。俞平伯在新中国成立后的红学研究正是这股热潮的一部分。但俞平伯的红学研究受到了李希凡、蓝翎两位青年学者的批判，并且在最高领袖的指示下最终演变为一场批俞运动。此后又由批俞运动演变成批判胡适古代文学研究的运动，对资产阶级的学术旧权威进行了彻底的批判和打倒。

一　俞平伯古代文学研究的批判

1952年9月，俞平伯在对1923年出版的《红楼梦辨》修订、增删的基础上出版了《红楼梦研究》一书。此后两年间作者陆续发表了一系列的红学研究文章，如《红楼梦与天齐庙》《红楼梦简说》《我们怎样读〈红楼梦〉？》《红楼梦的思想性与艺术性》《红楼梦简论》等，② 其中《红楼梦简论》是这一时期的代表作。新中国成立后俞平伯的红学研究虽然对"自传"说作了一定的修正，但是仍然继续坚持新中国成立前所形成的"钗黛合一"说、"色空"观和"怨而不怒"风格说等红学观点，于

---

① 周扬：《为创造更多的优秀的文学艺术作品而奋斗》，《人民文学》1953年第11期。
② 分别发表在《北京日报》1953年11月21日，《大公报》1954年1月1日，《文汇报》1954年1月25日，《东北文学》1954年第2期，《新建设》1954年第3期。

是引来了新时代在马克思主义思想教育下成长起来的青年学者李希凡、蓝翎等人的严厉批判。

李希凡、蓝翎两位青年先是撰写了《关于〈红楼梦简论〉及其他》一文，对俞平伯的红学研究进行了批判。这篇文章先投给《文艺报》，被拒后转刊于山东大学《文史哲》1954年第9期。与此同时，两人又在同年10月10日《光明日报》"文学遗产"专栏上发表了《评〈红楼梦研究〉》一文。1954年10月16日，毛泽东得知这一情况后给中央政治局同志写了《关于红楼梦研究问题的信》，信中不仅充分肯定了李、蓝的批判行为，而且给他们的批判定性为对"资产阶级唯心论"做斗争。信中说："这是三十多年来向所谓红楼梦研究权威作家的错误观点的第一次开火。""这个反对在古典文学领域毒害青年三十余年的胡适派资产阶级唯心论的斗争，也许可以开展起来了。事情是两个'小人物'做起来的，而'大人物'往往不注意，并往往加以阻拦，他们同资产阶级作家在唯心论方面讲统一战线，甘心作资产阶级的俘虏，这同影片《清宫秘史》和《武训传》放映时候的情形几乎是相同的。被人称为爱国主义影片而实际是卖国主义影片的《清宫秘史》，在全国放映之后，至今没有被批判。《武训传》虽然批判了，却至今没有引出教训，又出现了容忍俞平伯唯心论和拦阻'小人物'的很有生气的批判文章的奇怪事情，这是值得我们注意的。俞平伯这一类资产阶级知识分子，当然是应当对他们采取团结态度的，但应当批判他们的毒害青年的错误思想，不应当对他们投降。"10月24日，《人民日报》又刊发了袁水拍《责问〈文艺报〉编者》的文章，对容忍胡适派资产阶级唯心论思想和屈服于资产阶级学术权威进行了严厉的责问。

由于毛泽东亲自过问，中国文学艺术界联合会主席团、中国作家协会主席团于1954年12月8日召开了扩大联席会。会上，郭沫若、茅盾、周扬分别作了《三点建议》《良好的开端》《我们必须战斗！》的发言，这些发言的内容都是围绕着对资产阶级唯心论做斗争而展开的。从此，一场由学术到意识形态的政治批判运动便在古代文学研究领域轰轰烈烈地开展起来了。这些批俞文章结集为《红楼梦问题讨论集》，共四集，于1955年由作家出版社出版，收入1954年9月至1955年6月发表的批俞文章129篇。这场由李希凡、蓝翎两位青年发起的俞平伯《红楼梦》研究的批判运动,其批判内容主要包括以下两个方面。

一是从总体上集中批判了俞平伯的红学研究离开了现实主义的批评原则,离开了明确的阶级观点,以资产阶级唯心论分析和批评红楼梦,是一种反现实主义的形式主义研究。

李希凡、蓝翎说:"俞平伯先生未能从现实主义的原则去探讨《红楼梦》鲜明的反封建的倾向,而迷惑于作品的个别章节和作者对某些问题的态度,所以只能得出模棱两可的结论";"离开了现实主义的批评原则,离开了明确的阶级观点。从抽象的艺术观点出发,本末倒置地把水浒贬为一部过火的'怒书',且对他所谓的'怨而不怒'的风格大肆赞扬,实质上是企图减低红楼梦反封建的现实意义"。因此,俞平伯"是以反现实主义的唯心论的观点分析和批评了红楼梦"。① 此后,李希凡、蓝翎在《评〈红楼梦研究〉》一文中又进一步归纳了俞平伯红楼梦研究的原则性错误:"首先,俞平伯先生以主观主义变形客观主义态度批评了红楼梦,把红楼梦看成一部自然主义写生的作品。因而否定了它的现实价值,歪曲了作者的创作方法。其次,正因为俞平伯先生不能从正确的阶级观点出发全面地去接触红楼梦的内容问题,也就必然地使'红楼梦研究'的某些见解局限于形式主义的以部分偏概全面的琐细考证上,结果是歪曲地解释了红楼梦的内容。再次,由于俞平伯先生离开现实主义文学批评,因而在批评作者的态度时,就只能从形式上把它总结成:'是感叹自己身世的','是为情场忏悔而作的','是为十二钗作本传'。"②

对于俞平伯红学研究的资产阶级唯心论的批判,在毛泽东批示之后的批判中更加突出。如何其芳指出:"从胡适到俞平伯先生,在研究《红楼梦》上有一个根本的共同点,就是离开社会历史条件,离开阶级社会里的阶级的存在这一基本事实,而孤立地去研究文学作品";"把文学艺术看作离开社会历史条件而独立存在的超阶级的现象,这正是资产阶级唯心

---

① 李希凡、蓝翎:《关于〈红楼梦简论〉及其他》,《红楼梦问题讨论集》(一),作家出版社 1955 年版,第 50、51、56 页。

② 李希凡、蓝翎:《评〈红楼梦研究〉》,《红楼梦问题讨论集》(一),作家出版社 1955 年版,第 77—78 页。

论的观点"。① 程千帆指出："俞平伯先生对于《红楼梦》的意见，不论是表现在其旧著作《红楼梦辨》或其新著作《红楼梦研究》、《红楼梦简论》中的，都彻头彻尾地反映了他的资产阶级主观唯心论观点。这种观点，就文艺的范畴来说，则是力图抹杀文学艺术本身及其美学思想是从阶级斗争中产生并为一定的阶级服务的唯物论，而代之以披着客观主义外衣的主观主义的、为艺术而艺术的唯心论。"② 王瑶则从政治高度分析了对俞平伯资产阶级唯心论批判的必要性："俞平伯先生的错误之所以引起大家的重视，除了问题的本身以外，就因为它表现出了在古典文学研究工作中的一个带有根本性质的问题。在我们国家向着社会主义社会过渡的时期中，阶级斗争的面貌是非常复杂和尖锐的，它必然也会反映到我们研究工作的领域中。因此我们应该通过这一次的讨论，结合对于自己工作和思想的检查，清除资产阶级的思想影响，认真学习马克思列宁主义，将我们的思想和研究工作都提高一步。"③

二是在具体问题上重点批判了俞平伯红楼梦研究中的"自叙说"、"色空"观、"钗黛合一"说、"怨而不怒"说等沿用资产阶级唯心论思想方法的错误观点。

（1）批判"自叙说"。李、蓝认为"自叙说"的根本错误是"将书中人物与作者的身世混为一谈"，因而不能正确地解释像贾氏衰败这样"体现着红楼梦主题思想"的基本问题。俞平伯从"抄家、自残、枯干"三个原因解释贾氏衰败，"只能是形式主义的结论"。事实上，"贾氏的衰败不是一个家庭的问题，也不仅仅是贾氏家族兴衰的命运，而是整个封建官僚地主阶级，在逐渐形成的新的历史条件下必然走向崩溃的征兆"。④

---

① 何其芳：《没有批评，就不能前进》，原载于《人民日报》1954年11月20日，《红楼梦问题讨论集》（二），作家出版社1955年版，第21页。

② 程千帆：《为肃清古典文学研究领域中的资产阶级思想而斗争》，原载于《长江日报》1954年11月28日，《红楼梦问题讨论集》（二），作家出版社1955年版，第41页。

③ 王瑶：《从俞平伯先生对〈红楼梦〉的研究谈到考据》，原载于《文艺报》1954年第21期，《红楼梦问题讨论集》（二），作家出版社1955年版，第197页。

④ 李希凡、蓝翎：《评〈红楼梦研究〉》，《红楼梦问题讨论集》（一），作家出版社1955年版，第70—71页。

（2）批判"色空"观。李、蓝认为："既然红楼梦是'色''空'观念的表现，那么书中人物也就不可能是带着丰富的现实生活色彩的'典型环境里的典型性格'，而只能是表现这个观念的影子。""红楼梦不是'色''空'观念的具体化，而是活生生的现实人生的悲剧。""把红楼梦解释为'色''空'观念的表现，就是否认其为现实主义作品。"[①]毛星则认为俞平伯的"色空"观念含混，"有时指的是色欲，有时又指的是爱情，有时又泛指人生"，如果把"色空"观解释为这样的含义，那么《红楼梦》"就变成了一部劝善戒淫、反对恋爱或主张逃世的'善书'、'道书'，和'太上感应篇'一类书的'思想价值'简直没有什么区别，而《红楼梦》的现实意义、《红楼梦》的人民性也就几乎可以化为乌有了"。[②]

（3）批判"钗黛合一"说。李、蓝认为："贾宝玉和林黛玉是作者所创造的肯定的人物形象。他们是封建官僚地主家庭的叛逆者。""薛宝钗的形象则与前二者恰好相反，她是封建官僚地主家庭所需要的正面人物。"俞平伯主张"钗黛合一"说"便调和了其中尖锐的矛盾，抹煞了每个形象所体现的社会内容，否定了二者本质上的界限和差别，使反面典型与正面典型合而为一"。[③]聂绀弩也认为"钗黛合一论""就是说钗黛两人之间没有矛盾。但钗黛之间的矛盾是《红楼梦》中的关键性的矛盾，是一切矛盾的主峰"，因此"钗黛合一"说"是直接、干脆、全部、彻底地否定《红楼梦》的"。[④]

（4）批判"怨而不怒"说。李、蓝认为俞平伯所谓"怨而不怒"的风格实质上"是他对红楼梦创作的自然主义见解的另一表现"，这与《红楼

[①] 李希凡、蓝翎：《关于〈红楼梦简论〉及其他》，《红楼梦问题讨论集》（一），作家出版社1955年版，第52—53页。

[②] 毛星：《评俞平伯先生的"色空"说》，原载于《人民文学》1955年第1期，《红楼梦问题讨论集》（一），作家出版社1955年版，第330—331页。

[③] 李希凡、蓝翎：《关于〈红楼梦简论〉及其他》，《红楼梦问题讨论集》（一），作家出版社1955年版，第54—56页。

[④] 聂绀弩：《论钗黛合一的思想根源》，原载于《文艺报》1954年第21期，《红楼梦问题讨论集》（一），作家出版社1955年版，第145页。

梦》的现实主义特色及其反封建主义意义是截然相反的。① 徐嘉瑞也认为俞平伯的"怨而不怒"风格说抹杀了《红楼梦》作者的"反抗和斗争精神"。②

通过一番批判后，俞平伯在1955年第5期《文艺报》上发表了检讨文章《坚决与反动的胡适思想划清界限——关于个人〈红楼梦〉研究的初步检讨》。文章表示自己认识到"对《红楼梦》研究工作的批判，不能局限地意味着这只是对某一特定文学名著理解的分歧，而应该明确地认识到：这是社会主义思想体系对非社会主义思想体系的斗争"。并且检讨了自己"前后断续三十年"来研究《红楼梦》的"主要错误在于沿用了资产阶级唯心论的思想方法"，"这种思想方法的表现形式是多端的，无论是属于大胆的假设也好，猜谜式的梦呓也好，烦琐的所谓考据也好……基本上只是主观主义在作祟"。③

二　胡适古代文学研究的批判

由于俞平伯《红楼梦》研究的思想观点和研究方法都源于胡适，所以由批俞运动又势必延伸到批胡运动。在1954年批俞运动刚刚开始时，陆侃如就发表了《严厉地肃清胡适反动思想在中国学术界残存的毒害》④和《胡适反动思想给予古典文学研究的毒害》⑤等文章，拉开了批胡的序幕。1954年12月8日，在中国文学艺术界联合会主席团和中国作家协会主席团扩大联席会上，郭沫若发言《三点建议》指出："中国近三十年来，资产阶级唯心论的代表人物就是胡适"，他被称为"圣人""当今孔子"。胡适这个头等战争罪犯的政治生命是死亡了，但他的思想在学术界、文艺界、教育界还保持着根深蒂固的潜在势力，"对资产阶级错误思

---

①　李希凡、蓝翎：《评〈红楼梦研究〉》，《红楼梦问题讨论集》（一），作家出版社1955年版，第76页。

②　徐嘉瑞：《评俞平伯〈红楼梦研究〉中的"作者态度"及"风格"的错误观点》，原载于《云南日报》1954年12月25日，《红楼梦问题讨论集》（一），作家出版社1955年版，第295页。

③　《红楼梦问题讨论集》（二），作家出版社1955年版，第310—311页。

④　陆侃如：《严厉地肃清胡适反动思想在中国学术界残存的毒害》，《光明日报》1954年10月31日。

⑤　陆侃如：《胡适反动思想给予古典文学研究的毒害》，《文艺报》1954年第21期。

想的批判，是一项迫切的对敌战斗，我们的目的一定要尽可能迅速地把这种错误思想肃清，再不能允许它有存在的自由"①。郭沫若对胡适的批判作了明确的定性，认为胡适是资产阶级唯心论的代表人物，批判胡适就是批判和清除资产阶级唯心思想的遗毒影响。1955 年第 1 期《学习》杂志刊载了《展开对胡适资产阶级唯心论思想的批判》一文，指出："按照事实来看，唯心论思想在我国社会中不但不是已经销声匿迹，而且是在许多方面还在实际上占着优势"，"不去毁灭唯心论思想的堡垒，马克思主义的唯物论思想就不能建立巩固的阵地"，因此文章号召大家"应当从各个方面开展对胡适资产阶级唯心论思想的批判"。于是在 1955 年批俞运动的同时进而追本溯源，开展了清算胡适资产阶级思想在社会科学研究中影响的批判活动。

1955 年对于胡适的批判是多方面的，就对其古代文学研究的批判来说，主要集中在以下两个方面。

一是批判胡适古代文学研究赖以依存的实用主义哲学思想。何其芳指出："胡适的哲学思想是实验主义。实验主义是帝国主义时代的资产阶级哲学中最反动的学派之一，……它否认有不依赖于人类的客观现实的存在。它否认客观真理和绝对真理。它所说的'真理'，不是以符合客观世界的规律为标准，而是以令人满意和有效用为标准。……他提倡这种反动的哲学的目的……就是为了反对马克思列宁主义在中国的传播，为了教人不要相信马克思、列宁、斯大林的学说。"② 毛星也指出："胡适的实验主义即实用主义，是美帝国主义的御用哲学，是帝国主义时代资产阶级最反动的哲学的一种，这个'主义'的最根本性质，是它的根深蒂固的反人民的立场。"③ 高清海认为："实用主义哲学不仅通过宣传宗教和信仰替反动的资产阶级服务，并且直接以其哲学理论为反动的资产阶级利益作辩

---

① 《红楼梦问题讨论集》（一），作家出版社 1955 年版，第 4—6 页。
② 何其芳：《没有批评，就不能前进》，原载于《人民日报》1954 年 11 月 20 日，《红楼梦问题讨论集》（二），作家出版社 1955 年版，第 31 页。
③ 毛星：《胡适文学思想批判》，《文学研究集刊》第一册，人民文学出版社 1957 年版，第 88 页。

护，它的主要目标就是指向反对马克思主义辩证唯物论。""胡适把这种反动的哲学贩运到中国，目的也是为了反对马克思主义在中国的传播，替美帝国主义奴役中国，替反动统治阶级的利益作辩护。"①

二是批判胡适建立在实用主义哲学基础上的古典文学研究。包括总体性的批判，如林淡秋指出："胡适的文学思想是为资产阶级和帝国主义服务的自然主义和形式主义思想，是他的实验主义和庸俗进化论的哲学思想的亲骨肉"；"胡适所谓'人的文学'，一句话，就是描写抽空了社会阶级内容的'人性'、'人道'和'人生'的文学"。② 胡念贻指出，胡适的文学研究是和"他的那一套实用主义的观点和方法分不开的。他所写的许多关于文学的论著，就是实用主义在文学上的具体运用。不论他是在解释文学发展的历史也好，在考证作者和版本也好，在谈文学作品的内容也好，都是离不开他的这一套观点和方法的"③。有人甚至对胡适的古典文学研究作了完全的否定："胡适二十年的古典文学研究，只是一系列的破坏工作。他以考证来麻痹人民，以比较研究法来侮辱我们可以引为自豪的文学传统，以形式主义来歪曲优秀古典遗产，从而体现其反动的政治任务。胡适的学术活动同他的政治活动是完全一样的彻头彻尾的反科学、反祖国、反人民。"④ 也有不少学者集中于对胡适古代文学研究考据学方法的批判，如何其芳指出："胡适对于古典文学的研究方法考据方法，完全是和他的哲学思想分不开的。他研究文学作品总是避开它的社会的和阶级的内容不谈，或者加以歪曲，而去津津有味地考证一些次要的枝节的东西。他提倡了为考据而考据的风气。……这引导人脱离政治，忽视当前的重大问题，也看不见文学作品的倾向性和思想性。"⑤ 詹安泰也指出：

---

① 高清海：《批判胡适实用主义主观唯心论的反动本质》，《东北人民大学人文科学学报》1955 年第 1 期。

② 林淡秋：《胡适的文学观批判》，《人民日报》1955 年 1 月 3 日。

③ 胡念贻：《古典文学研究中胡适怎样歪曲文学的社会意义》，《文学研究集刊》第一册，人民文学出版社 1957 年版，第 95 页。

④ 鲍正鹄：《胡适研究古典文学的方法及其恶劣影响》，《解放日报》1955 年 2 月 24 日。

⑤ 何其芳：《没有批评，就不能前进》，原载于《人民日报》1954 年 11 月 20 日，《红楼梦问题讨论集》（二），作家出版社 1955 年版，第 31—32 页。

"胡适提倡这样的方法（'大胆假设，小心求证'），一方面引诱人们专从表面上、形式上看问题，专做枝枝节节的工夫，阉割掉整个作品的思想内容与社会意义；一方面使人们脱离了轰轰烈烈的革命斗争现实，关在房子里做其'钻牛角尖式'的考证工作：这就在其否定中国古典文学遗产和反对马克思主义在中国的传播这种重要任务中，都收到了一定程度的效果。"①

与俞平伯相比较，对于胡适古代文学研究的批判，显然更具政治性，也更为严厉。如果说对俞平伯的批判还带有一定的学术性的话，那么对胡适的批判基本上是以政治立场论是非。这是因为胡适作为资产阶级唯心论的学术"代言人"，虽然于1949年离开了大陆，但对新中国成立初期的学术界依然具有很深的影响力。因此，只有彻底根除胡适的思想和学术影响力，打倒资产阶级学术旧权威，才能真正建立起以马克思主义为核心的无产阶级学术研究新体系。

批俞批胡运动还波及对其他一些研究者及其著作的批判，如周汝昌及其《红楼梦新证》、何心隐及其《水浒传研究》、周贻白及其《中国戏剧史》等都受到程度不等的批判。

这场由李希凡、蓝翎两位青年发起，在毛泽东直接干预下的批俞批胡运动，是新中国成立后毛泽东文艺思想在古代文学研究中第一次大规模的贯彻与实施，是以现实主义、阶级性等为价值导向的社会学批判范式在向来显得比较保守的古代文学研究领域的具体实践。批俞批胡运动以迅雷之势迅速地打倒了以考证方法为主体的传统的古代文学研究模式，也打倒了古代文学研究中以胡适为象征的学术旧权威。更为重要的是这场批判运动快速彻底地清除了所谓的资产阶级唯心论思想，在社会主义改造尚未完成和社会主义生产关系尚未完全建立起来的时候，就确立并巩固了学术意识形态中马克思主义的核心地位，以及文学和文化批判中毛泽东文艺思想的领导地位。与此同时，这场学术批判运动也扶持了一大批新生力量，为新中国成立之初的学术界输入了新鲜血液。这场

---

① 詹安泰：《清除胡适反动思想对祖国古典文学遗产的毒害》，《中山大学学报》1955年第1期。

学术批判运动的重大缺陷也显而易见，就是以激进的政治批判方式进行学术批评，批评的双方不是处在一个对等的地位上，批评中的政治意味十分浓厚，教条主义和庸俗化倾向也十分突出，因而其中存在着不少错误的观点和意见。这些错误观点和意见以及激进的批判方式对后来的古代文学研究产生了很大的消极作用。

第二节　鲁迅：古代文学研究新权威的树立

对俞平伯和胡适的批判，彻底地打倒了所谓资产阶级学术旧权威在古典文学研究中的统治地位。在打倒资产阶级学术旧权威的同时，必然要树立起能够代表无产阶级意识形态的学术新权威。而要寻找这样一位学术新权威，不仅要求其在古典文学研究中有相应的学术成就，更为重要的是能在政治上得到中国共产党领导及其主流意识形态的充分认可，鲁迅正是具备这样双重条件的最佳人选。

一　政治—学术双重身份的确认

鲁迅作为五四新文化运动的一名健将，首先是从政治上得到毛泽东和中国共产党的认可，并得到极高的评价。1937年10月19日，时任中共中央军委主席的毛泽东在延安陕北公学鲁迅逝世周年纪念大会上作了一次演讲，他在演讲中首先从政治上确认了鲁迅的崇高地位，指出："鲁迅在中国的价值，据我看要算是中国的第一等圣人。孔夫子是封建社会的圣人，鲁迅则是新中国的圣人。"毛泽东说纪念鲁迅，"不仅是因为他的文章写得好，成功了一个伟大的文学家，而且因为他是一个民族解放的急先锋，给革命以很大的助力。他不是共产党的组织上的一人，然而他的思想，行动，著作，都是马克思主义化的"。毛泽东认为鲁迅有三个特点：政治远见、斗争精神、牺牲精神，由此形成了一种伟大的"鲁迅精神"。[①]"政治""斗争""急先锋"等政治观念是毛泽东认可鲁迅的契合点。此

---

① 《毛泽东论鲁迅》，《七月》1938年第2集第4期。

后，毛泽东又在1940年发表的《新民主主义论》中从文化上定性鲁迅代表着"中华民族新文化的方向"：

> "五四"以后，中国产生了完全崭新的文化生力军，……而鲁迅，就是这个文化新军的最伟大的最英勇的旗手。鲁迅是中国文化革命的主将，他不但是伟大的文学家，而且是伟大的思想家与伟大的革命家。鲁迅的骨头是最硬的，他没有丝毫的奴颜与媚骨，这是殖民地半殖民地人民最可宝贵的性格。鲁迅是在文化战线上，代表全民族的大多数向着敌人冲锋陷阵的最正确、最勇敢、最坚定、最忠实、最热忱的空前的民族英雄。鲁迅的方向，就是中华民族新文化的方向。①

认为鲁迅"不但是伟大的文学家，而且是伟大的思想家与伟大的革命家"，是"中国文化革命的主将"，是文化战线上的"民族英雄"，代表了"中华民族新文化的方向"，所有这些评价几乎都是从鲁迅的政治性着眼的。可以这样说，首先是鲁迅的政治身份使他得以被确立为中国新文化发展的权威，成为中国无产阶级文化建设与发展的一面旗帜。

1942年10月19日，在鲁迅逝世六周年之际，《解放日报》发表社论《纪念鲁迅先生》。社论指出，鲁迅的伟大不仅在于"他是一个中国近代的最伟大的文学家，而且更重要的是，他是伟大的革命家，民族解放底战士，中国共产党底良友与战斗的同志"。这是新中国成立官方对鲁迅的政治身份与地位所进行的高度评价和确认。1952年10月19日《人民日报》发表社论《继承鲁迅的革命爱国主义的精神遗产——纪念鲁迅逝世十六周年》，这是新中国成立后官方对鲁迅的政治身份与地位的再次确认。社论从革命爱国主义的政治高度倡导向鲁迅学习，认为鲁迅的"爱国主义精神是崇高的、热烈的、革命的"，因此，"他对于一切落后的、腐朽的、反动的东西深恶痛绝；对于一切先进的、发展的、革命的东西则梦寐以求"。同时社论认为鲁迅"对待民族遗产的态度，和他对待其他问题的态度一样，都和他的革命爱国主义的精神分不开"，因为"有了革命的爱国

---

① 《毛泽东选集》第2卷，人民出版社1991年版，第697—698页。

主义，才能正确地批判与接受过去所有的民族遗产"。这为鲁迅在政治上得到中国共产党认可的前提下，由文化权威过渡到学术权威起了重要的铺垫作用。

鲁迅古典文学研究的学术成就也是非常突出的，著有《中国小说史略》《中国小说的历史的变迁》《汉文学史纲要》《魏晋风度及文章与药及酒之关系》《宋民间之小说及其后来》等，辑录《古小说钩沉》《唐宋传奇集》《小说旧闻钞》等，校录《嵇康集》等。其一，鲁迅的古典文学研究具有开创性和奠基性。如胡适称鲁迅的《中国小说史略》"是一部开山的创作，搜集甚勤，取材甚精，断制也甚谨严"；[1]郑振铎认为"鲁迅的《中国小说史略》，……奠定了中国小说研究的基础"；[2]阿英称《中国小说史略》"披荆棘、辟草开荒，为中国历代小说，创造性的构成了一幅色彩鲜明的画图"。[3]其二，鲁迅的古典文学研究十分注重传统考据而又不囿于考据。如他在撰写《中国小说史略》前就辑考《古小说钩沉》《唐宋传奇集》等小说文献，文献考据是理论研究的基础，理论提炼是文献考据的升华，两者完美地融合在一起。其三，鲁迅的古典文学研究善于抓住现象剖析本质。王瑶认为鲁迅"能从丰富复杂的文学史中找出普遍性的、可以反映时代特征和本质意义的典型现象，然后从这些现象的具体分析和阐述中来体现文学的发展规律"[4]。反复为其所称道的典范之作《魏晋风度及文章与药及酒之关系》即是如此。

1956年10月19日，鲁迅逝世二十周年纪念大会在北京举行，《光明日报》发表了社论《学习鲁迅，研究鲁迅》。社论指出："鲁迅对于研究古代作家和作品，用过工夫，做出了榜样。"这样，以纪念鲁迅逝世二十周年为契机，在资产阶级学术旧权威被打倒之后，鲁迅凭着为中国共产党所高度认可的政治信誉度和古典文学研究的突出成就，理所当然地被推定为无产阶级学术新权威而成为新中国古代文学研究的一面旗帜。

---

[1] 胡适：《白话文学史·序》，百花文艺出版社2002年版。
[2] 郑振铎：《中国新文学大系·文学论争集·导言》，上海文艺出版社1987年版。
[3] 阿英：《关于〈中国小说史略〉》，《文艺报》1956年第20号。
[4] 王瑶：《中古文学史论·重版题记》，北京大学出版社1998年版。

二 古代文学研究新权威的树立

鲁迅作为学术新权威的树立也得到了古典文学研究界的评骘和确认。1956年，在鲁迅逝世二十周年前后，学界从学术研究的态度、目的、内容和方法等几方面对鲁迅的古典文学研究成就进行了全方位的评骘，从而突出了鲁迅作为新中国古典文学研究的权威性。

第一，从学术研究的态度来看，鲁迅古典文学研究的权威性体现在他反对民族文化虚无主义和复古主义态度，能够批判地继承古典文学遗产。褚斌杰说："鲁迅先生对于文学历史的发展，是有着极为深刻的理解的。鲁迅先生一方面提出了新旧文化发展的必然关系，一方面也谈到了新文化创造者在继承旧文化时所应采取的正确态度：不是兼容并蓄，也不是完全割断，而是有所承传，也有所择取。这就是鲁迅先生与当时的对民族文化抱虚无主义或复古主义态度者截然不同的地方。"① 刘绶松也指出，鲁迅在"五四"以后与一切"遗老遗少"们作战时所发表的言论表明，"一方面严格地批判了我国古典文学中的糟粕的东西，驳斥和粉碎了敌人的阴险企图，另一方面，又捍卫了我国古典文学的优良传统"。鲁迅"以他如炬的锐利的眼光，在广博的材料基础上进行深入的分析，对我国文学史上的许多问题，作出了透辟的科学的论断，为批判地接受祖国文学遗产开辟了广阔的道路"。②

第二，从学术研究的目的来看，鲁迅古典文学研究的权威性体现在他的学术研究是为了革命现实的需要，是整个革命事业的有机组成部分。张志岳指出："综合鲁迅一生整理、研究古典文学的过程，始终是和他思想的发展、战斗的实践密切地结合着的。……鲁迅在研究古典文学方面的业绩就成为鲁迅全部事业中一个不可分割的构成部分，和人民革命事业也就有着有机的联系。无论从动机或效果上去考查，都可以肯定地说，鲁迅在研究古典文学方面的业绩，几乎全部是符合人民的要

---

① 褚斌杰：《鲁迅先生对我国古典文学研究的态度和方法》，《光明日报》1956年4月22日。
② 刘绶松：《鲁迅——祖国文学遗产的继承者和捍卫者》，《光明日报》1956年10月14日。

求、革命的要求的。"① 也就是说，鲁迅的古典文学研究是为了反对封建思想和封建礼教，为了民族解放斗争，是与人民革命事业密切联系在一起的。

第三，从学术研究的内容来看，鲁迅古典文学研究的权威性体现在他善于在研究中挖掘出具有战斗性和人民性的优秀文学遗产。王瑶指出："鲁迅先生读了很多的古书，但不只未为古书所俘虏，而且更明白了历史的真相，加强了他战斗的坚强的韧性。他分清了传统文化的积极面与消极面，而且能合理地给以正确的批评，因而接受遗产与反封建并不发生相反的作用，而是相成的。他懂得了'汉朝以后，言论的机关都被"业儒"所垄断了。宋、元以来，尤其厉害'。因此他对封建社会的礼教秩序发生了强烈的憎恶，像瞿秋白先生所说的，他是封建宗法的逆子。而从古书里，不但增加了他反封建的战斗意志，也使他对敌人特别了解清楚，增加了他战略和战术的敏锐性。"② 张志岳也指出，鲁迅"从反侵略、反封建的意义上广泛的发掘了一系列的反抗性的作品，显示了中国文学的战斗传统"。鲁迅善于挖掘具有战斗性和人民性的文学遗产，一方面体现在他十分注重民间文艺和民间传说。"他曾赞美过绍兴戏'目连救母'里的'无常'，认为那无常说的'那怕你铜墙铁壁，那怕你皇亲国戚'是'何等守法，何等果决，我们的文学家能做得来么？'又介绍过也是目连戏中的'一个带复仇性的，比别的一切鬼魂更美更强的鬼魂，这就是女吊'。也曾同情过'水漫金山'的白娘娘。"这些都"应该视为战斗文艺的源泉"。另一方面也体现在鲁迅还善于在文人作品中挖掘出具有人民性和战斗性的优秀文学遗产。如他"喜欢屈原、孔融、嵇康等人的作品，就是因为他们敢于暴露统治阶级的某些丑恶，代表了一定的人民意志，表现了一定的反抗精神，从而推动了历史的前进"③。刘绶松则指出，鲁迅论及《诗经》、《楚辞》、《史记》、清末谴责小说、陶潜、钱起等时，都是从战斗

---

① 张志岳：《试论鲁迅与中国文学遗产》，《文史哲》1956年第10期。
② 王瑶：《鲁迅对于中国文学遗产的态度和他所受中国古典文学的影响》，《关于中国古典文学问题》，上海古典文学出版社1956年版。
③ 张志岳：《试论鲁迅与中国文学遗产》，《文史哲》1956年第10期。

性、人民性的文学内容和意义出发的。① 这些具有丰富的战斗性、人民性的优秀文学遗产有助于战斗文学的发展，有助于革命事业的发展。这就是鲁迅努力挖掘它们的原因所在。

第四，从学术研究的方法来看，鲁迅古典文学研究的权威性体现在他善于运用社会历史批评方法，即通过对作家生平和思想的研究，对作品时代思潮的研究来探讨作家作品的思想性和社会意义。对此，鲁迅自己作了概括："我们想研究某一时代的文学，至少要知道作者的环境、经历和著作"（《而已集·魏晋风度及文章与药及酒之关系》）；"我总以为倘要论文，最好是顾及全篇，并且顾及作者的全人，以及他所处的社会状态，这才较为确凿。"（《且介亭杂文二集·题未定草》）这种研究方法被学界认定为古典文学研究的正确方法：

> 全面地考察古典作家的作品，以及作家所处的时代、社会和思想情况，这是研究作家、作品的完全科学的态度，也是我们接受祖国文学遗产的正确方法。有了这种态度和方法，才不致于主观主义地对作品妄加判断，乱贴标签，以致厚诬古人，贻误来学。鲁迅的这个指示，的确是值得我们文学史工作者认真学习的！②
>
> 鲁迅先生所倡导的全面的研究方法，不仅是要顾及作品的全篇和作者的全人，还要顾及作者所处的社会状态。……他的著名论文"魏晋风度及文章与药及酒之关系"，正是紧紧掌握了这个方法，生动地描绘出魏晋时代的社会状况，特别是政治局势，便使我们眼前出现了魏晋作家的鲜明真实的面貌。③

褚斌杰也认为，鲁迅是"从历史社会的根源来解释文学的发展和现象，他认为古典作品的题材和形式，都是与产生它的时代相联系的"。因

---

① 刘绶松：《鲁迅——祖国文学遗产的继承者和捍卫者》，《光明日报》1956年10月14日。
② 同上。
③ 舒芜：《古鼎的金光和古剑的血迹——鲁迅论中国古典文学的战斗性传统》，《光明日报》1956年10月28日。

此，鲁迅总是"结合着当时时代的特点和政治情况，结合着当时社会上流行着的哲学思潮、风俗习惯"，来对文学的整个风貌和各个作家的思想倾向与艺术成就进行生动的阐述与研究。[①]

经过1956年学界的集中讨论和评骘，鲁迅在古典文学研究上的成就、地位和作用得到了凸显和张扬，作为无产阶级学术新权威得到了学界的确认，从此被认同为新中国古典文学研究的旗帜和榜样。

鲁迅作为新中国古典文学研究新权威的确立，具有重要的历史和现实意义，这标志着新中国成立后以马克思主义思想为核心的学术新传统最终得以形成和确立。重建以马克思主义思想为核心，以阶级性、人民性、爱国主义和现实主义为价值导向的学术新传统，是新中国成立后古典文学研究的首要任务和重要目标，而这种学术新传统的最终建立和形成，即集中体现在古典文学研究社会学范式建构的完成及其成功运用。1954—1955年的批俞批胡运动，有力激发和带动了学术界的《红楼梦》社会学与政治学研究，也可以说这是新中国成立后的学术界首次以马克思主义思想为指导深刻地剖析了《红楼梦》的社会本质和政治内涵，彻底地扫荡了曾经一统天下的考证派红学研究，并打倒了资产阶级的学术旧权威。然而学术旧权威的打倒并没有使学术新传统得到最终确认，因为在所有参与批俞批胡运动以及社会学范式建构的学者群中，还难以找到一位能够在学术上和政治上都足以与资产阶级学术旧权威胡适相抗衡的学术新传统的"代言人"，而鲁迅"政治—学术"的双重身份和地位正好契合了这一要求，当他被树立为古典文学研究学术新权威之际，也就意味着新中国成立后重建的学术新传统得到了最终的树立和确认。从此，社会学研究范式在与鲁迅的社会历史批评方法贯通之后，日益成为古典文学研究的主流模式甚至是一元化模式。当然，鲁迅所运用的社会历史批评法与当代社会学研究范式虽然有很多共通性或相似性，但在本质上是有所区别的，后者是以马克思主义思想为指导，而前者尚未提升到这一层次。然而，由于鲁迅是伟大的思想家，其学术观点与见解具有创新性和深邃性，所以其古典文学研究往往能够透过现象洞悉本质，发人深省，给人警示。再加上鲁迅政治身份

---

① 褚斌杰：《鲁迅先生对我国古典文学研究的态度和方法》，《光明日报》1956年4月22日。

的特殊优势，遂使他最终被推上了学术新传统"代言人"与古典文学研究新权威的崇高地位，于是以马克思主义思想为核心的当代学术新传统及其社会学研究范式也因此增加了本土含量与学术分量，从而获得了相互增值的效应。

第三节 "双百"方针与古代文学研究的复兴

"百花齐放，百家争鸣"作为中国共产党领导社会主义科学和文化事业的重要指导方针，是1956年毛泽东在中共中央政治局扩大会议上首次提出来的，简称"双百"方针，意指文学艺术上的不同形式和风格可以自由发展，学术研究上的不同学派与观点可以自由争论，倡导文艺和学术问题要通过争鸣来解决，而不是通过行政强制的办法来解决。因此，在经历新中国成立初期对《武训传》与《清宫秘史》、俞平伯与胡适以及胡风集团三次学术批判运动之后，"双百"方针的提出的确给文艺界和学术界带来了新的转机和生机，同时促进了文艺创作与学术研究的繁荣和发展。在"双百"方针的激发下，古典文学研究界对以往的经验教训进行了深刻的反思和总结，并且提出了一些独到的建议。这些学术反思和独到建议直接推动了古典文学研究的复兴以及社会学研究主潮的多元拓展。

一 "双百"方针的提出与反响

1956年"双百"方针提出的背景是国内社会主义改造基本完成和苏共二十大的召开。从国内背景来看，在社会主义改造基本完成之后，社会主义公有制经济基础取得了统治地位，国内主要矛盾由敌我矛盾转为人民内部矛盾，党和国家面临的首要而迫切的任务，就是要调动一切积极因素建设社会主义，迅速发展经济、科学和文化事业。但是另一方面，在科学文化领域内一直存在着教条化、庸俗化等"左"的思想影响，文学艺术和科学研究中独立思考、创作、批评和辩论的自由没有得到切实的维护和保障。这与党和国家面临的形势与任务是不相适应的。而从国际背景来看，20世纪50年代中期苏联和东欧发生了一系列重大政治震荡，1956年2月14日苏共二十大的召开，重点批判了斯大林的个人崇拜，对世界形势产生了重大的影响。有鉴于此，毛泽东先于1956年4月28日在中央政治局扩大会议上提出了"百花齐放，百家争鸣"，即艺术问题上百花齐放，学术问题上百家争鸣。而后至5月2日，毛泽东又在最高国务会议上正式宣布将"百花齐放，百家争鸣"作为党发展科学、繁荣文学艺术的指导方针。5月26日，中共中央宣传部长陆定一作了《百花齐放，百家争鸣》的讲话，对"双百"方针进行了具体阐释。陆定一说："'百花齐放，百家争鸣'，是人民内部的自由在文艺工作和科学工作领域中的表现"，也就是"提倡在文学艺术工作和科学研究工作中有独立思考的自由，有辩论的自由，有创作和批评的自由，有发表自己的意见、坚持自己的意见和保留自己的意见的自由"。"我国的历史证明，如果没有对独立思考的鼓励，没有自由讨论，那么，学术的发展就会停滞。反过来说，有了对独立的思考的鼓励，有了自由讨论，学术就能自由发展。"① 陆定一对科学、文艺工作中独立、自由的重要性作了充分的强调，指出了学术研究的独特性。具体到学术批评来说，"在学术批评和讨论中，任何人都不能有什么特权；以'权威'自居，压制批评，或者对资产阶级错误思想熟视无睹，采取自由主义甚至投降主义的态度，都是不对的。……学术批评和讨论，应当是说理的，实事求是的。……批评和讨论应当以研究工作为基础，反对采取简单、粗暴的态度。应当采取自由讨论的方法，反对采取行政命令的方法"②。因此，"双百"方针的核心内容就是主张文艺和学术问题要通过争鸣来解决，而不是通过行政强制的办法来解决。1956年9月，中共八大召开，会议通过的《中国共产党第八次全国代表大会关于政治报告的决议》进一步提出："为了保证科学和艺术的繁荣，必须坚持'百花齐放，百家争鸣'的方针。用行政的方法对于科学和艺术实行强制和专断，是错误的。""双百"方针的提出是为了适应社会主义公有制经济基础的文化发展需要而进行的一场思想解放运动。它强调了文艺与政治的区别、

---

① 陆定一：《百花齐放，百家争鸣》，《人民日报》1956年6月13日。
② 同上。

学术研究与政治批判的差异，主张文艺创作和学术批评要具有独立自由的精神，批判了教条主义思想和庸俗社会学观念。

"双百"方针的提出，立即在知识界引起强烈反响，也得到了古代文学研究学者的快速回应。1956年7月《光明日报》"文学遗产"专栏连续发表了几组《笔谈"百家争鸣"》，二十几位古典文学研究专家对过去的古典文学研究的经验教训进行了总结，特别对过去古典文学研究的缺点进行了深刻的反思，并提出了一些独到的建议。

首先，古代文学研究中应该具有实事求是的科学态度。钟敬文指出："不管我们是独抒自己的意见，或批评别人的见解，我们的言论，一般必须有事实的根据，必须是经自己考量过、研究过的。它尽可以触犯那些学术界的权威，或者不同意流行的看法。但是，本身应当是结实的（或比较结实的），是依照科学的方法、态度去工作所得的成果。"① 罗根泽也认为，我们应该"独立对古典文学进行研究，它的对象只有一个，就是打算研究的某一具体的古典文学问题；批评则除了必须把研究者的对象作为自己的对象来进行研究外，还要把研究者的成绩——即研究者的研究论著，进行研究。不但对前一对象应当是'实事求是'，对后一对象也应当是'实事求是'。这样，才能指导研究，推动研究，使研究工作逐渐提高。"所以，"我们如果是认真地响应'百花齐放、百家争鸣'的号召，必须一方面开展'实事求是'的研究，一方面又开展'实事求是'的批评来督促研究、纠正研究和提高研究，另一方面又开展'实事求是'的反批评来督促批评、纠正批评和提高批评"。② 余冠英则认为批评应该符合两个基本条件："第一是实事求是；第二是与人为善。"③ 刘大杰也指出："学术上的批评，不能采取对付敌人一举歼灭的战略，必须采用诚恳虚心的态度，用讨论说理的方式。如果盛气凌人，甚至乱扣帽子，这就不但不能帮助作家进步，有时反而引起作家的消极情绪。批评在理论上无妨

---

① 钟敬文：《三点建议》，《光明日报》1956年7月8日。
② 罗根泽：《开展实事求是的研究和批评》，《光明日报》1956年7月8日。
③ 余冠英：《不要束缚批评》，《光明日报》1956年7月8日。

尖锐，在态度上必要诚恳，因为只有这样，才能收到批评的效果。"①

其次，古代文学研究应该反对教条主义倾向。程千帆和王季思指出："古典文学研究中的教条主义倾向一直是严重的。这表现为在许多研究工作中，不是从作品出发，而是从某种概念出发；不是运用先进理论解决问题，而是将教条主义生搬硬套。如我们的文艺理论书籍，就很少从中国历史的和现代的实际来谈问题，分析作家总是巴尔扎克、托尔斯泰，分析样式总是史诗、抒情诗、戏剧。自然，谈到这些，完全是可以的，有时还是必要的。但它决不能代替我们民族自己的成就，和祖国古典文学特有的发展规律（不论是形式或内容方面）。教条主义的研究方法及其后果，就使得大家的研究往往千篇一律，毫无新意，终于争鸣不起来。"② 也就是说，教条主义不清除，古代文学研究中的"双百"方针就不能得到实质性的贯彻。

再次，古代文学研究的范围过于狭窄，研究的广度和深度都可以进一步扩大。詹安泰说："我们三千年的文学遗产是无比丰富的，其中值得我们批判地吸收的作家和作品为数也很多。可是，检查一下我们所提出的论题却寥寥可数，除一些最杰出的古典作家如屈原、司马迁、陶渊明、李白、杜甫、白居易等以及一些最杰出的古典作品如三国演义、水浒传、儒林外史、红楼梦之类以外，连一些在中国文学史上起过相当大的作用的如鲍照、韩愈、欧阳修、苏轼等都没有受到应有的注意。"③ 舒芜也说："古典作家和作品，迄未被提到我们研究日程上来的，还不知多少。"古典文学可研究的东西还非常多，如"古典作家的年谱"，"作品真伪的考辨，某些作品某些词句历来聚讼纷纭的各种解释，文学流派的研究，形式格律、字法句法、风格意境的探讨，五言诗究竟如何起源，词和曲的体制究竟从何时开始出现，凡此种种"，都可以作为古典文学研究的对象。④ 隋树森也认为古典文学研究的对象还可以进一步扩大："作品的社会政治意

---

① 刘大杰：《一点体会》，《光明日报》1956年7月29日。
② 程千帆、王季思：《我们对于百家争鸣的意见》，《光明日报》1956年7月29日。
③ 詹安泰：《对"百家争鸣"的一些感想》，《光明日报》1956年7月29日。
④ 舒芜：《赞古典文学的百花齐放，让研究工作者百家争鸣》，《光明日报》1956年7月15日。

义,作品的艺术价值,作者的历史,作品的文字训诂,关于作品的文献等,都可以研究,外国汉学家(包括资本主义国家的汉学家)对我国古典文学研究的成果,也可以介绍。"①

最后,古代文学研究中应该注意方法的多样化。谭丕模认为过去的古典文学经常碰到一些偏差:"(1)不是把任何一种行动,都当做表示阶级特征;便是把任何一种行动,脱离阶级立场去评价。(2)不是强调人物的个人环境而忽略了时代精神;便是抽象地谈时代精神而完全忽略了人物的个人环境。(3)不是拿历史知识来代替文学知识;便是只强调作品分析而不结合具体历史。"因此,在"双百"方针贯彻的过程中应该纠正这些偏差,避免研究方法上的庸俗化倾向。②

范宁也认为:"近年来我们很少看到研究文学和哲学思潮、美术雕塑、音乐、语言等关系的论文,也很少看到关于作者生平和作品版本与诠释的可供学术研究参考的著作。似乎有一条清规戒律,认为这些工作不是文学研究,甚至不算研究。凡写文章不谈'思想性'和'艺术性'就是形式主义者。研究文学只能研究文学作品本身,与文学有关的一切其他现象和问题,不在文学研究之内。这种把文学现象从其他相关的现象中游离和孤立起来的工作方法,使得某些问题不能得到圆满的解答。"因此古典文学研究的方法应该多样化,而对过去一些学者的研究方法也应该重视审视其作用,并加以借鉴。③

二 古代文学研究的初步复兴

古典文学研究专家笔谈"百家争鸣",对古典文学研究的初步复兴起到直接的引领与推动作用。1956年"双百"方针提出后至1957年"反右"运动的发动,古典文学研究出现了短暂的兴盛局面。

一是古典文学研究广度的拓展。20世纪以来,在平民文学观念的影响下,小说、戏曲等通俗文学得到了更多的重视;新中国成立以后,由于

---

① 隋树森:《百家争鸣与古典文学研究》,《光明日报》1956年7月15日。
② 谭丕模:《我的两点意见》,《光明日报》1956年7月8日。
③ 范宁:《可以开展一次关于研究方法的讨论》,《光明日报》1956年7月8日。

强调人民性、阶级性、现实主义等价值导向，关注的也往往是小说一类作品，如《红楼梦》《水浒传》，而正统的诗词曲赋因其注重抒情性却没有引起古典文学研究者足够的重视。"双百"方针提出之后，古典文学研究这种狭隘局面得到很大的改观。① 朱偰指出："诗词歌赋，是人民文化生活的灵魂，我们要发扬民族文学遗产，存其精华，去其糟粕，则诗词歌赋好的一面，决不可一概抹杀。"② 苏渊雷就对中国古典诗歌中的优良传统进行了一番系统的梳理：从精神实质上说，"人民性、战争性、现实性正是构成了中国诗歌传统的三大特征，为历代诗人所或多或少地继承着发展着的优良传统"。从创作方法上说，"中国古典诗歌的传统，已集中概括在'六义'里"，"现实主义和浪漫主义的创作方法，虽然是外来词，它的精神实质，在最大的一段上，也还是和'六义'中的'赋'、'比'、'兴'三者相符合的"。从格律形式上说，"五七言、四八句的恰当形式，长短句的参差变化，天然音节和对偶声律的运用三点，确是中国古典诗歌发展史上经过鉴定的优良传统。"从风格上说，则有以"国风""离骚"为主的"温柔敦厚""芬芳悱恻"的风格，以汉魏乐府为主的"刻露清新""回肠荡气"的风格，以李陵古诗蔡琰悲愤等为主的"悲凉凄怨、沉郁顿挫"的风格，以陶潜、谢灵运为主的闲适自然、峻洁淡远的风格。③ 龙榆生对词的艺术特征作了概述："词是依附唐、宋以来新兴曲调的新体抒情诗，是音乐语言和文学语言紧密结合的特种艺术形式。它的发生和发展，由诗的'附庸'而'蔚为大国'，是和乐曲结着'不解之缘'的。它的长短参差的句法和错综变化的韵律，是经过音乐的陶冶，而和作者起伏变化的感情相适应的。一调有一调的声情，在句法和韵位上构成一个统一体。"④ 胡忌则对"曲"与"戏"的区分作了分析："'戏'是综合性的艺术结晶，'曲'是合乐的抒情的诗（广义的），所以在'戏'里可包括

---

① 黄霖主编，周兴陆著：《20世纪中国古代文学研究史·总论卷》，东方出版中心2006年版，第184—185页。
② 朱偰：《略论继承诗词歌赋的传统问题》，《光明日报》1956年8月5日。
③ 苏渊雷：《试论中国古典诗歌的优良传统》，《学术月刊》1957年第2期。
④ 龙榆生：《谈谈词的艺术特征》，《语文教学》1957年第6期。

'曲'，决不能以'曲'来代表'戏'。"因此，元曲"仅指元代的散曲"，"元代散曲包括南曲和北曲"；元剧或元戏"指的是元代的戏剧，应该包括北曲杂剧、南曲戏文和院本"。①

"双百"方针提出后对诗词曲研究的重视也体现在个案研究上，一些过去几乎不会提到的诗人词人在此时得到研究者的关注，并得到了较高的评价。如李商隐诗歌的研究，吴文英词的研究。前者如李长之《李义山论纲》对李商隐的爱情诗进行了研究，认为李商隐在爱情诗中"庄严地称赞他所爱的人"，"没有把她或者她们当作玩物"，"这在过去一般封建士大夫中，是难能可贵的"。②后者如陈廉贞《谈吴梦窗词》对吴文英词"被误解为'晦涩'"的原因作了详细的分析，并得出结论说："那末梦窗词的'晦涩'，我们不应该怪作者，应该由自己来钻研解释。"③

二是古典文学研究深度的开掘。尤为可贵的是通过对过去古典文学研究中的庸俗社会学进行深刻的反思与批判，积极推进了古典文学研究的深度开掘。如1954年冯沅君撰有《谈刘老老》一文，文中从一些社会概念出发认定刘老老"本不是真正的""正牌的劳动人民的形象"，"所以在她身上也找不出劳动人民正直、耿介的高贵品质"。④1955年周培桐、张葆莘、李大珂撰文批评冯文只是简单地以阶级成分划分法来考察刘老老的人物形象，其结论是不正确的，实际上刘老老是"在封建制度下被压迫、被剥削、被侮辱、被损害的人"，"是一个自食其力的、贫穷困苦的，在晚年遭受饥寒威胁的劳动妇女"。⑤李希凡、蓝翎则认为，虽然上述"两篇文章的结论完全相反。但是所采取的方法却是一致的，即企图用简单的社会概念，来代替现实主义的艺术分析，用阶级成分的划分，来取消艺术形象的丰富内容"。虽然很想用马克思主义来分析作品，却"把马克思主义简单化庸俗化，以至把文学艺术具有阶级性的原理，当做简单的公式硬

---

① 胡忌：《从"元曲"谈到戏曲的问题》，《光明日报》1957年3月3日。
② 李长之：《李义山论纲》，《光明日报》1957年4月14日。
③ 陈廉贞：《谈吴梦窗词》，《光明日报》1957年4月28日。
④ 冯沅君：《谈刘老老》，《光明日报》1954年12月26日。
⑤ 周培桐、张葆莘、李大珂：《刘老老是怎样的一个人？——评冯沅君先生〈谈刘老老〉》，《光明日报》1955年1月31日。

套到作品的每一段描写上去，硬套到每一个人物的每一项言谈举止上去，认为人物的性格特征就是简单的阶级标签"。李、蓝认为在《红楼梦》中刘老老是"有丰富的内心世界和复杂的精神状态"，"她既是世故的，圆滑的，善于适应环境和博人欢心的，又是善良的，朴实的和幽默的，这正反映着她的丰富的生活经验和复杂的社会关系。她在书中的言谈举止，对于一个在当时的社会条件下，要到贵族家庭里去攀亲戚、求救济的老年农妇来说，完全是真实的，合乎情理的"。因此，《红楼梦》的作者对刘老老是寄予了同情，"而寄着同情，当然并不要求作者违反现实主义的原则，把她捏造成为土地改革中的积极分子，或者农业生产合作社中的女干部"。① 李、蓝的批评分析避免了把刘老老简单地贴上"劳动人民"或"不是劳动人民"的标签，看到了小说人物形象的复杂性和丰富性。又如邓绍基对严敦易《论元杂剧》的庸俗社会学研究也进行了批评。严敦易认为元杂剧进入了宫廷，而现存的杂剧又都是"内府本"，因此这些杂剧是被统治阶级所利用，思想上没有可取之处。邓绍基指出杂剧进入宫廷与"内府本"是两回事，而进入宫廷的杂剧和"内府本"杂剧的思想内容也不一定如严氏所说的"没有反抗的思想意识"。严氏这种研究纯是一种庸俗的社会学研究，必须加以反对。②

三是古典文学研究方法的借鉴。其中最值得关注的是对传统考据学研究方法重新予以重视。新中国成立后，社会学研究范式是古典文学研究的主流方法，传统的考据学则退居次位。特别是批判胡适的红学研究之后，考证往往被附上了资产阶级唯心论研究方法的色彩，因而研究者对考证方法的使用或称呼往往心有余悸。贯彻"双百"方针以来，考证方法又重新得到了研究者的重视。王瑶指出："在研究问题的过程中，在检验材料的过程中，常常会碰到必须进行的考据工作；特别在研究有关古代的问题时，这种情形就更普遍。由于中国历史悠久，文献材料异常丰富，在流传

---

① 李希凡、蓝翎：《关于文学研究中的庸俗社会学倾向——从〈红楼梦〉人物刘老老的讨论谈起》，《人民日报》1956年2月29日。
② 邓绍基：《反对古典文学研究中的庸俗社会学倾向——评严敦易同志〈论元杂剧〉》，《光明日报》1956年4月15日。

过程中又不断发生错乱，因此在古典文学和文学史的研究工作中，也常常会在某些部分中发生考据性质的问题。"由于清代是考据学发达的朝代，因此王瑶对清代的考据学特点作了归纳，以期借鉴："清代考据家所处理的对象主要是经学，而通经则自小学始，因此他们所处理的问题多半是训诂、校勘等类问题；在方法上则多半采取遍搜例证，然后归纳出论断来。他们对搜求例证用力极勤，反对隐匿及曲解例证，反对用单文孤证，遇到有力的反证就放弃原说；而他们所处理的问题又是用这种方法可以胜任的，因此所得的结论也就大都是可信的。"① 何文广也对校勘学在古典文学研究作用作了深入的分析，认为考订作品的版本错乱，以及辨伪和辑轶等问题都离不开校勘学。②

总之，"双百"方针的提出是一次重要的思想解放，无论对于古典文学研究的理论探讨，还是对于古典文学批评实践，都具有重要的意义。它扭转了此前研究中的一些庸俗化、教条化的错误倾向，极大地促进了古典文学研究的初步复兴。遗憾的是，这一初步复兴的局面并没有维持多久，"反右"运动的政治批判又重创了古典文学研究的良好局面与态势。

第四节 "反右"运动的挫折及其后续影响

1957年4月27日，中共中央公布《关于整风运动的指示》，决定在全党进行一次以正确处理人民内部矛盾为主题，以反对官僚主义、宗派主义和主观主义为内容的整风运动，发动群众向党提出批评建议。这本是发扬社会主义民主，加强党的建设的一场正常整风运动，但到后来由党内整风变成了党外反右运动。7月1日《人民日报》发表了由毛泽东亲自撰写的社论《文汇报的资产阶级方向应当批判》，文章明确提出："不是东风压倒西风，就是西风压倒东风，在路线问题上没有调和的余地。……资产阶级右派就是前面说的反共反人民反社会主义的资产阶级反动派。"因

---

① 王瑶：《谈清代考据学的一些特点》，《光明日报》1956年11月18日。
② 何文广：《校勘学对于研究中国古典文学的作用》，《光明日报》1957年3月31日。

此，反右斗争的核心就是要反对资产阶级右派，进行阶级斗争。正如郭沫若所说："反右派斗争是思想上和政治上的阶级斗争，是两条路线的你死我活的斗争。……容许了温情主义，让右派分子发展下去，我们不仅要亡头，而且要亡国，而使我们的国家回到半封建半殖民地的旧态，为帝国主义所统治。"① 反右斗争在政治上被严重地扩大化了，它把大量的人民内部矛盾当作了敌我矛盾，把一些知识分子、爱国人士和党内干部错划为"右派分子"。"反右"斗争不仅严重波及了古代文学研究，而且产生了一系列负面的后续影响。

一　"反右"运动的严重冲击

在"反右"斗争的严重冲击下，贯彻"双百"方针以来古代文学研究的初步复兴局面犹如昙花一现，再次遭到了重创。

首先，古代文学研究的"百家争鸣"局面被迫转为"一家"独放，即向资产阶级右派开火。右派分子或"反马克思主义者"的古代文学研究文章被重新提上审判台，接受反右者的严厉批判，以便清除资产阶级流毒，维护马克思主义思想的纯洁。如冯雪峰的古典文学研究被批判成"和胡风同样不把现实主义看作正确反映生活的创作方法，而把它解释为一种主观的战斗精神"，"不重视作品反映什么以及如何反映的，只强调作家的主观愿望，忽视作家的生活实践。""这种荒谬的理论，只不过是资产阶级用来掩盖他们丑恶本质的幌子。"②

其次，古代文学研究者和学术成果遭到严厉批判。如有人对詹安泰批判道："右派分子詹安泰在中国古典文学研究中，是以马克思列宁主义者的面貌出现的；然而实际上，他在许多地方以各色各样的资产阶级唯心论的论调，否定了文学艺术的阶级性，也否定了阶级斗争。""詹安泰不仅仅是宣扬资产阶级的纯艺术主义，而且他还在谈古典文学作品的艺术技巧的招牌下宣扬封建统治阶级的腐朽生活方式和没落阶级的悲观颓废的思想感情，向广大读者散布毒素。"因此，"为了在古典文学研究领域中保卫

---

① 郭沫若：《努力把自己改造成为无产阶级的文化工人》，《新华半月刊》1957 年第 21 期。
② 罗仲成：《批判冯雪峰对中国古典文学的错误观点》，《光明日报》1957 年 11 月 24 日。

马克思列宁主义的思想阵地,我们必须对他这些谬论进行驳斥"。① 有人针对1956年彭慧《论红楼梦的人民性和它是否市民文学问题》一文进行批判,认为这篇文章"所表现的文艺观点和研究方法是非马克思主义的。她纯粹是教条主义地搬用经典作家和苏联的文艺理论,借着提高'红楼梦'的人民性为幌子,来宣传她的没落腐朽的资产阶级反动思想,这是一篇充满毒素的文章"。因为"彭慧在正面地分析曹雪芹的思想和'红楼梦'的内容时,虽曾反复地强调它的人民性,但文章的内容并未真正表现出人民群众对曹雪芹的思想及其创作发生过多么大的作用,甚而是抽掉了人民群众的作用,使人感到空洞无物"。而造成这种研究现象,其"最根本的原因乃是对人民群众的态度问题。右派分子彭慧是一个极端的个人主义者,她的个人主义突出的表现在两方面:一是自高自大,一是自私自利。这种个人主义已经发展到了非常狂妄非常卑鄙的程度。很难设想一个极端个人主义者,难以正确地估价人民群众在作家精神劳动中所起的作用,能够真正理解文学的人民性"。②

最后,一些研究方法如考据研究也重新被视为资产阶级唯心论方法而受到批判。如有研究者认为:"考据工作作为一种方法,它必须要有正确的思想来作为指导,也即应该有科学的马克思列宁主义思想的指导。唯心主义的考据方法,是应该受到批判的。"所以"古典文学研究者确实不能满足于过去做的一些考据工作,应该努力学习马克思主义,改造思想,用新的观点方法来研究古典文学,更好的为社会主义工作,为人民服务"。③

总之,"反右"运动对古代文学研究造成了严重冲击,诸多学者及其研究成果与方法都遭到了严厉的批判和否定,贯彻"双百"方针以来古代文学研究的初步复兴局面,至此又遭到了严重的破坏。

---

① 余振生:《批驳詹安泰在中国古典文学研究中的非马克思主义观点》,《光明日报》1957年12月29日。

② 聂石樵、邓魁英:《斥彭慧在红楼梦研究中的非马克思主义观点》,《光明日报》1957年11月3日。

③ 郭荷:《谈新版〈水浒研究〉的后记》,《光明日报》1957年11月3日。

二 "反右"运动的后续影响

"反右"运动不仅重创了古代文学研究初步复兴的良好局面，而且由此产生了一系列严重的后续影响。1958年，在全国范围内兴起了"兴无灭资"的群众性批判运动，同时在各个高校古代文学教学领域开展了"厚古薄今"的学术批判运动。

1. "兴无灭资"的批判运动。1958年"兴无灭资"批判运动所及，包括了对一大批古代文学研究专家及其著作所进行的学术批判。北京大学中文系和复旦大学中文系分别组织学生和青年教师对刘大杰的《中国文学发展史》及其相关的一些具体论点进行了批判。如《我们的看法——评刘大杰的〈中国文学发展史〉》一文认为刘大杰在学术思想上有三方面的错误："以反历史唯物主义的观点，无原则的抬高文人和统治者在文学史中的作用，贬低人民群众的贡献；以资产阶级的庸俗进化论观点来解释文学史的发展"；"忽视作家的阶级地位和阶级局限，以资产阶级人性论代替阶级论来评价古典作家和作品"；"以形式主义唯美主义的文艺批评标准来代替思想性与艺术性统一、思想性第一艺术性第二的马列主义标准，坠入了自然主义的泥潭"。[①] 更有人无限上纲上线，批判刘大杰的《中国文学发展史》"是浸透着胡适的反动文学史观的"，[②] "是文学研究中的一面大白旗，是资产阶级的伪科学"。[③] 郑振铎《插图本中国文学史》，1932年发行初版，1957年12月作家出版社重印出版。1958年，该书也同样遭到批判，认为"著者持着唯心论的文学观来研究中国古典文学，这就使得《插图本》在认识作家、作品及文学现象时，作出了极端错误及可笑的论断，以至全书具有非常浓厚的唯美主义、形式主义的色彩"；"在论述到中国文学发展的规律时"，"不仅没有正确的总结中国文

[①] 复旦大学中文系文学教研组编：《〈中国文学发展史〉批判》，中华书局上海编辑所1958年版，第8、11、15页。

[②] 李振杰、盛钟健：《胡适文学史观的再现》，复旦大学中文系文学教研组编：《〈中国文学发展史〉批判》，中华书局上海编辑所1958年版，第51页。

[③] 北大中文系一年级学生集体写作：《刘大杰先生是怎样评价古典作家的——〈中国文学发展史〉批判》，《文学研究与批判专刊》第四辑，人民文学出版社1958年版，第9页。

学发展的历史，相反地对中国文学作了肆意的歪曲、诬蔑"；"在研究方法，著述的体例上，《插图本》著者的反马克思主义、反科学的真象也暴露无遗"。因此，《插图本中国文学史》"诚然是中国文学史研究者中的一面白色大旗"！① 郑振铎的另一部著作《中国俗文学史》被批判为"大量贩卖胡适那些毒货，大肆诬蔑歪曲广大人民群众的艺术创作"，是"站在封建士大夫与资产阶级立场上，从形式主义出发，把大量统治阶级的作品混进民间文学，并大加捧扬，同时对民间文学大加排斥或把它们贬得一钱不值"。② 林庚的古代文学研究被批判为"站在资产阶级立场，以资产阶级自由解放的观点和标准，用形而上学和诡辩的方法"，"为资产阶级清理遗产"。他于1947年出版的《中国文学史》则被批判为"一部宣扬资产阶级自由主义和个人主义"的著作。③ 1954年出版的《中国文学简史》（上卷）被批判为"是一本彻头彻尾用主观唯心主义研究我国古代文学，从而大事宣扬他的一整套形式主义艺术观和资产阶级个人主义思想的著作"；④ 是"一部赞美资产阶级社会和资产阶级知识分子的颂诗"。⑤ 陆侃如的《中国诗史》被批判为"从反动的资产阶级立场出发，著者在研究中国诗歌发展的历史时，对于文学与社会生活的关系，作家与文学的关系，内容与形式的关系等问题，都把他们两两分离开来。结果，在论述诗歌新体裁、新形式的起源、发展时，解释各种文学现象的形成时，以及评介诗人与他们的作品时，陷入了不可自拔的唯心主义泥坑。"⑥ 王瑶的中

---

① 北大文二（一）瞿秋白文学会集体写作：《郑振铎〈插图本中国文学史〉批判》，《文学研究与批判专刊》第四辑，人民文学出版社1958年版，第36页。

② 北大文二（一）瞿秋白文学会集体写作：《〈中国俗文学史〉批判》，《文学研究与批判专刊》第四辑，人民文学出版社1958年版，第110、96页。

③ 袁行霈：《林庚先生学术思想体系的实质是什么？》，《文学研究与批判专刊》第一辑，人民文学出版社1958年版，第5、24页。

④ 吴组缃、章廷谦：《批判林庚先生〈中国文学简史〉（上卷）的形式主义艺术观》，《文学研究与批判专刊》第二辑，人民文学出版社1958年版，第130页。

⑤ 周强：《雄辩胜于事实——林庚先生〈中国文学简史〉（上卷）对历史事实的歪曲》，《文学研究与批判专刊》第一辑，人民文学出版社1958年版，第43页。

⑥ 北大文二（一）瞿秋白文学会集体写作：《批判陆侃如〈中国诗史〉的唯心主义观点》，《文学研究与批判专刊》第四辑，人民文学出版社1958年版，第137页。

古文学研究被批判为"在盗用鲁迅旗帜贩卖资产阶级唯心主义文艺观点的货色，跟鲁迅思想和鲁迅精神是完全背道而驰的"。①他的《中古文学史论》被批判为"完全是对封建统治阶级的反动文学的喝彩、欣赏、保护"，是"站在极鲜明的资产阶级立场上把那种反动文学作为一种极美的东西宣扬了它们"。②游国恩的《楚辞》研究被批判为"资产阶级主观唯心论""像一条白线贯穿"在整个研究工作中，③用"封建思想残余和资产阶级实用主义、形式主义的观点方法去歪曲屈原的思想"，"抹杀了屈原作品中活生生的现实意义和强烈的斗争性，抽掉了它们的思想内容而使之僵化"。④总而言之，这场"兴无灭资"的学术政治批判运动把许多古典文学研究著作当作宣扬资产阶级学术思想而进行了彻头彻尾的政治批判，完全否定了这些著作的学术成就。

2."厚古薄今"的批判运动。1958年"厚古薄今"批判运动的对象是高校古代文学教学与教授，批判的方式主要是以大字报的形式开展。1958年7月至9月，一些批判文字结集成《中国古典文学厚古薄今批判集》，由作家出版社出版，共四辑。每辑基本上是集中批判一个地方的高校的古代文学教学，如第一辑主要批判北京大学和北京师范大学的古代文学教学的厚古薄今，第二辑主要批判南开大学和天津师范学院的古代文学教学的厚古薄今，第三辑主要批判山东大学和山东师范大学的古代文学教学。

"厚古薄今"的批判主要表现在对古代文学教学内容的批判。如对北京大学古代文学教学的批判："许多教授对古典文学采取无批判的态度，甚至对落后的东西公开颂扬"；注重"形式主义的、随意渲染"的"艺术分析"

---

① 北大文二（一）瞿秋白文学会集体写作：《王瑶先生对"中古文学"的歪曲》，《文学研究与批判专刊》第三辑，人民文学出版社1958年版，第147页。

② 北大中文系二年级鲁迅文学社集体写作：《批判王瑶先生在中古文学研究中的形式主义、唯美主义》，《文学研究与批判专刊》第三辑，人民文学出版社1958年版，第166页。

③ 彭兰：《批判游国恩先生〈屈赋考源〉一文中的错误思想》，《文学研究与批判专刊》第一辑，人民文学出版社1958年版，第130页。

④ 吴小如：《游国恩先生是用什么观点方法来研究屈原及其作品的》，《文学研究与批判专刊》第二辑，人民文学出版社1958年版，第28页。

和"真学问"的"繁琐考证";对一些现象乱贴标签,不能熟练地应用马列主义文艺理论来阐释。因此,这种"'厚古薄今'是文学教学中的资产阶级路线",与"厚今薄古"的无产阶级教学路线是针锋相对的。① 其结果是在古代文学教学中,"资产阶级学术思想占了统治地位,这里高高飘扬着一面资产阶级的白旗,古典文学中的精华与糟粕没有被认真的区别开来,同学在接受古典文学中积极因素的同时,也接受了不少消极因素"②。北京师范大学古代文学教学的主要错误则是:"缺乏正确的历史观点和阶级观点";"艺术标准放在第一位";"散布资产阶级的思想感情";"脱离实际的繁琐考证"。③ 古代文学教学课时过多,所占教学量的比例过重也受到了批判。如有批判者指出,北大文"51"班大学四年,其中古典文学史学了三年,课时是每周 5 小时,共 540 小时,占全部文学史时数的 83.3%;新文学史只有一年,课时是每周 3 小时,共 108 小时,占全部文学史时数的 16.7%。这种厚古薄今造成的后果就使得同学们"轻视我们新文学的成就,轻视工农兵文艺"。④

与此同时,作为古代文学教学的主体——教师更是受到了严厉的批判。如山东大学的古代文学教师被批判为有严重的崇古非今思想:"对古人、古代作品常推崇备至,错误地把他们捧到不应有的高度";"和现实格格不入,和古人的生活情调却很合拍";"认为能背古书就是学问,能考证就是才能,提倡资料第一";"人心向古,互相竞古"。这种思想带来的严重后果是把学生"引进崇古非今的大门,走只专不红的道路",其实质既是"封建文人思想情感的表现,也是资产阶级教学思想的表现"。⑤

---

① 吴协:《中国文学教学中两条道路的斗争——北京大学中文系的厚古薄今问题》,《中国古典文学厚古薄今批判集》第一辑,作家出版社 1958 年版,第 1—11 页。

② 北大文四(2)班古典文学小组:《彻底拔掉古典文学教学中的白旗》,《中国古典文学厚古薄今批判集》第一辑,作家出版社 1958 年版,第 25 页。

③ 乐青:《北京师范大学中国古典文学教学中的错误倾向》,《中国古典文学厚古薄今批判集》第一辑,作家出版社 1958 年版,第 12—22 页。

④ 张永隆、张叔景:《再谈中文系的"厚古薄今"倾向》,《中国古典文学厚古薄今批判集》第一辑,作家出版社 1958 年版,第 188—192 页。

⑤ 山大中文系四年级古典文学小组:《山大中文系文学史教学中的"崇古非今"》,《中国古典文学厚古薄今批判集》第三辑,作家出版社 1958 年版,第 18—28 页。

许多古代文学教师个体都受到了批判，如北京大学的林庚、游国恩、萧涤非、吴小如、王瑶，北京师范大学的谭丕模，山东大学的冯沅君，等等，都在这场厚古薄今批判运动中受了学生或青年教师的批判。"厚古薄今"的批判是为了拔去资本主义这面白旗，正如《中国古典文学厚古薄今批判集》的"出版说明"里所说："批判的是高等学校教学研究当中的严重的厚古薄今倾向。这个倾向实际上就是古典文学研究领域里面的资本主义道路。""厚古薄今"批判运动没有根据古代文学课程的实际，对古代文学的教学内容和教师个体作了彻底的否定和批判。

3. 两次批判的负面效应。"兴无灭资"和"厚古薄今"两次批判运动所产生的负面效应，既有显性的，也有隐性的；既有学术的，也有非学术乃至反学术的。

所谓显性效应，就是以"大跃进运动"方式进行古代文学教材编写工作，出现了一批"红色的中国文学史"。1958年，在政治"大跃进"氛围中，各大院校纷纷组织人马进行教材编写，出现了学生与青年教师集体编写教材的热潮。一批"红色的中国文学史"也就在这个时期接连地快速问世。如北京大学中文系1955级学生仅用了一个月的时间集体编写了一部《中国文学史》（人民文学出版社1958年出版了上下册，1959年出版了四册修订本），1955级学生还集体编著了一部《中国小说史稿》（人民文学出版社1960年版），1957级学生编著了一部《中国文学发展简史》（中国青年出版社1961年版）；复旦大学中文系古典文学组学生也编写了一部《中国文学史》（中华书局1958年出版上册，1959年出版中下册）；北京师范大学中文系1955级学生"苦战三十天"，集体完成了一部《中国民间文学史》（人民文学出版社1958年版），中文系三、四年级学生及古典文学教研组教师合编了《中国文学讲稿》（第三分册，明清部分，高等教育出版社1958年版）；吉林大学中文系中国文学史教材编写小组编著了《中国文学史稿》（吉林人民出版社1959年出版唐宋元明部分，1960年出版清及近代部分，1961年出版先秦至隋部分），等等。

这批红色文学史最显著的特点就是批判白色的资产阶级学术观点，树立红色的无产阶级学术观点。如北京大学版《中国文学史》在"绪言"中指出其指导思想："根据马克思列宁主义的学说，在文学史研究中我们坚决贯彻了阶级观点、历史唯物主义观点和人民性观点，从而把文学史研究初步建立在科学的基础上。"北师大版《中国民间文学史》在"后记"中指出该书"努力地试图根据马列主义来阐明民间文学发展的规律，以劳动人民的生产斗争和阶级斗争的生活现实，来解释文学现象的发生和发展，初步地建立反映我国劳动人民生活斗争的民间文学史体系，批判以反映地主、小市民的生活为中心的俗文学史的体系"。北大版《中国小说史稿》在"前言"里说："所有这些学术上的探求，我们都自觉地力求服从于无产阶级的政治目的。这应该是'古为今用'的首要的和基本的内容。我们认为，这虽然是一部关于中国古典小说的历史书，但不应该在它里面找到与当前国内国际阶级斗争无关的平静的书斋语言，它应该是一支压满了子弹的机关枪，我们要用它来保卫毛泽东文艺思想，用它来参加对资产阶级学术思想和文艺思想的斗争，特别是对修正主义的斗争！"

为了具体贯彻红色的无产阶级学术观点，这些红色文学史往往强调现实主义与反现实主义斗争是整个文学史发展的基本规律，强调民间文学在中国文学史中的主流地位。北大版、复旦版《中国文学史》和北师大版《中国民间文学史》都是以现实主义与反现实主义的斗争为主线贯穿全书的写作，都把民间文学放在显著的位置上。如复旦版《中国文学史》"导言"："进入阶级社会后，我国古典文学中始终存在着两种对立的文学——现实主义与反现实主义的文学，进行着尖锐而复杂的斗争。一部文学史，就是这样的斗争所构成的。"同时在编排体例上，每编"绪论"之后，紧接着就是该时期的民间文学，以突出民间文学的重要地位。

红色中国文学史编写虽然出发点是好的，但是这种"大跃进"式的教材编写，无论是指导思想还是编写内容都存在着非此即彼的简单化和教条化处理，存在着严重的"左倾"政治思想观念，缺乏客观性和学术性。

所谓隐性效应，就是政治批判多于学术批评，为"学术—政治"的泛政治化批判埋下了伏笔。1958年"兴无灭资""厚古薄今"的批判运动，是"反右"运动在古代文学研究领域的后续影响。这种批判已经远离了正常的学术批判，政治批判意味十分浓厚。政治化、公式化、口号化的语言充斥于字里行间，学术的品格、学者的尊严都遭到严重的践踏，政治上的"反右"扩大化已经严重地损伤了正常的学术批评，严重地破坏了正常的古代文学研究。

在这场学术批判运动中,担当主力军的是青年学生,他们以宏伟的抱负、饱满的热情、昂然的斗志对一切怀有所谓资产阶级学术思想的老师开炮,希望以无产阶级思想占领一切学术阵地。这些青年学生大多由于"根正苗红",思想活跃,敢说敢为,所以能"大破大立",无所顾忌,与从旧社会走过来的上一辈迥然有别。但是由于从"兴无灭资"到"厚古薄今"的两次学术批判业已蜕变为政治批判运动,批判目标的替换导致了批判方向的扭曲,批判热情越高,批判力度越大,批判的破坏力也就越强。其结果是青年学生良好的主观愿望与批判的客观现实产生了巨大的悖论——无产阶级的学术批判却极大地破坏了无产阶级的学术研究。尤其到了"文革"时期,这种学术批判的悖论及其负面效应更是达到了极致。

第五节 "文革"前夕古代文学研究的起伏

以1962年为界,自"反右"运动之后到"文革"发生前夕,古代文学研究可以分为两个阶段。前一阶段得益于系列纠"左"举措而使古代文学研究出现短暂复苏,虽然"左"的整体氛围仍然存在;后一阶段形势急转直下,在最高领导人的支持下,"左"的力量得到无限膨胀,暂时复苏的古代文学研究屡屡遭遇重创,直至被破坏殆尽。

一 古代文学研究的短暂复苏

1959年4月18日,周恩来《在第二届全国人民代表大会第一次会议上的政府工作报告》重新提出:"为了科学和艺术的健康发展,应当在为社会主义服务的基础上贯彻执行'百花齐放,百家争鸣'的方针。"5月3日,周恩来《关于文化艺术工作两条腿走路的问题》的讲话又对1958年文化艺术"大跃进"的经验教训进行了总结,强调要尊重艺术的特殊规律。"双百"方针的重新提出和文艺"大跃进"经验教训的总结,为文艺创作和学术研究的复苏提供了相对宽松的外部环境。但是,此时的"左"的思想依然严重。1960年第1期《文艺报》社论《用毛泽东思想武装起来，为争取文艺的更大丰收而奋斗！》就明确指出："文艺上的修正主义，是政治上哲学上的修正主义在文学艺术上的反映。"同年7月举行的全国第三次文代会和中国作协第三次理事扩大会议所确立的主题也是反修正主义："高举毛泽东思想红旗，反对现代修正主义！"因此在第三次文代会上，对"双百"方针的诠释是有一定的前置条件的。如陆定一代表中共中央和国务院所作祝词说："我们从来就说，百花齐放，百家争鸣，是有政治标准的，这就是社会主义和共产主义的政治标准。"周扬在大会上所作的《我国社会主义文学艺术的道路》的报告也指出："我们从来主张，百花齐放是在社会主义范围内的百花齐放，是放社会主义之花，是通过自由竞赛的方法发展社会主义的文艺，反对反社会主义的文艺；百家争鸣是在马克思列宁主义思想指导下的百家争鸣，是通过自由辩论的方法宣扬和发展马克思主义的辩证唯物主义，反对资产阶级的唯心主义和形而上学。"然而，"双百"方针的重提毕竟为文艺创作和研究的复苏带来了一些希望。1961年《红旗》第5期发表社论《在学术研究中坚持"百花齐放，百家争鸣"的方针》再次强调了对"双百"方针的贯彻："对我们说来，百花齐放百家争鸣是发展社会主义社会中的科学事业的一个积极的方针，是不断巩固和加强马克思列宁主义在学术界中的领导地位的一个方针，是充分表现了马克思列宁主义的战斗性的一个方针。我们的学术界应当继续贯彻这种方针，共同为我国的科学事业的繁荣发展而努力。"

自1961年以来，在周恩来等领导的关怀下，文化部多次召开了会议，对"左"的思想进行一定程度的纠正。1961年6月，在新侨召开了全国文艺工作者座谈会和故事片创作会议，称为"新侨会议"。1962年3月，在广州召开了全国话剧、歌剧、儿童剧座谈会，称为"广州会议"。1962年8月，在大连召开了农村题材短篇小说创作座谈会，称为"大连会议"。这些会议对文艺界的"左"的思想进行了局部的纠正。特别在"新侨会议"之后，文艺界根据会议精神集体制订了《关于当前文学艺术工作的意见（草案）》，即《文艺十条》，经反复修改后又以《文艺八条》为正式文件于1962年4月颁发实施。"文艺八条"的第一条就是强调要进一步贯彻执行百花齐放、百家争鸣的方针，指出："'双百'方针是发展我国社会主义文学艺术的根本方针。"第三条是强调批判地继承民族文化遗产和吸收外国文化，指出："批判地继承我国优秀的文化遗产，批判地吸收外国优秀的文化成果，是我国社会主义文化建设中不可缺少的重要工作"，"文学艺术工作者，首先应该认真学习祖国优秀的文学艺术遗产和传统，从中吸取前人留下的艺术宝藏和艺术经验"。这就直接肯定了学习、研究和继承古代文学优秀成果的重要性，为古代文学研究的复苏提供了政策上的保障。

正是在这样的背景下，先前屡受学术批判运动扭曲与扼杀的古代文学研究得以逐步走向复苏。从新中国成立以来古代文学研究在如此艰难复杂的困境中逐步拓展、逐步深化的曲折历程来看，这次复苏可以说是继1956年实施"双百"方针之后的第二个"学术之春"——在1959—1962年三年多时间内，陆续展开了一系列有关古代文学研究问题的学术讨论。1959年开展了李清照研究的讨论；1959—1960年开展了"中间作品"问题的讨论；1960—1961年开展了山水诗和"共鸣"问题的讨论；1960—1962年对文学遗产继承问题展开了进一步的讨论；1962年还开展了《红楼梦》的讨论。

从研究对象来看，像"中间作品""山水诗""共鸣"这些论题本身已对阶级性、人民性、爱国主义、现实主义等主流价值导向有所疏离，政治性内容不再那么突出了，不再那么强烈了。由此表明，在"左"的思想得到一定纠正之后，古代文学研究已重新走上了复苏之路。但就学术观念与方法来看，阶级性、人民性的学术价值导向仍是这些问题讨论的评判标准，社会学和政治学批评仍是这些问题讨论的主导范式，这就决定了这次古代文学研究的复苏是局部的、脆弱的，因而也是短暂的。

在这一短暂的复苏期中，除了对以上诸多学术问题展开讨论之外，还出版了两套《中国文学史》，一是中国科学院文学研究所集体编写的三卷本《中国文学史》，于1962年由人民文学出版社出版；二是游国恩、王起等主编的四卷本《中国文学史》，于1963年由人民文学出版社出版。文学所三卷本《中国文学史》的"编写说明"指出：此书编者"力图遵循马克思列宁主义的观点，比较系统地介绍中国古代文学的发展过程，并结合古代作家和作品以较为恰当的评价"。从总体上看，该教材"注意把文学现象和它所产生的历史时期的社会斗争结合起来考察，分析历史社会经济、政治、思想、文化给予当时文学的影响和文学对于时代生活和社会矛盾的反映","这种社会历史方法，尽管还只是注意于经济、政治、思想等方面，视野还不够开阔，但是著者的态度还是比较冷静客观的，没有像此前的几部'红色文学史'，假想地抽象出某个规律来框定文学史的叙述"。该教材的主要特征是："一方面从思想性上去评述作家作品的思想高度，肯定我国古典文学中人民性、民主性和爱国主义的传统；另一方面还把作家作品纳入到文学史的历史发展中考察他（它）对前代的继承创新和对后代的影响。"游国恩等四卷本《中国文学史》与三卷本《中国文学史》"在写作原则、编写体例上较为相似，对材料的占有和分析则更为丰富和细致，不凭空扣帽，不空发议论，不轻下判断，立论审慎，力图以马克思主义、毛泽东思想的原则来真实地描述中国文学的发展历程，评价作家作品在文学史上应有的地位"。所不同的是，"这部《中国文学史》不再把各时期的社会经济、政治等外围背景另立出来单独叙述，而是融入到具体作家作品的评述中"。① 两部《中国文学史》在很长一段时间内是全国高等院校最为通行的古代文学史教材，直到20世纪80年代依然还是使用广泛的主流教材。

由于没有得到彻底的纠正，纠"左"所取得的文艺创作和文学研究的良好局面就被一股"革命大批判"的狂潮所席卷。

二 "革命大批判"运动的再次冲击

始于1959年的古代文学研究的复苏先后历时三年。至1962年，在更"左"的思潮的全面反击下，又随即被一股"革命大批判"狂潮所吞没。"革命大批判"可以追溯到中国共产党八届十中全会前后。1962年8月，在北戴河召开的中央工作会议上，毛泽东提出阶级斗争"年年讲，月月讲，天天讲"的基本路线。9月，八届十中全会召开，毛泽东号召"千万不要忘记阶级斗争"，并且格外强调要抓意识形态领域中的阶级斗争。1963年12月12日，毛泽东在一份反映上海市在柯庆施领导下大抓

---

① 黄霖主编，周兴陆著：《20世纪中国古代文学研究史·总论卷》，东方出版中心2006年版，第245页。

故事会和评弹改革的《情况汇报》上批示,认为"许多部门至今还是'死人'统治着","许多共产党人热心提倡封建主义和资本主义的艺术,却不热心提倡社会主义的艺术,岂非咄咄怪事"。1964年6月27日,毛泽东读到《中央宣传部关于全国文联和所属协会整风情况报告》后,又作了第二个批示:"这些协会和他们所掌握的刊物的大多数(据说有少数几个好的),十五年来,基本上(不是一切人)不执行党的政策,做官当老爷,不去接近工农兵,不去反映社会主义的革命和建设。最近几年,竟然跌到了修正主义的边缘。如不认真改造,势必在将来的某一天,要变成像匈牙利裴多菲俱乐部那样的团体。"① 毛泽东的两个批示夸大并歪曲了问题的性质,否定了文艺工作十多年来的成就。

"革命大批判"迅速波及整个文艺界,并对古代文学研究起到了极大的消极作用。自1963年以后,古代文学研究又开始强调批判的调子。这种批判一方面是对古代文学作家作品进行了全面的批判,另一方面则是对一些研究者及其研究方法进行了严厉的批判。

在"革命大批判"潮流中,许多古代文学作家作品被提上审判台受到批判。比如:对古代抒情诗词的批判。认为古代抒情诗词中具有诸多消极因素:宣传消极颓废的人生观,宣传恃才傲物、傲慢不驯的处世态度,宣传爱情至上的观点。因此,在研究古代抒情诗词时就必须采用阶级观点,以阶级批判的方式进行分析。② 对桐城派散文的批判。认为"桐城派的社会作用是根本反动的。它所以在清代以来得到这样多的人拥护,是由于它所代表的阶级在当时的政治上居于统治者的地位,而在清代中叶以后,它的兴盛又多半是由于反动头子曾国藩的提倡。我们今天来评价这个流派,应该根据它的阶级本质以及它在历史上究竟起了什么作用出发,而不能从抽象的论点出发来加以赞扬"③。对刘鹗及其《老残游记》的批判。认为《老残游记》"是一部作者站在当时洋务派的立场上,歪曲现实,反对革命,维护清朝封建贵族统治,崇拜西方'物质文明',为帝国主义侵

---

① 毛泽东:《关于文学艺术的两个批示》,《人民日报》1967年5月8日。
② 苏者聪:《略谈古代抒情诗词中的消极因素》,《光明日报》1965年1月10日。
③ 管汀:《桐城派值得肯定吗?》,《光明日报》1964年7月19日。

略中国辩护的反动作品",体现了刘鹗反动的政治思想和阶级立场。① 对金圣叹及其小说评点的批判。认为金圣叹是个"反面教员",他的几篇《水浒传》序文是以封建地主阶级的立场、观点来评价文学作品,并以此来为封建地主统治阶级的政治服务。② 对汤显祖《牡丹亭》的批判。认为《牡丹亭》所"描写的杜丽娘的浪漫事迹和恋爱幻想,表现她选择配偶的自由愿望,也突破某些传统的因袭观念","但归根结底,都是按照封建统治阶级的思想观点、目的要求、方法方式来处理的,他是在封建地主阶级的阶级利益的限度以内来描写这一对情人的虚幻的爱情故事,表现他们的爱情理想。这其中最后起决定作用的绝对不是个人的愿望,不是属于'自由'的爱情,而是取决于家世的利益,取决于统治者的政治手段"。③ 对李渔的戏曲理论的批判。认为李渔的戏曲理论只不过是一种"违反时代要求的、形式主义的标新立异",其理论套路"是主张用一套陈腐的忠孝节义作为剧本的主题思想,而以故事、情节的新奇来招揽观众"。④ 甚至有人对《史记·游侠列传》中游侠"体现了高度的人民性"的观点也进行了批判,指出:"游侠不是穷困的、受压迫的下层人物,而是属于统治阶级的上层人物";"游侠不是代表人民的利益来反对封建势力,而是为封建统治阶级服务的";"游侠既然属于封建统治阶级,他们就不可能表现人民的优良道德品质"。因此,认为游侠体现了高度的人民性的观点是错误的。⑤

在"革命大批判"潮流中,一些从事古代文学研究的学者及其学术论著与研究方法也受到了严厉的批判。如有人批判周谷城在《评王子野的艺术论评》一文中所提出"先受感染,然后分析"的研究方法是极端错误的。因为"同一部古典作品,在不同的时代,对不同阶级的人所引起的艺术感染作用是不同的,就是同一个人,由于思想感情的转变,艺术

---

① 王俊年:《〈老残游记〉是一部什么样的作品》,《光明日报》1965 年 2 月 28 日。
② 薛强:《贯穿着阶级斗争思想的反面教材》,《光明日报》1964 年 8 月 2 日。
③ 龙傅仕:《试论汤显祖的戏剧创作》,《光明日报》1965 年 3 月 21 日。
④ 吴枝培:《关于李渔戏曲理论的两个问题》,《光明日报》1965 年 1 月 31 日。
⑤ 冉昭德:《关于〈史记·游侠列传〉人物的评价问题》,《光明日报》1964 年 6 月 3 日。

爱好和感染性就不同。如果无原则的'先受感染',那又怎么去区别精华和糟粕呢?""周谷城所强调对古典作品'先受感染,然后分析'的说法,不是一般的方法问题,究其实质则是用资产阶级的观点方法来对待文学遗产,否认马克思主义的批判地继承文学遗产的革命原则,否认阶级观点和阶级分析的方法。这种论调是十足的资产阶级反动文艺观的反映,其危害性是十分明显的。"因此,"必须对周谷城的这种资产阶级的反动谬论进行彻底的批判!"①

在这种批判当头的风气下,纠"左"思想所产生的古代文学研究复苏的重要成果——游国恩、王起等主编的《中国文学史》也受到了批判。如有人批判该文学史"在评价古代作家作品方面主要的不足之处,是阶级和阶级斗争的观点有时显得模糊,不能充分发扬马克思主义的革命精神和批判精神。一方面过分地偏爱古人,以致在个别章节中精华糟粕不分,甚至替古人涂脂抹粉,而较少进行严肃认真的批判。另一方面为今人考虑得不够,很少指出古代作品中哪些因素是适合今天需要的,哪些因素已不适合今天的需要了,以引导今人更好地接受古人的经验教训,既不做糟粕的俘虏,也不拜倒在精华面前,而是和一切封建的资产阶级的思想划清界限"。② 有人则批判该文学史在作家评价方面:"错误地评价了古代作家的出身成份";"过高地阐释了古代作家的创作思想";"无批判地颂扬古代作家的作品"。③ 还有人批判该文学史"在运用马克思主义的批判精神上,还不够坚决、准确、深刻",因此"希望《文学史》编著及古典文学研究者,能够进一步拿出'革命的标新立异的勇气'来,密切地联系现实斗争,高举起马克思主义的批判旗帜,只有这样,才能更好地为社会主义的革命斗争服务"。④

---

① 一水:《这是研究古典作品的危险道路》,《光明日报》1965年1月10日。
② 李捷:《如何正确地评价古代作家和作品——游国恩等同志主编的〈中国文学史〉谈后质疑》,《光明日报》1964年10月25日。
③ 郭预衡:《论唐代几个作家的评价问题——读游国恩等同志主编的〈中国文学史〉中〈隋唐五代文学〉一编》,《光明日报》1965年2月21日。
④ 傅继馥、吴幼源、刘秉铮、王祖献:《文学史应该深刻地揭示问题的本质——游国恩等编〈中国文学史〉元、明、清、近代部分读后感》,《光明日报》1964年12月6日。

综上所述，自 1963 年以来，古代文学研究盛行的是"革命大批判"之风，"阶级斗争论"则是"革命大批判"的理论工具。由此延续于十年"文革"中，更与泛政治化的学术批判相结合，形成一统天下的"学术—政治"批判方式，严重地破坏和扼杀了正常的古代文学研究。

第六节 "文革"时期的"另类"学者与研究

"文革"十年期间，由于极"左"思想的严重干预和影响，马克思主义的阶级斗争理论最终被简单化、庸俗化和异化为"阶级斗争为纲"的唯阶级斗争论，阶级斗争被严重绝对化和扩大化，于是居于主流地位的古代文学社会学研究逐步异化为泛政治化的学术批判，沦落为政治斗争的工具和手段，至十年"文革"时期更是走向极致，正常的学术研究活动已基本终止，几乎没有任何学术文章和论著发表。然而值得重点关注的是，除了"学术—政治"泛政治化批判的主流之外，还有一些"另类"学者的避世之作。这些"另类"学者往往于泛政治化学术批判的主流之外，以科学研究的学术态度和独立自由的人文精神坚守古代文学的学术研究。他们的学术成就不仅是同时期的泛政治化学术批判所无法比拟的，而且在古代文学研究史上也占有十分突出的学术地位。他们孜孜矻矻的学术追求，不仅承传了传统学脉和学术精神，也潜在地对"文革"泛政治化学术批判进行了批判和修正，同时对于"文革"结束后古代文学研究的拨乱反正具有重要的学术导向意义。

一 避世而作的学者典范

置身于"学术—政治"批判运动而致力于学术研究的"另类"学者，大致有两种类型，一是因受到政治运动冲击而转向学术研究，二是因淡漠政治运动而投身于学术研究。而且在"文革"之前，由于历次政治运动的影响，这两类学者群体已具一定的数量和规模。对于他们的学术精神与贡献，我们不能不表示由衷的敬意。比如章培恒受批判胡风运动的牵连后，即转而致力于学术研究，于 1957—1962 年完成了《洪昇年谱》。作者力图通过个人年谱"反映出清初政治局势的严酷与动荡,以及东南士大夫的节义风概,从中能概见整个时代的历史风貌与文化氛围"①。此书于1979年由上海古籍出版社出版后在学界产生重要影响,对改革开放后古代文学研究的拨乱反正也起到了一定促进作用。到了"文革"期间,鉴于"学术—政治"批判运动对于学术的重创和扭曲,便有更多的学者主动"避世"于主流的泛政治化批判运动之外,以一种迥异于时代的人生态度,默默地从事着学术研究,并且取得了突出的学术成就。其中,以钱钟书、钱仲联、傅璇琮、袁行霈等学者为典型代表。

钱钟书在新中国成立前就享有盛誉,先后出版过《谈艺录》《写在人生边上》《人·兽·鬼》《围城》等学术著作和文艺作品。1949年后,他先在清华大学外文系工作,后入文学研究所。50年代完成了《宋诗选注》工作,选宋代诗人81位,宋诗297首。"文革"发生后,钱钟书也同样受到了冲击,1969年11月与妻子杨绛一起被派到河南"五七干校"。1972年3月回到北京,开始《管锥编》写作,至1977年初稿基本完成。《管锥编》② 初版由中华书局于1979年8月出版,共四册;1982年9月,中华书局又出版《管锥编增订》一册;1986年6月,中华书局出版该书第2版;1994年12月第4次印刷该版时,将《管锥编增订》《管锥编增订之二》《管锥编增订之三》合为第五册。这样,五册本《管锥编》是最后的定本。《管锥编》是用文言写成的读书札记,对10部古籍进行笺注,形成文字篇幅共781则。《周易正义》27则,《毛诗正义》60则,《左传正义》67则,《史记会注考证》58则,《老子王弼注》19则,《焦氏易林》31则,《楚辞洪兴祖补注》18则,《太平广记》215则,《全上古三代秦汉三国六朝文》277则。③《管锥编》征引的资料涉及古今中外,从

---

① 陈建华:《章培恒教授与中国古典文学研究》,《复旦学报》1987年第3期。
② 《管锥编》英文名:*Limited views*:*Essays on Ideas and Letters*(有限的观察:关于观念与文学的随笔)。
③ 李洪岩:《贯通中西的文学观念史:钱钟书的〈管锥编〉》,马宝珠主编《20世纪中国史学名著提要》,北京师范大学出版社2007年版。

先秦到近代两三千年,征引的中国作家达 3000 人左右,典籍六七千种;征引到英、法、德、西、拉丁语的作者达千人,著作近两千种。[1] 可以说,《管锥编》是钱钟书最重要的学术著作,也是近代以来我国重要的学术经典之一。

钱仲联于 1949 年前著有《人境庐诗草笺注》(1936),新中国成立后又著有《韩昌黎诗系年集释》(1957)、《鲍参军集补注》(1957)、《剑南诗稿校注》(1965)等。"文革"十年,钱仲联仍然孜孜以求于学术研究,勤于著述,完成了《李贺年谱会笺》和《后村词笺注》两部著作。《李贺年谱会笺》在朱自清《李贺年谱》的基础上,广泛吸收古今学者的研究成果,略依张采田《玉溪生年谱会笺》之法,对李贺的世系、家居、歌诗旨意和《李贺歌诗集》的版本源流进行了翔实的考证,对历来李贺研究中的失误、异说多有辨正。《后村词笺注》采用朱孝臧编《彊村丛书》五卷本《后村长短句》为底本,全录朱孝臧所作校记,并参用汲古阁《宋六十家词》本《后村别调》、《四部丛刊》影印无锡孙氏小绿天藏赐砚堂旧抄本《后村先生大全集》,以及陶氏涉园《影宋金元明本词》本《后村居士诗余》作校,增加校记,全书收词共计 134 首,"具有增补空白的意义"。[2] 其中,《李贺年谱会笺》一书与《吴梅村诗补笺》合在一起取名《梦苕庵专著二种》于 1984 年由中国社会科学出版社出版,《后村词笺注》于 1980 年由上海古籍出版社出版。

傅璇琮,笔名湛之,1951 年考入清华大学中文系,后因院系调整,转入北京大学中文系,1955 年毕业留校任教。因遭政治运动的错误批判,1958 年调至中华书局。曾任陈友琴《中国古代文学研究资料汇编·白居易卷》和孔凡礼、齐治平《中国古代文学研究资料汇编·陆游卷》责任编辑,同时自己著述了《中国古代文学研究资料汇编·杨万里范成大卷》,于 1964 年出版。同年还著成了《中国古代文学研究资料汇编·黄庭坚与江西诗派卷》,于 1978 年出版。"文革"开始后,傅璇琮被派放到

---

[1] 敏泽:《论钱学的基本精神和历史贡献》,李明生等编《文化昆仑:钱钟书其人其文》,人民文学出版社 1999 年版。

[2] 涂小马:《钱仲联先生学术研究述略》,《古籍整理研究学刊》2000 年第 5 期。

湖北咸宁"五七干校"劳动改造，直到1974年才回到北京参加二十四史的出版工作，并开始从事《唐代诗人丛考》研究，到1978年底完成了这部著作。《唐代诗人丛考》主要是对初中唐一些诗人，特别是过去一些不为人所注意的诗人的生平事迹及著述进行了别具一格的详细考辨，共收文二十七篇，考辨所涉及的诗人有杨炯、杜审言、王翰、王湾、王之涣、崔颢、常建、李颀、王昌龄、高适、贾至、张渭、张继、李嘉祐、刘长卿、韦应物、刘方平、戎昱、戴叔伦、顾况、皇甫冉、皇甫曾、钱起、韩翃、卢纶、耿湋、司空曙、李端等二十八人。其中，有许多诗人的生平事迹都是第一次得到详细的考辨。

袁行霈在"文革"期间下放到"五七干校"，后于1973年回到北京，参与了北京大学集体编纂的《中国小说史》中文言小说部分编写工作，并开始研究《山海经》，撰写了《〈山海经〉初探》等文章，该文于1979年在《中华文史论丛》第3辑上发表。

二 避世而作的学术特点

避世而作的学术研究完全迥异于泛政治化学术批判，不仅抛弃了"学术—政治"批判模式，而且以包容的态度对待中国传统的治学精神和治学方法以及西方外来的学术理论，充分吸纳、借鉴和融通古今中外优秀的学术观念和研究方法。这些学者十分注重以文献考辨探寻文学精神本原、以个案研究展现作家群体或时代整体的精神风貌、以西方外来理论运用拓展学术视野，有着鲜明的学术个性特点。

第一，避世而作的学者们都十分自觉地疏离于狂热的泛政治化学术批判运动，以冷静的态度和独立的精神从事着古代文学研究。无论是钱钟书的《管锥篇》、钱仲联的《李贺年谱会笺》和《后村词笺注》，还是傅璇琮的《唐代诗人丛考》，这些研究著作较少沾有阶级斗争和政治批判等扭曲的时代特征。袁行霈在自述其研究《山海经》时就说："选了一部和政治根本不沾边的《山海经》来浏览。浏览中发现了问题，于是进一步研究，便写了《山海经初探》。"[①] 这种自述很有典型性和概括性，表明"文

---

① 袁行霈：《当代学者自选文库·袁行霈卷·自序》，安徽教育出版社1999年版。

革"期间这些"另类"学者群体都是自我"弃用"于泛政治化学术批判运动主流之外,以客观冷静的态度和实事求是的科学精神从事学术研究,以求得学术主体的人格独立和学术研究的人文品味。也正因为如此,当政治狂风刮过之后,这些学术成果就显示出其超然卓绝的智慧和成就,成为"文革"期间十分珍贵的古代文学研究成果,并且在古代文学研究史上占有十分突出的地位。

第二,避世而作的学术研究继承和发扬了我国传统的治学精神和治学方法。考据学研究方法是中国学术研究的传统方法,自汉代经学到清代朴学无不是如此。"五四"新文化运动之后,胡适运用西方实证主义哲学改造了考据学方法,从而使之成为风靡一时的具有"科学性"的学术方法,其影响力直至新中国成立后很长一段时间。由于新中国成立后对胡适的资产阶级意识形态进行了严厉批判和打倒,考据学方法也一同被视为资产阶级学术方法而被打倒。"文革"期间避世而作的学术研究正是在阶级斗争意识形态高涨的特殊环境中运用这种曾经和正在被批判的学术方法来进行学术研究。不仅学术眼光敏锐,而且学术勇气可嘉。如钱钟书《管锥编》的考据学特色就十分突出,是一部古籍笺注形式的著作。正如研究者所指出:"钱钟书自己的《管锥编》虽然不是某一著作的集释,但是同样聚集了许多'笺注家、批点家、评论家、考订家',只会有过之而无不及。"[1]"《管锥编》真正做到了'博征其材',每一类材料尽量一网打尽,以至不惜过后进行'补'、'订'";"其例最近解谊、义疏、故、训、传、说、记、注、解等等散布其中"[2]。钱仲联的《李贺年谱会笺》和《后村词笺注》从书名上就可以一目了然地看出来是以传统的笺注方法来进行研究的学术论著。傅璇琮在《唐代诗人丛考》"前言"中也指出该著作"主要是考证诗人的事迹,间也论述其创作……对于作家的事迹,凡能接触的,择其可资参考者尽可能加以引用","偏重于资料的辑集和考证"[3]。因此

---

[1] 何明星:《主体的多边对话与诠释循环——〈管锥编〉诠释方法研究之一》,《甘肃社会科学》2004年第4期。

[2] 李洪岩、范旭仑编:《为钱钟书声辩》,百花文艺出版社2000年版,第19页。

[3] 傅璇琮:《唐代诗人丛考》"前言",中华书局1980年版。

其研究方法"最大特点也就是实证研究"。① 这些学术特点体现了"文革"期间避世而作的学术研究对于传统考据学方法的继承，对于实事求是的学术精神的发扬。正是这种扎实的文献考据和求是的学术精神，使得这些著作能够历经时代的考验而愈显其学术价值。

第三，避世而作的学术研究对西方外来理论也进行了有益的借鉴与运用。傅璇琮直言他的《唐代诗人丛考》受了西方文艺理论家丹纳《艺术哲学》的影响："从丹纳的书我得到很大启发，我觉得研究文学应当从文学艺术的整体出发，这所谓整体，包括文学作为独立的实体的存在，还应包括不同流派、不同地区互相排斥而又互相渗透的作家群，以及作家所受社会生活和时代思潮的影响。"② 他在《唐代诗人丛考》"前言"中说："我们的一些文学史著作，包括某些断代文学史，史的叙述是很不够的，而是象一个个作家评传、作品介绍的汇编。为什么我们不能以某一发展阶段为单元，叙述这一时期的经济和政治，这一时期的群众生活和风俗特色呢？为什么我们不能这样来叙述，有哪些作家离开了人世，或离开了文坛，而又有哪些年轻的作家兴起；在哪几年中，这一作家在做什么，那一作家又在做什么，他们有哪些交往，这些交往对当时及后来的文学具有哪些影响；在哪一年或哪几年中，创作的收获特别丰硕，而在另一些年中，文学创作又是那样的枯槁和停滞，这些又都是因为什么？"③ 这正是丹纳文艺思想对中国文学研究检讨的实践。钱钟书《管锥编》更是直接采用西方的文献和理论来进行比较研究。据研究者统计，《管锥编》所涉及的文字除了古典中文外，西文有英文、拉丁文、意大利文、法文、德文、西班牙文等六种；④"征引西文作家近千人，西文典籍一千几百种"⑤；"不计正文中一些字词的外文注解和增订内容中的外文引文，《管锥编》的外

---

① 胡可先：《求实与创新——傅璇琮先生的学术精神》，《新文学》第1期，大象出版社2003年版。

② 傅璇琮：《〈唐代诗人丛考〉余论》，原载《书品》1986年第4期，《唐诗论学丛稿》，京华出版社1999年版，第80页。

③ 傅璇琮：《唐代诗人丛考》"前言"，中华书局1980年版。

④ 李洪岩：《智者的心路历程——钱钟书生平与学术》，河北教育出版社1995年版，第397页。

⑤ 蔡田明：《〈管锥编〉述说》，中国友谊出版公司1991年版，第14页。

文引文和注释共有 1498 条"①。"文革"时期大胆借鉴和运用西方外来理论和方法，不仅摒弃了固步自封的陋习，拓展了学术视野，深化了学术研究，而且充分展示了学者们的学术魂力。

第四，避世而作的学术研究善于古今中西文献的打通，善于个案与整体的贯通，形成有机的学术整体研究。钱钟书说："东海西海，心理攸同；南学北学，道术未裂。"② 又说："人文学科的各个对象彼此系连，交互映发，不但跨越国界，衔接时代，而且贯穿着不同的学科。"③ 所以钱钟书强调"打通"不同学科不同文化之间的疆域，他在谈及《管锥编》的研究方法时指出："弟之方法并非'比较文学'，in the usual sense of the term（以此词通常意义说）而是求'打通'，以中国文学与外国文学打通，以中国诗文词曲与小说打通，以求打通拈出新意。"④ "全书所运用的基本方法是'打通'，即在古今中西的文献间建立联系。'打通'的基础，在于不同文献间具有内在统一性。书中将这些具有内在统一性的文献进行现象学的处理，即在相互映现中表现共同性，使共同性显现出来，从而达到创造性阐释的效果。在中西文献的对比中，全书融通历史与现实，模糊学科门类间的界限，用现实的眼光，作阐释性的对话，'使小说、诗歌、戏剧与哲学、历史、社会学等为一家'。"⑤ 傅璇琮《唐代诗人丛考》则是个案研究与整体考察贯通的典范。罗宗强认为《唐代诗人丛考》主要功绩"不仅在诗人事迹的清理上，而且在于它通过诗人事迹的清现所展示出来的诗人诗坛风貌。考其生活之播迁，而往往察其诗风；考其交游而往往触及诗人群落。它从具体的事实出发，提出了许多超出以往研究模式之外的全新问题。……它越出了个案考辨的范围，从个案考辨通向

---

① 何明星：《主体的多边对话与诠释循环——〈管锥编〉诠释方法研究之一》，《甘肃社会科学》2004 年第 4 期。
② 钱钟书：《谈艺录序》，《谈艺录》，中华书局 1984 年版。
③ 钱钟书：《七缀集·诗可以怨》，上海古籍出版社 1994 年版，第 133 页。
④ 郑朝宗：《〈管锥编〉作者的自白》，《人民日报》1987 年 3 月 16 日。
⑤ 李洪岩：《贯通中西的文学观念史：钱钟书的〈管锥编〉》，马宝珠主编《20 世纪中国史学名著提要》，北京师范大学出版社 2007 年版。

了整体研究。"①

三 避世而作的学术意义

避世而作的学术研究体现了"另类"学者在全民狂热的阶级斗争政治风暴中对于学术主体的人格独立和学术自由的追求和践行，体现了"另类"学者在泛政治化学术批判运动中对于学术研究异化为政治斗争工具的拒绝和纠偏，体现了"另类"学者在学术研究的时代荒漠中对于古代文学研究的坚守和传承，具有十分独特的学术意义。

一是具有彰显研究者主体精神的典范意义。泛政治化学术批判中研究者是没有独立性和自由性的，一切学术批判和阐释唯政治旨意是瞻，根本不允许有研究者的主体声音。避世而作的研究者则于政治风暴之外另寻学术避风港，坚守着学术主体的人格独立和学术自由，不但抛弃了"学术—政治"批判模式，而且在遵循实事求是精神的前提下，把人生感悟、生命体验和情感抒发贯注于学术研究当中，使学术研究有着鲜明的主体精神和独特个性。何明星指出，钱钟书《管锥编》"将诠释人生、探究人心人情人性当作中心原则，它对古代典籍的诠释实际就是对人生的诠释，是通过诠释古代典籍中有关人生内容的方方面面来解读人生之谜"。因此，《管锥编》典籍诠释是"以'我'为主，有感而发，有话则长，无话则短，是在还原历史客观真实的基础上作出属于钱钟书自己的、富有新意的诠释"②。李洪岩也认为："钱钟书以古书为引子，梭穿轮转，慎择精研，最终目的并不是古籍之疏解，而在全部人类本性与观念的探究、抉发"，"钱钟书的最终目的是探讨人，'钱学'是'人学'"。③ 又如吴怀东指出傅璇琮《唐代诗人丛考》等学术研究"在学术理性之外还具有一种特殊的诗意、诗情、诗学精神，概括而言，主要表现在三个层面：文字表达上的斐然文采，潜在却强烈的情感倾注，对诗人文化环境、生存状态及其

---

① 罗宗强：《唐诗论学丛稿序》，傅璇琮《唐诗论学丛稿》，京华出版社1999年版。
② 何明星：《〈管锥编〉诠释方法研究》，华中师范大学出版社2006年版，第124、138页。
③ 李洪岩：《智者的心路历程——钱钟书生平与学术》，河北教育出版社1995年版，第396、424页。

'诗心'、'诗意'的追索、阐发"①。人生诠释、人情探究，以及诗意、诗情和诗学精神的分析，都体现了"另类"学者对于学术研究的主体性和价值性的追求和张显，这与泛政治化学术批判中千人一面、千篇一律的教条化和庸俗化阐释有着天壤之别。

二是具有抗拒和否定泛政治化学术批判的时代意义。泛政治化学术批判强调政治的主导性与功利性，学术研究附庸于政治斗争，并异化为阶级斗争的工具和手段。避世而作的学术研究不但摆脱了学术批判沦为政治斗争的附庸和工具，而且顾及学术研究中文学中心地位。如钱钟书《管锥编》就是一部以古籍笺注的著述形式呈现的以文学为核心的观念史著作。"从'文学中心论'的立场出发，是该书最重要的特点。这一立场，是对学术史中以史学为学术中心的立场的扬弃，也是对近代以来实证主义、科学主义学术立场的修正，因而表现出强烈的人文化、文学化乃至诗化的特征。"② 王水照也指出，钱钟书虽然"不屑于脱离具体文学事实去建构庞大的理论'体系'，但他通过对具体文学事实的'鉴赏和评判'，已经多方面的揭示出实实在在的、牢确不移的艺术规律，理在事中，体大精深，形成了自己独特的美学理论体系"③。傅璇琮《唐代诗人丛考》虽然是一部以诗人生活事迹考辨为主体的文献考辨之作，但也顾及文学的研究，是"将文献研究、文学研究与学术思想的建立有机地融化在学术研究的过程中，故而所提出的思想是建立在扎实文献基础上的思想，而所从事的考据，是在宏观文化视野下的考据"④。他自己也指出："资料的考证往往与作家作品的整个思想发展，与某一时期文艺观念的演变，有着密切不可分

---

① 吴怀东：《学术理性与文学精神的会通——试述傅璇琮先生学术实践的基本特征》，《古籍研究》2001 年第 3 期。

② 李洪岩：《贯通中西的文学观念史：钱钟书的〈管锥编〉》，马宝珠主编《20 世纪中国史学名著提要》，北京师范大学出版社 2007 年版。

③ 王水照：《〈对话〉的余思》，《文化昆仑——钱钟书其人其文》，人民文学出版社 1999 年版，第 105 页。

④ 胡可先：《求实与创新——傅璇琮先生的学术精神》，《新文学》第 1 期，大象出版社 2003 年版。

的交叉联系。"① 学术研究中学术本位和文学中心的重视，对于泛政治化学术批判的学术沦丧具有间接批判和否定的时代意义。

三是具有对新时期古代文学研究转型的先导意义。"文革"结束后，伴随着思想界的拨乱反正，古代文学研究也开始了矫正与转型的艰难历程，而这种矫正与转型的最初表现就是重新恢复和肯定考据学研究方法的学术地位。从这个意义上来说，避世而作的学术研究正可谓新时期古代研究拨乱反正的"先知先觉"者，因为这些学术研究正是十分重视考据学方法的运用。事实上，它们也确实起到了学术转型的先导和示范作用。因为避世而作的学术成果直到新时期之初才出版，对于新时期的古代文学研究具有重要影响。正如郁贤皓所指出的，傅璇琮《唐代诗人丛考》"是新时期第一部深入研究唐代中小作家生平事迹和创作倾向的学术著作。……具有很高的学术价值，对转变当时的学术风气起了示范作用"②。而傅璇琮自己也对这种示范作用的原因进行了分析，他说："新时期的学术是在十年劫难后的荒漠上起步的，在这之前，不少老专家和中年学者被迫停笔，多年积累的资料散失殆尽，研究者学术上的探讨精神遭到长时期的和严重的打击，而新一代的学术工作者还未能得到培养，我们形成整整一代的空白。""由于'左'的思想的影响，在过去一个相当长的时期内，古典文学研究中也存有一种假、大、空的学风，再加上后来'四人帮'所推行的文化专制主义，强使学术研究为他们的篡权阴谋服务，使人们对一些空论产生反感，对某些所谓实学感兴趣。《唐代诗人丛考》是一部考辨性的著作，虽然所用的方法还是旧的，却使人产生某种新鲜感，就因为正是在那一时代出版的缘故。"③ 此外，一些避世而作的学术研究还十分注意吸收西方外来的理论和方法，这又与新时期古代文学研究以西方理论思潮来开拓多元化研究路径具有某种暗合性。这些都显示了避世而作的学术研究对于新时期古代文学研究转型的先导意义。

---

① 陈尚君：《唐代文学丛考》，傅璇琮序，中国社会科学出版社1997年版。
② 郁贤皓：《中国唐代文学当代研究述评》，《唐风馆杂稿》，辽宁大学出版社1999年版。
③ 傅璇琮：《〈唐代诗人丛考〉余论》，原载《书品》1986年第4期，《唐诗论学丛稿》，京华出版社1999年版，第79—80页。

总之，避世而作的学术研究是"文革"十年学术荒漠中的一片绿洲，不仅在同时代的学术研究中显示出难得一见的生机和希望，而且在"文革"结束后的学术矫正和转型过程中也同样显示出其难能可贵的学术先导和示范作用，新时期的古代文学研究正是在这些"另类"学者所取得学术成就的基础上初步实现了矫正与转型，从而走向新的起点，翻开新的篇章，所以在古代文学研究史上具有十分突出的学术地位和意义。

第 三 章

古代文学的社会学研究主潮(下)

在1949—1966年的十七年间,古代文学的社会学研究主潮不仅呈现为不断兴替的学术批判运动,同时展现于依次转换的学术热点的讨论之中。20世纪50年代,主要开展了现实主义、人民性和爱国主义等问题讨论;[①] 1959—1960年开展了"中间作品"问题的讨论;1960—1961年开展了山水诗和"共鸣"问题的讨论;1960—1962年对文学遗产继承问题展开了进一步的讨论。此外,一些重要的作家作品也引起了热烈的讨论,诸如1955年关于李煜词的讨论,1956年关于《琵琶记》的讨论,1958年关于陶渊明的讨论,1959年关于李清照的讨论,1959—1963年关于《红楼梦》的讨论。如果说上文所述一系列的学术批判运动主要是从学术史的"线"上展示了社会学研究主潮的历时性衍变,那么这些学术热点的讨论则主要是从学术史的"面"上展示了社会学研究主潮所关注的焦点问题及其价值导向之所在。两者从"线"和"面"上完整地展示了新中国成立十七年间古代文学的社会学研究主潮的发展历程。

---

① 阶级性、人民性、爱国主义和现实主义等价值导向的问题讨论是新中国成立后在整个人文社会科学领域里展开的,其中以古代文学与现实主义问题讨论最为集中,成果也较为显著。

第一节　现实主义问题的讨论

现实主义问题讨论主要集中在 1956—1959 年，此后 1959—1961 年，由于毛泽东提出革命的现实主义和革命的浪漫主义相结合的创作方法，又展开了新的讨论。①

现实主义作为社会主义文学创作方法，是苏联的文艺理论观念。早在 1952 年，国内冯雪峰就对其作过全面阐释，但未引起学界反响。1956 年 7 月，《学习译丛》杂志译介了苏联雅·艾尔斯布克的论文《现实主义和所谓反现实主义》，文章对苏联流行的"现实主义与反现实主义"说法进行了批评，认为这是哲学和美学理论中斗争的规律被"机械地搬用到艺术中来"，是不可容许的。这种观点引起了刘大杰的共鸣，于是先后发表了《中国古典文学与现实主义问题》（《文艺报》1956 年第 16 期）、《中国古典文学史中现实主义的形成问题》（《文艺报》1956 年第 24 期）、《文学的主流及其他》（《光明日报》1959 年 4 月 19 日）、《关于现实主义问题》（《光明日报》1959 年 6 月 3 日）等文章，主要提出了三方面主要观点：一是认为现实性和现实意义并不等于现实主义，现实文学并不等于现实主义文学。现实主义这种进步的创作方法，是在文学发展过程中，在各种不同的历史条件下，孕育萌芽、成熟而发展提高的，它的发展有自己的历史道路，有各个阶段的现实主义。二是批评了运用"现实主义与反现实主义"这个公式来概括中国三千年的文学史。认为这样做会遇到种种困难，其结果是不能实事求是地说明问题，不能真实地分析文学史的具体内容和不同流派的作品的艺术特点，必然走上简单化和片面化的道路。把文学史像切西瓜一样切开，一半是现实主义作家与作品，一半是反现

---

① 本节内容参考了董国尧、周兴陆等相关著述，参见董国尧《古代文学发展中的现实主义和浪漫主义问题的讨论述略》，载卢兴基主编《建国以来古代文学问题讨论举要》，齐鲁书社 1987 年版；黄霖主编，周兴陆著《20 世纪中国古代文学研究史·总论卷》，东方出版中心 2006 年版，第 222—227 页。

主义作家与作品，就等同于哲学上的唯物主义与唯心主义的斗争。三是确认了中国古典现实主义成熟于杜甫、白居易时代。刘大杰认为，在杜甫、白居易以前，中国还没有成熟的现实主义。在那一阶段，现实主义主要是在民间文学中间萌芽、成长，在作品中只能有现实主义的因素，或是现实主义的基本条件，因此它们都只能称为现实文学，而不能称为现实主义文学。杜甫、白居易时代，中国古典诗歌的现实主义达到了成熟的阶段。阶级斗争的尖锐、工商业的发达、市民阶层的扩大、市民意识的兴起、新哲学思想的兴起则是现实主义成熟的条件。唐以后的小说戏曲则更好地发展了现实主义，特别是元明清的戏曲小说中的优秀作品，使得现实主义得到极大的丰富和提高。刘大杰的文章发表后，引起了广大持不同观点者的批评，从而兴起一股现实主义问题讨论的热潮。

对于刘大杰把中国古典现实主义定位于杜甫、白居易时代，很多人提出了不同意见。姚雪垠认为现实主义成熟与市民阶层的兴起是有着密切关系的，南宋以后资本主义有了萌芽，市民阶层开始兴盛起来。而南宋时期的话本小说是从市民中间产生的，供广大群众欣赏的，并且开始表现市民的生活、思想和道德观念。因此，中国现实主义产生于南宋，即12—13世纪，而不会更早；话本小说则是中国古典现实主义产生的代表。① 廖仲安认为中国现实主义文学是从《诗经》开始的。因为中国的文学批评不能照搬欧洲的概念，以小说人物形象来作为衡量诗歌的标准，在中国抒情诗的创作中，本来就没有提出塑造人物的任务。所以把现实主义文学成熟的年代推迟到一千多年以后的杜甫、白居易时代"是一件很难想象的事"。就作品本身来看，《孔雀东南飞》《悲愤诗》以及汉乐府的一些诗歌，比之杜甫的那些名篇，也并没有什么很大的差异。② 陈翰文认为现实主义文学与原始诗歌是同时产生的。因为文艺是劳动人民创作的，有了文艺的创作，就必然有现实主义的创作方法。比如《弹歌》的创作方法就

---

① 姚雪垠：《现实主义讨论中的一点质疑》，《文艺报》1956年第22期。
② 廖仲安：《也谈中国文学史上的现实主义问题——并与刘大杰先生商榷》，《光明日报》1959年7月5日。

是现实主义。① 盛钟健等人则指出，《弹歌》只是简单地勾勒了原始人的打猎过程，人物形象并不清楚，更无"性格特征"可言，因此并不能找到现实主义文学的特征。即使是《诗经》，也缺乏人物的个性描写，不能"正确地表现出典型环境中的典型性格"，因而也不能说是现实的。现实主义作为一种进步的创作方法是在《孔雀东南飞》中开始形成和基本成熟的。在中国古典文学史上，从《诗经》到汉魏乐府是现实主义因素逐步积累和现实主义逐渐成熟的时期；唐代是现实主义文学完全成熟时期，大量现实主义诗歌和新乐府的兴起则是其标志；唐以后则是现实主义文学继续发展时期。② 胡锡铸从不同文学体裁的发展过程探讨中国古典文学的现实主义形成问题。他认为诗歌的现实主义萌芽于《诗经》时代，形成于建安时代，成熟于杜甫、白居易时代；小说的现实主义萌芽于唐传奇，形成于《三国演义》和《水浒传》，《红楼梦》则是顶峰；戏剧文学的现实主义始于与《董西厢》相近的年代，即南宋末期的杂剧与宋戏，成熟于关汉卿和王实甫时代，《桃花扇》则是最高峰。③

刘大杰曾明确反对以"现实主义与反现实主义"这个公式来概括中国三千年的文学史，许多学者对此作了重点批评。蔡仪《谈现实主义》重申了中国古代文学中贯穿着现实主义与反现实主义的斗争的看法。④ 茅盾则在《文艺报》上发表长文《夜读偶记——关于社会主义现实主义及其他》，对刘大杰的观点作了不点名的批评。茅盾联系中国文学上大量的事实，确认中国文学史存在着现实主义与反现实主义的斗争。他认为，阶级的对立和矛盾是产生现实主义的土壤。被剥削阶级的阶级本能及斗争的性质，要求文学产生现实主义的创作方法；剥削阶级由于统治的地位则要求文学宣扬他们的恩德与神武，把剥削制度描写为永恒的制度，这就形成了各种各样的反现实主义创作方法。因此，"中国文学史上，进行过长期

---

① 陈翰文：《现实主义的产生和发展》，《光明日报》1959 年 11 月 15 日。
② 盛钟健、姚国华、徐佩珺、范民声：《也谈现实主义的产生和发展》，《光明日报》1960 年 2 月 21 日。
③ 胡锡铸：《略论中国文学史中现实主义的形成》，《新建设》1962 年第 5 期。
④ 蔡仪：《谈现实主义》，《文学研究》1957 年第 1、2 期。

而反复的现实主义和反现实主义的斗争"；"反现实主义的文学，曾经屡次以'正宗'的面目出现在各个历史时期"；"在阶级社会内，文学的历史基本上就是现实主义与反现实主义的斗争"。①茅盾的文章发表后，又由百花文艺出版社于1958年出版，发行5.5万册单行本。由于茅盾个人的权威性和单行本发行的宣传力量，他的这一观点对当时的文艺理论和研究界产生了巨大而深远的影响。1958年，北京大学中文系编著《中国文学史》、复旦大学中文系编著《中国文学史》（上、中）都是以现实主义与反现实主义的斗争为主线贯穿全书。

1959年4月至6月中旬，北京一些学者针对北京大学《中国文学史》和北京师范大学《明清文学讲稿》《中国民间文学史》，就中国文学史上现实主义与反现实主义斗争的问题展开了热烈讨论。萧涤非、王汝弼等人基本上肯定了这一论点，更多的学者如何其芳、邓绍基、沈天佑、林庚、吴组湘则对这一论点提出了怀疑。几乎在同一时段，上海的《解放日报》和《文汇报》也展开了对中国文学史上的现实主义与反现实主义斗争的问题的讨论。讨论的结果是持否定意见者占据上风。如储松年《一点质疑》提出："与其说文学史两条道路的斗争是现实主义和反现实主义的斗争，还不如说是革命的进步文学和落后的反动文学的斗争更为全面恰当。"②马启《现实主义文学是主流吗？》一文认为，使用现实主义与反现实主义的斗争来解释中国文学史以至世界文学史是有问题的，而现实主义为中国文学的主流这一说法也还不够确切。③

1959年6月17日，中国作家协会和中国科学院文学研究所召开了文学史问题讨论会，何其芳在会上作了长篇发言《文学史讨论中的几个问题》。何其芳指出，列宁的两种文化理论不能作为现实主义和反现实主义斗争规律的根据。列宁的两种文化理论，只能引申出每个民族都有两种文学，有民主主义的和社会主义的文学，也有封建地主阶级的文学。不能在

---

① 茅盾：《夜读偶记——关于社会主义现实主义及其他》，《文艺报》1958年第1、2、8、9、10期。

② 储松年：《一点质疑》，《解放日报》1959年3月31日。

③ 马启：《现实主义文学是主流吗？》，《解放日报》1959年4月2日。

民主性的文学和现实主义文学之间画等号。从文学和现实的关系来看，真实地反映现实的并不只是现实主义的文学，真实地反映现实并不就是现实主义的同义语。积极的浪漫主义文学也能真实地反映现实。那种主张把积极浪漫主义划入现实主义的做法是错误的。因此现实主义与反现实主义的斗争的主线并不能完整地贯穿于中国文学史。① 这样就正式否定了现实主义与反现实主义斗争的主线论。后来北京大学修订1958年版《中国文学史》、复旦大学编写《中国文学史》（下）都抛弃了现实主义与反现实主义斗争的主线，改用人民的进步的文学与反动的落后的文学之间的对立来组织文学史现象。

现实主义是马克思主义文艺理论的重要范畴，是马克思唯物主义反映论在文艺理论上的体现。1956年有关现实主义问题讨论的兴起与延续，表明新中国成立后学术界业已自觉地运用马克思主义世界观来阐释文学与社会的关系，阐释文学的社会意义，并以此重新审视和解读中国文学史，这对于批判地继承我国古典文学的优秀遗产与建设当代中国文学具有重要意义。但也不可否认，当把原本作为一种文学创作方法的现实主义上升为最高而单一的价值评判尺度来批评古典文学，那就过于简单化、机械化地对待和处理异常丰富的文学问题，就会由此滑向和蜕变为庸俗社会学研究。因为以现实主义为最高而单一的价值评判标准，即意味着现实主义就是"正确的"和"最好的"，而非现实主义则是形式主义和唯心主义。所以这种价值评判标准又成了一种意识形态的价值观，即认为凡符合现实主义创作方法就是社会主义文学，凡不符合此准则则是非社会主义文学，从而脱离了现实主义作为一种创作方法的本来蕴意。

1958年，在政治"大跃进"的浪漫时代背景下，毛泽东提出了革命的现实主义与革命的浪漫主义相结合的创作方法，并且随后在学术界展开了热烈的讨论。中国古典文学中的现实主义与浪漫主义相结合问题的讨论主要集中在1959—1961年。

对于这一问题的讨论主要集中在中国古典文学中是否存在现实主义与浪漫主义相结合的作家作品这一观点上。肯定者认为古典文学中存在现实

---

① 何其芳：《文学史讨论中的几个问题》，《光明日报》1959年7月26日。

主义与浪漫主义相结合的作家作品。周扬指出："革命的现实主义与革命的浪漫主义相结合，这是对全部文学历史经验的科学概括";①"历史上许多伟大作家总是常常在他们的作品中表现出现实主义和浪漫主义这两种精神、两种艺术方法的不同程度的结合"②。郭沫若以屈原为例，证明中国古代文学中存在"两结合"的作家作品。③ 蒋和森则举出了《离骚》《窦娥冤》《三国演义》等作品作为古典文学中比较典型的两结合作品。④ 梁超然认为，远古的神话传说与歌谣是现实主义与浪漫主义创作方法的开端，元代剧作是两结合的初步形成，元末明初及明中叶出现的长篇小说《三国演义》、《水浒》以及《西游记》等巨著则是两结合的巨大发展。⑤ 否定者则认为古典文学还不存在两结合的作品。如茅盾指出："历史上的伟大作家的全部著作中确有基本上是浪漫主义，但也有现实主义；或基本上是现实主义，但也有浪漫主义。这样的情况存在，可是一部作品中'两结合'的情况，是不存在的。"⑥ 胡经之认为，由于古代作家"主观世界和客观世界""理想与现实"不能统一，因此古典文学只能达到现实主义或积极浪漫主义，不能达到两结合。⑦ 张怀瑾从古代作家世界观、古代社会生活与古代文学发展本身等三方面探析了古代文学中不存在"两结合"。⑧

总体上看，肯定论者占了此次讨论的绝大多数，是讨论的主旋律，而否定者只有上述少数几位。但在学理上，否定论者更具理论优势，也更具说服力，而肯定论者则往往只是寻找相关例子从"两结合"创作方法上作肤浅的分析，缺乏理论力量。高唱"两结合"的肯定论者之所以能够

---

① 周扬：《新民歌开拓了诗歌的新道路》，《红旗》1958年创刊号。
② 周扬：《中国文学艺术工作者第三次代表大会文件》，人民文学出版社1960年版。
③ 郭沫若：《浪漫主义和现实主义》，《红旗》1958年第3期。
④ 蒋和森：《关于古典文学现实主义和浪漫主义相结合问题》，《文汇报》1961年11月15日。
⑤ 梁超然：《中国古典文学中浪漫主义几个问题的探讨》，《广西日报》1961年4月20日。
⑥ 茅盾：《五个问题》，《河北文学》1961年第5期。
⑦ 胡经之：《理想与现实在文学中的辩证结合》，《文学评论》1959年第1期。
⑧ 张怀瑾：《中国文学史上关于现实主义和浪漫主义的几个理论问题》，《河北文学》1961年第3期。

占据绝大多数，成为主旋律，归根到底是1958年"大跃进"政治主旋律的主导作用和影响的结果。当"两结合"被主流意识形态视为合乎"时代要求"和"客观事实"，那么留给批评家的任务就只能是从肯定的意义上予以阐释了。

第二节 "中间作品"问题的讨论

"中间作品"问题的讨论发生在1959年4月至1960年末这段时间，主要以《光明日报》副刊"文学遗产"为讨论阵地。讨论的核心内容即是"中间作品"到底存不存在。[①]

早在1956年前后的李煜词的讨论中，毛星就提出："李煜的词没有什么人民性的内容，但也不能说是反人民的。"并且进一步说："在阶级社会里，每个人都自觉或不自觉站在一定的阶级立场上……但是，人除了直接或间接参加阶级斗争，直接或间接对敌或对自己的阶级表示反对或拥护外，还可以有别的生活要参加，还可以有别的意见要发表，还可以有别的感情要抒发。比如纯粹个人之间的情爱及对自然界美的事物的欣赏等等，都不一定与人民的立场或反人民的立场有什么关联。""对自然界某些美的事物的欣赏，只及于个人情爱，不牵涉阶级立场的吟咏等等，就不一定都具有阶级性。"[②] 这就是关于"中间作品"内涵的最初表达。这种观念产生了很大的影响，北京大学五五级编写的《中国文学史》再版修订时，就明确提出"还存在着既不反动又没有人民性的中间作品"，并且贯穿在一些作家作品的评价中。

1959年4月5日，路坎在《光明日报》副刊"文学遗产"发表文章《有没有选〈春眠不觉晓〉这首诗》，批评《新编唐诗三百首》一书没有

[①] 本节内容参考了卢兴基《关于"中间作品"问题和古代作品的社会意义问题的讨论》，卢兴基主编《建国以来古代文学问题讨论举要》，齐鲁书社1987年版。

[②] 毛星：《关于李煜的词》，北京大学文学研究所编《文学研究集刊》第三册，人民文学出版社1957年版，第96页。

选入此诗。他说："中国文学史上，确有这么一些人，他们自己不参加劳动或参加一点儿劳动（当然不是劳动人民），对劳动人民同情不多，也没有干过什么不利于人民的事。他们只是把主要精力用在描写田园和咏歌山水方面，形成了流派。人们把他们这类作品叫做'山水诗'。"路坎文章发表后，有许多商榷性的文章反对路坎的观点，《光明日报》作了综合报道，其主要观点是认为《春晓》这首诗"对今天的读者来说，没有什么可以吸取的有益的东西"，并且指出："政治上没有中间立场，同样在文学作品中也没有中间性的作品。"① 以此为发端，直至1960年年底，在学术界逐步展开了一场关于"中间作品"问题的讨论。讨论的核心内容就是中国古代文学史上到底存不存在所谓的"中间作品"。

肯定者明确确认了"中间作品"的存在。典型代表如何其芳，他在1959年6月中国作家协会和中国科学院文学研究所召开的文学史问题讨论会上指出："在文学史，在同情人民和反对人民之间，在明显的进步和明显的反动之间，还有大量带有中间性的作品。它们并没有表现出反对人民，但其中也找不到同情人民的内容。它们并不反对，但进步意义也不明显。像王维、孟浩然的许多山水诗和田园诗，李贺、李商隐和杜牧的许多诗，李煜、李清照和姜夔的许多词，马致远的有些杂剧，大致就是这样的作品。"② 何其芳明确肯定了"中间作品"的存在及其文学史的价值。

但更多的讨论者对"中间作品"的存在持否定态度。如戴世俊《有没有"中间作品"？》一文认为："所谓'中间作品'，换句话说，就是没有阶级性、倾向性的作品"，这类作品是不存在的，因为"列宁在分析资产阶级的民族文化时，指出每个民族只有两种文化，没有中间文化。文学是文化的一部分，当然也是这样的"。文学的创作方法可以是多种多样的，"而创作出来的作品的阶级倾向性却只有对立的两种：进步与反动"。因此，"既不反动又没有什么人民性的'中间作品'"是不存在的。③ 祁润朝也认为："文艺作品属于上层建筑的范畴，它不仅是社会生活的一种特殊

---

① 参见《关于孟浩然及其〈春晓〉诗的争论》，《光明日报》1959年5月28日。
② 何其芳：《文学艺术的春天》，作家出版社1956年版，第156页。
③ 戴世俊：《有没有"中间作品"？》，《光明日报》1959年12月27日。

反映，而且还通过这种反映反作用于社会生活，也就是说，要给社会生活以影响。这种影响，也许对社会发展、对人民有利，也许有害。对社会发展、对人民有利的作品，就具有进步性。对社会发展、对人民有害的作品，就具有反动性。在阶级社会里，文艺作品都具有阶级性。……阶级性同进步性或反动性是统一的，不可分割的。""所谓'既不进步也不反动'的中间作品是不存在的，存在的只是这种进步性或反动性表现得直接或间接，明显或隐晦，强烈或微弱的作品。任何主张在阶级社会里有所谓'既不是对人民有益，也不是对人民有害'、'既不进步也不反动'的中间作品，都是取消了这些文艺作品为阶级斗争服务的作用，抽掉了它们的阶级性的主要内容，从而在实质上否定了它们的阶级性。因此，所谓中间作品的提法，实质上是一种超阶级的文艺观点，因而是一种不正确的文艺观点。"① 江九也认为划分出"中间作品"是不合理的：一是因为这个提法"根本没有什么意义"，人们在"评价古典文学作品，一般在用上'反动'或'人民性'两个词时，就对它规定了相当严格的意义"；二是"中间作品"的提法"并不意味着否认了这些作品的阶级性，但从逻辑上来说却可以达到否认这些作品的阶级性的结论"。② 此外，诸如庆钟、禾木《谈"中间作品"的几个问题》③、黄衍伯《关于"中间作品"问题》④、北京师大中文系古典文学教研组《试论所谓"中间作品"的阶级性》⑤ 等都反对"中间作品"的存在。

除了上述肯定与否定两种针锋相对的观点外，还有一种折中观点。如蔡仪认为："所谓'中间作品'，实际上是包括两种不同前提条件之下所说的作品。一种是反动与进步之间的、既不反动也不进步的作品，或者说是'既不反动又没有什么人民性'的作品。另一种是所谓没有阶级性的，即既不属于这一阶级也不属于别一阶级的作品。很显然的，这样两种不同

---

① 祁润朝：《"中间作品"存在吗?》，《光明日报》1960年4月3日。
② 江九：《谈划分出"中间作品"的不合理》，《光明日报》1960年4月10日。
③ 庆钟、禾木：《谈"中间作品"的几个问题》，《光明日报》1960年5月15日。
④ 黄衍伯：《关于"中间作品"问题》，《光明日报》1960年11月13日。
⑤ 北京师大中文系古典文学教研组：《试论所谓"中间作品"的阶级性》，《光明日报》1960年7月24日。

前提之下所说的作品，笼统称之为'中间作品'，是把两种不同说法混淆了。"蔡仪进一步分析说："作品的阶级性原是作品所表现的作者的思想感情的阶级性。文艺作品必然要表现作者的思想感情，阶级社会的作者的思想感情既然不能不有阶级性，它的作品也就不能不有阶级性。至于作品的反动或进步，则是作品中所表现的作者思想感情的政治倾向或对人民的态度是于人民有害还是有益。换句话说，所谓进步的或有人民性的作品，它所表现的作者的政治倾向总是对人民有益的，而反动的或反人民的作品的这种倾向，则是对人民有害的。阶级社会的文学作品不一定表现出他的政治倾向是对人民有益还是有害。因此文艺作品虽不能不有阶级性，却不能说一定是反动的，否则就一定是进步的。"即"阶级社会的文学作品，虽不能不有阶级性，但不能说就没有既不进步也不反动的作品"。① 也就是说，从阶级性的前提下分析，因为任何人都是有阶级性的，所以其所著的文学作品也是有阶级性的，因而不存在"中间作品"的问题；从人民性或进步性的前提下分析，不同阶级性的作家都有可能写作"中间作品"，作品表现的内容既不进步也不反动。王健秋一方面反对"中间作品"的提法，因为"绝对的中间状态并不存在"，同时抹杀了文学作品的阶级性；另一方面承认确实有些作品"并不直接与阶级斗争有关，都不一定与人民的立场或反动的立场有关"，如李煜的词，阶级性是很鲜明的。但是，"尽管他抒写的是帝王的生活感情，在他被俘后，虽然作品中还有必须批判的落后的东西，但却到底不是在这里面直接宣扬反动思想，直接损害人民的利益"。因此，他认为所谓"中间作品"，"必须紧扣它的特定的含义"。②

从上述分析可知，之所以会产生是否存在"中间作品"问题的讨论，其原因是两者所采用的视角不一样。肯定者是从人民性或者说是进步性视角出发，认为文学上存在"中间作品"；否定者是从阶级性视角出发，对"中间作品"的存在作了否定。阶级性是依据人们对生产资料关系的不同而划分的，属于政治属性，其内涵较固定，一般分为统治阶级和被统治阶级两个阶层。人民性则是依据对整个国家的社会成员构成而划分的，属于

---

① 蔡仪：《所谓"中间作品"的问题》，《光明日报》1960年1月24日。
② 王健秋：《"中间作品"与阶级》，《光明日报》1960年1月17日。

社会属性，其内涵往往是动态的，不同历史时期的人民的内涵是不一样的，一般是以被统治阶级为主体，但在特定的历史时期内的人民也可能包括统治阶级。因此，两者内涵是有交叉的。以阶级性标准而否定"中间作品"的观点实际上是从政治观念上以阶级性标准代替了人民性标准，抹杀了人民性特殊的社会属性内涵。以阶级性替代人民性正是新中国成立后学术传统的主流观念，所以对"中间作品"存在持否定论者远远要多于持肯定论者。虽然人民性和阶级性的评判标准都是政治评判的价值观，但以阶级性的价值尺度否定"中间作品"存在更多地体现了政治教条主义，是以政治批判直接替代了文艺批评，而以人民性价值尺度肯定"中间作品"存在则更接近文艺批评的内涵，这种观念在潜意识中已经接触到了文学艺术不同于政治上层建筑所特有的一些规律的东西。折中主义主张，表面上是区分了阶级性与人民性的不同，却存在论述上的逻辑抵牾，一方面坚称文学必定表现出阶级性，不存在"中间作品"，另一方面又认为存在既不进步也不反动的"中间作品"。这实质上还是存在以阶级性替代人民性的观念，因而才会有这种论述上的逻辑抵牾出现。但相对于否定论者来说，还是有一定的进步性，因为这种观念在潜意识中也已经接触到了文学艺术有自身的特殊性。

总之，尽管这场"中间作品"问题的讨论还是带有较为浓厚的政治教条色彩，但在政治学批评范式主导的学术批评氛围中，"中间作品"问题提出的本身已经隐约地触及了文艺批评自身的东西。在随后的山水诗和文学"共鸣"问题的讨论中进一步深化了这种文艺自身的批评话语。这对于新中国古代文学的研究具有重要意义，因为这在一定程度上开始触及到了文学自身规律的讨论，只不过这种讨论仍然是在政治话语权支配下所进行的。

第三节　山水诗问题的讨论

山水诗问题的讨论和文学"共鸣"问题的讨论是同时进行的，开始于1960年，至1961年达到高峰。《文学评论》、《光明日报》副刊"文学遗产"等开辟过问题讨论的专栏。为了便于问题的论述，拟将两个问题的讨论分开叙述。

山水诗问题的讨论主要集中在三个方面：山水诗的阶级性问题，山水诗的产生和发展问题，山水诗的评价问题。其中山水诗的阶级性问题是讨论的焦点问题。[1]

一种观点是肯定了山水诗具有阶级性。朱光潜1960年著文《山水诗与自然美》说："所谓'山水'泛指自然界的事物，所以涉及自然美的问题。这是近来学术界所殷切关心和热烈讨论的一个问题。问题的症结在于山水诗乃至于一般自然美是不是反映社会基础的意识形态，有无阶级性。我的回答是肯定的。"其原因是："第一，艺术是一种反映社会基础的意识形态，在阶级社会里有它的阶级性，……山水诗作为诗歌艺术中的一种类型，当然也就不能是例外。其次，诗人在山水诗里反映他所欣赏的自然美，如果承认自然美在他的诗里反映出他的意识形态或阶级性，就必须同时承认在他写诗之前，在他的欣赏意识里就先已或多或少地反映出他的意识形态或阶级性，诗里所反映出的自然美和诗人先在欣赏中所意识到的自然美只能有一程度上的分别，不能有本质的分别。不可能他在欣赏中所意识到的自然美没有意识形态性或阶级性，而在他的作品中就无中生有地突然显出意识形态性或阶级性。总之，人不感觉到自然美则已，一旦感觉到自然美，那自然美就已具有意识形态性或阶级性。"[2]

在此前后，附和山水诗具有阶级性的论者甚多，成了讨论中的主流派。如李正平指出："以自然景物为描写对象和主要内容的山水诗景物画也和艺术家的社会意识、阶级意识相联系，并且，后者渗透入前者，通过前者得到表现。"因为"山水诗人、景物画家描绘的直接对象，虽然是没有意识的自然，但是他们的描绘并不是刻板的、盲目的、照旧式的临摹，而是通过一系列思维活动的"。因此，"整幅画、整首诗不能不反映艺术家的思想感情和世界观，而且画和诗中的任何原材料，也不能游离于这个反映之外。艺术家的思维、语言和颜色在作品中，并不能给自己造成独立

---

[1] 参见《关于文学上的共鸣问题和山水诗问题的讨论》，《文学评论》1961年第6期。
[2] 朱光潜：《山水诗与自然美》，《文学评论》1960年第6期。

王国,同现实隔绝起来,既不表现艺术家自己的意识,也不反映社会的阶级的意识"。山水诗、景物画是通过"人化的自然""寓意、象征和比喻""情绪的程度""画面效果"等手段来表现其阶级性的。① 孙子威也指出:"山水诗不是纯自然景物的拷贝。它是自然景物的主观反映,是景与情的结合,是自然美与诗人的审美观和美学理想的辩证统一。有的作品即使没有直接地透露作者对社会、对人生的感情,而是抒写对自然的喜爱,但是在阶级社会里,这种喜爱也是有阶级性的,不可能是超阶级的。"所以,"科学地说,山水诗只有两种:一是阶级性明显的,一是阶级性不明显的;没有阶级性的山水诗,是要到彻底地消灭了阶级以后才有"。② 此外,文效东《论山水诗的阶级性》③、许怀中《漫谈山水诗、画的阶级性问题》④ 等都是肯定山水诗有阶级性。

另一种观点则是否认山水诗具有阶级性。罗方认为,山水诗是"经过艺术概括和艺术加工的,在一定程度上反映出自然的一部分的美,为大家都可能接受的一部分的美。当一首山水诗只是单纯地描摹自然的一部分或一刹那的景象时,它能够给予我们的也往往就是这样的一部分的美。这种被反映出来的自然的美,只是一部分自然山水的美的集中的体现而已,因而是很难看出它们的阶级性的,并且是很难以阶级性的概念来加以解释的"。因为"当某一处的自然景物出现在诗人眼前的时候,诗人为眼前的自然景物的美的形象所吸引,使他惊奇、赞赏,于是产生一种欲望,想把它们尽可能如实地描绘出来。这样的创作动机就不一定和作者的阶级的利益、他自身的利益、以及他自身的遭遇有什么联系"。同时,"自然景物可以使这个诗人发生惊叹与赞赏,也可以不使他发生惊叹与赞赏,而且即是同一自然景物,不同诗人也可能有完全不同的表现。然而这种对自然山水的不同的爱好与不同的表现,就不一定能系统的整个的体现诗人的美学观点,即使体现了诗人整个美学观点中的一部分观点,如王维的特别喜欢

---

① 李正平:《山水诗景物画的阶级性》,《文学评论》1961年第1期。
② 孙子威:《有没有不带阶级性的山水诗》,《文学评论》1961年第4期。
③ 文效东:《论山水诗的阶级性》,《光明日报》1960年6月12日。
④ 许怀中:《漫谈山水诗、画的阶级性问题》,《厦门大学学报》1961年第2期。

'静观'，可是就其一首诗所写出的'静观'的本身来看，也很难说一定就是封建士大夫阶级的情趣的体现。难道劳动人民就一定随时随地都喜欢喧嚷的环境吗？"①

叶秀山也认为山水诗不具阶级性，其原因则是这些山水诗严格地说是算不上艺术品的。他说："我们固然主张艺术是自然的能动反映，但也不能否认有直观反映的存在，而且应该说，对自然的能动的反映是在直观的反映的基础上进行的。因而我认为这种直观反映的山水诗，严格说来，不能称作艺术，至少只能说是艺术的低级阶段。我认为，只有自然形象和社会思想感情结合起来的作品，才是真正的艺术作品，但这种直观反映的山水诗的存在却是不可抹杀的事实。譬如王维的这样一些诗……都是自然山水的直观的写照，这里边可能也有感受，但作者只写出一些生理上的感受（视觉、听觉、嗅觉等快感），并没有流露什么社会思想感情。像这样的诗，严格说来，算不上艺术作品。"因此，对这些山水诗的欣赏也就是非艺术欣赏。因为"这种欣赏不是艺术欣赏，因而是没有阶级性的"。②

山水诗问题讨论的第二方面内容是关于山水诗的产生和发展问题。朱光潜认为山水诗盛行于晋宋时代主要有两方面的原因。一是由于北方外族侵凌之下，中原汉族长期统一的统治局面开始土崩瓦解，统治政权偏安江左，社会经济动荡不安，社会剧变中的士大夫阶级与现实生活产生了矛盾，于是借着佛老思想，或清谈佛老，或"纵情山水"，这样山水诗便应声而出。二是"与社会动荡密切相关的是中国文化到了晋宋时代开始转向颓废"，文化的颓废导致诗歌轻内容而重形式技巧，讲究声律词藻，山水诗的盛行既可以克服"用语言描写事物静态的困难"，又可以让诗人崇尚的艳丽色泽"从自然景物中大量吸取"。因此，"山水诗作为一种类型在晋宋时代奠定，是有它的社会历史根源与阶级根源的。它反映了当时士大夫阶级对紊乱腐浊的市朝政治生活的逃避，也反映了文艺在颓废时期对形式技巧的追求"。③ 袁行霈认为山水诗的产生既有着政治、阶级的根源，

---

① 罗方：《关于山水诗的阶级性》，《文学评论》1961年第3期。
② 叶秀山：《山水诗的阶级性问题》，《文学评论》1961年第2期。
③ 朱光潜：《山水诗与自然美》，《文学评论》1960年第6期。

也有着文学上的准备。他说:"宋初山水诗的产生是早已被魏晋以来的政治、阶级状况所决定了的。它是在统治阶级内部矛盾异常尖锐的情况下,在隐逸的风气下、隐逸生活的基础上产生的。而失意的贵族和中下层地主阶级则是它产生的阶级背景。此外五言诗的成熟,民歌、游仙诗、招隐诗中对自然景物的描写又为它的出现做了文学上的准备。再加上江南秀丽的山水——这是山水诗的描写对象,缺了它也不成,以及谢灵运个人的作用,于是山水诗就很自然地出现了。"① 曹道衡则认为庄园经济的发展、老庄思想的盛行以及士大夫知识分子向往隐逸之风是山水诗形成与发展的原因。庄园经济的发展使得他们有条件、有能力纵情山水;老庄思想的盛行使得他们能够借着游玩山水讲究养生,并以山水景物表达老庄玄理;向往隐逸之风则直接体现了对山水的纵情与游玩,从而写作大量的山水诗。② 林庚认为山水诗的发达"既不由于魏晋以来士大夫们的雅好园林,也不由于隐士们的逃避现实遁迹岩穴",而是"结合着南朝的经济发展而出现的"。南朝的经济发展和水路交通的发达,为人们认识自然美提供了有利的条件,这首先表现在江南民歌当中。作家又从民歌当中学习了这些,而自己也过着游宦的生活到处奔波,生活中阅历过无数山川景物,作为一个生活的环境,就自然地反映在诗歌里。所以山水诗大量产生了。③ 总之,关于山水诗产生和发展大致是从政治、阶级、经济、思想、文化和文学等几方面来阐述的,争鸣者所持的立场不同,因而侧重的要点也不相同,但共同之处都是结合当时的社会环境来论述的。

山水诗问题讨论的第三方面内容是关于山水诗的评价。在山水诗的评价上,对山水诗艺术方面的评价较为一致,大都肯定了这类作品在描写大自然上所显示的高度成熟的技巧。其分歧主要是对山水诗的思想内容的评价。因评价的视角不同而得出了不同的态度,大致也分为否定与肯定两种态度。朱光潜从阶级性的视角出发否定了山水诗的思想价值:"山水诗是有闲阶级的产品,它还有意无意地炫耀有闲阶级的'清福'。写山水诗的

---

① 袁行霈:《也谈山水诗的产生问题》,《文学评论》1961 年第 4 期。
② 曹道衡:《也谈山水诗的形成与发展》,《文学评论》1961 年第 2 期。
③ 林庚:《山水诗是怎样产生的》,《文学评论》1961 年第 3 期。

总是由城市'遁世'出来的士大夫阶级,而不是本来居山居水的劳动人民。"因此,爱好山水诗的趣味,"打个不大体面的譬喻来说,很类似过去没落阶级的人提着画眉鸟笼逛街"。这些山水诗的思想内容没有什么可取的。① 潘仁山也认为山水诗充满了古代士大夫的"闲情逸爱和宦海浮沉的悲凉之感","与当时社会的劳动人民的思想感情大相径庭"。② 曹道衡也认为魏晋以来的山水诗"在内容上往往偏于闲适,而且常常归结为消极出世的玄理,在风格上则讲究辞藻、对偶,力求刻画工细。这些特点正是体现了大贵族官僚地主阶层的艺术趣味"③。与上述观点相反,罗方则肯定了山水诗的价值。他说:"山水诗作为一种艺术,它所概括和集中的自然的美常常是很能诱发和提高我们的审美能力的。""山水诗不可以也不应当一般地否定,某些感情健康的或单纯地描写山水景物的诗仍然可以在我们的生活中起着良好的影响,可以丰富我们的精神生活,开阔我们对大自然的视野。"④

综上所述,山水诗问题的讨论牵涉的核心内容就是山水诗与阶级性的关系问题。肯定山水诗具有阶级性论者是从诗歌创作的主体出发认为山水诗是诗人对自然景物的能动反映,是人类思维意识的结果,因而具有阶级性;否定论者则是从山水诗所反映的自然景物出发,强调自然景物的客观性,山水诗对这些自然景物只是一种"复制"或曰"直观地反映",因而诗歌虽然经过人类的思维却没有过多的意识性、阶级性。如果只就反映的主观能动性来说,显然肯定论者更具有学理上的优势,因为任何文学作品的创作都是人的主观能动反映的结果。因此,表面上看起来,肯定论者在讨论中更具学理上的说服力,讨论中也是以这种论者占据主流。但事实上,这种学理上的优势并不能说明学理上的正确性,其根本错误就在于混淆了意识与意识形态的区别性。意识形态是一种社会属性,具有阶级性,而意识则是一种生理属性,并不一定具有阶级性。把两者等同起来,或者

---

① 朱光潜:《山水诗与自然美》,《文学评论》1960 年第 6 期。
② 潘仁山:《谢灵运的山水诗是现实主义的作品吗?》,《光明日报》1960 年 3 月 6 日。
③ 曹道衡:《也谈山水诗的形成与发展》,《文学评论》1961 年第 2 期。
④ 罗方:《关于山水诗的阶级性》,《文学评论》1961 年第 3 期。

说以意识形态替代意识的内涵，实际上是抹杀了生理属性与社会属性的区别，否定了人类的共性特征。虽然否定论者在讨论中的学理上处于劣势且只占少数派，但其结论却更为科学，因为这种结论已经间接地指出了人类的一些共性的东西，山水诗就是这些共性的具体体现，是人类对自然美的共同感受的结果。否定论者之所以会在讨论中的学理上处于劣势，其原因也正如肯定论者一样，忽略了人类的共性特征，不从人性的特点出发来论证他们学术观点。而这种忽略却是一种有意为之的态度，因为早在此次讨论之前的1959年就轰轰烈烈地展开了一场以反对资产阶级性人性论的反修正主义文艺思想的斗争，人性论被当作资产阶级的文艺思想而被批判打倒，而这场山水诗与文学"共鸣"问题的讨论也正是为了延续这种批判而展开的。因此讨论从一开始就已经把学理上的根本抽掉了，其讨论结果的倾向也就可想而知了。因为人性之"本"已舍，所以阶级性就成了山水诗特点、产生和价值阐释的唯一的重要理论。这种学术讨论是在政治至上时代中的无奈选择，也是必然的选择。实际上，山水诗与阶级性相涉并不密切。

第四节 文学"共鸣"问题的讨论

文学"共鸣"问题的讨论是和山水诗问题的讨论于1960—1961年同时开展的，《文学评论》、《光明日报》副刊"文学遗产"等都开辟过问题讨论的专栏。

文学"共鸣"问题的讨论主要牵涉到文学"共鸣"的内涵以及不同时代不阶级之间有无共鸣的问题，尤以后者为讨论的重点。如同山水诗问题的讨论一样，其内在焦点也是与阶级性的关系问题。由此形成两种不同的观点：一种观点认为共鸣与一般的精神感应如理解、欣赏和喜爱有所区别，形成共鸣的条件是要具有相同的阶级倾向和思想情感，由此决定了只有同一阶级之间才能产生共鸣，不同时代不同阶级是不可能产生共鸣的；另一种观点则持相反意见，认为不必把共鸣与一般精神感应活动分开，不同时代不同阶级之间是可以产生共鸣的。

前一种观点以柳鸣九为典型代表。他在《批判人性论者的共鸣说》

中首先阐释了"共鸣"的内涵:"共鸣,原来是一个音学上的概念,从音乐的角度来看,共鸣是一个发音体受另一个频率相同的发音体的振动发出音响的现象,而在心理学上,则是人在与自己一致的外来思想情感、人物事件的影响下而产生情状相同、内容一致、倾向一致的心理活动的那种精神现象。在文学艺术中,作家塑造出体现着一定阶级的思想情感的人物或把自己的阶级的思想情感表现在具体的形象(如抒情诗和自传体小说的主人公)中,贯注在他所处理的题材中,具体的人物形象诉之于读者的感性并进而作用于读者的理性,如果读者具有与作者一致的阶级倾向,便会同样地产生内容相同、情状一致的思想感情,作家所表现的或人物所体现的是悲,他便同样感到悲,作家所表现的或人物所体现的是喜,他便同样感到喜。这便是文学艺术的共鸣作用。"① 即共鸣是指两者具有"相同的频率",文学共鸣则是指读者与作者或作品所表现出来的思想情感具有相同的阶级倾向。

柳鸣九认为文艺作品共鸣的产生之所以必须以相同的阶级思想感情作为基础,其原因是:"一方面,人都是在一定的阶级地位上形成他的观点、思想、情感和兴趣的,他的好恶无不都是具体的阶级生活所培养起来的,因而,投其所好的事物便不可能是违反他阶级倾向、触犯其阶级利益的,而引起他恶感的事物便不可能是符合其阶级利益的。另外一方面,文学艺术是一种社会意识形态,它所表现的都是具体的阶级内容,它的形象中体现了作者本人的好恶、本人的思想感情,而这些也都是在一定阶级地位上形成的。因此,作者是通过作品用具体的阶级思想感情来影响读者,而读者也正是通过自己的阶级思想感情来选择地接受作者的影响,当这两者会合一致的时候,便产生共鸣。"② 也就是说,人的思想观念的形成与文学艺术作为意识形态都离不开具体的阶级性,这决定了文艺作品共鸣必须以相同的阶级思想感情作为基础。正由于此种原因,"所以共鸣一般是发生在同时代、同阶级的人们之间的"。"以作品中的人物与读者的关系来说,古典作品中的人物一般是不会引起现代人的共鸣的";"以作家与

---

① 柳鸣九:《批判人性论者的共鸣说》,《文学评论》1960年第5期。
② 同上。

读者的关系来说，过去时代的古典作家由于时代和阶级的限制，不论他在作品中表现了怎样的进步思想和倾向，但要达到今天我们的思想高度是不可能的，因而也不可能引起共鸣"。①

　　对于不同时代不同阶级之间的作品能够得到人们的理解、欣赏和喜爱，这只是一般的精神感应活动，并不是共鸣。"只要一个阶级与另一阶级不是处于敌对状态，一个阶级的某些思想意识不是直接、明显地针对或有损于另一个阶级的利益，那末，这一阶级的人是可能对表现了另一阶级的思想的作品产生理解、欣赏和喜爱的，即使是相距比较遥远的历史对后来时代不同阶级的人的作用也是如此。"如今天我们对屈原的《离骚》、岳飞的《满江红》、文天祥的《正气歌》等作品所表达的爱国情感、坚贞不屈的品质的赞颂就是如此。②

　　针对柳鸣九的观点，有许多学者作了反驳。闵开德指出："平常所说的文学上的共鸣，只不过是说作品引起读者感情上的激动，读者的思想感情跟着作者的思想感情高下起伏，爱作者之所爱，憎作者之所憎，为作品正面主人公的欢乐而感到快慰，为其不幸而引起同情的这种现象。"柳鸣九把人的感情起伏波动与物理学的"频率"等同起来则"有机械简单的缺点"。③ 冯植生则指出："把共鸣与理解、欣赏和喜爱截然地区分开来，而且加以静止地观察是不妥当的。""无论是共鸣、理解、欣赏和喜爱，完全是一个统一的东西，而不可能截然加以分开的。如果没有正确的理解，就不可能产生真正的思想感情上的喜爱和共鸣；理解了的东西，不一定引起我们的喜爱、共鸣，但引起我们思想感情上喜爱和共鸣的，一定是理解了的东西。理解、喜爱、欣赏和共鸣是一个统一的整体，具有不可分割的辩证关系，而这种辩证关系最重要的基础就是正确的立场和观点，在今天来说，就是无产阶级的立场和观点。"④ 马白从心理学角度阐释了共鸣所包括的两大要素："一是思维活动，由于它的参加，就要求在共鸣时

---

① 柳鸣九：《批判人性论者的共鸣说》，《文学评论》1960 年第 5 期。
② 同上。
③ 闵开德：《谈谈文学上的共鸣现象——并与柳鸣九同志商榷》，《文学评论》1961 年第 1 期。
④ 冯植生：《对共鸣问题的几点意见》，《文学评论》1961 年第 1 期。

首先对事物作出伦理的、道德的、审美的评价；其二是具体感受与想象。在共鸣中，对事物所作的伦理的、道德的、审美的评价并不是抽象的，它依靠具体感受和想象来进行。"① 这些争论都是针对柳鸣九关于共鸣内涵中的机械性、阶级性的观点而发的，更强调共鸣是一种心理情感活动，强调共鸣作为一种情感活动与其他心理活动的联系性。

反驳者重点对柳鸣九认为只有同一阶级才能产生共鸣的观点进行了反驳，他们认为共鸣不一定非要以相同的阶级思想感情为基础不可，属于不同阶级的人在一定条件下，在某个方面或某一点上，由于存在某些相同或相似的思想感情，彼此间也可以产生共鸣。

陈燊指出："同时代不同阶级，不同时代不同阶级之间（一般在非对抗性的各阶级间）是可能发生文学上的共鸣的。这是因为，一方面，文学上的共鸣一定要相同的思想意识为基础，它也可能基于相似的思想意识；而且读者和作家所共鸣的，常常只是作品的某个方面，而不是它的全部内容；另一方面，思想意识是由阶级地位决定的，但是它不是静止不变的东西，它是随着社会发展，阶级关系、阶级斗争的变化情势而发生一定程度的变化的。……具体的阶级斗争，在产生某些不同阶级间敌对的思想情绪的同时，还产生了另一些阶级间（主要在非对抗性的）的相似的思想情绪。"而对于那些对抗性的阶级之间也可以发生共鸣现象，只不过这种共鸣现象是发生在特殊的条件下，即特定的阶级斗争情势下，"而这种共鸣不仅只是基于思想感情的交叉，而且只是相对的，暂时的，随着特殊的条件之消失而消失的"。②

文礼平也认为不仅同时代同阶级之间能产生共鸣，不同时代不同阶级之间也能产生共鸣。因为"文学作为上层建筑，但它并不是全部都是属于反动统治阶级的意识形态。有的部分却可以是代表或符合进步阶级的利益，作为他们阶级的意识形态而存在着"。文学之所以能够引起不同时代不同阶级之间的共鸣，"首先就是因为它具有先进的思想内容"。"这些作品中，有一部分直接来自劳动人民或直接地反映了劳动人民的思想和愿

---

① 马白：《共鸣·欣赏·创作——兼与柳鸣九同志商榷》，《学术月刊》1961 年第 8 期。
② 陈燊：《为"共鸣"而争鸣》，《文学评论》1961 年第 4 期。

望。例如《诗经》中'国风'里的一些诗篇、《乐府歌辞》里的一些诗篇和《水浒》等。有一部分则是在人民生活中汲取了创作的源泉,反映了人民的感情和要求。例如屈原、杜甫、白居易的许多诗篇等。还有一部分基本上是属于当时的统治阶级的思想范畴,但因为这个阶级处于它的历史的上升时期,因而有些思想多少能符合广大人民的利益,而且这些作品也常常部分地反映了当时人民的某些思想感情。例如莎士比亚的戏剧,塞万提斯的小说等。以上这些文学作品中的某些先进的思想内容可以与后代人们的思想感情存在着共同相通之处,因而就能引起共鸣。"其次,文学作品是用艺术形象来反映生活、表现思想的,而艺术形象具有很强的感染力,因而能够引起读者的共鸣。① 文争鸣也指出古典文学之所以在今天还能产生共鸣,一方面古典文学具有先进的思想内容,另一方面具有完美的艺术形式,这些可以激起今天读者的思想情感的兴奋。此外人类的美感与审美能力具有继承性,因此今天的读者与古人在审美意识上并非完全隔绝,有一些地方是相通的。② 胡经之也从内容与艺术两方面揭示了古典作品在今天还能产生共鸣的原因:一是优秀的古典作品在内容上揭示了一定的客观真理;二是古典作品本身具有的真、善、美的统一所产生的艺术魅力。③

陆行良则对不同时代不同阶级能够产生共鸣的作品进行了分类:第一种是表现阶级斗争的作品,这类作品与人民的态度完全相一致;第二种是表现社会的发展性和历史的进步性的作品,这类作品虽属剥削阶级的作品范畴,但它所揭示和反对的东西是人民群众所深恶痛绝的;第三种是它所表现的思想感情与无产阶级的思想和利益并无公开的直接危害的作品,这类作品是那些山水诗之类。这些古代作品都有与今天人民思想情感相通的地方,所以能引起人们的共鸣。④

概而言之,反驳者认为不同时代不同阶级之间可以产生共鸣,其原因是文学作为一种特殊的意识形态,所承载的思想意识和审美观念具有一定

---

① 文礼平:《文学的共鸣现象及其发生的原因》,《文学评论》1961年第2期。
② 文争鸣:《古典文学的共鸣问题》,《北京大学学报》1961年第4期。
③ 胡经之:《为何古典作品至今还有艺术魅力》,《北京大学学报》1961年第6期。
④ 陆行良:《关于文学的共鸣问题——并同柳鸣九同志商榷》,《学术月刊》1961年第3期。

继承性，不同时代不同阶级之间可以通过这种稳定的思想意识和审美观念产生共鸣。当然，这种可以承继的思想意识往往与先进的阶级性有一致的地方，或者至少是不与先进的阶级性相冲突。

在这场文学"共鸣"问题的讨论中，柳鸣九把文学共鸣的情感起伏等同于物理学上的频率，强调只有同时代同阶级中才能产生共鸣的观点确实是一种机械主义观点，反驳者正是抓住这一缺陷而作了较为有力的批评。但是反驳者在批评柳鸣九的观点时所遵循的逻辑思路依然是阶级性的观点，认为不同时代不同阶级之所以可以产生共鸣是因为这些作品中所承载的思想意识与今天的人民的思想情感具有相通的地方，其艺术性、审美性是人民群众所喜爱的东西。这样，批评者与被批评者是沿着同一逻辑思路来进行阐释的，只不过柳鸣九强调只有同阶级之间才能产生相同的阶级思想情感，而批评者则认为剥削阶级的作品由于作者思想的进步性也包含先进的阶级思想情感，故可以产生共鸣。基于此，前者把相同的阶级之间的文学接受称为共鸣，不同的阶级之间的文学接受则称为一般的精神感应，人为地划分了两者之间的界限；后者则取消了两者之间的界限，认为共鸣与理解、欣赏和喜爱等一般精神感应应是一个统一体。这实际上牵涉到文学接受问题的讨论。

所谓文学接受是一种以文学文本为对象，以读者为主体，力求把握本文深层意蕴的积极能动的阅读和再创造活动，是读者在特定生活经验和审美经验基础上对文学作品的价值、属性和信息的主动的选择、接纳或抛弃。共鸣则是文学接受的一个高潮阶段，共鸣的发生必然离不开文学的理解、欣赏等接受活动，因此它们是不可分割的。共鸣现象的产生主要有两个原因：一是作品具有深刻丰富的思想感情和强烈的艺术感染力；二是读者的期待视野中必须含有与作品相同或相似的思想见解与情感体验。在这两者所蕴含的思想情感当中，既有阶级性的东西，也有非阶级性的东西，而且后者往往多于前者。因此，这场讨论的双方都舍弃了非阶级性的人性问题作为讨论的理论，这种舍弃一如山水诗问题的讨论，也是一种刻意避开。因为这种刻意避开，就使得这场本应是文学内部问题的讨论成了政治观点的讨论，因而也就不能真正探寻到文学共鸣的内在本质。这也是时代的局限性所难免的结果。

第五节　文学遗产问题的讨论

新中国成立后，文学遗产问题的讨论主要经历过三次：一是 1958 年"厚今薄古"方针的提出；二是 1960 年第三次全国文代会关于文学遗产继承理论的重提；三是 1962—1964 年关于文学遗产继承的具体问题的讨论。其中，最后一次讨论是主要的。

1958 年 3 月 10 日，国务院科学院规划委员会召开第五次会议，时任中央宣传部副部长的陈伯达应郭沫若邀请，在会上作了《厚今薄古，边干边学》的报告。报告对新中国成立八年来的哲学社会科学工作做了基本评价，批评了"言必称三代"的复古学风，提出了"厚今薄古"的学术方针。由此展开了哲学社会科学研究中"厚今薄古"问题的讨论。在开展"厚今薄古"的讨论时，对"厚古薄今"的倾向也进行了批判。由于哲学、历史学和文学都牵涉到古代，这些学科对古与今的关系作了广泛的讨论。就文学领域来说，"厚古薄今"的批判主要是针对高校古代文学教学展开的，认为高校古代文学的教学内容充满了资产阶级学术思想；教学课时比例过大，远远超过了当代文学的课时量；教学的教师有着浓厚的封建文人思想。对"厚古薄今"的批判就是对资产阶级学术思想的批判，批判"厚古薄今"是为了更好地贯彻"厚今薄古"的无产阶级学术方针。[1] 因此，是"厚今薄古"还是"厚古薄今"所体现的是一场无产阶级思想与资产阶级思想的斗争。在文学遗产继承问题上强调"厚今薄古"，其原因是古代文学研究和教学中"为考据而考据""为发扬而发扬"的倾向严重阻碍了社会主义的文学艺术发展，阻碍了文学艺术同当前的社会实际、思想斗争的紧密结合，只有打破"厚古薄今"思想，推行"厚今薄古"的方针，才能发展当今的社会主义文学艺术。[2]

---

[1] 关于"厚古薄今"的批判，详见第二章第四节相关论述。

[2] 邱文超：《在文艺战线上"厚今薄古"的问题》，欧阳惠林等《学术研究必须"厚今薄古"》，江苏人民出版社 1958 年版。

"厚今薄古"口号是基于严重的形而上学思想提出的，这主要体现在它是从比例的量化上来看待古今文学关系，把古与今截然地对立起来。作为文学遗产的古代文学本身就是"古"，而要在这个"古"的领域里进行"薄古"就势必不能对古典文学做出正确的判断和评价，势必轻视和否定古典文学的成就。同时，"厚今薄古"的方针还带有政治教条主义色彩。"厚古薄今"与"厚今薄古"本是两条不同的学术研究路线，却被冠之以无产阶级思想与资产阶级思想的斗争体现。因此，"厚今薄古"方针的提出是"左倾"政治观念在学术研究中的体现，并没有正确地探讨文学遗产的继承问题，也十分不利于文学遗产的继承。这种现象之所以会在1958年出现，一方面是由于1957年反右倾斗争在学术研究中的后续影响所致，把学术领域的阶级斗争一步扩大化；另一方面是1958年"大跃进"运动从经济领域向思想文化领域推进的结果。1958年2月2日，《人民日报》发表社论说："我们国家面临一个全国范围大跃进的新形势，工业建设和工业生产要大跃进，农业生产要大跃进，文教卫生事业也要大跃进。"而这种"厚今薄古"论的提出正符合"大跃进"时期的政治氛围和社会氛围。

1960年7月22日至8月13日，中国文学艺术工作者第三次全国代表大会在北京召开。大会针对"厚今薄古"方针导致的文学遗产继承问题的"左倾"观念，重新提出了文学遗产继承的一些理论问题。周扬说："对于遗产是采取马克思主义的批判态度，从全面的历史的观点来加以估价呢，还是片面地一概肯定或者一概否定呢？是取其精华，去其糟粕呢，还是取其糟粕，去其精华呢？是推陈出新呢，还是抱残守缺呢？这就是主要的争论之点。""继承遗产必须经过研究和批判，要批判就必须研究，而批判又正是为了更好地继承。批判的过程就是一个学习马克思主义、学习遗产的过程。""只有经过这种反复的过程才能对于批判继承遗产做到恰如其分。"[①] 何其芳说："我们对于过去一切有价值的文学遗产并不是抛弃而是继承；但这种继承并不是无批判地兼收并蓄，而是批判地吸收；而且这种批判地吸收并不是仅仅为了保存过去的传统中的优点，而且更重要

[①] 周扬：《我国社会主义文学艺术的道路》，人民文学出版社1960年版。

的是为了今天的艺术上的创造和革新。这就是我们对待文学遗产的基本态度。"① 陆定一则在大会的祝词中把文学遗产继承的政策概括为："批判地继承和吸收，取其精华，去其糟粕，推陈出新。"实际上，第三次文代会所提出关于文学遗产继承问题的理论基本上是对毛泽东1938年《中国共产党在民族战争中的地位》、1940年《新民主主义论》、1942年《在延安文艺座谈会上的讲话》中关于继承和借鉴优秀文学遗产论断的概括和重提。但是这种概括和重提有着重要的现实意义，对1958年"厚今薄古"的"左倾"偏向的纠正有着积极的作用，有助于正确地对待文学遗产的继承问题。

1962—1964年文学遗产继承问题的讨论正是在第三次文代会上关于文学遗产继承的理论与政策基础上所进行的深入讨论。这次讨论主要包括三方面问题：②

第一，对"民主性的精华"与"封建性的糟粕"的理解与区分。毛泽东在《新民主主义论》中说："中国的长期封建社会中，创造了灿烂的古代文化。清理古代文化的发展过程，剔除其封建性的糟粕，吸收其民主性的精华，是发展民族新文化提高民族自信心的必要条件。"③ 那么，什么是民主性精华，什么是封建性糟粕？胡念贻认为所谓民主性的精华，不光是要从文学内容上来考察，"还应该包括艺术性方面有价值的东西。《新民主主义论》里所说的'民主性精华'和'封建性的糟粕'是对古代文化的一个总的区分，'民主性'和'封建性'是属于政治范畴的概念。对于古代文学作品，我们还可以从艺术的角度去衡量。如果一部作品，它不是很反动，也说不上具有民主性，但在艺术方面有成就，我们还是要适当肯定它。因为一切有益的东西，我们都应该批判地吸收"。如汉代以描写"京殿苑猎"为内容的赋诚然歌颂了汉代的统治者，也缺乏真情实感，形式上也有一些平板之处，但它们在文学史上上承《楚辞》，下

---

① 何其芳：《正确对待文学遗产，创造新时代的文学》，《文学评论》1960年第4期。
② 关于这三个问题的归纳源于邓绍基《关于文学遗产的继承问题的讨论和思想认识》，卢兴基主编《建国以来古代文学问题讨论举要》，齐鲁书社1987年版。
③ 《毛泽东选集》第2卷，人民出版社1991年版，第707—708页。

启魏、晋，有着重要的地位。又如六朝诗歌，虽然缺乏深厚的思想内容，但在诗歌艺术形式的发展上却做出了相当卓越的贡献。因此，从艺术上来看，这些文学也具有其内在的精华性，应该加以继承。所谓封建性的糟粕指的是"政治上根本反动的东西"，"并没有包括思想感情不健康的作品"，思想感情不健康的作品因其不健康的程度不同，而应作不同区别对待，不应一概排斥。[1]

胡念贻这种观点遭到了很多反对者的批评。如公盾认为："对古代文学作品的分析批判，如果不把思想倾向放在首要地位来考察，只是从艺术表现形式来衡量作品的好坏，就不可能对它们作出准确的评价，也弄不清什么是民主性精华，什么是封建性糟粕。只看到某些古代作品艺术细节上的长处，而看不到它们倾向性上的根本缺陷，就有可能鱼目混珠，把沙粒当作黄金。"六朝的宫体诗，虽然很讲究声律、辞采等技巧方面的形式美，但"按其内容来说，则是粉饰反动统治阶级的卑污行为和丑恶面目"，因此属于封建性的糟粕。[2] 昌岚也认为应该从思想内容上考察封建性的糟粕与民主性的精华的区分，因为任何封建社会的文学作品都会有其封建的阶级性，因此"那些有积极意义的东西，本身就包含有消极一面的意义，在'民主性的精华'中，就包含有封建性的成分"，同时认为那些"思想感情不健康的作品是糟粕，应该否定"。[3]

两者分歧主要体现在要不要把艺术性纳入作为考察文学遗产"精华"与"糟粕"的标准，即对于艺术性较高而思想性一般的文学作品算不算"民主性的精华"。其次是思想感情不健康的作品是不是都是糟粕。应该说，胡念贻的观点相对客观公正一些，因为他更重视文学艺术自身的一些特点和规律；而他的反对者则呈现出"左"的观念，因为他们是从文学思想内容上以阶级性的观点来考量"精华"与"糟粕"的，有意忽略文

---

[1]　胡念贻：《谈谈我国古代文学遗产的批判继承问题》，《新建设》1962年第7期。
[2]　公盾：《不能把糟粕当作精华——谈评价我国文学遗产的一个问题》，《红旗》1963年第1期。
[3]　昌岚：《古典文学研究的方向和任务不容模糊——评胡念贻〈谈谈我国古代文学遗产的批判继承问题〉》，《光明日报》1964年9月13日。

学艺术自身特殊的规律和特点。

第二，关于文学遗产"对待人民的态度"以及"在历史上有无进步意义"的判断。毛泽东在《在延安文艺座谈会上的讲话》中说："无产阶级对于过去时代的文学艺术作品，也必须首先检查它们对待人民的态度如何，在历史上有无进步意义，而分别采取不同态度。"① 胡念贻认为：一方面，"对人民的态度和政治态度是有联系的，但它并不等于政治态度。对人民的态度所包括的范围比较广泛，政治态度是指作家在当时统治阶级内部重要的政治斗争中的表现"。"古代作品对人民的态度大致分起来可以有三种，一种是好，一种是不好，一种是没有表现或没有明确表现。好与不好中，都有它的程度不同。在对人民态度不好的作品中，有的是在某个具体问题上反人民，有的是根本上反人民。根本上反人民，这就是'在政治上根本反动的'作品，我们所要排斥的只是这类作品。除此以外，只要它还有可取之处，我们都不应该完全否定。"另一方面，"在历史上有无进步意义"比"对待人民的态度如何""所包括的范围更广泛，这里包括内容和形式二者。作品里面包含了同情人民的思想固然是有进步意义，它倾向当时的进步政治或进步的哲学思想也有进步意义。另外，有的作品虽然没有写出比较重要的社会意义，但在内容和形式上给当时的文学带进了一些新的东西，这也应该说是有进步意义的。如谢灵运的山水诗，使当时的诗歌在玄言诗的沉闷空气笼罩下注入了新的血液。又如齐梁的讲究格律的诗歌，在诗歌的形式方面有新的发展。……在文学的领域内，文学创作的形式是相当重要的，在文学创作的形式方面提供了新的东西，在文学史上不能不说是功绩"。② 也就是说，"对待人民的态度"是考察作品内容的思想倾向性，"在历史上有无进步意义"则不仅包括对作品内容的考察，还包括对作品的形式上的考察。如果文学形式上能促进文学的新发展，在历史上也是有进步意义的。即"政治标准第一"是重要的，"艺术标准第二"也是不可忽视的。虽然两者有主次之分，但两者缺一不可。

---

① 《毛泽东选集》第 3 卷，人民出版社 1991 年版，第 869 页。
② 胡念贻：《谈谈我国古代文学遗产的批判继承问题》，《新建设》1962 年第 7 期。

昌岚不同意此种观点。他认为："'对待人民的态度'和'历史上有无进步意义'是同一内容的论述，指的是作品的思想意义；'在历史上有无进步意义'是补充'对待人民的态度'这一层意思，说的是这些作品在以后阶级斗争的历史中，它们是否站在人民一边，起到了维护人民的利益的作用，还是帮了统治阶级的忙。这里并没有包含对作品的艺术性的评价意思在内。"昌岚把艺术形式排除在"历史上有无进步意义"的考察之外，所以他批评胡念贻"把艺术形式这一点也强拉进去，不过是企图为肯定大量的思想内容消极的作品找理论根据"。① 虽然昌岚也坚称要坚持"政治标准第一，艺术标准第二"的评价标准，但实际上他是放弃了艺术标准，而只坚持政治标准。

第三，关于批判地继承和"兼收并蓄"问题的讨论。毛泽东在《新民主主义论》中说："但是决不能无批判地兼收并蓄，必须将古代封建统治阶级的一切腐朽的东西和古代优秀的人民文化即多少带有民主性和革命性的东西区别开来。"② 胡念贻认为："这里说的不能'兼收并蓄'是指要分清民主性精华和封建性糟粕。"在对封建糟粕作无情的否定的前提下，"对一切有益的东西要批判地兼收并蓄起来，强调加以批判，这是无可非议的"。但是，"我们继承遗产，是为了发展新文化，因此对遗产应当慎重，不能简单否定"。"对于遗产要能充分批判，也能敢于吸收。批判的时候充分分析遗产中的封建毒素所在，对于应该抛弃的东西，决心抛弃，但也决不把有益的东西也抛弃掉。批判和吸收同时进行，在批判中吸收。我们反对把批判和吸收分割开来。只批判不吸收，或只吸收不批判，都是错误的。"胡念贻认为，"我们继承遗产的目的，是要推陈出新"。如果在批判中把大量遗产都否定了，不再向它用心学习了，那么就会形成对于"陈"的不了解和生疏；如果对于"陈"一无所知或知之不多，那么就不能"推陈"；如果不能"推陈"，那么就不能"出新"。③ 胡念

---

① 昌岚：《古典文学研究的方向和任务不容模糊——评胡念贻〈谈谈我国古代文学遗产的批判继承问题〉》，《光明日报》1964年9月13日。
② 《毛泽东选集》第2卷，人民出版社1991年版，第708页。
③ 胡念贻：《谈谈我国古代文学遗产的批判继承问题》，《新建设》1962年第7期。

贻强调了文学遗产的继承性，认为有益的遗产都可以"兼收并蓄"加以继承。

昌岚则强调文学遗产继承中的批判性，他说："马克思主义者对待遗产的根本态度是批判继承。离开了批判就谈不到继承，更谈不到古为今用。""在今天，无产阶级对遗产的鉴别，只有根据古为今用的原则，根据今天革命具体需要来决定，有益的东西才是今天有用的东西，决不能认为历史上进步的起过作用的东西就是今天有益的东西，因而就要'兼收并蓄'，或者认为过去是有用的东西，今天也同样有用，要'兼收并蓄'。我们不能脱离实际，抽象地谈'有益'。另一方面，即使遗产中有些优秀的东西对我们今天有用，那也决不能说，在今后，在革命发展了的将来，它们也同样会有用，仍旧保存着今天同样的意义，仍是有益的东西，因而今天我们就要小心地'收'下来，'蓄'起来。如果是这样，那我们就真的成了象列宁所嘲讽的保存故纸堆的'档案保管员'了。"因此，昌岚认为胡念贻"所倡导的'兼收并蓄'，则是取消了批判的原则的。我们从今天无产阶级革命需要出发来继承遗产，是并不存在'兼收并蓄'的问题的，只有那些有崇古、复古思想的人，才会提出对古代东西要'兼收并蓄'"。① 昌岚是以今天的价值观来衡量古人的文学作品，所以他更强调遗产的批判性。这种批判观念体现的是实用主义观念，但这种实用主义观念是一种机械的形而上学的理解。

总体说来，这场文学遗产批判地继承讨论中，胡念贻不仅着眼于文学的思想内容，也着眼于文学的艺术形式，在注重批判性的同时强调了继承性的重要性；以公盾、昌岚为代表的反对者则只着眼于文学的思想内容，否定文学的艺术形式，在批判与继承的问题上更强调批判性。因此，相对来说胡念贻的观点更为客观公正，能够以辩证的历史观念来看待古代的文学遗产问题，而公盾、昌岚等人的观点则呈现出机械的形而上学性。前者已经接触到了文学自身的艺术规律，从古代文学的内容与形式上全面地考察了遗产的批判与继承问题；后者则摒弃了文学的艺术形式，只考察文学

---

① 昌岚：《古典文学研究的方向和任务不容模糊——评胡念贻〈谈谈我国古代文学遗产的批判继承问题〉》，《光明日报》1964 年 9 月 13 日。

的思想内容，并且坚持的是阶级斗争的观念来考察的。后者这种以阶级斗争观念来讨论文学遗产的批判与继承问题是当时学术界的主流观念，因此胡念贻的观念虽然较为客观公正，但显得有些另类，受到了众多的批判与否定。由于阶级斗争观念是20世纪60年代学术界的主流观念，以昌岚、公盾为代表的"左"的文学遗产批判继承观念不但是主流，而且走上更为"左"的境界。如有人提出了"越是精华，越要批判"的口号："从某种意义说来，我们今天应当着重对优秀的古典作品进行批判，就是说，越是精华，越要批判。这是因为优秀的古典作品在今天拥有比较大量的读者，由于它们艺术水平较高，很容易在思想和生活以及艺术欣赏上使读者受到潜移默化的作用。"① 正是这种"左"的文学遗产继承观念阻碍了人们对古代文学进行客观公正和深入的研究，过分地强调文学遗产继承中的政治性内容，有意或无意地忽略了文学自身的艺术性继承。

第六节　重要作家作品的讨论

重要作家作品的讨论主要有：1955年关于李煜词的讨论，1956年关于《琵琶记》的讨论，1958年关于陶渊明的讨论，1959年关于李清照的讨论，1959—1963年关于《红楼梦》的讨论，以及20世纪50年代中期有关《水浒传》《西游记》的讨论。现按先作家后作品的顺序简述于下。

一　李煜词的讨论

李煜词的讨论始于1955年，是由陈培治与詹安泰的论争引起的。1955年8月28日《光明日报》发表了陈培治的《对詹安泰关于李煜的〈虞美人〉看法的意见》，文章对詹安泰《学习苏联，改进我们的古典文学教学》一文肯定李煜的爱国主义思想并把《虞美人》列入古典文学教学的教材中提出了批评。文章认为李煜是封建王朝的皇帝，"李煜的奢侈淫乐的生活是建筑在残酷地剥削人民的基础上的"，所以李煜并没有爱国

---

① 张润之：《正确看待优秀文学遗产中的民主精华》，《光明日报》1964年6月21日。

主义思想；而《虞美人》是一首"含有毒素的"词作，也不应该被选进古典文学的教材中去。同期，又刊载了詹安泰《答陈培治同志》一文。文中针对陈培治的批评作了反驳，认为陈培治对李煜词的评价是"完全以一般的眼光去看它，而离开了作品所产生的特殊时间、地点和条件"，因此"从'唯成分论'或者单纯的阶级观点出发，以及一切反历史主义的论点，都是不正确，是我们应该引为鉴戒的"。陈、詹二人的论争展开以后，自1955年末至1957年末，先后有近三十篇文章展开了对李煜词的讨论，这些讨论文章先后发表在《光明日报》"文学遗产"专栏上，后结集为《李煜词讨论集》于1957年由作家出版社出版。

讨论的主要观点是在陈、詹论争基础上进行的，即李煜词有没有爱国主义思想和人民性。一种观点认为李煜词具有爱国主义思想和人民性。此以楚子《李后主及其作品评价》、游国恩《略谈李后主词的人民性》、吴颖《关于李煜词评价的几个问题》等为代表。吴颖认为"南唐的政治、经济的措施是基本符合当时人民的要求的"，因此李煜在词中表达对南唐的怀念和对南唐灭亡的悲痛就是一种具体的爱国思想的体现。从李煜个人来说，作为一位封建帝王，前期生活虽然有荒淫的一面，但也有"不少在一定程度上符合人民要求的爱国的政治活动"；后期则是一名被俘虏的囚徒，"虽然被剥夺自由，受到难堪的侮辱和伤害，但他却能以爱国的、不屈服的囚徒的新的观点去看自己的过去和现在，去看社会和人生"，"深刻地体味到国破家亡和被剥夺自由的囚徒的悲痛和不幸"。所以李煜的前期词作中也有一定的人民性和爱国思想，后期的词作中的爱国主义和人民性则是不言而喻，并且其爱国主义思想是与爱乡土交织在一起的。[①] 另一种观点则认为李煜词不具有爱国主义思想和人民性。此以谭丕模《我对李煜词讨论的一些意见》、陈赓平《我对词人李煜的看法》、毛星《评关于李煜的词的讨论》等为代表。如毛星认为"李煜的'好声色'是历史上著名的"，其前期词作中只不过是表现了他"好声色"的腐朽生活；后期词作"大都是对于自己旧日宫廷的繁华生活的眷恋，是对于这些欢乐生活的失去的哀悼，是对于囚徒生活的悲愁"，所以他的思念实质

---

① 吴颖：《关于李煜词评价的几个问题》，《光明日报》1955年10月16日。

上"所想念的不是人民，而是自身的荣辱；所留恋的不是进步，而是宫廷的享乐生活"。因此李煜词并不具有什么爱国主义思想和人民性。[①]

李煜词作之所以会引起讨论是由于李煜作为皇帝的身份与其词作的突出成就在马克思主义的阶级论观照下产生了严重的矛盾。对李煜词作的定性就必须涉及李煜个人身份的定性，而李煜皇帝的身份则为其词作定性设置了重重障碍。也正由于这种阶级论的先验观作用，两种观点针锋相对，虽然经过激烈争论，却依然难以取得一致。对此，詹安泰作过反思。他说："无论从任何角度看，人民性或爱国主义对于理解李煜本身都没有必然性的联系。……这样的讨论，根本就是从概念、定义出发而不是从李煜词的本身出发，对评价李煜词是没有什么多大的关系。"[②] 这就找到了双方论争的症结所在。确切地说，这场讨论的症结就在于问题讨论的对象被有意或无意地置换了，把本应该置身讨论前台的李煜词置换成了李煜个人身份的讨论，把词作的文学学术讨论置换成皇帝个人思想的政治观念讨论。

二 陶渊明的讨论

陶渊明的讨论源于 1958 年北京大学中文系 1955 级学生集体编写的《中国文学史》对陶渊明的评价。该书以现实主义与反现实主义的斗争为主线来描述中国文学史，把陶渊明划入"反现实主义"的行列。1958 年 12 月 21 日《光明日报》"文学遗产"专栏发表了《关于陶渊明评价问题的讨论》和北师大中文系二年级二班第一组学生讨论的《陶渊明基本上是反现实主义的诗人》，由此引发了关于陶渊明的讨论。讨论持续到 1960 年，"文学遗产"编辑部共收到有关陶渊明讨论的文章 251 篇，后来部分文章结集为《陶渊明讨论集》，1961 年由中华书局出版。

陶渊明讨论的焦点主要是对陶渊明是现实主义诗人还是反现实主义诗人的评价，以及与此相关的辞官归隐等问题的评价。

认为陶渊明是反现实主义诗人，基本上是否定陶渊明的，以北师大中

---

① 毛星：《评关于李煜的词的讨论》，《光明日报》1956 年 3 月 11 日。
② 詹安泰：《李璟李煜词·前言》，人民文学出版社 1958 年版。

文系二年级二班第一组学生讨论的《陶渊明基本上是反现实主义的诗人》为代表。该文认为：" 陶诗中虽有少数较好的诗，但却没能反映出时代的面貌（哪怕是其中的一个方面），而大多数的作品是无意义的，甚至粉饰了现实。所以我们说陶诗基本上是反现实主义的。……陶诗不论在当代还是对后代，都是起着引人走向消极道路的促退作用。"[1] 赵德政《对于陶渊明辞官归隐的浅见》一文则对陶渊明辞官归隐作了反面的评价："陶渊明的辞官归隐，不愿与统治阶级同流合污，绝不是原因，其原因应在于他爬不上去。如果能够爬得上去，他不但不辞官，更不会隐居田园的，这充分表现在他几次出仕几次归隐上。……陶渊明辞官归隐正说明他不敢正视现实，也说明他做了现实斗争的逃兵，他从此隐居田园，企图逃避现实。因此，这只有消极因素，而无丝毫积极因素。"[2]

与上述观点相反，更多的评论者认为陶渊明是现实主义诗人。如卢世藩认为："陶渊明基本上是一个现实主义诗人，而不是一个反现实主义诗人。"因为他的主要作品"在一定程度上反映了当时的阶级矛盾，统治阶级内部的矛盾，以及一部分农村生活和农民的思想感情"。[3] 北京大学中国文学史教研室《试论陶渊明的作品及其影响》也认为陶渊明是一位现实主义诗人，他的作品的意义在于"对当时黑暗政治的深刻揭露，对当时封建社会的否定，提出符合人民愿望的伟大理想。陶渊明不但在作品中揭露与批判黑暗的社会，而且在行动上与统治阶级彻底决裂，不管是统治者的拉拢、诱惑，还是饥寒交迫的逼迫，都不能动摇他的意志，不能使他放弃对美好理想的追求，这正是陶渊明伟大之处"。[4] 曹道衡《再论陶渊明的思想及其创作》则从抒情诗反映现实的独特性分析了陶渊明诗的现实主义特点。他认为陶渊明的诗歌主要是抒情诗，"抒情诗大多是简短的诗歌"，因此不能像长篇小说那样详尽地重现社会现实，也不能塑造出那

---

[1] 北师大中文系二年级二班第一组：《陶渊明基本上是反现实主义的诗人》，《光明日报》1958 年 12 月 21 日。
[2] 赵德政：《对于陶渊明辞官归隐的浅见》，《光明日报》1959 年 1 月 18 日。
[3] 卢世藩：《陶渊明基本上是现实主义诗人》，《光明日报》1959 年 1 月 18 日。
[4] 北京大学中国文学史教研室：《试论陶渊明的作品及其影响》，《北京大学学报》1959 年第 2 期。

么多典型形象，大部分抒情诗"是通过个人的感受，通过一瞬间的情景和对某一现象的看法表现出作者对现实的态度"。"陶渊明反映现实，揭露现实的方法，主要就是通过这些简短的抒情诗。……他写的虽是自己的苦况，却也真实地反映了当时广大人民的生活状况。"①

肯定陶渊明为现实主义诗人者对于他的归隐也基本上是持肯定的态度。如张志岳指出："陶渊明以一个中小地主阶级的知识分子，从依附门阀大地主阶级政权转变为坚决的不合作，归隐农村，这是他走向人民的第一步，这在历史上是有进步意义的。"②

陶渊明讨论是在现实主义价值导向下所引发的争论，争论以肯定陶渊明是现实主义诗人的意见占据了上风，并最终在原则上取得了基本一致的意见。

三　李清照的讨论

1958 年北京大学中文系 1955 级学生集体编写的《中国文学史》把李清照划为"反现实主义"的行列，把李清照的作品称作"北宋形式主义的逆流""贵族妇人的哀鸣"。1959 年 4 月 12 日《光明日报》发表了棣华《不要抬高也不要贬低李清照》一文，对北京大学《中国文学史》中关于李清照的评价做出了尖锐的批评，认为李清照是"思想性较低，艺术性较高的一个女作家，而不是个没有思想性的女作家"，因此完全否定李清照及其作品是不正确的。随后胡光舟等人也撰文对棣华的观点进行呼应，也反对完全否定李清照。③ 对此，黄伟宗则提出异议。黄氏认为李清照词作虽然具有高超的艺术技巧，但是"那些消极颓废的内容是通过独特的技巧表现出来的"，因而其技巧是"传播毒素的技巧"。④ 两种截然相反的评论引起了学术界的争论，这种争论一直持续到 1962 年。

肯定李清照者认为李清照是我国词史上一位杰出的女词人，她前期词

---

① 曹道衡：《再论陶渊明的思想及其创作》，《光明日报》1959 年 5 月 10 日。
② 张志岳：《陶渊明讨论集》，中华书局 1961 年版，第 140 页。
③ 胡光舟、沈伟方、张启成：《不能完全否定李清照》，《文汇报》1959 年 4 月 17 日。
④ 黄伟宗：《论李清照——与棣华同志商榷》，《光明日报》1959 年 5 月 3 日。

体现了对生活的热爱,基调健康,后期词则体现了爱国主义思想,深切动人。如王季思《漫谈李清照的词》一文认为,李清照虽然出身和夫家都是贵族,但"李清照在《一剪梅》《醉花阴》等词里写她对赵明诚的怀念是深沉的","在她丈夫死后写的《武陵春》《御街行》等词里,同样见出她对丈夫的爱情的深沉与专注",所以"应该肯定她在词里所表现的爱情比较健康,也比较容易为劳动人民所接受"。李清照南渡以后所写的一些词,"表现她对北宋时期的汴京和沦陷了的故乡的怀念"。虽然她所怀念的具体内容与劳动人民不同,但她在政治上"倾向于主张出兵收复失地的主战派,而反对对敌人妥协投降的政策",就这方面来看,"她的思想感情是跟当时广大劳动人民相通"。因此,不能因为李清照词里没有直接表现劳动人民的思想感情,就全面否定她。① 唐圭璋、潘君昭也认为李清照"前期诗词中有一部分确能表露出她不受礼教束缚的思想和乐观开朗的性格";后期诗歌中则"放射出爱国主义的光芒"。②

另一种观点则是否定李清照词具有爱国主义思想。如郭预衡《李清照短论》认为:李清照的词是"一些缺乏社会意义的作品","这些作品之所以值得重视,主要在于'有文采'"。所以对于李清照的评价,"现实主义用来未必合适。浪漫主义也不一定相宜","她不失为杰出的词人"。③ 在《李清照词的社会意义和艺术价值》一文中进一步指出李清照的词作不具爱国主义思想,李清照"在北宋亡国之前,对于国计民生并不关切,她写于这个时期的作品没有提出过或涉及有关国计民生的问题";后期的词也"不是事变当中那种昂扬的积极的时代精神的反映,而是一种比较低沉和消极的时代情绪的反映,是一种哀鸣和挽歌似的作品"。④

李清照的讨论有点类似李煜词的讨论,都是以爱国主义思想为视角来讨论作家及其作品,都是以作家个人的身世经历、身世平生的评价来替代作品价值的评价。这种评价显然是脱离了作品文本本身而进行的,具有教

---

① 王季思:《漫谈李清照的词》,《光明日报》1959 年 5 月 30 日。
② 唐圭璋、潘君昭:《论李清照的后期词》,《江海学刊》1961 年第 8 期。
③ 郭预衡:《李清照短论》,《光明日报》1959 年 6 月 28 日。
④ 郭预衡:《李清照词的社会意义和艺术价值》,《文学评论》1961 年第 2 期。

条化、庸俗化的缺陷。

四 《琵琶记》的讨论

《琵琶记》的评价在20世纪50年代初期就受到学界的关注。1955年和1956年《光明日报》副刊"文学遗产"专栏先后发表了王文琛《关于〈琵琶记〉》、程毅中《试谈〈琵琶记〉的主题思想》和徐朔方《琵琶记是怎样的一个戏曲》的文章,由此拉开了《琵琶记》讨论的序幕。[①] 王文认为《琵琶记》的主旨在于宣扬忠孝的封建道德观念,但作为一宗遗产,"在人民眼里,提倡封建道德却不是主要的,它的现实性和艺术性倒成为主要部分"。程文也认为不能简单地认定《琵琶记》的主题即是全忠全孝,剧中的忠孝问题是在"三不从"的情况下提出来的,而"三不从"里的君和亲正是封建社会里神圣不可违抗的权威,所以作者相当深刻地揭露了封建制度的罪恶。徐文则持相反的观点,认为《琵琶记》的主旨就在于宣扬封建道德和维护封建秩序,虽然作品的艺术性很高,但由于其倾向的错误,所以带来的害处更大。

1956年6月28日到7月23日,中国戏剧家协会组织了关于《琵琶记》的专题讨论。讨论会先后举行了七次,参加人数达一百七十多人。会后结成论文集《琵琶记讨论专刊》。讨论的主要焦点还是此前争论的延续,即《琵琶记》是否宣扬了封建思想道德。肯定者认为《琵琶记》宣扬了封建礼教,总体倾向上应该予以否定。如邓绍基认为:"《琵琶记》不是中国古代第一流的作品,其中表现的封建思想相当浓厚。以赵五娘为中心的悲剧性事件,主要是牛相的利己行为造成,——但这并不等于忠和孝的矛盾。牛相为点缀门庭和其他政治原因,把蔡伯喈拉过来,不让他回家,牛相的后面还有皇帝的支持,从这方面看,意义是更大的。同时,蔡伯喈软弱的性格,可以说缺少一种和父母、和原来妻子同命运、同呼吸的感情,在造成这个悲剧性事件中也有不可逃避的责任。作者企图掩

[①] 王文琛《关于〈琵琶记〉》、程毅中《试谈〈琵琶记〉的主题思想》和徐朔方《琵琶记是怎样的一个戏曲》三文,分别发表在《光明日报》1955年5月8日、1955年7月31日和1956年4月8日。

盖造成悲剧的原因,但整个作品的形象所构成的对观众的力量,说明这是掩盖不了的。作品中大量出现的封建说教,也给《琵琶记》带来了极大的损害。作品主要通过两个人,一个是牛氏,一个是蔡伯喈,狂热地宣传了封建礼教。"①

否定者则认为《琵琶记》实质上是对封建思想观念进行了揭露和批判。一种观点认为《琵琶记》揭露了封建的忠与孝的矛盾。如浦江清指出:"剧本虽有全忠全孝的标目,按其实际内容,宣扬孝道是实在的,并没有宣扬忠道。《琵琶记》揭出了忠孝中间的矛盾。整个剧本是强调孝道而冲淡忠君思想的。"② 钟惦棐也说:《琵琶记》"最突出之处,在于它接触了封建社会一个根本性问题,即作为封建社会的上层建筑的'忠'与'孝'之间的矛盾问题。《琵琶记》表现的是忠与孝的不统一"③。而对于《琵琶记》中的"孝"也应作区分对待,有赵五娘的孝,有蔡伯喈的孝,前者是劳动人民的孝,后者是封建统治阶级的伦理道德的孝。一种观点认为《琵琶记》反映了封建社会的制度、伦理与生活之间的矛盾。如李长之认为:"《琵琶记》反映家庭情感和统治阶级的迫害之间的矛盾。"④ 许之乔也认为:"《琵琶记》反映了封建社会制度、伦理和生活之间的种种矛盾。"⑤ 还有一种观点则认为《琵琶记》是批判科举制度的,反映了作者淡薄功名的思想。如戴不凡认为"《琵琶记》的主题思想应该是:抨击或反对科举制度"⑥。浦江清则认为《琵琶记》表现作者高明"晚年对于功名淡薄的思想"⑦。

《琵琶记》的讨论实质上是由阶级性的价值导向引发的,从阶级性的立场强调的是阶级的对立与斗争,但体现于《琵琶记》的是不同阶级之间的共性情感特点,具有超阶级性,因而以阶级性价值导向来批判同一研

---

① 中国戏剧家协会:《琵琶记讨论专刊》,人民文学出版社1956年版,第133—134页。
② 同上书,第30—31页。
③ 同上书,第86—87页。
④ 同上书,第37页。
⑤ 同上书,第241页。
⑥ 戴不凡:《论古典名剧琵琶记》,中国青年出版社1957年版,第101页。
⑦ 中国戏剧家协会:《琵琶记讨论专刊》,人民文学出版社1956年版,第31页。

究对象就出现了解读倾向截然相反的观点。

五 《水浒传》的讨论

20世纪50年代《水浒传》的讨论，可以追溯至1952年8月人民文学出版社出版71回本《水浒传》，此为该社新中国成立后出版的第一本古代小说。据陈新《近五十年来〈水浒传〉出版情况琐忆》一文的回忆，在当时是把《水浒传》看作歌颂农民起义的"革命作品"的，思想性最高，所以安排首先出版。① 当年10月27日《人民日报》为此发表的短评声称，这"是具有历史意义与世界意义的事情"，可以视为代表了当时对于《水浒传》评价的主流观点。

与此同时，也有部分学者依然延续着传统的文献考证与学术研究，先后有张政烺《宋江考》（《历史教学》1953年第1期）、何心《水浒研究》（上海文艺联合出版社1954年版）、陈中凡《论〈水浒传〉的著者及其成书年代》（《南京大学学报》1956年1月号）等论著问世，其中何著为新中国成立后问世较早的研究《水浒传》的专著，汇集了作者对《水浒传》作者、版本、本事等方面的考证材料及结果，对《水浒传》文献整理工作做出了重要贡献。但在当时的学术氛围中受到了严厉的批判，杨丁《评何心著〈水浒研究〉》一文就认定，何心是"依照资产阶级的观点、方法从事《水浒》研究"，以考证代替了作品的分析、研究，引经据典，以说明作品中的某人某事曾见于某书某章……把《水浒》降低到仅仅作为社会学、历史学的注解。同时提出"首先应阐述《水浒》的主题社会政治意义"。② 也有一些学者尝试将两者结合起来，擅长考据的王利器在《水浒与农民革命》一文中收集了晚明以来大量史料，包括李自成的诏文、李岩所编的口号，还有《崇祯存实疏钞》、明郑敷教《郑桐庵笔记》等文献，力图证明"《水浒》一方面反映阶级斗争，一方面反映民族意识，因而《水浒》是一个有政治性的斗争武器。它从晚明以来，一直标

---

① 陈新：《近五十年来〈水浒传〉出版情况琐忆》，《文教资料》1977年第3期。
② 杨丁：《评何心著〈水浒研究〉》，《光明日报》1955年5月22日。

识着农民革命的榜样,照耀着反抗侵略的道路"①。同样,聂绀弩的《〈水浒〉是怎么写成的》也是尝试两者的结合,他将《水浒传》的创作划分为三个阶段:第一阶段,人民口头传说阶段;第二阶段,民间艺人讲述、演唱和记录的阶段;第三阶段,编辑、加工、改写阶段,也就是《水浒传》形成的最主要阶段。②

然而,由于《水浒传》同时得益于"农民起义"的定性与"阶级斗争"的导向,所以占主流地位的还是社会学—政治学批评范式的具体应用,即以阶级斗争与阶级分析的观点分析了《水浒传》的思想内容和人物形象,认为《水浒传》描写了封建社会里的农民阶级与地主阶级之间的阶级斗争,创造了一系列的农民起义英雄形象,而《水浒传》所反映的农民起义的阶级斗争主题又具有"人民性",因为它反映了中国人民的革命的、正义的斗争和思想。冯雪峰《回答关于〈水浒〉的几个问题》认为《水浒传》"作为一部描写北宋末年一次农民起义的书来看,从它的根本精神上说,有其极高度的真实性。主要的是它大胆地描写了封建社会中的阶级斗争,创造了一系列的农民起义中的英雄形象,反映了中国人民的革命的、正义的斗争和思想"。"以描写北宋末年的一次农民起义为主题,以宋江等英雄人物为主干,全面地描写了中国中世纪时期的社会生活;尤其是深刻地、大胆地描写了农民阶级和地主阶级的矛盾斗争,描写了农民的革命斗争、革命力量和革命思想,反映了封建主义统治下的人民的正义斗争和希望,同时也反映了农民革命思想的不彻底性和革命斗争中所表现的缺点,等等。"③ 路工《水浒——英雄的史诗》也认为《水浒》"集中地、细致地、生动地描绘了农民革命战争";"《水浒》所以是一部不朽的作品,正反映了封建社会的主要矛盾——农民阶级和地主官僚阶级的矛盾,歌颂了矛盾的主要方面——农民革命英雄,暴露了矛盾的次要方面——官僚、恶霸地主"。④ 值得注意的是,当时还有

---

① 王利器:《水浒与农民革命》,《光明日报》1953年5月27—28日。
② 聂绀弩:《〈水浒〉是怎么写成的》,《人民文学》1953年第6期。
③ 冯雪峰:《回答关于〈水浒〉的几个问题》,原载《文艺报》1954年第3、5、6、11期,后收入《冯雪峰文集》,人民文学出版社1981年版。
④ 路工:《水浒——英雄的史诗》,《光明日报》1953年2月1日。

一种以"农民起义"的定性与"阶级斗争"的导向苛责《水浒传》的声音出现，比如刘中《谈〈水浒〉中的几个问题》就指责《水浒传》的作者，因为不懂阶级斗争理论，对封建阶级皇帝的本质缺乏认识，才为《水浒》英雄安排了招安的结局。① 张文勋《历史的真实与艺术的真实》也说"整部《水浒》从开始到结尾，所表现的是以'赵官家'为首的封建地主阶级与农民阶级间的矛盾"②。这种把文学作品给予简单化政治图解的反历史主义倾向与方法，为"文革"期间《水浒传》研究彻底沦为政治斗争的工具埋下了伏笔。③

六 《西游记》的讨论

20世纪50年代关于《西游记》的讨论，首先是由张天翼1954年2月在《人民文学》发表的《"西游记"札记》一文引起的。此文由"关于题材、主题和作者的态度"和"关于现实性和幻想、寓意等"两部分组成。首次把《西游记》描写的神魔斗争同封建社会中地主阶级和农民阶级之间的阶级斗争联系起来进行考察，认为神魔之间的斗争"就使我们联想到封建社会统治阶级与人民——主要是农民——之间的矛盾和斗争"；孙悟空大闹天宫是描写农民起义，闹天宫不成就是表现起义失败，保唐僧取经即是"投降了神"，"神是正，魔是邪，而邪不敌正：这就构成了这个取经故事的主题"，这样就在大闹天宫和西天取经两个故事的主题之间造成了矛盾，并认为"不但作者解决不了《西游记》主题问题上的矛盾"，而且"这部作品里有些地方作者的立足点是模糊或混乱的"。④由此产生了影响甚广的"孙悟空投降论"与《西游记》主题矛盾说。文章发表后引起了很大反响，其研究方法被誉为"撇开了一切玄虚的、歪曲的旧说，用唯物主义的观点分析了《西游记》"⑤。

---

① 刘中：《谈〈水浒〉中的几个问题》，《光明日报》1955年3月6日。
② 张文勋：《历史的真实与艺术的真实》，《光明日报》1956年6月12日。
③ 参见刘天振《20世纪〈水浒传〉研究方法的回顾与检讨》，《菏泽学院学报》2006年第3期。
④ 张天翼：《"西游记"札记》，《人民文学》1954年第2期。
⑤ 沈玉成、李厚基：《读〈"西游记"札记〉》，《光明日报》1955年10月23日。

在20世纪50年代确立的社会学—政治学批评范式中，现实主义、阶级性、人民性业已成为主流价值导向，即便如《西游记》之类的超现实的神魔小说，许多学者也习惯于运用阶级分析与现实主义观点来解读文学作品。具体而论，即是从《西游记》中刻意寻找小说虚幻故事与现实社会景象的契合点，认为《西游记》是一部现实主义或者至少有大部分现实主义的作品，具有一个社会性主题，是现实社会生活、阶级斗争的某种反映。张天翼《"西游记"札记》率先在《西游记》研究领域进行了这一新批评范式的新探索，文中也提出了许多新的研究课题，如孙悟空是否投降，大闹天宫是否象征农民起义，神魔关系及其内涵，等等。但他机械地将超现实的神魔小说或直接对应于社会现实，对接于现实主义、阶级性、人民性的价值导向，更狭隘的则把《西游记》主题与农民起义联系在一起，所以留下了无法自圆其说的漏洞。鉴此，有的学者进而提出主题统一说与主题转化说对张天翼的主题矛盾说加以补正。1955年10月23日《光明日报》副刊"文学遗产"刊发沈玉成和李厚基的《读〈"西游记"札记〉》。该文高度评价了张天翼的研究方法，认为他"以唯物主义的观点分析了《西游记》的客观因素"，"指出了这样的神魔故事不论作者是否意识到，总是或多或少地反映了时代的某一方面，在故事的创作里同时也表现了某一阶级或阶层的感情、批评态度和理想"，并认为，"这样的见地应该是研究《西游记》以至其他一切神话小说的准则"。但不同意张文"孙悟空是农民革命的叛徒"的结论，认为"吴承恩把'闹天宫'和取经故事结合在一起，而以孙悟空这一人物贯穿全书前后两部分，以他的反抗精神和斗争精神作为线索，使前后两个原来不同的主题在孙悟空身上得到了统一"，[1] 这就是不同于张天翼主题矛盾说的主题统一说。主题转化说以何其芳、李希凡为代表，何其芳认为大闹天宫的主题是"通过神话式的故事反映了中国封建社会的人民的反抗"，西天取经的主题则转化为"我们要完成一种事业，一定会遭到许多困难，而且必须战胜这些困难"。[2] 但这一观点在当时并未受到重视。此后，李希凡认为"如果说

---

[1] 沈玉成、李厚基：《读〈"西游记"札记〉》，《光明日报》1955年10月23日。
[2] 何其芳：《论红楼梦》，人民文学出版社1958年版。

前七回是反映了'人民的反正统的情绪',那么,七回以后却转到了歌颂人民的征服困难的主题。"① 于是主题转化说才真正成为一家之说,中国社会科学院文学研究所编《中国文学史》及游国恩《中国文学史》都持这一观点。②

七 《红楼梦》的讨论

延续20世纪50年代的批判俞平伯、胡适有关《红楼梦》的唯心主义观点,1959—1963年再次兴起了《红楼梦》的讨论。由于当时正值1960年第三次文代会召开前后,"双百"方针得到继续倡导,因此这次《红楼梦》的讨论不像1954年的批俞运动有浓厚的政治意味,基本上还是正常的学术争鸣。

1959年1月人民文学出版社出版了蒋和森《红楼梦论稿》,该书认为"《红楼梦》的主题,是人的美、爱情的美以及这种美被毁灭的主题"。1960年昌岚首先著文批评这种观点,认为:"《红楼梦》里所描写的很多青年男女的爱情,都有着明显的阶级色彩,即使是同样具有反封建的性质,但各个人的情况,也是有差别的。有封建贵族青年反封建的爱情,有市民阶层反封建的爱情,有下层劳动人民反封建的爱情。我们绝不能因为它们有相同的一面而模糊了它们的阶级性。蒋和森同志就因为看不到它们的阶级差别而滑到'人性论'上面来。"而这种超阶级的"人性论"是不存在的,这是因为"人类自分化为各个阶级以后,每个人都是站在一定的阶级地位上以一定的方式进行生产、生活和斗争。在这些活动里,人们也形成了各自的特殊的心理、思想、情感等等,形成了各自不同的阶级性。所以,在阶级社会里,'人类本性'就随着各个不同阶级的形成而成为不同阶级的阶级性了"。③

---

① 李希凡:《漫谈〈西游记〉的主题与孙悟空的形象》,《人民文学》1959年第7期。
② 参见梅新林、崔小敬《〈西游记〉百年研究:回视与超越》,《文艺理论与批评》2002年第2期。
③ 昌岚:《彻底批判〈红楼梦〉研究中的"人性论"观点——对蒋和森〈红楼梦论稿〉的意见》,《光明日报》1960年9月18日。

此后，雷羲也批评蒋和森的观点是"基于资产阶级人性论而提出的骗人的口号"，认为"《红楼梦》之所以伟大，是在于它以波澜壮阔的场面和局势，以杰出独到的表现才能，为我们展示了一幅无比丰富的封建社会的缩影画卷，揭露了它的罪恶和丑恶，勾勒出了它的势在没落崩溃的轮廓和曲线，宣明了新生一代反抗黑暗、向往光明的愿望和幻想；而绝不是在于它歌颂什么抽象的'爱情美''青春美'和什么'人性美'。"① 今天看来，蒋和森的观点显然更为正确和合理，但囿于特定时代的氛围与环境，蒋和森在回应各种批评时也同样是从阶级观点出发的："批评者的这个结论是武断的、不符事实的。……因为我的书并没有'把爱情当作是万古不变抽象的东西'；在谈到《红楼梦》的爱情时，并没有'模糊了它们的阶级性'。"②

《红楼梦》讨论最为激烈的问题则是1962年关于曹雪芹卒年的争鸣。曹雪芹卒年有两说。一种是胡适据甲戌本第一回脂评："能解者方有辛酸之泪，哭成此书。壬午除夕，书未成，芹为泪尽而逝。余尝哭芹，泪亦待尽。……甲午八月泪笔。"断定曹雪芹卒于壬午除夕，即乾隆二十七年除夕（1763年2月12日）。一种是周汝昌依据敦敏《懋斋诗钞·小诗代简寄曹雪芹》之前有"癸未"的诗，断定曹雪芹卒于癸未除夕，即乾隆二十八年除夕（1764年2月1日）。俞平伯、王佩璋都是主胡适的壬午说。③1962年，周汝昌再次撰文力主癸未说。④由此引发激烈的讨论。赞同者吴恩裕、吴世昌先后撰文响应。⑤反对者周绍良、陈毓罴、邓允建也先后撰

---

① 雷羲：《评〈红楼梦论稿〉中的错误观点》，《光明日报》1961年2月12日。
② 蒋和森：《批评应该实事求是——答对〈红楼梦论稿〉的意见》，《光明日报》1961年5月21日，5月28日。
③ 王佩璋：《曹雪芹的生卒年及其他》，《文学研究集刊》第五册，人民文学出版社1957年版。
④ 周汝昌：《曹雪芹家世生平丛话》，《光明日报》1962年1月30日，2月22日，3月20日，4月10日，6月2日；周汝昌：《再商曹雪芹卒年问题》，《光明日报》1962年7月8日。
⑤ 吴恩裕：《曹雪芹的卒年问题》，《光明日报》1962年3月10日；吴恩裕：《曹雪芹卒于壬午说质颖》，《光明日报》1962年5月6日；吴恩裕：《考证曹雪芹卒年我见》，《光明日报》1962年7月8日；吴世昌：《综论曹雪芹卒年问题》，《新建设》1963年第6期。

文批驳，认为卒年当为壬午说。①

两种观点都提出了自己的证据来论证观点的正确性，但论证观点的证据都是孤证，且都有存疑。主壬午说者认为癸未说所依据的《懋斋诗钞》并不是完全依年序而编次的，因而癸未说不可信；主癸未说者则认为壬午说所依据的甲戌本脂评有可能是脂砚斋误记了干支而提前了一年，因而壬午说不可信。讨论双方都有理由来立论，但都不充分。因此最终难以达成统一的观点。

《红楼梦》讨论的另一个问题就是脂砚斋是谁的问题。早在1955年王利器据道光年间裕瑞《枣窗闲笔》"脂砚斋批本，出其叔某手笔"及脂砚斋第十八回批语推断脂砚斋为曹頫。② 1962年吴世昌撰文《脂砚斋是谁》认定脂砚斋是曹雪芹的另一叔父曹硕，字竹磵，即曹寅兄弟曹宣的第四子。③ 对此，朱南铣批驳曹硕本无其人，而吴世昌则坚持曹硕实有其人。④ 周汝昌则重申了1953年出版的《红楼梦新证》中的观点，认为脂砚斋即为史湘云之原型。⑤

以上依次转换的学术热点的讨论与争鸣，即是社会学—政治学新型批评范式的重要成果，尽管其间历经风雨沧桑，尤其是1959年的反右扩大化以及1962年八届十中全会以后阶级斗争的扩大化和绝对化，进一步加剧了学术研究的泛政治化蜕变，但就总体而论，依然砥砺前行于学术规范之中，而且有诸多具有学术含量的学术论著问世。进入十年"文革"时期之后，先是正常的学术研究的全面停顿，继之在后期则是"评法批

---

① 周绍良：《关于曹雪芹的卒年》，《文汇报》1962年3月14日；陈毓罴：《有关曹雪芹卒年问题的商榷》，《光明日报》1962年4月8日；邓允建：《曹雪芹卒年问题商兑》，《光明日报》1962年4月21日；邓允建：《再谈曹雪芹的卒年问题》，《光明日报》1962年6月10日；陈毓罴：《曹雪芹卒年问题再商榷——答周汝昌、吴恩裕两先生》，《光明日报》1962年6月10日；陈毓罴：《曹雪芹卒于癸未除夕新证质疑——与吴世昌先生商榷》，《新建设》1964年第3期。

② 王利器：《重新考虑曹雪芹生平》，《光明日报》1955年7月3日。

③ 吴世昌：《脂砚斋是谁》，《光明日报》1962年4月14日。

④ 朱南铣：《关于脂砚斋的真姓名》，《光明日报》1962年5月10日；吴世昌：《再论脂砚斋与曹氏家世——答朱南铣先生，兼论某些考证方法与态度》，《光明日报》1962年8月9日，8月11日。

⑤ 周汝昌：《脂砚斋和脂砚》，《天津晚报》1963年2月23日。

儒"、"评红热"和"评水浒"等"学术—政治"批判运动的勃兴，表面看来似是此前有关《水浒传》《红楼梦》讨论与争鸣的延续，但显然已蜕变为纯粹的"学术—政治"批判运动，毫无学术规范与学术含量而言，所以彼此有着本质的区别。

第四章

古代文学研究的矫正与转型

　　1976年结束十年"文革"之后,包括古代文学研究在内的整个学术界仍然处于延续"文革"时期的思想禁锢之中,"左"的意识形态仍然占据着主流地位。直至1978年的真理标准大讨论与十一届三中全会召开以后,在总结十年"文革"教训与实施改革开放政策的宏观背景下,在理论界思想大解放和外国文学——文化思潮输入的双重资源的作用和影响下,古代文学研究开始走上了矫正与转型之路。一方面是对新中国成立三十年来的古代文学研究进行了深刻的反省与扬弃,对庸俗社会学和泛政治学研究所认定的一些学术"冤案"进行了"平反昭雪";另一方面是对古代文学研究的理念、对象和方法以及古代文学学科都有了全新的定位,由此促进了新时期古代文学研究的多元发展与学术转型。被泛政治化扭曲的社会学研究范式得到了修正,传统考据学的学术地位得到了恢复,融合西方理论的新型学术范式也在探索中日益丰富起来,并成为古代文学研究的时代主流。

　　总之,正是这些多元的新型学术范式持续修正了新中国成立后古代文学研究的学术政治化图解的"左倾"误区,推进了新时期古代文学研究的学术转型,并通过及时总结反思而超越了当下古代文学研究的偏差与失误,从而把新时期古代文学研究不断推向前进和深化,直至跨入21世纪。

第一节　改革开放的双重资源和影响

在结束十年"文革"走向改革开放之初,包括古代文学研究在内的整个学术界同时面临着矫正与转型的双重使命,如果说"矫正"是面向历史的扬弃,那么"转型"则是面向未来的重建。在此进程中,需要我们首先关注一下文艺思想解放和外国文学思潮输入双重资源的作用和影响。

一　文艺思想解放的资源与影响

1976年10月粉碎"四人帮"后,尽管已在全国范围内开展了轰轰烈烈的政治批判运动,但就整个理论界来看仍然是以"左倾"思想为主导,特别是"两个凡是"的方针严重阻碍了思想解放的兴起和深入。直到1978年才出现了重大历史转折,此年5月11日,《光明日报》发表特约评论员文章《实践是检验真理的唯一标准》,次日《人民日报》全文转载。以此为发端,在全国范围内开始了关于真理标准的大讨论,这标志着新时期思想解放运动序幕的开启。1978年12月13日,邓小平在中央工作会议闭幕会上发表了《解放思想,实事求是,团结一致向前看》的讲话,明确提出:"解放思想是当前的一个重大政治问题","关于实践是检验真理的唯一标准问题的讨论,实际上也是要不要解放思想的争论"。[①]这进一步促进了思想界的解放,并为党的十一届三中全会召开奠定了主题基调。同年12月18日至22日,党的十一届三中全会在北京召开。"会议高度评价了关于实践是检验真理的唯一标准问题的讨论,认为这对于促进全党同志和全国人民解放思想,端正思想路线,具有深远的历史意义。"[②]会议从根本思想上解除了"两个凡是"的束缚,明确确立了改革开放的方针。

理论界的思想解放运动迅速影响到文艺界的思想解放,从1978年底

[①]《邓小平文选(1975—1982年)》,人民出版社1983年版,第131、133页。

[②]《中国共产党第十一届中央委员会第三次全体会议公报》,中共中央文献研究室编《三中全会以来重要文献选编》(上),人民出版社1982年版,第11页。

到1979年初，《文艺报》《文学评论》《上海文艺》等报刊相继发表了一批关于真理标准问题的讨论文章，否定了"文艺黑线"论，推倒了《部队文艺工作座谈会纪要》，有力推动了文艺界的思想解放。其中最重要的是对文艺与政治关系的重新定位，具有拨乱反正的重要意义。新中国成立以来，"文艺为政治服务并从属于政治"（即"从属论"）和"文艺是阶级斗争的工具"（即"工具论"）一直被看作马克思主义文艺理论的基本观点，尽管当时的批评家也试图对这一文学观念的缺陷作一些修补，但无法从根本上予以矫正。在这场文艺思想大解放中，文艺界与学术界开始重新正视这一关系，展开了一场"为文艺正名"的讨论，重新定位文艺与政治的关系。1978年6月，陈丹晨、吴泰昌在《上海文艺》上发表《评"文艺创作都要写阶级斗争"》一文，文章把"文艺创作都要写阶级斗争"列为"四人帮""最惯用最典型的假左真右的反动文艺谬论之一"。[①] 继而陈恭敏也发表了《工具论还是反映论——关于文艺与政治的关系》一文，对"文艺是政治的工具"提出了质疑："把文艺直接说成是阶级斗争的工具，显然是对文艺为政治服务的一种简单化、机械化的理解，是不符合艺术的规律的"，"当我国进入一个新的历史时期，大规模的群众阶级斗争已经结束，转入四个现代化的建设，这种'工具论'，更值得加以重新研究"。[②] 1979年3月，《文艺报》举行理论批评工作座谈会，"文艺为政治服务"的提法开始受到普遍的诘难。

1979年第4期《上海文学》发表评论员文章《为文艺正名——驳"文艺是阶级斗争的工具"说》，对文艺"工具论"作了极为有力的批判。文章指出："我们的文艺要真正打碎'四人帮'的精神枷锁，'解'而得'放'，迅速改变现状，满足群众的需要，就必须对'文艺是阶级斗争工具'这个口号进行拨乱反正的工作。""'文艺是阶级斗争的工具'这个提法，如果仅仅限制在指某一部分文艺作品（对象）所具有的某一种社会功能这个范围内，那么，它是合理的。如果把对象扩大，说全部文艺作品都是阶级斗争的工具，说文艺作品的全部功能就是阶级斗争的工具，那

---

① 陈丹晨、吴泰昌：《评"文艺创作都要写阶级斗争"》，《戏剧艺术》1979年第1期。
② 陈恭敏：《工具论还是反映论——关于文艺与政治的关系》，《戏剧艺术》1979年第1期。

么，原来合理变成了歪理。'四人帮'的鬼把戏正在于：他们把一部分文艺作品所具有的某一种社会功能——'阶级斗争工具'，作为全部文艺的唯一功能来加以宣扬，从而把'文艺是阶级斗争的工具'歪曲成了文艺的定义和全部本质，这样就从根本上取消了文学艺术的特征。其结果，必然是一方面将某些无法起'阶级斗争工具'作用的文艺开除文艺行列；另一方面又将那些根本算不上是文艺但却适合于他们所需要的阶级斗争的东西强称为是文艺。这样，就把文艺变成了他们篡党夺权的工具。"文章不仅从思想解放的高度批判了"工具论"，揭露了"四人帮"以"工具论"进行篡党夺权的政治阴谋，而且从文艺的自身的特点出发揭示了"工具论"症结的学理所在。文章认为："文学艺术的基本特点，就在于它用具有审美意义的艺术形象来反映社会生活。""文艺与生活的关系应当是文艺首先的和基本的关系。只有把文艺与生活的关系作为首先的和基本的关系来考察的文艺观，才是唯物主义的文艺观。而'文艺是阶级斗争工具'说，要求文艺创作首先从思想政治路线出发，势必导致'主题先行'，这样就撇开了不以人的主观意志为转移的客观世界，把文艺与阶级的欲望、意志的关系作为首先的和基本的关系来考察，这样的文艺观实质上是唯心主义的文艺观。"文章还认为，文学艺术具有以审美为中心的多种社会功能，反对狭隘的政治功利主义：

> 解决文艺与生活的关系，主要是为了求得真的价值；解决文艺与政治的关系，主要为了求得善的价值。在真与善的基础上，还要解决内容与形式的关系，这是为了求得美的价值。这三者的关系不是孤立的，而是相互联系、相互渗透的。文艺所追求的真，不是概念的真，而是艺术形象（主要是人物形象）的真；文艺所追求的善，不是政治的或道德的说教，而是把强烈的、代表人民的爱与憎熔铸在艺术形象的创造中；文艺所追求的美，也不是纯形式的美，而是内容与形式的统一，真善美的统一。

由此可知，"'文艺是阶级斗争的工具'说之所以必须纠正，因为它将文艺与政治的关系说成唯一的、全部的关系，这样的文艺观，将导致文与政治的等同,因而是一种取消文艺的文艺观,必须从理论上加以澄清"。

《为文艺正名》正是从思想解放、文学自身特点揭示了"工具论"的症结所在,因而产生了巨大的反响和影响。在此之后,《文学评论》《文艺报》等许多报刊或开辟了"文艺和政治关系问题的讨论"专栏,或刊载关于这方面讨论的文章,在全国形成一股关于文艺与政治关系问题讨论的高潮。尽管仍有一些文章还是坚持"从属论""工具论"等陈旧观点,但绝大多数学者认识到了这种观点的错误所在,正确地澄清了文艺与政治之间的关系。

与此同时,文艺与政治关系的重新定位也已成为党的文艺政策调整的重要内容。1979年10月30日,邓小平代表党中央、国务院在第四次全国文代会发表《祝辞》,提出"各级党委都要领导好文艺工作。党对文艺工作的领导,不是发号施令,不是要求文学艺术从属于临时的、具体的、直接的政治任务,而是根据文学艺术的特征和发展规律,帮助文艺工作者获得条件来不断繁荣文学艺术事业,提高文学艺术水平,创作出无愧于我们伟大人民、伟大时代的优秀的文学艺术作品和表演艺术成果"。"写什么和怎样写,只能由文艺家在艺术实践中去探索和逐步求得解决。在这方面,不要横加干涉。"党的文艺政策是:"坚持百花齐放、推陈出新、洋为中用、古为今用的方针,在艺术创作上提倡不同形式和风格的自由发展,在艺术理论上提倡不同观点和学派的自由讨论。"① 第四次文代会闭幕不久,邓小平在《目前的形势和任务》的讲话中进一步强调:我们"不再继续提文艺从属于政治的口号,因为这个口号容易成为对文艺横加干涉的理论根据,长期的实践证明它对文艺的发展利少害多。"② 1980年7月26日,《人民日报》发表社论《文艺为人民服务,为社会主义服务》。社论用"文艺为人民服务,为社会主义服务"的口号取代了过去长期使用的"文艺为工农兵服务""文艺为政治服务"的提法。社论既肯定了"文艺为政治服务"的口号在特定的历史条件下曾经起过积极的作用,

---

① 邓小平:《在中国文学艺术工作者第四次代表大会上的祝辞》,《邓小平文选(1975—1982年)》,人民出版社1983年版,第185、182页。

② 《邓小平文选(1975—1982年)》,人民出版社1983年版,第220页。

同时着重指出了它在理论和实践方面的缺陷,强调指出:"文艺为人民服务,为社会主义服务"的口号"概括了文艺工作的总任务和根本目的,它包括了为政治服务,但比孤立地提为政治服务更全面、更科学。它不仅能更完整地反映社会主义时代对文艺的历史要求,而且更符合文艺规律"。社论根据四次文代会精神,将"文艺为人民服务,为社会主义服务"和"百花齐放,百家争鸣"重新确立为新时期社会主义文艺的基本方向和基本方针。1981年8月8日,胡乔木在中央宣传部召集的思想战线问题座谈会上发表《当前思想战线的若干问题》的讲话,对毛泽东《在延安文艺座谈会上的讲话》中关于文艺从属于政治、政治标准第一等观点作了重新的评价:"长期的实践证明,《讲话》中关于文艺从属于政治的提法,关于把文艺作品的思想内容简单地归结为作品的政治观点、政治倾向性,并把政治标准作为衡量文艺作品的第一标准的提法,……虽然有它们产生的一定的历史原因,但究竟是不确切的,并且对于新中国成立以来的文艺的发展产生了不利影响。这种不利的影响,集中表现在他对于文艺工作者经常发动一种急风暴雨式的群众性批判上,以及一九六三、一九六四年关于文艺工作的两个批示上。"① 也就在第四次文代会后不久,毛泽东关于文艺问题的两个批示被彻底否定,而文艺从属于政治的观点及其政策方针也得以废除,这是文艺界思想大解放的重要成果。

文艺思想大解放直接为古代文学研究的矫正与转型提供了思想资源,新时期之初古代文学研究的学术反思、学术"冤案"的"平反",以及古代文学研究的重新定位,都是建立在文艺思想大解放的基础之上而逐步向前推进的。

二 外国文学思潮输入的资源与影响

十一届三中全会以来促进古代文学研究矫正与转型的另一重要资源是外国文学思潮的输入,此与文艺思想大解放常常发生交互作用和影响。

九叶诗人、翻译家袁可嘉是较早把外国学文学思潮引入本土的学者之

---

① 中共中央文献研究室编:《三中全会以来重要文献选编》(下),人民出版社1982年版,第882—884页。

一。1979 年，他撰文对欧美现代派文学的几个主要流派作了重点介绍，分别介绍了 20 世纪 20 年代前后的象征派诗歌、三四十年代的意识流小说和 50—70 年代的荒诞派戏剧。对这些文学流派的介绍，主要是出于思潮性和艺术性的考量，已基本摆脱了意识形态至上的惯性思维。如他介绍象征派诗歌时指出："无论在思想倾向或艺术手法上，象征主义都是划分古典文学和现代文学的分界线"，"象征派诗歌值得我们注意的既在它有曲折地反映艺术家与资本主义社会相矛盾的思想内容，更在它开拓了一些新的艺术方法。这种艺术方法……就是十分重视形象思维，用一个诗篇所拥有的全部手段来形象地构造作者所想创造的意境，极力避免泛泛的一般的陈述或描写，力求表现方法上的浓缩和精练，力求体现'音乐的美，绘画的美，建筑的美'（闻一多：《诗的格律》）"。关于意识派小说的主要特点，可以归纳为：意识流小说家力图打破现实主义小说只注重对外界环境、人物行为的描写和故事情节的安排旧框框，"深入到人物意识的奥秘中去"；"在写法上，他们主张作者应当避免直接出面评头论足或说教宣传，放手让人物意识自动地、自由联想和种种象征手段来真实地显示人物意识流动的轨迹"。而荒诞派戏剧是以"二战"后存在主义哲学为思想基础的，存在主义哲学把"自我"看作存在的核心，把世界万物看成是"自我"的表现、补充或阻碍，人的存在只能是"荒诞的存在"，所以荒诞派戏剧"也只能用荒诞的手法来表现这种荒诞的存在"，其舞台出现的就是"非理性的世界和非人化的人物"。① 这几种文学流派不仅有欧美文学思潮的时间上的承前启后的传承性，而且分别体现了诗歌、小说和戏剧三种不同文学体裁，因而具有典型性。此后，袁可嘉又从总体上概括了西方现代派文学的艺术主张，即重主观表现、重艺术想象和重形式创新；其艺术手法是采用表现法，而非描写法。②

1978 年，《哲学译丛》第 4 期上刊有郑项林摘译的《结构主义与哲学》和王炳文摘译的《结构主义》两文，简要介绍了结构主义的一些基

---

① 袁可嘉：《象征派诗歌·意识流小说·荒诞派戏剧——欧美现代派文学述评》，《文艺研究》1979 年第 1 期。

② 袁可嘉：《略论西方现代派文学》，《文艺研究》1980 年第 1 期。

本理论及其代表人物，但未引起反响。1979 年，袁可嘉又在《世界文学》第 2 期上发表了《结构主义文学理论述评》一文，这是中国第一篇系统介绍结构主义文论的文章；1980 年商务印书馆出版了李幼蒸对比利时布洛克曼《结构主义：莫斯科—布拉格—巴黎》的译著，极大地促进了结构主义文论在中国的传播。1983 年，张隆溪在《读书》杂志上从第 8 期到第 11 期，连续发表 4 篇专论结构主义的文章，包括《艺术旗帜上的颜色——俄国形式主义与捷克结构主义》《语言的牢房——结构主义的语言学和人类学》《诗的解剖——结构主义诗论》《故事下面的故事——论结构主义叙事学》。这些文章进一步促进了结构主义文论在中国的传播和影响。

1980 年，艾略特《传统与个人才能》由曹庸翻译刊载在《外国文艺》第 3 期，是"文革"后最早对英美新批评介绍的文章。1981 年，杨周翰于《国外文学》第 1 期上发表了《新批评派的启示》一文，从新批评理论反思了我国此前的文学研究。1982 年，赵毅衡撰文《"新批评"——一种独特的形式主义文学理论》对新批评作了较为详细的介绍，指出新批评派是一种相当独特的形式主义，其突出特点是能够对文学作品结构作辩证的理解，强调绝对的文本中心主义，把文学作品产生的社会历史原因和作者心理原因，把读者反应问题、文学社会效果问题、文学作品群体特征及文类演变等全部推到文学研究的门外，十分注重文学语言特征的研究，甚至以文学语言特征作为文学区别于科学的特异性。[①] 1984 年，韦勒克和沃伦所著、刘象愚等译《文学理论》由生活·读书·新知三联书店出版，进一步促进了中国学界对新批判理论的关注和重视。

1981 年，朱虹《〈美国女作家作品选〉序》发表在《世界文学》第 4 期上，作者站在女性主义价值立场上，介绍了美国带有女性主义色彩的"妇女文学"。1983 年，她编选出版了附有序言及作者简介的《美国女作家短篇小说选》，系统地开始了对西方女性主义文学及理论的译介。序言中不仅简介了美国女性主义文学创作，还简介了《女性之谜》《性权术》等女权运动的重要著作，以及西蒙·波伏瓦的《第二性》、弗吉尼亚·伍

[①] 赵毅衡：《"新批评"——一种独特的形式主义文学理论》，中国社会科学出版社 1982 年版，第 102 页。

夫的《自己的房间》、苏珊·格芭等的《阁楼上的疯女人》等女性主义批评经典。由此西方女性主义文化思潮和文学理论开始在中国传播。

1983年，张黎《关于"接受美学"的笔记》对接受美学进行了介绍，指出接受美学是20世纪六七十年代文学批评和文学科学变革的直接产物，把读者提到了文学考察的主要地位，"强调了为文学史家们历来所忽视（或没有给予足够重视）的'读者'在文学发展过程中的作用这个重要因素"。①

此外，值得一提的是著名作家高行健出版于1981年的《现代小说技巧初探》小册子。该书虽然是探讨小说写作技巧之书，却对西方现代文学作家、作品流派作了大量的介绍，几乎涉及西方现代文学种种流派及其相关的艺术技巧，如叙述语言、叙述人物、意识流、怪诞与非逻辑、象征、结构、艺术抽象、时间与空间、距离感等。②

20世纪80年代初期，一些学术刊物纷纷开辟专栏来介绍和讨论西方的文学流派和思潮，在外国文学思潮输入方面发挥了重要作用。如《外国文学研究》从1980年底开始率先推出"西方现代派文学讨论"专栏，对西方种种现代派文学进行了介绍并讨论。《当代文艺思潮》于1982年4月创刊，其宗旨之一就是"开拓文艺研究领域，革新文艺研究方法"。从1982年至1984年先后开辟出"美学与文艺学的现代化问题""文艺学与现代科学"等专栏，介绍讨论外国文学新思潮与中国当代文艺研究的新走向。

一些西方哲学理论的输入也对外国文学思潮输入起了重要推动作用。如1981年在北京先后隆重举行了黑格尔逝世150周年纪念大会和纪念康德《纯粹理性批判》出版200周年大会，推动了西方古典哲学理论的输入；此后有"萨特热""弗洛伊德热""尼采热"等。这些都间接或直接地促进了西方文学思潮的输入。

外国文学思潮的输入，不仅拓展了固有的学术视野，而且提供了崭新的理论武器，成为新时期古代文学研究矫正与转型的另一重要资源。当诸多学者从"从属论""工具论"的束缚中解放出来，在逐渐清除了"阶级

---

① 张黎：《关于"接受美学"的笔记》，《文学评论》1983年第6期。
② 高行健：《现代小说技巧初探》，花城出版社1981年版。

性""人民性"等批评话语后,他们关注的视角就不再停留于作者及作品所反映的社会内容,而是由此延伸到作品的文本本身、作品的接受者——读者。同样,他们也不再满足于单一的社会学研究范式,而是开始借鉴美学的方法、心理学方法、宏观研究方法以及民俗学、考古学、神话学、宗教学等文化学思维来进行新的文学解读和研究。因此,对于引进和借鉴外国文学思潮促进古代文学研究矫正与转型的重要作用应予充分肯定。

第二节 三十年学术的反省与扬弃

古代文学研究的矫正,首先体现在对新中国成立三十年来的学术反省与扬弃。三十年古代文学研究一般分为"文革"前十七年和"文革"十年两个阶段。它们之间既有内在的联系,又有本质的不同。张白山指出:"回顾前十七年,我国古典文学的研究工作是有很大成绩的,路线基本是正确的。后十年是毁灭文化的动乱时期,但也有教训可以总结。……前十七年'左'的干扰与后十年的极左路线虽有内在的联系,但是却有原则区别的。看不到这个区别,就不符合历史的实际。"① 徐中玉也指出:"十七年应该与十年浩劫相区别,因为问题的性质不同。但是,十年浩劫时期的某些问题,例如'左'的干扰、个人迷信、思想僵化,在十七年后期已经存在。'四人帮'则变本加厉,更加发展到了极端。"②

一 对"文革"前古代文学研究的反思

在 1980 年由《社会科学战线》组织召开的中国古代文学研究座谈会上,与会学者普遍认为"文革"前十七年的古代文学研究取得了重大的成就,"主要标志是古典文学研究工作者自觉学习马列主义、毛泽东思

---

① 张白山:《继承清算极"左"思潮 重新学习马克思主义》,《社会科学战线》1980 年第 4 期。

② 徐中玉:《谈谈当前古典文学研究中的问题》,《社会科学战线》1980 年第 4 期。

想，用来指导研究与教学工作，逐步清除资产阶级思想的影响，使古典文学研究的面貌根本改观。"①

杨公骥对十七年古代文学研究的成果作了具体归纳：一是古典文学资料（包括作品、作家传记、重要文献）的整理和校勘工作取得了突出成就，涉及的范围较为广泛，研究也较为精致，注释、训诂和考证等工作的成就也较为突出；二是古典文学研究的专著和论文有了相当繁荣的表现；三是培养了大批中国古典文学的教学人员和研究人员，形成了队伍，其数量远远超过了旧中国；四是广大的古典文学工作者，通过马克思主义的学习，都愿意以马克思主义为指计，探讨中国古典文学的发展历程，分析作家，评价作品，使得古典文学研究的面貌根本改观，研究规模之宏大，研究成果之丰富，都远远超过了旧中国。②

胡念贻还从古代文学的学科性质层面分析了十七年古代文学研究的成绩，他认为：

> 解放以后，广大的古典文学研究工作者学习了马列主义，学习了马列主义的文艺理论，把它运用到古典文学研究中来，促使古典文学研究改变了以前的面貌，具有了一门学科的基本理论和完整体系。这一门学科的内容，众所周知，就是用历史唯物主义的观点，研究我国古代作家和作品，研究我国古代文学发展的历史。研究这一门学科，就是为了批判继承遗产，而批判地继承遗产的目的，是为了广大人民群众的需要；是为了繁荣创作、建设社会主义新文化的需要。……新中国成立以来古典文学研究领域所取得的成绩，主要表现在对于古代作家作品的研究有许多是力图运用马列主义观点，结合时代背景，作了思想性的分析，有的还分析了艺术性。文学史著作也不像过去许多文学史一样只是人物事实的叙述或随心所欲的简单论断，而是侧重在对作家作品的分析评论了。这些工作大都是以前很少作过的，新中国

---

① 《继续解放思想，把古典文学研究提高到一个新水平——中国古代文学研究座谈会综述》，《社会科学战线》1980 年第 4 期。
② 杨公骥：《漫谈三十年来古典文学研究中的几个问题》，《社会科学战线》1980 年第 4 期。

成立以后却是普遍地认真地作起来了。①

　　胡念贻从古代文学的学科性质，从当代中国新学术传统的建立与发展的视角阐释分析了新中国成立后十七年古代文学研究所取得的成就。

　　不可否认，"文革"前十七年的古代文学研究也有诸多的缺点和错误，对此研究者也有深刻的思考，并且对这些问题产生的原因作深入的探析。

　　第一，古代文学研究中马克思主义指导理论教条化、庸俗化。主要表现在：不是对具体问题作具体分析，而是形成了分析思想性、艺术性的公式和套子；不是运用马克思主义的立场、观点和方法去研究古代文学，而是奉行"疏不破注，注不破经"的经书注疏式阐释，仅满足于用文学现象注释某些个别结论；在理论问题的讨论中，没有自己的理论和观点，只是简单地把马恩列斯毛的理论和高尔基、鲁迅的理论罗列在一起；在评论作家、作品时则往往以领导个人的好恶为"标准"和导向，缺乏独立思考，也"不许"和"不敢"独立思考。轻视马克思主义的理论指导是错误的，但也绝不能把马克思主义理论简单化、庸俗化、教条化，进而演变为实用主义原则，从而对古代文学研究产生十分恶劣的影响。② 程千帆将这种教条主义束缚、权威迷信的现象称作"新经学的迷雾"。③

　　第二，不能处理好遗产的继承与批判的关系，从而影响古代文学的正常研究。曹道衡指出，新中国成立后古代文学研究者往往只讲批判而忽视继承，"认为强调批判是'革命的'，而强调继承则是'保守的'或'落后的'。""这种思想本质上就是'宁左勿右'的错误观点在古典文学研究中的反映。在这种思想支配下，一些研究者对古代作家或作品中某些本来

----

① 胡念贻：《研究古典文学与批判继承遗产——三十年来古典文学研究的回顾》，《文艺百家》1979 年第 1 期。
② 1980 年 7 月 10 日至 17 日，《社会科学战线》编辑部和吉林省文学学会邀请了国内部分古典文学专家和研究、教学工作者举行了中国古典文学研究座谈会，会上各位学者发言刊于《继续解放思想，把古典文学研究提高到一个新水平》，《社会科学战线》1980 年第 4 期。
③ 程千帆：《从新经学的迷雾中走出来》，《社会科学战线》1980 年第 4 期。

有进步意义的内容，作了脱离历史条件的苛责，甚至全盘否定。"脱离历史条件而苛责古人的一种突出表现就是"以人划线"，根据历史人物的政治观点进步与否而决定对其文学作品作肯定或否定的判断，并以此为准则来判断与其交往的作家与作品。苛责古人的另一种表现则是抓住某些部分而否定全部，只攻其一点而不及其余。这种苛责古人的结果"必然在某种程度上造成对遗产的虚无主义态度"，因而不能正确处理古代文学的研究。对于古代文学研究者来说，其任务首先是研究古代遗产中优秀的东西，吸取其有益的成分，为社会主义文化建设服务，而这种民族虚无主义态度则不能达到这种效果。①

第三，片面强调古代文学的思想性研究，而忽视古代文学的艺术性研究。胡念贻指出："五十年代初期，研究古典文学的文章，一般不谈艺术性。一九五六年'百花齐放，百家争鸣'的方针提出以后，谈论艺术性的文章多起来了。到了五十年代末，这一类文章往往受到批判。从此以后，古典文学的研究文章，对于艺术性又过度小心，不敢多谈，要谈也是很空泛。因此可以说，解放以后，对于古典文学艺术性的分析，是工作中一个薄弱环节。"而文学的特性是通过语言的艺术形象来反映生活和思想感情，要求有美感，能动人。如果撇开了文学作品的艺术形式，就不成其为文学作品。因此，研究古代文学作品，就必须十分重视研究它的艺术性。同时，古代许多作家以毕生的精力从事文学创作，在作品的艺术性上有着许多独创性的特点，对于我们今天的文学创作有着重要的借鉴作用，所以从艺术的继承性这一点来说，也应该加强古代文学的艺术性研究，而不能只就古代文学的思想性作研究。产生这种现象，既与新中国成立后我们对待古代作品遵守政治标准第一、艺术标准第二的原则有关；也与新中国成立后文学创作中流行的教条主义公式主义的思想倾向有关。②

第四，研究范围过于狭窄，轻信"定评"，害怕"冷门"。我国几千年的文学发展史形成了极为丰富、极为复杂的文学现象，产生了大量的作

---

① 曹道衡：《关于古典文学研究工作的几个问题》，《文学评论》1979 年第 5 期。
② 胡念贻：《研究古典文学与批判继承遗产——三十年来古典文学研究的回顾》，《文艺百家》1979 年第 1 期。

家和作品。各种文学流派、思潮、风格，变化万千，层出不穷。但对于这样丰富的文学遗产，新中国成立后所涉及的范围极其有限，研究对象少，研究领域窄。以唐诗为例，据《唐诗纪事》载，唐代有两千多位诗人，而新中国成立后研究或介绍的诗人只有四十几位，而大多数又主要集中在李白、杜甫等大家、名家身上。对于汉赋、齐梁文学、宫体诗等，由于早有"定评"，被视为一种消极的文学，新中国成立后的研究者轻信这种早已"定评"的结论，不敢打破陈陈相因的陋习，因此研究缺乏创新性。对于一些较为偏僻的"冷门"学术问题，由于长期以来把钻"冷门"视为资产阶级学术观点的一种表现，因此，研究者不敢涉足其中。正是由于顾忌太多，轻信"定评"，进一步促使古代文学研究范围变得更加狭窄。①

第五，古代文学研究忽视民族性特点。中国古典文学作为中华民族几千年的文化之一，无论在理论上还是在文学实践上，都具有非常鲜明的民族特点，但新中国成立后的古代文学研究却缺乏自己应有的民族性特点。这主要是由于新中国成立后照搬苏联的文艺理论和文学史体系，虽然这在一定程度上起过积极作用，但同时抹杀了我国古典文学的民族特点。如"气""味""风骨"等，这些概念很难用西方的概念解说清楚，但它们所概括的内容相当明确，这就是有民族特点的东西，我们应该加以发扬，加以改造。②

总之，新中国成立后十七年来古代文学研究的成就是主流，但缺点和错误也很明显，主要表现重批判轻继承，重思想轻艺术，理论僵化，实践狭窄，缺乏民族特点，之所以产生这些缺点和错误，主要是"左"倾"向思想所致。

二 对"文革"时期古代文学研究的反思

由于"四人帮"阴谋政治和极"左"思想的主导，十年"文革"时

---

① 《继续解放思想，把古典文学研究提高到一个新水平——中国古代文学研究座谈会综述》，《社会科学战线》1980年第4期。

② 同上。

期的古代文学研究遭到了极大的破坏，正常的学术活动已基本停止，学术研究沦为政治斗争的工具和手段，因此研究者对于此期的古代文学研究基本上是持否定态度的。

杨公骥对"文革"时期林彪、"四人帮"的文学观进行了深刻的剖析和批判，他认为江青的"政治统帅文学"，林彪的"无产阶级的文艺，是强有力的武器，是形象地、通俗地宣传马克思主义毛泽东思想的工具"，"和封建主义的文学观是全然一致的"。因为他们认为文学不是由社会现实生活产生，而是由"道""道德""义理"产生；他们认为文学不是被经济基础和社会生活所派生的具有自己特性的意识形态，相反，而说它是另一意识形态（"道"或"政治思想"）的附庸和表现工具。这与马克思文艺观是背道而驰的，因为马克思文艺观"从来反对把观念当做意识形态的始因，从来反对把意识形态看做是表现观念或宣扬'道'的一种工具"。因此林彪、"四人帮"所鼓吹的新"文以载道"论，究其实质只不过是继承了封建主义的"宗教"或"神学"传统。而古典文学研究也受到这"理论"的影响，使古典文学的研究，不是从文学的历史出发，不是从文学史的既定事实出发，而是从"道"出发，文学史也变成了"载道"工具。[①]

除了从整体上对"文革"时期的古代文学观念进行批判否定外，研究者还对"文革"期间红极一时的"儒法斗争"、"评红"运动和评《水浒》等所谓的文学批判进行了深刻的反思和剖析。

"儒法斗争"是"四人帮"为了篡党夺权的政治阴谋而展开的一场学术批判活动。他们臆造儒家和法家的对立，歪曲中国历史是一部"儒法斗争史"，儒家是落后和反动势力的代表，法家则是进步和革命势力的代表，而中国文学自始至终贯穿这一斗争史。因此他们自我标榜为革命进步的"法家"，而把周恩来、邓小平等领导人污蔑成落后保守的儒家。其御用写作组"江天"之流炮制了《研究文艺史上儒法斗争的几个问题》《文艺史上的儒法斗争》等，企图高唱文学史上的"儒法斗争"论来实现他们篡党夺权的政治阴谋。对此章培恒、胡念贻分别撰文《对文艺发展历

---

① 杨公骥：《漫谈三十年来古典文学研究中的几个问题》，《社会科学战线》1980年第4期。

史的卑鄙篡改——评〈研究文艺史上儒法斗争的几个问题〉及其他》《驳所谓"儒法斗争是贯串中国文学史的主线"论》,① 对中国文学史中的"儒法斗争"主线谬论作了批驳和剖析。章培恒指出,所谓"儒法斗争史","实际上是在为'四人帮'篡党夺权的反革命阴谋服务"。胡念贻则认为"儒法斗争"论实际上是"四人帮"出于政治阴谋而捏造的荒谬公式,严重歪曲历史事实。章、胡文章一针见血地揭露了"四人帮"捏造的"儒法斗争"论的政治目的和荒谬实质。

"评红"运动发生于 1973—1974 年,是"批林批孔""评法批儒"的一个组成部分。对于这场"评红热",刘梦溪率先做出了反思,但他对这场"评红热"基本上是持"应予肯定的"态度,他认为这场运动具有广泛的群众性,是广大群众试图运用毛泽东关于《红楼梦》的阐释观点来研究该书,推动了《红楼梦》研究;只不过缺点就是"'四人帮'乘机插手了评红运动",散布了一些极其荒谬的观点。② 对于刘梦溪的这种反思,很多研究者做了有力的反驳,并且提出了更为客观的反思意见。如丁振海认为这场评红运动"是'四人帮'操纵和控制下的一场精心策划的政治运动,并非仅仅是'乘机插手'的问题",所谓"空前的"、"群众性"和"广泛性"并不值得称道,况且"用搞群众运动的方式对待《红楼梦》研究"本身就没有什么值得称道的地方。③ 傅继馥也认为这场"评红热"是"四人帮"垄断操纵的一场政治运动,是"文化大革命"的组成部分,因此应该"对'文革'评红运动从根本上予以否定"。④ 王志良、方延曦则指出"评红热"是"四人帮""篡党夺权的重要组成部分",因此应该给予彻底否定。⑤

"评《水浒》"发生在 1975 年,紧接着"评红热"之后,也被纳入

---

① 章培恒:《对文艺发展历史的卑鄙篡改——评〈研究文艺史上儒法斗争的几个问题〉及其他》与胡念贻《驳所谓"儒法斗争是贯串中国文学史的主线"论》,分别见《文艺论丛》第 1 辑和第 3 辑,上海人民出版社 1977 年版。
② 刘梦溪:《红学三十年》,《文艺研究》1980 年第 3 期。
③ 丁振海:《也谈"文革"中的"评红热"》,《文学评论》1981 年第 1 期。
④ 傅继馥:《〈红楼梦〉研究与马克思主义》,《文学评论》1981 年第 3 期。
⑤ 王志良、方延曦:《评〈红学三十年〉》,《文学评论》1981 年第 3 期。

"儒法斗争"的荒谬思维逻辑当中，特别是制造了"宋江架空晁盖"这样主观臆断的荒谬论题以鼓吹"篡权""夺权"之类的伪命题，从而达到污蔑周恩来、邓小平等领导人的政治目的。对此，丁振海认为"四人帮"的"评《水浒》"运动是"对《水浒》进行了有史以来的最大的歪曲"，这样歪曲的表象下是为了他们的政治阴谋。①

反思十年"文革"的古代文学研究，学界基本上是持否定态度，认为十年"文革"完全推行了一条极"左"路线，全盘否定了文化遗产，对古典文学来了一个大扫荡，在某种意义上说，是对十七年中"左"的错误的恶性发展。当然，十七年的古代文学研究与"文革"时期的古代文学研究是有着本质的区别。前者虽有一定的"左倾"观念，但正常的学术研究还占据着主流，并且取得了十分突出的成就；后者则完全颠覆了正常的学术研究，把学术研究推向泛政治化，学术研究完全成了政治批判的工具和手段，学术成果几乎是一无是处。

概而言之，对新中国成立三十年古代文学研究进行深刻反思，是文艺思想解放在古代文学研究中的主要成果的具体体现，是新时期古代文学研究矫正与转型的关键一步。因为只有深刻认识到了古代文学研究中"左"的思想观念长期盛行的深层原因，认识到了马列主义教条化、庸俗化对古代文学研究造成的严重危害，认识到了基于"从属论""工具论"而混淆学术问题与政治问题所带来的沉痛教训，才能自觉纠正古代文学研究中的理论偏差，改进古代文学研究中的实践缺陷，因而对于新时期古代文学研究的矫正与转型来说具有十分重要的意义。当然，由于时代局限所致，一些反思还不够彻底，认识还不够深刻，还有一些论题存在着分歧和争议，但反思毕竟是矫正与转型的前提。

第三节　学术"冤案"的"平反昭雪"

在对三十年古代文学研究进行深刻反思的过程中，交织着对三十年间

---

①　丁振海：《〈水浒〉研究三十年简评》，《文学评论》1979年第6期。

累积的学术"冤案"的"平反昭雪"。所谓学术"冤案",是指那些由于"左"的思想干扰和政治批判运动中出现的对于一些古代文人作品的错误批判和定性。在十一届三中全会和思想大解放后,这些被错批的学术问题得到了重新评价和肯定。这些"平反昭雪"的学术"冤案"典型者有:孔子、杜甫、韩愈、金圣叹以及宋诗的错误批判。

一 孔子的"平反"

"文革"期间,伴随着"评法批儒"斗争的进行,"法家"被标榜为进步的革命派,而"儒家"则被视为落后的保守派,中国古代文学史则被认为自始至终贯穿着"儒法斗争",① 作为儒家学派的创始人——孔子及其文艺思想自然也紧接着被批判打倒。

"四人帮"粉碎后,章培恒、胡念贻等人分别撰文对中国文学史中的"儒法斗争"主线谬论作了批驳。随着"儒法斗争"的思想束缚被打破,儒家思想、孔子思想被歪曲的评价开始得到"平反"。庞朴认为:"作为一个意识形态方面的历史人物,孔子创建了一个学派,提出了一些错误见解,也认识到了一些真理,从而留下了许多为后人由以出发并得以利用的思想资料。……孔子学说在后世发生的影响,有消极的一面,也还有积极的一面;后人对孔子的利用,起过反动作用,也曾起过进步作用。我们不能以一个方面否定另一方面,不能拿一种作用抹杀另一作用。而所有这些方面和作用,又只有从其同孔子思想的联系和区别中,作出评价,从历史发展的曲折和波澜中,寻找说明;不能皂白不分,爱恶先定,'葫芦僧判断葫芦案',胡涂对胡涂,那将是什么也判不清楚的。""四人帮"的荒谬性就在于"既不区分不同尊孔活动的不同实质和作用,更蓄意混淆孔子思想和尊孔活动实际存在着的差别,进而把肯定孔子思想合理因素的学术研究一律诬为尊孔,继之以'凡是尊孔派都是反动派'的大棒,凶神恶煞,气焰万丈,把历史搞乱,把理论搞乱,把政治和学术关系的政策搞乱,把人们的思想搞乱。其结果是,在他们一手造成的一切工作的大破坏

---

① "四人帮"御用写作组"江天"所炮制的《研究文艺史上儒法斗争的几个问题》《文艺史上的儒法斗争》等,对中国文学史上的"儒法斗争"作了集中阐述。

中，历史研究中的孔子批判工作，也是荒芜一片，疮痍满目，直至形成禁区，无人敢于涉足。"①

对于孔子的文学思想和文学地位，陈祥耀认为孔子对古代文学的发展影响巨大。孔子编集、传授的经书，对古代文学的发展有着巨大的影响；孔子的"德治"以及通过孟子而发展起来的"仁政"思想，成为古代进步的文学家衡量政治、批判现实的主要思想武器；孔子重视文学的社会作用，有利于现实主义文学的发展；孔子重视作品的思想内容，把内容放在第一位，这在原则上也是正确的。因此，就当时的历史条件来看，孔子对古代文学的发展贡献是不可低估的。②张文勋则认为孔子文学观中关于文学的地位和作用问题、关于文学的内容和形式问题、关于"道统"和"文统"的问题在我国文学史上都曾起过积极的作用。③蔡厚示也指出，在先秦文论思想的发展过程中，孔子和他所创立的儒家学派占有突出的地位。孔子就文学的社会作用、文学的内容和形式、文学的创作原则和方法等问题，都作过较明确的回答并发表了较完整的见解。在古代文论领域中，孔子不仅比他的前辈提供了更多新的见解，而且比他的同时代人（甚至晚于他一两个世纪的人）提供了更为正确的看法，这正是他的历史功绩。④李泽厚则指出，孔子为代表的儒家学说在奠定汉民族的心理——文化结构方面起了非常重要的作用，"孔子在塑造中国民族性格和文化——心理结构上的历史地位，已是一种难以否认的事实"，以庄子为代表的道家则作为它的对立和补充，儒道的对立和互补，构成了中国美学的思想主线。⑤

---

① 庞朴：《孔子思想再评价》，《首都师范大学学报》1979年第1期。
② 陈祥耀：《孔子的历史作用及其对后代文学的影响》，《福建师范大学学报》1979年第1期。
③ 张文勋：《孔子文学观及其影响的再评价》，《古代文学理论研究丛刊》第1辑，上海古籍出版社1979年版。
④ 蔡厚示：《怎样评价孔子的文学思想》，《福建论坛》1981年第1期。
⑤ 李泽厚：《孔子再评价》，《中国社会科学》1980年第2期；李泽厚：《美的历程》，文物出版社1981年版。

二 杜甫的"平反"

杜甫被誉为"诗圣",新中国成立后又被称为"人民诗人",但是由于毛泽东个人的喜好多次表达了对杜甫的不甚喜爱,[①]从而导致了"文革"期间杜甫不仅被摘掉了"诗圣""人民诗人"的荣耀,甚至被当作反面诗人典型被批判打倒。1968—1969 年,郭沫若附和毛泽东的个人喜好,写作专著《李白与杜甫》,1971 年出版。该书首先摘掉了杜甫头上"诗圣"和"人民诗人"两顶帽子:"以前的专家们是称杜甫为'诗圣',近时的专家们是称为'人民诗人'。被称为'诗圣'时,人民没有过问过;被称为'人民诗人'时,人民恐怕就要追问个所以然了。"并且严厉地批判道:"杜甫是完全站在统治阶级、地主阶级一边的。这个阶级意识和立场是杜甫思想的脊梁,贯穿着他遗留下来的大部分的诗和文。"[②]此后,刘大杰在再次修改的《中国文学发展史》中认为杜甫所真正向往、赞美的是"在某种程度上被他儒化了的法家政治",后来又产生了疑儒、轻疑思想,晚年进而"由轻儒倾向于重法"。这样,杜甫既是"法家诗人"又是"封建卫道士"。[③]

针对刘大杰的观点,陆侃如以杜诗的统计数字证明杜甫不是"轻儒重法",而是"尊儒尊孔"的,所谓"法家说"根本不能成立,而杜甫后期所谓由儒入法的"转变"也根本没有发生,因为后期杜诗中的儒家色彩远远要超过其他一切。[④]韩酉山则指出,汉代以后儒家思想经过叔孙通、董仲舒等人的改造,就逐渐成为封建地主阶级的统治思想,法家思想作为一个独立的学派已不复存在了。但是,儒家思想作为一种思想体

[①] 最早把杜甫称为"人民诗人"的其实也是毛泽东,1949 年他在接受苏联费德林采访时称杜甫是"中国古代最伟大的人民诗人"。参见费德林《我所接触的中苏领导人》,新华出版社 1995 年版,第 26 页。但是由于毛泽东个人性格气质更偏爱李白而不喜欢杜甫,因此在 20 世纪五六十年代多次表达了不喜欢杜甫的话语。参见陈晋主编《毛泽东读书笔记》(上),广东人民出版社 1994 年版,第 316 页。

[②] 郭沫若:《李白与杜甫》,人民文学出版社 1971 年版,第 125、195 页。

[③] 刘大杰:《中国文学发展史》(二),上海人民出版社 1976 年版,第 200—207 页。

[④] 陆侃如:《与刘大杰论杜甫信》,《文史哲》1977 年第 4 期。

系流传下来，同先秦法家思想有着不同的基本特征，如"法古""礼治""仁政"等，而"杜甫的政治思想同儒家有着很深的渊源关系，而同法家是毫不相干的"，因此杜甫所谓"被他儒化了的法家政治"思想根本不能成立，所谓"由疑儒、轻儒倾向于重法"的思想发展过程并不存在。①

对于郭沫若《李白与杜甫》的观点，许多研究者提出了批评。萧涤非认为郭沫若是用曲解和误解杜诗的方法来歪曲杜甫；② 高建中也认为郭沫若是从主观愿望出发剪裁客观材料，甚至不惜用违背历史唯物主义原则的研究方法来曲解杜甫的。③ 董治安则指出："杜甫的诗歌用同情的态度，相当广泛地写出了当时人民的疾苦，暴露了封建统治的腐朽，鞭挞大地主统治集团的种种罪恶，触及到当时社会的重大问题和带根本性的矛盾。"所以"杜甫对待人民的同情和对于封建统治集团的批判态度，使得他有别于其他许多封建地主阶级作家"。④ 王学太特别推崇杜甫"用尽毕生精力写下了一千四百多首诗歌，在这些诗中他塑造当时社会各个阶层的许多典型人物形象。这里有农民、士兵、军官、贵族、书生、商人等，并且描绘了这些典型人物所赖以存在的社会环境。这一切生动地再现了大唐帝国——甚至可以说是整个封建社会——由盛转衰的过程。他从各个角度描写了人民所受的苦难，反映了人民的呼声（包括爱国主义呼声）。在占杜甫作品绝大部分的抒情诗中塑造了一个与国家、民族、人民同命运、共甘苦的诗人自我形象。他的一生中遭受了许许多多苦难，但是不管生活的道路有多么艰难，他的忧国忧民之志愈挫愈坚，如倾日之葵，朝海之流，永不变其初衷。他的诗深深激动着后代读者，告诉人们在艰难的条件下如何去作一个真正的人。许多对国家、对人民无比忠诚的仁人志士不少是受到杜诗哺育的。"⑤ 因此，陈昌渠认为杜甫"可以，而且必须"

---

① 韩西山：《杜甫有"轻儒重法"的思想吗？——评〈中国文学发展史〉（新编）关于杜甫思想的一些论述》，《安徽师范大学学报》1979年第3期。
② 萧涤非：《关于〈李白与杜甫〉》，《文史哲》1979年第3期。
③ 高建中：《评〈李白与杜甫〉》，《文学评论》1980年第3期。
④ 董治安：《杜甫评论中的几个问题》，《文史哲》1978年第4期。
⑤ 王学太：《对〈李白与杜甫〉的一些异议》，《读书》1980年第3期。

称为"人民诗人";① 萧涤非在《杜甫研究》中也指出:"在我国文学史上,欠劳动人民的血汗债最少、而为劳动人民说的话却最多的诗人,不能不推杜甫",所以杜甫是称得上"人民诗人"的称号的;② 朱东润也认为杜甫"运用人民的语言,诉说人民的情感",可以被称为"人民的诗人"。③ 至此,"人民诗人"的荣耀又戴在杜甫的头上了。

三 韩愈的"平反"

犹如评价李白、杜甫一样,历史上评价韩愈、柳宗元两人也是扬抑各执一词。新中国成立后,为了迎合最高领袖个人的爱好,人们往往扬柳抑韩,韩愈一直未得到客观公正的评价。20 世纪 50 年代,就有人著文批评韩愈"反对王叔文及其领导的政治集团","是一个维护大地主世族地主利益,而始终和旧势力妥协者"。④ "文革"期间,著名的民主人士章士钊出版了《柳文指要》一书,书中凭着作者个人的兴趣和附和领导的爱好,也持扬柳抑韩的观点,严厉批判韩愈所谓勾结方镇、疏附宦官的政治行为和思想,批评韩愈"以文为诗"的诗风。⑤ 新时期之初,吴世昌仍然延续着扬柳抑韩的论调,对韩愈作了否定性的评价,甚至对于韩愈的古文运动主张和地位都作了否定,认为韩愈的文学主张是"贵古贱今",把韩愈当作古文运动的发起者或领袖"是不符合当时的历史情况的"。⑥

针对扬柳抑韩的现象,郭预衡撰文对韩愈的政治思想作了重新考察,认为韩愈虽然反对王叔文的"永贞革新",客观上在一定程度不利于反对宦官专权和藩镇割据,但主观上他是反对藩镇割据和宦官专权的,反对佛老思想的。我们不能因此而对韩愈的政治思想作一概的否定。⑦ 郭预衡紧

---

① 陈昌渠:《关于李、杜研究中的两个问题——重读〈李白与杜甫〉》,《四川大学学报》1980 年第 2 期。
② 萧涤非:《杜甫研究》"前言",齐鲁书社 1980 年版。
③ 朱东润:《杜甫叙论》"序",人民文学出版社 1981 年版。
④ 黄云眉:《韩愈柳宗元文学评价》,山东人民出版社 1957 年版,第 55、59 页。
⑤ 章士钊:《柳文指要》,中华书局 1971 年版。
⑥ 吴世昌:《重新评价历史人物——试论韩愈其人》,《文学评论》1979 年第 5 期。
⑦ 郭预衡:《韩愈评价的几个问题》,《北京师范大学学报》1979 年第 3 期。

密结合韩柳所处的时代背景，深入考察了韩愈思想的复杂性，批驳了对韩愈的一些不正确的评价，为韩愈的"平反"迈出重要的一步。蒋凡则进一步指出，韩愈的政治主张虽然与王叔文集团有分歧，但对"永贞改革"并没有全面对抗，与"永贞改革"的具体措施也"并无根本矛盾"，"在'外制方镇'、'内抑宦官'这两个关键问题上，韩愈与王叔文集团的'永贞改革'并无本质的不同"。而且"在韩愈柳宗元的时代，对王叔文集团和'永贞改革'的态度，并不是检验政治上进步与反动的唯一标准"。在贞元末至元和年间，反对王叔文集团的，"既有反动腐朽的势力，又有进步的政治人物，不可一概而论"。① 王启兴也认为韩愈的政治思想和王叔文人集团的"内抑宦官，外制方镇"的改革措施没有什么本质的区别。②

针对韩愈"以文为诗"的诗风批评，江辛眉指出，韩诗之所以具有刻意求新、险怪奇崛的风格，是为了矫正大历到贞元年间诗坛诗风平庸、多袭陈言的状况，实质上是一种革新尝试。"韩愈诗的散文化倾向，正是当时古文运动的一个组成部分，也是力矫诗坛颓风的有效措施。""只有在诗的散文化倾向出现以后，才始意味着逐步摆脱了六朝以来轻靡诗风的桎梏"，"诗的散文化，在很大的程度上给诗歌以更大的自由，增添纵横驰骋的气势"。韩愈的诗歌创作虽然是有弊端的，但是"不能由这些弊端存在便说这些手法不能用"。③ 程千帆也认为："韩愈以文为诗，其实际意义就在于要突破诗的旧界限，开拓诗的新天地，这不但有助于形成他自己的独特面目，而且成为宋诗新风貌的先驱。"④ 阎琦指出以文为诗具有合理性：诗文在体制上有互相渗透的现象；诗乐分离使以文为诗手法成为可能；古诗尤其是七言古诗宜于散文化；题材的扩大促进了诗的散文化。韩愈以古文句法为诗，"最成功的努力是尽力创造一种使诗歌既不失基本整齐、规范的句式，又摆脱了形式整饬的束缚；既不是押韵的散文，又采用

---

① 蒋凡：《韩愈与王叔文集团的"永贞改革"》，《复旦学报》1980 年第 4 期。
② 王启兴：《为韩愈一辩——韩愈评价中几个问题的商榷》，《西北大学学报》1979 年第 4 期。
③ 江辛眉：《论韩愈诗的几个问题》，《中华文史论丛》1980 年第 1 辑。
④ 程千帆：《韩愈以文为诗说》，《古代文学理论研究丛刊》1979 年第 1 辑。

接近散文那样流动、潇洒、善于传情达意的语言和句式的新型诗体"。①

刘国盈则撰文重申了韩愈在古文运动中的重要地位:"韩愈提倡古文运动,不过是像接力赛跑一样,他接过了前人传下来的接力棒,继续向前跑了一段路程罢了。然而,这一段接力却很重要。没有韩愈的接力,古文运动就可能半途而废,有了韩愈的接力,古文运动就有了成绩。""古文代替了骈文的地位而成为一种通用的文体了。这固然有时代的原因,但韩愈个人所作的努力,也是不能抹杀的。首先,韩愈通过师道关系,大大扩大了古文运动的影响;其次,韩愈写出了'许多堪称模范的散文作品'。……只有韩愈的大量的'堪称模范的散文作品'问世之后,才显示出了古文运动的实绩,才最后战胜了绮靡的文风。"因此,韩愈在古文运动的地位是功不可没的。

这样,韩愈对"永贞改革"的思想态度、"以文为诗"的诗风、古文运动中的地位都得到了一个较为客观公正的评价。

四 金圣叹的"平反"

金圣叹是清代著名的文论家,其评改的《水浒传》和《西厢记》在清代颇为流行,但对于金圣叹及其评点的作品历来褒贬不一,争议很大。新中国成立后,由于"左"的思想影响,金圣叹被定为"反动的封建文人",其评改的《水浒传》和《西厢记》也多被否定。1964年在关于金圣叹的讨论中,虽然偶有研究者反对这种定评,但并没有推翻这个符合政治原则的结论。② 1975年,《学习与批判》刊登了罗思鼎《三百年来一桩公案》一文,对金圣叹及其评改的七十回本《水浒传》作了彻底的否定,并且对一切不同意见加上"刮起为金圣叹翻案的妖风"的罪名,妄图给这桩公案下个定论。

"四人帮"粉碎后,金圣叹及其评点的"平反"工作被研究者提上日程。张国光首先不遗余力地为金圣叹做了翻案工作。张国光认为,历史存

---

① 阎琦:《论韩愈的以文为诗》,《西北大学学报》1983年第2期。
② 详见齐森华《一九六四年若干学术问题讨论综述·关于对金圣叹的评价》,《学术月刊》1965年第1期。

在着两种《水浒》，两个宋江，一个是旧本宣传投降主义走投降路线的《水浒》和宋江，一个是金圣叹评改的《水浒》和宋江。"金本《水浒》是评改得成功的。它反映了人民群众被逼上梁山的曲折而痛苦的历程，歌颂了农民的起义斗争，歌颂了敢于革命的英雄好汉，体现中华民族和广大劳动人民酷爱自由、反抗压迫的革命传统，符合于事物的辩证法。"金批序文、批语中对宋江的讥贬，是金圣叹在封建专制社会里涂上的一层"保护色"。① 张国光还指出，在金圣叹的文学批评中，"成就最高、对我们的借鉴作用最大的则是他的《西厢》评"，金本《西厢记》中，无论是思想主题、故事情节还是人物形象，其成就都远远超过了王本《西厢记》。② 金本《西厢记》优于王本《西厢记》主要体现在三个方面：对正面人物性格进行了深化；对王本《西厢记》的唱词进行了加工，使之更易于阅读和普及；截去了第五本，删掉了大团圆的结局，突出了反封建的思想主题。③

由于张国光为金圣叹的翻案做得过于完美，有点矫枉过正的味道，因此引起了一些批评。如萧相恺和欧阳健就指出，张国光为金圣叹翻案而努力的精神值得肯定，但他"为了夸大金圣叹和金本《水浒》的进步性和革命性，对于旧本《水浒》采取了全盘否定的态度"等观点，"实在令人难以信服"。④

黄霖、洪克夷等人则对金圣叹及其评点作了较为客观的评价，翻案态度较为平允。黄霖通过对金圣叹的诗作《沉吟楼诗选》的思想内容分析，认为"金圣叹的思想是复杂的、矛盾的"，他"一生穷秀才的生涯，虽然没有使他跳出阶级局限，倾向农民革命，但低下的地位、困苦的生活就是

---

① 张国光：《两种〈水浒〉两个宋江——兼谈金圣叹批改〈水浒〉的贡献》，《学术月刊》1979年第7期。
② 张国光：《杰出的古典戏剧评论家金圣叹——金本〈西厢记〉批文新评》，《古代文学理论研究丛刊》1981年第3辑。
③ 张国光：《有比较才能鉴别——〈金西厢〉优于〈王西厢〉之我见》，《文学评论丛刊》1979年第3辑。
④ 萧相恺、欧阳健：《何止多走了一小步——评"两种〈水浒〉，两个宋江"论》，《苏州大学学报》1983年第2期。

能使他切身感受到社会的黑暗、群众的疾苦，能起来抨击腐败的政治和呼吁改变劳动人民的遭遇，以致最后挺身而出，为反对贪官酷吏而献出了生命"。金圣叹评改《水浒》无可否认有着深深的阶级烙印，暴露着种种局限，但"不能简单地说金圣叹反对农民起义"，"在我国整个封建社会中，能像他这样大胆地、热情地对这样一部书、这样一群人、这样一些事，作这样的歌颂的，实在是不多的"。① 洪克夷也认为金圣叹"既有反清的民族思想，但又缺少骨气，容易动摇。他对封建政治腐败有不满和牢骚，在环境的推动下甚至敢挺身而出，可是他并无反叛的决心，更没有反叛整个封建统治制度的思想。他不甘受严格的封建伦理的羁绊，但头脑中又有浓厚的封建观念"。金圣叹思想中有最为可贵、最值得肯定的，就是"在某些问题上所表现出的对封建传统的叛逆精神。他不仅痛恨贪官污吏，而且由儒家的民本思想，进而至于贬斥君权。"金圣叹"评点的《水浒》、《西厢》，是早被封建统治者斥为'诲淫诲盗'的。在他们看来，书评中蔑视传统的议论，以其触目的光采，足以掩过浓厚的封建意识的一再表露。事实上两者客观影响的大小，确实不是以字数篇幅的多寡计的。因此我们若平心而论，金圣叹及其书评对封建制度所起的，无宁说主要是破坏作用，而不是维护作用。"② 黄霖、洪克夷等人的评价在肯定金圣叹及其评点的历史价值和地位时，也没有刻意忽视他的历史局限性，是较为公允的。

五 宋诗的"平反"

唐宋诗之争是一桩学术公案，历来各有褒贬。1965 年毛泽东给陈毅写了一封信，信中说："诗要用形象思维，不能如散文那样直说。……宋人多数不懂诗是要用形象思维的，一反唐人规律，所以味同嚼蜡。"十三年后，信被公开发表，③ 又引起了一场褒唐贬宋的宋诗批判，纷纷批判宋诗违反形象思维的规律。如周寅宾指出，宋代诗坛先后出现了西昆体和江

---

① 黄霖：《读金圣叹〈沉吟楼诗选〉》，《复旦学报》1980 年增刊。
② 洪克夷：《从〈沉吟楼诗选〉看金圣叹》，《杭州大学学报》1981 年第 1 期。
③ 毛泽东：《给陈毅同志谈诗的一封信》，《人民日报》1977 年 12 月 31 日；《诗刊》1978 年 1 月号；《文学评论》1978 年第 1 期。

西诗派,它们都违反了形象思维的规律,其原因则是宋人脱离了现实生活,结果只能作空洞的议论和堆叠晦涩的典故。① 苏者聪则从四个方面详细地论证了毛泽东的观点:"唐人强调诗歌与现实生活的联系,宋人多从前人创作中讨生活";"唐人重抒情,宋人主说理";"唐诗用形象,宋诗发议论";"唐诗用比兴,宋诗用典故"。② 宋诗违反形象思维规律的突出表现就是"以文为诗",好发议论,好用曲故。这显然是把"形象思维"与"以文为诗"作了绝对的区分。

对于此种论调,程千帆指出,诗歌中的议论"是《诗》、《骚》中早就存在的。韩愈以及追随他的宋人以古文立论之法入诗,只是踵事增华,并非自我作故;同时,也只是扩充了诗歌议论的成分,而非只在诗中说理,不在诗中抒情。韩愈及宋人的许多含有议论成分的好诗,无一不是抒情与说理非常巧妙的融合"。因此,"以文为诗"是可以与"形象思维"共存的。而"不懂诗要用形象思维的,在宋代作者中只占极少数。多数人以文为诗,并没有放弃形象思维,其作品并不缺乏形象性。由此可见,他们并非不懂形象思维"。③ 也就是说,宋诗虽然以文为诗,以议论为诗,但同时包容着形象思维,形象思维与逻辑思维是同时共存的。以此种观点来批驳贬宋诗的研究者甚多,如徐有富说:"宋诗的议论不仅没有违背诗歌创作的规律,倒是十分注意通过艺术形象来表达的。"④ 赵仁珪也说:宋诗的议论化"能在形象的基础上加深命意,余味无穷,富有哲理性"⑤。江溶也指出:"宋人议论入诗,虽有流于抽象迂腐的,但多数并未取消用形象思维来反映生活这一特质。许多议论本身就是通过生动的图画进行的。……有些议论本身不一定非常形象,但由于饱含了诗人的情感,并与作品的其他部分有机地糅合,依然起到良好的效果。"⑥

---

① 周寅宾:《"味同嚼蜡"的宋诗》,《新湘江评论》1978年第7期。
② 苏者聪:《宋诗怎样一反唐人规律》,《武汉大学学报》1979年第1期。
③ 程千帆:《韩愈以文为说》,《古代文学理论研究丛刊》1979年第1辑。
④ 徐有富:《简谈宋诗中的议论》,《南京大学学报》1981年第1期。
⑤ 赵仁珪:《"开口揽时事,论议争煌煌"——从梅尧臣、欧阳修、苏舜钦看宋诗的议论化》,《文学遗产》1982年第1期。
⑥ 江溶:《关于宋诗的思考》,《九江师专学报》1983年第3期。

杨廷福、江辛眉则针对苏者聪的观点一一作了反驳，他们认为宋诗并非没有联系现实生活的好作品，对"从前人创作中讨生活"的倾向也不一概而论；以"抒情"和"说理"来界分唐宋是不适当的，因为"情"和"理"是相互依赖、相辅相成的，并且宋诗说理之处也是从唐人嬗递而来的；发议论和用形象并无矛盾，唐宋人都是能形象化地抒发议论的；宋人运用形象化比兴手法，甚至较唐人还深刻，而且用典也是一种"比"。①

张白山再从中国诗歌发展史的视角来批驳贬低宋诗的错误论点。他说："从中国诗歌发展的进程来看，应当说宋诗是唐诗的继承和发展，没有唐诗，宋诗便无所师承，也谈不上创造。宋诗的革新和发展，具体表现在'以文为诗，以议论为诗'方面。这就是人们常常说的宋诗散文化问题。"② 宋诗的散文化、议论文实则是宋诗继承唐诗之后的新变和发展，是中国诗歌发展史上重要的一环，不能因为有了这种革新和发展就贬低宋诗的成就和地位。傅璇琮也肯定了"宋诗是唐诗的发展，而不是停滞或后退"。③ 刘世南在充分肯定宋诗继承唐诗的优良传统而有所革新和创造的同时，更大胆地指出毛泽东《给陈毅同志谈诗的一封信》"对宋诗的否定是不符合事实的，而那些在《信》影响下随声附和的，也是'一叶障目'"。④

至此，宋诗的散文化、议论化手法，宋诗的诗歌史地位得到了相对客观公正的评价，一场由毛泽东个人喜好而导致的唐宋诗论争得到了平息，一些研究者在思想解放之初因思想尚未完全解放而加诸宋诗的不恰当评价也得到了修正。

通过对上述学术"冤案""平反"的个案考察，可以得出这样的结论：尽管在系列"冤案"的"平反"的过程中还存有一定程度的"左"

---

① 杨廷福、江辛眉：《唐宋诗的管见——与苏者聪同志商榷》，《学术月刊》1979 年第 8 期。
② 张白山：《宋诗散论——谈宋人以文为诗、爱国诗及诗与画的关系》，《文艺研究》1982 年第 4 期。
③ 傅璇琮：《关于编辑〈全宋诗〉、〈全宋文〉的建议》，《光明日报》1982 年 12 月 21 日。
④ 刘世南：《关于宋诗的评价问题》，《江西师范学院学报》1982 年第 1 期。

的思想，还不能完全脱离政治化目的和阶级性的标准，但总的来说，这种学术"冤案"的"平反"充分体现了古代文学研究在改革开放之初因思想解放而进行自我矫正的珍贵成果。其重要意义一是在于对过去三十年古代文学研究经验教训的理论反思与总结取得了新的阶段性成果。这为今后古代文学研究持续不断地进行自我反思、总结和超越起到了良好的示范作用。二是在于摆脱了以往泛政治化与庸俗社会学研究的惯性思维。不再以政治意图或政治人物的言论而故意拔高或贬低作家作品的文学地位和历史价值，甚至能够对政治人物的一些有失公允的"定评"进行翻案，因而具有拨乱反正的示范意义。三是在于纠正了过去研究中只重作品的思想内容而忽视艺术形式的普遍缺陷。在注重分析文学作品的思想性同时普遍重视艺术性的探讨，努力做到两者并重，这为新时期古代文学研究的重新定位作了良好的铺垫。四是在于对学术"冤案"本身进行了较为客观公正的清理和再评价。在正面肯定作家作品的思想艺术和历史价值时也不忽视他们所存在的缺陷，把作家作品还原到特定历史当中去加以理解和研究，然后较为客观公正地确定其在文学史上的相应地位。这种实事求是的精神对于新时期古代文学研究而言尤为可贵。

第四节 古代文学研究的重新定位

如果说新时期之初对三十年学术的反思与扬弃是"破"，而对三十年间累积的系列学术"冤案"的"平反昭雪"是由"破"而"立"，那么，对于当下古代文学研究理念、对象和方法以及古代文学史学科的重新定位则完全进入了"立"的新阶段。

一 古代文学研究理念的重新定位

由于"左倾"思想观念的影响，从附属和服务于政治的理念出发，古代文学研究逐步被异化为政治批判和斗争的工具；又由于突出强调了古代文学研究的政治工具性，在对待文学遗产的态度上也只讲批判而不讲继承，因为批判代表着进步和革命，而继承则是落后和反动的象征。这种极

"左"的学术理念严重扭曲了古代文学研究的学术轨道,严重破坏了古代文学研究的学术生态,最终把古代文学研究推上了一条从非学术到反学术之路。新时期之初,在文艺思想大解放和学术研究拨乱反正过程中,古代文学研究的重新定位首先是学术理念的重新定位。

一是消除古代文学研究中的"从属论"和"工具论"。十一届三中全会以后,随着整个思想界的大解放,文艺思想也得到了解放,其中最为突出的就是对文艺与政治的关系作了深入思考和重新定位,否定了长期以来占据主流地位的"从属论"和"工具论",即文艺从属于政治,是服务于政治的工具。文艺思想的解放直接促使了人们对古代文学研究与政治之间关系的重新思考和定位。首先,人们对过去"文学从属于政治"中错误的"政治"概念有了更为深刻的认识。如杨公骥认为文学史是不能脱离政治的,但过去对于"政治"的理解是错误的,把"政治"概念模糊化和泛化了,因此当提起"文学从属于政治"时,就变成了文学"从属"于具体的政治运动、政策、法令或领导人的"指示",其至是领导人闲谈中的只言片语。[①] 其次,人们对"政治标准第一"的评价准则的危害有了清醒的认识。如张白山指出,我们过去分析作品的政治思想内容时,总是自觉或不自觉地把"政治标准第一"错误地理解为"政治标准唯一",从而使得古代文学作品的评价简单化,不能够对文学作品的思想的实质性问题进行科学的分析。[②] 最后,更为重要的是随着思想解放的不断深入,人们越来越清楚地认识到古代文学研究虽然不能完全离开政治的意识形态,但它不是政治批判的工具或手段,它有自身的独特的研究目的和终极追求。正是在这种学术理念的主导和引领下,人们开始对古代文学的艺术性研究有了更强烈的冲动,也有更多的学者转向艺术性维度拓展古代文学研究。

二是端正古代文学研究中批判地继承的态度。曹道衡指出,作为文化

[①] 杨公骥:《漫谈三十年来古典文学研究中的几个问题》,《社会科学战线》1980年第4期。

[②] 张白山:《继续清算极"左"思潮 重新学习马克思主义》,《社会科学战线》1980年第4期。

遗产的古代文学向来有两种不同的研究态度，一种是批判，一种是继承。只强调继承而忽视批判就会走向抱残守缺，只强调批判而忽视继承则会走向民族虚无主义，正确的态度是在批判中继承，在继承中批判。但是新中国成立后古代文学研究者往往只讲批判而忽视继承，"认为强调批判是'革命的'，而强调继承则是'保守的'或'落后的'"。"这种思想本质上就是'宁左勿右'的错误观点在古典文学研究中的反映。在这种思想支配下，一些研究者对古代作家或作品中某些本来有进步意义的内容，作了脱离历史条件的苛责，甚至全盘否定。"因此，对于古代文学研究者来说，其任务首先是研究古代遗产中优秀的东西，吸取其有益的成分，为社会主义文化建设服务，而那种只批判而不继承的民族虚无主义态度则不能达到这种效果。①杨公骥也指出，"今人'继承'古之'文学遗产'，只能是'批判地继承'，即'扬弃'。所谓'扬弃'，就是对原有的文化材料（遗产）有所抛弃，有所保留，有所发展，有所提高。所以，我们所说的对'中国文学遗产'的'批判地继承'，乃是根据现有的社会主义的社会实践水平和马克思主义的科学认识水平，重新探讨中国古代文学的发展历程，从中发现其规律以指导今天的文学实践；重新总结中国古代文学实践的成功经验与失败经验，从中吸取教训以利于今天的文艺创作；重新评价古代作家的作品，从中辩证的分辨其精华与糟粕，同时从精华中提取出有利于德育、智育、美育的材料，加以改造之后，使之今天的社会主义精神生活服务。"②

古代文学研究理念的重新定位为古代文学研究对象的重新选择和研究方法的重新确定以及古代文学学科的重新定位提供了理论指导和前提条件。

二 古代文学研究对象的重新定位

由于古代文学研究与政治的关系有了新的定位，学术研究不再被视为政治批判的工具和手段，文学作品的评价标准也不再是以"政治标准第

---

① 曹道衡：《关于古典文学研究工作的几个问题》，《文学评论》1979 年第 5 期。
② 杨公骥：《漫谈三十年来古典文学研究中的几个问题》，《社会科学战线》1980 年第 4 期。

一"来衡量，因此古代文学研究对象的选择也就不再依据人民性、阶级性等政治性标准，而是基于文学研究自身的需要。在新时期之初，不少学者能大胆汲取当时的思想解放成果，努力打破过去的惯性思维，不断扩大研究对象，拓展研究内容，不但对那些符合人民性、阶级性等政治性标准的作家作品进行了更为深入的研究，而且对那些不符合这些政治标准的作家作品展开了更为广泛的研究。王季思和黄天骥就指出："古代文学作品往往是精华糟粕交错在一起。文化大革命前，我们常常因噎废食，害怕读者'中毒'，把研究和教学的范围局限在狭小的天地里。我们不大谈那些艺术技巧高明而思想内容颇有问题的作品，至于那些'反面作品'，更是封闭起来，束之高阁。今天看来，过去的做法是不妥的。"[①] 这种不妥就表现在以政治标准来选择古代文学的研究对象，这种经过政治标准屏蔽的古代文学研究对象与我国三千年来的文学创作实际是极不相称的。

关于古代文学研究对象的重新定位，还有两点需要特别予以强调。

一是研究者开始扭转过去重思想性轻艺术性的学术偏向。吴调公指出，三十年来的文学艺术规律的研究虽然说不上是一个禁区，但长期以来"左"的思想观念使艺术规律的研究成为思想性研究的附庸，"片面强调作家思想对艺术的作用，却完全忽略了艺术规律有其客观性和传统性"，其结果是："思想好艺术也就好；思想坏艺术也就坏。思想差或思想坏的作品，艺术上就不可能有可取之处。即使肯定，也得按实际打几分折扣。"因此，对于古典文学的艺术规律应该加以强调，成为研究的中心。首先，要对今天创作具有借鉴意义的古典文学艺术规律作重点研究；其次，不仅要从理论分析的角度也要从美学欣赏的角度去总结古典文学艺术规律；再次，要加强古典文学的风格和流派的研究，以进步分析古典文学艺术规律；最后，对于古典文学艺术的规律研究要和其他艺术的规律进行比较研究。[②] 例如，齐梁文学往往被认为是形式主义严重的文学而被政治标准屏蔽于古代文学研究之外，但新时期古代文学研究对象重新定位后，开始有研究者对其做出了新的探讨，曹道衡就是新时期较早对齐梁文学进

---

① 王季思、黄天骥：《我们的几点想法》，《社会科学战线》1980年第4期。
② 吴调公：《从探索古典文学艺术规律所想起的》，《社会科学战线》1980年第4期。

行研究的学者之一。他认为不能以形式主义倾向的理由来否定齐梁文学研究，齐梁文学对唐代诗人和唐诗的发展都起过重要的作用，唐代许多大作家、大诗人，唐诗的体裁和格律的发展，都离不开齐梁文学的发展，而且齐梁文学的思想内容也并非一无是处，也有不少作家的作品能够表达关心民生疾苦、批评政局昏暗、痛惜国土分裂等思想内容。[1] 另外，对于那些以政治评价标准而人为拔高了的作家作品也重新以艺术性标准衡量而做出了不同于过去的新评判。比如唐代诗人白居易，在新中国成立后被奉为"热爱人民的诗人""现实主义诗人"。但进入新时期后，一些研究者提出这种评价并不恰当，因为它忽视了文学的艺术性特点。王启兴指出，白居易的新乐府是"为政治服务的功利主义诗论支配下的产物，新乐府的写作规定了一套程式，它称不上是一种艺术手段，实际上是无视诗歌的艺术规律"[2]。牟世金也指出，对白居易的拔高显然与"政治标准第一"的时代观念有着密切的关系，实际上没有关涉到艺术性的标准。[3]

二是研究者开始突破过去被视为政治禁忌的研究内容。最典型的代表就是关于文学的"人性"研究。新中国成立后，人性论和人道主义被视为修正主义的典型而被批判打倒。新时期以来，由于理论界和文艺界的思想大解放，研究者又开始重新思考这一理论问题。朱光潜即是这一问题最早反思者之一。他认为，所谓人性，就是"人类自然本性"。"人性和阶级性的关系是共性与特殊性或全体性与部分的关系。部分并不能代表或取消全体，肯定阶级性并不是否定人性。"因此，"人性论和阶级观点并不矛盾"。理论界不应该对人性、人道主义、人情味、共同美等问题设禁区，这种设禁区的做法是错误的。[4] 王淑明、钱谷融也积极响应朱光潜关于人性问题的研究。一时间，人性、人道主义等问题重新为理论界所讨论，并得到了肯定和认可。在理论界的影响下，古代文学研究者也开始以

---

[1] 曹道衡：《略论南北朝文学的评价问题》，《文学遗产》1980年第2期。
[2] 王启兴：《简评白居易的新乐府》，《光明日报》1985年10月22日。
[3] 牟世金：《古代文论研究现状之我见》，《文学遗产》1985年第4期。
[4] 朱光潜：《关于人性、人道主义、人情味和共同美问题》，《文艺研究》1979年第3期。

"人性"问题为视角对古代文学进行新的研究。如胡大俊是较早就此问题做出探索的学者之一,他指出,多年来,林彪、"四人帮"挥舞庸俗社会学的大棒打人,在人性、人情问题上,不但否认一切历史的、阶级的联系,而且根本不承认有人性的存在,用阶级性取代了人性,因此人性、人情问题像瘟疫一样被研究者躲开。实际上,人性、人情不仅不是瘟疫,而且是"诗歌生命力所在"。如唐诗中所反映人与自然或人与物的关系,描写片段的生活情景、感情状态的诗篇,描写民情风俗的诗篇等都是人性、人情的具体表现。只不过我们在对待古代作品中的人性、人情问题,应当采取分析的态度,取其精华弃其糟粕,使古人的人性、人情更为纯洁、丰富,为今人所服务。[①]

三 古代文学研究方法的重新定位

与古代文学研究对象的重新定位相契合,古代文学研究方法的重新定位主要从以下三个方面展开。

第一,对庸俗社会学研究范式进行批判和否定。张白山说:"我国古典文学研究领域中的矛盾和斗争和社会上的阶级矛盾和斗争,是不能刻板地简单地划上数学等号的。如果说学术思想就是社会阶级矛盾和斗争的反映,那么,这反映也不是那么直接的。"因此,古代文学研究中那种极"左"化、教条化的庸俗社会学应该彻底批判和否定。[②] 张春树则对万能的阶级分析法提出质疑:"在我们的文学史上,有许多艺术形象是只用阶级分析的方法不能完全观察到他们的本质意义的。他们虽然也是一定阶级关系的体现,常有他们所属阶级的烙印,但最富感染力,作用于读者心灵的,却主要不是他们的阶级属性,甚至也不是他们的政治倾向性,而是他们的道德的倾向,善恶的属性。"[③] 对庸俗社会学研究方法的批判和否定,

---

[①] 胡大俊:《从唐诗谈谈文学作品中的人性、人情问题》,《甘肃师大学报》1979年第2期。
[②] 张白山:《继续清算极"左"思潮 重新学习马克思主义》,《社会科学战线》1980年第4期。
[③] 张春树:《阶级分析与道德分析——关于评价古典文学作品中艺术形象的标准问题》,《社会科学辑刊》1982年第2期。

为古代文学研究方法的重新定位创造了条件。

第二，为打入冷宫的考据学方法恢复"名誉"。经过批俞、批胡运动之后，考证的研究方法已被视为资产阶级学术的研究方法而被打入冷宫。新时期以来，一些学者开始重新思考和评价考证的研究方法。冯其庸指出："文学史的研究过程中，离不开考证，我认为应该为考证工作恢复名誉。其实，考证是一种手段，是学术工作上的调查研究，是研究工作的第一步。""研究文学史，就需要脚踏实地地认真做好资料的搜集、整理、考证工作。一切结论，应该从大量的客观资料中归纳出来，而不应该先定一个框框，先定一种结论。"作者最后呼吁"提倡马克思主义的实事求是的，观点和材料统一的，持之有据，言之有物的马克思主义的文风"。① 曹道衡也指出："考据，实际上是就是搜集大量材料，并加以审核，确定哪些材料可信，哪些不可信。这种工作虽然不能用来代替其他研究方法，但也不失为研究工作的一种手段。"因为"对于古典文学研究者来讲，就是要掌握大量的文献资料。不但要占有材料，而且要鉴别材料的真伪和考订这些材料中的记载是否合乎当时的史实。不经过这番工作，那么即使有再好的理论，也难免会得出不正确的结论"。② 考证研究方法"名誉"的恢复，在当时庸俗社会学研究范式尚未完全清除和新型学术范式尚未兴起之际，可以为古代文学研究提供一种可靠的传统性研究方法，使古代文学研究能够在过渡时期得到健康的恢复和发展。

第三，从宏观上来重新定位古代文学研究方法。还有一些学者能跳出微观的视野，而从宏观的角度重新定位古代文学研究方法。郭绍虞认为中国古典文学理论研究要处理好三个问题：一是纵与横的问题。所谓纵的问题即是从时间的纵向上对中国古典文学和文学批评进行史的梳理与研究，但研究又绝不能局限于此，还在从横切面上对一些问题进行专题论述和研究。前者具有总论性，后者具有专论性。总论性的重在整个的历史，专论性的则重在局部的历史。只有把两者结合起来才能从"线"和"面"上透彻地研究中国古典文学理论批评。二是古与今、中与外的问题。认为古

---

① 冯其庸：《关于文学史研究的几点意见》，《学习与探索》1980年第2期。
② 曹道衡：《关于古典文学研究工作的几个问题》，《文学评论》1979年第5期。

为今用、洋为中用的口号和提法是正确的，古典文学理论研究应该注意这种研究方法的运用，今后的中国古典文学理论批评"确是应当参考西方的文艺理论，这不失为一条途径。但在走这条途径时，必先弄清它的含义，然后再和中国原有的理论批评相比较，才能正确运用这些术语"。三是窄与博、专与通的矛盾问题。就中国古典文学理论批评的一小部分而言，就和中国的哲学、史学、书画之学、金石之学，都有关系。因此，假使基础不广，那就较难提出更新的问题，有时提出了也不容易解决问题。所以，对中国古典文学理论批评者来说，应该有广博的知识修养作基础，这样才能真正提出有价值的问题，并且能够很好地解决这些有价值的问题。① 古代文学研究方法的宏观定位，无疑从新的理念、新的视野上促进了新时期古代文学研究对外来新方法的广泛借鉴和融合，并在打破社会学研究范式主导下的一元化格局中呈现为更加丰富多彩的多元发展态势。

四 古代文学史学科的重新定位

中国古代文学既是一个研究领域，又是一门学科。中国古代文学在时间维度上的延展，就是中国古代文学史，所以当时学界对于古代文学的重新定位的第四个重点即是中国古代文学史，认为中国古代文学史的重新定位，应在赋予其相对独立的地位与价值的同时努力探索其发展演变规律。

中国古代文学史是其在时间维度上的延展，故其首要任务即是厘清古代文学的发展演变规律。张松如指出："文学史的研究，应当探讨文学发展规律，不应当只是作家作品的评论汇编"，因为"认识和掌握了文学发展规律，才能用以回答当前的现实的问题，才谈得到以利于社会主义文艺创作的发展，才谈得到有助于中国式的马克思主义文艺理论的建立"。② 宁宗一进而指出，中国古代文学史作为一门学科，不仅要探寻文学发展的一般规律，更要研究中国古代文学自身发展的特殊规律。他说："文学史作为一门科学，它的最高任务是探索、发现和总结文学的发展规律，诸如文学发展的内部矛盾是什么，怎样由于各种矛盾的变化而显示出文学发展

---

① 郭绍虞：《关于中国古典文学理论批评研究的问题》，《社会科学战线》1980 年第 4 期。
② 张松如：《应该探讨文学发展规律》，《社会科学战线》1980 年第 4 期。

的阶段性，文学的'源'与'流'的辩证关系，等等。因此，要求于中国文学史研究者的是：既要研究一般的文学发展规律，也要研究进步的文学的发展规律，特别是要研究中国的进步的文学的发展规律。"而过去"我们在讲到文学发展规律时，主要还是一般的艺术规律，还不是我们中国自己的文学的发展规律"。① 冯其庸也持同样观点，他认为古代文学史的研究要注意"通"和"变"。所谓"通"，"就是要求我们去找出文学发展的规律，找出各种文学形式、文学题材的从源到流的发展规律"，"文学史的研究，就是要通过对大量的历史材料的占有和用历史唯物主义和辩证唯物主义的理论去详加分析，从客观的实际材料中去找出它的发展规律"。所谓"变"，"就是在发展过程中的变化。任何事物都是在发展着也都是在变化着，文学在它自身的发展过程中，也是在不断地变化着"。②"通"和"变"是辩证的关系，前者是指文学艺术发展的一般规律，后者是指文学艺术发展的特殊规律，只有把两者结合起来才能完整地了解和掌握古典文学的发展史。

中国古代文学史研究除了从时间纵向上探讨其发展演变规律外，还应在横向上考察文学与政治、经济、哲学、宗教、艺术等其他人文社科的关系。冯其庸指出："各个历史时期的文学的存在与发展，并不是形而上学的孤立的存在与发展，是与政治、经济、哲学、宗教、艺术等等各个方面紧密地联系着。文学，只是这个时代的多面体的一个'面'，要了解文学的这个'面'，就必须在了解这个多面体的另外的一些面"，因此，古代文学史的研究"就不是形而上学地片面地存在着文学的这个'面'，而是形象地、立体地存在着这个历史的多面体了"。③ 如果说探索文学发展的内在规律是文学史的内部研究的话，那么注重文学与其他人文学科的研究则是文学史的外部研究。过去强调文学与政治的关系研究虽然也是一种文学的外部研究，但这种外部研究过于狭窄，并且把文学研究等同于政治学研究，消除了文学之所以为文学的独特性。然而我们又不能因为有了过去

---

① 宁宗一：《文学史要探索文学的发展规律》，《光明日报》1983年7月19日。
② 冯其庸：《关于文学史研究的几点意见》，《学习与探索》1980年第2期。
③ 同上。

这种外部研究的教训而否定文学的外部研究。所以在重新定位古代文学史学科特点时，除了着重强调文学发展规律的探讨外，还应注重从文学与其他人文学科的关系加以综合考察。这种学科定位是非常明智和科学的。

杨公骥对古代文学史的重新定位作了更为完整的表述，他认为古代文学史研究的任务有三方面。第一，从中国各时代的特定的社会环境中，认识这个时代的特定的文学实践，并从特定的文学实践过程的总和中，寻求出其固有的规律。第二，从中国文学实践过程中，研究各种艺术构思方法和表现方法，研究各种文学体裁和文学样式，研究不同的语言风格和修辞炼字的技巧。第三，通过历史唯物主义的实事求是的态度对古代文学中表现出的历史的进步思想进行科学分析，使之成为我们今天进行社会主义思想教育的材料。[①] 前两点是从古代文学学科自身特点来讲的，后一点是从古代文学学科对当下社会意识形态建设来讲的。其中第一点是强调古代文学的外部研究，第二点是强调古代文学的内部研究。大致涵盖了古代文学的自身内、外部研究及其当下的社会意义，比较完整地展现了新时期古代文学史学科定位的广度和深度，从而纠正了古代文学研究因过分强调政治性而失去了文学性、因过分强调思想性而失去了艺术性、因过分强调当下性而失去了学科性的偏颇和错误。

古代文学史学科的重新定位对新时期古代文学研究的复兴和繁荣具有重要意义，它明确了古代文学史研究的学科属性和学术独立性，既摆脱了过去以古代文学研究为政治附庸的偏向，又清醒地认识到文学与包括政治在内的其他人文学科的密切关系。只是因为当时诸多因素的影响，以上论述尚未从中国文学史学科进而上升至中国古代文学学科的整体观照与系统论述。

第五节　古代文学研究的多元取向

新时期古代文学研究的多元取向主要表现在：一方面原有的社会学研

---

① 杨公骥：《漫谈三十年来古典文学研究中的几个问题》，《社会科学战线》1980 年第 4 期。

究范式在摈弃教条化、庸俗化观念与方法后得到了健康的运用，传统考证研究方法也在恢复"名誉"后重新确立了应有的学术地位，焕发出新的研究活力；另一方面伴随着改革开放的深入，西方文艺思潮和文化理论趁着改革开放之潮纷纷涌入中国，极大地促进了学术界的思想解放和思维创新，同时促进了古代文学研究新方法的多元发展与快速兴替——先后衍生出美学研究、"新方法热"、宏观研究法、文化学研究以及新批评、叙事学等重在文学内部研究的新型学术范式，对于推进新时期古代文学研究的学术转型具有重要意义。

一 传统学术范式的恢复与修正

考证研究方法的恢复和社会学研究范式的修正促进了拨乱反正后古代文学研究的健康发展，并且成为新时期古代文学研究多元取向的重要研究范式。

随着考证方法"名誉"的恢复，其学术地位也重新获得了肯定，尤其在新方法兴起之前，传统的考证方法在新时期之初得到广泛的运用，并且成为此后古代文学研究的一种最为基础的学术范式，其成果主要包括以下两类：一是文献考证，诸如作者年谱编著、作家生平考证、作品版本考证等。如冯其庸《论庚辰本》（1978）和《曹雪芹家世新考》（1981）、吴恩裕《曹雪芹佚著浅探》（1979）和《曹雪芹丛考》（1980）、朱星《金瓶梅的考证》（1980）、傅璇琮《唐代诗人丛考》（1980）和《李德裕年谱》（1984）、周勋初《高适年谱》（1980）、卞孝萱《元稹年谱》（1980）、缪钺《杜牧年谱》（1980）、朱金城《白居易年谱》（1982）、蒋星煜《明刊本〈西厢记〉研究》（1982）等。二是文献整理，包括文献辑佚、资料汇编、作品校笺等。如王仲闻《李清照校注》（1979）、万曼《唐集叙录》（1980）、任二北《优语集》（1981）、刘逸生《龚自珍己亥杂诗注》（1980）、孔凡礼《全宋词补辑》（1981）、钱伯城《袁宏道集笺校》（1981）、王遽常《顾亭林诗集汇注》（1983）、曾祖荫等《中国历代小说序跋选注》（1982）、黄霖等《中国历代小说论著选》（1982）等。考证研究成果在新时期之初大量涌现，既是对过去社会学研究范式过分忽略考证研究的一种纠偏行为，是"名誉"得到恢复后的一种激情爆发，也是新时期新型研究方法出现之前的一种过渡性选择。所以，当新型研究方法出现以后，考证方法即回归常态而成为古代文学研究的一种基础性研究方法。

社会学研究范式的修正也在新时期之初取得了重要进展。在逐步摆脱了"左"的思想影响，纠正了教条化、庸俗化的倾向之后，文学研究的目的已不再局限于服务于政治，对文学的社会历史内容也不再被抽象为简单狭隘的阶级矛盾、阶级斗争，而是充分考虑到了社会历史的丰富性与复杂性，考虑到了社会历史与文学结合的多样性，考虑到了社会学研究方法所应阐释的文学本位性。因此，新时期修正后的社会学研究范式又重新焕发活力。试以《红楼梦》的社会学研究为例，问世于新时期之初的代表作有张毕来《漫说红楼》（1978）和《贾府书声》（1983）、徐迟《红楼梦艺术论》（1980）、段启明《红楼梦艺术论》（1980）、刘梦溪《红楼梦艺术论》（1982）、张锦池《红楼十二论》（1982）等。这些著作已经开始对社会学范式的教条化、庸俗化成分进行修正。透过这些著作的命名，即可感知已从过去反封建的思想内容分析逐渐转移到人物分析和艺术分析上来。以张锦池《红楼十二论》为例，全书共有十二篇专论，思想主题分析只有一篇，而人物分析有六篇，艺术特色分析三篇。在艺术分析上也逐步摆脱了意识形态的偏颇和束缚，不是从外部的政治标准出发，而是基于小说文本内部分析进而得出较为客观的结论。比如作者在分析林黛玉性格时指出："林黛玉的思想性格，既有着尊重自我、敏感、尖刻、孤高、脆弱的一面，又有尊重别人、笃实、宽厚、谦和、坚强的一面。前者是外在的，后者是内在的，二者在她身上是辩证的统一。"过去那种浓厚的意识形态色彩已经淡出，而代之以深入细致的文本分析。

二 新型学术范式的探索与建构

随着改革开放进程的加速，西方各种文艺思潮和文化理论——文艺美学、心理批评、神话—原型批评、文化学、接受美学、比较文学、叙事学、形式主义批评等，都趁着改革开放之潮涌进了中国，由此激发了古代文学研究新方法热的持续高涨与快速兴替，对于建构多元化的新型学术范式、促进古代文学研究的学术转型发挥了至为重要的作用。

在新时期古代文学研究新型学术范式的探索与建构中，最先登场的是美学研究。1980—1981年，以李泽厚《美的历程》的发表继而出版为标志，勃然而兴的美学研究热潮迅速由理论界推向整个学术界，直接带动了古代文学研究美学热的出现，使人们在长期习惯于教条化、庸俗化的社会学和泛政治化研究的封闭状态中看到了令人耳目一新的学术景观。这是新时期古代文学研究范式的首次转型，给古代文学研究带来了新的生机和活力。因此，最先登场的美学研究范式，对于打破三十年来社会学范式一统天下的格局、促进新时期古代文学研究的学术转型具有特别重要的先锋意义。

美学研究范式出现之后，紧接着是古代文学研究的"新方法热"兴起。1980年第1期《哲学研究》发表了评论员文章《积极开展科学方法论的研究》。1981年，《哲学研究》编辑部编辑出版了一本《科学方法论文集》，号召研究者"积极开展科学方法论的研究"，并"希望从事哲学、逻辑学、科学史、心理学、语言学等方面研究工作的同志都来关心科学方法论"。[①] 科学方法论的研究迅速带动了文学理论界的新方法热，至被称为"方法论年"的1985年臻于高潮。该年3月、4月和10月，文学理论界先后在厦门、扬州、武昌召开了全国性的"全国文学评论方法讨论会""文艺学与方法论问题学术讨论会""文艺学方法论学术讨论会"，由此促使了新方法热的空前高涨。同年12月，中国社会科学院文学研究所召开了古代文学运用新方法论的座谈会，对古代文学研究的新方法论运用起到了推动作用。

与新方法论几乎同时出现的还有宏观研究，是伴随着1983年中国文学史研究与编写的大讨论而引发的，1983年2月，孙昌武在《光明日报》发表了《文学史研究中的微观与宏观》一文，这是古代文学宏观研究理论的正式开端。1983年6月12日至14日，由黑龙江省文学学会主办的"中国古代文学特点与文学史规律学术讨论会"在哈尔滨召开。会议在讨

[①] 《哲学研究》编辑部编：《积极开展科学方法论的研究》，载《哲学研究》编辑部编《科学方法论文集》，湖北人民出版社1981年版，第1—9页。

论中国文学史研究时再次提到宏观研究。① 1983年7月至11月,《光明日报·文学遗产》专门组织一些学者撰文讨论中国文学史研究与编写方法等问题。然后至1985年,又被方法论热再次激活,于是古代文学的宏观研究得到了热烈的讨论和争鸣。1985年第3期《文学遗产》刊载了关于"当前古典文学研究与方法论问题"的笔谈,其中刊有陈伯海《宏观的世界与宏观的研究》等文章,明确提出了古代文学的宏观研究的号召。1986年第3期《文学遗产》又发表了《古典文学宏观研究征文启事》;1987年3月,《文学遗产》等单位在杭州举行全国首届"古典文学宏观研究讨论会",这些措施进一步促进了古代文学的宏观研究。至此,古代文学研究的新方法热和宏观研究已逐渐由分而合,成为新时期继美学研究范式之后古代文学研究的第二次学术转型。

20世纪80年代中期,随着西方文化论著和理论在中国的广泛传播,一股"文化热"蓬勃兴起,为新时期古代文学研究的第三次学术转型提供了新的契机和动力。1982年,钱学森发表了《研究社会主义精神文明财富创造事业的学问——文化学》一文,率先提出要开展文化学研究。同年12月,《中国文化研究集刊》和联合国教科文组织《人类科学文化史》中国编委会,共同发起"中国文化史研究学者座谈会",标志着文化学与文化史研究的同步兴起。然后至1985年后趋于高潮,有关文化方面的学术组织、学术会议和学术出版物等,如雨后春笋般地出现了。② 与此同时,"文化热"也广泛地影响到古代文学的研究领域,自80年代中后期到90年代,古代文学的文化学研究迅速成长为一种更具统合性与辐射力的学术新潮,广泛涉及文学与文化的关系研究、文学的文化学阐释以及跨文化比较研究等,成果显著,影响深远,不仅迅速地取代了新方法论和宏观研究的学术地位,

---

① 姜兰宝、刘丽文、雷啸林:《黑龙江省文学学会探讨中国古代文学的特点与文学史规律》,《光明日报》1983年7月26日。

② 相关数据统计来源于杨竞芳《中国文化研究述评》,《中共山西省委党校学报》1987年第5期;王和《传统文化与现代化——近年来中国文化研究概况述评》,《中国社会科学》1986年第3期;方克强《新时期文学人类学批评述评》,《上海文论》1992年第1期;朱维铮《中国文化研究的新进展》,《断裂与继承——青年学者论传统文化与现代化》,上海人民出版社1987年版。

消除了古代文学研究与自然科学方法那种特有的扞格难融的沟痕，而且成为此后的古代文学研究一种具有标志意义和可持续发展的新型研究范式，为新时期推进古代文学研究的第三次学术转型做出了重要贡献。

在以上三次学术转型的时间轴线上，还交织着神话—原型批评、心理批评、接受美学、比较文学、叙事学、形式主义批评等各种来自西方的新理论和新方法，成为新时期中西文化交融以及重构古代文学新型研究范式的"实验场"，的确充满了学术激情和创新活力，令人应接不暇，但也不乏"来也匆匆，去也匆匆""你方唱罢我登场"之憾。但以历史的辩证的眼光来看，对其所产生的多重意义应予充分肯定。

一是学术矫正的意义。多元新型学术范式的探索与建构，体现了新时期古代文学研究对新中国成立以来泛政治化"左倾"观念的持续反思和修正。虽然新时期之初社会学研究范式本身对学术政治化的"左倾"观念作了自我反思和修正，但因为没有跳出原有的学术范式，这种反思和修正有时还不是十分深刻和彻底。美学研究范式强调文学的审美性和人的尊严性，把古代文学研究从简单抽象的政治图解中解放出来，把研究者从阶级斗争和政治批判的旋涡中解放出来，它不仅有利于修正社会学研究范式的"左倾"观念，而且本身对政治倾向采取了相对疏离的态度。因此，美学研究范式对于新时期古代文学研究的先锋意义，即在于它不仅率先打破了传统学术范式的旧格局，更是新时期出现的对政治采取了相对疏离的第一种学术范式。"新方法"论和宏观研究是以自然科学理论来研究古代文学，其距离政治更为疏远；同时，新方法论作为一种自然科学的方法具有较为严密的逻辑性，因此在某种程度上说这有利于修正庸俗社会学研究范式因政治取向所带来的主观随意和臆测武断，体现了学术研究的严谨性和科学性。文化学研究范式虽然有着一定意识形态性，但它不是从政治取向出发而是着眼于文化观念，是以文化观念来阐释研究文学现象和文学作品，这实际上也是对学术的政治倾向的另一种疏离。

二是学术创新的意义。多元新型学术范式的探索与建构，体现了新时期古代文学研究为了寻求最佳研究方法以契合研究对象实际而孜孜以求的学术创新追求。学术创新是学术研究的内在生命力，虽然传统的考证研究方法和社会学研究范式为新时期之初古代文学研究的复兴做出了重要贡献，但就学术范式的创新性来说，还无法满足其内在要求。美学研究范式作为一种对过去"美"的缺失的矫正与补偿而最早登场的新型范式，既率先打破了传统学术范式主导下的古代文学研究旧格局，又唤醒了人们在研究中对"美"的追求和欣赏，给新时期古代文学研究带来一股除诟沐浴般的清新与惊喜。新方法论和宏观研究的出现体现了古代文学研究以自然科学方法来创新的一次大胆的尝试，虽然如今看来其弊端显而易见，但其开拓性的意义不可忽视。文化学研究范式体现了古代文学研究与自然科学方法结合失败后的另一种学术创新。文学作为文化的重要组成部分，彼此具有不可分割的内在联系。文化学研究——无论是作为一种广义的文化批评还是狭义的学术范式，都凝聚着研究主体对传统与现代、民族性与世界性、本土文化与外来文化的相互纠缠、激烈碰撞后的深切思考，是从文学与文化的双重视角、基于文学而又超越文学的内在逻辑对古代文学进行意义重释和价值重建，所以具有持久的学术生命力。

三是学术超越的意义。多元新型学术范式的探索与建构，体现了新时期古代文学研究对当下运用的学术范式所产生的偏差与失误的及时总结和超越。新时期古代文学研究总体上取得了不俗的成就，开拓了古代文学研究的崭新局面，但也存在着程度不同的学术理论与文学研究实践结合得不够理想的地方。因此，新型学术范式的不断更新既是古代文学研究学术创新的内在要求，也是古代文学研究对当下学术范式运用所留下的学术教训的总结和超越。美学研究范式突出了古代文学研究中文学的审美特征，但同时由于只顾及文学的审美性而没有考虑到文学的整体性研究。新方法论和宏观研究则对美学研究范式所留下的缺憾作了较好的修正，从古代文学的整体和宏观上进行了尝试研究，然而由于理论来源于自然科学学科，理论与实践的结合难免有扞格不入之弊，再加上人文学者对自然科学理论的不熟悉，运用起来又食而不化，因而它留下了更大的学术教训。文化研究范式是对新方法论和宏观研究的一种超越，它避免了自然科学理论与文学批评实践之间的扞格之弊，并且有着众多的文化理论作为古代文学研究实践的学理依托，极大地拓展了古代文学研究的视野和境界，使古代文学研究呈现出百家争鸣的局面。当然，文化学研究范式也存在着诸多缺陷，主要表现在对文化理论的简单比附和公式化运用，文学与文化的本位立场错位，把文学的研究对象错位成文化的研究对象，文学成了文化阐释的材料和例子；同时文化批评只注重意义阐释而忽视价值评判，造成研究主体的批判精神缺失。因此，从20世纪90年代起，文学本位、本土本位和主体精神的呼声日益高涨，成为世纪之交的古代文学研究反思的新课题。

总而言之，经过上述20世纪80年代的"拨乱反正"之后，古代文学研究由此走上多元发展之路，从"美学热"、"新方法热"与"文化热"之三"热"，到"重写文学史"大讨论、"人文精神"大讨论与"百年反思"大讨论之三"论"的前后相继，大致呈波段式向前推进之势，共同造就了新时期古代文学研究的繁荣局面。

第 五 章

古代文学研究的美学先锋

在新时期连续性的"美学热""新方法热""文化热"的"三热"中,"美学热"成为率先兴起的第一波学术主潮。美学研究的率先兴起,始于1978年美学研究文章在报刊上的重新刊布。1979年,由中国社会科学院哲学研究所美学研究室、文学所文艺理论研究室编辑的《美学》《美学论丛》创刊,是为新时期"美学热"的开端。1980—1981年,"美学热"渐入高潮,集中表现在第一届全国美学大会的召开、中华全国美学学会的成立、新中国成立以来首次高校美学教师进修班的举行以及许多美学研究专著的相继出版。尤其是李泽厚《美的历程》前三章先于1980年以《关于中国古代艺术的札记》为题在《美学》第2期上发表,次年全书由文物出版社出版,在学术界内外引起热烈反响,同时迅速带动了古代文学美学研究热潮的兴起,使人们在长期习惯于教条化、庸俗化的社会学和泛政治化研究的封闭状态中看到了令人耳目一新的学术景观,这是对以往美学逐渐被扭曲和妖魔化为资产阶级反动思想的理论的反拨以及对"美"的遮蔽的重新发现。在美学家的古代文学研究与古代文学界的美学研究两大阵营之间,明显存在着以美学为本位和以文学为本位的差异,但彼此的互动与交融显然有助于古代文学研究美学范式的探索与建构。新时期美学研究热潮的兴盛,不仅打破了三十年来古代文学研究社会学范式一统天下的格局,而且承担了新时期古代文学研究范式首次转型的重要使命,因而具有特别重要的先锋意义。

第一节 "美学热"与美的发现

中国现代美学吸纳西学东渐的学术成果,萌生于20世纪初期,兴盛于五四新文化运动之后。新中国成立后,在马克思主义思想指导下,转型为马克思主义美学。由于极"左"思想和教条主义的主导和盛行,美学逐渐被扭曲和妖魔化为资产阶级反动思想的理论,特别是"文革"发生后,美学研究在政治高压下被迫停止了。"文革"结束后,随着思想解放和拨乱反正的展开,曾经失落和被禁锢的"美"再次激发了人们潜在的渴望,美学研究又重新恢复了固有的学术活力。到1980年后,终于兴起一股席卷大江南北的"美学热"。在这股美学热潮下,古代文学研究也由社会学范式转型为美学范式。

在20世纪初期美学由西方传入中国之际,王国维、梁启超和蔡元培三位学者起了导夫先路的作用。王国维"确立了美学这门学科在体制内的地位","一是使'美学'成为定译;二是以其《奏定经学科大学文学科大学章程书后》一文在理论上使美学成为中国新型的教育体制中诸多人文学科中的必要课程;三是以自己的一系列论著呈出了美学是什么,显示了美学独特的学术品格"。梁启超以《小说与群治的关系》等文章,在一种"革命"营造中,"显示了美学巨大的政治/社会功用"。蔡元培"在王、梁于清末开出的美学局面基础上,于民国初年提出'以美育代宗教'的命题,突显了美学在教育体制和社会文化中的重要位置"。他们构成了中国现代美学的三种路向:"王是超越的美学,即美和艺术让人从现实的功利中超越出来,得到一种心灵的净化;蔡是育人的美学,即用美育培养具有现代意识的全面发展的新人;梁是功利的美学,即用美学去促成全社会进步。"[1]

1919—1949年,是中国现代美学发展的兴盛阶段,许多研究者力图把西方现代美学范畴与中国传统艺术完美结合起来,构建中国自己的美学学术理念和体系。其中,朱光潜和宗白华是两位极为杰出的美学学者。朱光

---

[1] 张法:《回望中国现代美学起源三大家》,《文艺争鸣》2008年第1期。

潜将大量西方美学介绍到中国来，同时重构了中国的美学话语。其重要著作有《谈美》（开明书店 1932 年版）、《文艺心理学》（开明书店 1936 年版）、《诗论》（1931 年写成，1943 年国民图书出版社出版）等。朱光潜接受了西方学术的思辨分析方法，又以中国传统学术的直觉体验相补充，让传统之树在西方现代学术思想的激发下绽开适应时代要求的花朵。他以西方理论为指导对艺术作品和审美现象进行分析，又以中国古代的理论印证西方理论。同时，他特别注意从感性生活经验和艺术实践中去探讨审美问题，使理论体系与感性体验融为一体，并使方法论在一定程度上与人生观相联系，从中实现西方科学精神与中国传统人文价值的融合。[①] 宗白华是此期另一位著名的美学学者，《唐人诗歌中所表现的民族精神》（1935）、《论〈世说新语〉和晋人的美》（1940）、《中国艺术意境之诞生》（1943）、《论文艺的空灵与充实》（1943）等系列文章集中呈现了他的美学观念和美学思想。与著译甚丰的朱光潜的大师风貌不一样，宗白华始终以一个"美学的散步"者的闲逸身姿徜徉在美与艺术的原野。[②] 他十分注重对中国传统艺术的直接感悟，充满灵气与睿智。李泽厚对朱、宗两位学者进行了比较："两人年岁相仿，是同时代人，都学贯中西，造诣极高。但……朱先生的文章和思维方式是推理的，宗先生却是抒情的；朱先生偏于文学，宗先生偏于艺术；朱先生更是近代的，西方的，科学的；宗先生更是古典的，中国的，艺术的；朱先生是学者，宗先生是诗人。"[③] 因此，朱、宗两位学者奠基了中国现代美学研究两种不同理路，虽然两人都注重中西贯通，但朱光潜更重西方学术的逻辑性，宗白华更重中国传统艺术的直接感悟性。

综上所述，美学作为一种现代学术观念和学科在 1949 年前已经取得了丰硕的成果，有着两种不同的研究理路、三种不同的价值取向。

新中国成立后，马克思主义作为新中国学术的核心指导地位得到确立和巩固，美学研究同样被纳入马克思主义文艺学体系当中。20 世纪 50 年

[①] 朱志荣：《朱光潜前期美学方法论》，《安徽大学学报》2008 年第 5 期。
[②] 肖鹰：《宗白华的美学精神》，《汕头大学学报》1997 年第 3 期。
[③] 李泽厚：《美学散步·序》，上海人民出版社 1981 年版。

代至 60 年代（1956—1964）的美学论争，就是以马克思主义为指导思想而展开的一场持久的美学争鸣。在这场争鸣中，形成了四种不同思想观念的美学学派。（1）以蔡仪为代表的绝对客观论美学。认为美是典型的，是个别之中显现着种类的一般；美只存在于客观事物，本身不依人的主观意识而转移。（2）以高尔泰为代表的主观论美学。主张"美即观念"，认为美是物在人的主观意识中的反映，是一种观念，即美感。（3）以朱光潜为代表的主客观统一论美学。这是朱光潜在对其自己以往的"美是心灵的创造"观点的反省过程中提出的，认为美是客观方面某些事物、性质和形状适合主观方面意识形态，可以交融在一起而成为一个完整形象的那种特质。（4）以李泽厚为代表的社会实践论美学。这是以"自然人化"立论的，认为实践就是自然人化，自然人化是美的本源，也是美的实践基础。因此，美就是人类的社会生活，美是现实生活中那些包含着社会发展的本质、规律和理想而用感官可以直接感知的具体的社会形象和自然形象。①

这场美学争鸣促进了中国当代美学研究的转型和发展，对于马克思主义指导下的中国新型美学研究具有重要学术价值和意义。但是，由于极"左"思想和教条主义的主导和盛行，"在五六十年代中国的思想界，唯心与唯物、主观与客观，这两对哲学范畴，刹时升温、变调而为区别'革命'与'反革命'、'进步'与'落后'的根本标志，于是中国思想界及其知识分子们，便匆匆地进行那种今天看来十分可笑的二极性选择。因为谁都不愿意戴上'主观''唯心'的'反动'（'反革命'）帽子，而乐于抢扛'客观''唯物'的大旗"②。在这种时代背景下，美学争鸣遭到了误解和扭曲，由百家争鸣的多元化走向了一家独放的单一化；主张主观论美学论与主客观统一论美学者遭到了批判和斗争，朱光潜被当作"资产阶级唯心主义美学"的典型靶子而进行了自我批判和批判，如发表于 1956 年 6 月《文艺报》第 12 期上的《我的文艺思想的反动性》一文是朱光潜对自己美学思想中的"反动方面"进行的一次自我批判。同时，

---

① 邹其昌：《建国五十年美的本体论研究述评》，《武汉交通科技大学学报》1999 年第 3 期。
② 劳承万：《学派反思与蒋孔阳美学》，《学术月刊》2000 年第 10 期。

"美学研究仅局限在讨论'美的本质'及相关问题上,而许多美学研究中必须讨论的问题都成为禁区无人敢逾越,不少美学基本理论成为雷区无人敢问津"①。因此,正常的美学研究中的"美"的学术性逐渐被遮蔽了,而庸俗化的政治批判却被无限放大了。

"文革"时期,"以阶级斗争为纲"不仅是政治生活的现实写照,也是泛政治化学术批判的理论根源。"美学研究完全停止,美学与资产阶级反动派这两个毫不相同的概念几乎成为同义语。"② 这样,"美"最终被至高无上的政治所完全遮蔽。

"文革"结束后,随着十一届三中全会的召开,思想界和学术界都进行了拨乱反正,人们反省了过去,展望着未来。因为曾经的失落和禁锢,更加激发了人们对"美"的深深渴望和迫切需求。1978年12月,中国社会科学院哲学所美学研究室派人先后到广州(包括佛山市)、湘潭、长沙、武汉、上海、杭州等地进行实地调查,1979年1月17日又请在京的部分美学工作者座谈,通过对美学界的老专家、中年教师、美学爱好者和老艺人的调查和座谈,了解到"美"和美学正在成为他们的迫切需要:

> 不少同志提出"要来一个美学复兴","来一个美学启蒙"。要加强美学教育,现在大学开美学课,中学也应开美学课。有的同志说,自然科学有个"科普"教育,美学也要来个"美普"教育。报刊杂志要介绍美学知识,刊登美学方面的文章,要宣传开展美学研究的重要意义,论述美学和现实生活,和四个现代化的密切关系。③

正是在这种背景下,美学研究开始得到了恢复,美学热不断升温,迅速成为一股席卷大江南北不可阻挡的学术新潮。

---

① 邱紫华:《20世纪中国美学研究的历史反思》,《文艺研究》1999年第11期。
② 同上。
③ 中国社会科学院哲学研究所美学研究室:《美学又有了生机》,《国内哲学动态》1979年第3期。

1978年，美学研究的文章开始在报刊上重新刊布。如丘明正的《试论共同美》（《复旦学报》1978年第1期）、克地等人的《美、美感和艺术美、不同阶级也有共同的美》（《社会科学战线》1978年第3期）、朱光潜的《研究美学史的观点和方法》（《外国文学研究》1978年第4期）、程代熙的《试述黑格尔和费尔巴哈的"人化的自然"的思想》（《社会科学战线》1978年第4期）。研究内容延续着"文革"前美学研究的话题，如"共同美""人化自然"等。这是新时期"美学热"的前奏。1979年，由中国社会科学院哲学研究所美学研究室编辑的《美学》创刊，这是中国当代第一本美学专业刊物；同时，中国社会科学院文学所文艺理论研究室编辑的《美学论丛》也首次面世。两本美学刊物的创刊使美学研究有了自己的阵地，可视为新时期"美学热"的开端。

1980—1981年，"美学热"进入高潮。首先，第一届全国美学大会于1980年6月在昆明召开。会议不仅得到了周扬等领导的大力支持，而且邀请到了来自全国二十个省区市近百人的美学研究专家学者参会，其中40—55岁的中年学者占到了85%以上，极大地补充了美学研究的新生力量。会议收到论文33篇，举行了3次全体学术报告会、11次分组专题座谈会；同时成立了中华全国美学学会，下辖全国高等院校美学研究会。会议的召开引起热烈的反响，《中国社会科学》《国内哲学动态》《美学》等著名刊物发表了长篇纪要和侧记，许多报刊纷纷因此而组织刊发美学论文。其次，1980年10月，教育部委托全国高校美学研究会和北京师范大学哲学系，联合举办了新中国成立以来首次高校美学教师进修班，以适应高等院校开设美学课的急需。进修班由朱光潜、王朝闻、蔡仪、李泽厚等人授课，培养了大批师资。从此，全国各大学普遍开设了美学课程，丰富了美学研究的群众基础。最后，作为"美学热"的重要标志是出版了许多美学研究专著。如朱光潜的《谈美书简》（上海文艺出版社1980年版）、《美学拾穗集》（百花文艺出版社1980年版）、《朱光潜美学文学论文选集》（湖南人民出版社1980年版）、李泽厚的《美学论集》（上海文艺出版社1980年版）、《美的历程》（文物出版社1981年版），蒋孔阳的《德国古典美学》（商务印书馆1980年版）、《美和美的创造》（江苏人民出版社1981年版），施昌东的《"美"的探索》（上海文艺出版社1980年版），宗白华的《美学散步》（上海人民出版社1981年版），王朝闻主编的《美学概论》（人民出版社1981年版），等等。此时，美学研究的内容也发生了"历史性的转型"，"即由过去对美的本源的探讨转向了对美的本体的追问"。① 这种"本体"的追问体现了对曾经被禁锢的人性的回归，以及对人的尊重，具有导引时代思潮的先锋意义和作用。

1982年以后，"美学热"继续保持鼎盛的热头，如陆续有《美的研究与欣赏丛刊》《美学述林》《外国美学》《美学评林》《美学新潮》《美学与艺术评论》等美学研究刊物创刊。但美学研究内容大多是重复此前的美学话题而较少有新的开拓。

20世纪80年代中期，美学研究开始反省和重新调整，"美学热"也随之消歇。第一，美学研究的"方法论"成为美学研究的集中话题。有关文章相继涌现，如蒋冰海《美学研究的方法论问题》、凌继尧《美学和系统方法刍议》、曹俊峰《美学研究方法的过去与未来》、李丕显《关于美学研究的哲学方法》、朱立元《美学研究的方法应当多元化》等。"方法论"取代"美的哲学"而成为美学研究的主要内容，表明美学引领时代思想潮流的导向力量和作用已经明显乏力，"美学热"随之而消歇也是情理之中。第二，在"新三论""老三论"的"新方法论"学术大氛围中，美学研究也借助于"新方法论"来开拓研究视野。如《从控制论观点看美的客观性》（1984）、《论审美趣味自组织的协同性》（1985）、《信息论美学初探》（1985）等文章都是借助于"新方法论"来探讨美学问题。美学借助"新方法论"推进学术研究，显示了美学从意识形态性向学术性转型的尝试，因而自然也就失去了那些渴望从中得到精神滋养的众多平民阶层的支撑而走上了精英化的道路。所以"美学热"也就失去了其群众基础。第三，美学研究经过反思和调整后，不再作为一种引领时代思想潮流的意识形态的姿态出现，因而回归到了一门学科研究的常态，"美学热"最终消歇。②

---

① 邹其昌：《建国五十年美的本体论研究述评》，《武汉交通科技大学学报》1999年第3期。

② "美学热"兴起与演进的内容参阅并引用了祝东力《精神之旅——新时期以来的美学与知识分子》（中国广播出版社1998年版）第三章和第五章的部分相关内容。

20世纪80年代初期"美学热"的出现迅速影响到新时期古代文学研究的范式转型，即以美学范式来研究古代文学。由于古代文学是中国传统审美艺术的重要表现形式，美学研究热潮的兴起必然要把古代文学纳入其研究视野与对象当中，作为美学范畴、美学体系、审美思想和审美观念等研究的重要例证，因此古代文学研究的美学范式首先是由美学家们发起的。此后，古代文学研究者受此触发，也纷纷借鉴美学理论来对古代文学进行全新的观照和阐释，由此促发了古代文学的美学研究范式的全面转型。所以，新时期古代文学的美学研究是由美学家的古代文学研究和古代文学界的美学研究两部分组成的。前者是以美学为本位，侧重于美学理论和体系的研究和建构，古代文学研究只是其作为美学理论阐释和美学体系建构的重要佐证，因而美学家有关古代文学的美学思想和价值的研究只是其美学研究的中介和链条，但由于美学思想观念具有引领时代思潮的导向和作用，所以美学家的古代文学研究对于新时期古代文学研究来说具有开拓新视野和建构新范式的作用与意义。后者是以文学为本位，借助美学理论和范畴对古代文学的审美思想、审美价值、审美艺术等方面进行全新的阐释和研究，虽然其研究也是对古代文学作家作品的美学思想和观念进行阐释和发明，但立足点和终极目标却是古代文学研究自身。两者既有联系又有区别，共同推进新时期古代文学研究的美学范式的建构和演进，对于新时期古代文学研究转型具有重要的先锋意义。

第二节　美学家的古代文学研究

文学以文字形式记录人类思想、情感、意志等审美精神活动，是美学研究的重要考察对象。中国古代文学源远流长，产生了不计其数的作家作品，是中华民族宝贵的文化遗产，也是中国美学研究不可或缺的重要考察对象。因此，新时期美学家的美学研究，几乎都把中国古代文学作为美学研究的重要对象。美学家的古代文学研究虽然是其美学研究的中介和链条，是以美学为本位，但因率先开辟了新时期古代文学研究的新型范式，因而具有重要的学术价值和意义。

新时期初期美学家的古代文学研究主要聚焦于古代文学作家、作品与文体的美学研究，呈现为从个案到整体的研究趋势，同时呈现出交叉并存的状态。

一 古代文学作家的美学研究

1980—1981 年"美学热"高潮时期的大批美学研究著作，几乎都把古代文学作为美学理论及美学史研究的案例或材料，因此这些美学著作中的古代文学研究就是属于此种事例佐证式的古代文学研究。其中古代文学重要作家的美学思想作为美学研究的典型个案，更成为美学家研究的重点领域与内容。综观现有研究成果，有如下几方面特点。

一是启动时间早。伴随着美学热的兴起，这类研究就普遍展开，如施昌东的《先秦诸子美学思想述评》（中华书局 1979 年版），《王充论"美"》（《学术月刊》1980 年第 3 期），栾勋、王大鹏《曹丕曹植文学思想异同论》（《美学论丛》1980 年第 2 辑），刘长久《苏轼美学思想管见》（《四川大学学报丛刊》1980 年第 6 辑），叶朗《不要轻易否定脂砚斋的美学——就脂砚斋的评价问题与郝延霖、徐迟等同志商榷》（《学术月刊》1980 年第 10 期）、《王夫之美学二题》（《学术月刊》1980 年第 6 期）、《叶燮的美学体系》（《文艺理论研究》1980 年第 3 期），等等。这些研究贯穿了美学热的始终，成为美学大潮中的组成部分。

二是以先秦为重点。中国古代文学的美学研究中，先秦诸子散文是最重要的部分，具有哲学及美学思想的源头地位和典型意义，因而受到了研究者的极大关注。继 1979 年施昌东《先秦诸子美学思想述评》（中华书局 1979 年版）一书出版之后，至 80 年代初期，即有于民《春秋前审美观念的发展》（中华书局 1984 年版）、周来祥《中国古典美学和古典文艺理论的奠基石—论公孙尼子的〈乐记〉》（《文艺理论研究》1981 年第 1 期）、樊公裁《庄子的美学思想》（《哲学研究》1981 年第 9 期）、蒋孔阳《评老子"大音希声"的音乐美学思想》（《复旦大学学报》1981 年第 4 期）和《评老子"大音希声"和庄周的"至乐无乐"的音乐美学思想》（《中国古代美学艺术论文集》，上海古籍出版社 1981 年版）、刘长林《浅谈韩非的美学思想》（《西北师大学报》1982 年第 2 期）等论文作先声，其后90年代至21世纪，出现了更多的研究成果，其中不乏佳作，如李炳海《周代文艺思想概观》（东北师范大学出版社1993年版），龚道运《先秦儒家美学论集》（台湾文史哲出版社1993年版），潘显一《道教美学思想渊源与形成研究》（巴蜀书社2009年版），李春青、李山、过常宝、刘绍瑾等编著的《先秦文艺思想史》（北京师范大学出版社2012年版），等等。

三是个案研究更为深入。20世纪80年代，古代作家的美学思想研究大多较为随意，往往是学者的学术关注点，比如刘长久《石涛美学思想初探》（《四川师范大学学报》1981年第3期）、施昌东《扬雄的美学思想》（《中国古代美学艺术论文集》，上海古籍出版社1981年版）、韩湖初《试论王充的"真美"思想》（《华南师院学报》1981年第2期）、白贵《司空图美学思想概观》（《内蒙古大学学报》1982年第3、4期）、韩林德《班固美学观初探》（《思想战线》1982年第4期）、肖驰《王夫之的诗歌创作论——中国诗歌艺术传统的美学标本》（《中国社会科学》1984年第3期）等。其中肖文试图从整体上解剖这位古代大思想家的艺术哲学，认为王夫之诗学的中心是探讨艺术构思，他把"景"和"情"两个范畴提高和充实了，以此强调诗创作的知觉契机和审美直觉，规定了审美感情的必要伦理范畴度和形态特征。王夫之既发挥了"兴"这个古老理论，将民族诗歌的规律概括为拟物主义的抒情方式，又以"势"作为意象整合的结构，实际是诗情涌动之际于意象间突然建立的有机逻辑，充满时空的空白而能趋于无限。他从个体情感和封建伦理、审美主体和客体这两个方面的统一中完成了古典美学的体系，成为我们研究民族诗歌艺术传统的理论标本。肖文实际上已经蕴含了他在两年后出版的《中国诗歌美学》的构想，所以作者将此书称为"王夫之诗歌美学研究的辐射性拓展"[①]。由此可见，在美学家以古代作家为个案的研究实践中，也有一个逐步趋于系统深入的过程。

古代文学作家美学思想研究取得了很大的成绩，但早期成果有着不可避免的时代局限。如叶朗《叶燮的美学体系》一文，从艺术的本源、艺

[①] 肖驰：《中国诗歌美学·序》，北京大学出版社1986年版。

术的创造、艺术的形象思维特性、艺术的发展和艺术风格的多样化等方面对叶燮的美学体系进行了较为详细的探讨，并指出了叶燮美学在历史上的贡献和地位，但研究思路仍未能摆脱唯物主义与唯心主义二元对立的范式，如作者在论述叶燮关于艺术的本源时，认为："叶燮的理事情说，在审美领域内坚持了唯物主义反映论的原则，这就决定了他的整个美学体系的唯物主义性质，决定了他的美学，是一种同严羽——王士祯一派所谓'诗道唯在妙悟'的唯心主义美学水火不相容的美学，也是一种同后来的乾隆、沈德潜、翁方纲一派所谓'诗得忠孝而已耳'的唯心主义美学水火不相容的美学。"这种带有时代特点的二元论视角及观点具有普遍性，在美学热初期的美学论著中或多或少地存在着，反映了二元论哲学在文艺界的深远影响。而新的思想萌动也孕育着新的研究方法及视角，将与时代的大潮一起，对已有的观点与理论形成冲击。

二 古代文学作品的美学研究

古代文学作品既是古代文学创作成就的集中体现，也是古代文学美学思想的渊源和宝藏所在，所以同样受到美学家的高度重视，成为美学家古代文学研究的重点对象与领域，而且不仅仅是起到事例佐证的作用，更是作为美学家展开美学阐释的典型范本。

李泽厚《美的历程》（文物出版社1981年版）一书是此期最有代表性的美学著作，它对20世纪80年代的中国美学乃至整个社会科学领域都产生了重大影响。在这部书中，作者对中国古代艺术史上各个时代、各种形态作品都进行了审美批评，不仅从哲学的高度勾勒出中国艺术的发展脉络，更揭示出中国古代审美意识的演变轨迹。书中涉及了众多古典文学作家作品，并以此作为时代审美精神的概括，诸如先秦古籍中记载的歌舞、《山海经》、《诗经》、《楚辞》、《古诗十九首》、魏晋诗歌、盛唐诗歌，乃至明清时期的戏剧、小说、诗词，各个时代、各种体式的文学作品及文学创作本身都是作者考察、剖析的重要对象。在对这些文学作品的考察中，李泽厚以审美精神来观照古典文学，梳理了民族审美意识的发生、发展以及转变的轨迹，揭示出中华民族充满生机与活力、激情与意味并重、侧重现实而不乏浪漫的审美特点。与以往的古典文学研究相比，充分显示出美学家宏大的学术视野和纵横捭阖的驾驭能力。对一些古典文学领域内的热点问题，比如盛唐诗歌的成因、盛唐气象等问题，李泽厚也提出了自己的观点，深化了对这些问题的研究。同时，《美的历程》的一些学术观点对中国古典文学研究产生了重要影响，比如"儒道互补"这一命题的提出。林语堂曾经提出过类似的观点："如把道家哲学和儒家哲学的涵义，一个代表消极的人生观，一个代表积极的人生观，那么，我相信这两种哲学不仅中国人有之，而也是人类天性所固有的东西。我们大家都是生就一半道家主义，一半儒家主义。"① 但真正把这一观点加以理论化的高度概括并用于对古代士人心态研究的，乃是李泽厚的《美的历程》。这一观点在此后的古典文学研究中，屡被采用。另外，"市民文艺""感伤文学"等观点，都为20世纪80年代古典文学研究提供了新的研究视角。李泽厚的古典文学研究，其出发点是将古典文学作为美学形式，最终目的是阐释作品中的美学精神，与古典文学对作品全面而深入的专业研究不同，因而难免会有自己的局限。这表现在对于一些具体文学问题的论述存有偏差。比如"汉文化即楚文化""文的自觉时代"等论断，就有待进一步严格区分和界定。但瑕不掩瑜，在80年代初期，李泽厚美学理论中的古典文学研究无疑具有开创性，它对新时期古典文学研究的视野、理论和方法都产生了重要影响。

宗白华《美学散步》（上海人民出版社1981年版）是仅次于《美的历程》而在学界内外产生广泛影响的一部美学著作。全书总共22篇，分为四个部分：第一部分，美学和文艺一般原理；第二部分，中国美学史和中国艺术论；第三部分，西方美学史和西方艺术的论述；第四部分，诗论。作者同时兼具深厚的中国古典文化和西方文化的良好素养，既从德国康德形式美学关于审美规定性的观点出发，对审美和艺术的本质从知情意的三分法角度作了揭示，同时从庄禅融合的维度意境这一中国传统美学范畴进行意义重释，强调中国意境论的哲学依据离不开庄子，但又是在禅宗思想影响下形成的，是禅宗在老庄思想的基础之上的升华，从而形成中国古代艺术意境论的独特意蕴与结构。其中所论文艺的空灵与充实问题，意境与禅境的关系，"道""舞""空白"三个层次以及唐人诗歌中所表现

---

① 林语堂：《生活的艺术·中庸哲学》，世界文化出版社1941年版，第139页。

的民族精神，等等，都给读者带来了精神震撼，同时以中西贯通的比较的眼光，渗透着自己的生命体验和审美取向，并以抒情的笔触、爱美的心灵，引领着读者去体味中国和西方艺术家的心灵，为美学界的美学研究开启了崭新的路径与境界。

与《美的历程》《美学散步》有所不同，蒋孔阳《美和美的创造》（江苏人民出版社1981年版）更多地论述了美学理论问题，古典文学研究作为论说的例证，只是偶尔出现在行文当中。比如论证美的社会属性："《诗经》中的'杲杲出日'等句子，主要的也还是把自然现象当作的手法，用来描写人们社会的思想和情感。屈原、宋玉的辞赋，由于他们开始以独立的个性面对自然的景物，因此他们也能开始描绘出自然景物本身的某些独特的性格特征，如象'袅袅兮秋风，洞庭波兮木叶下'等。然而，到了汉代，又由于谶纬神学和经学的影响，自然景物又被掩盖在神学的烟雾之中了。直到魏晋南北朝，山水诗和风景画兴起，自然的美才大量地得到了艺术的反映。但是，即使是这样，山水诗和风景画的中心，也仍然是人，而不是山水和风景本身。因此，无论怎样说，美都离不开人，美都是一种社会现象。"① 尽管在此类美学论述中，所及古代文学实例不多，论述也不可能具有系统性，却能给人耳目一新之感。

由于古代文学作品及文论数量极大，具有连续性和稳定性，自身能够形成独立的体系，所以在古典文艺美学研究中占据了重要的地位。也正因如此，古代文艺美学研究中，有越来越多的学者关注到古代文学作品及文论，虽然仍处于美学的学术视域下，但已经呈现向古代文学批评转向的趋势。20世纪80年代中后期出现了一批代表性成果，如皮朝纲的《中国古代文艺美学概要》②、张少康的《古典文艺美学论稿》③、曾祖荫的《中国古代美学范畴》④、成复旺的《中国美学范畴辞典》⑤ 等数部专著。《中国

---

① 蒋孔阳：《美和美的创造》，江苏人民出版社1981年版，第44—45页。
② 皮朝纲：《中国古代文艺美学概要》，四川省社会科学院出版社1986年版。
③ 张少康：《古典文艺美学论稿》，中国社会科学出版社1988年版。
④ 曾祖荫：《中国古代美学范畴》，华中工学院出版社1986年版。
⑤ 成复旺：《中国美学范畴辞典》，中国人民大学出版社1995年版。

古代文艺美学概要》上编介绍中国古代文艺美学的理论范畴，如味、悟、兴会、意象等，下编则梳理中国古代文艺美学思想的发展过程。书中古代文学作品及文论的运用极其广泛，可作为古代文学及文论的理论研究及发展史研究成果。《中国古代美学范畴》则选取了情与理、形与神、虚与实、言与意、意与境、体与性等美学概念，依据大量古典文学理论，作深入的剖析与探讨。《古典文艺美学论稿》中收载了三十篇论文，包含古代文论、古代文艺美学及古代美学三方面，古代文艺美学是主要内容，其中一些内容、观点与20世纪90年代中期出版的《中国文学理论批评发展史》[1] 一书有内在的联系，这两部著作反映了张少康先生的学术研究轨迹，也体现了古代文论与古典文艺美学天然的内在联系。以上古代文艺美学研究成果表明，现代学术意义上的中国古代文学的理论研究虽然仍旧处于文艺美学的统领之下，但已经基本确定了大致的理论范畴，梳理出了主要的发展脉络。

这种统一在美学论说之下对文学概说式的总结，与古典文学专门研究并无不同，其中主观感受式的论断未必尽合文学的真实，但能启迪思路，开阔视野。随着美学热的升温，这些古典文学的论述引起了古代文学研究界的极大关注。因此，美学家的古代文学研究影响了新时期古代文学研究的新范式、新领域。

三　古代文学文体的美学研究

由于美学家的古代文学研究目的在于美学理论体系的完善和建构，因此只对单个作家作品进行个案研究，虽然有助于事例佐证的论述作用，但无法从整体上探讨美学理论，而以某种文体为考察对象则可以完善和补正这种个案研究的缺憾。正如叶朗所论："如果对中国小说美学缺乏系统的整理与研究，如果还像过去那样，只重视对刘勰、严羽等人的研究，而根本不重视对金圣叹、张竹坡等人的研究，我们就很难写出一部完整的中国美学史的著作，很难写出一部完整的中国文学批评史的著作，也很难写出

---

[1] 张少康、刘三富：《中国文学理论批评发展史》，北京大学出版社1996年版。

一部完整的中国小说史（以及中国文学史）的著作。"① 正是基于这样的认识，有关古代文学文体的美学研究引起了美学家的高度重视。其中叶朗的《中国小说美学》一书就是这类研究的代表。

《中国小说美学》是在讲义基础上加以修订而成的，其原稿写作时间是在1981年，此时正是"美学热"高潮时期。作者认为："明清的小说评点，特别是叶昼、金圣叹、毛宗岗、张竹坡、脂砚斋等几位大评点家的小说评点，里面包含了极为丰富的美学思想，涉及艺术创造、艺术欣赏以及美感心理的广泛领域，提出了很多合理的、深刻的见解。其中不少问题，是古典诗论和文论中所根本不可能涉及的。"② 在这本书中，作者集中考察和分析了明清以来的小说评点著作。《中国小说美学》以《水浒传》《三国演义》《金瓶梅》《红楼梦》等小说评点为专题，对李贽、叶昼、冯梦龙、金圣叹、毛宗岗、张竹坡等人的小说批评与理论详加分析、阐述，并对梁启超的小说美学加以剖析、评价。全书既有个案的细致分析，又有高屋建瓴式的理论总结，通过对前代诸多小说批评家的理论梳理，形成了中国古典小说美学理论的系统性和体系性，并在第八章结语中概括了中国小说美学的整体特点。

《中国小说美学》研究中国古典小说的美学特点，突出民族文学的独特性，其结论具有创新性和启示性，比如对于中国小说美学对读者的重视作了深入的分析：

> 中国小说美学强调，小说在创作时要考虑如何引起读者最大的兴趣，要考虑如何能为广泛的群众所喜闻乐见。……小说既然要"谐于里耳"，那就不仅要通俗，语文文字要口语化，使群众听得懂、看得懂，而且小说的叙事还要能引起读者的最大兴趣，要能始终抓住读者的心。这就需要研究读者心理学，要把握和适应读者的美感心理和美感要求。金圣叹、毛宗岗等人正是从这个角度，从适应读者的美感心理和美感要求的角度，提出了一整套叙事方法和叙事技巧。

---

① 叶朗：《中国小说美学》，北京大学出版社1982年版，第20页。
② 同上书，第17—18页。

与案例佐证研究对古典文学零星的、片断式的论述不同，这种深入的、专题式的研究更接近于古典文学研究本身，因而对中国古典文学以至中国古典文学理论都有启发与促进作用。

古代文学文体美学研究的另一重要代表著作是肖驰《中国诗歌美学》（北京大学出版社1986年版）。该书分为三个部分：第一部分从诗歌理论史与诗歌艺术史两方面对中国诗歌美学进行了系统梳理，以古代三大诗论家钟嵘、司空图、王夫之为中心，总结中国诗歌理论的发展逻辑；第二部分以不同诗歌题材为中心，对叙事诗、咏史诗、山水诗、游仙诗进行历时性考察，梳理中国诗歌的美学精神及艺术发展脉络；第三部分论述了中国古典诗歌中的三个问题，即中国诗画创作比较观、中国诗歌中的自然、中国诗人的时间意识及其他。

与《中国小说美学》类似，肖驰《中国诗歌美学》侧重在中西文化对比的视野中，探讨中国诗歌理论及其美学的独特之处。比如对中国诗歌的神韵探讨，即从中西诗学对物质的不同认知开始：

> 北欧大批评家勃兰兑斯在论及德国浪漫主义诗歌时写道："在这种文学中，万物都有它的音乐——月光也罢，香气也罢，图画也罢；……看来，浪漫主义者对于物质的现实真是不屑一顾。明显的实体，固定的造型，甚至情感状态的具体表现，都是他们不能接受的。他们从不追求这些东西。在他们心目中，有形的一切都俗不可耐。"以之对照倡导乐意的中国诗学，你会发现：古代诗论家们对"物质的现实"并不那么冷漠，相反，他们倒是非常注重即目即景的直接感知和形象的空间造型。它构成中国诗学的古典主义特征。①

作者擅长在中西比较的视野中彰显中国诗学特质，并能够通过作品剖析与理论阐释使著作具有古典文学专业研究的品格。特别是对于不同主题的诗歌"辨章学术，考镜源流"，使这部论著更近于专业研究，比如对游仙诗的研究，从先秦两汉时期屈原、庄子、抱朴子的思想精义比较中追溯

---

① 肖驰：《中国诗歌美学》，北京大学出版社1986年版，第13页。

游仙精神的来源及其在诗歌中的反映；针对游仙诗所构建的神仙世界"更其恍惚，更难辨析"的特点，通过对作家创作心理和作品的剖析，勾画了游仙诗思想及艺术的发展历程。值得注意的是，作者提出了明确的研究思路，即从历史和心理、内容和形式、思想史和艺术史的统一中去把握游仙诗的发展，而这正是中国古代文学研究中常用的研究路径。研究视野、对象、方法上的重合，使这部美学著作与中国古典文学研究具有共通性，对古代文学研究产生了较大影响。

然而美学研究毕竟与古典文学研究不同，该书是"王夫之诗歌美学研究的辐射性拓展"①，诗歌作品中以五言诗、七言诗为主，曲、词都未纳入研究范围，《诗经》《楚辞》也只是略有涉及。这种以"点"概"面"的理论概括和规律总结，对部分作家作品及诗论的研究确有推进作用，但从整体而言，对中国古代诗歌研究的启示意义更为重要。

在经历了长时间的美的遮蔽之后，美学家所引领的美学思潮为古典文学带来了自由的研究思路与开阔的学术视野。尤其是美学家的古代文学研究成果具有理论性、宏观性，对于新时期初期古代文学研究具有开拓新领域、启发新思维和建构新范式的作用和意义，使新时期初期的古代文学研究从单一化向多元化的学术研究发展。但因为美学家的立足点是美学而不是文学，古代文学往往是美学研究的基础材料、事例佐证，所以美学家的古代文学研究尚缺乏古代文学学科研究所需的文献根基和学术深度，有些也未达到应有的学术高度。与此同时，古代文学研究界对美学的审视与探讨也在勃然兴起，这是古代文学研究对美学思潮的呼应，也是深化与拓展古代文学研究的必然选择。

第三节 古代文学界的美学研究

20世纪80年代初期，当"美学热"涌现大江南北之际，古代文学研究界敏锐地感受到时代思潮的召唤，热情地投入新的研究中。学者们

---

① 肖驰：《中国诗歌美学·序》，北京大学出版社1986年版。

依据美学理论、美学范畴，立足于文学，对古代文学作家作品进行新的阐释和研究。从总体上来看，古代文学研究界的美学研究成果主要表现在三个方面：古代文论的美学研究；作家作品的美学研究；不同文体的美学研究。

一 古代文论的美学研究

美学从根本上来说，是形而上的哲学理论，这一根本特点使它与古代文论有着先天的联系，无论是形态还是性质，都有高度的同一性。甚至可以说，不少古代文论作品是美学与文学理论的统一体。1979年中国古代文学理论学会成立之初出版的《古代文学理论研究丛刊》第一辑[①]中，第一篇便是郭绍虞、王文生的《审美理论的历史发展》，将文学理论的发展与文艺美学紧密联系。古代文论的美学研究较易引起古代文学界研究者的注意和研究。其中，古代文论专著《文心雕龙》的美学研究较为突出，一定程度上能够代表古代作家作品文艺思想美学的研究发展轨迹。

20世纪初期，《文心雕龙》即吸引了大量杰出学者的注意，如黄侃、范文澜、陆侃如、王利器、詹锳、杨明照、张光年、王元化、饶宗颐等，皆有论著。20世纪80年代的"美学热"中，龙学最新的一个变化，就是对《文心雕龙》的美学研究。很多学者认识到《文心雕龙》的美学价值，总结美学思想，如缪俊杰《深入探讨刘勰的美学思想》（《武汉大学学报》1980年第5期）、赵盛德《〈文心雕龙〉的美学思想初探》（《广西师范学院学报》1981年第3期）、王达津《〈文心雕龙〉中的美学观点》（《古代文学理论研究》第7辑，上海古籍出版社1982年版）、易中天《刘勰论美的原则》（《武汉大学学报》1982年第1期）等，即可看作《文心雕龙》美学研究的先声。缪俊杰《深入探讨刘勰的美学思想》一文认为，刘勰的美学思想是古代美学理论的主要奠基石，是世界文艺理论和美学的重要成果，理应受到重视，文章敏锐地意识到从美学角度研究《文心雕龙》的价值和意义，引发学界对《文心雕龙》美学研究的关注。赵盛德《〈文心雕龙〉的美学思想初探》以马克思文艺理论为依据，从"自然

[①] 中国古代文学理论学会编：《古代文学理论研究丛刊》第一辑，上海古籍出版社1979年版。

美""人文美""艺术美"的角度入手,认为《文心雕龙》重视自然美,但忽略了美的"社会素性",其"人文美"中包含了"艺术美",这种"艺术美"是由朴素唯物主义观所主导的。王达津《〈文心雕龙〉中的美学观点》也持类似观点,指出刘勰之所以用审美的观点来看待文学,是受王充唯物论以及魏晋时代社会思想观念的影响;同时作者梳理、阐发了《文心雕龙》中的主要观点,如自然美和艺术美是自然规律的产物、美是质与文的统一、美是客观存在等。1983 年,周扬在《关于建设具有中国民族特点的马克思主义文艺理论问题——周扬同志答〈社会科学战线〉记者问》(《社会科学战线》1983 年第 4 期)一文中,将《文心雕龙》归入美学论著:"《文心雕龙》是一个典型,也可以说是世界各国研究文学、美学理论最早的一个典型,它是世界水平的,是一部伟大的文艺、美学理论著作。"

20 世纪 80 年代龙学中的美学研究成果日趋丰富,缪俊杰《情动而言形　理发而文见——刘勰"情理说"的美学意义浅探》(《武汉大学学报》1983 年第 6 期)、胡子远和赵伯英《"心哉美矣"——〈文心雕龙〉美学思想的一个重要命题》(《苏州大学学报》1984 年第 3 期)、谌兆麟《论〈文心雕龙〉的文学美学体系》(《湖南师院学报》1984 年第 3 期)、郭晋稀《从刘勰的世界观看他的美学观、经学观和文学观》(《文学遗产》1985 年第 1 期)等论文,都是对刘勰及其《文心雕龙》的美学思想和观念进行研究的文章。胡子远和赵伯英《"心哉美矣"——〈文心雕龙〉美学思想的一个重要命题》从《文心雕龙》中"心哉美矣"的观点出发,指出刘勰以自然美、文章美为文章的内核,反对单纯追求形式美,并总结美的创作活动过程中的精神活动规律,强调审美活动的规律性,提出了审美的标准,要求文章内在美与形式美的统一。郭晋稀《从刘勰的世界观看他的美学观、经学观和文学观》则对上述观点进行了反驳,认为刘勰所论之美,不仅存在于天地万物,也存在于作为宇宙本体的灵魂——"道心""神理"以及人的形体、五性之中。这一时期的研究成果虽大多作宏观概论性的研究,但其对《文心雕龙》与美学关系的讨论和美学研究的个案,是后来相关研究的坚实基础。

80 年代中后期,经过数年的积淀和努力,《文心雕龙》的美学研究结出了丰硕的成果，重要的专著如李泽厚、刘纲纪主编《中国美学史》（中国社会科学出版社1987年版）中专列"刘勰的《文心雕龙》"一章，后来的《中国美学史》（安徽文艺出版社1999年版）一书也有"《文心雕龙》美学思想的理论结构"一章。至于独立的学术专著，则有缪俊杰《〈文心雕龙〉美学》（文化艺术出版社1987年版）、赵盛德《〈文心雕龙〉美学思想论稿》（漓江出版社1988年版）、易中天《〈文心雕龙〉美学思想论稿》（上海文艺出版社1988年版）等。这些成果都与美学热初期的研究相关联而又更为深入。

中国古代文论中的范畴研究在美学范畴研究中占据着的重要地位，因而中国古代文论范畴的美学阐释与研究也就成为古代文论美学研究的重要内容之一，成果极为丰富。20世纪80年代初期，即有刘士兴《诗的美学理论——"境界说"——读〈人间词话〉札记》（《湖北大学学报》1981年第4期）、潘世秀《略论意境说的美学意义》（《文艺理论研究》1981年第3期）、蔡育曙《论中国古代文艺理论中的"气"及其美学意义》（《思想战线》1981年第3期）、郁沅《桐城派美学理论中的"神气"说》（《江淮论坛》1982年第6期）、钟子翱《论先秦美学中的"比德"说》（《北京师范大学学报》1982年第2期）、王延才《我国古代对错综变化的结构形式美的提倡和总结》（《辽宁大学学报》1982年第4期）和《我国古代美学中的艺术结构观》（《社会科学辑刊》1984年第4期）、陆晓光《关于文学作品"滋味"的品尝——中国古代文论中一个重要的美学标准》（《学术月刊》1984年第3期）、漆绪邦《自然之道与"以自然为美"——道家思想与中国古代文学理论探讨之一》（《古代文学理论研究》第9辑，上海古籍出版社1984年版）等。这些论文对"气""神气""意境""比德""自然""滋味"等古代文论中常见的概念与范畴进行了美学视角的重新审视和剖析，阐述了其美学意义与价值。

对古代文论美学范畴的归纳总结及阐释，实际上正是中国古代文论及美学体系构建的基础。20世纪80年代后期，文论范畴研究有了明显的进步，如曾祖荫《中国古代美学范畴》（华中工学院出版社1986年版）和《中国古代文艺美学范畴》（文津出版社1987年版）。这两部论著以中国古代文论中的一些重要美学范畴为核心，如情和理、形和神、虚和实、言和意、体和性等，从文艺作品美学、文艺创作美学和文艺欣赏美学三个角度来考察它们，分析各范畴的美学内涵及其系统，并且对这些美学概念的发展源流作了细致的梳理，总结出不同时期的美学特点。

二 古代作家作品的美学研究

古代作家作品的美学思想研究是中国古代美学研究的基础，是古代文学界美学研究最重要的对象与领域，因而引起了许多研究者的关注，所涉作家作品极为广泛。由于屈原与《楚辞》、曹雪芹与《红楼梦》在中国文学史上的特殊地位，因而率先成为古代文学界美学研究的两大重心，然后向其他作家作品辐射与拓展。

《红楼梦》因为代表着中国古典小说艺术的最高水平，也因为研究者的偏好，成为美学研究的先行者与重镇。《红楼梦》的美学研究最早可追溯至王国维、陈铨、李辰东、李长之、牟宗三等人的研究。新中国成立后，美学研究以马克思主义美学为主流，直至20世纪80年代"美学热"兴起之际，植根于小说文本的美学研究才得以重新接续。就在美学研究初兴的1980年，首先有苏鸿昌《论〈红楼梦〉中的"真""假"观念——曹雪芹美学思想初探》这一红楼美学论文问世，该文从辩证法出发，认为《红楼梦》中的"真"，是曹雪芹用以熔铸艺术形象和艺术情节的生活原型，是符合逻辑发展的本质的真实，"假"是艺术创作的幻想和虚构，并以此达到艺术的真实，"真"与"假"是对立统一的美学关系。[①] 此后，苏鸿昌又有《论〈红楼梦〉中的神话描写所展示的美学思想和艺术构思》（《红楼梦学刊》1982年第4期）以及学术专著《论曹雪芹的美学思想》（重庆出版社1984年版）相继问世，有力推动了《红楼梦》美学研究的兴盛。从20世纪80年代初期到中期，有关红楼美学研究的论文日渐增多，主要有韩进廉《关于曹雪芹的美学观》（《红楼梦学刊》1981年第2期）、林彤《略谈〈红楼梦〉自然环境描写的美学特征》（《厦门大学学报》1982年增刊）、段启明《〈红楼梦〉与中国传统美学观》

[①] 苏鸿昌：《论〈红楼梦〉中的"真""假"观念——曹雪芹美学思想初探》，《红楼梦学刊》1980年第1期。

（《红楼梦学刊》1983年第2期）和《再论〈红楼梦〉与中国传统美学观》（《红楼梦学刊》1984年第4期）、何永康《笔写狂澜，诗融雅俗——曹雪芹对中国小说美学的贡献》（《红楼梦学刊》1984年第2期）、梁归智《〈红楼梦〉与中国传统美学——美学史上的一幕悲剧》（《红楼梦学刊》1984年第1期）、吴功正《论曹雪芹对中国小说美学的贡献》（《红楼梦学刊》1984年第1期）等，这些论著多角度全方位地对曹雪芹及其《红楼梦》的美学思想和观念进行了深入分析和研究。由于这一时期《红楼梦》美学研究仍处在起步期，带有之前学术研究的痕迹，但原来狭窄的研究视野逐渐开拓，也出现了新的研究角度。例如段启明《〈红楼梦〉与中国传统美学观》和《再论〈红楼梦〉与中国传统美学观》两文，前者从虚实结合、味外之味、自然清新的人物塑造、传统的创新审美观等几个方面入手，认为《红楼梦》在继承和发展中国传统美学思想的基础上，充分展现了中国传统美学特色；后者对《红楼梦》所体现出来的一些传统美学风格，如"初发芙蓉，错彩镂金"、"行云流水，姿态横生"、"景以情合，情以景生"和"自然成对，玉润双流"等，进行了分析和探讨。梁归智《〈红楼梦〉与中国传统美学——美学史上的一幕悲剧》认为《红楼梦》的美学观是对传统审美观的背离与革命，在塑造人物形象上一反传统小说中"脸谱化"的倾向，表现出"真"的审美原则。苏鸿昌《论曹雪芹的美学思想》与李传龙《曹雪芹美学思想》（陕西人民教育出版社1987年版）两书都重在分析曹雪芹的美学思想及其与传统美学思想的关联性，后者重在探讨曹雪芹美学思想的哲学基础、美学思想和审美结构等问题；而前者则侧重特殊美学范畴的梳理与分析，以中国传统美学观念为学术背景和视野，对《红楼梦》中所体现出的作者的"真""假""情""理""色""空"等观念进行总结和剖析，并由其中的神话描写入手分析其美学思想和艺术构思，探讨作者关于"美""审美""审美主体"的观念。

20世纪80年代后期是《红楼梦》美学研究的发展期，表现在学术成果数量迅速增长，研究内容日渐丰富，视野与领域也更为开阔。既有宏观的对《红楼梦》的美学系统、美学风格、美学意义、小说美学等问题的探讨，也有对某个具体问题的分析。前者如李传龙《曹雪芹美学思想》，从更为宏观的哲学层面来分析作家的美学思想，对其美学体系、性质、特征和结构进行了考察和评价。后者如吴功正《红楼梦艺术节奏的美学探索》(《红楼梦学刊》1985 年第 3 期)，对《红楼梦》艺术创造的节奏与欣赏节奏的分析；潘宝明《红楼梦园林艺术的美学意义》[《阴山学刊》(社会科学版) 1989 年第 4 期] 一文对《红楼梦》园林文化的审美讨论；等等。

古代作家作品的美学研究的另一个重心是屈原及其楚辞作品的美学思想研究。早期重要成果有：王钢《屈原的美学思想》(《信阳师范学院学报》1981 年第 1 期)、袁行霈《论屈原的人格美》(《学术月刊》1981 年第 2 期)、张啸虎《屈原生死观的美学探讨》(《求索》1983 年第 2 期)、穆小兰《屈原的美学思想》(《西北师院学报》1983 年第 4 期) 等。王文认为屈原作为一位伟大的爱国主义者和人民诗人，他赞美崇高的人格，歌颂祖国美丽的山川草木、优美的音乐舞蹈，渴望实现"美政"的理想，因而他是一个热烈的美的追求者，也就必然有他的审美观点，有他的美学思想。所以我们要全面地了解屈原，就必须对他的美学思想作一番研究和探讨。袁文认为，屈原是把自己整个生命融入诗里去了，他的诗真率地表现着他的为人、他的个性和他的气质。可以说他的人即是诗，他的诗亦如其人。透过他的诗，我们可以看到一个在许多方面和我们有着共同呼吸、共同爱憎的人。所以要通过此文将屈原的人格美忠实地描绘出来，希望屈原的这样一幅画像，在今天能帮助人们向着美的境界飞腾。20 世纪 80 年代中期之后，屈原美学思想研究也有一定的发展，相继问世的论文有：王弘度《屈原美学思想初探》(《江汉大学学报》1985 年第 2 期)、刘海生《论屈原对人格美的追求》(《河北大学学报》1985 年第 4 期)、张崇琛《屈原美学思想试析》(《兰州大学学报》1986 年第 3 期)、王卫民《对屈原的审美评价》(《内蒙古社会科学》1986 年第 6 期)、张道葵《屈原与自然美》(《江汉论坛》1986 年第 3 期)、郭维森《屈原与庄周美学理想异同辨》(《南京大学学报》1988 年第 1 期)、徐志啸《论楚骚美》(《北京大学研究生学刊》1988 年第 3 期) 等。郭文就屈原与庄周美学理想异同作了比较分析，徐文阐发了楚辞情感美、形象美、自然美、悲剧美、形式美的特点。这些论文以新的美学维度分析屈原及其作品，运用传统的史论结合研究方法，总结屈原的美学思想、美学特征。

以屈原及其楚辞为重心，古代作家作品的美学思想研究迅速延伸至先秦及其后各代的重要作家作品中，举其要者有：董国尧《庄子论自然美》（《学习与探索》1981年第4期），王增范《"大音希声"及老子的评价问题——中国古代美学札记》（《郑州大学学报》1982年第2期），皮朝纲《庄子美学思想管窥》（《四川师范大学学报》1980年第4期）、《桓谭美学思想发微》（《固原师专学报》1981年第2期）、《葛洪美学思想初探》（《四川师范大学学报》1981年第2期）、《王弼美学思想蠡测》（《西南师范大学学报》1982年第3期），肖华荣《陆云"省"的美学观》（《文史哲》1982年第1期），袁济喜《关于"声无哀乐论"评价问题——兼论嵇康的音乐美学思想》（《学术月刊》1981年第12期），蹇长春《白居易诗论的美学意义》（《西北师大学报》1980年第4期），刘世忠、朱企泰《白居易美学思想分析》[《内蒙古社会科学》（汉文版）1981年第3期]，吴调公《李商隐的审美观》（《文史哲》1981年第2期），蓝凡《汤显祖的戏曲美学思想》[《江西大学学报》（社会科学版）1982年第2期]，蒋志雄《临川剧作的美学思想》（《中国社会科学院研究生院学报》1982年第6期），杜书瀛《李渔论戏剧的审美特性》（《中国社会科学》1981年第1期），程麟辉《叶燮美学思想之我见》[《江西大学学报》（社会科学版）1982年第4期]，郭瑞《我国古典美学思想的一个突破——金圣叹的人物"性格"说》（《文艺研究》1982年第2期），庄严《略论郑板桥的美学思想》（《求索》1982年第6期），杨世洪《试论〈水浒〉人物绰号的美学意义》（《华中师范大学学报》1982年第4期），叶肇增《论〈聊斋志异〉中的正面人物形象——兼谈蒲松龄的美学理想》（《温州师专学报》1982年第2期），等等。虽然当时还处在"美学热"初期，但这些研究成果于先秦至明清各个时段均有涉猎，并涉及诗歌、散文、戏剧、小说等不同文体，广泛性和丰富性的特点非常明显。

三 古代文体的美学研究

传统的古代文学研究中，文体始终是非常重要的维度之一，魏晋时期的《典论·论文》《文心雕龙》中已经开始了对文体美学特点的总结。从

20 世纪 80 年代的"美学热"初期至今，古代文学研究者在诗歌、散文、小说、戏曲等多种文体的美学研究中都取得了突出的成就。

1. 诗歌美学研究。在"美学热"初期，中国古代诗歌美学研究即已启动，1981 年钟文的《发展中的"诗美"内涵》（《诗探索》1981 年第 4 期）一文从黑格尔的诗歌理论谈起，认为诗美是空间、时间的混合艺术，优于图画的空间美、音乐的时间美，以意境说为代表的中国古代诗论只是指向了图画美，因而是不完整的，诗歌美应包括以比拟、象征为主的音乐美。次年，陈大正《中国古代诗论中的美学思想》（《武汉大学学报》1982 年第 1 期）和江柳《诗歌美学理论的基本范畴——意境》（《湖北师范学院学报》1982 年第 4 期）两文分别对古代诗论的美学思想和美学基本范畴进行了探讨，这是诗歌美学基本问题的展开。之后的古代文学研究者或针对作家的诗歌美学观念进行研究，如陶文鹏《论孟浩然的诗歌美学观》（《文学评论》1984 年第 1 期），或对某类诗歌的美学特征加以论述，如蓝华增《黑格尔的抒情诗美学与中国古代抒情诗美学的比较》（《文艺理论研究》1985 年第 4 期）、梅新林《中国古典咏物诗歌的美学性格》（《浙江师范大学学报》1986 年第 2 期）分别对山水诗、抒情诗和山水诗的美学特征进行了深入分析。

20 世纪 80 年代后期，诗歌美学研究领域出现了一批专著，代表了诗歌美学研究的更高水准，如袁行霈《中国诗歌艺术研究》（北京大学出版社 1987 年版）、陈铭《唐诗美学论稿》（中州古籍出版社 1987 年版）、李元洛《诗美学》（江苏文艺出版社 1987 年版）、麻守中《中国古代诗歌体裁概论》（吉林大学出版社 1988 年版）等。《中国诗歌艺术研究》分为上下两编，上编对中国古典诗歌的总体美学特点多有论述，下编则以作家作品美学研究为主，探讨屈原、陶渊明、王维、李白等诗人的作品美学特质。李元洛《诗美学》从诗歌文体出发，运用多种研究方法，对古今中外诗歌美学价值加以评价，同时以宏观的视野探讨诗歌的文体特点，研究诗歌的审美心理、审美情感以及创作规律等问题。麻守中《中国古代诗歌体裁概论》主要介绍中国古代诗歌的各类体裁特点，开篇即探讨中国古代诗歌体裁形式的美学特征，认为其具有音乐美、排列美、和谐美三个方面，更多呈现出文学艺术形式的研究倾向。

2. 散文美学研究。散文美学研究相对于其他文体稍显滞后，直到20世纪80年代中后期才开始兴盛起来，主要论著有：皇甫修文《哲理和艺术的融合——先秦散文的美学分析（一）》（《名作欣赏》1984年第1期），万陆的系列文章《对桐城派散文之美学述评》（《赣南师范学院学报》1986年第3期）、《宋代散文之美学观照》（《江西社会科学》1987年第5期）、《试论唐宋八大家散文的美学歧异及其影响》（《赣南师范学院学报》1987年第1期）、《明清散文之美学观照》（《学术界》1987年第3期）、《三苏散文之美学观照》（《抚州师专学报》1988年第2期），吴文《晚明审美思潮和散文美学》（《中州学刊》1987年第6期），等等。这些文章或以时段、或以流派、或以家族，对不同的散文的美学内容进行深入考察分析。万陆在前期学术研究的积累后，出版了专著《中国散文美学》（中州古籍出版社1989年版），标志着散文美学研究进入新的阶段。该书首先以历史的眼光对中国古代散文的概念、特征、分类、发展及流变规律进行了归纳总结；其次运用西方现代理论对古代散文的美学特质作了多侧面、多层次的透视，认为中国古代散文与绘画异迹同趣，与诗歌相汇通，与小说有密切的关系；最后对散文进行了分类，把古代散文分为记叙性散文、论说性散文和实用性散文三类，并阐释了各类散文的美学。

3. 小说美学研究。此为古代文体的美学研究的重点所在。1981年，孙逊《我国古典小说评点派的传统美学观》从艺术视角对中国古典小说评点作品中所体现的美学加以总结，[1] 首开小说美学研究之先声。继之者有傅继馥《一代文人的厄运——〈儒林外史〉主题新探》，提出要将美学观点与历史观点相结合来研究《儒林外史》。[2] 但更为重要的是1982年叶朗《中国小说美学》一书的出版，直接推动了古代文学界关于古代小说的美学研究。此后，相关研究成果便日益繁多，诸如陈年希《试论明清小说评点派对我国古典小说美学的贡献》［《上海师范大学学报》（哲学社会科学版）1983年第3期］、李燃青《明清小说美学中的典型理论》

---

[1] 孙逊：《我国古典小说评点派的传统美学观》，《文学遗产》1981年第4期。
[2] 傅继馥：《一代文人的厄运——〈儒林外史〉主题新探》，《社会科学战线》1982年第1期。

(《文艺理论研究》1984年第1期)和《明清小说美学中的现实主义理论》[《宁波大学学报》(教育科学版)1985年第1期]、刘健芬《明清小说美学中的真实论》(《西南师范大学学报》1985年第4期)等。其中李文重对明清小说中典型理论问题进行了深入分析，涉及小说人物性格中心论、典型性格的个性与共性的关系、典型形象创造的现实基础问题与艺术虚构问题等内容，并从理论的高度对典型塑造的艺术手法加以精辟的概括和系统的总结。20世纪80年代中后期，小说美学研究走向纵深层次，研究对象不再局限于《红楼梦》等少数几部明清章回小说名著，而是广纳古代小说的各种文体，包括志人小说、传奇小说等文言小说。如潘知常《明末清初才子佳人小说的美学风貌——明清文艺思潮札记》(《社会科学辑刊》1986年第6期)、张宝坤《志人小说美学导源》(《社会科学辑刊》1986年第6期)、《唐代传奇的美学成就论略》(《人文杂志》1988年第4期)、商韬《明代文言短篇小说的美学观念》[《上海师范大学学报》(哲学社会科学版)1988年第2期]等。综观20世纪80年代，最有代表性的成果是"东方文艺美学丛书"中吴功正撰写的《小说美学》(江苏人民出版社1985年版)，以小说为研究主体，与80年代的美学及社会思潮联系紧密，对小说美学和"人学"的关系、生活和小说美学的关系、审美感受、形态美学等问题的探讨，带有明显的时代痕迹。其中对小说的美学特征、审美感知、美学形态等基本问题的探讨，具有一定的理论性与启发性。

4. 戏曲美学研究。中国古代文体中成熟最晚的是戏曲，又因其通俗性，相比于诗文，一直不为文人所重。但在"美学热"中，戏曲美学研究成果却毫不逊色，早在"美学热"初期，杜书瀛即出版了专著《论李渔的戏剧美学》(中国社会科学出版社1982年版)。这部专著总结并阐释了李渔关于戏剧真实、戏剧审美特性、戏剧结构、语言及创作实践等方面的理论，剖析其缺陷，持论客观平正。虽是个案研究，却能从古典戏剧美学思想史的角度考察李渔戏剧美学的承传及影响，甚至与世界戏剧美学思想作对比，显示出宏阔的学术视野。《戏剧美学论集》(上海文艺出版社1983年版)一书是戏剧美学研究成果的论文集，既节选了李泽厚、宗白华、朱光潜等人的戏剧美学论著，也有学者近期的学术论文和报告，颇有新见，如秋文的《中国戏曲艺术的美学问题》、沈尧《戏曲结构的美学特征》、余秋雨《戏剧的美学生命》等。《戏曲结构的美学特征》指出，经过长期的舞台艺术实践，戏曲艺术独特的结构方法有着明显的美学特征，即利用中心事件将点与线有机组合成疏密相间、隐显结合的戏曲结构美学。另一部论文集《戏剧美学思维》（中国戏剧出版社1987年版）选录了王朝闻《戏曲美学与艺术美学》、兰纪先《戏剧美学思维的强化》等20篇重要文章，在观点、内容、方法上都有较大的进步，反映了戏剧美学研究的拓展与深化。此外，学术期刊论文也涌现了一批研究成果，如蓝凡《王骥德论戏曲结构的美学特征》一文探讨了明代王骥德戏曲结构美学理论，认为王骥德论述了戏曲结构的几个基本美学特征，即结构必须服从主题的需要、结构的完整美、高度的集中和简洁。[1] 王宏伟《中国戏曲艺术的基本美学特征》从表演、时空、舞美三个角度对中国传统戏曲艺术的美学特征进行了总结，认为中国传统戏曲具有程式性、流动性和装饰性三个基本特征。[2] 黄仁生《中国戏曲美学中的本色说》对本色说戏曲理论的美学特色进行阐发和论述。[3]

除了上述各文体美学研究外，古代神话的美学研究也有较多的成果。李致钦《论原始神话的美学价值》［《渤海大学学报》（哲学社会科学版）1981年第2期］和苏鸿昌《论〈红楼梦〉中的神话描写所展示的美学思想和艺术构思》（《红楼梦学刊》1982年第4期）分别对原始神话和《红楼梦》中所描写的神话的美学进行了分析。20世纪80年代中后期，神话的美学研究得到进一步强化。汤晓青、赵晓笛《中国古代神话中的美学观念初探》［《绍兴师专学报》（社会科学版）1985年第1期］、张宝坤《神话传说的美学特征》（《人文杂志》1986年第4期）、李璐《神话美学观的逻辑进程》［《新疆师范大学学报》（哲学社会科学版）1988年第3期］、耿占春《人体式的大地——创世神话的美学含义》［《商丘师专学报》（社会科学版）1989年第3期］、吴功正《文艺美学与神话》（《浙江

---

[1] 蓝凡：《王骥德论戏曲结构的美学特征》，《当代戏剧》1982年第3期。
[2] 王宏伟：《中国戏曲艺术的基本美学特征》，《青海师范大学学报》1985年第4期。
[3] 黄仁生：《中国戏曲美学中的本色说》，《中国文学研究》1985年第1期。

学刊》1989年第6期)、黄雅峰《南阳汉画像石中的神话与美学》(《南都学坛》1989年第3期)等,都是这类研究的重要成果。

综上所述,古代文学界以文学为本位的美学研究成果异常丰硕,与美学家的古代文学研究相比,不仅论文论著的数量要多得多,而且研究所涉及的古代文学研究对象要广泛得多,更重要的是这些研究基本上摆脱了作为美学研究素材使用的思维定势,而是从文学研究自身出发来总结古代文学的美学思想、美学特点和美学价值,体现了文学研究的本位立场,极大地拓展和深化了新时期初期的古代文学研究。古代文学界的美学研究虽然兴起于20世纪80年代,但在研究时效上相对滞后,一些高质量有分量的研究成果,特别是文体美学的重要成果,大多在80年代中后期甚至90年代才陆续推出,而此时"美学热"作为时代学术思潮已趋消歇。但总体来说,古代文学界的美学研究与美学家的古代文学研究相辅相成,两者共同完成了新时期古代文学研究范式的转型,使古代文学研究从单一化的社会学范式开始向多元化的新型学术范式拓进,具有引领时代的先锋意义。

第四节 美学研究的先锋意义

20世纪80年代盛行的"美学热"是新时期初期中国思想界、文化界和教育界一道独特的风景线。有研究者对此回顾道:"80年代初的北京大学,在各专业的研究生招生与公共选修课中,美学专业总是名列前茅;李泽厚著《美的历程》,大学生们几乎人手一册;'美学译文丛书'成为新时期西学东渐的先锋,是当年最畅销的丛书。"[①] 不仅如此,"80年代初全国范围内的'美学热'使美学从高雅的殿堂大步迈入民众之中。中国人对美学的欢迎与热衷使世界震惊。史无前例的美学普及运动在全国范围内展开。"[②]"'美'对于刚刚从'不爱红装爱武装'、谈'美'色变、'美'就等于资产阶级情调、就等于颓废堕落色情、就等于反动派的时代中走出

---

① 赵士林:《对"美学热"的重新审视》,《文艺争鸣》2005年第6期。
② 邱紫华:《20世纪中国美学研究的历史反思》,《文艺研究》1999年第11期。

来的人们，对于刚刚从禁欲主义的蒸笼里解脱出来的人们，成了最富想像力、最有刺激性、最能感性地表达时代将要发生巨变的字眼、符号。"①而美学也因此成为独行天下的显学，受到文化精英和普通大众的普遍热捧与追逐。

然而另一方面，古代文学的美学研究又具有超越特定时代的持续性意义，尽管在80年代的"美学热"之后再也无法回归当初，但古代文学的美学研究却一直由此持续至90年代，直至今日依然有诸多相关成果陆续问世。

一　美学先锋的重要意义

"美"的重新发现，美学热潮的盛行天下，无疑是对过去"美"的失落和禁锢的一种矫正与补偿。正是基于这种矫正与补偿而盛行的美学研究，进一步开启了新时期政治、学术与古代文学研究转型的先声。

首先，美学研究具有深化思想解放的先锋意义。可以说，新时期重新兴起的"美学热"自始至终都承担着一种非官方化的思想解放的政治先锋角色，这种政治先锋角色就表现在美学研究始终贯穿着对曾经被政治异化的人进行审美启蒙的主线，使人性得到恢复，人的尊严得到尊重。

早在1978年，伴随着实践检验真理标准大讨论的同时，美学研究就以"共同美"讨论的另一种方式展开了思想解放的新历程。"共同美问题从横向的世界学术坐标来看，实在是太初级的问题，不成问题的问题，但从纵向的中国学术坐标来看，在'以阶级斗争为纲'还没有完全进入历史的时候，共同美问题的讨论实在具有突破性的意义。""它的政治意义、社会意义远远大于它的美学意义。肯认共同美，其实就是肯认超越阶级性的共同人性。这对于新中国成立以来愈演愈烈的只能讲'阶级性'不能讲'人性'的意识形态要求，无疑是离经叛道。它以看似超越的问题形态揭开了时代巨变的序幕。"②

紧接着又由共同美导向了对人性、人道主义等过去被视为资产阶级思

---

① 赵士林：《对"美学热"的重新审视》，《文艺争鸣》2005年第6期。
② 同上。

想和理论的问题的反思。1979 年,朱光潜发表《关于人性、人道主义、人情味和共同美问题》一文揭开了重新反思人性、人道主义问题的序幕。朱光潜认为,所谓人性,就是"人类自然本性"。"人性和阶级性的关系是共性与特殊性或全体性与部分的关系。部分并不能代表或取消全体,肯定阶级性并不是否定人性。"因此,"人性论和阶级观点并不矛盾"。凭阶级观点围起来的这种"人性论"禁区是建筑在空虚中的,没有结实基础的。"人道主义事实上是存在的。有人性,就有人的道德。"人道主义的核心思想就是"尊重人的尊严,把人放在高于一切的地位"。所以理论界和思想界不应该对人性、人道主义、人情味等问题设禁区,这种设禁区的做法是错误的。① 这种石破天惊之论引导着新时期人们对人性、人道主义等曾经被极"左"政治异化的问题进行重新反思,并通过反思更加正视人的觉醒、人的尊严。

此后,"美学热"一直延续着觉醒人、尊重人和恢复人性的主线,并且使之成为解剖艺术、研究美学的重要标准。如李泽厚在论述魏晋风度的基本特征时就指出:"从东汉末年到魏晋,这种意识形态领域内的新思潮即所谓新的世界观人生观,和反映在文艺——美学上的同一思潮的基本特征,是什么呢?简单说来,这就是人的觉醒。"② 同时,李泽厚把恢复过来的"人性"具化为"美"的"审美心理":"人性不应是先验主宰的神性,也不能是官能满足的兽性,它是感性中有理性,个体中有社会,知觉情感中有想象和理解,也可以说,它是积淀了理性的感性,积淀了想象、理解的感情和知觉";"美作为感性与理性,形式与内容,真与善、合规律性与合目的性的统一,与人性一样,是人类历史的伟大成果"。③ "依照这种理论,所谓'人性'无非就是'审美心理结构'各因素的充分活跃与谐调的愉悦状态。"④ 尽管这种阐释存在很大的偏颇性,但它毕竟为刚

---

① 朱光潜:《关于人性、人道主义、人情味和共同美问题》,《文艺研究》1979 年第 3 期。
② 李泽厚:《美的历程》,《美学三书》,安徽文艺出版社 1999 年版,第 91 页。
③ 同上书,第 209 页。
④ 祝东力:《精神之旅——新时期以来的美学与知识分子》,中国广播出版社 1998 年版,第 91 页。

刚恢复的"人性"寻找到了具体的依附体，使新时期的"人"在这种"审美"中走向觉醒，走向解放！这比起那种以阶级性作为政治标签、把人简单粗暴地划分进步与反动来说，要进步和高明得多。

正是新时期初期美学研究这股热潮，使人从政治异化中觉醒过来，使人性从阶级性的扭曲中恢复过来，从而使人的思想得到解放，人的尊严得到尊重。基于此，新时期美学研究的先锋意义之内涵也包括了深化思想解放的政治先锋意义。

其次，美学研究具有回归学术本位的先锋意义。所谓回归学术本位，就是指美学研究作为一种学术批评不再从属和附庸于政治的终极目的，而是有着自己独立的学术地位和生存空间，从而开创了新时期学术与政治两者之间全新的关系。

十一届三中全会以后，随着人们思想的大解放，文艺界也进行了一场"为文艺正名"的思想解放活动，文艺"从属论"和"工具论"受到批判和纠正，文艺与政治的关系得到了重新定位。在这种背景下，学术与政治的关系也同样得到了重新定位，人们逐渐认识到了学术研究具有自己独立的生存空间和存在意义，与政治批判终究有着本质的区别。但这还只是来之于理论上的反思，在学术实践中真正践行这种与政治保持一定距离的独立的学术研究却非易事。"文革"结束后的社会学研究范式虽然对学术政治化的"左倾"观念，特别是泛政治化的极"左"错误进行了自我反思和修正，然而由于学术实践的思维惯性，在新时期之初依然难以彻底摆脱学术对政治的依附关系，依然没有完全从阶级斗争的政治观念中解放出来，从抽象的政治图解中解放出来。这样，学术与政治的关系在理论反思与批评实践之间存在着明显的落差。美学研究的学术先锋意义就在于它首次以学术实践的方式践行了新时期学术研究对于政治依附的疏离和摆脱。美学研究的学术实践既不以政治为终极目的，也不以政治为评价标准，而是以审美思想和美学观念为评判标准和学术追求。如李泽厚《美的历程》开篇就明示要寻找一段"美的历程"：

> 你去过北京天安门前的中国历史博物馆吗？如果你对那些史实并不十分熟悉，那么，作一次美的巡礼又如何呢？那人面含鱼的彩陶

盆,那古色斑斓的青铜器,那琳琅满目的汉代工艺品,那秀骨清像的北朝雕塑,那笔走龙蛇的晋唐书法,那道不尽说不完的宋元山水画,还有那些著名的诗人作家们屈原、陶潜、李白、杜甫、曹雪芹……的想象画像,它们展示的不正是可以使你直接感触到的这个文明古国的心灵历史么?时代精神的火花在这里凝冻、积淀下来,传留和感染着人们的思想、情感、观念、意绪,经常使人一唱三叹,流连不已。我们在这里所要匆匆迈步走过的,便是这样一个美的历程。

这里,作者摒弃了政治的观念、政治的标准,而代之是"美"的激情、"美"的观念,来追寻"美"的历程。学术实践已经开始有意地疏离了政治,学术批评不再唯政治是瞻了。

正是美学研究的学术实践开辟了新时期学术批评摆脱政治依附的实践先锋,此后的学术范式实践都对政治依附作了有意的梳理与纠正,使学术批评有了自身的独立地位和生存空间。因此,从这层意义上来说,美学研究对于新时期学术批评来讲,便具有了学术的先锋意义。

最后,美学研究具有建构新型范式的先锋意义。新中国成立后,由于确立了马克思主义核心地位的学术新传统,强调马克思主义的意识形态和价值观对学术研究的指导作用。与此相适应,社会学范式逐渐成为新中国古代文学研究的主要学术范式。特别在20世纪50年代中期,通过对胡适所谓资产阶学术旧权威的批判和打倒,以及鲁迅作为学术新权威的树立,社会学范式便取得了古代文学研究的独尊地位。尽管社会学范式的学术实践在"左倾"意识形态主导下有着浓厚的政治化倾向,以至于"文革"期间走上了泛政治化道路,但在"文革"结束后的一段时间内,乃至进入新时期初期,社会学范式通过自我修正后仍然是古代文学研究的主要学术范式。考据学研究方法曾经被视为资产阶级学术方法而被禁锢,"文革"结束后经过学术的拨乱反正,其学术"名誉"得到了恢复,学术地位也重新获得了肯定,在新时期初期的学术实践中取得了十分突出的研究成果,但作为一种传统的研究方法,基本上还没有也不可能动摇社会学范式的主导地位。"美学热"的兴起与盛行,美学家首先以美学的视角对古代文学作全新的审美探讨,开辟了新时期古代文学研究的新视野和新思维。紧接着古代文学界也纷纷采用美学思想与理论对古代文学进行文学本位研究，与美学家们两线作战，一同促进了新时期古代文学美学研究的兴盛与发展。因此，美学研究作为新时期一种新型学术范式，首先打破了长期以来社会学研究范式一统天下的学术格局，并且首次真正实现了新时期古代文学研究范式的转型。此后，随着改革开放的深入，西方文艺思潮与文化理论不断如潮水般涌入，多元化的学术范式不断地快速更替，曾经长期居于独尊地位的社会学范式渐行渐远而告别了昔日的学术辉煌。所以从新时期古代文学研究的学术转型的作用和地位来说，美学研究范式的先锋意义应予充分肯定。

二 美学研究的后续发展

自"美学热"开始的20世纪80年代初期至20世纪90年代走向分化，出现了良莠不齐的现象，有些文章明显是浅俗化的归纳和总结，缺乏新见，而有些个案研究也存在只见局部、不见宏观研究的缺憾。但这并不能遮蔽美学思想研究的光芒，却应该成为后来研究者注意规避的问题。进入21世纪之后，古代文学家美学思想研究始终是一个重要领域，并且呈现逐渐递增的态势。比如在中国知网中以"美学思想"作标题索引，"中国哲学"学科论文共有318篇，20世纪90年代仅有38篇，21世纪第一个十年，有97篇论文，2010—2018年则多达184篇，其中2009—2014年是成果最多的阶段；"美学"学科共有1318篇论文，数量的升降趋势与以上基本重合。这表明，21世纪以来，中国古代文学美学思想研究正处在繁荣发展的时期。如果说80年代主要由美学家率先开启了"美学热"之先锋，那么自90年代直至当今的后续美学研究则主要由古代文学研究界来承担。其中成果最为集中的是古代文论的美学研究，并由此带动不同文体的美学研究；另一方面则是美学研究与文化批评的结合而形成审美文化研究这一新的增长点。

一是古代文论美学研究的发展。在20世纪80年代的"美学热"中，古代文论美学成为重中之重，并经历了从重在《文心雕龙》美学研究走向美学范畴研究以及美学理论宏观研究的拓展，90年代之后古代文论美学研究后续发展路径大体与此相似，但又有新的变化。关于《文心雕龙》

美学研究，一方面是个案研究成果的继续问世，主要有韩湖初《〈文心雕龙〉美学思想体系初探》（暨南大学出版社1993年版）、金民那《〈文心雕龙〉的美学——文学的心灵及其艺术的表现》（台湾文史哲出版社1993年版）、寇效信《〈文心雕龙〉美学范畴研究》（陕西人民出版社1997年版）、戚良德《〈文心雕龙〉文学美学思想研究》（博士学位论文，山东大学，2007年）等；另一方面，在美学理论的宏观研究著作中，《文心雕龙》也成为不可或缺的研究对象之一，张法《中国美学史》（上海人民出版社2000年版）、《美学的中国话语：中国美学研究中的三大主题》（北京师范大学出版社2008年版）等，都有对《文心雕龙》美学研究的专论。龙学美学的发展历程反映出古代文论研究与美学研究在20世纪80年代以来的密切关联：传统的文论研究与美学潮相结合，激发出了新的研究思路与维度；文学研究者与美学研究者共同参与，在文学、美学领域内都呈现出深化的趋势。

20世纪90年代至今，古代文论的范畴研究经历了90年代的发展期和21世纪最初十年的繁荣期。90年代出现了一些重要成果，如涂光社《中国古代美学范畴发生论》（人民教育出版社1999年版）、夏昭炎《意境——中国古代文艺美学范畴研究》（岳麓书社1995年版）、张皓《中国美学范畴与传统文化》（湖北教育出版社1996年版），这些成果与80年代相比，更为深入、宏观，另一方面也预示着古代文论界对这一领域的日益重视。

21世纪以来的19年，是古代文论范畴研究的繁荣阶段，最具有代表性的成果是"中国美学范畴丛书"。这部丛书由蔡钟翔、邓光东主编，第一辑由百花文艺出版社在2001年推出，共十部专著，分别是蔡钟翔《美在自然》、陈良运《文质彬彬》、袁济喜《和：审美理想之维》《兴：艺术生命的激活》、涂光社《原创在气》《因动成势》、汪涌豪《风骨的意味》、古风《意境探微》、胡雪冈《意象范畴的流变》、曹顺庆和王南《雄浑与沉郁》。这十部专著的作者多为文论界著名的学者，探讨了中国古代文论及美学中的不同范畴，是文艺理论美学研究本土化的范例。2006年，百花文艺出版社又推出了"中国美学范畴丛书"第二辑十本专论：陈良运《美的考索》、胡家祥《志情理：艺术的基元》、刘文忠《正变·

通变·新变》、郁沅《心物感应与情景交融》、张晶《神思：艺术的精灵》《大音希声——妙悟的审美考察》、张方《虚实掩映之间》、韩经太《清淡美论辨析》、曹顺庆和李天道《雅论与雅俗之辨》、陶礼天《艺味说》。第二辑拓展了研究领域，内容更见丰富，并且进入中国美学与文论的深层肌理。丛书之外，一些独立出版的专著共同构成了文论美学范畴研究的繁荣局面，如夏昭炎《意境概说：中国文艺美学范畴研究》（北京广播学院出版社2003年版）、俞荣本《文艺美学范畴研究：论悲剧与喜剧》（南京大学出版社2002年版）、胡学春《真：泰州学派美学范畴》（社会科学文献出版社2009年版）、邓国军《中国古典文艺美学"表现"范畴及命题研究》（巴蜀书社2009年版）等。

古代文论美学范畴研究的繁荣，不仅表现在具体的范畴研究中，也有趋向宏观整体研究的成果，如王振复主编《中国美学范畴史》（山西教育出版社2006年版）、赵建军《魏晋南北朝美学范畴史》（齐鲁书社2011年版）、王耘《唐代美学范畴研究》（学林出版社2005年版）则是断代美学范畴史的研究成果。这标志着学科意识的进一步增强，也体现出研究的日益完善。

20世纪90年代以后，随着"美学热"的退潮，古代文论美学研究有了明显的研究转向，在经历了早期的学习、接受的过程后，文艺理论界意识到西方文艺理论与中国文化先天的不同，反思如何立足本土，探讨中国古代文论自身的体系与特点。"中国古代文论的现代转换""西方文论的中国化"成为文艺理论界关注的重大问题。而童庆炳《中国古代心理诗学与美学》（中华书局1992年版）、陶东风《中国古代心理美学六论》（百花文艺出版社1990年版）则是这一转向的实际学术成果，真正做到了文论研究的本土论与现代化。文艺理论界的转向也影响到古代文论的美学研究，以西方理论生搬硬套地曲解中国古代文学作品的现象得到了遏制，理性的反思更有助于古代文论美学研究的健康发展。

21世纪的18年中，这一研究态势仍在继续，也出现了一批重要成果，如张法的《中国美学史》（上海人民出版社2000年版）、《美学的中国话语：中国美学研究中的三大主题》（北京师范大学出版社2008年版）。前书既呈现出数千年来中华民族的审美意识和精神气质的脉络，令人感受到世界史意识中的中国古典文化的风貌，又体现了当代学人在学术上的高度和气魄；后书选取美学原理、中国美学史、比较美学这三个方面的内容，力图凸显汉语美学的精神，故名之为"美学的中国话语"。2005年，蒋述卓、刘绍瑾主持了教育部人文社会科学重点研究基地重大项目"中国古典文艺美学的现代价值研究"，历经数年推出了一系列古典美学研究成果，其中有大量的文论内容，如蒋述卓和刘绍瑾《古今对话中的中国古典文艺美学》（暨南大学出版社2012年版）、李凤亮《移动的诗学——中国古典文论现代观照的海外视野》（暨南大学出版社2012年版）、侣同壮《庄子的"古典新义"与中国美学的现代建构》（暨南大学出版社2013年版）等。古代文论的现代转换与自我诠释的完成，出现了两维双向的局面：一是古代文论研究者的阐释与总结，一是美学研究者的梳理与概括。

二是诗歌美学研究的发展。20世纪90年代诗歌美学研究呈现出理论化与系统化的趋势，这体现在多部诗体美学专著当中。主要论著如覃召文《中国诗歌美学概论》（花城出版社1990年版）、庄严与章铸《中国诗歌美学史》（吉林大学出版社1994年版）、陈良运《诗学·诗观·诗美》（江西高校出版社1991年版）、章楚藩《中国古典诗歌美学》（浙江大学出版社1991年版）、王长俊《诗歌美学》（漓江出版社1992年版）、禹克坤《中国诗歌的审美境界》（中国广播电视出版社1992年版）、王小刚《文学与审美——中国古代文艺美学的探索》（广西民族出版社1992年版）、邓乔彬《有声画与无声诗》（上海社会科学院出版社1993年版）等。覃召文《中国诗歌美学概论》是一部力图创建中国诗歌美学体系的专著，对中国诗歌美学的地位与性质、诗歌审美对象、诗美创造、诗美的定性、诗美的类型、诗美的形态以及诗歌审美意识等众多问题加以讨论。庄严和章铸《中国诗歌美学史》通过对古代诗论和诗歌创作考察，从美学视角出发，对中国古代诗歌进行史的梳理和研究。

2000—2018年间，是中国诗歌美学研究的繁荣期，学术专著主要有陈允锋《唐诗美学意味：初盛唐诗学思想研究》（新华出版社2000年版）、张福庆《唐诗美学探索》（华文出版社2000年版）、陈铭《意与境——中国古典诗词美学三昧》（浙江大学出版社2001年版）、陶文鹏《唐宋诗美学与艺术论》（南开大学出版社 2003 年版）、王莹《宋代哲理诗的美学内涵》（硕士学位论文，安徽大学，2005 年）、张晶《美学的延展》（商务印书馆 2006 年版）、田晓鹰《隋唐五代道教诗歌的审美管窥》（巴蜀书社 2008 年版）、李天道《中国古代诗歌美学思想研究》（中央编译出版社 2015 年版）等。总体来看，这期间的研究成果不仅数量多，并且在研究广度及深度上也有进步，宏观研究与断代、分类研究成果各有千秋。陈铭《意与境——中国古典诗词美学三昧》以文学作品为本位，从审美鉴赏的角度，分析古典诗词的美学意境——中和之美、民族风俗之美、虚静实动交融之美。张晶《美学的延展》论述了中国古典诗歌中"理"的审美化存在、审美感兴、审美观照、中国古典美学中的"感物"说等中国古典诗歌的美学问题。李天道《中国古代诗歌美学思想研究》对美学命题、美学范畴以及山水诗歌美学、刘勰美学思想、《河岳英灵集》美学思想、唐至清美学思想等诸多问题加以探讨。断代与分类研究如张福庆《唐诗美学探索》，探讨唐代初、盛、中、晚四个时期诗歌的美学特点。全书结构上虽以美学为主，但其研究思路、方法更近似于传统的古典文学，少部分对于唐代诗歌理论的探讨如"司空图《诗品》的美学理想"则更具美学色彩。再如陶文鹏《唐宋诗美学与艺术论》，是针对唐宋诗歌的美学及艺术理论的阐释。田晓鹰《隋唐五代道教诗歌的审美管窥》对隋唐五代道教审美文化勃兴的背景及文化内涵以及道教诗歌的审美特征作具体深入的探讨。李鹏飞《中古诗歌用典美学研究》（武汉大学出版社 2016 年版）梳理了中古诗歌律化运动中文人徒诗用典技术的现象、发展及其独特审美经验。学术理论的日渐完善、学术视野得以开拓之后，诗体美学研究的细致与深化是一种趋势，它是学术发展到较高阶段的必然现象，在可见的未来，这一领域或许将朝这一方向继续发展。

词作为古代诗歌的一种，其美学研究略微滞后，但自 20 世纪 90 年代起，出现了一批重要的研究成果，如杨海明《唐宋词美学》（江苏教育出版社 1998 年版）从审美感受、美感特色及审美变化入手，分析唐宋词的美学特征；吴惠娟《唐宋词审美观照》（学林出版社 1999 年版）从词境、词心、词情、词乐及唐宋词的流变、风格等论述唐宋词的美学概念及其特征。两部论著作品分析细致入微，理论分析严密明晰，以数量统计与个案分析作为研究的支撑，体现出古代文学学者美学研究的特点。进入 21 世纪，词的美学研究有了进一步发展，唐宋词是词美学的研究重点，学术专著主要有谭德晶《唐诗宋词的艺术》（学林出版社 2001 年版）、邓乔彬《唐宋词美学》（齐鲁书社 2004 年版）、吴小英《唐宋词抒情美探幽》（浙江大学出版社 2005 年版）、张福庆《唐宋词审美谈》（世界知识出版社 2008 年版）、邓嗣明《中国词美学》（海天出版社 2011 年版）、金军华与韩霄《中国词体美学与多维视野流变研究》（黑龙江人民出版社 2013 年版）等。这些论著大多探讨唐宋词作为诗体的审美特质及其审美价值。词体美学研究出现了较重要的成果，如邓嗣明的《中国词美学》以总览通史的宏观视野，考论了词体的审美文化源流、审美特征、艺术表现，对代表词人的美学风格、词论的美学主张等皆有评价。张延龙的《词学探索》（华中师范大学出版社 2016 年版）也对词体的美学特质及变革有所探讨。

　　三是散文美学研究的发展。散文美学研究在 20 世纪 90 年代迎来了繁盛期，产生了一批重要的研究成果，如徐治平《散文美学论》（广西教育出版社 1990 年版）梳理了中国散文美的发展嬗变，对散文的美学本质、特点、类型、风格、形式、鉴赏等作了分析和总结。杜福磊《散文美学》（河南大学出版社 1991 年版）通览古今，既有对散文文体的总体美学探讨，也有对古代散文审美规范发展与形成的专论。另如吴小林《中国散文美学史》（黑龙江人民出版社 1993 年版）、周冠群《游记美学》（重庆出版社 1994 年版）、洪珉《文章美学论稿》（中州古籍出版社 1994 年版）、陈胜乐《散文美学概论》（广东人民出版社 1995 年版）、贾祥伦《中国散文美学发凡》（山东友谊出版社 1997 年版）等，从不同角度对中国古代散文美学进行全方位研究，使散文的美学意义和价值得到进一步的揭示，是对中国散文美学研究的发展与深化。21 世纪以来，散文美学研究成果相对寥落，论题多逐渐趋于细化与深化，各时代、各类散文的美学研究占主流。张智辉《散文美学论稿》（中国社会科学出版社 2004 年版）综观古今中外散文，探讨了散文的创造美、表述美、鉴赏美三个层面的理论问题。雷群州《竟陵派散文美学研究》（硕士学位论文，暨南大学，2010 年）、帅志圆《宋代记体文美学研究》（硕士学位论文，山东师范大学，2018 年）

皆仅就一派、一类文体作深入研究。

骈体文是中国古代文体中美学特征最为明显的文体，研究骈文文体及发展史的专著早在20世纪80年代即已出现，从美学角度研究骈文的专著，则至90年代出现了一批重要成果。于景祥《独具魅力的六朝骈文》（辽宁古籍出版社1995年版）一书，总结了六朝时期骈文形式、声韵及风格的美学特征及其演变发展，并在断代研究的基础上，撰著了《中国骈文通史》（吉林人民出版社2002年版），对骈文发展中的代表作家及作品的美学特征、美学价值多有论述。尹恭弘《骈文》（人民文学出版社1994年版）是"中国古代文体丛书"的一种，专著第一章即从美学功能的角度探讨骈体文的文体特征。此外，如莫道才《骈文通论》（齐鲁书社2010年版）中对骈文的美学特征与审美效应的论述，于欧洋《六朝骈文的兴盛与形式美学的发展》（硕士学位论文，哈尔滨师范大学，2010年）中对六朝骈文形式美特征的产生背景、形式构成及审美风格的分析，都体现了近年来骈文美学研究的进展。

四是小说美学研究的发展。小说美学研究经历了80年代的兴盛，加之欧美小说美学理论的引介，如美国学者阿米斯所著《小说美学》（傅志强译，北京燕山出版社1987年版）、英国学者卢伯克等《小说美学经典三种》（方土人、田婉华译，上海文艺出版社1990年版）的翻译出版，为90年代小说美学研究的继续发展奠定了基础。这一阶段最重要的成果是吴士余《中国小说美学论稿》（上海三联书店1991年版）的问世，作者兼及古今，对中国小说的思维意识中的多种文化因素作细致的剖析，梳理小说叙事传统中的艺术美，在对比中探讨小说审美意识的承传与发展。宁宗一《中国小说学通论》（安徽教育出版社1995年版）中单列"小说美学"一编，兼具历时性与共时性研究，首先梳理并阐释了中国小说美学由古至今的不同发展阶段，涉及小说美学的产生、发展、主要特点及学术焦点等问题；其次则针对小说美学的审美范畴、审美创作方法、审美观点等问题，对中国小说理论作了概要的总结与阐释。偏重于文学理论研究的小说美学著作还有唐跃、谭学纯的《小说语言美学》（安徽教育出版社1995年版），这是对古今小说语言的修辞美学专题研究，理论色彩浓厚，探讨也较为深入。

进入 21 世纪以来，小说美学研究的热潮虽已消退，但仍有一些研究者专注于这一领域，如韩进廉《中国小说美学史》（河北大学出版社 2004 年版）勾勒了中国小说审美理论由先秦至现代的发展轨迹，总结并阐释了不同时期的小说理论；蔡梅娟《中国小说审美与人的生存理想》（新时代出版社 2007 年版）则是从中国小说在各个时期的审美特征及其与人的思维特点、审美取向、精神特质之间的关系；骆冬青《心有天游：明清小说美学》（南京大学出版社 2008 年版）一书探讨了前者综论明清小说的美学精神与美学形态。至此，小说文体的历史总结与美学特质、理论研究都已经屡见不鲜，未来学术发展的新突破仍未形成。

五是小说戏剧研究的发展。20 世纪 90 年代是戏剧美学研究的繁盛期，研究论著精彩纷呈。曹其敏《戏剧美学》（东方出版社 1991 年版）中，探讨戏剧形式及种类时容纳了古今中外，但主体部分则集中从社会历史的角度研究中国古典戏剧的形成，总结中国戏曲的艺术特征。吴毓华《古代戏曲美学史》（文化艺术出版社 1994 年版）一书在前期研究成果的基础上，将中国古代戏曲美学作了全景式的历史研究。彭修银《中西戏剧美学思想比较研究》（武汉出版社 1994 年版）、牛国玲《中外戏剧美学比较简论》（中国戏剧 1994 年版）都是中西戏剧美学研究专著，前书旨在探讨中西方文化背景下，两种文艺理论形态在戏剧美学范畴中所体现出的特点、异同以及相通的可能性，理论性和体系性都较强。后书则以中国戏剧为中心，重在中西文化比较的视野下探讨中国古代戏剧体系的性质、特征、表现形态等问题，揭示了中国戏曲美学的完善和成熟。孟昭毅《东方戏剧美学》（经济日报出版社 1997 年版）在与西方文化的对比中，总结东方戏剧的历史、美学品格和本体美，论述戏剧中诸如面具、角色、观众、剧本、演员、色彩等的美学特点，辨析东方戏剧在喜剧、悲剧和现实主义戏剧中的独到之处。姚文放《中国戏剧美学的文化阐释》（中国人民大学出版社 1997 年版）梳理了中国戏剧美学理论的历史发展轨迹和派别，剖析这些理论深层的儒、道、释、易学、理学等思想背景和思维方式。这一时期戏剧美学研究丰富多样，既有宏观的理论概论，也有个案的作品剖析，既有东方文化的考察，也有中西戏剧的对比，既有艺术形式的辨析，也有文化精神的探究，取得了较高的成就。

进入 21 世纪以来，中国戏剧美学研究在平稳中行进，研究成果体现出多视角、多维度的特点。梁晓萍《中国戏曲美学史》（山西教育出版社 2016 年版）是中国戏曲美学的历史研究与总结，选取元、明、清三代重要的戏曲美学理论家，探讨了戏曲美学思想的特点与发展，运用传统的中国古代文学理论研究手法，通过文本的阐释，研究戏曲美学范畴，总结发展规律。陈刚《素朴与华丽：中国戏曲审美风格嬗变研究》（中国社会科学出版社 2011 年版）以素朴美与华丽美两种基本美学范畴为线索，探讨诸如"本色""文采"等传统命题，从而揭示中国戏曲审美理论的历史发展轨迹。汪莹《艺术哲学视角下的莎士比亚与汤显祖戏剧美学观之比较研究》（中国水利水电出版社 2017 年版）则是中西方比较美学视角下的个案研究，通过对两位戏剧大师的美学观及作品的比较，揭示中西方戏曲在审美倾向、美学观念上的共通与差异。

六是审美文化研究的兴盛。《美的历程》之后，美学研究中的这类研究层出不穷，然后与兴起于 20 世纪 80 年代的文化批评结合而形成了审美文化研究，并在 90 年代汇聚成不可忽视的学术思潮。据张法统计：中国知网"审美文化"的主题索引，从 1990 年的 26 种，基本年年上升，到 1999 年为 141 种。把这一学术思潮运用到中国古代，出版了许明主编的十一卷本《华夏审美风尚史》（河南人民出版社 2000 年版）、陈炎主编的四卷本《中国审美文化史》（山东画报出版社 2000 年版）、吴中杰主编的三卷本《中国古代审美文化论》（上海古籍出版社 2003 年版）、周来祥主编的六卷本《中华审美文化通史》（安徽教育出版社 2007 年版）。[①] 这些审美文化研究成果与美学研究重视理论、概念的阐释不同，而是对不同时代的审美特点加以总结，探讨不同文艺作品背后的时代审美共性。研究者们有意建立独立于美学的审美文化学，经过 20 世纪最后十年与 21 世纪最初十年的努力，审美文化史的总结与梳理已经完成。2000—2018 年间，审美文化学向更深入、具体的方向发展，表现之一是研究对象往往是某方面甚至某个问题，尤其是中国古代文学的相关内容，如李裴《隋唐五代道教美学思想研究》（巴

[①] 张法：《中国美学史应当有怎样的整体框架——中国美学史研究 40 年演进的思考》，《文艺争鸣》2018 年第 12 期。

蜀书社 2005 年版）和《道教与隋唐五代美学思想及审美文化研究》（巴蜀书社 2008 年版）、骆兵《李渔文学思想的审美文化论》（江西人民出版社 2010 年版）、查庆与雷晓鹏《宋代道教审美文化研究——两宋道教文学与艺术》（四川大学出版社 2012 年版）、徐定辉《中国古典诗词审美文化论》（吉林大学出版社 2012 年版）等，都表现出向特定领域或个案研究倾向的趋势。有些特定的文化价值较高的问题甚至出现了多个研究成果，如礼乐文化是中国古代文学与文论的重要部分，2016 年有三部专著：张义宾《中国礼乐审美文化史纲》、高迎刚《礼乐文化与中国审美范畴》、周怡《礼乐文化与中国审美形态》，由齐鲁书社出版。2017 年至今，审美文化研究成果减少，与古代文学相关的研究成果更是寥寥无几。审美文化研究涉及的古代文学及文论研究较多，有些章节以纯粹的文学或文论研究为主，与古代文学界一直以来的文化研究相近相通，而在专门与深入方面，又有着天然的缺陷，这或许是近两年来古代文学审美文化研究成果减少的主要原因。

最后拟简要讨论一下"个案—整体"研究问题，由此体现了古代文学美学研究同时走向分化与综合的发展趋势。20 世纪 80 年代中期之后，一些著名的作家作品依然是美学研究的重点对象，其中的屈原与曹雪芹亦继续成为两大热点。关于屈原美学研究，在 20 世纪 80—90 年代之交一度有所削弱，然后至世纪之交而走向复兴，研究成果在数量及质量上都有提高，研究的广度及深度都有明显进展。除了李诚《诗骚异同简论》（《文学评论》1998 年第 3 期）、郭杰《屈原的诗学》（《深圳大学学报》2000 年第 1 期）等论文之外，还出现了萧兵《楚辞与美学》（台北文津出版社 2000 年版）、颜翔林《楚辞美论》（上海学林出版社 2001 年版）、何国治《屈原诗歌的美学探索》（暨南大学出版社 2012 年版）等学术专著。萧著认为屈原及其作品是中国潜美学的典型，并对屈骚美学的产生、现象、内涵及美学特征作深入探讨。此外，学界对屈原的音乐美学、历史美学、生态美学、死亡美学、文化美学等都有探讨，甚至出现了众多的美学对比研究，不仅与庄子、司马迁、陶渊明的美学思想作对比，甚至有与西方文学家但丁的对比研究。这些成果显示了研究视角的多维度与研究领域的空前开阔，也代表了屈原美学思想研究的新高度。关于红学美学研究，20 世纪 90 年代延续了原有的学术盛势，主要成果有何永康《红楼美学》（北岳文艺出版社 1991 年版）、阎承利《红楼梦爱情美学》（黄河出版社 1991 年版）、刘宏彬《红楼梦接受美学论》（河南人民出版社 1992 年版）。进入 21 世纪之后，《红楼梦》美学研究有了更深入的研究，重要论著如丁维忠《红楼梦：历史与美学的沉思》（黑龙江教育出版社 2002 年版）、孙伟科《红楼梦美学阐释》（云南大学出版社 2009 年版）、王庆杰《宿孽总因情：红楼梦生命美学引论》（光明日报出版社 2010 年版）等。在读秀数据库中，以《红楼梦》、美学作为篇名检索的论文，2000—2009 年共计 59 篇，2010—2018 年则猛增为 158 篇。这一时期的研究特点之一，是以西方文艺理论如西方古典美学、叙事学、接受美学、身体美学等，阐释《红楼梦》的美学体系、特征及思想。这与中国古典文学美学研究的本土化趋势很不相同，也表现出红学美学研究的独特性。除了以上两大热点问题之外，古代美学思想研究领域有了极大的扩展，比如杜书瀛《李渔美学思想研究》（中国社会科学出版社 1998 年版）、李天道《司马相如赋的美学思想与地域文化心态》（华龄出版社 2004 年版）、袁宏《周敦颐理学美学思想研究》（山东大学出版社 2014 年版）、杨洲《元四家美学思想及其当代文化价值》（河北人民出版社 2014 年版）等。既有对文学家的专论，也有对兼具理学家或画家身份的文学家美学思想的研究。这表现了中国古代文学家的美学思想研究已经较为深入，极大地丰富了美学思想成果。

另一方面，是文学美学研究整体的发展，其中的集成之作是吴功正《中国文学美学》（江苏教育出版社 1990 年版）与祁志祥《中国文学美学史》（山西教育出版社 2014 年版）。两书都超越了具体的文体与时段之分，而致力于对中国文学美学演变轨迹与发展规律的整体还原与总结。其中吴著分为上中下三卷，分别为理论建构篇、历史逻辑篇、总体结构篇。这是第一部完整的"文学美学"研究专著，作者提出了"建构中国文学美学"的学术愿望，并且在此书中作了积极的尝试。尤其是中卷历史逻辑篇，共 12 章，对中国文学史作全面简要的美学研究，体现了文学研究者的美学研究特点：以各个时代的重要文体及代表作品为主线，总结不同时代文学作品的美学特点。下卷的"门类篇"又以文学体裁为依据，探讨文、赋、诗、小说、戏剧等不同文体的美学特征。全书以文学为本位的美学研究，与美学家通常的以美学为主线的研究思路与旨趣有明显的差异。而祁著则更注重对上起先秦、下迄现代的中国文学美学发展演变历史轨迹的考察、梳理和研究，同样具有学术集成之价值，彼此可以相互参看。

第 六 章

古代文学研究与新方法论

古代文学研究的"新方法热",是继"美学热"之后勃然而兴的第二波学术主潮。其中大致经历了从哲学界的"科学方法论"到文学理论界的"新方法热"再到古代文学研究界的"新方法论"的转化进程。1980年第1期《哲学研究》率先发表了评论员文章《积极开展科学方法论的研究》,号召研究者"积极开展科学方法论的研究",[①] 这里所论方法论本是哲学意义上的"科学方法论",但却由此迅速带动了文学理论界的"新方法热",至被称为"方法论年"的1985年臻于高潮,然后又由文学理论界的"新方法热"转化为古代文学研究界的"新方法论"。1985年12月,中国社会科学院文学研究所召开了古代文学运用新方法论的座谈会,对古代文学研究的新方法论运用起到了重要的推动作用。而此前由古代文学界所首倡的古代文学宏观研究理论,至此也被方法论热所激活,彼此由分而合,一同推动了古代文学研究的第二次学术转型,此后"新方法热"一直延续到20世纪80年代末。古代文学研究领域的新方法论的核心内涵就是充分运自然科学的方法论来研究古代文学等人文社会科学,是人文社科与自然科学一次独特的结合,因而被誉为古代文学研究的"第三次崛起""第三次浪潮"。[②] 然而,由

[①] 1981年,《哲学研究》编辑部编辑出版了《科学方法论文集》,《积极开展科学方法论的研究》载于《哲学研究》编辑部编《科学方法论文集》,湖北人民出版社1981年版,第1—9页。

[②] 分别见史建、邬栋《在历史与未来之间:对中国古代文学研究第三次崛起的思考》,《语文导报》1987年第9期;卢兴基《传统、变革和"第三次浪潮"》,《文学遗产》1988年第1期。

于人文社科与自然科学价值观念与思维方式的差异，来自自然科学的新方法论与文学批评实践之间难免存在着扞格难融之弊。再加上人文学者对自然科学方法论的知识缺陷，运用起来往往食而不化，因而并未产生预期的学术成果和学术实效。但以历史的辩证的眼光来看，兴起于新时期之初的古代文学研究新方法热，还是充分发挥了拓展学术视野、创新学术思维、重建学术范式的重要作用的，尤其是其中的宏观研究方法更具学理意义和学术价值。

第一节 "新方法热"的科学思维

古代文学作为一门现代学术意义上的学科，本身就是在西方现代科学思维和理论影响下产生的。中国现代学术意义上的古代文学研究也是在20世纪初西学东渐的背景下，借助于其他人文科学理论和方法而开创的。王国维"取外来之观念与固有之材料互相参证"，[①] 借鉴尼采的悲剧哲学理论写作《红楼梦评论》，开拓了《红楼梦》的现代学术研究新局面；又运用西方美学理论写作《人间词话》，对中国传统意境范畴进行了现代阐释。五四新文化运动以后，胡适运用实证主义哲学和进化论思想，提出"大胆的假设，小心的求证"，从而沟通了中国传统考据学与现代科学的共通性，使传统学术焕发出新生命。胡适指出："现代的科学法则和我国古代的考据学、考证学，在方法上有其相通之处。"[②] 三四十年代以后，马克思主义在国内得到迅速传播，马克思主义哲学与社会学等又被运用到中国古代文学研究当中，并且在新中国成立后成为居于主导地位的学术新传统。[③] 这些充分体现了古代文学与其他人文社科之间的融通性。实际

[①] 陈寅恪：《王静安先生遗书序》，《金明馆丛稿二编》，上海古籍出版社1980年版，第219页。

[②] 胡适：《胡适自传》，《胡适哲学思想资料选》，华东师范大学出版社1981年版，第109页。

[③] 参见第一章第一节相关内容。

上，也正是借助于其他人文社科理论和方法创立了现代学术意义上的古代文学研究，使古代文学研究更具现代"科学性"。

新中国成立后，马克思主义哲学指导下的中国古代文学研究取得了重大成就，但是由于"左倾"思想和教条主义的干涉和扭曲，新中国的古代文学研究逐渐走上了泛政治化和庸俗化之路，特别是"文革"期间，古代文学研究完全异化为政治批判的工具，因而丧失了其原有的学术价值和意义。"文革"结束后，经过学术界的重新反思和拨乱反正，科学主义作为矫正古代文学等人文社科研究的固有积弊，重新得到了人文社科界的高度重视，于是人们的视角也重新由人文科学转向了自然科学领域。

最早提出社会科学与自然科学相结合的是发表在1979年第3期《国外社会科学》上苏联学者马尔卡梁的一篇译文《社会科学和自然科学相互关系中的一体化趋势》。该文是苏联亚美尼亚科学院出版的同名著作的前言部分。文章根据马克思《1844年经济学哲学手稿》中理论："自然科学往后将会把关于人类的科学总括在自己下面，正如同关于人类的科学把自然科学总括在自己下面一样：它将成为一个科学"，对当前社会科学与自然科学两个不同领域进行各自为政的独立发展和研究提出了批评和否定，认为"这两个广阔领域在相互关系方面紧密相连和一体化"是"最新趋势"，认为"科学的一体化是它们相互作用的一种最密切和最有效的形式"，只有这样才符合马克思主义关于科学发展和研究的规律。

1980年，社会科学与自然科学相互结合的讨论率先发生在哲学领域。1980年第1期《哲学研究》发表了评论员文章《积极开展科学方法论的研究》，认为："科学方法论的内容是丰富多彩的。哲学工作者要下决心学习自然科学和社会科学，熟悉各门具体科学的最新成果和发展趋势，从中吸取哲学研究工作必不可少的素材和养分，努力使哲学与现代科学技术发展的要求相适应，使哲学的理论大厦不致成为没有根基的空中楼阁。"此后陆续又有王淼洋、李继宗、戚进勤《自然科学为哲学提供"原料"和"能源"》（《复旦学报》1980年第2期），石宝华《近代自然科学与辩证法——学习〈自然辩证法〉的体会》（《内蒙古社会科学》1980年第4期），金哲、陈燮君、乔桂云《当代哲学与自然科学联盟的新趋势》（《学术月刊》1980 年第 10 期）等文章问世，诸文都重点论述了哲学与自然科学间的密切联系以及彼此之间的合流趋势。也有学者敏锐地将当时正在热烈讨论的真理检验标准问题与自然科学的研究方法联系起来，如许立人《试论自然科学研究中真理的实践检验方式的多样性》（《求是学刊》1980 年第 4 期）一文，从实践标准理论来阐述自然科学研究中实践检验方式的多样性问题，具有较强的现实针对性。

1981 年，哲学与自然科学结合问题的讨论逐渐升温，并开始拓展到社会科学领域。1981 年 1 月 21 日，北京市哲学会和《教学与研究》编辑部联合举办了哲学工作者如何学习自然科学为主题的座谈会，与会者纷纷发言。如方华《哲学家和自然科学家结成联盟更好地为四化服务》、黄顺基《哲学的繁荣、发展不能离开自然科学》、齐振海《哲学要从现代自然科学中吸取营养》、查汝强《哲学和自然科学结合是哲学发展的必需》、龚育之《要重视研究自然科学成果的社会作用》等，这些发言集中发表于《教学与研究》1981 年第 2 期。

此后，陆续出现了一些呼应的文章，诸如刘国平、余维琼《论现代自然科学对辩证唯物主义哲学的推进作用》（《广西师范学院学报》1981 年第 4 期），林京耀《哲学要追赶现代自然科学的发展》（《学术研究》1981 年第 5 期），等等。1981 年第 11 期《读书》杂志发表了《数学、自然科学与哲学、社会科学的相互结合》的"座谈会选刊"，载有范岱年《顺应自然科学奔向社会科学的强大潮流》、李泽厚《社会科学要现代化》、何祚麻《相互学习、相互协作》、许方美《从科学史角度看》、金观涛《系统论、控制论可以成为历史研究者的工具》、童天湘《哲学也可以定量研究与实验研究》、阮芳赋《现代医学的一个新趋势》等发言稿，这些发言稿围绕着哲学社会科学与自然科学相结合的主题发表了各自的意见。

为了更好地指导哲学与自然科学相结合，1981 年 11 月《哲学研究》编辑部编辑了《科学方法论文集》一书，由湖北人民出版社出版。该《文集》"是我国首次出版的有关科学方法理论的专著"，收集了钱学森等三十余位作者的文章，这些文章对当时科学界"出现的系统论、信息论、模糊数学等新的科学方法作了较为系统的介绍和研究，对传统的一般科学方法如实验、假说、类比、模型等作了较为深入的分析，还对科学上的重大问题（如卢瑟福的原子模型、达尔文创立的进化论、爱因斯坦的相对论的方法论）的意义作了探讨，涉及的问题比较广泛"。[1] 编者在该《文集》中积极倡导研究者"积极开展科学方法论的研究"，并"希望从事哲学、逻辑学、科学史、心理学、语言学等方面研究工作的同志都来关心科学方法论"。[2] 对于促进哲学社会科学与自然科学相结合的研究起了重要的推动作用。

此后，出现了许多讨论哲学与自然科学相结合的文章。如卢于道《自然科学与哲学》（《学术月刊》1983年第1期）、张星瑞《论自然科学概念向哲学范畴的转化》（《学习与探索》1983年第3期）、鲍振元《自然科学改变哲学形式的方法论问题》[《厦门大学学报》（哲学社会科学版）1983年第4期]、舒炜光《自然辩证法研究与自然科学》（《江汉论坛》1984年第5期）、萧焜焘《自然科学中的几个哲学问题》（《求索》1984年第3期）、徐伟新《哲学对自然科学的指导作用》（《学术研究》1984年第6期）、陈刚度《马克思主义哲学和自然科学——纪念马克思逝世一百周年》[《吉林大学学报》（工学版）1983年第1期]、张先畴《漫谈自然科学的发展与马克思主义哲学的运用》[《宁夏大学学报》（社会科学版）1983年第1期]、卢青山《马克思在自然科学发展史上的贡献》（《青海社会科学》1983年第2期）、于光远《马克思主义和自然科学的关系》（《哲学动态》1984年第3期）等。

受这股思潮的影响，社会科学的一些学科门类与自然科学结合的讨论也逐渐兴盛起来。如历史学与自然科学结合的讨论，程洪《新史学：来自自然科学的"挑战"》认为自然科学对史学研究具有重要的地位和作用；随着现代化自然科学的重大突破，史学又将出现新的发展；[3] 胡玉奇《政治教师应该懂得一些自然科学知识》认为政治教师要帮助学生树立正

---

① 陈荷清：《科学方法论研究的新里程》，《读书》1982年第5期。
② 《哲学研究》编辑部编：《积极开展科学方法论的研究》，载《哲学研究》编辑部编《科学方法论文集》，湖北人民出版社1981年版，第1—9页。
③ 程洪：《新史学：来自自然科学的"挑战"》，《晋阳学刊》1982年第6期。

确的人生观，也离不开自然科学知识；① 尤志心《要懂一些自然科学知识》提出语文教师的自然科学素养问题，认为自然科学素养会对提高语文教学质量有所帮助。②

1984—1985 年，整个社会科学与自然科学相结合的讨论达到高潮。1984 年 12 月 16 日至 20 日，中国社会科学院研究生院和中国科学院研究生院在北京联合召开了"现代自然科学和社会科学"学术讨论会。这次会议的参加代表人数有 70 余人，分别来自中国社会科学院、中国科学院、部分高等院校以及新闻出版等单位。会议的主要观点认为，自然科学与社会科学的相互结合、相互渗透，已成为当代科学发展的大趋势，这应该成为我国科研、教育体制改革中研究的重点课题。会议还就这一趋势的具体问题进行了讨论。如："怎样从整体上、全局上、趋势上认识和分析两科的结合和渗透"，"现代自然科学与社会科学的'结合点'、'结合部'在哪里？具体的结合形式是什么？""关于两科结合的人才培养和我国科研、教育体制改革的问题"，等等。③ 影响所及，一些同类主题讨论会也在全国各地召开。如 1985 年 8 月 28 日，甘肃省委宣传部理论教育处和甘肃省中青年社会科学工作者协会就联合召开了"社会科学和自然科学发展'一体化'"座谈会。会议的主要内容是交流当代科学一体化的动态和信息，探讨了当代自然科学和社会科学相互交叉、渗透的发展趋势、规律和意义。

此后，参与讨论的社会科学的学科门类进一步增多，除了此前的哲学、历史学和教育学外，还有艺术学、宗教学和心理学等。如谭宁佑《自然科学与舞蹈艺术结合的硕果——〈定位法舞谱〉》（《文艺研究》1985 年第 1 期）对定位法舞谱进行了介绍和分析；钟肇鹏《谶纬神学与宗教及自然科学的关系》（《宗教学研究》1985 年第 1 期）认为古代科学和神学往往杂糅在一起，谶纬中包括很多天文历法的知识，许多自然科学知识保存在神学的书籍当中；王泽欢《自然科学对心理学的贡献》[《佛山科学技术学院学报》（社会科学版）1984 年第 2 期]认为自然科学对心理学做出了

---

① 胡玉奇：《政治教师应该懂得一些自然科学知识》，《中学政治课教学》1982 年第 6 期。
② 尤志心：《要懂一些自然科学知识》，《江苏教育》1982 年第 6 期。
③ 关于"现代自然科学和社会科学学术讨论会"综述，见《人民日报》1985 年 1 月 14 日。

巨大的贡献，它帮助心理学独立、促进科学心理观的形成、揭示心理的生理机制、提供研究心理的方法工具，形成心理学的某些理论。

总之，可以毫不夸张地说，20世纪80年代中后期几乎所有的人文学科领域都涉及了对于自然科学方法论的讨论，人文—自然科学的结合成为当时人文科学学术研究的一种迫切需求和学术潮流。

1987年12月，四川大学还成立了综合科学研究所，主要是对科学发展整体化综合化的特点、规律和趋势等进行研究，探讨文理结合的方法和前景。该研究所分别在1989年和1992年出版了《科学的整体化趋势》[①]、《大汇流——论社会科学和自然科学的结合》[②] 两本著作作为其研究成果标志。虽然此时已经是这一思潮的余音，但仍然反映了它的影响力和生命力。

在这种学术背景下，自然科学的方法论也被广泛运用到古代文学研究的学术实践当中，其中以"老三论"和"新三论"的新方法论最为突出，而宏观研究思潮率先兴起，则是"新方法热"的另一学术渊源。

第二节　宏观研究思潮的率先兴起

古代文学的宏观研究思潮的兴起，是伴随着1983年中国文学史研究与编写的大讨论而引发的，此后在1985年新方法论高潮时再次激活，于是古代文学的宏观研究得到了热烈的讨论和争鸣。

早在1982年，孙逊《对编写〈中国文学史〉的几点建议》[③] 一文建议中国文学史编写应该考虑到中国文学与世界文学的联系以及中国文学的整体传承关系等意见，这些意见虽然没有提"宏观"一词，但其内在思维是宏观视野。1983年2月，孙昌武在《光明日报》发表了《文学史研究中的微观与宏观》一文，明确指出宏观研究对于文学史研究具有重要意义："要真正总结历史经验，发现客观规律，还得靠宏观的研究，也只

---

① 吴维民：《科学的整体化趋势》，四川大学出版社1989年版。
② 吴维民：《大汇流——论社会科学和自然科学的结合》，四川大学出版社1992年版。
③ 孙逊：《对编写〈中国文学史〉的几点建议》，《文汇报》1982年2月15日。

有具有宏观的视野和观点,才能给微观研究提供正确的方向和方法";"要想开创古典文学研究的新局面,就得不仅在理论上,而且在实践上解决这个宏观与微观的关系问题"。① 这是古代文学宏观研究理论的正式开端。1983年6月12日至14日,由黑龙江省文学学会主办的"中国古代文学特点与文学史规律学术讨论会"在哈尔滨召开。会议在讨论中国文学史研究时再次提到宏观研究。② 1983年7月至11月,《光明日报·文学遗产》专门组织一些学者撰文讨论中国文学史研究与编写方法等问题。宁宗一、胡小伟、张碧波、王季思、郭预衡、费振刚、林岗、邓绍基等十余位学者撰写文章参与讨论。在这次讨论中,中国文学史的宏观研究再次成为讨论的重点。如宁宗一说:"我深切地感到文学史的研究,要进行规律性的探索,现在提倡一下宏观文学研究方法是必要的。因为要想认识文学历史的辩证法的发展,它的内在联系,就必须从大角度对文学进行全局性的整体性的宏观考察。因为文学发展的整个过程就是多层次、多结构的,所以文学史的宏观研究要求在广阔的时间和空间的背景中,去考察各种文学现象。不管是'纵观'(时间观)还是'横观'(空间观),目的都是从宏观角度观察文学和文学现实,从而透过繁复的文学现象认识文学历史的本质,揭示出文学的固有的规律。"③ 张碧波也说:"过去我们只注重微观研究、局部研究,很少注意宏观研究、整体研究,今后我们应在宏观研究上投入更多的力量。……要从宏观角度统摄具体的微观的研究。"④ 林岗也指出:"宏观研究本身不是为解决微观研究(即作家、作品、流派、文艺思潮等)的不足而存在的救弊方法","宏观研究自有其独立的价值。今天之所以要提倡宏观研究,不仅在于我们缺乏这方面的研究,更重要的还在于我们未曾认识到存在着这样一个广阔的天地,一个发挥想象力与创造力的天地。对于文学史来说,宏观研究应当把文学史是如何进步

---

① 孙昌武:《文学史研究中的微观与宏观》,《光明日报》1983年2月1日。
② 姜兰宝、刘丽文、雷啸林:《黑龙江省文学学会探讨中国古代文学的特点与文学史规律》,《光明日报》1983年7月26日。
③ 宁宗一:《文学史要探索文学的发展规律》,《光明日报》1983年7月19日。
④ 张碧波:《文学史研究断想》,《光明日报》1983年8月2日。

发展的？它经过了什么样的变迁等这样一些疑难作为自己的课题。寻求这样的问题的解答是不能依靠对过去事件的叙述的，它必须把研究变成一项解释的事业"。① 这些讨论都强调中国文学史研究与编写应该从宏观研究视角出发，突出文学史的宏观性、整体性和系统性。

由于这次宏观研究是由中国文学史研究与编写引发的，而中国文学史研究与编写的成果一时半会儿没有出现，所以古代文学的宏观研究也暂时沉寂下来了。

1985年，随着"新方法"论的勃兴，宏观研究又被重新激活。董乃斌《中国古典诗歌研究的现状和未来》（《文学评论》1985年第2期）、陈伯海《宏观的世界和宏观的研究》（《文学遗产》1985年第3期）、南帆《论中国古代文论的宏观研究》（《上海文学》1984年第5期）等文章对宏观研究作了再次倡导和呼吁。董乃斌指出：诗歌应该"加强宏观研究和综合研究。这要求研究者把诗歌作为一个整体，放在全部文学史、即由多种文体所组成的庞大体系以及由历代文学演变所构成的长长链条中来进行考察。进一步，则是要放在各种艺术创作乃至一切社会意识形态的相互关系之中来进行考察。再进一步，还应将诗歌现象放在整个社会发展历史的背景上，从人类行为和思维发生发展这个角度来探索其特殊规律和演化过程。"陈伯海指出："长时期以来，我们的古典文学研究侧重于微观，而比较忽视宏观，这种情况应有所改变"；"文学宏观研究近来已引起广泛的兴趣，希望有更多的同志致力于这方面的实践和理论探讨，以便在不久的将来，能有一门新的——宏观的中国文学史问世"。南帆也认为："倘若我们希望古代文论作为一种艺术原理的概括而以其理论威力介入当代文论，那么，我们还必须有意识地开始侧重一种开放性的宏观研究。"同年7月，中国古代文学理论学会第四次年会在长春召开，会上有研究者提出要"从宏观角度出发，通过对东、西社会历史、经济状况、思想文化传统的对比研究"，来探讨中国古代文学理论的民族性特点。② 同时，一些学者积极开展宏观研究的学术实践，如陈伯海《论中国文学的民族

---

① 林岗：《谈两种不同的文学史》，《光明日报》1983年9月27日。
② 张连第：《中国古代文学理论学会召开第四次年会》，《文学遗产》1985年第4期。

性格》一文从宏观研究上对中国文学的民族特征进行概括归纳，指出中国文学的民族特征在于："杂文学的体制""美善相兼的本质""言志抒情的内核""传神写意的方法""中和的美学风格""以复古为通变的发展道路"，而"美善相兼"又是其中最为核心的特征。① 这样，宏观研究作为一种新兴学术研究方法同"新方法热"一起成为20世纪80年代中后期持续高涨的学术思潮。

1986年6月，《文学遗产》编辑部推出"古典文学宏观研究征文启事"。启事指出，当前古典文学研究的"重点应放在宏观研究上，这不但因为过去长时间内我们对这方面重视不够，今天需要加以弥补，还因为在宏观问题上取得突破，必将在较大的范围内促进我们的研究工作向前发展一步，其意义具有某种全局性。另外，宏观研究本身就是促进我们研究者拓展视野、开辟新的研究领域、改进研究观念和方法的过程，这对提高我们研究工作的素质是大有裨益的。"② 征文启事发布后，引起了学界的热烈反响，在不到一年的时间里共收到130余篇征文，自1986年第5期开始刊登，至1987年第6期结束，共发表了25篇文章。

这些文章从不同的角度对中国古代文学进行了多元化的宏观研究，概而言之，可以概括为三个研究维度。

一是文学发展的历时性宏观研究。如陈伯海《中国文学史之鸟瞰》（《文学遗产》1986年第5期），该文把中国文学史分为三个大的周期，"由上古以至西周的巫官文学（非文学的形态中蕴藏着文学灵魂），到周秦间的史官文学（文学的形式中包含非文学的内容），再到楚汉间的作家文学（内容与形式都得到独立），构成了发展的第一个周期。由汉魏的文质合一，到魏晋南北朝的文质分离，又到唐代的文质兼备，作为发展的第二个周期。然后由宋元雅、俗两种文学的平行发展，到明清（鸦片战争前）两种文学的尖锐对立，以至近代两者的变化接近，又是一个发展的周期。三个大的周期，还可以分解为若干小的周期。而三者总合起来，又构成了一个更大的周期，那就是整个中国传统文学的形成、演进以及蜕变

---

① 陈伯海：《论中国文学的民族性格》，《文学遗产》1986年第3期。
② 《古典文学宏观研究征文启事》，《文学遗产》1986年第3期。

的周期。每个周期都是一个'正、反、合'的辩证发展过程，传统文学就在这一环又一环的辩证运动进程中逐步展现自己。"与上述三个周期相适应，是"三种社会力量在文学史上的交替代兴，那便是贵族、寒士和市民"。与此相应的有三次文学高潮：周秦之交、唐宋之交、明清之交。这种研究维度还包括具体的文体发展的宏观研究，如陈祥耀《我国古典诗词演变的几个宏观规律》（《文学遗产》1986年第5期）对中国古典诗词演变规律进行了宏观考察。此外，张碧波、吕世纬《古典现实主义论略——中国古代文学发展规律探微》（《文学遗产》1987年第3期）、严云受《略论中国文学的美学风格与发展道路》（《文学遗产》1987年第5期）、陈邦炎《从新诗运动上探我国诗体演化的轨迹》（《文学遗产》1987年第1期）、吴调公《心灵的远游——诗歌神韵思潮的流程》（《文学遗产》1987年第3期）、赵昌平《唐诗演进规律性刍议——"线点面综合效应开放性演进"构想》（《文学遗产》1987年第6期）、董乃斌《论中国叙事文学的演变轨迹》（《文学遗产》1987年第5期）、黄钧《中国古代小说起源和民族传统》（《文学遗产》1987年第5期）、蒋寅《关于中国古代文章学理论体系——从〈文心雕龙〉谈起》（《文学遗产》1986年第6期）等文章都属于这种历时性的宏观研究。

二是文学特征的共时性宏观研究。如郑孟彤《也谈我国民族文学的本质及其他》（《文学遗产》1987年第5期）针对陈伯海《论中国文学的民族性格》一文提出异议，认为中国文学的本质是"以儒家的政教伦理为核心的一种文学特征。它要求文学一定要反映现实生活，要有补于世，要褒善贬恶。它像一条红线贯穿在整个传统文学的始终"。金开诚、张化本《中国古代诗歌比喻手法的心理分析》（《文学遗产》1986年第6期）一文"依据诗人所要表现的本体与喻体相似点的心理形态"概括了中国古代诗歌的比喻手法有三类：表象型比喻、概念型比喻和情感型比喻。此外，裴斐《情理中和说质疑》（《文学遗产》1987年第5期）、王镇远《中国古典文学中的传世观念》（《文学遗产》1987年第5期）、张铨锡《"杂文学"还是"纯文学"——谈古典文学的"正名"问题》（《文学遗产》1987年第3期）、周来祥《中国古典美学的艺术本质观》（《文学遗产》1987年第6期）、肖驰《中国古代诗人的时间意识及其他》（《文学遗产》

1986年第6期)、韩经太《从抒情主体的心态模式看古典诗歌的美学特质》(《文学遗产》1987年第6期)、王启兴《论儒家诗教及其影响》(《文学遗产》1987年第4期)、陈一舟《结构的优势是宋词兴盛的一个内因》(《文学遗产》1987年第2期)、鲁德才《研究古代小说艺术传统的思考》(《文学遗产》1987年第1期)、胡晓明《传统诗歌与农业社会》(《文学遗产》1987年第2期)等文章都属于共时性的宏观研究。

三是文学与文化综合探究的跨学科宏观研究。如孙昌武《关于中国古典文学中佛教影响的研究》(《文学遗产》1987年第4期)指出"佛教与中国文学的关系,研究范围极其广泛",就佛教对中国文学影响这一角度来说,可研究的选题有:(1)佛典与佛典翻译文学;(2)佛教文学;(3)佛教与文人生活、思想、创作的影响;(4)佛教对文学观念的影响;(5)各种文学体裁演变;(6)文学语言;(7)比较文学研究。葛兆光《想象的世界——道教与中国古典文学》(《文学遗产》1987年第4期)认为道教对于中国古典文学的影响:"第一,它刺激了人们的想象力;第二,它提供了许许多多神奇的意象;第三,这些意象的凝固形态作为'典故'渗透在中国古典诗词之中,而这些意象的扩展形态创作为'情节'、'场面'及'原型'出现在中国古典戏曲、小说之中。"这两篇都是探讨文学与宗教关系的研究,属于跨学科的宏观研究。

《文学遗产》"古典文学宏观研究征文启事"及其刊载的宏观研究征文,极大地扩大了古典文学宏观研究的影响,所征之文也起到了宏观研究的示范作用。

1987年3月20—24日,"中国古典文学宏观研究讨论会"在杭州大学召开,会议由《文学遗产》、《文学评论》、《语文导报》和《天府新论》四家杂志联合举办,共有150余人参会,提交论文50余篇。其中,徐公持《关于古典文学的宏观研究及其现状》的发言具有代表性意义。该文认为:"微观研究主要是指对作家作品的内向型研究,是个别的细部研究,宏观研究则主要是超越个别作家作品的外向型研究,是总体的综合研究。基于这种理解,我觉得古典文学宏观研究大体上可分三个类型:一是对总体特征的把握(特征研究),二是对发展规律的探讨(规律研究),三是文学与其他文化艺术的各种关系的研究。"同时指出:"加强宏观研究，不是某几个人一时兴至所提出的时髦花样，而是80年代古典文学研究工作发展之客观需要，是建设新时代的新学术的需要。"文章还对当前的宏观研究的现状进行评述，认为当前主要从四个方面展开了宏观研究：开展了对宏观研究的研究；对中国古典文学的总体特征的把握正在逐渐深入；探讨中国文学发展规律方面有所前进；展开了古典文学与文化的研究。当前的宏观研究还存在缺点：理论水平有待提高；知识尚需扩充；宏观研究的态度和方法有待改进。这篇发言对20世纪80年代以来的古典文学宏观研究进行了理论和实践的双重总结，具有很强的现实针对性。①

此后，宏观研究不断走向深化，有许多相关文章发表。例如，陈伯海《通向宏观文学史之路》（《语文导报》1987年第6期）、萧兵《点线面互渗，宏微观结合》（《古典文学知识》1988年第6期）、石康宜和高小康《古典文学宏观研究再议》（《文学评论》1988年第2期）、屈光《从唐代文学研究看古代文学的宏观与微观研究》（《社会科学辑刊》1988年第3期）等。据蒋嘉欣《近年来高校学报古典文学宏观研究述略》② 整理，1987—1990年发表在全国各学报中的古典文学宏观研究成果，仅先秦到魏晋，围绕学术研究的几个主要问题即有49篇论文发表。这些论文的研究视野、研究方法都体现出宏观研究的意识，表明这一阶段，宏观研究在古代文学研究中的成果斐然。

20世纪80年代末期，宏观研究逐渐消歇，但其影响一直存在，直到90年代末还有学者提及此类学术研究。如黄天骥《把微观考析和宏观研究结合起来》（《文学遗产》1997年第2期）、章培恒《关于中国文学史的宏观与微观研究》（《复旦学报》1999年第1期）等。

宏观研究思潮对于新时期古代文学研究的主体意识更新和学术格局调整都具有重要的作用和意义。

一是推动了新时期古典文学研究主体意识的更新。陈伯海指出："宏观研究在80年代中期得到特别有力的推进，又跟我国社会变革发展的大

---

① 徐公持：《关于古典文学的宏观研究及其现状》，《文学遗产》1987年第4期。
② 蒋嘉欣：《近年来高校学报古典文学宏观研究述略》，《四川师范学院学报》1991年第1期。

形势有关。'四化'与改革开放事业的深入展开，把建设现代化的民族心理、民族文化的任务提上议事日程，而新文化的建构又离不开文化传统的批判继承。文学是民族心灵的结晶，一部中国文学史便是中华民族之魂动荡变化的写照，它映现着我们民族的喜怒哀乐、好恶爱憎，昭示着我们民族对生活、对美的理想和感受生活，创造美的才能。研究中国文学史的目的，也正是要从中发掘民族的心理素质，探讨民族的审美经验，把握在这种审美心灵支配下的民族文学传统生成和演进的规律，借以指导文学与社会生活的未来运行。一句话，怎样认识我们民族的传统精神与审美文化，又怎样在新形势下发展和改造这一传统，便是时代向文学史研究工作者提出的大课题。而要解答这个课题，单凭一字一句的诠说、一诗一文的解析以及一人一事的考订、评判，显然是不够的，必须对全部文学史作连贯的思考与整体的综合，这就需要改换研究的着眼点，超越个别事象，进入宏观层面。据此，宏观研究不光是对象范围的扩大，更其是研究意识的更新，它可以说是社会变革形势推动下现代意识渗入历史传统的重要表征。"①

二是促进了新时期古典文学研究固有格局的调整。"传统的古典文学研究格局，侧重于作家的考证、作品的笺注、史料的整理、基本工具书的编纂、文学史的撰著诸方面，运用的方法多为考据学、校勘学、训诂学、艺术分析"，宏观思潮兴起后极大地改变了这种旧学术格局，"即在传统的'基础研究'之上，延展至文学流派、文体形态诸领域，最终上升到对古典文学研究方法和理论的探讨，从而走向艺术哲学的层面"。② 例如：

> 傅璇琮、沈玉成、倪其心认为，古典文学研究的结构应在传统的"基础工程"之上，开拓新的上层结构，包括"作家作品、文学流派专题研究"、"文体专题研究"、"作品的批评鉴赏"、"交叉研究"、"比较研究"、"新分支学科的开辟"、"方法论的研究"、"学科史的

---

① 陈伯海：《中国文学史之宏观》，中国社会科学出版社1995年版，第3—4页。
② 吴光正、李舜臣：《"方法论探索"、"宏观研究"与古典文学研究的转型》，《文艺研究》2010年第12期。

研究"等方面（傅璇琮、沈玉成、倪其心《谈古典文学宏观研究的结构问题》，《文学评论》1987年第5期）。曾凡、王钢则认为古代文学研究应包括"整理资料"、"考察历史事实"、"建立历史事实的逻辑关系"、"建构文艺理论体系"四个层次（曾凡、王钢《中国古典文学研究的出路》，《文学评论》1987年第6期）。董乃斌认为，古代文学研究体系应包括文献整理的层次（加上计算机的应用、信息电子化）、鉴赏与批评的层次、理论研究的层次（对于外部规律的研究和对于内部规律的研究）（董乃斌《论当代古典文学研究的体系》，《文学评论》1986年第3期）。许总则根据思维认识过程的有序性和层次性，将古典文学研究划分为四个基本层次：微观层次（以考证和注释的方法，对文献进行细致地校勘、辨伪、补遗、辑佚等）；中观层次（以分析和归纳的方法，对本事和作品之间的分析和理解，追求文学形成的因果关系的合理解释）；宏观层次（主要以抽象的思维方法，对文学史发展的全部现象和完整过程及其内部规律和外部规律加以宏观审察）；哲学层次（从哲学的角度，站在一定的理论基础上对整个古典文学加以研究审视，是古典文学研究对自身存在的反思）（许总《古典文学研究的回顾和构想》，《学术月刊》1987年第2期）。萧兵提出"五观"，即"超宏观、宏观、中观、微观、超微观"，而"无论是哪一层面上的'观'，都有纵、横两条道"，"线的研究，史的研究，是为'纵'；面的研究，比较文学、总体文学研究，可视为'横'；点的研究，作家作品的批判、研究既是纵横研究的起点，又是它们的结合部乃至'终点'"（萧兵《点线面互渗，宏微观结合》，《古典文学知识》1988年第6期）。[1]

虽然各家对于宏观研究的具体解说不同，但都旨在拓展古代文学研究的视野、思路和方法，从而有力促进了古典文学研究固有格局的调整。

当然，宏观研究方法也有着非常明显的局限性。一是缺少具体的理

---

[1] 吴光正、李舜臣：《"方法论探索"、"宏观研究"与古典文学研究的转型》，《文艺研究》2010年第12期。

论指导。宏观研究作为一种学术思潮虽然提出了突破古典文学研究旧格局的种种方向和路径，却缺少可以指导学术实践的具体理论，相比于美学范式甚至是同时期的"三论"等新方法论，宏观研究的理论只停留在相对抽象的"宏观"观念上，即便有也是较为空疏。理论的缺失必然会导致宏观研究不能真正走向深化。二是缺少扎实的学术实践。由于研究理论的缺失以及强调宏大视野和整体思维，古代文学宏观研究中往往是以"鸟瞰""源流""概况""论略""规律"等词语来概括和诠释文学研究，这种宏大的研究容易忽略具体的微观的文学研究，即便有也是以偏概全，在个别个案研究基础上就贸然得出宏观的大结论，这往往容易形成空洞无物的学术结论和武断偏颇的学术风气。再加上研究者自身的知识储备、综合能力等方面的欠缺，就更容易导致这种不良的学术倾向。

第三节　方法论的广泛讨论与选择

1985 年前后，伴随着自然科学的方法论率先在哲学领域内广泛讨论，并迅速延伸到社会科学领域，文学界对方法论的讨论也骤然兴起。

首先，一些刊物纷纷开辟专栏讨论文艺学方法论的问题。其中，"《读书》、《文学评论》、《文艺研究》三家刊物引领、主导了整个'方法论探索'的历史进程。《读书》以极为敏锐的嗅觉将学术动态呈现给了整个学术界；《文学评论》是方法论探索的旗舰；《文艺研究》则提供了一个平等的自由的争鸣空间。"[①] 这些刊物发表了许多关于文艺学方法论讨论的文章。如《文学评论》1984 年第 6 期上刊有刘魁立《要重视科学研究的方法论问题》、刘再复《思维方式与开放性眼光》、钱中文《文艺理论的发展和方法更新的迫切性》、林兴宅《科技革命的启示》、杨义《研究方法上的三个境界》等。1985 年第 4 期上刊有鲁枢元《用心理学的眼

[①] 吴光正、李舜臣：《"方法论探索"、"宏观研究"与古典文学研究的转型》，《文艺研究》2010 年第 12 期。

光看文学》、孙绍振《形象的三维结构和作家的内在自由》、刘心武《关于文学本性的思考》、林兴宅《文明的极地——诗与数学的统一》等。《文艺研究》1985 年第 1 期刊载了《钱学森同志与本刊编辑部座谈科学、思维与文艺问题》，1985 年第 3 期刊载了朱丰顺《运用系统论研究文艺》、野桃《运用信息论研究文艺与美学》、紫川《运用控制论研究文艺与美学》，1985 年第 4 期刊载了徐贲《哲学和文学研究方法论》、周宪《文学研究方法精确性三题》，1986 年第 1 期刊载了钱学森《关于马克思主义哲学和文艺学美学方法论的几个问题》、张玉能《心理学方法在美学和文艺研究中的运用》、陈飞龙《文艺控制论初探》等。此外，还有许多相关论文发表在其他刊物上。如董国柱《论新技术革命与文学对策》（《文艺评论》1984 年第 2 期）、杨忻葆《基础理论的探索迫切需要新方法》（《文艺理论研究》1985 年第 3 期）、傅修延《思考与困惑：小议文学批评方法论的体系》（《文艺理论研究》1985 年第 4 期）、潘泽宏《建立文艺研究方法的开放性体系》（《求索》1985 年第 5 期）、周宪《关于文学研究方法几个问题的思考》（《学习与探索》1985 年第 6 期）、夏文《要重视文艺研究方法论的变革》（《当代文坛》1985 年第 9 期）、陈伯海《文艺方法论讨论中的一点思考》（《上海文学》1985 年第 9 期）、董乃斌《古典文学研究的当代性和新方法》（《文史知识》1985 年第 10 期）、李欣复《信息论·思维学·文艺学——关于文艺方法论讨论的一点意见》（《当代文坛》1986 年第 1 期）等。这些文章从不同角度对文艺学的方法论进行探讨和分析。

其次，1985 年召开了三次以方法论为主题的大型学术会议，因而被称为"方法论年"。一是 3 月由《上海文学》编辑部、《文学评论》编辑部、天津市文联理论研究室、《当代文艺探索》和厦门大学语言文学研究所等联合举办的"全国文学评论方法论讨论会"在厦门召开。会议认为，在日趋繁荣的文学创作的促进下，在自然科学、社会科学各学科的强有力冲击、渗透下，许多新概念、新观点、新方法、新课题纷纷涌入文学批评领域，文学评论呈现出从未有过的丰富多彩。会议对于自然科学与文学研究能否联姻以及如何联姻等问题进行了激烈的讨论，有赞成者，也有反对者。虽然讨论没有达成统一意见，却进一步促进了自然科学的方法论在文学批评中的讨论和运用。① 二是 4 月 14 日至 22 日由中国社会科学院文学研究所领衔十二家单位联合主办的"文艺学与方法论问题学术讨论会"在扬州召开。会议讨论的内容主要有：第一，如何看待文学研究引进、移植系统论、控制论、信息论等科学方法问题；第二，新方法与传统方法、马克思主义哲学的关系问题；第三，方法论的层次和体系问题，认为"在引进自然科学、横断科学方法之际，既要注意到普遍适用性方面，又要顾及学科自身特点"。② 三是 10 月 14 日至 20 日由中国艺术研究院外国文艺研究所与华中师范大学联合举办的"文艺学方法论学术讨论会"在武汉召开。会议指出：讨论文艺学方法论问题不仅具有强烈的现实感，而且具有同样强烈的紧迫感。方法论在科学研究和建设上，扮演着一个"执牛耳"的角色，它不仅会直接影响科学的研究成果，而且会决定科学研究的性质和方向。对方法论的讨论不仅是文艺学界重视的一个课题，也是整个人文科学都在重视讨论的问题。会议着重讨论了文艺研究方法体系中的层次问题，如何引进和运用系统科学方法论的问题，方法论与文艺观念、艺术本体的关系问题等。此外，会议还对文艺研究几种具体方法进行了讨论，包括文艺社会学、艺术心理学和结构主义等。③ 三次大型学术讨论会的召开迅速掀起了方法论在文学界的讨论高潮，而且迅速引发文学界以外其他学科的关注和参与。

文艺学的方法论广泛讨论直接带动了古典文学研究的方法论讨论。早在 1984 年就有学者开始对古代文学研究的方法进行反思，如章培恒《对中国古典文学研究的展望》指出，古代文学研究必须"通过扩大研究面和广泛使用比较的方法"，才能深入地阐明中国古代文学的发展过程，使研究越来越细致，越来越具有科学性。④ 徐公持认为："一九八四年古典

---

① 晓丹、赵仲：《文学批评：在新的挑战面前——记厦门全国文学评论方法论讨论会》，《文学评论》1985 年第 4 期。

② 钱竞：《欲穷千里目，更上一层楼——记扬州文艺学与方法论问题学术讨论会》，《文学评论》1985 年第 4 期。

③ 李心峰：《深入探讨方法论，努力发展文艺学——武汉文艺学方法论学术讨论会综述》，《文艺研究》1986 年第 1 期。

④ 章培恒：《对中国古典文学研究的展望》，《复旦学报》（社会科学版）1984 年第 5 期。

文学研究的趋势昭示着人们：突破正在酝酿之中。其最显著的标志就是，研究工作在向综合性和联系性的方向发展。"①

1985年9月，《文学遗产》刊出"当前古典文学研究与方法论问题笔谈"，笔谈的目的就是推动古代文学界对方法论的讨论。"编者按"指出："在新形势下，怎样把古典文学研究工作向前推进一步，或者说怎样取得新的突破？这是古典文学工作者普遍关心的问题。为此，本刊特组织笔谈，邀请部分研究工作者各抒己见。他们对当前的古代文学研究与方法论问题提出了不少看法和建议。我们希望，他们的意见能引起广大同行们的认真思考、深入研究，并进一步发表意见，使大家更加重视方法论的问题，从而把古典文学研究这门古老的学科，置于更加科学化的基础上，取得新的发展和繁荣。"笔谈刊载了程千帆、吴调公、罗宗强、黄天骥、章培恒、陈伯海等学者的一些关于古典文学方法论讨论的发言。郭预衡《几点历史经验》指出："以目前甚嚣尘上的'系统论'之类来说，如果真能引导人们实事求是地进行研究工作，我看什么论都可以拿来一试。"陈伯海《宏观的世界与宏观的研究》认为："长时期来，我们的古典文学研究侧重于微观，而比较忽视宏观，这种情况应有所改变。"黄天骥《几点感想》指出："自然科学界对世界的认识日益加深，人们越来越觉察到事物的多维性，不仅宏观方面是多维的，而微观方面也是多维的。因此，古代文学研究，既应注意纵向，也要注意横向以及各个交叉点。"罗宗强《并存、拓展、打通》从宏观视野的角度指出："古代文学研究的又一个问题，便是打通古代、现代和当代的界线。我们的文学研究分得实在是太细了，研究古代的对现、当代文学往往所知甚少；反之亦然。甚至同是研究古代文学，搞周秦的不搞唐宋，搞唐宋的不搞明清。这也就难以从更高的层次上来观察问题。事实上，一些文学现象，古今是相衔接的。"所以文学研究"应该逐渐来打通古代、现代、当代文学研究之间互相隔绝的局面"。

笔谈刊载以后，进一步促进了古典文学研究方法论问题的广泛讨论。如栾勋《谈中国古代文论的研究方法问题》（《文学评论》1986年第2

---

① 徐公持：《古典文学研究的突破与开放性》，《中国文学研究年鉴·1985年卷》，中国文联出版公司1986年版，第16页。

期)、杨明照《运用比较的方法研究中国古代文论》(《社会科学战线》1986年第1期)、陈伯海《文学动因与三对矛盾》(《文学评论》1987年第1期)、《文学史上的"圆圈"——文学史方法论之二》(《中国社会科学》1987年第3期)、《论当前文学观念的一种走向》(《文艺理论研究》1987年第1期),等等,都陆续对此做出了不同的回应。

古代文学界对于新方法论的广泛讨论,介绍引进了许多新方法,包括"老三论"、"新三论"、模糊理论、文艺心理学、接受美学、结构主义、符号学等。① 这样,古代文学研究对于新方法的运用也就有了多向的选择。

1. 模糊理论与古代文学研究。模糊理论是一种数学理论,主要包括模糊集合理论、模糊逻辑、模糊推理和模糊控制等方面的内容。模糊理论首先在文艺学中得到广泛讨论,如张宏梁《试论模糊语言在文学创作中的运用》(《学术月刊》1984年第2期),李迟《艺术典型的模糊性初探》[《吉林师范学院学报》(哲学社会科学版)1984年第3期],包永新《模糊思维与文学创作》(《人文杂志》1984年第6期),方耀楣、方耀先《探索文艺研究的数化方法》(《当代文艺思潮》1984年第6期),王均裕《模糊语言在文学作品中的表现形式和修辞作用》[《四川师院学报》(社会科学版)1985年第3期],王世德《模糊数学与文艺评论》(《文史哲》1985年第5期),陈勇《漫话文学描写中的"模糊语言"》(《宁夏大学学报》1986年第2期),聂健军《谈文学的模糊性》(《齐鲁学刊》1986年第6期),刘再复《论人物性格的模糊性与明确性》(《中国社会科学》1984年第6期),等等。这些文章认为文学引进模糊理论更好地揭示了文艺的内在规律和质的规定性。

文艺学的模糊理论讨论带动了古代文学的模糊理论讨论。例如,何新文《国学传统与模糊理论——古典文学研究断想》认为古典文学研究"尤其有必要引入模糊理论。这不仅因为作为'文学'的古典文学同样具有模糊性,也还因为时代、资料诸多方面的原因给它涂上了较之于现、当

---

① 学界对"新方法论"有广义、狭义的理解,狭义即特指"三论"而言,而广义则指包括"三论"在内的所有20世纪80年代中后期新出现的应用在人文社科的自然科学方法论。本书以广义的内涵为指向,但在特定语境中也指向狭义的内涵。

代文学更多更厚的模糊色彩。我们应当充分认识到古典文学研究中所存在的一系列模糊现象，并运用模糊理论来描述、处理，进行模糊综合评判"[1]。李克和《论古代曲论中的模糊思辨》认为"古代曲论家的思辨特点及其所习用的方法，与当代新兴科学方法——模糊数学的模糊识别、模糊综合评判和模糊聚类分析竟有惊人的相似"，"古代曲论家不仅把握了戏曲中的种种规律特征，而且较深入地接触到了戏曲的某些模糊的本质"[2]。马力民《中国古典诗学的模糊性特征探微》认为中国古典诗歌创作依靠的"不是抽象的逻辑思辨，而是用一些形象很强的模糊性术语和一些只可意会不可言传的意象群，通过流动的、有层次的、综合的整体把握，使有限与无限，有形与无形，真实与想象有机地融为一体，呈现出一种既是形象的，又是想象的；既是确定的，又是不确定的弹性整体，让人们在直观领悟中把握其含意"，因此运用模糊理论能够很好地解读古代诗歌的文学构思、审美特征和文学风格[3]。周书文《论中国古典小说的模糊思维》指出，小说创作是形象思维与模糊思维的互补协奏，而模糊思维对小说的人物形象、整体图景和内在含义等都具有重要的生成作用[4]。何永康《论〈红楼梦〉模糊体验》认为模糊理论有助于把握《红楼梦》的审美感受的模糊性，从而获得更清晰、更精确的审美感受和审美判断[5]。总体来说，模糊理论在古代文学研究中的讨论和运用还不多也不够深入，并且运用起来显得机械生硬。

2. 文艺心理学与古代文学研究。早在20世纪20—30年代，郭沫若《〈西厢记〉艺术上的批判与其作者的性格》、闻一多《高唐神女传说之分析》等文章就展开了古代文学的心理学研究；1936年朱光潜《文艺心理学》一书由开明书店出版，又奠基了我国的文艺心理学理论。但真正大

---

[1] 何新文：《国学传统与模糊理论——古典文学研究断想》，《湖北大学学报》（哲学社会科学版）1986年第2期。
[2] 李克和：《论古代曲论中的模糊思辨》，《中国社会科学》1986年第3期。
[3] 马力民：《中国古典诗学的模糊性特征探微》，《固原师专学报》（社会科学版）1988年第2期。
[4] 周书文：《论中国古典小说的模糊思维》，《南都学坛》1992年第2期。
[5] 何永康：《论〈红楼梦〉模糊体验》，《红楼梦学刊》1986年第4期。

量开展古代文学的文艺心理学研究是在 80 年代中后期。80 年代，文艺心理学一方面作为西方"新"理论随着改革开放再次被介绍引进；另一方面又是我国"美学热"由美的本质研究向美的主体研究转型的必然选择。自金开诚《文艺心理学论稿》（1982）出版后，80 年代中后期出现一大批文艺心理学著作，如陆一帆《文艺心理学》（1985）、彭立勋《美感心理研究》（1985）、滕守尧《审美心理描述》（1985）、鲁枢元《创作心理研究》（1985）、杜书瀛《文艺创作美学纲要》（1986）、钱谷融和鲁枢元主编《文学心理学教程》（1987）、林同华《美学心理学》（1987）、王先霈《文学心理学概论》（1988）、陈望衡《艺术创作之谜》（1989）、鲁枢元《文艺心理阐释》（1989）等。这些著作的出版及相关文章的发表极大地促进了文艺心理学繁荣和成熟。

理论建构相对成熟的文艺心理学在新方法热中被作为一种"新方法"而广泛运用于古代文学研究当中。例如，廖可斌《爱佳人则爱，爱先王则又爱——试论金圣叹评点〈西厢记〉的矛盾心理》（《中国文学研究》1986 年第 1 期）、乔力《论姜夔的创作心理与艺术表现》（《学术月刊》1987 年第 11 期）、邹大炎《试论〈诗经〉中的几点文学心理思想》（《心理学报》1987 年第 3 期）、杨海明《论唐宋词所积淀的民族审美心理》（《天津社会科学》1987 年第 3 期）、蒋凡《李商隐诗歌的艺术贡献与心理分析》（《文学评论》1988 年第 2 期）、陈晓芬《曾巩的心理机制及其对散文的影响》（《抚州师专学报》1988 年第 4 期）、董志广《试论晋人的心理特征及其诗歌》（《齐鲁学刊》1989 年第 2 期）、徐应佩《心之所好，情之所钟——论古典文学鉴赏的心理定势》（《名作欣赏》1989 年第 4 期）、苏春青《试析中国古典诗词的变态心理》（上）（《教学与管理》1990 年第 3 期）和《试析中国古典诗词的变态心理》（下）（《教学与管理》1990 年第 4 期）、贺信民《一片冰心在玉壶——曹雪芹创作心理素描》[《海南师范学院学报》（社会科学版）1990 年第 2 期]等文章都是运用了文艺心理学的新方法来研究和探讨古代文学作家作品。此外还有一些著作，如黄鸣奋《论苏轼的文艺心理观》[1] 运用文艺心理学理论系统地

---

[1] 黄鸣奋：《论苏轼的文艺心理观》，海峡文艺出版社 1987 年版。

考察了苏轼的文艺思想和理论，是苏轼及其文艺思想研究的独特个案；王钟陵《中国中古诗歌史》[①] 以文艺心理学来解读一个时段的诗歌史，对于中古时期的民族深层心理结构及其诗歌文化表现作了淋漓尽致的剖析，使人耳目一新。

3. 接受美学与古代文学研究。接受美学又称接受理论或接受研究，诞生于20世纪60年代末70年代初的联邦德国，由汉斯·赫伯特·尧斯和沃尔夫冈·伊塞尔共同提出，随后在欧美各国广为传播。接受美学的核心观点就是强调从读者接受的角度来进行文学批评，认为读者对文本的接受不是一种被动的反映关系，而是有着自己的期待视野的主动性。新方法热兴起后，接受美学也被传播到我国。1983年第6期《文学评论》发表张黎《关于"接受美学"的笔记》一文，这是我国最早对接受美学的介绍。此后，有许多关于接受美学介绍的文章或译著得到发表或出版，如张黎《接受美学——一种新兴的文学研究方法》（《百科知识》1984年第9期），张隆溪《仁者见仁，智者见智——关于阐释学与接受美学·现代西方文论略览》（《读书》1984年第3期），章国锋《国外一种新兴的文学理论——接受美学》（《文艺研究》1985年第4期），朱立元《文艺研究的新思路——简评尧斯的接受美学纲领》（《学术月刊》1986年第5期）、《接受美学与中国文学史研究》（《文学评论》1988年第4期）以及"接受美学系列谈"（《文艺报》1987年8—10月）等多篇文章；译著如周宁、金元浦译《接受美学与接受理论》（辽宁人民出版社1987年版），霍桂桓、李宝彦译《审美过程研究》（中国人民大学出版社1988年版），刘小枫选编《接受美学译文集》（生活·读书·新知三联书店1989年版），等等。1989年，朱立元《接受美学》（上海人民出版社1989年版）和张思齐《中国接受美学导论》（巴蜀书社1989年版）两书的出版标志着接受美学理论由介绍引进到本土建构的完成。

接受美学引进后也被运用到古代文学研究当中。例如，李延《从接受美学看〈金瓶梅〉研究》[《上海师范大学学报》（哲学社会科学版）1988年第4期]、朱立元和杨明《试论接受美学对中国文学史研究的启示》[《复旦学报》（社会科学版）1989年第4期]、卢炘《接受美学的优

---

① 王钟陵：《中国中古诗歌史》，江苏教育出版社1988年版。

势——谈〈水浒〉主题思维的争辩》(《明清小说研究》1989 年第 3 期)、李耀建《王夫之与现代阐释学、接受美学》[《湖南科技大学学报》(社会科学版) 1989 年第 1 期]、邓新华《"品味"论与接受美学异同观》(《江汉论坛》1990 年第 1 期)、陈长荣《接受美学与中国古代文学研究》[《南京师大学报》(社会科学版) 1990 年第 2 期]、祁志祥《明清曲论中的"接受美学"》(《求索》1992 年第 4 期)、陈新璋《从接受美学看苏轼对韩愈诗歌的评价》[《华南师范大学学报》(社会科学版) 1992 年第 2 期]、陈伟《试论红楼梦研究的接受美学基础》(《社会科学家》1993 年第 3 期)、唐德胜《中国古代文论与接受美学》(《广东社会科学》1994 年第 2 期)等论文都是从接受美学的角度来研究中国古代文学或文论的。论著如刘宏彬《〈红楼梦〉接受美学论》① 以接受美学理论来研究《红楼梦》,涉及"红楼梦主题之接受""红楼梦悲剧艺术面面观""红楼梦人物接受""红楼梦诗歌文本的三级接受""红楼梦叙事艺术接受美学探索"等内容。

　　接受美学不仅作为一种新方法论在 20 世纪 80 年代中后期至 90 年代广泛应用到古代文学研究中,而且它往往与文学传播对应运用,成为此后古代文学传播研究的另一种重要视角。

　　4. 结构主义、符号学与古代文学研究。结构主义是西方二战以来的重要学术思潮,是"以语言学的模式发现文学的规律",从 20 世纪 80 年代后开始引入中国。1979 年第 2 期《世界文学》刊载了袁可嘉《结构主义文学理论述评》,这是中国第一篇系统介绍结构主义文论的文章;1980 年商务印书馆出版了李幼蒸对比利时布洛克曼《结构主义:莫斯科—布拉格—巴黎》的译著。自此,结构主义在中国开始逐步得到介绍。② 结构主义作为一种方法论,一引进就被运到了文学研究上,如赵毅衡《诗歌的结构主义研究方法举隅》(《社会科学战线》1981 年第 1 期)。但直到1985 年前后,随着新方法热兴起,结构主义才为文学界所广泛讨论和运用。如季红真《文学批评中的系统方法和结构原则》(《文艺理论研究》

---

① 刘宏彬:《〈红楼梦〉接受美学论》,河南人民出版社 1992 年版。
② 钱翰:《回顾结构主义与中国文论的相遇》,《法国研究》2010 年第 2 期。

1984年第3期)，乐黛云《结构主义与小说分析》(《小说评论》1985年第3期)，盛子潮、朱水涌《抒情诗的情感结构和几种物化形态》(《文艺研究》1985年第5期)及《小说的时空交错和结构的内在张力》(《文艺研究》1986年第6期)，等等。古代文学研究也开始尝试运用结构主义理论分析叙事文学作品，比如何新《一组古典神话的深层结构》一文认为每个神话系统一般可以划分为三个层面：语音、文字所组成的语句层面；由一个语句集合构成的一个语义层面，这个层面乃是对语句的第一层解释，并且构成神话的故事本体；作为深层结构的文化隐义层面，它构成对一个神话的真正解释。作为神话研究来说，就是要探讨到其深层结构的文化隐义层面内涵。文章通过对"思士思女"故事、"烛龙"之谜、玄武神以及扶桑神木等神话的例证解剖，具体揭示了各个神话的深层结构的文化隐义内涵。[①]

符号学与结构主义密切相关，因为它们都首先建构在语言学的基础之上，因此20世纪80年代中国对符号学的讨论主要包含在结构主义讨论当中，或集中在语言哲学领域内，文学领域内的讨论很少。如安和居《"符号学"与文艺创作》(《文艺评论》1985年第1期)、徐岱《论文学符号的审美功能变体》(《文学评论》1987年第3期)、赵毅衡《符号学与符号学的文学研究》(《外国文学评论》1989年第2期)等。符号学真正独立出来并深化讨论是在90年代，此时新方法热已经消退。古代文学研究对符号学的讨论就更少。孙晓明《古代文学研究"真实性"的思考》一文，运用符号学理论分析古代文学研究中客体真实（作者真实）和主体真实（读者真实）的原因，认为文学语言符号所指的"惯例化"及其可伸缩的弹性，使得审美客体具有模糊性和多元性，从而导致读者对同一作品的不同理解。[②]

第四节 "三论"等新方法的具体运用

"新方法热"中虽然有不少新方法得到讨论和运用，但突出代表是以

[①] 何新：《一组古典神话的深层结构》，《文学遗产》1986年第1期。
[②] 孙晓明：《古代文学研究"真实性"的思考》，《云南社会科学》1988年第1期。

系统论、信息论、控制论为代表的"老三论"和以耗散结构论、协同论、突变论为代表的"新三论"。它们都是系统理论的学科分支，前者创立在20世纪40年代，后者兴起于70年代。其中，系统论得到了文学界的广泛讨论和突出运用，是"三论"中最具代表性的新方法论。

所谓系统论，简单地说就是对某一个事物作整体或系统来观照和研究，探讨各要素之间的相互作用和相互依赖的关系。系统论作为一种方法论，80年代初期主要是在哲学领域中得到介绍和讨论。新方法热兴起后，文艺界也展开了热烈的讨论。如李希贤《系统论对典型研究的适用性》[《黄石师院学报》（哲学社会科学版）1984年第1期]，朱振亚《艺术活动的系统分析》（《当代文艺思潮》1984年第2期），刘烜《文学的有机整体和文学理论的系统性》（《文艺报》1984年第11期），陈晋、张筱强《关于系统论和文艺研究》（《扬州大学学报》1985年第2期），朱丰顺《运用系统论研究文艺》（《文艺研究》1985年第3期），殷国明《应该冲破僵化的、封闭的文学批评方法模式》（《文学评论》1985年第3期），吴功正《人物性格的系统论分析》（《文艺评论》1985年第6期），姚文放《"阳刚之美"和"崇高"的系统论辨析》（《江汉论坛》1987年第9期），等等。其中，林兴宅《文明的极地——诗与数学的统一》（《文学评论》1985年第4期）颇具代表性意义。该文认为系统论在人类文明发展史上具有"深刻的革命性"，"它不仅将推动科学自身的综合，而且还将促进艺术与科学的大综合。诗与数学的统一正是艺术与科学的对立统一运动的必然逻辑"，是人类文明发展的最高阶段。因此，系统论是接通艺术与科学的桥梁，"一方面，它以其模式化特征与数学接根，另一方面，它又以其有机整体观念而与审美方式相通"。

与此同时，有些学者也开始尝试将系统论应用于古代文学研究之中，张文勋《从系统论和信息论看中国古代文艺理论研究》（《云南民族学院学报》1985年第2期）强调系统论与信息论对社会科学的借鉴意义，认为古代文艺理论研究应重视信息接收、交流，并将之纳入艺术的大系统中进行考察。就相关论文的具体学术路径而言，主要涉及以下方面：

一是对特定文体进行系统分析。如苏国荣《戏曲的"历时态系统"——试用系统论方法看戏曲的发展大势》（《文艺研究》1986年第2

期）利用系统论方法对戏曲的发展过程进行研究，认为戏曲的历史发展过程，就是一个由不同历史发展阶段构成的"历时态系统"。从"历时态系统"的观点来看，"中国戏曲也是随着时代变迁在不断运动、变化、发展中的'过程集合体'"——"曲牌体时态系统"、"板腔体时态系统"和"自由体时态系统"。而每一个"过程集合体"（或阶段）的时态系统，一般经历三个发展步骤：第一步是初步综合，第二步是系统的动态优化，第三步是凝固阶段。谢明仁《试从系统论看汉大赋的兴盛和消亡》（《文艺研究》1987年第1期）是作者的学位论文摘要，文章认为，只有用系统论才能考察到汉大赋作为三维结构的全貌，论文试图从系统论整体性原理出发，按模型方法论的相似性原则，采用"黑箱"和"白箱"相结合的处理办法，把各自输入、输出的信息进行对比，找出唐诗与汉大赋之间的兴衰异同。同时，论文又将汉大赋与政治、经济、作者、欣赏者视为系统论中的循环因素，并由此形成复杂的"系统网络"，在这种网络中寻找汉大赋的兴衰网络、文学局限和消亡的理论根据。

二是对某种文学现象进行系统分析。如殷骥《神话系统论——兼论中国上古神话不发达的原因》[《江西师范大学学报》（哲学社会科学版）1985年第4期]从系统论和信息论对上古神话进行研究，认为上古神话由横纵两向系统构成，横向系统由信源——"自然和社会形式本身"、信道——"神话思维和神话信息模式"和信宿（信息的接收器）——"神话时代的人"所构成；纵向系统是由低级到高级的不同层次神话组成：神话片段—神话个体—神话群体—神话综合体。上古神话不发达的原因在于：上古神话模式发展未能与早熟的神话思维协同好；神话系统诸要素发展未能与神话层次进化协同好。由此导致整个神话系统的整体功能不强，排除干扰能力较弱，因而早熟的中国古代社会迅速冲击了上古神话。孙功发《北宋文坛宗师系统论略》[《吉林师范学院学报》（哲学社会科学版）1991年增刊]从系统论方法出发对北宋文坛进行探究，认为晏殊、欧阳修、苏轼和黄庭坚前后递相为师，各自弟子云蒸霞蔚，形成一种"宗师系统"。四代宗师系统雄踞北宋文坛，造成了佳作如涌、繁花似锦的局面；辐射而及政坛，宗师系统又促成了吏治清廉和人才济济。

三是对具体作家作品进行系统分析。乔先之《简论文学系统原则与

〈三国演义〉——中国古代小说文学系统论系列论文之一》[《西北师大学报》(社会科学版)1986年第1期]、王同书《用系统论还〈水浒〉作者施耐庵的本来面目》[《杭州师范学院学报》(社会科学版)1986年第2期]、乔先之《贾宝玉与〈红楼梦〉典型形象体系——有关狭义文学系统论系列论文之一》[《西北师大学报》(社会科学版)1988年第1期]、刘伟林《苏轼的美感心理系统论》[《海南大学学报》(社会科学版)1989年第4期]、朱志凯《〈周易〉系统论方法思想发微》[《复旦学报》(社会科学版)1991年第4期]等,都是通过系统论方法来解读古代作家作品的文章。如乔先之《简论文学系统原则与〈三国演义〉》认为《三国演义》中的人物性格总的说来是单一的和固定的,其社会系统质是颠倒混乱和不真实的。"从文学系统原则的角度看,《三国演义》产生致命缺陷的根本原因是硬要把历史与艺术这两种根本不同的系统捏合在一起",因此无论是从文学角度看还是从史学角度看,《三国演义》的人物塑造及其社会系统质都是不成功的。刘伟林《苏轼的美感心理系统论》从系统论方法全面考察了苏轼的文艺心理学内涵,认为苏轼的文艺心理学是内容全面、范畴丰富,且自成体系的,它包括艺术观察、艺术构思、艺术传达和审美心境等方面的阐述,这些可统称为美感心理系统论。这种系统理论不仅指向审美美感心理系统,也包含了创作心理系统,因为创作也需要并产生美感心理。

四是对民族文学进行系统分析。如覃光广、冯利《它山之石,可以攻玉——将现代系统论方法引入民族文学研究的断想》认为民族文学研究可以从系统论的一些基本原则入手来进行探讨,包括整体性原则、综合性原则、有序性原则和动态原则。[①]

除了上述单篇文章外,还出现了一些运用系统论研究古代文学的著作,以林兴宅《艺术魅力的探寻》、周书文《中国古典小说现代观》两书为代表。林兴宅《艺术魅力的探寻》[②]运用有机整体观念、多维联系的思维、动静态分析结合的方法,对艺术的魅力进行新的探寻和考察,"堪称

---

① 覃光广、冯利:《它山之石,可以攻玉——将现代系统论方法引入民族文学研究的断想》,《西南民族学院学报》(人文社会科学版)1985年第4期。

② 林兴宅:《艺术魅力的探寻》,四川人民出版社1985年版。

'系统论'在文学研究中的成功尝试"①。作者先对艺术魅力的本质、静态、动态和群体等各方面进行了理论阐释,然后以系统理论对艺术魅力的探寻方法进行了分析,最后通过《诗经》中的《蒹葭》《将仲子》、屈原《离骚》、曹操《短歌行》(之一)、宋之问《渡汉江》、陈子昂《登幽州台歌》、王之涣《登鹳雀楼》、李白《早发白帝城》、柳宗元《江雪》等具体作品的例证分析,表明系统方法论在艺术魅力探寻中的重要作用和意义。周书文《中国古典小说现代观》一书以"系统辩证法作为全书的理论支架","力图依照系统辩证观念,以当前小说创作实际为参照系,对中国古典小说的丰富创作经验进行梳理,筛选与审美基础,并选择我国古典小说发展的成熟时期,能反映我国古典小说丰富创作经验的明清小说名著为重点,分别从民族特性、艺术思维、形象塑造、艺术表现、艺术评点五大方面,进行全书的建构运筹与理论探索"。(《后记》)②

总而言之,强调研究对象的整体性和系统性是系统方法论的突出特点,因此系统论对于古代文学的历时性发展和共时性联系的研究具有突出优势和作用。

相对系统论来说,"老三论"中信息论和控制论的讨论和运用则要冷清许多,在古代文学研究领域更是如此。所谓信息论就是指用概率论和数理统计方法,从量的方面来研究系统的信息如何获取、加工、处理、传输和控制的一门科学。把信息论方法运用到文学研究上,就是对文学进行信息解码研究,从而分析文学内部的各种信息构成。总的来看,信息论分析主要运用在文艺学研究上,如陈辽《漫谈文艺信息》(《文汇报》1984年2月18日)、《信息与当代文学评论》(《文艺评论》1984年第2期)、《文艺信息学》(《当代文艺思潮》1985年第1期),朱立元《重要的信息反馈器》(《文汇报》1984年8月7日),鲁萌《诗歌的信息系统概论》(《当代文艺思潮》1984年第4期),陈伟《文艺作品的符号是怎样表达

---

① 吴光正、李舜臣:《"方法论探索"、"宏观研究"与古典文学研究的转型》,《文艺研究》2010年第12期。

② 转引自缪俊杰《用系统论研究古典小说的可贵尝试——周书文〈中国古典小说现代观〉序言》,《当代文坛》1992年第5期。

信息的》(《学术月刊》1984年第5期)，李永生《城市文学与信息时代》(《城市文学》1984年第8期)，蔡运桂《信息论与文学创作》(《华南师范大学学报》1986年第4期)等论文，代表了文艺研究领域运用信息论分析的主要成果。而以信息论分析运用于古代文学研究领域的论文则很少，雷学军《从信息论看中国古代诗歌》[①]即是其中较有代表性的一篇。作者将文学创作看作一种形式的信号（思想）变换成另一种形式的信号（语言、文字等），而中国古代诗歌则是以文字为通信工具，以汉字为编码符号。因此，作者从编码特点、潜在信息系统、噪声干扰等问题来解读中国古代诗歌。这种把自然科学的陌生理论与古代诗歌中的概念一一对应，认为诗歌即是传达一种信息的研究，明显忽略了文学本身的美感特质，是运用信息论对文学作品进行机械化解析的研究。

所谓控制论是指研究系统的状态、功能、行为方式及变动趋势，控制系统的稳定，揭示不同系统的共同的控制规律，使系统按预定目标运行的技术科学。控制论在文学研究上的讨论和运用比信息论还要冷清，主要集中在文艺学研究上。如黄海澄《从控制论观点看美的客观性》(《当代文艺思潮》1984年第1期)、《从控制论观点看美的功利性》(《当代文艺思潮》1984年第3期)、《控制论的美感论》(《文艺理论研究》1985年第4期)，陈飞龙《文艺控制论》(《光明日报》1985年3月28日)、《文艺控制论初探》(《文艺研究》1986年第1期)，紫川《运用控制论研究文艺与美学》(《文艺研究》1985年第3期)，彭晓丰《控制论形式的创新——来自自然科学的启示》(《当代文艺探索》1985年第3期)，朱丰顺《试论控制学论及其在文艺学中的运用》(《天津社会科学》1987年第2期)等论文都是探讨控制论与文学或文学创作的关系问题。古代文学研究对控制论的运用几乎没有，1989年第1期《周易研究》上刊载了一篇劳维斯·贝拉著、林忠君译的《〈易经〉中的控制论》论文，文章探讨了《易经》的各种符号组合与控制论之间的关系。

比起"老三论"来，"新三论"在文学研究上的讨论和运用显得更

[①] 雷学军：《从信息论看中国古代诗歌》，《江汉论坛》1986年第4期。

少。其中,只有耗散结构理论较受关注。所谓耗散结构论就是探索耗散结构微观机制的关于非平衡系统行为的理论。"一般系统论属于一般常规研究,可以揭示平衡态的有序化,耗散结构却着重研究远离平衡态的系统的有序化,在理论上比一般系统论前进了一大步。"[1] 刘再复《论人物性格的二重组合原理》(《文学评论》1984 年第 3 期)、丁宁《耗散结构和艺术创新》(《当代文艺思潮》1984 年第 6 期)、姚文放《耗散结构与美的逻辑行程》(《当代文艺思潮》1986 年第 1 期)、丁和《耗散结构论对文学研究的启迪》(《社会科学》1986 年第 12 期)等论文都是文艺学研究对耗散结构理论的具体运用。其中以刘再复《论人物性格的二重组合原理》一文最著名,该文以耗散结构理论对人物性格进行分析,从而提出了二重组合原理。这一观点在学术界引起了广泛的讨论。古代文学研究对耗散结构理论具体运用的,如姜超《论潘金莲》(《学术界》1988 年第 3 期)一文。作者运用耗散结构理论,将王熙凤与潘金莲进行比较分析,认为两人有相似之处,王熙凤和潘金莲都注重在能量耗散中取得满足。但由于两人在各自大家庭中的地位相差悬殊,所以客体条件却大不相同,"王熙凤的精力不仅有向权力方位耗散的条件,也有向金钱方位耗散的机会,更有向性欲方位耗散的方便";而潘金莲"她所有的精力只能全部耗散在性欲上",这就注定了她的悲剧命运。

协同论与突变论在文学界的专门讨论及运用很少见,就笔者考察,在方法论热最盛的 1985—1986 年,也仅见到丁宁《论审美趣味自组织的协同性》(《当代文艺思潮》1985 年第 2 期)一篇论文。古代文学研究中基本上没有涉及这两种新方法论。

综上所述,"老三论"比"新三论"更受关注和广泛讨论,以系统论最为突出。"三论"的理论都属于自然科学领域,内容深奥难懂,与文学相隔较远。相对来说,系统论的内容更易于理解,且与文学考察的范围有较多的重叠之处,因而更多地受到文学界的讨论和运用。新、老"三论"作为新方法论对于文学研究来说,确实具有开阔视野、拓展思维的学术之功效,但就实际成效来看,除了系统论方法之外,其他方法

---

[1] 张世君:《文学批评方法与实践》,西南师范大学出版社 1989 年版,第 231 页。

基本上没有取得标志性成果。因此，总体上来说，"三论"运用的实际成果不多，且有明显的牵强附会之处，是一次不成功的文学理论与方法运用的实验。

新理论和新方法运用的成败得失，对古代文学研究而言，都具有借鉴意义。20世纪90年代之后，面对古代文献及典籍的电子资源化大潮，古代文学研究者开始运用信息技术，通过字词量化、检索统计等研究方法，才真正找到了古代文学研究与新方法的结合点，这与80年代新方法论的洗礼不无关系。经历过早期的实验性的方法热，面对西方文艺理论、自然科学研究方法时，学者们有了自信和定力，才能从古代文学本身出发，选用恰当的方法和理论。古代文学研究也正是在这样的过程中，逐步走向成熟、理性。

第五节 "新方法热"的消退与转化

"新方法热"于1985年臻于高潮，自1988年后，学术界兴起了一场对于新时期以来古代文学研究的阶段性反思活动，许多刊物，如《文学遗产》《古典文学知识》《文学评论》等发表了一些反思性的文章，至1989年伴随着古代文学研究的反思而趋于消退。然而新方法热消退之后，新方法论的学术研究却未完全消失，并且走向了转化与重构之路。一方面，新方法论中原有的一些方法在新的学术实践中不断得以完善；另一方面在新方法论的基础上通过与其他方法论的交融而得以重构。

一 "新方法热"的反思与消退

在1988年后学术界兴起的这场反思活动中，学者们既肯定了新时期以来古代文学研究所取得的成就，同时更反思了研究所存在的缺点，特别是对风头正盛的新方法热进行了强烈的批评。如胡明《古典文学研究的现实危机和暂行出路》就对新方法热批评道："生硬地套用，机械地照搬，抓其一点，不及其余，主观武断地将中国古典文学的足往他的新理论的鞋里塞，强行套合系缚"，"我们实在没有勇气相信从《楚辞的意识流》、

《〈文心雕龙〉的信息处理系统与控制程序》（附图表若干）、《韩愈散文的结构主义特色》等等诸如此类的研究文章中能望见照亮中国古典文学研究出路的希望之光"。① 葛兆光《关于古典文学研究的随想》也批评道："'宏观研究'本身无可非议，但审视之下，许多所谓'鸟瞰'、'俯视'的角度、观念甚至论证方式都是随着'文化热'的兴起而贩来的。"新方法热"来得太快太猛，却掩盖了自身理论贫乏、概念模糊等缺陷，没有系统而周密的理论准备、没有细致而丰富的资料积累、没有严格与清晰的分析程序，因此，几个建立在直觉印象上的词语便在那种情绪与热情的涌动中加班加点地使用甚至越俎代庖地使用，几个令人感到陌生得凛然生畏的新概念则大换血式地或贴标签式地取代了旧概念"，而实质上，新概念下面"掩藏的依然是那些旧面孔"。② 此外，如徐公持《提高研究素质是唯一出路》（《文学遗产》1989年第1期）、何满子《卑之无甚高论的研究方法观》（《辽宁大学学报》1988年第3期）、郭英德《古典文学研究的两难心理与多元选择》（《文学遗产》1988年第5期）、王英志《基本功·传统方法·新方法——古典文学研究管见》（《古典文学知识》1988年第4期）等文章也对新方法热进行了不同程度的批评。新方法热正是在这种批评和反思下而走向了消退。

"新方法热"消退有着多重原因，其中最主要的就是自然科学的新方法论与文学的研究对象两者之间由于学科属性的异质和思维方式的不同而不能找到有效的契合点。早在新方法热高潮之时，就有研究者对此提出批评。如李心峰在1985年10月在武汉召开的文艺学方法论学术讨论会上批评道："不能同意用自然科学的方法解决作为社会意识形态的文艺和美学问题。这种做法错在根本无视矛盾的特殊性。"③ 后来，何满子也指出："技术科学、管理科学等的新发现是要深刻地影响社会生活的，以生活为中介，它们也要影响以美学法则表述社会关系的文学；正如生物学、遗传

---

① 胡明：《古典文学研究的现实危机和暂行出路》，《文学遗产》1988年第3期。
② 葛兆光：《关于古典文学研究的随想》，《古典文学知识》1988年第4期。
③ 李心峰：《深入探讨方法论，努力发展文艺学——武汉文艺学方法论学术讨论会综述》，《文艺研究》1986年第1期。

学之与人类社会生活有关,通过社会关系而间接地影响于文学一样。但无视了社会关系的中介作用的左拉式的自然主义,无疑将引导文学进入邪路,历史早已作出了结论,应当可作'新自然主义'的前鉴。"① 周来祥还对此作了较为深入的分析,他说:"现代自然科学方法是横断科学方法,是共时态的,因而缺乏一种历史感。在这一根本问题上,恰恰显示出逻辑与历史相统一的辩证思维的最大优势,相比之下,更露出现代自然科学方法的弊端。当然系统论也讲动态,但不是指一个系统的过去、现在和将来,不是指系统与系统之间的转化和发展,它缺乏这样一个历史视野。从热力学第二定律到普利高津的耗散结构,虽然也考察了封闭系统由有序到无序和开放系统由无序再到有序的运动过程,甚至这个过程与美和艺术发展的三大历史形态(即从和谐、有序的古典美,发展到近代对立、无序的崇高,再发展到既对立又有序的新型的美)是近似的,同形同构的,但也仅于止于形式上有共同性。而一谈到美和艺术三大历史形态的美学性质、社会内容及其形成、发展和更替的根据、条件和规律,耗散结构理论就完全无能为力了。"② 再加上人文学者对自然科学的知识缺陷,就更增加了新方法论与文学研究结合的难度。鲁枢元指出自己退出文艺心理学研究的原因就"在于觉得自己心理学的底子很薄,研究很难深入下去"。③

其次,由于新方法论是来自自然科学领域,它的广泛运用必然压缩甚至消除了对文学之所以为文学的本质特征的研究和探讨。早在1985年几次方法论的学术会议上就有不少学者对此提出了批评。如在厦门全国文学评论方法论讨论会上,吴亮指出:"文学艺术作为一种特殊的精神产品,它把握世界的方式是直观的、审美的。纯理智、纯客观地观照审美对象,不但不能发现美,反而会破坏美感。"鲁枢元认为:"感情不能完全由理性来代替,艺术的一个重要功能就是调节补偿人们的感情。把握艺术对象最好在思索、观察的基础上以顿悟的方式进行。"陈思和也认为:"方法

---

① 何满子:《古代文学研究方法随想:在一次学术讨论会上即兴发言追录》,《社会科学评论》1986年第4期。
② 周来祥:《现代自然科学方法和美学、文艺学的方法论》,《文学评论》1986年第4期。
③ 晓静:《文艺心理学学科建设回顾与反思》,《社会科学报》2006年5月18日。

论不是抽象的,而是与一定的人生观、文学观联系在一起的;新方法的运用不是有利于文学观念的革新和进步,就不能算是好方法,也没有生命力。"① 在扬州文艺学与方法论问题学术讨论会上,刘小枫指出,文学研究具有自身的特点,是关于人生的问题,而这是"不能靠自然科学来解决"的,急切的对自然科学的引进汲取实际上是一种饥不择食的现象。徐贲则认为新方法论的讨论中"要警惕科学主义、实证主义的倾向,……自然科学不能揭示文学的本质,不能揭示文学的价值,作不出审美判断。……因此不赞成那种附庸于哲学和自然科学的文艺批评"②。后来,反思者也指出:"那种生硬地、简单地把自然科学的研究方法引入古典文学研究的做法,诸如机械地运用定量分析方法来肢解活生生的艺术形象,就完全离开了研究者的艺术感染力与审美直觉,亦不顾文学艺术的审美特征,这种新方法是倒人胃口的。"③ 参与新方法热的研究者也自我反思道:"由于缺乏对具体问题的细致研究,许多著述不是流于对已有文艺理论体系的描述和解释,就是止于对文艺心理学理论的模拟和照搬。……在应用层次上用心理学的基本范畴和理论去套文艺心理学,尽管起初也能给人一点新意,但文艺本身却没有得到进展,因为文艺并没有真正摆在对象的位置上。""用研究人的一般心理的普通心理学去把握属于特殊心理的文艺心理现象,其结果或者是把握不了,或者是极为粗疏,缺乏科学性。"④ 这种与文学本质特征背道而驰的研究方法自然难以得到文学研究实践的检验和认可,因此"新方法热"消退是必然的。

再次,新方法论作为古代文学研究的新手段并没有带给学界多少具有说服力的研究成果,特别是缺乏那种能够经得起实践检验的学术成果,这必然会广泛引发对新方法论运用于古代文学研究的合理性与实效性的质

---

① 晓丹、赵仲:《文学批评:在新的挑战面前——记厦门全国文学评论方法论讨论会》,《文学评论》1985年第4期。

② 钱竞:《欲穷千里目,更上一层楼——记扬州文艺学与方法论问题学术讨论会》,《文学评论》1985年第4期。

③ 王英志:《基本功·传统方法·新方法——古典文学研究管见》,《古典文学知识》1988年第4期。

④ 杨文虎:《1989年全国文艺心理学研讨会综述》,《文艺理论研究》1989年第6期。

疑。纵观20世纪80年代中期的研究趋势可知，新方法热作为一种学术思潮确曾引领时代风气，但在具体的学术研究实践上却没有起到很好的示范作用，一方面，运用新方法论的文学研究往往削足适履、生搬硬套；另一方面，研究者对自然科学的具体理论也往往是一知半解，甚至是根本不懂，只是道听途说而已，因而新方法论运用起来就食而不化，或东施效颦。所以，胡明批评道："生硬地套用，机械地照搬，抓其一点，不及其余，主观武断地将中国古典文学的足往他的新理论的鞋里塞，强行套合系缚。"葛兆光则认为："几个令人感到陌生得凛然生畏的新概念则大换血式地或贴标签式地取代了旧概念。"徐公持也指出：新方法的运用"只在几个概念上绕圈子，或抛出几个新名词，与古典文学中的实际问题联系不起来"。① 因此，古代文学研究的新方法论运用，大部分是为求新而求新，并没有产生能够成为学术研究典范的重要论文和著作，与方法论兴起之际人们的预期相比，显然相去甚远。这样的事实使人们清楚地认识到方法论在古代文学研究中的局限性，从而打破了对新方法论的推崇和膜拜。

最后，新方法论的消退除了其自身的种种缺陷外，也与当时外在的学术背景有着密切的关系。20世纪80年代末期，学术界进行了反资产阶级自由化的批判，其中检查整顿《文学评论》是其典型事件。"《文学评论》这几年在办刊物方向上存在问题，刊登的一些文章违反四项基本原则，宣扬资产阶级自由化思想。这些文章论及的问题和角度不同，但都有一个共同点，那就是对马克思列宁主义毛泽东思想，对辩证唯物主义与历史唯物主义的基本原理，对我国优秀的文化传统、革命文艺运动和社会主义文艺成就表示轻视、冷漠，以至妄加批判和否定。相反，对西方资产阶级的东西一味地兼收并蓄，奉为旗帜、法宝。这些文章以资产阶级的观点作为价值尺度，混淆了是非美丑，陷入了民族虚无主义的泥坑。"② 而新方法论一直就存在着"与马克思主义认识论、方法论对立，从而否定马克思主义的后果"③ 的质疑。在这种背景下，学术思潮也由张扬激进转为内敛深

---

① 徐公持：《提高研究素质是唯一出路》，《文学遗产》1989年第1期。
② 闻岩：《文学研究所召开座谈会检查、整顿〈文学评论〉》，《文学评论》1989年第6期。
③ 张连第：《中国古代文学理论学会召开第四次年会》，《文学遗产》1985年第4期。

沉，而古代文学研究的传统方法又再一次得到提倡和发扬。有研究者指出："传统方法是人们在长期的科学研究工作中形成的，历史证明它仍是行之有效的，许多前辈著名学者的学术著作都是铁证，可以说，没有传统方法亦就没有今天的文化成果，这是无庸雄辩的"，"对于传统方法，我们应该努力创造性地运用，使其获得新的生命力，而不是虚无主义地抛弃"。① 与此同时，一些刊物也转变其用稿导向，如《文学遗产》在此后"很少再发表前些年流行的仅仅从哲学和文论的范畴、概念出发，全面解释文学史和文学理论史发展规律的文章。而希望提倡一种把文学理论研究，与对文学创作、文学流派等文学史中丰富现象的研究密切结合在一起的研究方法"。② 在这种学术背景下，新方法论自然也就缺失了其生存空间，再加上自身的学术缺陷，"新方法热"作为引领时代的学术思潮也该自然悄然退场了。

"新方法热"消退固然有其内外的种种原因，但作为曾经引领时代风气的学术思潮，我们不能全盘否认它对古代文学研究的历史作用和意义。第一，新方法论作为来自自然科学研究的方法论，它强调理性逻辑和科学主义，有着学术研究的严谨性和科学性，这对于持续修正因政治取向所带来的主观随意和臆测武断的庸俗社会学范式具有重要的学术意义。它不仅使古代文学研究进一步摆脱了庸俗社会学和"左倾"意识形态的影响，而且使学术研究进一步获得了独立于政治之外的学术地位。正如徐公持所指出："政治权力对学术的专横干涉总的来说已被排除，同时过去长期盛行的机械唯物论、庸俗社会学、政治实用主义的极左思想和伪理论，市场正逐渐缩小。"③ 第二，新方法论是新时期以来古代文学研究继美学范式之后的第二次学术研究范式转型，进一步促进了新时期古代文学研究走向多元化，使学术研究真正走向了"百家争鸣，百花齐放"的局面。陈伯

---

① 王英志：《基本功·传统方法·新方法——古典文学研究管见》，《古典文学知识》1988年第4期。
② 王毅：《近年来〈文学遗产〉发表有关古代文学理论成果简述》，《〈文学遗产〉纪念文集》，文化艺术出版社1998年版，第106页。
③ 徐公持：《提高研究素质是唯一出路》，《文学遗产》1989年第1期。

海就回顾和评述道："八十年代'方法热'之中，一些过于热心的提倡者所犯的一个错误，便是唯'新'即好，其他不在话下，……撇开这一点。他们的倡扬、介绍和实验自应受到欢迎，因为研究方法总是愈多愈好，多了便有选择的余地，而试验过程中的幼稚和失败本属当然，是需要精心扶植而无须严加谴责的。"① 第三，新方法论拓展了古代文学研究的新视野，开拓了古代文学研究的新格局，对此后的古代文学研究产生了深远的影响。新方法论虽然在古代文学研究的学术实践上没有多少可以经得起时间检验的学术成果，但在古代文学研究的学术视野拓展和学术格局拓新上功不可没。可以说，后来的古代文学研究基本上是在包括宏观研究在内的新方法论所开拓的新格局中继续前行的，包括古代文学的整体研究、文体演变研究、作家群体研究、文学现象研究、文学传播与接受研究、文学与文化关系研究等，都可以在新方法热潮中看到其先行的实践轨迹。新方法论，特别是宏观研究思潮和系统论，往往注重研究的时间贯通意识、空间拓展意识、文学与文化综合考察意识，这就大大地突破了此前只重单个作家作品的研究。即便是美学范式考察的对象，也往往只注重个体性，而相对忽略整体性和系统性。总之，尽管新方法论自身的实践成果不多，但对后来的古代文学研究影响深远，具有重要的学术开拓与创新性。对此我们应予公正的评价和肯定。

二 新方法论的转化与重构

"新方法热"消退之后，需要同时进行历史总结与向前探索的结合。关于前一方面的工作，以吴光正与李舜臣《"方法论探索"、"宏观研究"与古典文学研究的转型》（《文艺研究》2010 年第 12 期）与王兆胜《新时期以来中国文学研究的理论与方法》（《兰州学刊》2016 年第 1 期）两文为代表。前文认为 20 世纪 80 年代中后期古典文学界兴起的"方法论探索"与"宏观研究"热潮，是文化界掀起的气势磅礴的思想解放运动在本学科领域的回响。虽然这两次学术热潮，由于研究者自身的学术积淀、大的文化气候的变迁等复杂原因，没有留下多少经典性的成果并滋生了一

---

① 陈伯海：《二十世纪中国文学史学之检讨》，《江海学刊》1998 年第 1 期。

些不良的学风而广为学界所诟病；但不可否认的是，它们革新了数十年的研究方法，扩大了研究视野，重新调整了研究格局，确立了多元化的价值取向，古典文学研究因此而实现了艰难的转型。回顾这两次颇具革命意义的学术思潮，给我们的启示是：新方法、新理论虽不能"点铁成金"，却常常是摆脱困境、开拓学术新境的重要途径。该文在总结"新方法热"消退的内外原因后谈到进入20世纪90年代后，学术风气逐渐由激进转向内敛，由躁动转为深沉，从而更能冷静地反思新时期以来古典文学研究的得失功过。1992年，傅璇琮等人则撰文指出："我们认为目前很有必要大力提倡脚踏实地的研究方法和学术作风。与其用中国古典文学现象去证明某些似乎无须证明的理论，不如扎扎实实地从纷繁复杂的中国古典文学现象中归纳总结出某些带有规律性的东西，在此基础上，对古典文学学术的历史演进作出宏观的把握和具体的分析。"① 基于这样的背景，很多学者逐渐从当年亢奋的情绪中冷静下来，致力于学术史的梳理和学术规范的整饬。更多的学者转而关注中国文学自身的叙事传统和抒情传统，并进而重新梳理文学史的历史进程，文学的文化研究、文学的编年研究、文学的地理研究、文学的家族研究、文学的文体研究、文学的媒介研究、文学的制度研究、文学的传播研究、文学的经济研究、文学图像学研究，蔚然兴起。该文最后的结论是：百余年的古典文学研究史表明：学术生长点的培育、学术新境的开拓，新方法、新理论往往起到了"导夫先路"的作用。后文认为改革开放以来的新时期，是中国文学研究理论变革与方法论创新的黄金期。通过向西方大胆借鉴各种理论与方法，有助于文学研究解放思想、强化创新、拓展视野、深化思考。其得者集中体现在以下三个方面：第一，各种西方概念、理论、方法的引入和借鉴，极大地丰富和推动了新时期以来中国文学研究的广度和深度。第二，在理论与方法上表现出来的思想解放和探索精神，为新时期以来中国文学研究注入了强大动力和鲜活的生命力。第三，西方理论与方法的花样翻新，对新时期以来中国文学研究的创新意识具有重要的启示意义。其失者也同样有三个方面：其一，复

---

① 傅璇琮、郭英德、谢思炜：《关于中国古典文学学术史研究的思考》，《文学评论》1992年第3期。

制式的罗列堆积，使文学研究丧失了基本的价值与活力，这在硕士、博士学位论文和一些年轻学者的著述中表现得尤为突出。其二，无条件的生搬硬套，使文学研究变成贴标签式的机械、呆板和教条。其三，原创性研究太少，势必影响和降低中国文学研究的层次与水平。有鉴于此，未来的中国文学研究在理论和方法上，应确立中国文化与文学的自觉自信、打破固化的理念与模式、强调中国智慧，从而建构和形成属于自己的理论话语及其方法论特色。[①]

关于新方法热消退之后的历史总结，我们还可以从黄毅、许建平所著《二十世纪中国古代小说研究的视角与方法》之类百年反思的学术论著中得到有益的启示。此书旨在通过对20世纪中国古代小说研究历史的梳理，分析各种研究视角与方法的得失。一方面，力图运用现代文艺理论来重新评价传统的小说研究方法；另一方面，则以小说研究的实践来检验现代文艺理论的科学性和有效性，从而为今后的学术研究提供参照与借鉴。全书分上、下两编。上编为"综论篇"，探讨20世纪中国古代小说研究的文献学、社会学、形式分析、经济学等主要视角与方法；下编为"个案篇"，以最能体现一个世纪小说研究全貌与视角方法转换历史的《红楼梦》研究为个案，具体考察分析了红学史上曾出现的10种研究视角与方法，分别为：索隐派的视角与方法、理论批评派的视角与方法、考据派的视角与方法、文本分析派的视角与方法、文献学的视角与方法、社会学批评的视角与方法、形象论析派的视角与方法、文化学的视角与方法、形式分析的视角与方法、比较研究的视角与方法等。[②] 而据高淮生进而借助信息技术的准确统计与分析表明，这些方法与视角在新时期红学三十年的学术研讨中被广泛应用，同时一些新的方法与视角被不断应用于红学研究过程中来，[③] 总计达38种之多，的确已形成新旧方法相互交融与多元发展之局面。在总量为1674篇论文的排序中，居于前四位的依次为：文献研

---

① 吴光正、李舜臣：《"方法论探索"、"宏观研究"与古典文学研究的转型》，《文艺研究》2010年第12期。
② 黄毅、许建平：《二十世纪中国古代小说研究的视角与方法》，复旦大学出版社2008年版。
③ 高淮生：《〈红楼梦学刊〉三十年述论》，《红楼梦学刊》2010年第5辑。

究（557篇）约占34%、形象论析法研究（115篇）约占7%、文化研究（114篇）约占7%、比较研究（110篇）约占7%。四者相加约占55%，超出使用各种理论方法与视角研究的论文总篇数的一半多。然后依次为：语言研究（84篇）占5%、叙事研究（81篇）占4.8%、美学研究（60篇）占3.58%、哲学研究（53篇）占3.16%，总计278篇次，占比为16.61%。鉴于《红楼梦》的经典性与红学的典范性，因而上述应用于红学的诸多研究方法也从一个侧面反映了古代文学方法体系的多样性乃至庞杂性。

另一方面，是在前人基础上对方法论的继续探索与建构，自20世纪90年代自今，直接以"方法论"命名的即有王钟陵《文学史新方法论》（苏州大学出版社1993年版）、钟优民《文学史方法论》（时代文艺出版社1996年版）、张伯伟《中国古代文学批评方法研究》（中华书局2002年版）和《20世纪中国古代小说研究的视角与方法》（复旦出版社2008年版）、赵敏俐《文学研究方法论讲义》（学苑出版社2011年版）、李浩《中国古代文学研究方法导论》（高等教育出版社2011年版）、李天纲《文学史方法论》（上海社会科学院出版社2017年版）等。王钟陵、钟优民、李天纲三书都重在文学史方法论的探讨，王著继续采用新方法论来探索文学史的新建构，明确提出"更新文学史研究的四项原则"：史的研究就是理论创造；整体性的三个层次；建立一个科学的逻辑结构；从民族文化—心理动态的建构上把握文学史进程。这四项原则充分吸收和运用了"新方法热"中诸多方法论，诸如宏观研究、文化心理学等。张伯伟、赵敏俐、李浩三书则致力于古代文学研究方法的系统总结与探讨。张著分内、外两篇。内篇探讨古代文学批评方法的内在精神，归纳为儒家思想影响的"以意逆志"法，受学术传统影响的"推源溯流"法，受庄禅思想影响的"意象批评"法，并以此三种最能体现传统文学批评方法精神的方法为支柱，构成中国古代文学批评方法的独特结构。外篇探讨古代文学批评的外在形式，选择了六种最具民族特色的批评形式加以探讨。作者写作此书的基本目的，就是通过对古代文学批评方法的整体把握与研究，一方面将其隐而未彰的体系重显出来，另一方面也将这一体系不断完善、丰富的历史呈现出来，并在重显与呈现的过程中，揭示中国古代文学理论的民族特色和现代意义。后两书都有教材的功能，旨在建立适应现代大学教育的古代文学研究方法论体系，从而使古代文学研究方法成为一套可以学习、传授和交流的知识谱系，以指导学生的相关学习和研究实践。以上三书都有回归传统、回归规范的指向与意义。

  总而言之，"新方法热"与新方法论是两个不同的概念，前者兴起于20世纪80年代中期，应时而生，蔚为新潮，却在饱受争议中迅速消退；而新方法论则始终充满学术生命力，因而始终值得借鉴与吸取。从学脉传承与演变观之，"新方法热"的学术主潮一分为三。一是从自然科学与人文社会科学的融合走向古代文学研究的信息化与智能化。二是从文学在人文社会科学内部的相互融合而走向跨学科研究。跨学科研究既是一种理念，也是一种方法。三是承续新方法热引入模糊理论、文艺心理学、接受美学、结构主义、符号学走向叙事学、阐释学、传播学、译介学、地理学、图像学等新方法论的融合与集成。所以消退的是新方法热，而成长的却是新方法论，前者发挥了"导夫先路"的作用，而后者则更具能量转化与重构的功能。

第 七 章

古代文学研究与文化批评

  20 世纪 80 年代的"文化热"发端于 1982 年,至 1985 年达到高潮是继"美学热""新方法热"之后的第三波学术主潮。西方外来文化的大力引进和介绍,传统文化的广泛弘扬和讨论,共同造就了文化研究的空前繁荣局面,也由此迅速带动了古代文学文化研究的勃然兴起与"文化批评"的理论建构以及跨学科研究的全面拓展。在"文化批评"的文学—文化本位两向维度展开过程中,具有回溯本原意义的神话—原型批评首先因时而兴,成果丰硕;同时于民俗文化与制度文化两个层面开疆拓土,与时俱进,充分印证了"礼俗对应"或者说"大""小"传统呼应的学理逻辑;当然,最终也是最为重要的则是归结于文学—文化精神之研究。新方法论与文化研究之所以在 80 年代中后期完成新旧交替与学术接力,有其内在的合理性与必然性。文学作为文化的重要组成部分,深深根植于文化土壤与基因之中,有什么样的文化土壤,就有什么样的文化形态;有什么样的文化基因,就有什么样的文化精神。所以,新方法论之被文化研究所取代,不但是对新方法论研究本身的一种超越——以此避免自然科学理论与文学批评实践之间的扞格之弊,而且能够对古代文学所表现的文化形态和蕴含的文化精神进行更加深入的探讨与研究。与新方法论所不同的是,文化研究自 80 年代中后期走向兴盛之后一直延续至今,在持续推动古代文学的文化阐释与跨学科交融与创新方面取得了丰硕的学术成果,可见其强大的学术生命力。然而由文化本身内涵的泛化而带给古代文学研究的"泛文化"化，则又充分显示了古代文学文化研究的内在缺陷。

第一节 "文化热"与文化批评

"文化热"激发于中国当时特定的社会阶段与环境，而文化学与文化理论则纯粹引进于西方。文化批评作为从西方引进而广为流行的重要概念，有狭义和广义之别。广义的文化批评主要是指以文化学理论和方法来研究文学，或借助文学文本来研究文化，即通常所说的"文化研究"；狭义的文化批评属于文学批评的范围，主要指在第二次世界大战之后兴起的一种文学研究方式，是文学批评诸方法的一种，亦即文学的文化批评。这里所说的"文化批评"以狭义为基础，同时常常包含了广义的内涵，所以可与狭义的"文化研究"概念通用。文化批评一方面为古代文学的文化研究提供理论支撑，另一方面又为古代文学的文化研究提供方法借鉴，两者一同促进了古代文学文化批评的兴起和繁荣。

一 "文化热"的兴盛与影响

"文化热"之兴始于1982年。钱学森在《中国社会科学》1982年第6期发表了《研究社会主义精神文明财富创造事业的学问——文化学》一文，率先倡导建立文化学这一新兴学科。文章认为整个社会主义事业的建设既包括社会主义物质文明的建设，还包括社会主义精神文明的建设，而要建设好社会主义精神文明就有必要建立一门研究精神财富创造事业的新的社会科学——文化学。文化学是组织管理精神财富创造事业的专业基础理论，是一门综合性的科学。

同年12月，《中国文化研究集刊》和联合国教科文组织《人类科学文化史》中国编委会，共同发起"中国文化史研究学者座谈会"，座谈会对文化与文明、文化史的对象与范围、文化形态诸问题、中国文化传统的估计、中外文化的交流、文化中心、文化的研究方法等进行了热烈的讨论，提出了研究中国文化的紧迫性。① 这就进一步促进了新时期人们对于文化研究的关注和重视。

至1985年前后，"文化热"趋于高潮，有关文化方面的学术组织、学术会议和学术出版物等，犹如雨后春笋般地出现。②

（1）学术组织。主要有中国社会科学院近代史所的近代文化史研究室，上海社会科学院哲学所的东西方文化比较研究中心，复旦大学历史系的中国思想文化史研究室，清华大学思想文化研究所，湖北大学历史系中国文化史研究室，北京师范大学的中西文化比较研究中心，复旦大学外文系和深圳大学中文系联合成立的比较文学研究中心，深圳大学国学研究所，山东大学传统文化研究所，山东社科院儒学研究所，浙江省社科院历史所吴越文化研究室，等等。

（2）学术会议。1982年12月，第一次中国文化史学术座谈会在上海举行；1984年8—9月，中国近代文化史讨论会在郑州举行；同年12月，东西方文化比较学术讨论会在上海举行；1985年4月，东西方文化比较研究协调会议在深圳举行；同年3月，中国文化讲习班在北京开班；1986年1月，首届国际中国文化学术讨论会在上海举行；1986年4月，中国孔子基金会和《孔子研究》编辑部联合主办的孔子、儒家和传统文化讨论会在曲阜举行；同年5月，东西方文化比较研究中心主办的第二届文化研究全国协调会在上海举行。此外，还在武汉举行明清文化史沙龙，参加者有武汉大学、湖北大学和华中师院的部分学者；在西安举行汉唐文化史研究座谈会，参加者为西安各院校相关人员；等等。

（3）学术出版物。各出版社纷纷出版各种文化丛书，如浙江人民出版社的"世界文化丛书"和"比较文化丛书"，上海人民出版社的"中国文化史丛书"和"文化新视野丛书"，中国民间文艺出版社的"文化

---

① 郑晓江：《中国文化研究热潮兴起的原因和前景》，《社会科学》1986年第4期。
② 相关数据统计来源于杨竞芳《中国文化研究述评》，《中共山西省委党校学报》1987年第5期；王和《传统文化与现代化——近年来中国文化研究概况述评》，《中国社会科学》1986年第3期；方克强《新时期文学人类学批评述评》，《上海文论》1992年第1期；朱维铮《中国文化研究的新进展》，《断裂与继承——青年学者论传统文化与现代化》，上海人民出版社1987年版。

哲学丛书",上海三联书店的"中国本土文化丛书",山东人民出版社的"文化人类学名著译丛",四川人民出版社的"走向未来丛书",辽宁人民出版社的"面向世界丛书",中华书局的"近代文化史丛书",生活·读书·新知三联书店的"现代西方学术文库"和"新知文库",等等。此外,一些文化研究的刊物相继创刊,如深圳大学的《国学季刊》。

在推进文化研究的进程中,以中国文化书院与"文化:中国与世界"编委会最为活跃,也最具学术含量,分别在中国传统文化的传播和西方外来文化的引进方面做出了突出贡献并产生了巨大影响。中国文化书院于1984年10月在北京成立,由冯友兰、张岱年、朱伯崑、汤一介等人共同发起,联合了北京大学、中国社会科学院、中国人民大学、北京师范大学、清华大学等单位及中国台湾、香港和海外数十位著名教授、学者共同创建的一个民间性质的中国传统文化研究和教学团体。其宗旨就是通过对中国传统文化的研究和教学活动,继承和阐扬中国的优秀文化遗产;通过海外文化介绍、研究及国际性学术交流活动,提高对中国传统文化的研究水平,并促进中国文化的现代化。自1985年至1989年,书院先后举办过中国传统文化等相关的讲习班、进修班等培训活动共20多期;编辑过《中国文化书院文库》,出版过《中国文化研究年鉴》《中国文化与文化中国丛书》《港台海外中国文化论丛》《魏晋南北朝思想文化丛书》等许多大型丛书;举办过多次大型学术会议,如1987年10月"梁漱溟思想国际学术会议",1988年10月"中日走向近代化比较研究国际学术讨论会",1989年5月"纪念五四运动七十周年国际学术讨论会"和"中国宗教的过去与现在国际学术讨论会",1990年12月"纪念冯友兰先生九十五诞辰国际学术讨论会",等等。[1] 中国文化书院的成立及其相关活动对于促进新时期中国传统文化的传播和研究起了重要作用和积极影响。

"文化:中国与世界"编委会在1986年底组成,编委会由中国社会科学院和北京大学部分青年学者组成,以甘阳、王焱、苏国勋、赵越胜、

---

[1] 《中国文化书院》,《孔子研究》2000年第6期。

周国平等为主力,同时包括刘小枫、陈来、阎步克、陈平原、陈嘉映等人。1986年12月10日《光明日报》刊登了编委会的第一次广告。广告声称:"为了适应当前文化开放的形势,有选择地引进有益我国现代化建设的国外学术文化,有成效地促进中西文化比较研究",因而成立了该编委会,其宗旨在于"促进中国学术发展,推动中国学术文化研究脚踏实地走向世界"。编委会决定联合生活·读书·新知三联书店出版《文化:中国与世界系列丛书》,丛书分三种:一种是《文化:中国与世界》集刊,意在为海内外学者深入研究中外文化提供学术园地;另两种是《现代西方学术文库》和《新知文库》丛书,有选择地译介国外重要学术文化成果,前者着重为专业工作者服务,后者面向广大读者。编委会对于新时期引进西方学术文化起了重要作用,两套文库翻译介绍了许多西方著名学者的学术著作,如尼采、卡西尔、胡塞尔、弗洛伊德、海德格、伽达默尔、阿多尔诺、弗洛姆、马尔库塞、哈贝马斯、马里坦、萨特、德·波伏娃、梅洛-庞蒂、利科、傅科、德里达、荣格、韦伯、曼海姆、加缪、马斯洛等西方学者的著作。

在中国文化书院和"文化:中国与世界"编委会两大文化组织核心主导下,整个80年代的"文化热"不断地走向高潮,进而涌现了文化研究的热潮,从而恢复了自新中国成立以来而基本中断的文化研究。

中国现代学术意义上的文化研究始于五四新文化运动,其中以《新青年》为阵地的新青年派影响最大,陈独秀、李大钊、鲁迅、胡适、吴虞、易白沙、高一涵等人是此派倡导者。与《新青年》相呼应的,还有《每周评论》《新潮》《学灯》《晨报副刊》等刊物,都是重在从中国社会现实出发研究中国文化,对比中西文化,从文化思想观念上探讨中国近代落后的原因和出路。与此同时,以刘师培、黄侃、马叙伦为代表的"国粹派"创办了《国故》月刊,以"昌明中国固有之学术"为宗旨;梅光迪、吴宓、胡先骕、汤用彤等人组成的"学衡派"创办了《学衡》杂志,以"论究学术,阐求真理,昌明国粹,融化新知"为宗旨;还有以章士钊为代表的"甲寅"派,都更加强调对中国传统文化的保存和宣扬。此外,还有许许多多的学者、教授、教育家、科学家和文艺家等,也加入了这场文化研究热潮当中。"从1919年至1949年,关于中国文化史的研究,共有 100 多种著作。"① "仅综合性文化史著作即有 50 多种，有关专题或断代的研究著作则更多。其中有顾康伯《中国文化史》，柳诒徵《中国文化史》，杨东莼《中国文化史大纲》和《中国文化的问题》，陈序经《中国文化的出路》《文化学概观》，陈安仁《中国文化演进史观》，林同济《文化形态史观》，钱穆《中国文化史导论》，吴世昌《中国文化与现代化问题》，张东荪《知识与文化》，张崧年《文化与文明问题》等。商务印书馆出版一套'中国文化史丛书'，共出 37 种，包括经学、理学、伦理学、政治思想、经济思想、考古学、金石学、民族学、俗文学、文字学、音韵学、绘画、陶瓷、婚姻、医学、算学、历法、田赋、商业等等，几乎无所不包。该馆出版的'大学丛书'，其中相当一部分也是有关学术文化的。"②

新中国成立后至 1979 年，由于历史的种种原因，文化研究基本停滞了，出版的文化研究著作寥寥无几。80 年代"文化热"兴起后又重新激发了文化研究的热潮。据不完全统计，自 1982 年起，报刊刊载文化研究的文章（不含译介的）呈逐年增长之势。1982 年有 23 篇，1983 年 46 篇，1985 年 73 篇，1986 年达到 100 多篇。③ 此后更是有不计其数的文化研究论文和论著出现。

80 年代的中国传统文化研究以对西方著名学者的文化思想和理论的介绍和阐述为参照，主要沿着两条线路进行：一是宏观的、整体的研究，讨论一般性的基本问题。（1）中国传统文化是如何产生的？（2）中国文化的核心精神是什么？包括哪些重要内容？有哪些不同于其他类型文化的特质？（3）中国传统文化的影响和输入采取过哪些做法？得到了怎样的结果？这些做法和结果对于我们今天有什么借鉴的意义？（4）如何看待中国传统文化在今天的表现和作用？应当怎样认识传统文化与马

---

① 王和：《传统文化与现代化——近年来中国文化研究概况述评》，《中国社会科学》1986 年第 3 期。

② 丁守和：《中国文化研究七十年》，《文史哲》1990 年第 2 期。

③ 朱维铮：《中国文化研究的新进展》，《断裂与继承——青年学者论传统文化与现代化》，上海人民出版社 1987 年版。

克思主义的关系？二是对一些较为具体的文化问题的讨论。其中以前者为主体。①

作为研究人类文化现象、行为与规律的综合性交叉学科，文化学研究力图打破传统学科的固定范围，贯通传统学科分类的科际疆界，具有交叉性、多元性、开放性与批判性等鲜明特点。80年代文化热对于古代文学研究的巨大影响，不仅在于为古代文学研究提供了一种崭新的理论视野与学术路径，而且强有力地推动了古代文学跨学科研究的全面拓展。

二 文化批评的理论建构

西方文化学理论是伴随1985年前后文化热而广泛和快速引入中国大陆的，而且呈现为外部引入与本土建构交互展开的特殊态势。1986年，冯利、覃光广在编译《当代国外文化学研究（译文集）》的"序"中指出："文化研究的热潮正兴起于中华大地。但是，迄今为止的文化研究，无论是总体上的理论探讨，抑或是具体的现象研究，都还处于初级的'呐喊'阶段。文化学研究的基础建设（理论方法与信息资料等）显得十分薄弱。"面对这种学术形势，"实行科学的'拿来主义'，是我们的一项当务之急"。因此，编者就"从国外文化学研究成果"中辑选了一些文章，以介绍给国人。② 与此同时，也有一些学者在引入和介绍西方文化学理论的同时开始思考如何开展本土化的理论建构与实践探索问题。如1988年周宪、罗务恒、戴耘在编译《当代西方艺术文化学》一书的"序"中提出了自己的学术理念："按照我们的想法，艺术文化学应从文化的全方位、大背景以及各种角度和分支来研究包括文艺、美学诸方面在内的艺术问题，从文化场中考察文学艺术，又从各门类的文学艺术中反观更为普泛的人类文化。换言之，基于这种文化的意识和视界，我们着眼于作为文化现象的艺术与作为艺术现象的文化，并且相信在这种意识和视界中文艺与美学的研究无可限量。"他们编选的28篇译文就是在这种理念指导下

---

① 王和：《传统文化与现代化——近年来中国文化研究概况述评》，《中国社会科学》1986年第3期。

② 冯利、覃光广编：《当代国外文化学研究（译文集）》，中央民族学院出版社1986年版。

分为三编：艺术文化学的一般理论、分支研究和批评实践。第一编构筑了艺术文化学的大体框架，第二编和第三编则展开了对"艺术总是处于某种文化关系中"以及"艺术是一种文化的意义载体"两方面命题的具体讨论。其中，第二编所选篇什涉及哲学、美学、人类学、社会学、心理学、语言学、传播学、考古学、民俗学以及自然科学。[①] 实际上，就在1986—1988年间，当一批西方文化研究、文化批评论著得以相继出版之时，即有诸多对这些文化研究、文化批评理论进行介绍与研究两相结合的论著问世。虽然总的来看还比较粗略，但毕竟已最大限度地缩短了通过引进、消化而走向本土化理论建构与实践探索的历史进程。

"文化批评"作为一种批评理论与方法是于20世纪80年代中期引入、至90年代以后衍为主要批评思潮的。以文化批评运用于文学研究，旨在揭示文学中所潜在的各种文化要素和文化意义，或者是在文化的视野下解释各种文学现象的发生与发展历程和规律，侧重于文学的"外部"即文学与社会、历史、文化、意识形态等关系的研究，这既是对文学作为修辞学式的"内部"研究的反拨，也是对文学内涵与意义的深层拓展。古代文学研究领域文化批评的引入与应用，同样经历了理论建构与实践探索的本土化历程。

1. 文化批评与文学批评。鉴于文化批评具有广义的近似于文化研究与狭义的具有文学批评属性的双重意涵，因而难免会引发"文化研究""文化批评"概念之辩以及文学、文化本位立场之争。陶东风曾在《论当代中国的文化批评》一文中就"文化研究""文化批评""文学批评"三个概念作了如下辨析：

> 如欲阐述文化批评与文学批评的关系，首先必须对"文学批评"、"文化研究"、"文化批评"这三个概念之间的关系进行必要的分梳。在西方与中国，对文化研究与文化批评一般是从它的特征——比如批判性、跨学科性、边缘立场与实践性等——角度进行描述的，很少从研究对象角度对之作出划分（因为文化研究的对象几乎没有

[①] 周宪、罗务恒、戴耘编：《当代西方艺术文化学》"译序"，北京大学出版社1988年版。

边界)。也就是说,决定一种研究是不是文化研究不是看它研究什么而是看它怎么研究。但就中国文学理论界的情况看,人们常常用"文化研究"来指那些对象超出了文学范围的研究,而把"文化批评"看作对于文学的一种特定研究类型,也就是说还在文学研究的范围内。……广义的"文化研究"差不多以一切文化现象为对象,它涉及文化的几乎所有方面,其侧重则是威廉斯所说的"作为整个生活方式"的文化(人类学意义上的"文化")。显然,这个意义上的文化研究是比"文学研究"或"文学批评"更大的概念,它的兴盛是不争的事实,但是与文学研究至少在对象上属于两个部门,它也不可能取代文学研究(除非文学不存在了)。而狭义的文化研究则是以文学为自己的研究对象。它可视为文学批评方法之一种,属于文学批评范围之内。为了区别起见,我们不妨称之为"文化批评"。文化批评是研究、解读与评价文学现象(尽管有时候"文学"的界限也不易确定)的一种独特视角,与它相对的不是"文学批评",而是"审美批评"或"内部批评"。如果我们把"文化批评"界定为文学批评的一种视角与方法,那么说它会取代文学批评就像说诗歌会取代文学一样不合逻辑。我们或许可以说在文学批评内部,文化批评目前比审美批评显得更活跃,更能够介入当代文学问题的争论,而不能说文化批评会取代文学批评。当然,既然都是"文化研究",广义与狭义两者必然有其内在相通之处。这种相通或交叉点我以为在它们共同的研究旨趣、研究方法与价值立场上,这就是突出的政治学旨趣、跨学科方法、实践性品格、边缘化立场与批判性精神。文化批评可以被认为是文化研究的这些特征在文学研究领域的体现。[①]

从无所不包的文化研究到侧重于文学研究的文化批评,标示了学界之于文化研究如何与文学研究两相结合的学术取向与路径。既然文化批评不同于广义的文化研究,担当着重构文学批评的重任,那么,文化批评的文学本位立场及其对于文学研究的适用性程度就显得特别重要。而就中国古

[①] 陶东风:《论当代中国的文化批评》,《学术月刊》2007年第7期。

代文学研究而言，文化批评如何应用于古代文学，或者说古代文学如何进行文化批评，则需要学界在本土化的理论建构与实践探索中付出更多的努力。因为中国传统文化是一种迥然不同于西方的本土文化，"根植于中国传统文化的中国古代文学，正是以其具体、鲜活的形象与理论，反映了中华民族传统的文化心理、文化性格和文化精神"。① 古代文学与文化批评两相结合的成功与否，即是衡量文化批评本土化理论建构与实践探索的核心标志。而文化批评的优势即在于，它既是"文化"的，是文化视野中的文学批评，因而不同于一般的文学批评；又是"文学"的，是文化视野中的文学批评，因而又不同于一般的文化研究。

2. 文化批评与文学人类学。在古代文学与文化批评的双向互动与多重选择过程中，较为成熟和成功的是文学人类学。"文学人类学是文学与人类学的交叉学科。它以运用人类学的视野、方法和成果于文学领域的研究、批评为其显著特色。"② 早在 20 世纪 20—30 年代，茅盾、闻一多等人就开创了中国本土化的文学人类学研究。新时期，西方文学人类学的理论在文化热中又被迅速引进，并开始建构起本土化的研究理论。靳大成《论艺术人类学的"文化"范畴》（《当代文艺思潮》1987 年第 3 期）、王海龙《文化人类学与文学艺术研究》（《上海师范大学学报》1987 年第 1 期）、彭富春和杨子江《文艺本体与人类本体》（《当代文艺思潮》1987 年第 1 期）、方克强《文学人类学批评的兴起及原则》（《文艺报》1988 年 7 月 2 日）、叶舒宪《神话—原型批评的理论与实践》（《陕西师范大学学报》1986 年第 2、3 期）、周永明《原型论》（《文艺研究》1987 年第 5 期）、段炼《论原型批评》（《文艺理论研究》1988 年第 4 期）、杨春时《审美范畴的原型》（《当代文艺探索》1987 年第 3 期）等论文，叶舒宪《神话—原型批评》（陕西师范大学出版社 1987 年版）和《探索非理性的世界：原型批评的理论与方法》（四川人民出版社 1988 年版）、方克强《文学人类学批评》（上海社会科学院出版社 1992 年版）等著作，都对探索中国本土化文学人类学研究理论做出积极贡献，同时标示着中国文学人

---

① 黄鹤编：《中国传统文化释要》，华南理工大学出版社 1999 年版，第 56 页。

② 方克强：《新时期文学人类学批评述评》，《上海文论》1992 年第 1 期。

类学本土化进程中的学术宗尚与取向。正如章立明《中国文学人类学研究概述》(《民族文学研究》2010年第3期)所指出的,在西方以文学批评、文学的人类学批评和文学人类学为名的相关理论流派中,包括新历史主义学派葛伯林格(或译为格林布拉特)的文化诗学、弗莱的原型批评、卡西尔的文化哲学、接受美学创始人之一的伊瑟尔的文学人类学,还有人类学家W. 恩尼特的文学人类学、费尔南多·波亚托斯的民族志诗学、人类学诗学和马尔库斯等人提出的实验民族志,等等。中国文学人类学拿来的是原型批评和比较神话学研究。自1987年起,神话、图腾、原型、文化模式、原始意象等术语就开始频繁出现于各类论文当中,从中我们可以看出原型、神话、符号和仪式是中国文学人类学的核心词。根据章立明的总结与归纳,新时期文学人类学研究主要呈现为四个重点、两大趋势。四个重点就是原型批评、原始主义批评、比较神话研究和仪式研究,其中原型批评、比较神话研究成就较为显著;两大趋势,一是以研究代替学科,不以学科冠名;二是以田野调查与文本研究并重,实现田野和文本的结合。

张婷婷《文学人类学的理论与批评——"二十年"的回顾与反思》[①]则从另外的视角检示了新时期文学人类学批评理论的形成机制、演化过程及理论特征。首先,在文学人类学的批评实践方面,依据文化人类学的方法、成果以及视野,在原始与现代、中国与西方的联系与比较当中,即在时间和空间两个向度上做出人类学意义的研究和拓展。新时期文学人类学批评的总体特征是注重于宏观、综合的比较研究。而从历时性的角度来看,则经历了由民族文化本位到人类本位、由历时态到跨文化研究的演化过程。具体而言,一是民族文化本位的文学人类学批评;二是人类本位的跨文化的人类学批评。后者又可分为两类:一类是神话原型批评,另一类是文化人类学角度的批评,前者探讨"文学流向中的文化",即从文学中引出文化,后者探讨"文化流向中的文学",即以文化去包容文学。在文学人类学的理论探讨方面,则主要集中于作为批评方法的文学人类学的基

---

① 张婷婷:《文学人类学的理论与批评——"二十年"的回顾与反思》,《中国社会科学院研究生院学报》1998年第6期。

本原则、理论构架及方法论的局限等问题，理论的思考始终是与批评实践同步，并围绕批评展开的。由于理论研究始终向着批评的可操作性靠拢，使得新时期的文学人类学研究往往不直接从西方理论那里借鉴现成的结论，不注重严格的纯学理的探讨，而常常是结合自己的批评实践和新时期的文学的新鲜经验，去对理论进行改造。因此，虽然它的理论开掘未能深入，但由此获得的是更大的内在活力和阐释空间。

诚然，在文学人类学的理论建构与批评实践中，始终伴随着来自各方的质疑和批评，这从另一方面促使从事文学人类学研究的学者以更谨慎的态度不断加以自我完善。叶舒宪一直以"文学与人类学"代称"文学人类学"，他在《文学与人类学——知识全球化时代的文学研究》一书的"后记"中强调："我用文学与人类学这个题目取代了文学人类学，主要原因在于，我认为这个跨学科的探讨领域正在发展变化之中，似乎过早地把它定名成一个独立的学科的条件还不够成熟，还有待于进一步的研究实践和更丰富的经验和理论的积累。此外，本人在本文中主张的破学科之说显然和仓促建立一种学科体系的做法是有出入的，如果文学与人类学的相关性问题得不到充分的认识，文学人类学的基础也就不那么坚实了。"[①]而在文学人类学理论建构与实践探索过程中，叶舒宪更是经历了三次重要的学术"转向"，即从语言中心论、文本中心论到生态论的观念转向，不仅显示出他在文学人类学研究上从现代性话语建构到后现代文化寻根的学术发展历程和走向，也反映出他在"世界眼光与中国学问"双向会通过程中不断前行的学术意愿和能力。再如为建构文学人类学做出了积极贡献的方克强，在他所发表的相关系列论著中，先于1986年所作《人类学与文学》（《上海文论》1986年第10期）一文提出文学人类学的中心原则："是对文学持一种远古与现代相联系，中外各民族相比较的宏观研究态度"，主张以全球意识和人类意识为本位，强调在时间纵轴和空间横轴上都作充分拓展的前提下，进行宏观、整体和比较的研究。此后，随着国内文学人类学批评实践的不断推进，以及批评家们对于西方文化人类学神话

[①] 叶舒宪：《文学与人类学——知识全球化时代的文学研究》，社会科学文献出版社2003年版。

原型的借鉴和扬弃，方克强又针对新时期文化批评的成功经验和普遍性失误，对文化人类学批评作了新的补充和完善。他在《文学人类学批评的兴起和原则》（《文艺报》1988年7月2日）一文中强调，作为中国文学走向世界的切实指导，文化人类学应注意三条原则：一是原始与现代相联系、中外各民族相比较的宏观文学视野和研究态度；二是共时性方法与历时性方法并重；三是文化方法心理方法与文学本体方法的融合。由此表明了作者对文学人类学批评方法的建设性尝试，以及在更为宽阔的时空构架中重新审视和整合文学经验，开拓文学批评理论新天地的努力。①

3. 文化批评与文化诗学。文学人类学与文化诗学分别兴起于20世纪80年代和90年代，彼此前后相继，学脉相通。"所谓文化诗学，是指文学与文化的交叉研究，包含着两个重要内涵：一个是审美的品性，一个是文化的语境。'文化'，是文化研究思潮的背景。'诗学'是文化研究的阵地。'文化诗学'的构想，则是从本土传统经验出发，坚守审美与文学的固有疆域，坚持一种固守与开放、包容与突破并存的心态来应对当下中国本土文论发展的诸多问题。"② 就理论渊源而论，文化诗学源于葛伯林格（或译为格林布拉特）的新历史主义，自格林布拉特在《通向一种文化诗学》中明确提出文化诗学的概念，新历史主义文化诗学在短短的数年之间就已成为当代学术界的热门话题：大量的文学研究和文化人类学的学位论文均以新历史主义作为课题对象或研究方法。而新历史主义文化诗学开始传入中国大陆，则在20世纪80年代末。1988年，王逢振在《今日西方文学批评理论》中第一次对新历史主义作了相关介绍，并将其纳入了后现代西方文论的研究范围。随后，韩加明《新历史主义的兴起》、杨正润《文学研究的重新历史化》、赵一凡《什么是新历史主义》、盛宁《二十世纪美国文论》等文陆续对新历史主义的发展脉络进行了相关梳理，在中国大陆范围内掀起对新历史主义翻译和介绍的学术潮流。1993年，

---

① 参见张婷婷《文学人类学的理论与批评——"二十年"的回顾与反思》，《中国社会科学院研究生院学报》1998年第6期。

② 高建平主编：《当代中国文艺理论研究（1949—2009）》，中国社会科学出版社2011年版，第363页。

中国社会科学院外国文学研究所《世界文论》编辑委员会出版的《文艺学和新历史主义》，张京媛主编、北京大学出版的《新历史主义与文学批评》，收录了国外新历史主义主要论文的译文，为国内研究提供了重要的阐释文本和研究资料，在 90 年代中期的大陆学术界产生了研究新历史主义的第一次高潮。自 20 世纪 90 年代中后期以来，国内学者对新历史主义文化诗学的研究逐步进入理论本土化的研究阶段。

饶有意味的是，中国文学理论界为何不是在 20 世纪 80 年代美国新历史主义文化诗学最为兴盛而是在它走向衰落的时候，才开始大张旗鼓地提出并致力于文化诗学的研究，其根源则在于中国的社会现实和文学理论学科发展的双重需要。童庆炳在《植根于现实土壤的文化诗学》一文中，从 20 世纪 80 年代以来文艺学学科的发展历程入手，详细剖析了"文化诗学"的提出最终根源在于中国社会现实的需要这一问题。20 世纪 80 年代以来，文学理论领域经历了四次大的变化和转折：一是 80 年代初开始的形象思维的讨论以及对于文学为政治服务的反思；二是文学主体性问题的讨论以及对于文学反映论的反思；三是从"语言论转向"开始反思文学的本体，表达对于现实纷争的回避；四是"人文关怀"的呼喊，转变为中国"文化研究"的勃兴。童庆炳认为，在文学理论的四次变化和转折中，可以看到文学理论参与社会思想变革的现实性品格。尤其是文化研究的兴起，对中国社会发展中所出现的"拜金主义"和"拜物主义"进行了有力的批判。文化研究不仅开拓了文学理论研究的新领域，同时以其新的研究方法与学术旨趣对传统文学理论提出了挑战。传统文学理论无论怎样变革，研究的总是文学问题，而文化研究则把广告、时装、足球、广场等作为自己的研究对象，文学问题已经消失在文化研究的视野之外。为了使文学理论不至于在文化研究的浪潮中失去自己的学科品格，"文化诗学"的提出就成为一种必然。正是在这个意义上，童庆炳强调指出："我们今天在文学理论学科中强调文化视角，乃是根植于我们自身现实的土壤中，并非从外国搬过来的。"[①] 与此同时，童庆炳在《文化诗学是可能的》中提出以文化诗学对当前的文学理论进行双向拓展，即在微观方面，继续

[①] 童庆炳：《植根于现实土壤的文化诗学》，《文学评论》2001 年第 6 期。

向文学文体学、文学语言学、文学心理学、文学技巧学、文学修辞学、小说叙事学等拓展；在宏观方面，继续展开文学与哲学、文学与政治学、文学与伦理学、文学与心理学、文学与社会学、文学与教育学等交叉研究。① 又在《文化诗学的学术空间》中进而提出文化诗学的学术空间包括三个方面：一是文学的历史文化和现实文化语境的研究；二是文学的文化意义载体的研究；三是文学与别的文化形态的互动研究。这些主张和见解，无疑可以为进一步推动古代文学的跨学科研究提供理论借鉴与启示。②

在与中国文学批评实践的结合中，大体上形成了以北京师范大学童庆炳为代表、以北京大学王岳川为代表、以暨南大学蒋述卓为代表的三大学术群体。尽管以上三大学术群体之间的研究思路与批评实践互有异同，但在整体上则拥有共同或相近的学术宗尚与追求。首先，在研究方法上，文化诗学与新批评和传统的文艺社会学不同，它主张把文学放在它所产生的文化语境和历史语境中进行研究，通过文学与别的文化形态的比较研究，揭示出文学文本的文化意义。其次，在研究对象上，文化诗学与新历史主义的文本无限扩张不同，它主张把文学文本作为主要研究对象，强调的是文学文本与其他文本的界限。最后，在研究目的上，文化诗学与传统文学理论和"理论的批评化"主张不同，它要建立的是文学阐释实践的原则和方法。③

总之，文化批评与古代文学研究应该而且可以实现更加有效的学术对接：一方面，文化批评要自觉地将古代文学研究纳入自己的学术视野，为古代文学的跨学科研究以及深度意义阐释提供理论支持；另一方面，古代文学研究界也要主动借鉴文化批评的理论和方法，并以古代文学研究实践的丰富经验与成果参与和推进文化批评的理论建构。相比之下，文学人类

---

① 童庆炳：《文化诗学是可能的》，《江海学刊》1999 年第 5 期。
② 童庆炳：《文化诗学的学术空间》，《东南学术》1999 年第 5 期。
③ 以上参见李茂民《文学理论的危机与走向——"文化诗学"研究述评》，《理论与创作》2005 年第 5 期；王进《通向一种文化诗学——新历史主义批评的理论综述》，《巢湖学院学报》2007 年第 5 期。

学更注重原始性与民间性，而文化诗学则更注重当代性与精英性。从理论上说，应该更契合应用于古代文学的研究。

三 文化批评的双重取向

根据批评者所持本位立场的不同，古代文学的文化批评逐步形成了以文学为本位与以文化为本位的双重取向。对此，一些学者已作了扼要的总结和归纳，田忠辉认为："国内关于文化诗学研究的主张大体有以下两种主要理解，一种是站在大文化立场上的文化诗学，其目的是研究文化，诗学的意义在此不过是为更好的凸显文化的理想价值，因此它实质上仍然是文化研究，具有某种文化批判的意蕴；一种是以诗学为指向，文化在此是诗学的言说场域，文化诗学是一种整体性互文关系，这种文化诗学更注重方法论意义；其目的是为了更好的研究诗学。"[①] 李茂民对此进一步解释道：

> 文化诗学的研究究竟是诗学的还是文化的、是学科的还是跨学科的、是一种文学新论还是一种阐释实践？正是这些问题上，文化诗学的倡导者们表现出了不同的理论诉求和研究旨趣，而不同的理论诉求和研究旨趣，将决定文化诗学研究的不同走向。主张文化诗学的研究是诗学的，那么就意味着文化诗学仍然是属于文学理论学科的，只不过纳入了文化研究的视角而已，其目的仍然是把研究纳入到原有的学科框架内，在原有的学科框架内思考和解决文学问题和文化问题；而主张文化诗学的研究是文化的，那么就意味着文化诗学将是跨学科的，它将跨越目前的学科藩篱和界线，走向一种阐释实践，作为阐释实践的文化诗学是否还能称为文学理论，就成为一个值得追问的问题了。简言之，二者的关键分歧就在于是固守现有的文学理论学科边界，还是打破这一边界，走向文化研究。[②]

---

① 田忠辉：《文化诗学的三个问题》，《文艺争鸣》2004 年第 6 期。
② 李茂民：《文学理论的危机与走向——"文化诗学"研究述评》，《理论与创作》2005 年第 5 期。

所谓以文化为本位的文化批评，主要是出于文化研究本身的需要，仅以文学为材料、为案例，探讨文学对于文化发展演变的作用和价值。由于文学本身就是文化的重要组成部分和独特表现形态，因此从事文化研究学者常常将文学纳入文化批评的范围。这在20世纪八九十年代的文化史研究中是一种很流行的做法。比如楼宇烈在发表于1984年的《开展对中国文化总体上的综合研究》一文中指出，文化研究"极重要的一个方法（或者说领域），即沟通中国文化各学科之间的界限，从总体上开展对中国文化各学科之间的综合研究。通过这种对中国文化总体上的综合研究，不仅能使人们从总体上把握中国文化的民族特点，同时也有助于弄清或加深理解各分门学科的民族特点"。并特别指出，"在中国古代文化中，特别是中国古代文学、艺术中，有许多明显的特点，是值得我们在研究中国古代哲学的思维方法时加以注意的"。[①] 再如由谭家健主编《中国文化概要》（高等教育出版社1988年版）分为"历代典章制度"、"古代各体文学"、"古代哲学宗教"和"古代文化艺术"等四编。其中第二编"古代各体文学"俨然就是一部浓缩的分体文学史，包括"古典诗歌""古典散文""古典戏曲""历代骈文""历代辞赋""古代文学批评""诗词曲格律""骈文的基本特征""古代文章体裁"等章节。这是以板块结构探讨古代文化形态的研究典型，古代文学被视为古代文化形态的一种。也有以文学为材料探讨古代文化精神的，如冯天瑜、何晓明、周积明合著的《中华文化史》（上海人民出版社1990年版），探讨秦汉"闳阔的文化精神"即以"铺采摛文""夸丽风骇"的汉赋为材料之一；探讨魏晋南北朝"文化的自觉"强调了"文学的自我发现"，认为"文学的独立发展，是魏晋南北朝文化至为重要的方面"；探讨盛唐气象时指出唐诗的"惊采绝艳"，对唐诗的发展历程，对李白、杜甫、王维的人格精神进行了研究；探讨两宋内省、精致文化精神时，对主意主理的宋诗和以婉约含蓄为主格调的宋词进行了分析；探讨明代反礼教的文化精神时，即以"三言"、"二拍"和汤显祖《牡丹亭》戏曲为例说明晚明以来人们对爱、情、欲等自觉的追求；探讨清代人文思潮的潜动时，以纪昀《阅微草堂笔记》、吴

[①] 丁守和、方行：《中国文化研究集刊》第一辑，复旦大学出版社1984年版，第40页。

敬梓《儒林外史》、李汝珍《镜花缘》、曹雪芹《红楼梦》为材料来批判封建禁欲主义。

与以文化为本位的文化批评所不同的是，以文学为本位的文化批评旨在揭示文学中所蕴含的各种文化要素和文化意义，并以此解释各种文学现象的发生与发展历程和规律，但其学术取向与路径又有相当的宽泛性与灵活性。张兵在《中国古代文学的文化学研究》① 一文中将文学的文化学研究归纳为两种形态："一是结合大文化背景，即将文学置于文化的大背景下予以观照、分析和说明，也可以从某种文化视角切入来深入把握某些文学特征；二是以文学作品为材料来研究文化，即通过对文学文本中某类历史文化信息含量极高的事例的归纳、整理和总结，来揭示某种历史事实、文化现象和文化心理。这两个层面的研究，尽管关注的角度不同，实际上有着密不可分的联系，它们所强调的都是文学研究的整体性和系统性原则，着眼点都在于承认文学是历史文化不可分割的重要组成部分。"张兵认为进入20世纪80年代，在国内学术研究已打破禁区和国外学术思潮与批评方法大量引进的学术背景下，运用文化学的批评方法研究中国古代文学才真正进入了完全自觉的状态，并且出现了一批标志性的学术成果。如程千帆《唐代进士行卷与文学》、傅璇琮《唐代科举与文学》、王小盾（昆吾）《隋唐五代燕乐杂言歌辞研究》、王勋成《唐代铨选与文学》、戴伟华《唐代幕府与文学》、陈华昌《唐代诗与画的相关性研究》、刘跃进《门阀士族与永明文学》、孙昌武《佛教与中国文学》《道教与唐代文学》、陈顺智《魏晋玄学与六朝文学》、查屏球《唐学与唐诗》、李春青《宋学与宋代文学观念》、马茂军《北宋儒学与文学》、罗立刚《宋元之际的哲学与文学》、萧庆伟《北宋新旧党争与文学》、龚斌《青楼文化与中国文学研究》、沈松勤《唐宋词社会文化学研究》等，这些论著，除关注文学文本的研究之外，将研究视野转向科举、音乐、幕府、绘画、社会群体（家族、社团、流派）、宗教、学术、党争、青楼等文化层面，注意在相关学科的联系中，寻找事物之间的关系以及对其品性与原理的阐释，使许多在纯文本研究中难以确切说明和解释的问题得到了明确而深入的揭

---

① 张兵：《中国古代文学的文化学研究》，《光明日报》2003年10月3日。

示，拓宽了研究思路和范围，丰富了古代文学的研究方法，将古代文学研究带入了一个更广阔的天地。而刘松来、杨群《从"内""外"之争到文化诗学——文化诗学与中国古代文学研究语言学转向述评》(《中国人民大学学报》2014年第5期)则从语言学转向文本视角确立文化诗学的重要意义，作者认为，从20世纪80年代起，中国古代文学研究领域开始发生语言学转向，各种语言学批评方法被广泛引入，在回归文本自身过程中催生了一系列研究成果，同时暴露出了诸多缺陷和硬伤。正是在此背景下，经过国内学者重新阐释的本土化文化诗学理论为古代文学研究提供了新的研究视角，在一定程度上消解了外部研究与内部研究、文化研究与语言学研究之间的矛盾。文化诗学由此成为古代文学研究领域内语言学转向的新视域。

对于文化批评方法与路径的探讨，也有一些学者从经典名著入手提出自己的见解，比如孙逊在《"红楼文化"论纲》中提出："'红楼文化'的内涵相当丰富，它既包括了《红楼梦》本身丰富而深邃的文化意蕴，又包括了小说在传播过程中所产生的种种文化现象；既有深层次的学术层面，又有雅俗共赏的俗文化层面。其中深层次的学术层面主要是指小说本身所包含的丰富而深邃的文化意蕴，但也包括了小说传播过程中的部分文化现象，这里主要是指红学的兴盛和发展，它所走过的曲折道路，以及它在我国学术文化史上的特殊地位和影响；俗文化层面则主要是指小说在群众中的广泛影响，指小说传播过程中所产生的大部分文化现象，但也包括了小说本身文化内涵中那些老百姓日常生活密切相关的内容。这两个层面既代表了不同的文化品位和水准又相互渗透和影响，从而共同构成了'红楼文化'的丰富内涵。"[1] 梅新林认为从《红楼梦》的文化研究路数上看，又有内外之分：外者，重在研究《红楼梦》中的酒、茶、药等文化形态；内者，重在研究《红楼梦》的文化精神，尤其从文化哲学的高度超越文本研究，深入开掘其中的形而上意义。应该说，后者更难，但也更有魅力，更有价值。[2] 这些见解对于更好地把握和探索经典名著的文化

---

[1] 孙逊：《"红楼文化"论纲》，《红楼梦学刊》1993年第1辑。
[2] 梅新林：《拓展红学研究的文化视界》，《红楼梦学刊》1997年增刊。

批评方法与路径都不无启示意义。

总之，以文化为本位的文化批评强调文化之于文学的整体性和系统性研究，是文化学者的文学研究范式；以文学为本位的文化批评强调文学之于文化的自足性和独立性研究，是文学研究者的文化研究范式。两者都强调文学与文化的密不可分性和会通圆融性，无所谓优劣好坏之分，但就古代文学的学科归属来说，以文学为本位的文化批评更适合于文学研究。在此，需要特别指出的是，"每个学科都有自己的界限，保留各自的界线仍是非常必要的。如果一味强调古代文学的文化学视角，无视文学的界线，脱离文学文本，不仅不能对许多复杂的文学现象作出尽如人意、令人信服的解释，而且会误入歧途，出现过多的误解或过度的诠释。"①

第二节　古代文学与神话—原型批评

神话—原型批评②是 20 世纪 80 年代文化热兴起后借鉴西方外来文化来研究本土文学的重要理论与方法，与 20 世纪 20—40 年代茅盾、闻一多等学者的研究成果也有着密切的学脉传承关系。古代文学领域的神话—原型批评兴起于 80 年代中后期，延续于整个 90 年代，直到 21 世纪。其研究成果首先体现在中国古代神话研究上，然后拓展到其他文学研究，主要包括原型仪式研究、原型意象研究、原型结构研究和原型题旨研究等。由于神话—原型批评不仅追溯古代文学之源，而且通过"原型"之维链接古今；不仅旨在辨析古代文学"是什么"，而且旨在解答古代文学的"为什么"，所以在新时期的文化批评中不仅占据主流地位，而且成果最为丰硕，充分显示了学界对于古代文学之文化本原研究的高度关注。荣格在讲到伟大艺术原型创造的奥秘时说："一个原型的影响力，不论是采取直接体验的形式还是通过叙述语言表达出来，之所以激动我们是因为它发出了

---

① 张兵：《中国古代文学的文化学研究》，《光明日报》2003 年 10 月 3 日。
② 神话—原型批评，又称神话批评，或原型批评，此据叶舒宪的界定，详见其《神话—原型批评》，陕西师范大学出版社 1987 年版。

比我们自己的声音强烈得多的声音。谁讲到了原始意象谁就道出了一千个人的声音，可以使人心醉神迷，为之倾倒。与此同时，他把他正在寻求表达的思想从偶然和短暂提到永恒的王国之中。把他个人的命运纳入人类的命运，并在我们身上唤起那些时时激励着人类摆脱危险、熬过漫漫长夜的亲切的力量。这便是伟大艺术的奥秘，是它对我们产生影响的奥秘。创造过程，就我们所能理解的来说，包含着对某一原型意象的无意识的激活，以及将该意象精雕细琢地铸造到整个作品中去。通过给它赋以形式的努力，艺术家将它转译成了现有语言，并因此而使我们找到了回返最深邃的生命源头的途径。"[1] 神话—原型批评的独特魅力和价值正与"原型"的重新发现相向而行，相得益彰。

一 神话—原型批评的理论借鉴

神话—原型批评兴起于20世纪50—60年代西方的理论界，80年代中后期被介绍引进到中国，成为中国80年代中后期至90年代初中期重要的文学批评理论，并广泛应用到学术批评实践当中。神话—原型批评的理论来源主要是以弗雷泽为代表的文化人类学、以荣格为代表的分析心理学和以卡西尔为代表的象征哲学，弗莱的《批评的解剖》则是神话—原型批评理论的集大成者。神话—原型批评"强调从神话、宗教、仪式、梦幻和文学之中，寻证出一套普遍的原初性的原型意象、象征、主旨和性格类型、叙述模式，发掘积淀在其中的种族以至人类的集体潜意识和深层心理特征"，"它不仅使人观照到文化史和心态史的发展轨迹，而且令人更深地领悟到作为整体的人类和作为系统的文学内在的连续性和同一性"。[2] 因此，神话—原型批评一经介绍到中国，就受到新时期理论界的热捧和广泛应用。

早在1962年由中国科学院文学研究所编辑出版的《现代美英资产阶级文艺理论文选（上编）》当中就有一组"神话仪式学派"的论文，初步涉及了神话—原型批评，但这还只是作为敌对的美英资产阶级文艺理论的

---

[1] 叶舒宪编：《神话—原型批评》，陕西师范大学出版社1987年版，第46—47页。
[2] 方克强：《新时期文学人类学批评述评》，《上海文论》1992年第1期。

批评对象，中国理论界尚未真正接触该理论。1983 年，神话—原型批评理论才开始真正介绍到中国来。一是美国魏伯·司各特《西方文艺批评的五种模式》[1] 一书的中译本在这一年得到出版，其中原型批评就是作为五种模式之一得到介绍。司各特在书中简略地介绍了弗雷泽、荣格以及费德莱尔、蔡斯等人的原型批评理论，并对这一理论作了一定评述。二是张隆溪《诸神的复活——神话与原型批评》一文发表在 1983 年第 6 期《读书》杂志。张文分为三部分，即"神话思维"、"仪式与原型"和"原型批评"；文章对维柯的新思维、卡西列的神话思维、弗雷泽的神话批评、荣格的集体无意识和弗莱的原型批评等理论作了较为详细的介绍，可以说这是中国第一次较为系统地介绍了原型批评相关理论。

"文化热"高潮兴起后，自 80 年代中后期至 90 年代，神话—原型批评理论不仅得到广泛引进而且得到重新整合和建构，成为这一时期文化批评的重要方法论。一是关于神话—原型批评理论相关译作陆续出版。主要有弗雷泽《金枝》（中国民间文艺出版社 1987 年版）、荣格《心理学与文学》（生活·读书·新知三联书店 1987 年版）、叶舒宪《神话—原型批评》（陕西师范大学出版社 1987 年版）、诺思罗普·弗莱《批评的解剖》（百花文艺出版社 1998 年版）等。这些译著的出版对神话—原型批评理论原汁原味的引进起了重要作用，使国人全面了解了该理论的原貌。二是介绍和探讨神话—原型批评理论及其实践的文章开始大量发表在报刊上。如邹平《文学的原型——形象思维新论之七》（《文学自由谈》1987 年第 1 期）、杨春时《审美范畴的原型》（《当代文艺探索》1987 年第 3 期）、傅礼军《论原型批评理论在中国文学中的应用》（《南京大学学报》1987 年第 4 期）、周永明《原型论》（《文艺研究》1987 年第 5 期）、段炼《论原型批评》（《文艺理论研究》1988 年第 4 期）、马小朝《神话的复活——也谈文学的神话原型》（《文艺研究》1987 年第 5 期）、王芸《关于神话原型批评》（《文艺理论研究》1995 年第 1 期）等。三是一些刊物纷纷开辟专栏或笔谈，集中发表相关研究成果。如《文艺争鸣》1990 年开辟了"方克强的文学人类学批评"专栏，同年第 4 期还刊发了一组"中国文学

---

[1] ［美］魏伯·司各特编著：《西方文艺批评的五种模式》，蓝仁哲译，重庆出版社 1983 年版。

与原型批评笔谈"；1992年又开辟"叶舒宪的文学人类学研究"专栏。《上海文论》1992年推出一组"文学人类学与原型批评"文章。此外，《文艺研究》《中国比较文学》《东方丛刊》《民族艺术》《广西民族学院学报》等学术刊物也先后开设了原型研究或文学人类学专栏，集中发表相关研究成果，成为推进原型文化研究的重要力量。此外，如1986年出版的傅修延和夏汉宁编著的《文学批评方法论基础》、赖干坚编著的《西方文学批评方法评介》等一些文学批评理论的书籍也辟有专章对神话—原型批评理论作了一定介绍和评述。其中，叶舒宪和方克强对神话—原型批评理论的介绍和重构作了突出的成就。

1986年，叶舒宪发表了《神话—原型批评的理论与实践》[①]一文，对神话—原型理论作了系统全面的初步介绍。次年又编译出版《神话—原型批评》译文集，分基本理论和批评实践上下两编。1988年出版专著《探索非理性的世界：原型批评的理论与方法》（四川人民出版社1988年版）以及与俞建章合著《符号：语言与艺术》（上海人民出版社1988年版）两书。前者在《神话—原型批评的理论与实践》一文的框架上对神话—原型批评的理论与方法作为更为全面、更为系统的介绍，并对其特点和局限做出较为客观的评价；后者论及了神话思维、原型符号与原始艺术的关系。此外，还发表了一些相关文章，如《外国现代民间文艺理论家述评：容格及其原型理论》（《民间文学》1986年第7期）、《原型批评理论及其由来》（《文艺报》1987年第26期）、《性与火——文学原型的跨文化研究札记》（《艺术广角》1989年第5期）、《原型数字"七"之谜——兼论原型批评对比较文学的启示》（《外国文学评论》1990年第1期）、《破译与重构——原型批评的发展趋向》（《上海文论》1992年第1期）等。叶舒宪首先对神话—原型批评的名称和概念作了本土化的界定："所谓神话—原型批评在国外文论界并没有一个众所公认的统一名称。最初，流行的称谓是'神话批评'（myth criticism），泛指那种从早期的宗教现象（包括仪式、神话、图腾崇拜等）入手探索和解释文学现象，特别是文学起源和发展的批评、研究倾向。1957年，加拿大学者弗莱（N. Frye）在

[①] 叶舒宪：《神话—原型批评的理论与实践》，《陕西师范大学学报》1986年第2、3期。

《批评的解剖》中系统阐发了该派的批评理论，正式确立了以原型概念为核心的'原型批评'（archetypal criticism）观。此后，神话批评和原型批评成了两个并行不悖的同义词。为了便于统一起见，笔者拟综合这两种异名同实的概念，统称为'神话—原型批评'，简称则可用'原型批评'，以避免同神话学研究的概念相混淆。"① 同时，他提出了原型模式分析的基本原则："试图从可经验的、文学（文化）对象的表层分析入手，探讨不可经验的、但又实际存在着并主宰、决定着表层现象的深层结构模式，进而从原型的生成和人类象征思维的普遍性方面对这种深层模式做出合理的发生学阐释，力求在主体——人的（思维）心理结构和客体对象的结构之间的对应关系中，把握某些跨文化的文学现象生成及转换的规律性线索。"②

方克强是另一位对神话—原型批评理论进行介绍和重构的重要学者。其相关论著有《人类学与文学》（《上海文论》1986年第10期）、《文学人类学批评的兴起及原则》（《文艺报》1988年7月2日）、《文学人类学批评的内容与前景》（《上海文学》1992年第1期）、《文学人类学批评》（上海社会科学院出版社1992年版）等。方克强以文学人类学视野建构神话—原型批评理论，认为文学人类学批评的内容和理论可以分为原始主义批评和神话原型批评两个部分，神话原型批评从属于文学人类学批评。③ 因此，神话—原型批评要遵循文学人类学批评原则：第一，原始与现代相联系、中外各民族相比较的宏观文学视野和研究态度；第二，共时性方法与历时性方法并重；第三，文化方法、心理方法与文学本体方法的融合。④

此外，另一位专注于神话研究的学者萧兵，在大量的研究实践中，借鉴西方文化人类学理论，结合中国神话研究的实际，辅之以中国传统学术研究方法，提出了自身的神话研究理论——"新还原论"。在《新还原论——我怎样写〈楚辞与神话〉》⑤ 中，将台湾学者王孝廉、香港学

---

① 叶舒宪：《神话—原型批评》，陕西师范大学出版社1987年版，第2页。
② 叶舒宪：《英雄与太阳：中国上古史诗的原型重构》"引言"，上海社会科学院出版社1991年版。
③ 方克强：《文学人类学批评的内容与前景》，《上海文学》1992年第1期。
④ 方克强：《文学人类学批评的兴起及原则》，《文艺报》1988年7月2日。
⑤ 萧兵：《新还原论——我怎样写〈楚辞与神话〉》，《古典文学知识》1989年第6期。

者陈炳良的神话研究与自己的神话研究理论归纳为"新还原论",并称之为"新文化史学派"。其要义在于将西方的文化人类学与中国传统学术研究方法相结合。具体来说,即寻找并考据可靠的上古文献资料,在吸收借鉴前人研究成果的基础上,利用考古发现和田野调查,对古老的神话重新加以阐释和发现。这种研究是一种内化的神话—原型批评,是中国学者对原型批评理论的新发展。

神话—原型批评经过外来引进与本土重构,成为文化批评的一种重要方法论,虽然在研究中难免有穿凿附会、求之过深等缺陷,但它在 80 年代中后期的兴起,促进了古代文学研究的深化,开拓了中国古代文学的研究思路,使之走向更为宽广的文化研究。

二 中国古代神话研究

神话—原型批评在中国古代文学的研究实践中,突出表现在神话研究领域。最早与此相关的研究是 20 世纪初期文化人类学在中国学界的应用。20 世纪 20 年代,梁启超在《中国历史研究法》中,对《商颂·玄鸟》《大雅·生民》等商、周的始祖神话传说的解读即体现出文化人类学的思路。茅盾的《神话杂说》《中国神话研究 ABC》等则是此期运用文化人类学解读神话的代表作。三四十年代,随着文化人类学理论引介的深入,郑振铎、闻一多、凌纯声、孙作云等学者将神话学、民俗学和人类学应用于文学研究,并取得了很大的成就。其中,闻一多的《高唐神女传说之分析》《朝云考》《姜嫄履大人迹考》《伏羲考》《说鱼》等论文(后收录为《神话与诗》一书)及《诗经新义》等论著,是从文化人类学角度解读神话的经典之作。

新中国成立后,由于受庸俗社会学和左的教条主义影响,神话研究没有取得什么突出的成就。袁珂《中国古代神话》[1] 一书是此期的代表作。此外,丁山《中国古代宗教与神话考》[2] 于 1961 年出版,却是在

---

[1] 袁珂:《中国古代神话》,商务印书馆 1950 年版。该书后几经修订,内容不断得到丰富和扩展。

[2] 丁山:《中国古代宗教与神话考》,龙门联合书局 1961 年版。

新中国成立前撰写而成的一部遗著。改革开放后，神话研究重新得到关注。1984年5月中国神话学会宣告成立，出版内部刊物《神话学信息》，创办《中国神话》集刊。其中，袁珂有意识地以文艺学、文化人类学、历史学、民俗学、原始艺术学等为依归，对散存在古代文献典籍中的神话爬梳剔抉，先后出版了《古神话选释》（1979）、《山海经校注》（1980）、《神话论文集》（1982）、《中国神话传说》（1984）、《中国神话传说词典》（1985）、《中国神话史》（1988）等著作，代表了当时传统神话研究的突出成就。

自80年代中后期起，由于神话—原型批评理论的引入和运用，神话研究又进入了一个崭新的阶段，学者们纷纷对神话—原型批评理论在神话研究中的运用及意义进行探讨。如潜明兹《闻一多对道教、神仙的考释在神话学上的意义——兼论神话与仙话》（《思想战线》1986年第1期）、吕维《寻找民族文化的母题——闻一多的神话研究》（《社会科学战线》1986年第2期）、张铭远《列维—斯特劳斯的神话学思想》（《民间文学》1986年第1期）、陶思炎《试论神话与原始宗教》（《民间文学论坛》1986年第4期）、何新《论远古神话的文化意义与研究方法》（《学习与探索》1986年第3期）、孙致中《我国上古神话的系统及其融合》（《天津师范大学学报》1985年第5期）、《上古神话与原始思维》（《天津师专学报》1986年第3、4期）、胡仲实《图腾、神、神话——读〈山海经〉》（《广西师范大学学报》1987年第1期）、高力《神话、图腾及其他》（《当代文艺探索》1987年第4期）、李诚《论屈赋神话传说的图腾色彩》[《四川师范大学学报》（社会科学版）1987年第2期]、宋兆麟《洪水神话与葫芦崇拜》（《民族文学研究》1988年第3期）、杨丽珍《原始祭祀与神话史诗》（《世界宗教研究》1988年第4期）、张君《论高唐神女的原型与神性》（《文艺研究》1992年第3期）等。这些论文或从理论或从实践上以原型批评理论来探讨中国古代神话。其中，萧兵、叶舒宪等学者是运用原型批评理论研究古代神话的代表。

萧兵的神话研究得益于20世纪初期的文化人类学研究成果，他曾坦言："决定我学术道路的是50年代中期获读闻一多的中国文学人类学经典《神话与诗》，郭沫若的《甲申三百年祭》，原来历史和神话埋藏着的是这样诡谲奇妙的戏剧和诗！"① 萧兵是新时期运用原型批评理论研究神话的先行者之一。早在 1979 年，他即发表了《屈原卒日之谜》②、《东皇太一和太阳神——〈楚辞·九歌·东皇太一〉新解》③ 等近 10 篇以楚辞为主的神话研究论文。其后的数年又发表了不少神话研究的论文。在此基础上，从 80 年代中后期到 90 年代前期，出版了一系列重要论著，如《楚辞与神话》（江苏古籍出版社 1986 年版）、《楚辞文化》（中国社会科学出版社 1990 年版）、《楚辞的文化破译——一个微宏观互渗的研究》（湖北人民出版社 1991 年版）、《楚辞新探》（天津古籍出版社 1998 年版）、《中国文化的精英——太阳英雄神话比较研究》（上海文艺出版社 1989 年版）、《黑马——中国民俗神话文集》（台湾时报文化出版公司 1990 年版）、《傩蜡之风——长江流域戏剧文化》（江苏人民出版社 1992 年版）、《〈老子〉的文化解读——性与神话学之研究》（与叶舒宪合著，湖北人民出版社 1994 年版）等。萧兵的神话研究有着非常自觉的文化人类学意识，但并不是机械的模仿和照搬，而是将之内化为一种学术视角与方法，与中国古代文学的训诂、考据相结合，对上古的历史文化有较全面的考察，其目的是揭示中国上古文化中具有原型价值的文化因子系统，而这正与神话—原型批评的研究旨趣相同。比如他对"东皇太一"的考证，在参考并列举了"星神说""天神说"等旧说的基础上，从"东""皇"两字的初文及字义加以训诂，得出东皇与太阳之间的密切关系，并由古代文献典籍的记载，结合民俗，梳理太阳神在中国古代的地位、职务及其文化内涵。这种研究方式注重楚辞文本及其内容，偏重早期人类的神话思维，兼容文学艺术和历史文化的两重维度，是较为典型的神话—原型批评的学术研究。

叶舒宪在 20 世纪 80 年代中后期大力推介重构神话—原型批评理论的同时，首先把这种理论应用到神话研究当中。他发表了《黄帝四面的神话哲学》（《走向未来》1988 年第 3 卷第 2 期）、《水：生命的象征》（《批

---

① 萧兵：《人学的复归：文学人类学实验报告》，《淮阴师专学报》1997 年第 1 期。
② 萧兵：《屈原卒日之谜》，《西南师范大学学报》1979 年第 4 期。
③ 萧兵：《东皇太一和太阳神——〈楚辞·九歌·东皇太一〉新解》，《杭州大学学报》1979 年第 4 期。

评家》1988年第5期)、《中国神话的宇宙观的原型模式》(《民间文学论坛》1988年第2期)、《日出扶桑——中国上古英雄史诗发掘报告》(《陕西师范大学学报》1988年第1期)、《人日之谜：中国上古创世神话发掘》(《中国文化》1989年创刊号)、《从盘古之谜到中国原始创世神话之谜》(《民间文艺季刊》1989年第2期)、《高唐神女的跨文化研究》(《人文杂志》1989年第6期)、《帝王与太阳——"夒一足"与"玄鸟生商"神话今释》(《晋阳学刊》1989年第4期)、《混沌·玄同·馄饨——中国上古复乐园神话发掘》(《中国比较文学》1992年第2期)等一系列论文。在大量的研究累积后，于20世纪90年代出版了一系列著作，有《英雄与太阳：中国上古史诗的原型重构》(上海社会科学院出版社1991年版)、《中国神话哲学》(中国社会科学出版社1992年版)、《诗经的文化阐释：中国诗歌的发生研究》(湖北人民出版社1994年版)、《〈老子〉的文化解读——性与神话学之研究》(与萧兵合著)、《高唐神女与维纳斯：中西文化中的爱与美主题》(中国社会科学出版社1997年版)、《庄子的文化解析——前古典与后现代的视界融合》(湖北人民出版社1997年版)等。叶舒宪有广阔的西方文化人类学视野和扎实的原型批评理论，因而他的神话研究往往是在中西神话对比的基础上展开，在对比中强调中西神话的共通处，而这正是原型批评理论的立足点，强调原型的相通性，但同时他能够注意到中西神话的不同处。如《英雄与太阳：中国上古史诗的原型重构》一书就是通过与西方游牧文明的"战马英雄"型和农业文明的"太阳英雄"型两种史诗对比，解读了羿史诗的表层与深层的原型结构，确认了中西"太阳英雄"史诗的共同处，也指出了两者的文化差异。

此外，学者何新出版了《诸神的起源：中国远古神话与历史》(生活·读书·新知三联书店1986年版)、《神龙之谜：东西方思想文化研究与比较》(延边大学出版社1988年版)、《龙：神话与真相》(上海人民出版社1989年版)、《爱情与英雄：天地四季众神之颂》(四川人民出版社1992年版)等著作。另有谢选骏《神话与民族精神——几个文化圈的比较》(山东文艺出版社1986年版)、陶阳和钟秀《中国创世神话》(上海人民出版社1989年版)、陈建宪《神祇与英雄——中国古代神话的母题》(生活·读书·新知三联书店1994年版)、陆思贤《神话考古》(文物出版社1995

年版)、杨利慧《女娲的神话与信仰》(中国社会科学出版社1997年版)、王小盾《原始信仰和中国古神》(上海古籍出版社1989年版)、邓启耀《中国神话的思维结构》(重庆出版社1992年版)等论著,这些研究也大多受到神话—原型批评及相关理论的影响,注重跨学科研究,对人类学、考古学、历史学等知识借鉴良多,使中国古代神话研究在广博的学术背景下得到展开,极大地拓展和深化了神话研究的视界与内涵。

三 古代文学的原型仪式研究

原型仪式研究侧重于文学发生学研究,强调原型仪式与文学发生之间相辅相成的关系。这种批评理论源于剑桥学派。英国著名女学者赫丽生认为原型仪式与文学艺术,"这两个分家了的产物本出一源;去掉一个,另一个便无法了解"。她借助于弗雷泽《金枝》所提供的丰富材料,从古希腊的宗教演出上溯到埃及和巴比伦的岁神祭仪,进而推论说,古代的艺术和仪式相辅相成,源出于同一种人性冲动,即通过模仿行为来表达主体情感意愿的强烈要求。后来,神话—仪式学派便从原始文化、民间宗教礼俗诸方面着手研究文学的流变。[①] 这便是原型仪式研究的方法路径。

王国维《宋元戏曲考》探讨中国戏剧的起源问题时,曾提出过"戏剧起源于巫"的说法。他认为古代的巫觋的职业功能之一便是以歌舞表演的方式娱乐鬼神。《楚辞》中保留着很多这类巫觋歌舞活动的痕迹。如《楚辞》称巫为"灵",称神亦为"灵",可知装扮成"灵保"的亦即"巫"。而"群巫之中,必有象神之衣服形貌动作者",这也就是"后世戏剧之萌芽"。叶舒宪认为"王国维的这一看法实际上已经包含着戏剧发生于宗教仪式的朦胧认识了"。[②]

20世纪80年代中后期,神话—原型批评理论在我国兴起后,原型仪式研究成为古代文学研究的方法之一。如方克强《原型模式:〈西游

[①] 叶舒宪:《探索非理性的世界:原型批评的理论与方法》,四川人民出版社1988年版,第175—177页。

[②] 同上书,第170页。

记〉的成年礼》①就是一篇典型的原型仪式研究论文。作者从史前习俗中的成年礼仪式来考察解析《西游记》唐僧师徒西天取经故事的发生学意蕴。文章指出，成年礼仪式是世界上各民族史前时期都普遍存在过的习俗。越是社会发展程度低的民族，成年礼仪式越是严格和隆重。对男子而言，整个仪式带有很大的严酷性。他们必须接受体力、技能、智力、文化、耐受力等方面的强制性考验，必须在甘愿忍受种种肉体和心灵的痛苦中体验到象征性的"死亡"，然后才被允许加入成人集团。《西游记》的取经故事正是基于这一原型而发生的，"它的情节框架与远古的成年礼仪式有着同构关系，两者在深层意蕴方面是重合的"，"取经情节与成人仪式都贯通着儿童—考验—成年这一基本的原型结构"。如悟空大闹天宫中所表现出的十足的孩子气，悟净失手"打碎玻璃盏"的孩子式的错误，悟能"带酒戏弄嫦娥"体现了性成熟而心智尚停留在儿童水平，都曲折地喻示着他们心理和行为上未成年的特征。取经之后，历经八十一难证明了他们心理上的成熟和对佛法（成人社会法则）的认同，于是被接纳进佛社会（成人社会）成为其中的正式成员，并重新加以命名（旃檀德佛、斗战胜佛、净坛使者、金身罗汉、八部天龙马等佛名，类似于我国古代冠礼即成年礼仪式最后部分的"取字"）。这里，"由非佛而成佛的过程事实上是未成年至成年的象征。而整个取经故事的情节框架：儿童犯错—严酷考验—成年命名，则是一个成年礼的原型模式"。

叶舒宪在分析汉代郊庙组歌《青阳》、《朱明》、《西颢》和《玄冥》时就充分运用了原型仪式研究的方法。他认为这组乐歌的内容涉及一年之间不同时节的自然现象和人事活动，四首歌合起来，恰与春夏秋冬的时间顺序相吻合对应。歌词中出现了一些与时间观念明确相关的语汇，如"惟春之祺""秋气肃杀""抵冬降霜""籍敛之时"等。按照《史记·乐史》的说法，这四首歌是在正月上辛于甘泉宫举行的祭祀太一神仪式中所唱的，因此这组乐歌与太一神祭祀仪式相辅相成，是一组祭祀仪式歌。同时四首仪式歌与太阳运行模式相同，因此这组乐歌又体现了中国远古时

---

① 方克强：《原型模式：〈西游记〉的成年礼》，《文艺争鸣》1990年第3期。后收入《文学人类学批评》（上海社会科学院出版社1992年版）当中。

代东南西北与春夏秋冬相配的时空混同的神话宇宙观。①

杨树帆《采草习俗与献身祭神仪式——〈诗经〉原型研究之一》② 一文根据远古时代采花采草习俗与女性以性献身的祭神仪式推断《诗经》"国风"中大量的花草诗歌描写与远古时代的婚恋习俗、祭神仪式密切相关,是这种远古风俗遗迹的诗歌保留。

原型仪式研究让"'文明'与'原始'这两个被人为地割裂已久的领域之间重新沟通为一体,许多文学和文化现象得以在深广的史前背景中得到溯源求本的考察",但是,"仪式就其实质而言是一种特殊的象征性交际行为,文艺起源于仪式的说法在微观的实证方面自有其合理性,但若从宏观的,多元的方面看,又难免有其片面性"。③ 再加上在"文明"社会中已经很难较为完整地探究远古仪式的遗迹,因此这种侧重于从发生学的角度来研究古代文学的原型仪式研究的成果不仅数量少而且存疑较多。当然,不管怎么说,原型仪式研究终究是为古代文学研究打开了一扇新的窗户,开拓了研究者的新视野,还是有值得借鉴的地方,如戏剧起源于巫的观点即是如此。

四 古代文学的原型意象研究

神话—原型批评理论虽然与神话研究密切相关,但并不局限于神话研究,它具有一般理论与方法论的功能,注重文学的本质研究。原型意象是荣格原型理论中的重要概念,他认为,原型本身是无意识的,因而我们的意识是无法捕捉到它的,但原型意象是原型的象征性表现,通过原型意象的表现以及表现的象征,我们就可以认识原型。在这一理论框架下,文学作品中的意象开始被研究者关注,并进行深入的原型分析,以发现意象的丰富内涵。

---

① 叶舒宪:《中国神话哲学》第一章"太一歌的启示",中国社会科学出版社1992年版。
② 杨树帆:《采草习俗与献身祭神仪式——〈诗经〉原型研究之一》,《西南民族学院学报》1996年第3期。
③ 叶舒宪:《探索非理性的世界:原型批评的理论与方法》,四川人民出版社1988年版,第176、178页。

意象是中国古代文学理论中的重要审美范畴，它是创作主体在审美创作中经过选择的、表达主观情志的客观物象，是情景、心物的统一与融合。中国古代文学作品传统创作手法中最重要的比兴寄托，早在《诗经》时代即已成为重要的表达方式，并在后世的文学创作中被大量应用，成为表情达意的重要手段，甚至有着固定的内涵与情感指向。古代文学作品中的意象极为丰富，大体可分为自然意象和人文意象。自然意象小至一花一叶、大至江河湖海、日月宇宙；人文意象从渔樵耕读到战争丧乱，从建筑服饰到神鬼幻境，无不包含在内。因为社会生活中的礼仪、风俗、心理等诸多原因，这些意象原本就有丰富的文化内涵，而在文学创作中，这些意象反复出现，在沿袭以往的传统时，也会被赋予新的内容。探究古代文学意象背后的文化内涵以及发展的轨迹，是原型批评理论中原型意象研究的重要内容。

20 世纪 80 年代前期，古代文学中的意象研究还大多停留在文学理论研究领域，将意象作为一个整体来研究，偏重意象的概念、内涵、发展及演变的探讨。如肖驰的《中国古典抒情诗的自然意象》主要是对抒情诗中自然意象的特性、表现功能和美学性格一一加以剖析。[①] 这只是对意象的艺术剖析，而非原型批评。

80 年代后期，随着原型批评理论的兴盛，古代文学中原型意象的研究也逐渐展开，并且逐渐成为古代文学文化研究的重要内容之一。如王守国《楚雨含情俱有托——论中国古代诗词的原型意象》一文即自觉运用原型批评理论进行原型意象研究。论文开篇明义，指出其研究立足于神话原型批评理论，在这一理论前提下对中国诗词中的原型意象进行剖析，以月亮、松、竹、梅、菊等意象为例，阐述了意象背后的中国文化精神。[②] 此期的原型意象研究不仅论文数量少，而且研究对象较为单一，主要是对自然意象进行分析。

进入 90 年代，原型意象研究出现了前所未有的繁荣局面，研究内容

---

① 肖驰：《中国古典抒情诗的自然意象》，《诗探索》1982 年第 2 期。
② 王守国：《楚雨含情俱有托——论中国古代诗词的原型意象》，《商丘师范学院学报》1988 年第 3 期。

随着研究成果的增多而不断丰富和拓展。首先,除自然意象之外,人文意象也被纳入研究视域当中。如叶舒宪《原型数字"七"之谜——兼论原型研究对比较文学的启示》(《外国文学评论》1990年第1期)、刘士林《古代诗歌中的"钟声"意象》(《文史哲》1993年第2期)、陈洪波《中国古代议理散文中的人格审美意象》(《江汉论坛》1993年第11期)等论文,关注古代文学中抽象的人文意象,表现出原型意象研究的扩展。其次,原型意象研究由静态转入动态考察。如李炳海《从九尾狐到狐媚女妖——中国古代的狐图腾与狐意象》(《学术月刊》1993年第12期)、孟修祥《中国文学中有关"月亮"的原型意象》(《文史哲》1991年第5期)、赵松元《中国古代诗歌中的黄昏意象》(《求索》1993年第5期)等论文,对原型意象及其蕴含的文化意蕴的发展演变进行了历时性考察。最后,从理论高度对原型意象相关问题进行了深入探讨和总结。如张晶《情感体验的历程:中国古典诗歌中的原型意象》在原型理论基础上探究了中国古典诗歌中原型意象的功能与特性[1];周寅宾《论唐诗意象的心理特征》对唐诗的知觉特征、想象特征、情感特征等心理特征进行了分析,指出唐诗中的意象是诗人的主观意识(包括感觉、知觉、表象、想象、思想、情感)与客观的物象相结合而形成的艺术形象。[2]

从文体分布来看,原型意象研究主要集中在古代诗词和小说等文体当中。除了上述相关例子外,前者还有王建堂《〈诗经〉中的鸟意象》(《山西师大学报》1995年第2期)、梁德林《古代诗歌中的云意象》(《广西师院学报》1995年第1期)、古光亮《唐宋词中的楼栏意象和词人的艺术感觉》(《云南师范大学学报》1997年第4期)、韩玺吾《唐宋词中的楼意象及其营构艺术》(《河南师范大学学报》1998年第6期)、熊昕绘《关于唐宋词中"月"的意象分析》(《理论月刊》1996年第4期)、杨芙蓉《古典诗词中"月"意象探幽》(《广东民族学院学报》1996年第1期)、廖国伟《试论中国古典诗词中的听觉意象》(《东岳论丛》1999年第6期)等。后者如方克强《我国古典小说中原型意象》(《文艺争鸣》1990

---

[1] 张晶:《情感体验的历程:中国古典诗歌中的原型意象》,《文学评论》1990年第2期。
[2] 周寅宾:《论唐诗意象的心理特征》,《中国韵文学刊》1995年第1期。

年第 4 期)、李正民和曹凌燕《中国古典小说中的狐意象》(《山西大学学报》1994 年第 2 期)、吴盛枝《论〈金瓶梅〉的原型意象》(《广西民族学院学报》1994 年第 2 期)、徐洪火和胡伟文《〈红楼梦〉意象论》(《西南师范大学学报》1995 年第 4 期)、俞晓红《〈红楼梦〉花园意象解读》(《红楼梦学刊》1997 年增刊)、苏涵和虞卓娅《〈红楼梦〉落花意象论》(《山西师大学报》1998 年第 1 期) 等。

原型意象研究中，王立和傅道彬是两位较为突出的学者。王立著有《中国古典文学九大意象》[①] 一书，该书对中国古代文学作品中的柳、竹、雁、马、流水、海、黄昏、石、梦等原型意象加以梳理，描述了原型意象的起始、发展与流变等情况，剖析了原型意象背后文人心态、民俗心理、文化传统及审美情趣等多重意蕴。傅道彬《中国生殖崇拜文化论》[②] 一书，从生殖崇拜视角，对《诗经》中的一些名物进行原型意义剖析。如作者认为社树、葫芦、泰山等自然意象，是生殖崇拜意识的原型意象；一些与"食""饥"相关的意象，则隐喻着性行为与性饥渴。作者还著有《晚唐钟声——中国文学的原型批评》[③]，书中有意识地运用了原型批评理论，对中国文学中一些原型意象的象征意蕴进行深入的探讨，选取了月亮、黄昏、钟声、森林、门、船、灯烛、石头、云雨、山泽、水等原型意象，剖析意象的原型意义，并以此阐述中国文化的精神发展。

进入 21 世纪，原型意象研究仍受到人们重视，如俞晓红《〈红楼梦〉意象的文化阐释》(安徽人民出版社 2006 年版) 对《红楼梦》中诸多意象进行的文本解读与文化阐释，李建国《中国狐文化》(人民文学出版社 2002 年版)、刘艺《镜与中国传统文化》(巴蜀书社 2004 年版) 和渠红岩《中国古代文学桃花题材与意象研究》(中国社会科学出版社 2009 年版) 分别对中国古代文学中狐意象、镜意象和桃花意象及其文化意蕴进行了全方位的研究与阐释。这些成果体现出原型意象研究在古代文学研究方法中的重要地位，也是这一研究能保有持久而旺盛的学术活力的原因。

[①] 王立：《中国古典文学九大意象》，台湾文史哲出版社 1994 年版。
[②] 傅道彬：《中国生殖崇拜文化论》，湖北人民出版社 1990 年版。
[③] 傅道彬：《晚唐钟声——中国文学的原型批评》，东方出版社 1996 年版。

原型意象研究往往能抓住几个主要的意象，并以此深入作品的主题和作者的心态研究，发掘作品丰富的文化意蕴。因此原型意象研究方法论对于解读以托物言志、即景抒情为技巧的古典诗词和以母题为叙事单位的古典小说研究来说，具有独特的优势。它不仅能够剖析意象的文学性，而且能够剖析意象背后的文化内涵，探究文学与社会生活、民俗风情、社会制度等一系列相关的文化意蕴，做到了以点带面、由面而体的宏观性和整体性的古代文学研究，具有丰富的学术内涵。当然，原型意象研究中也会出现一些问题，如意象内涵归纳的机械性，文化意蕴探析的比附性，以及由此而引发的索隐式过度解读，都是原型意象研究中需要避免的。

五　古代文学的原型结构研究

原型结构是一种文学的叙述程式，指文学在历时性嬗变过程中反复显现出来的叙述结构原则。这种结构原则不会因时代的变化、文学体式的差异而有所改变。正如千变万化的语言现象中的语法规律一样，原型结构的叙述模式是历经文学变迁而稳定不变的文学中的语法，与结构主义叙事学所说的叙述"功能模式"相类。文学的叙述程式不仅体现在它的历时性向度中，也体现在特定时代具体作品的共时性延展中。不管一部作品的内容多么庞杂，情节多么变幻离奇，但整个作品是一连串反复相同的结构模式的连缀和展开。[1] 原型结构研究就是通过对这些隐性结构的归纳分析进而研究文学的特征和意义。原型结构研究源于普洛普的结构主义神话和列维－斯特劳斯的神话结构模式。

20世纪80年代后期开始，原型结构研究也被运用到我国古代文学研究当中。如方柯《性格系统的动态双向建构和原型结构——关于典型环境和典型性格的新的理论模型》[2] 一文，作者以《红楼梦》《水浒传》等文学作品为例，总结出多重辐射状和多级链式反应两种性格系统的原型结

---

[1] 曹祖平：《〈西游记〉原型解读》，《唐都学刊》1999年第2期。
[2] 方柯：《性格系统的动态双向建构和原型结构——关于典型环境和典型性格的新的理论模型》，《上海社会科学院学术季刊》1988年第1期。

构模式，并认为对人物性格原型结构的研究有助于从宏观背景上把握文学作品。论文将理论性阐述与作品分析相结合，是原型结构理论在文学作品人物分析上的一次较为成功的尝试。

　　进入 90 年代之后，古代文学的原型结构研究渐渐兴起。叶舒宪《英雄与太阳：中国上古史诗的原型重构》[①] 以原型结构研究的方法解读羿史诗，认为中国古代羿史诗分布零散，但根据原型结构原理可以重构完整的羿史诗。整个羿史诗是由 9 个结构单元组成：主人公的出场；主人公的罪恶；敌手与主人公的道德转变；主人公诛妖怪立大功；主人公探求不死的旅行；主人公的仪式性死亡与复活；主人公得不死药；主人公失不死药；主人公的结局。这 9 个结构单元所构成的就是羿史诗的表层结构，而决定这种表层结构的组合则是其内在的深层结构，即太阳行程。"羿神话整体的内在逻辑是由人从太阳的运行之中观察到的自然法则所规定的，这种内在逻辑使叙述本身构成一种横向展开的原型结构：以主人公经历为线索的表层结构诸母题的依次衔接和发展，取决于以太阳行程为线索的深层结构。"[②] 以太阳行程作为史诗的深层结构，在世界其他史诗中也可以得到验证。如世界上现存最古老的史诗《吉尔伽美什》："从总体上看，表层结构呈现出由喜转悲，由生的赞美到死的恐惧这样一个过程，而决定这一过程的则是由太阳运行所构成的深层结构。"[③]

　　原型结构研究在古代文学研究中最突出的例子就是对《西游记》《红楼梦》两部经典名著的分析。傅修延《试论叙事作品中的深层叙述结构》[④] 一文，对《西游记》的深层叙事结构进行了归纳和分析。作者从大量相似事件中提炼出两组范畴：异类与正统、自由与不自由。然后指出，作品中这些事件明处是异类对正统的追求（或非异类对正统的不耐烦），暗处则是从自由向不自由境地过渡（或反方向过渡）；故事中的主要人物都先后具有过异类和正统两种身份。因此，《西游记》的深层叙述结构必

[①] 叶舒宪：《英雄与太阳：中国上古史诗的原型重构》，上海社会科学院出版社 1991 年版。
[②] 同上书，第 181 页。
[③] 同上书，第 55 页。
[④] 傅修延：《试论叙事作品中的深层叙述结构》，《文艺理论家》1990 年第 2 期。

然导致人物与异类及正统两方面都发生过某种密切联系，即契约关系。傅修延另一论文《〈西游记〉叙述语法：从事件到表层结构》①则对《西游记》的表层叙述结构进行了归纳和分析。作者从叙述语法的角度探讨了《西游记》的叙述结构，把单个事件分为不同等级的事件序列，并从事件序列中总结出事件的表层叙述结构："英雄"→"对手"→"战斗"→"帮助人"→"胜利"。《西游记》中大部分事件可用这个序列来描述，因此它是《西游记》叙事的表层结构。曹祖平《〈西游记〉原型解读》②一文对《西游记》的原型结构又作了另一番解读。文章指出："《西游记》既是英雄们的神话传说，又是人生的一部启示录。洋洋百回的神魔小说实际上是以五个角色的类似经历连缀而成，都经历了因犯罪而遭受磨难，因赎罪而得以拯救的人生曲线。尽管他们的故事内容各不相同，但是，由于借助了原型叙述结构，我们听到或看到的却是一个又一个不断重复的叙述模式。"因此，《西游记》中唐僧师徒取经故事中包含着这样一个共同的结构程式，即乐园—犯罪—受难—赎罪—得救。这种结构模式折射出"人类的情与理、自然本能与社会规范之间的深层关系，昭示出世界发展及其与人类关系的基本原则"。

《红楼梦学刊》1992年第3期刊有梅新林《〈红楼梦〉神话新解》、李庆信《〈红楼梦〉前五回中的亚神话建构及其艺术表现功能》两文，前文提出在《红楼梦》这部小说中，作者为何在世俗世界之外再创造一个迷离恍惚的神话世界？其深层结构与内涵是什么？与世俗世界又有什么样的内在联系？从女娲、警幻仙子、神瑛侍者（石）、绛珠仙草（木）、一僧一道，直到为全书开篇又为全书作结的神奇人物甄士隐、贾雨村，他们各自都扮演了什么样的角色？具有什么样的符号功能与意义？所有这些似是简单而实不简单、似已清楚而实不清楚的难题，可以说在二百多年来的红学史上并没有得到真正的解决，因而也就不可避免地影响到对《红楼梦》的总体精神的把握与深层内蕴的开掘。文中运用现代神话学的理论与方法探析《红楼梦》的复合型神话结构，并还原为形象的图示。梅新

---

① 傅修延：《〈西游记〉叙述语法：从事件到表层结构》，《北京社会科学》1991年第2期。
② 曹祖平：《〈西游记〉原型解读》，《唐都学刊》1999年第2期。

林又著有《红楼梦的哲学精神》[①]一书，结合神话—原型批评理论及结构—解构主义理论探讨《红楼梦》的神话原型结构，提出《红楼梦》的本然结构源于远古神话原型，而构成这一神话原型结构的核心，是石头生命循环的三部曲以及蕴含其中的思凡、悟道、游仙三重复合模式。李文在借助神话—原型批评理论分析《红楼梦》艺术结构时提出了"亚神话建构"之说，认为《红楼梦》前五回中的三段源于神话的虚幻描写，本质上属于艺术虚构、艺术创造范铸的亚神话建构，彼此相互联结、笼罩全局，形成全书的一个象征性、结构性的总体框架。而作为基本性质相同、内容侧重不同的三个亚神话建构，其具体的意象建构方式和艺术表现功能又各有特点。此外，如韩加明《弗莱理论与〈红楼梦〉艺术结构》[②]一文更是直接运用弗莱原型批评理论研究《红楼梦》的艺术结构。认为《红楼梦》从叙述形式来看，如同弗莱提出人类文明发展中出现的传奇、喜剧、悲剧和讽刺四种文类，它们与春夏秋冬的季节循环变化有某种对应关系，构成一种循变化过程。韩文认为《红楼梦》第一回到三十回大致属神话传奇，照应"春"；三十一回到六十三回属喜剧，照应"夏"；六十四回到九十八回为悲剧，照应"秋"；而最后二十二回为讽刺直到回归神话，照应"冬"；最后又照应卷首。而最后二十多回艺术感染力锐减也与叙述形式变化密切相关。

原型结构研究对于探析文学作品的内在结构具有独特的优势，它不仅能够化繁为简抓住文本内部的叙述结构，而且能够通过这种原型结构的分析与解读，进而阐释文本叙述结构背后所隐藏的文化意蕴，对于文学与文化的双重研究都具有重要的学术作用。其不足之处就是由于强调跨越时空的文本结构分析，因而这种研究往往容易忽略文学和文化的历时性差异和空间地域的不同，强调了通性分析而忽视了个性探究。

六 古代文学的原型题旨研究

原型题旨是指母题或主题研究。母题是民间叙事作品中最小的情节元

[①] 梅新林：《红楼梦的哲学精神》，华东出版社2007年版。
[②] 韩加明：《弗莱理论与〈红楼梦〉艺术结构》，《文史哲》1995年第4期。

素，这种情节元素能够从叙事作品中游离出来，又组合到另一作品中去，它在民间叙事中反复出现，在历史传承中具有独立存在能力和顽强存在性，它们数量有限，但通过不同组合又可以变幻出无数故事。主题则是由一个母题或多个母题（一个类型）结合而表达的基本思想。母题是纯粹的情节和行动，主题是母题的寓意，是从母题中提取出来的。一般来说，主题大于母题，母题是客观的情节元素，主题则是母题的综合价值判断。原型题旨研究在古代文学上的运用，既有母题研究，也有主题研究，但因为主题往往蕴含更多的人文价值判断，研究者一般是在母题归纳的基础上进行原型主题研究。原型主题具有一般性和生成性的特点，因此原型主题研究往往是探寻多个文本背后的共同题旨，试图寻找出文学的基本主题及其源流演变。

中国现代的文学主题研究起源于顾颉刚20世纪20年代初的孟姜女故事研究，诗歌方面则是朱光潜1934年发表的《中西诗在情趣上的比较》一文，揭示中西诗歌在主题取向、表达方式、风格特征上的同异及其原因。80年代中后期，由于原型批评理论的广泛倡导，再加上西方主题学理论的大量引入，原型主题研究才开始真正兴起，并成为古代文学研究的一种重要批评方法。

王立是古代文学主题研究领域中起步较早、用力专勤、持续时间最长的突出学者。早自1986年始，他即以主题研究为中心发表了一系列论文，如《中国古代文学中的惜时主题初探》（《烟台师范学院学报》1986年第2期）、《中国古代文学中的春恨主题初探》（《内蒙古社会科学》1986年第1期）、《略论中国古代文学中的悲秋主题》（《社会科学辑刊》1987年第1期）、《论中国古代文学中的相思主题》（《学术论坛》1987年第4期）、《略论中国古代文学中的生死主题》（《云南社会科学》1988年第4期）、《论中国古代文学中的黍离主题》（《江西社会科学》1989年第5期）等。这些论文通常以某一主题为中心，梳理其在中国文学发展中的内在美学轨迹，分析其形成的内在原因，讨论这一主题对中国文学及其创作的影响。虽然这些论文并不是纯粹意义上的原型主题剖析，但其对文学整体的宏观考察、探求文学作品一般性主题的意图，则与原型批评中的主题研究相同。

20世纪90年代是王立古代文学主题学研究成果大量推出的重要时期。较早的论著有《中国古代文学十大主题——原型与流变》（辽宁教育出版社1990年版），将中国文学的主题划分为春恨、悲秋、出处（仕隐）、怀古、黍离、相思、思乡、惜时、游仙、生死这十大主题，并认为"这十大主题具有超载历史时空的普遍性、延展性，集中了中国文人、中国文学对人生价值、人生意义的关注与思考"。这部论著被称为"大陆第一部主题学研究专著"，具有首创之功。论著以主题为框架，将整个古代文学纳入研究范围，既有宏观的视野，也有以大量具体作品为例证的具体分析，这种学术观点与研究方法在当时是较为新颖的，因而这本论著引起了学界的广泛关注，推动了古代文学主题学研究的发展。此后，他又推出一系列主题研究著作。《中国文学主题学——母题与心态史论丛》（中州古籍出版社1995年版）包括"意象的主题史""母题与心态史""悼祭文学与丧悼文化""江湖侠踪与侠文学"等四卷，由主题研究扩展到心理、民俗、制度等多个层面的文化研究。《中国古代复仇文学主题》（东北师范大学出版社1998年版）对中国古代文学的复仇主题进行系统梳理和阐释。上海学林出版社1999年还推出了他的一组丛书：《心灵的图景——文学意象的主题史研究》《永恒的眷恋——悼祭文学的主题史研究》《伟大的同情——侠文学的主题史研究》。90年代出版的这些论著之间有些内容有交叉重复之处，但从总体上来看，在主题学研究上有很大的突破，开始有意识地借鉴原型理论、叙事学理论、文化批评等学术理论，对中国古代文学主题进行共时性与历时性、文学性与文化性的多维研究，充分体现了文化批评的研究导向。

进入21世纪，王立又出版了7部主题研究论著，即《宗教民俗文献与小说母题》（吉林人民出版社2001年版）、《佛经文学与古代小说母题比较研究》（昆仑出版社2006年版）、《武侠文学母题与意象研究》（辽宁师范大学出版社2005年版）、《红豆——女性情爱文学的文化心理透视》（与刘卫英合著，人民文学出版社2002年版）、《文人审美心态与中国文学十大主题》（辽海出版社2003年版）、《中国古代文学主题学思想研究》（天津教育出版社2008年版）、《文学主题学与传统文化》（中国社会科学出版社2016年版）。这些论著有部分内容与以前的有重合之处，但同时有不少新的开拓,比如宗教民俗文学主题、女性情爱主题、武侠文学母题等拓展和深化,都是王立主题学研究的新内质。

除王立的主题研究外,与此相关的重要成果还有:方克强《原型题旨:〈红楼梦〉的女神崇拜》(《文艺争鸣》1990年第1期),陶东风、徐莉萍合著《死亡·情爱·隐逸·思乡——中国文学四大主题》(杭州大学出版社1993年版),钱志熙《论中古文学生命主题的盛衰之变及其社会意识背景》(《文学遗产》1997年第4期),叶舒宪《高唐神女与维纳斯——中西经中的爱与美主题》(中国社会科学出版社1997年版),吴光正《中国古代小说的原型与母题》(社会科学文献出版社2002年版)、陈向春《中国古典诗歌主题研究》(高等教育出版社2008年版),等等。方克强《原型题旨:〈红楼梦〉的女神崇拜》认为《红楼梦》的现实题旨即是"女性崇拜"与"男性批判",其目的是在"在文明发展的基石上,摒斥男性文化对人的生命的漠视和扭曲,重建女性文化的特质与优势"。陶东风、徐莉萍合著《死亡·情爱·隐逸·思乡——中国文学四大主题》提出"只有在几千年的中国文学长河中反复出现、历久不衰的主题,才能称为中国文学主题。这些主题是以一些惯例化了的意象模式(诗歌)和叙述模式(小说)存在的"。根据这一原则对中国古代文学中死亡、爱情、隐逸和思乡等四大主题进行梳理和阐释,解读了主题背后蕴含的人生哲思和精神感悟。叶舒宪《高唐神女与维纳斯——中西经中的爱与美主题》运用原型批评等理论从中西文学中归纳出"爱"与"美"的主题,并加以新的解读和阐释。

原型主题研究从20世纪80年代末到90年代,直至跨入21世纪,一直是古代研究的重要方法论,其学术轨迹显示了动态的学术成就。一是主题研究的内部拓展。即文学主题的梳理与归纳,由伤春、悲秋等为人熟知的显性主题,发展到对隐性的内在的主题的归纳,如对古代小说中赌技服人、比武斗智、照影称王、种植速长等母题的梳理,这大大地丰富了古代文学原型主题研究。二是主题研究的外向延展。即由最初较为单一的传统主题研究,转向多学科综合研究,如探讨文学主题与心理、宗教、民俗甚至是社会制度等的关联,使古代文学的主题研究具有更为宽广的学术视野与疆域。此外,以比较文学的视野进行文学主题的中外比较研究是主题学发展的另一大亮点。三是主题研究的理论方法多元化。不仅运用了原型批评理论和主题学理论，还引入了形象学、心理学、民俗学等多种文艺和文化理论，形成了多元化综合研究的主题学研究模式。四是形成了古代文学主题学研究理论的本土建构。80年代后期是主题学理论引介时期，90年代开始了主题学理论的内化与建构，在学术批评实践的基础上，建构起本土化的主题研究理论。总之，"在文学史研究中，主题学打破了长期以来各抱一段、各守一种文体的惯常状态，改变了一些研究对象在总体格局中的价值品位，它尤其冲击了作家作品集锦式的文学史模式"①。原型主题研究体现了文学的宏观研究和整体研究的优势，但是由于主题归纳和划分的标准较为模糊和主观性强，因此以主题研究来探讨文学就往往会遗漏许多非"主题"性的内容；同时主题研究主要是把历时性的内容转化为共时性研究，这样就不能真正考察出文学的发展演变过程。

第三节　古代文学与民俗文化研究

古代文学与民俗文化关系研究是伴随20世纪80年代"文化热"的兴盛而兴盛的，同时与神话—原型批评具有天然的亲缘关系。历史地看，早在20世纪前期，闻一多、茅盾、顾颉刚、孙作云等学者就注重从民俗文化来研究古代文学，取得了一系列重要成果。但在新中国成立之后迅速陷入整体停滞状态，尽管仍有一些零星研究成果问世。直到80年代在"文化热"的有力激发和推动下才得以衰而复盛，主要集中于古代文学与民俗文化、古代民间故事研究两个方面。

一　古代文学的民俗文化研究视角

古代文学与民俗文化关系的研究可以上溯于20世纪前期，如顾颉刚、孙作云对《诗经》的研究、闻一多对《楚辞》的研究，即以民俗学观点来解读。80年代"文化热"兴起以后，古代文学与民俗文化研究重新受

---

①　王立：《关于文学主题学研究的一些思考》，《中国比较文学》1999年第4期。

到重视，但八九十年代的研究成果毕竟有限，直到21世纪才得到广泛关注。古代文学与民俗文化研究首先发生且主要集中在诗歌、小说研究当中，并由此拓展到戏剧、散文以及其他文体，其中也出现了一些断代和区域的研究论著。比如程蔷、董乃斌《唐帝国的精神文明——民俗与文学》（中国社会科学出版社1996年版），朱红《唐代节日民俗与文学研究》（博士学位论文，复旦大学，2003年）和昝风华《汉代风俗文化与汉代文学》（中国社会科学出版社2009年版）分别研究汉代、唐代文学与民俗文化的关系。程、董之文通过对唐代的岁时风俗、都市风俗、各类妇女和文人士子习俗、民间崇拜与禁忌，以及种种民俗文化产品物化形式的描述和分析，勾勒出唐代精神文明的大致轮廓和某些细部，加深了对唐代文化的理解。朱文就唐代节日民俗与文学关系作了专题研究，其中第四章从节日民俗与文学相互关系的角度，对此前为学界忽视的唐代节日诗会作了较为系统、详尽的考述，从而清晰地勾勒出唐代节日诗会与文学的发展脉络。昝文通过对汉代风俗文化与汉诗、汉赋、汉代散文、汉代小说的关系研究，在汉代风俗文化影响及汉代文学的宏观视野下，既宏观地揭示了风俗文化影响及汉代文学的内容、形式以及发生这种影响的阶段性变化，又详细具体地论述了这种影响是怎样发生和怎样具体影响的，[①] 具有重要的学术价值。而柯玲《民俗视野中的清代扬州俗文学》（上海社会科学院出版社2006年版）则是致力于区域性研究的学术专著，作者从清代扬州地域民俗文化出发，以俗文学"活动"理念统摄，对清代扬州俗文学文化地理条件、历史传承脉络、都市风俗内容、生产消费特征等各方面作了全方位的探讨。现按不同文体对古代文学的民俗文化研究成果分述于下。

1. 诗歌与民俗文化研究。先行启动于《诗经》《楚辞》民俗的比较研究，然后拓展至其他领域。萧兵《万舞的民俗研究——兼释〈诗经〉〈楚辞〉有关疑义》（《辽宁师院学报》1979年第5期）可谓开新时期诗歌与民俗文化研究之先河。该文指出，万舞是我国上古史上最重要的乐舞，它或它的分支普及于我国原始时代狄人、夏人、夷人、苗人四大部落

[①] 参见王洲明为昝风华《汉代风俗文化与汉代文学》，中国社会科学出版社2009年版，所作之"序"。

集群的民俗并贯串在夏、商、周三代文化之中。揭示万舞的文化内涵及其展延，有助于了解中华各族远古文化的交流和联系，有助于解释古代神话传说民俗以及古典文学作品（例如《诗经》《楚辞》）里的某些疑难问题。承此而同样致力于比较研究的还有：柯伦《〈诗经〉〈楚辞〉中若干婚俗的起源与性质——中国古代民俗探源之一》（《湖北师范学院学报》1993年第4期）、沈士军《从〈诗经〉、〈楚辞〉看泛神论的民俗基础》（《神州民俗》2007年第10期）等；各自独立的研究成果则有：王巍《诗经民俗文化阐释》（商务印书馆2004年版）、杨雯《〈楚辞〉风俗研究》（硕士学位论文，四川师范大学，2009年）、黄永林《〈楚辞〉中恋爱习俗描写及其文化阐释》（《民俗研究》2011年第1期）等。

同样，在诗歌与民俗文化关系的研究中，也陆续出现了一些重在整体、专题、区域和断代的研究成果。李勤西《古代风俗诗歌初探》（《西北民族大学学报》1993年第1期）对古代诗歌中多式多样的风俗诗作了较为系统的研究。白松强《民俗与古代诗歌、戏曲的关系》（《齐齐哈尔师范高等专科学校学报》2009年第1期）综合论述了古代诗歌、戏曲与民俗的关系。韩广泽、李岩龄《中国古代诗歌与节日习俗》（天津人民出版社1992年版）、孙玉冰《古代诗歌中的节日风情》（《青海师专学报》2008年第1期）、刘贵生《端午节诗歌中的民俗文化》（《长治学院学报》2011年第1期）等文都侧重于古代诗歌中的节日风俗研究。李传军《试论中国古代歌谣的性质及其与社会风俗的关系》（《青岛大学师范学院学报》2005年第1期）侧重于古代歌谣与社会风俗的关系研究。潘莉《宁波古代竹枝词与宁波民俗》（《浙江万里学院学报》2011年第3期）则侧重于古代特定区域竹枝词与民俗关系研究。

断代诗歌与民俗关系研究方面，集中于唐宋两代。赵睿才《唐诗与民俗关系研究》（上海古籍出版社2008年版）是在其《时代精神与风俗画卷——唐诗与民俗》（河北人民出版社2002年版）基础上广泛扩充而成的。该书立足于民俗学理论前沿，从服饰、饮食、居行、婚姻、丧葬、祭祀、节令等七个方面对唐诗所涉及的民俗风情进行了广泛的探讨和分析，认为唐诗犹如一幅幅民俗画卷，不仅表述着唐人的生活方式与生活艺术，而且反映与深化着唐代特有的"时代精神"，通过唐诗与民俗关系的研究，可以将唐代的"风俗画卷"与"时代精神"都揭示出来，从而更好地理解唐诗内涵和文化精神。而在研究方法上，则以"互证法"为主导，即以唐诗印证唐代的风俗，以唐代的风俗诠释唐诗。刘航《中唐诗歌嬗变的民俗观照》（学苑出版社2004年版）对中唐风俗诗进行了深入研究，一方面探讨了中唐风俗诗与中唐社会新风气的关系，从而展示了中唐社会风俗对于中唐风俗诗产生发展的影响；另一方面又探讨了风俗诗的兴盛与中唐诗歌新变的关系，从而揭示了中唐诗歌新变的内在理路和原因，对于唐宋思想—文学转型提供了特定的个案探索。吴邦江《宋代民俗诗研究》（南京大学出版社2010年版）选取了宋代具有代表性的五类民俗诗：建筑民俗诗、婚恋民俗诗、饮食民俗诗、农事民俗诗、节令民俗诗，探讨了民俗诗的源流演变、民俗事象及其缘起，民俗诗的民俗学、史学价值，民俗诗的民俗审美价值，并以此揭示了宋代社会时代特征对民俗诗的影响，民俗活动对民俗诗创作和繁荣的促进，民俗诗所赋予民俗事象的内蕴、情感对其固有内涵的超越，等等。此外，赵宗福《论清代西部旅行诗歌及其民俗影响》（《西藏大学学报》2000年第4期），则是时代、区域与类型研究的结合。

另一重点是宋词与民俗文化研究。黄世民《宋代七夕诗词的发展与流变》（《怀化学院学报》2006年第4期）兼顾诗词两个方面，认为七夕文化一直是文学史上吟咏不衰的主题之一，汉唐以来，有关七夕的诗歌作品一直繁荣不衰。降及宋代，由于时代风会更替，诗歌尚理，词体新变，使得七夕诗词不断变换视角、开拓意境，从而推陈出新，汇成宋代七夕文学独特的景观。黄杰《宋词与民俗》（商务印书馆2005年版）、张瑞华《中国古代节日民俗与宋词创作》[《中华活页文选》（教师版）2011年第3期]皆重在宋词与民俗关系研究。黄著在爬梳大量文献资料的基础上，从民俗角度切入，通过以俗说词、以词证俗的方法，论述了宋词与节序民俗、宋词与礼仪民俗、宋词与宴饮民俗等的关系，发掘了不少在宋词中鲜为人注意的民俗资料。此外，沈松勤《唐宋词社会文化学研究》（浙江大学出版社2000年版）中篇"风俗行为的表征——唐宋词的社会文化功能"专门讨论了宋词中涉及的民俗词，包括"应歌词""酒词""茶词""节序词""寿词"等。

2. 小说与民俗文化研究。小说由于特殊的篇幅容量，能容纳更多的民俗文化内涵，因而成为受学界关注的另一研究重点。其中的整体研究成果以李稚田《古代小说与民俗》（辽宁教育出版社 1992 年版）、王启忠《民俗文化与中国古典小说》（《江海学刊》1995 年第 6 期）为代表。李著虽是一本小册子，但按照中国古典小说发展的脉络，选取了六朝小说、唐代小说、宋元话本、《水浒传》、《金瓶梅》和《红楼梦》等几个关键点，"勾画出它反映中国民俗的大致轮廓"。① 2005 年，李稚田另一本同名小册子《古代小说与民俗》②作为"古代小说文化简论丛书"得到出版。该书对前一部书中没有涉及的古代笔记小说、《聊斋志异》《西游记》、八仙故事等小说中的民俗文化作了探讨，并对《水浒传》的民俗文化作了新的分析。

关于小说与民俗文化专题研究方面的成果，主要有分类与分体的不同取向。其中分类者如纪德君《古代小说中元宵灯节描写的文学意义及民俗价值》（《学术研究》1998 年第 12 期）、王立《宗教民俗与中国古代小说若干母题的文化省察》（博士学位论文，上海师范大学，2000 年）、李道和《岁时民俗与古小说研究》（天津古籍出版社 2004 年版）、颜湘君《古代小说视野中的中国爱情信物民俗》（《第二届中国俗文化国际学术研讨会论文集》，2007 年）、郑艳《古代小说中的器物精怪及其民俗文化分析》（《民俗研究》2011 年第 1 期）等；分体者如崔乃新《论宋代白话小说中的市井民俗》（硕士学位论文，内蒙古师范大学，2007 年）、马晓坤《宋元小说话本中的民俗信仰论略》（《浙江学刊》2006 年第 3 期）、黄宜凤《明代笔记小说俗语词与民俗文化》（《第二届中国俗文化国际学术研讨会论文集》，2007 年）等；分代者如李鑫《唐代小说与世风民俗文化》（《小说评论》2011 年第 2 期）等。其中纪文指出日常生活往往是平淡无奇的，但元宵灯节大不相同，它灯火辉煌，百戏竞陈，惊奇刺激，热闹非凡。所以，自唐代开设灯节以来，人们一直对之满怀热情和喜爱，并用多姿多彩的笔墨为它留下了生动的剪影。该文以被通俗小说描写最多的民

---

① 李稚田：《古代小说与民俗》，辽宁教育出版社 1992 年版，第 2 页。
② 李稚田：《古代小说与民俗》，山西人民出版社 2005 年版。

俗——元宵灯节为研究起点，以各种题材类型的通俗小说作品为案例，深入分析了元宵灯节描写的文学意义与民俗价值。李著重在对古小说与古代岁时民俗的关系展开研究。全书分上下两篇，上篇"岁时民俗的起源及相关故事研究"主要通过包括古小说在内的原始文献梳理考辨寒食、上巳、端午、七夕和重九等民俗节日；下篇"从岁时民俗生发的古小说母题研究"以岁时民俗文化为背景对"天鹅处女"型故事的成型与变型、同异境女子遇合的故事、龙类故事等几种文学母题进行探源溯流式分析和阐释。崔文力图运用民俗学理论对宋代白话小说中的市井民俗进行系统梳理，通过对小说中市井民俗的分析，了解真实可感的宋代市井生活和新兴市民的真实生存状态和群体心理，总结宋代话本小说中市井民俗展呈的意义和价值。

小说与民俗文化研究影响最大、涵盖面最广的当属陈文新和汪玠玲主编《中国古典文学名著与民俗文化》丛书，该丛书 2003 年由黑龙江人民出版社推出，包括何良昊《世情儿女：〈金瓶梅〉与民俗文化》，汪玠玲、陶路《俚韵惊尘："三言"与民俗文化》，刘良明、刘方《市井民风："二拍"与民俗文化》，汪玠玲《鬼狐风情：〈聊斋志异〉与民俗文化》，王同舟《地煞天罡：〈水浒传〉与民俗文化》，王齐洲、余兰兰、李晓晖《绛珠还泪：〈红楼梦〉与民俗文化》，鲁小俊《汗青浊酒：〈三国演义〉与民俗文化》，陈文新、阎东平《佛门俗影：〈西游记〉与民俗文化》，2005 年还推出李婷《京旗人家：〈儿女英雄传〉与民俗文化》。体现了专题研究与个案研究的结合。该丛书从两方面来研究小说与民俗文化："其一，丛书致力于揭示中国古典文学名著中所反映的民俗现象，如《三国演义》的关羽崇拜、《水浒传》的江湖习尚、《西游记》的民间信仰世界、《金瓶梅》的市井民俗、《聊斋志异》的狐鬼故事、《红楼梦》的人生礼仪，等等"；"其二，丛书致力于借鉴民俗学的理论和方法。为了正确理解文学作品，有必要了解它背后的环境和社会，有必要了解民间素材向文学作品升华的过程，有必要了解民俗现象的基本特征，也有必要借助民俗学的理论和方法"。[①] 该丛书对中国古典小说一些重要名著的民俗文化作了不同

---

① 陈文新：《总序——开创文艺民俗学研究的新局面》，载陈文新、汪玠玲主编《中国古典文学名著与民俗文化》丛书，黑龙江人民出版社 2003 年版。

角度的研究，对于探讨小说与民俗文化研究起了重要作用。

其他的个案研究也多以经典名著为对象，比如邓云乡《红楼风俗谭》（中华书局1987年版）以深入浅出的语言娓娓道来，"叙岁时，记年事，说礼仪，谈服饰，讲骨董，言官制，道园林，论工艺，兼及顽童课读，学究讲章，'太上感应'、'八股'陈腔，道士弄鬼、红袖熏香，茄鲞鹿肉、荷包槟榔，至琐至细，无不包藏"[①]。对《红楼梦》中所涉及的风俗文化进行了全面深入的探讨，是一部随笔式的《红楼梦》民俗文化研究著作；徐文军《聊斋风俗文化论》（齐鲁书社2008年版）从衣饰、饮食、居住、行走、节日、仪礼、信仰和游艺等几方面对《聊斋志异》中出现的一些风俗文化事象进行考释，并且在每类风俗文化考释之后对其文学价值进行分析；刘畅《〈歧路灯〉与中原民俗文化研究》（齐鲁书社2009年版）重点围绕着《歧路灯》"与中原地区人生礼俗""与中原地区宗教信仰""与中原地区妇女生活习俗""与中原地区博戏风尚""与中原地区语言习俗"等几个专题，对《歧路灯》所反映的河南地域内的民俗文化进行了较为全面的研究。

3. 戏剧与民俗文化研究。大致从整体研究与专题研究两个方向展开，前者主要有：鲍文锋《古代戏曲民俗与中国戏剧的渊源——中国艺术和审美意识发生的民俗思考之一》（《郑州大学学报》1994年第3期）、刘曼《中国古代戏剧与民俗——以"中国十大古典悲剧、喜剧"为例》（硕士学位论文，温州大学，2005年）、白松强《民俗与古代诗歌、戏曲的关系》（《齐齐哈尔师范高等专科学校学报》2009年第1期）、翁敏华《古剧民俗论》（上海古籍出版社2012年版）等，总体成果不著。后者略微丰富一些，其中刘兴武《传统节日民俗与戏曲文化的传播》（硕士学位论文，河北大学，2004年）、郑传寅《节日民俗与古代戏曲文化的传播》（《东南大学学报》2004年第1期）等侧重于节日民俗与戏曲文化的传播。刘文认为节日民俗作为人民群众生活中一种约定俗成的民间传统，有着很深的历史渊源和独特的生命力。传统节日民俗在我国人民大众的生活中有着极其重要的地位和作用，是联结戏曲消费和生产、传播戏曲文化的

[①] 陈从周为邓云乡《红楼风俗谭》，中华书局1987年版，所作"序言"。

重要媒介。这一传播媒介反过来对戏曲的艺术面貌发生影响，制约着戏曲文化形态的生成、发展。加强传统节日民俗与戏曲文化传播的研究，挖掘其中的内涵，势必促进戏曲文化的传播与发展。李玲珑《论元代四大爱情剧情节程式的民俗文化特点》（《艺术百家》2006 年第 7 期）、张连举《论元杂剧唱曲及戏台动作中的民俗事象》（《求索》2005 年第 11 期）、罗斯宁《元杂剧和元代民俗文化》（广东高等教育出版社 2011 年版）等侧重于元杂剧与民俗文化研究。李文指出元代四大爱情剧故事情节的展开分为四步曲：相遇、阻隔、分飞、团圆。在"四步曲"中，作者采用典型的民俗意象、民俗故事，反映了人们的民俗文化特点，并且在作品中将民俗生活的矛盾斗争贯穿于情节开端、发展、高潮的全过程，把其间人物与风尚习俗的纠葛作为矛盾冲突发展和交流的主轴，这样的情节结构，可以更深刻地反映人们的民俗心理特点。张文旨在从元剧唱曲及舞台动作来观照民俗文化遗存的表现存在方式，包括衣食住行、婚丧嫁娶、游戏节令等，以期从另一个侧面揭示元杂剧丰富多彩而又鲜活的文化底蕴。罗著依次从传播、审美、文体、市井文化、语言等方面论述元杂剧和元代民俗文化的关系，显示了较之论文更为厚重的学术含量。李瑛《晋南民俗风情与古代戏剧活动——试论锣鼓杂戏衍生的民俗环境》（《长治学院学报》2009 年第 1 期）、申小红《明清佛山庙会的酬神戏——以佛山祖庙北帝诞庙会为考察中心》（《岭南文史》2011 年第 1 期）等则侧重于地方戏剧与民俗文化关系研究。李文以晋南地区的国家级非物质文化遗产锣鼓杂戏为个案，分析研究了中国初级戏剧形态衍生的历史原因与民俗文化背景，进而对戏剧与民俗、戏剧与宗教仪式的关系问题提供了一个佐证。

4. 文赋与民俗文化研究。学界较为关注的，一是诸子散文，主要有：曹晋《老子思想与中国民俗风情》（《思想战线》1998 年第 1 期），聂凤峻、刘俊杰《荀子的唯物主义民俗思想》（《民俗研究》1992 年第 3 期），聂凤峻《论荀子重视民俗文化的思想》（《石油大学学报》1996 年第 3 期），马启俊《〈庄子〉的民俗学研究》（硕士学位论文，华中师范大学，2000 年），冯淑静《透过〈论语〉看孔子时代的民情风俗》（《民俗研究》2009 年第 2 期）。冯文通过条梳《论语》，发现其中涉及了许多民俗风情方面的内容，从对自然神灵的崇拜，到对祖先之神的祭祀，再到卜、兆、梦等方面的信仰，透过这些著录，我们更发现其中潜藏着一股变动的暗流：孔子生活的时代，处于风俗的混乱与变革之中，正是一个移风易俗的时代。马文从《庄子》的民俗视野、《庄子》的民俗观及其与《庄子》哲学体系之间的关系等方面探索了《庄子》民俗文化的丰富内涵与重要价值。二是历史散文，主要有：黄鸣《左传与春秋时代的文学：兼论春秋列国民族风俗》（中央民族大学出版社 2009 年版），肖振宇《论民间文学对〈史记〉取材的影响》（《民俗研究》2001 年第 2 期），韦爱萍《论〈史记〉中的秦东民俗及其审美意义》（《渭南师范学院学报》2009 年第 6 期）、《〈史记〉所见秦地民俗的道德化倾向及其双重影响》（《渭南师范学院学报》2011 年第 11 期），丁晓龙、吴云鹏《〈史记〉熟语的民俗文化》（《语文学刊》2011 年第 13 期），郭必恒《〈史记〉民俗学探索与发现》（知识产权出版社 2012 年版），吴澍《〈汉书·地理志〉风俗研究》（硕士学位论文，山东大学，2003 年），等等。其中值得重点关注的是黄鸣《左传与春秋时代的文学：兼论春秋列国民族风俗》、郭必恒《〈史记〉民俗学探索与发现》两书。前书旨在通过《左传》对春秋时代文学及文学活动状况进行研究，包括其形成、特点、活动、分期、流派等重要问题，力求达成对春秋时代文学发展历史面貌的全景式描写。其中的重点是研究春秋时代文学与列国民族的民风民俗之间的关系问题，并以此作为对春秋时代文学分域分派的基础；后书致力于《史记》中的民俗学资料进行分类整理，并对其中的人物传说深入分析，从而得出司马迁的民俗学思想，进一步凸显了民俗学史料在《史记》成书的重要意义。此外，章沧授《汉赋与民俗文化》（《社会科学战线》2000 年第 4 期）、李炳海《朝政与民俗事象的消长——古代京都赋文化指向蠡测》（《社会科学战线》2000 年第 4 期）两文分别从整体和专题研究的不同视角论述了汉赋与民俗文化的关系。

二 古代民间故事研究

古代民间故事与民俗关系密切，民间故事的演变往往与民俗嫁接在一起，如牛郎织女故事与七夕民俗的结合，因此民间故事研究是民俗研究绕不过去的环节，同时由于文字记载的缺失，民间故事研究也离不开民俗文化的探讨以帮助其还原推断故事的本来面目。自20世纪20年代顾颉刚开展孟姜女故事研究后，50年代古代民间故事陆续得到研究，但真正大批量研究还是在20世纪80年代"文化热"兴起以后。受顾颉刚层累造史观的影响，古代民间故事研究的主体都是对故事的源流演变进行考辨梳理。

1. 孟姜女故事研究。孟姜女故事研究在古代民间故事研究中起步最早，于20世纪20年代由顾颉刚开创。顾氏写作了《孟姜女故事的转变》《孟姜女故事研究》等许多文章，又编辑了《孟姜女故事研究集》。顾颉刚用"第一等史学家的眼光与手段来研究"孟姜女故事（刘复语），"把二千多年来的文献记录和遍布全国各地的各种民间传说、文学、艺术材料，整理出历史和地理两个系统，作出了杰出的成绩"。[①] 顾颉刚选择的研究对象和研究方法对后来的民间故事研究产生了深远影响。就孟姜女故事研究整体来说，后世的研究基本上没有超越顾氏研究。但还是有不少有新意的研究论文论著。如康群《试论孟姜女故事的演变》（《河北学刊》1984年第2期）、黄震云和袁长江《孟姜女故事的演变和误解》（《文艺研究》1993年第4期）、高思嘉《孟姜女故事探索》（《四川师范大学学报》1997年第5期）、施爱东《孟姜女故事的稳定性与自由度》（《民俗研究》2009年第4期）等论文，这些文章也是着眼于孟姜女故事的源流演变的考辨，对顾氏研究有所补益。最为称道的是黄瑞旗《孟姜女故事研究》[②] 专著。该书在前人研究基础上对孟姜女故事作了系统完整的研究，一方面从纵向上考察了孟姜女故事的历时性演变过程，分为三个时期，即先秦到六朝的杞梁妻传说时期、隋唐五代的孟仲姿传奇时期、宋元明清的各种文艺创作时期；另一方面又从横向上考察了民间口传孟姜女故事在各地的分布及其结构与情节单元。全书最突出特点：一是以民俗为重心来探讨故事情节的演变，特别是唐前的演变考辨；二是注重孟姜女故事的文字记载与民间口传的联系与区别。

2. 牛郎织女故事研究。20世纪20—30年代，钟敬文、茅盾、欧阳飞

[①] 王煦华：《孟姜女故事研究集·序》，上海古籍出版社1984年版。
[②] 黄瑞旗：《孟姜女故事研究》，中国人民大学出版社2003年版。

云等学者就涉足牛郎织女故事的研究。新中国成立后，范宁《牛郎织女故事的演变》（1955）、罗永麟《试论"牛郎织女"》（1957）等少数论文对其作了进一步研究。其中，范文对牛女故事的文献资料进行了较为完备的梳理，罗文对牛女故事的文化意蕴和民间化进行了较为详细的探讨。牛女故事研究的重新兴起是在80年代中期以后，牛女故事的源流和演变考证在前人研究基础上进一步精细化、多样化；① 90年代以后，源流考证没有突破性进展，但牛女故事的文化意蕴及相关诗歌研究有了拓展。② 牛女故事研究的主体是其源流演变的考证。如孙续恩《关于"牛郎织女"神话故事的几个问题》（《武汉大学学报》1985年第3期），姚宝瑄《"牛郎织女"传说源于昆仑神话考》（《民间文学论坛》1985年第4期），赵逵夫《连接神话与现实的桥梁——论牛女故事乌鹊架桥情节的形成及其美学意义》（《北京社会科学》1990年第2期）、《论牛郎织女故事的产生与主题》（《西北师大学报》1990年第4期）、《汉水、天汉、天水——论织女传说的形成》（《天水师范学院学报》2006年第6期）、《牛女传说在魏晋南北朝时期的传播与分化》（《长江学术》2008年第1期），王雅清《论〈牛郎织女〉故事主题的演变》（《玉溪师范学院学报》1994年第5期），杜汉华《"牛郎织女"流变考》（《中州学刊》2005年第7期），王帝《牛郎织女神话传说及其演变》（《贵州文史丛刊》2006年第1期），等等。这些论文在前人研究基础上从各个角度对牛女故事的演变作了不同的考察。然后是从民俗文化对其文化意蕴进行探讨。以徐磊《面向民间与主流的文化内在整合——论"牛郎织女"的历史文化隐喻》（博士学位论文，山东大学，2010年）为代表。该论文指出，天汉、牵牛、织女三个故事要素是牛女故事成型的基础，牵牛、织女自命名之初起就植下农业文明的文化基因，为后来牛女故事的"男耕女织"定下了基调。因此，牛

---

① 台湾学者王孝廉《牵牛织女的传说》（《幼狮月刊》1974年第46卷第1期。又收入《中国的神话与传说》，联经出版事业公司1977年版）、洪淑苓《牛郎织女研究》（台湾学生书局1988年版）是此类研究的重要著作，有突出的学术价值。

② 参见施爱东《牛郎织女研究简史》，《中国社会科学院院报》2008年7月31日；《牛郎织女研究批评》，《文史哲》2008年第4期。

女故事不仅随着时代变迁其叙事性不断地再次生成，而且对中国文化产生深层影响。随着研究的深入，以牛女故事为典故的文学得到了研究。如张喜贵《牵牛织女遥相望——谈中国古典诗歌中"牛女七夕"原型》（《蒲峪学刊》1996年第1期）、洪树华《从"牛郎织女"等意象看中国古典诗歌的原型特性》（《江汉论坛》2003年第5期）、樊林《论牵牛织女爱情题材诗歌的形成与流变——兼议宋代"七夕"诗的创新》（《辽宁大学学报》2003年第6期）、卢小燕《牛郎织女恨，〈鹊桥仙〉中情——宋代〈鹊桥仙〉七夕相会词的情感内涵及审美效应》（《四川教育学院学报》2007年第5期）等。

3. 白蛇传故事研究。20世纪20—30年代，钱静方《白蛇弹词考》、霭庭《白蛇传故事起源之推测》、任访秋《白蛇传故事的演变》等文章展开了白蛇传故事的研究。50年代，傅惜华编纂《白蛇传集》（上海出版公司1955年版）对白蛇传故事的相关资料进行了搜集；戴不凡《试论〈白蛇传〉故事》（《文艺报》1953年第11号）、胡士莹《〈白蛇传〉故事的发展——从话本〈白娘子永镇雷峰塔〉谈起》（《浙江日报》1956年12月16日）等文章以阶级分析法对白蛇传故事进行了研究。[1] 80年代开始重新兴起白蛇传故事研究高潮，1984年4月"全国首届白蛇传学术讨论会"在杭州召开，其会议论文集《白蛇传论文集》于1986年由浙江古籍出版社出版。白蛇传故事的研究也主要集中在故事探源和演变上。罗永麟《论白蛇传》（《民间文艺集刊》1981年第1辑）以《西湖三塔记》、《白娘子永镇雷峰塔》和成培传奇《雷峰塔》为标志来阐述分析白蛇传故事演变过程。王骧《白蛇传说故事探源》[2]、陈勤建《白蛇形象结构中的民俗渊源与美学意义》[3] 等，从图腾崇拜等远古民俗视角探源了故事的起点。同类文章还有方梅《"白蛇传"故事流变的文化心理分析》（《宁夏社会科学》1990年第4期）、陈泳超《〈白蛇传〉故事的形成过程》（《艺

---

[1] 潘江东：《白蛇故事研究》（台湾学生书局1981年版）是台湾重要的白蛇传故事研究作品。
[2] 王骧：《白蛇传说故事探源》，《民间文学论文选》，湖南人民出版社1982年版。
[3] 陈勤建：《白蛇形象结构中的民俗渊源与美学意义》，《白蛇传论文集》，浙江古籍出版社1986年版。

术百家》1997 年第 3 期)、龙永干《白蛇传故事流变及近作刍议》(《绵阳师专学报》1995 年第 1 期)、刘守华《宋代"蛇妻"故事与〈白蛇传〉的构成》(《古典文学知识》1998 年第 9 期)、陈毅勤《从〈西湖三塔记〉到〈白蛇传〉》(《承德民族师专学报》2003 年第 4 期)、王立和刘莹莹《试论白蛇传故事的嬗变》(《辽东学院学报》2005 年第 4 期)等。王轶冰《白蛇传故事的文化意蕴》(《廊坊师专学报》1999 年第 4 期)、唐霞《试析白蛇传故事的民俗文化内涵》(《新乡师范高等专科学校学报》2007 年第 3 期)探析了白蛇传故事的文化意蕴,但论述欠深入。值得注意的是董上德《"白蛇故事"与重释性叙述》[①] 一文,该文从叙事视角探讨白蛇传故事不断被复述和重叙所体现出来的民间文化"小传统"与主流文化"大传统"之间的对立与统一。

4. 梁祝故事研究。20 世纪 20—30 年代钱南扬、容肇祖等学者首先对梁祝故事展开研究。1930 年《民俗》周刊第 93—95 期合刊出版了钱南扬主编《祝英台故事专号》,共收录 16 篇论文。其中钱南扬《祝英台故事叙论》是最早涉及梁祝故事的源流演变研究。50—60 年代,梁祝故事研究主要是对其反封建婚姻主题研究。此期,路工编辑的《梁祝故事说唱集》、钱南扬编辑的《梁祝戏剧辑存》等文献辑录较有价值。80 年代开始,梁祝故事研究迎来新的高潮。1986 年浙江省民间文艺家协会发起向全国征集"梁祝"资料,1987 年江浙沪民协联手在宁波举办全国性梁祝学术讨论会。新时期以来的梁祝研究也主要集中故事的源流演变研究,如罗永麟《试论梁山伯与祝英台故事》[②]、杨莉馨《论梁祝故事主题的演变轨迹》(《南京师范大学学报》1993 年第 3 期)、赵山林《梁山伯祝英台故事的演变》(《戏曲艺术》1999 年第 6 期)、刘锡诚《梁祝的嬗变与文化的传播》(《湖北民族学院学报》2005 年第 1 期)等。这些论文对梁祝故事的起源、梁祝的籍贯、梁祝化蝶的情节等内容进行各自不同的探讨和争鸣。梁祝研究的另一个内容则是对梁祝故事的文化意蕴进行探析,如罗永麟《梁祝故事构成的文化因素》(《阜阳师范学院学报》1989 年第 1 期)、

[①] 董上德:《"白蛇故事"与重释性叙述》,《中山大学学报》2007 年第 6 期。
[②] 罗永麟:《论中国四大民间故事》,中国民间文艺出版社 1986 年版。

周静书《梁祝"化蝶"成因及其文化意义》(《宁波师院学报》1996年第2期)、季学原《梁祝故事的文化内蕴》(《宁波大学学报》2000年第2期)、向云驹《"梁祝"传说与民间文学的变异性》(《民族文学研究》2003年第6期)等。

  5. 董永故事研究。董永故事研究是从敦煌变文研究开始，20世纪20年代由王国维最早关注，他撰有《敦煌发见唐朝之通俗诗及通俗小说》(《东方杂志》第17卷第8号)一文，提及"孝子董永传"，认为是"当时所作劝善诗之一种"。此后有王重民《敦煌本〈董永变文〉跋》、赵景深《董永故事的演变》、邢庆兰《敦煌石室所见〈董永董仲歌〉与红河上游摆彝所传》等研究文章。新中国成立后，研究较少，直至80年代始，董永故事再次得到研究。如王兆乾《董永遇仙故事的演变》(《黄梅戏艺术》1981年第1期)、何昌林《两千年来的董永故事》(《黄梅戏艺术》1984年第3期)、张乘健《敦煌发见的董永变文浅探》(《文学遗产》1988年第3期)、高国藩《敦煌董永故事与俗文化》① 等。这些文章或继续从敦煌变文角度探讨，或对董永故事演变考辨。真正对董永故事展开深入研究的是郎净《董永故事的展演及其文化结构》② 和纪永贵《董永遇仙传说研究》③ 两部著作。前者侧重于董永故事的源流演变研究，把董永故事演变分为雏形期（汉代至魏晋南北朝）、渐变期（唐代至清末）、转型期（清末至民国时期）和重铸期（新中国成立以后）几个时期，并且从地域上考察了董永故事的传播情况。后者也梳理了董永故事的演变过程，指出董永故事经历了汉魏晋的旧传说时期（"教"与"仙"）、唐宋的新传说时期（"佛"与"道"）和明清以来的后传说时期（"戏"与"情"），在此基础上还从横向上考察了人物缘起、传播方式、民俗意蕴、现实处境等诸多方面。

  6. 王昭君故事研究。相比其他几个民间故事，王昭君故事更具文人性和政治性，有着更多的文字记载。20世纪20—30年代，王昭君故事开

---

① 高国藩：《敦煌俗文化学》，上海三联书店1999年版。
② 郎净：《董永故事的展演及其文化结构》，上海古籍出版社2005年版。
③ 纪永贵：《董永遇仙传说研究》，安徽大学出版社2006年版。

始得到现代学术意义上的研究。例如，刘万章《关于王昭君传说》、霍世林《王昭君故事在中国文学上的演变》、黄鸿祥《昭君故事及关于昭君之文学》、黄启琇《王昭君故事的演变》、郭云奇《王昭君在中国文学中的演变》、张寿林《王昭君故事演变之点点滴滴》等文章。不过这些文章多是就诗词而谈昭君故事演变，对小说戏曲材料涉及不多。60年代前后围绕着爱国主义思想对杂剧《汉宫秋》展开过大讨论，发表过不少研究文章。自80年代起至90年代，王昭君故事研究进入新的阶段。一是对杂剧《汉宫秋》和敦煌遗书《王昭君变文》作了新的探讨，前者有几十篇文章，后者以高国藩《敦煌本王昭君故事研究》[①]为代表；二是咏昭君诗得到重新关注，如鲁歌等人辑注《历代歌咏昭君诗词选注》（长江文艺出版社1982年版）、阎采平《论六朝咏昭君诗之踵事增华》（《湘潭大学学报》1987年第5期）、朱杰人《宋代的昭君诗》（《上海师范大学学报》1993年第6期）、王翚《在历代吟咏中逐渐偶像化的王昭君形象》（《中国典籍与文化》1996年第3期）、吴河清《论唐宋诗人的昭君诗》（《河南教育学院学报》2001年第3期）等。21世纪，王昭君故事研究得到系统深化，以闵泽平《文化视野中的昭君形象与意义生成》（武汉出版社2003年版）和张文德《王昭君故事的传承与嬗变》（学林出版社2008年版）两部专著为典型。前者侧重于从文化视野来探讨不同时代昭君故事对昭君形象塑造及其悲剧意义生成的不同，其突出特点就是重点关注文人创作系统，并且贯通古今文学作品。后者则对王昭君故事的源流演变进行了系统梳理，其突出特点就是对王昭君故事演变不作单线平面梳理，而是从传播与接受的角度将王昭君故事划分为文人创作与民间创作两大系统，进行立体交叉研究，深刻地揭示了昭君故事在精英文化与民间文化的不同系统中的区别性与联系性。

从民俗文化视角探讨古代文学无疑为古代文学研究开创了新的研究途径，拓展了新的研究视野，也取得了不俗的学术成就。但同时有一些地方值得反思：一是考察民俗文化时往往没有对其时空的差异性给予足够的重视，因而民俗文化的阐释更多的是趋同性而不是独特性；二是从民俗文化

---

① 高国藩：《敦煌本王昭君故事研究》，《敦煌学辑刊》1989年第6期。

视角关注的文学对象还非常有限，主体是几部明清小说名著，再加上部分唐诗宋词，因此研究对象还值得大大拓展；三是忽略了研究中的文学本位，往往把文学作品作为民俗文化的资料加以梳理，而没有从民俗文化的视野对文学的本质、文学的审美和文学现象加以阐释和研究，像刘航《中唐诗歌嬗变的民俗观照》、昝风华《汉代风俗文化与汉代文学》那种能够立足文学本位，注重从民俗文化视野来阐释文学发展演变的学术著作尚不多见。至于民间故事研究，则需在学理创新与田野调查的双重突破和相互融合中取得新的进展。

第四节 古代文学与制度文化研究

在20世纪80年代的"文化热"中，古代文学与制度文化、民俗文化研究同时并兴。古人云："在上为礼，在下为俗。"西方则有"小传统"和"大传统"之论。"礼"为制度文化之本源，"俗"为民间文化之渊薮，彼此上下互动而又常常相互转化，皆与古代文学关系密切。

古代文学与制度文化研究自80年代兴起后，90年代走向深入，21世纪持续发展。主要涉及文学与政治、文化制度的研究，其中集政治文化制度于一体的科举制度与古代文学关系最为密切，研究成果最为显著，所以首先单独予以讨论。

一 古代文学与科举制度研究

科举是中国古代最为健全的文官制度，如果从隋大业元年（605）的进士科算起，到清光绪三十一年（1905）被废除，前后经历了1300年的漫长历程，对中国文化包括文学在内的各个方面产生了巨大而深远的影响。新时期的古代文学与科举制度研究，首先聚焦于唐代，然后持续于宋代，延展于元明清。进入21世纪后，在科举文献与资料整理方面取得了重要进展，陈文新主编《历代科举文献整理与研究丛刊》（武汉大学出版社2009年版）第一辑书目收录了17种22册相关图书，包括历代制举史料汇编、历代律赋校注、七史选举志校注、唐代试律试策校注、八股文总论八种、游戏八股文集成、翰林掌故五种、贡举志五种、明代科举与文学编年、明代状元史料汇编、四书大全校注、钦定四书文校注、《游艺塾文规》正续编、钦定学政全书校注、《清实录》科举史料汇编、梁章钜科举文献二种校注、20世纪科举研究论文选编。此为新中国成立以来第一套经过系统整理的大型科举文献丛刊，以涵盖面广和分量厚重为显著特征，将对古代文学与科举制度研究起到积极的推动作用。而在理论方面，刘海峰《科举文学与"科举学"》（《武汉大学学报》2009年第2期）率先提出了"科举文学"的概念，认为科举是一种文官考试，但从考试内容和考试文体来看，科举却是一种文学考试或经学考试，近代不少西方人便将科举称为"文学考试"或"文士考试"，获得的是"文学学位"。1300年间，不仅多数文学家是科第出身，而且科举影响到中国古代文学的方方面面。该文由界定"科举文学"概念切入，分析科举的文学考试性质，探讨科举与文学各方面的关系，并对"科举学"的文学视角作了简要论述。

就有关科举制度的研究力量来看，主要由史学界与文学界两大阵营所组成，前者重在科举制度本身的研究，后者则重在科举制度与文学关系研究。关于科举制度本身研究方面，通代之作如王炳照、徐勇《中国科举制度研究》（河北人民出版社2002年版），刘海峰、李兵《中国科举史》（东方出版中心2006年版），刘海峰《中国科举文化》（辽宁教育出版社2010年版），等等。但更多的是断代研究著作，包括路莉莉《隋代科举制度考论》（硕士学位论文，曲阜师范大学，2011年），吴宗国《唐代科举制度研究》（辽宁大学出版社1992年版），侯力《科举制度与唐代社会》（岳麓书社1998年版），孟二冬《登科记考补正》（北京燕山出版社2003年版），王洪军《登科记考再补正》（广西师范大学出版社2010年版），傅璇琮主编、龚延明和祖慧编撰《宋登科记考》（江苏教育出版社2009年版），何忠礼《南宋科举制度史》（人民出版社2009年版），何忠礼《科举与宋代社会》（商务印书馆2006年版），高福顺《辽朝科举制度研究》（博士学位论文，吉林大学，2008年），薛瑞兆《金代科举》（中国社会科学出版社2004年版），黄明光《明代科举制度研究》（广西师范大学出版社2000年版），王凯旋《明代科举制度研究》（沈阳出版社2005年版），郭培贵《明史选举志考论》（中华书局2006年版），① 王德昭《清代科举制度研究》（中华书局1984年版），李世愉《清代科举制度考辨》（沈阳出版社2005年版），等等。这些论著或涉及科举制度与文学关系，或为科举制度与文学关系研究奠定文献基础，有助于推动科举制度与文学研究走向深入。

科举制度与文学关系研究不仅发端而且聚焦于唐代，相继出现了一批重要论著。早期的代表作是程千帆《唐代进士行卷与文学》（上海古籍出版社1980年版），作者从科举行卷之风入手，检省旧说，发掘新的文献材料，对唐代进士行卷的由来、内容、具体情状、行卷态度一一加以探讨，总结性论述了科举制度对文学发生的积极与消极作用。此后，傅璇琮《唐代科举与文学》（陕西人民出版社1986年版）趋于对唐代科举文化与文学的综合性研究。作者"序言"称本书的著述宗旨是："试图通过史学与文学的相互渗透或沟通，掇拾古人在历史记载、文学描写中的有关社会史料，做综合的考察，来研究唐代士子的生活道路、思维方式和心理状态，并努力重现当时部分的时代风貌和社会习俗，以作为文化史整体研究的素材和前资。"全书既有对唐代科举制度的全面论述，也有对科举所有相关活动及举子本身的细致考察，凡与科举相关的社会风气、唐人对科举的评价、学校、吏部铨试制度等，皆有涉猎，其内容之丰富详赡前所未有。程、傅两位学者的研究激起了此后唐代科举制度与文学关系研究的勃兴。究其学术路径，大致从以下两个层面作纵深拓展。一是如陈飞《唐诗与科举》（漓江出版社1996年版）、王兆鹏《唐代科举考试诗赋用韵研究》（齐鲁书社2004年版）、郑晓霞《唐代科举诗研究》（复旦大学出版社2006年版）、俞钢《唐代文言小说与科举制度》（上海古籍出版社2004年版）等旨在从文体的视角深化唐代文学与科举制度研究。前三书侧重于科举制度与唐诗的关系研究；俞著则侧重于科举制度与唐代文言小说的关系研究。二是如陈飞《唐代试策考述》（中华书局2002年版）、王勋成《唐代铨选与文学》（中华书局2001年版）、王佺《唐代干谒与文学》（中

---

① 明代科举研究参见郭培贵《二十世纪以来明代科举研究述评》（《中国文化研究》2007年第3期）。

华书局2011年版）等旨在从科举环节的视角深化唐代文学与科举制度研究。陈飞《唐代试策考述》从试策文体切入，涉及制举、明经、进士考试与文学的关系研究，对以往学术成果多有补益。王勋成《唐代铨选与文学》将科举制度与选官制度结合起来探讨，对科举制度与文学的多重关系作了更为深入的研究。傅璇琮"序言"称赞该书全面论述了"唐代仕人如何通过吏部铨试而进入仕途以及在职官吏如何进行铨选"，"把唐代科举与文学研究和唐代官制史的研究，又推进了一大步"。王佺《唐代干谒与文学》从干谒的独特视角探讨了唐代科举制度与文学的关系，对干谒活动与唐代文学传播、唐代文学发展以及干谒诗文本身进行了系统的探讨。

宋代的科举制度与文学关系研究，大体能承续唐代之势，成果较为显著，先后出现了祝尚书《宋代科举与文学考论》（大象出版社2006年版），林岩《北宋科举考试与文学》（上海古籍出版社2006年版），姚红、刘婷婷《两宋科举与文学研究》（浙江人民出版社2008年版），吴建辉《宋代试论与文学》（岳麓书社2009年版），李占奇《论科举制度对宋人小说创作的影响》（硕士学位论文，浙江工业大学，2008年）等重要论著。祝尚书《宋代科举与文学考论》是一部论文集，作者以扎实的文献钩稽梳理为基础，全面探讨了宋代科举沿革变迁的来龙去脉，以及科举制度、科举考试与文学发展的关系。傅璇琮在序言中评价道："这部著作虽然看起来是论文集，实际上是全面考论宋代科举的专著，并且将两宋科举制度的变化沿革与文学、理学、文化风尚、士人生活，甚至举子用书之刻印、发行等，作广泛而具体的探讨，这种细致的考索与极有新意的拓展，是近二十年来宋代科举与文学、文化交结研究所未有的。"林岩《北宋科举考试与文学》对北宋科举考试的变迁及其与文学的关系作了详细的论述。姚红、刘婷婷《两宋科举与文学研究》则对整个宋代的科举制度变迁及其与文学的关系进行了全面的探讨。吴建辉《宋代试论与文学》重在对两宋进士试论和制科试论的研究，以此探讨宋代科举试论文体与文学的关系。李占奇《论科举制度对宋人小说创作的影响》则将科举制度对宋代文学的影响研究延伸于小说领域。

元代尽管科举制度实施时间不长，研究成果也并不显著，但在科举制度与文学关系研究领域，仍有一些重要成果问世，包括黄仁生《论元代科举与辞赋》(《文学评论》1995年第3期)、许慈晖《元代科举与文学》(硕士学位论文,扬州大学,2004年)、吴志坚《元代科举与士人文风研究》(博士学位论文,南京大学,2009年)、董晨《文人的精神失落——浅析元代的科举与文学》(《山西师大学报》2010年第3期)等。其中许文属于整体研究,系统考察了元代科举制度对戏剧、小说集诗文的影响,力图勾勒出元代的科举制度与文学关系的全貌。吴文旨在考论元代科举及其与士人文风之间的关系。而黄、董两文则分别论述了元代科举与辞赋和杂剧的关系。

与元代相比,明代科举制度与文学关系研究显见回升之势。尤其是进入21世纪后,相继出现了一批重要论著,包括刘晓东《科举危机与晚明士人社会的分化》[《山东大学学报》(人文社会科学版)2002年第2期],黄明光《论明代科举制度对文学的影响》(《零陵学院学报》2003年第4期),何玉军《明代科举与诗歌》(硕士学位论文,苏州大学,2004年),柴志明《试论科举文化熏陶下的明代文人》[《浙江大学学报》(人文社会科学版)2004年第3期],林红《明代八股时文对文学的背离与融通》(硕士学位论文,东北师范大学,2006年),叶楚炎《明代科举与明中期至清初通俗小说研究》(百花洲文艺出版社2009年版),陈文新、何坤翁、赵伯陶《明代科举与文学编年》(武汉大学出版社2009年版),郭皓政《明代状元与文学》(齐鲁书社2010年版),陈文新、余来明《明代文学与科举文化》(中国社会科学出版社2011年版),等等。其中《明代科举与文学编年》以编年的方式系统展示了"明代科举与文学"的发展历程。其收录内容主要包括:明代科举制度的沿革及登科情形;明代各类学校的设置及运作状况;明代伪各类考试及考试风气的演变;明代科举对文学的影响;明代科场人物及其相关创作;与明代的考试文体相兴的重要作品、重要论著;对明代社会产生显著影响的政治、经济、军事、文化事件。郭皓政《明代状元与文学》对明代状元与文学进行了较为详细的研究,上编"科名与文章"介绍了明代状元的选拔过程、仕途路线、文学概况。下编"个性与时代"对状元的文学创作进行具体考察。与此密切相关的还有明代荐举制度与文学的关系研究。如司马周《金陵来取贤良士,岭表诸贤尽选抡——洪武荐举制度与诗文研究》(上)(《云梦学刊》

2002年第5期)、《论洪武荐举制度与文学》(下)(《云梦学刊》2004年第2期),探讨了朱元璋时期的荐举制度与明初诗文创作的关系。指出这一制度的实施为文人聚会京师提供了契机,一定程度上促进了诗文创作的提高,并造成了文人"组诗"的出现,影响了这一阶段的诗文理论,最终造成台阁文学的兴盛与繁荣,山林文学的沉寂与衰败。但同时有着极大的负面效应,即造就了一批御用文学创作,最终导致了洪武文学的衰落、顿寂。

至于清代科举制度与文学关系研究,成果相对比较薄弱,相关论文有:赵伯陶《清代科举与士人心态》(《阴山学刊》1991年第4期),李树林《清代科举与文学家》(《内蒙古电大学刊》1991年第7期),陆杰《科举、文人与青楼:晚清狭邪小说的类型变迁》(《江西师范大学学报》2009年第4期),于执立《〈儒林外史〉与八股取士研究》(硕士学位论文,曲阜师范大学,2011年),等等。

此外,如赵善嘉《明清科举与文学》(《上海师范大学学报》1992年第1期)、王玉芳《科举取士与明清士人命运》(《黑龙江教育学院学报》1997年第3期)、王晓靖《论古典戏曲里的科举社会》(硕士学位论文,扬州大学,2002年)、赵永强《八股文与明清古文和诗歌》(硕士学位论文,扬州大学,2005年)等,在跨代际研究上有所突破,所憾尚未出现贯通历代的集成之作。

二 古代文学与政治制度研究

政治制度与文学研究得以开展,应归因于自20世纪70年代末期以来历史学科的政治制度研究成果。自70年代以来,一批高水平的政治制度史研究论著发表,成为文化研究的基础。经历了80年代"文化热"的洗礼,90年代始至21世纪初期,古代文学文化研究者以宏阔的视野,在政治制度与文学研究领域推出了一批内容广泛、角度新颖的论著。就关注的时段来看,以唐代制度与文学的研究为主体。

1. 古代文学与门阀制度研究。门阀制度开始于东汉,盛行于魏晋南北朝,终结于唐代。学界对于门阀制度及其文学影响的研究,同样离不开史学界的参与和推动,比如李锡厚《试论姓氏之学与门阀制度的关系》

(《齐鲁学刊》1982年第1期)、刘汉东《魏晋南北朝门阀政治与传统政治文化》(《探索与争鸣》1990年第2期)、邱少平《东汉门阀士族的形成》(《益阳师专学报》1994年第3期)、田余庆《东晋门阀政治》(北京大学出版社2005年版)、举人《士族门阀制度在南朝的衰落》[《南京理工大学学报》(社会科学版)2006年第4期]、陈大志《东汉豪族婚姻与门阀制度的形成》(硕士学位论文,东北师范大学,2009年)、陈志伟《北朝门阀制度之影响》[《北华大学学报》(社会科学版)2009年第2期]、李济沧《六朝门阀贵族制度与地方政治》[《南京师大学报》(社会科学版)2010年第4期]等论著,在门阀制度研究方面为其与古代文学关系研究提供了重要参照和启示。而就古代文学与门阀制度研究的研究成果观之,则以刘跃进《门阀士族与永明文学》(生活·读书·新知三联书店1996年版)、吴先宁《北朝文化特质与文学进程》(东方出版社1997年版)、洪伟《东晋门阀政治与东晋玄言诗》(硕士学位论文,湘潭大学,2002年)、李晓红《论两晋世族宗族观念与文学创作》(硕士学位论文,青岛大学,2009年)等为代表。刘著从门阀士族角度考察永明文学产生的渊源、文化背景及"永明体"的确切内涵,梳理南北士族从隔阂到融合的过程,剖析门阀士族与政治、宗教、哲学、文学、艺术以目录学的联系,审视这一群体在推动近体诗发生、发展过程中的重要作用,是第一部完整意义上的门阀制度与古代文学关系研究的重要著作,在学术界产生了重要影响。吴著以北朝门第士族的政治、经济、社会生活状况,乃至生活方式、思想心态为中介,考察北朝文学的特征、发展和变化。作者通过北朝士族与南朝士族的翔实对比,以此审视南北文化交流的发展,揭示北朝士族的特殊处境与心态、情感、精神面貌,进而论述北朝文学发展的线索、精神特质及内在生机,探索北朝文学不发达的原因,最终勾勒出北朝文学的整体图景。该书与刘著相互补充,恰好形成了对南北朝士族文学的整体观照。洪文认为东晋玄言诗与东晋门阀政治之间存在着割舍不掉的关系,它与门阀政治相始终,更为门阀政治决定自身特色。该文从东晋政治现实和东晋玄言诗的创作实践出发,本着历史和逻辑相统一的原则,力图客观、全面地揭示出东晋特殊的政治现实(门阀政治)对东晋玄言诗的形成和衰落所造成的影响,并进一步分析在门阀政治影响下的玄言诗的风貌特征。李晓红《论两晋世族宗族观念与文学创作》（硕士学位论文，青岛大学，2009年）认为两晋时期是门阀制度逐渐确立并趋于鼎盛的时期。门阀世族为巩固其社会地位或提高其家族声誉，普遍重视对其族内子弟进行家学和家风方面的教育。在这种家族宗族观念的影响下，两晋世族子弟的文学作品中有许多表现宗族观念的内容，以各种形式表达温馨亲情，比如对亲情的歌颂、对先祖的追述和对后辈的教诲，以此促进世族内同辈之间或上下辈之间感情的深沉敦厚。

唐代科举制度兴起之后，门阀制度逐步走向消亡，而门阀士族也因此进入一个急剧分化和转型时期。顾乃武《唐代门阀士族文化追求的转变及影响》（硕士学位论文，河北师范大学，2004年）对此作了专题研究，提出魏晋南北朝时期，在察举选官形式的制约下，门阀士族多以经学传家。而在唐代科举的引导下，门阀士族的文化追求逐渐发生转变：一是前期经学、文学并立的二元化阶段；二是后期以文学为重的尚文阶段。唐代门阀士族文化追求的变迁，一方面使其逐渐形成家门文学化以及群体文学化的时代发展特点，另一方面则使其文化优势日趋衰落，在客观上引导门阀士族走上了一条不归路。

2. 古代文学与贬谪制度研究。贬谪或称流贬、贬流，广义上包括贬谪和流放，而其狭义则仅指流贬中的贬谪。贬谪制度是古代政治法律制度的重要构成部分，也是历代统治者用以钳制群臣的重要手段之一，至明清趋于极致。由于文臣与文人群体的高度趋同性，所以在诸多研究贬谪制度的论著中，往往包含着贬谪制度与文人或文学的关系研究，比如李兴盛《中国流人史》（黑龙江人民出版社1996年版）是一部有关中国通代流人历史的拓荒之作，涉及历代贬谪制度、流人命运以及文学效应等重要问题，其中古代著名文人的贬谪，以唐宋明清四代为盛，相继形成四个高峰。就断代而言，同样以唐代为盛，主要有：齐涛《论唐代流放制度》（《人文杂志》1990年第3期），李中华、唐磊《唐代贬官制度与不平之鸣——试论开明专制下的文人遭遇与心声》[《华中师范大学学报》（人文社会科学版）2001年第3期]，王雪玲《两〈唐书〉所见流人的地域分布及其特征》（《中国历史地理论丛》2002年第4期），康粟丰《唐代流贬文人研究》（硕士学位论文，浙江师范大学，2004年），韩鹤进《唐代流人问题研究》（硕士学位论文，陕西师范大学，2004 年），梁作福《唐玄宗朝京官外贬流放问题初探》（硕士学位论文，天津师范大学，2007 年），等等。其他如张其凡、金强《宋代"谪宦"类型分析》（《青海社会科学》2004 年第 2 期），吴艳红《明代充军研究》（社会科学文献出版社 2003 年版），杨旸《明代流人在东北》（《第七届明史国际学术讨论会论文集》，1999 年），贾晓川《清代东北流放文人情感世界探析》（硕士学位论文，辽宁大学，2011 年），孟颖《清初的东北流人及对东北文化发展的贡献》［《北华大学学报》（社会科学版）2000 年第 3 期］等文，也不同程度地涉及贬谪制度与文人或文学的关系研究。

就古代文学与贬谪制度研究专题研究而论，早在 20 世纪 80 年代，即陆续出现了一些有关贬谪文学的研究论文，如尚永亮《论〈哀郢〉的创作和屈原的放逐年代》［《陕西师大学报》（哲学社会科学版）1980 年第 4 期］和《刘勰对屈原及其辞赋的态度》［《陕西师大学报》（哲学社会科学版）1982 年第 1 期］、余荣盛《试论柳宗元贬谪时期的文学创作》［《惠州学院学报》（社会科学版）1984 年第 1 期］、金五德《试论王维贬谪济州期间的诗歌》［《长沙理工大学学报》（社会科学版）1986 年第 2 期］等。这些研究成果多以单个作家的经历与文学创作为题，讨论贬谪与文学创作之间的关系，尚未形成影响。至 90 年代，尚永亮率先专注于贬谪文化与文学研究，在其博士学位论文《元和五大诗人与贬谪文学考论》（文津出版社 1993 年版）中正式提出了"贬谪文学"概念，并以元和时期五大诗人韩愈、柳宗元、刘禹锡、白居易和元稹为个案，研究贬谪文化与贬谪文学的关系。作为贬谪文学研究的开山之作，尚著以诗人为中心，侧重于诗人贬谪后的经历及心态研究，论述贬谪的文化背景，剖析贬谪文学作品，考察元和时期的文化精神特质，剖析诗人的人生苦难。从诗人的文学创作中，总结元和时期贬谪文学的内在特质和艺术精神。后来，尚永亮又对此书作了全面修订，并增列了第四章"贬谪文化与贬谪文学的演进轨迹"和几篇附录，书名改题为《贬谪文化与贬谪文学——以中唐元和五大诗人之贬及其创作为中心》（兰州大学出版社 2004 年版）。此外，尚永亮还推出专著《唐五代逐臣与贬谪文学研究》（武汉大学出版社 2007 年版），将研究领域拓展到整个唐代，对唐代各时期的贬谪文学分段研究，以"逐臣和贬谪"这一制度与事件的结合为切入点，探讨唐代贬谪诗人创作的情境，对唐代文学的发展演变加以新的阐释。通过这些论述，揭示不同时期逐臣文人的社会生活、思想状况、心态情感的演变，还原唐代贬谪文学的发展，剖析其中的人文精神。这部著作采用了大量交叉学科的知识来分析贬谪文学的多层次问题。

世纪之交，对古代文学与贬谪制度研究起到重要推动作用的是自1998年起先后于湖南怀化、衡阳、常德召开的3次全国性贬谪文学学术会议。其中前两次会议研究成果名为《贬谪文学论集》结集出版（中国文联出版社1999年版），全书共收录30篇论文，或讨论迁谪文学理论，或研究贬谪作家作品。这些学术活动扩大了贬谪文学研究的影响，使学界逐渐熟悉并接受这一研究领域。就贬谪文学的学术取向观之，王运涛《中国古代贬谪文化与经典文学传播研究》（吉林文史出版社2005年版）旨在从传播学的视角探索古代贬谪文化与经典文学传播的内在关系，具有重要的理论探索意义；而江立中《〈离骚〉奠定了我国迁谪文学的审美基调》[《中国楚辞学（第一辑）——2002年楚辞学国际学术研讨会论文专辑》，2002年] 确认由屈原《离骚》奠定了古代迁谪文学的审美基调，则显见作者探源观流的学术宗旨。但就整体而言，贬谪文学的研究重心依然在唐宋两代。其中涉及唐代的主要有：蔡阿聪《论盛唐文人的沦谪心态》（博士学位论文，复旦大学，2004年）、李德辉《唐代流人制度与李白的流放》[《中国李白研究（2005年集）——中国李白研究会第十一次学术研讨会论文集》，2005年]、刘铁峰《论唐代贬谪文学创作的情感》（硕士学位论文，湘潭大学，2006年）、赵成林和刘磊《骚赋复兴与中唐政治——以贬谪文化为中心》（《甘肃社会科学》2009年第3期）等；涉及宋代的主要有：周尚义《北宋贬谪诗文论略》[《西华师范学院学报》（哲学社会科学版）2003年第2期]、宋先红《"苏门四学士"的贬谪词研究》（硕士学位论文，华中科技大学，2005年）、张英《唐宋贬谪词研究》（博士学位论文，苏州大学，2009年）、吴增辉《北宋中后期贬谪与文学》（博士学位论文，复旦大学，2011年）等；而刘丽《唐宋海南贬谪文人心态之比较》（《北方论丛》2010年第5期）则以唐宋贬谪极地海南为中心，致力于两代贬谪文人心态的比较研究，认为唐代贬谪文人往往往表现为悲观、凄怆、愤激的情绪,而宋代文人则更多地表现为豁达、平和、超脱的心态。唐宋文人的这种心态差异不仅是个人性格、学养、处事方式的差异,也与时代文化精神有着密切关系。

3. 古代文学与幕府制度研究。古代文学与幕府制度关系研究,主要聚焦于唐代方镇幕府上。文人入幕这一现象在唐代,特别是中唐相当普遍,《白居易集》卷四九《温尧卿等授官赐绯充沧景江陵判官制》云:"今之俊乂,先辟于征镇,次升于朝廷。故幕府之选,下台阁一等,异日入为大夫公卿者十八九焉。"欧阳修《集古录跋尾》卷八《唐武侯碑阴记》云:"唐诸方镇以辟士相高,故当时布衣韦带之士,或行著乡间,或名闻场屋者,莫不为方镇所取,至登朝廷,位将相,为时伟人者,亦皆出诸侯之幕。"可见唐代幕府,主要还是指方镇幕府。对于文人入幕这一现象,历来为学界所重视。明胡震亨的《诗薮》已注意从文学角度去认识文人入幕的问题,他说:"唐词人自禁林外,节镇幕府为盛。如高适之依哥舒翰,岑参之依高仙芝,杜甫之依严武,比比而是。中叶后尤多。盖唐制,新及第人,例就外幕,而布衣流落才士,更多因缘幕府,躐级进身。要视其主之好文如何,然后同调萃,唱和广。"这就构成了幕府与文学研究的关系。据戴伟华《唐代文学与幕府关系的研究》[①] 一文的梳理,在唐代文学研究中,幕府与文学之间的关系首先是在盛唐边塞诗研究中被提出来的,大凡是讨论高适、岑参的边塞诗与其经历的关系,都会提及他们的入幕经历,但研究并不深入。事实上,唐代文学与幕府的关系不仅仅和边塞诗相关,它和文学、史学的许多方面都有广泛的联系。而将幕府与文学结合起来并作整体研究则始于 20 世纪 80 年代初期。1984 年,傅璇琮在《唐代科举与文学·序》中说:"我在研究唐朝文学时,每每有一种意趣,很想从不同的角度,探讨有唐一代知识分子的状况,并由此研究唐代社会特有的文化面貌。我想,从科举入手,掌握科举与文学的关系,或许可以从更广的背景来认识唐代的文学。如果可能,还可以从事这样两个专题的研究,一是唐代士人是怎样在地方节镇内做幕府的,二是唐代的翰林院和翰林学士。这两项专题的内容,其重点也是知识分子的生活。我想,研究

[①] 戴伟华:《唐代文学与幕府关系的研究》,《淮阴师范学院学报》2000 年第 2 期。

中国封建社会，特别是研究其文化形态，如果不着重研究知识分子的历史变化，那将会遇到许多障隔。"① 1993 年傅璇琮为戴伟华的《唐方镇文职僚佐考》作序时，又做了进一步的解释："我这里提到的唐代社会两类知识分子，一属于知识分子的高层，即翰林学士，那是接近于朝政核心的一部分，他们宠荣有加，但随之而来的则是险境丛生，不时有降职、贬谪，甚至丧生的遭遇。他们的人数虽不多，但看看这一类知识分子，几经奋斗，历尽艰辛，得以升高位，享殊荣，而一旦败亡，则丧身破家。这虽是以文采名世而实为政治型的知识阶层。而另一类在节镇幕府任职的文士，则是数量众多，情况复杂。他们有的后来也跻身庙堂，但大部分则浮沉世俗，是在当时很有代表性的知识分子群体。"②

唐代幕府与文学关系的研究，是用传统的文史结合的方法，从一个新的角度审视文学史，以探求文学生成的环境、作家活动对其创作的影响、文人群体行为对作品风格的制约等文学问题。③ 研究范围包括幕府制度与文人、幕府文人分布和意义、幕府文人类型和心态、文人入幕与文学创作等，这些探讨为唐代文学研究开拓了新的领域，极大地丰富了人们对文学史的认识。

在古代文学与幕府制度关系研究中，戴伟华《唐代幕府与文学》（现代出版社 1990 年版）是国内第一部系统研究唐代幕府与文学关系的著作。作者梳理了唐代幕府制度及其演变，通过文人入幕经过及命运遭际，分析入幕文人的心态，揭示文人入幕与文学创作的关系，考察了幕府制度与唐代诗歌、散文、小说等文学创作间的复杂联系。此后，戴伟华又出版了《唐方镇文职僚佐考》（天津古籍出版社 1994 年版），此书在严耕望《唐代方镇使府僚佐考》论文的基础上进一步全面地考辨了唐代方镇文人，并编写了创作编年。戴伟华另一著作《唐代使府与文学研究》（广西师范大学出版社 1998 年版）则全面地论述了唐代方镇制度与文学的关系，全书先从整体上全面揭示使府文士生活的文化背景以及因使府文人分布引起

---

① 傅璇琮：《唐代科举与文学·序》，陕西人民出版社 1986 年版。
② 见傅璇琮为戴伟华《唐方镇文职僚佐考》，天津古籍出版社 1994 年版，所作"序"。
③ 戴伟华：《唐代幕府与文学》，现代出版社 1990 年版。

的文学变化，并从地域性和时代性两个方面讨论了使府制度对文学的影响；然后从文体上分别论述唐代诗歌、散文、小说与使府的关系，阐述使府文人的生活对诗歌、小说和散文创作新风貌的形成所起的积极作用。

此外，咸晓婷《元稹浙东幕府文学研究》（硕士学位论文，浙江大学，2007年）、吴玲玲《唐末农民起义期间的幕府文人与诗歌创作》（硕士学位论文，陕西师范大学，2007年）、张仲裁《简论唐代西川幕府兴盛之由》[《西南民族大学学报》（人文社会科学版）2009年第6期]、翟景运《晚唐政局与幕府公文的演变》（《古代文明》2007年第1期）、徐璐《杜佑淮南幕府及其文学活动研究》（硕士学位论文，天津师范大学，2012年）等，也重在中晚唐幕府制度与古代文学关系研究。咸文在元稹浙东诗个案研究的基础上，对浙东诗酒文会活动的规模、成员等进行了详细的考察，并分析、总结了浙东诗酒文会活动的特征与时代特色。吴文以大中十三年（859）十二月至中和四年（884）为取材范围研究唐末幕府文人的诗歌创作。最后为唐末文人在幕府期间诗歌创作的个案分析，以司空图、皮日休、陆龟蒙为代表。张文根据统计数据：剑南西川入幕文人为254人次，高居唐代各方镇之首，超过位列第二的淮南幕府（167人次）近90人次。认为唐代剑南西川幕府之盛，入幕文人之多，是巴蜀文学史上的重要现象，因而拓展于剑南西川幕府研究，对于巴蜀文学史以及整个唐代文学研究都富有学术价值。翟文则从一个比较独特视角探讨了晚唐政局与幕府之于公文演变的影响，认为晚唐时代，军阀割据，兵连祸结，藩镇势力空前扩张，表、状、笺、启等幕府公文在各种复杂关系中，周旋权变的功能急剧提高，骈文创作高度繁荣，在数量、流传方式、命名方式、作者身份等方面显示出一系列鲜明的时代特征，并且在得到普遍重视、学习和研究的基础上形成晚唐时代特有的章奏之学。这些变化对当时的骈文表达手法产生了深刻的影响，主要的表现就是程式化的加深，由此进一步强化了骈文通过组合、堆砌典故来表达意义的特征。

唐代以外的幕府与文学关系的研究，成果不多，且比较分散，主要有刘磊《北宋洛阳钱幕文人集团与诗文革新》（硕士学位论文，陕西师范大学，2000年）、马茂军、谢资娅《西京幕府作家群的散文创作》（《辽宁教育行政学院学报》2006年第1期）、吕靖波《明嘉靖文人游幕风气的忽炽及与文学之关系》(《齐鲁学刊》2011 年第 1 期),倪惠颖《清代中期游幕背景下文人的戏剧活动和小说创作初探——以毕沅幕府为个案》(《明清小说研究》2011 年第 3 期),龚斌《东晋桓温幕府文士及文学活动考略》(《云梦学刊》2019 年第 1 期),等等。刘文试从文人集团的角度出发,结合北宋初叶到中叶的思想文化和文学背景来探讨北宋诗文革新运动的复杂性,认为钱幕文人集团摒除了晚唐五代文风的卑弱浅俗、西昆体文风的浮靡雕琢,纠正了"太学体"古文的晦涩奇诡,有摧古的意义;他们同时以古文压倒骈文,开启了宋诗新貌,所以又有创新的意义,摧古与创新是一个统一的过程。钱幕文人集团在北宋诗文革新中具有中流砥柱的重要地位。马、谢之文从研究西京幕府的外部环境入手,然后进而探讨西京幕府作家群的散文创作以及他们的相互影响,从而确立了西京幕府在北宋诗文革新运动中的地位。吕、倪两文延展至明清两代的幕府,吕文认为明嘉靖间,众多抗倭幕府成为文人云集的中心,世宗对青词的异常热衷又使得大臣们纷纷延纳幕客代笔,从而掀起一股空前的游幕之风。这些游幕文人以布衣居多,其入幕的经济考虑要远大于政治动机,并具有更为自主和频繁的流动性。他们在幕中创作了大量的青词和以抗倭为主题的诗歌作品,前者促使骈文出现了短暂复兴的态势,后者则成为明代战争诗的重要组成部分。明代由于政治体制与幕府性质的变化,文人的游幕与前代相比有了很大的不同。洪武至正德年间,游幕之士寥寥无几。嘉靖年间,文人游幕之风却突然兴起,不仅人数众多,而且影响深远。解读这一现象对于更好地理解明代文人的整体生存处境和文学创作生态有着重要的意义。倪文则认为毕沅幕府是乾隆时期最大的艺文幕府,颇具典型意义,毕沅蓄养梨园家班,幕内大半宾客有断袖之癖,演剧、观剧、评剧活动频繁,南方宾客由南入北,融通南北之音,对一代曲风的转变起到潜移默化的作用。毕沅幕内的集体文艺活动往往兼融诗歌、戏剧等多个门类,兼备审美、智识和娱乐的气氛,雅俗相济。陕西幕府所刻传记体小说《秦云撷英小谱》为故事传记体,记乾隆中叶秦中优人轶事,兼论戏剧,是幕府内小说创作和戏剧活动融合的集中体现。游幕之于小说家最深刻的影响在于其对于创作主体人生经验和智识的培育,毕沅幕宾钱泳的《履园丛话》即是这样一部兼具丰富人生体验和智识的笔记小说。因此,以其为个案,可从文学生态的角度多方面探究这一时期游幕背景下文人的戏剧活动和小说创作。与唐代相比，此中的幕府都已发生了由武而文的转变。

最后，稍稍谈及一下出版于2005年的《晚清四大幕府丛书》（中国广播电视出版社2005年版），包括《曾国藩幕府》《李鸿章幕府》《袁世凯幕府》《张之洞幕府》，对于了解晚清四大幕府中的文人活动及其与当时政坛、文坛的关系颇有参考价值。

4. 古代文学与谏议制度等的研究。涉及古代文学与其他政治制度关系研究的，还有谏议制度、休沐制度等。

谏议制度与文学的研究。傅绍良《唐代谏议制度与文人》（中国社会科学出版社2003年版）对唐代谏议制度与文学作全面系统的研究，考察了唐代谏官制度下的文人政治地位，剖析了文学家谏官思想特征及其谏诤活动、谏臣意识，及其对文学思想与文学发展的影响。马自力《谏官及其活动与中唐文学》[《中国中古文学研究——中国中古（汉—唐）文学国际学术研讨会论文集》，2004年]认为谏官是中唐政治和文化舞台上活跃的社会角色之一。中唐文人具有强烈的泛谏诤意识，从谏诤精神在中唐谏官诗文中的消长，即谏诤传统在中唐的继承与变奏的轨迹中，可以清理出中唐谏官的文学活动和创作特色，还可以发掘出谏官的这种身份以及基于这种身份的观念和言行与文学活动之间的互动关系。

休沐制度与文学的研究。如李立《看似逍遥的生命情怀：诗词与休闲》[1] 论及了汉代六朝及唐宋时期官员的休沐制度与其赏花惜花的文学创作，但仅是涉及而已。查正贤《论初唐休沐宴赏诗以隐逸为雅言的现象》[2] 一文，指出初唐士人在公余休沐宴赏中所创作的酬唱应制诗中，形成了以隐逸为雅言的写作程式，反映了士人对"丘壑夔龙，衣冠巢许"式的理想人格的向往与塑造。赵玲玲《略论汉唐休沐制度与文学发展之关系》[3] 一文，论述了汉至唐间休沐制度的变革及不同时代官员休沐所崇

---

[1] 李立：《看似逍遥的生命情怀：诗词与休闲》，云南人民出版社2004年版。
[2] 查正贤：《论初唐休沐宴赏诗以隐逸为雅言的现象》，《文学遗产》2004年第6期。
[3] 赵玲玲：《略论汉唐休沐制度与文学发展之关系》，《广东技术师范学院学报》2008年第8期。

尚的活动内容和文学创作，其观点多沿袭查文而较少创见。

综上所述，古代文学与政治制度关系研究取得了一定成就，但就研究时段来看，主要是对唐代政治制度与文学的研究最多，其次是魏晋南北朝，其他时段的研究则相对较弱，有的朝代甚至没有研究者涉足。

三 古代文学与文化制度研究

古代文学与文化制度关系研究主要体现在科举制度当中，此外还有礼乐制度、文馆制度、驿馆制度、歌妓制度等。就研究所涉及的时段来看，也是以唐代的文化制度与文学研究最受关注，学术成果最为突出。

1. 古代文学与礼乐制度研究。朱建明《元代的礼乐制度与戏曲》[《上海师范大学学报》（哲学社会科学版）1987年第2期]是较早的一篇论述礼乐制度与文学的论文，对元代礼乐制度与戏曲进行了论介。此后，学界主要从三个方面对此加以推进。一是礼乐制度文化的合一研究。集中于先秦时段，诸如赵沛霖《诗经宴饮诗与礼乐文化精神》[《天津师范大学学报》（社会科学版）1989年第6期]、许志刚《礼的规定性与现实生活感受——〈诗经〉大小雅的创作成因》（《辽宁师范大学学报》1989年第1期）、姚小鸥《诗经三颂与先秦礼乐文化》（北京广播学院出版社2000年版）、江林《诗经与宗周礼乐文明》（上海古籍出版社2010年版）等都是如此。其中姚著以先秦礼乐文化为背景，对礼乐故实多加考证，分析《诗经》三颂中所反映的三代礼乐及其发展轨迹，考定"三颂"的文学史地位。二是侧重于乐制度文化与文学关系的研究。已贯通先秦至宋代乐府制度的研究，按时代为序依次为：许继起《秦汉乐府制度研究》（博士学位论文，扬州大学，2002年），赵敏俐《汉代乐府制度与歌诗研究》（商务印书馆2009年版），刘怀荣、宋亚莉《魏晋南北朝乐府制度与歌诗研究》（商务印书馆2010年版），左汉林《唐代乐府制度与歌诗研究》（商务印书馆2010年版），陈猛《宋前乐府制度对乐府诗分类的影响》（硕士学位论文，广西师范大学，2011年），卫亚浩《宋代乐府制度研究》（博士学位论文，首都师范大学，2007年）。在以上所列著作中，许著率先问世，并着力从源头开始研究。作者旨在通过追溯秦汉礼乐建设的历史，采用立体的研究方法，深入考察了秦汉乐府制度的内部结构，着重探讨了乐员、乐器、乐类的来源、结构以及形成等问题，在此基础上揭示秦汉时期乐府制度建设的历史面貌，因而具有开拓性意义。赵著将艺术生产的理论运用于中国古代文学研究，结合汉代乐府制度的变革，系统探讨了汉代"歌诗"这一特殊的艺术形态的发生演变过程，揭示其复杂的生成机制、丰富的内容、独特的艺术表现方式，以及其在中国诗歌史上的特殊地位和巨大影响，有助于从新的角度认识中国古代诗歌的艺术本质和生成发展规律。其他诸多对先秦至宋代的乐府制度与文学关系的研究成果，形成了不容忽视的整体合力。此外，陈元锋《乐官文化与文学——先秦诗歌史的文化巡礼》（山东教育出版社1999年版）是较早论述礼乐制度与文学的论著，对先秦诗歌发展与礼乐制度文化的关系进行了详细的探讨。杨隽《典乐制度与周代诗学观念》（中国社会科学出版社2009年版）从典乐制度与周代礼乐活动入手，阐述了典乐制度与周代乐官体系及周代诗学理论之关系，并结合中国上古文化特征，对其进行了新的阐释。两书都属于广义的乐制度文化研究。三是侧重于礼制度文化与文学关系的研究。比如丁进《周礼与文学》（博士学位论文，复旦大学，2005年）考察了周礼与先秦文学关系。曹胜高《汉赋与汉代制度——以都城、校猎、礼仪为例》（北京大学出版社2006年版）角度新颖，结合汉赋与汉代制度史，考察汉代礼仪制度的变迁，文学研究内容较少，偏重于历史文化研究。于俊利《唐代礼官与文学研究》（博士学位论文，陕西师范大学，2009年）系统研究了唐代礼官的官职设置与制度沿革，分析了礼官与唐代文人、文学演进之间的互动关系，并从文化与文学的结合点上，考察在制度文化背景下，唐代礼官文人所特有的从政方式、生活状态及其创作趋向，认为礼官经历对文人的仕途人生与诗文创作都有着重要意义和特殊影响。邵炳军《从〈诗经〉与礼制的共生互动关系看诗礼文化的生成》（《江海学刊》2018年第4期）等文作为国家社科基金重大项目"《诗经》与礼制研究"的阶段性成果，在"《诗经》与礼制研究"共生互动关系及其逐渐成为华夏礼乐文明与中华优秀传统文化的精神内核研究方面有了新的突破。

2. 古代文学与文馆制度研究。古代文学与文馆制度关系研究是新近学术界的一个热点论题，杨果《中国翰林制度研究》（武汉大学出版社

1996年版)以翰林学士制度为核心,在分时期、分专题研究的基础上,首次对从唐朝中叶到清朝末年的翰林院机构的演变及其政治运作进行了全面系统的研究。新世纪以来,古代文学与文馆制度研究同样以唐代为重心。罗时进在《唐诗演进论》(江苏古籍出版社2002年版)第一章"唐初文馆与初唐诗风"中,论述了初唐诗坛上四代文馆学士相继主持的重要现象,梳理以文馆学士为主的文人群体及其诗歌创作,指出文馆制度与初唐诗歌创作主体及诗歌内容、风格的重要影响。其后,聂永华《初唐宫廷诗风流变考论》(中国社会科学出版社2002年版)第三章也对初唐时期的文馆设置、学士身份、等级、职能、文学活动进行全面而简要的论述,指出初唐时期诗歌以文馆学士的创作为主导,促成了初唐时期诗体的发展及诗风的形成,揭示了初唐馆阁对文学的促进之功。文馆制度与文学研究的重要专著有李德辉《唐代文馆制度及其与政治和文学之关系》(上海古籍出版社2006年版)和吴夏平《唐代中央文馆制度与文学研究》(齐鲁书社2007年版)。两部著作各有特色,形成了对这一问题的全面研究。李著偏重于唐代文馆制度沿革的观照,以大量篇幅讨论文馆制度的沿革,按时序论述先唐及唐代各个时期文馆的制度演变、历史特点。在文馆制度与文学关系研究上,一方面在制度的历史研究中加以历时性研究,另一方面对文馆与文学进行了共时性探讨。吴著偏重于文馆制度下的文人和文学研究,在文馆制度背景下,探讨了唐代文士的任职、素养与其文学创作之间的关系,以及文馆制度与诗歌、小说、行状、墓碑文等诸种文体的关系,并以元稹、白居易、韩愈等人为个案,深入研究文馆对文人创作的影响。此外,傅璇琮《唐宋文史论丛及其他》(大象出版社2004年版)收录了10篇翰林学士研究的论文,论文以唐代文人中的高层士人群体为例,剖析文学与政治之间的关系,对翰林学士的官职、政治地位、职责等问题一一考证,并透过这些问题探讨唐代文学的发展问题。

唐代以外,其余各代有关研究成果尚有:陈元锋《北宋馆阁翰苑与诗坛研究》(中华书局2005年版)系统地研究了北宋时期三馆秘阁与翰林学士院制度的设立与发展,探讨其政治与文化职能,并从文化与文学的结合点上,考察了在馆阁翰苑的文化背景下,北宋知识精英阶层所特有的从政方式、生活状态及其群体性的创作趋向。邱江宁《奎章阁文人与元代文坛》(中国社会科学出版社2013年版)重点从文人群体探讨了元代奎章阁与当时文坛的密切关系。诚如邱文所论,在现有的元代文学研究中,很少有人整体地关注过"奎章阁"文人及其对于元代文坛的巨大影响。元代的奎章阁学士院于元文宗天历二年(1329)三月设立,元顺帝至元六年(1340)罢,1341年改为宣文阁,后又改为端本堂。奎章阁存在的时间虽然十二年不到,但由于它会聚了元中叶以来最优秀的文人群体,在元代文坛有着承前启后的重要作用,对于元代文学的鼎盛和文风确立厥功至伟,并对后世文学产生了不可磨灭的重大影响。要把握元代文学鼎盛时期的文风和发展方向,无法绕越奎章阁文人圈与元代文坛的关系。而唐朝辉《虞集出入奎章阁的诗史意义》(《华南师范大学学报》2010年第2期)则聚焦于个案研究,该文的核心论点是:1329年,虞集进入奎章阁,成为元代诗坛的核心人物,以他为代表的典雅平和之诗取代了前朝的故国旧君之叹。1333年,虞集离开奎章阁,随即失去了文坛的宗主地位,以其为核心的奎章阁文人群体走向衰落,他所倡导的典雅平和之诗也逐步被衰世动荡、纵情任性的元末诗风取代。叶晔《明代中央文官制度与文学》(浙江大学出版社2011年版)探讨了明代位居政治中心的士大夫群体如何参与建构新中国成立家意识形态下的主流文学话语,尤其着力于从与内阁制度相关联的馆阁体制、庶吉士培养制度,及其结构、功能与运作,来考察文学行为对文学权力形成、流布的作用以及所面临的挑战。

3. 古代文学与驿馆、歌妓制度研究。驿馆制度与文学的研究。李德辉《唐宋时期馆驿制度及其与文学之关系研究》(人民文学出版社2008年版)先是梳理了先秦至唐宋时期的驿馆制度的发展、流变,从馆驿的总量、种类、兴建、设置、管理、功能、使用,到其建筑特点、内部设施等,丰富详赡,无所不包。在此基础上,着重讨论馆驿与文人之间的密切关系,探讨文学创作与馆驿之间的密切联系。在横向的综合研究基础上,选取李白、杜甫、白居易、陆游等诗人及干越亭作为个案,剖析了馆驿制度与文学之间的关联性。

歌妓制度与文学的研究。李剑亮《唐宋词与唐宋歌妓制度》(杭州大学出版社1999年版)对词与歌妓制度的关系作了全面系统的研究。论著梳理了大量文献材料，从制度层面到社会现实，对词人与歌妓交往的形式、内容、性质、作用及复杂心态，进行了由现象到本质的全面考察。对歌妓与词的创作、传播的关系也作了颇有见地的研究。论著所提出的歌妓在词乐结合中的中介作用、歌妓对词的传播的影响、歌妓自身的创作活动特点以及歌妓对唐宋词的负面影响等问题，或发前人之所未发，或从新的角度加以解析。此外，还有诸多研究唐宋歌妓的论著也往往涉及歌妓制度，如李克《宋代歌妓与宋词的传播》（硕士学位论文，东北师范大学，2006年）第一章就是"宋代歌妓制度与宋词的发展"，以此作为宋代歌妓与宋词的传播的基础。沈松勤《唐宋词社会文化学研究》（浙江大学出版社2000年版）第一编中也探讨了歌妓制度对唐宋词的影响，指出唐宋词的兴盛和"花间范式"的词体特质，与歌妓制度及士大夫的歌妓情结有着密不可分的关联。

除了以上所述古代文学与制度关系研究成果之外，还有一些论著属于综合性研究。如吴夏平《唐代制度与文学研究述论稿》（齐鲁书社2008年版）从制度角度探讨了唐代制度与文学的关系，涉及科举与文学、教育与文学、迁谪与文学、谏议与文学、礼制与文学、文馆与文学等多个方面的问题。马自力《中唐文人之社会角色与文学活动》（中国社会科学出版社2005年版）则对翰林学士、郎官、谏官和州郡官四类最活跃的文人社会角色加以研究，探讨不同的社会角色群体所具有的不同意识，以及这种社会身份对文学思想及文学创作的影响。饶龙隼《中国古代文学制度论纲》（《学术研究》2019年第4期）进而上升到整个中国古代文学制度的研究，认为古代文学制度包含外、中、内三层位，外层制度是指间接作用于文学的社会建置，中层制度是指直接作用于文学的制度设施，内层制度是指恒常稳定的文学自身规定性。当下开展中国古代文学制度研究的总目标、总任务，是全面深入集成式地研讨中国古代文学的制度内涵，考述其本源流别、结构层次、理论构建和通变进程，描述各项制度对文学之施用以及文学对制度之策应，从本体、边界、间性和媒介来认证文学自身规定性，并提出了六条路径、三个维度、五大论域的整体构想。这一构想的具体实施与最终实现，是中国古代文学制度研究的重要突破。

第五节 古代文学的文化精神研究

詹福瑞在《文化研究：寻找中国古代文学研究的最佳思维》[1]一文中提出，所谓文化的研究，首先即把中国古代文学置于中国古代文化的宏阔背景和综合关系网络中加以考察，以揭示文学作品及文学现象生成的文化原因、文学的文化性质。因为文学自产生之初，就处于某种文化关系之中，与其他社会文化扭结在一起。其他的社会文化以一种类似于场的效应的形式影响文学，体现于作家的审美心理、文学观念、作品的主题、体裁、风格和艺术技巧等各个方面。这种研究，是一种趋向会通思维的研究。它不仅要求从多种文化纽带审视中国古代文化中的文学现象，而且对其作圆融通照的研究。这样，就改变了剥离式或单一的研究思维模式，赋予文学研究以宏阔的视野和融通的思维模式。其次，文化的研究，还是一种带有鲜明的寻根讨源思维特点的文学研究。发现新的问题，揭示某些未被发现的文学现象，固然是其主要任务；但文化的研究，并不驻足于此。从文化学的角度看，任何文学作品和文学现象都有其生成的文化根源。对中国古代文学作文化的研究，必然要把研究的目的定在对文学现象的寻根溯源上。中国文学史上的许多问题，正是靠这样的研究得以解决。最后，文化的研究，又是一种开放性的研究思维。它不仅从各种文化因素与文学的联系来研究文学，作由外向内的思维运动；还要立足于文学这一独特的人类精神活动来反观文化，作由内向外的思维运动。这种逆向型的研究，过去一直把它视为与文学研究有关联，但又不是同一性质的研究。其实这种认识是比较狭隘的，限制了文学研究的视域。文学是一种文化意义的载体，无疑是人类文化的重要组成部分。文学研究，不仅要研究文学不同于其他人类文化的特殊性，还要研究文学作为文化组成部分，与其他人类文化的共同性。这样，才是完整的文学研究。中国古代文学产生于几千年的中国古代文化氛围之中，呈现出丰富的文化色彩，带有大量的历史文化意

---

[1] 詹福瑞：《文化研究：寻找中国古代文学研究的最佳思维》，《文艺研究》1997年第3期。

义。通过中国古代文学来研究中国古代文化，应当成为中国古代文学研究的任务之一。在这方面，前辈学者已经进行了卓有成效的工作。闻一多通过神话研究来探求中华民族文化的源头，《伏羲考》《高唐神女传说》等文章，均以文学为材料，进行以原始社会为对象的文化人类学研究，成为我国最早从事文化人类学的成功范例。陈寅恪的《元白诗笺证稿》《论再生缘》《钱柳因缘诗释证稿》，以诗证史，也是通过中国古代文学来研究中国古代文化的典范。近些年来，一些学者继闻一多研究之余绪，利用文化人类学来研究《诗经》和《楚辞》以及神话，这些研究虽然还存在一些问题，因此引起一些非议，但它辟出了中国古代文学研究的一方新天地，给这一研究领域带来了生机和活力。

古代文学的文化精神研究，归根到底是对古代文学文化精神的追问和解释，若转换一下角度，也可以从回应文化批评"是什么"与"为什么"切入，简要归纳为还原性研究与解释性研究两个方面。还原性研究重在文学现象与精神的研究，旨在回答"是什么"解释性研究重在揭示文学现象与精神赖以产生的动因与规律，旨在回答"为什么"这一取向正如同上文所引詹福瑞谈到的，文化研究带有鲜明的寻根讨源思维特点。从文化学的角度看，任何文学作品和文学现象都有其生成的文化根源。对中国古代文学作文化的研究，必然要把研究的目的定在对文学现象的寻根溯源上。张兵也同样指出，广阔的文化视角有助于更深刻独到地发掘和揭示古代文学的内在精神、民族特质和发展规律。[①] 其实，许多以文学为本位的文化批评的优秀之作，几乎都是以此为目标定位的。

通观20世纪80年代至今文学之文化批评的学术理路，似乎已逐步形成了一种"扇形效应"。所谓"扇形效应"，是指在以文学为本位的文化研究犹如一扇形结构，文学为扇中之"柄"，文化为扇中之"面"。以扇之"柄"为轴心，扇之"面"即可根据实际需要，自如伸缩，自由展开。扇面展开越大，学术视野越宽，对作者的学术要求也越高。兹从古代文学的文化精神研究的既有成果出发，拟以由宏而微、由大而小的学术视角简述如下[②]。

---

① 张兵:《中国古代文学的文化学研究》，《光明日报》2003年10月3日。
② 因相关论著过于繁富，现仅取直接标以"文化"研究的论著简述之。

一 通代文学的文化精神研究

通代文学的文化精神研究主要指整体意义上的古代文学的文化精神研究。历史地看，尽管中国文学的文化研究已历时 100 多年，但依然存在着许多模糊不清的问题，更难以在学界达成广泛的共识，故有不断深化研究之必要。兴起于 20 世纪 90 年代的人文精神大讨论的激烈争论以及对于中国人文精神的诸多分歧，即是对此最有力的印证（详后）。在此前后，也有一些学者陆续开始对此进行学理思考与探索。杨国良《失落的感性与理性：中国古代文学的文化批判》提出，文学精神，作为一种对自然物象或社会现实认识活动与个人意识或历史心态表现活动的内在气质，最基本的精神要素，便是与历史精神在如下诸方面的对等与同步：表现为个性生命不断的创造精神、进取精神，历史运动的真理与谬误不断矛盾斗争的辩证的破坏性，以批判精神规整历史进步与发展的价值取向，以及人类进化自调节与自发展的自觉意识。中国古代文学及其文学精神，正是在这些方面暴露了力量的单薄。这是一种感性力量与理性力量尤其是"感性—理性"矛盾运动的辩证力量的严重缺憾所引起的。因为在中国古代文化史上，代之以感性因素与理性因素的，恰是一种政治道德范畴的感性伦理—自然伦理。于是，表现为中国古代文学内部精神的对自由人格与自由理想的追求，便一方面成为中国古代文学传统的主题精神，另一方面又因为缺乏踏实深沉的理性基础而沦为永恒的既非"此岸"又非"彼岸"的悬落。[①] 李红《中国古典文学中的文化精神》认为文学史民族心灵的结晶是民族文化精神的重要组成部分。将文学现象与社会文化现象联系起来考察，从中发掘民族的心理素质，探讨民族的审美经验，把握民族文学传统生成和演进的规律以及在新形势发展和改造这种传统，是文学研究面临的重大课题。中国古代文学深受中国传统文化的长期熏陶，生动而深刻地体现着中国文化精神的独特内涵，主要包括关注人间的理性精神、文以载道的教化传统、中和的美学风格、抒情写意的艺术手法等。[②] 此类观

---

① 杨国良：《失落的感性与理性：中国古代文学的文化批判》，《文学评论》1988 年第 4 期。
② 李红：《中国古典文学中的文化精神》，《西安交通大学学报》1997 年第 1 期。

点固然很难获得学界的普遍认同，但都有助于古代文学的文化精神研究的深化。

在经历世纪之交的百年反思之后，有关古代文学的文化精神的研究终于获得了重要突破，其中的集成性的成果当推郭延礼主编的《中国文学精神》（山东教育出版社2003年版），全书"以大文化视野把握中国文学发展进程中最具时代特征的精神，揭示它的文化意蕴，探讨其社会功能、美学意义和对当时及后世的影响"。作者在"总序"中指出："文学是翱翔于天地间的鲲鹏，而精神便是它的灵魂。中华文学之精神，历经数千年的沧桑，先后孕化出了先秦的高远，两汉的博大，魏晋的叛逆，唐代的豪迈，宋代的睿智，明清的反省，近代的启蒙。这一切无不是中国文学的精髓，组结成中国文学的脊梁。巡礼中国文学精神所经历的这一条轨迹，将带给我们良多的自信和启迪。"全书分为七卷，其中先秦卷（王培元、廖群著）重点阐释了"惟人万物之灵"——先秦文学人本意识的萌醒、"君子忧道不忧贫"——礼乐文化与先秦文学的伦理情感与道义精神、走进生活——关注人生的现实精神、创造美的世界——"善美"的精神追求、抒写心灵——先秦诗歌偏于生观表现的艺术精神五部分内容；汉代卷（王洲明著）重点阐释了"天地之性人为贵"——汉代文学的人言文精神、为"大汉"立功立德——汉代文学的事功精神、尊古通变——汉代文学的包容与创新精神以及汉代文学的浪漫精神与理性精神四部分内容；魏晋南北朝卷（郑训佐、李剑锋著）重点阐释了"两种文化精神的对立""对生存状态的反思""两种关怀""宗教化的人生建构""逍遥人生"五部分内容；唐代卷（孙学堂著）重点阐释了生命意识的升华、进取精神的激荡、自然情怀的发抒、忧患意识的贯注、市民心态的渗透五部分内容；宋元卷（王小舒著）重点阐释了宋代文学精神的寻求、宋代文学精神与理性思潮、宋代文学精神的调整与深化、爱国精神的高扬及其文化意义以及文学精神在元代的迷失及其再造五部分内容；明清卷（孙之梅著）重点阐释了复古与新变——明清文学的出路、崇雅与尚俗——明清文学的审美精神、反思与批判——明清文学的文化品位以及兴亡之叹与兴亡之"制"——明清文学的历史沧桑四部分内容；近代卷（郭延礼、武润婷著）重点阐释了近代文学的民族精神和爱国情结、近代文学的启蒙精神、近代文学的进化精神与文学革新、中西碰撞：近代文学的开放精神、新的传播媒介与文学的平民意识以及妇女解放思想与女性文学六部分内容。郭延礼主编的《中国文学精神》出版后，颇获学界的好评，袁进在《具有开创意义的〈中国文学精神〉》一文中评价道：《中国文学精神》每一卷都像一个综述，它就像一本综述的中国文学史，将社会历史思想文化的论述和文学现象结合在一起，内化到"文学精神"的论述之中，概括了那个时代的特色。体现了目前学术界中国古代文学史研究的深化。[①]

二 断代文学的文化精神研究

从先秦贯通近代，历史久远，成果丰硕。除了大量论文之外，还有诸多学术专著，形成代际延续与衔接。先秦时段主要有李炳海《部族文化与先秦文学》（高等教育出版社1995年版）、傅道彬《诗可以观：礼乐文化与周代诗学精神》（中华书局2010年版）、王洲明《先秦两汉文化与文学》（山东大学出版社1996年版）、赵明《文化视域中的先秦文学》（山东文艺出版社1997年版）、赵东栓《先秦两汉文学与文化研究》（吉林人民出版社2002年版）以及由上海古籍出版社于2010年出版的《先秦文学与文化研究丛书》等。李炳海《部族文化与先秦文学》运用文化学的研究方法，从部族文化的角度审视先秦文学，通过排比梳理大量的历史材料和神话传说，考察了对先秦文学影响直接而深广的不同部族的文化现象，以及不同的部族、民族的流动、迁徙和文化融合，并在此基础上对先秦文学研究中的许多难题做出了令人信服的解答，其中有些基本上可以视为定论，可使几千年来聚讼不休的一些复杂问题有一明确的归结。傅道彬《诗可以观：礼乐文化与周代诗学精神》主要对礼乐文化与周代诗学精神作了新的探索，具体内容包括象乐的"戏礼"形态与史诗化叙事倾向、"兴"的艺术源起与"诗可以兴"的思想路径、城邦社会与春秋时代的文化精神、《周易》的诗体结构形式与诗性智慧等。

两汉时段除了王洲明《先秦两汉文化与文学》（山东大学出版社1996年版），赵东栓《先秦两汉文学与文化研究》（吉林人民出版社2002年

---

① 参见袁进《具有开创意义的〈中国文学精神〉》，《中华读书报》2004年5月26日。

版)、孙映逵、单周尧主编《汉唐文学与文化研究》(学林出版社2004年版)由先秦贯通至两汉、两汉贯通于唐代之外,以张新科《文化视野中的汉代文学》(中国社会科学出版社2006年版)为代表,此书在两汉四百年间文化变迁的广阔背景中,讨论了汉代文学的多元文化因素及其与先秦、魏晋以后文学的承启关系,并对一些代表性的作家或著作进行个案分析,从而全面客观地揭示了汉代史学发生、发展的深层原因及其特征。另有王启才所著《汉代奏议的文学意蕴与文化精神》(人民出版社2009年版),重点讨论了汉代奏议的文化意蕴:追求实用、体现"大汉气象"、忧患意识和参与精神、依经立义、天人感应与灾异谴告、"与其危君,宁危身"的讽谏文化心态,以及汉代奏议的民族精神:立大志干大事的事功精神、忧国忧民的爱国主义精神、富于牺牲的理性批判精神。

魏晋南北朝时段主要有张国星《北朝文化主潮与文学的式微》(《社会科学辑刊》1991年第3期)、《北朝文化主潮与文学的式微(续)》(《社会科学辑刊》1991年第4期),吴先宁《北朝文化特质与文学进程》(东方出版社1997年版),王立《文化涵化中的魏晋南北朝文学》(《辽宁师范大学学报》1998年第4期),刘志伟《魏晋文化与文学论考》(甘肃人民出版社2002年版),薄国起《魏晋南北朝文学与文化论文集》(南开大学出版社2002年版),等等。王文从"文化涵化"的视角对魏晋南北朝由地域性转向整体性的文化演变及其对文学的影响作了新的阐释,认为曹魏至晋音乐文化的胡汉、南北涵化即推动了文化变迁,北魏汉化和南朝边塞诗等多得力于异质文化,北朝文人模仿、学习南朝文学,由南入北的文人也因文化环境改变而诗风萧瑟沉郁,主题相对集中。异质文化的介入和文化双向涵化加速了文学发展创新的历史进程。

唐代时段主要有邓小军《唐代文学的文化精神》(文津出版社1993年版)、陈选公《唐代文学的文化规定》(《郑州大学学报》1996年第1期)、屈小强《侠心剑胆:唐代诗人的文化精神与人生意趣》(济南出版社2006年版)、赵小华《初盛唐礼乐文化与文士文学关系研究》(广东人民出版社2011年版)、杜玉俭《唐代文学与汉代文化精神研究》(商务印书馆2012年版)等。邓著不同于一般唐代文学的突出特点在于:不是仅就唐代文学本身研究唐代文学，而是会通文史哲，运用宏观与微观相结合、考证与分析相结合的方法研究唐代文学；不是缕述纷纭复杂的唐代文学现象，而是探微抉奥，阐发唐代文学的文化精神。而杜著则由唐代文学追溯至汉代精神，认为隋末群雄并起局面中建立起来的唐王朝所处时代特点近似于汉。唐王朝为避免魏晋至隋短祚王朝的命运，把目光投向汉朝，把汉朝作为建政的楷模。对汉代文化的重视，对汉朝的向往，是唐朝创造繁荣文化的重要基础和动力。唐朝与汉朝中间相隔数百年，唐朝对汉代的传承主要是文化精神，与唐代文学有关的主要表现在三个方面：其一，唐人对汉人在知识结构上的继承；其二，汉代文化精神对唐代文学表达方式的影响；其三，汉人的行为方式对唐代作家行为方式的影响。

宋代时段主要有张海鸥《宋代文化与文学研究》（中国社会科学出版社 2002 年版），林继中《文化转型与宋代文学》（《长江学术》2006 年第 1 期），曾枣庄《宋代文学与宋代文化》（上海人民出版社 2006 年版），刘方《宋代两京都市文化与文学生产》（博士学位论文，上海师范大学，2008 年），邓乔彬、昌庆志《宋代文学的文化学研究》（《学术研究》2008 年第 5 期），赵瑞广《庆历之际的文化转型：宋学的历史生成》（博士学位论文，浙江大学，2010 年），等等。林文提出，中唐至北宋是文化转型期，文学与之作同构运动。许多著名学者已注意到这一问题，但尚未作深入的研究。研究该文学运动内在的主导线索，应是宋人在由反思转入内省的过程中伦理入主文学，士大夫形成相应的审美情趣，从而影响宋文学自立的形式。刘文则从宋代城市革命这一特定视角，系统研究宋代城市文学繁荣的诸多领域的特质及其成因；分析新型文学生产与城市文学的繁荣，又如何建构和丰富并具体展示新的城市文化；探索在宋代都市文化支撑和影响下形成的新的文学生产活动和文学变迁，以及这些文学生产所创造出的都市意象。赵文进而具体确定北宋庆历之际为中国古代思想文化史上的一个转型时代。它是宋学的生成期，也是汉唐文化向宋文化的转型期。庆历之际，即宋仁宗一朝，有着良好的政治人文环境。重文的社会背景，仁宗宽容的为政风格，内忧外患的时局激发，士人以天下为己任的主体精神及自由议论之风等因素汇合在一起，士人的主体意识张扬，他们在政治上革新求变，学术上大胆创新，疑经思潮兴起，思想领域充满活力，终于促成了这一转型的发生。这些观点都有助于重新认识和阐释宋代文学的文化精神。

元代时段主要有左东岭《元代文化与元代文学》（《郑州大学学报》1991年第1期），云峰《论蒙古民族及其文化对元散曲创作的影响及贡献》（《民族文学研究》2004年第2期），扎拉嘎《游牧文化影响下中国文学在元代的历史变迁——兼论接受群体之结构变化与文学发展》（《文学遗产》2002年第5期），徐子方《元代文化转型与古典文学》（《文艺研究》2007年第2期），国宇、李成《论蒙古族文化对中原文化及元代文学的影响》（《语文学刊》2011年第1期），赵其钧《透视元代文人精神文化》（安徽大学出版社2011年版），郭小转《多元文化背景中元代边塞诗的发展》（博士学位论文，中央民族大学，2012年），郭辉《少数民族文化影响下的元代文学的特点及贡献》（《贵州民族研究》2018年第5期），任红敏《元代特殊的政治文化环境与元代文学发》（《励耘学刊》2018年第1期），等等。扎拉嘎《游牧文化影响下中国文学在元代的历史变迁——兼论接受群体之结构变化与文学发展》从接受群体研究角度，探讨了游牧文化对元代文学发生的多重影响。认为中国古代文学在元代之前和元代之后的根本性变化，与游牧文化南下造成的元代文学接受群体的结构变化有密切关系。蒙古民族文学由口头文学发展到书面文学，并在雅俗文学间并行发展，是中原文化的影响起到重大作用。并提出元代在蒙古游牧文化影响之下，中原封建传统思想受到巨大冲击，从而出现了一个相对自由的思想，在宗教信仰、风俗文化、伦理教化、女性规约、刑法、意识形态等方面都有所表现，这些都与蒙古民族文化品格有关，而这恰恰是元代文学的隐逸主题、追求自由精神等特征出现的主要社会环境。[①] 徐文认为元代文化转型主要表现在：一是多元文化并存取代了儒家文化独尊；二是俗文化取代雅文化上升为社会思想文化之主流。从文学自身的发展规律来说，元以后的传统诗文已经呈现出不可挽回的颓势，后世的努力也缺乏根本意义上的创新。而戏曲、小说之所

---

① 参见王双梅《草原文化与元代文学研究综述》，《前沿》2015年第11期。

以能够上升为文学发展的主流，最主要的原因正是作家挣脱了传统束缚而走上了艺术形式创新的道路。认识到中国古典文学由此截然分为前后两个部分，对于文学史分期研究来说具有独特的意义。而促使文学史发生如此巨变的，归根结底，还是与元帝国建立过程中的思想文化大转型有关。

明清时段相关研究著作以吴志达《明代文学与文化》（武汉大学出版社2010年版）为代表，此书对明代300年间文学与文化的特质及其升降盛衰的状况及原因作了深入探讨，对各个时期文学观念的变迁、文学题材的选择、审美情趣的嬗变等方面进行了全面的阐述。作者在"绪论"中说："（明代）传统文化儒、法、道、释兼收并蓄，虽然在不同时期各有消长，但基本格局是在理学的范畴内逐渐演化变异，乃至士人文化与市民文化互相包容、融合。这种文化特征，对明代文学的发展有着深刻的影响。"可以说，这就是全书的大纲，整部书的著述贯彻了文学与文化交融并发展的整体思路。① 刘士义《明代文学研究的性文化生态》（《南京师范大学学报》2018年第2期）则选取了"性文化"这一特定的视角来审视明代文学文化精神的一个侧面，认为性文化生态是一种动态联系的性学研究方法，其沟通了社会性与生理性、群体性与个体性多重研究视角。以之为基础，把性文化当作一种相互关联、自我更新的文化生态，不仅有利于洞察性别、伦理、性爱及情爱诸要素的内在联系，更容易探赜性文化生态与政治、经济、文化等其他社会生态之间的施力关系。以性文化生态为鹄的，重新审视明代的伦理法规、家庭婚姻、狭邪狂热与男风好尚等事实，以及因其而产生的文学之婚恋、悍妻、艳情、狭邪与男风等题材，便具备了更加洞彻而直观的研究视域。清代时段主要有王小舒《清代文学与审美文化》（《山东大学学报》2003年第6期）、张兵等《文化视域中的清代文学研究》（人民出版社2013年版）等。王文认为，审美文化不仅是一个民族的范畴，也是一个历史的范畴。该文旨在探讨清代文学与同时代其他审美文化之间的关系，展示清代文学与整个时代文化互

---

① 顾瑞雪：《明代文学发展进程的完整阐述——评〈明代文学与文化〉》，《武汉大学学报》2011年第2期。

相影响的状况，同时希望从审美文化的角度提供一个观察清代文学发展的独特语境。

近代处于中西冲突与现代转型的特定时期，因而在近代文学的文化精神探索上成果比较丰富，郭延礼、朱晓晨《中西文化碰撞与近代文学》（山东教育出版社 1999 年版）以及郭延礼《试论中国近代文学精神》（《山东大学学报》2003 年第 5 期）对此做出了积极的回应，后文强调国近代社会是一个由古代向现代转型的社会，作为社会意识形态之一的文学不仅本身正在发展与转化，而且在西方文化撞击与中西文化交汇的大背景下，中国文学已开始由古典向现代转型，与此相适应，中国近代文学精神也具有自己的特点。该文从如下五方面对此进行阐释：启蒙精神与文学启蒙；忧患意识与爱国精神；自由、民主精神的张扬；西学东渐与文学的变革；革新精神与大众意识。与其主编的《中国文学精神》之近代卷所概括的相近。此外，还有陈永标《试论中国近代文学的民族精神》（《华南师范大学学报》1995 年第 1 期）、黄洁《中国近代文学变革的文化困境》（《渝州大学学报》2000 年第 4 期）、杨昌江《中国近代文化精神新变推动中国近代文学转型》（《中南论坛》2008 年第 4 期）、赵利民《论中国近代悲剧精神在文学中的表现》（《枣庄学院学报》2008 年第 1 期）等文。陈文在近代历史和政治斗争的背景上，着重探讨了中国近代文学民族精神的内涵及其表现形态，指出由强烈的忧患意识与全民族抗敌精神，作家的历史使命感与文学的革新创造精神，以及崇高的民族气节和大无畏的献身精神，汇成了近代文学反帝反封建爱国主义文学主潮，焕发出时代精神，成为作家巨大的凝聚力，有力地推动了近代文学的革新运动。杨文借鉴鲁迅有关"文艺是国民精神所发的火光，同时是引导国民精神前途的灯火"之论，认为中国近代文学也正是这样，它反映并引导了中国近代民族精神，与中国近代民族精神保持着紧密的联系。近百年来，中国社会结构发生巨变，社会新陈代谢迅速而剧烈，故民族精神的变化也至为明显，形成了一种与中国古代民族精神有别的新的民族精神，是中国古代民族精神向中国现代民族精神过渡的桥梁。所以他认为有必要提出"中国近代民族精神"这个概念，其核心价值包括进步精神、斗争精神、民主精神、科学精神、创新精神、个性解放精神六个方面。赵文指出，我国近代悲剧精神产生于中国近代社会"内忧外患"的现实土壤,具有忧患意识、抗争意识及深切的痛苦体验等特征,它在近代文学中具体表现为:作为一种戏剧类型的悲剧得到明确提倡,传统叙事文学中的"大团圆"结局被突破,英雄悲剧及其崇高性特征得以充分展现。在一定意义上讲,中国近代悲剧精神是中国文学现代性的重要表现,也是中国文学由古典向现代过渡的重要表征。上述这些论述都比较契合近代文学之文化精神的本质特征,而且彰显了相应的学术深度。

三 区域文学的文化精神研究

区域文学的文化精神研究与20世纪80年代以后兴起的文化地理、文学地理研究具有天然的亲缘关系,其中也陆续出现了一些带有理论思考的论文,如王祥《试论地域、地域文化与文学》(《社会科学辑刊》2004年第4期)、凤媛《作为一种"地方性知识"的地域文化——兼及对江南文化和文学研究的一些思考》(《文艺理论研究》2011年第5期),但总体而言成果有限。这里拟重点讨论以下两个问题。

一是区域与断代相结合的研究。代表性成果有:杜晓勤《地域文化的整合与盛唐诗歌的艺术精神》(《文学评论》1999年第4期),戴伟华《地域文化与唐代诗歌》(中华书局2006年版),陈未鹏《宋词与地域文化》(博士学位论文,苏州大学,2008年),朱万曙、徐道彬《明代文学与地域文化研究》(黄山书社2005年版),蒋寅《清代诗学与地域文学传统的建构》(《中国社会科学》2003年第5期),孟芳芳《西域文化对汉代文学的影响》(硕士学位论文,沈阳师范大学,2014年),宋展云《地域文化与汉末魏晋文学演进》(社会科学文献出版社2017年版),等等,但彼此之间的学术理路相距甚远。宋著将魏晋文学上溯至汉末中原文学新风的兴起,下延到晋宋之际江州隐逸文风的新变。全书分汉末、三国、西晋、东晋四个时段,对汉末魏晋时期不同地域文化对文学的影响、南北士人的文化交流与文学融合、文化中心迁移对文风新变造成的影响等诸多问题进行较为系统的探讨。通过对汉末魏晋时期不同地域文人群体、文学创作和文风特点及其文化成因的梳理,从地域文化视角揭示魏晋风度及文风演进的历史进程。戴著的创新之处在于将过去主要以诗人籍贯为主的地域文化与文学创作的分析，转换为以诗歌创作地点为主的地域文化与诗歌创作的研究；在编制《唐文人籍贯数据库》和《唐诗创作地点考数据库》基础上，分别讨论了唐诗中所体现出的地域文化意识、文学创作的历史传统与诗人生存的地域空间在诗歌中的表现和差异，并对弱势文化和域外诗给予了关注。陈文以宋词与地域文化的关系为研究对象，并将论题放置在特定的时间（宋代）、空间（北宋、南宋的疆域）背景中，应用古典文学研究的传统方法，借鉴文化地理学、历史地理学等学科的相关理论，以个案研究、个案分析为基础，对宋词与地域文化之间的关系加以审视、观照和诠释。蒋文借鉴西方"大传统"与"小传统"概念探讨清代诗学与地域文学传统的建构问题，认为明清以来区域经济的普遍开发，促进了地域文化的多元发展。与地方志编纂相伴的地方性文学总集、选集和诗话不断涌现，使文学的地域传统日益浮现出来，并在人们的风土和文化比较中得到深化，由此形成与经典文本所代表的"大传统"相对的地域性的"小传统"。这种小传统以方志、总集和领袖人物的影响等多种力量左右着地方的文学风气，同时成为文学批评中重要的参照系。当小传统与大传统在审美趣味和创作观念上出现差异，趋向不一致时，小传统往往具有更大的影响力。透过清代诗学，可以清楚地看到小传统与大传统的互动，以及从中不断建构起来的地域文学传统。

二是以区域为主导的研究。主要以传统意义上的区域划分——齐鲁、中原、秦陇、燕赵、巴蜀、江南（或吴越）、岭南等区域级次为研究界域。齐鲁区域的重要成果是王志民主编《齐鲁文化与中国古代文学研究丛书》（齐鲁书社 2008 年版）与李少群、乔力《齐鲁文学演变与地域文化》（人民出版社 2009 年版），前者包括杜贵晨《齐鲁文化与明清小说》、王琳《齐鲁文人与六朝文风》、王恒展《齐鲁典籍与小说滥觞》等。后者的主体结构是沿着"史""论"结合、"古今结合"的内在思路，研究方式是纵向与横断面的相互交织，历时性与共时性的双向兼顾，充分体现观照角度、层面的多样性与多元化的研究特点，力图建构一个具有充分开放性的研究空间。中原区域的重要成果是《中原文化研究丛书》（学苑出版社 2004 年版），其中涉及文学与文化关系研究的有卫绍生《魏晋文学与中原文化》等。秦陇区域的代表性论著有：李浩《关陇文化与贞观诗风》

（《文学遗产》1992年第3期），杨晓霭、胡大浚《陇右地域文化与唐代边塞诗》（《文史知识》1997年第6期），冉耀斌《三秦诗派及其文化品格》（《文学遗产》2008年第5期），倪晋波《春秋秦文化的"周化"及其文学的发生》（《理论学刊》2011年第4期），刘洁、延娟芹主编《中国古代文学与西北地域文化》（中国社会科学出版社2015年版）。燕赵区域的代表性论著有：赵险峰、王静《东汉时期燕赵文人的思想文化特征》（《河北大学学报》2008年第2期），张鹏《论建安文学与燕赵文化的关系》（《青年文学家》2009年第9期），蔺九章、刘秋彬《论燕赵文化视阈中的河朔诗派》（《河南科技大学学报》2010年第6期），等等。江南区域的代表性论著有：郑利华《明代中叶吴中文人集团及其文化特征》（《上海大学学报》1997年第2期）、景遐东《江南文化与唐代文学研究》（人民文学出版社2005年版）、薛玉坤《区域文化视野中的宋词研究——以江南区域为中心》（博士学位论文，苏州大学，2003年）、高利华《越文化与唐宋文学》（人民出版社2008年版）、葛永海《历史追忆与现世沉迷：唐诗中的金陵与广陵——以江南城市文化圈为研究视阈》（《浙江社会科学》2009年第2期）等。巴蜀区域的代表性论著是李大明《巴蜀文化与文学》（电子科技大学出版社2005年版），此书收录于四川师范大学《巴蜀文化研究中心学术丛书》之中。岭南区域的代表性论著是左鹏军主编《岭南学丛书》（中山大学出版社2007年版）中部分相关著作以及梁凤莲《正视岭南——关于岭南文学与文化的思考》（《暨南学报》2004年第6期）、钟乃元《唐宋粤西地域文化与诗歌研究》（硕士学位论文，广西师范大学，2010年）等论文。东北区域的代表性论著是李春燕《东北文学文化新论》（吉林文史出版社2000年版），收录于《东北文学与文化研究丛书》之中。此外，任文京《唐代边塞诗的文化阐释》（人民出版社2005年版）、王青《西域文化影响下的中古小说》（中国社会科学出版社2006年版）、海滨《"唐诗与西域文化"研究范式的转型呼唤》（《上海大学学报》2007年第3期）、高人雄《唐代文学与西北民族文化研究》（民族出版社2008年版）、李强《丝绸之路：戏剧文化研究》（新疆人民出版社2009年版）等都涉及古代文学与西域文化的关系。李著主要探讨丝绸之路西域戏剧的发生、唐宋大曲与柘枝队戏、敦煌俗讲乐舞与佛教戏曲、敦煌学中的目连文化等，拓展了传统戏剧文化研究的视野。海文提出在唐诗研究领域，"唐诗与西域文化"的研究意识在 20 世纪已经完全形成，并在微观研究方面取得了比较丰富的成果，但宏观研究尚未全面展开。唐代文化研究、文化交流史研究、西域研究等领域的成果在客观上已为"唐诗与西域文化"研究的全面推进提供了重要的材料基础，"唐诗与西域文化"研究范式的转型是必然趋势。

四　各体文学的文化精神研究

文体研究的视角常常和断代、区域研究的视角交叉在一起。从既有研究成果来看，以诗歌、散文、小说、戏剧等大类文体为对象的文化研究为数不多。胡晓明《中国诗学之精神》（江西人民出版社 1991 年版）旨在论析中国传统诗学中所蕴藏的精神价值与思想传统，主要草从"内篇：中国诗学之精神方向"与"外篇：中国诗学之精神原型"两个维度展开，前者包括比兴、意境、弘道、养气、尚意；后者包括乡关之恋、佳人之咏、空间体验、时间感悟、吾道自足以及"结语：万川之月"。作者将中国诗学中的思想传统归结为一种人文精神，以人道、人生、人性、人格为本位之知识意向、价值意向，是文化视野下诗歌精神研究的重要著作。但更多的是着力于次一级的亚文体比如《诗经》、《楚辞》、汉赋、唐诗、宋词、元曲、明清小说等的文化研究。《诗经》文化研究的重要著作有：李山《诗经的文化精神》（东方出版社 1997 年版）、叶舒宪《诗经的文化阐释》（陕西人民出版社 2005 年版）、王政《〈诗经〉文化人类学》（黄山书社 2010 年版）等。《楚辞》文化研究的重要著作有：萧兵《楚辞文化》（中国社会科学出版社 1990 年版）、张崇琛《楚辞文化探微》（新华出版社 1993 年版）、李中华《词章之祖——〈楚辞〉与中国文化》（河南大学出版社 1998 年版）、熊良智《楚辞文化研究》（巴蜀书社 2002 年版）等。汉赋文化研究的重要论著有：刘文勇《汉赋文化属性探议》（《广西大学学报》2005 年第 2 期）、郑明璋《汉赋文化学》（齐鲁书社 2009 年版）、刘慧晏《汉赋文化特质简论》（《文史哲》2010 年第 2 期）等。唐诗、小说文化研究的重要论著有：杜晓勤《初唐诗歌的文化阐释》（东方出版社 1997 年版）、葛晓音《论唐前期文明华化的主导倾向——从各族文化的交流对初盛唐诗的影响谈起》(《中国社会科学》1997 年第 3 期)，蔡镇楚《唐诗文化学》(海南出版社 2001 年版)，胡晓明《唐诗与中国文化精神》(《解放日报》2006 年 3 月 2 日)，吴怀东、余恕诚《论唐传奇的文化精神——兼论中国古代小说文体独立的文化内涵》(《江海学刊》2009 年第 3 期)，等等。宋词文化研究的重要论著有：蔡镇楚《宋词文化学研究》(湖南人民出版社 1999 年版)，王晓骊《关于宋词文化学研究的思考》(《江淮论坛》2001 年第 1 期)，沈松勤《唐宋词社会文化学研究》(浙江大学出版社 2004 年版)，沈家庄《宋词文化与文学新视野》(人民文学出版社 2001 年版)，《宋词的文化定位》(湖南人民出版社 2005 年版)，杨柏岭《唐宋词审美文化阐释》(黄山书社 2007 年版)，刘尊明、甘松著《唐宋词与唐宋文化》(凤凰出版社 2009 年版)，等等。另如薛玉坤《区域文化视野中的宋词研究——以江南区域为中心》(博士学位论文，苏州大学，2003 年)则是区域与问题研究的结合。元曲文化研究的重要论文有：高益荣《元杂剧的文化精神阐释》(硕士学位论文，陕西师范大学，2004 年)，云峰《民族文化交融与元散曲研究》(广西师范大学出版社 2011 年版)，朝乐蒙其其格《论蒙汉文化交流与元散曲的繁荣兴盛》(硕士学位论文，中央民族大学，2005 年)，梁归智《元曲的人文精神与文化启示》(《江苏大学学报》2009 年第 1 期)，霍雅娟《从文化融合看元曲的草原文化精神》(《徐州师范大学学报》2009 年第 5 期)。小说文化研究的重要论著有：郭英德《明清小说的文化意蕴》(《高校理论战线》1999 年第 3 期)、付丽《明清小说文化研究》(黑龙江人民出版社 2003 年版)、皋于厚《明清小说的文化审视》(学苑出版社 2004 年版)、刘书成《文化视角下的中国古代小说》(甘肃文化出版社 2005 年版)等。另如甘露《吴越文化与明清小说》(《河池学院学报》2004 年第 5 期)则是区域与文体维度的结合。

五 文学专题的文化精神研究

以某一文学现象、文学流派、文学主题为对象进行专题性的文化研究，可谓不胜枚举，然多与上文所述断代、区域、文体的文化研究相交叉。与断代交叉的专题性研究，如张国星《北朝文化主潮与文学的式微》(《社会科学辑刊》1991年第3期)、门岿《元初"世侯文化"的特点及其对元代文学的影响》(《东南大学学报》2004年第2期)、周涛《我看建安文学兴起的文化根源》(《文史杂志》2004年第4期)、杨恩成《长安文化和唐诗中以长安为主题的诗》(《长安大学学报》2010年第3期)、赵小华《初盛唐礼乐文化与文士、文学关系研究》(广东人民出版社2011年版)等。与区域交叉的专题性研究,如赵维平《明清小说与运河文化》(上海三联文化传播有限公司2007年版)、曾小月《从尚武精神看北方少数民族文化对中原文学的影响》(《中南民族大学学报》2007年第2期)、吴怀东《建安文学新变与发生的地域文化背景》(《阜阳师范学院学报》2007年第6期)、吕书宝《岭南民族民间文学主流文化因子论》(大众文艺出版社2008年版)、刘明华《地域文学史和文化史中的过境作家研究刍议》(《文学遗产》2008年第1期)等。与文体交叉的专题性研究,如姚小鸥《诗经三颂与先秦礼乐文化》(北京广播学院出版社2000年版),赵沛霖《〈诗经〉宴饮诗与礼乐文化精神》(《天津师大学报》1989年第6期),王启才《汉代奏议的文学意蕴与文化精神》(人民出版社2009年版),阮忠《南朝文化、文学观与散文风格》(《华中师范大学学报》2002年第4期),陈祥谦、谭亚菲《南朝俳谐文学繁盛的文化考察》(《求索》2009年第3期),尹恭弘《小品高潮与晚明文化》(华文出版社2001年版),李明军《禁忌与放纵:明清艳情小说文化研究》(齐鲁书社2005年版),等等。此外,还有对某一文学现象的文化研究,如王莹《唐宋"国花"意象与中国文化精神》(《文学评论》2008年第6期)、王英《谈明清小说中悍妇形象及其文化含蕴》(硕士学位论文,中南民族大学,2008年)、丁建平《李香君形象与晚明歌妓文化》(《科技信息》2007年第23期)等;对某一文学流派的文化研究,如刘毓庆《"前后七子"的诗文复古与明代文化复古思潮》(《山西大学学报》2004年第5期),徐成志、江小角《桐城派与明清学术文化》(安徽大学出版社2008年版),等等;对某一文学主题的文化研究,如《论唐代思乡诗的文化精神与艺术新变》(博士学位论文,青岛大学,2005年)、曹瑞娟《宋代思想文化与宋词的"闲愁"主题》(《江南大学学报》2008年第4期)等。再如龚斌《情有千千结:青楼文化与中国文学研究》(汉语大词典出版社2001年版),刘志伟《英雄文化与魏晋文学》(兰州大学出版社2004年版),陈洪、乔以钢《中国古代文学与文化的性别审视》(南开大学出版社2009年版),王立《文学主题学与传统文化》(中国社会科学出版社2016年版),等等,也都是从特定视角切入文学与文化的专题性研究之作。此外,自先秦历史散文、诸子散文、《诗经》、《楚辞》以下,诸多文学大家名作几乎都有直接标以文化研究的论著问世,尤以经典名著研究最热,成果最富,兹不一一赘述。

总之,古代文学与文化研究——从整体、断代、区域、文体、专题直至个案研究,同样是一种扇形结构,即由个案研究逐步放大,最终至于整体研究的最大限域。两个扇形结构的有机对接,有助于产生更大的"扇形效应"。在本章的最后,想重点回应一下学界正在讨论的"文化担当"问题,郭英德引《易·系辞下》:"天下同归而殊途,一致而百虑",认为能否超越"殊途"而求得"同归",融会"百虑"而达臻"一致",这应该是我们为弘扬中华优秀传统文化而研究中国古代文学的神圣职责,也是我们当今置身世界文化格局中研究中国古代文学的终极追求。而在当前,我们最为迫切、最为艰难,但也最富于挑战性和创新性的学术研究,是以中国古代的文学文本、文学现象、文学历史等作为研究对象,在贯通古今、打通中外的文化语境中,提炼、总结、发挥、建构足以体现中国智慧和中国价值的文学研究理论与方法,建构中华文化独特的理论框架、学术话语和叙述方式,从而为世界文明增光添彩。身处21世纪纷繁复杂、迅极变化的世界文化格局中,正如在自然科学和技术上我们着力提倡科技创新,进行核心科学、核心技术的开发和创造一样,在人文科学研究上我们也必须着力提倡学术创新,进行核心价值观、核心方法论的开发和创造。这是任何一位中国古代文学研究者义不容辞的文化担当。[①] 康震也强调古代文学研究者应当坚定学术理想,弘扬中国古代文学的精神传统,传承创新中国古代文学的学科体系、话语体系,为推动中国文学与中华文明走向新的历史性辉煌,为增强中华民族的文学自信、文化自信和价值观自信,贡献中国文学应有的智慧。这是中国古代文学研究在当代中国的文化担

[①] 郭英德:《中国古代文学研究的文化担当》,《文学遗产》2016年第5期。

当，是古代文学研究者应当肩负的时代使命，是中国古代文学研究在今后一个历史时期应该坚持的发展道路和前进方向。① 两文对于推进和深化古代文学的文化批评都富有启示意义。

---

① 康震：《弘扬传统，创新话语，贡献智慧——中国古代文学研究的文化担当与时代使命》，《文学评论》2016年第6期。

第 八 章

古代文学研究与文学史学

继"美学热""新方法热""文化热"的"三热"之后,是"三论"即"重写文学史""人文精神""世纪反思"大讨论的前后相继,其中"重写文学史"成为"三论"中率先兴起的第四波学术主潮。"重写文学史"讨论最初发轫于1985年现代文学研究界陈平原与钱理群、黄子平酝酿已久的"二十世纪中国文学"的基本构想,[①] 由此开启了世纪之交声势浩大的"重写文学史"讨论与争鸣,在学界内外引起强烈反响。直至1988年,《上海文论》专门开辟"重写文学史"专栏,邀请著名学者陈思和、王晓明主持,由此正式拉开了"重写文学史"大讨论的帷幕。然后又由现代文学界走向古代文学界与文艺理论界,进而演变为"文学史观"与"文学史学"的讨论,彼此具有明显的承转关系。1996年,在章培恒、陈思和的主持下,《复旦学报》也继《上海文坛》之后开辟了"重写文学史"专栏,继续深化"重写文学史"的讨论与争鸣,由此促成了贯通中国古代文学与现代文学的"中国文学古今演变研究"的交叉学科的创立。21世纪初,杨义提出"重回中国文学地图"的新命题,本质上也是一种"重写文学史"的延续与变形,此与章培恒倡导的中国古今演变研究,恰好从时空两个方向一同推进划入深化了"重写文学史"的讨论。最后,又由不同文学史编写方式的探讨,归结于文学史学与古代文

[①] 陈平原、钱理群、黄子平:《"二十世纪中国文学"三人谈·缘起》,《读书》1985年第10期。

学学科建设的研究，这是七十年间古代文学史研究成果的集中体现与最终汇聚。

第一节 "重写文学史"讨论之效应

从本质上来说，一切文学史书写都是重写，正如同所有的文学研究都只是对文学事实的一种重现。"只要是研究，便不是简单的继承和因袭，便要对文学历史的发展提供新的资料和新的观点"，所以"广义的'重写文学史'实际就是我们从未间断过的文学史研究"。[①] 当文学事件发生之后，文本与事件的过程，作为历史就已经凝定；而文学史只能是史家依凭主体的选择与鉴裁，对之做出相应的论述。在宽泛意义上来看，"一切历史都是当代史"，一切文学史都只能是主体在当下的情境当中的一种叙事，完全客观的历史是不存在的。正如同对"文学史"这一专称的体认，无疑文学史的本质属性是历史的，是历史的一个分支，因而首要强调的是其客观性；但同时它是带有文学特征的历史，这一限定无疑加大了对客观性进行主观阐释的多样可能。

毫无疑问，"重写文学史"主要是针对既有文学史的缺陷而言的。1904 年林传甲率先模仿日本人笹川种郎的《支那文学史》著成《中国文学史》，宣告了迥然不同于传统的诗文评、文苑传、书录提要、选集评点而具有现代学术形态的文学史著述的问世，尽管林传甲明言是模仿之作，而且深受当时教学章程的影响，但传统的学术印记在时新的"文学史"名称下不时地忘形现身。所以就学术深度而言，林著实在称不上是著述。但是风气一开，学术转型的大势就再难逆转，无论是文学史资料的整理、文学史观念的更新，还是文学史著述的涌现，都彰显了这一进程的现代意义。据粗略统计，迄今为止大约已有 2800 部不同类型的中国文学史著作陆续问世，可见百年之间诸多学者为此所付出的努力与心血。诚然，在这如此庞大的文学史著作中，总体上是数量胜于质量，并普遍带有不同时代

[①] 王富仁：《关于"重写文学史"的几点感想》，《上海文论》1989 年第 6 期。

的烙印与缺陷，因而首先需要在学理上加以反思和讨论。

一　"重写文学史"的理论探索

重写历史，本是学术发展与创新的内在要求，然而在20世纪80年代，"重写"成为一种学术时尚，普遍被学者所关注与谈论，几乎成为一个世纪性话题，却源于特定的时代背景。诚如葛兆光先生所言，80年代以来有一些话题至今仍在不断被提起，其中一个就是"重写"，重写文学史，重写文化史，重写哲学史，当然也有重写思想史。重写是"相当诱人的事情，更是必然的事情"。[①] 其中的"必然"，是从最初对一大批遭受不公正对待和评价的作家文人的"学术平反"，到对整个中国学术文化的意义重释与价值重估，实际上是伴随改革开放进程的思想解放运动的重要组成部分，故有广泛"重写"之必要与可能。

本次"重写文学史"发端于北京、上海两大学术中心。1985年，陈平原在北京万寿寺召开的中国现代文学创新座谈会上提出了他与钱理群、黄子平酝酿已久的"二十世纪中国文学"的概念与构想，对现代文学三十年、当代文学以新中国成立为界限的学科格局做出了突破性的尝试。后来，此文以《"二十世纪中国文学"三人谈·缘起》为题，发表于《读书》1985年第10期，编者按曰：

> 陈平原、钱理群、黄子平三人今年五月联名在中国现代文学研究创新座谈会上宣读了一篇论文：《论"二十世纪中国文学"》，建议在文学史研究中建立一个"二十世纪中国文学"的概念："所谓'二十世纪中国文学'，就是由上世纪末本世纪初开始的、至今仍在继续的一个文学进程，一个由古代中国文学向现代中国文学转变、过渡并最终完成的进程，一个中国文学走向并汇入'世界文学'总体格局的进程，一个在东、西方文化大撞击大交流中、从文学方面（与政治、道德等其他方面一起）形成现代民族意识（包括审美意识）的进程，一个通过语言艺术来折射并表现古老的民族及其灵魂在新旧嬗替的大

[①] 葛兆光：《连续性：思路、章节及其他——思想史的写法之四》，《读书》1998年第6期。

时代中新生并崛起的进程。"①

陈平原指出,"我们提出'二十世纪中国文学',就不光是一个文学史的分期问题,跟一些研究者提出的'百年文学史'(1840—1949),或者近代、现代、当代中国文学的'打通',跟这些主张也有所不同。我们是要把'二十世纪中国文学'作为不可分割的有机进程来把握,这就涉及建立新的理论模式的问题"。同时谈到他研究五四时期的文学,发现东、西方文化的撞击是一个大问题,很多现象都是从这里发生的。一系列的争论,比如"中体西用""夷夏之说""本位文化论""民族形式",总是离不开一条主线,即怎样协调外来文化和本民族文化的矛盾,其中往往涉及与近代文学的关系以及现代化问题。而就方法论而言,陈平原认为,"二十世纪中国文学"其实包含了两个方法论方面的问题,一个是总体文学的意识,一个是比较文学的意识。从文学形象的迁变、衍化也可以很鲜明地抓住"世界文学"形成的历史线索。黄子平强调"二十世纪中国文学"涉及"文学史理论"的问题。"二十世纪"并不是一个物理时间,而是一个"文学史时间",并提出时代、世界、民族、文化、启蒙、艺术规律,构成了"二十世纪中国文学"概念的一些基本内涵。钱理群提出要把"二十世纪中国文学"很多重要的问题"拎"起来考虑,逐渐形成了一个非常明确的"东、西方文化撞击"的概念,找到一个比较准确的历史坐标。他特别强调"民族魂"的问题,认为鲁迅作为 20 世纪世界范围内的文化巨人,毕生都是为了促使中华民族在现代的崛起,可以说他既是 20 世纪"民族魂"的代表,又是新的"民族魂"的铸造者。民族文化的重新铸造,这样一个进程是从鲁迅手里开始的。然后总结从两个方面逐渐形成"二十世纪中国文学"这么一个概念:一个方面是从研究的对象出发,从各自具体的研究课题出发,寻求能够更好地说明这些课题的理论框架,先后发现了一些总体特征,然后上升到总体性质;另一个方面,就是从方法论的角度,寻求一种历史感、现实感和未来感的统一,意识到文学

---

① 陈平原、钱理群、黄子平:《"二十世纪中国文学"三人谈·缘起》,《读书》1985 年第 10 期。

史、文学批评、文学理论三者的不可分割，这样就有可能使文学史的研究成为一门具有"当代性"和"实践性"的学科。

同在 1985 年，《读书》1985 年第 11、12 期继续发表了陈平原、钱理群、黄子平的《世界眼光——"二十世纪中国文学"三人谈》《二十世纪中国文学三人谈——民族意识》，分别从"世界眼光""民族意识"两个维度作了进一步的深入探讨。前文聚焦于"世界眼光"问题，提出由 19 世纪末 20 世纪初开始的一个历史进程，使中国文学获得了与世界文学相通的"共同语言"。文学不再是各自封闭的环境里自生自灭的自主体了，中国文学具有了一种"系统质"，即不是由实体本身而是由实体之间的关系而规定的一种质。中国文学的现代化便同时展开为两个既互相联系又互相对立的方面：所谓"欧化"（其实是"世界文学化"）和"民族化"。这是一个仍在继续的艰难进程。开放总是双向的开放，过去我们对中国文学如何受外国文学影响而产生新交研究得较多，很少研究"世界文学中的中国文学"，即研究中国文学汇入世界文学总体系统后产生的质变，以及 21 世纪中国文学对世界文学的贡献和影响；后文认为，正如普列汉诺夫曾经说过的那样，每个时代都有自己中心的一环，都有这种为时代所规定的特色所在。现代民族的形成和崛起在世界范围内由西而东，这独具特色的一环曾分别体现为 18—19 世纪之交的德国古典哲学，19 世纪俄罗斯革命民主主义者的文学理论与批评，在 20 世纪的中国，则是社会政治问题的激烈讨论和实践。文学始终是围绕着这个中心环节而展开的。就其基本特质而言，20 世纪中国文学乃是现代中国的民族文学。总的来说，以上两文都强调"古今之争""中外之争"贯串整个 20 世纪中国文学。"中"和"古"、"今"和"外"固然常常联系在一起，但并非总是如此。[①] 讲中国文学走向世界，汇入"世界文学"的大系统，这是一个横向坐标；而 20 世纪中国文学还有一个纵向坐标，就是它在整个中国文学发展的历史长河中所处的历史位置。所以，20 世纪中国文学必然包含两个侧面：既是现代化的，又是民族化的。更确切地说，是既是"世界文学化"的，

---

① 陈平原、钱理群、黄子平：《世界眼光——"二十世纪中国文学"三人谈》，《读书》1985 年第 11 期。

又是"民族化"的，两者互相联系又互相对立，在矛盾统一的运动过程中，实现文学的"现代化"。二十世纪中国文学"世界化"（"现代化"）与"民族化"的对立统一，从二十世纪世界文学的角度来看，就是世界文学一体化与各民族文学多样化发展的对立统一。一方面，每个民族不可能单独发展，热切地要求与世界文学取得共同语言，趋向共同的人类文化；另一方面，每个民族为了自身的精神发展，又必然强调本民族的文化心理、文化传统。既要追赶世界潮流，又要发扬民族特色，这几乎是20世纪各国文学发展的共同课题。①

1985年陈平原、钱理群、黄子平提出"二十世纪中国文学"的概念与构想之后，在学术界引起了重大反响，至1988年、1997年分别由人民文学出版社、湖南教育出版社出版了《二十世纪中国文学三人谈》与《漫说文化》，再至2004年，北京大学出版社合刊为《二十世纪中国文学三人谈·漫说文化》。2016年，陈平原在《读书》第9期撰文谈到，关于"二十世纪中国文学"这个概念，引用的很多，批评也不少，但作为一种问题意识与论述框架，已被学院派广泛接纳——或课程，或教材，或著述，《二十世纪中国文学史》俨然已经深入人心。毫无疑问，这个概念的产生带有清晰的时代印记，如现代性如何阐释、改造国民性怎样落实、纯文学是否合理、世界文学的可能性、左翼文学思潮的功过得失，以及"悲凉"是否20世纪中国文学的整体特征等，所有重要话题，当初都是一笔带过，没有得到认真且充分的论述，也就难怪日后多有争议。②

然而不管如何，"二十世纪中国文学"的概念与构想提出之后的巨大而持久的影响力本身即是对其的最好评价，除了这一概念与构想之于"二十世纪中国文学"研究的价值之外，还具有引发"重写文学史"大讨论的重要意义，尽管陈平原、钱理群、黄子平三人尚未明确提出"重写

---

① 陈平原、钱理群、黄子平：《二十世纪中国文学三人谈——民族意识》，《读书》1985年第12期。

② 陈平原：《小书背后的大时代——从〈二十世纪中国文学三人谈·漫说文化〉说起》，《读书》2016年第9期。

文学史",但在 1988 年,《上海文坛》专门开辟了"重写文学史"专栏,邀请著名学者陈思和、王晓明主持,王晓明还特意将"重写文学史"溯源于 1985 年陈平原等关于"20 世纪中国文学的构想",指出"重写文学史"不过是将三年前"郑重拉开的序幕"再一次拉开,并明确指出,"其实,在北京召开'中国现代文学研究创新座谈会'以后,'重写文学史'的工作就已经开始了"。[①] 这是旨在强调从 1985 年到 1988 年"重写文学史"讨论两次高潮的延续性以及京沪两大学术中心的联动性。陈思和、王晓明在开栏"宣言"中开宗明义地提出"重写文学史"的学术宗旨,即"重新研究、评估中国新文学重要作家、作品和文学思潮、现象",不仅"在于探讨文学史研究多元化的可能性,也在于通过激情的反思给行进中的当代文学发展以一种强有力的刺激"。[②] 并给予"重写文学史"这样的历史定位:"我们现在提出'重写文学史',实际上正是在文学史研究的性质发生改变的时期,是现代文学史作为一门独立的学科逐步走向成熟的时期。"至 1989 年第 6 期,这一专栏就赵树理、柳青、矛盾、丁玲等多位重要作家作品以及文学现象做出了新的解读,其评述迥异于此前的常规叙述,产生了重大反响。《人民日报》1989 年 1 月 3 日曾予专门报道。1996 年,在章培恒、陈思和的主持下,《复旦学报》也继《上海文坛》之后开辟了"重写文学史"专栏,继续深化"重写文学史"的讨论与争鸣,由此促成了贯通中国古代文学与现代文学的"中国文学古今演变研究"的交叉学科的创立。其他报刊如《中国现代文学研究丛刊》《文艺报》等,更连续刊文参与讨论,从而掀起了"重写文学史"的理论热潮。

"重写文学史"口号的提出有明确的针对性,陈思和指出,"在 50 年代一次比一次激烈的政治风暴以后,渐渐地在文学史研究中出现了一种固定的思维模式",文学史在很大程度上成为革命史在文学领域的别样形式。因此"重写"在实质上反映了对当时现代文学研究状况的一种不满,"只有把一切研究都推到学术起跑线上,才能够对以前成果作一番认真的

[①] 参见王晓明《"重写文学史"专栏主持人的对话》,载陈思和《笔走龙蛇》,山东友谊出版社 1997 年版,第 138 页。

[②] 同上书,第 121 页。

清理。因此，它并不是对一些具体作家作品的评价问题，具体地说，'重写文学史'首先要解决的，不是要在现有的现代文学史著作行列里再多出几种新的文学史，也不是在现有的文学史基础上再加几个作家的专论，而是要改变这门学科原有的性质，使之从从属于整个革命史传统教育的状态下摆脱出来，成为一门独立的、审美的文学史学科"。① 而陈思和在"重写文学史"讨论中提出的"新文学整体观"以及王晓明、李劼等的新文学史研究，都是推动这一进程的重要学理因素。其学术价值不在于提供了多少新型的文学史"范式"，而在于冲破了以往研究当中的桎梏。这正是陈思和特别强调的："本专栏反思的对象，是长期以来支配我们文学史研究的一种流行观点，即那种仅仅以庸俗社会学和狭隘的而非广义的政治标准来衡量一切文学现象，并以此来代替或排斥艺术审美评价的史论观。毋庸讳言，这种史论观年代正是在后期的极'左'的政治和学术氛围里，逐步登峰造极，最后走向自己的反面的。'重写文学史'，也正是在这样一个前提下，对以往的文学现象进行反思和重评。"②

因此，从特定意义上说，"重写文学史"所凸显的正是研究的创新价值甚或颠覆性见解，"要着重研究最近的文学史研究提出了哪些重大的问题，人们在哪些方面有了不同于以前的新认识，如何把这些新认识体现在新文学史的编写中"。③ 对于这一意义上的文学史重写，在古代文学史的重写史上已经出现过多次，而且有些属于深刻的教训。像 20 世纪 50 年代后期兴起的学生重写文学史热潮，在其代表作品北大的红皮本文学史当中，我们现在感受深刻的恐怕还是对两条路线斗争的强调、对民间文学的刻意拔高；"文革"中刘大杰不断地改写自己的《中国文学发展史》，所留下的也只是政治观念对文学研究强势渗透的痕迹。但是这些失败的重写，无一不是政治意识形态人为地对文学研究干预的结果，而在学理上对

---

① 《关于"重写文学史"》，载陈思和《笔走龙蛇》，山东友谊出版社 1997 年版，第 108—109 页。
② 《"重写文学史"专栏主持人的对话》，载陈思和《笔走龙蛇》，山东友谊出版社 1997 年版，第 136 页。
③ 王富仁：《关于"重写文学史"的几点感想》，《上海文论》1989 年第 6 期。

重写文学史的思考尚未展开。因此当20世纪80年代末"重写文学史"这一口号正式被提出时，它不仅表现了学界对长期以来学术研究受意识形态过度关注的不满，更以一种崭新的姿态表达了对回归学理研究的追求与渴望。古代文学虽然不像现当代文学那样与政治密切关联，其研究形态中革命史叙述尚未臻极致，但是偏离正常的研究轨道是毋庸讳言的。因而重写文学史事件对于古代文学研究的意义，在于强调了文学史观的转变，反拨了那种以当下性为借口而肆意叙述、偏离历史本体的文学史书写模式。

这一切决定了"重写文学史"并非单纯的学术事件，实际上它同时具备了意识形态意义。李阳春指出："构成人们呼吁'重写文学史'的根本原因，首先是长期形成的凝固不变的思维模式，造就了文学史研究中的'千部一腔'、'众史一面'现象"；"第二个原因是长期处于'左倾'思潮挟持下的偏窄视角，导致了文学评价中的审美特质的严重缺失"；"第三个原因是在文学史的研究中，长期沿袭了朝代史或革命史的分期方法，重大的政治运动和历史事件成了文学史的分期标准与依据，文学发展进程中所体现的规律和特性被置于受漠视的地位"。[①] 这充分表明现代文学史的研究与政治的密切关联。而"重写"事件所强调的"审美"标准，无疑为学术的理性发展指明了路向。同时，这也和世界文学研究的发展轨迹相吻合。姚斯的接受美学理论使传统文学史观念受到挑战，美国在20世纪80年代也对文学史写作进行了"重写"；相应地苏联也因过去被禁文学作品的发表而激发了"重写"的需要。国内的提倡恰恰是对这一思潮的参与及应和。[②]

"重写文学史"事件在文学界进而在文化界产生了巨大反响。除了对于"重写"含义认识的分歧之外，[③] 也出现了很多对事件背后所潜含的话语权力的警惕甚至是批判。罗守让指出，"重写"理论有三重失误：（1）对

---

① 李阳春：《"重写文学史"口号的提出》，《衡阳师专学报》1998年第1期。
② 参见钱中文《文学史的类型、构架与问题》，《文艺报》1989年9月9日。
③ 如施蛰存即认为人人皆有文学史的书写权力，不必限制；而真正重写的文学史只有刘大杰的《中国文学发展史》。因而口号中的"重写"实际上是"另写"。见《文学史不需"重写"》，《文学报》1990年11月29日。这是对口号中"重写"一词内涵不够清晰的批评，但并非对"重写"事件本质属性的异议。

以往文学史研究的彻底抹杀和否定的虚无主义态度;(2)对文学的政治倾向性,对"五四"以来中国现代文学的革命历史道路和革命传统,采取怀疑和批判的态度;(3)鼓吹脱离政治和现实人生的纯审美的文学批评标准和文学史标准。① 艾斐更认为:"从中国现代文学史的实际情况看显然不是需要重写,而是需要在原有基础上进行必要的局部性的修改和整体性的充实与提高","所谓重写文学史在很大程度上就是要用所谓的'新潮'观点和一己之偏见去重评以前的作家和以前的文学,所以'重写'的实质,是对革命文学和革命作家的扭曲、贬低和否抑"。② 不难想见,当时这一事件对学界的强烈冲击。对于这些质疑,主持人又特别声明历史与审美其实是并不排斥的,并不是要主张单纯的"审美","这点不解释清楚的话,恐怕会引起误解,误以为我们是在提倡什么'纯而又纯的美',而排斥文学史上的非文学因素,特别是政治、社会的因素了"。主持人强调"重写文学史是顺理成章提出来的。从大背景上说,这一发展变化正是文学史研究领域坚持了十一届三中全会路线的结果",③ 不过专栏仍是在意犹未尽的情况下结束,而其学术影响则延展到了海外:"《上海文论》重写文学史专栏虽然告一段落了,但在海外的《今天》,却接了过来,它从1991年3、4期开始一直到1996年,几乎每一期都有一两篇文章在此栏目下发表,1993年第4期还推出《重写文学史专辑》,日本的中国现代文学研究权威刊物《野草》也曾刊发一组关于'重写文学史'的评论。"④

"重写文学史"挑战传统的理论勇气值得充分肯定,尽管它也有理论上不尽完善之处,如对"革命史"路数的研究采取的"颠倒"处理;对历史/审美、革命/文学之间关系的体认也有简单二元对立倾向;但它所引领的学术新风令人耳目一新。正像张颐武指出的那样,"它提供了一个来

---

① 罗守让:《关于"重写文学史"的辨析》,《文艺理论与批评》1991年第2期。
② 艾斐:《求异思维与求实精神——关于"重写文学史"的质疑与随想》,《理论与创作》1989年第5期。
③ 《"重写文学史"专栏主持人的对话》,载陈思和《笔走龙蛇》,山东友谊出版社1997年版,第147、145页。
④ 周立民:《重写文学史》,《南方文坛》2000年第5期。

自'个人主体'话语的历史阐述模式。它的具体结论的对错并不重要，而是它提供了一个不同于这一学科建立时期所建构的'文学史'的另一选择。这一选择所提供的话语和知识极大地改变了中国现当代文学研究的方向"①。它推动了学术领域一统而僵化的格局向多元化的转变，影响广被，泽及多个学科领域，甚至音乐学界亦有人受其启发而提倡"重写音乐史"。

古代文学的研究亦受到这一事件的深度影响，不仅在文学史观方面多有新见，且创造了不少新的史纂形式，而这些转变又带有学科自身的特性。曹顺庆等在反思文学史撰述情况之后认为，现在的文学史具有理论盲点，"中国现当代文学史几乎不包括文言文作品，实际上仅仅是一部白话文学史"；"中国文学史几乎不包括少数民族文学，只可称为汉族文学史"，重写文学史应该先填补这方面的空白。② 赵树功提出古代文学研究应当调整方向，要"以中国古代文学的原生态重写文学史"，充分尊重古代文学的实际面貌；要"在一定程度上讲求'时代性'"，不脱离时代的需要，同时吸纳其他学科的最新成果；还应"提倡古典文学'诗性的私人化研究'"，突出学术研究的多元化。③ 钱钢则强调古代文学研究要回归历史，重视实证方法，同时要注入时代精神，通过具体研究促进文学史观的成熟。④ 宁宗一更结合自己多年的教学与研究经历，提出"每个人都有阐释文学史的观点、视点和操作程序以及具体方法，所以文学史总是在不同的时代、不同人的笔下有不同的面貌、色彩。在最准确意义上阐释历史，都必然具有时代精神、历史个性在、史学家的人文性格在"。"理想的文学史（哪怕是断代史），首先应该是一部文本的艺术分析史"，同时是"审美化的心灵史"，研究之际应更多关注民间文化和社会史、民族风俗史等方面，具备研究的整体意识。⑤

---

① 张颐武：《"重写文学史"：个人主体的焦虑》，《天津社会科学》1996年第4期。
② 曹顺庆、童真：《重谈"重写中国文学史"》，《西南民族大学学报》2004年第1期。
③ 赵树功：《新世纪古典文学研究调整简论》，《廊坊师范学院学报》2002年第1期。
④ 钱钢：《回归历史、实证方法与重写文学史》，《江海学刊》1995年第3期。
⑤ 宁宗一：《二十世纪中国文学史研究与中国社会》，《复旦学报》2000年第4期。

而美国汉学家宇文所安以其出色的研究有力地参与到重写文学史的思考中来，由于研究视角与方法的差异，其观点更带有他山之石的意义。蒋艳萍总结了宇文所安对文学史研究的反思经验，提出"宇文所安认为，不能将文学历史等同于朝代历史"，"不能仅以文学体裁作为文学史写作的基本单位"，"不能将文学史写成文学英雄和文学经典的集锦"，"不能将文学史（包括文论史）等同于观念史"，这些见解确实认识到了文学史写作当中的常见弊病。在认识到问题之后，宇文所安更提出了相应的书写策略："第一，将文学作品还原到对具体的'话语体系'的考察中"；"第二，将文学史视为一部充满变化和不定性的历史"；"第三，将文学史视为一部永恒流变的读者接受史"。[①] 我们发现，这些建议在当下文学史写作中有些已经展现出相关的成果。

二 文学史重写的几种样式

最明显的文学史重写当然表现在专书撰述方面。1962 年出版的社科院本与游国恩本《中国文学史》在文学史学史上具有里程碑的意义，由于学术含量的原因，历来一直被多所高校沿用为教材。不过这两套书的时代印记也较为鲜明，在书写模式方面属于典型的文学社会学路数，不脱"时代背景—作家生平—文学内容—艺术特色—影响局限"这一固定框架。而重写则围绕这一范式展开反思，反映了学界在这一问题方面思考的深入与多元趋势。

1. 编年史样式。由于文学事件与历史事件在本质上具有差别，而传统文学史往往沿用历史的分期来区划文学现象，王朝更迭也是文学叙述的段落起讫，这对文学属性的把握难免扞格；而且一般而言，文学史只能是选择典型性的文学现象或事件进行叙述，实际上属于片段式，缺乏历史的延续性。编年史能在很大程度上弥补这一缺陷，并对文学事件进行连贯的追叙。可以傅璇琮主编的《唐五代文学编年史》（辽海出版社 1998 年版）为案例略作分析。此书对唐五代期间的文学现象、政治事件、文化政策等

[①] 蒋艳萍：《文学史写作的反思与重构——论宇文所安的中国古典文学研究》，《广州大学学报》2008 年第 8 期。

进行了巨细无遗的爬梳,以四大卷二百五十万字的篇幅对断代文学史进行了详尽的编排。在体例上,此书略去主观性的评述,以史实材料为主体,立事件为目,其下补充文献出处并进行说明,以年代先后为序而具有纲目性质;在史观上,不仅对"纯文学"现象搜罗殚尽,且注目于文学发展的实际面目,诸如译经事业、乐舞交流等文化现象都纳入叙述范围,充分展示了大文学史观;在编纂理念上,突出了对文献的重视与把握,以事实梳理为职志,在密实的史实背后蕴含了大量学术释读空间,从而为进一步提炼与阐释提供了重要基础。[1] 21世纪以来,由傅璇琮《唐五代文学编年史》分别向上下延伸,出现了系列性文学史编年著作(详见后文)。而在贯通历代的文学编年方面,则先有吴文治《中国文学史大事年表》(黄山书社1987年版),后有陈文新主编《中国文学编年史》(湖南人民出版社2006年版)。前书上自春秋,下至近代,分时事记要与文学大事两部分。但因历时跨度大,所录材料却过于简略,只能说为通代文学史提供了编年样式的尝试。后书上溯周秦,下迄当代,更以十八卷1400万字的宏大篇幅成为通代文学编年史的集成之作。[2] 王建生在《宋元文学编年史研究的回顾与展望》(《山西大学学报》2009年第4期)一文中指出,文学编年史在很大程度上能够弥补传统文学史带来的缺憾,在时空交汇点上,呈现出多姿多彩的文学图景。而且,伴随着立体交叉的排比、罗列,一些被隐藏的文学史实、现象得以显露,必将催生新的研究课题。文学编年史也有自身的弱点,在反映重要作家、作品尤其是对文学整体进行评判时,则显得不够明快。所以,两种不同路数、不同侧重的文学史写作模式完全可以和谐并存。厚此薄彼,轻易地抹杀传统文学史的意义,将不利于文学史学科的良性发展。毕竟,文学编年史只是文学史的一种形态而已。

2. 文化史样式。文学是文化的重要组成部分,文化史研究样式则将

---

[1] 董乃斌先生《近世名家与古典文学研究》(上海大学出版社2005年版)第十章对此书有精到评述,可以参看。

[2] 对此书编撰思路与主旨的解释以及相关评述、介绍文字,可参考陈文新主编《中国文学编年史研究》,中华书局2009年版。

文学纳入文化范围内考察，重点在于强调文化因素对于文学发展的意义与作用。林继中《文化建构文学史纲（魏晋—北宋）》（北京大学出版社2005年版）堪称其中代表。作者认为文化是沟通文学与客观世界的中介，提出"文化的中介作用及其与文学的系统、子系统关系，最深刻地体现为文化自身的建构，制约、驱动着文学的建构，促成其演进；而文学又以其自身的变革，参与文化建构，二者形成双向同构的运动"。在上卷（魏晋—中唐）中拈出士族文化、生存焦虑作为观照文学的重要场域，同时将之落实到文学形式的演进之中，阐释文学当中的意象化与律化问题；下卷（中唐—北宋）则以士庶雅俗的对立以及文化由反思入内省的大势为切入点，考察文学的"再自觉"现象。这一路径不仅在文学史分期方面与众不同，而且直入内里，密切关注了与文学互动共融的文化现象，因而论述鲜活，具有在场的生动与理性的融通。

3. 历史社会样式。这似可以中国社会科学院主持、人民文学出版社推出的"中国文学通史"为代表。这一丛书共计十种，目前出版的有六种：《先秦文学史》（褚斌杰、谭家健主编）、《魏晋文学史》（徐公持著）、《南北朝文学史》（曹道衡、沈玉成著）、《唐代文学史》（乔象钟、陈铁民、吴庚舜、董乃斌主编）、《宋代文学史》（孙望、常国武主编）、《元代文学史》（邓绍基主编）。在文学史分期方面，丛书基本沿用了历史界的划分标准，以王朝为节点；在具体叙述上，由于篇幅的保证，各册皆细致周详，对文学史现象做出了较精深的抉发，以往不太为人关注的次要作家也以一定篇幅加以介绍，反映了研究的深细趋向。魏晋与南北朝卷因作者的学术专攻，更能显示出强烈的个性色彩，在考辨与论述方面皆有生发。这一套文学史虽不以编纂思路出彩，但整体学术质量较高。

4. 人性史、形式史样式。章培恒、骆玉明主编的《中国文学史》（复旦大学出版社1996年版）为其代表。此书长篇导论阐释了编纂宗旨与基本观点，作者认为"文学的进步是与人性的发展同步的"，而文学形式的演进又与人性的发展相关，"因此，一部文学史所应该显示的，乃是文学的简明而具体的历程：它是在怎样地朝人性指引的方向前进，有过怎样的曲折，在各个发展阶段之间通过怎样的扬弃而衔接起来并使文学越来越走向丰富和深入，在艺术上怎样创新和更迭，怎样从其他民族的文艺乃至文化的其他领域吸取养料,在不同地区的文学之间有何异同并怎样互相影响,等等"。这部著作的特征,章培恒曾做过总结:"第一,在材料的选择上,我们比较注重了文学与非文学的区别。在过去,人们常常注重一部作品的社会价值,而相对忽视了其自身的文学属性";"第二,在作品的评价上,我们不太注意其文学之外的社会功能,而是强调其本身的价值";"第三,在现象的分析上,我们力求将某种文艺思潮、文艺现象在当时的作用,以及它对中国文学发展的实际影响同我们今天的理解结合起来,从而避免用今天的标准为古人打分的做法";"第四,在规律的把握上,我们注重研究和探索诸如题材的选择、情感的表达、形式的变化等文学自身因素的更迭关系";"第五,我们十分重视中国古代文学与现代文学之间的联系"。[①] 可以看出,人性演变、形式发展、古今贯通是此书编撰中极为重视并力求贯彻的理念。而新近推出的《中国文学史新著》(复旦大学出版社2007年版)更在相关方面对原作进行了深化。

5. 接受史样式。这一路向突出了读者在文学中的重要作用,强调读者的阅读以及文学本文的效应之于文学的价值。尚学锋、过常宝、郭英德所撰《中国古典文学接受史》(山东教育出版社2000年版)具有典型意义。作者在绪言中指出,古代文学接受史应当包括多方面:从历时性的角度探讨历代文学接受行为的发生、发展、演变的过程及其在各个不同阶段的特点;研究古典文学接受的不同类型及其演变;总结古典文学接受理论的形成与发展;研究古典文学接受主体的构成情况和历史变化;考察各个时代对文学接受的制约因素;深入探讨古典文学接受与文学发展的关系;总结古典文学接受的民族特点。全书对历代文学接受情况进行了大致梳理,突出了先秦的礼乐文化、汉代的诗经阐释、魏晋南北朝的文学自觉、清代的学术思潮等方面,对文学传播方式如歌谣、人际、商业、娱乐等概括也颇有新意,是具有一定开创意义的作品。

文学史撰述当然远超上述诸种,但以上所列基本能反映研究中的趋向与路径。在丰富多维的著述面前,似乎更容易理解重写文学史所激发的研

[①] 黄理彪:《如何重写文学史——访章培恒教授》,《文史哲》1996年第3期。

讨热情及其中展现的学术自由精神。不过样式的多样并不能代表成就的高下，如编年史就不能提供文学发展的清晰脉络，需要读者在重重文献之后细细寻绎；现存文学史对于文学形式的演进尚缺乏清晰的阐述，虽然分体类文学史一定程度上可以弥补这一缺憾，但共时的文学样式之面貌以及历时转变之关捩，皆未能深入揭示；而接受史凸显了读者之维，但读者阅读、鉴赏、阐释的文献材料欠缺是较难克服之处；至于社会学路径则有弱化文学自身特色的可能。可以说，各种尝试都在一定程度上对文学史现状做出了有益的贡献，但全景式的文学整体观尚未呈现，而这需要学界的继续努力。在这一层面，我们也可以说，重写文学史永无止境。

第二节　文学史理论研究的进展

伴随着中国文学史从机械模仿到独立撰写再到个性著述，中国文学史理论的研究也经历了一个与时俱进的演变历程。新中国成立七十年来，文学史理论研究大致可以划分为三个阶段：从新中国成立到"文革"结束为第一阶段，是文学史理论研究的观念革命阶段。在确立马克思主义指导地位，重建社会学—政治学批评范式的过程中，逐步确立了一种新的文学史观。但严格地说，当时还没有形成文学史理论研究的自觉意识，而且普遍受到苏联文艺学理论和"左倾"政治观念所影响。其间由高教部主导的《中国文学史教学大纲》的编写与颁布，在确立中国文学史观与编纂体例的统一规范方面发挥了关键性作用。从新时期到20世纪末为第二阶段，是文学史理论研究的学理重构阶段。此期的文学史理论研究是伴随着对"文革"及其以前的古代文学研究的拨乱反正而展开的，大致以兴起于1988年的"重写文学史"大讨论为界，分为前后两个阶段。此前主要在拨乱反正中普遍关注如何揭示文学规律问题，此后则重点转向文学史观——文学史学的学理建构，文学史理论研究与个性化的文学史著述互动密切，两者都取得了突出成就。自世纪之交起为第三个阶段，是文学史理论研究的学科自觉阶段，学界在集成世纪反思学术成果的基础上，不仅提出了全新的文学史观,而且致力于"文学史学"的学科建设,尤其在文学史学史与原理研究方面取得了一系列突出成果,成为文学史理论研究走向学科自觉的重要标志。

一 文学史理论研究的观念革命阶段

新中国成立初期,在确立马克思主义指导地位,重建社会学—政治学批评范式的过程中,古代文学界做出了积极的响应,其中的重要内容即是对以 20 世纪前期陆续问世的中国文学史的严厉批评、批判乃至全盘否定。归纳起来,一是认为在意义形态上是落后与反动的,马叙伦《第一次全国高等教育会议闭幕词》提出,1949 年前的高校文科教学(主要指国统区)是"旧政治经济的一种反映和旧政治经济借以持续的一种工具",是落后和反动的;[①] 二是在内容形式上不合统一规范要求,陆侃如《关于大学中文系问题》曾说:"在抗战前,没有两校中文系的教学计划是相同的。后来课程名称虽然部分地'划一'了,但也没有两校所开同一课程的内容是相同的。我教过二十年的'中国文学史',都是详于周秦,略于唐宋,到明清就根本不讲了,我所认识的担任这门课的朋友们,讲授的进度都不一样;至于对每一作家、每一作品的评价,不但'仁者见仁'、'智者见智',而且以'独出心裁'为贵,丝毫没有考虑到是否符合真理。"[②] 霍佩真《改进综合性大学中文系的几点意见》进而批评道:"有的教授甚至还把自己十多年或者二十年前完全是封建的与资产阶级观点的著作,只字未加修正就原封不动地介绍给同学。"[③] 这些意见大致反映出了当时占主导地位的主流价值观念。

与新中国的经济、政治、文化建设要求相一致,在教育战线同样需要快速推进意识形态的破旧立新,其中高校教材新编显得尤为重要。根据李舜臣、吴光正《〈中国文学史教学大纲〉的产生及其影响》一文的梳理,先是在 1950 年 6 月,高教部在北京召开的第一次全国高等教育会议上,

---

① 马叙伦:《第一次全国高等教育会议闭幕词》,《人民教育》1950 年第 3 期。
② 陆侃如:《关于大学中文系问题》,《人民教育》1952 年第 2 期。
③ 霍佩真:《改进综合性大学中文系的几点意见》,《人民教育》1952 年第 4 期。

提出要"用科学的观点和方法编订为新中国高等学校所适用的教材,是实行课程改革的重要条件"。① 至1951年,高教部开始着手高校教材的统编工作,呈准中央文化教育委员会,颁布了《高等学校教材编审委员会暂行组织条例》。该委员会设委员二十五至三十人,由高教部、出版总署和有关党委代表及高等学校教授若干人组成,草拟了教材的编审原则、编译步骤及工作方法等多项意见,规定"教材内容必须有正确的科学观点,贯彻爱国主义精神;必须尽量联系实际,切合国家建设工作的需要,必须贯彻课程改革决定的精神"。② 然后到了1953年7、8月间,高教部与中国科学院在山东青岛召开了综合性大学文史教学座谈会,主要讨论了汉语言文学、历史学、英语专业的教学计划。次年7、8月间,又在北京召开了第二次座谈会,重新审订了原有的汉语言文学、历史学等专业的教学计划。其中,汉语言文学专业被纳入编写计划中的课程为文艺学引论、文学理论和中国文学史,并决定由几个高等学校中国语言文学系和文学研究所,分段草拟中国文学史教学大纲,以作为中国文学史编写的依据。③ 至此,《中国文学史教学大纲》的编写工作正式启动,委托游国恩、刘大杰、冯沅君、王瑶、刘绶松五位著名学者起草。其间高教部先后数次召集学者进行讨论。1955年,中国文学史古典部分各段负责起草学校先后邀请部分高等学校及其他方面的专家进行讨论,取得了初步一致的意见。1956年7月和11月,在原有大纲草案的基础上,高等教育部又先后召开过两次会议,讨论中国文学史大纲,为编写中国文学史教科书做好准备。由于当时的文学史研究和教学正处于新旧交替的时期,许多问题不很明确,意见也不统一。比如,关于文学史的编撰体例,当时主要有以作家为主和以文体为主的两种方法,经过讨论,最后经商定形成一个折中方案:"一方面以作家为主,依时代先后叙述,必要时允许照顾到各种文学种

---

① 《中国教育年鉴》编辑部编:《中国教育年鉴(1949—1981)》,中国大百科全书出版社1984年版,第509页。

② 同上书,第509—510页。

③ 游国恩:《对于编写中国文学史的几点意见》,原载《光明日报》"文学遗产"周刊1957年第138期。后收入《游国恩学术论文集》,中华书局1989年版。

类、文学题材的发展，以及各个文学潮流的趋势，因而不妨采取以体裁、派别等为辅的办法来补救。"① 又如关于文学史的分期问题，更是当时争议的焦点，有的主张分四期、五期、八期，也有主张分六段十段……不一而足。据游国恩说，"大家虽然意见分歧，最后仍然取得协议。多数同志一面坚持自己的看法，同时也虚心考虑别人的意见；既有争执，又有协调。既坚持真理，也放弃成见，充分表现了百家争鸣、实事求是的精神"②。经过两年多的紧张编写和交流讨论，并几度将草稿寄给各所大学征求意见，1956年11月《大纲》最终经中国文学史教科书编辑委员会第一次扩大会议审议通过，并于次年8月由高等教育出版社正式出版发行。③

《中国文学史教学大纲》前有"说明书""导论"，后有末章的"结语"，正文共分九篇，主要讲述了从上古至1949年中国文学发展的进程以及各时段文学的具体内容，其分期标准主要是时代界限。在中国文学史的目的和任务方面，强调要"说明中国文学在各个历史阶段中的主要内容、进展情况和发展规律，说明重要作家、作品和当时社会的关系及在文学发展中的作用。说明代表作家的生活、思想和创作成就，分析代表作品的思想性和艺术性，给予这些作家、作品以正确的评价"。对于研究文学史的态度和方法，则指出"文学史是研究历代各种文学现象的科学。掌握马克思列宁主义立场、观点、方法的必要性。确认文学是社会意识的一种形态，它的阶级性和社会教育意义"。对于此前的研究偏差，还强调要纠正"资产阶级唯心主义与形式主义的毒害"及"庸俗社会学倾向"。④ 无须怀疑，此书在具体问题的研究方面反映了当时的较高水准，但就理论研究的特点而言，显然具有明显的文学社会学倾向。浪漫主义与现实主义、阶

---

① 游国恩：《对于编写中国文学史的几点意见》，原载《光明日报》"文学遗产"周刊1957年第138期。后收入《游国恩学术论文集》，中华书局1989年版。
② 同上。
③ 参见李舜臣、吴光正《〈中国文学史教学大纲〉的产生及其影响》，《文学遗产》2009年第1期。
④ 《中国文学史教学大纲·导论》，高等教育出版社1957年版。李舜臣、吴光正《〈中国文学史教学大纲〉的产生及其影响》对此书编撰背景、编纂过程、特点与影响有详细分析，文见《文学遗产》2009年第1期。

级性、人民性、民间性等关键词的高频出现，既体现了马列主义对文学研究的影响，也在不断推进文学的革命化释读。由于大纲的指导性地位，它直接决定了文学史编写必须遵循这一规范，同时影响到文学研究的理论取向。

《中国文学史教学大纲》吸收了当时众多高校与专家的意见，属于教学指导性质图书，既是文学史编纂的指南，又规范了文学史的教学活动，因而书中的表述实际上代表了此期文学史理论的一些观念。其间，负责《大纲》起草的游国恩、刘大杰、冯沅君、王瑶、刘绶松五位著名学者，发挥了至为重要的作用，一方面，他们必然要将的各自的文学史观念带入《大纲》之中；但另一方面，他们起草的过程也就是学习马克思主义、接受主流价值导向的过程，比如冯沅君数次检讨了自己新中国成立前的治学缺陷，并决心提高思想水平，研读毛泽东著作，联系群众，以改进教学研究[①]，刘大杰"由于自己对马克思列宁主义的初步学习和看到了一些从前没有过的史料，关于中国文学史的某些问题，已有了不同的看法"，故萌生重写《中国文学发展史》的愿望。[②] 王瑶、刘绶松则分别应清华大学实施教学改革之需和高教部之托，以马列主义、毛泽东文艺思想为指导，先后撰写了《中国新文学史稿》《中国新文学史初稿》，奠定了现代文学史的基石。[③] 而更为重要的是，《中国文学史教学大纲》在1957年由高等教育出版社出版之后，对整个中国文学史研究长生了巨大而持久的影响。

诚然，在1957年《中国文学史教学大纲》出版之前，即有一些学者开始尝试以社会学—政治学新批评范式编写新文学史，诸如蒋祖怡《中国人民文学史》（北新书局1950年版），谭丕模《中国文学史纲》（中央人民政府高等教育部教材编审处，1954年），李长之《中国文学史略稿》（五十年代出版社1955年版），詹安泰等《中国文学史》（高等教育出版

[①] 冯沅君：《批判我的封建的、资产阶级的思想——一九五一年思想工作总结》，《文史哲》1952年第5期。

[②] 刘大杰：《中国文学发展史·序二》，复旦大学出版社2005年版。

[③] 参见李舜臣、吴光正《〈中国文学史教学大纲〉的产生及其影响》，《文学遗产》2009年第1期。

社1956年版），林庚《中国文学简史》（古典文学出版社1957年版），陆侃如、冯沅君《中国文学史简编》（作家出版社1957年版），杨公骥《中国文学》（第一册）（吉林人民出版社1957年版），等等。以上诸书"普遍尝试着运用新的观点和方法作指导，因此无论是材料的取舍还是作品主题的分析、创作方法的评赏、作家的历史定位，这些文学史与新中国成立前相比都显示出崭新的风貌，从而引起了广泛关注。比如，詹安泰等的《中国文学史》被高教部推荐为'高等学校交流讲义'；杨公骥草成于1951年的《中国文学史》，也因'广泛的掌握资料，有创见，并能以马克思列宁主义观点处理中国文学史上的某些问题'，而被高教部下发通知，介绍推广给院校"。① 概而言之，这些著作具有两个鲜明的特点。一是代表主流意识形态，蒋祖怡《中国人民文学史》原为"人民文学丛刊"之一种，全书系统地论述了中国人民文学的源流是具有开创意义的民间文学史专著，其价值取向即集中体现在此书的书名上。但也有一些著作因走向庸俗社会学而受到批评。比如1955年7月至12月《文史哲》连续发表冯沅君与陆侃如合撰的《中国文学史稿》，引起了广泛的重视。余冠英读后不以为然，批评陆侃如、冯沅君《中国文学史简编》："有不少主观、片面、机械、简单、公式化的地方"，"应该说本书的庸俗社会学的气息是浓厚的"。② 但也有一些超越性之作，如李长之《中国文学史略稿》立足宏阔的世界文学视域，避免了一些文学史著作"只知中国文学，不知世界文学"的弊端，突出文学演进的脉络和线索，并依此标准权衡详略及轻重显晦，是一部具有鲜明的学术品格、较高的学术价值的文学史经典。二是主要适应教学需要，因而多为大学教材。比如詹安泰《中国文学史》（高等教育出版社1956年版）第六章就明确说："按照部颁汉语言文学专业教学计划中对这门功课的目的要求，配合第一年级第二学期的课堂讲授来编写讲义。"该书于每章后均设有复习题。林庚《中国文学简史》则提

---

① 参见杨树增《追忆杨公骥教授》，《阴山学刊》2003年第1期。引自李舜臣、吴光正《〈中国文学史教学大纲〉的产生及其影响》，《文学遗产》2009年第1期。

② 余冠英：《读〈中国文学史稿〉》，原载《人民日报》1956年6月6日。后收入余冠英《古代文学杂论》，中华书局1987年版。

到参照了"苏联11—14世纪俄罗斯古代文学教学大纲"。

1957年《中国文学史教学大纲》出版之后,又有一批中国文学史著作陆续问世,主要有北京大学中文系文学专门化1955级集体编著的《中国文学史》(一、二、三、四)(1958年版)、复旦大学中文系古典文学组学生集体编著的《中国文学史》(上、中、下)(1958—1959年版)、中国社会科学院文学研究所编写的《中国文学史》(一、二、三)(1962年版)、刘大杰《中国文学发展史》(1963年版)、游国恩等《中国文学史》(一、二、三、四)(1964年版)等。其中北京大学中文系与复旦大学中文系的《中国文学史》衍变为庸俗社会学的代表作。因而相较之下,游国恩等《中国文学史》和中国社会科学院文学研究所编写的《中国文学史》"是当时条件下最好的成绩","它们是两次极'左'思潮间隔期的产物,且对50年代后期的极'左'思潮有所抵制"。[1] 正如当时的大多数文学史著作一样,游编文学史亦特别强调文学与社会政治的关系,文学与阶级斗争的关系、文学与现实主义的关系。它把纷纭复杂的文学史现象一分为二,在第一方阵内是热爱祖国热爱人民关心民生疾苦的文学家,在相反方阵内的是站在统治阶级立场上的和消极厌世的文人。第一方阵的作家的作品多是现实主义的或积极浪漫主义的,第二方阵内的作家的作品则是反现实主义的、形式主义的、唯美主义的。使用这种简单逻辑归队的结果,就使一部文学史变成一部社会政治的反映史,变成为一部阶级斗争消长史。这是游编文学史的最大的最根本的缺失。[2] 就本时段60年代文学史理论研究的观念革命之得失而言,游国恩等《中国文学史》显然具有典范性意义。

二 文学史理论研究的学理重构阶段

进入新时期以后,伴随整个学术界的拨乱反正、多元发展的大趋势,文学史理论研究也以由此走向学理重构阶段。其中又大致以1988年"重

---

[1] 董国炎:《古典文学研究的学术取向与学科态势——兼论〈文学遗产〉的历史使命》,《文学遗产》1996年第2期。

[2] 孙明君:《追寻遥远的理想——关于20世纪〈中国文学史〉的回顾与瞻望》,《北京大学学报》1997年第1期。

写文学史"大讨论兴起为界，此前主要在拨乱反正中普遍关注如何揭示文学规律问题。1983年7月至10月，《光明日报·文学遗产》专门组织一些学者撰文讨论中国文学史研究与编写等问题。其间发表了宁宗一《文学史要探索文学的发展规律》、胡小伟《文学史要有多层次结构》、张碧波《文学史研究断想》、牟世金《从两个结合着手改进文学史编写工作》、王季思《开创古典文学研究新局面随想》、赵新桐《文学史的研究和文学史著作的编写》、禹克坤《文学史与文学规律》、郭预衡《浅谈文学史的编写》、费振刚《揭示文学发展中的内外联系》、林岗《谈两种不同的文学史》、邓绍基《我对探索文学史规律的看法》等十余篇文章。这些文章对文学史的研究内容和文学史著作的编写进行了多方面的探讨。

关于文学史的研究内容方面，主要聚焦于文学发展规律问题。如宁宗一《文学史要探索文学的发展规律》指出："文学史作为一门科学，它的最高任务是探索、发现和总结文学的发展规律，诸如文学发展的内部矛盾是什么，怎样由于各种矛盾的变化而显示出文学发展的阶段性，文学的'源'与'流'的辩证关系，等等。因此，要求于中国文学史研究者的是：既要研究一般的文学发展规律，也要研究进步的文学的发展规律，特别是要研究中国的进步的文学的发展规律。"[1] 张碧波《文学史研究断想》也认为："中国文学史作为一门相对独立的文学学科，它是研究中国文学的特殊的发展规律和特殊的发展途径的科学。""中国文学史是在整体的、综合的研究基础上揭示中国文学的民族艺术传统的产生、发展及其各阶段的特征，揭示中国文学的发展轨迹和发展趋向，最终揭示中国文学发展的特殊规律。"[2] 禹克坤《文学史与文学规律》指出，文学史就是"通过对作家及作品的描述，显示一定民族、一定时代的文学的规律"。[3] 后者以胡小伟《文学史要有多层次结构》为代表，文章指出，文学史写作要有多层次的著述结构，"所谓'多层次'，就需要在体现以时代思潮为纲，以作家作品为目的叙述方式的同时，吸收史学界常用的'分体合编'体

---

[1] 宁宗一：《文学史要探索文学的发展规律》，《光明日报》1983年7月19日。
[2] 张碧波：《文学史研究断想》，《光明日报》1983年8月2日。
[3] 禹克坤：《文学史与文学规律》，《光明日报》1983年9月6日。

例的若干长处,加强综述概论,既能反映出重要作家作品的全貌,又能对各种文体的发展作系统性论述,采取古代史家的'互见'方式,将这几方面有机结合起来,彼此照应,互相补充,而不是简单地重复、雷同"。①

强调对文学发展规律的探讨显然是针对此前文学史著述中那种政治标签、主观臆断的反思和检讨,在文学史理论研究具有拨乱反正的重要意义。尤其可贵的是在文学史著述的这种反思和讨论过程中呈现出初步的文学史观。如林岗《谈两种不同的文学史》认为文学史著述有两种历史观,"一种是把文学发展历程当作实体性的知识来思考历史,也就是叙述性的历史;另一种是对文学发展历程进行'理性重组',对其演变进行理论上的解释和说明,历史的叙述在这里已包含了第二级的评说,这种文学史可称为解释性的历史"。前一种是叙述性的文学史,"主要任务是'记载'和'叙述'";后一种是解释性的文学史,"实际上就是对文学历程的'重构',是运用思维能力的'重构'"。②

1988年《上海文论》杂志开辟了"重写文学史"专栏,"重写文学史"的口号虽然是由现当代文学界提出的,但对古代文学史的重写和理论探讨也有着重要的促发作用。自90年代初期开始,关于古代文学史理论研究的会议与专栏得到大量召开和开辟。此后,古代文学界重点转向文学史观——文学史学的讨论,标志着文学史理论研究的日趋深化。1990年《文学遗产》开辟"文学史与文学史观"专栏,并于同年10月与广西师范大学共同举办"文学史观与文学史"讨论会在桂林召开,围绕文学史研究总体理论问题与文学史编写中的具体理论问题展开讨论。③ 1991年7月,《文学遗产》又与辽宁师范大学联合召开了小型讨论会,就桂林会议遗留的问题继续讨论。1991年12月中国社科院文学所召开了"文学史学研讨会",所内不同文学研究者对文学史相关理论进行了讨论。④ 1993年,

---

① 胡小伟:《文学史要有多层次结构》,《光明日报》1983年7月26日。
② 林岗:《谈两种不同的文学史》,《光明日报》1983年9月27日。
③ 福临:《文学史观与文学史讨论会在桂林举行》,《社会科学战线》1991年第1期;胡大雷:《"文学史观与文学史"学术讨论会述要》,《文学遗产》1991年第1期。
④ 《文学研究所举行"文学史学研讨会"》,《文学评论》1992年第2期。

《文学遗产》再次召集中国社科院文学所学者进行座谈,讨论文学史学的基本问题和构想。① 1994年4月,《文学遗产》、《江海学刊》、上海社会科学院文学所、西北大学中文系与漳州师院在漳州联合举办了"文学史观与文学史学"研讨会,就文学史观与文学史编写、对文学史新著的评价等议题进行了研讨。② 1996年第2期《文学评论》刊登了一组"文学史学笔谈";1996年第5期《复旦学报》开辟了"《中国文学史》博士生座谈"专栏;1996年第6期《中国社会科学》刊登了一组"文学史研究转型"笔谈;1996年4月,华中师范大学召开了"文学史研究的方法与范式"学术研讨会;③ 1997年12月,中国社会科学院文学所、上海社会科学院文学所、《江海学刊》、福建师范大学、漳州师院在福建莆田联合举办了"文学史学研讨会";④《江海学刊》1998年第3期开辟了"关于文学史学的思考"专栏刊登此次会议论文。

20世纪90年代的文学史理论研究最突出的特点就是有着文学史观的理念,认识到文学史观对于文学史著述的重要性。如赵敏俐说:"要编写具有时代水平的文学史,我以为最重要的问题之一就是解决文学史观的问题。"陈伯海也说:"文学史观是个核心问题,它关系到研究者如何驾驭史料、如何形成其编写体例的问题。"⑤ 张政文也指出:"研究文学史观的目的之一,就在于为文学史研究提供自觉的理性意识和自主的人文方法,从而使文学史研究构成对人类文学活动的终极关怀,有效地探寻文学发展的自由之路。"⑥ 在文学史观的理念下,对文学史理论进行了自主建构和深入研究,并直接为个性化文学史著述提供理论服务。

第一,对文学史的属性进行确认,指出文学史具有文学性和历史性的

---

① 刘跃进:《关于文学史学若干问题的思考(座谈纪要)》,《文学遗产》1993年第4期。
② 苏澄:《'94漳州文学史观与文学史学研讨会纪要》,《文学遗产》1994年第5期;《文学史观与文学史学研讨会综述》,《漳州师院学报》1994年第3期。
③ 叶木:《回眸与前瞻》,《华中师范大学学报》1996年第4期。
④ 江文:《全国文学史学研讨会述要》,《江海学刊》1998年第3期。
⑤ 苏澄:《'94漳州文学史观与文学史学研讨会纪要》,《文学遗产》1994年第5期。
⑥ 张政文:《文学史与时间量》,《求是学刊》1995年第6期。

双重属性。① 张弘指出："'文学史观'实际上包括两个层面，一是历史观，即如何看待历史的问题；……另一是文学观，即如何看待文学的问题。"② 张晶也认为，文学史"首先是'文学'的史，体现出文学自身的特征与规律，这便是审美"。"其次，文学史是文学的'史'，应该加强'史'的意识，写史不同于写其他著作，有许多不能回避的问题必须实事求是地向读者交待。……同时，'史'就意味着发展，写出文学发展的流程刀就是文学史的动态建构是十分必要的。"③ 许总认为，"文学史作为文学的专门史，实际上应当是文学与史学的交叉学科，这样的两重属性也就使得文学史具有了文学与史学的双重品格"。文学史的"文学"与"史学"的双重属性使得文学史呈现二律背反的独特性，"既受制于历史进程又超越于社会现实，既合乎某种规律又无一定规律可循，既历史地发展又超历史地存在"。④

第二，对文学史的形态进行多样化探索。徐公持对学术界对于文学史形态的多样化进行了概括，指出主要有三种文学史观：一种是史学家性格的文学史观，一种是理论家或曰史论家性格的文学史观，还有一种是中和或曰调和性格的文学史观。第一种文学史观重历史、重客观、重描述，可以说是"再现"的文学史观；第二种文学史观重理论、重主观、重阐述，可以说是"表现"的文学史观，而第三种文学史观介于二者之间，可以说是"再现"与"表现"相结合的文学史观。从学术性格上看，第一种文学史观尚实，第二种文学史观尚虚，第三种文学史观虚实并重。⑤ 第一种文学史观，如陈一舟指出："文学史，它是而且只能是文学的历史。""狭义的文学史，无论人们要如何去界定它的学科特性，它仍然不过是全部历史的一个侧面，如同政治史、经济史、科技史、艺术史一样只是人类

---

① 参见第十二章第一节"古代文学与史学关系研究"中的"文学史的双重属性研究"。
② 苏澄：《'94漳州文学史观与文学史学研讨会纪要》，《文学遗产》1994年第5期。
③ 张晶：《逻辑与历史的统一》，《社会科学辑刊》1991年第3期"中国文学史观笔谈"。
④ 许总：《文学史观的反思与重构》，《文学评论》1995年第2期。
⑤ 苏澄：《'94漳州文学史观与文学史学研讨会纪要》，《文学遗产》1994年第5期；徐公持：《评文学史形态理论倾向及其意义》，《江海学刊》1994年第5期。此外，还可以参阅杨柳《近二十年的文学史学理论探讨回顾》，《辽宁大学学报》2010年第3期。

史的某一分支。"① 许总也认为："与其抽象地找寻规律，不如实在描述现象，在文化背景的铺展、作家心态的显微、文学史整体的结构的联结与叠合中立体地展示文学史的轨迹与进程，在动态地把握其运行方向的基础上，进而窥探文学史的丰富本相。"② 第二种文学史观，如王锺陵认为："我所斯望的文学史著作是一种具有理论形态的文学史著作，或者说，我们的任务是使文学史理论形态化。"即"由高度抽象而达到的云外高瞩的理论观点与丰富的活泼流露着生机的原生态感性具象之统一"。③ 钟优民也指出，文学史如果不"描述和阐释中国文学发展的嬗变轨迹、宏观走向及其规律，单纯罗列文学现象，就事论事，不叫文学史"。④ 第三种文学史观，如张晶认为："逻辑与历史的辩证统一，是文学史研究的正确方法。"⑤

第三，对文学史的建构方法进行了探讨。如王锺陵提出民族文化—心理批评方法，他认为："文学的进程，从来都是和民族心理、民族思维的发展过程相一致的……所以，不从民族心理、民族思维的角度去把握文学的进程，我们就难以懂得这种进程中最为深沉的底蕴。"⑥ 宁宗一也提出"不妨把文学史作为'心灵史'来研究"，认为"一部文学史就是一部人民的灵魂史、知识分子的灵魂史"，"文学实质上是人的精神主体学、人的灵魂学和人的性格学"。⑦ 此外，还有文化建构文学史、从美学角度来建构文学史、以哲学观点建构文学史等文学史观。⑧

20世纪90年代文学史理论研究服务于文学史著述的突出标志性成果有章培恒、骆玉明主编和袁行霈主编的两部《中国文学史》，前者主张文学是人性发展史的文学史观，后者主张文学自身发展历史的文学史观。两

---

① 陈一舟：《文学史的形态与语式》，《社会科学辑刊》1991年第3期"中国文学史观笔谈"。
② 许总：《多元的存在与深层的流动》，《社会科学辑刊》1991年第3期"中国文学史观笔谈"。
③ 王锺陵：《文学史的理论形态化》，《社会科学辑刊》1991年第3期"中国文学史观笔谈"。
④ 钟优民：《历史·现实·架构——文学史方法论漫议》，《社会科学战线》1991年第1期。
⑤ 张晶：《逻辑与历史的辩证统一》，《社会科学辑刊》1991年第3期"中国文学史观笔谈"。
⑥ 王锺陵：《文学史新方法论》，苏州大学出版社1993年版。
⑦ 宁宗一：《关于文学史观与文学史编写的若干断想》，《文学遗产》1992年第5期。
⑧ 参阅杨柳《近二十年的文学史学理论探讨回顾》，《辽宁大学学报》2010年第3期。

部文学史体现了文学史理论自主建构与个性化文学史观著述的良好结合。

三 文学史理论研究的学科自觉阶段

自世纪之交起，文学史理论研究迎来了学科自觉的新阶段，这是与经过"世纪反思"之后整个古代文学研究进入学科自觉阶段相契合的。其中"大文学史""中华文学史""新体文学史"观的提出以及诸多文学史学理论著作的陆续问世，都是文学史理论研究学科自觉的重要标志。

其实早在20世纪初，日本人著述的中国文学史中就提到了大文学史观，此后谢无量于1918年又出版了《中国大文学史》一书，但此时的"大文学史"还只是杂文学的同义词。80年代中后期古代文学的文化研究兴起后，人们开始从文化视野的广阔背景来观照和讨论文学现象，并以此为视角对"大文学史"观念作新的思考。傅璇琮主编《大文学史观丛书》（1990）、赵明主编《先秦大文学史》（1993）、赵明等主编《两汉大文学史》（1998）先后得到出版。此时的大文学史观还只是强调文学研究中的文化批评，未形成系统的史观理论。如傅璇琮主编《大文学史观丛书》总序曰："把文化史、社会史的研究成果引入文学史的研究，打通与文学史相邻学科的间隔。"赵明主编《先秦大文学史》导论指出："一部先秦大文学史，实际上就是对具有突出文化性征的先秦文学进行文学的文化发生研究，或文学的文化综合动态关系研究。"

世纪交替之际，人们在反思过去的文学史观的基础上开始对大文学史观作全面系统的思考。其中，董乃斌、陈伯海、张炯和杨义对这一文学史观思考尤为深入。

董乃斌认为，20世纪的文学史观经历了三个阶段：即传统的大文学史观、受西方影响而形成的纯文学史观和新时期以来的新的大文学史观阶段。而第二个阶段的文学史写作存在着明显的缺陷，"以'纯文学'和突出'一代之胜'作为作家作品入史的标准，使大量有用的、应该注意的文学史料被舍弃，从而严重地削弱了中国文学史的丰富性，也造成了因将历史现代化而推动或削弱科学性的弊病"。"在将许多原先不受重视的文学样式，如小说戏剧和历代的通俗文学、民间文学——一些所谓'下里巴人'的东西请进文学史殿堂的同时，却把不少很有特色的传统文学样式驱逐出了文学史。"因此，作者指出："站在中国文学的本位之上，我们不应该无视古人的文学观（事实上，它也是随时代而变化的），更不可削中国文学史实之足以适西方'纯文学'观念之履。于是，建立一种新型的'大文学史观'，便成了时代的要求。"而"大文学史观的根本特点是宏通开阔，是对大文化背景的宏观和对心灵世界的微观的良好结合，是对学科交叉互渗研究方法的重视。"[①] 董乃斌从宏观大文化背景出发，站在中国传统文学的立场，对西化的纯文学观进行深入反思后提出了大文学史观。

陈伯海也指出："如果说，杂文学体制的缺陷在于混淆了文学与非文学的界限，使得近代意义上的文学史学科难以建立，那么，纯文学观的要害恰恰在于割裂文学与相关事象间的联系，致使大量虽非文学作品却具有相当文学性的文本进不了文学史家的眼界，从而大大削弱乃至扭曲了我国文学的传统精神，造成残缺不全的文学历史景观。"他还认为传统的"缘情绮靡"通过现代性阐释，就可以成为中国文学的"文学性"素质集中体现，它"不仅能用以会通古今文学，甚且好拿来同西方文论中的某些观念（如苏珊·朗格的'情感符号'说）开展对话与交流，而大文学史之'大'，便也会在这古今中外不同文学体制、精神的碰撞和融合中逐渐生成"[②]。陈伯海在反思西化的纯文学观后，不仅提出了大文学观，而且提出以传统的"缘情绮靡"来会通大文学史观，使大文学史观具有文学性的实质内涵而不成为杂文学，同时超越纯文学。

董、陈两位学者是从本土文化立场反思西化的纯文学史观后提出大文学史观的，张炯则从多民族文学史立场反思汉民族文学史后主张大文学史观。自20世纪90年代中期侗族学者邓敏文《中国多民族文学史论》出版后，多民族文学史的建设得到提倡，进入21世纪更是得到高涨。正是在这种学术背景下，张炯从多民族文学史的立场出发主张大文学观。早在

[①] 董乃斌：《论文学史范型的新变——兼评傅璇琮主编的〈唐五代文学编年史〉》，《文学遗产》2000年第5期。

[②] 陈伯海：《杂文学、纯文学、大文学及其他——中国文学传统中的"文学性"问题探源》，《红河学院学报》2004年第5期。

20世纪90年代中期出版的《中华文学通史》中,他就主张多民族文学的大文学史观:"完整意义上的中华文学史应该是涵盖中华各兄弟民族的文学贡献的文学史,也应该是涵盖中国各地区的文学史,即包括台湾、香港、澳门在内的文学史,而不仅仅是大陆地区的汉族文学史。"① 21世纪,他仍然强调这一点,认为中国文学史的凝定并非仅因于汉文学的贡献,"中国文学史应是中华各民族文学相互影响、相互促进的历史"。②

杨义的大文学史观反思性最强,内涵最丰富,是集大成者。杨义说:"有所谓'文学三世':古代文史混杂、文笔并举,奉行的是'杂文学'观念;20世纪接受西方'纯文学'观念,把文学祛杂提纯,采用诗歌、散文、小说、戏剧四分法;到了世纪之交,文学开始怀着强烈的欲望,要求在文化深度与人类意识中获得对自己存在的身份和价值的证明,从而逐渐地形成了一种'大文学'的观念。"杨义对纯文学观念进行了深刻的反思,指出"纯文学观念超码隐藏着三个缺陷":

> 一在本体论。当人们引进"他者眼光"对文学进行提纯处理时,它很可能把一些历史学、文化学的知识排除在文学体验的边缘或圈外。……二在功能论。西方观念源于西方文学经验,往往与中国经验存在错位。小说、诗词、戏曲,更不用说骈文、辞赋,中西方都存在着叙事学、诗学原理原则和智慧方式的偏离与歧义,在发生学、形态学和源流学上都有各具千秋的历史发展系统。不经辨析、校正和融合,就轻易地套用西方观念,也就很难回到中国文化的原点,很难从本源上发挥中国文学思维和理论概括的优势。三在动力学。从西方引进的五花八门的文学思潮,包括现代主义、后现代主义思潮,是具有提供世界视境的巨大启迪作用的,但它们与中国社会发展、人生方式和文化现实之间存在着许多距离与脱节。单纯追慕新潮而忽略中国经验和生命神韵,是很容易产生类似于邯郸学步的负面影响的,这也许

---

① 张炯:《走向完整的中国文学史研究——〈中华文学通史〉导言》,《文学评论》1996年第4期。

② 张炯:《论中国文学史的史观与分期、前沿问题》,《文学遗产》2004年第2期。

是一些不乏才华的创作缺失大家风范和传世素质的一个原因。

而"文学在中国,是一个开放性的系统,一个向其他人文学科开放的系统。……这种文学(即杂文学)称谓未经近代纯文学观念的洗礼,自然流于驳杂。但提纯的洗礼带有某种人为的阉割性,使文学与整个文化浑然共处的自然生成形态被割裂了,因此在进化中隐藏着某种退化。当然,新世纪的文学观不是要退回到孔门四科的文学观,而是要把传统的博识与20世纪的精纯,在新的时代高度上实行大文学观的创造整合,催生出一种具有精审的现代理性的文学—文化的生命整体性。唯有这种大文学观才能在吸收纯文学观的现代理性的同时,超越片面的提纯给中国文学的自我认知所造成的本体论的割裂、功能论的错位和动力学的脱节"[1]。

同时杨义从多民族文学观反思了汉民族文学史。他认为:"文学研究应该回到文学生存的原本状态。中华民族的原本生存和发展状态,是多部族和民族……有机共生的伟大的民族共同体。""对于中华民族的文学整体而言,汉语文学只是部分,尽管是主体部分。只有从整个中华民族和文学总进程出发,才能看清少数民族文学这些部分的位置、功能和意义,也才能真正具有历史深刻性地看清汉语文学的位置、功能和意义。离开这种整体和部分之关系的辩证法思维,就很难透视存在于其间的文学起源、原创、传播、转轨、融通和发达,很难推原各种文化元素的相互接纳和反馈的因果关系,以及蕴藏于其间的文化哲学和文化通则。"[2] 所以大文学史观,除了恢复纯文学观念剔除出去的大量作家和作品外,还应该关注到那些具有"边缘的活力"的少数民族文学。

在大文学史观的框架下,杨义总结为"一纲三目四境"的研究宗旨,所谓"一纲",即指大文学史观;所谓"三目",意指三大学理上的突破,第一是要在时间维度的基础上强化空间维度,第二是要在中心动力的基础上强化边缘动力,第三是要在文献认证中深入文化透视;所谓"四境",

---

[1] 杨义:《认识"大文学观"》,《光明日报》2000年12月27日。
[2] 杨义:《"重绘中国文学地图"与中国文学的民族学、地理学问题》,《文学评论》2005年第3期。

意指文学的民族学、地理学、文化学、图志学。这也是杨义提出"重绘中国文学地图"的前沿命题的核心要义所在,如果说以"大文学观"为"纲",以三个学理上的突破为"目",已经形成了一个网络的话,那么加上"文学地图"所涉及的"四境"——"重绘"涉及的交叉学科:文学的民族学、地理学、文化学、图志学——这张文学地图就从一张平面图延展成为一张纵横交错的立体图。① 这实际上是旨在从空间维度对"重写文学史"的拓展与深化,正与章培恒倡导"中国文学古今演变研究"重点从时间维度加以拓展与深化形成相互呼应之势。因第十二章对此还将作专题论述,此略。

由上可见,大文学史观是基于西化观念与本土观念、文化视域与文学视域、汉民族文学与多民族文学的文学史观反思而提出的。与此密切相关的是"中华文学"论题。如前所述,"中华文学史"的集成性著作是张炯、邓绍基、樊骏主编的《中华文学通史(全10卷)》(华艺出版社1997年版),近年来这一论题再次受到学界的关注,2015年先后召开了两场学术研讨会。一场是3月16日,由《文学评论》编辑部、《文学遗产》编辑部、《民族文学研究》编辑部联合主办的"中华文学的发展、融合及其相关学科建设"学术研讨会在中国社会科学院文学研究所召开,《文学遗产》主编刘跃进主持会议,与会专家重点围绕以下几个议题展开讨论。一是关于"中华文学"命题的提出及其意义。陆建德指出,要在多民族的格局下改造过去的文学史写作套路,要挖掘中华各民族文学的巨大资源,看到各民族文学对整个中华文学的意义所在,并且促进人们对中华民族文学的阅读。张政文提出把中华各民族文学融合为中华文学,这种理解是真正回到了文学之中。文日焕提出,要注意中华文学与中国近三十个跨境民族的关系。这对于深入认识中华文学,提高中华文学的竞争力,具有重要意义。二是关于"中华文学"的内涵与外延。郭英德提出了两个问题:第一,如何处理中华文学在世界文学语境中的地位;第二,如何正确认识"民族"与"族"的关系。詹福瑞认为,"中华文学"的特征,首先是开放性,今天重新看中华文学,就要看到其所具有的开放性。这种开

---

① 孙伊:《读杨义新著〈重绘中国文学地图通释〉》,《光明日报》2007年11月16日。

放性首先表现在民族的多样性，其次是包容外来文学，再次是实现士人雅文学与民间俗文学的共生共长。过常宝认为，"中华文学"将中华各民族文学统合起来，在理论上具有明显的融通性。三是关于"中华文学"研究的理论与方法。与会专家普遍认为，第一，理论先行。应首先加强"中华文学"命题的理论建设。张政文指出，在构建中华文学命题、研究中华文学历史并展望其未来的时候，要在文学的立场、观念、视野、路径等方面提出全新的理论。第二，转变观念。朱万曙认为，要实现"中华文学"研究的大格局，首先要转变学术观念。张国星认为，今天的中国古代文学研究，需要以大胸襟、大气魄，进行中华文学研究，要有高度的理论自觉。第三，拓展材料。朝戈金提出，中华民族文学研究应拓展文献材料的范围，不限于文本材料，而应关注到丰富的实物、图像、口传材料等。第四，完善框架。与会专家认为，中华文学的研究成果主要通过中华文学史的书写来展现，而撰写这部文学史，需要充分尊重中华文学的开放性与融通性特征，在结构框架上做出重大调整。第五，讲究策略。廖可斌认为，要改进对中华文学融合进程的叙述策略，尤其谈及民族矛盾与对抗时要寻求叙述的平衡。第六，增进交流。汤晓青认为，中华文学研究要改变民族文学研究工作者"自说自话"的状态，拓宽与主流学界对话的有效途径。四是关于"中华文学"研究的学科建设。张政文建议"构建中华文学的全科学科"。廖可斌提出，要打破学科界线，需要设立"民族融合"二级学科。刘跃进则提出建议，中华文学理应进入大学中文系课堂。[①]可见本次会议学术定位比较高，理论性比较强。会后相关论文刊发于《文学遗产》2015年第4期。马自力《"中华文学"命题的意义及相关问题》认为，"中华文学"命题的提出，至少可以追溯到20世纪90年代中国社会科学院文学研究所张炯、邓绍基、樊骏总主编《中华文学通史》十卷本（华艺出版社1997年版），以及十四年张炯、邓绍基、郎樱总主编的《中国文学通史》十二卷本（江苏文艺出版社2011年版）。今天，"中华文学"命题由文学所再度提出和重新审视，仍然具有十分重要的理

---

① 马昕：《"中华文学的发展、融合及其相关学科建设"学术研讨会综述》，《文学评论》2015年第3期。

论价值和现实意义。最重要的是以"中华文学"为名，重新构建文学史。在大文学史理念框架的观照下，中华文学的建构和相关学科的建设应重点澄清、梳理和探讨以下几个方面的问题。第一，要走出那些唯古唯今、唯中唯外、唯世界的或唯民族的认识误区；第二，是注重学科内部和外部的融通；第三，是注重探讨制度与文学的关系；第四，是大力建设数据库，主要是中华文学史料库和学术成果库；第五，是重视学术史的成果梳理、总结、回顾，借此寻找问题所在，这是学科发展的基点，也是学术创新的生发点。左东岭《中华文学史研究的三个维度》认为，所谓中华文学史，其要义包括两个层面：一是它不能只是汉民族文学的历史，而应涵盖中国境域内其他各民族文学的历史；二是它需要探讨、描绘各民族文学的关系，也就是所谓的碰撞、影响、交融等层面的历史关联。同时要关注以下三个维度：一是各民族文学的特色研究；二是中华文学通史的叙述方式；三是具有聚焦作用的易代之际研究。作者尤其强调，从文化交融的层面，则无论是坚守汉族气节者还是徘徊于对立双方者，乃至身处敌对政权的作者，都应得到系统的研究和实事求是的评价。其中当然有文人品格与政治立场、文化坚守与现实关怀之间的种种矛盾，需要认真思考与反复拿捏，但易代之际无疑是一个具有巨大学术空间与研究价值的领域，从而构成了中华文学史研究的一个重要维度。

另一场由中国人民大学文学院与《文学遗产》编辑部联合主办、淮北师范大学文学院协办的"空间维度的中华文学史研究"学术研讨会，于同年11月28日至29日在中国人民大学召开。来自全国二十多所高校、科研机构的五十余位专家学者参加会议。与会学者围绕"空间维度的中华文学史研究"的主题展开讨论，所论内容包括：空间维度文学史研究及"中华文学"观念的理论探索；空间维度与诗文、小说、戏曲等不同文体之间的不同联系；基于"中华文学"和空间维度理论视角的文学个案研究；对地方文学及其地域色彩的研究；少数民族文学与域外汉文学的整理与研究。[①] 会后，朱万曙《空间维度的中华文学史研究》发表于《民

[①] 参见王正、袁睿《"空间维度的中华文学史研究"学术研讨会综述》，《文学遗产》2016年第5期。

族文学研究》2016年第4期。文章提出从空间维度出发研究中国文学史，可以将视野延展到各民族文学，从而建立起"中华文学"的大格局；可以将同一时期或时间活动于不同空间的文学家和发生的文学活动予以平行观照；可以将考察诸多对文学史的发展有意义的个体化的文学空间；可以比较不同空间文学品质的差异，从而改变以往仅仅按照"时间维度"考察和叙述文学史的模式，挖掘出文学史发展的丰富性和其中的生命趣味。

此外，刘跃进在《中国古典文学研究四十年》一文中进而提出"中华文学的观念建构"这一理论名题，认为"中华文学"是一个建立在大中华文学史观基础上的相对独立的学科体系、学术体系和话语体系，既是现实的实践问题，也是深邃的理论问题，并从努力回归中国文学本原、全面展现中华文学风貌、以文化天下的启示三个层面展开论述。[1] 而龚举善《中华多民族文学史观语用逻辑辨正》则提出了一个文学史观语用逻辑的问题，认为中华文学是中华各民族的文学，中华文学史是中华各民族口传文学、书面文学和网络文学合构而成的历史。鉴于现有主流文学史不言自明的"多民族文学史"的史实以及"多民族文学史观"不等于"各民族文学史观"的视域缺陷，以"中华民族文学史观"或"中华各民族文学史观"来替代"中华多民族文学史观"的表述逻辑可能更为适宜。[2] 要之，"中华文学的观念建构"作为对此前"重写文学史"命题的回应、提炼与实践，将会对今后古代文学史研究以及文学史学学科建设产生重要影响。

最后，简略讨论一下梅新林、葛永海《文学地理学原理》最后一章所提出的"新体文学史"理念与构想。作者认为，从20世纪初新型文学史的创体与文学地理研究的勃兴，到世纪末"重写文学史"热与文学地理学研究的复兴，百年之间的前后呼应，充分印证了彼此相互交融、相互转化的亲缘关系，归根到底这是由文学地理学与文学史研究所意指的"时—空"并置与互化关系作决定的。以此为基础，未来的文学史研究应该在新的时空坐标系上充分汲取文学地理学研究成果、范式与经验的过程

---

[1] 刘跃进：《中国古典文学研究四十年》，《深圳大学学报》2019年第1期。
[2] 龚举善：《中华多民族文学史观语用逻辑辨正》，《江汉论坛》2019年第5期。

中，实现资源重整、范式重构与意义重释的同时并进，借此不仅可以在现实层面上反思与补救传统文学史"瓜藤模式"的明显缺失，更为重要的是在古今中西的交汇中重构一种时空并置交融的"新体文学史"模式。这一"新体文学史"模式可以扼要归结为一"观"三"论"的"四位一体"结构：以"世界文学观"为引领，以"时空互化论"与"图文合体论"为两翼，以"三维模型论"为归结。以"世界文学观"为引领，要求"重写文学史"不能仅仅局限于"重绘中国文学地图"，而应该怀有超越国别、走向世界的高远目标，具有世界文学与比较文学的视野。这首先是源于"世界文学"理念的提出与深化；其次是缘于绘制"世界文学地图"实践的探索与进展；再次是缘于"重绘世界文学地图"构想的讨论与突破。以"时空互化论"与"图文合体论"为两翼：所谓"时空互化"，即是时间的空间化与空间的时间化。新体文学史的"时空互化"，必然同时要求历时性的"古今交融"与共时性的"中西交融"的同步推进与相互交融，以及文学时空的"内外交融"；所谓"图文合体"，并非是"文本"系统与"图本"系统的简单组合，而是以"时空互化"哲学理念为指归的深度融合，是时间流程与空间流向相互交融、相互转化的结果，包括基于"图志学"传统的"图文合体"、基于插图本文学史的"图文合体"、基于"数字文学地图"的"图文合体"、基于"文学制图"理论的"图文合体"，然后是通过彼此的"互文"关系，而臻于相互发现、相互阐释、相互增值之境界。以"三维模型论"为归结，意指以"外层空间—内层空间"之"双重空间"为基轴，以"内层空间"为中心并分化为"叙事空间—隐喻空间"，然后重构为"外层空间—内层空间""叙事空间—隐喻空间""文本空间—图本空间"的"三维交融模型"。总之，作为对文学史学与文学地理学交融互化的总结，彼此的分合关系与目标指向呈现为不同的学术链接和层级，即由资源重整、范式重构与意义重释的总体成果最终汇聚并呈现于新体文学史；新体文学史一"观"三"论"的四位一体结构最终汇聚并呈现于"三维模型"；"三维模型"以"外层空间—内层空间"之"双重空间"为基轴而最终汇聚并呈现于"文本"—"图本"两大系统的互文结构。这一互文结构意味着彼此并非简单组合，而是深度的内在交融，即通过彼此的互观、互动与互释而臻于

"互文"关系。①

与上述"大文学史""中华文学史""新体文学史"观的提出与推进相呼应，便是一系列致力于文学史学研究的理论著作的陆续问世。骆玉明认为2003年董乃斌、陈伯海、刘扬忠主编的《中国文学史学史》三卷的出版，是"文学史学"这一学科得以成立的标志。② 其实，作为一个学科成立的理论标示，必须是史论的相互呼应与合体。同样，文学史学史只是奠基"文学史学"学科的一个方面，还有赖于文学史学原理之作的引领和支撑，以董乃斌《文学史学原理研究》（河北人民出版社2008年版）为代表的一系列文学史学原理著作的相继推出，与《中国文学史学史》等文学史学史著作一道，共同奠定了"文学史学"学科的理论基础，因而同时成为"文学史学"学科自觉的重要标志（详见下文）。

第三节 文学史双重属性的辨析

文学史，顾名思义，系由"文学"与"史"组合而成，既是"文学"之史，又是文学之"史"，具有文学与史学的双重属性。为此，学界一直在尝试建构相对独立的文学史学学科，也一直伴随着对文学与史学亲缘关系的本源性思考，而由此产生的成果又直接影响乃至决定着"文学史学"学科建构的进展与成效。

《大英百科全书》的"历史"释义是："历史一词在使用中有两种不同的含义：第一，指构成人类往事和行动；第二，指对此种往事的记述及其研究模式。前者是实际发生的事，后者对发生的事件进行的研究和描述。"则所谓文学史，实质上不仅是始终伴随着"文""史"内在矛盾的文学史，而且是始终伴随双重"历史"意涵矛盾的文学史。根据许总《文学史学：世纪之交的回顾与反思》一文的归纳，学界对此问题的认识大致分化为三种意见：一是认为文学史观的本质是历史观，文学史中的

---

① 梅新林、葛永海：《文学地理学原理》，中国社会科学出版社2017年版，第965—1086页。
② 骆玉明：《读〈中国文学史学史〉》，《文学评论》2004年第4期。

文、史不是并列关系，而是以史为指导、为原则，为文学的历史发展提供一般的规律；二是认为文学史观主要应当解决文学观问题，目前的文学史观讨论未能与文学史编写结合起来，原因就在于忽略了文学观念的理解，文学史应当解决对文学的本质、属性等问题的认识；三是认为文学史应当是文学与历史的交叉学科，具有文学与史学的双重属性，在史学属性的意义上，文学史构成现实的层面，随社会历史进程而发展，在文学属性的意义上，文学史构成审美的层面，随着社会价值向审美价值的升华，必然超越社会现实的局限性。文学史的本质应当是现实与审美的统一，文学史进程则是连续与非连续、有序与无序、历时与共时的统一。至于对与此密切相关的文学史规律的认识，也有四种不同意见：第一种意见认为，文学史规律只能体现于历史规律之中，对文学特性的认识必须由历史规律加以涵容、整合，在文学发展具体阶段的多种可能性中，历史做出最终选择与规定，这就是规律；第二种意见认为，文学史的意义在于展示了一个世界，文学史是无规律的存在；第三种意见认为，以社会文化史为参照，文学史似乎合乎某种规律，而从个体作家审美创造角度着眼，文学史又无一定规律可循，既历史地发展又超历史地存在，文学史的二律背反恰恰是其独具特性；第四种意见认为，二律背反是一种普遍现象，历史、文学本身都存在着多种二律背反，文学史规律表现为一种必然性。①

在以上四种意见中，第一种意见显然认定文学史"文""史"双重属性中"史"的核心地位，黄修己《文学史的史学品格》（《中国现代文学研究丛刊》1991年第3期）、陈平原《文学意趣与史学品格》（《群言》1996年第8期）、杨庆辰《论文学史的史学品格》（《北方论丛》2000年第2期）、石昌渝《文学史的本质是史》（《中国社会科学院院报》2008年1月29日）等都特别强调了文学史的史学品格和本质问题。黄文提出文学史的内容分为文学史实与文学评论两部分，前者具有史学性质，后者具有诗学性质，史实部分是不能随意"重写"的。文学史是历史的一个组成部分，求真是其根本性质。求真的前提是准确把握文献，进行细密的考证工作。文学史要以文学史料为基础，没有充分可靠能说明问题的史

---

① 许总：《文学史学：世纪之交的回顾与反思》，《社会科学》2000年第11期。

料，就不可能产生高质量的文学史。好的文学史一定要具有史学品格。陈伯海也属于挺"史"派，认为中国文学史学史属于文学史学的一个分支，它的任务是对中国文学史的研究进行历史的总结与反思。宏观研究—文学史观—文学史学，构成了20世纪90年代文学史研究理论探讨的三部曲。文学史学所关注的对象不是文学史自身的历史，而是文学史学科。史学原理（史学学）和史学史构成了文学史学的基本范围。文学史学的重要意义之一，是为文学史研究和编写提供历史与理论上的借鉴。杨文认为，文学史的内容分为文学史实与文学评论两部分，前者具有史学性质，后者具有诗学性质，史实部分是不能随意"重写"的。文学史是历史的一个组成部分，求真是其根本性质。求真的前提是准确把握文献，进行细密的考证工作。文学史要以文学史料为基础，没有充分可靠能说明问题的史料，就不可能产生高质量的文学史。好的文学史一定要具有史学品格。石文更是旗帜鲜明地主张文学史的本质是史，指出有人强调历史不可能复原，一切史书都是后人的虚构和想象，一切史都是当代史，这是指一切史书都渗透着撰史者的当代意识，但这不等于说古代的史书所叙之历史都是主观的建构，毫无客观性可言。如果以一切史都是当代史的理据，主张撰写历史可以任凭主观想象，那其实就是消解了史学的科学性。史著虽然不能完全复原史的实态，但应该尽可能地一步一步接近它。要描叙文学发展的实态，就不仅要从历史的观点去认知作品，而且要了解文学生长的社会物质的和精神的环境以及它们与文学作品的关系，其中基础的工作是搜集、整理史料并进行考辨。换言之，我们应该把文学还原到它生长的时代，依据大量的经过考辨的史料，而不是凭借先验和想象加以描叙。文学史与其他史比较有其特殊性，但又具有史的一般性，文学史的编写应当在这一般和特殊的结合中探索自己的方法。只有如此，才能保证文学史作为史的科学品格。

与以上观点相反，第二种意见认为文学史之"文"比"史"更加重要，是文学史双重属性中的本质属性之所在。周月亮《古代文学研究应从学术研究中分立出来》（《文艺研究》1997年第3期）、朱晓进《二十世纪中国文学史观的反思》（《中国社会科学》2006年第1期）、田晓菲和程相占《中国文学史的历史性与文学性》（《江苏大学学报》2009年第

5 期)、赵义山《文学史编写中的历史本位主义批判》(《学术研究》2001年第 1 期) 等都普遍注重文学史的文学性问题。周文尖锐地指出，古代文学研究越向学术研究靠拢越远离了文学。古代文学研究真正需要解决的问题是：超越史学型学术框架的束缚，走向独立。其基本想法是，让古代文学研究与经史学术研究"分家"，各自尽其天性走向自己的极限。用研经治史的学术规范来收拾文学只能有经学或史学的收获，而文学只能被"剥削"，并异化了古代文学与我们的"亲在"关系。用实证主义的学术研究法来研究文学，充其量只能做"历史阐释"的工作，来完善关于古代文学的"背景研究"，而文学研究本质上是一种"意义阐释"，总之，脱离了史学型学术框架的古代文学研究将完成一个划时代的转变：从知识论重返生存论！古代文学研究再也不该是经学式的、史学式的，而应该是心学式的。古代文学研究到了走出学术研究这片"沼泽"的时候了。赵文旗帜鲜明地对"历史本位主义"提出批评，认为各种新编文学史在总体架构上之所以未能真正取得大的突破，"关键就在于文学史编写者们于 20 世纪中形成的历史本位主义至今还在无意识中发生影响"，所以"只有打破历史本位主义，才能回归文学本位主义，只有回归文学本位主义，文学研究者才能让文学研究真正回归文学，让文学史编写真正回归文学"。田、程之文将文学史的问题归结于中国文学史最基本、最核心的问题——"历史性与文学性的关系"，认为文学史更应该重视"文学性"而不是"历史性"。有人颠倒文学史为"文学的历史"之常识，而提出"历史上的文学"这一新的命题，绝不是一般的咬文嚼字，而是意味着文学研究中心的转移，即其中心词由已往"历史"变成了"文学"，这有助于我们集中精力探讨文学的"文学性"。同时从历史哲学的角度，提出历史研究的核心问题是如何处理好"三层历史"之间的关系。第一层是"客观历史"，指客观历史过程本身；第二层是"文本历史"，指客观历史过程中所形成的历史文本；第三层是"书写的历史"，指的是某个时代的某个治史者所撰写的历史。尽管我们说文本历史相对于客观历史已经大大简化，但是，相对于任何一个时间、精力都极其有限的治史者来说，有限的历史文本又变成了无限丰富的文献海洋。更加重要的是，历史书写绝对不能等同于史料长编，而是治史者在特定动机、特定认识限定下的重新叙述，借用当代叙事学的理论,就是一种删繁就简式的"叙事"。因此,第三层的书写历史必然是第二层文本历史的又一次大大简化。经过了两道"简化"工序,供人阅读和评判的书写历史与客观历史的关系,就成了史学理论或者历史哲学的主题之一。上述对于历史的理解同样适合于文学史。如何理解和把握文学史的两道"简化"工序,是反思和把握文学史学科特性的基本问题。此"三重历史"说,可以视为对以上"双重历史说"的深化。

第三种意见兼顾了彼此的分歧而趋于文学史之"文""史"双重属性的并重融合。主要有:董乃斌《文学史家的定位——关于文学史学的思考之一》(《江海学刊》1994年第6期)、李文初《关于文学史的"本位"问题》(《学术研究》2001年第10期)、朱晓进《二十世纪中国文学史观的反思》(《中国社会科学》2006年第1期)、孙木函《文学史的品格》(《北方论丛》2005年第6期)等。董文在其具有文学史哲学意义的"文学史·文学史实践·文学史学"三位一体理论的主导下,对文学史双重属性的融合以及双重文学史的贯通提出了如下思考和见解:

> 文学史学这门学科的性质是丰富而复杂的。首先由于其研究内容的规定性,因而我们认为它是文艺学学科中的一个分支,属于文学理论的范畴。另一方面,文学史学从整体上说又与历史学科有着密切的联系,因为它们研究的对象文学史本来就隶属于历史科学,是历史学的一个分支。按照埃斯卡皮《文学史的历史》中的说法,可以根据作者更愿意成为一名历史学家还是更想成为一名批评家来决定文学史的叙述中心,这就提出一个问题,文学史这一本体实际上有可能沿着两种不同的方向展开:一种方向认为只有在历史的既定时序框架内,对文学史实的梳理和描述才是可能的;另一种方向主张必须寻找并确证文学自身发展的时序框架。不言而喻,后者体现了对文学史应属于历史科学这一观念的质疑。但问题在于文学史能否在舍弃既定历史框架的情况下对文学自身的发展轨迹进行描述?回答恐怕是否定的。所以文学史学强调客观描述与主观评价相统一的原则,这正是历史科学精神的体现;从理论形态上说,文学史学应是逻辑与经验的统一,既需

要从文学史的丰富现象和文学史实践的既有经验中总结出带有普遍意义的问题和方法，也应从文学原理的认知结构出发建立理论模型。实际上，关于角度和方法的模型，任何人均可依照艾布拉姆斯的理论框架或者其他理论模式去构思，关键在于是否需要或是否有可能实现。它与文学原理相比具有某种经验性质，并具有一定的可操作性，较之文学史研究又更强调历史的逻辑性，所以应是逻辑与经验的统一，而不是非此即彼的关系；文学史学基本性质还有就是它的理论性与实践性。作为一种学科理论体系，它在不断完善自身的同时，还必须努力解答文学史实践中提出的带有普遍意义的问题，只有这样才能避免陷入玄学或沙龙之学的境地，因而它具有一定的理论性和思辨性。①

李文则提出文学史"本位"问题，认为这关涉到文学史的学科性质。文学史的研究对象不是一般意义上的文学，而是文学发展的历史。"以时代为纲，以作家作品为纬"的体例结构之所以难以打破，根本原因就在于这种结构模式符合文学史自身的性质——文学与史学相结合的学科内涵。朱文认为，从中国文学史研究百年历史看，如何处理和把握文学史观与文学史研究的关系，人们有时会陷入两难境地。不提文学史观，文学研究难以成"史"。但过分强调某种文学史观而又处理不好史观与文学史具体研究的关系时，又容易导致文学史研究和文学史的描述对某种史观的现成结论的依赖，容易造成对文学历史具体的真实状况的背离，或者造成文学史写作的模式化。有鉴于此，作者提出不能轻易否认文学史观之于文学史研究的价值意义，但要重视文学史观之于文学史研究中出现的问题。在强调史观对文学史研究的指南作用时，还应重视文学史研究自身的学科特性，重视对于文学自身发展规律的探讨与发现，重视寻找和借鉴与文学史研究学科特点相适应的独特方式和思路。② 孙文提出，就文学的本体来说，文学史兼具文学与历史的双重身份，是文学与历史的有机结合。就史学来说，它以文学而显示出自我的特性；就文学来说，又以历史而与文学

---

① 董乃斌：《文学史家的定位——关于文学史学的思考之一》，《江海学刊》1994 年第 6 期。
② 朱晓进：《二十世纪中国文学史观的反思》，《中国社会科学》2006 年第 1 期。

批评或创作界分开来。不过它们之间,"非'文学'与'史'之混合,乃是化合"(闻一多语)。只有这样才能成为一个整体。同时引美国学者赫施把作品分为"含意"与"意义"的观点思考后者的问题。赫施所说的"含意"存在于作者用一系列符号所表达的事物中,因此"含意"有它的确定性,它是作品生成时所固有的,但是对"含意"的体验即"意义"则是不确定的。这种对作品感受的不同,偏离或错位,并非作品的含意发生了变化,而是体验者的不同感受与审美情趣所致。在这个意义上,主体间性的见解,同样是可取的。我们不妨把历史或者作家物化的作品视为一个主体,而解读者、审美体验者,同样是一个主体,是一个具有一定文化学养和审美主体的人,两者之间是双向的相遇与叠合在一个时空中的,它们矛盾着却又是互补而依存的。可谓相生相克,相成相长。[①] 实际上,世纪之交有关文学史讨论和争鸣的一个基础问题,就是文学史的学术取向与范式建构的问题,也就是如何贯通和协调文学史既姓"文"又姓"史"的双重属性问题,然后才是如何处理好文学史的双重或三重"历史"以及文学史的普遍规约与个性创造并由此臻于历史与逻辑有机统一的问题。此外,也有一些学者力图跳出以上三种意见而作新的思考。比如袁行霈在《中国文学史》的"总绪论"中提出"文学本位、史学思维与文化学视角"的命题,用以表述他对文学史学科的理解和构想。有学者认为,这篇"总绪论"是迄今有关文学史编写的理论和实践的较为全面、精要的总结,代表了当前的最新认识水平。其中文学与史学结合的构想——"文学本位、史学思维与文化学视角"就是一种颇有创意的、引人深思的表述。[②] 李春青《文学的与历史的:对两种叙事方式之关系的思考》提出,文学和历史两种文化门类有着共同的源头,二者在人类文化发展演变的历史长河中始终紧密相关,相互影响。在科学主义影响下的现代学科划分极为突出这两种叙事方式间的差异,而在反思现代性和后现代主义语境中,二者之间的界限又似乎变得模糊起来。那么历史叙事能否与文学叙事合流呢?处于二者之间的历史题材的文学叙事是否能够体现出二者之间的

---

① 孙木函:《文学史的品格》,《北方论丛》2005年第6期。
② 李文初:《关于文学史的"本位"问题》,《学术研究》2001年第10期。

一致性呢？这都是值得深入探讨的问题。作者提议将"文学"和"历史"转换为"文学叙事"和"历史叙事"的比较，以此重新审视和认识"文学"和"历史"的关系。①

第四节 "文学史学"的学科建构

王瑶曾经说："写一部中国文学史本来是件很艰巨的工作，几乎每一位研究中国文学学者的最后志愿，都是写一部满意的中国文学史。"② 可见文学史撰述的难度与吸引力。自 20 世纪文学史以著作形态进入学术领域以来，在这一百多年的时间里，产生了 2800 多部文学史。不用说这一定程度上反映了学术的繁荣，无论是通代、断代、专题、区域、分体等类型，都产生了代表性的成果。丰富的文学史实践必然要求对撰述过程中涉及的理论问题进行研讨，这既可以对书写发挥指导作用，又能提升文学史研究的理性品格。顺理成章，文学史理论的探讨趋向深入，并最终引发了"文学史学"的建构和发展。

一 文学史学研究的学术背景

顾名思义，文学史学是对文学史研究的研究，属于再研究性质。它的成立必然要建立在丰厚的文学史著述的基础之上。从国人所撰第一部文学史诞生开始，文学史著作已达到了一两千部。

文学史书目的编著和出版正是文学史繁荣发达的体现，也是由文学书研究走向文学史学学科与理论建构的必要前提。陈玉堂《中国文学史旧版书目提要》③ 对中国文学史书、史评、史论著述进行收录，分为通史、

---

① 李春青：《文学的与历史的：对两种叙事方式之关系的思考》，《社会科学辑刊》2006 年第 6 期。

② 参见陈思和《漫谈文学史理论的探索和创新》，《文艺争鸣》2007 年第 9 期。

③ 陈玉堂：《中国文学史旧版书目提要》，上海社会科学院文学研究所 1985 年版；此书次年更名为《中国文学史书目提要》，由黄山书社出版。

断代史与分类史三目，并附外国人著作的翻译本，所收图书出版期限截止到新中国成立，共收入320余种。各书皆有提要，对作者、体例、特点等予以说明，可见著述还附有目录。此书对新中国成立前的文学史撰述进行了较为详尽的梳理，体现了文学史研究的实绩。吉平平、黄晓静编著的《中国文学史著版本概览》[1]则是对陈著的延续与补充。此书重点搜罗新中国成立至1991年间出版的文学史著作，共收录578部，其中"文革"后的著述占据了绝大多数（442部），这也反映了文学史研究的起落兴衰。其中新中国成立后再版、港台海外著述也在论及之列。此书分为文学思想史、古代文学史、现代文学史、当代文学史、地方文学史、各体文学史六大类，并另附有编著者小传。

陈飞主编《中国文学专史书目提要》[2]编纂的原则与上述两书则有不同，作者意在收录带有"专门史"性质的文学史，别择断限为2000年底以前出版的专史。在编排处理方式上，正目之外诸书皆入附录：思潮、思想、理论、批评诸类史著被列入外目，诗歌、小说等四大文体的通史也归入其中；未见诸书入存目，专史之外的通史入附目。就资料搜罗而言，正目710种，存目250种，外目一千余种，附目近800种，共得2885部。在分类方面，分为作者文学史、主题文学史、体法文学史、民族文学史、地域文学史、比较文学史六类。附录各书采用条目式著录，正目诸书皆有详细的提要。提要对成书情况、作者、文学史内容等加以介绍，并附有目录，对文学史的特点与得失亦间有评述。就文献采辑的广博而言，此书颇有贡献；而且由于突出了专史性质，因而与上述两书在一定意义上有互相补足的功能。

邓敏文《中国多民族文学史论》[3]附录一《中国少数民族文学史文学概况总目提要》对新中国成立以后出版的60余部少数民族文学史进行了专门介绍；附录二《中国各民族文学史著作编年总目（1882—1993）》收录国人及外国学者的文学史著作共1191种，主要以条目形式著录书目、

---

[1] 吉平平、黄晓静编著：《中国文学史著版本概览》，辽宁大学出版社1992年版。
[2] 陈飞主编：《中国文学专史书目提要》，大象出版社2004年版。
[3] 邓敏文：《中国多民族文学史论》，社会科学文献出版社1995年版。

作者、出版社、出版时间。

诸多文学史书目的出版,① 表明文学史书写已经成为一个突出的现象,文学史学的提出正是对这一局面的回应。与此同时,文学史学又是伴随着文学史理论研究的发展而提出的,文学史学的实质就是文学史理论研究发展到较高层次的产物,它们的学术理路是大致相同的,没有本质上的差异,但文学史学的提法更具有学科性和系统性,是从学科层面去思考关于文学史研究的理论问题,其研究更多地带有系统色彩与学理逻辑。

1991年12月中国社会科学院文学所召开"文学史学研讨会",首次提出"文学史学"概念,但其内涵所指还是等同于文学史理论研究。② 1993年,《文学遗产》再次召集中国社科院文学所学者进行座谈,文学史学的一些基本问题和构想得到讨论,包括性质、范围、内容和结构,并且认为"文学史学"作为学科存在具有了可能性。③ 1994年4月,《文学遗产》与《江海学刊》等联合举办的"文学史观与文学史学"研讨会,再次提出文学史学建构的一些构想。④ 1997年12月,中国社科院文学所、上海社科院文学所、《江海学刊》、福建师范大学、漳州师院在福建莆田联合举办了"文学史学研讨会",文学史学作为学科性质开始得到了真正的讨论和研究;⑤《江海学刊》1998年第3期开辟了"关于文学史学的思考"专栏刊登此次会议论文。从20世纪90年代末期直至21世纪,文学史学研究进入快速高涨时期。特别是董乃斌、陈伯海、刘扬忠主编的《中国文学史学史》的出版,标志着文学史学研究达到了一新的境界。骆

---

① 另有,台湾彰化师范大学教授黄文吉编撰的《台湾出版中国文学史书目提要1949—1994》(万卷楼图书有限公司1996年版),主体部分在于绍介台湾出版的文学史,分为文学思想、古代文学史、现代文学史、各体文学史、台湾文学史五编,对各书的成书、内容、得失与影响加以详细介绍。共收录各类文学史著作263种,其中包括未出版的博硕士学位论文。附录部分又将至1994年为止世界各地出版的中国文学史归纳整理成《中国文学史总书目》,共计1606种,搜罗已称齐备。

② 《文学研究所举行"文学史学研讨会"》,《文学评论》1992年第2期。

③ 刘跃进:《关于文学史学若干问题的思考(座谈纪要)》,《文学遗产》1993年第4期。

④ 苏澄:《'94漳州文学史观与文学史学研讨会纪要》,《文学遗产》1994年第5期;《文学史观与文学史学研讨会综述》,《漳州师院学报》1994年第3期。

⑤ 江文:《全国文学史学研讨会述要》,《江海学刊》1998年第3期。

玉明甚至宣称:"至2003年初由董乃斌、陈伯海、刘扬忠主编的《中国文学史学史》推出,更以三卷一百二十余万字的宏大规模郑重宣布了这一学科的成立。"①

二 文学史学研究的理论探讨

文学史学的理论探讨首先要对学科层面的文学史学建立的必要性进行论证和分析。葛红兵认为:"长期以来我国的文学史学科一直处于一种未开化的学科地位。其典型的表现是,我们的文学史观念还停留于朴素的未经反思的阶段,我们在这一本应成为一门独立的学科的文学史学方面的思考基本没有脱离古人的'论从史出'、'以论带史'的范围",由于缺乏对学科本身任务、目的、性质、方法等的反思,这一学科的理论层次有所欠缺,而文学史学正是在哲学层面上对相关问题进行的思考,其任务与内容就是"思考我们的文学史家使用的概念本身以及文学史家又是如何使用概念来实现文学史操作的","文学史学是对文学史思维的更高一级的反思",它的建立与更新"是我们这个时代的文学史研究得以长足发展的一个几乎是不可或缺的前提条件"。② 郑家建则认为文学史学的提出具有现实针对性:"(一)已有的文学史研究和写作,多是借助于一般历史学(比如社会史、思想史甚至革命史)的观念、框架和理论模式,而没有充分考虑到文学史作为'文学'史和文学'史'的双重性,即其研究和写作的独特性。(二)与此相制约的另一个更深层的困境,就是缺少对'文学史'作为一种独立的学术对象和学术行为进行深入的理论反思和理论建构。"③

郑家建另一文《文学史的叙述问题——文学史学的基本话语研究》则着重阐述了文学史的叙述框架问题、文学史的叙述形态问题、文学史的叙述时间问题,强调我们必须确定一套建构文学史的基本理论话语体系,确定"文学史学"作为一个独立学科范畴所必要的理论范式。④ 文学史学

---

① 骆玉明:《读〈中国文学史学史〉》,《文学评论》2004年第4期。
② 葛红兵:《文学史学引论》,《文艺理论研究》1997年第6期。
③ 郑家建:《建立"文学史学"的思考》,《中国现代文学研究丛刊》2001年第1期。
④ 郑家建:《文学史的叙述问题——文学史学的基本话语研究》,《东南学术》2001年第1期。

的学科性质与研究对象是文学史学理论研究的一个最主要问题。对此存在争议，概而言之，主要有两种观点：一种观点认为，文学史学就是文学史研究之研究，它包含文学史科学、文学史观、文学史编纂、文学史范式等四大层面。文学史学的研究对象，首先是对文学史本身的界定，即由文本、作家、世本（文学与社会的关系）、现象（文学思潮、流派、风格等）几大因素综合而构成文学史；其次是文学史形态学，文学史形态主要有通史、断代史、分体史、断代分体史、地域史、语种和族别史以及文学传播史、文学主题史等；此外，文学史研究主体与客体的关系、文学史发展变化的动力、文学史与其他学科的关系等，都应当包括在文学史学的研究范围之内。另一种观点则认为，文学史学不应简单地等同于文学史研究之研究，而是有关文学史观念、方法的理论学科，它对文学史的认知包括事实认知和价值认知两个层面。文学史学的理论框架应当包含三大层面：一是功能论，二是本体论，三是方法论。因此，从根本上说，文学史学属于文学理论范畴。与此相近的一种观点认为，应改变以往将文学史学归入文学史研究范围的现象，文学史学应当属于文学研究学范畴。文学史学的研究对象首先是文学流派，流派之上是文学潮流，潮流之上是文学体系，体系之上是文学规律，其中向来被忽视的也是最核心的一环是文学体系。文学史学的范畴则应当包括：一是文学史研究之研究，二是文学的基本理论，三是文学史编纂问题。[①]

  具体到各研究者，其表述各不相同。姚楠认为："文学史学是文学史研究及其理论的概括和系统化，使之由零散的见解，集中、探化为专门的学问，再由特定的探求、术语、概念、方法使学科上升为科学。""文学史学"名称的凝定实际上反映了学界观察问题的不同角度，或称之为"文学史哲学""文学史方法论""文学史学学"。作者指出"文学史哲学和文学史方法论，是文学史学的组成部分，即文学史学包括了文学史哲学和文学史方法论。文学史学学有其具体的指向，只有与'文学史编纂'、'文学史评论'相并提时，才比较易于说明所包蕴的内涵。'文学史学学'不如'文学史学'的范围广泛，同时也未与大多数学者

[①] 江文：《全国文学史学研讨会述要》，《江海学刊》1998年第3期。

的称呼一致"。他指出:"文学史学以文学史的研究成果(文学史著作)和文学史研究理论(文学史理论和文学史评价)作为自己的研究对象","具有交叉性、综合性、理论性、应用性等方面的特性"。作者还将文学史学进行了广义与狭义的区分,认为"广义的文学史学包括文学史哲学、文学史著述、文学史理论、文学史研究理论、文学史著作评论、文学史研究史及所有与文学史研究直接相关的理论问题。狭义的文学史学则是关于文学史研究的理论问题探讨"。[①] 这篇文章从学科建制角度讨论了文学史学的内容与性质,并试图对学界的不同理解进行融合,具有理论探索精神。

董乃斌认为:"文学史学的注视对象并不是文学史本身,而是文学史家的工作,文学史学是要通过各种类型的文学史论著,即书写出来的文学史,展开对文学史研究的学理性考察,它是一种研究之研究,是对文学史研究活动和成品的反思和检验。"他还提示,"文学史学还可以从另一角度来看文学史的含义,那就是把文学史看作是教学和科学研究的一种实践,文学史学是在这种实践的基础上建立起来的学问"。这实际上抓住了分科教育对文学史书写的影响,彰显了文学史学的实践性品格。就性质而言,"文学史学是关于文学史这门学科的知识和学问,它是文学史研究和写作实践的理论升华,既是对以往经验教训、实践感知的总结和反思,又是对科学、理想的文学史的展望和设计。文学史学以中国百年文学史著作和教学史为依据,努力把实践经验、知性体会上升为理性思维,用理论形态加以表述,向原理的方向探索,希望能够提出一套关于文学史的基本概念、观点和理论,以有助于文学史事业的健康发展"。这决定了它的方法必然是"从文学史教学和研究的实践出发,就是历史和逻辑的妥善结合。它既是一门属于研究之研究,即再研究性质的学问,也是一种反思性、理论性的学科"。就其学科定位而言,"文学史学所要提炼和表述的理论,与通行的一般文学理论是既有联系,又有区别的,因为文学史理论有其独特的来源和归宿,它来自文学史实践,又指向文学史实践。它与文学理论所研究的对象——文学——有着密切的关系,但又并不直接以文学为涵盖

---

① 姚楠:《"文学史学"学科问题简论》,《佳木斯大学社会科学学报》1998年第2期。

对象，它的侧重点是在文学的'史'即发展演变和历史地生成这些方面，而不像文学理论，主要是关注文学的'美'或'审美'方面"。以此而论，文学史学具有学科意义上的独立性。[1] 这篇文章回应了文学史学的诸多问题，表现学界对其学科建构的思考已趋向成熟。

当然，也有研究者对文学史学的提法与合法性提出质疑。如莫砺锋认为，文学史学"应是探讨如何研究、撰写文学史，或是对已有的文学史著作进行分析、总结的一门学科"。尽管百年来文学史著述数量不少，但是真正有学术创见的却不多，更多的则是陈陈相因，"在这种情况下要建立一门'文学史学'，是否太匆忙、草率了一点呢"？作者指出，这可能与学界对理论的过度热情有关，不过"文学史是一门实践性很强的学科，提高其学术水准的关键在于实际的操作，理论的探讨当然是不可缺少的，但是一则任何理论的进步都必须以专题研究的实际经验为基础，二则从理论的认识转化为实际的操作仍有很大难度，几乎可说是'知易行难'，所以'文学史学'的重要性仍是处于第二位的"。故而作者提出，"我更希望大家不要空谈'文学史学'，而应亲自撰写文学史，至少也应以某些文学史专题为具体对象，再抽绎出理论来"，"否则的话，那些费尽心力建立的'文学史学'的理论体系也许会成为空中楼阁"。[2]

为了推动文学史学的谈论和争鸣，《北京大学学报》2005 年第 4 期以"文学史研究前沿性问题思考"为题，刊发了赵敏俐《20 世纪赋体文学研究的几个问题——兼谈中国特色的文学史理论体系建设》，钱志熙《对中国古代诗歌史研究的一些思考》，周裕锴《中国古典诗歌的文本类型与阐释策略》，刘勇强《重建文学史的坐标体系与叙述线索》，吴承学、何诗海《简谈文学史史料的发掘和处理》五篇笔谈。编者在"内容提要"中指出，"在最近将近三十年的时间中，中国古代文学学科与其他人文科学的学科一样，学术上的发展是巨大的。如果仅从学科内部来看，目前古代文学学科的发展，甚至可以说是处于繁荣的局面，但是存在的问题也是很多的。有些是具体的学术方法、学术观点的问题，有些则很有可能是关系

---

[1] 董乃斌：《文学史学：对象、性质及其定位》，《东方丛刊》2006 年第 2 期。
[2] 莫砺锋：《"文学史学"献疑》，《江海学刊》1998 年第 3 期。

到一代学术的格局和一代学人的自身素质的问题。近年来，学术界对古代文学学科的学术传统、学科性质、研究方法的多方面探讨，正反映了学界对古代文学学科存在问题的积极应对。这里提供的五篇文章，都是作者对自己长期研究领域内的学术问题的前沿性思考。""总的来说，这些文章，既不过于笼统、宏观，又不是微观的，可以说是一些'中观性'的具体问题，代表了目前古代文学研究领域的学者思考问题的状态，对古代文学学科的思考与实践，不无启发。"

三 文学史学研究的主要成果

如前所述，文学史学是伴随着文学史理论研究与编撰实践的发展而提出的，尤其是文学史理论研究与文学史学有着更为密切的学理关系，后者是前者系统化和学科化的更高形态与结果。

1. 从文学史理论到文学史学。"文学史学"是文学史编撰实践与理论研究成果的最终汇聚，也是文学史研究理论化与系统化的集中体现。近年学界对文学史元理论的探讨与文学史学自身发展脉络的梳理都展示了不俗的业绩。其中的论文成果是伴随着文学史研究而自始至终，著作成果则是从 20 世纪 90 年代开始出现的。此处重点就后者作一简要评述。

王锺陵《文学史新方法论》（苏州大学出版社 1993 年版）以自己对中古诗歌的研究为例，大力提倡文学史研究中的理论创造，强调应把握文学发展的原生态，注重历史与逻辑的统一，关注文学史运动的内在机制与外在形式，并对文学史运动的中介与动力结构作了探讨。此书体现了强烈的理性探研精神，对理论化追求有助于推动研究的深入。

邓敏文《中国多民族文学史论》（社会科学文献出版社 1995 年版）的价值，在于首次多民族文学史建设的角度，重点探讨了中国各民族文学史研究和编撰的历史、现状、实践经验和理论问题。作者根据自己编写少数民族文学史的经验，提出富有创意的"化合理论"，从民族文学史的建设阶段、民族文学的发展过程、民族文学史著作情况、各民族文学关系等方面论述了民族文学的发展面貌，并以汉文学发展为映照，突出了多元化视角观照下的文学生态，集中体现了多民族文学史研究的重要进展。

陈伯海《中国文学史之宏观》（中国社会科学出版社 1995 年版）强

调了理论层面文学史研究的重要性。上编本体论主要从中国传统的社会与文化、文学的民族特性、发展脉络、语言机制以及文学交流等方面论述了文学的内涵；下编方法论主要对传统与近世的文学史观演变历程进行勾勒，就文学的发展、演化、动因等进行分析。作者突出了在微观研究的基础上，进行全面层面理论把握的意图，在方法论方面具有高屋建瓴的意义。此书的理论特色在于建构了一种与其课题性质相适应的学术框架，注重中西比较和文化内涵，真切描绘了中国传统文学发展的历史轨迹，深刻分析了中国文学发展的历史动因，并对文学进程和动向作了颇为精彩的阐发。

同样具有理论思辨性的还有林继中《文学史新视野》（北京大学出版社2000年版）与乔国强《叙说的文学史》（北京大学出版社2017年版）。前书分为四章，包括中国文学史上主流模式及其变异；象外之象：文学史永恒的追求；母子之间：文化建构的整合力；蔓状生长：文学史的生命秩序。作者重点考察了文学传统中"知人论世""以诗为诗"的模式，从象外之象、文化建构、文学史的生命秩序诸方面提供了思考的新路向。后书则是一部以叙事学的方法来反思文学史写作的专著，作者将文学史写作视为一种叙事行为，以此来揭示文学史写作者、叙述者、文学史研究对象以及文学史读者之间的"叙述关系"，并由此初步建构出"文学史叙事学"的理论框架，从深层来看，也可以视为对中外文学史写作困境与难题的积极回应。[①] 以上两书分别从"文化""叙事"着力，一外一内，可以互观。

魏崇新、王同坤《观念的演进：20世纪中国文学史观》（西苑出版社1999年版）与陈广宏《中国文学史之成立》（上海古籍出版社2016年版）重在对20世纪文学史学发生发展规律与成果的总结，前书分上下两篇。上篇包括"走出混沌：中国文学史的初程""上下求索：文学史观的新变""歧路徘徊：学术的变异""反思与突破：文学史研究的复兴"；下篇包括"学统与道统：'新文学'何谓何为？""学统与政统：'新文学史'何去？""一国三史：'现当代文学史'在台港""学统的苏生：重写

[①] 参见曾军《文学史写作的叙事危机——评乔国强的〈叙说的文学史〉》，《文汇读书周报》2018年2月26日。

文学史"。作者通观20世纪百年文学史写作与文学史观的演变历程，将其划分为草创期（1900—1920年）、发展期（1921—1949年）、变异期（1950—1980年）与转型期（1981年—20世纪末）四个阶段，可以视为一部20世纪中国文学史观简史。后书以"中国文学史"学术体系为中心，在交错的文化史视角下，探讨随着19世纪在欧洲诞生的国别文学史知识体系的传播，作为一种现代人文学术的"中国文学史"研究如何受到明治时期以来日本的中介影响，在中国逐步建立其范式，完成现代转型。

此外，陈平原、陈国球主编了三辑《文学史》丛刊，就文学史理论领域中的文学结构、类型、演化、文学史写作、文学与文化、译介等问题展开讨论，集中强化了文学史理论的思考。即使单就专题性丛刊的推出而言，也表明学界对文学史理论问题的关注持续升温。

2. 文学史学的学科建构与主要成果。世纪之交，已有一些学者能以更深广的视野探讨文学史与学科建立、大学教育的内在关系。诸如陈平原《文学史的形成与建构》（广西教育出版社1999年版）、戴燕《文学史的权力》（北京大学出版社2002年版）、陈国球《文学史书写形态与文化政治》（北京大学出版社2004年版）、罗岗《危机时刻的文化想像——文学·文学史·文学教育》（江西教育出版社2005年版）等著作，都各有建树。戴燕《文学史的权力》从"文学史"的引入着眼，论述了西学影响下传统文学史观的改变，文学史论列范围的变迁，由此观察中西交涉过程中对传统的新型释读。作者对文学史的学科性质进行详细分析，提示文学史是否属于历史学的分支，这将在较大程度上影响文学史的叙事方式。而学科建制、大学讲授活动对文学史的影响，文学史书写中意识形态的渗透，文学史中的写实主义，等等，在书中都有视角独到的阐释。陈国球《文学史书写形态与文化政治》略依时序展开讨论：由晚清京师大学堂《章程》与现代"文学"学科观念的建立，以至与"文学史"草创期书写的关系开始，到"五四"前后胡适以"白话文学运动"建构影响深远的文学史观，再到20世纪40年代林庚以"诗心"唤起"惊异"的《中国文学史》，转到由中原南迁的柳存仁和司马长风在50年代及70年代香港进行的两种性质完全不同的文学史书写，最后以两种"进行中"的书写活动为对象,看"中国文学史"要添加"香港文学"部分时,或者"香港文学"要进入"文学史"的过程中,所要应付的各种书写问题。作者以文学史的书写方面为论述中心,重点阐述了大学章程对文学史具有的重要意义,并选择胡适、林纾、柳存仁与司马长风的文学史著述为例,剖析其间所蕴含的文学史观念以及其影响;罗岗《危机时刻的文化想像——文学·文学史·文学教育》则通过对现代文学教育体制、文学史写作方式、文学出版制度、文学翻译等具体问题的剖析,运用知识社会学和方法、结合文学史、思想史与制度史,探讨了现代文学作为一种回应危机的想像方式是如何在晚清以来的中国社会、历史共处知识的现代化进程中被创造出来的,对文学所在的制度性因素进行了分析,有力拓展了现代文学研究的理论视野和历史深度。

陶东风《文学史哲学》(河南人民出版社1994年版)进而将"文学史学"的理论探讨上升至"文学史哲学"的高度,因而具有开拓性的价值。此书中的"文学史哲学"即"对于文学史研究的研究",是一种"元文学史学",其任务在于"解决应该如何写作文学史的问题"。作者提出这一问题显然带有明确的针对性,他对文学史研究的整体状况进行了反思,在深入分析"他律论"与"自律论"各自不足的基础上,最终提倡超越,把握社会文化与文学的中介,而这一中介只能是文学的形式。为了说明问题,作者对内容与形式、形式与材料、内形式与外形式、抽象形式与具体形式等一系列范畴进行辨析,指出文学史既是形式——结构的替代史,也是内容——意义的演化史,其发展动力在于社会文化环境与文学形式、个体作家与形式惯例之间的互动。接下来,作者试图对文学史学领域中的具体问题,如文学史分期、文类演变、主题学方法等,提出自己的见解。在观念更新、视角转换等方面,此书的贡献非常明显,在哲学层面对文学史理论问题的探讨,使得全书具有宏大的格局与开启户牖的识力。以事后之明来反观,也许可以说它综述多于创构,善于提出问题而落实到具体操作上则又陷入传统的内因、外因诸说,等等,但是从它出版的场域而言,其理论启发意义是难以否认的。

温潘亚《文学史·文学史实践·文学史学——文学史元理论的三个层次》也讨论了"文学史哲学"的论题,提出文学史作为一个概念可分为三个层次：客观存在的原生态文学史；由文学史研究与著述构成的文学史实践；研究文学史内在关联性的文学史理论。原生态的文学史构成后两者的基础，文学史理论是从文学史实践中抽象得出，而文学史实践便是文学史家们在某种文学史理论指导下研究分析与描述文学实践史的过程。对这三者内在特征的逻辑建构及关系的把握便构成了具有三个层次的文学史理论，亦即文学史哲学。① 作为"文学史学"理论的最高形态"文学史哲学"之所以受到学界的关注与重视，这本身即是"文学史学"理论研究臻于一定阶段的重要标志。

葛红兵、梁艳萍《文学史学》（北岳文艺出版社2000年版）② 则为第一部明确以"文学史学"命名并探究其性质、特征的著述。全书以文学史理论为研究对象，包括三方面的内容："一是文学史基础理论，讨论文学史观；二是文学史一般理论，讨论文学史存在形态、演变方式等；三是文学史操作理论，讨论文学史研究方法、治史模式等。"全书共六章，第一章讨论文学史概念，第二章讨论文学史时空结构，第三章对传统的反映论、进化论、人本主义文学史观进行批判，第四章论述文学史方法，第五章从社会、读者、作者、文本角度探讨文学史模式，第六章关注文学史家的特征。全书较具系统性，从学科角度而言，理论融摄性较强，同时充满批判意识，富有建构的勇气。次年，葛红兵又与温潘亚合作推出《文学史形态学》（上海大学出版社2001年版），集中探讨了文学史撰述的体式问题。作者对文学史概念的外延进行细化，将之析为三个层次："文学实践史，即客观存在的原生状态的文学发展史；文学史实践，也就是文学史的研究与撰写工作；文学史理论，即文学史的内在关联性，是关于文学史学科的理论体系，也就是所谓的文学史学。"而此书则属于文学史学范畴。作者对传统文学史形态观进行反思，梳理了史上各种具有代表性的文学史模式论，并对文学史的时空形态及作为文学史撰述主体的文学史家的特性进行了论述。

---

① 温潘亚：《文学史·文学史实践·文学史学——文学史元理论的三个层次》，《文学评论》2004年第1期。

② 此书2008年改版，由湘潭大学出版社推出，署名葛红兵。

理论建构代表了学界提倡文学史学的一个建设方向，而对文学史学自身历史的梳理则反映了学界笃于史实、重视学术积淀的追求，同时为理论建设提供了可靠的基础。这方面董乃斌、陈伯海、刘扬忠主编《中国文学史学史》（河北人民出版社 2003 年版）堪称代表。全书共分三卷。第一卷对传统的中国文学史学史进行全面梳理，将之勾画为萌生（先秦两汉）、演进（魏晋南北朝）、初步综合（隋唐五代）、转型（宋金元）、拓展（明）、总结（清）诸期。第二卷对通史与断代史的产生、发展、演进情况进行论述。第三卷主要探讨韵文史、散文史、小说史、戏曲史、民间文学史、俗文学史、民族文学史、批评史、区域文学史等专史的特点。全书注力于历史进程的梳理，以文学史书写实践为研究对象，为专门理论的探研提供了坚实的材料。特别是第一卷主要为"前史"，注意沟通文学史与传统文化的联系，突出了中国文学史发展的内在理路。作者明确指出，"文学史学包括两大方面：一是对文学史研究的进程加以历史的梳理，这就是我们这里所说的文学史学史；二是对文学史学科的原理、方法作出理论的概括，可以称之为文学史学理论或文学史学原理。史学原理和史学史构成了文学史学的基本范围，它们都是建立在对文学史研究进行综合考察的基础上的。除此之外，也可以就个别史家或文学史著作加以评论，这就叫史学批评，不过史学批评的着眼点不是倾向于史，便是倾向于论，归根结底仍从属于史学史或史学原理"。可以很清楚地看出，此书的写作之后有明确的文学史学的学科意识。书中所突出的"史"的意识，对文学史学学科的提出与倡立具有理论支撑作用。

董乃斌《文学史学原理研究》（河北人民出版社 2008 年版）是对这一研究的继续深化之作，作为文学史学的两翼，原理与史学史一重理论探寻，一重实证研究，两者的结合为文学史学提供了大致的样貌。全书共分十章。第一章为导论，对文学史学的对象、性质及定位进行界定。第二章从文本、人本、思本、事本四个层次分析文学史本体。第三章论述文学史的构成与功能。第四章探讨其规律与研究方法。其余章节对研究主体、文学史类型学、范式论、史料学、编纂学展开分析，并讨论了文学史学与其他学科的关系。理论体系严密，关涉问题众多，本体、主体、功能、类型、书写等皆纳入理性观照的视野之下，作为文学史学领域中的标志性著述实无愧色。

陈平原《作为学科的文学史》（北京大学出版社2011年版）着重从学科的视角重新审视文学史。早在《文学史的形成与建构》（广西教育出版社1999年版）论文集中，作者在学科建立、大学教育与文学史的关系的宏观构架中，通过各篇之间的断续勾连，比较全面地展示了其所重点关注的三个领域：文学史、学术史和大学史，由此也可见作者注重个案研究、以小见大的学术趣味和运思路向。其中《"文学史"作为一门学科的建立》集中讨论了"文学史"作为一门学科建立的合法依据和流变过程，实际上已从文学史理论研究跨入"文学史学"的学科建构。后于2011年出版的《作为学科的文学史》与此具有内在的联系。在作者看来，"文学史"作为一种知识体系，在表达民族意识、凝聚民族精神，以及吸取异文化、融入"世界文学"进程方面，曾发挥巨大作用。作为一门学科的文学史是在西方学术观念的影响下，在19、20世纪之交形成的，并在20世纪获得了全面发展，作者着力探讨的就是在这样的背景下产生的文学史及文学史写作中的一些具体问题，涉及晚清以降关于现代民族国家的想象、五四文学革命提倡者的自我确证，以及百年中国知识体系的转化。在20世纪中国学界，"文学史"作为一种"知识"，其确立以及演进，始终与大学教育密不可分。此书不只将文学史作为学术观念来描述，更作为一种教育宗旨、管理体制、课堂建设、师生关系来把握。

从这些著述可以看出，文学史理论研究日渐成熟，文学史学作为分支学科也已初步确立，从而再次印证了21世纪文学史学进入学科自觉的阶段。这既是对兴盛的文学史撰述行为的理论跟进，也将对古代文学学科发展起到促进作用。它从学科建构的层面，为古代文学史的建设提供了制度支撑。文学史由兴起至繁盛，其中一个重要因素就是教育体制的作用。由于大学学制中强调了文学史课程的重要性，无论是写作还是研究的热情都得到了激发。而文学史学的提出，其前提就是文学史发展的成熟，因而在学科建设方面，文学史学必然要以文学史的高度发展为根基，文学史学的合法性来源于文学史的成绩。其次，文学史学具有实践性，它的发展将直接影响到文学史撰述。写作中各种具体问题的解决，可以从文学史学中汲取理论营养。在模式、方法方面，其贡献将尤其显著。另外文学史学可以提升文学史学科的理论品格。学科性质直接决定了文学史学对文学史理论的关注，这一哲学角度的思考可以在很大程度上化解陷入琐碎文学史问题的困惑，进而培养统领全局的眼光，为文学史的发展提供方向指引。在这一意义上，文学史学对文学史学科发展的建设性价值是值得期待的。

第 九 章

古代文学研究的本位回归

从 20 世纪 80 年代的"重写文学史",到 90 年代的"人文精神"大讨论的激发与影响,古代文学研究成为"三论"中前后相继的第五波学术主潮。就在 20 世纪 80—90 年代之交,与当时特定的政治背景和思想状态相契合,学术界悄然发生了从热烈到理性、从张扬到内敛的重大转变。而新时期以来在经历一路高涨的美学热、新方法热和文化热之后,学术研究本身也到了本位回归的时候了。于是,面对 90 年代初期政冷经热的巨大变化以及学术研究的诸多困境与困惑,一些眼光敏锐、思虑深远的学者率先发起了一场颇有声势的"人文精神"讨论,然后逐步向整个学术界传递和辐射,从而为古代文学研究的本位回归提供了难得的契机与强大的动力。概而言之,就是基于人文精神的退化、理论话语的西化与文化批评的泛化,着力从物态崇拜回归人文精神,从西方话语回归本土立场,从文化泛化批评回归文学自身研究,从文学的外在研究回归文本的内在研究。从一定的意义上说,正是源于民族文化复兴的自期与忧思的双重动力,推动了诸多不同学者群体以及不同声音的交锋与交融,一同促进"人文精神"讨论的勃兴以及古代文学研究的本位回归与超越。

第一节 "人文精神"讨论之影响

20 世纪 90 年代"人文精神"讨论的勃兴以及古代文学研究的本位回

归，是对当时学术研究日趋严重的诸多困境与困惑所做出的积极回应。之所以产生这些困境与困惑，既与学术本身有关，也有非学术的缘由。从学术本身来看，新时期以来，伴随着新方法热与文化研究的兴起，古代文学研究取得了相当可观的成绩，开创了崭新的研究格局。各种新理论、新方法的引进、传播与运用，其意义不仅仅在于某种新的理论与方法或研究模式的单纯倡导，更重要的价值还在于它以当时思想界与文论界的新型话语清理了古代文学研究的政治意识形态一元论，扬弃了非此即彼的僵化的思维模式和研究范式，使古代文学研究终于由单一的社会—政治批评走向多元化的文学—文化批评。然而另一方面，也由此逐步积累了两大问题：一是理论话语的西化，二是文化批评的泛化。从非学术的因由探究，则是由于商品经济浪潮的冲击而导致人文精神的退化，这是较之理论话语西化与文化批评泛化重要得多的核心问题，也是关系到能否坚守学术研究精神根基的关键问题。

一 人文精神的退化

人文精神的退化是商品经济高涨初期的必然结果，而且几乎呈剪刀差趋势而愈演愈烈。1993年，王晓明等人在命名为"旷野上的废墟——文学和人文精神的危机"的座谈会上即首先将矛头对准了文学的商品化。[1] 主持人王晓明开宗明义说道：

> 今天，文学的危机已经非常明显，文学杂志纷纷转向，新作品的质量普遍下降，有鉴赏力的读者日益减少，作家和批评家当中发现自己选错了行当，于是踊跃"下海"的人，倒越来越多。我过去认为，文学在我们的生活中占有非常重要的地位，现在明白了，这是个错觉。即使在文学最有"轰动效应"的那些时候，公众真正关注的也并非文学，而是裹在文学外衣里面的那些非文学的东西。可惜我们被那些"轰动"迷住了眼，直到这一股极富中国特色的"商品化"潮水几乎要将文学界连根拔起，才猛然发觉，这个社会的大多数人，早

---

[1] 王晓明：《旷野上的废墟——文学和人文精神的危机》，《上海文学》1993年第6期。

已经对文学失去兴趣了。

同时他又进一步指出：

> 今天的文学危机是一个触目的标志，不但标志了公众文化素养的普遍下降，更标志着整整几代人精神素质的持续恶化。文学的危机实际上暴露了当代中国人人文精神的危机，整个社会对文学的冷淡，正从一个侧面证实了，我们已经对发展自己的精神生活丧失了兴趣。

在王晓明看来，正是"这一股极富中国特色的'商品化'潮水几乎要将文学界连根拔起"，从而引发了"文学的危机"，而"文学的危机实际上暴露了当代中国人人文精神的危机"，"不但标志了公众文化素养的普遍下降，更标志着整整几代人精神素质的持续恶化"，所以是"一个触目的标志"。王晓明特别强调了"普遍下降""持续恶化"，并以"旷野上的废墟"作为座谈会记录的标题，都是旨在凸显问题的极端严重性。

历史地看，20 世纪 80 年代以来商品经济的快速发展，既是改革开放的主要成果，也是改革开放的必然结果，对于中国社会以及文化学术发展的巨大意义不容置疑，但由此引发的社会转型以及对于社会转型的不同思考与批判也同样不可避免。从 80 年代起，关于市场化与文学发展的讨论与争鸣一直在持续。至 1993 年王晓明等人发起"人文精神"讨论后，进而成为全国学术界的一个焦点问题。其中所聚焦的首先是文学的危机，即文学创作与研究的危机，同时是人文精神的危机，但进而言之，则是知识分子边缘化过程中精神萎缩的直接反映，是知识分子自身的精神危机。在传统的中国古代社会中，士人（知识分子）作为"四民"之首，一般处于意识形态的核心地位，因而具有强烈的社会参与意识与责任感，所谓"为天地立心，为生民立命，为往圣继绝学，为万世开太平"是也。"士人（知识分子）是社会精英"的这种价值定位和责任期许一直持续到 20 世纪前半叶，"文革"十年期间虽有从中心到边缘的颠倒错乱，但经过新时期的拨乱反正，知识分子重返中心地位，并再次得到社会的确认与尊重。然而，随着 90 年代中国传统农业经济向市场经济的急剧转型，知识分子被快速和无情地边缘化，其勃发于 80 年代的参与社会的激情与热潮迅速退却。在《人文精神寻思录之三——道统学统与政统》的对话中，许纪霖首先描述了近十年来大陆知识分子前后两次自我反思的心路历程："第一次是 80 年代中期，刚刚从社会的边缘重返中心的知识分子们在一场'文化热'中企图通过对传统文化的批判，与过去的形象决裂，重新担当起匡时济世、救国救心的使命。第二次是 90 年代初，经过一场剧烈的政治动荡，中国开始了急速的社会世俗化过程，知识分子好不容易刚刚确立的生存重心和理想信念被俗世无情地颠覆、嘲弄。他们所赖以自我确认的那些神圣使命、悲壮意识、终极理想顷刻之间失去了意义，令知识分子自己也惶惑起来，不知道该何去何从。有意思的是，80 年代的知识分子是从强调精英意识开始觉悟的，而到了 90 年代，又恰恰是从追问知识分子精英意识的虚妄性重新自我定位。"[1] 蔡翔认为，新时期的一个显著特点，在于精神的先锋作用。观念导引并启动了社会政治—经济的改革和发展，由此突出了知识分子的启蒙作用和意识形态功能。然而，经济一旦启动，便会产生许多属于自己的特点。接踵而来的市场经济，不仅没有满足知识分子的乌托邦想象，反而以其浓郁的商业性和消费性倾向再次推翻了知识分子的话语权力。知识分子曾经富于理想激情的一些口号，比如自由、平等、公正等，现在得到了市民阶级的世俗性阐释，制造并复活了最原始的拜金主义，个人利己倾向得到实际的鼓励，灵—肉开始分离，残酷的竞争法则重新引入社会和人际关系，某种平庸的生活趣味和价值取向正在悄悄确立，精神受到任意的奚落和调侃，一种粗鄙化的时代业已来临。的确，某种思想运动如果不能转化为普遍的社会实践，那么它的现世意义或很值得怀疑。可是，一旦它转化成某种粗鄙化的社会实践，我们面对的就是一颗苦涩的果实。知识分子有关社会和个人的浪漫想象在现实的境遇中面目全非。大众为一种自发的经济兴趣所左右，追求着官能的满足，拒绝了知识分子的"谆谆教诲"，下课的钟声已经敲响，知识分子的"导师"身份已经自行消解。[2] 在此过程中，知识分子艰难地经历了一场空前

---

[1] 许纪霖：《人文精神寻思录之三——道统学统与政统》，《读书》1994 年第 5 期。
[2] 蔡翔：《人文精神寻思录之三——道统学统与政统》，《读书》1994 年第 5 期。

的群体分化与精神裂变的痛苦。陶东风从城市消费主义的视角为我们描述了这样一个严峻的现实：

> 中国城市消费主义的出现有特殊的社会原因，简单说就是肇始于80年代末、随后逐渐强化的中国知识界与老百姓政治热情的冷漠、消费热情的高涨。在20世纪80年代，以启蒙为核心的知识分子精英文化带有唤醒公众的社会使命感和文化批判热情。到90年代，中国的文化—审美风尚出现了由启蒙模式向消费模式的转换，人们往往会以一种直截了当的方式去寻求现实生活的感性满足。在这种转型中，知识分子中的"新型媒介人"既是生活方式的追求者也是其打造者，他们往往通过制造时尚或消费偶像来引导日常生活。笔者认为，90年代的知识分子，不是从广场回到书斋，而是从广场回到市场和身体（以及以身体为核心的日常生活），大家都很关注自己的钱袋和身体，身体成了消费的主体也成了消费的对象。这样一种对身体的极度的、甚至变态的迷恋，不是一个孤立现象，与之相伴的是政治热情的退却。今天的公共空间充斥着以身体为核心的各种图像与话语，美容院与健身房如雨后春笋般涌现，人们在乐此不疲地呵护、打造、形塑自己的身体。这样的结果可能导致一个糟糕的状况：实际上我们目前生活在一个急需争取与扩大公民的基本政治权利、推进公民的政治参与的社会环境里，而大家都回过头来关注自己的身体、生活方式。这很有点滑稽与悲哀。[①]

如果说基于市场经济快速发展的社会生活的商品化是导致知识分子边缘化的客观原因，那么，知识分子的边缘化仅仅是导致其自身人文精神退化的部分原因，并非全部，因为未能坚守，才选择了退却；一旦失去了精神根基，就会出现这样"很有点滑稽与悲哀"的局面。

---

① 陶东风：《日常生活的审美化与文艺学的学科反思》，《天津社会科学》2004年第4期。

二 理论话语的西化

进入新时期以后,伴随中国社会的多元化的转型进程,多元文化、多元价值、多元理论、多元范式构成了中国古代文学研究的多元化语境。在此过程中,中国古代文学逐步进行着对过去单一化研究体系的解构—重构,逐步丰富和完善着自身的知识谱系建设。经历转型后的中国古代文学研究,从传统知人论世的传记学批评、社会历史批评乃至政治学批评拓展至美学、心理学、文化学、宗教学、哲学、人类学等新的视野和领域,扩大了古代文学的阐释空间,形成了诸如美学研究、新方法论、文化研究等一系列新的学术范式。然而,不可否认的是,不管是用于解构的还是用于建构的新理论、新方法,大多是由西方稗贩而入的,由此引起了一些学者的忧虑、反思和批评。至1995年,大致与"人文精神"讨论相衔接,终于引发了一场有关中国文论"失语"的讨论与争鸣,进一步将此问题凸显为全国学界所广泛关注的焦点问题。[①]

1995年,曹顺庆《21世纪中国文化发展战略与重建中国文论话语》一文发表于此年第3期《东方丛刊》。此文的核心关切与问题意识可以概括为:21世纪将是中西方文化多元对话的世纪,然而中国文论话语近代以来却"全盘西化",我们应该如何建立"中国"自己的文论话语,以便在世界文论中有自己的声音?曹顺庆指陈中国文论"失语症"的症状是:"中国现当代文化基本上是借用西方的理论话语,而没有自己的话语,或者说没有属于自己的一套文化(包括哲学、文学理论、历史理论等)表达、沟通(交流)和解读的理论和方法。"此后,曹顺庆又发表了系列论文,在《文论失语症与文化病态》[②]中进一步强调了当今文论失语症的严重性,认为当今文艺理论研究最严峻的问题是"失语症","长期以来,中国现当代文艺理论基本上是借用西方的一整套话语,长期处于文论表达、沟通和解读的'失语'状态"。"根本没有一套自己的文论话语,一

---

① 参见陶东风《关于中国文论"失语"与"重建"问题的再思考》,《云南大学学报》2004年第5期。

② 《文论失语症与文化病态》,《文艺争鸣》1996年第2期。

套自己特有的表达、沟通、解读的学术规则。我们一旦离开了西方文论话语，就几乎没办法说话，活生生一个学术'哑巴'。想想吧，怎么能期望一个'哑巴'在学术殿堂里高谈阔论！怎么能指望一个患了严重学术'失语症'的学术群体在世界文论界说出自己的主张，发出自己的声音？一个没有自己学术话语的民族，怎么能在这世界文论风起云涌的时代，独树一帜，创造自己的有影响的文论体系，怎么能在这各种主张和主义之中争妍斗丽！"

也许曹顺庆采取了一种比较激进的话语方式以凸显当今文论失语症的普遍性、严重性与危害性，所以由此引发的争鸣在所难免。然而就新时期文学研究进程与趋势而论，尤其是在"新方法热"的刺激与启发下，除了极少数学者仍坚持传统研究思路与方法外，绝大多数学者开始采用新理论新观念进行研究，一时间，信息论、系统论、控制论、美学、心理学、符号学、文化学、语言学、人类学、知识考古学、女性主义、新批评、形式主义、结构主义、解构主义、阐释学、叙事学、新历史主义、精神分析学、后殖民主义以及层出不穷的各类形式主义批评，无不在文学研究的舞台上粉墨登场一显身手，的确激发了文学研究的空前活力，但同时未能更好地完成本土文学理论的建构。对于其中的得失，需要从历史的、辩证的角度加以把握和分析。

同样，即便在相对传统的古代文学研究领域，也曾成为各类美学家、思想家、新潮方法论专家、文学史家都来一试牛刀的实验室和竞技场。在各种新方法"你未唱罢我登场"的过程中，不可避免地出现了"食洋不化"的现象，简化甚至肢解丰富的古代文学实际而迎合某种外来的理论框架，削足适履，生搬硬套，甚至是"从事先设定的某种框框出发，然后从古代作品中找一些东西来印证"[1]。对此，来自古代文学界本身的质疑和批评时而激烈，时而平和，但一直在延续之中。王筱芸在《中国古典文学研究现状之我见》中发出这样的质问和反思："这些当年我们借助来用以清理、解构旧的僵化的研究模式的西方批评话语，它们是否真的适

---

[1] 章培恒：《研究方法与研究态度》，见《当前古典文学研究与方法论问题笔谈》，《文学遗产》1985年第3期。

合于中国古典文学研究对象？对它们的接纳与应用，究竟是一种策略、一种视域的补充和启发，还是盲目地按照东方语码重组西方中心话语，陷入挪用西方话语而最终难以超越的学术处境？假如它是一种策略，一种视域的启发和补充，它们将如何与中国古典文学研究对象进行对接？"① 郭英德则将诸多生搬硬套西方的理论斥为"伪理论形态"：盲目地进口西方形形色色的"新思维""新理论""新方法"，生搬硬套到中国古典文学研究之中，伪饰出种种莫测高深的"理论"和百试不爽的"方法"，或者陶醉于以中国古典文学为例证，为西方的某种自成体系的文学理论、美学理论或哲学理论作注解，从而证明这种理论"放之四海而皆准"；或者满足于以西方某种理论为工具，来剖析中国古典文学，即便削足适履或伤筋动骨，也置若罔闻，视若无睹；或者醉心于把西方某种理论作为望远镜或显微镜，在中国古典文学的宝藏中寻找契合于这种理论的残瓦碎片，从而说明这种理论在中国"古已有之"。② 陈厚诚等在批评英美新批评理论在中国文学研究中的实践时也说："英美新批评派的批评实践大抵是以其张力诗学、反讽理论之属细读某一特定的单篇作品，但这套理论在中国的实践却大多表现为以某一理论概念为纲同时评论多个作品。也就是说，持新批评工具的中国批评家大多是以理论为本的，让作品就理论，而不是以作品为中心，让理论就作品。"③ 这虽然是针对英美新批评理论在中国的实践而言，但其他西方理论在中国古代文学研究界的实践情况也有类似现象。当代学者对于西方理论的依附与盲从，不管哪一种倾向，实际上都是甘愿以源远流长、绚烂多姿的中国古代文学实绩为某种外来的西方理论作嫁衣，有意无意中漠视甚至无视中国古代文学独特的文体形式、语义内涵、文化背景和民族精神。

张强在《中国古代文学研究的方法与运用》④ 中从学术史的视角提出了这样一个不无争议的学术判断："回顾 20 世纪古代文学研究的理论建

---

① 王筱芸：《中国古典文学研究现状之我见》，《文学遗产》1997 年第 5 期。
② 参见郭英德《中国古典文学研究的理论品格》，《文学评论》1997 年第 4 期。
③ 陈厚诚等：《西文当代文学批评在中国》，百花文艺出版社 2000 年版，第 93 页。
④ 张强：《中国古代文学研究的方法与运用》，《社会科学战线》2001 年第 6 期。

构过程,我们会发现一个不容否定的事实,中国古代文学研究实际上已经在不经意中建构起了一个以西方话语(西方理论)为中心的批评框架。"当然,包括中国古代文学研究在内的文学研究之所以形成以西方话语为中心的文学批评模式,并非某个人或某类人的刻意而为,而是其历史渊源。首先,国人所提倡的科学与民主本身就是在西学东渐的背景下发生的,为了摧毁阻碍中国现代化转型的具有几千年历史的封建文化,人文知识分子用西方的言说方式来批判封建文化是一种历史的选择;其次,改革开放以后,人们需要清算和否定已有的研究秩序,其批判的武器只能是西方现成的人文理论,即用西化的言说方式进行人文学科研究是人文工作者的必然选择;最后,西方人文理论从话语边缘走向中心贯穿于20世纪国人对人文科学研究的始终,新中国成立以后,虽然对西方人文理论构成了批判的势态,但马克思的文艺理论本身就是西方三大批评理论中的一种,作为认同西方人文理论的中介,人们选择西方的言说方式是因为有社会学的批评方式作为话语的言说基础。[①] 然而,中国古代文学研究在现时期采用西方的言说方式虽然情有可原甚至是必由之路,却终究是以丧失中国古代文学独立的学术品格和价值体系为代价的。

三 文化批评的泛化

古代文学研究中的理论西化固然让学者忧虑重重,而文学研究中的泛文化批评现象同样令人不安。在各类新方法中,文化学研究可以说后来居上一枝独秀,再加上自20世纪80年代开始,"文化热"席卷中华大地,而古典文学作为中华民族文化积淀最丰厚的一个领域,理所当然地成为文化学家们分析的重点和中心,一时古典文学研究领域中类似"××中的××文化"或"××与××文化"等论题成为最时尚的话语和研究前沿。不可否认,文化学的研究方法曾在古代文学研究领域催生出一批令人耳目一新的成果,如程千帆《唐代进士行卷与文学》、傅璇琮《唐代科举与文学》、罗宗强《魏晋玄学与士人心态》、陈允吉《唐音佛教辩思录》等,都是从文学与社会文化的关系方面来展开古代文学研究的丰硕成果。

---

① 以上论述参见张强《中国古代文学研究的方法与运用》,《社会科学战线》2001年第6期。

其观点之新颖,材料之扎实,论证之充分,迄今都是后来者在论及相关问题时称引的典范和"绕不过的存在",同时这一实绩也昭示着文化学方法在中国古代文学研究中的巨大可能与广阔前景。然而物极必反,文化学研究的热潮也不可避免地带来了过犹不及的弊端。一方面,随着文化学各种理论引进高潮的回落,机械盲目、生搬硬套西方话语的隐患开始逐渐显现出来,一些研究者既缺乏对西方理论的深入了解,又未能把西方理论与古典文学进行有效的结合,更有甚者,个别学者本身的国学素养就相对缺乏,谈论问题信口开河,观点貌似新颖而立论空疏,标新立异之意大于推陈出新之心。而另一方面,一些研究者过度关注古代文学的文化内涵,甚至将文学作品仅仅视为某种文化的载体,而忽视了文学首先是语言与文字的审美化、情感化、意象化组合,使得古典文学研究直接或间接变相为古代文化研究。而在文化批评、文化研究的大框架下,研究者往往过于注重所谓的宏观把握、整体观照、理论升华,以抽象的理论去概括丰富多变、面貌各异的文学现象,结果造成一大批观点正确、逻辑清楚却内容空洞、论述粗疏的文章。

　　文学作为文化的一个重要组成部分,一定时代的文学现象总是与特定的语言文化、政治文化、制度文化、宗教文化、社会文化、民俗文化乃至种族文化密切相关,对文学的研究本来就不能完全脱离文化的视野与维度。而且在比较传统的古代文学研究中,单一精英文化视野所造成的选择单向性,往往使得文学研究仅仅成为少数人审美体验的一种证明,而忽视了更广泛、更深厚的民间传统的广阔沃野,而文化学的研究方法恰好构成对这一偏颇的纠正与补充。虽然从文化角度来论述文学应该算中国传统文学批评中最古老的一种方式,如孔子对《诗经》"思无邪"的性质认定和价值要求、对风雅颂的体格分类等,实际上都体现了批评主体对特定时代政治文化、制度文化、社会文化乃至民俗文化等的看法,然而,具有现代意义的文化学研究则是始自西方,它给传统的古代文学研究带来了强烈而巨大的冲击。一方面,它为古代文学研究提供了新的思维、视野、方法,拓展了古代文学研究的疆界,使古老的古代文学研究呈现出异常广阔的前景;而另一方面,由于文化研究本身界限的模糊性与延展性,它又可能使得古代文学研究逐渐离开文学本身,渐行渐远,迷失在新开辟的无限领地之中，而有意无意遮蔽了文学的主体地位。因而，如何保证形形色色的文化学研究最终回归于文学的原点上，如何保证古代文学研究经历了种种新方法的垦拓之后依然坚守文学的阵地，就成为困扰90年代古代文学研究界的一个症结。

穷则变，变则通，当古代文学研究领域的文化批评已经泛滥到"内容不够，文化来凑；积累不够，文化来补；功力不够，用文化来抹糊"①的时候，对泛文化批评的冷静审视与理智批评就"应劫而生"了。回顾新时期以来古典文学研究领域的拓宽和研究方法的进展，很多学者承认，其"重要的特点之一，是把中国古典文学发生、发展，以及成就和失误的过程置于特定的文化背景下考察，将古典文学研究与文化研究结合起来，探寻二者间的内在必然联系，揭示古典文学的文化内蕴和本质，由此从文化深层上认识和把握古典文学的特征及其发生、发展、嬗变的规律"。② 大家实际上都肯定这样一个前提，即"中国古典文学的研究，应置之于中国古代社会文化的宏观背景下，抓住其古典性文化特征，用文化人类学的方法，梳理并发现中国古典文学与当时社会物质生产、生活方式、社会制度、风俗习惯、道德伦理、价值观念、审美趣味、宗教情绪等千丝万缕的联系，以便全面真实地揭示中国古典文学自身的审美特性、生存状态和发展规律"。③ 但是，这并不意味着文化批评将成为古代文学研究的唯一，也不意味着文化批评将一统古代文学研究之天下。且不论学者们因主观或客观的原因在运用文化批评的具体实践中出现的一系列现实问题，即便单纯以方法论本身而言，文化学研究也并非万能的。正如有研究者指出的，古代文学研究中文化史方法的长处在于对文学作品和文学现象的面貌做出因果解释，当这种解释同时揭示了特定对象的审美特征及其人文内涵时，文化史方法的潜力就被充分发挥出来了。至于对文学作品和现

---

① 詹福瑞：《文化研究：寻找中国古代文学研究的最佳思维》，《文艺研究》1997年第3期。
② 李辉、许云和：《回顾反思　开拓前进——记新时期古典文学研究回顾与展望讨论会》，《文学评论》1992年第2期。
③ 吴格言：《古典性特征与文化学方法——关于中国古典文学研究方法的思考》，《河北师范大学学报》1999年第3期。

象的评价,则是这种方法力所不及的。① 如果一味以文化学批评的眼光来审视古代文学作品,难免造成"文学研究中的非文学化倾向"②,以至于文学研究成为文化研究的工具和手段。

正如英国学者舒马赫所言:"每门学科都是在它的专属范围内有益,一旦越过这个范围就成为有害的,甚至起破坏作用"③,也正所谓"过犹不及",文化学批评在带给古代文学研究新理念、新视野之际,也使古代文学研究逐渐丧失了之所以为"文学"的特质,陷入了为人作嫁的尴尬与迷失之中,因而如何区分文学批评中的文化批评与纯粹的文化研究,如何回归文学批评,立足于古代文学本身,揭橥与展示中国古代文学特有的人文内涵、审美特质与艺术魅力,成为20世纪90年代以后古代文学研究者反思的问题与前进的方向。

第二节 人文精神的意涵与探寻

兴起于1993年、持续至1995年的"人文精神"讨论,是直接回应市场经济大潮冲击下"人文精神"退化和失落的一次精神重建,是塑铸于20世纪90年代各种思想潮流竞相登场、彼此对话、相互交锋的多元格局中的一道独特的文化景观。王晓明等人在《上海文学》1993年第6期所载《旷野上的废墟——文学和人文精神的危机》中率先发出"文学和人文精神的危机"的呼喊之后,犹如一石激起千层浪,以始料未及的速度和规模引起了广大人文社科知识分子的强烈反响,就此拉开了持续两年之久的人文精神论争的帷幕。一时之间,以《读书》《上海文学》《作家报》《东方》《文艺争鸣》等杂志期刊为阵地,以现当代文学批评者、研究者、作家为核心的人文社科界学者纷纷参与到这场后来被命名为"人文精神讨论"的论争之中,并波及文学、哲学、历史学、社会学、经济

---

① 蓝旭:《文化史方法在古代文学研究中的适用范围》,《河南社会科学》2003年第5期。
② 杨扬、罗云锋等:《当代中国文学研究中的非文学化倾向》,《山花》2003年第4期。
③ [英] E. F. 舒马赫:《小的是美好的》,虞鸿钧等译,商务印书馆1984年版,第27页。

学、文化研究等各个学术领域。至 1996 年，随着王晓明选编的《人文精神寻思录》和丁东选编的《人文精神讨论文选》在京、沪两地的同时出版，这场大规模的知识分子自发的讨论基本宣告结束。然而对于人文精神的追寻并没有因为讨论的结束而结束，而是持续地对 90 年代以及之后的整个思想界、文化界产生强烈而深刻的影响。

回顾和评价这场"人文精神"讨论，似有必要简略辨析一下 1993 年促发"人文精神"讨论兴起的特定"语境"与"语义"。正如陶东风所指出的，"要想把'人文精神'的讨论语境化，1993 年是一个具有特殊意义的年代"，"1993 年是中国改革开放经一段时间的停滞以后重新起步并以更快速度发展的一年（其直接动力是 1992 年年底邓小平的南行讲话），是市场经济引发的社会转型加深加剧的年代，同时也是中国的改革开放政策做出重大调整的年代；与此同时，中国社会的世俗化、商品化程度日益加深。这一世俗化潮流在文化界的表现，就是被称为'痞子文人'的王朔等所谓'后知识分子'的大红大紫、各种文化产业与大众文化的兴盛，以及文人下海、演员走穴等文化领域的商业化、文人的商人化倾向。以为这是引发'人文精神'讨论的最直接原因。这一语境的锚定启示我们：'人文精神'作为一种批判性话语的出场，不是，或至少不完全是知识自身发展的纯自律的结果，不能只在思想史、学术史的范式内部加以解释；毋宁说它是知识分子对当今的社会文化转型等的一种值得关注的回应方式，是知识分子在面对社会文化现实时重新寻找自己的身份定位和言说方式的一次努力"。[①] 关于"语义"问题，陶东风则作了这样的辨析：

> 与西方的人文主义相比，中国的"人文精神"因其完全相反的出场语境而有了完全不同的批判对象与价值诉求：西方人文主义是针对神权社会与宗教文化而提出的，其核心是从"天堂"走向人间，从神权走向人权，世俗化正是其最为核心的诉求；而中国 90 年代提出的"人文精神"则把批判的矛头指向了世俗化，其核心是从人间

[①] 陶东风：《当代中国文艺学研究》，中国社会科学出版社 2011 年版，第 533—534 页。

回到天国，以终极关怀、宗教精神拒斥世俗诉求，用道德理想主义与为"艺术而艺术"的审美主义拒斥文艺的市场化、实用化与商品化。明确这一点是非常重要，也是非常有意思的。

　　从以上的语境分析中可以总结出这样两点：（1）在中国的特殊语境中，"人文精神"与世俗精神被当作了对立的两极。（2）寻找"人文精神"作为一种社会文化批判话语，一方面是针对着被认为由世俗化、市场化引发的所谓道德沦丧、信仰危机、价值失落（这种批判尤其集中在文化的市场化与部分作家的写作活动的市场化）而出场的；但另一方面，从深层的利益驱动上说，也反映了知识分子对自身的边缘化处境的焦虑、不满与抗争。①

严红兰、赖大仁则从"终极关怀与世俗关怀的'张力'关系"对此作了重新审视与总结，认为在20世纪90年代为应对文学的大众化、世俗化转型及其文学精神价值所面临的挑战，文学界围绕"人文精神"失落及其重建问题所进行的一场的"人文精神"大讨论中，对于争论的关键命题即"人文精神"问题，其实并没有得到明确的界定，而在对这一命题的理解上，却出现了一种近乎两极分化的状况：有的把它理解为一种对人的形而上的终极关怀；有的则把它理解为一种具体而实在的世俗关怀。彼此相互排斥争论不休，于是形成了主张"终极关怀"与倡导"世俗关怀"两种截然不同的观点，使其成为一个二元对立的命题。从人学角度看，终极关怀与世俗关怀都是人文精神中的应有之义，可将其理解为人文精神的两个维度，二者在人文精神的有机整体中既相互冲突又相互依赖，构成一种紧张的"张力"关系。在这种"张力"关系中，才能使世俗关怀与终极关怀保持一种动态的平衡，从而实现人性和人类社会的合理健全发展。从历史上看，人文精神不断丰富发展，就是在世俗关怀与终极关怀既冲突又融合的"张力"关系中，此起彼伏地向前推进的。如今，无论是从理论认识还是实践发展来看，人文精神中的这种世俗关怀与终极关怀之间二元对立式的矛盾冲突，甚至以更为紧迫的方式摆在我们面

---

① 陶东风：《当代中国文艺学研究》，中国社会科学出版社2011年版，第534—535页。

前，需要我们做出新的回答。在此情形下，对人文精神问题进行历史反思，并从人文精神的内在"张力"关系着眼推进探讨，有助于深化对这一问题的认识。①

人文精神讨论虽然肇端于现当代文学研究领域，直指当代文学创作，但因其问题的敏感性与普泛性，迅速扩展到包括古代文学研究在内的整个人文社科界，极大地影响和促成了古代文学研究界对于人文精神的思考与探寻。实际上，早在"人文精神讨论"之前，古代文学界已经有一些学者开始注意到中国古典文学中的人文精神问题，如吴调公《关于〈文心雕龙〉弘扬人文精神的思考》（《南京师大学报》1990年第4期）提出《文心雕龙》作者刘勰所关注和探求的何止是文学现象，或者仅仅限于解决某几个具体的创作批评问题呢？他名为说明自己著书的用心，但其实质却处处表示他对"人文"的看法，旨在强调、发扬人类的性灵，刘勰对文学、文章的研究是服务于这个中心目标的，刘勰以"望今""参古"的慧眼，融会了魏晋以来广为流行的儒、道、玄的思潮以及佛家的"因明学"，为民族思维开拓了科学性与形象性相结合的道路；再如胡晓明《论中国怀乡诗的人文精神》（《文史哲》1990年第4期）提出中国怀乡诗凝聚着中国文化的特性，抒发了中国诗人共通的文化情怀，深具人文精神，主要表现在三个方面：和平安静的生活向往，家国通一的志士情怀，温馨淳美的人伦情味。也有学者使用了"人文主义精神"一词，如童凤畅《略论古代诗歌的人文主义精神与儒家理想人格的追求》（《山西师大学报》1992年第4期）提出中国古代诗歌始终处在儒家思想文化的规范之中，并沿着儒家道德理想主义的脉络发展。儒家人文精神所具有的历史使命感和社会责任感，使诗人把人生忧郁和政治愤懑融于诗歌的内容中，形成了中国古代诗歌高洁、深沉、热烈又充满博爱精神的优良传统。这些早期的研究都说明了古代文学研究界敏锐的问题意识与前瞻意识。

随着"人文精神讨论"的热烈展开，这场讨论本身的许多问题开始暴露出来，尤其当讨论深入一定程度时，学者开始意识到作为讨论核心的

---

① 严红兰、赖大仁：《人文精神：终极关怀与世俗关怀的"张力"关系——关于文学"人文精神"讨论的人学反思》，《贵州社会科学》2015年第4期。

"人文精神"一词,其界定极其模糊,其内涵极其含混,其外延又似无比广大,甚至有人认为我们从未拥有过人文精神,"一个未曾拥有过的东西,怎么可能失落呢?"① 于是很多学者开始追问究竟"何谓'人文精神'"②,并试图到中国传统文化中追溯人文精神的历史资源、话语形成及建立方式。除了西方人文主义思潮的影响外,很多学者承认,"回顾中国历史中人文精神的发生发展过程,不论儒家朴素的人道主义思想,还是道家对个人生命的重视,从中都不难发现中国传统人文精神的轨迹"。③ 这不仅引起了现当代文学学者、文化学者的思考,更对古代文学研究界产生了极大的触动,即使"人文精神讨论"已经尘埃落定,有关中国传统文学与文化中的人文精神的思索却更加深入。

一方面,一些学者宏观梳理古代文学的发展历程与文化背景,对中国古典文学与传统文化中的人文精神因素作更具体细致的分析。如唐先田等提出,中国文学中的人文精神具体体现在这几点上:"民为贵,社稷次之,君为轻"的民本思想和"穷年忧黎元,叹息肠内热"的民生关怀;尊重自然规律、顺应宇宙秩序,追求"相看两不厌"的人和自然和谐相处的自然观;"自古驱民在诚信"的执政理念和"言必信、行必果"的君子之德;以及一元主体、多元格局的大一统观和中央政权处理周边关系的羁縻方略;"位卑未敢忘忧国"的主人公意识和"一生报国有万死"的献身精神;"王道荡荡、不偏不废"的社会公正和"其身正,不令而行"的自我警示;"达则兼济天下,穷则独善其身"的进退原则和"不食嗟来之食"的道德底线;"人非圣贤,孰能无过""学然后知不足"等对后天教育的强调以及"尊师重教"的伦理规范;"万钟则不辨礼义而受之,万钟于我何加焉"的义利观和"舍生以取义,杀身以成仁"的生死观;等等。④

另一方面,在古代文学研究界内部,对两千年古典文学所蕴含的丰富

---

① 王蒙:《人文精神问题偶感》,《东方》1994 年第 5 期。
② 朱维铮:《何谓"人文精神"?》,《探索与争鸣》1994 年第 10 期。
③ 吴炫、王干、费振钟、王彬彬:《我们需要怎样的人文精神》,《读书》1994 年第 6 期。
④ 唐先田、陈友冰、岳毅平:《中国文学中的人文精神与当代价值重构》,《江淮论坛》2005 年第 1 期。

人文精神内涵的挖掘也越来越深细，既有对古典文学之中的人文精神的整体观照，如陈伟军《叩响心灵的底音——古典文学教学与人文精神重建》（《泰安师专学报》1997年教育教学研究专号），毕静《浅谈中国古代文学的人文精神》（《济南教育学院学报》2001年第3期），李建明、谢锡龄《对人的生存状态的关注——中国古代文学中的人文精神初探》（《文教资料》2008年1月号上旬刊），王玉娥《试论中国古代文学与人文精神》（《南昌教育学院学报》2011年第2期），等等；又有针对不同体式或文类而作的探讨，包括中国古典诗（山水诗、田园诗等）、词、戏剧等，如毛德富、卫绍生、闵虹《中国古典小说的人文精神与艺术风貌》（巴蜀书社2002年版），孙维城《宋韵：宋词人文精神与审美形态探论》（安徽大学出版社2002年版），王海梅《论中国古典诗词中的人文精神》（《潍坊学院学报》2003年第1期），张丽娟《浅谈中国古典诗词中的人文精神》（《正德学院学报》2006年第2期），刘玉红《古代咏物诗与人文精神》（《华夏文化》2006年第4期），李晓婉《古代田园诗中的人文精神》（《探索与争鸣》2007年第8期），梁归智《元曲的人文精神与文化启示》（《江苏大学学报》2009年第1期），程华薇《中国古典诗歌的人文精神》（《四川文化产业职业学院学报》2009年第1期），林良娥《宋代言情词中的人文精神》（《阅江学刊》2009年第2期），等等；也有对某一文学现象或文学理论而作的研究，涉及唐宋古文运动、迁谪文学、性灵论等，如李建国《唐宋散文革新与传统人文精神》（《贵州社会科学》1996年第4期）、江立中《迁谪文学与岳阳人文精神》（《云梦学刊》1999年第3期）、史锦秀《中国古代诗学的人文精神价值》（《河北学刊》2006年第6期）、赵晓丽《性灵论与人文精神》（《安徽文学》2008年第6期）、沈思尤《论中国古典美学中"瘦"的人文精神》（《佳木斯大学社会科学学报》2009年第6期）等；还有对断代分体文学而作的思考，涉及汉赋、宋词、晚明小品、清代诗歌等，如尚学锋《汉末赋风新变与道家人文精神》（《中国文学研究》2000年第3期）、季桂起《晚明小品中的人文精神》（《德州学院学报》2001年第1期）、沈金浩《清代诗歌中的人文精神》（《深圳大学学报》2001年第6期）、张震育《明清传奇的人文精神》（硕士学位论文，苏州大学，2002年）、吴丹奇《试论宋词的人文精神》(《绥化学院学报》2007年第3期)、李青云《吟诵唐宋诗词建构人文精神——唐宋诗词人文精神解读》(《牡丹江大学学报》2008年第3期)等。

当然,最多的还是对古代文学中那些经典性作家作品所作的专题探讨,涉及《诗经》、《左传》、《论语》、《孟子》、《庄子》、屈原、《史记》、古诗十九首、《世说新语》、陶渊明、李白、杜甫、柳宗元、白居易、张籍、李商隐、李贺、杜牧、贾岛、柳永、欧阳修、苏轼、黄庭坚、陆游、关汉卿、刘基、《儒林外史》、《三国演义》、李渔、《长生殿》、《聊斋志异》、赵翼等。如王云飞《〈诗经〉人文精神脞谈》(《开封教育学院学报》1995年第2期)、单波《〈论语〉与中国人文精神(笔谈)》(《企业导报》1996年第6期)论《诗经》人文精神;张艳《从人文精神角度看〈左传〉用〈诗〉》(《山西大学师范学院学报》1999年第3期)、吴美卿《论〈左传〉的人文精神》(《求索》2004年第6期)论《左转》人文精神;单波《〈论语〉与中国人文精神(笔谈)》(《社会科学动态》1996年第6期)、郝秀文《〈孟子〉人文精神及其现代价值》(《太原教育学院学报》2001年第4期)、徐春根《庄子人文精神内质一瞥》(《嘉应学院学报》2010年第6期)、朱智明《浅谈屈原思想中的人文精神》(《作家杂志》2008年第1期)论《论语》、《孟子》、《庄子》、屈原的人文精神。关注汉魏六朝人文精神的有:赵明正《论〈史记〉的人文精神》(《西南民族学院学报》2003年第3期),姜兰宝《文温以丽 意悲而远——从古诗十九首看汉末文人的人文精神》(《大庆高等专科学校学报》1995年第1期),谭爱娟《从〈世说新语〉看魏晋人文精神》(《长沙大学学报》2000年第3期),郝凤彩《陶渊明诗文中蕴含的人文主义精神》(《内蒙古工业大学学报》2005年第2期);关注唐宋人文精神的有:张英《李白的布衣意识及其人文精神》(《云南社会科学》1999年第6期),曾明《杜甫山水诗中的人文主义精神》(《杜甫研究学刊》1997年第3期),王馥庆《论杜甫人文精神的构成要素》(《西安文理学院学报》2006年第1期),阙明坤《从杜诗看古代"士"的人文精神》(《湖南民族职业学院学报》2008年第1期),刘绍卫《柳宗元"道"的社会内涵的现实品格和人文精神》(《柳州师专学报》2000年第3期),李福军《浅论白居易与中国佛教的人文精神》(《科技信息》2006年第5期),杜宏春、张映春《论张籍诗歌的人文精神》(《名作欣赏》2010年第29期),张素梅、周敏、陈卫、甘宜沛、张映春、杜宏春《"虚负凌云万丈才,一生襟抱未曾开"——试论李商隐诗歌的人文精神》(《大众文艺》2010年第1期),杜宏春《论李贺诗的人文精神》(《廊坊师范学院学报》2010年第4期),吕玲《论杜牧咏史诗中的人文精神与艺术魅力》(《成都行政学院学报》2002年第5期),杜宏春、周敏、张素梅《论贾岛诗的人文精神》(《哈尔滨学院学报》2010年第11期),徐彩云《浅谈柳永词人文精神的价值取向》(《2006词学国际学术研讨会论文集》,2006年),陈瑜《论欧阳修文道观的人文精神指向》(《福建金融管理干部学院学报》2010年第4期),刘若斌《苏轼"自我超越"人文精神生成的多重因素》(《山东社会科学》2008年第6期),赵庆存《论黄庭坚散文及其人文精神》(《第二届宋代文学国际学术研讨会论文集》,江苏教育出版社2003年版),曾明《陆游山水诗中的人文主义精神》(《西南民族学院学报》1997年第1期);关注元明清人文精神的有:张永文《关汉卿杂剧的人文精神》(《戏剧文学》2005年第1期),杨红莉《关汉卿戏曲中的河北人文精神》(《大舞台》2007年第1期),高小慧《窥世的多棱镜——〈窦娥冤〉的人文精神和文化启示》(《名作欣赏》2010年第9期),俞美玉《论刘基的人文精神之体现——由〈楚人养狙〉说起》(《浙江工贸职业技术学院学报》2003年第3期),陈文新、鲁小俊《〈儒林外史〉与传统人文精神——论吴敬梓笔下的贤人及其人格追求》(《江汉论坛》1998年第9期),朱万曙、王印东《〈儒林外史〉中的人文精神》(《安徽广播电视大学学报》2011年第1期),唐基苏、王家群《〈三国演义〉儒家人文精神的再审视》(《广西社会科学》2000年第2期),沈新林《论李渔的"怪异"——兼论其启蒙思想与人文精神》(《明清小说研究》2006年第2期),王丽梅《论〈长生殿〉的人文精神》(《浙江工商大学学报》2005年第1期),窦志伟《〈聊斋志异〉的人文精神》(硕士学位论文,重庆师范大学,2003年),张涛《忧患·尚情·本真——对赵翼诗歌人文精神的初步梳理》(《河北师范大学学报》2004年第4期),等等。

以上诸文对其中所蕴含的丰厚的人文精神,均有或深或浅、或多或少的研究。一时之间,"××中的人文精神"这样的标题举目可见。就已有的成果而言,质量参差不齐,并不尽如人意,正如王晓明评价当年的"人文精神讨论"一样,它"影响的范围很大,但讨论的水平并不高"[①]。

在对古代文学中的人文精神进行探讨时,由于诸多学者对于"人文精神"一词的界定与认识不同,因而对中国古代文学中的人文精神的提炼与归纳也有所不同,如有的学者提出人文精神是对人的终极关怀,中国古典文学的关注民生、天人合一和中和之美一直发射出人文精神的流光溢彩;[②] 也有的认为中国古典诗歌的人伦情怀体验、人性生命意识、人格精神魅力及人生价值追求等都体现了人文精神内涵;[③] 还有的认为古典诗歌的人文精神主要体现在博大深沉的生命意识与生生不息的生命精神、强烈的忧患心理和浓郁的悲悯情怀、民胞物与的人生态度与天人合一的审美境界等方面。[④] 而且,在已有的各种论述中,难免有一些甚至多数失于浅显,往往泛泛而论,像民为邦本、天人合一、家国天下等类似词语随意套用,缺少对具体研究对象的独到的发掘与提炼,也缺少研究主体独特的理性体悟与表达。但不可否认的是,这些研究扩展了古代文学研究的疆域,丰富了古代文学研究的内涵,正是在这样的众声喧哗中,中国古典文学所蕴含的丰富而复杂的人文精神才逐渐得以呈现,虽然不免零乱,但毕竟是一种新的开端,它不仅意味着一种研究关注点的转变,也意味着古代文学将以一种新的方式进入当代文化生活。正如一些学者所指出的:"古代文学、近代文学必须进入当代人的精神生活,必须成为当代人精神生活的一个组成部分,它才是'文学',否则就是'历史',是'文献',是文学的'材料'。"[⑤] 因而有古代文学研究者提出,以往的古代文学研究,往往

---

① 李世涛:《从"重写文学史"到"人文精神讨论"——王晓明先生访谈录》,《当代文坛》2007年第5期。

② 李建明、谢锡龄:《对人的生存状态的关注——中国古代文学中的人文精神初探》,《文教资料》2008年1月号上旬刊。

③ 程华薇:《中国古典诗歌的人文精神》,《四川文化产业职业学院学报》2009年第1期。

④ 魏堇:《中国古典诗歌的人文精神探析》,《文学界》2010年第5期。

⑤ 王鸿生、耿占春、何向阳、曾凡、曲春景:《现代人文精神的生成》,《上海文化》1995年第3期。

停留在庸俗社会学、纯艺术论和文化背景等三个层面的浅表认识上，而其精髓则在于对人生观、社会观、价值观、自然宇宙观作最高妙、最厚重、最含蓄的深层思考。因此，只有对其人文精神的研究才具有真正的科学价值和社会价值，并进而真正提高古代文学研究的学科价值。① 所论虽有过激之嫌，未免矫枉过正，但是警示我们古代文学研究不仅仅是精准细密的考证，不仅仅是社会文化背景的寻绎，不仅仅是审美的艺术享受，还应该有着对研究对象人文精神内涵的揭橥、提炼与呈现。而从传统文化与古代文学的传承角度来说，一些身在高校等教育机构的研究者提出，当前的古代文学教育必须注重人文精神导向，将古代文学中表现出的人文精神与当代大学生树立正确的人生观、事业观、爱国主义教育、新型社会主义伦理关系、人的全面发展与实践等紧密结合起来。② 可以说，追溯两千多年中国古代文学源远流长的人文精神传统，探讨其人文精神的种种内涵及其价值，其目的不是发思古之幽情，而是探讨如何更好地利用其合理内核进行价值重构，找到其与今天的现实接入点，更好地传承传统文化，丰富当今社会的精神文明建设。

第三节 本土话语的失落与回归

1993—1995 年"人文精神"与"失语症"讨论之所以前后衔接，有其内在的逻辑关联，前者是从物质回归精神，重在精神价值的重建；后者则是从西方回归本土，重在本土理论的重建。

古代文学研究的本土回归，主要体现在基于理论话语严重西化而引发的"本土化"思考与实践的进程之中。如前所述，20 世纪具有现代意义的中国古代文学研究是在西方文学观念的指导下、西方研究理论的规范

---

① 明见：《试论古代文学及其研究中的人文精神》，《郴州师范高等专科学校学报》2003 年第 3 期。
② 康震：《中国古代文学教学中的人文精神导向》，《运城高等专科学校学报》1999 年第 4 期。

下、西方价值标准的评判下建立起来的，因而先天地带有西方权力话语的烙印。其积极意义固然巨大，但其消极的影响也至为明显。因为"言说方式的西化像一柄双刃剑，一方面它改变着中国传统的文化研究格局，为批判封建文化崇尚科学立下了不可埋没的功劳；另一方面言说方式的西化，在树立起西方话语霸权地位的同时，还使传统言说方式出现了危机"①。事实已经充分证明，照搬西方现代文学思想与观念既不符合中国文学发展的实际，也不可能形成具有本土特色与世界意义的学术体系。当我们过多借用西方的文学思想和文学观念来研究本民族的古代文学，便自动放弃了本民族最有特点也极有价值的文学思想和文学观念，抹杀了中国文学与西方文学巨大的事实差异，遮蔽了中国古代文学独特的发展历程、文化背景、语体形式与美学特质，乃至把中国古代文学作为验证西方文学理论的材料。由此带来的结果是，我们不仅未能如愿地成就一个全新的中国古代文学研究体系，反而使我们几乎陷入了"邯郸学步"的尴尬境地。在这种西方话语霸权下进行的中国古代文学研究，毫无疑问地已经丧失了与西方文学平等对话的权利与资格。

有鉴于此，我们应有足够的勇气和自信宣称：西方批评话语的引入应该是而且只能是一种暂时性的策略，一种对于传统学术方法的介入与补充，其终极使命在于启迪与激发中国古代文学自身的生命活力，并最终建构起具有中国风范、中国气派的古代文学理论体系。这种理论体系，应该不是外加于、强加于古代文学研究之上，而是包含于、内化于对古代文学具体研究对象的阐释与评价之中；应该不是某种理论先行的空想与臆测，更不是现成的抄袭或倒卖，而是从丰富的古代文学现象出发，去发现问题、思考问题，进而解决问题，并将这种"发现—思考—解决"的过程升华为理论的概括与总结。那么，如何在纷纭的西方批评话语中既入乎其中汲纳精华又出乎其外全身而退，重铸中国古代文学研究的理论品格呢？为此，一些学者进行了深刻的反思，并在理论话语的本土化方面做出了艰难的努力与成功的尝试。

实际上，早在新方法开始引入古代文学研究不久的20世纪80年代后

---

① 张强：《中国古代文学研究的方法与运用》，《社会科学战线》2001年第6期。

期，肖瑞峰、王钟陵、王齐洲等学者就注意到了西方新方法论与中国古代文学实际之间客观存在的隔膜与距离，因而提出新方法论的"内化"问题，指出新方法论要在古典文学研究中"内化"。首先，移植和运用它的人必须对之进行反刍和消化；其次，应当"脱略其形而求其神合"，不能满足于借用新方法论的一些皮毛而应当吸取其精髓，使之融化到我们研究的深层；最后，要对新方法论本身进行科学分析与合理择用，既入乎其内又出乎其外，而不能奉为教条，全盘照搬；最重要的，则是要在实践过程中促使传统研究方法与新方法论相互整合，不必徒劳地比较新方法论与传统研究方法的优劣，也不必继续纠缠于"中学为体"还是"西学为体"，而应该沟通古今中外，促使"中学"与"西学"相互融合，在此基础上建立起新的思维定势与方法体系。① 而到 90 年代，随着中国经济实力的突飞猛进，国际地位的迅速提升，民族自信心与日俱增，民族文化复兴的伟大构想也被列入日程之中。应该说，这构成了其时乃至之后中国古代文学研究领域强调中国特色话语体系构建的宏大背景与文化使命。从"诗言志"和孔子对《诗经》的阐释开始，中国古代文学已经拥有了三千年灿烂辉煌的批评传统和研究历史，也就是说，远在西方理论诞生之前，中国古代文学已经按照自己独立、独特的文学观念、文化模式、历史轨迹在发展演进了。"一个有着悠久文明和独特的文学艺术传统的伟大民族，应该有自己独特的理论建构"②，而"中华民族的文化复兴要求中国文学史不再只是诠释西方的理论，而应该反映自己文学的民族特色和独特风貌，不再只是重复西方的权力话语，而应该用自己的语言来与世界各国人民平等交流"③。

那么，在日益"全球化"的学术和文化语境中，如何做到既坚持自身的优良传统，又融会国际汉学与西方文学批评理论，建构起民族个性与世界视野相涵容、传统底蕴与时代意识相交汇的新的古代文学研究体系呢？

首先是态度与观念的转换。在面对西方异质的文学理论时，往往难以

---

① 参见肖瑞峰《关于古典文学研究方法的思考》，《文艺理论研究》1987 年第 2 期。
② 王钟陵：《文学史的新方法论》，苏州大学出版社 1993 年版，第 4 页。
③ 王齐洲：《中国古代文学研究期待观念转换》，《湖北大学学报》1998 年第 2 期。

避免两种偏向,一是过分强调东西方文学与文化的独特性,持文化保守主义立场,拒不接受,固步自封;另一种则是毫无保留,全盘接受,然而或缺乏对中国文学传统的了解,或对西方理论本身一知半解似懂非懂,更甚或二者兼有生搬硬套,削足适履,于是只能以晦涩冒充深刻,以艰深文其浅陋。建立本土化、民族化的古代文学研究新体系,既不是全盘西化,全盘西化不符合中国古代文学实际,割裂了传统与现代的承续性;也不是完全回归传统,因为传统也是一个发展变化的概念,具有三千年悠久文明的中国事实上从来没有存在过一个一成不变的传统。借他山之石以攻玉,"在西化与传统化两者之间,我们首先应具有处变不惊的胆量和勇气,一方面我们要承认西方人文理论的长处,同时也要看到我们自身理论的长处;另一方面我们在研究中还要有包容一切的勇气,做到既不厚此也不薄彼,取其所长为我所用,拿出眼光,敞开胸怀"①。

其次是途径与方法的选择。如果我们不满足于永远"拿来"西方话语却难以超越的境地,不满足于跟在西方话语之后亦步亦趋,而致力于重建足以与西方中心话语和文化霸权平分秋色的话语体系,就必须在西方话语与传统底蕴之间寻找更深层次的结合点。"具有民族特色的文学理论的建构,应来自对于民族文学史的现象的概括……必须从历史的和现实的文学创作实际中抽象出来……没有对于数千年文学发展情状、特点和规律的真切而深入的探究,文学理论的民族化自必是冰上筑屋了。"② 与源远流长、积淀深厚、丰富生动的中国古代文学本身相比,任何外来的理论都显得单调和苍白,我们的研究必须返回到中国古代文学自身。正如余英时所指出的:"20世纪以来,中国学人有关中国学术的著作,其最有价值的都是最少以西方观念作比附的。如果治中国史者先有外国框框,则势必不能细心体会中国史籍的'本意',而是把它当报纸一样的翻检,从字面上找自己需要的东西。"③ 只有对传统文学现象与文学理念进行深入细致、探幽烛微的解读与阐释,对20世纪创立的古代文学理论体系进行全面的清

---

① 张强:《中国古代文学研究的方法与运用》,《社会科学战线》2001年第6期。
② 王钟陵:《文学史的新方法论》,苏州大学出版社1993年版,第4页。
③ 余英时:《怎样读中国书》,见《钱穆与中国文化》,上海远东出版社1994年版,第313页。

理、反思、整合与扬弃,以民族的、历史的、发展的眼光来审视和观照中国古代文学,才能从中抽象出既具有世界眼光、现代意识又符合中华民族的文化精神、历史沿革、语体形式、审美风范的理论话语,从而最终实现中国古代文学研究话语体系的本土回归与当代转换。

最后是话语与体系的建构。中国古代文学研究理应建构起具有中国特色的话语体系。"话语不同于纯形式的词语,它是具有一定文化意蕴的思维范式和言说习惯",而具有中国特色的话语一直鲜活地存在于我们的生活中,如至今相传的"情韵""景致""品味""传神"等,中国文学基于民生乐艺的秉性,以不离美感的语言符号,体现出自然人性美的特点,中国文学研究的话语也应与之相合,尽可能用更有形象美的方式来表达更有人性意味的心声。① 因而,中国古代文学的话语体系不仅应该在理论维度上是"中国的",在话语选择和概念运用上也应该是"中国的"。如杨义的《中国叙事学》②,在理论建构的过程中不仅对西方叙事学常用的一些术语如结构、时间、视角等进行了"中国式"的阐释,而且运用了许多"纯中国"的语词,如"致中和"的哲学原则、意象叙事的概括、评点中的灵性与趣味等,都是传统文学批评中的常见概念,这样就使得《中国叙事学》不仅建构起了"中国"叙事学,而且使用了"中国的"话语。换言之,《中国叙事学》是以中国的话语方式建构起了中国叙事学的结构框架和理论体系,这较之之前移用一整套西方术语、概念或名词来建构中国古代文学理论体系显得更为妥帖更为亲切,更能显示出这一理论体系与古代文学自身之间的血脉联系。

当然,古代文学研究本土话语体系的建构不是一日之功,而且正如陈寅恪所言:"真能于思想上自成系统,有所创获者,必须一方面吸收输入外来之学说,一方面不忘本来民族之地位。"③ 在过去20余年的研究中,真正有益的探索和真正取得实绩的往往是既对西方理论有合理吸收又立足

---

① 参见张皓《悲壮的世纪回眸》,《湖北大学学报》1998年第2期。
② 杨义:《中国叙事学》,人民出版社1997年版。
③ 陈寅恪:《冯友兰中国哲学史下册审查报告》,《金明馆丛稿二编》,上海古籍出版社1980年版,第252页。

于中国古代文学实际与文化传统的研究范式。西方理论只有在与本土文学实际相结合时才能获得新的、旺盛的生命力,而本土文学期待的是富有发现力的眼光和开拓的视野,而非以自身为西方理论作陪衬。应该说,古代文学界在经过一波波新方法、新理论的洗礼之后,最终仍需要重整旧山河,回到建构具有中国风范、中国气派的古代文学研究体系这一原点上来。因而在 21 世纪前后的二十年间,重建中国古代文学理论体系的呼声日益高涨,研究者们在西方理论"本土化""内化"的道路上进行了艰辛的探索,孜孜矻矻地爬梳、兢兢业业地耕作、呕心沥血地营建,最终获得了相应的回报,既对中国古代文学历史自身作了多侧面、多角度的梳理与探讨,也在新话语体系的建构上取得了不菲的成绩,其中以建构中国叙事学的努力最为成功。

第四节　文学本位的失落与回归

　　古代文学研究不仅需要夯实作为安身立命的精神根基,而且需要建构契合中国文学本土特色的理论体系,所以古代文学研究基于文化批评泛化而走向文学本位的回归,实际上是与以上"人文精神"的回归、本土话语的回归遥相呼应的。这里的"文学本位",即美国学者韦勒克和沃伦在其著名的《文学理论》一书中所提出的"文学研究应该是绝对'文学'的"之意,而对于中国古代文学研究来说,"文学"的研究这一理念、呼声或者说态度、历程却来得特别艰难,备经坎坷,几多反复,甚至至今尚未达到其终极目标。

　　中国学术研究的传统一向是"文史哲不分家",长期以来,某些文学作品不仅经常被衡之以经学、史学的眼光,甚至直接被视为经学、史学之作,《诗三百》之被尊为"经",杜诗之誉为"史","高度评价"的背后实际上传达的是文学的弱势和依附地位。而"'五四'后的三十年无疑是现代科学的古代文学研究发生期与成熟期,一批'五四'前后的大家正在努力做着筚路蓝缕、草创开辟的工作。由于传统的积淀太厚,又由于科学的理论不足,更由于陈陈相因经学、史学、诸子学的侵夺,古代文学的研究'小国寡民',耕耘的田地少,创获的收成低。面对一部文学史,大多数学者的见解与判断脱不出章太炎、刘师培、黄季刚,甚至郭绍虞、钱基博的框架,批评史也只是在历朝《文苑传》与《四库全书总目提要》的圈子里打转,学问根底是旧式的,历史学的横加侵夺使古代文学的研究学者大多做着历史学的功课,错把他乡当故乡"[1]。虽有个别学者呼吁对文学的"美"或"情感"的研究,如梁启超曾提出"唯美的"和"情感的"文学本体论口号,王国维曾谓"渐由哲学而转入文学,欲于其中求直接之慰藉",但此类论点仍不过凤毛麟角。

新时期之前,中国的古代文学研究一直受到苏联模式的深刻影响,强调文学的意识形态性和社会教育功能,而文学的"文学性"本身依然是被漠视甚至歧视的。进入新时期以来,经过近二十年的努力,古代文学研究逐渐摆脱了僵化的政治批评,疏离了意识形态,理论方法灵活多变,学术视野更为开阔,研究领域大大扩展,在学科分化与学科交叉的文化背景下,取得了丰硕的成果。然而,"多学科交叉的研究,如果没有用来说明文学现象,那就又可能离开文学这一学科,成了其他学科的研究"[2]。与此同时,一方面受"文史哲不分"的学术传统的深刻影响,另一方面有鉴于"文革"期间"四人帮"随意歪曲、篡改史料的恶劣学风,新时期以来古代文学的实证研究得以加强,资料考据类论著不断问世,以至有学者认为"20世纪成为古代文学研究的考据、实证的纯学术研究时代"[3]。诚然,这是古代文学研究进一步拓展、推进、深化的前提和基础,然而不可否认的是资料和考据本身并不等于就是"文学"研究,"这种研究,使研究者和接受者均忘记了文学的文学性,也混淆了文学与史学的区别,消解了文学作为人类精神遗产的价值和意义"[4]。正是在这一点上,实证研究与资料考据永远不能代替对文学本身的充满情感的观照,于是在经历

---

[1] 胡明:《为最近三十年的中国古代文学研究立块碑石》,《文学遗产》2008年第1期。
[2] 罗宗强:《目的、态度、方法——关于古代文学研究的一点感想》,《天津社会科学》2002年第5期。
[3] 覃锦坤:《论古代文学研究中的"冷"与"热"》,《时代文学》2008年第12期。
[4] 同上。

了现代的学术分科之后，仍然有学者再次呼吁"古代文学研究应从学术研究中分立出来"，认为"目前古代文学研究真正需要解决的问题是：让古代文学研究与传统的研经治史的经史学术研究分家，把文学的本质重新交还给文学。用实证主义的学术研究法来研究文学，充其量只能做'历史阐释'工作来完善关于古代文学的'背景研究'，而文学研究本质上是一种'意义阐释'……古代文学研究不该是经学式的、史学式的，而应该是'心学'式"。① 也有学者提出"文学研究的'文学'究竟在哪里"的问题，认为很多古代文学的研究，实际上已成为文化学、哲学、历史学的附庸，文学作品成了解释某种文化或历史的资料，文学研究在为别的学科打工。我们需要多学科的贯通研究，但最后的归宿仍应是文学。我们需要回归的是"文化中的文学"，而不能只满足于"文学中的文化"。②

这些观点和呼声，实际上都显示出对当前的古代文学研究之缺乏"文学"的不满，显示出当前的古代文学研究还未能完全到达"文学"研究的境域。

综观新时期以来古代文学研究的历程，实际上经历了两次本位回归，第一次是由意识形态批判回归学术本位，时间在20世纪70年代末80年代初，其特征是淡化政治色彩，重新关注文学自身；而经历了80年代风起云涌、狂飙突进的美学热、宏观研究热、新方法热、文化热等之后，至90年代中后期，古代文学研究界逐渐趋于理智与冷静，开始审视新时期以来、新中国成立以来乃至20世纪以来的古代文学研究进程，于是发生了第二次回归，即由文化视野回归文学本位，虽然依然强调文化学视野，强调古代文学与美学、宗教、哲学、心理学、政治、教育、艺术、民俗等文化门类的关系，但更关注古代文学研究的立场与目标，更关注古代文学研究应该是"文学"的研究，而"文学有它自身的特点"，"可以广泛借鉴其他学科的理论、方法，但不能变成否定文学，否定文学研究，不能变

---

① 周月亮：《古代文学研究应从学术研究中分立出来》，《文艺研究》1997年第3期。
② 李昌集：《"21世纪中国古代文学研究论坛"举行》，《文学遗产》2005年第2期。

成为别人打工，丧失文学研究的学科特质"。①

国内学者对文学研究本位的强调，在理论层面上来源于韦勒克和沃伦的《文学理论》。1984 年《文学理论》中译本出版，引发了中国文论界的一场大争论，并最终导致了一场思想大解放，使中国文论界终于摆脱了意识形态决定论和反映论的桎梏，开始认识到文学的独立性，并开启了一种新的文学研究思路和理念。刘再复曾明确指出："我们过去的文学研究，主要侧重于外部规律，即文学与经济基础以及上层建筑中其他意识形态之间的关系，例如文学与政治的关系，文学与社会生活的关系，作家的世界观与创作方法的关系等。近年来研究的重心已转移到内部研究，即研究文学本身的审美特点，文学内部各要素的相互联系，文学各种门类自身的结构方式和运动规律等，总之，是回复到自身。"② 而就古代文学研究而论，从学术范式、研究理念到理论实践，也同样全面开启了回归文学本位的学术征程："古代文学研究与意识形态疏离，回归文学，于是用审美的态度、文学的理论、艺术批评的方法研究古代作家作品，形成了时尚，使研究者和读者感到兴奋。"③ 可以说，"改革开放三十年来，古代文学研究的一大进步就是抛弃了那种先入为主的简单化绝对化的'评判式'的定性研究方法，回归到文学本位，将文学作为文学来研究，重视文学之所以成为文学并具有艺术感染力的特点及其审美价值"④。

就宏观层面而言，在"重写文学史"思潮的影响与带动下，20 世纪 90 年代后期出现了两部影响颇大、成绩突出的中国古代文学史著作，即章培恒、骆玉明主编的《中国文学史》与袁行霈主编的《中国文学史》，其功过得失本书相关章节自有专题评价，此不赘述，但不可否认的一点是，这两部著作都在文学史的层面上鲜明体现了向文学自身回归的思潮与倾向。章骆童编《中国文学史》出版后，《探索与争鸣》杂志社记者针对章培恒的访谈就直接以"向文学自身回归"为题，章培恒中肯地评价了

---

① 张德建：《"文学研究与机制创新"学术研讨会综述》，《文学遗产》2006 年第 5 期。
② 刘再复：《文艺研究思维空间的拓展》，《读书》1985 年第 2、3 期。
③ 李浩：《古代文学研究的困境与学术突围》，《河南社会科学》2003 年第 5 期。
④ 袁行霈：《走上宽广通达之路》，《文学遗产》2008 年第 1 期。

所著《中国文学史》的五个特点，其中涉及回归文学的就有三点：第一，在材料的选择上，比较注重文学与非文学的区别；第二，在作品的评价上，不太注意其文学之外的社会功能，而是强调其本身的价值，这又是与作品是否具有艺术的感染力，能否给人以美的享受不可分割地联系在一起的；第三，在规律的把握上，注重研究和探索诸如题材的选择、情感的表达、形式的变化等文学自身因素的更迭关系。章培恒特别指出："文学作品是向读者提供美的文本，而且它所提供的美是在不断地丰富、深入、发展着的。文学史应该真正展示出这样一个过程，即文学所提供的美不断地丰富、发展、深入和完善的过程"，并表示第一版《文学史》着重挖掘体现在文学中的人性发展史，实际上还是游弋于文学之外谈文学，并未深入文学内在的美的本质，而第二版《文学史》则开始着重于从文学的审美特质这一角度阐述文学史的嬗变过程，而把文学中的人性的发展视为美的发展的组成部分；换言之只有当人性的发展与美的发展相结合时，才能推动文学的前进。① 袁编《中国文学史》则以"文学本位、史学思维、文化学视角"作为本部文学史的三大写作原则，并在理论和体系上设定了古代文学本体研究的基本格局，编者在总绪论中指出，文学史是文学的历史，文学史著作要在广阔的文化背景上描述文学本身演进的历程，它应该包括以下几方面的内容：

  第一，把文学当成文学来研究，文学史著作应立足于文学本位，重视文学之所以成为文学并具有艺术感染力的特点及其审美价值。
  第二，紧紧围绕文学创作来阐述文学的发展历程。
  第三，与文学创作密切相关的是文学理论、文学批评和文学鉴赏。
  第四，与文学创作密切相关的还有文学传媒。

在以上四个方面中，"文学创作是文学史的主体，文学理论、文学批评、文学鉴赏是文学史的一翼，文学传媒是文学史的另一翼。所谓文学本

---

① 王多：《向文学自身回归——访中国古代文学研究中心主任、复旦大学教授章培恒先生》，《探索与争鸣》2000年第8期。

位就是强调文学创作这个主体及其两翼"。同时编者特别指出:"我们不但不排斥而且十分注意文学史与其他相关学科的交叉研究,从广阔的文化学的角度考察文学。文学的演进本来就和整个文化的演进息息相关……借助哲学、考古学、社会学、宗教学、艺术学、心理学等邻近学科的成果,参考它们的方法,会给文学史研究带来新的面貌,在学科交叉点上,取得突破性的进展。"[1] 可见,在方法论上,袁编《中国文学史》采用的是多学科交叉而又立足于文学本位,从《中国文学史》的具体内容看,也确实做到了这一点。实际上,立足点问题正是长期以来多学科交叉这一研究方法的症结,成之败之,皆在于此。

提倡古代文学研究回到文学本位,还有一个重要的原因,即很多老一辈学者曾经比较遗憾地感慨的当代的古代文学研究者尤其是中青年学者审美能力的欠缺问题。葛晓音曾指出"准确把握文本,对于新一代学者尤为重要。年轻学者往往偏重于理论思维能力的提高,但对于文学本身的感受和体悟,比老一辈,特别是20世纪三四十年代过来的学者要差得多"[2]。当然葛晓音这还是一种相当"客气"的批评,实际上现在一些青年学子审美能力的欠缺已经到了相当严重的地步,可以称得上匮乏了。罗宗强说:"近年来,我们常常看到这样一种现象:分析介绍一个作家,好的美的作品没有提出来,倒是提出了一大堆艺术上并非成功之作。此种现象的一再出现,究其原因,主要就在于研究者缺乏必要的审美素养,看不出作品的好坏,在诗歌审美中尤其如此。诗的鉴赏不从理性开始,而从审美开始。缺乏审美能力,进一步的分析就不可能。"[3] 罗宗强虽然将此称为"古典文学研究中的一件小事",却实在是小事不小,值得青年学者悚然而惊、惕然以学了。而且,审美能力的匮乏不仅影响到对文学之所以为文学的美的观照,也导致了古代文学研究中的僵化思维与冷漠心态。巴尔扎克曾把小说史视为一个民族的心灵史,其实诗歌、散文、戏剧亦然,"文学是人类心灵经验的写生,其所展出的不只是人类物质生活的模板,更主

---

[1] 袁行霈主编:《中国文学史》,高等教育出版社1999年版,第3—5页。
[2] 葛晓音:《回眸时的沉想》,《文学评论》1997年第4期。
[3] 罗宗强:《古典文学研究中的一件小事》,《古典文学知识》1996年第2期。

要的是人类无限广阔的精神世界。它是人类心灵的闪光，是生命获取永恒的依据。文学所表现的故事或其他生活内容，我们从文学以外的书中也可以找到。而那生命的脉动，那心灵世界的复杂变化，以及由此外向化而表现出的情感色调、精神风采、民族性格等，则只有从文学艺术中才能感受到"①。古代文学史就是中华民族最完整、最鲜活、最生动、最深刻的心灵史与精神史。古代文学研究当然是一门严谨的学问，然而，对其科学性、"纯学术性"的强调，却无形中忽视了文学作为人类精神存在的本质与价值，忽视了文学对于人类心灵和情感的展示，导致古代文学研究的学院化色彩越来越重，缺乏对古代文学优秀作品的审美感悟，缺乏会心于千载之下的心灵沟通，缺乏锦心绣口的文字表达，缺乏拈花一笑的温暖与默契。总之，我们心目中的文学研究应该能更好地揭示文学之所以为文学的本质，丰沛我们的胸怀，放飞我们的梦想，养育美好的人性，带我们体味那些不可能在现实生存中体味的悲欢歌哭，感受那些不可能在现实生存中感受的生命体验。一切的古代文学研究都不应该是使文学隐没，而是使文学本身更加彰显，如此我们的研究才有价值和意义。

第五节　文本研究的失落与回归

同样在 20 世纪 90 年代，回归文本研究逐渐受到学界的高度关注，这是对文学本位回归的进一步深化，同时反映了古代文学研究本身不断深化的需要。如果说文学本位的回归重在从非文学研究回归于文学研究，而文本研究的回归则进而走入文学文本的内在研究。

何谓文本？"文本"（Text）概念来自英美新批评，而后在经历反复的阐释与应用的过程中不断被赋予更为丰富的意义，而且由于"文本"这一概念使用于不同学者、不同场合而容易产生歧义。有鉴于此，似有必要先对"文本"的意涵作一简要的辨析：

---

① 刘毓庆：《二十世纪文学观念对古代文学研究的制约》，《文学评论》2002 年第 2 期。

"文本"一词是从西方引进而来的一个文学概念，主要是指由文学批评进行分析和讨论的一个现成的文学作品。不过，无论是在西方还是当代中国，文本这一概念的使用存在着相当大的歧异乃至混乱，但追本溯源，应以最早倡导文本研究的新批评派的界定为基础。新批评派认为文本是一个由独立的词语组成的物体，是一个客观的有自身结构而与社会、读者没有关系的独立存在，所以新批评派的文学批评又被称为"文本批评"（textual criticism）、"客观批评"（objectivism）或"客观主义理论"（objective theory），根据文学作品与作者、读者三者的关系，新批评派认为因关注的重心不同，就会产生不同的批评：当批评家关注作品产生过程，努力追踪作者个人经历以与作品相印证，便是"传记式批评"；当批评家关注作品产生的背景，重在研究作品产生的具体历史——社会条件，便是"历史——社会式批评"；当批评家关注作品与读者的影响，如果以自己充当读者身份记录下读后感，便是"印象式批评"；如果研究各种读者对作品的反应，就是"文艺社会学"。新批评派所关注的是作品本身，认为作品即"本体"，它包含了自身的全部价值与意义，因而无须关注和研究作品产生之前的历史——社会背景与作者生平身世、创作意图与创作过程，也无须关注与研究作品产生之后对读者的影响以及读者的阅读效果，否则，就会产生"意图谬见"与"感受谬见"。所谓"意图谬见"就是"将诗与其产生过程相混淆，……其始是从写诗的心理原因中推导批评标准，其终则是传记式批评与相对主义"；所谓"感受谬见"是指"将诗与其结果相混淆，即混淆诗本身与诗的所作所为？其始是从诗的心理效果推导批评标准，其终则是印象式批评与相对主义"。批评家应努力摈弃"意图谬见"与"感受谬见"，只在作品自身中寻求意义。因此文本研究的核心就是把文学作品视为独立于历史、社会、作者与读者之外的客观存在，以作品自身为研究对象。毫无疑问，新批评派这一试图切断文学作品的创作之源与接受之流而专注于作品自身的静态研究，在理论上明显失之片面和狭隘，在实践中也是难以真正实施的，但对扭转片面注重文学的外部研究而转向作品自身的内部研究，却具有重要的推动作用和启示意义。①

从理论渊源来看，"文本"概念最初取自英美新批评派，但"文本"之所以在20世纪90年代受到学界的高度关注并广泛运用于古代文学研究之中，显然得益于20世纪80年代先后引入中国的英美新批评、形式主义、结构主义—符号学、叙事学等西方文艺理论的本土化实践，因为这些理论普遍注重与强调文本研究，对古代文学界产生了广泛而深刻的影响。尤其是韦勒克、沃伦的《文学理论》（生活·读书·新知三联书店1984年版）与艾布拉姆斯《镜与灯》（北京大学出版社1989年版）两书中译本的出版，更是对当时及其后有关回归文本研究呼声的高涨产生了重要的推动作用。前者出版于1984年，曾引发了文论界有关文学研究的"内外之争"（详见上文）；后者出版于1989年，进而促进了学界对于文本研究的高度关注，并与英美新批评派的"文本"论作了学理衔接。《镜与灯》在整体上将文学理论分为四大类：摹仿理论（Mimetic Theories）：关注于作品和宇宙之间的关系；实用理论（Pragmatic Theories）：关注于作品和受众之间的关系；表现理论（Expressive Theories）：关注于作品和作者之间的关系；客观理论（Objective Theories）：关注于文本细读。同时提出了作品、作者、宇宙、读者等文学"四要素说"，其中"作品"始终占据中心地位，并在与相关诸要素的区隔中成为自满自足的封闭的客体。英美新批评派即常常将这些"作品"当作反复细读的"文本"。这种文本中心主义的批评模式后来被结构主义批评推到了一个不恰当的极致而受到各种后结构主义/后现代主义文论的反拨。所以，90年代回归文本研究呼声的高涨，实与艾布拉姆斯在《镜与灯》"四要素说"密切相关。

联系90年代回归文本研究呼声高涨的特定背景，则其特殊的时代意义在于针对长期以来片面注重文学外部研究而忽视作品自身的内部研究的学术取向，具有矫正与拓新的双重价值。所谓矫正，从远处说是矫正社会学研究，从近处说则是矫正文化学研究，两者都有忽视文学本身研究之偏

---

① 梅新林：《文献·文本·文化研究的融通和创新——世纪之交红学研究的转型与前瞻》，《红楼梦学刊》2000年第2辑。

失；所谓拓新，即是通过对古代文学文本研究的理论建构与实践探索，拓展新的学术路向、领域与空间。先说理论建构方面，乔雨在《近年"文学文本理论"研究一瞥》（北京大学出版社 1989 年版）中，从叩探"文学文本"与"文学作品"的区别、文本：西方后现代视界中"文艺作品的理论定性"、文本理论：20 世纪西方文论发展历程的一种印证、文本学：文本主义文论系统研究、文学文本理论研究的空间等五个方面，描述和揭示了世纪之交"文学文本理论"研究的历程与成果。作者指出，"文学文本"这一范畴正受到学者们越来越多的关注。不论是通过叩探"文学文本"与"文学作品"之区别这种路径，来进入"文学文本"范畴的建构，抑或是将它置于现代文论向后现代文论转型的理论语境中，来清理"由作品到文本"这一理论范型的转变轨迹，还是围绕语言、结构、互文、文化这几个文学文本理论视域中的核心问题，来梳理文学文本理论，甚或通过整合西方文本主义文论、发掘中国的文本学传统，来建构一种堪与创作学、阅读学、欣赏学、批评学相提并论的"文本学"，这一切分明都在显示我们对"文学文本理论"的理论自觉。其中董希文《文学文本理论研究》（社会科学文献出版社 2006 年版）为国内第一部研究文本理论的专著，而傅修延《文本学——文本主义文论系统研究》（北京大学出版社 2004 年版）则首次提出了创建旨在研究文学作品的存在形态和生成方式的"文本学"的理论构想。该书第一部分锁定英美新批评、俄罗斯形式主义、法国结构主义、叙事学、新叙事学这些西方文本学的"富矿"，围绕"文本理念""文本建构""文本解读""叙事文本的多重结构"等重要问题，展开了细致的清理，既开采"文本中心"的文本学理论，也审视"超越文本中心"的文本学理论（后结构主义、解构主义、解释学、现象学、接受美学以及其他文本接受理论），力图将各派文论打通，对西方文本主义文论作整合研究。第二部分致力于发掘我们中国的文本学传统，从"汉语文本的独特性""中国古代辨分类""中国古代小说理论""中国古代诗歌理论"来梳理我们自己的"文本观念"，立足于对西方现代文本理论的清理与对中国古代文本观念的梳理。最后一部分致力于"文本观念的中西比较与综合分析"，将其落实到"文本的结构与图像""文本的意义与读解"层面上。作者认为，西方文本主义文论趋向于微观研究，从方法论来说是对文本做近距离的"细读"。在文本的解读、剖析和阐释方面，西方文本主义文论的成就是无与伦比的，它使文学作品的存在形态与生成方式呈现得更为清晰，并从多个角度探索了文本学的内在规律。西方文论家建立的范畴比较客观，理论体系的逻辑结构相当严谨。然而从总体上看，它有两大弊病：一是观点偏激，忽视乃至蓄意割断文本与外部世界的联系；二是视野褊狭，对西方之外的文本学传统懵无所知。中国古代诗学与小说评点中蕴藏着丰富的文本理论，既有专题阐发的滔滔雄辩，也有吉光片羽式的隽语精言。文本理论不独属于西方，中国人对文本学也做出了自己的贡献。所以作者主张兼顾中外，将东西方文论都当作理论建构的基础资源，构建更具涵盖性的 21 世纪的文本学。

在实践探索方面，则从初期侧重于经典之作到逐步渗透于整个古代文学与文学史研究。1995 年，梅新林在所著的《红楼梦哲学精神》（学林出版社 1995 年版）中鉴于长期占据主导地位的社会——政治学研究范式的负面影响，大力倡导"回归文本研究"，并提出了具体的探索路径：回归文本之一是从非文本的外部研究回归于文本的内部研究；之二是从前八十回与后四十回的割裂状态回归于一百二十回本的艺术整体；之三是从对文本研究的笼统定性回归于对文本结构的具体析解。此后，周书文在《21 世纪红学走向臆测——回归文本》（《南都学坛》1998 年第 1 期）中提出 21 世纪的红学走向，是以现代观念重新审视红学，由脱离本体的孤立"红外线"热纷争中回归本体，着力于文本意的诠释，从本体意义和诠释中寻求新的突点，寻求新的发现，形成多种研究视域，多种研究方法的交流互补，推动当代文学的发展创新。宁宗一《回归文本：世纪〈金瓶梅〉研究走势臆测》（《佳木斯大学社会科学学报》1998 年第 1 期）也对 21 世纪《金瓶梅》研究走向做出了同样的预测：回归文本，从作家创造的艺术世界来认识作家；在研究中将考据与理论研究纳入历史与方法的体系中并加以科学的审视；把文本看作作家心灵独白的外化、作家的心灵史，看作作家深刻的人生反思，看作勘察历史文化的"文化现场"。在 21 世纪，对《金瓶梅》这部划时代的文学史名著或经典的解读，将具有更广大的精神空间。此外，宁宗一还进一步提出可以将选择回归文本和走进经典作为文学史教学与研究的一种策略，这不仅仅是因为经典名著已经过时间的淘洗和历史的严格检验与筛选，更重要的，它们是浓缩了的人类历史文明，是打开时代灵魂的心理学。一部理想的文学史哪怕是断代史，应该是一部文本的艺术分析史。不妨把文学史作为审美化心史——心灵史，从有机整体的观念来看，一部中国文学发展史，在一定意义上说，是一部生动的、形象的、细腻的"心史"，是一部人民的灵魂史。夹缝时代是夹在两个时代之间的时代，这是一个伟大的时代，它里面充满了各种生机和可能性，时代往往造就了作家的天才、歌感、灵性和特殊感悟时代的能力，他们不得不提起笔来写出他们的也是民族和人民的爱和恨、苦难与希望。可以这样做一简明的概括：每一部名著的背后都隐藏着艺术家多难的经历、历史的磨难。

然而回归文本研究，并非一定要拘泥于新批评派试图切断文学作品的创作之源与接受之流而专注于作品自身的静态研究，因为这在理论上明显失之片面和狭隘，在实践中也是难以真正实施的。所以仅仅提出回归文本是不够的，同时必须思考如何超越文本。梅新林在《回归文本、超越文本》[①]中仍然针对经典之作《红楼梦》的回归文本研究问题提出了三点思考：一是为何回归；二是回归何处；三是如何回归。同时由此提出了文献、文本、文化'三文'关系问题，"质言之，既要回归文本又要超越文本，在以文本研究为轴心的基础上达到文献、文本、文化"三文"研究的有机统一，这样，我们就有可能在更高的层次上进行一次新的学术重建，为21世纪的红学研究开辟出一个新的天地"。此后不久，梅新林又径直提出《红楼梦》文献、文本、文化研究的融通与创新问题——曾为学界同人称为"三文主义"。具体而言，就是以文献研究为基础，以文本研究为轴心，以文化研究为指归，通过三者的有机融合，真正消除曹学与红学的分野，打破外学与内学的樊篱，从而拓展红学研究的新路径，建构红学研究的新格局。就融通与创新的关系而言，创新是融通的目标，也是宗旨；而融通则是创新的前提，也是途径。文献、文本、文化研究的从分到合，以及三者从自发的融合到自觉的融通，实际上意味着对原有红学研究传统的一次新的学术重建。这是一个否定之否定的依次展开、相互融

---

① 梅新林：《回归文本、超越文本》，《红楼梦学刊》2000年第1辑。

通、不断超越的过程。从文本之外回到文本之内，是回归文本的第一次否定，继之从文本之内超越于文本之外，则是回归文本的第二次否定，即否定之否定。因为第二次否定中的文本之外——文化研究，实质上是在文献、文本研究基础之上的综合与超越。离开文献研究的基础和文本研究的轴心，文化研究不仅会失去根基，而且会偏离方向。而在今天，我们既可借鉴前人之得失，又有更加自觉完善的理论思维，可以在以文献研究为基础、以文本研究为轴心、以文化研究为指归的学术重建中，寻求真正的融通，最终达到学术创新之目的。[①] 由于《红楼梦》所具有的经典性、示范性与引领性意义，则《红楼梦》的回归文本与超越文本以及文献、文本、文化的"三文"融通与创新，可以为所有文学作品的文本研究提供有益的借鉴与启示。

　　进入 21 世纪后，文本研究——无论在理论还是在实践上都受到学界更密切、更广泛的关注，并在各自的研究中进行了不同路径与方式的探索。比如许建平、曾庆雨在《实现古代文学研究转型的路径与方法》（《云南社会科学》2002 年第 1 期）中提出了一个由内到外再由外到内的学术范型："以文本为据，在语言形式分析的基础上，体验作者的创作情感与审美情感，由创作情感、审美情感而探寻作者的创作心理，由作者的心理寻找造成这一心理的历史因素与哲学文化因素，并反过来进一步阐释文学的内在文化意蕴。从而完成对一部作品由内到外，再由外到内的分析思路。"意为真正的、完整的古代文学研究实际上应该是一个立足文本—超越文本—回归文本的过程，一切对思想、情感、心理等的分析必须来源于对文本的解读，而一切超越于文本的阐释必须是为了说明文本的存在而服务的。再如上文所述章培恒、骆玉明主编的《中国文学史》与袁行霈主编的《中国文学史》对于文本的高度重视以及对相关研究学术理念和成果的借鉴和汲取。章培恒在接受《探索与争鸣》杂志社记者访谈时特别指出："文学作品是向读者提供美的文本，而且它所提供的美是在不断地丰富、深入、发展着的。文学史应该真正展示出这样一个过程，即文学

[①] 梅新林：《文献·文本·文化研究的融通和创新——世纪之交红学研究的转型与前瞻》，《红楼梦学刊》2000 年第 2 辑。

所提供的美不断地丰富、发展、深入和完善的过程。"① 袁行霈不仅在文学本位、史学思维、文化学视角的三大编写原则中以文学本位为首要和核心的地位,而且在后来发表的《走上宽广通达之路》一文中特别强调回归文学本位,其中包含着以下三层意思:第一层意思是将文学作为文学来研究。即重视文学之所以成为文学并具有艺术感染力的特点及其审美价值。第二层意思是将研究的重点放在作品本身,树立以作品为中心的研究格局。以作品为中心,也就是以文本为中心,就要抛开先入为主的某些提法,实事求是地踏踏实实地钻研文本,首先是读懂文本、读通文本,并将文本作为古代文学研究的出发点和基础。第三层意思是重视作家、作品的艺术研究。强调对诗歌艺术、小说艺术、戏曲艺术、散文艺术等作比较系统的个性化的艺术阐释,形成进行艺术分析的比较丰富的、富于表现力的、感悟细腻的话语体系。② 概而言之,所谓回归文学本位,也就是依次回归于文学研究、作品研究、艺术研究,可见章、袁此处所言文学本位,实即以文学文本为本位。作为21世纪之交最具影响力的两部文学史著作,章、袁主张回归文学进而回归文本研究的共识,即是他们主编《中国文学史》的学术原则与实践经验的总结,同时对于"重写文学史"理论与实践的探索具有普遍的示范与启示意义。

最后,简略讨论一下回归文本的核心——回归经典问题。正如彭书雄《文学经典问题研究在中国》一文所指出的,文学经典问题是当今学术界讨论比较多的一个话题。近十几年来,国内很多专家学者就有关文学经典问题进行了全面而深入的探讨,取得了丰硕的研究成果。这些成果主要集中在文学经典的概念和特征、文学经典的形成与建构、文学经典的解构与边缘化、文学经典的教育与传播等四大方面,此外,还有一些学者对文学经典的评价问题、鉴赏方法等问题进行了研究。③ 而在古代文学研究领域,从郁玉英《二十年来古代文学经典研究的现状及展望》(《井冈山大

---

① 王多:《向文学自身回归——访中国古代文学研究中心主任、复旦大学教授章培恒先生》,《探索与争鸣》2000年第8期。
② 袁行霈:《走上宽广通达之路》,《文学遗产》2008年第1期。
③ 彭书雄:《文学经典问题研究在中国》,《中州学刊》2010年第3期。

学学报》2014 年第 4 期）一文的专题总结，到刘跃进《中国古典文学研究四十年》（《深圳大学学报》2019 年第 1 期）关于"回归经典的历史趋势"的总体归纳，充分彰显了文学经典在古代文学研究中的重要地位。仅就其间所问世的理论性论文观之，主要有詹福瑞《经典的魅力》（《光明日报》2016 年 10 月 27 日），吴承学、沙红兵《中国古代文学的经典与反经典》)（《文史哲》2012 年第 2 期），韩经太《经典的确认与学科的自觉——中国古代文学理论批评研究的现代展开》（《中国文化研究》2004 年第 4 期），梅新林、葛永海《经典代读的文化缺失与公共知识空间的重建》（《中国社会科学》2008 年第 2 期），韩高年《探究古代文学经典价值的当代转化》（《中国社会科学报》2017 年 1 月 5 日），等等。除了上述这些理论回应之外，古代文学界在文学经典阐释方面也同样取得了重要进展，其中侧重于古代文学特定文体、类型经典研究的代表性的论文有：张新科《汉赋的经典化过程——以汉魏六朝时期为例》（《人文杂志》2004 年第 3 期），王宏林《论唐诗经典的基本属性、建构要素及途径》（《许昌学院学报》2012 年第 4 期），王世立《唐人编集与唐诗经的书面传播》（《剑南文学·经典教苑》2012 年第 11 期），黄旭建《唐宋杜诗经典化历程研究》（硕士学位论文，广西师范大学，2010 年），王兆鹏、郁玉英《宋词经典名篇的定量考察》（《文学评论》2008 年第 6 期），吴子林《文化的参与：经典再生产——以明清之际小说的"经典化"进程为个案》（《文学评论》2003 年第 2 期），运涛《中国古代贬谪文化与经典文学传播研究》（吉林文史出版社 2005 年版），古风《从"诗言志"的经典化过程看古代文论经典的形成》（《复旦大学学报》2006 年第 6 期），等等。经典作为文本的最高形态，回归经典也就是回归文本的最高形态。

第十章

古代文学研究的世纪反思

在新中国成立七十周年的历史进程中,世纪之交正与新中国成立五十周年、改革开放二十周年相交集,是一个特别重要的关键节点。从此前的三"热"到三"论"的学术链接,终由"世纪反思"大讨论形成古代文学研究之第六波学术主潮,其中心主题是回顾百年以来古代文学研究的进程,总结学术史的经验与教训,瞻望21世纪古代文学研究的趋势与走向,谋求新的跨越与创造。历史地看,"世纪反思"发端于20世纪90年代,持续至21世纪初,各大报刊纷纷刊载专题文章,各高校及相关研究机构络绎召开专题会议,研究者争相发表或出版专题文章或论著。"反思",成为新旧世纪之交古代文学研究界的主流思潮和关键词之一。中国古代文学研究作为20世纪中国学术文化的重要组成部分,伴随着中国悠长的文化传统经历了血与火的考验与洗礼,伴随着东西方文化的交流与碰撞经历了痛苦的蜕变与新生,伴随着中华民族在社会主义道路上的探索经历了曲折的重建与辉煌。可以说,对20世纪中国古代文学研究的回顾与反思不仅在学术层面上具有极其重要的理论与实践意义,也是21世纪我们继承优秀传统文化、促进中国文化与文化中国建设的极有价值的参照。就此而论,"世纪反思"不仅仅是对新中国成立五十周年、改革开放二十周年学术总结的呼应,而且更具历史纵深感的学术扩容与提升。

第一节 "世纪反思"讨论之价值

　　20世纪这一百年间的中国古代文学研究不同于过去任何一百年的研究，因为20世纪对于中国绝不仅仅是一个自然意义上的顺序性时间概念，而且是一个社会质素丰富、文化蕴涵深广、历史变迁意义极为浓烈的世纪断代，在中国社会、中国文化、中国学术的全方位转型过程之中，中国古代文学研究作为一门学术自然也包含在转型之列，而且其过程与特征具有更为特别的意义。中国古代文学研究的历史几乎与中国古代文学创作的历史一样悠久而源远流长，但中国古代学者研究古代文学，其学术思想、学术观念、学术规范和学术方法，都属于古典学术的范畴，其成果本身可纳入中国古代社会传统文化的大系统，19世纪后虽有所变化，但没有从根本上跳出传统学术的文化圈。而进入20世纪之后，中国古代文学的创作历史宣告结束，中国古代文学作为学术对象已经凝固。当然更为重要的是，中国古代文学研究在20世纪百年之间同时经历了走向现代与走向世界的划时代变革与重建，诚如谭邦和《20世纪中国古典文学研究学术史初议》一文所言：20世纪的中国古典文学研究，"不仅从时间上走到了现代，而且从空间上走向了世界，以进步的思想、自由的心态、开放的格局、多元的方法、比较的意识，开拓现代学术的新境界，虽然时间不过百年，其学术思想、学术观念、学术规范和学术方法，却与古代学者的古典文学研究有着性质上的巨大区别，因而开创了古典文学研究的现代学术新时代。这一百年的中国古典文学研究学术史，也因而有了与此前几千年的中国古典文学研究学术史很不相同的研究价值，是一个具有特殊意义的学术断代"，正是在这个意义上，对20世纪古代文学研究历程的总结意义显得尤为重大：

　　在世纪之交及时进行20世纪中国古典文学研究学术史的研究，有着十分紧迫的战略性的现实理论意义和实践意义，对20世纪中国古典文学研究历史经验、历史教训的回顾总结和理论反思，是建设

21世纪中国古典文学研究新学术的新的逻辑起点,是21世纪中国古典文学研究攀登新境界的必要精神准备。①

就整个学术界的情况而言,进入20世纪后十年,世纪回眸与反思的意识就逐渐强烈和浓厚起来,而历史悠久、积淀深厚的古代文学研究在这样的氛围中显得尤为自觉和主动。早在80年代初,《文学评论》就发表过《建国三十年来近代文学研究的回顾》;② 而始于80年代、持续至90年代的声势甚大、影响甚广的"重写文学史"的全国性大讨论中也已蕴含着反思整个20世纪中国古代文学研究的发展趋势,因为国人之撰著中国文学史恰好出现于20世纪初期,因而要想真正深入地、透辟地将"重写文学史"的讨论进行下去,必然涉及对整个20世纪中国古代文学研究本身的总结与反思。到80年代末,研究回顾性的文章陆续出现,《学术月刊》《社科纵横》分别发表过《古典文学研究的回顾和构想》《甘肃三十七年古代文学研究回顾》;③ 稍后《文学遗产》编辑部就主持了"建国四十年古代文学研究反思讨论会",围绕着"对建国四十年古代文学研究的评价""关于古代文学研究中近代意识和历史意识相结合的问题""关于'古为今用'的口号问题""关于古代文学研究的方法、模式问题"等,在反思的气氛中展开了热烈的讨论。④ 这些现象充分显示出古代文学研究界相较其他学科具有更为强烈的自我审视、自我批判的意识,以及自我纠正、自我更新的能力,实际上这也是中国古代文学研究始终能在曲折路程中显示出向前推进的态势的内在原因。

当历史进入90年代之后,伴随着古代文学研究的深入和一些深层次

---

① 参见谭邦和《20世纪中国古典文学研究学术史初议》,见董乃斌等主编《中国古典文学学术史研究》,新疆人民出版社1997年版,第69—71页。

② 王俊年、梁淑安、赵慎修:《建国三十年来近代文学研究的回顾》,《文学评论》1980年第3期。

③ 许总:《古典文学研究的回顾和构想》,《学术月刊》1987年第2期;仇池子:《甘肃三十七年古代文学研究回顾》,《社科纵横》1988年第4期。

④ 宗文:《建国四十年古代文学研究反思讨论会综述》,《信阳师范学院学报》1989年第2期。

问题的显现，对古代文学研究的学术回顾与总结就已经进入一些先行者的视野，不过这一反思首先是从回顾新时期以来的研究开始的。在这一方面，《文学评论》编辑部可谓得时代风气之先，在 1991 年第 2 期就组织了陈贻焮、郭预衡、沈玉成、邓绍基、宁宗一等五位在古代文学研究领域卓有建树的学者举办了一个"关于新时期古典文学研究的笔谈"，内容涉及新时期古典文学研究的成就与不足、古典文学研究的方法论问题、当前古典文学研究的现状等，指出新时期以来古典文学研究的成就首先体现在有关总集、别集的整理与出版上，以及研究禁区的打破、研究领域的不断拓宽、对同类课题掘进的深度等；也指出了当前的古代文学研究中理论思维仍旧贫乏，创见少。[①] 同年 12 月，《文学评论》编辑部又和云南大学等单位在昆明举办了"中国古典文学研究的回顾与展望"学术讨论会，围绕新时期古典文学研究的成就、存在的问题、发展方向等论题展开了广泛的研讨。大会充分肯定了新时期古典文学研究中"禁区"的打破，研究范围的拓展，新观念、新方法的大力引进，创新意识的大大增强，古籍整理与文学普及的成绩。也针对新时期古代文学研究的不足进行了广泛的探讨，一些学者指出，受 20 世纪 80 年代中期以来资产阶级自由化思潮的影响，古典文学研究中的马克思主义指导原则受到一定程度的怀疑和冲击，这在研究者的价值取向、研究方法上体现得比较明显，一些研究工作在不经意中偏离了历史唯物主义和唯物辩证法的轨道，这是在以后的研究中应该找回的；其次，"方法论热"在给古典文学研究带来生机和活力的同时，在认识上、运用中出现了不少问题，少数人对新方法不是采取科学分析的态度，不是注重学习上的消化和融会贯通，而是将新方法摆到不适当的位置，忽视研究对象本身，一味从"方法"到"结论"，失却了研究中所应有的实事求是态度；最后，受商品主义侵蚀，古典文学研究中也出现了学风不正的问题，极个别人为追求轰动效应故作惊世之论，也有人或以艰涩遮掩浅薄，或以谬说为新见，严肃的学术争鸣有时被廉价的相互吹捧

[①] 参见陈贻焮《新时期古典文学研究的成就和方法论问题》，郭预衡《再谈我对古典文学研究的看法》，沈玉成《新旧之间的随想》，邓绍基《新方法与融会贯通》，宁宗一《关于古典文学研究现状的思考》，见《文学评论》1991 年第 2 期《关于新时期古典文学研究的笔谈》。

所替代。会议呼吁：坚持以马克思主义价值观为指导，坚持严谨求实的治学态度，加强古典文学研究者自身素质的建设，加强对文学史发展规律的探讨，大力开展学术争鸣。[①] 这次会议首次提出了"回顾"与"展望"的课题，讨论和分析了新时期以来古代文学研究的成就与不足，总结了一些具有普遍意义的经验与教训，在新时期古典文学研究的反思上取得了实绩，引领了20世纪末的古代文学反思思潮。以上均有作为"百年反思"讨论前奏的意义。

与此同时，有关中国古代文学研究学术史的撰写也提上了议事日程。1992年，傅璇琮、郭英德、谢思炜三位学者在《文学评论》第3期发表《关于中国古典文学学术史研究的思考》一文，从文学史学科发展的要求出发，积极倡导开展学术史的研究。三位学者指出，中国古典文学的研究应当包括两个方面：一是通常所说的古典文学史研究；二是对历代关于文学创作和文学思想研究的研究，即古典文学学术史研究。而长期以来，中国古典文学研究界重视前者而忽视后者，"这种现象，从科学研究本身来说，显然未能全面反映古典文学历史演进的客观状况和整体面貌；从研究现状的要求来说，也影响了当前古典文学研究的进一步提高与深入"，不利于古典文学的学科建构。

由此出发，三位学者对中国古典文学学术史的研究对象、主要特征、历史演变、学科结构层次等均给予了全面的考察，并做出了基本的界定，可谓当代中国古代文学学术史研究的嚆矢，对唤起与促进世纪之交的古代文学学术史研究起到了实际鼓吹与理论指导的作用，而三年之后郭英德、谢思炜与其他二位学者合著的《中国古典文学研究史》的出版，更以"中国古典文学研究之研究的自觉意识"证明了这一理论的实绩。

进入20世纪90年代的后半期，随着时代车轮的滚滚向前，旧世纪的光影即将远去，新世纪的曙光即将照耀，古代文学的"世纪反思"迅速进入高潮，并伴随着对新世纪的憧憬而提出了诸多富有建设意义的对于21世纪古代文学研究的设想。学者们对20世纪以来的古代文学研

[①] 李辉、许云和：《回顾反思　开拓进取——记新时期古典文学研究回顾与展望讨论会》，《文学评论》1992年第2期。

究的历史、现状、特征、分期、成就、教训等更为关注,整个学术界的反思之风进入了高潮期,具有反思性质的学术会议频繁举办,各大期刊的百年回顾专栏相继开辟,回顾性的论文论著不断涌现,由高校、科研机构、出版社、期刊界等联手营造了一场声势浩大的世纪反思浪潮,无论是涉及面之广阔还是反思度之深刻,都是前无古人的。就时段而论,先秦、两汉、魏晋、唐、宋、元、明、清都涵括在内;就文体而论,诗、词、曲、赋、文、小说、戏剧、神话、民间文学等都包含其中。以20世纪取得辉煌成就的小说研究为例,其世纪末回顾涉及面非常宽广,不仅有从文化思潮、学术范式、研究史等角度进行的整体、全局的回顾,[1] 也有以断代或专题或两者相结合的方式进行的局部反思,就断代而言有唐五代小说、宋代小说、明清小说等,[2] 就内容而言有公案小说、神魔小说、才子佳人小说、志怪小说、英雄传奇小说等,[3] 就语体而言有文言小说、白话小说,[4] 就体式而言有唐传奇、笔记小说、话本小说、章回

---

[1] 参见许建平、曾庆雨《"经世致用"思潮与二十世纪古代小说研究的文化沉思》,《复旦学报》1998年第3期;刘方、孙逊《中国古代小说研究现代学术范式的历史生成》,《文艺研究》2007年第12期;孙逊《期待突破:新时期古代小说研究的问题与思考》,《文学遗产》2008年第4期;王飞《新时期古代小说研究史述略》,《重庆教育学院学报》2010年第1期。

[2] 参见李时人《二十世纪唐五代小说研究的回顾》,《零陵师范高等专科学校学报》1999年第4期;李时人《20世纪宋元小说研究的回顾》,《零陵师范高等专科学校学报》2000年第1期;陈大康《关于明清小说研究格局的思考》,《明清小说研究》1995年第1期;康成《关于明清小说研究体系与格局的讨论》,《明清小说研究》1996年第5期。

[3] 参见苗怀明《二十世纪中国古代公案小说研究的回顾与前瞻》,《社会科学战线》2000年第4期;冯汝常《明清神魔小说研究八十年》,《闽江学院学报》2004年第1期;王颖《20世纪才子佳人小说研究史回顾》,《学术交流》2004年第8期;董晓丽《20世纪以来的才子佳人小说研究综述》,《宜宾学院学报》2007年第4期;赵章超《宋代志怪传奇小说研究百年综述》,《社会科学研究》2002年第5期;叶天山《20世纪以来明代英雄传奇小说研究述——兼谈"英雄传奇"小说的类型定位》,《洛阳师范学院学报》2007年第1期。

[4] 参见宁稼雨《中国文言小说研究述评》,《文史知识》1996年第2期;余丹《20世纪以来宋代文言小说研究综述》,《广西社会科学》2007年第2期;曲金燕《20世纪清代文言小说研究述评》,《甘肃社会科学》2006年第4期;郭英德、刘勇强、竺青《学术研究范式的嬗变轨迹——关于二十世纪中国古代白话小说研究的谈话》,《文学遗产》1998年第2期;王言锋《二十世纪中国古代白话短篇小说研究概述》,《燕山大学学报》2008年第7期。

小说，①另外还涉及小说理论、小说选本、小说史、研究方法、小说研究大家等多方面的研究回顾②。而最引人注目的则是对唐传奇名篇、明代"四大奇书"③、"三言二拍"及清代《红楼梦》《儒林外史》《聊斋志异》等小说经典名著研究的回顾，既涉及经典名篇在20世纪的研究历程，也涉及作者、版本、源流、主题、人物等个别研究方面，以研究并不算最鼎盛的《西游记》为例，既有以"《西游记》百年研究"为题的全局性回顾，④也有针对作者、版本、源流等学献学研究的回顾，⑤还有涉及主题、

---

① 参见冯孟琦《20世纪80年代以来我国唐代传奇小说研究综述》，《华南师范大学学报》2004年第1期；文珍《王士禛笔记小说研究述略》，《琼州学院学报》2009年第3期；张兵《话本小说研究的回顾与思考》，《贵州文史丛刊》1992年第3期；罗勇珍《20世纪80年代以来宋元话本小说研究综述》，《广东农工商职业技术学院学报》2007年第3期；李小菊《20世纪中国古代章回小说文体研究述评》，《中州学刊》2002年第4期；刘晓国《二十世纪中国古代章回小说文体研究的回顾与反思》，《中国文学研究》2008年第7期。

② 参见陈洪、陈宏《中国古代小说理论研究的百年回顾及展望》，《天津社会科学》1997年第3期；任明华《近百年古代小说选本研究简述》，《学术月刊》2003年第11期；齐裕焜《中国古代小说史研究概述》，《长江大学学报》2006年第6期；戴云波《中国古代小说研究方法论》，《江海学刊》1999年第6期；李灵年《老方法与新成果：近20年古代小说研究方法散札》，《徐州教育学院学报》2003年第3期；孙兰廷《鲁迅对明清小说研究的贡献》，《语文学刊》1999年第6期；丁燕《论鲁迅对唐代小说研究的贡献》，《南京理工大学学报》2002年第6期；赵宽熙《对鲁迅中国小说史学的批判性研究——以鲁迅的〈中国小说史略〉为中心》，《武汉大学学报》2004年第5期；韩伟表《初创与杰构——论鲁迅的近代小说研究》，《浙江社会科学》2007年第2期；张蕾《论胡适的章回小说研究》，《江苏大学学报》2007年第5期；苏爱琴《胡适古典小说研究的学术理念略论》，《明清小说研究》2009年第4期；陆杰《传统考据与现代启蒙——关于胡适章回小说研究的再思考》，《海南大学学报》2010年第3期；周先慎《我的古典小说研究》，《北京大学学报》2008年第5期；王海燕《马瑞芳教授与中国古代小说研究及文学创作》，《文史哲》1997年第6期。

③ 梅新林、韩伟表：《〈三国演义〉研究的百年回顾与前瞻》，《文学评论》2002年第1期；梅新林、葛永海：《〈金瓶梅〉百年回顾》，《文学评论》2003年第1期；梅新林、葛永海：《〈金瓶梅〉文献学百年巡视》，《文献》1999年第4期。

④ 梅新林、崔小敬：《〈西游记〉百年研究：回视与超越》，《文艺理论与批评》2002年第2期。

⑤ 参见崔小敬、梅新林《〈西游记〉文献学百年巡视》，《文献》2003年第3期；黄毅、许建平《百年〈西游记〉作者研究的回顾与反思》，《云南社会科学》2004年第2期；杨俊《关于百回本〈西游记〉作者研究回顾及我见》，《淮海工学院学报》2005年第4期、2006年（转下页）

人物等具体论题的回顾,[①]遑论一向为学界热点的《金瓶梅》《红楼梦》等的研究回顾了(详见下文)。

可以说,世纪末的反思热潮自 20 世纪末 90 年代持续至 21 世纪的前一个十年,基本上对 20 世纪之前以及 20 世纪以来的古代文学研究进行了全面的梳理、总结与归纳,系统而完整地评价了 20 世纪古代文学研究的进步与遗憾,对 21 世纪的古代文学研究起到了很好的指导与借鉴意义。

第二节 世纪反思的核心内容

作为课程持续时间最长、内容涵盖极为丰富的汉语言文学专业基础课,古代文学在学科体系当中一直占据重要地位。它对于传承我国优秀的传统文化知识、熏陶学生的思想情怀、提升学生的阅读鉴赏能力、提高人文素养具有关键作用,也是沟通知识传统与当下社会的文化桥梁,对提高全民文化素质、加强精神文明建设发挥着重要影响。通常情况下古代文学课程分为文学史与文学作品选两个方面,由于时间跨度大、知识密集性高,这门功课一直是专业建设的重点与难点。在古代文学教育继续推进的同时,随着社会情况的改变,经济活动开始影响到课程的进展。21 世纪以来,汉语言文学整个专业情况受到社会大环境的影响,不少高校强调基础专业向应用专业转型,甚至有将应用中文作为主推方向的实例。于经济生活并无直接推动作用的古代文学,于此面临了极大挑战。其课程所占的课时量开始逐渐压缩,课程地位也开始降低。这在客观事实上造成了古代文学的边缘化趋势,学科地位受到了质疑,而这在根本上只会对精神文明

(接上页)第 1 期;曹炳建、齐慧源《〈西游记〉版本研究小史》,《河南教育学院学报》2005 年第 5 期。

① 参见张广庆《〈西游记〉主题研究解析》,《济南教育学院学报》2002 年第 4 期;郭健《建国以来〈西游记〉主题研究述评》,《江淮论坛》2004 年第 2 期;张强、周业菊《新时期孙悟空原型研究述评》,《徐州师范大学学报》2002 年第 4 期;吉朋辉《孙悟空形象原型研究述评》,《阴山学刊》2005 年第 3 期。

建设造成损害，推动功利主义在教育界的蔓延，因而引起了学界的强烈关注，古代文学的学科性及其学科教育就成了世纪反思的核心内容。

一 古代文学学科的反思

关于古代文学的生存状态，学界曾召开多次主题会议。2000年9月，北京大学中文系与《文学遗产》共同举办了"古代文学与当代精神文明建设"研讨会，就古代文学的学科发展与全民族文化建设问题进行探讨。与会学者指出，科技、经济的大发展对传统文化造成了巨大冲击，在"古代文学边缘化"的态势下，如何做好学科定位至关重要，要明确本分，可通过潜移默化的方式提高全民族的审美能力。还有学者认为这一状况与研究者自身也有关系，其研究对社会人生关注较少，对主流文化关心不够。因而在当下尤其要重视沟通传统文化与现代生活，学者们认为，这可以从研究和普及两个方面进行考量。古代文学进入当代的形式有多种，除了运用新的评价准则进行诠释，还要重视独立自由的精神层面之契合；而普及层面也有很多工作可做，可以将理论与创作打通，注重文学艺术的感悟力。①

2001年5月，在上海师范大学召开了"新世纪中国古代文学学科建设研讨会"，就古代文学在新世纪遭受的困境展开了讨论，并注力于学风建设。与会学者指出，学科的现状不容乐观，浮躁的学风有愈演愈烈之势；经济的发展使得效益观念逐渐成为评价学科的标准，对学科自身的积累与发展规律重视不足，评价标准出现了简单的量化与功利化倾向，而实际上"古代文学的教学与研究应着眼于提高全民族的素质，从这个角度去衡量文学研究的价值，对于国家、民族的发展就是一个重大贡献"。②

2001年9月，在辽宁大学召开的中国古代文学"从学科传统走向学科创新"学术研讨会上，就"传统"与"创新"这一中心议题展开了热

---

① 葛晓音：《"古代文学与当代精神文明建设"研讨会纪要》，《文学遗产》2000年第6期。
② 孙逊、赵维国：《世纪之交：学风的反思与总结》，《文学评论》2001年第5期。《文学遗产》2001年第4期上孙逊专撰《推出精品，针砭学风：中国古代文学学科建设研讨会综述》对学者见解有更详尽的评述，可以参看。

烈的讨论。与会学者提出，继承传统的同时，要有自己的独到见解，有可以流传下去的东西，要有精品传世。所以从"传统"到"创新"的过程其实是认知—整理—流传—创新的过程。鉴于古代文学研究越来越远离现实，丧失了人文关怀，并形成封闭的学科体系的趋势，会议强调要面对这些危机，必须强调创新，在20世纪的成果、经验的基础上，开创出新的学术格局，从而推动古代文学更好地为现实服务。①

2003年1月，暨南大学主办了"龙榆生教授百年诞辰纪念暨中国古代文学学科建设研讨会"，涉及古代文学的现代性以及与理论建设、文学创作的联系；如何走出国门，与国际汉学界接轨；研究手段的现代化与方法的多样化等论题，②与会重点围绕这些论题开展了讨论，指出要注重古代文学的现代性，加强其与理论建设、文学创作的联系；要走出国门，与国际汉学界接轨；还要强调研究手段的现代化与方法的多样化。③

可以发现，这些会议皆从学科层面对古代文学的当下困境进行了关注，表达了沟通古今、传承文化的热切期望。而这些问题普遍存在于古代文学的教育与普及当中，它会直接影响到未来古代文学领域的人才建设、阻碍文化的发展，因此对教育环境中古代文学的学科地位进行反思不可避免地提上了日程。

在古代文学学科的反思中，鉴于百年的历史沧桑以及理想与现实的落差，学界难免会出现集体性焦虑，相关讨论主要聚焦于边缘化、私人化以及学科评价与管理方面的问题。其中有关"边缘化"问题，在1997年、1998年召开的"中国古代文学研究的回顾与前瞻"研讨会、"二十世纪中国古代文学研究回顾与前瞻研讨会"上，即已成为一个重要论题。郭英德、过常宝《困境和出路：古典文学研究的现代化历程》则重点从古典

---

① 胡胜：《中国古代文学"从学科传统走向学科创新"研讨会综述》，《辽宁大学学报》2001年第6期。
② 程国赋：《龙榆生教授百年诞辰纪念暨中国古代文学学科建设研讨会》，《暨南学报》2003年第3期。
③ 同上。

文学学科"现代化"的角度对其所面临的"困境和出路"提出了深度的思考，认为古典文学研究的现代化自20世纪初开始，经历了十分曲折而又艰难的历程，20世纪前期的学者为了实现古典文学研究的现代化转变，在古典文学研究的实用性、独立性和新的表达形式等方面进行了不懈的努力。但是数十年来，古典文学研究的畛域一直没有得到恰当的确认，涵咏赏叹、训诂考据的传统研究方法削弱了古典文学研究的理论建设，再现历史现象的认知性要求凌驾于发掘文学精神的文化性要求之上。更重要的是，当代文化对古典文学研究的认同感危机，促使我们有必要深刻反省：古典文学研究作为一个学科，是否已构成完全意义上的现代学科？古典文学研究的现代化仍然是它所面临的所有问题的症结所在。所谓"认同感危机"，实质上即是"边缘化"问题。在作者看来，就古典文学学科发展的角度而论，导致这一结果的一个主要原因是文学史的建设先于文学意义的研究，结果是我们只能把文学史的主要价值标准出让给社会政治意识形态和历史学。文学研究的价值取决于文学历史编定的需要，文学研究的题目、范围也都来自文学史的框架，它使我们失去了对文本的感受能力。由于缺少独特的意义创造，古典文学研究就难以参与当代文化建设，因而也就必然要被当代文化所冷落。在当代文化建设中，古典文学由于自身在意义上的"不在场"，正日益成为一个边缘学科，一个纯文献学科。此外，古典文学研究被冷落的原因，还与学人们的心态有关。我们一直把古典文学的价值归结为一个伟大的传统，并用一个事实上存在着的传统来回避当代文化的质疑，似乎传统就是一种天然的合法性证明。我们曾经在现实性上栽过跟头，但不应该因此而回避参与文化创造的责任。古典文学研究与当代社会文化脱节的责任，显然首先在于古典文学研究者缺乏当代意识。如果在既定合法性的庇护下进行大量的烦琐的枝节的重复论证，进行一种知性的自我娱乐，这就实际上阻断了这一学科的人生关怀，使它离开了文学的本原。古典文学研究一旦失去它的有效性，它的合法性也必将动摇。由于古典文学研究已经在事实上被排斥在现代学科之外，这就导致了如下两种反应：第一是故步自封，既自闭于当代文化之外，又自闭于域外文化之外，局限在学科内部繁殖大量无关紧要的命题，或干脆以考据为乐，表现出自暴自弃、以没落为高雅的腐朽心态。这种闭门自守的清高实际上是一种作茧自缚。第二是过分急切地要展现自己,参与当代文化,导致了古典文学研究对它种文化形态的盲目投效,乃至放弃了本学科的特点。从呈现形式上看,当下古典文学的学科话语也和当代文化严重脱节。为此,作者发出呼吁:古典文学研究的学者们必须从这当中看到危机,不仅把古典文学研究从其他如历史、社会学、哲学等学科中还原出来,更要把它从自身这一学科的知性研究中还原出来,让文学精神凸显,并再次以其光芒烛照我们的时代。同时提出要重新审视古典文学研究的概念、范畴、学术语言,在今天就显得特别重要,它可能是我们再次介入当代文化的一个捷径。①

詹福瑞《中国古代文学研究的边缘化问题》进而就"边缘化"的问题提出新的思考,作者直言中国古代文学研究的边缘化,已成不争的事实,中国古代文学研究却日渐被社会所冷落,在当代文化中身影愈见暗淡。仔细分析中国古代文学边缘化的原因,实有正常与不正常两类。中国古代文学研究是当代文化的组成部分之一,本来就是少数人所从事的工作,在当代文化中不应也不可能居有显赫的地位。对于中国古代文学研究而言,任何外在的政治运作或商业炒作,都不能真正推动其发展,而只会使其偏离正常运行的轨道而陷于尴尬。所以,中国古代文学从文化中心的位置退场,如同身体消肿恢复了正常,实属必然。作为中国古代文学研究者,我们不必为此大惊小怪,甚而喟叹久之、怅恨久之。但是,中国古代文学研究的边缘化,自有其非正常的社会原因与研究者主体的倾向问题在,不能不引起我们的注意。在非正常的社会原因中,对中国古代文学研究边缘化影响最大的当有两点。一是市场经济对人文学科的冲击。重物质,尚技术,人文学科普遍受到社会的冷落,中国古代文学研究自然也不例外。二是重当代生成文化,轻传统文化,并且对当代文化构成的错误理解而形成的对中国古代文学研究的冷漠甚至挤压。在促使中国古代文学研究边缘化的诸多原因中,最应该引起我们注意的是中国古代文学研究中出现的某些倾向。这些倾向,无论出自主观或客观,都对中国古代文学研究

---

① 郭英德、过常宝:《困境和出路:古典文学研究的现代化历程》,《北京师范大学学报》1999 年第 2 期。

的边缘化产生了程度不同的影响。首先，是疏离主流文化的倾向。这种倾向集中表现为对当代文化建设的漠不关心，对许多重大问题缺少必要的回应。其次，是淡化现实人生的倾向。现实人生永远是文学研究的出发点与归宿点，古代文学研究自不例外。中国古代文学研究应立足点现实，应该有对社会人生的终极关怀，并在对中国古代文学意义的理论阐释中，求真、问善、出美，激浊扬清，给人以借鉴和警示。然而近些年的中国古代文学研究恰恰是淡化了这部分内容，表现出重中国古代文学基本文献和史料的整理与研究，轻理论阐释，造成意义与价值评判缺失的研究倾向。要之，疏离主流文化、淡化现实人生倾向，是导致中国古代文学研究的边缘化的两大原因。中国古代文学研究与主流文化建设，是一种互为影响的关系。主流文化建设需要并要求古代文学研究的参加。古代文学研究越是在主流文化建设中发挥作用，就越容易获得社会的关注与支持。反之，就会遗失自己存在的价值，被社会冷落而滑向文化的边缘。①

关于"边缘化"的问题，毛庆《关注古典文学学科的生存状态》（《江汉论坛》2002年第11期）、康保成《90年代景观："边缘化"的文学与"私人化"的研究》（《东方文化》2002年第2期）、乐云《新世纪古代文学研究的"边缘化"问题与重新定位》（《学术交流》2009年第6期）等文也都发表了自己的意见。毛文指出古代文学正处于"退萎"状态，学科在文化界的地位、课程在教学体系中的地位都在逐步下滑，这与其"在世界文化和文学的交流中，占有重要地位、最能显示民族特色、能凭实力与西方平等交流的"的地位是极不相称的。而学科中过于重视本事考据、忽略文学特性分析、将作品"文物化"的倾向，遮蔽了学科的发展路向；对公众文化需求的漠视也加强了古代文学与现代社会的疏离。乐文也认为，20世纪90年代以来，古代文学研究面临着两大困境，即古代文学研究的萎缩问题与"边缘化"问题。前者主要呈现为古代文学研究的队伍建设、学科状态的后继乏力；后者则表现为古代文学研究的学科地位逐渐边缘化的态势。然而对"边缘化"这一问题，学界还是存在不同意见的，也有部分学者并不同意古代文学研究的"萎缩"的判断。胡明

---

① 詹福瑞：《中国古代文学研究的边缘化问题》，《文学评论》2001年第6期。

认为古代文学研究当前"过于萎缩"是很不恰当的估计,事实上规模很大,成绩亦很大,而且这支队伍也不宜过大,这是社会经济文化整体发展所决定了的。① 张毅对古代文学研究现状持较为乐观的态度,认为古代文学的基础研究和理论研究,都有明显的进步。研究视野更为广阔,研究问题更加具体,思辨也更加深入细致,使新时期古代文学研究呈现出多元化的繁荣气象。② 钟振振、钱志熙则坚信古代文学有强大生命力,研究后继有人。只要纠正急功近利、实用主义的研究倾向,今后古代文学研究的就一定会健康发展。③ 童庆炳认为,"学科化也是边缘化,边缘化才是常态。今天的文学理论话语已不是全社会的中心话语,而是文学理论工作者的专门话语。边缘化是学科学术本位的回归,它带来对学科独立品格的追求"④。李浩认为古代文学研究在 20 世纪 80 年代以后逐渐与意识形态疏离,成为现代学术门类中一门极普通的学科,边缘化、专门化使古代文学研究逐步独立自足,渐渐呼吸到了学术自由的空气,这是近 30 年的最大进步。⑤

再就"私人化"的问题而论,先是在 1998 年 9 月 25—28 日在南开大学举行的"全国古代文学古典文献博士点座谈会"上,张国星率先提出了"私人化"的命题,认为古代文学、古典文献这两个学科的真正危机,则是学术"私人化"的倾向,不自觉地把清代文人疏离社会人生的"学隐"之风,当成学者"清标"。"文学是人学"本是一基本命题,文学研究与文学一样,应该关注人、关怀人生、关怀现实。但有些人将学术研究的个性化和个体工作性质混同于"私人化",从个人兴致和一己之好恶出发,疏离社会,钻进象牙之塔,搞一些细碎课题,并以为这样才是学问。如此下去,恐怕学科存在的现实价值也成了空话。与会的陈洪的观点与之

---

① 参见陶慕宁《"中国古代文学研究的回顾与前瞻"研讨会综述》,《文学评论》1997 年第 1 期。
② 同上。
③ 参见韩式朋《"二十世纪中国古代文学研究回顾与前瞻研讨会"综述》,《文学遗产》1998 年第 1 期。
④ 参见吴文薇《"新中国文学理论五十年"学术研讨会综述》,《文学评论》2000 年第 4 期。
⑤ 李浩:《古代文学研究的困境与学术突围》,《河南社会科学》2003 年第 5 期。

不谋而合，他认为一个制约我们学科发展的不良倾向还没有引起充分注意，这就是学术的过分个人化。他分析说，这种倾向主要表现为看似相反的两种治学态度：其一为人文关怀淡漠；其二为媚俗轻躁。二者表现截然相反，境界亦不可同日而语，但在治学完全以个人为中心的态度，以及形成这种态度的背景上，却差相仿佛。①

然后至 2000 年，郭英德《论古典文学研究的"私人化"倾向》一文进而对"私人化"这一论题作了系统的阐述，认为所谓"私人化"，是与"公众化"相对称的一种学术研究倾向，这种倾向把学术研究拘限为一种纯粹的私人行为的"独语"方式，而同以社会交往为特征的"公众话语"相对立。"私人化"的学术研究倾向，以个人的需要作为衡度学术研究行为唯一标准或根本标准，把学术活动看作仅仅对个人有意义的、有价值的、有用的实践活动，而拒绝与社会进行有效的信息交往，更摒弃在社会中衡度学术活动的价值。"私人化"的学术研究倾向，不仅消解了主流意识形态，而且进一步消解了一切意识形态，而把学术研究行为本身视为一种非意识形态的文化行为；不仅退避了政治，退避了社会，甚至进一步退避了个人的主体价值，而把学术研究行为本身"物化"为一个独立自足的宇宙。作者认为，古典文学研究的"私人化"倾向并非空谷足音，而是其来有自的。往远处说，它是清代乾嘉时期"以厌倦主观的冥想，而倾向于客观的考察"（梁启超《中国近三百年学术史》）的朴学思潮的余脉；往近处说，它则是 20 世纪 20 年代"整理国故"思潮的回流。往浅处说，它是八九十年代之交中国社会政治文化变迁的学术表征；往深处说，它则是中国古代文人士大夫"穷则独善其身"的隐逸心态的现代变种。论其表现形态，其一为"小题大做"；其二为"舍内求外"；其三为"考据至上"；其四为"制谱成风"。那么，如何看待 20 世纪 90 年代以来中国古典文学研究的这种"私人化"倾向呢？或曰：这种"私人化"倾向是"摆脱政治对学术的束缚"；或曰：这种"私人化"倾向是"追求永恒的学术"；或曰：这种"私人化"倾向是"追求知识的满足"；或曰：

---

① 李瑞山：《面向新的世纪——全国古代文学古典文献博士点座谈会综述》，《文学评论》1999 年第 1 期。

这种"私人化"倾向无非是"各人有各人的活法",不必强求一致。作者最后声明本文旨在正本清源,所以不免危言耸听。这就像禅宗的"棒喝"一样,先没头没脑地打一棒,不敢寄希望于"顿悟",聊以为"渐悟"的开端而已。①

郭英德《论古典文学研究的"私人化"倾向》发表后,回应者有陈洪和孙勇进《学术:公私之间的天空》(《文学评论》2001年第3期)、康保成《90年代景观:"边缘化"的文学与"私人化"的研究》(《东方文化》2002年第2期)、罗宗强《目的、态度、方法——关于古代文学研究的一点感想》(《天津社会科学》2002年第5期)、乐云《新世纪古代文学研究的"边缘化"问题与重新定位》(《学术交流》2009年第6期)等文。陈洪、孙勇进之文是对过文的直接呼应,认为欲认识、评判古典文学研究中的"私人化"问题,必须联系近十余年来的思想文化走向,必须联系更加广阔的社会生活背景。就此而言,有两点特别应予注意:一是知识群体的"边缘化",一是价值观与话语系统的"多元化"。在这两种力量的夹击之下,知识群体的角色挫折感空前强烈,于是重新进行地位判定与角色设计就是理所当然的事情了。群体的分化,共识共约的裂解,都给个体带来了较大的自由空间,同时伴生了"相忘江湖"式的冷漠。而话语体系的多元,则使个人自说自话成为可能。指出上述两点,是想说明:一是我们所讨论的学术"私人化"不是纯粹主观选择的结果,其间实有不可逃避的"运数"在焉;二是对这一倾向也不宜作简单的道义批评,而应进行历史的与逻辑的分析。为此,作者审慎地在"私人化"前加上"过度"两字,并且将"私人化"作"高者"与"低者"的区别,作者重点强调了问题的另一面:学术,特别像古典文学这样的学科,天生就有一定的"个体"品性。无论研究者的工作方式还是对对象的体味、感悟,都具有相当强烈的个人色彩。甚至当我们说"人文情怀"时,所提倡的与古人心灵沟通,其实也是研究者个体的伸张。所以在批评某种消极的"私人化"学术态度时,切忌笼而统之,以免把孩子与脏水一起泼掉。这一点,在当下尤需强调。学术,尤其是人文学科的学术,实在是具

---

① 郭英德:《论古典文学研究的"私人化"倾向》,《文学评论》2000年第4期。

有"公私兼顾"的双重品性。在双重的品性之间保持一定的张力，是保证其健康发展的关键。从某种意义上讲，张力之所在，即为活力之所在。反之，则难免于孤阴不育、独阳不蕃的枯寂。所以强作解人，附郭文之骥尾，实出于一种渴望，渴望看到建构于"公""私"之间的那片湛蓝而辽远的学术天空。

康保成《90年代景观："边缘化"的文学与"私人化"的研究》与罗宗强《目的、态度、方法——关于古代文学研究的一点感想》都不认同郭英德"私人化"的观点，康保成更是主张为"私人化"正名："以不参加社会公众活动、非意识形态化、强调自身独立性为特征的'私人化'研究，是'反右斗争所带来的研究倾向的反拨。'如果说'私人化'研究在90年代已经成为一种'倾向'的话，那么，它应该是中国文学研究者在经历了种种曲折、走过了许多弯路之后的集体清醒；是学术研究摆脱意识形态束缚，走向独立、自由的必由之路。"同时对"边缘化"也一并作了回应："总之，90年代的中国文学和文学研究，从总体上说是正常和健康的，毋需杞人忧天、痛心疾首。对文学的'边缘化'的叹息，体现了载道传统在文学回归自身时的彷徨失措；而对文学研究的'私人化'倾向的指责，某种程度上体现了意识形态对学术研究指挥失灵时的无奈。今后中国的文学和文学研究，大概会在90年代所昭示的方向上更加冷静、沉稳地走下去。"罗宗强赞同康保成的观点，强调"私人化更有可能呈现多样性，更富于创造力，更富于学术的独立性。而从长远来说，也就对文化建设更为有利。把'私人化'研究看做非'公众话语'，是一种极其简单化了的看问题的方法"。

关于学科评价与管理的问题，也是世纪之交讨论中一个直接关系学科生存与发展的重要问题，所以为学界所高度关注和重视，这里重点介绍一下《江汉论坛》2002年第11期的一组笔谈文章的相关意见，其中所载有石昌渝《为古代文学研究正名》、葛晓音《让研究者沉下心来做学问——关于学科建设的一点想法》、李炳海《中国古代文学的学科整合刍议》、毛庆《关注古典文学学科的生存状态》、赵敏俐《新世纪的中国文学研究如何体现中国文化传统——从〈中国历史文学史〉说开去》五文，石昌渝率先提出为古代文学研究"正名"，这是因为"研究"之实被时下的某些学风渐渐销蚀,一些标识"研究"成果的论著,其学术含量已相当稀薄。然后依次谈到学术评价体系与学术规范的问题。葛晓音提出,所谓加强学科建设,归根到底是要使本学科形成一支力量雄厚的研究队伍,出一批高质量的学术成果,鉴于当前学科评价与管理方面的问题,她引用柳宗元的《种树郭橐驼传》为喻,强调学术的"道"就是潜心钻研,不能投机取巧,不能心浮气躁。对于被管理的学术研究者来说,要出大成果,必须给予时间,"不害其长","不抑耗其实",才能"蕃吾生而安吾性"。否则,学科建设的前景实在是可忧的。李炳海开宗明义提出,学科之间的渗透、整合是21世纪学术发展的基本趋势,也是实现学术昌盛的重要途径。中国古代文学作为传统的人文学科,也必须顺应学术发展的潮流,走学科整合之路。毛庆提醒同人们关注一下古代文学学科的生存状态,同时对学术的"职业化"以及当前的"学科建设"之风提出了尖锐的批评,最后呼请回归文本、回归经典本身。

　　总之,"边缘化""私人化"是相辅相成的两个层面,"边缘化"是一种标示古代文学社会地位的外部状态,而"私人化"则是标示古代文学学者价值取向的心理状态,彼此内外有别,又相互联动,而学科的评价与管理则又涉及导向与机制等问题。基于以上对古代文学学科存在问题的反思,许多学者也提出了相关意见与建议。郭英德、过常宝《困境和出路:古典文学研究的现代化历程》提出,要建立一个现代的古典文学研究学科,第一,必须真正地获得一个独立自足的研究领域;第二,自觉地向当代文化提供独特的意义贡献;第三,更多地采用独特的意义揭示方式;第四,积极地寻求面向当代文化的共通的表达方式。总之,只有既具有文学领悟能力和传统文化认知能力,又具有当代文化意识,掌握现代人文学科的理论表达方式,才能有效地进行古典文学研究学科的现代化建设。当然,兼备上述素养的人毕竟是少数,但在学科内部应有一个合理的分工,这样才能形成一种综合能力。如果还是以某种认知传统排斥或轻视诗性研究、当代意识,古典文学研究就只能走向衰落。[①] 李炳海《中国古

[①] 郭英德、过常宝:《困境和出路:古典文学研究的现代化历程》,《北京师范大学学报》1999年第2期。

代文学的学科整合刍议》则从学科整合的角度探讨了古代文学克服随意、无序学科状态的可行性。他指出学科的渗透与整合是学术进展的一大趋势，首先应进行近缘学科的整合，包括古代文献学、古汉语、古文字；在此基础之上再进行近缘整合，包括中国古代史、中国古代哲学、中国古代宗教、中国古代民俗等。而整合的实现尤其需要高校教师的努力，打破现在各门课程相对独立、自我封闭的状态，在通识的视野下进行打通教育；这也对教师的素质提出了更高要求，需要他们有目的地向相关学科延伸，具有融会贯通的学术素养；另外还要注意学科整合不能急于求成，要处理好厚积与薄发的关系，在知识储备与能力培养两方面互不偏废。[①] 乐云《新世纪古代文学研究的"边缘化"问题与重新定位》提出，面对当代整个文化学术系统不断发生的新裂变与新组合，古代文学研究应该围绕多元化格局下古代文学研究的现代意识这一命题重新定位，构建符合21世纪我国需要的古代文学学科体系，一是建立多元化与开放性相结合、民族性与世界性相结合的全球化背景下的大文化视野观；二是实现以多参照和通观性的跨文化阐释为主体的中西文化交流下的文论互补；三是确立以文学为本位和以民族化为本位的多学科交叉研究。[②] 对此，下文将再作阐述。

二　古代文学教育的反思

在上述有关古代文学的学科反思中，常常伴随着对古代文学教育的反思，但相对于这些从学科发展层次进行的探讨而言，着眼于古代文学教育本身的探索更具有实践性，是教育工作者从教学活动中总结而成的经验性见解，值得注意。一般而言，传统的古代文学教学采用文学史、文学作品选相结合的方式，以时段先后进行分段教学，有较为固定的作家生平、思想内容、艺术特色三段式讲授程式，教学手段方面以口耳相传为主，现代教育技术的应用较为缺乏。这些现象引起了高校教育者的强烈关注，不少

[①] 李炳海：《中国古代文学的学科整合刍议》，《江汉论坛》2002年第11期。
[②] 乐云：《新世纪古代文学研究的"边缘化"问题与重新定位》，《学术交流》2009年第6期。

对策性研究即围绕相关问题展开。

有学者形象地对当下古代文学课程的困境进行了总结：课程教学课时量缩减，教学难以兼顾教材的深度和广度，学生心态和价值观的变化导致教学对象的文学认同感降低，而高校扩招也带来很大的负面影响。教学内容、教学方式、师生关系都应该围绕出现的新情况进行调整，以期适应新局面。①

由于课时普遍被压缩，在有效时间内完成大容量的教学成为难题，而功利性因素对教学的影响不容忽视，古代文学本身并不具备直接应用性，故而在教学中往往形成重知识传授而忽略素质培养的趋势。赵维江根据古代文学的学科特点，指出审美教育的缺位是一个亟须重视的问题。他指出知识传授与思想教育不能代替审美熏陶，"在古代文学专业的教学体系中，审美教育当是最能体现学科本质的根本教育目标，在各项教育任务中处于核心的位置，具有纽带的作用"。而贯彻这一教育理念，首先要合理编选文学史与作品选教材，其次需重视教学内容、方法与手段的更新。②对古代文学教育与人文素质培养关系的关注也由此成为大家的共识，古代文学自身的丰富内容、其潜移默化的影响方式、所凝聚的文化传统与民族精神，都理应成为素质教育的绝佳资源，这也是对单纯知识化传授的一种反拨。③

曾大兴则从教学目的层面展开了讨论。他认为古代文学的教学目的包括五个方面，"一是传授科学文化知识，二是传授写作技巧，三是培养学生的审美能力，四是培养学生的想象力与创新能力，五是培养学生的人文精神"。根据目的之不同，应采取相对应的教学方法，可分为还原的方法、解剖的方法、综合的方法、启发的方法与比较的方法。这样可以做到有针对性地展开教育，从而提高教学效果。④

---

① 郑海涛：《高校古代文学课程面临的困境及对策》，《青海社会科学》2008 年第 3 期。
② 赵维江：《中国古代文学教学的审美教育功能刍议》，《殷都学刊》2006 年第 1 期。
③ 学界对这一问题的讨论很多，如孙春艳《高校人文素质教育与古代文学教学》，《廊坊师范学院学报》2009 年第 1 期。因观点基本相近，相关文章不具引。
④ 曾大兴：《古代文学教学的五个目的与五种方法》，《广州大学学报》2004 年第 2 期。

对教材的处理也是教学改革的一个切入点。徐正英认为文学史教材的编选应该遵循三个原则：学术性与实用性相统一、必须从"史"的角度写文学史、注意从文化视角审视文学发展。这其中教材的创新、具体体例（如绪论、小结、注释）、规模、评论与赏析的界限、具体的分期等，都值得仔细思考。而教材的选用还应当注意发挥教师的积极性与创造性，处理好文学史与作品选的关系，调动学生的主动性。① 采用分体教学则体现了对通行教材按照朝代分段模式的突破。有学者指出朝代分期教学不利于把握文学本身发展规律，割断了文体发展的延续性；而依据文体的不同，采用分体文学史进行教学，则可以在一定程度上弥补这一缺陷。② 这不失为教学改革中的一种有益尝试。阮忠更提出教师要艺术地处理好教材，要使其内容精炼化，将学生带入教材，还要将他们带出教材。③ 这无疑对老师提出了更高层次的要求，是教学当中教师创造性与能力的体现。

在教材的使用过程中，处理好作品选与文学史的关系是一大关键，学界普遍认为要重视对作品的阅读与讲解。邵炳军等提出，古代文学教学要强调元典的作用，因为"中国古代文学'元典'具有原创性、典范性和民族精神性特质"，是我们宝贵的精神财富；而元典教学还"是克服当前教育弊端、培养原创力的重要途径"。④ 孙小力则针对现在高校中重视文学史教学而轻视作品学习的倾向，提出史论大多属于主观判断式结论，容易阻碍学生独立思考；"在有限的学习时间里，让学生接触学习更多的文学作品，才是最重要的"，而文学史教材则不妨成为参考资料或课后读物。他因此大胆提出，古代文学的教学应当以选代论，以作品学习为主。⑤ 这一设想突出了对作品的重视，但是实施起来可能会有不小的难度。

---

① 徐正英：《对中国文学史教材编写与古代文学教学问题的思考》，《河南教育学院学报》2002年第1期。
② 王长顺等：《论中国古代文学课程的分体教学》，《商洛学院学报》2009年第3期。
③ 阮忠：《教材的处理与多媒体运用》，《海南师范学院学报》2004年第6期。
④ 邵炳军等：《文学"元典"教学在古代文学课程中应给予更有力的关注》，《中国大学教学》2007年第2期。
⑤ 孙小力：《中国古代文学教学存在的问题和改革设想》，《中国大学教学》2007年第6期。

亦有学者对课堂教学的质量提出建议。吴晟以为应当提升课堂教学的学术含量，包括吸收学界最新研究成果、理论阐发与提升、补引文献资料、以文化视野来观照文学等方面；这将有助于学生扩大学术视野、了解研究动态、培养理论思维等。① 胡大雷则强调了资源开发的重要性，认为古代文学教学要注重地方性、师范性、经典性与教学内容的资源开发；重视多媒体、网站、文史哲结合与教学方法的资源开发；并从教与学的角度强调提高人文素质、强化动手能力与教学主体的资源开发。② 吴大顺则主张改变传统的"课前预习—课堂讲授—课后练习"结构，尝试新型的"课前准备—协商会话—教师总结"课堂结构，从而倡导研究型课堂教学模式。③ 阳建雄认为古代文学教学质量的提高，当前亟待做好以下几方面的工作：加强教师队伍建设，改革教学内容，丰富教学手段，改进教学方法，改革考试制度等。④

各种新型教学模式的试用也是大家的关注所在。有学者强调了辩论对古代文学教学的意义，认为"教学辩论具有交叉性、自主性、研究性、开放性特性，它可培养学生多方面的能力，训练学生的心理素质，培养学术人格，为学生进行学术研究和撰写论文打下基础。古代文学教学辩论的组织实施必须遵循四个原则：循序渐进原则，抓'大'放'小'原则，不唯权威原则，'攻守异势'原则"⑤。也有学者对多媒体课件的制作进行了论述，为解决古代文学教学困境提供了一种有效方式。⑥ 还有学者关注考试方式的改革，认为这不失为提高学生对古代文学的学习兴趣的一种方式。⑦

具体的策略偏重各不相同，但是学界对改变当前古代文学教育困境的

---

① 吴晟：《古代文学教学中如何扩充学术含量》，《广州大学学报》2003年第6期。
② 胡大雷：《开发古代文学资源提高大学生人文素质》，《教书育人》2009年第6期。
③ 吴大顺：《古代文学研究式教学的课堂结构分析》，《高教论坛》2009年第8期。
④ 阳建雄：《提高古代文学教学质量的对策研究》，《牡丹江大学学报》2008年第11期。
⑤ 龙国庆等：《高校古代文学教学辩论刍议》，《湖南农业大学学报》2008年第6期。
⑥ 李见勇：《古代文学多媒体课件的制作》，《内江师范学院学报》2008年第7期。
⑦ 陈冬根、吴翔明：《中国古代文学课程考试方法改革刍议》，《井冈山学院学报》2007年第6期。

努力方向则是一致的。与学界的这种普遍忧虑形成鲜明对比的是,古代文学在大众传媒的推动之下,其普及教育活动在民众层面获得了广泛的认同与成功,大有如火如荼之势。其间的显例就是《百家讲坛》的热播以及由此引发的大众舆论的积极参与。古代文学中的精华内容如《论语》、《庄子》、《史记》、唐诗宋词、四大名著、《聊斋志异》等,都成为百家讲坛的重点推荐节目,既造就了众多的"学术明星",也使得相关书籍热销不衰。这一现象预示着经典代读时代的到来,也对古代文学的教育推广提出了新的课题。梅新林、葛永海撰文指出,这一现象"标志着传统的经典阅读与传授方式的重大变化:一是在对象上,由知识阶层转向大众群体;二是在空间上,由教育场所转向媒体空间;三是在方式上,由讲—读互动转向单向传授"。作者认为这与媒体推动、商业利益等有较大关联,容易导致文化方面的缺失:"一是受众出于对文化的渴求,被动接受学者对经典的解读,导致自主阅读的角色缺位;二是媒体受商业利益驱动,以至于文化策略运用失当,文化角色定位偏移,出现角色越位;三是学者受制于大众强势媒体的导控,由文化理想的导航者变为大众趣味的迎合者。"为了面对这一状况,我们应该积极思考,重建公共知识空间。①

与这一情形相应的是国学热的兴起。学界对此不乏理论思考。余悦从学术角度思考国学与古代文学的关系,认为"国学与古代文学并非等同的二者,而是具有相同相近的因子而又各自独立的学术载体。从学科史来看,在中国传统的学术领域,两者并没有明确的分野,只是到了近代的学术科目,才有了相对'西学'的'国学',有了文、史、哲相结合相沟通到古代文学的区分。从研究史来看,国学虽然有词章之学,但其主体为考据之学、义理之学、经世之学,而古代文学虽离不开文学文献学和文学史学,但其重点在诗赋论、词曲论、小说论、文论,重在古代文学的美学、趣味和鉴赏。从学术史来看,国学是对人文社会科学领域内诸多知识系统和方法系统,甚至包括某些自然科学领域中科学学说和方法论的考镜源

---

① 梅新林、葛永海:《经典"代读"的文化缺失与公共知识空间的重建》,《中国社会科学》2008年第2期。

流、分源别派，而古代文学则仅就文学方面的知识系统和方法系统，历史地呈现其文学思想、文学流派和文学方法等方面历史血脉的延续与走向"①。左东岭提出古代文学思想研究需要打通文、史、哲，"而这必须具备一个先决条件，必须拥有较厚实的国学修养。也即必须对经、史、子领域相当熟悉并具备一定的独立研究能力，在研究中国文学思想时能够进行触类旁通的思考"。② 刘勇强则认为古代小说也应该被纳入国学范畴之内，这样有助于从内部为"国学"确立坐标。③

在国学热潮中，多所大学从文史哲学科整合的角度出发兴办国学院，推动国学研究；而民众层面的国学热情也毫不逊色，大量普及性的国学著作成为畅销书。中国人民大学更从学科建设的角度，积极推动国学学科的申报工作。

古代文学教育的反思还涉及研究生教育问题，在1998年9月25—28日，由国家古籍整理出版规划小组《传统文化与现代化》编辑部、中国社会科学院文学研究所《文学评论》编辑部和《文学遗产》编辑部、南开大学中国语言文学系共同发起主办的"全国古代文学古典文献博士点座谈会"在南开大学举行，来自全国高等院校、科研机构、出版部门专家学者的代表共60余人出席了会议。傅璇琮先生主持了开幕式，与会代表就近二十年来中国古代文学、古典文献学研究回顾、21世纪两学科研究趋势展望、两学科博士生培养经验交流、两学科关系的探讨等议题进行了讨论和交流。在充分肯定古代文学、古典文献学学科建设、人才培养、科学研究方面的显著成就的同时，指出了这两个学科生态与学风上存在的问题，并提出了加以改进的意见与建议。④

1999年，由《文学评论》编辑部、《文学遗产》编辑部、哈尔滨师范大学中文系、黑龙江教育出版社等共同发起主办的全国古代文学、古典

---

① 余悦：《学科史·研究史·学术史——国学与古代文学关系的三个视角》，《江西社会科学》2011年第3期。
② 左东岭：《国学与古代文学思想研究》，《江西社会科学》2011年第3期。
③ 刘勇强：《"国学"视野下的古代小说》，《江西社会科学》2011年第3期。
④ 李瑞山：《面向新的世纪——全国古代文学古典文献博士点座谈会综述》，《文学评论》1999年第1期。

文献学博士点新世纪学科建设与发展研讨会在黑龙江边境城市黑河举行，来自中国社会科学院、全国高等院校、出版部门的博士生导师和专家学者共40余人出席了会议。与会专家结合自身学术研究和博士生培养工作中的经验，就学科在未来社会发展中的价值地位、学科发展趋向和新的学术增长点、如何建立新的学术规范、加强古代文学与古典文献学的互补关系、博士生培养的经验和存在的问题等主要议题展开了热烈的讨论，提出了许多有见地、有价值的观点和建议。①

与此相契合，张明非《古代文学专业研究生培养方法探索》（《高教论坛》1999年第1期）、刘扬忠《建立理论、文献、创作三结合的古代文学博士生培养机制》（《陕西师范大学学报》2003年第1期）等文对此进行专题探讨。刘文重点就如何建立理论、文献、创作三结合的古代文学博士生培养机制提出了意见，指出在"经世致用"的时代趋势之下，古代文学的边缘处境难以快速扭转，但是要集中力量完善自身体系建设，而人才培养尤其关键。他认为，"为了培养出知识结构合理、专业技能全面的古代文学教学与研究人才，我们应该建立一种理论、文献、创作三结合的博士生教学机制"。古代文学注重对材料的充分把握，这必须以坚实的文献学知识为基础；而材料毕竟不等同于思考，古代文学研究要能从材料当中抉发思想性因素，理论修养不可或缺；而"为了让学生能真正熟悉、了解和懂得自己的研究对象，必须教会他们写作文言文和旧体诗词"。② 这一建议充分认识到创作与批评之间的关系，既是对古代文学教育中忽略传统写作训练的一种弥补，又从丰富感性体验的角度为研究的深入提供了借鉴，从而有效避免研究中因隔膜而导致的种种不足。

---

① 邹进先：《沟通·规范·创新——全国古代文学、古典文献学博士点新世纪学科建设与发展研讨会综述》，《文学评论》1999年第6期。

② 刘扬忠：《建立理论、文献、创作三结合的古代文学博士生培养机制》，《陕西师范大学学报》2003年第1期。

第三节　世纪反思的双重聚焦

"前事之不忘，后事之师也"，回首从来不是目的，而是为了更好地前行，因而在20世纪末21世纪初的这场持续二十多年、涉及古代文学研究各个方面的世纪反思中，包含的不仅是学者们对于20世纪古代文学研究的回顾与总结，更是对未来古代文学研究的展望与设想，从这个意义上说，世纪反思内在地包含了回顾与前瞻的双重聚焦。

一　20世纪古代文学研究的回顾

20世纪的中国古代文学研究完全建立在一个全新的历史起点上，这意味着当代中国学者对数千年的传统文学有了不同于此前任何一个世纪的认识，也取得了前所未有的丰硕的研究成果。赵敏俐、杨树增指出在20世纪划时代的历史变革期里，古代文学研究紧跟着时代前进的步伐，成功地完成了学术转型，把它由具有封建文化色彩的传统式的学术研究变成了一门具有现代科学意义的独立学科，建立了自己的学科体系，确立了研究对象，创造了一系列的概念范畴，形成了严格的学术规范，产生了一批高水平的研究成果，其创新几乎表现在古典文学研究的各个方面：如把《诗经》从传统"经"学中解放出来，从民俗学、文化学乃至文化人类学的角度拓宽对于楚辞的研究，对民间文学、俗文学研究的开创性贡献，对唐诗、宋词研究的全方位展开，对戏曲、小说的空前重视并取得前所未有的成就，等等。在这一发展过程中，对重要作家作品的研究更是成就辉煌，"《诗经》学""楚辞学"的继续发展，对司马迁、陶渊明、李白、杜甫、苏轼、关汉卿等大文学家的研究，对《水浒传》《三国演义》《金瓶梅》《西厢记》《牡丹亭》等古典文学名著的研究，尤其是《红楼梦》研究，自20世纪初由王国维撰写出第一部具有现代学术意义的研究专著《红楼梦评论》、由胡适第一次考证出作者曹雪芹后，至今已发展为有《红楼梦学刊》和《红楼梦研究辑刊》两个学术刊物、人大复印资料特辟专题《红楼梦研究》、有全国性的学术组织"红楼梦学会"、有千百人参与的专门学问"红学",把《红楼梦》研究推到了历史的高峰,足可以把它看作20世纪中国古典文学研究所取得的辉煌成就的一个缩影。与此同时,20世纪的古典文学研究还造就了一大批开创时代新学风的优秀学者,产生了诸如王国维、梁启超、胡适、鲁迅、郭沫若等学界泰斗,还有许多学术大师和前辈师长、同代学人,都在古代文学研究领域做出了或大或小的成就。① 对整个20世纪的古代文学研究作系统、深入的梳理是一个庞大、艰巨的课题,不管是以学术会议的形式群策群力还是以个人论著的形式次第展开,都必然需要一条内在的逻辑线索,从世纪反思的实际情况来看,学者们的反思大致立足于以下四大基点:或着眼于整体格局的构成,或着眼于研究的现代转型,或着眼于分类研究的成就,或着眼于研究方法的嬗变与更替,下面分叙之。

1. 整体格局。20世纪的古典文学研究成就令人叹为观止,临近世纪末,学者们不仅从各个层面、各个角度纷纷展开研究回顾,也力图在总体上、全局上把握之,因而对20世纪古代文学研究整体格局的评判就显得尤为重要,最为引人注目的是一批属于整体性乃至集成性研究成果的陆续问世,包括赵敏俐、杨树增《20世纪中国古典文学史研究史》(陕西人民教育出版社1997年版),吕薇芬、张燕瑾主编《20世纪中国文学研究》(北京出版社2001年版),黄霖主编《20世纪中国古代文学研究史》(东方出版中心2006年版),刘敬圻主编《20世纪中国古典文学学科通志》(山东教育出版社2012年版),等等。而同样重在整体研究的相关论文则有:董乃斌《中国文学史百年——回顾与前瞻》(董乃斌等主编《中国古典文学学术史研究》,新疆人民出版社1997年版),徐公持《二十世纪中国古典文学研究近代化进程论略》(《中国社会科学》1998年第2期),郭英德、过常宝:《困境和出路:古典文学研究的现代化历程》(《北京师范大学学报》1999年第2期),葛景春《二十世纪中国古典文学研究的回顾和反思》(《中州学刊》2000年第1期),冯保善《百年沉重——20世纪古代文学研究的回顾与前瞻》(《民族艺术》2000年第1期),冯汝常《中国文学史

---

① 参见赵敏俐、杨树增《20世纪中国古典文学研究史》,陕西人民教育出版社1997年版,第1—4页。

内容和体例建构百年回眸》(《福建师范大学学报》2003年第1期),刘跃进《世纪之交的中国古典文学研究》(上、中、下)(《周口师范学院学报》2003年第3、4、6期),黄霖《中国古代文学研究百年反思》(《复旦学报》2005年第5期),孙琴安《二十世纪中国古代文学研究四大新增长点》(《社会科学》2004年第6期),等等。其中既有将20世纪中国古代文学研究划分为不同的历史阶段而加以历时性描述与总结,如葛景春《二十世纪中国古典文学研究的回顾和反思》依据研究方法到研究观念的转型将20世纪的古代文学研究分为四个阶段:渐变期、突变期、一元发展期、多元开放期,时间断限分别为20世纪初至"五四"(1900—1918)、五四运动至新中国成立(1919—1949)、新中国成立至"文革"结束(1949—1978)、改革开放至20世纪末(1978—1999),并系统梳理和分析了各阶段研究状况,指出中国古典文学研究20世纪以来的发展历程走了一个之字形的路,简单地说来就是从一元化格局到多元化格局,从多元化格局又走向一元化格局,又从一元格局走向多元化格局。经历了一个由旧学到新学,由兴盛到衰微又重新繁荣昌盛的漫长道路。[①] 也有从整体上对20世纪古代文学研究取得的成就进行总结,如冯保善《百年沉重——20世纪古代文学研究的回顾与前瞻》指出了四个方面:第一,古代文学研究走上现代化道路;第二,文学史学科从无到有的创建;第三,作家作品研究的丰硕成果;第四,古籍整理的实绩。[②] 孙琴安《二十世纪中国古代文学研究四大新增长点》指出20世纪的中国古代文学研究发生了历史性的重大变化,传统的正统文学受到挑战,而小说、戏剧、词曲等非正统的文学受到前所未有的重视,地位迅速上升,出现了四个新的增长点,即:戏剧、小说、词曲、文学史。[③] 应该说,以上纵横展开的回顾与评价都是切实而中肯的,基本勾勒出了20世纪古代文学研究的整体图景与趋势,充分彰显了世纪之交的百年反思,显然具有更为强烈的

[①] 葛景春:《二十世纪中国古典文学研究的回顾和反思》,《中州学刊》2000年第1期。

[②] 冯保善:《百年沉重——20世纪古代文学研究的回顾与前瞻》,《民族艺术》2000年第1期。

[③] 孙琴安:《二十世纪中国古代文学研究四大新增长点》,《社会科学》2004年第6期。

历史感、整体性与理论性。

2. 重点聚焦。20世纪的中国学术研究均面临着一个由古典型向近代型或现代型转向的问题，因而其中一个最重要的学术命题就是20世纪古代文学研究的性质，这就不能不涉及"近代化"或"现代化"的概念与学理问题。徐公持在《二十世纪中国古典文学研究近代化进程论略》一文中将20世纪百年学术发展的主线归结于"近代化转型"，认为中国古典文学研究在20世纪内走过了一条由古典型向着近代型不断演变的道路，然后将此近代化进程划分为四个时期，并对各个时期的学术观念、学术方法、学科成果、学科人才的状况及特征进行了评析，以及对中国古典文学研究在近代化进程中的成败得失进行了探讨。[①] 但更多的学者倾向于从"现代化进程"或"现代型转化"的学理维度探讨这一论题。早在1986年，王瑶在全国社会科学"七五"规划会议上提出，文学研究要发展，应当研究中国文学研究的现代化进程，特别要研究近代以来，许多著名学术接受西方文化的影响在古代文学研究方面取得的成绩、经验和教训。王瑶这一观点受到了学界的高度重视，[②] 并在其十年后主编出版的《中国文学研究现代化转型》中得到了充分的展现。[③] 然后至2002年陈平原主编《中国文学研究现代化进程二编》的出版，在两代之间的学术接力中进一步深化了这一论题。[④] 韩经太《学术独立与主体参与——古典文学研究的现代化课题》提出，学术思潮总是与时推移而不断更新的。当中国民族在世界文化新思潮的浪峰上扯开它向现代化进军的大旗时，整个中国的学术界就面临着一个如何使自身现代化的严肃课题。出路何在？价值何在？焦灼产生动力，古典文学的研究也确乎因此而出现了新的势态。现代化课题的实质，在于研究主体应具备现代意识而研究方法应体现现代水平。为了实现上述两点，我们必须在研究实践中努力将学术独立性和主体参与精

---

① 徐公持：《二十世纪中国古典文学研究近代化进程论略》，《中国社会科学》1998年第2期。

② 参阅陈平原为王瑶主编《中国文学研究现代化进程》（北京大学出版社1996年版，所作《小引》）。

③ 王瑶：《中国文学研究现代化转型》，北京大学出版社1996年版。

④ 陈平原主编：《中国文学研究现代化进程二编》，北京大学出版社2002年版。

神统一起来。① 再如郭英德、过常宝的《困境和出路：古典文学研究的现代化历程》，上文在讨论"边缘化"以及学科重建方面作了引述，实际上此文的重心在于从"现代学科"的特定视角对此做出了世纪反思，认为古典文学研究的依附性特征，使它在成为一个现代学科的过程中要比哲学和历史学更为艰难，然后具体分析了阻碍古典文学研究现代化进程的诸种要素，最后提出建立一个现代的古典文学研究学科的四点意见。② 吕薇芬、张燕瑾在《20世纪中国文学研究》"前言"中进而将"现代型转化"过程划分为四个阶段："从世纪之交至1919年的五四运动是起始阶段；五四至1949年中华人民共和国成立，是发展阶段；从1949年至1978年是学术一统化阶段；1978年至今，是学术多元发展阶段。"③ 此与徐公持"近代化转型"的四个阶段划分之异同，彼此可以相互参看。

与此同时，有一些学者立足于某一具体对象，展开百年之间的现代转型研究，其中以词学的发展为最，杨海明《词学理论和词学批评的"现代化"进程》就从这一角度梳理了20世纪词学理论与词学批评的进展，指出在20世纪词学理论和词学批评的"新变"过程中第一位具有划时代意义的人物首推王国维，其词论一是突破了以政治功利主义论词的老框框，而改从更加广泛的"人生"和"人性"角度；二是标举"境界"之说，建立了一种重在探视词的艺术本体的批评标准，将词学批评推进到纯艺术的美学批评的新层次上；三是在进化论的影响下树立了"一代有一代之文学"的文学史观，进而对词、曲、戏剧等通俗文体做出全新的评价。另一位在词学理论和词学批评的"新变"过程中具有革命意义的是胡适，其功绩有三：一是以"活文学"和"白话文学"的眼光来重新认识词体，真正为词争得了"一代文学"的崇高地位；二是以文体演进论作为理论基础，第一次建立了具现代意识的词史观和词史框架；三是从提

---

① 韩经太：《学术独立与主体参与——古典文学研究的现代化课题》，《文学遗产》1988年第4期。

② 郭英德、过常宝：《困境和出路：古典文学研究的现代化历程》，《北京师范大学学报》1999年第2期。

③ 吕薇芬、张燕瑾主编：《20世纪中国文学研究》，北京出版社2001年版，第1页。从

倡平民文学和白话文学的文学理念出发，提出了不同于前人的词学批评新标准；由此，词学研究完成了它从"传统"走向"现代化"的蜕变。①此外，曹辛华《词史的编撰与词学批评的"现代化"进程》②、陈水云与周云《20世纪清词研究的现代化进程》也是以现代化进程为中心来梳理20世纪的词学研究的。③

3. 分类评述。集中体现在分体、断代专题以及名家名著三个方面的研究，覆盖面相当广泛，成果也颇为可观。

首先，是分体文学研究评述。此在世纪反思中成果最为突出、最为厚重。其中大致有两种思路：一是对某一文体的总体概述与反思；二是取断代或文体或专题以及断代与文体或专题交叉的思路切入。这里重点讨论前者，涉及诗歌、散文、小说、戏剧以及其他文体。诗歌文体有：蒋寅《中国诗学的百年历程》（董乃斌等主编《中国古典文学学术史研究》，新疆人民出版社1997年版）、胡明《一百年来的词学研究：诠释与思考》（《文学遗产》1998年第2期）等；散文文体有：彭家扬《百年散文和赋研究略论》（《苏州科技学院学报》1997年第2期）、跃进《走出散文史研究的困境——20世纪中国散文史研究的回顾与展望》（《人文论丛》2001年）、宁俊红《二十世纪中国古代散文研究的文化审视》（《科学·经济·社会》2003年第2期）等；小说文体有：张兵《话本小说研究的回顾与思考》（《贵州文史丛刊》1992年第3期），宁稼雨《中国文言小说研究述评》（《文史知识》1996年第2期），陈洪、陈宏《中国古代小说理论研究的百年回顾及展望》（《天津社会科学》1997年第3期），郭英德、刘勇强、竺青《学术研究范式的嬗变轨迹——关于二十世纪中国古代白话小说研究的谈话》（《文学遗产》1998年第2期），许建平、曾庆雨《"经世致用"思潮与二十世纪古代小说研究的文化沉思》（《复旦学报》1998年第3期），苗怀明《二十世纪中国古代小说史料的重大发现与整理》（《文献》2000年第4期）、《二十世纪中国古代小说文献学述

---

① 杨海明：《词学理论和词学批评的"现代化"进程》，《文学评论》1996年第6期。
② 曹辛华：《词史的编撰与词学批评的"现代化"进程》，《中国韵文学刊》2000年第1期。
③ 陈水云、周云：《20世纪清词研究的现代化进程》，《南阳师范学院学报》2005年第1期。

略》（中华书局 2009 年版），李小菊《20 世纪中国古代章回小说文体研究述评》（《中州学刊》2002 年第 4 期），李灵年《老方法与新成果：近 20 年古代小说研究方法散札》（《徐州教育学院学报》2003 年第 3 期），石昌渝《二十世纪古代小说书目编撰史述略——兼论有关书目体例的几个问题》（《南京师范大学文学院学报》2003 年第 4 期），任明华《近百年古代小说选本研究简述》（《学术月刊》2003 年第 11 期），齐裕焜《中国古代小说史研究概述》（《长江大学学报》2006 年第 6 期），刘方、孙逊《中国古代小说研究现代学术范式的历史生成》（《文艺研究》2007 年第 12 期），王言锋《二十世纪中国古代白话短篇小说研究概述》（《燕山大学学报》2008 年第 7 期），刘晓国《二十世纪中国古代章回小说文体研究的回顾与反思》（《中国文学研究》2008 年第 7 期），王润英《20 世纪以来中国古代序跋研究综述》[《励耘学刊》（文学卷）2013 年第 2 期]，张梦媛《古代小说序跋研究述评》[《文学教育》（上）2018 年第 9 期]，等等①；戏剧文体有：李玫《百年戏曲史研究的科学化进程》（《中国古典文学学术史研究》，新疆人民出版社 1997 年版）《百年来戏曲史著述的发展演变》（《江海学刊》1998 年第 3 期），许建平《百年小说戏曲研究略论》（《苏州铁道学院学报》1999 年第 5 期），吴书荫《论二十世纪戏曲文献的整理和研究》（《中国文化研究》2000 年冬之卷），赵义山《二十世纪元散曲研究的回顾与思考》（《文学评论》2001 年第 2 期），李昌集《20 世纪中国的元曲研究》（《江南大学学报》2002 年第 2 期），徐朔方、孙秋克《二十世纪南戏与传奇研究回顾》（《古典文学知识》2003 年第 5 期），苗怀明《二十世纪戏曲文献学述略》（中华书局 2005 年版），屠应超《二十世纪的南戏文献的发现和研究》（硕士学位论文，上海大学，2006 年），车文明《20 世纪戏曲文物的发现与曲学研究》（文化艺术出版社 2011 年版），张建雄《新世纪中国古代曲论研究的回顾与反思》（《中华戏曲》2017 年第 2 期）；小说戏剧文体有：许建平《二十世纪中

---

① 另可参见孙逊《期待突破：新时期古代小说研究的问题与思考》（《文学遗产》2008 年第 4 期），王飞《新时期古代小说研究史述略》（《重庆教育学院学报》2010 年第 1 期），王立、王琪、秦鑫《古代小说十年回顾与前瞻学术会议综述》（《辽东学院学报》2013 年第 2 期），等等。

国古典小说戏曲研究的回顾与前瞻》(《河北师院学报》1997 年第 3 期),刘海燕《二十世纪古典小说研究的理性思考》(《福州师专学报》2002 年第 3 期),刘玮《20 世纪以来中国古代戏曲与小说关系研究》(《学术交流》2007 年第 1 期);民间文学、神话有:刘守华《中国民间文学研究百年历程》(《华中师范大学学报》2001 年第 3 期),贺学君《中国神话研究百年》(《社会科学研究》2000 年第 5 期),姚新勇、周欣瑞《"双重二元对立话语逻辑"与百年中国神话学》(《民族文学研究》2017 年第 3 期)。以上都是全景式地回顾古代诗、词、曲、文、小说、戏曲、神话以及民间文学等的百年研究历程,具有全局性视野,往往立意深远,高屋建瓴,气势恢宏,如蒋寅《中国诗学的百年历程》将中国诗学自 20 世纪初中国学术走向近代化以来的发展分为三个阶段,即五四新文化运动引起的对古典诗歌传统的清理、50 年代以来在马克思主义原理主导下的诗歌史研究、80 年代以来在现代学术思潮影响下的诗学研究;并从中国诗学所包含的五个方面:诗学文献学、诗歌原理、诗歌史、诗学史、中外诗学比较等分别回顾了 20 世纪的中国诗学研究,"述得者少,述失者多",以批判性的眼光梳理了 20 世纪中国诗学的研究历史,对于理解中国诗学的发展历程具有重要参考价值。郭英德、刘勇强、竺青《学术研究范式的嬗变轨迹——关于二十世纪中国古代白话小说研究的谈话》先将百年研究史分成四个时期来谈:第一是古代小说研究从传统学术范式到现代学术范式的转型时期;第二是古代小说研究的现代学术范式的建立时期;第三是马克思主义的社会——历史批评方法成为古代小说研究主流范式的时期;第四是古代小说研究范式面临再次转型的时期。然后对四个时期的历史嬗变以及每个时期的成就与缺失作了系统总结与评述。姚新勇、周欣瑞《"双重二元对立话语逻辑"与百年中国神话学》结合对学界百年中国神话学反思的再反思,剖析中国神话学历史演进中的深层逻辑关系,揭示隐藏于中国神话学内部的"双重二元对立话语逻辑",分析其对百年中国神话学发展所具有的范式规约性。研究表明,王国维所开启的"南方""南方神话"的发现及其不断变体的再阐释,则一直若隐若现于其间。

其次,是断代文学研究评述。其中重中之重是唐代文学:一是对百年以来唐诗研究的总体回顾,如董乃斌、赵昌平、陈尚君《史料·视角、方法——关于 20 世纪唐代文学研究的对话》(《文学遗产》1998 年第 4 期)、胡明《关于唐诗——兼谈近百年来的唐诗研究》(《文学评论》1999 年第 2 期)、许总《唐诗研究的世纪回顾》(《东南大学学报》2000 年第 3 期)、杜晓勤《20 世纪唐代文学研究历史回顾》(《北京大学学报》2002 年第 1 期)、陈伯海《走向更新之路——唐诗学百年回顾》(《常德师范学院学报》2003 年第 4 期)等都是如此,陈伯海指出唐诗学的百年行程可以 1949 年新中国的成立为标界,划为前后两个段落,前段为具有现代学术形态的唐诗学开始形成和初步发展的时期,后段则是现代意义上的唐诗学经历曲折变化并继续出新的时期,两个阶段之间有衔接也有断裂,而贯通其间的主线依然是观念的更新;二是对不同分期唐诗的研究回顾,如唐诗分期问题及初、盛、中、晚唐诗研究等,主要见于张红运《二十世纪唐诗分期研究述略》(《南京社会科学》2006 年第 6 期)、李辉《初唐诗歌研究反思》(《云南师范大学学报》2006 年第 5 期)、高建新《五十年来"盛唐气象"研究述评》(《文学遗产》2010 年第 3 期)、李新《近十年中唐诗歌流派研究综述》(《廊坊师范学院学报》2006 年第 2 期)、陶庆梅《新时期晚唐诗歌研究述评》(《南京师大学报》1999 年第 4 期)等;三是唐诗发展相关问题的专题研究回顾,如李西林《唐诗与音乐繁荣问题研究现状述评》(《交响·西安音乐学院学报》2006 年第 3 期)、王立增《唐代乐工歌妓及其对唐诗发展的影响研究综述》(《中国诗歌研究动态》2009 年第 1 期)等;四是对唐诗风格及诗论问题的研究回顾,如柯素莉《从感性领悟走向理性综合——唐诗风格研究的回顾与思考》(《江汉大学学报》1993 年第 2 期)、李江峰《七十年晚唐五代诗格研究的回顾与展望》(《渭南师范学院学报》2009 年第 1 期)、许连军《皎然〈诗式〉研究述评及未来构想》(《湖南师范大学社会科学学报》2005 年第 6 期)等;五是从创作主体角度唐诗研究的回顾,如唐代女性诗歌、诗僧文学的研究回顾等,如郭海文《20 世纪唐五代女性诗歌研究概观》(《中华女子学院学报》2005 年第 2 期)、查明昊《唐五代诗僧文学研究综述》(《湖南城市学院学报》2007 年第 6 期)等;六是对著名唐诗研究家研究个性及成就的总结,如闻一多、陈寅恪、林庚、裴斐、卞孝萱、莫砺锋等,主要有:陈铁民《略谈闻一多唐诗研究的启示》(董乃斌等主编《中国古典文学学术史研究》，新疆人民出版社 1997 年版)、张浩逊《陈寅恪的唐诗研究》(《苏州教育学院学报》2002 年第 3 期)、徐志啸《林庚先生的唐诗研究》(《淮阴师范学院学报》2003 年第 4 期)、葛景春《裴斐先生与李白研究》(《文学遗产》1998 年第 5 期)、乔长富《卞孝萱先生的学术贡献：20 世纪刘禹锡研究的里程碑》(《淮阴师范学院学报》2003 年第 3 期)、路成文《莫砺锋教授的唐宋诗研究——评〈唐诗论稿〉》(《阴山学刊》2003 年第 4 期) 等。可以说，已经涉及了唐诗研究从外围到内部、从主体到对象、从风格到内容、从唐代诗人到当今唐诗学者的方方面面。

唐代之外的其他各代，涉及汉代、魏晋南北朝、宋代、元代、明代、清代、近代等，举其要者有：张亚军、尹慧慧《20 世纪汉代文学研究述略》(《中州学刊》2001 年第 3 期)，赵敏俐《20 世纪汉代诗歌研究综述》(《文学遗产》2002 年第 1 期)，胡旭《20 世纪魏晋南北朝文学研究鸟瞰》(《社会科学辑刊》2002 年第 3 期)，① 李时人《二十世纪唐五代小说研究的回顾》(《零陵师范高等专科学校学报》1999 年第 4 期)，钟祥《南唐诗研究述评》(《周口师范学院学报》2005 年第 6 期)，张毅《二十世纪宋代文学研究观念和方法之变迁》(《文学遗产》2001 年第 4 期)，余丹《20 世纪以来宋代文言小说研究综述》(《广西社会科学》2007 年第 2 期)，赵章超《宋代志怪传奇小说研究百年综述》(《社会科学研究》2002 年第 5 期)，李时人《20 世纪宋元小说研究的回顾》(《零陵师范高等专科学校学报》2000 年第 1 期)，② 田桂民《20 世纪的元代文学研究》(《天津大学学报》1999 年第 3 期)，查洪德《二十世纪元诗研究概说》(《淮阴师范学院学报》2000 年第 5 期)，邓绍基、史铁良《二十世纪明代文学研究之走向》(《中国文学研究》2001 年第 1 期)，黄仁生《二十世纪的明代文学研究》(《复旦学报》2001 年第 2 期)，郭英德、王丽娟

---

① 另可参见冯孟琦《20 世纪 80 年代以来我国唐代传奇小说研究综述》，《华南师范大学学报》2004 年第 1 期。

② 另可参见罗勇珍《20 世纪 80 年代以来宋元话本小说研究综述》，《广东农工商职业技术学院学报》2007 年第 3 期。

《20世纪明代文学研究方法述评》(《人文杂志》2004年第1期),雷勇、冯大健、王红雷《明代文学研究的开拓与展望》(《南开学报》2005年第2期),叶天山《20世纪以来明代英雄传奇小说研究述——兼谈"英雄传奇"小说的类型定位》(《洛阳师范学院学报》2007年第1期),陈大康《关于明清小说研究格局的思考》(《明清小说研究》1995年第1期),康成《关于明清小说研究体系与格局的讨论》(《明清小说研究》1996年第5期),韩媛《20世纪明清传奇研究综述》(《戏剧之家》2017年第15期),刘璇《明清通俗小说序跋研究述评》(《九江学院学报》2016年第4期),冯汝常《明清神魔小说研究八十年》(《闽江学院学报》2004年第1期),张仲谋《二十世纪清诗研究的历史回顾》(《泰安师专学报》1999年第5期),江龙麟《20世纪清代文学研究的近代化进程》(《河北师范大学学报》2006年第3期),马亚中《20世纪清代文学研究概观》(《淮海工学院学报》2003年第1期),蒋寅《清代文学研究的回顾与展望》(《江海学刊》2004年第3期),曲金燕《20世纪清代文言小说研究述评》(《甘肃社会科学》2006年第4期),关爱和《二十世纪中国近代文学研究述评》(《中州学刊》1999年第6期),郭延礼《二十世纪中国近代文学研究学术历程之回顾》(《文学遗产》2000年第3期),王飚、关爱和、袁进《探寻中国文学从古典到现代的转型历程——中国近代文学研究的世纪回眸与前景瞻望》(《文学遗产》2000年第4期),裴效维《20世纪中国近代文学研究的曲折历程》(上、下)(《徐州师范大学学报》2004年第1、2期)。其中近代又较其他各代更受学界关注。

再次,是文学专题研究评述。以对某一文学主题研究评述最为兴盛,涉及边塞诗、田园诗、宫(闺)怨诗、送(离)别诗、艳诗、咏侠诗、咏史怀古诗、商贾诗、游仙诗、西域诗等。唐前主要有:漆娟《二十世纪汉魏六朝隐逸诗研究综述》(《重庆文理学院学报》2008年第6期)、王传飞《"相和歌辞"研究综述》(《中国诗歌研究动态》2004年第1辑)、徐国荣《大陆近二十年玄言诗流变研究之检讨》(《暨南学报》2000年第5期)、徐玉如《宫体诗研究的现状与反思》(《江海学刊》2001年第4期)、李锦旺《唐代乐府诗研究述评》(《阜阳师范学院学报》2004年第5期)、丁功谊《玄言诗研究的回顾与反思》(《求索》2005年第9

期）等；唐代主要有：冯淑然《唐代咏侠诗研究综述》（《华北电力大学学报》2006年第4期），姚春梅《唐代西域诗研究综述》（《喀什师范学院学报》2007年第2期），张卫婷《唐代商贾诗研究述评》（《沧桑》2007年第2期），吴雪玲《唐代宫怨诗研究述评》（《濮阳职业技术学院学报》2007年第2期），赵望秦、潘晓玲《唐代咏史怀古诗百年研究回顾》（《南京师范大学文学院学报》2007年第4期），金丙燕《晚唐诗人曹唐及其游仙诗研究综述》（《呼伦贝尔学院学报》2007年第5期），刘艳萍《中晚唐艳诗研究述评》（《湖北师范学院学报》2009年第2期），王群丽《唐代省试诗研究思路述评》（《求索》2010年第6期）等；[1] 唐后主要有：赵望秦、张焕玲《宋代咏史怀古诗百年研究综述》（《盐城师范学院学报》2008年第2期），邓绍秋《明代李东阳茶陵诗派研究百年回顾》（《株洲师范高等专科学校学报》1999年第3期），王小舒《神韵诗学研究百年回顾》（《文史哲》2000年第6期），周轩《清代西域诗编注与研究述评》（《西域研究》1998年第2期），等等；跨代或通代的专题研究主要有：孙兰、孙振《20世纪以来山水诗研究的历史回顾》（《中国海洋大学学报》2006年第4期），王明津《古代六言诗体裁研究述评》（《通化师范学院学报》1997年第2期），苗怀明《二十世纪中国古代公案小说研究的回顾与前瞻》（《社会科学战线》2000年第4期），王德明《近20年中国古代诗歌情景问题研究述评》（《东方丛刊》2001年第4期），司马周《20世纪茶陵派研究回顾》（《南阳师范学院学报》2003年第1期），谢超凡《现代性、相对性与民族性——论中国古代文论研究的现代化》（《武汉职业技术学院学报》2003年第2期），王颖《20世纪才子佳人小说研究史回顾》（《学术交流》2004年第8期），纪锐利《20世纪以来大陆论诗诗研究述评》（《山东师范大学学报》2006年第1期），董晓丽《20世纪以来的才子佳人小说研究综述》（《宜宾学院学报》2007年第4期），何燕《中国古典诗词中的象

---

[1] 另可参见胡大浚、马兰州《七十年边塞诗研究综述》（《中国文学研究》2000年第3期）；周秀荣《近六十年唐代田园诗研究述评》（《黄冈师范学院学报》2007年第4期）；刘红旗《20世纪80年代至21世纪初唐代闺怨诗研究综述》（《绥化学院学报》2009年第2期）；张慧中《近20年来唐代别诗研究综述》（《安徽文学》2009年第4期）。

征性意象的研究综述》(《安徽文学》2007 年第 12 期),赵娜《清代"唐宋诗之争"研究述评》(《苏州大学学报》2008 年第 3 期),赵静、甘宏伟《对 20 世纪以来"诗缘情而绮靡"说研究的回顾与思考》(《许昌学院学报》2008 年第 4 期),侯成成《敦煌诗歌研究百年综述》(《敦煌学国际联络委员会通讯》2017 年),等等。总体而论依然以唐代为最盛。

最后,是经典名家名著个案研究评述。一是经典名家研究方面,屈原、曹植、陶渊明、沈约、李白、杜甫、韩愈、柳宗元、李贺、李商隐、苏轼、黄庭坚、汤显祖、王士禛、金圣叹等尤其引人注目,主要有:王开元《20 世纪中国的楚辞研究》(见董乃斌等主编《中国古典文学学术史研究》,新疆人民出版社 1997 年版),王辉斌《中国究竟有没有屈原——近百年"屈原否定论"与反"否定"论争综述》(《湖北广播电视大学学报》1999 年第 3 期),彭红卫、周禾《二十世纪屈原人格研究述论》(《江淮论坛》2005 年第 1 期),毛炳汉《略谈百年来屈原研究的成绩、问题与思考》(《中国楚辞学》2009 年第 3 期),孙娟《百年来曹植诗歌研究述评》(《许昌学院学报》2006 年第 6 期),魏正申《论二十世纪陶渊明研究第一次大开拓》(《九江师专学报》1996 年第 3 期)、《论二十世纪陶渊明研究第二次大开拓》(《九江师专学报》1996 年第 4 期)、《论二十世纪陶渊明研究第三次大开拓》(《九江师专学报》1997 年第 1 期)、《论二十世纪陶渊明研究第四次大开拓》(1997 年第 3 期),黄念然《20 世纪钟嵘〈诗品〉研究述评》(《中州学刊》2003 年第 6 期),邱光华《沈约诗歌理论近百年来研究综述》(《中国诗歌研究》2007 年第 4 辑),詹福瑞《20 世纪李白研究述略》(《河北大学学报》1999 年第 2 期),张忠纲、赵睿才《20 世纪杜甫研究述评》(《文史哲》2001 年第 2 期),刘明华《现代学术视野下的杜甫研究——杜甫研究百年回顾与前瞻》(《文学评论》2004 年第 5 期),赵睿才《百年杜甫研究之平议与反思》(人民出版社 2014 年版),张清华《二十世纪的韩愈研究》(《周口师范高等专科学校学报》2000 年第 1 期),洪迎华、尚永亮《柳宗元研究百年回顾》(《文学评论》2004 年第 5 期),张剑《20 世纪李贺研究述论》(《文学遗产》2002 年第 6 期),刘学锴《本世纪中国李商隐研究述略》(《文学评论》1998 年第 1 期),叶帮义、余恕诚《百年苏诗研究述评》(《安徽师范大学学报》2003 年第 2 期），叶帮义《20 世纪的黄庭坚诗歌研究》（《中国韵文学刊》2004 年第 1 期），李庆利、崔建利《胡应麟诗论研究述评》（《中国文化研究》2005 年第 4 期），文珍《王士禛笔记小说研究述略》（《琼州学院学报》2009 年第 3 期），魏中林、王晓顺《20 世纪金圣叹小说戏曲理论研究》（《学术研究》2001 年第 2 期），官春蕾、黄念然《20 世纪金圣叹小说理论研究述评》（《黄冈师范学院学报》2005 年第 5 期），孙虎《近百年陈三立诗歌研究述评》（《苏州科技学院学报》2008 年第 3 期），李晨冉《近百年郑孝胥诗歌研究述评》（《安庆师范大学学报》2017 年第 4 期），等等。其中唐诗大家的研究回顾明显居于优势地位。

二是经典名著研究方面，集中于"四大奇书"、"三言二拍"、《牡丹亭》、《南词叙录》、《红楼梦》、《儒林外史》、《聊斋志异》、《长生殿》、《桃花扇》等小说戏曲经典名著。其中《红楼梦》以及明代"四大奇书"研究综述是重点。有关《红楼梦》研究综述有：梅新林《文献·文本·文化研究的融通和创新——世纪之交红学研究的转型与前瞻》（《红楼梦学刊》2000 年第 2 辑），吴玉霞《20 世纪〈红楼梦〉语言研究综述》（《河南教育学院学报》2004 年第 3 期），李萍《20 世纪〈红楼梦〉结构主线研究综述》（《河南教育学院学报》2004 年第 4 期），尤海燕《20 世纪〈红楼梦〉比较研究综述》（《河南教育学院学报》2004 年第 5 期），赵静娴《20 世纪〈红楼梦〉主题研究综述》（《河南教育学院学报》2006 年第 3 期），胥惠民主编《20 世纪〈红楼梦〉研究综述》（沈阳出版社 2008 年版），陈维昭《红学通史》（上海人民出版社 2005 年版），张慧敏《近十年〈红楼梦〉与西方小说之比较研究综述》[《中北大学学报》（社会科学版）2010 年第 2 期]。在"四大奇书"研究综述中，《西域记》又是重中之重，主要有：梅新林、崔小敬《〈西游记〉百年研究：回视与超越》（《文艺理论与批评》2002 年第 2 期），崔小敬、梅新林《〈西游记〉文献学百年巡视》（《文献》2003 年第 3 期），黄毅、许建平《百年〈西游记〉作者研究的回顾与反思》（《云南社会科学》2004 年第 2 期），杨俊《关于百回本〈西游记〉作者研究回顾及我见》（《淮海工学院学报》2005 年第 4 期、2006 年第 1 期），曹炳建、齐慧源《〈西游记〉版本研究小史》（《河南教育学院学报》2005 年第 5 期），张广庆《〈西游记〉主题研究解析》(《济南教育学院学报》2002年第4期),吉朋辉《孙悟空形象原型研究述评》(《阴山学刊》2005年第3期);① 其余三大奇书研究综述有:梅新林、韩伟表《〈三国演义〉研究的百年回顾与前瞻》(《文学评论》2002年第1期),梅新林、葛永海《〈金瓶梅〉百年回顾》(《文学评论》2003年第1期),刘天振《20世纪〈水浒传〉研究方法的回顾与检讨》(《菏泽学院学报》2006年第3期);《牡丹亭》研究综述有:王燕飞《二十世纪〈牡丹亭〉研究综述》(《戏剧艺术》2005年第4期),王雪松、蒋小平《20世纪以来〈牡丹亭〉主题研究综述》(《江苏第二师范学院学报》2014年第10期);《南词叙录》研究综述有:孙晓婷《徐渭〈南词叙录〉研究综述》(《戏剧之家》2015年第19期);"三言二拍"研究综述有:王立言、人民《三言二拍研究综述》(上、下)(《中国文学研究》1992年第4期、1993年第1期),王敏《近十年来〈三言〉〈二拍〉研究综述》(《社科纵横》1999年第5期),杨成靖《近十年以来"三言""二拍"研究综述》(《江汉大学学报》2011年第4期),迪更妮、齐卫华《新世纪以来"三言二拍"涉商类小说研究综述》(《赤峰学院学》2015年第1期);《儒林外史》研究综述有:胡金望《一九九〇年以来〈儒林外史〉研究综述》(《明清小说研究》1997年第1期),许建平《20世纪〈儒林外史〉研究的回顾与反思》(上、下)(《河北师范大学学报》2004年第3、4期),李忠明、吴波、陈美林《儒林外史研究史》(海峡文艺出版社2006年版),王超龙《近五年〈儒林外史〉研究综述》(《襄樊学院学报》2010年第12期),姜胜《安徽学者与〈儒林外史〉研究综述》[《语文学刊》(教育版)2013年第15期];《聊斋志异》研究综述有:苗怀明、王文君《二十一世纪前十多年间〈聊斋志异〉文献研究的回顾与反思》(《蒲松龄研究》2016年第3期);②《长生殿》研究综述有:殷茜

---

① 另可参看郭健《建国以来〈西游记〉主题研究述评》(《江淮论坛》2004年第2期),张强、周业菊《新时期孙悟空原型研究述评》(《徐州师范大学学报》2002年第4期)。

② 另可参看朱振武、谢秀娟《〈聊斋志异〉与外国文学比较研究三十年》(《蒲松龄研究》2011年第2期),付康平、王则远《近代〈儒林外史〉评点、序跋及评论综述》(《齐齐哈尔大学学报》2017年第11期)。

《〈长生殿〉主题思想研究述评》(《陕西理工学院学报》2010年第1期);《桃花扇》研究综述有:邓黛《近十年来〈桃花扇〉研究综述》(《戏曲研究》2002年第2期)。

4. 方法反思。研究方法既是工具,又带有时代性,20世纪的古代文学研究由于中西文化交融中各种新理论、新方法的引进而取得了巨大的成绩。在世纪之交的学术反思中,出现了一批方法论著作,诸如:王钟陵《文学史新方法论》(苏州大学出版社1993年版)、钟优民《文学史方法论》(时代文艺出版社1996年版)、张伯伟《中国古代文学批评方法研究》(中华书局2002年版)和《20世纪中国古代小说研究的视角与方法》(复旦出版社2008年版)、赵敏俐《文学研究方法论讲义》(学苑出版社2011年版)、李浩《中国古代文学研究方法导论》(高等教育出版社2011年版)、李天纲《文学史方法论》(上海社会科学院出版社2017年版)等。其中《20世纪中国古代小说研究的视角与方法》旨在通过对20世纪中国古代小说研究历史的梳理,分析各种研究视角与方法的得失,为今后的学术研究提供参照与借鉴,是一部系统论述中国古代小说研究视角与方法的专著,在世纪之交的方法论反思中具有一定的代表性(详见第六章)。许建平还有与黄毅合作的《文学形式与文学研究的新方法》(《江海学刊》2002年第2期)、与曾庆雨合作的《关于实现古代文学研究转型的路径与方法》(《云南社会科学》2002年第2期)以及独立而作的《中国古代文学研究路径与方法的新思考》(《复旦学报》2002年第5期)等文。《关于实现古代文学研究转型的路径与方法》一文提出,用世界先进的理论、方法重新发掘、阐释中国古代文学,完成由旧模式向新模式的转换,是世纪之交古代文学研究的一场学术革新与转型。20世纪西方人本主义学说与科学主义学说的合流与从"由外到内"到"由内而外"的发展转向,为我们提供了理论的营养与路向的启示;国内文艺理论界所走过的由"内转"到"外突"的学理路程,为古代文学提供了有益的参照。作者认为,古代文学的研究路径、方法应是变"由外而内"为"由内而外"再"由外而内",即由文本形式分析入手,发掘隐含其内的情感结构、心理结构及人性发展的情态,最终再回到说明文本上来。《中国古代文学研究路径与方法的新思考》首先反思从历史事实出发推衍文学与考察文学作品中的历史文化情状的传统研究路径与方法，使得古代文学研究一开始便具有厚重的历史感、实证感，成为史学日益扩大的分枝，文学在这一领域始终处于第二位置。这种研究对象地位失落是史—文—史的学术思维路径与以实证为宗的研究方法的直接结果。有鉴于此，该文意在探讨一种从文本语义分析入手，以形式结构分析为核心，从形式结构依次探寻隐含于其内的情感结构、心理结构、人性发展情状，最终凝视文学价值本身的由内而外再由外而内的学术路径和以分析为主的研究方法，并从理论与文学实例的分析中初步说明这一路径、方法的构架与可行性。

张毅《二十世纪宋代文学研究观念和方法之变迁》（《文学遗产》2001年第4期）与郭英德、王丽娟《20世纪明代文学研究方法述评》（《人文杂志》2004年第1期）则重在反思断代文学的研究方法，前文将20世纪的宋代文学研究分为清末民初，30、40年代，从50年代初到70年代末，20世纪的最后二十年四个时期，作一历时性的介绍和总结，依次论述了"传统学术的师承和新学语、新观念的输入""文学的历史阐释与考据、批评并重""反映论和阶级分析方法""多元发展和以文化为视角的综合研究"，在回顾方法论的历史演进过程中做出作者的评价与反思；后文重在对明代文学研究方法的总结与反思，提出在20世纪以来的明代文学研究中，相继出现了实证研究、社会历史批评、文化批评、审美批评、文本批评、比较研究等各种研究方法，同时在近20年还出现了从社会历史批评转向文化批评、从审美批评转向文本批评的倾向。该文通过对20世纪明代文学研究方法述其原委，评其得失，以便为21世纪明代文学研究的继往开来提供有益的借鉴。

戴云波《中国古代小说研究方法论》（《江海学刊》1999年第6期）、李灵年《老方法与新成果：近二十年古代小说研究方法散札》（《徐州教育学院学报》2003年第3期）、刘天振《20世纪〈水浒传〉研究方法的回顾与检讨》（《菏泽学院学报》2006年第3期）、宁宗一《古代小说研究方法论刍议——以〈金瓶梅〉研究为例证》（《文史哲》2012年第2期）等皆文侧重于对古代小说研究方法的总结与反思。戴云波《中国古代小说研究方法论》本是一篇"中国古代小说研究的方法和视野"的笔谈文章，编者按曰："本世纪以来，向来被传统观念视为小道的小说受到了学术界的重视，其学术价值和文化意义得到广泛的发掘。特别是进入新时期的近二十年，随着学术文化的大发展，小说研究也出现了空前繁荣的局面。但是，毋庸讳言，在近年的小说研究中，同时又存在着一些不良倾向。比如脱离文学本体的繁琐'考证'，捕风捉影似的'索隐'式研究，对一些细枝末节问题的纠缠不休，乃至与学术无关的'争论'等。以上现象，显然无助于小说研究的健康发展。特别是在21世纪即将来临之际，更需要我们进行深刻的反思，以建立真正意义上科学的小说研究方法和观念。我们认为，对小说研究方法进行探讨，对传统的小说研究从文化视野上加以开拓，对于建立科学的小说研究体系应当是有所裨益的。"可见这次笔谈的宗旨即在对20世纪小说研究方法回顾反思基础上的学术反思与矫正。但总体而论，唯有戴云波《中国古代小说研究方法论》比较切合这一要求，戴文的核心观点是"方法论的探索与突破正是尽快建构中国小说研究体系的必要前提"，认为世纪之交的中国古代小说研究与整个中国古代文学研究一样，正处在变革与突破的前奏期，它需要克服重重困难的极大勇气与高屋建瓴的极大魄力。正如近现代学者对古典小说研究的突破首先是对方法与观念的突破一样，当前的古代小说研究欲走出自我循环的窘境亦亟须方法与观念的突破，同时前人的经验与教训需要及时地整理与汲取。只有这样才能使我们的研究向科学化、理论化、个性化迈进，从而在思维层面上校正自己的研究方向，为古典小说研究确立更高的学术标的。刘天振《20世纪〈水浒传〉研究方法的回顾与检讨》、宁宗一《古代小说研究方法论刍议——以〈金瓶梅〉研究为例证》皆为经典个案研究方法论的反思之作，前文指出20世纪《水浒传》研究方法的递嬗演变走过了一个从多元拓进到一元独尊再到理性自觉、多元并驰的曲折历程，该文旨在对这一学术进程进行系统梳理与评述，总结其经验和教训，并对未来《水浒传》研究方法如何突破与超越提出了建设性意见；后文认为，回顾与前瞻小说研究，反思规范与挑战规范，是我们不可推卸的责任。中国古代小说研究必须面向世界，开辟中外学术对话的通道，借鉴、汲取新观念、新方法，在继承前贤往哲一丝不苟严谨治学精神的同时，随时代的前进而不断更新和拓展。古代小说研究的方法应回归文学本位，即对文本进行细读，从而强化小说的审美研究，并以此为基础关注作家心态史，以心会心,将心比心,对文本进行真切的内心体验和纯真的审美体验。此外,回归文学本位作为一种本体性的思考,从其逻辑关系来看,还要充分考虑到文学本体的核心,即文体。宁宗一另有《我对近年〈金瓶梅〉研究方法之反思》(《文史知识》2011年第1期),也是在方法论的反思中强调回归文本,可以相互参看。

此外,蒋述卓、闫月珍《对中国文学批评及古代文论研究方法的反思》[《中山大学学报》(社会科学版)2001年第2期]、李春青《20世纪中国古代文论研究的意义与方法反思》(《东岳论丛》2006年第1期)、顾祖钊《对中国古代文论研究方法的反思》(《文化与诗学》2009年第1期)等文注重于文学批评方法的反思。蒋述卓、闫月珍之文回溯20世纪80年代以来,在"方法热""方法"观念的影响和启示下,古代文论研究界对中国文学批评方法的研究,对古代文论研究方法的反思取得了积极的成果。由古今问题所引申而来的"古代文论的现代转换"将古代文论研究推向了对历史的纵深和未来的走向的思考。对方法的反思体现了这一时期古代文论学科强烈的自省意识。李文提出,20世纪的中国古代文论研究是值得反思的学术领域,因为古今中西的学术旨趣、价值观念都在这里汇集、碰撞。在人们普遍怀疑中国传统文化的合法性并普遍接受西学影响的20世纪,中国古代文论这个学科或研究领域的建立本身就充满了悖论。在价值认同受阻的情况下,科学主义倾向就自然乘虚而入了,这也正是20世纪古代文论研究最大的失误之处。顾文认为我国目前古代文论研究人员的文学理论基础学的都是从苏联引进的文学理论,而苏式文论却是一种有着严重缺陷的文论,由其造成的负面影响主要有:第一,文学观念论的误导;第二,文化语境观念的缺失;第三,中国儒家的哲理的象征的文艺观被严重歪曲;第四,中国文学理论思潮史和文学史的发展脉络被模糊了;第五,哲理文学特别是宋诗的影响被淡化了。鉴此,作者提出要在21世纪取得古代文论研究的新高度,观念和方法的更新势在必行。

面向未来,回望历史,20世纪古代文学研究给我们留下了丰硕的成果,也给我们留下了许多问题和思考,因而需要"从宏观上阐述发生在20世纪古典文学研究领域里的重大革命和发生在研究者头脑中的深刻思想变化的历史轨迹,指明 20 世纪古代文学研究的鲜明时代特征和它在弘扬优秀民族文化传统中的重要作用,并为 21 世纪的古典文学研究提供研究方向上和方法上的借鉴"①,换言之,世纪反思本身即包含了前瞻的内容,前瞻是回顾的题中应有之义。

二 21 世纪古代文学研究的前瞻

在回顾 20 世纪古代文学研究的基础上,很多学者提出了对于 21 世纪古代文学研究走向或趋势的前瞻性设想或看法,或针对具体研究对象,如《诗经》、词、赋、小说等②,或针对古代文学研究的普遍情况,就其性质而言,除了一般所论及的外部条件的改善、学科体系的进一步建设、学术规范的强化外,21 世纪的古代文学研究要取得新的进展,最重要的在于三个方面的突破,加强学科建设、扩大研究领域与更新研究方法。

1. 加强学科建设。进入 21 世纪之后,古代文学学科借助"世纪反思"的东风,而由此前的学科独立、学科复兴进而走向学科自觉,其中的重要内容就是如何加强古代文学学科建设,而学科建设内容相当广泛,不仅仅是学术研究,还包括人才队伍建设与人才培养、学术评价与管理等。

2000 年 4 月 22—25 日,由教育部人文社会科学重点研究基地——复旦大学中国古代文学研究中心组织的"全国高校中国古代文学研究与教学第一届研讨会"在上海天益宾馆隆重举行。来自国内 140 多所高校的 160 多位中国古代文学学科负责人汇聚在一起,共商学科建设大计,所以此次会议与学科建设密切相关。经过四天的研讨,代表们重点交流了对中国古代文学研究和教学的看法,主要包括 20 世纪中国古代文学研究的回

---

① 赵敏俐、杨树增:《20 世纪中国古典文学研究史》,陕西人民教育出版社 1997 年版,第 5 页。

② 参见苏芸《从〈诗经〉研究看新世纪古代文学研究走向》,《昌吉学院学报》2001 年第 4 期;何新文《21 世纪赋学研究需要重视的几个问题》,《湖北大学学报》2001 年第 6 期;朱德慈《词学研究前瞻》,《淮阴师范学院学报》2002 年第 5 期;马成生《新世纪古代小说研究应注意的三个问题》,《新疆师范大学学报》2002 年第 1 期;齐裕焜《21 世纪中国古代小说研究之展望》,《福州大学学报》2005 年第 1 期。

顾，新中国成立五十年来中国古代文学教材建设和教学改革的得与失，运用现代化技术促进古代文学研究、教学、情报资料建设的现状和前景，21世纪本学科发展趋势的展望及其应采取的对策等议题。随着研讨的深入，各高校代表在知己知彼的同时，再就开展全国高校中国古代文学学科建设协作的必要性和可行性进行了热烈的讨论。通过集思广益，代表们一致要求，尽快出版中国古代文学学科建设集刊，定期召开全国高校中国古代文学研究与教学研讨会，并在条件成熟时成立全国高校中国古代文学研究会，以便这种交流与协作能够有序进行。①

2007年6月21—22日，由《文学评论》编辑部、《文学遗产》编辑部、辽宁大学文学院等主办的"新世纪古代文学学科理念与发展思路研讨会"在沈阳辽宁大厦举行，来自全国十几所高校和科研单位的数十位学者参加了此次会议。这是一次相对比较明确的学科建设研讨会，在两天的讨论中，与会学者回顾了古代文学学科自建立至今百年间的发展历程，分析了本学科在当前所面临的种种困惑和挑战，探讨了未来学科建设与发展的可能趋势和方向，同时也涉及如何确立古代文学学科的自我身份认同，以及多领域、跨学科研究的问题，与会学者认为跨学科研究是学术研究领域内不可逆转的潮流，但是对于古代文学学科而言，还需要确立守土保疆的观念，在保证学科的独立性和特殊价值的前提下，采纳其他学科领域内的有益成果和经验。②

在21世纪古代文学研究的前瞻中，古代文学学科建设的问题受到学界的高度关注与重视，出现了诸多正面论述的论文，主要有：戴伟华《在新世纪应加强交叉学科的古典文学研究》（《新疆师范大学学报》2002年第1期），陈友冰《关于古典文学学科体系的思考》（《江淮论坛》2002年第3期）、《关于建立中国古代文学学科体系的若干思考》（《殷都学刊》2003年第3期），葛晓音《让研究者沉下心来做学问——关于学科建设的一点想法》（《江汉论坛》2002年第11期），李炳海《中国古代文学的学科整合刍议》（《江汉论坛》2002年第11期），党圣元《学科意

---

① 《全国高校中国古代文学专家汇聚上海共商学科建设大计》，《复旦学报》2000年第3期。
② 王珏：《新世纪古代文学学科理念与发展思路研讨会综述》，《文学评论》2007年第5期。

识与体系建构的学术效应——关于古代文学批评史研究学科的一个反思》（《文学评论》2004 年第 4 期），刘彦彦、陈洪《中国古代文学学科建设之刍议》[《华北水利水电学院学报》（社会科学版）2009 年第 3 期]，郭浩帆《论近代文学的学科地位与研究趋向》（《学术论坛》2010 年第 4 期），李浩《谈古代文学学科的包容性特色》（《文学遗产》2011 年第 6 期），邓鹏雄《关于古代文学学科定位的思考》（《大众文艺》2011 年第 16 期），张金梅《中国古代文学研究的学科范式——兼与周裕锴先生商榷》（《黑河学刊》2012 年第 11 期），等等。陈友冰《关于古典文学学科体系的思考》分三个阶段回顾了海峡两岸近百年来中国古典文学研究观念的演进历程，分析了目前学科体系上存在的缺憾，对建构具有当代意识的、科学的古典文学学科体系提出了四个方面构想。首先，"独立、明晰的学科畛域和稳定、开放的结构体系"。应根据学科的特点，在古代文学的学科领域之内开展文献学、文艺学、文论学、文学史及学术史研究。其次，"科学、多种的研究手段与中西文化的交流汇通"。应适应时代发展的需要，立足于传统文化广阔深厚的背景，实现观念、思路、方法的现代转换，同时要避免生搬硬套，力求在精神实质上相互契合。再次，"参与现实文化创造、体现当代人文关怀"。现今的古代文学与现实生活出现了偏离，无论是迎合世俗、消极规避还是采取取消主义、显现无奈心态，都反映出学科内部对承继传统的无所作为。学术成果的通俗化、普及化应该是可以尝试的一个突围路径。最后，"张扬学术个性、重铸学术品格"。应注重研究者自身的素质建设，从学术人格与理论品格两方面进行重建。刘彦彦、陈洪《中国古代文学学科建设之刍议》提出，为了承续优秀传统文化，开拓更广阔的研究空间，服务于当代新文化的建设，中国古代文学学科建设要抓住以下几个关键环节：首先是承续传统修养，重视文献学基础，强调原典阅读，强化文学的教育功能；其次，关注"非主流"文学，努力再现古代文学的完整面貌，开拓更为广阔的、多层次的研究领域；最后，在古代文学的研究中注入时代性，充分利用当代提供的各种条件来补充新材料，改变固守文本形态的文学研究方法，打通各学科的界限，建立起一个跨学科的研究框架，并在正确的注疏和阐释古典文献的基础上，进行开放性、当下性和现代性的"意义阐释"。

古代文学学科建设的核心内涵是学科体系、学术体系与话语体系建设，其中学术体系建设居于核心地位，许多学者从不同视角对此做出了回应，张炯《加强古典文学研究的当代性》（《文学遗产》1996年第5期）旨在强调古代文学研究的当代性，提出要进一步加强古典文学研究的当代性，更好地批判继承我国悠久的文学遗产，更恰当地评价古代作家作品的成就，并深化文学发展的各种历史现象和规律的研究。张稔穰《二十一世纪世界文化格局中的中国古代文学研究》（《百年学科沉思录：二十世纪中国古代文学研究回顾与前瞻》，人民文学出版社1998年版）旨在强调古代文学研究的世界性，提出在21世纪的世界文化格局中重新思考和定位中国古代文学研究。赵敏俐《新世纪的中国文学研究如何体现中国文化传统——从〈中国历史文学史〉说开去》（《江汉论坛》2002年第11期）则旨在强调古代文学研究的民族性，作者有感于在中国古代文学研究体系现代化的过程中，却表现出越来越明显的西方化的色彩。这些西方的理论有助于我们在世界范围内认识中国文学，但是从根本上不可能很好地解释中国古代文学现象，反而使人们对于中国古代文学规律的认识越来越模糊，越来越偏离历史的事实和民族的传统，失去了民族的特色。新世纪的中国古代文学研究如何坚持中国文化传统，这应该是摆在我们面前的一个重要任务。要改变现在的古代文学研究模式，不仅需要我们在理论方面进行充分的探讨，更重要的还是结合中国文学的特色而进行认真的研究和实践。其他如李显卿《新世纪中国古代文学研究的突破与创新》（《辽宁工学院学报》2004年第4期）、史哲文《中国古代文学研究与当代价值使命的双向思索》（《南昌师范学院学报》2016年第1期）、康震《弘扬传统，创新话语，贡献智慧——中国古代文学研究的文化担当与时代使命》（《文学评论》2016年第6期）、张剑《困窘与出路：古代文学研究"文化学转向"的背后》[《华南师范大学学报》（社会科学版）2012年第6期]、张胜利《现代性追求与民族性建构——马克思主义视域下的中国古代文学研究》（博士学位论文，复旦大学，2007年）等文，从不同的视角对此作了论述。李文认为，中国古代文学研究在不同历史时期各有其时代特点，新世纪文学研究应从理论体系、多维视野以及研究方法等三方面实现突破和创新，其路径依赖于学人的学养、胸襟的开放以及制度性改革等。康文提出，中国古代文学研究应当在推动中华文化创新发展的进程中大有作为，为弘扬中国古代文学的精神传统，传承创新中国古代文学的学科体系、话语体系，为推动中国文学与中华文明走向新的历史性辉煌，为增强中华民族的文学自信、文化自信和价值观自信，贡献中国文学应有的智慧。这是中国古代文学研究在当代中国的文化担当，是古代文学研究者应当肩负的时代使命，是中国古代文学研究在今后一个历史时期应该坚持的发展道路和前进方向。

在 2019 年 5 月 26 日中国社会科学院文学研究所于北京召开的"纪念中国文学研究 70 年"学术研讨会上，梅新林《七十年古代文学研究学术反思的重要节点与成果》一文进一步提出了关于古代文学学科体系、学术体系、话语体系建设的整体构想，强调学术反思不仅仅是为了总结过去，同时有启示未来的功能。也就是说，对于新中国成立七十年来中国古代文学研究学术总结与反思的成果，不应仅仅局限于诸多研究综述或学术史论著的问世，而应重在为推进中国古代文学的学科体系、学术体系、话语体系建设提供新的逻辑起点与学术参照——这是新中国成立七十年来古代文学研究学术反思更为重要的目标指向与重要使命。首先，学科体系建设是学术体系、话语体系建设的基础。学科体系通常理解为高等教育部门根据科学分工和产业结构的需要所设置的学科门类与层级系统。[①] 新中国成立七十年来，中国古代文学学科经历了学科独立、学科复兴与学科自觉三个历史阶段。尤其是进入 21 世纪之后，古代文学学科反思成为"世纪反思"的重要内容，所论直接论述或涉及古代文学学科建设的诸多问题，其局限是普遍关注学术研究本身而忽视了学科组织体系建设，所以需要加以切实有效的纠正。其次，学术体系建设是学科体系、话语体系建设的核心。鉴于学科是由知识分类体系与学术组织体系两个方面所组成，则古代

[①] 根据 2011 年国务院学位委员会、教育部新颁布的《学位授予和人才培养学科目录（2011 年）》，学科门类划分为哲学、经济学、法学、教育学、文学、历史学、理学、工学、农学、医学、军事学、管理学、艺术学等 13 大学科门类；文学学科门类划分为中国语言文学、外国语言文学、新闻传播学 3 个一级学科；中国语言文学一级学科划分为文艺学、语言学及应用语言学、汉语言文字学、中国古典文献学、中国古代文学、中国现当代文学、中国少数民族语言文学、比较文学与世界文学等 8 个二级学科。

文学的学术体系主要对应于其中的知识分类体系，所以古代文学的学术体系并非外在于学科体系而存在，而是学科体系内核之所在。综合当前学界有关古代文学学术体系建设的讨论，古代文学学术体系建设应重点聚焦于分支体系、理论体系与方法体系的三大分支体系建设。最后，话语体系建设是学科体系、学术体系建设的载体。所谓话语体系，通常是指话语表达、交流、传播体系，是理论体系、知识体系与价值体系的符号系统与表达形式。古代文学话语体系建设之重要，一方面从理论上说，是因为它直接关系到学科体系、学术体系建设的成效；另一方面从实践上看，当前的古代文学话语体系还存在着种种缺陷。概而言之，就是西化、泛化与俗化三大问题。克服和消除古代文学话语体系的西化、泛化与俗化三大问题，关键是要回归文学本位，回归科学态度，回归审美特征。然后思考如何以契合古代文学内涵、特征与功能的话语体系，进一步讲好古代文学故事，传播古代文学经典，弘扬古代文学精神。总之，加强中国文学学科体系、学术体系、话语体系建设，需要以学科体系建设为基础，以学术体系建设为核心，以话语体系建设为载体，这既是新中国成立七十年古代文学研究学术反思的重要使命，也是未来古代文学研究进一步走向繁荣发展的目标导向。[1]

2. 扩大研究领域。20世纪的古代文学研究领域较之传统研究已经有了很大的拓宽，但并不是说古代文学已被一网打尽，实际上20世纪的古典文学研究往往仅限于名家名著，对许多二、三流的具有文学史意义的作家关注不够。以唐代诗人为例，《全唐诗》收唐代诗人2200余家，有研究价值的至少百人，而现在获得研究的唐代诗人不足30人。[2] 而在新中国成立以来的明清小说研究中，关于《红楼梦》《水浒传》《聊斋志异》《三国演义》《金瓶梅》《西游记》《儒林外史》这七部名著的研究占了88.45%，而且几乎每两篇论文中，就有一篇是关于《红楼梦》的。[3] 这

---

[1] 梅新林：《七十年古代文学研究学术反思的重要节点与成果》，《浙江社会科学》2019年第5期。
[2] 郭延礼：《新世纪古典文学研究走向的思考》，《新疆师范大学学报》2002年第1期。
[3] 陈大康：《关于明清小说研究格局的思考》，《明清小说研究》1995年第1期。

种研究现状说明 21 世纪的古代文学研究亟待扩大研究领域、吸纳更多研究对象。

一是继续强化作家群体研究（包括流派、社团等），群体研究更能体现一个时代的文学思潮，也更能反映一个时代的创作风貌。诸如山水派、边塞派、田园派、江西诗派、豪放派、婉约派、竟陵派、公安派、前后七子、桐城派等虽都已有专题研究，但还远远不够。即以清词而论，除去我们常提到的浙派、阳羡派、常州派之外，还有许多词派（如云间派、嘉善地区的柳州词派、临桂派）、词人群（如毗陵词人群、广陵词人群、宛陵词人群、西泠十子、吴中七子、后吴中七子）均缺乏总体性的综合研究。

二是加深女性作家研究。中国女性文学，特别是明清异常繁荣，才女辈出，诗文集数以千计，但古代文学史提及的女作家充其量不超过 10 人，比较有代表性的如清代江浙女作家群、近代南社女作家群、清末民初女性小说作家群、女性翻译家群，基本处于无人问津状态。①

三是关注非主流文学研究。非主流文学相对于主流文学而言，其内涵非常复杂，有古今不同语境中的非主流文学，有作家创作的非主流文学，有内容题材的非主流文学，有文体样式的非主流文学，有历史朝代的非主流文学等，主要指某一时代、某种文体、某一作家及某种题材内容中不占主导地位的文学创作或作品。非主流文学是整个古代文学中不可缺少的组成部分，它与主流文学相辅相成，互为影响，共同构成了古代文学之"全景"。但是，在 20 世纪的古代文学研究格局中非主流文学所占的份额太少，这一疏漏不应在 21 世纪继续延续。研究非主流文学对于全面把握古代文学之价值、解决古代文学研究中的诸多问题及弥合"话语文学史"与"文学实况史"之差距等，都有极其重要的意义。②

四是继续加强"缺段"研究的弥补。20 世纪前 80 年对中国古代不同时段文学的研究是不平衡的，新时期以来，学者注意到了过去研究较为薄弱的"缺段"，给予了更多的关注，如北朝文学、辽金元文学、明清诗文

---

① 以上两点参考郭延礼《新世纪中国古典文学研究路向的思考》，《文学评论》2002 年第 4 期。
② 吴建民：《非主流文学：新世纪古代文学研究的一个关键话题》，《山西师大学报》2006 年第 5 期。

研究、近代文学研究等①，但与已有较成熟、深入研究的唐宋文学、先秦汉魏文学等相比，这些"缺段"研究仍显得较为薄弱，有待加强，如在词学研究中，金元词的研究著作直到最近才出现寥寥数本，且多通论性质，深入细致的研究尚未展开；明词研究依旧一片荒漠，只有几篇鸟瞰式的论文，差可谓荒漠中的几片绿洲；清词研究近来稍见升温，已出和将出的专著有十数部，但论词侧重于前清和中叶，论词学批评集中于晚清，实则"逮乎晚清，词家极盛"，词人和词作数量远迈唐宋元明任何一朝，亦抵清前期及其中叶的总和，且流派纷呈，佳作层出，更有细加测评的必要。除却义理及艺术批评，词学研究的其他领域，如词律学、词谱学、词韵学、词乐学等，有待突破的空白点更多，而从事这类研究的专业人员甚鲜。②

3. 更新研究方法。在有关前瞻的讨论中，理论、观念、方法的重要意义是学者最为关注的议题之一。在"21世纪中国古代文学研究走向及学科发展研讨会"上，专家们一致认为，在21世纪的古代文学研究中，不仅要吸纳与借鉴哲学、美学、宗教、历史学、社会学等相关学科的观念与方法，在理论上要有所突破，在方法上要有所创新，同时要把宏观研究与微观研究有机地结合起来。③ 2001年在浙江师范大学举办的全国部分新闻出版单位"21世纪中国古代文学研究的前瞻与创新"学术研讨会上，与会者就古代文学的理论建设、古代文学研究中文献考评与理论思维的结合展开了热烈讨论。许逸民指出古代文学研究发展的余地很大，用新的理论阐述古代文学是一个常谈常新的话题，古代文学研究首先是文学的，特点是古代的，所以今后的研究中，史料考证不能抛弃，而文艺理论研究应该进一步加强。④

---

① 黄霖主编，周兴陆著：《20世纪中国古代文学研究史·总论卷》，东方出版中心2006年版，第405—416页。
② 朱德慈：《词学研究前瞻》，《淮阴师范学院学报》2002年第5期。
③ 程二行：《21世纪中国古代文学研究走向及学科发展研讨会综述》，《文学评论》2000年第5期。
④ 崔小敬：《全国部分新闻出版单位"21世纪中国古代文学研究的前瞻与创新"学术研讨会综述》，《文学评论》2001年第5期。

在出现于世纪反思的方法论论著中,有部分重在历史回顾与总结,还有一些则重在提出方法论的整合与创新。具体说来,21世纪古代文学研究方法的更新应包含研究者理论与方法素养、多元方法的交叉融合与跨学科研究方法的运用三个层面。

首先,注重研究者理论与方法素养。古代文学研究者要增强自身的理论素养和时代意识,随着全球一体化趋势的增强,古代文学研究在充实其理论性的同时,要具备全球意识,用新的眼光去观照古代文学,结合世界先进的文学观念和研究方法,吸收国际上的优秀成果来丰富和完善自身,进而推动和实现古代文学研究的创新。杨乃乔《古代文学研究与两种方法论的整合》(《文艺研究》1997年第3期)提出,20世纪末与21世纪初的交汇之际是中国古典文学在方法论上摇摆与抉择的时代。现已存在的学术事实证明,无论是中青年学者还是老一辈学者,都已自觉不自觉地把自身的学术生命定位在方法论上进行着思考。可以说,学术生命在方法论上的定位对每一位学人来说有着极为重要的意义,它显示了作为学者其学术生存的价值取向及自身对学术研究进行的一种观念与信仰的投入。[①]

其次,注重多元方法的交叉融合。杨乃乔《古代文学研究与两种方法论的整合》将不同学者的方法论划分为"新方法派"与"国学派",前者大都是以多元的视角从理论的高度透视文学现象,因此,哲学、美学、心理学、语言学、文化学、人类学、社会学成为他们阐释文学现象的工具;后者则大都承继了国学的传统操作技术,从历史与文献的视角靠向文学现象,因此,小学、文献学、版本学、目录学、考古学、音韵学成为他们阐释文学现象的工具。作者在分析各自短长的基础上提倡彼此的相互融合。再如张晶就提出训诂方法与西方阐释学、现象学、美学方法的结合,考据学和"原型批评"方法的结合。[②] 张伯伟《加强中国古代文学批评方法的研究》(《新疆师范大学学报》2002年第1期)提出中国古代文学批评方法,包含一个前提(文献基础)和三个结合(文史哲结合、文学与

---

① 杨乃乔:《古代文学研究与两种方法论的整合》,《文艺研究》1997年第3期。
② 程二行:《21世纪中国古代文学研究走向及学科发展研讨会综述》,《文学评论》2000年第5期。

艺术结合、中外结合)。因此，完整的表述应该是以文献学为基础的综合研究，强调文史哲结合、文学与艺术的结合与中外结合。李显卿《新世纪中国古代文学研究的突破与创新》进而强调，研究方法不仅仅是抽象的理论，实际上对文本的感悟与把握本身就带有理性的色彩，某种理论方法的运用必须与生动鲜活的文学现象相融合，新方法的"他山之石"，必须落实到具体的文学研究文本上，而不能生搬硬套。而且21世纪的古典文学研究要走向深入，必须将传统文学研究方法与新方法参融结合，"既可沿续考据的传统，又可在理论体系方面有所建树。既可做文学本体的微观探索，寻绎文学的内在规律，又可以文化的宏观视野审视作家与文本，研究文学与社会的血肉联系"。①

最后，是跨学科研究方法的运用。跨学科既是一种理念，也是一种方法，郑杰文主编《中国古代文学跨学科研究》(清华大学出版社2009年版)、戴伟华《在新世纪应加强交叉学科的古典文学研究》(《新疆师范大学学报》2002年第1期)对此作了相当系统的论述。戴文认为，20世纪古代文学研究中的许多问题是依靠相邻学科的发展解决的，交叉学科中的中国古代文学研究已经取得了很大的成就，但仍然有相当大的发展空间。第一，由于学术视野的拓宽，研究者必然关注事物本质的整体性探讨，追求研究对象的系统性和理论性，不仅强调整体性研究，而且注重整体思想指导下的分类研究。因此，在交叉学科中研究古代文学，具有系统全面观望和局部深入研究的双重优势。第二，交叉学科研究有利于提出问题和解决问题，例如唐诗的繁荣与科举制之间孰因孰果的问题，正是用史学与文学交叉研究的方法解决的。因此，交叉研究不仅是工作思路，而且要通过交叉研究得出新颖而有说服力的结论，这才是学科交叉研究的目的。第三，方法的尝试和工作规范的建立。为使交叉研究更具科学性，学者们应有意识地从事多学科方法和知识的结合研究，并且应当像自然科学倡导宽容试验失败那样，为社会学科营造适当进行实验研究的学术气氛。②

---

① 李显卿：《新世纪中国古代文学研究的突破与创新》，《辽宁工学院学报》2004年第4期。
② 戴伟华：《在新世纪应加强交叉学科的古典文学研究》，《新疆师范大学学报》2002年第1期。

21世纪的第一个十年已经过去,在这个充满希望光芒的十年里,古代文学研究以更快的势头进一步深入发展着,许多年轻的研究者、新的研究成果小荷初露,已可想象其日后风姿。在第一个十年即将结束时,许多学者不约而同地对这十年的古代文学研究进行回顾,掀起了一个新世纪十年研究反思的小高潮,从这些回顾中,我们可以发现,世纪反思中对21世纪古代文学研究的前瞻设计大多数落到了实处,并在十年的时间里取得了不俗的成绩。如汉魏六朝乐府研究,在以往研究的积淀上,研究领域得到极大的拓展,研究视野更加宏观、方法更加多元,在乐府歌辞的音乐类型、乐府歌辞的生态、文人拟乐府歌辞等方面取得了明显进展;[①] 而原先未得到学界充分重视、研究相对薄弱的明杂剧研究,则无论是研究方法、角度还是研究成果,都出现了新的局面,不仅出现了戚世隽《明代杂剧研究》(2001)、徐子方《明杂剧史》(2003)这样系统性的研究专著,而且单篇论文数量大增,研究对象涉及杂剧的文本内容、体制、创作等各个方面,研究方法与角度既有对以前的研究模式的继承延续,也有新的突破:如在比较中把握明杂剧,联系社会大背景对明杂剧进行研究,将明杂剧的研究从文本研究层面渗入表演层面的研究,等等;[②] 再如宋代话本研究,20世纪90年代之前研究主要集中在话本小说的起源和家数研究、话本小说的篇目考证、话本小说叙事艺术研究等方面,而近十年来学界开始尝试多角度——从美学、社会学、文化学等新的方向研究宋话本,并运用西方文学理论对宋话本这一文学样式的产生和兴盛进行深入探讨,宋话本走出了"宋元话本"及明清拟话本视域而成为独立研究对象,宋话本的城市经济背景研究、宋话本与市民阶层的关系研究,以及宋话本作为俗文学的文学史地位和自身美学特征研究等方面的研究都取得了显著的成绩。[③]

时光荏苒,岁月如梭,沐浴着新世纪的晨光,古代文学研究取得了可喜的成绩,第一个十年已逝,我们相信,在第二个十年、第三个十年……第十个十年中,历史悠久、积淀丰厚的古代文学研究不仅能够更充分、更

---

① 吴大顺:《近十年汉魏六朝乐府歌辞研究综述》,《中国韵文学刊》2011年第1期。
② 瞿慧:《近十年明杂剧研究综述》,《重庆社会主义学院学报》2010年第2期。
③ 余戈、段庸生:《近十年宋话本研究综述》,《湖北社会科学》2010年第4期。

全面地汲纳以往研究的经验与教训，也能够在新的世纪里以海纳百川的胸怀、面向未来的勇气，更紧密、更融通地与民族文化、时代精神相结合，开创出新的局面，谱写出新的乐章！

第四节 世纪反思的三大理念

综观这二十年来学者们对20世纪古代文学研究的反思，除了对古代文学研究具体成就、经验与教训的回顾与反思之外，从理论维度上说，涉及了三个极其重要的问题，即古代文学研究的现代品格、理论建构和当下关怀，分别关涉到中国古代文学研究的性质界定、理论工具和价值取向，可以说，对这三个问题的思考构成了这场世纪反思的主轴。

一 现代品格

对20世纪古代文学研究进行回顾与反思，可以采取不同的视角、不同的层面，其中一个最重要的宏观问题就是20世纪古代文学研究的性质。

20世纪作为中国从古代社会向现代社会的过渡，不可否认，20世纪的古代文学研究也经历了一个相应的转型过程，徐公持认为这一转型是"近代化转型"，指出中国古典文学研究在21世纪内走过了一条由古典型向着近代型不断演变的道路，学术的近代化成为百年发展的主线，近代化过程涵盖着本学科的全体和各个方面，包括学术观念和学术方法，以及作为学术观念和方法的结果——学科成果的产生，还有学术观念和方法的体现者——学科人才的养成。[1] 但更多的学者则认为这一转型是"现代化转型"，20世纪中国古代文学研究的性质应是"现代化"，如王瑶主编的《中国文学研究现代化进程》，从论题本身就提出中国古代文学研究在20世纪踏上了"现代化进程"。[2] 吕薇芬也提出："20世纪的文学研究，是

---

[1] 徐公持：《二十世纪中国古典文学研究近代化进程论略》，《中国社会科学》1998年第2期。
[2] 王瑶主编：《中国文学研究现代化进程》，北京大学出版社1996年版。

从传统的古典型向科学的现代型转化的过程。它与中国社会的转型同步。"① 说 20 世纪中国古代文学研究是"学术的近代化"的看法，大致是以西方的学科分化和学科体系的建立为标准，20 世纪的古代文学研究确实有一个文学从历史、哲学中分化出来、建立独立的学科体系的过程，但并不能把整个 20 世纪的古代文学研究都看作这一过程的中间环节。事实上，20 世纪初，金天翮、王国维等在引进西方人文思想时就同时引入了西方的学科分类和学术独立观念，王国维在《国学丛刊·序》（1911）里就把"学"分为科学、史学、文学三类，明确了文学的界定。也就是说，在 20 世纪初，中国人文学术界已经实现了文学学科的自觉分化和界定，古代文学研究已趋于学科独立，已进入近代化形态。此外，"近代化"一词在中国往往有着约定俗成的意义，特指 1840 年到"五四"运动前这一历史过程。就这个意义而言，"在 20 世纪中外文化广泛交流、影响的大背景下，中国社会形态从古典形态向现代社会变革的过程中，20 世纪的中国古代文学研究，逐渐摆脱了传统学术模式，不断创新、前进，努力建立适应社会发展和对象特征的新的学术模式，融入现代文化生活"② 的这一过程，更应该被称为"古代文学研究的现代化进程"。

二 理论建构

现代化的中国古代文学研究当然要求研究者具有现代的学术素养，而"古代文学研究者的现代学术素养是传统因素与现代因素的综合体，它必须接受现代的观念意识与研究方法，但却并不抛弃传统的合理成分"③。可以说，合理融纳传统与现代的研究观念、研究方法，建立一个完整、系统、丰满的理论体系，是中国古代文学研究最终实现现代化的重要标准。然而，在世纪反思中，很多学者发现"古典文学研究的理论品格要低于现当代文学研究"，郭英德把这种"理论的困惑"称为"伪理念形态"、

---

① 吕薇芬：《二十世纪的中国文学研究》，《文史知识》2000 年第 2 期。
② 以上论述参考了黄霖主编，周兴陆著《20 世纪中国古代文学研究史·总论卷》，东方出版中心 2006 年版，第 1—2 页。
③ 左东岭：《古代文学研究者所应具备的现代学术素养》，《文学前沿》1999 年第 1 期。

"准理论形态"和"非理论形态",并对其根源与表现作了鞭辟入里的犀利分析,如认为"准理论形态"就是依傍于某种口口相传、人云亦云的现成理论,不讲条件的教条演绎,"非理论形态"则视一切理论思维为"邪魔外道""野狐禅",自觉地消解古典文学研究的理论品格。① 当然,这一现象的形成与中国古代文学数千年因袭的重担不可分割,但也与古代文学研究者的理论素养不够、学术界的风气不正有密切关系,尤其是在古典传统与现代理念之间、在本土对象与西方话语之间,古代文学研究者面临着两难的抉择。20世纪80年代兴起的"新方法热",其在古代文学研究界的急切尝试与严厉质疑正是这一两难心理的反映,研究者或饥不择食地拿来就用,或生吞活剥地照葫芦画瓢,或因噎废食地拒斥一切理论,以致"新方法论"在古代文学研究界结出的果实并不尽如人意,很多"成果"都是昙花一现,导致了一批并无真正理论价值的肤浅之作的问世,但"历史的教训不应该导致人们对于理论的疏远与鄙薄,而应能从反面促使人们更加执着地去进行艰辛的理论探寻,摒弃躁狂和浮泛,进而实现一种坚实可靠的理论建构"。② 当然,深刻的理论素养、独到的理论眼光和熟练的理论方法并非短时间内速读几本书,掇拾几个新概念、新名词就能立时获得,而是需要长时间的沉潜、积累、融汇和升华。古代文学研究的理论建构必须立足于古代文学自身:

> 对古典文学研究来说,理论的出发点应是历史上存在的具体文学现象,而绝不是某种悬想臆造、现成抄袭或进口倒卖的理论。研究者首先应沉潜于文学史料的宝藏之中,发现问题,思考问题,解决问题,并将他们的发现、思考与解决,上升到理论高度,提炼出理论结晶。因此,我提倡"走向具体",主张"小题大作",而不赞成"假、大、空"式的所谓"宏观研究"。在学术研究中,"实事求是"可谓最为传统、毫不新潮的方法,然而却是最为有效的方法。在这里,至为关键的是研究者对思维方式的自省与自觉,是研究者应具的思维的

---

① 郭英德:《中国古典文学研究的理论品格》,《文学评论》1997年第4期。
② 刘扬忠:《研究者要重视理论》,《文学评论》1997年第4期。

敏捷性和理论的判断力。①

认识问题是解决问题的前提，世纪反思中对于古代文学研究方法论的批评与思考，必然有助于 21 世纪的古代文学研究的方法更新与理论建构，而新世纪一些运用新理论方法进行的研究实绩亦已获得学界的认同。

三　当下关怀

正如意大利著名文艺批评家、历史学家、哲学家克罗齐的名言"一切历史都是当代史"一样，中国古代文学研究的对象虽然是已经固化的、过去的存在，但并不是说中国古代文学研究也可以完全脱离时代、社会与人生。有鉴于 20 世纪五六十年代简单化的"古为今用"的惨痛教训，"新时期"以来的古代文学研究刻意疏远政治话语，淡化意识形态，确实在某种程度上是一种放松和解放，然而过犹不及，20 世纪 90 年代后的古代文学研究又似乎走上了一条为古而古、名为自律实为自闭的道路。正如有学者指出的，当代的古代文学研究现状呈现出两种看似截然相反实则本质相同的偏向：一是轻浮躁进，浅尝辄止；二是私人化研究，画地为牢。前一种偏向主要表现为选题重复、出版重复；后一种偏向则表现为选题过于冷僻，视野狭窄，不仅与当代的现实人生格格不入，且与古代的现实人生亦相去甚远。② 这里涉及的实际上是古代文学研究的价值与存在意义的重大课题，世纪反思中，很多学者均就这一根本性的立足点问题提出了自己的看法，大致可归纳为"三个面向"，既古代文学研究应面向人生、面向时代、面向未来。

文学是人学，古代文学活力和生命力的来源，主要在于它贮存着关于人生问题的丰富思想蕴含，古今之人要面对相似的诸种人生问题（诸如生老病死、穷通得失、悲欢离合等），故而在今天和将来古代文学都将继

---

① 郭英德：《中国古典文学研究的理论品格》，《文学评论》1997 年第 4 期。
② 程二行：《21 世纪中国古代文学研究走向及学科发展研讨会综述》，《文学评论》2000 年第 5 期。

续发挥其思想、文化、心理方面的作用。[①] 古代文学研究的一个重要内容就在于再现文学家的精神活动，再现文学自身的精神功能，而这种精神还原要求研究者本人必须进行精神参与，以一种富有诗性的个人体验去领略并复活只留下陈迹的文学史实。[②]

古代文学研究首先是一种个人行为，但这种个人行为之所以产生并能进行，一般与一定的社会现实、时代精神、文化风尚等密切相关，就学者明确追求的价值目标来说可以分成两种：一种是完全出于学者个人的兴趣爱好，借文学研究以自娱自适，或追求某种纯学术上的价值，达到学术上的某种自足；另一种学术研究是与社会需要、时代精神、文化变革等自觉地联系在一起，直接或间接地包含着某种社会群体的功利性。个人性研究与社会性研究各有所长，也各有所短，不能绝对地肯定或否定。[③] 但古代文学研究作为当代学术文化的一个重要组成部分，在价值取向日趋多元的现代社会，如何以传统的人文精神为资源，重构理想的未来人性，培植新型的情理范式，再铸炎黄子孙的民族心魂，应该是古代文学研究者责无旁贷的重大历史使命。古代文学研究应积极寻求面向当代文化的表达方式，完成研究语言的现代转向，更好地与其他学科进行有效的交流，以积极的姿态投入当代文化建设中去。

中国古代文学因其形式的精美、内涵的博大、文化的深厚绵长，不仅属于过去，也属于现在和未来，尤其当今国际交往更加频繁和世界经济进一步融合的时代，必将对各民族固有的文化传统形成强大冲击，使之自省、自新，21世纪世界新文化的建构格局，必然是各民族优秀文化传统的互补，而"中国古代文学是中国传统文化的一个重要组成部分，它的许多优秀作品，洋溢着对人生、对自然的热爱，充满着高尚的情操，抒写着对世道公平、关系和谐、社会安定、人类幸福的憧憬与理想。这正是中

[①] 李时人：《"世纪之交：中国古代文学研究的回顾与前瞻研讨会"综述》，《文学评论》1997年第5期。
[②] 郭英德、过常宝：《困境和出路：古典文学研究的现代化历程》，《北京师范大学学报》1999年第2期。
[③] 黄霖：《中国古代文学研究百年反思》，《复旦学报》2005年第5期。

华文化和合精神的体现。21世纪的中国古代文学研究，从总体上说（不是每一项研究成果都如此），应该进一步拓宽自己的视野，在文化传统内部和哲学史、思想史的研究融汇起来，在传统之处瞄准世界新文化的建构，充分阐释它适应21世纪时代需要的内涵，扬弃它保守、狭隘、乖谬的因素，以便在21世纪世界新文化的建构中争得自己的地位，做出自己的贡献"①。

第五节　世纪反思的学术史成果

中国自古重史，学术之有史自先秦已滥觞，至宋朱熹《伊洛渊源录》而成熟，而"在科研工作中重视'学术史'的清理和分析，把自己的研究建立在对该问题'学术史'全面透彻的把握上，是学术规范最基本、也是最重要的内容之一"②，也就是说对以往研究成果的梳理是学者从事任何一项研究工作的前提，是研究的题中应有之义，中国古代文学的研究也不能脱离这一基本规范。在世纪之交的古代文学研究反思热潮中，对以往古代文学研究的回顾与深入思考催生出了一大批具有学术史意味或意义的论著，笔者在前面"世纪反思的双重聚焦""世纪反思的三大理念"中所引用的诸多文章均属此类，实际上都具有学术史的意味，而笔者未加引述的则更多，仅中国人民大学书报复印资料《中国古代、近代文学》1991—2000年九年间收入索引的综述类及学术史类论文就达600多篇。但就某一问题而作的单篇（或系列）反思性论文与有意识地建构学术史完整框架的专著毕竟在体例安排、思想深度、资料多寡等方面有很大的不同，后者需要更明确的意识、更宏阔的视野、更渊博的学识、更理性的判断和更大胆的魄力，因此本节的古代文学学术史论著主要指专著而言，兼及个别重要论文。

---

① 张稔穰：《二十一世纪世界文化格局中的中国古代文学研究》，见《百年学科沉思录：二十世纪中国古代文学研究回顾与前瞻》，人民文学出版社1998年版，第96—96页。
② 董乃斌：《关于"学术史"的纵横考察》，《文学遗产》1998年第1期。

第十章　古代文学研究的世纪反思　631

现代中国古代文学学术史的书写始自新时期的"红学",20 世纪 80 年代,郭豫适率先出版了《红楼梦研究小史稿》和《红楼梦研究小史续稿》,其初衷为"批判地总结《红楼梦》研究的历史成果和经验教训",认为这"对我们今天研究《红楼梦》和古典文学,可以提供一种有益的借鉴,是一项很有意义的课题,可惜我们对这个课题还没有给以应有的重视";[①] 之后,古代文学学术史的编撰延及其他领域,如夏传才《诗经研究史概要》(中州书画出版社 1982 年版)叙述了两千多年《诗经》研究的历史演变过程,马茂元《楚辞研究集成》六种中多数带有学术史或学术史资料的性质[②]。张新科、俞樟华《史记研究史略》(三秦出版社 1990 年版)首次对源远流长的史记研究历史作了全面系统的梳理和总结。陈伯海《唐诗学引论》(知识出版社 1988 年版)将唐诗研究上升到理论化、学科化的高度。许总《杜诗学发微》(南京出版社 1989 年版)以宏观专题的形式描述了杜甫诗歌的研究历史。刘扬忠《宋词研究之路》(天津教育出版社 1989 年版)总结和评价了宋词研究的古代史与现代史。所有这些,都是体现古代文学学术史研究实绩的重要成果。不过从理论层面上看,虽然傅璇琮等学者已明确提出"对学科现状的科学认识和深刻理解,是学科本身趋向成熟的标志,也是它存在的价值","应当开展对研究的研究","在现状研究的基础上,总结本学科的研究史","应从学术史的角度对中国文学的发展作历史的审视,这样可能对文学史的研究提供值得借鉴的学术背景"[③],但就总体而言,20 世纪 80 年代的古代文学学术史基本处于初创阶段,仅有少数论文倡导学术史清理工作的意义并付诸实践,但大多数学者依然缺乏明确地对某一对象研究历史进行总结的自觉意识。直到 20 世纪 90 年代世纪反思热潮的兴起之后,这一局面才有了明显的改变。下面拟分别从古代文学学术史的理论探讨、进程及成果两个层面,对

[①]　郭豫适:《红楼研究小史稿》,上海文艺出版社 1980 年版;郭豫适:《红楼研究小史续稿》,上海文艺出版社 1981 年版。
[②]　马茂元:《楚辞研究集成》,湖北人民出版社 1985 年版。
[③]　傅璇琮:《发刊词》,《中国韵文学刊》1987 年总第 1 期;《〈唐才子传校注〉序》,《徐州师范大学学报》1988 年第 1 期。

世纪之交的古代文学学术史研究作一简要的梳理和总结。

一 古代文学研究史的理论探讨

20世纪90年代之后,世纪反思的情绪日见浓厚,构成了古代文学学术史研究骤然升温的文化氛围和原动力,正如1988年傅璇琮所预言的:学术史的研究"过去是被人们忽视的,今后可能会提到日程上来"。[①] 90年代之后古代文学学术史研究从自发和半自觉状态走向真正的理性的自觉,不仅涌现出一大批卓有成绩的学术史著作,而且突出体现在学界对古代文学学术史的理论倡导与学理探讨上,涉及古代文学学术史研究的意义、对象、方法、学术范型等。

学术史的总结意味着该学科自我反思能力的增强,是学科走向成熟与进步的标志,世纪末古代文学研究界对学术史的呼声实际上反映了研究者迫切需要总结20世纪古代文学研究的经验与教训以及解决当前与未来古代文学研究中的困境与问题的双重焦虑。20世纪的古代文学研究给我们留下了极其丰硕的成果,但"更给关心它的发展的学者们留下许多问题和思考:20世纪古典文学研究的历史背景如何?它的根本性变革意义在哪里?它的研究中心是什么?20世纪古典文学研究可以划分为哪几个阶段?每个阶段的研究要点是什么?20世纪古典文学研究主要的突出成绩是什么?它开创了哪些新领域?采用了哪些新的先进的科学方法?如何建立了马克思主义的科学研究体系?20世纪古典文学研究中尚未解决的问题是什么?面向21世纪的古典文学研究的发展趋势是什么?"[②] 这些关系到21世纪古代文学研究发展方向的重大问题,只有进行系统的学术史的梳理才能得到解答。而进入新时期之后,一方面古代文学研究呈现出一片繁荣景象,另一方面繁荣背后却又潜藏着危机,尤其是各种学术失范现象,如研究的低水平重复、新瓶装旧酒、缺少创见乃至抄袭等不良学风的流行,更是让有良知、有远见的古代文学学者忧心忡忡,因而古代文学学

---

① 傅璇琮:《〈唐才子传校注〉序》,《徐州师范大学学报》1988年第1期。
② 参见赵敏俐、杨树增《20世纪中国古典文学研究史》,陕西人民教育出版社1997年版,第4页。

术史的呼吁还具有针砭现实、寻觅药方的良苦用心。正如傅璇琮、郭英德、谢思炜三位先生在具有古代文学学术史研究"宣言书"性质的《关于中国古典文学学术史研究的思考》中指出的："就古典文学研究本身来说，开展学术史的研究，有助于克服近几年来颇为流行的各种不良学风，这对整个学科学术水平的提高是大有好处的。"①

就 20 世纪中国古代文学研究而言，学术成果非常丰富而又芜杂。谭邦和《20 世纪中国古典文学研究学术史初议》认为学术史的研究至少要进行下列工作。首先，是有关资料的收集整理工作，尽可能详尽地了解百年来有关中国古代文学研究方面的论文、论著、古籍整理成果、学术会议、学术刊物、学术团体、学术机构、专门出版社等各种有关情况。其次，进入研究过程之后，可以以分类研究为主体，至少应有以下基本研究方向：一是中国古典文学名家名著研究成果的个案研究，二是各种文体之研究成果的分类研究，三是风格流派及社团研究情况的整理研究，四是 20 世纪各种古代文学史著作的分别评析与比较研究，五是 20 世纪若干著名古典文学研究家及其学术个性的研究，六是港台及外籍华人学者中国古代文学研究的成果及其学术特色和著名学者的研究，七是 20 世纪海外汉学中国古代文学研究成果及其学术特色和著名学者的研究。最后，在前两项的基础上进行综合性的理论研究，其中应该包括 20 世纪中国古代文学研究学术思潮、学术流派、学术规范、学术方法的历史情况及其理论意义的研究，20 世纪中国古代文学研究中中国传统文学研究方法、马克思主义文学研究方法、西方现代各派文学研究方法的情况描述与比较研究，20 世纪中国古代文学研究学术史分期的研究，20 世纪中国古代文学研究总体学术特色的研究，20 世纪中国古代文学研究经验、教训、规律的总结与反思，以及在反思的基础上展望 21 世纪中国古代文学新学术的建设。②可以看出，这确实是一个工作量大、学术难度高然而具有重要学术价值的

---

① 傅璇琮、郭英德、谢思炜：《关于中国古典文学学术史研究的思考》，《文学评论》1992 年第 3 期。

② 参见谭邦和《20 世纪中国古典文学研究学术史初议》，见董乃斌等主编《中国古典文学学术史研究》，新疆人民出版社 1997 年版，第 75—80 页。

研究课题。

顾名思义，古代文学学术史就是要对以往的古代文学研究作研究，也就是"研究的研究"，它的研究对象是"自古迄今中国古典文学研究的历史，它旨在描绘和评述历代文学研究家对古典文学创作和文学思想的研究中，所涉猎的领域，所进行的活动，所采用的手段和方法，以及所体现的思想和观念"①。实际上，这仅仅是一个理想的和总体的界定，因为现实中很少有学者的才力能雄俊到将"自古迄今中国古典文学研究的历史"一网打尽，即使采取集体协作的形式，依然可能会存在着个体之间的观念相左、取舍各异、臧否不一等问题，更遑论立论高下、视野广狭、论述深浅乃至文笔文风的差异了。因而在学术史的实际撰述中，学者们大多从特定的目的出发，依据一定的研究理念，遵循一定的逻辑线索，并最终形成不同的学术范式。董乃斌梳理了中国古代学术史撰写的传统，从学术范型的角度提出学术史的撰述大致可分为三种类型，即以"书"为主的学术史、以"人"为主的学术史和以"问题"为主的学术史。所谓以"书"为主的学术史，即如历代《艺文志》《经籍志》，带类序、提要、评议的目录书乃至《四库全书总目提要》等"以书为纲"的学术史；所谓以"人"为主的学术史，即如《宋元学案》《明儒学案》等以学术家（即以人）为单位和主体来排列和叙述的学术史；而以"问题"为主的即如郭英德、谢思炜、尚学锋、于翠玲《中国古典文学研究史》（中华书局1995年版）"绪论"所言："抓住每一个时期古典文学研究相对集中的一些领域、方法和问题，作专题性的描绘和评述"②，因而也可以称为专题性的学术史。就当前古代文学学术史论著的情况来看，以上三种范型大致都已具备：以"书"为主的学术史，如中国艺术研究院戏曲研究所《中国戏曲研究书目提要》（中国戏剧出版社1992年版），蒋见元、朱杰人《诗经要籍解题》（上海古籍出版社1996年版），刘毓庆《历代诗经著述考（先秦—元代）》（中华书局2002年版），陈飞《中国文学专史书目提要》（大

---

① 傅璇琮、郭英德、谢思炜：《关于中国古典文学学术史研究的思考》，《文学评论》1992年第3期。

② 董乃斌：《关于"学术史"的纵横考察》，《文学遗产》1998年第1期。

象出版社 2004 年版），等等。以"人"为主的学术史，如王瑶主编的《中国文学研究现代化进程》（北京大学出版社 1996 年版），选取了梁启超、王国维、鲁迅、吴梅、陈寅恪、胡适、郭沫若、郭绍虞、孙楷第、朱自清、郑振铎、游国恩、闻一多、俞平伯、夏承焘、吴世昌、王元化等 17 位学者加以研究；陈平原主编的《中国文学研究现代化进程二编》（北京大学出版社 2002 年版）又选取了刘师培、黄侃、顾颉刚、朱东润、任中敏、罗根泽、周贻白、阿英、唐圭璋、刘大杰、钱钟书、林庚、程千帆、李长之、王瑶等 15 位学者（另有唐弢、冯沅君、姜亮夫、钟敬文、王季思、钱仲联等因故未收入）加以研究，通过这些学者的治学之路及成败得失来"勾勒出近百年学术史的某一侧面"，并且"不以学术成就为唯一标准，而更注重文学观念、学术思想的创新及研究领域的开拓"（"后记"）；董乃斌《近世名家与古典文学研究》（上海大学出版社 2005 年版）也是选取郭绍虞、刘大杰、闻一多、吴世昌、傅璇琮等近世学者以及中国社会科学院文学研究所的古代文学研究学者，论述其研究风格、方法及贡献等。以"问题"为主的学术史在当今的学术史撰述中最为普遍，除上述郭英德、谢思炜、尚学锋、于翠玲《中国古典文学研究史》外，刘毓庆《从经学到文学——明代〈诗经〉学史论》（商务印书馆 2001 年版）以《诗经》"经学研究的持续与衰变"到"文学研究的崛起与繁荣"的转变纵贯明代《诗经》学的发展历程，指出明代《诗经》学最突出的贡献在于"这个时代第一次用艺术心态面对这部圣人的经典，把它纳入了文学研究的范畴"（"自序"）；赵敏俐、杨树增《二十世纪中国古典文学研究史》（陕西人民教育出版社 1997 年版）从时代变革与学术演进、文化思潮与理论思考、格局改变与领域拓展、文学史的研究与编写四个方面通论 20 世纪的中国古代文学研究史。

二 古代文学研究史的主要成果

古代文学学术史编纂的热情自 20 世纪 80 年代兴起，世纪之交达到高潮，至今方兴未艾，四十年的时间里迅速涌现出诸多学术史著述，其数量难以确切统计，但总数无虑已有百部以上。如果说，80 年代出现的学术史均为"单打独斗"，未成气候，可谓星星之火；进入 90 年代之后，学术史的编纂成为学界迫切的愿望，因而一时之间既有个体学者的独力钻研，也出现了集体合作的项目。前者多见于专类史（包括专题、专人、专书）研究，如白盾《红楼梦研究史论》（天津人民出版社1997年版），张文勋《文心雕龙研究史》（云南大学出版社2001年版），曾枣庄《苏轼研究史》（江苏教育出版社2001年版），夏传才《二十世纪诗经学》（学苑出版社2005年版），郑永晓《江西诗派研究史》（博士学位论文，中国社会科学院文学所，2003年），蒋述卓、刘绍瑾《20世纪中国古代文论学术研究史》（北京大学出版社2005年版），陈维昭《红学通史》（上海人民出版社2005年版），李忠明、吴波、陈美林《〈儒林外史〉研究史》（海峡文艺出版社2006年版），方勇《庄子学史》（人民出版社2008年版），竺洪波《四百年〈西游记〉学术史》（复旦大学出版社2010年版），等等。如曾枣庄《苏轼研究史》是第一部全面系统的苏轼研究史，不仅涉及苏轼创作的诗、词、文等文体，而且延及苏轼的书、画乃至经学等；不仅对国内的苏轼研究进行了评述，而且延及日、韩、欧、美等国的苏轼接受史；在广度和深度上都填补了以往苏轼研究史的空白。[①] 陈维昭《红学通史》将1754—2003年中国大陆及海外《红楼梦》研究通史分为四编，力求在整个学术史背景上分析各种红学现象，重视对红学各分支和古今流变的全面考察，强调学术史的当代阐释性，而不是采取旁观式的描述，力图真正把握《红楼梦》研究史的内在律动。

在此，需要略略辨析一下"研究综述"与"学术史"的异同关系，张可礼《一种新形态的中国古代文学研究的研究：研究综述》对于前者作了专题研究，认为研究综述是20世纪70年代末开始兴起的一种新形态的文学研究的研究。这里所说的研究综述，指的是以大量的研究史料为依托，对古代文学研究中某一问题的研究状况进行分析、归纳、综合论述，以便使读者用较少的时间和精力，对该问题研究的内容、意义、历史、现状、水平、发展趋势等，有一个比较完整、系统、明确的了解，进而从中获得有关信息，受到启示，为今后的研究提供可靠的依据。一般的研究综

[①] 王水照：《〈苏轼研究史〉序》，《中华文化论坛》2002年第1期。

述是述评结合，有回顾有前瞻，所以有一些研究综述，也取"述评""回顾与前瞻""概述"之类的题目。研究综述的兴起有两个重要的契机：一个是20世纪与21世纪之交；一个是改革开放30周年。从70年代末以来，研究综述大体可分为70年代末到80年代前期、80年代后期到2008年和从2008年开始的三个阶段。研究综述有论文、专著和丛书等多种类型。其内容有综合性的，有专题性的。研究综述对于我们了解20世纪以来的古代文学研究状况和推进今后的研究，有重要意义和价值。今后的研究综述，应重视拓展范围、深化理论。① 显而易见的是，张文是将问世于新时期尤其是世纪之交的所有回顾与展望论著纳入"研究综述"的范围之中，假如将"研究综述"概念的内涵与外延扩大或泛化，这也未尝不可。

然而严格地说，可以将一般的学术回顾与展望之作称为"研究综述"，而应将其中那些具有厚重学术含量的著作称为"学术史"，董乃斌《关于"学术史"的纵横考察》谈到世纪之交为学术史研究的升温提供了契机，为了使我们正在进行的学术史研究更为自觉，有必要对已有的学术史著作从纵横两个向度上作一个大致的考察。所谓纵向的考察，就是看一看学术史形成发展和演进的历史——学术史本来就是一种"研究之研究"，然而时至今日，它自己也已经有了"史"，需要人们对它做一番"史的考察"了。所谓横向的考察，则是就浏览所及、从学术范型的角度对几种有代表性的学术史做一些分析比较，目的是在我们自己撰写学术史时能够承优去弊，取长补短，从而在一个合理科学的学术史范型中进行实际操作。在经过纵横一番考察之后，作者总结为如下规范或范型。第一，学术史无论是通代的还是断代的，无论是综合的还是专题的，都可以有多种形式。就其基本范型而言，主要的是三种，即以"书"为中心、以"人"为中心和以"问题"为中心。这三种形式，功能各有长短，使用起来各有利弊，应该互补，而不宜偏废。第二，作为一部学术史，尤其是一部以"问题"为中心的学术史，哪些内容是必须包含的，也就是说，它应该具

---

① 张可礼：《一种新形态的中国古代文学研究的研究：研究综述》，《文史哲》2010年第4期。

有怎样的内涵？弄清这一点，对于搜集材料、思考问题和实际写作，都是十分必要的。从本文上述纵横考察来看，以下四个方面应是基本的，可以说是学术史的题中应有之义。一是梳理学术思想的演变；二是提炼体现于学术著作中的方法；三是整合出各学科的学术范型，并以范型的变化为重要依据，来看学术史的演进；四是叙述评论学术业绩和成果。① 按照这样的学术定位于标准，则许多问世于世纪之交的"研究综述"不能进入"学术史"的殿堂，而下面将要论述的那些集成性之作，则可以当之无愧地称为"学术史"。

学术史尤其是那些通代学术史研究，因规模宏大，通常为集体合作项目，如郭英德、谢思炜、尚学锋、于翠玲《中国古典文学研究史》（中华书局1995年版），赵敏俐、杨树增《20世纪中国古典文学研究史》（陕西人民教育出版社1997年版），等等。前者从"先秦的文学阐释"叙述至"清后期的文学研究"，纵贯自孔子至刘师培、章炳麟、康有为、王国维，时间跨度达两千多年，"是古典文学学科第一部综合性的研究史，也是一部具有开创性的、很有特色的学术史"，② 不仅选题具有开创性，体现出"中国古典文学研究之研究的自觉意识"，而且对古代文学学科的性质有着准确、清醒的认识，并在论述中突出了中国古代文学研究自身的特点。③ 后者重点从时代变革与学术演进、文化思潮与理论思考、格局改变与领域拓展、文学史的研究与编写四个方面，通论20世纪的中国古代文学研究史，始终坚持以学术为本位和坐标，理性地评判古代文学学术话语与意识形态话语的关系，探讨20世纪古代文学研究在方法论和成果上取得的巨大进步。

进入21世纪后，团体合作的规模迅速扩大，全国性、跨高校的合作研究课题频繁进行，因而涌现出一批对中国古代文学研究进行整体性归纳的大型学术成果。代表性论著如吕薇芬、张燕瑾主编《20世纪中国文学研究》系列丛书（北京出版社2001年版），黄霖主编七卷本《20

---

① 董乃斌：《关于"学术史"的纵横考察》，《文学遗产》1998年第1期。
② 同上。
③ 张海明：《中国古典文学研究之研究的自觉意识》，《文学遗产》1996年第5期。

世纪中国古代文学研究史》（东方出版中心 2006 年版），陈友冰主编四卷本《新时期中国古典文学研究述论》（商务印书馆 2006 年版），等等。吕薇芬、张燕瑾主编《20 世纪中国文学研究》系列丛书共 10 卷 12 分册，其中古代文学（含近代文学）部分有 8 卷 10 分册，该丛书自项目规划到正式出版历时六年之久，"为了确保丛书的客观性、学术性、权威性，丛书主编及各卷主编、作者及全体编辑人员付出了数年艰苦的努力"（"出版说明"），其"客观性、学术性与权威性"从各卷主编就可略窥一斑：费振纲主编先秦两汉部分，吴云主编魏晋南北朝部分，杜晓勤主编隋唐五代部分，张毅主编宋代部分，李修生主编辽金元部分，邓绍基主编明代部分，段启明主编清代部分，裴效维主编近代部分，可以说主编均为该领域研究的知名学者。黄霖主编七卷本《20 世纪中国古代文学研究史》，包括周兴陆著《总论卷》、羊列荣著《诗歌卷》、曹辛华著《词学卷》、宁俊红著《散文卷》、黄霖与许建平著《小说卷》、陈维昭著《戏曲卷》、黄念然著《文论卷》，其中《总论卷》分 20 世纪上半叶、新中国成立三十年、新时期以来三个阶段对 20 世纪的中国古代研究进行了总体上的梳理，侧重文化影响下学术范式的演进，其余各卷均属分体学术史。黄霖在"总前言"中提出了《20 世纪中国古代文学研究史》编写的总原则："从实际出发，博观在先，征实为基，有发展的观点，有问题的意识；既重史料，也重史论；既有选择地解剖作家作品的研究，更致力于梳理研究大势的轨迹；不作资料长编，以期成为一部名副其实的研究史"，并归纳和分析了 20 世纪古代文学研究中至为重要的九对问题：一、研究的价值取向：个人的自适与社会的需要；二、研究的基本理路：承续传统与面向开放；三、研究的课题选择："热点"与"冷门"；四、研究的理论指导："阶级论"与"人性论"；五、研究的基本方法：实证性与阐释性；六、研究对象的界定：杂文学与纯文学；七、研究的主要视点：文学性与社会性；八、研究的视域覆盖："专攻"与"通识"；九、研究的立场追求："变"与"不变"；指出这些问题表面看来是对立，但同时是互补的。本系列丛书一推出，就在学术界产生了巨大影响，被认为是一套开拓了当代学术史研究的新领域，既有理论深度又有个人见解的学术史丛书，也是一套具有全面性、科学性、前瞻性的学术史力作。① 陈友冰主编四卷本《新时期中国古典文学研究述论》（商务印书馆 2006 年版），第一卷先秦至六朝由刘运好编著，第二卷隋唐五代和第三卷宋辽金由陈友冰编著，第四卷元明清近代由吴微编著。全书对自 1978 年至 20 世纪末的中国古典文学研究进行了梳理。

此外，还有陈平原主编《20 世纪中国学术文存》（湖北教育出版社 2002 年开始陆续推出），已出版的与中国古代文学研究相关的有罗宗强主编《古代文学理论研究》、张宏生主编《古代女诗人研究》、王小盾主编《词曲研究》、吴国钦主编《元杂剧研究》、徐朔方主编《南戏与传奇研究》、吴承学主编《晚明文学思潮研究》、夏晓虹主编《中国近代文学研究》等，以"文存"而非"通史"的形式问世，其意在"兼及'史家眼光'与'选本文化'"，"将巨大的信息量、准确的历史描述，以及特立独行的学术判断，三者有机地融合在一起"（"总序"）。又有福建人民出版社推出的"20 世纪中国人文学科学术研究史丛书"（2005），由傅璇琮担任其中文学专辑的主编，包括齐裕焜和王子宽《中国古代小说研究》、叶长海《中国戏剧研究》、曹辛华《中国词学研究》、韩经太《中国文学批评史研究》、余恕诚《中国诗学研究》、陈飞《中国古代散文研究》等。又有百花洲文艺出版社推出"20 世纪中国学术论辩书系"（2006），文学卷中古代文学部分由费振刚、韩兆琦主编，包括易鑫鼎《中国古代散文研究论辩》、李修生《中国古代诗歌研究论辩》、陈曦钟《中国古代小说研究论辩》、李修生《中国古代戏剧研究论辩》4 种。②

21 世纪十年以来，这些集体性、整合性、集束性的大型学术史成果的出现，一方面反映了当代学人对古代文学研究进行学术总结的强烈意识与迫切愿望，另一方面也代表着学界对古代文学研究进行学术史清理的巨大实绩，显示出古代文学学科进一步走向自觉、理性与成熟的良好发展势

---

① 参见孙逊、徐中玉、郭豫适等《笔谈〈20 世纪中国古代文学研究史〉》，《文学遗产》2006 年第 4 期；张兵、古风《通览百年学术 著就一部新史——评〈20 世纪中国古代文学研究史〉丛书》，《云梦学刊》2006 年第 6 期；李芳、张稔穰《握珠韫玉 评说百年——评黄霖主编〈20 世纪中国古代文学研究史〉》，《中国出版》2006 年第 12 期。

② 上述资料参见丁帆、徐兴无《中国高校哲学社会科学发展报告：1978—2008》，广西师范大学出版社 2008 年版，第 202—203 页。

头。当然，当前古代文学研究学术史的书写也还有一些不足之处，撇开诸多具体问题不论，即在总体上说也不可避免地带有特定时段的局限性，因为当代学术史的对象与书写者都共同生存于20世纪，古人所谓隔代编史，正是惧于身在庐山，迷于真相，而处于世纪之交的我们显然还无法拥有足够遥远的距离来完全客观地审视20世纪的古代文学研究史。诚然，这并不是说，我们今天的古代文学学术史工作不能进行下去，即使粗陈梗概，即使不完全客观，也同样具有总结过去、启思未来的重要意义。更何况20世纪古代文学研究中出现的各种问题，本身就是我们自己的问题，我们责无旁贷，理所当然应该肩负起这一伟大的历史使命，勇于自我剖析、自我审视、自我批评、自我纠正、自我更新，以宽广的胸襟、开放的姿态迈进21世纪的古代文学研究，正如胡明所言："研究20世纪的学术史是为21世纪的学术发展铺开一条新路，我们更应意识到，改造我们的学术的同时，也在重铸我们的精神。"[①]

[①] 胡元翎：《"二十世纪中国古代文学学术史研讨会"纪要》，《文学评论》2005年第2期。

当代中国学术思想史丛书

编委会主任 谢伏瞻　总主编 赵剑英

当代中国古代文学研究

The Study of Ancient Literature
in Contemporary China

(1949-2019)

下　卷

梅新林　曾礼军　慈波　等著

中国社会科学出版社

目　录

下　卷

第十一章　古代文学文献的整理与研究 ……………………（645）
　第一节　文学文献学的理论探讨 …………………………（646）
　第二节　文学家及其作品考论 ……………………………（654）
　第三节　总集与别集的编纂 ………………………………（665）
　第四节　文学工具书的编纂 ………………………………（682）
　第五节　出土文献的发现与整理 …………………………（692）
　第六节　古代文学文献的数字化 …………………………（699）

第十二章　古代文学研究的跨学科拓展 ……………………（720）
　第一节　古代文学与史学关系研究 ………………………（721）
　第二节　古代文学与哲学关系研究 ………………………（754）
　第三节　古代文学与宗教关系研究 ………………………（787）
　第四节　古代文学与艺术关系研究 ………………………（828）
　第五节　古代文学与其他学科关系研究 …………………（877）

第十三章　古代文学研究与跨文化对话 ……………………（914）
　第一节　比较文学的引入与发展 …………………………（914）
　第二节　中外比较之一：渊源研究 ………………………（932）
　第三节　中外比较之二：影响研究 ………………………（960）

第四节　中外比较之三:平行研究 ………………………………（975）
　　第五节　从比较文学到比较文化 ………………………………（1041）

第十四章　古代文学研究的最新趋向(上) ………………………（1056）
　　第一节　主体凸显:古代文人群体研究 …………………………（1057）
　　第二节　时间贯通:古今文学演变研究 …………………………（1071）
　　第三节　空间拓展:古代文学地理研究 …………………………（1109）
　　第四节　城市抒写:古代城市文学研究 …………………………（1132）
　　第五节　家学承传:古代文学世家研究 …………………………（1153）

第十五章　古代文学研究的最新趋向(中) ………………………（1170）
　　第一节　边缘活力之一:古代女性文学研究 ……………………（1170）
　　第二节　边缘活力之二:古代民间文学研究 ……………………（1182）
　　第三节　边缘活力之三:古代民族文学研究 ……………………（1188）
　　第四节　边缘活力之四:古代域外汉文研究 ……………………（1197）

第十六章　古代文学研究的最新趋向(下) ………………………（1207）
　　第一节　古代文学的文体学研究 ………………………………（1207）
　　第二节　古代文学的叙事学研究 ………………………………（1229）
　　第三节　古代文学的阐释学研究 ………………………………（1253）
　　第四节　古代文学的传播学研究 ………………………………（1267）
　　第五节　古代文学的图像学研究 ………………………………（1301）
　　第六节　古代文学的译介学研究 ………………………………（1318）

第十七章　古代文学史主要类型与成果 …………………………（1337）
　　第一节　通代文学史的编写 ……………………………………（1338）
　　第二节　断代文学史的编写 ……………………………………（1346）
　　第三节　区域文学史的编写 ……………………………………（1357）

第四节　分体文学史的编写 …………………………（1364）
第五节　专题文学史的编写 …………………………（1383）

后记 ……………………………………………………（1395）

下　卷

第十一章

古代文学文献整理与研究

  鉴于古代文学文献整理与研究、古代文学史研究进程与成果的历史延续性，下卷在展开共时性研究与论述之际，分别以此为开端与归结，旨在凸显文献研究的学术根基以及文学史的集成之功。正如所有的学科皆以文献为基石一样，古代文学研究也同样需要根植于这一坚实的基石之上。陆侃如曾经指出："文学史的工作应包含三个步骤：第一是朴学的工作——对于作者的生平、作品年月的考订，字句的校勘训诂等。这是初步的准备。第二是史学的工作——对于作者的环境，作品的背景，尤其是当时社会经济的情况，必须完全弄清楚。这是进一步的工作。第三是美学的工作——对于作品的内容和形式加以分析，并说明作者的写作技巧及其影响，这是最后一步。三者具备，方能写出一部完美的文学史。"[①] 这一"朴学的工作"，主要包括版本、目录、校勘、辑佚、辨伪、诠释、校点等，都是文学与文学史研究的基础工程。新中国成立七十年来，相对于其他领域而言，文献的整理与研究较少受到各种政治运动与学术批判的干扰，所以尽管风雨不断，却尚能承延学脉于七十年间。但论学术成果，还是以新时期三十年尤其是世纪之交最为丰硕，从作家作品的考论，到总集、别集、选集与工具书的编纂，以及出土文献的整理，都取得了辉煌的成果。特别是广泛借助信息化技术，既促进了文献整理与研究的数字化与集成化，又推

[①] 陆侃如：《中古文学系年·序例》，人民文学出版社1985年版，第1页。

动了学术研究的方法更新以及效能的大幅提高。

第一节　文学文献学的理论探讨

"文献"一词，最初见于《论语·八佾》："子曰：'夏礼，吾能言之，杞不足征也；殷礼，吾能言之，宋不足征也。文献不足故也，足则吾能征之矣。'"朱熹《四书章句集注》："文，典籍也；献，贤也"，意即指典籍与贤者之言。马端临《文献通考总序》对"文献"作了新的解释："凡叙事，则本之经史而参之以历代会要，以及百家传记之书，信而有证者从之，乖异传疑者不录，所谓'文'也。凡论事，则先取当时臣僚之奏疏，次及近代诸儒之评论，以至名流之燕谈、稗官之纪录，凡一话一言可以订典故之得失、证史传之是非者，则采而录之，所谓'献'也。"即以"文"为经史、历代会要及百家传记之书；"献"为臣僚奏疏、诸儒之评论、名流之燕谈、稗官之记录，则此"文献"之义已明确指向于典籍载述。我国古代虽有文献研究，却殊少文献学探讨。自郑鹤声、郑鹤春兄弟所著《中国文献学概要》于1930年由商务印书馆出版始，文献学方从学科层次得到标揭与推阐。此后文献学研究逐渐深入，学科范围、特点、历史面貌等日益明晰，文献学综合理论研究、辑佚、辨伪、文献学史、专科文献学等都得到极大发展，而文学文献学作为文献学的重要分支，在文学研究日益深入的同时，也不断获得学界重视，从而在理论方面得到更多关注。

一　文学文献学的综合理论研究

关于文学文献学研究，应该将相近的文学史料学包括进来。就通论性质的代表作而言，文学文献学研究方面有张君炎《中国文学文献学》（江西人民出版社1986年版），薛新力、段庸生主编的《古典文学文献学》（中州古籍出版社2007年版）等；文学史料学研究方面则有潘树广主编《中国文学史料学》（黄山书社1992年版），徐有富主编《中国古典文学史料学》（南京大学出版社1992年版）等。

张君炎《中国文学文献学》是第一部综合性文学文献学著作。作者开宗明义对相关概念进行了界定:"文学文献是有文字记载的,有赖以存在的某种载体的文学作品和著作。文学作品和著作是文学文献的基础。但是,这并不等于说所有文学作品和著作都是文学文献。按照'文献'的涵义,文学文献是具有一定历史价值或科学价值的,包括各种载体的文学作品和著作。""中国文学文献学是以中国文学文献为对象,以目录学的原理为基础,并运用版本、刻印、校勘、辨伪、注释、编纂等知识和检索的理论与方法,研究组织和检索中国文学文献的工作规律和方法的学科"。基于以上对中国文学文献学性质与特点的界定,此书在学术构架上分为两个部分,即文献学基本知识的介绍与文学文献的梳理。第一部分包括第二至七章,重在对文献学基本知识的介绍。第二章分析文学文献的种类与体裁,将之分为诗歌、散文、小说、戏曲与古典文学批评五类,这既吸纳了西方文学分类标准,又突出了古代文学的自身特性,特别是对戏曲与古典文学批评的区划。第三章为类型研究,将文学文献分成总集、别集、单行文献、丛书、报刊文献等五类,这其中对报刊文献的介绍似乎是一般文献学著作中所少见的,而单行文献则指向于"以个别的形式单册印行的各种文献",其分类则与总集、别集似有叠合之处。第四章以历时顺序介绍文学文献的刻印出版情况,类似于文献学中的版刻史。第五章介绍文学目录的特点与演变,对应于文献学中的目录学。第六章介绍文学文献的校勘与辨伪,这也是传统文献学的重要组成部分。第七章则论述了文学文献的注释与体例,属于所谓的古籍整理体式方面的探讨,颇具新意。总的来说,这一部分多渊源于传统文献学的知识体系,但在借鉴已有成果的同时,也注意总结提领能反映文学文献本身特征的知识点,有较为鲜明的学科意识。第二部分包括第八至十三章,重在对文学文献的梳理。第八章介绍通代与断代的文学作品"综合集"及文献目录,实即重要总集文献。第九章按照时代顺序介绍诗歌文献、注释研究及目录资料。以下各章分别为散文、小说、戏曲及文学批评文献。值得推介的是,此书第十四章专门介绍文学文献的检索方法与相关工具书,对辞典、年谱、年鉴等书籍有扼要的说明,颇便利用。

薛新力、段庸生主编的《古典文学文献学》也对古典文学文献学作了相关的理论界定：一是关于古典文学文献学的学科定位，指出古典文学文献学"是构成古典文献学的分支学科，是古典文献学原理方法在专门学科领域的具体应用，也就是专科文献学"；二是关于古典文学文献学的研究对象，认为古典文学文献学"以古典文学文献为研究对象，研究古典文学文献的产生形成、类型特点、传播流变、整理利用等。它要运用古典文献学目录、版本、校勘、注释、辨伪、辑佚、编纂等知识与方法对古典文学文献进行揭示、鉴别、整理、利用，要研究古典文学文献自身的特点和古典文学文献利用的独特规律，为古典文学的研究提供科学的基础"。此书根据以上理论界定，分上、下两编展开论述。上编为文学文献学的理论与方法，从目录、版本、校勘、辨伪、注释、标点、今译及检索等角度论述文学文献的特点；下编为各体文学文献述要，在各体中依照时代先后顺序介绍了诗、词、辞赋、散文、小说、戏曲与文学批评文献。

潘树广主编《中国文学史料学》、徐有富主编《中国古典文学史料学》同于1992年分别由黄山书社、南京大学出版社出版，也是最先问世的具有通论性质的中国文学史料学著作。潘著分为通论、史源论、检索方法论、鉴别方法论、文学史料分论（上）、文学史料分论（下）、编纂方法论、现代技术应用论等八编。作者具有贯通古今、融旧铸新的强烈意识，侧重对中国文学史料作理论上的俯视和方法论上的提炼，注重对中国文学史料学作宏观的考察，除了总结传统史料方法，还引入了史料处理的新型技术手段和方法，从而构建了中国文学史料学的新体系，令人耳目一新。徐著分类型编、鉴定编、整理编、检索编四个部分，通过探讨各类有关中国古典文学史料的特点和价值，研究其史料真伪、版本的鉴定方法和整理手段，叙述各类史料的检索途径，从而勾画出中国古典文学研究的史料基础。书中除了介绍古典文学史料学的重要史料及相关检索工具，归纳史料的搜集、鉴别、整理、利用的规律和方法之外，还附有大量的实例，便于读者理解史料学的意义和操作方法。以上两书的同时出版，标志着中国文学史料学学科的趋于成熟。

傅璇琮主编"中国古典文学史料研究丛书"（中华书局1997年开始陆续出版）则以丛书的形式汇聚了相关文学史料研究成果。傅璇琮在《应当重视古典文学的史料研究——中国古典文学史料研究丛书总序》（《文学遗产》1997年第2期）中提出古典文学研究的结构，大体如同建筑工程，可分为基础设施与上层结构两个方面，基础设施是各类专题研究赖以进行的基本条件，具有相对长期稳定的特点。古典文学史料研究，主要涉及收集、审查、了解、运用史料问题，因此它的主要研究对象是上述的基础设施，其具体内容如：一是古典文学基本资料的整理，包括文学作品总集、历代作家别集的校点、笺注、辑佚、新编；二是作家、作品基本史料的整理研究，包括撰写作家传记、文学活动编年、作品系年，以及写作本事、流派演变的记述与考证等；三是基本工具书的编纂，包括古代文学家辞典、文学书录、诗词曲语词辞典、戏曲小说俗语辞典、文学典籍专书辞典或索引、断代文学语言辞典等。该《丛书》现已出版的有：曹道衡、刘跃进《先秦两汉文学史料》，马积高《历代辞赋研究史料概述》，穆克宏《魏晋南北朝文学史料述略》，陶敏、李一飞《隋唐五代文学史料》，王兆鹏《词学史料学》，刘达科《辽金元诗文史料述要》，洪湛侯《诗经学史》等。

此外，白国应《关于文学文献分类的研究》（《图书情报论坛》2001年第1期）详细讨论了文学文献的分类问题。作者将文学文献区划为以文学为研究对象的著作和文学作品两大类，提出了文学体裁、国家、时代、民族、地域、内容和题材、编制体裁、使用语言、作家、作品篇幅、表现形式、研究问题、品种、出版形式等十四类，并综合比较各种图书分类法，对各体裁文学的细分进行了尝试。这对深入了解文学文献的学科层级无疑是非常必要的。

二 断代文学文献学研究

上述傅璇琮主编"中国古典文学史料研究丛书"所收各书合之为丛书，分之则多为断代文学史料学之作，兹与断代文学文献学著作一并简述于下。

曹道衡、刘跃进《先秦两汉文学史料》（中华书局2005年版）首次对先秦两汉文学史料作了系统梳理。"概说"部分论述了史料与史学、先秦两汉的社会状况和文学史料、先秦两汉文学史料的纂写与流传、先秦两汉文学史料的特点、先秦两汉文学史料的分类等五个方面的问题。全书分上中下三编，"上编"论述先秦文学史料；"中编"论述两汉文学史料；"下编"论述先秦两汉文学重要选本与总集、秦汉石刻简帛文献等。最后附有参考文献要目。此书针对先秦两汉文学史料因年代久远而产生的讹误较多、真伪难辨的问题，从史料的作者、时代、篇名、篇数等方面入手，对史料的基本情况进行了全面的考察，能够帮助研究者更为科学有效地利用相关文献，从而为先秦两汉文学研究者提供了一份高质量的读书目录，对于基本文献资料建设工作还很欠缺的先秦两汉文学领域而言，此书的出版无疑具有重要的意义。[①]

刘跃进《中古文学文献学》（江苏古籍出版社1997年版）为中古时段文学文献研究的总结性论著。与一般将文学文献学当作文献学分支的看法略异的是，作者突出了文学的本体性，认为可以"把古代文学研究明确地分为文学文献学和文学阐释学两大阵地，彼此有相对的独立性。前者强调对史料进行客观的考辨，重视学术的积累；后者则不免有较多的主观成分，阐发意蕴，寻绎智慧的启迪和情感的娱悦"。全书分为上中下三编，上编以总集的编纂与综合研究为主。首先对此期最重要的两部总集《文选》与《玉台新咏》的编者、成书年代、版本、注释、研究等进行了详尽的概述，然后以时间顺序介绍唐宋以来所编纂的中古文学总集，并介绍了正史、其他史籍、类编文献等重要中古文学研究参考资料，还对20世纪以来的中古文学研究情况进行了总结。中编为中古诗文研究文献。对魏晋、南朝、北朝、乐府诗等研究文献进行了介绍，举凡重要作家、文学群体与流派、文学现象、作品版本与风貌、文学分期等都尽在论述之列。还专门对苏李唱和诗、古诗十九首、柏梁台诗等争议较多的热点问题单独论述，颇为详尽。下编重点介绍中古小说与文论研究文献，并重点介绍了《文心雕龙》研究文献。从作品的判定、作者生平的考察到研究中心的变动，都有细致的论述。通过宏观的考察，作者提出了两个总结性观点："一是中古文学的文献史料比较匮乏，而且凌乱；二是中古文学的文献研究很不平衡"，对重要作家的研究较多，而缺乏对一般作家与文学群体的

[①] 参见刘扬忠、马银琴、陈才智、王达敏《古代文学研究前沿扫描》，《中国社会科学院院报》2006年5月16日。

关注；而此后的研究则应当致力于资料系统化、检索科学化与学术国际化的发展方向。

穆克宏《魏晋南北朝文学史料述略》（中华书局1997年版）为首部有关魏晋南北朝文学史料学著作，共分八编，按时代顺序依次论述了曹魏、西晋、东晋、南朝、北朝的文学史料，包括作家与作品史料两部分内容。鉴于魏晋南北朝文学的特点，又于第八编《魏晋南北朝文学理论批评史料》将南北朝乐府民歌、魏晋南北朝小说、魏晋南北朝文学理论批评之史料，分专章论述，由此拓展了魏晋南北朝文学史料的范围。作者不仅广泛地汇集了文学史料的版本目录，而且对史料加以鉴别、评述，有的还撰写了内容提要，以便为初学者指示门径。

陶敏、李一飞《隋唐五代文学史料》（中华书局2001年版）通过按文献类型作出历史叙述的方式，对隋唐五代文学史料以及一千年来特别是近二十年来史料整理研究成果做出较完整的叙述。全书分为七章，内容包括：隋唐五代别集的文学史料价值，隋唐五代时期编纂的诗文总集，笔记小说，诗文评，隋唐五代史要籍简介，隋唐五代文学史料的检索等。作者在采取按文献类型分类叙述的方式时，力求对每一类文献从总体上进行把握，并作纵向的历史的叙述，以便使读者在了解其基本状况、流变过程及研究整理工作的历史和现状的同时，更好地把握隋唐五代文学史料的分布及其流传变异的特点与规律性。

刘达科《辽金元诗文史料述要》（中华书局2007年版）基于对辽金元诗文史料三分法的理解，主要叙述和评介辽、金、元作家传记资料、诗文作品和诗文理论批评著述等第一类文献，同时兼及记载三代诗文创作、接受现象和相关史实以及录存零散作品的第二类文献，以及迄今所有研究辽、金、元诗文成果的第三类文献。全书分为上下两编，上编重在论述作品文献，下编重在论述作家及相关研究文献。鉴于辽、金、元三朝的文字史料散见于各种史籍、类书、方志、笔记、书目、金石文等，而且散佚较多，此书所做的文献收集和还原工作具有重要的学术价值，亦可作为初学者指示学习、研究门径。

查洪德、李军《元代文学文献学》（中国社会科学出版社2002年版）无论在内容上还是体例方面都颇有创新之意，兼具元代文学史与文学研究史性质。作者旨在强调元代文学文献学的任务就是要帮助研究者了解和掌握元代文学文献，这包括"向读者介绍记载元代文学作品的文献、记载元代文学活动的文献、记载元代文学思想文学思潮的文献，向读者介绍历代研究者对这些文献的整理和研究成果，包括文献的刊刻、校勘、注解、阐释的成果，还要介绍检索这些文献的途径，以及进行元代文学研究可能涉及的相关文献"。同时指出认为元曲是有元一代文学的论点，其实是在特定文化背景之下产生的，特别是在王国维《宋元戏曲考》问世之后，经新文化运动而得到强化；在新中国成立后一段时间内因突出文学的人民性与阶级性，元曲尤其是元杂剧的地位更显重要。但实际上这一以对元曲的评价替代元代文学的现象，并非从来就有，也与元代文学实际情况相去甚远，传统诗文仍是元代文学大宗，其他文学体裁如词、笔记等均有成就，不宜偏废。基于这一认识，此书对元代文学的文献情况以及研究现状进行了全面的梳理。全书共分为十一章。在首章点明主旨，对元代文学概貌、文献流传与整理情况进行整体论述外之后，依次介绍和评价了元代诗文别集、总集、丛刊，元词与散曲，元杂剧别集、总集及南戏，元代小说笔记，文学批评文献，以及相应的历史、文化、制度方面的文献与著述。最后三章论述了20世纪元代文学研究史，对出现的文学史著作、文学论著以解题形式加以介绍，并概述了在文献考订与汇编方面的成就，同时还提供了元代文学书目与工具书。充分体现了当前学界在元代文学文献研究方面的新成就。

三 专科文学文献学研究

文学文献涵盖面广泛，专精的研究体现于对其下一层及专门文献的梳理之中。

孙立《中国文学批评文献学》（广东人民出版社2000年版）是从文学批评史角度对相关文献进行叙录的专著。作者按照时间顺序，分先秦、汉、魏晋南北朝、隋唐五代、宋金元、明、清诸阶段，对各期诗文评文献进行介绍，并兼及戏曲与小说批评文献。书中于各阶段之前设有概说一节，对各期文献分布与特点进行总结，所叙录的文献形式多样，主要包括单篇文献、专著性质的诗话文话词话曲话、选本评点、笔记杂著以及书信序跋，可以说基本囊括了文学批评文献的体制。对于重要的文献，则提供详细的作者、版本、内容、体例等信息，并附有研究现状。从梳理的文献中可以看出古代文学批评发展的大致样貌，先秦与汉代多自经史子集文献中钩稽相应材料，而自魏晋南北朝开始，独立专门的文学批评文献开始呈现，此后则日益繁盛并兼具各体。在叙及国内文献的同时，此书还提供了日本所藏和刻本诗文评类文献书目，具有拓展意义。

苗怀明《二十世纪戏曲文献学述略》（中华书局 2005 年版）、《二十世纪中国古代小说文献学述略》（中华书局 2009 年版）以丰富详细的研究史料，分别对 20 世纪中国古代戏曲和小说研究文献进行了全面系统地梳理和述评。前者从 20 世纪戏曲文献学的创建与演进、20 世纪港台海外戏曲文献研究、20 世纪新发现重要戏曲文献、20 世纪戏曲曲文辑佚、20 世纪戏曲目录学等几方面对中国古代戏曲文献研究进行全面梳理和论述。后者也是以时间和专题相结合的形式撰写，全书上半部分以时间为序分 20 世纪上半期、新中国成立后三十年间、80 年代和 90 年代等四个阶段梳理和述评中国古代小说文献研究的整体概况，并对研究的不足与缺憾作了评析；下半部分以专题形式对 20 世纪的《三国演义》《水浒传》《西游记》《金瓶梅》《聊斋志异》《儒林外史》《红楼梦》七部名著的文献研究情况进行梳理和述评。

孙崇涛《戏曲文献学》（山西教育出版社 2008 年版）是一部戏曲文献学概论著作，为戏曲学文献学初步设立了内容与理论框架，论述了戏曲文献学的学科性质、研究对象、范畴、途径、方法等问题，提出了戏曲文献学的学科构想。全书分戏曲目录学、戏曲版本学、戏曲校勘学和戏曲编纂学等四编，每编都阐述了相关知识及实践操作方法，既具有很强的学术性又有很好的实用性。

孙尚勇《乐府文学文献研究》（人民文学出版社 2007 年版）是在作者博士学位论文《乐府史研究》的基础上增订而成的，内容主要关涉四个方面：一是学术史，二是音乐史，三是文学史，四是文献学。核心内容是对 20 世纪乐府研究的学术史进程进行了梳理和总结，其余各篇都是在此基础上展开论述的。所以与一般汇集具体文献考证论文而名之为"文献研究"有所不同。

此外，张显成《简帛文献学通论》（中华书局2004年版）是对简帛文献进行综论的专著，与文学文献有一定关系。出土简帛的发现与释读对古代文学研究产生了直接的推动作用，因而此书实际上也可以看作从简帛文献方面对文学研究展开的探讨。第一章中作者界定了简帛文献学的含义及研究对象、内容。作者指出简帛文献学既是简帛学的一个分支，又是古文献学的新兴分支学科，是研究简帛文献内在规律的专门学科。其研究内容包括简帛的历史特别是发现史、简帛制度、简帛文献类别、史料价值、简帛整理等。第二章对出土简帛进行梳理与介绍。第三、四章介绍简帛制度与类别。第五、六两章为全书重点部分，以具体实例从文献学、历史学、语言学、文字学、哲学、文学、民俗学、文书档案学、书法学、军事学、法律学、经济学、中医药学、数学、天文学、地理学等方面，详细介绍了简帛的文献价值。第七章则介绍了简帛整理的成果。全书内容丰富，深入浅出地展现了简帛文献的重要价值。

第二节　文学家及其作品考论

文献研究是古代文学研讨的基础，作为研究进展的一个标尺，其深入程度直接决定了古代文学研究成就的高下。在七十年的古代文学研究进程中，文献整理与研究取得了突出的业绩。从大量总集与别集的整理校订中可以看出，对作家、作品的研究已有丰厚的积淀，特别是相关的整理说明中，往往都有对作家生平较为细致的考订，有对版本的精细的对勘与别择，这自然应属于文献研究的重要内容。此外，相关的专门研究也颇为发达，对专人专书的探讨、对专门问题的关注，都有大量成果问世。

一　作家生平研究

作家生平研究并非仅指关于其事迹履历的细致考辨，而是主要指向对其文学创作活动有重要影响的事件，或者本身就构成文学史活动的言行动止。往往可以借此见到作家文学观念、行为的内在发展规律，从而深入研讨其文学活动。这其中如作家仕宦历程中的重大转折、人生经历中的重大事件、生平交游、师友渊源等，都具有考辨的现实意义。举例而言，李白入长安的经历对于他的创作与心态影响极大，以前学界多以为李白只是天宝元年奉诏入京，但这无法解释其部分作品中暗现的行迹及悲愁干谒心态；而稗山、郭沫若、郁贤皓等先后论定李白曾两入长安，就解决了这一疑案，也为进一步研究李白作品提供了史实基础。由于我国古代文学的发达，优秀作家数量众多，相应的生平研究也极为纷繁，如以单篇论文而论之，是指不胜屈的，此处只能择要言之。

作为我国古代第一位大诗人，屈原的生平研究一直是个热点，赵逵夫的《屈原与他的时代》（人民文学出版社 2002 年版）对屈原家世与生平进行了翔实的考察。作者有感于日本学界的"屈原否定论"，对屈原的家世、生平、创作活动以及他所处的楚国的政治、文化情况进行了深入的探讨，从而从根本上廓清了这一问题，并推动了相关研究的发展。此书为多篇论文的合集，其中心在于"研究屈原（包括家世、生平、思想、政治主张、创作、朋好、政敌）和他所处的时代（当时的政治情况、军事情况、意识形态的发展变化、文学创作者的继承关系和发展概况等）"。作者钩稽文献，指出"朕皇考曰伯庸"之"伯庸"就是《楚世家》中的句亶王熊伯庸；《橘颂》一篇学界多认为是屈原早期作品，实由作品风格推断，作者则结合《仪礼》与《孔子家语》的记载，认为此文为屈原行冠礼时明志之作；《大招》一篇，作者认定为楚威王逝世时屈原招魂之作，其时屈原任职兰台；作者又结合考古发现，论述了"左徒""征尹""行人"诸官职的职掌与关系，否定了视屈原为职业宗教工作者的看法，确定了屈原作为政治家、外交家的形象；并进一步论述了屈原的具体外交思想，指出了传统"联齐抗秦"说的简略；同时考述了屈原在《哀郢》中表现出的心态，对屈原在江南的行迹与卒年进行了考察。书中大量论断发前人所未发，新颖独到，在学界产生了很大影响。

中古时段的作家考辨可以曹道衡、沈玉成的《中古文学史料丛考》为代表。此书在陆侃如《中古文学系年》的基础上续有推进，分汉魏、两晋、宋齐、梁陈、北朝隋五卷，对中古文学中大量问题进行了考述。此书范围大致包括对作家生平事迹的辨正，如干宝、刘孝绰、陆法言的生平，李谔请正文体的具体时间，都有裨于加强对文学史的新认识；考察作家生卒年，如杨修、庾信的卒年，郦道元的生年等，都在现有结论的基础之上有所发展；辨析作品的写作年代，如论定《典论》《颜氏家训》的成书时间。此外，对于相关文学事件的考述，对前人已有结论的商榷等，都体现了作者立足文献、善于发现问题的敏锐学术眼光。

傅璇琮《唐代诗人丛考》（中华书局1980年版）对多位唐代诗人生平做出了考辨。全书共收录了二十七篇文稿，对杨炯、杜审言、王翰、王之涣、崔颢、常建、高适、贾至、张谓、张继、李嘉祐、刘长卿、韦应物、刘方平、戎昱以及大历十才子等近三十位诗人的事迹与作品进行了考证。后记部分又对杜审言、王翰等十一位作家的事迹作了补订。全书突出了群体研究意识，对多位同时代的诗人生平进行了整合研究，而且研究对象多为中小作家，从而丰富了对诗坛生态的多样化认识，在研究方法上也具有启示作用。

傅璇琮主编的《唐才子传校笺》（中华书局1987—1995年版）作为带有作家生平考证专著性质的著作，更对唐代诗人生平与创作情况进行了全面的核考。辛文房所撰《唐才子传》共十卷，收录诗人278人，附见120人，采辑丰富，保留了大量人物材料。但其撰书本意不在考史而在于评论诗歌，故而史实记载多有疏略之处。校笺则以此书为基础，力图通过对其记载的考正与补订，达到对唐代诗人生平事迹的较全面把握，所进行工作大抵以探讨材料出处、纠正史实错误、补考原书未备事迹为主。校笺工作集中了唐诗研究的多位专家，皆能结合各自所长进行详考，因而在整体质量方面值得高度肯定。而此书的编撰也显然并不局限于单纯事迹考订，作者"不满足于传统意义上的笺证，而是想通过现在那样的笺证的方式，科学地集中和概括作家生平事迹研究的线索，希望这本书能作为有唐一代诗人事迹的材料库，使书中的笺证既是现有研究的成果，又是无限的学术进程中一个新的起跑点"。在此书四册出齐之后，傅璇琮又约请陶敏与陈尚君对全书所作考证进行补正，并作为第五册出版。第五册对前此考辨多有更为细致的辨析，并突出了出土文献的应用，强调材料的前后贯通，多有发明。进入21世纪后，傅璇琮另行主编的《宋才子传校笺》于2011年由辽海出版社出版。此书于2008年3月正式启动，分为北宋前期卷、北宋后期卷、南宋前期卷、南宋后期卷、词人卷五个分卷，分别由祝尚书、张剑、辛更儒、程章灿、王兆鹏五位学者担任分卷主编。至 2010 年下半年全部成稿，凡 280 万字。主编傅璇琮在《〈宋才子传笺证〉编纂心得》中对唐、宋《才子传校笺》作了简要的比较：第一，《唐才子传校笺》列专传者为 278 人，而《宋才子传笺证》中《北宋前期卷》为 73 人、《北宋后期卷》为 81 人、《南宋前期卷》为 60 余人、《南宋后期卷》为 87 人、《词人卷》为 80 人，总数为 380 余人，全面地体现了宋代文学作家的生活经历与创作情况；第二，《唐才子传校笺》参与笺证者有 22 位学者，而参与撰写《宋才子传笺证》的，仅《北宋前期卷》就有 26 人，再加上其他分卷，其撰写者人数当为《唐才子传校笺》的好几倍，这也体现出这部书集体协作的一大特色；第三，《唐才子传校笺》以元人辛文房作传，当代学者作笺，《宋才子传笺证》则因前人并无作传，故每篇传、笺皆为当代学者同一人所作。这似乎有"自我作古"之嫌，实则为文献整理与文学研究结合的一种体例创新探索。[①]

此外，郁贤皓《唐刺史考》（江苏古籍出版社 1987 年版）结合正史、诗文、类书、姓氏书、笔记、杂史、方志、碑刻、佛藏等材料，对唐代各州刺史的任职情况与相关事迹进行了详细的考辨。全书按照十五道分卷，各卷下以州分列，资料翔实丰富，不仅有利于古代文学研究，对地理、官制、军事等方面皆有价值。作者在此书出版后又不断进行增补，相应成果以《唐刺史考全编》（安徽大学出版社 2000 年版）为名出版。郁贤皓又与胡克先合作，对唐代九卿制度及九寺正卿与少卿详加考辨，撰成《唐九卿考》（中国社会科学出版社 2003 年版），为唐代文史研究提供了细致的文献基础。

王兆鹏等《两宋词人丛考》（凤凰出版社 2007 年版）着重考证两宋时期历来生平事迹不清楚的 42 位词人的生平事迹、创作经历及其交游人物的相关事迹，厘清了多件词史公案，可以为两宋词史研究的深化和拓展提供扎实可信的史料。全书由三部分组成：第一部分有《潘阆考》《王观考》《刘焘考》等 21 篇，主要考证潘阆、王观等 22 位词人的生平仕履和作品系年；第二部分是《两宋十八家词人生卒年小考》，主要考证王居

[①] 傅璇琮：《〈宋才子传笺证〉编纂心得》，《中国社会科学报》2011 年 5 月 11 日。

安、王赏、刘清之等 18 位词人的生年或卒年；第三部分是《邓肃年谱》《张元幹年谱》，详尽考证南渡词人邓肃和张元幹的生平事迹及其创作历程。词史研究的进展，既有赖于理论方法的更新，更有赖于实证成果的扩大和积累。此书通过对历来生平事迹不清楚的若干词人行实的考订，有助于了解和还原宋代词人诗客的生存状态、创作历程、创作背景和文坛风尚，对研究词史有着十分重要的意义。

赵景深、张增元编纂的《方志著录元明清曲家传略》（中华书局 1987 年版）根据方志的记载，收录元代戏曲作家 20 人，明代戏曲作家 155 人，清代戏曲作家 258 人，元明清散曲家 240 人、戏曲理论家等 85 人，其中多有未见著录者，从而为研究元明清曲家提供了颇有价值的传记材料。庄一拂的《明清散曲作家汇考》（浙江古籍出版社 1992 年版）汇录了 460 余位明清散曲作家的生平资料，分为明清二编，凡有散曲专集或曲学论著、材料较多者入正录，其余入附编，是一部颇有价值的戏曲家资料集。

萧相恺主编《中国文言小说家评传》（中州古籍出版社 2004 年版）共收两汉至清代文言小说家近 160 家，按传主生活的年代先后编排。由于文献所限，其中多数为一般读者乃至研究者都感到陌生的小说家，编者通过十余年的潜心研究，在文献和评述方面都取得了重要突破。各篇分传和评两部分，并尽量将两者融为一体，尤其注重将每位作家放在诸文言小说发展演进的历史坐标上进行考察，以传和评构成了一部独特的文言小说史图景。同时，不少条目后面还附有注释，有些还列出参考书目，提供了更进一步了解的线索，保证了全书的信息量，使此书的学术意义和文献价值得到了更加充分的体现。

关于作家的生平研究，还有两套丛书值得重点关注：一是山东教育出版社 1983—1985 年推出了《中国历代著名文学家评传》六卷，收录周秦至清末较为重要的文学家共 159 位，在体例方面，"它不同于作家年谱，采用了以传为主、寓评于传、评传结合的体例。即以作家生平系年和作品系年为主线，对每个作家的生平事迹和主要作品都有较为详细的述评"。1997 年又出版续编三卷，扩大了作家的收录范围，主要收录了一些"二三流作家以及重点不在文学方面的大家（如孔子、孟子）"，共计 183 人。

这套丛书各传作者皆为此领域学有专长的专家，评传本身具有较高的学术水准，凡是文学史上较有影响的文学家，基本已经纳入研究范围。二是南京大学出版社2006年出齐的"中国思想家评传丛书"共计200册，收录自孔子开始至孙中山为止的各个时期、各个领域和各个学科有杰出成就的人物270余人，其中不乏屈原、贾谊、司马迁、班固、陶潜、李白、杜甫、韩愈、柳宗元、欧阳修、王安石、苏轼、黄庭坚、辛弃疾、杨万里、陆游、关汉卿、杨慎、公安三袁、李渔、金圣叹、蒲松龄、吴敬梓、孔尚任、曹雪芹、袁枚、龚自珍这样在文学领域有突出贡献的人物。评传虽不以生平研究为主体，但对传主思想的揭示与阐发，必然要联系生平展开，因而这套丛书对相应作家生平研究的促进，其实是不言而喻的。

二 作品版本研究

探析版本源流、辨明版本特征是进行文本研究的前提，古代文学研究领域中的作品版本研究一直是基础性工作，版本梳理的重要性得到学界的普遍关注。关于作品版本的研究，除了各类总集、别集的出版说明中会有较为详细的论述外，各类书目叙录类著作中更有广泛而专门的探讨，此外单篇讨论某书版本的文章也不胜其烦。此处按诗文（含词）、小说、戏曲等文体顺序对一些专门探讨作品版本的专著进行简要介绍。

专门就诗文作品版本研究的著作不多，因为诗文是古代的精英文学，其传播刊刻普遍受到文人的重视，刊刻程序较为规范，版本传承相对简单，因此可供研究的空间较小，无须大篇幅的容量，在典籍整理、书目叙录和单篇论文中就可以解决这些问题。

《文选》是我国现存最早的诗文选集，唐前不少优秀文学作品多赖此以传，在科举时代具有重要地位，至有"《文选》烂、秀才半"的说法。而其版本也较为纷繁复杂，傅刚《文选版本研究》（北京大学出版社2000年版）对此展开了专门研究。全书共分历代《文选》版本著录汇考、《文选》版本叙录与《文选》版本考论三个部分。上篇对史志目录、官修目录与家藏目录中的《文选》版本进行考述，并论及宋元本《文选》在明清时代的存藏和流传；中篇分写本、抄本与刻本三个系统，对《文选》重要版本加以论述；下篇则是针对版本中具体问题的讨论。作者对《文选》版本详加搜罗，细加比勘，首次厘清了《文选》版本刻、存与流传的历史线索，指出李善注本并非自六臣本抄出，后人所据尤袤刻本与单行的李善注本并非同一系统，而尤刻本虽然参考了五臣或六臣本，但仍然是以李善注本作为底本。作者还指出现存两种宋刊五臣注本非出同一系统，在详细比对李善注本与五臣本的基础上，一反旧说充分肯定了五臣本的价值。在六家本方面，则指出第一个李善与五臣合并注本为元祐九年的秀州州学本。在《文选》的文体分类方面，则论定了五臣本与李善注本皆为三十九类，推翻了旧有的"三十七类"陈说。可以说，此书的考辨将《文选》的版本研究推进到了一个新的阶段。

杜甫在诗歌史上地位崇高，在宋代即有千家注杜之称，其诗集之笺注评点本众多，版本中真伪羼杂，颇难条理。周采泉《杜集书录》（上海古籍出版社1986年版）对历代有关杜诗的著作进行汇集，分为内外两编，内编注重现存之书的著录，而外编则为存目与参考资料。其中内编又分为全集校刊笺注类、选本律注类、辑评考订类及其他杂著类；外编除全集校刊笺注类、选本律注类之外，又增加谱录类与集杜、和杜、戏曲类。各书条目下标明著录与存佚情况，介绍版本，详载序跋，并加按语对全书作一评价。全书收录杜集相关著作近千种，为杜甫诗集版本提供了详细的参考线索，是杜集版本与杜诗研究的重要工具书。蔡锦芳《杜诗版本及作品研究》（上海大学出版社2007年版）分上、下两编，其中上编是关于杜甫诗歌版本及注家方面的研究，澄清了杜诗版本流传过程中的诸多疑问。如郭知达的《新刊校订集注杜诗》，中华书局的影印本与原宋本之间有多大的出入？神秘的杜修可、杜定功、杜立之等人是何许人也？《钱注杜诗》的底本是不是他所自称的吴若本？朱鹤龄辑注杜诗的成就究竟如何？杨伦的《杜诗镜铨》是否存在着以蒋金式的批朱本为底本但又不欲明告读者的嫌疑？等等。

刘真伦《韩愈集宋元传本研究》（中国社会科学出版社2004年版）对韩愈文集在宋元的流传情况进行了全面清理。全书分为五个部分，第一编为集本，对韩愈现集本与已佚集本进行了深入考述；第二编为选本，分诗文专选、类书与杂选三类进行论述；第三编为诗文评，从诗话、笔记、杂说中探察韩文传承情况；第四编为石本，逐一探讨韩愈诗文的石刻著录情况;第五编则是对《顺宗实录》的专门考察。全书的中心分为两个方面:"具体考察现存的韩愈集宋元刻本的编次、文字、校勘、注释以及版本源流、刊刻与流传,为韩集的文本研究提供一个坚实可靠的工作平台;钩稽已经失传的宋代韩文传本,通过对这批失传的韩学著述的考察,勾画韩文在宋代流传的历史轨迹,进而为韩学以及宋学的理论研究提供更为坚实的文献基础。"

谢思炜《白居易集综论》(中国社会科学出版社1997年版)对白居易集的版本与白居易的创作、生平进行了论述。全书分上下两编,上编主要讨论版本,收录七篇文章,其中论及白居易集的"淆乱"问题,指出这一问题实际上得到了不恰当的夸大,今存白居易文集与其原本的差异并不太大,而且其中只是有百余篇文章散佚,实无伪作窜入的问题;又对敦煌本与日藏白居易集的流传与校勘价值进行了讨论;还对《白氏讽谏》《白氏策林》、郭勋刻本《白乐天文集》等白集别本进行了论述。下编则结合文献考辨,对白居易的生平、家世、学术、人生思想、文学思想、叙事诗创作等展开讨论。

陈耀东《寒山诗集版本研究》(世界知识出版社2007年版)分研究编、版本编和资料编三部分,对《寒山诗集》的版本情况作了较为全面、系统的研究。

刘尚荣《苏轼著作版本论丛》(巴蜀书社1988年版)对苏轼诗、文、词集的版本进行了考述。全书共收录十篇文章,对宋刻全集、集注本前集、百家注分类本、顾注苏轼、明代苏轼文集选本、词集、外集等进行了专门论列,同时评价了中华书局新出的苏轼文集、苏轼诗集的整理得失。在"各书的版本源流、刊刻时地、行格款识、编纂体例、收藏存佚、内容真伪"等方面,详加介绍与考辨,对苏轼著作的版本清理起到了较大作用。

相对于诗文,小说的版本研究专著要丰富得多。这是因为小说尤其是明清白话小说是通俗文学,一方面深受普通读者的喜爱,另一方面不为精英文人所重视,在商业利润的驱逐下,小说的传播刊刻既粗糙又复杂,这无疑为其版本研究提供了广阔的学术空间,需要容量大的专著来进行详细考证和细微阐释。

白话小说的版本研究主要集中在经典名著上。刘世德《三国演义作者与版本考论》（中华书局2010年版）对《三国演义》的残叶、嘉靖刊本、叶逢春刊本、周曰校刊本、四郑刊本、杨美生刊本等版本进行了全面而鞭辟入里的分析和研究。该书是目前《三国演义》版本研究最为全面系统的著作，具有重要学术价值。

罗尔纲《〈水浒〉传原本和著者研究》（江苏古籍出版社1992年版）收录了七篇考证文章，对《水浒传》的成书、作者以及原本进行了详细的考证，作者认为《水浒传》原本是"有志图王"的罗贯中在明洪武年间撰著的，结束于梁山泊大聚义之后的惊噩梦，其后的二十九回半实为后人续加，并对前书进行了追改。作者还结合《三遂平妖传》对勘《水浒传》，论证了罗贯中的"著作权"问题，并考定金圣叹的《贯华堂水浒传》并非古本，对《水浒传》的成书与著者提出了自己的看法，在学界影响甚大。郭英德《中国古代通俗小说版本研究刍议》（《文学遗产》2005年第2期）以《水浒传》作为例证，论述中国古代通俗小说版本研究中"一书各本"的现象、文本"原貌"的追寻、不同版本的价值等问题。认为一书的不同版本系统之间具有显著的甚至巨大的差异，这是中国古代通俗小说的特点，也是中国古代通俗小说版本研究的难点。因此，中国古代通俗小说版本研究的主要任务不是恢复一书问世之初的文本"原貌"，而是致力于恢复一书的不同版本或不同版本系统的文本"原貌"。从历史研究的角度来看，中国古代通俗小说不同版本或版本系统对正文文字内容的不同处理，不仅有其各自的合理性，而且有其各自的价值。

李时人《西游记考论》（浙江古籍出版社1991年版）对世德堂本、朱鼎臣本和杨志和本三种《西游记》版本进行了比较研究，认为在今见明刊最早的世德堂本之前，社会上曾流传过一种抄本或刻本，此是最接近吴承恩原作的一种本子，可视为吴氏原作，此本含有唐僧出世故事，世本把这部分刊落了，而朱本前七卷抄自吴氏原本，保留了这段故事，以后各卷则抄自杨志和本。张锦池《西游记考论》（黑龙江教育出版社2003年版）也对《西游记》成书过程和版本情况进行了考证和研究，作者着重从内证着手，揭示了世德堂本内在的一些前后脱节的现象，据以探索其祖本的残迹，认为世本的祖本可能是词话。

刘辉《〈金瓶梅〉成书与版本研究》（辽宁人民出版社 1986 年版）结集出版了作者关于《金瓶梅》版本研究的相关论文。作者细致梳理了《金瓶梅》的成书过程，谈论了其作者问题，并对所见主要版本加以叙录，考证其版本源流，同时重点考察了张竹坡与文龙对《金瓶梅》的评点与整理。李时人《金瓶梅新论》（学林出版社 1991 年版）也涉及《金瓶梅》的版本研究，自鲁迅提出《金瓶梅》初刻本应是万历庚戌（1610），此后郑振铎、刘大杰、赵景深等均持此说，作者经过一系列考证，认为所谓的庚戌初刻本实际上是不存在的。

《红楼梦》版本版系统最为复杂难辨，研究成果也最为丰硕。魏绍昌《〈红楼梦〉版本小考》（中国社会科学出版社 1992 年版）谈论的主要是"现代"的版本，对亚东本、"有正本"的底本进行了探讨，并对《红楼梦》的脂本、程本、译本作了简单的梳理。郑庆山《〈红楼梦〉的版本及其校勘》（北京图书馆出版社 2002 年版）分为上下两编，上编主要对各种版本的特点进行讨论，下编则是综合研究《红楼梦》的版本系统，并着重于此书的校勘，作者提出了"存真为准，恢复原文。通顺为度，补遗订讹。避繁就简，返璞归真。编新不如述旧，刻古终胜雕今"的整理原则。2006 年北京图书馆出版社又推出了郑庆山的《〈红楼梦〉的版本及其校勘续篇》，对相关问题续有讨论，其中《石头记版本异文统计表》对勘异文，颇有助于对各版本关系的了解。刘世德《〈红楼梦〉版本探微》（华东师范大学出版社 2003 年版）强调了小说版本学的独特性，因为小说主要是以通俗的白话创作的有首有尾的作品，有些篇幅很大，在当时属于通俗读物，并不享有与经史子集同等的地位，存世版本不易获见，因而研究起来困难很大。这就要求研究者广泛搜罗版本，比较其文字、情节的异同，并借此揭示作家创作、作品流传过程中出现的问题，特别是贯通于多个版本中的带有普遍性的问题。此书即以此为中心，通过对秦钟之死、薛蟠之闹、彩云与彩霞的分合、迎春的身世、贾琮的身份、周姨娘角色的变化、贾兰人物角色的变动、三春的住处等具体问题的探讨，对曹雪芹构思的变化、小说情节的修改、各版本的时序、归属等问题提出了自己的见解。杨传镛《〈红楼梦〉版本辨源》（北京图书馆出版社 2006 年版）对《红楼梦》甲戌、己卯、庚辰三种早期钞本的关系与版本流变进行了探讨，作者认为甲戌本的写定成书在现有各钞本之前，为其祖本；己卯与庚辰本则属于同一版本的两种形态；在版本源流判断方面，作者以为自甲戌本成为己卯、庚辰底本后，其演变可分为己卯、庚辰、蒙府、戚序（第一百四十回）一支及梦觉、舒序、库氏、杨藏一支。林冠夫《红楼梦版本论》（文化艺术出版社2007年版）系作者多年潜心研究《红楼梦》版本之总结。全书分十章，对《红楼梦》现存的十一个版本分别从其收藏始末、研究状况、文字特点等方面加以阐述论证，并对每一版本做出有力分析。每一章节看似独立介绍，实则兼具对各版本之间脉络联系的把握，深得"辨章学术，考镜源流"之壶奥。另有一百余张图片，于版本研究著作中，实属难得佳制。王三庆《〈红楼梦〉版本研究》（花木兰文化出版社2009年版）是作者的博士学位论文，分为上中下三篇。上篇讨论八十回抄本系统的版本，对各本的流传与差别进行了详细论述，并考述诸本的底本面貌以及流传过程。中篇对乾隆抄本百廿回红楼梦稿的版本样态、成书年代等进行分析，认为该书并非根据程本校改，而是程本之前的过渡版本，虽非程本底稿，但其中亦有部分为程本所取用。下篇是对刻本的研究。对程本的刊刻次数、刻书地点等进行讨论，并提出了判别程本版别的方法。另有夏薇《〈红楼梦〉一百二十回抄本初探》（社会科学文献出版社2015年版），在以往的"八十回脂本"系统研究的基础上，新辟了一百二十回抄本的系统研究，使这一因资料的缺乏而被长期忽略的新的版本系统重新呈现在读者面前，并由此引发了学界对"高鹗续书说"的重新思考，富有启示意义。

文言小说的版本研究专著以张国风《〈太平广记〉版本考述》（中华书局2004年版）为突出代表，该书对《太平广记》的现存版本、版本演变、分类和体例、引书、佚文和异文等情况作了全面的考证和分析，是《太平广记》版本研究集大者。其《太平广记会校》（北京燕山出版社2011年版）以谈恺刻本为底本，参校孙潜校宋本、沈与文野竹斋钞本、陈鳣校宋本、韩国《太平广记详节》本、活字本、许自昌刻本、黄晟巾箱本、文渊阁《四库全书》本等，同时参校《搜神记》《法苑珠林》《艺文类聚》《太平御览》等相关古籍。纠正了大量疏漏，包括进书表、正文、出处、篇名等；补充了佚文，提供了有价值的异文，并且凡改动谈本处必有校记。

此外，钱静方《小说丛考》（古典文学出版社 1957 年版）、戴不凡《小说见闻录》（浙江人民出版社 1982 年版）、蒋瑞藻《小说考证》（上海古籍出版社 1984 年版）、徐朔方《小说考信编》（上海古籍出版社 1997 年版）、薛亮《明清稀见小说汇考》（社会科学文献出版社 1999 年版）、程毅中《程毅中文存》（中华书局 2006 年版）、潘建国《古代小说文献丛考》（中华书局 2006 年版）、萧相恺《中国古代小说考论编》（凤凰出版社 2010 年版）、付建舟和朱秀梅《清末民初小说版本经眼录》（上海远东出版社 2010 年版）等著作，对古代小说尤其是明清小说的版本情况作了较为详细的考证和研究，提出不少新证和新论。

戏曲版本研究的专著最少。蒋星煜《〈西厢记〉的文献学研究》（上海古籍出版社 1997 年版）是元杂剧《西厢记》版本研究的代表性著作。此书收录了作者多年来相关专题论文，从版本、曲文、插图等方面对《西厢记》展开研究，对明清以来各种版本皆加以考察论述，阐明各版本的特点与源流系统，并对其评点、刊刻、改编情况加以梳理，评析各种版本的价值，具有很高的参考价值。

第三节　总集与别集的编纂

文学总集和别集是古代文学研究的文献基础和根本，离开了它，古代文学研究就成了无源之水和无根之木。因此，新中国成立后文学总集和别集的编纂、整理、新编、补佚和影印等工作受到研究者和出版界的重视。特别是改革开放以后，随着学术研究的不断深入拓展，需求的原始文献也越来越多，并且快速发展的经济实力也保证了原始文献编纂、整理和出版能够顺利进行。

一　总集的整理和编纂

总集具有重要的文献保存功能，正像《四库总目·总集类叙》所谓"一则网罗放佚，使零章残什，并有所归；一则删汰繁芜，使莠稗咸除，菁华毕出"，既有搜罗文献之功，又具衡鉴作品之效。历代无论是通代还是断代的总集，对于古代文学研究而言均有重大价值。而这方面，学界皆有相关整理成果面世，包括旧集整理和新集编纂两种形式。

唐以前文章的搜求，因文献残逸，向称难治，清代严可均以一人之力辑成《全上古三代秦汉三国六朝文》，遂成为代表性总集。此书为作者耗时二十余年之作，搜罗广被，旁及类书金石；片语只词，亦多辑录；共计746余卷，收录作者近3500人，唐前文章基本全备。因多人无专集传世，故此书文献价值甚高。中华书局1958年据广雅书局本影印出版，1965年再版重印时并附篇目及作者索引，为这一最大唐前文章总集的使用提供了便利。海南国际新闻出版中心、河北教育出版社与商务印书馆分别在1996年、1997年、1999年推出点校本，更便阅读。但严书缺失难免，中华书局本出版说明即撷拾其不辨真伪、误收、重出、轶文联类牵强诸弊；赵逵夫亦曾指出此书"时间上限过早，给人以渺茫不可信据之感""有不少作品的时代和作者确定有问题""作者小传多有失误"等诸多问题，并着手重新编订。[①] 据悉，《新编全上古三代秦汉三国六朝文》已纳入中华书局出版规划，而赵逵夫主持的《全先秦文》已完成80多万字的初稿，不仅在文献增补、作者考订方面颇有发现，而且利用了较多出土文献。整套书的完成值得学界期待。郭丹《先秦两汉文论全编》（江苏教育出版社2001年版）、郭丹、穆克宏《魏晋南北朝文论全编》（江苏教育出版社2004年版）对先秦两汉魏晋南北朝文论进行了汇编整理。

唐前诗歌总集，则以逯钦立编纂之《先秦汉魏晋南北朝诗》为代表。此书共135卷，在明代冯惟讷《古诗纪》与近人丁福保《全汉三国晋南北朝诗》基础上，搜括撷遗，删芜存菁，在学术上全面超越前作。此书为作者积二十余年心力之作，1983年由中华书局出版，出版说明对其学术成就做出了精当的概括：取材广博，引书近300种；资料翔实，详标出处；异文齐备，有资考证；考订精审，按断见解独到；编排得宜，以作者卒年先后为序。1988年中华书局又推出此书作者篇目索引，甚便检用。不过此

---

① 赵逵夫：《论严可均〈全上古三代文〉之失与〈全先秦文〉的编辑体例》，《西北师大学报》2004年第5期。

书受限于成书年代，始于抗战，终于 1964 年，且出版时作者已辞世而未能最后审订，故仍有一定缺憾。受中华书局委托，陈尚君正着手对此书进行订补改编工作，目前已基本完成，相信在此基础上此书将更臻完善。①

唐前重要总集，还有《汉魏六朝百三名家集》《文选》等。《汉魏六朝百三名家集》为明人张溥所辑，广泛搜罗了汉魏六朝各家诗文汇为别集，凡 118 卷，自贾谊至薛道衡共 103 人。虽多出于辑录，但基本人各一集，颇利检用。各家前皆有题词，品评轩轾，有文学小史之用。江苏古籍出版社 1990 年曾予影印发行。《文选》为此期最通行也最具文献价值的总集，中华书局 1974 年影印尤袤刻李善注本，向称精善。1977 年中华书局又影印出版胡克家考异李善注本。1986 年上海古籍出版社以胡克家本为底本，参校尤袤本，校点出版，为现行最常见之整理本。上海古籍出版社 2000 年汇编出版的《唐钞文选集注汇存》，将现存《文选集注》残卷搜罗殆尽；人民文学出版社 2008 年影印之《日本足利学校藏宋刊明州本六家注文选》，则提供了最早的《文选》完帙刻本，具有重要版本价值。

唐代总集的整理成果丰硕。就诗歌而言，清代所编《全唐诗》为一代诗歌之渊薮，而此书编纂实有前人文献基础。《全唐诗》重要底本——明胡震亨《唐音统签》，全书 1033 卷，为私人辑纂大型唐五代诗歌总集，也是第一部汇辑一代诗歌的总集。其书依天干为序次，癸签为诗文评之属，久为学界熟知；自甲之壬则为诗歌辑录。前后历时十年始成。此书海南出版社 2000 年影印入《故宫珍本丛刊》，上海古籍出版社 2003 年分 9 册复加影刊。另一底本由清人季振宜完成，季氏踵钱谦益之绪，理董唐诗，共得 42000 余首，成书 717 卷。季本《唐诗》经海南出版社影印，入《故宫珍本丛刊》。《全唐诗》编选时初、盛唐部分参考季本为多，而其余部分则多《统签》之功，故而两书影刊出版对于明晰《全唐诗》的成书有重要价值。

彭定求等奉康熙敕命编纂、曹寅刊刻的《全唐诗》则代表了清代整理唐诗的最高成就。全书 900 卷，收录作者近 2300 人，录诗近 50000 首。首列帝妃之作，其后作者依时代排列，各家皆附小传，词作亦录于卷末。

---

① 陈尚君：《〈先秦汉魏晋南北朝诗〉校订释例》，《古籍整理研究学刊》2007 年第 1 期。

因辑录之际多有依傍，且恃内府收藏众多别集、总集，再加金石、稗史诸书所得，一代诗作搜括粗为完备。上海古籍出版社1986年影印有扬州诗局本。校点本则由中华书局1960年出版，后附日人上毛河世宁（市河宽斋）据日本文献补辑的《全唐逸诗》3卷，补诗72首。《全唐诗》成书匆遽，一年多即告蒇事，所留下的补辑空缺甚多。1982年中华书局汇编诸家补辑之作成《全唐诗外编》，共收2278首，包括王重民《补全唐诗》《敦煌唐人诗集残卷》和孙望《全唐诗补逸》、童养年《全唐诗续补遗》四种，但亦有重出、误辑之作。而最具典型性的补辑当属陈尚君的《全唐诗补编》。此书共补辑轶诗6000多首，新补作者900多人，使唐代诗歌达到55700余首，作者至3700多人，为一代文献之蒐辑做出了重要贡献，堪称典范之作。徐俊对敦煌写本诗歌进行了详尽的考释，2000年由中华书局出版《敦煌诗集残卷辑考》，共存诗近2000首（句），因系据敦煌写本考定，其中多有尚可补全唐诗者。

唐代为词体兴起成熟之时，对词作的全面整理当首推林大椿《唐五代词》。此书成于20世纪20年代末，共录词人81人，词作1148首，1956年由文学古籍刊行社校订出版。此后张璋、黄畬复事搜讨，辑成《全唐五代词》8卷，共2500余首，上海古籍出版社1986年出版。前三卷为唐词，第四至六卷为五代词，第七卷为敦煌词，第八卷为无名及仙鬼词。敦煌卷主要依据任二北《敦煌曲校录》、王重民《敦煌曲子词集》及饶宗颐《敦煌曲》三书。林著漏收词作较多，张书多有增补，但仍有缺漏，且偶或误收声诗。曾昭岷等所编《全唐五代词》则在编辑体例上有所不同。此书严于限定词体，对词与声诗、徒诗作严格区分；正编所收为可确定的词作，难以定论的则纳入副编。前言对所作工作做出了概括，主要集中于以下各方面：增补，最重要的主要是释德诚的《渔父词》与《兵要望江南》；探源，重视探明原始出处；考辨，对词作真伪做出辨析，附于校记之后；甄别，体现出强烈的辨体精神，严别诗词之界。此书由中华书局1999年出版，颇受学界好评。

唐代文章总集则有嘉庆时敕编的《全唐文》，此书由董诰主持，组织了阮元、徐松、陈鸿墀等众多知名学者参与其事，历时六载，成书1000卷，共计作者约3000人，收录唐五代文章18000余篇。从搜集的广度及整理的水平而言，均超过《全唐诗》而更具其时的朴学特征，堪称唐代文章渊海。此书有中华书局与上海古籍出版社的影印本、校点本有两种，分别为海南国际文化海南国际新闻出版中心的《传世藏书》本及山西教育出版社2002年本。《全唐文》编辑完成之后，不断有学者进行补辑，陆心源即有《唐文拾遗》72卷、《续拾》16卷；考订纠谬则有劳格《读全唐文札记》《全唐文札记续补》，岑仲勉《读全唐文札记》等。吉林文史出版社2000年推出的《新编全唐文》吸收前人考订辑补成果，结合周绍良《唐代墓志汇编》《唐代墓志汇编续集》以及敦煌文献、其他散见之作，以《全唐文》为基础，将新辑文章重编入书，并对原书错谬误收等处进行纠正。专事补辑的有吴钢主编的《全唐文补遗》，此书搜集的文字主要依据新出的碑碣、墓志，由三秦出版社推出，目前已出九辑。另有《千唐志斋新藏专辑》共收墓志589篇，（唐前宋后共60余篇，收入附录，属于补遗之作的变例）有益于考史知文，极具文献价值。陈尚君《全唐文补编》经过前后三次增订，历时近二十年，于2005年由中华书局出版，包括补编、再补、又再补三部分。此书不收大宗石刻文字，广搜群籍，共录文章6700篇以上，涉及作者近2000人。[①]

　　与唐代诗文总集多出于清人之手不同，宋代大型总集皆为现代学者编纂。傅璇琮、孙钦善等主编的《全宋诗》对宋代诗人诗作进行了全盘清理，共录诗人近万人，诗作近25万首，就文献量而言远远超过《全唐诗》，又因相关总集编纂基础薄弱，故而整理难度很大，此书72册，已于1999年由北京大学出版社出齐。编者对宋人诗集进行普查，收录时尽量保持本集原貌；诗人依时序排列，皆附小传；大力进行辑佚工作；注重文献价值，注明底本与校本，辑佚诗作皆注明出处；加强考订，尽量避免重收与误收。出版社还另外发行了许红霞主编的《全宋诗1—72册作者索引》，有利于读者检阅。由于宋诗长期以来评价不高，其整理工作往往不受重视；此书完整出版，对推动宋诗研究的进展起到了极大的作用。《全宋诗》编辑完成之后，陆续有人进行补遗，其中较具规模的有陈新等

[①] 陈尚君《〈全唐文补编〉出版感言》对成书经过、收录标准、录文方法等有详细说明，可以参看。文见《书品》2006年第1辑。此文对补遗、新编并有评述，值得注意。

人的《全宋诗订补》，2005年大象出版社出版。此书分校订、补辑两部分，对《全宋诗》进行分册订补，末附诗人索引。

宋词总集的编纂当推唐圭璋的《全宋词》。唐圭璋于1937年即编成《全宋词》一书，1940年由商务印书馆发行。此书以帝王、王室、诸家、僧道等为序，辑录词人1100多人，词作18000余首，一代词作初具规模。但此书限于条件，搜罗未广，考订亦未臻完善。新中国成立后唐圭璋着手进行修订。在遍参宋人词集、汇刊词集及各代选本、类书、金石、方志等材料后，使原编有了很大改观。为使考订趋于精密，唐圭璋更特荐王仲闻予以审订。此书1965年由中华书局出版，引用书目近600种，收录词人逾1330人，词作近20000篇，残篇约530首。编次改为时代先后，人物小传多有增益，更多采用善本核定文字，录词文本更趋精审。作者存疑者以互见处理，便于考核。1979年重版时，唐圭璋作《订补续记》附编于后。对《全宋词》的补辑以孔凡礼所得为多，他曾据《诗渊》等书辑补词作430余首，（唐圭璋只见到《诗渊》第1—9册，其余16册未及利用）于1981年出版《全宋词补辑》一书。为使文献趋于完备，中华书局结合经校正过的订补、补辑等材料，于1999年出版新本《全宋词》，共分五册，以简体横排。

宋代文章总集《全宋文》的编纂由曾枣庄、刘琳两主持。宋文总集诸如《宋文鉴》之类皆录文有限，而别集繁夥，散见文章极多，故而整理难度甚大，正像缪钺序文所言，有普查搜采、校勘辨订、分类编序、制订条例等四难。经过艰辛工作，共收罗作者近万人，文章10万余篇。此书1988年由巴蜀书社陆续出版，至50册后因故中辍。2006年始由上海辞书出版社、安徽教育出版社联合出版发行，共计360册。有宋一代文章，基本全备。在编纂体例上，此书以作者为纲，对文章进行重新分体编排，以辞赋、诏令、奏议、公牍、书启、赠序、序跋、论说、杂记、箴铭、颂赞、传状、碑志、哀祭、祈谢、其他等十六类为序，具有文体学意义。据称尚有佚名作者文章数十册，已整理完成，尚待出版。

以"全"为名的宋代文献尚有《全宋笔记》。此书由傅璇琮、朱易安等主编，大象出版社2003年出版。"笔记"一词内涵颇难界定，此书取"随笔记事而非刻意著作之文"。取择颇宽，但诗话、小说等类并不阑入，且以单独成书为限。在充分吸收已有单行校点本的基础之上，广予搜罗，共确定约 500 种，以是非校的形式确定文本。一代笔记完整结集，此书当推首帙。在求全备、求核实方面皆可期待。此书拟作十编出版，目前已全部出齐。

辽代艺文总集有陈述所辑《全辽文》。此书在缪荃孙《辽文存》6 卷、王仁俊《辽文萃》7 卷、黄仁恒《辽文补录》1 卷、罗福颐《辽文续拾》2 卷基础上重加理董。四书互有重见，且以分体编排。陈述辑入新见辽文，并重予编次，除先列诸帝外其余文章皆以作者先后为序。此即《辽文汇》10 卷。其后续有所得，遂编入一书，即中华书局 1982 年所出之《全辽文》13 卷。此书兼收诗文，共录作品 800 余篇，多随文系年，后附作者事迹考及图版。

金诗全集有薛瑞兆、郭明志所编《全金诗》，南开大学出版社 1995 年出版。金诗的编纂最早可溯源至元好问的《中州集》，收录 251 位诗人的 2000 余首诗作。但此书不收元好问同时诸人诗作，故而金末诗歌多有缺漏。清人郭元釪遂立意重编，成《全金诗增补中州集》74 卷，收入《四库全书》，提要称"是编所增补者卷六倍之，人几三倍之，诗倍之，一代之作，乃苞括无遗矣"。实际上此书搜罗仍有未尽，且以帝藻、公族、诸相、状元等十六类为序，体例未善。《全金诗》则广事辑录，成书 160 卷，收入诗人 534 人，诗作 12066 首；以诗人时代先后为序，撰写小传，对作者生平等皆有考订。

合辽金诗编为总集的有阎凤梧、康金声主编的《全辽金诗》，山西古籍出版社 1999 年出版。全书录入诗人 700 余家，诗作 11662 首，残篇近 400 则；其中辽诗 142 首。其主体部分为金诗，对《全金诗》亦有所补正。[1] 合辽金文为一书则有山西古籍出版社 2002 年所出之《全辽金文》。辽代部分比《全辽文》增收 14 篇；金代文章收录 2546 篇，其前言称较之清人张金吾《金文最》增收 948 篇。[2]

---

[1] 薛瑞兆、郭明志撰有《新编金诗校订——兼评〈全辽金诗〉》，对《全辽金诗》所取得成绩及其谬误并有评述，文见《北方论丛》2004 年第 1 期。

[2] 薛瑞兆《〈全辽金文〉校订》从小传撰写、作品辑佚、文字校勘诸多方面，对此书加以评述。文见《古籍整理研究学刊》2008 年第 4 期。

唐圭璋合编金、元词作为《全金元词》，中华书局 1979 年出版。此书体例与《全宋词》相同，收录金元词人 282 人，词作 7293 首，其中金 70 人，3572 首；元 212 人，3721 首。全书引用书目 200 多种，在搜罗、校勘、考订方面皆有贡献。作为金元词作的总汇，虽有补缺余地，但已远迈前人，基本具备全集规模。

元代诗歌的蒐辑，清人顾嗣立《元诗选》为迄今所见最全备的总集。此书分为三集，每集又由甲至壬分九部分；每集收诗人百家，加上附录共 340 余人。因搜罗广博，四库提要对之评价甚高，以为："每人各存原集之名，前列小传，兼品其诗。虽去取不必尽当，而网罗浩博，一一采自本书，具见崖略，非他家选本饾饤缀合者可比。有元一代之诗，要以此本为巨观矣。"原本各编皆有癸集，采摭各家选本、山经地志、野史稗官之散见诗作，共计 3000 余人，未成而顾嗣立卒。此后席世臣与顾果庭对残稿加以整理，历时十年始成，即《元诗选癸集》。国家图书馆藏有钱熙彦编次之《元诗选补遗》，收金履祥之下 82 家，未见于三集之中，据言此书利用了顾嗣立的稿本加以诠次。三书合观，则顾嗣立多年艰辛搜括得以合璧。以上三书分别于 1987 年、2001 年、2002 年由中华书局整理出版。标志性成果当属杨镰主持的《全元诗》，共收录 5000 多位元代诗人约 14 万首诗，分装为 68 册。由中华书局 2013 年出版，有元一代诗作大备于此，堪称元诗文献渊薮。

李修生主编《全元文》，凤凰出版社 2004 年出版，共 61 册（含索引 1 册），为元代汉文文章总汇。由于唐宋文学的辉煌，元代文学向来不太受重视，但实际上正像陈垣指出的那样："元代之儒学文学，均盛极一时。"编者普查各家图书机构所藏元人文集，并在搜罗别集之余，广加辑佚，遂使元代散文、骈文、赋以及诗歌以外的韵文蔚成大观。此书收录作者 3140 余人，文章约 33400 篇，计 2800 万字，对元代文史研究的促进自不待言。

王季思主编《全元戏曲》，人民文学出版社 1999 年出齐，共 12 册。作为一代之文学代表，元曲广受重视。此书为第一部整理校点的元代戏曲全集，具有重要的文献价值。编者在钟嗣成《录鬼簿》、臧晋叔《元曲选》、赵琦美《脉望馆抄校古今杂剧》、王季烈《孤本元明杂剧》、隋树森

《元曲选外编》的基础上加以蒐辑、整理，将杂剧与南戏汇为一编，使南戏缺少整理的情况大为改观。在校勘方面，考虑到元杂剧的创作是由作家与演员共同完成这一特点，并不盲从最早版本如《元刊杂剧三十种》，而是根据实际择善而从。此书共收录完整杂剧 210 种，南戏 19 种，在作者考订、作品归属等方面也不乏新见。① 徐征等主编《全元曲》共 12 卷，河北教育出版社 1998 年出版。此书综括散曲与杂剧，共收完整杂剧 162 种，小令 4075 支，套数 489 套，另收残剧、残曲。并著录佚目，以便检考。

隋树森《全元散曲》对元代散曲作了较齐备的搜集整理，中华书局 1964 年出版。因为散曲属于通俗文学，而传世曲集有不少又属于稀见本，故而搜集不易；散曲作家之有别集传世者亦不多；而曲集之精刊、精抄本罕觏，这些都对元代散曲的全面整理构成障碍，也对学界此项工作充满期待。该书在遍觅散曲别集、选集之外，复从他书搜括，共收录小令 3853 首，套数 457 套，残曲尚不计在内。编排方面以作者时代为序，对作者异说、题目差异、字句不同等情况，皆有详细的校勘记。此书颇重视文献性，在各曲末尾皆注明最早见于何书，并注出散曲为他书收录情况，极便于考索。此书 2018 年新出增订版。

章培恒等主编的《全明诗》已由上海古籍出版社出版了三册。此书拟收现存明人别集以及绝大多数总集当中的诗作，其他散见作品则打算另编入《全明诗续编》。编者在资料收集整理方面做了很多工作，从已出版的三册来看在校勘方面颇有追求。② 钱伯城等主编的《全明文》体例与《全明诗》相近，已由上海古籍出版社出版了两册。③ 明代诗文由于存世文献数量浩繁，对之全面整理难度很大，需要有更多的学者参与其中。

明词号称"中衰"，故而长期不受重视，缺乏相应整理成果。直至赵尊岳《惜阴堂汇刻明词》成，始改变这一局面。此书收明代词籍 268 种，

---

① 参与《全元戏曲》编纂工作的罗斯宁撰有《对〈全元戏曲〉的补正及反思》，载《文化遗产》2008 年第 1 期，对此书漏收、校对等问题进行反思。

② 对此书编纂工作的具体情况及进展，可以参见戴衍《跨世纪的古籍整理工程——〈全明诗〉》，《中国典籍与文化》1997 年第 1 期。

③ 此书第一册为朱元璋文，陈高华撰有《关于朱元璋文的整理问题——读〈全明文〉》第一册，见《明清论丛》，紫禁城出版社 1999 年版。

词作数千首。辑成后一直未能全部出版，1992年上海古籍出版社始据试印底本影印成《明词汇刊》上下两册。饶宗颐以此为基础，加以增辑，共得明词九百余家。嗣后张璋重加蒐辑，共得词人1390余家，词作近两万首，此即中华书局2004年所出版的饶宗颐初纂、张璋总纂《全明词》。对其具规模的补编之作有周明初、叶晔之《全明词补编》，浙江大学2007年版。补录词人629人，词作5000余首，其中《全明词》未收词人有471人。

对明代散曲的全面搜集，有谢伯阳的《全明散曲》，齐鲁书社1994年版。全书收录散曲作者406家，小令10606首，套数2064套。清代散曲有凌景埏、谢伯阳编《全清散曲》，收有散曲作者342人，小令3214首，套数1166套，齐鲁书社1985年出版，2016年又推出增补版。明清两代散曲基本已可窥全貌。俞为民《历代曲话汇编》（黄山书社2007年版）对历代曲话进行汇编整理。

清文由于数量太多，总集编选困难太大，故而南开大学古籍所主持进行选编工作，其成果《清文海》已于2010年由国家图书馆出版社影印推出，选录作者近2000人，文章18000余篇，字数2000余万。

至于清词的搜集整理则大有渐成显学之势。中华书局1982年印行了叶恭绰的《全清词钞》，虽为选本，但已颇具规模，共收录词人3196家，词作8260多首。中华书局2002年出齐的《全清词·顺康卷》则为有清一代词作的全面清理做出了有益的贡献。全书20册，收录词人近2100家，词作逾5万首。此后张宏生等对之进行补辑，2008年由南京大学出版社推出《全清词·顺康卷补编》4册，补得词人455家，词作10000余首。《全清词》原拟按时代分为顺康、雍乾、嘉道、咸同、光宣5卷，至此基本完成五分之一，则清代词籍规模可以想见。雍乾卷的编纂在张宏生主持下有序进行，已于2012年由南京大学出版社推出，共16册。

在此也简单概述一下小说与戏曲领域在文献整理方面的成就。在单种文献之外，尤以大型丛书引人注目。刘世德、陈庆浩、石昌渝主编的《古本小说丛刊》精心选择珍贵的小说文献加以影印，由中华书局出版，自1987年出版第一辑开始，截至1997年，共出版41辑205册，收录小说169种。上海古籍出版社1990年至1995年影印出版的《古本小说集成》，以白话小说为主，共出版五辑693册，收录小说428种。两种丛书规模庞大，资料丰富，为学界提供了重要的研究文献。此外，熊明《汉魏六朝杂传集》由中华书局 2017 年推出，收录自古籍中辑录的杂传三百多种，为研究中古小说提供了便利。李时人《全唐五代小说》（中华书局 2014 年版）对唐五代的小说进行全面搜集和整理，材料丰厚，共收录作品 2100 余篇。此书的出版对于唐五代小说研究提供了便利，有很高的文献价值。李剑国《唐五代传奇集》（中华书局 2015 年版）对唐五代传奇作品进行了汇编整理。共录传奇作品 691 篇，分为五编六册，以时代编次，甚便使用。李剑国《宋代传奇集》（中华书局 2018 年版）将两宋传奇作品分期编列校辑，共六编 50 卷，分为 3 册。

戏曲方面，郑振铎倡导编印的《古本戏曲丛刊》，自 20 世纪 50 年代开始陆续影印出版，初集、二集、三集分别收录戏曲 100 种，四集收录戏曲总集 8 种。九集由吴晓铃主持，收录清代宫廷戏 9 种，中华书局 1962 年出版。五集吴晓铃主持编集，上海古籍出版社 1986 年出版，收录明末清初戏曲 100 种。六集收录清初康雍乾时期戏曲 110 种，国家图书馆出版社 2016 年出版。七集收录清代前期至乾嘉时期戏曲 100 种，国家图书馆出版社 2018 年出版。第八集的编辑工作正在进行，全书九集将于近期完成。此书是目前最大的戏曲总集，编纂历经数十年，版本别择精审，具有极高的文献价值。1959 年中国戏剧出版社出版的《中国古典戏曲论著集成》10 册，收录唐宋至清代戏曲论著 48 种，涉及戏曲创作、作家生平、音韵曲谱等多方面，是重要的戏曲理论文献合集。

这些规模宏大、搜罗巨细的大型总集的编纂，为古代文学研究的深入进展提供了全备的基本文献，省却了大量的文献翻检工夫，同时对相关作品、人物行实的考订也切实推动了具体研究。大型工程所涉及的文献之浩繁，编纂过程之艰辛，都使其编纂行为令人钦敬。由个人独立完成的撰著，其繁难更可想象，前贤为学术事业所付出的努力值得推阐。而当下学术环境的好转、文献查阅的便捷、新出文献的繁夥，都极大地促进了相关总集的有序编纂。

值得提出的还有一些大型丛书的影印与编纂。《四库全书》对古代典籍进行了较系统的排比，虽然有不少问题，但是保留了大量珍贵文献，故编成之后至江浙三阁传抄的士人络绎不绝。1986 年台湾商务印书馆影印了文渊阁《四库全书》，为学界提供了极大便利。嗣后上海古籍出版社又予以缩印。文津阁与文澜阁所藏《四库全书》也由商务印书馆与杭州出版社分别影行。此外，齐鲁书社网罗四库列入存目诸书，共收集古籍4500余种，影印为《四库全书存目丛书》1200册出版；上海古籍出版社编纂完成《续修四库全书》，既有对《四库全书》的补选，又包括成书之后的续选，共收书5200余种，合1800册；北京出版社编纂《四库禁毁书丛刊》，收录古书1500余种，又编有《四库未收书辑刊》，收书1300余种。这些四库系列图书已经成为各大图书馆收藏的重点，对古典文献的保存与利用发挥了重要作用。其他重要的大型丛书，如北京图书馆出版社出版的《北京图书馆古籍珍本丛刊》，收入珍本古籍462种，计120册；由中国人民大学和北京大学编纂、上海古籍出版社影印出版的《清代诗文集汇编》，收录清代诗文集4000余种，共800册，已经出齐。黄山书社影印出版的《明别集丛刊》，共五辑500册，2016年出齐。收录明人别集约2000种，占存世明人诗文集三分之二强，是研究明代文学不可或缺的重要资料。国家图书馆出版社2017年影印出版《清代诗文集珍本丛刊》，收录1339种清代诗文集，共600册。此外如《原国立北平图书馆甲库善本丛书》1000册（国家图书馆出版社2014年版）、徐雁平、张剑主编的《清代家集丛刊》201册（国家图书馆出版社2015年版）、徐雁平主编的《清代家集丛刊续编》201册（国家图书馆出版社2018年版）都具有很高文献价值。

近年来地方文献的编辑出版渐成热潮。山东大学出版社2010年出齐《山东文献集成》四辑200册，影印山东先贤著作稿本、钞本、刻本等共1375种。黄灵庚《重编金华丛书》（上海古籍出版社2014年版）在原来胡凤丹、胡宗楙已编辑125种古籍的基础上，广加辑录，精择善本，历时七年，搜集金华地方文献877种，是一部目前最为齐备的金华文献丛书。国家图书馆出版社2015年推出《衢州文献集成》，收录衢州先贤著作和外地人士撰写的相关著作238种。其中经部17种，史部75种，子部64种，集部82种，颇有善本得以披露。2016年上海古籍出版社出版《宁海丛书》，分宋元卷、明清卷、民国卷三辑，共120册。收录宁海文献350种，包括不少珍稀秘本、稿本、抄本，在县级地方文献编纂工作中带有先行性。2015年，广州出版社推出《广州大典》520册，收录广州文献典籍 4064 种。2018 年，《遵义丛书》由上海古籍出版社、国家图书馆出版社联合出版，影印收录遵义四部古籍 404 种，存目 48 种，文献颇为齐备。规模更为庞大的，如《江苏文库》3000 册，已于 2016 年启动，分为书目、文献、精华、史料、方志、研究六编，收录文献近 10000 种，对于江苏地域文化将具有重要意义。

二　别集的整理和编纂

在别集的整理方面，成绩甚为显著，可以说各朝代名家名作基本上都已经得到整理，有的甚至出现了多种校订文本，为文献学的发展提供了鲜明的例证。中华书局有"中国古典文学基本丛书"，上海古籍出版社有"中国古典文学丛书"，对历代别集进行了较为全面的整理校注，其中也有少数属于总集或者诗文评，集中反映了新中国成立以来文献学研究成果。其中"中国古典文学丛书"至 2009 年已出版 100 种。其他出版社也各有整理成果问世，使得古典文学的文献整理领域出现了欣欣向荣的景象。限于见闻与篇幅，下面仅对相关整理状况作一粗略介绍。

唐前文献，已出版多种，如《诗经注析》（程俊英、蒋见元）、《屈原集校注》（金开诚、董洪利、高路明）、《楚辞补注》（白化文、许德楠、李如鸾、方进点校）、《诗经今注》（高亨注）、《楚辞今注》（汤炳正、李大明、李诚、熊良智注）、《司马相如集校注》（金国永）、《说苑校证》（向宗鲁）、《扬雄集校注》（张震泽）、《张衡诗文集校注》（张震泽）、《阮籍集》（李志钧、季昌华、柴玉英、彭大华校点）、《阮籍集校注》（陈伯君）、《王粲集》（俞绍初校点）、《建安七子集》（俞绍初辑校）、《陆云集》（黄葵点校）、《陆机集》（金涛声点校）、《陆机集校笺》（杨明校笺）、《陶渊明集》（逯钦立校注）、《陶渊明集校笺》（龚斌校笺）、《谢宣城集校注》（曹融南校注集说）、《世说新语笺疏》（余嘉锡笺疏、周祖谟等整理）、《世说新语校笺》（徐震堮）、《江文通集汇注》（李长路、赵威点校）、《江文通集校注》（丁福林、杨胜朋校注）、《鲍参军集注》（钱仲联增补集说）、《何逊集、庾子山集注》（许逸民点校）、《玉台新咏笺注》（穆克宏点校）、《文心雕龙义证》（詹锳）、《诗品集注》（曹旭）。

唐代文献整理，如《王子安集注》、《杨炯集笺注》（祝尚书）、《骆临海集笺注》、《卢照邻集笺注》（祝尚书）、《杨炯集·卢照邻集》（徐明霞点校）、《卢照邻集校注》（李云逸）、《沈佺期宋之问集校注》（陶敏、易淑琼）、《张九龄集校注》（熊飞）、《孟浩然诗集笺注》（佟培基）、《岑参集校注》（陈铁民、侯忠义）、《高适诗集编年笺注》（刘开扬）、《高适集校注》（孙钦善）、《李太白全集》、《李白集校注》（瞿蜕园、朱金城）、《李白全集注评》（郁贤皓）、《杜诗镜铨》、《钱注杜诗》、《杜诗详注》、《杜甫集校注》（谢思炜）、《杜甫全集校注》（萧涤非）、《王维集校注》（陈铁民）、《王右丞集笺注》、《刘长卿诗编年笺注》（储仲君）、《常建诗歌校注》（王锡九）、《李颀诗歌校注》（王锡九）、《白居易集》（顾学颉校点）、《白居易集笺校》（朱金城）、《白居易诗集校注》（谢思炜）、《白居易文集校注》（谢思炜）、《元稹集》（冀勤点校）、《韦应物诗集系年校笺》（孙望）、《韦应物集校注》（陶敏、王友胜）、《三家评注李长吉歌诗》、《权德舆诗文集》（郭广伟校点）、《韩昌黎诗系年集释》（钱仲联）、《韩昌黎文集校注》（马其昶校注、马茂元整理）、《柳宗元集》、《柳宗元诗笺释》（王国安）、《柳河东集》、《刘禹锡集》（卞孝萱校订）、《刘禹锡集笺证》（瞿蜕园）、《长江集新校》（李嘉言新校）、《贾岛集校注》（齐文榜）、《樊川文集》（陈允吉校点）、《樊川诗集注》、《玉溪生诗集笺注》（蒋凡校点）、《樊南文集》、《李商隐文编年校注》（刘学锴、余恕诚）、《李商隐诗歌集解》（刘学锴、余恕诚）、《温飞卿诗集笺注》（王国安校点）、《松陵集校注》（王锡九）、《皮子文薮》（萧涤非、郑庆笃整理）、《罗隐集》（雍文华校辑）、《韦庄集笺注》（聂安福）。

宋代别集整理亦颇为可观，如《二晏词笺注》（张草纫）、《梅尧臣集编年校注》（朱东润）、《苏舜钦集》（沈文倬校点）、《乐章集校注》（薛瑞生）、《欧阳修全集》（李逸安点校）、《欧阳修诗文集笺校》（洪本健）、《嘉祐集笺注》（曾枣庄、金成礼）、《东坡乐府校笺》（龙榆生）、《苏轼词编年校注》（邹同庆、王宗堂）、《苏轼诗集》（孔凡礼点校）、《苏轼文集》（孔凡礼点校）、《苏轼诗集合注》（黄任轲、朱怀春校点）、《苏轼全集校注》（张志烈等）、《栾城集》（曾枣庄、马德富校点）、《苏辙集》（陈宏天、高秀芳点校）、《山谷诗集注》（黄宝华点校）、《曾巩集》（陈杏珍、晁继周点校）、《淮海集笺注》（徐培均）、《淮海居士长短句笺注》

（徐培均）、《张耒集》（李逸安、孙通海、傅信点校）、《后山诗注补笺》（冒广生补笺、冒怀辛整理）、《清真集》（吴则虞校点）、《清真集笺注》（罗忼烈）、《清真集校注》（孙虹校注、薛瑞生订补）、《陈与义集》（吴书荫、金德厚点校）、《陈与义集校笺》（白敦仁）、《李清照集笺注》（徐培均）、《于湖居士文集》（徐鹏校点）、《稼轩词编年笺注》（邓广铭）、《辛弃疾集编年笺注》（辛更儒）、《范石湖集》（富寿荪标校）、《剑南诗稿校注》（钱仲联）、《放翁词编年笺注》（夏承焘、吴熊和）、《杨万里集笺校》（辛更儒）、《周必大全集》（王蓉贵、白井顺点校）、《刘克庄集笺校》（辛更儒）、《文天祥诗集校笺》（刘文源）、《姜白石词编年笺校》（夏承焘）、《山中白云词》（吴则虞校辑）。

  元明文学典籍方面，如《揭傒斯全集》（李梦生标校）、《雁门集》（殷孟伦、朱广祁校点）、《高青丘集》（徐澄宇、沈北宗校点）、《沧溟先生集》（包敬第点校）、《震川先生集》（周本淳校点）、《海浮山堂词稿》（凌景埏、谢伯阳标校）、《徐渭集》、《汤显祖诗文集》（徐朔方笺校）、《汤显祖戏曲集》（钱南扬校点）、《白苏斋类集》（钱伯城校点）、《珂雪斋集》（钱伯城点校）、《袁宏道集笺校》（钱伯城）、《沈璟集》（徐朔方辑校）、《隐秀轩集》（李先耕、崔重庆标校）、《谭元春集》（陈杏珍标校）、《陈子龙诗集》（施蛰存、马祖熙标校）、《汪琬全集笺校》（李圣华）。

  清代文学虽然近年来方始引起学界广泛关注，但整理成果颇多，如《顾亭林诗文集》（华忱之点校）、《顾亭林诗笺释》（王冀民）、《王船山诗文集》、《戴名世集》（王树民编校）、《魏叔子文集》（胡守仁、姚品文、王能宪校点）、《古诗源》、《洪亮吉集》（刘德权点校）、《龚自珍己亥杂诗注》（刘逸生）、《船山诗草》、《牧斋杂著》（钱仲联校标）、《牧斋初学集》（钱仲联校）、《牧斋有学集》（钱仲联标校）、《安雅堂全集》（李学颖集评校注）、《吴梅村全集》（李学颖集评标校）、《顾亭林诗集汇注》（王蘧常辑注、吴丕绩标校）、《吴嘉纪诗笺校》（杨积庆）、《秋笳集》（麻守忠校点）、《敬业堂诗集》（周劭标点）、《渔洋精华录集释》（李毓芙、牟通、李茂肃整理）、《聊斋志异会校会注会评本》（张友鹤辑校）、《方苞集》（刘季高校点）、《刘大櫆集》（吴孟复标点）、《茗柯文编》（黄立新校点）、《纳兰词笺注》（张草纫）、《小仓山房诗文集》（周本淳标校)、《惜抱轩诗文集》(刘季高标校)、《樊榭山房集》(陈九思标校)、《忠雅堂集校笺》(邵海清校、李梦生笺)、《李玉戏曲集》(陈古虞、陈多、马圣贵点校)、《两当轩集》(李国章校点)、《瓯北集》(李学颖、曹光甫校点)、《龚自珍全集》(王佩诤校点)、《岭云海日楼诗钞》(丘铸昌标点)、《人境庐诗草笺注》(钱仲联)。

  以上罗列当然只能是整理成果很有限的一部分,还有很多未能介绍。如《诗经》一书,过去列入经学,各家传注极多,即使是新中国成立以后新出的各类整理本,也不胜缕述。再如楚辞,黄灵庚的《楚辞章句疏证》和《楚辞集校》等,集中体现了楚辞文献研究的高水准。至于历代大家别集之整理本,近来出版纷夥,尤难一一论列。但这有限的列举已能反映出文献整理方面所取得的成就。就整理形式而言,校点本为最多,推动了古籍的通行,摆脱了古书难觅的局面,对学术的发展起到了极大的推动作用。而笺注、编年、集解诸类型,在校点的基础上又作进一步加工,为具体研究的深入提供了翔实的材料,尤属研究津梁。

  附带可以谈及选本,这方面人民文学出版社的"中国古典文学读本丛书"值得注意,该系列中很多名家选本由于学术质量高,已经成为经典。常见者如《中国历代文选》(四川师范大学中国古代文学研究所)、《先秦散文选》(戚法仁)、《诗经选》(余冠英注译)、《楚辞选》(马茂元)、《孟子文选》(李炳英)、《史记选》(王伯祥)、《三曹诗选》(余冠英)、《乐府诗选》(余冠英)、《汉魏六朝诗选》(余冠英)、《唐诗选》(中国社会科学院文学研究所)、《唐文选》(高文、何法周)、《高适岑参诗选》(孙钦善、陈铁民、何双生、武青山)、《李白诗选》(复旦大学中文系古典文学教研组)、《杜甫诗选注》(萧涤非)、《韩愈文选》(童第德)、《韩愈诗选》(陈迩冬)、《白居易诗选》(顾学颉)、《杜牧诗选》(缪钺)、《宋诗选注》(钱锺书)、《宋文选》(四川大学中文系古典文学教研室)、《欧阳修文选》(杜维沫、陈新)、《梅尧臣诗选》(朱东润)、《苏轼诗选》(陈迩冬)、《苏轼词选》(陈迩冬)、《范成大诗选》(周汝昌)、《辛弃疾词选》(朱德才)、《唐宋传奇选》(张友鹤)、《唐宋词选》(中国社会科学院文学研究所)、《元人杂剧选》(顾学颉)、《陆游诗选》(游国恩、李易)、《中国戏曲选》(苏寰中、王起、黄天骥、吴国钦)、

《元好问诗选》（郝树侯）、《金元诗选》（邓绍基）、《金元明清词选》（夏承焘、张璋编选，吴无闻注释）、《元明清散曲选》（王起主编；洪柏昭、谢伯阳选注）、《清诗选》（福建师范大学中文系古典文学教研室）、《聊斋志异选》（张友鹤）、《龚自珍诗文选》（孙钦善）。其他一些选本，像《唐诗选》（马茂元）、《苏轼选集》（王水照）、《杨万里选集》（周汝昌）等，都在选注当中体现出很高的学术追求。由于选本的普及作用，其社会影响往往比专集要广泛，因而高质量的选本更能体现学者在学术性与普及性相结合之间所作出的不懈努力。特别是在"文革"之后，书籍的匮乏使得大家对知识的渴求越发强烈，当时《唐诗选》所引起的阅读风潮至今使人倾心回想。

在对总集、别集编纂方面成果进行回顾的同时，我们也可以从中约略归结其进程。自新中国成立以来的古典文学领域的文献整理较明显地以时代为界，区划为三个阶段。至 50 年代中期，为初步兴起时期，整理工作开始全面铺开。50 年代后期至"文革"，为变异时期。一些前期整理的著作开始出版，但政治形势日渐转变，有不少著作的整理者只能以化名的形式出现或者甚至以集体著述的形式出版。至"文革"时期，整理工作几乎停顿，只有一些作家因为政治上的特殊注意，其作品方才得到整理。如所谓"法家"的刘禹锡、柳宗元等人的作品，在此时限内皆有整理本问世。"文革"后，则迎来全面繁荣阶段。大规模的总集开始陆续编纂，各家别集也逐一得到整理，出现了全面性的繁荣局面。

在这一进程当中，围绕文献整理工作，学术界也渐渐形成一些特色。首先，以大型总集的整理为标志，出现了多个区域性学术中心。如复旦大学之于汉唐文献、明代文献；北京师范大学之于元代文献；四川大学之于宋代文献；南京大学之于清代词学，都出现了一系列领军人物，影响了学术界的格局。其次，出版界与学术界形成了良好的互动合作。其中，中华书局因为国家出版规划的原因，发挥了引领古籍整理方向的重要作用。上海古籍出版社也做出了有目共睹的贡献。另外，人民文学出版社在戏曲、小说直至相关诗文别集的整理方面，也有不俗表现，值得推介。最后，地域文献的整理形成热潮。如浙江方面，阳明后学文献丛书即属于对阳明心学文献的整理；《吕祖谦全集》、《新编金华丛书》属于对婺学的一次全面梳理。伴随着这一趋势，众多地方性古籍出版社开始展露身手。像凤凰出版社、浙江古籍出版社、黄山书社、巴蜀书社、天津古籍出版社等，都有代表性的整理成果问世。其中，吉林文史出版社推出的《元朝别集珍本丛刊》，对戴表元、吴师道等诸多元人文集进行校点出版，填补了元代文献整理的空白。可以说，文献整理的进展，会在很大程度上影响学术的进路，为相关研究提供坚实的基础；而学术研究也会不断对文献整理提出新的要求。这两者之间的良好互动，共同构筑了古典文学研究的辉煌实绩。

第四节 文学工具书的编纂

文学工具书对于文学研究具有资料索引、文献查证等基础的作用，因此文学工具书的编纂也受到学界的重视和践行。文学工具书的编纂主要包括年谱、年鉴、书目、辞典、参考资料等编纂。

一 年谱的编纂

在古代文学研究中，年谱编纂占有重要地位，自孟子即有"知人论世"之说，强调了对人物事迹时代的把握。而年谱因为在谱主世系、师友渊源、仕履行实、事迹言动方面的记述，对深入了解人物具有不可替代的作用；特别是年谱中多有谱主诗文著作系年考订，更便于钩沉参稽。年谱之兴起，学界多上溯于宋代，既有同时人物的年谱出现，也多有前代人物年谱撰著。此后年谱蔚然大兴，体例全备，在系年与纪传并擅的体制特色之下，提供了丰赡多样的文学研究成果。年谱编纂往往是细致考察作家作品的前提与基础，很多学者都提倡在进行作家研究的前期着手编定年谱，这一带有朴学色彩的撰著行为在古代文学研究中颇堪注目。

从目前学界的研究现状来看，年谱编纂可谓空前繁荣，举凡历代大家名家，皆有谱作问世，甚至有些作家有多种年谱。这其中当然有历代编纂递嬗的积淀，更多则是当下学人的贡献。有些著作带有发凡起例的功绩，尤其值得推重。比如于北山所编纂的杨万里、范成大、陆游三家年谱，此三书皆成于20世纪60年代，但直至2006年方由上海古籍出版社出齐。

年谱搜罗宏富，遍及总集、别集、方志、大典诸书，辑补大量逸作；在考订方面精审详核，对人物生平行止、交游、诗文系年有详细考述。特别值得关注的是，作者并不局限于个案作家作品的考察，更着力论述其时代背景、文化氛围，使得考订不再孤立，而成为有鲜活场景的文化事件。在体例方面，作者独创时事一栏，在各年行实考述之前，先行论述其年发生的重大历史事件，从而为具体诗文、人物动止提供了广阔的理解与阐释空间。可以说，这套年谱集合了系年与评传的特性，为体察人物提供了深入而详尽的研究成果，也为年谱编纂提供了典范性的示例。正像出版前言所述，"其篇幅之巨，考证之详，至今无可替代者"。

由于单种年谱的分散，相应成果难以罗列，这里只能就一些具有代表性的丛刊类著述加以介绍，略具管窥之意。出版物中既有古人年谱的校点新刊，亦有今人新撰著述。

中华书局有"年谱丛刊"类目，目前可见者已颇具规模，如《陶渊明年谱》（宋王质等撰）、《韩愈年谱》（宋吕大防等撰）、《石介事迹著作编年》（陈植锷撰）、《司马光年谱》（明马峦、清顾栋高撰）、《王安石年谱三种》（宋詹大和等撰）、《苏轼年谱》（孔凡礼撰）、《秦少游年谱长编》（徐培均撰）、《吕祖谦年谱》（杜海军撰）、《朱熹年谱》（清王懋竑撰）、《黄宗羲年谱》（清黄炳垕撰）、《戴名世年谱》（戴廷杰撰）、《吕留良年谱长编》（卞僧慧撰）、《查继佐年谱》（清沈起撰）、《查慎行年谱》（清陈敬璋撰）、《阎若璩年谱》（清张穆撰）、《阮元年谱》（清张鉴等撰）、《莫友芝年谱长编》（张剑撰）、《沈曾植年谱长编》（许全胜撰）等。

刘跃进、范子烨编《六朝作家年谱辑要》（黑龙江教育出版社1998年版），为卞孝萱主编《六朝文学丛书》之一种。本书汇集了由16位学者撰写的18种六朝作家年谱，包括袁行霈《陶渊明年谱汇考》、王孟白《陶渊明年谱简证》、杨勇《陶渊明年谱汇订》、杨勇《谢灵运年谱》、范子烨《临川王刘义庆年谱》、丁福林《鲍照年谱简编》、罗国威《沈约任昉年谱》、曹融南《谢朓事迹诗文系年》、陈庆元《王融年谱》、胡德怀《四萧年谱》、俞绍初《江淹年谱》、牟世金《刘勰年谱汇考》、张伯伟《钟嵘年谱简编初稿》、李伯齐《何逊行年考》、罗国威《华阳隐居陶弘景年谱》、詹鸿《刘孝绰年谱》、跃进《徐陵年谱简编》、鲁同群《庾信年谱》等。另行附录刘跃进编写的三种附录：《本书所收年谱出处及作者简历》《六朝作家年谱参考文献》和《六朝作家生平研究论文要目》。此书的编纂既体现了编纂者对于六朝作家年谱学术价值的重视，也寓意着编纂者对于中古文学研究的学术反思。刘跃进在前言《归于平淡后的思考》指出："近一个世纪的中古文学研究从沉寂到活跃，从零乱到系统，学术进程的每一次大踏步跨越，视野的开阔、观念的更新固然起到了先导作用，而基础资料的发掘与整理显得尤为重要，它为整个研究工作的展开奠定了坚实的基础。"而年谱的编纂正是文学研究中的重要基础工作。

夏承焘《唐宋词人年谱》（上海古典文学出版社1955年版）对唐宋词人韦庄、冯延巳、李璟、李煜、张先、晏殊、晏幾道、贺铸、周密、温庭筠、姜夔、吴文英的生平进行了考察，并对相应作品的真伪及其创作情况进行论述，对词人年谱之学影响深远。王兆鹏《两宋词人年谱》（文津出版社1994年版）对葛胜仲、葛立方、叶梦得、吕本中、向子諲等五位南渡词人进行研究，对其生平事迹、作品创作、著作流传并有考论。

吴洪泽、尹波主编《宋人年谱丛刊》（四川大学出版社2003年版）则集中于宋人年谱的搜罗与整理。全书收录谱主188人，年谱163种，附录有人名索引，共计500万字，分十二册出版，为收录有宋一代人物年谱最多的著述。此书以整理点校形式出版，宋人宋谱基本全收，一人多谱者选录有最早或典型性的二至三种，今人所著散见于各刊物或油印本的宋人年谱亦行收录。此书对于宋代文学研究的促进作用自不待言，使用检索也甚为方便。但限于条件，今人以专著形式出版的年谱多未收录。

王庆生《金代文学家年谱》（凤凰出版社2005年版）22卷，是首部金代文学家年谱的有机集成，收录有金一代文学家共242人的年谱，除元遗山已有缪钺、狄宝心先生详谱未收外，几乎囊括金代《中州集》《中州乐府》《河汾诸老诗集》三书全部作家。全书资料丰富，考订精审，为金代文学研究中的一项具有奠基性意义的基础工程。

章培恒主编《新编明人年谱丛刊》（复旦大学出版社自1993年陆续出版），对明代有影响的文化人物进行编排纂录。章培恒著有《洪昇年谱》，以翔实精审著称，其主编之作则体现了他对明代文化的整体把握，谱主选择多有深意。计有《沈周年谱》（陈正宏撰）、《李东阳年谱》（钱振民撰）、

《祝允明年谱》(陈麦青撰)、《康海年谱》(韩结根撰)、《王世贞年谱》(郑利华撰)、《钟惺年谱》(陈广宏撰)、《杨维桢年谱》(孙小力撰)。① 此外,还有李圣华《方文年谱》(人民文学出版社 2007 年版)等。

徐朔方《晚明曲家年谱》(浙江古籍出版社 1993 年版)共收录三十九位戏曲家的年谱。作者早年即撰有《汤显祖年谱》,此后在补订此谱的同时,将研究范围渐次扩大,除徐霖、王济、郑若庸等八人生于嘉靖之前,可作为先行者入谱外,其余谱主多活动于万历或天启、崇祯之间,这也是书名的由来,而晚明则是戏曲——传奇的黄金时代,在中国戏曲史上的成就仅次于元。全书共分苏州、浙江、皖赣三卷,各谱前有引论,对谱主的创作情况进行总体评介,其后则为具体事迹编年。年谱搜罗宏富,材料详尽,对较为重要的曲家生平有细致的考辨,且各谱主之间的交往与文学活动,往往通过年谱而得以勾连,从而提供了晚明时代戏曲史的大致面貌,在很大程度上丰富了对这一阶段的戏曲史认识。

另外,还应该提及北京图书馆出版社 1999 年影印出版的《北京图书馆藏珍本年谱丛刊》,此书共 200 册,下限至民国止,收录年谱类著述 1212 种,涉及谱主 1018 人,为目前收录最多、规模最大的年谱汇录,其间多有文学家年谱。

二 年鉴的编纂

文学年鉴对年度文学创作与研究情况进行总结,带有鲜明的资料性与工具性,是了解文学发展与研究样貌、揭示文学发展规律的重要参考。这方面的贡献,当首推中国社会科学院文学研究所。文研所在 80 年代初期即由陈荒煤大力提倡编纂文学研究年鉴,以反映文学研究成果与现状,并提供研究的资料、文献及相关线索。在新的时代气象与学术要求之下,《中国文学研究年鉴 1981》顺利出版。此后又有其他内容和类型的更为专门的文学年鉴问世。目前所见最具有连续性、形成一定规模的专门学科性质的古代文学年鉴,当属唐代与宋代领域。

---

① 相关评述可参见黄仁生《一套"最得知人论世之义"的个人系列编年史——评〈新编明人年谱丛刊〉》,《中国典籍与文化》1997 年第 1 期。

中国社会科学院文学研究所《中国文学研究年鉴》分为研究概况、创作概况、重要会议及学术活动、研究论文选辑、纪事、文献及资料等部分，采辑丰富，很能反映一年当中文学研究的状况，其中研究概况方面又细分为文艺理论、古代文学、现代文学、当代文学、民间文学、少数民族文学等类目，并特别介绍了日本与西方中国文学研究的情况，显现出新的时代面貌。此书后来一直持续出版，其间栏目略有调整，1989因经费问题停刊，后于1990年合刊。自1991年开始，因增设文学创作介绍及评介内容，此书更名为《中国文学年鉴》，一直出版至今，其间多有双年刊。在栏目设置上又突出了作品选编的分量，推出笔谈、新书评介，重视各学科、各专题研究的综述。可以说，此书的连续出版对于了解新时期以来文学发展情况与研究动向提供了详细的参考。

刘世德、徐公持主编《中国古典文学研究年鉴》于1987年由上海古籍出版社出版。全书共分五个部分，第一部分是述评，按照古代文学的各个时段与体裁专题划分，介绍一年以来所取得的成绩，突出总结性与客观性；第二部分为论文提要，重点推介重要论文或有独到见解之作；第三部分是古代文学方面论文与书籍的目录，纳入了中国香港与台湾及国外的研究成果；第四部分为纪事，介绍学术活动与相关信息；第五部分是古典文学工作者人名录，简单介绍了相关学者情况。此书内容细致，但此后未能继续出版。

刘扬忠、钟振振、霍有明主编《中国古代文学研究年鉴》于2006年由陕西师范大学出版社推出《中国古代文学研究年鉴2004》。此书力图总结一年内古代文学研究的成果，为后续研究提供参考，篇幅较大，近80万字。在栏目设置上，有"专家笔谈"，为著名学者的治学经验谈；有"学者研究"，为著名学者的学术研究述论；有"论文选粹"，精选有重要学术价值的文章；有"商榷与探讨"，关注学界较集中的争论；有"回顾与展望"，为专题领域内的研究综述；有"论文摘要"；有"本年度古代文学研究综述"，以时代与专题划分；有"博士论文摘要"；有"本年度古代文学研究论文、专著索引"；有"学术动态"，及时提供学界讯息；有"博士新人谱与学科点介绍"，重在推介。从内容而言，这一年鉴提供了丰富的信息，足资参考。但嗣后亦未见续出。

傅璇琮主编《唐代文学研究年鉴》为唐代文学研究会的会刊，创办于 1983 年，至今已编辑出版 14 辑。自 1995 年辑起，由中国唐代文学学会与广西师范大学中文系、广西师范大学出版社合编，广西师范大学出版社出版发行。本年鉴设有"一年记事""一年研究综述""一年论文摘要""问题讨论综述""研究与整理""新书选评""港台和海外研究""专著索引""论文索引"等栏目，全面反映每年国内外唐代文学的研究概况及主要成就，同时也反映研究中存在的问题与某些薄弱环节，又能提点未来值得关注的研究课题，特别在研究资料的系统性方面具有重大的优势。

刘扬忠、王兆鹏主编《宋代文学研究年鉴》为宋代文学学会的会刊。前身为刘扬忠、王兆鹏、刘尊明主编《词学研究年鉴（1995—1996）》，于 2000 年由武汉出版社出版。其学术宗旨是"对已有的文献资料和学术成果进行阶段性的综合整理和全面总结，使之系统化、理论化和科学化"，以避免词学界研究的重复，增强开拓创新意识。年鉴设有"会议追踪""研究综述""专题讨论""博士论文提要与论文摘要""新著书评""海外传真"以及"论文与论著索引"等。《宋代文学研究年鉴》以《词学研究年鉴》为基础扩充而来，迄今已出版六辑。成为宋代文学学会的会刊后，采用两年或三年合刊的形式，每届宋代文学会议出版一辑，旨在充分及时地反映宋代文学研究的整体面貌。

唐代、宋代是古代文学研究中较为成熟的时段，年鉴的出版其实也如实反映了研究的现状。

三　书目的编纂

书目的编纂主要集中在文集书目和小说书目两个方面。与文集的整理相呼应，对历代古籍所作叙录为全面了解其版本、流传、典藏情况提供了详尽的线索。唐前别集传世不多，对唐集的梳理有万曼的《唐集叙录》。此书述及传世唐集 108 家，对各集卷数、版本、传刻、著录等情况进行了细致考辨，极具资料价值。对宋集的梳理，有沈治宏所编的《现存宋人别集版本目录》，共收录诗文词集作者 741 人，以作者生年为序编排，作者下列明别集及各书馆藏地，颇便翻检。祝尚书《宋人总集叙录》与《宋人别集叙录》提供信息更为丰富。总集叙录考述了 80 余部现存总集的版本、著录、收藏状况，对版本源流的考述甚为精到，如对《西昆酬唱集》作者的辨析。各集之下并附主要传本的重要序跋，便于读者寻检。书末附有散佚宋人总集考以及宋人总集馆藏目录，皆具有实用意义。别集叙录对传世宋人别集的版本沿革进行了细致考述，题跋、各传本序跋以及重要的收藏、鉴定、校勘诸文，因篇幅原因，则列目录于考述之下，标为"参考文献"，以便于覆按。对宋集考索，另有王岚《宋人文集编刻流传丛考》对 30 余家别集进行了追源溯流的详细考析。周清澍编有《元人文集版本目录》，收元人诗文集近 300 种，但重在收罗版本，而无考释。黄仁生《日本现藏稀见元明文集考证与提要》对 340 余种日藏汉籍进行了考察，具有与国内收藏的互补功用。明代别集方面，有崔建英辑订的《明别集版本志》、徐永明与赵素文的《明人别集经眼叙录》。对清人文集的叙录，近来已有多种。较早者如张舜徽《清人文集别录》、袁行云《清人诗集叙录》。李灵年、杨忠主编的《清人别集总目》著录作者近 2 万人，诗文集约 4 万部，版本、馆藏收罗详尽，并附作者简传。柯愈春《清人诗文集总目提要》收诗文别集作者 19700 余家，4 万余种，考述版本源流，并加轩轾。词籍方面，则有饶宗颐《词籍考》、邓子勉《宋金元词籍文献研究》等著述。日藏汉籍方面则有严绍璗《日藏汉籍善本书录》，提供了详赡的解题性质材料。上述诸书网罗文献，为进一步研究提供了线索。

  古代小说的书目编纂也较为丰富。程毅中《古小说简目》（中华书局 1981 年版）、袁行霈、侯忠义《中国文言小说书目》（北京大学出版社 1981 年版）、孙楷第《中国通俗小说书目》（人民文学出版社 1982 年版）、刘世德主编《中国古代小说百科全书》（中国大百科全书出版社 1993 年版）、韩锡铎、王清原《小说书坊录》（春风文艺出版社 1987 年版）、石昌渝《中国古代小说总目》（山西教育出版社 2004 年版）、江苏社会科学院《中国通俗小说总目提要》（中国文联出版公司 1990 年版）、宁家雨《中国文言小说总目提要》（齐鲁书社 1996 年版）、朱一玄、宁稼雨、朱桂声编著《中国古代小说总目提要》（人民文学出版社 2005 年版）、刘镇伟、王若、韩俊英《大谷本明清小说叙录》（大连出版社 1995 年版）、陈桂声《话本叙录》（珠海出版社 2001 年版）、周勋初《唐代笔记小说叙录》（凤凰出版社 2008 年版）、李剑国《唐五代志怪传奇叙录》（南开大学出版社 1993

年版)、李剑国《宋代志怪传奇叙录》(南开大学出版社1997年版)等都是此类著作。此外,还有小说书目研究著作,如潘建国《中国古代小说书目研究》(上海古籍出版社2005年版)等。

四 辞典的编纂

随着文学研究的进展,各种文体、人名、研究大辞典的编纂也开始兴起。主要有古代文学家辞典、文学作品鉴赏辞典以及经典名著辞典三大类型。

古代文学家辞典,以中华书局所推出的《中国文学家大辞典》为代表,虽然属于工具书性质,篇幅有限,但所作考述皆有较高学术水准。此书共分七卷:先秦魏晋南北朝卷(曹道衡、沈玉成编撰)、唐五代卷(周祖譔主编)、宋代卷(曾枣庄主编)、辽金元卷(邓绍基、杨镰主编)、明代卷(李时人主编)、清代卷(钱仲联主编)、近代卷(梁淑安主编)。这一套工具书不仅搜括了此前众多未被关注的小家,突出了"求全"的追求;而且在考证方面多有订补,强调了"求实"的一面。作为工具性质的撰著,达到了较高的学术品位。

古代文学作品鉴赏辞典,上海辞书出版社自1983年出版《唐诗鉴赏辞典》后,在读者中引起极大反响。该社逐步扩充选题范围,于是形成文学鉴赏大辞典系列,包括先秦诗、汉魏六朝诗、唐宋词、宋诗、元曲、元明清诗、元明清词、明清传奇、古文、古小说、新诗、现代散文等系列辞典,字数达2500万字。这一书系多邀请名家撰稿,精选篇目,细作赏析,通俗易懂且具有较高学术品位,并附有人物小传与相关索引。对于古代文学研究成果的普及起到了重要的作用。

经典名著辞典,集中于明代四大奇书与清代《红楼梦》,主要有:沈伯俊、谭良啸《三国演义辞典》(巴蜀书社1986年版),沙先贵《水浒辞典》(湖北辞书出版社2006年版),白维国《金瓶梅辞典》(中华书局1991年版),曾上炎《西游记辞典》(河南人民出版社1994年版),周汝昌、晁继周主编《红楼梦辞典》(广东人民出版社1987年版),施宝义等编著《红楼梦人物辞典》(广西人民出版社1989年版),冯其庸、李希凡主编《红楼梦大辞典》(文化艺术出版社1990年版),杨为珍、郭荣光主编《红楼梦辞典》(山东文艺出版社1986年版),孙逊、孙菊园《红楼梦鉴赏辞典》（汉语大词典出版社 2005 年版）等。与《红楼梦》的文学地位相当，有关《红楼梦》的辞典也是为数最多的。其中周汝昌、晁继周主编的《红楼梦辞典》问世最早，冯其庸、李希凡主编的《红楼梦大辞典》规模最大，彼此独具综合性的检索功能。前书共收词语九千余条，达百万字。涵盖的内容十分丰富，包括建筑、科举、刑律、宗教、职官、音乐、绘画、医药、植物学、占卜、风俗礼仪等众多方面。后书由冯其庸、李希凡任主编，陶建基、吕启祥、邓庆佑、胡文彬、顾平旦等任编委。另外，还约请了所内外有关《红楼梦》研究的各个方面的专家和研究者撰写条目。共收一万多个词条，二百余万字，分上下两编和附录五种。上编包括廿一类：词语典故、服饰、器用、建筑、园林、饮食、医药、称谓、职官、典制、礼俗、岁时、哲理宗教、诗词韵文、戏曲、音乐、美术、游艺、红楼梦人物、文史人物、地理。下编包括八类：作者家世交游、红楼梦版本、红楼梦译本、红楼梦叙述、脂砚斋评、红学词语、红学书目、红学人物。附录五种为：曹雪芹与《红楼梦》研究史事系年，红学机构、刊物及会议便览，《红楼梦》人物表（一）（二），曹氏世系简表，大观园图。后经大幅修改的增订本，于 2010 年由文化艺术出版社出版。此外，孙逊、孙菊园《红楼梦鉴赏辞典》全书共十四个门类，少数门类下也有再分小类的，正文部分收词 3000 余条，附录 4 种，分类的多样，条目的细密，详细的注解与翔实的考证都是本书的特点，因而大大增加了本书的学术含量。书中更附有 540 余幅清丽雅致的精美图片，极有古典韵味，可谓汇集了《红楼梦》各种插图本的精华。

五 参考资料的编纂

作家作品的研究资料汇编也是古典文学的文献研究的重要组成部分。借助资料汇编不仅可以综观作家作品在历代的接受与评价，从而更全面地了解其文学史价值与地位；更有可能以此为线索，从而勾勒出文学接受史的大致线条。如北京大学编纂的《先秦文学史参考资料》《两汉文学史参考资料》，郭预衡主编的《中国古代文学史长编》，即提供了丰富的研究文献。

这方面的工作，可以中华书局所出"古典文学研究资料汇编"为代表，目前已有《三曹资料汇编》（河北师范学院中文系古典文学教研组）、《陶渊明资料汇编》（北京大学、北京师范大学中文系）、《李白资料汇编》（金元明清之部）（裴斐、刘善良）、《杜甫卷》（上编）（华文轩）、《韩愈资料汇编》（吴文治）、《柳宗元资料汇编》（吴文治）、《白居易资料汇编》（陈友琴）、《李贺资料汇编》（吴企明）、《李商隐资料汇编》（黄世中、余恕诚、刘学锴）、《杜牧资料汇编》（张金海）、《欧阳修资料汇编》（洪本健）、《苏轼资料汇编》（四川大学中文系唐宋文学研究室）、《黄庭坚和江西诗派资料汇编》（傅璇琮）、《张耒资料汇编》（周义敢、周雷）、《秦观资料汇编》（周义敢、周雷）、《曾巩资料汇编》（李震）、《李清照资料汇编》（褚斌杰、孙崇恩、荣宪宝）、《张孝祥资料汇编》（宛新彬）、《陆游资料汇编》（孔凡礼、齐治平）、《杨万里范成大资料汇编》（湛之）、《辛弃疾资料汇编》（辛更儒）、《吴文英资料汇编》（马志嘉、章心绰）、《金瓶梅资料汇编》（黄霖）、《水浒资料汇编》（马蹄疾）、《红楼梦资料汇编》（一粟）。

更大型的文学资料汇编，当属中华大典文学典的编纂。此书由程千帆主编，共分六个分典：先秦两汉文学分典（任继愈总主编）、魏晋南北朝文学分典、隋唐五代文学分典（卞孝萱主编）、宋辽金元文学分典（曾枣庄主编）、明清文学分典（吴志达主编）、文学理论分典（任继愈总主编）。这一套大书对古典文学各方面知识进行了全面搜罗，在系统性、实用性方面皆有可称，总字数达4500万，堪称古典文学百科全书。

此外，王利器《元明清三代禁毁小说戏曲史料》（上海古籍出版社1981年版）、侯忠义《中国文言小说参考资料》（北京大学出版社1985年版）、程国赋《隋唐五代小说研究资料》（上海古籍出版社2005年版）、罗书华《中国历代小说批评史料汇编校释》（百花洲文艺出版社2009年版）等侧重于小说研究资料汇编。尤其是朱一玄在明清小说资料汇编方面有不少成果，计有《三国演义资料汇编》、《水浒传资料汇编》、《西游记资料汇编》、《儒林外史资料汇编》（以上四种与刘毓忱合编）、《金瓶梅资料汇编》、《聊斋志异资料汇编》、《红楼梦资料汇编》、《明清小说资料选编》等。

第五节　出土文献的发现与整理

出土文献是与传世文献相对的概念，主要指向于出土文物中的文字资料，包括甲骨文献、金文文献、简帛文献等。与传世文献的传承有序不同，出土文献在经历了较长时间的湮灭无闻而又重新面世，其学术价值甚至文物价值都值得高度关注。王国维在《最近二三十年中中国新发见之学问》中即指出："古来新学问起。大都由于新发见。有孔子壁中书出，而后有汉以来古文家之学；有赵宋古器出，而后有宋以来古器物、古文字之学。"他还特意列举了"今之殷虚甲骨文字、敦煌塞上及西域各处之汉晋木简、敦煌千佛洞之六朝及唐人写本书卷、内阁大库之元明以来书籍档册"，以为堪称"中国学问上之最大发见"。这一论断充分肯定了出土文献对于开拓学术研究新格局的重要意义。陈寅恪也曾发表相似观点，以为"一时代之学术，必有其新材料与新问题。取用此材料，以研求问题，则为此时代学术之新潮流"。可以说出土文献的发现，早已引起学界的强烈关注。它不但提供了史上佚失的部分材料，直接丰富了文学作品库，而且可与传世文献互证互释，进而校订传世文献、勘断旧说。至于其在思想史、考古史、哲学史等领域的重要价值，更是不言而喻。因为出土文献的发现，学术史的改写甚至重写都具有了可能。由于出土文献的纷繁、相关领域的精深，此处只能对其发现与整理情况作一简单介绍。

一　甲骨文献的发现与整理

甲骨文献主要指商周时代以甲骨为载体的文献。甲骨文自 1899 年被发现后，在民国时期曾进行多次大规模发掘整理，新中国成立以后亦有多次发掘，收获巨大。相关领域已形成专门的甲骨学，资料整理也多有成果。这方面集大成性质的资料汇编成果有郭沫若主编、胡厚宣总编辑的《甲骨文合集》，全书共 13 册，由中华书局自 1978 年至 1982 年影印出版，共收录 41956 片，集中了较全备的甲骨资料。对此书进行增补的有语文出版社 1999 年推出的《甲骨文合集补编》，由彭邦炯、谢济、马季凡编著，结合新见资料，对合集未收、漏收的甲骨加以增补，共录13450片。

1973年考古工作者在小屯南地发现了大量甲骨，是新中国成立以后殷墟发现甲骨最多的一次，其甲骨文献后由中华书局以《小屯南地甲骨》为名出版，共收录5612片甲骨。1991年在殷墟花园庄东地，发掘了1500多片甲骨，其中有字者689片，有字的完整龟甲达300多片，为历次考古发掘中出土完整有字龟甲最多的一次。其图版等资料已由云南人民出版社于2003年出版，《殷墟花园庄东地甲骨》一书共六册，收录图版1538版。

甲骨文研究的大型丛书则当推四川大学出版社2001年出版的《甲骨文献集成》，全书共四十册，收录了近百年来甲骨学的相关研究著述，作者自大陆、港澳台直至国外，各书皆以影印形式出版。全书分为甲骨文考释、甲骨研究、专题分论、西周甲骨及其他、综合等五类，收录文献近千种，凡是具有学术价值或有重要影响的中外文研究论著及论文皆在搜罗之列，在资料的全面、系统方面颇受注目。

二 金文文献的发现与整理

金文即铭刻在青铜器上的文字，时限一般多为商代后期至周代。青铜器在古代即不断出土，多种文献中皆有记载，古代著录的撰述如《集古录》《金石录》等即有收录。中华书局自1984年起影印出版的18册《殷周金文集成》堪称金文资料的集成式汇编，共著录铭文拓片1万多片。全书不仅包括公私收藏的青铜铭器，还结合相关考古发现，并录入了古人著录而今已未见的材料，其收录范围为秦统一之前。此书现并有新版，对原书内容作了一定程度的改订与增补。集成至1994年出齐，这一时期内国内外陆续有新见金文文献发现，经刘雨、卢岩编订，2002年由中华书局出版《近出殷周金文集成》4册，共汇集殷周金文资料2000余件，依照集成的体例编纂而成。2010年又出版《近出殷周金文集成二编》，收录自1999年5月以来近十年间新见金文共1300余件。此外，台北艺文印书馆出版的《新收殷周青铜器铭文暨器影汇编》，亦致力于对集成加以增订。此书汇集近年新见铜器铭文，对集成的缺漏亦间有补正，其下限截至2005年，共收录2005件有铭铜器，铭文与图录并重，甚便检阅。在殷周金文研究资料汇编方面，线装书局2005年出版46册《金文文献集成》

堪称集成性质丛书。此书分为古代文献与现代文献两部分，所收文献自北宋吕大临《考古图》始，至1989年底，共录入古人、今人及日本西方研究著述2000多种，为金文研究资料的首次大规模结集。除单纯性质资料汇编不予收录外，凡关乎金文研究的有价值的研究论述，多在搜集范围之内，突出了资料的全面性、科学性与权威性，另有书篇名及作者人名索引1册。

三　简帛文献的发现与整理

简帛文献即以简牍与绢帛为书写载体的出土文献，史书所载鲁恭王坏孔子壁所获古文书及晋时汲冢书的出土，表明简帛文献在古代即已引起普遍的关注。近百年来随着考古工作的不断进展，简帛文献的出土日益增多，简帛学也成为一门国际性的显学，新领域的开拓与发现直接影响到学术的发展轨迹。敦煌文艺出版社2001年起出版《中国简牍集成》，共计23册，以省区分卷，为简帛材料的利用提供了极大便利。

（1）云梦睡虎地秦简。1975年底在湖北云梦的秦墓中出土，共1000多枚竹简。简文为墨书隶体，其内容经整理可分为十个部分：编年记、语书、秦律十八种、效律、秦律杂抄、法律答问、封诊式、为吏之道、日书甲种和日书乙种，手书年代为秦始皇时期。这是秦代竹简的首次发现，填补了竹简出土年代的空白。其整理成果《睡虎地秦墓竹简》1990年由文物出版社出版，收录了全部竹简的图版和释文、注释。

（2）银雀山汉简。1972年在山东临沂银雀山汉墓出土，共有竹简约5000枚。简文为墨书早期汉隶，写于汉文帝至武帝初期。主要内容包括《孙子兵法》《孙膑兵法》《六韬》《尉缭子》《晏子》《守法守令十三篇》《元光元年历谱》等，其中有大量的佚书。特别是孙武与孙膑兵法的同时出土，使后世孙武兵法伪托说不攻自破，具有重要价值。文物出版社1985年出版了《银雀山汉墓竹简》（一），包括孙子兵法、孙膑兵法、尉缭子、晏子、六韬、守法守令等十三篇的图版、摹本与释文、注释。2010年文物出版社推出了《银雀山汉墓竹简》（二），主要内容为古佚书，分为论政论兵之类、阴阳时令占候之类和其他三部分。

（3）马王堆帛书。1973年于长沙马王堆三号汉墓中出土。该墓年代为公元前168年，出土帛书共28种约12万字。内容包括《周易》、《老子》甲乙本、《战国纵横家书》、《五十二病方》、《五星占》等。其中两本老子与今本文字多有出入，而且顺序正好相反。马王堆帛书内容广泛，具有重要的学术价值，是汉代缣帛文献最具价值的一次发现。其相关整理成果由文物出版社于1974年陆续出版，所见有《老子》甲本及卷前古佚书、《老子》乙本及卷前古佚书、《春秋事语》与《战国纵横家书》、《五十二病方》、经法、导引图、古地图等。其全面整理成果《长沙马王堆汉墓简帛集成》由裘锡圭主编，图版与文字分列，计划于2012年出版。

（4）张家山汉简。1983年湖北江陵张家山汉墓出土，共有竹简2787枚，其中包括《二年律令》《奏谳书》《脉书》《引书》《算术书》《盖庐》《历谱》《遣策》等8种古文献资料，涉及法律、科技、医药等多方面。2001年11月，相应图版与注释、释文《张家山汉墓竹简（二四七号墓）》由文物出版社正式出版。

（5）居延新简。1930年瑞典考古学家贝格曼在甘肃北部的居延地区发现大量汉代简牍，总数逾10000枚，是当时重大的考古发现，这批简牍被称为居延汉简。1972年至1976年，我国考古工作者在这一地区又发现大量简牍，数量超过20000枚，被称为居延新简。由于居延是汉代屯垦戍边要地，新简多为文书，对其时的屯戍活动、军事、经济方面的记载尤多，而且颇有完整簿册形式，确保了整理的便利与准确。文物出版社1990年出版了《居延新简 甲渠侯官与第四燧》，主要为释文。中华书局1994年出版的《居延新简 甲渠侯官》则提供了图版。

（6）尹湾汉简。1993年连云港东海县尹湾汉墓出土，共有木牍24方、竹简133枚。主要为集簿、吏员簿、神龟占、博局占等。其中《神乌傅》为拟人体俗赋，其发现将俗赋的历史提早了200余年，具有重要的文学史意义。中华书局1997年出版了《尹湾汉墓简牍》，收录了此次出土简牍的图版与释文。

（7）郭店楚简。1993年湖北荆州出土，共存有字楚简730枚。书写文字为典型楚系文字，内容方面有两种为道家著作，其余多为儒家著述。主要包括《老子》（甲乙篇）、《太一生水》《缁衣》《鲁穆公问子思》《性自命出》等。文物出版社1998年出版的《郭店楚墓竹简》，包括了竹简的图版、释文及注释。

（8）走马楼三国吴简。1996年长沙市中心走马楼建设区域古井内出土。据初步估计简牍数量大约为10万片，多达200余万字，简牍所见年号大部分为三国孙吴时期。内容主要为地方文书档案，包括券书、司法文书、黄簿民籍、名刺、签牌、簿籍等。由于简牍数量的巨大，加上历史记载中孙吴史实的缺略，这一重大发现不仅填补了三国简的考古空白，对研究三国孙吴时期政治、经济、军事、法律等情况更具有突破性的意义。相应整理成果由文物出版社自1999年起陆续出版，全面整理尚待时日。

（9）上博楚简。1994年上海博物馆自香港文物市场抢救回归，共计竹简1200余枚，其出土地点与时间尚不确定，据传来自湖北。共计80余种，有大量佚书，文献价值极高。如《孔子诗论》，是重要的儒家经典，目前已引起广泛的关注。另外如最早的《周易》、第一部字书、战国道家佚书等，均显示出填补空白的学术史意义。其整理成果《上海博物馆藏战国楚竹书》由上海古籍出版社自2001年起陆续出版，目前已出版8册。

（10）清华简。2008年由清华大学收藏的一批战国竹简，为清华校友捐赠，近2500枚。竹简内容为书籍，共60余篇，以史部居多，特别是发现了古文《尚书》，与今本多有不同，且有多篇属于佚篇，文献价值极高。首批整理成果《清华大学藏战国竹简》第一册2010年由中西书局出版，收录了《尹至》《尹诰》《程寤》《保训》《耆夜》《金縢》《皇门》《祭公》和《楚居》等九篇文献。

四 敦煌文献的发现与整理

敦煌文献出土于莫高窟第17窟的藏经洞，由道士王圆箓偶然发现，大约有5万卷。王道士未能认识这批文献的价值，此后文献逐渐散佚。特别是帝国主义者大肆劫掠，如斯坦因、伯希和等均自敦煌劫走大量文献。后因罗振玉、王国维得从伯希和处见到敦煌遗书，方引起国内学界注意，遂提请将其余卷子运送京师学部，途中仍多有流散。而今敦煌文献分藏海内外英、法、俄、日多国，中国仅收藏其中部分文献。敦煌文献多为写本，以汉文居多，亦有他种民族文字。文献主体为佛经，也包括儒家文献、公私文书等，内容丰富。对其开展的研究已成为国际性的显学——敦煌学，成果丰硕，相应材料也多有整理影印。其中大致可以分为集成性和特色性文献两种类型，前者如《敦煌吐鲁番文献集成》《国家图书馆藏敦煌遗书》《敦煌文献合集》等；[1]后者如王重民等编《敦煌变文集》，任半塘编著《敦煌歌辞总编》，伏俊琏《敦煌赋校注》等。

《敦煌吐鲁番文献集成》。由上海古籍出版社自1992年起陆续出版。这一大型文献丛书汇集了大量流布海外的敦煌文献以及分散于国内的藏品，其中俄藏敦煌文献在数量方面占据优势，而法藏敦煌文献则被认为最具学术价值。丛书包括：《俄藏敦煌吐鲁番文献》《法藏敦煌吐鲁番文献》《上海图书馆藏敦煌吐鲁番文献》《上海博物馆藏敦煌吐鲁番文献》《北大藏敦煌吐鲁番文献》《天津艺术博物馆藏敦煌文献》《俄藏黑水城文献》《俄藏敦煌艺术品》《英藏黑水城文献》等，数量众多，逾半流失海外的敦煌文献已通过影印出版的方式而得以回归。

《国家图书馆藏敦煌遗书》。北京图书馆出版社自2006年起出版，预计共出版150册。此书收录国家图书馆所收藏的敦煌遗书16000余件，约占敦煌文献数量的1/3。全书搜罗全备、图版清晰、定名准确，并首创条记目录著录文献，有很高的文献价值。

《敦煌文献合集》，张涌泉主编。分《敦煌经部文献合集》《敦煌史部文献合集》《敦煌子部文献合集》《敦煌集部文献合集》。其中《敦煌经部文献合集》于2008年由中华书局出版，其余三集也将陆续出版。《敦煌经部文献合集》类聚敦煌文献中的经部文献，进行整理校勘，以定本排印方式出版，共11册。分为群经类与小学类，群经类包括"周易""尚书""诗经""礼记""左传""穀梁传""论语""孝经""尔雅"等；小学类包括"韵书""训诂""字书""群书音义"与"佛经音义"五类。

《敦煌变文集》。王重民等编，人民文学出版社1957年版。是书根据国内外所藏变文类文献，编选了78种，分为8卷。全书依照历史故事与佛教故事分为两类，历史类又根据文体分为有说有唱、有说无唱和对话体三种；佛教故事则分为释迦故事、佛经讲唱文和佛家故事。限于整理条

---

[1] 另可参见黄永武编《敦煌宝藏》，台湾新文丰出版公司1981—1986年出版，共140册。影印收录英藏、法藏、北图收藏的敦煌遗文及散卷。但因系据缩微胶片影印，清晰度不够理想。

件，此书多据照片与抄本迻录，未能一一核对原卷，因而仍有精进余地。后又有潘重规《敦煌变文集新书》、周绍良等《敦煌变文集补编》等对此书加以订补。

《敦煌歌辞总编》。任半塘编著，上海古籍出版社1987年版。是书目的在于收集敦煌写本中的歌辞，共分七卷，收录歌辞1241首，附见35首，为此领域搜罗最广泛的专著。后项楚作有《敦煌歌辞总编匡补》。

《敦煌赋校注》。伏俊琏著，甘肃人民出版社1994年版。是书全面汇集了敦煌赋研究近百年的研究成果，具有信息量大、资料性强的优点。注释的方式因不同的赋而采取了不同的手法，而且恰当地用甘肃方言习俗为证。

《敦煌赋汇》。张锡厚编，江苏古籍出版社2003年版。是书在汇总前人研究成果时，于《校记》尤见功夫，可谓潜力静心，广搜校本，博采众言，使《校记》部分精详周备，蔚然可观。

五　石刻文献的发现与整理

石刻文献主要指以刻石形式存在的文献，其中有地上实物，亦有出土的碑刻、墓志等，尤以新发见的出土刻石为多。自宋代金石学兴起，古人对石学即有系统性关注，近些年出土实物日多，资料的编纂也颇具规模。[①]

《北京图书馆藏中国历代石刻拓本汇编》。中州古籍出版社自1989年起影印出版，共100册，索引1册。始于战国，终于民国、伪满洲国时期，收录拓本近两万种，并附简单介绍，以提供图版为主。

《历代石刻史料汇编》。北京图书馆出版社2000年出版，全书包括五个部分：《先秦秦汉魏晋南北朝石刻文献全编》（全2册）、《隋唐五代石刻文献全编》（全4册）、《宋代石刻文献全编》（全4册）、《辽金元石刻文献全编》（全3册）、《明清石刻文献全编》（全3册）。从1000余种金石志书中编录17000余篇石刻文献，包括石刻原文与考释文字。

---

① 另可参见《石刻史料新编》，台湾新文丰出版公司1977—2006年出版。目前所见有四辑，共100册，收书1096种。此书收录历代金石类著作，分一般类、地方类、目录类、通考类、文字类、题跋类、字书类、杂著类、传记类、图像类等，以类编辑影印，规模宏大，有利于资料的别择选用。

《新中国出土墓志》。文物出版社陆续出版。目前所见有江苏、河北、陕西、北京、河南、重庆等卷。收录新出土墓志，以图版为主，并提供简要说明文字。

《汉魏南北朝墓志汇编》。赵超编著，天津古籍出版社1992年版。收录汉至隋代之前墓志600余种，以录文形式出版。2008年再版，对初版文字有所厘定。

《新出魏晋南北朝墓志疏证》。罗新、叶炜著，中华书局2004年版。以收录新出墓志为主，有赵著续编的作用，并增收隋志。先录志文，后加较为详细的疏证。

《唐代墓志汇编》。周绍良编，上海古籍出版社1992年版。根据私家藏石与金石著录，收集3600余方墓志，以繁体录文形式出版。书末附有志主及墓志所涉人名索引。此书出版后，因不断有新墓志出土，遂另编《唐代墓志汇编续集》，上海古籍出版社2001年版，增收墓志1564方。

第六节　古代文学文献的数字化

文献作为古代文学研究的基础对于研究展拓的深度与质量具有重要意义，因而旁搜远绍、穷尽资料往往成为学人努力追寻的目标，并且是走向文本探索、文化释读的必由路径。在传统的考据方法广受推重的时代，对纸质图书的依赖以及读书卡片的使用是毋庸置疑的，而这一切随着信息技术的迅速发展有了重大改变。以浙江师范大学2009年8月主办的第四届中国古代小说国际研讨会为例，即有学者通过对信息技术的利用，详细比对了《三国演义》各版本的卷数、则目与分则的差异，并尝试分析了其中的原因，探讨各版本之间的演化之迹。版本比对的繁重工作量因为电子文本的出现而大为减轻，同时也避免了人工勘对的差错，大大提高了结论的准确度。这从一个侧面表明，信息技术的使用在古代文学研究中已成为不可忽视的一种新向度。

一 古籍文献的数字化进程与成果

信息技术的发展使得大量纸质图书数字化，为利用与检索文献提供了极大的便利。从目前为学界所普遍利用的各种数字资源来看，皆具海量的信息与快捷的检索方式，成为古代文学研究的有益参照和帮手。

中文古籍文献数字化工作发端于新时期之初，至今已历四十年之久，吴家驹《中文古籍数字化的进展与主要成果述评》（《南京师范大学文学院学报》2004 年第 3 期）、耿元骊《三十年来中国古籍数字化研究综述（1979—2009）》（《第二届中国古籍数字化国际学术研讨会论文集》，2009 年）等文对此作了简要总结。吴文将中文古籍数字化的研发的起点定于 1978 年美国 P. J. 伊凡霍埃（Philip J. lvanhoe）等人最先开始运用计算机编制《朱熹大学章句索引》《朱熹中庸章句索引》《王阳明大学问索引》《王阳明传习录索引》《戴震孟子字义疏证索引》等，以十分便捷的检索方式，向人们展示了现代信息技术在传统文献整理方面显著的优越性。大陆古籍数字化的尝试始于 20 世纪 80 年代，但成果有限，影响不大。90 年代以后，一些省市大型图书馆致力于推进古籍书目数字化建设，取得了较为显著的成效。进入 21 世纪之后，大陆的古籍数字化建设依靠丰富的文献资源和人才优势后来居上，开发的重点也由早期的书目数据库的建设，转向书目数据库、全文数据库同时并进，并且后者逐渐成为当前古籍数字化的主流。耿元骊《三十年来中国古籍数字化研究综述（1979—2009）》将此新时期三十年来古籍数字化的研究划分为三个阶段：第一阶段是从 1979 年到 1994 年，这是起步、探索、介绍的时期；第二阶段是从 1995 年到 2001 年，这是提高、建设、初步发展的时期，以文渊阁四库全书电子版为代表的一批全文数字化成果至今仍然在广泛使用，对学术研究发挥着巨大的影响力；第三阶段是从 2002 年开始，这是基本完善、商业应用、网络化阶段的阶段，理论表述逐步成型，各类数据库建设基本完善，文史学者或多或少拥有了电子数据。

总之，世纪之交至今的 20 年来，古籍文献数字化建设包括索引、目录、全文检索取得了令人瞩目的成就，集中体现在诸多大型综合类数据库的开发和运用。

（1）文渊阁《四库全书》电子版。1999年，上海人民出版社与迪志文化出版有限公司联合推出了文渊阁《四库全书》电子本，共收书3460多种，计7亿余字，是迄今为止规模最大并为学界广泛使用且技术相对成熟的大型数据库。制作时共扫描原书图像230多万页，然后进行图像处理、文字识别并完成系统开发。电子本分为标题版与全文版，全文版由五个数据库组成：全文文本数据、原文真迹图像数据、书名数据、著者数据及辅助数据。提供全文、分类、书名、著者四种检索方式，各检索又细化为正文与注释文字，且具有高级检索功能，并提供原文图像。数据库所提供的复制与打印功能也颇为方便，检索中若有疑问，还能根据辅助数据中的联机字典、纪年表等进行查询。

（2）《四部丛刊》电子版。2000年，书同文公司在完成《四库全书》电子本的开发一年后，又成功对《四部丛刊》进行了电子化处理。数据库以涵芬楼景印的《四部丛刊》初编、续编与三编为底本，收书500多种，处理原书图像47万多页，具备强大的检索功能。提供与文字页面一一对应的原文图像，打印、复制、检索、注释等功能颇为全备，所含资料近1亿字。这一数据库值得注意的是原书所提供的多为宋元明旧刊本及精校名抄稿本，版本价值超过了《四库全书》，因而在资料来源方面具有特殊的优势。

（3）《国学宝典》电子版。1999年，由北京国学时代文化传播股份有限公司所开发的《国学宝典》电子版率先推出单机版，此后不断改进，现已有多种版本可供使用且单机版也升级至ｖ９.０。该系统依照四部分类，收录了自先秦至清末的古籍文献4000余部，字数逾10亿，对《四库全书》相对忽视的戏曲、小说等文献进行了大规模增补，且广泛搜罗了大量晚清民初时期的古籍文献，因而可以与《四库全书》形成一定程度上的互补关系。系统检索功能强大，大部分文献提供了解题信息，颇便使用。

（4）《瀚堂典藏》电子版。2012年10月总字数已达21亿字，收录古籍超过14000种。其中含《四库全书》3300多种，不含四库的则有11300余种。该数据库本着"存真、再现、通用、便捷"的原则，以小学、出土文献类为基础，扩展至类书集成、中医药典籍等。根据四库分类法，分为经部集成、史部集成、子部集成、集部集成、古典戏曲、古本小说、专题文献等七个总库，为目前最大的中文古典文献数据库，内容并持续定期新增。由于字形处理的困难，小学方面的著作在电子化过程中一直属于难点，《瀚堂典藏》在这方面做出了积极尝试，文字处理的精确度有了很大提高。其收录的文献如中医药文献、古典戏曲、佛道教文献、敦煌文献都极具特色，既避免了与其他数据库的重复，又突出了自身的侧重点，值得借鉴。数据库提供了智能检索功能，可以人工智能分词，提高了检出文献的有效性。

（5）《中国基本古籍库》电子版。2005年，由北京大学刘俊文主持、由北大方正技术研究院提供技术支持的《中国基本古籍库》电子版问世，汇集了先秦至民国的典籍万余种，全文17亿字，是《四库全书》的三倍，为目前最大的中文数字出版物，大致依四部分类并作适当调整，版本选择考究，检索方便。数据库还提供版本速查功能，可以很方便地找到所收书籍的版本及所藏地。尤值一提的是，数据库提供了图像对照功能，所收各书除了原本的图像之外，还另附其他版本的图片，对版本对勘很有裨益。众多《四库全书》未及收录的图书都可以很方便地在数据库中检索阅读，如方志等收录颇为全备。就提供的信息量而言，《中国基本古籍库》无疑是目前众多数据库中做得最好的。不过，正像众多学者指出的那样，数据库对于所收各书的序跋一概舍弃，则难免美中不足。

（6）《中国历代基本典籍库》电子版。2002年开始陆续出版，王元化等主编，由国学公司组织策划，北京国学时代文化传播有限公司研制，商务印书馆制作出版。收录国学原典4000余种、相关图片数千幅，以及两万多位古代人名资料和一万多种古籍书目提要，全文资料逾6亿字。该数据库由文史专家进行论证，按朝代编选，分"先秦两汉魏晋南北朝卷""隋唐五代卷""宋辽金元卷""明清卷"，力求反映中国古代典籍全貌。2002年9月首先推出的"隋唐五代卷"，收隋唐五代典籍136部6600多卷，计八千余万汉字，内容涵盖了隋唐五代政治、经济、文化、军事等社会生活的各个方面。所有数据均进行数字化处理，精加校对，并辅以先进的检索引擎，方便实用。光盘以Windows系统为平台，使用GBK字库，另附有专用图形字库，HTM 形式文图并茂。①

信息技术在古代文学研究领域的飞速发展既有相关科技公司的研发推动，也与研究的内部需要有关，而高等院校与科研院所在这一进程中也发挥了重要作用，提供了不少数据平台，如北京大学中文系的全唐诗、全宋诗检索分析系统，南开大学组合数学研究中心的二十五史全文检索系统，南京师范大学的《全唐宋金元词文库及赏析》检索系统，陕西师范大学的《汉籍全文检索系统》，台湾中研院的《瀚典全文检索系统》，都是研究中重要的数字资源。

信息技术的发达给古代文学研究者所提供的便利是不言而喻的。以往的研究必须依赖于掌握的纸质文本，因而图书条件往往成为研究的瓶颈，任职机构的图书保有量以及对公共图书馆的利用效度对研究成果具有相当的影响。而现在这种制约已经大为削弱，无论身处何地，网络与光盘足以提供充足的研究文献。在考据方面效果尤其明显，以往的翻检之劳被现在的轻松点击所取代，所得文献的全面性也会较手工检索大为提高。

二 古代文学研究的数字化应用

古籍文献包括索引、目录、全文检索的数字化、网络化，为人文社会科学研究提供了海量的公共数据资源和信息，为利用与检索文献提供了极大的便利，同时也促使一些学者思考如何将这些数据资源和信息技术运用于古代文学研究。由于占据信息技术的优势，早期对古典文学的研究以及检索、分析系统的研发多为计算机或统计专业的学者。厦门大学周昌乐课题组针对宋词风格"豪放与婉约"的分类问题，研发了基于字和词为特征的风格分类模型、基于频繁关键字共现的诗歌风格判定方法以及基于词和语义为特征的风格分类模型。首都师范大学尹小林最早研发了"《全唐诗》检索系统"，北京大学李铎也研发了"《全宋诗》分析系统""《全唐

---

① 参见吴家驹《中文古籍数字化的进展与主要成果述评》（《南京师范大学文学院学报》2004 年第 3 期），耿元骊《三十年来中国古籍数字化研究综述（1979—2009）》（《第二届中国古籍数字化国际学术研讨会论文集》，2009 年）等。

诗》分析系统""《资治通鉴》分析系统"等,①这对古代文学研究界同时起到了促进与激发作用。一个典型的案例即是1997年年底,北京大学杜晓勤将研制"中国古典诗歌声律分析系统"的设想告诉了兼通古籍电子化和计算机程序开发的尹小林,得到了他的肯定和支持。于是从1998年开始,彼此分工合作,开始建立"中国古代音韵数据库"和"上中古诗歌文本数据库",直至2008年夏终于告竣。②"中国古典诗文声律分析系统"首次实现了对中国古典诗歌及有关韵文进行批量四声自动标注和八病标识、数据统计功能,不仅有助于研究永明体诗歌的声病情况,还可考察永明诗律向近体诗律演变的环节和过程。

就在世纪之交,王兆鹏、尚永亮等古代文学研究学者也开始积极尝试将数据分析应用于古代文学研究。王兆鹏《唐宋词史论》(人民文学出版社2000年版)即专设"定位论"一章,通过数据统计与定量分析,对宋代的词人与词作进行了细致研究。作者先设立六项指标,分别从宋代词人现存词作篇数、现存宋词别集的版本种数、宋代词人在历代词话中被品评的次数、宋代词人在20世纪被研究、评论的论著篇(种)数、历代词选中宋代词人入选的词作篇数以及20世纪(当代)词选中两宋词人入选的词作篇数等方面搜集、处理数据,通过仔细比对,最终给出"综合排行榜"的前三十名词人。以平均词作10首为准,加上现存词作不足此数而有集传世的词人,作者指出"宋代有一定影响的词人只有三百人左右";而"存词五十首以上是成为著名词人的基本条件之一";通过对词人历史地位变迁的考察可以发现,其词史地位具有承传性和延续性,其中又包含一定的变异性,但由于其地位是长期历史积累的结果,故而又具有动态平衡性。从词集、词人创作量、词调大备、名家辈出、名作如林等方面则可以发现宋词的繁荣情状。作者还通过对历代词作传播接受的考察,发现"词史上最有影响力、最有生命力的作品是产生在宋代"。而点检后人和

---

① 刘石、孙茂松:《大数据时代的古典文学研究》,《光明日报·文学遗产》2018年10月15日。
② 杜晓勤:《"中国古典诗歌声律分析系统"的研发过程和学术价值》,《石河子大学学报》2016年第4期。

作,可以看到"《念奴娇》赤壁词是唐宋词史上获得次韵和作最多的词作,也是知名度最高、最受词人青睐的典范之作"。作者以翔实的数据说话,分析过程缜密严谨,表现出与印象赏鉴式研究路数的明显差异,结论虽偶尔出人意表但多能言之成理,富有学术参考价值。

这一研究方法在王兆鹏的《唐宋词史的还原与建构》(湖北人民出版社2005年版)中得到进一步的贯彻。作者依托自行编制的《宋代词人检索软件》,对宋词作品量与作者进行了统计分析。通过数据分析,作者发现,占作者总数83.5%的低产作者群(创作量少于10首)的创作了占作品总量12.4%的作品;而占作者总数8.1%的高产作者群(创作量在41首以上)却创作了占词作总数74.2%的作品,这充分反映出宋代词作量金字塔形的分布特点。进一步的分析则表明"当作品量达到一定限度后,词人的地位和影响不会因为作品量的差异而有所区别"。而对两宋词人的占籍统计分析则显示,"宋词作者队伍中80%以上是南方人,78%的作品是由南方人创作的,宋词的'南方文学'特征再突出不过了";而宋代词人又体现出代群分布的特点,精英词人群出现的周期是50年,这与词史发展轨迹相一致;虽然精英词人代不乏人,但精英群体的出现则具有隔代相承的间歇性现象。在对当下词学研究情况的定量分析中,王兆鹏则指出,20世纪词学研究的总体格局是宋代过热而对清词关注不够,个体词人的研究热点又主要集中在苏轼、辛弃疾与李清照身上;研究队伍的分析与对比也表明,清词研究相当冷落;因而研究领域、学术个性、资料整理方面都需要做出相应的调整。这些论析都带有宏观引领性质,由于论据的充分与分析的周延,结论颇能发人深省。

王兆鹏等撰著的《两宋词人丛考》(凤凰出版社2007年版)则从侧面反映了信息技术对于传统考据领域的渗透。此书共分24篇,对41位词人的仕履行藏、作品、交游等做出了详审的考订,是宋代词学研究中实证路向的重归。如对张镃卒年的判定、对王观与王仲甫的析分以及对大量词作的系年,都体现了学术研究的深入进展。而这一切无不依赖于对文献的较全面把握,其中电子文献利用率的提高无疑对研究的推动发挥了作用,从而使得一些此前并不知名的词人状况渐次为学界所熟悉。

除了上述三部著作之外,王兆鹏还发表了有关唐宋诗词定量分析的系列论文，主要有：王兆鹏、刘尊明《历史的选择——宋代词人历史地位的定量分析》(《文学遗产》1995年第4期)，王兆鹏、孙凯云《寻找经典——唐诗百首名篇的定量分析》(《文学遗产》2008年第2期)，王兆鹏、郁玉英《宋词经典名篇的定量考察》(《文学评论》2008年第6期)，王兆鹏、郁玉英《影响的追寻：宋词名篇的定量分析》(《国学学刊》2009年第1期)，王兆鹏《定量分析在唐宋词史研究中的运用》(《江西师范大学学报》2010年第1期)，王星、王兆鹏《苏轼诗词类作品石刻的数量统计与分析》(《长江学术》2012年第3期)，王星、王兆鹏《苏轼题名、题字及文类石刻作品数量统计与分析》(《湖北大学学报》2013年第3期)。其中《历史的选择——宋代词人历史地位的定量分析》《宋词经典名篇的定量考察》《影响的追寻：宋词名篇的定量分析》《定量分析在唐宋词史研究中的运用》四文，以定量分析应用于唐诗宋词经典名篇的分析。第一篇论文为定量分析的开创之作，尝试定量分析宋代词人的历史地位和影响，由统计结果还可以得出如下几点带规律性的认识：一是词人历史地位的承传性和延续性；二是词人历史地位的变异性；三是词人历史地位的动态平衡性。由于词人的历史地位是历史长期积累的结果，是一种"公认"的"共识"，是一代代读者的接受过程中的"历史选择"，因此，客观而公正的历史会平衡不同流派和不同代群评价上的差异。该文大致奠定了王兆鹏定量分析的基本路径与观点。第三篇论选取历代词选、评点、唱和以及现当代有关宋代词作的研究论文、互联网链接的宋词网页等五个方面的数据，对宋词三百首名篇的影响力进行统计分析和量化衡定。结果显示，苏轼《念奴娇·赤壁怀古》的影响力最高，位居宋词三百名篇之首；岳飞《满江红》和李清照《声声慢》位居第二和第三；拥有名篇最多的词人分别是周邦彦、苏轼和辛弃疾。数据统计的结果，既能彰显词作影响力的可比性和区分度，又可以考察词作影响力的恒久性和变异性，还可以看出名篇的形成具有鲜明的时代性。《寻找经典——唐诗百首名篇的定量分析》是以上定量分析在唐诗中的沿用，通过对历代有代表性的唐诗选本、评点资料和当代唐诗研究论文等三个方面的数据进行统计并加权计算，排列出唐诗百首名篇的排行榜，以寻找历代读者所认定的经典名篇。统计结果显示，位居唐诗百首名篇第一首的是崔颢的《黄鹤楼》，创造名篇最多的十大诗人是杜甫、李白、王维、李商隐、杜牧、王昌龄、孟浩然、刘禹锡、白居易和岑参。产生名篇与名家最多的时期是盛唐。在各种诗体中,又以律诗和绝句的名篇为最多。分析发现,名篇的多少与作家地位的高低、影响力的大小具有一定的正比关系。名篇的形成,是一个不断被发现、认定、积累和淘汰的历史过程,具有鲜明的时代性。作品的影响力又具有即时性和延后性等特点。上述定量分析尤其是唐诗宋词经典名篇"排行榜",充分印证了作者的一个核心观点,即经典名篇的产生是历史性与时代性共谋的结果,而作品的影响力又具有即时性与延后性,在学界内外产生了广泛影响。在王兆鹏的指导下,他的一些研究生的硕士论文也以此为选题,如谭新红《唐宋词名篇的定量分析》(硕士学位论文,湖北大学,1999年)、刘俊丽《宋诗作者队伍的定量分析》(硕士学位论文,武汉大学,2004年)、周静情《经典的选择——宋词名篇百首的定量分析》(硕士学位论文,武汉大学,2005年),皆属于这一方面的探索和研究,尝试运用信息技术对古代文学现象做出了新的阐释。

　　尚永亮以定量分析应用于唐诗研究,取得了一系列重要成果。早期的重要论文有尚永亮、冯丽霞《八代诗歌分布情形与发展态势的定量分析》(《东南大学学报》2003年第6期),尚永亮、张娟《唐知名诗人之层级分布与代群发展的定量分析》(《文学遗产》2003年第6期),前文以定量分析的方法考察和分析八代诗歌分布情形与发展态势,认为八代诗人的知名度除与创作质量等因素有关外,在一定程度、范围内,确与其创作数量呈正比例关系:多产诗人在某种意义上几乎可以直接视之为知名诗人,中产层诗人约一半以上可以进入知名者行列,而低产层只有1/3的作者受到关注。后文运用定量分析的方法对唐代知名诗人的层级分布与代群发展做出了阐释。作者整合唐诗文献,对唐五代诗的发展态势(作者数、诗作量)、唐五代诗作量的分布层级(高产、多产、中产、低产)以及不同层级诗作者的时期分布特点进行了分析,以此为基础,遴选出四唐时期76位代表诗人,并对这些知名诗人及其作品量的分布时期与层级做出了细化描述,从而总结出唐诗史上七代知名诗人的代群分布与发展规律。后来,作者又在《开天、元和两大诗人群交往诗创作及其变化的定量分析》中将定量分析的方法运用到诗人交往的研究上,通过对开天与元和两大诗人群交往人次诗数、群体内部相互交往人次诗数以及不同范围交往创作量与所占比例的细绎，作者指出，开天诗人内部联系松散，诗歌创作缺乏群体意识而更多体现出诗人的艺术个性；元和诗人则将更多的精力用在群体内部，诗派风格趋于类同。这就为唐诗不同时段的发展面貌提供了详细的事实根据。

此后，尚永亮将这一方法重点应用到贬谪文学领域，先后有《唐五代逐臣与贬谪文学研究》（武汉大学出版社 2007 年版）、《唐五代贬官之时空分布的定量分析》（《上海大学学报》2007 年第 6 期）、《唐五代文人逐臣分布时期与地域的计量考察》（《东南大学学报》2007 年第 6 期）等论著问世。在《唐五代贬官之时空分布的定量分析》中，作者对唐五代时期贬官的时空分布与发展变化进行实证研究，以详核的统计数据对贬官的人次分布、十五道贬官分布以及不同时期各州贬官分布做出了说明，并得出结论：就分布时期而言，中晚唐人次最多；就分布地域而言，南方是处置贬官的主要地区。以这些统计数据为基础，尚永亮又在《唐五代文人逐臣分布时期与地域的计量考察》中进一步探讨了唐五代逐臣分布中的规律性因素，他发现，逐臣 10 人次以上州，是唐五代文人逐臣最集中也最值得重视的地区，因而南方诸道在贬谪文学研究中具有举足轻重的作用；这其中江南西道、东道、岭南道所辖各州最值得重视；而从历时阶段考察，又可以发现某些州在逐臣史上具有突出的地位。依托这些实证性结果，尚永亮对贬谪规律与特点进行了综合考察，并展开了对各时段的细致分析，这些研究在其专著《唐五代逐臣与贬谪文学研究》（武汉大学出版社 2007 年版）中得到了全面展现。近年来，尚永亮又将定量分析方法拓展至唐五代乐府诗、田园诗研究。[①]

令人可喜的是，近年来又有一些地理信息科学技术系统学者积极参与到古代文学研究的数字化应用之中。其中的代表性成果有：张雯佼、李发红、王占宏《文学和艺术形态地理分布特征数据库设计方案初探》（《测绘技术》2013 年第 1 期），张建立、李仁杰、傅学庆、张军海《古诗词文

[①] 毛梅清、尚永亮：《唐五代乐府诗创作情形之定量分析》，《乐府学》2014 年第 2 期；周秀荣、尚永亮：《唐五代田园诗创作情形之定量分析》，《社会科学辑刊》2011 年第 6 期。

本的空间信息解析与可视化分析》(《地球信息科学学报》2014年第6期)、李文娟《基于GIS及空间统计方法的诗词文学空间模式研究》(硕士学位论文,河北师范大学,2015年),李文娟、傅学庆、李仁杰、张军海《基于空间统计方法的李杜诗词文学空间模式的比较研究》(《河北师范大学学报》2016年第1期)等。张雯佼、李发红、王占宏、李文娟、傅学庆、李仁杰、张军海等皆为来自地理学或信息科学的学者,他们努力参与到古代文学地理的信息化应用之中,并做出了富有成效的新探索,值得充分肯定并加以总结和推广。此外,叶振超《CADAL中国文学编年史系统的设计与实现》(硕士学位论文,浙江大学,2011年)、王超《CADAL中国文学编年史系统的语义化构建》(硕士学位论文,浙江大学,2011年)以及曹欣怡《古诗知识搜索系统的设计和实现》(硕士学位论文,浙江大学,2016年)等,① 则在以数字化应用于中国文学史研究领域方面取得了新的进展。

三 古代文学研究的数据平台建设

古代文学研究的数据平台建设是信息技术数据化、网络化进而走向智能化的重要成果,同时兼具资源开放与社会服务的功能,所以与上述学者的数字化应用有密切关联,但臻于更高的层级与水平。

就目前古代文学研究可资利用的数据平台来看,主要有综合性与专门性两种类型,前者如复旦大学和哈佛大学合作建成的"中国历史地理信息系统项目"(CHGIS)、台湾中研院所建立的"中华文明时空基础架构"(CCTS),以及浙江大学与哈佛大学地理分析中心(The Centerfor Geographic Analysis)合作共建的学术地图发布平台,都是在综合性中包含了文学地理信息系统,具有大规模、多功能、集成化、再生性的智能特点。复旦大学和哈佛大学合作建成的"中国历史地理信息系统项目"于2001年1月8日正式启动,历时10余年终于告竣。该项目主要通过CHGIS系统建立了一套从有历史地理文献记载开始(约公元前223年)到公元

---

① 参见梅新林、葛永海《文学地理学原理》,中国社会科学出版社2017年版,第987—992页。

1911年中国历史地理逐年连续变化的、开放的基础地理信息库。其中基本数据包括基础历史地理数据和用户专题数据两部分：（1）中国历史地理基础资料：即从公元前223年到1911年逐年的行政区划地名，由中国历史地理信息系统CHGIS提供；（2）用户专题资料库：由用户按照应用平台提供的输入格式自己建立，这是平台自动生成用户历史地图的基础，也是中国历史地理数字化应用平台的核心与特色所在。在中国历史地理数字化应用平台中，系统会自动将这两部分资料链接起来。正是由于"用户专题资料库"及其自动连接"中国历史地理基础资料"的功能与作用，遂使"中国历史地理信息系统项目"同时成为各种中国专题历史地图和地理信息系统的一个应用系统与开发平台，可以使各学科的学者利用平台的中国历史地理信息系统CHGIS的数据，非常方便地开发出文学、考古、经济、军事等学科的各种专题历史地图和专题历史地理信息系统。而且与通常采用相对封闭的专用系统不同，该系统集中体现了开放、通用、方便的设计理念，因而采用了相对开放的公共系统，即在中国历史地理信息系统CHGIS的基础上，先由专业GIS人员利用CHGIS提供的各种历史地理基础数据，开发出中国历史地理数字化应用平台。[1]

台湾中研院所建立的"中华文明时空基础架构"系统完成于2000年，主要以《中国历史地图集》以及"当代数字中国电子地图"为基础数据，以"地理信息系统"（GIS）作为技术手段，而建立中国历史地理信息系统，旨在提供一个"时间—空间"的基础信息框架，并与多学科研究成果整合，发展出各种专题地理信息系统，进而促成多学科之间的交流，未来则朝向更丰富的人文地理信息系统发展，实际上也是一个"历史地理信息数据库"。该系统的主要优点，第一是数据库建设方面，系统的构成包括基础历史地理图资、WebGIS整合应用环境以及主题性空间信息三大部分，借此可以串联中国逾二千年历史地图之WebGIS应用机制。使用者仅需具备Web浏览器即能享有以GIS为基础之信息整合检索空间视算与图资制作功能此其一；其二是具有以分布式统合架构，整合因特网

---

[1] 参见周丙锋、周文业《基于中国历史地理信息系统CHGIS的中国历史地理数字化应平台》，中国地理信息系统协会第四次会员代表大会暨第十一届年会，中国北京，2007年。

中各类型时空（Temproal-Spatial）信息的能力；其三是整体系统设计兼具可扩充性（Scalability）、整合性（Integration）以及安全性（Security）等要求。第二个优点是信息平台应用方面，可以运用现代化 GIS 技术制作或修正或重制过去无法绘制的主题地图，配合时空坐标与地图底图，作为重新检证史料的有效方法，同时借由图层套迭从中发现过去史料所不易观察到的空间关系，并提供新的研究观点，抽取出史料中的量化资料进行空间统计分析，跨越传统计量史学的局限。除了作为互联网信息应用工具外，该系统也扮演信息整合的作用。不同学科的学者利用这个平台，可以非常方便地开发出各种各学科的专题地理信息系统，如考古地理信息系统、文学地理信息系统、经济史地理信息系统、环境史地理信息系统等。第三个优点是在项目合作方式方面，在项目设计之初即让从事历史、文学与信息等多方面的学者参与，比如将台湾元智大学中文系罗凤珠教授等"文学地理信息系统"纳入其中，并让罗凤珠教授等深度参与和主持，罗凤珠长期从事文学地理及其数字化研究，这样的合作方式值得其他类似项目借鉴。"中国历史地理信息系统项目"已经广泛为国际研究机构应用于中国历史教学与研究，透过"时间—空间"的基础信息架构，与多学科数字典藏内容整合，发展出各种专题地理信息系统，进而促成多学科之间交流，未来则朝向更丰富的人文地理信息系统发展。[①]

浙江大学与哈佛大学地理分析中心（The Center for Geographic Analysis）合作共建的学术地图发布平台，2018 年 3 月 19 日正式上线。鉴于中国长期没有综合性的学术地图发布平台，浙江大学决定与哈佛大学联手打造适合中国国情的学术地图发布平台，旨在为广大用户提供地理信息研究成果的发布、可视化分析及多功能查询服务。平台所形成的大数据，可为未来科学研究、政府决策及社会服务提供重要的参考。哈佛大学 World Map 系统是其基于地理信息系统（GIS）技术建立的人文地理信息数据库可视化查询平台，世界各地学者可以在此平台上发表相关研究成果。譬如中国部分，就包括了人口统计、宗教、交通、城市研究、少数民族和语

---

① 详见廖泫铭、范毅军《中华文明时空基础架构：历史学与信息化结合的设计理念及技术应用》，《科研信息化技术与应用》2012 年第 4 期。

言、能源、环境、教育、气候、公共健康、经济、历史等诸多领域的地理信息数据和可视化地图。两校合建的学术地图发布平台，即依托哈佛大学 World map 系统，经过徐永明教授团队与哈佛大学在哈佛地理分析中心的共同努力，围绕海量的中国文史数据与地理信息的结合开展数据库的建设和空间分布的可视化分析，不仅密切了浙江大学与哈佛大学的学术合作，弥补了中国没有自主的综合性学术地图发布平台的空白，也为全球学者和学术爱好者研究中国文化、研究中国学者生平事迹特别是其在物理空间上的行动轨迹提供了便捷而实用的网络工具，有利于促进中国文化传播与中西文化交流，让全球互联网用户都能直接接触中国博大精深的文化与科学技术，让学者克服传统纸质文献的地理障碍而在虚拟空间内高效交流与碰撞。对于古代文学研究者来说，这一学术地图发布平台的意义和价值，在于可以为广大用户提供地理信息研究成果发布、可视化分析及多功能查询服务。

古代文学研究可资利用的专门性数据平台，以王兆鹏主持的"唐宋文学编年地图"，台湾元智大学罗凤珠、台湾师范大学郑锦全、"中研院"范毅军共同研发的"宋人与宋诗地理资讯系统"为代表，皆属于专门性的文学地理、地图信息系统。

王兆鹏主持的"唐宋文学编年地图"，原系国家社会科学重大招标项目"唐宋文学编年系地信息平台建设"，正式启动于 2012 年，至 2017 年 3 月底正式上线。该项目旨在通过整合以往的信息化检索与研究的成功经验，建立一个以唐宋文学为范本的文学地理信息平台：一是在编年的"时间之窗"之外同时加入了系地的"空间之窗"；二是利用 GIS 技术开发以历史地图为平台的信息系统，并配有与此相辅相成的"检索统计"功能。简言之，就是分"地图呈现"与"检索统计"两大板块。"地图呈现"即是将作家作品编年系地数据库与矢量化的历史地图整合，使作家作品编年系地信息在地图上得以呈现，设有"作家、时间、地点"三个窗口，用户可选择相关窗口查询和呈现每个年度、每个地点的作家活动经历和创作情况，其中"地点"窗口输入或下拉菜单中选择一个地名，即可在地图上呈现哪些作家何时在此地有活动和创作。"检索统计"板块有"查询显示""统计生成"和"分析提取"三个窗口，可分别按作家、作品、年代、地名查询或综合查询；用户可按作家、年份、地点分别进行统计。总的来说，"唐宋文学编年地图"既是王兆鹏团队的重要研究成果，并为拓展至通代文学编年地图以及其他断代专地文学编年地图设计提供了经验与范本，但又通过设置相应的平台与功能而为学界所共享。①

台湾学者罗凤珠主持的"宋人与宋诗地理信息系统"，于2005年上线。第一，该系统利用地理信息系统（Geographic Information System；GIS）记录宋诗及宋人的时空数据，以作为宋诗及宋人地理分布之研究；第二，该系统所采用的电子地图，是台湾中研院人文中心地理信息科学研究专题中心所建立的"中华文明之时空基础架构平台"（Chinese Civilization Time and Space），包括基本空间图资、WebGIS整合应用环境以及主题化的属性信息三大部分。基本空间图资以谭其骧先生主编之《中国历史地图集》为主要的基础，提供上古至清代，上下逾二千年的中国历代基本底图，并辅之以持续整理搜集之各类历史地图、遥测影像等基础图资。第三，该系统包括"宋诗诗题及诗序地名资料""宋诗诗句地名及地理信息语意概念数据"与"宋人传记数据库"三个数据库。后来台湾中研院启动"中华文明时空基础架构"（Chinese Civilization in Time and Space，CCTS），遂将"宋人与宋诗地理资讯系统"纳入其中，彼此合二为一。② 该系统中的宋人分布地图、宋诗分布地图、宋诗语言分布地图，从宋代文人的分布迁移以及宋诗作品分布、宋诗语言的分布，以做文人、诗学、诗学语言的地理分布与影响研究、宋代文化变迁的研究等，可以直接为古代文学学者所借鉴和采用。

此外，中国社会科学院文学研究所刘京臣2012年获国家社科基金青年项目"宋代文学地图数字分析平台研究"资助，近来已发表阶段性成果《大数据时代的古典文学研究——以数据分析、数据挖掘与图像检索为中心》（《文学遗产》2015年第3期）、《数据视阈中的文学地理学研究——以〈入蜀记〉〈北行日录〉等行录笔记为中心》（《文学评论》2017

---

① 参见王兆鹏《建设中国文学数字化地图平台的构想》，《文学遗产》2012年第2期。
② 罗凤珠、范毅军、郑锦全：《宋人与宋诗地理信息系统之设计与应用》，第五届数字地球国际研讨会，台北，2007年。

年第1期)。其《大数据时代的古典文学研究》提出随着大数据、云计算、图像检索等技术的发展,古典文学信息化的重点应当由数据检索向数据分析、数据挖掘转型。在图像处理领域,针对疑难文字的OCR技术与利于版本校勘的图像检索,是值得期待的方向。

以上这些信息系统大体兼具储存、传输、显示与再生的多重功能,也是目前能为古代文学研究提供的信息技术支撑的最高层级。诚然,从信息技术的强大功能及其与古代文学研究深度结合的更高要求来看,目前的应用成果还是相当有限的,其中存在着两个方面的困境:一是信息源问题,需要研究者进行大量的基础研究,从而为数字化平台源源不断地提供高质量的信息源;二是跨界合作的问题,因为从事古代文学研究的学者几乎没有受过信息技术的专门训练,普遍缺乏熟练掌握和运用信息技术的能力,而从事地理信息技术的学者又往往缺乏文学研究方面的专业训练,普遍缺乏文学研究所需要的知识体系与感悟能力,所以只有两大群体的紧密合作,扬长避短,才能臻于信息技术与古代文学研究深度结合的理想境界。可以预期的是,随着人工智能的深度开发与普及,古代文学研究的信息化、网络化、智能化会有一个更为广阔的发展空间与前景。

四 古代文学研究数据化应用的讨论

进入21世纪以来,随着信息技术在古代文学研究中应用的日益普泛,对相关技术与方法的探讨开始进入学者的关注视野,其中古代文学研究数据化应用的讨论,以古代文学研究界为主体,同时也吸引了信息技术界学者的积极参与,彼此在实践探索的基础上进一步走向理论思考和探讨。

王兆鹏、尚永亮结合自己定量分析研究的切身体会,对古代文学研究数据化应用提出了自己的看法。王兆鹏《电子古籍文献检索资源概述》主要对光盘数据库与网络数据库作了简要介绍,同时提请同行电子文献检索的注意事项。[①] 后来又有《三大功能:对未来数字化古籍的期待》《利用GIS技术提升中国古代文学研究的数字化水平》等文。前文重点探讨了未来数字化古籍的三大功能,以适应专业研究者的需求:一是智能化的

---

① 王兆鹏:《电子古籍文献检索资源概述》,《古典文学知识》2003年第4期。

检索功能,即由单一检索变为多元检索、由定向检索变为关联检索、由静态检索变为动态检索;二是自动化的统计功能,即能根据研究者不同的需要,自动统计各种数据;三是多元化的对比功能,如自动进行版本的文字对比、作者归属对比、所收作品的数量对比、同一作品类型的不同形式特征的对比等;①后文重点思考数字化技术带给我们古代文学研究的,难道仅仅是海量古籍文献资料的储存与检索,我们能不能利用数字化技术,将古代文学研究的数字化水平提升到一个新的阶段?我们能不能设想,将历代总集、各种文学编年史、相关研究成果中的作家作品编年资料,进行数字化集成,使之既具有检索功能,又具有统计分析功能?本着这一思路,可以联合相关数字人文领域的专家组成团队,利用地理信息系统(GIS),将我国浩瀚的、静态的、分散的纸质文学史料,进行大规模的数字化集成、发布和地图展示,建立多功能的中国文学数字化地图资源共享平台。以深度开发中国文学宝库中的多元文化价值,适应和满足数字化时代文化建设、学术研究和教学的深度需求,不仅可以中国文学数字化地图平台,将文学纸质史料集成化、数字化、图表化、可视化,具有资料查询、数据统计、地图生成等功能,而且会改变文学史研究的视角、维度和书写模式。②此即作者后来主持"唐宋文学编年地图"研究与开发的由来,也是从定量分析走向平台建设的重要转折。

尚永亮《数据库、计量分析与古代文学研究的现代化进程》一文根据自己研究的切身体会,强调数据库的建设非常重要,它可以对学术研究的学理性、准确性、科学性提供保证,能在最大范围内掌握相关文献资料,在最大程度上以最便捷的方式为相关论断提供支撑。就古代文学数据库的建设而言,则应当统筹布局、合理分类,同时要强化关联、动态管理;这就需要学者具有强烈的问题意识,并提高应对现代高科技的技能。而在使用定量分析方法的时候,应力求基本数据的准确,注重多层次、多

---

① 王兆鹏:《三大功能:对未来数字化古籍的期待》,《第一届中国古籍数字化国际学术研讨会论文集》,2007年。
② 王兆鹏:《利用 GIS 技术提升中国古代文学研究的数字化水平》,《第三届中国古籍数字化国际学术研讨会论文集》,2011年。

角度展开分析，从关联和比较角度进行考察。在具体操作时，还要处理好文献缺失所带来的问题，衡定不同数据的权重，并做到定性与定量相结合。① 这无疑从宏观层面对信息技术在古代文学研究中的应用提供了理性的思考。鉴于图书文献资料数字化的不断发展，利用数量巨大的电子资源进行学术考据研究给学者带来了很大的便利，E 考据在文本电子化时代应时而出，并在文史研究领域获得广泛应用，同时也引发了广泛的争议，尚永亮《E 考据与文史研究随想》一文也对此作了理性中肯的分析，认为利用 E 考据进行文史学术研究，大致可分三个层面：一是进行关键词检索，为研究积累海量资料；二是要有明确的问题意识，从历史语境出发，科学地提出问题，利用 E 考据方法进行多角度、多层面的词语查询；三是依据 E 考据，构建完整、全面的学术数据库。最后提出一种好的、行之有效的方法，本身应有完备的理论支撑，它诉之于学术的，不只是一种解决问题的工具，更应是一种理念、一种观察问题的视角，只有这样，它才能从形而下的"器"，升格为形而上的"道"。②

李炳海《中国古代文学的定量、定性和定位研究》、唐磊《试论古代文学研究中计量方法的应用》等文则对古代文学研究中的统计与计量方法进行了探讨和分析。针对信息技术为古代文学研究提供了便利，但是数据的采集、标准的择定都有客观条件的限制，从而会影响结论的准确性，李炳海提出"中国古代文学研究应该把定量、定性和定位结合起来，建立起三维的观照系"，即为了避免定量分析的无序性，"在进行定量分析时，必须以类别划分为基础，按照类别进行统计。在此基础上，再进行类别之间的比较"；定性研究则需要做到研究对象的结构形态和功能效应相结合；而定位研究则需要突出文学史意义，以发现原型为宗旨。③ 唐磊则认为计量方法从史学、语言学逐渐渗透进入文学领域，而且统计变量越容易确定的领域越便于使用计量分析；在具体研究过程中，定性是定量的前

---

① 尚永亮：《数据库、计量分析与古代文学研究的现代化进程》，《文学评论》2007 年第 6 期。
② 尚永亮：《E 考据与文史研究随想》，《人民政协报》2014 年 2 月 17 日。
③ 李炳海：《中国古代文学的定量、定性和定位研究》，《人文杂志》2004 年第 4 期。

提与基础，定性的严谨可靠程度直接影响到定量分析的结果；要正视这一方法带来的误差，有时候"在文学的计量研究中，统计结果显著不等于实际意义一定显著"；而计量方法的使用总是伴随着其他理论或者有他种研究立场，因而只显示出一种新的趋势而尚未成为独立的研究方法。[1]

李铎作为《全唐诗》与《全宋诗》检索分析系统的开发者，在古代文献信息化方面有着独到的体会。他在与王毅合作的《关于古代文献信息化工程与古典文学研究之间互动关系的对话》中指出，信息技术在古代文学研究领域内的广泛使用，将有力促进全景式的穷尽研究，会派生出新的研究选题，产生新的研究方法，不过人机之间也有权界问题，并非所有问题都适合用计算机来解决。他还特别指出了当下古籍信息化过程中的缺失，主要包括语料库不标准、理论方法不成熟、人文学科研究人员与计算机专业人员不能很好地结合、缺少有体系的研究团队。[2] 此文发表后学界反响热烈，李铎、王毅又在《数据分析时代与古典文学研究的开放性空间》作了进一步回应，认为从信息技术应用于古典文学研究着眼，分析了计算机在检索时代为人文科学研究提供了极大的便利，促进了人文学科研究的发展。计算机的使用不仅不会缩小学者的研究范围，反而会拓展学者在人文学科研究领域的学术空间。计算机在古代文献整理研究方面不仅可以提供各种检索手段，更重要的是，可以利用信息技术对诗歌风格、作家风格、作品时代分析等展开多角度的研究。[3] 这一认识在李铎此后的《从检索到分析》的思考中得到了进一步深化。他以《全宋诗》分析系统为例，强调计算机"自己在做学问"，"从检索时代发展到分析时代，由被动应答到提供知识服务"，而这必将对相关学术研究产生颠覆性的影响。[4]

---

[1] 唐磊：《试论古代文学研究中计量方法的应用》，《中国社会科学院研究生院学报》2006年第2期。

[2] 李铎、王毅：《关于古代文献信息化工程与古典文学研究之间互动关系的对话》，《文学遗产》2005年第1期。

[3] 李铎、王毅：《数据分析时代与古典文学研究的开放性空间——兼就信息化工程与古典文学研究之间的互动问题答质疑者》，《中国文化研究》2006年夏之卷。

[4] 李铎：《从检索到分析》，《文学遗产》2009年第1期。

郑永晓对李铎的观点表达了认同,其《古籍数字化与古典文学研究的未来》主张"将计算机与人脑的长处和优势结合起来,将为古籍整理和古典文学研究注入一股强大的新生力量,在资料采集、推理求证、综合分析等方面带来思维方式和研究方法的革命,从整体上促进学科发展水平的大幅度提高";同时指出文献信息化过程中亟待解决的一些问题:版本意识淡薄、字库设计不规范、缺乏合适的程序设计语言。① 鉴于计算机与人在不同领域的各自优势,郑永晓又在《技术与心智的互补》中指出,在文献(文集、别集)整理、历代作家作品资料的整理方面,计算机大有可为;而对文学作品的审美鉴赏和对文学史发展规律的分析层面上,更需要的是人类心智思维活动的创造性工作,计算机具有局限性;因而"计算机的精确计算与人的心智和审美能力相结合,才是未来学术的发展方向"。②

最后简要介绍一下 2018 年 10 月 15 日《光明日报·文学遗产》的一组笔谈文章,编者按曰:"随着数字人文技术的发展,数据分析的技术和方法越来越有针对性和强效性,能清晰地揭示隐藏在文学史背后的作家与社会之间、作家与作家之间、文本与文本之间的直接与间接、显性与隐性的多种关联,能以全知型的视角系统整体地还原和呈现文学史的立体景观,改变传统的思维方式和文学研究范式。""为推进数字人文技术在古代文学研究中的应用与突破,本期约请清华大学中国古典文献研究中心数字人文研究团队的刘石、孙茂松、张力伟和刘京臣四位先生从不同的角度笔谈他们的构想和规划。刘石、孙茂松先生构建了古典文学研究的分析模型,刘京臣先生阐述了基于社会网络分析的文本与人物研究的理路,既有理论的前瞻性,也有方法的可操作性;张力伟先生提出了建设'中国古典知识库'(CCKB)的宏大构想,令人期待。"四人三文的具体论题是:刘石、孙茂松《大数据时代的古典文学研究》,刘京臣《社会网络分析与文学研究》,张力伟《走向深度学习——大数据背景下"中国古典知识库"的构想》。刘石、孙茂松一文认为,现阶段数字人文研究的主要技术

---

① 郑永晓:《古籍数字化与古典文学研究的未来》,《文学遗产》2005 年第 5 期。
② 郑永晓:《技术与心智的互补》,《文学遗产》2009 年第 1 期。

方法，包括机器学习与人工智能、数据库建设、计算语言学、社会网络与地理信息系统、数据与文本挖掘等方面。这些技术方法可分别用于古典诗歌分析系统的尝试、作家生平事迹研究、古典小说研究、文本与人物研究、文体与文论研究，涵盖了古典文学研究的主要方面。然后以先秦至明清品类纷繁的古代文学经典文本为中心，利用计算机、统计学、信息科学等学科的新兴技术手段，构建了一个古典文学研究大数据分析模型，并期望在以下三个方向有所推进：一是重新验证已有成说的经典史论问题；二是解决人力难以彻底解决的疑难问题，为作品归属、重出异文、改编续写、风格流派、文类划分等提供新的证据、思路与方法；三是超越主观感受与印象分析层面，科学梳理文学史长时段中存在的特征、规律、关联性问题。最后，作者引录美国康奈尔大学教授杰弗里·汉考克（Jeffrey T. Hancock）所言："这是社科研究的一个全新时代，就好比显微镜的诞生对化学科学发展所起到的促进作用"，再次重申了大数据思维为人文社会科学研究的变革与创新带来了千载难逢的历史机遇；同时又强调指出，古典文学研究中新技术手段的应用需要充分依靠计算机科学和统计学的专业技术，也必然会促进学术研究人力资源的整合，倒逼跨学科合作研究的开展。但文学性问题的提出和分析处理不可能完全交给机器，也就不可能完全交给技术专家。相反，从问题的设置到语料的选取再到分析结果的解读、意义的阐释、体系的建构等，都将由古代文学和文献学相关领域高水平的专家学者完成。可见这是一篇颇有深度的论文，也是古代文学研究数据化应用讨论的最新收获。

第十二章

古代文学研究的跨学科拓展

20世纪80年代中期文化热的重要成果之一是跨学科学术研究的兴盛,归根到底,这是由文化学的综合学科性质以及文化批评的交叉性、多元性、开放性特点决定的。古代文学与文化是相通的,文化学跨学科研究的学术理念与文学极易勾连;与此同时,中国古代文学及其研究本身就有文史哲一体的悠久传统,所持的是一种"泛文学观",因而与文化批评具有某种内在的契合性,不难实现有效对接。实际上,在80年代中期文化热兴起之后,尽管古代文学研究界对文化研究、文化批评存在不同看法,但都不同程度地接触或汲取了文化学理论与方法,并在古代文学的跨学科研究方面取得了显著成就。每当人们回溯和反思20世纪的文化研究进程与成果时,总是不约而同地以陈寅恪为典范。傅璇琮曾将陈寅恪的学术研究归纳为"对历史演进所作的文化史的批评",称誉其《元白诗笺证稿》《论再生缘》《柳如是别传》等著作是运用文化史批评进行古典文学研究的典范。[①] 后来又在一篇书评中再次强调不能孤立地研究文学,而应当研究一个时期的文化背景及由此而产生的一个时代感的总的精神状态,研究在这样一种综合的"历史—文化"趋向中,怎样形成士人的生活情趣和心理境界,从而产生出作家的独特的审美体验与艺术构思。显然,根据这种要求,人们不仅要考虑文学与其他社会意识形态的亲缘关系,更要探索

[①] 傅璇琮:《一种文化史的批评——兼谈陈寅恪的古典文学研究》,《中国文化》1989年创刊号。

文学在总的"历史—文化"环境中怎样显示其特色。它不是使文学隐没，而是使文学作为主体更加突出。① 老一代学者对伴随文化研究而兴起的跨学科研究的高度肯定和期待，郑杰文《中国古代文学跨学科研究》（清华大学出版社 2009 年版）更是径直以古代文学的跨学科研究为论题，主要围绕古代文学与考古学、文化学、文体学、佛学以及文艺心理学、文学传播学、文学接受学之间的关系，重在解说古代文学跨学科研究的理论和方法，以期回答和解决诸多文学史研究中的疑难问题，从而产出更多的古代文学原创性研究成果。现综合参考古代文学与相关学科研究的既有成果，依据学科与文学的亲缘关系，以古代文学与历史、哲学、宗教、艺术跨学科研究为四大重点，同时兼及政治、经济、军事三个次重点，作一梳理与总结。

第一节　古代文学与史学关系研究

在源远流长的文史哲不分家的文化传统影响下，文学与史学的关系处于最核心的圈层之中，不仅文学史本身具有文学与史学的双重属性，而且发端于《尚书》、以司马迁《史记》为代表的历代史书通过由"史"而"文"的艺术转化而成为中国文学大家族的重要支脉，以及为历代文学所接受和重述的重要渊源。史学界前辈白寿彝等提出"历史文学"的概念，② 即具有与此相对应的两重含义：一是指以历史题材写成的文学作品，如历史小说和历史剧；二是历史记述在文字表述上的艺术性，体现了文学作品所具有的审美要求。其中的经典之作往往具有文史互融、文史兼长的独特优势，都是历史文学化的重要成果。

---

① 傅璇琮、赵昌平：《谈古代文学研究中的文化意识——由〈佛教唐音辨思录〉所想起的》，《文学评论》1989 年第 6 期。

② 白寿彝：《谈历史文学——谈史学遗产答客问之四》，《史学史研究》1981 年第 4 期。后来，白寿彝在其《史学概论》中规范表述为："历史文学有两个意思。一个意思是指用历史题材写成的文学作品。另一个意思是指真实的历史记载所具有的艺术性的文字表述"。

根据古代文学与史学跨学科研究的主要成果，大致可以分为"历史"的文学性研究、文学的"历史"性研究以及融文史于一体的传记文学研究形成三大重点，兹分述于下。

一 历代史书的文学性研究

中国史官文化源远流长，内涵丰富，影响巨大。其作用于中国文学，一方面是古代史官文化对文学发生发展的全面影响，或者说成为古代文学体裁、理论与创作的重要渊源，此即相当于白寿彝等提出的"历史文学"概念的第一重含义；另一方面是通过历代史书由"史"而"文"的艺术转化而成为中国文学大家族的重要支脉。此即相当于"历史文学"概念的第二重含义，亦即狭义上的"历史文学"之义。

关于历代史书的文学性问题，不仅受到文学界而且也受到史学界的高度关注和重视。白寿彝主编的《中国通史》第一册专列"历史文学"一节，除了重申上述观点之外，还重点讨论了以下三个问题：其一，"史学和文学"问题，扼要论述了"文"与"史"二者从合到分的关系和历程，并对刘知几、章学诚有关文史关系的理论作了简要总结和高度评价；其二，"历史文学的优良传统"问题，在充分肯定我国历史文学的悠久传统和杰出成就的前提下，对历代历史文学的经典之作——《左传》《史记》《汉书》《后汉书》《三国志》《资治通鉴》等给予了高度评价；其三，"历史表述的基本要求"问题，提出历史表述的基本要求是：确切、凝练和生动。尽管"历史文学"的概念晚出于20世纪80年代，但文史两界许多学者频频借用这一概念对以往"历史—文学"文本以及相关理论进行回溯性研究，主要聚焦于唐代刘知几《史通》与清代章学诚《文史通义》两部史学经典之作，相继出现了一批重要研究论文，汪杰《论刘知几、章学诚关于历史文学的理论》认为刘知几、章学诚是我国古代两位杰出的史学理论家，他们在总结、评论中国封建史学时，对于历史著作的写作技巧和方法进行了系统的阐述，从而形成了一套完整的历史文学理论。王庆《中国古代历史文学理论——论刘知几与章学诚》以更具超越性的眼光分析比较了刘知几与章学诚有关历史文学理论之于建构中国古代历史文学理论体系以及丰富中国古代文艺理论的重要意义，指出中国史书虽然浩繁，史家虽然众多，但有意识，有目的对史学进行整理的，创建史学理论的，只有唐代的刘知几和清朝的章学诚。刘言史法，章谈史意。刘知几就史论史，侧重于历史文学方法论；章学诚从史推广开去，包揽文史，甚至囊括整个学术，侧重于历史文学性质论。通过对他们两人的文学思想理论研究，我们发现两人虽然同为史学家，但研究侧重点不一样，所处的层次不一样，两人正好互补。把他们的文学理论思想综合起来，正好可以建立一个立体的中国古代历史文学理论体系。[①]

若以上述"历史文学"理论加以衡量，则由历代史书构成的经典名著系列可谓代表了"历史文学"的最高成就，同时也是学界有关"历史"文学性研究的重点所在。大致以《尚书》为始点，而聚焦于《春秋》《左传》《国语》《史记》《汉书》《后汉书》《三国志》等。其中《史记》最盛，《左传》居其次。对于围绕这些经典名著而形成的相关研究成果，需要加以重新梳理和论述。

1. 《尚书》文学性研究。《尚书》又称《书》，《书经》，堪称中国最古老的皇室文集，也是中国现存最早的史书。《尚书》的文学性研究大致有两个重点。一是文学特性与价值研究。尹砥廷《试论〈尚书〉语言的文学性》（《吉首大学学报》1987年第1期）、郝明朝《论〈尚书〉的文学价值》（《齐鲁学刊》1998年第4期）、卢一飞《今文〈尚书〉文学性研究》（硕士学位论文，扬州大学，2005年）等文都径直提出了《尚书》的文学性与文学价值的问题。二是文体学与文本结构研究，以陈赟《〈尚书〉"十体"的文体学价值》（《湖南社会科学》2007年第3期），朱岩《〈尚书〉文体研究》（博士学位论文，扬州大学，2008年），王媛《〈今

[①] 另外参见吴文治《刘知几〈史通〉的史传文学理论》（《江汉论坛》1982年第2期），施丁《章学诚的历史文学理论》（《学术月刊》1984年第5期），李成良、邱远应《〈史通〉的历史文学理论》（《西南民族大学学报》1988年第1期），蔡国相《〈史通〉所体现的文论思想》（《渤海大学学报》1990年第2期），邹旭光《刘知几文史关系论指要》（《南京社会科学》2000年第6期），周征《刘知几〈史通〉叙事理论研究》（硕士学位论文，山东大学，2006年），尹雪华《浅论刘知几〈史通〉对历史叙事的贡献与局限》（《福建论坛》2006年第1期）等。

文尚书〉文本结构研究》（博士学位论文，首都师范大学，2008年），潘莉《〈尚书〉文体类型与成因研究》（博士学位论文，中央民族大学，2013年），夏德靠、叶修成《论〈尚书〉文体的影响与意义》（《南昌大学学报》2015年第3期）等为代表。陈文旨在通过考察《尚书》"十体"——"典、谟、训、诰、誓、命、贡、歌、征、范"的形成及其基本内涵，探索这些体例对富有民族传统的古代文体学的影响，揭示《尚书》的文体学价值，借此丰富对《尚书》文学史地位的认识。王文认为《尚书》是我国文学史上一部具有母体性质的经典，《尚书》的文学性与其史书性质之间并不是矛盾对立的关系，而是相辅相成地构建了《尚书》的典型结构模式，而这正是《尚书》文学成就的集中体现。潘文认为构成《尚书》本身文体、包含文体和影响形成文体三个层次22种文体。《尚书》本身的文体类型有12种，包括书、典、谟、训、诰、誓、征、歌、贡、范和刑。这些文体名称直接来自《尚书》的篇章标题，《尚书》中的篇章充分显示这些文体的思想内涵和文本特点。与其他先秦典籍相比，这是《尚书》在文体方面最为显著的特征。《尚书》包含的文体类型有诗、箴、盟、辞、谚语、册等6种，这些文体上古以来就已经存在，在《尚书》中被直接作为文体概念使用。《尚书》影响形成的文体类型有赞、言、规、戒4种，这些文体在《尚书》文本中还只是以一种行为方式的形式存在，尚未形成固定的文体类别。这些文体类型体现了上古三代社会的礼乐制度、政治制度、文化观念和人文精神。《尚文》的文体体现了宗教性和政令性合二为一的特征。此外，徐柏青《论〈尚书〉〈春秋〉的记言叙事艺术》（《湖北师范学院学报》2008年第4期）、《论〈尚书〉在我国散文发展史上的贡献》（《海南师范大学学报》2008年第2期）不仅率先从记言叙事艺术的视角对《尚书》与《春秋》作了比较研究，而且从文学史的维度肯定了《尚书》作为我国最早历史散文集的文学成就、地位与贡献。

2. 《春秋》文学性研究。《春秋》原为鲁国编年史，记载了从鲁隐公元年（前722年）到鲁哀公十四年（前481年）的历史，为中国现存最早的一部编年体史书。《春秋》记事语言极为简练而寓褒贬，遂有"春秋笔法"之称。所以，有关《春秋》的文学性研究，首先是与"春秋笔法"

这一焦点问题的研究紧密地联系在一起的。① 大致以钱钟书《管锥编》（1979年2月陆续开始出版）中所论"春秋笔法"为发端，以敏泽遵钱老之嘱撰成《试论"春秋笔法"对于后世文学理论的影响》（《社会科学战线》1985年第3期）为承转，文学界对"春秋笔法"的研究主要沿着以下两个方向展开：一是对"春秋笔法"本然意涵的重新阐释。可以张毅《论"〈春秋〉笔法"》（《文艺理论研究》2001年第4期）、李洲良《春秋笔法的内涵外延与本质特征》（《文学评论》2006年第1期）为代表。李文认为《春秋》"五例"是"春秋笔法"的基本内涵，其社会功利价值表现为惩恶劝善的思想原则与法度；其审美价值表现为微婉显隐的修辞原则与方法。经法、史法与文法是"春秋笔法"的外延。从"春秋笔法"的基本内涵和外延归结于"春秋笔法"的本质特征，就是尚简用晦，这是《春秋》对"诗三百"比兴寄托手法的借用和发挥，意在追求"一字定褒贬"的美刺效果。二是"春秋笔法"与古代文论关系研究。曹顺庆《"〈春秋〉笔法"与"微言大义"——儒家经典的解读模式及话语言说方式》（《北京大学学报》1997年第2期）认为《春秋》"微言大义""借事明义"的解读及表述方式，给古代文人学者们提供了"六经注我"的绝妙武器，为他们的意义建构提供了一个堂而皇之的基础，为他们的学术曲解和偷梁换柱式的意义建构披上了神圣的外衣。同样，这种"依经立义"的"微言大义"话语模式，也必然对中国古代文论产生深刻的影响。张金梅《"〈春秋〉笔法"与中国文论》（博士学位论文，四川大学，2000年）则力图从历史发生和逻辑分析相结合的视角，探析"《春秋》笔法"对中国文论的渗透、中国文论对"《春秋》笔法"的接受以及彼此的会通化成，从文化探源中寻求中国文化与文论所赖以形成、发展的基本规律，并揭示其在现当代文学艺术中的普适性。徐柏青《论〈春秋〉在我国散文发展史上的贡献》（《海南师范大学学报》2009年第4期）通过渊源追溯与比较分析，为《春秋》确立了这样的地位：既是我国第一部编年体历史著作，也是我国叙事散文之祖。

---

① 关于"春秋笔法"研究的演进进程与成果，可参看肖锋《百年"春秋笔法"研究述评》（《文学评论》2006年第2期），张金梅《近三十年来国内外"〈春秋〉笔法"研究的回顾与展望》（《兰州学刊》2006年第8期）。

3. 《左传》文学性研究。《左传》原名为《左氏春秋》，起自鲁隐公元年（前722年），讫于鲁悼公十四年（前453年），相传为春秋末年左丘明为解释孔子的《春秋》而作，实质上已是一部独立撰写的编年体史书。无论是史书的文学性程度还是学界的研究成果，[①]《左传》较之《春秋》都有了显著的增长。许多学者相继聚焦于《左传》的文学性、文学成就、历史文学、传记文学等关键问题。张卫中《试论〈左传〉的文学性》谓"《左传》是一部历史著作，它真实地再现了春秋两百多年的政治风云、社会生活；《左传》也是一部文学著作，它有作者的想象和创造。因为在那个时代文学和史学的关系是那样的紧密，那样的难解难分。尽管历史与文学分属不同的范畴，尽管历史学家的职责是如实地记录史实，但历史学家同样可以有合乎逻辑的想象和创造。他们的创作和文学创作不尽相同而可相通"。[②] 这是对《左传》文学性的整体定位和确认。徐柏青《〈左传〉文学成就论》（《湖北师范学院学报》1999年第1期），李永祥《〈左传〉文学论稿》（博士学位论文，陕西师范大学，2010年）等文重在探讨《左传》的文学成就与价值问题；汪受宽《〈左传〉在历史文学上的两大特色》（《史学史研究》1996年第1期），张晓松《试论〈左传〉历史文学之成就》（《漳州师范学院学报》2001年第2期），周军《〈左传〉历史文学论略》（硕士学位论文，湖北大学，2007年），成佳妮《春秋晋国历史文学研究——以〈左传〉为中心》（硕士学位论文，青岛大学，2007年）等文借用"历史文学"重新审视《左传》的特色与成就；易平《论〈左传〉中的传记体雏形》（《安徽大学学报》1983年第4期），万金存《试论〈左传〉中的纪传体雏形》（硕士学位论文，山东大学，2009年）两文则从传记文学的视角确立了《左传》的重要地位。与以上"宏大叙述"相呼应，

[①] 赵长征的《20世纪〈左传〉研究概述》（《文史知识》2000年第10期），罗军凤的《走出疑古时代的〈左传〉学研究——近三十年来〈左传〉研究述评》（《文学前沿》2007年第00期），陶然的《近三十年来〈左传〉研究概述》（《活力》2010年第19期）分别对20世纪及80年代以来《左传》研究作了系统梳理和总结。尽管三篇论文都重在综合性的评述，其中有关文学性研究篇幅不多，难以反映《左传》文学性研究的空前盛况和总体业绩，但诸文所作的梳理和归纳依然富有启示意义。

[②] 张卫中：《试论〈左传〉的文学性》，《杭州大学学报》1990年第3期。

诸多专题研究也取得了重要进展，大致形成了人物形象研究、叙事艺术研究、赋诗活动与行人辞令研究四大重点，① 出现了何新文《〈左传〉人物论稿》（中国社会科学出版社2004年版）、董芬芬《春秋辞令的文体研究》（博士学位论文，西北师范大学，2006年）、刘振华《左传赋诗研究》（上海古籍出版社2011年版）等学术著作和博士论文。尤其是叙事——包括战争叙事与梦占叙事研究，业已成为《左传》研究的一个新的增长点。其中童庆炳《中国叙事文学的起点与开篇——〈左传〉叙事艺术论略》（《北京师范大学学报》2006年第5期）确认《左传》为中国叙事文学的起点和开篇，从而为《左传》在中国叙事文学上的地位定下了基调。此后有姚明今《〈左传〉叙事视角研究》（《西安交通大学学报》2015年第3期），雷恩海、曹志坚《微显阐幽：〈左传〉之叙述策略及其对史传文学的影响》（《甘肃社会科学》2018年第3期），徐紫云、贾小玉《叙事学视域下〈左传〉叙事的双构性分析》（《南昌航空大学学报》2019年第1期）等文章。

4.《国语》文学性研究。《国语》是中国现存最早的国别体史书著作，记录了自周穆王十二年（前990年）西征犬戎（约前947年）至周贞定王十六年智伯被灭（前453年）周朝王室和鲁国、齐国、晋国、郑国、楚国、吴国、越国八国的历史。就史学和文学总体成就而言，《国语》不如《左传》，然《国语》长于记言，富有自己的特色。陈鹏程、刘生良《近三十年来大陆地区〈国语〉文学性研究》认为新时期三十年来，《国语》文学性研究在平静的态势中正在日趋深入。尤其在叙事艺术、人物塑造艺术、语言艺术三个方面取得了显著成果，昭示着《国语》文学性研究水平的提升和对其文学价值的进一步体认。② 这里再需强调两点：一是《国语》的文学性研究，重心还是体现在整体研究方面，诸如谭家

---

① 除此四大重点之外，研究成果较为丰富的还有《左传》语言研究，主要有：聂国栋《略论〈左传〉的语言艺术》（《四川大学学报》1979年第3期），朱宏达《论〈左传〉的语言艺术》（《杭州大学学报》1982年第1期），戴伟华《〈左传〉言语对战国诸子散文的影响》（《江西社会科学》1985年第3期），陈鹏程、牟永福《试论〈左传〉歌谣的政治功能》（《兰州学刊》1996年第4期），李华《〈左传〉修辞研究》（上海古籍出版社2010年版），黄明磊《〈左传〉预言研究》（硕士学位论文，陕西师范大学，2011年），等等。

② 刘生良：《近三十年来大陆地区〈国语〉文学性研究》，《社会科学家》2011年第8期。

健《试论〈国语〉的文学价值》(《江淮论坛》1983年第6期),李书安《〈国语·晋语〉文学成就研究》(硕士学位论文,宁夏大学,2003年),毛丽《试论〈国语〉的历史文学成就》(《漳州师范学院学报》2003年第4期),陈桐生《〈国语〉的性质和文学价值》(《文学遗产》2007年第4期)等文,都是侧重于对《国语》文学性之特色、成就和地位做出整体定位和确认,只是彼此的论述角度有所不同,谭家健《试论〈国语〉的文学价值》、张居三《〈国语〉的编撰意图及其文学价值》相关论文主要从史学与文学的双重角度肯定《国语》的文学价值。毛丽《试论〈国语〉的历史文学成就》、陈桐生《〈国语〉的性质和文学价值》则主要从历史文学的发展环节肯定《国语》的文学价值。此外,张鹤《〈国语〉研究》(博士学位论文,北京语言大学,2009年)在对《国语》的综合性研究中,从语言运用、谋篇布局、人物形象、情节结构、风格特征五个方面,高度评价了《国语》的文学成就,一是认为《国语》记录了早期散文的发展轨迹,展现了春秋各国文风的差异。二是由于《国语》和《左传》同样记载春秋时期的史实,彼此互相参考,相为表里,素有"内传""外传"之称,故而有关两书的比较研究因缘而兴,成果丰富,需要学界予以更多的关注。

5.《史记》文学性研究。《史记》是由司马迁撰写的中国第一部纪传体通史,记载了上自上古传说中的黄帝时代,下至汉武帝元狩元年间共3000多年的历史,开创了一种以人物传记为中心的纪传体通史的新体例,对后世史学和文学的发展都产生了深远影响。

《史记》既是一部百科全书式的通史巨著,也是一部成就卓然的文学名著,被鲁迅誉为"史家之绝唱,无韵之离骚"。与此相对应,有关《史记》研究——无论是史学还是文学研究成果,都绝对居于首要地位,远为其他史书所不及。[①] 就其中有关《史记》文学性研究而言,核心内容是

[①] 参见肖黎《建国以来〈史记〉研究情况述评》(《社会科学研究》1983年第5期),俞樟华、张新科《〈史记〉研究的全面丰收期——七六年以来〈史记〉研究概述》(《北华大学学报》1989年第4期),《史记研究史略》(三秦出版社1990年版),《近十年来〈史记〉文学成就研究概述》(《文史知识》1991年第3期),曹晋《〈史记〉百年文学研究述评》(《文学评论》2000年第2期),陈桐生《百年〈史记〉研究的回顾与前瞻》(《文学遗产》2001年第1期)。

围绕《史记》的文学性以及文学成就、价值与影响等问题而展开的。一是有关《史记》文学性意涵的阐发。可永雪《〈史记〉文学性界说之实证》(《语文学刊》1994 年第 2 期),《〈史记〉文学性界说——纪念司马迁诞辰 2140 周年》(《内蒙古师大学报》1995 年第 3 期),卢红霞《司马迁的经历与〈史记〉的文学性》(《文学界》2011 年第 7 期)等文皆就《史记》文学性问题作了理论辨析。诸多对于鲁迅"史家之绝唱,无韵之离骚"的丰富意涵以及诗性特点的阐释性论著,都从不同方面进一步阐发了《史记》由"史"而"文"而最终升华为"诗"的诗史性特征,实际上也是对《史记》的文学性特点与成就的确认和评价。二是《史记》文学成就与价值的整体研究与评价。以可永雪《史记文学成就论稿》(内蒙古人民出版社 1991 年版),俞樟华《史记艺术论》(华文出版社 2002 年版),张新科《史记与中国文学》(商务印书馆 2010 年版)等书为代表。三书均为全面系统阐述《史记》文学成就与价值的学术专著。俞著重点就《史记》在人物传记方面的艺术成就、《史记》的艺术结构、《史记》的语言艺术和文学影响等问题作了专题阐述,同时还分析了后代的史书为什么在艺术成就上一直没有超过《史记》的原因。张著以《史记》文本为依据,不仅从文学的特定角度透视和探究其内在价值,而且将其放诸整个中国文学的历史长河之中溯源观流,以充分展现其与中国文学的诸种传承关系以及在中国文学史上的重要地位。博士学位论文有张亚玲《〈史记〉文学研究》(陕西师范大学,2013 年)、刘金文《"春秋笔法"研究——以〈史记〉为例》(曲阜师范大学,2017 年)、张学成《汉武新政背景下的文学嬗变研究——以司马迁〈史记〉为例》(曲阜师范大学,2017 年)等,这些论文从不同方面论述了《史记》的文学特征和艺术成就。三是对《史记》开创传记文学之功的研究与评价。以吴汝煜《略谈司马迁传记文学的杰出成就》(《光明日报》1977 年 10 月 22 日)为发端,经由朱东润《传记文学能从〈史记〉中学到什么》(《人物》1983 年第 1 期)一文的倡导,至郭双成《史记人物传记论稿》(中州古籍出版社 1985 年版)、李少雍《司马迁传记文学论稿》(重庆出版社 1987 年版)两书的出版代表了《史记》传记文学研究的最重要成果。其中郭双成《史记人物传记论稿》(中州古籍出版社 1985 年版)是第一部从文学方面系统详述《史记》的专门性著作，作者从思想性和艺术性两个方面对《史记》人物传记进行了新的探讨评价。李少雍《司马迁传记文学论稿》则对《史记》纪传体的创立、艺术特征和在小说发展史上的影响，作了全面深入的研究。而在诸多有关《史记》传记文学研究的论文中，陈兰村《浅论司马迁的传记文学思想》（《北华大学学报》1989年第2期）、俞樟华《论司马迁的传记文学理论》（《学术论坛》2000年第2期）特别注意到了司马迁传记文学思想与理论问题，提出司马迁不仅是我国传记文学创作也是传记文学思想的凝练者和理论的开创者。

与以上三大重点研究相呼应，在有关《史记》文学性的诸多专题性与综合性研究领域也取得了一系列重要成果，进一步支撑和强化了《史记》的文学性研究。前者包括文学思想、人物形象、叙事艺术（包括战争叙事）、文学语言、美学风格、渊源影响研究等内容，先后出现了毛金霞《〈史记〉叙事研究》（陕西人民教育出版社2006年版），刘宁《〈史记〉叙事学研究》（中国社会科学出版社2008年版），易国杰《〈史记〉语言艺术探求》（南京大学出版社1994年版），高志明等《〈史记〉的文学语言研究》（中央文献出版社2007年版），宋嗣廉《史记艺术美研究》（东北师范大学出版社1985年版），何世华《史记美学论》（陕西师范大学出版社1989年版），陈桐生《史记与诗经》（人民文学出版社2000年版），梁晓云《〈史记〉与〈左传〉的比较研究》（博士学位论文，北京师范大学，1997年），俞樟华、虞黎明、应朝华《唐宋史记接受史》（吉林人民出版社2004年版），陈莹《唐前〈史记〉接受史论》（博士学位论文，陕西师范大学，2009年）等学术专著和博士论文。后者包括《史记》与司马迁研究，诸如陆永品《司马迁研究》（江苏人民出版社1983年版），程金造《史记管窥》（陕西人民出版社1985年版），吴汝煜《史记论稿》（江苏教育出版社1986年版），俞樟华《史记新探》（民族出版社1994年版），赵生群《太史公书研究》（陕西人民出版社1994年版），韩兆琦《史记通论》（广西师范大学出版社1996年版），聂石樵《司马迁论稿》（人民教育出版社2001年版），张大可《史记研究》（商务印书馆2011年版）以及一些评传之作，也多于综合性研究中不同程度地涉及《史记》的文学性以及文学成就与价值的定位和评价。

在《史记》文学性研究中，同样绕不开"史""汉"比较研究这一古老论题。自苏渊雷《马班史汉异同论》（《丽水师范专科学校学报》1979年第00期）重新启动这一论题之后，至施丁《马班异同三论》（《司马迁研究新论》，河南人民出版社1982年版），徐朔方《史汉论稿》（江苏古籍出版社1984年版），沙志利《〈史〉〈汉〉比较研究》（博士学位论文，北京大学，2005年）等论著的相继问世，无论在专题性还是综合性研究方面，都取得了重要进展，由此进一步凸显了"史""汉"各自的文学特色与价值。

6.《汉书》文学性研究。《汉书》，又称《前汉书》，东汉班固所撰，记述了上起西汉的汉高祖元年（公元前206年），下至新朝的王莽地皇四年（公元23年），共230年的史事，为我国第一部纪传体断代史，与《史记》《后汉书》《三国志》并称为"前四史"。

就历代史书的文学性而言，大抵在《史记》峰巅之后，呈逐步下降之势，《汉书》则是仅次于《史记》的一部，学界的研究热度与成果也正与此趋势相对应。纵观《汉书》文学性研究的进程与成果，主要体现在以下几个方面：一是《汉书》的文学价值研究。自陈梓权《〈汉书〉的文学价值》（《中山大学学报》1982年第3期）发其端后，直到21世纪终于有了新的突破，先后出现了潘定武《〈汉书〉文学论稿》（安徽大学出版社2008年版），李成林《〈汉书〉文学研究》（博士学位论文，陕西师范大学，2011年），孙亭玉《班固文学研究》（湖南人民出版社2008年版）等重要论著。其中潘著为学界第一部《汉书》文学研究的学术专著。作者力图以通史和比较的眼光，对《汉书》的文学性问题进行全面深入的探讨，以弥补目前对《汉书》文学全面研究的不足。二是《汉书》传记文学研究。《汉书》继承了《史记》纪传体例，在人物传记方面取得了显著成就，所以在有关《汉书》的专题研究中，依然居于重要地位，其主要成果集中体现在马春香《〈汉书〉人物传记的文章风格》（《石家庄师范专科学校学报》2001年第3期），江俐蓉《论班固的传记家主体精神与〈汉书〉的人物传记》（硕士学位论文，浙江师范大学，2002年），朱家亮《班固美学思想及汉书人物传记研究》（黑龙江教育出版社2011年版）等论著上。三是《汉书·艺文志》与文学关系研究。《汉书》首创《艺文志》，多为后代所仿效，也因此拓展了史书的文学研究的界域。学界对此的研究主要体现在以下两个方面。其一是《汉书·艺文志》部类序与解题目录的文学观研究。诸如伏俊琏《〈汉书·艺文志〉的文学思想》(《文艺理论与批评》2004年第6期)，张朝富《〈汉书·艺文志〉的主旨及其文学影响》(《海南大学学报》2008年第4期)，罗宁《从语词小说到文类小说——解读〈汉书·艺文志〉小说家序》(《天津大学学报》2005年第4期)等，或总论或分论，可与上文所引有关班固文学思想研究诸文相参看。其二是《汉书·艺文志》文学分类和著录中的文学性研究。主要是小说和辞赋两大类型，涉及小说文体的主要有：蔡铁鹰《〈汉志〉"小说家"试释》(《南京师范大学学报》1988年第3期)，卢世华《〈汉书·艺文志〉之"小说"的由来和观念实质》(《中国社会科学院研究生院学报》2004年第4期)，叶岗《〈汉志〉"小说"考》(《文学评论》2004年第4期)等；涉及诗赋文体的主要有：伏俊琏《〈汉书·艺文志〉"杂赋"臆说》(《文学遗产》2002年第6期)，黄丽媛《〈汉书·艺文志〉"歌诗"考论》(《长治学院学报》2010年第1期)，王晓庆《〈汉书·艺文志〉诗赋略文献研究》(博士学位论文，华中师范大学，2009年)等。此外，尹海江《〈汉书·艺文志〉体例研究》(硕士学位论文，广西师范大学，2004年)，郭洪涛《〈汉书·艺文志〉专题研究》(硕士学位论文，广西师范大学，2005年)等文在有关《汉志》著述体例以及其他的综合性研究中，也多涉及上述论题。[①]

7.《后汉书》文学性研究。《后汉书》由南朝刘宋时期历史学家范晔所撰，记录了从王莽起至汉献帝的195年历史，是一部记载东汉历史的纪传体史书，与《史记》《汉书》《三国志》合称"四史"。范晔出自南阳世族，笃持儒学，甚重文采，曾自诩其书为"自古体大而思精"。《后汉书》亦因文辞优美，简洁流畅而臻于史学名著兼文学名作，向为后人所称道。学界对《后汉书》的文学性研究，重点体现在以下几个方面。一是《后汉书》的文学成就研究。以钟书林《〈后汉书〉文学初探》(中国社会科学出版社2010年版)、刘涛《从〈后汉书〉的文学成就看范晔的思想及撰文取向》(《中国文学研究》2009年第4期)等为代表。钟著由

[①] 涉及《汉书》其他各志的文学性研究成果不多，谢祥娟《〈汉书·地理志〉的文学地域观》(《名作欣赏》2012年第5期)已作了向文学地理研究拓展的尝试。

作者完成于 2007 年的博士学位论文修改而成，为学界第一部系统研究《后汉书》文学的学术专著，对于《后汉书》文学的整体研究，确有筚路蓝缕之功，可与作者另一重要著作《范晔之人格与风格》相参看。二是《后汉书》传记文学研究。裘汉康《略论〈后汉书〉人物传记的文学价值与特色》（《中山大学学报》1989 年第 2 期），段法雷《范晔〈后汉书〉传记艺术特质论》（硕士学位论文，浙江师范大学，2002 年），程方勇《范晔及其史传文学》（博士学位论文，中国社会科学院研究生院，2003 年）等文，皆从传记文学视角深化了《后汉书》的文学性研究。三是《后汉书·文苑传》与文学关系研究。《后汉书》因率先设立《文苑传》而再次拓展了史书的文学研究界域。其中径直标之以《后汉书·文苑列传》研究的重要论文有：刘石《〈后汉书·文苑传〉的创立及意义》（《古典文学知识》1996 年第 4 期），吴漪容《〈后汉书·文苑列传〉研究》（硕士学位论文，首都师范大学，2005 年），孙良山《〈后汉书·文苑列传〉传主及其作品流传研究》（硕士学位论文，广西师范大学，2008 年），赵庆然《范晔〈后汉书·文苑列传〉研究》（硕士学位论文，河北师范大学，2011 年），等等。其中吴漪容《〈后汉书·文苑列传〉研究》、赵庆然《范晔〈后汉书·文苑列传〉研究》皆为综合性研究的论文。前文重在横向关系研究。后者重在纵向比较研究。[①]

8. 《三国志》文学性研究。《三国志》为西晋陈寿所撰，记录了从魏文帝黄初元年（220）到晋武帝太康元年（280）六十年的历史，是一部记载魏、蜀、吴三国鼎立时期的纪传体国别史，与《史记》《汉书》《后汉书》并称"前四史"。南朝宋文帝时，以陈寿所著《三国志》记事过简，命裴松之为之作补注。所以，有关《三国志》的研究即由此形成《三国志》及裴注研究两大重点。[②] 先看《三国志》本身的文学性研究。

[①] 在《后汉书》文学研究中，还广泛发散到叙事、论赞、语言等领域，但集中度有所不足，此略。

[②] 关于《三国志》及裴注研究综述论文参见：吕美泉《本世纪〈三国志〉研究编年》（《暨南学报》1999 年第 5 期），王文晖、司马朝军《近二十年来三国史与〈三国志〉研究现状的定量分析》（《史学月刊》2003 年第 9 期），陈健梅、伍野春《裴松之及其〈三国志注〉研究述评》（《中国史研究动态》2004 年第 2 期）。

周国林《文质辨洽:〈三国志〉的史文特色》(《史学史研究》1994年第2期)认为陈寿以文质辨洽为《三国志》编纂中的追求目标,在文体形式上显出了自己的特色。许菁频《论〈三国志〉的传记文学价值》(《浙江师范大学学报》1997年第2期),孙鸿博《〈三国志·方技传〉研究》(硕士学位论文,复旦大学,2009年)等文分别就《三国志》的传记文学价值与《三国志·方技传》的类传文学意义作了系统的阐述,彼此从不同方面推进了《三国志》人物传记研究。另一重点是《三国志》裴注的文学性研究。其中王义梅《〈三国志〉裴注文学性研究》(硕士学位论文,中南民族大学,2010年),郑建和《裴松之〈三国志注〉文学研究》(《长安学刊》2010年第2期)等文侧重于裴注文学性的整体研究。王文主要从裴注所引史传、所引杂传和裴注自注三个方面入手进行裴注的文学性探究;郑文旨在探究裴注突出文学特点的原因,认为既和裴松之本人在选材过程中重视文采,追求史注的文学审美特征有关,同时又与魏晋史学创作思想转变以及文史合流的独特时代背景有关。而如李伯勋《审视〈三国志〉裴注引书的史传文学价值》(《黄河科技大学学报》2000年第2期),张新科《〈三国志注〉所引杂传述略》(《陕西师范大学学报》2003年第5期),胡艳娜《〈三国志〉裴注引别传研究》(硕士学位论文,河南大学,2007年)等文则专注于裴注的史传文学研究。另如吴鹏霄《〈三国志〉裴注文学文献考论》(硕士学位论文,河南大学,2004年)主要从裴注所引史传、所引杂传和裴注自注三个方面入手,进行裴注的文学性探究,也同样可以归为裴注的史传文学研究。

9. 其他诸史的文学性研究。这里的诸史包括正史中除"前四史"之外的其余二十史以及正史之外的其他史书。

一是正史系统的文学性研究。其中又有群史与专史之别。在群史的文学性研究中,陈曦《从"文史异辙"看"正史"传记的缺憾》(《北华大学学报》2000年第2期),董乃斌《诸朝正史中的小说与民间叙事》(《文学评论》2006年第5期),屈玲《正史文苑传研究》(硕士学位论文,浙江师范大学,2012年)等文具有通论性质。陈文以古代"文史异辙"的史学观念为切入点,剖析了除《史记》以外的其他"正史"传记所普遍存在的病症,如作家主体意识的消退、人物形象的干瘪、语言的枯淡等,并指出了对"正史"传记进行系统研究的意义所在。李少雍《略论六朝正史的文学特色》(《文学遗产》1998年第3期)、张亚军《南朝四史与南朝文学研究》(中国社会科学出版社2007年版)、郭晋《融文心入史心》(硕士学位论文,苏州大学,2008年)等上接范晔《后汉书》而关注于六朝诸史的文学性研究。而在两《唐书》的文学性研究中,相继出现了一批硕士学位论文,比如田恩铭《两〈唐书〉中的中唐文学家传记研究》(陕西师范大学出版社2008年版),谭琼《两〈唐书〉文学批评比较研究》(汕头大学,2008年),柳卓霞《〈新唐书〉列传叙事研究》(上海大学,2010年),王吉清《两〈唐书〉诗人传记研究》(陕西师范大学,2009年)等,由此一同凸显了两《唐书》文学性研究成果的丰硕。

专史的文学性研究方面,《晋书》是一个重点所在,除了李培栋《〈晋书〉的文学性》(《郑州大学学报》1985年第4期)之外,还出现了五篇硕士学位论文:吴娱《〈晋书〉的文学价值》(西北师范大学,2004年),张晓明《从〈晋书〉看〈世说新语〉对史传文学的贡献》(首都师范大学,2006年),陈勤斯《唐修〈晋书〉中的历史叙事与小说叙事研究》(西南大学,2010年),高慧玲《〈晋书〉人物传记研究》(湖南师范大学,2011年),贾晶晶《〈晋书·文苑传〉研究》(东北师范大学,2011年)。其他如丁福林《〈南齐书·文学传论〉对文坛三派的评价》(《辽宁大学学报》1996年第3期),李敏《〈宋书〉的文学价值》(硕士学位论文,湖南师范大学,2007年),钱忠平《〈新唐书〉文学批评研究》(硕士学位论文,浙江师范大学,2007年),张明华《论〈新五代史〉的文学艺术功能》(《淮北煤炭师范学院学报》2009年第4期),杭爱《论〈蒙古秘史〉文学性结构——与〈史集〉、〈圣武亲征录〉、〈元史〉之比较研究》(《民族文学研究》1995年第1期),那木吉拉《〈元史·地理志·西北地附录〉吉里吉思传说考述》(《民族文学研究》1997年第3期)等,由此亦可见前重后轻的不平衡性。

二是非正史系统的文学性研究。非正史系统的史书是一个大杂烩,包括杂史、别史、野史、稗史等。其中有的已与文学(尤其是小说)的边界模糊不清,但文学成就参差不齐,学界的关注度也各不相同,重点是

《吴越春秋》《越绝书》与《资治通鉴》三书。其中的重中之重是《吴越春秋》的研究。[①]《吴越春秋》为东汉赵晔所撰是一部记述春秋时期吴、越两国史事为主的史学著作,自《隋书·经籍志》将其列入"杂史类"后,传统上一直被视为史学著作。就《吴越春秋》文学性研究既有成果来看,不同学者的研究视角同样存在明显的文史之别,有的径直认定其为小说,梁宗华《一部值得重视的汉代历史小说——〈吴越春秋〉文学价值初探》(《浙江学刊》1989年第5期),黄仁生《论〈吴越春秋〉是我国现存最早的文言长篇历史小说》(《湖南师范大学社会科学学报》1994年第3期)均持这一观点;但更多的是从史书的文学性角度加以研究。其中致力于整体研究的主要有:曹林娣《〈吴越春秋〉文学成就初探》(《苏州大学学报》1986年第1期),罗俊华《〈吴越春秋〉研究》(硕士学位论文,武汉大学,2004年),吕华亮《〈吴越春秋〉研究》(硕士学位论文,安徽师范大学,2005年),付玉贞《〈吴越春秋〉试论》(硕士学位论文,四川大学,2005年),刘晓臻《〈吴越春秋〉研究》(硕士学位论文,山东师范大学,2005年),商光锋《〈吴越春秋〉研究》(硕士学位论文,曲阜师范大学,2006年)等,多为整体或综合性研究中的文学性研究。至于《越绝书》与《资治通鉴》的文学性研究,总体成果不及《吴越春秋》。前者的代表性论著有:李步嘉《〈越绝书〉研究》(上海古籍出版社2003年版),王剑《〈越绝书〉研究》(《中国典籍与文化》2004年第2期),韩秀丽《〈越绝书〉内外篇新探》(硕士学位论文,华东师范大学,2008年),张佳论《〈越绝书〉的叙事艺术》(硕士学位论文,西北师范大学,2011年),王敬坡《〈越绝书〉〈吴越春秋〉比较研究》(硕士学位论文,江西师范大学,2010年)等;后者主要见之于:宋馥香《〈资治通鉴〉:编年体史书历史叙事发展的高峰》(《陕西师范大学学报》2004年第2期),涂秀虹《历史叙事的编码与布局——〈资治通鉴〉对三国历史的叙述》(《福建师范大学学报》2006年第3期),彭知辉《论〈资治通鉴〉的文学特征》(《聊城大学学报》2009年第5期)等。

[①] 参见王鹏《当代〈吴越春秋〉研究简述》,《黄山学院学报》2005年第5期,其中包括《吴越春秋》文学性研究内容。

三书尤其是后者的研究需要进一步聚焦,并有待于进一步的深入。

二 古代文学的史学渊源研究

在探讨了历史的文学性研究之后,将重点进入文学的历史性研究,相当于白寿彝等提出"历史文学"概念的第一重含义。孕育和诞生于历史母体的文学作品研究,即是文学的史学渊源、或者说史学之于文学影响研究。所以历史的文学性与文学的历史性,只是一个问题的两个方面,前者注重于历代史书本身的文学特性与成就研究,而后者则注重于历代史书对后代文学的影响研究。这里将依据既有学术成果,重点从文学理论与文学创作两个方面论述文学的史学渊源或者说史学对文学的影响研究。

1. 史学对文学理论的影响研究。围绕史学影响于古代文学理论这一问题,学界讨论最为热烈、成果最为显著的是"春秋笔法""发愤著书"、实录精神以及历史叙事理论四个方面。

一是"春秋笔法"对古代文论影响研究。前文在论述《春秋》文学性研究时,重点阐述了"春秋笔法"的文学性内涵,这里则重点转向对后代文论的影响。据敏泽回忆,他曾于1982年9月6日接钱钟书函,谓"两汉时期最有后世影响之理论为'春秋书法',自史而推及于文。兄书下论刘知几主'简',实即从'春秋书法'来。此学人未道,有待于兄补阙者也。杜预提出'志而晦'约言示例,即拈出作史之须'简'矣。"敏泽认为西汉以降的两千年来,众口一词地认为从文论方面说,影响后世最大的是《诗大序》和《礼记·乐记》,钱钟书却在《管锥编》中转而推重"春秋书法",的确打破了两千年来的定论。[①] 后即遵钱老之嘱撰成《试论'春秋笔法'对于后世文学理论的影响》(《社会科学战线》1985年第3期)一文,作者从"诗与史的关系问题""尚简用晦""修辞与风格"等三个方面对"春秋笔法"对后世文学理论的影响进行了充分的研究和探讨。这是一篇全面探讨"春秋笔法"和古代文论关系的文章,开

---

① 敏泽:《论钱学的基本精神和历史贡献——纪念钱钟书先生》,《文学评论》1999年第3期。

启了"春秋笔法"对古代文论的影响研究,具有标示新的学术路径与范式的意义。实际上,上文所举有关"春秋笔法"几乎都同时涉及"春秋笔法"对后代文论的影响。曹顺庆《"〈春秋〉笔法"与"微言大义"——儒家经典的解读模式及话语言说方式》(《北京大学学报》1997年第2期)就曾强调"春秋笔法"这种"依经立义"的"微言大义"话语模式,必然对中国古代文论产生深刻的影响。而其弟子张金梅则以博士论文《"〈春秋〉笔法"与中国文论》为基础,连续发表了《"简言达旨":"〈春秋〉笔法"与中国文论话语的会通》(《兰州学刊》2011年第10期)、《刘勰"〈春秋〉笔法"论及其文论建构》(《江汉论坛》2011年第11期)、《论〈春秋〉笔法对古典戏曲小说"惩劝"论的影响》(《经济与社会发展》2011年第11期)等文,诸文的核心论题即是"春秋笔法"对中国文论的影响以及中国文论对"春秋笔法"的接受,概而言之,即是"春秋笔法"与中国文论话语的会通。

二是"发愤著书"说对古代文论影响研究。司马迁之于中国文人、文论的影响是多方面的,其中"发愤著书"说是其文艺思想中最核心、最有价值的观点,[①] 对中国文人与文论影响也最大。"发愤著书"说的思想远源为孔子的"诗可以怨",近源为屈原的"发愤以抒情",而它所具有的反抗性、批判性则来自道家思想中批判传统、向往自由的精神,可谓融会了先秦儒家、道家、屈原这三大思想的精华。后经南北朝刘勰、钟嵘,唐代韩愈,宋代欧阳修以及明代李贽等人的不断重释,从而发展成为中国古代文学理论的一个传统体系。仅就"发愤著书"说对古代文论影

---

① 关于对司马迁"发愤著书"的心理学阐释,参见顾易生《司马迁的李陵之祸与发愤著书说》(《复旦学报》1980年第2期),金丽《试论"发愤著书说"的创作动力意义》(《楚雄师专学报》1988年第1期),李天道、李仲霖《"发愤著书"说及其心理分析——中国古代文艺心理学研究之一》(《西北大学学报》1988年第4期),王茜《"发愤著书"说及其郁闷心理》(《硕士学位论文,郑州大学,2004年》,王渭清《忧患与超越——古代文艺创作动力论阐释》(《通化师范学院学报》2004年第3期),刘玉平《中国古代作家的创伤体验》(《西华师范大学学报》2004年第5期),舒畅《中国古代文艺创作情感动力说——"发愤著书"的内涵及其命题演变过程》(《四川文化产业职业学院学报》2008年第2期),王艳《司马迁"发愤著书说"的当代美学诠释》(硕士学位论文,四川师范大学,2009年),等等。

响研究方面来看，则主要有以下两种路径：其一，论述"发愤著书说"的历史演进及其理论意义。林天钧《论"发愤著书说"的历史演进》尝试将"发愤著书说"的历史演进划分为萌芽期、孤愤期、群愤期、高度群愤期四个发展阶段。四者是一个既相互联系，又独具阶段特征的有序发展系列。韦俊梅《"发愤著书"说源流探析及文学理论意义》不仅注重于"发愤著书"说源流演变的系统梳理，认为"发愤著书"自司马迁在孔子的"诗可以怨"和屈原的"发愤以抒情"的基础上系统提出后，由刘勰、钟嵘、白居易、韩愈、柳宗元、欧阳修、归庄、刘鹗等加以进一步的发展充实，因而不断赋予了"发愤著书"说新的内容，而且更加深化了对"发愤著书"说文学理论意义的总结归纳：其一是"发愤著书"说揭示了文学创作与人生经验之间的关系；其二是"发愤著书"说表现了艺术创作的心理动力；其三是"发愤著书"说强调了作家的忧患意识和社会责任感；其四是"发愤著书"说明了艺术生命力——真实感的源泉。此外，马雅琴、王麦巧《"发愤著书"说在唐宋时期的新发展》（《渭南师专报》1999年第1期），马雅琴《司马迁"发愤著书"说在清代的发展》（《渭南师专学报》1999年第4期），范道济《小说"发愤"论对诗学理论的继承与发展》（《社会科学研究》1999年第4期）等文则重在阐述特定时代、特定文体对"发愤著书"说的接受和发展。其二，论述"发愤著书"说对中国文学理论的重要影响。袁伯诚《试论司马迁的"发愤著书"说对讽谕文学理论的影响》（《固原师专学报》1984年第2期）、《试论司马迁的"发愤著书"说对叛逆文学理论的影响》（《固原师专学报》1984年第3期）分别探讨了"发愤著书"说对讽谕文学理论、叛逆文学理论的影响，认为司马迁的"发愤著书"说对汉以后的文学理论的发展所产生的深远影响，大致可归纳为两种情况：一是正宗的儒学文学批评家，竭力把它引入讽谕文学理论的范畴；二是带有叛逆色彩的文学批评家，从激进的方面去发展它，强化它"谬于儒术"的异端性，使它成为叛逆文学理论的不祧之宗。

三是实录精神对古代文论影响研究。《史记》的实录精神，出于班固《汉书·司马迁传赞》的总结："自刘向、扬雄博极群书，皆称迁有良史之材，服其善序事理，辨而不华，质而不俚，其文直，其事核，不虚美，不隐恶，故谓之实录"。颜师古注云："实录，言其录事实。"王克韶《论司马迁传记文学的实录精神》(《延边大学学报》1980年第4期),张少康《民本思想和实录精神——关于我国古代现实主义文学理论的特征》(《齐鲁学刊》1983年第2期),梅新林、俞樟华《〈红楼梦〉与〈史记〉:实录精神与托愤精神的二重变奏》(《浙江社会科学》1997年第5期),俞樟华、詹漪君《论传记文学的"不虚美,不隐恶"》(《浙江师范大学学报》2005年第3期)等文从不同角度对《史记》"不虚美,不隐恶"的实录精神作了诠释。石天飞《试论刘勰的史学观——以〈史传〉对司马迁和〈史记〉的评价为中心》(《江南社会学院学报》2005年第2期)则特意提取《文心雕龙·史传》对司马迁和《史记》"得事序""实录无隐"这两点重要的评价,从深层次上分析论述了刘勰对于撰史的"得事序"基本要求和"实录无隐"原则。综合这些论文,大致有这么几层含义:一是实录精神源于古代良史太史伯、董狐等的秉笔直书精神,由他们奠定了中国史传文学的优良传统,然后到了司马迁这里才完全建立起来。二是实录,包含两方面的意义:其一是博采精选,翔实可靠;其二是善恶必书,纪实征信。三是"不虚美,不隐恶"的实录精神是司马迁之所以在史学和文学两方面所取得的巨大成就,《史记》之所以成为中国史学史和文学史上的不朽之作的根本原因。四是《史记》的实录精神是与托愤精神呈现为二重组合的关系,具有为一般史书所缺少的哲理意味与美感张力。五是至古代文学理论与批评巨著刘勰《文心雕龙》总结归纳为"实录无隐"之后,在历代文论系统中便成定沦。唐代刘知几《史通》在《直书》《曲笔》两篇中鲜明地提出坚持直书,反对曲笔,进一步发展了中国史学"秉笔直书"的优良传统,事实上也是对《文心雕龙·史传》主张"实录无隐"的继承和弘扬。六是实录精神是我国现实主义文学理论的重要源头,对后代文学理论与创作产生了深远影响。《史记》实录精神对古代文论的影响,还表现在通过向小说和诗歌理论辐射和推衍而分别产生"补史"说与"诗史"说。① 此外,王国健《略论"实录"理论对古

---

① 关于"补史"说,参见范道济《小说"补史"论概观——明清小说功能论研究之一》(《明清小说研究》1996年第4期),《"补史"论的产生与形成》(《明清小说研究》1999年第2期),曹萌《论中国古代小说审美中的尚补史思想》(《河南师范大学学报》2001年第(转下页)

代小说创作和小说批评的影响》(《华南师范大学学报》1993 年第 3 期)在深入分析"实录"理论的丰富内涵与巨大影响的同时,也指出了其中的"劝戒说"对古代小说创作和批评的消极影响。

四是史传叙事理论对古代文论影响研究。史传叙事理论首先来自史学实践,许多学者曾对此作了回溯性叙事学解读和阐释。上文已举石天飞《试论刘勰的史学观——以〈史传〉对司马迁和〈史记〉的评价为中心》从《文心雕龙·史传》总结其对司马迁和《史记》"得事序""实录无隐"这两点重要的评价。仅就"得事序"而论,刘勰从分析《史记》体例入手,高度评价《史记》"虽殊古式,而得事序",反映出其撰史"得事序"的基本要求。"得事序",实际上也就是史传叙事的问题。同样,刘勰《文心雕龙·史传》"得事序"的史传叙事理论也被刘知几《史通》所接受和重述。《史通》专列《叙事》之篇,提出"国史之美者,以叙事为工,而叙事之工者,以简要为主"。序、叙,都有"次第"和"排列次第"之义。《史通·叙事》既总结前史在叙事方面的成功经验,又批评各史存在冗句烦词、雕饰辞藻的缺陷,主张叙事"用晦",借此"省字约文,事溢于句外",以期达到"一言而巨细咸该,片语而洪纤靡漏"之目的,则可以视为对《文心雕龙·史传》"得事序"宗旨的继承和弘扬。实际上,《史通》所述,不仅对历代史学理论有深刻的影响,而且对唐代及后来的文学发展,也都起到了一定的促进作用。王庆《中国古代历史文学理论——论刘知几与章学诚》(硕士学位论文,四川师范大学,2004 年)指出,《史通》基于史书叙事需要而发展为先进的叙事理论,这在古代文论中是一个非常突出的贡献。特别是由于鉴别史料的需要,刘知几对小说的发展进行了总结分类,成为中国小说理论的奠基人。中国传统古代文论大致可以分为诗论和文论两个方面。由于小说等叙事文

(接上页) 6 期),余丹《论宋代文言小说的补史意识》(《甘肃社会科学》2008 年第 2 期)等。关于"诗史"说,参见吴怀东《在诗人和读者之间——"诗史"、"诗圣"说源流考述》(《漳州师范学院学报》2002 年第 1 期),高建新《杜甫"诗史"略论》(《内蒙古大学学报》2007 年第 4 期),郝润华《宋代史学意识与"诗史"观念的产生》(《西北师大学报》2000 年第 2 期),郭艳华《"诗史"观辨正及宋夏战事诗的"诗史"性质》(《西北第二民族学院学报》2008 年第 5 期)等。

学长期被人们所轻视，古代的文论也是侧重于抒情文、议论文的文论，很少对叙事文作理论上的探讨，特别是明清以前，几乎是一片空白。由史学理论发展出来的中国古代历史文学理论体系在这方面可以作为中国古代文论的一个有益的补充。周征《刘知几〈史通〉叙事理论研究》（硕士学位论文，山东大学，2006年）强调在当今叙事学的研究中，文学与史学原本割舍不断的血脉联系体现得更为明显。刘知几在《史通》中提出了比较系统的关于史书著述的理论原则和方法。这些叙事理论不但对于修史有着指导作用，而且对于中国文学尤其是中国叙事文学也有着非常大的影响。因此，需要通过对《史通》叙事理论的研究，以期发现其中包含的叙事学思想，探讨和确认《史通》叙事理论对中国古代叙事文学，尤其是中国古代小说叙事的影响。

2. 史学对文学创作的影响研究。关于史学影响于古代文学创作这一问题，这里拟从学界既有研究成果出发，根据文史之间的亲缘度的不同文体序列展开论述。在重在整体研究的同时，也适当兼顾名家名著的个案研究。

（1）对散文创作的影响研究。历代史书——从《尚书》《春秋》《左传》《国语》到二十四史，均为散文体而非韵文体，所以与散文文体的渊源关系至为密切。程新炜《中国古代文体论渊源与〈文心雕龙〉》（《青海师范大学学报》1995年第3期）提出中国文学的起源有两个源头：一是由原始神话、宗教所孕育出来的富有强烈感染力的原始诗歌，二是应用于各种社会生活场合中的种种文字。殷商甲骨卜辞是中国最初的定型文字，因而也可以说它是中国文学中最早的散文雏形。从春秋到秦统一之前，除了记叙、说明等文体在表现形式上更为完善外，语录式的纪言体、论说体亦相继出现，形成了"至战国而著述之专，至战国而后世之文体备"（章学诚《文史通义》）的局面。南宋陈骙在《文则》中指出了《左传》中保存的八种文体："命、誓、盟、祷、谏、让、书、对"，这是文体发展的一大跃进。可见早期散文的主要文体即是史书。唐代孔颖达曾先后提出《尚书》"六体""十体"之说。陈赟《〈尚书〉"十体"的文体学价值》（《湖南社会科学》2007年第3期）曾从文体学的角度重点论述了《尚书》中的"典、谟、训、诰、誓、命、贡、歌、征、范"等十种文体的类型、特点、价值及其后续影响。胡念贻《〈尚书〉的散文艺术及其在文学史上的地位和影响》（《社会科学战线》1981年第1期），徐柏青《论〈尚书〉在我国散文发展史上的贡献》（《海南师范大学学报》2008年第2期）等文在从文学史的视角肯定《尚书》的文学成就、地位与贡献之际，也都充分肯定了《尚书》对后代散文的深远影响。继《尚书》之后的《春秋》《左传》《国语》等其他先秦史书也都对古代散文创作做出了不同程度的贡献。到了战国时代诸子散文勃兴之际，历史散文仍与其并驾齐驱，也足见历史散文的地位与成就。秦汉以降，对后代散文影响最著者莫过于《史记》。俞樟华《唐宋八大家与史记》（《江苏社会科学》1996年第4期）专题分析了唐宋八大家对《史记》的继承与创新。吴汝煜在《史记论稿》中的《试论〈史记〉对后世文学的影响》一章中强调指出司马迁是古文家心目中的千秋宗匠，《史记》为唐宋散文的典范，不仅句法、章法、笔法有不少来自《史记》，而且其审美观也受其启示。张新科《史记与中国文学》（商务印书馆2010年版）第二章"《史记》与中国古典散文"也就《史记》如何集先秦散文之大成以及如何成为千秋宗匠与不朽典范的问题作了专题论述。

（2）对小说创作的影响研究。从叙事学的角度来看，小说文体与史书具有先天的亲缘关系，有的作品甚至可以混为一体。所以研究内容最为丰富，成果也最为显著。一是史书对历代小说创作的整体影响研究。韩云波《历史叙事与中国古典小说的兴起》（《社会科学研究》2002年第1期），李建东《叙事文学的先声——论"野史杂传"向小说之过渡》（《学术论坛》2003年第1期）从不同的维度探讨了小说发生学的问题。何悦玲《中国古代小说中的"史传"传统及其历史变迁》（博士学位论文，陕西师范大学，2011年）以"辨章学术，考镜源流"为进路，旨在梳理中国古代小说中的"史传"传统及其历史变迁，以期为理解古代小说的"史传"渊源及其蕴藏的文化精神，提供新的观照视角。刘云春《历史叙事传统语境下的中国古典小说审美研究》（中国社会科学出版社2010年版）则以叙事学为理论支点，借鉴了西方叙事学理论和巴赫金的狂欢化理论，以历史叙事对古典小说的影响为论述中心，全面考察了中国古典小说文体演变的各个重要阶段。全书收束归纳的中心是：中国古典小说文体的独立不是自然演进的结果，而是不断从历史叙事中借鉴叙事技巧、依傍史传提升自己、并最终扬弃历史叙事范式的过程。二是特定时代小说与史书的渊源关系研究。重点落在唐代小说，出现了诸多论文，其中韩云波《刘知几〈史通〉与"小说"观念的系统化——兼论唐传奇文体发生过程中小说与历史的关系》（《西南师范大学学报》2001年第2期）、《"初唐八史"与唐代小说叙事的兴起》[《唐代文学研究（第十辑）——中国唐代文学学会第十一届年会暨国际学术讨论会论文集》，2002年]、《论唐代"史化小说"的形成和发展》（《西南师范大学学报》2002年第3期）等文论题比较集中。三是特定史书对小说创作的影响研究。关于《春秋》《左传》对古典小说的影响研究，孙绿怡《〈左传〉与中国古典小说》（北京大学出版社1992年版）、陈才训《源远流长——论〈春秋〉、〈左传〉对古典小说的影响》（博士学位论文，山东大学，2006年）都是具有相当厚重的学术含量的论著。孙著首次将《左传》人物分为"累积型"和"闪现型"两大类，富有新意。当然，论题最为集中的还是《史记》，除了陈磊《略谈〈史记〉在中国小说史上的地位》（《广西民族学院学报》1983年第4期），赖祥亮《由明清小说评点话语探〈史记〉对明清长篇小说叙事的影响》（《三明高等专科学校学报》2002年第1期），张海锋《管窥〈史记〉纪传体对中国古典小说的影响》（《现代语文》2008年第10期），陈莹《唐前小说对〈史记〉题材的接受与超越》（《青海社会科学》2010年第6期）等论文外，李少雍《司马迁传记文学论稿》（重庆出版社1987年版），张新科《史记与中国文学》（商务印书馆2010年版）也都设立专章重点分析了《史记》对后世小说的影响。四是史书对特定小说名著创作的影响研究。其中的聚焦点是四大名著，既有如葛鑫《〈史记〉对四大名著的叙事影响研究》（硕士学位论文，中央民族大学，2010年）的总论性论文，但更多的是对各经典名著的专题讨论。其中以对《三国演义》《水浒传》《红楼梦》的影响研究成果最为显著，其他还广泛涉及《搜神记》《金瓶梅》《儒林外史》《聊斋志异》等。

（3）对戏剧创作的影响研究。从现有成果来看，有关戏剧文体的历史渊源的综合性研究成果比较缺乏。重点还在于《史记》对元杂剧的影响研究。俞樟华的《史记与戏曲》（《陕西师范大学学报》1988年增刊）

是第一篇研究《史记》与元杂剧等戏曲关系的文章,以后又陆续发表了《论韩信戏》(《史记论丛》第3集《逐鹿中原》,陕西人民教育出版社2006年版)、《论现代舞台上的项羽形象》(收入《乌江论坛》,陕西人民教育出版社2009年版)、《论京剧"史记戏"对史记的改写》(《渭南师范学院学报》2010年第6期)等文。丁合林《元杂剧史记戏对〈史记〉的继承与重构》(《开封大学学报》2004年第4期)较早提出了继承与重构的辩证关系问题,指出元杂剧作家深知《史记》的巨大影响力,于是自觉地继承了《史记》思想内容和艺术方面的特点,创作出了数量众多的史记戏。然而,在新的时代条件下,剧作家无疑要用自身的观念审视历史,同时还要顾及观众的心理,应对严酷的法律,因此又不可避免地对《史记》进行了重构。其他如高益荣《论〈史记〉对元杂剧的沾溉》(《陕西师范大学学报》2002年第2期),许菁频《论元杂剧中的〈史记〉戏》(《浙江教育学院学报》2002年第2期),苏琦、马静《论〈史记〉对元杂剧的影响》(《烟台职业学院学报》2009年第1期),赵洪梅《〈史记〉在元杂剧中的接受研究》(硕士学位论文,重庆工商大学,2010年)等文,也都注重于《史记》影响于元杂剧,或者说元杂剧对《史记》接受的整体研究。至于三国戏研究因重点在于《三国演义》与三国戏的比较,而三国戏与《三国志》的研究反而被淡化,可略关注一下顾宇倩《元杂剧中三国戏题材探源》(《扬州大学学报》1999年第1期),张大圣《试论元杂剧"三国戏"对三国人物定型的意义》(《文学界》2011年第7期)等文,其中都涉及与《三国志》的渊源承传关系。

(4)对诗歌创作的影响研究。相对而言,诗歌文体受史书的影响度较散文、诗歌、戏剧为低。陈莹《唐前〈史记〉接受史论》(博士学位论文,陕西师范大学,2009年)借用西方接受美学和接受理论,全面考察了唐前《史记》在传播与接受过程中不同群体的接受行为的发生、发展、演变过程及其在各个历史阶段的特点。其中第三章唐前诗歌对《史记》的接受,主要通过考察唐前诗歌对《史记》所载人物的选择和吟咏情况,探索唐前诗歌对《史记》的接受特点、接受方式及诗歌对《史记》题材内容的突破与拓展,展现审美客体的时代气息和个体特色,进而揭示时代的审美趣味和读者的期待视野。俞樟华《论〈史记〉

与古代诗歌》(《浙江师范大学学报》2002年第2期)在总结前人有关《史记》对古代诗歌的贡献的基础上，分析了《史记》在思想、题材、表现方法和技巧等方面对后代诗人的巨大而深刻的影响。此外，诸如吴怀东《在诗人和读者之间——"诗史"、"诗圣"说源流考述》(《漳州师范学院学报》2002年第1期)，高建新《杜甫"诗史"略论》(《内蒙古大学学报》2007年第4期)，郝润华《宋代史学意识与"诗史"观念的产生》(《西北师大学报》2000年第2期)，杨满仁《诗具史笔：沈约诗歌的史家意识》(《淮阴工学院学报》2018年第4期)等文有关"诗史"说讨论，若转换一下视角来看，也可以视为史书之于诗歌创作影响的研究。

三 古代传记文学研究

合文学与史学于一体的古代传记文学研究，是新时期学术研究的一个热点与亮点所在。全展《中国古代传记文学研究30年》(《荆楚理工学院学报》2010年第12期)将20世纪80年代以来的传记文学研究划分为三个时期，即80年代的起步积累期，90年代的发展繁荣期，21世纪的深化拓展期，期间呈现为老生代（朱东润）、后老生代（韩兆琦、陈兰村、李少雍等）、中生代（李祥年、俞樟华、张新科、郭丹等）、新生代（熊明、史素昭、许菁频等）四代学者的交替与延续。此外，许菁频《百年传记文学理论研究综述》(《学术界》2006年第5期)，李健《中国新时期传记文学理论研究综述》(《文艺报》2006年12月21日)，成曙霞《近三十年唐前传记文学研究综述》(《时代文学》2011年第2期)，陈兰村、全展《新世纪以来中国传记文学研究回顾》(《浙江师范大学学报》2012年第1期)等文也从不同角度对新时期传记文学研究作了较为全面的述评。现以全展《中国古代传记文学研究30年》为参照，重点就古代传记文学理论研究、传记文学史研究、传记文学类型研究、传记文学作家作品研究四个方面分述于下。[①]

[①] 此外，还有一些文献研究成果，如王锦贵《中国纪传体文献研究》，北京大学出版社1996年版，但整体成果不著。

1. 古代传记文学理论研究。现代学术上的传记文学研究是由朱东润所著《八代传叙文学述论（1942）》开创的,[①] 此书以文献辑佚为依据，用西方传叙文学眼光审视中国汉魏六朝时期的作品，认为传叙文学的目标是人性真相的叙述，以此评述数百部作品，同时兼具开创传记文学史与传记文学理论研究之意义。在 80 年代初期，朱东润又连续发表《论传记文学》（《复旦学报》1980 年第 3 期）以及《传记文学》《我对传记文学的看法》《传记文学能从〈史记〉中学到什么》《漫谈传记文学》等文，涉及传记文学的一些基本理论问题，奠定了传记文学理论的重要基础。在此期间，陈兰村从浙江师范学院来到复旦大学访学进修，得益于老一辈学者朱东润的授课和指导，开始致力于古代传记文学研究，发表了系列论文，成果显著，引人注目。其中《试论我国古代传记文学之功能》《论我国古代传记文学的基本特征》等文，都是有关古代传记文学理论研究的重要论文。经过 80 年代的起步、积累，自 90 年代尤其是进入 21 世纪以来，古代传记文学理论研究逐步臻于系统和深化，取得了许多新的可喜成果，其中重要著作有：陈兰村、张新科《中国古典传记论稿》（陕西人民教育出版社 1991 年版），朱文华《传记通论》（复旦大学出版社 1993 年版），张新科《人的大写——中国史传文化》（沈阳出版社 1997 年版），韩兆琦《中国传记艺术》（内蒙古教育出版社 1998 年版），郭丹《史传文学：文与史交融的时代画卷》（广西师范大学出版社 1999 年版），俞樟华《中国传记文学理论研究》（湖南文艺出版社 2000 年版），全展《传记文学：阐释与批评》（湖北人民出版社 2007 年版），李祥年《传记文学概论》（安徽文艺出版社 1993 年版），赵白生《传记文学理论》（北京大学出版社 2003 年版），郭久麟《传记文学写作与鉴赏》（中国三峡出版社 2003 年版），杨正润的《现代传记学》（南京大学出版社 2009 年版）等。鉴于古代传记文学理论资料零碎分散，浩如烟海，如珠玉散落在各种典籍之中，俞樟华在《中国传记文学理论研究》一书中细心地下了一番爬罗剔抉、刮垢磨光的浩繁功夫，从历代传记作品的序跋论赞、各种史书、历代文人对史传和杂传作品的评点著作、笔记杂著、目录学著作、文学批评著作、

[①] 朱东润：《八代传叙文学述论》，复旦大学出版社 2006 年版。

历史评论和小说评论著作、诗文书信序跋奏议表状、帝王诏书及一些专题文章、历代文学作品选等十大类的著作之中搜集资料，鉴别整理，系统总结，较为完整地建构出我国古代传记文学的理论体系。被学界称为填补了我国古代传记文学理论批评史的学术空白。① 而赵白生《传记文学理论》、杨正润《现代传记学》的出版，则标志着21世纪以来传记文学理论的深入与突破，传记文学的理论体系正在逐步形成。两人都有在美国专门对传记文学访学的经历，又都精熟英语，在传记文学研究上中西沟通，学术视野宽广，被传记文学研究界称为"南杨北赵"，双峰对峙。

2. 古代传记文学史研究。朱东润著于1942年的《八代传叙文学述论》同时首开了现代学术上传记文学史研究之先河。80年代初，刘可《从目录学看传记体的演变》(《复旦学报》1983年第2期)，易平《论〈左传〉中的传记体雏形》(《安徽大学学报》1983年第4期)相继发表，标志着传记文学史研究的重新启动。刘文认为传记这一门类源出历史，从正史的艺文志和经籍志的记载中，能够使我们较全面地了解我国古籍的内容和容量，探寻传记这一体裁源远流长的线索。易文追溯传记的文学渊源，认为《左传》已具传记体雏形。次年，陈兰村发表了《略论我国古代传记文学的起源》(《人文杂志》1984年第3期)一文，就古代传记文学的起源问题作了新的探索，提出了新的见解，在学术界产生重要影响。这些论文以及稍后问世的张新科《史传文学中人物形象的建立——从〈左传〉到〈史记〉》(《陕西师范大学学报》1988年第1期)，陈兰村《我国古代传记文学的发展过程及其历史地位》(《浙江师范大学学报》1988年第2期)，一同推动了古代传记文学史的研究。

进入90年代之后，古代传记文学史研究进入了重要的收获期，其中的标志性成果是一批贯通历代的重要著作密集问世，包括姜涛、赵华《古代传记文学史稿》(辽宁大学出版社1990年版)，韩兆琦主编《中国传记文学史》(河北教育出版社1992年版)，杨正润《传记文学史纲》(江苏教育出版社1994年版)，陈兰村主编《中国传记文学发展史》(语文出

---

① 全展：《中国古代传记文学研究30年》，《荆楚理工学院学报》2010年第12期。

版社 1999 年版）等。韩兆琦主编《中国传记文学史》第一次以通史的形式，对中国古代传记文学的传承演变历史作了系统而具体的梳理、描述和研究，使人们能清晰地看到古代传记文学的发展轨迹，其开创意义自不待言。曾承担此书重要编写任务的陈兰村后又主编《中国传记文学发展史》，这是一部贯通古今的中国传记文学史研究著作，作者不仅清理和描述了中国传记文学的演变过程，而且还较深入地探索其发展规律，其中不少部分体现了著者独到的眼光。自 90 年代中叶以来，断代传记文学史研究也取得了重要进展，先后出现了李祥年《汉魏六朝传记文学史稿》（复旦大学出版社 1995 年版），张新科《唐前史传文学研究》（西北大学出版社 2000 年版），史素昭《唐代传记文学研究》（岳麓书社 2009 年版）三部研究专著以及谢志勇《逡巡于文与史之间：唐代传记文学述论》（博士学位论文，福建师范大学，2011 年），金正秀《晚清女性传记与国族想象的形成研究》（博士学位论文，北京大学，2011 年），孙文起《宋代传记研究》（博士学位论文，南京大学，2017 年）等。李著作为第一部断代传记文学史，在论述汉魏六朝各个历史时期传记文学的概貌时，尤为注重总结其创作观念的演变及写作艺术的得失，且能以丰富翔实的材料和严谨的论断，使人对于汉魏六朝传记文学的总体状况，包括它的发展趋势和"跌落""崛起"，得到一个鲜明完整的印象。张著将唐前史传文学作为一个整体，系统、全面地进行综合研究，从史传文本的解读到人文精神的感悟，体现了纵与横的交错，广度与深度的结合，历史与现实的映照，具有理论和实践的双重价值。史素昭《唐代传记文学研究》及其唐代传记文学研究的系列论文，囊括了唐初八史的史笔与文笔、传统史传的继进与新扬、从史传到唐代散传的历程、唐代各体散传研究以及唐代的专传《慈恩传》的研究等内容。作者还认真考察总结了唐代的传记文学理论，文学、史学、目录学的跨学科研究，给这本专著增色不少，进一步丰富了我国古代传记文学的研究。谢文力图把唐代传记文学置于繁盛的学术文化背景下加以考察，揭示出唐代传记文学的独特艺术魅力和文化价值，认为唐代"传"记文以儒家精神为思想底蕴，在某些自传性质的"传"记文中，表现出一定程度的追求隐逸的出世思想，更在传记艺术上继承前代史传文学精神并有所创新，"寓言性"传记、"滑稽性"传记、唐代"小说性"

传记反映出唐代"传"记文的新变。而金文则力求从当前认知中的"空白"或"不足"处入手，研究视角与学术构想颇为新颖。孙文起《宋代传记研究》对宋代传记文学的发展概况、类型与主题、文学体学特征等方面进行较为深入的探讨与研究；同时又对欧阳修、司马光、曾巩、苏轼、胡寅、朱熹、杨万里与陆游等人的传记文学进行了个案剖析与研究。

3. 古代传记文学类型研究。乔象钟、徐公持、吕薇芬主编的《中国古典传记》上下册相继于1982年、1985年由上海文艺出版社出版，选录了自汉迄清（1840年以前）的81位作家的157篇作品，分为"本纪""列传""别传""墓志铭""行状""自传""小传""事略"等不同类型。然而有关古代传记的分类，学界一直颇有争议。以前往往笼统地将古代传记仅分为"史传"与"杂传"两类，韩兆琦主编《中国传记文学史》则进而细分为史传、杂传（类传）、散传、专传、传记体小说等五类，但学界对各类传记的研究成果是相当不平衡的。其中史传研究显然占据了主体地位（详见上文）。此外的重点所在是杂传研究，重要论著有：陈兰村《浅论魏晋六朝杂传的文学价值》（《浙江师范大学学报》1985年第1期），李祥年《试论魏晋南北朝新传记的崛起》（《学术月刊》1988年第7期），武丽霞《唐代杂传研究》（博士学位论文，四川大学，2000年），熊明《杂传与小说：汉魏六朝杂传研究》（辽海出版社2004年版），俞樟华、许菁频等《古代杂传研究》（吉林文史出版社2005年版），俞樟华、娄欣星《论方外传记中的类传》（《浙江师范大学学报》2012年第1期）等。武丽霞《唐代杂传研究》本着"辨章学术、考镜源流"的严谨态度，通过尽可能详尽的文献稽考，着力把握唐代杂传的大致面貌和特征，并对与之关系密切的唐代传奇、文传、国史编撰等领域做了旁涉式的研究。俞樟华、许菁频等著的《古代杂传研究》是俞樟华带领浙江师范大学古代传记文学研究方向毕业的五名硕士研究生集体攻关的项目，其中许菁频关于古代自传的研究、盖翠杰关于古代行状的研究、叶娇关于唐代古文家传记的研究等，是对中国古代杂传文学研究的一次系统深化，在学界产生了一定影响。熊明《杂传与小说：汉魏六朝杂传研究》以及后续发表的一些论文，论述范围不仅包括六朝杂传对史传叙事传统的突破与超越、六朝杂传与传奇体制、六朝杂传概说、杂传之渊源及其流变、六朝人物传写的小说化倾向、从汉魏六朝杂传到唐人传奇等，而且还具体深入刘向《列女》《列士》《孝子》的考论，《东方朔传》考论，以及习凿齿及其杂传创作考论等，其中有的论题前人未曾涉及或未曾作过深入研究。

另一重点是散传研究。根据韩兆琦主编《中国传记文学史》的分类，散传是指成部的纪传体史书和杂传类传以外的文学性很强的各种单篇传记以及各种具有传记性质的作品，如传状、碑铭、自序等。散传是唐代传记文学的重心所在，唐代的传记文学珍品主要产生于此。与此相契合，叶娇《惩恶劝善以传无穷——论唐代古文家写作传记的宗旨》（《黑龙江社会科学》2003 年第 6 期），巢洁《唐代散传研究》（硕士学位论文，扬州大学，2007 年），史素昭《试论唐代散传对〈史记〉传记文学传统的继承》（《中国文学研究》2009 年第 2 期）等文也都是以唐代散传为研究对象。叶文认为唐代散传文学的兴盛和古文家的创作宗旨密切相关，兼具文才和史才的古文家们一方面秉承史传的传统，力求"惩恶劝善"；另一方面，他们又重在抒发个人的情志，敢于"不平则鸣"，以使文章能永传无穷。由此在唐代出现了大量的传记文学佳作。巢洁、史素昭两文也都认为唐代散传继承了《史记》开创的史传传统，并有所发展。可见三文观点有相通之处。散传研究中的一个亮点是自传研究。陈兰村编《中国古代名人自传选》（中国青年出版社 1997 年版）精选中国古代名人所写自传 35 篇，起自汉代，迄于清末；其作者上自帝王、臣僚，下至隐士、僧侣，而以文学家居多。每篇附有作者小传、注释、译文和评析。相继问世的诸多论文，包括张新科《古代自传文的文学价值》（《唐都学刊》1992 年第 3 期），许菁频《中国古代自传文学叙事观念之探微》（《江淮论坛》2003 年第 4 期），《死亡意识与中国古代自传文学的发展》（《晋阳学刊》2004 年第 1 期），郭英德《明人自传文论略》（《南京师范大学文学院学报》2005 年第 1 期），李东雷《论中国古代自传中的生死智慧》（《理论界》2006 年第 8 期），刘宁《关于中国古代自传文研究的思考》（《山东文学》2009 年第 11 期）等，都有标示自传研究学术取向与进展的重要意义。

4. 古代传记文学作家作品研究。古代传记文学作家作品研究的重要领域是正史二十四史各书，其中重中之重是《史记》，因前文已作专题论述，此略。其余分布较广的是散传之作，包括韩柳、欧阳修、曾巩、三苏、张栻、吕祖谦、朱熹、宋濂、汪道昆、王世贞、袁宏道、黄宗羲、顾炎武、钱谦益、朱彝尊、王士禛、方苞、全祖望、袁枚、沈复、曾国藩、梁启超等传记大家的研究。因相关论文数量过多，兹举其要者按传主所处时代罗列于下：陈兰村《论韩愈、柳宗元传记文的生命力》（《贵州社会科学》1998年第6期），饶德江《论韩愈传记文学的生命力与艺术美》（《武汉大学学报》1987年第3期），陈俊昆《柳宗元传记文学的特点》（《零陵学院学报》1988年第4期），鹿琳《柳宗元传记文学的特色》（《齐齐哈尔大学学报》1991年第5期），范玉洁《简论柳宗元与传记文学的发展》（《安徽广播电视大学学报》2002年第1期），尹福佺《论欧阳修传记文学的艺术特色》（《浙江师范大学学报》1999年第1期），徐裕敏《欧阳修的传记理论与创作》（硕士学位论文，浙江师范大学，2005年），郭亚磊《论曾巩的传记理论及传记创作》（硕士学位论文，浙江师范大学，2012年），林尔《三苏散传研究》（硕士学位论文，浙江师范大学，2007年），曲桂香《论苏轼传记文》（《绥化学院学报》2007年第3期），林怡《论东南三贤的散传》（硕士学位论文，浙江师范大学，2006年），俞樟华、林怡《论朱熹的散传》（《浙江师范大学学报》2006年第6期），陈兰村《论宋濂对传记文学发展的重要贡献》（《浙江师范大学学报》1995年第4期），洪玉珍《宋濂传记文的语言特色》（《文学教育》2007年第3期），耿传友《汪道昆商人传记研究》（硕士学位论文，安徽大学，2002年），孙礼祥《王世贞商人传记研究》（硕士学位论文，安徽大学，2004年），何飞、杨毅《论袁宏道传记文的世俗倾向》（《安徽文学》2008年第4期），王建农、王成军《清代传记文学论——以顾炎武、方苞、曾国藩、沈复为个案》（《江苏教育学院学报》2005年第2期），俞波恩《黄宗羲传记写作及理论之研究》（硕士学位论文，浙江师范大学，2005年），李鹏博《清初女性散传研究》（硕士学位论文，浙江师范大学，2007年），刘卉《钱谦益散传研究》（硕士学位论文，浙江师范大学，2009年），房银臻《朱彝尊传记创作特征研究》（硕士学位论文，浙江师范大学，2012年），尤秋华《王士禛传记创作研究》（硕士学位论文，浙江师范大学，2011年），潘德宝《全祖望碑传文研究》（硕士学位论文，浙江师范大学，2009年），郭玲玉《姚鼐传记理论及写作研究》（硕士学位论文，浙江师范大学，2011年），车振华、王芳《试论袁枚的传记文创作》(《枣庄师范专科学校学报》2004年第3期)，朱文华《梁启超的传记作品及其理论的文史意义》(《南京师范大学文学院学报》2002年第4期)，李莹莹《梁启超传记作品研究》(硕士学位论文，安徽师范大学，2006年），等等。

古代尚有高士传、高僧传、神仙传等专类传记，相关个案研究集中于皇甫谧《高士传》、嵇康《圣贤高士传》、慧皎《高僧传》、葛洪《神仙传》等，尤以慧皎《高僧传》研究成果为著，主要见之于：方梅《〈高僧传〉艺术论》（硕士学位论文，浙江师范大学，2003年），周海平《简论慧皎〈高僧传〉的学术价值》（《常熟高专学报》2004年第5期），许展飞《〈高僧传〉研究》（硕士学位论文，华南师范大学，2005年），黄先炳《〈高僧传〉研究》（博士学位论文，南京大学，2005年），徐燕玲《慧皎〈高僧传〉及其分科之研究》（《古典文献学研究辑刊》初编，花木兰文化出版社2006年版），纪赟《慧皎〈高僧传〉研究》（上海古籍出版社2009年版），刘湘兰《信仰和史实的统一——〈高僧传〉的叙事分析》（《中山大学学报》2006年第3期），王战睿《〈高僧传〉研究》（硕士学位论文，陕西师范大学，2011年），等等。其中纪赟《慧皎〈高僧传〉研究》主要集中于《梁传》及相关史料的文献学研究，包括对《梁传》成书的研究，以及《梁传》与外典的比较等，作者希望通过此文的研究，探究佛教史学与普通意义上外典历史学的异同，并总结出一些较有规律性的特点，是《高僧传》个案研究中的一篇力作。① 高士传研究方面，魏明安《皇甫谧〈高士传〉初探》（《兰州大学学报》1982年第4期），丁红《皇甫谧〈高士传〉研究》（硕士学位论文，河南大学，2005年）集中于皇甫谧《高士传》的专题研究；熊明《生命理念的投射：嵇康与〈圣贤高士传赞〉》（《古籍整理研究学刊》2004年第6期），张瑜《广陵已绝响，犹存高士魂——嵇康〈圣贤高士传〉研究》（硕士学位论文，山东大学，2007年）集中于嵇康《圣贤高士传》的专题研究。至于葛洪《神仙传》，则有殷爽《〈神仙传〉研究》（硕士学位论文，广西师

---

① 刘飚:《〈高僧传〉研究回顾与展望》，《黄冈职业技术学院学报》2009年第2期。

范大学，2010年），代表了本论题的最重要成果。

第二节　古代文学与哲学关系研究

　　哲学与史学一样，与文学的关系同处于最核心的圈层之中。古代文学与哲学关系研究勃兴于20世纪80年代中后期文化热兴起之后，发展于整个90年代，延续至21世纪，其中不少研究成果在近年来得到深化，主要包括对古代文学的哲学精神与意义的阐释以及古代文学与周易、儒家、道家、玄学、理学和心学等方面的关系研究。

一　古代文学的哲学精神研究

　　这里所说的古代文学的哲学精神研究，是指对古代作家作品的哲学精神、观念和思想所进行的综合研究，而有别于下文即将依次论述的与周易、儒家、道家、玄学、理学和心学等方面的关系研究。

　　诚如高旭东在《走向文学与哲学的跨文化对话》一文中所指出的："哲学是一个民族智慧的眼睛与大脑，没有这双眼睛的探路并且经过大脑的思考，一个民族就会走弯路；而文学则是一个民族之感觉与直觉的表现，是一个民族最敏感的神经。从这个意义上讲，文学与哲学的一般关系，应该是哲学指导文学，文学表现哲学。无论是中国的孔子、孟子、老子和庄子，还是古希腊的柏拉图与亚里士多德，都对后来的文学产生了巨大的影响。除了产生于勾栏瓦舍之中的话本小说颇受佛学影响之外，中国正宗的诗文，不是接受孔孟哲学的指导，就是接受老庄哲学的启示，很少文本能够例外。中国的所谓'文以载道'、'文以明道'，就是要求文学以哲学为灵魂并且表现哲学。西方亦有此论，法国的布吕奈尔等人在《什么是比较文学》中说，大作家之所以成为大作家，'是因为他们反映了自己时代哲学的光辉并使之发扬光大'，而比较学者所'回收'的二流作品，'只不过是那些伟大体系的零头儿'——'如果没有柏拉图，怎么理解费纳隆或雪莱？没有圣·托马斯，怎么理解但丁？没有笛卡尔，怎么理解高乃依？没有莱布尼兹，怎么理解蒲伯？没有洛克，怎么理解狄德罗和斯特恩？没有斯宾诺沙，怎么理解歌德？'"①

　　文学与哲学的关系固然是密切的，然而一旦我们进入文学与哲学的关系研究领域，就会发现实际情形往往要复杂得多。对于中国古代文学哲学精神研究而言，应该首先从作为文学—哲学共同之源的神话寻找学术支点或者说起点。德国民族学家卡尔·施米茨曾经提出每个民族文化都必须借此解答三个基本问题：是谁用什么方法创造了世界？是谁用什么方法创造了人类？是谁用什么方法创造了文化？这既是神话的解答，也是文学的解答、哲学的解答、宗教的解答。所以文学与宗教、哲学原本就是三位一体，最初皆蕴含于作为后代文学、宗教、哲学母体的原始神话母体之中，后来随着文明步伐的迈进，随着文学、宗教哲学的各自独立，文学走向了世俗、走向了人情，走向了感性，似乎从此与宗教和哲学分道扬镳了，然而事实上，文学与宗教、哲学三者从未停止过同构互渗的进程，只不过时显时隐罢了。鉴于此，古代文学的哲学精神研究应首先溯源于远古神话哲学。

　　早在20世纪80年代中期文化热勃兴之际，即有一些学者在倡导神话—原型批评的同时，开始关注神话与哲学的关系研究。比如叶舒宪自1988年发表《黄帝四面的神话哲学》（《走向未来》1988年第2期）、《中国神话的宇宙观的原型模式》（《民间文学论坛》1988年第2期）等文之后，经过多年的积累，终于推出集成性之作《中国神话哲学》（中国社会科学出版社1992年版）。该书旨在通过借鉴当代文化人类学研究中的原型模式理论，并参照世界性跨文化的相关文献，深刻揭示天子明堂与黄帝四面之谜、混沌七窍与七日创世观，以及息壤的创生与"神州"表象的由来，从而还原和拟构中国神话哲学的"元语言"。全书分上中下三编，上编：易有太极——神话哲学的元语言；中编：黄帝四面——神话的时空哲学；下编：九州方圆——神话的生命哲学。其着眼点在于从神话思维与哲学思维的渊源关系，探究中国哲学思维模式的神话基础问题以及中国神话中的哲学蕴义如何向哲学发展的演化过程。② 这一研究思路对古代文学哲

---

① 高旭东：《走向文学与哲学的跨文化对话》，《中国社会科学报》2010年1月7日。
② 徐坤：《比较文化研究的新探索——评〈中国神话哲学〉》，《中国图书评论》1993年第2期。

学精神的神话溯源研究具有典范意义。

整体而言，新时期以来有关古代文学哲学精神的通论性研究成果相对较少，期间只有少数学者关注到这一问题，比如袁世硕《文学史中的哲学与文学》（《齐鲁学刊》2005年第3期）从文学史的角度探讨了哲学与文学的联系，认为一个时代的文学总是反映着那个时代的哲学精神，而哲学影响文学有多种方式、途径，文学表现哲学也有多种方式、形态，这是文学史研究中应当关注和把握的。将文学作品的内容抽象为一种主题思想的做法，便推动了文学感性观照的功用。更多的论著则集中于一些专题性或个案性的综合研究，比如哲理诗研究，即是专题性综合研究的一种，重要论文有：陈文忠《论理趣——中国古代哲理诗的审美特征》（《文艺研究》1992年第3期）、许总《中国古代哲理诗的文化内涵与表现形态》（《学术月刊》1995年第12期）、《中国古代哲理诗三阶段的特征及发展轨迹》（《晋阳学刊》1998年第1期），李俊彬《中国古代哲理诗的特点及其诗论》（《广西师范大学学报》1997年第1期），王莹《宋代哲理诗的美学内涵》（硕士学位论文，安徽大学，2005年）等。其他如《诗经》与先秦哲学、儒道互补对中国文学的影响、先秦哲理散文、寓言以及各代文学哲学思想研究也多属于专题性的综合研究。张梅《论"儒道互补"现象对中国文学的几点影响》（《西南民族大学学报》2003年第3期）通过"儒道互补"对文人心理结构与文学观念的影响，探讨其与中国文学的内在关系。张丰乾《〈诗经〉与先秦哲学》（北京大学出版社2009年版）以子学时代的经典《诗经》与先秦哲学的关系为中心，从先秦子书引诗的体例与范围，诗句哲理化的方法论问题等角度出发，考察《诗经》对孔子、思孟学派和道家等先秦思想流派的影响。李炳海《祸福无常与持盈有术——汉代文学的人生哲理管窥》（《北方论丛》1999年第1期）认为祸福相倚、吉凶无常观念在汉代文人头脑中根深蒂固，并且在创作中自觉不自觉地流露出来，贾谊、司马迁都有这种倾向。汉代文人在慨叹吉凶无常的同时，也揭示了人生命运比较确定的规律，即盛极必衰，并且往往以满盛之家的覆灭作为题材加以表现。汉人在现实生活中形成了自己的持盈术，在文学作品中表现为自谦和自污。这种持盈术融汇了先秦诸多学派的思想。段永升《天人思想与西汉文学》（博士学位论文，陕西师范大学，2016年）以西汉文学为本体，以天人思想作为研究视角，深入全面地剖析了天人思想影响下西汉诗歌、散文和辞赋等文体所呈现的新风貌及西汉文学与天人思想之间的复杂关系，并力图对天人思想对西汉文学的积极影响、消极影响做出实事求是的评价。

哲学与文学关系的个案综合研究，主要可分为两个部分：一是文学家的哲学思想研究，二是文学作品的哲学精神研究。前者如张啸虎《屈原与诸子》（《求索》1981年第4期）、蔡靖泉《论屈原的哲学思想》（《荆州师专学报》1997年第3期）、张钧、付振华《浅析陶渊明生命哲学的两个层次》（《内蒙古民族大学学报》2002年第1期）、庄义青《韩愈哲学思想的几个问题》（《韩山师专学报》1991年第4期）、朱学东《论白居易委顺任化的人生哲学》（《湘潭大学学报》2005年第2期）、肖伟韬《白居易生存哲学综论》（博士学位论文，陕西师范大学，2008年）、冷成金《苏轼的哲学观与文艺观》（学苑出版社2003年版）、许外芳《论苏轼的艺术哲学》（博士学位论文，复旦大学，2003年）、张金环《相似人格的不同哲学内涵——李贽与李梦阳文学思想对立的根源》（《齐鲁学刊》2006年第3期）、刘军华《论汤显祖"情"之哲学的文艺思想》（《宁夏社会科学》2006年第4期），等等。冷成金《苏轼的哲学观与文艺观》一书的上编，对《东坡易传》中的哲学观、苏轼儒学思想中的哲学观、苏轼庄禅思想中的哲学观进行了深入分析。朱学东《论白居易委顺任化的人生哲学》对白居易的委顺任化的人生哲学思想进行了深入探讨。肖伟韬《白居易生存哲学综论》指出白居易的生命哲学主要表现在七个层面："中人"与"中隐"观；"情"在我辈；由"儒士""文儒"向"文士"的滑落；对"才""时""名""位"与天命观之关系的省察；"世间""超世间"及"出世间"的不即不离；"思乡"与"恋阙"；"乐可理心""酒能陶性"与"诗以申怀"。白居易的生存哲学恰恰是在儒、道互补的思维模式和行为模式中才到充分的发展，单单从佛、禅信仰来看，它根本构成不了白居易生存哲学的独特面目。

经典文学作品的哲学精神研究更为多见，其中最具代表性的是《红楼梦》的哲学研究。此类代表性论著有梅新林《"石"、"玉"精神的内在冲突——〈红楼梦〉悲剧的哲学意蕴》（《学术研究》1992年第5期）、

《红楼梦哲学精神》（学林出版社1995年版）、张兴德《文学的哲学：红楼梦的第三种读法》（沈阳出版社2006年版）、宋子俊《〈红楼梦〉中的哲学意蕴及曹雪芹思想的价值取向》（《红楼梦学刊》2006年第2期）、刘再复《红楼梦哲学论纲》（《陕西师范大学学报》2008年第4期）、高源《〈红楼梦〉哲学性质考辨——红学作为中国哲学研究对象的反思》（《山西大学学报》2018年第6期）等论著。梅新林《红楼梦哲学精神》作为第一部系统研究《红楼梦》哲学精神的学术专著，旨在从一个崭新的视角，重新审视解读了《红楼梦》的文本结构与深层内涵，提出《红楼梦》的本然结构源于远古神话原型，然后演绎为思凡、悟道、游仙三重模式，进而分析了蕴含于这三重复合模式中的儒家世俗哲学、佛道宗教哲学与道家生命哲学，对《红楼梦》的文本结构、哲学内蕴、文化精神以及主题意涵有更系统而深入的论述。刘再复《红楼梦哲学论纲》提出《红楼梦》不但具有最精彩的审美形式，而且具有最深广的精神内涵。《红楼梦》哲学是悟性哲学，是艺术家哲学。它的哲学视角是没有时空边界的宇宙极端的大观视角。《红楼梦》的基本哲学问题是存在论的问题，它的最高哲学境界是"空空""无无"。它的艺术大自在，正是永恒不灭的大有，它的产生经历了一个"空"的升华，经历了对"色"的穿越与看透。《红楼梦》具有自身的哲学主体特色，是一种以禅为主轴的兼容中国各家哲学的跨哲学。它兼收各家，又有别于各家，是一个哲学大自在。

此外，涉及其他经典名著哲学思想研究的，还有吴圣昔《启示深邃，耐于寻味——论〈西游记〉的哲理性》（《明清小说研究》1985年第2期）、李汉秋《〈儒林外史〉里的儒道互补》（《文学遗产》1998年第1期）、熊飞《〈水浒传〉主题的哲学反思》（《理论月刊》1997年第1期）、张同胜《〈水浒传〉的哲学诠释学解读》（《兰州学刊》2006年第8期）、陈东有《〈金瓶梅词话〉道德说教中的哲学命题》（《南昌大学学报》2001年第3期）、胡军利《论〈歧路灯〉的哲学思想》（《湖南商学院学报》2002年第2期）等学术论文。李汉秋《〈儒林外史〉里的儒道互补》认为儒道两家都重视士的心灵和人格理想，儒家重视人伦，强调个人对社会的义务，主张在社会中确立个体的价值；道家重视个人的自由，以逍遥无为作为人生理想，主张在超逸社会中确定个体的价值。《儒林外史》反映了儒道互补的思想潮流，塑造了一些兼具儒士、名士特色的理想人物，真儒士的政治理想与真名士的超逸风流相辅相成。小说人物形象所体现的儒道互补协调是中国传统文化的主要趋势。胡军利《论〈歧路灯〉的哲学思想》通过分析忠与孝、礼与理两组观念的嬗变轨迹及在小说中的体现，指出《歧路灯》是借倡扬理学复归孔孟儒学，而这种哲学观念的"复古"与作者生活时代的节拍不相一致，最终难以实现。这些经典文学作品的哲学思想研究成果，体现了文学阐释中思想研究的深化。

二 古代文学与《周易》关系研究

《周易》是我国古代最重要的元典之一，是我国早期"人文"的肇始。由于《周易》蕴含着丰富的哲学思想，易数哲学及其相关思想研究一直是《周易》研究的主体和重点。《周易》与古代文学关系的研究虽起步较晚，但在1949年以前已经多有关注，如闻一多在《说"鱼"》一文中对周易"隐语"的探讨，郭沫若《〈周易〉的时代背景与精神生产》对《周易》文学性的论述。此后恽灵曦《〈周易〉卦爻辞中之歌谣与中国文学的起源》、王岑《中国诗坛之原始》、居乃鹏《周易与古代文学》、叶华《古代文学起源新探》等都重点论述了《周易》与诗歌的关系。[1] 在新中国成立后的前三十年，大致延续此前的研究思维，继续探讨《周易》所蕴含的文学性，代表作如高亨《〈周易〉卦爻辞的文学价值》（《文汇报》1961年8月22日）、王栋岑《谈〈周易·卦爻辞〉中的诗歌》（《北京师范学院学报》1962年第2期）、平心《略说周易与诗经的关系》（《华东师范大学学报》1964年第1期）等。80年代以来，《周易》哲学观念对古代文学的影响研究成为重要论题，显示出哲学研究对古代文学研究的深远影响。始于80年代初期的《周易》美学研究是新中国成立后与新时期两个不同阶段的衔接，是《周易》文学研究向《周易》哲学思想与古代文学关系研究的过渡。

《周易》美学研究伴随美学热的兴起而兴起，宗白华《中国美学史中

---

[1] 费振刚主编：《20世纪中国文学研究·先秦两汉文学研究》，北京出版社2001年版，第202页。

重要问题的初步探索》（《文艺论丛》第 6 辑，上海文艺出版社 1979 年版）、袁振保《〈周易〉美学思想的历史影响》（《杭州师院学报》1985 年第 3 期）、殷绍基《略谈〈周易〉的美学价值》（《湘潭大学学报》1985 年第 6 期）等论文，李泽厚、刘纲纪《中国美学史》（中国社会科学出版社 1984 年版）、叶朗《中国美学史大纲》（上海人民出版社 1985 年版）、李泽厚《华夏美学》（中外文化出版公司 1989 年版）等论著中有专门章节讨论《周易》的美学思想。90 年代初，刘纲纪还出版过《〈周易〉美学》①一书，系统讨论了《周易》中的美学思想。《周易》美学研究偏重文学理论的研究，是《周易》哲学与文学关系研究的先声。

  新时期之初，《周易》与古代文学的关系研究渐趋复苏。80 年代中期，在"文化热"的大背景下，"易学热"加速升温。②1984 年 6 月，湖北召开第一次"中国周易学术讨论会"，并成立了"中国周易研究会"筹备组。1985 年，上海华东师范大学召开了筹备会。1987 年，山东济南召开了"国际周易讨论会"，同年，北京、贵阳等地相继成立"易学研究会"。"易学热"的兴起，不仅促进了《周易》本身的研究，也深化了《周易》与古代文学关系的研究，《周易》的哲学意蕴对古代文学的影响开始得到重视和研究。因此，立足于《周易》的哲学思想，探讨《周易》及其与古代文学的关系成为文化热兴起后的重要论题。按其研究思路，大致从以下两个方面展开。

  一是《周易》文学性的研究。较早的研究成果如王纯庵《〈易经〉与原始文学》（《沈阳师范学院学报》1979 年第 1、2 期）、《易传与先秦散文》（《沈阳师范学院学报》1979 年第 3 期）、艾荫范和孙成佃《〈周易〉的卦象与〈诗经〉的廋语》（《辽宁师院学报》1982 年第 2 期）、郑谣《谈〈周易〉中的歌谣》（《山茶》1982 年第 5 期）、周光庆《试论〈周易〉中的诗歌》（《华中师院学报》1983 年第 4 期）、刘金万《从文学的角度看

---

① 刘纲纪：《〈周易〉美学》，湖南教育出版社 1992 年版。
② 早在 1982 年，四川省委副书记杨超就倡议全国学术界应该学习研究包括《易经》在内的三经。这一倡议得到了学术界的响应，《周易》得到了前所未有的关注，"易学热"之兴与此有关。

〈周易〉》(《西北师院学报》1983年第3期)等,这些论文所讨论的问题与已有研究成果间有着明显的承传关系。新时期以来值得关注的重要成果如唐志凯《〈易经〉中的民歌辨正》(《求是学刊》1984年第2期)、吴静安《论周易卦爻辞文学与古代史诗》(《南京教育学院学报》1985年第2期)、黄玉顺《〈易经〉古歌的发现和开掘》(《文学遗产》1993年第5期)、张善文《〈周易〉卦爻辞诗歌辨析》(《文学遗产》1984年第1期)、《〈周易〉卦爻辞的文学象征意义》(《古代文学理论研究》第8辑,上海古籍出版社1983年版),王气中《周易卦爻辞的文章》(《南京大学学报》1984年第2期),黄海章《从〈易经〉中所见到的一些文学原理》(《中国文学批评论文集》,岳麓书社1983年版)、李炳海《〈易·渐〉卦及其文学因素》(《长春师范学院学报》1984年第2期)、《〈诗经〉的比、兴与〈周易〉卦、爻辞的象征》(《东北师大学报》1989年第4期)、《论〈系辞〉的〈易〉式结构》(《通化师院学报》1984年第2期),叶玉华《西周的繇辞与兴诗——附论有关西周春秋诗歌史的资料与编排问题》(《华东师范大学学报》1990年第4期)、邹然《论〈周易〉卦爻辞的文学价值》(《周易研究》1997年第1期)、傅道彬《〈周易〉爻辞诗歌的整体结构分析》(《江汉论坛》1988年第10期)、谢选骏《〈周易〉与民间文学》(《民间文学论丛》第8期,中国民间文艺出版社1984年版)、张善文、黄寿祺《"观物取象"是艺术思维的滥觞——读〈周易〉札记》(《福建师范大学学报》1981年第1期)、罗立乾《论〈周易〉中蕴涵的古代早期形象理论》(《武汉大学学报》1981年第1期),等等。这些论文都着眼于《周易》本身的文学性研究,或阐释其文学理论,或分析其诗歌、散文、寓言等形态特点,或论述其结构特点、艺术手法、思维方式,研究全面而深入。探讨《周易》文学性的专著如黄玉顺《易经古歌考释》对《易经》卦爻辞进行了系统而全面的考索、诠释,从中发掘出《易经》中隐藏着的中国更早的"诗集"。[1] 张剑《周易歌谣破译》[2] 一书对卦爻辞进行了诠释解读。张善文《〈周易〉与文学》是一部论文集,收录了若干关于《周易》文

---

[1] 黄玉顺:《易经古歌考释》,巴蜀书社1995年版。
[2] 张剑:《周易歌谣破译》,中国文学出版社1997年版。

学性研究的论文。①

二是《周易》与古代文学关系研究，包括专题性与整体性的研究，前者如《周易》与《文心雕龙》的比较研究，主要成果有吴林伯《〈周易〉与〈文心雕龙〉》（《武汉大学学报》1984年第6期）、王小盾《〈文心雕龙〉和〈周易〉的关系》（《上海师范大学学报》1986年第1期）、夏志厚《〈周易〉与〈文心雕龙〉理论构架》（《文艺理论研究》1990年第3期）、王弋丁《〈文心雕龙〉于〈周易〉——关于文学的发生和发展》（《南方文坛》1990年第5期）、李平《〈周易〉与〈文心雕龙〉》（《周易研究》1991年第3期）等。这种比较研究偏重立足于《周易》哲学思想，探讨《文心雕龙》的理论及其构架。如王小盾《〈文心雕龙〉和〈周易〉的关系》一文认为："《文心雕龙》依据《周易》的思想，建立了自己的主要文学原则，也建立了自己的理论体系，只有理解了《周易》的哲学及其中的文化发生论，才能理解《文心雕龙》的'纲领'或基本思想。"

有关《周易》与古代文学的整体性研究，则以陈良运的《〈周易〉与中国文学》②为代表。该书分内、外两篇，内篇主要探讨《周易》本身的文学原理及其自身的文学性，共有8章，涉及《周易》的创造之道、符号象征、审美意识、文学观念、文学思维、情理品位、语言艺术以及《周易》中的古代诗歌；外篇主要探讨《周易》的思想观念与古代文学之间的关系，共有10章，涉及《周易》与文学的人文精神、文学的本质、作家气质和创作风格、"感而遂通"的创作心理机制、"言不尽意"的诗学升华、"立象以尽意"和艺术转变、"神无方"的美学风采、"旨远辞高"的文学语言论、"仁者见仁，智者见智"的接受鉴赏论、"变通以趋时"艺术发展等之间的关系。

这是全面研究《周易》哲学思想与古代文学关系的理论著作，作者抓住《周易》的内在哲思本质，深入地探讨了《周易》本身的文学精神。如作者在探讨《周易》的符号象征时，从《周易》符号象征的形成、特殊品格和奇妙变奏等各个方面来研究，指出："《周易》的'象征'与黑

---

① 张善文：《〈周易〉与文学》，福建教育出版社1997年版。
② 陈良运：《〈周易〉与中国文学》，百花洲文艺出版社1999年版。

格尔所定义的'象征'有所不同,它的象征的'精神意义'不是直接与'感性形象'结合,而是与感性形象的抽象符号结合,形成独特的符号象征。此种符号象征所蕴含的精神意义,以其多样性与多义性而言,以其渗透其中的朴素的辩证意识而言,与黑格尔所称道的、属于欧洲文明的'自觉象征'比较,不但毫无逊色,而且较之《伊索寓言》和《圣经》,有它们远不可及的难以穷尽的奥秘。"[1] 这种研究凸显了《周易》符号象征的独特本质及其精神意义,是从《周易》的内在哲学观念出发,观照和研究《周易》的文学性。另外,作者又从《周易》的哲学精神出发来探讨《周易》与整个中国古代文学的关系,认为:"人文精神在历史和现实生活的各个领域都具有灵魂的性质,而在以文字表现为功能的文化领域又是集中的凝聚与体现,文学领域的人文精神更是渗透于感情和艺术形象之中的审美表现。"因此,外篇第一章重点论述《周易》首倡的"化成天下"之"人文",如何给近三千年来的中国文学以深刻的影响,[2] 揭示作为中国传统文化元典的《周易》对于包括文学在内的后世文化的肇始之功和孕育之用。

进入21世纪,《周易》的哲学批评在古代文学研究中仍然有不少佳作。黄黎星《易学与中国传统文艺观》从哲学思辨的理性精神视角对《周易》与中国传统文艺的起源论、本质观、历史观、发展论、创作主体论、表现形式论等方面进行了详细的论述和阐释,指出《周易》与中国传统文艺观的渊源关系。[3] 于雪棠《〈周易〉与中国上古文学》从《周易》的价值观念和思维方式上对《周易》与中国上古文学的关系进行全面考察,认为《周易》的价值取向影响到了上古文学的主题生成,《周易》的结构模式影响到了上古文学的框架体制,《周易》的典型意象影响了上古文学的艺术原型。[4] 沈志权《〈周易〉与中国文学的形成》在分析《周易》本身的文学形态和文学内容的同时,也剖析了《周易》的思维方

---

[1] 陈良运:《〈周易〉与中国文学》,百花洲文艺出版社1999年版,第37页。
[2] 同上书,第191—192页。
[3] 黄黎星:《易学与中国传统文艺观》,上海三联书店2008年版。
[4] 于雪棠:《〈周易〉与中国上古文学》,北京师范大学出版社2005年版。

式与文学观念对于中国文学早期形成的作用和价值。① 张锡坤《周易经传美学通论》② 以"经传贯通"为原则,探讨《周易》经传中的诸多美学观念。汤太祥《易林与经学典籍关系及其人文价值研究》③ 是对汉代经学著作《易林》的专题研究,从文献学入手,考察《易林》对《周易》的继承、《易林》对《左传》的援引、《易林》的文学价值、《易林》的史学价值、《易林》的易学价值等问题,以阐释《易林》的人文价值。

可以预见,《周易》文学研究在未来仍会保持着学术活力,出现更多的研究成果。

三 古代文学与儒家关系研究

春秋末期孔子创立的儒家学派是先秦诸子百家中最重要的一派,战国时期儒家后学代表人物孟子、荀子发展了儒家学说。秦代儒学虽经秦火之厄,但因秦祚不长,汉代武帝又倡导"独尊儒术",故儒学在汉代,成为官方主流思想,经学对中国古代思想和文化产生了至深远的影响。④ 20世纪80年代"文化热"的兴起,也激发了古代文学界对儒学的高度关注和重视。1994年8月,首届"儒学与文学"国际学术研讨会在曲阜师范大学召开,与会中外学者近百人,共收到论文约50篇。会议的核心议题就是讨论儒学与中国古代文学的关系问题。跨入21世纪,由于"国学热"的高涨,儒学被视为"国学"内涵的全部或主体,儒学与文学的关系研究趋于空前的繁荣,成为一个新的学术增长点。在整体研究的同时,重点聚焦于儒家文艺思想、经学思想与古代文学的关系研究,于是逐步形成了以下三个研究论题。

1. 古代文学与儒学文化研究。即将一切与儒家学派及其思想学说相关的内容都纳入文学研究的视域,实际上是一种综合性或者说是整体性研

---

① 沈志权:《〈周易〉与中国文学的形成》,浙江大学出版社2009年版。
② 张锡坤:《周易经传美学通论》,生活·读书·新知三联书店2011年版。
③ 汤太祥:《易林与经学典籍关系及其人文价值研究》,安徽师范大学出版社2018年版。
④ 本节所谓的儒家侧重于先秦子学意义和两汉经学意义。宋代程朱理学和宋明的陆王心学则另辟章节论述。

究。其中贯通历代的有李生龙《儒家文化与中国古代文学》（岳麓书社2009年版）、刘相雨《儒学与中国古代小说关系论稿》（中国社会科学出版社2010年版）、杨树增与马士远《儒学与中国古代散文》（中国社会科学出版社2017年版）三书以及刘禹轩《儒家思想和中国古代文学中的浪漫主义》（《文史哲》1990年第4期）等文。李生龙《儒家文化与中国古代文学》一书注重对儒家文化与古代文学的发展作历时性考察，在梳理儒家思想及学术史嬗变的基础上，论述了儒学与文学的互渗和冲突，以及儒家理念对作家及其作品之浸润。其中第二编《儒家思想学术之嬗变》依次探讨了"先秦：儒学之导源奠基时期""两汉：儒学之推阐经术时期""魏晋南北朝：儒学之南北异趣时期""隋唐：儒学之承先启后时期""宋代：儒学之求新求变时期""元明清：儒学之踵宋绍汉时期"等论题；第三编《历代儒文之互渗与冲突》依次探讨了"两汉六朝儒文之互渗与冲突""唐代儒文之互渗与冲突""宋代儒文之互渗与冲突""元明清儒文的互渗与冲突"等论题；第四编《儒家理念对作家与创作之浸润》依次探讨了"'三不朽'价值观对古代作家之影响""'游于艺'对古代文士生存方式与文艺观之影响""'养气''禀气''炼气'与作家修养""'道''文'关系所引发的种种文学观""'天人感应''天人合德'与文学创作""儒家伦理与中国古代文学创作""儒家的历史观、叙史方式与古代叙事文学""'诗言志'的诗歌本体意义及其对'史诗'、叙事诗与'悲剧'产生发展的制约"等论题。这的确是一种贯通历代的整体性、综合性的研究。刘相雨《儒学与中国古代小说关系论稿》则从小说入手，探讨了儒学与中国古代小说观念的演变，分别就历史演义、英雄侠义、神怪小说、家庭小说、知识分子出处选择、才子佳人等题材类型，分主题探讨各代表性文本同儒学的关系问题。杨树增、马士远《儒学与中国古代散文》分上下卷，从远古神话传说及至清前期散文，旨在探讨中国古代散文的儒学传统，凸显儒学与中国古代散文的多方面联系与互动关系。

断代方面，则有姚文铸《汉魏六朝文学与儒学》（河北人民出版社1995年版）、陈松青《先秦两汉儒学与文学》（湖南师范大学出版社2004年版）、曾祥旭《论西汉后期的文学和儒学》（河南大学出版社2010年版）以及孙宝《魏晋文学与儒学关系研究》（博士学位论文，浙江大学人文学院，2008年）、张鹏《北魏儒学与文学》（博士学位论文，西北大学，2008年）、刘顺《初盛唐的儒学与文学》（博士学位论文，华东师范大学，2008年）、贾名党《中唐儒学与文学研究》（博士学位论文，扬州大学，2006年）、赫广霖《戏曲与儒学》（博士学位论文，山东大学，2005年）等。姚文铸《汉魏六朝文学与儒学》是一部论文集，其关注点集中在儒学、经学与古代文学的关系问题，如《本于〈离骚〉，超越〈离骚〉——试论〈史记〉对儒学的继承和突破》《〈淮南鸿烈〉新旧儒学的过渡》《从两汉文学看儒学》《两汉的政治文化形势和两汉文学》《扬雄对儒家文学观的继承和发展》《从两汉大小赋的发展看两汉今古文经学的兴衰》等论文，研究视角大体一致。陈松青《先秦两汉儒学与文学》一书，对先秦两汉儒学与文学的关系研究颇有特点：一是研究视角超越了经学视域，既注意到了儒学与经学的联系与区别，又扩大了儒学与文学关系研究的范围。二是在历史发展中动态考察先秦两汉儒学与文学的关系。既考察了先秦儒学与先秦文学的关系，又关注秦汉儒学变迁与秦汉文学发展的关系，充分探讨了儒学内在观念和内涵的动态变化对文学发展的影响。三是探讨儒学与文学关系时更注重两者的双向互动性。作者虽着眼于史传、辞赋和诗歌三种主要文体，但在探析儒学对文学的影响和作用时，注意到文学及其创作者对儒学的主动性选择和接受。曾祥旭《论西汉后期的文学和儒学》[①]立足于西汉后期的文学，重点考察了西汉后期的辞赋、小说、奏疏，以及《列女传》《新序》《说苑》等子书，梳理并揭示文学与儒学的内在关系。此外，一些博士论文则拓展了研究时段，由先秦两汉延续到魏晋、北魏、唐代等，如赫广霖《戏曲与儒学》以戏曲为例，研究儒学对文学的深刻影响。

2. 古代文学与儒家文艺思想研究。重在古代文学与儒家文学思想的关系研究，亦即后者对前者的影响研究。20世纪80年代末，马积高《两汉文学思想的变迁与儒学》（《求索》1989年第1期）以汉代为时段对此作了比较系统的探讨。进入21世纪之后，更有不少学术专著相继问世。

[①] 曾祥旭：《论西汉后期的文学和儒学》，河南大学出版社2010年版。

俞志慧《君子儒与诗教：先秦儒家文学思想考论》[①]，从孔孟等提出的一些言语命题的思想背景和儒学宗旨为切入点，以《左传》《国语》等先秦用诗为视角，对儒家的"诗言志""言与默""情信"与"辞巧""郑声淫"与"思无邪""六义""迹熄诗亡"等命题作了新的诠释，阐发了对先秦儒家的人文关怀、淑世精神、诗性思维等问题的认识。[②] 周卫东《先秦儒家文学思想研究》[③] 从三个层面展开研究：一是阐述先秦儒家文学思想的礼乐文化渊源；二是论述先秦儒家文学思想的理论流变和政教意蕴；三是阐释先秦典籍中的儒家文学思想。李凯《儒家元典与中国诗学》[④] 从文化精神、诗学精神和诗学话语三个方面论述了以十三经为代表的儒家元典及相关经学著作所蕴含的中国诗学理论。朱恩彬《文坛百代领风骚：儒家的文学精神》[⑤] 驳斥了李泽厚等人的"儒道互补"说，认为儒家文艺思想是中国古代文学思想的主流，并对"天人关系""中和""政教说"等基本问题与范畴作了较为全面的考察与阐述。韩钟文《儒家文学理论及其现代价值》[⑥] 立足于儒家文学观念与文学理论的阐释，探讨儒学文艺观在当今社会中的现实意义。

3. 古代文学与儒家经学研究。汉代经学确立以来，对中国古代的思想、政治、文化乃至文学创作与批评都产生了重要影响。20世纪80—90年代，殷绍基《"经学"与文学》（《湘潭大学学报》1988年第1期）、徐醒生《汉代经学与文学》（博士学位论文，北京大学，1995年）等文对汉代经学与文学的关系进行了探讨。进入21世纪之后，古代文学与儒家经学关系研究逐渐成为新的热点，其重心是古代文学与汉代经学研究，相关学术著作主要有：刘松来《两汉经学与中国文学》（百花洲文艺出版社

[①] 俞志慧：《君子儒与诗教：先秦儒家文学思想考论》，生活·读书·新知三联书店2005年版。

[②] 参见杨新勋《新材料与新视角的结合——〈君子儒与诗教——先秦儒家史学思想考论〉评述》，《浙江社会科学》2006年第1期。

[③] 周卫东：《先秦儒家文学思想研究》，中央编译出版社2005年版。

[④] 李凯：《儒家元典与中国诗学》，中国社会科学出版社2002年版。

[⑤] 朱恩彬：《文坛百代领风骚：儒家的文学精神》，花城出版社2003年版。

[⑥] 韩钟文：《儒家文学理论及其现代价值》，中华书局2014年版。

2001年版)、边家珍《汉代经学与文学》(华龄出版社2006年版)、侯文学《汉代经学与文学》(人民出版社2010年版)、于淑娟《韩诗外传研究——汉代经学与文学关系透视》(上海古籍出版社2011年版)、冯良方《汉赋与经学》(中国社会科学出版社2004年版)、张峰屹《两汉经学与文学思想》(生活·读书·新知三联书店2004年版)等。刘松来《两汉经学与中国文学》出版较早,该书分为上中下三编,上编"文学视野中的经书文本"对《周易》《尚书》《诗经》《左传》《礼记》等经书作文学解读;中编"文化视野中的两汉经学"总结并阐释了两汉经学兴起、发展、高潮和式微的发展过程;下编"经学视野中的两汉文学"探讨了汉代经学与汉代的文学观念、政论散文、赋体文学、史传散文和诗体文学的关系。作者特别重视经学作为汉代的主导学术对文学的影响:"从创作主体来看,经学深刻地左右着作家的创作观念和审美趣味";"从创作客体来看,两汉文学的许多特征皆与经学的特征十分类似",并认为"从本质上看,经学作为官方学说的独特地位又决定了它在与文学的双向互动中始终居于主导地位,而文学则只能处于被动的从属位置"。[①] 边家珍《汉代经学与文学》(2006)一书也分为上中下三编,上编"汉代经学及其思想文化影响",中编"经学与汉代作家及创作",下编"经学与汉代文学观念"。该书也特别强调经学对文学的作用,指出"经学在政治思想上处于支配地位,它对于汉代文学领域具有决定性的影响,几乎处处都能看到已成为普遍性法则的经学的影子。经学对汉代文学的渗透,是非常广泛而有力的,同时,经学之进入文学又并不限于一种方式一个渠道一个层面,而是多种方式多种渠道多个层面,这就构成了经学与文学关系的丰富景观"。[②] 侯文学《汉代经学与文学》选择汉代经学与文学共同关注的女性、山水、虹蜺、音乐、田猎五个意象,奇正、情志两对范畴,进行具体的个案分析,透视汉代经学与文学各自的存在特质与历史文化根源。张峰屹《两汉经学与文学思想》以"经学与文学"为观照视角,系统、切实、细致、深入地研讨两汉经学与文学创作、文学思想之关系,从而明确汉代文学思

---

① 刘松来:《两汉经学与中国文学》,百花洲文艺出版社2001年版,第13、14、16页。
② 边家珍:《汉代经学与文学》,华龄出版社2006年版,第9页。

想的基本特征及其历史地位。于淑娟《韩诗外传研究——汉代经学与文学关系透视》一书以《韩诗外传》为典型个案来探讨汉代经学与文学的关系，探讨经学著作如《韩诗外传》兼具经学性与文学性的双重特性，揭示了汉代经学与文学的共生现象，以及经学对文学在题材、叙事及创作方面的诸多影响。冯良方《汉赋与经学》则另辟蹊径，从汉赋的文体来考察经学对汉赋的巨大影响和作用。另有吉峰、张恩普《反思与进路：经学视野下两汉文学理论研究述评》对经学视野下的两汉文学理论研究进行了学术总结，认为20世纪末及21世纪之初至今，学界的相关研究经历了摸索、零星探索和整体概括三个相互叠加产生并发展的阶段，成果集中在表征性概括、专门领域的个案分析以及整体关照层面的研究三个方面。为更好地推进这一研究领域的发展进程，有必要通过学术总结和反思，提出对作为整体性的"经学与两汉文学理论建构研究"进行深入细致的研究，全面关注两汉时期主流甚至非主流的文论思想，在纵深层面剖析经学对两汉文学理论的影响，这对今后这一论题研究的深化具有重要的现实意义和理论价值。[①] 吴明刚《论两汉经学与文学的合离》则致力于"两汉经学与文学的合离"这一问题的理论思考，认为两汉四百年的文学演进历程，清晰地呈现经学与文学的整合与背离：一方面代表皇权政治思想的儒家经学思想不仅成为文学创作建构主题的直接知识来源与真理凭据，更与表现士人心态话语的文学形成文化精神上的同构关系，在经学与文学内在的教化层面和外在的应用层面形成实质性整合；另一方面，文学自身所固有的质的规定性导致了两汉文学对经学的背离。经学的兴衰与文学发展的互动是这个时期的一大文化景观。[②]

古代文学与儒家经学研究主要集中于两汉时期，但同时也涉及其他一些时段，特别是一些硕博士论文把研究视野拓展到了宋元明清。诸如高明峰《北宋经学与文学》（中国书籍出版社2018年版）、吴正岚《明代文人经学与文学思想变革的关系》（《文学评论》2014年第2期）、杨旭辉《清代

---

① 吉峰、张恩普：《反思与进路：经学视野下两汉文学理论研究述评》，《文化与传播》2015年第4期。

② 吴明刚：《论两汉经学与文学的合离》，《北方论丛》2018年第2期。

经学与文学：以常州文人群体为典范的研究》（凤凰出版社 2006 年版）、刘奕《清代中期经学家文学思想研究》（博士学位论文，复旦大学，2007 年）、刘再华《近代经学与文学》（东方出版社 2004 年版）等，大致构成了相对完整的序列。高著由完成于 2005 年的同题博士论文修改而成，立足于文献考据，结合北宋时期社会制度和学术思潮，梳理了北宋经学发展演变的三个阶段，揭示了不同阶段的特征和成因，并通过对欧阳修、王安石、司马光、苏轼、程颐等个案的剖析，凸显出宋代经学"变古"的具体表现。吴文认为，以宋濂、归有光、唐顺之、焦竑和钱谦益为代表的明代文人经学继承和发展了北宋欧苏经学，对文学思想的变革产生了重要影响：一是建立了以六经为主、班马等"史中之经"为辅的古文典范"结构"；二是建构了文以载道与"文主于变"相结合的文论"结构"；三是经学上的道器合一，与文学上的神明和法度合一相呼应；四是经学方面主张亲子之情不受礼制束缚，与文学上推崇惊心动魄的深情和直抒胸臆相一致。上述文学理论变革的核心是以折中的理论形式强化了崇尚新变、追求神明与法度的动态平衡和表现真情等文学观念，为救治复古模拟、师心自用的文风和株守一家的科举之学提供良方。作为文学思想演变的重要动力，明代文人经学为阳明学导夫先路，并试图克服阳明学的流弊。杨旭辉《清代经学与文学：以常州文人群体为典范的研究》以常州文人群体为个案来考察清代今古文经学交替转换的具体情况。刘奕《清代中期经学家文学思想研究》以过去一直不被文学史家重视的清代中期经学家的文学思想为研究对象，通过深入的挖掘和细致的分析，提出清代中期经学家在清代文学思想史上有极其重要的地位，他们最深地感知了"儒家智识主义"兴起的时代精神，是形成和塑造清代中晚期文学思想面貌的基本力量之一。

刘再华《近代经学与文学》依据经学思想的分野来考察近代文学与文论，认为近代经学由东汉古文经学向西汉今文经学的"倒演"，与近代旧派文学由宗唐祧宋上溯至魏晋六朝、周秦诸子的发展走向，存在着惊人的相似。经学思想的分野在一定程度上决定了近代文学派系的形成，并对文学的主题形态产生规范和制约作用；与此相应，近代文学发展过程中始终存在着某些反经学的文学思潮。

在 21 世纪传统文化复兴的语境中，古代文学与儒学关系尤其是与儒家经学关系研究越来越受到研究者的重视,这使古代文学研究领域得到进一步的拓展,研究内容也比以往有所深化。

四　道家与古代文学研究

道家与古代文学研究虽然起步较早,但新中国成立后的很长一段时间内,学术研究几乎一片空白,直到 80 年代中期在文化热的催生下才重新得到重视。总体上来说,相比于儒学与文学研究,道家与文学研究发展较晚,自 80 年代中后期至 90 年代的研究成果数量不多,跨入 21 世纪,才渐趋丰富。

以"道"为核心的道家思想及相关著作,不仅是中国古代哲学思想的源泉之一,也是文学及文学理论的渊薮之一。道家与古代文学研究多集中于老庄,大致可分为以下三个研究领域:一是以老子、庄子为代表的道家文学本身的研究;二是道家与古代文艺思想的研究;三是道家与古代文学、古代文体关系的研究。

1. 道家文学研究。先秦时期,文史哲浑然一体,《老子》《庄子》既是道家思想的结晶,又是先秦时期的文学作品。道家文学研究是合哲学与文学为一体的交叉研究,是哲学著作的文学性探讨。《老子》文学研究成果主要有:汤漳平《论〈老子〉在我国文学史上的地位》(《中州学刊》1981 年第 2 期)、陆永品《老子的散文》(《齐鲁学刊》1982 年第 2 期),章沧授《论〈老子〉散文的艺术特色》(《安庆师院社会科学学报》1985 年第 1 期),朱俊芳《论〈老子〉的艺术魅力》(《沈阳师范学院学报》1987 年第 4 期),许结《〈老子〉与中国古代哲理诗》(《学术月刊》1990 年第 2 期)、《从创作论看老子的文艺思想》(《中州学刊》1992 年第 3 期),蔡靖泉《〈老子〉的艺术成就和文学地位》(《荆州师专学报》1995 年第 3 期),李严《老子的文学特质述论》(《佛山科学技术学院学报》1998 年第 1 期)等,重点围绕《老子》的文体形式、情感内涵、艺术特色与文章风格等进行探讨并取得了显著成就。《庄子》一书的文学性更强,文学研究的成果也更为丰富,除了学术期刊的诸多论文之外,还有多部学术专著,如刘生良《鹏翔无疆——庄子文学研究》(人民出版社 2004 年版)、孙雪霞《文学庄子探微》(广东人民出版社 2006 年版)、刁生虎《庄子文学新探:生命哲思与诗意言说》(中国传媒大学出版社 2009 年版)、孙克强、耿纪平主编《庄子文学研究》（中国文联出版公司 2011 年版）等。《鹏翔无疆——庄子文学研究》一书全面论述了《庄子》一书的哲学思想、文学类型、文体形态、文本结构、语言风格乃至美学、文学思想。《文学庄子探微》追溯庄子思想的来源，剖析其思想张力，总结其审美价值，从"自然"之象、言意之辨、文体多方面阐释庄子的文学思想与价值。《庄子文学新探：生命哲思与诗意言说》认为生命存在及其意义是《庄子》的思想核心，其哲学思想的诗意表达方式，使《庄子》一书成为文学文本，且有独特的文本构成和表现，影响了中国文学的发展。这些著作各有侧重，代表了当代《庄子》研究的丰富视角。

2. 道家文艺思想研究。道家文艺思想研究是中国古代文学理论研究的重要内容之一，这一专题的期刊及会议论文不胜枚举，观点多样，视角多维，体现了这一研究的繁荣与成熟。更有学术代表意义的是 20 世纪 80 年代以来的学术专著，诸如漆绪邦《道家思想与中国古代文学理论》（北京师范学院出版社 1988 年版）、赵明《道家文化及其艺术精神》（吉林文史出版社 1991 年版）、高起学《道家哲学与古代文学理论》（中国社会科学出版社 2009 年版）、陶东风《从超迈到随俗——庄子与中国美学》（首都师范大学出版社 1995 年版）、王向峰主编《老庄美学新论》（人民教育出版社 1999 年版）、包兆会《庄子生存论美学研究》（南京大学出版社 2004 年版）、易小斌《先秦道家与早期文艺审美思想生成》（岳麓书社 2009 年版）等。高起学《道家哲学与古代文学理论》一书从自然论、虚静论、形神论、言意论、意象论、方法论、风格论、意境论等方面探讨了道家哲学思想对中国古代文学理论的深刻影响，对于道家哲学与中国古代文学理论的内涵渊源、发展衍变等关系作了深入研究。此外，易小斌《先秦道家与早期文艺审美思想生成》抓住早期文艺审美思想生成这个切入点来探讨道家的影响，指出道家思想对于早期文艺审美的本体、主体、范畴和方法都有着重要的影响。

3. 道家与古代文学关系研究。20 世纪 80 年代，赵明发表了系列学术论文，如《道家思想与两汉文学》（《吉林大学社会科学报》1984 年第 1 期）、《道家思想与中国文学》（《社会科学战线》1984 年第 2 期）、《道家思想与魏晋文学》（《吉林大学社会科学报》1985 年第 4 期）等。90 年代重要成果有李炳海的专著《道家与道家文学》(东北师范大学出版社 1992年版)、李生龙在系列论文《道家思想与汉代文学》(《中国文学研究》1993 年第 4 期)、《道家思想与两晋文学》(《求索》1997 年第 6 期)、《道家思想与建安、魏末文学》(《中国文学研究》1998 年第 1 期)的基础上,撰写了《道家及其对文学的影响》(岳麓书社 1998 年版)一书。此外,还有徐应佩《道家的自然妙道与山水文学》(《南通师专学报》1994 年第 1期)、龚长生《道家思想和中国文学》(《上海大学学报》1994 年第 6 期)、李显卿、闵虹《道家哲学精神与中国文学》(《河南教育学院学报》1997年第 2 期)等论文发表。进入 21 世纪,道家与古代文学的研究发展迅速,代表性成果有:尚学锋《道家思想与汉魏文学》(北京师范大学出版社2000 年版)、张松辉《先秦两汉道家与文学》(东方出版社 2004 年版)、王凯《自然的神韵:道家精神与山水田园诗》(人民出版社 2006 年版)、徐华《道家思潮与晚周秦汉文学形态》(华中师范大学出版社 2008 年版)等。博士学位论文则有陈斯怀《道家与汉代士人心态及文学》(山东大学,2007 年)、于春媚《道家思想与魏晋文学——以隐逸、游仙、玄言文学为中心的研究》(首都师范大学,2008 年)。这些论著在学术取向上大致有以下几类。

一是道家与古代文学精神研究。《道家与道家文学》论述了道家思想的理论演变、审美特质,通过对道家文学的各种现象作定性分析,从幽妙的玄感、泛神论体系、崇尚自然的理想、空灵的境界、严峻的风格、齐物的观照方式、复杂的人生意识、超然的处世哲学等横断面剖析了道家思想对文学作品内容和形式特征的深远影响,总结了道家文学内在的文化精神。此书对道家思想与文学表现的讨论,论证翔实,角度独特,理论色彩浓厚,是这一研究论题的重要成果。赵明《道家文化及其艺术精神》一书虽然以阐释道家文化为主要内容,但最后两章则专门论述了道家的艺术精神及其对文学艺术的影响。

二是道家与文学关系研究。李生龙《道家及其对文学的影响》共分为五编,前四编是"道家总论""老子""庄子学派"和"黄老学派"等道家及其思想的论述,第五编是"道家对文学的影响"研究。该著作不是专门研究道家与文学的关系,但在详细梳理道家及其思想学说的基础上，较为全面系统地考察和研究了道家与古代文学的关系，对道家美学思想和老庄的文学特色进行了共时性探讨，并对道家思想与楚辞、汉代文学、魏晋南北朝文学、唐代文学、宋代文学和元明清文学的关系作了历时性的纵向分析和研究。尚学锋《道家思想与汉魏文学》从断代文学角度研究了道家与文学关系的著作。该书分上下两编，上编论述了道家的精神境界、崇尚自然的观点以及独特的生命意识对汉魏文人的影响；下编分述道家思想与文化精神对汉魏的赋、诗、散文及小说创作的影响。概而言之，一是汉初道家的文化精神影响了汉大赋的艺术精神；二是道家崇尚自然的思想与汉末追求享乐、自由的士风相结合，激发了大胆抒写世俗之情的文艺思潮，使诗、赋的创作从儒家政教文学观的束缚下解放出来，促进了文学的自觉；三是道家的生活理想、艺术取尚孕育出游仙、归田和抒写闲情类的作品、寓言赋以及大量的小说；四是对作品风格的影响。张松辉《先秦两汉道家与文学》是另一部研究道家与断代文学的著作。作者上溯先秦两汉，对道家与先秦两汉文人及作品进行全面的梳理和考论，剖析道家思想及作品对楚辞、汉赋、诗歌、史传文学、小说的影响研究，以及对后世文学思想的影响。此外，陈斯怀《道家与汉代士人心态及文学》、于春媚《道家思想与魏晋文学》等博士学位论文以及徐华《道家思潮与晚周秦汉文学形态》、赵明《道家思想与两汉文学》、《道家思想与魏晋文学》、李生龙《道家思想与汉代文学》、《道家思想与两晋文学》、《道家思想与建安、魏末文学》等论文也属同类研究。

三是道家与文学文体研究。韩经太《中国诗学的语言哲学内核与语言艺术模式》一文认为，中国诗学的民族文化特质是由汉语诗歌创作与理论批评所独有的语言哲学的内在精神和语言艺术的实践模式历史地决定的。以《老子》首章的立言方式为标志，思想领域的"名道"学说，以其两端同出而相互生成的名物玄同观念，导致了中国诗学的语言哲学内核——"言难言"和"言无言"互动的语言艺术精神。这一艺术精神贯注于诗学传统，经历了三次关键性的实践塑造。中国诗歌语言艺术的经典模式，是对应于语言哲学之名物玄同观的"赋兼比兴"模式。[1] 王凯《自然的神韵：

---

[1] 韩经太：《中国诗学的语言哲学内核与语言艺术模式》，《文学评论》2007年第5期。

道家精神与山水田园诗》通过山水田园诗这一特殊诗体来探讨道家与文学的关系。该书"旨在通过山水田园诗来展示以老庄为代表的道家艺术精神，同时也尝试运用道家的美学思想对中国古代的山水田园诗做出新的阐释",[①] 选取先秦至晚唐的山水田园诗，对其发展流变过程进行细致考察，深入探讨了以老庄为代表的道家精神对山水田园诗深刻而持久的影响，又生动分析了山水田园诗中所蕴含的自然气韵和道家风骨。另有徐应佩《道家的自然妙道与山水文学》等同一论题研究成果。

道家思想、道家文学是中国古代文学的重要组成部分，已有的研究成果提供了坚实的基础和启示、借鉴，未来的学术发展必然值得我们期许。

五　古代文学与玄学关系研究

玄学是魏晋时期兴起的哲学思潮，它不仅对当时的文学产生了深刻影响，对后来的文学观念及作品也有重要的影响，因此玄学与古代文学的关系就成为学界很早就开始关注的问题。

玄学与古代文学的研究早在 20 世纪上半叶即已展开，如汤用彤《魏晋玄学和文学理论》一文已经讨论了玄学对古代文学理论的影响，但这一问题成为热点，还是在 80 年代中期文化热兴起之后。1984 年钟元凯发表《魏晋玄学和山水文学》一文，指出魏晋玄学对于山水文学的兴起具有重要作用，虽然学术思路较为传统，但却是在古代文学界在 60 年代"山水诗"是否有阶级性的大讨论之后，重新开启了山水诗的讨论。[②] 此后陆续有相关论文发表，如葛晓音《山水方滋，庄老未退——从玄言诗的兴衰看玄风与山水诗的关系》(《学术月刊》1985 年第 2 期)、褚玉龙《论魏晋玄学对〈文心雕龙〉艺术辩证法的影响》(《深圳大学学报》1985 年第 3 期)、孔繁《魏晋玄学言、意之辨与文学创作》(《孔子研究》1986 年第 3 期)、《魏晋玄学、佛学和诗》(《世界宗教研究》1986 年第 3 期)和《魏晋玄学和文学理论》(《晋阳学刊》1987 年第 1 期)、郭外岑《魏晋玄学与"意象"形成的关系》[《西北师大学报》(社会科学版) 1987

---

① 王凯：《自然的神韵——道家精神与山水田园诗》，人民出版社 2006 年版，第 11 页。
② 钟元凯：《魏晋玄学和山水文学》，《学术月刊》1984 年第 3 期。

年第 2 期]、卢盛江《正始时期玄学影响文学思想的三个主要途径》(《南开学报》1989 年第 3 期)，等等。葛晓音《山水方滋，庄老未退——从玄言诗的兴衰看玄风与山水诗的关系》认为要具体地搞清玄风、玄言诗和山水诗的关系，必须解决几个问题：一是用诗歌谈玄说理之风实为阮籍、嵇康所开，也就是说正始玄风对诗歌的直接影响是产生玄言而不是山水，那么正始与东晋诗坛产生玄言的共同原因是什么？二是在西晋玄风大盛之时，山水诗萌生，玄言诗却没有得到相应的发展，原因何在？三是东晋玄言诗中颇多模山范水之句，它对山水诗的影响应如何评价？四是山水诗在宋初大行于世以后，玄学佛学仍然契合无间，而且更加兴盛，玄谈之风直到隋初才稍见革除，也就是说：山水方滋，庄老未退，那么效仿佛偈的玄言何以会在文学中衰歇呢？这四个问题确是玄学与山水诗研究的肯綮，此文也因此成为这一研究转向深入的标志。孔繁《魏晋玄学和文学》(中国社会科学出版社 1987 年版) 是 80 年代中后期玄学与古代文学研究的专著，也是这一研究的重要成果。该书虽不到十万字，但对魏晋玄学与文学的关系的研究却较为全面。作者首先对魏晋玄学与文学批评、文学理论和文学创作进行了宏观理论考察，然后逐一探析魏晋玄学与游仙诗、招隐诗、玄言诗、山水诗和田园诗等具体诗歌体裁的关系，从多个角度讨论了"玄学作为魏晋时代精神，是如何影响及于那个时代的文学的"[①]这一问题。

20 世纪 90 年代，玄学与古代文学研究走向繁荣阶段。相关学术论文频见于学术期刊，如卢盛江《玄学与正始时期诗歌思想的变化》(《南开学报》1990 年第 3 期)、张晶《陶诗与魏晋玄学》(《文学评论》1991 年第 2 期)、葛晓音《东晋玄学自然观向山水审美观的转化》(《中国社会科学》1992 年第 1 期)、张海明《玄学与文学中的原道观念》(《南方文坛》1994 年第 4 期)、《玄学本体论与魏晋六朝诗学》(《文学评论》1997 年第 2 期)、袁峰《文学的自觉与玄学理论》(《人文杂志》1995 年第 6 期)、洪之渊《王何玄学与正始文学》(《温州师范学院学报》1999 年第 1 期)、李建中《玄学人格与东晋玄言诗》(《江海学刊》1999 年第 1 期)、陈顺

[①] 孔繁：《魏晋玄学和文学》，中国社会科学出版社 1987 年版，第 1 页。

智《玄学虚静说与文学创作心理》(《文艺理论研究》1999 年第 1 期)、汪习波《玄言对东晋诗歌的渗透》(《复旦学报》1999 年第 5 期) 等。这一时期也推出了不少专著，主要有陈顺智《魏晋玄学与六朝文学》(武汉大学出版社 1993 年版)、卢盛江《魏晋玄学与文学思想》(南开大学出版社 1994 年版)、袁峰《魏晋六朝文学与玄学思想》(三秦出版社 1995 年版)、罗宗强《玄学与魏晋士人心态》(浙江人民出版社 1997 年版) 等。

20 世纪 90 年代的玄学与古代文学研究，内容更为丰富，讨论也更为深入，在前期研究的基础上进展明显，概而言之，主要体现在三个方面：一是研究思路有了拓展。袁峰《魏晋六朝文学与玄学思想》突破了玄学对文学产生影响的单向思维，从玄学与文学的双向互动的视角考察研究魏晋六朝文学与玄学思想的双向关系。作者指出："在人文精神意义上，建安文学与魏晋玄学没有质的不同；在偏重于想象与偏重于玄想意义上，二者产生了一定的差别。在汉晋人文精神转变之际，人们首先是以不同于汉儒的方式进行想象，然后才以不同于汉儒的方式进行玄想。"[①] 作者在探讨魏晋玄学对魏晋文学的影响之前，首先探讨了建安文学对于魏晋玄学的影响。这种玄学与文学的双向互动关系的探讨推动了研究向纵深发展，使玄学与文学的结合研究有了更好的切入点。二是研究领域有了新的拓展。罗宗强《玄学与魏晋士人心态》论述了魏晋玄学影响下的士人心态，可以说是一部玄风影响下的魏晋思想史。作者认为魏晋是士人心态发生巨大转变时期，而这种转变与玄学思潮的发展有直接的关系，因此深入探讨了魏晋时期政局的变化、玄学思潮的演变与士人心态变化的关系。卢盛江《魏晋玄学与文学思想》在魏晋玄学与文学形态之外，还按时间顺序论述了玄学与正始、西晋、东晋和南北朝的文学思想的关系。三是体系性有所加强。如陈顺智《魏晋玄学与六朝文学》，该书与孔繁《魏晋玄学和文学》的研究问题大体相同，篇幅增多的同时，结构上也更具体系性。全书分为三篇，上篇"魏晋风度与审美人生态度"论述了玄学思想人格、魏晋名士风韵和清谈风尚；中篇"魏晋玄学与文学理论特质"论述了玄学本体论、认识论、主体论与文学理论的关系；下篇"魏晋玄学与诗歌

[①] 袁峰：《魏晋六朝文学与玄学思想·绪论》，三秦出版社 1995 年版。

精神嬗变"论述了玄学对游仙诗、玄言诗、田园诗、山水诗、咏物诗的影响。全书以魏晋玄学与士人心态、文学理论、文学创作的关系结构篇章，体现出"在玄学基点与文学归宿之间""引入'人生'这一中介"①的研究思路。总体来看，90年代的玄学与文学研究取得了丰硕的成果，产生了较大的学术影响，特别是罗宗强《玄学与魏晋士人心态》一书，受到学界的普遍好评，是这一时期的代表性成果。

21世纪以来，玄学与古代文学研究持续繁荣，不仅有更多的论文发表，而且出版了一批较有影响的研究专著，主要有卢盛江《魏晋玄学与中国古代文学》（百花洲文艺出版社2002年版）、皮元珍《玄学与魏晋文学》（湖南人民出版社2004年版）、刘运好《魏晋哲学与诗学》（安徽大学出版社2003年版）、黄应全《魏晋玄学与六朝文论》（首都师范大学出版社2004年版）、徐国荣《玄学和诗学》（中国社会科学出版社2004年版）、唐翼明《魏晋文学与玄学——唐翼明学术论文集》（长江文艺出版社2004年版）、牛贵琥《广陵余响——论嵇康之死与魏晋社会风气之演变及文学之关系》（学苑出版社2004年版）、王澍《魏晋玄学与玄言诗研究》（中国社会科学出版社2007年版）等。

卢盛江《魏晋玄学与中国古代文学》一书对玄学与古代文学的探讨较为全面，开篇侧重理论探讨，总结了玄学与文学联结的四个特质：玄学人生人格论、玄学本体论、玄学思维方式和玄学审美意识。其后分别论述魏晋玄学与中国文人性格、文学创作、文学理论、古代文艺及文学审美情趣间的关联，论述翔实，观点也颇有可取之处。其他研究成果大多集中讨论玄学与古代文学研究的两个重要问题：第一，玄学与诗学、诗歌的关系。前者以徐国荣《玄学和诗学》和刘运好《魏晋哲学与诗学》为代表，后者以王澍《魏晋玄学与玄言诗研究》为代表。徐国荣《玄学和诗学》认为玄学既是一种思辨哲学也是一种诗学精神，"玄学和文学之间并非是简单的影响与被影响的关系，从整个历史过程看，它们存在着前对话—对立—再对话的复合关系"。其中"前对话"是指玄学与文学的同源异流关

---

① 张仲良：《六朝文学研究的新突破——〈魏晋玄学与六朝文学〉评介》，《江汉论坛》1996年第6期。

系,"再对话"是指以玄学思维方式看待审美的文学,"对立"则是指玄学形成思辨哲学而与感性文学相异。① 刘运好《魏晋哲学与诗学》则从发生学来研究魏晋玄学所蕴含的诗学思想,指出:"嵇康'声无哀乐'论强调对主体的超越与王弼'得意忘象'论强调对客体的超越是正始玄学所蕴含的最为重要的诗学(美学)内容。"② 王澍《魏晋玄学与玄言诗研究》对魏晋玄学与玄言诗这种特定的诗体进行了深入的专题研究,论述了玄学思潮对于玄言诗发生、发展和演变所起的作用。第二,玄学与古代文论的关系。黄应全《魏晋玄学与六朝文论》是这一领域的重要学术成果,作者认为从总体上来说,玄学对文论的影响表现为对当时的文学自觉倾向有一种复杂的作用,玄学对具体文论家及其理论的影响则以刘勰《文心雕龙》为代表,同时玄学也对六朝其他艺术理论产生了很大的影响。

玄学与文学关系密切,但目前研究大多集中在较为明显的问题上,今后的研究能否在文体、时代甚至文学理论上有更大的创新,还须拭目以待。

六 古代文学与理学关系研究

程朱理学是儒家哲学思想体系的重要组成部分,它既对早期儒家思想有所承续,又借鉴吸收了道释思想,是宋明时期儒家思想的时代新变。古代文学与理学的关系研究在 20 世纪 80 年代开始兴起,90 年代得到发展,21 世纪呈现全面繁荣与深化的局面。

由于倡导"三纲五常"等思想,程朱理学多被视为封建意识的代表。20 世纪 80 年代文化热兴起前,理学与古代文学的研究就是从批判开始,并一路推进。主要研究成果如陈铭《宋明理学与明清小说的程式化和教训化》(《浙江学刊》1982 年第 4 期)、张国光《金圣叹文学批评中反对封建理学的思想》(《信阳师范学院学报》1982 年第 2 期)等。文化热兴起后,催生了一批理学与文学研究的文章,如徐正纶《试论〈阅微草堂笔记〉反理学的得失》(《浙江师范大学学报》1984 年第 3 期)、陈庆惠

---

① 徐国荣:《玄学和诗学》,中国社会科学出版社 2004 年版,第 17 页。
② 刘运好:《魏晋哲学与诗学》,安徽大学出版社 2003 年版,第 3 页。

《〈牡丹亭〉的主题是肯定人欲，反对理学》（《复旦学报》1984年第4期）、曾秀苍和王昌定《理学人物的写真——论〈歧路灯〉的人物塑造》（《天津社会科学》1985年第6期）、赵兴勤《理学家人格的追求与世情小说情节的构筑》（《明清小说研究》1989年第3期）、任访秋《清代朴学家的反理学思想及先进的文学观》（《中州学刊》1985年第3期）、杨胜宽《宋代理学与诗歌》（《乐山师范学院学报》1986年第2期）、杨侠和邹晓《儒学·理学·世情小说》（《徐州师范大学学报》1987第4期）、李勤印《古代情诗对诗教、理学的反叛》（《首都师范大学学报》1988年第3期）等。这些文章大多秉持批判立场，讨论理学对文学的消极影响以及文学的反理学意义。马积高《宋明理学与文学》[①]是探讨理学与古代文学内在关系的代表性论著。该著作把心学也纳入考察范围，第一次对理学与文学的关系作了历时性研究。作者指出："理学对文学的影响则几乎难以找出什么积极的东西。……故从理学开始形成之时起，理学家与文学家就展开了冲突，……以后理学虽渐渐侵入到文学的领域，但文学对理学的抵制、反抗，始终没有停止，只是在不同的时期有不同的表现。"[②] 整个80年代，理学与古代文学研究取得了一些进步，但未能突破原有的研究思路与局限。

20世纪90年代，人们开始更为全面深入地看待理学与文学的复杂关系。如廖可斌《理学的二重性及其对文学影响的复杂性》[③]一文指出："关于宋以后理学对文学的影响，迄今学术界比较注重强调的是其中消极的一面，……但如果进入较深的研究层次，问题就并不这样简单。……理学对文学的影响是相当复杂的，这种复杂性又源于理学本身性质的二重性。"90年代出版的一些论著，吴长庚《朱熹文学思想论》（黄山书社1994年版）、宋克夫《宋明理学与章回小说》（武汉出版社1995年版）、韩经太《理学文化与文学思潮》（中华书局1997年版）、许总《宋明理学与中国文学》（百花洲文艺出版社1999年版）等，都超越了以往的单一

---

① 马积高：《宋明理学与文学》，湖南师范大学出版社1989年版。
② 同上书，第7页。
③ 廖可斌：《理学的二重性及其对文学影响的复杂性》，《文艺理论研究》1993年第4期。

视角,试图全面探讨理学与文学的复杂关系。如吴长庚《朱熹文学思想论》一书"从宋代广阔的文化背景上全面把握作为文学家的朱熹的文学思想体系,既看到他的文学思想同他的理学思想、经学思想联系的一面,又看到他的文学思想超越他的理学思想、经学思想的一面",[①] 对理学与文学的关系的看法更为客观公允。宋克夫《宋明理学与章回小说》探讨宋明理学对章回小说价值取向的哲学影响,个案研究翔实细致,结论可信;韩经太《理学文化与文学思潮》采用历时性的研究方法,梳理理学与文学意识间的关系,探讨文学思潮的产生、发展与理学思想间内在的关联。许总《宋明理学与中国文学》是20世纪90年代理学与文学研究的重要成果。该书是对宋明理学与中国文学的系统研究,以思想史的发展为经,以宋明时代社会心理为纬,分析理学的性质、演变及其历史必然性,探究理学与文学艺术沟通联结的机制。在此基础上,通过总结古文、诗、词、小说、戏曲等文学体类的内涵与表现形态发展演变轨迹,考察理学在其中的影响与作用。同时,通过对理学自身发展、演化、解体过程的描画,揭示出它在文学艺术领域中的折射及复杂表现,既探究了中国近古文学艺术史形态形成与演变的思想史根源,也将宋明理学研究与文学艺术领域相贯通。

进入21世纪,理学与古代文学研究在原有的学术基础上,更为繁荣和深化。就研究内容而言,主要从三个方面展开。

第一,研究的文学对象从宏观走向微观。宏观研究固然有助于从整体上把握理学与文学的关系,但微观研究则能呈现文学细致的肌理。宏观研究如陈忻《宋代洛学与文学研究》(中国社会科学出版社2009年版)、查洪德《理学背景下的元代文论与诗文》(中华书局2005年版)等。前者对以二程及其门人弟子为代表的宋代洛学的文学思想及其创作进行了详细的研究,涉及的人物有程颢、程颐、杨时、谢良佐及吕大临兄弟、游酢、尹焞、张绎、张九成、罗从彦、吕本中等;后者对元代理学影响下的文学进行了探讨,重点论述了郝经、刘因、戴元表、吴澄、刘将孙、虞集、黄溍、柳贯、戴良等人的理学思想及其文学创作。

---

① 束景南、李军:《活水源头辨文心——评吴长庚先生的〈朱熹文学思想论〉》,《上饶师专学报》1997年第2期。

这一时期也出现了专题类的理学家文学研究，主要有莫砺锋《朱熹文学研究》（南京大学出版社 2000 年版）、杜海军《吕祖谦文学研究》（学苑出版社 2003 年版）、张文利《魏了翁文学研究》（中华书局 2008 年版），以及王素美的《刘因的理学思想与文学》（人民出版社 2004 年版）、《吴澄的理学思想与文学》（人民出版社 2005 年版）、《许衡的理学思想与文学》（人民出版社 2005 年版）等著作。这些论著或者对理学家的文学思想与创作进行专题研究，如莫砺锋《朱熹文学研究》、杜海军《吕祖谦文学研究》、张文利《魏了翁文学研究》，纠正了以往理学家研究中重思想、略文学的偏见；或者对理学家的个人理学思想与文学创作关系进行研究，如王素美的三部著作，即深化了理学与文学关系研究。

第二，关注的文体从单一走向多元。即由原来的以诗文为中心转变为向各种文体拓展。如宋克夫《宋明理学与章回小说》从文体角度来研究理学与文学的关系，还有朱恒夫《宋明理学与古代小说》（上海古籍出版社 2005 年版）、赵兴勤《理学思潮与世情小说》（文物出版社 2010 年版）等。除此之外，其他各体文学与理学的关系研究都有进展，理学与戏曲，如季国平《宋明理学与戏曲》（中国戏曲出版社 2003 年版）；理学与诗词，如张文利《理禅融会与宋诗研究》（中国社会科学出版社 2004 年版）、张春义《宋词与理学》（浙江大学出版社 2008 年版）等；理学与散文，如闵泽平《南宋理学家散文研究》（齐鲁书社 2006 年版）等。从文体来探讨理学与文学的关系，能够深入剖析文体的特性及成因，廓清理学对不同文体的影响。

第三，理学与文艺思想研究得到了全面拓展。主要著作有许总主编《理学文艺史纲》（江苏教育出版社 2001 年版）、李春青《宋学与宋代文学观念》（北京师范大学出版社 2007 年版）、石明庆《理学文化与南宋诗学》（中国社会科学出版社 2006 年版）、范希春《理性之维——宋代中期儒家文艺美学思想研究》（中央民族大学出版社 2006 年版）、邓莹辉《两宋理学美学与文学研究》（华中师范大学出版社 2007 年版）、崔际银《文化构建与宋代文士及文学》（天津古籍出版社 2011 年版）、王培友《两宋理学家文道观念及其诗学实践研究》（南京大学出版社 2016 年版）等。其中，许总主编的《理学文艺史纲》对宋明理学与古代文艺思想作了全面的探讨，全书分为"引论卷""诗学卷""词学卷""古文卷""小说卷""戏曲卷"和"绘画卷"，系统、深入地研究了理学发展演变与古代文艺思想变迁的关系。其他专著则着眼于理学与宋代文艺思想的关系研究，使这一研究更为全面和深化。

七 古代文学与心学关系研究

广义的理学指宋明时期区别于汉唐注疏之学的以义理解经的学问，故理学与文学关系研究中，心学与文学研究也往往涵括其中，如马积高《宋明理学与文学》、韩经太《理学文化与文学思潮》、许总主编《理学文艺史纲》等。但心学与程朱理学有着各自内在的学术渊源和学脉传承，因而心学与古代文学专题研究的出现，就成为一种必然。

相比于理学与文学研究来说，心学与文学的专题研究不仅成果数量相对要少，而且起步也较晚。虽然1981年李泽厚《美的历程》在论述明代文艺思潮时提出，心学是明代浪漫文艺思潮兴起的原因之一，但整个80年代心学与文学的专题研究极为少见，至90年代则出现了一批重要著作，如左东岭《李贽与晚明文学思想》（天津人民出版社1997年版）、周明初《晚明士人心态及文学个案》（东方出版社1997年版）、潘运告《冲决名教的羁络——阳明心学与明清文艺思潮》（湖南教育出版社1999年版）[①]、章继光《陈白沙诗学论稿》（岳麓书社1999年版）等。进入21世纪，心学与文学关系研究得到了持续发展，论著主要有左东岭《王学与中晚明士人心态》（人民文学出版社2000年版）和《明代心学与诗学》（学苑出版社2002年版）、宋克夫与韩晓合著的《心学与文学论稿——明代嘉靖万历时期文学概观》（中国社会科学出版社2002年版）、罗宗强《明代后期士人心态研究》（南开大学出版社2006年版）、陈忻《南宋心学学派的文学研究》（中国社会科学出版社2006年版）等。此外，还有大量论文发表。

综观心学与古代文学研究成果，论题主要可分为以下几方面。

1. 心学与文学形态研究。这一研究首先体现在小说、戏曲领域中，徐宏图《王阳明与戏曲》（《戏曲研究》2003年第2期）认为王阳明钻研

[①] 该书于2008年再版，题目为《从王阳明到曹雪芹——阳明心学与明清文艺思潮》。

儒家的道德人文主义哲学的同时，又与中国戏曲结下不解之缘。他生前不仅就戏曲的教化等问题提出自己的主张，还对《西厢记》、目连戏、傀儡戏等剧目、剧种进行评论，产生了一定的影响。石昌渝《王阳明心学与通俗小说的崛起》（《文学遗产》2007 年第 2 期）认为通俗小说的崛起，王阳明心学是重要条件之一。它一改鄙视通俗小说的传统观念，为士人参与小说创作和批评铺平了道路，使通俗小说的作者成分发生了历史性变化。心学为小说题材描叙市井小民的闾巷俗事提供了理论根据，并推动了小说从讲故事到写性格的演进。这些论文带有总论的性质，其他一些论文则从具体作家作品入手，探讨心学与文体的关系，其中最典型的个案研究即是《西游记》和汤显祖戏剧。

（1）心学与《西游记》研究。这是较早兴起的研究论题，杨俊《试论〈西游记〉与"心学"》（《云南社会科学》1993 年第 1 期）和《〈西游记〉与"心学"新论》（《河东学刊》1998 年第 1 期）、宋克夫《吴承恩与明代心学思潮及〈西游记〉的著作权问题》（《湖北大学学报》1996 年第 1 期）、潘富恩《谈阳明心学与〈西游记〉的心路历程》（《运城高专学报》1997 年第 1 期）、朱恒夫《〈西游记〉：艺术化了的心学》（《东南大学学报》1999 年第 4 期），以及刘勇强《奇特的精神漫游——〈西游记〉新说》（生活·读书·新知三联书店 1992 年版）、张锦池《西游记考论》（黑龙江教育出版社 1997 年版）等论著，都对《西游记》与心学的关系有所探讨。

（2）心学与汤显祖及其戏剧。主要成果如陈永标《汤显祖的戏曲观与晚明心学思潮》（《复旦学报》1996 年第 5 期）、吴文丁《陆王心学是〈临川四梦〉的催产素》（《江西社会科学》2001 年第 5 期）、徐坤和车录彬《徐渭与汤显祖戏曲创作之心学比较》（《湖北师范学院学报》2003 年第 3 期）、左东岭《阳明心学与汤显祖的言情说》（《文艺研究》2000 年第 3 期）、黄万机《阳明心学与汤显祖"至情"说》（《贵州文史丛刊》2006 年第 1 期）等。

（3）心学与诗文。主要成果如姚文放、沈玲《游走在心学与文学之间的诗歌创作——泰州学派王氏三贤诗歌研究》（《江苏社会科学》2005 年第 1 期）、石明庆、王素丽《杨简心学及其诗歌思想》（《河北经贸大学学报》2006年第3期)、王承丹《阳明心学兴起与复古文学变迁》(《厦门大学学报》2007年第1期)等。

2. 心学与文学思想研究。这一研究领域成果数量最多，成就也最为突出，最有代表性的主题是心学家及心学流派的文学思想研究。主要有以下几个研究重点：陈献章诗学思想研究，专著有章继光《陈白沙诗学论稿》，论文有陈少明《白沙的心学与诗学》[1]、张晶《陈献章：诗与哲学的融通》[2]、张晶、张振兴《诗学与心学中的陈白沙》(《社会科学辑刊》2002年第3期)等；王阳明文学思想研究，如左东岭《论王阳明的审美情趣与文学思想》(《文艺研究》1999年增刊)、孙良同《王阳明的文学实践及其与心学的关系》(《河北科技大学学报》2008年第3期)等；唐宋派文学思想与心学研究，如廖可斌《唐宋派与阳明心学》(《文学遗产》1996年第3期)、雍繁星《阳明心学与唐宋派》(《首都师范大学学报》2006年第1期)等。其他还涉及一些特殊时期或某个文学理论，如刘万里《心灵与性灵——论阳明心学与晚明文学的特质》(《学术交流》2003年第10期)、程小平《试析心学语境中的严羽诗学》(《西华大学学报》2008年第3期)、郑海涛《心学与中晚明词学主情论》(《人文杂志》2008年第4期)等。左东岭有《李贽与晚明文学思想》和《明代心学与诗学》两部著作，《李贽与晚明文学思想》以广阔的社会思想文化为背景，勾勒出李贽人格心态的演变轨迹，探讨其哲学思想、文学思想及两者关系，进而分析李贽的文学思想对后世的影响；《明代心学与诗学》汇辑了作者撰写的多篇明代心学与诗学研究的学术论文。此外，黄卓越《佛教与晚明文学思潮》(东方出版社1997年版)、周群《儒释道与晚明文学思潮》(上海书店出版社2000年版)等论著中，也涉及心学与佛道之关系及对晚明文学思想影响的研究。

3. 心学与士人心态研究。这一研究领域中，罗宗强《明代后期士人心态研究》、左东岭《王学与中晚明士人心态》、周明初《晚明士人心态及文学个案》三部论著是代表性成果。周明初《晚明士人心态及文学个

---

[1] 宗志罡编：《明代思想与中国文化》，安徽人民出版社1994年版。
[2] 张晶：《审美之思——理的审美化存在》，北京广播学院出版社2002年版。

案》将晚明士人分为居庙堂和处江湖两类，分别探讨心学思潮对士人心态的影响。特别是最后一部分文学个案研究中，剖析徐渭、李贽、汤显祖和袁宏道等人及其作品时，侧重于阐释心学与文人思想的内在关联。左东岭《王学与中晚明士人心态》是一部紧扣心学思潮与士人心态主题的研究著作，全书按照王学的发展演变过程来剖析不同时期心学思潮影响下的不同士人心态。在"关于王学究竟在怎样的精神层面上解决了士大夫们的灵魂上安身立命的问题，又在怎样的问题上并不圆满回答人们的心灵困惑"①等关键问题上，提出了有价值的学术观点。罗宗强《明代后期士人心态研究》一书"从朝政变化、风俗变迁与思潮演变的角度，对最为复杂的明代后期士人心态进行了卓有成效的探讨"②，已超出了文学与心学思潮的研究领域，但在论述明代后期士人的拯世情怀以及回归自我的心态时，对王门心学的影响以及王学另类人格的探讨，深入独到，值得推重。

4. 心学与文学综合研究。心学与文学研究中，有些成果内容极为丰富，既有文学思想研究，也有文学创作研究；既有文学整体研究，也有文学个案研究；既有作品研究，也有作家研究。如潘运告《冲决名教的羁络——阳明心学与明清文艺思潮》、宋克夫和韩晓《心学与文学论稿——明代嘉靖万历时期文学概观》、陈忻《南宋心学学派的文学研究》等，皆属此类。《冲决名教的羁络——阳明心学与明清文艺思潮》一书分上、中、下三编，上编论述心学思潮的发展与演变，中编论述心学思潮下的杰出人物，下编论述心学思潮下的文学创作与文学理论。《心学与文学论稿——明代嘉靖万历时期文学概观》一书紧扣心学与文学这一主题，对明代嘉靖万历时期的文学思想与文学创作作深入分析，涉及唐顺之、徐渭、袁宏道、《西游记》、"三言"、《金瓶梅》等作家作品与心学关系的研究。此外，夏咸淳《晚明士风与文学》（中国社会科学出版社1994年版）一书论述了心学对晚明政治、经济、思想、文化以及文学的影响，指出士风的新变与文风的发展皆与心学有内在的关联。《南宋心学学派的

---

① 张良：《读解先贤的心蕴——评〈王学与中晚明士人心态〉》，《学习时报》2001年6月4日。

② 罗宗强：《明代后期士人心态研究·序》，南开大学出版社2006年版，第15页。

文学研究》探讨陆九渊、"甬上四先生""槐堂弟子"的文学思想及文学作品，于明代心学与文学之外，开拓出新的研究领域。

综上，心学与文学关系研究在近四十年间取得了显著的成就，心学"学宗自然""情识而肆"的观念，与文学有着天然的联系。在宋明文学研究中，这一问题的拓展与深化会带来更多的学术成果，学术未来仍然值得期待。

第三节　古代文学与宗教关系研究

德国民族学家卡尔·施米茨关于每个民族文化都必须借助神话解答三个基本问题的论断（详见上文），深刻揭示了宗教与哲学一同脱胎于原始神话母体的天然亲缘关系。与此相契合的是，宗教与哲学紧密衔接并贯通于神话—原型批评，成为古代文学跨学科研究中的第二个重点。

正如梁漱溟所论："人类文化都是以宗教开端，且每依宗教为中心。人群秩序及政治，导源于宗教；人的思想知识以至各种学术，亦无不导源于宗教。"宗教作为社会意识形态的一种，对人类社会的影响无处不在。文学是人类文化的精粹，天然地与宗教有着复杂的联系。现代学术意义上的宗教与古代文学关系研究，自20世纪初始肇其端，梁启超、陈寅恪、胡适、许地山、郑振铎、胡适等学者都有撰述。新中国成立后，宗教被视为唯心主义神学思想而遭到批判和否定，宗教与文学关系研究也随之停滞不前。20世纪80年代的神话研究中，学界已频频论及神话与宗教关系，诸如白崇人《试论神话与原始宗教的关系》[《中南民族大学学报》（人文社会科学版）1981年第2期]、陶思炎《试论神话与原始宗教》（《民间文学论坛》1986年第4期）、胡仲实《图腾、神、神话——读〈山海经〉》（《广西师范大学学报》1987年第1期）、高力《神话、图腾及其他》（《当代文艺探索》1987年第4期）、李诚《论屈赋神话传说的图腾色彩》（《四川师范大学学报》1987年第2期）、宋兆麟《洪水神话与葫芦崇拜》（《民族文学研究》1988年第3期）、杨丽珍《原始祭祀与神话史诗》（《世界宗教研究》1988年第4期）、张君《论高唐神女的原型与神性》(《文艺研究》1992年第3期)等。文化热的兴起也为宗教与古代文学关系研究推波助澜,中国古代原始宗教、道教、佛教、民间宗教以及儒释道三教合一思想等,都纳入古代文学研究的考察范围。特别是佛道两教,作为中国古代宗教的主体和核心,已然成为这一领域的研究重点。从已有研究成果来看,主要有两大主要论题,即古代文学的宗教精神研究,原始宗教、道教、佛教与古代文学的关系研究。其中道教与文学、佛教与文学的研究成就最令人瞩目。

一 古代文学的宗教精神研究

古代文学的宗教精神研究,主要是指超越具体的宗教形态,探讨古代文学作品中所蕴含的宗教精神,郭英德《世俗的祭礼——中国戏曲的宗教精神》(国际文化出版公司1988年版)即是这类著作的代表。此书由"中国戏曲的宗教渊源""中国戏曲的宗教精神"和"中国戏曲的功能"等三部分组成,作者认为中国戏曲是世俗的宗教祭礼,戏曲受宗教影响而产生,而宗教精神则注入戏曲艺术的躯体,戏曲精神和宗教精神有着惊人的相似。周育德《中国戏曲与中国宗教》(中国戏剧出版社1990年版)全面论述了中国戏曲与中国宗教的关系,研究的问题主要有:原始宗教与戏曲起源、三教合流与戏曲发展、地方戏与宗教"活化石"、宗教精神与戏曲艺术、宗教哲学与戏曲美学、中国戏曲对中国宗教的逆反运动等,既有具体的艺术形式、内容情节的探讨,也有形而上的美学思想的论述,内容丰富,范围极广。

儒释道三教合一是中国古代思想发展中的重要现象,古代文学作品的思想往往受其影响颇深,因而成为重要的研究视角之一。从三教合一研究古代作家作品的学术成果非常多见,如蔡保兴《试论苏轼三教合一的思想》[《淮北煤师院学报》(社会科学版)1986年第4期]、高人雄《王维三教合一思想探析》[《兰州大学学报》(社会科学版)2000年第2期]、李谷鸣《〈西游记〉中佛道之争探原——兼评"三教合一"说》[《安徽教育学院学报》(社会科学版)1985年第2期]、吴承学《〈西游记〉的三教合一和佛道轩轾》(《汕头大学学报》1989年第2期)、王振星《三教合一:论〈水浒传〉的宗教文化意识》(《济宁学院学报》2000年第1期)、兰拉成《〈西游记〉"三教合一"思想分析》[《西安建筑科技大学学报》(社会科学版)2004年第3期]、尹祚鹏《浅议〈聊斋志异〉三教合一的天道观》(《蒲松龄研究》2007年第1期)、曾礼军《〈太平广记〉研究——以宗教文化为视角》(博士学位论文,上海师范大学,2008年)等。其中曾礼军《〈太平广记〉研究——以宗教文化为视角》侧重个案研究,围绕宗教文化视角,对《太平广记》编纂的文化背景、体例特征和文化意义进行了全面探讨,指出"三教合一"的宗教文化的兴起是《太平广记》的成书背景,其类目编排体现出宗教文化的特点,所辑录的宗教小说在题材分类、文体生成、文学叙事和文化蕴涵上,皆受到宗教文化的深刻影响。

也有侧重于特定的文学思潮或某类文体与三教合一关系的研究,诸如周群《儒释道与晚明文学思潮》(上海书店出版社2000年版),陈炎、李红春《儒释道背景下的唐代诗歌》(昆仑出版社2003年版)、李艳《"三教合一"思想与明清戏剧》(《四川戏剧》2004年第5期)等,皆以三教合一为切入点,分别探讨宗教文化与时代文学思潮、特定文体的关系。周群《儒释道与晚明文学思潮》认为晚明文学思潮是明代中后期个性解放思潮在文学领域里的反映,这又是借助于对传统儒释道思想的新诠释而得以实现。作者侧重于考察时代宗教、哲学对晚明文学的影响,探讨文学与哲学、理学批评与创作、文人性格与审美情趣之间的复杂关联。曹瑞娟《三教融合与宋代文学主题的演变》(《浙江学刊》2011年第1期)指出,从社会教化角度的"三教一致"到意识形态领域和社会地位上的三教鼎立、三教争衡,再到思想义理、哲学层面的三教融合,至宋代,社会思想领域最终确立了以儒为主、以佛道为辅的基本格局。儒、释、道三教融合的时代思潮铸就了宋代文人、士大夫有异于前人的文化性格和文艺观念,从而使宋代文学呈现与前代有所不同的思想艺术面貌。其中文学主题的演变即是三教合流影响宋代文学的结果,具体表现为仕隐主题的流变、迁谪主题的演进、"怀才不遇"主题的淡化等。

宗教与文学关系的综合研究、专题研究也是古代文学界关注的重要问题。主要成果如孙逊主编《中国古代小说与宗教》(复旦大学出版社2000年版)分上、下两编,上编按时代顺序,梳理了上古小说直至宋元讲史平话与宗教的关系,举凡原始巫术、道教、佛教乃至三教合流对小说的影响，皆有分述。下编则以中国古代小说的人物角色、内容、观念、主题等为中心，如梳理情僧、胡僧、性描写、果报观念、遇仙小说等的发展演变，探讨其背后宗教观念的影响。白化文《三生石上旧精魂——中国古代小说与宗教》（北京出版社2005年版）一书，从中国古代小说的主题、源流以及器物与宗教的联系入手，侧重梳理小说中的佛教文化，探讨佛教对中国小说的深远影响，以及"小说助成了神佛"的功绩，中国文学对佛教的本土化、通俗化、实用化改造。万晴川《宗教信仰与中国古代小说叙事》（浙江大学出版社2013年版）以丰富的例证考证古代小说叙事与宗教信仰的关系，认为宗教对小说家的思想观念、思维方法和小说题材、体裁、语言、结构等，影响甚巨，同时文学又以审美的形态为宗教的弘传起到了重要的作用。学术论文则有陈洪《从宗教描写看中国古代小说的人文主义传统》（《天津社会科学》1991年第3期）、王平《古代小说与宗教文化》（《古典文学知识》1998年第1期）、潘建国《明清艳情小说结局模式的宗教分析》（《中州学刊》1997年第4期）等。陈文指出，宗教文化是关于宗教的最广泛的概念，它包括在宗教推动和影响下形成的多层多向文化。其边缘与非宗教文化交渗，具有模糊不定的性质，对文化的影响深刻而广泛。古代小说作为文化的一个重要组成部分，自然也会受到宗教文化的影响。佛教、道教对古代小说的影响，随着佛道文化本身的发展演变而呈现由表及里、由浅到深的态势，并具化为四种不同的方式：一是直接宣扬佛道教义；二是将佛道观念作为表现手段；三是将佛道观念作为教化的辅助手段；四是将佛道哲理作为创作的主旨。这四种方式基本上涵纳了佛道文化对古代小说施加影响的主要方式。潘文认为"结构模式化"是大部分明清艳情小说的艺术通病，然而通过"模式"，能看到隐含其中的、富有生命力的文化意蕴。从宗教文化的视点，对艳情小说的结局模式作了深入的总结与探讨。

此外，还有一些论著侧重于小说作品的宗教精神研究，如余岢、解庆兰《金瓶梅与佛道》（北京燕山出版社1998年版），对《金瓶梅》所蕴含的佛道宗教文化进行了全面细致的研究。梅新林《〈红楼梦〉宗教精神新探》（《学术研究》1996年第1期）重点分析了《红楼梦》宗教的世俗性与超俗性双重意义。李根亮《〈红楼梦〉与宗教》（岳麓书社2009年版）

论述内容极广，涉及《红楼梦》的宗教观念、宗教活动、宗教信仰、僧道人物，以及叙事的宗教性、批评等。黄洽《〈聊斋志异〉与宗教文化》（齐鲁书社 2005 年版）从佛教、道教和自然宗教等三个方面探讨《聊斋志异》的宗教文化。这些都是古代小说与宗教精神研究的重要成果。

二　古代文学与原始宗教关系研究

原始宗教主要是指人类早期社会的自然崇拜、图腾崇拜、灵魂崇拜、祖先崇拜、生殖崇拜等原始信仰，以及原始祭祀、巫术、占卜等。古代文学与原始宗教关系研究伴随着文化热而兴起，黄惠焜《祭坛就是文坛——论原始宗教与原始文学的关系》（《思想战线》1981 年第 2 期）是较早探讨原始宗教与文学关系的论文，作者认为原始宗教直接促发了原始文学的产生和发展。杨知勇《原始宗教与原始文学的精神纽带》（《云南民族大学学报》1986 年第 3 期）从原始宗教的内涵和神性的实体出发，指出宗教仪式所传达的求食、增殖等愿望，正是原始宗教与原始文学之间的精神纽带。这些总论性质的研究成果对后来的学术研究具有启发性，进入 90 年代，原始宗教与文学的某些专题研究得到了拓展，如赵沛霖《祖先崇拜与中国古代神话——兼论中西神话不同历史命运的宗教思想根源》（《天津社会科学》1992 年第 6 期）、张德明《诗与巫术》[《浙江大学学报》（人文社会科学版）1994 年第 2 期] 等，分别就古代神话与祖先崇拜、原始诗歌与巫术的关系，探讨了古代文学与原始宗教的内在关联。

正如朱光潜所言："在原始时代，诗歌是与神话和宗教相联的。"古代文学与原始宗教关系研究的成果中，《诗经》数量极多，且具有代表性。这些研究成果大致从两个层面展开，一是立足于宗教，借助《诗经》以研究中国上古时期的宗教信仰与宗教仪式等问题；二是立足于《诗经》，借助宗教学知识观念来解读《诗经》。两者都取得了丰硕的成果。

曹建国《回眸百年〈诗经〉宗教学研究》[1] 认为传统的《诗经》宗教学研究主要集中在对《诗经》中祭祀诗研究，涉及周人的祭祀观念、神灵观念，祭祀诗的题旨、作者、写作时间以及有关祭祀典章制度的考证

---

[1] 曹建国：《回眸百年〈诗经〉宗教学研究》，《武汉大学学报》2001 年第 1 期。

等多个方面。20世纪的《诗经》宗教学研究可以划分为三个时期,第一期(1916—1949年)以王国维、闻一多为代表,可以看作传统《诗经》宗教学研究的余绪和现代《诗经》宗教学研究的发端。王国维《释乐次》《周大武乐章考》《说勺舞象舞》《说周颂》《说商颂上》《说商颂下》《汉以后所传周乐考》等文章(见《观堂集林》卷二),都是对传统《诗经》宗教学研究的延续;而闻一多倡导以文化人类学的方法研究《诗经》,著有《说鱼》《诗经的性欲观》《高唐神女传说之分析》《姜嫄履大人迹考》(见《闻一多全集》一)等著名文章,则是现代《诗经》宗教学研究的发端。第二时期(1949—1977年),《诗经》研究重心由《雅》《颂》转向《风》,《诗经》的宗教学研究主要体现在:一是关于《大武》组诗的研究。有高亨《周颂考释》、孙作云《周初大武乐章考实》等文;二是对《商颂》的探讨。有杨公骥、张松如《论商颂》、杨公骥《商颂考》等代表作;三是周祖先图腾研究。如孙作云《周祖先以熊为图腾考》。第三时期(1978—2009年),《诗经》的宗教学研究得到了进一步拓展和深化。一方面,传统的《诗经》宗教学研究命题,如祭祀诗研究,不断深入;另一方面,一些新的命题也在不断被提出,如"兴"的宗教学背景。不仅出现了大量的单篇论文,也有一些重要的学术专著问世。研究内容主要涉及以下几个方面。

一是《诗经》所反映的商周时期天帝观念研究。褚斌杰、章必功《〈诗经〉中的周代天命观及其发展变化》(《北京大学学报》1983年第6期)一文,考察《诗经》所反映的周代天命观,总结其确立、发展、变化的特点,论述了从周初至春秋中叶,对上帝崇拜与怀疑、坚定与动摇等对立观念的消长。蒋立甫《〈诗经〉中"天""帝"名义述考》(《安徽师范大学学报》1995年第4期)考察了《诗经》中"天""帝"以及诸如"皇天""上帝"之类称谓的内涵,认为这些称谓反映出周人的"天命观"特征,就是将天命思想引进人伦道德内容,强调"德"的重要。相关的论文还有华锋《试论〈诗经〉中的宗教意识》(《河南大学学报》1990年第5期),孙克强、耿纪平《〈诗经〉与商周宗教思想、审美观念的变化》(《河南师范大学学报》1998年第2期),吴瑞裘《〈伊利亚特〉和〈诗经〉中的至上神比较》(《外国文学研究》1992年第3期)等,从不同角度论述了《诗经》与宗教文化的密切关联。

二是周人祖先崇拜与《诗经》祭祖诗研究。刘雨亭《从农耕信仰到祖先崇拜——〈诗经〉周人祭歌中文化流变的探源性阐释》① 一文，从周人祭祖诗对后稷的溯源以及祖灵信仰的社会功能两方面，阐释了《诗经》中祭祖诗深蕴的农耕文化内涵。梅新林《〈诗经〉中的祭祖乐歌与周代宗庙文化》② 从宗庙文化的角度解读周代的祭祖诗，认为其内容以颂祖与祈福为主，风格庄重质朴。赵沛霖《关于〈诗经〉祭祀诗祭祀对象的两个问题》③ 通过《诗经》中祭祀诗及祭祖诗的统计分析，认为祖先崇拜以及祭祖诗具有强烈的现实性和功利性，既是血缘政治的象征，也是强化民族凝聚力和种族观念的需要。陈筱芳《周代祖先崇拜的世俗化》④ 认为周人的祖先崇拜是中国古代宗教史上的一次变革，周人的祭祖不是单纯的宗教现象，而是具备宗法和孝德的意义，标志着祖先崇拜的世俗化。张树国《钟鸣鼎食中的上古诗——西周初年礼制变革与〈诗经〉祭享诗的原始关联》⑤ 从西周初年礼制变革的角度切入，探讨了《诗经》祭享诗的礼乐文化特质。而沈鸿《历史传说与殷周祭祖诗的诗学变迁》⑥ 则从广义祭祀诗的角度，探讨了商、周祭祖诗中提到的历史传说在祖先崇拜、英雄崇拜、原始生命力和生殖力崇拜以及反映本族祖先的神秘色彩、早期战争的壮烈和残酷方面有相通相似之处，同时在题材、内容、体例等方面又存在明显的差异，商、周祭祖诗都体现出明显的时代特征和部族属性。

三是《诗经》与图腾崇拜研究。郭丹《〈诗经〉中的图腾崇拜》（《福建师范大学学报》1992年第3期）认为《诗经》中鸟、鱼、龙凤等兴象都是先民的图腾物，《诗经》中的恋歌也和原始图腾崇拜有关。杨述《原始宗

---

① 刘雨亭：《从农耕信仰到祖先崇拜——〈诗经〉周人祭歌中文化流变的探源性阐释》，《河北师范大学学报》1999年第2期。
② 梅新林：《〈诗经〉中的祭祖乐歌与周代宗庙文化》，《浙江师范大学学报》1999年第5期。
③ 赵沛霖：《关于〈诗经〉祭祀诗祭祀对象的两个问题》，《学术研究》2002年第5期。
④ 陈筱芳：《周代祖先崇拜的世俗化》，《西南民族大学学报》2005年第1期。
⑤ 张树国：《钟鸣鼎食中的上古诗——西周初年礼制变革与〈诗经〉祭享诗的原始关联》，《广州大学学报》2006年第4期。
⑥ 沈鸿：《历史传说与殷周祭祖诗的诗学变迁》，《北方论丛》2008年第6期。

教与诗经兴象建构》(《宝鸡文理学院学报》2003 年第 3 期)也认为《诗经》中的鸟、鱼、植物等和图腾崇拜有关。张岩《原始社会的收获祭礼与〈诗经〉中的有关篇章》(《文艺研究》1992 年第 6 期)从作为图腾祭祀孑遗的收获祭礼入手,解读了《诗经》中的《小雅·谷风》《魏风·园有桃》《王风·黍离》《唐风·椒聊》等篇章,认为这些都是收获祭礼中的礼辞。朱炳祥《中国诗歌发生史》(武汉出版社 2000 年版)从诗歌发生论的角度探讨了诗歌兴象与所咏之词之间的图腾关系。樊树云《诗经宗教文化探微》(南开大学出版社 2001 年版)中讨论了《诗经》中军旗与图腾旗之间的关系。近年来这类研究仍在沿续,但在观点和方法上,并无重大突破。

四是《诗经》与生殖崇拜研究。赵沛霖《兴的起源》(中国社会科学出版社 1987 年版)是这一问题的主要代表作。另有学术期刊论文如张连举《〈诗经〉生殖崇拜论》(《宝鸡文理学院学报》1996 年第 1 期)、徐燕平《〈诗经〉中动植物崇拜与情爱意识》(《上海师范大学学报》1990 年第 1 期)、李湘《〈诗经〉与中国葫芦文化》(《中州学刊》1995 年第 5 期)、侯敏《〈易〉与〈诗〉中的鸟》(《北方论丛》2007 年第 1 期)等,对《诗经》兴象背后的生殖崇拜意识加以溯源和剖析。杨树森《宗教礼仪·爱情图画·生命赞歌——对〈国风〉"东门"的文化人类学臆解》(《社会科学战线》1994 年第 3 期)一文,以祭祀生育女神来解说《诗经》中五首"东门"诗,是与"事巫"相关的宗教礼仪,并蕴含着古代的生殖崇拜观念。

五是《诗经》与言灵信仰。叶舒宪《〈诗经〉的文化阐释——中国诗歌的发生研究》(湖北人民出版社 1994 年版)从言灵信仰的角度讨论了《诗经》与咒语的关系,如将《驺虞》解释为狩猎咒、《诗经》的"采摘"母题是爱情咒,而《巧言》《何人斯》等则是反咒与反谗。江绍原《江绍原民俗学论集》(上海文艺出版社 1998 年版)中专文论述了《诗经·云汉》与求雨的关系,《大雅·荡》《小雅·何人斯》与祝诅的关系。臧克和《汉字单位观念史考述》(学林出版社 1998 年版)认为《魏风·硕鼠》是带有浓厚巫术色彩的祈鼠祝祷辞。张树国《祝辞系文学与〈诗经〉时代的言灵信仰》(《齐鲁学刊》2005 年第 4 期)则讨论了《诗经》中祝辞系文学的表现形态及其消亡的原因。

六是关于《诗经》兴象的宗教背景研究。除了上文已提到的对图腾类"兴象"的宗教阐释外,叶舒宪《〈诗经〉的文化阐释—中国诗歌的发生研究》认为兴起源于原始思维,因为引譬连类正是原始思维的特征。刘毓庆《〈诗经〉鸟类兴象与上古鸟占巫术》深入论述了《诗经》中的鸟意象与上古鸟占术之间的关系。① 此外,《诗经》还与古代的生活禁忌、先兆迷信、天文星象、人生礼俗以及中国传统的龙凤文化、龟卜文化、酒文化和药文化等有关,可见《诗经》此类内容之丰富。周蒙《〈诗经〉民俗文化论》(黑龙江教育出版社1994年版)对此多有论述。总之,《诗经》是一部宗教文化的"义之府",透过某一词语或某一物象去探索原始宗教的风貌,揭示其中蕴藏的古代文化内涵,将使研究者们更加真切地触摸到先民的宗教信仰脉搏。②

当然,为曹建国《回眸百年〈诗经〉宗教学研究》未曾提及的还有一些论文,比如郑杰文《诗、骚精神与原始宗教》(《第四届诗经国际学术研讨会论文集》,1999年)、高永年《〈雅〉诗中的宗教意义探析》(《江海学刊》2001年第1期)、韩高年《周陈关系、祭礼与陈地风谣本事考——以〈宛丘〉〈东门之枌〉为例》(《文献》2001年第1期)、马玉梅《〈诗经〉中宴饮诗及其宗教、政治意味》(《人文杂志》2001年第2期)、潘世东《避雍与〈诗经·关雎〉的"过程说"论析》(《广西社会科学》2001年第3期)、姚小鸥《〈鲁颂·有駜〉与西周礼乐制度的文化精神》(《社会科学战线》2001年第2期)、李建军《试论〈诗经〉宗教文化的族群特色》(《贵州大学学报》2005年第1期)等。近年来又出现了一批硕士学位论文,如李建军《〈诗经〉与周代宗教文化研究》(四川师范大学,2004年)、魏昕《渗透于〈诗经〉中的原始宗教意识》(东北师范大学,2006年)等。在有关研究著作中,当以赵沛霖《兴的源起——历史积淀与诗歌艺术》(中国社会科学出版社1987年版)、叶舒宪《〈诗经〉的文化阐释——中国诗歌的发生研究》、周蒙《〈诗经〉民俗文化论》、樊树云《〈诗经〉宗教文化探微》(南开大学出版社2001年版)、张树国《宗教伦理与中国上古祭歌研究》等为代表。其中赵沛霖《兴的

---

① 刘毓庆:《〈诗经〉鸟类兴象与上古鸟占巫术》,《文艺研究》2001年第3期。
② 以上引自曹建国《回眸百年〈诗经〉宗教学研究》,《武汉大学学报》2001年第1期。

源起》在总结前人研究的基础上,探讨了远古图腾崇拜与"兴"的起源的关系。而樊树云《诗经宗教文化探微》则对《诗经》的宗教文化包括《诗经》与原始宗教、《诗经》与图腾崇拜、《诗经》中的神和神话、《诗经》中的前兆迷信等内容进行了综合研究,都是《诗经》与原始宗教文化研究中成就比较突出的著作。近年来也有一些相关著作,如王洪进《诗经文化阐释》(中国广播电视出版社2016年版)中也系统论述了《诗经》中鸟兽虫鱼意象与图腾崇拜、宗教崇拜的关系,是这一研究思路的沿续。

与《诗经》同属先秦文学的《楚辞》,同样与原始宗教关系密切,是古代文学与原始宗教研究的另一重点。郑杰文《诗、骚精神与原始宗教》(《第四届诗经国际学术研讨会论文集》,1999年)从诗、骚的表现对象和主导精神入手,追溯和探讨早期诗歌精神与原始宗教的关联。过常宝《楚辞与原始宗教》(东方出版社1997年版)则在充分利用文献材料的基础上,以原始宗教为视角,分析楚辞的文体生成、文本形态和文化功能。比如结合《天问》的内容、形式,认为它是一部巫史文献;提出《离骚》的诞生和独特的结构方式都与某种巫祭仪式有关。其他重要论文尚有赵辉《原始宗教与楚辞》(《湖北教育学院学报》1988年第3期)、张国荣《汉墓帛画天神与〈九歌〉天神的比较》(《民间文艺季刊》1987年第1期)、《从〈司少命〉、〈东君〉看南楚巫文化中的生殖崇拜》(《湖南城市学院学报》1989年第3期)、林河《〈九歌〉与南方民族傩文化的比较》(《文艺研究》1990年第6期)、张正明《巫·道·骚与艺术》(《文艺研究》1992年第2期)、李家欣《楚文学与"巫"》(《社会科学动态》1992年第4期)、李炳海《楚辞与东夷族的龙凤图腾》(《求索》1992年第5期)、梅琼林《楚国的原始宗教对楚辞文学浪漫主义倾向的影响》(《社会科学动态》1992年第6期)、刘信芳《包山楚简神话与〈九歌〉神祇》(《文学遗产》1993年第5期)、潘啸龙《评楚辞研究中的图腾说》(《安徽师范大学学报》2001年第1期)、周延良《〈楚辞·天问〉与原始文明》(《中国文化研究》2001年第3期)、李中华《"楚辞":宗教的沉思与求索》(《武汉大学学报》2001年第1期)等。其中李中华的《"楚辞":宗教的沉思与求索》着重对楚辞中的宗教学内容与意义作了宏观思考,认为《楚辞》的宗教蕴涵可分为宗教沉思与生命修炼的两个层面。

宗教沉思表现为对于神灵世界的向往、对于神圣原则的追求以及与神灵亲近交游的激情。《楚辞》中的生命修炼术则有吐纳餐气、服食药饵、凝神守一等多种。宗教沉思与求索不仅是《楚辞》的文化背景，也是其艺术构思的重要因素，因而深深地渗入《楚辞》的内在精神之中。

此外，学界也多从原始宗教文化角度研究古代小说，如萧兵、周俐《古代小说与神话宗教》（山西人民出版社 2005 年版）一书，论述了中国古代各类小说与神话、宗教、巫术等的关系，阐释了宗教对文学的积极与消极影响。万晴川《巫文化视野中的中国古代小说》（中国社会科学出版社 2003 年版）从巫文化视角考察中国古代小说，主要探讨了古代小说中的巫师、巫术观念与古代小说创作思维、巫术主题小说结构形态的类型、小说巫术内容与巫术文化等问题。朱占青《神秘文化与中国古代小说》（郑州大学出版社 2015 年版）讨论了中国古代神秘文化及其对古代小说文体发展、独立的影响，并从正反两个方面，探讨神秘文化对古代小说的时空表现、文本构成及创作、接受、传播的影响。

最后，古代文学与民间宗教的关系是需要注意的一个问题。民间宗教与原始宗教关系密切，有时甚至合二为一，同时也受到佛教、道教的深刻影响。学界对此有所关注，但成果不多，重要的论文如周新国《天地会与清代通俗文化》（《江海学刊》1987 年）探讨了天地会与通俗小说的关系。王学钧《〈老残游记〉的太谷学派观》（《江苏社会科学》1993 年第 4 期）、《〈老残游记〉悟道诗释证——刘鹗与太谷学派关系论片》[《南京理工大学学报》（社会科学版）1997 年第 4 期]对太谷学派与刘鹗及其《老残游记》的关系作了探讨。齐学东《描写妈祖和林兆恩"三一教"的两部古代长篇小说》（《福建师大福清分校学报》2004 年第 4 期）简述了三一教与《三教开迷归正演义》的关系。孙逊、周君文《古代小说中的民间宗教及其认识价值——以白莲教、八卦教为主要考察对象》（《文学遗产》2005 年第 5 期）以白莲教、八卦教为主要对象，对中国古代小说与民间宗教的关系做了初步考察，同时总结了民间宗教传播过程中的某些特征。侯会《疑〈水浒传〉与摩尼教信仰有关》（载侯会《〈水浒传〉〈西游〉探源：与德堂古典小说研究丛稿》，学苑出版社 2009 年版）认为："摩尼教对《水浒传》的影响，几乎是无法回避的。"万晴川《〈水浒传〉与方腊明教起义》(《甘肃社会科学》2004年第6期)认为《水浒传》中方腊故事的原型正是方腊明教起义,而摩尼教是明教的来源,摩尼教影响着《水浒传》的叙事。段春旭《〈平妖传〉与民间宗教》[《福建师范大学学报》(哲学社会科学版)2008年第2期]分析了《平妖传》与弘阳教的关系。王学泰《游民文化与中国社会》(学苑出版社1999年版)较为深入地研究了《三国演义》《水浒传》《说唐》《英烈传》等通俗小说与游民文化的联系,指出游民往往是民间教派帮会的领袖人物或组织主体。万晴川《中国古代小说与民间宗教及帮会之关系研究》(人民文学出版社2010年版)是古代文学与民间宗教关系研究较为全面而突出的著作,该书对古代小说中所反映的教门和帮会的生态环境与组织信仰、民间教门和帮会与古代小说关系、古代小说对教门和帮会的影响、古代小说中的教门和帮会史影响等内容进行了探讨,尤为重视民间宗教与古代小说的双向互动性研究,既探讨了民间宗教对古代小说的影响,也注意到了古代小说对民间宗教的反作用。

三 古代文学与道教关系研究

自20世纪80年代中期,古代文学与道教关系研究重新兴起后,一直处于持续发展中。从时间上来看,这一研究覆盖了自汉至清的所有朝代,但以唐代道教与文学研究最为突出;在道教与古代文学分体研究中,道教与诗词研究主要侧重于金元以前,道教与小说戏曲研究则集中于元明清。道教文学概念的提出及道教文学史的梳理与研究,是古代文学与道教关系研究所取得的另一个突出成就。

1. 道教与古代文学研究。20世纪80年代,道教与古代文学关系研究已开始为学界所重视,从整体或是某一时代出发,对两者关系作宏观研究的学术成果不断出现,学者中以葛兆光用力最勤。《想象的世界——道教与中国古典文学》(《文学遗产》1987年第4期)一文,从想象力的刺激、欲望的追求和意象的构建等方面总结了道教对中国古典文学的影响,清晰地阐述了文学与道教的内在关联。作者在此基础上,对这一问题作了更为深入的研究,推出了专著《想象力的世界——道教与唐代文学》(现代出版社1990年版)。全书从楚文化精神与道教关系说起,剖析了道教对中国古代文人的影响,并从诗、小说、词三个角度论述了道教对唐代文学的渗透，指出正是由于道教的影响，使唐代文学在相当大的程度上显示了人追求自由的情欲，也极大地刺激了文学家的想象力。20 世纪 90 年代，道教与古代文学关系的断代研究呈现繁荣局面，孙昌武《道教与唐代文学》另辟蹊径，不是从文学观念和文学体裁出发，而是从炼丹术、神仙术、长安道观及社会文化活动、"三教调和"思潮等道教文化入手，探讨道教对唐代文人的观念、意识、文学题材、文学风格、审美偏好乃至创作的影响。① 张松辉《汉魏六朝道教与文学》（湖南师范大学出版社 1996 年版）、《唐宋道家道教与文学》（湖南师范大学出版社 1998 年版）和《元明清道教与文学》（海南出版社 2001 年版）三部著作，形成了自汉魏六朝至明清的历时性系列研究，注重从道教对古代文人、古代文学体裁和古代文论等多方面的影响，史论结合，翔实可信。苟波《道教与明清文学》② 从宗教与社会的互动层面，以道教的世俗化为基本线索，探讨道教与明清文学的关系。全书从"道教神仙境界""道教神仙体系""神仙人物形象""道教法术体系"和"道教伦理"等方面考察了道教宗教观念在明清时期的变化及其背后的社会意义、宗教意义，以及这种变化对文学的深远影响。姚圣良《先秦两汉神仙思想与文学》梳理了先秦两汉神仙思想从孕育、生成，到成熟、发展的过程，结合先秦两汉文学的发展实际，论述了在不同阶段，神仙思想是以何种方式、多大程度地介入文学创作中，怎样影响了先秦两汉文学的风格。③ 赵益《六朝南方神仙道教与文学》总结了六朝南方神仙道教及其上清系的历史源流与宗教特色，探讨了六朝神仙传记的宗教性与文学性，阐述了神仙道教对小说兴起的影响以及对诗歌发展的文学意义。④ 此外，黄保真《道家道教与中国古代文学》（《文史知识》1987 年第 5 期）、伍伟民《道教对中国古代文学影响刍议》（《世界宗教研究》1988 年第 4 期）等文章，从宏观上论述了道教与古代文学的关系。张成权《道家、道教与中国文学》（安徽大学出版社 2010 年版）把道家与道

---

① 孙昌武：《道教与唐代文学》，人民文学出版社 2001 年版。
② 苟波：《道教与明清文学》，巴蜀书社 2010 年版。
③ 姚圣良：《先秦两汉神仙思想与文学》，齐鲁书社 2009 年版。
④ 赵益：《六朝南方神仙道教与文学》，上海古籍出版社 2006 年版。

教并列而论，按照散文、辞赋、诗歌、小说、戏剧、文论等文体分类，全面探讨了道家道教对文学的影响以及文学中所呈现的道家思想和道教文化。

宏观性研究之外，各体文体与道教关系的学术成果更为丰富，值得关注。

一是道教与诗词研究。游仙诗与道教的神仙信仰有直接的关系，因此也是研究者最早论及的问题。陈飞之、何若熊《曹操的游仙诗》（《学术月刊》1980年第5期）、陈飞之《应当正确评价曹植的游仙诗》（《文学评论》1983年第1期），《再论曹植的游仙诗》［《广西师范大学学报》（哲学社会科学版）1991年第2期］，张士骢《关于游仙诗的渊源及其他——与陈飞之同志商榷》（《文学评论》1987年第6期），张平《有关曹植游仙诗的几个问题——与陈飞之同志商榷》（《文学评论》1987年第6期），李乃龙《论唐代艳情游仙诗》［《广西师范大学学报》（哲学社会科学版）1997年第3期］，李永平《游仙诗死亡的再生母题》［《陕西师范大学学报》（哲学社会科学版）1997年第4期］等，都是探讨游仙诗与道教关系的文章。葛兆光《道教与唐诗》（《文学遗产》1985年第4期）、黄世中《唐诗与道教》（漓江出版社1996年版）等论文专著对道教与唐诗关系进行了探讨。葛兆光《道教与唐诗》（《文学遗产》1985年第4期）认为，老庄与道教不同，前者带给文学的是宁静恬淡的情感，形成了自然淡泊的审美情趣与重在内心体验的艺术思维习惯，而道教却带给诗人热烈而迷狂的情绪，形成了绚丽谲诡的审美情趣与重视驰骋丰富的想象力的艺术思维习惯。黄世中《唐诗与道教》一书，围绕唐诗与道教的关系，分类论述了道士、女冠及崇道诗人的诗心、诗意、诗境，探讨了山水诗、恋情诗和醉酒诗的道意、道韵、道味，总结了唐代道蕴诗的审美情趣。

二是道教与小说研究。整体研究的学术成果，如詹石窗《道教小说略论》[①]梳理了道教小说的形成及其流变，并对小说中蕴含的道教生存观及艺术形式进行了分析。刘敏《天道与人心——道教文化与中国小说传统》（中国社会科学出版社2007年版）一书共有两编，上编梳理了不同朝代道教的发展与小说的形态流变，下编对中国古代小说中的道教思想主题进行分类探讨。苟波《仙境　仙人　仙梦——中国古代小说中的道教

[①] 詹石窗：《道教小说略论》，《道家文化研究》第四辑，上海古籍出版社1994年版。

理想主义》（巴蜀书社 2008 年版）运用原型批评方法，讨论了仙境、仙人、仙梦等主题的神话传说及其演变，探讨中国古代"理想主义"传统对宗教与古代小说的独特影响。

专题研究的学术成果，如苟波《道教与神魔小说》（巴蜀书社 1999 年版）从明清神魔小说的"济世"与"修道"主题、"天—地—天"的空间结构和情节结构、人物形象等方面探讨了道教与神魔小说的关系。黄景春、李纪《道心人情——中国小说中的神仙道士》（上海辞书出版社 2005 年版）以及黄景春《中国古代小说仙道人物研究》（广西师范大学出版社 2006 年版）对中国古代小说中的神仙道士、仙道人物进行了系统梳理与分析。黄勇《道教笔记小说研究》（四川大学出版社 2007 年版）提出道教笔记小说概念，即表现道教题材的中短篇文言小说，按济世体、修道体、游仙体、谪仙体和辅教体等类型进行了分析。程丽芳《神仙思想与汉魏六朝志怪小说研究》（西南交通大学出版社 2008 年版）探讨了神仙思想对汉魏六朝志怪小说的影响。属于个案的有：罗争鸣《杜光庭道教小说研究》（巴蜀书社 2005 年版）对杜光庭的道教小说进行了全面研究。霍明琨《唐人的神仙世界——〈太平广记〉唐五代神仙小说的文化研究》（黑龙江大学出版社 2007 年版）、郑宣景《神仙的时空——〈太平广记〉神仙故事研究》（中央民族大学出版社 2007 年版）对《太平广记》的神仙小说及其文化进行了探讨。陈洪《〈列仙传〉的道教意蕴与文学史意义》（《文学评论》2010 年第 3 期）对作为神仙志怪小说的开山之作的《列仙传》的辅教意图，以及受此影响的六朝小说两个明显的特点，即叙事的模式化和题材的类型化作了深入的探讨。柳岳梅《尘俗回响——古代仙道小说之演变》（河南人民出版社 2012 年版）认为，仙道小说的出现、形成和发展，遵循了中国古代小说的发展规律，并以仙道小说的历时性演进，着重说明了古代宗教组织与文化观念的发展对相应时期仙道小说的影响，同时也带来了仙道小说的世俗化演进。

三是道教与戏剧研究。么书仪《元杂剧中的"神仙道化戏"》（《文学遗产》1980 年第 3 期）、吴新雷《也谈马致远的神仙道化剧》（首届中国古代戏曲学术研讨会论文，1986 年）、吴振国《论马致远与朱有敦神仙道化戏异同辨》（《青岛师专学报》1991 年第 4 期）等论文对元代神仙道化戏进行了探讨。詹石窗《道教与戏剧》[1]是第一部对道教与戏剧关系作了重点研究的著作，全书分析了道教与戏剧关系的原因、媒体及渊源，探讨了元杂剧的神仙道化题材、神仙道化剧的艺术特征、沿袭与嬗变、道情弹词对传奇戏曲的影响等问题，全面探讨了道教与戏剧的关系。李艳《明清道教与戏剧研究》（巴蜀书社 2006 年版）对道教与明清戏剧作了较为全面的研究，重点探讨了明清神仙道化剧、道教与明清传奇、明末清初的道情戏、八仙戏剧等内容。王汉民《道教神仙戏曲研究》（人民文学出版社 2007 年版）先是从史的角度对道教神仙戏曲的起源、发展、兴盛和式微进行探析，然后按神仙度脱剧、驱邪除魔剧、庆寿喜庆剧和神仙爱情剧四大类来研究道教神仙戏曲的题材内容和宗教文化意蕴，最后分析了神仙戏曲的独特艺术魅力。童翊汉《中国道教与戏曲》（宗教文化出版社 2009 年版）从纵横两个方面论述了中国戏曲与中国道教之间的关系，梳理了从汉唐到元明清以至现代的道教戏曲历史发展脉络，同时从道教文学入手，揭示道教文化与传统戏曲之间血脉相连的紧密联系。

2. 道教文学研究。道教文学的概念由古存云在《道教文学》（《宗教学研究》1983 年第 4 期）一文中提出，作者认为以宣传道教教义、神仙出世思想以及反映道教的宗教生活为题材内容的各种形式的文学作品都是道教文学。这显然是一个较为宽泛的界定，但此后的道教文学研究基本上以这一概念为基础。如詹石窗《道教文学史》指出：所谓道教文学"是以道教活动为题材的，其形象的塑造和意境的创造都是以道教活动为本原的"。[2] 詹石窗《道教文学史》是一部道教文学断代史。这部论著梳理了汉代至北宋的道教文学发展脉络，内容非常全面广博，对《道藏》内外的典籍都有论及，对汉魏时期道教的炼丹诗、咒语诗、游仙诗、步虚词、玄歌、仙传、志怪和隋唐五代时期的道人诗、神仙传记以及北宋的道人诗词、名山志、宫观碑志与传奇等道教文体都有涉及。作者注重文献分析，结合道教思想，剖析文学现象及作品，故广博而深入。其后的《南宋金元道教文学研究》（上海文化出版社 2001 年版）一书大致延续了《道教

---

[1] 詹石窗：《道教与戏剧》，台湾文津出版社 1997 年版，厦门大学出版社 2004 年重版。
[2] 詹石窗：《道教文学史》，上海文艺出版社 1992 年版，第 3 页。

文学史》的研究思路，对南宋至元代的道教文学，特别是以王重阳和全真七子为代表的全真道的诗词、以白玉蟾为代表的南宋元代金丹派南宗的诗词、南宋金元的道教散文、元代神仙道化剧进行重点研究。詹氏的这两部道教文学史虽然在时间跨度上尚未完备，然而作为新时期以来道教文学研究中出现的首部史论类著作，无疑有着筚路蓝缕之功。杨建波《道教文学史论稿》（武汉出版社2001年版）是另一部重要的道教文学断代史。该书梳理从汉代至明代的道教文学，对游仙诗、神仙传记、道教诗词、神仙道化剧、道教黄冠散曲、道教名山宫观志等道教文学的内容均有论述，就时间跨度而言无疑是前所未有的。其研究结合文化史与文学史，既有宏大的文学史观，又重视个案的翔实剖析。遗憾的是作者虽然提及清代道教小说的数量颇为可观，但"囿于精力与篇幅的限制"未能论及，故仍不能称作道教文学通史。

伍伟民、蒋见元《道教文学三十谈》（上海社会科学院出版社1993年版）是一部论文集，该书分《道藏》内、外文学两部分，探讨了诸如道教散文、传记、诗歌、词曲、小说、诗论等诸多问题。杨光文、甘绍成《青词碧箫——道教文学艺术谈》（四川人民出版社1994年版）对道教文学的各类文体及其艺术性进行概述。此外，李小荣《敦煌道教文学研究》（巴蜀书社2009年版）对敦煌藏经洞所出的与道教思想、行仪有关的作品进行了研究，包括道教经典、道教行仪（实用文书）以及相关的宣教作品、道士女冠与普通信士的文学作品等，有些研究对象是以往极少论及的，推进了道教文学研究的全面与深化。

道教诗歌是道教文学的组成部分，田晓膺《隋唐五代道教诗歌的审美管窥》（巴蜀书社2008年版）从道教审美文化的视角，探讨了道教游仙体道诗、山水悟道诗、丹术证道诗、女性向道诗与道教思想文化的渊源，同时重点论述了这四类诗歌在不同角度与层面上凸显出来的道教审美文化及特质。左洪涛《金元时期道教文学研究——以全真王重阳和全真七子诗词为中心》[①]对金元时期的全真道教诗词的思想内容、艺术特色和

[①] 左洪涛：《金元时期道教文学研究——以全真王重阳和全真七子诗词为中心》，人民出版社2008年版。

词史地位进行重点探讨,并对全真教祖王重阳的词作进行了深入研究。桑宝靖的《仙歌考论》(博士学位论文,南开大学,2002年)通过对《道藏》等众多典籍的文献梳理,对以表达道教情感信仰的女仙诗、游仙诗和宗教仪式诗歌——步虚词等,梳理其产生、发展过程,对重要的作家作品作思想与艺术的全面研究。

仙话也是中国古代道教文学最显著的文体。罗永麟较早关注这一学术领域,并陆续发表了一系列具有开创性意义的研究论文,后结集为《中国仙话研究》(上海文艺出版社1993年版),其中首篇《论仙话及其对中国文学的影响》通过横向比较与纵向历史透视,比较客观地阐释了仙话的发展脉络及其历史影响。郑土有《中国古代神话仙话化的演变轨迹》(《民间文学论坛》1992年第1期)对中国古代神话仙话化的演变轨迹进行了探讨,认为神话仙话化始于春秋战国,两汉魏晋南北朝达到高峰期,至唐宋已臻完成。梅新林《仙话——神人之间的魔幻世界》(上海三联书店1992年版)为首部系统研究仙话的学术专著,书中重点就仙话所包含的生命意识、产生的历史条件、神话仙话化以及发展历程、仙界体系之构成、其故事的演化与整合、主体类型及文化效应等内容进行了较为全面的探讨。吴光正《八仙故事系统考论》(中华书局2006年版)和党芳莉《八仙信仰与文学研究》(黑龙江人民出版社2006年版)结合了道教或民俗,对八仙信仰、八仙文化与八仙文学进行了综合考察。前者侧重于文献考辨,从大量的文献梳理中展示八仙中每一个神仙故事的源流演变;后者侧重于文化探析,在考辨八仙原型及其仙事演变的基础上,对文学作品所蕴含的文化进行了深入剖析。黄勇《道教笔记小说研究》(四川大学出版社2007年版)按照小说的主题内容,将道教笔记小说分为济世体、修道体、游仙体、谪仙体、辅教体等类别,并论述了小说的道教思想来源、主题类别、宗教旨趣和文学价值,其中有些小说可归属于仙话,值得学界关注。

道教文学和美学思想研究也是道教文学研究的重要内容。蒋振华《汉魏六朝道教文学思想研究》(中南大学出版社2006年版)是一部断代文学思想研究著作,针对汉魏六朝这一道教建立、兴盛文学思想进行了详细研究,包括早期道教典籍所反映的文学观、葛洪的神仙道教理论与文学思想、陆修静与灵宝经系的文学思想、陶弘景与上清经系的文学思想等研究。其后，蒋振华拓展了同题研究的下限，出版了《唐宋道教文学思想史》（岳麓书社 2009 年版），对唐宋时期的道教文学思想进行了深入研究，分初盛唐、中晚唐五代、北宋和南宋四个时期加以论述，指出唐宋道教文学思想体现了唐宋文化中具有开明包容性的儒、道、释三教调和的发展趋势。潘显一《大美不言——道教美学思想范畴论》（四川人民出版社 1997 年版）是一部论述道教美学思想的著作，全书从本质论、辩证论、趣味论、文艺美论四个角度筛选出十六个关键性子目，构建了道教美学思想范畴体系，进而提出了道教美学思想的三大民族特色，即神性美的"此岸化"、多源性与民族伦理化、人性的"内省"要求等特点。李裴《隋唐五代道教美学思想研究》（巴蜀书社 2005 年版）、申喜萍《南宋金元时期的道教美学思想》（中华书局 2007 年版）分别对隋唐五代和南宋金元时期的道教美学思想进行了探讨和研究，两者都是断代道教美学思想研究著作。潘显一、李裴、申喜萍等《道教美学思想史研究》（商务印书馆 2010 年版）首次对道教美学思想进行了整体性的历时梳理与研究，把道教美学思想史分为前道教时期的美学思想（先秦两汉）、道教美学思想的形成期（魏晋）、道教美学思想的兴盛期（隋唐）、三教融合时期（北宋）、道教美学思想深入及分化期（南宋金元）和道教美学思想世俗化及提升期（明清）。该书重新认识和评价道教美学思想史在中国传统文化中的影响和地位，一定程度上推动了道教思想史中道教审美思维和美学思想史的研究。蒋艳萍《道教修炼与古代文艺创作思想论》（岳麓书社 2006 年版）从道教修炼心态与创作心态、道教想象与文学想象、道教理想与文学创作理想等几方面，探讨道教修炼与中国文艺创作思想的关系。

近年来，道教文学研究呈现具体化、深入化的发展特点，在学位论文中表现最为明显，如许蔚《断裂与建构：净明道的历史与文学》（博士学位论文，复旦大学，2011 年）、时培富《金代全真道士词用典探论》（硕士学位论文，吉林大学，2013 年）、余红平《杜光庭道教文学研究：以道教诗词为考察对象》（硕士学位论文，赣南师范学院，2013 年）、金瑶《刘大彬〈茅山志〉文学文献学研究》（硕士学位论文，华东师范大学，2016 年）等，往往选取某一教派、某一道教作者、某种文体乃至某部著作为研究对象。这固然会使道教研究更为扎实深入，但宏观研究仍有较大的研究空间，对道教文学研究而言，也需要高屋建瓴的学术成果，引领学术趋势，提振研究层次。

四　古代文学与佛教关系研究

佛教自汉代传入中国以来，对中国古代文化产生了重大影响。从宗教的角度观照文学，或是从文学角度去审视宗教，都会加深对佛教、文学的理解和认识。"20世纪'佛教与古代文学'的研究经历了曲折复杂的衍变历程，前期主要是在西方知识体系的参照下，参与了古代文学研究的现代化进程，不少文学史著作甚至以佛教的传入作为文学史分期的依据。1949年后，由于宗教被视为'鸦片'，'佛教与古代文学'的研究淡出研究者的视野。随着20世纪80年代方法论探索、宏观研究和文化热的兴起，'佛教与古代文学'的研究迅速成为古代文学研究的重要领域，产生了很多重要的成果。"[①] 自20世纪80年代中期兴起后，佛教与古代文学整体研究、佛教与六朝文学研究、佛教与唐代文学研究、佛教与古代小说研究、禅宗与古代诗歌研究、诗僧研究等多个学术问题取得了较突出的成就。

1. 佛教与古代文学研究。关于佛教文学的内涵与外延，目前学界还存有争议，陈引驰编著的《佛教文学》（上海人民美术出版社2003年版）、《大千世界——佛教文学》（云南人民出版社2001年版），龙晦《灵尘化境——佛教文学》（四川人民出版社1995年版）、弘学编著《中国汉语系佛教文学》（巴蜀书社2006年版）等，都把佛教文学作为一个特定对象加以研究，但"佛教文学"的界定较为复杂，难以统一。一种观点如陈引驰所论，从文学表现内容来看，凡是表现佛教内容的文学都应视为佛教文学；一种观点如龙晦所论，从文学创作主体来看，认为只有佛教信仰者所写作的表现佛教内容的文学才是佛教文学；还有一种观点如弘学所论，只有佛教经典中的文学才算是佛教文学。古代文学研究大多采取的是较为宽泛的佛教文学观念，即将表现佛教内容的文学视为佛教文学，并从这类

[①] 何坤翁、吴光正：《20世纪"佛教与古代文学"研究述评》，《世界宗教研究》2013年第3期。

文学作品入手，探讨佛教与文学的复杂关系。

一是佛教与文学的整体研究。张中行《佛教与中国文学》（安徽教育出版社 1984 年版）是新时期以来第一部从整体上研究中国文学与佛教关系的著作。该著作虽然只有 5 万字左右，却涵盖了佛教与文学研究的重要论题。全书由三章构成，分别是"汉译的佛典文学""佛教与中国正统文学"和"佛教与中国俗文学"，前者实际上就是后来的佛教文学研究，后两者则是古代文学与佛教关系研究，涉及诗、文、小说、变文、宝卷、弹词、鼓词等各类体裁。此后，孙昌武和陈允吉在这一领域用力甚勤，成就卓著，成为佛教文学研究领域的重要学者。自 90 年代起，佛教与古代文学研究走向了繁荣阶段，无论是佛教与中国文学的整体研究，还是佛教与诗歌、小说等特定的文体研究，都有不俗的成果。之后，孙昌武《佛教与中国文学》（上海人民出版社 1988 年版）作了全面深化的研究，涉及汉译佛典文学、佛教与中国文人、佛教与中国文学创作、佛教与中国文学思想等方面的研究，其重点在于探讨佛教思想与中国文学复杂的关系，是这一领域的代表性成果。陈洪《佛教与中国古典文学》（天津人民出版社 1993 年版）认为佛教与文学的关系有三种，一是佛教典籍自身的文学性，二是表现佛教题材的文学，三是在思想观念、作品风格、艺术境界、语言材料等方面反映佛教影响的作品。全书从文体入手，探讨佛教对诗歌、散文、小说、戏曲的影响，论及思想文化、题材内容、审美倾向、文学理论乃至人物形象等多方面内容。胡遂《中国佛学与文学》（岳麓书社 1998 年版）分为"渊源篇——从印度佛学到中国佛学""创作篇——中国佛学与文学创作""理论篇——中国佛学与文学理论"，以中国佛学的思想发展与流变为主线，探讨佛理禅意对文人的思想、信仰实践、文学理论、文学表现技巧等方面的影响。孙昌武《中国文学中的维摩与观音》（高等教育出版社 1996 年版）是又一部影响较大的著作，该书梳理了中国文学中维摩诘与观世音描写与接受历史，揭示了佛教对于中国上层文人与普通民众的不同影响。佛教与中国古代文学理论之间的关系，蒋述卓《佛经传译与中古文学思潮》（江西人民出版社 1990 年版）是较早的代表作。该书对佛教与中古文学思潮和文学现象进行了全面考察，以佛典翻译质文演变的理论研究为宏观导向，分别论述了佛经故事与志怪小说、玄佛奥旨与山水诗、四声与佛经转读、南朝齐梁浮艳藻绘文风与佛经传译、北朝质朴悲凉文风与佛教等问题，之后又由断代研究拓展为通史研究，出版了《佛教与中国古典文艺美学》（岳麓书社2008年版）一书，论析了佛教概念如何被中国文艺美学吸收、转换和融会，以及对中国文艺理论中的意境论、传神论、独创论、真实论、悲剧意识以及通俗化倾向等的重要影响。其中禅学与诗学、佛教与山水文学的探讨，也是古代文学研究者关注的问题。此外，孙昌武《文坛佛影》（中华书局2001年版）、罗伟国《花雨缤纷：佛教与文学艺术》（上海古籍出版社2003年版）等论文集，辑汇了作者数年来的学术研究论文，从多个角度讨论了佛教与文学的关系。

二是佛教与断代文学研究。孙昌武《唐代文学与佛教》（陕西人民出版社1985年版）和陈允吉《唐音佛教辨思录》（上海古籍出版社1988年版）是两部关于唐代文学与佛教研究的论文集，产生了较大的学术影响，受到学界的高度评价。前者探讨了佛教与唐代散文、唐代诗歌、唐代文学理论的关系，涉及韩愈、柳宗元、王维、白居易及诗僧皎然等。后者收录了作者的12篇重要论文，涉及王维、杜甫、韩愈、李贺、刘禹锡等唐代诗人以及《梦天》《长恨歌》等文学作品，从佛学影响的角度，分析了唐代文学思想及艺术特色中的佛教因子。与以往研究多注重作家与佛僧交游之考证，或者作家作品中的佛学词句，这是浅层次的认识与论述，陈允吉注重从深层思想渊源上，论述佛教对文学题材、形象、情节、语言及创作思想的影响。这一思路对后来的佛教与文学研究具有启迪意义，如黄卓越《佛教与晚明文学思潮》（东方出版社1997年版）即是一部研究佛教与晚明文学思想的专著。论述了晚明文学思潮的性质、过程中或隐或显的佛教影响，对晚明文学思想中的重要命题，如童心说、性灵说等，深入剖析其思想来源、理论内涵中的佛教思想。陈引驰《隋唐佛学与中国文学》（百花洲文艺出版社2002年版）全面研究了隋唐佛学与同时代文学间的联系，探讨了晋隋文学的佛影、佛道关系中的诗人、禅学流变中的诗人、古文运动与儒佛关系、唐民间佛教诗歌传统、敦煌变文的佛教因缘、志怪传奇的佛教渊源等多个问题，深刻地论述了佛教与中国文学从最初的冲撞到交流、融会的过程。胡遂《佛教与晚唐诗》（东方出版社2005年版）探讨了晚唐的咏怀诗、怀古诗、隐逸诗、禅悦诗、酬赠诗与佛教的内在联系，分析了佛教思想对晚唐人心态、人格理想、修行信仰的深入影响以及在诗歌作品中的表现。萧驰《佛法与诗境》（中华书局2005年版）一书历史地考察了东晋至晚唐五代之间佛教对中国诗学的影响。

普慧《南朝佛教与文学》（中华书局2002年版）专门论述了南朝佛教的发展、佛教思想的演变对南朝文人和南朝文学创作、文学现象的影响和作用。刘艳芬《佛教与六朝诗学》（中国社会科学出版社2009年版）探讨佛教对六朝诗学的影响，重点选择了主体、意象和范畴三个方面作为切入点，从总体上探析佛教影响六朝诗学的原因、方式、过程和表现。高文强《佛教与永明文学批评》（湖北教育出版社2006年版）立足于永明文学批评的整体性，考察永明文学批评与佛教的关系，首先从整体上考察了两者之间的内在联系与外在特征，然后具体论述了新变观、"三易"说、声律论与佛教的关系。张培锋《宋代士大夫佛学与文学》（宗教文化出版社2007年版）论述了佛学在宋代士大夫群体政治、社会、思想背景中的深刻影响，并结合欧阳修、司马光、王安石、苏轼等个案，剖析佛教思想影响的路径及向度，从佛学诗文和著述中，探讨佛学对宋代学术及文学的内在影响。李小荣《汉译佛典文体及其影响研究》（上海古籍出版社2010年版）专门从汉译佛典文学来探讨其文体类型及其文学影响，涉及汉译佛典的"契经""偈颂""本事""本生""譬喻""因缘""论议""未曾有""授记"等文体。

三是佛教与古代叙事文学研究。张毕来《红楼佛影》（上海文艺出版社1979年版）是新时期最早的佛教与小说研究著作，该书对清初士大夫禅悦之风与《红楼梦》的关系作了较全面的研究。王晓平《佛典·志怪·物语》（江西人民出版社1990年版）以"主题学研究"为线索，以比较学视野探讨了汉译佛经、志怪小说及日本物语三者之间的关系。1998年香港中华书局出版了由黄子平主编《中国小说与宗教》一书，该书是香港浸会大学首届"文学与宗教"国际学术研讨会的论文集。其中有不少大陆学者的学术成果，大部分论文探讨佛教与小说的关系。

80年代至90年代，佛教与古代小说的专题研究成果较少，21世纪则进入了繁荣发展阶段。孙逊《中国古代小说与宗教》（复旦大学出版社

2000年版)由多篇论文组成,其中也有不少佛教与小说研究的论文。白化文《三生石上旧精魂——中国古代小说与宗教》(北京出版社2005年版)共有三部分,第一部分共五篇文章,梳理了中国古代文学中题材故事与佛教故事的关联,以个案来探讨佛教对中国小说的重大影响,如"轮回""三生","神通变化""化身"等思想和故事性例证,在中国古代小说中的演变。第三部分论述了器物,如如意、禅杖、锡杖、法轮等,在儒释道三教和高层与全社会中的使用及其中蕴含的特殊意义。陈洪《佛教与中古小说》(学林出版社2007年版)从蓝本、教义、信仰、仪式等四个方面探讨佛教基本要素的诸种规定性以及变异性与中古小说的关系。王青《西域文化影响下的中古小说》(中国社会科学出版社2006年版)主要考察以佛教文化为主体的西域文化如何影响中土作家的思维方式(重点在于想象力)和观念模式(包括小说本体观、生命观、时空观和世界观),从题材内容、情节与形式三大部分探讨了西域文化所产生的影响。吴海勇《中古汉译佛经叙事文学研究》(学苑出版社2004年版)从文学角度对中古汉译佛经作了分类概说,介绍了其中特有的域外题材,如种姓与职业人、民俗信仰等;梳理了佛经民间故事,归纳了叙事特点,以"信""达""雅"为标准,评价了中古佛经汉译的成就。夏广兴《佛教与隋唐五代小说》(陕西人民出版社2004年版)较为全面系统地整理挖掘隋唐五代小说中的佛教因子,展示出梵汉文化交融对隋唐五代小说的深层影响。俞晓红《佛教与唐五代白话小说研究》(人民出版社2006年版)探讨了佛教与唐五代白话小说形成的关系研究,特别是对佛教与白话小说的叙事体制、题材来源、观念世界等关系进行了重点探析。孙鸿亮《佛经叙事文学与唐代小说研究》(人民出版社2008年版)从叙事学角度探讨了佛经的叙事特征及其对唐代小说的影响。陈开勇《宋元俗文学叙事与佛教》(上海古籍出版社2008年版)开篇即讨论了宋元俗文学叙事受佛教影响的总体特征,再由小及大,梳理了宋元俗文学中的佛教词汇、佛教事料、叙事结构等,并将之与中国传统文学相对比,总结宋元俗文学与佛教细致而全面的关联。全书历时性与共时性结合,体现出视野开阔、论述翔实的学术特点。宋珂君《明代宗教小说中的佛教"修行"观念》(中国社会科学出版社2005年版)动态地考察了佛教"修行"观念的文学演变过程，对明代近二十部宗教小说的"修行"因素细加分析，论述了宗教小说与"宣教"之间的联系。此外，王立《宗教民俗文献与小说母题》（吉林人民出版社 2001 年版）、《佛经文学与古代小说母题比较研究》（昆仑出版社 2006 年版）从主题学角度探讨了佛教与古代小说之间的关系，从中梳理了大量来源于佛教文化中的小说母题。刘惠卿的《佛经文学与六朝小说母题》（博士学位论文，陕西师范大学，2006 年）也从小说主题学出发，探讨了佛教对六朝小说的影响。陈洪《元杂剧与佛教》（《文学评论》2005 年第 6 期）梳理了元代杂剧中的涉佛剧目、涉佛题材、佛教观念以及元杂剧剧目所反映的佛教演化信息。刘亚丁《佛教灵验记研究——以晋唐为中心》（巴蜀书社 2006 年版）研究了宣扬佛教信仰、证明灵验实有的灵验故事。全书分上、下两篇，上篇主要分析某种类型的灵验记和灵验现象，下篇分别从文学、历史、宗教学的角度探讨灵验记的价值。周秋良《观音故事与观音信仰研究》（广东教育出版社 2009 年版）对灵验故事中的观音信仰故事进行专题研究，将观音故事的演变与宗教接受相结合，考察各个历史时期的观音形象与观音信仰及其文学生成，探讨宗教信仰与文学生成的互动性。车锡伦《中国宝卷研究》（广西师范大学出版社 2009 年版）梳理了佛教宝卷的来源、形成、分类及发展历史、形式和演唱形态，通过田野调查，介绍了江苏靖江、苏州、张家港、山西介休等地"做会讲经"的仪式及民间宝卷的情况，并结合宝卷，对重要的民间信仰和民间故事作了专门的梳理。最后，还总结回顾了 20 世纪中国宝卷研究史。全书文献与文化、理论与实践相结合，论述全面、翔实、深入，是近年来佛教文学专题研究的重要论著。李熙《僧史与圣传——〈禅林僧宝传〉的历史书写》（中国社会科学出版社 2014 年版）是对北宋名僧惠洪的《禅林僧宝传》的专书研究。作者从历史叙事学的角度切入，论述作者惠洪的史学意识以及《禅林僧宝传》的体裁、标准、史料来源及写作思路，梳理《僧宝传》的书写史，分析其与《宋高僧传》《景德传灯录》的关系，指出禅史文本间的互文性关系，总结《禅林僧宝传》的历史叙事特点。

21 世纪以来，相关博士学位论文也值得关注，如东方乔《论佛教对唐宋词的影响》（河北大学，2003 年）、刘金柱《唐宋八大家与佛教》（河北大学，2004年)、梁银林《苏轼与佛学》(四川大学，2005年)、李志强《刘禹锡与佛教关系原论》(复旦大学，2005年)、鲁克兵《杜甫与佛教关系研究》(复旦大学，2007年)、邹婷《白居易的诗歌创作与中国佛学》(苏州大学，2008年)、孙海燕《黄庭坚的佛禅思想与诗学实践》(北京语言大学，2008年)、宋寒冰《元杂剧与佛教母题研究》(吉林大学，2010年)、王早娟《唐代长安佛教文学研究》(陕西师范大学，2010年)、戴丽琴《〈世说新语〉与佛教》(华中师范大学，2010年)等。这些博士论文多为个案研究，体现出近年来逐渐转向深入、具体的个案化研究的趋势。这一方面会推动研究的细化，填补以往认识的不足，另一方面也意味着宏观研究的缺失，学界及研究者应给予足够的重视。

2. 禅宗与古代文学研究。禅宗是本土化最彻底、影响最大的汉传佛教，其主要特点是"不立文字，教外别传；直指人心，见性成佛"。自中晚唐起，禅宗就成为中国佛教的主流，对中国文化和文学产生了深远的影响。

自20世纪80年代中后期起，禅宗与古代文学研究也得到很大的进展。陶林(陶东风、梅新林)《王维山水诗的禅宗审美观及其空灵风格》(《浙江师范学院学报》1982年第3期)、吴惠娟《试论禅宗对宋诗的影响》(《学术月刊》1985年第11期)、周义敢《北宋的禅宗与文学》(《文学遗产》1986年第3期)、王琦珍《禅宗与宋代江西作家》(《江西师范大学学报》1988年第4期)、毛炳身、毛小雨《禅宗与元杂剧》(《中州学刊》1988年第2期)等论文，葛兆光《禅宗与中国文化》(上海人民出版社1986年版)、程亚林《诗与禅》(江西人民出版社1989年版)等，都是这一时期的重要成果。《禅宗与中国文化》影响较大，作者论述了禅宗对中国士大夫的交往及心理结构、人生哲学与审美情趣、艺术思维的深刻影响，既属于思想文化史研究，也涉及大量的古代作家作品研究。《诗与禅》探讨禅宗与文学关系的专著，作者认为"佛教禅宗的崛起、昌盛，从审美心态上哺育了唐宋两代诗人；因禅宗的过渡，从而更广泛深细地汲取了儒、道、释营养而铸成的宋代理学，又为集大成式的诗歌理论的出现在思维方式上开辟了道路"。全书侧重思想研究，论述了禅宗的思想及其与唐宋诗歌的相通性。总体来看，这一时期的研究初步体现了学术空间的广阔，举凡古代文学理论、诗歌、元杂剧以及作家群体乃至文化历史研究，都已纳入学术视野。

20世纪90年代，禅宗与古代文学研究取得了丰硕的成果。张伯伟《禅与诗学》（浙江人民出版社1992年版）是这一时期的重要论著，主要论述了禅宗与诗学理论、诗歌创作之间的关系问题。全书分为理论篇与创作篇，理论篇探讨佛学与晚唐五代诗格、禅学与诗话、禅学与宋代论诗、禅宗思维方式与意象批评等问题，创作篇探讨佛禅与玄言诗、山水诗、宫体诗、寒山诗的关系。周裕锴《中国禅宗与诗歌》（上海人民出版社1992年版）是禅宗与诗歌研究的又一重要著作，该书系统地论述了中国禅宗史和诗歌史关系，探讨了诗人和禅、禅僧和诗的联系，描述了还原偈颂的诗化过程，不同禅风影响下的不同时期、不同流派的诗歌风格特点，揭示了诗禅契合的各个层面，阐释了以禅喻诗的各种形态及其美学内涵，进而总结了中国诗学的演进规律及其民族特征。谢思炜《禅宗与中国文学》（中国社会科学出版社1993年版）选取王维、杜甫、韩愈、白居易、王安石、苏轼、黄庭坚等多个唐宋时期重要诗人为案例，侧重论析诗人的禅宗思想及其对创作的影响，总结禅宗思想对社会文化及文人心理、创作的影响，揭示了唐宋以来禅宗与中国文学发展的内在关联。孙昌武《禅思与诗情》（中华书局1997年版）中讨论了若干问题，既有对禅宗思想的阐释，也有对诗禅关系的论述，还有对王维、杜甫、苏轼等唐宋诗人与禅宗关系的研究。周裕锴《文字禅与宋代诗学》（高等教育出版社1998年版）从语言角度探讨禅宗与宋代诗学的关系，认为宋代禅学与诗学同时出现了语言上的新变，"文字禅"与"以文字为诗"是禅学与诗学融合的最佳范本。周裕锴的另一部著作《禅宗语言》（浙江人民出版社1999年版），则论述了禅宗史上语言观念与实践的历时性变化，以及禅宗语言象征性、隐晦性、乖谬性、游戏性、通俗性、递创性、随机性等多个特点。这一时期的相关著作还有张锡坤、吴作桥等合著《禅与中国文学》（吉林文史出版社1992年版）、李淼《禅宗与中国古代诗歌艺术》（长春出版社1990年版）、王敏华《中国诗禅研究》（广西师范大学出版社1997年版）、卢燕平《唐代诗禅关系探赜》（甘肃文化出版社1999年版）等，这些著作也都从不同角度，探讨了禅宗与中国古代文学或诗学的关系。

21世纪以来,禅宗与古代文学研究持续发展,涌现了一批研究成果,取得了新的学术成就。吴言生《禅宗诗歌境界》(中华书局2001年版)分类梳理了禅宗各派的禅诗,并对各派禅宗诗歌的审美意境、感悟机制进行了深入的探究和分析。李壮鹰《禅与诗》(北京师范大学出版社2001年版)的突出特点是以禅宗机缘语录为切入点,深入研究诗与禅的关系。该书简要回顾了禅宗史,探讨了机缘语录的产生时代、原因及主要思想,以禅语为案例,总结禅语的特点,论析诗与禅的共通性、古代诗学中以禅论诗的现象及其原因。张晶《禅与唐宋诗学》(人民文学出版社2003年版)的特点是从哲学、美学的角度出发,总结文学艺术现象的成因及其理论内涵。全书重视文人心态研究,从唐宋时期禅宗思想对诗人心态的影响入手,试图通过作品、诗话及公案细节,总结禅宗思想与诗歌创作共同的思维方式及理论意义。王树海《禅魄诗魂——佛禅与唐宋诗风的变迁》(知识出版社2000年版)、张海沙《初盛唐佛教禅学与诗歌研究》(中国社会科学出版社2001年版)、胡遂《佛教禅宗与唐代诗风之发展演变》(中华书局2007年版)等著作,分别对佛禅与唐宋诗风变迁、佛禅与初盛唐诗歌发展、佛禅与唐代诗风演变等问题作了断代梳理与个案探析,推进了禅宗与诗学研究的深化。张海沙《曹溪禅学与诗学》(中国社会科学出版社2009年版)是一部融禅学思想、地域文化与诗学探究为一体的著作,着重探讨了曹溪禅学与岭南地域关系以及岭南地域内的禅学与诗学关系。此外,张培锋《宋诗与禅》(中华书局2009年版)、刘晓珍《宋词与禅》(人民文学出版社2010年版)、梁归智《禅在红楼第几层》(中国人民大学出版社2007年版)等,也是这一时期禅宗与古代文学的研究成果。伍晓蔓、周裕锴《唱道与乐情——宋代禅宗渔父词研究》,(中国社会科学出版社2014年版)梳理了宋代禅宗渔父词的三大传统,即《渔家傲》系渔父词、《渔父》系渔父词、《诉衷情》系渔父词依托词调形成的创作传统,从宗派、门风、作者身份等创作群体特征中去寻绎其成因和特色,指出《渔家傲》是禅宗唱道文学的代表,《渔父》来自文人书写传统,《诉衷情》则为禅宗居士创作,以及各系渔父词思想与情感的寄托。周裕锴、祁伟编著的《宗风与宝训——宋代禅宗写作传统研究》(中国社会科学出版社2017年版)以宋代禅宗书写传统为切入点,研究了禅宗的诗歌范式在宋代所呈现的特殊样态，如十二时歌、山居诗、牧护歌、"潇湘八景"诗等，以禅宗书写惯例与民俗禁忌为切入点，论述了宗教书写中的特殊语言现象，如禅僧的法名与表字、庵堂与道号、忌日与生辰、锁骨与栓索、夺胎与转生等。

禅宗与文学关系研究畛域虽广，但自20世纪80年代至今，研究中形成了一些热点领域：文体上主要集中在诗歌、小说与杂剧；诗歌研究以唐宋为重要时代，戏剧研究则以宋元为主，小说研究中则集中在《红楼梦》等，禅宗与古代文学理论中，诗学理论更受关注。近年来，禅宗与古代文学研究呈现更为深入、专业的趋势，这必将带来更多新的发现。

3. 诗僧专题研究。诗僧是中国古代诗歌创作中的特殊群体，他们的诗歌反映了僧侣的真实生活与精神世界，是佛教文学，也是古代诗歌的重要组成部分。学界对诗僧的界定有广狭之分，孙昌武认为"诗僧可以说是以写诗为'专业'的僧人，也可以说是披着袈裟的诗人。他们产生在特定的历史时期"。[①] 这一界定显然是严格的，可被称为"诗僧者"为数很少。在后来的研究中，学者们对这一观点有所修正，认为由古代诗人的界定来看，诗人也并不以吟诗为主业，故诗僧的界定应以"凡有吟诗经历之僧，皆应称作'诗僧'"。[②] 这一界定拓展了诗僧的研究领域，是诗僧研究得以发展的基础。学界通常所说的诗僧研究包括诗僧和僧诗研究两个方面，因为作家和作品研究原本一体，既需要借助诗歌了解诗僧的生平交游、思想情感，也需要知人论世，根据诗僧的身世经历分析其诗歌内容与艺术风格。诗僧研究虽然较为小众，但也是佛教与古代文学研究中的一部分，从20世纪80年代至今，取得了长足的进步。由研究成果来看，可分为个案研究与群体研究两类。

一是诗僧个案研究。学术研究往往遵循着由局部到整体的规律，诗僧研究也是如此。诗僧个案研究早自80年代初即已重启，何崇恩《清代湘潭诗僧——八指头陀》（《湘潭大学学报》1980年第1期）、陈允吉《王维与华严宗诗僧道光》（《复旦学报》1981年第3期）等论文的发表，标

[①] 孙昌武：《唐代文学与佛教·唐五代的诗僧》，陕西人民出版社1985年版，第126页。
[②] 李舜臣：《20世纪以来僧诗文献研究综述》，《文学遗产》2013年第5期。

志着这一研究在新时期的再出发。80 至 90 年代，研究成果呈现逐渐增长的态势，21 世纪以来，有着更显著的发展与进步。综观四十年来的研究状况，一些著名诗僧成为诗僧个案研究的热点，首先是唐五代诗僧研究，"主要集中于王梵志、灵一、皎然、寒山、拾得、灵澈、广宣、无可、贯休、齐己、可朋等人"。① 以最受学者关注的两个唐代诗僧为例，或可一窥诗僧个案研究的发展状况。

（1）王梵志研究。王梵志是唐代早期影响较大的诗僧，80 年代至 90 年代初期取得了多项重要成果。文献整理研究上，以张锡厚《王梵志诗校辑》（中华书局 1983 年版）和项楚《王梵志诗校注》（上海古籍出版社 1992 年版）两书为代表，围绕这两部辑校还有许多增补校勘的论文，这些为王梵志的后续研究打下了良好基础。探讨王梵志诗作思想、艺术成就及其诗学思想的成果也较为多见，如张锡厚《唐初白话诗僧王梵志考略》（1980）、《〈王梵志诗校辑〉前言》（1983）、《虚幻的佛国与真实的人生：王梵志诗〈世间日月明〉浅析》（1986）、匡扶《王梵志诗社会内容浅析》（《西北师院学报》1983 年第 4 期）、刘瑞明《王梵志诗歌宗旨探求——王梵志诗论之一》（《敦煌学辑刊》1987 年第 1 期）、项楚《王梵志诗论》（《文史》第 31 辑）、高国藩《论王梵志及其诗的思想》（1991）等，考论其人其诗，总结主要思想；艺术成就上，多从语言、风格入手，如张锡厚《论王梵志诗的口语化倾向》（《文艺研究》1983 年第 1 期）、都兴宙《王梵志诗用韵考》（《兰州大学学报》1986 年第 1 期）、李宇林《王梵志诗用典特色初探》（《社科纵横》1994 年第 4 期）、高国藩《论王梵志诗的艺术性》（《江苏社会科学》1995 年第 5 期）都是这一阶段的重要成果。

1996—2004 年，王梵志研究成果在数量上并未增加，原因有二：一是诗僧个案研究领域的扩大，以往一些未被关注过的诗僧受到学者的关注，二是由于研究的深入，以往未曾涉及的论题难度较大，故出现了这一阶段研究成果的减少。主要研究专著有刘子瑜《敦煌变文和王梵志诗》（大象出版社 1997 年版）、张锡厚《王梵志诗》（春风文艺出版社 1999 年

---

① 景遐东、刘云飞：《近 30 年来唐五代诗僧研究综述》，《湖北师范学院学报》（哲学社会科学版）2015 年第 3 期。

版)。前者以敦煌学为视角,介绍了敦煌文学的历史及主要状况,论述了其中变文和王梵志诗歌的思想内容和艺术成就,认为中国文化与佛教是其文化渊源,王诗对后世文学也产生了重要影响。后者是一部带有普及性质的王梵志诗歌研究专著,简要介绍了王梵志诗集的整理、其人其诗的主要概况,评价了王诗的历史地位及影响。学术论文如高国藩《论王梵志及其诗的思想》[《东南大学学报》(社会科学版) 1999 年第 3 期]、邱瑞祥《王梵志诗训世化倾向的文化解析》[《贵州师范大学学报》(社会科学版) 2003 年第 5 期]等,既是对以往王梵志诗歌研究的延续,也有一定的深化。此外,比较研究成为新的学术动向,如陆永峰《王梵志诗、寒山诗比较研究》[《四川大学学报》(哲学社会科学版) 1999 年第 1 期]以唐代诗僧寒山为参照,指出王诗"俗"的特色,寒山诗俗中带雅的特点与超越民间的立场。綦开云《另一番世界——田园诗人王绩与民间诗人王梵志》(《哈尔滨学院学报》2001 年第 3 期),论述了王绩与王梵志的独特诗风及其对初唐诗风的影响。

  2005—2018 年,在古代文学学术研究繁荣的大背景下,王梵志研究也进入快速发展阶段,研究成果迅速增加,研究领域也不断拓展。这十四年间,研究论文多达一百余篇,代表性的成果如崔丹《从支遁诗到王梵志诗:僧诗雅俗之变研究》(硕士学位论文,河南师范大学,2011 年)一文,梳理了从东晋到隋唐时期,僧诗由雅至俗的演变过程,探讨了作者身世、文学修养、地域文化、创作目的、佛教思想等多种因素,对僧诗风格的影响。新的研究论题的提出,是这一阶段学术研究的重要变化。首先是王梵志诗歌的民俗学研究。主要成果有:王璐《王梵志诗中关于饮食、博戏的世俗生活》(《安阳师范学院学报》2006 年第 6 期)、钱光胜《从王梵志诗看初盛唐时期民间的地狱观》[《西南交通大学学报》(社会科学版) 2008 年第 3 期]、杨万里《从王梵志诗看唐初的民间信仰文化》(《文化学刊》2014 年第 1 期)、陈龙《唐代白话诗中的地狱世界——以王梵志、寒山、拾得、庞居士诗为中心》(《中国俗文化研究》2015 年第 2 期)、杨恂骅《论王梵志诗的民俗学价值》(《职大学报》2018 年第 3 期)等。这些成果以王诗的通俗化特点为切入点,从多个角度探讨诗歌所体现的世俗生活及观念,体现出交叉研究、文化研究的意识。其次是王梵志诗歌的海外传播与接受研究。如静永健、陈翀《王梵志诗集在日本——兼论山上忆良与杜甫诗的关系》[《中国文学研究（辑刊）》2017年第1期]、苏海洋《山上忆良和歌与王梵志诗关系小考》（《兰州教育学院学报》2017年第6期）。这体现了古代文学研究更广阔的学术视野，也符合与世界文化研究相融合的走向。再次是王梵志诗歌中的女性形象研究。如邬宗玲《王梵志诗中的女性形象及其成因》（《今日科苑》2008年第22期）、张娜《〈王梵志诗〉中女性题材诗歌的整理》（《语文学刊》2014年第17期）、《〈王梵志诗〉中女道士、尼姑形象的塑造及其成因》（《语文教学通讯》2014年第8期）、《〈王梵志诗〉女性题材诗歌研究综述》（《黑龙江史志》2014年第13期）等专题论文。论题虽新，但研究还处在较浅显的梳理、归类、总结层次，仍留有较大的提升空间。

值得一提的是，这一阶段学界出现了与以往不同的声音，有学者对王梵志其人其诗提出了新的反思和疑问，如王志鹏《王梵志及其诗歌的性质献疑》（《敦煌研究》2011年第5期）认为，王梵志不一定是僧人，其思想与佛教、道教和儒家都有一定的关系，另外，敦煌写卷中的王梵志诗歌也不应称为"禅诗"，定名为"讽世诗"更为确切。草莽《王梵志的诗歌价值不高》[《南京理工大学学报》（社会科学版）2005年第4期]认为，王诗思想内容贫乏、艺术水平很低，不应给予不切实际的褒扬。这两篇文章都有明显的局限，如王文所论王梵志僧人身份，无确凿证据，只是无法考实的推论；教化讽训本为禅诗的思想内容之一，两者分类标准不同，讽世诗一名未必允当。而草莽一文对王梵志诗歌价值的否定，更是一己之见。这类论文的发表，体现了学术自由争鸣的状况，但同时也暴露了学术创新追求中的轻率。

（2）寒山子研究。寒山子是唐代诗僧中的重要代表，也是具有世界影响的著名诗僧，其专题研究起步早、数量多。1979—1999年，是寒山研究的起始时期，共有论文40余篇。最早的专题研究论文如李敬一《寒山子和他的诗》（《江汉论坛》1980年第1期）、李振杰《寒山和他的诗》（《文学评论》1983年第6期）。这两篇论文层次较高，都考论了寒山其人生平行迹，总结其诗作的思想内容与艺术特色，介绍了寒山的世界影响，预示着寒山研究在新时期的发端。二十年间寒山研究在各个领域全面铺开，版本与文献研究中，陈耀东是关注较早、用力颇勤的学者，发表了系列论文《寒山诗之被"引"、"拟"、"和"——寒山诗在禅林、文坛中的影响及其版本研究》［《吉首大学学报》（社会科学版）1994年第2期］、《日本国〈皮藏寒山诗集〉闻知录——〈寒山诗集〉版本研究之四》（《浙江师范大学学报》1995年第2期）、《寒山子诗结集新探——〈寒山诗集〉版本研究之一》（《浙江师范大学学报》1997年第1期）、《征引、拟作、赓和寒山子诗"热"考》（《唐代文学研究》，广西师范大学出版社1996年版）、《寒山、拾得佚诗拾遗》（《文学遗产》1995年第5期）等，另有段晓春《〈寒山子诗集〉版本研究匡补》（《图书馆论坛》1996年第1期），这些成果梳理了诸版本之间的异同、特点及承继关系。寒山诗的思想研究也已经较为全面，无论是思想整体研究还是儒、道、释角度的考论，都有专门的学术论文，如徐光大《论寒山子思想和诗风》（《东南文化》1990年第6期）、钱学烈《试论寒山诗中的儒家与道家思想》（《中国文化研究》1998年第2期）、刘长东《略论寒山与道教的关系》（《传统文化与现代化》1996年第6期）、张立道《浅谈寒山子诗的道家思想》（《台州师专学报》1997年第4期）、蔡海江《寒山子佛学思想探析》（《台州师专学报》1996年第1期）等。寒山生平研究中，钟文的《关于寒山子的生平及其作品》（《汕头大学学报》1985年第2期）、连晓鸣、周琦《寒山子生平新探》（《东南文化》1990年第6期）、钱学烈《寒山子年代的再考证》［《深圳大学学报》（人文社会科学版）1998年第2期］都是较为重要的学术成果，且后出者多能提出新的问题或观点，使学术探讨更为深入。寒山诗歌内容、艺术特色研究是古代文学的传统研究内容，主要成果如姜革文《深山古洞中的乐章——论寒山诗》（《中国文学研究》1987年第4期）、何西虹《略论寒山景物诗中的禅意》［《山西师大学报》（社会科学版）1987年第3期］、钱学烈《寒山子禅悦诗浅析》（《中国人民大学学报》1998年第3期）等。传播影响研究的主要成果如：王庆云《论寒山诗及其在东西方的影响》［《烟台师范学院学报》（哲学社会科学版）1990年第1期］、曹汛《寒山诗的宋代知音——兼论寒山诗在宋代的流布和影响》（《中国典籍与文化论丛》凤凰出版社1997年版）、钱学烈《寒山诗的流传与研究》（《中国社会科学院研究生院学报》1998年第3期），等等。

2000—2019年，是寒山研究发展的繁荣与深化时期。这主要体现在以下几个方面。

首先，研究成果数量迅猛增加。20年间，共发表了学术及学位论文300多篇，大约是新时期前20年的8倍。2004—2010年，数量最为惊人，原因有如下几点：一是新的研究领域的拓展。如寒山诗的翻译研究成为新的学术增长点，主要学术成果如耿纪永《翻译与生态思想——重读斯奈德译寒山诗》[《同济大学学报》（社会科学版）2007年第1期]、张海峰《阐释学、斯坦纳翻译理论与寒山诗英译》（《边疆经济与文化》2009年第12期）、胡安江《文本旅行与翻译变异？——论加里·斯奈德对寒山诗的创造性"误读"》（《解放军外国语学院学报》2005年第6期）等，相关学位论文如：海燕《论加里·史耐德翻译的寒山诗》（硕士学位论文，山东大学，2010年）、毛晓旭《从切斯特曼的翻译规范论看斯奈德的寒山诗英译》（硕士学位论文，郑州大学，2013年）、刘昆《寒山禅意诗歌翻译策略对比研究》（硕士学位论文，西南民族大学，2012年）等。此外，寒山诗歌与中国古代、西方诗人的对比研究、寒山与和合文化的研究等，都带来了研究成果的数量增长。二是寒山寺文化研究院的成立与学术会议的召开。苏州寒山寺成立于2007年，至2016年，共召开了十届寒山寺文化论坛，出版了会议论文，其中寒山研究是其中的重要论题。比如第四届寒山寺文化论坛论文集收录论文137篇，其中可归属于寒山研究的有30篇，另有一些研究寒山寺及和合文化的论文，也与寒山研究有关。十届学术会议的召开，大力推动了学界对寒山研究的关注，也涌现了一批优秀研究成果。最后，研究成果中也有少数无甚新意的短篇学术文章，增加了成果数量。这些论文学术价值极低，本文不予讨论。

其次，学术成果的研究层次有所提升，研究深度有所推进。寒山研究在20世纪的最后20年中，并没有专门的论著出版，而在21世纪的19年中，却出版了七部重要专著，填补了以往的空白。专著类研究成果的出版，也标志着寒山研究深度的推进。这七部著作中，可分为四类，一是评传类。何善蒙《隐逸诗人——寒山传》（浙江人民出版社2006年版）记录并评价了寒山的生平经历，选用材料得当，学术性与可读性都较强。书末附录了《寒山大事年表》和《寒山行实考论》，有一定的参考价值。薛家柱《寒山大师》（凤凰出版社2011年版）依据《寒山诗集》，还原寒山生平的心路历程，但全书内容、情节多有想象之笔，寒山出家前的人名也出于作者虚构，相比于学术类人物评传，文学色彩更为浓重。二是文献类。陈耀东《寒山诗集版本研究》（世界知识出版社2007年版）是唯一一部文献研究类专著，也是作者多年研究成果的一次汇总，梳理了《寒山诗集》复杂的版本情况，详述异同，考辨优劣，为寒山研究奠定了文献基础。三是文学与文化类。寒山研究中，古代文学与文化研究视角的研究专著也有两部，钱学烈的《碧潭秋月映寒山——寒山诗解读》（中央编译出版社2009年版）涵盖了寒山研究中的多个热点问题，如寒山诗的境外传播与影响、寒山生平及身世的考论、寒山与天台宗、寒山诗的思想内涵与艺术风格等，内容丰富，材料翔实，论述全面，是最具综合性的整体研究专著；崔小敬的《寒山：一种文化现象的探寻》（中国社会科学出版社2010年版）。全书考察了寒山其人其诗，从更广阔的文化视野考察寒山传说的源流与演变，对寒山诗歌的宗教情怀、审美特点和诗性品格、文化影响皆有论述，全书理论与文献相结合，内容扎实丰富，观点深刻独特，极具学术个性。四是海外研究类。寒山诗歌海外影响最大的两个国家是日本和美国，仅有的两部专著正是寒山诗歌在两国的传播影响研究。张石的《寒山与日本文化》（上海交通大学出版社2011年版）两全书分为两编，第一编论述寒山其人其诗及对中国文化的影响，第二编探讨寒山诗在日本的传播出版，以及寒山对日本文学、艺术及现代社会的影响，分析了这一文化现象的原因。胡安江《寒山诗——文本旅行与经典建构》（清华大学出版社2011年版）一书在东西方文化的视角下，梳理了大量文献材料，依据西方的文化学旅行理论以及多元系统理论，探讨寒山诗歌在英语世界与中国文学中的传播、接受以及经典化的历程。

最后，拓展了原有的研究畛域，开拓新的研究论题，学术视野更为开阔。比如寒山诗歌的海外传播研究以往比较薄弱，仅有法译本的出版消息、东西方影响概况介绍，缺少真正的学术比较与深入研究。21世纪以来，寒山诗歌在韩国、朝鲜、美国、英国、法国、日本的传播与接受研究都已展开，如区鉷、胡安江《寒山诗在日本的传布与接受》（《外国文学研究》2007 年第 3 期)、《文本旅行与经典建构——寒山诗在美国翻译文学中的经典化》(《中国翻译》2008 年第 3 期)、胡安江《绝妙寒山道——寒山诗在法国的传布与接受》(《中国比较文学》2007 年第 4 期)、胡安江《相遇寒山——寒山诗在英国的传布与接受研究》(《英语研究》2009 年第 3 期)、刘亚杰《论寒山诗在美国的接受与影响》(硕士学位论文,河南大学,2007 年)、杨锋兵《寒山诗在美国的被接受与被误读》(硕士学位论文,陕西师范大学,2007 年)等。这些研究成果中以丰富的文献为依据,论述翔实,考论深入,有了非常显著的进步。不仅如此,寒山诗歌对比研究也呈现拓展的趋势,以往仅限于王梵志、王绩与寒山诗的比较研究,这一阶段扩展到杜甫、庞居士、拾得、白居易等,如陈耀东《黄道坚论杜甫与寒山子——兼述杜诗中的佛学禅宗意蕴》(《中国典籍与文化论丛》,凤凰出版社 2002 年版)、谭伟《论寒山与庞居士诗歌中的宗教精神》(《宗教学研究》2000 年第 4 期)《论寒山与庞居士诗歌中的济世情怀》(《西昌师范高等专科学校学报》2000 年第 2 期)、范曾《从禅诗说寒山、拾得》(《解放军艺术学院学报》2003 年第 1 期)、聂广桥《论寒山子与白居易"禅诗"的差异》(《山东社会科学》2015 年第 A1 期)。此外,研究中也出现了新的论题,以"拟寒山诗"研究为例,近年来的学术论文有夏帅波《从王安石、苏轼的拟寒山诗看宋诗的佛教底色及其演进》(《文教资料》2011 年第 36 期)、宋肖利《宋元禅宗拟寒山诗浅论》[《齐齐哈尔大学学报》(哲学社会科学版)2017 年第 10 期]、祁伟《苏轼〈次韵定慧钦长老见寄八首〉是否可看作拟寒山诗》(《中国苏轼研究》2018 年第 2 期)等,探讨了宋元时期较为重要的拟寒山诗,体现出这一研究的学术创新。此外,寒山诗歌的思想、风格、民俗、翻译研究,都有不同程度的发展,此不一一赘述。

此外,唐代诗僧皎然也是个案研究中的显例,其发展历程与寒山研究相类似,起步早,成果多,在 21 世纪进入繁荣发展时期。此外,齐己、贯休、研究起步有早晚之分,研究成果虽有多寡之别,但总体发展趋势与寒山研究相似。

(3)其他诗僧个案研究。从朝代来看,诗僧个案研究已经遍及晋、刘宋、宋、元、明、清,但数量和成就都无法与唐代诗僧个案研究媲美。

宋代诗僧惠洪研究起步于20世纪90年代，数量也比较多。早期成果有郑群辉《瘦搭诗肩古佛衣——论北宋文学僧慧洪觉范》（《韩山师范学院学报》1995年第4期）、《北宋诗僧慧洪觉范的文学成就》（《学术论坛》1997年第3期），皮朝纲《慧洪以禅论艺的美学意蕴》[《四川师范大学学报》（社会科学版）1996年第2期]、李贵《试论北宋诗僧惠洪妙观逸想的诗歌艺术》[《四川大学学报》（哲学社会科学版）1999年增刊]等。21世纪以来，学术期刊及学位论文多达60余篇，重要论文如李贵《北宋诗僧惠洪考》（《文学遗产》2002年第3期）、周裕锴《惠洪与换骨夺胎法——一桩文学批评史公案的重判》（《文学遗产》2003年第6期）、陈自力《惠洪四考》（《世界宗教研究》2004年第4期）、《论宋释惠洪的"好为绮语"》（《文学遗产》2005年第2期）、周裕锴《惠洪文字禅的理论与实践及其对后世的影响》[《北京大学学报》（哲学社会科学版）2008年第4期]、许红霞《惠洪〈筠溪集〉源流考——兼论〈石仓宋诗选〉对作品的删改》（《文学遗产》2018年第2期）等。专著类研究成果有陈自力《释惠洪研究》（中华书局2005年版）、张慧远《惠洪文字禅思想研究》（宗教文化出版社2013年版）、江泓《真妄之间——作为史传家的禅师惠洪研究》（宗教文化出版社2013年版）等。另如雪窦重显、道潜、道璨、居简等，也是宋代诗僧研究中的显例。

历代诗僧个案研究中，六朝诗僧人数极少，主要有惠休、康宝月两人，元代诗僧如溥光、儒鲁山、释妙声、楚石梵琦、天隐圆至，明清诗僧如苍雪、昙英、函可、季潭宗泐、廷俊、成鹫、元玉等。这些大多属于近20年来的研究成果，体现了诗僧个案研究日渐细化的发展趋势。

二是诗僧群体研究。将诗僧按照朝代、地域、文献等标准，划分为不同的群体，探讨诗僧群体的生平行迹、思想观念、诗歌风格等，是诗僧研究的基本思路。诗僧群体研究虽然晚于个案研究，但在学术成就上却极为显著。

古代诗僧的整体研究专著出现得较晚，数量也仅数部。覃召文《禅月诗魂——中国诗僧纵横谈》（生活·读书·新知三联书店1994年版）是一部全面研究诗僧的重要著作，对于诗僧的崛起、诗僧的成因、诗僧与自然、诗僧与世俗、诗僧的生命意志、诗僧的伦常意识等各方面进行了较为深入的探讨。张石《中国诗僧艺术》（吉林文史出版社1992年版）是张锡坤等人合著的《禅与中国文学》一书的第四编，全面探讨了中国诗僧的滥觞与发展、诗僧创作的基本主题、诗僧与历代文人及文学等问题。曹胜高、袁晓晶《梵音清韵：诗僧画侣面面观》（济南出版社2011年版）选取了智永、皎然、寒山、齐己、贯休、石涛、朱耷等多个诗僧为例，探讨佛教与中国诗歌、绘画的相互影响。指出佛教为诗画增加了空灵之美，艺术使佛教更具人文底蕴，中国古代的参禅之风对诗歌产生了重大影响。

诗僧群体的学术研究中，最常见的是以朝代为划分标准，作断代整体研究。唐代是中国古代诗歌最为辉煌的时代，又是诗僧人数较多的时代，研究成果出现最早，数量最多，成就也最为突出。80年代较早的研究论文有程裕祯《唐代的诗僧和僧诗》（《南京大学学报》1984年第1期）、孙昌武《唐五代的诗僧》（《唐代文学与佛教》陕西人民出版社1985年版）。程文指出，诗僧是唐代诗坛中数量较大的创作群体，诗僧群体的产生与佛教和诗歌的兴盛繁荣密切相关，并概要介绍了僧诗在思想内容及艺术风格上的可取之处，指出这一问题应引起学界的重视和研究。这篇文章虽简短，却对学界有重要的学术引领和启示作用。孙文追溯了最早的诗僧记录，总结了唐代不同时期的诗僧数量及创作情况，以寒山、拾得等人为个案，分析诗僧的社会交游、创作内容以及文学思想，总结了其诗歌艺术上通俗化、超俗化以及重视诗境的特点，也探讨了诗僧群体以及诗作特点形成的内在原因。早期的研究成果对之后唐代诗僧群体研究的兴起，具有重要的学术引领价值。此外，汤贵仁《唐代僧人诗和唐代佛教的世俗化》（《唐代文学论丛》第7辑，陕西人民出版社1986年版）、施光明《论唐代艺僧》（《唐都学刊》1988年第4期）等，也是早期的专题研究成果。

90年代之后，唐代诗僧群体研究处于平稳发展阶段，主要成果有所增加，但仍不算多。蒋寅《大历诗僧漫议》（《广西大学学报》1993年第2期）一文指出大历年间诗僧辈出的原因主要有二：一是僧人与士大夫交流，多以文学为媒介，二是佛门内部戒律松弛。并以护国、清江、法振等诗僧为代表，分析其诗歌作品的思想和艺术成就。周先民《自然·空灵·简淡·幽静——唐代僧诗的艺术风格管窥》（《文学遗产》1990年第2期）一文认为，唐代僧诗有着大体一致的艺术风格，主要有选材面向自然，构思追求空灵，表达崇尚简淡，倾心幽静境界等特点。仪平策《中国诗僧现象的文化解读》（《山东大学学报》1994年第2期）一文对"诗僧"的界定有所讨论，认为诗僧现象与大乘佛教的文化精神有着直接的内在联系，是佛禅义理中国化、世俗化的结果，诗僧们也具有亦佛亦俗、亦僧亦士的双重人格，反映在创作上，则是诗禅互通的现象，这实质上是佛禅精神与诗学文化相遇契合的结果。其他论文如姜光斗《论中唐时期浙东的诗僧》（《南通师专学报》1997年第1期）、刘长东《试论唐代的诗僧和僧诗》（《闽南佛学院学报》1997年第1期）、徐庭筠《唐五代诗僧及其诗歌》（《唐代文学研究》，山西人民出版社1998年版）等。

进入21世纪以来，佛教与文学研究进入繁荣期，诗僧群体研究在学术成果、数量及水平上有明显的进步。专著类成果是唐代诗僧群体研究的集大成者，重要著作也出现在这一时期。王秀林的《晚唐五代诗僧群体研究》（中华书局2008年版），以晚唐五代时期的诗僧群体为研究对象，论述了这一群体崛起的历史文化背景、亚群体的划分、群体的心态特征等问题。梳理了这一时期的僧诗，探讨了僧诗的创作风格及其在文学史上的地位与影响。查明昊《转型中的唐五代诗僧群体》（华东师范大学出版社2008年版）以地域、生平经历、国籍等为划分标准，将整个唐五代诗僧分为宫廷诗僧群体、江左诗僧群体、敦煌诗僧群体、还俗应举诗僧群体、通俗诗僧群体、朝鲜和日本来华诗僧群体、中国赴印僧人群体与西域入唐胡僧群体等，考察并总结了五代诗僧群体世俗化和文人化的共同趋向。刘晓玲《敦煌僧诗研究》（中国社会科学出版社2016年版）从敦煌僧诗的写本入手，考察了域外与敦煌高僧的诗作、敦煌写卷中的佚名诗作、敦煌本中的王梵志诗、敦煌"五会念佛"赞等写卷，总结了敦煌僧诗的题材、内容和审美风格上的特点。

值得关注的还有这一阶段的学位论文，如胡玉兰《唐代诗僧文学批评研究》（博士学位论文，浙江大学，2006年）、杨芬霞《中唐诗僧研究》（博士学位论文，陕西师范大学，2006年）、刘阿丽《隋唐五代僧诗中的女性形象分析》（硕士学位论文，陕西师范大学，2009年）、罗姝《中晚唐诗僧心态研究》（硕士学位论文，湖南大学，2009年）、李婷《唐代诗僧群体的世俗化研究》（硕士学位论文，厦门大学，2014年），等等。这些学位论文的视角开阔，往往从多个角度探讨诗僧群体及其诗歌作品，标志着唐代诗僧群体研究的深入，以及学界中的新生力量对这一问题的关注与思考。另有学术期刊论文如梁海《诗情缘境发，法性寄筌空——唐代诗僧的双重人格》（《中国宗教》2003年第9期）、查明昊《唐代诗僧文化的几个问题》（《皖西学院学报》2001年第4期）、《唐五代敦煌诗僧群体研究》（《晋阳学刊》2008年第3期）、查明昊《唐五代宫廷诗僧群体诗风的流变》［《安庆师范学院学报》（社会科学版）2009年第1期］等，或是展开新的问题，或是推进了已有论题的研究。另如陆永峰《唐代僧诗概论》（《淮阴师范学院学报》2002年第3期）、高华平《唐代的诗僧与僧诗》（《闽南佛学》2007年第5期）、胡大浚《唐代诗僧与唐僧诗述略》（《兰州交通大学学报》2009年第5期）等概述类论文，这一时期也较为常见。

　　宋代诗僧在数量上可与唐代相媲美，且禅语机锋亦多清词丽藻，名僧也多是诗坛胜手，故诗僧群体研究起步虽晚，但与其他朝代相比则较为突出。20世纪90年代，专题类研究成果并不多见，主要代表作有：张福勋《宋代的诗僧与僧诗》［《陕西师范大学学报》（哲学社会科学版）1996年第4期］、祝尚书《论"宋初九僧"及其诗》［《四川大学学报》（哲学社会科学版）1998年第2期］。前者介绍了宋代诗僧与僧诗的大致情况，宋代诗僧与文人的交往方式及相互影响，认为这是佛儒相融的必然结果。禅对诗人的艺术思维、生活方式、作品风格有深远的影响，以禅入诗又可分为由低向高、由浅到深、由简单向复杂三个层次。后者对"宋初九僧"这一群体加以考论，梳理了《九僧诗》的编集及流传，认为其诗歌着力写景，题材狭窄，思想贫弱，诗歌注重化用前人成句等特点。最后讨论了"九僧"诗在宋代诗坛及诗歌史上的积极意义与影响。21世纪以来，宋代诗僧群体研究进入相对繁荣的快速发展时期。这一阶段的重要成果如许红霞《南宋诗僧丛考》（《中国典籍与文化》2003年第4期）、许红霞《从南宋诗僧诗文集的刊刻流传情况看南宋诗僧与日本五山诗僧的密切关系》（《宋代文化研究》2009年第1期）、高慎涛《北宋诗僧地域、宗派分布的不平衡及原因分析》（《前沿》2009年第8期）、吕肖奂《宋代僧人之间诗歌唱和探析》［《四川大学学报》（哲学社会科学版）2014年第5期］等论文。硕博论文如成明明《北宋诗僧研究》（硕士学位论文，扬州大学，

2003年)、许红霞《南宋诗僧丛考》(博士学位论文,北京大学,2003年)、高慎涛《北宋诗僧研究》(博士学位论文,陕西师范大学,2007年)、戴小丽《北宋诗僧的世俗化情怀及文学表达》(硕士学位论文,杭州师范大学,2013年)、王嘉宁《北宋临济宗禅僧诗研究》(硕士学位论文,兰州大学,2018年)、王欢《宋初僧诗研究》(硕士学位论文,湘潭大学,2018年)等。

近年来,诗僧群体研究逐渐向多个朝代扩展,从朝代来看,晋、南朝、元、明、清皆有涉及。各朝代研究中均有较为重要的成果,晋代如李谟润《东晋诗僧现象解读》(《广西民族学院学报》2005年第1期),李彦辉《东晋南朝隋唐诗僧丛考》(硕士学位论文,东北师范大学,2006年);南朝如包得义、陈星宇、王树平合著的《南朝诗僧研究》(四川大学出版社2014年版);元代有蔡晶晶《元末明初诗僧群研究》(博士学位论文,浙江大学,2009年),李舜臣、欧阳江琳《元代诗僧的地域分布、宗派构成及其对僧诗创作之影响》(《武汉大学学报》2010年第5期),韦德强的《元代中后期诗僧交游考论》[《时代文学》(下半月)2012年第3期]、《元代中后期诗僧创作题材论》[《长江大学学报》(社会科学版)2012年第1期]等。明清时期的诗僧研究出现了一个明显的特点,即对诗僧群体的划分往往再叠加上地域性,如钟东《清初丹霞山别传寺诗僧简述》(《岭南文史》2004年第1期)、李舜臣《清初岭南诗僧结社考论》(《人文论丛》,武汉大学出版社2005年版)、邹义煜《逋世方知闲里趣,耽诗不碍静中禅——浅议清初武夷山诗僧》(《南平师专学报》2007年第1期)、李舜臣《20世纪以来清初岭南诗僧群研究综述》[《淮阴师范学院学报》(哲学社会科学版)2009年第1期]等。这种叠加时空定位的诗僧研究,往往同时关注研究对象的地域性特点,属于近年来古代文学交叉研究的体现,最有代表性的是李舜臣的专著《岭外别传——清初岭南诗僧群研究》(南方日报出版社2017年版)。作者探讨了清初岭南诗僧积极入世的精神,充满法缘与俗缘纠葛的生活形态、复杂多面的人格,折射出明清鼎革对当时的士僧造成的影响。全书将岭南诗僧的诗歌作品作为整体,探讨其思想及艺术风格之外,选取了最有代表性的金堡澹归、石濂大汕等人,考论其人其诗以及文学思想。此外,也有将政治身份作为划分诗僧群体划分标准的研究,如白海雄《清初遗民诗僧研究》(硕士学位论文,苏州大学,2007年)。另有传统的整体研究,如孙宇男《明清之际诗僧研究》(博士学位论文,吉林大学,2014年),等等。

诗僧整体研究自20世纪80年代开始,经历了90年代的平稳发展,至21世纪初期,开始日渐繁荣。四十年间,唐代诗僧研究最为繁荣,宋代次之,近年来则呈现全面和细化的趋势。此外,研究成果中出现了诗僧群体划分标准的叠加现象,学者们开始关注同一时期诗僧群体的地域性、政治思想等问题,充分体现了这一研究的深化与创新。较多的硕博学位论文以诗僧研究为选题,意味着这一领域已经有了新生的力量,学术前景值得期待。

在宗教与文学关系研究领域中,以佛、道为重心,原始宗教次之。正如陈寅恪先生所论:"二千年来华夏民族所受儒家学说之影响,最深最巨者,实在制度法律公私生活之方面。而关于学说思想之方面,或转有不如佛道二教者。"① 佛、道是中国古代宗教的主体和核心,原始宗教则是中国古代宗教也是中国早期文学的渊源所自,它们都在不同时期对中国文化和文学产生了深远的影响,也因此受到了更多的关注。

第四节 古代文学与艺术关系研究

文学与艺术之间具有与生俱来的亲缘关系,尤其在人类文明发展的早期阶段,文学与艺术几乎是天然的融合为一体,彼此混而不分,所以文学与艺术关系研究也一直受到学界的重视。其中古代文学与音乐关系的研究是重中之重。早在20世纪30年代,朱谦之即在其《中国音乐文学史》中径直提出"音乐文学"的概念,并以为视角初步梳理了先秦至明清文学与音乐的关系,其中对《诗经》《楚辞》和汉乐府的论述尤为深细,占全书篇幅的大半。新时期以来古代文学与艺术关系研究依然以音乐为重心,然后逐步向其他艺术门类拓展,同时也陆续出现了一些注重古代文学

---

① 陈寅恪:《金明馆丛稿二编》,上海古籍出版社1980年版,第251页。

与艺术关系理论研究的重要成果,标示着相关研究论题的日益丰富和深化。其中韩经太《古典文学艺术:价值追问与艺术讲求》(《文学遗产》2012年第2期)一文开宗明义提出"古典文学艺术"这一新概念,包含着以下双重的学术意蕴:既要执着于"价值追问",又须钻研于"艺术讲求";如果说前者可以归结为"文化诗学"的学术理路,那后者便可以对应性地概括为"艺术诗学"的学术理路。不言而喻,聚合以上两点论的学术主体自觉,将充分展现人文研究主体的"思想者"意识和"艺术家"本色。"古典文学艺术"这一新概念的提出与阐释,当有一定的理论建构意义。

每一种艺术样式都借助一定的时间或空间塑造具有特殊性质的艺术形象,据此可将艺术区分为时间艺术与空间艺术两大门类。音乐形象存在于一定的时间之中,而并不占有具体的空间,故可称为"时间艺术"。绘画、书法、园林、建筑等存在于特定的空间之中,而不表现时间的流逝,故可称为"空间艺术"。而戏剧的核心因素是演员在舞台空间中的表演,需要在特定的时空交融中借助文学、音乐、舞蹈、美术等塑造舞台艺术形象,故可称为"综合艺术"。就此而论,探讨古代文学与艺术关系的研究进程与成果,即可由以上三个层面而展开。其中"空间艺术"部分一分为三,由绘画、书法和园林所构成。

一 古代文学与"时间艺术":音乐关系研究

从学术史的角度观之,朱谦之早在20世纪30年代率先推出《中国音乐文学史》,的确是富有先锋意义的。新时期以来,学界一方面依然沿用"音乐文学"这一概念而作进一步的深入探讨。在诸多有关古代文学与音乐关系(部分径直标示"音乐文学")的研究论文中,李嘉川《古典乐舞诗历史和美学的价值》(《江淮论坛》1988年第4期),张宁《中国传统音乐与古代文学共生关系的历史考察》(硕士学位论文,河北大学,2004年),杜晓勤《诗歌·音乐·音乐文学史——先秦两汉诗歌史的音乐文学研究法》(《东方丛刊》2006年第2期),杨雨《音乐文学系统和诗学系统的裂变与交融》(《求索》2006年第7期)等皆为史论结合的重要成果,具有比较强烈的方法论意识和意义。杜文注重从研究方法上对先秦两汉诗歌史的"音乐文学"研究加以总结和反思，提出从重在民族精神史、作家心态史、社会文化史等"外部研究"回归于重在文体嬗变史的"内部研究"。张文由音乐和文学的同源性入手，根据从《诗经》《楚辞》、汉乐府、清商乐，到唐诗、宋词、散曲、杂剧以及戏曲的发展历程，论证了中国传统音乐与古代文学的共生关系。杨文认为中国古典诗歌发展的历史，始终是在音乐文学系统和诗学系统两极徘徊的，中国诗歌发展史就是一部音乐文学与诗学两个系统不断地循环往复、互为促进的历史。这些论文都不同程度地深化了古代文学与音乐关系的研究。

德国著名艺术史家格罗塞曾经指出，在世界各民族文化发展的最低阶段，音乐与舞蹈、诗歌"结连得极密切"，"形成为一个自然的整体"。① 以此观察中国早期的"音乐文学"，也同样呈现为诗、乐、舞一体化的鲜明特点，这就从源头上决定了古代文学与音乐关系研究之于诗歌文体的明显偏向性。而在从理论的思考走向历史研究以及两者紧密结合的过程中，则逐步形成了诗骚、乐府诗、唐诗、唐宋词与音乐关系四大研究重点。

1. 诗骚与音乐关系研究。赵沛霖在《〈诗经〉与音乐关系研究的历史和现状》（《音乐研究》1993年第1期）一文中指出，《诗经》与音乐的关系是中国音乐史上的重要问题之一。推进《诗经》与音乐关系的研究，无论是对于认识当时诗歌的性质和特点，还是认识当时音乐的面貌和发展水平，进而研究中国音乐史都有一定的作用。所以不难理解，新时期有关先秦"音乐文学"的研究首先聚焦于集诗、乐、舞于一体的经典之作《诗经》。如果说王廷珍、袁家浚《我国第一部音乐文学总集——〈诗经〉》（《贵州民族学院学报》1986年第1期）沿用"音乐文学"促发20世纪80年代《诗经》与音乐关系研究的复兴，那么，经过90年代的累积，至21世纪日益趋于多元化研究之格局。其中如杜兴梅《试论〈诗经〉的音乐文化特质》（《音乐探索》2004年第4期），陈文新《从风、雅、颂及其流变看诗乐关系的三个层面》（《学术研究》2004年第11期），赵静《〈诗经〉乐舞研究》（硕士学位论文，河北大学，2009年），张迪《〈诗经〉音乐研究》（硕士学位论文，沈阳师范大学，2013年），柏互玖

---

① ［德］格罗塞：《艺术的起源》，蔡慕晖译，商务印书馆1987年版，第214—215页。

《〈诗经〉音乐体制及其对魏晋俗乐大曲的影响》(《中国音乐》2018年第4期)等皆着眼于《诗经》与音乐关系本身研究，而汤化《原始艺术形态的解体与周代诗歌的独立》(《福建论坛》1992年第5期)，许志刚《周部族在音乐与诗歌领域的贡献》(《文艺研究》2002年第4期)，张文波《试论周颂与先秦诗乐舞一体》(《吉林省教育学院学报》2011年第1期)等文则进而从周代艺术形态与音乐文学的历史进程论述《诗经》的意义和价值，更具历史纵深感。

另一重点是《楚辞》与音乐关系研究。代表性论著有：杨匡民、李幼平《荆楚歌乐舞》(湖北教育出版社1997年版)，黄中骏《荆楚乐舞型态特征论析》[《黄钟》(《武汉音乐学院学报》)1997年第4期]，杜兴梅《〈楚辞〉的音乐文化特质及其影响》(《音乐探索》2000年第3期)，李炳海《吟诵调和演唱曲：楚辞体的两个来源——论楚辞体的生成及其和音乐的关系》(《中国诗歌与音乐关系研究——第一届与第二届"中国诗歌与音乐关系"学术研讨会论文集》，学苑出版社2005年版)，张兴武《楚声组曲与〈九歌〉声辞》(《文史知识》2007年第12期)，戴伟华《楚辞体音乐性特征新探——音乐符号"兮"的确立》(《文艺理论研究》2017年第4期)，等等。杨、李之著研究内容涉及荆楚南音、《诗经》与楚声、楚歌和声、荆楚古韵、荆楚舞风、荆楚八音、荆楚乐律等。黄文则以史料典籍的记载、出土文物的实证、民间艺术的遗存为基础，通过综合论析，认为作为荆楚文化之重要组成部分的荆楚乐舞，具有乐舞合一、相合为歌、八音合鸣、体制恢宏、乐思精当、结构奇妙、舞风古朴、飘逸轻柔的总体型态特征。杜文将屈原的楚辞作品置于音乐文化的背景下加以考察，认为《楚辞》原是一种乐歌，并对其承继性、地域性、宗教性、抒情性融于一体的音乐文化特质及其影响作了多维透视。此外，也有一些学者注重于《诗经》与《楚辞》的比较研究，比如舒大清《论乐官制度与歌诗文学的关系——以〈诗经〉〈楚辞〉为例》(《乐府学》2008年第1期)，陈先明《从音乐的角度看〈诗经〉、汉乐府和楚辞的发生》(《鲁东大学学报》2008年第1期)，景梅《音乐与〈诗经〉、〈楚辞〉文体形式的关系》(《作家》2008年12期)，等等。

2. 汉魏六朝乐府与音乐关系研究。这是新时期"音乐文学"研究的另一重中之重。鉴于第七章中第四节"古代文学与制度文化研究"已对乐府制度作了扼要论述,这里着重从乐府作为"歌诗"的角度梳理和论述乐府诗与音乐关系的研究进程与成果。

以汉乐府为主体的乐府诗研究是新中国成立六十年来古代文学的一大热点,赵明正《20世纪汉乐府研究述论》(上、下)(《甘肃社会科学》2005年第2、3期)、祝波《音乐学视野中的汉代乐府研究——20世纪汉乐府研究综述》[《交响(西安音乐学院学报)》2006年第4期]、吴大顺《近十年汉魏六朝乐府歌辞研究综述》(《中国韵文学刊》2011年第1期)等文从不同层面对不同时段的乐府诗研究作了历史回顾与总结。① 这些综述和提要都已广泛涉及乐府诗与音乐关系的研究。祝波《音乐学视野中的汉代乐府研究——20世纪汉乐府研究综述》认为突破诗学范畴的评价体系,还汉乐府作为歌唱文本和表演文本的特质,从音乐的角度研究汉乐府,历来是研究汉乐府的一大难题。20世纪的学者在这一研究领域做出了突出贡献,尤其是80年代以后,音乐界的学者打破文学界研究一统天下的局面,汉乐府研究突破了古典诗学的研究模式,汉乐府曲调考证取得了突破性的进展,研究方法和观念多有创新。比如利用出土文物,运用了考古学、民俗学、传播学以及琴学等理论来研究汉乐府,以此还原汉乐府作为歌诗文本和表演文本的特质。根据祝文的归纳,20世纪汉乐府与音乐关系研究成果主要体现在以下五个方面:一是汉乐府曲词的考证。包括《汉鼓吹铙歌十八曲》、横吹曲、黄门鼓吹等问题的研究,由于文献所限而未能取得重要突破。二是《巾舞公莫舞辞》的破译。姚小鸥先后发表系列论文,在杨公骥《汉巾舞歌辞句读及研究》(《光明日报》1950年7月19日)等研究成果的基础上把《巾舞公莫舞辞》破译向前推进了一大步。②

---

① 关于汉乐府研究著作方面,可参看王运熙《汉魏六朝乐府诗研究书目提要》,载王运熙《乐府诗述论》,上海古籍出版社1996年版。

② 详见姚小鸥《巾舞歌辞校释》(《文献》1998年第4期)、《〈公莫巾舞歌行〉考》(《历史研究》1998年第6期)、《〈公莫舞〉与王国维中国戏剧成因外来说》(《文艺研究》1998年第6期)、《我国最早的歌舞剧〈公莫舞〉演出脚本研究商榷》(《东北师范大学学报》1999年第3期)、《〈巾舞歌辞〉与中国早期戏剧的剧本形态》(《淮阴师范学院学报》2001年第2期)、《谁是西汉歌舞剧巾舞〈公莫舞〉科仪本〈巾舞歌辞〉的破译者》(《山西师大学报》2003年第2期)等。

三是相和歌和相和三调的考证。王运熙《相和歌、清商三调、清商曲》（《文史》1992年第34辑）、《相和歌与清商曲》（《中国文化研究》1998年第2期）通过对作为中国汉魏六朝时期通俗乐歌主要部分的相和歌与清商曲之特色、共同点与区别的辨析，认定清商三调归属相和歌。四是汉乐府唱奏方式研究。王昆吾《隋唐五代燕乐杂言歌辞研究》揭示了"歌弦"方式与"相和"方式的本质区别。① 崔炼农《汉魏六朝乐府辞乐关系研究》（博士学位论文，上海师范大学，2003年）提出"所有以'相和'为本质特征的唱奏方式，按构成因素可以分为人声相和、节歌相和、歌吹相和、弦歌相和、丝竹相和五种基本类型；'相和'唱奏方式，即'相和歌之道'，有一个不断发展的历史过程，其中包含歌乐不相重叠、歌乐交错、歌乐重叠三种辞乐关系"。② 五是汉乐府音乐性的继承与流变关系及其他方面的研究。其一是汉乐府与秦声、楚声关系之研究。张永鑫在《汉乐府研究》中将汉乐府的声调分为两大体系：一是'秦声'系统；一是'楚声'系统，彼此是两个各具特色的声调系统。然后详细论述了秦声、楚声与汉乐府的渊源关系。③ 其二是汉乐府之传播方式研究。廖群《厅堂说唱与汉乐府艺术特质探析——兼论古代文学传播方式对文本的制约和影响》（《文史哲》2005年第3期）从汉画像石和有关文献材料分析得出结论，认为厅堂说唱是汉乐府重要的传播方式，这导致了诗歌由抒情言志向娱宾乐主功能的转化。汉乐府的叙事再现性、戏剧表演性以及俗生活化正与此有着直接关系。其三是汉乐府与说唱音乐关系研究。蒋丽霞《汉乐府音乐性研究》（硕士学位论文，南京师范大学，2005年）第二章"汉乐府与说唱文学"从五个方面阐述了汉乐府与说唱文学的关系。其四是汉乐府与音乐关系的综合研究。诸如萧亢达《汉代乐舞百戏艺术研究》（北京文物出版社1991年版），吴贤哲《民族民间乐舞的繁兴与汉乐府体诗歌的产生》（《内江师范学院学报》2004

---

① 王昆吾：《隋唐五代燕乐杂言歌辞研究》，中华书局1998年版，第124页。
② 崔炼农：《相和唱奏方式与辞乐关系——乐府唱奏方式研究之一》，《西南民族大学学报》2004年第1期。
③ 张永鑫：《汉乐府研究》，江苏古籍出版社1992年版。

年第 1 期）、赵敏俐《汉乐府歌诗演唱与语言形式之关系》（《文学评论》2005 年第 5 期）等文，都从不同的视角推进了汉乐府与音乐关系综合研究的深入。

吴大顺《近十年汉魏六朝乐府歌辞研究综述》（《中国韵文学刊》2011 年第 1 期）则将乐府诗研究成果综述的时限延伸至魏晋六朝。据吴文粗略统计，21 世纪十年来，关于汉魏六朝乐府歌辞研究的专著有钱志熙《汉魏乐府的音乐与诗》（大象出版社 2000 年版）、赵敏俐等《中国古代歌诗研究：从〈诗经〉到元曲的艺术生产史》（北京大学出版社 2005 年版）、孙尚勇《乐府文学文献研究》（人民文学出版社 2007 年版）、王志清《晋宋乐府诗研究》（河北大学出版社 2007 年版）、刘旭青《汉代歌诗研究》（武汉出版社 2008 年版）、吴大顺《魏晋南北朝乐府歌辞研究》（上海古籍出版社 2009 年版）等 6 部。研究论文达 500 余篇，其中硕士学位论文 40 余篇、博士学位论文 20 余篇。这些论著主要围绕乐府歌辞音乐性研究、乐府制度与文化研究、乐府歌辞文学性研究、文人拟歌辞研究四个方面展开。其中第一部分与音乐关系最为密切，然后呈逐步递减之势。在此，需要特别强调的是，在 21 世纪持续推动乐府诗与音乐关系研究方面，首都师范大学诗歌研究中卓有建树，一是相继于 2002 年、2003 年、2007 年举办"中国诗歌与音乐关系研究学术研讨会"，赵敏俐《关于加强中国诗歌与音乐关系研究的几点思考》（《文艺研究》2002 年第 4 期）可以视为会议宣言，对促进中国诗歌与音乐关系研究发挥了重要作用；二是于 2006 年创办《乐府学》，吴相洲任主编，迄今出至第 6 辑，成为乐府诗研究的主要阵地，有助于推动乐府诗的研究走向兴盛和深入；三是由吴相洲领衔编纂出版 10 卷本《〈乐府诗集〉研究丛书》。宋人郭茂倩所编《乐府诗集》凡 100 卷，分为十二大类，[①] 是收罗汉迄五代乐府最为完备的一部诗集。进入 21 世纪以来，乐府歌辞的音乐性研究受到学界空前的重视，先后有近 150 篇研究论文问世。以吴相洲领衔、数名博士生、硕士生参与的《〈乐府诗集〉研究丛书》从文献、音乐、文学三个层面对《乐府诗

[①] 《乐府诗集》十二大类依次为：庙歌辞、燕射歌辞、鼓吹歌辞、横吹歌辞、相和歌辞、清商曲辞、舞曲歌辞、琴曲歌辞、杂曲歌辞、近代曲辞、杂歌谣辞、新乐府辞。

集》进行分类研究，对各类乐府歌辞的音乐属性、发展变迁、艺术风格、诗歌史意义等问题进行了比较系统深入的探讨，代表了《乐府诗集》研究的集成性成果。

乐府诗虽以汉魏六朝乐府为主体，但从文学史的视角观之，乐府诗依然延续于唐宋之后，诸如王立增《唐代乐府诗研究》（博士学位论文，扬州大学，2004年），刘亮《晚唐乐府诗研究》（博士学位论文，南京师范大学，2005年），张煜《新乐府辞研究》（博士学位论文，首都师范大学，2005年），张开《初唐乐府诗研究》（博士学位论文，首都师范大学，2007年），陈雪《初唐文人乐府诗研究》（硕士学位论文，黑龙江大学，2011年），吴彤英《宋代乐府题边塞诗研究》（硕士学位论文，河北师范大学，2009年）等，都是唐宋乐府诗研究的重要成果，但其作为"音乐文学"的特性以及文学与音乐关系研究的含量则呈逐步下降之势。

概而言之，新时期乐府诗研究约有三途：一是侧重于乐府诗与音乐关系研究；二是侧重于乐府诗的文学性研究；三是合两者于一体的综合性研究。其中第二种类型不在本论题的范围之内，从汉魏六朝延伸于唐宋元明的乐府诗研究多属此类。

3. 唐诗与音乐关系研究。这是新时期"音乐文学"研究的第三个重点所在，究其原因，不仅仅在于唐诗是中国古典诗歌的高峰，更重要的在于唐诗与音乐的密切关系及其作为"音乐文学"的杰出成就。李西林在《唐诗与音乐繁荣问题研究现状评述》一文中简要概括为以下三个方面：第一，唐诗本身具有音乐化的特点；第二，音乐丰富了唐诗创作的题材内容和表征形式；第三，"诗随乐变"是唐诗与唐乐关系结合紧密的又一显著特征。诗与乐、文人与乐结缘，相互滋养，相互促进，而且在西域乐调的影响下产生的唐词更为绚烂。[①] 从相关研究成果来看，主要体现在唐代音乐诗与唐诗音乐性研究两个方面。

唐代音乐诗研究。据欧阳予倩《全唐诗中的乐舞资料》（人民音乐出版社1958年版）所载，《全唐诗》中诗题涉及乐器、器乐描写的诗

---

① 李西林：《唐诗与音乐繁荣问题研究现状评述》，《交响》（《西安音乐学院学报》）2006年第3期。

歌有300多首，关于赏乐的诗篇达400余首。而陆群《唐代咏乐诗研究》（硕士学位论文，长沙理工大学，2011年），通过最原始的阅读方式，对现存唐诗进行"地毯式"检索，共求得含有音乐元素的唐诗11136首，然后进行反复筛选，找出唐代咏乐诗人437人，咏乐诗2051首。总体而言，唐代音乐诗研究呈现为三种取向：其一是关于乐器、器乐描写的诗歌研究。翟敏《唐代乐器诗研究》（硕士学位论文，陕西师范大学，2007年）对此作了比较全面系统的梳理和分析；其二是侧重于音乐欣赏诗歌的研究。除了一些专题研究之外，还有大量关于某一诗人诗作的个案研究论文，但整体学术含量有待提高；其三是同时兼顾以上两个方面的综合或专题性研究。上述陆群《唐代咏乐诗研究》以及李扬《唐代音乐诗的文化解读》（《东方丛刊》1995年第2期）、任庆《中唐音乐诗的繁荣及其成因》（硕士学位论文，陕西师范大学，2010年）均侧重于综合性研究，而张明非《唐代乐舞诗的艺术成就》（《广西师范大学学报》1994年第3期），李群梅《试论唐诗中的箜篌形象和文化意义》（硕士学位论文，上海师范大学，2008年），王晓霞《唐代乐伎诗研究》（硕士学位论文，内蒙古师范大学，2010年）则偏重于专题性研究。

唐诗音乐性研究。即由唐代音乐诗向唐诗音乐性研究作全面拓展，其中最重要的成果是任中敏《唐声诗》（上海古籍出版社1982年版）、《敦煌歌辞总编》（上海古籍出版社1987年版）以及与王昆吾合著的《隋唐五代燕乐杂言歌辞集》（巴蜀书社1990年版）。《唐声诗》分上下两编，上编广泛评论了古今中外多种有关声诗见解的得失，从文学、艺术史的角度提出多方面的问题。下编备陈唐、五代入乐入舞并有调名和传辞丰世的齐言诗共134调、155格，分别就辞、乐、歌、舞和杂考等方面加以详细考订。此书的文献价值在于：从专题研究入手，举凡有关唐声诗研究的资料，搜罗殆尽，给研究这一阶段音乐、文学的人提供了很大的方便，这不能不说是对音乐文献学的一个巨大贡献；而其理论价值则在于：以追溯源流、辨明格调、建立理论的综合研究方法，探究唐代诗乐及唐人歌诗实况，于长期以来重文不重声的唐诗研究中具有别开生面的特点，丰富了人们对唐诗艺术的认识，使唐诗许多特点的成因得到更加贴切合理的解释，并为后来者研究"声诗"打开了思路。① 因而可以说,《唐声诗》不仅是任中敏唐诗音乐研究方面的代表作,也是 20 世纪唐诗研究中一个重要的标志性成果。其他相关的重要论著还有:朱易安《唐诗与音乐》(漓江出版社 1996 年版),张斌《中晚唐文人音乐文学研究》(硕士学位论文,苏州大学,2003 年),吴相洲《唐代歌诗与诗歌》(北京大学出版社 2000 年版)、《唐诗创作与歌诗传唱关系研究》(北京大学出版社 2004 年版),等等。此外,唐诗音乐性研究还涉及了一些专题问题。比如葛晓音、户仓英美(日本)《从古乐谱看乐调和曲辞的关系》(《中国社会科学》1999 年第 1 期),王小盾、陈应时《唐传古乐谱和与之相关的音乐文学问题》(《中国社会科学》2000 年第 5 期)等文专题讨论了唐传古乐谱问题;段文耀《唐诗中的西域乐舞》(《西域文学论集》,1997 年),海滨《唐诗三种创作主题与西域器乐文化关系的流变考释》(《上海大学学报》2011 年第 4 期)等文专题讨论了唐诗与西域音乐关系问题;任中敏《敦煌歌辞总编》(上海古籍出版社 1987 年版),王誉声《论敦煌文学的音乐价值》[《交响》(《西安音乐学院学报》)1991 年第 4 期],李小荣《敦煌佛教音乐文学研究》(福建人民出版社 2007 年版)等论著专题讨论了敦煌音乐文学问题。这些都是深化唐诗与音乐关系专题研究的重要成果。

4. 唐宋词与音乐关系研究。由于词与音乐的天然亲缘关系,因而一直受到学界的高度重视,在古代文学与音乐关系研究中占据特别重要的地位。田玉琪《大陆十多年来唐宋词与音乐关系研究述评》(《淮阴师范学院学报》2008 年第 6 期),张文丰《唐宋词与音乐演进关系研究综述》(《语文学刊》2009 年第 13 期),对此作了简要的总结和分析。田文提纲挈领地将世纪之交的唐宋词与音乐关系研究归结为三个方面:一是词的起源与音乐;二是词的体制、曲调与音乐;三是词的宫调、乐谱翻译和演唱。张文认为词与音乐关系研究需要回答这样四个问题:词是怎样产生的? 词的音乐特征是什么? 词的形成和发展与音乐的关系究竟如何? 词的音乐是如何渐趋消亡的? 根据既有相关研究成果来看,学界对于这些问题

---

① 参见冯淑华《〈唐声诗〉研究》(硕士学位论文,首都师范大学,2003 年),边家珍《任中敏与〈唐声诗〉》(《光明日报》2007 年 11 月 22 日)。

的回答侧重于三个方面：一是词的起源与音乐之关系；二是词的乐调与音乐的关系；三是词的格律与音乐之关系。彼此在专题研究分类上有分合。现综合以上两文意见分为五个方面的论题简述于下。

一是词与音乐关系的综合研究。施议对《词与音乐关系研究》（中国社会科学出版社1985年版）重点就词体在合乐歌唱的具体社会历史环境中产生、发展及演化、蜕变的全过程进行历史的考察，阐述词因为合乐之需而兴盛，又因为与音乐脱离、失去音乐的凭借，而蜕变，而逐渐丧失其独占乐坛的地位。书中通过总结唐宋词合乐的历史经验，分析词与音乐这两种艺术形式的相同与不同之处，二者合与分的利弊，并对音乐束缚论和声律无用论分别进行了辩驳。郑孟津《宋词音乐研究》（中国文史出版社2004年版）对宋词音乐的曲式、宫调体系、定调乐器以及音韵学作了深入的研究和详细的阐述，对于深化古代牌子类歌曲声腔音乐与音乐史的研究，具有重要的学术价值。吴熊和《唐宋词通论》（浙江古籍出版社1985年版）力图从词源、词体、词调、词派、词论、词籍、词学等七个方面建构自己的词学体系，其中有关唐宋词与音乐关系研究，无论是理论、方法还是具体考证，都在综合性研究的格局中取得了新的突破。[①] 此外，王昆吾《隋唐五代燕乐杂言歌辞研究》（中华书局1996年版）以宫廷祀乐歌以外的全部隋唐五代长短句歌辞为研究对象，是有关词的起源研究的最新成果，但实际上也涵盖了词与音乐关系研究诸多方面的集成性成果。刘崇德《燕乐新说》（黄山书社2003年版）以所得唐宋乐古谱数种与相关资料，据以对燕乐、词曲之律调、节奏一一重新探讨，从而得出颇异于前人与自己之前说的新见。以上两书均应视为综合性研究成果。

二是词的起源与音乐关系研究。长期以来的主流观点是词起源于隋唐燕乐，胡适、吴梅、龙榆生、夏承焘、唐圭璋、吴熊和等著名学者均主此说。对此，洛地率先在《"词"之为"词"在其律——关于律词起源的讨论》（《文学评论》1994年第2期）中发出质疑之声，后来又在《"律词"之唱，"歌永言"的演化——将"词"视为"隋唐燕乐"的"音乐文学"是20世纪词学研究中的一个根本性大失误》（《浙江艺术职业学院学报》

[①] 参见张文丰《唐宋词与音乐演进关系研究综述》，《语文学刊》2009年第13期。

2005年第1期)等文重申这一意见。谢桃坊则在《律词申议》(《南阳师范学院学报》2003年第2期)、《宋词的音乐文学性质》(《东南大学学报》2003年第4期)、《音乐文学与律词问题——读洛地〈律词之唱,歌永言的演化〉》(《浙江艺术职业学院学报》2005年第4期)等文中对此质疑提出了反驳。在此期间,李昌集、田玉琪、岳珍等也相继参与了论争。于是,围绕"词起源于燕乐"这一传统观点,以洛地、李昌集为一方,谢桃坊、田玉琪、岳珍为另一方,彼此形成了观点尖锐对立的两大阵营,质疑者认为词体的产生完全不必和新的音乐相关,或否定律词与音乐的关系;肯定者坚持认为词是隋唐燕乐的产物,是新生的音乐促生了新的文体。此外,王昆吾《隋唐五代燕乐杂言歌辞研究》(中华书局1996年版)与刘崇德《燕乐新说》(黄山书社2003年版)两书也都持唐代曲子词产生于隋唐燕乐的观点。

三是词的曲调(词调)与音乐关系研究。大致分两个层面展开,一是重在对众多曲调的考证与论述,诸如王小盾、刘玉珺《从〈高丽史·乐志〉"唐乐"看宋代音乐》(《中国音乐学》2005年第1期),王昕《唐五代词调词体研究》(硕士学位论文,天津师范大学,2003年),李晓云《唐五代慢词研究》(硕士学位论文,首都师范大学,2004年),高晓霞《唐教坊曲子曲名乐调源流考》(硕士学位论文,山西大学,2006年)等,都是重在考论众多曲调的重要研究成果。其中王昕、李晓云、高晓霞三篇硕士学位论文分别对唐五代慢词调、教坊曲调、宋词调作了专题探讨。此外,王昆吾《唐代酒令艺术》(东方出版社1995年版)、《隋唐五代燕乐杂言歌辞研究》(中华书局1996年版)、李飞跃《论词调的形成与词体的自觉》(《文艺研究》2014年第12期)也多有对唐五代曲调的考述。二是侧重于具体曲调(词调)的考证与论述,诸如诸葛忆兵《"采莲"杂考——兼谈"采莲"类题材唐宋诗词的阅读理解》(《文学遗产》2003年第5期),李昌集《"苏幕遮"的乐与辞——胡乐入华的个案研究与唐代曲子辞的声、词关系探讨》(《中国文化研究》2004年第2期),谢桃坊《宋金诸宫调与戏文使用词调考略》(《东南大学学报》2005年第4期),杨晓霭《〈竹枝〉歌唱在宋代的变化与〈竹枝歌〉体》(《文学遗产》2006年第3期)等,都是这方面的重要个案研究成果。

四是词的宫调与音乐关系研究。对此加以专题研究的有：孙光钧《词曲宫调乐理探微》（博士学位论文，河北大学，2000年），张红梅《三种南宋传世乐谱的宫调研究》（硕士学位论文，中央音乐学院，2006年）等。孙文以音乐文献为依据，比较详细地梳理和分析了雅乐、燕乐、清乐之间的联系与区别，具体考察了宫调在宋元时期的实际运用及宫调与曲牌的组合情况，认为龟兹乐的输入改变了中国传统音乐理论上的"调"观念，由此产生了诸多的调关系理论即宫调理论。张文旨在对自南宋流传至今的三种乐谱，即姜白石词调十七首、越九歌十首及《风雅十二诗谱》中的所有歌曲逐一进行本体分析，以求从音乐本身而不是文献资料去解读燕乐宫调理论的特点。刘崇德《燕乐新说》（黄山书社2003年版）在"词乐探微"中对词的宫调作了富有创见的探索，提出词乐"源于唐开元天宝以来之教坊乐舞，故其律即唐教坊律，黄钟为C，故其定宫为D。宋初教坊律以唐之正宫为黄钟，故其黄钟与正宫（正黄钟宫）皆为D"。刘崇德还在所著《〈碎金词谱〉今译》（河北大学出版社2000年版）以及与龙建国合著的《姜夔与宋代词乐》（江西人民出版社2006年版）中以词的宫调研究成果，应用于唐宋词乐谱翻译，成果显著。

五是词的歌唱与音乐关系研究。关于词的歌唱问题的研究，广泛涉及宋词的歌唱与传播情况、歌妓在其中扮演了怎样的角色、歌唱中如何讲究声韵等问题，刘明澜《宋代歌妓的演唱与词乐的发展》（《中国音乐学》1996年第2期），李剑亮《唐宋词与唐宋歌妓制度》（杭州大学出版社1999年版）重点论述了歌妓在词的演唱与传播中的重要作用。谭新红《宋词传播中的男声歌唱》（《光明日报》2003年11月12日），龙建国在《唐宋词与传播》（百花洲文艺出版社2004年版），杨金梅《论词在宋代的传播形式》（《浙江教育学院学报》2004年第4期）进而借助于传播学理论对词的演唱与传播问题作了新的探讨。洛地《词乐曲唱》（人民音乐出版社1995年版），刘亦群《浅论姜白石词调歌曲的演唱》（《中国音乐》2002年第3期），李连生《从〈白石道人歌曲旁谱〉论词乐与词律之关系》（《江西社会科学》2003年第6期），张莺燕《宋代唱论歌诀研究》（《黄钟》2006年第1期）等，则注重于词的唱法问题的研究。

除了以上所述诗骚、汉魏六朝乐府、唐诗、唐宋词与音乐关系研究四大研究重点之外，还有若干"散点"研究成果值得关注。其中诗歌方面重要的成果是杨晓霭《宋代声诗研究》（中华书局2008年版）。此书在任半塘先生《唐声诗》的基础上，立足于文学本体探索诗乐关系，研究音乐在文学发展中的意义，努力把面向文学存在背景和存在方式的研究，转变为面向文学本体的研究，为宋代及后来声诗的研究提供了新的学理资源和研究范式。涉及其他文体的还有：杨庆存《古代散文的研究范围与音乐标界的分野模式》（《文学遗产》1997年第6期），徐艳、陈广宏《中国散文语言音乐美的古今演变》（《学术月刊》2008年第4期），史国良《两晋音乐赋研究》（硕士学位论文，西北师范大学，2004年），汪青《雅韵琴音——蔡邕〈琴赋〉的文学与音乐解读》（《名作欣赏》2006年第10期），谢晓滨、姚品文、陈洁《从〈筝赋〉看汉魏六朝的筝乐文化》（《江西社会科学》2009年第6期），孟凡玉《音乐家眼中的〈红楼梦〉——〈红楼梦〉与中国音乐文化研究》（文化艺术出版社2007年版），胡雪丽《〈红楼梦〉中的社会音乐研究》（《艺术研究》2003年第2期），等等。

二 古代文学与"空间艺术"Ⅰ：绘画关系研究

这里所说的"空间艺术"，是指呈现于特定空间之中的各种艺术形式。由于古代文学与这些"空间艺术"形式源远流长的密切关系，对于彼此关系的研究也就成为古代文学与艺术跨学科研究的另一重要领域。王毅《时代精神与文化土壤——谈谈中国古代造型艺术对古典文学研究的启示》（《读书》1986年第7期）曾从方法论的视角提出如何从中国古代的造型艺术中得到某些启迪，进而探讨古典文学研究中的问题，体现了20世纪80年代中期学者对这一问题的前沿思考。总体而论，在古代文学与"空间艺术"关系研究中，以与绘画、书法、园林成果最为丰硕。

新时期古代文学与绘画关系研究几乎也同样经历了从个案研究走向整体观照，由艺术鉴赏走向理论探索的学理转变。其中张晨《中国绘画文学初论》（《美苑》1988年第4期）率先提出"中国绘画文学"之说，尽管比朱谦之《中国音乐文学史》（1935年）提出了"中国音乐文学"概念整整晚了半个世纪，但依然具有某种理论提炼与引领的作用。而就古代文学与绘画关系研究成果来看，同样聚焦于唐代，以诗歌为主体，其中也有不少综合性的研究成果陆续问世，比如陶文鹏《唐诗与绘画》（漓江出版社1996年版）引言"诗画艺术交融的唐代"以下，分别探讨了"诗画结合的奇葩——唐代题画诗""李杜题画诗的杰出成就""王维的诗中画与画中诗""人物画与唐诗中的人物描绘""花鸟画与唐代咏物诗""佛道壁画对唐诗意象与风格的影响"等问题，是一部较为全面、深入地研究唐诗与绘画的关系的学术专著。然而更多的成果集中于"题画文学"研究、古代文学与绘画互渗研究两个方面。进入21世纪后，文学插图研究勃然而兴，成为古代文学与绘画关系研究领域的新的增长点。

1. 古代"题画文学"研究。长期以来，学界比较通行的称谓是"题画诗"，但由诗而词，由词而文，还存在着题画词、题画文等文体。吴文治《宋代题画词论说》（硕士学位论文，河北大学，2005年）提出以"题画文学"概念统摄之。当然，其中占主导地位而研究成果也最为丰富的仍然是题画诗。清代陈邦彦编《御定历代题画诗类》广泛收集历代文人诸集，共录题画诗8810首，其中唐代175首，宋代1085首，元代3798首，明代3752首。由于这些题画诗具有文学史与艺术史的双重价值，所以受到了来自文学界与绘画界两大学术阵营的高度重视和充分肯定。而在相关论题研究的学术路向上，大致呈现为"史""论"结合并进的总体特点。

古代"题画文学"史研究。以刘继才《杜甫不是题画诗的首创者——兼论题画诗的产生与发展》（《辽宁大学学报》1982年第2期）为发端，至其所著《中国题画诗发展史》[①]于2010年出版，期间经历了作者本人和其他学者近30年的学术积累，而终于有了第一部中国题画诗通史的问世，具有拓展学术疆域的重要意义。在断代或跨代的研究成果方面，以时序排列依次为：孙熙春《诗与画的融通之始——浅论六朝题画诗》（《山东教育学院学报》2005年第6期）；杨学是《空廊屋漏画僧尽　梁上犹书天宝年——唐题画诗研究》（《宜宾学院学报》2002年第5期），贺文荣《唐代题画诗研究》（硕士学位论文，广西师范大学，2004年），陈熙熙《唐代题画诗略论》（硕士学位论文，陕西师范大学，2004年），曾磊《唐代

[①] 刘继才：《中国题画诗发展史》，辽宁人民出版社2010年版。

题画诗研究》（硕士学位论文，南昌大学，2007 年），殷飞《唐代题画诗点面观》（硕士学位论文，陕西理工学院，2011 年）；钟巧灵《宋代题山水画诗研究》（博士学位论文，扬州大学，2006 年），齐亮亮《北宋山水题画诗研究》（硕士学位论文，河北师范大学，2009 年），苗贵松《宋代题画词简论》、吴文治《宋代题画词论说》；石麟《历史断层裂变的低谷回声——元人题画诗论略》（《湖北师范学院学报》1993 年第 2 期），孙小力《元明题画诗文初探——兼及"诗画合一"形式的现代继承》（《上海大学学报》2005 年第 1 期），华文玉《元代题画诗文研究》（硕士学位论文，上海大学，2005 年），王炜《元代题画词研究》（硕士学位论文，华东师范大学，2007 年），张若兰《元代题画词初探》（《中国社会科学院研究生院学报》2009 年第 3 期），王韶华《元代题画诗研究》（中国传媒大学出版社 2010 年版），萧启庆《元代多族士人的书画题跋》（《文史》2011 年第 2 期）；赵雪沛《明末清初的女性题画词》（《文学遗产》2006 年第 6 期），段继红《清代女性"题画诗"论》（《吕梁学院学报》2011 年第 3 期）。以上诸多论文主要集中于唐宋元三代，从通代的维度来看，呈中间大、两头小的橄榄形态势。

古代"题画文学"的专题研究。主要体现在文体论、内涵论、审美论的三"论"中。所谓文体论，主要涉及题画诗、题画词与题画文三种文体。相关论著集中于题画诗，而对题画词与题画文论关注不够。其中题画词研究以马兴荣《论题画词》（《抚州师专学报》1997 年第 4 期）一文为代表，重点论述了题画词的发展历程和主要特点；而题画文研究方面有衡均《中国画题跋蠡测》（《西北师大学报》1993 年第 2 期），圣璞《谈中国画的题款》（《辽宁教育学院学报》1998 年第 4 期），张岩《试论中国画的题款与题跋》（《陕西师范大学学报》2001 年第 2 期）等，主要围绕中国画题跋的称谓、起源、沿革、形式、功用以及多重文学艺术之价值等问题展开讨论。所谓内涵论，主要探讨"题画文学"的立意、题旨等问题。诸如陈华《境界谋合，刺意善变——中国古代题画讽刺诗的立意特色》（《南京艺术学院学报》1994 年第 4 期），赵忠山《中国古代题画诗的空白意蕴初探》（《牡丹江师范学院学报》1998 年第 2 期），王小英《社会视角下的唐代题画诗》（《鸡西大学学报》2007 年第 2 期），钟巧灵

《论党争漩涡里文人退隐心态——关于元祐苏门汴京题山水画诗唱和》（《东岳论丛》2008年第2期），李博文《元代题画诗的内涵阐释》（《山东文学》2011年第5期），赵保国《元代画家题画诗的生命解读》（《作家》2012年第8期）等，都从不同的维度论述了题画诗的内在蕴涵。所谓审美论，主要探讨"题画文学"的审美特征、价值和意义。此类论文为数众多，① 包括审美视角、审美特征、审美精神、审美意蕴、审美发生、审美转变、美学意义等，不一而足，但质量参差不齐。以上所述文体论、内涵论、审美论都不同程度地存在着深度不足的问题。

2. 古代文学—绘画互渗研究。所谓"文学与绘画互渗"是指文学与绘画的相互作用，相互影响，相互渗透，是对上文所论"题画文学"研究的进一步拓展。

古代文学与绘画互渗理论研究。从学理的层面来看，许多学者所持的核心观点是文学与绘画内在的相融性和同一性，但彼此的研究路径略有区别。其一是从"诗书画"三位一体或"诗画一律"的维度上思考和探讨诗、书、画同一性问题。主要有：姚诚《试论诗书画的同一性及其他》（《西华师范大学学报》1985年第2期），王玲娟《"诗画一律"：中国古代山水画研究》（安徽美术出版社2008年版），以及刘石《"诗画一律"的内涵》（《文学遗产》2008年第6期）、《诗画平等观中的诗画关系——围绕"诗中有画"说的若干问题》（《文艺研究》2009年第9期）、《中国古代的诗画优劣论》（《文学评论》2010年第5期）等系列论文。姚、王两文最终的归结点皆在意境。刘石等文就"诗画一律"问题提出了新的

---

① 参见姜光斗《再论古代题画诗的审美视角》（《南通大学学报》1992年第4期），陈华昌《唐代题画诗的美学意义》（《唐代文学研究》1990年第00期），王启兴《论唐代题画诗沟通中的几个美学问题》（《武汉大学学报》1994年第1期），薛和《诗化的山水精神——兼谈山水题画诗的审美特征》（《青海师范大学学报》2000年第4期），刘亮《论唐五代题画诗与同期山水画审美精神的发展》（《南京艺术学院学报》2005年第2期），杨志翠《宋代文人集团及其题画诗对山水画审美发展的影响》（《乐山师范学院学报》2005年第8期），何雅茹《唐代山水题画诗的文化内涵与审美意蕴》（硕士学位论文，内蒙古师范大学，2008年），孙春莹《论唐宋题画诗的审美转变》（硕士学位论文，南京艺术学院，2010年），郭珂《诗画本一律，天工与清新——诗画参融与北宋士人、文人的审美发生》（《时代文学》2011年第12期），等等。

看法,《"诗画一律"的内涵》一文分别以画、诗为出发点,从"画"与"诗"在何处"一律","诗"与"画"在何处"一律"两方面,考察二者如何彼此接受和相互影响,从而分析这一命题的具体内涵,领会传统诗画关系论中的相通观和平等观,并对"诗高于画""诗优画劣"的诗画观提出质疑。《中国古代的诗画优劣论》提出古代逐步形成的画劣于诗和画优于诗两种观点,都是基于对诗画功能的一些误解而产生,体现了对诗画艺术的诸种片面认识。更为通达和宏正因而也更值得珍视的,是超越于诗画优劣论之上的第三种观点,即在诗能体物和画能言情的观念下发生的"诗画一理""诗画一律"论,以及以此为基础发生的"诗画无高下"论。二是结合相关文论、诗论、画论探讨文学与绘画互渗问题。邓乔彬《诗的空间假借与画的时间凝缩——中国诗画艺术谈片》(《学术月刊》1989年第1期),黄金鹏《文心与绘心——中国文论与画论融通蠡测》(《社会科学研究》1999年第1期),阎霞《论中国古代诗论、画论在文体上的相通与互渗》(《三峡大学学报》2002年第5期),滕志朋《文人画论:中国古典文学理论研究的重要疆域》(《东方丛刊》2008年第3期),韩经太《中国诗画交融若干焦点问题的美学思考》(《北京大学学报》2011年第3期)等文代表了这一学术路向。韩文认为中国诗画艺术的交融以及缘此而形成的诗画交融的艺术,是中国美学精神的典型体现,其中若干焦点问题,有待更深一层的探讨。中国诗歌艺术"诗中有画"的演化道路,伴随着山水诗创作和"造形美"观念的发展而与时俱进,自魏晋而至于两宋,以"应物"说为哲学内核,以"窥情风景"为美感基础,以"状溢目前,情在辞外"为审美理想,熔铸出"情景交融"这一中国诗性文学的典型思维模式。中国绘画美学在透视学自觉上的独到造诣,是对"真山之法"的"以大观小"式的审美改造。诗画交融艺术所体现的美学精神,可以提炼为诗性写实主义,此即"迁想"与"实对"的统一,此即"山水以形媚道"的美学内蕴。较之其他诸文,更具理论思维的广度和深度。

古代文学与绘画互渗作品研究。此与古代文学与绘画互渗理论研究颇为相似,也是最初发源于以山水诗,启动于以王维为范本的个案研究,然后广泛涵盖了各代文学、各种文体以及诸多经典作家作品,呈现为核心与外缘的互动共生关系。其中处于核心层的是山水诗画关系研究,处于外缘层的则是山水诗画关系之外的文学与绘画互渗研究。前者同时包含了"史""论"两个层面，其中"史"的研究方面，以唐代为核心，上自魏晋，下迄宋代，成果较为丰富。兹以研究对象时序排列，依次为：王伟萍《试论魏晋时期山水审美的意义》（硕士学位论文，陕西师范大学，2007年），李毅《魏晋南北朝山水诗对山水画形成及发展的影响》（硕士学位论文，曲阜师范大学，2010年），姚苏平《东晋南朝时期山水诗、画空间意识的比较》（《江苏教育学院学报》2007年第2期），刘亮《论唐五代题画诗与同期山水画审美精神的发展》（《南京艺术学院学报》2005年第2期），张宏《浅论唐代山水诗与山水画的发展和兴衰》（《新闻世界》2010年第10期），姚婷《唐代山水诗与山水画关系研究》（硕士学位论文，江南大学，2011年），赵婵媛《论唐代题画诗》（硕士学位论文，华侨大学，2012年），陶文鹏《论宋代山水诗的绘画意趣》（《中国社会科学》1994年第2期），刘蔚《宋代绘画与宋代田园诗》（《文学遗产》2005年第6期），傅怡静《诗画本一"理"——论宋代山水诗对山水画的影响》（《重庆社会科学》2006年第2期），叶林艳《宋代题画诗研究》（硕士学位论文，中南民族大学，2013年）。所憾尚未贯通各代而撰为通史。再就处于外缘层即古代文学与绘画关系研究来看，主要分布于汉魏六朝与唐宋两大时段。前者主要有：张建军《早期士夫画家与早期绘画中的文学性因素》（《南京艺术学院学报》2005年第4期），张克锋《魏晋南北朝文论与书画论的会通》（博士学位论文，西北师范大学，2007年）、《魏晋南北朝绘画题材的文学化——关于魏晋南北朝文学与绘画关系的考察》（《甘肃理论学刊》2009年第4期），余丽《东晋文学与绘画的交融》（《安徽文学》2009年第9期），等等。其中多篇论文具有比较鲜明的发生学研究之意识和特点；后者主要见之于：陶文鹏《传神肖貌，诗画交融——论唐诗对唐代人物画的借鉴吸收》（《文学评论》1994年第6期），兰翠《唐诗与书画的文化精神》（齐鲁书社2009年版），赵晓涛《游于艺途——宋代诗与画的相关性研究》（博士学位论文，复旦大学，2003年），滕志朋《中国古典画论中的文学思想——以宋代为例》（《山西师大学报》2005年第3期），张葆冬、施玲玲《论宋代绘画的文学底蕴》（《河西学院学报》2007年第6期），彭国忠《唐五代北宋绘画与词》（《学术研究》2008年第11期），李成林、魏耕原《中国画的点染与宋词》(《兰州大学学报》2009 年第 5 期),雪沛、陶文鹏《论唐宋词"点染"的艺术》(《华南师范大学学报》2010 年第 1 期),等等。这些论文除了继续关注传统的诗画关系之外,重点已转移至词画关系,同时也涉及赋画关系研究。然后再由六朝往前延展而至于先秦,但仅限于个案研究成果;① 向后延展而至于元明,先后出现了王进《元代后期文人雅集的书画活动研究》(硕士学位论文,中国艺术研究院,2010 年)、汪涤《明中叶苏州诗画关系研究》(上海文化出版社 2007 年版)、张彩霞《明四家作品中的文人情结》(《兰州交通大学学报》2010 年第 5 期)等重要论文。

近几年,以古代小说戏剧为主体的文学插图研究逐渐受到学界的重视,并取得了一些较为重要的成果,此与绘画的跨学科研究息息相关,鉴于第十四章还有专题研究图像学问题,此略。

三 古代文学与"空间艺术"Ⅱ:书法关系研究

黄秋实在《书法与文学》(《文艺评论》2001 年第 2 期)一文中指出:书法与文学虽然是两种截然不同的艺术形式,有着各自独立的发展历程,不同的艺术表现方式,但二者之间,又是密不可分,不即不离、相融相渗的完美艺术整体。中国历来有"文墨""先文而后墨",以至"文人墨客"的说法,可见,文与墨,这是构筑我国丰富多彩的传统文化的两个重要支撑。姚诚曾在《试论诗书画的同一性及其他》(《西华师范大学学报》1985 年第 2 期)一文中提出"诗书画同一性"的命题,认为其核心问题是意境。正因为诗书画三者具有同一性,所以文人们往往以诗题画,以画描诗,同时又十分重视书法,以诗题书,以书写诗,使诗书画彼此配合,相得益彰。这样,又在诗歌领域中,逐步形成了题画诗与题书诗两个分支。文学与书法关系研究的核心内容即是姚文所称的"题书诗"研究,然后再拓展至文学与书法互渗研究。

1. 古代论书文学研究。正与"题画诗"与"题画文学"的关系相

---

① 参见刘书好《画魂与诗魂——屈原及相关艺术形象的文学与绘画演绎》(《中华文化画报》2006 年第 12 期),张克锋《屈原及其作品在绘画创作中的接受》(《文学评论》2012 年第 1 期)。

似,"论书文学"的主体是"论书诗"①(或称"题书诗""书诗"),但涵盖了论书附赋、文等其他文体形式。故以"论书文学"统称之。"论书诗"产生的前提条件就是"书"与"诗"各自的高度发育然后趋于高度融合。在时间节点上看,这是在唐代完成的,由此形成了论书诗的第一个高峰,宋代继之成为第二个高峰。所以有关论书诗的研究重点同样也是在唐宋两代,但学界对此的认识却相对滞后于题画诗研究。20世纪80年代中期,姚诚《试论诗书画的同一性及其他》在提出"题画诗"与"题书诗"两个分支之说的同时,对"题书诗"做了以下三方面的工作:一是梳理书法臻于"意境"的发展趋势;二是揭示"题书诗"的起源和演变历程;三是总结"题书诗"的主要类型和创作方法。此后,论书诗的研究已逐步引起一些学者的关注,主要体现在沈培方、洪丕谟编《历代论书诗选注》(上海书画出版社1987年版)、裘成源编《历代论书诗注评》(宁波出版社2000年版)相继出版,周本淳《杜甫与苏轼论书诗之比较》(《淮阴师专学报》1988年第2期)、尹天相《论书诗赋初探》(《渭南师范学院学报》1991年第2期)、王万岭《唐代诗人的书法观及其对后人的影响》(《书法之友》1995年第5期)等文的相继发表。其中尹天相《论书诗赋初探》从中国历代各个不同时期论书诗的文本出发,重点论述了汉魏六朝及初唐时期的书体论赞和论书赋、唐宋时期论书诗蓬勃发展的概况以及元、明、清论书诗发展的新成就等三大问题,相当于一篇简要的论书诗发展史纲,由此将论书文学往上追溯至汉魏六朝,且扩展至书体论赞和论书赋等不同文体。

由于唐宋时期论书诗本身的成就和影响,学界有关论书诗的研究重心毫无疑问地落在了唐宋两代。其中有关唐代论书诗研究的主要成果有:蔡显良《唐代论书诗研究》(硕士学位论文,南京艺术学院,2004年),李

---

① "论书诗"或称"题书诗"(广义)、"书诗",是指以书家及其书法艺术为主要表现对象的诗歌,包括歌咏书家书艺、描摹书法作品生动意象、反映时代书法审美观念、折射书法创作思潮、透露书家具体创作活动、表达诗人书学思想等诗篇。在中国古代诗歌史上,论书诗是一个独特的艺术样式,它横跨于诗书之间,是诗书融合的一个重要标志。参见凌丽萍《宋代论书诗研究》(硕士学位论文,浙江大学,2007年)。

静月《唐代书诗的书法史料价值研究》（硕士学位论文，首都师范大学，2005年），张学鹏《杜甫论书诗研究》（硕士学位论文，河北大学，2010年）等。蔡显良《唐代论书诗研究》为首次对唐代论书诗进行系统研究，富有开拓性意义。该文提出唐前咏书论书多为辞赋，唐代肇始多为诗歌。唐代论书诗暨书论，与文论、诗论、画论等一起共同构筑唐代美学大厦，又浇漓后学，良可称善。自唐代开创并形成第一个高峰之后，论书诗旋成为宋及宋后各朝文人歌咏书法的主要文学手段。李静月《唐代书诗的书法史料价值研究》也以唐代论书诗（该文称为"书诗"）作为主要研究对象，集中探讨了其珍贵的史料价值，也包含了对唐代书诗的系统梳理和全面阐述，对唐代的初、盛、中、晚四个不同时期的论书诗的发展演变作了进一步的梳理和勾勒，对唐代的狂草书风及其所体现的时代精神作了进一步的揭示和阐释。[①] 张学鹏《杜甫论书诗研究》作为个案研究的学术价值，主要体现在这是首次对杜甫论书诗的系统研究。

宋代论书诗研究是另一个重点所在。代表性成果是蔡显良《宋代论书诗研究》（博士学位论文，南京艺术学院，2007年）与凌丽萍《宋代论书诗研究》（硕士学位论文，浙江大学，2007年）。两文于同年完成，都是对宋代论书诗的首次系统研究。蔡文认为宋代论书诗的突出价值与地位，尤其凸显在以崇古尚晋为主旨的书法美学思想方面，其以人论书、以禅喻书、觅韵反俗、遗貌取神、藉古开新等审美思想均能在论书诗中得到不同程度的认同与升华，并对后世论书诗产生了深远影响。凌文指出在宋代庞大的诗歌体系中，253位诗人留下的近900首论书诗在数量上所占比例虽然不大，但却有着不可忽视的史料价值、文化价值与审美价值。该文将宋代论书诗作为主要研究对象，尝试从历史分期、思想内蕴、艺术理论价值等方面对宋代论书诗进行分析。认为宋代论书诗不仅为书法史、书法理论和书法批评研究提供了重要文献，而且具有文学、审美方面的价值，为我们了解宋代书坛打开了另一扇门。此外，还有马志华《陆游论书诗探论》（硕士学位论文，兰州大学，2012年）、董晓阳《薛绍彭论书诗研

[①] 另可参见李静月《从唐代草书诗看唐人眼中的狂草艺术美》（《青少年书法》2006年第6期）。

究》（硕士学位论文，中国美术学院，2017 年）等个案研究，两者分别探讨了宋代薛绍彭和陆游的论书诗。

唐宋之后论书诗为数更多，而且向其他文体拓展，但整体研究成果呈明显下降趋势。其中值得重点关注的是萧启庆《元代多族士人的书画题跋》（《文史》2011 年第 2 期），此文的价值在于翔实稽考了元代汉族之外的多族士人的书画题跋，其中题书跋即为论书之文，颇为珍贵。

2. 古代文学—书法互渗研究。即由论书诗或"论书文学"拓展至书法—文学内在关联研究。其中致力于整体研究的主要有：闵军《书法与文学浅论》（《六盘水师范学院学报》1992 年第 3 期），金学智《论书法与文学的亲缘美学关系》（《艺术百家》1993 年第 2 期），雷万春《浅论书法与文学的关系》（《湖北省社会主义学院学报》1998 年第 1 期），黄秋实《书法与文学》（《文艺评论》2001 年第 2 期），赵胜利《略论中国书法与文学趣味之关系》（《合肥工业大学学报》2011 年第 5 期），戚荣金《试论中国古代诗文理论对书法创作的影响》（《信阳师范学院学报》2004 年第 4 期）等。黄秋实《书法与文学》主要从四个方面即从中国书法史看书法与文学的相伴相生关系、从审美情感看书法与文学的异质同构效应、从艺术抒情看书法与文学的相类相通、从书法内容看书法与文学的兼容依存，论述了书法与文学的内在亲缘关系。赵胜利《略论中国书法与文学趣味之关系》则以中国书法艺术与文学趣味之间的关系为着眼点，以中国书法史为经略，展示出不同历史时期的文学趣味对同期的书法艺术风格的影响，并以魏晋风度、盛唐气象为个案，着重剖析二者之间的相互浸濡与融汇。

古代文学与书法互渗研究的重点是在唐宋两代，可以由其向前上溯于魏晋、向后延展于明清而将历时性研究连为一线。但魏晋和明清时期的相关研究都过于薄弱。前者以张克锋《从书写内容看魏晋南北朝书法与文学的交融》（《西安电子科技大学学报》2006 年第 6 期）为代表，从历时性的维度来看，该文兼具一定的溯源性意义。关于唐代文学与书法互渗研究的主要成果有：张学忠《唐代诗歌与书法艺术》（《陕西师范大学学报》1989 年第 3 期）、《唐代诗歌书法共同繁荣原因探微》（《陕西师范大学学报》2003 年第 2 期），武原《权力和唐代书法文化》（《人文杂志》1995年第3期），张颖炜《试论唐代书法与唐诗的相互关系及影响》（《江苏工业学院学报》2002年第4期），王海华《放浪思想，取璧生辉——谈唐代诗歌与书法艺术的相互彰显》（《佳木斯大学社会科学学报》2004年第4期）、《唐代诗书辉映的浪漫主义意向》（《社会科学战线》2005年第4期），兰翠《唐诗与书画的文化精神》（齐鲁书社2009年版），王元军《唐代书法与文化》（中国大百科全书出版社2009年版），陈琪《敦煌遗书书法浅探》（博士学位论文，兰州大学，2009年），刘洋《中唐诗歌与书法关系研究》（硕士学位论文，内蒙古大学，2018年），单慧《盛唐墓志书法与文学研究》（硕士学位论文，济南大学，2018年），等等。张学忠从政治、经济、宗教及帝王倡导、科举考试等诸多方面论证了唐代诗歌与书法共同繁荣的深层原因，从而揭示出唐代诗人与书家的共同艺术精神。张颖炜《试论唐代书法与唐诗的相互关系及影响》重点就唐代书法与唐诗相互关系问题论述了四个方面的内容：一是唐代书法艺术与唐代诗歌之联系；二是唐代诗人以书法为创作内容的许多篇什；三是书法艺术丰富了唐诗的内容以及唐诗对书法艺术的促进；四是唐代诸多诗人皆工书艺以及诗人书诗幅互赠，增进了情谊又使书、诗并进。兰翠《唐诗与书画的文化精神》第七章"唐代诗人与书法家的交往"论述了唐代善书的诗人、唐代诗人与书法家的交往等问题。第八章"唐代论书诗"论述了初盛唐论书诗、中晚唐论书诗、唐代书法兴盛原因等问题。此外，陈琪《敦煌遗书书法浅探》就"敦煌遗书书法"问题作了新的探讨，以期使人们在认识敦煌文书的"历史价值"、敦煌壁画的"美术价值"之外，进而认识其"书法价值"。文中研究对象的时段以唐宋为主体，但跨度较大。关于宋代文学与书法互渗研究的主要成果有：王德军《宋人"尚意"书风的形成》（《天水师范学院学报》2000年第4期），沈丽源《北宋书学思想的人文精神》（《福建商业高等专科学校学报》2000年第6期），由兴波《诗法与书法——宋代"书法四大家"诗学思想与书法理论比较研究》（博士学位论文，复旦大学，2006年），王水照、由兴波《论黄庭坚诗学思想和书法理论的互通与互补》（《南昌大学学报》2006年第2期），刘禹鹏《宋代文论与书论审美范畴的融通研究》（博士学位论文，曲阜师范大学，2018年），等等。由文指出苏轼、黄庭坚、米芾、蔡襄并称为宋代"书法四大家",他们的诗学思想与书法理论有着紧密的联系:诗歌以语言为工具创造意境,书法则用线条为手段营造笔墨意趣,二者虽是不同文艺部类,却存在深刻的内在统一性,所谓"异质同构",都是同一创作主体精神的外在展示。该文重在对四家诗学思想和书法理论的一致性与矛盾性作一论述,以求得对他们整体文艺思想的把握。王、由之文重点就黄庭坚诗学思想和书法理论的互通与互补问题作了更为深入的研究,认为黄庭坚注重诗学思想与书法理论的精神互通,"免俗"是其文学、艺术观中一贯的主张和核心思想。山谷以重"韵"作为品评文艺作品的标准,在形式上则求"拙"。其诗论同书论中有通过诗、书外在现象来达到本质的观念,通过字句推敲、点画模拟来实现精神上相似,"自成一家"是他一生中对诗、书的不倦追求。山谷晚年的诗、书创作形成了互补,成为其情感表达的双重载体。刘禹鹏《宋代文论与书论审美范畴的融通研究》认为气、意、神、韵、自然这五个范畴分别反映了宋代艺术家审美理论和美学思想的五个维面,五个范畴虽然各有其内涵特点和不同的审美指向,但是它们并非独立的抽象范畴,而是存在互渗融通的密切联系。这些单个核心范畴之间又由一些复合范畴如神气、气韵、意韵、神韵以及更多的相关衍生范畴构成一个意义相近的范畴群。文章把这个相互关联的范畴群,看作一个考察分析、理解诠释宋代文学与书法相通互融关系的潜在网络系统。文章正是从这些方面来探讨宋代文论与书论审美范畴的融通情况。

宋代之后成果不继,孙建《从士人心理变化看明代书法的发展脉络》(硕士学位论文,辽宁师范大学,2011年)旨在通过对明代社会的发展变化及文人士大夫审美心理的分析,充分肯定文人士大夫在艺术创作中的主体作用,并揭示研究明代书法风格的发展脉络特征——初期沉郁保守,继承元代书风为明代书法的低潮期;中期书法开始活跃,成为明代浪漫主义书风的开创期;明代晚期,典型的浪漫主义书风发展并最终达到高峰。

四 古代文学与"空间艺术"Ⅲ:园林关系研究

中国园林具有悠久的历史和鲜明的民族特色,如果从殷、周时代囿的出现算起,至今已有三千多年的历史。在如此漫长的历史发展进程中,逐步形成了皇家园林、文人园林、寺庙园林、邑郊风景园林四大类型，追求"虽有人作，宛自天开"的艺术宗旨，以及融文学、书画、雕刻、工艺、建筑于一体的审美特性，在世界园林史上独树一帜。其中园林与文学的关系同样源远流长，而且积淀着丰富的审美文化蕴含。陶思炎《浅谈扬州园林与文学》（《南京师大学报》1980年第3期）率先以扬州园林为案例，重点就文学与造园艺术的密切联系问题提出了一系列重要见解。陈从周《中国诗文与中国园林艺术》（《扬州大学学报》1985年第3期）强调指出中国园林与中国文学盘根错节，难分难离。研究中国园林，似应先从中国诗文入手，则必求其本，先究其源，然后有许多问题可迎刃而解。梁敦睦在《中国园林与中国文学的渊源》（《广东园林》1987年第4期）一文中首次提出了"园林文学"的概念，所憾未能展开进一步的阐述。李春峰则在《园林与文学》（《现代农业科技》2005年第4期）中尝试对"园林文学"加以概括和阐述：其一是与园林有关的文学作品；其二是文学对园林发展的影响；其三是文学在园林中的运用；其四是园林的理论著作。对于以上这些总结和阐述，学界难免见仁见智，甚至存有很大的争议和歧见，但都有一定的启示意义。

就古代文学与园林关系研究的既有成果来看，大致有三种路向：一是古代文学与园林关系的理论研究；二是以园林本位的古代园林—文学关系研究，也可以说是园林中的文学研究；三是以文学本位的古代文学—园林关系研究，也可以说是文学中的园林研究。

1. 古代文学与园林关系理论研究。即基于从文学、园林不同视角展开园林与文学内在关系研究，其重心在于园林与文学之间互动、互渗、互融的历史逻辑与学理依据。

早在20世纪80年代，陶思炎、陈从周、梁敦睦等学者即开始关注这一学理层面的问题，学界对此的后续呼应和研究主要聚焦于以下四大问题：一是园林的文化观念和审美特性问题。许多学者尝试从文化、哲学、美学等不同角度对古代园林的文化观念和审美特性作了新的探讨。吴功正《六朝园林文化研究》（《中国文化研究》1994年第1期）通过对六朝皇家、佛家、私家三大园林系统的梳理和考察以及对南北方园林的比较分析，论述了六朝园林的内部结构及其美学特征，从而确定了它在六朝文化史和整个中国园林史上的地位。余开亮《六朝园林美学》运用"文史互证"的研究方法，全面、系统地考察了魏晋南北朝园林艺术的发展流变和审美特征以及六朝人士寄托在园林上的美学追求，以园林之镜来窥视六朝人物的内心世界和文化心态，并以此折射出中国文化发展到六朝时期所呈现出的新特点。① 这些论述显然在一定意义上强化了中国园林的文化根基和审美特性问题研究的哲理蕴含。二是园林与文学融合的发生机制与历史进程问题。马晓京《略论魏晋南北朝隐逸与士人园林》（《中南民族学院学报》1998年第2期），刘海燕、吕文明《魏晋隐逸文学与中国古典园林》（《湖南城建高等专科学校学报》2002年第2期），于源溟、张兆林《士人园林与隐逸精神的同步渐变》（《艺术百家》2009年第2期）等文都充分认同魏晋隐逸文学与中国古典园林的内在关联，认为隐逸文学精神不仅为古代园林与文学融合的发生提供了重要契机与机制，而且彼此在相互影响中经历了一个基本同节奏的发展过程。至于其后乃至通代的发展历程，则在金学智《中国园林美学》（江苏文艺出版社2005年版）中作了历时性的整体揭示和描述，② 可见隐逸文化与文学同时兼具"源"和"流"的双重的持续影响力。三是园林与文学之间的内在契合点问题。关键即在于"意境"。陈从周《中国诗文与中国园林艺术》（《扬州大学学报》1985年第3期）称文人园的主导思想就是"诗中有画，画中有诗"，亦即是追求意境。周苏宁《顿开尘外想，拟入画中行——对苏州文人写意山水园的几点认识》（《中国文物学会传统建筑园林委员会第十一届学术研讨会论文集》，1998年），周红卫《诗画·意境——论网师园的园林艺术》（《郑州轻工业学院学报》2006年第6期）两文皆以文人园林经典之作申说意境于两者之间的关联度和契合度。总之，意境是文人园林的灵魂，也是园林与文学之间内在契合的核心和关键所在。四是园林与文学的

---

① 美学研究方面还可参见宋世勇、张彩霞《李渔〈闲情偶寄〉园林美学与戏曲理论的关系》（《衡阳师范学院学报》2002年第2期），包旦妮《论中国文人园林之美》（《装饰》2003年第10期），苏金成《六朝园林艺术的背景与美学思想》（《淮南师范学院学报》2004年第3期），李润霞《山水美学与六朝园林艺术》（硕士学位论文，郑州大学，2007年），戈静、祁嘉华《文人园林的诗意之美》（《美与时代》2009年第1期）等。

② 参见苏环、云五对金学智《中国园林美学》的评论，《文艺研究》1990年第1期。

相互作用以及文学的角色与功能问题。在四大园林系统中，占据主流地位且最精髓的是文人园林。王玲娟《从"无我之境"到"有我之境"——中国文人园林的美学表述》（《东南文化》2005年第1期）、吴玉红《精神的集体幻象——艺术情怀下的文人园林》（《合肥工业大学学报》2009年第5期）等都强调指出文人园林之名，不仅在于诸多文人直接参与了文人园林的设计和建设，而且更重要的是集中体现了文人的美学追求和审美情趣，代表了古代文人对诗意生活、人生境遇和艺术情怀的物质话语和构想，是中国传统文人追求人生至高精神境界的感性诠释。故而体现在文人园林中，园林与文学的关系最为密切，彼此的相互作用最为显著。围绕这一论题的诸多论文，主要是从文学对园林的影响、园林对文学的影响以及园林与文学的相互作用三向视点展开的。相关论文为数众多，恕不一一赘述。

2. 古代园林中的文学研究。意指以园林为主体、以园林为本位的园林—文学关系研究。从现有研究成果和态势来看，有关唐前的园林—文学关系研究成果相当有限，略可注意的是李源《论东晋园林与诗歌》（硕士学位论文，暨南大学，2007年），该文认为作为诗歌创作主流群体——士人群体在物质和精神上的双重生活空间，东晋园林作为一种新的因素开始契入东晋诗歌，并对之产生重要影响。而就唐代重心本身而言，以倾力于此的李浩成果最为显著，先后发表了《唐代园林别业考论》（西北大学出版社1996年版）、《论唐代园林别业与文学的关系》（《陕西师范大学学报》1996年第2期）、《唐代园林别业杂考》（《中国历史地理论丛》1997年第2期）、《唐代园林别业与文人隐逸的关系》（上、下）（《陕西广播电视大学学报》1999年第1、2期）、《唐代园林别业研究述略——兼谈唐园史料与唐代文史研究》（李浩、贾三强主编《古代文献的考证与诠释——海峡两岸古典文献学国际学术会议论文集》，上海古籍出版社2006年版）、《微型自然、私人天地与唐代文学诠释的空间》（《文学评论》2007年第6期）等。其《唐代园林别业研究述略——兼谈唐园史料与唐代文史研究》从六个方面论述了唐代园林别业之于文人群体的重要意义，同时也由此确立了唐代园林别业研究的重要意义；《微型自然、私人天地与唐代文学诠释的空间》就海外学者宇文所安《中国"中世纪"的终结：中唐文学文化论集》① 中反复论及的"微型自然""微型园林""私人视角""私人天地""私人空间"等核心概念，回溯其论题提出的语境及含义，抉发其论题的学术史意义，并进一步引申到其所未及之处，即审视唐代文人园林，对其中盈余的审美价值作更为细致的文学诠释，为唐代文学的进一步诠释提供一些基本概念及范式，颇有方法论上的启示意义。此外，专注于唐代研究的还有：吴思增《盛唐士流园林和山水田园诗》（《青岛科技大学学报》2004 年第 1 期），朱玉麒《唐代长安的建筑园林及其文学表现》（《江苏行政学院学报》2004 年第 1 期），马玉《唐代长安园林与唐诗》（硕士学位论文，西北大学，2010 年），陈冠良《唐代洛阳园林与文学》（硕士学位论文，西北大学，2009 年），等等。这些论文相通或相近的学术旨趣就是以园林为主体，重点研究其如何为文人提供物质和精神的双重空间，并通过文学旨趣、行为与要素的审美熔铸，使园林不仅是一个物质建筑，而且具有诗的意境，诗的灵魂。

与上文所述题画文学、论书文学有所不同，古代园林—文学关系研究唐代高峰之后依然在持续发展，相继出现了张淑娴《明代文人园林画与明代市隐心态》（《中原文物》2006 年第 1 期），姚旭峰《"忙处"与"闲处"——晚明官场形态与江南"园林声伎"风习之兴起》（《福建师范大学学报》2008 年第 1 期）、王树良《"诗情"与"画意"——晚明江南文人园林环境设计的审美观念》（《文艺争鸣》2010 年第 14 期）、刘新静《晚明松江园林的诗性阐释与士林风尚的变迁》（《上海师范大学学报》2011 年第 2 期）、由亚萍《园林文化对清代女诗人诗歌创作的影响》（《武夷学院学报》2008 年第 4 期）等论文。张、姚、刘三文学术视角不同，但所论对象相近，彼此一同归结于园林之栖，颇有殊途同归之感。由亚萍《园林文化对清代女诗人诗歌创作的影响》的论题富有特色和意义，该文认为清朝女诗人的诗歌创作在当时和后代都有很大影响，其山水景观、题咏诗创作数量众多。诗歌的创作与诗人当时所处的地理与文化环境密切相

---

① Stephen Owen, *The End of the Chinese "Middle Ages": Essaysin-Mid-Tang Literary Culture*, Stanford University, 1996. 中译本：《中国"中世纪"的终结：中唐文学文化论集》，陈引驰、陈磊译，生活・读书・新知三联书店 2006 年版。

关，尤其是江南优美的园林景观对女诗人在艺术熏陶、意象选择、语言的表达等方面都有积极的影响。同时优美的园林环境也局限了她们的创作内容。

3. 古代文学中的园林研究。意指以文学为本位、以文学为主体的文学与园林关系研究，研究的重心由园林中的文学转向文学中的园林，由园林中的文学旨趣、行为和要素的熔铸，转向文学如何记忆和叙述园林的外在形态和内在精神。其中文学被作为园林记忆、园林叙事的主要载体，而园林则是经文学家重构的审美化、诗意化了的园林，与上述"园林—文学研究"中的实有园林不同，这是一种虚拟园林。

文学本位的古代文学—园林关系研究，在文体上以诗歌为主体，兼及小说、戏剧等其他文体；而在时代上，则以唐宋为主体，然后延续于元明清各代。园林和园林诗都在唐代时期进入全盛时期，帝王在园林中宴饮群臣，文人之间的诗酒唱和，创作出了大量的园林诗歌，总计达6000首之多。但是长期以来没有受到学界应有的重视，有的学者偶有论及，也多作为建筑园林学之佐证，或混迹于山水诗、田园诗的论述研究之中，成为"被遮蔽的幽境"。[①] 进入21世纪之后，才引起了学界应有的重视，先后涌现出了大批论著。其中属于整体性研究的主要有：杨晓山等《私人领域的变形：唐宋诗歌中的园林与玩好》（江苏人民出版社2008年版），阎峰《唐代士人园林诗研究》（硕士学位论文，黑龙江大学，2009年），李浩、王书艳《被遮蔽的幽境：唐代园林诗初探》（《陕西师范大学学报》2010年第1期），张丽丽《唐代园林诗研究》（硕士学位论文，南京师范大学，2011年），徐志华《唐代园林诗述略》（中国社会出版社2011年版），袁丁《浅谈唐代园林诗的审美变迁》（《剑南文学》2011年第11期），等等。杨著通过仔细品鉴精彩纷呈的中国园林诗歌，别出心裁地考察了中唐至北宋期间文学传统中的私人领域的发展，为我们展开了一个可居可游的审美空间，同时也揭示出了其中鲜为人知的一面。阎峰《唐代士人园林

[①] 参见阎峰《唐代士人园林诗研究》（硕士学位论文，黑龙江大学，2009年），李浩、王书艳《被遮蔽的幽境：唐代园林诗初探》（《陕西师范大学学报》2010年第1期），张丽丽《唐代园林诗研究》（硕士学位论文，南京师范大学，2011年）。

诗研究》旨在通过分析园林诗所体现的唐代士人这一特殊群体的精神世界，以及唐代士人园林诗这一特殊诗歌类型的总体艺术风貌，从而揭示唐代士人园林诗的独特文学价值和审美价值，并为唐代诗歌，以至于唐代文学和文化提供新的研究视角。李浩、王书艳、张丽丽等也都在唐代园林诗整体研究方面做出了各自的贡献。李浩、王书艳《被遮蔽的幽境：唐代园林诗初探》进而从学理上对此加以反思，提出文学史研究中长期流行的山水诗与田园诗两分法及其至唐合流的说法使诗歌分类陷入困境，忽略了唐代造园产业兴盛的事实，遮蔽了以描写园林生活为内容的大量作品，因而有必要引入"园林诗"概念。唐代园林诗不仅拓宽了诗歌的创作题材，促进了唐诗的繁荣，而且有助于我们深入了解文人生活与心态、有助于认识唐代园林文化，并对后代园林建设有一定的借鉴意义。张丽丽《唐代园林诗研究》则按照初盛唐、中唐、晚唐的顺序，系统梳理了唐代园林诗发展的轨迹以及在不同时期的特点，深入阐析了唐代园林诗歌审美趣味的变迁及其诗史价值。至于唐代园林散文方面的成果，可以赵卫斌《唐代园记和园林散文研究》（硕士学位论文，西北大学，2009年）为代表。该文在研究视野上试图打破唐代散文研究为韩、柳古文运动所囿的局面，并突破问题研究的基本框架，从园林与散文关系入手，揭示唐代园林散文的独特价值。

宋代的文学—园林关系研究，以宋词为主体，以罗燕萍《宋词与园林》（博士学位论文，苏州大学，2006年）、[①] 徐海梅《南宋园林词研究》（硕士学位论文，华中科技大学，2006年）两文为代表。罗文提出了饶有意味的宋词"园林情调"之说，然后据此对宋代园林的思想、艺术和美感进行了一番新的解读和定位。宋代之后，再由词体拓展至戏剧小说领域，李源《满园春色关不住》（硕士学位论文，河南大学，2004年）从文学文本出发，力图对元明清小说、戏曲中的园林现象作相对客观、全面、系统、深入的整理与分析，借以揭示出园林在元明清小说、戏曲中独特的文学价值与审美价值，探讨园林文化对小说戏曲家创作的影响，寻绎出小说戏曲作品中园林文化的深邃底蕴。

[①] 罗燕萍《宋词与园林》后于2012年由中国社会科学出版社出版。

在文学本位的文学—园林关系研究中，也陆续出现了一些专题研究成果。滕云《初唐公主庄园宅第诗研究》（硕士学位论文，广西师范大学，2005 年）、李娜《唐代文学中的公主园林别墅》（《西北大学学报》2010年第 1 期）等文共同关注唐诗以及唐代文学中的公主园林的问题；韦臻《唐代园林诗意象研究》（硕士学位论文，广西师范大学，2011 年）、杜丹妮《宋代园林诗画情趣特色探析》（《晋城职业技术学院学报》2011 年第 3 期）等文侧重于唐宋园林诗意象、诗画情趣等诗学要素的研究；贾鸿雁《宋词园林意境美探微》（《东南大学学报》2002 年第 5 期）、王春《园林诗对中国古典园林的审美观照》（《湖北大学学报》2011 年第 3 期）、袁丁《浅谈唐代园林诗的审美变迁》（《剑南文学》2011 年第 11 期）等文从审美视角对古典园林的美学意义作了新的探析；而李金宇、徐亮《论中国古典园林中的情色之境——园林在古代文学作品中的另类解读》（《南阳师范学院学报》2009 年第 5 期）、王书艳《唐代园林诗中的"窗"》（硕士学位论文，西北大学，2009 年）两文则分别对所提出的有趣论题作了专题研究。前文指出中国园林传递在外的是它"虽由人作，宛若天开"的独特建构，特别是艺术水准最高的私家园林，追慕陶渊明诗中恬淡、宁静的隐逸之风是它的基本格调。但令人奇怪的是，在古代的小说、戏剧里中国园林却常常是一个"是非之地"，它总是和美酒艳妓、珍玩器乐、放荡纵情相联系，有悖伦理的男女私情，邂逅、相许以至云雨更是选择了园林作为背景。这使得中国园林在文本的解读里不再是一个简单的赏景之地，而是成了一个极易产生风化问题的敏感之所。究其原因，因为中国园林在历史和自身营构中体现出的暧昧氛围，特别适合男女的传情放欲、幽会偷情，反映在文学中就成了诱情、诱欲的强烈符号。后文认为唐代园林诗作为一种独特的诗歌类型负载了丰富的园林审美意象，其中对于窗的描写可谓丰富多彩。诗人们以善感的心灵，捕捉住了窗这一普通的建筑构件，对其进行细腻描绘，从而创造了色彩斑斓的窗世界。该文借鉴建筑学、园林学、美学、心理学、社会学等研究成果对窗的功能和文化进行透视，并选取"北窗"和"开窗"两个个案进行管窥蠡测。通过对窗的细部解读不仅细致呈现了唐代窗的型制、装饰及所蕴含的文化内涵，而且进一步展现了窗在唐代园林方面的纳景、造境功用，并借此深入了解唐代文人的园林生活、园林情趣、观物方式以及退隐心理等相关内容。[①]

除了诗词和小说戏曲外，园林散文也逐渐为研究者所关注。如李小奇《唐宋园林散文研究》（博士学位论文，西北大学，2016年）认为园林散文是伴随着园林发展而出现的新的散文题材类别，它的发展与园林天然结缘。唐宋时期是园林散文发展的重要阶段，"园记"文体产生并完成经典化的过程。该论文以唐宋时期的园林散文为研究对象，意将散文分类、分体研究细化和深化，在历时性的文本考察中梳理园林散文，凸显唐宋时期园林散文在历史发展过程中的重要地位，进一步考察园记散文与园林复线发展的互动、互补关系，研究其园林文献价值及其所蕴含的社会文化价值。

五　文学与"综合艺术"Ⅳ：戏剧关系研究

此处的"综合艺术"主要是指戏剧，并不涉及影视等现代综合艺术形态。而戏剧本身也仅限于中国传统戏剧——戏曲，所以不包括20世纪从西方引进的话剧。

中国古典戏曲在其漫长的发展过程中，曾先后出现了宋元南戏、元代

[①] 在古代文学—空间艺术研究中，还有一些学者涉足古代文学与建筑关系研究，主要见之于：金全福《建筑与文学关系初探》（《北京建筑工程学院学报》1994年第3期），刘学军《中国古建筑文学意境审美》（中国环境科学出版社1998年版），苗贵松《宋代建筑诗与宋世风俗论——以苏轼咏亭诗为中心》（《常州工学院学报》2008年第6期），陈燕妮、罗时进《来自建筑景观中的城市影像——论洛阳建筑景观"上阳宫"与唐代诗人创作的关系》（《湖北大学学报》2009年第4期），陈燕妮《居住的诗篇——论唐诗中的洛阳城市建筑景观》（人民出版社2011年版）。刘学军《中国古建筑文学意境审美》（中国环境科学出版社1998年版）介于散文与学术著作之间，其中累积着作者的十年心血，值得一读。陈燕妮《居住的诗篇——论唐诗中的洛阳城市建筑景观》系在其博士论文《城市与文学：以唐代洛阳建筑景观与唐诗关系为中心》（博士学位论文，苏州大学，2009年）的基础上修改出版的，该书结合唐代洛阳城的特殊地位和特殊形态，聚焦于唐代洛阳城的公共建筑和私家建筑的双重景观，采用"文学表现城市形态"和"文学对城市性的表达"两种方式，考察和论述洛阳城与唐诗的关系。其中上篇从城市的标志建筑景观"洛阳道""洛阳宫""洛阳楼"分析洛阳与唐诗的关系。下篇主要以唐代洛阳分司官员的私家园林为切入点，以他们在这些"场所"之中的文学活动为主要对象，重在研究城市与文学、城市建筑景观与文学之间的联系，旨在揭示唐代洛阳城建筑景观的时代精神、地域内涵与文学风范。

杂剧、明清传奇、清代地方戏等四种基本形式,并在融合文学、音乐、绘画、舞蹈等各种艺术要素于一体的过程中逐步发展成为一种综合艺术。王建科《论中国戏曲文学的文体特征》(《唐都学刊》2003 年第 1 期)将中国戏曲文体的根本特征归纳为:代言体、叙事体和抒情性。董健根据苏联学者乌·哈里泽夫关于戏剧有两个生命:一个生命存在于文学中,另一个生命存在于舞台上的观点,[①] 将"戏剧艺术的戏剧性"概括为"文学构成中的戏剧性"(dramatic, dramatism)与"舞台呈现中的戏剧"(theatrical, theatricality)两种既有联系又有区别的不同含义。[②] 以中国戏曲文体的三大特征,参照"文学戏剧"与"舞台戏剧"的双重含义,则在中国戏曲融合文学、音乐、绘画、舞蹈等于一体的各种要素中,显然以文学最为重要,亦以与文学关系最为密切;而就戏曲与文学关系而论,基于中国戏曲叙事体和抒情性的文体特征与传统,又以与小说、诗歌关系最为密切,研究成果也最为丰硕。现从戏曲与小说关系研究、戏曲与诗歌关系研究以及经典名著戏剧化研究三个方面分述于下。[③]

　　1. 古代戏曲与小说关系研究。中国戏曲首先具有叙事性文体特征与传统,决定了其与小说的天然亲缘关系,因而在文学与戏曲关系研究中,也以戏曲与小说关系研究成果最著。徐大军《关于中国古代小说与戏曲关系研究的回顾与思考》首先从五个方面回顾和总结 20 世纪小说和戏曲关系研究的重要成果:一是梳理了小说、戏曲间故事题材的沿袭关系;二是考索同一或同类故事题材在小说和戏曲间的流变轨迹,并予以美学或文化的分析;三是探讨中国古代小说与戏曲在形式体制和创作手法方面的相互影响、交流关系,及其在彼此的发展过程中所起的推动作用;四是探索小说、戏曲共同具有的艺术特性;五是钩沉、梳理古代小说中的戏曲资料。然后就此学术路向与成果提出学理思考,思考之一:关系研究的起

[①] [苏]乌·哈里泽夫:《作为文学之一种的戏剧》,莫斯科大学出版社 1986 年版,第 250 页。转引自董健、马俊山《戏剧艺术十五讲》,北京大学出版社 2004 年版,第 66 页。

[②] 董健:《戏剧性简论》,《戏剧艺术》2003 年第 6 期。

[③] 戏曲与史传关系研究主要集中于"史记戏"与"三国戏"研究,但成果不著,参见本章第一节"文学的历史渊源研究"。

点；思考之二：关系研究的意义。① 应该说，以上两点学术反思颇见学术高度，而对于学术成果的总结则需吸纳更多尤其是新近问世的相关论著。现将从以下四个方面加以重新归纳和评述。

一是小说与戏曲关系的综合研究。集中体现在一批重要的学术著作之中，其中贯通历代的有许并生《中国古代小说戏曲关系论》（文化艺术出版社2002年版）、《古代小说与戏曲》（山西人民出版社2005年版），沈新林《同源而异派：中国古代小说戏曲比较研究》（凤凰出版社2007年版），徐大军《中国古代小说与戏曲关系史》（人民文学出版社2010年版），等等。沈著从中国古代小说与戏曲与戏曲概念、起源、作者、体制、传播方式、题材、创作手法、审美特征、文化内涵、人物形象、批评与理论等不同层面展开比较研究，每个层面的论述都能独立成章，相互之间又具有内在的逻辑联系。徐著在以中国古代小说与戏曲关系史为考察对象的研究中，特别强调应加强两者关系的发生研究，已为二者关系的研究提供早期形态的参照。并且要明确二者关系研究的目的在于开拓小说、戏曲研究的视界，为具体的小说研究和戏曲研究提供一种新的参照系和观察点，从而使此关系研究具有文体学探讨的意义，而不是罗列一些异同现象材料，作表面化的比较。② 断代或分体的综合研究方面，则有涂秀虹《元明小说戏曲关系研究》（上海三联书店2004年版），徐大军《话本与戏曲关系研究》（新文丰出版公司2004年版）、《元杂剧与小说关系研究》（河南人民出版社2006年版），范丽敏《互通・因袭・衍化：宋元小说、讲唱与戏曲关系研究》（齐鲁书社2009年版），徐文凯《有韵说部无声戏：清代小说戏曲相互改编研究》（中国传媒大学出版社2010年版），等等。徐大军《话本与戏曲关系研究》、《元杂剧与小说关系研究》二书与其《中国古代小说与戏曲关系史》先后相继，逐步深入，可以相互参看。

二是小说与戏曲叙事传统关系研究。决定戏曲与小说的天然亲缘关

---

① 徐大军：《关于中国古代小说与戏曲关系研究的回顾与思考》，《甘肃社会科学》2003年第1期。

② 参见顾克勇《为中国古代小说与戏曲追溯线脉——〈中国古代小说与戏曲关系史〉评介》，《中国社会科学报》2011年11月1日。

系，是彼此都具有叙事性的文体特征与传统，因而在专题性研究中，学界所重点关注的首要问题就是叙事性问题，许多探讨中国戏曲文体特征的论文即是围绕这一问题而展开的。郭英德《叙事性：古代小说与戏曲的双向渗透》（《文学遗产》1995年第5期），谭帆《稗戏相异论——古典小说戏曲"叙事性"与"通俗性"辨析》（《文学遗产》2006年第4期）都以叙事学理论重点探讨了小说与戏曲所共有的叙事因素。然后是叙事方法及其演变的研究，相关重要论著有：宋常立《中国古代小说戏曲中的分层叙述》（《天津师范大学学报》2006年第5期），杨再红《"小说化"叙述方式对中国古代戏曲悲剧的影响》（《商丘师范学院学报》2008年第5期），吕茹《叙事主题的转换性：古代白话短篇小说与戏曲的双向互动》（《咸宁学院学报》2011年第11期），董上德《古代戏曲小说叙事研究》（广东高等教育出版社2011年版），等等。董著重点关注戏曲、小说共有的编造故事的方式、故事的世代传承现象、同一个故事的不同文本的差异及其内涵的动态变化、情节结构变动与人物形象演化的关系，以及叙事的格调问题等，旨在探讨以"故事"为中心的戏曲、小说所呈现的共通性问题，以期为深入探讨民族性格和民族心理打开一条新的通道。

三是小说与戏曲艺术形式关系研究。其中的一个焦点问题是戏剧性问题。方守金《试论小说的戏剧化及其限制和超越》（《文艺理论研究》1992年第5期）提出小说的戏剧化，包括小说在融合戏剧艺术过程中所形成的四个方面的内容：戏剧理论对小说美学的影响；小说文本的戏剧性结构；人物、叙事者和读者之间的戏剧性关系；小说家对戏剧的创作技巧和演出经验的汲取，以及小说自身与戏剧艺术相契合的形式技巧。董乃斌《戏剧性：观照唐代小说诗歌与戏曲关系的一个视角》（《文艺研究》2001年第1期）重点阐述了唐代小说和戏曲所具有的戏剧性的存在形式及其发展过程，从中揭示出小说、戏曲间的内在关系。刘汉光《小说、戏曲文学的核心观念》以寓言性作为小说与戏曲文学的核心观念，钟明奇《明清小说、戏曲传"奇"二题》则旨在强调明清小说、戏曲的传奇性特色。在小说与戏曲艺术形式关系研究中，还有大量论文聚焦于题材模式与人物形象研究。前者主要由爱情故事、历史故事与神话传说故事所构成，而以爱情故事为主体；后者则主要由女性形象与历史人物形象所构成，而以女性形象为主体。

四是古代小说与戏曲精神内涵关系研究。对于这一论题的研究，许多学者已充分注意到了其中的丰富性、复杂性和延展性。沈新林《中国古代小说、戏曲文化内涵之比较研究》（《艺术百家》2004年第5期）认为从文化渊源追溯，古代小说和戏曲的文化分野在于，小说属于史文化范畴，而戏曲属于诗文化范畴，由此决定了叙事性和抒情性分别成为反映小说与戏曲文化内涵的重要特征。范丽敏《论中国古代戏曲与小说的三种文化精神》（《西北农林科技大学学报》2011年第4期）认为中国古代戏曲与小说典型地体现了中国的文化精神，主要表现为三个层次：一是处于最下层的市民大众的文化精神；二是处于中间位置的为社会上大多数人所遵从的正统文化精神；三是处于最上层的、为少数文化精英所具有的哲学文化精神。毛德富《古代戏曲小说中女性三种婚恋心态阐释》（《戏曲研究》1994年第1期），宋俊华《女性的冲决樊篱——元明清戏曲、小说中女性价值探索》（《湛江师范学院学报》1995年第2期），李根亮《古代小说和戏剧中的爱情与死亡之关系》（《长江大学学报》2011年第1期）所涉及的性爱、死亡问题，也都有益于古代小说与戏曲精神内涵关系研究的深化。

2. 古代戏曲与诗歌关系研究。中国戏曲的抒情性特征与传统，决定了其与诗歌的天然亲缘关系。学界对此的研究，首先是围绕抒情性特征这一重点问题而展开；而与此构成纵横对应的另一个重点是历时性研究，主要聚焦于宋元南戏、元杂剧、明清传奇与诗歌关系研究，其中以元杂剧居首，明清传奇次之，宋元南戏又次之。

先看诗歌与戏曲的双向互融研究。陈少松《论明清小说戏剧对诗文发展的影响》（《南京师大学报》1993年第2期），沈金浩《论清代诗歌戏曲小说间的联系渗透与互补》（《学术研究》1995年第4期），叶桂桐《论中国古代小说戏曲诗歌的互动》（《烟台大学学报》2002年第2期），吴晟《中国古代诗歌戏剧性因素初探》（《文艺理论研究》2006年第3期），陶文鹏、赵雪沛《论唐宋词的戏剧性》（《文学评论》2008年第1期），齐静《中国古典戏剧与诗歌的关系》（《云南社会科学》2010年第4期），钱志熙《汉代乐府与戏剧》（《北京大学学报》2007年第4期），董乃斌《戏剧性:观照唐代小说诗歌与戏曲关系的一个视角》(《文艺研究》2001年第1期)等文,都致力于诗歌与戏曲的双向互动研究。钱志熙《汉代乐府与戏剧》旨在对汉代乐府与戏剧的关系进行系统的考察,并涉及先秦与魏晋南北朝时期的一些重要的戏剧史实。认为应该将"乐""乐府"这一中国古代综合性音乐娱乐艺术体系纳入戏剧史的主体中,并着重研究了汉代的郊庙歌辞与相和歌辞中所反映的戏剧表演情况,研究了向来未曾触及的早期戏剧文学的样态。叶桂桐《论中国古代小说戏曲诗歌的互动》认为北宋后期到清初中国古代小说、戏曲、诗歌之内在关系,三者经历了三个互动阶段:一是宋元时期戏剧"小说"化,改变了自身的内容、性质、体制而真正成熟;二是明代长篇小说"戏剧"化,小说由叙事为主变为写人为主,由记事为主变为记言为主,又吸纳了戏曲宾白的经验,使用方言;三是明末清初,小说戏剧"诗"化。小说戏剧诗歌互动,使三者完美融合:小说有诗之意境、节奏、韵律和戏剧般人物,戏剧有了曲折情节和诗的意境,诗歌可以结构小说、塑造人物。陶文鹏、赵雪沛《论唐宋词的戏剧性》提出词与戏曲同为音乐文学,唐宋词从多方面表现出明显的戏剧性。唐宋词的代言体特点、个性化抒情唱词、二人或多人的问答对唱方式,词中展示出戏剧冲突、戏剧动作、戏剧情境等各种戏剧因素,都是其戏剧性的体现。唐宋词中有正剧、喜剧、悲剧与带泪的喜剧、梦幻剧、寓言剧等多种风格形式。唐宋词对戏剧确有巨大的影响,唐代参军戏与宋代杂剧或许也曾给予词的创作以一定的启迪。词与戏剧间的关系也印证了宋代文学艺术不同体裁相互借鉴渗透的特征。这是一个相当新鲜而又富有意味的论题,值得学界展开深入探讨。

正如同叙事性之于戏曲与小说关系一样,抒情性对于诗歌与戏曲关系而言,既是纽带,也是灵魂,其中的抒情特质,核心是意境论。与此相契合,许多学者也都不约而同地将抒情性的研究聚焦于诗歌意境论及其对戏曲理论与创作的影响。其中刘汉光《戏曲意境论概说》(《艺术百家》2004年第5期)、宁俊红《中国古典戏曲意境论内涵探微》(《戏剧文学》2008年第10期)、高永江《论古典戏曲的"意境"——兼谈古代戏曲与古代小说及其诗歌的区别》(《重庆师范大学学报》2011年第6期)等重在理论阐释;阮国华《论我国古代诗歌意境观念对戏曲理论的影响》

(《学术研究》1992年第4期)、李美迪《论中国古典诗歌空间境界对戏曲舞台艺术的影响》(《重庆科技学院学报》2009年第3期)等文重于意境论的影响研究；崔红梅《古典戏曲小说中的花园意象简论》(《边疆经济与文化》2012年第5期)、张训涛《中国古代戏曲、小说中意境的表现》(《中山大学学报》2001年第1期)等文重于意象、意境在戏曲中的表现形态与特征的研究。

再说诗歌与戏曲的文体分类研究。学界对于戏曲与诗歌关系研究，贯穿时段较长。主要密集分布于宋元南戏、元杂剧、明清传奇与诗歌关系研究上。

首先，是宋元南戏与诗歌关系研究。刘丽丽《试论南戏的史诗本质——由〈戏曲本质论〉引发的思考》以吕效平《戏曲本质论》中有关戏曲本质的论述为理论依据，试从情节艺术、文学基奠和审美趣味三个方面对南戏加以探讨，最终将南戏的本质归为史诗。黄海令《南戏本质我之见——兼与〈试论南戏的史诗本质〉一文商榷》(《安徽文学》2009年第9期)对此提出商榷意见，批评刘文将南戏与传奇的渊源人为地割裂，而倾向于将南戏看作一种"俗乐—抒情诗—史诗"运动的状态。刘小梅《宋元剧诗的艺术成就及影响》意在从宋元剧诗的典范之作中，发掘和归纳古典剧诗的优秀经验，以进一步促进和发扬我们民族戏剧的优良传统，以期能对当今的戏曲文学创作起到微薄的借鉴作用。王育红《宋元南戏所用诗词俗语论析》以《永乐大典戏文三种》、四大南戏、《琵琶记》为范本，对宋元南戏所用诗词俗语作了深入分析。

其次，是元杂剧与诗歌关系研究。龙迎春《试论元杂剧的诗歌本质》(《中山大学研究生学刊》1996年第4期)、吕效平《试论元杂剧的抒情诗本质》(《戏剧艺术》1998年第6期)，易勤华《略论元杂剧文体的诗化特征》(《福建师范大学学报》2006年第1期)、马丽丽《诗歌与元杂剧》(硕士学位论文，扬州大学，2009年)等文充分肯定了元杂剧的诗歌本质或诗化特征。龙文尝试从元杂剧作家以诗心、诗笔入剧、戏曲批评家的戏曲观以及戏曲文学的抒情性这四个方面对元杂剧的诗歌本质展开探讨。马文着眼于元杂剧与诗歌相互关系的研究，以此探讨不同文体间相互渗透、影响、借鉴、移植的方式与规律。提出诗歌对元杂剧的影响主要体现在宏观与微观两个方面，宏观上则表现于影响杂剧的创作与发展，微观上则在于杂剧文本对诗歌的借鉴和移植。此外，魏明《元杂剧上场诗的类型化倾向》（《中华戏曲》2002 年第 1 期）、易勤华《元杂剧上场诗刍议》（《西昌学院学报》2007 年第 1 期）、陈诗强《从元杂剧的上场诗看官吏形象》（《西昌学院学报》2010 年第 2 期），李利军《众生相的多维描画——元杂剧上场诗》（《天水师范学院学报》2010 年第 4 期），刘小莉、熊贤勇《从元杂剧的上场诗看元代的士子形象》（《大庆师范学院学报》2012 年第 2 期）等，都聚焦于上场诗研究。胡健生《从〈诗学〉理论解读元杂剧"发现"与"突转"之叙事艺术》（《江西科技师范学院学报》2008 年第 3 期）则引入亚里士多德《诗学》的"发现"与"突转"理论，探讨元杂剧中"发现"与"突转"之叙事艺术。而吕薇芬《杂剧的成熟以及与散曲的关系》（《文学遗产》2006 年第 1 期）则进而拓展至杂剧与散曲关系研究。

最后，是明清传奇与诗歌关系研究。郭英德《独白与对话——论明清传奇戏曲的抒情方式》指出戏曲艺术的代言体有独白与对话两种最基本的表现形式。在明清传奇戏曲中，既运用曲词进行对话，也采用曲白相生的对话，多种对话方式转换自如，浑无痕迹，形成多声部的抒情场面。与独白相比较，在戏曲作品的对话中，多种声音竞相鸣放，都具有对话的平等性，这就表现出对唯一的话语权威的反抗。万春《明清传奇中大雪意象与人生困境相连描写的文化学阐释》，张楠、张瑞平《论明清传奇中画中人意象》两文均注重于饶有意味的意象研究。前文试图通过对明清传奇中大雪意象与人生困境描写的个案分析而展开文学的文化学阐释，力图揭示文学产生、发展与演变的文化学根据，从而抉发出文学现象所承载的文化含量与意义深度。后文选择明清传奇中画中人意象为研究对象，提出"画中人"是一种在中国古代小说戏曲中普遍采用的艺术手法。尤以明清传奇《牡丹亭记》《梦花酣》《画中人》和《桃花影》中《画中人》意象刻画最为成功。作家借助画像这个特殊载体，或附身画中，或化为人形，在现实与虚幻、阳世与阴间，传达自己的人生观和爱情观，使《画中人》这一母题具有深刻的文学价值和思想内涵。此外，赵艳喜《试论明清传奇中的下场集唐诗》（《艺术百家》2006 年第 5 期）、李珊珊《浅谈明清传奇中的集句诗》（《现代语文》2008 年第 12 期）、杨经华《从随俗到雅化——明清戏曲中"集句诗"的文学史意义》(《飞天》2010 年第 16 期) 等文都重在明清传奇中的集句诗研究。

3. 古代经典名著戏剧化研究。经典名著是其在长期的传播中逐步形成的,同时又是其得以历久不衰与广泛传播的内在动能之所在。此处的经典名著戏剧化研究主要指向小说经典名著与戏曲关系的研究,包括两重含义:一是小说经典名著的戏剧内涵研究,亦即小说经典名著本身所反映的戏剧活动及其文学特征与功能研究。刘辉《论小说史即活的戏曲史》指出,中国古典戏曲的研究者,每每为戏曲史料匮乏,扼腕唏嘘,抱憾不已。对于戏曲史上不少重要的问题,只好阙疑待考,或则管窥蠡测,难成定论。于是,编织在小说中的戏曲描写,特别引人注目。尤其在长篇小说中,更加绚丽多彩,举凡剧种、声腔、剧目、曲文、演出,包罗万象,无所不备,这确是一块有待人们深入开掘的戏曲宝藏。《水浒传》《金瓶梅词话》《祷杌闲评》《欢喜冤家》《弁而钗》《无声戏》《醒世姻缘传》《儒林外史》《歧路灯》《红楼梦》《风月梦》《品花宝鉴》《海上花列传》……都为戏曲研究拓开了新的广阔天地。其中,尤以《金瓶梅词话》与《红楼梦》为最。① 对于这些作品所涉及的戏剧内容研究,都可以称为小说经典名著的戏剧性研究。二是小说经典名著的戏剧改编研究,由此形成各大系列的戏曲作品,而且在广泛传播中犹如滚雪球一样越滚越大。从既有研究成果来看,涉及各种经典名著以及戏剧作品相当广泛,但最受学界关注而且研究成果最为显著的,则是《三国演义》《水浒传》《西游记》《红楼梦》等四大经典名著以及李渔《无声戏》,由此形成五个研究重点。②

---

① 刘辉:《论小说史即活的戏曲史》,《戏剧艺术》1988 年第 1 期。
② 此外,关注度较高的是《金瓶梅》《娇红记》。前者参见刘辉《〈金瓶梅〉中戏曲演出琐记》(《艺术百家》1986 年第 2 期),卫世诚《〈金瓶梅〉一部研究戏曲音乐的珍贵史料》(《运城学院学报》1988 年第 3 期),孙崇涛《〈金瓶梅〉戏剧史料辑说》(《文献》1989 年第 3 期),胡春霞《〈金瓶梅〉中的戏剧生活》(《浙江工商职业技术学院学报》2002 年第 4 期),贾学清《〈金瓶梅〉戏剧材料的文本寻绎》(《四川戏剧》2006 年第 4 期),石艳梅《古典戏曲与小说的相互印证——以〈金瓶梅〉和〈群音类选〉为例》(《作家》2012 年第 8 期)等。后者参见黄霖《元代戏曲小说史上的双璧——〈西厢记〉与〈娇红记〉》(《古典文学知识》1996 年(转下页)

一是《三国演义》与"三国戏"关系研究。许勇强、李蕊芹《近百年三国戏研究述评》(《戏剧文学》2011年第7期)认为《三国演义》作为典型的世代累积型小说,与戏曲有着千丝万缕的联系,因此自20世纪20年代至今,三国戏一直为学界所关注。该文通过对近百年三国戏研究文献的详尽爬梳,从三国戏文献研究、元杂剧三国戏研究、明清时期三国戏研究和其他方面研究等几个角度对近百年三国戏的研究成果进行了总结。[①] 20世纪80年代以来,关于三国戏文献研究方面主要有:陈翔华《先明三国戏考略》(《文献》1990年第2期)、《明清时期三国戏考略》(《文献》1991年第1期),关四平《三国演义源流论》(黑龙江教育出版社2001年版),李德书主编《川剧三国戏汇编》(内部交流2004年版)等。这些成果都是进一步开展《三国演义》与"三国戏"关系研究的重要基础。鉴于《三国演义》与"三国戏"的复杂关系[②]以及元杂剧"三国戏"在《三国演义》成书史上的重要作用,学界对此问题研究的重中之重就是元明三国戏与《三国演义》的承传关系,尤其是元杂剧"三国戏"之于《三国演义》成书的意义。叶维四《三国演义创作论》(江苏人民出版社1984年版)、关四平《三国演义源流论》、徐大军《元杂剧与小说关系研究》(河南人民出版社2006年版)等著作以及诸多专题研究论文都重点涉及了这一问题。彭飞《试述〈三国演义〉成书前后的三国戏》提出《三国演义》研究绝不能仅仅局限于该小说本身,还必须从小说成书前后文学艺术领域的种种迹象中去探索,尤其要重视《三国演义》成书前后的三国戏研究,借由戏曲这条蹊径从一个侧面拓展对《三国演义》的研究。罗斯宁《元杂剧艺术对〈三国演义〉的影响》(《中山大学学报》1996年第2期)重点从艺术角度探讨了元杂剧对《三国演义》的

(接上页)第2期),武影《〈娇红记〉:小说与戏曲辨》(《宜宾学院学报》2004年第4期),王颖从《〈娇红记〉的审美倾向看元代戏曲对小说的影响》(《宜春学院学报》2006年第1期),陶慕宁《从〈娇红记〉到〈绣襦记〉——看小说戏曲的改编传播轨辙》(《南开学报》2008年第1期),李春艳《〈娇红记〉:戏曲与小说人物形象之比较》(《赤峰学院学报》2012年第1期)等。

① 另外参见韩伟表《〈三国演义〉与戏剧曲艺渊源关系研究述要》,《戏曲艺术》2006年第4期。

② 参见胡世厚《〈三国演义〉与三国戏》,《古典文学知识》1994年第6期。

影响，认为元杂剧的审美观、题目正名和连本戏的体制、程式化的表演等，对小说《三国演义》的酣畅叙述描写、章回体结构的形成、类型化的人物塑造等都有重要影响，尤其元杂剧的酣畅美是对中国传统审美观的突破，对该小说成为中国第一部长篇章回小说起了重要作用。黄毅《〈三国志平话〉与元杂剧"三国戏"——〈三国演义〉形成史研究之一》（《明清小说研究》2007年第4期）则进而从历时性的角度深入揭示了《三国演义》作为一部世代累积型的小说所经历的从民间传说到文人加工的反复创作过程。这个过程有三个关键的阶段：以《三国志平话》为代表的民间传说集大成阶段，以元杂剧中"三国戏"为代表的从民间传说向文人创作过渡的转型阶段，以《三国演义》为代表的三国故事最后成熟定型阶段。其他如顾宇倩《元杂剧中三国戏题材探源》（《扬州大学学报》1999年第1期）、徐彩云《小说〈三国演义〉与元杂剧三国戏的故事情节比较》（《语文学刊》2012年第2期）等文侧重于彼此在故事题材承传关系上的研究；余兰兰《历史英雄的平民化塑造——以〈三国志平话〉和元代三国戏中的蜀汉英雄为中心》（硕士学位论文，湖北大学，2003年），张大圣《试论元杂剧"三国戏"对三国人物定型的意义》（《文学界》2011年第7期）等文侧重于彼此人物形象承传关系的研究。此外，王平《"三国戏"与〈三国演义〉的传播》（《齐鲁学刊》2005年第6期）、关四平《论〈三国志演义〉在戏曲系统的接受与传播》（《厦门教育学院学报》2007年第3期）还从传播接受的角度论述了三国戏与《三国演义》的关系。这些论文都从不同层面逐步切入元杂剧三国戏与《三国演义》关系研究的内核。张红波《明清三国戏研究》（博士学位论文，北京大学，2011年）是一篇研究三国戏的重要论文，该文对明清三国戏进行梳理，指出明代传奇32种、明代杂剧19种、清代传奇26种、清代杂剧18种，数量较为庞大，但亡佚者不少。该文对三国戏的主题类型和艺术特征作了较为全面的分析，对三国戏中的赤壁之战和主要人物形象也作了重点分析。近年来三国戏研究的重要成果是《三国戏曲集成》（复旦大学出版社2018年版）的出版。该书搜集了历代创作的三国戏587种，其中完整剧本471种，残曲、存目116种。《集成》分编为《元代卷》《明代卷》《清代杂剧传奇卷》（上、下）、《清代花部卷》《晚清昆曲京剧卷》《现代京剧卷》（上、中、下）、《山西地方戏卷》《当代卷》（上、下），共8卷12册。

二是《水浒传》与"水浒戏"关系研究。《水浒传》与"水浒戏"的关系较之《三国演义》与"三国戏"更为复杂。从新时期之初至今，有关"水浒戏"的研究已有相当的学术积累，宁宗一等《元杂剧研究概述》（天津教育出版社1987年版）之《元杂剧水浒戏研究综述》、王丽娟《20世纪水浒故事源流研究述评》（《中州学刊》2003年第3期）、窦开虎《20世纪水浒戏研究述评》（《水浒争鸣》2010年第12辑）、朱仰东《二十世纪至今元代水浒戏研究述评》（《船山学刊》2011年第2期）等文的系统梳理和总结，其中往往与《水浒传》关系的研究连在一起。在诸多综合性研究成果中，陈松柏《水浒传源流考论》（人民文学出版社2006年版）代表了相关论题研究的重要进展。该书上篇"《水浒传》的成书"旨在尽可能揭示它在每一个时期的大致形态，还它一个脉络清晰的成书过程；下编"《水浒传》的传播"依次论述了《水浒传》不同版本、不同形式传播与接受的方式与效度。而在专题研究方面，大致形成了两个重点：一是水浒戏故事流传演变之于《水浒传》的成书的意义。在王永健《从明初的"水浒戏"看〈水浒传〉祖本的成书年代》（《水浒争鸣》1984年第00期）从探讨《水浒传》祖本成书年代的问题立论之后，董玉洪《略论元代水浒戏对小说的影响》（《古籍研究》2001年第3期）、戚珊珊《试论元代水浒戏与〈水浒传〉之间的相承关系》（硕士学位论文，中国海洋大学，2008年）等文都进而上溯于元代水浒戏，探究其对《水浒传》的重要影响。戚文在探讨元代水浒戏与《水浒传》之间的渊源关系中，主要采取比较的方法，即立足于整个故事演变史，从两种故事演变的相同部分，寻找出"世代累积型"小说形成的大致规律；而对于二者不同的部分，则主要进行分析、比较，得以更清楚地认识这两种类型的故事的特点。涂江艳《元杂剧水浒戏与小说〈水浒传〉比较》（硕士学位论文，江西财经大学，2006年）则着力将元杂剧水浒戏和小说《水浒传》作一纵深比较，不仅是从题材源流上去考证二者的关系，更着重于从二者的背景、主题、人物形象、体制、创作手法以及文化意义诸方面来展开综合比较。崔茂新《元代水浒戏与〈水浒传〉诗性结构的先期发育》（《东方论坛》2006年第 6 期)、王前程《明人水浒戏对于〈水浒传〉的诠释及其积极意义》(《菏泽学院学报》2009 年第 6 期) 等文重点探讨了从水浒戏到《水浒传》意义重建的取向与价值。重点之二是水浒戏与《水浒传》人物形象关系研究。充分凸显了学界对李逵形象研究的偏重。也有少量论文兼及其他人物形象，比如涂秀虹《水浒戏中的搽旦与〈水浒传〉中的女性形象》(《北方论丛》2005 年第 5 期) 分别论述了宋江、燕青和女性形象。涂文对于现存元代水浒杂剧中的三个女性形象提出了新的看法，指出搽旦在元杂剧中多用来扮演淫荡泼辣、心术邪恶或愚昧无知、滑稽可笑的中、青年妇女，元代水浒戏用搽旦装扮的女性"显然是另一幅笔墨"。即将她们的美貌定位为"妖冶"，"浸染着剧作者否定性的叙事倾向"[①]。

三是《西游记》与"西游戏"关系研究。张净秋既著有《明代西游戏叙录》(《文艺评论》2011 年第 8 期)、《清代西游戏考论》(知识产权出版社 2012 年版)，又著有《西游戏百年研究述评》(《中华戏曲》2009 年第 1 期)。后者提出 21 世纪以来，对西游题材作品的研究呈现对立的两极：一方面小说《西游记》备受关注，成果丰硕；另一方面西游戏受到冷落，问津者寥寥可数。与现存丰富的西游戏文献资料相比是不相称的。现在看来，这一情况有所改变，比如西游戏研究，即有陈霞《中国古代西游戏研究》(硕士学位论文，河南大学，2009 年) 一文问世。该文侧重于西游戏研究而归结于"西游戏"对《西游记》关系研究，旨在通过对宋代至清代有迹可循的西游戏的拉网式的排查梳理，从中归纳出西游故事在戏曲中流传变异的规律，以及西游戏与小说《西游记》在思想内涵和艺术手法上的互动影响。从《西游记》与"西游戏"关系研究的学术路径观之，既有如刘荫柏《〈西游记〉与西游戏》(《徐州师范学院学报》1982 年第 4 期)，骆正《"西游戏"和〈西游记〉》(《中国京剧》1997 年第 6 期) 之类的概论性研究论文。但更多的论著聚焦于以下两个方面的专题研究：其一是"西游戏"对《西游记》的影响。王广超《谈"西游戏"对〈西游记〉艺术精神的引发》(《戏剧文学》2007 年第 10 期)、竺

[①] 朱恒夫《早期章回小说〈水浒传〉中的戏曲质素》(《南京师范大学学报》1999 年第 2 期) 致力于《水浒传》中丰富戏曲质素的发掘，但此类论文为数尚少。

洪波《从"西游戏"到〈西游记〉——关于〈西游记〉戏曲阶段的再认识》(《戏曲研究》2010年第2期)两文都是以此为论题,王文旨在阐发"西游戏"中所体现出的艺术精神之于小说《西游记》的引发作用,或者反过来说,小说《西游记》对金元时期"西游戏"的继承不仅在内容上,更表现在艺术精神上。竺文则力图对从"西游戏"到《西游记》阶段性蜕变提出新的看法。重点之二是"西游戏"与《西游记》的传播研究。王平《"西游戏"与〈西游记〉的传播》(《明清小说研究》2006年第2期)指出从南宋到明中叶百回本《西游记》成书之前,各种戏文、院本、杂剧、传奇的"西游戏"历代不绝,但其中的人物、情节有着较大差异,西游取经故事尚未定型。明中叶百回本小说《西游记》刊行之后,大量"西游戏"便几乎全部依照小说进行编演。这些"西游戏"很难表现、传达出小说所具有的哲理内涵。王大元《明清时期〈西游记〉的传播》(硕士学位论文,扬州大学,2010年)认为宗教氛围浓厚、传统儒学转型、市民阶层壮大和王朝国事变迁或多或少成了明代《西游记》传播的促进因素;西游故事风行、出版印刷兴盛、文学评点繁荣和翻译的发轫及收藏毋庸置疑是明清时期《西游记》传播的推动力量。西游戏因小说《西游记》的传播向小说靠拢,扩大了《西游记》的传播范围。以上论述有助于深化对"西游戏"与《西游记》内在关系的认识。

四是《红楼梦》与"红楼戏"关系研究。《红楼梦》与戏剧关系一直受到学者的高度关注,并大致相成三大重点;其一是《红楼梦》戏曲改编研究。阿英遗著《红楼梦戏曲集》(上、下)于1978年由中华书局出版,堪称"红楼戏"的集大成者,为推进《红楼梦》与"红楼戏"研究奠定了良好的基础。此后,相关学者尝试从不同角度推进这一论题的研究。举其要者有:陆树仑《从〈红楼梦〉戏曲谈红楼梦的改编问题》(《扬州师院学报》1984年第2期),徐文凯《论〈红楼梦〉的戏曲改编》(《红楼梦学刊》2006年第2期),许萍萍《红楼戏的改编艺术》(硕士学位论文,福建师范大学,2007年),赵青《清代"〈红楼梦〉戏曲"探析》(硕士学位论文,华东师范大学,2006年),廖泽香《论清代红楼梦戏曲改编特点》(《文教资料》2009年第32期),朱小珍《"红楼"戏曲演出史稿》(博士学位论文,上海戏剧学院,2010年),李文瑶《〈红楼梦〉戏曲研究》（硕士学位论文，复旦大学，2010年），等等。朱文认为自小说《红楼梦》诞生以来，与之相关的戏曲改编和演出已有两百多年的历史，积累了数百个"红楼"戏曲剧目。该文试图从历史的角度对"红楼"戏曲的发生、发展、现状做一个纵向的梳理和归类，对不同时期的重要剧目、作家、演出、评论等做专门的论述和分析，并对同一阶段不同剧目的风格特点、艺术价值、成败得失进行横向的比较和研究，借此探索文学名著向戏曲名作转换生成的规律，窥探"红楼"戏曲未来发展的走向。李文主要着眼于探究"红楼戏"在中国戏曲由古典形制向近现代形制转变中的特殊地位，在各个时代风云变幻中和人们对原著接受的转变中呈现出的不同状态，在古典小说名著的戏曲改编中的探索性意义等。其二是《红楼梦》小说中的戏曲研究，或者说古典戏曲对《红楼梦》的影响研究，刘永良《中国古典戏曲与〈红楼梦〉人物刻画》（《红楼梦学刊》1998年第4期）、许并生《〈红楼梦〉与戏曲结构》（《红楼梦学刊》2001年第1期）、花宏艳《〈红楼梦〉中的戏曲因素及其戏剧化衍生的倾向》（《艺术百家》2003年第1期）、张宜平《〈红楼梦〉中的戏曲因素》（《徐州教育学院学报》2005年第1期）等文分别探讨了古典戏曲对《红楼梦》人物刻画、戏曲结构等的影响，以发掘《红楼梦》中的戏曲因素。张岳林、吴承林《思想情味——从〈红楼梦〉的"色空观"看古代小说一种戏剧化的思想表达方式》（《皖西学院学报》2005年第1期）、高永红《论〈红楼梦〉中的戏曲及曹雪芹的文学观念和悲剧精神》（《时代文学》2011年第2期）、王潞伟《从〈红楼梦〉看康乾时期戏曲文化》（硕士学位论文，山西师范大学，2010年）等文则进而拓展至哲理观念与文学、哲学、文化层面的研究。其三是《红楼梦》与"红楼戏"比较研究。徐扶明《红楼梦与戏曲比较研究》（上海古籍出版社1984年版）选取《红楼梦》中关于家庭戏班、戏曲剧目、演出习俗、伶人生活命运的片断材料，结合清代戏曲发展的总的线索脉络，进行比较研究，是红学研究中别开生面的一种新的尝试。① 其他如金凡平《〈红楼梦〉小说和戏曲文本的叙事方式比较》（《红楼梦学刊》2000年第4期）、张筱园《〈红楼梦〉

---

① 参见舒汎有关《红楼梦与戏曲比较研究》的评论文章，载《红楼梦学刊》1985年第3期。

戏曲与小说美学特征之比较》(《广东广播电视大学学报》2004 年第 2 期)等文也都侧重于《红楼梦》与戏曲的比较研究。

五是《无声戏》与李渔戏剧小说关系研究。刘琴《李渔小说研究现状梳理》(《阴山学刊》2008 年第 1 期)旨在梳理和总结李渔小说研究现状和成果,其中涉及李渔戏剧小说关系研究的,则重在以"无声戏"观为核心的小说戏剧化问题。李渔把小说看作无声的戏剧,许多学者以此为焦点,在小说与戏剧的比照研究中,着力对"无声戏"创作思想的发生、在小说作品中的体现及其给小说带来的利与弊等三个问题作了比较系统的探讨。实际上,对于"无声戏"创作思想的发生学研究,仅有钟明奇《试论李渔"无声戏"小说创作思想的发生》(《明清小说研究》1996 年第 2 期)等少数论文,更多的是集中于以下三个研究重点:一是重在李渔"无声戏"小说观研究。沈新林《无声戏:李渔的小说观》(《扬州大学学报》1991 年第 4 期)、张亚锋《李渔"无声戏"小说理论研究》(硕士学位论文,新疆师范大学,2009 年)等文对此作了系统的阐述。而黄果泉《"无声戏"与"结构第一":试论李渔的叙事主张》(《河南师范大学学报》2001 年第 6 期)、蔺九章《李渔"无声戏"小说观的文化哲学探析》(《广西社会科学》2010 年第 5 期)等文则分别从叙事主张、文化哲学的角度拓展了研究深度和广度。二是重在李渔"无声戏"小说观下的创作研究。相关重要论文有:吴广义《李渔戏剧理论在小说创作中的运用》(《阴山学刊》2001 年第 3 期),徐凯《超越与羁绊——李渔小说思维的戏剧化倾向研究》(《黑龙江社会科学》2002 年第 1 期),王建科《试论李渔小说中的科诨艺术》(《青海师范大学学报》2003 年第 1 期),王晓春《论戏剧对李渔小说叙事形态的影响》(《学术交流》2003 年第 10 期),徐凯《惩劝与娱乐——李渔小说喜剧化的内在精神研究》(《浙江师范大学学报》2004 年第 1 期),王艳玲《李渔"无声戏"观念下的拟话本小说创作》(硕士学位论文,华南师范大学,2007 年),卢旭《李渔戏曲理论对其小说创作的影响》(硕士学位论文,辽宁师范大学,2007 年),谢君《李渔戏曲结构布局理论与其小说创作》(《安阳师范学院学报》2009 年第 1 期),陈宁《从〈无声戏〉看李渔的戏曲观对小说创作的影响》(《绥化学院学报》2011 年第 1 期),等等。其中王艳玲《李渔"无声戏"

观念下的拟话本小说创作》认为李渔独创性地提出了"无声戏"的小说观念，并运用到实践中，为拟话本小说提供了一种崭新的文体模式。李渔在文学世界与精神世界都追求游戏化，在消解传统伦理道德的同时却未能构架起新的认知体系，从而不可避免地受到正统文人的否定与批判。三是重在李渔戏剧小说的共性特点研究。主要见之于：崔子恩《论李渔的小说观和通俗文学观》（《中国社会科学院研究生院学报》1987 年第 4 期），沈新林《"稗官为传奇蓝本"——李渔小说、戏曲比较研究之一》（《明清小说研究》1992 年第 1 期），刘红军《李渔小说创作同戏剧创作的关系》（《信阳师范学院学报》1996 年第 2 期），郭英德《稗官为传奇蓝本——论李渔小说戏曲的叙事技巧》（《文学遗产》1996 年第 5 期），卢寿荣《李渔戏曲小说研究》（博士学位论文，复旦大学，2003 年），胡元翎《李渔小说戏曲研究》（中华书局 2004 年版），邓丹《李渔戏曲与小说创作的差异性》（《阜阳师范学院学报》2004 年第 2 期），李洪《李渔小说戏曲的喜剧性叙事体制及其文化意蕴》（《辽宁行政学院学报》2005 年第 4 期），谭洋《论李渔小说创作与戏曲理论之间的关系》（硕士学位论文，中国海洋大学，2007 年），钟明奇《人格的嬗变与文心的转迁——论李渔及其小说戏剧创作之艺术偏向》（《文艺理论研究》2012 年第 2 期），等等。胡元翎《李渔小说戏曲研究》旨在深入细致地开掘李渔小说戏剧的思想意蕴，展示李渔小说戏剧的独有价值及戏剧与小说之间的互动关系。谭洋《论李渔小说创作与戏曲理论之间的关系》试图从李渔小说创作和戏曲理论之间相互影响的角度着眼，探究李渔戏曲理论与小说创作的结合方式，探求李渔"戏"与"无声戏"理论相互作用又彼此支撑的关系，进一步昭示李渔作为一位叙事理论家、通俗文学作家全面的艺术素养，进而奠定了李渔在古代叙事理论史、通俗文学史上的地位。

反思上述文学与"综合艺术"：戏剧关系研究的进展与成果，可以看到其中也存在不少缺陷与问题。许勇强、李蕊芹曾在《近百年三国戏研究述评》一文中批评在近百年三国戏研究中，学界普遍关注于三国戏的文本研究，将原本作为综合艺术的三国戏简单化为三国戏剧本研究，忽略了戏曲作为舞台表演艺术的基本特征。提出今后对三国戏的研究应当凸显三国戏作为"戏"的本体研究，如舞台演出、服装道具、演员及戏班等，力求研究的综合化、立体化。① 由此统观文学与"综合艺术"（戏剧）关系研究，大体亦是如此。因为"戏剧艺术的戏剧性"本是由"文学构成中的戏剧性"与"舞台呈现中的戏剧性"两个层面所组成的一个整体，而文学与"综合艺术"（戏剧）关系研究也应涵盖了这两个层面，否则就是不完整的，至少是不完善的。

第五节　古代文学与其他学科关系研究

在论述古代文学与历史、哲学、宗教与艺术关系研究四大重点之后，再简要评述一下古代文学与政治、经济与军事的跨学科研究成果。

一　古代文学与政治关系研究

政治是一个相对宽泛的概念，在学理上不如历史、哲学、宗教、艺术与文学关系密切，其边界也不如这四个学科清晰。但在中国古代漫长的封建专制社会中，政治对文学以及文学的创作主体——文人的影响无处不在。鉴于新中国成立前期尤其是"文革"期间文学研究泛政治化的沉痛教训，20世纪80年代之后的古代文学与政治关系研究，即是在有意矫正和惯性延续的矛盾冲突中呈现新旧混合由旧趋新的转型特点。问世于80年代的诸多相关论文，不同程度地体现了矫正与转型的学术取向。90年代之后，基于对西方文学政治学理论的借鉴与应用，文艺理论界率先开始了对文学与政治关系的重新反思，② 至21世纪出现了一系列重要成果，这对古代文学界逐步摆脱长期以来庸俗政治学的牢笼而回归于学术研究本身，以及通过借鉴西方文学政治学理论而实现学术转型起到了重要的推动作用。鉴于有关政治制度——包括门阀制度、迁谪制度、幕府制度、谏议制度等已见于上文论述，这里拟归纳为古代文学政治观研究、古代文学的

---

① 许勇强、李蕊芹：《近百年三国戏研究述评》，《戏剧文学》2011年第7期。
② 参见陶东风《关于文学与政治关系的再思考》（《文学自由谈》1999年第5期）、《重审文学理论的政治维度》（《文艺研究》2006年第10期）。

政治释义研究、古代文人政治命运与文学效应研究三个问题，作一简要的评述。

1. 古代文学政治观研究。古代文学与政治的关系研究，首先集中体现在源远流长且始终占据主导地位的文学政治观。

一是儒家"诗教"政治内涵研究。1987年，王启兴发表《论儒家诗教及其影响》（《文学遗产》1987年第4期）一文，提出儒家诗教是"政教工具论"的观点，于是引发了学界的争议，毛毓松《儒家诗教是"政教工具论"吗？——与王启兴同志商榷》（《广西师范大学学报》1989年第4期）对此提出了尖锐的批评。历史地看，学界对于儒家诗教的探讨与争论一直未曾停止，[①] 或侧重于对儒家诗教多重内涵的分析，或侧重于对儒家诗教历史演变的梳理，或侧重于对儒家诗教深远影响的辨析。也许李世桥《中国古代政治文学观的确立——从孔子"诗教"说到汉儒"政教"观》（《南都学坛》1998年第1期）与彭亚非《中国正统文学观念》（社会科学文献出版社2007年版）分别以历史和系统的眼光所提出的意见较为可取，李文认为孔子从"仁"学思想出发，对《诗》的特征及作用进行全面总结和分析，形成了以"兴、观、群、怨"为核心的诗教说，注重诗的道德意义和社会功用，带有明显的功利色彩。汉代儒士对孔子诗学观进行扬弃改造，从文学与政治敏感对应的角度，通过对《诗》的曲解误读，对《乐记》的观点进一步发挥，确立了"审音知政"的政治文学观，既肯定了诗的抒情特征，又特别强调诗的美刺和政治教化作用，从而成为中国古代文学理论的基石。彭著则将文治文化之"文"、文治文学理念、斯文为道等统一纳入中国古代占统治地位的主导性文化话语系统之中，使其自身的理论含义与内在的文化逻辑真实可信地呈现出来，不仅以此展现了为西方和现代文学理念所忽略的许多独特理论义域，而且依然可以作为解释现当代文学经验与文学现象的一种理论资源。

[①] 另外参见墨白《中国古代文学价值观的政治伦理特征》（《中国文学研究》1997年第4期），李涛、刘锋杰《被放大了的"误读"与"想象"——中国古代文学与政治关系新论》（《东方丛刊》2010年第2期），李金善、受志敏《儒家诗教生成的礼乐政治背景》（《河北大学学报》2012年第1期），等等。

二是"诗教""文统"时代嬗变研究。在儒家"诗教""政教"观的历史演变过程中,一个至为重要的关键点是儒家"道统""文统"说的建构与衍变。学界对此做出的反应,一方面是关注儒家"诗教""政教"观在不同时代的不同表现形态——从杨兴华、马婧《汉代政治文化与文学观念的嬗变》(《船山学刊》2005年第4期),梁锡锋《汉代的〈诗经〉学与政治关系研究》(硕士学位论文,郑州大学,2001年)等文重在论述汉代文学观与政治的密切而复杂的关系,到颜廷亮《维新变法运动和我国小说理论近代化的正式开端》(《社科纵横》1993年第1期),郭长保《论近代从"为政治"到"为人生"文学观的转型》(《湖北社会科学》2010年第1期)等关注近代文学观与政治关系的时代嬗变,借此可以将历代儒家"诗教""政教"观的时代内涵及其承变流程连接起来。另一方面则是对儒家"道统""文统"说的建构与衍变的研究,罗立刚《史统·道统·文统:论唐宋时期文学观念的转变》(东方出版中心2005年版),祝尚书《论宋代理学家的"新文统"》(《第四届宋代文学国际研讨会论文集》,2005年)等论著从不同的维度对此做出了新的阐释。祝文认为在中唐古文运动中,韩愈初步构建起被后人称作"道统"与"文统"的体系,显出了他"文""道"分离、各有其统的思想。宋代理学家主张"文""道"一元,否定韩愈独立于"道统"之外的"文统"。朱熹在构建"新道统"的同时,又力图在"道之文"的框架中,构建起符合理学文学观的诗文统绪,明代学者也称为"文统",可以称为"新文统"。

三是文禁政策及相关问题研究。历代统治者在倡导儒家"诗教""政教"观与"道统""文统"说的同时,几乎都会采取另外一手的"文禁政策"。所谓"文禁",意即文化禁令,也就是国家运用行政权力和法律手段,对部分文化产品予以强行禁毁的活动。历代统治者所禁毁者,其一是以为在政治上有异端思想或违碍语而危及王朝统治者;其二是以为有淫秽色情内容及过分荒诞者。中国文禁的历史很长,从秦到清代乃至民国,历朝皆有(甚至包括最为开明的唐朝),时间跨度达两千余年。其中尤以清朝文禁最为酷烈。[①] 学界对此的研究,主要从文禁政策、文字狱与禁书

---

① 参见肖燕《清代的文禁》,《文史杂志》2010年第4期。

三个层面展开，其中禁书研究与文学作品关系最为密切，也最能集中地反映一代文学观。关于禁书的整体研究，由蔡国良编著《中外禁书》（上海文艺出版社 1988 年版）率先开启了禁毁小说研究之门。随后，安平秋、章培恒主编《中国禁书大观》（上海文艺出版社 1990 年版），平夫、黎之编著《中国古代的禁书》（中国青年出版社 1990 年版）的出版，进一步引发了学界对中国古代禁书的热切关注和全面研究。与此相关的重要论著还有：陈正宏、谈蓓芳《中国禁书简史》，曹之《唐代禁书考略》（《图书情报知识》2004 年第 5 期），林平《宋代禁书研究》（四川大学出版社 2010 年版），李璇《明清两朝的禁书与思想专制》（硕士学位论文，吉林大学，2009 年），刘孝平《明代禁书述略》（《图书馆理论与实践》2005 年第 5 期），师曾志《清代乾隆时期之禁书研究》（《编辑之友》1993 年第 4 期），等等。再就禁毁小说研究而言，[①] 除了敖堃《清代禁毁小说述略》（《清史研究》1991 年第 3 期）、石昌渝《清代小说禁毁述略》（《上海师范大学学报》2010 年第 1 期）、蔡瑜清《清代小说禁毁研究》（硕士学位论文，暨南大学，2015 年）之外，萧相恺《珍本禁毁小说大观》（中州古籍出版社 1992 年版）、李时人主编《中国禁毁小说大全》（黄山书社 1992 年版）、李梦生《中国禁毁小说百话》（上海古籍出版社 1994 年版），李时人、魏崇新等《中国古代禁毁小说漫话》（汉语大辞典出版社 1999 年版）等多为关于禁毁小说内容的简介性书籍，在以散论或漫话形式的介绍中也不乏新见。禁毁戏剧研究方面，则以《中国古代禁毁戏剧史论》（中国社会科学出版社 2008 年版）为代表。作者从戏剧史学的角度，全面发掘清理禁毁戏剧史料，具体考察了禁毁戏剧的历史过程、特质规律及其对中国古代戏剧发生发展、形态衍变的作用和影响。赵维国《文史哲研究丛刊·教化与惩治：中国古代戏曲小说禁毁问题研究》（上海古籍出版社 2014 年版）则涉及中国古代小说和戏曲两方面，分为上下两编。上编主要研讨书籍禁毁的文化特质，对于戏曲小说的文化功能、戏曲小说禁毁的缘由、禁毁的管理形态、禁毁政策下的戏曲小说传播等问题进行深入的思考；下编探讨戏曲小说禁毁的历史演变。

---

① 参见张慧禾《禁毁小说研究百年回顾与展望》，《西南交通大学学报》2004 年第 6 期。

2. 古代文学的政治意涵研究。覃召文、刘晟《中国文学的政治情结》（广东人民出版社2006年版）径直提出中国文学的政治情结的问题，并从中国文学政治观的发生和发展、中国文学政治观的思想学说、中国文学与政治关系链发展的规律与路径、中国文学政治的感性显现、文学与政治关系的历史评估等方面作了探讨。姚雪亮《中国古代文学发展与政治的关系》（《文学界》2011年第3期）则进而强调中国古代文学有一种与他国不同的特殊之处，那便是文学作品中所蕴含的政治性。无论是覃、刘所说的政治情结，还是姚文所说的政治性，都是旨在凸显古代文学政治意涵的普遍性、强烈性和持续性，即后人持续不断、孜孜以求地进行政治解读的内在动因和文本依据。20世纪80年代以来，学界对于古代文学政治解读的范围所及，上自先秦时代富有政治蕴含的《诗经》《楚辞》，下至承担政治变革使命的晚清小说，主要以朝政、文人、文体的三位一体尝试建构政治解读模式。

先秦时代文学的政治解读，重点仍落在《诗经》，同时兼及《楚辞》。总的来看，《诗经》的政治解读具有相当的典范性，不妨略略解剖一下：一是赵宗来《〈诗经〉的政治解读与文学解读》（《延边大学学报》2002年第2期）提出《诗经》的解读方式共有政治解读、历史解读和文学解读三种方式，强调政治解读应与文学解读结合起来，从而更全面地解读《诗经》，形成中国自己的文学研究方式。该文具有探讨《诗经》政治解读路径的方法论意义；二是雒三桂《〈诗经〉祭祀诗与周代贵族政治思想》（《北京师范大学学报》1995年第3期），朱宏胜、金普《家国同构的政治模式对文学的影响——以〈诗经〉的创作和接受为例》（《黄山学院学报》2009年第2期）等重在从贵族政治模式解读《诗经》的政治意涵，与三大要素中的"朝政"相对应；三是徐柏青《从〈诗经〉中政治讽谕诗看周代士人的忧患意识》（《湖北师范学院学报》2011年第6期）重在从周代士人的忧患意识解读《诗经》的政治意涵，与三大要素中的"文人"相对应；四是何春雷《〈诗经〉政治怨刺诗研究》（硕士学位论文，首都师范大学，2005年），舒大清《政治民谣与〈诗经〉的比较》（《武汉大学学报》2006年第6期），郭翠《〈诗经〉祭祀诗及其政治内涵》（《剑南文学》2009年第7期）等重在从怨刺诗、祭祀诗、民谣等解读《诗经》的政治意涵，与三大要素中的"文体"相对应。有关《楚辞》的政治解读，则以张元生《〈离骚〉是我国第一篇宏伟壮丽的政治抒情诗》(《长春师范学院学报》1996年第2期)，曹庆鸿《论〈史记·屈原贾生列传〉与屈原政治理想的意象追求》[《中国楚辞学（第6辑）——2000年楚辞学国际学术研讨会论文专辑》，2000年]两文为代表，后文的"曲线"解读也同样富有启示意义。

汉代以降，直至唐代，以朝政、文人、文体三位一体的政治解读模式的运用不仅一以贯之，而且也都相当成功。一是关于"朝政"的要素。从孙明君《汉魏文学与政治》（商务印书馆2003年版），卫绍生、闵虹《魏晋文学与政治的文化观照》（中州古籍出版社2005年版），李俊《初盛唐时期的盛世理想与文学》（中国社会科学出版社2008年版），胡可先《中唐政治与文学：以永贞革新为研究中心》（安徽大学出版社2000年版），萧瑞峰、方坚铭、彭万隆《晚唐政治与文学》（中国社会科学出版社2011年版）等重要著作，到谢思炜《初盛唐的政治变革与文学繁荣》(《唐代文学研究》2002年），傅绍良《唐代政治意义上的文学意识》(《陕西师范大学学报》2004年第1期)，陈冠明《论唐代文学创作的政治环境》(《唐代文学研究》2006年)等重要论文，都具有致力于综合研究的总论性质，也都涉及了各代的政治制度和政治模式及其演变历程。此即与三大要素中的"朝政"相对应。二是关于"文人"的要素。从涉及汉代文人的王凤霞《创作主体的自励与现实政治的批判——汉代诗人用世之志的文学阐释》(《社会科学辑刊》2003年第4期)，于迎春《汉代文人的政治退守与文学私人性的增强》(《先秦两汉文学论集》，2004年)，王洪军《"颂述功德"：汉代博士文人诗心蕴藉的时代歌唱》(《齐齐哈尔大学学报》2010年第5期)等，到涉及六朝的苏利嫦《六朝政治变化与世族家学家风的关系——对清河崔氏、阳翟褚氏的探讨》(《魏晋南北朝史研究：回顾与探索——中国魏晋南北朝史学会第九届年会论文集》，2007年)，郭英蕾《魏晋南北朝政治背景下文人心态在诗歌中的反映——以阮籍、左思、陶渊明诗歌为例》(《剑南文学》2011年第6期)，曹道衡《论东晋南朝政权与士族的关系及其对文学的影响》(《文学遗产》2003年第5期)等，再到涉及唐代的谭冠《唐代文人的政治苦旅带给我们的两点启示》(《青年文学家》2012年第8期),林宜青《论十八学士对初唐政治、文学和文化所起的作用》(硕士学位论文,厦门大学,2004年),康震《文学与政治之间——唐玄宗朝翰林学士述论》(《山西大学学报》2007年第1期)等,都突出强调了历代文人群体的政治意识及其表现形态与嬗变轨迹,比如汉文人的博士身份与"天下"意识,六朝文人的世族背景与乱世境遇,唐朝文人的文馆经历与盛世理想,皆见各代文人的政治命运与政治意识同中有异、异中有同。此即与三大要素中的"文人"相对应。三是关于"文体"的要素。其中汉代聚焦于汉赋文体,诸如刘泽华、胡学常《汉赋的政治神话》(《学习与探索》1999年第3期),胡学常《文学话语与权力话语:汉赋与两汉政治》(浙江人民出版社2000年版),郑明璋《论汉代道家的政治观在汉赋中的表现》(《聊城师范学院学报》1999年第5期),王继训《从汉赋的历史层面看知识分子与皇朝政治》(《西南师范大学学报》2002年第1期),刘利侠、霍有明《试论汉赋中的长安政治性格》(《唐都学刊》2010年第4期)等;魏晋南北朝聚焦于诗歌文体,诸如郭英蕾《魏晋南北朝政治背景下文人心态在诗歌中的反映——以阮籍、左思、陶渊明诗歌为例》(《剑南文学》2011年第6期),洪伟《东晋门阀政治与东晋玄言诗》(硕士学位论文,湘潭大学,2002年),骆玉明《色情与阴谋——关于"宫体诗"事件,兼谈古代文学与政治》(《书城》2007年第6期)等;唐代聚焦于诗歌和小说文体,诸如汤贵仁《唐代的政治生活和唐代诗歌》(《文史哲》1979年第2期),孙琴安《唐诗与政治》(上海人民出版社2003年版),夏旭颉《唐代政治诗研究》(硕士学位论文,青岛大学,2006年),卞孝萱《唐人小说与政治》(鹭江出版社2003年版)等。由上述对汉—唐文学政治解读的分析可见,以朝政、文人、文体三位一体的政治解读模式是一以贯之的,其中的研究重心同样是在唐代。

唐代之后,以朝政、文人、文体三位一体的政治解读模式虽然还在延续,但已缺少唐代的密度与强势。如曾祥波《两宋政治话语中的"赵氏孤儿"及其文学影响》(《南京师大学报》2016年第2期),周剑之《论宋代骈体王言的政治功能与文学选择》(《文学评论》2013年第3期),任红敏《元代特殊的政治文化环境与元代文学发展》(《励耘学刊》2018年第1期),蓝青《清初"西泠十子"的政治倾向与文学创作》(《浙江师范大学学报》2018年第3期),等等。然后至明清时段尤其是到了近代时期,出现了为数众多的相关研究论文,诸如:王晓光《文人角色的变化与近代文学的转变》(《东方论坛》2003年第3期),杜松柏《中国近代文人生存状态与小说研究》(金版电子出版社2010年版),赵宇华《文学与政治的交融:晚清政治小说论》(硕士学位论文,吉林大学,2005年),李文倩《论晚清政治小说》(硕士学位论文,华中科技大学,2005年),赵连昌、戴激光《清末政治小说中民族国家想象的迷失》(《明清小说研究》2006年第4期),谢兆树《论晚清政治小说和谴责小说的差异》(《明清小说研究》2006年第4期),李亚娟《从介入到关怀:晚清小说政治功用性的演变(1902—1911)》(博士学位论文,华中科技大学,2009年),刘莹莹《晚清四大谴责小说中的官员形象探析》(硕士学位论文,湖南师范大学,2010年),鲁毅《晚清小说中政治话语的建构与消解》(《汕头大学学报》2010年第6期),等等,颇见衰而复兴之势。[1]

3. 古代文人政治命运与文学效应研究。在政治制度安排(详见上文)之外,最需关注的是易代、党争、避世等与古代文人政治命运的密切关系,三者分别催生了遗民、流人和隐士群体,且对文学创作产生了深远影响。当然,在这三者之间存在着被动型、被动兼主动型、主动型的差异。

一是易代中的文人命运与文学效应研究。王朝兴替,或长或短,无法

---

[1] 其他参见王建平《北宋诗歌蕴含的政治情结》(《河南师范大学学报》1999年第5期),沈松勤《从高压政治到"文丐奔竞"——论"绍兴和议"期间的文学生态》(《文学遗产》2003年第3期),钱建状《宋室南渡初期的政局变化与词坛风气》(《厦门大学学报》2004年第3期),查洪德《"海宇混一"鼓舞下的元代盛世文风》(《南开学报》2008年第4期),云峰《试论元代较宽松的思想政治等人文环境对元杂剧繁荣兴盛之影响》(《民族文学研究》2006年第1期),林丽《由元曲看元代社会的政治环境》(《戏剧之家》2010年第10期),刘建明《明代政权运作与文学走向》(光明日报出版社2010年版),李婷婷《明初政治与文人心态及文学演变——以洪武文祸、党祸为中心》(硕士学位论文,西南大学,2011年),张姝《浅析明代中期三大传奇的政治色彩》(《文学界》2011年第11期),庞金殿《明清世情小说名著对封建官场政治的描写与批判》(《殷都学刊》2007年第2期),王学泰《论清代文学与政治》(《浙江社会科学》2005年第1期),薛娟《清初江南文人士大夫的政治选择与义利取舍》(硕士学位论文,苏州大学,2009年)。

为文人所左右，但都会改变文人群体的命运：或为新朝文臣，或为旧朝遗民，这两种结果都会对文人群体心理产生重大冲击，因而也都会对文人群体创作产生深刻影响。20世纪80年代以来，学界对此给予了高度关注，从魏晋六朝之际到宋元之际，再到明清之际的易代，研究成果呈依次上升之势。其中涉及魏晋六朝的主要有：陈赓平《论阮籍〈咏怀诗〉是魏晋易代的史诗》（《兰州大学学报》1982年第3期），向彪《晋宋易代及陶渊明晚年的心态》（《湖南教育学院学报》2001年第6期），马晓坤《晋宋易代之际士人心态探析》（《浙江工业大学学报》2006年第1期），张建伟《易代之际的悲愤与自责——阮籍〈首阳山赋〉发微》（《山西大学学报》2006年第1期），等等，总体成果不够丰厚。宋元之际，少数民族首次入主中原，由此带给文人群体的是易代之叹和华夷之辨的双重冲击和痛苦。史伟《宋元之际的"诗史"与"崇雅"》（《第四届宋代文学国际研讨会论文集》，2005年），李成文《宋元之际诗歌研究》（硕士学位论文，南京大学，2006年），杨亮《从拒绝到认同——以宋元易代之际南方文士立场转变为中心》（《赣南师范学院学报》2009年第4期）等文都涉及了这一核心问题。史文强调宋元易代之际社会、历史、文化的亟变，引发了诗歌内容、风格，以至诗学思想、观念、价值取向的极大变化。杨文指出宋末元初易代之际，南方文士群体在夷夏观念的摇摆之中历经了由拒绝到认同，再到主动合作的变化过程，同时也揭示了他们在诗歌中所表达的遗民色彩、故国情结的虚幻性。明清易代之际，亦因少数民族入主中原而同时交织着华夷之辨，但无论是广度、深度还是强度皆非宋元易代之可比，可以说是三个易代之际的重中之重，相关研究成果也最为丰硕。其中如赵园《明清之际士大夫研究》（北京大学出版社1999年版）、赵园《制度·言论·心态——〈明清之际士大夫研究〉续编》（北京大学出版社2006年版）、杨晖《试论清初汉族知识分子的精神处境——以"薙发令"为中心》（《安徽大学学报》2008年第6期）、薛娟《清初江南文人士大夫的政治选择与义利取舍》（硕士学位论文，苏州大学，2009年）、陈宝良《明清易代与江南士大夫家族的衰替》（《社会科学辑刊》2011年第3期）等皆从文人主体方面切入，旨在探讨明清易代之际文人群体的政治命运与心理巨变；还有更多的论文则主要是从文学作品切入，涵盖了诗歌、散文、戏剧、小说等各类文体。① 其中彭利芝《试论易代小说与易代时局之关系》(《温州大学学报》2007年第6期)、《中国古代易代小说类型论略》(《学术交流》2007年第11期)、《试论中国古代易代小说之流变》(《船山学刊》2008年第1期)、《易代小说"分合论"发微》(《学术交流》2009年第7期)、《试论易代小说中的"英雄史观"》(《求是学刊》2010年第4期) 等系列论文的重心也落在明清易代之际。

易代之际的重要结果是产生诸多旧朝遗民及其文学作品,因而学界对于易代之际文人命运与文学效应的研究,主要也是从既有联系又有区别的"易代"与"遗民"两个关键词入手,关于前者,上文已作简要论述;再就后者而言,尽管中国古代易代频繁,出于易代之际的遗民代不乏人,但因元初与清初的宋、明遗民都是面对异族统治,易代之叹与华夷之辨的两相结合,一同塑就了中国遗民史上前后呼应的两大高潮。所以,在有关遗民研究的诸多论著中,即以明清、宋元易代为两大重点,同时囊括了诗人群体与词人群体研究。②

二是党争中的文人命运与文学创作研究。追溯党争源流,始于东汉党锢,但因与文学关系较远,故而学界多偏于史学研究,文学研究方面仅有杜建锋《党锢之祸与汉末文学》(硕士学位论文,武汉大学,2005年)

---

① 其中诗歌文体如:黄河《明清易代之际的诗歌思想》(《华侨大学学报》2000年第1期),黄河《明清易代后诗歌思想的继续发展》(《华侨大学学报》2000年第3期),王飚《明清易代之际士大夫诗人的心灵悲剧——吴伟业诗读札》(《厦门教育学院学报》2003年第4期),王炎平《明清易代与〈圆圆曲〉》(《北京大学学报》2007年第1期),冯玉荣《消解易代:从〈同郡五君咏〉看清初士人的身份认同》(《华中师范大学学报》2011年第2期)等。散文文体如:乔力《梦醒忽惊啼秋语,易代兴亡总似梦——说张岱〈西湖梦寻·自序〉》(《文史知识》1995年第1期),朱寅、储冬叶《侯方域散文:复古与创新交融的易代悲歌》(《内江师范学院学报》2011年第3期),黄贤忠《〈影梅庵忆语〉与冒襄的士人易代心态》(《渭南师范学院学报》2011年第5期)等。戏剧文体如:李洪蕾《清初剧坛创作的易代省思现象》(《浙江艺术职业学院学报》2006年第4期),张之薇《明清易代之际"士子献祭"戏剧审视——以〈宝剑记〉、〈清忠谱〉为例》(《文艺研究》2011年第11期)等。小说文体如:陈炎《蒲松龄〈聊斋志异〉的思想境界——对明清易代之际的知识分子与文学现象的考察》(《蒲松龄研究》1994年第4期),朱海燕《明清易代与话本小说的变迁》(博士学位论文,中国社会科学院研究生院,2002年)等。

② 参见本书第十四章"古代文学研究的最新趋向(上)"第一节"主体凸显:古代文人群体研究"。

等少量论文问世。就党争与文学本身关联度以及研究成果而言,则相继形成了唐代牛李党之争、宋代新旧党之争、明代东林党之争三大研究重点。关于唐代牛李党之争及其文学效应研究,方坚铭《牛李党争与中晚唐文学》(中国社会科学出版社 2009 年版)在政治与文学互动理论的基础上,围绕牛李党争、文士、文学三者之间的关系,重点阐述了牛李党争的性质、特征以及发展历程;牛李党争对文士的政治命运、生存境遇以及文学创作的影响;中晚唐政治格局、政治文化的嬗变与中晚唐文学的演变,代表了有关牛李党争与中晚唐文学关系研究的最新进展。① 宋代新旧党之争及其文学效应研究方面,以沈松勤《北宋文人与党争》(人民出版社 1998 年版)、萧庆伟《北宋党争与文学》(人民文学出版社 2001 年版)为代表。沈著系统而深入地论述了北宋党争的时代背景、起因、过程及其对北宋政治文化等多个层面的影响,着重剖析了在长达半个多世纪的朋党交讦中集官僚、学者、文人三重社会属性于一身的北宋士大夫们的心灵历程,从一种全新的视角阐释了他们性格深层所蕴含的文化底蕴,从而揭示出北宋文学发展与流变的内在脉络及深层动力。② 论文方面,较早问世的有程

---

① 其他可参见王西平《杜牧与牛李党争》(《陕西师范大学学报》1985 年第 4 期),刘智亭《李商隐与牛李党争》(《陕西师范大学学报》1985 年第 4 期),王载源《牛李党争与李商隐的倾向》(《中州学刊》1986 年第 2 期),卞孝萱《〈霍小玉传〉是早期"牛李党争"的产物》(《社会科学战线》1986 年第 2 期),魏昌、殷崇俊《牛李党争与白居易诗歌创作》(《长江大学学报》1986 年第 3 期),寇养厚《杜牧与牛李党争》(《文史哲》1988 年第 4 期),任晖《杜牧与牛李党争》(《西南师范大学学报》1991 年第 1 期),于元元《白居易与牛李党争》(硕士学位论文,黑龙江大学,2001 年),罗燕萍《李德裕及其诗文研究》(硕士学位论文,西北大学,2003 年),喻亮《中晚唐朝政纷争与刘禹锡的诗文创作》(硕士学位论文,武汉大学,2004 年),曾艳红《中晚唐党争与白居易的后期创作》(《广西教育学院学报》2006 年第 1 期),等等。

② 参见刘成因《宋代文学研究的新创获——读〈北宋文人与党争〉》(《浙江社会科学》2000 年第 2 期)。有关宋代新旧党之争研究成果还可参见钱志熙《黄庭坚与"新旧党争"》(《温州师范学院学报》1986 年第 2 期),程千帆、周勋初、巩本栋《北宋党争与文学》(《文献》1991 年第 4 期),庆振轩《论两宋党争对宋诗的影响》(《兰州大学学报》1993 年第 1 期),杨胜宽《"乌台诗案"前后的苏轼》(《宜宾学院学报》1993 年第 1 期),巩本栋《北宋党争与清真词的创作》(《古典文献研究》2003 年第 00 期),丁晓、沈松勤《北宋党争与苏轼的陶渊明情结》(《浙江大学学报》2003 年第 2 期),王伟《新旧党争与秦观词风嬗变关系研究》(硕士学位论文,陕西师范大学,2005 年),刘培《北宋后期的党争与辞赋创作》(《北京大学学报》2005 (转下页)

千帆、周勋初、巩本栋《北宋党争与文学》(《文献》1991年第4期)、王水照《论洛蜀党争的性质和意义》(《河北师院学报》1995年第1期)、李辉《论北宋党争对士人词风的影响》(《衡阳师范学院学报》2014年第5期)等，而刘成国《正统与政见之争——论北宋中后期苏氏蜀学对荆公新学之批评》(《四川大学学报》2004年第5期)、《论宋代政治文化的演进与荆公新学之命运》(《社会科学研究》2005年第6期)、《尊经卑史——王安石的史学思想与北宋后期史学命运》(《四川大学学报》2006年第1期)、《北宋党争与碑志初探》(《文学评论》2008年第3期)等系列论文则从学术和文学的多元视角探讨了其与北宋党争的关系。明代东林党之争及其文学效应研究方面，代表性成果是张永刚《东林党议与晚明文学活动》(中国社会科学出版社2009年版)。此书在逐层观照东林党议对晚明文学活动（诸如流派更迭、社团演变、思潮沿革）全方位影响的同时，兼及地域空间的关涉，面对复杂多变的晚明文学，提出了富有新意的"两期说"：即以天启四年为界，前期的性灵文学与后期的社团文学形成递嬗的局面。①

党争对于文人命运与文学创作产生的直接影响，是大批流放文人群体及相关文学作品的出现。诚然，流贬不只出于党争，但党争多伴随着流贬。尚永亮《贬谪文化与贬谪文学：以中唐元和五大诗人之贬及其创作

（接上页）年第6期），李如冰《略论北宋党争背景下山谷词的转型》(《聊城大学学报》2006年第3期)，訾希坤《论苏辙诗文创作与北宋党争》(硕士学位论文，陕西师范大学，2007年)，刘红红《绍圣以后党争与张耒后期诗歌创作》(硕士学位论文，陕西师范大学，2007年)，刘成国《北宋党争与碑志初探》(《文学评论》2008年第3期)，张剑、吕肖奂《两宋党争与家族文学》(《中国文化研究》2008年第4期)，宋皓琨《试论党争与苏轼的后期诗学思想》(《理论观察》2008年第6期)，宁智锋《浅论北宋党争对陈与义的心态及创作的影响》(《商丘师范学院学报》2009年第2期)，曹丽芳《苏门词人与北宋党争》(《东岳论丛》2009年第6期)，等等。

① 关于党争还可参见何宗美《张居正改革对晚明党争及文人结社的影响》(《社会科学辑刊》2003年第4期)，叶晔《晚明党争人物的地理分布和特征》(《中国历史地理论丛》2005年第2期)，曾肖《以谭元春为首的竟陵派与复社诸子的交游》(《湖北大学学报》2005年第5期)，陈广宏《晚明文学变奏的政治考察——钟惺、谭元春与晚明党争之关系平议》(《南京师范大学文学院学报》2006年第1期)，郑艳玲《从辉煌一时到沉寂百年——明清时期的钟惺研究》(《理论月刊》2007年第1期)，张则桐《张岱的晚明党争论平议》(《鲁东大学学报》2008年第2期)，等等。

为中心》（兰州大学出版社2004年版）在"导论"中重点阐述了贬谪的概念、性质、渊源、成因、类型、文学表现、贬谪士人的心态变化等，认为中国古代的负向贬谪大致可分为四种类型，即志大才高，因小人谗毁而被贬（如屈原、贾谊）；革除弊政，因斗争失败而被贬（如柳宗元、刘禹锡）；直言强谏，因触怒龙颜而被贬（如阳城、韩愈）；党争激烈，因政敌打击而被贬（如李德裕、苏轼）。其中因党争而贬谪者成为四大类型之一。因此，在文人群体处于党争—流贬的政治命运链条中，党争是因，流贬是果，而由此引发的文学效应，又是以上因、果之果，需要将此三者一并加以考察和研究。[1]

三是避世的文人命运与文学创作研究。避世而隐是文人的一种基于现实和理想的主观选择，充分体现了人文的政治态度和人生态度。《孟子·尽心上》曰："穷则独善其身，达则兼善天下。"对于古代士人或广义的文人来说，或仕或隐是他们的基本生存方式，出仕则显，不仕则隐，两者必居其一，别无其他选择。历史地看，在从先秦到清末的漫长岁月中，隐士群体代代相续，是一个相当活跃而又相当独特的社会群体，是致力于文化创造与文学创作的重要力量。而且，每当易代之乱世或失政之衰世，往往会出现周期性的兴替之势。[2] 学界对此的研究已有丰厚的积累。其中重要的学术著作有：蒋星煜《中国隐士与中国文化》（上海三联书店1988年版），李生龙《隐士与中国古代文学》（湖南教育出版社2003年版），卢晓河《中国古代隐逸文学研究》（甘肃民族出版社2009年版），霍建波《宋前隐逸诗研究》（人民出版社2006年版），杨清之《唐前隐逸文学研究》（中央民族大学出版社2011年版）等。前三书是对中国隐逸文化与文学的整体研究。蒋著中有对中国历代隐士地域分布的统计，庐山居首，嵩山次之，武夷山又次之，天台、青城再次之，余则依次为衡山、华山、太白……以鹿门山、大涤山居后。由此可见中国历代隐士的地域分布及其趋势之大致轮廓。后两书则分别论述了唐前、宋前隐逸文学的起源、发展历程与成就。此外，还有诸多论文尤其是硕博士论文在研究时空上作了新

---

[1] 参见第七章第四节"古代文学与制度文化研究"。
[2] 参见梅新林《中国文学地理形态与演变》，复旦大学出版社2006年版，第508页。

的拓展，诸如肖玉峰《先秦隐逸思想及先秦两汉隐逸文学研究》（博士学位论文，四川大学，2006年），许晓晴《中古隐逸诗研究》（博士学位论文，复旦大学，2005年），周银凤《东晋隐逸诗研究》（硕士学位论文，上海师范大学，2007年），王圣《六朝隐士与政治、学术文化之关系》（硕士学位论文，安徽师范大学，2007年），马晨怡《北朝隐逸文学研究》（硕士学位论文，湖南大学，2016年），李红霞《唐代隐逸风尚与诗歌研究》（博士学位论文，陕西师范大学，2002年），谭钒《南唐诗歌隐逸情怀研究》（硕士学位论文，湘潭大学，2008年），鲁冰《宋代隐逸审美文化》（硕士学位论文，山东师范大学，2009年），徐拥军《唐宋隐逸词史论》（博士学位论文，苏州大学，2010年），郝凤彩《元代文人之隐逸思想及其在元散曲创作中的表现》（《内蒙古大学艺术学院学报》2008年第2期），姜沙沙《且做樵夫隐去来——论元曲作家的隐逸情怀》（硕士学位论文，西藏大学，2018年），张德建《明代隐逸思想的变迁》（《中国文化研究》2007年第3期），等等。这些论文的相互衔接和配合，使中国隐逸文学的研究更为丰满和厚重。

二 古代文学与经济关系研究

长期以来，根据经济基础与上层建筑的关系，在诸多中国文学史教材与文学研究论著中，经济往往是作为文学发生发展的背景加以描述的，但自20世纪80年代开始，随着商品经济的迅猛发展，古代文学与商品经济的关系逐步引起了学界的关注，最初始于古代文学中的商人形象、商业文化的研究，然后逐步走向古代文学与经济多重关系的纵深拓展，以及相关问题的学理思考与讨论。这里重点围绕"商业文学"及相关概念的讨论、古代"商业文学"的历时性研究、古代商人文学形象研究、古代士商互动及与文学关系研究、古代文学与商业文化研究五个方面的学术成果作一简要梳理和评述。

1. 古代"商业文学"及相关概念的讨论。学界对于古代反映商业经济的文学作品的概括五花八门，没有通行或相近的名称。大致而言，一是着眼于"商业"，集中体现在提出"商业文学"这一概念以及相关的学理阐释；二是着眼于"经济"，旨在重新思考和定位文学与经济的关系。

一是"商业文学"概念的提出和讨论。早在 20 世纪 80 年代，张炯在《文学创作和研究的新格局——论近年我国文学发展态势》(《当代文坛》1989 年第 1 期) 一文中即已提出和使用"商业文学"这一概念。这里所说的"商业文学"仅是一种比喻性说法，意指文学的商业化或商业化的文学。据萧湘《古代文学研究的新拓展——中国商业文学研究评述》(《光明日报》2007 年 7 月 6 日) 所述，以陈书良为代表的湖南商学院学者于 2001 年首倡"商业文学"研究，以此为中国文学研究提供新视角、拓展新领域、催生新成果。此后，湖南商学院相继于 2005 年 4 月、2007 年 6 月召开了第一、第二届中国商业文学研讨会，就"商业文学"的义界、中国商业文学发展的规律及走向、各个不同时期的商业文学作家及作品以及中西商业文学比较研究、商业文学科研成果与教学实践相结合等问题进行了专题研讨，引起了学术界的关注和呼应。据陈金刚《"商业文学"范畴之批评》(《湖北社会科学》2009 年第 6 期) 一文归纳，目前学界有关"商业文学"的界定大致有八种观点。其中潘沅汶、陈书良认为一切与商业活动有关的文学作品或典籍都可称为"商业文学"，主要包括描写商业都市、贸易活动、商人形象的诗文作品；反映文人与商界交往，相互影响的有关篇章；渗入商品经营，为商业经济服务的各种载体的文学表现形式；记载文人商业经济思想的典籍等四个方面，[1] 概括较为全面。徐良、郭茂楠提出广义和狭义的"商业文学"说，认为广义的"商业文学"意指一切跟商业活动和商业经济有关的文学创作；狭义的"商业文学"应该是以商业生产和商业经营活动为题材的文学创作，是对商业经济和商业市场本质规律的审美反映，是特定历史阶段与历史环境中社会本质特征的审美表达，[2] 显得比较中肯。此外，还有邱绍雄采用"商贾小说"，[3] 潘沅汶采用"商界小说"概念，[4] 也都有一定的参照意义。

---

[1] 潘沅汶、陈书良：《中国商业文学发展历史初论》，《湖南商学院学报》2002 年第 6 期。
[2] 徐良、郭茂楠：《中国当代商业文学的理念确认和实践探索》，《湖南商学院学报》2005 年第 6 期。
[3] 邱绍雄：《中国商贾小说史·序言》，北京大学出版社 2004 年版。
[4] 潘沅汶：《90 年代"商界小说"的勃兴及其价值探析》，《船山学刊》2003 年第 3 期。

二是文学与经济关系的重新思考和定位。就概念的内涵与外延而论，"经济"大于"商业"，"经济"可以涵盖"商业"。然而，许多学者转而以"经济与文学关系"为论题，则不仅意味着"商业文学"概念还存在着某种接受与通行障碍，而更重要的是由此反映了他们对文学与经济关系的重新思考和定位。① 其中李桂奎《经济叙述与中国古代小说的文本建构》（《学术月刊》2006年第9期）一文所使用的"经济叙述"概念，尚有进一步加以阐发和建构的可能和必要。

学界关于文学与经济关系的重新思考和定位，正式启动于20世纪90年代。首先值得关注的是沈端民的学术专著《中国古代文学作品中的经济问题》（西南财经大学出版社1995年版），此书旨在突破文学研究的传统而别开蹊径，着重从经济角度分析研究文学，深入揭示了文学、经济、历史三者之间深刻的内在联系，并由此重新确定了文学家及其文学作品的文学史地位，富有启示意义。② 进入21世纪以来，一些学者更加自觉地臻于文学与经济的学理思考。2005年10月29日至31日，由中国社会科学院文学研究所《文学评论》编辑部与上海财经大学人文学院于上海—浙江南北湖联合举办全国"经济生活与中国传统文学学术研讨会"，③ 会后出版了由许建平、祁志祥主编的《中国传统文学与经济生活》（河南人民出版社2006年版）。与此相呼应，《学术月刊》则于同年第5期刊发了一组以"经济生活与中国传统文学研究"为题的重要论文，包括章培恒《经济与文学之关系》，胡明《中国传统文学与经济生活》，董乃斌《经济视角与唐代文学研究的深入》，许建平《文学生成与传播的经济动因》等。章文认为文学的形态和发展都与经济具有密切的关系。经济对文学的推动作用是多方面的，这主要表现在，通过对人性的影响而影响文学的内容，通过推动人的生活方式及需求的演化而影响文学的发展。胡明进而提

---

① 网上也曾出现诸如"经济文学"的说法，但尚未为学界所接受。
② 参见刘春贤《文学研究领域里的新开拓——读〈中国古代文学作品中的经济问题〉》，《创作与评论》1995年第5期。
③ 参见朱丽霞《全国"经济生活与中国传统文学学术研讨会"综述》，《文学评论》2006年第1期。

出从经济生活的角度研究中国传统文学的四条途径：其一是体现在文学作品与作家头脑里的经济意识与经济理念；其二是传统文学作品中描写的经济生活与社会形态；其三是经济生活对中国传统文学生存发展的促进与制约；其四是文学史人物微观具体的经济活动与其文学活动的关系。这些都具有超越具体作家作品研究的学理建构之意义。次年，《学术月刊》2006年第9期另行组织了一次以"世俗经济生活与中国传统文学研究"为题的专题讨论，刊载了黄霖《作为文学研究新起点的经济视角》（《学术月刊》2006年第9期）、王兆鹏《宋代的"润笔"与宋代文学的商品化》、王毅《明代权力经济的法权基础及其对通俗小说的影响》、张兵《戏曲与社会经济生活》、李桂奎《经济叙述与中国古代小说的文本建构》等文。此外，祁志祥《文学与经济关系的学理考量》（《云南大学学报》2007年第4期）认为站在新的历史高度对文学与经济的关系重新加以探讨，可望成为文学研究的一个新的增长点。许建平《经济生活与文学活动之关系及其研究途径》（《社会科学》2008年第3期）从经济生活的视角研究文学的基本方法有以下四个方面：其一，寻找经济与文学在人的欲求层面的共生关系；其二，寻求经济利益与文学表现在情感层面的共振关系；其三，寻找利益情感与精神情感在美感层面的交融转换关系；其四，寻找经济生活与文学生活在生活层面的共源性、契合性的关系。此与胡明《中国传统文学与经济生活》提出的四条研究途径相参看。

  2. 古代"商业文学"的历时性研究。无论是"商业文学"概念的提出和讨论，还是文学与经济关系的学理思考，一方面需要前沿性的理论引领，另一方面则需要建立在坚实的历史研究基础之上。唯此，才能臻于历史与逻辑的有机统一。总体而言，学界有关"商业文学"（或文学与经济关系）的历时性研究还存在种种缺陷，尤其需要加强整体设计和推进力度。从既有的学术成果来看，主要体现在通代和断代研究两个方面。前者的研究论著主要有：杨子怡《古典小说中商人形象与商人精神——古代商业题材小说的历史学考察》（《嘉应大学学报》1994年第3期），周柳燕等《中国商业文学发展概论》（甘肃文化出版社2004年版），潘沅汶、陈书良《中国商业文学发展历史初论》（《湖南商学院学报》2002年第6期），邱绍雄《中国商贾小说史》（北京大学出版社2004年版），郑晓云

《古代市井文学的发展演变》(《作家》2009年第2期)，王水照《作品、产品与商品——古代文学作品商品化的一点考察》(《文学遗产》2007年第3期)，等等。潘沅汶、陈书良《中国商业文学发展历史初论》在对"商业文学"做出自己的界说（详上文）之后，提出研究中国商业文学的任务，是清理并描述中国商业文学演变的过程，探讨其发展规律。然后将中国商业文学历史发展的过程划分为六个时期，即先秦与西汉的萌芽期、魏晋南北朝的迟滞期、隋唐至宋元的初步发展期、明清的成熟期、近现代的稳定发展期与新时期的空前繁荣期。邱绍雄《中国商贾小说史》旨在探录中国商贾小说发展的历史线索，探索中国商贾小说发展的特征和规律，探讨中国商贾小说的思想意义和文学价值。郑晓云《古代市井文学的发展演变》则为我们提供了一个市井文学的发展演变的独特线索，认为随着市民阶层的不断扩大，需要有不同的文学作品来反映他们的精神生活。就中国古代市井文学的主要文学样式而言，主要经历了从汉乐府、南朝民歌、唐宋传奇、元杂剧到明清小说的变迁，由此反映了社会生活的广度和深度也在不断加强。王水照《作品、产品与商品——古代文学作品商品化的一点考察》对古代文学作品的商品化作了历时性考察，认为文学作品与经济利益发生关联始于"润笔"习俗，但此非通过市场渠道的交换行为，其作品是产品而非严格意义上的商品。中唐以后，文学作品逐步变成特殊商品，进入由买卖双方构成的交易市场，使得作品的传播进入一个全新的发展阶段。宋时已形成初步成熟的图书市场，引起人们观念上的变化，也是社会经济转型的表征之一。

断代研究方面，六朝以降至于清代，重心是在唐代。卢华语《六朝商人诗及所反映的商品经济》(《中国经济史研究》2005年第4期)，朱艳艳《试从"吴声"和"西曲"看六朝城市商业的繁荣》(《郑州航空工业管理学院学报》2008年第2期)等文集中体现了六朝"商业文学"的研究成果。唐代作为"商业文学"以及文学与经济关系研究的重心所在，出现了徐勇《论唐代商业题材诗歌》（硕士学位论文，华南师范大学，2005年)，张卫婷《唐代商贾诗研究》（硕士学位论文，兰州大学，2007年)，蔡燕《唐宋城市商业功能的发展与诗词爱情抒写新变》(《曲靖师范学院学报》2011年第5期)等重要论文。徐文从唐代商业题材诗歌即唐诗中一切与商业活动有关的作品切入，在肯定唐代商业题材诗歌的独特认识价值和审美价值的同时，也指出了其在表现商业活动和塑造商人形象上的局限。张文重点对唐代商贾诗产生的原因、背景，诗歌本体以及唐代商贾诗的影响进行了探讨，由此说明唐代商贾诗承上启下的地位及其对后世文学塑造商贾形象的影响。蔡文指出中晚唐以后，随着城市商业功能的逐渐强化，古典爱情理想光辉在商业化的酒宴歌楼觥筹交错的声色调笑中逐渐黯淡，审美趣味以富艳为美，文学中女性形象非伦理化，脱离了现实人伦的束缚，成为"被看"对象，爱情抒写的托喻色彩渐趋淡化。有关宋代"商业文学"的研究，除了陈书良《南宋江湖诗派与儒商思潮》（甘肃文化出版社 2004 年版）、易静《从宋代城市经济的发展看笔记小说的繁荣》（《青年文学家》2012 年第 5 期）等论著外，2007 年第 2 期《河北大学学报》还曾专门组织了一次以"宋代文学与经济"为题的笔谈，刊发了韩田鹿《宋代文学与经济——宋代文人与文化娱乐市场》、孙彩霞《宋代城市经济与城市中的瓦子勾栏》、李占稳《梨园经济两不分——宋代戏曲及其商业特征》、赵秋棉《宋代的绘画市场——对年画的考察》等文。明清时段"商业文学"研究的代表性成果，当首推周柳燕《明清文学与商品经济发展关系研究》（海南出版社 2006 年版），这是一部贯通明清两代、致力于综合性研究的学术专著。其他如刘铁峰《论商业题材的参与对明代小说创作的影响》（《湖南商学院学报》2007 年第 2 期）、金孝真《从明清话本小说考察江南的商业活动》（《湖州师范学院学报》2008 年第 6 期）、徐明《晚清商业小说研究》（硕士学位论文，南昌大学，2007 年）、陈大康《论晚清小说的书价》（《华东师范大学学报》2005 年第 4 期）等文则都重在小说与商业关系的专题研究。

3. 古代商人文学形象研究。这是古代文学商业经济视角研究的重中之重。大致以小说为主体，兼及戏剧、散文和诗歌。

一是经典名著的商人形象研究。大致在 1987 年卢兴基《论〈金瓶梅〉——16 世纪一个新兴商人的悲剧》一文发表于《中国社会科学》1987 年第 3 期后迅速升温。毫无疑问，卢文关于《金瓶梅》旨在表现 16 世纪一个新兴商人的悲剧这一论点的重新提起，对后来《金瓶梅》研究产生了重要影响，同时也开启了新时期商人文学形象研究之先河。随后相继发表的系列论文,① 或承续卢兴基的基本观点作进一步发挥,或对其提出商榷意见,充分显示了学界对于这一论题的持续关注度,同时也由此带动其他名著乃至整个商人文学形象研究,所以具有学术标界的意义。此后,有关经典名著的商人形象研究同时向前后延展。往前延展的重要论文有:谢季祥《论〈史记〉中的商贾形象》(《福建论坛》1994年第1期),张雯《简论〈史记·货殖列传〉中的商人形象》(《安徽文学》2011年第12期),昌庆志《论柳文商人形象塑造》(《山西师大学报》2007年第4期),陈建华《〈东堂老〉与古典文学中的商人形象》(《复旦学报》1987年第1期),等等。往后延展的主要成果有:廖云前《聊斋志异中的商人世界》(硕士学位论文,重庆师范大学,2010年),王清溪《论〈儒林外史〉中的商贾形象》(《时代文学》2012年第2期),袁细斌《二十年目睹之怪现状中商人形象的新变》(硕士学位论文,南昌大学,2007年)等。但整个研究重心则是在"三言""二拍",大致以"三言""二拍"合论者为主体,② 同时兼

---

① 参见李文焕《西门庆是怎样发迹的——〈金瓶梅〉与明代商品经济》(《殷都学刊》1989年第2期),罗德荣《论西门庆》(《明清小说研究》1989年第2期),王启忠《物欲横流本末颠倒——〈金瓶梅〉对经济文化异质新态描写的价值》(《社会科学战线》1989年第4期)、《古代小说复制出的第一个商品市场环境——试论〈金瓶梅〉对经济环境描写的历史价值》(《齐齐哈尔师范学院学报》1990年第5期),赵云忠、李洁《〈金瓶梅〉反映的中国资本主义萌芽》(《云南财贸学院学报》1990年第2期),朱俊亭《论〈金瓶梅〉悲剧的社会意义》(《文史哲》1992年第2期),张业敏《暴发户的胜利与最终败绩——论西门庆形象的阶级本质和社会意义》(《学术论坛》1992年第3期),高培华、杨清莲《〈金瓶梅〉:一个特权商人的恶性膨胀史——与"新兴商人悲剧"说商榷》(《河南大学学报》1992年第5期),王伟《商人文化与〈金瓶梅〉》(《泰山学院学报》2003年第2期),曹炳建《明代资本主义萌芽时期封建商人的典型——〈金瓶梅〉西门庆形象新论》(《河南大学学报》2006年第1期),杨虹《〈金瓶梅〉西门庆:历史转折期的商人形象——论商业文化的异质性与西门庆的竞争观》(《光明日报》2009年3月17日),等等。

② 参见王桂清《从"三言""二拍"中商人入仕途径看商人的官本位意识情结》(《北方论丛》2004年第2期),裴香玉《三言二拍中的商人发家故事及其文化意蕴》(硕士学位论文,湘潭大学文学,2006年),朱全福《谈"三言"、"二拍"中苏州商人的文学呈现》(《苏州科技学院学报》2006年第2期),张蓉、王锋《〈三言〉、〈二拍〉中商人形象的嬗变及其原因》(《船山学刊》2006年第3期),赵雪艳《"三言"、"两拍"商业价值研究》(硕士学位论文,中国海洋大学,2008年),孙洁《"三言两拍"中商人两重性心理论析》(《青年文学家》2009年第18期),等等。

有"三言"①"二拍"②各自商人形象的独立研究。

二是历代商人形象的贯通性研究。关注通代及早期商人形象研究的仅有杨子怡《古典小说中商人形象与商人精神——古代商业题材小说的历史学考察》(《嘉应大学学报》1994年第3期)、郑瑞侠《取舍得失见美丑，商贩店主风貌异——中国古代早期文学对商贾形象的塑造》(《天府新论》2004年第1期) 等少数论文，总体成果不著。重点是在唐代与明代。在有关唐代的重要论著中，除了李菁《商贾形象变迁与中晚唐文人价值观的转变》(《宁夏社会科学》2005年第2期)，李中华《唐代文学中的商贾形象》(《湖南商学院学报》2005年第5期) 贯通文体之外，李菁《论商贾形象在中晚唐文人诗作中的转变》(《唐代文学研究》2004年第00期)，姜革文《商人·商业·唐诗》(复旦大学出版社2007年版)，张颖、徐勇《唐诗中的商贾形象研究》(《韩山师范学院学报》2012年第1期) 等侧重于唐诗商人形象的研究；杨雅芳《论唐代小说中的商贾新形象》(《黔南民族师范学院学报》2007年第5期)，高志忠《"商才士魂"：以德统美视野下的唐人小说商贾形象》(《阴山学刊》2009年第3期)，陈洪英《唐五代商贾小说中的女性形象》(《时代文学》2010年第6期) 等则侧重于唐代小说商人形象的研究。而在明代的研究重点中，已明显向小说领域倾斜，主要见之于：高昂《论中晚明通俗小说中的商人形象》(硕士学位论文，郑州大学，2001年)，刘艳琴《明代话本小说中的徽商形象研究》(硕士学位论文，安徽大学，2004年)，李小荣《明代白话短篇小说与徽商》(硕士学位论文，安徽师范大学，2004年)，周柳燕《论明代小说中的商人形象》(《湖南商学院学报》2005年第1期)，王裕明《明代前期的徽

---

① 参见张志杰《三言中商人形象的历史认识价值》(《齐齐哈尔大学学报》2004年第4期)，王瑞雪《"三言"商人形象的文化解读》(硕士学位论文，延边大学，2008年)，李利军《"三言"中的商人形象及其当代性意义》(《商业时代》2011年第12期)，姚保兴《从"三言"系列中商人形象看对中国传统爱情作品的变化发展》(《青年文学家》2011年第17期)，董炜《"三言"中商人的婚姻问题研究》(硕士学位论文，山东师范大学，2011年)，等等。

② 参见徐定宝《论〈二拍〉中的商贾形象——兼论晚明社会价值观与个体人生观的变易》(《西北师大学报》1999年第3期)、梁大伟《"二拍"中的商人发迹故事的叙事特色》(《鞍山师范学院学报》2006年第5期) 等。

州商人》(《安徽史学》2007年第4期),马晓玲《明代拟话本中北方商人形象研究》(硕士学位论文,山西师范大学,2010年),胡明玉《明代中后期传奇中商人形象研究》(硕士学位论文,新疆师范大学,2015年),牛田苗《明代笔记中的商人研究》(硕士学位论文,江西师范大学,2017年),孔斌斌《明代文集中的商人研究》(硕士学位论文,江西师范大学,2017年),刘越《"三言二拍"中的士商形象研究》(硕士学位论文,重庆工商大学,2017年),等等。[①] 此外,作为对商人形象的补充,也有一些论文拓展至"商人妇"研究,比如宋军风《唐代商人妇家庭生活探微》(《齐鲁学刊》2006年第1期),陈书录《唐宋小说与诗歌中商人妇形象的异同及其演变》(《明清小说研究》2008年第2期),查清华《唐诗中江南商人与商人妇的抒写》(《江西社会科学》2010年第10期),郭明乐《唐五代小说中的商妇形象研究》(硕士学位论文,西北大学,2017年),田欣《养家与守家:宋代商人妇的家庭生活及解读》(《廊坊师范学院学报》2011年第3期),苗侠《明代中后期徽州商人妇研究》(《科学大众》2007年第3期),孔军《晚明商人妇形象研究——以碑传文和"三言二拍"为中心》(硕士学位论文,西北大学,2016年),这些研究成果不同程度地丰富了商人形象研究的内涵。田欣《宋代商人家庭研究》(博士学位论文,河北师范大学,2011年)则进而延伸至商人家庭,旨在从经济史与社会史相结合这一视角出发,努力探究趋于真实的宋代商人家庭生活状态。

三是各类商人形象的专题研究。以邵毅平《中国文学中的商人世界》(复旦大学出版社2005年版)、《文学与商人:传统中国商人的文学呈现》(上海古籍出版社2010年版)两部学术著作为代表。前书是一部具有原创性、开拓性的文学专题史著作,作者尝试运用形象学、母题学等研究方法,在一个悠久广阔的时空范围内,阐述中国文学中所表现的商人形象的

[①] 其余各代的研究成果主要有:余丹《宋代文言小说中的商人形象》(《浙江万里学院学报》2006年第4期),罗斯宁《元代商业文化和儒家文化对元杂剧的影响——元杂剧商人形象新解》(《戏剧艺术》2002年第6期),赵平平《元杂剧商人形象研究》(硕士学位论文,扬州大学,2008年),张静《元杂剧中的商贾形象与元代文人的精神世界》(《戏曲研究》2007年第1期),黄杏枝《清代小说中的广东商人形象研究》(硕士学位论文,暨南大学,2010年),徐明《论晚清商业小说中的商人形象》(《无锡商业职业技术学院学报》2007年第5期),等等。

演变史，并回顾和总结中国文学关于商人的理念，以回应现代世界和现代社会的启示与冲击。后书依次从"历来文学对于商人的态度""士商关系""商人、女人和士人""商人的社会处境""商人的危险""商人的理念和实践""商人的拜金主义""理想的商业原则""商人之爱""商人的女人们""商人的幻想""从事海外贸易的商人们"十二个侧面，勾勒出中国文学中的商人形象的全貌。论文方面，昌庆志《论胡商形象出现于唐人小说的商业原因》（《湛江师范学院学报》2001年第5期）、韩晓莉《晋商家庭中的女性角色》（硕士学位论文，山西大学，2003年）、杨虹《论传统商人文学形象中竞争精神的缺失》（《湖南商学院学报》2003年第1期）、陈金刚《中国商贾文学中的女商人形象刍议》（《明清小说研究》2010年第1期）等文的论题都富有特色和意义。其中陈金刚《中国商贾文学中的女商人形象刍议》饶有意味地揭示了女商人作为一般商人之一的共性特征，以及作为一般商人中特殊的女商人群体的个性特征。

4. 古代士商互动及与文学关系研究。从20世纪90年代初开始，古代士商互动及其与文学的关系逐渐受到学界的重点关注，研究对象主要集中在明代。

一是士商互动研究。即重在士商两大群体的彼此互动关系而未尝对其具体影响于文学的效应展开研究，但士商互动本身同样会对文学产生间接的影响，所以依然比较重要。就既有研究成果与趋势来看，由通代聚焦于明清，重心仍在明代。卢昌德《"士""商"观念变迁论》（《社会科学战线》1998年第3期）提出有必要从历史的角度梳理一下"士""商"观念的变迁，是一篇带有宏观的历时性研究性质的论文。然后由陈秀宏《唐宋时期的"士人经商"现象》（《齐齐哈尔大学学报》2000年第6期），程民生、白连仲《论宋代官员、士人经商——兼谈宋代商业观念的变化》（《中州学刊》1993年第2期），王朝阳《宋代士人经商研究》（博士学位论文，陕西师范大学，2011年），王秀丽《元代江南地区的士商亲融关系》（《历史教学》2004年第5期）等文贯通唐宋元代的士商互动研究，使之连为一线。在明代这一研究重心中，以陈大康《明代商贾与士风》（上海文艺出版社1996年版），徐林《明代中晚期江南士人社会交往研究》（上海古籍出版社2006年版）两书为代表，同时兼有郑利华《士商关系嬗变：明代中期社会文化形态变更的一个侧面》(《学术月刊》1994 年第 6 期),徐林、杨琦《士商相混,蝇聚一膻——明代中后期江南商人与士人社会交往活动》(《江苏商论》2005 年第 3 期),原祖杰《奢侈性消费与晚明士商的身份认同》(《史林》2009 年第 5 期) 等重要论文。而王振忠《袁枚与淮、扬盐商——十八世纪士、商关系的一个考察》(《盐业史研究》1993 年第 4 期),毛名勇《浅论明清士商关系之变化》(《贵州大学学报》1994 年第 2 期),蒋文玲《明清士商渗透现象探析》(《江海学刊》1995 年第 1 期),乔凌霄、梁衍东《明清社会的士商渗透及其影响》(《历史档案》1999 年第 1 期),高建立《明清之际士商关系问题研究》(《江汉论坛》2007 年第 2 期) 等文,则明清并重,或重在清代,涵盖了"士""商"观念变迁、明清士商渗透现象、士商关系变化以及特定区域、阶层的士商互动等问题。尤其是进入 21 世纪以来,研究视野和深度都有了新的拓展。

二是士商互动与文学关系研究。一方面,是文学中的士商互动研究,即从文学作品透视士商关系,其中如王德明《中国古典文学中士商关系透视》(《社会科学家》1992 年第 5 期)具有贯通历代的通论性质,但多数论文集中于明清小说领域,除了唐林轩《明清时期小说弃儒从商现象》(硕士学位论文,湘潭大学,2004 年),高娟《论明代中后期通俗小说对士商关系的整合》(硕士学位论文,广西师范大学,2006 年) 等文通观明代或明清之外,李桂奎《论"三言""二拍"角色设计的士商互渗特征》(《辽宁师范大学学报》2003 年第 4 期),王桂清《士商联姻背后折射的求官心理——析"三言""二拍"关于士商联姻的小说》(《学术交流》2004 年第 7 期),王永《"士商合流"与"贾而好儒"——从"三言"、"二拍"看明中叶商品经济的特征》(《河北师范大学学报》2008 年第 3 期),邹壮云《冯梦龙文学的士商关系及其成因解析》(《求索》2011 年第 8 期) 等皆聚焦于"三言""二拍"。此外,如陈大康《书生的困惑、愤懑与堕落——从小说笔记看明代儒贾关系之演变》(《华东师范大学学报》1994 年第 1 期),邱江宁《士、商融合与文体之变——以王世贞的商人传记为例》(《江苏社会科学》2011 年第 1 期) 等文,则分别以笔记和传记为范本而展开研究。另一方面是士商互动的文学效应研究,重在探索和论述士商互动关系对文学的影响。主要有:郑利华《士商关系嬗变:明代中期社会文化形态变更的一个侧面》(《学术月刊》1994年第6期),陈书录《俚俗与性灵:王世贞的文学创作在士商契合中的转向》(《江海学刊》2003年第6期)、《士商契合与明清性灵思潮的演变》(《南京师大学报》2004年第6期)、《士商契合与文学思想的演变——以中唐至明清为考察重点》(《文学评论》2007年第4期),韩实《中国古代士商关系与文学演变浅论》(《考试周刊》2011年第6期),等等。郑文指出到了明中期,士商关系发生了质的变化:相互渗透、相互交融。这必然导致政治思想上的嬗变,士改变了轻商思想,商对士亦产生了很大影响,这种变化,对中国传统政治、家族伦理观念的改变,起了很大作用。世俗以纵欲为高、人情以放荡为快,就是其中的重要方面。韩文通过对中国古代士商关系的梳理,反映了中国古代社会传统士人阶层文学观与商业文明交互影响、两相砥砺的进程。陈书录三文则都从士商互动及其文学效应的崭新视角提出了诸多富有启示意义的新见,由此拓展了传统文学研究的学术路径。此外,还有余劲东《明代中后期士商关系再探讨——以内阁首辅张四维为中心的研究》(《河南科技大学学报》2015年第2期)、梁仁志《"良贾何负闳儒"本义考——明清商人社会地位与士商关系新论》(《湖北大学学报》2018年第4期)等。

5. 古代文学与商业文化研究。实际上,上述所论各个方面,比如高志忠《"商才士魂":以德统美视野下的唐人小说商贾形象》(《阴山学刊》2009年第3期),李菁《商贾形象变迁与中晚唐文人价值观的转变》(《宁夏社会科学》2005年第2期),韩田鹿《宋代文学与经济——宋代文人与文化娱乐市场》(《河北大学学报》2007年第2期),裴香玉《三言二拍中的商人发家故事及其文化意蕴》(硕士学位论文,湘潭大学,2006年),王瑞雪《"三言"商人形象的文化解读》(硕士学位论文,延边大学,2008年),等等,都已至为明显地蕴含着文化意涵研究。而在古代文学与商业文化的专题研究中,也大体从文学作品与文学形态两个层面展开。前者上自《诗经》,[1] 下至《聊斋志异》,[2] 但重心则落在明代,而

---

[1] 参见王同勋《〈诗经〉经济思想发微》,载中国经济思想史学会编《集雨窖文丛——中国经济思想史学会成立20周年纪念文集》,北京大学出版社2000年版。

[2] 参见孙洛中《〈聊斋志异〉商业文化思想探析》,硕士学位论文,山东师范大学,2003年。

且同样聚焦于"三言""二拍"。① 后者则以陈书录《儒商及文化与文学》（中华书局 2007 年版）、昌庆志《唐代商业文明与文学》（黄山书社 2010 年版）、王晓骊《唐宋词与商业文化关系研究》（中国社会科学出版社 2004 年版）三书为代表。陈、昌两书涵盖各体文学，陈著注重考察儒士与商贾心灵的契合处，致力于儒商精神及文化与文学的交叉研究。在贴近历史真实中更新研究视角，从深层次上发掘古代文学演变的动因，探究其历史价值（真）、道德价值（善）、美学价值（美）、经济价值（利）。王著侧重于唐宋词之文体，旨在考察商业文化力量崛起以及由此而引起的文化冲突对唐宋词的影响。论文方面则主要有：章尚正《徽商的生活情态与价值观念——从明清小说看徽商存在》（《安徽大学学报》1997 年第 3 期），伍光辉《元杂剧与商业文化》（硕士学位论文，湖南师范大学，2003 年），昌庆志《从文学对商业的反映看唐代岭南文化》（《广州大学学报》2005 年第 6 期），高志忠《唐人小说商业文化探析》（硕士学位论文，内蒙古师范大学，2006 年），崔晓莉《唐诗与商业文化》（硕士学位论文，西北大学，2007 年），全贤淑《明代白话短篇小说中诚信观念的多重文化价值取向》（《福建论坛》2006 年第 5 期），陈金刚《古代商贾文学中的官商文化研究》（《江苏社会科学》2011 年第 6 期）、《结构·解构·重构——儒家思想与商贾文学关系研究》（《江西社会科学》2011 年第 8 期），等等。陈金刚《结构·解构·重构——儒家思想与商贾文学关系研究》认为儒家思想对商贾文学的历史影响主要体现在：儒家思想对商贾文学发展的衍射，对文学作品中商人形象的历史结构以及对文学作品中商人个人行为的影响等方面；商贾文学对儒家思想文化的解构主要体现在：商贾文学中对商业及商人的地位进行了重新定位和再认识，商贾文学中大肆渲染了"利"的地位和作用，极大地冲击了儒家思想构建的传统义利

---

① 参见朱全福《论"三言""二拍"中的商贾之道》（《明清小说研究》1996 年第 4 期），黄琛《从"三言""两拍"看明代商业及其道德》（硕士学位论文，华中师范大学，2001 年），赵维平《"三言二拍"运河商贾文化探析》，（《淮阴师范学院学报》2006 年第 2 期），王达《试论"三言""二拍"中的商业智慧》（《湖南商学院学报》2007 年第 6 期），赵雪艳《"三言""两拍"商业价值研究》（硕士学位论文，中国海洋大学，2008 年），等等。

观，商贾文学中对商人集团色欲膨胀的正面描写具有反抗和解构封建理学的特定的历史价值和意义。商贾文学与儒家思想互动视野中的理论重构，是建立在扬弃基础上的重构，而非一种对儒家思想的重述。以上成果显示了有关文学与商业文化的专题研究向纵深拓展的趋势。

三 古代文学与军事关系研究

古代文学与军事的关系同样源远流长，20世纪以来对于古代反映和涉及军事或战争的文学，学界曾以边塞诗、战争诗、战争叙事以及"战争文学"或"军事文学"名之。1931年，胡云翼所著《唐代的战争文学》由上海商务出版社出版，即名之为"战争文学"。90年代，林凌《中国军事文学史（古代部分）》（解放军出版社1996年版）、任昭坤《中国军事文学史》（四川人民出版社1999年版）相继出版，两书皆名之为"军事文学"。任昭坤认为军事文学在中国古典文学中所占比重很大，应是文学研究的一个重要方面。如果不对军事诗歌、散文、小说、戏剧及战争传说进行纵横研究，理出其产生、发展的脉络，总结各个时期的成就和特点，古典文学的研究无疑会受很大影响。但总的来说，此类综合性研究在古代文学与军事关系研究中毕竟为数不多。除了林凌《中国军事文学史（古代部分）》、任昭坤《中国军事文学史》两部"史"的著作之外，还有一些属于"论"的成果，比如李炳海《民族融合与中国古代文学的战争描写》（《民族文学研究》1993年第4期），兰草《永远的武魂——中国传统军事文化与武侠军事文化探索》（《西安电子科技大学学报》2001年第4期），等等。但据学界普遍关注的热点以及既有成果来看，则集中体现在以诗歌为载体的边塞诗词研究与以史传、小说为载体的战争叙事研究两个方面。

1. 古代边塞诗词研究。首先聚焦于唐代边塞诗研究，然后分别向上下作历时性延伸和拓展。关于边塞诗研究，邹广《关于唐朝边塞诗评价问题讨论综述》（《文史知识》1982年第10期），胡大浚、马兰州《七十年边塞诗研究综述》（《中国文学研究》2000年第3期），张晓明《20世纪边塞诗研究述评》（《青岛大学师范学院学报》2005年第4期），均对唐朝边塞诗研究历程与成果作过比较系统的梳理。胡大浚、马兰州《七十年边塞诗研究综述》认为边塞诗作为唐诗苑囿中的一个大宗，几乎从产生起就有品评出现，但从文学流派的角度对其进行分类和分析，则始于20世纪20年代。该文对七十年来边塞诗的研究归结为四大争论或讨论：一是关于战争性质的争论；二是关于爱国主义和民族问题的讨论；三是关于边塞诗本身的讨论；四是关于边塞诗繁荣原因的讨论。其间新的增长点是重在盛唐向中晚唐拓展，结束了过度集中于盛唐的研究格局。进入90年代之后，边塞诗的美学批评与文本研究成为一种新的学术取向。张晓明《20世纪边塞诗研究述评》则主要从边塞诗的界说和源流、边塞诗性质和繁盛的原因、边塞诗人诗作研究、边塞诗歌美学特征四个方面，对20世纪边塞诗的研究进行全面的梳理和重新审视，文中的重点是在对20世纪后半叶的学术成果的评述。现拟综合以上两文的核心观点，以20世纪80年代为起点，然后延续于21世纪初的多元拓展，作如下简要归纳和评述。

一是边塞诗理论研究。主要涉及边塞诗的概念界定、性质及评价、繁荣原因等问题。关于边塞诗的概念界定问题，1984年8月在兰州举办的中国唐代文学学会第二届年会上对边塞诗概念展开了热烈争论与辨析，阎福玲综合广义边塞诗[①]与狭义边塞诗[②]两种概念对边塞诗做出了新的界定："边塞诗是一种以历代的边塞防卫为前提和背景，集中表现边塞各类题材内容的诗歌。"[③] 关于边塞诗的性质及评价问题。吴学恒、王绶青于1980年发表了《边塞诗派评价质疑》一文，认为唐代的边塞诗是压迫侵凌少数民族的不义的罪恶战争，歌颂边战的诗是侵略者的赞歌，仅有少数诗作幸免。[④] 此论甫出，犹如巨石破冰，引起了不少震动，也受到诸多学者的批评。[⑤] 其后，

[①] 参见胡大浚《边塞诗之涵义与唐代边塞诗的繁荣》，《唐代边塞诗研究论文选粹》，甘肃教育出版社1988年版。

[②] 参见黄刚《清代边塞诗繁荣原因初探》，《学术研究》1996年第6期。

[③] 阎福玲：《边塞诗及其特质新论》，《河北师范大学学报》1999年第1期。

[④] 吴学恒、王绶青：《边塞诗派评价质疑》，《文学评论》1980年第3期。

[⑤] 参见周祖譔《论盛唐边塞诗及其研究中的一些问题》（《唐代文学论丛》第4辑，陕西人民出版社1983年版），胡大浚《边塞诗之涵义与唐代边塞诗的繁荣》（中国唐代文学学会第二届年会《唐代边塞诗研究论文选粹》，甘肃教育出版社1988年版）等。

战争性质和诗歌价值之间人为的简单逻辑关系被抛弃，学者在重视文本的同时，致力于对边塞诗多元意义与价值的实事求是的还原和阐释。[①] 关于边塞诗兴盛原因问题。黄刚《边塞诗论稿》（黄山书社1996年版）大致勾勒了古代边塞诗产生、发展、演变之历程，将其分为形成期、生长期、高潮期、演变期、复兴期五个阶段，并对唐代边塞诗繁荣原因作了重点探讨。其他相关论文还有：胡大浚《边塞诗之涵义与唐代边塞诗的繁荣》（《唐代边塞诗研究论文选粹》，甘肃教育出版社1988年版），戴伟华《论中唐边塞诗繁荣的原因》（《扬州师院学报》1989年第2期），陈铁民《关于文人出塞与盛唐边塞诗的繁荣——兼与戴伟华同志商榷》（《文学遗产》2002年第3期），曲琨《盛唐边塞诗繁荣的历史原因》（《探索与争鸣》2006年第4期），应晓琴《唐代边塞诗综论》（博士学位论文，华东师范大学，2014年）等等。这些论著密集聚焦于唐代，而且呈现逐渐深入的态势，同时也涉及唐前和唐后时代。

二是边塞诗史研究。以处于高峰时期的唐代边塞诗为基点，或往前追溯，或往后延展，由此走向历时性的边塞诗研究，先后出现了薛宗正《历代西陲边塞诗研究》（敦煌文艺出版社1993年版），佘正松《中国边塞诗史论（先秦至隋唐）》（博士学位论文，四川大学，2005年），任文京《中国古代边塞诗史（先秦—唐）》（人民出版社2010年版），李艳辉《中国古代战争观及其影响下的魏晋隋唐战争诗》（博士学位论文，内蒙古大学，2006年）等跨代研究论著。所憾迄今尚无边塞诗歌通史问世。现拟从唐前、唐代、唐后边塞诗研究三个方面分述于下。

唐前边塞诗研究。佘正松《中国边塞诗史论（先秦至隋唐）》，任文京《中国古代边塞诗史（先秦—唐）》在时段上与此正相吻合，彼此都加强了对边塞诗发生学与成长史的研究。就边塞诗的起源而论，石云涛《古代边塞诗探源》（《许昌学院学报》1986年第4期），王开元《边塞诗探源》（《新疆大学学报》1997年第4期）都不约而同地远溯至《诗经》。

[①] 参见萧澄宇《关于唐代边塞诗评价的几个问题》（中国唐代文学学会第二届年会《唐代边塞诗研究论文选粹》，甘肃教育出版社1988年版），刘真伦《论边塞诗的本质属性》（《江海学刊》1992年第4期）等。

邓启华《绵绵烽火边关情——〈诗经〉边塞诗简论》(《思茅师专学报》1996年第1期)更是直接冠名为"《诗经》边塞诗"。以上对于《诗经》作为边塞诗源头的追溯，同时也激发和推动了对《诗经》战争诗的研究。秦汉以降直至隋代的边塞诗史研究，按所论时段排序，依次为：雒海宁、许慧茹《南北朝及之前的边塞诗》(《青海社会科学》2010年第5期)，郑虹霓《双峰并峙，声气相求——初探建安诗歌对唐边塞诗的影响》(《阜阳师范学院学报》2000年第2期)，于海峰《南北朝边塞诗研究》(硕士学位论文，山东大学，2007年)，阎采平《梁陈边塞乐府论》(《文学遗产》1988年第6期)，樊荣《梁陈边塞诗试析》(《新乡师范高等专科学校学报》2000年第3期)，李炳海《北朝文人的临战心态及边塞诗的格调》(《晋阳学刊》1996年第1期)，高学德《隋代战争诗研究》(硕士学位论文，兰州大学，2007年)，等等。以上论文的相互衔接，大致可以将唐前边塞诗史链接起来。

唐代边塞诗研究。对边塞诗的高峰——唐代边塞诗的研究，是学界倾力所在。其中又以盛唐为轴心，然后向初唐和中晚唐拓展。相关成果主要体现在以下两个方面：一是"史"的链接，依次为：金涛声《唐代边塞诗的先声——谈初唐四杰和陈子昂的边塞诗》(《广西大学学报》1985年第1期)，童嘉新《试论初唐四杰的边塞诗》(《重庆商学院学报》1999年第2期)，汪爱武《试论边塞诗在初唐的发展》(硕士学位论文，安徽大学，2005年)，吴逢箴《初唐—盛唐边塞诗的摇篮》(《西藏民族学院学报》2005年第5期)，叶小芳《初唐边塞诗研究》(硕士学位论文，广西民族大学，2014年)，林海《初唐边塞诗述论》(《佳木斯大学社会科学学报》2018年第5期)，雒海宁《"盛唐气象"与盛唐边塞诗》(《青海师范大学学报》2011年第2期)，朱安女《〈南诏德化碑〉和唐代天宝战争诗研究》(硕士学位论文，西南师范大学，2005年)，姚皓华《大历十才子与盛唐边塞诗派边塞诗歌内容之比较》(《东岳论丛》2005年第4期)，兰翠《从李益的边塞诗看唐代边塞诗的兴衰》(《烟台大学学报》1999年第2期)，陈健《试论中唐边塞诗在唐宋边塞诗风演变中的意义》(《呼伦贝尔学院学报》2004年第1期)，周建军《论边塞诗在晚唐的余韵与沉响》(《贵州社会科学》2003年第3期)，郁冲聪《唐代边塞诗与唐代疆域沿革关系论略——以所涉边塞地名为中心》（硕士学位论文，山东大学，2015年），张同胜《移动的边塞诗——以唐王朝的边塞与边塞诗为中心》（《浙江工商大学学报》2014年第1期），刘梅兰《唐代河西边塞诗史论》（《西安石油大学学报》2016年第6期），胡大浚《贯休的边塞诗作与晚唐边塞诗》（《河西学院学报》2007年第6期），等等。二是"论"的深化。从问世于20世纪80年代的禹克坤《如何评价唐代边塞诗》（《文学评论》1981年第3期），葛培岭《论晚唐边塞诗的萧飒风格》（《中州学刊》1986年第6期），蔡厚示《论唐代边塞词》（《中州学刊》1986年第4期），周小立《试论中唐边塞诗》（《中国文学研究》1988年第4期），到出现于21世纪的一批硕博士学位论文，诸如黄小妹《中唐边塞诗简论》（硕士学位论文，安徽大学，2005年），卓若望《中晚唐乐府题边塞诗研究》（硕士学位论文，广西师范大学，2005年），应晓琴《唐代边塞诗综论》（硕士学位论文，华东师范大学，2007年），赵岩《论中唐乐府题边塞诗》（硕士学位论文，中央民族大学，2007年），王福栋《论唐代战争诗》（博士学位论文，中央民族大学，2010年），彭飞《隋唐东北边塞诗研究》（博士学位论文，吉林大学，2011年），蔡厚示《论唐代边塞词》（《中州学刊》1986年第4期），卢红军《唐宋边塞诗词的比较研究》（硕士学位论文，西北大学，2010年）等等，在史论结合的统筹和深化方面得到了明显的加强。其中蔡厚示《论唐代边塞词》、卢红军《唐宋边塞诗词的比较研究》从边塞诗延展于边塞词研究，具有开拓性意义。阎福玲《汉唐边塞诗研究》（中华书局2014年版）是关于汉唐边塞诗研究的一部重要著作，该书在深入探讨汉唐文化背景的情况下，用文史互证的方法，对汉唐边塞诗的苦寒、尚武、乡恋、征战、风俗等五大主题及其创作模式进行了全面系统的研究，在传统课题中力求创新，颇有学术价值。

唐后边塞诗研究。链接宋元明清的主要论著有：吴逢箴《论北宋边塞词》（《西藏民族学院学报》1990年第2期），吴彤英《宋代乐府题边塞诗研究》（硕士学位论文，河北师范大学，2009年），周艳波《唐宋边塞诗词比较研究》（《山东农业工程学院学报》2016年第2期），刘森《唐宋边塞诗对比研究》（硕士学位论文，西藏大学，2018年），李龙《宋代军旅词研究》（硕士学位论文，西北师范大学，2016年），阎福玲《论元代边塞诗创作及特色》（《内蒙古社会科学》1998年第6期），曾宪森《论元代少数民族边塞诗》（《中央民族大学学报》1997年第2期），赵宗福《明代青海边塞诗》（《青海师范大学学报》1982年第4期），吕靖波《明代布衣文人的边塞之游与诗歌创作》（《名作欣赏》2010年第4期），黄刚《论清代西域边塞诗之特色》（《上海师范大学学报》1996年第1期），夏宁《康熙帝战争诗研究》（博士学位论文，复旦大学，2010年），李晓凯《清代内蒙古边塞诗研究》（硕士学位论文，内蒙古大学，2016年），等等。其中吴彤英《宋代乐府题边塞诗研究》与吴逢箴《论北宋边塞词》分别侧重于宋代边塞诗、词研究，可以相互参看。阎、曾二文重点关注元代边塞诗新变的两个特征，即少数民族诗人的出现和抒情重点的转移。赵文以明军与蒙古王公贵族部队的西北战场——青海湖一带作为特定地域的视角对明代边塞诗进行了富有开创性意义的探索。吕文从布衣文人的边塞之游与诗歌创作的独特视角展现了明代边塞诗的一个重要侧面。黄文认为清朝边塞诗又一次生机勃发，呈现一派空前繁荣景象。有清近三百年，实可谓我国古代边塞诗之中兴时期，不仅诗作之多远轶唐代，诗歌质量也有了新的提高。

　　三是边塞诗文化意涵研究。此与20世纪80年代以来文化学研究的推动密切相关，尤其是文化心理理论的运用，有力突破了原先单一的社会学主题思想分析方法，为边塞诗的跨学科研究以及意义重释拓展了广阔的空间与前景，在研究深度与广度上取得了新的突破。其一是多维度的横向拓展。将边塞诗研究的视野延伸到社会学、文化学、人类学、民俗学、民族学、神话学、宗教学、心理学、语言学等领域，使边塞诗的整体人文背景渐渐得到清晰而深刻的揭示。诸如牟臣益《常建边塞诗的悲苦意识》（《西南师范大学学报》1990年第2期），胡大浚《唐代社会文化心理与唐代边塞诗》（《唐代文学研究》第3辑，广西师范大学出版社1992年版），李炳海《北朝文人的临战心态及边塞诗的格调》（《晋阳学刊》1996年第1期），任文京《唐代边塞诗人的英雄意识》（《文艺研究》2004年第3期），毛德胜《唐代边塞诗的生死命题》（《焦作大学学报》2008年第3期），路云亭《盛唐边塞诗文化性征》（《太原师范学院学报》2008年第4期），薛天纬《高适、岑参与盛唐边塞诗的人性内涵》(《新疆师范大学学报》2008年第4期),应晓琴《北方文化对唐代边塞诗的影响》(《船山学刊》2009年第3期),唐红《唐代西域边塞诗中的边愁与作者文化心理探微》(《塔里木大学学报》2009年第3期),等等。都鲜明地反映了这一变化。其二是深层次的纵向开掘。此与上文所述多维度的横向拓展形成紧密呼应,主要体现在对边塞诗深层意义的开掘与重释上,而且普遍体现了上下通观的历史感。徐晓敬《从唐代边塞诗看唐人对战争的态度》(《辽宁大学学报》1999年第1期)认为唐人对战争的态度是:初唐人渴望从军边塞,盛唐人充满着勇赴疆场,视死如归的斗志,中唐人有着心念家园却不得不守边戍防的无奈,晚唐人有着反战的心理。任文京《唐代边塞诗的文化阐释》(人民文学出版社2005年版)重点论述了时代精神,即进取精神、尚武精神和游侠精神对边塞诗人的影响。认为边塞诗的发展脉络体现了社会历史变迁和社会心理变化,初盛唐边塞诗人的昂扬奋发,中晚唐边塞诗人的忧患意识和文化反思,在边塞诗中得到了生动形象的反映,尤其是唐代边塞诗中曲闺怨诗形象地再现了闺妇的孤独生活和痛苦情感,以及她们对边塞战争的态度。任文京另一论文《论唐代边塞诗人的汉代情结》认为唐代边塞诗人在诗中多次提到汉代及汉代军事英雄,语言学意义上的解释不能说明其本质,这是唐代边塞诗人浓郁的汉代情结,是他们对泱泱大汉精神的深情呼唤。作为一种时代文化心理,它反映了深刻的文化背景和厚重的历史意识。

　　四是边塞诗审美特征研究。从20世纪90年代开始,更多的学者开始转向诗歌本体特征的研究。其中对边塞诗的美学批评更是成为一道亮丽的风景。其一是边塞诗的总体美学特征研究。比如阎福玲《中国古代边塞诗的三重境界》(《北方论丛》1999年第4期)认为中国古代边塞诗的发展呈现明显的阶段性特点,经历了由模拟到表现,又发展到再现的三种表现手法的嬗变,从而呈现特点鲜明的三重艺术境界。边塞诗的三重境界不仅代表了中国古代边塞诗创作的三种审美境界,而且标示出了中国古代边塞诗的发展演进的规律。其二是唐代边塞诗的美学特征研究。既有重在唐代边塞诗总体美学特征研究的,如杨子怡《高贵·崇高·感伤——试论唐代边塞诗审美情绪的嬗变》(《娄底师专学报》1992年第3期),韩玉珠《琵琶起舞换新声：评唐代边塞诗中的西部风情美》(《西北大学学报》1993年第3期)，崔志勇《都道大漠塞垣事悲凉豪放各不同——谈谈唐代几种不同风格、主题的边塞诗》(《乌鲁木齐成人教育学院学报》2005年第2期)，王艳军、朱富铭《谈唐代边塞诗中的意象群》(《唐山学院学报》2006年第3期)等；也有分别侧重于初盛中晚唐不同时期的美学特征研究的，如葛培岭《论初唐边塞诗的郁愤特色》(《中州学刊》1984年第6期)，曹立波《盛唐文人的从军热与诗歌意象之开拓》(《北方论丛》1991年第3期)，佘正松《具备万物，横绝太空——略论盛唐边塞诗的雄浑美》(《四川师院学报》1991年第4期)，倪培翔《略说盛唐边塞诗美学特征》(《唐代文学研究》第3辑，广西师范大学出版社1992年版)，刘俊敏《论盛唐边塞诗的风骨美》(《许昌师专学报》1999年第2期)，陈芒《试论中唐边塞诗风的审美嬗变》(《赣南师范学院学报》1997年第4期)，葛培岭《论晚唐边塞诗的萧飒风格》(《中州学刊》1986年第6期)，等等。分别探讨了初、盛、中、晚唐不同时段边塞诗的美学特征。其中盛唐边塞诗美学特征研究是重点所在。其三是边塞诗人个体及诗作的美学特征研究。诸如王志清《王维边塞诗：雄悍逸放的人格塑型——兼论所受鲍照诗的影响》(《晋阳学刊》1994年第2期)，李岩《岑参边塞诗的阳刚之美》(《河南师范大学学报》1994年第3期)，杨光祖《从王昌龄西北边塞诗看"盛唐之音"》(《甘肃理论学刊》1999年第4期)，吕庆端《李益边塞诗独特的审美心理及其艺术表现》(《青海民族学院学报》1991年第4期)等，都侧重于或涉及边塞诗人个体及诗作的美学特征研究。

2. 古代战争叙事研究。在有关古代军事或战争的叙事文学系统中，集中于史传与小说两种文体，也偶尔涉及戏剧。[①]

一是史传的战争叙事研究。作为文学与史学的结合体，史传战争叙事的研究重点之一是《左传》。颇有意味的是，早期如严国八《从郑之战看〈左传〉战争描写》(《六盘水师范高等专科学校学报》1985年第1期)、《〈左传〉战争描写综论》(陕西师范大学出版社1986年版)等多称为战

---

① 参见邓黛《浅论关汉卿杂剧中的战争描写》(《解放军艺术学院学报》2010年第2期)等文。

争描写，后逐步纳入叙事学研究的视野，形成战争文学叙事研究序列，主要有：倪天祥《试论〈左传〉战争篇章的结构艺术》（《上海第二工业大学学报》2002年第2期），王庆民《宏大、精深、洗练、典雅——从〈晋楚城濮之战〉看〈左传〉的叙事特点》（《辽宁师专学报》2005年第1期），陶运清《〈左传〉的叙事特色——以战争为中心的考察》（硕士学位论文，郑州大学，2006年），韩再峰、黄儒敏《〈左传〉的战争叙事策略》（《佳木斯大学社会科学学报》2010年第2期），陈辽《〈左传〉的军事文学价值》（《盐城师范学院学报》2011年第2期），陈瑶《〈左传〉战争叙事与齐地尚勇风气》（《沈阳师范大学学报》2011年第3期），等等。彼此的不同点在于后者借鉴叙事学理论对《左传》战争文学进行叙事性解读与重构。比如韩再峰、黄儒敏《左传的战争叙事策略》从叙事学理论出发，选取情节、视角、人物等角度，探讨《左传》的战争叙事策略，探讨叙事策略所蕴含的道德评判倾向，具有一定的代表性意义。

《左传》以外，也有一些论文对《史记》战争叙事展开研究。司马迁在《史记》中写了大小凡数百次战争，彼此虽详略不同，但大都真实生动，富有艺术魅力，成为《史记》最精彩的笔墨之一。因此，战争描写、战争叙事，不仅是《史记》的重要内容之一，也是《史记》对军事文学的重要贡献。早期的相关研究诸如陈辽《论史记对我国古典军事文学的杰出贡献》（《艺谭》1982年第3期），徐传武《史记军事描写篇章的几个特点》（《人文杂志》1986年第1期）等文都侧重于《史记》战争描写及其对古代军事文学的重要贡献，同样也是后来才逐步被纳入战争叙事研究的轨道，可以陈曦《游走于"崇儒"与"爱奇"之间——〈史记〉战争叙述探索》（《解放军艺术学院学报》2006年第1期），丁万武、王俊杰《司马迁在战争视野中的"死亡叙事"》（《北京教育学院学报》2009年第5期）两文为代表，前文重点探讨了司马迁"崇儒"与"爱奇"之间的矛盾之于战争叙述的影响，后文专注于司马迁战争视野中的死亡叙事，认为《史记》通过写战争人物的死亡临界而使生命定格，战争人物最后的"亮相"变为永恒的雕塑屹立于民族的集体记忆之中，其中蕴含着作者对历史和人性深刻的体悟与感慨。此外，王俊杰《〈史记〉战争文学研究》（《长江学术》2009年第4期）是一篇比较系统研究《史记》战争文学的论文,作者认为司马迁是一位通晓兵略的历史家,非后代书生所能及。《史记》是形象生动的战争谋略教科书,是先秦两汉战争文学的集大成之作,标志着中国古代战争文学已趋于成熟形态。

二是小说的战争叙事研究。最受学界关注的是《三国演义》,重要论文有:任昭坤《〈三国演义〉中的军事文化》(《古典文学知识》1994年第6期)、梅显懋《〈左传〉战争描写对〈三国演义〉的影响》(《社会科学辑刊》1992年第2期)、刘贵华《从〈左传〉〈史记〉〈三国演义〉看古代军事文学的发展》[《湖北师范学院学报》(哲学社会科学版)2000年第2期]、徐剑凌《〈三国演义〉的战争描写手法》(《攀枝花大学学报》2003年第1期)、熊笃《论〈三国演义〉的军事战略》(《中华文化论坛》2003年第1期)、周松英《〈三国演义〉的战争描写艺术》(《广西教育》2004年第18期)、陈景云《从三大战役论〈三国演义〉战争描写艺术》(《中国古代文学研究》2006年第6期),等等。刘文认为古代军事文学源远流长,其中有三部作品占有非常重要的位置,分别是《左传》《史记》和《三国演义》。前二者是正史,而《三国演义》则吸收、融合了二者在战争描写和人物塑造方面的长处,将中国古代军事文学的发展推向高峰。于是将以《左传》《史记》为代表的史传战争叙事和以《三国演义》为代表的小说战争叙事连为一体。

进入21世纪以来,也陆续出现了一些更为系统的历时性研究论著,比如陈颖《中国战争小说史论》(上海三联书店2008年版)、高天《中西古典文献中的战争叙事》(博士学位论文,复旦大学,2010年)等。陈著从历时性的角度对中国战争小说进行宏观与微观相结合、审美与文化相交融的研究。全书分为上、下两篇。上篇"流变论"着重对中国战争小说的发展脉络加以梳理,分析各个时代有代表性的战争小说作品,探寻中国古今战争小说的发展继承关系。下篇"文化论"从文化学的视角观照中国战争小说,分别以中华民族的政治伦理观、英雄崇拜意识的演进、中国兵学文化等作为切入点,研究中国历代战争小说与上述文化思想之间的互动关系及其对塑造民族精神的重大作用。高文立足于先秦中国(主要是春秋战国时期)和古代希腊(约公元前8世纪至前3世纪)古典文献中的战争叙事,解析叙事文本和叙事理论的文化背景,通过对战争书写下具体战争元素的文本分析，研究国家意识形成初期中国的战争形态，探寻其中蕴含的战争观念与文化取向，对照比较同时期古希腊的战争文化现象，了解、梳理并解释中国军事文化的某些征象。

  跨学科研究既是20世纪80年代文化热与文化批评的重要成果，也是进一步推动文化批评向纵深发展的重要途径。上文所论古代文学与诸多学科的学术链接，集中体现了跨学科研究的重心所在和发展趋势。然而除了上述历史、哲学、宗教、艺术四个重点以及政治、经济、军事三个次重点之外，尚有其他诸多领域，比如古代文学与教育关系研究，鞠传文《汉代教育制度与汉代文学创作》（博士学位论文，山东大学，2011年）引进教育制度视角，拟从汉代课程制度和教学方法切入，讨论汉代文学创作与汉代教育制度间的关系。郭英德《中国古代文学与教育之关系研究》（北京大学出版社2012年版），分教育制度与文学、教育内容与文学、教育活动与文学、教育效果与文学四编，旨在以文学与教育的互动关系为视角，以民族精神的养成为核心，深入研究中国古代文学教育自身的特点及其与历代文学的生成、发展及传播之间的密切关系。再如古代文学与灾害的关系，也在近年来受到一些学者的关注。以此类推，则跨学科研究之"跨度"似是可以无限推衍的。鉴此，还是需要强调如何立足于文学本位立场的问题。换言之，古代文学的跨学科研究同样需要直面学术限度或效度问题，关键在于能否始终坚守以文学为核心，为主导，否则就会由跨学科研究走向非文学研究。得失之间，学界对此不能不有所警省和辨别。

第十三章

古代文学研究与跨文化对话

20世纪80年代中期以后，古代文学研究得益于外来理论资源的影响尤其是"文化热"的激发而逐步走向跨文化的比较研究，即不再局限于中国古代文学内部，而是放眼世界文学的视野，让中国古代文学与外国文学进行比较分析和探讨。这一由"内"向"外"的延伸和拓展，就学理逻辑而言，显然还受惠于比较文学学科的建设与推动。大致而言，新时期比较文学于1979年复苏，至1985年后同样由于"文化热"的激发而进入了学术兴盛期。古代文学的比较研究随之起舞，于80年代中后期勃然而兴，而后经过90年代的持续发展，至今依然不衰。在其初期，多为比较文学研究者所从事，然后逐渐引起了古代文学研究者的关注和重视，进而成为古代文学研究的重要内容。基于学术目标与路向的不同，古代文学的比较研究固然未能如美学研究、新方法热和文化研究承担学术范式转型的使命，但对于开阔研究视野，拓展研究对象，丰富研究方法，尤其是深化研究品质，还是发挥了不可替代的重要作用。因为比较视野中的古代文学研究已跳出了国别内部，进而参与全球视野中的跨文化对话，获得了当下的世界学术研究之意义。

第一节 比较文学的引入与发展

中国比较文学虽然早在"五四"新文化运动后即已兴起，但新中国成立后至"文革"时期一直处于低谷期，直至改革开放后才重新得到复苏并走向繁荣，同时也由此带动了古代文学研究比较视野的引入，促进了中国古代文学与外国文学之间的渊源研究、影响研究和平行研究等多种比较研究的拓展和深化，具有重要的学术意义。

一 比较文学的兴起与发展

比较文学在中国的成长历程虽然时间不长，但研究成果十分显著，王向远《中国比较文学论文索引（1980—2000）》（江西教育出版社 2002 年版）收录比较文学论文篇目超过 1 万余条，唐建清、詹悦兰编著的《中国比较文学百年书目》（群言出版社 2006 年版）收录 1904—2005 年中国学者及海外华人学者编撰的有关比较文学图书 1200 余种著作，由此可见 20 世纪中国比较文学研究之盛况，同时也对百年中国学术产生重要影响，古代文学研究同样深受其益。

基于世纪之交前后交集的学术史回顾与展望，中国比较文学也与其他学科一样出现了诸多学术反思之作，[①] 并相继形成了以下三个学术史叙述

[①] 参见曹顺庆、姜飞《比较文学：百年问题回顾》（《社会科学研究》2001 年第 2 期），曹顺庆《比较文学学科理论发展的三个阶段》（《中国比较文学》2001 年第 3 期），曹顺庆、王蕾《比较文学中国学派三十年》（《外国文学研究》2009 年第 1 期），黄晖《中国比较文学研究百年》（《海南师范学院学报》2002 年第 2 期），刘保安《中国比较文学研究的 100 年》（《信阳师范学院学报》2002 年第 6 期），徐志啸《百年中国比较文学——二十世纪的回顾与思考》（《社会科学》2002 年第 7 期），乐黛云、王向远《中国比较文学百年史整体观》（《文艺研究》2005 年第 2 期），乐黛云《比较文学发展的第三阶段》（《社会科学》2005 年第 9 期）、《比较文学研究的现状和前瞻》（《兰州大学学报》2007 年第 6 期），刘献彪《中国比较文学学科理论的新进程》（《江汉论坛》2006 年第 7 期），李达三《台湾比较文学发展简史：回顾与展望》（《兰州大学学报》2007 年第 6 期），孙景尧《比较文学在当代中国的复兴与发展（1978—2008）——在中国比较文学学会第九届年会暨国际学术研讨会上的学术总结报告》（《中国比较文学》2009 年第 1 期），付飞亮《从方法论看中国比较文学百年史》（《学术探索》2015 年第 1 期），胡铁生、王延彬《新兴学科的历史发展与时代反思——中国比较文学学科建设的百年回顾与现状评估》（《河南师范大学学报》2009 年第 2 期），孟昭毅《中国当代比较文学三十年——寻找文学性原点》（《广东社会科学》2010 年第 5 期），王琢《20 世纪中日比较文学研究的回顾与展望》（《暨南学报》2009 年第 4 期），余新华《新时期比较文学的三个特质与续进》（《学术论坛》2011 年第 3 期），余新华《中国当代比较文学三十年——寻找文学性原点》（《广东社会科学》（转下页）

框架，彼此可以相互参照。

1. 世界比较文学的三阶段论。即法国比较文学代表了世界比较文学发展繁荣的第一阶段，美国比较文学代表了其欣欣向荣状态的第二阶段，中国比较文学是繁荣发展的第三阶段中的突出代表。追本溯源，比较文学作为一门独立学科的形成，是以 1877 年世界第一本比较文学杂志《世界比较文学》(Acta Comparationis Litterarum Universarum) 创刊（匈牙利），1886 年第一本比较文学专著《比较文学》(Comparative Literature) 出版（英国）以及 1897 年第一个比较文学讲座的正式建立（法国）为标志的。曹顺庆《比较文学学科理论发展的三个阶段》认为，任何一门学科都有其独特的学科理论，而任何学科理论，都不可能凭空产生，而是在学术实践中一步步发展并完善起来的。纵观世界比较文学发展史，我们可以看到一条较为清晰的比较文学学科理论发展的学术之链。这条学术之链历经影响研究、平行研究和跨文化研究三大阶段，呈现为累进式的发展态势与"涟漪式"的理论结构。法国学派和美国学派构建了各自的理论体系，但是都存在一定的局限性。如果说法国学派学科理论引发的危机是一种学科收缩的危机，或者说是"人为的设限"而形成的危机的话，那么，在批判法国学派中诞生的美国学派的学科理论，则从它诞生的那一天起，便面对着扩张的危机，或者说是没有设限的漫无边际的无限扩张的危机。显然，站在"西方中心主义"立场上的比较文学美国学派已无法胜任这一使命，于是，一向重视跨越中西文化比较研究、真正具有世界性的胸怀和眼光的比较文学中国学派便历史性地承担起这个重任，比较文学学科理论也顺理成章地进入了发展的第三个阶段。[①]乐黛云《比较文学发展的第三阶段》也持"三阶段论"的观点，认为代表世界比较文学发展第一阶段的法国比较文学，开创了以文献实证为特色的传播和影响研究。20 世纪 50 年代

（接上页）2010 年第 5 期），卢婕《从"易一名而含三义"看比较文学中国学派三十年发展》（《深圳大学学报》2016 年第 3 期），周静《中国比较文学研究三十年的回顾与展望——探索中国比较文学前沿领域的新进展》（《中外文化与文论》2016 年第 4 期），杜萍《百年中国比较文学学科理论发展综述》（《中外文化与文论》2017 年第 2 期），陈梅英《略论中国比较文学：发展脉络、现状及展望》（《成都理工大学学报》2019 年第 3 期），等等。

① 曹顺庆：《比较文学学科理论发展的三个阶段》，《中国比较文学》2001 年第 3 期。

后，代表世界比较文学发展第二阶段的美国比较文学，突破了法国学派将比较文学定位为文学关系史的学科樊篱，提倡无事实联系的平行研究和文学与其他学科之间的跨学科研究，取得了很大成绩。20世纪的中国比较文学既接受了法国学派的传播与影响的实证研究，也受到了美国学派的平行研究与跨学科研究的影响，它既总结了前人的经验，又突破了法国比较文学与美国比较文学的欧洲中心、西方中心的狭隘性，使比较文学能真正致力于沟通东西方文学和学术文化，从各种不同角度，在各个不同领域将比较文学研究深入导向崭新的比较文学发展的第三阶段，其根本特征是异质文化之间的平等对话。简而言之，第一阶段中的法国比较文学以传播研究与影响研究为主导，第二阶段中美国比较文学以平行研究与跨学科研究为主导，第三阶段中的中国比较文学则是以维护和发扬多元文化为旨归的跨文化的文学研究，可以说20世纪的中国比较文学既拥有深厚的历史基础，又具有明显的世界性和前沿性。中国比较文学之所以能成为全球第三阶段比较文学的集中表现者，首先是由于中国作为发展中国家，它不可能成为帝国文化霸权的实行者，因而可以坚定地全力促进多元文化的发展；其次，中国具有悠久的文化历史，深厚的文化积淀，为异质文化之间的文学研究提供了取之不尽、用之不竭的源泉；再次，长期以来，历史上中国和印度、日本、波斯等国已有过深远的文化交往，近百年来，中国人更是对外国文化和外国语言勤奋学习，不断积累，这就使得中国比较文学有可能在异质文化之间的文学研究这一新的时代高度，置身于建构新的比较文学体系的前沿；又次，中国比较文学以"和而不同"的价值观作为现代比较文学的精髓，对各国比较文学的派别和成果兼收并蓄，或许在世界上任何一个国家，也都没有像中国学者这样对介绍与借鉴外国的比较文学如此重视、如此热心；最后，还应提到中国传统文化一向文史哲不分，琴棋书画、舞蹈、戏剧相通，为跨学科文学研究提供了全方位的各种可能。[①]

2. 20世纪中国比较文学的五阶段论。对于20世纪中国比较文学的学术总结，大致形成三、四、五阶段论三种观点。徐志啸划分为20世纪初（"五四"前）的肇始初兴期、20世纪30年代中期及40年代初的发展与

[①] 乐黛云、王向远：《中国比较文学百年史整体观》，《文艺研究》2005年第9期。

滞缓期、1978年以来的复兴与高潮期三个阶段。① 胡铁生、王延彬也主张三阶段论，认为中国比较文学这一新兴学科历经了复兴、自由发展和规范创新三个主要历史阶段。② 陈梅英则主张四阶段论，即萌芽期（20世纪前20年）、初步发展期（20世纪20年代到中华人民共和国成立前）、滞缓期（中华人民共和国成立后至"文化大革命"结束）、繁荣期（1979年以后）。③ 刘保安与杜萍皆持五阶段论，但彼此在划分时限与分期名称上多有不同。刘保安五阶段分期如下：一为清末至1919年的萌芽阶段；二为1919年至40年代的发展阶段；三为50至70年代停滞不前阶段；四为1979年至1985年复兴和再发展阶段；五为1985年至今的蓬勃发展阶段。④ 杜萍五阶段分期则为：一是晚清至20世纪初的发端期：开放本土的肇始初兴；二是20世纪40年代末的模仿期：西学东渐之后的垦拓；三是1949—1978年的沉潜期：极"左"文化阻滞下的潜流；四是1979年至20世纪末的复兴期：开放争鸣中的积极探索；五是21世纪以来成熟期：提升创新之中的建构。⑤ 以上两者比较，当以杜萍的分期与名称更为合理，但彼此都有不足之处，比如刘保安称清末至1919年为"萌芽阶段"，但当时问世的王国维《红楼梦评论》（1904）和《人间词话》（1908—1909）、鲁迅《摩力诗力说》等不仅已是典型的比较文学之作，而且成为开创现代学术之先声，至今依然是不可多得的学术经典，所以还是以杜萍的"发端期"更为贴切一些。然而杜萍称第二阶段为模仿期，亦与当时胡适《西游记考证》（1923）、陈寅恪《三国志曹冲华佗传与佛教故事》（1930）、钱钟书《谈艺录》（1948）等学术著作的实际成就与地位并不相符，倒不如用作者提到的"垦拓"之而直接名为"垦拓期"更为合适。关于第四阶段（1979—2000年）"复兴期"，需要强调一下的是，表面看来是1979年的突

---

① 徐志啸：《百年中国比较文学——二十世纪的回顾与思考》，《社会科学》2002年第7期。
② 胡铁生、王延彬：《新兴学科的历史发展与时代反思——中国比较文学学科建设的百年回顾与现状评估》，《河南师范大学学报》2009年第2期。
③ 陈梅英：《略论中国比较文学：发展脉络、现状及展望》，《成都理工大学学报》2019年第3期。
④ 刘保安：《中国比较文学研究的100年》，《信阳师范学院学报》2002年第6期。
⑤ 杜萍：《百年中国比较文学学科理论发展综述》，《中外文化与文论》2017年第2期。

然爆发,其实则是此前沉潜期长期累积的结果,比如钱钟书《管锥编》于1979年8月由中华书局出版一套四册,全书约130万字,引述古今中外四千位著作家的上万种著作中的数万条书证,这部笔记体的巨著实际上是他于20世纪60至70年代灌注大量心血而成的。同年9月,钱钟书所著《旧文四篇》由上海古籍出版社出版,收有《中国诗和中国画》《读〈拉奥孔〉》《通感》《林纾的翻译》等四篇文章,也同样著于动乱年代。就在1979年,还有杨绛《春泥集》(上海文艺出版社1979年版)、范存忠《英国语言文学论集》(南京大学学报编辑部1979年版)与王元化《文心雕龙创作论》(上海古籍出版社1979年版)等相继出版,也都是此前长期学术积累的结果。杨著所载《艺术是克服困难——读〈红楼梦〉偶记》《李渔论戏剧结构》皆为中西比较文学名篇,其中后文站在中西戏剧的高度比较分析了基于不同文化背景下李渔与亚里斯多德在戏曲、戏剧结构理论认知上的相似性与差异性;范著以语言文字为工具进行旁征博引,从哲学思想、园林、杂剧、小说、语言文字等各方面证实了中英文化间的渗透,在当时比较文学领域产生了重要影响。王著既对《文心雕龙》的理论体系作了严肃精湛的思辨分析,又首次将这部古典名著的思想观念上升到与西方文论交流对话的层面,对于古代文论研究比较视野的拓展具有示范意义。在此后的80年代,又有宗白华《美学散步》(上海人民出版社1981年版)、季羡林《中印文化关系史论文集》(生活·读书·新知三联书店1982年版)、杨周翰《攻玉集》(北京大学出版社1983年版)、金克木《比较文化论集》(生活·读书·新知三联书店1984年版)等比较文学重要著作相继问世。上述唐建清、詹悦兰编著的《中国比较文学百年书目》所录1904—2005年中国学者及海外华人学者编撰的有关比较文学图书1200余种著作,其中绝大部分都是80年代中期以后的成果,这足以印证80年代中期中国比较文学研究走向复兴的新起点。与此同时,从建立比较文学学科、[1] 开设比较

---

[1] 赵毅衡于1980年提出[《是该设立比较文学学科的时候了》(《读书》1980年第12期)],此后陆续问世的比较文学论著对比较文学的定义、目的、性质、内容、方法提出了许多独到见解,同时他们还大力介绍中国港台及西方学者关于比较文学的论述和阐释,为比较文学学科的建立做好了理论准备。

文学课程、① 编写比较文学教材、② 到建立比较文学机构、③ 成立比较文学学会、④ 创办比较文学刊物、⑤ 再到深化比较文学研究、提升比较文学地位，⑥ 也一同促进了本时期比较文学的全面复兴，并迅速发展为文学研究中的一门光大的"显学"。由于此前沉潜太久，所以才有如此惊人的爆发力。至于第五阶段，已超越了刘保安百年回顾的时限，杜萍归纳为"成熟期"可谓名实相符，其中的标志性事件是2004年国际比较文学年会第一次在中国举行，也是中国比较文学界同人为之骄傲的盛举。在这次重点探讨文学与文化边缘性问题的大会上，中国比较文学学会会长乐黛云作了题为"全球化时代的比较文学——中国视野"的主题大会发言，受到与会代表的热烈欢迎和高度评价。而在开幕式上的主题发言——"比较文

---

① 自1981年起，华东师范大学、广西大学、黑龙江大学、四川大学、上海外国语大学、北京大学、复旦大学、南京大学、暨南大学等高等院校先后开设了比较文学课。复旦大学、北京大学、黑龙江大学、南京大学等高校还率先招收硕士研究生。

② 参见卢康华、孙景尧《比较文学导论》（黑龙江人民出版社1984年版）、陈挺编《比较文学简编》（华东师范大学出版社1986年版）、孙景尧《简明比较文学》（中国青年出版社1988年版）、乐黛云《比较文学原理》（湖南人民出版社1987年版）、乐黛云主编《中西比较文学教程》（高等教育出版社1988年版）、陈惇等《比较文学概论》（北京师范大学出版社1988年版）等。

③ 1981年，北京大学首先成立了比较文学研究会。此后，比较文学研究的学术机构纷纷成立，复旦大学成立了比较文学研究中心，深圳大学成立了比较文学研究所，广西大学成立了比较文学教研中心，北京师范大学、上海师范大学、南开大学、北京外国语学院、南京师范大学、四川大学等则成立了研究室与教研室。

④ 1985年12月29日，中国比较文学学会成立大会暨首届学术讨论会在深圳大学召开，全国和国外学者150多人出席了会议，提交论文近百篇，按比较诗学、东方比较文学、比较神话以及总体文学与科际整合分组进行。大会通过了《中国比较文学学会章程》，选举产生了31位理事会成员，杨周翰被选为会长。参见斯民《中国比较文学学会在深圳成立》（《社会科学》1985年第12期）、高旭东《中国比较文学学会成立大会暨首届年会讨论综述》（《文史哲》1986年第1期）。

⑤ 1984年12月，全国第一本公开发行的比较文学刊物《中国比较文学》创刊，具有标志性意义。

⑥ 1982年，在美国纽约召开的第10届国际比较文学大会上首次参加大会的中华人民共和国代表杨周翰被评为执行委员。1985年，杨周翰参加了在巴黎举行的第11届国际比较文学年会，当选为副会长。标志着我国的比较文学取得的实绩已初步得到国际比较文学界的认可，比较文学研究已开始与国际接轨。

学发展的第三阶段"中,乐黛云明确指出当今欧洲比较文学渐趋萎缩,而中国比较文学的发展势头依然强劲,这是因为中国比较文学立足于本土文学发展的内在需要,是在全球语境下生成的崭新的有中国特色的人文现象。这与欧洲比较文学作为学院派学术是不同的。"中国比较文学的产生与中国社会、中国文学由传统向现代转型密切相关,意味着中国文学开始自觉地进入世界文学,标志着中国文学封闭状态地终结。"① 从世界比较文学发展视野中的"第三阶段"到全球化时代的比较文学——"中国视野",其实都是中国比较文学的重新定位。与此同时,是比较文学中国学派的走向成熟。其中曹顺庆发表于《中国比较文学》1995年第1期的《比较文学中国学派基本理论特征及其方法论体系初探》一文,对建构比较文学"中国学派"进行了较为完整系统的理论阐述和界定,被称为"中国学派"的宣言书,② 其理论创新与建构主要体现在中西比较诗学、跨文明研究、变异学等三个方面,不仅为中国比较文学学科理论提供了重要支撑,而且对世界比较文学学科的发展也有着重要的学术价值。诚如杜萍所言,中国比较文学的成熟期,换句话可以说即是比较文学的中国学派的成熟期。③

3. 中国学派比较文学的三阶段论。"比较文学中国学派"最初是由美国学者李达三首先提出的学术构想,在20世纪70年代末复苏的大陆比较文学界也积极参与了相关的理论探索与学科建设。2007年,曹顺庆《中国学派:比较文学第三阶段学科理论的建构》首先对接世界比较文学的三阶段论,以此为"比较文学中国学派"进行学术定位,认为"比较文学中国学派"的提出是一件具有划时代意义的事件,预示比较文学已经突破了欧美学派的框架而呈现新的气象,标志着比较文学到了一个全新的

---

① 中国比较文学学会、北京大学比较文学研究所编:《中国比较文学通讯》,2005年第2期。参见孟昭毅《中国当代比较文学三十年——寻找文学性原点》,《广东社会科学》2010年第5期。

② 孟昭毅:《中国当代比较文学三十年——寻找文学性原点》,《广东社会科学》2010年第5期。

③ 参见杜萍《百年中国比较文学学科理论发展综述》,《中外文化与文论》2017年第2期;刘保安《中国比较文学研究的100年》,《信阳师范学院学报》2002年第6期。

阶段。作者通过追本溯源，在梳理比较文学中国学派的源起与发展基础上，同时也对学界内部的歧见与争论做出了回应。[①] 两年后，曹顺庆、王蕾《比较文学中国学派三十年》重点对比较文学中国学派源流作了系统梳理，认为"比较文学中国学派"这一概念所蕴含的理论自觉意识最早出现的时间大约是20世纪70年代。1971年7月中下旬在台湾淡江大学召开的第一届"国际比较文学会议"上，朱立元、颜元叔、叶维廉、胡辉恒等学者提出了比较文学的"中国学派"这一学术构想。1976年，古添洪、陈慧桦出版了台湾比较文学论文集《比较文学的垦拓在台湾》，编者在该书的序言中明确提出："援用西方文学理论与方法并加以考验、调整以用之于中国文学的研究，是比较文学中的中国学派。"这是关于"比较文学中国学派"较早的说明性文字，具有开拓和启明的作用。1977年10月，美国学者李达三在《中外文学》第6卷第5期上发表了一篇宣言式的文章《比较文学中国学派》，宣告了比较文学的中国学派的建立。在此之后，大陆学界积极参与了比较文学中国学派的学术互动与理论建构，其学术发展脉络大致归纳为三个阶段：第一阶段（1978—1987），为"比较文学中国学派"的开创与奠基阶段；第二阶段（1988—1997），为"比较文学中国学派"基本理论及方法体系的建构阶段；第三阶段（1998年至今），为"比较文学中国学派"研究继续向前推进发展的阶段。作者最后得出结论："比较文学中国学派"从最初所关心的中国内部学科建设问题，发展到了关注如何以其特色加入到全球化的文化交流中去，并进一步推进全球性普世理论的建设阶段。以跨文明和变异学为基础的比较文学学科新理论，必将弥补欧美比较文学学科理论之不足，推动全世界比较文学学科理论建设。[②]

　　以上世界比较文学的三阶段论、20世纪中国比较文学的五阶段论以及"比较文学中国学派"的三阶段论之间，具有时段与学理上的内在关联，即第一个三段论的最后阶段与中间五段论的第二、三阶段以及第二个

[①] 曹顺庆：《中国学派：比较文学第三阶段学科理论的建构》，《外国文学研究》2007年第3期。

[②] 曹顺庆、王蕾：《比较文学中国学派三十年》，《外国文学研究》2009年第1期。

三段论在时段上是重合的，而在学理上皆以建构"比较文学中国学派"为指归。

二 比较文学的借鉴与启示

从"比较文学"的兴盛到"比较文学与世界文学"正式设置于中国语言文学一级学科之下，旨在整合中外文学—文化之资源，展开跨国度、跨民族、跨文化、跨学科研究，其本身即包含了比较视野下的中国古代文学研究，而比较文学独具特色与优势的国际视野、前沿理论与新型范式也为古代文学研究提供了有益的借鉴与启示，可以借此推动古代文学研究向纵深方向发展。

1. 比较文学国际视野的借鉴与启示。从学科起源与定位来看，诞生于19世纪的比较文学，是专指跨越国界和语言界限的文学比较研究，即用比较的方法来研究民族与民族、国家与国家之间文学与文化，或者文学与其他的艺术形式、意识形态的关系的新型边缘学科。跨文化性在中国比较文学的开创与发展中表现得尤为突出，曹顺庆《比较文学学科理论发展的三个阶段》一文就谈到，中国比较文学研究，从20世纪初梁启超"文学是无国界的，研究文学自然不限于本国"[1]的开放胸怀，王国维立足中国本土，以阔大的眼界吸收异域养料的学术研究和文学批评活动，到鲁迅对外来的东西进行理智的选择和充分的吸收，并融入自身文化和文学改造实践的基本态度，再到钱钟书以广阔的国际眼光和通晓古今中外文学理论精神实质的学识来进行切实的中外文学比较研究，以及朱光潜既借用西方文学理论阐释中国文学，又以中国文学经验来补充西方理论的互证互补研究，积累了大量的跨文化研究的实践经验。自当代中国比较文学复兴以来，中国学者吸取中外比较文学研究经验和教训，既不囿于"影响研究"的据实考证，也不满足于"平行研究"所引导的"西方中心主义"式的比较研究，努力探索一种跨越东西方文化的文学比较，以达到各民族文学之间的理解和融通，并在相互的尊重、交流、对话中，认识各民族文

---

[1] 梁启超：《译印政治小说序》，《中国近代文论选》，人民文学出版社1981年版，第156页。

学的独特个性，进而探寻人类文学创作发展的规律。① 而从世界文学的角度确立比较文学的更高目标与任务，是揭示各个国家、各个地区、各个民族文学所持有的发生、发展的过程，探索文学发展的内在规律乃至人类文化发展的基本规律。从歌德晚年提出"世界文学"概念之后，直至今天更有"比较文学与世界文学"的跨学科组合，都充分印证了比较文学与世界文学的内在关联性。而在世纪之交的中国学界曾经历过有关世界文学的讨论，来自比较文学界的王向远重点从比较文学与文学史关系的特定视角对此提出了自己的思考与意见，他在《试论文学史研究的三种类型及其与比较文学的关系》一文中先是提出文学史研究按其研究的对象和范围，可分为国别文学史、区域文学史和世界文学史三种类型。然后将其中的区域文学界定为"作为某一地区多国文学的整体研究"。历史地看，在中世纪古典文学时期，在世界范围内大体形成了四大文学区域，即以汉文化为中心的东亚文学区域；以印度文化为中心的南亚、东南亚文学区域；以犹太文化、波斯文化、阿拉伯—伊斯兰文化三种文化错综交叉为基础的中东文学区域；以古希腊、罗马文化为源头的欧洲文学区域。14世纪前后"西方文学"与"东方文学"的两大分野正逐渐趋于形成。世界近现代文学实际上是"东西方文学"两大体系并立的时期。在14—19世纪的东西方文学分途发展的五六百年中，由于东西方文学的交流，"东方文学""西方文学"两大体系逐步趋于消解。到了近现代时期，随着拉丁美洲地区、黑人非洲地区和大洋洲地区各民族文学的兴起，也相应地形成了黑非洲文学、拉丁美洲文学和澳洲文学等区域文学。② 由此可见，王向远在探讨文学史研究的三种类型及其与比较文学的关系时所涉及世界文学体系中的区域划分问题依次可以归纳为"二分法""四分法"与"七分法"。"二分法"意指"东方文学""西方文学"两大区系；"四分法"意指东亚、南亚—东南亚、中东与欧洲文学区域；"七分法"则指以上四大区域加上拉丁美洲、黑非洲和大洋

---

① 曹顺庆：《比较文学学科理论发展的三个阶段》，《中国比较文学》2001年第3期。
② 参见王向远《试论文学史研究的三种类型及其与比较文学的关系》，《外国文学研究》2003年第3期。

洲三大文学区域。① 这一世界文学版图的重塑，既是对中外"世界文学"讨论与争鸣的回应，同时也有益于比较文学跨国度、跨文化研究的全球推演，因而也有益于重构比较文学与世界文学版图。而对于中国古代文学研究而言，由比较文学与世界文学的国际视野所获得的借鉴与启示，最为重要的是在比较文学与世界文学研究的总体格局中如何重新定位。由于学科的特殊性，古代文学研究长期局限于中国本土文学和文化的视域，比较文学研究国际视野的引入，一方面使得中国古代文学研究既可以探讨其与外国文学的渊源和影响，又可以比较其与外国文学的异同性，从而在世界文学研究视野下进行文学的横向比较与研究；另一方面延伸了古代文学的当代学术研究之意义，使得中国古代文学研究融入了当代世界文化交流的潮流中。当今是一个全球一体化的世界，各国的文化交流具有重要的作用和意义，中国古代文学作为中国几千年的文化载体，其研究理应承担起世界文化交流的使命。在比较研究视野下探讨中国古代文学与世界文学之间的关系，实际上就是世界文学文化交流与研究的具体体现。

2. 比较文学前沿理论的借鉴与启示。在比较文学发展的三个阶段中，其理论探索一直未尝停止，这在曹顺庆《比较文学中国学派基本理论特征及其方法论体系初探》（《中国比较文学》1995年第1期）、《跨越第三堵墙创建比较文学中国学派理论体系》（《中外文化与文论》1996年第1期）、《比较文学学科理论发展的三个阶段》（《中国比较文学》2001年第3期）、《中国学派：比较文学三个阶段学科理论的建构》（《中国比较文学》2008年第2期）等文中作了相当系统的探讨，其中的核心理论是中西比较诗学、跨文明研究以及变异学。关于中西比较诗学方面，曹顺庆出版于1988年的《中西比较诗学》标志着"中西比较诗学"作为一门学科在大陆正式确立，而后又有黄药眠、童庆炳主编《中西比较诗学体系》（人民文学出版社1991年版）、王晓路《中西诗学对话——英语世界的中国古代文论研究》（巴蜀书社2000年版）、饶芃子《比较诗学》（陕西师

---

① 参见梅新林、葛永海《文学地理学原理》，中国社会科学出版社2017年版，第611—612页。

范大学出版社2000年版)、赖干坚《二十世纪中西比较诗学》(百花洲文艺出版社2003年版)、刘介民《中国比较诗学》(广东高等教育出版社2004年版)、杨乃乔《东西方比较诗学：悖立与整合》(文化艺术出版社2006年版)、史忠义《中西比较诗学新探》(河南大学出版社2008年版)以及曹顺庆主编《中西比较诗学史》(巴蜀书社2008年版)相继问世，从而完成了中西比较诗学理论与学科史的建构；关于跨文明研究，曹顺庆在发表于1995年的《比较文学中国学派基本理论特征及其方法体系初探》中明确论述了比较文学中国学派的基本理论特征——跨文化研究，并指出跨文化研究(跨中西异质文化)是比较文学中国学派的生命源泉、立身之本与优势所在是中国学派区别于法、美学派最基本的理论和学术特征。[1] 后因鉴于"文化"一词概念所涉太过复杂，曹顺庆遂于2002年8月在南京召开的中国比较文学学会第七届年会上将"跨文化"改为"跨文明"，以便更清晰地划定比较文学研究的边界和范围，并强调指出传统比较文学的可比性基础是"求同"，而"跨文明"研究所关注的是不同文明之间文学的交流和对话，而交流和对话的前提即是二者的差异。"跨文明"研究的意义，即在于它突出了比较文学中的"对话性"；[2] 关于变异学，曹顺庆于2005年进而提出了比较文学的变异学研究概念，而其在斯普林格出版社出版的《比较文学变异学》则进而从"中国比较文学学科理论话语：比较文学变异学"的崭新视角作了更为系统的阐述。所谓比较文学变异学，是指对不同国家、不同文明的文学现象在影响交流中呈现出的变异状态的研究，以及对不同国家、不同文明的文学在相互阐发中出现的变异状态的探究。通过研究文学现象在影响交流以及相互阐发中呈现的变异，探究比较文学变异的规律。变异学重新规范了影响研究的对象和范围，以古今中外文学横向交流所带来的文学变异实践为支持，同时也紧密结合当今比较文学跨文明研究所强调的异质性探讨，重点聚焦于跨越

---

[1] 曹顺庆：《比较文学中国学派基本理论特征及其方法体系初探》，《中国比较文学》1995年第1期。
[2] 参见孟昭毅《中国当代比较文学三十年——寻找文学性原点》，《广东社会科学》2010年第5期。

性、文学性与异质性等特点,也更为契合目前各学科发展的后现代趋势。①变异学研究既能彰显自身特色,又具备世界眼光;既能推动理论原创,又能挽救学科危机;既能打破西方窠臼,又符合国际需求。变异学的研究正切中了当下的学术需求与话语需求。

要之,以中西比较诗学、跨文明研究、变异学为核心的理论创新与建构的重要突破,无疑是"比较文学中国学派"赖以成立的关键所在。② 比较文学的这些前沿理论对于古代文学研究同样具有重要的借鉴与启示意义。中西比较诗学重在揭示中西古典文艺理论的不同特色和各自的理论价值,探寻中西艺术发展的共同规律,并阐发中国古典文艺理论的世界意义,这对于中国古代文学研究具有理论创新与借鉴之价值。从中西比较诗学到跨文明研究与变异学,是前者的具体展开,而且彼此具有相互交融、相互增值的内在关系。变异学研究范围包括跨国变异研究、跨语际变异研究、跨文化变异研究、跨文明变异研究、文学的他国化研究等方面,其重点在求"异"的可比性,这对于突破渊源研究、影响研究与平行研究的传统思维,促进中国古代文学研究的理念创新尤有重要的启示意义。

3. 比较文学新型范式的借鉴与启示。虽然比较文学研究历经数百年的发展日趋丰富甚至庞杂,但其基本范式还是渊源研究、影响研究和平行研究,然后逐步拓展至比较诗学、比较神话学、比较故事学以及变异学等。这些对古代文学研究都有范式借鉴和启示的意义。

(1) 渊源研究。就是从当下文学文本着手,探求外来影响的可能渊源,以揭示彼此之间的因果关系。它是文学关系史的一部分,属于实证研究的范畴。③ 古代文学的渊源研究,主要是对主题、题材、思想、人物、情节、风格和艺术形式等的外来源头进行考证和分析。如陈寅恪《三国

---

① 曹顺庆、罗良功:《比较文学变异学研究》,《世界文学评论》2006 年第 1 期;曹顺庆、李卫涛:《比较文学学科中的文学变异学研究》,《复旦学报》2006 年第 1 期。

② 中国学派比较文学理论以此三者为核心,但并不局限于此,详见曹顺庆《中国学派:比较文学第三阶段学科理论的建构》,《外国文学研究》2007 年第 3 期。

③ 曹顺庆:《比较文学学》,四川大学出版社 2005 年版,第 151 页。

志曹冲华佗传与佛教故事》指出，人们熟知的"曹冲称象"故事源于北魏吉迦夜共昙曜所译《杂宝藏经》卷一"弃老国缘"中有关称象的记载；人们心目中的神医华佗形象，又与佛经中所载神医耆域之事颇为相似。[①] 胡适《西游记考证》做出"大胆假设"，推测猴行者"不是国货，乃是一件从印度进口的"；陈寅恪《西游记玄奘弟子故事之演变》一文中则"小心求证"，指出《西游记》中"孙悟空大闹天宫"的故事原型来自《贤愚经》，"猪八戒高家庄招亲"的原型出自义净译《根本记一切有部毗奈耶杂事》卷三，"流沙河收沙和尚为徒"故事源于《慈恩法师传》卷一。[②] 陈寅恪《敦煌本维摩诘经文殊师利问疾品演义跋》对章回小说与弹词等文体的艺术形式的外来渊源进行了探讨："佛典制裁长行与偈颂相间，演说经义自然仿效之，故为散文与诗歌互用之体。后世衍变既久，其散文体中偶杂以诗歌者，便成今日章回体小说。其保存原式，仍用散文诗歌合体者，则为今日之弹词。"[③]

（2）影响研究。即主要探究本土文学在域外的传播与接受，或者说是对为域外文学借鉴、模仿、重述的历史境况之研究。如果说渊源学研究的焦点在于放送者，那么影响研究把研究引向接受者。[④] 如陈铨《中德文学研究》[⑤] 是一部研究中国古代文学对德国文学影响的力作，全书重点探讨了中国古代小说、戏剧和抒情诗在德国的翻译、改编与仿效，及其在德国文学史上的成就。该书还着力介绍评介了歌德受中国纯文学影响的情况，指出他是德国第一个认识中国小说价值者，也是第一个深入中国文化精华者；他对中国戏剧也颇感兴趣，曾试图改编《赵氏孤儿》；他的诗作《中德季日即景》即受到中国抒情诗的影响，有着明显的中国精神贯注其中。杨宪益《试论欧洲十四行诗及波斯诗人莪默凯延的鲁拜体与我国唐

---

① 陈寅恪：《三国志曹冲华佗传与佛教故事》，《清华学报》1930年第6卷第1期。
② 陈寅恪：《西游记玄奘弟子故事之演变》，《历史语言研究所集刊》1930年第二本第二分。
③ 陈寅恪：《敦煌本维摩诘经文殊师利问疾品演义跋》，《历史语言研究所集刊》1930年第二本第一分。
④ 曹顺庆：《比较文学论》，四川大学出版社2005年版，第88页。
⑤ 陈铨：《中德文学研究》，商务印书馆1936年版。

代诗歌的可能联系》①认为中国唐代诗歌很可能影响到了欧亚地区的诗歌形式，如欧洲十四行诗与古代波斯的鲁拜体四行诗。作者认为，李白的古风体诗的形式完全符合意大利十四行诗体规律，因此李白可称是世界上最早使用"十四行"诗体裁的鼻祖。唐代的绝句体与波斯诗人莪默凯延的鲁拜体在形式内容上也有相似处。因此，唐代诗歌可能对欧亚诗歌产生过影响，这种影响很可能是通过西亚、中东、阿拉伯地区而传入欧洲（自然包括了波斯）。

（3）平行研究。渊源研究和影响研究实质上都是探讨中外文学之间的影响与被影响的关系，只不过渊源研究探讨的是外国文学对中国文学的影响，影响研究探讨的是中国文学对外国文学的影响，两者只是施受关系的不同。平行研究则不存在文学上的这种施受关系，没有谁影响谁的问题，强调的是研究对象之间的异同关系，或者是同中之异，或者是异中之同，或者是兼而有之。因此，平行研究是对研究对象之间的主题思想、人物形象、艺术形式、创作思维、审美内涵以及文化背景等进行异同解读和比较，表面看研究对象的选择是"拉郎配"，实际上是在这种"拉郎配"的表象下寻找内在的异同本质，探讨中外文学和文化的共通性和异质性。如郑振铎《中山狼故事的变异》②把中国作家马中锡、康海、王九思作品的忘恩负义的狼形象，与欧洲列娜狐故事中的"蛇"、高丽故事中的"虎"、西伯利亚故事中的"蛇"作了对比，在忘恩负义的同一主题下对不同的艺术表达进行了探讨，是同中探异。梁宗岱《李白与歌德》（1934）以"艺术手腕""宇宙意识"为中心，指出李白和歌德的宇宙意识同样是直接的，完整的：宇宙的大灵常常像两小无猜的游侣般呈现给他们，他们常常和他喁喁私语。所以他们笔底下常常展出一个旷邈、深宏而又单纯、亲切的华严宇宙。③这是异中探同。当然，由于同中有异，异中有同，异同关系错综复杂，平行研究实质上就是无规律的表象下寻找有规

---

① 杨宪益：《试论欧洲十四行诗及波斯诗人莪默凯延的鲁拜体与我国唐代诗歌的可能联系》，《文艺研究》1983年第4期。
② 郑振铎：《中山狼故事的变异》，《小说月报》1926年16卷号外。
③ 梁宗岱：《诗与真二集》，中央编译出版社2003年版，第105页。

律的本质。

与上述渊源、影响、平行研究密切相关的是国别文学关系史研究，以事实与文献实证为依据，重在揭示不同国家或区域之间的文学关系，因而同时包含了渊源研究、影响研究乃至平行研究，实际上是在比较文学影响下的综合性学术成果。问世于20世纪80年代的重要著作有严绍璗《中日古代文学关系史稿》、王晓平《近代中日文学交流史稿》与郁余龙《中印文学关系源流》，同被收录于《比较文学丛书》（共9册）于1987年由湖南文艺出版社出版。严著书共有八章，分别研究中日神话的关联、日本古代短歌诗型中的汉文学形态、上古时代中国人的日本知识与日本文学西渐的起始、日本古代小说的产生与中国文学的关联、白居易文学在日本中古韵文史上的地位与意义、中世时代日本女性文学的繁荣与中国文学的影响、中近世时代日本文学在中国文坛的地位、明清俗语文学的东渐和日本江户时代小说的繁荣等八个问题，堪称中国学界有关中日文学关系史的首创之作和集成之作。此后，陆续出版的有陈蒲清《古代中韩文学关系史略》（湖南人民出版社1999年版），李岩《中韩文学关系史论》（社会科学文献出版社2003年版），葛桂录《他者的眼光：中英文学关系论稿》（宁夏人民教育出版社2003年版）、《中英文学关系编年史》（上海三联书店2004年版）、《跨文化语境中的中外文学关系研究》（上海三联书店2008年版），卫茂平、威廉·屈尔曼《中德文学关系研究文集》（上海外语教育出版社2006年版），吴晓樵、叶隽《中德文学因缘》（上海外语教育出版社2008年版），高文汉、韩梅《东亚汉文学关系研究》（中国社会科学出版社2010年版），孟华《中法文学关系研究》（复旦大学出版社2011年版），等等。葛桂录《中英文学关系编年史》内容包括：中英双方早期文化交往史实；中国文学（文化）在英国的流播与评价，英国文学在中国文化语境里的译介和重要评论；英国作家笔下的中国题材及其中国形象，中国作家眼中的英国形象；中英作家之间的交往，中国作家在英国、英国作家在中国的生活游历史实，等等，对中英早期接触至20世纪中叶长达六百余年的文学与文化交流史作了系统的资料整理，并运用编年体按时间先后逐年著录，使大量原本纷乱繁杂的文学与文化交流史实有了一个清晰的线索，充分显示了作者搜罗、梳理、甄别、辨识文献史料的功力，为研究者深入探讨这一段时期的文学与文化交流论题搭建了一方宽阔的时空平台。由此可见，在国别文学关系史研究中，不仅本身包含了渊源、影响研究，而且进而可以为渊源、影响乃至平行研究提供文献依据和支撑。其中葛桂录除了研究成果比较扎实和显著之外，还在《中英文学关系研究的历史进程及阐释策略》中提出了他的学理思考，认为从陈受颐、方重、范存忠、钱锺书等学贯中西的前辈学者奠定中英文学与文化关系研究的坚实基础，再到当代学人重在描画中英文学的互动关系，并在文化交流史、哲学精神与人类心灵交流史的叙述层面上，呈现四种阐释模式，即现代性视角、他者形象模式、译介学模式、编年史模式。当前我们仍然需要在文献资料的发掘整理、文学关系原理与方法的研究及推广、具体学术研究个案的深入考察诸方面不断推进本领域的学术研究。[①]

诚然，当今的比较研究早已不再局限于传统的渊源研究、影响研究、平行研究以及文学关系史研究，而是以此为基型而逐步拓展至比较诗学、比较神话学、比较故事学以及变异学等，甚至融入了文学人类学、形象学、传播学、译介学以及宗教文学、华人流散文学、少数民族文学研究等相关新兴方向和领域、路径与方法。而对于古代文学研究而言，学术范式的融合、变革与丰富，首先是研究思维与工具的优化与进步，借此可以促进古代文学研究向纵深拓展和深化，但同时对于拓展视野、创新理论也同样具有反哺作用。从20世纪初王国维的经典之作《红楼梦评论》与《人间词话》等的问世，即已充分证明了古代文学受益于比较文学的借鉴与启示，显然是视野、理论与范式三者互为一体、密不可分的，而且不管时空如何变化，依然普遍适用于当今及以后文学经典的意义重释。然而所有这一切，最终都要归结于比较文学的学术宗旨，正如曹顺庆《中西比较诗学》所强调的："比较不是理由，只是手段。比较的最终目标，应当是探索相同或相异现象之中的深层意蕴，发现人类共同的'诗心'，寻找各民族对世界文论的独特贡献，更重要的是从这种共同的'诗心'和'独特的贡献'中去发现文学艺术的本质特征和基本规律，以建立一种更新、

---

① 葛桂录：《中英文学关系研究的历史进程及阐释策略》，《四川外语学院学报》2006年第4期。

更科学、更完善的理论体系。"① 这里所言实际上包括比较文学的双重宗旨：一是比较文学自身的宗旨即是为了建立一种更新、更科学、更完善的理论体系；二是比较文学的服务宗旨，即比较是为了探求文学的本质和规律，以更好地服务于文学创作和研究。比较文学的这双重宗旨是相辅相成、互为因果的。

第二节 中外比较之一：渊源研究

中外文学比较的渊源研究主要是对中国古代文学的外来渊源进行探讨和研究，包括主题、题材、思想、人物、情节、风格及艺术形式等渊源的研究。诚如王向远所言："在过去上千年中惟一对中国文学产生很大影响的外国文学只有印度文学"②，中国古代文学的域外渊源研究，最初聚焦于中印文学关系并一直延续下来，然后再向西域与西方渊源研究拓展。

一 中国古代文学的印度渊源研究

中国文学的印度渊源研究由陈寅恪等人开其端绪，季羡林等学者继承并深入，此后有不少研究者加盟其中。研究内容包括整体研究与个案研究，前者是从史的纵向或作品的横向上进行渊源探讨，还包括佛教和佛典文学渊源探讨；后者重点探讨了《西游记》的印度渊源和印度《罗摩衍那》的中国影响。总体上看，20世纪80年代至90年代初期是渊源研究的高潮期，90年代中后期以后则有些落寞。

1. 古代文学印度渊源的整体研究。季羡林《印度文学在中国》③ 从史的纵向上探讨了历代中国文学中的印度渊源典型。如屈原的著作里就有印度寓言和神话，月亮里面有一只兔子的传说虽然在中国由来久远，但是

---

① 曹顺庆：《中西比较诗学》，北京出版社1988年版，第271页。
② 王向远：《东方各国文学在中国——译介与研究史述论》，江西教育出版社2001年版，第3页。
③ 季羡林：《印度文学在中国》，《文学遗产》1980年第1期。

季羡林认为这种说法极可能是来自印度；三国时代，"曹冲称象"的故事也源自印度；六朝时代的鬼神志怪里有不少的印度成分，最突出的是阴司地狱和因果报应，连中国的阎王爷也是印度来的舶来品，而《宣验记》里的鹦鹉灭火故事，更明显地抄自翻译过来的印度佛经；唐代《古镜记》以一个主要故事作骨干并穿插上许多小故事的叙事结构，也是对来自印度古代著名史诗《摩诃婆罗多》的模仿；元代曲剧中也有印度的影响；明代《西游记》的渊源应该就是印度史诗《罗摩衍那》里的猴王哈奴曼，等等。薛克翘《中印文学比较研究》（昆仑出版社2003年版）按年代顺序编撰，从汉魏六朝到隋唐五代、宋金辽元、明清、近代现代、民族民间共分六大部分，每一部分都以中国古代文学作品为中心，并以广博的文献、宏富的资料，论述中国文学的印度渊源。

郁龙余《印度文学在中国的流传与影响》[①]从横向上重点论述了印度文学对我国汉族文学在体裁、题材、形象、语言诸方面的影响，同时还评介了藏族、蒙族、傣族等三个信奉佛教的少数民族及信奉伊斯兰教的维吾尔族的文学接受印度文学影响的不同情况，并分析其原因。郁余龙等人所著的《梵典与华章——印度作家与中国文化》（宁夏人民出版社2004年版）一书以印度的《吠陀》《摩诃婆罗多》《罗摩衍那》《五卷书》等在中国的传播为中心，勾勒了中国古代文学作品的印度渊源，该书多引用前人研究成果，讨论较为全面。此后，郁龙余又有《佛教与中国少数民族文学》（《深圳大学学报》1991年第1期）、《女神文学与女胜文学——中印文学比较一例》（《北京大学学报》1996年第3期）、《从佛学、梵学到印度学：中国印度学脉络总述》（《深圳大学学报》2018年第6期）以及与周静合作的《中国对印度古代文学的再接受——兼论比较文学的中国印度起源》（《中国比较文学》2011年第2期）等文问世。《中国对印度古代文学的再接受——兼论比较文学的中国印度起源》认为，中国接受印度古代文学有两次高潮，第一次自汉末至宋代；第二次始于现代。中国和印度等国的众多僧俗学者，用一两千年的时间，翻译、注释、研究了汗牛充栋的佛经，其中包含丰富的印度古代文学。经过中国人消化、吸收，

[①] 郁龙余：《印度文学在中国的流传与影响》，《深圳大学学报》1985年第1、2、4期。

丰富、壮大了中国古代文学。在消化、吸收过程中，对印度古代文学进行辨析、比较，是应有之义。我们完全有理由说：比较文学有一个很早的源头和很长的过程是在亚洲，在中国、印度和许多陆地与海上丝绸之路经过的地区。作者认为，中国对印度古代文学的再接受研究，在中国学术史和世界学术史上有着重要意义。一是追根溯源，梳理中印文学关系；二是扩大了中国学者的印度文学版图；三是中国文学有了世界文学的新视野。可见此文具有综合性与方法论意义。《佛教与中国少数民族文学》与《女神文学与女胜文学——中印文学比较一例》分别拓展至女性比较与少数民族溯源研究，前文将在平行研究中再做论述，后文重点探讨了藏族、蒙古族、傣族等中国少数民族的文学曾受到佛教的巨大影响，认为中国少数民族文学，在很长一段时期里跟汉族文学一样，各个方面都曾受到佛教的巨大影响，但是，由于佛教在汉族和少数民族地区的传播，有着不同历史与过程，又使得两者显示出不同的特点。其中最突出的一点是佛教给汉族带来的几乎是清一色的佛教文学，而给少数民族带来的除了佛教文学之外，还有大量非佛教系统的印度文学。该文将中国文学的渊源研究推进至少数民族文学，则是对此前既有研究路径与领域的开拓。1987年与2002年，郁龙余所编《中印文学关系源流》《中国印度文学比较论文选》先后由湖南文艺出版社与中国美术学院出版社出版，两书分别辑录了作者80年代中期以前和以后的中印文学比较研究的论文。

刘安武《印度文学和中国文学比较研究》（中国国际广播出版社2005年版）为作者的论文集，收录了《论〈摩诃婆罗多〉和〈三国演义〉的正法论、正统论和战争观》《从中国人的传统观念解读印度在史诗〈罗摩衍那〉的伦理思想》《观音的前天和昨天——观音来东土的前后》《成长在西天　定居在东土——阎王形象的塑造和演变》《〈云使〉和〈长恨歌〉》《〈沙薛达罗〉与〈长生殿〉——兼论历史题材的作品》《从〈西厢记〉中的红娘说起——中印爱情戏剧中的婢女和女友》《失妻救妻——〈西游记〉中微型罗摩故事》《人神之恋》《蛇女蛇郎》《诅咒　咒语　真言——印度神话和〈西游记〉比较》《中国的重史轻文与印度的重文轻史》《普列姆昌德和鲁迅的小说创作》《印度和中国文学传统的某些异同》，附录有《印度文学在中国——20世纪翻译、介绍和研究》。除了

《普列姆昌德和鲁迅的小说创作》属于现代文学之外，其余都与古代文学研究有关，但也有部分内容属于平行研究而非渊源研究。佛教和佛典对中国文学影响至深，是中国文学的重要渊源，对此有不少研究成果，已于第十二章第三节"古代文学与宗教关系研究"部分做了专题论述，此略。

2. 《西游记》的印度渊源研究。《西游记》的印度渊源研究自胡适、陈寅恪等学者提出和初步探讨后，受到许多研究者的关注和分析。季羡林《〈西游记〉里面的印度成分》①一文在前人的基础上列举了更多的例子，如《西游记》里的东海龙王与孙悟空的相斗故事与萧齐时伽跋陀罗译《善见律毗婆沙》卷二高僧末阐提同恶龙斗法的故事相近；而唐义净译《根本说一切有部毗奈耶药事》卷九僧魔斗法的故事，在《西游记》里俯拾皆是；《西游记》中孙猴子大闹天宫时同杨二郎斗法的故事，与失译人《佛说菩萨本行经》卷中的故事细节都一样；《西游记》第九十九回通天河里老鼋渡河的故事，与唐义净译《根本说一切有部毗奈耶药事》卷一五、《根本说一切有部毗奈耶破僧事》卷一一的故事极为相近。因此，季羡林认为《西游记》吸收了不少印度故事。曹仕邦《〈西游记〉若干情节的本源三探》②一文也考证了《西游记》一些故事情节的印度渊源。

除了从故事情节上来考察《西游记》的印度渊源外，孙悟空的形象原型更是研究的焦点。朱迎平《孙悟空形象原型研究综述》（《文史知识》1985年第7期）、张强和周业菊《新时期孙悟空原型研究述评》（《徐州师范大学学报》2002年第4期）、徐奋奋《孙悟空原型研究综述》（《传奇·传记文学选刊》2010年第1期）三文对这一焦点作了综述研究。有关孙悟空的渊源研究主要有三种观点。

一是"进口说"，认为孙悟空本自印度神猴哈奴曼（Hanuman）或那罗（Nala）而来，还有就是佛教中的"听经猴"的形象。早期以胡适、陈寅恪、郑振铎、林培志等学者为代表，后来季羡林一直持此说，如《〈西游记〉里面的印度成分》（1978）③、《〈罗摩衍那〉初探》（外国文

---

① 郁龙余：《中印文学关系源流》，湖南文艺出版社1987年版，第239—247页。
② 曹仕邦：《〈西游记〉若干情节的本源三探》，《集萃》1981年第5期。
③ 收入季羡林《比较文学与民间文学》，北京大学出版社1991年版。

学出版社1979年版）。此后，顾子欣《孙悟空与印度史诗》（《人民日报》1978年11月3日），朱采荻《孙悟空与印度猴王的亲缘关系》（《文化娱乐》1981年第4期），陈邵群、连文光《试论两个神猴的渊源关系——印度神猴哈奴曼与中国神猴孙悟空的比较》（《暨南学报》1986年第1期）等都持此说。

二是"国货说"，认为孙悟空产生于中国自身古老的神话传说系统。鲁迅首先否定孙悟空形象源自印度，新中国成立后吴晓铃《〈西游记〉和〈罗摩延书〉》一文也否定《西游记》受印度佛教文化的影响，认为它是"中国土生土长的，是我们祖先从反映自己的现实生活的愿望中创造出来的……孙悟空虽然和《罗摩延书》里的大颔猴王哈奴曼有些相似之处，但决不能说他是印度猴子的化身，我们的猴子自有他的长成的历史"。[①] 刘毓忱《关于孙悟空"国籍"问题的争论和辨析》（《作品和争鸣》1981年第5期）和《孙悟空形象的演化——再评"化身论"》（《文学遗产》1984年第3期）、萧相恺《为有源头活水来——〈西游记〉孙悟空形象探源》（《贵州文史丛刊》1983年第2期）、龚维英《孙悟空与夏启》（《学术月刊》1984年第7期）、石霈《大禹神话与孙悟空形象》（《寻根》2005年第4期）等都持此说。

三是"中外混血说"，即孙悟空是《西游记》作者结合中印两国神话及宗教中的相关元素创造出来的形象，它并非单纯地来自中国或印度。蔡国梁《孙悟空的血统》（《学林漫录》第2辑，中华书局1981年版）、赵国华《关于〈罗摩衍那〉的中国文献及其价值》（《社会科学战线》1981年第4期）和《论孙悟空神猴形象的来历》（《南亚研究》1986年第2期）、巴人《印度神话对〈西游记〉的影响》（《晋阳学刊》1984年第3期）等论文持此观点。萧兵《无支祁哈奴曼孙悟空通考》（《文学评论》1982年第5期）论述最为全面，此文详细考索了前人提到各种孙悟空的渊源，指出："孙悟空形象的创造并不象许多专家说的那样和哈奴曼毫无关系，也不是说这个独特的典型全然是抄袭的、舶来品。一个伟大的文化即令是在尽情吸收移植其他文化的因素之时也会显示出其强大的鉴别力、

[①] 吴晓铃：《〈西游记〉和〈罗摩延书〉》，《文学研究》1958年第1期。

消化力和改造作用。……孙悟空身上果然有哈奴曼色彩、但这色彩已被融化、改变、调谐，重新焕发出绚丽和辉煌。"

3.《罗摩衍那》对中国的影响研究。印度的《罗摩衍那》作为中国文学的渊源，不仅表现在《西游记》中，也表现在其他的文学中。季羡林《〈罗摩衍那〉在中国》（1984）[①]一文较为系统地叙述了汉译佛经和中国少数民族文献，包括傣、藏、蒙和新疆的古和阗文、吐火罗文等，有关《罗摩衍那》的记述和踪迹。降边嘉措《〈罗摩衍那〉在我国藏族地区的流传及其对藏族文化的影响》（《中央民族学院学报》1985年第3期）、索代《〈罗摩衍那〉与〈格萨尔王传〉》（《南亚研究》1991年第3期）、星金成《从〈五卷书〉看印藏民间故事的交流和影响》（《青海民族学院学报》1987年第2期），瓦其尔《印度史诗〈罗摩衍那〉与蒙古民间文学》（《民间文学》1985年第3期），史习成《印度文学作品在蒙古地区的流传》（《印度文学研究集刊》第4辑，上海译文出版社1997年版），傅光宇《〈罗摩衍那〉在泰北和云南》（《民族文学研究》1997年第2期），李沅《从印度的〈罗摩衍那〉到泰国的〈拉马坚〉和傣族的〈拉嘎西贺〉》（《比较文学论文集》，北京大学出版社1984年版），栾文华《〈罗摩衍那〉和〈拉玛坚〉》（《印度文学研究集刊》第3辑，上海译文出版社1997年版）等，分别论述了《罗摩衍那》对我国的藏族、蒙古族、傣族文学影响的轨迹。

关于印度文学渊源的个案研究，尚需关注一下王立、刘卫英《〈聊斋志异〉中印文学溯源研究》（昆仑出版社2011年版）。此书凡五编二十六章，论及或涉及的"聊斋"故事八九十篇，主要运用主题学原理，梳理和提炼《聊斋志异》一篇或数篇故事之母题，然后引出先前与之相类相关的故事、史实、说法、议论其内容，相互关照，最后说明《聊斋志异》写作之特点。此外，还有萧兵《"凤凰涅槃"故事的来源》（《社会科学研究》1980年第6期）、刘守华《印度〈五卷书〉和中国民间故事》（《外国文学研究》1983年第2期）、陈明《"唱歌的驴子"故事的来源及在亚洲的传播》（《西域研究》2017年第1期）等文，着力于民间故事的

[①] 载季羡林《比较文学与民间文学》，北京大学出版社1991年版。

渊源研究。刘守华通过对印度古代著名童话寓言集《五卷书》和新中国成立以来搜集整理的我国各族民间故事加以比较对照，发现书中有二十多篇故事，将近全书的1/3，在中国可以找到它们的姐妹篇，情节结构十分相似，彼此间有着惊人的联系，然后对此作了细细入微的溯源与辨析。陈文主要讨论该故事的源流以及它在古代亚洲多个地区的传播情形，追溯民间故事在多语言、多民族、不同时空中的演变，比较该故事不同版本之间的结构、意义差异及其宗教含义，以揭示其在多元文化交流中所起的作用。

二 中国古代文学的西域渊源研究

19—20世纪之交，英国及世界著名考古学家、艺术史家、语言学家、地理学家和探险家M. A. 斯坦因（M. A. Stein）等人来到西域探险，揭开了西域研究的序幕。此后，本土学者诸多有关西域研究的论著陆续问世，西域学渐渐成为一门学科，取得了显著成就。1991年《西域研究》季刊创刊，设有文物考古、历史地理、经济开发、社会生活、历史人物、语言文学、宗教文化以及吐鲁番学研究等栏目，无疑为西域研究与学术交流提供了一个重要平台。然而就比较文学意义上的西域渊源研究——无论是历史还是成果却无法和印度相比。诚然，关于西域的地域范围，自汉代以来，西域狭义上指玉门关、阳关以西，葱岭即今帕米尔高原以东，巴尔喀什湖东、南及新疆广大地区。而广义的西域则指凡是通过狭义西域所能到达的地区，包括亚洲中、西部地区等。从广义的概念来看，西域也包括印度在内，是大西域范围内的比较文学研究重心之所在。在印度以外区域的文学渊源研究也有一定的进展，尤其是近年来得益于"一带一路"倡议的有力带动，呈现为良好的发展态势。

关于古代文学的西域渊源论题，这里取广义的西域概念，同时也兼顾狭义的地域范围。西域渊源论题的基础是文献问题，一是文集编纂。重点是西域诗集整理，主要有陈之任等《历代西域诗选注》（新疆人民出版社1981年版），吴蔼宸《历代西域诗钞》（新疆人民出版社1982年版），刘正民、星汉、许征《西域少数民族诗选》（新疆人民出版社1987年版），星汉《清代西域诗辑注》（新疆人民出版社1996年版）等。据悉，新疆师范大学正在组织一批学者编纂《历代西域诗全编》《唐代西域诗辑注》《西域诗歌史》等著作。二是工具书编纂。以陈延琪、萨莎主编《西域研究书目》（新疆人民出版社1990年版）与岳峰、周玲华编《丝绸之路研究文献书目索引》（新疆人民出版社、香港文化教育出版社1994年版）等为代表，前者共收自秦汉至改革开放以来的1989年图书目录6734条，文种包括汉文、少数民族文、西文、俄文和日文，是迄今为止跨年代最长、集语种最多、收录西域和新疆研究书目最多的工具书；后者是一部系统反映丝绸之路历史与现状研究成果的工具书，具有收录资料比较全面、系统，编纂体例合理规范、内容翔实的特点。此外，蒋英《基于GIS技术的西域文学地图数字分析平台构建及应用展望》（《新疆教育学院学报》2016年第3期）提出运用GIS技术建构西域文学地图数字分析平台，富有学术前沿意识。当然，这些都是基础性的文本整理工作，何况西域渊源论题并不能仅仅局限于西域诗文献整理与研究。而就目前既有的相关成果而论，只有少量的渊源研究贯通历代。1978年，饶宗颐在《〈大公报〉在港复刊卅年纪念文集》中发表《穆护歌考——兼论火祆教、摩尼教入华之早期史料及其对文学、音乐、绘画之影响》，运用大量史料讨论西域宗教文化对文学、音乐、绘画的影响，认为"穆护"即祆教僧人。[①] 王立《乐音音响意象与中国古代思乡文学主题——从西域乐音音响意象谈起》（《西域研究》2000年第4期），胥惠民《古代西域文学论纲》（《新疆教育学院学报》2005年第1期），蔡建东、海滨《文学与考古双重视野中的西域乐舞"胡腾舞"》（《昌吉学院学报》2014年第2期），郑楠《西域幻术源流及其对文学叙事的影响》（硕士学位论文，陕西师范大学，2016年）等也都属于贯通历代之作。其中郑楠硕士论文通过对西域幻术的研究，既揭示了幻术起源的奥秘，也向我们展示了西域幻术的发展脉络，以及西域幻术进入文学视野后的特征。此外，李炳海《民族融合与中国古代文学》认为历史上少数民族的汉化与主体民族的胡化，是中华民族形

[①] 饶宗颐：《穆护歌考——兼论火祆教、摩尼教入华之早期史料及其对文学、音乐、绘画之影响》，《饶宗颐史学论著选》，上海古籍出版社1993年版。

成的两种基本方式，并在这两方面的关系上从文学上加以挖掘。① 林继中《文化建构文学史纲（魏晋—北宋）》从文化史的演进中发现，隋唐以统一中国之文化，是以融冶胡汉为一体的河朔文化为基础的，甚至认为"胡心""市井气"这些在农耕社会中非主流的东西已从边缘渐趋中心。② 不过严格地说，上述所论仅仅是部分内容涉及渊源研究。就整体而论，是以唐代为中心，然后分别向上、下延伸。

唐代西域文学研究是当前学界的一个新的增长点，据孙文杰《21世纪以来唐代西域文学研究述评》的初步统计，截至2016年10月，国内已出版唐代西域文学研究专著21部，硕博论文52部，各类研究论文约570篇，从这些数字，可以窥知唐代西域文学研究蓬勃的生命力。③ 2007—2009年，先后有姚春梅《唐代西域诗研究综述》（《喀什师范学院学报》2007年第2期）、海滨《"唐诗与西域文化"研究范式的转型呼唤》（《上海大学学报》2007年第3期）、郭文庭、周伟洲《唐代文学视野中的西北民族关系研究之意义与局限》（《甘肃联合大学学报》2009年第6期）三篇综述与反思文章问世，与孙文杰新近发表的《21世纪以来唐代西域文学研究述评》构成了完整的综述序列。海滨《"唐诗与西域文化"研究范式的转型呼唤》认为，在唐诗研究领域，"唐诗与西域文化"的研究意识在20世纪已经完全形成，并在微观研究方面取得了比较丰富的成果，但宏观研究尚未全面展开；地域文化与唐代诗歌研究领域取得了丰硕成果，而"唐诗与西域文化"研究却难预其流；同时唐代文化研究、文化交流史研究、西域研究等领域的成果则在客观上又为"唐诗与西域文化"研究的全面推进提供了重要的材料基础。因此，"唐诗与西域文化"研究范式的转型是必然趋势。该文认为，在这近百年的唐诗研究进程中，就"唐诗与西域文化"的论题也已显示出这样四个共识：西域文化是唐诗赖以发生发展的唐代文化背景之不可或缺的重要构成因素；西域文化是形成唐诗多样风格和整体精神风貌不可或缺的重要前提；西域文化是唐诗创作

---

① 李炳海：《民族融合与中国古代文学》，东北师范大学出版社1997年版。
② 林继中：《文化建构文学史纲（魏晋—北宋）》，北京大学出版社2005年版。
③ 孙文杰：《21世纪以来唐代西域文学研究述评》，《昌吉学院学报》2017年第1期。

实践不可或缺的重要源泉；西域文化是影响唐代诗人日常生活乃至创作心理的重要条件。孙文杰《21世纪以来唐代西域文学研究述评》认为，21世纪以来，学界从各个角度对唐代西域文学展开研究，以前未被重视的文人作品也受到了一定的关注，唐代西域文学研究进入了一个新的阶段。与20世纪唐代西域文学研究相比，近十多年以来的研究者善于利用和借鉴新的研究方法和理论，挖掘出唐代西域文学新的文化内涵，加大了对唐代西域文学系统性、持续性、整体性的研究，出现了一批颇具成就的系列性研究成果。① 然而需要强调指出的是，西域文学研究与古代文学西域渊源研究本是两个互有异同的概念，前者包容了后者，后者只是前者的部分内容，而且彼此在价值取向与论述视角上也存在明显差异。就此而论，当以海滨《"唐诗与西域文化"研究范式的转型呼唤》有关20世纪的"唐诗与西域文化"更契合唐代文学西域渊源研究论题。现综合以上四文并参考相关研究成果，分为整体研究、专题研究与个案研究三个层面展开论述。

一是在整体研究方面，主要从唐诗与西域文化关系探讨渊源所在。学术前辈向达为此奠定了坚实的学术基础，向达长期积累的论文集《唐代长安与西域文明》运用丰富的史料，深刻详尽地论证了西域文明对唐都长安的影响，论述中就引用了李白、白居易、李颀等20余位诗人的诗歌作品。但向达此著并非专论唐诗与西域文明关系之作。② 葛承雍《唐韵胡音与外来文明》也是如此，作者主要从民族、文化、宗教、建筑、语言等方面论述外来文明对唐代文化的巨大影响，同时也引用了王绩、白居易、刘禹锡等著名诗人的诗歌作品为证。③ 以唐诗为范本而探讨其与西域文化关系或追溯西域渊源的论著，大致兴起于80年代之后，与当时举国上下的文化热息息相关，举其要者有：蒋武雄《从全唐诗看唐代外来文化之盛行》（《中国边政》第85期，中国边政杂志社1984年版）、李明伟《丝绸之路与唐诗的繁荣》（《中州学刊》1988年第6期）、《唐代文学的

---

① 孙文杰：《21世纪以来唐代西域文学研究述评》，《昌吉学院学报》2017年第1期。
② 向达：《唐代长安与西域文明》，生活·读书·新知三联书店1957年版。
③ 葛承雍：《唐韵胡音与外来文明》，中华书局2006年版。

嬗变与丝绸之路的影响》(《敦煌研究》1994年第3期)、胡大浚《唐诗中的"丝路"之旅》(《唐代文学研究》1996年第6辑)、余恕诚《唐诗风貌》(安徽出版社1997年版)、张采民《民族融合与隋唐之际诗风的嬗变》(《南京师范大学学报》2002年第4期)、陶新民《略论多民族的融合与唐代文学的繁荣》(《文学遗产》2004年第3期)、戴伟华《地域文化与唐代诗歌》(中华书局2006年版)、海滨《唐诗与西域文化》(博士学位论文,华东师范大学,2007年)、胡拥军《盛唐诗歌中的"胡风"》(硕士学位论文,暨南大学,2009年)等。余恕诚《唐诗风貌》认为胡文化(西域文化)丰富和活跃了唐代社会物质和精神文化生活,开阔了人们的视野,突破了长期囿于中原文化圈的某些狭隘见解和观念。胡大浚《唐诗中的"丝路"之旅》沿丝绸之路中长安、陇右、河西及西域一线对唐代丝路诗歌进行了地理与历史文化考察,认为唐代丝路诗歌独具多民族的色彩,反映了东西方文化交融的成果。陶新民《略论多民族的融合与唐代文学的繁荣》主要论述了隋唐制度渊源、李唐皇室血统、民族融合背景等对唐代社会及文学的巨大影响。到了2007年,海滨博士学位论文《唐诗与西域文化》对以上成果作了综合集成,重点就唐诗与西域文化关系作了系统的探讨,与唐诗的西域渊源关系研究密切相关联。文中第三、四、五章分别围绕西域历史地理文化、西域乐舞文化和西域民俗文化展开研究,是本文的重点和核心部分。第六章着重从宏观上讨论唐诗与西域文化的关系。西域文化极大地拓展了唐诗创作的视野和范围,丰富了唐诗创作的内容和题材,从具体诗人的创作情况来考察,岑参、白居易、李白的诗歌分别体现了西域历史地理文化、西域乐舞文化和西域葡萄(酒)文化对唐诗创作内容的巨大影响。充满了复杂性、混沌性和开放性的西域文化为唐诗创作的审美情趣和艺术风貌朝着好奇、雄健、扬厉方向发展产生了积极有效而深远的影响,促就了唐诗的极致性之美,为唐诗发展的进程注入了活力、生机与异端的因子。胡拥军《盛唐诗歌中的"胡风"》以盛唐诗歌及文献史料为依据,通过对"胡风"的梳理分类和剖析,考证其渊源并回顾胡文化在中原的传播过程,论述胡文化对诗人生活方式及唐室社会观念的若干方面的巨大影响,说明胡文化在盛唐时期流传之广、影响之深;分析来自西域的"胡风"所引发的社会意识变异以及它对诗人的情感世界、创作心态的影响；论述"胡风"对诗歌的主题、题材、语言、文学意象及以盛唐诗歌为代表的"盛唐之音"的整体发展上产生的重要作用。此外，美国学者谢弗（Edward Schafer）《唐代的外来文明》（*The Golden Peaches of Samarkand: A Study of T'Ang Exotics*），原名为《撒马尔罕的金桃——唐朝的舶来品研究》，是西方汉学的一部名著，重在研究唐代中外关系与文化交流，涉及唐代社会生活的各个方面。书中引用了唐人诗歌作品近百首，起到了诗文互证的作用。①

二是在专题研究方面，主要从唐诗与西域民俗、艺术、胡姬、物象以及美学关系等视角探析渊源所在。其一是关于唐诗和西域民俗文化关系的专论。在唐代民俗研究中，聚讼纷纭者无过"泼寒胡戏"。20世纪，从向达、任二北等前辈专家到王嵘、赵望秦等当代学者，就此进行专门探讨的不绝如缕，近两年对此问题的争论又有升温，柏红秀、李昌集在《文学遗产》2004年第3期发表了《泼寒胡戏之入华与流变》，王凤霞则在《艺术百家》2005年第2期发表《也谈泼寒胡戏入华与流变》进行商榷，其焦点主要集中在泼寒胡戏入华时间、泼寒胡戏演出时间、泼寒胡戏在西域是否为"纯粹的大众游戏"等。相比之下，赵睿才《唐诗与民俗关系研究》更注重综合性的系统研究，重在探讨西域胡俗对唐代民俗的直接影响、对于唐诗创作的直接与间接影响比较细致深入。② 而较有新意的是海滨《论西域民俗文化对唐诗创作的影响——以酒俗和饮酒诗为核心》通过对西域酒俗文化所具有迷恋性、狂欢性、自由性三个特点的梳理，来探讨西域酒俗文化对唐人饮酒诗创作的深刻影响。③ 其二是唐诗和西域艺术文化关系的专论。任半塘《唐声诗》（上海古籍出版社1982年版）、王昆吾《隋唐五代燕乐杂言歌辞研究》（中华书局1996年版）等著作开拓了唐诗与乐舞关系的研究领域。吴相洲《唐诗创作与歌诗传唱关系研究》

---

① ［美］谢弗（Edward Schafer）：《唐代的外来文明》，吴玉贵译，陕西师范大学出版社2005年版。

② 赵睿才：《唐诗与民俗关系研究》，上海古籍出版社2008年版。

③ 海滨：《论西域民俗文化对唐诗创作的影响——以酒俗和饮酒诗为核心》，《西北民族研究》2011年第4期。

（《徐州教育学院学报》2006年第2期）、陶文鹏《唐诗与绘画》、朱易安《唐诗与音乐》、张明非《唐诗与舞蹈》（以上三书皆为漓江出版社1996年版）以及赵敏俐主编《中国诗歌与音乐关系研究》（学苑出版社2005年版）等，都在不同程度上涉及唐诗与西域艺术的关系。王春明《唐代涉乐诗研究》从进入唐诗的丝弦乐、进入唐诗的管吹乐、进入唐诗的敲击乐、进入唐诗的歌唱四个角度，对唐诗与音乐的关系进行了历史的、美学的考索探究，探讨颇具创新意义。还有一些学者围绕唐诗和西域音乐文化从各个方面展开细致深入的论证，则已属于"唐诗与西域文化"的个案研究。① 另有冬青编《唐人诗歌中的乐舞资料》（《舞蹈》1959年12月26日）②、傅正谷选释《唐代音乐舞蹈杂技诗选释》（人民音乐出版社1991年版）、中国舞蹈艺术研究会舞蹈史研究组编《全唐诗中的乐舞资料》（音乐出版社1958年版）等，为唐诗和西域音乐文化关系研究做了全面扎实的基础工作；其三是唐诗与西域胡姬形象关系专论。芮传明《唐代"酒家胡"述考》详细阐释了"酒家胡"的族属、经营特色、分布地域，并将论题延伸至东西方文化、经济交往的关系。③ 孙立峰《唐代诗歌中胡姬形象的文化意义》则认为胡姬代表了唐与胡两种文化从相拒到融合的过程，在这一过程中，西域文化汇入了唐代华夏文化历史浪潮的主流之中。④ 此后问世的相关论文有：乌尔沁《外来民间文化的使者：西域胡姬——唐诗胡姬形象解析》（《民族文学研究》2001年第4期）、王立《唐诗中的胡人形象——兼谈中国文学中的胡人描写》（《内蒙古大学学报》2002年第1期），任红敏《略论胡姬形象美感特质与世变之关系》（《吉林师范大学学报》2011年第3期），李小茜《唐代胡姬诗探微》（《社科纵横》2014年第8期），邹淑琴《唐诗中的胡姬：被塑造的"他者"形象》（《湖南师范大学学报》2015年第2期）等，这些论文从不同侧面论述了胡姬丰富的文化意涵与渊源，其中邹淑琴《唐诗中的胡姬：

---

① 王春明：《唐代涉乐诗研究》，博士学位论文，吉林大学，2013年。
② 参见王松涛《胡乐胡舞与唐诗》，硕士学位论文，西北师范大学，2005年。
③ 芮传明：《唐代"酒家胡"述考》，《上海社会科学院学术季刊》1993年第2期。
④ 孙立峰：《唐代诗歌中胡姬形象的文化意义》，《学习与探索》1993年第2期。

被塑造的"他者"形象》）认为胡姬形象往往是作家基于自身文化立场塑造而成的文化"他者"，在一定程度上反映了唐代诗人的创作心理。其四是唐诗与西域物象关系的专论。主要有郭院林《唐诗中的西域意象及其文化意蕴》（《兰州学刊》2009年第7期）、侯立兵《汉唐辞赋中的西域"水""马"意象》（《文学遗产》2010年第3期）、陈珀如《瑟瑟罗裙琥珀酒——论西域名物与唐诗色彩》（《国学学刊》2013年第1期）、乔乔《〈全唐诗〉中的胡食》（硕士学位论文，西北大学，2015年）、海滨《进贡与却贡——唐诗中葡萄的象征意义》（《陕西师范大学学报》2011年第5期）等。陈文考证"青黛""瑟瑟""猩猩红""郁金"等域外名物进入唐诗之后，逐渐地丧失了在原产地的大多数特性，由具体名物而转化成理想化的形象色彩，并形成诗歌中的文学意象。郭文则认为在战争主题之下，唐代西域诗歌意象主要表现出萧瑟荒凉、苍凉悲壮的特点；而和平主题下的西域主要有欢快歌舞的异域风光。这些意象蕴含着一定的文化，即历史意义、西域民族文化交融以及民族心理认同。其五是关于唐诗与西域美学关系的专论，诸如吴功正《唐代美学史》（陕西师范大学出版社1999年版）、张福庆《唐诗美学探索》（华文出版社2000年版）、刘畅《盛唐之音形成的审美契机》（《南开学报》1997年第1期）、张云鹏《盛唐、"盛唐气象"与盛唐美学思想》（《河南大学学报》2000年第3期）等相关论著可以归于此列，诸文在探讨唐诗与西域文化的问题时，主要集中在这样几个主题：外来文化或西域文化是唐代丰富多彩的美学风貌得以形成的重要条件；异域异族文化与中原汉族文化的反差和距离成为唐诗审美活动得以实现的必要因素；对于建构盛唐之音或盛唐气象来说，外来文化或西域文化发挥着不可替代的重要作用。

三是在个案研究方面，是以诗人个体为研究对象，聚焦于李白、杜甫、岑参、白居易等大诗人，典型案例即是葛景春《李白与唐代文化》（安徽大学出版社2009年版）中就专设"李白与外来文化"一章来讨论李白如何受到外来文化重点是西域文化的影响。周勋初《诗仙李白之谜》从李白的文化背景（包括西域文化背景）入手探秘，在本书的"奇特经历""名字寓意""夷夏观念""剔骨习俗""政治颠踬"等几章中进行推理论证或者谨慎推测时，实际上已经认同西域文化是解读李白之谜的重要门径。① 关于杜甫，1998 年"杜甫与西域文化研讨会暨四川杜甫学会第十届年会"在新疆大学举行，曾就杜甫与西域文化的关系作了重点研讨，《胡气·盛唐气象·杜诗——试论杜诗的文化背景》《杜甫与大唐西域边塞》《杜诗关于胡汉战争蠡测》《杜甫议降公主借回纥申说》等会议论文都是围绕主题而展开。再如李凯《杜诗的西域文化背景》一文，主要就杜诗受西域文化的影响和杜诗中西域文化的表现、西域文化与盛唐气象的关系、杜诗受西域文化影响的文化背景进行分析，意在说明时代风气、西域文化对杜诗成就的重要意义。② 杨晓霭《从杜诗看战争状态下胡汉文化的交汇》（《西北师大学报》2000 年第 3 期）、吴逢箴《杜甫与西域文明》（《杜甫研究学刊》1996 年第 3 期）、刘明华《杜诗中"胡"的多重内涵——兼论杜甫的民族意识》（《杜甫研究学刊》1999 年第 1 期）等也均围绕杜甫与西域文化有所阐发。关于岑参，李培峰《岑参轮台诗及其反映的唐代西域民族融合》（《昌吉学院学报》2004 年第 3 期）、姚春梅《论岑参边塞诗中的异域情调》（《喀什师范学院学报》2004 年第 5 期）等文有新的拓展，后文从岑参诗歌所反映的西域自然景观、民俗文化、西部乐舞、民族关系等层面论述了其诗鲜明的地域特征、强烈的民族风味、浓厚的生活气息。关于白居易研究，学术前辈陈寅恪《元白诗笺证稿》考证和探讨了胡乐、胡旋舞、西域杂戏、吐蕃风俗以及唐与吐蕃、回纥等民族的交往等，并在文后对白氏为胡姓的问题进行了阐述，由此奠定了相关研究的基础。③ 后来的相关研究主要集中在毡帐诗和乐舞诗，其中吴玉贵《白居易"毡帐诗"所见唐代胡风》以白居易的"毡帐诗"入手，探讨唐代的胡风在居室文化中的表现，意在加深对唐朝文化来源多样性的认识。④

此外，还涉及一些唐诗以外的文体如词、传奇、变文等不同文体的西

---

① 周勋初：《诗仙李白之谜》，台湾商务印书馆 1996 年版。
② 李凯：《杜诗的西域文化背景》，《西域研究》1999 年第 1 期。
③ 参见陈寅恪《元白诗笺证稿》之《长恨歌》《琵琶引》《连昌宫词》《艳诗及悼亡诗》《新乐府》及附录《白乐天之先祖及后嗣》等相关章节，《陈寅恪先生全集》，里仁书局 1979 年版，第 713—718、726—727、741—742、782、806—809、833—841、846—851、868—871、975—978 页。
④ 吴玉贵：《白居易"毡帐诗"所见唐代胡风》，《唐研究》1999 年第 5 辑。

域渊源或关系研究，诸如倪红雨《唐传奇中的西域人物形象》（硕士学位论文，黑龙江大学，2003 年）、黎羌《唐五代词中的胡风与丝绸之路民族诗歌的交流》（《民族文学研究》2009 年第 2 期）、张正学《变·变相·变文——从唐人黄元之"西域之变"说起》（《求是学刊》2014 年第 6 期）等。其中倪文试图运用比较文学形象学的理论观照唐代传奇中的西域胡人形象，并进而考察唐人在中西文化交流的大背景下对异域文化的理解和想象，认为唐传奇中的胡僧形象具有妖魔化和中土化的特点。妖魔化是唐代佛道争衡在文学中的反映，体现了道教徒将胡僧妖化并加以镇压的宗教文化心态；中土化不仅反映了中土民众用中土观念阐释外来事物的心理，而且也反映了佛教为争取生存空间而与中土文化相妥协相融合的特点。黎文认为，在汉唐时期，中原王朝从中原长安向西开拓出一条横跨亚、非、欧大陆的"丝绸之路"，借助这条国际大通道，古代各民族文学家以神奇的文笔抒写着汉胡文化相融合的历史。其中以汉博王侯张骞从西域带回来的"胡角横吹"和"摩诃兜勒"所演变出来的"唐宋大曲""唐五代词"，以及民间文学奇葩"敦煌曲子词"最富有民族特色和学术价值。张文重在研究"变·变相·变文"的东传历程，其主要观点是："变"原本是"画"，"变相"与"变文"不过是它的"相"与"文"而已。"变"应该原产于"西域"，向东传入中土甚而日本，向西（或者说"南"）传入印度、狮子国等"佛国"。"变"在其流传过程中不断吸收当地固有的绘画和文学的营养，演变出流行南亚、中亚，特别是东亚的"变""变相""变文"形式。"变"与"变相"估计东晋初年即已诞生，成熟因而具有独立文体品格的"变文"的出现可能要晚些，但仍有可能在北魏时期就诞生了。"变"之"相"与"文"是互相配合的，但"转"之"变"是"文主相辅"的，而壁画等非"转"之"变"则几乎都是"相主文辅"的。[①]

　　在古代文学的西域渊源研究中，以唐代为中心，然后向上拓展，上至

[①] 以上参见姚春梅《唐代西域诗研究综述》（《喀什师范学院学报》2007 年第 2 期）、海滨《"唐诗与西域文化"研究范式的转型呼唤》（《上海大学学报》2007 年第 3 期）、郭文庭与周伟洲《唐代文学视野中的西北民族关系研究之意义与局限》（《甘肃联合大学学报》2009 年第 6 期）、孙文杰《21 世纪以来唐代西域文学研究述评》（《昌吉学院学报》2017 年第 1 期）等。

先秦，下及六朝，相关论著见于姚宝瑄《中国古代神话——"中原文学"与"西域文学"的共同土壤》(《新疆社会科学》1985年第3期)、王焕然《汉代通西域对文学的影响》(《南都学坛》2010年第6期)、孟芳芳《西域文化对汉代文学的影响》(硕士学位论文，沈阳师范大学，2014年)、唐晓梅《西域文化对汉代文学作品的影响》(《佳木斯职业学院学报》2018年第7期)、王青《西域文化影响下的中古小说》(中国社会科学出版社2006年版) 等。姚文根据顾颉刚所论中国古代神话的两大系统，具体考证昆仑神话传入中原的路线有两条：一是张骞所称的"羌中之道"。这条由游牧民族开辟的道路，大致是由甘肃的河西入青海，从柴达木盆地越阿尔金山，再入塔里木盆地东南到昆仑山北麓。据《穆天子传》记叙，周穆王西去昆仑走的就是这条路。它就是著名的丝绸之路的雏道，也是今天有些人说的丝绸之路的南线。也是汉时所说的酒泉呼蚕水路和张掖弱水路。这条路从新疆说起：由天山南经龟兹、过敦煌、穿河西走廊，进入关中。这是丝绸之路的主要干线，也是现在有些人说的丝绸之路的中线。周穆王西游后就是沿着这条路东归的。周人东迁时也是从这两条道路进入关中，把昆仑神话带到了关中。然后由关中进入蜀地，又随着羌戎、秦、楚扩地的发展，波及所到地区，逐渐到中原、沿海和西南一带。这样，在春秋战国的诸子百家的著作中大量出现昆仑神话，也就不足为奇了。昆仑神话影响了中原文学，同样也影响了它的故乡文学——西域文学。因此，它是中原文学和西域文学共同的原始土壤和始祖。以上渊源追溯带有推理性质，还需要文献学、语言学、地理学等方面的支撑，但还是很有启发意义的。孟芳芳的硕士论文认为，西域作为正式的地域名称第一次在汉代被记载，在证实汉代包容力的同时，也给了西域文化一个绽放异域魅力的舞台。就西域文化对汉代的影响来说，西域文化输入中原，带来了很多全新的物象，不仅满足了人们的好奇心理，更激发了人们的想象力和创作力，这些在文人笔下表现得更为明显。王著《西域文化影响下的中古小说》从思维方式、内容情节、表现形式等方面首次对中古小说的西域渊源作了专题研究，强调"西域文化的输入，使得大量新的表象涌入中土，大大丰富了中国人头脑中的表象系统"，"在这种全新的宇宙观、变化观、人生观下，一些原有的表象开始建立起新的联系，从而触发新的想象"。① 其中所论"西域文化的流播对中土想象力的拓展"颇受学者好评②。在此之前，王青还有《汉魏六朝文学中所见的西域商贸》一文，以文史互证的方法分析了出现在汉魏六朝文学中的西域商品和商胡，指出笼罩在文学想象之中的西域商品具有神奇性、奢靡性与趣味性等特点；而文学作品中有关胡商的记载，在不经意之间反映出胡商的生活境遇与信仰习俗。所以考察这一时期文学作品中反映的西域商贸，有助于我们从文学这一视角理解中土与西域早期交往中所持有的观念、态度。③ 该文无论是视角还是观点都显得别有意味。本时期相关研究论文尚有：邹淑琴《汉魏六朝诗文中的胡姬形象》（《西域研究》2013年第3期），赵晓达《魏晋南北朝时期西域僧人在中华文化建构中的作用研究——以〈高僧传〉为例》（硕士学位论文，新疆师范大学，2014年），高人雄、唐星《汉礼与胡风糅合的北周乐府》（《西域研究》2015年第3期），龙成松《中古胡姓家族研究——以族源、地域、文化为中心》（博士学位论文，武汉大学，2016年），白守宁《五凉时期的河西文化与文学》（硕士学位论文，南京师范大学，2017年），李娜《晋唐僧侣与中国文学西域书写的开拓》（硕士学位论文，江西师范大学，2018年），等等。李娜一文认为，晋唐僧侣带来的西域见闻进而影响了后世文学作品对西域的书写创作，在中国文学西域书写的创作空间上完成了由神话到实录再到文学化的转变，不仅开拓了中国文学西域书写的地理空间，也大大开拓了中国文学西域书写的想象空间。

相比之下，由唐代向此后各代延伸的研究成果有所逊色，但近期已初显快速上扬的势头，其中元代、清代是两个新兴热点。2017年8月8日，"2017年全国元代文学与西域文学研讨会"在新疆大学人文学院开幕，会议主题为"元代文学与多民族文化融合"和"西域文学与丝绸之路核心区文化建设"。共有来自中国社会科学院、南开大学、复旦大学、北京师

---

① 王青：《西域文化影响下的中古小说》，中国社会科学出版社2006年版，第93—94页。

② 刘振伟：《一部西域文学研究的力著——评〈西域文化影响下的中古小说〉》，《中国出版》2006年第11期。

③ 王青：《汉魏六朝文学中所见的西域商贸》，《西域研究》2003年第2期。

范大学、浙江大学等内地高校和疆内高校及研究机构的专家学者 34 人参加研讨会。[①] 2018 年 7 月 14 日，中国元代文学学会（筹）主办的"2018 年全国元代文学研讨会"在西北民族大学本部隆重召开，来自北京师范大学、中国社会科学院、复旦大学、四川大学、兰州大学、湖南大学等多所高校及科研机构的专家及在校研究生共百余人参加了大会。上述两次会议都涉及元代文学与西域文化关系问题。元代文学与西域文明研究的特定视角是丝绸之路不同民族的多元文化交融，郭小转《多元文化背景中元代边塞诗的发展》（博士学位论文，中央民族大学，2012 年）、宋晓云《论〈长春真人西游记〉在蒙元时期丝绸之路汉语文学中的价值》（《西域研究》2012 年第 1 期）、张建伟《高昌廉氏与元代的多民族士人雅集》（《中央民族大学学报》2014 年第 4 期）等几乎都是由此而展开。关于清代这一新的研究热点，焦梦娟《清代西域游记研究综述》（《黑河学刊》2018 年第 3 期）、周燕玲《清代西域词综论》（《中国韵文学刊》2017 年第 4 期）等综述文章为此提供了诸多信息。其他相关论文尚有：张建伟《清代西域竹枝词的历史文化价值》（《西域研究》2007 年第 3 期），周燕玲《文学视野中的西域民俗景观——以清代西域诗为视角》（《新疆社科论坛》2012 年第 5 期），史国强《清乾隆年间伊犁将军与西域文学及文人研究》（《伊犁师范学院学报》2015 年第 2 期），贵凤梅《乾嘉时期流人西域诗中的情感世界研究》（硕士学位论文，湖南师范大学，2016 年），唐彦临《清代西域诗对西域自然地理符号化书写的颠覆与重构》（《新疆大学学报》2018 年第 4 期），敖运梅《清代西域流人"志怪"文学的自我影写》（《明清小说研究》2019 年第 1 期），其中唐彦临一文认为，自张骞通西域以来，各类书写中逐渐形成了关于西域自然景观的文化符号，塑造并强化了片面的西域观。清代西域诗还原了西域丰富而复杂的自然地理样貌，显示了西域诗人对这一地域情感与文化上的认同，这一变化，是在清代和平安定的大一统时代形势下才获得的。

  以上整体研究、专题研究与个案研究大体反映了古代文学的西域渊源研究的三个不同层面。但严格地说，多数基于论题的本位立场，未能在渊

[①] 《2017 年全国元代文学与西域文学研讨会成功举办》，《新疆大学学报》2018 年第 2 期。

源研究上花更多的功夫，无论在广度还是深度两个方面都还存在不足，所以需要更为切实、深入的研究成果问世。

三　中国古代文学的西方渊源研究

中国文学的西方渊源研究，或者说西方文化对中国文学的影响研究之重心在现代文学，这是中国传统文学现代化的关键环节，自然成为古今中西关系与比较研究的重中之重。而仅就古代文学时段中的渊源研究而论，主要集中于近代文学的转型研究，同时往往涉及传教士在此过程中的介入与作用问题，所以形成一主一副的两个论题。

在有关近代文学转型的西方渊源研究的论著中，彼此的切入视角与研究重心多有不同，王韬《西方思潮与中国近代文学》重在西方思潮对中国近代文学的影响研究，依次论述了科学思潮、进化论思潮、启蒙思潮、浪漫主义思潮、现实主义思潮等"西方思潮"的兴替与作用。其中科学思潮所导致的专业倾向与进化论思潮对传统价值观的破除，使得中国文学在近代脱离了"杂"文学观，转向"纯"文学观与"俗"文学观。启蒙思潮不仅从群体角度表现为近代政治小说中的革命、立宪、女权等主题，也从个体立场彰显为无政府主义和自由主义。而当时被称为"理想"与"写实"，后来则定名为浪漫主义与现实主义的西方文学思潮，正是中国近代文学乃至现代文学的主要学习对象。作者的宗旨是为了建构影响中国近代文学的"西方思潮"实体，从源头上探讨近代新文学的构成要素。[①]

与王韬《西方思潮与中国近代文学》有所不同，还有更多的论著是从东西文化碰撞的视角展开论述，郭延礼《中西文化碰撞与近代文学》（山东教育出版社1996年版）、田若虹《东西方文化碰撞中的近代中国文学》（《中国近代文学国际学术研讨会暨第十三届近代文学年会论文集》，2006年）等论著均是如此。郭著分为上篇：撞击与新变；中篇：中西文化交流的桥梁；下篇：新视角·再评价。其中上篇《中西文化交流与近代文学观念的转变》《中西文化交流与近代文学审美范围的扩大》《中西文化交流与近代小说艺术形式的新变》《在中西文化交汇中的中国近代文

---

① 王韬：《西方思潮与中国近代文学》，复旦大学出版社2014年版。

学理论》《中国近代翻译文学理论述要》，从相关重要层面论述了西方文化及其与传统文化交流对中国近代文学产生的巨大影响。田文通过描述近代文艺思潮、文学创作，探讨了近代文学近代化的历史过程，力图反映近代世道巨变与学术巨变之关系，展现出其西化、蜕化后独创的文学面貌及其特征。此外，萧功秦《儒家文化的困境：近代士大夫与中西文化碰撞》从近代中国正统士大夫的文化心理、认识心理与社会心理三个层面上展开分析，考察他们对于异质文化的排斥态度、极端保守和少数先觉者内心的苦闷与压抑。[①] 书中虽然没有直接论及近代文学，但其选择近代士大夫与中西文化碰撞的角度，也与近代文学息息相关。

由中国近代文学西方渊源研究的逐步深入与细化，便是诸多专题研究的兴起。其中第一个重要内容是文化思潮渊源研究，谢飘云《试论西方哲学对中国近代文学思潮的影响》（《学术研究》1991年第4期）、滕咸惠《西方文化思想的输入与中国近代美学和文学理论》（《山东大学学报》1992年第1期）、魏文哲《清末小说与时代思潮之互动》（博士学位论文，华东师范大学，2004年）、季桂起《近代文学对中西文化资源的选择与融合——以民主主义思想与国民意识为例》（《东岳论丛》2010年第6期）等都对此作了专题探讨。魏文主要从三个方面论述清末小说与其时代思潮之间的互动关系：革命思潮与清末小说的互动、君主立宪思潮与清末小说的互动、女权主义思潮与清末小说的互动。因为这三个方面是主要的、突出的，可以代表清末小说与其时代思潮的互动关系。季文认为中国近代文学的独特性，在于其对中西文化资源的选择与融合。西方文化带来了中国近代以来文化资源的变化，也带来了近代文学精神内涵的变化，近代文学对西方文化资源的吸收并非简单的移植，而是注意到与本土文化资源的融合。其中对民主主义思想和国民意识的吸收具有很大典型性。民主主义思想和国民意识进入近代文学，得到了"民本"思想与族群意识等本土文化资源的支持，在保持其现代性内涵的基础上，体现了相当大的民族特征。这种外来文化资源与本土文化资源的选择与融合，成为

---

① 萧功秦：《儒家文化的困境：近代士大夫与中西文化碰撞》，广西师范大学出版社2006年版。

中国文学从古典走向现代的一条重要途径。

第二个重要内容是文体变革渊源研究，左鹏军《文化的中西古今之变与近代文体的转换生新》对此作了综合性的论述，认为在中西文化冲突交融、古今文化嬗变会通的背景下，中国近代文体观念和文体形态表现出一系列新变化：一是在文学观念上，从传统杂文学观念向具有近现代色彩的纯文学观念转化；二是在文体观念上，从传统综合性、实用性文体观念向近现代专门性、审美性文体观念转换；三是在文体形态上，从传统文章学文体形态向近现代文学性文体形态转变；四是在传播接受方式上，从传统技术工艺传播接受方式向具有工业化特征的近现代传播接受方式转换。因此，近代成为中国文学史和文体史上一个特殊而重要的阶段，近代文体观念与文体形态变革留下了丰富的文学史、文体史和文化史经验，既具有丰富的文体史、文学史内涵，也具有特殊的思想史、文化史意义。[①]至于不同文体的渊源研究，则有张化《论西方文学对近代谴责小说的影响》（《江海学刊》1983年第5期）、张宜雷《中国近代诗歌变革与西方浪漫主义思潮影响》（《天津社会科学》1984年第1期）、袁国兴《外来影响与中国近代戏剧变革模式的演进——兼谈改良戏曲与话剧的关系》（《戏剧艺术》1993年第1期）、郭延礼《西方文化与近代小说的变革》（《阴山学刊》1999年第3期）、谢飘云《中外文化交流与岭南近代诗歌风格之嬗变》（《华南师范大学学报》2003年第4期）、《中外文化交流与岭南近代散文风格之嬗变》（《中国近代文学国际学术研讨会暨第十三届近代文学年会论文集》，2006年）、《文化生态变迁与近代中国散文的新变》（《华南师范大学学报》2011年第1期），沈惠如《近代西学思潮对中国戏曲的影响——兼论近代中西戏曲文化交流的历史定位》（《戏曲研究》2004年第1期），王韬《论西方浪漫派文学对我国近代小说之影响》（《明清小说研究》2012年第4期），李琦《近代小说叙事形式论研究》（硕士学位论文，中南民族大学，2015年），左鹏军《传统与变革——近代戏曲新论》（中山大学出版社2018年版），等等，广泛涉及中国近代诗歌、散文、小说、戏剧与西方关系与渊源研究。

[①] 左鹏军：《文化的中西古今之变与近代文体的转换生新》，《学术研究》2018年第5期。

第三个重要内容是经典作家渊源研究，聚焦于王韬、郭嵩焘、黄遵宪、梁启超、严复、曾朴等。主要有南敏洙《近代西方文学对吴趼人的影响》(《岱宗学刊》1997年第2期)，梁桂平《外国文化与黄遵宪的诗歌创作》(《华南师范大学学报》2000年第4期)，袁荻涌《曾朴对法国文学的接受与翻译》(《贵州师范大学学报》2001年第4期)，刘冰冰《在古典与现代性之间——黄遵宪诗歌研究》(博士学位论文，山东大学，2003年)，段清《海外旅行与中国近代知识分子文化心理的塑形——以王韬、郭嵩焘、梁启超的旅外游记为例》(硕士学位论文，青海师范大学，2011年)，惠萍《严复与中国近代文学变革》(博士学位论文，河南大学，2011年)，党月异《王韬与中国近代文学的转型》(中国社会科学出版社2014年版)等。其中《王韬与中国近代文学的转型》在中西文化融合与冲突、近代中国社会文化转型、中国近代文学变革的大背景下探讨王韬的文学作品。第一次较为系统全面地解读王韬的小说、诗歌、散文，包括从创作身份到文学观念，从内容题材到传播方式，从文学语言到文学功能的种种变革，全方位地把握了王韬的文学作品在从古代文学向近代文学转型中的位置，探讨了他对整个近代文学发展的开拓意义和承前启后的历史贡献。

第四个重要内容是文学批评渊源研究，郭延礼《在中西文化交汇中的中国近代文学理论》认为，中国近代文论，表现在外部形态上，是新旧并陈、旧中寓新、中西交汇、新质萌生。而在深层次的"内部形态"方面，中国近代文论则有五个突出特点：一是鲜明的反传统精神，以及求变、求新和经世致用的近代意识；二是打破了杂文学观念，由以诗文为文体中心转向了小说和戏剧，形成了近代文体中小说、戏剧、诗歌、散文互为依存的文学体系；三是主张言文合一，倡导文学的通俗化；四是汲取西方先进的哲学、美学和文学思想，以新的理论武器和思维方式试图建构中国近代新的文学理论体系；五是翻译文学的出现为中国提供了中西文学比较的可能，从而产生了中国比较文学的研究。[①] 涉及近代批评渊源研究的相关论文尚有：毛新青《刘师培与中国文论的现代转型》(博士学位论文，山东大学，2007年)，张玲《中国近代文学批评的现代性转型及其学

---

① 郭延礼：《在中西文化交汇中的中国近代文学理论》，《东岳论丛》1999年第1期。

科建设意义》（硕士学位论文，山东理工大学，2011年），周少华《晚清民初诗歌批评转型研究》（博士学位论文，华中师范大学，2011年），苗怀明《大辂椎轮，创始不易——中国近代学术的转型与王国维的戏曲研究》（《中国古代小说戏剧研究丛刊》2010年第7辑），等等。另有一些涉及艺术思想、美学思想转型的论文，从广义上说也可以归于此列，比如朱桦《文化精神的冲撞与美学思想的渗透——论西方美学对中国近代美学思想的影响》（《学术月刊》1988年第2期），王海涛《从刘熙载到王国维——兼论中国传统美学的近代转型》（硕士学位论文，四川师范大学，2001年），宗先鸿《卢梭与中国近现代文学》（博士学位论文，东北师范大学，2006年），陈友峰《论戏曲艺术思想的近代转型——兼论梁启超、王国维在戏曲艺术思想转型中的作用》（《戏曲艺术》2014年第1期），朱桦认为，两种文化精神的冲撞与近代审美观的诞生自鸦片战争起，中国历史就存在一个深刻的悖论：一方面，西方与中国在政治和经济方面是侵略与被侵略的关系；另一方面，在文化思想领域则是先生与学生的关系，肇始于鸦片战争的西学东渐的潮流，激起并加剧了中西文化的冲突、对抗与交汇，由此引发了中国传统文化前所未有的蜕变与中国近现代文化艰难曲折的生成。宗先鸿的博士论文重在系统梳理与总结卢梭对中国近现代思想文化的多维影响在文学中的体现，考察影响发生的根源、途径和事实，并探寻接受过程中变异现象的存在及原因。

除了上述四大内容之外，中国近代文学西方渊源研究还广泛延伸于其他层面，蒋晓丽《中国近代大众传媒与中国近代文学》（博士学位论文，四川大学，2002年），王晓岗《新小说的兴起——清末民初中国文学生产方式的变革》（博士学位论文，吉林大学，2010年），罗紫鹏《近代小说中的上海——论近代知识分子时空观念之变迁》（硕士学位论文，苏州大学，2012年）三文分别从近代大众传媒、文学产生方式与时空观念变迁三个维度展开论述。杨秀敏《发现"秘索思"——对中国近代以来认知西方文学和宗教过程的梳理与反思》（博士学位论文，中国社会科学院研究生院，2014年）、彭贵昌《西方祛魅、跨界书写与身份转变——从〈苦社会〉〈苦学生〉看近代中国文学的转向》（《世界华文文学论坛》2017年第2期）、张瑜《〈东西洋考〉与近代中国文学的"气味"》（硕士学位论文，三峡大学，2011年）三文论述视角更为独特，多有新意。

近代文学转型的历史进程，即是古代文学的"近代化"问题，然又常常与"现代化"问题相混合，彼此在时段与内涵上也有所不同，所以需要为中西文化碰撞下近代文学转型进行历史定位。郭延礼《中国近代文学的历史地位——兼论中国文学的近代化》认为，中国近代文学是中国文学史发展中一个重要的阶段，它既不是古代文学的继续和尾声，也不是现代文学的前奏和背景，而是具有独立的历史地位和无可替代的价值。中国文学近代化的过程，从某种意义上说，也就是中国文学学习西方，以及在西方文化的撞击下中国文学求新求变的过程。① 关爱和、袁凯声《论中国文学的近代转型》认为，鸦片战争之后，中华民族面临民族生存危机、传统文化危机的同时，也面临传统文学的存续危机。80年的近代文学，与近代中国社会进程、文化思想变革紧密联结，救亡与启蒙的主旋律回荡始终。近代文学的主导风格与审美风貌，走过悲痛忧愤，渐趋于昂扬躁厉，终至于明朗乐观。近代文学转型的艰巨性、曲折性与急遽性，使它具有亦新亦旧的过渡性特征，为后来者开启走向现代化的新方向。②

与近代文学转型渊源研究息息相关的是西方传教士群体的介入与作用评价问题。袁进《试论中国近代对文学本体的认识》《重新审视欧化白话文的起源——试论近代西方传教士对中国文学的影响》两文对此作了集中的探讨，前文从"文学本体"的视角对此作了新的阐释，其核心观点是中国近代的"西学"，主要是由西方传教士介绍进来的，以往未得到公正的评价，然而西方传教士也有自身的知识局限，他们介绍的西方文学观念还是比较陈旧的，就在签订"马关条约"的1895年，传教士傅兰雅在《万国公报》上刊登"求著时新小说启"，提出"感动人心，变易风俗，莫如小说"，却给康有为、梁启超等人以极大的触动，梁启超后来提倡"新小说"，发动"小说界革命"的最初设想，显然受到传教士提倡的"时新小说"的启发。再如另一位传教士林乐知于1896年翻译出版了日

---

① 郭延礼:《中国近代文学的历史地位——兼论中国文学的近代化》,《文史哲》2011年第3期。
② 关爱和、袁凯声:《论中国文学的近代转型》,《文艺研究》2013年第11期。

本的《文学兴国策》,主张"文学为教化必需之端",正与中国传统"文以载道"的文学观念相符,只是将所载的"道"换成"勤求家国之富"的"道"即可。受此影响,谭嗣同、梁启超、严复等人提倡"实用"的与"救国有关"的文学,从而形成"文学救国论",带有很强的政治功利性。20 世纪初,有的作家试图借助西方近代文学观念来变革中国古代文学观念,加强对文学本体的认识。其中又可分为两派,一派是部分引进,另一派是全部引进。他们共同的特点是:力图运用西方近代文学观念来阐述中国文学。真正成功地引进西方近代文学观念并使之与中国文学结合的,首推王国维及周树人、周作人兄弟,他们的文学思想代表着中国近代文学思想的最高水平。[①] 后文认为,新文学主要运用的是欧化白话,欧化白话的文学作品早在 19 世纪就已经问世,它是由当时西方传教士书写的,有诗歌、散文和小说。西方传教士还是国语运动的最早推动者,它与晚清白话文运动和五四白话文运动构成一条国语运动的发展线索。结合晚清"新小说"运动和"文学救国论"的西方传教士影响,可以说,西方传教士曾经对中国近代的文学变革产生过很大影响。然而这一影响以前被我们低估了,因此受到忽视,由此需要调整我们的现代文学研究视野。[②] 王飚《传教士文化与中国文学近代化变革的起步》也赞同袁进的观点,认为 19 世纪来华传教士与中国文学的关系长期被忽视,近年对基督教文学作品的发现和研究扩展了视野。然后从更广阔的文化视角考察,提出传教士的"知识传教"模式,形成一种区别于纯粹宗教文化又区别于单纯科学文化、既源于西方又适应当地的独特的"传教士文化",这是 19 世纪中国西学知识的主要来源。传教士文化的"复合性"和"在地化"特点,为接受世界近代文化提供了多样选择和自主重构的可能,影响了以魏源、王韬和康有为、梁启超为代表的三代文学变革的先驱,逐步改变了他们的知识结构和社会理想,对文学家从士大夫文人向近代知识分子转型起了重要作用。传教士引进近代印刷、出版技术和报刊等新型文化载体和传播方

[①] 袁进:《试论中国近代对文学本体的认识》,《江淮论坛》1998 年第 4 期。
[②] 袁进:《重新审视欧化白话文的起源——试论近代西方传教士对中国文学的影响》,《文学评论》2007 年第 1 期。

式,进而影响文学创作,报章文体、时新小说、新体诗、新剧这些文学近代化变革的起步,都可以追溯到传教士文化。①

近年来,宋莉华尤其关注传教士汉文小说与中国文学的近代变革的重要意义,先后发表了《十九世纪传教士小说的文化解读》(《文学评论》2005 年第 1 期)、《传教士汉文小说与中国文学的近代变革》(《文学评论》2011 年第 1 期)、《近代传教士对才子佳人小说的移用现象探析》(《文学遗产》2018 年第 4 期)等文,其中《传教士汉文小说与中国文学的近代变革》认为,在中国文学的近代变革中,西方文化的强力介入是一个直接诱因和不可或缺的异质文化资源。西方来华传教士用中文撰写或译述了大量小说,意在宣教,却同时也将西方的文学及其文学技巧引入中国。这些作品呈现出中西调和的文学形态,对中国文化及章回小说的文学传统欲拒还迎,以中国文学形式阐释西方宗教。传教士汉文小说在现代白话文写作方面表现出了超前性和前瞻性,后人关于白话的许多重要认识与变革在其中已显露端倪。该文还特别关注 19 世纪中叶后,传教士加强了儿童文学的创作与翻译,颠覆了传统的童蒙教育,对中国儿童文学的萌蘖有筚路蓝缕之功。此外,白鸽《西方来华传教士对中国语言文字变革运动影响研究》(博士学位论文,陕西师范大学,2013 年)、狄霞晨《新教传教士与中国近代文学语言》(《中国比较文学》2014 年第 1 期)等文多从语言文字的角度加以探讨。至于有关传教士的西方文学译介工作及其评价也直接关乎本论题,但因放诸译介学论述更为合适,故而此略。最近,又有刘丽霞《近现代来华传教士与中国文学研究》的学术专著问世,作者重点从文学角度对近现代来华传教士在中西文化交流史上的特殊意义给予史料梳理和学理分析,并在将其作为中西文化的"之间人"和具有深厚"在地"体验的研究者的角色定位中做出历史评价。②

历史地看,传教士的引进和倡导西方文学观念以及西方文学翻译,在介入与推动中国近代文学的转型过程中发挥了重要作用,所以需要在还原尊重史实的基础上予以恰当的评价,但因所持文学观念比较陈旧,其发挥

---

① 王飚:《传教士文化与中国文学近代化变革的起步》,《汉语言文学研究》2010 年第 1 期。
② 刘丽霞:《近现代来华传教士与中国文学研究》,中国社会科学出版社 2017 年版。

的作用既是阶段性的，也是有限的，主要还是由王国维及周树人、周作人兄弟等通过引进西方近代文学观念与思想，最终完成了中国传统文学的近代转型。

以上印度、西域、西方三大板块之外，还有部分学者也关注到了南北亚文化的渊源研究。前者如杨宪益在其《译余偶拾》中考证出不少中国古代文学的南亚渊源。1947年，杨宪益《译余偶拾》曾以《零墨新笺》为题由中华书局出版。后来陆续又有类似文章，于1949年印行《零墨续笺》。2006年将两书合并，稍作修订以《译余偶拾》为题，由山东画报出版社出版。杨宪益本是翻译大家，所作文史考证文章也多涉及中外文学关系，而且往往为中国古代文学追溯渊源。如《李白与〈菩萨蛮〉》一文指出"《菩萨蛮》是古代缅甸方面的乐调，由云南传入中国。著名的《菩萨蛮》词'平林漠漠烟如织'是李白的作用，因为李白是氐人，生长在昌明，所以幼时就受了西南音乐的影响"。《板桥三娘子》一文考证唐孙顗《幻异志》里的板桥三娘子故事源于希腊的《奥德修纪》（Odysseia）史诗第十卷里面巫女竭吉（Kirke）的故事，该故事又见于罗马阿蒲流（Apuleius）的《变形记》（Metamorphoses）。作者认为板桥三娘子的故事显然与唐宋时著名的昆仑奴同来自非洲东岸，被大食商人带到中国来的。当时有大食商人由板桥经过，为行路人述说故事，所以故事在板桥流传下来。再如《中国的扫灰娘故事》则考证出《酉阳杂俎·支诺皋》里的扫灰娘来自西方，由南海传入中国。[①] 再如谭勇辉《邱菽园诗歌的南洋地理文化底蕴》论邱菽园1895年侨居新加坡后，凭借着长期寓居南洋的经验，努力开拓南洋诗境。他的诗歌以新加坡为立足点，将地理空间扩展至与之相连接的马六甲海峡，并赋予历史文化底蕴，具有一定的典型意义。此外，通过岛居生活的描写，邱菽园也传达了南渡诗人对中国传统审美意趣和生命关怀的坚守情操。[②] 关于北亚的渊源研究集中在元代，根据王双梅《草原文化与元代文学研究综述》一文的梳理，以往有关草原文化与元代文学研究的成果主要表现在四个方面：草原文化研究、多民族文化（文学）

---

① 杨宪益：《译余偶拾》，山东画报出版社2006年版，第70页。
② 谭勇辉：《邱菽园诗歌的南洋地理文化底蕴》，《中国韵文学刊》2016年第2期。

关系研究、元代蒙古族文学研究、元代草原地区文学研究。其中多民族文化（文学）关系研究、元代蒙古族文学研究两部分内容多涉及元代文学的蒙古族文化渊源研究。① 扎拉嘎在《游牧文化影响下中国文学在元代的历史变迁——兼论接受群体之结构变化与文学发展的关系》中，运用其"平行哲学"理论，主要从接受群体之结构变化与文学发展关系的角度，探讨了游牧文化对元代文学发生的多重影响。② 云峰《民族文化交融与元代诗歌研究》主要论述了元代蒙古族及北方草原游牧民族与中原汉族在文化方面的差异，各民族间在政治、经济、婚姻习俗等方面的交往状况，少数民族诗人及其汉文诗歌创作，描写北部边疆自然风光及少数民族生活习俗等诗歌，多民族文人的雅集聚会、酬唱交往与诗歌创作，其中多蕴含着蒙古文化的渊源研究。③ 其他如国宇、李成《论蒙古族文化对中原文化及元代文学的影响》（《语文学刊》2011 年第 1 期）、郭晖《少数民族文化影响下的元代文学的特点及贡献》（《贵州民族研究》2018 年第 5 期）等文也都有相关的专题论述。

第三节　中外比较之二：影响研究

中外文学比较的影响研究主要是探讨中国古代文学在域外的影响和接受情况。部分研究中国古代文学在域外影响的论著，常常将传播研究与比较研究相结合，如王丽娜《中国古典小说戏曲名著在国外》（学林出版社 1988 年版）、宋柏年《中国古典文学在国外》（北京语言学院出版社 1994 年版）、施建业《中国文学的传播与影响》（黄河出版社 1993 年版）等。其中宋柏年《中国古典文学在国外》介绍了中国文学在国外的流布情况，也介绍了国外学者对中国文学的研究，而重点放在中国文学对外国文学的

---

① 王双梅：《草原文化与元代文学研究综述》，《前沿》2015 年第 11 期。
② 扎拉嘎：《游牧文化影响下中国文学在元代的历史变迁——兼论接受群体之结构变化与文学发展的关系》，《文学遗产》2002 年第 5 期。
③ 云峰：《民族文化交融与元代诗歌研究》，内蒙古大学出版社 2013 年版。

影响研究上，论述了中国作家、作品、文体、流派、哲学思想等在国外的影响和研究情况。作者指出，中国古代文学已经深刻影响西方文化。施建业《中国文学的传播与影响》的第一部分为中国古代文学在国外的翻译与研究情况的介绍，说明《诗经》《楚辞》《搜神记》、唐诗、宋词、四大名著、《金瓶梅》《儒林外史》《官场现形记》等作品在日本、朝鲜、越南、苏联、法国、德国、英国、美国的传播情况。另外，王晓平、周发祥、李逸津《国外中国古典文论研究》（江苏教育出版社 1998 年版）、孙歌、陈燕谷、李逸津《国外中国古典戏曲研究》（江苏教育出版社 2000 年版）两书侧重于国外学术界对中国古典文学的研究，但间或穿插着中国古典文学在域外的影响研究。中国古代文学的域外影响研究主要聚焦在东亚地区，日本文学、朝鲜—韩国文学，此外东南亚、欧美等国家的文学也受到中国古代文学的影响。

一 对日本的影响研究

中国古代文学对域外影响最大的是日本，因此中日文学关系的研究一直是中国比较文学研究中的重点，成果也最为丰硕。王向远《近二十年来我国中日古代文学比较研究述评》（《日语学习与研究》2003 年第 2 期）、王琢《20 世纪中日比较文学研究的回顾与展望》（《暨南学报》2009 年第 4 期）等综述性论文已对中日文学关系的研究史作了较为详细的梳理。王琢在文章中指出，中日文学关系研究的学术史很长，并以 1978 年至 20 世纪末的新的历史时期为中日文学关系研究的快速发展期，这一时期成果累累。

1. 对日本文学影响的总体研究。严绍璗《中日古代文学关系史稿》（湖南文艺出版社 1987 年版）、《中日文化交流史大系·文学卷》（浙江人民出版社 1996 年版），王晓平《近代中日文学交流史稿》（湖南文艺出版社 1987 年版）同时涉及中日文学的相互影响的研究，但在近代之前，主要是中国对日本的影响。严绍璗《中日古代文学关系史稿》探讨了中日神话的关联性，日本古代短歌中的汉文学形态，日本古代小说的产生与中国文学的关系，白居易文学在日本中国韵文史的地位与意义，中世时代日本女性文学的繁荣与中国文学的影响，明清俗语文学的东渐与日本江户时代小说的繁荣等。王晓平《近代中日文学交流史稿》讨论了袁宏道"独抒性灵"说对山本北山的清新诗论的影响，袁枚的《随园诗话》对广濑淡窗的《淡窗诗话》的影响，明清小说对日本前近代小说的影响，明清小说批评对前期读本作者的影响，明清小说批评对曲亭马琴读本的影响等内容，选题独到，论述详细，是较为扎实的论著。

严绍璗、王晓平又著有《中国文学在日本》（花城出版社1990年版），书中第一章介绍了中国古代文学东传日本的文化背景，说明了中国古代文学在日本的流布形式；第二章至第五章，探讨了日本汉文学、古代"翻案"文学、古代"物语"和古代"和歌"中的中国文学形态。该书力图描述中国文学在日本流传的轨迹和方式，阐明日本在接受中国文学的过程中，本民族文学在内在层次上所产生的诸种变异；探讨日本人的中国文学观的形成、发展和变革，对日本学者翻译、评论和研究中国文学过程中形成的学术流派、研究特点、成就、发展趋向做概括的评介。[1] 严绍璗还著有《中国文化在日本》（新华出版社1993年版）一书，其中第四章从《怀风藻》《万叶集》《竹取物语》《源氏物语》等作品中，找寻了中国文学、中国文化的影响因子。高文汉《中日古代文学比较研究》（山东教育出版社1999年版）以通史性质论述了日本汉文学的发展及重要作家作品的情况，评述了日本的汉诗、汉文及其与中国文学的关联性，同时也涉及日本物语文学《竹取物语》《源氏物语》对中国文学的吸收与借鉴。

2. 对日本小说的影响研究。王晓平《佛典·志怪·物语》（江西人民出版社1990年版）第三部分《渊海篇》着重阐述了中国经史叙事文学、志怪小说在日本文学历史发展进程中的影响和作用。马兴国《中国古典小说与日本文学》[2]论述了中国古代小说东传日本的概况，指明了中国古代小说中的《搜神记》对日本神话传说的影响，《世说新语》在日本的流布情况，《游仙窟》对日本古代说话文学、物语文学、中世近世小说的影响，唐传奇对日本平安文学、江户文学和近代文学的影响，《三国演义》

---

[1] 严绍璗、王晓平：《中国文学在日本·前言》，花城出版社1990年版。
[2] 马兴国：《中国古典小说与日本文学》，辽宁教育出版社1993年版。

对日本文学与社会的影响等。李树果《日本读本小说与明清小说：中日文化交流史的透视》（天津人民出版社1998年版）一书共六章，主要通过《剪灯新话》《三言》《水浒传》这三部中国古代著名的小说，来说明它们在日本江户时代读本小说中的影响。作者指出，尽管日本读本小说与中国文学的关系千头万绪，"但归根溯源，我认为可以概括为三部书。一是《剪灯新话》（包括《余话》）的影响，从而使日本产生了翻改小说，为读本的创作提供了一种别具特色的方法。二是'三言'，通过翻改'三言'便产生了日本前期读本。三是《水浒传》，通过翻改《水浒传》便产生了日本后期读本"。

这里特别要指出的是，中国文学对日本小说《源氏物语》的影响研究成果最为丰富，也最为深入。叶渭渠、唐月梅两位日本文学的翻译家合写的《中国文学与〈源氏物语〉——以白氏及其〈长恨歌〉的影响为中心》[①]一文认为《源氏物语》依照日本传统文学思想和审美价值取向，吸收中国文学理念和方法，尤其是白居易的文学观与《长恨歌》精神而达到交融的最好典范。从宏观上看，《源氏物语》受到了中国文化中的佛教、儒学的影响，从微观上看，受到了白居易的文学观的影响，而白氏《长恨歌》的讽喻与感伤的思想结构也深刻地影响了《源氏物语》的创作。姚继中《〈源氏物语〉与中国传统文化》（中央编译出版社2004年版）指出唐代变文、传奇、白居易诗对《源氏物语》有着重要影响。黄建香《论白居易〈白羽扇〉对〈源氏物语〉的影响》[②]也涉及了白居易对紫式部《源氏物语》的影响。

3. 对日本诗歌的影响研究。日本汉诗从公元7世纪中叶诞生，到20世纪初期逐渐退出历史的舞台，经历了一千三百多年的发展历程。日本汉诗不仅体现了中日两国之间源远流长的文学交流，成为两国文学史的重要内容，也在东方各民族文学乃至于世界各民族的文学关系史上留下了光辉灿烂的篇章，同时也为比较文学尤其是中国对日本的影响研究提供了广阔

---

① 叶渭渠、唐月梅：《中国文学与〈源氏物语〉——以白氏及其〈长恨歌〉的影响为中心》，《中国比较文学》1997年第3期。

② 佟君、陈多友：《中日比较文学比较文化研究》，中山大学出版社2004年版。

的研究领域与重要的学术资源。① 萧瑞峰《日本汉诗发展史》（吉林大学出版社 1992 年版）以日本汉诗的发展历程为主题，同时又探讨了《文选》与《白氏文集》对日本王朝诗坛的影响。刘丹《日本僧侣汉诗与杜甫》（辽宁大学出版社 1994 年版）一书以大典禅师和六如上人两位杰出诗人为研究对象，指出他们的汉诗中善用杜诗，以杜诗为典，说明了中国古代文学对日本影响的一个侧面。尹允镇、徐东日、禹尚烈、权宇四人合著《日本古代诗歌文学与中国文学的关联》（黑龙江朝鲜民族出版社 2005 年版）介绍了中国文学对日本"记忆歌谣"、《万叶集》《怀风藻》《古今和歌集》、近世汉诗、俳谐等作品的影响。近年，影响研究更为深入细致，论题也较新颖，如张红运《唐诗的时空意境对日本汉诗的影响》认为日本汉诗的时空意境构成受唐诗影响有四种表现。同"时"异"空"的意境给人以时间绵延背景下的持续感和运动感；同"空"异"时"的诗歌情感又多表现为沿时间流动而不断蕴积的特征。同"时"同"空"关系下的意境显得宁静而安详；异"时"异"空"的意境则是借助时间方向的无序变动和时间属性的频繁转换，全方位地揭示诗人的心灵世界。② 曹颖《唐诗远播扶桑时：从意象"竹"分析唐诗对于日本文学的影响》③ 指出菅原道真等日本文人的咏竹诗，大多受到白居易笔下竹子的影响，而这种影响一直持续到日本现代著名作者夏目漱石的诗作。吴雨平《日本汉诗研究新论》尝试从"文体学"的角度对日本汉诗与中国古典诗歌以及日本民族文学样式进行比较研究，其主体应属于平行研究，但其中第一章将日本汉诗置于古代东亚汉文化圈的背景之中，指出日本汉诗是古代中日文化乃至于东亚各国文化交流的产物，而由于中国古代文化繁荣发达的强势地位，交流的媒介则是以东亚汉文化圈的共通文字——汉字"组合"而成的、具有儒家深厚思想根基的"汉诗"，则是典型的日本诗歌的影响研究。④

---

① 参见吴雨平《日本汉诗研究新论》，博士学位论文，苏州大学，2006 年。
② 张红运：《唐诗的时空意境对日本汉诗的影响》，《陕西师范大学学报》2006 年第 2 期。
③ 曹颖：《唐诗远播扶桑时：从意象"竹"分析唐诗对于日本文学的影响》，《社会科学论坛》2008 年第 8 期。
④ 吴雨平：《日本汉诗研究新论》，博士学位论文，苏州大学，2006 年。

另外，中国的诗歌理论对日本文学也产生了一定的影响，如赵乐甡《和歌理论的形成与我国诗学》(《日本文学》1987年第3期)和《日本中世和歌理论与我国儒、道、释》(《吉林大学学报》1987年第6期)、曹旭《〈诗品〉东渐及对日本和歌的影响》(《文学评论》1991年第6期)等论文，都是这方面研究的突出成果。毛明娟《江户时期的日本诗话对清代诗歌的接受批评》以江户时期日本诗话对清代诗歌的接受批评为研究对象，分别从江户时期的日本诗话对清初诗人钱谦益的接受、对王士祯及其神韵说的接受、对袁枚及其性灵说的接受、对沈德潜及其格调说的接受以及对清代其他诗人的接受等几个层面挖掘江户时期的日本诗话对清代诗歌诗论的接受，最后总结了这种接受所反映出来的特点以及对后世所产生的意义影响。[①] 代表了中国的诗歌理论对日本文学影响研究的新近成果。

此外，张哲俊《母题与嬗变——从〈枕中记〉到日本谣曲〈邯郸〉》(《外国文学评论》1999年第4期)、《母题与嬗变——从明妃子故事到日本谣曲〈王昭君〉》(《外国文学评论》2000年第3期)、《日本能乐的形式与宋元戏曲》(《文艺研究》2000年第4期)探讨了中国古代戏曲对日本戏曲文学的影响。于长敏《中日民间故事比较研究》(吉林大学出版社1996年版)对中日古代神话、民间故事的关系进行了研究。

二 对朝鲜—韩国的影响研究

朝鲜半岛紧依中国，其古代文学也深受中国文学的影响，因此中国文学对朝鲜—韩国的影响研究也是中国比较文学研究的一个重点。

1. 对朝鲜—韩国文学影响的总体研究。韦旭升《中国文学在朝鲜》[②] (后收入《韦旭升文集》第三卷)围绕中国文学对朝鲜文学的影响论述了四个基本问题：中国文学得以传播并作用于朝鲜文学的基础；朝鲜文学对中国文学的吸收和利用；中国文学作用于朝鲜文学的途径与结果；中国在

[①] 毛明娟：《江户时期的日本诗话对清代诗歌的接受批评》，硕士学位论文，福建师范大学，2013年。

[②] 韦旭升：《中国文学在朝鲜》，花城出版社1990年版。

朝鲜的余波和功过。全书以此分为四章。其中第二章是全书的核心，重点论述了《昭明文选》《游仙窟》、苏东坡、黄庭坚的作品、《太平广记》等作品对朝鲜的输入与传播；汉诗、词、散曲、传记文学、传奇小说、章回小说等各种文体对朝鲜汉语文学和朝鲜—韩国国语文学的影响。此外，还从中国文学作品的主题、题材、情节、形象、艺术、风格、语言等方面论述了中国文学对朝鲜的影响。陈蒲清《古代中韩文学关系史略》（湖南人民出版社1999年版）分神话传说、汉文诗、朝鲜民族诗歌、朝鲜散文、史传文学、寓言、小说等不同文体来探讨中朝文学之间的关联。金柄珉、金宽雄主编的《朝鲜文学的发展与中国文学》（延边大学出版社1994年版）从历史的角度系统梳理了中国文学在朝鲜文学发展进程中的影响与作用，分为上古至新罗时期（9世纪前）、高丽时期（10—14世纪）、李朝时期（15—19世纪）、近代和现代（19世纪至1945年）等四个时期。李岩《中韩文学关系史论》（社会科学文献出版社2003年版）主要论述中国和朝鲜文学在古代漫长的历史时空中交往的历史。其内容包括两国文人的往来交流、留学生的求学活动、僧侣的渡海求法交游等过程中发生的文学传接授受关系，以及文学典籍的流通、文论的研传、出版业的进步、艺术的互播、科举制的传借等诸种因素对两国文学关系发展上的作用等。彼此交流的重心是中国对朝鲜的影响。高文汉、韩梅《东亚汉文学关系研究》（中国社会科学出版社2010年版）从韩、日汉文学的重点作家、主要文学流派的体裁、文学价值观、审美取向、表现手法、思想倾向等入手，探讨了中国文学对韩日文学的影响和韩日文学的接受情况。

此外，杨昭全《明清时期中朝文学的交流》（《国外文学》1984年第2期）、尹虎彬《清代的中朝文学交流》（《中央民族学院学报》1986年第3期）、吴士英《清代中朝文学交流的特点》（《山东大学学报》2000年第6期）、金柄珉《朝鲜中世纪北学派文学研究——兼论与清代文学之关系》（延边大学出版社1990年版）分别探讨了中国明清时期文学对朝鲜—韩国文学的影响。

2. 对朝鲜—韩国诗歌的影响研究。金宽雄《中朝古代诗歌比较研究》（黑龙江朝鲜民族出版社2005年版）从两个方面研究了中国古代诗歌对朝鲜诗歌的影响：一是探讨了中国古代杰出诗人对朝鲜古代诗歌的影响，包括屈原、陶渊明、王维、李白、杜甫、白居易、苏轼、朱熹、王士禛等诗人；二是探讨了中国古代诗歌体裁、流派及形式对朝鲜古代诗歌的影响，涉及的研究内容有中国乐府诗与朝鲜乐府诗、唐代格律诗与新罗汉诗的萌兴、江西诗派与高丽和朝鲜汉诗的发展、朝鲜中期女性汉诗与中国文学的关联、朝鲜国语诗歌中的中国文学因子。金柄珉《影响、接受与互补——19世纪中朝诗人的文学交往》（《延边大学学报》1994年第2期）、徐东日《朝鲜李朝时期中朝诗歌之关联》（《东疆学刊》1998年第2期）等文章从断代上探讨了中国诗歌对朝鲜诗歌的影响。徐志啸《由退溪诗谈李退溪与陶渊明》（《韩国研究论丛》1999年第6辑）、宁海《李白对高丽时期汉诗发展的影响》（《延边大学学报》1994年第2期）、刘楠《杜甫对朝鲜诗人丁若镛创作的影响》（《延边大学学报》1995年第3期）、柳基荣《苏轼与韩国词文学的关系》（《复旦学报》1997年第6期）、李炬《朝鲜古代汉文诗〈箜篌引〉与汉文化》（《青海师专学报》1999年第3期）等文章则分别从诗人或诗歌作品个案上探讨了中国诗歌对朝鲜诗歌的影响。

3. 对朝鲜—韩国小说的影响研究。金宽雄、李官福《中朝古代小说比较研究》（上）（延边大学出版社2009年版）全面地比较了中朝古代小说的关系，重点探讨中国古代小说对朝鲜古代小说的影响。该书首先从宏观上探讨了中国古代小说传入朝鲜的途径、朝鲜读者对中国古代小说的接受，以及中国文学与朝鲜古代小说的关联，认为中国的史传文学、文言小说、明清白话小说、汉译佛经等都与朝鲜古代小说有着密切关联；其次是研究中国文言小说对朝鲜文言小说的影响，具体分析了《搜神记》、汉魏六朝志怪小说、唐传奇小说、唐宋假传（寓言体史传）、《太平广记》、梦幻型启悟小说、《剪灯新话》《史记》列传等对朝鲜古代小说的影响；再次是研究了汉译佛经对朝鲜古代小说的具体作品的影响。按计划该书下册主要是研究明清白话小说对朝鲜古代小说的影响，目前尚未出版。孙惠欣《冥梦世界中的奇幻叙事——朝鲜朝梦游录小说及其与中国文化的关联》（北京大学出版社2009年版）在全面研究朝鲜梦游录小说时，对朝鲜梦游录所受到的中国历史和地理文化、中国思想文化观念、中国古代文学传统等影响也进行了分析。此外，陈翔华《中国古代小说东传韩国及其影响》

(《文献》1998年第3、4期)、李时人《中国古代小说在韩国的传播和影响》(《复旦学报》1998年第6期)、杨昭全《中国古代小说在朝鲜之传播及影响》(《社会科学战线》2001年第5期)、许辉勋《试谈明清小说对朝鲜小说的影响》(《延边大学学报》1987年第1期)、李野《朝鲜传奇文学接受中国传奇文学影响的客观效果》(《延边大学学报》1991年第4期)、颜宗祥《〈春香传〉与中国话本小说》(《国外文学》1990年第2期)等文章都对中国古代小说对朝鲜—韩国小说的影响进行了研究。《剪灯新话》对《金鳌新话》的影响研究是韩朝文学界研究的热点问题,徐东日《〈金鳌新话〉与〈剪灯新话〉之比较——论金时习文学的主体性》(《延边大学学报》1992年第4期)也对这一问题进行了比较深入的探讨。

4. 对朝鲜—韩国假传的影响研究。高丽朝假传体文学是朝鲜高丽朝中后期出现的一种以拟人化笔法为物立传,带有寓言、史传性质的叙事散文文体。其源流可以追溯到中国历史悠久的"以文为戏""以文为史"的创作传统。其中唐代韩愈的《毛颖传》就是假传确立的标志。李杉婵《朝鲜高丽朝假传体文学研究》、张舒曼《高丽假传文学对唐宋假传文学的接受》、崔铁柱《中韩假传文学比较研究》三篇硕士论文对此作了集中的探讨。李文通过系统梳理与分析,得出如下结论:高丽朝假传体文学是在中国传奇文学、传记文学、唐宋假传体文学等相关文学艺术形式影响的基础上,在中国悠久的寓言传统和勃兴的传记文学背景下孕育而生。它直接影响了朝鲜朝的假传创作,并为假传体寓言小说的产生和繁荣提供了榜样,在朝鲜古代叙事文学发展史上起着承前启后的重要作用。[①] 张文认为假传文学通过将事物拟人达到劝善和警醒读者的目的,因此带有较强的趣味性和教育性,并通过拟人化对象的意象表达作品的主题意识。酒、竹制具、文房用具作为中韩文人十分喜爱的创作素材经常出现在两国的假传作品中,是重要的拟人化对象。所以作者以酒、竹制具、文房用具三种素材的唐宋和高丽假传作品为中心,主要从主题意识的方面研究高丽假传文学对唐宋假传文学的接受。[②] 崔文认为假传传入韩国是在高丽时期,当时正

[①] 李杉婵:《朝鲜高丽朝假传体文学研究》,硕士学位论文,中央民族大学,2012年。
[②] 张舒曼:《高丽假传文学对唐宋假传文学的接受》,硕士学位论文,华中师范大学,2016年。

处于汉文学繁荣发展的阶段，而且假传的特征迎合了当时的政治文化背景，因而假传很快被高丽文人接受和采用。高丽时期的假传体文学的出现与发展，在朝鲜古代叙事文学小说化发展中起到了重要的作用。该文主要采用影响研究、接受美学等研究方法，选取八篇中韩两国假传作品进行比较研究，分析中韩假传的异同点及其原因，并进而阐明影响和接受关系以及文学史上的地位。①

三　对亚洲其他诸国的影响研究

中国古代文学除了对日本、朝鲜、韩国等东亚国家的文学产生重要影响外，对越南、泰国等东南亚国家的文学也有着程度不同的影响，但总体上不如对东亚国家影响大，因而相应的研究成果较少。

颜保《越南文学与中国文化》② 最早系统梳理越南文学与中国文化的关系，论述了越南三个不同历史阶段的文学——汉语文学、字喃文学和文字拉丁化以后的文学——与中国文学的密切关联。温祖荫《越南汉诗与中国文化》③ 论述了越南汉诗与中国文化的渊源关系。陈黎创《浅谈〈诗经〉在越南》④ 论述了《诗经》对越南诗歌的影响。钟逢义《论越南李朝禅诗》⑤ 探讨了中国的佛教禅诗对越南诗歌的影响。胡文彬《中国文学名著在越南的流传》⑥ 介绍了《三国演义》《西游记》《水浒传》《聊斋志异》《儒林外史》《红楼梦》六部名著在越南的翻译、改写和流布情况。余富兆《浅谈由中国小说演化而来的越南的喃字文学》（《东南亚论坛》1998 年第 1 期）、陈益源《中国明清小说在越南的流传与影响》（《上海师范大学学报》2009 年第 1 期）、李时人《中国古代小说与越南古代小说的渊源》（《复旦学报》2009 年第 2 期）等文章论述了中国古代小说对越南小说的影响。陈益源《王翠翘故事研究》（西苑出版社 2003 年版）、蒋

---

① 崔铁柱：《中韩假传文学比较研究》，硕士学位论文，延边大学，2018 年。
② 颜保：《越南文学与中国文化》，《国外文学》1983 年第 1 期。
③ 温祖荫：《越南汉诗与中国文化》，《福建师范大学学报》1989 年第 4 期。
④ 陈黎创：《浅谈〈诗经〉在越南》，《贵州文史丛刊》1995 年第 4 期。
⑤ 钟逢义：《论越南李朝禅诗》，《国外文学》1992 年第 3 期。
⑥ 胡文彬：《中国文学名著在越南的流传》，《文史知识》1992 年第 2 期。

春红《王翠翘的形象与女性命运——兼论〈金云翘传〉在亚洲的传播和影响》(《东方丛刊》1998年第3期)、李群《〈金云翘传〉：从中国小说到越南名著》(《广西民族学院学报》2001年第6期)、任明华《〈金云翘传〉与越南汉文小说〈金云翘录〉的异同》(《厦门教育学院学报》2008年第1期)等探讨了中国才子佳人小说《金云翘传》对越南小说的广泛影响。

潘远洋《泰国文学史上的"中国热"》(《东南亚》1988年第1期)、张兴芳《泰国文坛的中国文学》(《暨南学报》1992年第1期)、戚盛中《中国古代通俗小说在泰国》(《国外文学》1990年第1期)、裴晓睿《汉文学的介入与泰国古小说的生成》(《解放军外国语学院学报》2007年第4期)探讨了中国文学对泰国文学的影响。许友来《论马来民歌》(福建人民出版社1984年版)下编探讨了中国民歌，包括《诗经》《乐府诗集》等对马来民歌的影响，作者指出："大量的事实证明，马来民歌是接受了中国民歌传统的影响。"

饶芃子主编《中国文学在东南亚》(暨南大学出版社1999年版)较为系统地评述了从古至今中国文学在东南亚主要国家的传播情况，描述了中国文学流传东南亚的轨迹，阐述其传播过程中所产生的影响。全书分为四章："中国文学在越南""中国文学在泰国""中国文学在新马""中国文学在菲律宾"，分别探讨了中国文学在越南、泰国、马来西亚和新加坡、菲律宾等国家的传播与影响。该书是第一部全面系统梳理从古至今中国文学在东南亚诸国传播与影响的著作，富有学术开创性，有所不足的是搜集的资料尚有欠缺，特别是后两章。

四 对欧美诸国的影响研究

中国文学对欧美诸国文学的影响研究，王宁、钱林森、马树德合著的《中国文化对欧洲的影响》(河北人民出版社1999年版)一书具有通论性质，分别介绍了中国古代文学对法国、德国、荷兰等国的影响，研究中以中国文学的传播为基础，具体"实证"了中国文学对诸国文学的影响。黄鸣奋《英语世界中国古典文学之传播》(学林出版社1997年版)一书以英语世界为范围，实则也是以传播为基础的影响研究。分而论之，主要涉及英国、法国、德国、俄国和美国。这些研究成果充分显示了中国古代文学的世界性影响和艺术成就。

中英文学关系研究中，范存忠的《中国文化在启蒙时期的英国》（上海外语教育出版社1991年版）是一部开创性的著作，题目虽然是讲中国文化，但主要的材料都是来自文学，以点带面，从中国文化对18世纪启蒙时期的英国文化的影响看中英文学关系，虽然较为扼要，但也有示范性的作用。范存忠《〈赵氏孤儿〉杂剧在启蒙时期的英国》[①] 勾勒了元杂剧《赵氏孤儿》在启蒙时期的英国的翻译、传播、改编和影响等方面的情况，还谈到了欧洲人对这一剧本的各种评论，指出了这一剧本的文化交流史上的意义。张弘《中国文学在英国》（花城出版社1992年版）一书分别评述了从中国古典诗歌、小说、剧本直到现当代文学在英国得到译介的各类成果，尤其注意分析文学接受过程中必然表现出来的阐释反差，进而探究在此背后的趣味及传统的不同，本书既呈现了中国文学在英国传播情况的清晰全貌，也力图阐明中西文化的种种异同。特别是该书还附录了《中国文学传入英国大事年表》，遂使文学交流的历史更为清晰。

中法文学关系研究，以钱林森用力最勤。钱林森的《中国文学在法国》（花城出版社1990年版）是国内研究中法文学关系的第一部专著，该书导言"法国汉学的发展与中国文学在法国的传播"从题目即可知道，作者将中国文学对法国文学的影响置于法国汉学发展的历史进程之中，第二至四章分别论述了中国诗歌、戏曲、小说在法国的影响。钱林森的另一部著作《法国作家与中国》虽然是谈法国文学如何进入中国，但书中也涉及中国古代文学对法国作家的影响。其中最为著名的是伏尔泰，他"一生在近80部作品、二百多封信中提到过中国，涉及整个中国的古老文明"。[②] 钱林森在《中国古典戏剧、小说在法国》[③] 一文中认为"中国古典戏剧、小说都是在18世纪欧洲'中国热'的历史大潮中被引进法国的。19世纪是法国汉学家译介、研究中国戏剧的自觉时期；中国古典戏

[①] 范存忠：《〈赵氏孤儿〉杂剧在启蒙时期的英国》，《文学研究》1957年第3期。
[②] 钱林森：《法国作家与中国》，福建教育出版社1995年版，第77页。
[③] 钱林森：《中国古典戏剧、小说在法国》，《南通大学学报》2008年第2期。

剧担当了中西（中法）文化和文学交流的先锋角色；19 世纪法国汉学界引进中国小说，以传奇、才子佳人小说为主"。清楚地勾勒了中国文学对法国文学影响的历史。作为中国文学影响法国启蒙学派的典型案例，伏尔泰之改编《赵氏孤儿》为《中国孤儿》历来受到学界的高度关注，郑永吉、安莉《从变异学的角度看〈赵氏孤儿〉的"文本旅行"》（《河南社会科学》2013 年第 3 期）和严晓蓉《时间的岛屿——从〈赵氏孤儿〉的中西方改编谈文化记忆的文本映射》（《当代电影》2014 年第 12 期）两文都在历史还原的基础上提出了新的思考和观点。前文借鉴比较文学变异学的观点和视角，对元杂剧《赵氏孤儿》在西方世界的"文本旅行"现象重新进行梳理，确认文化异质性是《赵氏孤儿》"变形"译本在欧洲流传的原因和动力，诸多改编本的出现则是异质性文化变形和契合的结果。《赵氏孤儿》"文本旅行"的意义在于，文学交流双方从异质性中发现或重新发现对自己有所补益的"互补性"元素，不断为本民族的文学艺术融入新的异质性文化血液。后文认为《赵氏孤儿》自元代始就被不断地改编和呈现，中西方改编文本的外在呈现形式虽各自不同，但在漫长的时间流里众多改编文本的存在也反映出《赵氏孤儿》内部具有一种文化张力，即——文化记忆的沉淀。该文从《赵氏孤儿》中西方改编文本的叙事结构及主题呈现、身份与文化认同的文本折射角度来分析、探讨不同形式的文本如何呈现文化记忆的沉淀、接续、交投与映射。

中德文学关系研究最早的突出成果要数陈铨于 1936 年出版的《中德文学研究》。新时期以来，杨武能、卫茂平、曹卫东等学者积极从事这方面研究。王向远总结中德文学关系研究时指出，中国学者对中德文学关系的系统研究，在 20 世纪 30 年代由陈铨先生开其先河，80—90 年代取得了新的进展。主要成果体现在卫茂平的中德文学关系史的系统研究、杨武能的歌德与中国的研究，以及许多学者对尼采与中国现代文学关系研究等方面。通过这些研究，中德文学关系中的基本史实得到梳理，中德文学各自的民族特色在比较中得以凸显。[①]

[①] 王向远：《中国的中德文学关系研究概评》，《德国研究》2003 年第 2 期。

90年代，主要有杨武能《歌德与中国》（生活·读书·新知三联书店1991年版）、卫茂平《中国对德国文学影响史述》（上海外语教育出版社1996年版）两书问世。前书属于个案研究，其中第一部分首先介绍了歌德认识中国时的"中国热"背景：在物的方面追求中国时髦；精神方面追求中国知识；中国成了人们的理想国。其中《歌德——魏玛的孔夫子》一文详细罗列歌德接触中国文化、文学的事实，说明了中国文化对歌德创作的具体影响。如其《中德四季晨昏杂咏》在艺术形式、格调、思想和情趣中都有不少的中国文学的影子。后书则属于通史研究著作，是继陈《中德文学研究》之后最为重要的中德文学关系研究著作，所以受到学界的高度评价。叶隽评价此书上承陈铨之《中德文学研究》，下必开启中德文学、文化关系研究的转折。其价值首先在于对重要学术命题的敏锐发掘，即阐明了一个问题——中国文化所具有的"世界精神"。而从学术史意义上来考察，此书的主要贡献是在汉语语境中提供了德国文学之中国接受史的脉络，正如作者自述："本书在章节编排和论述方式上，未能做到学院派史论的沉稳工整，故在'史'后加个'述'字，以借'述'之疏放冲淡'史'之谨严。"[①]。全书按照德国文学史的历史发展轨迹，从骑士文学一直叙述到战后文学，分阶段梳理了德国文学中的中国形象及影响。由于作者主要从大量的德文文学文本出发来进入研究，在此基础上将中国影响精心梳理，并形成章节规模，所以就显得颇为厚重，成为此领域中不可规避的重要著作。[②] 到了21世纪，卫茂平依然在积极推动中德文学关系研究，2003年10月，卫茂平发起参与和主持在上海外国语学院召开了"中德文学关系国际研讨会"。与会的二十多位中德文学专家提交了一批研究中德文学关系的论文，其中多篇涉及德国文学中的中国形象，属于比较文学的"影响研究"或"形象学"范畴，代表了中德文学关系研究的新成果。此外，曹卫东《中国文学在德国》（花城出版社2002年版）也是一部重要的中德文学关系研究专著，此书分上、下编共13

[①] 卫茂平：《中国对德国文学影响史述》，上海外语教育出版社1996年版，第1页。

[②] 叶隽：《中国文化里所具有的"世界精神"——德国文学里的中国图景及其思想史意义》，《中国图书商报》2007年2月6日。

章，内容包括：中国古典诗歌、古典小说、古典诗学在德国的接受，18、19世纪德国文学中的"中国形象"等。但就总体而论，在研究力量与成果上不如人意。莫光华通过学术回顾和总结认为，对"中德文学关系"这一极具理论和现实意义的课题，我国学者进行的研究仍欠全面、系统和深入。如果能在中、德两国学者已有成果的基础上，充分发掘有关史料，对各历史时期的中德文学关系进行细致清理与认真总结，乃是一项极有意义的工作，会给未来各种"比较文学教程"的影响研究部分增添新的章节，为现有那些显然残缺的关于中外文学关系的论述提供新的资源。①

中美文学关系上，以赵毅衡的研究最具特色，其《意象派与中国古典诗歌》（《外国文学研究》1979年第4期）率先对此作了探讨。然后至1985年，又著成《远游的诗神：中国古典诗歌对美国新诗运动的影响》由四川人民出版社出版，乃至后来的《诗神远游——中国如何改变了美国现代诗》（译文出版社2003年版）及相关论文，都致力于这一论题的持续性研究，作者强调指出，"中国影响"是美国新诗运动中接受的主要外来影响，论述了中国古典诗歌对美国新诗产生影响的中介：外交与通商、美国诗人访华、中国人在美国、中国诗与诗学之西传、在美国的中国艺术、翻译，从实例出发归结于个案研究，扎实而严谨。他还总结出意象派从中国古典诗歌学到了"全意象""脱节""意象迭加"三种技巧，②加强了这批诗人的信念。赵毅衡的上述研究与观点，也得到了学界的热切回应，进入21世纪之后更是进一步衍变为一个热点问题，仅硕博士论文即有：王文《庞德与中国文化——接受美学的视阈》（博士学位论文，苏州大学，2004年），闫昱《论詹姆斯·赖特抒情诗中的中国形象与道家境界——以〈树枝不会折断〉为例》（硕士学位论文，北京第二外国语学院，2013年），杨金铭《中国古典诗歌对庞德意象派思想的影响》（硕士学位论文，华北理工大学，2014年），郭英杰《庞德〈诗章〉的互文性阐释》（博士学位论文，陕西师范大学，2016年），徐天韵《唐诗与美国

---

① 莫光华：《中德比较文学研究二十年》，《外国文学研究》2004年第1期。
② 赵毅衡：《意象派与中国古典诗歌》，《外国文学研究》1979年第4期。

二十世纪诗歌中的植物意象比较研究》（硕士学位论文，南京师范大学，2017年），等等。这从一个侧面反映了中国古典诗歌影响于美国意象派研究之盛况。

中俄文学关系研究上，李明滨《中国文学在俄苏》（花城出版社1990年版）为最早，该书较多涉及传播、译介，也以影响研究的思路做了一定的论述。个案研究上，以吴泽霖的《托尔斯泰和中国古典文化思想》为代表，该书以思想探索者来定位托尔斯泰，考察托尔斯泰走近中国古典文化思想的历程，"他所认同的中国人的这种与天地万物是一个和谐的整体的天人合一的宇宙观，对于现代人重新认识人与自然的真实关系，具有深刻的意义"。[①]

第四节 中外比较之三：平行研究

中外文学比较的平行研究就是探讨研究对象之间的异同关系，或者是同中之异，或者是异中之同。与渊源研究和影响研究强调研究对象之间存在施受关系不同，平行研究所考察的研究对象之间不存在放送和接受的关系。因此，与渊源研究和影响研究更重实证方法不同，平行研究更重感悟理解，往往通过对不同研究对象的感悟理解，探讨其间相同、相似和相异的本质和规律。早在20世纪20—30年代，平行研究就是比较文学的重要研究内容，如朱光潜《中西诗在情趣上的比较》（1934）、梁宗岱《李白与哥德》（1934）、《诗与真》（1935）、《诗与真二集》（1936）等。新中国成立后，以钱锺书《管锥编》为先行者。钱钟书强调"东海西海，心理攸同；南学北学，道术未裂"的世界文学整体观，"颇采二西之书，以供三隅之反"。作者凭借其广泛的阅读量、惊人的记忆力，往往能于中西文学之间找寻出暗合或"相映成趣"的地方，显示了平行研究的突出成就。下面将重点讨论国别、文体、作家、作品四个方面的平行研究。其中作家、作品平行研究更受学界关注。

[①] 吴泽霖：《托尔斯泰和中国古典文化思想》，北京师范大学出版社2000年版，第355页。

一 国别平行研究

渊源研究和影响研究更强调国别文学之间的施受关系，而平行研究的国别比较则不是着眼于这种施受关系，而是从国别文学之间的异同关系出发来探讨。

1. 中印文学的平行研究。金克木《〈梨俱吠陀〉的祭祖诗和〈诗经〉的"雅""颂"》（《北京大学学报》1982年第2期）是最早的中印平行研究，探讨了中印祭祀诗的异同性。刘守华《中印龙女报恩故事之比较》（《中国比较文学》1999年第3期）就中印龙女报恩故事的渊源、流变、意涵等方面做了比较分析。郁龙余《中国印度文学比较研究》① 是一部中印文学平行研究的重要论著。该书认为中印文学有共同点，即对整体主义的追求有本质上的相同之处，中国文学表现在天人合一的信仰上，印度文学表现在梵我同一的观念上。同时中印文学又有相异点：中国文化强调入世精神，印度文化强调超越情怀；中国文化偏爱直觉思维，印度文化擅长体系建构；中国文学多有空灵意境，印度文学多有情味蕴意。刘安武《印度文学和中国文学比较研究》② 是一部论文集，其中收入的也多为平行研究论文。如《论〈摩诃婆罗多〉和〈三国演义〉的正法论、正统论和战争观》《中国的重史轻文和印度的重文轻史》等。

2. 中日文学的平行研究。张哲俊《中日古典悲剧的形式——三个母题与嬗变的研究》③ 一书为论述中国古代戏剧中的悲剧母题与日本古代戏曲"能"（谣曲）之间关系的著作，该书下编讨论了王昭君故事、杨贵妃故事、《枕中记》故事的中日戏剧的母题，虽然这些故事在两国间有流传、影响的事实，但作者并不着重于文学关系的实证，而是以母题及其嬗变为中心作平行研究，阐发了古代中日戏曲独特的悲剧意味内蕴，指出日本戏曲比中国戏曲更具有幽玄美。张晓希《中日古典文学比较研究》④ 是一部论

---

① 郁龙余：《中国印度文学比较研究》，中国社会科学出版社2001年版。
② 刘安武：《印度文学和中国文学比较研究》，中国国际广播出版社2005年版。
③ 张哲俊：《中日古典悲剧的形式——三个母题与嬗变的研究》，上海古籍出版社2002年版。
④ 张晓希：《中日古典文学比较研究》，南开大学出版社2009年版。

文集，收入了不少中日文学的平行比较研究论文。如《宫廷才女——上官婉儿与额田王》《闺怨诗人——小野小町与鱼玄机》属于作家比较研究；《中日边塞诗歌的比较研究——以王昌龄和大伴家持的作品为中心》《中日隐逸文学的比较研究》属于文学题材比较研究；《中日日记与日记文学的比较研究》《中日日记文学特色的研究——以〈吴船录〉与〈土佐日记〉为中心》属于文体比较研究。

3. 中朝—韩文学的平行研究。苑利《"白马"、"白鸡"现瑞与"金马碧鸡"之谜——韩半岛新罗神话与中国白族神话现瑞母题的比较研究》（《民族文学研究》1996 年第 4 期）、金文学《中国日本韩国天鹅处女传说谱系比较研究》（《社会科学辑刊》1994 年第 6 期）、朱靖华《中韩两国的寓言传统》（《当代韩国》1996 年第 3 期）、金宽雄《略论"弃老型"故事在中韩两国的流传》（《东疆学刊》2000 年第 2 期）等对中朝—韩的神话传说、寓言等进行了平行比较。金东勋《朝汉民间故事比较研究》[①]是一部朝汉民间故事平行比较的专著，从朝汉民间故事类型、朝汉民间故事源流和朝汉民间故事文化内涵三个方面进行了比较研究。李花《明清时期中朝小说比较研究——以婚恋为主》[②] 以婚恋题材小说为例，探讨了明清时期中朝小说的异同性及其文化渊源。赵杨《中韩近代新小说比较研究》以 19 世纪末 20 世纪初中韩有别于古典小说的"新小说"为范本展开比较研究，以期全面、准确地勾勒出两国新小说的整体轮廓，把握两国新小说在整个发展过程中产生的全景式的类同和差异点。作者认为，近代中韩新小说不约而同的重要作用是承前启后、衔接古今，是它们架起了古典与现代之间的桥梁。新小说也是韩国小说逐渐远离中国小说单一影响的发轫期，对中韩两国新小说的比较，不仅是要探求两国小说间的事实联系，更重要的是用平行比较的方法寻求两者间内在的价值联系。[③] 朴英男《中韩古代文学返魂母题比较研究》重在考察中韩返魂小说的异同性的同时着力探讨韩国返魂小说的特色或创新点，探究返魂作品中共同的文化内

---

① 金东勋：《朝汉民间故事比较研究》，辽宁民族出版社 2001 年版。
② 李花：《明清时期中朝小说比较研究——以婚恋为主》，民族出版社 2006 年版。
③ 赵杨：《中韩近代新小说比较研究》，博士学位论文，中央民族大学，2007 年。

涵，力图析出各自的民族文化心理、审美情趣、宗教因子，以助探明中韩"返魂"母题的文化或文学价值和意义。①

4. 中英文学的平行研究。狄兆俊《中英比较诗学》② 以西方文论中的实用理论和表现理论为框架，把中英两国相对应的诗学联系起来，以无用和有用、功利和超功利、客观和主观三个方面来展示中国诗学二重性内涵，以主观和客观、教育和怡情、情感和理智来展示英国诗学二重性内涵。朱徽《中英比较诗艺》③ 分上下两编，上编比较了中英诗歌中的格律、修辞、描摹、通感、象征、张力、复义、意识流、用典、悖论、想象、移情、变异、突出等；下编主要是对中英重要诗人和作品个案进行比较，如汉乐府与英国民谣、李清照与白朗宁夫人等。王娟娟《中英文学爱情隐喻比较研究》通过对英汉两种语言中大量实例的分析，从认知的角度来探讨隐喻的本质。这些隐喻的大量使用一方面说明了隐喻认识的普遍性和各民族认知存有的共性；同时，由于受自身民族、社会、文化等因素的制约，这些隐喻的运作中又存在一定的差异。饶有意味的是，《福建茶叶》曾在 2016—2018 年发起有关中英文学作品中的茶文化比较研究。④ 夏娇《中英文学作品中的茶文化比较研究》一文谈到，中国是茶文化的发源地，英国则是西方世界茶文化的代表，两国的文学作品中都有关于茶文化的书写和表达。从题材到体裁，茶在中英文学作品中都有丰富的呈现。但是由于中英的文化差异，使得茶文化在两国的文学作品中有着不同的表达和内涵。所以研究中英文学作品中的茶文化便有利于找到中英文化的共同点，这对中英文化的发展都有着积极的意义。⑤ 此类研究虽然不同于传统的文学研究，但有助于开阔视野和增添趣味。

二 文体平行研究

在文体平行研究中，神话是最为元初的文体，是后代所有文学体式的

---

① 朴英男：《中韩古代文学返魂母题比较研究》，硕士学位论文，延边大学，2018 年。
② 狄兆俊：《中英比较诗学》，上海外语教育出版社 1992 年版。
③ 朱徽：《中英比较诗艺》，四川大学出版社 1996 年版。
④ 王娟娟：《中英文学爱情隐喻比较研究》，《语文学刊》2013 年第 6 期。
⑤ 夏娇：《中英文学作品中的茶文化比较研究》，《福建茶叶》2017 年第 3 期。

本源，所以置于文体比较研究之首加以讨论，然后延伸至诗歌、小说、戏剧以及民间故事的比较研究，主要侧重于中外文体的异同性比较。

1. 神话平行研究。早在 20 世纪前期，从梁启超到茅盾、郑振铎、闻一多、凌纯声、孙作云等学者都曾将神话学、民俗学和人类学应用于文学研究，并取得了显著成就，此在第七章《古代文学研究与文化批评》第二节《古代文学的神话—原型批评》已有论述，这里将就中西神话的比较研究再略作分析。

中西比较神话研究是伴随比较文学的兴起而兴起的，就在 1985 年 10 月 29 日至 11 月 2 日于深圳大学召开的中国比较文学学会成立大会暨首届国际学术讨论会上，比较神话的讨论显得非常活跃，不断有人用新观点、新方法研究比较神话的问题，有些过去涉猎尚少的领域，这次也有学者进行了相当充分的研究。谢选骏把神话与民族精神和文化联系起来考察，认为在不同民族精神之光的辐射下，"内在一致性"分化为：追求技术、知识力量的哲理热情（希腊式），以天命、道德为归宿的伦理意识（中国式）和矢志不移的一神信仰（希伯来式）；不同的民族精神，形成不同的"聚合形式"，涌现了各自的"人格化的神话理想"，即希腊式的"超人"，中国式的"天子"，希伯来式的"弥赛亚"；超人有天神遗传的力，天子从天人合一的伟大奥秘中获取了创造性的灵感，弥赛亚有上帝恩赐的异能。次年，谢选骏进而著成《神话与民族精神——几个文化圈的比较》一书，以神话为纬，以民族精神为经，并且相互交织，展示了希腊、希伯来、中国等各民族神话系列的千姿百态；在揭示神话的奥秘中，从广阔的视野比较了各民族不同的精神倾向，探讨了原始文化、古典文化、现代文化在精神上的有机联系。[①]

在本次盛会上还有多位学者提交了相关论文，叶绪民从原始思维的角度论证了英雄神话创造及其影响的思维模式。他从表层结构中的逻辑思维、底层结构中的原逻辑思维、深层结构中的潜意识等方面阐发了英雄神话的思维特征。蔡恒从四个方面阐述了中西神话的四大差异：现存的中国上古神话比较零碎、片断，西方上古神话比较系统、完整；中国上古神话

---

① 谢选骏：《神话与民族精神——几个文化圈的比较》，山东文艺出版社 1986 年版。

对后世文学的影响远较西方上古神话对后世文学的影响为小；中国上古神话美异于西方上古神话美；中国古典文学理论影响了上古神话的保存与光大，西方神话学理造促进了上古神话的保存与光大。张紫晨就中、日开辟神话展开比较，认为中国神话给了日本神话以巨大的影响。但是，日本神话主要是产生在自己的历史文化的土壤之上，围绕日本的岛国及其皇统的中心展开的，并把神系与皇统结合在一起，使日本神话具有庄严与神圣的特点。中国神话多族多源，以部落神话为基础，题材面比较广泛，神话人物呈现丰富性与多样性的面貌。金宽雄则对中朝神话传说作了影响比较研究，认为朝鲜神话传说主要受中国神话传说的影响，使朝鲜神话传说在主题上包含着对自然现象的解释和有关人类征服自然的内容，更多地还是与族源神话相联系的族祖创建国家的内容。[①] 从中西神话比较研究的发展历程来看，20世纪80年代进入了复兴时期，此后陆续问世于80—90年代的相关论文有：戢斗勇《中西神话对哲学的影响之比较》（《江西社会科学》1987年第6期），马东郭《中西古代宗教神话之比较》（《理论与创作》1989年第6期），傅治平《神话与民族意识——中西神话比较浅探》（《社会科学战线》1994年第3期），何文祯《神话的启示》（《天津文学》1994年第6期），戴安康《中西神话传说比较与民族意识》（《外国文学研究》1995年第4期），猴广飞《尽显英雄本色——中西神话英雄形象比较》（《中州学刊》1999年第1期），这些论文对原有的论题都有新的拓展。进入21世纪之后，更加趋于专题化与体系化，比如卢沁钰《从神话看中西文化异同——中西创世神话比较》（《新学术》2008年第3期）、郑向荣《基于Hofstede文化价值观维度的中西创世神话比较》（硕士学位论文，上海外国语大学，2011年）、李艳《中西神话创世母题比较》（《外国语文》2011年第S1期）、张定《中西创世神话之比较》（《学理论》2011年第4期）等论创世神话之比较；侯璐《中西"洪水"神话的文化内涵比较》（《外国语文论丛》2009年第2辑），杜涛《灾害与文明：中西洪水神话传播比较》（《前沿》2012年第16期），马小龙、郭郁烈《基于文化视野的中西洪水神话异同比较初探》（《甘肃社会科学》2013年第3期）

[①] 张首映：《中国比较文学学会首届年会论文撮要》，《文艺研究》1986年第2期。

等论洪水神话之比较,谢梅、陈华《中西海洋神话的趋同性比较》(《中华文化论坛》2017年第3期)与郑蓉《论中国神话中的女神形象及其影响——兼及中西女神比较》(《南昌高专学报》2009年第2期)等分别论海洋神话与论神话女神之比较,寇爱林《中西神话的谱系学比较研究》(《湖北社会科学》2009年第7期)以谱系学方法对中西神话各自的特点、精神和历史命运,以及对各自传统文化精神的塑造等进行了比较,陈鹏程《先秦与古希腊神话价值观比较研究》(天津教育出版社2011年版)就先秦与古希腊民族神话中所体现的价值观进行比较研究,并以此为切入点来观照中西文明的异同。

在神话比较研究领域,值得重点关注的是萧兵与叶舒宪两位学者,两人的共同取向就是从本土神话阐释走向文学人类学的神话研究,因而具有比较神话学的视野。萧兵的神话比较研究广泛融汇于其神话学研究论著之中,但比较典型的神话比较之作则有:《雄虺、应龙和羽蛇——中国和美洲一个神话文学因子的比较》(《淮阴师专学报》1983年第1期)、《世界神话传说里的英雄弃子——比较文化学的一个实例分析》(《国外文学》1984年第3期)、《婚姻考验和谷种神话——比较神话学笔记》(《思想战线》1984年第3期)、《面具眼睛的辟邪御敌功能——从泛太平洋文化之视角看三苗、饕餮、吞口、蚩尤、方相以及三星堆"筒状目睛"神巫的类缘关系》(《淮阴师专学报》1994年第4期)、《中亚羌种女王西王母——兼论华夏、羌戎与西域—中亚的血肉之情》(《淮阴师范学院学报》1998年第1期)等。而叶舒宪则更加注重从神话比较到比较神话学的理论建构,为神话原型批评与文学人类学做出了重要贡献,其与谭佳合著的《比较神话学在中国》(社会科学文献出版社2016年版)作为首部总结中国比较神话学发展的专著,在学术总结与理论建树两个方面都具有开创性意义。全书分为上、下两篇,上篇"比较神话学反思"以追溯西方和中国比较神话学的发生为基点,系统总结新时期以来比较神话学研究总体情况,从而探究作为交叉学科的"比较神话学"是如何、为何在中国发展起来;下篇"比较神话学的新开拓"围绕中国比较神话学从一开始就亦步亦趋地追随西方学术范式,能否以及如何在中西对话中建立自己的理论范式这一核心问题,从七大国际前沿理论尝试中国比较神话学的范式开拓与创新。书后附录《中国神话的特性之新诠释》《新世纪神话观的变革与神话研究新趋势》，可与正文相互参看。

2. 诗歌平行研究。20 世纪 80 年代，徐贲《中西诗歌内在人物性探异——兼谈诗歌的戏剧性》（《复旦学报》1985 年第 5 期）、丰华瞻《中西诗歌比较》（生活·读书·新知三联书店 1987 年版）、茅于美《中西诗歌比较研究》（中国人民大学出版社 1987 年版）等论著重点探讨了中西诗歌艺术形式与传统的异同。徐文提出一个饶有意味的观点，认为诗歌是擅长于抒发感情的艺术，然而诗歌却并不纯粹是诗人的自我表现或个人感情的再现。诗歌内部的"说话者"可以是诗人自己的声音，也可以是诗人借托别人的声音。所以，诗歌的情感抒发实际上包括两方面的内容：一是情感的现实；二是情感的主体，包括情感的动机和方式。换言之，诗歌除了能以强烈的情感打动读者之外，还能让读者了解说话者的个性心理特征。该文即以此为学术理路，围绕中西诗歌创作中内在人物性方面的经验各有一些什么特点、它对于有关的文学概念的形成起过什么样的作用、它和中西诗歌一般传统又有着一些什么关系等问题展开探讨。丰华瞻《中西诗歌比较》[①] 是一部论文集，从诗歌的题材、风格、语言、形象、典故、讽喻、立意、手法，以及诗歌与绘画、音乐等艺术的关系，对中西诗歌的异同进行了比较研究。茅于美《中西诗歌比较研究》[②] 也是一部论文集，注重从诗歌题材类型入手，把中西诗歌和诗人分为田园牧歌、隐逸诗人、游历诗歌、伤逝悼诗、表现童心和老境的诗、战争诗、婚恋题材的诗、赞颂女性的诗等。作者认为："从一种文学题材、或一个个题材类型入手，找出中西作家的哲学思维、伦理观念、艺术表现、美学原则诸方面的异同之处，综合分析，寻求出作为文化总体的基本规律来，或更有社会效益。"可见该书主要是立足于中西文化来比较中西诗歌的。

90 年代，江苏《淮阴师专学报》有意想在中西诗歌比较上有所建树，连续发表了陈冰《中西诗歌形式流变及其规律的文化意义》（《淮阴师专学报》1994 年第 1 期）、《中西诗歌的诗境呈现结构模式》（《淮阴师专学

---

① 丰华瞻：《中西诗歌比较》，生活·读书·新知三联书店 1987 年版。
② 茅于美：《中西诗歌比较研究》，中国人民大学出版社 1987 年版。

报》1994年第3期)、《中西诗歌中"及时行乐"主题的文化背景比较》(《淮阴师专学报》1995年第1期)、葛桂录《中西诗歌的想象运思结构模式》(《淮阴师专学报》1994年第4期)、《中西诗歌形式系统研究论札》(《淮阴师专学报》1995年第3期)、《中西诗歌的情感体验结构模式》(《淮阴师专学报》1995年第1期)等文。陈冰《中西诗歌的诗境呈现结构模式》认为,有机整合作用、美学控制作用、美感生成作用是意象组合结构的功能效用,然后将中西诗境呈现概括为六种结构模式:点面式、递进/转折式、并正/对比式、发散/聚合式、引中式、连环式。葛桂录《中西诗歌的想象运思结构模式》则从中西时空观的文化规定角度,重新探讨了中西方民族思维方式(直觉感悟式与逻辑分析式)的差异特征,以及这种差异性对中西诗歌形式构成的诸多影响,将中西诗歌的想象运思结构模式归纳为印象式、隐喻式、类比式、复合式想象四种类型。同时问世于90年代的相关论著尚有:谢思炜《论自传诗人杜甫——兼论中国和西方的自传诗传统》(《文学遗产》1990年第3期)、王小曼《中西诗歌精神差异辨言——从〈诗经〉与〈荷马史诗〉谈起》(《赣南师范学院学报》1991年第4期)、陈松柏《中西诗品》(中州古籍出版社1997年版)、陶嘉炜《中西诗歌的情景差异》(《文艺理论研究》1998年第1期)、朱徽《中英比较诗艺》(四川大学出版社1996年版)、李应志《可说与不可说——简论中西诗歌审美特征的文化分途》(《四川外语学院学报》1999年第2期)、姜玉琴《"情象":中西诗歌的交感化生》(《诗探索》2000年第Z1期)、陈志《中西诗歌本体论之比较》(《绵阳师范高等专科学校学报》2000年第6期),等等。其中陈松柏《中西诗品》注重将各类诗歌题材类型的作品荟萃在一起来进行鉴赏性的比较研究。

进入21世纪后,中西诗歌比较逐步趋于兴盛和深化,其间有数篇硕博士论文问世,从中可以明显感到研究选题取向的变化。吴笛的博士论文《人文精神与生态意识——中西诗歌自然意象研究》从生态批评的视角来审视中西诗歌中的自然意象,力图打破人类中心主义思想的局限,反思人文精神,呼唤生态意识,通过对中西诗歌作品中的自然意象的考察,旨在引起人们在诗歌的审美愉悦之外关注生态意识的形成,使之成为文学批评中的一个要素,对人们的道德情感产生潜移默化的熏陶和影响。① 王云博士论文《西方前现代泛诗传统——以中国古代诗歌相关传统为参照系的比较研究》以西方前现代的泛诗传统亦即西方绵延两千多年的泛诗现象为主要研究对象，旨在将中国古代诗歌的相关传统作为其参照系，从而构成了一个中西比较研究的语境，同时还尝试着对因泛诗而衍生的西方诗歌研究、中西诗歌比较研究和诗歌基本理论研究方面的种种问题提出自己新的思考和观点。② 赵霞的博士论文《思与诗——中国古代诗学的思维方式与话语方式》则试图从思维方式入手，探寻中国古代诗学话语形成的思维路径，追溯中国古代诗学的运思方式和话语方式，从而揭示中国古代诗学内在的精神实质和民族特色，为中国古代诗学价值的重估与当代文论的构建提供有益的参照与借鉴作用。③ 其他相关论文，主要从中西诗歌题旨与形式两个方向展开比较，前者如陈琳霞《宗教对中西诗歌死亡主题的影响》（《安庆师范学院学报》2004 年第 4 期），范云晶《中西诗魂融会的灵性之光——论日常主义诗歌的生成》（《洛阳师范学院学报》2006 年第 4 期），邹建军《民族性与当代性之二重建构——一个中西诗歌交融共生的话题》（《世界文学评论》2006 年第 1 期），刘包发《文化视域：中西悼亡诗的"爱"与"死"》（硕士学位论文，中南大学，2009 年），高皓玥《诗性隐喻论——中西诗歌差异背后的共同本质属性》（硕士学位论文，上海外国语大学，2010 年），等等；后者如刘岩《中西诗歌意象比较研究》（《东方丛刊》2004 年第 4 辑），舒奇志《文化视域中的中西诗歌文体比较——以中国律绝和英国十四行诗为例》（《湘潭大学学报》2004 年第 6 期），赵奎英《从汉语的空间化看中西诗歌空间形式的同异》（《山东师范大学学报》2005 年第 5 期），王梦岚《中西诗歌中图形—背景的认知解读——以中国唐诗和英美意象派诗歌为例》（《厦门广播电视大学学报》2015 年第 4 期），周兴泰《中西

---

① 吴笛：《人文精神与生态意识——中西诗歌自然意象研究》，博士学位论文，浙江大学，2004 年。

② 王云：《西方前现代泛诗传统——以中国古代诗歌相关传统为参照系的比较研究》，博士学位论文，复旦大学，2004 年。

③ 赵霞：《思与诗——中国古代诗学的思维方式与话语方式》，博士学位论文，东北师范大学，2015 年。

诗歌叙事传统比较论纲——兼及中国文学抒情叙事两大传统共生景象的探讨》(《中国比较文学》2018年第2期)等。也有将两者融于一体，比如代迅《形态差别与文化渊源：中西诗歌爱情主题探究》(《学习与探索》2001年第6期)、《美学风貌与文化差异：中西抒情诗主题探究》(《学习与探索》2004年第6期)，白纯、赵琳琳《从英汉诗歌节奏及音韵对比看中西文化差异》(《黑龙江社会科学》2006年第6期)等。这些论文从不同维度丰富和深化了21世纪的中英诗歌比较研究。

3. 小说平行研究。20世纪80年代，中西小说比较研究备受学界的关注和重视，成果显著，学术专著方面，有白海珍、汪帆《文化精神与小说观念——中西小说观念的比较》(河北人民出版社1989年版)、饶芃子《中西小说比较研究》(安徽教育出版社1994年版)与杨星映《中西小说文体比较》(中国社会科学出版社2008年版)。白海珍、汪帆《文化精神与小说观念》从中西小说的"神话意识""性爱意识""哲学意识""忧患意识""悲剧意识""结构意识""文体意识"等方面展开比较。饶芃子《中西小说比较研究》从中西小说渊源和形成过程、观念、题材、主题、人物形象与表现方法、结构和叙述模式、创作方法等七个方面进行比较。杨星映《中西小说文体比较》认为不同的历史文化背景和传统，使中西小说文体形态与文体理念有同有异，各有自己生成、发展、变革的历史和特质。通过比较，可以辨明中西小说文体的异同，作者援用叙事学、文体学理论，对中西经典小说进行细读，将理论与个案相结合、宏观与微观相观照。学术论文方面，初期多重在整体性研究，诸如李万钧《略谈中西短篇小说发展的比较》(《福建论坛》1981年第2期)、何焕群《中西古代短篇小说几个问题的比较研究》(《外国文学研究》1985年第4期)、徐于《中西古典小说比较》(《铁道师院学报》1986年第1期)几乎都是如此。然后如朱水涌《隐秀与反讽——中西文学撞击中两类小说的叙述比较》(《福建论坛》1987年第5期)、刘奉光《中西妓女题材小说比较研究》(《齐鲁学刊》1987年第5期)、王海龙《十四—十七世纪中西短篇小说中的伦理思想比较研究》(《徐州师范学院学报》1987年第4期)、易新农《中西历史小说比较初探》(《广东社会科学》1989年第2期)、周小波《中西流浪儿小说的发展和比较》(《浙江师范大学学报》1988年第 4 期）等则逐步走向更为深入细致的专题性研究。

90 年代的中西小说平行研究在走向专题性研究方面取得了新的进展，首先是饶芃子《中西小说比较》（安徽教育出版社 1994 年版）的出版，作者在此书的"前言"谈到她在 1989 年出版《中西戏剧比较教程》一书后，又着手撰写它的姐妹书《中西小说比较》。这是一项开拓性的工作，从全书的框架到内部观点体系的建立，几乎都是"白手起家"，花了整整 3 年的时间终于告竣。该书重点探讨了中西小说中的七个主要问题：（1）中西小说渊源、形成过程比较；（2）中西小说观念比较；（3）中西小说题材比较；（4）中西小说主题比较；（5）中西小说人物形象与表现方法比较；（6）中西小说结构叙述模式比较；（7）中西小说创作方法比较。力图从宏观角度作尝试性的探索，希望借此推进中西小说比较的宏观研究。第八章还撰有中西小说名著比较，共选择了中西方 10 部名著，对它们的文化思想和艺术方法、技巧作比较研究，以挥索它们的异同，寻求中西小说创作的某些规律。这一方面是对前面各章宏观探求的一种补充；另一方面也考虑到课堂教学的需要。[①] 研究论文方面，在总体上呈多元发展态势，其中重在小说源流比较的有：李万钧《〈史记〉与荷马史诗——中西长篇小说源头比较》（《文艺研究》1993 年第 6 期）、傅金祥《中西长篇小说两个阶段之比较》（《滨州师专学报》1998 年第 3 期）、陈秋红《中西小说发生学比较研究》（《东方论坛》1999 年第 2 期）等；重在小说观念理论比较的有：谭志图《中西古代小说理论比较》（《暨南学报》1990 年第 4 期）、郑敏《中西小说观念比较》（《外国文学研究》1993 年第 2 期）、胡日佳《中西历史小说观念比较——试论中国历史小说的叙事走向》（《贵州大学学报》1992 年第 3 期）等；重在小说主题比较的有：何焕群《中西小说主题比较》（《广东民族学院学报》1994 年第 1 期）等；重在小说结构模式比较的有：刘建军《中西长篇小说结构模式比较谈》（《北方论丛》1992 年第 1 期）、张世君《中西小说庭园模式与旅程模式比较》（《外国文学研究》1992 年第 2 期）、张卫中《中西语言的句法特征与小说的结构》（《文艺研究》1995 年第 5 期）等；重

[①] 参见饶芃子《中西小说比较·前言》，《暨南学报》1994 年第 1 期。

在小说文体比较的有：李忠昌《历史演义小说的基本特征及中西比较》（《社会科学辑刊》1993年第6期）、李忠昌《历史演义小说的基本特征及中西比较》（《社会科学辑刊》1993年第6期）、何焕群《中西历史小说比较》（《广东民族学院学报》1993年第2期）等；重在中西小说形象比较的有：钱炜《中西古典小说僧侣形象比较》（《外国文学研究》1990年第1期）、徐顺生《中西小说人物形象比较》（《暨南学报》1994年第1期）等。

进入21世纪之后，中西小说比较研究聚焦于文体学与叙事学研究，并取得了显著成绩。因为小说与戏剧文体本质上是叙事文学，所以从广义上说，文体学研究也可以包容在叙事学研究之中。诚如赵学存《中西叙事文学比较研究的构想》所言，中西叙事文学比较研究是比较文学最重要的部分之一，在比较文学基本原理研究中占据了很大的比重。学界专门进行中西叙事文学比较的研究也产生了丰富的成果。根据作者的梳理，中西叙事学比较研究成果主要集中为三类：第一类是具体的中西叙事概念研究，如张一平《中西叙事作品的时空表达差异》（《兰州大学学报》2000年第51期）、张世君《中西叙事概念"脱卸"与"转换"辨析》（《江西社会科学》2008年第10期）、杨玲和王立《中西叙事学探微》[《时代文学》（下半月）2009年第11期]、李晓莲《刍议中西叙事概念之异同》（《作家》2009年第2期）；第二类是中西叙事理论的特征、风格、渊源研究，如余虹《文史哲：中西叙事理论的内在旨趣与知识眼界》（《外国文学评论》1997年第4期）、吴文薇《寻求中西叙事理论的对话与沟通——关于建构中国当代叙事学的思考》（《安徽大学学报》2001年第2期）、刘谋和刘艳《谈中西叙事理论》（《宿州教育学院学报》2002年第3期）；第三类是中西叙事文学各文体研究，如杨星映《中西小说文体比较》（中国社会科学出版社2008年版）。[1] 先就学术专著而言，除了上述杨星映主编《中西小说文体比较》之外，还有杨星映《中西小说文体形态》（中国社会科学出版社2005年版）、黄永林《中西通俗小说叙事：比

---

[1] 赵学存：《中西叙事文学比较研究的构想——兼评〈中西叙事精神之比较〉》，《重庆文理学院学报》2013年第6期。

较与阐释》（华中师范大学出版社2009年版）、吴家荣《中西叙事精神之比较》（安徽大学出版社2011年版）等书。杨星映两书皆重在文体学研究，其《中西小说文体形态》重点关注中西小说文体历时形态的研究，系统梳理了从古至今中西小说文体萌芽、形成、成熟、变革的历史，证明文体变革的根源在于社会文化的变迁，文体变革的结果表征着社会文化的新内涵，文体的变革因而成为文学史的重要内容。而其《中西小说文体比较》则重点阐述中西小说文体发展的共同规律和不同特色，社会文化传统对小说文体的决定作用，小说文体形态的文化机制，中西小说创作和理论的交流对小说文体变革的影响。认为不同的历史文化背景和传统，使中西小说文体形态与文体理论有同有异，各有自己生成、发展、变革的历史和特质。通过比较，可以辩明中西小说文体的异同，深入挖掘民族优秀文化遗产。黄永林《中西通俗小说叙事：比较与阐释》与吴家荣《中西叙事精神之比较》皆为典型的叙事学比较研究，前书依次讨论了"通俗文学、精英文学与民间文学""故事叙事与小说叙事""通俗小说的叙事模式""通俗小说的审美艺术"等论题，对通俗文学的现代品格与民族传统、精英小说、通俗小说及民间故事的分野与互动，故事叙事与小说叙事的区别与联系、通俗小说的叙事模式和审美特征等作了深入的理论探讨；对公案小说与侦探小说、武侠小说与骑士文学、科幻小说与幻想故事以及言情小说与性爱小说等在题材、情节、技巧等方面进行了系统的比较，尤其在寻求中西文化契合之道，建构中西比较叙事学方面做出了积极的努力。后书专注于中西叙事精神之比较，重点从中西神话、戏剧、小说叙事学三个维度展开论述，最后归结于中西叙事学比较，包括叙事人称之比较、叙事聚焦之比较、叙事方式之比较。赵学存认为，中西叙事文学比较研究的发展和深入需要一个构架来统摄，吴家荣《中西叙事精神之比较》对构想叙事文学比较研究的框架、建构研究体系的意识、各种文体研究与叙事理论研究的统一、跨异质文化意识、客观公允的中西态度等方面有重要示范作用。同时受《中西叙事精神之比较》的启示，赵学存进而根据中西叙事文学比较研究的现状，在比较文学整体研究成果的基础上，拟出中西叙事文学比较研究的初步构想，其框架大体如下：（1）建构中西叙事文学比较研究的意义；（2）叙事文学比较研究的方法和原则；（3）中西各叙事文学文体的比较研究；（4）中西叙事文学类型模式研究；（5）中西叙事理论比较研究。为什么要将叙事文学独立出来进行专门研究？这主要是因为叙事文学比较占据比较文学的比重大，叙事文学与抒情文学差异性导致叙事文学的相对独立性，比较文学中的许多问题，有待于叙事文学比较研究的突破来解决。[①] 相信赵学存这一构想对于总结和推进中西比较叙事学研究富有启示意义。

与上述专著相呼应，张鹤《中西古典小说自然描写模式之比较》（《求是学刊》2001年第2期）、孔聪《明清志怪小说和18世纪英国哥特小说叙事艺术比较研究》（硕士学位论文，贵州师范大学，2009年）、文彬彬与杨雪《中西古典长篇小说叙事结构比较研究》（《乐山师范学院学报》2010年第8期）、杨志平《非主轩轾而力求特性——中西小说叙事传统比较研究断想》（《中国比较文学》2018年第2期）、李莉《基于语言结构的中西小说叙事模式差异分析》（《黑河学院学报》2018年第2期）等，也都重在中西小说叙事学比较研究。孔文以明清志怪小说和18世纪英国哥特小说为范本，重点就两者在叙事艺术（叙事空间、叙事时间、叙事视角）方面的异同展开探讨，从而彰显它们共同的审美特性及其各自的独特性与价值。杨文着重就如何推进和深化中西小说叙事传统比较研究提出了自己的思考与观点，认为一方面有必要将中西小说叙事传统视为独立对象进而加以横向考察，比较两者总体特征之异同，从整体上探讨两者的发生与演变。借此综合考察，可以呈现中西小说叙事传统相应的演进规律，也能够深度审视中西文化交流的差异性及其可行性。另一方面，围绕中西小说叙事传统的若干突出现象，加以专题化审视比较，祛除有关中西小说叙事传统诸多似是而非的认识，进而切实有效地呈现中西小说叙事传统的差异性。但与此同时，21世纪以来相关研究论文也广泛关注其他相关论题，比如对于中西小说一些宏观性的比较论题依然受到学界的高度重视，傅金祥《中西长篇小说的相契现象及发展阶段之比较》（《齐鲁学刊》2003年第4期）、刘勇强《一种小说观及小说史观的形成与影响——20

[①] 赵学存：《中西叙事文学比较研究的构想——兼评〈中西叙事精神之比较〉》，《重庆文理学院学报》2013年第6期。

世纪"以西例律我国小说"现象分析》(《文学遗产》2003 年第 3 期)、庞希云《"人心自悟"与"灵魂拯救"——十四至十九世纪中西古典小说中的文化心理因素探析》(博士学位论文,上海师范大学,2006 年)、吴夜《直观的感悟与理性的分析——中西小说理论比较》(《黄山学院学报》2007 年第 2 期)等文对此做出了新的探索。还有刘欣《中西小说缺类比较之乌托邦小说研究》(《长沙大学学报》2007 年第 4 期)、方汉文《历史语境视域:中西小说的文类学比较》(《汉语言文学研究》2010 年第 1 期)、刘小满《中西教育小说比较研究》(硕士学位论文,辽宁大学,2011 年)、尉娜《中西经济小说比较研究》(硕士学位论文,辽宁大学,2011 年)、宋丽娟《中西小说翻译的双向比较及其文化阐释》(《文学遗产》2016 年第 1 期)、黄学军《Story 的故事——中西文学比较视野下的短篇小说》(《宁夏师范学院学报》2017 年第 2 期)等关注中西小说文类之比较;张芙蓉《在中西比较中考察清代女性小说写作的社会意蕴》(《南京师大学报》2006 年第 2 期)、罗怀宇《中国古典小说人物塑造的独特艺术性:一个中西比较文论的视角》[《时代文学》(下半月)2014 年第 8 期]等关注中西小说形象之比较;而路英勇《论晚清中西小说论的审美趣味演变》(《山东师范大学学报》2003 年第 2 期)、马菊青与刘永文《晚清时期中西小说比较观述略》(《青海民族学院学报》2005 年第 4 期)、赵炎秋与刘白《近代中西小说比较中的想象西方问题》(《社会科学研究》2011 年第 6 期)、吴智斌《晚清小说理论变革中的中西比较语境考察》(《新疆大学学报》2014 年第 4 期)等尤其关注近代中西小说之比较。较之上述四部学术专著,涉及内容更为丰富多彩。

4. 戏剧平行研究。20 世纪 80 年代以来的中西戏剧平行研究,无论是盛况还是业绩都要超过诗歌与小说。王向远贯通 20 世纪首尾而为 80—90 年代中外戏剧比较研究作了这样的定位:近二十年来中西戏剧的比较研究,与 20 世纪前二三十年比较,取得了长足的进步。如果说 20 世纪前二三十年的中西戏剧比较,立足点是借西方文化来批判和否定中国传统文化,借西方戏剧来否定中国戏曲,那么,近二十年来的中西戏剧比较研究,立足点则是弘扬、阐发中国传统戏曲文化,研究者对中西戏剧的态度与认识是客观的、科学的。和中外小说比较研究、中外诗歌比较研究相比，中外戏剧比较研究的著作最多，成为近二十年来中外文学比较研究中引人注目的现象。①

历史地看，20 世纪 80 年代中期以后，中西戏剧比较研究开始恢复。王向远《近二十年来我国的中外戏剧比较研究》重点提到其间出现的六篇论文：（1）黄佐临《梅兰芳、斯坦尼斯拉夫斯基、布莱希特戏剧观比较》（《人民日报》1981 年 8 月 12 日）；（2）李晓《中西开放结构的比较研究》（《戏剧艺术》1985 年第 4 期）；（3）李万钧《从中西戏剧对比看我国戏曲发展的趋势》（《戏剧艺术》1985 年第 4 期）；（4）夏写时《论中国演剧观的形成——兼论中西演剧观的主要差异》（《戏剧艺术》1985 年第 4 期）；（5）饶芃子《中西戏剧起源、形成过程比较》（《学术研究》1987 年第 5 期）；（6）程朝翔《悲剧中的人物——中西悲剧英雄的比较》（《北京大学学报》1987 年第 5 期）。② 其中除了第一篇黄佐临《梅兰芳、斯坦尼斯拉夫斯基、布莱希特戏剧观比较》之外，其他五篇都属于中西古代戏剧比较研究。另有陆润棠《中西戏剧的起源比较》（《戏剧艺术》1986 年第 1 期）、周旋《中西戏剧之比较》（《南充师院学报》1987 年第 4 期）、杜隽《中西戏剧本体论历史流变及其比较论略》（《艺术百家》1989 年第 3 期）、朱光荣《略论中国戏曲艺术的民族特色——兼论中西古典主义戏剧艺术的比较》（《贵州师范大学学报》1989 年第 3 期）等文也是早期致力于中西戏剧比较研究的重要成果。而在学术著作方面，则有夏写时、陆润棠主编《比较戏剧论文集》（中国戏剧出版社 1988 年版）、李晓《比较研究：古剧结构原理》（中国戏剧出版社 1989 年版）、饶芃子主编《中西戏剧比较教程》（广东高等教育出版社 1989 年版）等陆续问世。陆润棠主编《比较戏剧论文集》是比较戏剧会议论文集，对中外戏剧进行多方面的比较研究。李晓《比较研究：古剧结构原理》对中西传统戏剧结构理论进行了研究。饶芃子主编《中西戏剧比较教程》前六章是中西戏剧的专题性、综合性的平行研究，包括中西戏剧主题的比较、中西戏剧情节

---

① 王向远：《近二十年来我国的中外戏剧比较研究》，《戏剧》（《中央戏剧学院学报》）2003 年第 2 期。

② 同上。

结构的比较、中西悲剧的比较、中西喜剧的比较。

90年代，中西戏剧比较研究的进一步兴盛，一方面体现在诸多学术专著的出版，蓝凡《中西戏剧比较论稿》（学林出版社1992年版）采用平行研究方法对中西戏剧艺术进行广泛的比较研究，凸显中国戏曲的民族特色及在世界戏剧艺术中的独特地位。该书涉及的研究内容主要有戏剧舞台的表演特性和时空观、戏剧演唱风味、戏剧表演体系、戏剧导演风格、戏剧结构观念、戏剧语言性格、戏剧喜戏和悲剧论等。周宁《比较戏剧学——中西戏剧话语模式研究》（上海社会科学院出版社1993年版）比较了"叙述性的话语模式"和"展示性的话语模式"中西两种不同的戏剧话语模式。郭英德《优孟衣冠与酒神祭祀——中西戏剧文化比较研究》（河北人民出版社1994年版）从文化层面对中西戏剧的起源与形成、戏剧观念、戏剧文体、戏剧形象、戏剧文类、戏剧传播、戏剧功能、戏剧交流等进行了比较研究。彭修银《中西戏剧美学思想比较研究》（武汉出版社1994年版）、牛国玲《中外戏剧美学比较简论》（中国戏剧出版社1994年版）对戏剧美学角度比较研究了中西戏剧的异同性。刘彦君《东西方戏剧进程》（文化艺术出版社1997年版）分"爱琴海的激情""东方之光""欧洲戏剧的复兴与全盛""东方戏剧的绵延""现代戏剧思潮涌起"五大部分展开东西方戏剧历史进程的描述和评价。卢昂《东西方戏剧的比较与融合——从舞台假定性的创造看民族戏剧的构建》（上海社会科学院出版社2000年版）专门从舞台艺术方面比较中西戏剧。另一方面则是众多论文的走向专题化研究，常轩《中西戏剧美学比较》（《黄梅戏艺术》1990年第Z1期）、李青与苏竞《中西戏剧美学思想比较》（《文艺研究》1990年第1期）、陈龙《中西戏剧叙事美学特征比较》（《东方丛刊》1996年第3辑）等文侧重于中西戏剧美学之比较；周宁《叙述与代言：中西戏剧模式比较》（《外国文学研究》1991年第2期）、杨文华《"情感高潮"与"情节高潮"——中西戏剧高潮比较》（《山西师大学报》1992年第1期）与《中西传统戏剧中的双层结构比较》（《中华戏曲》1999年第1期）、许强《中西戏剧时空的比较》（《戏剧文学》1994年第10期）、张晓军《中西戏剧情节论之比较》（《解放军外国语学院学报》2000年第6期）等侧重于中西戏剧形式之比较；周宁《迈向中西比较戏剧学的起点》(《戏剧艺术》1997年第1期)、施旭升《剧本·表演·剧场：中西戏剧文本观比较》(《艺术百家》1997年第1期)、董小玉《中西戏剧本体诗化的比较透视》(《文艺理论与批评》1998年第1期)等侧重于中西戏剧本体之比较。许强《中西戏剧时空的比较》以戏剧时空观为肇始，从一个新的角度阐释中西方戏剧形态不同的原因所在，并立足于中国古典戏曲，在中西方戏剧的比较中展示中国古典戏曲的特色与魅力。这在当下中国戏曲艺术舞台演出日益程式化、表演化，代之依靠舞台布景、高科技声光设备，最大限度增强舞台表现力，或许会有一定的借鉴意义。周宁《迈向中西比较戏剧学的起点》则反思中西戏剧比较的学理逻辑，认为中西戏剧的比较研究应该具有学科的整体性。在作者看来，叙述与展示两个概念强调戏剧交流内外系统不同的功能，是区别中西戏剧的核心概念及其比较研究的逻辑起点。由此出发，我们不仅能够解释两种戏剧传统中不同艺术特征的历史连续性与逻辑统一性，还能为系统研究确立基本范畴。再次，是举办有关中西戏剧比较研究学术研讨会。比如1987年，由夏写时、陆润棠发起组织香港中文大学比较文学组举行香港比较戏剧学术研讨会，邀请大陆和台湾的学者参加研讨。次年，夏写时、陆润棠主编《比较戏剧论文集》，由中国戏剧出版社出版。该书编选上述研讨会发表的论文及此前已发表之相关比较戏剧文章20余篇。夏写时在为此书撰写的《前言》中正式提出了建立"比较戏剧学"问题，谓"近几年来，中外戏剧比较研究渐成风气，一门新的学科——比较戏剧学，经若干有识者的开拓，其轮廓已越来越明朗化了"。这在一定程度上标志着80年代后我国比较戏剧的复兴及学科意识的强化。书中所收集的论文，也代表了改革开放后至1987年我国比较戏剧研究的突出成果。[①]再如1996年，蓝凡学术专著《中西戏剧比较论稿》出版之后，上海文学艺术院举办了中西戏剧比较研究学术讨论会，与会者围绕此书展开了热烈讨论并给予了充分肯定，认为作者从宏观上对中西两大戏剧体系的艺术形式、美学原理、观众审美心理、哲学根源诸方面作了深入的分析比较，显现并反映了中西戏剧

[①] 参见王向远《近二十年来我国的中外戏剧比较研究》，《戏剧·中央戏剧学院学报》2003年第2期。

从文学到舞台表演彼此的共同点和相异点，可以说是两大戏剧美学体系第一次全面的比较和探讨，把以往的中西戏剧比较学大大推进了一步。[①]

进入 21 世纪后，中西戏剧比较研究著作明显下降，主要有何辉斌《戏剧性戏剧与抒情性戏剧：中西戏剧比较研究》（中国社会科学出版社 2004 年版）、蓝凡《中西戏剧比较论》（学林出版社 2008 年版）、邹元江《中西戏剧审美陌生化思维研究》（人民出版社 2009 年版）等。何著从话语模式、结构、情境、戏剧人物的意志与情感、戏剧的行动、结尾方式、视野、悬念等戏剧特征对中西戏剧进行了比较研究，指出中国戏剧是抒情性戏剧，西方是戏剧性戏剧。邹著从陌生化理论来比较中西戏剧理论与艺术。但论文依然保持强劲的增长态势。这里仅就富有特色与新见的专题性研究论文做一简要评述。何辉斌《激变型的艺术与史传式的艺术——中西戏剧的结构比较》（《戏剧艺术》2001 年第 4 期）、杨再红《中国古典戏曲的悲剧性研究》（博士学位论文，华东师范大学，2006 年）、袁亮杰《简析中西戏剧文化差异及文化精神》（《理论观察》2016 年第 10 期）、彭维芬《不同的"悲剧力量"——比较中西戏剧不同的悲剧美》（《中国民族博览》2017 年第 1 期）、刘飞云《中西戏剧悲喜观比较》（《四川戏剧》2007 年第 5 期）等侧重于中西戏剧主体特征之比较；叶树发《虚拟性和写实性——中西戏剧舞台结构原则比较》（《艺术百家》2004 年第 2 期）、陈军《中西古典戏剧观众观之比较》（《海南广播电视大学学报》2004 年第 1 期）、田颖与陈圣《中西戏剧艺术中间离效果的比较》（《湖北广播电视大学学报》2007 年第 3 期）、胡健生《中西古典戏剧中"预叙"艺术之比较——以元杂剧和古希腊戏剧为例》（《广东艺术》2009 年第 4 期）、彭鲁迁《中西戏剧舞台表演中的美学性格比较》（《大舞台》2012 年第 7 期）、俞航《中西戏曲戏剧语言与文体比较》（《学术交流》2016 年第 9 期）等侧重于舞台演出之比较；冻凤秋《"后花园"与"阳台"——中西戏剧古典爱情意象之比较》（硕士学位论文，武汉大学，2004 年）、刘云霞与张丽花《中西古典戏剧悍妇型女性形象比较》（《名作欣

---

① 袁志申：《中西戏剧比较研究的讨论与争辩——上海召开中西戏剧比较研究学术讨论会》，《上海艺术家》1995 年第 3 期。

赏》2013 年第 5 期)、刘云霞与邢满《中西古典戏剧贤惠型女性形象比较》(《牡丹江大学学报》2013 年第 5 期)、张广龙与温剑波《中西古典爱情戏剧中"红娘"形象比较研究》(《中央财经大学学报》2015 年第 S1 期)等侧重于戏剧形象之比较;张玉雁《中西古典戏剧宗教因素之比较》(《江西社会科学》2003 年第 2 期)、史俊英《从中西思维方式看中西戏剧》(《重庆工学院学报》2006 年第 12 期)、唐健清《中西灵感论的异同及其对戏剧创作的影响——基于柏拉图与陆机灵感论的比较》(《怀化学院学报》2017 年第 10 期) 等侧重于文化元素之比较;杨文华《中西戏剧现代化进程比较》(《文艺理论与批评》2004 年第 6 期)、赵迪奉《中西戏剧成因比较论》(《陕西师范大学学报》2004 年第 2 期)、曾玉冰《中西戏剧发展方向比较》(《四川戏剧》2005 年第 5 期)、章旭清《启蒙理性与审美救赎——中、西现代戏剧"现代性"比较》(《天府新论》2006 年第 5 期) 等则上升至中西戏剧本原问题的探索。鉴于 20 世纪 80 年代以来中西戏剧比较研究的成果与问题,孙玫《戏剧比较研究再思考》通过探析形成戏剧比较研究中这种"中西"两极对照思维模式的历史原因,一是提出"中外戏剧比较研究"和"中西戏剧比较研究"二者之间不能混同,21 世纪的戏剧比较研究,不应该再囿于传统的"中西"两极观,而应该逐步建立起多元的、全方位的世界戏剧观;二是指出戏剧比较研究并不等同于比较文学研究,它不应该是比较文学研究在戏剧研究领域内的延伸;三是回顾中国戏剧比较研究史上一些具代表意义的范例,阐发了它们对于当时的戏剧实践以及后续理论研究所产生的重要影响;四是质疑"中国的莎士比亚汤显祖"这一流行说法,并通过解析该个案,指出戏剧比较研究既要立足戏剧研究之本位,也要建立起跨文化、跨学科的宽广视野。①

5. 民间故事平行研究。在 1985 年 10 月 29 日至 11 月 2 日于深圳大学召开的中国比较文学学会成立大会暨首届国际学术讨论会上,与会学者也提交了中外民间故事比较研究的论文,陈莫京把莎士比亚的《罗密欧与朱丽叶》同 1958 年整理出来的傣族叙事爱情长诗《娥并与桑洛》进行了

---

① 孙玫:《戏剧比较研究再思考》,《艺术百家》2010 年第 6 期。

比较；张鸿年对波斯文学与阿拉伯文学的关系进行了探索；阎云翔提出纳西族和汉族龙故事的比较，认为东巴经的龙与汉族的龙基本相异是同源异流发展的结果，纳西族民间故事中的龙与汉族的龙基本相同则是受汉族影响的结果。从20世纪80年代开始，长期从事民间童话研究的刘守华研究重心转入了对民间故事作跨国跨民族跨学科的比较研究，不仅在日本出版合编的论文集《日中昔话传承之现状》（1996）及《中国韩国日本民间故事集》（2004），而且致力于民间故事学体系的建构，先后出版《故事学纲要》《民间故事的比较研究》和《比较故事学》等。如果说《故事学纲要》作为我国第一部民间故事的专门著作，初步建构了一个中国民间故事学的宏观框架，形成了自己的理论体系，那么，《民间故事的比较研究》和《比较故事学》更是从全面比较研究中来认识民间故事在世界范围内产生的历史影响，以及它在民俗文化史上的意义和价值，从而提高比较故事学的理论方法形成一个民俗文化中的比较文学理论研究体系，建构起一门独立的学科。澳籍华裔中国民间文学博士谭达先在《赞刘守华〈比较故事学〉的重大成就》一文中说："《比较故事学》采用的是世界故事学大背景、中西方理论和材料相结合，多侧面多学科价值相渗透的宏观视角与微观实证相统一而和谐共存相互阐发的方略。此书既是刘先生从事民间文学研究工作40年学术成果的扛鼎之作，也是中国比较文学和民间文艺学理论体系化、深层次化发展的可喜收获。"① 其他如钱淑英《中西"灰姑娘故事型"的叙事比较——以段成式与贝洛为例》（《上海师范大学学报》2006年第5期）、杨春艳《中西灰姑娘故事之比较》（《北京化工大学学报》2013年第2期）等就中西"灰姑娘故事型"叙事的比较；朱道卫《宗教情绪与人伦精神：中西蛇女故事比较》（《西南民族大学学报》2004年第9期）、李索与穆晶《扫帚成精故事的演化及中西文化比较》（《文化学刊》2012年第1期）分别对中西蛇女故事与扫帚成精故事的比较，但总体成果不著。

---

① 覃德清：《宏观思辨与微观实证相结合的新学科建构方略——评刘守华先生的〈比较故事学〉》，《民间文学论坛》1996年第3期；肖远平：《追寻人类文化信息探究民间故事奥秘——刘守华先生在民间故事学上的独特贡献》，《贵州民族学院学报》（哲学社会科学版）2001年第2期。

上述分体用研究之外，也有一些论著致力于包容各体的综合研究，比如李万钧《欧美文学史和中国文学》（福建教育出版社1989年版）、《中西文学类型比较史》（海峡文艺出版社1995年版）。前书由两大部分内容组成，第一部分是欧美文学史；第二部分是中西小说、中西戏剧的类型方面的比较，是国内有意识地用中西比较方法运用于文学关系史所作的一次尝试；后书就中西短篇小说、长篇小说、戏剧、诗学作了高瞻周览的比较研究。作者的研究模式大致可以归纳为中西文体分述、中西文类比较、中西文学汇通"三部曲"，具有文学史与比较文学、平行研究相结合的鲜明特点，同样体现了作者对于中西文学比较研究的新探索。

三 作家平行研究

中外作家的平行比较研究，就是探讨中外作家之间的异同关系，包括作家的生平身世、思想观念、文学创作、精神境界、艺术追求等内容。由于中国古代作家众多，中外作家之间的平行研究不胜枚举。根据学界讨论的重点，主要聚焦于庄子、屈原、陶渊明、李白、李贺、苏轼、关汉卿、汤显祖、李渔等大家。

先秦作家比较研究集中于庄子与屈原。若就整个先秦诸子比较研究而论，主要集中于哲学、教育、法律、伦理乃至经济思想的比较，只有少数论文涉及文学比较，比如张群、凌茜《古希腊〈伊索寓言〉与先秦诸子寓言之比较》（《沙洋师范高等专科学校学报》2009年第1期），冯之《先秦寓言与古希腊寓言比较分析》（硕士学位论文，华中师范大学，2016年），刘枫《先秦诸子寓言与〈伊索寓言〉比较研究》（硕士学位论文，贵州民族大学，2016年）等集中于先秦诸子寓言的比较研究。而就先秦诸子个体而言，则以庄子最具文学和美学特征，因而其比较研究也多从哲学走向美学与文学研究。据孙雪霞《〈庄子〉比较研究三十年之思考》一文的梳理，近三十年《庄子》比较研究主要集中在与柏拉图、卢梭、尼采、海德格尔等人身上。其中最早将庄子与柏拉图进行比较的学者是叶维廉，他以庄子和柏拉图为中西文化的两大源头来构建他的"比较诗学"。此后，庄子与柏拉图的异同不断得到学者的关注。平行比较是庄子与柏拉图比较研究中的重点，比较的内容主要集中于两者的美学思想，包括美学本体论与美学体验论。卢梭是西方浪漫主义的代表人物，庄子追求人与自然的和谐共处与其有着天然的契合，所以将两者进行比较自然成为庄子中西比较研究中的一个重要内容。然而也有学者提出反驳意见，认为两者思想理论的相似仅仅是表面的，而内容却大相径庭：卢梭的"回归自然人性"是主动、感性的，而庄子是被动、无情的；卢梭"回归原始大自然"是为了重建文明，而庄子是为了"绝圣弃智"。与海德格尔的比较是庄子比较研究中最受学者关注的一个课题，所取得的成果也最为显著。在近三十年近三百篇比较研究的文章中，涉及海德格尔的将近一半。徐复观、刘若愚在各自的著作中已经将庄子与海德格尔相提并论，而真正将他们融通的仍是叶维廉，其《比较诗学》（东大图书公司1983年版）认为，庄子与海德格尔都设法恢复存在原有的根据地，庄子的"化"与海德格尔的"存在"有极大的相似之处，这种观点贯穿叶氏比较诗学研究的始终。大陆学者的比较研究始于1987年的戴冠青《庄子与海德格尔美学思想比较》（《泉州师专学报》1987年第1期）。此后，何芳在系列文章中从诗学的角度对庄子和海德格尔进行比较；钟华提出"生产性"对话的学术目标，在《从逍遥游到林中路——海德格尔与庄子诗学思想比较》（华龄出版社2004年版）一书中，以影响研究为基础，平行比较为主干，为两者的生产性对话提供了广阔的可能。[①] 近期问世的相关论文尚有：姚要武《庄子与海德格尔美学思想比较》（硕士学位论文，安徽大学，2002年），钟华《思与诗的对话——海德格尔与庄子诗学思想比较》（博士学位论文，四川大学，2004年），郭艳凤《海德格尔与庄子美学思想比较研究》（硕士学位论文，江西师范大学，2010年），汪愫苇《比较文学中的一朵奇葩——谈〈庄子〉与〈瓦尔登湖〉中的寓言》（《淮南师范学院学报》2012年第2期），辛羽《〈庄子〉与〈伊索寓言〉中的篇章隐喻比较研究》（硕士学位论文，扬州大学，2014年），马海婷《庄子与卡夫卡之梦意象比较》〔《时代文学》（下半月）2014年第5期〕，金铖《遥相应和的"风"——庄子〈逍遥游〉与布莱克〈咏春〉的一种比较》（《文艺争鸣》2016年第10期），等等。钟华博士论文试图在"文本细读"的基础上，采取"价值现象学"

[①] 孙雪霞：《〈庄子〉比较研究三十年之思考》，《西华师范大学学报》2009年第1期。

的立场,主要运用比较诗学中的"跨文化对话"方法,对海德格尔诗学与庄子诗学思想之间的事实联系和学理联系、一致性和差异性进行系统的清理和深入的比较。

屈原的比较研究视野与路径比较开阔,其中的重点是与13世纪末意大利著名诗人、欧洲文艺复兴时代的先驱者但丁的比较,主要有:李玉斌《但丁、屈原之比较》(《青海师专学报》1992年第3期),张立新《诗人之魂——论屈原与但丁》(《上饶师范学院学报》2001年第3期),李昌云、曾宪文《求诚与求真:屈原与但丁之比较》(《成都师专学报》2001年第1期),屠毅力《灵魂之旅——但丁和屈原的比较》(《求实》2006年第S3期),王阳阳《相同的精神不同的命运——屈原与但丁代表作之比较》(《周口师范学院学报》2006年第6期),常勤毅《比较美学视角下的但丁和屈原》(《浙江万里学院学报》2006年第1期),杨如月《屈原和但丁的情感表现艺术比较》(《湖北经济学院学报》2012年第4期),张一方《屈原〈离骚〉与但丁〈神曲〉比较》(《湖南城市学院学报》2011年第4期),等等,分别从综合性以及价值取向、精神追求、美学视野、情感表达与代表作等不同方面展开比较。潘立勇《从屈原与浮士德求索意向比较看中西文化精神异同》(《东方丛刊》1996年第2辑)与沈有珠《上下求索 自强不息——屈原与浮士德形象比较》(《西南民族学院学报》1999年第5期)以屈原与德国歌德的浮士德形象进行比较。王锡明《命运的思索与抗争——屈原与古希腊悲剧诗人悲剧精神之比较》(《长江大学学报》2004年第4期)、汤洪《屈原与约伯:生与死的不同抉择——〈离骚〉和〈约伯记〉比较研究》(《思想战线》2009年第3期)、郭梦君《屈原与尼采悲剧精神比较研究》(硕士学位论文,中南民族大学,2011年)、王红莉《屈原与苏格拉底的生死观比较》(《陕西学前师范学院学报》2015年第6期)等则分别拓展与古希腊神话、《圣经·约伯记》、苏格拉底以及尼采的比较研究。其他相关诗人及其作品的比较,还有徐志啸《屈原与普希金》(《国外文学》1987年第3期),吴绍釚《屈原与韩国诗人金时习之比较》(《东疆学刊》2003年第5期),张志强《屈原〈橘颂〉与米尔恩Golden Fruit之比较》(《解放军外国语学院学报》2008年第2期),李文斌《泰戈尔与屈原颂神诗歌比较研究》(《江汉大学学报》2012年第5期),

周融《布莱克和屈原诗歌中的神话原型意象比较研究》（硕士学位论文，长沙理工大学，2013年），徐冰《屈原与华兹华斯诗歌中的植物意象比较研究》（硕士学位论文，湖北工业大学，2014年），陈慧《中西方怨恨情绪之比较——以屈原和莎士比亚及其代表作为例》（《南京工程学院学报》2017年第2期），丁珍薇、彭家海《屈原〈九歌〉和济慈"六颂"中的植物意象比较》（《湖北工业大学学报》2018年第6期）、《徘徊于现实与理想之间：济慈〈夜莺颂〉和屈原〈远游〉的神话意象比较》[《疯狂英语》（理论版）2018年第4期]，等等。徐志啸《屈原与普希金》问世较早，重点探讨了屈原与俄国普希金两位作家都具有爱国主义思想和浪漫主义诗歌的相似性，并从社会背景和身世遭遇分析了这种相似性的原因。周融《布莱克和屈原诗歌中的神话原型意象比较研究》采用原型批评相关理论，从宏观上分析两位诗人作品中的神话原型意象，并在微观上对他们诗歌中的神话原型意象进行比较，认为作为中西方浪漫主义文学的滥觞，屈原和布莱克均驰骋想象，勇于超越自我，超越现实社会的苦难与黑暗，摄取了绚丽深蕴的神话意象，建构了符合自己情感经验与心灵理想的神话国度。但布莱克侧重于创造神话意象，其神话色彩是鲜明的火红，屈原倾向于借用神话意象，其神话色彩是悲剧性的黯淡。

汉魏六朝的作家比较研究集中于陶渊明，新时期以来逐步形成不同级次的重点，一是与英国湖畔派诗人华兹华斯的比较研究。从80年代率先发表的徐志啸《自然诗人：陶渊明与华兹华斯》（《南京师大学报》1987年第2期）、王晓秦《华兹华斯和陶渊明的比较研究》（《辽宁大学学报》1989年第3期），到90年代问世的周昭宜《田园寓深情 平淡显奇美——华兹华斯和陶渊明诗歌比较谈片》（《河北师范大学学报》1994年第2期）、张叉《陶渊明和华兹华斯的"静"中之"动"》（《四川师范大学学报》2000年第5期）、李增《主体的消融与主体的张扬——论陶渊明和华兹华斯的归隐自然之路》（《外国语》1999年第2期）、郑长天《心性自然与神性自然：陶渊明与华兹华斯之比较》（《中国韵文学刊》2000年第2期）等文都是如此。进入21世纪之后，依然是比较研究的重点，其中徐瑞祥《华兹华斯与陶渊明田园诗比较研究》（硕士学位论文，山东师范大学，2006年）、王春秀《华兹华斯与陶渊明田园诗歌比较研究》（硕士学位论文，辽宁大学，2011

年）两篇硕士论文重在综合性比较研究；池大红《静谧的田园与躁动的诗魂——陶渊明、华兹华斯对自然和田园生活体认的比较》（《荆州师范学院学报》2002 年第 4 期）、陈爱梅《陶渊明与华兹华斯的处世理念与作品风格比较谈》（《河南大学学报》2003 年第 5 期）、程小玲与王智华《恬静悠远的生态诗——陶渊明、华兹华斯诗歌中的生态思想比较》（《江西社会科学》2008 年第 11 期）、许辉《陶渊明与华兹华斯诗歌中的生死观之比较》（《保山学院学报》2013 年第 1 期）等文进而向专题性比较研究开掘；还有如李晓佳《华兹华斯和陶渊明自然观的比较分析——以〈丁登寺旁〉和〈归园田居〉为例》（硕士学位论文，辽宁大学，2014 年）则属于个案性比较研究。二是与法国美国作家、哲学家、超验主义代表人物亨利·戴维·梭罗的比较研究，同时也不时交织着与法国启蒙思想家卢梭的比较，主要见于王萍《从中国传统哲学的角度比较陶渊明与梭罗》（硕士学位论文，天津师范大学，2005 年），李雁劫《两位"诗意的栖居"者——陶渊明和梭罗比较研究》[《时代文学》（理论学术版）2007 年第 3 期]，王国喜《中西文人归隐行为的文化阐释——陶渊明与梭罗之归隐行为比较》（《湖北经济学院学报》2008 年第 7 期），吴进珍《再论超验主义——梭罗与陶渊明的自然观之比较》[《疯狂英语》（教师版）2010 年第 3 期]，王永霞《在自然的沉思中相遇——陶渊明与梭罗的自然观比较论》（硕士学位论文，兰州大学，2007 年），鲁枢元、马治军《元问题：人与自然——关于陶渊明与卢梭、梭罗的比较陈述》（《文艺研究》2011 年第 2 期），阳芬《回归自然——卢梭与陶渊明自然观的比较》（硕士学位论文，四川外语学院，2011 年），林雪花《诗意的栖居者：梭罗与陶渊明的生态思想比较研究》（硕士学位论文，广东商学院，2011 年），等等。鲁枢元、马治军之文认为，"人与自然"问题是一个"元问题"。中国古代诗人陶渊明、法国 18 世纪思想家卢梭、美国诗人兼学者梭罗，三位不同时代、不同国度的哲人，面对"人与自然"这一元问题，却给出相近的答案：热爱自然，顺应自然，珍惜人的天性，像大自然一般自然地生活，在与自然的交流融汇中享受天地间至高的精神愉悦。该文即以日益严峻的全球性生态危机为背景在对三位诗哲的比较陈述中，探究"人与自然"的当代意义。三是与美国传奇诗人艾米丽·狄金森的比较。胡月增《狄金森与陶渊明诗歌中的死亡意识比较》(《中州学刊》2004年第4期)、孙叶红《艾米莉·狄金森与陶渊明死亡诗歌意蕴比较》[《时代文学》(下半月)2009年第3期]、彭静《穿越千年的精神对话——狄金森与陶渊明死亡诗之比较》[《时代文学》(下半月)2010年第1期]等文侧重于死亡意识的比较,陈颂《隐逸主题下陶渊明与艾米丽·狄金森诗歌意象比较研究》(硕士学位论文,华东交通大学,2015年)则侧重于诗歌意象的比较。此外,还广泛涉及与以下著名文学家的比较研究,包括与德国诗人马丁·海德格尔、弗里德里希·荷尔德林,英国小说家托马斯·哈代、诗人阿尔弗雷德·丁尼生,爱尔兰诗人威廉·巴特勒·叶芝,美国思想家与文学家拉尔夫·沃尔多·爱默生、诗人罗伯特·弗罗斯特,俄罗斯田园派诗人叶塞宁,法国最著名的现代派诗人夏尔·皮埃尔·波德莱尔、自然诗人弗朗西斯·耶麦,挪威著名诗人奥拉夫·豪格以及朝鲜金富轼、许筠、李仁老的比较研究。①

唐代作家比较研究集中于李白与李贺。关于李白的比较研究,杨铁原《李白诗歌崇高美与西方艺术崇高美的比较》(《求索》1983年第3期)在新时期初率先定位于与西方艺术崇高美的比较视野中分析彼此之异同。此后,又有古莉娜《论李白与欧玛尔·海亚姆的思想及生平》(《喀什师范学院学报》1987年第2期)、成松柳《忧患意识:个体和群体——从李

---

① 参见区鉷、蒲度戎《叶芝与陶渊明的隐逸世界》(《重庆大学学报》2005年第3期),赵维东《异曲同工的田园之爱——叶塞宁和陶渊明其人其诗比较》(《长春大学学报》2006年第1期),周蓉《从栖居到逍遥——试比较荷尔德林〈返乡—致亲人〉与陶渊明〈归去来兮辞〉》(《重庆职业技术学院学报》2007年第5期),李雪梅《托马斯·哈代的〈远离尘嚣〉和陶渊明的〈归田园居〉中的"归隐"主题之比较》(《济南职业学院学报》2009年第3期),聂兰《波德莱尔与陶渊明诗歌中的生死观之比较》(《枣庄学院学报》2012年第3期),来欣《自然的沉思者——罗伯特·弗罗斯特和陶渊明生态思想之比较研究》(硕士学位论文,西北大学,2012年),陈学芬《逍遥与拯救 超脱与宗教——陶渊明与爱默生比较》(《大连海事大学学报》2015年第3期),钱威丞《"师法自然"与"道法自然":耶麦与陶渊明的自然观比较》(《山西师大学报·研究生论文专刊》,2015年),刘敏《比较陶渊明与奥拉夫·豪格诗中鸟意象描写之异同》(《名作欣赏》2017年第5期),王成《朝鲜李仁老〈青鹤洞记〉与陶渊明〈桃花源记〉之比较》(《集宁师专学报》2011年第1期),王成《朝鲜金富轼〈百结先生传〉与陶渊明〈五柳先生传〉之比较》(《四川省干部函授学院学报》2011年第3期)、《朝鲜许筠与陶渊明〈归去来辞〉之比较》(《绥化学院学报》2012年第2期)。

白、拜伦诗的比较看中西诗人的不同心态》(《长沙水电师院学报》1989年第2期)、葛景春《东方诗仙与西方诗魔——李白与拜伦比较研究》(《中州学刊》1991年第6期)、葛雷《兰波之梦——兰波诗与李白诗的比较》(《国外文学》1992年第2期)、林贞玉《李白与李奎报对月亮的审美意识之比较》(《中国比较文学》1998年第2期)等文相继问世。进入21世纪之后，比较研究路径又有新的拓展，王凯《"悲"与"乐"的辩证统一：从一个角度比较李白和莎士比亚》选择"悲"与"乐"辩证统一的特定视角展开比较研究，认为"悲愤"是两位诗人诗作中共同的旋律，但彼此并没有在"悲愤"中消沉下去，而是始终保持一种自强不息的高贵气节，坚信诗歌创作的伟大力量，这种信念又进一步升华成一种崇高的"乐观"精神，使他们的诗作充满了对人生无限的热情。这种看似矛盾的"悲"与"乐"其实正是辩证的统一。一方面，他们统一于化悲为乐的开阔胸襟之中。这种开阔胸襟需要宏大的理想，艰苦卓绝的毅力和磅礴的浪漫主义气势。另一方面，这种辩证关系体现了他们所处时代的特征，反映了特定历史条件下的规律性。[①] 基于李白诗歌的特点，酒的因素在比较研究中占有重要地位，王笑妍《东方盛世下的酒中诗情——李白与艾布·努瓦斯咏酒诗比较》(《宁夏师范学院学报》2008年第2期)，孟松《李白、海亚姆饮酒诗之比较》(《南京工程学院学报》2011年第4期)，张广兴《酒里人生——李白饮酒诗与欧玛尔·海亚姆饮酒诗比较》(硕士学位论文，南京师范大学，2011年)，孟松《李白、海亚姆饮酒诗之比较》(《宁波广播电视大学学报》2012年第1期)，侯延爽、于桂丽《李白与哈菲兹"酒诗艺术"之比较研究》(《齐鲁艺苑》2017年第6期)等都是侧重于饮酒诗的比较研究。其他尚有：寇加《一样的月光 别样的观照——李白与D. H. 劳伦斯作品中的"月亮"意象比较》(《湖州师范学院学报》2004年第3期)，陈璁《李白与华兹华斯诗歌创作特点比较研究》(《社科纵横》2007年第3期)，杨妮、张小花《李白与多恩诗歌中"及时行乐"主体的比较》[《科技信息》(科学教研)2008年第1

[①] 王凯：《"悲"与"乐"的辩证统一：从一个角度比较李白和莎士比亚》，硕士学位论文，西北大学，2001年。

期］，刘翠湘《李白与惠特曼比较》（《船山学刊》2009 年第 3 期），王国彪《古代朝鲜诗人车天辂与李白诗歌浪漫境界比较》（《云南民族大学学报》2013 年第 1 期），伍钢《李白与布莱克的诗歌比较研究》［《文学教育》（下）2017 年第 2 期］，曾宏《比较视域下的东西方浪漫主义艺术特质——以李白和李斯特为例》（《中华文化论坛》2018 年第 6 期），这些论文观广泛涉及李白与不同国籍的作家的比较研究，探讨了他们之间的共同点与差异性。

李贺诗歌成就远不如李杜，但比较研究成果依然可观。吴伏生《李贺与济慈》（《辽宁大学学报》1989 年第 5 期）、徐志啸《两个天才而又短命的浪漫诗人——论李贺与济慈》（《中州学刊》1990 年第 2 期）、李梅《浪漫主义视野中的李贺诗歌——兼与济慈比较》（硕士学位论文，中国海洋大学，2007 年）、王永慧《李贺与济慈诗歌艺术的比较分析》（《西南民族大学学报》2007 年第 6 期）、李长霞《李贺和济慈悲情意象建构的诗学品格比较》（《河南师范大学学报》2013 年第 2 期）等重在与济慈的比较研究；郑松锟《"非美为美"与"恶之花"及其他——李贺与波特莱尔诗歌美学比较谈》（《福建论坛》1989 年第 4 期）、邓庆生《中西方"怪杰"——李贺与波德莱尔诗歌比较》（《固原师专学报》1996 年第 2 期）等重在与波特莱尔的比较研究；王晶《李贺与爱伦·坡诗歌中死亡主题的比较》（《湖南医科大学学报》2008 年第 4 期）、赵娱《两种诗意人生 一个诗象世界——比较李贺与爱伦·坡的死亡主题诗歌》（《语文学刊》2012 年第 4 期）等重在与爱伦·坡的比较研究。其他如郭伟、李玉华《跨越时空的"夹缝人"——李贺与叶赛宁的比较解读》（《美与时代》2003 年第 11 期）、曲爱丽《狄金森与李贺诗歌的死亡主题比较研究》（硕士学位论文，中南大学，2013 年）、任贺贺《约翰·邓恩与李贺诗歌比较研究初探》（《名作欣赏》2016 年第 6 期）、苏文睿《艺术表现灵魂：兰波和李贺奇特写作风格的比较研究》（硕士学位论文，北京外国语大学，2018 年）等文体现了李贺比较研究的广度。

宋代作家的比较研究集中于苏轼，从 20 世纪 80 年代开始，首先聚焦于与德国戏剧家、文艺批评家和美学家莱辛的比较研究，李向阳《苏轼与莱辛诗画观之比较》（《乐山师专学报》1986 年第 1 期）提出这一比较论题之后，陈冰、葛桂录《"诗画同律"与"诗画异质"——苏轼和莱辛诗画观的历史文化内涵比较》（《淮阴师专学报》1993年第4期）作了新的探索和总结，认为在诗与画对比关系上，苏轼倾向于"诗画同律"说，莱辛则强调"诗画异质"说。中西方这两种传统的诗画对比观的提出有其各自的历史文化背景，而中西艺术实践及其传统理论、主客体关系上各自强调侧重点的差异，以及对诗画媒介符号与时空观的不同理解，都是造成两种诗画对比观文化内涵不同的重要原因。弄清楚这种差异的内在实质，以求相互借鉴，也是东西方文化交流的必然要求。此后，何慧斌《苏轼与莱辛诗画关系论之比较研究》（硕士学位论文，陕西师范大学，2009年）、王瑞《莱辛与苏轼诗画理论之比较》（《汕头大学学报》2011年第4期）、徐若冰《分离与融合——莱辛、苏轼诗画观比较研究》（硕士学位论文，西南大学，2012年）等文在此基础上又有不同程度的深化。至于以下诸文：陈训明《两个多才多艺的文化巨人——苏轼与普希金比较研究》（《贵州文史丛刊》1989年第1期）、孙金杰《抚存悼亡 感今怀昔——苏轼与弥尔顿悼亡诗比较》（《昌潍师专学报》2000年第4期）、金艺铃《略论苏轼与尹善道》（《中央民族大学学报》2005年第2期）、李志坚《横看成岭侧成峰 世间真情总相同——哈代与苏轼的悼亡妻诗之比较解读》（《名作欣赏》2005年第16期）、康梅林《悼亡深处见真情——苏轼〈江城子〉与托马斯·哈代的"爱玛组诗"比较》（《武汉大学学报》2007年第4期）、李哲《消解异化——对苏轼与罗伯特诗歌主题相似点的探索》（《内蒙古民族大学学报》2007年第3期）、卢迪《泰戈尔与苏轼诗歌宗教思想比较分析》（《长春大学学报》2015年第1期）等，则是对上述与莱辛比较研究的中心的进一步拓展。

元代作家比较研究集中于关汉卿。从20世纪80年代开始即以与莎士比亚比较为重心，从张安国《试论莎士比亚和关汉卿的戏剧创作》（《固原师专学报》1985年第Z1期）、杨莉娥《关汉卿与莎士比亚文化影响比较》（《咸阳师专学报》1994年第2期），到惠继东《中西悲剧中的复仇鬼魂——〈哈姆莱特〉与〈窦娥冤〉比较》（《固原师专学报》1999年第4期），都是如此。延续至21世纪，又有一批相关论文陆续问世，主要有：王渊《莎士比亚与关汉卿悲剧艺术之比较》（《世界文学评论》2006

年第1期），刘雪滢《悲剧结局与民族心理——莎士比亚与关汉卿的一点比较》（《成都大学学报》2006年第3期），付云《论莎士比亚和关汉卿戏剧中的浪漫主义风格》（《河南师范大学学报》2005年第4期），李建明、曹必文《企盼清官与张扬人的自由——关汉卿与莎士比亚"案情剧"比较研究》（《艺术百家》2009年第S1期），郑丽华《关汉卿与莎士比亚悲剧创作比较研究》（硕士学位论文，中南民族大学，2010年），李树江《比较莎士比亚与关汉卿的悲剧创作》[《戏剧之家》（上半月）2012年第8期]等。郑丽华硕士论文以文本的解读为基石，通过对关汉卿和莎士比亚悲剧作品中的悲剧人物、悲剧冲突、悲剧结局的比较研究来分析中西悲剧的异同，目的是挖掘出具有中国特色的悲剧精神，来完善中国悲剧理论，也借此来反观西方悲剧理论的缺失，以便通过相互反照来达到中西悲剧理论的互补。该文最后还就关汉卿和莎士比亚悲剧结局作了比较研究，认为莎士比亚悲剧的结局带给人的是灵魂的净化作用，关汉卿悲剧结局则起着道义感化作用，两者都起到了精神抚慰的作用。另一个维度是与日本戏剧家的比较，比如贾林华《关汉卿和近松门左卫门》（《华北电力大学学报》2009年第1期），周萍萍《关汉卿"士妓恋"作品与近松门左卫门"町妓恋"作品之比较》（《日本研究》2010年第3期），王佳硕《元杂剧与日本能乐的艺术特征比较研究——以关汉卿和世阿弥的作品为中心》（硕士学位论文，吉林大学，2013年）等。关汉卿和近松门左卫门在中国和日本戏剧文学史上的地位与莎士比亚在英国戏剧文学史上的地位几乎等同，他们两人在戏剧创作技巧和内容取材上也存在不少相似之处。周文主要通过对关剧的"士妓恋"和近松门剧的"町妓恋"题材的分析和比较，揭示在创作的社会历史背景、命运抗争主体以及结局处理方式等方面，所反映出的民族文化与社会历史的异同。而王文则试图运用比较文学理论，通过文本分析的方法，以关汉卿和世阿弥的作品创作为中心，比较二者在艺术特征方面的异同。此外，徐子方《关汉卿在世界戏剧和文学史上的地位》认为，关汉卿在世界戏剧史上是集埃斯库罗斯、阿里斯托芬、迦梨陀娑、莎士比亚和狄德罗、博马舍等人成就于一身的戏剧艺术大师，他们之中任何一个人都无法单独与关汉卿相比。这样具有多重身份的戏剧大师，不仅在中国，即使在世界戏剧与文学史也是独一无二的，这就是我们所寻找的在世界文化格局中的关汉卿。① 这种世界戏剧史上的定位实际上也属于比较研究。

明代作家比较研究集中于汤显祖。徐朔方《汤显祖与莎士比亚》谈到日本学者青木正儿在他的《中国近世戏曲史》里第一次以汤显祖和莎士比亚相提并论，然后以两人代表不同空间中的两种文化展开比较，② 对于此后的汤显祖与莎士比亚比较研究具有开拓性意义。正如刘文辉《"汤"（显祖）、"莎"（士比亚）比较在中国：历史与路向》所言，在中国，"汤""莎"比较不单是一个比较文学学术命题，而且是一个重要的现实文化命题，所以无论是学术根基还是社会影响，实为其他作家所不及。根据该文的梳理，从"泛比较"层面上看，"汤""莎"比较在中国自20世纪初期就已经萌芽。20世纪中期，伴随着比较文学学科方法在中国的拓展和中西戏剧比较研究的深入，"汤""莎"比较正式进入学理层面，成为专门的学术论题。据张允和日记记述，她在20世纪50年代参加俞平伯主持的北京昆曲研习社时，还是非常喜欢用比较的方法研习中国昆曲，曾撰写《汤显祖和莎士比亚》专题文章，比较分析汤、莎所著的《牡丹亭》与《铸情》（《罗密欧与朱丽叶》），发掘汤显祖剧作的审美特征。③ 1959年6月，《北京日报》刊发了《和莎士比亚同时代的伟大戏剧家——汤显祖》一文，采用比较方法剖析汤显祖剧作的历史与文化价值。④ 但当时整体上重在社会学的意义重释与比较。20世纪80年代以后，"汤""莎"比较研究真正兴起，并在深度与广度上有新的拓展，不仅"汤""莎"比较研究逐步走向系统化，而且在比较方法上也开始从"平行比较"向"间性比较"转型。其中徐朔方《汤显祖与莎士比亚》一文改变了前人在比较中一味"求同"，以"汤显祖"比附"莎士比亚"的思维惯性，通过对汤显祖的《牡丹亭》与莎士比亚的《罗密欧与朱丽叶》对比分析，同中求异，揭示汤、莎剧作在语言、情节、结构、风格等方面

---

① 徐子方：《关汉卿在世界戏剧和文学史上的地位》，《河北学刊》1990年第3期。
② 徐朔方：《汤显祖与莎士比亚》，《社会科学战线》1978年第3期。
③ 张允和：《昆曲日记》上（修订版），中央编译出版社2012年版，第16页。
④ 金紫光：《和莎士比亚同时代的伟大戏剧家——汤显祖》，《北京日报》1959年6月1日。

的不同及其背后的深层动因，并就此做出全新的价值判断，凸显和张扬了汤显祖戏剧的独特价值，把"汤""莎"比较研究推进到一个新的学术高度，同时也由此拉开了新时期"汤""莎"比较研究兴起的历史序幕。在徐文的带动下，汤、莎比较研究受到学界广泛关注。相继有张隆溪《也谈汤显祖和莎士比亚》(《文艺学研究论丛》，吉林人民出版社 1979 年版)、陈瘦竹《异曲同工——关于〈牡丹亭〉和〈罗密欧与朱丽叶〉》(楼宇烈主编《汤显祖论文集》，中国戏剧出版社 1984 年版)、余三定《同中见异·异中有同——试比较朱丽叶与杜丽娘的形象》(《岳阳师专学报》1983 年第 2 期)、夏茵英《真实与奇幻的统一：也谈汤显祖和莎士比亚的戏剧》[《研究生学报》(华中师大) 1985 年第 3 期] 等 10 余篇论文致力于汤、莎比较研究的专题性论文。另有马美信在 80 年代初完成了硕士论文《晚明文学思潮与欧洲文艺复兴的比较研究》，对汤显祖和莎士比亚进行了专门的对比分析，从更加宏观的视角解释了汤、莎戏剧的不同价值取向及其深层原因，提出了不少独特的见解，初步展示出"平行比较"方法在汤、莎比较研究中所取得的历史实绩。90 年代以后，随着比较文学及比较戏剧学在中国的广泛兴起，汤、莎比较研究逐渐成为比较文学及比较戏剧学领域的"热点"与"亮点"。中国知网全文搜索显示，涉及"汤显祖和莎士比亚"的论文就有 4000 多篇，以汤、莎比较为专题的论文不下 1000 篇，以汤、莎比较研究为选题的硕士论文大量涌现，博士论文也已经出现，比如陈茂庆《戏剧中的梦幻——汤显祖与莎士比亚比较研究》(博士学位论文，华东师范大学，2006 年)，张玲《汤显祖和莎士比亚的女性观与性别意识——女性主义文学批评/性别诗学视角下的汤莎人文思想比较》(博士学位论文，苏州大学，2006 年) 都基于独特视角对汤显祖、莎士比亚及其剧作进行了系统性的比较分析，是迄今为止最为系统、完整的汤、莎比较研究成果。还有不少中西戏剧比较的论文、专著及教材也广泛地选用汤、莎作为经典个案开展比较论证。汤、莎比较在幅度、广度、深度上都有了非常明显的拓展。总体而论，一是平行比较的对象更加细化，比较的"深度"得到拓展；二是平行比较延伸的"幅度"更加宽泛；三是平行比较的方法更加灵活多元。21 世纪以来，全球化的文化浪潮推动中西文化的"比较"再次走向泛化。在全球化的文化语境下，汤、莎比较研究获得了某种文化上的"象征资本"，成为一种具有潜在组织意味的现实文化实践。2016年堪称中国文化的"汤显祖年"。在政府与学界的联合推动下，从年初到年末，在上海、遂昌、徐闻、抚州、南京等地召开了近10场旨在纪念汤显祖逝世400周年的专题学术研讨会，汤、莎比较是贯穿始终的会议主题之一（浙江遂昌举办的学术研讨会干脆把名称定为"2016汤显祖—莎士比亚文化的当代生命国际高峰学术论坛"）。伴随着汤、莎纪念热潮的出现，学术界关于"汤""莎"之间需不需要比较，可不可以比较，怎样比较的争议再次出现。学界在汤、莎比较研究视野和研究方法上也做出了新的探索，陈籲沅《汤显祖和莎士比亚：两种戏剧文化的全球视野》明确提出全球化背景下汤、莎比较应具备"全球视野"。[1] 廖奔《比较文化：汤显祖和莎士比亚？》倡导汤、莎比较研究要超越后殖民主义文化心态，"从他们的剧作共同关心人类情感和命运的角度，体味其经典作品的深刻人文内涵，重新认识人类智慧和人类情感的本源，也品味中西文化的差异与各自审美特征，了解我们共同和不同的历史传统，把握中西戏剧不同的样式品性与美学原则，从而确立人类文化艺术丰富性、多样性和异质性的认识"。[2] 在比较方法上，提出从"平行研究"走向"间性研究"，使"建立在本质主义实在论假设上的比较研究被建立在间性哲学基础上的'跨文学空间'问题所取代"。[3] 这里需要补充一下的是，适逢汤显祖与莎士比亚逝世400周年的2016年这一关键节点，从戏剧界到学术界，与相关地方政府合作举行了一系列纪念活动，相关学术研究逐步臻于高潮。其间还有李建军《并世双星：汤显祖与莎士比亚》与张玲、付瑛瑛所著《汤显祖与莎士比亚》两部学术专著同年问世，前书采取平行比较的方法来解读汤显祖和莎士比亚，从经历和

---

[1] 陈籲沅：《汤显祖和莎士比亚：两种戏剧文化的全球视野》，中国戏曲学会汤显祖研究分会、浙江省遂昌县社会科学界联合会：《启航：汤显祖——莎士比亚文化交流合作》，浙江大学出版社2013年版，第80页。

[2] 廖奔：《比较文化：汤显祖和莎士比亚？》，《艺术百家》2016年第5期。

[3] 李比雄、乐黛云：《跨文化对话》第24辑，江苏人民出版社2009年版，第234页。以上引自刘文辉《"汤"（显祖）、"莎"（士比亚）比较在中国：历史与路向》，《戏剧（中央戏剧学院学报）》2017年第4期。

人格、政治热情和政治意识、爱情主题、女性形象、浪漫主义、悲剧意识、梦境意象、幽默感与喜剧性、死亡意识、诗性意味、基本价值图景等角度，比较两位戏剧大师的同异，进而揭示东西方文化在审美趣味和表达方式等方面的独特性和共同性。① 后书为"汤显祖研究书系"之一，涉及汤、莎总体比较，汤、莎戏剧的海外传播，汤、莎戏剧中的人物形象，英语国家的汤显祖研究和中国的莎士比亚研究，汤、莎剧演出比较，汤、莎剧浪漫主义与现实主义比较，汤、莎剧的神话比较，汤、莎剧的梦境比较以及汤、莎剧的改编比较等。② 此外，除了上文提到的陈茂庆《戏剧中的梦幻——汤显祖与莎士比亚比较研究》与张玲《汤显祖和莎士比亚的女性观与性别意识——女性主义文学批评/性别诗学视角下的汤莎人文思想比较》两篇博士论文之外，还出现了数篇硕士论文，包括孙海西《莎士比亚与汤显祖戏剧美学观比较》（硕士学位论文，山东大学，2004 年）、陈丽勤《汤显祖和莎士比亚戏剧文本中的自然场景意象研究》（硕士学位论文，厦门大学，2006 年）、朱熙《汤显祖与莎士比亚戏剧意象比较研究》（硕士学位论文，安徽师范大学，2014 年）、付芳丽《汤显祖与莎士比亚戏剧情与理冲突比较》（硕士学位论文，河南大学，2017 年）等。至于 21 世纪以来的相关论文，大体从综合性与专题性两个方向推进，其中周锡山《汤显祖与莎士比亚伟大艺术成就的总体比较和评论》颇具学术总论性质，认为汤显祖与莎士比亚的伟大艺术成就体现了文艺创作的共同规律，以中国文艺理论对文艺作品评判的四个最高要求和一个重大特色，即用中国的理论话语，观照和评论汤显祖与莎士比亚的伟大艺术成就，可总结为笔补造化、艺进乎道、悲天悯人和大器晚成；其共同的重大艺术特色是喜欢运用神秘现实主义和神秘浪漫主义的写作方法，取得动人的艺术效果。③ 所有这些，都标志着汤显祖与莎士比亚比较研究的高度专一与繁荣，的确与其他作家的比较研究迥然有别。

---

① 李建军：《并世双星：汤显祖与莎士比亚》，二十一世纪出版社集团 2016 年版。
② 张玲、付瑛瑛：《汤显祖与莎士比亚》，江西高校出版社 2016 年版。
③ 周锡山：《汤显祖与莎士比亚伟大艺术成就的总体比较和评论》，《艺术百家》2017 年第 1 期。

清代作家比较研究集中于李渔，其学术盛势仅次于汤显祖，但其在比较对象上的不断扩容，正与汤显祖始终重在与莎士比亚比较的专注性形成鲜明对比。1979 年，杨绛《春泥集》由上海文艺出版社出版，其中的《李渔论戏剧结构》借与亚里斯多德戏剧理论的比较来讨论李渔结构论，具有比较研究之性质。冉东平曾以此为理论视角探讨李渔与亚理斯多德戏剧结构理论的比较，从三个部分评述了李渔和亚理斯多德在戏剧结构问题上存在着表面相似而实际上却有巨大差异的现象，中国戏曲的"开放式戏剧结构"和西方戏剧的"锁闭式戏剧结构"产生的文化基础，以及中国戏曲的写意性和西方戏剧的写实性对中西戏剧在处理戏剧冲突、时空安排等方面有深刻影响。[①] 到了 80 年代，陈雷《相似、差异、创新：李渔和亚理斯多德戏剧理论比较》（《戏友》1985 年第 2 期）、杜卫《李渔与亚里士多德戏剧美学思想比较》[《戏剧》（中央戏剧学院学报）1989 年第 2 期]、傅秋敏《论"选剧第一"——李渔与斯坦尼导演学比较研究之一》（《艺术百家》1987 年第 2 期）等文的陆续问世，标志着李渔的比较研究正式启动。陈雷、杜卫两文承续杨绛《李渔论戏剧结构》而开展与亚里士多德戏剧美学与理论的比较研究。后至 90 年代，李渔比较研究日趋兴盛，比较的对象也日趋广泛，张晓军《李渔与狄德罗的戏剧理论之比较》（《解放军外语学院学报》1992 年第 1 期）、李燃青《李渔和狄德罗的戏剧美学——中西美学比较研究》（《宁波师院学报》1992 年第 3 期）重在李渔与狄德罗的戏剧理论之比较；张振钧《莎士比亚与李渔比较研究二题》（《中国人民大学学报》1992 年第 6 期）、马弦与马焯荣《李渔·莎士比亚比较偶数思维与戏剧创作》（《艺海》1995 年第 2 期）重在与莎士比亚之比较；姚文放《李渔与歌德关于戏剧舞台性的论述之比较》（《社会科学辑刊》1994 年第 2 期）、董小玉《中西古典戏剧结构美学的历史性双向调节——高乃依、李渔比较研究》（《外国文学评论》1996 年第 1 期）、陈菡蓉《机智的故事：薄伽丘与李渔小说之比较》（《中国比较文学》1999 年第 3 期）重在与斯坦尼、高乃依、薄伽丘之比较。

---

① 冉东平：《李渔与亚理斯多德戏剧结构理论的比较——评杨绛的〈李渔论戏剧结构〉》，《戏剧文学》2008 年第 4 期。

此外，还有一些综合性的比较研究，以李万钧《从比较文学角度看李渔戏剧理论的价值》（《文艺研究》1996年第1期）、《李渔和西方戏剧理论的对话》（《福建师范大学学报》2000年第2期）两文为代表，皆重在比较文学视角的理论价值评判与阐释。前文从比较文学角度探讨和总结了李渔戏剧理论六个层面的国际价值和现代价值；后文则以李渔的《闲情偶寄》（1671）与以布瓦洛《诗的艺术》（1674）为代表的西方戏剧理论进行比较，从四个层面作了理论总结和阐释。进入21世纪之后，既有对以往比较论题的继续深化[①]，也有对比较对象的继续扩容，后者诸如：张哲、王为群《人性的启蒙：古典戏剧通俗化倾向的美学特征——莱辛与李渔戏剧美学比较之三》（《兰州铁道学院学报》2003年第2期），冈晴夫《李渔与平贺源内——日中"戏作（Gesaku）"之比较》（《北京论坛（2004）文明的和谐与共同繁荣："文学艺术的对话与共生"中国文学分论坛论文或摘要集》，中国会议），朱源《李渔与德莱顿戏剧理论比较研究》（博士学位论文，苏州大学，2007年），彭洲飞、李佳裔《"日常生活"与"闲情偶寄"——列斐伏尔和李渔"日常生活世界"之比较》（《大连海事大学学报》2012年第1期），代迅《西方理论与中国文本：费瑟斯通和李渔美学思想比较研究》（《西南大学学报》2012年第6期）等，分别拓展至与莱辛、平贺源内、德莱顿、列斐伏尔、费瑟斯通等的比较研究。朱源博士论文以共时与历时、微观与宏观的综合方式与视野，对中国古典戏曲理论史与英国古典话剧理论史中各自最重要、最具代表性的戏剧理论家李渔与德莱顿的戏剧理论文本与内涵进行了深入的比较分析，

---

① 比如傅少武《李渔与莫里哀从事喜剧创作的层因比较论》（《艺术百家》2001年第3期），钟贞《李渔与狄德罗戏剧表演观之比较》（《社会科学家》2005年第S2期），黄勇军《李渔短篇小说与薄迦丘〈十日谈〉叙事比较研究》（硕士学位论文，重庆师范大学，2006年），乔文《李渔与莎士比亚喜剧中喜剧性语言比较研究——以〈风筝误〉与〈威尼斯商人〉为例》（硕士学位论文，中国海洋大学，2006年），魏淑珠《细论李渔的戏曲"结构"理论：以亚里士多德的"情节单一"论为参照》（《戏曲研究》2010年第2期），刘澍芃《李渔与高乃伊的戏剧功用论比较》（《文教资料》2012年第27期），苑文雅《李渔与布瓦洛戏剧结构理论之比较》（《戏剧之家》2015年第17期），夏经伦《亚里士多德与李渔喜剧理论比较》（硕士学位论文，延边大学，2016年）。

并以"求同存异"的基本态度,试图发掘与阐释中英戏剧理论间的普遍性与特殊性,以达到认识他人与自我、互相交流的目的,从而将本论题推向了新的学术高度。

可以说,在平行研究思维的驱动下,中国古代文学的许多著名作家都受到了研究者的关注,在与外国作家的比较研究中得到凸显。

四 作品平行研究

中外作品平行比较研究就是探讨中外不同作品之间的异同关系,包括思想内容、人物形象、艺术特色、文化内蕴等。作品比较研究聚焦于名著和名篇的比较,中国古代文学史上的许多名著都有相应的比较研究论著问世。现重点回顾和讨论一下小说与戏剧名著的比较研究。

1. 小说名著的平行研究。聚焦于"四大奇书"《三国演义》《水浒传》《西游记》《金瓶梅》与清代小说名著《红楼梦》《聊斋志异》,同时还涉及《镜花缘》以及短篇小说集"三言""二拍",都有相应平行研究的成果,其中《红楼梦》是重中之重,在小说作品比较研究中居于核心地位。

(1)《三国演义》平行研究。以与日本信浓前司行长创作的长篇小说《平家物语》的比较论文最多,其中硕士论文即有:黄健平《〈平家物语〉与〈三国演义〉儒家文化之比较》(硕士学位论文,重庆师范大学,2006年)、李芳《〈三国演义〉与〈平家物语〉武人群像之比较》(硕士学位论文,曲阜师范大学,2007年)、王茜《〈三国演义〉与〈平家物语〉人物形象之比较研究——从造型理念之差异谈起》(硕士学位论文,北京语言大学,2008年)、张淼《〈平家物语〉与〈三国演义〉无常观之比较》(硕士学位论文,吉林大学,2009年)、葛利及《〈平家物语〉与〈三国演义〉生死观之比较研究》(硕士学位论文,苏州大学,2013年)、吴岚南《〈三国演义〉与〈平家物语〉的英雄观之比较研究》(硕士学位论文,广西大学,2015年),分别就儒家文化、武人群像、人物形象以及无常观、生死观、英雄观等开展比较。另有李树果《〈平家物语〉和〈三国演义〉——战记物语和演义小说的比较》(《日语学习与研究》1990年第1期)、李英武《〈三国演义〉与〈平家物语〉艺术特色之比较》(《东北亚论坛》1996年第1期）分别侧重于两书文体与艺术特色之比较。涉及与日本文学作品比较的，还有胡秋香《比较〈三国演义〉、〈水浒传〉和〈八犬传〉的忠义观》（《湖北经济学院学报》2007年第7期）、曲朝霞《〈三国演义〉与〈德川家康〉中的爱情之比较》（《电影文学》2010年第15期），分别与《八犬传》和《德川家康》在忠义观与爱情观方面展开比较。进而言之，在东亚文化圈的比较中，尚有母秀丹《〈三国演义〉与〈兴武王演义〉比较研究》（硕士学位论文，山东大学，2014年）的与朝鲜《兴武王演义》的比较研究；和建伟《〈摩诃婆罗多〉与〈三国演义〉情节结构比较》（《学理论》2009年第27期）与印度史诗《摩诃婆罗多》的比较研究；徐杰舜、陆凌霄《越南〈皇黎一统志〉与中国〈三国演义〉之比较》（《广西师范大学学报》2002年第3期）与越南汉文历史小说《皇黎一统志》的比较研究。《三国演义》与欧洲作品比较的重点是希腊神话与史诗，主要有：赵成林《交相辉映的两部民族战争史诗——〈三国演义〉与〈伊利亚特〉比较研究》（《贵州社会科学》1994年第3期），殷茜《〈三国演义〉与〈荷马史诗〉比较研究》（硕士学位论文，陕西理工学院，2011年），陈鹏录《〈三国演义〉与〈伊利亚特〉战争描写比较》（《重庆科技学院学报》2011年第21期），雷敏《中希"民族英雄忠义主义"历史文化内涵比较研究——以〈三国演义〉和〈希腊神话〉为例》（《湖北第二师范学院学报》2014年第3期）。此外，易新农《〈战争与和平〉和〈三国演义〉史诗风格比较》[《中山大学学报》（哲学社会科学版）1986年第3期]、彭定安《两种民族心态、文学气质与接受意识——〈三国演义〉与〈战争与和平〉比较研究》（《社会科学辑刊》1989年第2、3期）重在与俄国小说名著《战争与和平》的比较；卢盈秀《男性社谊、欲望、吊诡：〈三国演义〉及〈亚瑟王之死〉的跨文化比较（英文）》[《复旦外国语言文学论丛》（春季号）2015年第1期]重在与英国托马斯·马洛礼《亚瑟王之死》的跨文化比较；而宋培宪《〈三国演义〉在世界小说座标中的定位与描述——兼及中西方同类型小说之比较》（《烟台师范学院学报》2001年第2期）的视野更为开阔，提出如果将《三国演义》放在世界小说发展流程上来考察，那么，就鸿篇巨制成熟的时间看，它比欧洲早近两个世纪；而作为历史小说高潮的到来，中国比西欧提前了四五百年,特别是由于文化背景与文学观念上的差别,中西方历史小说则更是异中见同,同中显异。要之,《三国演义》是世界小说史上成熟最早、成就较高、影响广泛的一部历史小说巨著。①

（2）《水浒传》平行研究。重点是与英国民间故事《罗宾汉传奇》的比较。罗宾汉是英国民间传说中的古代英雄,因不满封建统治者的暴虐统治而聚众结伙,深居绿林,仗义行侠,爱憎分明,充满人格力量,与中国宋朝的梁山好汉相媲美,故而彼此具有"可比性"。从陈才宇《〈水浒传〉与罗宾汉谣曲比较》(《杭州大学学报》1989年第4期)之后,至21世纪出现了多篇论文,包括张叉《〈水浒传〉和〈罗宾汉传奇〉中的英雄人物比较研究》(《成都理工大学学报》2004年第4期),刘清华《绿林豪杰的颂歌 英雄传奇的丰碑——〈水浒传〉与〈绿林英雄罗宾汉〉之比较研究》(《荆门职业技术学院学报》2006年第4期),和俊《从〈罗宾汉〉与〈水浒传〉的比较中看中西文化差异》(《西安社会科学》2009年第5期),单宝凤《〈水浒传〉与〈侠盗罗宾汉〉叙事艺术之比较》(硕士学位论文,浙江工业大学,2010年),尹广娜《宋江与罗宾汉形象比较研究》(硕士学位论文,天津师范大学,2011年),等等。其中单宝凤与尹广娜两篇硕士论文分别就叙事艺术与人物形象作了比较研究。另有陈春莲《甜梦与恶魇——论比较〈红字〉中海丝特与〈水浒传〉中的潘金莲(英文)》(《咸宁师专学报》2001年第5期)、王晓玲《相同的追求 不同的命运——〈红字〉中海斯特与〈水浒传〉中潘金莲比较研究》(《江苏广播电视大学学报》2009年第6期)、董清宇《〈红字〉与〈水浒传〉部分人物形象的比较研究》(《赤峰学院学报》2014年第1期)重在与美国浪漫主义作家霍桑创作的长篇小说《红字》的比较；田美丽《〈水浒传〉和〈亚瑟王之死〉中英雄情爱观之比较》(《湖北教育学院学报》2007年第1期)、石松《〈水浒传〉中王进和〈亚瑟王之死〉中魔灵叙事作用的比较》(《水浒争鸣》2009年第11辑)重在与英国托马斯·马洛礼《亚瑟王之死》的比较；李东军《〈水浒传〉美刺说与〈南总里见八犬

---

① 宋培宪:《〈三国演义〉在世界小说坐标中的定位与描述——兼及中西方同类型小说之比较》,《烟台师范学院学报》(哲学社会科学版)2001年第2期。

传〉劝惩说之比较》(《解放军外国语学院学报》2004年第6期)、邱岭《〈水浒传〉人物设定比较谈——与〈南总里见八犬传〉相较》(《2005年全国〈水浒〉与明清小说研讨会暨大丰市施耐庵研究会成立20周年庆典专辑》)、胡秋香《比较〈三国演义〉、〈水浒传〉和〈八犬传〉的忠义观》(《湖北经济学院学报》2007年第7期)重在与日本小说《八犬传》的比较；李俐《〈洪吉童传〉和〈水浒传〉的社会观与人物观比较》(《现代交际》2014年第8期)重在与朝鲜小说《洪吉童传》的比较；塔娜《〈江格尔〉和〈水浒传〉英雄比较研究》(硕士学位论文，内蒙古大学，2011年)、王文华《〈江格尔〉与〈水浒传〉之比较》[《内蒙古民族大学学报》(社会科学版)2016年第4期]重在与蒙古民族史诗《江格尔》的比较。其他如汪俊文《日本江户时期"读本小说"与中国明代小说——以〈雨月物语〉为中心的考察与研究》(硕士学位论文，上海师范大学，2006年)、《日本江户时代读本小说与中国古代小说》(博士学位论文，上海师范大学，2009年)，以及高原《"泛农民趣味"的颂歌——从中西方社会文化形态之比较看〈水浒传〉主题》(《兰州大学学报》2006年第2期)等，也都涉及《水浒传》的中日、中西比较。

(3)《西游记》平行研究。较之《三国演义》与《水浒传》成果更为丰硕，其中与印度的比较研究系从渊源研究发展而来，或彼此含有某种内在关联，主要见之于：赵国华《论孙悟空神猴形象的来历(上、下)——〈西游记〉与印度文学比较研究之一》(《南亚研究》1986年第1、2期)、《论中国的献人供妖与义士除害型故事——〈西游记〉与印度文学比较研究之二》(《南亚研究》1986年第4期)，和建伟、武抒祖《人性的复杂与自我超越——〈摩诃婆罗多〉与〈西游记〉的主题思想比较》(《内蒙古电大学刊》2006年第5期)等。在与西方文学作品的比较中，重点是与英国约翰·班扬《天路历程》的比较，除了顾云飞《〈天路历程〉与〈西游记〉主题比较研究》(硕士学位论文，浙江师范大学，2010年)、王琦《〈天路历程〉与〈西游记〉的宗教元素比较研究》(硕士学位论文，大连外国语学院，2011年)、申招娣《〈天路历程〉与〈西游记〉叙事比较研究》(硕士学位论文，湖南师范大学，2015年)三篇硕士论文之外，尚有林琳《〈天路历程〉与〈西游记〉的精神共鸣——两部小说宗教特征和批判精神比较》(《泉州师范学院学报》2005 年第 5 期),陈明洁《〈天路历程〉与〈西游记〉之平行比较》[《河海大学学报》(哲学社会科学版)2006 年第 3 期],宋文玲《〈西游记〉与〈天路历程〉意象比较》(《科技信息》2010 年第 6 期),刘颖《殊途同归的心路历程——〈西游记〉与〈天路历程〉之比较》(《科技信息》2010 年第 35 期),肖跃玲《历史、宗教语境下的创作——〈西游记〉与〈天路历程〉差异性比较》[《安徽文学》(下半月)2015 年第 11 期],等等。其他广泛涉及与希腊神话史诗[1]、但丁《神曲》[2]、米尔顿《失乐园》、[3] 歌德《浮士德》、[4] 塞万提斯《堂吉·诃德》、[5]《巴黎圣母院》、[6] 西方流浪汉小说、[7]《格列佛

---

[1] 诸如韩洪举《世界神话宝库中的双璧——〈西游记〉与〈希腊古典神话〉之比较》(《中国文学研究》2004 年第 2 期),张兴旺《〈西游记〉与〈奥德修纪〉叙事特点比较》(《吕梁学院学报》2013 年第 1 期),汤琼《从女神、女妖形象分析、比较古希腊和儒道佛文化女性观差异——以〈奥德赛〉和〈西游记〉为例》(《英美文学研究论丛》2018 年第 2 期)以及余艺、何田雨、马琴、龚渝富《语境透视下的文化行为差异——基于对〈西游记〉和〈奥德赛〉的文本比较研究》(《外语教育与翻译发展创新研究》第八卷,中国会议,2019 年)等。

[2] 主要有姜岳斌《〈神曲〉与〈西游记〉中天堂观念的比较》(《外国文学研究》2000 年第 3 期),王敏《〈神曲〉与〈西游记〉救赎意识之比较》(《西安外国语大学学报》2009 年第 1 期),杨戴君《〈神曲〉与〈西游记〉天堂观念的比较》(《柳州职业技术学院学报》2017 年第 4 期)。

[3] 武永娜:《〈西游记〉和〈失乐园〉中的自由思想之比较》(《周口师范学院学报》2006 年第 3 期),胡莹莹:《〈失乐园〉与〈西游记〉的比较研究》(硕士学位论文,哈尔滨理工大学,2011 年),刘晓晨、唐军:《跨文化视角下的中西方"自由"释读——〈失乐园〉撒旦与〈西游记〉孙悟空之比较》(《宿州学院学报》2018 年第 9 期)。

[4] 主要有张德明《东西方两种灵魂的终极寻求——〈西游记〉和〈浮士德〉的母题、叙事模式与文化价值观比较》(《外国文学评论》1991 年第 4 期),张隆海《〈西游记〉与〈浮士德〉中的个性解放思想比较研究》(博士学位论文,曲阜师范大学,2011 年),代天才《〈浮士德〉与〈西游记〉多维视角比较研究》(《红河学院学报》2018 年第 6 期)等。

[5] 何峰:《耐人寻味的异中之同与同中之异——〈堂吉诃德〉与〈西游记〉之比较》(《浙江师范大学学报》1996 年第 6 期),李新灿:《〈西游记〉与〈堂吉诃德〉之比较》(《咸宁师专学报》1997 年第 4 期),申晴、马建华、关磊:《〈西游记〉和〈堂吉诃德〉中的幻想因素比较研究》(《长春理工大学学报》2017 年第 5 期)。

[6] 刘叔伦:《〈巴黎圣母院〉与〈西游记〉浪漫主义特色之比较》,《中山大学学报》(社会科学版)1997 年第 6 期。

[7] 关学智:《〈西游记〉与西方流浪汉小说之比较》,《丹东师专学报》2003 年第 2 期。

游记》以及《哈克贝利·费恩历险记》等的比较。① 饶有意味的是，在《西游记》与西方文学的比较中，不少论文拓展至当代作品的比较，比如与英国作家、牛津大学教授约翰·罗纳德·瑞尔·托尔金创作的长篇奇幻小说《霍比特人》（1937）及其续作《魔戒》（1954—1955，又称《指环王》）的比较，相关论文有：赵澍《原型理论分析比较〈霍比特人〉和〈西游记〉》（硕士学位论文，内蒙古大学，2008年），石松《人类的本能恶欲和向善追求——〈指环王〉与〈西游记〉的哲学思想比较》（《湖北师范学院学报》2005年第2期），苏学芬《跨越时空的回响：〈指环王〉与〈西游记〉比较研究》（硕士学位论文，天津理工大学，2008年），赵淑莉《相似之下的不同价值观与软硬实力——〈指环王〉与〈西游记〉的比较》（《电影文学》2011年第13期），杨莹《〈西游记〉与〈最游记〉比较研究》（硕士学位论文，湖北大学，2011年），贺双燕《〈魔戒〉与〈西游记〉的文化诗学比较——以霍夫斯泰德个人主义集体主义价值维度为分析视角》（《绵阳师范学院学报》2012年第3期），陈义伊《追寻路上的救赎——〈西游记〉与〈魔戒〉的比较》[《中小企业管理与科技》（上旬刊）2015年第3期]，吕舒贺《〈西游记〉与〈魔戒〉旅行文学特质比较研究》（硕士学位论文，辽宁大学，2018年），等等。此外，还有与《奥兹国的巫师》《哈利·波特》《越狱》《动物庄园》、《西行取经记》，亨利·哈格德的成名作《所罗门王的宝藏》《地心游记》《最游记》等的比较。② 其中丁璠等《关于〈西游记〉与〈哈利·波特〉商业

---

① 吴文南：《〈格列佛游记〉和〈西游记〉之比较》（《黔东南民族师专学报》1998年第3期），刘艳娥：《〈西游记〉与〈格列佛游记〉讽刺艺术之比较》（《文教资料》2009年第11期），柯慧俐：《从儿童文学视角比较〈格列佛游记〉与〈西游记〉》[《文学界》（理论版）2011年第1期]，张景龙：《〈西游记〉和〈哈克贝利·费恩历险记〉的主题比较》（硕士学位论文，上海交通大学，2006年）。

② 参见段风丽《〈奥兹国的巫师〉与〈西游记〉比较研究》（《世界文学评论》2007年第1期），丁璠、钱天闻、韩哲远、王骏、李宏亮《关于〈西游记〉与〈哈利·波特〉商业价值比较的调查报告》（《中小学图书情报世界》2007年第2期），黄晋卿、王永祥《压抑下的突破——试比较〈越狱〉（第一季）和〈西游记〉》[《安徽文学》（下半月）2009年第10期]，范祖承《试论权力体系对反叛的非统治精英的同化——〈西游记〉和〈动物庄园〉主题之比较》（《长春大学学报》2010年第3期），杨莹《〈西游记〉与〈最游记〉比较研究》（硕士学位论文，湖（转下页）

价值比较的调查报告》通过实地调查并撰写调查报告的方式，重点对中国传统神话名著《西游记》和风靡世界的英国魔幻文学《哈利·波特》目前在商业价值上存在的差异进行简单比较，同时对《西游记》潜在消费人群和未来发展目标提出了一些见解，与一般的比较研究有所不同。

（4）《金瓶梅》平行研究。焦点问题是性描写、性道德，所以首先聚焦于与《查特莱夫人的情人》的比较，但彼此的视角各不相同，陈昌恒《〈查太莱夫人的情人〉与〈金瓶梅词话〉之比较》（《外国文学研究》1988年第3期）、吴红光《〈查泰莱夫人的情人〉与〈金瓶梅〉比较初探》（《襄樊学院学报》1999年第1期）、于东新《〈金瓶梅〉与〈查特莱夫人的情人〉之比较》（《红河学院学报》2005年第5期）等重在综合性比较；徐锡安《论性描写及其对性文化的超越与认同——〈金瓶梅〉与〈查泰莱夫人的情人〉比较研究系列论文之一》（《西北师大学报》1995年第6期）、黄永林《〈金瓶梅〉与〈查太莱夫人的情人〉性描写比较》（《外国文学研究》2008年第3期）等重在性描写比较；梁福根《文化的衰亡和再生的深沉探索——〈金瓶梅〉和〈查太莱夫人的情人〉试比较》（《河池师范高等专科学校学报》2000年第3期）、肖丽君与胡和平《主观表现与客观模仿——〈查特莱夫人的情人〉与〈金瓶梅〉比较研究之二》（《中州大学学报》2003年第2期）分别是文化衰亡和再生探索、主观表现与客观模仿的比较。其次是与《十日谈》比较，比如包遵信《色情的温床和爱情的土壤——〈金瓶梅〉和〈十日谈〉的比较》（《读书》1985年第10期）、董芳《异曲同工的挽歌——〈金瓶梅〉与〈十日谈〉中僧侣形象之比较》（《许昌学院学报》1990年第4期）、沈湛华《退回过去与走向未来——〈金瓶梅〉与〈十日谈〉性道德观念之比较》（《内蒙古电大学刊》1994年第2期）、姚作舟《〈金瓶梅〉与〈十日谈〉女性观比较》（《凯里学院学报》2007年第4期）等，涉及色情、

（接上页）北大学，2011年，李金发《彝文叙事诗〈西行取经记〉与〈西游记〉之比较》[《时代文学》（下半月）2012年第2期]，徐严莲《〈西游记〉与〈所罗门王的宝藏〉中西文化之比较》（《遵义师范学院学报》2014年第4期），唐鑫宇《〈西游记〉与〈地心游记〉幻想特点的比较分析》[《现代语文》（学术综合版）2016年第2期]。

性道德、女性观、僧侣形象等不同层面的比较。此外，刘琴《性、伦理、禁忌——〈金瓶梅〉与〈洛丽塔〉的比较》（硕士学位论文，华中科技大学，2006 年）、王若凡《萨德的〈贞洁的厄运〉和〈金瓶梅〉异同的比较》（硕士学位论文，上海师范大学，2011 年）、唐敏莉《〈金瓶梅〉与〈帕罗赋〉中泰封建制下的女性意识比较》（《成都大学学报》2017 年第 4 期）等侧重于性伦理与女性意识的比较；何孟良《解读爱情与欲望——〈安娜·卡列尼娜〉和〈金瓶梅〉女主人公形象比较》（《名作欣赏》2003 年第 12 期），戴承元《〈金瓶梅〉与〈唐吉诃德〉"戏拟"叙事之比较》（《人文杂志》2009 年第 3 期）、贾舒颖《〈金瓶梅〉与〈源氏物语〉人物形象比较研究》（硕士学位论文，复旦大学，2012 年）、冯军《为爱情献身的两个不幸男人——〈金瓶梅〉中武大郎与〈巴黎圣母院〉中伽西莫多形象比较分析》（《佳木斯大学社会科学学报》2012 年第 2 期）等侧重于叙事模式、人物形象的比较研究。

（5）《红楼梦》平行研究。《红楼梦》作为中国古代小说艺术的最高峰，在中外作品比较研究成果最为突出。苏琴琴《中西比较视野下的〈红楼梦〉悲剧解读——论现代学者对〈红楼梦〉之悲剧价值的世界经典定位》（《红楼梦学刊》2015 年第 5 辑）一文曾对 20 世纪前期中西比较视野下的《红楼梦》悲剧解读作了梳理与探讨，由此彰显现代学者对《红楼梦》之悲剧价值的世界经典定位。[①] 在进入新时期的 80—90 年代，红学界首先聚焦于与日本《源氏物语》的比较研究，如温祖荫《〈源氏物语〉与〈红楼梦〉》（《国外文学》1985 年第 6 期）、王浩明《〈源氏物语〉与〈红楼梦〉之比较研究》（《镇江师专学报》1987 年第 4 期）、赵连元《〈源氏物语〉与〈红楼梦〉美学比较再探》（《首都师范大学学报》1996 年第 5 期）等。然后又逐步向西方经典比较研究拓展，张闳《〈红楼梦〉〈战争与和平〉中的女性形象和爱的文化观比较》（《文艺理论研究》1990 年第 3 期）、顾朴光《青春的赞歌和青春的挽歌——〈战争与和平〉与〈红楼梦〉比较谈片》（《贵州大学学报》1988 年第 3 期）、张婉瑜《〈安

[①] 苏琴琴：《中西比较视野下的〈红楼梦〉悲剧解读——论现代学者对〈红楼梦〉之悲剧价值的世界经典定位》，《红楼梦学刊》2015 年第 5 辑。

娜·卡列宁娜〉和〈红楼梦〉人物形象之类型学比较初探》[《北京大学学报》（外国语言文学专刊）1999 年第 S1 期]等重在与列夫·托尔斯泰《战争与和平》《安娜·卡列宁娜》之比较；李达武《〈红楼梦〉与〈呼啸山庄〉主人公爱情悲剧的比较》（《文艺理论研究》1984 年第 3 期）、单世联《叛逆的爱情——〈红楼梦〉与〈呼啸山庄〉之比较》（《广东社会科学》1992 年第 1 期）等重在与艾米莉·勃朗特《呼啸山庄》之比较；维斌《〈红楼梦〉与〈飘〉的爱情悲剧院主题之比较》（《池州师专学报》1996 年第 4 期）、王琨《从〈喧哗与骚动〉和〈红楼梦〉看中西挽歌式悲剧精神》（《浙江大学学报》1996 年第 2 期）、万直纯《从〈红楼梦〉和〈百年孤独〉看文学预言现象的生成》（《安徽广播电视大学学报》2000 年第 1 期）、李君怡《试论〈红楼梦〉和〈老人与海〉的寓言式结构》（《贵州社会科学》2000 年第 5 期）等则分别展开与玛格丽特·米契尔《飘》、威廉·福克纳《喧哗与骚动》、西亚·马尔克《百年孤独》以及海明威《老人与海》之比较。

进入 21 世纪之后，随着《红楼梦》平行研究对象的不断扩容，比较分析的内涵也有所深化。其中既有如韩小龙《〈红楼梦〉与〈飘〉生命美学比较研究》（《山西广播电视大学学报》2006 年第 6 期）、付明端《梦幻与超越——〈飘〉与〈红楼梦〉中的女性意识》（《世界文学评论》2008 年第 1 期）等继续与《飘》的比较研究；马娅《人世兴灭的隐喻——〈百年孤独〉与〈红楼梦〉的简单比较》（《中州学刊》2002 年第 3 期）、赵秋棉《东西方现实主义的撞击与融合——谈谈〈红楼梦〉与〈百年孤独〉的异同》（《江汉论坛》2007 年第 10 期）、吴祖明《〈红楼梦〉与〈百年孤独〉的预言和对称型结构比较》（《人文论谭》2009 年第 00 期）等继续与《百年孤独》的比较研究。但更多的是新的拓展，广泛涉及与《俄狄浦斯王》《神曲》《红字》《哈姆雷特》《高老头》《少年维特之烦恼》《浮士德》《老人与海》《德伯家的苔丝》《白痴》《纯真年代》《简·爱》《红与黑》《傲慢与偏见》《巴黎圣母院》等的比较，主要见之于：俞晓红《永远的天性——〈红楼梦〉与〈红字〉象征意象比较谈》（《国外文学》2003 年第 1 期），王浚波《〈红字〉与〈红楼梦〉比较谈》（《太原大学学报》2005 年第 2 期），殷亚敏、吴文忠《〈红楼梦〉与〈红字〉中的"红色意象"比较》(《北京航空航天大学学报》2008年第4期),易淑琼《〈红楼梦〉与〈德伯家的苔丝〉女性人物肖像刻画的对比分析》(《暨南学报》2003年第2期),唐璇、朱慧芳《〈德伯家的苔丝〉与〈红楼梦〉比较初探》(《南华大学学报》2006年第3期),张美云《〈红楼梦〉与〈神曲〉的结构和表现手法之比较》[《文学教育》(上)2008年第8期],杜娟《〈红楼梦〉与〈浮士德〉灵肉母题的文本对话》(《河北学刊》2005年第2期),吴春红《审美意象的隐喻性构建与理解——关于〈哈姆雷特〉与〈红楼梦〉中的意象比较》(《苏州大学学报》2005年第5期),张艳《找不到精神家园的灵魂——梅什金公爵与贾宝玉之比较》(《孝感学院学报》2006年第1期),何劲虹《象征美学的发展与创新——〈红楼梦〉与〈高老头〉的象征美学之比较》(《重庆社会科学》2007年第8期),霍锋利《性格·情感·命运——〈红楼梦〉和〈纯真年代〉的主要人物形象比较研究》(《绵阳师范学院学报》2008年第6期),赵光平《利益冲突的外化——〈红楼梦〉和〈红与黑〉父子冲突比较》(《电影文学》2008年第12期),邓娜《〈简·爱〉与〈红楼梦〉女主人公形象的比较研究——中西文化互观中的简·爱与林黛玉》(硕士学位论文,湖南师范大学,2009年),王建仓《〈俄狄浦斯王〉与〈红楼梦〉结构诗学及生命哲学比较》(《陕西师范大学学报》2009年第1期),胡翠琴《歌德与曹雪芹作品比较研究——〈少年维特之烦恼〉与〈红楼梦〉比较》(《现代商贸工业》2009年第19期),赵淑萍《女性主义视野下的中西方婚恋观——以〈红楼梦〉和〈傲慢与偏见〉为例》(《江西社会科学》2010年第12期),施瑞《从〈红楼梦〉〈巴黎圣母院〉中比较中西建筑文化》(《建筑》2010年第19期),等等。

张慧敏《近十年〈红楼梦〉与西方小说之比较研究综述》将21世纪前十年的《红楼梦》比较研究论文大致归为时代背景的比较、人物形象比较与象征意象比较三类,然后分别考察其比较的思路和方法,以期为今后在这方面开展更加深入的比较研究工作提供一些借鉴与启示。[①] 2010年

[①] 张慧敏:《近十年〈红楼梦〉与西方小说之比较研究综述》,《中北大学学报》(社会科学版)2010年第2期。

以来，有关《红楼梦》的平行研究，可谓是旧题深化与新题发掘同时并进，其间的重要成果是有一批硕博士论文问世，包括罗丽文《社会性别视野下〈红楼梦〉与〈源氏物语〉之比较研究》（硕士学位论文，南昌大学，2010年），曹淑媛《〈红楼梦〉与〈伊瑙〉思想艺术之比较》（硕士学位论文，山东大学，2011年），欧阳多根《白居易诗歌对〈源氏物语〉与〈红楼梦〉的影响之比较》（硕士学位论文，上海师范大学，2011年），苏麒《〈源氏物语〉与〈红楼梦〉佛教影响之比较研究》（硕士学位论文，上海师范大学，2012年），胡欣《〈源氏物语〉与〈红楼梦〉小说观比较研究》（硕士学位论文，上海师范大学，2012年），韩梅《〈红楼梦〉与〈源氏物语〉女性悲剧比较研究》（硕士学位论文，辽宁大学，2012年），佟玉鑫《〈红楼梦〉与〈红字〉中的象征意义比较研究》（硕士学位论文，大连海事大学，2013年），董娜《〈红楼梦〉与〈呼啸山庄〉文化意蕴之比较研究》（硕士学位论文，温州大学，2014年），王若冲《〈源氏物语〉夕颜与〈红楼梦〉林黛玉比较研究》（硕士学位论文，吉林大学，2015年），杨舒雯《〈红楼梦〉与〈百年孤独〉诸原型的比较研究》（硕士学位论文，陕西师范大学，2015年），侯玲《〈红楼梦〉与简·奥斯丁作品中的女性观比较研究》（硕士学位论文，山东大学，2016年），吕纷芳《〈红楼梦〉与〈曼斯菲尔德庄园〉婚恋观比较研究》（硕士学位论文，重庆师范大学，2017年），曹娅娜《〈红楼梦〉与〈源氏物语〉家族制度下女性命运比较研究》（硕士学位论文，辽宁大学，2018年），等等，为数相当可观，也有一些新的开拓。至于其他论文，也同样呈现为旧题新做[①]与新题发掘两种情形，而就后者而言，

---

① 参见吴雪《"死亡"架构起的叙述——〈红楼梦〉与〈喧哗与骚动〉比较研究》[《青年作家》（中外文艺版）2011年第6期]，杨燕翎《跨越时空的相同叙事——〈红楼梦〉与〈百年孤独〉叙事手法比较》（《社会科学战线》2011年第12期），岑群霞《〈红楼梦〉与〈源氏物语〉之语用模糊比较》（《阜阳师范学院学报》2011年第4期），魏丕植《皈依与消隐——〈红楼梦〉与〈源氏物语〉女性崇拜神化历程的比较》（《凯里学院学报》2012年第5期），曹晓航《〈红楼梦〉与〈源氏物语〉魂灵形象比较研究》（《河北工程大学学报》2013年第3期），顾莹华《相似的人格特征迥异的人生结局——〈红楼梦〉和〈傲慢与偏见〉中主人公的跨文化比较》[《时代文学》（下半月）2012年第2期]，孙玉晴、肖家燕《〈红楼梦〉与〈红字〉：象征主义的比较研究》（《西安外国语大学学报》2017年第4期）等。

其重心在欧洲，美国次之，俄国又次之。① 总体而论，以上"开疆拓土"成果显著，但深度还是有所欠缺。

（6）《聊斋志异》平行研究。相关成果比较突出而且相当丰富，与《儒林外史》形成鲜明的对比。根据朱振武、谢秀娟《〈聊斋志异〉与外国文学比较研究三十年》的梳理与总结，吴德铎于1979年2月28日发表在《文汇报》上的《〈聊斋志异〉与华盛顿·欧文》是改革开放以来最早将《聊斋》与外国文学进行比较的文章，也是有史以来第一篇真正意义上的《聊斋》跨文化比较之作。此后的平行研究聚焦于《聊斋·促织》和卡夫卡《变形记》"异化"主题的比较上，其中方平《对于〈促织〉的新思考——比较文学也是思考的文学》（《读书》1982年第11期）带有对平行研究的反思，王枝忠《〈对于〈促织〉的新思考〉引起的思考》（《读书》1983年第6期）对此提出了质疑与挑战。但80年代的学术取向比较传统，重在思想主题、女性人物、艺术特征之比较②。到了90年代，《聊斋志异》的平行研究更受学界的重视，内容也有所深化。大体囊括了总体性比较、作家比较以及作品的思想主题、创作题材、人物形象、艺术

---

① 参见孟玲玲《多角度比较分析〈红楼梦〉与〈汤姆·琼斯〉》[《大学英语》（学术版）2011年第1期]，王宁《中西文化比较视野下的文学爱情主题解读——〈红楼梦〉和〈汤姆·琼斯〉的比较研究》（《宜春学院学报》2013年第7期），刘瑞娜《〈爱玛〉与〈红楼梦〉比较研究》（《语文建设》2015年第23期），胜雅律、周健强《对〈红楼梦〉和〈尼伯龙根之歌〉里谋略的初步比较》（《曹雪芹研究》2016年第1期），彭娟《〈康素爱萝〉与〈红楼梦〉女主人公比较》（《边疆经济与文化》2016年第3期），乔孝冬《〈十日谈〉与〈红楼梦〉的"两性经验"比较——"里尼埃里之戏"与"贾瑞之死"》（《红楼梦学刊》2016年第4辑），高海涛《纳博科夫：作为诗人的小说家——兼论〈洛丽塔〉与〈红楼梦〉之比较》（《渤海大学学报》2017年第4期），王聪《〈红楼梦〉和〈罗密欧与朱丽叶〉中的爱情观比较》（《淮海工学院学报》2018年第11期）等文。

② 参见厉严正《〈变形记〉与〈促织〉》（《南都学坛》1984年第4期），方晓明《人为什么会变成虫——〈促织〉和〈变形记〉比较》（《山东师大学报》1989年第5期），孙大公《为悲怆人生增添一线喜色——也谈〈促织〉与〈变形记〉的比较》（《丽水师专学报》1987年第1期），牧惠《蟋蟀、甲虫与牛鬼蛇神——〈促织〉、〈变形记〉、〈我是谁？〉中的荒诞意识》（《齐鲁学刊》1988年第4期），戚鸿才《天真、新奇、脱俗的"自然人"形象——婴宁和多拉的比较》（《黔南民族师院学报》1984年第1期），张仁健《幻由情生，真因幻显——比析〈夺奖的木马〉和〈促织〉的魔幻色彩》（《名作欣赏》1986年第1期），平慧善、陈元垲《蒲松龄与契诃夫》（《蒲松龄研究集刊》第3辑，齐鲁书社1982年版）。

手法的比较等六种类型。第一类总体性比较以何木英《蒲松龄志怪小说与爱伦·坡哥特式小说之比较》(《玉林师专学报》1997 年第 4 期) 为代表；第二类作家比较，主要有陈钦武《从〈见闻录〉中的"志怪"看华盛顿·欧文在美国文学史上的地位》(《国外文学》1996 年第 1 期)，向维民《人鬼狐妖的天地与魔魇孤独的世界——蒲松龄与卡夫卡之比较》(《郧阳师专学报》1992 年第 3 期) 等；第三类是思想主题的比较研究，主要论文有王立《美狄亚复仇的超越性意义——〈聊斋〉复仇主题片论》(《蒲松龄研究》1996 年第 1 期)；第四类是创作题材的比较，如周均美的《谈中外"画中人"的形神关系》(《中国比较文学》1997 年第 2 期)，段晴《西方鬼的故事：晚皮尔的传说》(《国外文学》1992 年第 3 期)，钟明奇《东海西海　心理攸同——〈聊斋志异〉与〈十日谈〉爱情观之比较》(《苏州大学学报》1991 年第 3 期)；第五类是人物形象的比较，涉及的几篇论文多为女性形象的比较，如林植峰《中外文学名著中的悍妇形象——从〈驯悍记〉到〈聊斋志异〉、〈红楼梦〉》(《衡阳师专学报》1996 年第 2 期)、吴瑞裘《〈十日谈〉与〈聊斋志异〉中的女性悲剧人格比较》(《龙岩师专学报》1999 年第 4 期)、黄桂凤《女性、情爱、性爱、文化——〈聊斋志异〉与〈十日谈〉之比较》(《玉林师专学报》1997 年第 4 期) 等；第六类是艺术手法的比较，如聂世闻《莫泊桑小说创作品格与中国文人艺术思维》(《外国文学研究》1993 年第 1 期)，邹颖萍《文坛怪杰之绘心艺术——蒲松龄和爱伦·坡小说之比较》(《四川外语学院学报》1998 年第 1 期)，李文方《蒲松龄与爱伦·坡小说超异美的异同比较》(《学习与探索》1999 年第 5 期) 等[①]。进入 21 世纪之后，《聊斋志异》的比较研究更为兴盛，视野更为开阔，内涵更为丰富。仅以比较论题的硕士论文为例，即有：张忠喜《人鬼同行，唯美最真——〈献给爱米丽的玫瑰〉与〈聊斋志异〉叙事之比较》(硕士学位论文，上海外国语大学，2006 年)，周英瑛《蒲松龄志怪小说与爱伦·坡哥特式小说爱情主题中女性形象的对比研究》(硕士学位论文，华南师范大学，2007 年)，

[①] 朱振武、谢秀娟：《〈聊斋志异〉与外国文学比较研究三十年》，《蒲松龄研究》2011 年第 2 期。

金明《〈聊斋志异〉与〈金鳌新话〉中女鬼形象之比较》（硕士学位论文，吉林大学，2012年），刘浩凯《〈聊斋志异〉与佛经比较研究——以疾病观为例》（硕士学位论文，兰州大学，2017年），周曼青《〈聊斋志异〉与〈变形记〉自然观及其生态意义比较研究》（硕士学位论文，浙江师范大学，2018年），李帅《对自我的不断追寻——吸血鬼编年史系列与〈聊斋志异〉的比较研究》（硕士学位论文，上海外国语大学，2018年）等，这些论文从不同视角深化了《聊斋志异》的比较研究。

（7）《镜花缘》平行研究。除以上名著之外，《镜花缘》的比较研究也受到了学界的关注，重点是与《格列佛游记》比较，据汪龙麟《20世纪〈镜花缘〉研究述评》梳理和统计，其间陆续问世的相关论文为13篇，其中的代表作有：王捷《〈镜花缘〉〈格列佛游记〉比较简论》（《徐州师范学院学报》1984年第4期）、叶胜年《试比较〈格列佛游记〉和〈镜花缘〉的创作动机和表现手法》（《镇江师专学报》1985年第4期）、王向辉和王丽丽《从〈格列佛游记〉和〈镜花缘〉看中西传统文化的差异》（《外国文学研究》1995年第2期）、周岩壁《〈格列佛游记〉与〈镜花缘〉在前文学遗产继承上的比较》（《南都学坛》1996年第1期）等。诸多论文对这两部产生于不同时代不同国度的小说在主题倾向、艺术手法等各个方面均进行了颇为全面系统的比较，其中王向辉、王丽丽二人所撰之文从海外旅行的目的、对海外国家的描绘方式、对海外国家社会问题的看法三个方面进行比较，试图发掘潜隐于两部小说相似的表现手法之后的不相似的文化差别。[①] 21世纪以来，《镜花缘》与《格列佛游记》比较论题依然在延续，相继问世的论文有：蒋玉兰《从儿童文学视角比较〈镜花缘〉和〈格列佛游记〉》（《浙江师范大学学报》2003年第5期），贾晓霞《融现实于幻想　寄愤懑于讽刺——〈镜花缘〉与〈格列佛游记〉之比较》（《中国古代小说戏剧研究丛刊》2006年第4辑），刘莉莉《〈镜花缘〉与〈格列佛游记〉比较研究》（硕士学位论文，信阳师范学院，2013年），等等，但总体来看显得比较单调，需要在广度与深度上加以拓展。

[①] 汪龙麟：《20世纪〈镜花缘〉研究述评》，《东北师大学报》（哲学社会科学版）2000年第4期。

至于有关《镜花缘》比较的路径与方法，陈桂声《关于新世纪〈镜花缘〉研究的几点思考》谈到，比较中外文学作品或文学现象，并非一定要寻找出二者相近或相似处，方有学术意义和价值。所以，我们在比较中外文学作品和文学现象时，更需在注重中外不同文化背景特点的基础上，剖分与指明中外文学各自之独特风貌，以帮助我们换一种方式清晰地认识中国传统文学之个性与价值，或许更富学术意义。①

（8）"三言二拍"平行研究。短篇小说的比较研究方面，主要集中于"三言二拍"，具体呈现为"三言二拍"的整体比较与"三言"独立的比较研究两种形态。先就"三言二拍"的整体比较研究而论，其中的重点是"三言二拍"与《十日谈》的比较研究，孙逊《东西方启蒙文学的先驱——"三言"、"二拍"和〈十日谈〉》（《文学评论》1987年第4期）率先从启蒙文学先驱的特定视角为"三言二拍"与《十日谈》的比较研究重新定位，认为明代中叶以后特别是嘉靖、万历年间，我国文学创作（主要是小说、戏曲等通俗文学的创作）迎来了一个空前辉煌的时期。这时期产生的一些优秀作品，堪与西方文艺复兴时期最伟大的作品相媲美，彼此之间无论是题材还是思想倾向，都有着惊人的相似之处。它们都是代表了当时世界进步潮流的东西方启蒙文学的先驱。我们在《十日谈》和"三言""二拍"中所看到的，正是对中世纪禁欲主义和专制婚姻制度的批判，以及具有现代性爱色彩的萌芽。与此学术理路相近的是林曼《〈三言〉、〈二拍〉与〈十日谈〉比较研究》（《汕头大学学报》1990年第3期），文淑慧《相同时代精神的不同内涵——〈三言〉、〈二拍〉与〈十日谈〉比较研究》（《殷都学刊》1992年第4期），魏崇新《〈十日谈〉与"三言"、"二拍"文学精神之比较》（《国际汉学》2012年第2期）等。而偏重于情感欲望方面比较的则有：宋子俊、张帆《张扬个性异曲同工——〈十日谈〉与"三言"、"二拍"中爱情故事比较》（《西北师大学报》2000年第2期），杨文胜与周卫红《从〈十日谈〉和"三言二拍"谈资本主义萌芽期爱情观、妇女观的变革》（《重庆邮电学院学报》2005

---

① 陈桂声：《关于新世纪〈镜花缘〉研究的几点思考》，《广东技术师范学院学报》（社会科学版）2012年第1期。

年第 3 期)、杨娴《"三言二拍"与〈十日谈〉偷情故事比较研究》(硕士学位论文,重庆师范大学,2010 年)。另有付江涛《〈十日谈〉和〈三言〉、〈二拍〉之比较研究》(博士学位论文,河南大学,2013 年)选取了《十日谈》和"三言""二拍"小说文本进行若干母题的对比分析,最终肯定了作为意大利和明代文艺复兴期作品的《十日谈》和"三言""二拍"着实强调了市民文化对于小说的推动作用。其他如王若茜《"三言二拍"与井原西鹤的"浮世草子"之文化比较——以中日市民道德意识异同为中心》(《现代日本经济》1995 年第 2、3 期)、《作家命运与文学观——试论"三言二拍"与西鹤的"好色物"比较研究》(《东北亚论坛》2005 年第 5 期)、汪俊文《日本江户时期"读本小说"与中国明代小说——以〈雨月物语〉为中心的考察与研究》(硕士学位论文,上海师范大学,2006 年)重在与日本文学之比较;韩效静《"三言"与朝鲜后期爱情小说中女性自杀母题比较研究》(硕士学位论文,山东大学,2016 年)重在与朝鲜文学之比较;朱湘莲、曾光《"三言二拍"与〈一千零一夜〉商人形象之比较》(《四川文理学院学报》2009 年第 1 期)、苏静《"三言二拍"与〈一千零一夜〉的信仰观比较》(《边疆经济与文化》2015 年第 4 期)重在与《一千零一夜》之比较;马燕《人本主义的深切关怀——比较〈查泰莱夫人的情人〉和〈三言二拍〉中的女性》(硕士学位论文,上海外国语大学,2008 年)、李洁《文学视域下东西方文化语境比较——以〈鲁宾逊漂流记〉与"三言""二拍"经商题材小说为例》(《西北农林科技大学学报》2013 年第 6 期)分别重在与《查泰莱夫人的情人》、《鲁宾逊漂流记》之比较。再就"三言"的比较研究而论,其重点依然还是与《十日谈》比较研究,除了刘勇强《"三言"与〈十日谈〉叙述艺术比较论》(硕士学位论文,黑龙江大学,2001 年)、郭秀媛《〈三言〉与〈十日谈〉比较研究》(博士学位论文,河北大学,2011 年)等硕博士论文之外,尚有黄永林《〈三言〉和〈十日谈〉中爱情婚姻故事的比较》(《外国文学研究》2002 年第 4 期),刘勇强、杨庆茹《"三言"与〈十日谈〉叙述语式与语体比较》(《北方论丛》2006 年第 4 期),陈潇潇《比较"三言"与〈十日谈〉中的商家女子》(《文化学刊》2009 年第 1 期),尹晨《肯定人性需要和张扬个体权益——"三言"与〈十日谈〉的叙事声音比较》(《菏泽学院学报》2014年第3期)等。至于"三言"中的名篇比较研究，以《杜十娘怒沉百宝箱》最受学界关注，有何文林《〈杜十娘〉与〈舞女〉》(《外国文学研究》1983年第4期)、王小璜《〈杜十娘怒沉百宝箱〉与〈茶花女〉之比较》(《中国文学研究》1998年第2期)、亢淑平《从深层结构关系探寻文本深层含义——〈杜十娘怒沉百宝箱〉与〈杀人者〉的对比》(《太原科技大学学报》2007年第2期)等。

2. 戏剧名著的比较研究。主要聚焦于元代关汉卿《窦娥冤》、纪君祥《赵氏孤儿》、王实甫《西厢记》以及清代洪升《长生殿》与孔尚任《桃花扇》，重中之重是《牡丹亭》，彼此都有相应平行研究的成果。

(1)《窦娥冤》平行研究。早期论文的代表作是林风《写出理想的光辉：试谈〈窦娥冤〉与〈哈姆莱特〉的悲剧结尾》，旨在通过《窦娥冤》与莎士比亚《哈姆莱特》结局的对比探讨中西不同的悲剧观，认为《哈姆莱特》是西方古典悲剧的典型，表现为大毁灭；而《窦娥冤》作为中国传统悲剧之祖，让观众既看到善良人们的不幸和痛苦，更能看到他们的反抗和希望。"总之，《哈姆莱特》表现了美好的追求被扼杀，理想遭毁灭。《窦娥冤》突出了人民，看到了'人心'，写出了理想的光辉。"[①] 此后，《窦娥冤》与《哈姆莱特》的比较即成为其平行研究的重心所在，从发表于90年代的张丽生《〈窦娥冤〉和〈哈姆雷特〉中的鬼魂形象比较》(《盐城师专学报》1995年第1期)、仝祥民《〈窦娥冤〉与〈哈姆雷特〉"鬼魂"描写之比较》(《名作欣赏》1995年第2期)、俞晓红《横云断山异曲同工——〈窦娥冤〉与〈哈姆雷特〉"鬼魂诉冤"情节比较谈》(《语文月刊》1996年第4期)、从丛《相映生辉的悲剧性格塑造——〈哈姆莱特〉与〈窦娥冤〉比较研究新探》(《国外文学》1997年第3期)、惠继东《中西悲剧中的复仇鬼魂——〈哈姆莱特〉与〈窦娥冤〉比较》(《固原师专学报》1999年第4期)，一直延续至21世纪以后，依然有大批论文陆续问世，并逐步走向专题研究的深化，除了陈少辉《冤：悲剧

---

① 林风：《写出理想的光辉：试谈〈窦娥冤〉与〈哈姆莱特〉的悲剧结尾》，《辽宁师范大学学报》1985年第3期。

美的震撼与撞击——〈哈姆雷特〉与〈窦娥冤〉比较》(《盐城师范学院学报》2001年第2期)、黎林《命运观成就中西悲剧精神差异——〈哈姆雷特〉和〈窦娥冤〉之比较》(《华侨大学学报》2002年第3期)、孟菲《中西古典悲剧任务的塑造异同——〈窦娥冤〉与〈哈姆雷特〉之比较》(《齐齐哈尔大学学报》2008年第6期)等重在悲剧精神之比较外,韩玉《中英"冤魂复仇"剧鬼魂形象比较研究——以〈窦娥冤〉、〈哈姆雷特〉为中心》以类型化的视角切入,选取其中表现最为突出的"冤魂复仇"类剧作中的鬼魂形象为研究对象,综合运用平行研究、文本细读、社会历史研究、精神分析等批评方法,尝试对二者间的共通性、差异性进行系统而深入的探讨,然后从文化、艺术、心理等角度进一步挖掘差异性产生的深层根源;[1] 陈园《〈哈姆雷特〉与〈窦娥冤〉中死亡叙事的比较研究》在确定《哈姆雷特》与《窦娥冤》具有可比性的前提下,将两部戏剧的死亡叙事从哲学思想、伦理道德、选择方式等方面进行了比较,从而在比较中总结出中西方传统文化语境下的生死观的异同;[2] 陈红玉《〈哈姆雷特〉与〈窦娥冤〉中的"反权力中心观念"比较阐释》认为蕴含在莎士比亚的《哈姆雷特》中的"反权力中心"观念,其实正与关汉卿的《窦娥冤》中的"俗世话语"对抗文化权力的观念互为表里。这种中西戏剧阐释的契机,同样在两剧的叙事方式中的"结构"与"情节"的区分、在宏大叙事的"民族寓言"与"博大话语"等范畴中存在,中西戏剧不但可以形成对话,而且也在对讽寓叙事的阐释中建构了新的话语。[3] 在与《哈姆雷特》比较之外的拓展方向则主要有:张红旺《〈窦娥冤〉与〈俄狄浦斯王〉比较之我见》(《山西师大学报》2009年第S1期)、由锋《文化差异下中西古典悲剧比较解读——以〈窦娥冤〉和〈俄狄浦斯王〉为例》(《语文建设》2018年第33期)重在与古希腊悲剧

---

[1] 韩玉:《中英"冤魂复仇"剧鬼魂形象比较研究——以〈窦娥冤〉、〈哈姆雷持〉为中心》,硕士学位论文,华中师范大学,2016年。
[2] 陈园:《〈哈姆雷特〉与〈窦娥冤〉中死亡叙事的比较研究》,《时代文学》(上半月)2012年第8期。
[3] 陈红玉:《〈哈姆雷特〉与〈窦娥冤〉中的"反权力中心观念"比较阐释》,《外语教学》2016年第6期。

《俄狄浦斯王》之比较；罗婷《〈美狄亚〉与〈窦娥冤〉情节结构比较》（硕士学位论文，重庆师范大学，2008年）、宋南南与陈祎满《比较〈美狄亚〉与〈窦娥冤〉的悲剧模式及中西审美观念的差异》（《现代语文》2016年第12期）重在与古希腊悲剧〈美狄亚〉之比较；高建为《中西悲剧表现手法的差异——〈安提戈涅〉与〈窦娥冤〉之比较》（《清华大学学报》2018年第1期）、张曦与金晶《〈安提戈涅〉与〈窦娥冤〉悲剧冲突比较研究》（《安康学院学报》2019年第1期）重在与古希腊悲剧《安提戈涅》之比较；何辉斌《〈麦克白〉与〈窦娥冤〉的谋杀比较》（《上饶师专学报》1999年第2期）、吴永平《〈窦娥冤〉与〈奥瑟罗〉之比较阅读》（《科技资讯》2007年第1期）重在与莎士比亚《麦克白》《奥瑟罗》之比较；刘淑君《〈苏珊娜传〉与〈窦娥冤〉中的神判母题比较研究》（《贵州工业大学学报》2007年第3期）、刘建树《诅咒情节在戏剧中的魅力——〈沙恭达罗〉诅咒情节的文学人类学解读兼与〈窦娥冤〉的比较》（《民族艺术研究》2012年第6期）、任红燕《〈春香传〉与〈窦娥冤〉的矛盾比较研究》（《安徽文学》2016年第8期）分别与《圣经次经》的犹太小说《苏珊娜传》、印度戏剧《沙恭达罗》、韩国经典名著《春香传》展开比较研究。

（2）《赵氏孤儿》平行研究。刁生虎、胡乃文《〈赵氏孤儿〉研究六十年（1958—2018年）》将《赵氏孤儿》的比较研究归纳为以下四个方面。一是与《麦克白》比较。徐裕豪《〈赵氏孤儿〉与〈麦克白〉》（《中国文学研究》1988年第1期）认为二者在取材角度、主题提炼、人物塑造及剧作结构等方面呈现出相似面貌；梁晨霞《〈赵氏孤儿〉与〈麦克白斯〉》（《文艺报》2007年5月29日）指出二者最根本的不同是悲剧冲突及人物的不同。二是与《哈姆雷特》比较。姚文振《同一样的复仇 不一样的悲剧：复仇悲剧〈哈姆雷特〉与〈赵氏孤儿〉比较》（《甘肃社会科学》2006年第3期）认为二者在主人公形象、悲剧思想和故事冲突等方面存在较大差异；杨捷《中西方古代复仇文学之比较：以〈赵氏孤儿〉和〈哈姆雷特〉为例》（《山西农业大学学报》2010年第5期）阐释了两剧复仇过程描写、主体心理及结果的不同；荣蕾《中西方价值观的对比：读〈哈姆雷特〉与〈赵氏孤儿〉》（《大众文艺》2015年第17期）认为这种差别显示出中西方认知的差异;魏欢《中西戏剧悲剧观比较研究:以〈赵氏孤儿〉和〈哈姆雷特〉为例》(《戏剧文学》2018年第5期)从悲剧人物选择、悲剧结局比较及悲剧精神差异三方面解析了中西悲剧观念之分歧;朱彬《中西方复仇题材悲剧差异研究:以〈哈姆雷特〉与〈赵氏孤儿〉为例》(《长沙大学学报》2014年第4期)则由差异性出发,指出中国"大团圆式"悲剧也应是世界悲剧的重要组成部分。三是与《美狄亚》比较。李颖《中西悲剧〈美狄亚〉与〈赵氏孤儿〉比较研究》(《中国青年政治学院学报》2003年第3期)比较了两剧中爱与责、爱与仇的不同态度;张莉《从〈美狄亚〉与〈赵氏孤儿〉的复仇心理刻画看中西文化传统》(《广东工业大学学报》2009年第2期)则由二者心理分析指出了中西方文化传统的差异。四是与日本戏剧比较。王燕《中日戏剧的双璧:〈赵氏孤儿〉与〈菅原传授手习鉴〉》(《戏剧》2006年第2期)对比了《赵氏孤儿》与日本《菅原传授手习鉴》,指出二者精神主旨颇为相似,但价值取向差异较大;周萍萍、李刚《中日复仇文学作品比较:以〈赵氏孤儿〉与〈忠臣藏〉为例》(《日本研究》2007年第2期)比较了《赵氏孤儿》与日本歌舞伎《忠臣藏》,分析了中日传统文化相似表象下迥异的内核;张静《中日戏剧创作之美学观比较:以〈赵氏孤儿〉和〈忠臣藏〉为例》(《广东工业大学学报》2010年第2期)认为这反映出中日美学观念的差异性;徐琼《论〈赵氏孤儿〉与〈山椒大夫〉的不同结局处理》(《山花》2012年第18期)则对比了《赵氏孤儿》与《山椒大夫》文本及电影不同的结局处理。此外,杜扬《古典主义与儒家美学:对〈熙德〉与〈赵氏孤儿〉创作思想的分析》(《贵阳师专学报》1999年第3期)以《赵氏孤儿》与高乃依的《熙德》为例,阐释了中国儒家美学传统与法国古典主义的相似之处;楚歌《〈贺拉斯〉与〈赵氏孤儿〉中的英雄主义》(《郑州航空工业管理学院学报》2014年第5期)比较分析了《赵氏孤儿》与《贺拉斯》中的英雄主义审美价值;卢旻烨《〈赵氏孤儿〉和〈奥瑞斯提亚〉之比较:浅析中西复仇悲剧差异及其成因》(《邢台学院学报》2011年第4期)指出了《赵氏孤儿》与《奥瑞斯提亚》在情节表现、人物刻画及主旨精神的不同;陈海燕《〈基督山伯爵〉和〈赵氏孤儿〉复仇主题的异同比较》(《哈尔滨学院学报》2013年第6

期)比较了《赵氏孤儿》与《基度山伯爵》在复仇动机、复仇者心理及复仇主题等方面的异同;杨鹭《复仇与时代:浅析〈赵氏孤儿〉与〈俄瑞斯忒亚〉》(《太原大学教育学院学报》2013年第3期)阐发了《赵氏孤儿》与《俄瑞斯忒亚》中的人物形象做出不同人生选择的原因。该文以为,未来可以继续对其他译本《中国孤儿》与世界复仇文学作品进行进一步的分析与比较。①

在此,再补充几个重点论题:其一是因伏尔泰改编《赵氏孤儿》为《中国孤儿》,遂有两个版本渊源研究之外的比较研究,郑永吉、安莉《从变异学的角度看〈赵氏孤儿〉的"文本旅行"》(《河南社会科学》2013年第3期)、严晓蓉《时间的岛屿——从〈赵氏孤儿〉的中西方改编谈文化记忆的文本映射》(《当代电影》2014年第12期)对此作了别有新意的追溯,而张智庭《〈赵氏孤儿〉与〈中国孤儿〉——人物的符号学比较》(《当代电影》1991年第5期)、张雯《试比较纪君祥的〈赵氏孤儿〉与伏尔泰的〈中国孤儿〉》(《河南科技学院学报》2013年第3期)、唐果《中法古典悲剧中暴力美学的比较研究——以纪君祥的〈赵氏孤儿〉和伏尔泰的〈中国孤儿〉为例》(《法国研究》2014年第3期)等文则就两种《赵氏孤儿》展开比较研究。其二是《赵氏孤儿》专题比较研究形成"悲剧"与"复仇"两大论题。常颖《中西复仇时间观念的差异——〈哈姆莱特〉与〈赵氏孤儿〉的比较》(《陇东学院学报》2007年第1期)、肖凌与陈方《被欲望泯灭的人性——从〈哈姆雷特〉和〈赵氏孤儿〉的复仇情节窥视人性世界》(《名作欣赏》2011年第30期)、刘英《父权制下的"血亲复仇"——〈赵氏孤儿〉与〈奥瑞斯提亚〉戏剧比较研究》(《常州工学院学报》2017年第3期)等文重在"复仇"论题之比较;郗念念《〈哈姆雷特〉与〈赵氏孤儿〉的"悲剧人物"比较》(《荆楚理工学院学报》2013年第3期)、吴海月《从悲剧的角度看〈赵氏孤儿〉和〈哈姆雷特〉的异同》(《戏剧之家》2017年第18期)、魏欢《中西戏剧悲剧观比较研究——以〈赵氏孤儿〉和〈哈姆雷特〉为例》(《戏剧文

---

① 刁生虎、胡乃文:《〈赵氏孤儿〉研究六十年(1958—2018年)》,《华北水利水电大学学报》(社会科学版)2019年第2期。

学》2018年第5期)等重在"悲剧"论题之比较;而吴丽芳《复仇悲剧〈哈姆雷特〉与〈赵氏孤儿〉之比较研究》(《国际关系学院学报》2004年第2期)、黄际超《〈哈姆雷特〉和〈赵氏孤儿〉的比较研究》(硕士学位论文,广西大学,2012年)等则同时兼具两者,后文认为《哈姆雷特》和《赵氏孤儿》是中西戏剧史上著名的以"复仇"为主题的两出悲剧,在中西方具有非凡的影响力,因此选取为中西方复仇文学的代表,结合中西方的文化传统来研读具有历史和现实的意义。其三是比较研究文化视野的拓展。齐悦然《人文精神与集体意志的碰撞——〈哈姆雷特〉和〈赵氏孤儿〉内在价值观比较》(《中国民族博览》2016年第1期)、卢迪《从顺应论分析〈赵氏孤儿〉跨文化传播中的文化融合》(《淮北师范大学学报》2016年第4期)、卜庆雯与刘畅《文化对行动的影响——〈赵氏孤儿〉与〈哈姆雷特〉比较》(《戏剧之家》2016年第10期)、董晔与武文君《悲剧视野中的中西文化差异——以〈赵氏孤儿〉与〈哈姆雷特〉的比较为例》(《四川戏剧》2017年第2期)皆在中西文化差异中探讨彼此内在精神的异同。

(3)《西厢记》平行研究。重点是与莎士比亚《罗密欧与朱丽叶》的比较研究,由发表于20世纪80年代的黄秉生《情感的表达与文学的民族特色——从〈西厢记〉和〈罗密欧与朱丽叶〉的比较谈起》(《广西民族学院学报》1984年第3期)、桑敏健《〈罗密欧与朱丽叶〉和〈西厢记〉的比较》(《杭州大学学报》1986年第1期)两文率先奠定基础,然后至90年代,又有张佑周《〈西厢记〉和〈罗密欧与朱丽叶〉之比较》(《龙岩师专学报》1994年第1、2期)、田春与孙辉《〈罗密欧与朱丽叶〉和〈西厢记〉行动元比较》(《湖北三峡学院学报》1999年第6期)、董斌《〈西厢记〉和〈罗密欧与朱丽叶〉中的墙文化原型比较》(《社科纵横》2000年第4期)等文相继问世。进入21世纪以后,与《罗密欧与朱丽叶》的比较研究热度明显下降,仅有刘佳坤《中西戏剧比较视野下的新生力量的成长——〈罗密欧与朱丽叶〉与〈西厢记〉的比较研究》[《文学界》(理论版)2013年第1期]、顾成瑾《〈西厢记〉与〈罗密欧与朱丽叶〉中的爱情观之比较》(《安徽文学》2015年第8期)等数篇论文问世。至于与莎士比亚其他作品的比较,除了黄垠大《〈西厢记〉和

〈维洛那二绅士〉的比较初探》(《湘潭大学学报》1992 年第 2 期) 等少量论文之外,集中于与《仲夏夜之梦》的比较,比如范正君《同中有异,异曲同工——〈仲夏夜之梦〉与〈西厢记〉结构比较》(《湘潭大学社会科学学报》2001 年第 3 期)、高璐与潘惠霞《爱情赞歌,异曲同工——〈仲夏夜之梦〉与〈西厢记〉之比较》(《河北大学学报》2004 年第 4 期)、唐英《东方的金榜题名与西方的神灵相助——〈西厢记〉与〈仲夏夜之梦〉之比较》(《高等函授学报》2004 年第 3 期)、苏舒《〈西厢记〉与〈仲夏夜之梦〉人物语言之比较》(《北方文学》2010 年第 6 期) 等,意味着与莎士比亚经典名著自身以及向其他名家经典比较对象的转移,主要有陈朝霞《"礼文化"与"罪文化"的交融与碰撞——〈西厢记〉和〈红与黑〉的女主人公形象比较》(《人文杂志》2004 年第 3 期)、章莉《中西文化环境下〈简·爱〉和〈西厢记〉的女性意识比较》(《喀什大学学报》2017 年第 2 期)、王修齐《穿越时空的遥契——对〈西厢记〉中红娘与〈伪君子〉中桃丽娜的比较研究》(《文教资料》2016 年第 36 期) 等的中西比较;高银河《〈西厢记〉与〈春香传〉传演中韩的爱情经典》(《戏剧之家》2003 年第 1 期) 的中韩比较;郭燕《对元杂剧和日本谣曲的叙事学研究——以〈西厢记〉和〈井筒〉为代表》(硕士学位论文,陕西师范大学,2011 年) 的中日比较。

(4)《牡丹亭》平行研究。《牡丹亭》作者汤显祖的比较研究已见于上文作家研究部分,可谓盛况空前,《牡丹亭》的比较研究也同样如此。王燕飞《二十世纪〈牡丹亭〉研究综述》有论 20 世纪《牡丹亭》的比较研究,其重心在于与英国戏剧的比较,而与英国戏剧的比较的重心又在《牡丹亭》和《罗米欧与朱丽叶》之间的比较,与此相关论文主要有:吴林抒《汤氏与莎翁东西相辉映——兼论〈牡丹亭〉和〈罗密欧与朱丽叶〉》(《文艺理论家》1990 年第 2 期),杨亦军《〈牡丹亭〉和〈罗密欧与朱丽叶〉人物之比较》(《四川师大学报》1994 年第 1 期)、《表现与再现——〈牡丹亭〉和〈罗米欧与朱丽叶〉形式美之比较》(《乐山师专学报》1994 年第 1 期),陈荣霞《中西剧坛的双璧——试析〈牡丹亭〉和〈罗密欧与朱丽叶〉》(《戏曲艺术》1994 年第 4 期)、薛如林《两峰并峙 双水分流——〈牡丹亭〉和〈罗密欧与朱丽叶〉比较》(《外交学院学报》1996

年第 3 期),黄江玲《女性双形象　辉耀东西方——戏剧人物杜丽娘与朱丽叶之比较》(《贵州文史丛刊》1999 年第 3 期),李枝盛《〈牡丹亭〉和〈罗密欧与朱丽叶〉之人生哲学比较究》(《学术论坛》2000 年第 1 期)等,以综合性与人物形象比较研究为主体。其中陈荣霞一文从作家的哲学思想、主人公形象的塑造、创作手法的运用分析了两部作品的文化品格,并从两剧的结局处理来看待中西民族文化审美心理的差异,认为从哲学角度来看待作品的爱情主题,作品所"揭示的则是对社会、人生的深层的哲学沉思,作品的意义远远超出爱情本身"。[①] 上述论文给人的总体感觉,是专题研究及深度有所欠缺。这里要补充一下王文未曾谈及的谢裕忠、郑松锟《〈罗密欧与朱丽叶〉与〈牡丹亭〉结构之比较》(《国外文学》1990 年第 3、4 期合刊)在彼此结构比较研究中的探索,认为不论是《罗密欧与朱丽叶》或是《牡丹亭》,都突破了古典主义戏剧理论"三一律"的框框,并就"时间、空间、情节"、悲喜混杂的悲剧结构、结局:大悲与"大团圆"三个论题作了重点讨论。此外,王燕飞一文还提到了(美)西里尔·白芝《〈冬天的故事〉和〈牡丹亭〉》(《文艺理论研究》1984 年第 2 期)、洪忠煌《意象比较:〈冬天的故事〉与〈牡丹亭〉》(《戏剧》1993 年第 1 期)、穆欣欣《关于〈牡丹亭〉和〈安提戈涅〉》(《戏剧文学》1998 年第 4 期)、徐顺生《中西浪漫主义戏剧中的情与理——〈牡丹亭〉与〈欧那尼〉比较》(《学术研究》1998 年第 9 期)、陈玉辉《东方戏剧史上的双璧——〈沙恭达罗〉与〈牡丹亭〉》(《国外文学》1999 年第 2 期)等文,西里尔·白芝认为两剧都是"以诗的形式再现当时人写的散文故事","在结构上都是悲喜剧的结合";洪文认为两剧的意象"都富于诗的魅力和抒情的特质,富于审美的表现性",区别在于《冬天的故事》意象表现为"再现中的表现"(侧重哲理的表现),而《牡丹亭》则为"表现中的再现"(侧重世俗的再现)。徐文认为两部作品均为中西浪漫主义戏剧的巅峰之作,它们以人性之"情"反对封建主义之"理",并分别冲破了古典主义僵化的内形式的拘束和引发汤沈关于外形式的争论。但又呈现为两种不同的风格、形态。陈文认为两位东方作家的

[①] 王燕飞:《二十世纪〈牡丹亭〉研究综述》,《戏剧艺术》2005 年第 4 期。

思想面貌接近，作品都是诗剧，悲喜掺和，也都塑造了性格近似的东方古典女性；但作品的文风不同，戏剧冲突不同，女主人公的深层内涵也大不相同。这些论文都在不同层面丰富了《牡丹亭》的比较研究。①

进入 21 世纪之后，《牡丹亭》的比较研究又有了新的拓展和深化。一方面，与《罗米欧与朱丽叶》的比较依然还是研究重心之所在，但更加注重于专题性的比较研究，李志忠《死而复生与生而复死——〈牡丹亭〉和〈罗密欧与朱丽叶〉的爱情结局比较》(《福建广播电视大学学报》2003 年第 4 期)、盖芸杰《成全还是毁灭——〈牡丹亭〉〈罗密欧与朱丽叶〉结局之比较》(《名作欣赏》2015 年第 27 期) 重在戏剧结局之比较；乔丽《〈牡丹亭〉与〈罗密欧与朱丽叶〉戏剧冲突之比较》(《艺术百家》2005 年第 3 期)、郑维萍《〈牡丹亭〉与〈罗密欧与朱丽叶〉戏剧冲突之比较》(《中州学刊》2006 年第 4 期) 重在戏剧冲突之比较；佟迅《〈牡丹亭〉、〈罗密欧与朱丽叶〉悲剧美学特征之比较》(《电影评介》2010 年第 12 期)、谭玉华《悲怆与伤怀——〈牡丹亭〉与〈罗密欧与朱丽叶〉悲剧因素之比较》(《福建论坛》2013 年第 7 期) 重在悲剧美学之比较；段矗卉《人文思想关照下的汤莎女性题材作品——〈牡丹亭〉与〈罗密欧与朱丽叶〉之比较》(《时代文学》2010 年第 9 期)、杨深林《〈牡丹亭〉与〈罗密欧与朱丽叶〉语言特点之比较研究》(《东华理工大学学报》2010 年第 4 期)、徐鹏《〈罗密欧与朱丽叶〉与〈牡丹亭〉创作之比较》(《焦作大学学报》2015 年第 3 期)、孔亚楠《〈牡丹亭〉与〈罗密欧与朱丽叶〉中关于"还魂"的比较》(《当代教育理论与实践》2016 年第 3 期) 等分别以女性题材、语言特点、戏剧创作、关键情节等展开比较；而邹自振《丽娘何如朱丽叶　不让莎翁有故村——〈牡丹亭〉与〈罗密欧与朱丽叶〉之比较》(《福州大学学报》2005 年第 4 期)、李欢《中西文化互观下的〈牡丹亭〉与〈罗密欧与朱丽叶〉》(硕士学位论文，湖南师范大学，2012 年)、张露《论〈罗密欧与朱丽叶〉与〈牡丹亭〉"情趣理"的冲突》(硕士学位论文，重庆师范大学，2014 年) 等文则更加趋于宏观综合的学理比较。邹文认为，汤显祖的代表作

---

① 王燕飞：《二十世纪〈牡丹亭〉研究综述》，《戏剧艺术》2005 年第 4 期。

《牡丹亭》和莎士比亚的名剧《罗密欧与朱丽叶》都出现在16世纪90年代，相差只有三年。两个剧本在故事情节、主题思想、人物形象、戏剧结构、戏剧冲突与节奏、悲剧风格与结局等方面，有许多共同之处。通过对这两个剧本的对比分析，可以进一步了解汤显祖戏曲和莎士比亚戏剧的异同，也有助于探讨东西方古典戏剧的特点和规律。另一方面，是与其他名著比较研究的扩容与拓展，重点是与莎士比亚其他名作的比较研究，骆蔓《论两个"梦"意象构成的浪漫剧及其象征追求——〈牡丹亭〉与〈仲夏夜之梦〉比较》（《浙江艺术职业学院学报》2003年第3期）、张磊与杨亚东《解析梦幻爱情世界中的情与理矛盾——〈牡丹亭〉与〈仲夏夜之梦〉的比较》（《辽宁行政学院学报》2006年第11期）、冯王玺《莎士比亚与汤显祖作品梦幻背后的能指和所指之比较——以〈仲夏夜之梦〉与〈牡丹亭〉为例》（《大众文艺》2014年第2期）重在与《仲夏夜之梦》之比较；张帆《〈牡丹亭〉与〈哈姆雷特〉鬼魂形象比较》（《大众文艺》2014年第21期）、伊长璟《从〈牡丹亭〉和〈哈姆雷特〉的灵魂形象比较来看中西文化之差异》（《戏剧之家》2017年第13期）重在与〈哈姆雷特〉之比较；刘钱凤、张智义《欲望的舒缓　人性的张扬——〈牡丹亭〉和〈麦克白〉两剧主题比较研究》（《四川戏剧》2008年第5期）、莫代春与方晓梅《一样的庭审，不一样的法律文化——〈牡丹亭〉和〈威尼斯商人〉庭审比较》（《湖北理工学院学报》2018年第2期）分别就与《麦克白》《威尼斯商人》展开比较；池洁《两部为情还魂的旷世杰作——汤显祖〈牡丹亭〉与格鲁克〈奥菲欧与尤丽狄茜〉之比较》（《上海师范大学学报》2002年第3期）、蒋锐航《呼啸而过的中国情结——〈呼啸山庄〉与〈牡丹亭〉比较谈》（《黑龙江科技信息》2010年第34期）分别就与《奥菲欧与尤丽狄茜》《呼啸山庄》展开比较；欧婧《从精神分析角度比较〈牡丹亭·惊梦〉与〈源氏物语·葵姬〉的女性人物心理》（《重庆电子工程职业学院学报》2011年第3期）则与《源氏物语·葵姬》展开比较。然而从更高的要求来看，数量有余而质量不足，需要有更多也更为厚重的学术论著问世。

（5）《长生殿》平行研究。与元代《窦娥冤》《赵氏孤儿》《西厢记》以及明代《牡丹亭》相比，清代《长生殿》以及下文将要论述的《桃花扇》的比较成果显然要薄弱得多。在 20 世纪 90 年代,《长生殿》平行研究起步于与亚洲相关作品的比较,唐皓《〈沙恭达罗〉与〈长生殿〉创作方法之比较》鉴于印度古代诗人迦梨陀娑的诗剧《沙恭达罗》描写的是国王豆扇陀和净修女沙恭达罗的爱情故事,而清代戏曲家洪昇的传奇剧《长生殿》反映的是唐明皇李隆基和贵妃杨玉环之间的爱情曲折,彼此许多方面有相似之处,于是在思想性、艺术性的几个方面作了分析和比较,说明了两者之间存在的差异和共同之处,其中的各个艺术因素都是从属于这种统一与完整的风格特色的,彼此各有自己独特的艺术魅力。如果说,《沙恭达罗》的美是一种清丽柔婉的优美,它绘出一幅光彩夺目的诗画,那么,《长生殿》的美却是一种凄苦悲象的壮美,它唱出一曲缠绵哀怨的挽歌。[①] 翁敏华《〈长生殿〉系列与系列外的〈杨贵妃〉——兼比较中日之中世戏剧》有对《长生殿》与日本诞生于十五世纪中叶的能乐剧本《杨贵妃》的比较,与《长生殿》的主体之争不同,《杨贵妃》主题为明确的歌颂忠贞不渝、超越生死之爱。只有像日本能乐这样的处理,才彻底改变了杨贵妃美女加荡妇、美女加祸水的形象,而成为一种纯爱的化身,也因此才彻底解决了中国的这一作品系列的主题矛盾或谓双重主题的问题,从中可见中日政治—文学结合与分离的不同价值取向。[②] 此后,《长生殿》平行研究逐步向与西方戏剧比较拓展,其中的一个重点是与莎士比亚《安东尼与克莉奥佩特拉》的比较,包括段春旭《两种文化熏陶下的爱情故事——〈长生殿〉与〈安东尼与克莉奥佩特拉〉之比较》(《福建论坛》1999 年第 4 期)、马建华《真情的追求与人性的复归——〈长生殿〉和〈安东尼与克莉奥佩特拉〉之比较》(《戏曲研究》2000 年第 55 期)、赵喆《真情的追求与人性的复归——〈长生殿〉和〈安东尼与克莉奥佩特拉〉之比较》(《安顺学院学报》2014 年第 2 期)、王泽宇《爱情与政治的悲剧——〈长生殿〉与〈安东尼与克丽奥佩德拉〉之比较研究》(《牡丹江大学学报》2019 年第 3 期),等等。另有乔平《于〈麦

[①] 唐皓:《〈沙恭达罗〉与〈长生殿〉创作方法之比较》,《国外文学》1990 年第 2 期。
[②] 翁敏华:《〈长生殿〉系列与系列外的〈杨贵妃〉——兼比较中日之中世戏剧》,《艺术百家》1993 年第 2 期。

克白〉与〈长生殿〉之比较中看中西悲剧的审美》(《福建艺术》1999 年第 4 期),则是与莎士比亚另一名著的《麦克白》比较,借此审视中西悲剧审美之异同。

(6)《桃花扇》平行研究。早期论文有周明燕《从〈桃花扇〉和〈羊脂球〉看孔尚任和莫泊桑的创作倾向》(《湖北教育学院学报》1987 年第 2 期)。此后有孔菊兰、唐孟生《乌尔都语长篇小说〈名妓〉与〈桃花扇〉、〈茶花女〉之比较研究》(《国外文学》1990 年第 3、4 期合刊)、孟昭毅《〈桃花扇〉与〈熙德〉的悲剧美》(《国外文学》1990 年第 3、4 期合刊)、熊元义《中国悲剧的另一形态——〈桃花扇〉与〈哈姆雷特〉比较》(《戏剧文学》1998 年第 7 期)等。熊文认为,中国悲剧人物和西方悲剧人物都有主动放弃的行动,然而中国悲剧人物的放弃和拒绝是继续斗争,是继续抗争,西方悲剧人物的放弃是退让还是自我否定。然而西方悲剧人物在自我反省中主动承担责任很是值得中国悲剧吸收和发扬。进入 21 世纪后,或延承世纪之前的论题,如刘晓峰《〈桃花扇〉与〈羊脂球〉之比较研究》(《经济与社会发展》2004 年第 6 期)依然是与莫泊桑短篇小说《羊脂球》之比较;赵秋棉《冥冥中的"撕碎"——〈桃花扇〉与〈哈姆雷特〉之比较》(《江汉论坛》2004 年第 5 期)、郑媛眉《〈桃花扇〉和〈罗密欧与朱丽叶〉的艺术手法比较》(《吉林省教育学院学报》2013 年第 1 期)等文依然是与莎士比亚名著之比较。但另一方面也有新的开拓,如陈敬容《〈桃花扇〉和〈春香传〉的比较研究》(《文学教育》2014 年第 2 期)、张文博《〈桃花扇〉与〈春香传〉比较研究》(硕士学位论文,延边大学,2016 年)两文重在与韩国《春香传》之比较。张文认为,将《桃花扇》和《春香传》两部作品进行比较研究,不仅可以在比较中发现二者在诸多方面的同与不同,发现二者的文化基因与民族特点,同时也可以扩大比较文学的研究对象,丰富中韩比较文学的研究成果。

与渊源与影响研究不同,平行研究主要运用于不同国度或民族文学之间具有某种"类似性"与"可比性"的对话与比较,并在对话与比较中实现相互启迪、相互重释、相互增殖。孔许友《比较文学中平行研究的得失与变异学维度的提出》一文认为,引自美国比较文学的平行研究理论的形成与成熟凝结了一大批比较文学学者的心血,其优点与功绩在于:

一是打破了影响研究局限于放送源与接受者的关系限制，从而扩大了比较文学的范围，开辟了比较文学新的研究领域，使其不再受时间、空间以及地位、水平等各种条件的束缚。这是平行研究的最大特点，同时也是其最大的功绩；二是平行研究以文学性、审美性作为其自身规范的基础；三是平行研究逐渐关注可比性问题；四是平行研究向科际综合研究的更大范围拓展。① 然而由于平行研究的"类似性"与"可比性"只是一种主观认定，表面看来似乎具有无限的自由度与可比性，但实际上往往因为缺乏相应的对象与边界的清晰界定，以致不时出现"拉郎配"现象，所以孔许友认为有必要提出"变异学"作为比较文学学科理论的新维度，重新考察和界定不同文明体系中文学现象的差异、变化和变异，从而更为有效地展开不同文学间的对话。②

第五节　从比较文学到比较文化

　　从比较文学走向比较文化是 20 世纪 80 年代以来西方比较文学研究的一种学术趋势，90 年代以来这种趋势也影响到我国的比较文学研究。文化研究引入比较文学领域引起了理论界的广泛争鸣和讨论，既有肯定者，也有批评者。但作为一种学术新趋势，比较文化介入比较文学当中，产生了不少相关的研究著作，这些著作既有结合文化批评进行文学比较研究，也有完全溢出文学研究而进行文化比较研究。

一　从比较文学到比较文化的理论探讨

　　对于比较文学走向比较文化的发展趋势及其利弊得失，学界有不同的看法。有的大力倡导，积极推动，认为文化比较研究拓展和深化了比较文学的研究；有的提出质疑和批评，认为从比较文学走向比较文化研究脱离

---

　　① 孔许友：《比较文学中平行研究的得失与变异学维度的提出》，《山西师大学报》2010 年第 3 期。

　　② 同上。

了文学本体，是泛文化研究；也有的则以一分为二的辩证态度，希望通过彼此交融而扬长避短。

乐黛云、曹顺庆、叶舒宪等学者都是持积极的肯定态度。乐黛云长期担任中国比较文学学会会长，她对比较文学跨文化对话的积极主导和推动，主要基于对中国比较文学的学理定位，正如她在《比较文学——在名实之间》一文中所指出的："比较文学通过文学文本研究文化对话和文化误读现象，研究时代，社会，及诸种文化因素在接受异质文化中对文学文本所起的过滤作用，以及一种文学文本在他种文化中所发生的变形。这种研究既丰富了客体文化，拓宽了客体文化的影响范围，也有益于主体文化的更新。"[1] 乐黛云又在与王向远合作撰写的《中国比较文学百年史整体观》中强调中国比较文学是立足于本土文学发展的内在需要，在全球交往的语境下形成的具有中国特色的一门科学。中国比较文学与西方比较文学的深刻差异在于它一开始就奠基于中国文化传统，跨越了东西方文化，致力于异质文化之间文学的"互识""互补"和"互动"；同时明确提出中国比较文学是世界比较文学发展史上继法国、美国之后的第三阶段，必将在消减帝国文化霸权、改善现代社会结构所造成的离散、孤立、绝缘状态等方面起到独特的重要作用。因为中国比较文学的基本宗旨就是促进不同民族文化之间的交流和对话，高举人文精神的旗帜，为实现跨文化沟通，维护多元文化，建设一个多极均衡的世界而努力。[2] 此后，乐黛云在《比较文学发展的第三阶段》一文中更是开宗明义地提出，如果说比较文学发展的第一阶段主要在法国，第二阶段主要在美国，那么，在全球化的今天，它已无可置疑地进入了发展的第三阶段。这一阶段比较文学的根本特征是以维护和发扬多元文化为旨归的、跨文化（非同一体系文化，即异质文化）的文学研究。中国比较文学作为全球比较文学的第三阶段，其基本精神是促进不同民族文化之间的理解和平等对话；它既反对"文化霸权主义"，又反对"文化原教旨主义"，始终高举人文精神的旗帜，为实现跨文化和跨学科沟通，维护多元文化，建设一个多极均衡的世

---

[1]　乐黛云：《比较文学——在名实之间》，《中外文化与文论》1996 年第 1 期。
[2]　乐黛云、王向远：《中国比较文学百年史整体观》，《文艺研究》2005 年第 2 期。

界而共同努力。① 乐黛云还在《比较文学研究的现状和前瞻》一文中再次申述其核心观点：中国比较文学具有自身特殊的性质，一开始就是以跨文化为其特点的，阐发研究在其中占有很重要的地位。无论是20世纪初期西方小说的翻译和研究，还是汇通古今中西的文化巨匠王国维和鲁迅，都充分说明中国比较文学的产生不是舶来之物，而是中国文学发展本身的要求。当前，面临世界的大变局，中西方学者密切关注文化的自觉和多元共处共生的全球化发展等问题，提倡加强不同文化之间的对话。百年来中国文学在古今中外文化的激烈碰撞中不断演进，以跨文化文学研究为主轴的比较文学精神必将为中国文学研究带来崭新的格局。② 总之，在乐黛云的上述重要论文及其《跨文化之桥》③《比较文学与比较文化十讲》④ 两书中，都是力主比较文学是跨文化对话研究，认为比较文学的根本任务就是要树立全球意识，维护并促进文化的多元发展。这实际上是同时为中国比较文学的跨文化以及从比较文学走向比较文化进行理论定位。

曹顺庆对于比较文学跨文化对话的积极推动，更强烈地表现为理论自觉意识。早在1995年，曹顺庆在《比较文学中国学派基本理论特征及其方法论体系初探》一文中提出："跨文化研究（跨越中西异质文化）是比较文学中国学派的生命泉源，立身之本，优势之所在；是中国学派区别于法、美学派的最基本的理论和学术特征。"而"中国学派的所有方法论都与这个基本理论特征密切相关，或者说是这个基本理论特征的具体化和延伸"。这个方法论体系包括"阐发法""异同比较法""文化模子寻根法""对话研究"和"整合与建构研究"等五大方法论。⑤ 此文发表后在学术界引起了积极的反响，并得到充分的肯定。次年，曹顺庆在《"泛文化"：危机与歧途，"跨文化"：转机与坦途》一文中进而提出："应当将比较文

---

① 乐黛云：《比较文学发展的第三阶段》，《社会科学》2005年第9期。
② 乐黛云：《更多还原〈比较文学研究的现状和前瞻〉》，《兰州大学学报》（社会科学版）2007年第6期。
③ 乐黛云：《跨文化之桥》，北京大学出版社2002年版。
④ 乐黛云：《比较文学与比较文化十讲》，复旦大学出版社2004年版。
⑤ 曹顺庆：《比较文学中国学派基本理论特征及其方法论体系初探》，《中国比较文学》1995年第1期。

学与文化研究相结合。这种结合，是以文学研究为根本目的，以文化研究为重要手段，以比较文化来深化比较文学研究。如果我们能正确认识到并正确处理文学与文化的这种目的和手段的关系，那么，文化研究不但不会淹没比较文学，相反，它将大大深化比较文学研究，并将比较文学推向一个更高的阶段。"① 然后至 2001 年，曹顺庆在《比较文学学科理论发展的三个阶段》一文中进而明确提出了比较文学"三阶段"论，强调比较文学学科理论经历了"影响研究""平行研究""跨文化研究"三大发展阶段，形成了"涟漪式"的理论结构。中国学派跨异质文化的比较文学研究，将会使比较文学研究真正具有世界性的胸怀和眼光；同时对上文提出的"跨文化比较研究"作了进一步的理论阐释，认为跨文化比较研究最关键之处就在于对东西方文化异质性的强调。所谓的异质性，就是从根本质地上相异的东西。在如今比较文学发展的新阶段，我们特别强调文化的异质性问题，可以使比较文学研究从法国学派和美国学派人为制造的一个个圈子中超脱出来，使之成为真正具有世界性眼光与胸怀的学术研究。首先，跨异质文化的比较文学研究突破了法国学派和美国学派二元对立的思维模式；其次，跨异质文化的比较研究拓宽了异质文化间文学比较的路径；再次，跨异质文化的比较文学研究有利于新文学观念的建构。总之，只有进行跨异质文化的比较文学研究，才能从根本上改变西方霸权话语一家"独白"的局面，使比较文学成为异质文化间平等的、开放的和有"交换性"的对话。② 尽管鉴于"文化"概念的歧义，曹顺庆后来将"跨文化"改为"跨文明"，并在《跨文明比较文学研究——比较文学学科理论的转折与建构》（《中国比较文学》2003 年第 1 期）、《"文明冲突"与比较文学跨文明研究》（《学术月刊》2003 年第 5 期）等文中作了系统阐释，但其本质内涵依然没有根本的改变。另外曹顺庆由强调东西方文化的异质性而发展为相对系统的"变异学"，则为中国比较文学学派的"跨文化"或"跨文明"对话提供了强有

---

① 曹顺庆：《"泛文化"：危机与歧途，"跨文化"：转机与坦途》，见《中外文化与文论》第 2 辑，四川大学出版社 1996 年版，第 152 页。
② 曹顺庆：《比较文学学科理论发展的三个阶段》，《中国比较文学》2001 年第 3 期。

力的理论支撑。

叶舒宪也认为从比较文学走向比较文化研究是比较文学发展的新"契机"而不是"危机"。他在发表于1995年的《从比较文学到比较文化——"后文学时代"的文学研究展望》一文中，比任何人都旗帜鲜明地提出了从比较文学到比较文化的主张，并作了相应的学理论证。鉴于比较文学作为文学研究总阵营中最为敏锐求新也最为活跃多变的一翼，由于它处于多种语言文化和学科交汇要津的位置，接受来自各方面的理论信息较快也较易，所以往往能够先于一般的研究而走在学科探索变异的前沿，早一步预示出文学研究总体的某种变革前兆和发展趋向；从另一方面看，比较文学本身也常常充当跨越传统樊篱、探闯学术禁区的先锋角色。所以从比较文学走向比较文化，难免会引发"契机"还是"危机"的歧见与争论。在叶舒宪看来，"'文化'视角的引入是解放学科本位主义囚徒的有效途径，使研究者站得更高，看得更远，因而是利而非弊，它带来的将是新的'契机'而非新的'危机'。从某种意义上甚至可以这样说：比较文化研究未必是比较文学，但有深度有'洞见'的比较文学研究自然也是比较文化。换言之，比较文学研究若能得出具有文化意义的结论，那将是其学术深度的最好证明，应视为比较文学之大幸，而不是不幸。""比较文学向比较文化的靠拢，应理解为它的新生契机而不是危机。"[1]

诚然，在比较文学界内部对此的意见也明显存在分歧。刘象愚、徐京安等学者认为从比较文学走向比较文化实则是"泛文化化"和"玄化"的取向，丧失了比较文学研究的文学属性和本位。刘象愚说："研究者关心的已经不是文学自身的问题，而是语言学、哲学、宗教、法律、心理学、人类学、种族学、社会科学等种种文化层面的问题，比较研究的目的往往不是为了说明文学本身，而是要说明不同文化间的联系和冲撞。我把这种倾向称为比较文学的非文学化和泛文化化。这种倾向使比较文学丧失了作为文学研究的规定性，进入了比较文化的疆域，导致了比较文化淹没、取代比较文学的严重后果。""尽管比较文学的泛文化化有一

---

[1] 叶舒宪：《从比较文学到比较文化——"后文学时代"的文学研究展望》，《东方丛刊》1995年第3辑。

定的历史必然性，但并不能因此就认为比较文化取代比较文学具有合理性。"① 徐京安则指出："比较文学的文学性问题……由于近年来注重文化研究而显得突出了，在几次国际会议期间都有人戏言比较文学成为'玄学'事，所以比较文学—理论性—文化性—文学性似乎也值得加以探讨一下了。……忽视文学本身的无限制地'拓宽'和'玄'化，泛理论和泛文化，是不是比较文学研究的一种歧路和自我消亡的危机呢？"②

谢天振则对上述问题作了一分为二的辩证理解。他说："关于比较文学研究中的'文化化'问题并非如此简单地非此即彼。现在的问题恐怕是，我们该怎样看待比较文学与比较文化的关系？我们该怎样看待比较文学在比较文化或比较文化在比较文学中的位置？"谢天振首先肯定了从比较文学走向比较文化这一新趋向的合理性和积极作用。他指出："从根本上而言，比较文学向比较文化转向本来就是由比较文学这门学科独特的跨学科、跨文化的性质所决定的必然的发展趋势。这种发展，给比较文学展现了更为广阔的研究领域，有利于比较文学自身学科的发展。事实上，有些文学现象也只有在文化这一更为广阔的领域内才可能得到更为深刻、更为全面的阐述。""随着比较文学向比较文化转化，越来越多的比较文学家会从事文化领域的研究，包括文化理论的研究。与其他学科的研究者相比，比较文学研究者由于其所受的训练和已经具备的跨文化和跨学科的知识装备，他们更宜于从事跨文化的研究，这是比较文学研究者的学术优势。"但同时他又对这一新趋向表示了担忧："比较文学向比较文化转向也引出了一个令人关注的问题，即比较文学研究中文学本体的失落。""比较文学研究似乎正在演变成比较历史研究，比较哲学研究，比较语言学研究，比较社会学研究……"因此，他提出比较文化研究应该为比较文学研究服务。他说："应该承认，比较文学与文化研究的界限并不是那么泾渭分明的。比较文学本身也是一种文化研究，它是文化研究的一部分。但比较文学归根结蒂是一种文学研究，它的出发点和归宿点都应该是

---

① 刘象愚：《比较文学的危机和挑战》，《社会科学战线》1997年第1期。
② 徐京安：《"中国学派"是推动比较文学作全球性战略转变的大问题》，《中外文化与文论》1996年第1期。

文学。比较文学离不开作家作品的分析和解释，离不开以文学文本为依据的各种批评和阐述，离不开对文学现象的探讨和研究。比较文学中的跨文化、跨学科研究，是为了丰富和深化比较文学的研究，而不是为了淡化甚至'淹没'比较文学自身的研究。同理，比较文学学者对形形色色的理论和'主义'的研究，也应该是致力于指导和促进比较文学的研究，否则，它就只是一种纯粹的理论研究而不是比较文学的研究了。"①

应该说，谢天振一分为二的态度更具辩证思维，从比较文学走向比较文化是学术研究的趋势，具有其合理性和积极性，但同时文化研究应该服务于文学研究，这样才能不丧失文学研究的学科属性。所以曹顺庆又提出："'跨文化的比较文学研究'，既不走向以比较文化取代比较文学的'泛文化'，又不退回保守和封闭的'文学中心论'。我们不应当反对文化研究介入于文学中，而应当将比较文学与文化研究相结合。这种结合，是以文学研究为根本目的，以文化研究为重要手段，以比较文化来深化比较文学研究。"②

二 从比较文学到比较文化的批评实践

从比较文学到比较文化的批评实践有两种路径，一种是结合文化比较来进行文学比较研究，另一种是完全溢出比较文学而成为比较文化研究。近年来，比较文化研究的范围更为宽广，已经远超出比较文学的范围。如方汉文《比较文化学》（广西师范大学出版社2003年版）、周义《中西文化比较》（人民教育出版社2004年版）、王前《中西文化比较概论》（中国人民大学出版社2005年版）、王祥云《中西方传统文化比较》（河南人民出版社2005年版）、李新柳《东西方文化比较导论》（高等教育出版社2005年版）、范明生和陈超南主编《东西方文化比较研究》（上海教育出版社2006年版）、邓晓芒《中西文化比较十一讲》（湖南教育出版社2007

---

① 谢天振：《从比较文学到比较文化——对当代国际比较文学研究趋势的思考》，《中国比较文学》1996年第3期。
② 曹顺庆：《是"泛文化"，还是"跨文化"——世纪之交比较文学研究的战略性转变》，《社会科学战线》1997年第1期。

年版)、李天纲《跨文化的诠释：经学与神学的相遇》(新星出版社 2007年版)、辜正坤《中西文化比较导论》(北京大学出版社 2007 年版) 等著作，都属于比较文化研究，而与比较文学研究相涉不深。所以，从比较文学到比较文化的批评实践，需要回到论题本身的学理逻辑，即从比较文学到比较文化是一种"跨文化对话"的比较文学，是根植于比较文学而非离开比较文学的"跨文化对话"。在此，犹有必要对学界所作的相关讨论与实践加以认真梳理与总结。下面拟按时间为序简要介绍一下若干批评实践的典型案例，以便使我们从中汲取经验和教训。

(1) 刘小枫《拯救与逍遥》(上海人民出版社 1988 年初版)。此书首具比较文化研究色彩，讨论了中西不同文化精神或者说宗教哲学精神，指出"深渊与拯救乃西方精神中涉及个体和社会的生存意义的恒长主题"，"出仕与归隐是中国精神中价值抉择的恒长主题"[①]，比较了西方基督教精神和中国儒道精神，论述了中西诗人对世界的不同态度。该书内容庞杂，不仅涉及了中西美学的比较，还广泛论及文化、宗教、哲学、思想各个领域比较，所以有人认为这是当时国内较早有意识地进行中西文化比较的著作。[②]

(2) 杨乃乔《悖立与整合：东方儒道诗学与西方诗学的本体论、语言论比较》(文化艺术出版社 1998 年版)。此书从本体论和语言论的高度对东西方诗学做了体系上的比较。作者认为东方儒家诗学和道家诗学的哲学本体为"经"和"道"，以别于西方哲学本体的"逻各斯"；儒家诗学意在"立言"，追求不朽，而道家诗学旨在"立意"，追求"言外之意"和"得意妄言"，详细剖析了两者的对立和互补。作者在论述中国古典诗学的发展时，时刻与西方诗学的语言论做出比较，指出西方诗学栖居的拼音语境是写音语言，是声音使意义出场，而东方儒道诗学所用的汉语是写意语言，是书写使意义出场。

(3) 曹顺庆《中外文学跨文化比较》(北京师范大学出版社 2000 年版)，此书收录作者 25 篇论文，分为"跨文化比较文学学科理论""跨文

[①] 刘小枫：《拯救与逍遥》，华东师范大学出版社 2007 年重版，第 6 页。
[②] 曹顺庆：《中西比较诗学史》，巴蜀书社 2008 年版，第 205 页。

化比较诗学""中国古代文论与东方文论""中西诗学对话与中国文论话语重建"等6辑。作者在"绪论"中概括总结出了五条比较文学研究的方法论。一是双向阐发法（或称阐发研究），其核心是跨文化的文学理解；二是异同比较法（简称异同法），其主要特征是从求同出发，进而辨异；三是文化模子寻根法（简称寻根法），即认清文化模子的各种不同方式；四是对话研究其基本目的在于沟通，包括话语问题、平等或对等问题两个研究层次；五是整合与建构研究（简称建构法），主要指理论和文学观念的建构。正文七章即依据上述理论框架，全面介绍并比较了世界各大文化圈的神话、英雄史诗、抒情诗、散文、戏剧、小说、文学理论，从中可以获得系统的跨文化比较的中外文学知识及全面而深入的中外文学概况及中外文学比较或对比，同时兼具理论模型与方法论意义。

（4）叶舒宪《文学与人类学》（社会科学文献出版社2003年版）。该书系统梳理20世纪以来文学与文化人类学间的融合与创新，探讨文学创作人类学想象的历史轨迹，阐发当代学科整合与重构的前景，为文学、文化研究提供理论参照，对文学人类学研究在中国的实践经验及发展前景做出描述，并为本土文学人类学的理论建构、研究方法和跨学科拓展，做出展望，被称为中国文学人类学理论的奠基之作。其学术价值与意义，首先在于建立有关文学研究的"人类观念"，使文学研究从狭隘的"我族主义、民族主义、自我中心主义"走向"相对主义、多元主义和文化整体观"，从而使文学研究放在一个真正客观的、全球的、人类共通的意义上。其次，文学人类学的"破学科"观念，为"比较文学"的发展拓展了空间。再次，"三重证据"法的创立，为在知识全球化时代的中国本土的文学人类学研究方向提供了切实可行的操作路径。[①]

（5）余虹《中国文论与西方诗学》（生活·读书·新知三联书店1999年版）。此书通过"现代语言论"和"现代生存论"为基点，对中国古代文论和西方诗学进行了比较，指出："中西主流文论诗学分别是儒家文论和柏拉图主义诗学，它们两者都以'理性和感性'的二元对立关系为基础，且其正统样式都持理性主义立场，其异端样式持感性（情性）主义

---

① 蒋济永：《评叶舒宪〈文学与人类学〉》，《文学评论》2004年第4期。

立场。而中西传统的非主流文论诗学分别是道家文论和前柏拉图诗思。道家文论入思的模式是'自然与人为'的二元对立关系，前柏拉图诗思的入思模式是'神性与人性'的二元对立关系。"① 在此基础上，进而从叙事论、抒情论、形而上论、审美论等不同角度进一步探讨了中国文论与西方诗学的异同性。

（6）张隆溪《道与逻各斯》（江苏教育出版社2006年版）。此书以寻找东西文化的共同规律为主题，提出了中国文化中的逻各斯中心主义（logocentrism）、文学阐释学传统、语言反讽、阐释多元主义等富有创见和独特的理论观点。作者认为《老子》"道可道、非常道"中的"道"字，就含有思与言的双重含义，结合"书不尽言，言不尽意"等说法，将中国"道"与西方的"Logos"作了对比，明确提出："思想、言说和文字的形上等级制不仅存在于西方，同样也存在于东方；逻各斯中心主义也并非仅仅主宰着西方的思维方式，而是构成了思维方式本身。"② 这一观点是直接针对德里达对中西文化比较的相关言论而做出的。

（7）高旭东《跨文化的文学对话——中西比较文学与诗学新论》（中华书局2006年版）。此书认为，古典文学研究中，曾有一股无视文化差异的生搬硬套：屈原、李白为浪漫主义者，《诗经》与杜诗为现实主义之类，作者认为生搬硬套的"谬误之网仍在遮蔽着中国古典文学的真面目"③。因此该书意在穿越异质文化差异的鸿沟，建立一个系统的中西比较文学架构，寻找中西之间的共同话语，以为研究的契合点，进行跨文化的对话。其收录的《从史传与史诗概念的沟通看中西文学的共通点》《从中西民族性格的比较看月亮文学与太阳文学》《中国文学的世俗自然与西方文学的宗教澄明》《中西文化与文学的发展模式》等论文，都是这一学理思想的体现。

（8）蔡镇楚、龙宿莽《比较诗话学》（北京图书馆出版社2006年版）。这是一部别开生面的著作，作者认为所谓比较诗话学，就是"运用比较

---

① 余虹：《中国文论与西方诗学》，生活·读书·新知三联书店1999年版，第129页。
② 张隆溪：《道与逻各斯》，江苏教育出版社2006年版，第43页。
③ 高旭东：《跨文化的文学对话——中西比较文学与诗学新论》，中华书局2006年版，第2页。

文学研究方法对诗话进行文化分析与阐释的一门新的分支学科，是诗话学与比较文学特别是'比较诗学'互相整合的一种新的交叉学科"。该书将诗话、诗学与文化学研究融为一体，特别有新意的是把"诗话之崛起与繁荣发展乃至长盛不衰当作一种历史存在的诗学文化现象来考察"。① 全书对中国、日本、朝鲜—韩国等国的诗话进行了比较，并深入探讨了诗话中的各国、各民族的文化传统因子，还以整体的东方诗话与西方诗学、印度梵语诗学作了比较，具有高度的理论水平和方法论自觉，为比较文学与比较文化研究增添了一道风景线。

（9）汪涛《中西诗学源头辨》（人民出版社 2009 年版）。全书共四章，第一章总论，第二章和第三章分别探讨了西方和中国诗学的源头，第四章比较两者诗学的源头，从本体论和方法论上对中西诗学源头及其各自的影响、衍变作了比较。作者指出在本体论上，中国历史上有"天人合一"的思维方式，归根结底是关于人性的形而上学，而西方则是主客（神人）二分思维，停留于对客观物质世界的思辨；方法论上中国重感悟直觉，而西方重逻辑认识。

（10）周宁《天朝遥远：西方的中国形象研究》（北京大学出版社 2006 年版）。此书运用形象学理论与方法，不仅分析了西方的中国形象生成演变的意义过程，认为在西方的中国形象史中，以启蒙运动高潮为分界点，建构出此前不断乌托邦化的三种中国形象类型和此后系统意识形态化的三种中国形象类型，从而深入揭示了蕴含其中的那种普遍的、稳定的、延续性的、趋向于类型甚至原型的文化程式，而且更重要的是，在西方现代精神结构中研究中国形象，探讨中国形象作为西方现代性自我的"他者"参与建构西方现代性经验的过程与方式，解释中国形象生成的潜在动机与意向结构。在此书出版之前，作者曾经有过一次"关于形象学学科领域与研究范型的对话"，论及形象学研究与比较文学—比较文化两个学科领域的内在关系。②

---

① 蔡镇楚、龙宿莽：《比较诗话学》，北京图书馆出版社 2006 年版，第 3 页。
② 周宁、宋炳辉：《西方的中国形象研究——关于形象学学科领域与研究范型的对话》，《中国比较文学》2005 年第 2 期。

上述 10 个案例从不同层面为比较文学与比较文化研究提供了理论与实践的重要成果，同时富有方法论的借鉴与启示意义。未来的学术发展犹有三个方向可以作为重点发展领域。

一是人类学研究。这里的人类学研究是指由文化人类学与比较文学的结合，而建构为文学人类学，以此作为比较文学的分支学科。由于神话原型批评的长期积累，叶舒宪积极倡导文学人类学的神话研究，不仅在理论建构与实践探索上取得了系列性学术成果，而且为中国比较文学开辟了一条新的路径。乐黛云在《比较文学发展的第三阶段》中谈到，文学人类学新学科的建立。文学人类学是文学与人类学交叉研究的硕果，是"中西神话比较研究"的延伸，也是近 20 年来中国比较文学跨学科研究催生出的最具活力的一个新领域。自 1991 年至今，"中国文化的人类学破译"系列共 800 余万字相继出版，在世界文化语境的参照下，对包括《诗经》《楚辞》《老子》《庄子》《史记》《说文解字》《中庸》《山海经》等这些难解的上古经典作了极有创见的文学和人类学现代诠释。乐黛云在《比较文学发展的第三阶段》（《社会科学》2005 年第 9 期）一文中也从一个侧面印证了从比较文学走向比较文化的可行路径与广阔前景。

二是民族学研究。比较文学在其诞生之初，即定位于国与国之间的文学的比较研究。然而，1985 年 10 月与 11 月之交在深圳大学召开了中国比较文学学会成立大会暨首届学术讨论会上，当季羡林发表了他对比较文学的定义，他说：中国是一个多民族的国家，注重民族与民族文学的比较研究，应属于比较文学的范围，这样为民族与民族之间的文学的比较研究。比较文学应该定义为民族与民族之间的文学的比较研究。对此，大家颇有同感，深表赞许。[①] 21 世纪初，杨义提出"重绘中国文学地图"的命题，其中的四境之一即是"民族学"，其《重绘中国文学地图》提出，中国文学地图之重绘，是在对汉族文学、少数民族文学以及它们的相互联系，进行系统的深入的研究基础上进行的。其中跨地域民族文化的多元重组，即中原文学与边地少数民族文学的相激相融。更多还原中国文化发展成今天的多民族多元一体的宏伟结构，绝不是汉文化或汉语文学孤立封闭

[①] 参见张首映《中国比较文学学会首届年会论文摘要》，《文艺研究》1986 年第 2 期。

衍变的结果。甚至连它的文化生命力历数千年不断,也是由于多民族文化互相碰撞、交流、融合、重组而激发的文化思变思强的活性所致。因此考察游牧文明与农业文明的碰撞融合,就成了解释中国文化、包括它的文学的生命动力和生命形态的关键,也成了重绘中国文学地图必须着重用力之处。这里有两个要点值得重视:一是中原文化的巨大的凝聚力和辐射力,缺乏这一点,文化间的碰撞就会造成耗散离析;二是边地民族文化的巨大的多样性"边缘的活力",缺少这一点,文化间的封闭就会形成一潭死水。二者交互作用,使文化间的非同质、非均质的碰头,竟成了在整体意义上的文化共谋和共创。它们在谱写着中国的命运。① 在此,杨义主张将少数民族文学纳入中国文学版图,并提出"边缘活力"的重要概念,虽然并不属于比较文学范畴,但对比较文学的民族学研究富有借鉴与启示意义。而至曹顺庆的《三重话语霸权下的少数民族文学研究》,则已转换为比较文学的论题,作者提出,中国少数民族文学研究处于西方话语、汉族话语、精英话语三重霸权压迫之下,我们有必要清醒地认识到这一现状,加强多民族文学研究,批判话语霸权,倡导多元共生,恢复历史原貌,形成多民族文化互补互融,促进民族文学生态的正常化,进一步发挥多民族文学杂交优势,迎来中国文学之新生。② 从跨国度到跨民族,等于将比较文学的路向与领域做进一步的拓展,同样具有十分广阔的学术空间与前景。

三是形象学研究。"形象学"(imagologie)作为比较文学里比较新兴的学科,旨在研究一国文学中的异国形象及其所蕴含的意义,以及通过文学中的形象了解民族与民族之间的互相观察、互相表述和互相塑造,重点关注和研究"形象"是"怎样被制作出来,又是怎样生存"这一核心问题。可见形象学的"形象"不同于一般意义的"形象",而是特指"异国形象",具有跨种族、跨文化的性质。上文提到《天朝遥远:西方的中国形象研究》作者周宁在"关于形象学学科领域与研究范型的对话"中曾就形象学研究的学科归属、理论前提、研究对象、研究范型等问题提出了

---

① 杨义:《重绘中国文学地图》,《文学遗产》2003 年第 5 期。
② 曹顺庆:《三重话语霸权下的少数民族文学研究》,《民族文学研究》2005 年第 3 期。

自己的思考，认为形象学研究涉及比较文化与比较文学两个学科领域，它在中国才刚刚开始。在比较文学视野内，这方面的研究有时显得领域过宽，因为对异国形象的分析，总离不开社会历史与文化语境，研究观念与方法也不限于文学；在比较文化视野内，它的疆域往往又显得过窄，因为异国形象作为一种关于文化他者的集体想象，不同类型的文本是相互参照印证、共同生成的，又不能仅限于文学。这就必然涉及形象学的学科本位及其内涵与外延问题，正与比较文学与比较文化的关系相对应。乐黛云倾向于将"形象学"纳入比较文学体系之中，她曾在《中国比较文学百年史整体观》一文中谈到，在法国比较文学的"形象学"理论与实践的启发之下，90年代后有不少研究者对中国文学中的外国形象、外国文学中的中国形象问题展开了富有成效的研究，更有人从"形象学"概念中进一步引申出"涉外文学"的概念，并把它视为比较文学特有的研究对象。"形象学"乃至"涉外文学"的研究，为90年代后中国比较文学研究开辟了一片广阔天地。[①] 目前学界对此的探索主要聚焦于西方的中国形象与中国的西方形象两个层面展开，并已取得了一系列重要成果。根据孟华研究中国的西方形象的体会，其中涉及描述和解释两个层次：中国是如何描述西方的，又如何解释这种描述，中国的西方形象既是一个文化他者的幻象，是中国自我想象、自我书写的方式，同时也是一面墨镜，他与其说是西方的文明的真实，不如说是中国文化的真实以及两种文明接触与交流过程中的理解与误解、接受与冲突的历史过程；反过来，这也同样适合于观察和解释西方文学中中国形象的演变与意义，彼此的学理逻辑是相通的。正是基于上述的学理思考，孟华在其所著《中国文学中的西方人形象》（安徽教育出版社2006年版）中展开了一次成功的尝试和探索，同时也努力在比较文学与比较文化之间寻找平衡点，力图避免走向泛文化之之弊。由此展望未来，形象学研究的学术前景可谓无可限量，但最为关键的是如何在中西形象的互观中逐步走向更为深入、更为系统、更具特色的理论辨思与建构。

总之，从比较文学走向比较文化是比较研究的新态势和新趋向，体现

---

① 乐黛云、王向远：《中国比较文学百年史整体观》，《文艺研究》2005年第2期。

了文化比较研究对于文学、史学、哲学、宗教、民俗等多方面的融合和贯通，这种融通显然是有利于文学比较研究的深化和延展，因为文学本身就是文化的一部分。但同时，基于文学的学科立场，应该坚持文学本位，适度吸收借鉴文化比较研究成果，而不要以文化研究替代文学研究。

第十四章

古代文学研究的最新趋向(上)

　　所谓古代文学研究的最新趋向是指经过世纪反思之后,主要涌现于21世纪第一个十年的诸多新的学术创新点与增长极,其中最为亮丽的有三大版块:一是古代文人群体及其文学时空的拓展与研究,包括文人群体研究、古今文学演变研究、文学地理研究、城市文学研究、文学世家研究;二是古代文学边缘活力的激活与研究,包括女性文学研究、民间文学研究、民族文学研究、域外汉文研究;三是古代文学研究理论的重构与研究,包括文体学研究、叙事学研究、阐释学研究、传播学研究、译介学研究。诚然,先前传统的研究领域与方法依然兴盛于新世纪,并且取得了丰硕的学术成果和很高的学术成就,但以此三大板块最具学术活力,并相应的形成了三个学术创新点与增长极。先就第一板块的四大序列而言,文人群体研究首先成为古代文学研究的学术新热点,充分凸显了文学创作的主体性价值和地位。而古今文学演变研究、文学地理研究、城市文学研究、文学世家研究,则依次从时空的双向维度上构成了这些学术新热点的内在链接,其中古今文学演变研究强调中国文学古今贯通研究,打破古代文学与现代文学研究各自为政的局面,显然重在时间维度;文学地理学研究强调中国文学研究的空间意识,以"矫正"以往古代文学研究过于忽视文学空间形态之弊。同样,城市文学研究亦以城市文学空间研究为中心,可以视为文学地理研究特定空间的聚焦。两者都重在空间维度;而文学世家研究强调文学创作的家族性特点研究,同时兼顾了家族承传的时间性与家族分布的空间性,则重在时空双重维度的交融。

第一节　主体凸显：古代文人群体研究

古代文人群体研究的兴起可以追溯至20世纪80年代，傅璇琮《唐代诗人丛考》为开创风气的著作。虽然此前有一些学者就明代文人结社、近代诗人与地域等做过专题研究，但整体而言群体研究在学界未得到普遍响应。傅著非常"注重对作家群的研究"，"首开诗人群体研究的先例"。①全书对唐高宗至德宗前期三十二位诗人的生平事迹作了详细考辨，在考辨的过程中，往往以群体的研究来带动对其时诗坛整体的考察。此书虽然主体上还不是文人群研究，但对后来的文人群体研究起了积极的推动作用。此后，特别是世纪之交以来，文人群体研究取得了丰硕的成果。就文人群体研究的时段分布来看，先是集中于唐宋，然后向下后移到明清，向上前溯到六朝。就研究取向而言，有时代、区域、类型和文学流派的不同取向，当然这是就其主体而言，实质上研究取向之间是有交叉的，而其重心则在于具有文学创作经历与成就的作家群体研究，包括比较松散的文人群体、文学社团的文人群体与文学流派的文人群体研究。

一　不同时代的文人群体研究

郭英德《中国古代文人集团与文学风貌》（北京师范大学出版社1998年版）对文人群体与文学关系进行了宏观探讨，具有贯通历代的通论性质。作者从文化学的角度阐述了文人集团产生的文化机制，以"天子失官，学在四夷"作为集团兴起的大背景，从侍从文人集团、学术派别、政治朋党、文人结社、文学流派诸方面对历代文人集团进行了概括。这一总述既具有历时梳理的痕迹，又抓住了不同社团的文化特点，对从不同角度分析文人群体与文学的关联具有重要启发作用。

古代文人创作群体经历了从松散型向紧密型的演变。钱志熙《文人文学的发生与早期文人群体的阶层特征》（《北京大学学报》2009年第5

---

① 戴伟华：《唐代文学综论·学术立场与方法》，商务印书馆2005年版，第271页。

期）认为文人文学是在文学史发展的一定阶段上产生的。从远古至春秋时期文学的主体是随着语言的产生而发生的口头创作的文学。文人文学孕育于因文字产生而发生的书面写作行为，但早期的书面写作行为主要服从于实用的功能，并且主要是王官政治的工具。春秋战国私人著述行为的兴起，为文人文学的发生提供了重要的条件。同时在"辞命"的口头创作中产生口头文体，开始转化为书面写作的文体。在传统的诗教的文学传承背景中产生了战国时代的贤人失志之赋，战国至两汉的辞赋家群体，也就成为中国古代的第一个文人群体。在战国与两汉的社会结构中，这个文人群体整体上介于庶民与贵族之间的寒素阶层。王洪军《汉代博士文人群体与汉代文学》（中国社会科学出版社2010年版）强调指出两汉博士文人群体是两汉经学的传承者，也是两汉文学的参与者和创造者。因此考察两汉博士制度的建立，分析两汉博士文人群体的构成，梳理博士文人群体的知识结构与价值取向，对理解两汉文学的基本精神具有重要意义。此书力图在两汉经学及博士制度建立的历史叙述中，论述两汉博士文人群体独特的知识构成与精神性格，阐释两汉的经学传承与文学传承、经学解读与文学解读、经学主张与艺术情怀之间的关系，从而认识到两汉博士文人群体在经学与文学历史上的独特意义。不过，即便在汉代，也偶尔出现了一些如西汉梁园之游的文人会聚。卫绍生《梁园之游：文人群体创作活动的始足之旅》（《河南教育学院学报》2006年第2期）认为梁园之游是中国文学史上一件值得注意的盛事。它虽然出现在文学尚未独立于经史的西汉初年，但它实际上已经具备了文人群体创作活动的基本特征，可以说是中国古代文人群体创作活动的始足之旅，梁园之游对后来出现的文人群体创作活动产生了深远影响。建安时期的邺下之游，正始名士的竹林之游，西晋石崇等人的金谷园之游，以及后世文人的群体创作活动，都或多或少地带有梁园之游的某些特征。

从汉魏到六朝时期，文人群体逐步从松散型向紧密型过渡。胡大雷《中古文学集团》（广西师范大学出版社1996年版）即对汉魏六朝时期以群体形式进行文学活动的文学团体进行了专门研究。作者从文人意识的觉醒出发，对文学集团的发展历程进行了细致归纳，并对文学聚会、文学集团的类型、创作口号、文学论争、南北文风的融会、文坛领袖等专题展开论述。作者指出："中古时期文学集团的组织形式，最初是以皇子诸王召集宾客或组织官属的形式出现的，实际上，这也是中古时期文学集团最主要的组织形式"；"中古时期文学集团的性质功用，是从开展创作活动走向全面组织文学活动"；文学集团开展文学活动具有某种程度的开放性；"中古时期文学集团的领导人物，与全社会的文坛领袖有相同处，又有不同处"。阮忠《中古诗人群体及其诗风演化》（武汉出版社 2004 年版）对建安至陈末这一时段内的诗人群体与诗歌风貌进行了论述。作者以三曹七子、竹林七贤、二十四友、阳夏八谢、竟陵八友的群体活动为中心，对诗风的变异与演化做出了阐释。

唐宋诗人群体研究方面，贾晋华《唐代集会总集与诗人群研究》（北京大学出版社 2001 年版）从集会总集的成书视角探讨了唐代的诗人群体，对太宗朝宫廷诗人群、中宗朝文人学士群、大历浙东浙西诗人群、大和会昌东都闲适诗人群、襄阳诗人群、咸通苏州诗人群的文学活动进行梳理与论述。吴怀东《唐诗流派通论》（新华出版社 2004 年版）对唐代的诗人群体进行了梳理与研究。作者选取唐太宗与宫廷诗风、上官仪与宫廷诗派、初唐四杰、文章四友、吴中四士、山水田园诗派、边塞诗派、大历诗人、韩孟诗派、元白诗派、晚唐三大诗派加以论述，以群体活动为线索映现出唐诗风貌。蒋寅《大历诗风》（上海古籍出版社 1992 年版）和《大历诗人研究》（中华书局 1995 年版）对唐代大历时期的诗人群体进行了研究，前者从宏观层面考察了大历诗风的内涵与主导倾向，所论涉及古风派、地方官诗人及台阁诗人，以诗坛整体风貌为论述中心；后者则突出微观研究，对江南地方官诗人、台阁诗人与方外诗人的群体特色、个体心态、创作成就做出了详细的考述。赫广霖《宋初诗派研究》（齐鲁书社 2008 年版）对宋初的白体、晚唐体、西昆体、反西昆派等诗人群体的文学主张与诗学成就进行比照合观，凸显了宋初诗歌在唐宋诗风转型过程中的意义。吴大顺《欧梅唱和与欧梅诗派研究》（陕西人民出版社 2008 年版）从诗人唱和活动切入来研究宋初欧阳修、苏舜钦、梅尧臣等诗人间的交游与创作倾向、审美心态、艺术表现。欧阳光《宋元诗社研究丛稿》（广东高等教育出版社 1996 年版）对宋元时期诗人结社与诗歌创作进行了梳理，上编为理论研究，下编则对相关诗社进行详尽排比，资料翔实。

唐宋词人群体研究方面，刘扬忠《唐宋词流派史》（福建人民出版社1999年版）力破"豪放婉约"论词的成说，从词人群体交流唱和的原貌中还原呈现词史本来样目，研究具有开创性意义。余传棚《唐宋词流派研究》（武汉大学出版社2004年版）虽以花间、南唐、婉约、颓放、豪放、雅正诸派来统系唐宋词，所论虽主于艺术风格，但涉及的是群体风格。肖鹏《群体的选择：唐宋人词选与词人群通论》（凤凰出版社2009年版）通过对唐宋人词选形态、心态的考察，梳理词坛词人群体，论述其关系、创作，探讨词选在明清时期的传播，切入角度新颖，论述深刻。王兆鹏《宋南渡词人群体研究》（凤凰出版社2009年版）[1]对南渡词人群的创作成就作整体考察。上篇论述其群体关系与群体意识；中篇描绘其漂泊者的心态、英雄的苦闷、迁客的信念、失意者的归宿，着重于心灵的探寻；下篇专论创作，阐述了词学范式的演进。

辽金元文人群体研究方面，胡淑慧《辽金元文学构成的新主体——非汉族文人群体研究》（博士学位论文，浙江大学，2005年）认为在辽、金、元将近五百年的时间里，中国文坛的主体构成发生了重大的变化，汉族文人一统天下的局面被打破，非汉族文人成为新的文学主体，他们在中国文学的格局拓展、发展方向等方面发生了重大而深远的影响。该文力图展现辽、金、元三代当时真实的文学风貌和成就，同时注意区分彼此的异同，即既把他们放在同一个层面来分析，又注意区分他们不同的发展阶段和价值、地位。李艺《金代词人群体研究》（首都师范大学出版社2008年版）则通过对吴蔡、国朝、南渡、遗民、全真道五大词人群体交游、心态、创作、风格的剖析，勾勒出金词的发展面貌。杨镰《元西域诗人群体研究》（新疆人民出版社1998年版）依次从预备期、成熟期、丰收期和元明易代之际的终止期四个阶段，论述了用汉语写作的西域诗人群体组合、个体特征与文学成就。李超《元代江西文人群体研究》（中国社会科学出版社2015年版）以刘辰翁、吴澄、虞集等代表性文人为中心，探讨庐陵、抚州与京师文人群体的成就与特色，以此呈现元代文学的格局与走向。

明清文人群体研究方面，姚蓉《明清词派史论》（广西师范大学出版

---

[1] 此书曾由文津出版社于1992年印行。

社 2007 年版）对明清时期的云间（含其旁支西陵、柳洲、广陵词派）、阳羡（含其羽翼豫东词人群）、浙西（含吴中词派）、常州（含其后继临桂词派）诸词派的词学理论与创作风格进行论述，通过对词派面貌的勾勒揭示词风之嬗变。刘化兵《士风与诗风的演进：明代成化至正德前期士人与诗派研究》（社会科学文献出版社 2007 年版）结合时代文化背景，通过对士人心态的分析，探讨了茶陵派、七子派、陈庄派、吴中派的诗歌体派特点及相互交流情况。何宗美《明末清初文人结社研究》（南开大学出版社 2003 年版）从党争、科举与思潮等方面出发，阐述明末清初文人结社的特点，并对此期结社情况进行了大致清理，以复社、遗民结社、东北流人结社为重点，对各社群体构成、特点、思想、文学活动等进行了详细论述。何宗美另一著作《明末清初文人结社研究续编》（中华书局 2006 年版）后者以明代北郭诗社、怡老诗社、西湖的诗社、西湖八社、南京文人社集、清初甬上遗民结社为重点，对结社人员、社集情况进行了集中考证。刘世南《清诗流派史》（人民文学出版社 2004 年版）以前、中、晚三大时段区划了清诗的发展脉络，虽然从流派的角度对清诗进行了宏观层面的统观，对各派诗学观念、主要诗人、审美趣味、艺术成就皆有抉发，体现出以流派而觇诗史的意图，但各派中成员的交游与相互影响，更多的是一种群体色彩，因而此书在一定程度上实为诗人群研究。

二　不同区域的文人群体研究

从区域出发来研究文人创作群体，就是从籍贯或居住地来考察作家群体。这些区域内的作家群，有的只是因为地域相同而组合在一起，并没有自觉的文学主张和追求，或者自觉性不强；有的则两者兼而有之。这里只考察前者，后者放在文学流派中考察。江南地区，特别是宋元以后的江南，产生了大量的作家群体，因此江南是区域文人群体研究的主要区域。其中池泽滋子《吴越钱氏文人群体研究》（上海人民出版社 2006 年版）对五代末至唐太宗时期东南地区吴越王钱镠家族的文人群体的形成、他们的文学活动、文学成就、们对北宋和后世文坛的贡献和影响等作了深入的研究。从一个角度反映了北宋早期社会文事的兴盛以及文人总体的生存状况。庄战燕《论南宋都城临安文人群体的交游与唱和》（硕士学位论文，浙江师范大学，2005年）试图对南宋临安文人群体的交游唱和的活动特点、变化趋势、深远意义及影响做一个整体观照。王遥江《南宋绍兴地区文人群体研究》（硕士学位论文，浙江师范大学，2009年）重点分析了南宋不同阶段绍兴文人群体的发展、演变、活动与特点及其重要影响。赵平《永嘉四灵诗派研究》（浙江大学出版社2006年版）从宋代浙东南区域文化入手，对永嘉四灵的诗学渊源、诗学成就、诗学论争、师友唱和等情况进行了论述，丰富了对此派诗人的认识。崔志伟《元末明初松江文人群体研究》（博士学位论文，上海大学，2011年）从元明之际松江文人群体的来源、交游，政权更替下的文人心态，文人创作题材与形式的特点等方面展开论述，以期还原当时的文学情状，力图把握这样一个集地域与时代特性于一体的文人群体的风貌，探讨它何以兴盛喧嚣而又衰落湮没的各种原因。徐永明《元代至明初婺州作家群研究》（中国社会科学出版社2005年版）突出了婺州地缘文化对文人的影响，论述了婺州作家群体的诗歌、散文创作，考察了其与吴中作家群体的交往及差异。对黄溍、胡助、吴师道、宋濂、王袆五人并编有年谱，对其生平、行实、诗文撰述有较详细论列。朱季传《元末明初杭郡文人集群研究》（硕士学位论文，浙江大学，2007年）以钱塘、仁和为中心，来研究元末明初时这个文学集群的构成、交游和创作的情况。王忠阁《元末吴中诗派论考》（广西师范大学出版社1998年版）联系元末文化大背景对吴中派诗人的艺术精神与诗歌创作进行了分析。

明清时期江南文人群体研究更受学界重视，成果也更为丰硕。郑利华《明代中叶吴中文人集团及其文化特征》（《上海大学学报》1997年第2期）指出吴中地区自古便为文化重镇，文人辈出，集团活动频繁。进入明代中叶以来，该地区与明初相比，商业、文化等方面趋于振兴，城市生活呈现活跃丰盛气象。在积累性人文底蕴基础上及受新文化环境的刺激，吴中地区文人集团活动不断兴盛，活动方式、组织结构、身份构成等方面都有新的变化，折射出该地区文化环境变迁的某些特征。陈玉兰《清代嘉道时期江南寒士诗群与闺阁诗侣研究》（人民文学出版社2004年版）从文学生态观念出发，结合此期文化政策、地域文化、闺阁文化，对江南诗人群体的整体样态、活动特征、个性追求等进行整合考察，在勾勒群体风格的同时，又关注个体文学面貌，从而具体呈现了当时的文学生态。李玫《明清之际苏州作家群研究》（中国社会科学出版社 2000 年版）以易代之际苏州剧作家群体为研究对象，力图探讨其剧作中所呈现的共性特征，揭示其戏曲史意义。在对群体成员与活动蒐辑的基础上，充分抉发其作品中对国家、贤臣、市井、财富、民变等主题的关注的思想、文化含义，探索内心独白与戏中戏的艺术功用及审美意义。杨旭辉《清代经学与文学：以常州文人群体为典范的研究》（凤凰出版社 2006 年版）以常州经学为论述的文化境域，对常州文人群体的文化品格、治学精神以及诗词骈文创作进行了研讨。此外，陈雪军《梅里词派研究》（上海古籍出版社 2009 年版）、金一平《柳洲词派：一个独特的江南文人群体》（同济大学出版社 2002 年版）、沙先一《清代吴中词派研究》（人民文学出版社 2004 年版）皆重在江南词人群体研究。陈著从地域、家族、师承诸方面对嘉兴梅里词派展开论述，对其先驱王翃、曹溶、朱一是与中坚李良年、李符的词学思想、创作特色、派别地位等重点阐述，对其他词人则纳入词派前期与后期两个群体加以论列。通过对这一地域色彩明显的词派的研究，结合唱和、交游等角度揭示了梅里词派的文化特征，加深了对清词发展特色的认识。金著对明清之际出现于嘉善的柳洲词派进行了考论，注重家族文化、地域文化对词学发展的影响，凸显了曹氏、魏氏、钱氏等望族对于词派的推动促进作用，对陈氏、夏氏等其他词人也进行了研究，使得这一不太为人熟悉的词派面貌逐渐清晰。沙著关注重视声律的吴中词人群体，作者从当时词坛风气入手分析吴中词派的意义，对词派发展历程进行分期论述，既突出了各期重要作家，又集中论述了潘氏词人群体；并选择词话与韵书分析词派的理论倾向，抉发其词学史意义。康保成《苏州剧派研究》（花城出版社 1993 年版）、谭坤《晚明越中曲家群体研究》（上海三联书店 2005 年版）皆重在曲家群体研究。康著对以李玉为主的苏州派进行研讨，强调类同的派别风格，其所论苏州派与苏州作家群有所不等同。作者对派别阵容、主题模式、创作活动、情节结构、角色、语言、整体风格与历史地位进行了详细阐述。谭著对越中文化、曲家群体构成与特征、交游、理论贡献、杂剧与传奇创作等内容进行了研究。周寅宾《李东阳与茶陵派》（湖南师范大学出版社 2007 年版）、林家骊《谢铎及茶陵诗派》（中华书局 2008 年版）则重在对湖南茶陵诗派进行研究。

江南之外的区域文人群体研究成果不太集中。彭敏《宋代湖湘诗人群体与地域文化形象研究》（中国社会科学出版社 2017 年版）通过对隐士、僧人、学者及迁客等不同类型诗人群体文学创作的把握，以潇湘八景、潇湘意象及潇湘石刻为中心，揭示湖湘地域文化特质。崔志伟《元末明初松江文人群体研究》（上海大学出版社 2013 年版）论述元明之际松江文人群体的交游、来源、政治心态，对其文学创作理念与诗文创作新变进行了探讨。冉耀斌《清初关中诗人群体研究》（中国社会科学出版社 2017 年版）论述清初关中诗人群体的诗学思想、艺术成就和地域特色，凸显了这一群体的诗史意义。魏泉《士林交游与风气变迁：19 世纪宣南的文人群体研究》（北京大学出版社 2008 年版）勾勒宣南人文环境，抉发群体影响之下的宗宋诗风、桐城古文及道咸之学的流布与衍变，体现了文史结合的研究取向。

代表性论文有：曹道衡《略论晋宋之际的江州文人集团》（《中国文学研究》1992 年第 2 期），刘跃进《多元文化的融汇与三辅文人群体的形成》（《中华文史论丛》2008 年第 4 辑）等。

三　不同类型的文人群体研究

主要包括宫廷文人群体、遗民文人群体、江湖和山人文人群体等三种主要类型的研究。

1. 宫廷文人群体研究。石观海《宫体诗派研究》（武汉大学出版社 2003 年版）打破长期以来对宫体诗的负面评价，从其诗学价值与影响角度进行冷静的思考，认为"作为古代诗歌的一种品类，无论从内容而言还是从形式而言，宫体诗都以其重要的艺术贡献和特定的审美价值，成为中国诗歌发展链条上不可或缺的一环"。作者将宫体诗的发展分为发轫、发展、全盛与衰飒四个阶段，对以萧衍、萧纲等为主体的诗人群体的创作活动进行了分析，肯定了宫体诗的艺术贡献与审美价值。滕春红《西昆体和西昆作家》（硕士学位论文，陕西师范大学，2002 年），王小丽《论〈西昆酬唱集〉诗人与西昆体》（《上海大学学报》2003 年第 5 期）重在宋代西昆体文人群体研究。王文通过对西昆体代表诗人杨亿、刘筠、钱惟演和《西昆酬唱集》中其他十四位诗人的具体分析，认为杨亿最早宗李商隐，但是首先进行西昆体风格创作的却是钱刘二人，并且三人对西昆体的形成与发展所起的作用不尽相同。其余十四位诗人在西昆体的形成中所扮演的角色也不一样，但都不容忽视。孙巧莲《两宋宗室词人群体研究》（硕士学位论文，华东师范大学，2008年）以两宋宗室词人群体为研究对象，具体探讨了这一词人群体产生的背景、分期与特点。邱江宁《奎章阁文人群体与元代中期文学研究》（人民出版社2013年版）以元代奎章阁文人群体为研究对象，对其文艺主张、诗文创作特点进行阐述，揭示了这一群体的南北多族特征，阐明了元代文学南北融合的倾向。任永安《明初越派文人与台阁体文学》（《理论界》2011年第1期）、李圣华《台阁体派新论》（《文学与文化》2012年第1期）重在明代台阁体文人群体研究。任文认为过去在论及地域文学影响时，较多注意到明初江右派与闽诗派在台阁体形成中的先驱作用，而忽视了越派文人的先导之功，然后重点探讨了从越派文人的文道一元论、文法韩欧、师崇盛唐的复古观念以及创作上的台阁文风等方面，论述越派文人对台阁体文学形成的影响。李文认为台阁派之兴是永宣诗人与时代政治双向选择的一种结果，其群体心态可概括为用实心态与盛世心态。马大勇《清代庙堂诗歌集群研究》（吉林人民出版社2007年版）是对清初台阁诗人群体的较系统研究。作者结合易代之际的文化背景与作家心态，对贰臣诗群、燕台十子与海内八家、金台十子的诗歌创作与诗学成就进行了详细论述。

  2. 遗民文人群体研究。正如上文所述，因易代之感与华夷之辨的两相结合，古代遗民文人群体集中于元初、清初两个时期。其中涉及元初遗民群体研究的重要论著有：邓乐群、孔恩阳《论宋明遗民的不同特点》（《青海师范大学学报》1987年第1期），方勇《南宋遗民诗人群体研究》（人民出版社2000年版），朱明玥《南宋遗民诗人诗作研究》（硕士学位论文，上海师范大学，2007年），牛海蓉《元初宋金遗民词人研究》（中国社会科学出版社2007年版），谢皓烨《论宋元之际江西遗民词人群之组成及群体关系》（《齐齐哈尔大学学报》2003年第6期），黄世民《宋末元初江西庐陵遗民词人群体研究》（硕士学位论文，贵州大学，2006年），等等。方著紧扣"群体"二字，依次论述了元初南宋遗民群体形成的社会文化背景，群体互动的开展与群体网络的形成，群体网络的布局结构特点，群体失落心态的诸多表现，诗歌的主题取向，"宗唐得古"的风尚与诗歌的精神风貌，最后归结于南宋遗民诗人创作实践的历史意义，除了贡献学术新见之外，还具有一定的建构学术范式的意义。牛著分词人、词作、词论三编对宋金遗民词人活动状况进行论述。而涉及清初遗民群体研究的重要论著则有：张兵《明清易代与清初遗民诗》（《江海学刊》2000年第2期）、《论清初遗民诗群创作的主题取向》（《西北师大学报》2000年第2期），陈珊珊《明遗民群体的心态嬗变和启蒙思想的生成》（硕士学位论文，浙江大学，2007年），孙新华《清初扬州遗民诗人研究》（硕士学位论文，扬州大学，2007年），刘纯彬《清初扬州遗民词人及其作品研究》（硕士学位论文，扬州大学，2007年），周焕卿《清初遗民词人群体研究》（上海古籍出版社2008年版），孔定芳《清初遗民社会：满汉异质文化整合视野下的历史考察》（湖北人民出版社2009年版），李瑄《明遗民群体心态与文学思想研究》（巴蜀书社2009年版），吴增礼《清初江南遗民生存境况研究》（博士学位论文，湖南大学，2010年），王美伟《清初遗民词人的佛教因缘及其词创作》（《乐山师范学院学报》2011年第9期），等等。李著旨在分疏遗民群体的内部差异与复杂形态，结合文学活动，对其人生理想、现实困境与文学思想加以论说。周著重在对清初遗民词人的地域分布与形态特征、群体互动、生活形态、创作特征、词学理论进行系统阐释。孔著则力图突破过去专论其气节的拘囿，重在从满汉文化冲突、调融与整合的动态历程中对明遗民进行综观把握。此外，田崇雪《遗民的江南：中国文化史上的遗民群落》（学林出版社2008年版）以区域贯通历代，同样涉及元初、清初两代遗民群体及其文学效应研究。

3. 江湖和山人群体研究。张宏生《江湖诗派研究》（中华书局1995年版）从南宋后期社会文化的变动出发，集中探讨了江湖诗人群体的文学活动。对其主体取向、审美情趣、主题意象、诗歌渊源、诗学品格并有论述，同时考述了诗派的成员，揭示了江湖谒客的行为方式，钩稽出江湖诗祸，并对陈起的交游进行了考论。这一论著为深入了解晚宋诗坛提供了新的见解，并对江湖诗派做出了较全面的清理。郭锋《南宋江湖词派研究》（巴蜀书社 2004 年版）提出了"江湖词派"的概念，实则也是江湖词人群体研究，作者将南宋中后期姜夔、张镃、高观国、吴文英、周密、张炎等活动于杭州一带的江湖士人群体纳入词派，突出了江湖地位、地域文化对词人的影响。作者以姜夔为词派宗师，详论了词派的言情与咏物词，论述了词派"清真"的创作风格，阐释了词派的"骚雅"审美理想。张德建《明代山人文学研究》（湖南人民出版社 2005 年版）选取明代山人群体为研究对象，对明代山人的群体特征与文学特点进行论述。上编主要考察这一群体产生、构成与发展阶段，揭示其群体面貌，论述其生存方式与文化活动。下编则选择具有独特风格的山人文学创作进行分析，着重探讨了隐逸、干谒等类诗歌，并重点论述了具有鲜明群体文学特征的山人小品。

四　文人群体与文学流派研究

以上三种研究取向中虽然有不少著作都冠以"流派"的名称，但其研究的作家群体内部并没有围绕某种文学主张自觉地形成一种流派风格，而是一些学者根据当下的观念归纳出来的群体风格或特质。从文学流派来考察作家群体，不仅要着眼于他们的群体聚合性，还要重视他们的流派主张和追求，有一种自觉的流派意识。梅新林《从一个新的视角重述中国文学史——中国文学流派研究刍议》（《学术月刊》1997 年第 5 期）主张文学史研究应注意作家群体及文学流派的研究，认为由此视角切入重述中国文学史，可以为文学史研究提供新的文化视野、新的批评构架与新的实证成果。该文根据文学流派的从不自觉到自觉、从雏形到完型、从古典形态到现代形态的发展历程，设立了一个由以下五大要素构成的"量化"标准：（1）有一定数量，在创作上有共同追求并已形成鲜明风格的代表作家的群体结合；（2）有对本流派的创作进行较为系统的文学批评或理论总结；（3）有明确的文学理论主张和共同的文学纲领，并与观点不同的其他流派展开论争；（4）有一定的社团组织形式，且有持续或定期的群体文学活动；（5）有连续发表创作、批评、理论成果的阵地。然后以此五大要素衡量古代文学流派的完型程度，将其划分为萌发期（先秦两汉）、形成期（魏晋至盛唐）、成熟期（中唐至南宋）、繁荣期（明清）

新变期（民国以来）等五个时期。陈文新《中国文学流派意识的发生和发展》（武汉大学出版社2003年版）从流派理论角度出发，为作家群体研究提供了一个以系统意识、盟主意识与流派风格作为流派的必要构成要素的学理框架，然后从这三个方面对传统文学中流派意识的流变进行了系统梳理和总结。此外，朱培高《中国文学流派史》（黄山书社1998年版）则以条目形式对文学史上的流派加以介绍与评述，涉及作家千余人，自先秦至清末，颇便省览。

　　新时期的古代文学流派研究以南京大学与武汉大学为两大中心，已有一大批重要成果问世。20世纪80年代，南京大学中文系程千帆曾率先做过一个有关"唐宋诗歌流派研究"项目的规划，拟由诸位博士承担项目的研究任务，其核心成果是莫砺锋《江西诗派研究》、蒋寅《大历诗风》、张宏生《江湖诗派研究》、曹虹《阳湖文派研究》等富于开拓性的著作。90年代以来，辽宁大学出版社组织出版了"中国古代文学流派研究"丛书，先后推出了葛晓音《山水田园诗派研究》、钟优民《新乐府诗派研究》、艾治平《婉约词派研究》、钟林斌《公安派研究》、王英志《性灵派研究》等颇有分量的专著。其后，随着流派研究的不断走向深入，一些较小的流派也逐渐受到学界的关注。仅就清词流派研究而言，就有徐枫《嘉道年间的常州词派》、谷辉之《西陵词派》、沙先一《吴中词派》、鲁竹《浙西词派与顺康词坛》、金一平《柳州词派》。刘扬忠《唐宋词流派史》更以其宽阔的涵盖面显示出流派研究的长处。2003年11月，陈文新主编《中国古代文学流派研究丛书》由武汉大学出版社出版，其中包括陈文新《中国文学流派意识的发生和发展——中国古代文学流派研究导论》，陈顺智《东晋玄言诗派研究》，石观海《宫体诗派研究》，余传棚《唐宋词流派研究》，熊礼让《明清散文流派论》，陈文新等《明清章回小说流派研究》，乔惟德《神韵派研究》，刘良明《近代小说批评流派研究》等八部学术著作。《武汉大学学报》2004年第2期刊发了一组"中国古代文学流派研究"笔谈文章，依次为：刘勇强《流派研究的文学史意义》，周群《文学研究园地中的一束奇葩》，王齐洲、李晓晖《文学流派研究与文学研究流派》，罗小东《古代文学流派研究的拓展与深化》，陶佳珞《老题新做谱华章》，王立《文学史宏观微观研究结合的重要成果》，王小舒《为宫体诗正名的一部力作》、沈伯俊《古代小说流派研究的开拓与深化》，重点就陈文新主编《中国古代文学流派研究丛书》及有关文学流派问题展开讨论。由于流派研究空白尚多，范围适中，近来也逐渐成为博士论文的热门选题。①

在诸多文学流派研究中，以江西诗派、常州词派和桐城古文派为学界关注度最高的三个文学流派。

1. 江西诗派研究。龚鹏程《江西诗社宗派研究》（台湾文史哲出版社1983年版）是江西诗派研究中较早的专门著作，对江西诗派的流变作较详细的研究。② 莫砺锋《江西诗派研究》（齐鲁书社1986年版）对江西诗派的文学创作进行了较为全面的梳理，重点研讨了黄庭坚、陈师道与陈与义三位代表诗人的文学创作及其历史地位，对派中其他诗人则以北宋、南宋为界，列出两章加以介绍，还专门探讨了江西诗派在后世的影响。此书一改此前斥江西诗派为形式主义的风气，从文学事实出发，发掘其文学史意义。伍晓蔓《江西宗派研究》（巴蜀书社2005年版）着力于江西诗派形成期的文学史实追述，以吕本中《宗派图》所列诗人为研究重点。作者重点凸显了临川等小型地域群体对宗派形成的意义，对三宗、山谷四甥、临川四友、南康诗人、淮南诗人、开封诗人以及韩驹、吕本中的生平、诗歌特色、诗学观念等予以详述。王琦珍《黄庭坚与江西诗派》（江西高校出版社2006年版）则突出了派别形成过程中领袖诗人的重要作用，尤其凸显了黄庭坚诗学理论的指使门径作用与诗歌创作的典范作用，并强调了诗派的地缘文化色彩。韦海英《江西诗派诸家考论》（北京大学出版社2005年版）对江西诗派中黄、陈之外诸家进行了详细的考察。作者选择了潘大林、谢逸、谢邁、三洪、徐俯、汪革、韩驹、李彭、何颉、王直方等诗人，对他们的生平、交游、行年等进行了编年式的排考，并论述了

---

① 参见刘勇强《"中国古代文学流派研究"笔谈——流派研究的文学史意义》（《武汉大学学报》2004年第2期），陈文新《文学流派研究的深入寄希望于文学研究流派的形成》（《武汉大学学报》2007年第4期）。

② 莫砺锋《评〈江西诗社宗派研究〉》对此书得失有详尽评述，文见《南京大学学报》1988年第4期。

徐俯等的诗学观点，以对个体的精细研究加深了对江西诗派的群体的考述。马金科《朝鲜诗学对中国江西诗派的接受：以高丽后期至李朝前期朝鲜诗话为中心》（民族出版社 2006 年版）则关注到江西诗派的域外影响。作者讨论了朝鲜诗学对诗派代表作家、诗学理论的接受情况，并分析了在江西诗派影响下的朝鲜诗学特点与朝鲜汉诗在创作方面所受到的熏染。

2. 常州词派研究。徐枫《嘉道年间的常州词派》（云龙出版社 2002 年版）论述了常州词派的产生及其词学理论，对张惠言、董士锡、周济的生平与词学思想进行重点探讨，揭示其理论的承传脉络。朱德慈《常州词派通论》（中华书局 2006 年版）将常州词派分为三期，发轫期以张惠言、周济等为主，拓展期则有端木埰、谭献、庄棫，光大期则以"四大词人"为中心。这一梳理将常州词派的时段适当延展，突出了端木埰的重要性，同时将王、郑、朱、况纳入派别，体现了作者的新见解。作者论述了词派理论与创作方面的"家法"，对重要词人皆予以表出，论其贡献。黄志浩《常州词派研究》（中国社会科学出版社 2008 年版）分析张惠言、董士锡与周济对词派发展的不同贡献，揭示了词派的形成与定型过程，并分析了词统的建立历程，关注词派的流布与嗣响。迟宝东《常州词派与晚清词风》（南开大学出版社 2008 年版）分为形成篇与接受篇，分别对嘉道时期常州词派的词学思想与创作倾向、道咸同光及至清季常州词派理论的推衍进行论述，通过对词派不同阶段所具特征的勾勒，反映了词坛的风云流变。

3. 桐城古文派研究。魏际昌《桐城古文学派小史》（河北教育出版社 1988 年版）主要从四祖、姚门诸子、梅氏群体与阳湖派、淮桐城派四个统系对文人群体进行分疏。吴孟复《桐城文派述论》（安徽教育出版社 1992 年版）对文派形成的历史渊源、地理因素、艺术特色、代表作家等有详尽阐述。关爱和《古典主义的终结：桐城派与"五四"新文学》（上海文艺出版社 1998 年版）对桐城派的理论主张与创作成就进行分期论述，特别揭出后期桐城派与五四新文学的关系，体现了沟通近、现代文学研究的努力。周中明《桐城派研究》（辽宁大学出版社 1999 年版）对桐城派的发展历程以及四祖、姚门弟子、阳湖派、湘乡派、民初传人等重要派别人物的创作与理论进行了系统论述。张维、梁扬《岭西五大家研究》（江苏古籍出版社 2003 年版）主要研究桐城派在广西的流播，对吕璜、朱琦、彭昱尧、龙启瑞、王拯等展开论述。王达敏《姚鼐与乾嘉学派》（学苑出版社 2007 年版）以汉宋之争为背景，论述了姚鼐的成学经历与立派过程。作者突出了政治与学术在这一过程中的作用，对相关文学史实进行了缜密的梳理考辨。柳春蕊《晚清古文研究：以陈用光、梅曾亮、曾国藩、吴汝纶四大古文圈子为中心》（百花洲文艺出版社 2007 年版）注重文人群体研究与地域文化的结合，对晚清古文演进进行了研究。

除了上述三种主要文学流派得到重点研究外，其他一些文学流派也陆续受到关注。诸如毕宝魁《韩孟诗派研究》（辽宁大学出版社 2000 年版），姜剑云《审美的游离：论唐代怪奇诗派》（东方出版社 2002 年版），陈才智《元白诗派研究》（社会科学文献出版社 2007 年版），项楚、张子开、谭伟、何剑平《唐代白话诗派研究》（巴蜀书社 2005 年版），高锋《花间词研究》（江苏古籍出版社 2001 年版），王锡九《皮陆诗歌研究》（安徽大学出版社 2004 年版），马东瑶《苏门六君子研究》（北京大学出版社 2005 年版），郭英德《论明代的文学流派研究》（《求是学刊》1996 年第 4 期），熊礼汇《明清散文流派论》（武汉大学出版社 2003 年版），何宗美《公安派结社考论》（重庆出版社 2005 年版），严迪昌《阳羡词派研究》（齐鲁书社 1993 年版），巨传友《清代临桂词派研究》（上海古籍出版社 2008 年版），黄毅《明代唐宋派研究》（上海古籍出版社 2008 年版），萧晓阳《湖湘诗派研究》（人民文学出版社 2008 年版），陈广宏《竟陵派研究》（复旦大学出版社 2006 年版）、《晋安诗派：万历间福州文人群体对本地域文学的自觉建构》（《中国文学研究辑刊》2008 年第 2 期），左东岭《闽中诗派与主流诗坛关系研究》（《北方论丛》2009 年第 3 期），等等，也都是带有流派性质的作家群体研究。

第二节 时间贯通：古今文学演变研究

20 世纪初期《中国文学史》的撰写一般重视自上古周秦至晚清的通代史书写，如林传甲（1904）、黄人（1905）、王梦曾（1914）、曾毅（1915）、谢无量（1918）等著作的《中国文学史》都是如此；后来胡适《五十年来之中国文学》（1923）、陈子展《中国近代文学之变迁》（1929）和《最近三十年中国文学史》（1930）、周作人《中国新文学的源流》（1932）等则以晚清为文学史叙述起点，下至二三十年代的文学，初步萌发了中国近代文学史的构建；王哲甫《中国新文学史运动史》（1933）、王丰园《中国新文学运动述评》（1935）、李何林《近二十年中国文艺思潮论》（1939）等则开创了中国现代文学史的先河。这样，中国文学史被初步分割为古代、近代和现代几个板块。但中国文学史真正被划分为古代文学与现代文学两大板块是在20世纪50至70年代，随着学科调整和分类的深化而完成。古代文学史自上古周秦到1840年鸦片战争止，现代文学史自1919年五四新文化运动至1949年新中国成立，1840年至1919年的中间部分称为近代文学。

中国古代文学与现代文学被人为地分割为两个领域后形成了各自为政的封闭或半封闭研究状态，古代文学研究不涉及"下趋"的现代文学，而现代文学研究也不了解"上溯"的古代文学，其结果是古代文学研究"缺乏现代意识、现代思维和现代方法，造成古代文学研究在全球化语境下和现代话语中无所适从"，现代文学研究则"把关注的焦点放在现代文学与世界文学、西方文学的关系层面"，"过分强调现代文学的'现代性'和'新质'，而或多或少地忽略了文学史作为一个民族精神史的传承特点"，使现代文学研究处于一种"无根"的状态。[①] 正是在这种学术背景下，章培恒于世纪之交提出了"中国文学古今演变"的研究课题，旨在打破古代文学与现代文学研究各自为政的局面，树立古代文学研究的"现代"意识和现当代文学研究的"溯源"观念，从而开创了中国文学研究的新范式。

一　古今文学演变研究的发展历程

古今文学演变研究的学术渊源，可以追溯至20世纪80年代陈平原、

[①] 南志刚：《用大气派叙写民族文学智慧的新气象——21世纪文学史写作的几个关键词评析》，《宁波大学学报》2006年第2期。

钱理群和黄子平"20世纪文学史"(1985)和陈思和、王晓明的"重写文学史"(1988),同时也受到海外学者有关"现代性"问题讨论的影响。"20世纪文学史"虽然是一个时间性概念,但贯穿其中的内在理念却是"现代性",是以"现代性"来沟通近代、现代和当代文学,使20世纪文学成为一个整体。早在80年代初期,捷克学者米列娜编著《从传统到现代——世纪转折时期的中国小说》、美籍华人学者李欧梵为《剑桥中国近代史》写作的《文学潮流:现代性探索,1895—1927》就从"现代性"视角出发把现代文学的起点提前到晚清。1988年陈平原出版其博士论文《中国小说叙事模式的转变》,把中国小说叙事模式的现代转变起止时间定于1902年至1927年;1989年陈平原又出版了《二十世纪中国小说史》(第一卷)(后改名《中国现代小说的起点——清末民初小说研究》)一书,把中国现代小说的起点又由1902年向前推进到1897年。这些著作都是把现代文学向前推进到晚清时期,初步贯通了近代与现代文学的研究,但其立足还不在于古今文学的演变。

90年代,向前"溯源"到晚清成为现代文学研究流行的做法,更有甚者向前"溯源"到晚明,如陈伯海主编《近四百年中国文学思潮史》(1997)就是由下向上溯源到晚明。尽管把文学的现代性不断往前推进还有值得商榷的地方,但客观上却进一步贯通了古代、近代与现代文学的研究。陈伯海说:"近四百年文学思潮的演进,尽管头绪纷繁,事象庞杂,总体上却构成了统一的流程,其实质便是中国文学由传统向现代的转变。"[①] 因此90年代古今贯通的中国文学史写作也成了文学史研究的一个突出的特点。较早的有陈平原《千古文人侠客梦》(1991),该书把武侠小说作为一种小说类型,从古代沿流而下一直写到当代。其中最具代表性的是由张炯、邓绍基、樊骏主编的10卷本《中华文学通史》(华艺出版社1997年版),作者把从古到今的文学史分为三段,即唐五代以前为上世文学史、宋元明清为中世文学史、鸦片战争之后至今为近世文学史,不仅首次贯通古今,对古代文学、近代文学与现当代文学作统一编排著述,并且涵盖了中华各民族和台、港、澳等地区的文学,有着较为明晰的文学古

[①] 陈伯海主编:《近四百年中国文学思潮史》,东方出版中心1997年版,第1页。

今演变观念贯穿其中。① 又如江苏教育出版社出版的齐裕焜、欧阳健主编"中国小说通史系列丛书",包括欧阳健《中国神怪小说通史》(1997)、陈节《中国人情小说通史》(1998)、陈颖《中国英雄侠义小说通史》(1998)、游友基《中国社会小说通史》(1999)、齐裕焜《中国历史小说通史》(2000)等都是贯通古今。这种贯通古今的文学史写法在一定程度上暗合了中国文学古今演变研究的范式。

世纪之交,由章培恒率先提出并大力倡导"中国文学古今演变"研究。早在1996年,章培恒、谈蓓芳《论五四新文学与古代文学的关系》一文着重论证我国五四新文学与我国古代文学的关系,② 已初步形成了"中国文学古今演变"的学术构想。然后至1999年,章培恒在《不应存在的鸿沟——中国文学研究中的一个问题》中指出,把中国文学分成古代文学与现代文学研究"实在是害处众多而并无好处",因而强调"必须把中国古代文学和现当代文学的研究打通",③ 由此奠定了"中国文学古今演变研究"的学理基础。进入21世纪之初,章培恒进而明确提出"中国文学古今演变研究"概念与命题,并且在他的倡导下由复旦大学中国古代文学研究中心和浙江师范大学中国文学与文化研究所等单位先后于2001年11月、2004年4月、2006年8月、2008年11月、2010年12月和2014年12月先后六次共同举办了"中国文学古今演变研究"学术会议。此后,会议论文集相继由上海古籍出版社出版了三册——《中国文学古今演变研究论集》(2002)、《中国文学古今演变研究论集二编》(2005)、《中国文学古今演变研究论集三编》(2010)。此外,2013年10月,由辽宁省委宣传部、省教育厅、社科联主办的"古今通俗文学演变"学术研讨会在大连举行,这是一次以"古今通俗文学演变"为主题、以小说为主要文体的专题学术研讨会。"中国文学古今演变研究"也由此成为21

---

① 王天无:《完整适中,贯通古今——就新编〈中华文学发展史〉访张炯》,《文艺报》2004年6月23日。

② 章培恒、谈蓓芳:《五四新文学与古代文学的关系》,《复旦学报》1996年第4期。

③ 章培恒:《不应存在的鸿沟——中国文学研究中的一个问题》,《文汇报》1999年2月6日。

世纪新的学术生长点，并在学科建构、理论探索与方法创新等方面取得了系列重要成果，其中也包括经教育部批准首次在复旦大学设立了以二级学科招生的硕士、博士点，在人才培养方面有了重要突破。与此同时，还有一些学术刊物开辟了相关专栏，组织学者开展专题研究，如《复旦学报》先是于2001—2002年由章培恒、陈思和作为主持人开辟了"文学史分期问题讨论"专栏，讨论与古今文学演变密切相关的文学史分期问题，这些文章结集为《开端与终结——现代文学史分期论集》于2002年由复旦大学出版社出版。此后，《复旦学报》又开辟"中国文学古今演变与实证研究"专栏，不定期发表相关研究文章。《河北学刊》2006年第5期开辟了"中国文学古今演变研究"笔谈专栏，刊有章培恒《中国文学古今演变研究的意义和效应》、胡明《贯通古今，寻索真知》、黄曼君《关于中国新文学源流的思考——对古今文学"对话"的一种现代传统观范式的考察》、关爱和《梁启超文学界革命在20世纪初年文学演变中的意义》、廖可斌《"中国文学古今演变研究"的潜在意义》、梅新林《"中国文学古今演变研究"学科范式的探索与建构》等古今文学演变研究文章。《河北学刊》2009年第2期又由梅新林作为主持人开辟了"中国文学古今演变：范式与方法"专题讨论，刊载梅新林《文化视野中的文学演变研究》、陈广宏《中国文学古今演变：本土与西方维度》、陈文新和甘宏伟《古今文学演变与中国文学史研究》、葛永海《文学古今演变的临界点之辨》等研究文章。再到2011年，《河北学刊》又于第2期以黄霖为主持人，刊发黄霖《关于"中国文学古今演变"研究的三点感想》、梅新林《"中国文学古今演变研究"几个关键问题的学理思考》、高玉《论中国文学"古今演变"研究的中西维度》、李桂奎《"互文性"与中国古今小说演变中的文本仿拟》。这些专栏的开辟进一步促进了古今文学演变研究的发展。然后至2016年，梅新林、潘德宝《中国文学古今演变研究通论》与《中国文学古今演变研究读本》同时由上海人民出版社出版，从而完成了中国文学古今演变研究的理论集成与体系建构。

特别值得提出的是，章培恒、骆玉明主编的《中国文学史》几经修订，一直在致力于文学的古今演变研究。1996年版《中国文学史》以人性为中心线索贯穿全书，取得了"石破天惊"的效果；因"史"与

"论"结合得还不够完美,又有了1998年版《中国文学史新著》(上、中卷);后因章培恒生病原因,直到2007年才出版了《中国文学史新著》(增订本)。增订本"新著"贯穿着中国文学古今演变的研究理念,"尽可能地显示中国文学的前现代期所出现的与现代文学相通的成分及其历史渊源","不仅在近来新写的本书下卷第九编《近世文学·嬗变期》中努力贯彻这种意图,而且还力图显示出近世文学嬗变期的这些特征是怎样在中国文学的长期发展过程中逐渐演变而成的,所以对上、中二卷及下卷中原已写成的部分也相应有所修改。也正因此这部增订本对于以前长期流行的文学史模式有了进一步突破,并且成为自觉地从事中国文学古今演变研究的成果"。[1]

总之,中国文学古今演变研究经20世纪80年代孕育、90年代萌生,至新世纪终于正式闪亮登场亮相,并因逐步成为一种新型的文学研究方向与范式而令人瞩目。陈建华指出,近来"全球化大潮中学术生态迅速变化,新媒体开启新思维,数据库等在改变着做学问搞研究的方式,信息流通与学术交流空前频繁,在国际会议的议程上跨语言跨民族跨文化研究占据前沿潮流,这么看古今演变的观念普及也和这样的大环境有关","因此古今演变蕴涵着对于全球化境遇中的中国文化走向的回应与前瞻,对于新时期文化建设具有重要意义"。[2] 据国家教育部社会科学委员会主编《中国高校哲学社会科学发展报告(1978—2008)》[3],其中"文学卷"已将"2001年11月,复旦大学中国古代文学研究中心和浙江师范大学中国文学与文化研究所在上海联合举办'中国文学古今演变研究'国际学术研讨会,标志着学科的延伸与拓展"列入30年中国文学研究大事迹(古代文学领域共计9件),足见其在学科贯通与学术创新方面的重要意义以及在学界产生的重要影响。

---

[1] 章培恒、骆玉明主编:《中国文学史新著》(增订本)"增订本序",复旦大学出版社、上海文艺出版社2007年版。

[2] 陈建华:《章培恒先生与中国文学古今演变研究》,《文汇报》2018年1月5日第10版。

[3] 国家教育部社会科学委员会主编:《中国高校哲学社会科学发展报告(1978—2008)》,广西师范大学出版社2008年版。

二 古今文学演变研究的学术范式

中国文学古今演变研究的关键词是"古今演变",因此其研究的核心是"从'古'观'今'或从'今'溯'古'的内在关系的研究上,并非打通古代文学与现代文学的界限而以整个中国文学为研究对象",其研究观念是:"站在古代文学本位立场上,从'古'观'今'";"站在现代文学本位立场上,以'今'溯'古'";"站在'近代文学'本位立场上,'古''今'连通";此外还有"超越以上三个本位立场的古今通观"。① 据此,古今文学演变的学术范式有以下几种。

1. 以古代文学为本位的研究范式。以古代文学为本位的研究范式最突出的特点就是强调古代文学研究中"下趋"的文学现代流向意识,以此确认古代文学对于现代文学的影响。传统的古代文学研究由于处于封闭或半封闭状态,不仅与现代文学被分割成两个"断裂"的阵地,而且由于古代文学史所涉及的时间长,往往以朝代为界,其内部也被分割成为以朝代为时间段的文学史研究,不同朝代文学史之间也通常缺乏有效的学术沟通,因而容易产生"前不见古人,后不见来者"的弊端。以古代文学为本位的演变研究则纠正了这种封闭的、孤立的学术研究机制,使古代文学研究本身不仅在其内部能够前后照应,而且更能树立文学史研究的现代流向意识。如章培恒、骆玉明主编《中国文学史新著》(增订本)把文学史划分为上古文学、中世文学和近世文学三个阶段,第二个阶段又分为发轫期、拓展期和分化期,第三个阶段又分为萌生期、受挫期、复兴期、徘徊期和嬗变期,这不仅把古代文学史内部有机构成一体,有助于更为深入地探索古代文学本身的嬗变规律,而且勾勒出了"从中国古代文学进向现代文学历程"。② 由于作者具有强烈的古今演变意识,既以古代文学为本位,又特别重视中国古代文学与现代文学之间的联系,"尽可能地显示

---

① 梅新林:《"中国文学古今演变研究"学科范式的探索与建构》,《河北学刊》2006年第5期。

② 章培恒、骆玉明主编:《中国文学史新著》(增订本)"增订本序",复旦大学出版社、上海文艺出版社2007年版。

中国文学的前现代期所出现的与现代文学相通的成分及其历史渊源",因而"对于以前长期流行的文学史模式有了进一步突破,并且成为自觉地从事中国文学古今演变研究的成果",①被称为贯穿中国文学古今演变精神最为自觉、最为强烈、最为明显的一部文学史。② 与此相呼应,由中国文学史引申而来的有关其与古今文学演变研究关系的讨论,也多属于以古代文学为本位的研究范式,陈文新、甘宏伟《古今文学演变与中国文学史研究》(《河北学刊》2009年第2期)重点探讨了古今文学演变与中国文学史写作的关系,认为"古今文学演变与中国文学史研究之间的内在关联,大体可以从四个层面来描述:一是'中国文学史'这样一种著述方式是伴随着古今文学的转型而产生的;二是现代的纯文学观深刻影响了20世纪90年代之前的'中国文学学'撰写;三是对古今文学之异的清醒认识是编年体文学史兴起的契机;四是中国文学史研究中的'古今'问题的核心是如何处理主体性与客观性的关系"。③ 梅新林《"中国文学古今演变"与文学史的关系问题》重点从"文学古今演变与文学史研究之因缘""文学古今演变与文学史研究之分合""文学古今演变研究本位立场的回归"三个问题加以探讨,提出借鉴"对话论"而趋于"以古释今"与"以今释古"的双重视野与双向阐释。④ 以上两文都有助于深化古今文学演变与中国文学史研究内在关联的认识。另外,黄仁生的论文集《中国文学古今演变刍议》(东方出版中心2014年版)收录的多篇论文也都是以古代文学为本位的研究。

2. 以现代文学为本位的研究范式。以现代文学为本位的演变研究的对象虽然还是现代文学,但现代文学研究的"溯源"意识得到了强化,体现了中国现代文学史作为中华民族精神史的传承特点,从而扭转了现代文学研究割裂古代而过分以西方文化和文学作为参照物而凸显其"现代

---

① 章培恒、骆玉明主编:《中国文学史新著》(增订本)"增订本序",复旦大学出版社、上海文艺出版社2007年版。
② 黄理彪:《如何重写文学史——访章培恒教授》,《文史哲》1996年第3期。
③ 陈文新、甘宏伟:《古今文学演变与中国文学史研究》,《河北学刊》2009年第2期。
④ 梅新林:《"中国文学古今演变"与文学史的关系问题》,王立、张祖立主编《古今通俗文学演变论集》,人民文学出版社2014年版,第305—310页。

性"和"新质"的片面性。黄曼君《关于中国新文学源流的思考——对古今文学"对话"的一种现代传统观范式的考察》(《河北学刊》2006 年第 5 期)针对古今文学怎样贯通、演变,中国现当代文学何以进入古代文学资源的问题,提出从古今文学"对话"的角度考察精神启蒙、个性解放文学观范式的建构与重构,深入思考了如何对待古代文学资源的传统观这一重要问题。① 耿传明《时间意识·现代性与中国文学的古今之变》重点讨论了传统时间意识的现代演进及其与中国文学的古今之变的内在关系,认为在走出了儒道释的永恒本体论的时间观之后,现代性主要发展出两种时间体认模式,一种是在过去、现在、未来组成的时间维度中以指向未来为导向的时间体认模式,由此赋予现在以价值和意义,现代文学的主流代表着这样一种时间观;另一种是活在当下的时间体认模式,时间在它那里表现为一种内在的当下的心理体验,只有先后顺序,而无与过去和未来的有机关联,两种时间意识构成了一种对立互补性。② 蒋寅《中国现代诗歌的传统因子》、马大勇《略论新诗创作对古典诗歌资源的接受与整合》皆以诗歌为范本,彼此前后呼应。前文的出发点是现代文学史和诗歌史著作对旧体诗创作及新诗受古典传统影响的漠视。当现代文学史在单一的白话文视野中被叙述时,古典诗歌传统的延续和影响被严重遮蔽,仿佛新文学运动兴起后,古典诗歌就彻底退出了文学舞台。现代诗歌作品所呈现的诗歌史是新旧诗不断冲突、融合,最终发展到拒斥、抛弃古典诗歌传统的复杂过程。这一过程没能在现有的 20 世纪诗歌史叙述中得到展现。有鉴于此,作者选择若干诗人与作品进行案例分析,力图弥补这方面学术观念与研究的固有缺陷。③ 后文提出在学界强烈关注"中国文学古今演变"命题的大背景下,新诗创作与古典诗歌资源之间的关系理应引起我们瞩目。新诗创作至少有一只脚是踩在古典诗歌的土壤上的,从古典气味浓厚的戴望舒、余光中等一直到"朦胧诗"及其以后的现代汉诗写作都

---

① 黄曼君:《关于中国新文学源流的思考——对古今文学"对话"的一种现代传统观范式的考察》,《河北学刊》2006 年第 5 期。
② 耿传明:《时间意识·现代性与中国文学的古今之变》,《文艺争鸣》2015 年第 9 期。
③ 章培恒、胡明、梅新林主编:《中国文学古今演变研究二编》,上海古籍出版社 2005 年版。

没有例外。在这一点上，中国古典诗歌的脉络不仅没有在新诗创作中断绝，而且新诗最终、也必将会成为传统的一部分，最终、也必将会成为民族诗歌血脉潜流的重要构成。① 而范伯群《新文学与通俗文学的各自源流与运行轨迹》则从新文学与通俗文学追溯各自的传统文学渊源与流变，认为新文学受外来新兴思潮的推动而发生；通俗文学则继承中国古代文学的传统而加以改良。源流不同而运行轨迹也就各异。过去将这种"不同"视为"对立"，今天则应看到这种"各异"亦可能会形成"互补"。作者的目的是通过论证试图说明，在"重写文学史"中应当纠正过去的那种偏颇，妥善解决"古今贯通"与"多元共生"这两大关键性问题。② 此外，也有一些学者从当代文学切入，比如王洪岳《当代文学对传统文本或文类的戏仿》是就整体意义上的当代文学如何"戏仿"传统文本或文类问题展开研究，提出"戏仿"在当代文学写作中已经由一种创作方法转变成了一种创作原则。特别是现代派文学，更是将创作转向了对文本的戏仿。当代文学创作不单对经典小说，而且试图对几乎所有的中国古代乃至近现代经典文本、文体或文类进行戏仿，戏仿成了一种颇具颠覆性和创造性的审美类型甚或美学创作原则。③ 以上无论是基于现代还是当代，是基于综合还是特定文体的渊源追溯，都属于以现代文学为本位的研究范式。

3. 以近代文学为本位的研究范式。近代文学处于古代文学与现代文学两者之间，往往"被看作是古代文学的'黄昏'和现代文学的'前夜'"④，或者说是古代文学的一个"尾巴"和现代文学的"前奏"或"序曲"，⑤ 因而缺乏其学科的独立性和研究应有的重要性。然而从古今演变的维度视之，则别有一种独特而独立的意义和价值。高玉、梅新林

---

① 马大勇：《略论新诗创作对古典诗歌资源的接受与整合》，《吉林大学学报》2008 年第 2 期。
② 范伯群：《新文学与通俗文学的各自源流与运行轨迹》，《河北学刊》2011 年第 3 期。
③ 梅新林、章培恒、胡明主编：《中国文学古今演变研究三编》，上海古籍出版社 2010 年版。
④ 张全之：《为什么要保留"近代文学"》，《济南大学学报》2008 年第 2 期。
⑤ 高玉、梅新林：《论中国近代文学本位观》，《中国文学古今演变研究论集》，上海古籍出版社 2002 年版，第 520 页。

《论中国近代文学本位观》重点强调了树立以近代文学为本位的研究范式就是确立中国近代文学的本位观,这种本位观是"打通中国文学史,把古代文学与现代文学衔接起来的一个关键性问题"。① 关爱和则力图将原先所从事的近代文学领域与古今研究结合起来,推出了一系列重要论文,诸如《探寻中国文学从古典到现代的转型历程——中国近代文学研究的世纪回眸与前景瞩望》(《文学遗产》2000 年第 4 期),《二十世纪初文学变革中的新旧之争——以后期桐城派与"五四"新文学的冲突与交锋为例》(《文学评论》2004 年第 4 期),《梁启超与文学界革命》(《中国社会科学》2006 年第 5 期),《梁启超文学界革命在 20 世纪初年文学演变中的意义》(《河北学刊》2006 年第 5 期),《但开风气不为师——龚自珍的诗文与嘉道文学精神》(《文学评论》2011 年第 5 期),等等。其中《梁启超文学界革命在 20 世纪初年文学演变中的意义》一文深入分析了梁启超所倡导、力行的文学界革命在 20 世纪初年文学演变中的重要地位和价值,并由此说明了近代文学在整个中国文学发展演变中所发挥的承上启下的历史作用。这是由学术新视角得出的新结论。

因为近代文学与古代文学和现代文学既具有同质的特性,又具有异质的特征,所以集中体现了近代文学对古代文学与现代文学的连通作用。例如《海上花列传》过去被认为是古代狎邪小说的"溢恶"之作,而栾梅健《为什么是"五四"?为什么是〈狂人日记〉?》(《盐城师范学院学报》2006 年第 1 期),《〈海上花列传〉与中国现代文学的起源》(《文汇报》2006 年 5 月 2 日),《1892:中国现代文学的起源——论〈海上花列传〉的断代价值》(《文艺争鸣》2009 年第 3 期)等文则以《海上花列传》为现代文学的起点,并以其问世的 1892 年为标示现代文学出发的起点的界碑。这些观点后经《新华文摘》等报刊的摘要转载,在学界引起了一定的反响,同时也引来了一些学者的质疑。② 之所以会产生这样不同的评价,是因为过去看

---

① 高玉、梅新林:《论中国近代文学本位观》,《中国文学古今演变研究论集》,上海古籍出版社 2002 年版,第 531 页。
② 蓝爱国:《界碑漂移:现代文学的起点及其内涵》(《文艺争鸣》2008 年第 9 期)等文对此提出了不同意见。

到的是与古代文学同质的地方,如今看到的是与现代文学同质的地方。而事实上,它既有与古代文学和现代文学同质的地方,还有不同质的地方,这就是近代文学作为连通古代文学与现代文学的特性和作用,由此亦可见树立近代文学的本位观和以近代文学为本位的研究范式的重要意义。

4. 超越古今观念的通观研究范式。章培恒《中国文学古今演变研究的意义和效应》(《河北学刊》2006 年第 5 期)重点指认了"孤立"研究的弊端,即难以从总体上认识中国古代文学发展到现代文学的历史过程;古代文学、现代文学如果不能互为"坐标",将极大地影响对双方所做出的价值判断。胡明《贯通古今,寻索真知》(《河北学刊》2006 年第 5 期)认为中国文学古今演变既是一个鲜活的科学命题,也是一个严谨的研究方向,这个研究方向正是学术界迫在眉睫的时代要求。通过古今演变与历史贯通的研究方法,可使研究对象吐露其隐蔽的、内在的和深层的信息,提供其生命史各个发展阶段生理、心理衍化成熟的关键秘密。[1] 李桂奎《"互文性"与中国古今小说演变中的文本仿拟》(《河北学刊》2011 年第 2 期)借鉴西方"互文性"理论,强调任何文本都有可能成为其后文本的范本,后起文本总会不同程度、不同方式地效仿先期文本,从而在相互参照、彼此牵连中形成文本与文本之间的古今互动的演变过程。然后以此为独特视角,重点探讨了中国古今小说"互文性"演变的立体图景。[2] 概而言之,所谓通观研究范式就是要超越古代文学、现代文学和近代文学不同本位的文学研究范式,不仅将中国文学作一个整体对象来观察和研究,而且通过由"传统—现代"向"本土—西方""文学—文化"的三维拓展,积极融入比较文学与文化批评的视野、理论与方法,因此特别需要研究者应有开阔的研究视野和深厚的理论素养。当然,在具体研究中,还有更为丰富、更为灵活的范式选择。

三 古今文学演变研究的重要成果

古今文学演变研究的成果最初是在 20 世纪 90 年代后期出现的,但主要

---

[1] 胡明:《贯通古今,寻索真知》,《河北学刊》2006 年第 5 期。
[2] 李桂奎:《"互文性"与中国古今小说演变中的文本仿拟》,《河北学刊》2011 年第 2 期。

在章培恒明确提出"中国文学古今演变"概念之后出现的,主要包括古今文学演变的整体研究、分体研究、专题研究、个案研究、批评研究与理论研究。

1. 古今文学演变的整体研究。主要是从文学的全局来探讨中国文学古今演变的情况,并形成了多元化的不同取向,骆玉明《文学史的核心价值与古今演变》重在从文学史维度探讨古今演变,着重分析了过去文学史研究中古代与现代相互隔绝的成因与弊病,提出从重新阐释中国文学的历史与传统入手,沟通古今文学,研究其演变的过程;提出文学史的核心价值是文学与人性发展的关系、文学在此发展过程中的作用,并主张以此核心价值为主线来研究古今文学之演变。[1] 张稔穰《新、旧文学的内在联系及中国文学研究的全球性视野》则重在从全球性视野探讨古今演变:一是在研究格局上应逐步打破中国文学古今分治的状况,过渡到贯通古今的中国文学研究;二是研究的焦点应以阐发中国文学中具有当代意义、全球意义的文化精神与艺术经验为主;三是应注重中国文学与世界文学的比较研究。[2] 梅新林《文化视野中的文学演变研究》(《河北学刊》2009年第2期)、栾梅健主编《中国近代文化转型与文学现代化》(复旦大学出版社2015年版)丛书等则从文化的特定视角切入古今演变研究。前文提出探讨中国文学古今演变,不仅要以文化演变为参照系,而且要通过彼此精神脉络的寻绎、复原与重释而趋于更为内在、更为本质的学理境界。然后通观中国文化的演变历程,由华夏之融合、东方之融合与世界之融合重释中国文学的古今演变,并由此得出新的启示意义。后书共有《近代出版与文学的现代化》《中国近代教育、文学的联动与互动》《西方思潮与中国近代文学》和《报刊与中国文学的近代转型(1833—1911)》四册,分别从近代出版、近代报刊、近代思潮和新式教育入手,较为系统地梳理与研究了这些"外部因素",在建构与形成中国文学的古今演变中所发挥的重要作用。[3] 而陆红颖《古今文学演变研究的立体视域》则进而提出

---

[1] 骆玉明:《文学史的核心价值与古今演变》,《复旦学报》2002年第5期。
[2] 以上见章培恒、梅新林主编《中国文学古今演变研究论集》,上海古籍出版社2002年版。
[3] 朱静宇:《评栾梅健主编〈中国近代文化转型与文学现代化〉丛书》,《中国现代文学研究丛刊》2016年第11期。

"立体视域"的思考，然后依据现代文学具有古典、西方双向渊源背景的实史，提出"古今文学演变研究"的范畴，采用传统、西方、现代互动贯通的立体视域，审视世界文学底色下中国现代文学的古今承衍，注目融合后的新变，引导文学创作走向，使古今研究步入宏观的纵深求索。[1]

关于文学整体演变的研究，需重点关注两部论文集：一是章培恒、陈思和主编《开端与终结——现代文学史分期论集》（复旦大学出版社 2002 年版），为 2001 年至 2002 年《复旦学报》专门所辟"现代文学史分期"专栏研究论文的结集。主要内容为：中国现代文学的上限问题；中国现代文学的下限问题；有关 20 世纪文学的内在分期问题；有关台湾文学或港澳文学的分期的讨论；有关文学史分期观念和方法更新的探讨。这些论文所侧重探讨的中国文学史的分期特别是现当代文学史的分期问题，实际上也都关涉中国文学古今演变的核心论题；二是谈蓓芳《中国文学古今演变论考》（上海古籍出版社 2006 年版），收录作者 1989—2006 年公开发表的 18 篇论文，从"考""论"两个方面集中体现了作者有关中国文学古今演变的理论思考与实证成果以及独特的研究理路。贾植芳在"序言"中指出论集的基本思路是从中国文学的总体发展来观察、研究现代文学，因而往往能发现中国现代文学研究者所不曾留意之处；又因为不是现代文学研究界的人，处境较为超脱，有时倒反而能较早地说出行内的若干研究者的同感。作者对中国现代文学的研究，所最看重的是中国现代文学与古代文学的联系问题。无论是对胡适、陈独秀的提倡文学革命，鲁迅的《狂人日记》，还是一度成为现当代文学指导思想的"文学为政治服务"的原则，都努力寻求其与古代文学之间的联系并加以阐发。[2] 张业松在评述谈蓓芳对 20 世纪 90 年代中国大陆文学的评价及其在这基础上的对中国现代文学的下限的论断时说："谈教授的论文明显建基于一部囊括有史以来迄于当前的中国文学通史的写作过程中的具体断代处理，存在一种将 20 世纪以来纷繁复杂的文学现象有机整合进中国文学史的宏观视

---

[1] 陆红颖：《古今文学演变研究的立体视域》，《文学评论》2013 年第 1 期。
[2] 贾植芳：《打通古今别有新意——序〈中国文学古今演变论考〉》，《文汇读书周报》2006 年 12 月 20 日。

阈的迫切感。"① 都对论集的特点与价值作了高度概括和评价。总之，谈蓓芳此书首先基于中国文学的古今演变宏观的思考，其对具体问题的研究也都以这一目标为中心。而在兼顾"考""论"两个方面的有机融合时，也都具有将其研究对象"有机整合进中国文学史的宏观视阈"的热切意图，考证性论文则是为这一意图服务的。与此同时，正因为作者将研究对象"有机整合进中国文学史的宏观视阈"是植基于扎实的实证性的微观研究的，所以不尚空论，言必有据。这也是这部论文集的价值之所在。②

此外，还出现了诸多以古今文学演变精神来探讨中国文学史观的论文。比如唐金海《文学史观："长河意识"和"博物馆意识"》，指出中国现当代文学史研究要有"整体观""源流观"和"分期观"的"长河意识"，以及"历史属性"和"主体属性"的"博物馆意识"。黄霖《关于"中国文学古今演变"研究的三点感想》（《河北学刊》2011年第2期）提出了"通变"说统率下的"三变说"，即一是"变"与"通"，要关注"通"的研究；二是"突变"与"渐变"，要关注"渐变"的研究；三是"文学史书上的变"与"文学史事实的变"，要关注"文学史事实的变"。作者最后强调在研究中国文学古今演变的过程中，特别是在研究中国近现代文学的"临界演变"问题时，务必要在尊重事实的基础上，尊重传统，努力关注、认知、发扬中国文学传统中的优秀成分，不要将"新变"都归功于"今"，归功于"西"，而是要清醒地认识到，这始终是一个贯通古今、中外交融的过程，在中国文学演变的历史长河中，始终流淌着中华民族文化和文学精神的血液。

2. 古今文学演变的分体研究。从文学古今演变来探讨不同文体的发展情况，特别是古今一体的研究成果较为突出。诗歌方面：骆寒超、陈玉兰著《中国诗学》（第1部）从结构论、语言论和体式论三个方面探讨中

---

① 张业松：《中国现代文学的下限问题》，见章培恒、陈思和主编《开端与终结——现代文学史分期论集》，复旦大学出版社2002年版，第200页。

② 参见章培恒《不尚空论，言必有据——读谈蓓芳〈中国文学古今演变论考〉》，《文学报》2006年12月28日。

国旧诗、新诗的演变发展以及未来新诗走向的思考。① 骆寒超、陈玉兰《传统汉诗的语言策略及其实践》②《论反传统的新诗传统》两文对上述论题作了进一步的拓展。后文重点考察了新诗反传统带来的建设性后果，指出其价值是发展了积千百年之经验而形成的中国诗歌传统，应该肯定；剖析由此带来的破坏性后果，指出这是割断传统。新诗今天之所以陷入困境，主要得归罪于这种对传统的割断。③ 杨景龙《加强古今演变研究，拓展新的学科空间》以古今诗歌传承为便，论证了古典诗歌传统对现当代新诗全方位的影响渗透。指出开展古今诗歌传承研究，对于认清古典诗词的现代价值和现当代新诗的诗学背景，总结古今诗歌思想艺术发展演变的内在规律，拓展古代诗歌研究的学科生存空间，均具有突出的现实性和一定的理论意义。④ 其他相关论文尚有：高小康《重新审视诗歌发展史》，赵山林《试论词曲与新诗创作的关系》，⑤ 曾大兴《古今流行歌曲的文学演变》，蒋寅《中国现代诗歌的传统因子》，徐艳《文学语言演变是中国文学古今演变的根本问题——以诗歌为中心》，杨景龙《古典诗歌传统与20世纪新诗》⑥，赵松元《传统诗歌在现代的新发展》⑦，马大勇《略论新诗创作对古典诗歌资源的接受与整合》⑧，李丹《诗歌功用论的古今演变》⑨，宋湘绮《诗词的生存语境和文学价值观的古今演变》⑩，施议对

---

① 骆寒超、陈玉兰：《中国诗学》第1部，中国社会科学出版社2009年版。
② 章培恒、胡明、梅新林主编：《中国文学古今演变研究二编》，上海古籍出版社2005年版。
③ 骆寒超、陈玉兰：《论反传统的新诗传统》，《中国现代文学丛刊》2008年第1期。
④ 杨景龙：《加强古今演变研究，拓展新的学科空间》，《文学遗产》2005年第1期。
⑤ 以上见章培恒、梅新林主编《中国文学古今演变研究论集》，上海古籍出版社2002年版。
⑥ 以上见章培恒、胡明、梅新林主编《中国文学古今演变研究二编》，上海古籍出版社2005年版。
⑦ 梅新林、章培恒、胡明主编：《中国文学古今演变研究三编》，上海古籍出版社2010年版。
⑧ 马大勇：《略论新诗创作对古典诗歌资源的接受与整合》，《吉林大学学报》2008年第2期。
⑨ 李丹：《诗歌功用论的古今演变》，《南都学坛》2014年第6期。
⑩ 宋湘绮：《诗词的生存语境和文学价值观的古今演变》，《湖南社会科学》2015年第4期。

《同源与分途——从词体的发生、发展看中国诗歌的古今演变》①，张羽《诗歌总集编选与古今诗歌文化语境变迁》（博士学位论文，复旦大学，2012年），等等，都重在探讨诗歌古今演变或古今关系。

小说方面：诸如曹亦冰《论中国武侠小说从古至今的演变》，朱文华《文学观念与古今文学演变问题——以白话小说的彻底白话形态问题为例》，② 王平《论古今"自叙传"小说的演变》③，付建舟《小说界革命的兴起与发展》（中国社会科学出版社2007年版），刘媛媛《从叙事模式看清初到民初言情小说的发展——以才子佳人小说和鸳鸯蝴蝶派小说为中心》（硕士学位论文，复旦大学，2008年），夏雪飞《疾病书写的古今演变及现代性转化——以明清和现代小说为例》（《同济大学学报》2015年第5期），张勇《中国小说古今演变研究举隅》（人民出版社2015年版），等等，都重在探讨小说古今演变或古今关系。其中付建舟《小说界革命的兴起与发展》是这方面研究学术成就较为突出的著作，该著以"小说界革命"为聚焦点，从"小说界革命"的历史背景、发展演变、作家群体、文学成就等几方面探讨了中国小说由古而今的发展演变，突出了"小说界革命"在中国小说发展史上所起到的贯通性、承续性和临界性的独特作用和历史价值。张勇《中国小说古今演变研究举隅》是近来颇获好评的专著，该书以庸师、劣生、恶棍、悍妻、弱夫和恋爱中的男女等六类人物为例，梳理出一个贯穿古今的中国小说人物形象的文学谱系。巩本栋认为此书在"方法论上也具有很大的启发意义"。④ 王立则关注该书尤其将一系列"反面形象"类型作为主要研究对象，前所罕见。⑤

戏剧方面：程华平《中国小说戏曲理论的近代转型》（华东师范大学

---

① 施议对：《同源与分途——从词体的发生、发展看中国诗歌的古今演变》，《社会科学战线》2016年第5期。
② 以上见章培恒、梅新林主编《中国文学古今演变研究论集》，上海古籍出版社2002年版。
③ 见章培恒、胡明、梅新林主编《中国文学古今演变研究二编》，上海古籍出版社2005年版。
④ 巩本栋：《古今小说贯通——读张勇〈中国小说古今演变研究举隅〉》，《学术评论》2016年第4期。
⑤ 王立：《中国文学古今演变研究的几点思考》，《东北师大学报》2016年第5期。

出版社2001年版）探讨了中国小说戏曲的近代转型。吴新雷《文化意识的缺憾与圆满——谈中国戏曲在文学史中的贯通问题》认为中国古代文学史中的戏曲章节应该在现当代文学史中得到承续，以求上通下达，圆满贯通。[①] 左鹏军《晚清民国传奇杂剧史稿》（广东人民出版社2009年版）对1840—1949年晚清民国时期的传奇杂剧的演变情况进行了梳理。

　　文赋方面：谌东飚《古今散文研究中散文观念及分类问题》，梅新林、俞樟华《文化启蒙与文学变革的双重使命——近代旅外游记与中国文学的现代转型》[②]，王嘉良《晚明小品与语丝文体：古今散文文体的传承与流变》，[③] 程章灿《古典文体的现代命运——以二十世纪赋体文学观念及创作为中心的思考》，[④] 许结《制度下的赋学视域——论赋体文学古今演变的一条线索》[⑤]、《赋体论述与古今之变》[⑥] 等，都重在文赋的古今演变研究。除了以上分体之外，也有综合各种文体的古今演变研究，朱文华《晚清各体文学的走向和中国文学的古今演变》一文认为，晚清时期的各体文学的走向，开始自觉或不自觉地适应着社会现实的需要而予以不同程度的变革，而各种有代表性的文体支流反映文体演变趋势的不同情形和结局，则深刻体现了中国文学的古今演变的艰难性和曲折性。从整体上看，晚清时期所启动的由文体变革而带动的中国文学的古今演变的历史进程，只能等到五四新文学运动兴起之后才告结束，其主要原因在于晚清时期在文学观念上尚未确立"文学革命的程序"论。[⑦] 这是侧重于晚清文体变革及其古今演变意义的研究。

　　3. 古今文学演变的专题研究。相对而论，此类研究主要涉及文学现

[①] 章培恒、梅新林主编：《中国文学古今演变研究论集》，上海古籍出版社2002年版。

[②] 同上。

[③] 王嘉良：《晚明小品与语丝文体：古今散文文体的传承与流变》，《浙江学刊》2007年第1期。

[④] 章培恒、胡明、梅新林主编：《中国文学古今演变研究二编》，上海古籍出版社2005年版。

[⑤] 许结：《制度下的赋学视域——论赋体文学古今演变的一条线索》，《南京大学学报》2006年第4期。

[⑥] 许结：《赋体论述与古今之变》，《东北师大学报》2016年第5期。

[⑦] 朱文华：《晚清各体文学的走向和中国文学的古今演变》，《复旦学报》2003年第5期。

象、形象、主题以及特定问题的相关研究，显得丰富多彩。其中的一些母题、形象演变之类的较小专题切入，相对容易把握，也往往能出新意，上述所论张勇《中国小说古今演变研究举隅》（人民出版社2015年版）以庸师、劣生、恶棍、悍妻、弱夫和恋爱中的男女等七类人物为例，梳理出一个贯穿古今的中国小说人物形象的文学谱系，从另一个角度来看，同时也是古今文学演变的专题研究。再如黄世忠《婚变、道德与文学——负心婚变母题研究》（人民文学出版社2000年版）主要对中国社会的负心婚变及其所涉及的道德问题，以负心婚变文学为线索，作一个古今中外相互对比的纵横探讨。武新军、吕旭涛《对古今文学演变的思考——旧期刊阅读笔记》（《三门峡职业技术学院学报》2003年第4期）与宋荟彧《白话的升格与新文学的登场——兼谈文学古今演变研究中的晚清报刊视角》（《江苏大学学报》2014年第5期）都从晚清报刊的视角讨论古今演变问题，宋文重在讨论"白话的升格与新文学的登场"这一论题，认为白话取代文言文获得主流话语权的历史事实不是一蹴而就的，也远非现代文学史所叙述的那样简单。白话升格是自晚清以来一个非常复杂的历史过程，而白话经典地位的确立，从一个侧面反映出中国文学在从传统走向现代过程中的复杂。其他相关专题研究主要有：吴宏一《中国文学演变中的时间意识》[1]，李浩《地域空间与文学的古今演变》（《陕西师范大学学报》2005年第3期），吴承学、李光摩《"五四"与晚明——20世纪关于"五四"新文学与晚明文学关系的研究》（《文学遗产》2002年第3期），关爱和《晚明至"五四"文学变动说略》[2]、《二十世纪初文学变革中的新旧之争——以后期桐城派与五四新文学的冲突与交锋为例》[3]，查屏球《媒体转换与文学新变——由纸写替代简牍的过程看当代网络文学走向》[4]，黄仁生《论公安派在现代文坛的多重回响》（《复旦学报》2006年

---

[1] 章培恒、梅新林主编：《中国文学古今演变研究论集》，上海古籍出版社2002年版。
[2] 章培恒、胡明、梅新林主编：《中国文学古今演变研究二编》，上海古籍出版社2005年版。
[3] 同上。
[4] 查屏球：《媒体转换与文学新变——由纸写替代简牍的过程看当代网络文学走向》，《当代中国：发展·安全·价值——第二届（2004年度）上海市社会科学界学术年会文集》（上），2004年。

第6期)、申明秀《寻找胡适式的"新眼镜"——"文学性"与"中国文学古今演变"研究》(《文教资料》2008年第8期),叶永胜《家族叙事流变研究——中国文学古今演变个案考察》(安徽人民出版社2009年版),申燕《论中国文学演变中读者和作者的特性》(《湘南学院学报》2009年第6期),范伯群《新文学与通俗文学的各自源流与运行轨迹》(《河北学刊》2011年第3期),普慧教授《文学经典的形成与传承》(《东北师大学报》2016年第5期),等等。关爱和《晚明至"五四"文学变动说略》与黄仁生《论公安派在现代文坛的多重回响》都属于旧题新论,后文旨在从中国文学古今演变的视角,重新考察和阐释公安派在现代文坛所产生的多重回响,认为周作人及其门生、以林语堂为代表的"论语派"、以鲁迅和阿英为代表的左翼作家这三大群体对公安派的解读与接受虽有差异,甚至引发过历时几年的论争,但对于现代新文学的发展和公安派的研究,都曾产生过深远的影响。吴宏一《中国文学演变中的时间意识》认为所谓古今,所谓古代与现代,事实上是一种相对而又相承的概念,把清末民初当作"古""今"文学演变的分水岭,然后以"今"论"古",其中有比较,有对照,也有反思,实在是自有其意义。然而就时间意识而言,不只有古、近之分,还应该包括将来,所以希望未来的文学史,在论列古今之余,还能瞻望未来。李浩《地域空间与文学的古今演变》强调文学古今演变研究中应重视地域空间因素。中国文学古今演变中的地域空间因素可以从贯穿性、假定性、制约性、差别性、矛盾性五个方面考虑。站在文学的立场上,要警惕都市化、现代化及全球化对文学地域性的消解,防止文学的水土流失、文学荒漠化的出现。普慧《文学经典的形成与传承》则从文学作品的流传接受史角度,重点关注经典化过程的动态性变化问题,诸如陶渊明、《文心雕龙》、杜甫、张玉娘等,都有一个被人们认可价值的过程,期间人格魅力、接受趣味、时代风尚、政治家提倡等,都会一定程度地介入其中。因此,文学作品创作时的价值,与若干年后被认知的价值,不可同日而语。他提醒的是,"演变"未必由此及彼地变更了作品对象,而是不同观照主体所处的时代环境、审美标准、趣尚观念变化了。

由于近代处于古今之间,所有有关古代文学的近代转型以及相关的近代化乃至现代化问题，即成为古今文学专题研究的焦点论题，先后有大批论文问世。其中重在近代或近代化论题的有：杨春时、宋剑华《论二十世纪中国文学的近代性》（《学术月刊》1996年第12期），赵环《中国文学近代转型的原因》（《河南理工大学学报》2009年第3期），高玉、梅新林《论中国近代文学本位观》，[①] 郭延礼《中国近代文学的历史地位——兼论中国文学的近代化》（《文史哲》2011年第3期）等。但更多的是兼容近代与现代，主要有：龙泉明《近代性，还是现代性？——20世纪中国文学性质漫议》（《南方文坛》1997年第2期），周宪《旅行者的眼光与现代性体验——从近代游记文学看现代性体验的形成》（《社会科学战线》2000年第6期），付建舟《论中国近代文学的前现代性》（《河南大学学报》2003年第3期），李永东《近代性与现代性——20世纪中国文学的性质之辩》（《语文学刊》2007年第1期），李诠林《试论近代以来台湾文学现代性发生过程中的文化保守主义思潮》（《福建师范大学学报》2009年第4期），高旭东《近代、现代、当代：文学与历史的复杂变奏》（《中国现代文学研究会第十届年会论文摘要汇编》，中国会议，2010年），张玲《中国近代文学批评的现代性转型及其学科建设意义》（硕士学位论文，山东理工大学，2011年），王龙洋《论近代报刊与晚清文学现代性》（《编辑之友》2013年第11期），等等。此外，还有如王进庄《20世纪一二十年代旧派文人的转型与现代性》（《复旦学报》2009年第4期）、耿传明《时间意识·现代性与中国文学的古今之变》（《文艺争鸣》2015年第9期）等从现代性来讨论古今演变，其中现代性与中国抒情传统的研究是近年来海内外学界的一个热点论题，相关学术成果可重点关注王德威《抒情传统与中国现代性——在北大的八堂课》（北京大学出版社2010年版），柯庆明、萧驰主编《中国抒情传统的再发现——一个现代学术思潮的论文选集》（台湾大学出版中心2011年版），陈国球《抒情中国论》（香港三联书店2013年版），陈国球、王德威主编《抒情之现代性——"抒情传统"与中国文学研究》（生活·读书·新知

[①] 章培恒、胡明、梅新林主编：《中国文学古今演变研究二编》，上海古籍出版社2005年版。

三联书店2014年版）等。这些著作都聚焦于现代性问题，但由现代性追溯中国抒情传统，实际上是一种古今演变研究。

4. 古今文学演变的个案研究。文学个案演变研究的成果最多，因为相对文学整体演变和分体文学演变研究来说，个案涉及的研究对象相对来说较容易掌握，但也需克服走向随意性。就目前相关成果而论，主要有以下三种类型。

一是以经典作家为主体。其中由"古"观"今"者有：陈书录《士商契合中转向俚俗转向性灵——兼论王世贞对明代与现代散文小品接轨的作用》，吴兆路《清代廖燕之与二十世纪的鲁迅》，石玲《论袁枚诗歌的历史过渡意义》，[日]田仲一成《南戏〈荆钗记〉中"男女相会"的演出及其古今演变》，[1] 谈蓓芳《龚自珍与20世纪的文学革命》，陈引驰《感情投射中的女性表现——近代诗人龚自珍、苏曼殊和郁达夫》，洪本健《欧阳修、朱自清散文的柔性美》，马宇辉、陈洪《一部续写不已的"名著"——唐伯虎》[2]，等等。谈蓓芳《龚自珍与20世纪的文学革命》首先从"五四"新文学的主要特征——"自我的发现"入手，探讨其与龚自珍思想相通之处；其次由《病梅馆记》与俞平伯《花匠》的比较，揭示二者在反对个性束缚上的近似性；再次辨析龚自珍与鲁迅悲壮而执著追求独立人格方面的异同；最后则对龚自珍爱情诗中的新因素进行剖析。[3] 由以上所论归结全文的主旨，即在于证明龚自珍作品中已含有"五四"新文学的若干萌芽。由"今"溯"古"者有：查屏球《说理、说事、说梦——由鲁迅、朱光潜、朱自清关于一联唐诗的讨论看晚清汉宋之争对现代诗学的影响》，洪本健《从朱自清的文学观念和美文创作看古代散文的现代影响》，杜贵晨《"三面一成"与鲁迅小说的叙事艺术——中国现代小说与古代传统个案考察》，[4] 高旭东《论鲁迅与屈原的

---

[1] 以上见章培恒、梅新林主编《中国文学古今演变研究论集》，上海古籍出版社2002年版。
[2] 以上见章培恒、胡明、梅新林主编《中国文学古今演变研究二编》，上海古籍出版社2005年版。
[3] 谈蓓芳：《龚自珍与20世纪的文学革命》，《复旦学报》2005年第3期。
[4] 以上见章培恒、梅新林主编《中国文学古今演变研究论集》，上海古籍出版社2002年版。

深层精神联系》，董乃斌《废名作品的文学渊源——以与李商隐的关系为中心》，赵山林《试论于右任诗歌的艺术渊源》，林奇涵《戴望舒诗歌创作研究——以其对中西文学资源的吸收、整合为中心》（硕士学位论文，复旦大学，2014年）；[1] 洪本健《从朱自清的文学观念和美文创作看古代散文的现代影响》从朱自清的文学观念和美文创作的个案研究切入，以古今文学演变的视角探索朱自清文学观念和美文创作的古典传承和现代新变，体现了以现代文学为本位的文学演变研究的范式。[2] 这对过去研究者往往从西方文学理论出发谈论朱自清如何创作出与传统文学不一样的散文，可谓是一种具有某种纠偏意义的学术矫正。以近代为本位者则有关爱和《梁启超文学界革命在20世纪初年文学演变中的意义》（《河北学刊》2006年第5期）、曹亚明《承续与超越——论梁启超与五四新文学》（博士学位论文，暨南大学，2008年）等。两文都以梁启超为中心，但彼此的论述重点与结论互有异同，关文深入分析了梁启超所倡导、力行的文学界革命在20世纪初年文学演变中的重要地位和价值，并由此说明了近代文学在整个中国文学发展演变中所发挥的承上启下的历史作用。曹文则通过探异求同的比较研究探索中国文学古今演变中的"临界点"，重点考察梁启超与五四新文学之间的传承关系，以此深入开掘五四新文学的本土精神资源，并进一步追寻梁启超的思想启蒙与文学变革未能促使中国文学向"现代性"转型的深层原因。

二是以经典作品为主体。如章培恒《从〈红楼梦〉看中国文学的古今演变》（《社会科学论坛》2006年第2期）、谈蓓芳《由李金发的〈弃妇〉诗谈古今文学的关联》、罗宗强《论海子诗中潜流的民族血脉》、[3] 刘卫东《〈金瓶梅〉、〈红楼梦〉与现代"家族小说"叙事模式的关联》、袁进《连接古今的过渡小说——论〈花月痕〉的影响》、姚小鸥《传统戏剧〈赵氏孤儿〉的主脑与话剧〈赵氏孤儿〉的戏剧发展动机》、杨静《〈长恨歌〉与

---

[1] 以上见章培恒、胡明、梅新林主编《中国文学古今演变研究二编》，上海古籍出版社2005年版。

[2] 章培恒、梅新林主编：《中国文学古今演变研究论集》，上海古籍出版社2002年版。

[3] 同上。

李、杨题材古今戏剧的研究——以主题演变为中心》(硕士学位论文,复旦大学,2008年)、过元琛《中国文学中王昭君形象的古今演变》(博士学位论文,复旦大学,2010年)、栾梅健《〈海上花列传〉的现代性特质》[①]、刘志荣《文学的〈家〉与历史的"家"》(《复旦学报》2009年第6期)等。章培恒《从〈红楼梦〉看中国文学的古今演变》首先强调了他对中国新文学的三个核心观点:第一,它的根本精神是追求人性的解放;第二,它自觉地融入世界现代文学的潮流,对世界现代文学从写实主义到现代主义的各种文学潮流中的具有积极意义的成分都努力吸收;第三,它对文学的艺术特征高度重视,并且在继承本民族的文学传统和借鉴国外经验的同时,在各方面做了富于创造性的探索。不但对作为工具的语言进行了勇敢的革新,在继承本民族白话文学传统的前提下,做出了突破性的辉煌的成绩,而且像包括描写的技巧、深度结构、叙述方式的排列等文学的形式的改革,也在总体上现代化了,使文学的表现能力达到了足以进入世界现代文学之林的程度。然后以此来观察我们的古代文学,认为古代文学的长期发展过程本来就是在往这三个方向不断地推进的。其中最能够明显地表现出跟新文学这三个特征存在着联系的作品,就是《红楼梦》。然后重点从以下三个层面加以论证:首先,在红楼梦的一系列人物的描写里边,至少在客观上体现了人性与环境的冲突以及人性被压抑的痛苦;其次,在《红楼梦》的写作中,已经含有写实主义的成分,这为新文学自觉地融入世界现代文学的潮流、积极吸收西方写实主义创作方法提供了必要的基础;最后,《红楼梦》的高度艺术成就体现了对文学艺术特征的积极追求,这与新文学对文学的艺术特征的高度重视也正是相通的。这篇论文的典范意义在于,读者可以借此深切感知章培恒对于古今文学演变的核心观点与研究路径。

三是兼有经典作家作品,如陈书录《徐渭诗文和鲁迅的〈野草〉——现当代文学对古代文学的继承与创新一例》、杜贵晨《鲁迅文学与古典传统——以〈狂人日记〉为例》、[②] 陈建华《抒情传统与古今演变——从冯梦

---

① 以上见章培恒、胡明、梅新林主编《中国文学古今演变研究二编》,上海古籍出版社2005年版。

② 同上。

龙"情教"到徐枕亚〈玉梨魂〉》(《文艺争鸣》2018年第10期)等。陈建华一文从回顾近十余年来勃然而兴的有关中国"抒情传统"研究入手,以"情教"来观察古今演变,将"抒情传统"论与古今演变研究相结合,更是提供了新的视角,展现了"古今演变"研究所蕴含的学术产能。

5. 古今文学批评演变研究。胡建次《新世纪以来中国传统文论古今演变研究述论》[①] 对此作了较为全面的总结,重点从"发生""演变""转型"三个方向展开述评,其中所述"现代转型"部分所举的学术专著有:代迅《断裂与延续:中国古代文论现代转换的历史回顾》(西南师范大学出版社2002年版),庄桂成《中国文学批评现代转型发生论:1897—1917年间的中国文学批评生态研究》(中国社会科学出版社2007年版),于闽梅《异向共建:梁启超、王国维与中国文论的现代转型》(百花洲文艺出版社2009年版),彭修银、皮俊珺《近代中日文艺学话语的转型及其关系之研究》(人民出版社2009年版),吴建民《中国古代文学理论的当代阐释与转化》(凤凰出版社2011年版),宋向红《"五四"小说理论批评的现代转换》(光明日报出版社2012年版),黄霖主编《近现代中国文论的转型》(上海古籍出版社2015年版),等等。其中黄霖主编《近现代中国文论的转型》一书,以我国文论的近现代转型为研究核心,紧扣从戊戌变法到五四运动这一阶段的文论转型来加以论说,结合近现代文论转型的现实语境,分别从近现代文学观念的转型、创作理论的转型、批评观念与批评文体的转型、雅俗观念与文白观念的转型等方面进行考察,并深入探究了近现代叙事理论的转型、文学史观的转型、批评史观的转型,同时梳理了近现代文学理论的嬗变。相关重要论文,除了黄霖、黄念然《"中国文学批评近现代转型研究"论纲》[②],黄念然《论中国文学批评观念的现代转型》[③]《论中国文学批评文体的现代转型》[④]《近现代之交文学

[①] 胡建次:《新世纪以来中国传统文论古今演变研究述论》,《云南师范大学学报》2016年第5期。

[②] 黄霖、黄念然:《"中国文学批评近现代转型研究"论纲》,《华中师范大学学报》2007年第5期。

[③] 黄念然:《论中国文学批评观念的现代转型》,《中国政法大学学报》2010年第6期。

[④] 黄念然:《论中国文学批评文体的现代转型》,《华中师范大学学报》2012年第4期。

公共领域的形成与中国文学批评的现代转型》①，宋向红《论五四时期文学批评文体的现代转型》②、《论序跋批评在五四时期的现代转型》③ 等之外，还有一些博士论文，包括陈学祖《中国诗学现代转型与西方美学》（博士学位论文，武汉大学，2001 年），毛新青《刘师培与中国文论的现代转型》（博士学位论文，山东大学，2007 年），邱明丰《中国文论的中国化研究》（博士学位论文，四川大学，2009 年），颜水生《论中国散文理论的现代性转变》（博士学位论文，山东师范大学，2011 年），周少华《晚清民初诗歌批评转型研究》（博士学位论文，华中师范大学，2011 年），等等。周少华《晚清民初诗歌批评转型研究》认为，晚清民初诗评是趋新的诗评，但其新并不符合进化论的理论预设，它在纵向上呈现三条路径：一是在调和中求新；二是在复古中趋新；三是在断裂中革新。作者根据这三种路径，对秉持一定观念从事诗评的人，分别称为调和派、复古派和断裂派。书稿通过分析各派诗学言说方式和批评理路，探究了我国古典诗学向现代诗学的转变轨迹。

诚然，在上述胡建次一文所论之外，尚有不少相关论文，比如赵敏俐《"五四"前后文学观念的变化对古代文学研究的影响》④，黄霖、李桂奎《中国"写人论"的古今演变》，曹顺庆《中国文学理论的世纪转折与建构》⑤，汤哲声《不变与变：中国通俗文学批评的原则性和适应性及其思考》（《东北师大学报》2016 年第 5 期），以及诸如潘德宝《现代中国文学观念的形成与日本中介》（博士学位论文，复旦大学，2013 年）、刘绍峰《文学重建与民族国家新生——现代文学思潮与主体性批判》（博士学位论文，湖南师范大学，2014 年）重在文学观念演变讨论的论文，也应纳入这其中。潘文借鉴观念史理论与方法，从词语输入层面考察该词输入

---

① 黄念然：《近现代之交文学公共领域的形成与中国文学批评的现代转型》，《重庆三峡学院学报》2016 年第 1 期。
② 宋向红：《论五四时期文学批评文体的现代转型》，《广西大学学报》2012 年第 5 期。
③ 宋向红：《论序跋批评在五四时期的现代转型》，《莆田学院学报》2015 年第 6 期。
④ 章培恒、梅新林主编：《中国文学古今演变研究论集》，上海古籍出版社 2002 年版。
⑤ 以上见章培恒、胡明、梅新林主编《中国文学古今演变研究二编》，上海古籍出版社 2005 年版。

中国的方式，认为"文学"一词是随着现代学科体制的建设而在中国确立的，然后重点论述了"文学"这一观念在晚清中国的形成过程，并采用从周边看中心的方法，以"日本"为中国文学古今演变研究的一个维度，从中日共时角度研究中国文学观念的形成过程与成果。刘文认为从旧文学到新文学是20世纪中国文学的第一次重建，也是最重要的一次重建。在此过程中，现代文学实现了思想理论、内容形式的全面更新，与文化日益分离，作为一门独立学科发挥作用，在很大程度上影响和规范了随后的多次文学重建，是20世纪中国文学发展的基石。汤文重点关注文学批评的评价标准的问题，指出在古今通俗文学三个演变阶段中，应遵循"不变"（原则性）与"变"（适应性）的批评原则，这当是对钱锺书先生"一"与"不一"哲学的发挥，而在通俗文学作品这里，大众性、商业性和类型模式构成了中国通俗文学性质的"三足鼎"，成为其批评标准原则性的基本要素，因而，用分析鲁迅等新文学作家作品的方法批评通俗文学作品是不符合实际的。此文可以视为对通俗文学批评标准的学理反思与重新定位。

6. 古今文学演变的理论研究。其中经历了一个逐步累积的过程，早在1999年，章培恒《不应存在的鸿沟——中国文学研究中的一个问题》一文率先提出古代、现代文学的割裂以及为何与如何贯通这一重要理论问题，指出中国古代文学与现代文学研究人为割裂弊端：一是无法对中国古代文学和现当代文学进行细致的、具有说服力的分析；二是使古代文学研究无法完全辨认哪些是真正有生命力的东西及其演变的过程，也无法深入说明某些现象的意义所在。换言之，古代文学的研究永远是跛脚的；三是使我们不能准确地把握和估价现当代文学的重要现象，从而也就不能获得对现当代文学的恰如其分的理解[1]。后来又在《中国文学的古今贯通》[2]《中国文学古今演变研究的意义和效应》[3]等文中深化了这一论题，后文进而提出古代文学、现代文学互为"坐标"说，以此克服长期以来彼此

---

[1] 章培恒：《不应存在的鸿沟——中国文学研究中的一个问题》，《文汇报》1999年2月6日。
[2] 章培恒：《中国文学的古今贯通》，《解放日报》2004年7月4日。
[3] 章培恒：《中国文学古今演变研究的意义和效应》，《河北学刊》2006年第5期。

"孤立"研究的弊端,从总体上深化认识中国古代文学发展到现代文学的历史过程,并对双方做出更加准确的价值判断。以上诸文,率先为中国文学古今演变研究奠定了理论基础。

在2001年11月由复旦大学中国古代文学研究中心和浙江师范大学中国文学与文化研究所等单位联合举办的首届"中国文学古今演变研究国际学术研讨会"上,邓仕樑《现代性与古典精神——试论古代文学与现代文学割裂问题》、邓绍基《从文学实践研究古今演变的重要性》、王润华《一轮明月照古今:贯通中国古今文学的诠释模式》①等文,都侧重于"中国文学古今演变研究"的学理探讨。邓仕樑文是对章培恒《不应存在的鸿沟——中国文学研究中的一个问题》一文的回应与重释,强调文学研究可以有千差万别的取向与方法,但不宜截然割裂古今,视古代与现代是对立的。其实,不仅古今要打通,中外的隔阂、各学科之间的樊篱,也应该尽量打通,非如此不能从事有意义的研究;而王文则是以西方华人学者中的经验来探讨贯通古今文学研究的诠释模式与成功途径。其中谈到美国的第一代中国文学学者,几乎都是从别的学科转行过来的,而且经常往返于中国古典、现代文学之间,通过西方华人学者中的经验可以探讨贯通古今文学研究的诠释模式与成功途径。此后,注重于理论探索与建构的相关陆续问世,主要有廖可斌《"中国文学古今演变研究"的潜在意义》(《河北学刊》2006年第5期),梅新林《"中国文学古今演变研究"学科范式的探索与建构》(《河北学刊》2006年第5期)、《关于"中国文学古今演变研究"学理的思考》,黄霖《关于"中国文学古今演变"研究的三点感想》,李桂奎《"互文性"与中国古今小说演变中的文本仿拟》(以上三文载《河北学刊》2011年第2期),等等。廖可斌《"中国文学古今演变研究"的潜在意义》认为倡导"中国文学古今演变研究"的潜在意义在于解构一些既有的文学史观念,打破现行文学学科分类和管理体制,拓展、丰富文学研究的领域和内容,进一步解放学术生产力。梅新林《"中国文学古今演变研究"学科范式的探索与建构》旨在从中国文学古今演变研究的学科生成与内在逻辑出发,以"古代—现代""西方—本

---

① 以上见章培恒、梅新林主编《中国文学古今演变研究论集》,上海古籍出版社2002年版。

土""文学—文化"的"三重维度",作为探索与建构中国文学古今演变研究学科范式的学理基础与逻辑构架。其《关于"中国文学古今演变研究"学理的思考》一文进而就有关"中国文学古今演变研究"的学术体系建构的一些重要论题,包括意涵辨析、学科定位、理论引领、范式建构、方法整合等提出了更为系统的学理思考。黄霖《关于"中国文学古今演变"研究的三点感想》提出"通变"说统率下的"三变说",即一是"变"与"通",要关注"通"的研究;二是"突变"与"渐变",要关注"渐变"的研究;三是"文学史书上的变"与"文学史事实的变",要关注"文学史事实的变"。作者最后强调在研究中国文学古今演变的过程中,特别是在研究中国近现代文学的"临界演变"问题时,不要将"新变"都归功于"今",归功于"西",而是要清醒地认识到,这始终是一个贯通古今、中外交融的过程,在中国文学演变的历史长河中,始终流淌着中华民族文化和文学精神的血液。

葛永海《文学古今演变的临界点之辨》(《河北学刊》2009 年第 2 期)、范伯群《文学语言古今演变的临界点在哪里?》(《河北学刊》2009 年第 4 期)两文的新意在于提出"临界点"的概念,前文以此探讨了古今文学史分期上的临界点相关问题,认为文学史分期临界点存在争议是由于演变主体的"文化转型"与"文学演变"、演变时段的"文学演变"与"文学革命"、演变过程中"同一性"与"差异性"的不同所引起的,因此如何处理好文学演变的临界点是古代文学演变研究中一个重要问题。后文则从文学语言的维度对古今演变临界点作了新的阐释,认为在古今语言文白演变临界点上,至少有"六路军马"发挥了大小不等的作用:一是一千多年中国白话小说传统的活水源流;二是 19、20 世纪之交的白话报刊与演说潮的推助;三是晚清以降多种拼音文字方案与"引南就北"的国语统一运动的促成;四是当时政府发布教科书由文言改为语体文的政令;五是教会白话《圣经》的翻译及其文学因素的可参照性;六是《新青年》的大力倡导及鲁迅、周作人等作家的著译对新的词语与精密语法的输入所起的榜样作用。这一切汇流成一个演变的临界点,使现代白话文基本定型。陈广宏《中国文学古今演变:本土与西方维度》(《河北学刊》2009 年第 2 期)、高玉《论中国文学"古今演变"研究的中西维度》

（《河北学刊》2011年第2期）则皆以古今演变与中西维度的内在关系为论题。其中陈文提出了富有学理建构与解释意义的日本"中介说"，认为要考察中国文学由传统向近现代的转变，首要的问题是它以中西文化交汇、冲突的形式而展开。而在空间维度的本土与西方两极之间，日本发挥了十分重要的"中介"作用，郭沫若曾说：中国文坛大半是日本留学生建筑成的，中国的新文艺是深受了日本洗礼的。[1] 这种中介影响的存在，固然使得中国文学由传统向近现代的演变呈现更为复杂的局面。然而，正是通过这样一种具体的文化接触史的解析，恰好可以让我们在厘清外来知识体系传播形式与途径的同时，更好地在西方各国、明治以来日本以及同期中国乃至整个东亚社会的空间关系上，理解与把握所谓"思想链"的构成，从而能够更为切实而清晰地描绘出在对他者观照中建立的中国文学复杂的演变轨迹与图景。

此外，还要重点关注一下黄仁生《中国文学古今演变研究绪论》（《湖南文理学院学报》2009年第5期），这是一篇对有关中国文学古今演变研究理论问题提出诸多思考的重要论文，主要涉及古今内涵的界定、与传统文论中通变说的联系、文学史的分期、开展中国文学古今演变研究的现实意义以及具体的研究思路与研究方法等。其中第五部分"如何进行中国文学古今演变研究"重在阐述研究思路和方法，认为从研究对象或领域上着眼，可以考虑从这样三方面切入：一是文学观念的古今演变；二是文学内容的古今演变；三是文学形式的古今演变。而在具体研究方法上，则可以采用三种最基本的方法：一是溯源探流式（水经研究）。这是指从古今文学相互联系的视角出发，把中国文学的发展看作一条大河，从古代（源头）一直探讨到当代（汇入世界的大海大洋）；二是溯源式（DNA检测）。这是站在后世的立场上，对作家作品所受古代文学传统基因的影响进行检测；三是探流式（影响研究）。这往往是以一个时代的文学，或一位伟大作家乃至一部经典作品为例，重点探讨其对后世的影响。这些有关研究思路和方法的探索，具有重要的实践意义和价值。

为了深切缅怀章培恒开创中国文学古今演变研究的杰出贡献，系统总

---

[1] 郭沫若：《桌子的跳舞》，《创造月刊》1928年第1卷第11期。

结二十年来中国文学古今演变研究的学术成果，呼应中国文学古今演变研究理论建构的学术需求，梅新林、潘德宝合作撰写和编纂了《中国文学古今演变研究通论》和《中国文学古今演变研究读本》，于 2016 年由上海人民出版社出版。《中国文学古今演变研究通论》立足于"中国文学古今演变研究"交叉学科建设需要及其内在学理逻辑，以学科创始人章培恒先生提出的学术命题和思想为本原，在系统梳理和总结学界相关成果的基础上尝试建构相对完整的学术体系，主要分学术回顾、学科理论、学术范式、研究路径、文学史论五大板块，最后回归于本原立场的深入思考，这是对全书学理逻辑与学术架构的总结。《中国文学古今演变研究读本》则侧重于中国文学古今演变研究的成果总结，收录了章培恒、邓仕樑、胡明、黄霖、廖可斌、梅新林等学者的代表性文章 43 篇，分为理论、实践和述评三大板块，大致反映了中国文学古今演变研究的代表性成果。两书同时兼具了面向过去的成果总结与面向未来的体系建构的双重任务，成果总结是体系建构的学术基础，体系建构则是成果总结的学理升华。

四　古今文学演变研究的学术反思

中国文学古今演变研究作为 21 世纪文学研究一种新的学术范式，开辟了文学研究的全新视野，不仅使古代文学研究具有"下趋"的现代意识和现当代文学研究具有"上溯"的文化"寻根"的理念，而且在新的视野下过去一些为人忽视的问题得到了重视和研究，同时不少中青年研究者还能够尝试跨学科研究，开拓出新的研究境界。但作为一种新型研究课题与领域尚处于起步阶段，还需要花大力气进行持续的理论思考与实践探索。

古今文学演变研究的学术反思，首先需要直接面对学界的一些质疑乃至批评而做出适当的回应。早在 2003 年，程勇等、景遐东、白振奎、刘再华在此年第 4 期《东方丛刊》发表《"中国文学古今演变研究"：意义、域限及前提性问题笔谈》，主要围绕关于"中国文学古今演变研究前提性问题的思考""中国文学古今演变研究的意义及其局限""中国文学古今演变研究与研究者的三种贯通意识""时间与空间：中国文学古今演变研究的两个维度"四个论题，就"中国文学古今演变研究"的前提、使命、路向、前景以及可能引发的负面效应提出质疑与期许,其中也涉及对古代文学研究本身的思考和批评。在"中国文学古今演变研究"经历十余年艰难前行的今天,相信相关学者会对此种种意见做出自己的独立判断,但无论在当时还是现在,任何对"中国文学古今演变研究"的质疑、批评或期许,都有启示或警示意义。

基于上述有关"中国文学古今演变的研究"四个论题的讨论,为了将对"中国文学古今演变的研究"的学术反思引向深入,这里再简要地探讨一下以下三个层面的问题。

1. "中国文学古今演变的研究"的学理要求。从"中国文学古今演变研究"学术范式的内在结构分析,可以概括为"三重维度"理论,即时间维度的"古代—现代"、空间维度的"本土—西方"以及交叉维度的"文学—文化"的"三重维度"的相互交融。回溯"中国文学古今演变研究"的本原意义,即是为了贯通"古代—现代"文学的研究,由此构成了一个历时性的时间坐标。所谓"古今演变",即标示其时间跨度与内在关系,因而中国文学古今演变研究的第一重维度,亦即历时性的"古代—现代"的时间维度。然而中国文学的古今演变又是在19—20世纪之交在西方文化与文学的冲击下发生的,中国传统文学的现代化过程同时亦即是中国本土文学的世界化过程,因而在中国文学"古今演变"的过程中,"古今"问题又是始终和"中西"问题交织在一起的。这也意味着,当"古代—现代"构成历时性的时间坐标时,便由"本土—西方"构成了与此相对应的空间坐标。与"古今"重在标示时间跨度及其内在逻辑关系不同,"中西"则重在标示时间跨度及其内在逻辑关系。但彼此在19—20世纪之交特定的时代背景下又具有内在的相通之处,即"中西"与"古今"不仅是一种对应关系,而且也是一种同构关系,即"中"犹同"古","西"犹同"今",然后一同指向"旧"与"新"。在此,"中西"不仅构成了"古今"之外的另一重维度,同时也诠释了"古今"的另一层含义与结构。贯通于中国文学古今演变研究的第三重维度是"文学—文化"的交叉维度,这是基于"古代—现代"的历时性维度、"西方—本土"的共时性维度并与其相互交融的延展性维度。文学是文化的重要组成部分,诞生于文化之母体,流淌着文化之血液,有什么样的文化精神,就会有什么样的文学形态，彼此连为一体，不可分割。所以，无论是时间维度上的古今贯通，还是空间维度上的中西交融，都离不开文学与文化的关系。假如仅仅局限于中国古代与现代的纯文学范围，而忽视对传统文化渊源的追溯，那就无法把握中国文学古今演变的精神实质；同样，仅仅局限于现代本土与西方的纯文学范围，而忽视对西方文化输入的辨析，显然也无法把握中国文学古今演变的精神实质。所不同者，文学与文化，彼此是种属关系，而非对等关系。因此"文学—文化"的第三重维度既不同于古今贯通，也不同于中西交融，而是文化包容文学，文学蕴涵文化。而从学科设置现状来看，不仅文学与文化分属于不同学科，而且因为文化的综合性、交叉性而具有泛学科性质，所以在学科范式的探索与建构上难度更大，但同时也具有更为诱人的前景。总之，由"古代—现代"的时间维度构成历时性的纵轴线，"西方—本土"的空间维度构成共时性的横轴线，彼此纵横交叉，成为支撑中国文学古今演变研究学科大厦的两大主轴，然后以此纵横两大主轴为坐标，通过"文学—文化"的交叉维度由文学延展于文化母体。以此作为探索中国文学古今演变研究学科范式的学理基础与逻辑构架，具有从学科理论建构延伸到学术范式探索的综合性、开放性与创新性意义。[①] 这一"三重维度"理论，也可以视为对上述"中国文学古今演变研究：意义、域限及前提性问题笔谈"相关论题的回应。

2. "中国文学古今演变的研究"的主要问题。与其他新兴交叉学科或研究方法一样，"中国文学古今演变研究"在其创始之初不可避免地要面临学术本身的种种挑战。这一方面表现在"中国文学古今演变研究"的跨学科性所形成的对学者知识结构的严峻挑战。邵毅平《章培恒先生学术因缘述略》总结章培恒先生的学术道路是从现代文学到古代文学再到中国文学古今演变研究，而其知识结构则是由马克思主义文学理论、古代文学、现代文学、外国文学四大板块所构成[②]。由此可见，章培恒之所以能率先提出并从事"中国文学古今演变的研究"，显然取决于其独特学

[①] 参见梅新林《"中国文学古今演变研究"学科范式的探索与建构》，《河北学刊》2006年第5期。

[②] 邵毅平：《章培恒先生学术因缘述略》，《复旦学报》2011年第5期。

术道路与知识结构的合力,但却为一般学者所不及。

就参与"中国文学古今演变研究"的学者群体观之,主要有来自中国古代文学、近代文学、现当代文学以及比较文学、文艺学、文化学诸多不同学科的学者,他们既有自己的学术专长,又有自己亟须补课的短项。这在研究主体上不能不对"中国文学古今演变研究"的效度产生相当程度的制约作用。黄仁生《中国文学古今演变研究绪论》一文中曾提出一个补救性的方案,即"在立足于原来专业的基础上而适当补修本来相互联系的另一专业的知识,然后运用古今演变的视角和方法对中国文学某一阶段甚至某个名家、某部名作、某个流派进行新的阐释,也可以取得有创见的成果"。[①] 诚然,这些补救性措施的作用也仅仅限于某种"补救作用",并不能从根本上解决学者知识储备不足的问题,但总是比不采取任何补救措施要好些。实际上,"中国文学古今演变研究"中所存在的种种问题,归根到底是学者主体知识储备与知识结构的问题。另外,"中国文学古今演变研究"毕竟只经历了十余年的发展历程,尚处于学科建设与学术研究的起步阶段,其中所面临的诸多困难以及种种局限,显然要远远超于相对成熟的学科。章培恒、陈思和在为《复旦学报》2002 年第 1 期"中国文学古今演变研究"专栏所撰写的"主持人的话"中强调指出,虽然从整体上开展中国文学古今演变研究的时机已经来到了,但"这中间还存在很多困难。研究者(包括我们自己)长期从事分割性的研究,一旦要求对中国文学古今演变有全局在胸,不免是过于艰难的事;也正因此,在开始时所出现的有关成果难免有这样或那样的局限;这些问题如何解决? 而且,假如以此作为努力的目标,那么,贯通性研究的实际内涵是怎样的,在具体研究中又如何贯彻;与此相应,中国文学专业的研究生的培养模式就要有较大改变,那又如何实现? 所有这一切都需要进行长期而细致的钻研"[②]。

概而言之,当前"中国文学古今演变研究"中所面临的主要问题突出表现在以下五个方面。

[①] 黄仁生:《中国文学古今演变研究绪论》,《湖南文理学院学报》2009 年第 5 期。
[②] 《"中国文学古今演变研究"栏目"主持人的话"》,《复旦学报》2002 年第 1 期。

一是学术定位问题。"中国文学古今演变研究"在其开创之初,即已确立了新型跨学科研究的宏远目标,但许多学者对此缺乏相应的学术自觉意识。景遐东在回答"中国文学古今演变研究的意义及其局限"时提出,"中国文学古今演变研究"旨在将古代文学和现当代文学予以贯通性研究。显然,这一命题的核心是在对过去文学史分期问题重新进行思考的前提下,不满现行学科限制,试图突破作为学科建制的"古代文学"与"现当代文学"的人为隔绝,以此扩大古代文学研究对象,培养新的学术增长点。但他提出在全球化背景下,振兴中国文学研究最迫切和最关键的问题是什么?这就是中国文学研究必须构建具有现代意识和世界意识的学术观念与理论体系,使中国文学研究真正具有现代人文精神又切合民族文化传统,并尽快适应当代文化建设与创造的现实需要。[①] 尽管景遐东以此质疑和否定"中国文学古今演变研究"作用乃至发挥这种作用的可能性,说明他对"中国文学古今演变研究"学术宗旨还缺乏深切的了解,但景遐东将振兴中国文学研究最迫切和最关键的问题归结于构建具有现代意识和世界意识的学术观念与理论体系,然后以此目标定位论衡"中国文学古今演变研究",对于强化"中国文学古今演变研究"的学科自觉的确富有启示与警示意义,同时可以对照上文"古代—现代""本土—西方""文学—文化"的"三重维度"相互交融的要求,作进一步的拓展与提升。

二是学术视野问题。"中国文学古今演变研究"的原初意义即是打破长期以来古代文学与现代文学学科的人为壁垒而进行贯通性研究,但从"中国文学古今演变研究"的学术范式的"三重维度"来看,"中国文学古今演变研究"不仅局限于"古代—现代"之维,同时还涉及"本土—西方"之维以及"文学—文化"之维。然而也有不少学者仅局限于第一个维度,而舍弃了第二、第三维度。刘再华在回答第四个论题"时间与空间:中国文学古今演变研究的两个维度"时,首先充分肯定了"中国文学古今演变的研究"话题的提出有其明确的针对性,因而也就具有不可替代的学术价值。然而令他担心的问题是,将本课题的内容简单地理解

[①] 景遐东:《中国文学古今演变研究:意义、域限及前提性问题笔谈》,《东方丛刊》2003年第4辑。

为研究中国文学从古至今的历时性变化，从而仅仅满足于按照时间的先后顺序排比史料，梳理中国文学发展的基本轨迹，或仅仅满足于运用古今比较的方法归纳总结后代文学在文体、内容、表现形式及语言风格等方面不同于前代文学的特点。如果将文学古今演变研究这一命题局限于这一层面，就有可能导致严重的后果，因为它有可能因此而遮蔽文学研究中其他许多重要的问题。[①] 不能说"中国文学古今演变研究"成果普遍如此，但也不在少数，所以需要及时地加以矫正与拓展。

三是学术取向问题。在"中国文学古今演变研究"的学术取向中，即有古代文学、现代文学、近代文学、比较文学视角的不同取向走向跨时空的贯通性研究。对于从事跨学科学者而言，这种多元学术取向的游动性与繁杂性，同时显示了学术前景的广阔与纷乱，这在客观上对研究者的选择构成了严峻的挑战。与此同时，也有一些学者在确立"古代—现代""本土—西方""文学—文化"的研究维度与具体对象时，的确存在着随心所欲、牵强附会之弊。也就是如程勇在有关"中国文学古今演变研究"笔谈中所批评的，寻找古代文学与现当代文学之间在意象组合方式、语言模式、主题等之间的相似或不同，作为技术性的工作，在具体操作上并不困难。但如果往往浅尝辄止，又怎么能真正达到对所谓文学发展规律的真正把握呢？[②] 这种"牵强附会"之弊，也曾屡屡出现于比较文学的渊源研究或影响研究之中，彼此颇多相似或相近之处，的确需要"中国文学古今演变研究"者时时加以警惕。

四是研究方法问题。章培恒倡导"中国文学古今演变研究"，也很重视方法论问题，李庆在《古今文学自纵横——关于章培恒先生学术思想的二三事》中特别讲到"先生提倡'中国文学古今贯通'还出于对于文学研究方法的思考"[③]。总的来说，是在强调中国古代—现代文学的贯通

---

① 刘再华：《中国文学古今演变研究：意义、域限及前提性问题笔谈》，《东方丛刊》2003年第4辑。

② 程勇：《中国文学古今演变研究：意义、域限及前提性问题笔谈》，《东方丛刊》2003年第4辑。

③ 李庆：《古今文学自纵横——关于章培恒先生学术思想的二三事》，《中国文学研究》2011年第12期。

性研究中，主张互为坐标、互为阐释的研究方法，他在《中国文学的古今贯通》的学术演讲中明确提出"要真正认识古代文学的发展趋势，更必须了解现代文学发展的大致趋势"。反之，"如果对现代文学发展趋势不了解，对中国古代文学也无法作出很确切的评价"，① 但两者相较，更倾向于将"古""今"贯通的立足点放在"今"上，强调"古代文学研究首先必须以现代文学的形成和发展为坐标。只有这样，我们才能分辨清古代文学中哪些是能够通向未来的，哪些是在历史发展历程中所淘汰的"，"假如缺乏这样的坐标，那么，对古代作家作品的评价就必然带着很大的随意性，往往是无原则或部分地接受前人的有关评价。"② 当然，与上述"三重维度"理论相对应，"中国文学古今演变研究"者还需熟悉和掌握基于"本土—西方""文学—文化"维度的比较研究与文化批评方法。然而反观现实的问题是，来自古代文学界的普遍不熟悉比较研究与文化批评方法；而来自非古代文学界的要熟练掌握古今互为坐标、互为阐释的研究方法亦非一件易事。

五是研究合力问题。由于参与"中国文学古今演变研究"的学者广泛来自中国古代、近现代、当代文学以及比较文学、文艺学、文化学等诸多学科，彼此基于不同的知识背景与学术立场而形成不同的研究方向，因而存在聚焦不足、重点分散的弊端，难以形成研究之合力。所以如何建立"中国文学古今演变研究"这一新型交叉学科，以尽快培养专业人才显得尤为重要与迫切。章培恒反复强调打破中国古代文学与现代文学研究作为两个并列甚或平行学科的固有体制，旨在培养从事"中国文学古今演变研究"的跨学科专业人才，其中直接关系到学科设置与人才培养体制的调整与改革。为此，章培恒除了在学术研究上倡导和推进打通中国古代文学、现代文学之间的人为壁垒而展开跨学科研究之外，还于2005年经国家学位办批准，首次在复旦大学设立"中国文学古今演变研究"学科，并正式招收硕士、博士生，在突破原有学科分类与人才培养体制方面取得了重要突破。但在全国高校仅此一个学科，所以在人才培养上一时难以满

---

① 章培恒：《中国文学的古今贯通》，《解放日报》2004年7月4日。
② 章培恒：《中国文学古今演变研究的意义和效应》，《河北学刊》2006年第5期。

足跨界学术研究的需要。

3. "中国文学古今演变的研究"的理论突破。在2003年第4期《东方丛刊》发表《"中国文学古今演变研究"：意义、域限及前提性问题笔谈》中，也有一些学者提出了正向的重点突破方向。比如白振奎在阐释第三个论题"中国文学古今演变研究与研究者的三种贯通意识"时指出，"中国文学古今演变研究"这一命题的提出，有其深刻的时代背景和历史必然性。从学理上讲，这一命题应当包含三个方面的内在规定，或者说，这一命题对古代文学研究者提出了三方面的素质要求，即三种贯通意识：第一，古代文学研究者应具备关于研究对象的贯通意识；第二，古代学、现代学、西方学的贯通是古代文学研究者的必备素养；第三，"中国文学古今演变"也内在地暗含了古今人文精神贯通的要求。以上三个方面的贯通，既是新时期文学研究的内在规定性对研究者提出的必然要求，也是文学研究者应该具备的清醒意识。刘再华在回答第四个论题"时间与空间：中国文学古今演变研究的两个维度"中提出开展中国文学古今演变研究，研究者必须同时具备清醒的时间意识和空间意识，并将两者有机地结合起来。一方面可以使富有民族特色的文学传统在时间上得以无限地绵延，在空间上得到最大限度的流播；另一方面也可以使古代文学研究本身散发出鲜活的当代气息，焕发出无限生机。概而言之，这些问题都可以归结为与上述"三重维度"理论相对应的三大难题的困扰：一是"古代—现代"关系的困扰；二是"本土—西方"关系的困扰；三是"文学—文化"关系的困扰。

为了有效解决以上三大难题的困扰，需要同时借助和融合"通变论""转型论""中介论"与"对话论"的理论重构而实现重点突破。"通变论"的核心意旨在于通观古今之变，洞悉和把握文学演进的形态与规律，臻于历史与逻辑的辩证统一，具有十分丰富的历史蕴含与重释价值，因而可以作为"中国文学古今演变研究"理论建构的基石和主轴；"转型论"旨在系统解释和回答在"古今""中西"的时空交融中中国古代文学向现代文学转型的动因与动力、方向与模式、过程与结局、成效与影响等重大问题，并对其成果与不足、经验与教训加以历史性的反思与总结；"中介论"由时间维度中的"近代中介"、空间维度中的"日本中介"以及交叉维度中的"审美中介",将"古代—现代""本土—西方"与"文学—文化"的时空交叉坐标体系组合为一个有机整体,同时又为以上三个维度的互为坐标、互为阐释创造了"中介"条件与资源;"对话论"既源自古老的先哲智慧,更有现代的理论创新意义,对通过中国古代文学与现代文学之间的深度对话而相互走进对方进而发现新的意义,无疑具有重要的理论参考价值。总体而论,"中国文学古今演变研究"的理论整合与建构,应以"通变论"为主轴,以"转型论""中介论""对话论"为支撑,并由此形成四位一体的学理逻辑结构。① 这不仅对"中国文学古今演变研究"的理论建设具有导向和启示意义,而且也可以有效解决目前"中国文学古今演变研究"实践探索方面的困惑和困境,从而在理论与实践两个层面不断实现新的突破。

第三节 空间拓展:古代文学地理研究

与古今演变研究重在古代—现代的时间贯通不同,文学地理研究则重在文学—地理的空间阐释。进入20世纪以后,在西学东渐的背景下,中国源远流长的传统文学地理思维成果与西方人文地理学的碰撞、融合,促进了文学地理研究的现代转型。再至80年代,得益于改革开放与"文化热"的有力推动,文学地理研究在沉寂数十年后再度复兴,并逐步臻于理论自觉阶段。这既是当今全球化背景下人类空间意识高涨的时代产物,同时也是中国文学研究自身发展的必然要求。由于长期以来囿于传统的线性思维,学界在普遍注重文学时间形态的同时,过于忽视了文学的空间形态及其与时间形态的内在交融,结果不能不以牺牲文学本身的鲜活性、多元性与丰富性为代价。所以,文学地理研究在世纪之交日趋多元化的学术格局中异峰突起,当有"矫正"与"拓新"的双重意义。

---

① 本节参考了梅新林、潘德宝《中国文学古今演变研究通论》,上海人民出版社2016年版。

一 古代文学地理研究的发展历程

中国古代文学具有鲜明的地域色彩和区域文学意识，古代文人也能够从地域文化的角度评论文学家与文学作品，但从总体上看，大多随感而发，缺少必要的逻辑推绎与论证。

近代以来，在西学东渐的背景下，由于西方人类学、文化学、考古学、社会学等学科理论与方法的传入，许多学者在借以改造与重建人文社会学科的同时，也力图对包括文学在内的中国传统文化做出新的解释，有助于传统文学地理研究的现代转型，其中的关键节点主要有：一是由梁启超《中国地理大势论》（1902）借鉴孟德斯鸠"地理环境决定论"与康德"文学地理学"概念而在中国首次提出了"文学地理"的概念；二是以刘师培《南北文学不同论》（1905）与王国维《屈子文学之精神》（1906）等一同完成南北文学不同论这一中心论题的总结；三是汪辟疆《近代诗派与地域》（1934）、唐圭璋《两宋词人占籍考》（1943）、朱偰《盛唐诗歌中之河西走廊及西域》（1944）等对区域文学研究的拓展；四是蒙文通《古史甄微》（1927）、傅斯年《夷夏东西说》（1934）、徐旭生《中国古史的传说时代》（1946）等对于对神话文本的复原与重释而得出新的结论；五是王国维《宋元戏曲史》（1913）、鲁迅《汉文学史纲要》（1926）、顾实《中国文学史大纲》（1926）、葛遵礼《中国文学史》（1930）、刘经庵《中国纯文学史》（1935）等纷纷援用了文学地理视角"重述文学史"。以上研究成果的出现，标志着文学地理研究已初步实现了从传统向现代的转型。其中如王国维《宋元戏曲史》第九章"元剧之时地"将元杂剧家里居情况排列成表，然后根据杂剧发展各时期杂剧家中北人、南人的数量差异得出元杂剧南北中心及其演变趋势的结论；① 唐圭璋《两宋词人占籍考》将所收录的宋代词人有词且籍贯可考共计 670 人还原为具体的省域分布；② 刘经庵《中国纯文学史》"结论"附以"中国文学家的地理分布

---

① 王国维：《宋元戏曲史》，百花文艺出版社 2001 年版，第 74—77 页。
② 唐圭璋：《两宋词人占籍考》，《中国文学》1943 年第 2 期。此文 1985 年再版时收录词人增至 867 人。

表",表的纵横分别按区域、时代排列,一一列出相关文学家,由此显示中国文化中心的迁移轨迹与趋势①,都兼具重要的方法论意义,对后代包括当今的文学地理学研究产生了深刻的影响。

20世纪后期文学地理学研究的复兴,是新时期改革开放的重要成果,并与四十年改革开放历史进程相谐进。然其发端则可以上溯60—70年代地理学家竺可桢、陈正祥两位著名地理学家的文学地理研究,在此后迄今半个多世纪的文学地理学研究中,大致可以划分为以下四个阶段。

一是20世纪60—70年代的开启先声阶段。先是中国大陆著名气象学、地理学家竺可桢与宛敏渭合著的《物候学》于1963年出版,其中的《唐宋大诗人诗中的物候》广泛引用白居易、李白、李益、刘禹锡、王之涣、杜甫、王安石、陆游等诗,以此证明物候学的相关问题,提出:"我们从唐、宋诗人所吟咏的物候,也可以看出物候是因地而异,因时而异的。"② 然后至1972年,竺可桢又在他的著名科学论文《中国近五千年来气候变迁的初步研究》中同样利用诗歌作品为史料,并以梅树、荔枝等生长地域变迁为实例,生动地说明了西安地区周代中期要比唐代暖和,成都地区唐代要比北宋时期暖和。③ 可见《物候学》与《中国近五千年来气候变迁的初步研究》主要是以物候学的特定视角重构以"诗"证"地"的传统方法。

然后至1978年,台湾著名地理学家陈正祥所著《诗的地理》由香港商务印书馆出版④,这是20世纪中国学术史上的第一部文学地理研究著作,书中不仅依次讨论了《描写自然景观的诗》《气候及其变迁》《物产与物候》《人口、民族、农村》《江南的开发与繁荣》《交通与旅游》《城市与城市生活》等问题,而且还在"江南的开发与繁荣"一节附有"唐代之诗人""宋代之诗人""明代之诗人"三幅诗人地图,可以视为中国

---

① 刘经庵:《中国纯文学史》,江苏文艺出版社2008年版,第272—277页。
② 竺可桢、宛敏渭:《物候学》,湖南教育出版社1963年版,第14—16页。
③ 竺可桢:《中国近五千年来气候变迁的初步研究》,《考古学报》1972年第1期。参见徐有富《竺可桢的诗学修养》,《中国社会科学报》2010年3月24日。
④ 陈正祥:《诗的地理》,香港商务印书馆1978年版,第61页。

文学地图的发轫之作，同时也是地理学界开启先声阶段的标志性成果。只是由于此书当时没有及时在大陆出版，所以影响力远不如其《中国文化地理》。

二是20世纪80年代的重新起步阶段。到了80年代，在国门重启、中西文化频繁交流的新的历史背景下，人文地理学研究率先伴随"文化热"的再度勃兴而走向繁荣。其中陈正祥所著《中国文化地理》（生活·读书·新知三联书店1983年版）首篇"中国文化中心的迁移"所附关于各代进士、官员、诗人、词人地域分布图表，对大陆人文地理与文学地理学研究产生了重要影响。此后，文学地理学研究的重心即逐步转向文学研究界，同时因受地域文化热的激发与《中国文化地理》的启示，当时文学地理学普遍偏重于地域文学研究，相关的重要论著有：袁行霈《中国文学概论》（香港三联书店1987年版）第三章"中国文学的地域性与文学家的地理分布"，王尚义《汉唐时期山西文人及地理分布及其文化发展之特点》（《山西大学学报》1986年第4期），王尚义、徐宏平《宋元明清时期山西文人的地理分布及文化发展特点》（《山西大学学报》1988年第3期），曾大兴《中国历代文学家的地理分布》（《社科信息》1989年第2期），萧兵《在广阔的背景上探索——兼谈〈楚辞〉与中华上古四大集群文化及太平洋文化因子的关系》（《文艺研究》1985年第6期），陈旭麓《论"海派"》（上海人民出版社1987年版），余恕诚《地域、民族和唐诗刚健的特质》（《安徽师大学报》1987年第3期），章培恒《从〈诗经〉、〈楚辞〉看我国南北文学的差异》（《中国文化》1989年创刊号），阮忆、梅新林《"海洋母题"与中国文学》（《江师范大学学报》1989年第2期），王学泰《以地域分野的明初诗歌派别论》（《文学遗产》1989年第5期）以及萧云儒《中国西部文学史》（陕西人民出版社1989年版）等。尤为重要的是金克木《文艺的地域学研究设想》（《读书》1986年第4期）率先提出"文艺地域学"概念，强调开展分布研究、轨迹研究、定点研究、播散研究，实际上已是比较典型的"文学地理学"研究，同时兼具理论与实践的双重意义。

三是20世纪90年代的多元拓进阶段。到了90年代，文学地理研究渐呈多元发展之势，成果日益丰硕，但其研究重心依然落在文学地域性研究，期间的代表作是曾大兴《中国历代文学家之地理分布》（湖北教育出版社1995年版）、陶礼天《北"风"与南"骚"》（华文出版社1997年版），前书力图通过历代文学家人数的地理分布的统计与分析，探讨中国文学地理中心的演变轨迹与趋势，首开通代文学家地理研究之先河；后书明确提出了"文学地理学"概念以及建立"文学地理学"的主张，并就相关论题作了简要阐述，较之1986年金克木的《文艺的地域学研究设想》在名实两个方面都取得了重要进展。与此同时，得益于从80年代文化热进而走向90年代地域文化研究的有力推动，源于文学地域性的区域文学研究逐渐成为文学地理研究的重中之重，同时又呈现为多元发展之势。1995年，北京大学严家炎教授主编的《20世纪中国文学与区域文化丛书》由湖南教育出版社出版，收有李怡《现代四川文学的巴蜀文化阐释》、逢增玉《黑土地文化与东北作家群》、朱晓进《"山药蛋"派与三晋文化》、李继凯《秦地小说与"三秦文化"》、费振钟《江南士风与江苏文学》、魏建、贾振勇《齐鲁文化与山东新文学》、刘洪涛《湖南乡土文学与湘楚文化》、马丽华《雪域文化与西藏文学》等，对文学地理研究起到了一定的推动作用，于是区域性、专题性、整体性文学地理研究渐趋兴盛。此后，继续沿着地域文学与文化研究路径的有：甘海岚《北京文学地域特色研究》（北京燕山出版社1990年版），张丽妩《北京文学的地域特色》（中国和平出版社1994年版），王水照《北宋洛阳文人集团与地域环境的关系》（《文学遗产》1994年第3期），汪春泓《颍川区域风习与建安文学》（《文艺理论研究》1996年第6期），吕智敏等《京味文学散论》（北京燕山出版社1997年版），樊星《当代文学与地域文化》（华中师范大学出版社1997年版），许道明《海派文学论》（复旦大学出版社1998年版），张继华《北京地域文学语言研究》（四川人民出版社1998年版），郑择魁《吴越文化与中国现代文学》（杭州大学出版社1998年版），刘庆华《从"金陵怀古"与"长安古意"看文学的地域性差异》（《湖北大学学报》1999年第3期），李浩《从人地关系看唐代关中的地域文学》（《西北大学学报》1999年第4期），杜晓勤《地域文化的整合和盛唐诗歌的艺术精神》（《文学评论》1999年第4期），等等，在这些论著中，文学地理研究色彩明显得到了强化，地域文学与文化研究结合更为紧密。

由此作进一步拓展的主要取向，既包括"江山之助""南北比较""文人分布"与"区域文学"等传统论题，也包括一些旧题新论或新的增长点，研究领域与内容渐趋丰富和厚实。

四是21世纪初的学科自觉阶段。经过20世纪后期三个历史时期的逐步积累，中国文学地理学研究在重新借鉴和反思西方人文地理学与独立探索文学地理学的进程中付出了更多的努力，终于以其显学集成的丰硕成果与巨大影响再次确立了东方学术轴心的地位，并由此进入了一个前所未有的学科自觉阶段，集中体现在地域（区域）文学研究的进一步聚焦、文学地理空间研究的进一步拓展、文学地理整体研究的进一步强化、文学地理理论研究的进一步深化等不同方面。而其中最为重要的标志性成果，一是集成性著作的相继问世，其中的代表作有：胡阿祥《魏晋本土文学地理研究》（南京大学出版社2001年版），李浩《唐代三大地域文学士族研究》（中国社会科学出版社2003年版），李德辉《唐代交通与文学》（湖南人民出版社2003年版），杨义《重绘中国文学地图》（中国社会科学出版社2003年版）、《中国古典文学图志——宋、辽、西夏、金、回鹘、吐蕃、大理国、元代卷》（生活·读书·新知三联书店2006年版）、《重绘中国文学地图通释》（当代中国出版社2007年版），梅新林《中国文学地理形态与演变》（复旦大学出版社2006年版），范铭如《文学地理——台湾小说的空间阅读》（麦田出版社2008年版），周晓琳等《空间与审美：文化地理视域中的中国古代文学》（人民出版社2009年版），沈文雪《文化版图重构与宋金文学生成研究》（光明日报出版社2009年版），刘跃进《秦汉文学地理与文人分布》（中国社会科学出版社2012年版）等。二是理论性建构的重点突破。从杨义率先提出"重回中国文学地图"到对文学地理学理论体系的探索与建构，早期多见于一些著作的序或引言、附录以及作者另行撰写的论文以及诸多有关区域文学研究的学术会议、笔谈、争论中，然后便是由系列论文的专题论述走向学术著作的系统建构，杨义、梅新林、邹建军、曾大兴、葛永海等为此付出了各自的努力。其中梅新林、葛永海《文学地理学原理》（中国社会科学出版社2017年版）与曾大兴《文学地理学概论》（商务印书馆2017年版）都致力于文学地理学理论体系的建构，后书围绕"文学与地理环境的关系"这一核心观点展开，先论述文学地理学的研究对象、学科定位、知识体系和理论、实践意义，接着论述地理环境对文学的影响，然后依次论述文学家的地理分布、文学作品的地理空间、文学的扩散与接受、文学景观、文学区、文学地理学的研究方法、文学地理学批评等。前书分上下两册，首次明确提出了"新文学地理学"的新命题，以创建"新文学地理学"体系为学术宗旨，以"版图复原·场景还原·精神探原"的"三原"论为理论引领，以概念界说、学科定位、理论建构与方法整合为四大支柱，最终融合为"历史回顾""学科理论""空间动力""研究路径""学术关联"五大板块。全书重点围绕"还原—重构—超越—回归"四大环节展开系统论述，力图在古今、中西以及学理维度上实现新的突破与超越，集中体现了国际视野、本土情怀、时代精神与理论创新的有机统一，希望对于推进文学地理学的学科建设与学术创新有所助益。

二 古代文学地理研究的学术范式

正如恩格斯在《自然辩证法》中所说的："一切存在的基本形式是时间与空间，时间以外的存在和空间以外的存在，同样是非常荒诞的。"文学的存在也以时间与空间为基本形式，是时间与空间的内在交融。而文学史的研究，同样离不开时间与空间这两个维度。文学史，只有在其还原为时空并置交融的立体图景时，才有可能充分重现其相对完整的总体风貌。显然，以文学空间为重心的文学地理研究的勃兴，即是对长期以来过于注重时间维度的传统线性思维的补救、矫正乃至颠覆，然后力图重建一种新型的文学研究范式。

文学地理研究的出现得益于社会转型与学术创新双重动力的有力推动。乐正《近代上海人社会心态（1860—1910）》中提出"时间递进"与"空间传动"这对概念，认为两者的演变是近代社会转型的重要标志："人类漫长的社会发展进程经历过两种不同的运动形态，一种是时间递进型的历史运动，一种是空间传动型的历史运动。前者是古代农业社会发展的一般特征，而后者则主要是揭示了近代资本主义兴起、发展的历史轨迹。从'时间递进'到'空间传动'的演变，标志着人类社会发展的动力基因已有了重大改变，它从社会动力学的角度为我们认识近代化运动的一般特征提供了新的思路。"① 近代以来文学地理研究的兴衰轨迹,恰与中国从封闭向开放、从传统向现代转型的历史进程相谐进,说明激发文学地理研究勃兴的深层动力源于社会转型。

与此相契合的另一重动因则来自学术创新,这一动因更为直接,也更为持久。世纪之交,从反思中国文学史研究模式之缺失,到"重写文学史"的争鸣与讨论,曾在学术界产生广泛影响。据初步统计,自第一部中国文学史著作——林传甲《中国文学史》于1904年问世以来,百年间先后一共产生了2880多部文学史研究著作,② 可谓成就斐然。然究其不足,一是时间断裂,即人为设置古代文学与现代文学分属不同学科的壁垒,治现代文学者不知中国文学源自何处,而治古代文学者则不知中国文学流向何方;二是空间缺失,即囿于传统线性思维,过于注重时间维度而忽视空间形态,由此导致大量文学资源的流失以及整体文学生态的萎缩。文学地理学研究的兴起,便是以此为逻辑起点,以期达到学术"矫正"与"拓新"的双重目的。文学地理学以文学空间研究为重心,其要旨在于重新发现长期以来被忽视的文学空间,重新构建一种时空并置交融的新型文学史研究范式。因此,文学地理学对于文学空间研究形态的拓展与深化,既在理论层面上更符合构建一种时空并置交融的新型文学史研究范式的内在需要,同时也可以在现实层面上反思与补救当前中国文学研究现状的明显缺失。③

由于文学地理学借鉴于中西人文地理学的亲缘关系,同时也由于文学地理学的跨学科性质以及研究者既有的不同专业背景与立场,在文学地理学的研究实践与理论探索中,一直存在着文学本位与地理本位的"双重范式"的同时并行,然后由此融合为文学—地理本位的双重属性论。

1. 地理本位论的文学地理研究。这一研究范式在西方更为兴盛,来自地理学界的"空间批评"主将戴维·哈维(David Harvey)、爱德华·W. 索亚(Edward W. Soja)都是从地理学进入文学空间研究,而英国文化地理学

---

① 乐正:《近代上海人社会心态(1860—1910)》,上海人民出版社1991年版,第7—8页。
② 此据陈飞主编《中国文学专史书目提要》(大象出版社2004年版)统计。
③ 梅新林:《中国文学地理学:理论创新与体系建构》,《中国社会科学文摘》2006年第5期。

家迈克·克朗（Mike Crang）、加拿地理学家马克·布罗索（Marc Brosseau）美国地理学家 A. K. 杜特（A. K. Dutt）与 R. 杜莎（R. Dhussa）等还曾对此作了理论阐释。在国内学界，从上文所论地理学家竺可桢、陈正祥的开启先声，到目前由地理学界走向文学地理研究且有成果问世的张伟然、翁时秀、于希贤、梁璐、王永莉，以及来自地理信息学科的李文娟、张建立、傅学庆、李仁杰、张军海等的文学地理研究，也都可以归入这种范式。总体而论，地理本位论者多为来自地理研究界的学者，他们普遍关注文学的"地理学"研究，往往只是将其视为地理学或人文地理学的一个分支学科甚至是一个相关研究领域，而以此纳入地理学或人文地理学的研究范域之中，因而居于本位与核心地位的只能是"地理"而不可能是"文学"。然而从"文学地理学"概念史的历史演进来看，地理本位论亦先于文学本位论而产生，当18世纪中叶德国康德《自然地理学》最先提出"文学地理学"概念时，即以"文学地理学"为自然地理学的一个分支学科。然后直至20世纪70年代，以西方地理学界为主体，推动了人文社科领域的"空间转向"而来的"空间批评"理论的兴起，"地理学"与"文学"再次相遇相融而结出了丰硕的果实。而且如英国文化地理学家迈克·克朗在代表作《文化地理学》中主张"文学与地理的融合"[①]，加拿地理学家马克·布罗索在《地理的文学》（*Geography's Literature*）[②]、《文学》（*Literature*）[③] 中一再倡导建立"地理学"与"文学"的"对话关系"，这对于文学地理学的学科定位而言，地理本位论同样具有重要的推动作用与启示意义。

2. 文学本位论的文学地理研究。在中西学界的文学地理研究中，这一研究范式都居于主导地位，从美国的文学地域主义批评，到以法国贝特兰德·韦斯特法尔（Bertrand Westphal）、美国罗伯特·泰利（Robert

---

① ［英］迈克·克朗：《文化地理学》，杨淑华、宋慧敏译，南京大学出版社2005年版，第52页。

② Marc Brosseau, Geography's Literature, *Progress in Hu-man Geography*, 1994, 18（3）: 333 – 353.

③ Marc Brosseau, Literature, Kitchin R., Thrift N., *International Encyclopedia of Human Geography*, Amsterdam, Netherlands: Elsevier, 2009, pp. 212 – 218.

T. Tally Jr.）开创的地理批评，以及美国文学地图研究的代表人物弗朗科·莫雷蒂（Franco Moretti）、埃里克·布尔逊（Eric Bulson）等，都可归于这一研究范式。而在国内学界，主张这一范式且有理论阐述的学者，主要有金克木、杨义、梅新林、曾大兴、邹建军、钟仕论等。文学地理学既源自人文地理学之母体，但其发展方向应是逐步脱离母体而走向相对独立。顾名思义，文学地理学之所以名之为文学地理学而非地理文学，表明文学在前，地理在后，文学与地理之间并非对等关系，而是以文学为主导，为核心。在此，要引出一个需要加以辨正的重要问题——学术本位问题，即文学地理学究竟是以文学为本位还是以地理为本位？或者说，是文学本位中的地理研究还是地理本位中的文学研究？对于人文地理学研究而言，将文学地理纳于其中，作为自己的重要内容或者一个学术分支，这既是对人文地理学研究的重要拓展，也是对文学地理研究的有力推动，但从文学地理研究以及发展为文学地理学学科而言，这实际上是取消了文学地理学作为跨学科研究的相对独立地位。所以，应该以文学为本位的文学地理研究为主导，以人文地理学中的文学地理研究为辅助，然后整合、发展为相对独立的文学地理学。

3. 双重属性论的文学地理研究。主张这一研究范式且有理论阐述的学者，主要有胡阿祥、陶礼天、马晶、戴俊骋等。其中陶礼天、马晶来自文学研究界，戴俊骋来自地理学家，胡阿祥则是两栖学者，虽然同为"文学—地理双重属性论"，但还是存在着分别偏向文学与地理的具体差异。由于文学地理学借鉴于人文地理学的亲缘关系，同时也由于文学地理学的跨学科性质以及研究者既有的不同专业背景与立场，在文学地理学的研究实践与理论探索中，一直存在着以地理为本位的文学地理研究与以文学为本位的文学地理研究的同时并行。与此同时，还有第三种本位论即文学—地理双重属性论，与上述文学本位论、地理本位论三足鼎立。表面看来，这种双重属性论似是对文学本位、地理本位论的一种折中方案，但归根到底这是缘于文学地理学系由"文学"与"地理学"两大母体学科融合而成，所以在学理逻辑上也是能够成立的。因为文学地理研究的"双重范式"，彼此既有相对独立存在的理由，当然也就有相互交融耦合的可能。人文地理学与文学地理学的研究对象与内容分别侧重于文化地理与文学地理，彼此都重在空间维度和空间形态，而且文学与文化的空间维度和空间形态原本就是一个相互交融的复合体，难以截然分开，这是因为文学地理研究由外而内，由表及里，最终必然要从文学维度深入文化维度，从文学空间形态深入文化精神本原。一旦文学地理与文化地理趋于内在的由分而合，那么，文学地理研究的"双重范式"也就有可能打破樊篱而真正加以贯通。

三　古代文学地理研究的主要成果

文学地理学研究自 20 世纪 80 后期重新启动，至 21 世纪初日益兴盛，相继在理论、整体、区域、专题、个案以及地图研究六个方面取得了显著成果，为中国文学与文化研究提供了新的视野、理论与方法，起到了重要的推动作用。从学术形式来看，整体性、区域性研究以学术专著为主，个案性研究以学术论文为主，理论性与专题性研究则两者兼而有之，而文学地图研究则已成为新的学术亮点。

1. 理论性研究成果。理论创新与建构在文学地理学研究中发挥着核心与引领的作用，从 20 世纪 80 年代金克木率先提出建立"文艺地域学"的设想，到 90 年代陶礼天进而明确提出建立"文学地理学"的主张，直至进入 21 世纪之后终于取得了重点突破。就理论原创性意义而言，其代表性成果是杨义提出的"重绘中国文学地图"以及"一纲三目四境"论与梅新林提出的"新文学地理学"以及"版图复原·场景还原·精神探原"的"三原"论。21 世纪之初，杨义在《重绘中国文学地图》（中国社会科学出版社 2003 年版）、《重绘中国文学地图通释》（当代中国出版社 2007 年版）等论著中，就"重绘中国文学地图"以及"一纲三目四境"论作了系统阐述，并不断加以完善。其"重绘中国文学地图"的学术宗旨，即是重在强调"以空间维度配合着历史叙述的时间维度和精神体验的维度，构成了一种多维度的文学史结构"，以纠正过去文学史结构中"过于偏重时间维度，相当程度上忽视地理维度和精神维度"的缺陷，[1] 所谓"一纲"，即指以"大文学观"为纲，提出中国文学要超越

---

[1] 杨义：《重绘中国文学地图与中国文学的民族学、地理学问题》，《文学评论》2005 年第 3 期。

"杂文学观""纯文学观"而返回"大文学观";所谓"三目",就是支撑重绘中国文学地图的三个基点:时间结构、发展动力体系与精神文化深度;所谓"四境",即是以一纲三目加以贯通的四个学科分支或学科交叉领域:民族学、地理学、文化学、图志学。在重绘中国文学地图的纲、目、境三者之间,可以组成一个互动互释的结构,这种纲、目、境的往返互动,为文学阐释和文学史研究提供了丰富的资源、视境和思想。然后到了 2013 年,杨义将其有关"重绘中国文学地图"的重要论文汇集为《文学地理学会通》,由中国社会科学出版社出版,这意味着原先由"重绘中国文学地图"统率民族学、地理学、文化学、图志学的学术构想,至此终于归结于"文学地理学"的学术体系之中。杨义提出"重绘中国文学地图"命题与理论之后,在文学研究界内外产生了巨大而深远的影响,同时也有力激发和促进了文学地理学的理论探索与建构。梅新林自 2004 年在博士论文《中国古代文学地理形态与演变·导论》中开始有关文学地理学的理论探讨,然后于 2006 年发表《中国文学地理学导论》(《文艺报》2006 年 6 月 1 日)以来,一直持续于文学地理学的理论思辨与建构,先后发表了《文学地理学的学科建构》(《华中师范大学学报》2012 年第 4 期)、《走向理论自觉的文学地理学研究》(《中国社会科学报》2009 年 9 月 1 日)、《文学地理学:基于"空间"之维的理论建构》(《浙江社会科学》2015 年第 3 期)、《论文学地图》(《中国社会科学》2015 年第 8 期)、《"新文学地理学"学术体系之建构》(《浙江社会科学》2017 年第 8 期)等理论文章,然后汇聚于 2017 年与葛永海合作出版的《文学地理学原理》之中,力图通过概念界说、学科定位、理论建构与方法创新四大支柱,建构起"新文学地理学"的理论大厦,其中的理论建构即是"版图复原·场景还原·精神探原"的"三原"论。在此四大支柱之间,"概念界说"重在为其确认"身份","学科定位"犹如为其铸就"骨架","理论建构"更是为其注入"灵魂",则"方法创新"主要为其提供"路径",其中"理论建构"又是重中之重所在,也是统率全书的最为重要的理论建树。与此同时,邹建军从比较文学领域进入文学地理学理论建构,其成果最后汇聚于《江山之助:邹建军教授讲文学地理学》(中央编译出版社 2014 年版),曾大兴则从文学地理实体研究转向理论建构,其成果最后汇聚于《文学地理学概论》（商务印书馆2017年版），陶礼天对于文学地理学的继续探索，胡阿祥基于双重本位论的学理思考；刘跃进、周慧琳、李仲凡从地域文学，孙逊、陈引驰、葛永海从城市文学，李浩、罗时进从文学家族，李德辉从交通地理拓展至文学地理学及其理论探索；其他如王水照、刘扬忠、蒋凡、张晶、钟仕伦、彭民权、翁时秀、余意、陈舒劼、刘小新、李志艳、颜红菲、夏汉宁、韩伟等，都不同程度地为文学地理学的理论资源引入与体系建构做出了自己的贡献，从而有效弥补了长期以来理论滞后与缺失的局限。其中钟仕伦《概念·学科与方法：文学地理学略论》（《文学评论》2014年第4期）将"文学地理学"概念追溯至康德《自然地理学》，还有正本清源的重要意义。

2. 整体性研究成果。超越某一区域而趋于全国性的文学地理研究——或通代或断代的，便是整体性研究。其中代表作有曾大兴《中国历代文学家之地理分布》（湖北教育出版社1995年版）与梅新林《中国文学地理形态与演变》（复旦大学出版社2006年版）。曾著以谭正璧《中国文学家辞典》为范本，然后以作家的出生地为标准进行相关考证与统计，力图通过朝代更迭文学家人数的地理分布情况探讨中国文学中心以及整体格局的变化。梅著则旨在揭示中国文学八大区系从西到东，从北到南所经历的五次循环往复运动，也由此划开了中国文学地域区系轮动的五个阶段，力图通过文学与地理学的跨学科研究，深入揭示中国文学地理的表现形态与演变规律。再就断代研究方面来看，刘跃进所著《秦汉文学地理与文人分布》（中国社会科学出版社2012年版）主要探讨秦汉时期八个区域的文学流变与文人分布，不仅为文学地理的"系地"工作及文人分布研究提供了新的依据与范例，而且从时空的观念对于秦汉文学的发展源流再作崭新的论述。胡阿祥《魏晋本土文学地理研究》由魏晋时期文学家籍贯的地理分布，全面揭示出各地区本土文学成长的历史背景与现实过程，深入分析了影响文学发展的主要因素在各地区的表现或作用。唐宋文学地理研究的代表作中，陈尚君、胡中行《唐诗人占籍考》（《中西学术》第2辑，复旦大学出版社1996年版）与戴伟华《唐代文学研究中的文人空间排序及其意义》（《扬州大学学报》1999年第1期）分别通过扎实考据与数据排序还原唐代诗人的地域分布；李德辉《唐代交通与文学》（湖南人民出版社2003年版），主要从交通与文学地理的关系开辟文学地理研究的新路径。杨义《中国古典文学图志——宋、辽、西夏、金、回鹘、吐蕃、大理国、元代卷》（2006）尝试以一种崭新的文学史形态来考量中华多民族文化共同体的整体特征和动态过程，包括它的文化哲学与合力机制，目的是重绘更为完整、坚实、博大、精妙的文学地图。沈文雪《文化版图重构与宋金文学生成研究》（光明日报出版社2009年版）从12世纪初文化版图重构的角度，综论南北文学同脉共振、同质异构的一体性及其变异，对同尊元祐、政争文祸、文学分期、地域风格、文学中心及人才分布等问题进行了探索。上述文学地理学著作以空间流向对时间流程进行人为切割、转换、重组，对于矫正区域文学史之不足，促进空间主导型的时间变形不无借鉴与启示意义。所惜元明清三代尚无相应的著作出现。

3. 区域性研究成果。尤其是区域文学与文化地理关系研究受到学界高度重视，相关会议络绎不断。[①] 连续以文学与区域或地域文化关系研究为主题，足见其命题的持久重要性与学术生命力，同时也标示着相关研究向纵深拓展。区域文学地理研究的重要成果主要体现在以下三个方面：一是区域文学史研究。重要著作有：萧云儒《中国西部文学论》（青海人民出版社1989年版）、马清福《东北文学史》（春风文艺出版社1992年版）、李春燕主编《东北文学史论》（吉林文史出版社1998年版）、崔洪勋、傅如一主编《山西文学史》（北岳文艺出版社1993年版）、王齐洲、王泽龙《湖北文学史》（华中理工大学出版社1995年版）、陈庆元《福建文学发展史》（福建教育出版社1996年版）、邓经武《20世纪巴蜀文学》（电子科技大学出版社1999年版）、陈伯海、袁进主编《上海近代文学史》（上海人民出版社1993年版）、刘增杰、王文金主编《精神中原——20世纪

[①] 比如2002年4月由《文学评论》编辑部和重庆师范学院中文系联合举办的"区域文学与文化"专题学术研讨会，2003年11月由复旦大学中国古代文学研究中心、安徽大学徽学研究中心、南京师范大学文学院、南开大学文学院联合举办的"明代文学与地域文化"学术研讨会，2006年11月由山东省社科院语言文学所主办、胜利油田文联协办的"地域文化与文学"学术研讨会等。这些会议之后，大多有论文集出版，对于区域文学与文化地理关系研究起到了积极的促进作用。

河南文学》(河南大学出版社 2002 年版)、乔力、李少群主编《山东文学通史》(山东教育出版社 2003 年版)、杨世明《巴蜀文学史》(巴蜀书社 2003 年版)、邱明正《上海文学通史》(复旦大学出版社 2005 年版)、孙海洋《湖南近代文学》(东方出版社 2005 年版)、王嘉良主编《浙江文学史》(杭州出版社 2008 年版) 等。其中多以既有行政区域为单位,也有一些以文化地域或通称地域概念为单位的研究著作。区域文学史的研究价值是可以为文学地理研究提供新的实证材料与成果,但区域文学史多以行政区域为单位,在实际编写过程中会遇到许多难题。二是区域文学地理的综合研究。相关的重要著作有:王学泰《以地域分野的明初诗歌派别论》(《文学遗产》1989 年第 5 期)、陈庆元《文学:地域的观照》(上海远东出版社 2003 年版),蕲明全《区域文化与文学》(中国社会科学出版社 2003 年版),尚永亮《唐知名诗人之层级分布与代群发展的定量分析》(《文学遗产》2003 年第 6 期),薛玉坤《区域文化视野中的宋词研究》(博士学位论文,苏州大学,2003 年),蒋寅《清代诗学与地域文学传统的建构》(《中国社会科学》2003 年第 5 期),朱万曙、徐道彬《明代文学与地域文化研究》(黄山书社 2005 年版),戴伟华《地域文化与唐代诗歌》(中华书局 2006 年版),王德华《东晋文学的主题变迁与地域分布》(《浙江大学学报》2006 年第 1 期),宋展云《汉末魏晋地域文化与文学研究》(博士学位论文,扬州大学,2012 年),这些著作多具史论结合的特点。三是特定区域文学地理的综合研究。同样以江南为中心,主要有:卢敦基《南朝浙江文学的兴盛及其原因试论》(《浙江学刊》1990 年第 1 期)、陈建华《十四至十七世纪中国江浙地区社会意识与文学》(学林出版社 1992 年版)、李玫《明清之际苏州作家群研究》(中国社会科学出版社 2000 年版)、刘永强《西湖小说:城市个性与小说场景》(《文学遗产》2001 年第 5 期)、王祥《宋代江南路文学研究》(博士学位论文,复旦大学,2004 年)、徐永明《元代至明初婺州作家群研究》(中国社会科学出版社 2005 年版)、景遐东《江南文化与唐代文学研究》(人民文学出版社 2005 年版)、彭茵《元末江南风尚与文学》(博士学位论文,南京师范大学,2006 年)、韩结根《明代徽州文学研究》(复旦大学出版社 2006 年版)、朱逸宁《江南的文化地理界定及六朝诗性精神阐释》(《江淮论坛》

2006年第2期)、钱志熙《试论"四灵"诗风与宋代温州地域文化的关系》(《文学遗产》2007年第2期)、薛玉坤《宋词与江南区域文化——人地关系的视角》(中国华侨出版社2007年版)、跃进《江南的开发及其文学的发轫》(《文史遗产》2007年第3期)、汪惠民《江南地域传统对明代诗文的渗透——以吴中"皇甫四杰"为对象》(《江南大学学报》2011年第2期)、纪兰香《清末民初小说中的京沪文学空间——以(1892—1917)上海地区出版的长篇小说为主》(博士学位论文,复旦大学,2015年)等。涉及其他区域的则有:甘海岚《北京文学地域特色研究》(北京燕山出版社1990年版)、王水照《北宋洛阳文人集团与地域环境的关系》(《文学遗产》1994年第3期)、汪春泓《颍川区域风习与建安文学》(《文艺理论研究》1996年第6期)、曹道衡《关中地区与汉代文学》(《文学遗产》2002年第1期)、跃进《秦汉时期的"三楚"文学》(《文学遗产》2008年第5期)、《河西四郡的建置与西北文学的繁荣》(《文学评论》2008年第5期)、帅海军《唐代朔方地区的文化与文学活动考论》(硕士学位论文,西北大学,2007年)、陈广宏《晋安诗派:万历间福州文人群体对本地域文学的自觉建构》(《中国文学研究辑刊》2008年第2期)、左鹏《文学地理研究中的作品分析刍议——以唐五代时期岭南的文学地理为例》(《江汉论坛》2008年第9期)、杨为刚《唐代"长安—洛阳"文学地理与文学空间研究》(博士学位论文,复旦大学,2009年)等。其中曹、刘诸文侧重于唐前区域文学地理研究,彼此可以相互衔接,相互参看。王水照《北宋洛阳文人集团与地域环境的关系》从北宋洛阳文人集团与洛阳地区的地域文化、自然环境的关系上,对这一集团之于宋诗、宋文、宋词时代特点的形成和发展所发挥的导夫先路的重要作用做出了新的阐释。刘永强《西湖小说:城市个性与小说场景》提出了"场景"这一具有意义重释性的重要概念,认为西湖作为小说场景的运用的重要理念,是中国小说叙事传统的一个生动体现。西湖小说所反映出的作家对城市生活认识的角度和程度,在中国社会近代化的演进过程中同样具有深刻的文化意义。而陈、左两文则拓展至八闽、岭南文学地理研究,具有"开疆拓土"的特殊意义。陈文试图对明万历间福州文人群体文学活动骤盛的过程及原因进行梳理、考察,揭示其在与中心文坛及其他地域文学互动的背景下，如何通过重新构建本地域文学系谱等方式，一方面确立并守持自身的文学特性，一方面改变并张大自身的文学地位，终于令福建文学在完成自身建设的同时突破区域局限，发挥前所未有的作用与影响。蒋寅《清代诗学与地域文学传统的建构》借鉴西方"大传统""小传统"概念探讨清代诗学与地域文学传统的建构问题，深化了与经典文本所代表的"大传统"相对的地域性的"小传统"的认识。

4. 专题性研究成果。专题性研究主要指对文学地理中的某一领域，或某一类型、某一群体、某一文体等进行研究，与区域性研究有一定的交叉关系，或者直接从前者发展而来。其中一个重要论题是传统延续下来南北文学的比较研究，诸如章培恒《从〈诗经〉、〈楚辞〉看我国南北文学的差异》（《中国文化研究》1993年创刊号），曹道衡《略论北朝辞赋及其与南朝辞赋的异同》（《文史哲》1991年第6期）、《东汉文化中心的东移及东晋南北朝南北学术文艺的差别》（《文学遗产》2006年第5期）、李显卿《中国南北文化地理与南北文学》（《辽宁大学学报》1993年第3期）等都是旧题新论。其余涉及的内容可谓丰富多彩，主要有：吴承学《江山之助——中国古代文学地域风格论初探》（《文学评论》1990年第2期），姚宝瑄《世界史诗的文化地理枢纽》（《晋阳学刊》1990年第4期），马昌仪《山海经图：寻找〈山海经〉的另一半》（《文学遗产》2000年第6期），曹道衡《从〈文选〉看中古作家的地域分布》（《齐鲁学刊》2004年第6期），陈铁民《试论唐代诗坛中心及其作用》（《国学研究》2001年第8卷），刘毓庆、郭万金的《战国〈诗〉学传播中心的转移与汉四家〈诗〉的形成》（《文史哲》2005年第1期），李德辉《客寓意识与唐代文学的漂泊母题》（《社会科学研究》2006年第5期），韩晓《中国古代小说空间论》（博士学位论文，复旦大学，2006年），龙迪勇《空间叙事学：叙事学研究的新领域》（《天津师范大学学报》2008年第6期），徐雁平《"地域文学传统的建构"成为一种文学叙写方法——以明清集序为研究范围》（《中山大学学报》2013年第1期），刘保亮《论地域作家的文化身份》（《甘肃社会科学》2013年第1期），李杰荣《汉至唐代的诗经图》（《河北师范大学学报》2013年第1期），王永莉《唐代边塞诗

"绝域"意象的历史地理学考察》(《人文杂志》2014年第10期)，张袁月《近代小说中的文学"地图"与城市文化》(《文学评论》2014年第3期)，张伟然《文学中的地理意象》(《读书》2014年第10期)，纪兰香《本土·异域·虚拟世界——清末民初小说的三重叙事空间》(《理论界》2014年第11期)，樊文军《空间诗学：以北宋陕北地区边塞诗为例》(《兰州学刊》2015年第7期)，曾大兴《气候、物候与文学》(商务印书馆2016年版)，杨亮《元代扈从纪行诗的地理意象风貌及价值重估》(《广播电视大学学报》2016年第1期)，董志《16世纪末至20世纪初长篇家庭小说空间叙事研究》(博士学位论文，复旦大学，2017年)，等等，都值得人们关注。曾大兴《气候、物候与文学》分为上下两篇，上篇讨论气候、物候对文学家的生命意识、地理分布、气质与风格以及灵感触发机制的影响。下篇则讨论气候、物候对文学作品的主题、作品中人物的心情、性格与命运以及作品的内部景观的影响。同时还绘制了诸如《中国历代文学家之气候带分布图》《气候、物候、气质、文学家生命意识与文学作品风格之关系示意图》等多达22张图表。至于城市文学地理研究，既是特定的区域性文学地理研究，又可归属于区域文学地理的专题研究。因下文要作专题论述，此略。

5. 个案性研究成果。所谓个案性研究，是指重在对文学地理中的特定作家作品以及诸多个别性文学现象进行实证研究，以论文为多。如刘刚《〈蜀道难〉的文学地理学解读》(《社会科学辑刊》1993年第6期)，马强《论唐宋蜀道诗的文化史意义》(《成都大学学报》1995年第3期)，梅新林《红楼梦的"金陵情结"》(《红楼梦学刊》2001年第4期)，林涓、张伟然《巫山神女：一种文学意象的地理渊源》(《文学遗产》2004年第2期)，孙逊、葛永海《中国古代小说中的"东京故事"》(《文学评论》2004年第4期)，葛永海《城市品性与文化格调——论中国第一部城市小说〈风月梦〉》(《浙江师范大学学报》2005年第4期)，柯玲《俗文学的地域个性与都市消费情结——清代扬州的个案观照》(博士学位论文，华东师范大学，2005年)，陈湘琳《记忆的场景：洛阳在欧阳修文学中的象征意义》(《西南民族大学学报》2007年第3期)，朱军《都市空间与现代激进文学地理的建构——以亭子间文化为中心》(《励耘学刊》

2013年第1期），皆侧重于对某一特定文学现象进行研究。此外，在有关古代文学世家研究中，有侧重于群体和个体研究之不同，应分别对应于专题性与个案性研究。

6. 文学地图研究成果。文学地图作为文本之外的"第二语言"系统，具有可视化效果与互文功能，但同时又广泛涉及理论、整体、区域、专题以及个体性研究的维度与取向，故而在此做一单独论述。自从杨义提出"重绘中国文学地图"之后，有关文学地图本身的诸多理论问题引起了学界的高度关注和重视，郭方云《英美文学空间诗学的亮丽图景：文学地图研究》（《外国文学》2013年第6期）率先对西方文学地图作了简要介绍与阐述，梅新林《论文学地图》（《中国社会科学》2015年第8期）则从历史还原—建构的双重视角对"文学地图"的形态与概念变迁进行系统梳理，并对"文学地图"的时空逻辑、图文结构、互文功能与二元方法等问题展开理论探讨。而至梅新林、葛永海《文学地理学原理》一书，又结合美国学者莫雷蒂的《欧洲小说地图集，1800—1900》、布尔逊《小说·地图·现代性：空间想象，1850—2000》以及泰利的地理批评理论进而提出"地图批评"论，可以为文学地理学与文学地图理论提供新的启示。与此同时，是文学地图的实践探索尤其是信息技术与文学地图结合与运用的重要进展，其中王兆鹏主持的"唐宋文学编年地图"、台湾学者罗凤珠主持的"宋人与宋诗地理信息系统"，以及徐永明主持的"学术地图发布平台"，已见于第十一章第六节"古代文学文献的数字化"，这里补叙一下的是，徐永明主持的"学术地图发布平台"力图借助哈佛大学地理分析中心的优势，立足于打造中国最大的文史地理信息数据库和学术地图发布平台的长远目标，目前已在自建系列学术地图方面取得了一系列阶段性成果，其中既有如《全宋文》《全元文》《全元诗》《列朝诗集小传》《二十五史》中的列女传、清代戏曲作者、浙江集部著述、浙江古今人物、清代江西别集著述、清代妇女作者、清代戏曲演员等群体性数据，亦有如汤显祖行迹、沈周行迹、宋濂行迹、竺可桢行迹等个体性数据，且数据仍在不断增补中，可以为广大用户提供地理信息研究成果发布、可视化分析及多功能查询服务。

此外，还可重点关注和观察一下李文娟、傅学庆、李仁杰、张军海合作发表的《基于空间统计方法的李杜诗词文学空间模式的比较研究》的最新探索与成果。该文提取李白、杜甫创作地点及描述地点为研究数据，借助 Arc GIS 软件平台，采用最邻近指数法、核密度估计法、标准差椭圆法，对李杜诗词文学空间模式进行比较研究以及对其空间信息进行专题可视化分析。具体而言，即是运用 Arc GIS 标准方差椭圆分析工具，以李白、杜甫诗词创作数量或描述地点数量字段作为权重，分别对李白、杜甫诗词创作地点以及描述地点的分布方向进行分析，以此观察空间分布中心与趋向以及空间密度分布格局，由此得出的结论如下：李白诗歌创作地点表现出"两线五核"的空间分布格局，表现了广泛分布、局部聚集的空间分布特征；而杜甫诗词则是呈现"两线六核"的空间分布格局。以此对照李白诗词创作地点分布格局来看，"兖州—洛阳—长安（今西安）"线为二人共同的创作空间，其余创作空间则不尽相同，体现出二人各自行为空间特征走向的不同。[①] 以上这些尝试与探索，都有令人耳目一新之感。可以预期的是，随着基于"地理信息系统"（GIS）与"虚拟地理环境"（VGE）的数字地图的技术更新与广泛应用，文学地图与信息技术的结合与集成，具有十分广阔的前景。

四　古代文学地理研究的学术反思

在充分肯定世纪之交文学地理学成就的同时，也要正视其存在的诸多问题与不足，集中体现在以下四个"失衡"：

一是内外之间的失衡。根据"外层空间—内层空间"的"双重空间"理论，地域研究与空间研究分别属于"外层空间"与"内层空间"。得益于 20 世纪 80 年代以来文化热尤其是地域文化热的激发与推动，同时受台湾学者陈正祥所著《中国文化地理》于 1983 年在大陆出版的直接影响，20 世纪后期中国文学地理学的重心依然是地域性或者说区域性研究，从相继召开的学术会议到与时俱增的相关学术论著，大多以文学与地域—区域文化关系研究为主题，尤其是重点围绕中国文学的地域性与文学家的地

[①] 李文娟、傅学庆、李仁杰、张军海：《基于空间统计方法的李杜诗词文学空间模式的比较研究》，《河北师范大学学报》2016 年第 1 期。

理分布而展开，集中体现在地域文学与区域文学史研究两个方面，包括以行政区域为单位以及以文化地域概念为单位的双重地缘取向。这种基于传统地理学的"人地关系"以及中国地域与区域文学核心问题的再度复兴，足见这些传统命题持久不衰的学术生命力，同时也标示着传统地域文学研究向纵深拓展。此与同时期西方"空间批评"的空前盛况及其与文学地理学研究的紧密结合恰好形成强烈的对比与反差。尽管早在20世纪80年代，西方"空间批评"理论已输入中国，也陆续出现了相关评介性论著，但多局限于文学批评领域，而尚未有意识地与文学地理研究融合为一体。进入21世纪以来，随着西方"空间批评"重要论著与观点的译介和传播，以及受之于小说叙事空间理论的交叉影响，借鉴西方"空间批评"理论而应用于文学地理空间研究才开始有新的突破，并由此昭示了文学地理学研究的广阔空间与前景，但无论在数量还是质量上还都无法与地域研究相提并论。若以地域之"外层空间"与文本之"内层空间"的"双重空间"衡量之，则在外强内弱之间存在着失衡状况。

二是代际的失衡。就目前中国文学地理学界的主体力量而论，则是"古"多"今"少的失衡状况十分突出。这首先在于从中国地域文学—文化的研究走向中国文学地理研究，彼此具有内在的学术关联，因而对于古典文学学者而言也更具天然的亲缘关系。然就古代文学本身观之，则又呈现为代际之间的不平衡，就整体研究而论，呈现为前强后弱之格局。秦汉至宋代，都有整体性的研究成果覆盖，即便在北朝，也先后出现了陈玲《北朝本土文学研究》（硕士学位论文，安徽师范大学，2006年），宋燕鹏博士论文《籍贯与流动：北朝文士的历史地理学研究》（河北大学出版社2011年版），刘海涛《北朝地域文学略论》（硕士学位论文，浙江师范大学，2013年）。其中宋文从历史地理学的角度切入北朝文学领域，把钩稽的文士籍贯、族望等史实与传统的北朝文学史结合起来，体现了研究的多元性和学科的交互性，并依据地域将士人的史料数据做出宏观分类和微观统计，揭示出文士流动的构成及其集中地的影响，同时采用图表形式展现了文士阶层从地域到全局的动态流动。而至辽金时代，则有刘德浩《辽代文学地理》（硕士学位论文，浙江师范大学，2013年），沈超《金代文学地理》（硕士学位论文，浙江师范大学，2013年）两文。然而在元明清三代，尽管有杨亮《元代扈从纪行诗的地理意象风貌及价值重估》、王学泰《以地域分野的明初诗歌派别论》、朱万曙与徐道彬《明代文学与地域文化研究》、蒋寅《清代诗学与地域文学传统的建构》等前后衔接，但都偏重于专题性研究，所以尤其需要在此基础上撰成整体性的集成之作。另一方面，在区域、专题以及个案研究中，则又呈前弱后强之格局，正好与整体性研究状况相反。所以需要根据具体情况发挥优势，补齐短板。

  三是文体之间的失衡。从目前学界的研究重心而论，小说与诗歌最受关注，成果也比较丰硕，而散文与戏剧普遍受到冷落。以此对照西方，同样也是以小说为冠，这是因为小说不仅同时具备文本空间以及人物行走路线，所以更易于还原为直观的文学空间地图，以及据此文本空间进入隐喻意义的辨析。美国文学地图研究的代表人物弗朗科·莫雷蒂《欧洲小说地图集，1800—1900》（1998）与埃里克·布尔逊《小说·地图·现代性：空间想象，1850—2000》（2006）都不约而同地选择了小说文本。而据美国地理批评家罗伯特·泰利在《地理批评探索》"导言"所论，他当时设想以"地理批评"这一术语来对应他"称之为的作家文学制图。运用文学制图，一个作家可以绘制他或她世界里的社会空间。一个地理批评家将解读那些制图，并且应特别关注文学作品中涉及的空间实践"[1]。这里主要讲了三层含义：一是在理论层面，"地理批评"这一批评术语与"文学制图"相对应；二是在创作层面，一个作家运用文学制图，可以绘制他或她世界里的社会空间；三是在批评层面，一个地理批评家将解读那些制图，并且应特别关注文学作品中涉及的空间实践。这大体可以解释文学地理学尤其是地理批评、地图批评特别青睐小说的主要原因。相比之下，古代诗歌次于小说，但要优于散文与戏剧，古代散文方面尚有邓稳《京都赋写作与古代地图之关系》（《四川师范大学学报》2013年第6期）、《赋体缘起的文学地理探源》（《学术研究》2013年第8期）等文问世，而古代戏剧则几乎无人问津。也许受莫雷蒂《灰色地带——易卜生与资本主

---

[1] Robert T. Tally Jr. Edt, *Georcircal Expolrations: Space, Place, and Mapping in Literary and Cultrual Studies*, New York: Palgrave Macmillan, 2011, p. 1.

义精神》的影响,① 国内学者也有数篇有关易卜生戏剧地理空间研究的论著问世,诸如杜雪琴《易卜生戏剧地理诗学问题研究》(博士学位论文,华中师范大学,2013 年)、《易卜生戏剧中"地理存在"的三种形态》(《武汉理工大学学报》2013 年第 6 期)、袁艺林《易卜生诗歌中的三重地理空间建构》(硕士学位论文,华中师范大学,2013 年)、陈清芳、钟秀、蒋士美《易卜生戏剧〈咱们死人醒来的时候〉中地理空间的象征意义》[《文学教育》(下)2017 年第 12 期]、李佩珺《以舞台空间为视角的易卜生戏剧研究》(硕士学位论文,贵州师范大学,2018 年)等。然而有关戏剧地理空间分析的论著更是少之又少,看来需要大力加强。

四是图文之间的失衡。"地图"向有地理学"第二语言"之称,因而作为融合"文学"与"地理学"的文学地理学不仅应该汲取地图学的理论资源,而且应该将地图制作技术直接应用于文学地理学研究实践之中,以便更好地实现文本与图本相互促进、相互阐释、相互增值的"互文"功能。陈正祥《诗的地理》与《中国文化研究》为此提供了早期重要范本,对于文本与图本研究的相互交融富有启示意义。然而总体来看,国内地理学界有志于文学研究的学者毕竟为数有限。退一步说,即便对有志于文学地理学研究的学者来说,也并非人人都能擅长于地图研究与制作,因为作为地理学分支学科的地图学毕竟不能简单等同于其母体学科,而地图制作更是一种需要专业训练的专门技术。反过来,对于来自非地理学界的诸多文学地理学学者而言,几乎都没有受过地理学尤其是地图学的专业训练,更难以在短时间内熟练掌握地图制作技术,所以在以文学界为主体的文学地理学研究中,以"文本"研究为主体、为核心的"文—图"失衡显然难以避免。另外,是文学地图趋于"实体性"与"借喻性"的两向分化。严格地说,诸多以"文学地图"命名的论著,几乎都是"借喻性"而非"实体性"概念的文学地图,即重点借鉴和汲取了"文学地图"理念与方法应用于文本分析与意义阐释,但由图文合体趋于图文分体,往往有"文"无"图",是一种没有"地图"的"文学地图"。至于对从纸质

---

① 本文原载于张永清、马云龙主编《后马克思主义读本——文学批评卷》,人民出版社 2011 年版。

地图向数字地图的重大变革，多数学者还没有做出及时而有力的响应。所有这些都会直接影响文学地图"图—文"相互促进、相互阐释、相互增值的"互文"功能之实现。

五是理实之间的失衡。理论既是先导，也是灵魂。从文学地理研究的发展历程来看，自20世纪后期启动文学地理研究以来，长期偏重于实体性的学术探索，而致力于理论性的学术建树明显欠缺。直至进入21世纪之后，以上两相失衡局面才得以明显改变，其间相继出现了一批致力于文学地理学学术体系建构的理论探索与建构之作，业已成为21世纪之后文学地理学进入了一个学科自觉的时期的核心标志。但在亚理论方面，还存在诸多亟待解决的问题，比如区域文学史模式，并不能简单套用国别文学史模式而著成前者的"缩小版"，应该应用"区域分异"规律重构时空互化的新型区域文学史模式；再如文学地图的数据采集与处理，也不仅仅是一个技术问题，而需要在理论上加以探讨，在顶层设计与"算法"上不断创新；又如文学景观问题，从陶礼天《北"风"与南"骚"》，到吴明霞、齐童、刘传安、马骁《景观地理学的演变及其学科发展》（《首都师范大学学报》2016年第4期），以及梅新林、葛永海《文学地理学原理》与曾大兴《文学地理学原理》等都论及这一论题。总体而论，实践探索不易，但理论建树更难。

第四节　城市抒写：古代城市文学研究

21世纪的古代城市文学研究无疑是时代背景下的必然产物，带有鲜明的时代烙印，它受到两重力量的深度激发，一是改革开放以来的城市化进程开始渐入佳境，体现出勃勃的生机与活力；二是现当代文学领域的城市文学研究形成热潮，一些学者思考城市文学的原初状态，从而开始面向古代的溯源研究。城市文学的主要文本形态表现为文学对于城市的描绘，是不同时代对于城市的文学想象。"城市文学"有广义和狭义之分，这种划分不是取决于文学表现的形态，而是城市发展的形态。广义的"城市文学"泛指所有正面描写城市景观文化、物质生活、精神生活内容的文学作品。狭义的"城市文学"主要指的是描写现代形态城市生活内容的作品，尤其表达出对于城市生活的现代性反思。与此相对应，可以说此前的文学作品只能算是"城市的文学"，大多只是对古典城市的形态描摹而已。随着中国的城市化进程，中国文学也必然性地经历了从"城市的文学"到"城市文学"的发展历程。古代城市文学研究乃就广义而言，是21世纪兴起的学术新向度。

一 古代城市文学研究的发展历程

古代城市文学研究一方面是随现代城市文学研究的兴起而产生，另一方面则是古代文学地理研究的特定空间聚焦的结果。

古代城市文学研究的产生首先与现代城市文学研究的兴起密不可分。现代城市文学研究是在20世纪80年代逐渐兴起的，大体以1983年北戴河首届城市文学理论笔会为标志。与会者一致认为有提出"城市文学"这一概念的必要，并首次对其作了初步界定。1986年6月，上海作协、影协和上影总公司联合组织了"城市人的生态和心态——城市文学和电影创作研讨会"，首次对"城市文学"的理论进行探索和总结。同月，中国作家协会四川分会在重庆召开了城市文学讨论会，对城市改革题材的小说创作问题进行了探讨。这些活动不同程度地助推了城市文学的创作与研究。80年代末期，城市文学的学术研究正式登台亮相。1987年第4期《文艺争鸣》刊载了晓华、汪政《一种文学两种文化——论城市和乡村两种文化意识》，1988年第1期《文学自由谈》刊载了蒋守谦《城市文学：一个有意义的文学命题》，1989年第4期《当代》刊载了张炯《〈大上海沉没〉与城市文学勃兴》，三篇文章从城市文学的概念、意义和勃兴等几方面对城市文学进行了学理探讨和研究。90年代，随着我国城市化的快速发展，当代城市文化和文学也随之异军突起，由此城市文学研究也进入一个崭新的阶段和局面。一是理论探讨更加深化，城市文学的概念、城市文学的分类和城市文学的意义等各方面都有更为深入的研究；二是批评实践更具有学术针对性，十分重视从作家作品的批评实践来探讨城市文学；三是更加重视城市文学个性化研究，即重视城市文学的地域性特征研究。[①]

[①] 以上内容参引谢廷秋《新时期城市文学研究综述》，《贵州师范大学学报》2010年第2期。

随着现代城市文学研究由古而今、向前溯源，古代文学城市文学研究由此而产生。就其发展历程与趋势而言，最初兴起于20世纪80年代，经90年代诸多因素的交融和积累，在21世纪以后全面走向兴盛。就研究内容而言，当下的古代城市文学研究一方面关注传统形态的城市文学研究，偏重于古典文学中的"城市主题"研究，另一方面则有所创新和发扬，产生了一些新变，逐渐超越以往的城市与文学关系的研究思路，注重从城市化的背景中去探讨文学作品的外部条件与内在含义。尤其在当代城市大发展的时代背景之下，许多与城市密切相关的文学作品被放置在城市化运动的视野中加以考察和评析，使学术界极大地拓展了研究视野。新世纪古代城市文学研究主要表现为四种研究路向与态势。

1. 从现当代城市文学回溯古代城市文学研究。在持续高涨的城市化运动的推动下，现代城市文学研究的兴盛必然促发学界"古—今"互动与贯通。由于中国城市发育与城市研究的先天不足，勃兴于80年代的城市文学与文化研究存在着两大局限，一是主流话语体系主要借用西方现代城市理论，并以西方城市文学与文化研究为主要参照系，尚未完成本土化的理论建构；二是主要聚焦于现当代而普遍忽视古代城市文学与文化研究，遂使现当代城市文学与文化研究因缺少历史的纵向座标与具有本土特色的理论资源而显得根基不实。[①] 然而持续高涨的城市化运动与持续兴盛的当代城市文学与文化研究，毕竟引发了一系列联动效应：一是古代文学与文化学者的以"今"鉴"古"；二是现当代文学与文化学者的由"今"溯"古"；三是近代文学与文化学者的"古—今"贯通。大致从20世纪90年代末尤其是进入21世纪以来，以古代文学研究界为主导，以后二者为辅助，彼此从不同时段、不同领域、不同方向一同推动了古代城市文学与文化研究的兴起与深入，并取得了一系列重要成果。其中一个关键性的聚焦点即是以上海为中心的现代城市文学的发生，或者说古代城市文学的现代转型问题的研究各有不同的表述，鲜明体现了由"今"溯"古"或以"今"鉴"古"的本位立场的差异。但不管何种视角和路径，都有助于汇聚

[①] 参见周晓琳《中国古代城市文学研究的文学史意义》，《北京化工大学学报》（社会科学版）2008年第4期。

城市文学与文化的研究力量，有助于推动古代城市文学的兴盛和发展。

2. 由雏形"城市主题"接轨城市文学研究。雏形的城市文学伴随城市的产生而产生，而雏形的"城市主题"也伴随中国文学的发展而发展。但在相当长的历史时期内，诸多含有雏形"城市主题"的文学作品往往被更传统、更直观的文体或题旨研究所遮蔽，而未能拓展和接轨于城市文学研究。比如历代文献中载有许多都邑赋，此类文体自西汉扬雄作《蜀都赋》，开都邑赋之先河，而后东汉班固撰《两都赋》、张衡撰《二京赋》，正式确立京都大赋的创作体制始，递降而及明清两代，这种以全面介绍某一都邑自然、人文和历史状况为主要内容的都邑赋就一直代不乏作，几与整个封建社会的历史相重合。[①] 其中蕴藏着丰富的城市文化内涵，是古代城市文化的重要载体[②]，也是中国古代城市文学早期最为成熟的文本形态。然而长期以来，学界对于京都赋的关注和研究重心，一直是在文体和题旨方面。直至 20 世纪末尤其是进入 21 世纪之后，作为对城市文学与文化研究的积极回应，许多学者在学术取向与路径上适时作了新的调整而日趋多样化。其中既有传统研究路径与方法的持续和完善，比如李小成《从京都赋看当时的文风》（1997 年），许结《从京都赋到田园诗——对诗赋文学创作传统的思考》，周勋初《左思〈三都赋〉成功经验之研讨》（1999 年）等文皆是如此。但更多的是研究视角的调整，即将都邑赋纳入城市文学与文化的研究视野之中，多从中国城市文学与文化的早期形态方面来加以探讨，或者是对都邑赋的城市文学与文化进行专题性研究，或者在对都邑赋的综合性研究中包含了城市文学与文化的研究。再如古代文学中大量以城市为对象的怀古诗，在唐诗宋词中就曾反复出现"金陵怀古"主题，对这些怀古诗的研究一直是传统古代文学研究的重要内容，但在 80 年代之后，"怀古"主旨逐步被"城市文学"的文学特性与文化意义研究所取代。这无疑是对旧有研究格局的深化与拓展。

3. 由城市文化审视城市文学研究。法国地理学家菲利普·潘什梅尔（Philippe Pinchemel）曾指出："城市既是一个景观、一片经济空间、一种

---

① 参见王树森、余恕诚《论古代都邑赋的现代价值》，《学术界》2009 年第 1 期。
② 侯立兵：《都邑赋：传统城市文化的重要载体》，《湖南文理学院学报》2005 年第 2 期。

人口密度；也是一个生活中心和劳动中心；更具体点说，也可能是一种气氛、一种特征或者一个灵魂。"[①] 城市作为人类文明的象征，其所孕育的城市文化包含了城市物质文化、制度文化与精神文化的方方面面。而城市文学作为城市文化的重要组成部分，则是特定城市文化土壤中的特定精神产物，有怎样的城市文化，就有怎样的城市文学，所以很难想象离开城市文化而进行城市文学研究，这就决定了城市文学研究中的文化维度的特殊重要性。而从学术研究进程本身来看，现当代城市文学研究与文化热于80年代中期的同步而兴，也并非是一种偶然的巧合，而是具有更为深层的学术关联。此后，许多古代文学与文化学者在以"今"鉴"古"中也充分承继了当代城市文学与文化研究的这一学术传统。

4. 由文学地理切入城市文学研究。古代城市文学研究也是古代文学地理研究的特定空间聚焦的结果。自20世纪80年代文学地理学初步产生以来，特别是本世纪交替之际，古代文学地理研究无论是理论探讨还是实践研究都向纵深方向发展，古代城市作为一种特定的地理空间对于文学的发展和作用越来越受到研究者的关注和重视，彼此具有一定的交叉性乃至重合性。上文所列文学地理个案性研究成果，诸如梅新林《〈红楼梦〉的"金陵情结"》（《红楼梦学刊》2001年第4期），孙逊、葛永海《中国古代小说中的"东京故事"》（《文学评论》2004年第4期），葛永海《城市品性与文化格调——论中国第一部城市小说〈风月梦〉》（《浙江师范大学学报》2005年第4期），柯玲《俗文学的地域个性与都市消费情结——清代扬州的个案观照》（博士学位论文，华东师范大学，2005年），陈湘琳《记忆的场景：洛阳在欧阳修文学中的象征意义》（《西南民族大学学报》2007年第3期），陈燕妮《吹台：被嫁接的城市景观与宋诗书写》（《湖北社会科学》2015年第2期），等等，即同时兼具文学地理与城市文学研究的双重属性。从宽泛的意义上说，城市文学即是文学地理的一种特殊形态。所以，21世纪城市文学研究的兴盛直接与文学地理学的有力推动密切相关，而文学地理与城市文学研究的两相交融，也就成为新世纪城市文

[①] ［法］菲利普·潘什梅尔（Philippe Pinchemel）：《法国》，漆竹生译，上海译文出版社1980年版，第18页。

学研究的一大趋势。

二 古代城市文学研究的主要成果

21世纪古代城市文学研究成果，集中体现于理论研究、文化研究、分体研究以及空间形态研究等四个方面。

1. 古代城市文学的理论研究。这方面的研究成果主要体现在单篇专题论文与城市文学总论以及散见于诸多相关著作的序论之中，总体成果不够丰富。其中的研究重点之一是有关古代城市文学的宏观理论研究。这里拟重点介绍一下周晓琳《中国古代城市文学研究的文学史意义》[①]《中国古代城市文学研究系统建构刍议》[②] 两篇论文。在《中国古代城市文学研究的文学史意义》一文中，周晓琳从三个方面解释了古代城市文学研究的文学史意义：首先，古代城市文学作为一种客观存在，是中国古代文学不可或缺的组成部分，只有充分重视并认真研究古代城市文学，才可能建构完整意义上的中国古代文学史。与此同时，在中国文学发展的历史长河里，城市文学与乡土文学具有相互影响与渗透之关系，二者共同造就了古代文学地图的丰富多彩，欲准确把握中国古代文学史的内部构成体系，同样不能缺少城市文学研究这一重要环节。研究城市文学史，从另一个向度呈现中国古代文学的发展轨迹，将有助于我们深化对乡土文学文化特质的认识，更准确地把握中国文学的地域性和民族性。其次，城市作为古代社会一个相对独立的重要文化空间，不仅铸就了古代城市文学特殊的精神风貌和文化品格，而且成为许多重要文学样式的策源地及其发展繁荣的催化剂。研究古代城市文学，是推动古代文学史研究多元化格局形成的有效途径，有利于古代文学史研究的深化。最后，研究中国古代城市文学还具有现当代文学史意义，可以为现当代文学史研究提供一个广阔的历史视野与意蕴深厚的历史文本。进入21世纪以来，学术界不断传出关于强调"打通"文学研究的时代壁垒，提倡建立大文学史、中国文学通史的研究体

[①] 周晓琳：《中国古代城市文学研究的文学史意义》，《北京化工大学学报》（社会科学版）2008年第4期。

[②] 周晓琳：《中国古代城市文学研究系统建构刍议》，《光明日报》2007年5月15日。

系的呼声。深入系统研究古代城市文学，为后世中国文学研究提供文学资源与文化资源，无疑是"打通"的一种有益尝试。那么，如何建构中国古代城市文学研究的学术体系或学术框架呢？周晓琳在《中国古代城市文学研究系统建构刍议》中进而提出了自己的建议，一是必须厘定城市文学概念，明确城市文学特质。城市文学是指以城市生活和城市居民为主要表现对象的文学，其内容围绕凸显城市特点这一中心向不同层面展开，具体包括勾勒城市风貌，书写城市印象，表现异于乡村的都市生活形态，彰显物质欲望，描写个体都市体验以及刻画各类市民形象等。城市生活浓厚的政治色彩、商业色彩以及大众化色彩，经由创作主体心灵的感受与投射，赋予城市文学文本相应的文化风貌，功利性（包括政治功利和物质功利）、世俗性、娱乐性构成了古代城市文学最核心的意义要素。二是必须对城市文学的存在形态给予其时态观照，根据对象的构成状况确立不同的研究切入点。参照古代乡土文学研究的模式，可以按照文本体裁的不同，对历代散文、辞赋、诗歌、小说、戏曲进行分体研究，深入考察作为"外形式"的体裁是如何规定与影响作家的观照角度和言说方式的，其中京都大赋、都市赞歌、市井小说、地方戏曲无疑应为研究重点。同时，也可以针对文本表现对象的不同，进行诸如"商贾文学""妓女文学""仕宦文学""都市游侠文学"等中观层面的专题研究，着眼于对象的社会身份，探讨不同阶层市民的生存状态及其精神世界在文学中的表现及其意义，突出城市文学独特的文化风貌。此外，还可以根据文学接受对象与传播范围的不同，建立士大夫文学与市民文学的二元研究模式，其目的在于从宏观上把握城市文学在价值取向、审美趣味方面所存在的内部差异，揭示城市文学内在构成的异质性。三是对城市文学发展状况作历时性把握，展开文学史写作。写作者一方面必须对大量的第一手文献资料进行甄别筛选，分门别类之后进行纵向的排列组合，通过客观细致的描述清晰地凸显城市文学的发展历史；另一方面还需要在认真解读文本、尊重史实的基础上，对纷繁复杂的文学现象进行提炼，做出具有学理性的阐释，充分揭示研究对象的文化内涵与审美特征，对城市文学的创作成就与历史地位给予准确的评价，从而完成意义指认与价值评判任务。如果不了解作家队伍的发展演变情况，就难以写出完整意义上的城市文学史。

就古代城市文学发展史的角度而言，则有若干亚理论问题受到学界不同程度的关注。

一是古代城市文学的地位与性质问题，一个比较流行的观点是："中国古代文学史上占中心和主导地位的是乡土文学（包括田园文学以及部分山水隐逸文学），城市更多地充当着'他者'的角色，以乡村为本位反观城市的视角与方式，既构成了古代城市文学独特的话语表达形式，也赋予了城市文学不在'中心'的历史地位。正因如此，城市在古代文学作品中往往成为抒情和叙事的'背景'，相关材料比较杂散，城市文学资源未能得到充分发掘和利用，特色缺乏总结提炼，被推崇为精品的文本不多，故难以在文坛上与乡土文学争辉。"[1] 有的学者由此断定"中国古代的城市文学算不上纯然的城市文学"。[2] 也有学者将此中的原因归结为：农业社会不具有孕育都市诗歌的温床；儒道禅文化心态，成为诗人审美视野背离都市生活的内驱力；传统诗歌审美机制，难与都市生活有机地契合。[3]

二是古代城市文学发生重大转折的问题。参照西方学者所谓的"中世纪城市革命"，唐宋之际是中国城市发展史上一个重要转折点，曾对中国城市文化与文学产生了深刻的影响。与唐代相比，宋代的城市更为发达，城市文化更为繁荣，而最为重要的是从中原到江南的市民文学与文化的兴起和发展。对此，梅新林《江南市镇文学论纲》（《中国文学古今演变研究论集二编》，上海古籍出版社 2005 年版），王晓骊《唐宋词与商业文化关系研究》（中国社会科学出版社 2004 年版），杨万里《宋词与宋代的城市生活》（华东师范大学出版社 2006 年版），蔡燕《唐诗宋词中城市功能的演变与文化转换》（《中国典籍与文化》2006 年第 2 期），刘方《宋代两京都市文化与文学生产》（博士学位论文，上海师范大学，2008 年）、《盛世繁华：宋代江南城市文化的繁荣与变迁》（浙江大学出版社 2011 年版），刘睿《城市空间视角下的宋词研究》（博士学位论文，浙江大学，2017

---

[1] 周晓琳：《中国古代城市文学研究系统建构刍议》，《光明日报》2007 年 5 月 15 日。
[2] 谢廷秋：《新时期城市文学研究综述》，《贵州师范大学学报》2010 年第 2 期。
[3] 吴晟：《我国古代都市诗歌不发达原因初探》，《江西社会科学》1989 年第 1 期。

年），等等，都从不同的视角作了详略不等的分析。蔡燕《唐诗宋词中城市功能的演变与文化转换》指出，在中国古代文学中，城市功能的变化从一个特殊的角度影响着文体的转换。在这一演进过程中，唐宋文学是一个转型时期，从城市功能来说，政治化的内涵转向了世俗性内涵；从文体角度来说，诗转向了词。而南宋词的雅化则促使更为多元斑斓的城市生活、更为多样的城市功能寻找适合自己的文体形式，并最终促成了新的文体转换。刘方《盛世繁华：宋代江南城市文化的繁荣与变迁》从宋代城市革命这一视角，系统探讨了宋代江南城市文化繁荣的诸多领域的特质及其成因，同时由都市文化而推绎都市文学，以近代意义的文学生产三环节为结构线索，分别从江南都市文化繁荣与潜在新型文学消费群体的诞生，江南都市文化繁荣与坊刻业发展、文学传播现代传媒的物质基础的奠定和江南都市文化与新型文学生产者群体的聚集三个方面，揭示了新型文学生产这一中国文学史上从未有过的文学现象在临安都市中的诞生。

　　三是古代城市文学的现代转型问题，或者说是现代城市文学的发生问题，也可以称为城市文学古今演变问题。许多学者以近代上海文学为范本，着眼于从古代向现代城市文学转型的临界点，探索和分析现代城市文学产生的初期形态。这一方面的研究思路首先来自海外。北京大学出版社"文学史研究丛书"于2005年翻译、出版了美国哈佛大学教授王德威的专著《被压抑的现代性——晚清小说新论》。该书导论"没有晚清，何来'五四'？"也曾以《被压抑的现代性：没有晚清，何来"五四"？》为题于2003年收入作者在中国大陆出版的第一本专著《想象中国的方法：历史·小说·叙事》中。"没有晚清，何来'五四'？"这一命题的提出不仅对中国现当代文学研究造成了强烈冲击，也开始促使学界对于晚清文学进行重新认识，其中即包括城市小说的发生问题。美国韩南的《〈风月梦〉与青楼小说》[①]将上述命题直接落实在城市小说的研究上，指出："青楼小说《风月梦》堪称中国第一部城市小说。它植根于特定地域，以描写城市生活为内容，通过人物的活动和视角，展现了扬州的城市风貌，对之后的《海上花列传》等小说产生深刻影响。"这一论断对于晚清小说城市

---

① ［美］韩南：《〈风月梦〉与青楼小说》，《上海师范大学学报》2004年第1期。

属性的定位具有重要的启示意义。其后的国内研究者大多循此思路，并有所发展。如袁进《韩邦庆的小说叙述理论与实践》提出韩邦庆在中国小说史上是一个开风气者，他是近代最早描写中国现代都市的小说家；更重要的，在当时描写现代都市的小说家中，他是唯一一位为了探索这一描写还提出了相应叙述理论的小说家。这一叙述理论一直到现在为止，还常常被作家们所运用。韩邦庆最大的贡献在于运用了"穿插藏闪"的叙述方法，用以表现现代都市的时空，拓展了小说的表现能力。[1] 再如施晔《晚清小说城市书写的现代新变——以〈风月梦〉、〈海上花列传〉为中心》[2]认为，《风月梦》及《海上花列传》作为晚清较早的城市小说，不仅初步勾勒出扬州、上海的城市轮廓及空间，反映了城市化进程中"城漂"一族的兴起以及城市"恶之花"的盛开，更透露出异质混融的城市欲望地图及其所引起的文化焦虑，从而具有了传统小说中少见的城市意象及新旧杂陈的文化特质，折射出晚清小说城市书写的现代新变。她同年发表的《时代焦虑与都市憧憬——陆士谔小说的上海书写与想象》[3] 也延续了这一思路，认为陆士谔的上海书写与想象因其反映社会生活的深广度，揭露都市阴暗的犀利以及憧憬理想城邦的热烈而具有一定代表性。近代上海之所以成为新时期城市文学与文化研究的当然重点，实则与此转型问题密不可分。施战军《论中国式的城市文学的生成》[4] 指出，"在20世纪以来的文学发展史上，所谓'城市文学'，更大程度上是指以上海为中心地域展开文学叙事的都市小说"。"现代性商业的发达，使上海成为中国近现代通俗文学的渊薮，从19世纪90年代前期韩邦庆在《申报》代售的半月刊《海上奇书》专刊连载《海上花列传》开始，现代城市文学出现了生成的萌芽，此后通俗文学刊物难以计数、花样翻新，通俗文学写作行列涌现了从包天笑、周瘦鹃、徐枕亚到张恨水、程小青、颐明道、还珠楼主、

---

[1] 袁进：《韩邦庆的小说叙述理论与实践》，《社会科学》2007年第5期。
[2] 施晔：《晚清小说城市书写的现代新变——以〈风月梦〉、〈海上花列传〉为中心》，《文艺研究》2009年第4期。
[3] 施晔：《时代焦虑与都市憧憬——陆士谔小说的上海书写与想象》，《社会科学》2009年第9期。
[4] 施战军：《论中国式的城市文学的生成》，《文艺研究》2006年第1期。

秦瘦鸥、孙了红、千小逸等作家,这些专供市民阅读的通俗文学作品,大都作为上海特产畅销于市。"杨剑龙《论上海文化与二十世纪中国文学》[①]认为上海开埠以后,在商业文化的确立、外来文化的引进、文化传统的继承中,逐渐构成了上海文化的商业性、开放性、个性化的特征。在上海文化的制约下,上海文学更多消费特色、现代手法、人性内涵,深刻影响了20世纪中国文学的发展与嬗变,使中国文学明显具有与传统文学不同的新质素。上海文学的消费特色开拓了中国现代文学的市场运作形式,并建立起了中国现代通俗文学的传统。现代手法的运用,构成了上海文学的先锋性,也使中国文学走向了世界。显然,这些都代表了以现代城市文学发生为本位立场的由"今"溯"古"学理路径,与古代文学界的理解和判断有所不同。

2. 古代城市文学的文化研究。从文化视野研究古代城市文学,重点落在古代城市文学文化的关系研究,这也是当下古代城市文学研究的主体内容。直接亮出文化研究宗旨的著作有葛永海《古代小说与城市文化研究》(复旦大学出版社2004年版),王晓骊《唐宋词与商业文化关系研究》(中国社会科学出版社2004年版),杨万里《宋词与宋代的城市生活》(华东师范大学出版社2006年版),等等。葛永海《古代小说与城市文化研究》认为古代小说与城市文化有着特殊的关系:一方面城市对小说的产生和发展产生了重要的影响;另一方面,古代小说所描写的大量生动的城市图景,乃是古代城市生活形象化的反映,该书侧重于后者的研究,主要以古代小说作为考察对象,探讨其中以各种形态存在的城市文化。其总体思路是将唐代至晚清的历代小说中的城市文化作一纵向、历时性的描述,同时采用纵中有横的结构方式,对历代小说中反映的典型城市进行不同角度的透视分析。在方法论上,采用文史互证和跨学科交叉研究的方法,主要从文献价值的层面来论证小说中城市描写的史料价值,同时指出这些城市描写所具有的小说个性和艺术价值;尽可能将研究的重点深入城市的精神文化层面,从小说的角度揭示古代城市文化的特质和内涵。

---

① 杨剑龙:《论上海文化与二十世纪中国文学》,《文学评论》2006年第6期。

论文方面则主要有：张宝林《先秦城市文化的形成及其在〈诗经〉中的文学建构》（《南京理工大学学报》2003 年第 6 期），李炳海《朝政与民俗事象的消长——古代京都赋文化指向蠡测》（《社会科学战线》2000 年第 4 期），侯立兵《汉代京都赋的城市文化意蕴》（《四川大学学报》2003 年第 5 期）、《都邑赋：传统城市文化的重要载体》（《湖南文理学院学报》2005 年第 2 期），韩晖《〈文选〉京都赋置首的文化分析》（《广西师范大学学报》2004 年第 1 期），戴健《明下叶吴越城市娱乐文化与市民文学》（博士学位论文，扬州大学，2004 年），蔡燕《唐诗宋词中城市功能的演变与文化转换》（《中国典籍与文化》2006 年第 2 期），王筱芸《"变旧声作新声"——柳永歌词的都市叙述与北宋中叶都市文化建构》（《文学评论》2007 年第 3 期），胡海义《明末清初西湖小说与西湖文化精神》（《甘肃理论学刊》2007 年第 1 期），谢遂联《都市文化与唐代诗人心态》（博士学位论文，扬州大学，2008 年），刘方《宋代两京都市文化与文学生产》（博士学位论文，上海师范大学，2008 年），葛永海《历史追忆与现世沉迷：唐诗中的金陵与广陵——以江南城市文化圈为研究视阈》（《浙江社会科学》2009 年第 2 期），涂敏华《古代都邑赋的城市文化观念》（《湖南科技学院学报》2010 年第 6 期），秦军荣《文学文本与襄阳的城市文化身份》（《中国文化研究》2013 年冬之卷），等等。张宝林《先秦城市文化的形成及其在〈诗经〉中的文学建构》以先秦历史上政治、经济、文化的发展变化为轴心来论证古代城市文化的形成原因，以《诗经》为材料阐述古代城市文化的精神历程和时代特征，解说了古代城市文化是中国历史文化的重要组成部分，以及对中国古代历史文化形成和发展所起的重要作用。谢遂联《都市文化与唐代诗人心态》重点探讨了唐代都市文化与诗人心态的关系，包括政治都市本质与诗人心态、商业文化与诗人心态、都市节庆民俗与诗人心态、都市生存与焦虑、山水田园与都市焦虑纾解、宗教与都市焦虑纾解等。彭琼英《唐代都市娱乐文化与都市文体的发展》认为唐代是中国古代都市文体发展和成型的关键时期，唐代都市的娱乐文化则是推动都市文体发展的重要因素，作为唐代都市娱乐文化的主要组成部分，乐舞歌唱经历了从宫廷走向民间，从集体走向个人的转变，使得乐舞歌辞逐渐普及并深入人心。唐代都市娱乐文化对都市文体的确立，对晚唐词风的形成，对唐传奇的繁荣，对词与传奇创作的推进都起到了重要作用。王筱芸《"变旧声作新声"——柳永歌词的都市叙述与北宋中叶都市文化建构》以柳永为个案，指出柳永歌词的都市叙述——浪子词人、才子词人和游宦词人的多元角色话语实践，继承晚唐五代以来的话语分流趋势，完成了从主流精英话语到世俗大众话语的转型，建构了一套宋代都市文化以艳情享乐为尚的言说方式和"才子艳情羁旅行役"的话语模式，对宋代新都市文化建构具有深远的影响。

此外，还有大量论著虽无文化研究却有文化研究之实，尤其在唐宋之际"中世纪城市革命"发生之后，城市文化更为繁荣，市井文化与市民文学同步竞盛。许多学者重点关注于此，并作了比较全面深入的研究。比如杨万里《宋词与宋代的城市生活》① 较为全面地梳理和分析了宋词与都市、节日、歌妓、市民等方面的相互联系，认为产生于都市生活的宋词作为市民文学的一部分，其艺术精神与市民艺术趣味之间有着种种联系。方志远《明代城市与市民文学》（中华书局 2004 年版）细致分析了明代市民文学的生存条件——城市与市民的特征和构成，揭示了明代市民文学的发生、发展进程和影响这一进程的社会诸因素，进而探讨"明代市民文学的主要品种以及不同品种的创作、传播、接受方式和创作者、传播者、接受者的社会身份及地域分布"，对市民文学在明代市民社会中的地位和作用及其对明代社会的干预和影响予以较为准确的定位。许建平《货币观念的变异与农耕文学的转型——以明代后期的市井小说为论述中心》（《中国社会科学》2007 年第 2 期）一文选择从特定角度（城市商业文化）和特定时期（明后期）出发讨论城市文化对于古代小说的深刻影响。与此相关的是，"三言""二拍"与城市文化的关系研究，这一直是古代小说研究中的一个热点。此方面的论文较多，粗略统计即有百篇之多，讨论范围基本集中在较为表面的层次，或为小说中的商人形象研究，或为士商关系研究，或为作品的地域文化特性研究，总体而言，思路多落窠臼，探讨有欠深入。

3. 古代城市文学的分体研究。在古代城市文学研究中，曾先后出现

---

① 杨万里：《宋词与宋代的城市生活》，华东师范大学出版社 2006 年版。

了一些融合各种文体的综合性研究论著，诸如方志远《明代城市与市民文学》（中华书局2004年版），梅新林《江南市镇文学论纲》（《中国文学古今演变研究论集二编》，上海古籍出版社2005年版），刘方《宋代两京都市文化与文学生产》（博士学位论文，上海师范大学，2008年），杨为刚的博士论文《唐代"长安—洛阳"文学地理与文学空间研究》（博士学位论文，复旦大学，2009年），王柳芳《城市与文学》（博士学位论文，苏州大学，2011年），徐迈《汉唐长安空间与文学关系演变研究》（博士学位论文，浙江大学，2013年），等等。但从总体上看，学者的文体意识还是相当强烈的。大体而言，以小说最盛，诗歌次之，辞赋又次之。

一是古代城市小说研究。毫无疑问，在城市化进程中，小说所受的影响最为明显，因此相关古代小说的研究成果也最为突出。通论性的重要论著除了上文所论的葛永海《古代小说与城市文化研究》（复旦大学出版社2004年版）外，还有孙逊、刘方《中国古代小说中的城市书写及现代阐释》（《中国社会科学》2007年第5期），周笑添、周建江《中国古代城市笔记小说的源、流、变》[《西北师大学报》（社会科学版）1995年第2期] 等，前文认为城市的多重空间对于中国古代小说的城市书写产生了深远影响。从作为故事场景出现的城市空间展示和城市地标聚焦，到政治斗争、权力象征、人才选拔和节日狂欢等都市政治文化的书写，再到发迹变泰的平民梦想、两性相悦的市井传奇、司法公正的内在渴望所构成的市民日常生活描绘，古代小说的城市书写展示了远比地理空间丰富得多的政治文化表征和日常生活内涵。这些城市书写塑造了鲜明而各具特征的城市意象，同时这些意象又成为城市市民共享的生活体验和文化想象，并使生活于同一城市的市民获得共同的文化认同和立场。后文提出发源期的中国古代城市笔记小说，已多托故国风物以抒个人情怀，发出今不如昔之慨叹；而在王朝更替、社会大变革之后，借描写故都繁华以寄托亡国之思的大量遗民作品，更是城市笔记小说的主流；至于专以歌颂帝都之盛、夸耀作者渊博学识为主的作品，则是城市笔记小说发展的变种。因此，使城市笔记小说具有活力的年代是变革的年代，使城市笔记小说具有活力的作者是具有遗民思想的士人。专题性的研究成果一方面集中体现在"西湖小说"系列与"东京小说"系列，另一方面则注重杭州和开封的合论。前者中论杭州的主要有刘勇强《西湖小说：城市个性和小说场景》（《文学遗产》2001 年第 5 期）、张慧禾《古代杭州小说研究》（博士学位论文，浙江大学，2007 年）、孙旭《西湖小说与话本小说的文人化》（《明清小说研究》2003 年第 2 期）、胡海义《明末清初西湖小说与西湖文化精神》（《甘肃理论学刊》2007 年第 1 期）等。刘勇强《西湖小说：城市个性和小说场景》一文从叙事学的独特视角解析西湖小说，第一次将"西湖小说"作为地域性特征的小说类型加以命名和研究，在以城市为中心的古代小说研究中具有开风气之先的特殊意义。论开封则主要有孙逊、葛永海《中国古代小说中的"东京故事"》（《文学评论》2004 年第 4 期）、胡炳娴《明末清初白话小说中的"东京"研究》（硕士学位论文，温州大学，2015 年）等。后一方面在有关"双城记"的系列论文中，代表作有宋莉华《汴州与杭州：小说中的双城记》（《中国典籍与文化论丛》2002 年第 7 辑）、孙逊、葛永海《中国古代小说中的"双城"意象及其文化蕴涵》（《中国社会科学》2004 年第 6 期）、李会芹《宋元话本中东京、临安故事研究》（硕士学位论文，河南大学，2011 年）等。

二是古代城市诗歌研究。总论方面，吴晟《我国古代都市诗歌不发达原因初探》[1] 从古代城市起源探讨城市诗歌不发达原因。卢桢、吴聪聪《中国古代城市诗歌综论》[2] 认为诗歌与城市的联系可以追溯到古代文学兴起之初，从早期的《诗经》乃至汉乐府、大赋，进而到唐诗、宋词，其间都留下城市生活的斑驳投影。随着古代城市的发展，城市诗歌所表现出的情境也愈加充实：建筑风光、世态万象以及民俗风情皆可入诗，诗歌成为古代城市文化的记录者。同时，它又是诗人心理空间在城市中的投射，蕴含着诗人的城市观念和文学理想。这些都是具有总论性质的研究成果。

再以通代观之，古代城市诗歌研究成果的代际分布极不均衡。先秦两汉时段，仅有张宝林《先秦城市文化的形成及其在〈诗经〉中的文学建构》[《南京理工大学学报》（社会科学版）2003 年第 6 期]、左鹏《社会空间的文化意象——以乐府诗〈长安道〉为例》（《中国历史地理论丛》

---

[1] 吴晟：《我国古代都市诗歌不发达原因初探》，《江西社会科学》1989 年第 1 期。
[2] 卢桢、吴聪聪：《中国古代城市诗歌综论》，《河北师范大学学报》2008 年第 3 期。

2003年第4期）等少量论文。先秦以降，相关研究成果主要集中于唐宋时段，重要论文有：都晓梅《唐人咏扬州诗研究》（硕士学位论文，首都师范大学，2001年），谢遂联《都市文化与唐代诗人心态》（博士学位论文，扬州大学，2008年），汪枫《唐诗中的长安意象研究》（硕士学位论文，广西师范大学，2011年），蔡燕《唐诗宋词中城市功能的演变与文体转换》（《中国典籍与文化》2006年第2期），王晓骊《唐宋词与商业文化关系研究》（中国社会科学出版社2004年版），杨万里《宋词与宋代的城市生活》（华东师范大学出版社2006年版），刘方《都市日常生活的诗化与宋代城市诗歌的转型——邵雍城市诗歌书写的文学史意义》（《浙江社会科学》2010年第7期），张文利《宋词中的双城叙事》（《文学评论》2009年第1期），诸葛忆兵《唐宋都市风情词论略》（《文学评论》2007年第3期），王筱芸《"变旧声作新声"——柳永歌词的都市叙述与北宋中叶都市文化建构》（《文学评论》2007年第3期），余敏芳《宋代扬州词城市意象符号解读》［《现代语文（文学研究）》2010年第12期］，等等。唐宋时段的另一聚焦点是承金陵怀古研究而来的城市文学研究，主要有耿波《金陵怀古诗中都市空间的产生》（《江苏社会科学》2006年第4期），葛永海《历史追忆与现世沉迷：唐诗中的金陵与广陵——以江南城市文化圈为研究视阈》（《浙江社会科学》2009年第2期）和《金陵守望与长安放歌：唐代都城诗的审美歧异》（《上海师范大学学报》2009年第4期），程章灿、成林《从〈金陵五题〉到"金陵四十八景"——兼论古代文学对南京历史文化地标的形塑作用》（《南京社会科学》2009年第10期）等。葛永海两文皆以比较研究为视角，分别比较了金陵与广陵、金陵与长安的不同文学意味与文化意义。程、成之文提出从刘禹锡《金陵五题》、孙玄晏《六朝咏史诗》、曾极《金陵百咏诗》，到明清时代的"金陵二十景""金陵四十景""金陵四十八景"，古代作家的吟咏品题为古都南京建立一个历史文化地标体系。南京历史文化地标代有更新，其历史文化内涵亦不断丰富。古典文学创作不但形塑了城市的历史文化地标，对后代的城市想象亦有化育、衍生、润饰之功。

1997年，雷梦水等编撰的六巨册《中华竹枝词》出版，这为竹枝词尤其是城市竹枝词研究提供了坚实的资料基础。21世纪以来城市竹枝词得到学术界不少关注,成为古代城市文学研究中颇具特色的一个分支,比如上海、广州、武汉、苏州等城市竹枝词受到了较多关注,引起了研究者的广泛兴趣。

三是古代城市辞赋研究。上文所论古代城市文学的文化研究成果,已涉及李炳海《朝政与民俗事象的消长——古代京都赋文化指向蠡测》,韩晖《〈文选〉京都赋置首的文化分析》,侯立兵《汉代京都赋的城市文化意蕴》、《都邑赋:传统城市文化的重要载体》,涂敏华《古代都邑赋的城市文化观念》,朱维娣《汉代京都赋与长安地域文化的交融刍见——以〈西都赋〉和〈西京赋〉为例》,等等。而在其他有关古代城市辞赋研究的论著中,刘海霞《京都赋研究》(硕士学位论文,浙江师范大学,2006年),王树森、余恕诚《论古代都邑赋的现代价值》(《学术界》2009年第1期)等大体属于通论或通代研究;属于断代研究的则有:侯立兵《汉魏六朝赋多维研究》(人民出版社2007年版),冯莉《汉魏京都赋研究》(硕士学位论文,山东大学,2005年),王紫微《汉晋京都赋的史学传统》(《船山学刊》2011年第4期);还有一些专题或个案性研究,比如许结《论汉代京都赋与亚欧文化交流》(《贵州大学学报》2003年第1期),王长顺《由"长安事象"叙写的变化看京都赋之嬗变》(《时代文学》2009年第3期),冯方《从〈金陵赋〉审视京都赋的嬗变》(《长春师范学院学报》2007年第11期),等等,从不同角度透视古代都邑赋的文学与文化价值。

4. 城市文学空间形态的研究。此与文学地理研究关系密切,也可以视为文学地理研究的一个重要组成部分,但彼此的研究视角与重心有所不同。就城市文学空间形态本身研究而论,呈现为两种不同的学术取向与路径,一是重在研究城市文学空间形态中的文学,二是重在研究文学中的城市文学空间形态。由于京都具有超越其他城市的优先地位,自然最受学界的重点关注,其中一个创新点是宋莉华提出的古代小说中的"双城记"[1],

---

[1] 宋莉华在《汴州与杭州:小说中的双城记》(《中国典籍与文化论丛》2002年第7辑)中提出古代小说研究中的"双城记"。同年,倪文尖发表了《上海/香港:女作家眼中的"双城记"——从王安忆到张爱玲》(《文学评论》2002年第1期)。

前文已有论及,这里不再赘述。另一个则是梅新林提出的"双都轴心"[①]概念。梅新林认为,自西周开创国都长安与陪都洛邑的东西双都并列制度之后,一直延续到清代,历3000余年而不绝。由此形成独特的政治生态、文化传统与文学精神。由国都与陪都一同确立文学中心并驱动文学地理的变迁,所以称为"双都轴心"。对于文学版图而言,"双都轴心"就如一个哑铃,国都、陪都,分处哑铃两端,在周围分别构成国都圈与陪都圈,双都之间的王畿通道即是连接两铃的铃杆,由此将国都圈与陪都圈连为一体,彼此相互呼应,相互补充,相互配合,一同构成范围更大、力量更强的都城圈,并一同在全国文学版图中发挥轴心作用。其中国都与陪都分别发挥着主轴心与副轴心的作用。而后,梅新林、王晓均又在《陪都文学精神的形成与演变》一文中集中对古代陪都的城市文学生态和特性展开了专题探讨,重点选取东汉长安、唐代洛阳、北宋洛阳、明代南京等四大陪都文学作重点分析,在梳理其前后承继的文学脉络中,进行各自多重色彩的具体辨析,依次表现为:东汉陪都长安夸饰中的自豪、怀恋与失落,唐代陪都洛阳闲适中的忧惧、苦闷与解脱,北宋陪都洛阳韬晦中的内敛、执着与理趣和明代陪都南京凄艳中的风情、诤骨与感伤。[②]近年来,基于文学地理与城市文学研究的双重激励,以国都—陪都"双都轴心"或京都及其以下城市的文学空间形态一直是学术界的一个重点所在,也成为硕士、博士论文的重要选题。比如杨为刚《唐代"长安—洛阳"文学地理与文学空间研究》(博士学位论文,复旦大学,2009年)以"京—洛"区域的文学现象与文学活动为研究对象,选择几个具有代表性的地理区域与地理空间,对其文学活动的发生与发展情况展开研究,同样兼有文学地理与城市文学研究的双重特点。

此外,也有一些论文则重在城市与文学空间形态的互观性研究,如左鹏《社会空间的文化意象——以乐府诗〈长安道〉为例》(《中国历史地理论丛》2003年第4期),刘方《东南形胜:北宋杭州都市景观与文学表达》(《湖州师范学院学报》2008年第5期),杨秋生、秦楠、程号《唐

---

① 梅新林:《中国文学地理形态与演变》,复旦大学出版社2006年版。
② 梅新林、王晓均:《陪都文学精神的形成与演变》,《河北学刊》2010年第6期。

宋元时期城市建设特点的文学体现》（《山西建筑》2009 年第 1 期），陈燕妮《居住的诗篇：论唐诗中的洛阳城市建筑景观》（人民出版社 2011 年版），田永英《从词源透视中国古代城市空间特征》（《建筑师》2011 年第 5 期），上官云、张晶《唐诗中城市意象的空间意义——以桂林为例》（《广西社会科学》2011 年第 11 期），等等。左鹏《社会空间的文化意象——以乐府诗〈长安道〉为例》以乐府诗《长安道》的解读来阐释长安的空间文化含义，文章通过《长安道》主题与内容之变化的分析，指出它们最初主要描绘了长安的地方意象，后来则多反映生活于长安的人们的生存状态，而这样的状态折射出人与特定社会空间的四种关系：家园—内部者、家园—外部者、他乡—内部者、他乡—外部者，其中只有家园—内部者才是长安意象的真正代言人。陈燕妮的著作从唐代洛阳城的公共建筑景观和私家建筑景观来论述洛阳城与唐诗的关系，采用了"文学表现城市形态"和"文学对城市性的表达"两种考察城市建筑景观与文学的方式，而城市建筑景观之于城市的种种意义就在这些文学的不同表达中生成。全书分成上、下两篇。上篇从城市的标志建筑景观"洛阳道""洛阳宫""洛阳楼"来分析洛阳与唐诗的关系。下篇主要以唐代洛阳分司官员的私家园林为切入点，以他们在这些"场所"之中的文学活动为主要考察对象，来研究城市与文学、城市建筑景观与文学之间的联系。刘方《东南形胜：北宋杭州都市景观与文学表达》认为杭州在宋初就已经呈现较为繁盛的景象，为词人所关注，并形诸歌咏，反映了伴随着宋代城市革命之后，不断成长和繁荣的杭州都市文化之美。在北宋的杭州，自然景观与都市文化景观，已经成为互为依存的风景，于都市文化之中，体验山水之美，两者不再是对立的，而是和谐一体的，这无疑开始了一种观念革命的历程，也预示了一种生存方式的重大转折。在杭州都市文化的文学书写中，可以清晰地感受到这个变化与发展的脉动。

三　古代城市文学研究的学术反思

城市是许多古代小说不可或缺的重要背景和参与情节发展的主要元素，它的意义在与作品、作者的并列中凸显出来，它作为动力因素，策动、塑造了两种城市文学景观：一是显性的，作者通过独特的城市体验，用作品正面描绘城市，抒发对城市的情感，表现为内在的表达形式；一是隐性的，作为文化背景的城市通过影响作者，进而对作品的意义和内涵产生深刻影响，表现为外在的影响机制。这两方面构成了古代城市文学研究的主要领域和范畴，具体而言，可概括为两种类型：一是"文学中的城市"，即文学作品中的城市书写研究；二是"城市中的文学"，即城市文化对于文学的影响研究，后一种类型涵盖面较广，比如城市转型背景下的文学研究就属于后一种的特殊形态，是传统城市面临现代化转型时投射至文学作品中，表现为文学形式和内涵发生嬗变。

21世纪以来的古代城市文学研究在整体上表现为两种趋向：一是文本研究，一是文化研究，而在实际操作层面，两者又是密切联系，不可分割的统一体。前者是基于文本内容的叙事学研究，文本成为研究的起点和基础，后者是透过文本内容和文学现象引发的文化批评，这种文化批评既可以是对于文化形态的描述，也可以是对文化精神与内涵的阐发和解释，这往往成为城市文学研究的落脚点和最终归宿。因此，概括而论，古代城市文学研究的学术范式可以概括为"文本—文化批评"。

将此范式分解来看，首先是基于文本内容的叙事学研究，刘勇强的《西湖小说：城市个性和小说场景》在以城市为中心的古代小说研究中具有开风气之先的特殊意义，其突出特点就在于将城市文学作品的叙事分析做得颇为精细。而在更多情况，则是对作品中城市内容进行分类、归纳和总结。比如承续宋莉华有关"汴州—杭州"的"双城记"之说的（《汴州与杭州：小说中的双城记》，孙逊、葛永海在《中国古代小说中的"双城"意象及其文化蕴涵》进而讨论了中国古代小说中的"双城"意象，对宋前的长安和洛阳、两宋的汴州和杭州、明清的北京和南京等三对我国古代小说中描写最多的"双城"意象进行多角度的分类阐释。再就是作品的文化研究。如孙逊、葛永海在《中国古代小说中的"双城"意象及其文化蕴涵》的文本分析中就融合了城市学、美学、心理学等诸多要素，进行"双城"模式之文化内涵的阐释和解读。一方面，"前后不同时期的两个京都，往往构成古代小说反复描写的一种'双城'模式"，"故国之思、故都之思则成了他们挥之不去的记忆""直把杭州作汴州"，集中反映了当时民众对于现时都城的心理错位；另一方面是"同一时期一个首都和一个陪都所构成的'双城'现象","虽然在本质上并不具备前朝移民的故国故都之思",两者的"并峙与对应",同样"成为城市悲情的载体和源泉"。

由此可见,文化批评在进行批评操作时,采用的已经不是"文艺"的方法,而是其他学科或者交叉学科的方法,其内部的各种批评形态具有很强的兼容性,或者说各种批评形态之间更具有独立互渗的特点。正是由于独立性才构成了各个批评形态的自主性体系,但它们之间不仅在学理上,事实上也在运演过程中具有互渗现象。比如,社会历史批评在发展演变过程中不断吸收审美批评中的美学成分,以补艺术分析之不足;而审美批评也在吸收着社会历史批评中的历史和文化养分,以补自身历史厚度和思想深度的不足。此外,心理学、传播学、宗教学等的参与和介入也是同样如此。

总结古代城市文学的研究成果,我们发现有两个方面还需进一步优化。

一是有时存在"强文本、弱文化"或者"强文化、弱文本"的情况,城市文学研究中的文本分析与文化阐释有时各自分头进行,存在脱节现象,彼此的贯通不够紧密。其原因主要在于对文学—文化批评缺乏足够的学术自觉,因而在具体实践中往往力不从心,或强化了对文本的叙事分析,对于文学作品中的某类城市书写搜罗完备,划分细致,却在文化上无所归依;或强化了对于文化内涵的解读,文本分析不充分,使之成为文化的简单注脚。无论是前者还是后者都使研究显得较为平面,使学术探讨失去纵深感和层次感。只有来源于文学文本,又突破和超越文本,进入城市文学生态的立体构建当中,注重文学场景还原,关注城市版图复原,进而探究其内在的美学精神与文化精神。只有如此,古代城市文学研究中的"文化场"效应才能真正呈现出来,也才能从一般意义的古代文学研究中真正跳脱出来。

二是"空间"乃城市文学研究中不可回避的核心概念,从研究实绩而言,古代文学语境中的文学空间研究还很不充分。如果照搬西方的空间研究模式,必然水土不服,西方文化空间研究的核心概念:阶级、种族和性别,都无法成为古代城市文学研究的理论工具。因此,中国特色的城市发展历程与相应的城市文学演变,使具有自身特色的城市空间研究成为可能，无论是分时段或者分文体，其实都有较为鲜明的时空标识，具体如京都赋中的都城空间要素问题，唐诗宋词中的城市空间意象建构问题，明清小说中的城市叙事空间问题等，只有回到具体的历史文化语境中，才能帮助我们摆脱运用西方文化批评理论"削足适履"带来的不适感，实现文学与文化的双重还原，进而创建具有传统特色的空间批评体系。

第五节 家学承传：古代文学世家研究

钱穆说："'家族'是中国文化一个最主要的柱石……中国文化，全部都从家族观念上筑起，先有家族观念乃有人道观念，先有人道观念乃有其他的一切。"① 因此，以文学世家为突破口来研究中国古代文学，十分契合中国古代宗族社会的历史文化特点，能够深刻地把握和分析中国古代文学独特的家族性和地域性特色。同时，基于古代文学研究"西化"理论的反思和传统文化的当代复兴，文学世家研究的兴起实际上是对古代文学研究的本土话语回归呼声的响应，具有重要学术意义。文学世家研究是伴随着家族文化研究的兴盛繁荣而兴起，起步于20世纪80年代后期，经90年代的初步发展到21世纪已成为古代文学研究的一种新趋向，并且取得了突出的学术成就。

一 古代文学世家研究的学术历程

古代文学世家研究是伴随着家族文化研究兴起而产生的。自1937年潘光旦《明清两代嘉兴的望族》②对嘉兴91个世家大族进行梳理研究后，直到20世纪80年代中后期，在"文化热"的带动下，家族文化研究才真正得到勃兴。由此也促进了文学世家研究的兴起。1986年，李真瑜《明代一个引人注目的文学世家》对明代吴江沈氏文学世家情况作了初步

---

① 钱穆：《中国文化导论》（修订本），商务印书馆1994年版，第51页。
② 该书虽然完成于1937年，直至1947年才由商务印书馆出版。

的介绍。① 此后，孔繁信《明清著名文学世家——临朐冯氏》（《山东师大学报》1987年第2期）、陈福季《明代临朐的冯氏文学世家》（《潍坊教育学院学报》1989年第2期）两文对山东冯氏文学世家进行了分析和研究。

90年代，特别是中后期，文学世家研究得到了初步发展。李真瑜继续对吴江沈氏文学家族作了深入的研究，先后有《明清吴江沈氏文学世家论略》（《文学遗产》1992年第2期）和《吴江沈氏文学世家作家与明清文坛之联系》（《文学遗产》1999年第1期）两文发表。文学世家个案也开始多样化，有程章灿《陈郡阳夏谢氏：六朝文学士族之个案研究》（台湾文史哲出版社1994年版），李国庭《兴化蔡氏家族诗词小论》（《福建论坛》1994年第5期），秦元《梁代萧氏家族的文学观》（《齐鲁学刊》1997年第1期），马宝记《南朝彭城刘氏家族文学研究》（《许昌师专学报》1999年第4期、2000年第3期），高万湖《俞樾家族的诗词创作》（《湖州师专学报》1999年第1期），丁福林《东晋南朝的谢氏文学集团》（黑龙江教育出版社1998年版），等等。杨东林《略论南朝的家族与文学》（《文学评论》1994年第3期）一文从断代上研究文学世家，对南朝文学世家大量出现的原因及文学世家的共性特点进行分析。程章灿《世族与六朝文学》（黑龙江教育出版社1990年版）全面考察了六朝文学世家的发展轨迹和文学特征，这对此后的文学世家研究具有开风气的意义。

跨入21世纪，文学世家研究在学术研究的世纪反思中得到了重视和发展，成为古代文学研究本土话语回归的典型学术范式和新的学术增长点，并得到了快速发展和繁荣。一是个案研究得到广泛拓展，许多重要的文学世家个案都得到了研究；二是时代分布上主要由六朝扩展到两宋和明清，并且几乎每个朝代都有涉及；三是空间分布上集中在江南地区，同时中原、关中、河东、山东、江西、广西等地文学世家也受到一定关注；四是研究深度得到挖掘，家族文学与政治、经济、科举、出版等关系的专题研究得到深化，特别是家族女性文学在个案研究中受到重视；五是研究队

---

① 李真瑜：《明代一个引人注目的文学世家》，《光明日报》1986年1月28日。

伍得到扩大，尤其是硕、博士生成为文学世家研究的生力军而得到了大量培养。

理论研究是学术实践的理性升华，同时又反过来指导学术实践的发展。随着文学世家研究走向繁荣，文学世家的理论问题在21世纪也随之受到关注和讨论。

第一，文学世家的名实问题。文学世家，或称文学世族、文学士族，也称家族文学，或"文学家族"，罗时进曾提出"文学家族学"概念①。文学世家的基石是"家族"，而"家族"是介于"家庭—家族—宗族"序列中的中间序列。在文学世家研究实践中，三者往往易混。正如柳立言所批评："常见的问题，是把'家庭'和'家族'混为一谈，对家族的不同形态也缺少分辨。"② 目前大多文学世家研究皆有此情况，并且由家族延伸到宗族。但张剑认为"家族"这个概念更富于魅力和弹性，讨论"某氏家族"时，并非无条件地以全宗族为考察对象，通常会有时段、地域、房支等条件的限制，五服制是把握家族的一种主要方式，但绝非唯一的方式。③ 针对这种名实争论的情况，有学者提出"文学世家"以替代"文学家族"。如李真瑜指出：文学世家"是由同属于一个家族的几代文人构成的文学家群体"。④ 梅新林认为："所谓文学世家，通常是指在直系血缘关系中出现两代及以上知名文学的家族。"⑤

第二，文学世家的范畴问题。李真瑜认为标志一个文学世家有几项指标：文化上的长期积累；理论和创作上的家学特点；延续时间长；家族文学作品的编辑刊刻。⑥ 张剑指出"文学家族"的文化地图可分为五个层

---

① 罗时进：《关于文学家族学建构的思考》，《江海学刊》2009年第3期。
② 柳立言：《宋代明州士人家族的形态》，《"中央"研究院历史语言研究所集刊》2010年第81本第2分，第292页。
③ 张剑：《家族文学研究的分层与守界原则》，《华南师范大学学报》（社会科学版）2011年第3期。
④ 李真瑜：《明代一个引人注目的文学世家》，《光明日报》1986年1月28日。
⑤ 梅新林：《文学世家的历史还原》，《中国社会科学》2011年第1期。
⑥ 李真瑜：《文学世家：一种特殊的文学家群体》，《文艺研究》2003年第6期。

面：家族血缘图、生态环境图、家族活动图、文学生产图和标志事物图。[①]"家族文学"研究要从这些层面入手，并"致力于贯串着家族意识的整个文学生态和一般文学史的基层呈现"。[②] 罗时进提出的"文学家族学"概念，基本内涵包括：家族文学的血缘性研究、地缘性研究、社会性关联研究、文化性关联研究、与文人生活姿态及经济关联研究、创作现场和成就研究等。[③]

第三，文学世家研究的方法问题。张剑认为当前研究多为模式化和描述化的方法，重在简单呈现"家族血缘承继的链条及家族文学风格表面的相似"，甚至是"家族血缘的'历史'研究和家族成员作品的简单汇集、评价"。应该将其转变为多元化、结构式和构成式的研究方法。多元化研究方法是指适度引入其他学科视角；结构式研究方法是指发现、总结和阐述家族发展过程中积淀下来的具有稳定性和普遍性的制度化或约定化命题；构成式研究方法是指要动态分析家族文学生成的细节和过程，揭示各种因素如何具体影响到家族成员的思想、性格及其创作；同时还要注意家族文献的整理和研究。[④] 梅新林提出文学世家的历史还原，[⑤] 李朝军提出家族文学史建构，[⑥] 都强调从"史"的角度对家族文学作通观研究，包括特定个体文学世家史研究、特定时代文学世家史研究、特定区域文学世家史研究和中国通代文学世家史研究。

二 古代文学世家研究的学术成果

文学世家研究是以家族为视角探讨"文学的家族"与"家族的文学"的历史发展、家族个性、家学本质和社会地位的文学研究。其学术范式或者以文化为本位，或者以文学为本位。前者立足于家族文化的整体性研究，文学世家是家族文化研究有机而重要的组成部分；后者立足于文学世

---

① 张剑：《绘制文学家族的文化地图》，《中国社会科学报》2009年9月1日。
② 张剑：《宋代以降家族文学研究的理论、方法及文献问题》，《文学评论》2010年第4期。
③ 罗时进：《关于文学家族学建构的思考》，《江海学刊》2009年第3期。
④ 张剑：《宋代以降家族文学研究的理论、方法及文献问题》，《文学评论》2010年第4期。
⑤ 梅新林：《文学世家的历史还原》，《中国社会科学》2011年第1期。
⑥ 李朝军：《家族文学史建构与文学世家研究》，《学术研究》2008年第10期。

家的特定性研究，家族文化作为文学世家的重要背景而受到重视和研究。两种学术范式各有侧重，各有特点，但都强调"家学"独特性的择微，呈现你中有我、我中有你的态势，并没有优劣之分。不过就文学学科的属性来说，采用以文学为本位的学术范式更为切合古代文学研究自身的特征和要求。文学世家研究是基于古代文学研究的理论"西化"反思和学术创新需求的结果，体现了古代文学研究的本土话语回归和学术范式创新。古代文学世家研究取得了突出的学术成果，从以个案研究为主走向以朝代为主、区域为主和专题为主的多样化研究。其中通代研究亦有杨晓斌、甄芸《我国古代文学家族的渊源及形成轨迹》（《新疆大学学报》2005 年第 1 期），梅新林《文学世家的历史还原》（《中国社会科学》2011 年第 1 期）等论文问世，后文对中国文学世家的"经学—文学世家""门阀—文学世家""科宦—文学世家"前后相承的三重形态作了提纲挈领的历史还原，或许会对源远流长的文学世家的贯通性研究起到一定的促进作用，然迄今为止尚未出现贯通历代的集成性的学术著作，需要学界做出更多的努力，予以重点突破。

1. 个案性研究成果。个案性研究是指文学世家的个案研究，主要集中在六朝、宋代和明清三个时段上，以汉族文学世家为主体，也有少数民族文学世家。先秦时段，成果不著，赵逵夫《战国屈氏世系及其对屈原的影响》（《荆州师范学院学报》2001 年第 1 期）在广泛搜集文献资料的基础上，结合包山楚简、长沙铜量铭文等地下出土文字资料，对战国屈氏世系加以考察、排列，比以前论屈氏世系者多出十多人，填补了以往谈屈氏世系者在春秋末年的屈生、屈申之后即接伯庸（误以为屈原父亲）的空缺，同时也分析了屈氏先世对屈原思想的影响，的确难能可贵。汉代主要集中于班氏、崔氏、马氏文学世家研究，诸如王珍《东汉班氏三杰研究》（硕士学位论文，华中师范大学，2007 年），李雪莲《两汉扶风班氏家族文学考论》（硕士学位论文，湘潭大学，2008 年），胡健美《汉代班氏家族辞赋研究》（硕士学位论文，山东大学，2008 年），李云朵《班氏家族文学研究》（硕士学位论文，西北大学，2009 年），商戈《班氏文学家族研究》（硕士学位论文，郑州大学，2011 年），吴桂美《东汉崔氏家族散文初探》（《海南大学学报》2005 年第 3 期），沈佳莉《崔骃及其家族文学研究》（硕士学位论文，浙江大学，2006年），司尚羽《东汉崔氏家族文学研究》（硕士学位论文，郑州大学，2007年），王雪华《两汉马氏家族及其文学研究》（硕士学位论文，西北大学，2011年），田汉云、秦跃宇《汉晋高平王氏家族文化研究》（中华书局2013年版）等，多为硕士学位论文。

  三国南北朝时期，除了如张明华等《曹氏文学家族研究》（安徽教育出版社2009年版），翟云《前秦苻氏家族文学简论》（《甘肃理论学刊》2010年第3期），贾婷《两晋太原孙氏诗文研究》（硕士学位论文，山东师范大学，2010年）等零星成果之外，主要聚焦于陈郡谢氏、琅琊王氏、兰陵萧氏、琅琊颜氏、东海徐氏、彭城刘氏、吴郡陆氏等七大家族。兹简略梳理如下：陈郡谢氏，有丁福林《东晋南朝的谢氏文学集团》（黑龙江教育出版社1998年版），周淑舫《东山再起：六朝绍兴谢氏家族史研究》（浙江大学出版社2009年版），周昌梅《六朝陈郡谢氏家族文学研究》（博士学位论文，华中师范大学，2005年）等；琅琊王氏，有姚晓菲《两晋南朝琅琊王氏家族文化研究》（山东大学出版社2010年版），马晓坤、孙大鹏《两晋南朝琅邪王氏与陈郡谢氏比较研究》（中国社会科学出版社2011年版），赵静《魏晋南北朝琅邪王氏家族文化与文学研究》（博士学位论文，山东师范大学，2011年）等；兰陵萧氏，有曹道衡《兰陵萧氏与南朝文学》（中华书局2004年版），杜志强《兰陵萧氏家族及其文学研究》（巴蜀书社2008年版）；琅琊颜氏，有孙艳庆《中古琅邪颜氏家族学术文化与文学研究》（博士学位论文，扬州大学，2010年），常昭《六朝琅琊颜氏家族文化与文学研究》（博士学位论文，山东师范大学，2011年）等；东海徐氏，有刘春宝《南朝东海徐氏家族文化与文学研究》（博士学位论文，山东师范大学，2010年）等；彭城刘氏，有王婷婷《南朝彭城刘氏家族与文学》（硕士学位论文，复旦大学，2010年），郭慧《南朝彭城刘氏家族文学研究》（博士学位论文，山东大学，2016年）；吴郡陆氏，有陈家红《六朝吴郡陆氏家族文化与文学研究》（硕士学位论文，上海师范大学，2013年）等。此外，六朝个案研究还有陈郡袁氏、河东裴氏、平阳贾氏、舞阳范氏、颖川庾氏、龙亢桓氏、吴郡张氏、陈留阮氏、范阳祖氏等，多为硕士学位论文。

由汉魏延展于唐代文学世家研究的有：孟祥娟《汉末迄魏晋之际文学家族述论》（硕士学位论文，吉林大学，2005年），余乐《魏晋隋唐间的阳翟褚氏家族文化研究》（硕士学位论文，兰州大学，2007年），王学林《北朝至隋唐时期穆氏家族研究》（硕士学位论文，湖南师范大学，2011年）等。而集中于隋唐五代文学世家研究的有：徐凤霞《唐代长孙家族研究》（硕士学位论文，陕西师范大学，2004年），余静《唐代河南元氏家族研究》（硕士学位论文，首都师范大学，2005年），李海燕《隋唐之际河汾王氏家族文学研究》（博士学位论文，北京师范大学，2006年），董超《唐代吕温家族与文学》（硕士学位论文，西北大学，2007年），王春华《唐代颜氏家族研究》（硕士学位论文，曲阜师范大学，2007年），刘鹏《唐代天水赵氏家族研究》（硕士学位论文，陕西师范大学，2007年），王伟《唐代京兆韦氏家族与文学研究》（博士学位论文，西北大学，2009年），倪辉《中唐扶风窦氏文学家族研究》（硕士学位论文，浙江大学，2009年），孟祥娟《隋唐京兆韦氏家族文学论考》（博士学位论文，吉林大学，2010年），吕静《唐代薛道衡子孙的文学创作与成就》（《运城学院学报》2011年第6期），邓军《唐代柳氏家族文化与文学研究》（硕士学位论文，西北大学，2010年），沈文凡、孟祥娟《唐代河南于氏家族文学缉考》（《古籍整理研究学刊》2010年第2期），许智银《唐代临淄段氏家族文化研究》（中华书局2013年版），高淑君《唐代吴郡陆氏家族与文学研究》（博士学位论文，西北大学，2013年），王伟《唐代京兆韦氏家族与文学研究》（北京大学出版社2015年版），刘冰莉《唐宋义兴蒋氏家族及其文学研究》（博士学位论文，山东大学，2016年）。五代则有池泽滋子《吴越钱氏文人群体研究》（上海人民出版社2006年版），等等。以上论文几乎都是由来自文史两界的硕博士撰写，而以古代文学硕博士为主体。

宋代文学世家的研究，主要有：昭德晁氏，有刘焕阳《宋代晁氏家族及其文献研究》（齐鲁书社2004年版），张剑《宋代家族与文学——以澶州晁氏为中心》（北京出版社2006年版）、何新所《昭德晁氏家族研究》（上海古籍出版社2006年版），李朝军《宋代晁氏家族文学研究》（博士学位论文，四川大学，2005年），滕春红《北宋晁氏家族及其文学研究》

（博士学位论文，浙江大学，2006年）等；东莱吕氏，有陈开勇《宋代开封—金华吕氏文化世家研究》（中国社会科学出版社2010年版），姚红《宋代东莱吕氏家族及其文献考论》（中国社会科学出版社2010年版），罗莹《宋代东莱吕氏家族研究》（人民出版社2011年版）等；临川王氏，有汤江浩《北宋临川王氏家族及文学考论——以王安石为中心》（人民文学出版社2005年版）等；鄱阳洪氏，有沈如泉《传统与个人才能——南宋鄱阳洪氏家学与文学》（巴蜀书社2009年版）等；墨庄刘氏，有葛付柳《宋代墨庄刘氏家族论》（光明日报出版社2009年版）等；眉山苏氏，有马斗成《宋代眉山苏氏家族研究》（中国社会科学出版社2005年版），王毅《论苏氏文学家庭》（《中国文学研究》2007年第1期）等；钱塘沈氏，有林阳华《宋代钱塘沈氏家族文学研究》（博士学位论文，四川大学，2012年）等；浙东高氏，有左洪涛、张恒《两宋浙东高氏家族研究》（海洋出版社2010年版）等；四明史氏，有夏令伟《南宋四明史氏家族及其文学研究》（博士学位论文，暨南大学，2009年）等；崇安刘氏，有王小珍《宋代崇安五夫里刘氏家族及其文学研究：以刘子翚为中心》（博士学位论文，福建师范大学，2007年）等；成纪张氏，有张明强《宋代成纪张氏家族与文学研究》（硕士学位论文，广西大学，2011年）等。金代有刘达科《金元耶律氏文学世家探论》（《民族文学研究》2003年第2期），杜成慧《金元时期浑源刘氏家族研究——以刘祁为中心》（博士学位论文，中央民族大学，2005年）等。元代文学世家个案研究较少，如翟朋《元代宣城贡氏文学家族研究》（博士学位论文，南开大学，2014年）等。

明清时期的文学世家研究，主要有：吴江沈氏，有李真瑜《明清吴江沈氏文学世家论考》（香港国际学术文化资讯出版公司2003年版），郝丽霞《吴江沈氏文学世家研究》（复旦大学出版社2009年版）等；吴江叶氏，有蔡静平《明清之际汾湖叶氏文学世家研究》（岳麓书社2008年版），朱萸《明清文学群落：吴江叶氏午梦堂》（上海人民出版社2008年版）等；常熟翁氏，有曹培根《常熟翁氏文化世家》（广陵书社2009年版）等；常熟杨氏，有张剑《清代杨沂孙家族研究》（中国社会科学出版社2010年版）等；常州恽氏，有许菁频《明清常州恽氏文学世家研究》

（中国社会科学出版社2014年版）等；海虞冯氏：陈望南《海虞二冯研究》（中山大学出版社2011年版）等；长洲文氏，有杨升《长洲文氏文化世家研究》（中国社会科学出版社2013年版）等；扬州李氏，有王向东《明清昭阳李氏家族文化文学研究》（上海三联书店2014年版）等；锡山秦氏，有高田《锡山秦氏家族文学研究》（博士学位论文，苏州大学，2013年）等；海宁查氏，有洪永坚、贾文胜、赖燕波《海宁查氏家族文化研究》（浙江大学出版社2006年版）等；湖州董氏，有赵红娟《明清湖州董氏文学世家研究》（中国社会科学出版社2011年版）等；新安吕氏，有杜培响《明清之际新安吕氏家族及文学研究》（博士学位论文，福建师范大学，2012年）等；桐城方氏，有宋豪飞《明清桐城桂林方氏家族及其诗歌研究》（黄山书社2012年版）等；桐城姚氏，有汪孔丰《桐城麻溪姚氏家族与桐城派兴衰嬗变研究》（博士学位论文，上海大学，2013年）等；三山叶氏，有阮娟《三山叶氏家族及其文学研究——以叶观国、叶申芗为核心》（上海古籍出版社2011年版）等；侯官许氏，有郑珊珊《明清福建家族文学研究：以侯官许氏为中心》（社会科学文献出版社2016年版）等；滨州杜氏，有侯玉杰《滨州杜氏家族研究》（齐鲁书社2003年版）等；安丘曹氏，有赵红卫《明清安丘曹氏家族文化研究》（中华书局2013年版）等；莱阳宋氏，有李江峰《明清莱阳宋氏家族文化研究》（中华书局2013年版）等；曲阜孔氏，有姚金笛《清代曲阜孔氏家族诗文研究》（山东人民出版社2015年版）等；临朐冯氏，有孔繁信《明清著名文学世家——临朐冯氏》（《山东师大学报》1987年第2期）、陈福季《明代临朐的冯氏文学世家》（《潍坊教育学院学报》1989年第2期）、张秉国《临朐冯氏文学世家研究》（博士学位论文，四川大学，2006年）等；其他还有朱万曙《〈丛睦汪氏遗书〉与汪氏文学家族》（《文献》2007年第4期）、袁慧《张九钺及其文学家族》（硕士学位论文，湖南大学，2008年）、王德明《清代全州蒋氏家族的文化与文学》（《广西师范大学学报》2011年第4期）等。

2. 断代性研究成果。断代性研究是指以某一个朝代的文学世家为主要对象的文学世家研究。以汉代为主的有吴桂美著作《豪族社会的文学折光：东汉家族文学生态透视》（黑龙江出版社2008年版）、《东汉家族文学与文学家族》(《中国文学研究》2008年第3期),孙亭玉《论汉代的文学家庭》(《湖南科技大学学报》2007年第1期)。其中吴桂美集中于汉代尤其是东汉家族文学,成果显著,有效弥补了原先汉代文学世家研究的不足。以魏晋南北朝为主的有杨东林《略论南朝的家族与文学》(《文学评论》1994年第3期),程章灿《世族与六朝文学》(黑龙江教育出版社1998年版),田彩仙《魏晋时期的文学家族》(《文史知识》2001年第1期)、《魏晋文学家族的家族意识与创作追求》(《中州大学学报》2001年第2期),王建国《东晋南迁士族与文学》(博士学位论文,复旦大学,2005年),王文才《六朝文学家族繁盛原因初探》(《唐山师范学院学报》2006年第6期),赵雷《士族与魏晋南朝文学研究》(博士学位论文,苏州大学,2009年),孙明君《两晋士族文学的走向》(《陕西师范大学学报》2009年第4期),等等。其中程章灿《世族与六朝文学》是最先问世的学术专著,曾对后来的六朝文学世家研究起到了重要的带动和示范作用。以唐代为主的有童岳敏《唐代文学家族的地域性及其家族文化探究》(《人文杂志》2009年第3期),梁尔涛《唐代家族与文学研究》(博士学位论文,苏州大学,2011年),该文旨在以要件研究的方法对唐代家族与文学的关系进行结构性分析,发掘二者发生关系的内在动因,进而揭示唐代家族文学发展演进的某些基本特征。胡可先《新出石刻与唐代文学家族研究》(中国人民大学出版社2017年版)以大量新出土石刻文献为新材料的基础,与传世文献互证,从士族文学研究的角度,考察南北朝门阀士族到唐代科举家族这一历史转型期中具有代表性的唐代文学家族,主要是透过以墓志为主的石刻文献探讨这些文学家族传承千年的家风、学风与文风,进而揭示唐代文学生态的多面向。以宋代为主的有王毅《宋代文学家庭》(湖南师范大学出版社2008年版),张剑、吕肖奂、杨海波《宋代家族与文学研究》(中国社会科学出版社2009年版),张兴武《两宋望族与文学》(人民文学出版社2010年版)等著作,以及王毅《论宋代文学家庭》(《湖南师范大学学报》2006年第6期),张剑、吕肖奂《宋代的文学家族与家族文学》(《文学评论》2006年第4期),吕肖奂、张剑《两宋家族文学的不同风貌及其成因》(《文学遗产》2007年第2期)等文章。以明清为主的有徐雁平《清代文学世家姻亲谱系》

（凤凰出版社2010年版）、李真瑜《明清文学世家的基本特征》（《中州学刊》2006年第1期），王德明《清代壮族文人文学家族的特点及其意义》（《民族文学研究》2009年第3期），兰秋阳、邢海萍《清代文学世家及其家学考略》（《河北北方学院学报》2009年第4期），米彦青《清代中期蒙古族家族文学与文学家族》（《内蒙古大学学报》2011年第2期）等。徐雁平《清代世家与文学传承》（生活·读书·新知三联书店2012年版）从清代文学世家培育的外在条件、家族文学传承的文本载体以及文学世家个案等方面探讨了清代世家与文学传承的关系。徐雁平《清代家集叙录》（安徽教育出版社2017年版）对清代家集进行较为详细的叙录与考辨，较为全面地介绍了清代家集相关情况；与此同时，作者还主编影印两套大型丛书《清代家集丛刊》（国家图书馆出版社2015年版）和《清代家集丛刊续编》（国家图书馆出版社2018年版）尤为清代文学世家研究提供了独特的文献资料。

3. **区域性研究成果**。区域性研究是指以某个地域为主的文学世家研究。世纪之交，李浩《唐代关中士族与文学》（文津出版社1999年版）、《唐代三大地域文学士族研究》（中华书局2002年版）两书的率先问世，对此后的区域文学世家研究发挥了重要的示范和带动作用。前书有意识地将文化地理学与社会史研究相结合，以唐代关中士族作为对象，考察其社会背景、成分构成、家族教育等具体史实，并分析这一文学群体的创作及对文学发展的重要影响。后书对以往研究问题从地域上加以拓展，考察唐代关中、山东、江南三大地域文学士族，内容更加丰富、充实。进入21世纪后，区域文学世家研究呈现以江南为中心同时向全国铺开之势。其中由梅新林、陈玉兰主编的《江南文化世家研究丛书》已于2010年出版，目前收录该丛书的有张剑《清代杨沂孙家族研究》（中国社会科学出版社2010年版），陈开勇《宋代开封—金华吕氏文化世家研究》（中国社会科学出版社2010年版），赵红娟《明清湖州董氏文学世家研究》（中国社会科学出版社2011年版），马晓坤、孙大鹏《两晋南朝琅邪王氏与陈郡谢氏比较研究》（中国社会科学出版社2011年版）皆为文学世家。其他相关的重要著作有：王永平《汉魏六朝时期江东大族的形成及其地位的变迁》（《扬州大学学报》2000年第4期）、《六朝江东世族之家风家学研究》（江苏古籍出版社2003年版），吴正岚《六朝江东士族的家学门风》（南京大学出版社2003年版），渠晓云《中古会稽士族研究》（中国社会科学出版社2018年版），朱丽霞《清代松江府望族与文学研究》（上海古籍出版社2006年版）、《明代江南家族与文学——以上海顾、陆家族为个案》（河南人民出版社2012年版），凌郁之《苏州文化世家与清代文学》（2008），罗时进《地域·家族·文学：清代江南诗文研究》（上海古籍出版社2010年版），周昌梅《六朝侨姓世族文学研究》（线装书局2012年版）等。罗著是作者对清代江南诗文创作与地域、家族关系的系统研究后所撰写的相关论文的汇集，由"江南地域与家族文学研究""清代江南地域性文学群体研究""清代江南诗文作家作品研究"三个部分组成，集中体现了作者对地域、家族与文学发展关系的理性思考与实证研究成果。徐侠《清代松江府文学世家述考》（上海三联书店2013年版）对清代松江府文学世家的谱系传承及世家成员的生平简历、师承交友进行了详细的考辨，是文学世家文学研究的新范式。至于相关的重要论文则有：王欣《中古吴地文学世家研究》（《苏州科技学院学报》2004年第3期），王绍卫《孙吴的世家大族与学术》（《阜阳师范学院学报》2007年第5期），景遐东《唐代江南家族诗人群体及其家学渊源》（《安徽师范大学学报》2005年第4期），俞樟华、冯丽君《论宋代江浙家族型文学家群体》（《浙江师范大学学报》2004年第5期），曾礼军《清代两浙文学世家的时空分布与文学建设》（《浙江师范大学学报》2013年第1期）、《清代两浙文学世家的地域性》（《中国社会科学报》2013年1月11日），杨镰《元代江浙双语文学家族研究》（《江苏大学学报》2009年第3期），顾世宝《元代江南文学家族研究》（博士学位论文，中国社会科学院研究生院，2011年），童岳敏、罗时进《明清时期无锡家族文化探论——兼论顾氏家族之文学实践》（《苏州大学学报》2010年第1期），罗时进、陈燕妮《清代江南文化家族的特征及其对文学的影响》（《江苏社会科学》2009年第2期），罗时进《清代江南文化家族的文学文献建设》（《古典文学知识》2009年第3期），罗时进《清代江南文化家族雅集与文学创作》（《苏州大学学报》2009年第2期），等等。

江南之外区域的文学世家研究，则主要分布于：河南地区，有马予静

《魏晋南北朝时期的河南家族文学》（《河南大学学报》2002年第3期），王惠敏《清代商丘家族文学著述考》（《商丘师范学院学报》2008年第4期）；河东地区，有梁静《中古"河东三姓"文学研究》（博士学位论文，陕西师范大学，2006年）、张丽《北齐隋唐河东家族文化与文学研究》（中国社会科学出版社2016年版）；山东地区，有曲洋《唐代山东士族家庭文化研究》（硕士学位论文，曲阜师范大学，2006年），李建华《唐代山东士族与文学》（博士学位论文，南京师范大学，2007年），黄金元《明清之际济南府望族与诗歌研究》（人民出版社2011年版）；江西地区，有黎清《宋代江西文学家族研究》（中山大学出版社2013年版），吴中胜《清前期赣南家族文学评述》（《赣南师范学院学报》2003年第1期）；四川地区，有张远东《乐山古代文学家族性现象及其成因初探》（《乐山师范学院学报》2002年第1期）；安徽地区，有周成强《明清桐城望族诗歌研究》（博士学位论文，山东师范大学，2013年）；广西地区，有王德明以《清代广西的文学家族》（《南方文坛》2008年第3期）为代表的"清代广西文学家族研究"系列论文，此后形成专著《清代粤西文学家族研究》（广西师范大学出版社2013年版）出版。

4. 专题性研究成果。专题性研究是指围绕某个专题内容对文学世家进行研究，其中：政治专题方面，有王毅《宋代政治与文学家庭》（《湖南人文科技学院学报》2006年第5期），张剑、吕肖奂《两宋党争与家族文学》（《中国文化研究》2008年第4期）；经济专题方面，有王毅《宋代经济与宋代文学家庭》（《湖南文理学院学报》2006年第5期）；科举专题方面，有吕肖奂、张剑《两宋科举与家族文学》（《西北师大学报》2008年第4期）；出版专题方面，有王毅《宋代出版与宋代文学家庭》（《聊城大学学报》2006年第1期），徐雁平《清代家集的编刊、家族文学的叙说与地方文学传统的建构》（《古典文献研究》2009年第12辑）；少数民族专题方面，有陈友康《古代少数民族的家族文学现象》（《民族文学研究》2004年第3期），李小凤《回族文学家族述略》（《北方民族大学学报》2009年第4期），多洛肯、安海燕《清代壮族文学家族及其诗文创作》（《广西民族大学学报》2014年第1期），多洛肯《清代中期满族文学家族及其诗文创作初探》（《西北师大学报》2014年第6期）、《明清回族文学家族文化生态环境探析》(《西北民族研究》2016 年第 4 期)、《明清白族文学家族诗歌创作述论》(《西南民族大学学报》2017 年第 1 期)、《论明清纳西族家族文学》(《西南民族大学学报》2018 年第 10 期),多洛肯、朱明霞《文化生态视域下的明清土家族土司文学家族》(《中外文化与文论》2016 年第 4 期)、《明清土家族土司家族文学创作及其风貌叙略》(《西北民族大学学报》2018 年第 4 期)。

还有女性专题最为突出,有李贵连《明末清初山阴祁氏家族女性文学研究》(黄山书社 2016 年版),娄欣星《明清环太湖流域文学家族女性群体研究》(博士学位论文,苏州大学,2016 年),李真瑜《略论吴江沈氏世家之女作家》(《中华女子学院学报》2001 年第 1 期)、《文学世家与女性文学——以明清吴江沈、叶两大文学世家为中心》(《湖南文理学院学报》2008 年第 4 期),郝丽霞《吴江沈氏女作家群的家族特质及成因》(《山西大学学报》2003 年第 6 期)、《明清吴江沈氏家族的女性文学意识》(《西北师大学报》2005 年第 6 期),陈书录《"德、才、色"主体意识的复兴与女性群体文学的兴盛——明末吴江叶氏家族文学研究之一》(《南京师大学报》2001 年第 5 期),郭永锐《方以智家族女性作家考略》(《运城学院学报》2007 年第 6 期),陈水云、王茁《文学女性从闺内到闺外——以山阴祁氏家族女性文学群体为例》(《湖南文理学院学报》2008 年第 4 期),等等。与家族女性相关联还有家族联姻研究,有徐雁平《清代文学世家姻亲谱系》(凤凰出版社 2010 年版),邢蕊杰《清代阳羡联姻家族文学活动研究》(中国社会科学出版社 2015 年版)等著作。

5. 理论性研究成果。文学世家的理论文章主要有:李真瑜《世家·文化·文学世家》、《文学世家:一种特殊的文学家群体》,罗时进《关于文学家族学建构的思考》、《文学家族学:值得期待的研究方向》、《家族文学研究的逻辑起点与问题视阈》(《中国社会科学》2012 年第 1 期),李朝军《家族文学史建够构与文学世家研究》、《历代家族文学的贯通研究》,张剑《绘制文学家族的文化地图》、《宋代以降家族文学研究的理论、方法及文献问题》、《家族文学研究的分层与守界原则》等,罗文提出家族文学研究将触角深入"家—族—宗"宗法社会的基本构成中,力图介入中古以来文学创作基层写作的具体过程,通过家族性文学经验,揭示中国文学创作的族聚性、互动性、基层性特点。近年来学者们在家族文学相关研究中所关注的历史建构、依存关系、类型特点、生产方式、现场情境、成果样本等问题，体现出这一研究方向的核心知识和发展趋向。文化人类学、文化地理学、地方性知识理论等可为研究提供一定的认知视角，但家族文学研究具有鲜明的本土化和民族性的特点，故应以朴学的态度，重视文献价值，在此基础上兼容多元方法，以推进研究的深入发展。整体而论，文学世家的理论研究还比较薄弱，需要进一步加强。

三 古代文学世家研究的学术反思

经过三十余年的学术研究，特别是 21 世纪以来，无论是涉及的家族数量，还是家族所分布的时代和地域的广泛性，古代家族文学研究都取得极为突出的成就，呈繁荣之势。但同时也存在一些值得检讨和反思的地方。

一是重个案研究轻系统考察。个案研究取得了可喜成就，并且有些家族还是众多研究者关注的"焦点"，典型者如六朝陈郡谢氏、琅琊王氏和颜氏，宋代昭德晁氏和东莱吕氏，明清吴江沈氏和叶氏等都有多部研究论著或博士论文。但对特定区域、特定时代或通代家族文学的系统研究则很少。个案研究固然是基础，但只重个案而轻整体，往往会挂一漏万，见木不见林，且易造成研究模式化和雷同化。张剑等《宋代家族与文学研究》、张兴武《两宋望族与文学》和梅新林《文学世家的历史还原》等在系统考察上具有开拓性意义，前两部论著重横切面的系统研究，紧密联系时代社会、地域文化来研究家族文学；后一篇长文重纵向性的系统研究，气势宏阔而又鞭辟入里。

二是重南方家族轻北方家族。古代文学世家研究所涉及的家族绝大部分是以江南为中心的南方地区，特别是两晋南北朝和明清时期的家族文学研究更是如此。这与古代江南经济发达、人文荟萃和家族兴盛有着密切关系，因而易为研究者所关注。但北方同样也不缺文化望族，而且历史更为悠久，缺少北方家族的参与，对于完整的古代家族文学研究来说是一个残缺，也不符合古代家族文学的实际情况。

三是重汉族家族轻少数民族家族。古代文学世家研究基本上集中在汉族文学世家当中，少数民族文学世家研究只有寥寥几篇论文。中国是一个多民族的国家，除了汉族大量的文学家族诗书传家外，也有许多少数民族文学世家留名青史。只有把少数民族的文学世家也纳入研究视野内才能真正完整地研究中国古代文学世家，并且激发杨义所说的"边缘活力"的少数民族文学世家研究。

四是重作家群体梳理轻作品辨析。由于作家是文学世家的主体和核心，古代文学世家研究当中，一般首先关注的是对家族中具有文学特性的成员进行梳理，由此构建起具有血缘关系的家族文学网络，而作品附属于作家分布在网络各个节点上。这一方面有利于快速建立起文学世家网络图，但另一方面也舍弃了作品的文献考辨、文本阅读和文意理解的文学本位研究。这种家族文学研究既偏离了回归文学本位的学术反思和要求，也不利于对家族作家及其文学的深入研究。因此，文学世家研究应该加强作品的考辨和分析，并坚守文学为本位的多元化研究。

五是重家族内部考察轻家族外联研究。古代文学世家研究总体上来说是局限于家族内部考察，包括家族内部成员关系的梳理、家族作品的排列和文学世家现象的描绘等内容，而很少以开放态度和视角来考察家族与家族、家族与社会、家族与地域之间的关系。这种封闭性的文学世家研究势必影响研究的广度和深度，很难看出研究对象在特定局域或整体文学与文化中的地位和作用，从而也势必影响到研究成果的学术作用和社会效果。

六是重现象描述轻理论提炼和归纳。不少文学世家研究论著只关注以作家活动为中心的家族文学现象，然后简单地勾勒出文学世家成员血缘关系的网络图以及一些表面性的比较结果，而难以对文学世家传承的深层规律与外部影响、传承共性与个体变异、成员特性与家族共性等一系列文学现象做出理性区分和辨析，并作理论上的阐释和研究，从而影响文学世家的深层研究。同时又由于指导文学世家研究实践的理论研究也相对滞后，学界虽然有所关注，但总体上还很欠缺，这也必然影响到文学世家的深化研究。所以，无论是内在理论归纳还是外在理论指导，文学世家研究都显得缺乏而又迫切需要。

鉴于以上的学术检讨，未来的文学世家研究在强调个案研究的同时也应该从下面几个方面来拓新和深化。其一，加强贯通性研究。贯通性研究包括时代贯通、地域贯通和民族贯通，时代贯通是对特定时代或通代的文学世家作贯通性研究，地域贯通是对特定区域或整个中国的文学世家作贯通性研究，民族贯通是对特定少数民族或所有少数民族的文学世家作贯通性研究。其二，加强文学性研究。文学性研究包括文学世家作品的文献考辨、文本理解和文化分析。文学性研究的强化既可以深化作家主体意识、家族独特个性和文学传承基因等文学世家深层次内容的研究，也符合文学本位的古代文学研究的学术需求。其三，加强理论性研究。理论来源于学术实践又指导学术实践，文学世家的理论研究对于文学世家的学术实践具有重要的学术指导作用和意义。文学世家的理论研究一方面要对个体、局域和整体的文学世家发展的内在规律、特定内质和发展动态作理性归纳和升华，以凸显"文学的家族"和"家族的文学"的独特个性和整体共性；另一方面则要从哲学层面探讨文学世家的概念、内涵、范畴和研究方法等抽象的理论问题，从而更好地指导文学世家研究实践。其四，加强开放性研究。开放性研究就是要跳出封闭的家族内部，放眼于家族与家族、家族与社会、家族与地域之间的动态关系研究；同时在文学本位的基础上重视文学世家与政治学、经济学、社会学、历史学、地理学、人类学、哲学、民俗学等多学科的交叉研究。

第十五章

古代文学研究的最新趋向(中)

在 21 世纪古代文学研究的最新趋向中,由古代文学边缘活力的激活与研究——包括古代女性文学研究、民间文学研究、民族文学研究、域外汉文研究,构成了第二个学术创新点和增长极。在这一板块的四大序列中,古代女性文学研究是相对男性文学为中心的边缘研究,古代民间文学研究是相对传统精英文学为中心的边缘研究,古代民族文学研究是相对汉族文学为中心的边缘研究,古代域外汉文研究是相对中国本土为中心的边缘研究。古代文学的边缘研究不仅拓展了古代文学研究的固有视野,使古代文学研究在关注传统中心地带的同时也开始重视曾经为人所歧视或忽视的边缘地带,而且还原了中国古代文学的真实原貌,展示了中国古代文学的多层性、多样性和丰富性,有利于重构中国古代文学完整的新文学版图。

第一节 边缘活力之一:古代女性文学研究

女性文学是一个具有现代性内涵的特定概念,强调文学的现代人文精神和女性主体意识,但借用到古代文学研究中,则泛指女性创作的文学,也指向那些男性创作但蕴含丰富女性形象和女性文化的文学。由于古代妇女社会地位低下,附庸和服从于男权,因此女性作者所创作的文学基本上是被屏蔽在男性视野之外。古代女性文学研究是在"五四"新文化运动以后开始兴起,并出现了一个小高潮,但此后直至 20 世纪 80—90 年代,一直处于古代文学研究的边缘地带,很少受到学者去关注和研究。90 代以后,随着中西文化交流深入,西方女性文化和女权主义文学批评理论广泛引进,由此促进了现代女性文学研究的热潮,并带动了古代女性文学研究的复苏和繁荣。女性文学研究因此而成为 21 世纪古代文学研究的重要学术生长点和最具边缘活力的学术研究之一。

一 古代女性文学研究的发展历程

根据研究的文化思潮、方法论和学术成果,古代女性文学研究可以分为四个阶段:兴起阶段,自"五四"前后至 1949 年;沉寂阶段,新中国成立后至"文革"时期;复苏阶段,80 年代"文化热"至 90 年代中期;繁荣阶段,自 90 年代中后期以来直至 21 世纪。

19 世纪末 20 世纪初的"西学东渐"和 1919 年的"五四"新文化运动,不仅提升了女性的文化水平,更促进了女性的思想解放和觉醒了女性的主体意识,女性由幕后走向了前台,女性问题成为时代关注的新问题。在这种文化背景下,几千年来尘闭的古代女性创作的文学开始得到研究者的搜集、整理和研究。伴随着古代文学研究现代化进程的步伐,古代女性文学研究也拉开了时代的序幕。一是古代女性文学的文献搜集与整理。目录学性质的主要有:施淑仪《清代闺阁诗人征略》(1922)、单士釐《清闺秀艺文略》(1927)、冼玉清《广东女子艺文考》(1941)等。作品辑录的主要有:李文琦辑李清照《漱玉集》五卷(1927)、赵万里辑李清照《漱玉集》一卷(1931)、潘光旦辑冯小青《焚余稿》、张寿林辑贺双卿《雪压轩稿》(1927)、张蓬舟辑薛涛《薛涛诗存》(1942)、费善庆、薛凤昌编《松陵女子诗征》十卷(1918)、光大中编《安徽名媛诗词征略》五卷(1936)、袁之球编《袁氏闺抄》(1918)、顾宪融编《红梵精舍女弟子集》三卷(1928)、童振藻辑《清代名媛诗录》(1928)、戴淑慎编《古今女子文库》(1925)等。二是古代女性文学史编著与研究。文学史著主要有:谢无量《中国妇女文学史》(1916)、梁乙真《清代妇女文学史》(1927)和《中国妇女文学史纲》(1932)、谭正璧《中国女性的文学生活》[(1930),后更名《中国女性文学史》和《女性词话》(1934)]、陆晶清

《唐代女诗人》(1933)、曾敦乃《中国女词人》(1935)等。李清照、朱淑真、冯小青、贺双卿等女性作家开始受到关注和研究,如朱芳春《李清照研究》、郭清寰《从〈断肠集〉中所窥见的朱淑真的身世及其行为》、潘光旦《小青之分析》、胡适《贺双卿考》等。三是探讨女性与古代文学的关系。辉群《女性与文学》(1928)、陶秋英《中国妇女与文学》(1933)、胡云翼《中国妇女与文学》、丁英《妇女与文学》(1946)等即是此类著作。① 这一阶段的女性文学研究主要集中在"五四"新文化运动之后的20—30年代,是"五四"启蒙主义和人道主义思潮影响下所开创的文学研究新领域,挖掘了女人作为"人"的主体精神和进步性,以及女性在古代文学发展史所应有地位和价值,突破了传统的男性中心的视域;并且从文献整理、女性创作的文学研究、女性与古代文学关系等三个方面为后来的古代女性文学研究开创了基本研究格局。但由于新旧时代的交替之际,这个时期的古代女性文学研究"在认识和评价古代女诗人及其作品时,思想意识上仍不免流露出比较浓厚的儒教传统中落后的一面,文学观念也始终未能跳出'表彰才女'的审美趣味,最终在传统与现代之间陷入矛盾"。②

新中国成立后,由于文学研究服从于重建政治意识形态的需要,女性与男性的平等地位也主要体现在政治上,因此女人作为"人"的政治性整体而不再突出其性别角色,女性文学研究总体上也就处于低迷状态,属于沉寂阶段。胡文楷于1957年由商务印书馆出版的《历代妇女著作考》是这一时期的主要著作。该书收录了自汉魏至近代共4000余位女性作者的著作情况,"凡见于正史艺文志者,各省通志府州县志者,藏书目录题跋者,诗文词总集及诗话笔记者,一一采录"(《自序》)。该书"是迄今为止搜罗最为宏富的一部女子艺文志,虽然其中亦不乏疏漏、错乱之处,但仍然代表着迄今为止妇女作家文献整理的最高成就"。③ 陈寅恪《柳如是别传》成书于60年代,但直到1980年才出版问世。此外,50

---

① 参引了张宏生、张雁编《古代女诗人研究·导言》,湖北教育出版社2002年版。
② 同上书,第10页。
③ 同上书,第17页。

年代末至60年代初关于李清照的讨论是此期间女性作家作品的重要研究内容,[①] 但讨论的标准是阶级性、人民性和爱国主义等政治意识形态标准,属于古代文学的社会学研究主潮范畴,并没有突出女性的性别意识。此后,随着"左倾"思想进一步激化,直至"文革",正常的学术批评逐渐为政治批判所替代,女性文学研究连同古代文学研究一起被政治斗争所吞噬。

改革开放后至90年代中期,在80年代"文化热"兴起的文化背景下,西方的女性文化和女权主义文学批评也被介绍进来,古代女性文学研究得到了重新复苏。首先,无论文献整理还是理论批评,古代女性文学研究的各个层面上都开始有了新的研究成果。其次,研究涉及的古代女性作者有了很大的扩展,除了李清照、朱淑真、贺双卿、蔡琰之外,还有薛涛、鱼玄机、顾春、徐淑、谢道韫、黄崇嘏、严蕊、王清惠、张玉娘、郑允端、邢慈静、黄娥、叶小鸾、顾太清、倪瑞璇、刘清韵、丘心如,等等。最后,西方的女性文化和女权主义文学批评开始介入研究的实践当中,古代女性文学研究开始有了较为强烈的现代女性的性别意识,避免了过去那种以政治道德替代性别文化的研究和评价,从而开辟了新的研究视野和研究方法。如康正果指出:"仅仅出于同情妇女的善意立场,或偏袒妇女的感情用事,还不能建立真正属于女性的研究。文学上的女性研究必须扭转自己一直依靠固有的政治和道德标准以立身正名的现状,首先在文学研究上建立属于女性的价值体系,为自己确定总的战略目标。"[②]

自90年代中后期直至21世纪,古代女性文学研究走向了开放繁荣的阶段。1995年,联合国第四次世界妇女大会在北京召开;1998年,当代中国大陆学者第一部全面介绍、系统梳理西方女权主义文学批评的专著——张岩冰《女权主义文论》由山东教育出版社出版。妇女问题的社会关注,女权主义文学批评的本土化吸收和运用,促进了古代女性文学研究,成为21世纪古代文学研究的新趋向。2000年5月,南京大学举办了"明清文学与性别"的国际学术研讨会,会议论文结集为《明清文学与性别研

---

① 具体讨论情况参见第三章第八节相关内容。
② 康正果:《风骚与艳情——古典诗词的女性研究》,河南人民出版社1988年版,第8页。

究》① 出版。这标志着古代女性文学研究进入了开放繁荣的新阶段，文献整理、文学史编写、文学的性别文化审视等各方面都有了多角度、多层次、多方位的深入和拓展，性别文化往往成为女性文学研究的自觉意识和评价标准。由此，女性文学研究因而成为 21 世纪古代文学研究具有边缘活力的重要学术增长点。

二　古代女性文学研究的主要成果

古代女性文学研究自 20 世纪 80 年代复苏后，直至 21 世纪才走向繁荣，并取得了较为突出的学术成果。

1. 古代女性文学的文献整理。文献整理一直是古代女性文学研究中具有本土特色的优良学术传统，为古代女性文学批评提供了可靠的研究文本和扎实的研究基础。陈文华《唐女诗人集三种》（上海古籍出版社 1984 年版）校注了薛涛、鱼玄机和李冶三人的全部诗集；张蓬舟《薛涛诗笺》（人民文学出版社 1983 年版）笺注了薛涛诗集；杜芳琴《贺双卿集》（中州古籍出版社 1993 年版）全面整理了贺氏作品；张璋编校《顾太清奕绘诗词合集》（上海古籍出版社 1998 年版）首次编刊出顾太清的全部诗词作品；卢兴基《顾太清词新释辑评》（中国书店 2005 年版）和晋洪泉《顾太清词校笺》（巴蜀书社 2010 年版）又分别对顾太清词进行了评校；刘燕远《柳如是诗词评注》（北京古籍出版社 2000 年版）对柳如是诗词进行了评注。胡晓明、彭国忠主编《江南女性别集》是专收明清江南女性别集的大型丛书，由黄山书社出版，初编于 2008 年出版，二编于 2010 年出版。傅瑛主编《明清安徽妇女文学著述辑考》（黄山书社 2010 年版）从各种文献中搜罗爬剔，收录明清安徽妇女文学作者 617 人，附民国时期 37 人，总计 654 人，得诗词文数千条。王英志主编《清代闺秀诗话丛刊》（凤凰出版社 2010 年版）收录记载、反映清代女性诗歌创作的著作 14 部。此外，史梅辑录有《历代妇女著作考》未曾收入的清代女作家 118 人，著作 144 种。肖亚男主编《清代闺秀集丛刊》（全 66 册）（国家图书馆出版社 2014 年版）收录清代（含部分清末民初）401 位女性的诗、文、

---

① 张宏生编：《明清文学与性别研究》，江苏古籍出版社 2002 年版。

词别集及其附录403种，按照作者生卒年时间顺序编排，而且每种别集前撰写作者小传一篇，具有重要的文献价值。肖亚男主编《清代闺秀集丛刊续编》（全32册）又收录了二百四十余种文献，按照作者的生年先后编排，而且每种文献前附以作者小传一篇，简介其家世背景、生平概要及撰述情况等。清李雷主编《清代闺阁诗集萃编》（全10册）（中华书局2014年版）收入清代八十位著名女诗人的诗词著作。凡有专集传世者，据专集整理；无专集者，则进行辑佚汇编；有多种版本传世者，并进行校勘，删重补漏，校正讹误；对原书所有之序跋、传略、墓志、行状、题辞等全部收录。并对每位诗人撰写内容较为详尽的诗人小传。包括生平、事迹、家族与家庭情况、创作风格、著述版本及其前贤评价等。书末附《现存清代女性诗词集知见录》（含清代女诗人八百七十多人）。

2. 古代女性创作研究。张明叶《中国古代妇女文学简史》（辽宁教育出版社1993年版）是新时期较早的通代女性文学史，但创新有限。邓红梅《女性词史》（山东教育出版社2000年版）是第一部分体女性文学史，对历代女性词史进行了系统梳理与研究。新时期以来的古代女性文学研究更多的是从断代和分体的角度来研究。苏者聪《闺帏的探视——唐代女诗人》（湖南文艺出版社1991年版）、《宋代女性文学》（武汉大学出版社1997年版）分别对唐代和宋代女性文学进行梳理，两者基本上都是从女性作者身份出发分类论述其文学创作及特色。谢稹《宋代女性词人群体研究》（湖南人民出版社2010年版）从宋代女性教育、宋代女性词人的社会生活、词作类型、艺术特色及流传方式、对后世女性文学影响等方面对宋代女性词人群体进行了全面的研究。舒红霞《女性·审美·文化：宋代女性文学研究》（人民出版社2004年版）运用美学批评、性别分析和心理透视等多种研究方法，对宋代女性文学的审美精神、审美风采、审美时空、审美形象和审美形式等进行了全方位的探究和分析。侯志敏《宋代闺阁女诗人及其诗作研究》（硕士学位论文，内蒙古大学，2012年）一文也对宋代闺阁诗人的诗歌创作进行探讨与分析。张丽杰《明代女性散文研究》（中国社会科学出版社2009年版）对明代女性散文的文体、题材与主题、风格、社会角色与散文写作的关系、传播与评价等方面进行了详细的研究。欧阳珍《明代青楼女词人研究》（广西师范大学出版社2014

年版）对明代青楼女词人生平及词作情况做了较为全面、细致的整理和考订。在此基础上，着重从总体上论述她们词作的创作内容倾向和艺术风貌，并选取了柳如是、王微、杨宛、李因四个有代表性的词人作重点研究，展现其个性化创作。此外，还探讨了明代青楼女词人繁盛及衰落的原因。赵雪沛《明末清初女词人研究》（首都师范大学出版社 2008 年版）对明末清初女词人进行了整体与个案研究。郭蓁《清代女诗人研究》（博士学位论文，北京大学，2001 年）和段继红《清代女诗人研究》（博士学位论文，苏州大学，2005 年）对清代女诗人进行了整体与个案的分析研究。李小满《清代闺秀词研究》（博士学位论文，陕西师范大学，2015 年）从闺秀词人的身份认同、创作心理与闺情叙述、女性书写及意象群及闺秀词文本等方面对清代闺秀词进行了较为全面的研究。鲍震培《清代女作家弹词小说论稿》（天津社会科学院出版社 2002 年版）对清代女作家弹词小说进行了全面的探讨。魏淑赟《明清女作家弹词小说与明清社会》（天津社会科学院出版社 2017 年版）也对明清女作家弹词小说进行了深入探讨。薛海燕《近代女性文学研究》（中国社会科学出版社 2004 年版）按诗、词、文、戏曲和小说等文体结构篇章，重点探索近代女性文学的"新质"。付建舟《两浙女性文学：由传统而现代》（中国社会科学出版社 2011 年版）聚焦于两浙地区，对明末至民初三百多年间的两浙女性文学创作作了较为详细的梳理和分析，重点突出了由传统而现代的时代转型背景下两浙女性文学创作的特点和个性，有着较为独到的学术创新。郭延礼《20 世纪初中国女性文学四大作家群体考论》（《文史哲》2009 年第 4 期）、《20 世纪初女性政论作家群体的诞生》（《中国现代文学研究丛刊》2009 年第 3 期）和《20 世纪初中国女性小说家群体论》（《中山大学学报》2011 年第 2 期）对 20 世纪初期的女性作家群体进行了梳理与研究。

也有从地域出发来探讨女性文学的。宋致新《长江流域的女性文学》（湖北教育出版社 2004 年版）对长江流域的女性文学进行通代梳理与探讨。陈玉兰《清代嘉道时期江南寒士诗群与闺阁诗侣研究》（人民文学出版社 2004 年版）、李汇群《闺阁与画舫：清代嘉庆道光年间的江南文人和女性研究》（中国传媒大学出版社 2009 年版）、宋清秀《清代江南女性文学史论》（上海古籍出版社 2015 年版）、郭梅《浙江女曲家研究》（浙江大学出版社 2012 年版）、高万潮《清代湖州女诗人概观》（《湖州师专学报》1991 年第 2 期）、王英志《随园女弟子概论》（《江海学刊》1995 年第 6 期）等对江南地区的女性作家文学进行了探讨。张慧《淮河流域女作家研究》（合肥工业大学出版社 2017 年版）对淮河流域的女作家进行了研究。彭兰花《清代江西闺秀词研究》（硕士学位论文，南昌大学，2010 年）对清代江西闺秀词进行了探讨与研究。甘霖《清代贵州的女诗人》（《贵州文史丛刊》1993 年第 6 期）、陶应昌《论云南古代女作家》（《云南师大学报》1999 年第 2 期）分别对贵州、云南的女作家进行探析。

还有对女作家进行个案分析的。黄嫣梨《汉代妇女文学五家研究》（河南大学出版社 1993 年版）对汉代高帝唐山夫人、成帝班婕妤、班昭、徐淑、蔡琰等五位女作家进行了个案分析。孙康宜《陈子龙柳如是诗词情缘》（陕西师范大学出版社 1998 年版）对陈柳两人的诗词唱和进行全面清理，借以勾勒明清之际江南名妓的生活和文学创作情况。黄嫣梨《清代四大女词人——转型中的清代知识女性》（汉语大词典出版社 2002 年版）对清代四位女词人徐灿、顾太清、吴藻和吕碧城等进行研究。黄嫣梨《朱淑真研究》（上海三联书店 1992 年版）是研究朱淑真的力作。陈祖美《李清照评传》（南京大学出版社 1995 年版）对李清照进行了全面评述和研究。杜芳琴《痛菊奈何霜：双卿传》（花山文艺出版社 2001 年版）对贺双卿进行了全面评述和研究。

近年来，过去人们较少关注的闺秀文学批评也逐渐受到研究者的重视。如王郦玉《明清女性的文学批评》（博士学位论文，华东师范大学，2015 年）、王晓燕《清代闺秀诗话研究》（硕士学位论文，陕西师范大学，2014 年）、侯娇娇《清代江南女性别集序跋研究》（硕士学位论文，广西师范大学，2016 年）等是此方面的尝试之作。

3. 古代文学的性别文化审视。这首先表现在以西方女性文化和女权主义文学批评理论对古代文学中的女性角色描写进行重新审视和解读。康正果《风骚与艳情——中国古典诗词的女性研究》（河南人民出版社 1988 年版）是这方面研究较早的著作，作者认为风骚与艳情是中国古典诗词中男性描述女性的两种原型心态与两种审美趣味。孙绍先《英雄之死与美人迟暮》（社会科学文献出版社 2000 年版）对古代小说戏曲经典名著中的女性角色进行了分析，指出作品中的女性角色被男性作家描绘成"可敬""可怖"与"可爱"等不同形象，实则体现了男性的内心需求。张菁《唐代女性形象研究》（甘肃人民出版社 2007 年版）、张维娟《元杂剧作家的女性意识》（中华书局 2007 年版）、吴秀华《明末清初小说戏曲中的女性形象研究》（凤凰出版社 2002 年版）、王永恩《明末清初戏曲作品中的女性形象研究》（文化艺术出版社 2008 年版）、马珏玶《中国古典小说女性形象源流考论》（南京师范大学出版社 2008 年版）等从性别意识和性别政治出发对古代文学中的女性角色进行了重新解读，认为"男性作家塑造的女性形象，无论是天使还是妖妇，从她们的形象中折射出来的是传统男权社会对女性的期望和控制，因此她们实质上只是男权文化镜像中没有自身主体'声音'的'空洞能指'"。[1]

其次，对古代文学中蕴含的独特女性文化进行重新审视和研究。谢雍君《〈牡丹亭〉与明清女性情感教育》（中华书局 2008 年版）通过分析《牡丹亭》所描述的经典阅读和自然感发两种情爱发生方式、感梦身亡和"发乎情、止乎礼"两种情爱实现方式，探讨了明清戏剧中的女性情感教育文化。陶慕宁《青楼文学与中国文化》（东方出版社 1993 年版）探讨了青楼文学中的青楼文化。李明军《禁忌与放纵——明清艳情小说文化研究》（齐鲁书社 2005 年版）围绕着情感和性别问题对明清艳情小说所蕴含的性爱文化进行了深入探讨，指出这些艳情小说叙述存在着鲜明的性别歧视。彭体春《性别与阴阳：中国十七世纪人情小说性属主题研究》（巴蜀书社 2009 年版）探讨了中国 17 世纪那些描写悍妇与弱夫的人情小说所蕴含的独特性别文化。

最后，从中国古代妇女观和妇女思想的发展演变来探讨古代文学中的女性书写。刘淑丽《先秦汉魏晋妇女观与文学中的女性》（学苑出版社 2008 年版）探讨了先秦魏晋不同时期的妇女观及其对文学中女性书写的影响。王绯《空前之迹——1851—1930：中国妇女思想与文学发展史论》（商务印书馆 2004 年版）论述了太平天国后至 1930 年中国妇女思想的发展演变及其对文学书写的影响和作用。

---

[1] 王永恩：《明末清初戏曲作品中的女性形象研究》，文化艺术出版社 2008 年版，第 340 页。

此外，还有不少文章对古代文学特别是经典名著中涉及的女性形象进行重新解读和深入探讨。罗莹《清代文言小说中的女侠形象研究》（西南交通大学出版社2017年版）则对清代文言小说中的女侠形象进行了探讨。

三 古代女性文学研究的学术反思

古代女性文学研究不仅取得了丰硕的学术成果，而且有着突出的学术成就，表现出鲜明的学术特点。

第一，文献整理与理论批评齐头并进。由于性别歧见，相对于男性作品来说，女性作品更易散佚丢失。因此，女性文学研究的首要任务就是搜集整理女性创作的文学文本，因为文学文献是文学研究的基础和根本。相对于初期的目录索引式的艺文志叙录，新时期以来的文献研究更重视古代女性文学的文本搜集与整理，如胡晓明、彭国忠主编《江南女性别集》以大型丛书性质对江南女性创作的别集进行全面的搜集与整理。同时，新时期以来的古代女性文学批评相对于此前的研究更为丰富、更为深刻，并且成为21世纪古代文学研究的重要的学术增长点，体现了它的独特学术活力。

第二，"女性的文学"与"文学的女性"双向拓展。古代女性文学批评主要集中于两个方面，一是"女性的文学"研究，二是"文学的女性"研究。所谓"女性的文学"就是女性创作的文学，这是从男女性别角度区分文学最明显的标志，因此古代女性文学研究首先应是对女性创作的文学及其文学史进行研究，探讨女性创作的文学的特质和个性。新时期以来的古代女性文学研究在这方面有了较为深入的探讨，这主要表现在不再是以通代文学史的形式作浮光掠影式的研究，而是从断代分体的角度详细地研究各个时期的女性文学，或是从地域出发来探讨各个地区的女性文学。同时，由于中国古代文学毕竟是以男性作者为中心和主导，男性创作的文学中也塑造了丰富的女性形象，蕴含了丰富的女性文化，因此"文学的女性"研究应该也是古代女性文学研究的重要组成部分。新时期以来，以性别视点来重新审视和研究古代文学中的性别文化也取得了很大的成就，一些具有颠覆性的学术观点，对于传统文学研究具有深化和拓展的作用。

第三，外来理论与传统方法内外兼顾。古代女性文学研究的兴起、延伸和拓展得益于外来理论，特别是80年代以来引进的女性文化和女权主义文学理论批评，不仅激发了古代女性文学研究的复苏和繁荣，而且成为古代女性文学研究的重要指导理论，因此外来理论在古代女性文学研究中具有重要作用。但是，由于女性文化和女权主义"毕竟是西方新经济的产物。它所关注的时间和空间问题、权力的再分配、两性的分工等，并不太适合用以观照中国的女性问题，特别是以之观照中国古代的女性"，"研究中国的女性问题，中国的传统文化、民族心理等因素，是最基本，也是最重要的出发点"。① 所以传统方法还是古代女性文学研究的主导方法，"迄今许多成果实际上主要采用的仍是性别视点与传统研究方法相结合的方式，而非'纯正'意义上的女性主义批评。研究者通常不是从抽象的父权制概念出发，而是紧密联系创作实际和中国的历史文化语境，对文学活动中所渗透的性别因素进行具体分析"。②

古代女性文学研究也存在诸多值得反思的地方，这主要表现在女性文学研究的学术定位、理论创新和深度拓展等方面。

首先，古代女性文学研究的学术定位问题。女性文学有着特定的现代性内涵，如有研究者就指出："女性文学是诞生于一定历史条件下的以'五四'新文化运动为开端的具有现代人文精神内涵的以女性为言说主体、经验主体、思维主体、审美主体的文学"，其"贯串始终的是女性经验和对女性价值的体认"。③ 现代人文精神的女性主体意识是女性文学的内涵本质。以此观之，则中国古代是不具有女性文学的。对此，有研究者批评道："五四新文化运动可以作为现代女性文学传统的标志，但是并不能否认我国古代女性也存在着一定的文学传统。我国女性现代意义上的主体意识确实是在五四新文化运动后建立起来的，然而女性意识毕竟要建立在女性的生理经验基础之上，对于古代的女性而言并不缺乏生理层面的女性经验，并且就社会层面而言也不可能是完全的空白。"④ 因此，古代女

---

① 吴秀华：《明末清初小说戏曲中的女性形象研究·前言》，江苏古籍出版社2002年版，第5页。
② 乔以钢：《近百年中国古代文学的性别研究》，《中国社会科学》2008年第3期。
③ 刘思谦：《女性文学这个概念》，《南开大学学报》2005年第2期。
④ 王艳峰：《从依附到自觉：当代女性主义文学批评研究》，上海交通大学出版社2009年版，第83页。

性文学的提出与研究实际上是基于女性的生理性别而言的，是一种广义的女性文学，是泛指出于女性创作的所有文学。但是这种广义上的学术定位又抹杀了女性文学与"男性文学"的区别性，因为女性文学的研究除了从生理层面关注外，更应从社会层面和文化性质上来探讨。如何结合古代女性文学的实际和现代女性思想的理论，定位好学术研究是值得进一步探讨的问题。因为这种学术定位一方面可以深化古代女性文学乃至整个古代文学研究，另一方面可以探究中国文学的古今演变轨迹，掌握现代女性文学的古代源头和古代女性文学的现代走向，具有重要的学术意义。

其次，古代女性文学研究的理论创新问题。尽管古代女性文学研究仍然是沿用传统的方法论，但其指导理论却是西方女性文化和女权主义文学批评理论。这种文化理论的核心就是强调性别意识和性别政治，突出男女二元对立性，认为过去女性总是处于男权社会的附庸和服从地位，因此要求女性获得政治、经济和文化上的独立性。以此观之，中国古代的女性是"历史的盲点"，"在两千多年的历史时间和九百多万平方公里的生存空间中，大部分女性除去在规定的位置、用被假塑或被假冒的形象出现，以被强制的语言说话外，甚至无从浮出历史地平线"。[1] 这种理论上过于强调性别差异和女性附庸性已经成为古代女性文学研究，特别是解读"文学的女性"的流行理论甚至是公式话语，缺乏新意也不符合实际情况。莫砺锋就批评道，那种断言男性作家不能为女性写作的观点是偏颇的，至少是不符合中国文学史的实际的，因为"男女两性之间并没有不可逾越的鸿沟，他们完全可能互相理解、互相关怀，并达到心灵上的真正沟通"。[2] 因此，提出既具有原创性又符合古代女性文学实际的指导理论来研究古代女性文学是亟待解决的问题，只有这样才能真正深化其研究。

最后，古代女性文学研究的深度拓展问题。一是文献整理有待于进一步扩大搜集面，目前的女性文学别集整理还极为有限；二是女性作家个案有待于进一步强化，断代和分体的女性文学史有待于进一步深化，通代的

---

[1] 孟悦、戴锦华：《浮出历史地表——现代妇女文学研究》，中国人民大学出版社2004年版，第22页。

[2] 莫励锋：《论〈红楼梦〉诗词的女性意识》，《明清小说研究》2001年第2期。

女性文学史有待于进一步重写，特别是鉴于现代女性文学研究取得了丰硕的成果，贯通古今的中国女性文学史是非常值得进一步重写的，这既可以弥补当下女性文学研究"重今轻古"的局面，又可以探讨中国女性文学自身的个性和特点。三是对古代文学的性别文化作重新的审视和研究，既要避免过去那种政治意识话语批评抹杀了古代文学中的性别意识，又要避免过于强调两性对立而偏执于性别意识，从而做出符合中国古代文化和文学实情的公允结论。

总之，由于女性文学研究本身是一个新兴的研究课题，而古代女性文学研究又相对滞后，只是近十来年才真正得到学者的关注和重视，因此如何进一步激活其学术活力是值得研究者深入思考的。

第二节 边缘活力之二：古代民间文学研究

胡适曾指出："一切新文学的来源都在民间。民间的小儿女，村夫农妇，痴男怨女，歌童舞妓，弹唱的，说书的，都是文学上的新形式与新风格的创造者。这是文学史的通例，古今中外都逃不出这个通例。"① 这当然有在当时特殊学术背景下，与贵族文学、庙堂文学相抗衡而替平民文学争地位的用意。但也与传统中旧有的"礼失而求诸野"的观念相结合。两者都突出强调了在话语中心之外还具有广阔的空间，而边缘地带甚至存有更本真的文化现实，从而为传统领域提供别样丰富的阐述余蕴，为传统研究注入新的活力。在价值观念上，民间文学往往是与正统、主流、官方、精英相对应的；以创作主体分，它又与作家文学、文人文学相映照。大略说来，它体现出一种与古代文学传统研究领域中以文人创作为主体、以写定文本为研究对象的格局相疏离的倾向。

一 古代民间文学研究的理论探讨

民间文学中古代部分占据了相当大的比例，一般来说，1918 年 2 月

---

① 胡适：《白话文学史·汉朝的民歌》，东方出版社 1996 年版，第 12 页。

北京大学发起的"歌谣运动"被视为民间文学研究史的开端。在这近百年的学术史脉络中，民间文学既深受西方人类学、神话学的影响，又渐具本身面目，流派众多，学科规模初步确立。特别是从1984年开始编纂的三套集成（《中国民间故事集成》《中国谚语集成》《中国歌谣集成》）更为民间文学的研究与拓展提供了翔实的资料。但是对民间文学的倡导往往与学术体制外的因素相关联，新文化运动期间不脱启蒙色彩；新中国成立后一段时间内又多受意识形态影响。而民间文学本身与俗文学、民俗学、白话文学等学问之间的纠结，又在很长时间内使得其自身的研究对象模糊不清，自身的学术概念与理论统系难以建立。1997年国务院学位办颁布的《授予博士、硕士学位和培养研究生的学科、专业目录》，将民间文学纳入法学的学科门类当中，一级学科为社会学，民间文学成为被民俗学包含的二级学科；与中国语言文学不再具有学科归属关系。这在制度上动摇了民间文学的学科合法性，民间文学有被进一步边缘化的危险，从而引起相关研究人员的群体性焦虑。21世纪以来，相关研究趋向深入，关于民间文学的学科设置、理论构建以及学术史梳理等方面都取得了可观的成绩。

值得关注的首先是民间文学学科意识的彰显。刘锡诚对民间文学的现状表达了深切的忧虑，希望"恢复民间文学学科原有的二级学科地位，给我们这样一个在农耕文明基地上蓬勃生长起来的民间文艺的搜集、研究、继承和发展，提供一个合理的良好环境，给予一个恰当的地位"。[①] 文章发表后引起了学界的共鸣，刘守华指出"伴随五四新文化运动勃兴而且经营达百年之久的民间文学学科，却至今还没有一个独立的博士点（民俗学博士点也只有一个），在此情况下，高校中坚守民间文学阵地的人越来越少，后继乏人已成为焦虑的严峻现实"，另外"由于中外文化交流会通的加速加剧，民族民间文化的保护和开发利用，将成为一项十分紧迫的任务"，[②] 因而他呼吁恢复民间文学的独立学科地位。在2001年中国文联第七次全国代表大会、中国作协第六次全国代表大会期间，不少专家

---

① 刘锡诚：《为民间文学的生存——向国家学位委员会进一言》，《文艺报》2001年12月8日。
② 刘守华：《困境中挣扎的民间文学学科》，《文艺报》2002年1月19日。

都对民间文学的生存危机表达了关注。① 2004 年,《社会科学报》以专版形式为之呼吁:刘锡诚提出"让高校中文系开设的'民间文学'课程和民间文学博士点、硕士点,仍然延续中国文化传统的旧制,隶属于'文学'。"② 陈连山则针对困境,反思传统的民间文学研究模式,指出新中国成立后"关注的是民间文学所表现的下层阶级的集体特征","中国民间文学研究是当年学术意识形态化的最大受益人",但学术的独立性要求必须摒弃对政治的依附性;还要警惕借民间文学来推阐民族主义的倾向,"把民间文学视为民族文化遗产加以研究的学术取向是存在许多制约的";最为重要的是,要认识到民间文学的首要属性在于它的口头性,"这是正确深入地理解民间文学的必要条件,也是民间文学研究获得学科独立地位的必要条件"。③ 徐华龙则立足于学科的发展,倡导突破过去僵化、政治化的研究格局,研究新出现的民间文学现象,从而推动理论的创新与发展。④ 此后王泉根专门从学科建制角度进行剖析,更是为民间文学生存地位的尴尬大声疾呼。⑤

不过学科地位的改变最终还需要从自身建设着手,刘锡诚在统观民间文学百年学术发展之后,做出了学理性的探索,《民间文学学科向何处去》一文提示了新的发展路向。作者受重写文学史思潮的影响,力图打破以五四肇端的民间文学史格套,以为"中国现代民间文学学术史,正是在晚清的改良派和革命派这两股势力从政体上和文化上改变中国传统社会的情况下肇始,而在'五四'运动爆发及其以后,汇入了文学革命的洪流中去,成为文学革命的一翼的",从而对学术史进行了创新性的改写。作者指出,民间文学研究不能脱离中国国情和重大历史实践,否则只会造就孤芳自赏的"纯学术",也是没有出路的;而且民间文学的学科内部其实有多种流派,虽然各有消长,但多元化的研究视角值得重视。另外

---

① 刘守华:《让民间文学走出困境》,《文艺报》2001 年 12 月 22 日。
② 刘锡诚:《保持"一国两制"好——再为民间文学学科一呼》,《社会科学报》2004 年 8 月 12 日。
③ 陈连山:《被忽略的"口头性"研究》,《社会科学报》2004 年 8 月 12 日。
④ 徐华龙:《寻找民间文学的新魅力》,《社会科学报》2004 年 8 月 12 日。
⑤ 王泉根:《学科级别:左右学术命运的指挥棒?》,《中华读书报》2007 年 7 月 4 日。

作者还特别强调,"民间文学与民俗学从来都是分立的两个学科",要坚持各自的学科特点,独立发展。在这种学术信念的支持下,作者对学科发展满怀信心,认为"在当前的非物质文化遗产保护潮流中,我们要看到民间文学传承衰微的趋向,采取强有力的保护措施以阻遏民间文化衰微的趋势,包括将活态的口传作品记录下来以保存其'第二生命'供更多的人所阅读、欣赏和研究,但也不必因此对民间文学学科的前景产生悲观"。[1]

学科意识的彰显是当下民间文学发展现状的一个缩影,它突出了研究者对学科自身系统建构的强烈关注。边缘向中心的迁移自然是终极目标,而学科的合法性则是这一动态过程的基础,只有民间文学明确了自身的属性,划定相应学科领域,建立恰当理论体系,产生合乎学科规范的示范性研究著作,才能真正推动它的发展与成熟。

二 古代民间文学研究的主要成果

民间文学的理论构建因而成为新时期以来学者们用力所在。段宝林主编的《民间文学教程》在继承已有学术传统的同时,作出了可贵的探索与创新。[2] 全书分为十四章,导论部分论述了民间文学的学科性质;第二章讨论民间文学的当代应用形态,所分析的舞台、电视剧、动画片与网络应用诸端,体现了对民间文学新现象的敏锐把握;第三章至第十二章为此书主体,分民间故事、神话、传说、歌谣、谚语歇后语、民间语言游戏、对联、民间长诗、民间曲艺、民间戏曲等类型,对民间文学进行总体性的概述,所论列的谜语、灯谜、绕口令、酒令等语言游戏以及流行于民间的对联,此前都不甚为学界关注;第十三章专论田野采录,这正是民间文学的独特性所在,是对其口头传承性的尊重,所提出的"全面搜集、忠实记录、慎重整理"原则足资借鉴,对田野作业方面的概括也与实践活动契合;第十四章则略论外国民间文学。此书在整体概述当中时多己见,尤

---

[1] 刘锡诚:《民间文学学科向何处去》,《社会科学报》2007年5月24日。
[2] 段宝林主编:《民间文学教程》,高等教育出版社2006年版。此书为"普通高等教育'十五'国家级规划教材"。

其对民间文学立体性的强调,有利于结合社会功能、思想艺术、生存场域等方面了解到民间文学的活态,这就摆脱了单纯对文本的依赖。作者指出,民间文学不仅是一种语言艺术,而且还有音乐、舞蹈、表演动作等侧面;它是多维的空间艺术,同时也是时间艺术,具有流传变异特点;它具有多功能性;有即兴创作的特点;另外民间文学不能脱离一定的社会历史环境,也需要在相应文化空间中展开。这一理论提炼表明对民间文学总体特征的把握达到了新的高度。此外,书中对民间文学、民俗学、人类学之间的关系进行了梳理,也有助于对学科本质的认识。总的看来,此书虽面向普通受众,但颇有学术追求,在平稳的构架中融入了对学科特征的透彻思考。不过,正如有学者指出的,对联这一文学现象更多地带有文人化倾向,对于它与民间文学关系的处理还可以细致一些;而结尾所论外国部分,在全书中也略显跳脱。

万建中《民间文学引论》则更多地体现对具体问题的深入思考。[①] 作者对民间文学本体属性作了细致的分疏。在认同民间文学史民众狂欢形式的同时,作者对这一学科的知识体系与研究历史进行了分析,指出民间文学对作家文学有重要影响,它孕育了作家文学。作者还专门辨析了俗文学与民间文学的差异,主张两者当为并存的独立学科。在学科界定上,作者强调了民间文学的生活属性、"发音"的呈现方式、异文现象以及传播与表演相结合的特点。相关著述还有不少,如农学冠主编《民间文学导论》(民族出版社 2005 年版)、刘守华、陈建宪主编《民间文学教程》(华中师范大学出版社 2002 年版)等,都对民间文学的学科特征给予了特别关注。虽然它们不直接关涉古代民间文学的细部研究,但由于古代部分是民间文学的重要内容,因此学科意识的彰显也能从侧面映射出古代民间文学的独特性,对口传、异文、活态、立体性等质素的强调,使之与传统的古代文学研究路径呈现一定的差异。

新出的两部民间文学史反映了学界研究的新水平。高有鹏《中国民间文学史》(河南大学出版社 2001 年版)是 21 世纪以来第一部个人独撰

[①] 万建中:《民间文学引论》,北京大学出版社 2006 年版。此书为"普通高等教育'十一五'国家级规划教材"。

的民间文学史。此书以十一章、六十余万字的篇幅,整体勾画了自远古至清代的神话、歌谣、故事、传说等民间文学体裁的历史。不以体裁分列,而强调各时期的主要特征。祁连休、程蔷、吕微主编的《中国民间文学史》(河北教育出版社2008年版)则采取分体的方式,分为神话、史诗、传说、故事、歌谣、叙事诗、小戏及谚语八编,以分类史的形式对史前时代至清末的民间文学史展开论述。此书不作统一分期,而依据各体类自身发展特点进行区划,体现了对民间文学现实的尊重。不同于以往的分层观念,强调"民间"的下层、边缘属性,此书主张民间文学是与作家文学相对应的一种趋向于类型化、模式化的文学形态,存在于各种社会分层与分群当中。在叙述上,纳入了具有代表性的其他民族作品,史诗与叙事诗两编更以之为主体,无疑使民间文学史上的"中国"内涵更为圆融完整。各编皆具备相当理论深度,对叙事诗的突出、对小戏的专史论述都开拓了新的学术版图。

民间故事的研究也值得关注。新近重版的刘守华《中国民间故事史》(商务印书馆2017年版)资料丰富,论述详细。全书分为十二章,根据先秦两汉、魏晋南北朝、隋唐、宋元、明清至20世纪的时代分期,介绍各时期重要民间故事;并特设佛教传播与道教信仰两章,论述宗教文化与民间故事的交融。祁连休《中国民间故事史》(河北教育出版社2015年版)以三卷六编的篇幅,以先秦两汉、魏晋南北朝、隋唐五代、宋元、明、清为序,勾勒出民间故事的历史脉络。此书强调以民间故事为主线,不以记载民间故事的古籍为线索,与作家文学的书写范式保持了距离。作者对民间故事进行了细致的题材划分,论述详尽。

在具体研究方面,古代民间文学研究体现出文学与文化相结合的倾向。如刘守华《道教与中国民间文学》(中国友谊出版公司2008年版)着重分析道教文化对民间故事、传说的影响;程蔷《民俗文化与民间文学研究》(广西师范大学出版社2006年版)以专章讨论古籍、自发宗教等与民间文学的关系;刘守华《中国古代民间故事类型研究》(华中师范大学出版社2002年版)分析60种故事类型的分布、源流、审美特色。

特别值得注意的是祁连休《中国古代民间故事类型研究》(河北教育出版社2007年版)一书。该书分上下两编,上编主要是对中国古代民间故事类型的理论进行多方位的探讨，下编则对中国古代民间故事类型进行系统梳理，自春秋战国至清末民初的民间故事类型都一一搜罗殆尽，具有很高的文献价值。其中，下编的文献梳理是全书的主体。该书对于古代文学研究的主要价值就在于它为古代文学主流研究提供了另外一种观照和梳理文献的新视角，拓展了古代文学研究的新视野，对于古代文学的主题研究和题材源流研究也具有重要的学术价值。

学术史研究方面，刘锡诚《20世纪中国民间文学学术史》（河南大学出版社2006年版）以流派与社团为视角，对民间文艺学由滥觞、转型、学科建设及至理论建设的过程，进行了较为全面的俯瞰。对歌谣研究会、文学人类学派、民族社会学派、民俗学派、俗文学派、延安学派等研究派别、代表人物和理论主张作了细致论述。万建中《20世纪中国民间故事研究史》（北京师范大学出版社2011年版）是对中国现代民间故事研究百年历程的回顾与勾勒，从体裁特征的认识、书写研究、研究方法、类型学、专题研究、故事家、学术史书写等角度，进行历史叙述，并专立一章，介绍钟敬文的研究特色、方法及成就。

总体上来看，民间文学研究由于自身学科的模糊性和地位的边缘化，虽不乏活跃之势，但整体学术成就还有待于进一步提升，因此对于古代文学研究的影响力和借鉴作用还不是十分醒目。不过，作为古代文学研究的一种边缘活力，也渐渐显示出其学术活力和生命力，越来越受到古代文学研究者的关注和探讨。

第三节　边缘活力之三：古代民族文学研究

陈寅恪曾以"取异族之故书与吾国之旧籍互相补正"作为王国维治学方法的概括（《王静安先生遗书序》）。这体现了历史学者对充分利用其他民族史料以补济自身文献不足的重视，也表明边地民族文化往往在文献故籍与典章制度方面具有不可忽视的重要性。同样，在古代文学研究中，民族文学亦应成为重要一环。正像杨义所指出的那样，少数民族文学虽处边缘，却往往能为中华文学的发展注入活力，"少数民族文学对于整个中国文化来说具有边缘性，但边缘的东西没有模式化和僵化的性质，处在流动状态，因而表现出精神的原始性、原创性和多样性，具有超越中心模式化和僵化的倾向，同时也是与边缘外文化接触的前沿和文化交流的中介站。中华文明在世界上奇迹般地绵延五千年而不中断，一个重要原因就是在文化核心的凝聚作用之外，尚有边缘文化的救济和补充，为之不断输入新鲜血液。因而，'边缘的活力'是中华文学的动力学原理，同时也要求重绘中国文学完整、多样的总体地图"。①

学科意义上的民族文学研究新中国成立后方才开始。1958年7月17日，中共中央宣传部召开座谈会，确定编写少数民族文学史或文学概况，"少数民族文学"这一概念被正式提出。② 此后在各少数民族文学作品的搜集、整理、翻译与单一民族文学史的写作方面都取得了不少成绩。民族史诗、神话、传说成为重要的学术发现；编写出版了白族、纳西族、藏族、壮族、维吾尔族、布依族、羌族、彝族、乌孜别克族、土家族、蒙古族、侗族、傣族、回族、瑶族、满族、京族、苗族、仫佬族、毛南族、赫哲族等数十种单一民族文学史及概论；学科建设与研究队伍的培养也达到了一定高度。1998年更由华艺出版社推出了张炯等主编的《中华文学通史》，其古代文学编论评了先秦至清这一时段汉族与其他各族的文学成就，是在宏观层面将各族文学作为整体叙述的重要尝试。此间潜含的研究取向在21世纪得到了大力的践行，使古代民族文学研究具有了新的面貌。

一 古代民族文学研究的理论探讨

以往的少数民族文学研究多局限于单一、片断的维度，缺乏融贯性的考察，这影响到对中华民族文学成就的整体衡定；而古代文学研究中缺少对民族文学的必要关注，只有极少数成就高的民族作家、作品曾进入研究视野。有鉴于此，杨义提出"重绘文学地图"，倡导大文学观。他曾多次论述这一问题并指出，"以往的'绘'是不完整的，基本上是一个汉语的

---

① 《"文化视野与中国文学研究"国际研讨会纪要》，《文学评论》2001年第6期。
② 《少数民族文学大事记》，《中国民族》2002年第6期。

书面文学史,忽略了我们多民族、多区域、多形态的、互动共谋的历史实际";各民族的生活状态本来就是交织在一起的,彼此间的互动与融通决定了大文学史观的必然性,对民族文学的忽略会导致中华民族文学的不完整,也不能产生真正透彻的解读,因而"文学的民族学的问题,已经成为从总体上考察和重绘中国文学地图的根本问题","只有从整个中华民族和文学总进程出发,才能看清少数民族文学这些部分的位置、功能和意义,也才能真正具有历史深刻性地看清汉语文学的位置、功能和意义"。[①]这是对民族文学在古代文学研究中缺位现象的深刻揭示,具有指引学术路径的重要意义。

这一观点得到大家的共鸣,导致了文学史观的变化,民族文学不在场或在场而无话语权的现象得到关注与扭转。杨义以北方民族对古代文学的贡献为例,论述了民族文学研究对重绘文学地图的重要性。他指出:"客观地说,少数民族文学对于整个的中国文学来讲,带有明显的边缘性。边疆文明、少数民族文明与中原文明不同的地方,就是它特别活跃,处于一种流动的状态,而且往往处于不定型的状态。这样一种状态就能够容纳很多新鲜的东西。正是这种边缘文化,一次次地冲击着中原文化传统的模式,为它的发展带来了'边缘的活力'。"少数民族文化促进了中华文明的原创力、兼容力与传承力,而北方民族文学则丰富了古代文学的内容,大量的史诗、神话与口头叙事作品提供了汉文学所缺少的别样资源。北方民族文学对文学整体结构、文学精神、时代风气及文学发展轨迹都产生了重要作用。[②] 刘达科考察了金朝汉族、女真族、渤海族、契丹族、奚族的文学面貌,以为这一多元共生的文学格局是民族、文化融合时期的重要特点,虽然各族之间的文学发展并不平衡,但是民族融合促进了文学的活跃。[③] 扎拉嘎也提出应充分重视少数民族文学对汉文学的影响及其对促进中国文学整体发展的意义。他以为,中国古代文学在元代经历了根本性的

---

① 杨义:《重绘中国文学地图与中国文学的民族学、地理学问题》,《文学评论》2005年第3期。
② 杨义、汤晓青:《北方民族文化与中国古代文学》,《社会科学战线》2003年第3期。
③ 刘达科:《金朝多民族文学格局析论》,《江苏大学学报》2006年第2期。

变化，俗文学取代雅文学成为结构主体，而其中一个关键性的因素在于，狩猎—游牧文化进入中原，其口头文化传统的话语空间得以拓展，中原正统观念受到极大挑战。清代的文化虽以汉族文化为主体，但仍以满族文化为重要导向，其文学的繁荣是满汉文化共融的结果。①

讨论的直接作用在于学界对少数民族文学重要性的认识得到提升。特·赛因巴雅尔依据自己编纂文学史的经验，提出要关注少数民族文学的地位与作用。② 曹顺庆则指出少数民族文学研究受到了三重话语霸权的压迫，研究缺乏自身的独特性，却在西方话语下亦步亦趋，甚至多种单一民族文学史也只能被视为"利用西方话语对中国少数民族文学的一次重新整合"；同样研究还受到汉语霸权的压制，对史诗等民族文学样式缺乏应有关注，民族文献失落严重；而且少数民族文学往往被看作不入流的低级文学，受到精英霸权意识的压抑与曲解。因而真正的研究应当祛魅解蔽，"加强多民族文学研究，批判话语霸权，倡导多元共生，恢复历史原貌，形成多民族文化互补互融，促进民族文学生态的正常化"。③

与此相应，少数民族文学研究如何开展成为进一步的话题。刘亚虎从作家、作品、世界、读者四个方面提出了自己的看法，主张探讨作者的创作心理，研究"种族心理积淀"；关注作品的结构分析并进而发掘其内涵；考察民族自然环境、经济生活、社会习惯、风俗人情等对作品的影响；分析读者在作品变异过程中的作用。④ 李娟则主张进行跨文化研究，从而实现文论的"多元化普遍意义"。⑤ 杨春着眼于学科建设，主张提高研究者的理论素养，加强文献建设，探讨方法论问题。⑥ 刘大先则从知识考古的角度切入，考察了"少数民族文学"概念的由来，提出口头诗学

---

① 扎拉嘎：《北方少数民族对中国文学的贡献》，《社会科学战线》2003年第3期。
② 特·赛因巴雅尔：《少数民族文学在中国文学发展史上的地位和作用》，《民族文学》2004年第5期。
③ 曹顺庆：《三重话语霸权下的少数民族文学研究》，《民族文学研究》2005年第3期。
④ 刘亚虎：《少数民族文学研究空间的拓展》，《百色学院学报》2008年第5期。
⑤ 李娟：《中国少数民族文学理论的跨文化研究》，《民族文学研究》2008年第4期。
⑥ 杨春：《浅谈我国少数民族文学的学科建设》，《民族教育研究》2006年第6期。

与书面诗学结合、审美研究与文化研究并进的方法,提倡多元共生的学术立场,对以往多元一体的观点有所补益。①

文学史观变迁的一个突出现象就是多民族文学观的提出。从"少数民族文学"到"多民族文学"的转变,并非仅仅是关注重心的偏转,它强调了对民族文学的认同,其"他者"地位被弱化,取而代之的是文学的整体观,突出了在文学交融互动过程中民族文学不可或缺的作用。关纪新指出,多民族文学观是与中华民族多元一体格局相适应的,文学研究中"单出头"的书写放逐了民族文学,妨碍了学术领域科学精神的展开;要充分认识各民族文学遗产的价值,在占有材料的前提下,更要注意观念的更新,"不能再固守于一己民族传统的是非观价值观,需要超越国内某一特定民族的'本位'立场";单一民族文学都是在与其他民族文学的互动中发展起来的,多民族文学研究强化了这一关联特征,它提示我们,文学史不是各个单一民族文学研究的拼盘,而是要在融通的视域与整体的场景中展开探讨。② 关纪新强调,多民族文学史观的建立,可以"完善我们的知识结构;补充我们的历史书写;提升我们的学术基点;丰富我们的科学理念"。"多"是对研究中一元观念的突破,但并不乖离于中华一体这一大的场域,多元与一体是共生互补的关系。③ 吴刚则进一步讨论了这一问题,并将之与学科点设立相关联,指出多民族文学史观的重心在于考察中华各民族形成与相互交往的历史,明晰汉民族文学与少数民族文学以及各少数民族文学之间的互动关系。④

文学史观的转变促进了对古代文学研究的思考。何积全提出,中国古代文学的研究对象定位于中国古代汉族或是用汉文写作的作家作品,而把

---

① 刘大先:《中国少数民族文学学科之检省》,《文艺理论研究》2007年第6期。
② 关纪新:《创建并确立中华多民族文学史观》,《民族文学研究》2007年第2期。
③ 关纪新:《关于中华多民族文学史观的理论建设》,《西北第二民族学院学报》2008年第3期。
④ 吴刚:《开拓"中华多民族文学史观"》,《民族文学研究》2008年第1期。王立杰:《起点与限度:对"多民族文学史观"讨论的思考》(《民族文学研究》2009年第1期)则从命题的关键词入手,总结了相关讨论,以为"讨论'中华多民族文学史观'本质目的不在于获得一种'更好理解',而是在研究者与研究对象的对话之间、视域融合之际,生成多向度的'不同理解'"。

少数民族特别是少数民族用本民族文字写作的作家作品划归在中国民族文学的研究范围之中。表面上看，这是学科使然无可非议，但从实质上看，这是不妥当的。因为它人为地割裂了中国古代文学的完整性，不利于对中国古代文学的宏观把握和深入探讨。为了体现中国古代文学的完整性、丰富其多样性、展示其开放性，应当将少数民族文学纳入古代文学研究当中。① 刘志友讨论了文学史对少数民族文学吸纳的问题，认为"中国少数民族文学经典写入'中国文学史'既有充分的事实依据，又有实在的理论根基，还有中外经验可鉴"，可以从思想观念、选典标准与队伍建设着手，大胆创新。② 马绍玺指出建构多民族文学史需要以少数民族文学的高水平研究为基础，要注意纠正一些偏向，研究中首先是"文学性"，其次才是"少数民族的"。③ 李晓峰则认为"中国多民族国家的历史和现实属性，形成了中国文化的多样性、语种的多样性、文学形态的样性以及不同民族文学既相互独立、又相互交融并整体推进的特征。这四个特征，构成了中国文史结构必须要关注的相互关联的四个基本要素"。④ 李光荣则以为理想的多民族文学史的写作当从以下四个方面进行：整理、翻译、介绍各民族文学以让更多的人了解；拿出更多高水平的文学作品和研究成果来；研究各民族文学的关系史；培养懂得多个民族语言文字乃至文化的学者。⑤ 中华民族具有多文化共生的特点，南方"楚骚"传统对中国文学影响深远，而楚国属于"蛮夷之邦"，汉文学的繁荣是在与其他民族文学的交流融合中发展起来的，根据这一认识，在多民族文学史的建构中尤其要重视交流与融通研究，要关注汉文学中的多文化因子，考察民族文学交往

---

① 何积全：《新世纪应把古代少数民族文学纳入中国文学史的范畴来研究》，《新疆师范大学学报》2002年第1期。

② 刘志友：《关于少数民族文学经典进入"中国文学史"问题》，《中国文化研究》2007年冬之卷。

③ 马绍玺：《怎样才能建构真正意义上的多民族的国别文学史》，《民族文学研究》2007年第2期。

④ 李晓峰：《中华多民族文学史观下中国文学史之结构》，《西北第二民族学院学报》2008年第3期。

⑤ 李光荣：《文学史观：〈中华多民族文学史〉建构的困境和出路》，《民族文学研究》2008年第2期。

中的变异。① 刘达科根据自己的教学实践指出,"目前流行的高校文科各专业的中国古代文学史教材绝大多数没有充分注意到中国文学的多民族性这一特点,所论述的内容基本上是汉族文学及少数民族作家的汉文创作",应当改变文学史观,"从民族融合和民族文化融合的切入点审视中国古代文学现象及其流程,对古代少数民族的作家书面文学和民间文学口头创作都给予足够的重视"。②

二 古代民族文学研究的主要成果

在多民族文学史观念下,民族文学关系研究成为重点内容。这不仅是对单一民族文学研究的推动,也是对中华民族文学认识的深化,体现了在互动融摄的格局中把握民族文学发展路径的构想。刘亚虎、邓敏文、罗汉田《中国南方民族文学关系史》(民族出版社2001年版)成为这方面开拓性的著作,对南方各民族文学的交流与影响作了全面的考察。此书以时段区划,分为先秦秦汉魏晋南北朝卷、隋唐十国两宋卷与元明清卷。上册在关注文学双向交流的同时,颇具别择眼光,以汉文学中的《山海经》《诗经》《楚辞》《庄子》与汉赋为重点,论述南方民族神话、传统习俗、巫术歌舞对汉族文学书写的渗透,对楚辞的楚地文化特点、庄子哲学思想与飘逸文风中的南方民族文化因子的阐发等都能见出新意;在其他民族文学类型中则重点关注南方各地神话、传说、故事、史诗对汉文学的影响,在揭示民族文学特征的同时,反映了其与汉文学互动交融的特点。其中论述陶渊明及其《桃花源记》与溪族等南方群蛮的栖息环境、社会状态、生活习俗之关系,并与瑶族歌谣相印证,尤能言之成理,启人深思。中册突出了汉族作家在民族文学交流过程中所发挥的使者作用,以王昌龄、李白、杜甫、刘禹锡、柳宗元、韩愈、苏轼等为例,指出汉文学受到了南方民族文学的深层影响,而作家的文学活动对于民族精神、文化风俗的交流作用不容忽视。作者还特别关注了少数民族作者的汉字写作,认为汉语文

---

① 曹顺庆、付品晶:《多民族文学史的编写问题》,《民族文学研究》2008年第2期。
② 刘达科:《多民族中国古代文学史教材编撰刍议》,《江苏大学学报》(高教研究版)2005年第4期。

学是多民族共同语文学的一种表现形式。尤为重要的是，作者有鉴于中国文学之独特风貌，诸如浪漫诗风、田园诗风、隐逸诗风、婉约诗风等，都形成且大盛于南方，词之兴起与繁荣也多与南方地域文化的发达有关，开创性地提出"中国文坛多南风"，认为这一文学现象背后有地域、文化的动因在，而南方民族文学于此有独特贡献。作者还单独为南诏文学设立章节，较详细地论述了其文学成就。对民族文学类型中的歌谣、史诗与传说给予了特殊关注，并分析英雄史诗、爱情叙事唱歌的时代风貌，考察佛教对于民族文学的影响。在文学关系的探讨中能以具体问题为基础，生发开去并提出大判断。下册对口传文学尤为重视，详细考辨了南戏传奇对少数民族长诗的影响，分析了牛郎织女、梁祝、孟姜女等传说在南方少数民族地区的流传与变异；在书面文学方面，重点探讨了明清小说对少数民族民间文学的影响，同时关注少数民族文人的汉文创作，对中原文化的广泛传播与深远影响作出了分析与梳理。作者善于突出民族文学中的独特性，对傣族民间文学于佛教文化的吸纳、地方戏曲对南方少数民族戏曲的影响等研究，都反映出视角的独到。

由郎樱、扎拉嘎主编的《中国各民族文学关系研究》（贵州人民出版社2005年版）将民族文学关系研究推进至新的高度，堪称目前这一领域内的集成之作。此书资料翔实，论述细密，以两卷（先秦至唐宋卷和元明清卷）一百余万字的篇幅展开了对民族文学融通互动的整体观照。此书以关系研究为主要脉络，在深化少数民族文学研究的同时，突出了少数民族文学对汉文学的影响、渗透研究，在纵线流衍的叙述中以专题形式展开，既能梳理出大致清晰的文学交流线索，又较好地强调了问题意识，深化了相关论述。其对上古神话的考察，能联系少数民族口传文献，在比较中勾勒出文化融合的进程。解读楚辞则与少数民族重巫习俗相对照，体现出中国诗歌史上的早期发达形态实际即与文化互动密不可分。对南诏大理民族文学关系的分析，对词的起源、发展与少数民族音乐关系的探讨，都能在专题研究上有所发明。对元代少数民族作家的关注、对李贽与伊斯兰文化的渊源剖析、对满汉蒙汉互动格局下相关作家作品的考述，都深入而富有新意。可以说，此书在一系列个案释读方面具有相当的研究深度，由此而勾勒构建的整体文学关系清晰且能显示各时期的独特性。当然，由于内容延展度问题，论述仍有一定细化空间。王佑夫、艾光辉、李沛合著的《中国少数民族文学史》（文学批评卷）（人民文学出版社 2016 年版）由古及今，以时代、族别为纽带，对民族文学理论及民族作家的文学思想进行了综论。李晓峰、刘大先《多民族文学史观与中国文学研究范式转型》2016 年由中国社会科学出版社出版。此书对多民族文学史观的理论基础、基本内涵、构成要素、研究现状加以评述，强调了多民族文学史观的空间、意义与功能。

云峰《元代蒙汉文学关系研究》（民族出版社 2005 年版）对蒙古一统中原时期游牧文明与农业文明互动背景下的蒙汉文学关系进行了研究。作者突出了蒙古文化的特点，探讨了蒙古入主中原之后的汉化表现与民族政策，从诗歌、杂剧与散曲三个方面对文学交流展开论述。作者在关注蒙古族文人的汉诗创作同时，还考察了柯九思、许有壬等汉人诗歌中的蒙古文化书写；从蒙古文化艺术与政治经济的角度论证了其对杂剧兴盛的影响，并彰显了蒙古族戏剧家杨景贤的成就与贡献；从蒙古语言、音乐、叙事诗等方面论述了其对散曲特质的影响并重点研究了一些蒙古族作家的散曲作品。此书以文学比较为切入点，深化了学界对蒙元文学特点形成的认识。扎拉嘎《比较文学：文学平行本质的比较研究——清代蒙汉文学关系论稿》（内蒙古教育出版社 2002 年版）则体现出理论建构与专题论述相结合的特点。作者在导论中提出民族文学关系研究当属于比较文学范畴，重点在于各族文学既不相交、又不相离的双重关系状态，从而在文学同质、异质之外又突出了"平行本质"的研究意义。在作者精心选择的论题中，汉文小说的蒙古文译本、蒙古族故事本子新作、以尹湛纳希为代表的蒙古长篇小说、哈斯宝的文学翻译与批评活动都体现出蒙汉互融大背景下蒙古族文学的独特性，从而诠释了作者所提出的比较文学观点。朱昌平、吴建伟主编《中国回族文学史》（宁夏人民出版社 2007 年版）对回族文学进行了通史性的研究，全书分为唐宋回族文学、元代回族文学、明代回族文学、清代回族文学和近代回族文学等五编，全面系统地探讨了上起五代、宋，下迄清末以及近代约一千年间有代表性的回族作家及作品的评介，提供了一批比较系统的回族文人、诗词及散文作品的基础性材料以及简要评介，是回族文学史研究的重要著作，同时也为其他少数民族的文学史写作提供了样本和动力。

21世纪以来古代民族文学研究在体现文学史观深化的同时,具体研究也递有推进。张晶、杨镰、周惠泉、薛瑞兆、王庆生、胡传志等学者对辽金元文学的研究都甚有影响,而辽金诗、元文、元诗的文献整理方面也有重要的成果。元好问、元代散曲、杂剧、清代纳兰词、满汉文化结晶之作《红楼梦》《蒙古秘史》《青史演义》等传统关注热点也不断有新成果面世。值得特别提出的是,少数民族文学的古籍文献得到了相当的重视。《中国少数民族古籍总目提要》的各民族分卷正在陆续出版,为相关研究提供了极大便利。《中国少数民族古籍集成》则集中了不少重要古籍,成为文献研究的重要基础。杨义《中国古典文学图志——宋、辽、西夏、金、回鹘、吐蕃、大理国、元代卷》、朱崇先《彝文古籍整理与研究》、黄润华与史金波的《少数民族古籍版本》、包和平等编《中国少数民族古籍管理学概论》都从不同侧面对少数民族的古籍文献给予了关注。这些研究强化了民族文学的自身特点,也昭示了新的路向:多元一体状态下的民族文学研究,在强调整体观照的同时,必然也要深化其内部思考。

第四节 边缘活力之四:古代域外汉文研究

自20世纪80年代以来,域外汉籍的研究渐行兴起,学界的关注日益增多,相关学术会议不时召开,引发了对这一领域的研讨热情。而21世纪以来,更有蔚成大国之势,伴随专业学者的加入,相关文献的整理与研究都达到了新的高度。故有学者甚至以为"一个国际性的'域外汉籍学'已经蔚然形成"。[①]

---

① 王瑞来:《缘为书同文 异口论汉籍——东京第七届中国域外汉籍国际学术会议追记》,《中国典籍与文化》1993年第2期。

一 域外汉籍的文献整理

文献作为研究的基础，搜罗渐备是这一领域渐趋成熟的标志。域外汉籍领域重要书目的问世为检索资料提供了极大的便利。严绍璗《日藏汉籍善本书录》（中华书局2007年版）为目前收录日藏汉籍最夥之目录。此书依四部分类，著录流落日本公私藏书机构的汉籍一万余部，所收古籍以明代为下限，对其著者、书名、卷帙、版本、刻工、流传、收藏机构等加以绍介，并引用日人典志加以补充说明。这对于了解收藏在日本的汉籍情况无疑颇有裨益。且此书附载多幅书影，甚便于比照。相关书目信息恰可与王宝平《中国馆藏和刻本汉籍书目》（杭州大学出版社1995年版）形成互补。黄仁生《日本现藏稀见元明文集考证与提要》（岳麓书社2004年版）则对日本所藏三百多种元明文集进行了介绍与考辨。不过日人之"准汉籍"尚缺乏明确的著录。越南所藏方面，刘春银、王小盾、陈义主编的《越南汉喃文献目录提要》（中研院中国文哲研究所2002年版）堪称代表。此书依托《越南汉喃遗产目录》等资料，对越南所藏汉文、喃文资料进行了细致编排。共收录古籍五千余种，以著录与提要形式，对书名、撰者、卷次、内容、版本、收藏等加以撰述，并附索引，颇便检阅。其中文学资料约2000种，足称大观。2004年出版的《越南汉喃文献目录提要补遗》则以汉喃文地方文献为主，包括神敕、神迹、俗例、地簿、古纸和社志等六类，收录著述2000余种，足以形成补充，但其中文学资料不多见。韩国方面，全寅初编纂的《韩国所藏中国汉籍总目》（学古房2005年版）当为集成性目录。此书为整合28种韩国所藏古书目录而成，所录以民国为下限。内容则以"中国刊刻之书籍中流入韩国者、刊刻于韩国之中国书籍者、韩国人加注于中国书籍者为范围"。共著录12500余条，略依四部分类，对书名、撰者、版本、序跋、刊记、藏所等作了细致说明。韩国所藏汉籍情况借此书可得一概观，但其国之"准汉籍"情况仍付阙如。此外，《梵蒂冈图书馆所藏汉籍目录》（中华书局2006年版）介绍了教廷图书馆所藏汉籍情况，沈津《美国哈佛大学哈佛燕京图书馆中文善本书志》、陈先行主编郭立暄等编写的《柏克莱加州大学东亚图书馆中文古籍善本书志》介绍了美国大学的重要收藏。

目录可以提供按图索骥的便利，而大型文献丛书的出版更为域外汉籍研究的深入作一助推。《域外汉籍珍本文库》为近年的重点出版项目，按照计划，将搜罗2000余种域外汉籍珍贵文本影印出版，其中包括了欧美传教士的汉文著述。由人民出版社与西南师范大学出版社出版的第1辑，包含汉籍115种，以四部分类排列，其中经部25种，史部19种，子部32种，集部39种，多有宋元旧刻及珍贵版本。第2辑2011年出版，共90册，包括经部14册、史部18册、子部20册、集部38册，收录域外汉籍289种。至2018年，共出版正编5辑429册，丛编306册，单行整理本19种91册。作为《中国古籍海外珍本丛刊》的第1辑，《美国哈佛大学哈佛燕京图书馆馆藏中文善本汇刊（宋元明部分）》由商务印书馆和广西师范大学出版社在2003年推出，共影印出版珍稀古籍67种。所收录皆为精心选择的具有很高版本价值的罕见本，各书由沈津撰写提要，对作者、版本、内容、传承等项加以介绍。《日本宫内厅书陵部藏宋元版汉籍影印丛书》则精选宫内厅所藏宋元珍籍144种予以影印，所收以海内孤本、初刻本、全本等版本价值较高者为主。第1辑收录《初学记》《禅宗颂古联珠通集》等14种古籍，由线装书局2002年出版；第2辑收录《三苏文粹》等七种，于次年出版。《日本宫内厅书陵部藏宋元版汉籍选刊》全书170册，共收66种宫内厅所藏中国古籍，由上海古籍出版社2013年出版，具有很高的文献价值。金程宇以一人之力主编完成的《和刻本中国古逸书丛刊》，重视和刻古籍的价值，搜罗和刻本中国古逸书110种，其中经部12种、史部5种、子部34种、集部59种，还附有相关文本与研究著作22种，由凤凰出版社2012年影印出版。

韩国文集方面目前当以《韩国文集丛刊》搜罗最为齐备。此书为韩国民族文化推进会标点影印，目前可见有正编350册，续编70册，刊完估计有500册。收集了9世纪至19世纪韩国最重要的以汉字书写的文集。书后附有解题与索引。解题对作者情况、所用底本、文献传承有大致介绍。丛刊资料之浩繁、内容与体裁之丰富，引人注目，而其中蕴含的学术空间更是不言而喻。景仁文化社出版的《韩国历代文集丛书》则多至3000册，汇集了7世纪至现代近千名韩国文人的著作，所涉虽广及文、史、政、经等各方面，但实以集部为主，堪称韩国汉文文献的渊薮。《韩国成均馆大学尊经阁所藏汉籍珍本丛刊》（人民出版社2016年版）选择了有代表性的15种珍稀文献予以出版，涵盖了刻本、钞本、铜活字本等多种版本类型，反映了朝鲜半岛的汉籍流传与收藏特色。

韩国东国大学校出版部于2001年推出的林基中主编的《燕行录全集》则是一类特殊文献的合集，为朝鲜时代的使臣至燕京觐见时的路途言行记录，具有很高的历史价值与文学价值。这套书共收录燕行录380余种，依作者时代顺序影印出版，计100册。2008年出版续集计50册，收录百余种。同类文献有大东文化研究院1960年出版的《燕行录》上下册以及2008年出版的补遗三册。另外夫马进与林基中还编有《燕行录全集日本所藏编》共三册。以上材料的汇聚为研究中韩关系史、文化交流史以及文学史都提供了极为宝贵的资源。目前国内已有数所图书馆收藏此书，而复旦大学文史研究院更与韩国成均馆大学东亚学术院合作，选录33种燕行录，由复旦大学出版社影印推出《韩国汉文燕行文献选编》共30册。同时文史研究院还从事《越南汉文燕行文献集成（越南所藏编）》的编选工作，辑录了79种越南所存燕行文献，2010年由复旦大学出版社出版。[①]

除了这些大型文献丛书，学界对域外汉籍的专书整理研究也多有成果，如近年出版的《日藏弘仁本文馆词林校证》《夹注名贤十抄诗》《唐宋千家联珠诗格校证》《稀见本宋人诗话四种》《朝鲜时代书目丛刊》《朝鲜时代汉语教科书丛刊》《黄遵宪题批日人汉籍》《日本汉籍图录》等，都提供了以前不易获见的资料。

二 域外汉籍的研究展拓

随着文献的发掘，对域外汉籍的研究也开始深入。《学习与探索》2006年第2期曾发表一组笔谈，从不同角度对这一领域进行了展望。张伯伟《域外汉籍研究——一个崭新的学术领域》对这一领域的研究现状作了回顾与概述，认为这必将是一个新的学术热点。孙逊《东亚汉文小说研究：一个有待开掘的学术领域》则将目光投向小说领域，认为"东

[①] 《北京论坛（2006）文明的和谐与共同繁荣——对人类文明方式的思考："世界格局中的中华文明"国学分论坛论文或摘要集》，2006年。

亚汉文小说不仅是所在国文学,而且是汉文学和比较文学的一部分",他预期"东亚汉文小说的整理与出版,将为国际学术界开拓出一片崭新的领域"。严明《责无旁贷乎时不我待也——东亚汉诗研究的前景展望》指出,东亚汉诗的研究不仅要注重文献整理,还应梳理汉诗学的脉络,应有中、日、韩、越比较研究的思路,采取从考证到演绎的方法,同时还要考虑东亚汉诗的独特性,"对现在通行的中国古典诗学和比较文学中的诗歌理论体系进行深入的反思"。翁敏华《中、日、韩三国的历史文化交流和民族戏剧面貌》提出了戏剧比较研究的设想。曹虹《德不孤,必有邻——谈谈域外文人对中国原作的拟效》从拟作角度探讨了东亚文学传统的形成发展轨迹。巩本栋《关于汉籍东传的研究》梳理了汉籍东传朝鲜的情况。[①] 金程宇《百年中国学人域外访书琐谈》则回顾了国人访求域外汉籍的情状,并对汉籍回流及相关出版物进行了介绍。此外,刘勇强《中国古代小说域外传播的几个问题》针对中国古代小说在域外的传播中出现的一些普遍性问题进行综合性分析,力图从一个侧面探讨中华文明在域外传播中的实际状况。该文重点探讨了中国古代小说域外传播与本土传播的异同,中国古代小说域外传播的接受国改造,以及域外传播的一些文化问题。[②]

这些论述从不同视角对域外汉籍研究进行了展拓,颇富启发意义。

这方面的专门著述也不断涌现,从不同侧面为域外汉籍的研究提供了镜鉴。王昆吾《从敦煌学到域外汉文学》(商务印书馆2003年版)以一定篇幅对越南汉籍进行关注,考察了越南俗文学、小说、诗学相关问题,并就新资料对文学研究的发展进行了分析。郑吉雄与张宝三所编《东亚传世汉籍文献译解方法初探》(华东师范大学出版社2008年版)从注解的角度对汉籍的批注、评点、诠解、译注、训读等方面进行考察。陆凌霄《越南汉文历史小说研究》(民族出版社2008年版)集中于《皇越春秋》

[①] 巩本栋另有《论域外所存的宋代文学史料》(《清华大学学报》2007年第1期),所论集中于宋代文献。《论〈王荆文公诗〉李壁注》(《文学遗产》2009年第1期)则将宋残本与朝鲜活字本互参,从而得出新论。

[②] 越南汉籍方面,20世纪学生书局曾出版《越南汉文小说丛刊》1987年第一辑、1992年第二辑。

《欢州记》等五部历史小说的考察,并关注越南汉文小说的发展脉络、与汉文化的渊源及其民族性与文学性问题。杨焄《域外汉籍传播与中韩词学交流》(上海古籍出版社2017年版)以域外汉籍传播为背景,考察韩国历代文人对中国词作的学习、接受与传播,并对韩国词作的新变展开讨论。燕行录方面的研究也有渐成显学之势,近年已有夫马进《朝鲜燕行使与朝鲜通信使——使节视野中的中国、日本》(上海古籍出版社2010年版)、邱瑞中《燕行录研究》(广西师范大学出版社2010年版)、徐东日《朝鲜朝使臣眼中的中国形象:以〈燕行录〉〈朝天录〉为中心》(中华书局2010年版)、杜慧月《明代文臣出使朝鲜与〈皇华集〉》(人民出版社2010年版)、杨雨蕾《燕行与中朝文化关系》(上海辞书出版社2011年版)等多部专著问世。

值得注意的是中华书局2007年推出的"域外汉籍研究丛书"第一辑五部,集中呈现了有代表性的相关研究成果。张伯伟《清代诗话东传略论稿》考察了清代诗话东传的途径、时间、数量、反响,并对东传韩、日情况进行比较,在具体的研究中凸显了东亚汉文学的宽广视野。金程宇《域外汉籍丛考》关注流布于韩、日以及国内的域外汉籍的文本文献,对《桂苑笔耕集》《游仙窟》等古籍进行了详细的考述。蔡毅《日本汉诗论稿》从作家作品、典籍与翻译三个方面对日本汉诗展开论述,涉及空海、市河宽斋等多位诗人,并对文献补辑等多有阐发。左江《李植杜诗批解研究》是对朝鲜文人李植《纂注杜诗泽风堂批解》所进行的专书研究,在考察李植生平与学术观的基础上,对此书产生背景、底本、评语、理论渊源等方面展开讨论。刘玉珺《越南汉喃古籍的文献学研究》在汉喃古籍研究领域内具有填补空缺的意义,对中越书籍交流、越南古籍刊刻与版本形态、目录、文献特色等有翔实考述,并集中探讨了中越文化交流中的北使文献与诗赋外交现象。还从文献的口头传播特点出发,提出了"俗文本文献学"的设想,富有建设意义。此外金程宇《稀见唐宋文献丛考》(中华书局2009年版)对日、韩所藏《帝王略论》、方岳诗文等有细致考证;巩本栋《宋集传播考论》(中华书局2009年版)专设"域外篇",对日、韩汉籍中的宋集传播情况进行了论述。

第二辑包括静永健与陈翀合著《汉籍东渐及日藏古文献论考稿》(中

华书局 2011 年版)、王晓平《日本诗经学文献考释》(中华书局 2012 年版)、卞东波《宋代诗话与诗学文献》(中华书局 2013 年版)、张伯伟《作为方法的汉文化圈》(中华书局 2014 年版)、陈益源《越南汉籍文献述论》(中华书局 2014 年版)。

第三辑共出六种,包括张伯伟《东亚汉文学研究的方法与实践》、卞东波《域外汉籍与宋代文学研究》、童岭《六朝隋唐汉籍旧钞本研究》(以上三种,中华书局 2017 年版);崔溶澈《〈红楼梦〉在韩国的传播与翻译》(肖大平译)、俞士玲《性别、身份与文本:朝鲜女性文学文献研究》、左江《"此子生中国"——朝鲜文人许筠研究》(以上三种,中华书局 2018 年版)。各书在宏观方法与具体研究方面续有推进,已成为域外汉籍研究的标志性丛书。

在制度建设方面,学界的动态也很值得关注。南京大学专设域外汉籍研究所,并出版有《域外汉籍研究集刊》,目前已出版 17 辑,为学术交流提供了良好的平台;上海师范大学也成立了域外汉文古文献研究中心,设有专门网站,并由上海古籍出版社 2010 年出版了孙逊主编的"海外汉文小说研究丛书",包括《传教士汉文小说研究》(宋莉华)、《日本汉文小说研究》(孙虎堂)、《越南汉文小说研究》(任明华)、《韩国汉文小说研究》(汪燕岗)等四部。学术会议方面,自 1986 年开始已举办多次;[①] 近期则有南京大学 2007 年 8 月主办的域外汉籍研究国际学术研讨会,并出版有《风起云扬:首届南京大学域外汉籍研究国际学术研讨会论文集》(中华书局 2009 年版),集中了各国汉籍研究、汉籍交流、文人交往等专题论述。

三 域外汉籍研究的学术反思

从学术发展的路径而言,域外汉籍对古代文学研究的促进不仅表现在提供了大量的新材料,而且它昭示了一种新的研究方法,用外来文化的视角对传统汉文化进行观照,这一异域之眼将揭示传统文学阐释之外的更多面相。而且由于突出了文学交流的意义,在汉文化圈内研究古代文学成为

[①] 1986—1990 期间会议情况可参考陈捷《中国域外汉籍国际学术会议述略》,《中国典籍与文化》1992 年第 1 期。

可能。正像陈寅恪所说的那样，"一时代之学术，必有其新材料与新问题。取用此新材料，以研求问题，则为此时代学术之新潮流。治学之士，得预于此潮流者，谓之预流。其未得预者，谓之未入流。此古今学术史之通义，非彼闭门造车之徒，所能同喻者也"。① 作为 21 世纪学术发展的一个重要趋势，对域外汉籍的重视必将推动学术新领地的开拓，不过从目前的研究现状而言，仍有一些问题值得注意。

一是域外汉籍的界定问题。张伯伟指出："所谓'汉籍'，就是以汉文（主要是古汉文）撰成的文献，而'域外'则指禹域（也就是中国）之外，所以'域外汉籍'指的是存在于中国之外的用汉文撰写的各类典籍。具体说来，可以包括三个方面：第一，历史上域外文人用汉文书写的典籍，这些人包括朝鲜半岛、越南、日本、琉球、马来半岛等地的文人，以及 17 世纪以来欧美的传教士。从主体来看，他们集中在东亚（包括东北亚和东南亚），也就是大家熟知的汉字文化圈内。第二，中国典籍的域外刊本或抄本，比如大量现存的中国古籍的和刻本、朝鲜本、越南本等，以及许多域外人士对中国古籍的选本、注本和评本。第三，流失在域外的中国古籍（包括残卷），比如大量的敦煌文献、《永乐大典》的一些残本以及其他各类典籍，本来完全属于中国，由于长期的战乱，在中国已无存。经过前辈和当代许多学人的努力，虽然不能说网罗无遗，但这些流失在外的古籍的基本面貌已经为学术界所认识。日本学者往往将上述第一类典籍称作'准汉籍'，第二类则为'和刻本汉籍'，第三类才叫'汉籍'。我觉得不妨统称为'域外汉籍'，而作为域外汉籍的主体，我的看法应是第一类文献，即域外人士用汉文撰写的各类典籍。"② 但也有学者对此持有不同意见，如陈正宏即主张域外汉籍不应该包括第三类文献，亦有人对"域外"持有异议，甚或提出"东亚汉文学"概念。③ 由于学界对研究对

---

① 陈寅恪：《金明馆丛稿二编·陈垣〈敦煌劫馀录〉序》，生活·读书·新知三联书店 2001 年版，第 266 页。

② 张伯伟：《域外汉籍研究答客问》，《南京大学学报》2006 年第 1 期。

③ 参见陈正宏《域外汉籍及其版本鉴定概说》，《中国典籍与文化》2005 年第 1 期。另外朴贞淑《关于中国"域外汉籍"定义之我见》对这一概念有相应梳理，文见《长春大学学报》2008 年第 4 期。

象的范围尚未有共识,因而不可避免会在研究重点、研究方法甚至价值取向上存在分歧,这是值得进一步探讨的。

二是域外汉籍研究的资料建设问题。由于域外汉籍本身的稀见性,其获取的难度仍然是学界在投身相应研究时首先需要面临的重要问题。就目前而言,国内图书馆的馆藏格局尚不能为之提供足够的支撑。而多数学者仍然是依靠域外访学的机会大力搜访,并据以建构自己的资料库。抛开文献搜罗的辛劳不谈,这对于个人而言也许更能见出自身研究的独特性,但对于整个领域的全面拓展显然是不利的。因而对域外汉籍的全面介绍与引入亟须投入更多的精力。

三是研究格局开拓和深度拓展问题。域外汉籍在新时期以来取得了日益广泛的关注,并取得了一定成就,但是也应该看到,相关研究目前多集中于域外汉籍的介绍与整理,高屋建瓴性质的著述尚不多见。根据学界对域外汉籍外部边界的不同认识,若以中国流散到海外的典籍为研究中心,则书籍刊刻、流传、回归等情况都会成为关注中心,并且会促进对中国典籍整体面貌的把握,而传统文献学方法当备受倚重。若突出"域外人士"的汉文典籍这一限定范围,则会更强调异域人士对中国传统文化的吸纳、变异,关注汉文化圈中不同的文化样貌,凸显为我们所惯见而习以为常、或忽视的领域,这样比较文学、文化交涉就会成为重点。目前似仅见张伯伟对这一领域的研究方法予以探析。如汉文学东传研究法,他总结为据书目、史书、日记、文集、诗话、笔记、序跋、书信、印章及实物以考等十种。就域外汉籍研究而言,他又特别提出综合研究的方法,并特别强调域外汉籍与中国典籍的结合研究。① 在《域外汉籍研究——一个崭新的学术领域》中,张伯伟提出应遵循两个原则,即实证性与综合性,"就是以文献学为基础的综合研究法",与上述方法是相合的。② 鉴于研究所涉及的领域有语言学、文献学、文学、思想史、文化史等诸端,这一方法无疑是从研究对象本身特点出发的,具有很大的启发性。

域外汉籍研究具有丰富的内涵,张伯伟曾指出相关研究可以分为三个

---

① 参见张伯伟《域外汉籍研究答客问》之四"应该如何研究域外汉籍"。
② 张伯伟:《域外汉籍研究——一个崭新的学术领域》,《学习与探索》2006 年第 2 期。

方面,"一是汉字文学研究;二是东方文学研究;三是比较文学研究",①显然还有极大的学术空间有待大家去开拓,而目前比较文学方面的开展尤为欠缺。相对于史学界对新领域的热情,(这突出表现于燕行录研究当中),古代文学方面的反映似略有迟滞。另外,对"域外"的关注偏重东海而相对忽视西海、对域外学者之"域外汉籍"研究关注不够,似乎都应引起注意。不过域外汉籍对古代文学研究产生推动作用是可以预见的,新材料所提供的新视角无疑会促进新的研究方法出现,新的研究格局值得期待。

---

① 张伯伟:《域外汉籍与中国文学研究》,《文学遗产》2003 年第 3 期。

第十六章

古代文学研究的最新趋向(下)

21世纪古代文学研究最新趋向的第三个板块,或者说第三个学术创新点和增长极,是古代文学研究理论的重构与研究,包括文体学研究、叙事学研究、阐释学研究、传播学研究、图像学研究、译介学研究。其中,文体学研究侧重于传统理论的现代重构,强调以现代学术视野和思维对传统文体学理论进行学术重构和拓新。叙事学、阐释学和传播学、图像学研究侧重于外来理论的本土建构,强调以中国学术观念和方法对西方叙事学、阐释学、传播学和图像学理论进行本土阐释和创新。译介学侧重于中国文学跨国翻译研究,强调语言翻译基础上的跨文化研究。这些学术研究既体现了古代文学理论研究的创新性,也体现了古代文学理论运用的实践性,具有重要学术意义。

第一节 古代文学的文体学研究

中国古典文学有悠久的文体传统,从《尚书》八体开始,至魏晋南北朝时期论文述笔、文体讨论大兴,开始形成文体研讨的第一次热潮;嗣后唐宋骈散之争,促进了对文章学的体认;明清时期辨体之风盛行,构成了文体讨论的集成与演变大局。可以说,整个文学史的进展,就是不同文体的萌生、发展与演化的过程,文体在文学进程中一直占据重要地位。正像钱志熙指出的那样,"文体学在中国古代有着十分深厚的传统,古代的文学批评与理论，最主要的部分就是古代的文体学；非但如此，整个古代的文学批评与研究的传统，也是以文体问题为核心的"。[①] 不过，文体内涵的复杂也是众所周知的，不但传统文学的体裁多达数百种，而且风格、语体等范畴往往与"文体"形成密切的勾连关系，造成理解与研究的困难。宇文所安提出："'体'这个词，它既指风格（style），也指文类（genres）以及各种各样的形式（forms），或许因为它的指涉范围如此之广，西方读者听起来很不习惯。"[②] 这一困难与其悠久传统共同构成了研究中的悖论：积淀如此丰厚，但是规模性的研究却非常缺失。特别是一段时间以来，对文学史的关注主要集中于文学所反映的现象本身，突出了文学的社会性、认识性甚至是政治性功能，而相对忽略与形式联系更为密切的文学反映现象的方式，文体研究甚至被视为形式主义而遭受打压。所以王蒙在为童庆炳主编的《文体学丛书》作序时还感慨："我甚至长出了一口气：谢天谢地，现在终于可以研究文体了。现在终于有那么多学者专家研究这个题目，有出版社可以出这样的书了。"

古代文学对文体的研究虽然一直没有断绝过，但多集中于具体的文体规律探讨，而缺乏宏观层面的学术探讨。真正从学科层面对文体学进行研究，是20世纪80年代才开始出现的。自褚斌杰《中国古代文体概论》于1984年出版后，80年代还有陈必祥《古代散文文体概论》、程毅中《中国诗体流变》等著作。90年代，由于对西方形式美学及语言学的借鉴，文体学研究进入一个新的台阶。1994年童庆炳主编"文体学丛书"虽然不是专门针对古代文体学的研究，却为古代文体学研究拓展了理论视野，并且有许多内容也涉及古代文体学的研究。此后，古代文体学研究得到迅速发展，一直延续到21世纪。

一 古代文学与文体学理论建构

1994年，云南人民出版社出版了童庆炳主编的"文体学丛书"，其中

[①] 钱志熙：《论中国古代的文体学传统——兼论古代文学文体研究的对象与方法》，《北京大学学报》2004年第5期。

[②] 宇文所安：《中国文论：英译与评论》，上海社会科学院出版社2003年版，第4页。

童庆炳、陶东风、蒋原伦等人的专著都关涉古典文学中的文体研究。

童庆炳《文体与文体的创造》集中探讨了文体的本体特征及其创造过程，体现了沟通中西观念、内外部研究相结合的努力。作者提出："文体是指一定的话语秩序中形成的文本体式，它折射出作家、批评家独特的精神结构、体验方式、思维方式和其他社会历史、文化精神。上述文体定义实际上可分为两层来理解，从表层看，文体是作品的语言秩序、语言体式。从里层看，文体负载着社会的文化精神和作家、批评家的个体的人格内涵。"这一界定在突出形式特点的同时，强化了文体包蕴的文化意味，从而将文体作为作家、读者、世界沟通的中间环节，实现了视野的开拓与深化。陶东风《文体演变及其文化意味》探讨了文体与文化的关系，认为文体不仅具有形式意义，更是一种文化表征，同时也映射了不同时代的文化心理。全书分为三个部分："上篇是从语言学的视野中透视文体的演变，把文体演变看作文学话语的结构方式的转换；中篇是从心理学的角度考察文体演变与作家的精神结构、尤其是他的文体意识的关系；以及文体演变与读者的文体期待的关系。下篇则将视角扩大到文体演变的整个社会文化背景，阐释文化史对文体史的制约性以及文体史在文化史中的地位"。蒋原伦、潘凯雄合著的《历史描述与逻辑演绎——文学批评文体论》是对特殊的文体即批评自身的文体展开的专门研究，具有理论开创性。作者将批评文体界定为体现在批评文本中的批评家的话语方式，在考察批评家在批评活动中的立场、批评的焦点（批评家在批评过程中的注意力所在）以及批评文体的分野之后，将批评文体归纳成演绎型、总龟型、隐喻型、对话型和经验实证型等五类。在正文中对前四类进行了具体阐述。作为对批评文体所展开的带有本体研究性质的探讨，此书从文体的视角引发了对于批评本身的关注。这些论著的剖析带有明显的西学背景，在阐释中国文体的同时改变了过去研究当中只重现象罗列而忽略理论发掘的缺失，在学理的深度方面多有拓展。因而在古代文体学研究上具有理论导向作用。

在文体学理论建构方面，吴承学、钱志熙、姚爱斌等也都提出了各自的观点，钱志熙《论中国古代的文体学传统——兼论古代文学文体研究的对象与方法》（《北京大学学报》2004年第5期）指出近年来学术界普遍关注古代文学研究中的文体学问题，但对文体学的基本理论与方法的探讨还很不够。从侧重于语体功能的语言学的文体学与侧重于体裁功能的文学文体学这两者之间的差异来看，目前古代文学研究将文体问题简单化为体裁问题有其不足之处。中国古代存在丰富的文体学传统，文体学是整个古代文学理论与批评的核心。传统的文体学内涵与方法，正是包括了目前学术界使用的语言学的文体学与文学文体学两方面的内涵，是真正完整意义上的文体学。古代文学的文体学研究应该充分汲取这一传统与方法。其《再论古代文学文体学的内涵与方法》（《中山大学学报》2005年第3期）进而强调文体学的研究对象不应该将风格问题包含在内，同时提出现阶段文体学研究有两个大的课题亟待展开：一是中国古代文体发展的历史，二是中国古代的文体意识、文体理论与批评实践的发展历史。姚爱斌《中国古代文体论思辨》（北京大学出版社2012年版）提出所谓中国古代文体论，具体说是指中国古代描述文体现象、辨析文体类别、品评文体特征、分析文体结构、探寻文体源流、指导文体创作的文章理论。作者的研究重心和目的是对中国古代文体论及其现代研究中的一些基本问题（本体论、方法论）进行反思，并在与西方文类学、文体学的比较中，同时反思其在现代中国的发展。罗宗强《寻源、辨体与文体研究的目的——读书手记》（《学术研究》2012年第4期）认为文体研究的第一步是文体寻源，与之相联的第二步是辨体。文体寻源涉及礼乐制度、政治状况、社会风貌、文化环境，能从一个角度很好地说明我国古代诸种文体产生的民族文化特色。辨体涉及尊体与破体、正体与变体、文体分类等方面。文体的生成与它的正体是两个不同的概念，辨体的一项重要工作，是辨别各种文体的功用及与其相匹配的体貌，它的正体的形态和它在发展过程中变体的面貌。文体研究有种种目的，其中最重要的是研究它与文学的关系，即在诸体中，或每一体之内，分出文学与非文学，这也是文体研究中最困难的工作。相比之下，吴承学则对文体学研究更具强烈的学科意识。他在《中国古代文体学学科论纲》[①] 一文中提出文体学研究应当包括：古代文体史料学研究、古代文体学史研究、古代文体史研究、语体与语言形式、

[①] 吴承学、沙红兵：《中国古代文体学学科论纲》，《文学遗产》2005年第1期。

作为"风格"的文体学研究、古代文体学的方法论和思维方式研究。这种文体学研究还应该与古代文学史、古代文学批评史、现代西方文体学等学科之间保持良性互动，以开放性的姿态进行学科构建。这一构想体系宏富，虽难免仍有讨论的余地，但在学科层面上，文体学的研究样貌以此为标志开始形成。

二　古代文学文体学的整体研究

褚斌杰《中国古代文体概论》的出版标志着在学科层面上文体学研究的全面展开。此书 1984 年由北京大学出版社初版，1990 年出版增订本，首次对古典文学领域中文体的类别、起源与特点系统地展开梳理与研究。相对于 1935 年商务印书馆出版的薛凤昌的《文体学》，此书在系统、深度诸方面皆体现了学术的进益。褚斌杰的贡献可以概述为以下三个方面。一是此书在文体的包容面上进行了极大扩充，努力将文学史上的文体皆纳入论述范畴，从而在研究域度上使得"文体概述"具有了学科层面的意义。从章节划分上来看，论述了二言诗与四言诗、楚辞、赋、乐府体诗、古体诗、骈文、近体律诗、词、曲、文章。可以看出，大致是依据文学史的脉络对各体裁进行概述。而不大为人关注的文体，如三言、六言、杂言体诗、唱和诗、联句诗、集句诗，笔记文、语录体、八股文、联珠体等，都分别加以阐述，突出了其文体意义。二是对文体渊源、体制特点、风格规范等进行较为详细的分析，丰富了文体学的内涵。如对赋体的起源，即否定了赋源于诗的传统说法，提出"赋作为一种文体的名称，大约正取上述的两种意思。即在表现手法上铺陈写物，在体制上与诗不同，不属于歌唱文学"；并就文体关系做出综合论断，认为"汉赋，就是在荀赋、主要是宋赋基础上，广泛吸收、综合了'楚辞'、《诗经》、先秦散文的一些文体特点和创作手法，而发展起来的一种新文体"。这已然表现出作者在相关问题上的独立判断。接下来作者还对赋体的流变进行了具体剖析，论述了古赋、俳赋、律赋、文赋的体制特点与演变历程，从而使赋体的历史面貌与样类特征获得了立体表述。三是在文体名目方面提出新见解。如笔记与语录，此前辨体类文体著述鲜见将之列为文体，而作者则表现出理论方面的新创性。另如八股文，由于对其价值的否定，长期以来不受重视。作者却独立一节，论述其名称来由、体制特点，表现出文体本位的观点，值得重视。另外，书末所附"古代文体分类"，将重要典籍之中的类目详尽罗列，颇便于检阅。就规模与理论性而言，此书可称为文体学研究展开阶段的典范作品。

吴承学在《中国古代文体学学科论纲》一文提出建构中国古代文体学学科之前，在古代文体学研究方面已经取得了系列重要成果，同时在资料收集、整理、数据库建设、人才培养等方面也颇有建树，在他的主持下，中山大学已成为文体学研究的一大中心。其《中国古代文体形态研究》[①] 即为文体学研究的力作。作者强调立足于古典文学现实来考察文体，因而此书中考述了多种"非文学"的文体，如盟誓、谣谶、诗谶、策问、对策、判文、八股等，既拓展了学术视野，又以其实绩丰富了文体研究。作者对文体的体制、渊源、流变与相互影响进行了鞭辟入里的分析，材料翔实，考述精当。所论文体学源流、评点源流、辨体与破体、破体的通例等，则对重要的文体现象做出了阐释，见解深刻，其观点已多为学界接受。其《中国古代文体学研究》[②] 即从学科论纲、文体学考察、文体功能、人品与文品、地域对文体的影响、文体形态，以及中国古代各时期学者对文体学的研究著作等方面出发，探讨了中国传统文体学研究的一些基本问题，宏观地再现了中国古代文体学的发展轨迹及其在中国文化体系中的作用。此外，吴承学、何诗海《中国文体学与文体史研究》（凤凰出版社 2011 年版）是一部论文集，内容包括《我国古代文体定名的若干问题》《赋体：正变、旁衍与渗透》《中国古代小说文体流变论略》《两汉的"歌诗"与"诗"——再论五言诗的起源》《鲍照"代"乐府体探析——兼论汉魏乐府创作传统的特征》《南朝的文体分类与"文笔之辨"》《唐前七体讽谏功能发微》《敦煌诗赞体讲唱文学探论》《文、史互动与唐传奇的文体生成》《作为国史材料的唐人偏记小说——以行状为中心》《从诗词的离合看唐宋词的演进》《宋代文章总集的文体学意义》《北宋"话"体诗学论辨》《歌行之"行"考——论郭茂倩〈乐府诗集〉中"行"

[①] 吴承学：《中国古代文体形态研究》，中山大学出版社 2000 年版，2002 年出版增订本。

[②] 吴承学：《中国古代文体学研究》，人民出版社 2011 年版。

的本义》《"长律"、"排律"名称之文献辑考——以唐宋元明时期作为考察范围》《道教文献中的颂及其文体学意义》《八股文的源流》《中国古代历险记小说论纲——以〈西游记〉为中心》《从咏剧诗看诗歌与戏曲文体表现的宽度与限度》《贺复徵与〈文章辨体汇选〉》《清人忆语体的来源与定位》《集成与开新——清末民初文体论著述评》等。

郭英德《中国古代文体学论稿》[①]和马建智《中国古代文体分类研究》[②]是另两部重要的文体学研究著作。郭英德《中国古代文体学论稿》对文体的形态结构进行了深入的探讨,特别是对文体分类的考察尤为细致。而在所论及的诸多问题上,也都体现了独到的见解,比如认为文体的结构层次可以分为体制、语体、体式与体性;文类的生成方式包括:行为方式、文本方式以及文章体系内的分类;文体的命名方式主要有功能命名法、篇章命名法、类同命名法与形态命名法。作者还以《文选》类总集为主要观照对象,考察其编纂体例与选文范围、分体归类、体类排序以及分类的体式与原则。马建智《中国古代文体分类研究》对古代文体分类进行了历时梳理,将汉前、魏晋南北朝、隋唐宋元、明清分别定位为形成、成熟、发展与总结时期;对文类的命名方式、分类方面以及分类所体现出的文学观念进行了综述;并以两部重要的文体学专书《文心雕龙》与《文选》为例,详细考察了其分类特点及体现出的文学观念变化。张正学《中国古代俗文学文体形态研究》(四川人民出版社2017年版)分为小说、戏剧、说唱与诗歌四篇,对各类俗文学文体的文体形态进行详细考辨,资料丰富,多有发见。

此外,王长华、郗文倩《中国古代文体的价值序列》[③]提出中国古代文体很早就形成了一个与礼仪制度、意识形态密切相关的价值序列,众多文体因自身不同的社会功用而分列于不同的位置,乃至自然而然地形成了尊卑高下的价值等级。这个价值序列从属于正统文化,其中所渗透和包含的价值评判对文人及文体具有超乎寻常的控制力和威慑力,对中国古代文

---

① 郭英德:《中国古代文体学论稿》,北京大学出版社2005年版。
② 马建智:《中国古代文体分类研究》,中国社会科学出版社2008年版。
③ 王长华、郗文倩:《中国古代文体的价值序列》,《文学遗产》2007年第2期。

学批评、文人心态和文体发展都产生深远的影响。三年后，郄文倩《中国古代文体功能研究》[①]再就中国古代文体功能作了系统的探讨。此书共分上下两编，上编从功能角度对中国古代文体作了深入的研究。其中有关文体价值序列的讨论，与上文内容相衔接。下编的内容主要是对汉代部分文体进行实证性研究，包括隐语与赋体、赋与颂、人物像赞、俳谐文、告地书、买地券、镇墓文等。各种文体的讨论，既遵循了从功能着手进入文体的基本精神，又充分利用了既有的文物考古成果，一定程度上体现了用二重证据法进行研究的方法论原则。

由先秦延续至明清的各代文体学研究，以处于文学自觉时代和转型时代的魏晋与宋代研究成果最为丰硕。其中涉及唐代以前的主要有：于雪棠《先秦两汉文体研究》（北京师范大学出版社2012年版）主要以先秦两汉时期《周易》《尚书》两部经典本身及相关散文文体现象及文体观念为研究范围，力图从广阔的文化背景纵向观照某些文体的产生和发展，横向考察各种文体之间的相互渗透与交叉，深入追索促使文体产生及嬗变的复杂因素，包括时代风尚、文艺思潮、学术氛围、创作主体的个性气质与审美偏好、题材内容及读者对文体的心理期待等。吕逸新《汉代文体问题研究》（齐鲁书社2011年版）依据汉代文体问题的整体性和有机性，顺理成章地逐次深入论析了汉代文体的内涵，汉代主要文体的体制特征，汉代精神文化对文体发展的影响，汉代拟作与文体惯例的生成、定型及与文体理论发展之间的关系，汉代文体创作和理论的地位和价值。何诗海《汉魏六朝文体与文化研究》（北京大学出版社2011年版）在文体与文化的互动中，截取若干独特视角来考察汉魏六朝文学，如从两汉文学观念的觉醒与文吏制度的发达探讨汉代文体的繁荣及文体学的兴起，从汉魏之际儒学的社会地位与作用探讨建安体的形成，从六朝清谈活动中的审美意趣分析六朝体和文学创作唯美之风的盛行，从文学集团的活跃考量公宴、咏物、赠答和边塞诗的繁兴，从南朝统治阶层的出身考论民间俗乐在上层社会的接受传播及其与永明新体诗的关系，从察举考试的复兴揭示齐梁之际隶事活动对文学创作中用典之风和文体新变的影响。李士彪《魏晋南北

[①] 郄文倩：《中国古代文体功能研究》，上海三联书店2010年版。

朝文体学》①对魏晋南北朝时期文体作了深入的研讨，全书分为体裁、篇体、风格三部分。体裁部分主要考述体裁观念的发展过程与特点，揭示不同体裁的发展特点，对体裁分类的方法与原则、体裁规范、流变有详细分析，并对此期文体论的中心问题"文笔之辨"进行了专门论述。篇体部分主要着眼于篇章体式，论述了词法、句法、用典等问题，并就篇法瑕疵进行专门探讨。风格部分考察了此期的文学风格审美观念，对风格流派的区划方法加以详细探析。全书材料丰富，论述精密，在系统的建构与文体分析方面皆有可观。贾奋然《六朝文体批评研究》②则对趋于成熟的六朝文体批评进行研究。全书亦分为三个部分。第一部分考察在文体批评史上六朝的地位与意义，重点强调了此期文体批评中的规范意识，介绍了创作论、鉴赏论与风格论的范式。第二部分为专题论述，就体类与体貌、文的含义、小说文体以及古今文体之争等具体问题加以探讨。第三部分为文体批评的文化学研究，考察了文体与儒家文化的关系、"文源五经"的文体意义及拟作、名实之辨、才性之辨与文体的关系。可以看出，其论述既有对此期文体批评的总体把握，又有对关注焦点的释读，同时其阐释能结合文化场域加以深化，在理论构架上颇有建设性。吕红光《唐前文体观念的生成与发展》③对唐之前文体观的孕育、生成、大盛与范畴观的形成进行了历时考察。

涉及唐代之后的文体研究著作则主要有：刘明华《丛生的文体：唐宋五大文体的繁荣》（江苏教育出版社2005年版）重点选取唐宋文学中最重要的五种文体——诗、词、文、小说、批评进行讨论。作者从文体的角度研究唐宋文学的繁荣和文学史的发展，并不是各种文体专史研究的简单综合，而是融入了近几十年文学史和文体史研究的新材料与新成果力求对光辉灿烂的唐宋文学史做出新的更趋科学、公允、全面的理解和评价。王水照《文体丕变与宋代文学新貌》（《中国文学研究》1996年第4期）认为文体问题在宋代的文学创作和文学思想中被提到一个显著的突出地

---

① 李士彪：《魏晋南北朝文体学》，上海古籍出版社2004年版。
② 贾奋然：《六朝文体批评研究》，北京大学出版社2005年版。
③ 吕红光：《唐前文体观念的生成与发展》，浙江大学出版社2014年版。

位。其时诗、词、文、小说、戏曲这五种主要文学样式,具有互不相同而又彼此融贯的发展样态。确定各文体在文学历史中的地位,考察其具体特点、价值、功能及其变异、换位诸问题,当能从一个侧面对宋代文学获得新的把握。该文首先从辨析"一代有一代之文学"这一流行说法入手,在与宋诗、宋文的比较中,重新估定宋词适当的历史地位;其次从雅俗之辨着眼,指出宋代文学正处于由"雅"向"俗"的倾斜、转变时期,以及宋人忌俗尚雅、雅俗互摄的审美趋向;最后论述尊体与破体之间相反相成的矛盾机制,破体为文是宋代一大文学景观,参与造就宋代文学的时代新貌。朱迎平《宋文文体演变论略》(《中山大学学报》2007年第5期)认为宋代古文形成了以"易奇古为平易,融排偶于单行"为基本特色的新体式,古文体裁也有新发展,表现为部分传统文体的扩张、多种新兴文体的开发和"破体为文"的盛行。骈散体式并存互补,渗透融合,骈散体裁达于完备,渐趋分疆,最终使宋文文体演变达到相对平衡,并使古代散文文体格局基本定型。谷、杨两文都涉及宋代文体研究的学术路径和方法问题。谷曙光《论宋代文体学的研究路径与学术空间》(《中国文学研究》2009年第2期)以文体为关注核心,注意用史学思维从宏观、微观两方面观照研讨宋代文体学中的一些问题,思考了两宋文体学的研究路径,探讨了断代文体学研究的学术范式。杨旭《"文体"的涵义和宋代文体学的研究对象》(《清华大学学报》2009年第2期)认为研究宋代的文体及文体学,首先要确定宋代文体学的研究对象。该文通过对中国古典文论范畴内"文体"一词含义的探讨,来分析断代文体学的研究对象和范围,指出进行宋代文体学研究不仅要从文类划分角度对宋代的诗、词、文、小说、戏曲五大文学样式进行分体研究,还要对宋人留下的丰富的文体学著作进行研究,从而探讨宋人文体观念的演进,掌握各文体的发展脉络并因之窥见宋代文学发展的面貌。任竞泽《论宋代文体学承前启后的地位和意义》(《西南交通大学学报》2010年第6期)提出宋代文体学介于汉魏六朝和明代两个文体集大成的历史时段中间,在中国古代文体学发展史上占据着承前启后的关键地位,这可以从文体学史、文体分类、文体批评、文体纂述体例等很多方面反映出来。总集编纂与文体分类密切相关,宋代四大文章总集中,有三部继承《文选》体例,《文章正宗》虽也以《文选》为参照系，但另开门径，创立了真氏四分法。这种文体分类方法不但在理论上普遍为人们所认可，在实践中也影响深远，历宋元明清不乏效仿者。宋代文体学的最大贡献是其文体纂述体例上的承上启下，这主要表现在类书中"文部"的纂述体例上。而宋代发达的文体批评则成为古代辨体理论的先声。2011 年，任竞泽《宋代文体学研究论稿》专著出版。此书力图从宋代文体理论批评、文体分类、文体文献、文体形态个案等不同视角出发，选取一些具有代表性的论题进行研究，由此透视和揭示宋代文体学的全貌和总体特征。此外，王水照、慈波《宋代：中国文章学的成立》（《复旦学报》2009 年第 2 期）则从文章学的视角确立了宋代在中国文章发展史上的重要地位，认为"文"的内涵与名称渐趋稳定，文章创作成果丰硕，论"文"之作在目录学上也开始获得独立地位。宋代崇儒右文的文化政策、科举制度的深入开展以及文章评点的日益风行都有力促进了文话这一重要文章批评体裁的兴起，而时文的发展尤为个中重要契机。宋代文话奠定了这一著作体裁的体制基础，在诸多理论领域做出了有益的探讨。它的肇兴标志着中国文章学的成立。

三 古代文学文体学的分体研究

文体学的分体研究主要侧重于现代学术意义上的文体研究，包括诗歌、散文、小说、戏曲等文体的研究。其中以诗歌、散文文体研究最早，以小说成果最丰富，戏曲最薄弱。

1. 诗歌文体研究。程毅中《中国诗体流变》是较早的诗歌文体研究著作，此书 1989 年由香港中华书局出版时名为《不绝如缕的歌声》，1992 年中华书局推出简体字本时改为今名。全书共分十个小节。引言部分从"什么是诗"强调了诗歌的体式特点，认为讨论诗首先只能在形式上加以规范，因而诗体研究具有重要意义，"分别地研究了各个时代的诗体，才能综合研究中国诗歌的民族形式和民族传统问题，可能也有助于探讨诗歌创作的艺术规律"。主体部分则从国风、楚歌与楚辞、五言诗、七言诗、近体诗、古体诗、词、曲等不同时期的诗歌样式出发，对诗体特征、诗体发展、源流等进行了深入浅出的介绍。余话部分则突出了诗歌民族形式的基本特征，认为诗与歌具有密切的关系，押韵是诗歌的基本条件，诗歌的语言是最精炼的艺术语言，要进行熔裁与锤炼。全书清晰地勾勒了诗歌体式的演变过程，并对各时期的诗歌体式特征做出了精要的概括，语言浅易，是具有很高学术性的"大家小书"。如书中对楚辞体式的揭橥，认为它更接近于散文；提出楚歌中大量出现的七言句，为七言诗的成立奠定了基础，特别是三字节奏的出现等，都甚具启发性。程毅中《中国古代诗体简论》[①]是另一部诗歌文体研究著作。此书分为总论、流变论与读解论三个部分。总论从激情、韵律、词采、语序、修辞与意境方面对诗体特征进行剖析；流变论关注诗体的演变过程；读解论则倾向于提供不同诗体的阅读方法。吴晟《中国古代诗歌为用的文体意义》（《浙江社会科学》2009年第7期）在梳理古代学者对诗歌体用的几种主要认识之基础上，重点考察了诗歌在说唱文学与戏曲文学中的体用现象，深入探讨了说唱文学与戏曲文学中诗歌为用的文体意义，分析了诗歌为用对于构成一种新文体的独特功能和优势，即可歌可诵的韵文性质、丰富多样的体式及其自由灵活的配置方式、多重并用的表现手法、取之不尽的资源宝藏。

至于各代诗歌文体研究方面，以葛晓音成果最著，主要有：《初盛唐七言歌行的发展——兼论歌行的形成及其与七古的分野》（《文学遗产》1997年第5期），《关于"行"之释义的补正》（《文学遗产》1999年第4期），《论初盛唐绝句的发展——兼论绝句的起源和形成》（《文学评论》1999年第1期），《论初盛唐绝句的发展——兼论绝句的起源和形成》（《文学评论》1999年第1期），《四言体的形成及其与辞赋的关系》（《中国社会科学》2002年第6期），《从〈离骚〉和〈九歌〉的节奏结构看楚辞体的成因》（《学术研究》2004年第12期），《论汉魏三言体的发展及其与七言的关系》（《上海大学学报》2006年第3期），《从诗骚辨体看"风雅"和"风骚"的示范意义——兼论历代诗骚体式研究的思路和得失》（《中华文史论丛》2006年第3期），《汉魏两晋四言诗的新变和体式的重构》（《北京大学学报》2006年第5期），《论早期五言体的生成途径及其

---

① 程毅中：《中国古代诗体简论》，中华书局1997年版。

对汉诗艺术的影响》(《文学遗产》2006年第6期),《早期七言的体式特征和生成原理——兼论汉魏七言诗发展滞后的原因》(《中国社会科学》2007年第3期),《中古七言体式的转型——兼论"杂古"归入"七古"类的原因》(《北京大学学报》2008年第2期),《先唐杂言诗的节奏特征和发展趋向——兼论六言和杂言的关系》(《文学遗产》2008年第3期),《鲍照"代"乐府体探析——兼论汉魏乐府创作传统的特征》(《上海大学学报》2009年第2期),《从江鲍与沈谢看宋齐五言诗的沿革》(《学术研究》2010年第3期),《南朝五言诗体调的"古""近"之变》(《中国社会科学》2010年第3期),《江淹"杂拟诗"的辨体观念和诗史意义——兼论两晋南朝五言诗中的"拟古"和"古意"》(《晋阳学刊》2010年第4期),等等。大体沿着唐诗文体往前追溯,至于先秦,然后贯而通之,对古代诗歌尤其是唐代及此前诗歌文体研究做出了重要贡献。其他陆续问世的重要论著还有:韩高年《〈诗经〉分类辨体》对《诗经》进行分类辨体,立足分类,重在辨体。张海鸥《先秦古歌的叙事性和文体形态》(《兰州大学学报》2010年第5期)认为逯钦立辑《先秦汉魏晋南北朝诗》中72题先秦古歌,蕴含着丰富的文体发生意义。考察这些古歌的叙事性和文体形态,有助于考镜诗歌之原初样相。朱光宝《魏晋南北朝诗歌变迁:诗体之变与诗人之变》(四川文艺出版社2009年版)上编"诗体流变"主要探讨了诗饰之论、乐府璀璨、三言之衰、四言中兴、五言腾涌、七言勃兴、格律肇始等论题。张国星《永明体"新变"说》(《文学评论》1998年第5期)提出永明体的声律讲求乃至整个"新变",与佛教发展构成双方互动关系。"委自天机,参之史传"之说,体现着佛教中观新说促成的诗歌审美意识和艺术时空建构的内在深层"新变"。这正是它在社会、文化历史演进中,从美学精神和审美理想上收结中古波澜、滥觞唐代的重要转折意义所在。钱志熙《论绝句体的发生历史和盛唐绝句艺术》(《中国诗歌研究》2008年)系统论述从汉魏到盛唐绝句体及绝句艺术的发展历史,着重阐述六朝时期乐府体绝句与徒诗体绝句两大系统的关系,并指出这种传统的绝句体类分野对盛唐绝句作者的深刻影响。余恕诚、吴怀东《唐诗与其他文体之关系》(中华书局2012年版)选取了文体互动这一独特角度,考察唐代文学繁荣的成因,依次探讨了赋、文、传奇小说、词等各体文学与诗歌之间的互动情况。对于一系列前人留意不多的唐代文学现象，加以描述与解释，以进一步探讨"尊体"与"变体"、继承与创新，对于文体本身及整个时代之文学全面繁荣的重要性。合而观之，则又可见诸体相辅相成、相互生发，对成就一代文学繁荣所起的巨大作用。曹辛华《唐宋诗词的文体观照》（中华书局2011年版）以文体学为视角，对古典诗词作家、作品、文体等进行多维观照，对唐宋诗词进行多维观照，探讨了诗词自身体式、创作以及与其他各种文体的相互关系问题。王兆鹏《从诗词的离合看唐宋词的演进》（《中国社会科学》2005年第1期）提出中国古代各种文体的演进史，常常是彼此分离与融合的历史。词与诗始终是有合有离，从诗词的离合过程可以考察唐宋词的演进轨迹。唐宋词与诗的离合，大致经历了四个阶段：一是初唐至中唐，词变于诗，诗词混合；二是晚唐五代，词体独立，词别于诗；三是北宋，词体转型，诗词初步融合；四是南宋，词的诗化，诗词深度融合。李树军《明代诗歌文体批评研究》（博士学位论文，辽宁大学，2008年）认为明代的文体批评是古代文体研究的"集大成"时代，对明代诗歌文体批评研究有助于了解和认识古代文体批评的内容和方法，对建立现代的文体学有重要意义。该文依次探讨了明代诗歌文体批评的文献形态，文体批评文献的选本形态，诗歌文体批评的理论形态，诗歌文体批评的概念与要素，前后七子文体论与其文学复古运动的关系，明末复古派诗论家的文体批评等重要问题。尤其是重点研究了胡应麟和许学夷的文体批评和理论，认为他们的文体观念与理想是建立在对诗歌文体的历史考察上面的，具有较强的说服力，他们的文体理论可以说是格调说文体理论的最终完善。同时，他们对诗歌文体源流变化、发展谱系的描述和研究对我们认识古代诗歌文体的整体面貌具有重要意义。

2. 散文文体研究。主要有：陈必祥《古代散文文体概论》（河南人民出版社1986年版），姜涛《古代散文文体概论》（山西人民出版社1990年版），刘湘兰《中国古代散文文体概论》（博士后学位论文，中山大学，2007年）等。陈著分为绪论、分论与附论三个部分，对古代散文的体式特点及其发展过程作了梳理。在概念的界定方面，此书突出了文学性与散体性，认为"古代散文，应该指那些具有一定文学性的散体文章。它不包括那些虽用散体写成,却毫无文学性的文章"。又因为辞赋与骈文的文体特殊性,"辞赋和骈文是介于诗歌和散文之间的两种文体。从文学性上论,它们可归入散文,从散体性说,它们也可归入韵文",故将其纳入附论。在绪论中,作者还对散文的发展演变过程进行了概述,并总结出散文的文体特色:题材特别广泛、语言朴素简洁、具有音乐性、形式与风格多样、重视章法技巧。作者对历代散文的分类进行了回顾,指出这些分类有文学与非文学不分、多标准、时代局限、由简到繁及由繁到简等特点,难免互有得失。其分论部分实际上体现了作者对散文分类的思考,他将古代散文分为叙事体、传记体、游记体、笔记体、论辨体、讽喻体、书信体、序跋体、赠序体、箴铭体、碑志体、哀祭体、奏议体、诏令体、檄移体,可以看出在姚鼐的分类基础之上做出了较大的调整,大致依据记叙、议论、实用排列。各类之中又对其产生、发展及艺术特征加以介绍。文类论述时突出略古详近的原则,"对于那些仅在古代流行,今天已经没有多大现实意义的文体(如奏议、诏令、檄移等),只作简要叙述;对于今天阅读、鉴赏和进行散文习作仍有启发和借鉴作用的文体(如叙事、传记、游记、论辨、讽喻等),则进行较为详尽的论述和剖析"。附论则对辞赋、骈文的产生、特点、演变、类别等进行阐述。作为专门对古代散文进行的文体研究,此书有一定贡献。但将叙事、讽喻等表现手法也列为文体,仍有待商榷。刘湘兰《中国古代散文文体概论》为其在中山大学博士后流动站期间的工作计划《中国古代文体史料集释》的核心内容,作者在对古代散文文体史料进行全面收集、整理、校勘、注释的基础上,以姚鼐《古文辞类纂》的文体分类为依托,将纷繁复杂的古代散文文体分为十一大类,大类之下各系若干小类,一一探讨其分类、释名、体例、语体、风格等,在一定程度上揭示出中国古代文体谱系结构、各种文体的渊源流变、古代文体的基本理论及发展演变等,从而使史料整理和研究具有了"辨章学术,考镜源流"的深层学术意义。此外,叶修成《西周礼制与〈尚书〉文体研究》(中国社会科学出版社 2016 年版)运用文体学与文化学方法,以西周礼制为背景,探讨了《尚书》中典、谟、训、诰、誓、命等文体的生成、形态与功能。张峰屹《古代散文文体研究的两个问题》(《励耘学刊》2010 年第 2 期)认为散文文体的研究,学界多用力于某些文类的文体特征及其流变的探讨，并且更多集中于六朝以后的时段。而对于散文文体的来源、发生，散文文体的分类（类属），以及散文文体在文学之发生、发展过程中所起的重要作用等问题，研究似乎还很不够。该文重点就古代散文文体的来源及其义类之研究提出自己思考，认为关于古代散文文体来源的研究，不可忽视其与儒家经典之源流关系的思想维度；关于古代散文的义类（名义和体式类别），则应该抛弃当下流行的大散文观念，坚决把辞赋和骈文剥离出去。谌东飚《传播决定文体论——以中国古代散文文体为例》（《中国文学研究》2008年第1期）则以中国古代散文文体为例探讨了文学传播与文体的密切关系。

关于散文文体研究，还广泛涉及各代以及各种亚文体的研究，前者如过常宝《先秦散文研究——早期文体及话语方式的生成》（人民出版社2009年版）旨在对先秦散文文献作文体探源、文体功能及文体演变研究，力求在以下四个方面有所突破：一是在宗教文化向理性文化过渡的大背景下，通过对不同层次文化的社会功能、表达方式、实现途径等作细致的研究，揭示它和文献之间的关系；二是对文献创造者的职事、言说范围和言说方式进行了详尽的考察；三是进一步探讨了不同文体的文化功能，并对其文化地位及其对后世文学观念的影响等做出基本的判断；四是描述各种主要散文文体的形式特征、文学意义和相互间的继承影响关系。后者如徐公持《论秦汉制式文章的发展及其文学史意义》（《文学遗产》2012年第1期）所谓"制式文章"，是指主要被制度所决定的、体现制度精神的格式化文章。制式文章本质上是皇权话语权力的外化形式，它随着皇权体制的绵延而生长了两千余年，成为中国古代文章和文学领域一种主流形态和特色景观，直到清末民初，帝制消亡，朝政制式文章才随之结束其历史使命。制式文章对中国传统文学形成多方面的巨大影响；文章制式的存在，也对文学的自由创造本性构成限制。尽管如此，中国古代制式文章中也产生过一些突破制式限制和束缚的文学精品，呈现"创作就是克服困难"的魅力。由于散文文体各种亚文体的研究广泛涉及叙事体、传记体、游记体、笔记体、论辨体、讽喻体、书信体、序跋体、赠序体、箴铭体、碑志体、哀祭体、奏议体、诏令体、檄移体等各种三文文体，以及介于诗歌和散文之间的辞赋与骈文两种文体，恕不一一赘述。

3. 小说文体研究。最早进行小说文体研究的是石昌渝《中国小说源流论》（生活·读书·新知三联书店1994年版）、董乃斌《中国古典小说的文体独立》（中国社会科学出版社1994年版）等。董乃斌《中国古典小说的文体独立》结合古典文学中小说发展的实际，借鉴西方叙事学理论，抓住小说文体的根本特征——叙事，通过对小说前史、正史与旁史的综观考察，抉发文学创作思维的规律，为唐传奇在古典小说发展史上的地位与影响立定了坐标。作者指出，小说作为一种文体也具有基本规范，而这一规范在唐传奇中正式形成与确立，因而唐传奇实际上标志着小说文体的独立。此书视野通达，论述畅达，作者对自己的观点做出了以下概括："一、中国古典小说的文体，有一个从萌芽、孕育到诞生的过程，因而也就必然有一个脱离母胎走向独立的过程；二、小说文体的形成，固然与一系列社会的、文化的原因有关，但其深刻的根源则在于人的心理和思维活动之中。小说走向文体独立的过程，也就是人的艺术思维和表达能力生长发育的过程；三、中国古典小说的文体独立，是在唐传奇中实现的。唐传奇具备并充分显示了小说文体的基本规范。唐以后，无论文言小说、白话小说，甚至戏剧之中，都可以看到唐传奇叙事方式的影响。"石昌渝《中国小说源流论》则从中国小说源流的崭新视角与开阔视野，拓展了中国小说文体研究的新路径。事实上，传统的中国小说史论著，主要是小说的题材史，亦即小说所反映的社会史、思想文化史。这是小说不可或缺的重要内容，却非完整意义上的小说史。小说同其他文学体裁一样，有着独特的结构形态和表现方法。只有以文体作为研究对象，才能揭示小说区别于其他文学体裁的本质特征，才能揭示小说作为特定审美形态及其生成、发展和演化变易的规律。此书的学术价值在于，以古代小说的文本结构和语体形式为研究对象，从而构建了中国小说史的新体系。[①] 此外，石昌渝还发表了《"小说"界说》（《文学遗产》1994年第1期）、《〈汉书·艺文志〉之"小说"的由来和观念实质》（《中国社会科学院研究生院学报》2004年第4期）、《明代公案小说：类型与源流》（《文学遗产》2006年第3期）等小说文体研究论文。在石、董二书之后，相继有孙逊、潘建国

[①] 参见吴峤《评石昌渝〈中国小说源流论〉》，《文学评论》1995年第6期。

《唐传奇文体考辨》(《文学遗产》1999年第6期),纪德君《古代长篇章回小说章回体制形成原因及过程新探》(《江海学刊》1999年第4期),宋常立《中国古代小说文体论》(天津社会科学院出版社2000年版),李剑国《小说的起源与小说独立文体的形成》(《锦州师范学院学报》2001年第3期),潘建国《古代小说边缘人物的双重属性及文体意义》(《北京大学学报》2009年第3期)以及一批分体小说史专著,如《笔记小说史》《传奇小说史》《话本小说史》《章回小说史》等。其中宋常立《中国古代小说文体论》属于对由先秦至近代的小说体制演变、规律及特征的整体研究。作者将唐前小说分为杂史小说与笔记小说,前者又区划为传奇体与演义体;后者则析为杂记体与世说体。唐传奇之后的小说则以话本为重点分析对象,考述了话本的体制渊源、入话的体式特点、正话的类别与发展等。同时又结合《三国演义》《水浒传》《金瓶梅》与《红楼梦》,探讨了章回体小说的体制特点。此书结合具体作品进行阐述,对小说文体的历时演变之迹进行了宏观的勾勒。李剑国《小说的起源与小说独立文体的形成》就发生学的角度对小说起源与文体形成的关系问题提出了新的看法,认为古小说的起源和形成,可以概括为这样一个小说发生学模式,即:故事—史书—小说。从叙事意义上说小说起源于故事,而从小说的孕育母体上看也可以说小说起源于史书。从早期小说的类型、题材来分析,作为小说叙事源头的故事大体可以概括为五大类,即神话传说、地理博物传说、宗教迷信故事、历史遗闻、人物逸事。从故事到小说,中间存在史书这一过渡环节,这是和史书的分化密切相关的。故事向小说独立文体的过渡,存在于史书的分流过程中,当史书分离出一种合乎小说文体的独立文本时,那便意味着小说的诞生。潘建国《古代小说边缘人物的双重属性及文体意义》从古代小说边缘人物的独特视角探讨了其双重属性及文体意义,认为古代小说文本对"社会边缘人物"的描写和记录,不仅大大扩增了作品的社会文化含量,也是其作为通俗叙事文学之文体特征及文体优势的重要体现;古代小说对"文学边缘人物"的艺术处理,丰富了小说家在结构设置、形象塑造等领域的创作技巧和经验;而"社会边缘人物""文学边缘人物"自身以及彼此之间的动态变化,又为我们展现了古代小说史演进的若干轨迹。事实上,该文所探讨的话题,亦可转化为对"社会空间"与"文学空间"及其相互关系的考察,所谓"社会边缘人物",关注的是古代小说人物的社会身份及其在社会空间中的位置变化;所谓"文学边缘人物",关注的则是古代小说人物的文本面貌及其在文学空间中的位置变化。

谭帆在"小说学"建构中有关古典小说文体研究的系列成果,显然更具理论思辨色彩,其《"小说学"论纲——兼谈20世纪中国古代小说理论批评研究》(《中国社会科学》2001年第4期)在深入把握20世纪中国小说理论批评研究的基础上,提出了小说学研究的三个层面,即小说文体研究、小说存在方式研究和小说的文本批评,认为这三个层面构成了中国小说学研究的整体内涵。在与王庆华合作撰写的《中国古代小说文体流变研究论略》(《文艺理论研究》2006年第3期)中,进而提出以回归还原中国古代小说文体及文体观念为出发点,对"小说""文体"进行了重新界定,提出了古代小说文体理论研究、小说文体流变的本体梳理与描述、小说文体流变综合融通研究的基本思路和方法,力图从文体的角度重新审视评价中国古代小说发展演变。谭帆主持的"中国古代小说文体研究"项目的成果也已陆续推出,比如李军均《传奇小说文体研究》(华中科技大学出版社2007年版)、王庆华《话本小说文体研究》(华东师范大学出版社2006年版)和刘晓军《章回小说文体研究》(华东师范大学出版社2011年版)皆以具体小说体式为研究对象。李著以历史发展为线索,全面梳理了"传奇小说文体渊源""唐五代传奇小说文体""宋代传奇小说文体"和"元明清传奇小说文体"的发展演变轨迹,并以唐宋传奇小说为中心,揭示了传奇小说文体的基本格局和发展态势。同时,力求将文体研究与理论观念研究相结合,把传奇小说与相关文体观念、范畴的发生、演进相结合,揭示出传奇小说相关的文体理论观念,探求其对小说文体发生、演变所产生的实际影响;将传奇小说文体流变与雅俗文学、文化联系起来考察,从传奇小说文体的发生、发展中考索其流变轨迹。[①] 王著通过对话本文体源流追溯,从名称演变、概念确立的层面对这一文体进行了详尽的考述。结合具体时段,对话本文体的演变史进行了阐述。在进

[①] 谭帆:《传奇小说文体研究·序二》,华中科技大学出版社2007年版。

行形式研究的同时，抓住雅俗、传播、接受等外部因素，将话本与章回、笔记、传奇体小说加以对照，梳理它们在文体类型方面的区别，同时就话本对其他样式小说的影响加以分析。研究中既重视以文体形式的研究为中心，又强调形式的文化背景，从而使文体研究具有纵深感，有别于单一的体式研究。刘著分上下两编，上编探讨了章回小说文体的流变史，下编论述了"四大奇书"与章回小说文体的形成、题材类型与章回小说的叙事模式、图文互补对章回小说文体的影响、诗词在章回小说文体中的功能、"递入"和"互见"与《儒林外史》结构的生成、报刊连载与章回小说文体的嬗变等专题。

  21世纪以来学界对于小说文体研究的特别关注，还可从2005年8月25日由北京大学中国古代文体研究中心和中国社会科学院文学研究所中国古代小说研究中心共同主办的"中国古代小说文体研究：历史与理论"学术研讨会上得到印证。此次会议旨在探讨中国古代小说文体研究的理论内涵及其学术史，以推动古代小说文体研究的进展。作为会议组织者之一的潘建国表示："目前国内在这个领域的总体研究状况还比较薄弱。通过自由交流，讨论的重点渐渐集中到了文体的古今演变和小说的界定上。我们意识到，这是整个古代小说研究的未来走向和趋势。"与会学者重点围绕以下三个方面展开讨论：一是重新审视中国古代小说史研究中的文体问题。诸如常森《先秦寓言的虚假想象》，董乃斌《诸朝正史中的小说与民间叙事》。程毅中《唐人小说中的"诗笔"与"诗文小说"的兴衰》，马振方《论对文言传奇形式的影响》，潘建国《白话小说对明代中篇传奇的文体渗透》等文，重在对小说的若干历史形态重新加以审视，辨析了文体认识中的一些误解，力图还原小说史更为接近真实的历史图景；二是对于特定的小说文体与具体作品文体特征的研究。主要有谭帆、刘晓军《说"章回体"》，杨绪容、黄霖《"公案"辨略》，侯会《试论〈水浒传〉的小说类型定位》，钱志熙《论〈说岳全传〉的通俗小说性质及其在文体上的表现》，李简《从"看钱奴"故事的改编看小说、戏曲两种文体的异同》等文，重点就中国古代众多小说体式展开讨论；三是有关中国古代小说文体研究理论问题的反思。以石昌渝《胡适"传统小说两种体裁"论之反思》，沈伯俊《"世代累积型集体创作"说商兑》，张国风

《雅俗对立之文化意义的确立》，陈文新《加强中国文言小说的辨体研究》，刘勇强《论中国古代小说文体研究的四个层面》等文为代表，或对过去的一些富有影响的观点进行理论澄清和辨析，或就今后的研究方向与理路提出意见和建议。前者如石昌渝《胡适"传统小说两种体裁"论之反思》指出胡适的两种体裁论忽略了文学名著在演变过程中质的飞跃。胡适所说的两种体裁实际上是长篇小说文体发展两个不同历史阶段的产物。后者如刘勇强《论中国古代小说文体研究的四个层面》指出以往的文体研究，较多集中在特定文体外在形式的研究即所谓"辨体"上，比如何为小说、传奇与志怪的区别、话本的体制、小说叙述方式的韵散结合，等等。这些问题当然都很重要，需要探讨；但文体研究如果仅局限于单纯的外在形式而不更充分地考虑其生成过程及呈现方式，恐怕是无法实现上面的预期目的的。为此，需要重新确认文体研究的内涵与指向。有关古代小说文体的研究涉及了小说的功能、发展、背景乃至本体等问题，可以从小说的创作与接受、小说史、文化、文学理论四个层面展开。同时，这四个层面不是孤立的，每一个层面的研究都应重视文体构成方式形成的动态过程与运用的实践特性，而文体研究也并非是没有边界的，只有从不同角度审视古代小说的文体，才能使文体研究成为统领古代小说研究的一个新平台。总之，本次会议从多个层次、多个角度对中国古代小说文体研究的历史与理论进行了探讨。与会的专家学者达成了这样的共识：尽管古代小说文体非常复杂，但正因其复杂而具有不断深入研究的可能，并成为古代小说研究一个极具价值的生长点。①

4. 戏曲文体研究。有关古代戏曲文体的整体研究成果相对比较薄弱，代表性论著有：幺书仪《中国古代文体——戏曲》（人民文学出版社 1994 年版）、郭英德《论古代戏曲文学的文体特征》（北京师范大学《学术之声》1989 年第 6 辑）、王建科《论中国戏曲文学的文体特征》（《唐都学刊》2003 年第 1 期）等。幺书仪《中国古代文体——戏曲》主要从"文

---

① 叶楚炎：《"中国古代小说文体研究：历史与理论"学术研讨会综述》，《明清小说研究》2005 年第 3 期。刘文后以《古代小说文体的动态特征与研究思路》为题，刊于《文学遗产》2006 年第 1 期。

体"的角度考察戏曲的发展过程及其特质,并较为系统全面地介绍了古代戏曲在体式上的演变和发展概况及其不同戏曲形式的不同特点和有代表性的作品。郭英德《论古代戏曲文学的文体特征》提出综合性、抒情性、叙事性是中国古代戏曲的文体特征。王建科《论中国戏曲文学的文体特征》则提出代言体、叙事体和抒情性是中国古代戏曲文学的根本特征,它们三者的有机融合,使得中国戏曲既有别于小说、诗歌,又有别于西方戏剧,特别是西方近现代戏剧。

在分体研究方面,以传奇文体研究成果为著,代表作以郭英德《明清传奇戏曲文体研究》①为代表。此书以六章的篇幅对传奇戏曲文体进行了细致的阐述。第一章以文化权利下移为切入点,论述了传奇戏曲兴起发展的文化背景。第二章考察传奇戏曲剧本体制逐渐规范化(明)与解构化(清)的过程。第三章关注传奇戏曲的语言风格由俗变雅、由雅趋俗、由俗返雅、变雅为俗的演化历程。第四章通过与诗词、散曲、剧曲、杂剧等其他文体的比较,揭示传奇戏曲的抒情特性及其变迁过程。第五章探讨其叙事方式所导致的务虚、尚实、寓言三种审美倾向。第六章阐述叙事结构的变化及其原因。作者在对文体的特点进行分析的同时,注重同其他文体之间的联系,左右勾连;同时以文化分析为切入方向,在形式分析中蕴含了文化意味,加深了分析的理论深度。汪超《尊体与辨体》(博士学位论文,华东师范大学,2009 年)在郭著的基础上,通过尊体与辨体的特殊视角,来重新审视和解读明清文人传奇戏曲的演变历程。不仅在于展现尊体与辨体命题的主旨特征,而且更重要在于揭示二者如何影响和推动明清文人传奇戏曲的发展,以期审视解读明清文人传奇戏曲发展的整体风貌。杂剧文体研究方面,则主要有董上德《论元杂剧的文体特点》(《戏剧艺术》1998 年第 3 期),黄天骥《元剧的"杂"及其审美特征》(《文学遗产》1998 年第 3 期),吕效平《试论元杂剧的抒情诗本质》(《戏剧艺术》1998 年第 6 期),宋若云《宋元话本与杂剧的文体共性探因》(《求是学刊》1999 年第 5 期),易勤华《略论元杂剧文体的诗化特征》(《福建师范大学学报》2006 年第 1 期)等文。其中黄天骥《元剧的"杂"

---

① 郭英德:《明清传奇戏曲文体研究》,商务印书馆 2004 年版。

及其审美特征》认为中国戏曲作为文学与唱做念打结合的综合艺术，在发展过程中有其历史的阶段性。元杂剧被视为"杂"，恰好是戏曲发展到一定时期所留下的充满特色的烙印。董上德《论元杂剧的文体特点》重点强调了元杂剧相对于诗词及散曲而言所具有的叙事性特点；相对于汉魏小说、唐人传奇、宋元话本而言所具有的抒情色彩，认为它是一种融合了叙事艺术与抒情艺术的文学体式，具有一定的代表性。总体而论，诗歌、散文、小说、戏曲的分体研究成果极不平衡，尤其是诗歌、散文、戏曲的分体研究亟待加强。与此同时，诗歌、散文、小说、戏曲的四分法所依据的是西方的文体分类，亦是现代学术意义上的文体分类的结果，其中往往在"名"与"实"上存在古今中西的差异，如何在共性下把握异性，或者在异性上总结出共性，也就成为分体研究的一个普遍难题。

第二节　古代文学的叙事学研究

作为一门独立的学科，叙事学产生于 20 世纪 60 年代末的法国，80 年代中期传入中国，至 90 年代而大热。通过考察叙事学理论传入中国的轨迹及其研究状况，可以发现，中国的叙事学研究基本上是沿着译介、挪用、杂交、创建的轨迹呈螺旋状上升发展的。[①] 就古代文学研究领域而言，由一开始的生搬硬套，到后期的得心应手，再到创建中国叙事学的新型研究范式，经历了一个从无到有、有破有立的艰苦历程。可以说，叙事学在中国文学研究中的运用与发展最鲜明生动地体现了中国文学研究者的涵化力与创造力。

一　古代文学与叙事学理论建构

叙事学理论传入中国后，随着中国学者理论掌握的深入和本土意识的

[①] 参见许德金《全球化语境中的中国叙事研究——理论视阈与出路》，见乔国强主编《叙事学研究：第二届全国叙事学研讨会暨中外文艺理论学会叙事学分会成立大会论文集》，武汉出版社 2006 年版，第 85 页。

加强，中国古代文学中的叙事问题逐渐浮出水面，引起了学界的广泛关注。而此时，西方叙事学理论与中国古典叙事形态几经碰撞，既显示出西方理论与中国文学实际的龃龉，也在冲突中呈现一些有价值的内核，很多研究者惊喜地发现中国古代关于叙事形式的阐述其实是非常丰富的，散金碎玉随处可见。然而早期的叙事学研究多侧重于对西方叙事学理论的介绍，而缺少根植于本土的理论建构，因而有的学者尖锐地概括为"冷""热"不均的畸形现象：一方面，大量文章和专著用力于对西方理论的介绍和应用，形成一股颇为强劲的学习西方叙事学的"热"潮。另一方面，对中国自身的叙事缺乏系统的理论建构，相形之下，显得过于"冷清。"[①]而且即使那些有意于理论建构之作，也往往"是综合外国学者的观点写成，最多加些中国文学的引证，处在介绍、搬运阶段"[②]，不同程度地带有先天不足的印迹。因为中国的叙事文学有别于任何其他民族的叙事文学，具有自己独特的叙事语言与叙述方式，如李洁非就指出由于民族文化的差异，中国的叙事文学在叙事的起点、小说的早熟、叙述技巧等很多方面都有别于任何其他民族的叙事文学，而"在这些差别中，我们看到了中国人真正的民族性情，看到了他们对世界的理解和幻想方式，看到了他们运用叙述语言和虚构功能去建构独立于自然真实的'另一种真实'的独特智慧"[③]；另一方面，中国古代有关叙事的探讨多是感悟式、即兴式的，系统性的比较少见，总的说来缺乏一个像西方叙事学那样严整的理论和批评体系。

到了90年代，在传译西方叙事学的过程中，也有一些学者开始中西交融的理论建构，其中的早期代表作是徐岱《小说叙事学》（中国社会科学出版社1992年版）、胡亚敏《叙事学》（华中师范大学出版社1994年版）与罗钢《叙事学导论》（云南大学出版社1994年版）。《小说叙事学》在纵观中外小说发展的基础上，对中国古代叙事思想及当代西方叙

[①] 参见江守义《"热"学与"冷"建——叙事学在中国的境遇》，《文艺理论研究》2000年第1期。
[②] 杨义：《中国叙事学》附录"专家推荐意见二则"，人民出版社1997年版，第424页。
[③] 李洁非：《中国的叙述智慧》，《文学评论》1993年第3期。

事学说作了提纲挈领的概括和阐述,然后从叙事的本体结构、构成要素、基本模式、控制机制及修辞特征等方面展开叙事理论的探讨,并以对大量古今中外文学作品的分析为佐证,充分彰显了作者对叙事理论在总体上的贯通和把握。其中第一章第一节重点讨论了"中国古代叙事思想",并以"双子星座"指称中国古代叙事思想的两个核心"史传"与"诗骚",以"三驾马车"指称金圣叹、毛宗岗和张竹坡这三个古典小说评点大家,并以"四大范畴"概括中国叙事思想的白描、闲笔、虚写和传神。[①]《叙事学》重点从叙述、故事、阅读这三个方面阐述了叙事学的基本理论知识和基本问题,作者力图将形式批评与意义阐释结合起来,强调文本的未完成性和可交流性,强调读者阅读过程中的自主性、参与性和创造性,以及对情节完整性的诘问和提出的"过程论"人物理论等,也都体现了作者对于变革和拓展经典叙事学的积极探索。其中也有专章讨论"金圣叹的叙事理论",提出金圣叹的叙事理论存在明显的形式主义倾向,并从叙事角度、叙事顺序、叙述节奏、叙述频率等方面作了探讨,最终已触及中国叙事学的"文化密码"问题,提出"我国史传文学的发达为金圣叹叙事理论的产生提供了肥沃的土壤"[②],《叙事学导论》不仅从叙事文本、叙事功能、叙事结构、叙事时间、叙事情境、叙事声音、叙事作品的接受等方面对叙事学理论进行了全面系统的论述,同时也阐述了中国古代小说理论家的独特贡献。这一点在后来一些研究者如杨义、傅修延等倡导"中国叙事学"研究的论著中得到了更进一步的发挥。

杨义先于 1994 年在《中国社会科学》发表《中国叙事学:逻辑起点和操作程式》一文中正式提出了"中国叙事学"这一命题,这是当代叙事学由输入西方理论转向本土化理论建构的重要标志。杨义对中国的叙事文学传统进行了综合考察,指出中国叙事文学基于圆形思维的深层文化心理结构,与西方叙事文学在观念、结构、表现方式诸方面有许多不同,这种潜隐的圆形结构对应着中国人的审美理想,具有广泛丰富的适应性和包罗万象的生活涵容力。以这个动态的圆为逻辑起点,中国叙事文学或截取

---

① 徐岱:《小说叙事学》,中国社会科学出版社 1992 年版。
② 胡亚敏:《叙事学》,华中师范大学出版社 1994 年版。

圆形运行的片断，或捕捉众圆的交叉点，为正文叙事提供丰富的参数叙事。阴阳两极是圆形结构运转和破毁的内在驱动力，它们的空间位置有相离相对、相接相间、相含相蕴、相聚相斥四种形式，为叙事操作输入对立、冲突、中和、转化的活力，同时圆形结构和阴阳互动的方式，决定了中国叙事作品采取流动的视角，并具有流动多端和层面超越的特点。[1] 杨义此文不仅把建构中国叙事学的问题提上了日程，而且把创建中国特色的叙事学提升到了前所未有的高度，其魄力与胆气已经标志着中国叙事学真正进入了创建期。此后的三年，杨义出版了《中国叙事学》，正式敲响了中国叙事学创建的黄钟大吕。

杨义之于中国叙事学的创建，既包含了一个现代文学研究出身的学者上溯文化之源的寻根意识，也包含了一个当代中国学人冲决西方话语体系、建立自己学术立足点的主体精神，为此，杨义爬梳剔抉，孜孜矻矻，耗时数载。先是在1995年出版的《中国古典小说史论》[2] 中对二千年中国古典小说的叙事特征作了抽样考察和细致剖析，提供了一整套中国化的叙事学的概念术语和解读方法，从而建构起独具个性的中国叙事学的操作规程，[3] 从而为1997年出版的《中国叙事学》一书的写作提供了扎实的文本根基与丰富的批评实践。《中国叙事学》以"返回中国叙事本身"为立足点，杨义在"后记"中这样说：

> 随着中西对话的深入，我愈来愈感到从西方文化系统中生长出来的叙事学理论，并不能涵盖中国数千年积累起来的叙事经验和文化智慧。中西文化是两个不同心的圆，它们之间存在着不可忽视的张力。随着近代文化交流的增频和加深，两圆之间重叠之处日益扩大，但未能改变其不同心的状态。也就是说，中西文化可沟通，但不能全兼容，叙事学的世界性当存在于这种张力的对比推移、互动互补之中，

---

[1] 杨义：《中国叙事学：逻辑起点和操作程式》，《中国社会科学》1994年第1期。
[2] 杨义：《中国古典小说史论》，中国社会科学出版社1995年版。
[3] 郭英德：《建构中国叙事学的操作规程——评杨义〈中国古典小说史论〉的方法》，《文学评论》1996年第5期。

从而使人类的叙事文化姚黄魏紫,多姿多彩。"现代的风后"设计的指南车,对于中国学人而言,最要紧的是指引返回中国文化的原点,于此建立自己进退有据、与时俱进的学术立足点。

于是,我初步拟定的学术战略思想是:返回中国原点,参照西方理论,贯通古今文献,整合以期创新。

正因为树立了整合创新的价值目标和高远立意,又有着中西涵融、古今贯通的学术背景,杨义才可以做到既扬弃西方叙事学的语言学模式,又以西方叙事学为烛照,采用文化学的思路来反观中国的文化思维方式,而"一旦采取文化学思路,采取不同于西方语言学思路的另一条通道,进入具有中国特色的叙事学天地之时,这里存在着一系列极其基本的问题,需要从头进行认真的历史线索清理和现代意识的阐释。这与囫囵吞枣地搬用外来的现成观念,随意地给中国事例贴标签的做法,是迥然不同的。它需要更为复杂的、反复对行的、综合性的思维方式,并在其间投入中国式的智慧和眼光,用一种属于东方、也属于世界,属于历史、也属于现代的声音和现代世界进行深层次的对话,以期为人类整体的叙事学智慧做出独特的、无法替代的贡献"。[①] 因为杨义运用"中国式的智慧和眼光"对中国叙事历史"从头进行"的线索清理和现代阐释,使得《中国叙事学》一书在话语体系的运用上,不仅具有一般叙事学的基本理论和术语,而且更值得注意的是它运用了一系列自中国历代叙事文学实际中抽象、归纳、提炼出来的语词,并将之升华为中国叙事学的理论框架和结构原则,尤其是"意象篇"和"评点家篇",完全立足于中国叙事文学实际与传统文学批评模式,而加以现代叙事学的理论抽绎与再度阐释,戛戛独造,自铸伟词,确乎营造出了"属于东方、也属于世界,属于历史、也属于现代的声音",使得中国叙事学的构建在一开始就拥有了文化、理论与话语的三重原点。

进入21世纪之后,国内的叙事学研究不仅势头不减,其发展还越来越走向成熟和深化。近十年来中国古代文学叙事学的发展可分为理论与实

[①] 杨义:《中国叙事学》,人民出版社1997年版,第27页。

践两个方面。前者主要体现在中国本土叙事理论的发展、中国传统叙事思想的整理研究、新型学术范式中国叙事文化学的逐渐成熟；后者则表现在学者们运用叙事学理论分析中国古典文学作品，追溯中国特色叙事传统源头，发掘与探讨新的叙事现象。诸如黄霖、李桂奎等《中国古代小说叙事三维论》（上海世纪出版集团2009年版）、罗书华《中国叙事之学》（中国社会科学出版社2008年版）、傅修延《中国叙事学》（北京大学出版社2015年版）等都是着力另辟蹊径，尝试着以本土话语对中国古代小说的叙事学做出新的理论建构和学理阐释。其中傅修延《中国叙事学》是继杨义《中国叙事学》之后的同名著作，涉及神话、《山海经》、青铜、瓷以及契约、民间传说、赋等各类题材与体裁，从中国叙事的起源说起，梳理中国叙事传统的形成，同时对视觉叙事、听觉叙事、地方叙事等也有涉及，力图为中国叙事传统的形成提供更为合理的系统解释。这些论著，显示出自90年代中期至今中国的叙事学研究，不仅已经具有强烈的历史意识和文化意识，而且逐渐与文体学、符号学、心理学、修辞学等相结合，注重在跨学科的视野中审视中国叙事文学传统的形成与特质，而且不同程度地实现了对西方叙事学语言学模式的扬弃，并进而发展为对中国传统文化的深层思考。与中国悠久深厚的叙事传统的血脉相连，不仅使学者所构建的理论有了坚实的文化根基，而且往往赋予这些论著以理论话语与批评话语的双重品格。同时，强烈主体精神的灌注又使得不同论者的论著具有不同的审美体验、价值判断、生命感悟与语言风格，相当大程度上避免了西方叙事学论著尤其是结构主义叙事学论著干涩枯燥的面目。

与此同时，在探索与建构古代小说叙事学的亚理论上也取得了一定的进展，比如"听觉叙事"与"图像叙事"理论。长期以来人们只关注"看"而忽略了"听"，中西方的叙事学研究都存在一种"失聪"现象。"进入21世纪以来，恢复视听平衡的呼吁愈益响亮，在其推动下对'听'的关注成了整个人文学科的一种新趋势"（傅修延《听觉叙事初探》，《江西社会科学》2013年第2期）。2015年12月25—27日，在江西南昌还专门召开了"听觉与文化"学术研讨会。"听觉叙事"是近年来新开垦的一个研究领地，相关论文有傅修延《听觉叙事初探》（《江西社会科学》2013年第2期）、傅晓玲《关于听觉叙事的一个理论建构》（《学术论坛》2014

年第9期）与"听觉叙事"相对应的是"图像叙事"。我国古代小说中数量众多的插图图像也有着浓厚的叙事意味，毛杰《中国古代小说绣像的叙事功能》（《求索》2014年第11期）、陆涛《图像与叙事——关于古代小说插图的叙事学考察》（《内蒙古社会科学》2011年第6期）、刘晓军《论古代小说图像研究的三个层面》（《复旦学报》2017年第5期）、赵宪章《小说插图与图像叙事》（《文艺理论研究》2018年第1期）等论文研究了古代小说中的图像叙事（详见本章第五节）。"听觉叙事"与"图像叙事"理论的拓展与交融，从一定意义上说，也就是叙事时间与叙事空间的拓展与交融。

二 古代小说叙事研究的兴盛

中国叙事学创建于90年代中晚期，这不仅得益于其主要创建者杨义个人的天才与勤奋，实际上也是学术发展的一种必然趋势，换言之，这是时代机遇与个人努力的完美结合。就叙事学自身的发展来看，自80年代以后西方叙事学就开始与多种批评理论如西方马克思主义、女性主义、新历史主义、文化学等相融合，本身已突破旧有的语言学模式，进入了多元发展的时代，这一点也不能不影响到一些思维敏锐的中国学者对西方叙事学的评价与借鉴。考察叙事学理论传入中国的轨迹及其研究状况，可以发现，中国的叙事学研究是沿着译介、挪用、杂交、创建的轨迹呈螺旋状上升发展的，1993年之前是起步期，1993—1998年是腾飞期，1999年至今是其高空翱翔期。[①]

由于古代小说作为叙事文体的本原特征，所以不仅成为叙事学研究的发端，同时也是其始终如一的重心之所在。1988年，陈平原的博士论文《中国小说叙事模式的转变》出版，该书以中国文学传统和晚清、五四的小说状况为基础，借鉴托多洛夫的叙事理论，从叙事时间、叙事角度、叙事结构三个方面"把纯形式的叙事学研究与注意文化背景的小说社会学

[①] 参见许德金《全球化语境中的中国叙事研究——理论视阈与出路》，见乔国强主编《叙事学研究：第二届全国叙事学研讨会暨中外文艺理论学会叙事学分会成立大会论文集》，武汉出版社2006年版，第85页。

研究结合起来"①，可谓开时代风气之先，具有重要的学术传导与示范意义。1994 年，董乃斌的《中国古典小说的文体独立》②富有创意地拈出感事、咏事、含事、演事等术语，着力从叙事学的维度探讨小说如何成为一种独立文体的问题，被论者誉为"第一部从叙事角度研究中国小说史的专著"，开辟了研究中国小说的新思路。③但毕竟尚未直接以"叙事学"为题，然后至《中国文学叙事传统研究》（中华书局 2011 年版）进而将文体学与叙事学理论加以融会贯通。

通观在 90 年代迄今的诸多叙事学研究成果，同样也是以古代小说叙事学研究成果最为丰硕。其中经典小说名著的叙事研究于 90 年代中期先行启动。早期先后问世的重要论著有：胡日佳《中西历史小说观念比较——试论中国历史小说的叙事走向》（《贵州大学学报》1992 年第 3 期）、陶原珂《张竹坡评点〈金瓶梅〉的叙事理论》（《社会科学家》1993 年第 4 期）、王彪《作为叙述视角与叙述动力的性描写——〈金瓶梅〉性描写的叙事功能及审美评价》（《社会科学战线》1994 年第 2 期）、李庆信《跨时代的超越——〈红楼梦〉叙事艺术新论》（巴蜀书社 1995 年版）、傅修延《中国叙述学开篇：四部古典小说新论》（《文艺争鸣》1995 年第 1 期），陈平原《英雄与历史：以民间叙事为根基——明代章回小说论略》（《中国文化研究》1996 年第 2 期）、《中国小说中的文人叙事——明清章回小说研究》（上、下）（《郑州大学学报》第 5、6 期）等，彼此承续陈平原《中国小说叙事模式的转变》而来，一同奠定了古代小说叙事研究、经典叙事研究以及中西叙事比较研究之格局。

进入 21 世纪之后，古代小说叙事研究受到了学界空前的重视，并有一系列学术专著相继问世，其中王平《中国古代小说叙事研究》（河北人民出版社 2001 年版）与黄霖、李桂奎等《中国古代小说叙事三维论》（上海世纪出版集团 2009 年版）致力于古代小说叙事的整体研究。前书运用叙事学理论来全面分析、探讨、归纳、总结中国古代小说在叙事方面

---

① 陈平原：《中国小说叙事模式的转变·自序》，上海人民出版社 1988 年版。
② 董乃斌：《中国古典小说的文体独立》，中国社会科学出版社 1994 年版。
③ 傅修延：《扬"叙事大国"雄风 辟小说研究新径》，《中国社会科学》1996 年第 4 期。

表现出来的特征，涉及多个时代、多种类型、多部经典性的作品，在同一范畴中按时序逐次分析、论述，因而在从共时性研究通向历时性研究过程中而具有了"史"的性质和意义。最后归结于古代小说评点家的叙事理论研究。后书紧紧围绕"叙事"这一轴心，尝试从"时间""空间""节奏"这三个维度出发进行系统考察，着力探讨中国古代小说与小说论的内部规律，突出"人"的生存之道和活动方式在叙事中的意义。作者既立足于本土哲学思想、文化特质和审美思维，又注意与现代对接，与西方对话，力求将民族传统与当代精神相融会，文本精读与理论阐释相结合，探索了一条融通古今中外的研究路径，总结了一套令人耳目一新的中国古代小说论的逻辑体系。与上述两书不同，江守义《唐传奇叙事》（安徽人民出版社2006年版）、王昕《话本小说的历史与叙事》（中华书局2002年版）、吴光正《神道设教：明清章回小说叙事的民族传统》（武汉大学出版社2012年版）分别致力于唐代传奇、宋代话本、明清章回小说的叙事学研究，并构成三种代表性小说文体叙事学研究的完整序列。《唐传奇叙事》运用叙事学理论对唐传奇展开专题研究，力图多角度地阐发唐传奇的叙事魅力，其创见之处主要在于：一是对主体隐性介入的方式和意义进行探索；二是辨析传奇名称中隐含的虚构性特点；三是从转述语和称呼语入手来讨论视角问题；四是从故事的内容、发展、层次和小说构思多个方面来寻找传奇的叙事逻辑；五是对传奇结尾的主要模式进行总结。书中在进行叙事形式分析的同时，还注意到唐传奇叙事的历史文化内涵。《话本小说的历史与叙事》也是结合文体学而展开对话本小说的叙事学分析，依次探讨了宋元话本职业化的叙事话语，"三言"："文心"与"里耳"相谐的叙事典范，"二拍"：拟话本的成熟与衰落的开始、李渔的艺术人生与他的纯叙事方式等问题。《神道设教：明清章回小说叙事的民族传统》认为神道设教的民族叙事传统早已内化为明清章回小说作家创作时的一种下意识，而这种独特的表达方式也恰恰表现了中国传统章回小说叙事的基本元素：明清小说作家成功地借助宗教神话的叙事手段和修辞手段来进行艺术构思和修辞编码；他们利用宗教描写来搭建时空架构，结构故事情节，确立叙事权威，传达创作意图，预设情节走向，完成人物设计；儒、道、释三教的叙事传统和叙事要素均自由驱遣于作家的笔端。鉴于此，作者重点对明清章回小说"六大奇书"进行了深入的、符合本民族传统的分析和解读，力图还原中国古典章回小说的民族精神。

在相关论文方面，显得更加丰富多彩，首先是传统研究论题的深化，比如墨白《简述神话以幻为真的叙事范型及古代志怪小说的叙事传统》（《中国文学研究》1998年第1期），陈国安《明清小说评点与叙事学研究》（《中国文学研究》1998年第1期），石慧《明清小说"时间倒错"问题试探》（硕士学位论文，湖南师范大学，2010年），林沙欧《中国古代小说体叙事的历时性研究》（博士学位论文，浙江大学，2011年），孙亚蕊《话本小说叙事节奏探析》（硕士学位论文，中国海洋大学，2012年），杨志君《论明清历史小说的叙事艺术》（硕士学位论文，湖南师范大学，2012年），赖力行、杨志君《论明清历史小说的叙事节奏》（《中国文学研究》2012年第2期），王委艳《论话本小说的叙事节奏》（《三峡大学学报》2013年第4期），张曙光《叙事文学评点理论的现代阐释》（山东人民出版社2012年版），董定一《明清游历小说研究》（博士学位论文，南开大学，2013年），夏豫宁《论才子佳人叙事模式的当代嬗变》（《扬子江评论》2018年第5期），等等，大都可以归入此类。其次是新颖研究论题的提炼，比如葛永海《明清小说之季节叙事及其文化意蕴》（《上海师范大学学报》2013年第4期）从明清小说的季节叙事的主要内容入手，探讨其以营构循环时序与聚焦时间刻度为主的叙事功能和以承继诗性传统、营造意境为特色的抒情功能。而葛永海、张莉《明清小说庭园叙事的空间解读——以〈金瓶梅〉与〈红楼梦〉为中心》（《明清小说研究》2017年第2期）则聚焦小说中的庭园空间，展现建筑实体与文本结构之间丰富而生动的互文关系，借助窥听视角深入理解庭园空间之间的过渡与渗透，进而揭橥庭园作为心灵栖居地、爱情理想国、死亡隐秘所等三重文化属性。其他如张恒与李俐《明清小说叙事与江南园林空间经营互文性研究》（《华侨大学学报》2018年第2期）、郭艳《论魏晋南北朝志怪小说空间叙事的文化内涵》（《中州学刊》2018年第11期）等也都重在叙事空间研究。再次是边缘研究论题的开掘，即从超越于传统论题的不同视角切入，聚焦于一些被忽略的、新的叙事现象，边缘性人物的叙事功能，比如杨志平《明清小说功能性叙事研究》（科学出版社2018年版）以及

《论古代小说代指性人物的叙事功能及其文学意义——以王婆描写为中心》(《学术论坛》2016 年第 8 期)、《明清小说中的包公身边公人及其叙事意味谫论》(《中南大学学报》2018 年第 5 期)致力于明清小说功能性叙事以及边缘人物的叙事功能研究；董亚萍《闺阁叙事研究——以明清经典长篇世情小说为考察对象》(硕士学位论文，安庆师范学院，2012 年)、万晴川《宗教信仰与中国古代小说叙事》(浙江大学出版社 2013 年版)分别重在闺阁、宗教与叙事关系研究。还有孔庆庆《中国古代小说的先验性叙事研究》(《青岛大学学报》2011 年第 3 期)认为先验性叙事是中国古代小说中存在的一种独特叙事方式，它具有预叙与元叙事的特征，这与中国特定的文化土壤分不开，也具有史书的叙事特征；冯鸽《论晚清小说中的戏拟叙事》(《咸阳师范学院学报》2012 年第 1 期)认为晚清小说对"戏拟"叙事手法的充分运用，表达出中国小说的传统叙事向现代叙事的转变；李小龙《中国古典小说回目对叙事的控制》(《明清小说研究》2010 年第 2 期)认为回目是中国古代章回小说的标志性特征，在小说叙事中发挥着重要的作用，于是通过回目探讨章回小说的叙事功能。此外，也有致力于中西小说叙事比较研究的，将再作论述，此略。

三 古代经典叙事研究的聚焦

20 世纪 90 年代以来古代文学经典研究的兴盛，也同样反映在叙事学研究领域，或者也可以反过来说，经典叙事研究的兴盛同样对古代文学经典研究起到了积极的推动作用。关于经典叙事学以及与此相对应的后经典叙事学之间的关系问题，中外学术界众说纷纭，存在颇多争议，例如过时说、超越说、复兴说、共存说等，也进一步促发了学理上的思考与探索。钟晓燕《叙事学的转型与互补：从经典到后经典》认为，叙事理论的发展经历了经典叙事学和后经典叙事学两个明显的阶段，彼此是一种共生互补、相映成趣的关系，对经典叙事学与后经典叙事学两者关系的认识与研究有利于叙事理论史的研究，更有利于中外叙事理论批评形式框架的建构。[①] 虽然有学者认为在 90 年代后经典叙事学的冲击下，经典叙事学已

[①] 钟晓燕：《叙事学的转型与互补：从经典到后经典》，硕士学位论文，南昌大学，2012 年。

势头大落，但纵观近几年叙事学的发展，依旧有大量学者运用经典叙事学的概念、方法来对作品进行分析，古代文学领域更是如此。总体而论，无论在传统的经典叙事学研究还是在所谓的后经典叙事学研究方面都取得了很大进展，并做出了一系列实绩。其中成果最为丰硕的是《红楼梦》与明代"四大奇书"。

《红楼梦》的叙事研究成果，首先体现在李庆信《跨时代的超越——〈红楼梦〉叙事艺术新论》（巴蜀书社1995年版）、王彬《红楼梦叙事》（中国工人出版社1998年版）、张世君《红楼梦的空间叙事》（中国社会科学出版社1999年版）、郑铁生《红楼梦叙事艺术》（新华出版社2011年版）、张平仁《红楼梦诗性叙事研究》（首都师范大学出版社2017年版）等学术专著上，彼此各有不同取向、特点与创获。李著以现代小说叙事学为参照，结合中国小说艺术、小说美学的民族传统和特殊范畴，对《红楼梦》的叙事艺术作了深入系统的分析和研究；王著旨在从中国古典文学既有的叙事传统出发，在中国传统考证方法的基础上，借用西方的叙事理论来厘清被过度阐释的文本，试图从文本叙事的角度还原《红楼梦》的原来面目。张世君《红楼梦的空间叙事》进而拓展至《红楼梦》的叙事空间研究，并将《红楼梦》的空间叙事层次分为实体的场景空间、虚化的香气空间和虚拟的梦幻空间，然后详细论述了"门"的叙事功能、香气的空间定势与韵调、梦幻对现实空间的颠覆作用等。郑著将《红楼梦》视为一个鲜活的艺术生命，从叙事学的角度进行系统的、全方位的分析，然后归纳为：叙事结构的两种形态、叙事进程的三条意脉以及叙述内容的十个叙事单元。张平仁《红楼梦诗性叙事研究》认为"诗性叙事"是中国传统文学的突出特点，中国古代小说无论在内涵上还是形式上都有鲜明的诗化色彩。作者选取古代小说中诗化程度最高的《红楼梦》为研究对象，从主题、结构、时间、视角等方面来论证《红楼梦》的诗性叙事。以上五书彼此各有不同取向、特点与创获。

而在相关论文方面，涉及的内容相当丰富，包括重在叙事时空研究的如梅新林《红楼梦"契约"叙事论》（《红楼梦学刊》2007年第6期）与梅新林、张倩《红楼梦季节叙事论》（《红楼梦学刊》2008年第5期）、权菲菲《〈红楼梦〉的庭园叙事研究》（硕士学位论文，天津师范大学，2018

年); 重在人物形象叙事功能研究的如刘丽《背面敷粉 注此写彼——〈红楼梦〉人物形象描写的叙事策略》(《理论界》2006 年第 12 期)、陈超《在场·聚焦·观照: 论〈红楼梦〉"边缘"女性形象的叙事功能》(《红楼梦学刊》2018 年第 4 辑); 重在叙事手法、节奏、视角研究的如唐涛《〈红楼梦〉对传统预言叙事手法的继承》(《内蒙古农业大学学报》2013 年第 2 期)、苗怀明《〈红楼梦〉的叙事节奏及其调节机制》(《曹雪芹研究》2017 年第 1 期)、王红《〈红楼梦〉多维叙事视角研究》(《渭南师范学院学报》2017 年第 15 期); 重在追溯叙事源流研究的如杜贵晨《中国古代小说婚恋叙事"六一"模式述略——从〈李生六一天缘〉〈金瓶梅〉等到〈红楼梦〉》(《学术研究》2015 年第 9 期),张萍《〈史记〉对〈红楼梦〉的叙事影响》(《渭南师范学院学报》2016 年第 13 期); 注重诗词意象叙事研究的何跃《〈红楼梦〉叙事中的诗词运用》(《岭南师范学院学报》2015 年第 4 期)、王人恩《意象叙事: 〈红楼梦〉中的风筝描写》(《语文建设》2015 年第 19 期); 注重回目、评点叙事研究的如李英然《〈红楼梦〉的回目叙事策略》(《红楼梦学刊》2014 年第 1 辑),刘玄《论陈其泰〈红楼梦〉评点中的叙事理论》(《红楼梦学刊》2015 年第 1 辑),等等。还有如陈妍《〈红楼梦〉的声音叙事研究》(硕士学位论文,江苏师范大学,2018 年)、张同胜《从影子叙事看〈红楼梦〉的"自传说"》(《曹雪芹研究》2015 年第 5 期)注重声音叙事、影子叙事研究,不一而足。这些都有助于深化《红楼梦》的叙事研究。

在明代"四大奇书"叙事研究中,傅修延《中国叙述学开篇: 四部古典小说新论》旨在贯通明代四大奇书,试图通过对其叙事结构与功能的解剖,探析其中所蕴藏着的我们民族叙述艺术的许多奥秘。此后承此重在总论的有: 林沙鸥《论明代"四大奇书"的叙事视角》(《中国矿业大学学报》2011 年第 4 期),杜贵晨《章回小说叙事"中点"模式述论——〈三国演义〉等四部小说的一个艺术特征》(《学术研究》2015 年第 8 期),余康妮《四大奇书听觉叙事研究》(硕士学位论文,江西师范大学,2017 年),等等。杜文重点论述了章回小说《三国演义》《西游记》《金瓶梅》《林兰香》四部小说意在"执中"的"中点"描写,认为彼此后先承衍,互有同异,共同构成统一而不乏变化出新的小说叙事模式。这一叙事模式的意义在于：一是使"中位"凸出，造就全书叙事"执中"之象；二是有"中分"之效，使全书叙事前后形成平衡美；三是使叙事的走向逆转，形成结构的往复美；四是合乎"太极生两仪"之道，为全书叙事"一分为二"数理机制的突出表征。章回小说叙事的"中点"模式是中国叙事艺术的一个创造。余康妮《四大奇书听觉叙事研究》另辟蹊径地从四大奇书"听觉叙事"入手，认为从听觉叙事角度对经典文本进行重读，可以发现其中有意味的声音，更好感知其中的音韵节奏与声音感官所蕴含的丰富韵味。明代"四大奇书"每部作品当中都或多或少地运用到了听觉叙事。因为各部作品在成书年代与题材内容上都存在差异，所以需要将每部作品中具有代表性的声音事件进行归类，详细分析听觉叙事在人物刻画、情节发展、营造氛围等方面所起的作用，更加全面地认识"四大奇书"当中的听觉叙事。

分而论之，"四大奇书"各自的叙事研究的论文不胜枚举，又以《金瓶梅》叙事研究最为兴盛，从 20 世纪 90 年代的陶原珂《张竹坡评点〈金瓶梅〉的叙事理论》（《社会科学家》1993 年第 4 期）、万春与杨敏《从〈金瓶梅〉的叙事时间看作者的生命意识》（《人文杂志》1998 年第 5 期），到 21 世纪第一个十年日趋兴盛，主要有王平《〈金瓶梅〉叙事的"时间倒错"及其意义》（《北方论丛》2002 年第 4 期），阎秀萍、许建平《〈金瓶梅〉对小说叙事模式的创新》（《河北学刊》2002 年第 4 期），王建科《论〈金瓶梅〉中西门家族的社交圈及其叙事张力》（《明清小说研究》2002 年第 4 期），郑铁生《〈金瓶梅〉第五年叙事结构张力与人物性格之间的变数》（《北方论丛》2009 年第 4 期），曾庆雨《论〈金瓶梅〉的叙事建构与叙说特征》（《云南民族大学学报》2009 年第 3 期），等等。然后至 21 世纪 10 年代，成果更为丰硕，其中硕博士论文有：孙志刚《〈金瓶梅〉叙事形态研究》（博士学位论文，哈尔滨师范大学，2010 年）、陈毓飞《身体、知识、叙事——〈金瓶梅词话〉研究》（博士学位论文，北京外国语大学，2014 年）、骆秧秧《神秘偶数与〈金瓶梅〉的叙事世界》（硕士学位论文，湖北师范学院，2014 年）、赵嘉鸿《叙事学视域中的〈金瓶梅〉》（博士学位论文，云南大学，2015 年）等。其他尚有：张鹏飞《〈金瓶梅〉对〈水浒传〉叙事范式的文化承续及艺术演进》（《广播电视大学学报》2010年第2期)、《论世情小说名著〈金瓶梅〉对〈水浒传〉叙事体例的生命承传》(《重庆工商大学学报》2010年第3期),孙超、李桂奎《论〈金瓶梅〉的情色叙事模式》(《四川师范大学学报》2010年第5期),邱露《论〈金瓶梅〉的死亡叙事》(《商丘师范学院学报》2012年第10期),曾庆雨《论〈金瓶梅〉多维叙事视角设置的功能特征及其意义》(《河南理工大学学报》2015年第2期),刘紫云《论〈金瓶梅词话〉的物象选择与日常叙事形态》(《人文杂志》2016年第3期),董定一《夜幕下隐秘的欲望呈现——〈金瓶梅〉的"夜化"叙事初探》(《聊城大学学报》2016年第4期),周璐《窥听——〈金瓶梅〉中隐蔽的眼睛和耳朵》(《社会科学论坛》2016年第10期),张石川《〈金瓶梅词话〉叙事时间的若干问题》(《南京师范大学文学院学报》2017年第4期),庞娜娜、马君毅《〈金瓶梅〉图像及其图像叙事的变迁》(《爱尚美术》2017年第5期),陈东有《〈金瓶梅词话〉中的空间叙事》(《江西社会科学》2016年第9期),等等,涉及《金瓶梅》的叙事时间、形态、结构、模式、隐喻以及与评点关系等问题。

在其余三大奇书中,《三国演义》叙事研究的代表作是郑铁生《三国演义叙事艺术》(新华出版社2000年版)。作者从三国演义整体艺术特色和成就出发,系统地论述了其叙事结构、人物叙事、战争叙事、成书过程、回目创立、诗词演化和罗贯中艺术创造的总体特征。其他论文尚有:李艳蕾《〈三国演义〉的空间叙事》(硕士学位论文,曲阜师范大学,2003年),韩晓、魏明《论"天人合一"对〈三国演义〉叙事系统的影响》(《湖北大学学报》2004年第3期),余岱宗《〈三国演义〉:小说叙事修辞与意识形态》(《福建师范大学学报》2006年第6期),李化来、崔永模《对偶与对称:毛伦、毛宗岗论〈三国演义〉叙事结构》(《菏泽学院学报》2008年第1期),石麟《毛批〈三国〉的叙事理论》(《三峡论坛》2010年第4期),常舒雅《毛宗岗〈三国演义〉评点"叙事之法"研究》(硕士学位论文,广西师范大学,2013年),宋鹏飞《〈封神演义〉对〈三国演义〉战争叙事的继承与发展》(《九江学院学报》2014年第3期),王凌《〈三国演义〉叙事结构中的"互文"美学》(《浙江学刊》2014年第5期),徐明华《神秘数字"三"与〈三国演义〉的叙事世界》(硕士学位论文，湖北师范学院，2014年），谭金柳《"三国叙事"中的神话因素分析》（硕士学位论文，湖北民族学院，2016年），陈婧玥《〈三国演义〉预叙叙事探微》（《广播电视大学学报》2017年第2期），李万营《曹操故事研究综述及其前景展望——以中国叙事文化学为依据》（《天中学刊》2018年第1期），朱湘铭、谢江涛《清代〈三国志演义〉插图的图像叙事特色等的绣像插图叙事》（《湖北科技学院学报》2018年第3期），朱向红《〈三国演义〉梦境的叙事作用》（《湖北文理学院学报》2019年第4期）等。《水浒传》叙事研究主要有：段江丽《论〈水浒传〉的叙事视角》（《湖南师范大学社会科学学报》2001年第3期），崔茂新《论小说叙事的诗性结构：以〈水浒传〉为例》（《文学评论》2002年第3期），吴子林《叙事：历史还是小说？——金圣叹"以文运事"、"因文生事"辨析》（《浙江社会科学》2003年第1期），解立红《〈水浒传〉的空间叙事研究》（硕士学位论文，首都师范大学，2004年），李桂奎《〈水浒传〉时间设置的"夜化"与叙事效果的强化》（《玉溪师范学院学报》2007年第1期），耿庆芝《论节日在〈水浒传〉中的叙事意义》（《菏泽学院学报》2009年第3期），吴光正《容与堂本〈水浒传〉的宗教叙事及其悖论》（《武汉大学学报》2015年第3期），颜彦《古籍中图像空间叙事的表现方式和意义：〈水浒传〉插图"酒肆空间"的多向度解读》（《北京科技大学学报》2013年第1期），冯兴华《民间水浒传说叙事结构研究》（硕士学位论文，西北民族大学，2013年），许丹《金圣叹评点〈水浒传〉叙事结构研究》（硕士学位论文，广西师范大学，2016年），汪一辰《容与堂本〈水浒传〉插图叙事与"语—图"关系研究》（《新闻研究导刊》2017年第5期），杨志平《论〈水浒传〉的功能性人物叙事》（《水浒争鸣》2018年第17辑）等。《西游记》叙事研究主要有：乐云《论〈西游记〉的叙事结构》（《武汉大学学报》2004年第3期），王学钧《〈西游记〉与道教：世俗与叙事观点》（《学术交流》2006年第11期），吴光正《〈西游记〉的宗教叙事与孙悟空的三种身份》（《学术交流》2007年第11期），赵苗《身份叙事研究——以〈西游记〉为例》（硕士学位论文，江西师范大学，2009年），徐倩《〈西游记〉空间叙事探究》（《河池学院学报》2010年第6期），万润保、陈艳化《〈西游补〉的反〈西游记〉叙事》(《浙江工业大学学报》2011 年第 1 期),陈娜《神秘数字和〈西游记〉的叙事世界》(硕士学位论文,湖北师范学院,2012 年),张彦红《〈西游记〉韵文叙事研究》(硕士学位论文,浙江师范大学,2013 年),郑冰华、卞良君《〈西游记〉的"饥饿"叙事及其文化解读》(《西安文理学院学报》2014 年第 3 期),王雅宁《论〈西游记〉"八十一难"的叙事模式与宗教意味》(硕士学位论文,青海师范大学,2016 年),崔小敬《食色:〈西游记〉的叙事焦点与反讽策略》(《明清小说研究》2016 年第 4 期),李贝贝《论〈西游记〉前七回的叙事空间及文化意蕴》(《九江学院学报》2017 年第 4 期),陈晓曦《试论〈西游记〉叙事中建构与消解兼容的舍辟结构》(《淮海工学院学报》2019 年第 4 期),等等。

上述四大奇书之外,还广泛涉及其他小说经典叙事研究,举其要者有:陶明玉《器物叙事:〈古镜记〉艺术新探》(《阜阳师范学院学报》2018 年第 1 期),张金梅、郭志梦《〈南柯太守传〉叙事时间分析》(《西部学刊》2017 年第 9 期),宋鹏飞《〈封神演义〉对〈三国演义〉战争叙事的继承与发展》(《九江学院学报》2014 年第 3 期),秦闻《明刊插图本〈剪灯余话〉图像叙事研究》(硕士学位论文,江苏师范大学,2017 年),侯亚肖《"三言二拍"中诗词叙事研究》(硕士学位论文,辽宁师范大学,2016 年),王娟《〈儒林外史〉的叙事视角研究》(《太原学院学报》2018 年第 4 期),高莉《〈镜花缘〉的空间叙事》(《吉林广播电视大学学报》2018 年第 1 期),等等。至于小说之外的戏曲、诗词、史传的经典叙事则在下文再作探讨。

四 古代文学叙事研究的拓展

90 年代以来以古代小说叙事研究为发端与重心的叙事学研究的拓展方向,除了下文将要重点论述的经典聚焦之外,主要体现在以下三个方面:

一是古代叙事文学传统的溯源与重释。中国本有一个与西方迥异的叙事系统,一些学者呼吁在运用西方叙事理论的同时不能忽视中国叙事文学的独特性,要发掘中国叙事传统。"传统是无法断绝的,任何企图摆脱传统的努力几乎都属徒劳"①,"在以西方成果为参照系的同时,返回中国叙事文学本体,从作为中国文化之优势的历史文化中开拓思路"。② 1998 年,《中国文学研究》以"挖掘叙事学的中国之源"为题组织笔谈,认为"运用当代叙事学原理,对其(中国古代叙事思想)进行挖掘、整理,不仅对于继承中国古代文艺思想,而且对于发展、完善中国当代叙事乃至文学理论体系,都有重要意义"。③ 傅修延《先秦叙事研究:关于中国叙事传统的形成》(东方出版社 1999 年版)致力于研究先秦时期诉诸各种传播媒介——甲骨青铜、卦爻歌辞、神话史传、诸子言论、民间文艺与宗教祭祀等——的叙事形态,通过寻找叙事行为发生、成长与壮大的痕迹,以及观察传世典籍的贡献与影响,勾勒出中国叙事传统形成之初的基本轮廓。傅修延的另一力作《中国叙事学》(北京大学出版社 2015 年版)涉及神话、《山海经》、青铜、瓷以及契约、民间传说、赋等各类题材与体裁,从中国叙事的起源说起,梳理中国叙事传统的形成,同时对视觉叙事、听觉叙事、地方叙事等也有涉及,力图为中国叙事传统的形成提供更为合理的系统解释。赵炎秋主持的《中国古代叙事思想研究》丛书以西方叙事理论作为参照和理论背景,依据中国古代相关的理论著作和文学作品,对中国古代叙事思想做了比较深入系统的研究。丛书共分三卷,第一卷《先秦两汉叙事思想》(湖南师范大学出版社 2011 年版)由熊江梅撰写,主要研究中国古代叙事文学的源头神话、史传文学、杂史杂传以及叙事诗的叙事特点、叙事技巧、叙事思想以及它们对后来叙事思想及叙事文学的影响,提出"诗化"和"史化"对中国古代叙事思想有着深刻的影响。第二卷《魏晋至宋元叙事思想》(湖南师范大学出版社 2011 年版)由李作霖撰写,主要研究魏晋至宋元叙事思想的新发展及其原因,探讨六朝志人志怪小说、唐代传奇和宋元话本的叙事特点、叙事技巧、叙事思想以及

---

① 傅修延:《中国叙事学》,北京大学出版社 2015 年版,第 23 页。
② 杨义:《中国叙事学》,人民出版社 2009 年版,第 9 页。
③ 见《中国文学研究》1998 年第 1 期,载赵炎秋《中国古代叙事理论研究刍议》、毛宣国《历史、虚构与中国古代叙事》、墨白《简述神话以幻为真的叙事范型及古代志怪小说的叙事传统》、陈国安《明清小说评点与叙事学研究》等。

它们对后来叙事思想及叙事文学的影响，探讨本时期批评家的叙事思想。第三卷《明清叙事思想研究》（湖南师范大学出版社 2008 年版）由赵炎秋、陈果安、潘桂林合撰，主要探讨明清时期叙事思想的发展、特点与基本内容。作者从明清小说的体制形态看明清叙事思想，探讨这一时期的重要叙事学理论家如王国维、梁启超等的叙事思想，梳理近代叙事思想的变化，以《红楼梦》《海上花列传》为例分析了明清小说的叙事艺术。董乃斌《中国文学叙事传统研究》（中华书局 2012 年版）有感于中国文学史中抒情传统和叙事传统研究程度的不平衡，提出中国文学的叙事传统与抒情传统同样悠久而深厚，两大传统相辅相成，缺一不可。作者以文学研究的叙事视角发现、清理并描绘出这两种传统在中国文学史里的存在状态及其互动发展的历史过程，全面分析了中国古代文学各类文体中的叙事色彩，对中国文学叙事传统的内涵与特征进行了概括。按照古代叙事文学传统的溯源与重释的既有路径，通常会重点溯源于史传，但从上文的相关成果来看，实际上已不再局限于史传，而广泛涉及先秦以降的各种叙事因素包括主流与非主流、文字与非文字。比如张泽兵《谶纬叙事研究》（社会科学文献出版社 2013 年版）将谶纬纳入中国叙事传统中进行考察，利用叙事学理论来透视和理解汉代谶纬文学，总结谶纬叙事规律，认为谶纬叙事提供了叙事的元结构，促进"经纬为文"叙事观念的形成，并探讨它对文学叙事思维、叙事心理、叙事价值取向等方面的深刻影响。此类研究路径与成果，在理念上与《中国文学研究》倡导的"挖掘叙事学的中国之源"以及赵炎秋主持的《中国古代叙事思想研究》是一致的。

二是"中国叙事文化学"的提升与建构。"中国叙事文化学"正在逐渐形成和发展，越来越多的学者以自己的力量为它添砖加瓦。中国叙事文化学借鉴了西方主题学和叙事学的方法和理论，是"一种中学为体、西学为用的新型学术范式"。[①] 早在 20 世纪 90 年代，张开炎就在他的《文化与叙事》（中国三峡出版社 1994 年版）中率先提出"文化叙事学"这一理论构想。2009 年，学者谭君强、陈芳的论文《叙事学的文化研究与审美文化研究》（《江西社会科学》2009 年第 4 期）中，使用了"文化叙

[①] 刘大杰：《中国叙事文化学——西学中用的全新研究方法》，《书摘》2014 年第 5 期。

事学"概念。宁稼雨在他的两篇论文《主题学与中国叙事文化学的构建》（《中州学刊》2007年第1期）和《关于构建中国叙事文化学的设想》（《厦门教育学院学报》2009年第1期）中，也提出了"中国叙事文化学"这个概念。《天中学刊》2012年第3期和第4期"中国叙事文化学"专栏还刊出了郭英德《构建中国叙事文化学的学理依据》、陈文新《叙事文化学有助于拓展中西会通之路》、张国风《中国小说、戏曲研究新视角——简评宁稼雨中国叙事文化学理论》、宁稼雨《中国叙事文化学研究为何要"以中为体，以西为用"？——中国叙事文化学研究丛谈之一》等文章，他们充分肯定了中国叙事文化学的探索，并对其发展提出了各自的意见。此外，与此相关的个案研究也得到了迅猛发展，产生了数量丰富的研究论文。《天中学刊》自2012年开始开设"中国叙事文化学"专栏，近年来刊发了不少有关中国叙事文化学的文章。如李春燕《唐明皇游月宫故事的文本演变与文化内涵》（2013年第6期），张雪《木兰故事的孝文化演变及其文化内涵》（2014年第6期），齐凤楠《钱镠故事的文本演变与割据称雄主题》（2015年第6期），刘杰《汉武帝故事研究现状与展望——以中国叙事文化学为观照背景》（2016年第6期），王林飞《中国叙事文化学视域中的包公故事研究述论》（2017年第6期），郭茜《中国叙事文化学视域下的东坡故事研究》（2018年第3期），等等。

三是古代戏曲、诗歌、史传文体的叙事研究。这种超越小说之外文体的叙事研究，有助于丰富与拓展本土叙事学理论与方法体系。

其一是古代戏曲的叙事研究。戏曲作为一种独特的艺术样式在中国文论中也占据着重要的地位，但学界的叙事学研究却晚于小说文体。20世纪90年代，谭帆、陆炜《中国古典戏剧理论史》（中国社会科学出版社1993年版）将"叙事理论"纳入中国古典戏曲理论的学术范畴。由此"叙事理论"正式进入古典戏曲理论的研究领域。[1] 苏永旭主编《戏剧叙事学研究》（中国戏剧出版社2004年版）重在戏剧叙事学理论的总体研究、戏剧艺术的显在叙述方式研究、戏剧艺术的潜在叙述方式研究等，以戏剧的"文本叙述"和"舞台叙述"这样一种双重叙述为理论基点，提

---

[1] 参见张颖《中国古代戏曲叙事理论的回顾与反思》，《新世纪剧坛》2015年第6期。

炼并重点论述了"潜在的戏剧叙述""显在的戏剧叙述"和"反戏剧式的意象性叙述"三种基本叙述方式，由此建构别具一格的理论构架。对此，作者本人归结为五个方面的突破与建树。① 其他相关论文尚有：章利成《从〈史记〉到〈冻苏秦衣锦还乡〉看叙事焦点的转移》（《渭南师范学院学报》2012年第1期）、郭晓宁《明刊〈西厢记〉插图的图像叙事研究》（硕士学位论文，北京外国语大学，2015年）、杨绪容《毛奇龄评点〈西厢记〉的叙事论》（《上海大学学报》2016年第4期）、张颖《中国古代戏曲叙事理论的回顾与反思》（《新世纪剧坛》2015年第6期）、刘二永《古典戏曲叙事详略观念探微》（《吉林艺术学院学报》2016年第4期）、范辉《王骥德〈曲律〉戏曲叙事理论研究》（硕士学位论文，安徽大学，2015年）、李国栋《论〈桃花扇〉的叙事结构》（《四川戏剧》2015年第12期）、王琦《汤显祖戏曲文本叙事研究》（博士学位论文，江西师范大学，2017年）、张浩宇《李渔"一人一事"叙事理论的透视》（《视听》2018年第5期）等。

其二是古代诗歌的叙事研究。相比之下，古代诗歌通常被认为重抒情少叙事，但"以《诗经》（部分篇章）、汉乐府、南北朝民歌、唐代排律等为主要代表样式的叙事诗歌也蔚为大观"。② 另外，以屈原楚骚为代表的南方诗歌传统也同样具有丰富的叙事资源，所以古代诗歌的叙事研究亦以诗骚为本原。郑晓峰《周的史诗：〈大雅〉"五诗"的叙事特质》（《北方论丛》2018年第6期）认为《大雅》"五诗"集中体现了周的史诗或诗史的叙事性质，集中体现了中国式史诗带有强烈抒情色彩的叙事性、片段组接的完整性，以及精神意识中的民族性，是历史的诗化；孔鹏音《屈原〈九歌〉的叙事学研究》（硕士学位论文，山东大学，2015年）认为诗歌文体从诞生之际就和记事、记史密切相关，是叙事文学不可或缺的重要组成部分。《九歌》作为先秦时期优秀的富于叙事性特征的诗歌，文化背景神秘、人物角色众多、戏剧色彩浓厚，是叙事学研究的良好文本。所以两文分别引入叙事理论与方法对《大雅》"五诗"与屈原

---

① 苏永旭：《戏剧叙事学研究的五个重要的理论突破》，《中国戏剧》2003年第5期。
② 李鸿雁、曹书杰：《中国古典叙事诗研究综述》，《古籍整理研究学刊》2009年第3期。

《九歌》进行叙事学分析，旨在为诗歌叙事学研究提供新的案例与成果。其余值得关注的还有彭红卫、杜娟《楚辞中女性叙事视角及成因探析》(《三峡论坛》2018年第5期)、陈瑾《论"元白"五言百韵诗的叙事性》(《西安建筑科技大学学报》2018年第3期)等，其中陈文从叙事内容、叙事技巧分析了"元白"五言百韵诗的叙事性及其成因。此外，也出现了一些重在学理思考与探索的论文，李鸿雁、曹书杰《中国古典叙事诗研究综述》(《古籍整理研究学刊》2009年第3期)整理了学界有关古典叙事学的研究。抒情诗的叙事性一般很少被人关注，谭君强《论抒情诗的叙事动力结构——以中国古典抒情诗为例》(《文艺理论研究》2015年第6期)认为抒情诗与叙事文本一样有推进叙事进程的叙事动力。抒情文本中的叙事动力结构可以在时间、逻辑与空间关系这三种关系中表现出来，它们所形成的叙事动力与读者动力相结合，共同推进抒情诗的叙事进程。

其三是古代史传的叙事研究。此与上文所论古代叙事文学传统的溯源与重释息息相关，虽有不少学者从更为广泛的传统资源寻找和发掘富有中国特色的叙事传统，但史传显然是最为直接、最为丰厚的叙事渊源，是独具中国特色的一种叙事范型。倪爱珍《史传与中国文学叙事传统》(中国社会科学出版社2015年版)、刘云春《明清小说与历史叙事》(西南交通大学出版社2017年版)都对此作了系统的探讨，前书对从史传叙事到文学叙事的发展脉络做出了较为细致的梳理与勾勒，援引叙事学理论对其内涵进行概括、提升，总结在史传影响下形成的中国文学叙事传统的特点，并进一步深入研究它对后世叙事文学的影响；后书借鉴东西方文史理论，主要探讨明清小说与传统历史叙事的关系，从文史互文、叙事技巧、叙事伦理、文体演变等角度探讨史传传统与明清小说的关系。林沙欧《中国古代小说体叙事的历时性研究》(博士学位论文，浙江大学，2011年)将中国古代叙事文体的发展梳理为历史叙事—六朝志怪—唐传奇—话本小说—"四大奇书"的脉络，从这一发展脉络入手，在文体的传承和文体生成的"社会—历史"语境中对中国古代小说的叙事观念、叙事者、叙事视角、叙事时间和叙事结构等五个叙事范畴作具体的考察，进而从这一考察中，来探讨中国古代小说体叙事的历时性变化的特点。归根到底，还是远溯至先秦史传叙事传统，以先秦史传叙事作为中国叙事学的渊源与发端。至于葛鑫《〈史记〉对四大名著的叙事影响研究》（博士学位论文，中央民族大学，2010年）、何悦玲《章回小说叙事的〈春秋〉渊源》（《浙江学刊》2011年第1期）、邹文贵、李英霞《〈左传〉叙事模式简论》（《佳木斯大学社会科学学报》2018年第3期）等文，则具体聚焦于特定史传经典的溯源与研究。

从20世纪80年代中叶西方叙事学传入中国，迄今不过30余年。通常来说，一种新的思维、理论从传入到扎根生长开花结果，总是需要一个较长期的过程。一方面，研究者要对新的东西进行消化吸收，在这一过程中应该允许走弯路、犯错误乃至食洋不化的现象存在；另一方面，外来思维、理论与中国文学发展的实际相结合，还需要选择新的话语形式。不管是名词术语的确定，还是单纯文字的表述，都应该允许有一个尝试、失败、再尝试到最后优胜劣汰的过程，最终产生为研究者所共同接受的话语表达方式。但与其他诸多外来理论相比，中西叙事学的相互交融以及中国叙事学的理论建构都是相当成功的，这一方面足以印证叙事学在中西文学中的共通性，同时也充分显示了本土学界为此所付出的种种努力，尽管历时不长，但成果粲然可观，而且前景广阔。可以毫不夸张地说，经过几十年的发展，引自西方的叙事学的种子已经深深地扎根于中国的土地上，经过几代人的灌溉和精心养育而逐渐繁茂。就理论发展而言，我们不再一味地使用西方的叙事学理论来套中国的作品，我们把根伸向土地更深处，去找寻属于自己的叙事传统，甚至建立起中国本土化的叙事理论，从中国传统的角度切入使得中国的叙事研究获得了前所未有的深度。就研究对象而言，涉及神话、青铜铭文、史传散文、先唐志怪、诗词笔记、宋元话本、明清小说、戏曲等方方面面。就研究视角而言，学者们从各个角度切入，找到一些诸如图像叙事、听觉叙事等以往被忽略的叙事现象。就研究维度而言，既有纵向的作品与作品之间的接受影响研究，也有横向的作品与作品之间的对比研究。中国叙事学以博大的胸襟借鉴适合中国古代叙事文学实际的西方理论，兼收并蓄中西方叙事研究成果，同时不忘中国叙事传统，尊重中国传统中的叙事方法、叙事特点和叙事诉求，构建起颇具中国特色的叙事体系。

当然，中国叙事学研究还存在很多不足之处。中国本土化叙事理论虽然在不断建构，但无论从研究的深度还是广度来说还存在很大的进步空间，要形成一个能与西方叙事理论相抗衡的叙事话语体系还有待时日。同时，中国叙事学的研究范畴虽然也在逐渐扩大，涉及神话、青铜铭文、史传散文、先唐志怪、诗词笔记、宋元话本、明清小说、戏曲等方方面面，但还是存在"冷热不均"的现象，热度较高的依然是《红楼梦》《三国演义》《金瓶梅》等作品，诸如戏曲等方面的研究依然不多。新兴的插图叙事、听觉叙事正值开荒拓土之际，无论是理论研究还是案例研究还不够成熟，需要更多的研究者倾注心力。假如从更高的要求来看，与西方叙事学中国化相反相成的是中国叙事学的世界化，这是时代赋予中国叙事学理论更高的使命。早在2004年12月，由漳州师范学院、《文艺报》报社、《文艺理论与批评》杂志社策划组织了全国首届叙事学学术研讨会，会议重点议题之一即探讨叙事学怎样中国化，中国叙事学研究如何与世界叙事学研究接轨。[①] 而本次会议之后结集出版的论文集即以《叙事学的中国之路：全国首届叙事学学术研讨会论文集》[②] 为名，也显示出中国叙事学的理论建构依然任重而道远。傅修延《叙事学勃兴与中国叙事传统》，刘勇强《中国古代小说的叙事学研究反思》也都站在新世纪的学术制高点上对此作了新的反思和建议，刘文指出叙事学对于古代小说研究最重要的意义是改变了以往小说艺术分析的单一思路。20世纪统摄于思想内容之下的艺术分析是以人物为中心的，而叙事学之于小说研究则是以情节为中心的，它赋予了中国古代小说研究的新视野，表现出了它在中国古代小说研究中的适应性、有效性。随着叙事学在古代小说研究中的普遍运用，其局限性也逐渐暴露。比较突出的问题是，它已形成了某种套式，缺乏价值判断，影响了研究的深度，并难以与古代小说其他方面的研究协调。如何发掘古代小说在叙事上的创新，同时又能兼顾小说艺术的整体评价，使叙事学具有价值评判的维度，是一个值得我们认真对待的问题。为了

---

① 《叙事学的中国之路——全国首届叙事学学术研讨会发言摘要》，《漳州师范学院学报》2005年第1期。

② 《叙事学的中国之路：全国首届叙事学学术研讨会论文集》，中国社会科学出版社2006年版。

切实推进古代小说的叙事学研究，努力探寻适合古代小说的叙事学命题既是必要的，也是完全可能的，而中国传统的小说理论则是一个可以充分激活的资源。① 傅文则提出建构一种更具"世界文学"意味的叙事理论与叙事学，让中国叙事艺术在其中获得应有的位置，是目前叙事学研究的当务之急。② 两文都富有启示意义。

第三节 古代文学的阐释学研究

"所谓阐释学，大致说来，是指探讨理解（认识）与阐释如何可能以及如何发生的一门学问。"③ 阐释学，又称为诠释学、解释学和释义学等，是欧洲20世纪60年代与存在主义、结构主义等同时崛起的重要思想流派。1960年，伽达默尔出版《真理与方法》一书，标志着西方现代阐释学正式形成。80年代"文化热"兴起后，西方阐释学理论和著作得到广泛的译介和引进，促使了中国古代阐释学理论研究率先在哲学领域进行，稍后又延伸到文学等领域里。21世纪，中国古代阐释学理论研究同时在哲学和文学领域取得了不少成果，阐释学理论研究实现了由西方引进到本土建构的初步完成。阐释学的理论研究成果直接或间接地引导和激发了古代文学的文本阐释，特别是经典文本阐释在新世纪得到了繁荣发展，许多研究者都有意无意地在阐释学思维的导向下对传统经典文本进行重释和讨论，古代阐释学研究也实现了由理论重构到批评重释的实践转换。

一 古代文学与阐释学理论建构

早在20世纪70年代，钱锺书等学者就开始介绍、引用西方阐释学理论（如《管锥编》）。80年代"文化热"兴起后，西方阐释学理论得到系统的翻译和介绍。1984年，张隆溪在《读书》杂志第2、3期上连续发表了

---

① 刘勇强：《中国古代小说的叙事学研究反思》，《明清小说研究》2011年第2期。
② 傅修延：《叙事学勃兴与中国叙事传统》，《江西社会科学》2007年第10期。
③ 李清良：《中国阐释学》，湖南师范大学出版社2001年版，第1页。

《神·上帝·作者——评传统的阐释学》和《仁者见仁，智者见智——关于阐释学与接受美学》等文章；1985、1986年，旅居美国的华裔学者叶维廉在台湾《联合文学》上发表了《中国古典诗中的传释活动》《与作品对话——传释学初探》，试图建立中国的传释学。但阐释学在中国的本土化以及在古代文学研究中的应用，则首先有赖于西方阐释学理论的连续而深入的译介，兹以时间为序罗列如下：1986年，辽宁人民出版社出版了张汝伦《意义的探究——当代西方释义学》；1987年，辽宁人民出版社出版了伽达默尔《真理与方法——哲学解释学的基本特征》；1988年，生活·读书·新知三联书店出版了殷鼎的《理解的命运——解释学初论》；1991年，湖南文艺出版社出版了金惠敏等人所译伊瑟尔的《阅读行为》；1992年和1994年，上海译文出版社又分别出版了伽达默尔的《真理与方法》和《哲学解释学》。至此，西方阐释学理论得到了全面系统的介绍与引进。

西方阐释学的译介促进了中国阐释学研究的兴起与发展。诚如刘上江、刘绍瑾《阐释学、接受理论与20年来中国古代文论研究述评》一文所言，借鉴西方理论研究中国古代的阐释学、接受诗学，在近20年来的中国古代文论研究领域形成一个不小的热点。在对西方理论的认识、借鉴、吸纳与创新中，中国学者开始了创建中国文学阐释理论、建构中国古代接受诗学体系的努力。这一学术活动，不仅是对中国古代文论研究的拓展和深化，也势必对中西比较诗学、中国传统文论的现代转型等重大问题提供启示。① 从90年代初开始，就有学者对中国阐释学理论进行了探讨，如1992年广东省古代文论研究年会曾以笔谈"《诗》无达诂"作为年会主题，要求着重探究阐释学、符号学和接受美学等西方读解理论与"诗无达诂"的联系，以期有批判地借用西方的理论来整理、论析"诗无达诂"的诗学意义和创作欣赏的实践意义，② 但实际效果并不理想。此后陆续发表的论著有：周光庆《中国古典解释学研究刍议》（《华中师范大学学报》1993年第2期），龙协涛《中西读解理论的历史嬗变与特点》（《文

---

① 刘上江、刘绍瑾：《阐释学、接受理论与20年来中国古代文论研究述评》，《深圳大学学报》2006年第1期。

② 《岭南古代文艺思想论坛》第1辑，暨南大学出版社1993年版，第315页。

学评论》1993年第2期），普慧《试论中国古代文学批评中的解释学思想》（《文艺理论研究》1994年第2期），董洪利《古籍的阐释》（辽宁教育出版社1993年版），等等。周光庆、普慧分别就中国古典解释学相关理论与中国古代文学批评中的解释学思想作了初步探讨，后文谈到"如果结合西方现代解释学的理论，重新审视中国古代文学批评，就可以发现，在我们传统思想中，已经孕育着现代解释学的强烈胎动。这意味着西方阐释学本土化与文学化历程的正式启动。

世纪之交，从引进西方理论走向创建中国阐释学业已成熟，并受到了各界的高度重视。当时有些学术杂志如《学术界》还开辟了"中国经典解释学研究"专栏，刊有汤一介《论创建中国解释学问题》[1]、周光庆《中国古典解释学方法论反思——兼与杨润根先生商榷》[2] 等文，对中国古典解释学的理论进行了探讨和研究。但总体来看，是非文学界的学者占据了舞台中心位置，他们几乎都以创建中国阐释学为宗旨，而不仅仅限于文学领域。首先，是以汤一介为代表的中外哲学界的深度参与，有力促进了阐释学的理论建构。1998年，汤一介在刊载于《中国社会科学》第1期的《辩名析理：郭象注〈庄子〉的方法》一文最后提出有关"创建中国解释学的理论与方法问题"。同年，又发表了《能否创建中国的解释学》，[3] 此与分别发表于2000年、2001年的《论创建中国解释学问题》、[4]《再论创建中国解释学问题》[5] 等文，系统提出了"创建中国的解释学"的构想。[6] 2003年，伽达默尔研究专家洪汉鼎主编的"诠释学与人文社会科学"丛书由上海译文出版社出版，旨在分学科展示诠释学在各个领域的理论建树，并对相关问题进行梳理与阐释。其中有来自哲学界的潘德荣

---

[1] 汤一介：《论创建中国解释学问题》，《学术界》2001年第4期。

[2] 周光庆：《中国古典解释学方法论反思——兼与杨润根先生商榷》，《学术界》2001年第4期。

[3] 汤一介：《能否创建中国的解释学》，《学人》1998年第13期。

[4] 汤一介：《论创建中国解释学问题》，《学术界》2001年第4期。

[5] 汤一介：《再论创建中国解释学问题》，《中国社会科学》2000年第1期。

[6] 几乎与汤一介同时，明确提出建立中国特色的解释学体系和方法论的还有美籍华人傅伟勋、成中英和台湾大学历史系黄俊英等。

所著《文字·诠释·传统——中国诠释传统的现代转化》，以及来自比较文学界的刘耘华所著《诠释学与先秦儒家之意义生成》，两书皆为阐述中国诠释传统，并进行中西方诠释学比较研究的著作。前书立足于中国的语言、文字以及训诂传统，对《易经》解释传统的特征、朱熹的解释理论以及成中英、傅伟勋等人的现代诠释理论进行剖析与梳理，为读者勾勒出了中国古代与近现代的诠释基本状况与特点。作者通过比较研究，进而向我们揭示中西诠释传统在理解方法论上的基本差别，他们分别基于语言中心论与文字中心论，并由此而建立了倾听哲学与观的哲学；后书以西方诠释学为参照，以《论语》《孟子》《荀子》为个案，对先秦儒家的意义生成问题及其特点与具体表现做出了独特而深入的阐析。结论部分将书中有所涉及的六个重要的"诠释问题"提出来予以总结，注重在纵向的关联之中来了解这一问题的因循继承与发展变化。二是来自语言学界的周光庆与李清良。周光庆自90年代初就开始致力于中国古典解释学研究，2002年由中华书局出版专著《中国古典解释学导论》。该书从中华文化经典的历史存在出发，以西方解释学理论为参照，对中国古典解释学的发生发展的历史过程、典范体式和解释方法论等进行了系统的梳理与研究，特别是对"语言解释方法论""历史解释方法论""心理解释方法论"等中国古典解释学相互贯通和相互发明、具有鲜明的民族特色的解释方法论系统进行了深入的挖掘和总结。李清良于2001年出版了《中国阐释学》（湖南师范大学出版社）一书。全书分为"导论""语境论""'时'论""理解根据论""理解过程论""阐释论"等六大部分，从中国文化的基本观念出发，希望系统清理中国阐释学理论，建立中国阐释学的基本体系。作者指出，中国古代学术阐释的基本方法是"双重还原"法，即"本质还原法"和"存在还原法"，前者是向事物的原初状态还原，后者是向领会的原初状态还原。中国古代学术阐释的基本方式是"解喻结合"方式，"解"即解说式阐释方式，主要通过字句的训释解说文本原意；"喻"即譬喻式阐释方式，主要通过提供不同的语境显示文本用心。① 上述著作的问世，标志

---

① 参见刘上江、刘绍瑾《阐释学、接受理论与20年来中国古代文论研究述评》，《深圳大学学报》2006年第1期。

着借鉴和吸取西方理论的中国阐释学理论建构已初步完成。

再就文学界而言，与哲学领域研究一样，文学阐释学理论研究首先源于译介、引进西方理论。1988年，张弘翻译了美国戴维·霍伊《批判的循环——文学、历史和哲学阐释学》一书，更名为《阐释学与文学》，作为"X与文学丛书"系列由春风文艺出版社出版。此书还是偏重于伽达默尔的"哲学阐释学"的理论介绍，只是在最后一章才论及文学阐释学理论。1998年，张隆溪《道与逻格斯》英文本翻译后由四川人民出版社出版。该书沿着钱锺书中西解释学理论"对话"的路子，从跨文化的角度探究了中西方文化解释学理论的共通点，提出了一系列理论主张和理论见解，对国内的文学阐释学理论起到了重要推动作用。金元浦《文学解释学》[①] 作为国内第一部以文学解释学命名的理论专著，主要以西方现代阐释学和接受美学为参照系来探讨文学解释学的相关理论问题，同时对于中国古代的文学阐释学理论也进行了初步的梳理与勾勒。进入21世纪之后，文学阐释学理论研究得到很大进展，周裕锴《中国古代阐释学研究》（上海人民出版社2003年版）通过收集分析散见于各种典籍中有关言说和文本的理解与解释的论述，探讨了经学、玄学、佛学、禅学、理学、诗学中蕴藏的丰富的阐释学理论内涵，由此揭示出中国古代阐释学理论发展的内在逻辑以及异于西方阐释学的独特价值。周裕锴为正宗的古代文学与文献学专家，其《中国古代阐释学研究》正与刘耘华《诠释学与先秦儒家之意义生成》《诠释的圆环：明末清初传教士对儒家经典的解释及其本土回应》（北京大学出版社2005年、2006年版）一样，尽管都远远超越了文学范围，但毕竟已在书中正面涉及诗学领域。诚然，就学术贡献而言，当以李咏吟为杰出代表，他先后出版了一系列与解释学相关的著作，如《诗学解释学》（上海人民出版社2003年版）、《创作解释学》（广西师范大学出版社2003年版）、《解释与真理》（上海译文出版社2004年版）。《诗学解释学》论述了解释学法则与诗学解释学的构建，诗学解释学与创作的价值观，以及中国诗学解释学的现代走向等内容，认为："诗学解释的基本目标是：通过话语构建最大限度地揭示作品自身所具有的'艺术深度和

[①] 金元浦：《文学解释学》，东北师范大学出版社1997年版。

思想深度'。"①《创作解释学》则立足于创作实践本身，运用解释学的理论和方法，对创作活动进行了极富美学意味的学理考察。此外，邓新华《中国古代诗学解释学研究》（中国社会科学出版社 2008 年版）则是一部全面系统研究中国古代诗学解释学的论著，该书主要以西方现代阐释学理论为参照，在中国传统文化的大背景下，对中国古代诗学解释学的阐释原则、文本理解途径、诗性阐释方法以及与儒释道思想之间的关系等都进行了比较深入的研究。作者认为，中国古代诗学解释学有两个阐释原则，即"以意逆志"论和"诗无达诂"论；有三种文本理解途径，即"品味""涵泳"和"自得"；有三种诗性阐释方式，即"象喻""摘句"和"论诗诗"等诗性阐释方式；儒家的"依经立义"论、道家的"得意妄言"论和释家的"妙悟""活参"论对中国古代诗学解释学有重要影响。再如刘明华等《文化视野下的中国古代文学阐释》（中华书局 2008 年版）采取的是文化学阐释的路向，以经典作家、作品，或某一重要的文学现象及文学公案为对象，从不同的角度入手进行深入分析和研究，解读其丰富的文学意味或文化意味。作者还希望这些个案研究的不同角度能在整体感上产生方法论方面的意义，即作家作品研究在文化视野下可能产生的多重解读，以及文学研究方法的多样性的存在，充分体现了文化视野与人文情怀的相互交融。以上诸书，充分显示了古代文学阐释学理论建构与实践探索的重要进展和突破。

与此同时，还有一系列尝试古代文学研究与阐释学理论的结合的论文陆续问世。刘士林《从概念分析到转换思维方式——试谈古代文学概念的阐释方法问题》（《淮阴师范学院学报》2001 年第 3 期）既是一篇方法论之作，同时又具有概念辨析的意义，认为对古代文学概念进行阐释的真正困难，在于古今思维方式的本体差异和不同，因此，解决问题的关键就在于如何改变现代人的思维方式，以便能够认同古人的思维方式，并按照古人的思维方式来把握古代文论概念的真实内涵。葛景春《古代文学研究与现代阐释》（《殷都学刊》2002 年第 1 期）、张丽红《在文化语境中阐释中国古代文学》（《大连民族学院学报》2015 年第 4 期）与罗翠梅、梁俊仙、班秀萍《中国古代文学文化价值的当代阐释》（《河北大学学报》2015 年第 5

---

① 李咏吟：《诗学解释学》，上海人民出版社 2003 年版，第 1 页。

期）都从文化学的维度入手，学术理路相近。葛文强调文学阐释的现代性取向，认为任何文化古籍，都是借着历代新的阐释，它才能与一代代人的思想观念相沟通、相联系，才能作为思想和文化资源，被后人所利用、吸收，它们才能起作用。现代阐释激活了古代文化的生命。文化传递犹如接薪，需要代代用"新火"点燃传续，现代阐释是中国传统文化的新的生长点。左东岭《中国古代文学思想阐释中的历史意识》（《首都师范大学学报》2015年第6期）则强调文学阐释的历史意识，提出中国古代文学思想的阐释需要以弄清历史原貌为其基本原则，因此在其阐释工作中应该具备三种历史意识。一是关注古今观念之间所存在的明显差异；二是对承载中国古代文学思想文献的不同文体特征的考察与把握；三是对于古代文论文献所产生的具体历史语境要进行认真的探讨与辨析。阐释中国古代文学思想，既需要深入了解本体阐释学与解构主义所指出的传统阐释学的种种缺陷，同时更要遵循历史研究的原则，在阐释工作中才能不断地接近历史的原貌。袁世硕《文学史与诠释学》（《文史哲》2005年第4期）、余宏《文学史撰写与诠释学》（《扬州大学学报》2011年第5期）两文都重在阐述文学史与诠释学的关系，前文认为诠释学是对文学作品如何进行诠释的学问。诠释学的基本问题也是文学史研究的基本问题。诠释基本上是一种认识，文学作品对诠释有一定的规定性。对古代文学作品的诠释，历史条件的重建是应有之义，诠释的原则是科学的历史主义；后文提出哲学诠释学经过一百多年的传播和发展与文学结下了不解之缘，而文学史作为文学活动的重要组成部分，与诠释学的关系密不可分。从史料、史观与史撰三方面均可看出细致入微的分析诠释在文学史撰写中的奠基意义。

党圣元《返本与开新：本体性阐释与中国古代文论当代性意义生成问题》（《西北大学学报》2008年第1期）、姜克滨《论强制阐释与审美化本体阐释——20世纪中国古代文学研究反思》（《海南大学学报》2018年第2期）以及李春青的一些论文则多从文艺理论的视角与阐释学进行互释与重释。党圣元、姜克滨两文都从文学批评的视角主张回归文论"本体性的阐释"。前文借鉴西方"本体性的阐释"概念与理论对中国传统文论的当代性意义进行新的阐释，认为中国古代文论当代性意义和价值的生成、其作为地方性知识上升为普适性知识的一个重要途径是对古代经典的重新"阐释",西方现代解释学有关经典阐释的基本观念,超越了传统的解释学理论,实现了由方法到本体的重大转向。这种阐释之本体化转型,较好地回应了经典阐释活动中诠释个体与经典文本、主观与客观、传统与现代乃至唯科学主义与人文主义等诸要素之间的矛盾等问题,对于推动中国古代文论研究的深化具有重要的参照意义。我们可以把这种本体化阐释,作为中国古代文论研究进一步发展并不断实现其当代性价值的基本路径;后文进而将"本体性的阐释"定位于"审美化本体阐释",以此矫正来自西方的"强制阐释",强调古代文学研究要摆脱强制阐释的怪圈,必须回到"本体阐释"的道路上来,我们倡导"审美化本体阐释",即关注文学作品的"美"的特质,研究者以"审美感受力"为出发点对作品进行美学阐释。"审美化本体阐释"可以纠正"强制阐释"与"过度阐释"的弊端,将审美的研究与阐释放在首位,这是古代文学研究发展的必由之路。李春青《论中国古代文学共同体的形成机制及其阐释学意义》(《西北大学学报》2018 年第 1 期)、《论中国古代文学阐释的生产性问题》(《社会科学辑刊》2019 年第 2 期)则选择了一个新的视角,前文以"共同体"作为文学阐释的工具性概念之中,据此将在中国古代文学共同体的产生和演变归纳为"贵族文学共同体""经学文学共同体""介于自律与他律之间文学共同体"和"自律的文学共同体"等四种形态,并认为从这一视角出发可以发现诸如文学评价标准的形成、文学的"区隔"功能等许多值得探讨的问题。后文在引入"生产性批评"理论,认为"生产性批评"不是对文学现象的归纳或总结,而是要解读出文本字面意义中所没有的含义与意义,并通过这种解读参与更大的社会文化、意识形态的话语建构。如果用生产性批评的眼光来审视中国古代文论话语,我们可以发现其中蕴含着许多从以往的研究视角难以发现的意义。把生产性作为一种视角来对古代某些《诗经》阐释以及"自然"和"远"两个重要批评概念含义的历史演变进行梳理和分析,有助于揭示出以往未见的古代文学批评与社会政治、文化存在的复杂关联。与上述理路相关联,郭明浩《"述而不作"与中国阐释学》(硕士学位论文,湖北民族学院,2010 年)、唐爱明《中国古代文学阐释学的"以才学为注"》(《求索》2009 年第 8 期)等文也着眼于传统文论重释的视角。

整体论述之外，还有一些重在特定文体、专题或个案的论文，举其要者有：李祝喜《杜甫〈丽人行〉的文化学阐释——兼论中国古代文学中的宰相形象》（《武警工程学院学报》2004年第1期），邹其昌《朱熹诗经诠释学美学研究》（商务印书馆2004年版），张朝富《汉末魏晋文人群落与文学变迁之走向——关于中国古代"文学自觉"的历史阐释》（博士学位论文，扬州大学，2005年），李剑亮《宋词诠释学论稿》（人民文学出版社2006年版），钟厚涛《场域生成与话语规训——论先秦子学时代的勃兴及其对文学阐释思想的导向》（《东方丛刊》2009年第1期），王晓玲《清代〈史记〉文学阐释论稿》（博士学位论文，陕西师范大学，2012年），李春青《论"五四"前后关于文学阐释方式的几种尝试》（《中国人民大学学报》2019年第3期），等等，恕不赘述。要之，中国古典阐释学的理论研究不仅为中国古代文学的文本阐释提供了理论资源和方法借鉴，而且创新了思维导向，强调从文本阐释角度来诠释和研究古代文学。

二 古代文学经典的阐释模式

阐释学的批评实践以经典重释为典型代表，虽然阐释者并不一定是有意地借鉴和运用阐释学的理论知识，但阐释者的文本解读方法和思维则与阐释学的相关理论方法具有某种暗合性。鉴于长期以来经典概念本身存在的歧义与争议，谭军武《论"经典"——对一个文学概念的问题式考察》（博士学位论文，南京大学，2014年）力图通过梳理西方经典理论的历史演变轨迹，重点围绕关键词的核心理论问题，展开一种历史性的、语境化的、问题式的考察，以还原"经典"这一关键概念的理论本相，并建立一个参照比较的框架，对于我们进入经典论争的事实现场、厘清诸多文学研究的基本议题，具有正本清源的重要意义。而从实践层面来看，经典名著阐释涉及文史哲的各个领域，但是通过现代媒介传播而具有公众影响力和引起公众讨论争鸣的经典名著则几乎都是一些较为典型的名著。举其要者文学经典有《三国演义》《水浒传》《西游记》《红楼梦》《聊斋志异》等，史学经典有《史记》《汉书》等，哲学经典有《论语》《庄子》等先秦诸子经典。经典名著阐释方式因阐释主体的多重化也走向多元化，但从阐释的范式和内容来看，主要有三种：即"大话"经典、"代读"经典和

"还原"经典。三种经典重释分别体现了娱乐文化、通俗文化和学院文化对于经典的不同诉求和阐释方式,其出现具有一定的时间先后性。

1. 经典"大话"系列。大话经典是最早源于1994年香港无厘头电影《大话西游》对《西游记》的重释。这种阐释方式是通过经典的二次再创作来对经典内容进行间接阐释。其再创作的基本特征就是"用戏拟、拼贴、混杂等方式,对传统或现存的经典话语秩序以及这种话语秩序背后支撑的美学秩序、道德秩序、文化秩序等进行戏弄和颠覆",经典不再是"高高在上的膜拜对象",而"成为了一种可以被偷袭、盗取的文化资源"。①《大话西游》虽然最早票房惨淡,但到了90年代末期却风靡整个内地。"大话"狂烧体现了中国市场经济走向纵深时人们对于传统价值观的颠覆和对于文化娱乐和消费的需求,具有文化发展风向标的意义。进入21世纪,大话经典由娱乐化走向实用性,一批大话经典的作品以四大小说名著为底料,通过二次创作,将经济、管理和励志等相关内容进行了重新阐释。最早的是2003年成君忆的《水煮三国》,2004年这种大话经典达到高潮,生产了许多同类作品。新世纪的经典大话体现了文化实用性特征,也是一种文化消费行为。总体而言,大话经典体现了娱乐文化对于经典消费的诉求,具有娱乐性、消费性和实用性等强烈的现实性色彩,与市场经济繁荣发展的时代背景密切相关。

2. 经典"代读"系列。梅新林、葛永海《经典"代读"的文化缺失与公共知识空间的重建》一文率先提出"经典代读"的概念,"经典代读"是以央视"百家讲坛"的经典重释为典型,指"由学者个体阅读取代大众阅读",并且借助电视等电子媒体向大众群体灌输学者个人对经典阐释的理解,而大众群体对经典的接受不是自己阅读经典直接获得而是通过学者的阐释间接获得。因此,代读经典是由学者阐释、媒体传播与大众接受三者共同完成的一种经典重释方式。②"百家讲坛""代读"过许多经典涉及文史哲等各个学科领域。其中,以2005年刘心武"揭秘红楼

---

① 陶东风:《"大话文化"与文学经典的命运》,《中州学刊》2005年第4期。
② 梅新林、葛永海:《经典"代读"的文化缺失与公共知识空间的重建》,《中国社会科学》2008年第2期。

梦"、2006 年易中天"品三国"和于丹《论语》《庄子》心得系列最有社会轰动效应，也最具典型性。代读经典的最大特点就是通俗化，以大众群体乐闻的语言诠释经典，而阐释者的个性特征则通过电视媒体统一包装后成了迎合大众群体口味的"公众"特征。代读经典体现了通俗文化对于经典阐释的诉求，折射了快餐文化时代大众群体对于经典的渴望而又无意或无能直接阐释经典的文化怪圈。

3. 经典"还原"系列。还原经典是对经典原初面貌和本来含义进行还原研究，除祛原先阐释中过度诠释的附加内容或单向维度造成的阐释缺憾，是一种学院化的学术研究，以李零的《论语》解读和杨义的"诸子还原"为代表。李零的《论语》解读主要有《丧家狗——我读〈论语〉》（山西人民出版社 2007 年版）和《去圣乃得真孔子——〈论语〉纵横读》（生活·读书·新知三联书店 2008 年版）两书。李零重释《论语》是为了恢复"孔子的本来面目"，对"人造"的"假孔子"打假，以达到"去圣"之效。李零认为："孔子并不是圣人。历代帝王褒封的孔子，不是真孔子，只是'人造孔子'。真正的孔子，活着的孔子，既不是圣，也不是王，根本谈不上什么'内圣外王'"，而是"怀抱理想，在现实世界找不到精神家园"的"丧家狗"。① 杨义的"诸子还原"是对先秦诸子著作进行还原研究，先是发表了《〈论语〉还原初探》（《文学遗产》2008 年第 6 期）、《〈庄子〉还原》（《文学评论》2009 年第 2 期）、《〈韩非子〉还原》（《文学评论》2010 年第 1 期）等文章，2011 年又由中华书局推出《墨子还原》（中华书局 2001 年版）、《韩非子还原》（中华书局 2011 年版）、《老子还原》（中华书局 2011 年版）和《庄子还原》（中华书局 2011 年版）四部专著。杨义从"家族脉络、地理脉络、诸子游历的脉络、年代沿革的脉络以及诸子的编辑学"等五条"脉络"对先秦诸子进行"西方的分析式阐释和本土的感悟式阐释"，以期还原诸子，"重新树立文化创造的信心"和"寻找文化精神的家园"。② 还原经典体现了学院文化对于经典阐

---

① 李零：《丧家狗——我读〈论语〉·自序》，山西人民出版社 2007 年版。
② 杨阳：《还原诸子，解码文化 DNA——专访杨义研究员》，《中国社会科学报》2009 年 8 月 20 日。

释和学术研究的世纪反思,这种反思既折射了对消费文化和快餐文化过度娱乐化的不满,也折射了对学院内部学术研究的"失真"状态不满。

三 古代文学经典阐释的讨论

自20世纪90年代中后期电影《大话西游》问世、走红至21世纪一批以"麻辣""烧烤""水煮"为名的仿作出现,经典名著成为文化消费的重要对象,消费文化对经典再创作和重释产生了很大的消极影响,由此引发了经典重释的第一波讨论和争鸣。2004年中央电视台《百家讲坛》因收视率要求而转型后,随着刘心武、易中天、于丹等人先后登台亮相,大众媒体与学者共同演绎的经典阐释,由于其观点、方法和价值导向等不同于精英主流,又引发了经典重释的第二波讨论和争鸣。先是2006年红学研究专家对刘心武"揭秘红学"的批评,后是2007年对易中天、于丹以及《百家讲坛》的批评。这波讨论异常广泛,从草根平民到学院派精英,从报纸杂志到网络博客,都纷纷加入讨论之中,"倒"与"挺"形成了态度鲜明的两派。李零据大学讲义整理而成的《丧家狗——我读〈论语〉》于2007年出版后,因其观点抵触传统儒家观念而遭到大陆"新儒家"陈明、蒋庆、康晓光等人的严厉批评,由此引发经典重释的第三波讨论和争鸣。此外,由于经典化理论自20世纪90年代中期由国外引进后,在21世纪得到了深化和发展,经典化理论研究中也时有牵涉经典阐释方面的讨论,从而为上述三波讨论推波助澜。上述三波讨论有一定的时间先后,但同时又存有叠加。其讨论和争鸣所涉及的主要问题有以下几点。

其一,关于经典重释中消费性价值取向问题的讨论。文化消费时代经典重释的消费性和商业性特征是无可否认的。而经典消费对于价值导向的负面作用也极大,赵学勇指出:"在消费文化语境中,文学经典已经被纳入整个社会的消费系统,公众会更多地倾向于将文学经典也作为商品的一次性消费,而忽略对其意义的历时性发掘,使得经典也遭遇时尚一般转瞬即逝的命运。"[①] 陶东风则进一步指出大话经典在"对历史上的文化经典进行戏拟、拼贴与改写,以富有感官刺激与商业气息的空洞能指"时,

---

[①] 赵学勇:《消费时代的"文学经典"》,《文学评论》2006年第5期。

极大地"消解经典文本的深度意义与艺术灵韵,撤除经典的神圣光环,使之成为大众消费文化的构件与装饰"。① 因此,经典之所以为经典的超越时代的文化精神和艺术魅力被消费文化彻底解构,其结果是"传统意义上的文学经典在消费社会的命运是:走向终结"。② 对此,也有少数人持相反的乐观态度,认为消费文化促使了经典走向大众化,扩大了传播面和生存空间。实际上,消费时代文化经典遭遇到消费性是不可避免的,消费文化对经典的侵蚀消极作用也是不可否认的客观事实,但面对这种消费性取向的现实,如何引导经典重释在社会效应与经济利益博弈中更好地平衡两者,甚至是选择前者而放弃后者,才是问题讨论的关键所在。

其二,关于经典重释中阐释角色定位问题的讨论。经典重释首先是一种私人化的主体行为,是阐释者对经典理解的思想表达,但是由于大众媒体的参与、商业消费的导向又使得这种私人化的阐释行为超越了阐释者个体,有越俎代庖替代大众群体进行经典阅读之虞,以及迎合大众口味进行阐释谄媚之弊,因而模糊了阐释者的角色定位。梅新林、葛永海对"代读"经典中阐释主体、受众和媒体在经典重释中的角色定位的偏移作了深刻的分析,认为在"代读"经典中受众出于对文化的渴求,被动接受学者对经典的解读,导致自主阅读经典的角色缺位;媒体受商业利益驱动,以至于文化策略运用失当,文化角色定位偏移,出现角色越位;阐释主体的学者受制于大众强势媒体的导控,由文化理想的导航者变为大众趣味的迎合者,是为角色错位。③ 此种分析可谓鞭辟入里、独到深刻。张法则直指《百家讲坛》的经典阐释是以"说书的方式而不是从学术的方式"出现的,但"说书"的方式却又是披着"学术方式"名义进行的。④ 这里所谓的"学术方式"和"说书方式"其实也是指向经典阐释角色的私人化与公众化的定位问题。因此,当经典重释遭遇大众化境遇时,我们提

---

① 陶东风:《"大话文化"与文学经典的命运》,《中州学刊》2005年第4期。
② 吴兴明:《从消费关系座架看文学经典的商业扩张》,《中国比较文学》2006年第1期。
③ 梅新林、葛永海:《经典"代读"的文化缺失与公共知识空间的重建》,《中国社会科学》2008年第2期。
④ 张法:《从"百家讲学"到"百家说书"》,张法、肖鹰、陶东风等《会诊"百家讲坛"》,安徽教育出版社2007年版,第5页。

倡私人化的个体阐释；当阅读受众以"代读"方式间接粗浅地接受经典时，我们提倡以"自读"方式直接深刻地接受经典。

其三，关于经典重释中当下性思想解读的问题讨论。"六经注我"与"我注六经"是经典重释的两种诠释模式。前者主要借经典作当下思想观念的发挥，后者则力图申说经典的原始意义。李零的《论语》解读更倾向于"六经注我"方式阐释经典，由于不满几千年来孔子形象被意识形态化，因此要"去政治化，去道德化，去宗教化"，"用一个知识分子的心，理解另一个知识分子的心"，把《论语》当作"思想史"来读，还原一个真实的孔子。[①] 李零这种解读，钱理群是"最为赞同的"，[②] 但却遭到了许多批判，特别是大陆"新儒家"。如陈明指出：李零解读《论语》的目的实质上是要否定"孔子及其创立的儒家文化在历史上的地位和作用，却又不愿、不能或不敢摆出阵势举证讲理加以论述证明"。"孔子是真实个体和文化符号的统一"，李零是"以《论语》中的'真实个体'为标准，将后来的符号以'假的'、'人造的'理由一笔抹杀"。[③] 经典重释中当下性思想的注入是必然的，因为任何阐释都离不开当下的时代性。问题是"解构"之后还应重视"建构"，在文化消费和权威消失的时代，人们普遍倾向于解构传统文化经典，但如何建构既有原典本质又有时代内涵的新质文化却未有举措。这是一个值得深思的问题，因为如果一味对经典作当下解构就会丧失民族文化本源和创新内质。

以上对三波讨论各有侧重地列举了一个问题来评述，实际上三个问题在三波讨论中都程度不同的存在。这些问题的讨论与争鸣具有典型性，体现了古代经典现代重释过程所存在的一些误区和不足。当然，我们不能因为存在一些失误就否定经典阐释的成就和价值，经典重释有其特殊的学术价值和社会效应。

---

① 李零：《丧家狗——我读〈论语〉·自序》，山西人民出版社2007年版。
② 钱理群：《如何对待从孔子到鲁迅的传统——读李零〈丧家狗：我读"论语"〉》，《学理论》2008年第2期。
③ 陈建利：《他是要颠覆儒家文化的意义系统：陈明谈李零——〈南都学刊〉访谈》，《原道》2006年。

第四节　古代文学的传播学研究

　　传播学是以人类社会信息传播活动与规律为主要研究对象的一门新兴交叉学科，20世纪30年代诞生于美国。美国现代政治科学的创始人之一哈罗德·拉斯韦尔（Harold Dwight Lasswell）首创了著名的传播学"5W"模式，成为传播学学科最为重要的奠基者。80年代，西方传播学与接受美学相继输入中国，许多学者开始尝试于古代文学传播与接受的研究，但总体成果不多。进入21世纪后，才逐步走上了繁荣和深化的新阶段，并取得了丰硕的成果。由于传播学旨在研究人类一切传播行为和传播过程发生、发展的规律以及传播与人和社会的关系，而传播又是人的一种基本社会功能，所以凡是研究人与人之间的关系的科学都与传播学相关，文学自然也不例外。一方面，因为文学的社会价值和作用离不开文学作品的传播与接受，只有通过传播并为读者所接受，文学生产流程才算最终完成。因此，以传播学理论与方法引入古代文学传播与接受的研究，既是必要的也是可行的。但另一方面，来自西方的传播学本身固有局限以及一些本土学者的应用失当，也在古代文学传播与接受的研究中得到了充分的显现，这就警示学界在本土化与内化方面需要付出更多的努力。

一　古代文学与传播—接受理论建构

　　传播与接受，是基于不同施受关系的不同定位。就理论渊源而言，古代文学的传播与接受研究兼容了来自西方的传播学与接受美学理论，然后逐步进入本土化的建构历程。这里一并纳入广义的传播学范围之中。

　　自从艾布拉姆斯在《镜与灯》中提出文学的四要素以来，把文学活动视为一个完整的循环系统已成为被普遍接受的观念。而接受美学又特别强调了接受活动对艺术文本的意义生成所起的作用，从而使得文学研究的视野更进一步超越了艺术文本的限制，成为对整个文学活动系统的研究。然而无论是艾布拉姆斯的四要素说还是接受美学理论，尽管揭示了文学活动的系统性质，但对文学活动系统中各个环节的研究仍然是偏于静态的研究。而文学活动从艺术文本创作的完成到接受乃至回归、反作用于世界，这个过程的发生、运作就是文学的传播。文学传播在文学活动中具有极为重要的作用。传播方式在宏观上影响着文学活动的发展，同时在微观上制约着对既有艺术文本的阐释。传播方式的演变对文学的社会功能即社会性格的引导也产生了很大的影响。

在新时期将西方传播学引入中国大陆的过程中，复旦大学新闻系创办的内部刊物《外国新闻事业资料》发挥了重要的先导作用。1978年7月，该刊发表了郑北渭教授撰写的《公共传播学的研究》和《美国资产阶级新闻学：公众传播学》，两文虽然只是介绍性的文章，却迅速打开了人们的新视野，开启了新时期中国大陆引进并研究西方传播学的历程。再至1983年，中国社会科学院新闻研究所编写的《传播学（简介）》由人民出版社出版，以此为开端，一批西方传播学著作也相继在大陆出版，如美国学者威尔伯·施拉姆等《报刊的四种理论》（新华出版社1980年版）、威尔伯·施拉姆与W. E. 波特《传播学概论》（新华出版社1984年版）、沃纳丁·赛弗林《传播学的起源、研究与应用》（福建人民出版社1985年版）等，标志着中国大陆传播学研究的真正起步。从1982年召开的第一次全国传播学研讨会上提出"系统了解、分析研究、批判吸收、自主创新"的16字方针，到1986年第二次研讨会更明确提出"建立有中国特色的传播学"的目标，以及以此为宗旨的一批教材与著作的问世，表明中国大陆传播学研究开始向纵深发展，并且开始尝试传播学本土化的体系建构。①

随着西方传播学的引入与研究的兴起，一些学者开始尝试将其应用于古代文学的传播研究。早期如张可礼《建安文学在当时的传播》一文发表于1984年第5期《文史哲》，可谓开风气之先。但在当时，传播学只是作为诸多从新方法论到文化研究中的一员，几乎被淹没在新方法热与文化热中。到了90年代，传播学开始广泛应用于古代文学的传播研究，②

---

① 参见丁淦林《我国新闻传播学学术研究的现状》，《新闻采编》1998年第6期；龙耘《传播学在中国20年》，《现代传播》（《北京广播学院学报》）2000年第3期。

② 具体参见本书第六章第三节"方法论的广泛讨论与多向选择"相关论述。

并开始了本土化的理论探索。1996—1997年,张荣翼、李郁相继发表了《古代文学传播的批评意义》(《社会科学辑刊》1996年第4期)、《论文学活动中传播的意义》(《南京师范大学学报》1997年第1期),张文从文学传播作为一种评价、一种阐释、一种说明描述三个方面重点讨论了古代文学传播的批评特性与职能。李文则重点讨论了古代文学传播的含义、意义,认为文学活动一直伴随着人类的整个生存活动而发展,对文学活动的认识与研究也在不断地展开、深入和丰富化。以上两文都着力于古代文学传播方面的理论探讨。

进入21世纪以来,一方面是借鉴西方传播学理论,创建文学传播学分支学科,文言《文学传播学引论》(辽宁人民出版社2006年版),柯卓英《文学传播学的理论建构》(《新闻知识》2008年第1期)、《文学研究领域中传播学理论运用探析——以中国古代文学研究为例》(《西安文理学院学报》2008年第1期),李永平《文学传播学论纲》(《当代传播》2010年第5期)等论著都是以此为学术宗旨。这些论著首先是借鉴传播学对文学传播学的学科定位,柯文的定位是:文学传播学是文学与传播学相互融合的交叉学科,是研究文学信息系统及其嬗变规律的科学。李文的定位是:文学传播学是从媒介文化的视域来研究文学的话语体系,研究传媒的文学特性、文学流派以及文学作品的生产、流传和影响的特征及其规律的一门学科,是传播学的分支学科。其次是创建文学传播学的学术构架,《文学传播学引论》的总体框架采用了传播学的传统模式,从"谁""说什么""通过什么渠道""对谁说""产生什么效果"的"五W理论"出发,构成了包括文学传播主体的控制分析、文学传播的内容分析、文学传播的媒介分析、文学传播的受众分析、文学传播的效果分析五个研究层面。另一方面是建构中国文学传播学理论体系。在此,拟重点介绍一下曹萌《文学传播学的创建与中国古代文学传播研究》(《沈阳师范大学学报》2004年第5期),该文以创建文学传播学为宗旨倡导开展古代文学的传播研究,指出:"从传播学立场出发,运用传播学理论和方法研究中国古典文学的现象、思想和发展过程,揭示古典文学传播对中国社会发展的极大作用,以及立足传播学立场重估中国古典文学的文化价值,能刷新当代人的'古代文学'观念,为中国古代文学研究创新提供参考和借鉴,进而为中国古代文学研究、中国古代历史研究提供新途径和新范式。"作者选择中国古典文学传播研究的思路、中国古典文学传播的方式、类型、传播思想及辅助中国古典文学传播的要素五个方面，来探讨中国古典文学传播研究的路向、价值，首次较为全面地对中国古典文学传播研究进行理论探讨和初步构架，是一篇中国古典文学传播研究论纲。曹萌规划出了古典文学传播研究作为一门学科的基本内容，这对进一步推进我国古典文学传播研究，促进文学传播研究的不断成熟，促进中国古典文学传播研究的学科化，无疑具有十分重要的意义。① 此外，需要关注一下王兆鹏《中国古代文学传播研究的六个层面》（《江汉论坛》2006 年第 5 期）、王金寿《中国古代文学传播概论》（甘肃教育出版社 2009 年版），前者提出中国古代文学传播研究要探讨的六个层面问题；后者试图建立起中国古代文学传播研究的理论架构或者说研究体系，比较系统地分类勾勒出中国古代文学传播的基本面貌和演变轨迹，但在处理理论建构与历史描述之间还存在一些缺陷。

古代文学接受研究也是在引进和消化西方接受美学的过程中兴起的，陈文忠《20 年文学接受史研究回顾与思考》（《安徽师范大学学报》2003 年第 5 期）将 20 世纪最后二十年的接受史研究历程分为三个阶段：一是 80 年代初接受美学的引进和消化；二是与之同时接受史研究的酝酿和尝试；三是 90 年代以来接受史研究的多元发展。1983 年，《文学理论研究》《文艺研究》《文学评论》相继发表了冯汉津译意大利学者梅雷加利的《论文学接受》、张隆溪的比较诗学论文《诗无达诂》以及张黎的《关于"接受美学"的笔记》②。此外，钱锺书完成于 1983 年的《谈艺录》（补订本）也将"诗无达诂"与"接受美学"互为阐释。1987 年，德国 H. R. 尧斯、美国 R. C. 霍拉勃著《接受美学与接受理论》（周宁、金元浦译）一书由辽宁人民出版社出版。随着西方学者有关论著的相继介绍

---

① 参见邱美琼《新时期以来古典文学传播研究述略》，《嘉应学院学报》2007 年第 1 期。
② 冯汉津译意大利学者梅雷加利《论文学接受》，《文学理论研究》1983 年第 3 期；张隆溪《诗无达诂》，《文艺研究》1983 年第 4 期；张黎《关于"接受美学"的笔记》，《文学评论》1983 年第 6 期。

与出版，接受美学和接受史日益受到我国学界重视，为中西文论的"互相照明"提供了新视野，也直接开启了接受史研究的新领域。就在尧斯、霍拉勃著《接受美学与接受理论》一书出版的次年，张小元《从接受美学看意境》（《文艺研究》1988年第1期）、刘绍智《接受中的〈三国演义〉》（《宁夏教育学院学报》1988年第1期）、李延《从接受美学看〈金瓶梅〉研究》（《上海师范大学学报》1988年第4期）、萧华荣《补〈诗〉，删〈诗〉，评〈诗〉——〈诗经〉接受史上的三个"异端"》（《华东师范大学学报》1988年第6期）等文相继发表，成为从引进西方接受美学理论转向尝试中国古代文学接受研究的重要标志。此后，朱立元、杨明发表《试论接受美学对中国文学史研究的启示》（《复旦学报》1989年第4期）一文，指出"读者反应"对文学史和批评史的意义在于："除现行的文学史、批评史之外，还可就一部重要作品、一位重要作家以至某一时期的某一类文学作品（包括许多作家作品），考察当时和后世人们的反应、评论，考察其不同时代地位的升降和所产生的社会效果，从中窥探社会审美观念、价值观念的发展变化，并寻求其变化的原因。现在已有人写的《诗经研究史》《鲁迅研究史》或许即可归入这一类。已经出版和正在编撰的《古典文学研究资料汇编》，则是为此类研究提供资料。这一类'研究史'，从广义来说，似亦属于批评史的范畴，但其体例、写法又与现行的批评史不同。我们姑称之为'接受史'或'效果史'。"这是大陆学者对接受史特质及研究方法认知的首次表达，显然具有开创性意义。

90年代至世纪之交，文学接受研究在呈多元发展之势中相继出现了一批富有学术含量的重要研究论著（详后），并在本土化的宏观建构方面取得了重要进展。与文学传播研究一样，其中也是文学接受理论与中国古代文学接受研究学理思考与理论建构的双向并进。前者如王金山、王青山《文学接受研究》（内蒙古大学出版社1900年版）从文学接受构成论、文学接受的主体、文学接受的客体、文学接受方法、视角论等几个重要方面初步搭建学术构架。后者则主要体现在陈文忠《古典诗歌接受史研究刍议》《中国古典诗歌接受史研究》《20年文学接受史研究回顾与思考》等论著中。其中《古典诗歌接受史研究刍议》（《文学评论》1996年第3期）首次对古典诗歌接受史研究的理论进行了宏观探讨，提出了古典诗歌接受史研究的三个基本方面："以普通读者为主体的效果史研究；以诗评家为主体的阐释史研究；以诗人创作者为主体的影响史研究。"由此揭示了古代文学接受史研究的学理路径。《中国古典诗歌接受史研究》（安徽大学出版社1998年版）一书重在从理论和实践上更深入地探讨了古典诗歌接受史的研究。其中第一编"接受史研究的理论方法"从中国诗史的实际出发，探讨古典诗歌接受史研究的理论方法体系，在此前的观点上作了进一步延伸和拓展。《20年文学接受史研究回顾与思考》（《安徽师范大学学报》2003年第5期）一文则在总结接受史研究20年历程与成果的同时，就古代文学接受研究的一些重要论题提出了自己的看法，比如在第二部分"接受史模式新探索"中探讨了微观接受史的多元深化、作家接受史模式的尝试、宏观接受史的大胆尝试、宏观接受史的大胆尝试等问题，还重点辨析了常常容易令人混淆不清的"接受史"与"学术史"的内在区别。

21世纪以来，致力于理论建构的重要著作还有邓新华《中国古代接受诗学》（武汉出版社2000年版）、邬国平《中国古代接受文学与理论》（黑龙江人民出版社2005年版）两书，邓著旨在对中国古代接受诗学理论进行系统建构和研究，"在中国传统文化的大背景下对中国古典文论所蕴含的丰富的有关读者文学接受反应的材料进行清理、挖掘、研究和阐发，勾勒中国古代文学接受理论发展的过程，揭示中国古代文学接受方式独特的理论内容和理论特征"，借此想建构起具有民族文化特色的中国接受诗学体系（绪论）。全书分上、下两编，上编"发展篇"，对自先秦至明清的接受诗学进行史的梳理，指出中国古代接受诗学经历了先秦的早熟、两汉的异化、魏晋南北朝的自觉、唐宋的深化和明清的拓展几个阶段；下编"方式篇"对中国古代接受诗学的三种典型方式——"玩味""品评"和"释义"进行了深入阐释。邬著则从读者接受视野研究了中国古代文学及文学批评，探寻文学评价和审美差异源自读者的原因，并发掘和总结古代接受文学的一些思想理论及批评实践的经验。

在对古代文学传播与接受理论进行分别独立研究的同时，也有一些学者开始思考如何将两者融合于一体化的理论体系建构之中。1998年，王兆鹏在一组笔谈中发表了《传播与接受：文学史研究的另两个维度》（《江海学刊》1998年第3期）一文，开始把文学传播与接受研究提高到文学史研究的高度，进而促发了人们对文学传播与接受研究的重视以及彼此的交融与贯通。文中写道：

> 本世纪的文学史研究，主要是作家和作品、文学流派和文学思潮的研究，实质上是作家和作品研究的扩展和延伸。随着文学社会学、传播学和接受美学等理论的深入，人们对文学创作过程和文学价值的实现过程有了新的认识。文学作品从产生到其价值的最终实现，必须经过创作—传播—接受三个阶段，亦如一般商品所经过的生产—流通—消费三个阶段一样。因此，文学史研究，应该由作家—作品的二维研究逐步转向作家—作品—传播—接受的四维研究。
>
> 接受美学理论的一个最大的启示，是作品只有经读者阅读后才能实现其价值和意义。换句话说，一部文学作品，只有经过读者阅读阐释后，才能发挥和实现它的价值和意义。而且，作品的价值和意义不是一成不变的，一部作品，在不同时代或同时代的不同读者那里，其价值和意义、影响和作用是不同的。作品的增值或减值，读者是一个重要的决定因素。因此，研究文学史，不仅要研究文学的创作过程和传播过程，还必须注意到文学作品的接受过程。[①]

2006年，王兆鹏、尚永亮主编《文学传播与接受论丛》由中华书局出版，本书为教育部"211工程"重点项目"中国文学传播与接受研究"前期成果的结集，内容涉及文学传播与接受理论研究，中国古代文学传播与接受研究，中国现当代文学传播与接受研究，中外文学相互传播与接受研究等。基本囊括了世纪之交古代文学传播与接受研究的重要成果。

进入21世纪后，古代文学传播与接受研究进入全面繁荣的新阶段，无论是理论建构还是研究实践，都取得了显著成果，同时也成为硕博论文的重要选题。其中部分学者踵武钱锺书的学术路径，尝试以中国古代本土文论与西方传播—接受理论的对接与互释。邓新华《唐代"意境"论所

---

① 王兆鹏：《传播与接受：文学史研究的另两个维度》，《江海学刊》1998年第3期。

蕴含的文学接受思想》(《湖北三峡学院学报》2000年第3期)试图通过对唐代殷璠的"兴象"说、皎然的"诗境"说和司空图的"味外"之旨诸说的考察和分析,阐明唐代理论家提出的"意境"论实际上是一个标志读者的文学接受进入文学本体的审美范畴,这也就是唐代"意境"论所包含的接受美学意蕴之所在。尚永亮、王蕾《论"以意逆志"说之内涵、价值及其对接受主体的遮蔽》(《文艺研究》2004年第6期)则是借鉴接受理论反思传统文论的不足,认为孟子"以意逆志"的说诗之法有扭转"断章取义"之风的功效,但它将对作者之"志"的理解当作阅读的唯一目的,忽视了接受主体及其阐释能力,忽视了文学文本丰富多元的意义内涵和审美价值,从而形成单一化、平面化、狭隘化等弊端,给中国阐释学带来了不容低估的消极影响。总的来看,此类对比和互释当有一定的启示意义,但总体成果相当有限,说明文学传播学的本土化理论建构还任重道远。

二 古代文学的传播研究

盘点古代文学传播研究成果,大体按总体研究与分体研究两个方向推进。在此,先论述整体研究,然后按各类文体展开,以诗、词、小说、戏曲的传播研究为主体,其他文体的传播研究则较少,最后归结于域外传播研究。

1. 古代文学传播整体研究。兹分总体与断代研究展开论述。

一是古代文学传播整体研究。世纪之交尤其是进入21世纪以来,出现了为数众多的有关古代文学传播的通论式论著,其中的一个研究热点是关于中国古代文学传播媒介、模式与方式的研究。早期论文如王兆鹏《宋文学书面传播方式初探》(《文学评论》1993年第2期)、吴承学《论题壁诗——兼及相关的诗歌制作与传播形式》(《文学遗产》1994年第4期),重在特定时代与文体的传播方式的探讨,后来逐步扩大至对中国古典文学内部传播模式的整体性思考,代表作有孙民生《对中国古典文学内部传播模式的思考》(《武陵学刊》1997年第4期)、张次第《略论中国古代文学的传播目的与方式》(《郑州大学学报》2004年第2期)、林红《中国古代文学传播方式及其影响略论》(《现代情报》2004年第10期)、王兆鹏《中国古代文学传播方式研究的思考》(《文学遗产》2006年第2期)、曹萌与张次第《略论中国古代文学传播的媒介》(《辽东学院学报》2007年第6期)等。

关于中国古代文学传播通论式的整体研究,还涉及其他相关的重要论题,既有比较宏观的论说,如王金寿《中国古代文学传播概论》(甘肃教育出版社2009年版),张次第、曹萌《略论中国古代文学的传播》(《信息化进程中的传媒教育与传媒研究——第二届中国传播学论坛论文汇编》上册,2002年),张晓光《论中国文学传播的三种历史形态》(《理论学刊》2006年第6期),王玉琦《中国古代文学传播发展脉络及其基本特征》(《江西财经大学学报》2009年第5期),刘晓琴《现代传播语境下的中国古典文学》(《西南民族大学学报》2011年第4期)等;也有一些专题或交叉性的研究,如曹萌《中国古代文学传播的主体》(《沈阳师范大学学报》2008年第6期)、《中国古代文学传播的目的与功能》(《甘肃理论学刊》2009年第6期),王运涛《论古典文学传播在民族发展中的作用》(《理论界》2008年第4期)、《略论创造性模仿和古代文学传播》(《沈阳大学学报》2005年第3期)、《中国古代贬谪文化与经典文学传播研究》(吉林文史出版社2005年版),毛峰《准古酌今:经典性生成的传播机制》(《文学评论》2008年第2期),傅宁《试论中国古典文学作品中传播的法律理念》(《深圳大学学报》2006年第5期),等等,广泛涉及中国古代文学传播主体、目的、功能、特点以及一些交叉或专题性研究等重要论题。

二是各代文学传播总体研究。主要体现在有关各代文学传播的研究论著之中。其中较早问世的是张可礼的《建安文学在当时的传播》(《文史哲》1984年第5期),而后逐步往各代拓展。但从建安时代向上追溯,只有罗家湘《论先秦时代的文学传播活动》(《语文知识》2011年第2期)等少量论文,表明上古时代的整体传播研究尚未引起学界应有的重视。往下通观唐宋两代,成果相对比较丰富,是为古代文学传播历时性整体研究的重点所在。唐代文学传播研究方面,以柯卓英《唐代的文学传播研究》(中国社会科学出版社2009年版)为代表。此书从传播学角度探讨唐代的文学创作与交流活动,结合考古学、史料学、历史学、版本学等学科知识，运用社会学、文化学方法来研究唐代文学的繁荣及其传播活动、规律等。王兆鹏《宋代文学书面传播方式初探》（《文学评论》1993年第2期）、《宋代诗文别集的编辑与出版——宋代文学的书册传播研究之一》（《华中科技大学学报》2004年第1期）两文集中于宋代文学传播研究，前文重点探讨了宋代文学的书面传播方式，认为宋代较之唐代文学，在传播方式有了长足的进步和发展。宋代以降的元明清三代文学传播的整体研究比较冷落。至于近代，则有包礼祥《近代文学与传播》（江西人民出版社2001年版）、蒋晓丽《中国近代大众传媒与中国近代文学》（巴蜀书社2005年版）、周怡《中国形象在近代文学与传媒里的几个主要意象》（《文史知识》2011年第2期）等。

2. 古代文学传播分体研究之一：诗。[①] 大致分总体研究、断代研究与个案研究三个层面展开，重心是在断代研究与个案研究。

一是诗传播的总体研究。如王小盾《中国韵文的传播方式及其体制变迁》（《中国社会科学》1996年第1期）即是从整体上探讨了诗歌的传播情况，本文通过对一系列韵文文体的成因的研究，论证了文学传播方式对其体制变迁的直接影响。再如白贵、李世前《翻新、累积与传播——中国古代诗词传播现象研究》（《山西师大学报》2006年第5期），杨志学《诗歌传播类型初探》（《诗探索》2006年第1期）、《诗歌：从自我传播到人际传播》（《文学港》2006年第2期）、《集结与呼应——简论诗歌的群体传播》（《扬子江诗刊》2007年第2期）等，从不同方面论述了古典诗歌传播现象、规律及本质、特征等。徐明《从〈乐府诗集〉看古代诗的传播与音乐之关系》（《河北学刊》2002年第5期）则是从个案上升至整体研究。

二是诗传播的断代研究。先秦仅有曹建国《春秋燕飨赋诗的成因及

[①] 参看邱美琼《新世纪以来我国古典诗歌传播研究述要》（《老区建设》2011年第6期），此文从四个维面总结归纳新世纪以来我国古典诗歌传播研究：一是对古代文学传播研究的提倡与理论性探讨；二是对古典诗歌传播及相关问题的一般性考察；三是对古典诗歌传播个案的研究；四是对不同类别诗歌与不同历史时期诗歌传播的研究。其中，在第三个维面，包括对具体诗人诗作传播的研究和对具体诗歌总集与诗歌选本传播的研究；在第四个维面，包括对不同类别诗歌传播的研究和对不同历史时期诗歌传播的研究。

其传播功能》(《长江学术》2006 年第 2 期) 等少量论文, 受到学界重点关注的是魏晋南北朝与唐代两大时段。前者有吴大顺《魏晋南北朝文人歌辞传播与诗歌史意义》(《山东大学学报》2006 年第 1 期), 徐习文《南朝诗歌的传播方式与特点》(《韩山师范学院学报》2004 年第 1 期)、《传播方式的演变对南朝诗风的影响》(《菏泽师范专科学校学报》2003 年第 1 期)、《传播过程对南朝诗歌创作形态的影响》(《韩山师范学院学报》2004 年第 4 期), 翟景运《南朝皇族与吴声西曲的创作与传播》(《东方丛刊》2009 年第 1 期) 等文。后者出现了陶涛《唐诗传播方式研究》(安徽大学出版社 2010 年版)、彭军辉《社会信息传播视野下的唐诗宋词》(中国社会科学出版社 2010 年版) 两部著作以及诸多论文。陶著在厘清唐诗传播的文化原因后, 重点探讨了唐诗的书写、演唱、诵读等传播方式及其传播效果。彭著上编"唐诗与社会信息传播"对唐诗的传播条件、传播内容和传播价值进行了研究。此外, 还有诸多单篇论文从不同层面进一步深化了唐诗传播研究。

三是诗传播的个案研究。包括特定诗人个体、流派、诗集或选本传播的个案研究, 重点集中于先秦《诗经》以及唐宋两代的一些著名诗人与流派。其余各代个案研究的重要论文尚有徐明《从〈乐府诗集〉看古代诗的传播与音乐之关系》(《河北学刊》2002 年第 5 期), 李剑峰《青山遮不住, 毕竟东流去——陶渊明诗在南北朝的传播》(《文史知识》2001 年第 12 期), 李红霞《论陶诗在唐宋的传播机制》(《江汉论坛》2006 年第 9 期), 张静《论金元时期遗山诗歌的即时传播》(《民族文学研究》2008 年第 3 期), 等等。

《诗经》传播个案研究的早期论文主要有张可礼《〈诗经〉在东晋的传播和影响》(《文史哲》1994 年第 2 期)、王秀臣《〈诗〉的礼典属性及其传播与接受机制的发生》(《北方论丛》2006 年第 1 期), 郭持华《从〈诗〉的早期传播看〈诗〉的经典化》(《湖南城市学院学报》2006 年第 4 期), 张瑞《从〈关雎〉看〈诗经〉在传播中的两个经典化过程及其意义》(《山东理工大学学报》2008 年第 1 期), 梁振杰《从〈长沙马王堆汉墓帛书·五行〉所引〈诗经〉异文看先秦至汉的〈诗经〉传播》(《焦作师范高等专科学校学报》2003 年第 3 期), 李树军《周代乐官与〈诗经〉的传播》(《新疆社科论坛》2004年第4期)、《周代礼仪用乐与〈诗经〉的传播》(《乐山师范学院学报》2004年第11期),何如月《从传播学视角看〈诗经〉在春秋时期的流传及其影响》(《陕西师范大学继续教育学报》2006年第1期),马银琴《春秋时代赋引风气下〈诗〉的传播与特点》(《中国诗歌研究》2006年总第4辑)、《战国时代〈诗〉的传播特点》(《文学遗产》2006年第3期),王泽强《〈诗经〉在楚国的传播与研究》(《西北第二民族学院学报》2007年第3期),刘毓庆、郭万金《战国〈诗〉学传播中心的转移与汉四家〈诗〉的形成》(《文史哲》2005年第1期)、《汉初〈诗经〉传播与四家诗的形成》(《南京师范大学文学院学报》2009年第1期),于淑娟《论西汉初期〈诗经〉传播的基本特征》(《河南大学学报》2006年第4期),等等。这些文章对《诗经》的传播进行了各种角度不同的探讨。

唐诗个案研究中侧重于重要流派的有葛琳《论岑参边塞诗的传播意义》(《湖南社会科学》2004年第6期),董弟林《啼血画梦傲骨诗魂:文化传播视域中孟郊诗歌审美意境的内核结构》(《东南传播》2009年第1期)等;侧重于著名诗人个体的则有胡振龙《唐五代人对李白诗歌的传播与接受》(《云梦学刊》2003年第4期),徐明《杜甫题画诗的传播学观照》(《河北大学学报》2002年第4期),沈文凡《试论杜甫诗歌的现实主义特色及其新闻传播性》(《杜甫研究学刊》2000年第3期),段微微《杜甫以诗论诗的文学传播倾向》(《沈阳师范大学学报》2008年第1期),吴淑玲《唐人选唐诗及敦煌写卷中少见杜诗的传播学因素》(《杜甫研究学刊》2009年第1期),王运熙《白居易诗歌的分类与传播》(《铁道师院学报》1998年第6期),卫亚浩、唐林轩《从白居易的诗到柳永的词——白诗与柳词传播现象比较》(《中国韵文学刊》2003年第1期),吴淑玲《元、白诗歌的传播学考察》(《贵州师范大学学报》2009年第3期),韩瑜《韩偓诗歌在后世的传播及影响》(《中国韵文学刊》2006年第2期),等等。

宋诗个案研究中侧重于选本的有向以鲜《版本传播与选诗态度——关于钱钟书〈宋诗选注〉中一个看法的考辨》(《四川大学学报》2000年第3期)等;侧重于著名诗人的有王友胜的《苏诗的早期流播研究》

(《阴山学刊》2000年第3期)，赵丽《试论雕版印刷的盛行与苏轼诗歌的传播》(《金华职业技术学院学报》2009年第4期)，周迎《传播学视野中的苏轼题画诗》(《安阳师范学院学报》2008年第4期)，邱美琼、胡建次《黄庭坚诗歌在宋代的传播》(《江西教育学院学报》2005年第2期)，邱美琼《黄庭坚单篇诗歌作品的早期流播》(《怀化学院学报》2006年第6期)、《黄庭坚诗歌在金元的传播》(《九江学院学报》2006年第1期)、《黄庭坚诗歌在明代的传播》(《赣南师范学院学报》2007年第1期)、《黄庭坚诗歌在清代的传播》(《涪陵师范学院学报》2005年第6期)、《黄庭坚诗歌传播与接受的互动》(《广西社会科学》2006年第7期)、《黄庭坚诗歌传播与接受的文化语境》(《四川教育学院学报》2006年第7期)，郑永晓《黄庭坚诗歌在宋代的传播与刊刻》(《南都学坛》2006年第3期)，张毅《陆游诗传播、阅读专题研究》(博士学位论文，复旦大学，2008年)，等等。

3. 古代文学传播分体研究之二：词。词的传播研究集中在唐宋词的传播研究上，其中焦宝、兴越《唐宋词文学传播的重要转捩——安史之乱和黄巢起义对词体文学的影响》的研究角度相当独特。此外，陈水云《词籍出版与词学中兴——论清代词体文学的传播及表现方式》、李世前《清代词话与词的传播关系研究》(博士学位论文，河北大学，2007年)则从词籍与词话的视角对清代的词作传播进行了研究，开拓了词的传播研究新领域。概而言之，以唐宋词为主体的传播研究主要从三个方面展开。

一是唐宋词传播方式研究。以钱锡生《唐宋词传播方式研究》(复旦大学出版社2009年版)和谭新红《宋词传播方式研究》(武汉大学出版社2010年版)两部著作为代表。前者认为唐宋词的传播经历了三个阶段，即以声音传播为主的"乐人之词"，以文字传播为主的"诗人之词"，以印刷传播为主的"词人之词"。因此作者从歌舞传播、吟诵传播、手写传播、题壁传播、石刻传播、印刷传播等几方面来考察唐宋词的传播方式。后者从传播主体、传播媒介、传播效果等方面对宋词的传播方式进行详细研究。谭新红还有《宋词传播中的男声演唱》(《光明日报》2003年11月12日)一文，为其宋词传播方式研究的系列成果。彭军辉《社会信息传播视野下的唐诗宋词》(中国社会科学出版社 2010 年版) 下编 "宋词与社会信息传播" 对宋词的传播条件、传播内容和传播价值进行了研究。此外,还有部分相关研究论文,如刘光裕、郭术兵《论传播方式的改变对唐宋词的影响》(《齐鲁学刊》1997 年第 1 期)、朱惠国《论传播媒介对词学研究的影响》(《华东师范大学学报》2005 年第 2 期)、王兆鹏《宋词的口头传播方式初探》(《文学遗产》2004 年第 6 期)、朱伟杰《宋代女性词人词作传播研究》(硕士学位论文,兰州大学,2010 年) 等。

二是唐宋词与歌妓媒介传播研究。即从歌妓这个特定的媒介来探讨唐宋词的传播,主要论文有蒋晓城《歌妓:宋词的传播媒介》(《长沙电力学院社会科学学报》1997 年第 2 期)、徐枫《论宋词歌妓传播的特色》(《中国典籍与文化》1999 年第 2 期)、赵晓、孙国烈《试述歌妓传播宋词的特点》(《甘肃教育学院学报》2001 年第 A2 期)、曹明升《宋代歌妓与宋词之创作及传播》(《云南社会科学》2004 年第 3 期)、王兆鹏《宋词的口头传播方式初探——以歌妓唱词为中心》(《文学遗产》2004 年第 6 期)、陈中胜、徐胜利《论歌妓在宋词发展中的作用》(《平原大学学报》2005 年第 4 期)、于宏《宋词传播中歌妓的角色特征》(《社会科学战线》2009 年第 8 期) 等。李剑亮《唐宋词与唐宋歌妓制度》(杭州大学出版社 1999 年版) 尤为突出,该书第七章专论了歌妓与词的传播关系,对于歌妓动态传播词作了独特分析。

三是唐宋词传播个案研究。以柳永词传播研究为重点,主要论文有曹志平《论柳永词的传播及其文化价值》(《华中师范大学学报》2001 年第 5 期)、邓建《20 世纪柳永词传播的定量分析》(《学术交流》2006 年第 2 期)、黄旭《论柳永词在北宋的传播动力》(《商丘师范学院学报》2011 年第 5 期)、陈水云《清初词坛的"尊柳"与"抑柳"》(《武汉大学学报》2002 年第 4 期) 等。此外,温庭筠、花间派、欧阳修、周邦彦、吴文英、张孝祥等人的词作传播也有相关研究论文。

4. 古代文学传播分体研究之三:小说。以明代为界,呈现为前冷后热的总体趋势,重心在明清小说的传播研究,大致从以下两个方面展开。

一是小说传播的整体研究。通代之作主要有李玉莲《中国古代白话小说戏曲传播论》（山西教育出版社 2005 年版）、郭志强《中国古代通俗小说传播研究》（博士学位论文，扬州大学，2007 年）、纪德君《民间说书与中国古代通俗小说的传播》（《学术研究》2007 年第 7 期）等。李玉莲《中国古代白话小说戏曲传播论》（山西教育出版社 2005 年版）是兼具白话小说与戏曲的跨文体研究，以元明清小说、戏剧两种文体为范本，运用现代传播理论，并从传播者与媒介渠道的角度出发，深入分析了中国古代白话小说戏曲的传播现象与特点。郭文按宋前、宋元、明代前期、明代后期、清代前期、清代后期等几个阶段探讨了中国古代通俗小说的传播情况。断代之作则有袁书会《从传播方式上看唐代文言小说与白话小说的差异》（《西藏民族学院学报》2004 年第 2 期）、程国赋《明代书坊与小说研究》（中华书局 2008 年版）、王平《论明清时期小说传播的基本特征》（《文史哲》2003 年第 6 期）、宋莉华《明清时期的小说传播》（中国社会科学出版社 2008 年版）、《明清小说评点的广告意识及其传播功能》（《北方论丛》2000 年第 2 期）、《插图与明清小说的阅读及传播》（《文学遗产》2000 年第 4 期）、《近代石印术的普及与通俗小说的传播》（《学术月刊》2001 年第 2 期）、程国赋、蔡亚平《论明清小说读者与通俗小说传播的关系——以识语、凡例为考察中心》（《南开学报》2010 年第 1 期）、姜子龙《禁毁与传播——关于明清小说的一种另类传播方式》（《理论界》2005 年第 9 期）、林小燕《明代后期小说传播对朝廷禁令的突破》（《中国文学研究》2008 年第 3 期）、蔡亚平《读者与明清通俗小说创作、传播的关系研究》（博士学位论文，暨南大学，2010 年）、许振东《17 世纪白话小说的创作与传播》（中国社会科学出版社 2005 年版）、文革红《清代前期通俗小说刊刻考论》（江西人民出版社 2008 年版）、蔡之国《晚清谴责小说传播研究》（博士学位论文，扬州大学，2010 年）、潘建国《铅石印刷术与明清通俗小说的近代传播——以上海（1874—1911）为考察中心》（《文学遗产》2006 年第 6 期）等论著，大多同时具有鲜明的交叉与专题研究特点。

二是小说传播的个案研究。几乎都集中于经典名著。何香久《金瓶梅传播史话：一部奇书在全世界的奇遇》（中国文联出版公司 1998 年版）是较早的小说传播个案研究，对《金瓶梅》的传播进行了研究。21 世纪以来的主要成果有：甄静《元明清时期〈世说新语〉传播研究》（博士学位论文，暨南大学，2008年）借鉴现代传播学的理论，从传播方式、传播效果等新的视角揭示《世说新语》在元明清时期的传播流布情况及特色。牛景丽《〈太平广记〉的传播与影响》（南开大学出版社2008年版）对《太平广记》历时性传播与影响进行了探讨。王瑾《〈夷坚志〉新论——以故事类型和传播为中心》（博士学位论文，暨南大学，2010年）从续作、仿作、选本、话本改编、戏曲改编、对章回小说的影响等方面探讨了《夷坚志》的传播情况。程国赋《三言二拍传播研究》（中国社会科学出版社2006年版）从版本流传、选本、改编现象、传播主体、传播地域、传播环境等对"三言""二拍"传播进行详细探讨。王平主编《明清小说传播研究》（山东大学出版社2006年版）分别对《三国演义》《水浒传》《东周列国志》、"杨家将小说"、《西游记》《封神演义》《金瓶梅》、"三言""二拍"、《聊斋志异》《儒林外史》等十几部小说的传播进行了个案研究。舒媛媛《水浒故事之流变与传播研究》（博士学位论文，苏州大学，2008年）对水浒故事的明清传播、近现代传播、当代传播进行历时性考察。饶道庆《〈红楼梦〉影视改编与传播》（博士学位论文，中国艺术研究院，2009年）则就影视改编这一特殊传播现象对《红楼梦》现代传播进行了详细研究。此外，陈大康《熊大木现象：古代通俗小说传播模式及其意义》（《文学遗产》2000年第2期）探讨了书商出版推动古代通俗小说创作与传播的作用，是个案研究与整体研究的结合。刘永文、王景龙《〈申报〉与晚清小说传播》（《上海师范大学学报》2003年第6期），刘颖慧《插图与晚清小说的传播——以晚清〈申报〉小说广告为例》（《理论导刊》2006年第11期）则都是以《申报》为案例的个案研究。

5. 古代文学传播分体研究之四：戏曲。戏曲的传播研究同样包括整体与个案研究。

先说戏曲传播的整体研究。通代研究之作中，上文已述及的李玉莲《中国古代白话小说戏曲传播论》同时涉及中国古代白话小说与戏曲传播现象与特点研究。曹萌《中国古代戏剧的传播与影响》（中国社会科学出版社2006年版）虽然以传播命名，但主要是对戏剧创作和戏剧理论进行探讨，传播内容只有一章。张静《元代文人与戏曲传播初探》（博士学位论文，中国艺术研究院，2003年）探讨了元代文人对于元代戏曲传播的作用与影响。宋波《昆曲的传播流布》（春风文艺出版社2005年版）尝试运用传播学的观点解读昆曲的文化传播意义和影响，探讨了昆曲文化传播过程中的文字传播和口语传播的对立统一，同时还涉及了口语传播和地方宫廷行为模式的关系、传统文化传播模式的巨变与昆曲兴衰的关系等方面的问题。焦福民《后戏台时期戏曲传播研究》（博士学位论文，山东大学，2006年）探讨了近现代以来戏曲电影、戏曲电视、戏曲互联网等后戏台时期的戏曲传播情况及其生存传播的展望。

再看戏曲传播的个案研究。以《西厢记》和《牡丹亭》的传播研究为重点，分别以赵春宁《〈西厢记〉传播研究》（厦门大学出版社2005年版）、王燕飞《〈牡丹亭〉的传播研究》（博士学位论文，上海戏剧学院，2005年）为代表。此外，高明《琵琶记》、徐渭《四声猿》、张凤翼剧作、孔尚任《桃花扇》等剧作也有相关研究论文。李永平《包公文学及其传播》（中国社会科学出版社2007年版）则是以特定戏剧文学形象为对象的个案研究，作者以传播的控制、内容、媒介、受众、效果、情境、动机等分析模式，探讨包公文学获得成功传播的文化心理动因。

诗、词、小说、戏曲四体传播研究之外，还有一些探讨散文、变文、文论、诗话传播研究的论著，谌东飚《中国古代散文的传播与散文文体之关系论纲》（《长沙理工大学学报》2006年第3期）重在探讨散文传播与文体演变的关系；胡连利《敦煌变文传播研究》（人民出版社2008年版）、李拜石《敦煌说唱文学与新闻传播》（《宁夏师范学院学报》2007年第5期）皆以敦煌变文传播为论题，但彼此视角有所不同。前者重点探讨了敦煌变文的传播背景、传播主体、传播内容、传播媒介、传播对象、传播效果和传播意义。汪春泓《〈文心雕龙〉的传播和影响》（学苑出版社2002年版）等讨论了《文心雕龙》的传播意义和影响。

6. 古代文学域外传播研究。古代文学的域外传播研究在八九十年代就有了不少论著，21世纪除论著外，还有不少深入研究的文章。由于域外传播研究涉及中外文学交流，因此这种研究有不少外国学者参与其中。域外传播研究可以从世界视域和国别视域两个方面来考察。

一是世界视域的传播研究。主要探讨中国古典文学在整个域外的传播情况。首先是综合性的介绍与研究。宋柏年主编《中国古典文学在国外》（山东文艺出版社1994年版）按照时间顺序详细地探讨了每个朝代的文学在域外的传播情况，对一些重要作家作品的域外传播尤作了重点分析。顾伟列《20世纪中国古代文学国外传播与研究》（华东师范大学出版社2011年版）一书分诗、词、散文、戏曲、神话与小说六编，从先秦到清代，全面介绍了20世纪英、美、法、德、俄、日、韩等国汉学家传播和研究中国古代文学的成就。黄鸣奋《英语世界中国古典文学之传播》（学林出版社1997年版）按文学综合、散文、诗歌、小说、戏剧、工具书等几方面介绍了中国古典文学在英语国家的传播情况。施建业《中国文学在世界的传播与影响》（黄河出版社1993年版）对古代与近现代文学在域外传播情况都作了简略介绍。其次是对某一文体的介绍与研究。早期有王丽娜《中国古典小说戏曲名著在国外》（学林出版社1988年版），以大量文献梳理了中国古典小说戏曲名著在域外的传播情况。相比之下，刘勇强《中国古代小说域外传播的几个问题》（《上海师范大学学报》2007年第5期）一文更具学术含量，该文从传播所在国的文化传统来讨论古代小说的域外传播情况，注意到了古代小说域外传播的随意性、偶然性和非经典性等独特现象。此外，林一、马萱主编《中国戏曲的跨文化传播》（中国传媒大学出版社2009年版）对自中国戏曲起源以来在不同时期特别是20世纪在美洲、欧洲、大洋洲、亚洲的传播作了系统介绍与研究。

二是国别视域的传播研究。即按国别来探讨中国古典文学在域外的传播。大致而言，90年代侧重于欧美国家的传播情况研究，21世纪则侧重于亚洲国家的传播情况研究。钱林森《中国文学在法国》（花城出版社1990年版）、阮洁卿《中国古典诗歌在法国的传播史》（《法国研究》2007年第1期）、张弘《中国文学在英国》（花城出版社1992年版）、曹为东《中国文学在德国》（花城出版社2002年版）等著作分别对中国古代文学在法、英、德等国的传播进行了介绍。亚洲以在韩国、朝鲜的传播研究论文最多，如李时人《中国古代小说在韩国的传播和影响》(《复旦学报》1998年第6期)、韩梅《论金圣叹文学评点在韩国的传播》(《东岳论丛》2004年第3期)、杨昭全《中国古代小说在朝鲜之传播及影响》(《社会科学战线》2001年第5期)，谭帆、郑沃根《中国小说评点本在朝鲜时期的传播与影响》(《常熟高专学报》2002年第5期)，聂付生《中国神魔小说在朝鲜半岛的传播与影响》(《内江师范学院学报》2007年第1期)和《中国文言小说在朝鲜半岛的传播和影响》(《明清小说研究》2007年第3期)、高奈延《〈西厢记〉在韩国的传播与接受》(《南开学报》2005年第3期)、吴秀卿《中国戏曲在韩国的传播与接受》(《戏曲研究》2009年第3期)等。[①] 在日本的传播研究有宋红《黄庭坚诗在日本》(《九江学院学报》1986年第1期)、区鉷、胡安江《寒山诗在日本的传布与接受》(《外国文学研究》2007年第3期)、衷尔钜《公安派文学在日本的传播和影响》(《文史哲》1990年第6期)、张爱民《〈庄子〉在日本的传播》(《山东师范大学学报》2005年第2期)、李时人与杨彬《中国古代小说在日本的传播与影响》(《复旦学报》2006年第3期)、周以量《〈夷坚志〉在古代日本的传播与接受》(《明清小说研究》2006年第2期)等。在泰国的传播研究有泰国黄汉坤《中国古代小说在泰国的传播与影响》(博士学位论文，浙江大学，2007年)、泰国赵美玲《中国古典诗歌在泰国当代的传播与影响》(博士学位论文，上海大学，2010年)等。此外，还有夏露《〈红楼梦〉在越南的传播述略》(《红楼梦学刊》2008年第4期)、张玉安《中国神话传说在东南亚的传播》(《东南亚》1999年第3期)、莫嘉丽《中国传统文学在新马的传播》(《华侨华人历史研究》2001年第3期)等文。

三 古代文学的接受研究

古代文学的接受研究起步于20世纪80年代后期的个案研究。在早期论文中，萧华荣《补〈诗〉，删〈诗〉，评〈诗〉——〈诗经〉接受史上

[①] [韩]闵宽东《中国古典小说在韩国之传播》(学林出版社1998年版)一书有对中国古典小说在韩国的传播情况的全面介绍。

的三个"异端"》（1988）是大陆学者最先以"接受史"为标题的论文之一。跨入21世纪后，古代文学的接受研究更是得到了快速的发展，大致呈整体研究与个案研究两路向前推进，尤其以经典作家作品接受的个案研究为主体，主要集中在唐诗和宋词上，其次是先唐文学，宋以后的成果很少。

1. 古代文学接受整体研究。从接受的对象来看，古代文学接受的宏观研究包括通代文学的接受研究和断代文学的接受研究。

先说通代文学接受研究。代表作有陈文忠《中国古典诗歌接受史研究》（安徽大学出版社1998年版），尚学锋、过常宝、郭英德《中国古典文学接受史》（山东教育出版社2000年版）。前者为最先问世的中国文学分体接受史——中国诗歌接受史的研究专著，在中国文学接受史领域具有开拓性的意义。作者旨在借鉴接受美学的理论方法，以作为接受史料的历代诗话为学术基础，考察经典作品的接受史及其诗学意义。后者是综合性的通代文学接受史研究著作，全书"全面地总结了我国古代不同类型的文学接受行为的发生、发展、演变的过程及在各个历史阶段的不同特点，既厘清了'史'的线索，又把握了'论'的重点。在此基础上，书中着重探讨了各时代的文学接受与文学创作的关系，总结了各时代的接受理论"。①

再看断代文学接受研究。以唐宋为界，呈前热后冷之势。先秦文学接受研究，仅有邓新华《观诗、用诗与说诗——先秦时期文学接受的三种方式》（《江苏社会科学》2000年第5期）等少量论文，汉魏六朝与唐代是断代文学接受研究的两大重点。

汉魏六朝文学接受研究主要涉及汉乐府与建安文学以及中古诗歌的接受研究。代表作有唐会霞《汉乐府接受史论（汉代—隋代）》（博士学位论文，陕西师范大学，2007年）以及她与赵红合作撰写的《论沈约对汉乐府的接受》（《求索》2007年第4期），王玫《建安文学接受史论》（上海古籍出版社2005年版），陈斌《明代中古诗歌接受与批评研究》（上海三联书店2009年版）等。

---

① 祖家专：《文学史的新开拓》，《中华读书报》2001年4月18日。

唐代文学接受研究主要有张浩逊《唐诗接受研究》（浙江古籍出版社2010年版）和查清华《明代唐诗接受史》（上海古籍出版社2006年版）两部著作。前者以点带面，古今贯通，选取一些接受者对典型诗人的接受情况；后者侧重于史的梳理，把明代唐诗接受史分为六个阶段，著者对各个时期、各家各派的唐诗接受观念与方法进行细致的比较与分析，对各种接受形态也加以具体而翔实的考察。贺严《清代唐诗选本研究》（人民出版社2007年版）和韩胜《清代唐诗选本研究》（中国社会科学出版社2010年版）是两部以唐诗选本为考察对象的特殊断代文学接受研究，两者都是探讨清代的唐诗选本研究，前者侧重于共时分析，后者侧重于历时梳理。

2. 古代文学接受个案研究之一：唐前时期。主要集中于《诗经》《楚辞》《庄子》《史记》和陶渊明等的接受研究。

《诗经》接受研究的重要论文，除了上文所论萧华荣《补〈诗〉，删〈诗〉，评〈诗〉——〈诗经〉接受史上的三个"异端"》之外，尚有龙向洋《从"圣"到"凡"的跌落——魏晋南北朝〈诗经〉的文学接受》（《琼州大学学报》2000年第4期）等。专著方面的代表作是宁宇《古代〈诗经〉接受史》（齐鲁书社2014年版），作者较为全面地探讨了古代历朝接受《诗经》的学术著作，全书按照时代顺序，将先秦、两汉、魏晋南北朝、隋唐、宋代、明代、清代分为"朦胧的认识""政教笼罩下的艰难行进""文学自觉观念影响下的辐射""风雅传统的回归与发扬""理性观照下的吟咏""反传统思潮下的突破""集大成学术背景下的丰收期"七章，各章不仅总结了各个时代《诗经》接受的总体特征，还论述了不同类型、不同读者、不同著述对《诗经》的研究、阐释和欣赏。

《楚辞》接受研究较之《诗经》成果更多。如高曼霞《接受过程中的〈湘君〉、〈湘夫人〉》（《求是学刊》1994年第5期），廖栋樑《接受美学与〈楚辞〉学史研究——以屈原形象的历史建构为例》（《中国文学史暨文学批评学术研讨会论文集》，台北辅仁大学中文所1996年版），盛树屏《从接受美学角度看屈骚、楚辞在汉初的流传》（《安庆师范学院学报》2002年第2期），邓新华《从汉儒评〈骚〉看两汉文学接受的异化》

(《江西社会科学》2011年第6期),刘梦初《论贾谊对屈原精神的接受》(《中南民族大学学报》2004年第2期),郭建勋、毛锦裙《论魏晋南北朝对楚辞的接受》(《求索》2006年第10期),孟修祥《论初唐四杰对楚辞的接受与变异》(《云梦学刊》2002年第5期)、《论李商隐对楚辞的接受》(《广西民族学院学报》2002年第5期)、《试论刘禹锡接受屈骚的契机与必然》(《求索》2004年第6期),姚圣良《初唐革新派诗人对〈楚辞〉的接受》(《云梦学刊》2005年第4期),蒋方《唐代屈骚接受史简论》(《中国韵文学刊》2005年第4期),张宗福《论李贺对〈楚辞〉的接受》(《西华大学学报》2008年第5期),陈淑杰《李贺对楚辞的接受和创新》(《鞍山师范学院学报》2011年第1期),叶志衡《宋人对屈原的接受》(《社会科学战线》2007年第2期),郭建勋《论词对楚辞的接受》(《求索》2002年第5期),等等。这些文章主要是探讨汉魏至唐代对屈原《楚辞》的接受情况。

《庄子》接受研究除了单篇论文之外,还出现了研究专著。杨柳《汉晋文学中的〈庄子〉接受》(巴蜀书社2007年版)从《庄子》生命意识、理想人生境界和言说方式三个方面来探讨汉晋文学对《庄子》的接受。白宪娟《明代〈庄子〉接受研究》(博士学位论文,山东大学,2009年)对明代的《庄子》接受进行了研究,从文学、注本和理性阐释三个方面来探讨明代《庄子》接受的纵向走向。

《史记》接受研究的重要著作有俞樟华、虞黎明、应朝华《唐宋史记接受史》(吉林人民出版社2004年版),此书对唐宋时期的《史记》接受进行了探讨,全书分上下两编,上编从唐代史学、小说、诗歌和散文等方面探讨了唐代《史记》接受情况,下编则从效果史、阐释史和影响史三个层面研究了宋代《史记》接受情况。陈莹《唐前〈史记〉接受史论》(博士学位论文,陕西师范大学,2009年)进而上溯于唐前,分别探讨了唐代以前的史书、诗歌、小说、文学理论和学者的《史记》接受情况,并对唐代以前的"班马优劣论"演化轨迹、《史记》传播与接受中的儒化现象进行了分析。赵洪梅《〈史记〉在元词中的接受研究》(《社会科学论坛》2010年第4期)则将《史记》的接受研究延伸于元词。此外,韦爱萍《史实与诗美的完整结合——论李白对〈史记〉思想的接受》(《理论导刊》2007年第11期)、《史实和诗美的完美结合——再论李白对〈史记〉的接受》(《渭南师范学院学报》2007年第6期)为李白与《史记》两个个案的互释。

陶渊明接受研究的重要成果有李剑锋《元前陶渊明接受史》(齐鲁书社2002年版)、刘中文《唐代陶渊明接受研究》(中国社会科学出版社2006年版)、田晋芳《中外现代陶渊明接受之研究》(博士学位论文,复旦大学,2010年)等。李著把元代以前的陶渊明接受分为三个时期,即奠基期(东晋南北朝)、发展期(隋唐五代)和高潮期(两宋),并且力求从共时形态和历时形态两个层面上来进行陶渊明接受史的探讨。刘著通过对唐代各种史料爬梳与辨析,按照唐诗的发展线索,把唐代陶渊明接受分为初唐、盛唐、中唐和晚唐四个时期,全面而有重点地描述了唐人对陶渊明思想与艺术接受的历史特点,阐述了陶诗与唐诗之间复杂的、深层的关系。田晋芳的博士论文则探讨了现代的陶渊明接受情况,包括中国和外国的接受。

此外,罗春兰《鲍照诗接受史研究》(博士学位论文,复旦大学,2005年)、王芳《清前谢灵运诗歌接受史研究》(博士学位论文,复旦大学,2006年)分别对鲍照诗歌、谢灵运诗歌的接受情况进行了研究。

3. 古代文学接受个案研究之二:唐五代。主要有李白、杜甫、王维、韩愈、白居易、李商隐等人以及《花间集》的接受研究。

盛唐文学接受的个案研究集中于李白、杜甫、王维三大诗人。李白接受研究的代表性研究成果有[①]:伏涤修《李白诗歌作为唐诗最高典范的被接受与遭贬抑》(《烟台大学学报》2005年第2期)、王红霞《宋代李白接受史》(上海古籍出版社2010年版)、朱易安《试论唐诗学建构的主流与非主流——以李白接受史中的主流与非主流因素为例》(《陕西师范大学学报》2010年第1期)、唐斌、王红霞《试论黄庭坚对李白的接受》(《西华大学学报》2010年第5期)等。杜诗接受研究方面,较早问世的论文有杜晓勤《开天诗人对杜诗接受问题考论》(《文学遗产》1991年第

[①] 台湾学者杨文雄《李白诗歌接受史》(五南图书出版公司2000年版)为第一部古代文学接受个案研究的著作,率先对李白诗歌接受史进行了系统的梳理和分析。

3期)、《论中唐诗人对杜诗的接受问题》(《社会科学辑刊》1995年第1期)等,专门论述了中唐诗人对杜诗的接受;后有黄桂凤《唐代杜诗接受研究》(博士学位论文,北京师范大学,2006年),① 专注于整个唐代对杜诗的接受研究。梁桂芳《宋代杜甫接受的文化阐释——以杜甫与韩愈、李白、陶渊明宋代接受之比较为中心》(《文史哲》2006年第3期)则将杜诗接受研究延伸于宋代,并从杜甫与韩愈、李白、陶渊明比较的视野加以探讨。王维接受研究方面,主要有:周嵩《盛唐和中唐对王维诗歌的接受》(《浙江纺织服装职业技术学院学报》2010年第2期),张进《宋金元王维接受研究》(《西北大学学报》2010年第2期),孙武军、张进《明代前中期唐诗选评中的王维接受》(《宁夏大学学报》2011年第5期)、《清初王维接受研究——从"自然"论窥探王夫之对王维接受》(《陕西社会科学论丛》2011年第3期),袁晓薇《解读一个"全面的典型"——王维诗歌接受史研究刍议》(《阜阳师范学院学报》2009年第2期),汪苹芳《接受美学视角下的王维田园诗汉译英对比研究》(硕士学位论文,湖北大学,2008年)等。

  中唐文学个案的接受研究以韩愈、柳宗元、白居易、李贺等为重点。韩愈、柳宗元在文学史上以"韩柳"并称于世,前者的接受研究主要有:查金萍《宋代韩愈文学接受研究》(安徽大学出版社2010年版)从韩愈的儒学思想、文学思想、诗歌与散文四个方面全面论述了宋人对韩愈的接受情况。王基伦《韩愈散文的读者接受意义》(《唐宋古文论集》,里仁书局2001年版)、熊礼汇《从选本看南宋古文家接受韩文的期待视野——兼论南宋古文选本评点内容的理论意义》(《周口师范学院学报》2007年第4期)重在韩愈散文接受研究。陈新璋《从接受美学看苏轼对韩愈诗歌的评价》(《华南师范大学学报》1992年第2期)、谷曙光《韩愈诗歌宋元接受研究》(安徽大学出版社2009年版)重在韩愈诗歌接受研究。此外,白爱平《姚贾接受史》(博士学位论文,陕西师范大学,2006年)进而对韩孟诗派中的贾岛、姚合并称接受作了史的梳理和研究。有关柳宗元的接受研究主要有:杨再喜《唐宋柳宗元文学接受史》(博士学位论文,苏

---

① 此前有台湾蔡振念《杜诗唐宋接受史》,五南图书出版公司2002年版。

州大学，2007年)、莫山洪《论朱熹对柳宗元文章的接受及其对后世的影响》(《柳州师专学报》2010年第1期)、莫军苗《金元柳宗元文章接受史》(《柳州师专学报》2011年第2期)等，杨文探讨了唐宋时期柳宗元的接受情况，特别是宋代的接受研究尤为详细，先是总论，然后分古文和诗歌两个方面来论述。莫军苗一文延伸于金元，在时段上正好与杨文衔接。白居易是中唐文学接受研究的另一个热点。一是对白居易诗歌接受的整体性研究，如沈文凡、李文玉《白居易诗歌的影响与接受》(《吉林师范大学学报》2010年第6期)，认为对白居易的接受付诸诗歌创作之中，是一种最为创造性和艺术性的接受方式。二是特定时代文学的接受研究，如尚永亮《论宋初诗人对白居易的追摹与接受》(《社会科学辑刊》2009年第4期)、文佳《白居易诗歌在南宋的传播与接受》(硕士学位论文，广西大学，2007年)等；三是经典之作的接受研究，如陈文忠《〈长恨歌〉接受史研究》(《文学遗产》1998年第4期)、陈友康《〈长恨歌〉的文本接受史分析》(《中南民族学院学报》2000年第3期)等；四是由白居易进而拓展至元白诗派的接受研究，如李丹《元白诗派元前接受史研究》(博士学位论文，武汉大学，2005年)对白居易、元稹、张籍、王建四人的诗歌在唐五代和两宋时期的接受情况进行了详细的研究。此外，还有如赵艳喜《论北宋晁迥对白居易的接受》(《广西大学学报》2008年第3期)等的个案研究。李贺也是中唐文学接受研究的一个热点，早期研究论文有高洪奎《李贺诗歌的接受史研究：中唐至五代》(《菏泽师范专科学校学报》1999年第1期)，后有陈友冰《李贺诗歌的历代接受现象及理论思考》(《中国文化研究》2004年第1期)、《李贺诗歌接受现象初探》(《淡江中文学报》2008年第18期)、《李贺诗歌的唐宋接受》(《文学评论》2008年第1期)、张朝丽《论宋末元初文人对李贺诗歌的接受》(《南开学报》2004年第3期)、何新所《王庆澜〈和长吉诗〉在李贺诗歌接受史上的价值》(《中州学刊》2012年第1期)等。

晚唐五代以李商隐与《花间集》的接受研究成果较多。刘学锴《李商隐诗歌接受史》(安徽大学出版社2004年版)一书分为"历代接受概况""阐释史""影响史"三个部分来探讨李商隐诗歌的接受史，重点是"历代接受概况"，以大量的文献梳理排比了一千多年来的接受历程。米彦青《清代李商隐诗歌接受史稿》（中华书局 2007 年版）认为清代是李商隐诗歌接受的重要时期，全书从地域文学、家族文学和女性文学三个方面来探讨清代对李商隐诗歌的接受。《花间集》接受研究主要有：李冬红《〈花间集〉接受史论稿》（齐鲁书社 2006 年版）一书从《花间集》的版本流传、批评、接受三个章节来研究，实际上只有第三章是接受史研究，对宋代、金元、明代、清代的《花间集》接受进行史的梳理。范松义《宋代〈花间集〉接受史论》（《东岳论丛》2010 年第 12 期）、范松义、刘扬忠《明代〈花间集〉接受史论》（《中国社会科学院研究生院学报》2004 年第 4 期）等论文也对《花间集》接受进行了研究。此外，李春桃《〈二十四诗品〉接受史》（博士学位论文，复旦大学，2005 年）对司空图《二十四诗品》在各代的接受情况进行了比较系统的梳理与研究。

此外，张毅《唐诗接受史》（人民文学出版社 2012 年版）选择了"唐诗接受史"这一新颖角度，考察了唐诗自宋代至清代的影响和接受情况，细致而又宏观地探讨和总结了各个时代的主张和特色，讨论了唐诗魅力在不同语境下的反响。沈文凡《唐诗接受史论稿》从思想艺术篇、实证辑考篇及域外亚洲篇三个方面来探讨唐诗传播与接受情况。

4. 古代文学接受个案研究之三：宋金元。宋代文学接受的个案研究主要集中于苏轼、柳永、周邦彦、辛弃疾等人。

北宋文学接受的个案研究以苏轼最盛，早期论文如王水照的《清人对苏轼词的接受及其词史地位的评定》（《苏轼研究》，河北教育出版社 1999 年版）、王友胜《明人对苏诗的接受历程及其文化背景》（《南昌大学学报》2000 年第 3 期），侧重于特定时代的接受研究；王友胜《关于苏诗历史接受的几个问题》（《文学评论》2002 年第 6 期）等侧重于对苏诗接受研究的学理思考。后来如张璟《苏词接受史研究》（光明日报出版社 2009 年版）以及仲冬梅《苏词接受史研究》（博士学位论文，华东师范大学，2003 年）则趋于通代研究，前者注重于"变"的立论点，从文体正变、词史流变、词风消长、时运盛衰、才性各异等各个方面，对苏词在宋金元明清各个时代的接受情况进行了详细的论述。后者先从时间纵向上论述了苏词在宋元明清的接受情况，再从横向比较的角度对苏词与柳永词、辛弃疾词、姜夔词的比较，以及苏词的本事、风格的接受研究，最后通过几首经典词作的阐释史梳理进一步分析苏词接受的个案情况。黄庭坚与苏轼并称"苏黄"，但其接受研究成果无法与苏轼相比，值得关注的是陈伟文《清代前中期黄庭坚诗接受史研究》（博士学位论文，北京师范大学，2007年），该文对清代前中期的黄庭坚接受情况进行较为详细的研究。陈福升《柳永、周邦彦词接受史研究》（博士学位论文，华东师范大学，2004年）从选本中的柳、周词，士人对柳、周词的品评，以及柳、周词对词人创作的影响等几方面来研究柳、周二人之词在历代的接受情况。

南宋文学接受的个案研究以辛弃疾最盛，程继红《辛弃疾接受史研究》（吉林人民出版社2001年版）分上下两编，上编"近八百年重点读者的辛词接受与消费调查"，从南宋庆元以前到当代各大学通行的词选本中，选择最有代表性的18种选本作为抽样调查的对象，其中20世纪以前和20世纪的选本各9种，通过调查总结归纳历代辛词接受的规律；下编"历代稼轩词批评史论"，通过自南宋至近代王国维的评论，探讨批评史中的辛词接受情况。朱丽霞《清代辛稼轩接受史》（齐鲁书社2005年版）则对清代辛弃疾词的接受进行了研究。李春英《宋元时期稼轩词接受研究》（博士学位论文，山东大学，2007年）从理论接受、创作接受和社会接受三个层面来研究宋元时期的稼轩词接受情况。

金元时期的文学接受个案研究以元好问和《西厢记》接受研究为重点。张静《元好问诗歌接受史》（中国社会出版社2010年版）一书把元好问诗歌接受史分为三个时期，即形成时期（金元）、曲折发展时期（明代）、高潮时期（清代）。全书主要是梳理各个时期诗评家对元好问诗歌的阐释、诗人创作受到元好问诗歌影响的情况。伏涤修《〈西厢记〉接受史研究》（黄山书社2008年版）从刊刻、选本与曲谱收录、演唱、文本批评、题评考订、改续之作、文学影响等各方面探讨了《西厢记》在明清时期的接受情况。

5. 古代文学接受个案研究之四：明清。最早以接受来研究小说经典名著的是李延《从接受美学看〈金瓶梅〉研究》（《上海师范大学学报》1988年第4期）、刘绍智《接受中的〈三国演义〉》（《宁夏教育学院学报》1988年第1期)。最早问世的学术专著则是刘宏彬《〈红楼梦〉接受美学论》(河南人民出版社1992年版),该书更多的是美学意义上的探讨,与重在文学接受研究的理路有所不同。后有喻晓、闻钟《〈红楼梦〉接受史研究:21世纪红学新路径之一》(《红楼梦学刊》2000年第3期),提出以接收史研究作为拓展红学研究的新路径。高日晖、洪雁《水浒传接受史》(齐鲁书社2006年版)把《水浒传》接受史分为明代、清代、清末民初、现代和当代几个时期,探讨其接受情况。郭冰《明清时期"水浒"接受研究》(博士学位论文,浙江大学,2005年)则对明清时期的"水浒"接受进行了探讨,分统治者、文人和民众三个层面来论述。宋华伟《接受视野中的〈聊斋志异〉》(博士学位论文,山东师范大学,2008年)对《聊斋志异》的接受进行了论述,分古典接受阶段、中华人民共和国成立前的现代接受、中华人民共和国成立初期的接受阶段、新时期的接受阶段四个时期,并考察了《聊斋志异》的域外接受情况。

近年来,明清文学接受研究除了小说外,也有其他文体接受研究。如汪超《明词传播考述》(中华书局2017年版)讨论了明人词作在明代的传播,并借此揭示明词的流传方式、流布特点、接受规律,丰富特定文体的断代文学史内容,完善对词史发展链条的叙述。全书是以文学传播活动的各个要素为节点的线性结构,既有对明词传播整体的宏观考察,又有对特殊现象的微观讨论。全书分三部分:第一部从总体上勾勒明代文学传播的条件、背景,将明词传播置于明代文学的整体状况中考察;第二部分介绍了明词传播的主要方式及其传播效果;第三部分是对明词传播特殊现象的考察。

6. 古代文学域外接受研究。古代文学的域外接受也有少量研究成果。马金科《朝鲜诗学对中国江西诗派的接受》(民族出版社2006年版)首次对朝鲜诗学之于江西诗派的接受进行了全面系统的研究。该书从朝鲜诗学的接受语境出发,分析了朝鲜诗学的接受屏幕和期待视野,在对接受中介的分析中探讨了接受的途径,通过对朝鲜诗话文本的深入解读,研究了朝鲜诗学对江西诗派的代表作家及其诗学理论接受的实际,并且与中国诗学的比较分析中,总结了朝鲜诗学接受江西诗派的特点和意义。刘芳亮

《日本江户汉诗对明代诗歌的接受研究》（博士学位论文，山东大学，2009年）论述了日本江户时代汉诗对明代诗歌的接受，特别重点研究了江户时代汉诗对前后七子、公安派的接受情况。

四　古代文学的传播—接受研究

除了以上以传播或接受的不同视角展开论述之外，还出现了一些合传播与接受而一并加以研究的论著。总的来看，古代文学的传播—接受双向研究，也同样贯穿历代，但成果不如上述单向研究丰富。

1. 古代文学传播—接受整体研究。通代研究成果有限，断代研究以建安与唐宋文学为重点。

首先说传播—接受的通代研究。以赵山林《中国戏曲传播接受史》（上海人民出版社2008年版）一书为代表，此书首次以中国戏曲的"传播"与"接受"为研究对象，以"观众与作者""演员与作者""观众与演员""演员与演员""观众与观众"五条主要线索，系统地梳理了自宋代至清末近千年中国戏曲传播接受的历史轨迹，深入探讨了其中的规律。内容不仅涉及作家、演员、观众、批评家、戏班主人和出版商等多个层面，还涉及各种声腔剧种的传播与交流，多种演剧形态和场所的交叉与竞争，多种传播方式的共存与兴替，为中国戏曲构建了一部丰富多彩、引人入胜的传播接受史，是对中国戏曲史研究的重要拓展。

其次看传播—接受的断代研究。唐前建安文学是一个研究重点，主要有王玫《建安时期文学的接受与传播》（《厦门大学学报》2000年第3期）、《建安文学在唐代的接受与传播》（《厦门教育学院学报》2003年第2期）、《建安文学在宋代的接受与传播》（《文学评论》2001年第3期），邓义兰《建安文学在南朝的传播接受》（硕士学位论文，武汉大学，2005年）。以马丽娅《先唐俗赋传播接受研究》（博士学位论文，南京师范大学，2007年）为传播学和接受美学视角研究俗赋，重点探讨了先唐俗赋的传播情况，包括俗赋的传播者、传播途径、传播的历史记录、传播的外在文化影响等。唐宋两代文学的接受研究，主要尚永亮《中唐元和诗歌传播接受史的文化学考察》（武汉大学出版社2010年版）、陈水云《唐宋词在明末清初的传播与接受》（中国社会科学出版社2010年版）等。尚著对元和诗自中晚唐五代至明清的传播接受情况进行全面系统的梳理与分析；陈著以唐宋词在明末清初的传播与接受为研究对象，考察了唐宋词在明末清初的接受情况。唐宋之后的接受研究，主要有郭英德《元明的文学传播与文学接受》（《求是学刊》1999 年第 2 期），重点对元明文学的传播与接受作了简要的论述。

2. 古代文学传播—接受个案研究。以先秦与唐宋为两大重点，介于其中的汉魏六朝时段，仅有马丽娅《西汉〈楚辞〉传播接受的途径与方式》（2008），张敏、肖伟《〈古诗十九首〉在宋代的传播与接受》（2007）等少量论文出现。唐宋之后则呈逐步递减效应，值得关注的是李根亮《〈红楼梦〉的传播与接受》（黑龙江人民出版社 2007 年版）一书，对拓展《红楼梦》研究的视界与领域具有一定的意义。

重点之一是先秦文学接受个案研究，主要有王秀臣《〈诗〉的礼典属性及其传播与接受机制的发生》（《北方论丛》2006 年第 1 期）、尚永亮《庄骚传播接受综论》（文化艺术出版社 2000 年版）、龙剑梅《〈山鬼〉主题的多元接受及其对文学传播的启示》（《湖南城市学院学报》2009 年第 5 期）等。王文认为西周时代的《诗经》作品都是为礼典而创作，因礼典而传播和接受。此文主要从《诗经》的礼典属性论述其传播与接受的发生机制。尚著分上、中、下三篇，其中上篇庄子论、中篇屈原论皆非传播接受研究，下篇庄骚传播接受论结合社会文化思潮，对《庄子》《楚辞》在先秦两汉时期传播与接受的情况及其特点进行了详细探讨，是先秦文学传播研究的重要著作。

重点之二是唐宋文学接受个案研究，其中唐代主要有胡振龙《唐五代人对李白诗歌的传播与接受》（《云梦学刊》2003 年第 4 期），刘磊《韩孟诗派传播接受史研究》（博士学位论文，武汉大学，2005 年）、《从历代选本看韩孟诗派之传播与接受》（《东南大学学报》2005 年第 2 期）、陈文忠《从"手抄本"到"印刷本"的文化旅程——〈寻隐者不遇〉传播接受史研究》（《浙江社会科学》2011 年第 12 期），张春媚、刘尊明《温庭筠词在晚唐五代的传播与接受》（《齐鲁学刊》2003 年第 1 期）。宋代个案研究主要有白贵、高献红《西昆体诗之传播与接受》（《河北大学学报》2009 年第 3 期），陈岳芬《北宋时期柳永词的传播与接受》（《暨南学报》2006年第3期），余敏先、米学华《试论柳永词在宋代的传播与接受》（《淮南师范学院学报》2004年第2期），邓建《论金、元二代柳永词的传播与接受》（《渤海大学学报》2006年第1期），邱美琼《黄庭坚诗歌传播与接受研究》（江西人民出版社2009年版），李静《朱淑真诗词在宋代传播与接受考》（《江西科技师范学院学报》2006年第5期），等等，仍然集中于柳永。

3. 古代文学域外传播—接受研究。朱玉麒《中古时期吐鲁番地区汉文文学的传播与接受——以吐鲁番出土文书为中心》（《中国社会科学》2010年第6期）一文具有较高的学术价值，此文认为吐鲁番文书从外形到内在的"双重碎片"模式，以其丰富性、多样性构建了中古时期吐鲁番汉文文学传播与接受的过程与现场。

五 古代文学传播—接受研究评价

从以上四个方面的梳理与分析上来看，传播学作为一种外来理论在古代文学研究上的运用和开拓，既取得了较为突出的成就，同时也存在一些不足。

首先，从研究对象来看，古代文学传播研究侧重于文学的分体研究，所涉及的主要文体有唐诗、宋词、元剧和明清小说。这体现了"一代有一代之文学"的经典性，体现了经典文学因其突出的艺术生命力受到阅读者重视而得到广泛传播的文学现象。因此这种时代经典作品的传播研究有着特别突出的学术价值和典范意义。但是这种经典传播研究所涉及的文学对象又是较为狭隘的：一是表现在只集中在"一代文学"中的一种经典文体上，而未重视"一代文学"同时并存的其他文体作品的传播情况；二是表现在"一代文学"的时段选择主要分布在唐代以后，而对于唐代以前的许多经典文学的传播情况未予以重视，实际上唐代以前的文学作品传播时间更久远，影响力更持久，它们对唐代及其以后的经典作品有着重要影响；三是表现在一种文体的作品选择也往往是极为有限的几种经典作品，在作品选择上还不具有广泛性。由于研究对象狭隘化，因而不能完整地全面地展示中国古代文学作品传播的真实性和全貌性。

其次，从研究内容来看，古代文学传播研究的主要内容是对文学传播的方式和媒介进行较为深入的探讨，这就抓住了文学传播研究的核心和本质，因为不同文体的文学传播需要依凭不同的传播媒介和方式，如词的最初传播与歌妓唱诵、小说的传播与出版印刷是有密切关联的。然而文学传播的研究内容又不仅仅局限于此，王兆鹏指出中国古代文学传播研究有六个层面，包括传播主体、传播环境、传播方式、传播内容、传播对象和传播效果。① 因此古代文学传播研究除了从传播方式和媒介来探讨外，还应广泛研究其他相关内容，虽然有些论著和文章对其他内容或多或少有所涉及，但总体上是关注不够，特别是从六个层面的综合上来探讨文学传播的研究更是乏见，这是值得期待的。

　　最后，从研究的理论探讨来看，虽然断续有一些文学传播方面的理论文章发表，甚至有人提出文学传播学的学科建构，② 但总的来说古代文学传播研究是较为缺乏理论探讨的，因而研究实践也缺少具体的理论指导。即便是文学传播最基本的概念范畴，其内涵也含混不清，诸如"传播与接受""传播与影响""传播与研究"之间的联系与区别，并没有十分明晰的阐释与界定，因此在研究实践上往往是各唱各的调。有些虽能够给予它们一定的界定和区分，但理论与实践脱节，最终是"接受""影响"和"研究"往往也成了"传播"的另一种代名词。

　　正如古代文学传播研究一样，古代文学的接受研究所考察的对象也主要是一些经典作家和作品，这充分体现了经典作家的艺术成就和经典作品的艺术魅力，但同时这也显示出接受研究所涉及的面较为狭窄。古代文学接受研究开拓了从读者接受视角研究文学的新视野，促进了古代文学研究新的学术生长点，但接受往往是与传播相伴而生的，因此在理论上和实践上如何区分文学接受与文学传播也就成了研究中的现实难题；同时，学术研究也是一种特殊的接受，因此接受史研究与研究史或曰学术史研究又作如何的区分也是研究中必须面临的难题。尽管有些学者已经对文学接受的理论作过一些探讨，但所提供的答案尚未圆满解决研究中的难题，所以在

---

① 王兆鹏：《中国古代文学传播研究的六个层面》，《江汉论坛》2006 年第 5 期。
② 如曹萌《文学传播学的创建与中国古代文学传播研究》，《沈阳师范大学学报》2004 年第 5 期；李永平《古典文学传播研究刍议》，《光明日报》2005 年 7 月 29 日。

文学接受研究的具体实践中，不少研究者往往把传播与接受混杂在一起，把接受史研究等同于研究史或学术史研究，在研究方法上往往是对文学接受的文献资料（也可以看作传播资料或学术研究资料）进行排比梳理，而没有考虑文学接受研究的学术独立性和独特性。因此，必须从理论和实践上进一步厘清接受与传播、接受与研究的本质区别，这样才能真正深化古代文学的接受研究，开拓研究新境界。

实际上，存在于古代文学传播—接受研究中的以上问题，既有实践层面的问题，又有学理本身的问题。因此，有必要认真听取和借鉴一些学者对古代文学传播—接受研究理论与实践的反思之言，以便从中获得多重启示意义。比如李永平《古典文学传播研究刍议》（《光明日报》2005 年 7 月 29 日）、熊柱《关于当前古代文学传播研究现状的思考》（《经济与社会发展》2004 年第 4 期）、陈文忠《20 年文学接受史研究回顾与思考》（《安徽师范大学学报》2003 年第 5 期）、袁晓薇《别让"接受"成为一个"筐"——谈古代文学接受史研究的变异与突围》（《学术界》2010 年第 11 期）等文，分别就古代文学传播—接受研究中所存在的一些重要问题提出了自己的意见和建议。

李永平《古典文学传播研究刍议》对近几年有关古代文学的传播研究多有批评，认为其研究内容主要停留在三个方面：一是某一作家在文学史上的传播接受状况；二是某一文学体裁、题材、流派或艺术形象的传播方式或传播者考释；三是跨地区、跨文化的文学传播交流情况。由于知识结构的局限，从事古典文学传播研究的学者对源于西方的传播学完整的理论架构和独立的研究方法还不甚熟悉，对古代文学传播的把握多停留在经验描述的层面。该文甚至认为，到目前为止，学术界还没有真正运用传播理论、方法研究古典文学的范例，学者间也没有实现视界交融和对话。关于什么是"文学传播研究"认识上还不统一。基于此，对文学传播研究本身的性质、理论体系、研究对象、研究内容、方法、意义的探讨亟待展开，为建立文学传播学做准备。

陈文忠《20 年文学接受史研究回顾与思考》、袁晓薇《别让"接受"成为一个"筐"——谈古代文学接受史研究的变异与突围》两文则主要是针对古代文学接受研究而言的。陈文提出当前的接受史研究中仍存在一些亟待解决的问题。例如，在观念上，"接受史"与"学术史"常混而不分；在操作中，有的往往流于接受文本的罗列排比。只有在理论上真正搞清接受史的学术特质，才能在操作中避免接受史研究的变异。因此，有必要辨明接受史与学术史的异同。接受者包含研究者，"接受文本"同样包容"学术文本"，在古典文学研究的结构体系中，接受史与学术史确是紧邻，但不应把二者简单等同。所谓接受史实质是作家作品与历代接受者的多元审美对话史，是本文的召唤结构在期待视野不同的历代接受者审美经验中具体化的历史，也是古典作家的创作声誉史和经典作品的艺术生命史；它通常体现为不同时期的接受史，包括普通读者、评论研究者以及作家艺术家，对作为接受对象的作家作品做出的理解、阐释及在创作中接受影响和借鉴等。接受史研究的目的是沟通古今的审美经验，让古典走向现代。从这个意义上说，接受史作为与创作史前后衔接的现代文学史格局中的新维度，同"辨章学术、考镜源流"而更紧邻文学史料学的学术研究史，在主体范围、对象性质、功能任务和研究态度等方面，均有实质区别。袁晓薇文进而指出：目前的古代文学研究领域中，在接受史研究广受瞩目、成果纷呈的同时，也暴露出一些缺陷和不足，主要表现为混淆了接受史研究和史料学、学术史研究等的区别，以简单化的模式对不同接受对象进行统一操作等。这些倾向均为接受史研究学术特质的"变异"，若不加以澄清和纠正，将导致接受史研究学术意义的丧失。富含学术思考的"问题意识"是接受史研究成功突围的关键。

总之，古代文学传播与接受研究越来越受到人们的关注和重视，其学术前景是喜人的，但对于文学传播与文学接受的单向研究或传播—接受的双向研究及其与文学影响、文学研究之间的异同关系，还是应该作进一步的区分与辨析，力求避免文学传播与接受研究的不断泛化之弊。与此同时，要努力通过贯通传播学—接受理论与方法，建构具有中国特色的文学传播学学术体系，然后在此坚实的根基上展开富有学术个性的高质量研究。

第五节　古代文学的图像学研究

"'图像研究'和'图像学'这两个术语于20世纪20年代和30年代在艺术学界开始使用。"[1] 图像学源于19世纪在欧洲美术史研究领域里发展起来的图像志研究，进入20世纪以后其研究领域不断扩大，进而发展成为一种艺术研究的新方法：图像学。1912年瓦尔堡在国际艺术史大会上宣读了题为《弗拉拉的无忧宫意大利艺术与国际占星术》的论文，由此成为图像学创始人。随后，潘诺夫斯基发表了《视觉艺术的含义》《图像学研究》等著作，在理论上对图像学进行了相当完备的阐述。后来，贡布里希又建立了图像学阐释方式标准。20世纪末，米歇尔又陆续发表了图像学理论三部曲：《图像理论》《图像学》和《图像何求》。20世纪以来，在瓦尔堡、潘诺夫斯基、贡布里希、米歇尔等人的努力下建立的图像学理论风行于世，并逐渐发展成为具有广泛影响力的研究方法和理论。随着"读图时代"的到来，图像学研究成为文学、哲学、美学、艺术、视觉文化等人文学科学术研究的一个热点，21世纪前十年，图像学甚至在我国出现一种骤然升温的情形。到2000年前后，"'图像'成为国内学术界的一个热点"，[2] 图像学研究理论成果的引进为古代文学研究提供了一种新的理论视角和思维方式，在古代文学的文本阐释、接受与传播、文学史研究等方面具有重要意义。当今社会图像化的加剧，使得图像学研究成为充满活力的前沿学术研究。

一　古代文学与图像学理论建构

20世纪80年代以来，学术界开始大规模地引进西方的学术思潮，图像学理论和著作得到广泛译介和引进，如潘诺夫斯基《视觉艺术的含义》（辽宁人民出版社1987年版）、《图像学研究：文艺复兴时期艺术

---

[1] ［英］彼得·伯克：《图像证史》，杨豫译，北京大学出版社2008年版，第41页。
[2] 尹德辉：《图像研究的历史渊源与现实语境》，《百家评论》2015年第6期。

的人文主题》（上海三联书店 2011 年版），贡布里希《象征的图像：贡布里希图像学文集》（上海书画出版社 1990 年版），艾尔雅维茨《图像时代》（吉林人民出版社 2005 年版），彼得·伯克《图像证史》（北京大学出版社 2008 版），柯律格《明代的图像与视觉性》（北京大学出版社 2011 年版），米歇尔图像理论三部曲：《图像理论》《图像学》和《图像何求》（北京大学出版社 2006 年、2012 年、2018 年版）等均已有译本。

西方图像学的引进促进了中国图像学研究的发展。1994 年，朱狄《当代西方艺术哲学》（人民出版社 1994 年版）中即专设"'形象'概念的新探索"一节介绍以米歇尔为代表的西方图像研究。之后，广曜《图像的危机及其挑战者：白廷图像学的意义》（《社会科学》2002 年第 9 期）介绍了德国学者白廷的图像学研究；易英《图像的模式》（《理论研究》2003 年第 4 期）对比了潘诺夫斯基"历史的重构"与贡布里希"方案的重建"两种图像学模式；于德山《中国图像叙述传播》（山东文艺出版社 2008 年版）围绕中国古代图像叙述传播中的"语—图"互文现象，重点探讨影响中国古代图像叙述传播的诸多问题，总结其方法、风格与规律；李鸿祥《图像与存在》（上海书店出版社 2011 年版）从探究图像在人类历史上的发生、发展、形式建构，思考图像和人之间的关系；肖伟胜《视觉文化与图像意识研究》（北京大学出版社 2011 年版）从哲学与美学意义上对图像意识中的认知与审美进行探讨；尚杰《图像暨影像哲学研究》（中国社会科学出版社 2016 年版）讨论为什么图像和影像问题成为哲学领域的前沿问题，从学理上分析哲学如何实现从思想、语言到图像的转向；罗小华《潘诺夫斯基图像学研究》（中国社会科学出版社 2016 年版）是国内首部潘诺夫斯基研究专著，对其图像学的方法论建构、操作模式、阐释效力及理论局限进行分析。以上论著以西方图像学为阐释前提或对象，为国内研究提供了理论基础。

然而，图像学虽然创自西方，并不意味着中国的图像学研究没有深厚土壤。事实上，中国对图像的使用有着悠久传统。包兆会《"图文"体中图像的叙述与功用——以传统文学和摄影文学中的图像为例》（《文艺理论》2006 年第 6 期）提出中国传统文学中的"图文体"很早就存在。邱林山《"语图批评"与古代文学的图像解读》(《语文教学通讯》2016年第4期)指出"我国自古以来就有'左图右书'之说,《周易》中的象与辞,'河图''洛书'之说也展现了我国图文并重的文化传统,还有汉赋与汉画、敦煌变文与变相、题画诗与诗意画、小说戏曲与插图、连环画、版画等,都是图文合一的表现"。龙其林《论中国文学图像史料学的建构》(《南方文坛》2018年第3期)也认为中国图文互证的历史可以追溯到上古时期的山海经图。

具体到古代文学研究领域,也早有一批学者意识到图像的重要性。20世纪初,鲁迅就在《连环图画琐谈》中对古代小说中的出像、绣像、全图作了简单介绍,在《连环图画辩护》一文中呼吁"自然应该研究欧洲名家的作品,但也更注意于中国旧书上的绣像和画本"。[①] 郑振铎在图像研究上倾注了大量心血,自1927年发表《插图之话》后,他又出版《中国古代版画丛刊》《中国版画史图录》等,对古代版画进行精选和刊印。此外,他还将图像纳入文学史研究,其《插图本中国文学史》收录了各种图像,包括作家手稿、肖像、书籍插图,真正做到了"图说中国文学史"(朴社1932年版)。阿英自20世纪20年代起一直致力于古典文学插图的收集,编成《红楼梦版画集》(上海出版公司1955年版),撰写《漫谈红楼梦的插图和图册——纪念曹雪芹逝世二百周年》(《文物》1963年第6期)。80年代以来,从图像学角度观照文学史的呼声日益高涨。傅璇琮倡导"将与文学邻近的艺术样式,如音乐、舞蹈、绘画、建筑等"[②] 纳入文学史观照,以呈现文学发展"立体交叉"的生动场景。[③] 杨义一直提倡"重绘中国文学地图",尝试以"文学图志学"的观念书写文学史,其《中国新文学图志》(人民出版社1998年版)、《中国古典文学图志》(生活·读书·新知三联书店2006年版)等著作中就采用了大量图像。2002年,葛兆光发表《思想史研究视野中的图像》(《中国社会科学》2002年第4期)率先把图像纳入思想史研究

[①] 《鲁迅全集》第四卷,人民文学出版社2005年版,第460页。

[②] 傅璇琮:《文学编年史的设想》,《江海学刊》1997年第3期。

[③] 同上。

视野。袁行霈《古代绘画中的陶渊明》以文学史和美术史交叉的视角考察陶渊明题材绘画，探讨陶渊明作为一个中国文化符号所体现的人生追求、美学理想及其广泛影响（《北京大学学报》2006 年第 6 期），令人耳目一新。

历史逻辑是理论逻辑的前提，学界在图像学的理论建构过程中，也高度关注从先秦到明清本土图像的历史演变历程，并试图从中汲取经验启示与理论资源。早在先秦及秦汉时期，文学尚未从文化中完全独立，其图—文关系首先值得深入探究。何继恒《论〈九歌〉文学与图像的关系》（《南昌大学学报》2017 年第 6 期）将九歌图像分为有景界、无景界、摘取情节和"二湘"图像四种类型，认为画家在创作《九歌》图像时，既参照了历代楚辞评注，也在图像中表达了自己的观点，评注与图像相互影响，共同推动了《九歌》的传播与研究；何继恒的另一论文《论〈天问〉文学与图像的关系》（《云梦学刊》2018 年第 2 期）则通过对遗民画家萧云从《天问图》的分析，提出图像一方面对文本进行阐释，另一方面也会消解文本的意象。华立群、李征宇《汉代文图关系的历史定位》（《江汉论坛》2015 年第 12 期）回溯汉代图像与先秦文学的关系，梳理汉代文图关系资料并挖掘汉代文图关系理论，认为汉代文学图像有着繁多的文学图像、独特的文图结合构图方式、恒久的图像母题和高超的叙事技巧。许结的《汉代文学与图像关系叙论》（《社会科学》2017 年第 2 期）介绍汉代文学与图像的时代背景，分析汉代文图关系的构成，指出"汉赋"与"汉画像石"是汉代文图关系的聚焦。李征宇《汉代文学与图像关系考论》（博士学位论文，南京大学，2012 年）选取神仙信仰、礼教观念与史传传说的文图呈现三个母题对汉代文学与图像的关系展开论述。魏晋南北朝文学时段研究中，邹广胜《魏晋南北朝图像与前代文学》（《中文学术前沿》2018 年第 1 期）认为魏晋南北朝图像大量从前代文学中获得创作题材，其体现出的道德观与价值判断、审美观与艺术风格也多继承了前代文学与艺术的基本观念。王怀平《魏晋南北朝文学与图像艺术的"语图"会通》（硕士学位论文，南京大学，2013 年）则立足于魏晋南北朝文图艺术"语—图"会通模式与逻辑对后世文艺创作产生的影响，从文化语境、显现形态、会通逻辑、历史影响等方面入手,把握"语—图"会通的历史必然、历史象征与历史影响。宋代文学也偶有涉及,杨光影《南宋宫廷艺术中的文学与图像关系研究:以诗画关系为探讨中心》(博士学位论文,东南大学,2017年)考察南宋宫廷艺术中的诗画关系,指出其为以宫廷命意为契合点的诗画互文。明清段也是文学与图像关系研究的重点,主要集中在下文将展开的小说戏曲插图上,详下。从理论层面论述断代文学与图像关系的有:赵敬鹏《论明代"文学与图像关系"理论的问题域及其意义:以"诗画关系"为中心》(《文学研究》2018年第1期)注重考察明代的诗画关系,提出中国的"诗画关系"理论在明代已走向完满与成熟,直到20世纪初才被注入新的活力。段德宁《晚清文学图像关系理论述要》(《河北民族师范学院学报》2018年第1期)指出晚清时新传播媒介的深刻发展对文学图像的传播产生重大影响,文学图像发生了重大变革。所有这些历史性回顾与总结都可以为图像学的理论建构提供有益的启示。

进入21世纪后,随着多媒体技术和网络技术的快速发展,报刊、网络、影视上的大量图像入侵传统的以文字为主要媒介的文学,面对"文学遭遇图像时代"的现实境遇,一批学者开始思考文学在"图像时代"的生存状况和前途命运,思索文学与图像的关系,如彭亚非《图像社会与文学的未来》(《文学评论》2003年第5期)、李靓《文学与图像的世纪遭遇:图文之争及其文学发展前景问题讨论述评》(硕士学位论文,江西师范大学,2007年)、斯炎伟《图像文化逻辑与当前文学的生存境遇》(《文艺理论研究》2005年第2期)、杨雪筠《基于再现的文学与图像关系研究》(硕士学位论文,湘潭大学,2013年)、陆涛《文学与图像:兼论图像时代的文学命运》(《东方论坛》2013年第1期)等。当文学图像化成为一个不争的事实后,如何应对文学图像化则成为一个亟须解决的问题,不少学者也在孜孜探索,如高建平《文学与图像的对立与共生》(《文学评论》2005年第6期)探讨文学与图像的关系,提出"'图像世界'离我们越来越近之时,真实的世界就会离我们越来越远。回到真实的世界,这才是人类永恒的追求"。2007年,中南大学、湖南师范大学、湖南大学等5所高校联合举办"图像社会与文学发展"专题座谈会,与会专家认为图像社会的到来是一个必然过程,并提出图像社会文学研究的调整方式与应对措施。① 相关论述还有李清良、吴颖妹《图像化时代：文学的使命与命运》（《理论与创作》2008年第2期），赵晓芳《视觉文化冲击与浸润下的文学图景：论世纪之交中国文学的图像化走势》（博士学位论文，华中师范大学，2008年）等。

　　文学遭遇图像时代或者说文学图像化在21世纪初作为一个学术热点引起学界热烈讨论，但正如赵宪章指出的"关于这一问题的阐发远未触及文学和图像关系的根本，宏观的、情绪性的和表态性的论述仍然是这一话题的主流，学理层面的深度阐发仍然显得相当薄弱"，故其力图将这一问题从文化研究的宏大层面落实到文学理论的具体操作，并正式提出了"文学图像论"这一理论命题，"文学图像论"的研究主题是文学与图像的关系，其核心是语言和图像的关系，即"语—图"关系问题。② 2011年以来，赵宪章陆续发表系列论著，如《语图互仿的顺势和逆势》（《中国社会科学》2011年第3期）、《语图符号的实指和虚指》（《文学评论》2012年第2期）、《语图传播的可名与可悦》（《文艺研究》2012年第11期）、《从语象到图像：论文学图像化的审美逻辑》（《江西社会科学》2013年第2期）等，不断丰富、深化自己的理论，提出图像模仿语言是二者互仿的"顺势"，语言模仿图像是二者互仿的"逆势"等富有启发性的观点。龙迪勇《图像与文字的符号特性及其在叙事活动中的相互模仿》（《江西社会科学》2010年第11期）也持类似看法。段德宁《文学图像学溯源及其中国语境》（《内蒙古社会科学》2015年第4期）提出图像学可以为文学研究提供重要视角，在中国语境中引入文学图像学研究，既有益于推动文学和图像的综合研究，又为探讨中国语境的"语图旋涡"谱系，建构本土的形象文化史提供方法参照。邱林山《"语图批评"与古代文学的图像解读》（《语文教学通讯》2016年第4期）指出"语图批评是基于图像学的图式转向理论和图像研究分类系统利用'语图互文'的关系，来阐释、研究文学的批评方法"，应当成为古代文学研究的一种新视

---

① 欧阳文风：《"图像社会与文学发展"专题学术座谈会综述》，《中南大学学报》2008年第5期。
② 赵宪章：《"文学图像论"之可能与不可能》，《山东师范大学学报》2012年第5期。

角、新方法。李明彦《语图互文理论中的中国诗学因素》(《文艺争鸣》2014年第12期)考察了"语图互文"的历史性,认为中国诗学里的"言象论""诗画论"和"虚实论"可以为语图互文提供理论支持。此外,北京大学分别在2017年和2018年举办了第一届、第二届"文学与图像"学术论坛。与会者站在不同的学科立场,就图文关系、图像呈现、图像叙事等问题,对文学图像论的研究方法、文学图像学的建构等问题发表了饶有新意的看法。

赵宪章的"文学图像论"在以往学者对西方理论介绍、挪用的基础上前进了一大步,显示出明显的理论建构意识。随着中国学者对西方图像学理论运用的深入,越来越多的人发现西方图像学理论并不完全适用于中国古典图像研究。颜彦指出,西方图像学和中国古典文学插图研究在对象上存在本质不同,前者是针对媒体、网络、影视的现代图像,后者则是针对刊本上的静态图像。"现代图像学与传统插图在图像诞生的技术方式、存在的媒介方式、阅读的感知方式等许多方面具有天壤之别","中国古典文学插图的研究应该是朝着建构具有自身民族性和身份特性的理论方向发展"。[①] 无独有偶,乔光辉也旗帜鲜明地提出要自觉建构理论体系,主动探寻本土化学术路径,构建起明清小说戏曲插图学研究的学术体系。[②] 彭智《图像理论及其本土化径向:2010年以来国内图像研究述评》中也提出了具有建设性的意见:

> 图像研究既要解决深层的理论问题,也要关注当下现实问题;既要注重图像本身的审美价值,也注重图像指向的艺术功能、叙事功能、传播功能和批评功能;既要在各个学科交叉研究中获得新意取得突破,也要以解决中国问题、建立中国气派的学科体系为旨归。如果说学理上的逻辑性和本土化的实证性是图像研究的两翼,那么相应地运用有中国特质的哲学美学理论,对中国丰富的图像资源进行深入发掘,研究图像世界、视觉主体、图像文本,阐释图像与文学、艺术、

[①] 赵宪章:《中国古代四大名著研究》,社会科学文献出版社2014年版。
[②] 乔光辉:《明清小说戏曲插图研究》,东南大学出版社2016年版。

哲学、社会、经济、历史与政治的关系，在跨学科视野下建构中国不同类型的图像理论体系则不失为一条值得期许的研究路径。①

以赵宪章、颜彦、乔光辉、彭智等为代表的中国学者们，以强烈的民族责任感和理论建构意识，努力挣脱西方话语体系的束缚，建构适合中国本土的理论体系，共同推动了中国图像学理论的发展。

二　古代文学文本的插图研究

盘点古代文学领域的图像研究，涉及文学插图、图像叙事与图像传播以及文图关系的探讨。其中文学插图研究是重心所在。

某些作品带有插图是中国文学史上颇具特色的现象和历史传统，就作品本身而言又可以分为小说插图、戏曲插图、其他书籍插图等，其中小说插图又是其中的大宗。对小说插图的研究迄今已有近百年的历史，毛杰《中国古代小说插图研究的序时维度与方法论立场》（《求索》2016 年第 11 期）、《试论中国古代小说插图的批评功能》（《文学遗产》2015 年第 1 期）将近百年的小说插图研究分为两个阶段：第一个阶段从 20 世纪前期到 20 世纪 60 年代，以鲁迅、郑振铎、阿英、傅惜华、周芜为代表的一批学者主要进行古代版画研究；第二阶段从 20 世纪 70 年代末至今，"小说版画图录和小说影印本得以大量出版发行，小说版画专史得以系统梳理，小说插图研究与宏观的文学研究进一步结合，成为叙事、传播、文体研究等小说研究课题中的重要命题。研究方式和角度逐渐呈多元化态势"。②纵观 21 世纪小说插图研究，大体可以分为四类。

1. 文学插图整体研究。李芬兰、孙逊《中国古代小说图像研究说略》（《明清小说研究》2007 年第 4 期）对近百年古代小说图像研究进行回顾和总结，指出近百年古代小说图像研究呈现"三分天下"的特点：一是对古代小说图像进行整体梳理和描述；二是专书、专人研究；三是从文

---

① 彭智：《图像理论及其本土化径向：2010 年以来国内图像研究述评》，《中国文艺评论》2018 年第 8 期。

② 毛杰：《试论中国古代小说插图的批评功能》，《文学遗产》2015 年第 1 期。

学、传播学、符号学等方面观照小说图像。虽然学界对小说图像的研究取得了显著成绩，但仍存在着不少难点，如图像的刊刻时间、绘画者、刻工多难以确定，小说图像资料匮乏等，需要各方共同努力、灵活应对。刘文玉、陆涛《图像时代下的中国古代小说插图研究》（《廊坊师范学院学报》2013年第1期）认为近年来对小说插图的研究偏重于史的梳理，缺乏理论深入研究，提倡用"语—图"互文的方法进行研究。毛杰《中国古代小说绣像研究》（博士学位论文，华东师范大学，2014年）对古代小说绣像的演进进行梳理、编年，并论述小说绣像的叙事和批评功能。此后，其《中国古代小说插图研究的序时维度与方法论立场》（《求索》2016年第11期）对20世纪二三十年代以来的小说插图研究做出梳理，发现不少研究成果只是美术研究的翻版，提倡将插图研究回归到小说学本位，改变以往以审美为准则的评价标准，提出可从加像观念、叙事功能、批评功能、文体建构、传播流变五个维度开展研究，同时厘清、规范小说插图研究中的基本术语，重审、反思一些经典结论。其他值得关注的成果还有王莉《明代中后期南京坊刻插图本通俗小说考述》（《明清小说研究》2008年第1期），程国赋《论明代通俗小说插图的功用》（《文学评论》2009年第3期），元鹏飞《论明清的小说刊本插图》（《广东技术师范学院学报》2009年第4期），张玉勤《论明清小说插图中的"语—图"互文现象》（《明清小说研究》2010年第1期）、《中国古代戏曲插图的图像功能与戏曲语汇》（《广西社会科学》2011年第6期），陆涛、张丽《明清小说出版中的语—图互文现象》（《鲁东大学学报》2013年第4期），田威《晚明文本插图研究》（博士学位论文，华中师范大学，2014年），金秀玹《论明清时期的小说插图意识及其功能》（《温州大学学报》2014年第5期），王阳《清代小说绣像研究》（硕士学位论文，西北师范大学，2016年），张青飞《明刊戏曲插图本考述》（《山西师大学报》2016年第5期），雷盼《明刊小说插图本"图—文"互文研究》（硕士学位论文，四川师范大学，2017年），王逊《作为文献的明清小说插图——明清刊本小说文图关系研究方法反思》（《社会科学》2018年第7期），张玄《晚明笔记小说插图研究》（《中国出版史研究》2019年第1期）等，或从时段入手，或从功能入手，或从作者意识入手，或从互文性入手，各有创见。有的研究已注意到不同刻工或刊刻地、刊刻者的不同特点，进入"图像地域性"研究，乔光辉在这方面有系列论文，如《金陵插图与〈西游记〉传播——兼谈金陵、徽州、建阳插图异同》（《淮海工学院学报》2009年第2期）、《建本插图与戏曲传播》（《艺术学界》2012年第2期）、《抽象与世俗：建本〈西游记〉插图的文本接受》（《东南大学学报》2013年第1期）、《论广东芥子园〈镜花缘〉插图的文本接受》（《广东社会科学》2013年第3期）等，另外还有石兵《明清苏州刊刻小说插图本研究》（硕士学位论文，东南大学，2013年）、《象征与变形：建本〈水浒传〉插图之于文本的接受》（《东南大学学报》2014年第5期），羊红《明代南京刊刻通俗小说插图研究》（硕士学位论文，四川师范大学，2017年）等，显示出插图研究的深化与细化。

2. 文学插图个案研究。主要集中在对《红楼梦》《三国演义》《水浒传》《西游记》《金瓶梅》等经典名著上。如陈平原的《看图说书——小说绣像阅读札记》（生活·读书·新知三联书店2003年版）以《红楼梦》《金瓶梅》《聊斋志异》《剑侠传》《淞隐漫录》等中国古典小说为考察对象，以小说绣像为讨论重心，把图像引入小说史、文化史研究。颜彦《中国古代四大名著插图研究》（社会科学文献出版社2014年版）以中国古代小说四大名著为研究对象，全面系统地描述各部小说插图的源流演变、叙述表达、艺术表现、时空表现，就小说插图的版式、构图、主题、叙事、风格等进行深入阐释；附录中还有各插图本的版本叙录。此外单篇论文则有：赵春宁《论〈西厢记〉的插图版画》（《厦门大学学报》2002年第5期），刘天振《陈老莲〈水浒叶子〉研究述略》（《绍兴文理学院学报》2004年第6期）、《〈水浒传〉版画插图研究述略》（《水浒争鸣》2008年第00期），张玉勤《从明刊本〈西厢记〉版刻插图看戏曲的文人化进程》（《学术论坛》2010年第9期），张克峰《近六十年来〈红楼梦〉与绘画研究述评》（《红楼梦学刊》2011年第2辑），颜彦《〈红楼梦〉插图的"闺阁空间"》（《红楼梦学刊》2012年第1辑），张玉梅、张祝平《黄正甫本〈三国志传〉插图的明末本色》（《西华师范大学学报》2012年第1期），陈晓、杨森《世德堂本〈西游记〉插图艺术特点》（《文艺评论》2013年第10期），赵敬鹏《百年来〈水浒传〉小说与插图关系研究述评》(《明清小说研究》2014年第2期)，胡小梅《论周曰校刊本〈三国志演义〉插图的情感倾向》(《广西师范学院学报》2014年第3期)，何萃《〈红楼梦〉绣像的人物选取与组织结构》(《明清小说研究》2014年第4期)，陈骁《清代〈红楼梦〉的图像世界》(浙江工商大学出版社2015年版)，习斌《〈红楼梦〉绣像本述略》(《曹雪芹研究》2015年第2期)，杜翘楚《论崇祯本〈金瓶梅〉插图的窥探场景》(《大连大学学报》2016年第5期)，张立华《论"绣像红楼梦"的图像批评艺术》(《广东开放大学学报》2016年第5期)，胡小梅《明刊"三言"插图本的"语—图"互文现象研究》(《福建江夏学院学报》2016年第6期)，朱妙伶《〈金瓶梅〉张评本人物绣像本的插图特点》(《齐齐哈尔大学学报》2016年第11期)，余懿《崇祯本〈金瓶梅〉的插图研究》(硕士学位论文，华中师范大学，2016年)，马君毅《〈金瓶梅〉"语—图"互文研究》(硕士学位论文，陕西师范大学，2017年)，刘琦玲《〈新刻绣像批评金瓶梅〉插图研究》(硕士学位论文，东南大学，2017年)，夏朋飞《〈水浒传〉插图与评点关系试探》(《中山大学研究生学刊》2018年第1期)，杨帆《〈琵琶记〉的插图批评》(硕士学位论文，东南大学，2018年)，张梓烨《明清时期〈西游记〉版本与插图研究综述》(《淮海工学院学报》2018年第7期)，陈晓《清代新说本〈西游记〉插图的艺术特色》(《文教资料》2019年第7期)，等等，这些论文亦有诸多思考和创见。

3. 文学插图演变研究。汪燕岗《古代小说插图方式之演变及意义》(《学术研究》2007年第10期)提出中国古代小说的插图是逐步从故事情节图转变到人物图的，插图方式经历了从上图下文到分章分回插图再到书前贯图的演变。颜彦《明清小说中的社会风尚影响——小说文本中插图形象的演变解读》(《北京科技大学学报》2011年第3期)从内外两个角度分析明清小说插图从上图下文式到单页大图式变化的原因。张青飞《明刊戏曲插图之演变及其戏曲史意义》(《文学遗产》2013年第3期)梳理了明刊戏曲插图的发展历程及功能变化。陈小青《〈西厢记〉图像演变研究》(硕士学位论文，南京大学，2013年)探讨了《西厢记》图像的历史轨迹及其图文关系。李慧、张祝平《〈西游证道书〉插图、图赞源流考》(《语文学刊》2015年第11期)通过考辨《西游证道书》插图、图赞的源流，指出证道本具有承前启后的重要作用。李慧、张祝平《浅析明清之交小说图赞的发展及其艺术价值——以〈三国演义〉〈水浒传〉〈西游记〉为视角》（《现代语文》2015年第11期）以三部小说图赞在明清之交的发展流传为视角，研究这一时期图赞的艺术价值以及对小说传播的作用。汪一辰、张伟《明清小说插图的版式流变与文化成因——基于〈水浒传〉三种版本的形式考察》（《黄山学院学报》2017年第4期）通过考察《水浒传》插图在明清不同时期的版式流变，力图演绎出小说插图发展的一般规律。

4. 文学插图阐释研究。小说插图是绘工基于文本的二次创作，插图对文本起阐释作用，它以更加直观、形象的方式展示文学作品，和文本一起构成小说独特的艺术世界。陆敏、张祝平《明刻〈水浒传〉插图对梁山受招安事件的诠释》（《现代语文》2014年第2期）认为明刊本插图对招安是持肯定态度的，一是出自插图者自身的忠义价值判断，二是插图者所处的社会背景使他们对朝廷和救世英雄抱有希望。赵敬鹏《明刊本〈水浒传〉"招安"情节的图像阐释》（《文艺研究》2019年第3期）认为明刊本插图兼有对招安矛盾的揭示与规避，在图说"招安"这一关键情节的历史进程中，插图以其富有张力的阐释开启了《水浒传》的图像接受史。研究者还发现，不同版本的小说插图对文本的阐释各有不同，如张鹏、张祝平《〈西游记〉明代插图本对孙悟空性格的阐释——以孙悟空的"跪拜"为例》（《现代语文》2014年第1期）指出杨闽斋插图本中的孙悟空更多地被戴上了儒家伦理纲常的枷锁；《〈西游记〉世德堂与李评本插图阐释的不同》（《衡水学院学报》2014年第3期）则指出历史传统以及自觉意识对插图文本阐释具有重要影响。丁喆、张祝平《刘龙田刊本〈西厢记〉插图对文本的阐释》（《现代语文》2015年第8期）对比刘龙田刊本《西厢记》的插图和文本，指出插图不是包含越多的文本信息越好，其过于饱满的信息量有时也会误导读者。朱妙伶、张祝平《论〈金瓶梅〉崇祯本插图对人物性格的阐释》（《现代语文》2016年第1期）以崇祯本《金瓶梅》中西门庆、潘金莲、宋蕙莲为研究对象，分析插图对人物性格的阐释。朱妙伶《〈金瓶梅〉崇祯本插图对明朝中后期社会风气的阐释》（《淮北职业技术学院学报》2016年第5期）认为《金瓶梅》崇祯本插图与文本相呼应，反映出明朝中后期病态的社会世风，既表现在腐败官场上，也表现在畸形的性观念上。

三 古代文学的图像叙事研究

古代文学的图像叙事研究，本质上是建立在文本与图像的互文关系之上的，所以古代文学与图像的关系首先受到学界的普遍关注，并围绕小说中的插图到底是从属于文本还是具有自身的独立性的论题展开了争论。张玉勤《论明清小说插图中的"语—图"互文现象》（《明清小说研究》2010年第1期）认为插图离开了文本就失去了本体意义，插图的独立性是相对于文学作品而存在的。王逊《论明清小说插图的"从属性"与"独立性"》（《中南大学学报》2012年第6期）也认为插图的独立性是不存在的。邹广胜《插图本中的图像叙事与语言叙事：文学与图像的融合与分离》（《江海学刊》2013年第1期）认为文本与图像同等重要，要以一种平等的精神来尊重这种不同艺术形式所具有的差异性，最完美的艺术形式应该是一种语图完美结合的插图式文本。毛杰《中国古代小说插图研究的序时维度与方法论立场》（《求索》2016年第11期）认为小说插图并非独立于书籍之外的具象作品，它与文字构成共生的表意结构。颜彦《中国古代四大名著插图研究》认为"图像无疑具有同文字一样的文本属性和话语权利，可以在同文字的'平等对话'中确立和展现自身独特的意义与价值"。[①] 可以发现，插图从一开始被视为从属于文本到取得与文本平等的地位，其地位在不断上升。这也反映了在文学与图像的关系中，图像越来越受到重视。

正是文本与图像的互文关系，同时赋予了图像的叙事功能。于德山《中国图像叙述学：逻辑起点及其意义方法》（《社会科学战线》2004年第1期）梳理了中西图像叙述研究的历史与现状，分析了图像叙述研究方法的独立性及叙述特征，提倡重视中国古代叙述的"语—图"互文现象，建构中国图像叙述学。龙迪勇《图像叙事：空间的时间化》（《江西社会科学》2007年第9期）论述了图像的空间性与时间性，对图像叙事的本

---

① 颜彦：《中国古代四大名著插图研究》，社会科学文献出版社2014年版，第3页。

质做出了探讨，认为图像叙事的本质是空间的时间化，概括出单幅图像叙事的三种模式：单一场景叙述、纲要式叙述与循环式叙述。并对每种模式的特点及其运作机制进行了分析和阐述，此后其《图像叙事与文字叙事——故事画中的图像与文本》（《江西社会科学》2008年第3期）、《图像与文字的符号特性及其在叙事活动中的相互模仿》（《江西社会科学》2010年第11期）均对图像叙事继续展开论述，这三篇论文后来收录在龙迪勇《空间叙事学研究》（生活·读书·新知三联书店2014年版）一书中。陆涛《图像与叙事：关于古代小说插图的叙事学考察》（《内蒙古社会科学》2011年第6期）、陈平原《晚清教会读物的图像叙事》（《学术研究》2013年第11期）也都明确提出"图像叙事"的概念。

2008年，由江西省社会科学院中国叙事学研究中心主办的"跨媒介叙事"研讨会上，与会学者大多认为叙事学研究已出现跨媒介趋势，图像叙事是和语言叙事、文字叙事具有同样重要地位的叙事方式。图像叙事学研究也逐渐成为多门学科相交叉的新的学术热点。赵宪章《小说插图与图像叙事》（《文艺理论研究》2018年第1期）回溯中国古代小说插图的源头，归纳和分析了插图的类型及其叙事的可能性、小说插图的显在符号表征的方式。张婕《明代小说、戏曲插图的叙事功能》（《艺术百家》2009年第6期）认为插图借助其物理图像的空间性和时间性张力，以多幅组合或单幅图像的形式实现其叙事功能，其叙事功能是文字无法替代的。张伟《明清江南坊刻小说插图叙事的审美表征及其文化意义》（《深圳大学学报》2011年第6期）认为江南坊刻小说中的插图叙事从表意范式转换为叙事模式，这使文学空间意义的生成得到强化，完善了插图的"预叙"功能和"溢出"效应，文本、插图与评点在叙事上相互"共谋"，构建了多维合一的特殊形态。毛杰《中国古代小说绣像的叙事功能》（《求索》2014年第11期）探讨小说史上图像干预小说叙事的不同方式，并进行重点分析。除此之外，也有一些学者运用图像叙事的理论对具体个案进行研究。如魏先华《王韬文言小说图像叙事研究》（硕士学位论文，南京大学，2013年），陆涛《叙事的停顿与凝视——关于〈红楼梦〉插图的图像学考察》（《红楼梦学刊》2010年第3辑），陶海鹰、王希、吴诗中《〈红楼梦〉雕版插图的图像叙事塑造》（《艺术设计研究》

2017年第2期)，秦闻《明刊插图本〈剪灯余话〉图像叙事研究》(硕士学位论文，江苏师范大学，2017年)，杨彦《明代以降〈赵氏孤儿〉图像叙事研究》(硕士学位论文，西南大学，2017年)，朱湘铭、谢江涛《清代〈三国志演义〉插图的图像叙事特色》(《湖北科技学院学报》2018年第3期)，李天爱《〈海上奇书〉图像叙事研究》(硕士学位论文，陕西师范大学，2018年)，沈其旺《崇祯本〈金瓶梅〉插图叙事探微》(《丽水学院学报》2019年第1期)，等等。还有的研究涉及戏曲插图中的叙事，如张玉勤《预叙与时空体：中国古代戏曲图文本的叙事艺术》(《文艺理论研究》2011年第2期)、颜彦《明清小说戏曲插图中的身体叙事及其视觉表征》(《中国古代小说戏剧研究》第14辑)等。

四　古代文学的图像传播研究

图像传播是我国古代文学作品传播的重要方式之一，"图像以其形象、直观的特点，冲决了一切文字与语言障碍，具有平等性和世界性，因而极大地提高了文学传播的效率"。① 随着图像从边缘走向中心以及西方传播学理论的引入，以文学传播的理念考察图像传播与中国古代文学的关系成为古代文学研究领域一个新兴话题。于德山《中国图像叙述传播》(山东文艺出版社2008年版)围绕中国古代图像叙述传播中的"语—图"互文现象，重点探讨影响中国古代图像叙述传播的诸多问题，总结出中国古代图像叙述传播与众不同的方法、风格与规律。陆涛《图像与传播——关于古代小说插图的传播学考察》(《江西社会科学》2011年第11期)认为小说插图极大地促进了小说文本的传播。李爽《明清时期戏曲小说的图像传播》(硕士学位论文，沈阳师范大学，2008年)探讨了戏剧小说图像传播的历史成因，从理论角度分析图像与文学传播的关系，探讨图像传播研究的价值和意义。

以《红楼梦》《水浒传》《西游记》《三国演义》为代表的明清小说存在大量插图本，更是相关学者的研究重点。宋莉华《插图与明清小说的阅读及传播》(《文学遗产》2000年第4期)认为插图以其形象性

---

① 李爽：《明清时期戏曲小说的图像传播》，硕士学位论文，沈阳师范大学，2008年。

和艺术性推动了明清小说的传播。《红楼梦》作为我国古代小说的巅峰之作,自问世以来就产生了各种各样的图像,李汇群《〈红楼梦〉图像传播的三个阶段——以黛玉图像为研究对象》(《曹雪芹研究》2018年第4期)梳理两百余年《红楼梦》图像传播史,将其分为手绘和印刷媒体、影视媒体和网络媒体三个时期,探究传播媒介的变迁对经典传播的历史价值和现实意义。李芬兰《〈红楼梦〉图像传播研究》(硕士学位论文,上海师范大学,2006年)归类和分析《红楼梦》图像不同版本,解读其折射的深层内涵。《西游记》作为神魔小说的超现实性使读者对其想象和接受有一定困难,因此在流传过程中产生了许多图像,这些图像在很大程度上促进了读者对《西游记》的接受及传播。孔庆茂《论〈西游记〉故事的图像传播》(《江西社会科学》2009年第10期)提出《西游记》成为中国四大名著,图像传播功不可没。洪婧《小说插图与〈西游记〉文本传播及接受》(《阜阳师范学院学报》2018年第5期)也认为《西游记》插图发挥了增饰与推广文本的功能,促进了小说的传播。乔光辉、郭威《金陵插图与〈西游记〉传播——兼谈金陵、徽州、建阳插图异同》(《淮海工学院学报》2009年第2期)通过比较金陵、徽州、建阳三个地域的插图,指出金陵插图单幅硕大、人物显豁、线条豪放,在传播过程中具有不容忽视的作用。《水浒传》版画插图经过长时间发展也产生了诸多版本,吴萍《〈水浒传〉图像传播研究》(硕士学位论文,上海师范大学,2006年)梳理各阶段《水浒传》图像传播的轨迹,考察其在版画史、小说传播史、社会生活史上的意义及对当代的影响。赵敬鹏《论〈水浒传〉主题的图像传播——以"义"为中心》(《明清小说研究》2017年第4期)借助"文学与图像关系"的方法和视野,揭示图像如何传播《水浒传》的"义"。乔光辉、胡秀娟《试论建阳版〈水浒传〉木刻插图与传播》(《艺术百家》2012年第2期)探讨建阳版插图版式变化和风格演变,并比较其与其他版本的不同,指出粗犷拙朴、价格低廉的建阳版插图能更好地在下层民众中传播。还有一些学者关注到四大名著以外的其他文学作品的图像传播,如李小荣《图像与文本:汉唐佛经叙事文学之传播研究》(福建人民出版社2015年版)、冀运鲁《文言小说图像传播的历史考察:以〈聊斋志异〉为中心》(《兰州学刊》2009 年第 6 期)、乔光辉、薛勇强《插图与"剪灯二种"之传播》(《连云港师范高等专科学校学报》2010 年第 3 期)、李旭婷《镜中花,画中意——从〈镜花缘〉三个插图本看读者对小说接受的转变》(《明清小说研究》2014 年第 2 期)、邱芳芳、柳飔、李烨婧《论〈镜花缘〉插图文本接受》(《安徽文学》2016 年第 2 期)、周欣《明末坊刻文学插图的发展与传播研究》(《艺术与设计》2016 年第 12 期)、孙大海《〈聊斋志异〉的图像传播——以〈详注聊斋志异图咏〉的刊行及其插图演变为中心》(《蒲松龄研究》2018 年第 2 期)、元鹏飞《论明清的戏曲刊本插图》(《雁北师范学院学报》2007 年第 3 期)、赵春宁《插图版画与中国古典戏曲的传播》(《中华戏曲》2009 年第 1 期) 等,均是对以明清小说戏曲插图研究为重心的研究格局的补充与扩展。

从现有研究看,图像学作为一种外来理论在古代文学研究领域已经落地生根并取得了不少阶段性成果,在运用外来理论的同时也在探索本土化之路,研究范围不断扩大,学理分析不断深入,理论意识不断增强。不过在欣喜于现有成果的同时,我们也应当看到其中存在的不足。

首先,从研究对象看,古代文学的图像学研究局限于插图、绣像等静态图像,而忽视故事图绘、影视等动态图像。时代的发展以及电视、网络媒体的普及要求当代研究者具备更加宽广的视野,这样才能更好地面对图像时代对文学的冲击,在海量图像的漫灌下为文学找到一条清晰明朗的路。再者插图绣像研究也存在冷热不均的现象,热点依然是《三国演义》《红楼梦》《水浒传》《西游记》《聊斋志异》《金瓶梅》这六部名著,且更关注雕刻精美、线条细腻、布局精工的版本。然而古代文学史并非只由几部作品构成,粗劣朴实的插图或许不得文人喜爱,却会因价格低廉而在普通民众中风靡。另外,除文学文本外,其他如器物、壁画、出土文献中的图像亦与文学有着密切关系,亦应列入研究对象。研究对象狭隘化不利于展现中国古代文学史的全貌,也会影响我们对古代文学图像研究的整体判断。

其次,从研究边界看,由于图像研究的跨学科性,其学科界限显得含混模糊,不同学科的研究者既都可以涉足,也都容易迷失,"比如美术史研究中忽视了图像的艺术性，文学图像研究中忽视了文学文本的文学性问题"。① 古代文学领域的图像学研究很容易迷失在美术、设计、出版的领域里，而忽视文本的文学性以及图像与文本的关系，这就要求学者牢守文学本位，跨学科研究的立足点和归结点仍应是文学性的。

最后，从理论与学科建构看，虽然越来越多的学者认识到西方图像学并不完全适用于中国语境，但"宏观的、情绪性的和表态性的论述仍然是这一话题的主流，学理层面的深度阐发仍然显得相当薄弱"②。以赵宪章、乔光辉、颜彦等为代表的学者已经做出诸多努力，提出"文学图像论""明清小说插图研究体系""古典文学插图研究学术规范"等理论概念和设想，然而要真正建构成区别于西方图像学的本土化理论体系和学科规范仍需假以时日。

虽然还存在诸多困难和问题，但深入进行古代文学图像学研究是重要的和必要的。随着出版业的快速发展和影视、网络媒体的普及，"图像"日益成为古代文学研究者无法回避的话题，如何顺应读图时代的新趋势，探究古代文学图像研究的新方法，建构本土化的理论体系和学科规范，既是时代赋予我们的使命，也是对古代文学研究拓展和深化的题中应有之义。

第六节　古代文学的译介学研究

古代文学译介学研究是比较文学中译介学的重要组成部分，是在古代文学翻译基础上进行文学和文化的比较研究。虽然古代文学的译介实践很早就有了，但译介的主体多为外籍人士，直到新中国成立后国内的译者才逐渐参与古代文学的译介实践，而古代文学译介学的观念和研究则是在20世纪90年代随着译介学兴起而出现的。译介学属于比较文学的学科领域，但古代文学译介学研究则是比较文学与古代文学的交叉性研究。限于

---

① 彭智：《图像理论及其本土化径向——2010年以来国内图像研究述评》，《中国文艺评论》2018年第8期。

② 赵宪章：《文学和图像关系研究中的若干问题》，《江海学刊》2010年第1期。

研究者的专业知识和素养，古代文学译介学研究多由比较文学研究者所承担，但近年来古代文学研究者也开始涉足这一新兴学术领域，成为古代文学研究的新趋向。

一　古代文学与译介学理论建构

"译介学是以跨民族、跨语言、跨文化与跨学科为比较视域而展开的异质文学翻译互动研究。"① 它是以文学翻译为基础，从比较文学的媒介学中分化出来的一门学问，自20世纪90年代起在我国得到广泛的发展和繁荣。

谢天振对我国译介学的发展起到了重要作用，他先后出版了《译介学》（上海外语教育出版社1999年版）、《翻译研究新视野》（青岛出版社2002年版）和《译介学导论》（北京大学出版社2007年版）等著作，对译介学进行多方面的研究和探讨。谢天振认为："译介学不同于一般意义上的翻译研究，如果要对它作一个简明扼要的界定的话，那么不妨说，译介学最初是从比较文学中媒介学的角度出发、目前则越来越多是从比较文化的角度出发对翻译（尤其是文学翻译）和翻译文学进行的研究。严格地说，译介学的研究不是一种语言研究，而是一种文学研究或者文化研究，它关心的不是语言层面上出发语与目的语之间如何转换的问题，它关心的是原文在这种外语和本族语转换过程中信息的失落、变形、增添、扩伸等问题，它关心的是翻译（主要是文学翻译）作为人类一种跨文化交流的实践活动所具有的独特价值和意义。"② 也就是说，译介学"并不局限于某些语言现象的理解与表达，也不参与评论其翻译质量的优劣，它把翻译文本作为一个既成的历史事实进行研究，把翻译过程以及翻译过程中涉及的语言现象作为文学研究或文化研究，而不是外语教学研究的对象加以审视和考察"。③ 因此，译介学的研究内容主要有三个方面：一是文学翻译的再创造性质，揭示它与文学创作的相通之处；二是翻译文学在国别

---

① 杨乃乔主编：《比较文学概论》，北京大学出版社2005年版，第300页。
② 谢天振：《译介学》，上海外语教育出版社1999年版，第1页。
③ 谢天振：《译介学导论》，北京大学出版社2007年版，第6页。

（民族）文学中的地位；三是关于翻译文学史的方面。[①]

　　谢天振的观点得到不少研究者的呼应。如查明建也指出，译介学不是一般的翻译研究，"首先它必须是文学翻译—翻译文学研究；其次，它是从比较文学角度来研究文学译介和翻译文学，即它的研究目的和要求必须符合比较文学的学科规定性，是'跨语言、跨文学、跨文化的文学研究'。比较文学的翻译研究（译介学），离不开比较文学学科的规定性和研究目的。它由与一般意义上的翻译研究乃至一般的文学翻译研究区分开来"。由于强调译介学的比较文学属性，所以查明建认为译介学的本质"是文学关系研究：它以文学译介为基本研究对象，由此展开文学传播、接受、影响等方面的研究。译介学关注的是译语文化对文学译介的操纵，以及由此建构起的文学、文化关系"。"因此，一般的翻译理论，如翻译的语言哲学、直译、意译等值等理论，不能应对译介学所要讨论的问题；非文学的翻译研究，即使是从文化层面来研究，也不属于译介学范畴；即使是文学翻译研究，如果不是以文学关系为研究出发点，论述仅止于翻译作品本身，也没有从文化层面来分析，所得出的结论是纯粹翻译问题，那么，这样的研究也不属于严格意义上的译介学。"[②]

　　显然，谢天振、查明建等人的译介学理论强调了译介学与传统翻译的隔绝性，有意对两者作了区分。虽然译介学是在文学翻译基础上而形成的，但是译介学研究已经脱离了传统翻译研究对于语言转换层面的探讨，而是由语言转换的语言学研究延展到了比较文学和比较文化研究的层面，突出了研究的"文化转向"。因此，译介学研究深化和延展了传统翻译研究的内涵，但同时也与传统翻译作了"自我了断"。从比较文学的学科属性规范来说，这种理论阐释固然是有其需求性和合理性，但译介学与传统翻译毕竟有着天然的渊源关系，所以也有不少研究者对谢、查的译介学理论提出了批评。

　　有研究者就指出："译介学研究尽管不是一种语言研究，但离不开语言，因为语言与文学本身就是不可分的。只要不是专门探讨指导具体的语

[①] 谢天振：《译介学》，北京大学出版社2007年版，第334页。
[②] 查明建：《译介学：渊源、性质、内容与方法》，《中国比较文学》2005年第1期。

言翻译技巧，就不能不说是属于译介学研究。""目前对于译介学的界定基本上就是指'文学翻译、翻译文学以及文化层面上的翻译研究'。其实，前面两项（文学翻译、翻译文学）本来就是翻译学所研究的内容，随着翻译研究的发展和理论的深化，传统的翻译研究现在也涉及了翻译的文化层面。与比较文学的跨学科研究一样，一般的翻译研究者也开始关注翻译研究中语言学科以外的其他学科的因素。他们一方面认识到翻译研究作为一门独立学科的性质，另一方面又看到了翻译研究这门学科的多学科性质。"所以，"译介学的研究范围'文学翻译、翻译文学以及文化层面上的翻译研究'与传统翻译研究并没有实质上的区分，只是侧重点不同而已。在实际研究过程中，也不可能把二者很明确地区分开来，就像译介学这个术语本身的意义一样，'译'就是翻译；'介'就是介绍，而翻译本身就是介绍的作用，用一种语言（目标语言）来介绍另一种语言（源语言）所蕴涵的文化价值"[①]。这里，译介学与传统翻译的渊源关系得到了重新的重视和认可。

相对于谢、查等把语言转换层面的研究排除于译介学之外，有研究者则重新界定了译介学的研究对象。"译介学的主要研究对象包括文学翻译、翻译文学文本和翻译理论三个方面。""译介学涉及的这三个方面是彼此相互联系也相互区别的：（1）对文学翻译的研究重在文学语言转换之技术与技巧的研究，是对翻译损益之技术评估。作为传统翻译的主要对象，它是翻译学研究必备的基础条件；（2）对翻译文学文本的研究，重心则落在译本的价值评价之上，它所关心的重点是对不同译本间的比照与得失研究；（3）翻译理论研究则涉及的是翻译理论范式的转换及其意义的史论性研究。译介学的这些研究对象决定了其性质：它是对语言转换现象所导致的文学关系乃至文化关系间的沟通、理解、误解及其意义的理论探讨。三者的侧重面所呈现的乃是翻译从实践到理论整体问题轮廓，缺一不能成立。"[②] 这里，既有译介技术的研究，也有译介文学和译介文化的研究。

[①] 朱安博、朱凌云：《译介学的名与实》，《北京第二外国语学院学报》2008年第8期。
[②] 张宁：《比较文学"译介学"的性质及其对象》，《学术月刊》2007年第8期。

尽管译介学的概念内涵、研究对象和研究性质还存在诸多争议，但译介学的理论探讨对于古代文学的译介实践和译介批评具有重要的启发、借鉴和促进作用，并且包含了古代文学的译介学研究。强调译介学的文学比较和文化比较，有助于古代文学译介批评的比较视野拓展，提升古代文学译介研究的当下意义；重新正视译介学与传统翻译的渊源性，有助于古代文学译介实践对于译介质量的重视和提高，促进古代文学译介的发展和繁荣，使得古代文学译介基础做得更为扎实。

二 古代文学的译介实践

古代文学的译介成果在马祖毅、任荣珍《汉籍外译史》（湖北教育出版社1997年版，2003年修订版）、施建业《中国文学在世界的传播与影响》（黄河出版社1993年版）、宋柏年主编《中国古典文学在国外》（山东文艺出版社1994年版）、王丽娜《中国古典小说戏曲名著在国外》（学林出版社1988年版）、黄鸣奋《英语世界中国古典文学之传播》（学林出版社1997年版）、张弘《中国文学在英国》（花城出版社1992年版）、钱林森《中国文学在法国》（花城出版社1990年版）、曹为东《中国文学在德国》（花城出版社2002年版）等著作都或多或少地有过介绍。如马祖毅、任荣珍《汉籍外译史》一书对中国文学包括古代文学和现当代文学，在法国、英国、德国、意大利、美国、俄苏、前捷克斯洛伐克、前南斯拉夫、匈牙利、波兰、罗马尼亚、保加利亚、阿尔巴尼亚、瑞典、芬兰、丹麦、挪威、荷兰、西班牙、葡萄牙、拉美、日本、朝鲜半岛、越南、蒙古国、泰国、缅甸、印度尼西亚、马来西亚、新加坡、印度、巴基斯坦、叙利亚等国家的翻译情况进行了较为详细的介绍。此外，张海惠、曾英姿、周珞编的《中国古典诗歌英文及其他西文语种译作及索引》[①]收录自1990年以来近百种有关中国古典诗歌的研究著作和翻译作品集，包括200余首先秦至唐五代中国著名诗词的整篇英文原译作，以及约2500个英、法、德、俄、意、西等文种的译作出处。但是，中国古代文学的对外译介工

---

① 张海惠、曾英姿、周珞编：《中国古典诗歌英文及其他西文语种译作及索引》，国家图书馆出版社2009年版。

作，大部分是国外的汉学家来承担的，对此有人指出"古典名著汉译外是我国文学翻译领域的短线"①。这从《汉籍外译史》中所列举的外译作品中可以清楚地看到这一点，其中绝大部分外译作品是由外国学者所翻译。

不过随着对外交流的深化和中国本土翻译者的培养，由中国人自己对外译介的古代文学作品也逐渐多了起来。如英译方面：杨宪益、戴乃迭夫妇译有《红楼梦》《楚辞》《魏晋南北朝小说选》《史记选》《唐代传奇选》《宋明平话选》《儒林外史》《关汉卿杂剧》《长生殿传奇》《聊斋选》《老残游记》《古代寓言选》等，孙瑜译有《唐诗宋词》，孙大雨译有屈原的《离骚》《九歌》《九章》《远游》《卜居》《渔父》、陶潜《归去来辞》、宋玉《高唐赋》、潘岳《秋兴赋》、刘伶《酒德颂》、韩愈《石鼓歌》、苏轼的前后《赤壁赋》等，许渊冲译有《唐宋词一百首》《英汉对照唐诗一百五十首》《苏东坡诗词新译》《中国古代诗词六百首》等，赖恬昌译有《西厢记》《中国诗歌》等，翁显良译有《古诗英译》，吴锡陶译有《杜甫诗英译一百五十首》、主编和翻译《唐诗三百首英译》，黄新渠译有《唐宋诗词选》，黄龙译有《庄子英译》《孔雀东南飞英译》《中国古典名诗选译》《牡丹亭英译》《聊斋故事选英译》等。法译方面：郭麟阁译有《红楼梦》前五十回，徐仲年译有《杜甫诗选》《中国诗文选》，何如译有《木兰辞》《十五贯》《文心雕龙五篇》《杜甫诗十四首》《屈原赋》等，罗大冈译有《唐人绝句百首》《古镜记》，许渊冲译有《唐宋词一百首》等。②

另有20世纪90年代启动的《大中华文库》，其首批约100种选目中，以古代文学作品为主，用多种语言比较完整地展现了中国古代文学的精华。再如湖南人民出版社《汉英对照中国古典名著丛书》、山东友谊出版社的《儒家经典译丛》、江苏教育出版社出版了《中国古典文学走向世界丛书》工程浩大，也出版了几十种古代文学的翻译本。近来东南大学出

---

① 汪榕培：《古典名著汉译外是我国文学翻译领域的短线》，《外语与外语教学》1995年第1期。

② 马祖毅、任荣珍：《汉籍外译史》（修订本），湖北教育出版社2003年版，第704—705页。

版社的《中华经典英译丛书》（2017）包含中华经典中的《易经》《尚书》《诗经》《礼记》《左传》《论语》《孟子》7 种著作英译。商务印书馆《中国古典游记选译》（2015）已经出版《唐代游记选译》《宋代游记选译》《明代游记选译》《清代游记选译》4 种，另外《中国古典文学经典英译丛书》目前已经出版了《建安七子诗歌英译》《三曹诗选英译》等。

此外，中国古代文学的研究著作也有了对外译本。如冯沅君、陆侃如的《中国古典文学简史》（英、西文）、鲁迅的《中国小说史略》（英、法、德、西等文）、《中国古典文学名著题解》《中国古典文学史》[1]、章培恒等主编的《中国文学史新著》等。随着国家社会科学基金中华学术外译项目的开展，可以想见将有更多中国古代文学研究著作有对外译本。

古代文学作品译介的重视程度各有不同，但主要关注的是名家名篇。如《红楼梦》的译作就显得要多一些。有人统计过，《红楼梦》的外文译本至少有 23 种文字、79 种译本。其中摘译本有 7 种文字，23 种译本；节译本 15 种文字，31 种译本；全译本 13 种文字，25 种译本。[2] 其中影响较大的几种译本：1927 年王良志节译的《红楼梦》，此译本首次以爱情小说的面目呈现给西方读者；王际真于 1929 年在美国出版的节译本；杨宪益、戴乃迭夫妇于 1980 年出齐了 120 回的全译本（杨译本）；英国的汉学家大卫·霍克斯（David Hawkes）的全译本 1986 年全部出版完成（霍译本）。[3]《水浒传》有美国学者赛珍珠 1933 年的 70 回译本、英国学者杰克逊的 70 回译本（1937）、美裔汉学家沙博理的 100 回译本（1980）、英国学者约翰·登特—杨和安莱克斯·登特—杨父子合译的 120 回本（1994—2002）等。[4] 而近年颇受重视的重要作品是美国学者宇文所安翻译的《杜甫诗》，宇文所安另有《中国文学选集：从初始阶段至 1911

---

[1] 廖旭和：《让世界了解中国古典文学》，《中国翻译》1993 年第 6 期。
[2] 王金波：《弗朗茨·库恩及其〈红楼梦〉德文译本——文学文本变译的个案研究》，博士学位论文，上海外国语大学，2006 年，第 1 页。
[3] 李露：《〈红楼梦〉英译述要》，《西安教育学院学报》2000 年第 2 期。
[4] 陈诚、涂育珍：《1983—2013 年〈水浒传〉英译研究综述》，《东华理工大学学报》2014 年第 4 期。

年》(1996)①。

总之，新中国成立以来，特别是改革开放以后，古代文学的译介实践方面取得了较大的成就，对于传播和宣传中国古代文学和文化起了重要作用，促进了外国民众和学者对于中国古代文学和文化的了解和研究。但是，与外译汉相比，无论是所译的作品数量还是译文质量，都还有待进一步加强和提高。因此，古代文学的译介工作是今后翻译工作者和古代文学研究者所面临的一项重要的基础性工作，必须花大力气去翻译更多的古代文学作品，进一步促进中国文学和文化的对外交流，使中国古老的文明为世人更为广泛地了解和研究。

三 古代文学的译介批评

古代文学译介实践本身就内含着文学与文化的批评指向，因为文学"翻译活动是一种文学与文化的转换，其中由于语言符号本身就是民族文化的构成因素，从一种语言转换为另一种语言必然有文化中的差异性，这种差异性表现为原文与译文的或得或失或增或损，或屈从于新语，化入异类文化中，或不失其本，表达原文异趣，总之，是一种语义和词语形式的同一与差异的辩证发展"。② 因此，古代文学译介本身就是一种文学和文化的比较过程。古代文学的译介批评则是对古代文学译介行为的再批评，包括古代文学的译介技巧、译介文本和译介文化背景等方面的批评和研究。具体而言，新中国成立以来古代文学的译介批评主要体现在以下几方面：

第一，古代文学的译介史研究。上面提到的施建业《中国文学在世界的传播与影响》、宋柏年主编《中国古典文学在国外》、王丽娜《中国古典小说戏曲名著在国外》、黄鸣奋《英语世界中国古典文学之传播》、张弘《中国文学在英国》、钱林森《中国文学在法国》、曹为东《中国文学在德国》等著作虽然主要着眼于古代文学的域外传播研究，但也对古

---

① 刘永亮：《经典重构 译介传播——以宇文所安中国古典文学译介为例》，《山西大同大学学报》2017年第1期。

② 方汉文：《比较文学基本原理》，苏州大学出版社2002年版，第346页。

代文学的译介情况有过介绍和初步研究。马祖毅、任荣珍《汉籍外译史》虽然着眼于整个汉籍的外译史研究,但对于古代文学的译介史也进行了较为详细的探讨。马祖毅等《中国翻译通史》（湖北教育出版社 2006 年版）也有部分涉及中国古典文学的译介史。

近来,徐志啸主编《中国古代文学在欧洲》（河北教育出版社 2013 年版）、高玉海《中国古典小说在俄罗斯的翻译和研究》（吉林大学出版社 2014 年版）、杨静《美国二十世纪的中国儒学典籍英译史论》（硕士学位论文,河南大学,2014 年）、葛桂录《中国古典文学的英国之旅——英国三大汉学家年谱：翟理斯、韦利、霍克思》（大象出版社 2017 年版）、宋丽娟《"中学西传"与中国古典小说的早期翻译 1735—1911》（上海古籍出版社 2017 年版）等面世,可见学界对于古代文学的译介史介绍的深入,原来古典文学的译介史附丽于中国翻译史等通史之作,而现在越来越注意论述的深广度,注意发掘中外两方的材料,至于译者、译本、译法等各方面都有较大的进步。如徐志啸主编《中国古代文学在欧洲》（河北教育出版社 2013 年版）分俄国、英国、法国、德国四编,论述中既包含了中国古典文学的传播与接受,同时也梳理了中国古典文学在各国的译介史。宋丽娟《"中学西传"与中国古典小说的早期翻译 1735—1911》虽然以英语世界为中心,但所论较为精细,书后还附有《中国古典小说早期西译文本简目》,全书将 1735—1911 年中国古典小说的西文译介作了全面的考察。

现在,学者对于译介史的关注点更为广泛,介绍了以前不太为人所注意的语种或国家、地区译介中国古典文学的情况,而且往往与传播史、接受史相接合,视译介中国古典文学为一种传播。如胡文彬《中国古典文学在匈牙利、罗马尼亚、阿尔巴尼亚的流传》（《咸阳师专学报》1994 年第 1 期）,刘敏、曾丽雯《中国文学在荷兰语境中的接受》（《深圳大学学报》2009 年第 3 期）,黎亭卿《中国古代小说在越南——以〈三国演义〉、〈水浒传〉、〈西游记〉为中心》（博士学位论文,华东师范大学,2013 年）,黄瑾一《中国文学作品在印尼的译介与传播》（硕士学位论文,广西民族大学,2015 年）,侯健、张琼《中国古典文学在西班牙的翻译情况初探》（《翻译论坛》2015 年第 4 期）,谷倩兮《明清时期意大利人对中国古文学经典的译介》(《吉林省教育学院学报》2015年第1期)，高源《明清古典文学在北欧的译介与传播》(《厦门大学学报》2019年第3期)，等等。

另外，一些作品个案的译介史研究也出现了，如《诗经》，包延新、孟伟《〈诗经〉英译概述》(《晋东南师范专科学校学报》2002年第6期)，包成梅《走向世界的〈诗经〉》(《铜陵学院学报》2011年第5期)，梁亚帅《从利玛窦到阿瑟·韦利：〈诗经〉译介流变》(《鸡西大学学报》2012年第5期)，王燕华《经典的翻译与传播——〈诗经〉在英国的经典化路径探析》(《上海翻译》2016年第2期)，李伟荣、郭紫云《西方〈关雎〉阐释三百年》(《燕山大学学报》2018年第6期)，等等。其中王燕华《经典的翻译与传播——〈诗经〉在英国的经典化路径探析》指出《诗经》译本在英国的翻译与传播历经一个多世纪，版本层出不穷，很多版本多次再版和重印，影响深远。《诗经》经典化的成功要素主要体现在四个方面：一是众多知名汉学家和学者担任翻译；二是行业内掌握话语权的评论者的赞誉；三是有影响而又专业的出版社；四是高等院校开设《诗经》课程，说明它获得主流文化的认可，是其经典化的基本保障和捷径。

如《楚辞》，自1874年英国汉学家道格思(Robert Kennaway Douglas)向英语世界译介《渔父》以来[①]，至今已约有40个译本，主要译者有霍克思(David Hawkes)、韦利(Arthur Waley)、翟理斯(Herbert Allen Giles)、伯顿·沃森(Burton Watson)、杨宪益、许渊冲、孙大雨、卓振英、杨成虎等。《楚辞》译介史的研究，有以下论文：何文静《〈楚辞〉在欧美世界的译介和传播》(《三峡论坛》2010年第5期)，陈亮《谁将〈楚辞〉第一次介绍到英国》(《中国社会科学报》2012年7月4日第B05版)，郭晓春《近三十年〈楚辞〉英译研究综述》(《玉林师范学院学报》2013年第4期)，冯俊《典籍翻译与中华文化"走出去"——以〈离骚〉英译为例》(《南京社会科学》2017年第7期)，王宏、林宗豪《〈楚辞〉英译研究在中国30年(1988—2017)》(《外国语文研究》2018年第2期)，

[①] 陈亮：《谁将〈楚辞〉第一次介绍到英国》，《中国社会科学报》2012年7月4日第B05版。

等等。

再如《论语》。董栋《〈论语〉在古代朝鲜半岛的译介与传播》指出三国和高丽时代,《论语》传播的特点主要是借助政治力量,从国家层面确保传播的力度与深度。到朝鲜时代,《论语》的译介和传播带有浓厚的朝鲜式经学色彩,这也是《论语》在古代朝鲜半岛传播中所独有的特色。[1] 董栋、李尚静《〈论语〉在近现代韩国的译介与传播研究》指出韩国近代时期是《论语》在韩国译介和传播的"沉寂期"。1945 年独立运动后《论语》在韩国的译介与传播也进入一个全新的复苏与发展时期,翻译界逐渐呈现一片繁荣昌盛的景象。1992 年中韩两国正式建交,《论语》译著更加呈现丰富多彩和创新的特点。[2] 詹璐璐、王晓宁《〈论语〉在法国的传播新探》[3],成蕾、赵治平《〈论语〉在法国的译介与研究述略》[4],郝运丰、梁京涛《〈论语〉在法译介探微》[5],周新凯《〈论语〉在法国的译介历程与阐释》[6] 等梳理了《论语》在法国译介的历史,指出意大利人罗明坚和利玛窦将《四书》译成拉丁文,而 17 世纪法译《论语》多从拉丁语译本转译,18 世纪因为伏尔泰的推崇,儒家思想传播较广,但《论语》译本并不多,19 世纪主要有耶稣会士顾赛芬译的《四书》(1895),20 世纪出版了多种法译《论语》。王灵芝《"四书"在俄罗斯的译介历程》则介绍了"四书"在俄罗斯 200 多年的翻译历史。[7] 除了国别梳理外,还有如李伟荣、梁慧娜、吴素馨《〈论语〉在西方的前世今生》则是介绍西方世界的《论语》翻译,视野较为开阔。

再如《红楼梦》的译介史。胡文彬《〈红楼梦〉在国外》(中华书局

---

[1] 董栋:《〈论语〉在古代朝鲜半岛的译介与传播》,《韩国语教学与研究》2018 年第 1 期。
[2] 董栋、李尚静:《〈论语〉在近现代韩国的译介与传播研究》,《湖北函授大学学报》2018 年第 227 期。
[3] 詹璐璐、王晓宁:《〈论语〉在法国的传播新探》,《中国市场》2017 年第 15 期。
[4] 成蕾、赵治平:《〈论语〉在法国的译介与研究述略》,《燕山大学学报》2015 年第 2 期。
[5] 郝运丰、梁京涛:《〈论语〉在法译介探微》,《语言艺术与体育研究》2016 年第 4 期。
[6] 周新凯:《〈论语〉在法国的译介历程与阐释》,《中国翻译》2015 年第 6 期。
[7] 王灵芝:《"四书"在俄罗斯的译介历程》,《华北水利水电大学学报》(社会科学版)2018 年第 1 期。

1993年版）具体考察了《红楼梦》在日本、朝鲜、越南、泰国、缅甸、新加坡、俄罗斯、德国、英国、法国、西班牙、美国等的翻译、流布情况，特别是附录中包含了世界上各个语种的《红楼梦》译本一览表，从一个侧面展示了这部文学巨著在国外的流传和接受情况。陈宏薇、江帆《难忘的历程——〈红楼梦〉英译事业的描写性研究》[1] 对《红楼梦》的英译历程进行了划分，分为三个阶段：第一个阶段为1830—1893年，此时期的翻译仅为提供语言资料，发表形式不正规；第二个阶段为1927—1958年，译本为译者意图和书商意愿折中的产物，以王际真译本影响最大；第三个阶段为1973—2000年，以杨译本和霍译本为代表，这两个全译本吸收了当代红学的研究成果，为文化交流做出了贡献。近年来，《红楼梦》的译介史研究更为丰富，如唐均《〈红楼梦〉译介世界地图》（《曹雪芹研究》2016年第2期）选题新颖，描绘了《红楼梦》译介的地理分布，目前的最新统计，《红楼梦》在全世界有34种语言，155个不同篇幅译本，其中，36个全译本分布在18种语言中。发现印度文化圈、巴西、撒哈拉以南的黑非洲地区等则未有译介，可见中国文化和文学的译介还需再接再厉。另外，高源《〈红楼梦〉在北欧之译介源流考》（《湖南大学学报》2019年第3期）主要介绍北欧五国的译本逐步浮现于中文学界，展现出不同于欧陆的另一幅传播图式。芬兰文《红楼梦》为迄今所探知的该地域最早的翻译版本。近来出现的白山人瑞典文译介则为北欧首部全译本。挪威、丹麦、冰岛尚未形成系统的译本形态，但选择性的摘译反映了该地区接受红学的基本路径。

第二，古代小说的译介批评。这以《红楼梦》的译介批评为代表，取得了丰硕的学术成果，自1980年以来，《红楼梦》译介批评有五六十篇以上的论文发表。[2] 因此，有人提出了"红楼梦翻译学"，[3] 以期更深入讨论这些译本的翻译问题。2002年，"全国《红楼梦》翻译研讨会"在南开大学召开，标志着《红楼梦》译介研究走向新的高潮。会后，出版

---

[1] 刘士聪：《红楼译评——〈红楼梦〉翻译研究论文集》，南开大学出版社2004年版。
[2] 闫敏敏：《二十年来的〈红楼梦〉英译研究》，《外语教学》2005年第4期。
[3] 李绍年：《红楼梦翻译学概说》，《语言与翻译》1995年第2期。

了会议论文集《红楼译评——〈红楼梦〉翻译研究论文集》（南开大学出版社2004年版）。论文集主要涉及两方面研究：一是《红楼梦》译介文化研究，"在历史和文化的背景中，研究《红楼梦》翻译和当时的历史、政治、文化和文学思潮的互动关系，同时还涉及《红楼梦》翻译的体制、策略、翻译倾向和补偿策略等研究问题"；二是《红楼梦》译本研究，"主要包括文化和语言层面的问题，对译作和原作以及它们之间的关系进行评价，对译作进行审美的和其他方面的价值判断等"。[1] 前者如魏芳《翻译策略：译者在特定翻译情境下的选择——〈红楼梦〉两种译本文化内容的翻译策略比较》从翻译策略上看，指出杨译本采用"异化"策略，重直译，更忠实于原著，霍译本采用"归化"策略，重意译，更多考虑以译文读者为导向。后者如夏廷德《〈红楼梦〉两个英译本人物姓名的翻译策略》探讨了《红楼梦》中人物姓名的翻译；洪涛《〈红楼梦〉中的语言禁忌及其英译问题》探讨了《红楼梦》中语言禁忌的翻译问题。此外，冯庆华《母语文化下的译者风格——〈红楼梦〉霍克斯与闵福德译本研究》[2] 是《红楼梦》译介研究的一部重要著作，该书运用定性分析和定量分析相结合的方法，通过计算机统计手段，并参照英国国家语料库的词频数据，对杨译本、霍译本进行了数据统计和分析，指出母语文化对译者的翻译文化观和翻译思维有着极大的影响。王宏印《〈红楼梦〉诗词曲赋英译比较研究》（大连海事大学出版社2015年版）以《红楼梦》原书中的50首诗词曲赋为依据，选取《红楼梦》的两个英译本，即杨宪益译本和霍克思译本，针对两个译本对诗词曲赋的不同翻译，逐句逐行地进行分析和归纳。论文方面，译本研究一直是重点，但关心的重点逐渐向《红楼梦》的对话、茶文化、服饰等事项探索。如李平《〈红楼梦〉詈词"忘八"及其跨文化传播》（《红楼梦学刊》2015年第5期），叶晨《伊藤漱平"负荆请罪"翻译考》（《红楼梦学刊》2015年第2期），吕世生《林语堂〈红楼梦〉译本的他者文化意识与对传统翻译观的超越》（《红

---

[1] 北鸥雀：《红楼译评——〈红楼梦〉翻译研究论文集》，《红楼梦学刊》2004年第4期。
[2] 冯庆华：《母语文化下的译者风格——〈红楼梦〉霍克斯与闵福德译本研究》，上海外语教育出版社2008年版。

楼梦学刊》2016年第4期),周媛媛、詹旺《〈红楼梦〉茶文化词语的翻译效果评析》(《福建茶叶》2016年第1期),张映先、张小波《〈红楼梦〉中的"美容之道"及其翻译——以霍克斯与杨宪益英译为印证》(《外语与翻译》2016年第4期),李一鸣《〈红楼梦〉之〈牡丹亭〉戏文英译比较谈》(《曹雪芹研究》2017年第1期),尹衍桐《大卫·霍克斯译〈红楼梦〉中视角的流动和转换》(《名作欣赏》2018年第12期),孙菲菲《语用学指导下的〈红楼梦〉茶文化翻译研究》(《福建茶叶》2018年第1期),张粲、王婷婷《从目的论视角探析李治华〈红楼梦〉法译本道教术语翻译策略》(《明清小说研究》2018年第2期),耿良凤、王绍祥《〈红楼梦〉中药膳名称的文化信息英译》(《集美大学学报》2019年第1期),杨欣《顺应论视角下〈红楼梦〉直接引语的英译研究》(《南京工程学院学报》2019年第2期),等等。因为研究论著数量较多,甚至出现了多篇综述论文,如唐桂馨《〈红楼梦〉隐喻法译研究现状评述》(《外语教育与翻译发展创新研究》2014年第三卷)、姚军玲《〈红楼梦〉在19世纪德国的译介和批评》(《红楼梦学刊》2015年第5期)、王小丽《〈红楼梦〉翻译研究综述》(《名作欣赏》2014年第9期)、王慧《2018年度中国红学发展研究报告之二——以〈红楼梦〉改编及翻译传播等为中心》(《红楼梦学刊》2019年第3期)等。

除《红楼梦》的译介批评外,其他小说译介研究也有不少成果。《儒林外史》译介的研究近十年颇有增长,2012年以前,尚处于探索阶段,论文总体质量不高。[①] 专著以徐珺《古典小说英译与中国传统文化传承——〈儒林外史〉汉英语篇对比与翻译研究》(吉林出版集团责任有限公司2005年版)较为全面。近来刘克强《〈儒林外史〉语词典型翻译——基于平行语料库的研究》(光明日报出版社2015年版)、刘春阳《补偿视角下文化缺省翻译研究——以〈儒林外史〉英译本为例》(《焦作师范高等专科学校学报》2015年第3期)、何小翠《翻译美学视角下的杨宪益英译〈儒林外史〉研究》(硕士学位论文,西南石油大学,2016年)、李杰《生

---

① 王敏、李银:《近二十年来〈儒林外史〉翻译研究回顾》,《长春理工大学学报》2013年第4期。

态译论视角下〈儒林外史〉文化负载词翻译研究》（硕士学位论文，大连海事大学，2016年）、段燕《身份视角下的称呼语翻译研究——以杨宪益英译〈儒林外史〉为例》（《西华大学学报》2016年第5期）、吕丽丽《阐释学翻译理论视角下〈儒林外史〉俄译本中文化负载词的翻译研究》（硕士学位论文，内蒙古师范大学，2018年）等，但是总体上尚有可提高之处。

孙建成《〈水浒传〉英译的语言与文化》（复旦大学出版社2008年版）一书对《儒林外史》和《水浒传》的译介进行了批评和研究。论文方面，王婵、刘明东《〈水浒传〉赛译本研究综述》，李晓艳《〈水浒传〉翻译研究综述》等综述论文收集了语言学视角、翻译策略视角、翻译过程视角等各方面的研究论著，指出对赛译本的研究总体水平较低。[1] 另外，学位论文也颇多关注《水浒传》的翻译研究，如杨伦《赛珍珠〈水浒传〉翻译研究——〈四海之内皆兄弟〉风格与成因探析》（硕士学位论文，中国海洋大学，2010年）、袁黎《汉语文化特色表达英译的框架语义视角——以〈水浒传〉为例》（硕士学位论文，南京理工大学，2011年）、沈静宇《从关联理论角度看〈水浒传〉中绰号的翻译》（硕士学位论文，苏州大学，2012年）、贾婷《从斯坦纳阐释学角度论登特杨译〈水浒传〉中译者的主体性》（硕士学位论文，西华大学，2014年）、曹玉姣《〈水浒传〉概念隐喻的俄译研究》（硕士学位论文，四川外国语大学，2015年）、陈枫《〈水浒传〉韵文翻译中的诗学操纵：赛珍珠和沙博理译文对比研究》（硕士学位论文，外交学院，2015年）、杨崔阳《顺应论视角〈水浒传〉绰号翻译研究》（硕士学位论文，东北农业大学，2015年）、成娟《文化负载词翻译中模因的存亡与变异——以〈水浒传〉沙博理汉英对照本为例》（硕士学位论文，西南交通大学，2015年）、任文娟《〈水浒传〉中人称代词"俺"的日译研究》（硕士学位论文，西安外国语大学，2016年）、折花花《〈水浒传〉中"使字句"的日译考察》（硕士学位论文，西安外国语大学，2016年）、桑亚佩《〈水浒传〉中"小人"的日译研究》（硕士学位论文，西安外国语大学，2017年）、杨姣《以吉川

---

[1] 王婵、刘明东：《〈水浒传〉赛译本研究综述》，《辽宁工业大学学报》2015年第5期；李晓艳：《〈水浒传〉翻译研究综述》，《戏剧之家》2018年第16期。

幸次郎·清水茂译〈水浒传〉为中心看底本漏字对翻译的影响》（硕士学位论文，西安外国语大学，2017年）、许龄誉《诗学视角下沙博里〈水浒传〉英译本中阳刚之美研究》（硕士学位论文，湖南师范大学，2017年）等，大约硕士论文的分量比较适合深入展开讨论《水浒传》的翻译问题。

第三，古代诗歌的译介批评。诗歌译介批评主要集中在三个方面：一是诗歌译介的技巧问题。顾正阳《古诗词曲英译论稿》（百家出版社2003年版）、《古诗词曲英译美学研究》（上海大学出版社2006年版）、《古诗词曲英译文化视角》（上海大学出版社2008年版）、《古诗词曲英译理论探索》（上海交通大学出版社2004年版）、《古诗词曲英译文化探索》（上海大学出版社2007年版）等五部书分别从不同角度探讨了诗歌的翻译技巧，包括诗词曲中的标题、专有名词、时令节气、典故、数字、曲牌、双关、文化背景、美学特点等诸多方面的翻译技巧都作了详细的研究。穆诗雄《跨文化传播——中国古典诗歌英译论》[1] 一书从对比中英诗歌的诗体形式、诗歌理论、诗歌审美情趣入手，分析、比较、评判了各种译例的得失，并从中归纳出切实可行的英译中国古典诗歌的一般原则、方法与技巧。王方路《中国古诗词的女性隐喻与翻译研究》[2] 一书的"理论篇"介绍了各种翻译理论，并在其"实践篇"中专论中国古诗词中的女性隐喻对译诗的影响。近来，涂慧《如何译介，怎样研究：中国古典词在英语世界》（中国社会科学出版社2014年版）专门就词的译介作了梳理，其中第二至四章以个案为中心，讨论了福瑟克的"结构对等翻译法"、田安的翻译实践等。吴迪龙《互文性视角下的中国古典诗歌英译研究》（复旦大学出版社2014年版）讨论了互文性视角下诗歌翻译中语音传递的处理以及诗歌意象再造等问题，指出互文性理论对于诗歌翻译实践及翻译批评具有深远意义。

二是诗歌译介的"误译"问题。20世纪80年代的论者，如黄新渠《中国诗词英译的几点看法》（《翻译通讯》1981年第5期）、余德予《略谈古汉诗英译的理解与表达》（《华中师院学报》1984年第2期）、童养

---

[1] 穆诗雄：《跨文化传播——中国古典诗歌英译论》，中国科学技术大学出版社2004年版。
[2] 王方路：《中国古诗词的女性隐喻与翻译研究》，湖南人民出版社2008年版。

性、徐永藻《浅谈英译唐诗之误》(《外语教学》1985年第4期)、丰华瞻《略谈汉诗英译》(《外国语》1986年第2期)、吴景荣《浅论中国古典诗歌的翻译》(《中国翻译》1987年第6期)等论文,对于中国古典诗歌中的字词、句法、典故等的误译进行了批评和研究。20世纪90年代以后,由于"误读"理论的大兴,论者对这些失误也似乎有了更多的理解。如汪榕培《陶渊明诗歌英译比较研究》[1]一书通过不同译文的比读,说明了"误译"的必要性和可行性。贾卉的博士论文《符号意义再现:杜甫诗英译比读》[2]认为对不同译本应摒弃非好即坏的二元对立观念,用宽容、学习的心态去发掘这种翻译现象背后的理据,重视"误译"的合理性。洪涛《从窈窕到苗条:汉学巨擘与诗经楚辞的变译》(凤凰出版社2013年版)不是停留在正误的辨析上,而是从《诗经》《楚辞》不同译本里的不同译法,讨论传统训诂与外文翻译上的意义,而历代对诗骚的训诂分歧,造成不同的翻译,而且在通向外语的路上,又增加新的理解。作者认为在翻译时应"贯通",即寻求诗篇与诗篇间的联系,书中从个别词语入手,为《诗经》《楚辞》的对外译介,提供了有力的示范和理论探索。

三是诗歌译介的标准问题。如许渊冲《如何翻译诗词:〈唐宋词选〉英、法译本代序》(《外国语》1982年第4期)、《谈唐诗的英译》(《翻译通讯》1983年第3期)两文中提出了译汉诗的标准为"三美":首先要传达原文的"意美";其次要以押韵、重复、节奏等方法传达原诗的"音美";最后要传达汉诗整饬的"形美"。

另外,这里值得专门提出的是黄莉《谢灵运诗歌在英语世界的译介及研究》(中国社会科学出版社2018年版)是比较综合的诗歌译介个案研究,第一章介绍了谢灵运诗歌的译本,也就是介绍了谢灵运诗歌的译介史。同时通过比较各译本,对谢灵运诗歌译介的技巧、标准等都作了深入的分析。

第四,古代诸子散文的译介批评。曹惇《〈论语〉英译本初探》

---

[1] 汪榕培:《陶渊明诗歌英译比较研究》,外语教学与研究出版社2000年版。
[2] 贾卉:《符号意义再现:杜甫诗英译比读》,博士学位论文,上海外国语大学,2009年。

（《翻译通讯》1985年第8期）、王勇《20年来的〈论语〉英译研究》（《求索》2006年第5期）、杨平《〈论语〉的英译研究——总结与评价》（《东方丛刊》2008年第2期）、杨平《20世纪〈论语〉的英译与诠释》（《北京第二外国语学院学报》2009年第5期）、曹威《英译〈论语〉的哲学诠释研究——20世纪70年代后英语世界的〈论语〉研究》（博士学位论文，黑龙江大学，2010年）等论文探讨了《论语》的英译情况。当然，也有从哲学或语言学角度讨论《论语》译介的，如曹静《哲学阐释学视角下〈论语〉中文化负载词的英译研究》（硕士学位论文，天津科技大学，2017年）、孙毫《阐释学视角下〈论语〉中"礼"的翻译》（硕士学位论文，南京理工大学，2017年）、姜哲《西方汉学与中国经学的互动——以〈论语〉"信近于义，言可复也"的英译与诠释为例》（《中国文化研究》2019年第1期）等。

王平《比较〈老子〉的三种英译》（《外语与外语教学》1996年增刊）、崔长青《谈〈道德经〉的英译》（《读书》2000年第1期）、陈国华、轩治峰《〈老子〉的版本与英译》（《外语教学与研究》2002年第6期）、张小钢、包通法《〈道德经〉英译版本的归类及思考》（《江南大学学报》2010年第2期）、蔡觉敏、孔艳《反"西方文化中心主义"的〈道德经〉译本——论安乐哲〈道德经〉英译的哲学阐释》（《云梦学刊》2012年第5期）、杨柳、范娟《〈道德经〉的美学特色与翻译》（《江苏社会科学》2014年第6期）、唐雪《1945年以前〈道德经〉在德国的译介研究》（《燕山大学学报》2019年第3期）等论文和辛红娟《〈道德经〉在英语世界：文本行旅与世界想象》（上海译文出版社2008年版）、吴冰《译随境变：社会历史语境下的〈老子〉英译研究》（博士学位论文，湖南师范大学，2014年）等论著对《老子》的译介进行了研究。

文学性较强的《庄子》的译介研究相对较少，汪榕培《〈庄子〉十译本选评》（《外语教学与研究》1995年第4期）、《契合之路程：庄子和〈庄子〉的英译本》（《外语与外语教学》1997年第6期）、陆钦《〈庄子〉在日本》（《社会科学战线》1982年第1期）、张爱民《〈庄子〉在日本的传播》（《山东师范大学学报》2005年第2期）、《〈庄子〉在国外的版本注本及译本》（《枣庄学院学报》2008年第4期）、杨晨雨《〈庄子〉文学特色中的翻译思想探微》(《长春教育学院学报》2013 年第 6 期),张林影、樊月圆《文化翻译观下〈庄子〉英译本翻译研究》(《牡丹江师范学院学报》2018 年第 3 期)等论文和徐来《英译〈庄子〉研究》(复旦大学出版社 2008 年版)、鄢莉《从苏珊·巴斯奈特的文化翻译观看〈庄子〉两英译本中文化负载词翻译》(硕士学位论文,郑州大学,2010 年)、陈洁《从阐释学角度研究〈庄子〉英译——关于"逍遥""心斋""坐忘"的翻译》(硕士学位论文,江南大学,2013 年)、安丰森《"庖丁解牛"故事英语译释个案的文本细读与比照分析》(硕士学位论文,北京外国语大学,2015 年)、刘小乔《〈庄子〉鲲鹏故事在英语世界的翻译和阐释》(硕士学位论文,北京外国语大学,2017 年)等论著对《庄子》的译介情况进行了探讨。

古代文学的译介批评一方面促进了古代文学译介实践的发展和繁荣,有助于古代文学译介的质量提高,另一方面又从比较文学视野探讨了中国古代文学与外国文学和文化的比较研究,有助于对外文化交流。因此,古代文学的译介批评是古代文学译介学的重要组成部分,对其进行深化研究有助于古代文学及其比较研究的拓展和深化。

第十七章

古代文学史主要类型与成果

　　自1904年林传甲完成《中国文学史》以来,迄今已经历了一个多世纪的风雨沧桑,其间有2800多不同类型的文学史研究著作问世,由此可见各代学者对于文学史研究的别样深情和投入。回望百年以来文学史研究的历史进程,当我们盘桓在高峰与低谷之间,深切感受着文学史流动中的丰富与精彩,体验缘于不同因果的经验与教训,既感慨万千,又深受启迪。尽管如王国维《宋元戏曲史》、鲁迅《中国小说史略》的创体之功与深刻洞见一时难以超越,但就文学史研究的整体质量与特色而言,是在不断的求变求新中逐步趋于繁荣的。其中绝大多数著作问世于新中国成立七十年间,尤其是进入新时期之后,集中展现了与文学史理论相辅相成的古代文学史编撰的集成性成果。就其类型与体例而言,大体有通代、断代、区域、分体、专题文学史五种编写方式。通代与断代文学史,主要以时间维度为轴线,其中诸多标以《中国文学史》者,实际上仅仅下延于清末,并非真正意义上的中国通代文学史。而许多断代文学史则多以朝代为限,同样不时受到一些学者的质疑。区域文学史主要以空间维度为轴线,以区域文化为底蕴,与通代、断代文学史构成时空互动和互融关系。分体文学史以文体为本,致力于文学体裁的发展脉络与规律的梳理和探寻。专题文学史以问题为本,专注于文学发展中的一些重要问题展开专题史研究,能直入本题而深探其源,这是文学史书写中深入细化的表现,也是对文学本体认识不断升华的结果。

第一节　通代文学史的编写

顾名思义通代文学史主要是指研究对象的延续性，它包括了绵延的文学发展历程，这其中自有文学活动以来至晚清民初时期古典文学完成其历史使命，往往是诸多著作的时间限定。不过通史同时更强调通贯的史识，它包含了对复杂的文学现象的全面把握与理解，正所谓"通者，所以通天下之不通也"，这对研究者的水平有很高的要求，因此通史既能代表文学史研究的水准，也是体现学者能力的标志性著述，其重要性不言而喻。

陶尔夫将 20 世纪称为"中国文学史的世纪"，并将其分为开创期（从世纪初到 1949 年）、成型期（1949—1978 年）、更替期（1978—1988 年）与突破期（1988—世纪末）四个时期，这一划分颇具启发性。[①] 结合前面关于文学史理论研究的分段，可以把新中国成立七十年文学史的撰写分为四个阶段：新中国成立至"文革"结束为第个一阶段，改革开放后至 80 年代后期为第个二阶段，90 年代为第三个阶段，自世纪之交起为第四个阶段。其中，前一个阶段的文学史撰写尚缺乏十分自觉的文学史理论研究，后三个阶段的文学史撰写则是伴随着自觉的文学理论研究而进行的。据此，下面以改革开放为界分前后两个时期来简述通代文学史代表作的编写情况。

一　前期的通代文学史编写

以新中国成立为界，此前的文学史著述更多的是个人行为，更具有个人学术色彩，文学史观也尽可因人而异；而此后由于以马列主义思想理论为指导，并积极向苏联文艺经验学习，文学史编著更具有时代意识形态的共性特征，且多为集体合作。

李长之《中国文学史略稿》（五十年代出版社，第 1、2 卷 1954 年，第 3 卷 1955 年）是新中国成立初期较有特点的文学史。第一卷主要论述

---

① 陶尔夫：《文学史的世纪及其四个时期》，《中国社会科学》1996 年第 6 期。

早期神话、诗歌、诸子散文及屈原。第二卷重点讨论汉代的散文与辞赋、魏晋南北朝诗歌与文学批评、唐代诗歌。第三卷则以唐传奇与宋词为重点。余下的部分此后未见出版。这部著作体现了作者的别择眼光，所论列的文学史现象并非面面俱到，而是突出作者较有认识的部分，如陶渊明、李白章节。第一卷更不以时代标示章节，而选择有代表性的文学史内容加以阐发。在宋词部分，将花间、南唐词等作为词发展的一个阶段，从而突出了词史的连贯脉络。虽然全书篇幅不大，但是颇有深度。像用较大的篇幅来论述唐传奇，在此后的著述中也并不常见。值得注意的是，作者在自序中指出，"尤其欠缺的是，我的马克思列宁主义修养太差，这就缺乏精确、具体而深入的分析的本领"；在导论中作者还专门论述文学史的性质和方法，提出"文学史就是根据社会科学、历史科学底一般规律，结合文艺学底法则，对文学发展的具体状况及其规律性进行探讨的科学"。这表明作者力图在著作中贯彻新的文艺思想观念，同时也可以窥见意识形态向文学研究开始强势渗透的趋势。

林庚《中国文学简史》（上）（文艺联合出版社1954年版）则是一部强调艺术感悟与文学赏析的文学史。此书开篇论述史前短歌，至温韦词结束，全书则迟至90年代方整理出版。作者虽然强调对苏联教学大纲的学习，但书中鲜明的学术个性仍然引人注目。此书论述精当，对语言文字于文学的发展演进的论述尤其精彩，其论述诗体与语言的关系可见感悟之细腻。对唐诗特质的概括更是出色，其中提出或涵盖的盛唐诗"少年精神""盛唐气象"诸说，形象生动，成为经典之论。

以上所论文学史多少还带有个人撰述的特点，1957年教育部《中国文学史教学大纲》的出版，则为文学史的写作做出了进一步的规范。詹安泰、容庚、吴重翰编纂的《中国文学史》（高等教育出版社1957年版）作为"解放后由高等教育部审订的第一部中国文学史教材"，[①] 具有典型性意义。此书实际涵盖的内容只有先秦两汉部分，《诗经》与《楚辞》方面由于编者的学术专攻，多有心得之见，如"南"是否诗之一体等。另外还

[①] 彭玉平、李兴文：《文学史编纂与文学史观念——詹安泰〈中国文学史〉编纂实践与理论考察》，《北京科技大学学报》2004年第4期。

根据甲骨学研究的成果,专列"文字的创造与殷周散文"一章,虽然或许有点考古多于文学的嫌疑,但这一安排也是别具匠心的。编者对狭隘民族主义、经济唯物论主张的偏颇有清醒的认识,主张批判地吸收借鉴文学遗产,政治性与艺术性兼顾。这自然是主流意识形态影响的结果,难能可贵的是作者提出"艺术形式、语言技术等也是应该注意的",这在一定程度上保证了文学史的学术性。正像在谈及编纂体会时所说的,虽然在一般理论方面苏联先进经验可供参考,但涉及具体中国文学史问题,仍需具体分析。[①] 因此尽管政治因素已经产生了作用,但是并未影响根本的学术判断。

杨公骥《中国文学》(第一分册)[②] 也是一部有较大影响的著作。作者大略以社会形态与历史阶段为标准,对文学史进行区划,全书分为原始文学、殷商奴隶制社会文学、西周与春秋时代文学及战国文学,基本对应于先秦文学阶段。全书考证详核,论述明晰,在很多问题上有自己的独特见解。书中单列原始祭歌一章,对远古风俗、礼仪与文学关系多有阐发,是很有创见的部分。此外联系先秦文学来释读当时社会现象,也具有启发性。至于附录的《商颂考》力证"商颂是商代的颂歌,是距今三千年前商代的诗歌",更是以考辨见长,对否定性意见逐一做出了辩驳。此书在很大意义上应被视为学术专著,尽管作者也不免强调劳动之于文学起源的意义、分析社会形态、强调阶级观念,但对这一时代烙印可予以理解之同情。而书中对引述的作品皆加译述,通过注释形式对相关问题作出深入细致的回应,都是极具个性特色的表现。

不过上述诸书无一例外地都受到了当时主流舆论的批评,所谓"形式主义观点"、忽视"民间文学"等,都成为它们的缺点;而马列修养不够,虽然有学习的主观要求,但一涉及具体问题就陷入原来的分析模式等,更成为它们的"通病"。在这样的语境之下,出现众多中文系学生"拔白旗插红旗"性质的文学史也就不足为奇了。北京大学55级、57级、北京师范大学、复旦大学、吉林大学等学生,都有文学史出版,其他跟风之作就更多。从学术性角度看,这些书意义不大,但是其中体现的文学史

---

① 詹安泰:《编写〈中国文学史〉的一些经验和体会》,《高等教育通讯》1954年第20期。
② 杨公骥:《中国文学》第一分册,吉林人民出版社1957年版。

观念值得关注。以最具代表性的北京大学红皮本文学史为例，书中突出了文学的阶级性，认为评价文学必须坚持政治标准第一位；其中贯串全书的观念主要是，民间文学在文学发展史上具有决定性作用，现实主义与反现实主义的斗争是文学发展的规律。学理上的不足自不必多说，即便是主题先行，依据先定的标尺来编排材料写作文学史，这本身也脱离了正常的学术轨迹。在这样的形势下，两部由专家集体编纂的文学史更凸显出它们的学术史价值。

这两部书分别是科学院文学研究所编写的《中国文学史》（人民文学出版社1962年版）与游国恩等主编的《中国文学史》（人民文学出版社1963年版），代表了60年代文学史编写的成绩，"标志着文学史的研究编写已走向科学、系统与体例的稳定，有很高的实用价值，后来出版的许多文学史几乎都没有超出这两部文学史的基本模式"。[①] 前书按照内容，分为远古至隋代、唐宋、元明清三段，分别由余冠英、钱锺书与范宁主持编写。内容安排上自远古迄鸦片战争，分为封建社会以前文学与封建社会文学两大部分。前者又包括远古神话、商周散文与诗经，后者分为战国、秦汉、魏晋南北朝、唐、宋、元、明、清诸段。游本也基本按照历史时代来划分，分为上古至战国、秦汉、魏晋南北朝、隋唐五代、宋、元、明、清初至清代中叶、近代、晚清至五四。这种以社会形态结合封建王朝的分段方法当然不一定完全符合文学的发展脉络，但是能反映时代文风嬗变，而且也便于操作。游本对清代文学的处理，显得较为细致，其中对近代文学的突出值得关注。提出这一概念表明作者敏锐把握了新旧文学的关节点，对文学发展中出现的新型因素进行了集中观照。两套文学史在学术性上都带有很高的品格，虽然不免受到时代风气影响，意识形态话语时有展露，民间文学、阶级分析等也占用了不少笔墨，但未从本质上损害其学术性。如科学院本在魏晋南北朝文学中专论佛经翻译，阐述了佛经故事、佛教思想对文学创作、体裁、语言等的影响，就颇有新意。这两套书作为高校的教材，盛行多年，影响很大，实为"文革"前具有代表性的著作。其意义不仅仅在于其学理性，更重要的是：首先，文学史的叙述模式开始确

[①] 陶尔夫：《文学史的世纪及其四个时期》，《中国社会科学》1996年第6期。

立。两者都以历史时段为划分标准，各段前总述部分先介绍社会、经济等情况，然后分析文化思潮，进而指向文学。在具体到作家分析时，一般采用"作家生平—思想内容—艺术成就—社会影响"这一较为固定的套路。其次，两书作为教材，为同类著作提供了范式作用，无论是历史分期还是叙述模式，都得到后继者的效仿，从而使这一模式蔚为风行。另外，两书考虑到教学需要，章节分配具有极强的可操作性，这也成为此后大量文学史结构方面的范本。

此后文学史的编写受政治因素的影响日益加大，"文革"期间正常的学术陷于停顿，少量文学史著作只能被看作文学研究领域内的政治晴雨表。

二　后期的通代文学史编写

拨乱反正后出版的十三院校本《中国文学史》[①] 对此前的不正常现象进行了较为全面的纠正。此书仍以王朝为分期依据，内容方面以平正见长，明清部分颇为简单，仅以著名的小说与戏曲为主，对鸦片战争至辛亥革命前后的文学则以近代文学为题加以介绍。其意义在于在十多年的学术荒漠期之后，此书对文学的革命史式书写样式进行了扭转。书中突出了现实主义与积极浪漫主义创作方法，对进步文学的限定具有一定的灵活性，认为封建地主阶级"在取得统治权力以后的一段时间内，它也还是生气蓬勃的进步力量，反映其进步性的作品就应当给以历史的肯定"。阶级分析、经济决定论等都有所淡化。可以说，在概述文学发展进程方面，此书基本完成了任务。但在具体分析作品思想、艺术特色时，不免仍留有革命话语痕迹。在总结文学史发展规律方面，则颇有缺陷。编者虽然摆脱了现实主义与非现实主义斗争线索的影响，但仍然强调进步文学与反动文学的对立与斗争。这些因素使得此书具有过渡色彩，在组织教学方面发挥了一定效用，但纠偏方面仍需深入。

六省市十一院校本《中国文学史》[②] 就有了较大改观。全书结合社会发展分析文学状况，阐述文化思潮，对作品的阐释也不再强附政治。屈守

[①] 十三所高校《中国文学史》编写组：《中国文学史》，江西人民出版社1979年版。
[②] 六省市十一院校本《中国文学史》，黑龙江人民出版社1980年版。

元《中国文学简史》①虽然篇幅不大，但明显标志了学术的正常回归。书中甚至论及"宫体诗"，并肯定了它在语言形式方面对初唐歌行与格律诗所发生的影响，这在此前是难以想象的。80年代前中期的文学史撰述基本上是对正常学术路径的追溯与重归。自80年代后期始，文学史的书写开始向纵深推进，文学史观多元化趋势明显，也出现了一批有代表性的著作。

金启华《新编中国文学简史》（中州古籍出版社1989年版）旨在打破章节架构，以专题论文的形式对文学流变进行概述。韦凤娟、陶文鹏、石昌渝编著的《新编中国文学史》（人民教育出版社1989年版）对文学走向、演变轨迹等有简明扼要的评述，而在作品体悟与赏鉴方面深具识力。袁行霈《中国文学概论》（高等教育出版社1990年版）则对作家、作品评论模式的文学史体例进行了突破。作者选用概论方式对文学史研究中的宏观问题进行了论述。全书主要分为总论与分论两个部分。总论对中国文学的特点、分期、地域特点与文学家的地理分布、类别、趣味、鉴赏展开分析；分论对诗赋、词曲、小说、文的源流演变与体制风格进行阐述。

学者从不同维度对文学史书写的拓展促进了文学史编纂的成熟，这在几部影响较大的著述中表现得尤为明显。章培恒、骆玉明《中国文学史》（复旦大学出版社1996年版）在编纂理念方面有很大的更新。作者提出文学的发展过程与人性的发展过程同步，因而文学史应该揭示文学作品中所表现出的人性逐渐解放的过程。这一指导思想表明写作中对文学本身的关注超越了文学的外部因素，也意味着文学性的回归。作者重视文学作品打动人的情感力量，突出文学审美性追求，力图将文学形式的变异与人性的演化绾合起来，并对作家的创作个性给予了大力阐扬。2007年由复旦大学出版社推出的《中国文学史新著》对此前的研究又做出了推进。在分期方面，此书将文学史分为上古、中世、近世三个阶段，中世文学细分为发轫、拓展、分化三期，近世文学则分为萌生、受挫与复兴三段。这一方法将文学演变与社会发展相结合，对单纯王朝分期是一种突破。在内容处理方面，此书凸显了近世文学的价值。作者秉持文学古今演变的观念，

---

① 屈守元：《中国文学简史》，四川人民出版社1980年版。

认为古代文学与现代文学之间并无所谓文化断裂现象，现代文学所具有的革新因素其实都具有文学内部的动因，西学影响只是从外部推动了这一进程。在文学史观念方面，此书延续了对人性的关注，对文学形式演化的论述得到增强；虽然重视经济、社会、文化诸因素对文学的影响，但突出了文学本位思想。在具体问题的细化方面，如《大招》的作年、五言诗的兴起等，都提出了自己的见解。这都为全书的学术价值提供了有力的保证。

郭预衡主编的《中国古代文学史》（上海古籍出版社1998年版）也做出了可贵的探索。编者在体例方面强调以作家为纬（特别是魏晋南北朝以后），避免了一个作家分见多处的弊端，有利于突出作家的总体成就。在内容方面也颇有增补，如对秦国文学、辽金文学的补充，对作家、作品的增补等。在文学史规律探讨方面，重视揭示士风、世风与文学的关系，关注时代因素与文体变迁。与此书配套的《中国古代文学史长编》以文学史论述为基础，汇聚大量相关资料，便于考索，在编纂方式上也多有新创。

袁行霈主编的《中国文学史》（高等教育出版社1999年版）强调了文学本位观念。全书将文学发展变化分为三古（上古、中古、近古）七段（先秦、秦汉、魏晋至唐中叶、唐中叶至南宋末、元初至明中叶、明嘉靖初至鸦片战争、鸦片战争至"五四"运动）。这一分期显示了文学发展的阶段性，打破了此前常见的朝代划分方式，综合考虑了创作主体、作品内容、体裁、语言、艺术表现、流派思潮等多方面的因素，更能反映文学本身的走向。在论述策略上强调以文学作品为中心，适当关注社会政治、经济背景，重视文学思潮。在寻绎文学史规律时，重视外部因素与内部因素的辨析，注意文体、朝代、地域的发展不平衡现象，关注雅俗互动、不同文体间的渗透、复古与革新的互动、文与道的离合。至于书中对文学接受与文学传媒的标举，也为一般文学史所少涉及。

此外，中国社会科学院文学研究所编纂的十二卷本《中国文学史》，拟由《先秦文学史》《秦汉文学史》《魏晋文学史》《南北朝文学史》《唐代文学史》（上、下）、《宋代文学史》（上、下）、《元代文学史》《明代文学史》《清代文学史》和《近代文学史》组成，"合则为文学通史，分则为断代文学史",也较有特色和成就。目前由人民出版社出版了褚斌杰、谭家健主编的《先秦文学史》(1996),徐公持编著的《魏晋文学史》(1999),曹道衡、沈玉成编著的《南北朝文学史》(1991),乔象锺、陈铁民主编的《唐代文学史》(上册)(1995),吴庚舜、董乃斌主编《唐代文学史》(下册)(1995),孙望、常国武主编的《宋代文学史》(上、下)(1998),邓绍基主编的《元代文学史》(1991),等等。张炯主编的《中华文学通史》(华艺出版社1997年版)因时间上贯通古今,空间上包含大陆和港澳台,民族上涉及汉族与少数民族,也影响颇大。傅璇琮、蒋寅总主编的《中国古代文学通论》(辽宁人民出版社2005年版)在以朝代分卷的同时,从"古代文学的基本内容""古代文学与社会文化""古代文学的基本文献"三个方面来论述文学,体例上有所创新,也有自己的特色。

通代文学史的编写关涉对文学的整体把握,其难度与价值成正比,从这七十年的编纂历程来看,也能发现一些具有规律性的东西。首先,文学史的写作经历了一个由外部逐渐回归至文学本身的过程。新中国成立初期意识形态日益强化、阶级意识突出,民间文学成为主流、形式论遭到批判,文学社会学印记明显;随后政治渗透更为严重,直至成为文学性质的革命史,完全丧失了学术的独立品格;拨乱反正后文学史撰写开始纠正此前出现的偏差,向正常的学术研究回归;80年代后期开始,文学观念趋于活跃,对文学特性的体认在文学史书写中得到体现。此前广受批判的形式分析、人性问题都渐次成为著述中的主线。特别是所谓的外部研究开始淡化,文学本身的价值与意义得到凸显。通过多元化的探讨,对文学的认识有所掘进。其次,个人撰写形式逐渐退出。新中国成立初期尚有部分文学史是个人多年讲学、研究的成果,自教育部规范文学史教学工作以来,集体编写就成为主流。像程千帆《程氏汉语文学通史》那样富有学术个性的个人著作已属凤毛麟角。这一现象一方面是因为通代文学史涉及众多问题,个人学识毕竟有所限制,集体操作更能发挥个人所长;另一方面也与当时强调集体性有关,甚至不少文学史的编写还专门邀请学生、工人等加入,以取得广泛认同;此外集体编写的好处在于可以在比较短的时间内见到成效,也是适应高等教育教学需要的必然产物。最后,高校教学体制对文学史编写产生重大影响。文学史的草创时期颇有一些著述出于专家个人的兴趣，而新中国成立之后更多的是出于教学需要。其好处在于经过教育部审订，可以保证文学史的学术水准；其隐性不足在于，文学史的书写模式容易走入程式化的套路，研究者个人观点无法得到充分展现，在结构安排方面可能会因为课时的原因而出现追求各段平衡现象，割裂文学史本身发展的脉络，忽视文学史演进的不平衡状态。而这些现象也提示我们，在不断展开的文学史重写过程当中，应该从哪些方向努力，从而取得新的成就。

第二节　断代文学史的编写

断代文学史是对文学史长河中特定时段文学发展面貌的论述，由于研究对象的限定，相对于通代文学史而言，更显深入与专精。在断代文学史的草创阶段，也不乏粗略介绍性质的著作，其意主要在于界定学术范围，探讨时段文学特征，伐山林之功多于精耕细作之力。新中国成立后断代文学史的编写则反映了文学史研究领域渐次细化深入的过程，出现了不少优秀著述，七十年中其发展走向与演进特点值得关注。[①] 首先，研究进程具有不均衡性。60年代以前成果相对较少，自80年代开始断代文学史的写作方才进入繁荣阶段。其次，对不同文学时段的关注有较大差异性。先秦文学较受关注，而唐宋等研究较为成熟的时段反而并不突出，宋代以后的断代文学史更少。再次，随着断代文学史编写进程的推进，近代文学史渐呈异军突起之势。最后，编年体断代文学史受到重视。

一　先秦两汉魏晋南北朝的文学史编写

先秦文学是后世文学发达的基石，"至战国而文章之变尽，至战国而著述之事专，至战国而后世之文体备"。由于先秦时期文学尚未完全独

[①] 通代文学史著述之单卷往往以断代形式出版，如社会科学院中国文学通史十二卷，各卷皆为断代样式。此类著述前文已略有论列，为避重复此处对这类文学史单卷不多关注。

立，历史、哲学文献中多有文学内容，因而文学史呈现泛文学化倾向。特别是由于史料的缺乏，史部、子部被纳入文学史叙述也成为一种操作上的必然。而此期文学史料在真伪、文字方面多有歧见，相应考辨成为论述的前提。另外考古所见新文献，往往能提供重新认识先秦文学史的内容，因而对考古史料的重视也是此期文学史书写不同于其他时段的一大特点。

徐北文《先秦文学史》（齐鲁书社1981年版）是一部论述平稳而时有新见的著作。作者根据此期文化发展的特点，即由王官文化—孔子私学—稷下争鸣—《吕氏春秋》为代表的渗透综合这一走向，从文体嬗变角度把握此期文学发展，将全书划分为神话、诗歌、散文、辞赋四个部分，既呼应了历时演变轨迹，又基本切合文学自身的发展路径。在论述方法上，虽然沿袭了时代背景、作家生平、作品评述这一模式，但能将之分散打入具体问题的论述当中，从而在一定程度上避免了肤廓的弊病。内容方面，为谐隐、寓言、故事单设章节；注重新的书面语言（文言文）对文学的促进，揭示巫觋、乐师、倡优与文学发展的关系，都颇具新意。另外，书中还重点介绍了汲冢书，并通过对其中《穆天子传》韵散结合的语言形式的解读，提出"这种说唱相间的叙说方式，证明是自我国土生土长的，有的学者论证唐代《变文》的说唱是受印度佛教文学的影响，是错误的"，也可备一说。

张志岳《先秦文学简史》（黑龙江人民出版社1986年版）强调了"史识"对于驾驭文学史材料的意义，并提出了自己的文学史观。作者将文学史发展的主要线索归结为内容与形式两个方面，认为中国文学存在有讽喻文学与叛逆文学两个传统，分别以孟子与庄子为奠基者，这两个传统并行发展但并不对立；而重要文学样式的发生、发展及衰替，则与文学语言的发展变化有密切的关系。全书基本上围绕这一线索展开论述，体现了作者概括文学史规律并付诸实践的努力。刘毓庆《古朴的文学》（北岳文艺出版社1988年版）论述了太古至秦的文学发展情况，因此期文学与学术不分，故称为"古朴的文学"。此书以神话、诗歌、散文三段分论文学历程，辞赋纳入"散文的时代"章节中，但指出它已"跨出诗文的边界"。蔡守湘主编的《先秦文学史》（武汉大学出版社1992年版）注重突出各时代不同文化特点与文学的联系，从原始社会文化与上古歌谣神话传说、巫史文化与散文兴起、史官文化与历史散文、士人文化与诸子散文等角度展开论述，并结合社会文化背景分析诗经、楚辞的特点与价值。赵明主编《先秦大文学史》（吉林大学出版社1993年版）中这一特点更为突出。《先秦大文学史》既是对先秦时代文史哲混融的文化生态的尊重，又包含了对深厚文化内容的重视。论述中结合时代文化来阐释文学发展，更使得此书的文化批评意味浓郁。方铭《战国文学史论》（商务印书馆2008年版）是其早先《战国文学史》（武汉大学出版社1996年版）的修订本，为第一部专门研究战国时代文学的断代文学史。此书结合战国时代巨变分析文人文化环境，论述其时著述风气，阐释此期文学思想，从论说体、叙事体、抒情体与赋体入手论述战国文学特征。论述时注意宏观提炼与细部精研相结合，将文化分析与文学释读相比并，突出了战国文学的独特面貌与文学史价值。

亦有将先秦与两汉合论的文学史著作。刘持生《先秦两汉文学史稿》（西北大学出版社1991年版）与聂石樵《先秦两汉文学史稿》（北京师范大学出版社1994年版）两书皆以论述深入细致见长，而不追求体例上的创新。刘著分为先秦、两汉两部分，大略以文体划分层次，对神话、诗歌、史传散文、诸子散文、辞赋、五言诗等进行论述，所论简明扼要。在撮述他人见解之后，往往加以按断，如对五言诗的产生、对诗经的成书、编排等问题，都有精辟的识见，是述论结合的文学史著述。其结尾尚附录有魏晋文学部分。聂著则在社会、经济、制度、文化诸背景的映衬之下，对文学发展进行勾勒。

刘毓庆《朦胧的文学》（北岳文艺出版社1991年版）是对两汉文学的专门研讨。作者将汉代文化的特点概括为文化复古、传统综合、思维回归，从辞赋、散文、诗歌三个方面来把握两汉文学。作者认为汉代文化特点促进了纯文学体裁汉赋的出现，并唤起了文学的复古与回归。汉人对文学的特性有了一定的认识，但是却未能在理论形态上加以确认，因而他们的文学观、文学表现形态是"朦胧"的。赵明主编《两汉大文学史》（吉林大学出版社1998年版）从文化的宏观背景对汉代的文学进行论述，分赋体、诗歌、历史著作、小说戏剧、散文、文学思想等六大板块。

胡国瑞《魏晋南北朝文学史》（上海文艺出版社1980年版）是较早论述中古时段的断代文学史。作者结合社会情况、政治局势、思想风貌，对此期文学的变化进行论述，对文学形式的变化颇为关注，如对南朝中后期诗歌对形式的追求以及七古、律绝的发展，即专门加以阐述。对骈文、文论、小说的编排，使文学史在内容上更为丰满。而专设一章谈论中古时期赋的发展演变，则是别具匠心的有得之论。聂石樵《魏晋南北朝文学史》[1]强调文学自身发展演变的脉络，以文体为纲，通过对诗歌、乐府、赋、骈文、散文各体产生、发展、衍化的描述来勾勒此期文学面貌，在体裁之下又析论作家作品，发掘其文学史地位与意义，从而使宏观与微观得到较好结合。作者强调对文献的考辨分析，重视社会文化场域对于文学发展的意义，以史证诗，从而使文学生态得到丰富与还原。

在先秦至唐前的文学史研究中，也出现了系列断代文学编年史著作。问世于21世纪之前的有陆侃如《中古文学系年》、刘知渐《建安文学编年史》、张可礼《东晋文艺系年》等。而按研究对象时序排列，则依次为：赵逵夫《先秦文学史编年》（商务印书馆2010年版），刘跃进《秦汉文学编年》（商务印书馆2006年版），陆侃如《中古文学系年》（人民出版社1986年版），刘知渐《建安文学编年史》（重庆出版社1985年版），张可礼《东晋文艺系年》（山东教育出版社1992年版），曹道衡、刘跃进《南北朝文学编年史》（人民文学出版社2000年版）。赵逵夫《先秦文学史编年》在编年体的基本架构中，以中国传统的编年体为主要形式，编排、考订了自夏代至秦朝两千年间文学家的生平事迹、著作篇目、著作年代及相关史实等，建构了富于民族特色的先秦文学编年史体系，对先秦时代包括佚诗和歌、诵、谣、谚、箴、铭、颂、赞以及有文学性的散文作品进行了全面清理，对汉代以来尤其是清代以来的有关研究成果加以总结、分析、比较，确定或大体上推断先秦文学作品的真伪、时代、作者等问题，使得先秦时期大量繁杂纷乱的文学史料有了一个清楚的线索与条理，为先秦文学史研究的进一步展开及理论研究上的突破提供了很好的基础，同时也有助于从时间的"纵轴"与空间的"横轴"上了解、把握某个特

---

[1] 聂石樵：《魏晋南北朝文学史》（修订本），中华书局2007年版。

定时段的文学创作情况及整体风貌。[①] 刘跃进《秦汉文学编年史》分为三编：上编为秦代文学编年，始于秦王嬴政元年（前246年），终于秦二世胡亥三年（前207年），主要收录秦王嬴政元年至秦二世四十余年间的文学。中编为西汉文学编年，始于汉高祖刘邦元年（前206年），终于淮阳王刘玄更始三年（25年）。下编为东汉文学编年，始于光武帝刘秀建武元年（25年），终于汉献帝刘协建安二十五年（220年）。通过逐年排比相关文学史料，力图立体地展现两汉四百余年间文学发展的历史进程。以上两书可以说是赵、刘本人以及学界同人诸多先秦文学研究成果的一次大汇聚。傅璇琮在为《先秦文学史编年》所作"序言"中称《先秦文学编年史》是"百余年来先秦文学研究从未作过的第一部编年史著述，体现我们古典文学研究中难能可贵的创新意识与探究学术新知的开拓精神"，刘跃进《秦汉文学编年》也可作如是观。陆侃如《中古文学系年》完成于1937—1947年的10年间。新中国成立后，又经作者反复修改、补充，直到1978年12月1日逝世为止，因而可以说是作者生前的一部力作。此书上自公元前53年扬雄生，下迄公元351年卢谌死，对历时351年间152位文人事迹及其文学作品进行了细致详核的考订和编年，是研究中古文学史的重要参考著作。刘知渐《建安文学编年史》对建安二十五年间的文学活动进行了编年，考虑到文学发展的延续性，在时限上下各有适当延伸。通过对文学活动的编排，指出建安文学的繁荣是文学遗产积累到一定高度的产物，并非曹操个人之功，它与时代的刺激和作家个人的主观努力密不可分。张可礼《东晋文艺系年》对东晋百余年内文艺家的生平、作品、文坛活动、文艺交流等进行考辨编次，研考范围除文学外还涉及书画与民间文艺。在体制上与陆著大致相同，且具有断代的完整性，可以看作陆著的续作。曹道衡、刘跃进《南北朝文学编年史》，分为前编、正编和后编三个部分。前编为南北分裂时期的十六国文学编年（279—419年），正编为南北朝时期文学编年（420—589年），后编为南北融合时期的隋代文学编年（590—618年）。正编为全书骨干，由五卷组成，依次为：晋宋

[①] 边家珍：《先秦文学史研究的新贡献——〈先秦文学编年史〉简评》，《衡水学院学报》2012年第2期。

文学的转变；从"元嘉体"到"永明体"；南朝文学的分化·北朝文学的复苏；南北文学的分庭抗礼；南衰北盛格局的形成。这一著述体例的设计，充分印证了作者旨在文学编年的时间轴线上突出文学发展演变的历史进程与整体面貌。以上诸书的依次排列，即可在整体上大致将先秦至南北朝的文学编年连接起来。

二 隋唐宋元的文学史编写

周祖譔《隋唐五代文学史》（福建人民出版社1958年版）是新中国成立后较早的成熟断代文学史之作。作者从文学流变的角度来考察这一时段，认为虽然政权更迭，但是隋唐五代在文学上是一脉相连的，隋是唐文学的序幕，五代是唐文学的尾声。作者敏锐地指出，此前文学的繁荣主要体现在诗歌成就方面；将唐文学分为初盛中晚四个阶段，显然有这方面的考虑。在内容安排方面，作者对词、散文的发展进行了适当考虑，同时为唐传奇作者如沈既济、李朝威、白行简、袁郊、裴铏、杜光庭安排了不少篇幅，从而大致勾勒出以诗歌为主体，小说、散文、词并行演进的文学面貌。在论述策略方面，主要是先概述时代文学背景，而后以作家条目的形式展开分析，这自然与当时的文学史主流书写样态保持了一致。在具体观点方面，如提揭魏徵诗歌，重视其对宫体诗风的摆脱；详细论述沈宋在律体定型方面的贡献，都颇有心得。

王士菁《唐代文学史略》（湖南师范大学出版社1992年版）对唐代文学的流变进行了大致梳理。全书以诗歌为主，兼及散文、小说、词及说唱文学，注意结合时代精神、民族品格与阶级特性来阐述作家作品，同时关注文化交流，突出唐代文学的文学史价值。李从军《唐代文学演变史》（人民文学出版社1993年版）着重探讨唐代文学的嬗变之迹。作者将其分为三个阶段、十个时代，阶段划分主要着眼于文学发展的能动、转折及受动，而以安史之乱为文学的盛衰分界。此书不以作家作品为中心，所论述的作家也多为体现文学转变的典型性人物，其重点实在于反映文学的流变与走向。因而书中对文学与政治、文化、社会的关系、对创作思想与文学理论、对文学思潮与流派的论述更显突出，体现了作者在宏观层面把握文学发展脉络的意图。其分期即为对文学发展规律的认识与体现。

罗宗强、郝世峰主编《隋唐五代文学史》（上、中册）[1]更注重于此期不同阶段的文学面貌与特点。作者认为士人心态的变化与文学演变关系密切，而心态又与政治、思想及文化环境密切相关，故而对文学现象的描述必须要考虑上述背景，从而使文学流变在一定程度上带有了心态史的意味。此书以体裁为章节框架，对不同体裁文学作品发展所具有的阶段性差异进行细论，充分尊重文学本身发展样态与规律。对文学性的强调也值得关注，其内容构架也往往以艺术分析与审美判断为基础。如盛唐诗人群体中，常见的表述往往是山水田园诗派与边塞诗派。此书则从美学风貌入手，将王孟等诗人归结为"以人与自然为题，追求静逸明秀之美的诗人群落"，又以"寄热望于人世间的诗人"统领三类诗人，即"追求雄健旷放的清刚之美"的王昌龄、李颀等诗人，"追求慷慨苍凉的豪壮美"的高适与"追求奇峭俊逸的壮丽美"的岑参，表现出论述策略与文学史观的不同。

聂石樵《唐代文学史》（北京师范大学2002年版）保持了作者同类著作的一贯特点，首章概述经济、文化交流、科举、宗教及哲学对文学的影响，下文分诗歌、赋、骈文、散文、传奇、词来详细论述。考述结合，强调在深入分析的基础上得出结论，内容充实而富参考价值。其中论述唐赋发展特点，也是一般文学史中所不常见的。毛水清《隋唐五代文学史》（广西人民出版社2002年版）则突出了对中小作家的关注，特别是对五代十国诗坛的论述，颇为细致。

傅璇琮主编《唐五代文学编年史》（辽海出版社1998年版）作为第一部唐五代文学编年史的集成之作，体现了学界对于文学史的反思与探索，具有特别重要的学术史意义。作者有鉴于作家小传、作品汇编类的文学史难以呈现文学史整体面貌的局限，注重从广阔的社会文化背景出发，细致梳理作家事迹、考订作品编年、关注文化政策、留心文坛走向，由个人活动拓展至群体交游，由文学延及艺术，此外如宗教活动、社会风尚等，凡与文学相关的代表性资料，并行搜采辨析，以求立体呈现当时文学

---

[1] 罗宗强、郝世峰主编：《隋唐五代文学史》上、中册，高等教育出版社1993年、1994年版。

活动的原貌与实景。在具体操作上，编排具体到月，以纲目形式概述文学活动，下列材料补充论述。考辨细致，线索清楚，极便于体察唐五代时期文学发展的全景。此外，熊笃《天宝文学编年史》（重庆出版社1987年版）对盛唐文学高峰时段十五年间的史事、文学活动、作家作品等进行比次，以作家为纬依年编定。张兴武《五代十国文学编年》（人民文学出版社2001年版）则填补了对五代十国文学编年的空白。

宋代文学史研究中出现了特色鲜明的著作。吴组缃、沈天佑《宋元文学史稿》（北京大学出版社1989年版）对此期文学现象有简明的阐述，限于篇幅未能细化。程千帆、吴新雷合撰的《两宋文学史》（上海古籍出版社1991年版）体现了理论评述与文献梳理的良好结合，在对宋代文学做出综观把握的同时，不废细节方面的精细追求，常常以寥寥数语对文学现象做出很好的概括，如对西昆派后期作家的论述。此书有不少创见，如对南宋散文脉络的梳理，对宋四六、小说、戏曲的介绍，都发人所未发，至于在对重要作家作品的论述中时出考论，上下勾连以突出文学发展脉络，充实以中小作家的评述等，都是其突出特点。王水照、熊海英《南宋文学史》（人民出版社2009年版）加强了对学界研究较为薄弱的南宋部分的研讨。此书在重视南宋文学对北宋文学继承与延伸的同时，更强调了南宋文学一系列新质的变化。作者指出，南宋文学的繁荣与整体成就可与北宋比肩；南宋作家的阶层分化更为明显，文化下移，文学取向出现巨大差异；就地域空间而言，文学重心由北而南，就文学样式而言，重心由雅趋俗。在传统诗、词、文的脉络梳理之外，还强调了南宋笔记、诗话、词话、文话的成就，介绍了通俗文学的成绩，并就南宋与汉文化圈其他民族政权的文学交流进行讨论，从而使文学史出现了新的样貌。曾枣庄、吴洪泽《宋代文学编年史》（凤凰出版社2010年版）为首部宋代文学编年史之作，两位作者以编纂《全宋文》《中华大典·文学典·宋辽金元文学》《中国文学家大辞典》（宋代卷）等为基础，通过广泛收集稽考宋代文学史料，以编年的体例立体地呈现宋代三百二十年的文学发展历程，对于推动宋代文学史研究的"实化"与深化具有重要的学术价值。

就辽金元三代文学史研究而论，牛贵琥《金代文学编年史》（安徽大学出版社2011年版），杨镰《元代文学编年史》（山西教育出版社2005年版），黄震云《辽代文学史》（长春出版社2010年版）三书都具有开创性意义。前两书为编年史著作，牛著的编年范围，上起金朝开国之收国元年（1115年），下讫段成己故世之至元十九年（1282年）。内容包括作家生平仕履、除佛道诗词以外的全部可编年作品、文人交往、文学论争、作家群活动等文学资料，以及与文学发展相关的各类艺术资料，旁及宗教与社会风俗。用编年方式，构成"文学上立体交叉的生动情景"，全方位展示一代文学的演绎发展历程。① 杨著集考证、论说于一体，用文学史家的史识，对文学现象进行系统梳理、抽绎，从而将编年提升到"史"的高度，是近年来文学编年史中有范式意义的论著之一。作者抓住元代处于文学的转型期这一特点，以传统的诗文与新兴的代言体小说戏曲并存，使元代文学不同体裁、流派、不同时期的作家、作品，在发展过程中有各自的位置。此书在断代编年的时间处理方法上也很有特点：以前编（中统元年以前四十年）、后录（明永乐之后）来延展元代文学的具体脉络；突破了以朝代为单元的编年史模式，前编、后录的采用，使一代文学有头有尾，更为完整。② 黄震云《辽代文学史》是当代第一部全面论述辽代文学史的断代史，也是第一部契丹民族文学史。全书对二百多年的辽代文学进行了全面、系统、深入的动态考察和学术建构，展现了辽代文学的成就和价值。

三 明清近代的文学史编写

徐朔方、孙秋克《明代文学史》（浙江大学出版社2006年版）是目前最详细的明代文学断代史。全书以小说、戏曲、诗文为文体建构文学史框架，通过对不同体裁文学发展走向的梳理，分明初、明中叶与晚明三个阶段，结合文学思潮、文坛走向与重要作家，对明代文学进行了论述。书中不少观点体现了作者持续的学术思考，如对世代累积型集体创作长篇小说的提揭与分析。吴志达、唐富龄合著《明清文学史》（武汉大学出版社1991年版）中，明、清两代文学史分别由吴志达、唐富龄著述，各体文学虽然都有论述，但主体还是小说和戏曲。明清代断代文学史极为少见，

---

① 参见王庆生《〈金代文学编年史〉编写札记》，《江苏大学学报》2006年第5期。
② 参见王建生《宋元文学编年史研究的回顾与展望》，《山西大学学报》2009年第4期。

这一方面是因为明清时代研究的积淀相对较为薄弱，全面透彻的文学史成熟的条件尚不完全具备；另一方面也可能与学者的个人选择有关联。不过随着近年学术格局的变异，相信这一情况会得到改变。

但是，近代文学史的撰写著作却不少。"近代文学"理论上是指从1840年鸦片战争开始到1919年五四运动之前这八十年的文学，这种时间划分更具政治意蕴，实际上涉及了清代后期和民国初期。

复旦大学中文系56级编写的《中国近代文学史稿》（中华书局1960年版）是较早的近代文学专史。此书对九十年间的文学发展状况作了概述，以鸦片战争、甲午战争、戊戌变法、辛亥革命、五四运动等重大历史事件为分期节点，对重要作家、作品、文学活动皆有介绍。编者以反帝反封建的主题、题材、思想内容作为近代文学史的主线，强调了现实主义与积极浪漫主义的创作手法，关注新的文学形式的形成与出现（文学语言、样式的革新，对传统文学观念的否定）。作为首次全面论述近代文学的专书，它提供了当时语境下对近代文学的整体认识，有创始之功。但是也不可否认，由于凸显了政治意识，强调了阶级斗争在文学演化中的作用，过于重视各阶段文学发展的阶级属性，对文学形式层面多有批判，此书的弱点也非常明显。陈则光《中国近代文学史》（中山大学出版社1987年版）以重大历史事件主导的文学思潮为节点划分文学发展段落，即古典文学始变期、文学改良运动高潮期到资产阶级革命文学的兴盛与衰落期。作者将近代文学的特征概括为反映现实、题材广泛、带有新旧文化斗争性质与接受外国创作方法影响。全书以诗文、小说、戏曲和弹词为纲，论述平实中允，但只完成了太平天国前后时期的文学史写作。任访秋主编《中国近代文学史》（河南大学出版社1988年版）从生存危机、政治危机与文化危机的时代氛围中全面把握近代文学史，指出近代文学的意义在于，"它一方面是中国传统古典文学的承续与终结，另一方面又是中国文学走向现代的先声"。编者结合文化走向与文学发展，将近代文学分为三个阶段：鸦片战争与洋务运动时期（近代文学的萌生与古典文学的衰落期）、维新变法时期（近代文学的形成与飞跃期）、辛亥革命与五四运动时期（近代文学的拓展与蜕变期）。在论述各阶段文学演进之迹的同时，又注意对近代文学总体特征的把握，从其复杂性、功利主义与审美价值的背反、发展的曲折性与演变的急遽性角度切入，从而凸显近代文学在新旧文学转关之际的意义。此书还特别重视对文化场景的阐释，注意从文学思潮与流派的角度分析文学现象，因而在标举重要作家之外，还以对派别的论述统领作家群体，从而贯串起整个文学流程。管林、钟贤培主编的《中国近代文学发展史》（中国文联出版社 1991 年版）突出了近代文学的学科意识，主张将鸦片战争后的清代文学划分出来，以与史学界对近代史的分期一致。编写者指出，近代社会本身具有特殊性，近代文学接受了西学东渐的影响，在性质上是具有近代社会特点、以反殖反帝反封建为特征的新文学，但这一分期只能采取模糊概念，故而上限约向鸦片战争前延伸 20 年，下限则向五四运动后延伸十年左右。在结构上此书也颇有特点，注重文学整体风貌的把握与具体细节的论述，上编从近代社会性质与文化精神、近代文学发展阶段与特点、近代文学思想与流变、中西交流与翻译文学、文学批评五个方面总论近代文学的宏观特征；下编分诗歌、散文、小说与民间文学来论述文体的变化发展。郭延礼《中国近代文学发展史》（山东教育出版社 1990—1993 年版）则是目前最为详尽的近代文学断代史。作者以丰富的文学史料为基础，分资产阶级启蒙时期文学（1840—1873）、维新时期文学（1873—1905）、民主主义革命时期文学（1905—1919）三个阶段对近代文学进行了全景式的把握，形成了"近代文学是作家在空前的民族灾难面前，在西方文化的撞击下，经过痛苦反思之后所形成的觉醒的、蜕变的、开放型的文学"的大判断。此书从多民族文学角度出发，对众多少数民族作家与文学活动展开论述，拓展了文学史视野；在审视近代文学成就的同时，注意结合中西文化交流的时代背景，总结其间经验与得失；对一系列不受重视或受到不当认识的作家及文学现象予以专门阐释，填补了文学史空白；同时注意进行比较，以求获得对文学史现象的全面允当评价。这一系列著作的出版，以创作实绩表明了近代文学研究已走向成熟。郑方泽《中国近代文学史事编年》（吉林人民出版社 1983 年版）构稽史料，对近代文学活动、历史事件、作家行止、报刊电影记事等进行编排，收录作家 374 人，作品约 400 种，报刊 105 种。

第三节　区域文学史的编写

　　文学活动的展开必然要以时间的延续与空间的离合为依托，因而从区域角度切入文学研究实在属于文学范畴内的应有之义，而且这与我国长期悠久的文学传统颇为契合。"十五国风"体现了不同的地域色彩，"书楚语，作楚声，记楚地，名楚物"的《楚辞》所表现的也正是鲜明的楚文化特征，《诗》《骚》这两大文学源头雄辩地说明了文学当中地理因素的重要性。而古人对这一问题也有初步的认识，所谓的"江山之助""河朔江左"之别都反映了对文学地理的认同。历代地理志、地方志对地域文学载录的重视更可以看作地方文学史的伏线之笔。特别是方志中"文苑"一目，经常依照时代次序，列举地方文学名家，或加以小传，或系以作品，或缀以评述，其实已具文学史雏形。不过这些只能说是传统学术内部的自然演化，尚不具备现代学术的性质。海通以来现代学说的浸染，特别是西人对地理环境与文学关系的论述，直接刺激了国人研究的兴趣。刘师培、汪辟疆等学者的地域文学研究即在这一时代大背景之下产生，但很可惜这一路向在文学史的编纂中表现并不突出。自20世纪80年代以来，文化热的兴起成为引人注目的学术现象，这其中文化地理学的发展即是一大热点，相应著述的译介与结撰皆有不俗表现，在这样的文化氛围中，区域文学史得到了快速发展。80年代我们尚只能看到韩明安《黑龙江古代文学》等少数著述，而进入90年代后则急剧增多。以省份而论，目前除了宁夏、青海、甘肃等少数省区尚无专门文学史外，其他省、区及港澳台，都出版了相应著作，有些省份甚至还出版了多种。学界对区域文学史编纂兴趣的增加使其成为文学史学中无法忽视的课题。

一　区域文学史的著述

　　区域文学史的编纂形式丰富多样，其中通代史占据了主要位置。陈庆元《福建文学发展史》[①] 对福建地区自有文学记载以来至鸦片战争时期的

[①]　陈庆元：《福建文学发展史》，福建教育出版社1996年版。

文学发展情况进行了细致的梳理。作者结合福建文学发展的实际，分为准备时期（唐前）、生发时期（唐五代）、繁盛时期（两宋）、复古时期（元明）、总结提高时期（清），同时结合福建地理特点与大规模地域移民现象，强调了文学发展过程中的阶段性特征，并从环境因素出发考察了遗民文学发达的原因。作者注重发掘福建区域文学自身的发展特征，指出"福建六朝以前没有自己的作家，也就无汉赋、六朝文可言。散曲产生并流行于元代北方，终元一代，除一二歌妓有过个别作品外，没有其他闽籍文士的作品传世。小说方面，除魏子安的《花月痕》和林纾某些作品稍有地位和名气外，所作十分有限，似与闽地方言五花八门有关。宋代闽词相当发达，但自朱熹在闽地大讲道学、传授生徒，并申言作文妨道之后，元、明两代随即衰微。闽诗和文学批评比较发达。福建的诗歌没有经过古体阶段，一开始便进入近体。明代闽诗以宗唐为标志，可以追溯到宋代的严羽和元代的杨载。近代同光派闽派学宋，乾、嘉间郑方坤、郑方城兄弟力攻严羽诗非关学之非及陈寿祺等学人之诗的兴起已露其端倪"，[①] 即着眼于区域文学内部发展特征，与一般整体文学史所论述的发展规律颇有疏离。文学史中对众多地方作家的阐述、对闽中诗派的详细论列、对作家作品的相关考订等，都体现出著述的学术价值。乔力、李少群主编的《山东文学通史》[②] 以130万字的篇幅对先秦至现当代的山东文学盛衰消长情况进行详细论述，其上册为古代部分。作者结合区域文学的发展特点，彰显了先秦时代以《齐风》《曹风》《鲁颂》为代表的诗歌及以诸子与史传为代表的杂散文形态的艺术成就，以之作为山东文学的辉煌肇端；而此后的汉唐五代虽则时间漫长却文坛沉寂，因而作为缓慢发展阶段而列入一章；至宋代迎来了文学发展的第一个高峰时期，李清照、辛弃疾影响尤大；元代则以俗文学为主流；明清时期出现了雅俗并举，诗歌、戏曲、小说创作全面兴盛的局面。这些都成为此书重点论述的内容。在结构安排方面，作者注重总结每一个发展阶段的社会、文化特征，以此观照文学发

---

① 陈庆元：《我的区域文学史研究——〈福建文学发展史〉撰写心得》，《古典文学知识》1997年第6期。

② 乔力、李少群主编：《山东文学通史》，山东教育出版社2002年版。

展，分文体对文学流变过程加以介绍，同时突出主流作家的意义，在一定程度上表现出对传统作家作品模式的突破。与此同时，作者非常关注对地域文学发展特点的归纳，如山东明代文学部分，作者即提出驿路文化对山东文学的发达有重要推动作用；济南诗派这一特有的地方性诗歌流派是山东文学繁荣的重要标志，并对此后的文学发展产生了深远影响；而族群作家蜂起则是地域文学中的亮点。在对地域文学特征把握的同时，作者并不忽视区域与全局的互通性，提出"要将地域文学置放于整体中国文学的时空大格局内进行宏观性比较、审视，并且研究不同地域间相互浸染、影响、促进的现象，由之进一步去探讨、发现地域自己的特殊发展道路与流变轨迹"，这就使区域文学史的研究突破了单纯的区域视野而具有更广袤的深度学术空间。王嘉良主编的《浙江文学史》[①] 上编为古代部分，作者对浙江文学初兴于六朝、鼎盛于南宋、发展于明清的流向进行了清理，结合经济文化变迁觇看各体文学嬗变之迹。作者指出浙江文学的兴起实际上与文化中心第一次南迁有关，大量士族文人南渡促进了文学的发展；南宋时期文学的繁荣则更是中国文化中心南移的一大标志，多种文学样式的成熟对未来文学深具影响；而明清时期经济的发达、启蒙哲学与人文思潮的兴起、中西文化的碰撞则促使浙江文学深度繁荣，并表现出现代转型的趋势。这一概括结合本地文化场景，切合文学发展实际，从而为浙江文学由边缘渐趋中心的这一整体路向做出了合理的阐述。韩国举、韩洪举《浙江古代小说史》（杭州出版社2008年版）系统地评述了浙江区域小说的发展史。此外，通代区域文学史还有内蒙古大学中国语言文学系编《内蒙古自治区文学史》（内蒙古人民出版社1960年版）、韩明安《黑龙江古代文学》（光明日报出版社1986年版）、崔洪勋、傅如一主编《山西文学史》（北岳文艺出版社1993年版）、王齐洲、王泽龙著《湖北文学史》（华中理工大学出版社1995年版）、陈书良主编《湖南文学史》（湖南教育出版社1998年版）、王永宽、白本松主编《河南文学史·古代卷》（中州古籍出版社2002年版）、吴海、曾子鲁主编《江西文学史》（江西人民出版社2005年版）、傅秋爽主编《北京文学史》（人

[①] 王嘉良主编：《浙江文学史》，杭州出版社2008年版。

民出版社 2010 年版)、王长华主编《河北文学通史》(科学出版社 2010 年版) 等。除了大的行政区域划分的区域文学史外,还有一些小行政区域划分的区域文学史,如曹培根、翟振业主编《常熟文学史》(江苏广陵书社 2010 年版)、范培松、金学智主编《插图本苏州文学通史》(江苏教育出版社 2004 年版) 等。

断代区域文学史的纂述也不乏成果。陈伯海、袁进主编的《上海近代文学史》[1] 直面作为局部性地区的上海是否可以有文学史的质疑,将上海近代文学放到城市文化发展的大背景之下观照,通过对近现代上海城市性质的演进的把握,抉发作为城市文化有机组成部分与生动再现的文学的特征及意义。作者从上海的地理位置入手,论述了这一重要港口城市的经济、文化特点,并从中西交汇的层面分析了文化心理的变异,从而与工业生产相联系的近代上海文学的机制变化、文学因素转变、特点及局限做出了宏观的概括,进而以此为背景对诗文、小说、戏剧的发展轨迹进行了勾勒。作者充分考虑到各体文学因应新时势的不同表现,既论述了报章体的应时而起,又注意到旧文学如同光体的样态;既关注商业经济的发展对文学的渗透,又考察作家心理的变动;既论及旧的文学体制下出现的新内容,又对新文学体裁如新剧进行重点讨论。这一处理方式使文学内容与体制在新时代条件下的变化皆有涉及,论述周延而富有上海特定地域特征,同样又因为这一文学新变的典型性,遂使区域性的文学发展规律具有一定意义上的普泛性。钟贤培、汪松涛主编的《广东近代文学史》[2] 则从广东独特的地理与人文环境出发,重视近代广东作为维新思想的启蒙地、新民主主义革命中的前沿阵地的作用,以时代嬗变来观察文学发展。分鸦片战争、维新变政与辛亥革命三个阶段对文学面貌展开论述,以重要作家作品为纲目,反映文学的实绩;同时关注地方戏曲与民间文学的繁荣,突出了地方文学色彩。

除了按省区划定范围进行论述的文学史外,还有一些著述从地域文化的角度展开探讨,像荆楚、岭南、吴越、关中等都可以成为很好的选择论

---

[1]　陈伯海、袁进主编:《上海近代文学史》,上海人民出版社 1993 年版。
[2]　钟贤培、汪松涛主编:《广东近代文学史》,广东人民出版社 1996 年版。

题。有人提出对区域文学与地域文学要严加区分,认为区域的划分来自政治考虑与行政权力,是一种外在性的结果,而地域则是自然形成的概念,其范围具有一定程度的模糊性。但实际上地域文化形成的基础往往也与此前的行政区划有紧密的关联,虽然地域文化所涉及的区域不容易准确限定,但是不中亦不远;而刻意强调行政力量对文学范围的圈定,却让人对这一倾向背后所具有的强烈功利性论述取径感到疑惑,何况行政区划也并非全然固定不迁。在对文学的讨论中,以地理区域来限定范围绝不是人为地划出一片领地以骋己力,而是力图抉发文学与地域之间的关系,以新的视角对文学发展样态做出不同于以往的释读;从学界目前主流选择来看,地域与区域在概念上并无严格区分。在这里我们也不打算特意强调区域的行政强制性。这方面的著述也有不少,如陈永正主编的《岭南文学史》[1]中的"岭南"即约略相当于"广东",作者取清末民初的广东省域为界,因而包括了海南及广西的钦州。作者指出古代岭南的岭南文化以本土的百越文化为基础,同时融合了荆楚与中原文化;近代以来随着中西交流的发展,更吸收了外来文化的精华。岭南文学正是对这一文化的充分体现。作者从萌芽(周初至唐)、成长(唐至元)、成熟(明清)、更新(鸦片战争至民初)四个阶段分论文学发展历程,近代部分的论述更为详尽,对历代岭南作家作出了恰当的评价。蔡靖泉《楚文学史》[2] 不拘泥于楚国疆域的变化,而以鼎盛时期楚地所有文学遗产为依据,对以《庄》《骚》为代表的楚文学进行了细致的探讨。作者结合地理环境、经济生活、历史传统、夷夏文化、楚地巫风,讨论楚文学形成的文化背景;根据楚地神话大量存在、高度发展的客观事实,重点论述了楚地神话的特点、类型及其对文学发展的意义;并对楚文学的形成过程与代表性著述进行了详细论述,突出了楚文学形成、繁盛、演化、嬗变这一纵向脉络。全书以楚文化为把握文学的视角与背景,对楚文学独特的南方特色与艺术风味有着恰当的评述,从文化学角度对地域文学做出了细致的解读。杨世明《巴蜀文学

---

[1] 陈永正主编:《岭南文学史》,广东高等教育出版社1993年版。
[2] 蔡靖泉:《楚文学史》,湖北教育出版社1996年版。

史》① 则是以个人力量著述的区域文学史，按时间先后对巴蜀文学进行梳理。傅德岷主编《巴蜀散文史稿》② 从大量地方文献如县志中爬梳材料，论述了先秦至近代 140 余位散文作家的创作情况。此外，马清福《东北文学史》（春风文艺出版社 1992 年版）、毕宝魁《东北古代文学概览》（春风文艺出版社 1993 年版）对东北文学进行了详细的论述。

二 区域文学史研究的反思

众多类型区域文学史的编写对推扬地方文学无疑发挥了巨大作用，但在具体的编写中其体例、内容、书写方式等尚缺乏明确的样式，有些问题歧见互出，值得认真考虑；而对区域文学史编纂的理论探索也颇显寂寞，这方面仍然有待加强。

首先，区域文学史范围的择定。这体现在对"区域文学"的理解上，究竟是凡属区域内的文学活动都可以列为论述对象，还是以人为纲目，凡是著籍区域的作家即为收录范围。如果以区域为准的话，实际上不仅是这一地区本土作家是必然的论述对象，而且凡是在此区域有文学活动的作家，都应该计入，另外还有些以区域风光人情风俗等为内容的作品也应该收纳其中；如若以占籍某一地域的人为限，则会出现有一些只是籍贯属于此地、其成长与这一地域无甚关联、文学活动与这一地域关涉不大的情况，这是值得斟酌的现象。比如作为湖北人的屈原，湖北文学史自然要收入；但是其文学活动与湖南亦非常密切，湖南文学史也无法摒弃不书。那么这两者之间是否应该有所区别？从目前的成例来看，《福建文学发展史》即非常重视外区籍作家对区域文学发展的意义，且提出"籍贯在本区域的文学家或诗人，但生长于他地，或生长于本地而长期生活在他地，其作品既无关于本地的人与事，其理论建树有限，或对本地文学创作不产生什么作用和影响。在建构本区域的文学史时似不必给以太多的重视．甚至不必论列"。《山东文学通史》容纳了客籍作家的文学活动情况，对除了祖籍而与地域没有任何文学因缘的作家不予论列。《浙江文学史》对 20

---

① 杨世明：《巴蜀文学史》，巴蜀书社 2003 年版。
② 傅德岷主编：《巴蜀散文史稿》，重庆出版社 2001 年版。

世纪文学的处理则有所变通，因为浙江文学中有不少是浙江作家在异地创造的，但是"浙江故土对这些作家的滋养与赐予，他们对浙江故土的钟情与回报，总是深深地刻印在其创作中，这理所当然应视为浙江文学的一个不可或缺的部分"。综括学界的认识，似乎对区域文学史的涵纳范围可以这样限定，即区域中的文学与文学中的区域。只要是区域中生发的文学活动、文学中涉及区域的描写或接受区域的影响，都自然成为论述对象。

其次，对区域特色的凸显。区域文学史并不是将整个中国文学史的范围缩小至某一区域而形成的，它具有自身的特征。其根本任务在于通过对区域文学活动的检阅，突出区域文学特点与发展规律，进而映现区域文化精神。因此它要论述的不是文学活动的一般规律，而是自地域维度展开的探讨。《广东近代文学史》就指出，近代广东在激荡的时势影响下，传统儒学与程朱理学的影响日趋淡化，经世致用之风开始兴起，这促进了文学对现实的关注；广东民众的刚烈之气在空前的民族矛盾中得到升华，文学中的民族精神与爱国主义得到凸显；重商意识进一步影响到政治、文化、思想领域，推动了平民文化的兴盛，文学中则表现为市民阶层成为重要的文学对象，小说、报刊文学、地方戏曲等异常繁荣。这一概述即切合了区域文化与文学特征，成功标举了广东文学在近代文学发展史上的价值与意义。像《楚文学史》这样具有鲜明区域文学特点的著述亦是成功的范例。需要注意的是，地域文化并不一定能够涵盖有些作家的全部创作特征，他们的创作不一定有明显的区域文化印记，因此巴蜀文学史中的苏轼与中国文学史中的苏轼，其论述一定会有所区分。

再次，区域文学书写方式的特殊性。由于加强了对地方文化的倡扬力度，所发掘利用的文学史资料也会带有相关特点。地方口传文学、神话等会相应得到突出，地方文献如方志、家谱等利用率会极大提高，少数民族文学活动更频繁地被纳入论述视野。这其中什么样的作家才可以入史成为一个颇堪斟酌的问题。有人认为发掘的大量作家在文学史上几乎都属于默默无闻的地方下层士人，其影响力、文学成就都不高，知名度的缺乏更是历史淘汰的结果，因此没必要去做这样的爬梳工作。这一看法实际上混淆了整体文学史与区域文学史的入史标准，整体史当然要强调对文学发展产生一定影响的大家、名家，而区域文学史更多的是着眼于地方，虽然对大家的阐述不可或缺，但影响力局限于一隅的作家也不应当被排除在外，这恰恰是区域文学史自身的价值所在。此外，由于各地域文学发展的不平衡，区域文学史不可避免地会表现出断裂性。如山东文学在先秦时期异常繁荣，但此后到唐代这一漫长的历史时期却多显寂寥；广东由于地理环境的原因，其文学的真正繁盛更是出现于明清以后。这一现象导致文学史会出现打断时间的空白，而不像整体文学史那样此起彼伏，各呈其胜。这是区域文学史的特点，篇幅上的不协调其实也属于正常现象，似乎没有必要为此勉强发掘史料而使得论述更为均衡丰厚。

复次，区域文学史也应该处理好整体史与局部史的关系。区域的自然、经济、人文环境对文学的发展确有影响，但也不宜片面夸大。区域文学的发展从来就不是封闭的，它不断地接受外部影响，也会不断对外辐射其影响力，因此对区域与区域之间的交流要有所交代。同样，区域是文学整体不可或缺的一部分，在强调区域文学自身发展轨辙的同时，也应该重视区域文学对于整体文学的作用及意义。

最后，区域文学史编写当中的功利性要求值得警惕。我们注意到不少此类文学史体现了地方对本土文化的重视，是当下文化工程的有益组成部分。但是亦有一部分作品过于强调地方特点及成就，有人为拔高的嫌疑，这与文学史精神其实是颇有违背的。在这种情形下，我们认为更应当从史实出发，提炼区域文学精髓，阐扬区域文学精神，切实推动地方文化建设。

第四节　分体文学史的编写

通代、断代或区域文学史都带有综合研究的性质，凡是作家作品、文学活动、文学思潮、文人交游、文体流变、风格趋尚诸端，都被纳入其中，在整体把握文学宏观样态的同时，不可避免地使得其中单体组成要素的特质得到淡化。就文学形式而言，不同体裁的样式特点、体制变化、风格嬗变、发展走向等因素，可能就会湮没于宏观书写当中而无法得到明晰的呈现。而分体文学史则专注于文学体裁的发展脉络与规律探寻，能做到以体裁为线索，勾连相应的作家作品及文学现象，反映文学自身的发展特征。这是文学史书写中深入细化的表现，也是对文学自身关注加深的结果。2001年上海古籍出版社推出了赵义山、李修生主编的《中国分体文学史》，此书分为小说、诗歌、戏曲与散文四卷，从文学的体裁特点与发展走向出发，对文学史进行了详细的叙述，以文本要素为中心，突出文学本位意识，是第一部系统的分体文学史。这套书的出版充分表现了学界对文学体式研究的重视，也是多年来分体文学史研究成果的集中展现。

分体文学史具有相当高的学术起点，王国维《宋元戏曲史》与鲁迅《中国小说史略》是其中的标志性著述。但此后似乎久乏嗣响，新中国成立后的学术进程中其发展也颇不均衡。传统的诗歌研究继续受到关注，而辞赋、散曲研究则略显寂冷；往昔多受冷落的小说与戏曲，则有异军突起之势，相关成果众多；而古人文化生活中地位特出的文章一体，却明显被边缘化。

一　诗歌史的编写

诗歌向为文学研究之大端，诗歌史编写也较为兴盛。王瑶《中国诗歌发展讲话》（青年出版社1956年版）是较早一部诗歌通史性质的著作，作者以章节形式对《诗经》《楚辞》、乐府及至新诗等诗歌体式的发展历程进行了大致的梳理，纲目清晰，论述扼要，但限于普及介绍性质而未及深入，如词则重点论述宋代，于明清时期诗之演化也基本略而不论。北京师范学院中文系所编《中国诗歌史》（第一册）（中华书局1960年版）从远古诗歌的起源论及汉代的五言诗，但偏于诗歌所表现的社会现实内容揭示，而对形式演进着墨不多。"文革"结束后曾铎的《诗谈》（江西人民出版社1979年版）是一部颇有特色的著作。此书分为三部，上册对诗歌的历史进程加以论述，对"新诗勃起"阐述尤为详细；中册以诗歌形式为主，主要谈及诗词曲及现代诗的格律；下册则从诗歌的特征、品种与写作入手，探讨诗歌的创作艺术。这一分卷安排从发展脉络、形式规范、创作手法层面对诗歌体裁进行了较为全面的分析，特别是体式方面较为细致，但此书以新诗为主，古代部分仍未详尽。郑孟彤《中国诗歌发展史略》（黑龙江人民出版社1981年版）在对诗歌史的勾勒中，更突出了明清及近代时期的民歌。张建业《中国诗歌发展史略》（中国青年出版社1986年版）以时代为序，对历代诗歌发展面貌进行了描述，在勾勒诗体演变的同时突出了重点作家作品，并注重艺术分析。孙多吉《中国诗歌史》（陕西人民出版社2005年版）更为细致，并将笔触下移至近代、现代与当代，对重要的诗体演变、重要流派作品皆有论述。

在通代诗歌史编写过程中还出现了一批丛书。张松如主编的《中国诗歌史》（吉林大学出版社1988—1989年版）论述较为细致。先秦两汉部分在关注诗歌发展的同时，还涉笔此期的诗歌理论，使创作与批评情况有较好的映照；汉代部分还专门论及骚体诗，具有文学史意义。魏晋南北朝部分则结合时代背景与社会思潮，对各阶段文学走向、体派特征、诗体样式、文学理论进行阐述，资料翔实，对重点作家的论述尤为详尽。嗣后张松如又主持编纂了更为齐备的《中国诗歌史论丛书》（吉林教育出版社1995年版），分九卷对历代诗歌发展样貌进行详尽的梳理，分别是《先秦诗歌史论》（郑杰、李炳海、张庆利）、《汉代诗歌史论》（赵敏俐）、《魏晋南北朝诗歌史论》（傅刚）、《隋唐五代诗歌史论》（霍然）、《宋代诗歌史论》（韩经太）、《辽金元诗歌史论》（张晶）、《明清诗歌史论》（周伟民）、《中国近代诗歌史论》（李继凯）、《中国现代诗歌史论》（张德厚）。这一分卷安排反映了编者对诗歌史的认识，即四期十段，萌生与成熟（先秦）、拓展与发展（秦至两宋）、分化与深化（辽至清）、综合与融合（近现代）。丛书中体现了对诗歌作整体把握的意图，文人创作与口传作品皆被纳入研讨范围，对体式演变、风尚革新尤为关注，在勾勒历史线索的同时，又关注各时段不同的诗学重点，从而使史论的意味更为突出。

赵敏俐主编的《中国诗歌通史》规模更为宏大，在国内十余位著名学者的共同参与下，经过近8年的精心撰写，近期由人民出版社开始陆续出版。分为先秦卷、汉代卷、魏晋南北朝隋代卷、唐五代卷、宋代卷、辽金元卷、明代卷、清代卷、现代卷、当代卷和少数民族卷等11卷，每卷60万字左右，总字数700万字，为迄今为止规模最大的一部"中国诗歌通史"。一是以汉民族诗歌为主体，兼顾历史上各少数民族诗歌，从多民族融合的角度探讨了中国诗歌发展的内在规律。二是采取广义的诗歌概念，包含汉民族诗歌中的诗、词、曲，少数民族的史诗、抒情诗、宗教祭祀诗等各类诗体，并以其发展变化为经，全面展示了中国诗歌体式的丰富多样。三是打通古今诗歌界限，建立古今贯通的诗歌史观。四是站在世界文化的立场上揭示中国诗歌的艺术本质，阐释其民族文化特征。五是在坚持共同目标的基础上发挥每位撰写者的特长，在充分吸收学界最新学术成果的前提下突出学术个性，开拓新的研究领域，在诸多诗歌史问题上提出了新见。要之，《中国诗歌通史》力图建立以"通"字为标志的诗歌史观。其一是"通古今之变"，即打通古代诗歌与现代诗歌的断限，打通汉民族诗歌与少数民族诗歌的界域。其二是"观中西之别"，即立足于21世纪世界文化格局的史家"通识"，超越以往诗歌史的写作框架，追寻中国诗歌发生的文化形态，对中国诗歌原典进行新的解读，发现中国诗歌的民族特点。"通史"作为贯通古今、涵盖各少数民族、兼及港澳台诗歌的集大成之作，具有重要的学术意义、现实意义和文化价值。[①]

就通代诗歌史著作而言，所取得的成绩是不俗的，中国诗歌史的样貌经学界的努力而日渐清晰。但其间反映出的一些问题也值得关注。首先，在编纂观念方面，不少著述仍秉持传统的经济文化决定论，先自社会经济文化分析入手，然后由此揭示诗体演化之迹；而相对忽视诗歌自身的发展规律。其次，编纂模式上，仍难摆脱作家作品样式，深入一些的则加上流派特征，而缺乏对体裁特点及流变的分析。这似乎是将一些传统的通代文学史著作中的诗歌部分抽绎而成，却忽略了诗歌作为一种独特文体其自身的发展问题。另外，在内容安排上，尚缺乏之前后勾连的历史意识。某一时段盛行的诗体会得到普遍关注，但当其处于低落阶段时，则往往略而不谈。如辞赋，在汉代时大家往往还能注意到其与诗歌的关联；而此后赋体渐趋文章化，则诗歌史中就很难找到对赋与诗歌发展的探讨，甚至是诗、词创作中较为明显的赋化倾向也难以得到阐明。再如词，宋词由于文学成就突出，论述自然较为繁富；而元明词则很少论及，清词呈现中兴之势，故而面貌又稍清晰一些。这一内容选择其实是一种价值判断的体现，对自认为文学价值不够典型的时代体裁就缺乏关注的动力，实在是与文学史的基本要求相悖的。同样，这也会导致诗歌史纂写过程中所常见的一个现

[①] 参见赵敏俐《中国诗歌通史》，《中国社会科学报》2011年9月27日。

象，即时代典型文体面貌清晰，其他则淡化模糊，从而使史的线索中断。此外，由于诗词曲体裁特点并不相同，尤其涉及不同的音乐样式，更应当对它们分别论析，但大部分诗歌史则混融处理，面目难辨。

在断代诗歌史方面，由于论题的相对集中，学者容易就个人所长而加以专门论述，故而似乎成就更为突出。马银琴《两周诗史》（社会科学文献出版社2006年版）通过对两周时代社会生活与礼乐文化制度的考察，结合考古材料与简帛，考定《诗经》文本及《毛诗序》年代，分析《诗经》四始结构，勾勒《诗经》文本写定的过程，并揭示了其间礼乐文化的社会功能与作用。全书材料详尽，结构缜密，以类群形式考定诗歌年代，充分考虑诗歌与社会、文化的勾连，其论断与观点皆有力促进了对《诗经》的研究。钱志熙《魏晋南北朝诗歌史述》（北京大学出版社2005年版）对建安至隋代的诗歌进行观照，注重从诗歌发展史的角度来把握不同时段诗歌的特征，并特别强调对重要诗人作品的艺术分析，发掘其艺术个性。王锺陵《中国中古诗歌史》（江苏教育出版社1988年版）从民族心灵史的角度对魏至隋的诗歌走向进行细致的梳理。上编主要从文学思潮的角度展开，在对汉代审美情趣进行综观之后，就真美观、中古文学特征、审美原则、审美理想等问题进行理论剖析；下编则是对具体诗歌发展脉络的再现与重绎。全书体现了强烈的理论建构意识，注重从文化学、美学、文艺学诸视角观照诗歌发展，发掘中古诗歌的独特心灵魅力。葛晓音《八代诗史》（陕西人民出版社1989年版）注重结合时代文化背景，阐释诗歌发展历程，特别关注各个时段之间的转折与关联，并围绕重点作家，既准确描述了同期作家群体创作的整体风貌，又清晰勾勒了每一代诗歌先后因革的关系及其对唐诗的影响。

罗宗强《唐诗小史》（陕西人民出版社1987年版）对唐诗发展有精要的概述，并在通常的初、盛、中、晚的分期之外，特将天宝中至贞元中列为转折时期，以别于盛唐的昂扬情调及中唐的变异革新精神。论述中注意把握艺术形式的递嬗与文学精神的演化，将唐诗演进与时代精神、社会思潮、政治变局、文人心态结合起来，具有立体纵深感，其艺术分析也更为深入。许总《唐诗史》（江苏教育出版社1994年版）打破传统四分法，从承袭、自立、高峰、扭变、繁盛、衰微六大阶段来展示唐诗发展的脉络，叙述中以文本为中心，以作家心态为中介，对诗歌体式、艺术渊源、时代精神、文化特性进行了全面把握，是一部理论探讨与作家作品分析并重的大型唐诗专史。杨世明《唐诗史》（重庆出版社 1996 年版）则以论述平实见长，作者综合考虑社会因素、诗艺自身及诗人群体代谢因素，以四期分论唐诗，除盛唐外又各分为两段；从审美风尚与艺术风格的角度对各阶段诗歌进行概述，清晰勾勒出唐诗流变脉络。

宋诗研究方面，许总《宋诗史》（重庆出版社 1992 年版）是目前第一部较为详备的史述。作者以南北宋为界，各段又细分为三期，从重要流派、作家入手，结合社会思潮与文人心态，对宋诗的特征、递变有较细致的论述。张晶《辽金诗史》从独特的民族文化入手，结合文学交流情况，揭示出辽金诗的发展轨迹，对诗史而言颇有补苴之功。杨镰《元诗史》（人民文学出版社 2003 年版）通过对元代诗歌面貌的详核梳理，对之做出全面把握。作者指出元诗的繁荣兴盛其实超过了两宋，由于立国时间较短元诗不存在明显的诗史分期，但地域特点显著。作者据此从蒙古色目诗人、北方诗人、南方诗人、释道诗人等方面概述元诗特点与发展路向，资料详细，考辨精密，论由史出，从地域、主体身份、创作集会多方面展开论述，对元诗整体样貌与诗学风尚有细致的概括。

李圣华《晚明诗歌研究》（人民文学出版社 2002 年版）对万历至崇祯近七十年的晚明诗歌进行了史的梳理和探讨，深入细致地研究了晚明诗人的社会构成、诗人群体的地域分布、各流派创作追求和整体诗风的历史演化。李圣华《初明诗歌研究》（中华书局 2012 年版）对初明诗史进行了详尽勾勒与论述。沈文凡《排律文献学研究（明代篇）》（吉林人民出版社 2008 年版）对中国排律从唐至清的发展轨迹作了描述，并对明代排律发展概况作了详细研究。

清诗方面，严迪昌《清诗史》是具有开创意义的著述。此书先后由台湾五南图书出版公司与浙江古籍出版社在 1998 年与 2002 年推出。作者在广泛搜罗清代诗学文献的基础上，以文化生态为切入点，结合科举、隐逸、地域、家族诸因素，对清诗发展中的诗风流变、诗人群体构成、风格递嬗、历代地位等进行论述。对诗人作品的论述强调以文本为基础，所论多出己见，且发掘出众多不为世人所知的诗人，丰富了诗史面貌，为清诗史勾勒出大致清楚的脉络。此书特重士人心态，极力从诗人心灵史的角度开掘，以清代朝野离立的特点作为理解清诗嬗变的重要线索，对遗民群体、布衣寒士诗人的再三注目足见作者感情投注所在。视野的宏通、材料的丰富与论述的激情是此书的突出特点。朱则杰《清诗史》（江苏古籍出版社 2000 年版）主要论述有清前二百年诗歌发展面貌，以重要诗人与流派为节点，通过对艺术形式方面宗唐祧宋及自家面目的形成进行辨析，梳理诗歌主题变迁与风格流变脉络，颇为详备。霍有明《清代诗歌发展史》（陕西人民出版社 1993 年版）所论集中于江浙地域，结合经济、政治、地域等要素分析，对重要诗人、群体的创作及诗歌理论有细致的分析，注意揭示艺术风格的差异与嬗变。马亚中《中国近代诗歌史》（复旦大学出版社 2011 年版）为清代道、咸、同、光四期诗史，作者在广泛搜集资料的基础上，在纷纭的现象中清理出几条主要的脉络，并通过各代表性的诗人、诗派的特征及其相互关系——包括对立与冲突——的探讨，以显示出当时诗歌发展的总风貌。丁放《金元明清诗词理论史》（安徽大学出版社 2000 年版）对金元明清诗词理论进行了史的梳理和研究。

广义的诗歌史，也包括了词史。然而词作为一种相对独立的文体，也有不少独立的词史研究专著问世。许宗元《中国词史》（黄山书社 1990 年版）对词的发展进行了大致梳理，略依名家、派别为章节，各时代之下并附论其词学文献。黄拔荆《中国词史》（福建人民出版社 2003 年版）对词史脉络的梳理更为细致，并为两宋民间词、明清女性词留有专门篇幅，表明对词史丰富性的认识有所加强。此书在结构安排方面虽仍不脱作家作品模式，但突出了对各时代词风的描述及风格变异的把握，对词人艺术风格的体悟也更为具体深入。杨海明《唐宋词史》（江苏古籍出版社 1987 年版）对唐宋词特质与流变有明晰的论述。作者抓住词的文体特征，由其狭深性、伤感色彩、柔美风格切入对唐宋词的整体把握，对词的体式方面发展进行了细致分析，对民间词的原始形态、文人词的进展、小令与慢词的成熟、苏辛的意义等词学史上具有转折价值的命题充分阐述。在对词史走向进行把握的同时，注意社会、文化、政治、文人心理对创作的影响；结合体式、风格、题材的变化来确定词史分期。在宏观鸟瞰的同时又不废对具体作家作品的深切领域，且能注意其词史意义的抉发。史仲文

《两宋词史》（中国社会出版社 2005 年版）把宋词的发展分为立业期、昌盛期、过渡期、狂放期、精进期和收缩期，每个时期选取一些典型词人及其作品进行详细分析，注重以点带面的词史写作。陶尔夫、诸葛忆兵《北宋词史》（黑龙江教育出版社 2002 年版）从四个创作阶段来分析北宋词：晏殊与欧阳修词风盛行的小令繁荣期、柳永词风崛起的慢词兴起期、苏轼词风崭露头角的豪放词创制期及清真词风靡一时的词律规范期。以此为节点，加上对李清照与北宋后期词坛的分析，作者从体制、题材、风格等角度对北宋词坛面貌进行了细致阐述。陶尔夫、刘敬圻《南宋词史》（黑龙江人民出版社 1992 年版）将南宋词置于词史的高峰阶段来考察，分宋词词坛的重建期、词史的高峰期、词艺的深化期及宋词的结获期四个时段，就词人创作与词风变异展开讨论，不仅关注名家，亦注重中小词人的词史意义发掘，点面结合，艺术分析细腻具体。吴熊和《唐宋词通论》（浙江古籍出版社 1987 年版）虽为通论，但对唐宋词的发展演变亦有探讨。张仲谋《明词史》（人民文学出版社 2002 年版）一反"明无词"成见，对明代词坛进行了全面梳理，以明初、衰蔽期、中兴期、衰变期为发展线索，以突出明词全貌。余意《明代词史》（北京大学出版社 2015 年版）以词坛视角，对明词作一整体研究。严迪昌《清词史》（江苏古籍出版社 1990 年版）指出，清词的中兴实即词的抒情功能的复兴，是特定时期的文学现象，具有自身的特征而不能以宋词的标准来简单衡论。作者"以词风流变为主脉，以词派消长和各时期重大词创作活动及群体实践为骨干，从而经纬以大家、名家创作成就的评价。评估则从认识价值和审美价值两个方面来探觅其'因'和'变'的沿革流向为重点"。对重要词人的提领与中小词人的表微并重，艺术分析与文献梳理并重，从而使全书具有很高的学术价值。此外，孙克强《清代词学》（中国社会科学出版社 2004 年版）、《清代词学批评史论》（上海古籍出版社 2008 年版）于论中见史，对于清代词学及其批评史进行探讨。

二 小说史的编写

小说史的编写亦呈现活跃状态。文学通史中史观的演进表明小说研究逐步从文学社会学的附庸向小说艺术本身迈进，结合西方理论优长促进了对古代小说艺术内蕴的把握，同时也对建立小说史自身品格提出了预期。断代史、类别史、艺术史日趋深化，集束性研究成果不断推出，这都显示出小说史编纂的实绩。

中华人民共和国成立三十年中所出版的两种小说史无一例外地都充斥了政治说教与阶级话语。北京大学中文系一九五五级编写的《中国小说史稿》（人民文学出版社1960年版）将小说分为准备时期、产生发展成熟时期与繁荣时期三个阶段，以时代背景、重要作家、作品思想内容、艺术特色为主要论述对象，为小说史提供了初步样貌。就论述模式而言，这种体现社会学影响的框架性结构，对此后的小说史产生了不小的影响。但是由于编写者心中横亘有进步、反动之分，强调政治先进性，故而得出"中国小说史上所产生的三百多部长篇小说和数以万计的短篇小说，百分之九十几是封建思想占主导地位的糟粕"这样的结论，其具体论述也难免带有此种痕迹。此书1973年重版，1978年出改订本，但基本倾向没有改变。南开大学中文系编纂的《中国小说史简编》（人民文学出版社1979年版）主要论述明、清及近代小说，以重要作品为论述主体，纲目清楚但较为简略，而编者强调"联系古代历史环境和阶级关系进行具体的阶级分析，把作家和作品放在阶级斗争的具体环境中加以考察"，表明此书的时代局限不可避免。到谈凤梁《中国古代小说简史》（江苏古籍出版社1988年版），书写样式就完全进入了学术轨辙，以讲史和英雄小说、神魔小说、世情小说来分论明代小说，以拟古、讽刺和谴责、世情、侠义公案来论析清代小说，论述明显细致周详得多。杨子坚《新编中国古代小说史》（南京大学出版社1990年版）强化了艺术分析，力图从小说发展中反映艺术演进的规律。齐裕焜《中国古代小说演变史》（敦煌文艺出版社1990年版）打破了编年通史形式，将古代小说分为几种类型，在每种类型下再作纵向探讨。王恒展《中国小说发展史概论》（山东教育出版社1996年版）强调从动态的角度把握小说的内涵，分疏不同发展阶段小说的特征，结合社会背景与时代文化，分析小说与其他文学样式的离合，以小说形式演进为中心，关注小说本身的艺术发展规律。杨义《中国古典小说史论》（中国社会科学出版社1995年版）更具有鲜明的理论特色。作者依时代顺序选择代表性作品，结合社会文化加以分析，力图抉发小说本体的发展脉络。在对西方叙事学理论借鉴的同时，时刻保持理论的清醒，注意传统小说自身的特点，并试图建立具有中国文化特质的叙事学体系。李剑国、陈洪主编《中国小说通史》（高等教育出版社2007年版）分先唐、唐宋元、明代、清代四卷，是具有完整性与系统性的小说史著述。作者在构稽、分析演变之史迹时注重环节的完整性，力求对小说史有比较全面、准确的描述，在具体论述上则追求有自己独到的见解，并注重吸纳最新的学术成果，包容不同的学术观点。全书文言、白话并重，作品和史料并重，文献考据和理论分析并重。同时，针对不同对象的特殊性又有所侧重，如早期的文言部分，侧重文献考据与脉络追索，明清白话小说部分则侧重文本阐释。刘勇强《中国古代小说史叙论》（北京大学出版社2007年版）上篇从小说文体成熟过程来探讨小说史，下篇则以小说成熟后的小说家创作为中心来探讨小说史，体例和观念上颇有创新。

　　断代史方面，侯忠义《汉魏六朝小说史》（春风文艺出版社1989年版）对初盛时期的小说发展面貌重点关注，从小说的概念、兴盛原因与文化背景、与宗教的关系、作品内容种类、思想艺术特点、结构形式的演变等角度展开论述，对相关小说进行了认真的文献清理。程毅中《唐代小说史》[①]从唐代小说文献入手，对之进行全面考辨清理，于具体研究中映现唐代小说的发展历程与特点。程毅中《宋元小说研究》（江苏古籍出版社1998年版）对宋元小说发展情况作了详细的探讨，也是以文献考辨见长。张兵《宋辽金元小说史》（复旦大学出版社2001年版）对宋、辽、金、元的小说进行了梳理与研究。陈大康《明代小说史》（上海文艺出版社2000年版）以五个阶段分论明代小说创作情况，而非仅着眼于文本，对小说行进轨迹有明晰的勾勒，所附编年史更以详核的微观研究丰富了理论判断。时萌《晚清小说》（上海古籍出版社1989年版）、方正耀《晚清小说研究》（华东师范大学出版社1991年版）、武润婷《中国近代小说演变史》（山东人民出版社2000年版）对晚清小说进行了研究。陈大康《中国近代小说编年》（华东师大出版社2002年版）以编年形式叙述了近代

[①] 程毅中：《唐代小说史》，人民文学出版社2003年版。原题《唐代小说史话》，文化艺术出版社1990年版。

小说发展史。此书共著录问世于近代的小说 2755 种（含翻译小说 1003 种），涉及作者及译者共 1204 人（另有 416 种作品作者不详，87 种译作译者不详），出版机构 598 个（报刊 205 种，书局、书坊 393 家，另有 162 种作品出版者不详），均按时序排列，以月为基本时间单位，尽可能准确到日，因而较之一般的文学史体式，能更直观地显示近代小说创作的盛衰起伏轨迹，也有助于读者把握近代小说发展的整体框架和演变规律。除了学术史意义之外，同时兼具文献学的重要价值。

小说类别史方面，李剑国《唐前志怪小说史》（南开大学出版社 1984 年版）对唐代以前的志怪小说的起源、发展和演变进行了史的梳理，尤以文献考辨见长，以竭泽而渔的方式对相关志怪小说进行文献搜集辨析。吴礼权《中国笔记小说史》[①] 首次从笔记小说的类型角度考察文言小说的发展演变情况。李宗为《唐人传奇》（中华书局 1985 年版）按初期、盛期、中期和晚期四个时期来考辨唐代传奇小说的发展史。胡士莹《话本小说概论》（中华书局 1980 年版）广搜博采，从"说话"艺术起始，结合"说话"活动对宋、元、明、清的话本小说进行了几乎穷尽式的研讨，所附录的话本也颇具文献价值。欧阳代发《话本小说史》（武汉出版社 1994 年版）在胡士莹《话本小说概论》的基础上进一步创新，对话本小说史的发展演变及其相关作品作了更深入的探讨和分析。此外，侯忠义、刘世林《中国文言小说史稿》、吴志达《中国文言小说史》、陈文新《文言小说审美发展史》、王海林《中国武侠小说史略》、胡胜《明清神魔小说研究》、苗怀明《中国古代公案小说史论》、苏建新《中国才子佳人小说演变史》、陈颖《中国战争小说史论》、邱绍雄《中国商贾小说史》等类别小说史也各有特点。

除了上述小说史外，鲁德才《中国古代小说艺术论》（百花文艺出版社 1988 年版）、刘上生《中国古代小说艺术史》（湖南师范大学出版社 1993 年版）、纪德君《中国历史小说的艺术流变》（中国社会科学出版社 2002 年版）和《明清历史演义小说艺术论》（北京师范大学出版社 2000 年版）等是从小说艺术上来探讨小说发展史。董乃斌《中国古典小说的

[①] 吴礼权：《中国笔记小说史》，商务印书馆国际有限公司 1997 年版，1993 年台湾 1 版。

文体独立》（中国社会科学出版社 1994 年版）从小说的文体发生学角度探讨了小说的起源和发展过程。石昌渝《中国小说源流论》（生活·读书·新知三联书店 1994 年版）也是围绕小说文体独立来研究小说史，但此书论述严密系统，对笔记小说、传奇小说、话本小说和章回小说等各种小说文体都有详细的论述。陈洪《中国小说理论史》（黄山文艺出版社 1991 年版）对中国小说理论发展史进行了梳理，开创了中国小说史研究的新领域。叶朗《中国小说美学》（北京大学出版社 1982 年版）、韩进廉《中国小说美学史》（河北大学出版社 2004 年版）对中国小说美学史进行系统梳理和研究。谭帆《中国小说评点研究》（华东师范大学出版社 2001 年版）对中国小说评点进行了"史"和"论"的全面研究，具有学术开拓的价值和意义，其下编"小说评点编年叙录"以编年史的形式全面梳理了中国小说评点由萌兴到转型的发展历程。

在小说史的编写中，有几套大型丛书的作用值得一提。1992 年由辽宁教育出版社推出的 9 辑 80 册《古代小说评介丛书》，学术性与通俗性并重，就小说发展、文化、内容、重要作家作品等进行推介。其中，断代史包括《汉魏六朝小说简史》（侯忠义）、《唐代小说简史》（侯忠义）、《宋元小说简史》（萧相恺）、《明代小说简史》（孙一珍）、《清代小说简史》（张俊、沈治钧）、《晚清小说简史》（欧阳健）、《中国小说的发展源流》（林辰）；分类史有《话本小说史话》（张兵）、《神怪小说史话》（林辰）、《讲史小说史话》（王星琦）、《世情小说史话》（萧相恺）、《公案小说史话》（黄岩柏）、《才子佳人小说史话》（苗壮）、《侠义小说史话》（曹亦冰）、《讽喻小说史话》（蔡国梁）。辽宁人民出版社从 1991 年起推出"中国小说史研究丛书"，有《中国公案小说史》（黄岩柏）、《中国武侠小说史》（罗立群）、《中国志人小说史》（宁稼雨）、《中国讽刺小说史》（齐裕焜、陈惠琴）。浙江古籍出版社 1997 年起推出"中国小说史丛书"包括 4 辑 17 部，断代史包括《汉魏六朝小说史》（王枝忠）、《隋唐五代小说史》（侯忠义）、《宋元小说史》（萧相恺）、《明代小说史》（齐裕焜）、清代小说史（张俊）、《晚清小说史》（欧阳健）；题材史有《历史小说史》（陈熙中）、《世情小说史》（向楷）、《神怪小说史》（林辰）、《侠义公案小说史》（曹亦冰）；体裁史有《笔记小说史》（苗壮）、《传奇小说史》（薛洪勣）、《话本小说史》（萧欣桥、刘福元）、《章回小说史》（陈美林、冯保善、李忠明）；通史类包括《中国小说理论史》（王汝梅、张羽）、《中国小说艺术史》（孟昭连、宁宗一）、《中国小说研究史》（黄霖等）。江苏教育出版社自1997年出版"中国小说通史系列丛书"则从题材角度撰述，分为《中国神怪小说通史》（欧阳健）、《中国英雄侠义小说通史》（陈颖）、《中国人情小说通史》（陈节）、《中国社会小说通史》（游友基）、《中国历史小说通史》（齐裕焜）。可以看出，无论是通代、断代还是类别史，都已经涌现了大量成果。丛书以集束形式将相关著述集中展现，充分表明小说史的研究已经充分细化并进入了繁荣阶段。

三 戏曲史的编写

广义的戏曲史包括戏剧与散曲。从史的角度来看，显然以戏剧史研究成果更为丰硕。周贻白《中国戏剧史》（中华书局1953年版）对戏剧的历史进行了详细的梳理，整体呈现了其发展脉络。此书线索明晰，自戏剧的萌芽、产生直至演变发展，各期特征论述精当。在编写方面突破了以作家为中心的固有模式，而注重各阶段戏剧的文本特征、音乐形式、剧场表演诸端，强调了戏剧的自身特点。此书一个突出特点在于，不仅关注戏剧的文本形式，更注目于其立体性，强调剧场的作用，注重联系舞台实践，从而使戏剧史摆脱了单纯案头文学的研究样式。此外对地方戏曲的介绍也颇有加强，尤详于皮黄剧。张庚、郭汉城主编《中国戏曲通史》（中国戏剧出版社1980—1981年版）论述范围自戏曲滥觞阶段至鸦片战争前后，分戏曲的起源与形成、北杂剧与南戏、昆山腔与弋阳腔、清代地方戏四编进行论述。此书结构明晰，论述细致，其分期反映出对戏曲史自身流变的认识。论述方面注意结合社会文化因素与戏曲本身的发展动因来展开；在对重要作家作品突出强调的同时，以较多篇幅关注舞台艺术，对音乐、表演、舞台美术的探讨均有所加强；关注文本的同时，注重结合相关文物来佐证说明，加深认识；对地方戏的论述尤为详细，对其声腔、板式变化结构体系、脚色体制、表演形式的演变有清楚的分析；同时结合特定时代因素对宫廷戏曲予以关注。许金榜《中国戏曲文学史》（中国文学出版社1994年版）则强调了文学性。作者超脱了作家作品格局，在纵的方面突出戏曲演进的各个阶段，由雏形而成熟，并论述了此后明代的雅化倾向，清代的由雅而俗趋势，凸显其主线；横的方面则对各时代戏曲文学的面貌、价值、审美特征加以概述，同时以点带面，通过对重要作家作品的叙述来突出这一概述。廖奔、刘彦君《中国戏曲发展史》（山西教育出版社2000年版）更带有文化研究色彩，是21世纪以来最有代表性的戏曲通史。第一卷主要是对戏曲的发生学研究。论述原始戏剧形态时突出了仪式、祭祀的影响，结合礼制文化特点分析戏剧的形成机制；论述西域戏剧文化的影响，分析剧场的起源，关注傩戏、木偶戏、目连戏等特殊戏曲样式；对杂剧形成阶段的商业环境、杂剧内容、体制、舞台特征、艺人活动的提揭，都颇具新意。第二卷从舞台艺术与文学创作角度论述元代戏曲成就。第三卷对明代声腔演变与舞台发展、具体创作、戏曲理论进行论述。第四卷集中论述清代地方剧种的兴起与舞台繁荣，并归纳了戏剧创作与理论的发展。此书的历史意识贯穿于对剧场与戏曲文学论述的全程，较好地体现了作为表演艺术的戏曲的鲜明特征。对特殊剧种的论述也能做到沿波讨源、源流并重。在重视文献材料的同时，大力强化了对文物的利用，特别是对剧场发展史的概括。在处理文学创作之际，也强调自出心裁，不随人附论，多结合研究所见而有所生发。在章节的编排方面别具匠心，结合重要戏曲创作的价值与意义立题，避免了以人为目的常见套路。在对戏曲历史的勾画中有力突出了戏曲的发生环节，强调文化氛围、时代因素、文人心态的合力。此外对艺人活动的重视也使得此书在文学与剧场之间找到了关节点，戏曲史从而更具有立体性。谭帆《中国古典戏剧理论史》（中国社会科学出版社1993年版）独辟蹊径，对中国古代戏剧理论史进行了梳理和分析，全书以理论问题为经、历史分期为纬，清晰地勾勒出了中国古典戏剧理论的发展脉络。朱万曙《明代戏曲评点研究》（安徽教育出版社2002年版）对明清戏曲评点进行了研究，虽为论，亦有史的梳理。

戏曲断代史相对较为集中，元代是论述的重点，而其他时段也不乏学术关注。李占鹏《宋前戏剧形成史》（甘肃文化出版社2000年版）注力于戏剧形成阶段的形态、特征、文化意蕴及戏剧史意义。徐宏图《南宋戏曲史》（上海古籍出版社2008年版）系统论述了中国戏曲在南宋时期的发展史，对南宋时期的南戏、宋杂剧、傀儡戏、影戏等各种形式的戏曲都进行了介绍，还原了南宋作为中国戏曲生成期的原貌。李春祥《元杂剧史稿》（河南大学出版社1989年版）以作家剧作为中心，并对元杂剧的兴起、体制、繁荣与衰微原因及断限进行了论述。刘荫柏《元代杂剧史》（花山文艺出版社1990年版）从社会背景、作家历史分期、作家作品、理论、演出等方面对元杂剧进行论述，并论及其选本、影响与研究史。黄卉《元代戏曲史稿》（天津古籍出版社1995年版）不仅对元杂剧的崛起、发展历程、重要作家做出研讨，同时扩展议题论及南戏；并从宏观层面对元代戏曲的审美形态、理论批评、演出方式、舞台艺术进行全面论述，从而使此书脱离了单纯案头文学史的形态。李修生《元杂剧史》（江苏古籍出版社1996年版）对元杂剧的面目、演出与剧本体制加以综述，注重蒙元文化对杂剧的影响，并结合自身思考将元杂剧分为初、中、晚三个发展阶段，逐一介绍其代表作家与作品。并附论南戏的兴起、发展及杂剧的研究史。金宁芬《明代戏曲史》（社会科学文献出版社2007年版）勾画了明代戏曲发展变化的轨迹，论述了明代戏曲的时代特征和艺术特色，对明代每个时期的戏曲形式和重要作家作品都进行了重点探讨。徐子方《明杂剧史》（中华书局2003年版）是第一部明杂剧史著作，作者运用系统论和心态史学、艺术美学等方法，对杂剧入明以后的发展状况作了系统全面的分析，提出了明杂剧由民间进入宫廷，再由宫廷转入文人书斋的发展脉络。郭英德《明清传奇史》（江苏古籍出版社1999年版）将明清传奇分为生长、勃兴、发展、余势、蜕变五个时期，结合社会情状、文化思潮、曲坛动向、体制、声腔、主题、派别等因素对其发展演变历程进行了详细的论述。周妙中《清代戏曲史》（中州古籍出版社1987年版）以作家为纲，以作品为目，考虑到清代戏曲实际不以杂剧、传奇分类，以时间先后为序对清代戏曲的发展面貌进行了细密的论述，标举了大量中小作家；在内容安排方面还对戏曲理论、曲选曲谱、花部、地方戏及少数民族戏曲予以特别关注，颇有填补空白之效。王汉民、刘奇玉《清代戏曲史编年》（巴蜀书社2008年版）对清代戏曲作家作品资料进行系年编排，并适当涉及演出情况，体现了从文献角度梳理戏曲史的努力。左鹏军《晚清民国传奇杂剧史稿》（广东人民出版社2009年版）概述了晚清民国时期（1840—1949）传奇杂剧基本面貌、题材选择、艺术结构、文体形态、语言建构、舞台艺术等方面的显著变革和突出特征,并对一些代表性戏曲家及其作品进行了深入分析和评论,描述了传奇杂剧从承续前代兴盛余绪到实现短暂繁荣再到渐趋消歇的曲折历程,展示了最后阶段的传奇杂剧的复杂情景与多姿面貌。程华平《明清传奇编年史稿》(齐鲁书社 2008 年版)对明清传奇进行编年史著述。俞为民《中国古代戏曲理论史通论》(台湾华正书局 1998 年版)对古代戏曲理论史进行了论稿研究。

戏曲由于兼具文学与艺术特质,史的编纂也体现了自身特点。其中的史论观念,在一定意义上决定着对戏曲史的切入路径:或重视文献考辨,或重视声腔音韵,或重视舞台表演。这三个方面都能有效把握戏曲的特征,文献是戏曲遗留态的最重要材料,声腔体现出中国戏曲的民族特点,表演是戏曲的动态样式,而三者的结合则更能以全景立体的方式呈现戏曲的整体样貌,这也是史纂中显现出的日益明显的学术动向。随着文物考古的进展,大量戏台、壁画、墓砖的出土,有力促进了对戏曲原生态的还原与重构,因而戏曲史中对文物的重视是近年来呈现的重要特征。而人类学对远古祭祀、仪式、民间宗教的研究,也促进了戏曲的发生学探讨,戏曲史不再是单纯的文本史,更多带有了文化学的色彩,甚至政治史、思想史渗入的痕迹也偶或一见。而剧种研究的深化则是对戏曲史的一大贡献,如胡忌、刘致中《昆剧发展史》、陆萼庭《昆剧演出史稿》等皆可称述。不过仍然需要注意的是,对戏曲成就的评判,不少论著仍从西方戏剧的标准出发,谈人物塑造、论戏剧冲突,对戏曲的本土特征似乎关注不够。

相对而言,作为一代文学的散曲,研究状况要冷寂得多。择要而论,李昌集《中国古代散曲史》(华东师范大学出版社 1991 年版)是迄今为止最为系统、论述丰厚的通代散曲史。第一卷"散曲形式发展史"通过对南北曲的渊源与形成、格律、篇制、语体形式的分析,揭示了散曲这一文学样式自身的形式发展规律。第二卷"散曲文学潮流史"结合元明清时代的文化心理与文人心态,对散曲演进中各流派的具体面貌、风格类型、审美嬗变等进行了细致分析,从而在宏观层面勾勒出散曲发展的特征。第三卷"散曲作家创作史"对三个时期的重要作家、作品及文学史意义进行抉发,在具体细节方面深化了此前的论述。梁扬、杨东甫《中国散曲史》(广西人民出版社 1995 年版)体例上没有什么创新,但该书把民国的散曲史纳入考察范围，是其新创。羊春秋《散曲通论》（岳麓书社1992年版）虽是通论性质，但对于元明清的散曲作家群、流派和风格进行了曲史式的梳理，具有通代散曲史的特点。赵义山《元散曲通论》（巴蜀书社1993年版）对元散曲的发展划分为演化期、始盛期、鼎盛期和衰落期四个阶段，对元散曲的作家群和流派进行详细的考察。赵义山《明清散曲史》（人民出版社2007年版）对明清散曲发展状况进行了深入细致的阐述。作者通过文献梳理与艺术分析，提出明散曲的成就实不下于元曲；并从过渡、低落、复兴、鼎盛、继盛五期对明曲的发展脉络进行重点勾画，同时注重各阶段的文化走向、曲坛面貌及风尚递迁。又从变异、衰落、式微三个阶段对清散曲发展历程进行梳理。在关注文人创作、南北差异的同时，亦注目于民间时尚小曲。文辞简练，脉络清晰，是一部颇为详备的断代曲史。

四　散文史的编写

古文在古代文人文化生活中的地位是极为重要的，但载道的特性使其在新文学观念兴起之后面临被逐出文学的尴尬；骈文艺术性追求自不待言，却又在很长的时间内被视为形式主义的典型。这些因素都直接导致文章史的式微。

冯其庸《中国古代散文的发展——先秦到南北朝时期》（北京出版社1964年版）是较早的一部散文小史。此书篇幅甚为短小，以简明的语言对此期的散文成就加以概述，认为春秋战国时期散文已有很大发展；汉代则出现了司马迁这样的语言艺术大师，同时产生了新的文学形式——赋，散文成就很高；而魏晋南北朝则是散文的变化时期。谭家健、郑君华《先秦散文纲要》（山西人民出版社1987年版）结合先秦时代的社会特点，对散文的分期、特点进行概述，并以成书的先后顺序，从历史散文、诸子散文角度对先秦重要散文的文献情况、思想内容、艺术特点、文学价值进行详细的分析。韩兆琦、吕伯涛《汉代散文史稿》（山西人民出版社1986年版）将汉代散文分为西汉前期、西汉后期东汉前期、东汉后期三个阶段，并以司马迁单独列为一章，各章强调每一阶段社会背景对散文发展的影响，同时注意把握散文发展的阶段性特征，揭示其上下勾连的文学史意义。在对历史脉络梳理的同时，以大量篇幅对代表性作品进行解读，因而此书又带有散文史与作品选的双重意义。

通代散文史著作方面的代表作是郭预衡《中国散文史》（上海古籍出版社 2000 年版）和谭家健《中国古代散文史稿》（重庆出版社 2006 年版）等。郭著是目前最为详尽的散文通史，论述详尽、材料丰富是此书的突出特点，大量未被学界关注的作者与文章得以编排入史，而对具体文章的释读则更多从散文史的角度展开，与一般文学鉴赏性质殊异。此书中的散文观念体现了作者自身的学术理解，作者强调从中国文章的实际而不是"文学概论"中所限定的范畴出发，因而其上限远溯至散文初具形态的殷商之世；政论、史论、传记等"文学性"不强的文章亦在论述之列，同时包括骈文辞赋；论述时强调史识，不以资料长编为满足而力求对材料的融贯把握。谭著则对散文发展脉络作了精要的梳理，以时代先后为序对不同时段的散文发展特征进行了描述，突出各阶段主流散文样式，结合时代文化背景加以把握，如对史官文化、骈散之争、学派纷争等的论述皆能提纲挈领地标举散文发展的重要文化场域。各章前有概论，后附研修书目举要，全书之后又附有相应文献书目，颇便使用。此外，还有刘振东、高洪奎、杜豫《中国古代散文发展史》（中州古籍出版社 1991 年版）、刘衍主编《中国散文史纲》（湖南教育出版社 1994 年版）、漆绪邦主编《中国散文通史》（吉林教育出版社 1995 年版）、张梦新主编《中国散文发展史》（杭州大学出版社 1996 年版）、杨民《万川一月——中国古代散文史》（清华大学出版社 2001 年版）等。

属于大散文文体的还有赋和骈文，彼此有一定的交集。赋作为具有中国民族特色的文体，其研究价值是不言而喻的，但赋史的编写却并不热门。马积高《赋史》（上海古籍出版社 1987 年版）对由先秦至明清的赋体文章进行了贯通性的梳理。作者以时代为序，从题材、主体、思想的变化与体制、表现艺术的递嬗角度，勾勒出赋体演化的框架。作者关注时代文化的作用，对各阶段赋体的发展特征做出了细致的论述，并结合具体赋家与作品加以深化；还注重赋与其他文体的关联，对骈文、南朝齐梁宫体、西昆体等相关范畴也提出了自己的看法。高光复《赋史述略》（东北师范大学出版社 1987 年版）注重把握赋体不同发展阶段的艺术特征，结合作品对赋的酝酿、形成、兴盛、抒情化、转变、复兴等节段进行了论述，对南北朝时期不同的赋体艺术审美面貌也予以揭示，并概述了以往不受重视的唐以后赋体发展情况，但仍显简略。李曰刚《辞赋流变史》（文津出版社1987年版）则强调了不同时代占据主流位置的赋体样式，从骚赋（楚辞）、短赋（荀赋）、古赋（汉赋）、俳赋（魏晋南北朝赋）、律赋（唐宋赋）、散赋（宋赋）、股赋（明清赋）的形成、背景、特质、体类、样式、作家等方面对赋的形式流变进行整体把握，在结构脉络的处理上显得颇具特色。当然这样处理可以很鲜明地突出各时代的典型赋体，但也不可避免地遮蔽了赋的其他样式。郭维森、许结《中国辞赋发展史》（江苏教育出版社1996年版）则从辞赋源流辨析入手，将其发展历程归结为肇始化成、光大鼎盛、拓境凝情、蓄流演渡、仿汉新变、仿唐蜕化、形胜旨微诸期，简明精当地概括出赋体的衍化轨迹。在凝练把握不同时代赋体发展特征的同时，作者注重结合时代思潮与文化心理，对赋的主题更迭与风格嬗变进行了细致分析。在对具体作家赋史意义进行抉发的同时，更强调时代文风的递转与辞赋主旨、情境的变迁，从而使全书具有较明显的文化学研究色彩。断代赋史方面，程章灿《魏晋南北朝赋史》（江苏古籍出版社1992年版）深入细致地对此期赋体的发展演变历程进行了勾勒，揭示出其主题、语言、体式、结构、形式追求的变化；同时关注赋体与其他文体的渗透与影响，如赋体诗化、文体赋化等。在横向结构上，则结合时代政治、宗教、思潮、地域等因素，力图全面就社会心理与文学思潮层面抉发此期赋体的独特价值。王琳《六朝辞赋史》（黑龙江教育出版社1998年版）从内容的开拓与艺术的完善角度进行比照，认为六朝赋总体成就高于汉赋；作者还关注诗赋两类文体之间的渗透与融合，提出在题材内容上二体同步并行、互为消长，在艺术风貌上则表现为赋的诗化与诗的赋化。在这样的纵横比较基础之上，作者分三国、两晋、南北朝三个发展阶段对赋体的演变历程进行勾画，突出了各期的主要特点与重要作家的贡献，并特别关注六朝后期南北朝的赋风融合问题。就编写成果而言，显然赋史数量偏少，与赋在文学史上的地位是不相称的。研究中表现出的一些现象值得思考：首先，汉赋研究较为充分，有大量成果问世，但学者可能更热衷于具体问题的探讨，而对汉代赋史的纂述兴趣不大。其次，断代赋史表现出通贯的视野，值得表彰，特别是对唐以后辞赋的关注，更显出文学史的眼光。但对唐后辞赋的文献梳理、论述、赋学问题的探讨皆有待深化。最后，近年来对唐以后辞赋的研究渐趋细致，但多属专题探讨而少有赋史结撰。如果体认赋史是具体研究的系统化与深层化，那么这一路向仍是值得期待的。

骈文史的编撰相对则更少。姜书阁《骈文史论》（人民文学出版社1986年版）是新中国成立后第一部骈文通史。作者有强烈的历史意识，关注骈文的不同发展阶段，注重骈文审美风格的嬗变，突出重要作家的文学史意义。作者上溯于骈词俪语，认为骈文兴起于东汉，变化于永明，造极于徐、庾，一变于陆贽新体骈文公牍，二变于李商隐，再变于宋四六，嗣后骈文衰落，即使是号称中兴的清代骈文，实际上也无多新变。于景祥《唐宋骈文史》（辽宁人民出版社1991年版）对唐宋之际骈文风貌的变革与名家的艺术风格多有辨析。于景祥《中国骈文通史》（吉林人民出版社2002年版）则更为详备。作者在对骈文发展轨迹把握的同时，还论述了骈文的特征、产生原因、与他种文体关系，并以结语形式总结了骈文发展演化的内外部规律与得失。

第五节　专题文学史的编写

专题文学史即从某一特定范围与角度出发对专门问题进行研讨的文学史，与一般文学史的区别主要在于其论题的专门与论述的系统。相对于一般文学史普遍宏大的论述格局与简约疏朗的线条勾勒，专题文学史更能就专门问题进行深入论述，可集中全力以攻一端，能直入本题而深探其源，以细致翔实的研究特点见长。专题研究更能体现学者的个人学术兴趣与追求，课程教育的渗透影响也较小，它在文学史编写的过程中并不占据主流位置，但是意义与价值皆不容忽视。可以说，专题文学史的发展意味着文学史编写的深入与细分，体现了学术的进步。这其中有文学思想史、文学运动史、文人心态史以及其他一些特殊的专题文学史等都值得关注。

一 文学思想史的编写

文学思潮是一定时代文学好尚的反映,对文学的发展具有相当的影响,以往文学史著作中虽然也会论及时代思潮与文学风貌的关联,但真正系统地论述这一问题,则要从罗宗强《隋唐五代文学思想史》(上海古籍出版社 1986 年版)开始,作者认为"文学思想就是人们对文学的看法",文学思想史的任务,就是要描述文学思想发展演变的面貌,研究影响其发展演变进程的原因,探索其中的规律,分清各种文学思想的精华与糟粕,衡量其功过是非。根据这一思路,作者摒弃了传统的作家纲目式著史方法,结合思潮发展实况将隋唐五代文学思想分为九个阶段,突出各段思想演变发展的同时,对每段的主要理论观点重点阐述,既注重理论形态的表述,也不忽略在具体文学创作活动中表现出的思想倾向。这一论述策略改变了文学理论研究中单纯注重理论推衍、逻辑性有余而在场感欠缺的倾向,结合实际创作与理论宣示,再现出当初的文坛样态。作者认为:"文学思想不仅仅反映在文学批评和文学理论著作里,它还大量反映在文学创作中","某种重要的文学思想的代表人物,有时可能并不是文学批评家或文学理论家,有时甚至很少或竟至于没有理论上的明确表述,他的文学思想,仅仅在他的创作倾向里反映出来。一个文学流派的文学思想,就常常反映在他们共同的创作倾向里,而一个时代的文学思潮的发展与演变,大量的是在创作中反映出来的"。因此作者提出"研究中国古代文学思想史,不仅要研究文学批评和文学理论的发展史,还必须结合文学作品,研究文学创作中反映出来的文学思想的发展与演变情况"。这一认识揭示了研究方法的转变,使得文学思想的研究脱离了纯粹的理论演绎,而真正具有了历史感,体现了学科方法上的进步。左东岭认为罗宗强《隋唐五代文学思想史》的问世,"标志着中国文学思想史研究体系的正式确立"。[①]

在《魏晋南北朝文学思想史》(中华书局 1996 年版)中,罗宗强延续

[①] 左东岭:《学术理念与研究方法——罗宗强先生学术思想述论》,《文学评论》2004 年第 3 期。

了自己对文学思想史的思考，对这一时段的文学思想做出了总的判断："魏晋南北朝文学思想发展的总趋势，是沿着重文学的艺术特质展开的，重抒情，重形式的美的探讨，重表现手段，表现方法。似存在着一种把文学与非文学分离开来的发展趋势。"作者认为这一过程就是文学的艺术特质逐渐被发现和发挥的过程。在具体论述中，作者强调从文学创作实际出发，以期还原文学思想发展的实际面貌；力求把握文学思想发展的主要脉络，做到整体把握；同时重视从文学自身出发，区分文学与非文学的界限。书中特别关注士人心态的变化对文学思想的影响，以之作为外部环境与文学思想发生作用的中间环节。这一切入路径为深入释读文学思想嬗变提供了更为切实的方式，避免了外部因素与文学自身两者相互脱节的分析模式；特别是对心态的体贴更契合文学的发展规律，因而论述也更接近文学生态的本真。

这一研究范型在学界产生了很大影响，对文学思想史学科的成立与发展起到了开创风气、拓展空间的重要作用，在其引领之下出现了一批文学思想史著述。许结《汉代文学思想史》（南京大学出版社1990年版）以三个重要时段为切入点，提出从文学反映时代精神而言，西汉盛期最为典型；以文学与经学的融通而言，东汉最为纯雅；以文学的自立意识而言，东汉元和以降文学自觉意识日益增强。根据这一阶段性发展规律，作者从肇造、鼎盛、转折、中兴、衍变、觉醒六个时段对汉代文学思想的流变加以整体把握。力图对重两汉经学影响而忽视文学思想之审美价值、重视魏晋时代文学意识觉醒而视两汉为过渡的片面认识进行反驳。在论述上打破作家作品模式，以历时顺序推衍专题研究，对文学思想、批评理论、文学创作等加以融通整合。张峰屹《西汉文学思想史》（南开大学出版社2001年版）认为西汉文学观念尚未独立而附着于社会思潮之上，文学思想依附于经学观念，其演变历史"就是沿着道儒两种思想交叉、交替、发展演进的历史，由道（黄老）而儒，又在一定程度上回归道家"。张毅《宋代文学思想史》（中华书局1995年版）结合文学理论批评与作家创作活动中表现出的文学观念变化，从北宋初期、变革时期、成熟时期、中兴时期、南宋后期五个阶段论述宋代文学思想的发展演变。作者认为宋代文学思想具有"理论思辨水平高、自立创新意识强、包容涉及面广等特点"，而"作家自身的人文修养和精神境界、内在心性的生命体验和反省、个性才情的发挥和群体道德的自觉等主体人格的建构",则构成其发展的内在理路。左东岭《李贽与晚明文学思想》(天津人民出版社1997年版)采用文史哲兼通及宏观与微观相结合的方法,将李贽置于明代政治史、哲学史及文学思想史的纵横交错的立体结构中,力争还原其历史的真实,在诸多方面取得了突破性的进展,如李贽复杂独特的人格心态,性空解脱与真诚自然的哲学思想,由超越、真诚与自我放任共构的文学思想等。

通代方面,敏泽主编《中国文学思想史》(湖南教育出版社2004年版)对文学思想进行了通贯式的检阅,以先秦两汉、魏晋南北朝、隋唐五代、宋金元、明清、近代为节段,对各时代的文风、关于艺术形式的讨论、文学特点的认识、文学与学术、创作中表现出的倾向、总集中体现的观念等进行了细致的探讨。在序言中作者从理论高度对文学思想史这一范畴进行了论述。作者指出:"文学思想史是研究文学这一学科思想的萌芽、发生、发展及其演进的历史,是被把握在思想史中各个历史时期文学家关于文学问题的种种历史性思考。"它与文学史有着性质上的区别,"文学思想史所应该全力关注的,应该是在深入研究各个时代的重要文学现象,以及文学家、文学流派及其代表作的基本思想的基础上,抽绎并梳理出文学作为一种学科思想的发生、发展的基本走向和脉络,它的进一步丰富和发展,以及这种丰富和发展对于学科思想体系的意义。它不同于文学史,不把重点放在各个时代有代表性的文学家、作品及其影响等基本文学事实的史的诠释和分析方面,而是以文学思想史发展进程为枢纽,对重要的作家、理论家及其作品的思想及方法的发掘和分析,与之无关的种种文学现象,包括作家、作品及其影响等,则应该舍而不录"。在书写方法上,"既重视文学理论批评中所体现的重要文学思想的研究,又重视文学创作中所客观体现出来的文学思想的寻绎和梳理"。这一体认反映出文学思想史作为一个学术分支已经开始走向成熟,其学科意识已渐次形成。

二 文学运动史的编写

古代文学运动史研究,集中于唐、宋、明三代。孙昌武《唐代古文运动通论》（百花文艺出版社 1984 年版）全面探讨了唐代古文运动的渊源、发展、理论主张和创作实践，虽称为"通论"，以"论"贯"史"，同时也是一部有深度的唐代古文运动通史。此后，关于唐宋两代古文运动史的研究专著主要有：冯志弘《北宋古文运动的形成》（上海古籍出版社 2009 年版），李丹《唐代前古文运动研究》（博士学位论文，四川师范大学，2011 年），何寄澎《北宋的古文运动》（上海古籍出版社 2011 年版），祝尚书《北宋古文运动发展史》（北京大学出版社 2012 年版）等。李丹《唐代前古文运动研究》依据唐代梁肃的文章三变说，以天宝年间至中唐贞元年间相继兴起的思想文化运动为唐代前古文运动。认为对时代风气的反省，促成萧颖士、李华及其弟子独孤及、梁肃，形成明确的以文章复古载道、化人成俗、安危存亡的群体意识，或友朋游从，或师生相继，形成了若干个文人群落，群落之间相互推举，形成唐代前古文运动。前古文运动以先秦两汉的"古文"文体，来弘扬融进佛道思想内涵的儒道，为韩愈"结束南北朝相承之旧局面"，"开启赵宋以降之新局面"奠定了坚实的基础。韩柳的古文运动是前古文运动的延续，前古文运动是古文运动的前奏。该文分上下两编，上编主要从宏观的角度，探讨前古文运动的性质、特点以及与政治的联系。下编就古文运动主要领导人的创作进行微观研究，从纵横发展的维度切入，分别比较他们创作的同异，探析他们文学观念的群体承传过程。冯志弘《北宋古文运动的形成》重点从古文运动的形成过程的独特视角切入，系统考察了北宋古文运动与时代背景、学术环境、地域文化等多种历史因素，以及在不同程度上参与了这一过程的各种不同派别的人群的错综关系，在照顾论述运动的系统性、完整性的同时，将运动形成的复杂性和曲折性细致地揭示出来，从而较全面地勾勒出了北宋古文运动发展的整体面貌。何寄澎《北宋的古文运动》致力于北宋古文运动内蕴和过程的探讨，以此论述了运动的时代背景、理论基础、发展历史，并与唐代古文运动展开比较研究，以进一步确认北宋古文运动的性质与意义。另有附论两章：一是《北宋古文家与佛门弟子的交涉》，探讨了古文运动的重要目的——排佛是否达成；二是《古文家与理学家的交涉》，则展现了古文运动发展之气运，并牵涉到道统之争等有关运动的曲折问题。至此，对含义深广的古文运动的内蕴及真相及其与经学、史学、儒学、政治等的关系，庶几可见概貌。祝尚书《北宋古文运动发展史》考察了北宋时期古文运动肇端和发展的全过程，以及它与佛教、理学的关系。作者用丰富的史料和严密的论证，解决了北宋古文运动研究中许多基本理论和实践的问题。一是厘清了在"骈"与"散"的反复较量中，北宋古文家是如何在全社会达成著述用古文、应用四六骈体这个共识的；二是弄清了北宋古文家是如何不断淡化并最后从古文运动中剥离"道统论"的；三是弄清了北宋古文家是如何解决"难"与"易"的问题的，从而使苦涩、怪诞的恶习退出文坛，创造出圆润流转、明白畅达的新文风；四是弄清了北宋古文家是如何解决"繁"与"简"的问题的，从而使古文写作简而有法，繁简得宜，大大提高了古文的文学性和文法的科学性；五是全面考察了北宋古文运动中主要作家的古文创作，揭示了北宋古文运动是如何实现创作繁荣的；六是全面研究了以复兴儒学为己任的古文运动是如何与佛、道二教逐渐实现融合的，并延伸考察了南宋后期古文理学化的倾向，以及理学与文辞"融会"的前景。这些对宋代文学史、文学思想史研究都有很高的学术参考价值。

明代文学复古运动研究的代表作是廖可斌《明代文学复古运动研究》（上海古籍出版社1994年版），明代复古运动，从正式兴起的弘治年间起，绵延了约一个半世纪，引起过非常激烈的文学论战，是明代中晚期文学史上最热闹的一幕。作者以前七子、后七子和明末陈子龙的三次复古运动作为明代文学复古运动的三次高潮，将其放到明代文学思潮以至整个中国文学思潮发展史的广阔背景中进行提纲挈领式的勾勒和梳理，认为复古运动打破了明前期以至整个思想文学领域程朱理学一统天下的沉寂局面，开启了明后期浪漫文学思潮和进步思想潮流的先河，是由前者演进为后者的必要过渡。明末，基于民族救亡的紧迫任务，晚明浪漫主义思潮及整个进步思潮趋于低落，复古主义再次回归，转而更关注社会现实，明末清初实学思想由此形成。此书被认为是一部不可多得的明代文学专题研究史著作，为观照明代文学复古运动史提供一个有益的视角。

三　文人心态史的编写

文学思想史对理论批评与文学创作中的理论倾向的关注，已经关涉到文学的心理本质，因为思想的流变必然要通过作家的心理反映出来。文学史也是心灵史，正像勃兰兑斯所说的："文学史，就其最深刻的意义来说，是一种心理学，研究人的灵魂，是灵魂的历史。"研究心态的变化，可以更进一步思考文学思想发展的原因。由思想史再行切入，就必然会导向对文人心态的关注，这在《魏晋南北朝文学思想史》中已经有所显现。而《玄学与魏晋士人心态》（浙江人民出版社 1991 年版）则是罗宗强对这一问题的专门探讨。作者指出士人心态的变化与政局有很大关系，而哲学思想也是影响心态的另一重要因素。魏晋这一特殊的文化时段，文人的思想也异常丰富活跃。在玄学产生前夕的汉末，士人忠而见弃，精神传统上的儒家论理观念开始松动，他们开始走向以自我为中心的感情世界。正始士人探索了感情世界的皈依问题，他们的思考充满了哲学意味，玄学正式形成；最能代表玄学人生旨趣的是嵇康，其被杀却又表明这一人生观与现实之间的激烈冲突。于是西晋的士人转而求"身名俱泰"，他们依违名教之间，却又追求任情适性，既谈玄又涉世，却又终致空谈误国。南渡之后的东晋士人则在偏安的环境之下，追求宁静潇洒的人生境界。这四次转变折射了整个时代的文化走向，更为文学思想的变迁提供了深层解释。这一研究特点在其《明代后期士人心态研究》（南开大学出版社 2006 年版）中得到进一步展现。正像左东岭在此书的序中指出的，作者"从朝政变化、风俗变迁与思潮演变的角度，对最为复杂的明代后期士人心态进行了卓有成效的探讨。书中既从横的一面将当时士人归纳为拯世情怀与回归自我的不同心态类型，以及恰当地将徘徊于入仕与世俗之间、心学的狂怪另类这两类士人类型单独提出，以见士人心态之复杂多样；同时又以纵的一面抓住从拯世的巨大热情到希望失落的演变过程，以展现明代后期士人心态的全貌。全书采用了点面结合的叙述方式，将典型事例与典型个体作为基本的叙述单元，同时又按不同类型的心态进行了逻辑的分类，从而将宏观把握与重点论述有效地结合起来。在材料的使用上，以诗文作品，尤其是尺牍与讲学记录作为主要文献论据，而辅之以实录史书的记载。在心态的分析上，特别关注士人的深层心理与现实行为、理论讲说与人生践履、原初动机与实际效果之间的种种复杂关系，从而将士人心态的研究引入立体化的格局"。

罗宗强对文人心态的研究产生了引领学术走向的作用,继之有么书仪《元代文人心态》(文化艺术出版社1993年版),张毅《潇洒与敬畏:中国士人的处世心态》(岳麓书社1995年版),周明初《晚明士人心态及文学个案》(东方出版社1997年版),吴调公、王恺《自在自娱自新自忏:晚明文人心态》(苏州大学出版社1998年版);左东岭《王学与中晚明士人心态》(人民文学出版社2000年版),等等,使心态研究已成热门话题。左东岭《王学与中晚明士人心态》采用文史哲打通的研究方式,力争对心学与士人心态的关系做出立体动态的考察,从而还原其历史真实面貌。周明初《晚明士人心态及文学个案》着重研究处于晚明这一历史转型时期作为时代精英的士人的心态变化,在进行群体心态探讨的同时,对晚明时在文学或思想上富有建树的四位代表性士人的心态也作了个案分析。可与罗宗强《明代后期士人心态研究》相互参看。

在通代心态史研究方面,相继出现了两套大型丛书:一是河北教育出版社于2001年推出的"历代文人心态史"丛书,包括《天柱断裂之后——战国文人心态史》(陈桐生)、《期待与坠落——秦汉文人心态史》(方铭)、《高蹈人间——六朝文人心态史》(孙若风)、《梦逝难寻——唐代文人心态史》(池万兴、刘怀荣)、《困境与超越——宋代文人心态史》(马茂军、张海沙)、《挑战与抉择——元代文人心态史》(徐子方)、《复古与新变——明代文人心态史》(史小军)、《带血的挽歌——清代文人心态史》(陈维昭);二是河北大学出版社于2001年推出的"中国古代文人心灵史"丛书,包括《智者的叮咛:先秦哲人的生存智慧》(李振纲)、《盛世悲音:汉代文人的生命感叹》(杨树增、陈桐生、王传飞)、《诗化人生:魏晋风度的魅力》(陈洪)、《士族的挽歌:南北朝文人的悲欢离合》(詹福瑞、李金善)、《歌者的悲欢:唐代诗人的心路历程》(傅道彬、陈永宏)、《心灵的歌吟:宋代词人的情感世界》(张晶)、《大俗小雅:元代文化人心迹追踪》(梁归智、周月亮)、《情与理的碰撞:明代士林心史》(夏咸淳)、《无奈的追寻:清代文人心理透视》(韩进廉)。这两套丛书既从心理层面为了解时代文学风貌、切入作家个性空间提供了可行性尝试,也是对文学史研究中偏重社会历史等外部因素的一种反拨。

四 其他专题文学史的编写

除了上述三种专题文学史外，还有不少其他专题文学史，诸如游记文学史、山水文学史、寓言文学史等。

游记文学史较早的是李伯齐主编《中国古代纪游文学史》（山东友谊出版社1989年版），作者从秦汉魏晋南北朝（形成）、隋唐五代（发展）、宋辽金元（进一步发展）、明（兴盛）、清及近代（进一步兴盛）五个段落，对纪游文学的时代背景、重要作家、艺术形式与内容的演进等进行论述。王立群《中国古代山水游记研究》（河南大学出版社1996年版）明确提出了山水游记的概念，认为必须从游记的文体特征、语体特征、游记文体的要素等方面对游记文学作明确的界定。作者将山水游记分为舆地游记和文人游记两类，又以明清游记为个案，将其分为文人游记与学者游记两类。全书在阐述古代山水游记的发展演变过程中紧扣山水游记的分类来探讨。梅新林、俞樟华主编《中国游记文学史》（学林出版社2004年版）则贯通古今，研究视角直接切入当下，为海内外第一部通代游记文学史著作。作者认为作为纪游的文学作品，游记应当包括所至、所见与所感三个基本因素；呈现出诞生（魏晋）、成熟（唐代）、高峰（宋代）、复兴（元明）、衰变（清代）、新生（现当代）这一演变脉络。在对游记发展阶段性面貌进行揭示的同时，作者突出了游记内容的流变与游记文体的变革，特别强调了如柳宗元、苏轼、袁宏道、徐宏祖等代表作家的贡献；对赋、书、序、记及此后新兴的笔记体、日记体等游记体式进行了细致考述。此外作者还透过对游记文学的解读，关注此后隐藏的文化意义，对各阶段显示出的文化精神进行了析论，对游记文学所映现出的哲学、政治、宗教、道德、科学、民俗、文化等指向并行关注，提升了此书的理论品格。

与游记文学密切相关的是山水文学史，李文初等撰写的《中国山水诗史》（广东高等教育出版社1991年版）是第一部山水诗史。作者对山水诗作了范畴界定：题材上以山水为主要表现对象，描写上笔墨直接诉诸自然山水本身，以山水为主要审美对象，从孕育与形成（先秦至东晋）、勃兴（南北朝、隋）、昌盛（唐五代）、绵延（宋至清）四个发展阶段对山水诗的流变脉络、艺术表现等进行论述。陶文鹏、韦凤娟主编的《灵境诗心——中国古代山水诗史》（凤凰出版社 2004 年版）则更为细致详明，对山水诗的发展分期也反映了作者新的认识。分为形成（先秦至晋）、第一个高峰（唐）、第二个高峰（宋）、承续与发展（金元）、复古与新变（明）、集大成（清）六个阶段。全书论述了山水诗发展的阶段样貌与审美特征，对重要诗人突出关注，在梳理诗歌嬗变轨迹的同时，还结合经济、思想、文化情况与诗人的生活状态对山水诗的内在文化精神进行分析，提升了理论深度。作者认为山水诗具有鲜明的民族审美特征，它植根于儒、释、道三家文化土壤，思想内涵丰厚；体现了中华民族"天人合一"的人文精神特质；其创作实践与理论总结推动了"意境说"的成熟；体现了古典诗歌"诗中有画"的民族特色。在理性分析的同时，此书还重视对优秀诗篇的引述与赏析，颇具可读性。

寓言文学史也是专题文学史的一种。陈蒲清《中国古代寓言史》（湖南教育出版社 1983 年版）是第一部对中国古代寓言文学史作全面系统研究的著作。全书把古代寓言的发展分为五个时期，即先秦、两汉、魏晋南北朝、唐宋、元明清。作者从大量的原始文献中爬梳出每个时期的寓言文献作品，并对一些具有代表性的寓言作品进行分析，进而从整体上对中国古代寓言的文体特色、民族特色和时代特色进行归纳。该书对寓言数量巨大而过去没有统计与标目的书籍，附录了寓言故事总目，方便查找。因此，该书不仅从史的角度梳理了古代寓言文学的发展史，而且从文献的角度附载索引以便于查收，具有较高的学术价值和意义。凝溪《中国寓言文学史》（云南人民出版社 1992 年版）也是一部寓言文学通史，该书贯通古今，对古代、近代、现代和当代的寓言文学都作了梳理，并且在地域上不局限于大陆地区，还涉及港台，也不局限于汉族寓言，还包括了少数民族的寓言。吴秋林《中国寓言史》（福建教育出版社 1999 年版）也是一部古今贯通的寓言文学史，但也有自身的特点，即作者对中国汉译佛经的寓言和中国民间的寓言进行了分析和研究，弥补了过去寓言文学史的不足点。寓言文学的断代史主要集中在先秦时代，因为此期是寓言的发生期，寓言较有中国本土的个性特点。如公木《先秦寓言概论》（齐鲁书社 1984 年版）、刘城淮《探骊得珠——先秦寓言通论》（陕西人民出版社 1992

年版），两书虽名为"论"，但也强调了断代史的梳理，既有史的分析又有论的探究。前者探讨先秦寓言的发生和发展过程，后者对一些重要寓言进行典型分析。白本松《先秦寓言史》（河南大学出版社 2001 年版）是一部典型的断代专题文学史。作者把先秦寓言分为孳乳期（殷末周初）、发展期（西周中期到春秋后期）、高潮酝酿期（春秋末年至战国前期）、高潮期（战国中后期）四个时期，对其进行了系统全面的梳理与分析，并重点对《庄子》寓言、《列子》寓言、屈原和宋玉寓言、《孟子》寓言、《韩非子》寓言等进行了研究。

此外，傅正谷《中国梦文学史》（光明日报出版社 1993 年版）对中国古代梦文学史进行了专题研究，该书的时段上还局限在先秦两汉，此后的梦文学还未涉及。谢桃坊《中国市民文学史》（四川人民出版社 1997 年版）对中国古代的市民文学作了专题史梳理。

上述关于古代文学史讨论，至此终于告一段落。20 世纪以来的百年实践与成果一再证明，中国文学史研究和编写始终是重点与热点，不同时代、不同个体的"重写文学史"永无止境。回顾世纪之交有关古代文学史的学术总结与反思，依然富有历史蕴涵与启示意义。值此本章即将结束之际，我想引述一下张政文发表于 2002 年的《20 世纪中国文学史研究方法论反思》一文的核心观点作结。该文总结和归纳 20 世纪中国百年的文学史研究为三种基本类型：经验实证方法论类型、理论逻辑方法论类型、文化阐释方法论类型。经验实证方法将文学事实何在作为文学史研究的基本对象，将描述文学事实、建立有关文学史知识体系为研究的根本目的，但忽视了文学史研究的人文特征，具有自然科学性质。理论逻辑方法将探索文学现象何以存在作为文学史研究的基本任务，力图在复杂的社会关系、理论体系和普遍精神逻辑中找寻寓藏于文学现象背后却又决定着文学发展的各种规律，但却常常忽视了文学史的历史复杂性和文学本位性。文化阐释方法将文学史研究判定为研究对象与研究主体在现时态中相互建构的个体对话过程，强调研究主体的个性文化功能和阐释效应，但其研究的知识性、有效性难以得到普遍的确立。这一通观 20 世纪中国文学史进程与成果、理论与方法的归纳和总结，集中体现了历史还原与范型建构、历史逻辑与学理逻辑的辩证统一。基于这一得之于历史回望与理论思辨的结论，作者强调指出，人类的任何活动只能在相对意义和历史价值限定的维度上才是真正合理的，否定限定的合理性就不可能实现知识的真理性。面对文学史的研究主体生存状态不同，对历史的理解不同，拥有的文学修养和文学经验不同，当然也就不能期待他们有相同的阐释方式和一致的赋值结果。但是，由他们各自不同的价值取向、文化归宿、理想智慧和文学经验融铸的阐释结果必须被超越他们之外的更为宏大的现实文化知识世界所确认，成为普遍文化价值的表达、一般生活意义的显现，方能使其阐释投入历史之中，成为真正意义上的文学史研究。因此，文学史研究与一般历史研究又不同，文学史研究者既是一位文学体验丰富、感情细腻、想象畅达的艺术家，又是一位严肃冷静、训练有素、理智深邃的学者。如果说，个体的文化阐释与整体的社会文化知识背景世界相互敞开，个体的文化阐释成为丰富整体的社会文化知识背景世界的源泉，而整体的社会文化知识背景世界是个体文化阐释的肯定的话，那么，文学史的研究将在不同时代、不同民族的意义发现和价值定位中不断展开、延续，而永无终结。[①]

[①] 张政文：《20世纪中国文学史研究方法论反思》，《文史哲》2002年第6期。

后　记

　　本书在对《当代中国古代文学研究（1949—2019）》的扩容与修改过程中，就原书的叙述结构作了重要调整，即分为上、下两卷，按历时性和共时性两个方向依次展开。上卷共计十章，主要以历时性的维度即新中国、新时期、新世纪三大关键节点为学术史叙述框架。下卷共计七章，则主要从共时性的维度，旨在连接新中国、新时期、新世纪三大关键节点而展开贯通性研究。如此则在全书结构上形成"纵—横""分—合"的总体框架，从而进一步增强了全书纵横开阖、分总结合的力度和效度。要之，本书总体叙述结构上的调整，旨在进一步强化和优化历史逻辑与学理逻辑的有机统一。然而毋庸讳言，学术史研究同样也是一种"遗憾的艺术"。面对当代七十年间古代文学研究如此亮丽的风景，我们坦诚自己只是打开了一个"观景"的"窗口"，挂一漏万乃至捡沙遗金之误诚所难免，祈请各位专家和读者鉴谅。

　　本书先后经历了初撰与修改两次学术活动，具体分工如下：

　　梅新林：全书策划并编制章节纲目，撰写和修改导论，第一章第一节（部分），第七章第五节，第十二章第一、四、五节，第十四章第三节，第十六章第四节（部分）；

　　曾礼军：撰写和修改第一章第一节（部分）、第二、三、四、五节，第二、三、四章，第五章第一、四节，第六章第二、五节，第七章第一、三节，第十四章第二、五节，第十五章第一节，第十六章第三、四节（部分）；

　　于淑娟：撰写和修改第五章第二、三节，第六章第一、三、四节，第七章第二、四节，第十二章第二、三节；

  潘德宝：撰写和修改第十三章，第十六章第五节；

  崔小敬：撰写和修改第九章，第十章第一、三、四、五节，第十六章第二、五节；

  葛永海：撰写和修改第十四章第四节；

  慈　波：撰写和修改第八章、第十章第二节，第十四章第一节，第十五章第二、三、四节，第十六章第一节，第十一、十七章；

  最后由梅新林与曾礼军统稿和定稿，并对部分章节作了较大的修改。

  借此机会，对长期以来给予热诚支持和指导的中国社会科学出版社社长赵剑英先生，对为本书的审稿和出版付出辛勤劳动的责任编辑陈肖静女士，对参与本课题的合作研究并潜心于书稿写作的诸位同人，一并表示诚挚的谢意！

梅新林
2019 年 6 月 30 日